读客

读客知识小说文库

读小说　学知识

长篇小说

大江大河

大结局

全景展现改革开放以来中国经济、社会、生活变迁

阿耐 著

北京联合出版公司
Beijing United Publishing Co.,Ltd.

图书在版编目（ＣＩＰ）数据

大江大河. 大结局 / 阿耐著. -- 北京：北京联合
出版公司，2018.6（2025.6重印）
　（大江大河四部曲）
ISBN 978-7-5596-2044-6

Ⅰ. ①大… Ⅱ. ①阿… Ⅲ. ①长篇小说 - 中国 - 当代
Ⅳ. ①I247.5

中国版本图书馆CIP数据核字(2018)第087234号

大江大河. 大结局
作者：阿耐
责任编辑：徐樟
选题策划：读客文化　021-33608320
特约编辑：尹舒慧
封面设计：所以设计馆　蒋咪咪
版式设计：黄巧玲　余晶晶
责任校对：绳刚

北京联合出版公司出版
（北京西城区德外大街83号楼9层　100088）
三河市中晟雅豪印务有限公司印刷　新华书店经销
字数606千字　710毫米×1000毫米　1/16　36.5印张
2018年6月第1版　2025年6月第13次印刷
ISBN 978-7-5596-2044-6
定价：320.00元（全四册）

1998年

01

柳钧顺利入关，心无旁骛地直奔出口。他的爸爸在病床上等着他，他已经在回国手续和回程飞机上耗去太多时间，现在他必须分秒必争赶回老家——阔别六年的老家。他心里默念着姑姑的吩咐：国内建设日新月异，别怕，出机场找辆出租车，一定找黄色的强生或者绿色的大众，如此这般地谈价……

柳钧肤色黝黑，身形矫健，动作敏捷，唯一的行李是塞得鼓鼓囊囊的一只双肩包，看上去更像一个旅行者。

磕磕碰碰地穿过迎客的人让出的一条羊肠小道，柳钧听到一个有点儿犹疑的声音，"柳钧？请问是柳钧吗？"柳钧顺着声音找去，见叫他的是一个中等身材的年轻男子，一张白皙的脸上架一副黑色细框眼镜。柳钧一时记不起他在国内认识这么个儒雅潇洒的熟人，他的朋友，用他妈妈的话说，都是野人。"我是，请问你……"

"我是钱宏明。"钱宏明没有一句废话，只伸手做出一个"请"的姿势。但他一点儿没忘捕捉柳钧眼里的复杂神色，他今天来这儿也是满心复杂，不知道应该如何面对柳钧，因此，多一句不如少一句，以不变应万变。

柳钧哑然，几乎不敢相信自己的眼睛，眼前这个气质出众的人真是当年如带泥土豆一样的钱宏明？他试图从已经领路走在前面的背影里找出过去熟悉的影子，可是没有，似乎连钱宏明的身高和体重都已经迥异于过往。可是他心里分明又认定这就是钱宏明，那个从小学一起跳级，一起占领年级成绩榜前五，一起升级重点初中、高中，住校是上下铺，曾经亲如兄弟，又在出国前玩命打上最后一架、彼此扬言恩断义绝的钱宏明。他竟然认不出钱宏明，或者说，钱宏明才是变化日新月异，浑身焕然一新。六年，时光荏苒。

走在前面的钱宏明同样一脸绷紧，他应该已是多年从商，长袖善舞，可他今天面对显得陌生的柳钧，尤其是两人之间曾有那么多说不清道不明的过往，他心中绝无底气。但是他深呼吸一下，有意快步抢在前面不断地背着柳钧深呼吸，眼看走到空旷处，他倏然止步，竭力镇定地道："我今天刚好在上海出差，猜你应该是这个航班……"说着，他艰难地伸出右手。他等待着被天之骄子、脾气火暴直接的柳钧拒绝。

柳钧的脸皮微微颤动，但他还是毫不犹豫地伸手出去，迎住钱宏明的手，六年之后，两人的手又握在一起。"谢谢你特意来上海接我。我爸情况怎么样？"

钱宏明看着一黑一白两只就像象征亚非大团结的手，轻咳一声掩饰被柳钧识破的尴尬，"你爸已经被抢救来，目前已无大碍，看起来也不大会影响以后生活。医生说，是你回来的消息激发了病人强烈的求生欲望。"

柳钧心中大石落地。他欲言又止，很知道钱宏明如此了解情况意味着什么，现在换成是他深呼吸，"谢谢……我放心了。"

钱宏明无声瞥上一眼，借抽回手拉开桑塔纳2000的车门回避话题。安顿好行李，才道："你一路辛苦，休息会儿，这一路还很长，不过已经有一段是高速公路了，晚上就可以到。后座正好有饮料、面包，如果饿了，请自己拿。"

柳钧凭过去对钱宏明的认识，他相信，后座的面包绝不是正好存在，就像钱宏明不是正好在上海出差才会拐过来接他一趟，这一切都是钱宏明一贯的精细。但他已经不会如过去那样嘻嘻哈哈地揭穿，过去，意味着历史，历史不可能复制。而且，有那么多的过去，他不愿意去面对，去揭开。

车窗外面，是五光十色的上海。"宏明，你在做什么，结婚没有？"

"我结婚了，去年结的，是大学同学。我毕业后一直在进出口公司混着。你呢？有没有做你理想中的工程师？"钱宏明一手摸出名片，递了过去。

"我有一个女友，德国本土人，美丽性感。我正在实现从小的理想，现在是

Senior Engineer[1]。德国男孩从小玩榔头改锥，幸好，我从小拿金工车间当游戏厅，没给华人丢脸。你的进出口有没有受金融风暴影响？"柳钧看钱宏明的名片，见上面写的是机械进出口公司出口二部经理，"呀，把你的计算机专业丢了？"

钱宏明细细感受着柳钧一如既往的骄傲和直爽，同时郁闷柳钧没提一句他得来不易的经理头衔和他驾驶的专车。他口是心非地道："是啊，生计面前，什么都可以……"他忽然意识到这话不能说出，尤其是不能在柳钧面前提起，他硬是将"抛弃"两个字吞下，"呵，我们公司主要出口欧美，那边的市场几乎没太大影响。听说欧洲那边'玻璃天花板'[2]的现象很严重，看起来你混得比想象中好。不过升管理职位的时候会不会受影响？"

"我只需做好我的技术，管好我的团队，不需要想什么玻璃天花板。或者我资历还浅。"

两人一路小心翼翼地说话，尽量不去接触那条横亘在中间的伤疤，再无小时候的放肆。柳钧最初还好奇地打量着沿路的欣欣向荣，但一会儿就倦了，连日的担忧和旅途疲累、爸爸康复的好消息，还有钱宏明平稳的驾驶，他开始似醒非醒。可是他意识里却是为六年来第一次回国激动，为出来的时候看到那么多东方人的脸而激动；还有，为第一个遇到的熟人竟是钱宏明而激动。他放下车椅静静抱胸而卧，脑袋里却开始不断闪回过去的一个个片段，他以为他已经忘记得很好，没想到画面却是那么清晰。

钱宏明看看安静下来的柳钧，仿佛听得到柳钧均匀的呼吸。他不由得轻轻自言自语："你终于也成熟了。"他再看看自己放在漆黑方向盘上的手，这双手保养良好，皮肤清洁白皙，指甲红润光泽，显然不是一双劳动人民的手。反观柳钧的，钱宏明在停车等时特意仔细观察，那双号称弹钢琴的手看上去是如此粗糙，甚而骨节粗大。他微笑了，放弃专业又怎么了，他还放弃保送研究生呢，可是他挣回了完全属于自己的天下。他迅速脱颖而出提增出口业务量，迅速在公司奠定自己的地位，迅速从公司宿舍跳到豪华装修的三室一厅，迅速拥有自己的车子并从夏利换为崭新上市的桑塔纳2000，他让女友多年如一日地拿崇敬的眼光仰视他，让她无悔地跟着他来沿海发展，一直到把她变为他的妻子。他根本不计较柳

1　高级工程师。

2　玻璃天花板：少数族群晋升到组织高层所面临的障碍。

钧今天的相见不识，他反而喜欢，这说明他已经脱胎换骨。有什么比六年不遇老兄弟的相见不识更能说明问题呢？

钱宏明的心儿在欢唱，但他没将得意形于色。他细心地调高了一些车厢里的温度，免得大大咧咧的柳钧着凉。柳钧现在是制造业发达的德国企业的高级工程师？钱宏明心算一下国内从研究生毕业升高工所需的时间，他不知道德国的工程师考核体系如何，应该是更严格吧。看起来柳钧一个人在德国打拼也混得很出色，无愧这一个好脑袋。虽然两人曾发毒誓从此恩断义绝，可那时候都是孩子，算不得数。钱宏明很清晰地看见自己的内心，他在为旧日的好友深深地骄傲。今日不辞辛劳驱车五个小时来上海机场迎接柳钧，看似受姐姐所迫，其实，又何尝不是他的半推半就？看今天见面的样子，柳钧不再与他水火不容，是柳钧成熟了吧。不管是什么原因，也不管柳钧心里怎么想，他希望两人恢复邦交，即使只是面子上的邦交。他在这世上谁也不欠，只欠姐姐和柳钧。他希望能有机会偿还心中愧意，他会说到做到，他已非过去一无所有的小男孩，他现在已是顶天立地的男子汉。

只是，需不需要将六年前的那个道歉说出口？这是钱宏明再深呼吸也无法做出的抉择。他思来想去，心存侥幸地认为，他而今主动来上海接柳钧，应该够说明一个态度，以两人过去的深交，柳钧应该能领会他的意思。

但钱宏明虽这想，心里却一直放不下，一路纠结。到高速路口，他细心地下来检查一遍车况，刚坐回驾驶座，听旁边柳钧问他："宏明，你刚才的话再说一遍，我没听清。"钱宏明被问得一头雾水，见柳钧睡眼惺忪的样子，心里了然，笑道："梦到我了？我在你梦中是不是老样子？"

柳钧疑惑地眨巴眨巴眼睛，想了好久，才一个讪笑："我做梦向你道歉，可就是听不见你回答我什么，我急了。这个道歉在我心里埋了三年，我不能不说出来。"柳钧说着坐正身子，换上一脸严肃，"宏明，原谅我过后好几年才意识到那件事与你无关，你是无辜的，我不该为此与你打架。我向你道歉。"

钱宏明想不到，最大的受害者柳钧竟先说出道歉，他怔住了，好久才回过神来："你没错，你不需要道歉。是我不该……"柳钧做个手势打断钱宏明往下说。钱宏明也是对过往的事情难以启齿，顺势转开话题，"那么你可以停止六年的自我放逐回国吗？"

"我没放逐，你看，我过得挺好。你还是这么周到，宏明，我们还会是好朋

4

友吗？"

钱宏明没想到这个结能如此轻易解开，他不由眉开眼笑起来，"怎么会不是呢？我知道你回来，心里别的什么都没有，只有高兴。"

四只手紧紧地握在一起。

柳钧不再睡觉，两人一路说话，抢着说自己现在的生活，中间仿佛没有隔阂的六年。到达柳钧爸爸住院的楼下，钱宏明不由自主收起兴高采烈："柳钧，我就不陪你上去了。"

柳钧了然，道别后一个人拎包上楼。别说是钱宏明不愿见他爸，他自己当年也是带着深深的蔑视和仇恨离乡背井，若不是爸爸中风住院，他说什么都不会回来。可血缘就是那么神奇，接到姑姑打来的电话，他比任何人都心急，那时候他正啃鸡翅，恨不得把那堆鸡翅插在背后，飞回家来。而眼下，他等不及电梯，飞奔蹿上七楼，上气不接下气地出现在病房门口。看到靠坐在床上的爸爸，和正不知忙碌着什么的姑姑，柳钧心里莫名地轻松：没有别人。

柳钧跟冲上来的姑姑抱在一起，他扭头看去，爸爸似乎没老，反而胖了好多，一张脸比记忆中还光滑，也不大看得出病态，若不是坐在病床上，几乎与常人无异。于是，柳钧面对爸爸一贯大嗓门的招呼和爸爸急切伸出的手，踟蹰了。姑姑见此悄悄退出，帮爷儿俩掩上门。

柳石堂若无其事地收回手，依然眉开眼笑。"阿钧，爸爸都不知道你什么时候来，没派车去接你，让你一路辛苦。其实你不用来，你看，爸爸什么事都没有，医生还让我明天下床试试走路。来，喝可乐，连你姑姑都还记得你爱喝百事可乐，你自己来拿。还有柿饼、豆酥糖、绿豆糕……"

柳钧满心波涛汹涌，可是挡不住爸爸汹汹来袭的关怀，尤其是爸爸的若无其事更让他无法没有表示，他索性搬方凳坐到爸爸床头，抓一瓶可乐打开，猛灌两口才道："宏明去接我了，他还是那么周到。听了他对你病情的介绍，我才放心下来。"

柳石堂只顾着打量自己健康壮硕的宝贝儿子，嘴里满不在乎地道："钱宏英做人上路。"

柳钧揣摩了下爸爸身体的承受度，才道："爸爸，有钱不是一切，你可不可以学会尊重别人，真正爱护别人。"

"这事已经过去，我养活他们钱家，钱宏明不该今天又抓你告状。阿钧，爸爸只对不起你妈和你。"

"宏明没有告状，他不是那种人。"

"他什么人？他打小比你多一个心眼儿，要不然他不会一边跟你称兄道弟，一边拿我手里的钱上学读书。我不欠他们钱家，钱宏英比谁都有数。"

"爸，可是生活并不只是交易，有些事情需要放弃利益来对待。"

"傻话，没有利益开道，你走哪儿都不行。这世上我只跟你不讲利益，我的都是你的，你的我不会问你拿。"

"那么妈妈呢？你是逼疯逼死妈妈的主凶，那时候钱宏英才二十来岁，该负主要责任的是你。你可以拿什么利益来交换妈妈的生命？你以前不尊重妈妈，现在又不尊重钱宏英！"

柳石堂有万千理由，可是看着激动的儿子，他毫不犹豫将所有理由吞回肚子。"我最对不起你和你妈。我经常想起你妈，尤其是这回生病的时候，要是你妈在的话……"他将本来急切地对着儿子坐的身子摆回靠枕，长叹一声，"阿钧，你看爸爸老了没有？"

见爸爸忽然无力起来，柳钧顿时失去所有意气，关切地探身抓住爸爸的手，检查爸爸脉搏："爸爸没老，而且小中风也没打倒爸爸。"

柳石堂满心喜欢，可已不敢造次，"老了，你看不出来。现在爸爸特别会想起过去的日子，想我们过去住的宿舍平屋，想夏天带着你游泳，想你妈蹲河边洗衣服监视我不许欺负你，想你学什么都比别人快，连游泳都不用我教，下水就没呛过水。经常夜里想得睡不着觉，睡着了做梦还是你们。阿钧，你在德国有没有想爸爸？"

柳钧低下头去，他在德国恨爸爸，岂肯想他？可他不愿撒谎。

柳石堂没有计较，他一生病儿子就回来，他已经满足。"爸爸体力也大不如前。去年开始市道一直不好，出口的单子噌噌往下掉，我每天愁，今天愁工资发不出，明天愁货款讨不回，后天愁没米下锅，愁死了。这不，税务又来找我，说我这个月再没利润的话，就把我的一般纳税人资格取消，怎么说好话都没用，你爸只有眼睛翻白进医院了。这一把老骨头都不经打啦。可是，工厂怎么能变成小规模纳税人呢，那不是要我死吗？这几天会计已经做好年报，我躺病床上也不安心，不敢让会计去交年报，交了评定下来，准定变成小规模纳税人。愁啊……"

柳钧听得云里雾里，基本上算是知道爸爸是急火攻心倒下，但那什么大规模小规模纳税人，他却一点儿都不懂。"如果达不到要求，转为小规模纳税人就转呗，我们以后好好做，再争取做那个大规模的。"

"你不知道，做小规模纳税人就等于死。我们现在业内的价格基本上是透明的，一般所有产品的出厂价按原材料加价13%来算。小规模纳税人是不管你成本多少，毛利多少，我记得是按每笔生意的百分之三点几来缴纳。这一刀斩走，我只赔不赚了，还开什么厂？"

柳钧这才有点儿明白。"工厂的利润那么薄？"他简直有点儿不敢相信自己的耳朵，他还是第一次听说产成品竟然按原材料来计价，而忽略各种加工所应有的不同的工艺规程，简直是不可思议。"如果我没理解错，那就是螺丝和螺帽，不管工艺如何，只要材质相同，用料一样，出厂就是一个价？"

"对，要是做螺丝、螺帽就更没法活，那玩意儿现在论斤卖。"

一贯接触前沿机电研发的柳钧目瞪口呆，好不容易才小心翼翼地道："爸爸，我现在收入不错，如果工厂那么困难，不如让它破产，你跟我去德国……"

但没等柳钧说完，就见他爸脸色大变，眼睛再次翻白。他慌了，连忙冲出去叫医生。

在急救室外面等待的时候，姑姑和柳钧都担心得面无人色，尤其是柳钧，有生以来第二次感受到那种发自心底的恐慌，第一次是听到妈妈跳河的时候。他的手足都无处放，站不稳，坐不住，只会傻傻地盯着姑姑，听姑姑几乎是神经质地反复唠叨一句话："厂子是你爸的命根子，厂子是你爸的命根子……"

过会儿，一个头发花白、身板挺拔但瘦弱的妇女过来，拉着姑姑靠墙坐下。安抚了好一会儿，姑姑才稍微镇静，告诉柳钧这位是傅阿姨，以前与柳钧妈妈一起在乡下做代课教师，后来柳钧妈妈抽调回城，傅阿姨一直没上来，眼下是柳家保姆。柳钧即使脑子几乎空白，看着这位与妈妈有关系的傅阿姨还是觉得亲切，尤其是傅阿姨说话字正腔圆，与过去也是做老师的妈妈相符。傅阿姨只是简单地说了句客套话，让他坐下，他就乖乖地坐了。

好在爸爸倒是很快被推出来了，眼睛也能半睁，不同的是手上打了吊针。柳钧很担心爸爸的状况，坚持要陪在医院，与傅阿姨两个在黑暗的病房里一起默默守了一夜。一夜有惊无险，柳石堂睡得很好，还扯起鼾声，直到第二天清早姑父过来换班时候还没醒，一张脸白里透红。见此，柳钧才敢放心离开。

让柳钧没想到的是，走到一楼，竟会看到裹着羽绒服站在门厅的钱宏明。没

7

等柳钧昏头昏脑地想清楚是怎么回事，钱宏明抢先道："昨晚跟护士了解了一下，知道你会守夜，早晨可能熬不住会回家休息。去我家吧，你家冷锅冷灶的，连吃饭都没人照应。"

柳钧不知钱宏明在楼下等了多久，心里非常温暖。多年前的惯例自然而然地回到身上，跟以前一样，两手抓住钱宏明的肩膀大力地晃。钱宏明笑了，也是小时候那种开怀的笑，为自己能帮到柳钧，为昔日重来。但柳钧走到车边，忽然道："宏明，能不能带我去我爸工厂看看，听说情况很不好。"

"先睡一觉再去，你这会儿不在状态。"

"我得去看一下才能安心，我爸心病还需心药医。不怕，我经常熬夜。"

钱宏明点头上路。中途特意拐进一条小路，细心地替柳钧买来一袋生煎包子。穿出小路，没想到前面道路自行车川流不息，一致如流体般汇入一座大门，场面端的壮观。柳钧看清，那儿是从小仰视的市一机。

"不是说国内国营企业日子不好过吗？看样子市一机还挺健壮。"

"市一机早已不是国营，你离开后，市一机足足换手三次。先是省里来的一个高干子弟买去和日本合资，经营不下去后，转手给在本市挺有势力的女华侨，再是去年底，两家私营企业合资全盘吃下市一机。这两家私企据说是看中了市一机在市区的地盘……"

"啊，国外也有少许报道，预测中国推行按揭后，可能催热房地产市场。这两家私企真有眼光，也真有实力。"

钱宏明摇头，"房地产市场能不能热，不知道。那两家私企是不是真有眼光，也要看他们能不能笑到最后。我最佩服的是那女华侨，才不到一年时间，据说用国外借贷的钱通过跨国操作，这么一买一卖，转手就是我一辈子都不可能赚到的钱。在国外，是不是金融才是最佳挣快钱的行当？"

"亚当·斯密说，金融不创造价值，不会增进社会财富。"

钱宏明只是一笑，不予争辩。这也是惯例。他从小用功读书，心无旁骛，不像柳钧涉猎广泛，谈吐旁征博引。柳钧从小到大稀奇古怪的主意不断，钱宏明则是任其千变万化，我自岿然不动。虽然经常跟着柳钧跑，可大主意都是自己捏着。他想到，大家在买卖中谁都没有重视市一机那些新添的日本机床，可见财富的着眼点应在机床设备上。"到了，你还认得出这儿吗？"

柳钧大惊，这是他无数次进进出出的前进农机厂，不仅是厂子的门面变了，新大门用红色花岗石贴得喜气洋洋，厂名变成了前进机具厂，而沿街围墙变成两层楼的店面房，连外面的路也变了，不再是坑坑洼洼的石子路，而是平整宽阔的水泥双车道，路边种着整齐的行道树。他呆了半天，才道："只有那根水泥电线柱子没变。"

但等柳钧走进大门，看见一长溜的车间，才算松一口气，还好，里面依旧如故，连堆放边丝的水泥围子也还在原地，依然是围子前面一潭阳光下泛着七彩的油污泥水。仿佛那排店面房将时间的脚步阻隔在外面，因此里面的时间被神奇地凝固。而让柳钧惊讶的是，车间大门紧闭，里面没有记忆中热火朝天的样子。

依然认识柳钧的门卫打开的是四米高四米宽、锈迹斑斑的金工车间大门上的小铁门。伴随着小铁门嘎嘎转动声的是车间里被惊起的一群麻雀，叽叽喳喳地如没头苍蝇般地往外遁逃，但即使有这么多的声音，空阔的车间里还是寂静得可怕。当小铁门叹出最后一声"嘎"，柳钧无端地觉得外面冬日冷漠的阳光竟是那么温暖，然而如此温暖的阳光却穿不透肮脏得如毛玻璃般的玻璃窗，阴寒充溢在昏暗的大车间里，向着柳钧卷裹而来。这寒意，自全身毛细血管侵入，直击心底，令柳钧不自禁地伸手扪住胸口打了个寒战。

车间还是柳钧熟悉的布局，所不同的是地上的污垢仿佛又厚了点儿。柳钧顺手操起工具箱上面散乱放置的螺丝刀和榔头，用力一次一次地凿下，凿下一次，推出结结实实的一块污泥。直至凿到三厘米深度，螺丝刀头才终于触到坚硬的水泥。

"你找什么？"钱宏明开了个玩笑，"寻找失去的记忆？"

"不，寻找偌大工厂大白天停工的原因——冰冻三尺非一日之寒。在我们的制造车间，地面是光亮的油漆。"

"产品不一样，岂能一概而论？你我大学时候经历的校办厂一样好不到哪儿去。"

柳钧一丝不苟地指出："以前我可能也会这么以为，但现在我知道这是设备问题，你看，虽然这台牛头刨床保养得挺不错，可你依然可以看出它漏油严重，这样的刨床，其加工精度存疑。其他的还有管理问题，管头不管脚。两个问题结合起来，工厂的出品必然马马虎虎。"

"你不能对生产螺丝的厂家与生产航天器的厂家提同等要求。"

"制造业只能有不同的标准，不能有不同的态度。"

钱宏明不急不躁地一笑："如果市场普遍需求的是负公差、短尺、廉价，那么你是追逐市场，还是追逐理念？"

　　柳钧语塞，人非圣贤，谁不追本逐利？他看看钱宏明，又环视空阔阴暗的车间，犹豫了："坚持理念是件很奢侈的事，尤其是不能要求别人。"他伸出手指，边走，边从一台台古老的机床上滑过。这些机床他都熟悉，自他记事起已经待在这里，二十多年没移动分毫。他至今依然能背出机床铭牌上标明的年号。比如现在手指底下的是全车间最年轻的七三年的台式钻床，可偏偏这最新最简单的却是最不好用的。这样的钻床，能要求它打出多少精度的孔？柳钧本着科学的态度，可不相信人定胜天。

　　冰冷的感觉从冰冷的铁疙瘩上传来，十指连心，寒彻心扉。柳钧开始有些理解爸爸为什么一提厂子就心病发作，爸爸每天面对这些，早已寒透了心。想想病床上可怜的爸爸，看看眼前衰败的车间，柳钧的一颗心开始动摇。

　　钱宏明站在原地，默默看柳钧走向黑暗的车间深处，不禁想起前不久参观的市一机郊区新厂。一水儿的钢结构车间，每一处设计细节在他这么一个半行家看来，无不最大限度地追求高效、节能、安全、清洁。尤其是那一台台进口机床，不说别的，操作工可以穿天蓝工作服，便已说明一切。想柳钧刚从同样窗明几净的德国工厂出来，对眼前的黯淡自然是无法适应。再说，这前进厂是他柳家的产业，一个血性男儿怎可能眼看家业衰败而无动于衷？

　　只是钱宏明心中计算，大门边的一溜店面房收入可观，拿来支付全厂工资和各项费用应该足够，而且目前其他类似机械厂也没见如此凋敝，这柳石堂到底是怎么混的，竟会守着金碗没饭吃。按说，柳石堂也算是个人物，早年跳出技工跑外勤，然后不声不响承包了前进农机厂，不声不响一口口将整个厂子吞下，算是业内打滚多年谙熟门道的老法师，难道是英雄暮年了？可算起来柳石堂也不过六十来岁，正是干事业的时候。但又想，也是，英雄就怕病来磨，柳石堂一力不从心，这种一个人说了算的小厂子自然是树倒猢狲散了。

　　那么柳钧作为一个有能力挽救前进厂的人，此刻会作何考虑？钱宏明知道以前的柳钧外表强悍，内心温柔多情。他不知道六年后的柳钧变化了多少，但江山易改本性难移，柳钧非要坚持来前进厂转一圈，不会无缘无故吧。

　　钱宏明耐心等待柳钧折返，即使手机在口袋里振动，他也只是看一眼号码而不接。车间太安静了，静得像死地，静得容不下杂音。好不容易等柳钧从黑暗中走出，走近，他微微眯眼，看清柳钧脸上的矛盾。他没打听究竟，只问了一句：

"要不要到旁边的车间走走？"

柳钧似是被惊醒，呆了会儿，才道："旁边小的是翻砂车间，那儿一圈下来，你太太得赶我了，没挂上两斤灰出不来。我们走吧。"

坐上车子，柳钧不禁叹息。让爸爸拖着病躯将前进厂经营下去，看金工车间的情形，只会越做越死，爸爸以后多的是住院机会。但是让爸爸放弃经营，昨晚已经看到结果。左走右走，似乎都是爸爸的绝路。怎么办？

钱宏明替柳钧说出心里的纠结："一边是亲情，另一边是爱情。忠孝不能两全啊。"

柳钧眉头打结："怎么办，宏明，换作你会怎么办？"

"对不起，柳钧，我无法给你中立者的建议。非常抱歉。"

柳钧本来等着一个推心置腹的答案，闻言一愣，随即释然，"看，我不分青红皂白找你一顿打，留后遗症了。宏明我跟你保证，以后不会了，我们说话别这么谨慎。"

"我真没怪你，又不是你的错。"但钱宏明依然没给柳钧任何建议，"我对真朋友才一丝不苟。"

柳钧白他一眼，死心塌地地闭嘴。从小就领教过，若是钱宏明不想说，谁也别想从他嘴里掏出话来。他只好自己斟酌，两眼有一搭没一搭地看着车窗外显得陌生的半新半旧的城市。

钱宏明见此，不由自主地伸手放到唇边，若有所思。可他自始至终依然没开口给柳钧哪怕一个字的建议。

钱宏明的家在七层楼中的六楼，三室一厅的房子用白墙、米黄花岗石和原木色清水漆装点得清雅，错落布置的家具看上去挺是讲究。柳钧不知道这样的装修算是什么档次，反映什么样的收入，他没有见过国内的参照物。若是拿自己的来比，显然，钱宏明家的家具不够质感，比如家具用的是不够环保的三夹板，家具配套的五金粗糙夸张，皮沙发坐上去刚强挺拔。但是因为有得体的软装饰陪衬，整间房子格调宜人。

钱宏明进屋就打开空调，脱掉外面的羽绒服，穿一件藏青羊绒衫忙碌着安排柳钧洗漱睡觉。直等安顿下了柳钧，他才急匆匆着手机赶去上班。钱宏明唯一遗憾的是柳钧没大力赞赏他花大价钱下大力气经营布置的豪华小家。钱宏明心想，若是柳钧回流接手前进厂，他完全可以放心地把手中品质要求高的单子交给柳钧去做，估计这个从德国回来的工程师准会用同样的态度对待所有产品。但是……那样就得接触不堪的柳石堂了，他不愿。

他不明白，为什么姐姐钱宏英已经在房地产公司做得挺好，收入可观，却一直敷衍着柳石堂，保持着普通朋友的关系。那种不堪的人，不堪的事，只有避得越远越好，姐姐为什么还不走开，受的屈辱难道还不够吗？但是姐姐不会听他的，他也不能强制姐姐，姐姐养活一家四口，至今一个人领一个保姆照料着半躺床上的母亲和全躺床上的父亲。他没资格要求姐姐，只有背过身去咬牙切齿，转回头，又自觉每月将父母医疗费、生活费全包。他只希望能减轻姐姐负担，以让姐姐不用再敷衍那人。

可是他真猜不透姐姐的心思，为什么柳钧回来，姐姐不仅最先知道，还帮忙张罗。他虽然心甘情愿地去接柳钧，可是对姐姐异常不满。为此，他更不愿与柳石堂有任何交集。

02

柳钧睡足，精神百倍地跳上七层楼梯探望爸爸。让他异常内疚的是，爸爸见到他依然眉开眼笑，而且是硬撑着眼皮，硬提着精神，对着他有些讨好地笑，没有埋怨。顿时，一腔热血涌入柳钧的胸腔，他不能再犹豫了。

"爸，我去看了厂子，经营很困难？"

柳石堂讪讪地笑。"还行，没事，害你担心。"柳石堂语速明显迟缓，"你去看老翻砂车间了没？"

柳钧才说一声"没"，今天盯在一边不肯走，怕柳钧又说错话的姑姑赶紧接腔，"你爸可得意老翻砂车间，自打环保部门前年规定市里不许翻砂，你爸就把那车间洋枪换炮了，里面线切割什么的好几台，差点儿掏光你爸老本。"

看柳钧目瞪口呆，柳石堂慢吞吞接话："你看，爸爸能挨，没困难，别担心，你回去后也别担心。爸爸做这行都几十年了……"

"不，"柳钧嗓子发涩，一口打断拼命为他着想的爸爸，"爸，我决定了，我回来一年，一年里帮你拿出新产品，设计新流程，恢复正常平稳生产。我能行。"

"什么？"柳石堂猛地坐直了身，却激动得一口气走岔了，咳得昏天黑地，差点儿又背过气去。

柳钧因屡屡刺激他爸脆弱的身体，被姑姑严厉地下了逐客令。柳钧不情不愿地离开，到门口时回望，见爸爸咳得通红的眼睛兴奋地追踪着他，强撑着身子对他挥手。

柳钧心头发酸，这一刻，他决定原谅爸爸。

再次被钱宏明载上车，柳钧终于见到钱宏明的太太崔嘉丽。嘉丽长相甜美，一眼就看得出是个温柔的人。除了见面与柳钧说声"你好，宏明经常提起你"，随后就要么说"是啊"，要么说"不是"，余下的话都被钱宏明默契地包圆了，嘉丽只要笑眯眯地看着丈夫就行。柳钧觉得这一对怪有趣的，再说他心中答应了爸爸，终于卸下一个亲情的负担，满心轻松得很，寒暄过后就道："宏明，我准备回国一年。"

"我基本上料到你会做这个决定。既然你已经打定主意回来，我凭多年与国外打交道的经验告诉你，眼下国内发展迅速，机会遍地，是我们年轻人创业争天下的最佳时机。再加你在这边有同学，有亲戚，有各种各样的关系，你的发展将如虎添翼。"

"可是我只打算回来一年。"

"我认为你来了就回不去。你不如现在就开始做好说服女朋友来中国的准备。"

"哈，不会，一年，我不食言。"

钱宏明微笑："好吧，一年。即使只是一年，你还是需要朋友的帮助。我请了在机关工作的三位高中同学今晚为你接风，你以后肯定有需要他们的地方。"

柳钧哈哈大笑："宏明，你好庸俗。"

"呵呵，没良心。"钱宏明欢快地与儿时朋友笑闹着，驱车来到一家簇新的"豪园"餐馆。下车时候他如数家珍地介绍："这家饭店元旦前才开业，老板之一是买下市一机的其中一个股东杨巡。别看杨巡在本市可以横着走，可据说他开这家饭店的目的是拍东海集团宋总的马屁，给宋总姐夫一条好财路。"

柳钧又笑："还有什么是你不知道的？你这个RAM[1]。"

嘉丽"咯咯"地笑，钱宏明自动替妻子说明："她从认识我起就叫我内存。"钱宏明边说，边将手中塑料袋交给柳钧，"里面是三条瓦伦蒂诺的领带，你等会

1　随机存取存储器。

儿送给他们，我看你肯定着急回家没带礼物。"

柳钧没推让，他又不是出生于真空，跟着精怪一样的爸爸早已知道礼多人不怪。但是对于钱宏明的周到，他依然是伸手将好友晃得地动山摇。

愉快地吃完一顿晚饭，是钱宏明大包大揽地结账。然后一车三个人又摸到前进厂，摸进老翻砂车间，对着一车间的新式装备，柳钧大致确认前进厂的产品方向。只是柳钧很不甘心，做这样的产品，对于他这个孜孜以求高精尖的人而言，简直是一夜回到解放前。

回去路上，柳钧一路要求钱宏明帮他寻找国外生意，钱宏明却左手习惯性地放在唇边，但笑不语。柳钧脑袋转了几个弯才想明白，钱宏明不愿因生意而与他爸碰头，刚想说"以后直说嘛"，但话没出口，他立即伸手将嘴巴捂住。前面还坐着嘉丽呢，看起来嘉丽不了解丈夫的过去，否则钱宏明何必讳莫如深。柳钧想明白了，才意识到自己的手也放在唇边，他忽然有些理解钱宏明这个手势的意义。

嘉丽却是好奇地问了句整的："为什么不答应人家？"

柳钧忙道："宏明心有余悸，以前帮我忙，我反而揍了他一顿，他对我早心灰意冷，把我列为不合作对象了。"

"说什么呢，没这回事。"

两人都是心知肚明，唯有嘉丽依然懵懂。柳钧看着纳闷儿，隐隐感觉嘉丽有点儿可怜，这两人从大学谈恋爱到现在已婚，丈夫对妻子熟悉到可以当代言人，妻子却可能根本就不懂丈夫，如此的不对等，这婚姻真奇特。

晚上睡前，钱宏明到客房道个晚安，柳钧一把将他拖进门："跟你提个意见，做人别太累，别什么都扛着背着不肯卸下，也别什么都追求完美。"

钱宏明不以为然："我还想在你接管前进厂之前给你上一课呢，国内不同于你那边，你那边环境单纯，回来国内你要留意人情世故，更要管住你的嘴。"

"我不苟同，我从来这个性格，你看，老师跟爱你一样爱我。再比如你我，如果有人跟你说柳钧背后拆你台，你会信吗？肯定不会，因为我们早日久见人心了。是吧？"

钱宏明微笑摇头："不是。你举的都是不涉及利益的例子，不具普遍意义。当你的交往与利益相关的时候，一分一厘都得算清楚记明白，否则后患无穷。我们今天不争论，我们把论点摆在这儿，一年后，你不是回德国去吗？我们再回头认证。"

柳钧只有无奈跳脚："我有一个问题从小问自己问到大，我怎么会跟你是好朋友。我们人生观相同吗？No！我们世界观相同吗？还是No！不用一年后，现在就告诉你，我不会改变论点。"

钱宏明却笑嘻嘻地道："那也没什么，求同存异。早点儿休息。"

嘉丽看着回主卧来的丈夫一脸轻松愉快，奇道："什么事这么开心。"

"我们讨论人生观、世界观。"钱宏明脱鞋上床，想了想，才又道，"柳钧手下留情，没跟我讨论价值观。"

"不会吧，柳钧大大咧咧的，跟大男孩似的，会说这种话题？"

"你忘了德国是黑格尔、尼采那些人的老家。明早想吃什么？"

"明早我来吧，我去买豆腐脑……要不要煮点儿小米粥？"

"又是豆腐脑又是小米粥，还不胀死？咦，不偷懒了？"

"你好朋友在呢。柳钧挺好玩的，整个一阳光大男孩。以前追求他的女孩子多吗？"

"多，他一上篮球场，全校都是女孩子尖叫。"

"真奇怪，你们性格这么不一样，怎么会是好朋友。"

嘉丽的话让钱宏明晚睡着了半个小时，他回想半天，一个人在黑暗中讪笑。他从小不知多羡慕柳钧，那家伙要才有才，要财有财，天生好人缘，朋友遍天下。是他硬凑上去非要做了柳钧的好友，在闪亮的柳钧身边与有荣焉，然后一直好友至今。想到这儿钱宏明笑了，这样的友谊，按说并不符合他钱宏明一贯的交友原则，可它却存在了那么多年。那么他刚才或许是没必要扭转柳钧做人的道理的，或者那是最适合柳钧的生存方式。

第二天，柳钧三度探父。看到爸爸身体迅速好转，他大为欣慰。与医生讨论结果，也是一样的结论，爸爸的生理机能在奇迹般地自我修复。他更坚定了自己的决定。两天后就被爸爸赶回德国，让他赶紧收拾来中国接班。

柳石堂满心欢喜，欢喜得无以复加，几乎等儿子一走，他就收拾收拾出院了。一年？一年就一年吧，来了就不怕儿子再走。只是柳石堂从儿子的话里抓出几个可疑的蛛丝马迹，那钱宏明无缘无故为什么对他儿子这么尽心，有什么目的？他算是看着钱宏明长大，那小子从小就不是省油的灯，城府太深。就算跟他的傻儿子是从小的好朋友吧，可钱宏明那种人这么多年下来还能拿儿子当好朋友吗？无事献殷勤，非奸即盗。柳石堂心中警惕，想来想去不敢放儿子跟钱宏明太接近，回头问钱宏英打听到钱宏明住城西,他就给儿子在城东那个拖了好久才造好的高层高档小区置下三室两厅,火速装修。千万得将篱笆扎紧,以免他儿子吃亏。

即使有人还在对按揭将信将疑,琢磨不透,报纸上还在大力宣传按揭的好处,鼓励热爱储蓄的人们透支未来的钱提前购置现在的好生活,柳石堂却毫不犹豫新潮地选择了按揭,而且跑通路子拿到了最低的首付。他不是没钱;但一则他正在儿子面前装可怜;二则他一向认为钱一定要流动才能生钱,绝不能将大量的钱困在无法生息的固定资产里。国家去年新推的按揭办法真是合他心意,要不然他将房子买下后,准转手将房子换三年抵押贷款。

柳钧则是将最多的时间花在说服女友上,相约一年,相约电邮传书。可是女友根本不相信一年之后还有感情,女友对他的一年之期充满焦虑,柳钧再赌咒发誓都没用。归期一拖再拖,柳钧购买的一些测量仪器早已委托物流送到老家,他却是迟迟拖了二十天,才与女友依依惜别。

柳石堂亲自去机场接柳钧。接上儿子的柳石堂还不急着回家,先得意地带儿子到去年克林顿刚光顾的绿波廊吃了一顿晚餐,又在国产五星级宾馆锦江住了一夜,他不能亏待儿子。第二天才启程回家,一路亢奋得没闭过嘴。柳钧最先还劝爸爸悠着点儿身体,可爸爸说见他回来比吞人参果还灵。他心说,爸爸哪是得小中风,简直是甲亢。

下车,柳石堂就将儿子送进滚烫装修出来的新房子——所有的木器都还没上漆,家具只有卧室里的一套,倒是柳钧小时候用的钢琴已经安置在客厅。他有自知之明,儿子绝对不能跟他住一起。要不然,别说他没自由,儿子也恐怕不到一年就得再次落跑。

父子俩有史以来第一次以成年人的身份对面而坐,讨论属于成年人的话题。柳钧手上拿着的是前进厂目前的几单生意意向。他粗粗看下来,奇道:"为什么都是出口生意,我记得以前大半是国内生意。"

"你肯定还记得我一年到头在家时间不到两个月,其余十个月时间,三分之一在谈生意,三分之二在追货款。内贸难做,回款太难了。不仅回款难……我们干脆一边谈工作,一边我随时介绍国内情况给你。内贸还有一个问题是所需流动资金多。不像外贸是做订单,订单确定,信用证过来,我把信用证拿去银行换贷款,自己几乎不用出流动资金。内贸不一样,做内贸的流动资金在原料采购上压一块,采购来的原料在生产中又要压一块,成品库存还得压一块,最后是货款压一大块。最后这么算下来，流动资金得是月销量的三倍才能维持正常运转，这种流动资金要求有几个吃得消？换你会选择外贸还是内贸？"

柳钧渐渐将眼睛从纸面转向爸爸，连连点头。"这几年我总看报纸上说，市场在哪里，工厂搬去哪里，全世界都在觊觎中国的十亿消费人口，许多企业投资中国，还以为国内的公司更应该得天时地利人和，没想到……"

柳石堂心里满意自己的表现，脸上愈发雍容大度："没做过嘛，当然不知道。可是手头这些单子我又吃不下……"

"很简单啊，我们两个车间的加工能力足够了。"

"问题是没人做啊。老一辈的技术再好也操作不了那些新设备，学都学不会，我也学不会。我招了几个中专生专门去学线切割编程，等他们学会，做熟，没几天就飞了，我连培训的本都找不回来。"

"你是不是工资出得太低？设备问题不大，整个工厂只要有一个人会就行，其他都是傻看设备的。说到底这种入门级数控设备跟傻瓜相机一样，简单得很。"

柳石堂大掌一拍："就等你这句话。别人家都是送自己的儿子侄子外甥去学这个编程，偏偏我们柳家只有你一个儿子，我只好请外面人。但再高的工资没法给啊，总不能比几个老技工高吧？总不能人工费用太高吧？你看这些报价，我做一个都没几分毛利，拿什么发高工资？我只有看着他们飞走。去年市道紧，干脆停着。既然你来了，我们赶紧把这几单的样品拿出来跟外商去谈，谈下来立刻开工，先把所有费用转出来冲平。你一边帮我转起来，顺便看市面上缺什么，给我开发几个新产品。"

"那要是我不回来，你又没钱请人开新设备，厂子是不是就一直开不起来了？"

"哪会？市道总有变好的时候，那时候利润一高，我出人工费就不费劲了。人家别的大厂怕停，我这儿又不怕停，我没一分钱贷款，厂房设备都是自家的，担得起，只有税务恨没法刮皮。"

柳钧更是听得云里雾里："那你不需要付停工时的工人最低工资？不替他们交保险什么的东西？"

"我又不是国营企业，我这儿当然是做一天给一天工资。你放心好了，市面上多的是人……"

"就是找不到能用的人。爸，你不能再走这条老路了……"

"爸也知道，但爸爸的思想已经跟不上，现在该是你们年轻人的天下了。"

　　柳钧一点儿没意识到老爸就这么七拐八弯地将担子撂到了他的肩上，也一点儿没意识到这担子岂是一年可以完成的。他只是听着爸爸讲着非常扭曲的现状，气贯长虹地想到，需要他施展的地方实在是太多太多，不仅仅只是技术。

　　父子俩谈到很晚，柳石堂赖到实在没办法才走，给儿子留下崭新的捷达车钥匙和一部新出的诺基亚手机，还吩咐儿子不用做家务，以后每天自有傅阿姨上门打理。

03

　　钱宏明中午接到姐姐电话，要他晚上见面说话。他不知道姐姐忽然找他有什么事，晚上回家做好饭菜，与妻子一起吃了，就独自急匆匆赶去姐姐家。见到姐姐他先本能地留意了一下脸色，见姐姐脸色平常，才放下心来。进去里屋见过父母，兄妹两个关门谈话。

　　"跟你商量件事。市一机准备整个搬迁，腾出来的地打算开发房地产项目。郝姐今天跟我说那项目主管让她过去管销售，她想拉我一起去。我问你，申宝田和杨巡那两个人口碑怎样。"

　　钱宏明自然不敢怠慢，想了会儿，慎重地道："两人目前在本市都是有头有脸的人，杨巡是外地来的暴发户，申宝田开上市公司，口碑也更好些。关键是看他们有没有这个财力把那片地开发起来，听说他们两个买那厂差点儿倾家荡产，欠了银行好多贷款。"

　　钱宏英笑道："你就直说吧，我能不能去那儿。"

　　钱宏明也笑："姐心里早有主张了，还需要问我？你说吧，第二件是什么事。"

　　"鬼祟，掏你一句话有这么难。我当然不去，最好郝姐去，她的位置正好腾出来给我。我打算等郝姐一只脚去那儿站定了，请我们老总吃饭谈谈这事。现在哪家餐厅小单间豪华点儿？"

　　钱宏明闻言心里一颤，"我替你去……"

　　"钱宏明，你想哪儿去了？！"钱宏英柳眉倒竖，怒目圆睁，"你把我看成什么人，我那么贱？"

"没，姐，我没这意思。你请老总吃饭总得送礼，这种事还是我们男人喝几杯下去更容易谈。"

"钱宏明，你连我也哄着，我不是你那个小姑娘老婆。你给我实说你想哪儿了，今天不解决这问题，你别想走。"钱宏英将椅子一横，拦在房门口。

钱宏明拿姐姐没辙，左手搁唇边与姐姐对峙好半天，才犹豫地道："我希望你断绝与柳石堂的任何交往。"

"这不结了？你也不怕这句话闷心里闷出癌来。我跟柳石堂没关系，但既然他介绍朋友来我这儿买了好几套房子，我没有不记情的理儿。再说了，他即使老婆跳河的事情闹得满城风雨也没把我供出去，我得罪他有好处吗，鼓励他翻脸抹黑我吗？我得敷衍他。我的事你别管，你不用去他儿子面前献殷勤帮我积人情。"

"我不是那意思。姐你相信吗？柳钧见面先跟我道歉。谁都应该道歉，唯独不是他。"

钱宏英大惊。"不会老滑头生出的儿子是傻大头？"但钱宏英随即刷了弟弟一眼，"因此你就鞍前马后企图赎罪？"见弟弟低下头去，钱宏英也低头叹息，"我害了你。你回家去吧，我问清楚了。"

"姐，别这么说，柳钧是个好人。"

"知道了，你别太委屈自己。走吧，走，磨蹭什么。"

钱宏明只有离开，从小父母病弱，姐姐就像是他的妈，他一直很听姐姐的话。但走出门，他发了半天呆，又不想就这样子回家去，看看时间已经九点，他就转去夜总会，一个人闷声不响看完整场歌舞，才默默回家。那时候妻子已经睡着，红润的脸孩子般无忧无虑。

钱宏明喜欢这样，起码，家里是清静的。

04

柳钧清早被闹钟拽起床，即使有时差影响，他好歹也没让自己贪睡。套上运动服想出门找个地方锻炼，却在晨曦中看清人行道上的水泥块没几块是平整的，他只好沿着自行车道跑步。跑出去好远，都没见有树木葱茏的公共活动场所，更别提什么篮球场足球场之类的开阔地带。回来想找家清洁点儿的地方吃早餐,可路边有门面没门面的早餐店从桌椅到服务员的衣服,无不泄露着一个秘密:脏。柳钧心里奇怪,那些让他魂牵梦绕的油条生煎馄饨和做那些东西的高手都上哪儿去了?他只得循着热闹街道找去,终于找到一家窗明几净的西饼店,拎来一大袋熟悉的面包牛奶,才算解决生计问题。

柳钧回家路上想了好多,眼前的现状与他在德国的生活相比差距太大,但他并不气馁,昨晚他从爸爸那里了解来的机械制造工业现状也是一样,还有其他已经和正在接触到的落后,而这些落后的现实却正是他的机会。他意识到自己的学识和能力被社会强烈地需求,他为此而兴奋。

早晨七点半,柳钧穿上爸爸昨天带给他的崭新深蓝卡其布工作服,拎上笔记本电脑出门。他住的大楼是塔楼,五户人家环绕排列,中间是三部电梯。柳钧出门正好看到一个打扮精致的长发女子已经等候在电梯门前。柳钧习惯性地问候一句"早上好",却见那女子看他一眼,一声不响地挪开了一步,等电梯门开,女子抢先进去,远远地贴在角落,满脸都是警惕。柳钧忍不住笑了,告诉那女子:"我叫柳钧,杨柳的柳,千钧一发的钧,昨天刚搬进2401房间,请多关照。"

说话的时候,电梯门开开合合,有人不断进来。那女子稍稍收起警惕,但依然没有正眼看一下柳钧的意思。柳钧心里挺不是滋味,但电梯下到地下一层车库时又只剩下他们两个,柳钧还是礼让女子先出门,于是又被女子警惕地盯了一眼。那女子出电梯后走得逃命似的,尖锐的高跟鞋重重敲打在水泥地上,空阔幽暗的车库四面八方都传来回音,瘆人得慌。柳钧无可奈何地跟在后面,寻找属于他的白色新捷达。这一路他心里挺不是滋味,难道他额头凿着"匪类"俩字?

也或许是他离开家乡太久,柳钧总觉得回家后遇到的陌生人都有点儿冷漠,脸上缺少温暖的笑容。反而是刚才电梯里遇到的警惕眼光到处都是:跑步时候前面一位中年妇女回头警觉地看他一眼就身手敏捷地避开,空无一人的西饼店里服务员抬眼先给的也是一个警惕眼神。柳钧不知道为什么大家做人要这么累。

摸索着隐约记得的道路来到前进厂,柳钧的心情立刻好转。爸爸效率好高,这么快已经把厂里的技术骨干召集在车间办公室,一屋子烟雾缭绕地研讨样品的试制。柳钧进门,就不知从哪儿弹来一支香烟,他连忙接过,夹在手指间,一口一声黄叔徐伯地打招呼。眼前都是他熟悉的人,大家都戏谑地称他太子。

柳石堂跟着进门,见儿子穿着工作服与大伙儿没有隔阂地打成一片,几乎看不出儿子这个海外归来人士与技工们有什么不同。他稍微放心，他就怕儿子出国见了世面之后眼睛朝天脱离群众。只是柳石堂心里有个小小的希望，若是儿子的脸不是晒得那么黑，那就高贵了。

柳石堂有意让儿子主持会议，确定样品试制办法，但是儿子的话说出来，他就皱眉了——明明一个最简单样品一个人可以包圆，因此可以明确每件产品的质量责任人，可硬是被儿子分解成六道工序，将由六个人各负责一道。儿子竟然还拿出秒表，说要现场看每道工序所需的时间。柳石堂一听就觉得要坏事。果然车工老大老黄不满道："太子如果要计时，拿我们老人家的速度算计件工资，不如叫两个年轻的来试制样品，他们手脚利落，动作快，眼力好，做的东西好，又给你爸省钱。我们哪做得过年轻人。"

柳石堂也道："阿钧，在场几位都是看着你长大的叔伯，手头技术一流，平常已经自己不操作，主要负责生产管理和质量管理。我们今天只管试制出样品，等样品通过，直接交给他们分派下去生产。"

"我知道黄叔徐伯都是一流手艺的……"柳钧忽然感觉到谁在桌底下踢了他一脚，他忙将下面的话吞进肚里，看着爸爸发呆，不知道自己前面说的话究竟错在哪里。他见到爸爸几乎没说什么，就与大家一起拿着图纸走进车间，开亮机床上面的照明，开始动手。他不明白了，明明黄叔徐伯他们在动手慢慢地调整夹具，调试刀具，可为什么他们却对他表现出不肯动手的样子。

黄叔第一个下刀，大伙儿围观，柳钧也在一边看黄叔几乎是几十年一贯地在这台五十年代的车床上操作。铁屑飞溅过后，第一个样品的第一道工序完成。大家纷纷拿出趁手的量具，柳钧也是拿出他的量具，等铁疙瘩好不容易传到他手上，他一量之下，赞道："无可挑剔。"

黄叔闻言，一脸得意，接过柳钧手里的半成品，拿到灯前架势十足地用自己的游标卡尺一量，骄傲地道："厂长，我就这么再做九件，回头换个刀头车倒角？"

柳石堂笑道："扯你娘蛋，这都来问我，寻我开心啊。"

黄叔斜柳钧一眼，潇洒地将手中半成品抛出一个美丽的弧度，一丝不差地正好扔进旁边的柳条筐里。柳钧不清楚黄叔干吗对他满是挑衅的意味，但眼看黄叔的这个动作，还是忍不住走到黄叔身边轻道："黄叔，对不起，不管是成品还是半成品，都要轻拿轻放比较好。即使是钢铁制品，碰撞之下也容易影响精度。"

黄叔老脸通红，又是斜柳钧一眼，尴尬地道："呵呵，太子教训起我来了。"说着，黄叔转身去工具箱取出一团回丝，仔细地擦手，"太子，你来试试？"

柳钧打小就拿这些机床做玩具，重见这些老古董一样的机床早就跃跃欲试，又是被黄叔的阴阳怪气搞得火起，闻言就拿出一副平光镜戴上，说句"爸爸替我看着时间"，果真小心操作起来。一道工序几乎不费多少时间，但是柳钧抬头，却见周围已是空空荡荡，只余徐伯一个人。徐伯拿了柳钧做出的半成品测量，柳钧则是看着车间大门狐疑，爸爸和黄叔他们去哪儿了？

徐伯测量完，笑道："出国这几年，这一手倒是都没忘记。别管他们，你继续车下面八只，我替你看着总时间，回头除以八就是单道工序的时间。"

"黄叔生气了？"柳钧见徐伯点点头，他觉得黄叔没意思得很，就不再提起，"其实车床的原理都一样，我在国外也每天接触。徐伯，请计时。"

柳钧一件件地做，徐伯耐心等在一边计时。等八只做完，又测量完毕，只有柳石堂一个人板着脸进来。柳石堂都来不及先看儿子的成果，而是拉住徐伯道："老徐，阿钧不懂事……"

徐伯却把手中半成品递给柳石堂，打断他的话，"阿钧很有大将风度，处变不惊，做起活儿来有板有眼。你看看，做得怎么样。他们几个都走了？"

柳石堂叹一声气："阿钧，这种话以后你跟爸爸说，你是小辈，不能这么跟黄叔说话。还有以后不能像给普通工人派工作一样给老师傅指派工作分发任务，老师傅与别人不一样。"

徐伯却在一边插话："我看阿钧没说错，我们一向不习惯轻拿轻放，碰到精度高点儿的零件常有给敲坏的。而且阿钧即使指出老黄不足，也是轻声细语。就阿钧跟我说话的态度，也是跟小时候一样，很有礼貌。其余像分配工作这种事，当然是公事公办，没什么废话的。厂长你别教训阿钧。阿钧，来，我看你换刀具。"

柳石堂本就有当着徐伯面说儿子以安抚徐伯的意思，见徐伯这么说，他便顺坡下驴。于是三个人在徐伯的主持下，没多少废话，用一天时间奔波在两个车间之间，将可以试制的样品都一式十份做了出来。熄灭灯火，走出车间，外面也已经是一样的黑暗。柳石堂一定要拉徐伯一起吃饭，徐伯说家里老伴儿等着，硬是跳上自行车走了。徐伯走之前拍拍柳钧的脖子，直赞现在能吃好喝好的年轻人还肯干又脏又累的机械，着实不易。

柳钧已经被黄叔吓倒，即使徐伯一径赞美，他也只敢连声说谢。直等目送徐伯走远，他立马一屁股坐到车头上，这才能长嘘一口筋疲力尽的气："爸，黄叔今天算怎么回事？"

柳石堂今天也陪着忙活一天，此时缩进他的车子里坐着说话："老黄的师傅是手艺人，老箍桶匠，老黄的一手本事都是靠自己琢磨出来的，只向师傅学了一身手艺人的臭脾气。手艺人嘛，说话只说半截，后半截你自己领会。你说话前先递烟，派任务要客客气气地商量，有什么不满要转弯抹角地拿自己比画。老黄这个人只要撸顺毛了，是个干活儿拼命的。大家都肯听老黄，你看，老黄一走大家都跟着走。阿钧，你自己回家吃饭，我找老黄去。"

"可是徐伯为什么讲道理？徐伯的技术也很好。"

"老徐有老徐一帮人，跟老黄那帮人不对眼。主要是老黄难弄，我今天叫了老黄的人就暂免老徐的人。你给我闯祸，少了老黄那帮人，下一步工作还怎么展开？阿钧，记住一条，能人都是有脾气的。"

"慢着，爸，别走。我算一下，跟你核对一下用工。"

柳钧坐进爸爸的车子，打开电脑生成表格，输入自己记录下来的每道工序的平均时间。柳石堂看着儿子眼花缭乱的操作，心说这有什么用呢？到最后还不得老黄老徐他们出面安排工作。可他愿意等儿子，看儿子显示本事，即使用不上也没关系。

柳钧很快计算完成，指着表格道："爸爸看我把工序细分的原因。我将工序分为技术含量高的核心部分与技术含量低的非核心部分。划分的宗旨是尽量将核心工序减少，以尽量减少使用高工资高级技工，把非核心工作交给低工资只会看机床的人。而不是把原料分派下去，车床的人把车床能做的全做完，刨床的人把刨床能做的全做完。目的有两个：一是控制工资成本，二是方便控制核心成员。这是我们那边设计工序的宗旨。"

柳石堂一点就明："你这表格就是给每个样品计算的人工配置？"

"是，我根据每道工序所需时间设计出来的人工配置。爸，你看……"柳钧将表格意图细细说给爸爸听，听得柳石堂连连点头，只赞这是好办法。于是柳钧直言不讳："爸，能人都是有脾气的，我也有。你可以不必找老黄去了吧。"

柳石堂看着儿子，语重心长地道："我们是小厂，小厂老板是不能有脾气的。小厂，就意味着手下能人少。多少人想拉老黄去做事，都是我凭多年交情拉住老黄。老黄如果走，多的是地方要他。我要是让老黄一走，老黄又拉走一帮人，即使你再科学配置人手，我这儿的人手也会吃紧，我可没那么方便随时找到熟练人手。而且你想过没，你能让老徐一派在厂里独大吗？老徐一独大，保不准脾气比老黄还大。"

柳钧看着爸爸的车子绝尘而去，好半天没缓过气来。这算是怎么回事，他好生想不通。可不管想不想得通，现实已经血淋淋摆在面前。他是适应，还是大刀阔斧地修正？可不管未来如何，他听凭爸爸找老黄送面子上门。

可这样的处理结果，还怎么刹得住老黄重拿重放的恶习？老黄若是回来安排工作，又怎么可能贯彻他的工序切分办法？还有，为什么老黄一开始就对他抱着审视态度，屡屡错会他的意图，总是将人与人的关系往敌意往对立上面牵引？

又想到，国内的人跟人关系何以如此复杂。包括电梯遇见的年轻女子、锻炼遇到的中年妇女，个个对他人充满极大的不信任，当然也是极大地不合作。为什么会这样？

柳钧想不出这是为什么，他只有没脾气地回家。

巧得很，柳钧又遇见早上的那位年轻女子。这回柳钧识相地贴电梯壁而立。一天车间泡下来，浑身油污，自己都嫌。而且，心里还很憋闷，全无早出时候的朝气，自然没了建立睦邻友好关系的热情。那女子依然对他不屑一顾，走出电梯，各自回家，电梯里留下一股高档香水与低级机油的混合怪味。但这回柳钧看到，女子进了02的门，就在他家隔壁，是个两室两厅的小套。

早有丰盛晚餐摆在桌上，就像家里进了田螺姑娘。看桌上纸条，是傅阿姨所做。柳钧迫不及待地揭开碗碟上面的盖子一闻，正是妈妈常年爱做的口味，正是在国外想了多年的味道。柳钧赶紧洗手入座，吃掉一半时才有余暇致电钱宏明，约请见面。他很直接地告诉钱宏明："没管住嘴，白天得罪厂里的老师傅了。"

钱宏明更干脆，都没问具体如何："我给嘉丽烧菜，烧完就出来。"

嘉丽倚着厨房门听到又有人约大忙人丈夫出去，早嘀咕上了。最后听得丈夫可以吃完晚饭才走，她就跟平白捡来皮夹一般的欢喜："柳钧才回来就工作上了？"

"自家产业，哪有什么休息天的。要说评劳模，所有私企老板都有资格。"

"又出去干什么，辛苦一天，晚上不能在家好好休息看看书吗？"

"男人必须让自己成为社交动物。"顿了顿，又笑道，"柳钧这家伙直爽是真直爽，说话不带拐弯的。一点儿不怕承认前儿言论的错误。"

"嘻嘻，柳钧脸皮够厚。"

"这不叫脸皮厚，这叫有充分的自信。"

"不是盲目自大吗？"

"不是，他听说我在炒菜，就问我们是不是准备迎接新生命了，柳钧不是个内心只有自我的人。任何人换作是他，从小丰衣足食，人长得高大帅气，成绩好，体育好，爱好广泛，想上大学有保送，想出国抬腿就走，回国是别人求着他回来，回来就给配上全套车房，他想不自信都难。"

嘉丽想了一会儿："我更欣赏我们来之不易的生活果实。"

"可人如果有选择的话，谁都好逸恶劳。嘉丽，还不递辞呈？每天孕吐这么不舒服，还上什么班。"

"虽然工资不如你，可好歹是收入啊，我要赚奶粉，赚小衣服小鞋子，赚学费书费……"

"你是不是担心我爸妈那儿的医药费？"见嘉丽点头，钱宏明心里暗叹，但脸上并没露出来，"别担心，你没见我们积蓄一直呈等比上升趋势吗？我们说好的，我努力养家，你努力持家。我什么时候食言过？"

"你每天这么辛苦，我不忍心。"

"我们这样的小康家庭还上演苦情戏，别人怎么活？快辞职吧，可以重新捡起你的绘画摄影爱好。"

解决了妻子的担忧，钱宏明一回头又解决朋友的烦恼，他就像一个救火队员。他微笑把盏，听柳钧痛诉手艺人的怪诞。

柳钧一顿痛快说出，心中的闷气才得宣泄："宏明，你是不是工作上遇到这种人多了，才变得出言谨慎？"

钱宏明笑道："我其实一直想打断你。你想过没有，如果你出的工资够高，你还需要看他们脸色吗？面子再大，都不如钱大。你与其花时间操这份闲心，不如把精力花到提升产品上去。你爸钻在里面拔不出来，你也画地为牢，舍本逐末吗？"

柳钧恍然大悟，喜形于色。钱宏明继续循循善诱："别被人人都会拿来吓唬你这二毛子的所谓中国特色打倒，说到底，最强大的还是经济规律。"

"对，我要把今天这种事变为暂时现象，变为历史。下一步我还是多花点儿精力寻找适销对路的，又有点儿技术门槛的产品。宏明，你让我茅塞顿开，谢谢你。"

"给个实际行动。"钱宏明指指场中那架夸张的雪白钢琴。柳钧心领神会，仰头想了想起身。很快，钱宏明看到整个酒吧的人惊讶地看向今晚穿得道貌岸然的柳钧，大家没听错，柳钧一本正经弹出来的正是大家从小耳熟能详的"一闪一闪亮晶晶，满天都是小星星"。钱宏明刚想笑，忽然意识到柳钧这是用音乐向他祝贺，恭喜他将荣升新爸爸。一会儿，耳熟能详的主题变得有时藏匿，有时隐现，音乐时而欢快，时而沉静，时而跳跃，时而诙谐，就像夏夜幽深的星空，纯净而璀璨。音乐是那样的美丽，钱宏明即使不懂，也是听得会心微笑。

柳钧起身的时候，全场向他鼓掌，他并没太当回事，这是他常得的待遇。他只是大声告诉大家，这是他送给好朋友准爸爸钱宏明的礼物，莫扎特的《小星星变奏曲》。钱宏明猛烈鼓掌，心中悠然神往，以后他不管有儿子还是女儿，都得让孩子学钢琴。

柳钧才刚回座，酒保送来两杯威士忌加冰，附赠一张名片。柳钧眼明手快一把抓来名片，见上面罗列一大堆头衔，下面才是"杨逦执行董事"。柳钧不认识，他也不想结交女孩子，便将名片递给钱宏明。钱宏明却是相当识货，抬眼环视，就找到窗边一桌三位女子，其中一位正是而今城中风头正劲的杨家四小姐杨逦。钱宏明与柳钧简单说明一下，当即拿起威士忌前去道谢。

柳钧没有动弹，只是扭头看去，见那桌三名女子中的一位正是白天对他横眉冷目的邻居。他哑然失笑，他看到那位女邻居也对着他捂嘴而笑。柳钧这才肯起身加入钱宏明的行列。

杨逦大方地笑道："对不起，柳先生，早上拿你当坏人。我们那幢楼眼下装修的人家多，早出晚归经常会遇见面目可疑的人，结果把你也错认了。给你介绍一下，这位是我大嫂任遐迩姐，这位是我二嫂毛毛姐。"

钱宏明在一边微笑，看着柳钧一如既往地被女孩子众星捧月。杨家大嫂任遐迩坐钱宏明身边，伸过头来轻轻问道："钱经理，你朋友还单身吗？"

钱宏明立刻看一眼精雕细琢的杨逦，也是轻道："柳钧是个大好科学青年，未婚，刚从德国回来。"

"有女友吗？"

钱宏明不清楚柳钧心里会怎么选择，因此含混地道："不清楚，他昨天才回来。"

任遐迩扭头就是一句："柳先生学成归国，怕是德国那边有好多小姑娘黯然神伤了吧？"

"怎么会？我跟女友约定一年后回去，一年很快。"柳钧根本就没把任遐迩的话当什么大事。钱宏明却见在座三位女性的神色都变了变，不禁心中暗笑，城中从此患钻石王老五之祸害矣，他才不信柳钧的一年之约。而柳钧正焦虑于前进厂的改造升级，既然杨家掌管着市一机的一半，他当然不肯放过如此难得的机会，他向头衔一大串的杨逦提出问题："市一机目前最看好的市场是什么？"

"目前我们看好汽车零配件制造。怎么，你也有这打算吗？"

柳钧见杨逦说得有点儿迟疑，以为杨逦怕他刺探情报，就豁达地道："这在国际上是一个大市场，我也有意帮我爸爸发展这方面的产品。"

钱宏明至此才插了一句，"市一机的机床设备在全市领先，柳钧，以后大家都是朋友，新产品试制中可以问杨小姐商借加工设备，如果有技术问题，你们也可以互通有无。"柳钧连忙附和。

杨逦不由得看了大嫂一眼，才道："好啊，欢迎，我们可以合作。"

柳钧热切地道："那么我明天可以去参观市一机的设备吗？谢谢，谢谢，拜托，拜托。"

大伙儿都看着柳钧大男孩似的表情发笑，还是任遐迩道："我明天先联络一下，如果决定下来，基本上会安排在下午，时间上没冲突吧？"

"谢谢任姐，谢谢毛毛姐，谢谢杨小姐。"众人见此，哄堂大笑。柳钧也跟着"嘿嘿"笑了几声。大家又闲聊几句，钱宏明与柳钧回桌。柳钧才坐稳就道："刚才那位杨大嫂是不是犯了全世界已婚妇女爱拉郎配的通病？在这个问题上倒是没有中国特色。宏明，这种事以后请帮我一口拒绝，早拒绝比晚拒绝少伤感情。"

"很多人希望多几个选择，主动一些。再说，杨小姐的各方面条件不错。"

"她不好玩！"柳钧不愿多谈，就转了话题，"宏明，其实中国特色还是不能忽视。明天我爸将拿着样品去谈生意，我打算不跟去，免得打破常规。包括生意谈下之后，爸爸需要安排生产，我刚才也决定了，不参与。我不能把有限的精力掺和到陈旧的系统中去，去试图改进沿袭千百年的痼疾，我不是神。我准备将我的工作与爸爸的工作平行展开。如你所说，我们可以诱使陈旧系统自发抛弃陈规陋习。就这么决定。"

钱宏明听着觉得有道理，可心里又隐隐觉得有什么不对，一时难以开口表示支持或者反对。

柳钧看着钱宏明欲言又止的犯难样儿，哈哈大笑，"我这么做有理论依据。有些困难，我们不一定非解决不可，我们得计算解决成本。若是成本太高，何不绕开困难。未必前路只有一个选择。"

"理论是理论……"可是钱宏明依然说不出自己心惊肉跳的理由，反正总觉得哪儿有不对。这时他手机响起，他一看是姐姐的号码，心跳更是加速。果然，电话里是姐姐急促的声音，他爸不行了。

"柳钧，你结账，我爸有问题。"钱宏明跳起身就走，几乎是横冲直撞地，一不小心撞在装饰栏杆上，痛得他捂着胯部好一会儿直不起身。柳钧见此招呼小二，拍下一百元钱，紧跟着冲出去，正好将钱宏明堵在车门前。

"你坐后面，我替你开车。"

"不，柳钧，这事你别插手。快让开。"

"你不在状态。"柳钧身强力壮，将钱宏明大力顶开，抢了驾驶座位置，"废话少说，快，给我指路。"

钱宏明没再拒绝，绕到副驾，看柳钧一气呵成，几乎是漂着飞上大路。远远看见红灯，柳钧随口问一句："要不要闯红灯？"

"别。"钱宏明左手握拳，紧紧顶在唇边，满眼都是紧张。一半是为爸爸的安危，一半是为柳钧的车速。几乎是绿灯才一亮，车子便"轰"地飞出，连平行的一辆出租车都被远远抛在他们后面。钱宏明感受到飞机上才有的推背感。也唯有这样的速度，才跟得上钱宏明的焦躁频率。

很快，车子就到钱家楼下。钱宏明冲上楼去将父亲背下来。柳钧慢慢走出车外，这才感到浑身不对劲：多年以后，他再次见到钱宏英。钱宏英也看到了他。但大家都立刻转头忙忙碌碌，谁也没吱声，反而异常地安静，静得极端反常。安置下后，钱宏明返回副驾驶座，轻轻对柳钧道："不用开太快了，好像……"

柳钧没应声，依然冲刺。

到了医院，车未停稳，钱宏明二话没说，打开车门，背上已经瘦得没几两肉的父亲直奔急救区。但是钱宏英晃晃悠悠地走出车门，却没跟上，一屁股坐在车头，筋疲力尽地垂头掩面。

柳钧依然坐在驾驶座，怔怔地注视着眼前这个仇人。他心里有只魔鬼在跳跃，他克制再三，才没将手挪向手刹。良久，他叹了声气，将车钥匙拔下，犹豫了一下，走过去将钥匙插入钱宏英手掌，便转身走开。

走了几步，柳钧乱哄哄的脑袋里才想到，刚才钱宏英一直与钱父坐在后座，看她那样子，钱父可能无救。他千不该万不该回头看了一眼，这一眼，他看到同样是瘦得没几两肉的钱宏英在寒冷的夜晚只穿了单薄的毛衣，似乎在夜风中瑟瑟发抖。柳钧心一软，将身上西装剥下，走回几步草草披到钱宏英身上，自己赶紧避瘟神一样地闪了，跳上最近的一辆出租车。

钱宏英大惊，抬眼茫然地看着出租车尾灯渐行渐远，可她无力做出任何反应，依然没举步走去急诊室。而肩头的西装已经为她冰凉的心带来丝丝暖意。

力气终于一点一滴地回到身上，钱宏英慢慢走去急诊，不出所料，看到站在急诊室门口走廊发呆的弟弟，而急诊室里面的病床上躺着他们冰冷的父亲。姐弟齐齐看着里面，都没有一句话，却也没一滴泪。快十年了，他们几乎日日夜夜都提防着这一刻，可等这一刻终于到来时，他们反而只有全心的麻木和浑身的疲惫。

人流在他们的身边来来往往，他们被一寸一寸地推向墙边。他们早已清楚下一步该做什么，可是两个人都是空洞着双眼，眼光没有焦点。荧白的灯光打得他们面无人色。

而在城市的另一头，柳钧瞪着双眼，两只手将键盘敲得如急风暴雨。可是鼠标点向发送，他才意识到这个家并没联网。他瞪着给女友写的长信，将饭桌擂得山响。他非常后悔，他今晚怎么会做了这么没心没肺没头没脑的事，简直是鬼使神差。他眼下唯有向女友倾诉一途，可是这一途也给堵了。他没有使用电话，因为在电话里，他肯定只会坚强地道一声天凉好个秋。他抓着头皮坐了好久，毅然起身，冲出门去，绕小区夜奔。

杨逦夜归，正好见到柳钧从大门前跑过。微醺的她开心大笑，认定柳钧是个单纯而有才华的大男孩。刚刚任遐迩还跟她提起柳钧不错呢，可是，大男孩哪有什么男人的味道？

杨逦心里分外惦记刚才另一个男人那种压抑着惊惶的眼神，那样的眼神在她的心底深处似曾相识。那个男的叫什么？她刚才都没留意。她从包里翻出酒吧里接到的名片。钱宏明，呵呵，并不高明的名字，而且也有并不高明的身份。是啊，哪儿还有让她痴痴仰望的人呢？她伸出中指轻轻弹去眼角的泪滴，高跟鞋敲打在车库的水泥地上，一声比一声寂寞。而寂寞竟也是藕断丝连，妄图牵手渐远的回声，绝望地缠绵在杨逦的身后。

这一夜，好多失眠的人。

05

杨逦的大哥杨巡听得有这么一个身家清白的大好青年，特意放下手头工作，赶来市一机亲自考察。待得有人通报进来，他亲自站到办公室门口，一边拿一双阅人无数的眼睛透视柳钧，一边接了柳钧新印名片的第一张。

柳钧也在打量眼前这个人，很不明白这个老大为什么要兴师动众接待他，难道是为他妹妹杨四小姐？柳钧见杨巡深凹的眼眶中目光敏锐，大约不到一米七的身体充满爆发力，一看就是个精力旺盛手段强硬的人。

两人进办公室稍微寒暄了几句，杨巡便认为自己已经摸清这个几乎清澈见底的人，就一个电话找来总工汪总，让陪柳钧下车间看设备。杨巡料定五十几岁、资格极老的汪总会不服气这个安排，那么他正好再认识一重柳钧的德行。

柳钧当然看得出汪总的不情愿，连老黄都要在他面前不服气呢，何况年龄大他一倍的市一机总工，这一行，一寸老一寸宝。因此他出门就很实在地道："不敢有劳汪总，请汪总另外安排一位工程师领路。这么大的市一机，走一圈都够累。"

"呵呵，不碍事。市一机不止这么大，还有郊区的分厂。"柳钧这么识相，汪总就心平气和，毕竟是个有涵养的人，"目前市区的工厂用的都是老设备，郊区分厂用的大半是日本进口的设备，你打算从哪儿看起？"

柳钧想了想，道："我们可以不可以先从测试设备入手？"

汪总深深看柳钧一眼，带柳钧去往一处爬满藤蔓的二楼房子。行家伸伸手，便知有没有。做这一行的都不需要打听履历，打听资格，只要一句对一句地研讨起来，你懂什么，懂几成，彼此一清二楚，无法作假。从测试中心出来，汪总根本就无视了公司的规矩，连正在线生产的产品都带着柳钧详看。

杨巡得知一老一少一路喋喋不休地又奔去郊区分厂，惊讶之余，对柳钧又有一层新的认识。他一直对于买市一机地块而搭配上的市一机工厂头痛万分。他不懂行，他的合作者申宝田是做衣服的，也不懂行。他家唯有杨逦学的是跟机械有点儿擦边的，可杨逦自大学毕业后就没想再碰一下机器。他唯有与申宝田摸索着管理。可是他手头只有能人已经辞得七七八八的市一机原职工可用，从那些原职工身上他实在挖掘不出闪光的潜能。柳钧与汪总的良好接触让他想到，或许外来和尚能念经？

柳钧跟着汪总在日本人主持建造的分厂如鱼得水。他非常遗憾地看到，有几台精良的数控机床冷冷清清地停着，打听之下，原来日本人撤走后，市一机一帮技术人员多方探究都摸不清其运行办法，原来的加工结束后，他们只好无奈地让设备闲置了。想重新启动，除非出大价钱请设备制造方的工程师过来调试，而制造方决不公开其核心技术。在公司并不生产高精尖产品的前提下，两位老板自然不肯下此血本开动这几台数控机床。柳钧第一次亲眼一睹技术壁垒。

"市一机被一帮志不在制造的老板给弄死了。"汪总说起来无限感慨，"可是因着这些进口设备，我们就能轻易获得高新技术企业认定。非常讽刺。"

"汪总，请恕我多嘴，无论如何，即使眼前这几台闲置，市一机的设备相对目前的产品，依然是大材小用。"

"可是谁来主持开发新产品呢？领导们一茬一茬地换，注定他们的想法都是短期行为，他们眼里有更高利润的其他产业。而我们研发新产品这种不一定成功，却一定高投入的傻事，谁愿意？"

"悲哀。"

"是啊，很悲哀。但我最悲哀的是我们的工资留不住年轻技术人才。我看着他们进来，领着他们长大，虽然我不怨他们耐不住寂寞耐不住清贫，可是每次在他们转行或者辞职的单子上签字的时候，我都心疼。这一行的人才与计算机行业不同，这一行没有奇迹，没有跨越，需要的是踏踏实实长年累月的积累，积累十年八年才是出成果的时候，可是他们都不到五年，全走了。不仅是市一机，我看是全社会出现了一个巨大的机械工程师断层，与当年'文革'时候差不多的断层。你说，以后怎么办啊，我们国家靠卖衣服鞋子给外国，有救吗？"

柳钧无言以对。他张张嘴想说什么，却首先想到自己的一年之期，他在汪总面前无颜开口。这时杨巡电话过来，请他和汪总去豪园饭店见面。柳钧出于礼貌，将手机递给汪总，让汪总先与他老板谈。他听汪总推说很累了，不肯赴宴。他接回电话，就告诉杨巡他最好朋友的爸爸昨天去世，他今晚没法见面，改天他请杨总吃饭。

汪总等柳钧放下电话，推心置腹地道："这是一个好机会，为什么不跟你朋友请假两个小时赴宴？"

柳钧奇道："什么机会？"

"你来市一机，不是与杨总谈合作？不管怎样，杨总资金实力还是有的。"

"不，不是，我有四处看同行的爱好。所以非常感激杨总和汪总的盛情款待，将市一机对我完全开放。"

汪总惊讶，却看着柳钧笑了，伸手拍拍柳钧肩背，道："难得，难得，不过怎样把兴趣爱好坚持下去才是更难得的。有机会还是好好跟杨总交流交流，即使做技术的，也需要学会七分做人，三分做事。"

"谢谢汪总提醒。我们那边也讲究沟通，讲究团队协作，但是把七分时间精力花在做人上，会不会太多？"

"不会太多，在国内做事，你以后慢慢会知道。回家吧。以后有好玩的想法尽管找我，我回家整理一些目前市场需求但是市一机不肯下决心上研发的项目给你。"

"谢谢汪总，您太好了。"

"学了这个，谁不想做点儿什么出来。你有精力，又有自家财力可以支配，多让人羡慕。但这条路不好走啊。"

柳钧心里又冒出那个一年之期，可是面对汪总的殷殷期盼，他心虚起来，自己又何尝不是抱着打一枪就走的短期心理？他忽然感觉自己比较可耻，这明摆着是在不负责任地利用汪总的希望和汪总的热血。他心里有点儿矛盾。

06

钱宏明想不到会接到杨四小姐主动打来的慰问电话。原来杨逦在大哥办公室听说柳钧好友的父亲去世，她立刻想到那个好友肯定是昨晚脸色忽然大变的钱宏明，还帮柳钧对大哥做了解释。钱宏明心说柳钧真热门，连他这个朋友都沾光。一会儿柳钧打来电话，他就抢先道："杨逦刚才电话慰问我，看不出她原来是个周到人。"

"他们一家人很不错，今天市一机几乎敞开了让我参观，还有一位很好的总工一路陪着讲解，我从来没有得到过这么好的待遇。"

"他们一家都很看重你。"

"我的荣幸。"柳钧当作不知道钱宏明话中有话，"晚上需要我做什么，尽管吩咐。"

"唉，你知道我在哪儿？还是医院。我妈听闻噩耗也进医院了。既然你送上门来，赶紧拿出纸笔，我有很多事要你做。我家没米了，你帮我去超市买一袋，一定要买泰国米，而且得标明原产地泰国的；半升装牛奶，必须是光明牌的；两种绿叶蔬菜；野生海鱼，一斤左右。哎，最好你还会烧菜，嘉丽最近闻不得油烟味……"

"方便，我家傅阿姨烧得一手好菜，我搬去给嘉丽。明天的菜我也可以根据你的指示留条儿给傅阿姨。早餐除了牛奶，我再帮嘉丽买点儿面包蛋糕。宏明，你真是个好丈夫。你自己怎么吃？"

"我在医院食堂随便吃点儿，嘉丽情况特殊，麻烦你，谁让你有车。建议你有机会请杨家兄妹吃个饭。"

"当然会，但是不是有比吃饭更好的办法？比如我可以对他们目前在做的一个产品提一点儿建议，那也是报答的一个途径。"

"饭桌上说，不是很融洽自然？"

"国内的吃饭很浪费，浪费时间浪费金钱浪费食物……"

"你听我的，这是国情。"

"好——吧。我怎么觉得有《围城》里借书还书的味道。还有什么需要我帮忙的？"

"不用了，柳钧，很感谢，你已帮我做够多了。"钱宏明顿了顿，电话两头的人都知道这话是什么意思，"而且我们不打算大操大办，生前尽孝，人死灯灭，就这样了。"

但放下电话的时候，钱宏明长长地叹了口气。谁说他不想操办？因为穷，他从小到大吃尽多少白眼。而今他小有家产，正是遍告众人的时候。可是，他不能随心所欲。他太清楚人性，世人普遍见不得别人得意，他若敢高调一下，家里不知多少老底会被挖出来曝晒。而他，有被曝晒的底气吗？

他打完电话回到母亲病床边，静静注视母亲枯槁的脸。医生早在若干年前已经通知他，母亲能挨到今天已经是奇迹。

可不管怎样，只要父母有一口气在，做儿女的怎可能不尽心尽力？比如姐姐，真可谓灯油耗尽。

他还想到昨晚姐姐交给他一笔钱，让他照着相似的牌子买一件西装还给柳钧。那时候姐姐身上还披着柳钧的西装，一直连连叹息，第一次开口说对不起柳钧，说她披过的西装柳钧肯定不会再要。可钱宏明想到，若不是父母病弱，姐姐原本是学校的尖子生，她原可以上最好的大学，可以骄傲地做人，何须活得如此卑微？姐姐心里肯定比他更不敢大操大办父亲的丧事。但他不知道，姐姐的心里怨不怨。

可是，只要母亲还有一口气在，即使医生说他母亲这样活着是生不如死，可血缘，这说不清道不明的血缘，钱宏明即使耗尽财力人力也要奉养着病母。只是，这一年年来，医药费几乎是直线地往上飞涨，让他倍感吃力。他拼命工作，拼命上进，也不过是赶着刚刚够付医药费。

他对着病床，又是一声叹息。

柳石堂出差回来，带来三单生意，据说可以紧着做上半年。回来当天，他就将老黄、老徐等召集起来，将工作安排下去。一切照旧。

柳钧冷眼旁观，这回再也不插一句嘴。只是他心里升起一个大大的疑问，爸爸其实完全可以自己应付得很好，问题并非爸爸在病床上所忧虑的那么严重。可是想到爸爸在病床上的惨样，他又没法多想，而且他也在心里问自己，是不是在给自己一年之期找借口。

等他爸爸忙完，他才捧着一大堆资料抓住爸爸说他的打算："爸，这些是市一机的汪总工程师借给我的资料……"

"你认识市一机汪总？"柳石堂大惊。

"市一机杨总的妹妹是我邻居，很巧。在她和她大哥的安排下，汪总带我参观了市一机。我们不……"

"等等，你说的可是杨巡？"

"是的。"

"杨巡给你这么大好处，你有没有表示一下感谢？"

"口头谢了，回头准备另外……"

"赶紧给我电话，我们请杨总吃饭。哎哟……太巧了。"

又是吃饭！柳钧莫名其妙地看着爸爸兴奋的脸："爸，跟你说事呢，别打岔。

请客的事我早跟杨小姐说了，回头等我帮他们解决一个产品质量问题，再一并吃饭。爸，看这张图。"

柳石堂点头，心里默念着"杨小姐，杨小姐"，得意扬扬地上下打量一表人才的儿子，眉开眼笑。

杨巡、杨小姐，还有汪总工，这是随随便便就能见的吗？一定有最最深刻的原因。直到儿子敲打他，他才回过神来，可他虽然两只耳朵听着儿子说话，人却心不在焉的。杨老板啊！

柳钧终于忍不住了："爸，你听着没？"

柳石堂连忙道："听着，听着，你不是想做这几个高难度产品吗？我先打听打听市场，行，咱就上。"

柳钧横他爸一眼："重点不是这个，重点是这张计划，爸你看看，大约需要多少研发资金。"

柳石堂笑眯眯接了一沓纸，但是稍微仔细一看，他笑不起来了，"阿钧，怎么要这么多特种钢？这种的国内不能生产，贵得要死。还有这个，这个，要这么多干什么？"

"刚才我就是在跟你说嘛，你没用心听。这个产品是一个系列，汪总说目前国内用的都是靠进口，市场不会小。市一机曾经想做，但是满足了尺寸，就满足不了强度，产品总没法过老外的检测关。我之所以选这个，因为正好我接触过这种产品，算是投机了，我们基本上可以确定用材和大致处理步骤，不用再像汪总他们从无到有地摸索。但是我需要获得一系列的试验数据，这些数据无法投机取巧，只能一次次地试，并结合数学分析，拿出材料在不同温度处理后的拉伸、压缩、扭转数据，并分析金相，在模拟工作环境下测试疲劳强度。只有掌握这一系列数据，我们才能做出最适合的设计。"

"阿钧，好是好，不，一定是好，但是费用也大啊。你……这不是你们德国公司，钱多。"

"我已经考虑到，所以我取样点设得比我们常做的少很多，分析计算的工作反正是我做，不需要工资支出，我因此添加了好多。至于开支，我愿意投入我这几年的所有积蓄。但是我需要跟爸爸签个合同，按照我们的投入比例确定未来的利润分配。"

柳石堂被儿子所有的话搞得一愣一愣的，但显然有个关键问题他可以非常轻易地解决。"阿钧你不用跟爸爸谈分配，我的都是你的，只要你拿着爸爸就开心，一样。明天我就可以把所有产业全转到你名下。"柳石堂太了解儿子，早知道这小子有良心得不得了，所以他完全可以慈父到底。

柳钧的脸却变得黑里透红，爸爸这一说，就显得他小人之心了。柳石堂见此忙替儿子开解："当然你说的也有道理，我知道外国人都是亲兄弟明算账。但我们是父子，打死也是父子，我们没账可算。"

柳钧收起愧疚，严肃地道："爸爸，我继续说。我们相对市一机已经有相当大的优势，那就是我们能保证沿着这条路走下去，虽然研发耗费高，耗时长，可我们一定出成果，有回报。别人做不了的产品，我们能做，这就叫技术门槛。门槛，是利润的保证。我们再不能做这种按照原材料重量计算价钱的低附加值产品了，那没出路，只要遇到经济环境变化，首先覆灭的总是这种企业。"

正经工作面前，柳石堂也变得一脸严肃："你给爸时间，我好好调查调查你说的产品的市场。爸明天继续出差，这边厂里的生产你盯着。其实也不用多管，多打电话给爸爸就行。"

"爸，如果市场不错，虽然研发费用很高，可是这笔投资值得，你会不会支持我？"

柳石堂痛苦地揉了半天脸，才道："爸砸锅卖铁都支持你。只要这个厂的壳子还在就行了。"

"爸，谢谢你。这将是我第一次独立试制产品，我一定做好。"

柳钧一激动，就给他老爸一个大拥抱。柳石堂被搞得面红耳赤的："跟爸还说谢，说什么谢，呵呵。"可是柳石堂心里却是滴着血地盘算研发费用。粗算下来，他所有的积蓄、儿子所有的积蓄，加起来都还不够，他还得卖掉一些资产，甚至借债，才够这笔研发费用。可是，他决定相信儿子，儿子的选择一定有儿子的理由。但柳石堂很快就想到一个现实问题："会不会你千辛万苦做出来，人家一拿去就可以照样模仿了？"

"要模仿，市一机早模仿了，可他们再模仿也没法解决强度问题和接触漏油问题。除非获得我的试验数据，要不然没法模仿到位。"

"噢，"柳石堂这才放心，"你的数据就跟云南白药配方一样，回头我们开个银行保险箱，把数据存那儿。"

柳石堂又拖着儿子问了起码三个小时，直把事情来龙去脉全都搞清楚，到这时候他也热血沸腾了。眼看这是个回报极高的项目，即使赌注极高，可赢面也极大，那么为什么不下赌注？柳石堂是对儿子这个洋博士多少有一点儿迷信。他可以不信国产土博士，可他一定信洋博士。

柳石堂出差去了。因为打听的事情关系重大，他找的人挺多，朋友介绍朋友的，走得越来越远。好在前进厂一切按部就班运作，无须柳钧操心。唯有一星期后原材料用完，别人不敢越权操作这种大笔钱进货的事情，只有交给柳钧。柳钧问了爸爸，径直去找爸爸常联系的一位据说经常提供最低价的奸商。柳石堂提醒柳钧必须小心那奸商，在电话里好好教了几招。于是柳钧紧盯着奸商装车、过磅、发货，然后坐上前面一辆货车押货指路。没想到车到红绿灯时，他们前车过了，后面一辆车被红灯堵住了。他们这种货车路上又不能等，到处都是交警提着罚单。好在等柳钧的车子到了前进厂，十来分钟后，后一辆也摸上门来。上地磅过秤，稍少了点儿重量，大约是汽车跑掉了点儿柴油。过完地磅，司机就将车在院子角落一停，到处找厕所解决问题去了。磨磨蹭蹭回来开进车间卸了货，出去空车过磅，前后加加减减正是原来重量，这一趟差事才算完。

但是柳石堂出差回来一看车间生产报表就发现问题，同样的原料，第一批由他进的原料生产出来的产品多于第二批由柳钧进的。柳石堂把成品、废品加起来一核算，皱着眉头叫儿子来回忆当时情形。托儿子记性好的福，柳石堂很快凭经验找到问题症结，正是红绿灯前的堵车，这短短十几分钟，那奸商回去将部分货换成水，才会交货过磅后不急着卸货，而是先借口找厕所，让车子在角落把水放完。纯粹是欺负柳钧经验不足，看不出其中门道。柳钧听得目瞪口呆，而更让他目瞪口呆的是，等他跟着爸爸打上门去找那奸商算账，那奸商却笑嘻嘻的，目光闪烁着，自觉拿出一沓钱来交给父子，就像只是与柳钧玩了一个游戏。

柳钧直到走出奸商的门，还在觉得莫名其妙，为了区区不到一万块钱，那奸商就敢放弃诚信，甘冒随时可被识破的风险。他想不到一个生意人会做出如此的短视行为，这个社会是怎么了？

可柳石堂却说这很正常，小生意人本小利薄，现在又是竞争激烈，不弄点儿歪门邪道，永远没有做出头的日子。而且柳石堂还说，现在已经好多了，起码找上门去还能讨还一点儿，以前更多的是打一枪换一个地方的骗子。

柳钧后知后觉地想到，才那么一小点儿利润，就能让一个跟爸爸长期合作的商人做出下三滥的事情来，那么他如果辛辛苦苦研发出成果，利润如爸爸市场调查下来的那么喜人，会不会有人为此不择手段？毫无疑问：会。

柳钧不敢大意，开动之前先与爸爸仔细研究保密办法，用爸爸多年的江湖经验务求保证所有研发资料的万无一失。柳石堂更是警告，连死人都不能相信。柳钧心说这生存环境怎么就跟原始森林一样。

经过柳钧和杨逦的多次沟通，大忙人杨巡和钱宏明终于在一个共同的日子，有空一起在豪园饭店吃饭了。

柳钧非常感激杨逦尊重他的朋友，赴宴前特意去挑了一束百合。钱宏明一看，就把自己包里的香水交给柳钧，让柳钧一并做人情。钱宏明半个月又是出差又是去医院伺候病母，一张脸明显憔悴了，可再累，与杨巡见面吃饭的机会他不肯放弃。

两人被门口迎宾小姐送进一处包厢，据说是杨巡的专座。等小姐一走，钱宏明就道："我妈怕是也不成了，以前喂饭还能张嘴开眼，我爸去世后她没了求生欲望，不肯张嘴，需要鼻饲。受罪啊，我都不忍心看。有时想想安乐死很人道。身不由己地活着，有什么意思。"

"哪下得了决心。"

"是啊，"钱宏明闷了好一会儿，"前天陪夜，一直盯着妈手上的吊针看。其实只要一夜，把这条维生的路断了……是个大解脱……"

但钱宏明没说下去，因为包厢门开了，杨巡兄妹进来。杨巡先找站在比较远的柳钧握手，而且握着不放："汪总告诉我，他们已经照你给的提议重新设计出模具，果然少了一道工序。他们都说没想到能这么做，原以为太冒险，可能做不出精度。汪总一直要我挖你进来。来不来？"

"我在德国的公司只请一年假，女友也在德国等我。对不起，杨总。"

"别回去啦，我在美国待了几天就想回家，美国菜一点儿都吃不惯。你回国一年打算怎么安排？"杨巡按柳钧坐在他身边，扭头跟钱宏明打个招呼，"小钱，请坐，别客气。杨逦招呼。"

钱宏明见柳钧都腾不出手来献花，就借花献佛了。明明钱宏明都说是柳钧所送，杨逦却逮着钱宏明道谢，钱宏明心里挺莫名其妙的。

柳钧有问必答："我打算在一年时间里帮我爸开发几个当家产品，最好是能让……"

"哦，什么产品？"

柳钧感觉到杨巡紧紧盯着他看的眼神有一种压迫感，让他无法不开口："是汪总他们以前做过的，RF系列。"

"是这个。去年底汪总一定要搞，搞去我五十万，连个门都没摸到，扔下一堆废钢，一万多一吨买来的当一千多一吨卖掉。立刻被我喝止，又不是瞎子摸象，有这么盲目乱搞的？怎么，你摸到门边了？"

"五十万肯定不够，翻倍都不止。"

"你意思是你已经摸到门道，预估要花多少钱？"

"没有，我爸还在跟我讨论，下不了这个决心。"

"这就对了，你爸应该是这态度。作为技术人员最需要研究的是怎么样尽快把技术转化为效益。公司不是大学，不是科研机构，没国家出钱撑着，耗不起啊。"

至此，杨巡已经认定柳钧乃是一个书呆子，顿时兴致疏薄，认为这不是个妹夫人选，也不是个他需要的人选。不一会儿，杨巡就与钱宏明谈到了一起。钱宏明头脑活络，见多识广，很对杨巡胃口。杨逦在一边儿看着，总觉得钱宏明神色之中有一丝淡淡的疲倦和一丝淡淡的忧伤，这让钱宏明显得异常神秘。

因杨巡一开始就提出不喝酒，全场便谁都不提喝酒。钱宏明明显感觉得出其中的轻慢意思，不过形势比人强。柳钧反而觉得如此甚好，不喝酒的宴席消耗少效率高。而这顿饭确实效率高得惊人，几乎是最后一道菜上来后没几分钟，杨巡就放下筷子签单，说他去赶下一个场子。钱宏明一个眼色，让柳钧也停筷，一起结束晚餐跟出去送别。钱宏明没想到的是，杨巡竟然开的是一辆陈旧的普桑，档次还不如他的桑塔纳2000。再看同时告别的杨逦，竟然也是开的普桑。而更有意思的是，杨巡明明已经上车，却忽然招呼柳钧过去说了一通。"我没想到才不到十年，变化有那么大，以前你们留学生回国就跟凤凰一样，现在看看也没啥，连我家也有留学生了。我还准备出国生儿子去，哈，变化太大了。"柳钧被杨巡不知从哪儿冒出来的感慨搞得莫名其妙，而杨巡已经扬长而去了。

钱宏明走过来由衷道："跟我饭桌上的判断一致，跟杨巡做生意，别指望能双赢。这人是吸金机器，非人的机器。柳钧，你以后若与他有什么合作，一定要步步提防他。"

"他不会跟我合作，他在饭桌上已经不理我了。而且听他车子启动的声音，他的车子保养得很差，说明他完全不喜欢技术，当然就不会在技术研究投入上做一些感性的冲动。再一条，其实杨四小姐注视的是你，不是我。"

"我今天也留意到了，奇怪。"钱宏明看看笔挺地站立在黑暗中的柳钧，还是第一次，有女孩子在他和柳钧同时出现的时候选择他，感觉怪异，"我准备回家，与嘉丽说一个小时话，然后去医院接班。你呢？"

"我这几天建设实验室。你尽管忙着，嘉丽那儿我会替你照顾。"

"我以后慢慢谢你，最近我焦头烂额。啊，索性赖账吧，你也不会介意。"

两人大笑告辞。柳钧直接去了前进厂。除了他从德国快递回来的测试设备，前进厂几乎没一件可以用作这项研发的东西。有些东西他没法做，只有与市一机接洽，花钱动用市一机的实验设备。但有些简单的、借用不便的却是可以自己动手丰衣足食的。柳钧今天做的是一个大烤箱，普通热轧钢板焊成一个大箱子，衬以石棉保温层，里面则是严严实实地砌了一层防火砖。柳钧出来吃饭的时候，这个大烤箱里面的电热丝已经通电，温吞吞地烘干箱体。他吃完回去，正好烘干，接下来他一个人在晚上安安静静地做这个笨家伙中唯一的精细活儿：安装热电偶和温控。这是他试验工作中的重心之一，他必须保证测量温度的绝对精确。前期的精确，才不致误导后来的计算。

柳石堂对儿子的工作不仅仅是不放心。他偷偷潜入前进厂原翻砂车间一角，偷窥儿子的加班加点。儿子的精神自然是没话说的，他还没见过其他人家的公子工作这般努力。但是柳石堂心里愁啊，比如说儿子手上在做的那些，是父子俩一起去上海买的。在现场他指向那只热电阻，儿子就说热电阻的精确度没热电偶高，测温范围也没热电偶大，否定。回头柳石堂偷偷一看热电偶的说明，上书一个"铂"字，心说难怪这么贵，竟然是白金打造。然后柳石堂又指向一只价位稍人道的温控，儿子又说不行，说这种信号滞后严重。还给他解释电热丝的单位时间发热量是多少多少，减去箱壁的散热，温控迟滞时间内可以使箱内温度变化多少，严重影响测试效果，云云。热爱儿子的柳石堂在热爱技术的儿子面前说不出一个"不"字，唯有割肉一样地掏钱，掏钱，掏钱。

柳石堂无法不心疼，他当初为争取儿子回国继承家业，原定拍出一百万的成本，如今有一半已经花在房子和车子上。既然儿子有志搞开发，他做爹的当然乐见其成，因此又咬咬牙，再给五十万。原以为再加上儿子自己掏的钱，这些应该已经足够，可是看而今这样子，研发项目越来越有无底洞的趋势。柳石堂愁得没法安坐，只有过来偷看儿子做事。看儿子胸有成竹的样子，他好歹心里踏实点儿。

柳石堂一边愁一边想心事，不知不觉泄露了行踪，一颗脑袋被灯光斜斜地打到柳钧面前，被柳钧吃惊地捕捉到。

柳钧伸长脖子，正好看到他爸背着手低着头，心事重重："爸，你什么时候来的？"

柳石堂回过神来，忙笑道："刚来，正好路过，过来看看。这是……很贵的补偿导线？串什么呢？"

"给补偿导线做保温层。刚才去哪儿了？"

柳石堂其实是自家里出来，见问，就撒了个谎："我去见一个朋友，看他刚造出来的仪表冲床。现在不是做小首饰的多嘛，那种仪表冲床好卖得不行。我那朋友找来一台日本的，拆开来整整仿造了半年，成了，我看冲出来的冲件已经蛮好。订单都做不过来。"

"爸爸是不是也希望我做你朋友那样的模仿？"

"呃，嘿嘿，你们留过学的人，不肯模仿，怕折了面子。"

"不是不肯模仿，而是不肯粗仿。爸见过日本产的原机吧，你朋友仿出来的是不是体积整整大一倍还多？"

"呃，不止大一倍，日本的可以放家里的实木桌上使，我朋友仿的得做基础，还得四脚拿地脚螺栓固定。"

"爸，这就是粗仿最大的问题。同样是一根轴，但是粗仿的换上去转几下就扭麻花了，这其中不仅是材质问题，还牵涉到很细微的设计问题。粗仿的人一般都不肯下力气研究个为什么，而普遍是把轴加粗加长，使受力加大。那么这儿加一点儿，那儿加一点儿，最终结果，小小一台冲床给模仿成巨无霸了。这种事我早听说过。我现在的工作是精仿，但也不能说是仿，是彻底弄清原理，利用现有科学知识和加工技能达到目前能达到的最佳设计。"

"可朋友即使这么粗仿一下，日子也过得蛮好，还有出口东南亚的单子，每天都做不过来。我们何不也找一些类似的，多仿几种。你比我那朋友肯定快手得多。"

"爸，既然容易模仿，那么今天你模仿，明天我仿，到最后大家都会做了，结果又是辛苦一场，只能卖个成本价。其实我们未必一定要做整台设备，我见过的有些专家一辈子只研究一种零件，公司也只做一种产品，可也做得世界闻名，效益非常好。"

"话是这么说，没错。但中国那么大，市场也有那么大，机械产品又有那么多，我们只要一年仿一种，日子就能好过得不行，是吧？既然如此，又何必自讨苦吃呢？"

"爸，人活着还得争气。"

"唉，古人老话说，争气不争财啊……"

"我知道爸的顾虑，你一怕不等我这儿研究出眉目，你已经被我掏空；二怕研究出来的东西批量生产后达不到应有的效益。是不是？我跟你保证……"

柳石堂打断儿子的话，免得儿子赌咒发誓："你拿什么跟我保证？你再有什么，我能跟你要？唉，爸爸只是瞎操心，你认真做吧，你争气，爸爸总是支持你的。"

柳石堂说完，怀揣着一颗忐忑不安的心走了。寂静的原翻砂车间里，一个人的脚步声显得异常寥落。柳钧怔怔看着爸爸的背影，忍不住大声道："爸爸，相信我。"

"我当然相信。"柳石堂没有回头。走到外面，满心一团糟，对着冰凉的空气吐纳。隔壁是正白天黑夜赶工的大车间，机器在夜色中轰鸣。柳石堂听了会儿，破天荒没走进去，快快地离开了。

柳钧心中前所未有地沉重。以往在公司呈交方案的时候，也须考虑经济效益，经常是一个方案反复修改，做到完美才能动手，他以前当上小头目时已经以为责任很重。可这回不仅他自己早有认识，清楚用的是自家有限的一些人民币，而今天爸爸又一次地提醒了他。他越发体会自己身上担子的沉重。一时，许多想法、许多考虑，一起纷纷扰扰袭上心头。心乱的时候，他再无法安安静静地安装手上的热电偶。

可是，柳钧听到门口传来脚步声。他看了一眼，正是这几天见了他爱理不理的老黄。他叫了一声"黄叔"，就逼自己专心做手头的活儿，不让老黄看出端倪。

老黄瘪着嘴过来，不大看得懂柳钧在做什么，可依然冷嘲热讽："太子还要自己动手？这种粗活儿，你说一声，都交给我们就是了。"

柳钧告诉自己要镇定，他没抬头，好歹掩饰了自己的不满，不卑不亢地道："外壳的加工，我都交给车间了。唯独温控那一部分，全厂应该只有我一个人会。不劳黄叔。"他说话时候，更告诫自己：专心、专心、专心！

"读过书到底不一样，说出来的话我们大老粗听不懂。"老黄两眼一眨不眨地盯着柳钧手里的操作,希望看到柳钧这种知识分子在动手方面的短板,好出言打击,看柳钧以后还好不好意思说他操作不规范。正好,柳钧用剥线钳剥出一段铜丝,准备以铜丝缠绕方式固定补偿导线。这种小操作最基本,因此不等柳钧做出,老黄已经在心中默念最细节的步骤,对照检验柳钧做得对不对。他看到柳钧做得很细致,几乎是没必要的一丝不苟,那态度,就跟柳钧要求他不要扔铁疙瘩一样多余。但是老黄有耐心,前面有一处弯头等着柳钧,看这太子此时看似稳当的拍子还能不能压得准。果然,他见到柳钧缠绕到这个地方的时候一个停顿,老黄在柳钧身后轻蔑地微笑了。

但是老黄很快失望。他见柳钧掏出一把瑞士军刀,用扁平的叉子定位铜线,在接触点打了一个死结,然后将死结紧紧压在凸面的顶部。老黄的脑子不用转弯,立刻就明白这个死结的妙用:定位。令老黄沮丧的是,这一步骤他事先没有想到,而这一步骤,眼下看来,却是章法不乱的最佳处理办法。他死死盯了会儿太子头顶那个明显的发旋,一声不吭地转身走了。

柳钧听得脚步声,说了一句:"黄叔慢走。"

"嗯,你当心手指。"

柳钧惊讶,抬头看向老黄。走向门口的老黄的背影,与刚才爸爸的风格有点儿像,都是背着手,低着头,似乎心中充满煎熬。柳钧不明白老黄怎么忽然收起了趾高气扬,想了一会儿,不知道自己哪句话算是合了难弄的老黄的心意。他不知道,也想不出,就扔到一边,继续自己手头的工作。

老黄这一打搅,柳钧的心情平静许多。丢弃杂念之后,手头工作便得加速。十二点钟之前,他将大烤箱安装完毕。柳钧拍拍手站起来,手里扯着一个插头。拉向插座之前,他心里忽然有丝踟蹰,会不会电流接通,大烤箱闪烁出耀眼的电弧?他又蹲下身去,里里外外检查一通。以往的工作都是大伙儿合作完成,如果他有疏忽的地方,总有他人正好是强项,他无须这么担心。正因为而今事事独立完成,他才必须细致再细致,防患于未然。

电,通了。即便是电子在导线里川流不息,大烤箱表现依然如故。只有温控的液晶显示屏开始缓慢跳动数字。初始加热,柳钧不敢让炉壁骤然升温,他在边上干着急也没用,踱出去外面呼吸新鲜空气。正好大车间中班的职工下班,其他工人见了柳钧都笑笑,唯有老黄经过柳钧身边,一改前几天双眼直盯到底的气势,而是瞥柳钧一眼,似乎是看清夜色中傻兮兮站着的人是谁了,就垂下眼皮面无表情地走开。

柳钧还是礼貌地来一句"黄叔，再见"，老黄却是含含糊糊地说声"你也早点儿回家"，跳上自行车走了。下班人流过后，整个前进厂完完全全地安静。柳钧在黑暗中琢磨，似乎老黄还真改变了一点儿对他的态度，似乎是善意了些，也似乎带着点儿沮丧。但究竟发生了什么，柳钧还是不大清楚，就像他原先也一样不清楚老黄为什么忽然翻脸给他下马威。他对老黄这种内心九曲十八弯的人头痛得很，也没兴趣深入了解，只有以不变应万变。

箱温终于缓缓上升到柳钧设定的第一个测试点，50摄氏度。看到液晶板上面的数字停在50，而不再变动，柳钧长长地吐出一口气，成了。但没完，他取出自己用熟的限值300摄氏度的温度计，伸进大烤箱观察孔取样。两种测量数值对比，不断调节温控的温度显示值，使两者显示完全吻合。这种失之毫厘，谬以千里的微调，需要的是极致的耐心，需要一颗耐心与稳控调整的波段渐渐吻合，当然，也是因为柳钧手头可以动用的资源实在太少。

然后，100摄氏度，150摄氏度，200摄氏度……随着温度的升高，箱体里面渐渐有暖光流动。最后300摄氏度的显示数字依然一举吻合，说明烤箱计量调试彻底完成。柳钧大悦，测试总算赶在他耐心用完之前结束。他兴奋地跳将起来，过河拆桥，大脚一扫，做了他一夜宝座的木板箱呼啸而出，重重砸在污浊的水泥墙上，四分五裂。虽然脚指头踢得隐痛，柳钧依然无比开心，打扫完战场，以三步上篮之势飞跃而出，正好抓住车间门框，半空一个鲤鱼打挺，跃出门外，却是抓下一捧陈年老尘，顿时灰头土脸。

此时的柳钧真希望有人跟他一起跳跃欢笑，可是夜深人静，连门卫都已熄灯睡觉，可地球的另一边不还是白天吗？他冲进办公室，一个国际长途打给女友。可惜女友工作忙碌，几句对不起就挂了电话。柳钧心里怪失落的，一肚子兴奋无处发泄，就在爸爸替他做的一张一号图纸[1]大小的进度表上用德文密密麻麻写下一段：成功的测试，良好的开局，提前一天圆满完成首项任务，绝对高品质完成任务，以最少消耗完成任务，完美的……

可惜密密麻麻的自吹自擂仍无法浇灭柳钧的兴奋，他开着车在空旷大街上蛇行。此时，天际稍稍发白，有环卫工人推车出来打扫。柳钧大声向环卫工人道

1　一号图纸：大小等同于8张A4纸。

"早安,我很高兴",被环卫工人当醉鬼,冲他的车尾巴吐口水。柳钧看到,哈哈大笑,回以一个长长的口哨。

是的,他心知肩上的压力很重。但是再重,只要是可行,那么他一个堡垒一个堡垒地攻克,如同今天,所有准备工作就此完成,一个重担卸下。等一觉睡醒,新的项目即将展开。不怕,他行。

1999年

01

在柳钧按部就班如机器人一般照着设定采样表不厌其烦地获取数据的时候，春天来了。即使是最枯燥乏味的工厂车间，也从角角落落伸出无数的嫩绿，连墙上星星点点的苔藓也被春风染成了绿色。但是钱宏明的母亲永远看不到了。自打钱父去世，钱母的病躯每况愈下，今日终于在儿女与儿媳的环视之下，完成了最后一次心跳。

看着闪亮跳跃的光点渐跳渐弱，只有嘉丽转身面壁，一颗心承受不住如此沉重的等待。反而钱家姐弟面无表情地捕捉着任何最细微的变化，在光点终于落在横轴线上，不再跳跃的时候，姐弟对视一眼，姐姐轻轻晃了一下，忽然直直往前摔去，钱宏明都来不及伸手搀扶，钱宏英已经一头撞在床栏上。

钱宏明忙冲上去抱起，医生就将钱宏英接手了。

看着医生忙碌，钱宏明轻轻对妻子道："你明天一定去辞职。"见妻子眼泪汪汪看着他，很是犹豫，他又补上一句："一定。"钱宏明早已父母久病他成良医，知道姐姐没事，只是操劳过度，因此并不太担心。反而，心里头升起一阵阵的解脱感。他和姐姐从此都解放了，压在身上十多年的大山彻底消失了。

钱宏英很快苏醒，但没力气起身。扭头看着一边的母亲，她悲从中来，几乎是撕心裂肺地哀号。嘉丽不顾自己的身体，抱着姐姐劝慰，但钱宏明没上去劝，他听懂了姐姐的哭声,他想让姐姐哭个痛快。等了会儿,看姐姐平安无事,他就熟门熟路地开始奔走于各个窗口,办理一个月前才刚办过的各种手续。嘉丽觉得他冷静得过分。

送走母亲,钱宏明背姐姐出院。走出大楼,外面是和煦的阳光,远近有怒放的鲜花,再阴冷的心也能融化在春风里。钱宏英在上车前忽然道:"把我放那丛杜鹃旁边去。我晒会儿太阳,你们走吧。"

"你今天虚弱,还是去我家住着。阳台上有的是太阳可晒。"

"用不着。"钱宏英红肿的眼睛贪婪地看着那丛杜鹃,"我都不知道杜鹃能开得这么好看,我要看杜鹃。"

"我明天再陪你来,这花一时半会儿不会谢。今天你虚弱,我不放心你。"

钱宏英坚决地道:"宏明,我死也不能成为他人的负担。你放我去那儿,我要好好晒太阳,人都快发霉了。"

听姐姐这么说,钱宏明反而眼眶红了,嘉丽更是扭开脸,拿纸巾擦拭眼泪。反而钱宏英若无其事,两眼只有绚烂的杜鹃。坐到花丛边的水泥椅子上,钱宏英催小夫妻离开。但钱宏明留下妻子陪伴,他去抢办母亲的后事。

在殡仪馆,钱宏明也终于哭了,一个人埋头大哭。其实他也不知道哭什么,他不愿去想,不敢去想,唯愿所有的记忆如眼泪般流走,他不愿做任何清点。

钱宏英晒了一下午的太阳,跟着弟妹吃了一下午的零食,虽然体力恢复得七七八八,可脸上依然血色全无。她坚决谢绝弟妹的邀请,一定要回自己的家。嘉丽打的送她回去,陪着她进门,被保姆接手了,才走。但钱宏英进门,就跟保姆一五一十地将账结清楚,将保姆辞了,连最后一顿晚饭都没请吃,宁愿为此多付两百元。

等保姆收拾完离开,钱宏英躺在自己的床上,话不愿说,电视不愿开,饭也不愿吃,闭目享受清静。一会儿,她又哭了。这回没有哭出声来,只是默默地流泪。哭到不知什么时候,睡着了,又冻醒了,又继续睡。似乎一辈子都没睡过这么长久的、不被打扰的觉,这回全补齐了。

等终于醒来,钱宏英却发现眼前全不是回事,怎么白茫茫一片,她心惊,才要起身,边上传来弟弟的声音。"姐,姐?"钱宏英扭头,看到弟弟墨黑的眼圈。"我还是不放心,第二天中午去看你,没想到你额头滚烫,连背你到医院你都没醒。你知道你昏睡了几天?"

"不想知道。你别担心，我睡得特别好，现在浑身舒服。妈的事，办了吗？"

"办完了，跟爸放一起。姐，跟你商量个事，我们把老屋卖了吧，我前天中午走进去，都觉得阴气很重。"

"不要迷信。我现在穷得叮当响，卖掉老房我住哪儿。"

"现在不是有按揭吗？首付不多。"

"你别烦我，我现在不想管这麻烦事，让我好吃好睡没心没肺几天。"

"我替你办。"

"买房卖房你有我清楚？滚，别娘娘腔，让我安静睡觉。"

见姐姐这样，钱宏明反而放心地笑了。钱宏英抬眼见弟弟笑得鬼鬼祟祟的，一想，也噗嗤一声笑了。两人好几年没这么轻松地笑，笑起来没个完，傻瓜一样。

"宏明，我昨天坐花丛旁想……啊，前天？我们以后好好干，好好挣钱，一定要买大别墅，种满各色各样的花，我们住那儿，混得像个人似的。以后如果有这样的房子，我一定请人给写张条幅挂在客厅，就叫'钱府'，呵呵，不要脸吧。纸要大红洒金的，镜框也要涂金的，到处金碧辉煌，家具都要漆得照得清人影的……"

钱宏明听着只是笑，脑袋里想象着这么一幕幕俗答答的景象。笑得钱宏英怪不好意思，道："说说罢了，那种别墅怎么买得起？你得争气，你买了我可以经常找借口过去住。"

"会有这么一天的。我坚信。"

"我信，你能。宏明啊，一定要种很多花，还得种很娇贵的花，你还要养金鱼，养猫，养狗，以后你开车出去，前面是你和嘉丽，后面是好几只狗狗和你们的孩子。呵呵，一定要热热闹闹，健健康康，满屋子都是烟火气……"

钱宏明一直微笑着听姐姐倚床头胡诌，听到后头，左手又不知不觉放到唇角。他听得满腹心酸，却不敢搅了姐姐的兴，脸上一直挂着微笑。一直到钱宏英看不下去，道："宏明，别装了，想哭就哭，想笑就笑呗，你也不怕一张脸笑僵了。"

钱宏明很不自然地一笑，"姐，我昨晚没睡，你挤过去点儿，我趴床边睡会儿，吃不消了。"

钱宏英忙挤到床边，拍拍空出来的一半床铺，"来，上来睡，别怕害臊，稍微睡舒服点儿。"

钱宏明答应，脱掉西装，脚搁凳子上，人睡床上。他是真的精疲力竭了，几乎是一边躺下去，一边呼噜声起。钱宏英看着眼圈儿红了，细心替弟弟掖好被子，实在忍不住在弟弟耳边唠叨，"以后别硬装大人了，等我出院，你好好玩，找你那柳钧出来玩，玩它个昏天黑地，别一肚子装满责任……唉，睡吧，不跟你讲话了。好好睡。"

钱宏英反而睡不着了，她瞪着天花板，想到很多很多。

02

柳钧就拉伸试验借用市一机场地咨询汪总，希望汪总帮忙接洽。汪总非常帮忙，直接找上杨巡寻求解决。很快，汪总就给柳钧电话，让柳钧联络一位叫余珊珊的女孩子。柳钧好奇，明明是测试中心的工作，怎么由一位进出口贸易部的人员来负责联络。汪总也不知，说是可能外资撤走后，进出口部的人赋闲，正好被杨巡抓差。

柳钧总觉蹊跷，对于涉及保密的事情，心中不敢大意，向爸爸咨询。柳石堂认定余珊珊这个名字一看就是施美人计的好料，国企没这么跨部门调度的。柳钧好笑，叫珊珊的其实未必如花似玉，叫小玉的未必小巧玲珑。但他因此长了个心眼儿，提醒自己处处留个心眼儿。

很快他就见到了余珊珊。余珊珊果然是施美人计的好料，头发还不如柳钧的长度，剑眉星目，却有一张樱桃小嘴和雪白细腻的皮肤。虽然也是穿着卡其色工作服，可长腿细腰，一点儿不会让人忽视。但美人计的好料未必肯物尽其用，余珊珊见柳钧上门，并未撒出千万柔丝蛛网，而是公事公办地告诉柳钧，她已经联系测试中心，柳钧可以在晚上五点至八点这个时段进入测试中心；使用每种测试仪器按照单位时间计价，价目表如图；柳钧方面每次进入测试中心需要有她在场，不得擅入；柳钧方面每次进入测试中心人数不得超过三人。如果答应，请签字画押。

柳钧对其他都没异议，唯独时间安排，但旁边早有其他男科员冷冷地道："别不知足啦，要不是小余亲自出马，帮你说尽好话，靠老汪你猴年马月才进得去测试中心。好好谢谢小余吧。"

余珊珊干脆地道："不用谢我，我好不容易逮件事情做做，捡根针就当棒槌使了。柳先生你比约定时间早到半小时，请在这儿随便坐会儿，我等会儿带你去测试中心。"说完，奉上青花瓷龙井茶一杯，就做自己的事情了。态度不温不火，一点儿没有常规美人计的套路。

柳钧出去买来一袋面包，正好是五点差五分。柳钧出去进来的这二十分钟空当，进出口部的人立即对柳余两人进行了拉郎配，气得余珊珊脸色一阵红一阵白。因此柳钧再度进门，余珊珊几乎是横眉冷目："柳先生请跟我来。"说完一个箭步冲出门去。柳钧连忙紧急启动，可还是赶到楼梯口才追上余珊珊。柳钧简直是莫名其妙。

余珊珊与测试中心人员办理具体手续的时候，柳钧见本该五点下班的汪总走进来。汪总倾听了具体安排，对柳钧道："这个时间不是很方便，不过这个时间段比较清静，受干扰少，出活儿。"

"是的，谢谢汪总安排。只是影响到余小姐的作息。"

汪总打量余珊珊，市一机不小，余珊珊认识汪总，汪总并不认识余珊珊。他见余珊珊是个十足美女，心里产生与柳石堂差不多的想法，在他眼里，杨巡是个什么都做得出来的人。但此时又不便提醒柳钧，只得道："你的试验进行得顺利吗？"

"才刚开始，你看，刚做出这些样本。"柳钧打开手提箱，里面密密麻麻的小钢料一件件标号明确，排列有序，以细铜丝固定在铁皮板上，这样的铁皮板足有三层。

"噢，都已经热处理了。"汪总内行，一看各小料的颜色就知道这些东西可能材质不同，也可能热处理的方式不同。再看标号，他不禁一笑，都是用字母和数字表明，其中看不出任何钢号和温度之类的内容。谁若想知道这些小料的实质，大概只有打开柳钧的脑袋："好，我当年也想过这么撒大网捞小鱼，可惜经费远远不够。还是这句话，羡慕你们，有爱好，又有实力。"

"其实实力有限得很，我爸非常担心严重超支。我这几天一边管着大炉子，一边优化试验步骤，决定冒点儿险，采取排除法……"柳钧说到这儿，忽然见到余珊珊认真地听着他说话，连忙刹车。

汪总也看到了，拍拍柳钧的肩膀，道："借用测试中心不易，借用的费用也不低，我不占用你时间了。你也少说话多办事，时间都用到刀刃上。"

汪总说完告辞。柳钧感激汪总的侧面提醒，果真封上嘴，机器人一样地干起来。不过干活儿之前，他默默将面包袋放到余珊珊面前，算是有福同享有难同当。其实，测试工作是很机械的活儿，取样，测试，记录，几乎不用动脑筋。柳钧的脑子闲得发慌，实在忍不住想找人说话，正好杨逦姗姗而来。

"咦，柳先生亲自动手？"杨逦穿浅灰全毛套裙，高跟皮鞋，亭亭玉立，"需不需要一个帮手？"

"呵，杨小姐，有劳亲自探望。嘿嘿，不敢劳您大驾，这种环境穿硬底皮鞋和高跟鞋都很危险。"

杨逦眉毛一挑，单刀直入："是不是怕泄露商业机密？我自报家门，大本化工四年，毕业后从没从事专业，除了三大力学还说得出名字，具体早已忘记。余小姐，你呢？"

"别别别，我没这意思。你看，这种粗活儿哪能让女孩子做？"

余珊珊早应声回答："机械，大本，四年，毕业后下车间三个月，以后再没摸过绘图板。"

"哎哟，姑奶奶们哎，你们尽管看，即使拿摄像机录下来都无所谓。不过我还真奉劝杨小姐，千万别穿硬底鞋和高跟鞋进车间和测试中心，危险。我是字字忠言逆耳，句句良药苦口啊。"

"柳先生不用假想四面楚歌。"杨逦微笑，看着脚底的地面，小心走近柳钧，但一点儿没忘揶揄。

"我何止四面楚歌，我早风声鹤唳了。你们工科女生个个给养得大熊猫一样，不敬着你们我还有小命吗？"柳钧闻到一股好闻的香水味从杨逦那边传来，禁不住看杨逦一眼。见杨逦精致的脸上泛出笑意，笑得含蓄而雅致，心说这杨氏兄妹有点儿不同，于是问了一句实心实意的："你们读四年工科，就这么放弃了，可不可惜？"

"女孩子做工科，有前途吗？德国做机械类工程师的女孩子多吗？工作环境有这边的脏乱差吗？"杨逦问。

"可是当年考工科，应该是缘于对专业的热爱吧？"

杨逦哂道："当年报考时候，谁知道化工是什么。等知道的时候，晚了。总不能把一辈子都押在这四年上吧？看上去柳先生是真的喜欢机械。我们同学出国留学后都改读电脑商科，基本上没有留在本专业的。"

"太可惜了。"柳钧叹一声,"我同学也差不多。"若是刚回国时候,柳钧还会问个为什么,一个月下来,他已经看多听多,再多理想,又怎敌得过生存逼迫?比如前进厂,听爸爸的意思,找来工程师的工资可能还不如线切割工。唯有带来项目的工程师才获优遇。可机械不是一天能吃得出一个胖子的行业,环境不支持,又怎能要求工程师耐得好几年清贫。再说,没有财力支持,熬得清贫也未必轮得上一个项目。说起来,有粗仿项目可做,已经是不错了。

杨逦一边聊天儿,一边仔细看柳钧做着枯燥乏味的重复劳动,看半天都摸不着头脑,于是问余珊珊:"小余,我的专业是近机类[1]的,到底是不足,你学机械,你看得出柳先生在做什么吗?"

"我只看到反复的拉伸试验,至于每个数据对应下的淬火、退火还是回火,甚至渗碳合金钢中添加铬、镍、锰等元素,只有问柳先生自己了。即使给每个金相都拍下照来,也未必能弄清温度和含量。"

杨逦见柳钧听后含笑,她也微笑道:"难怪柳先生不怕我们看。"

柳钧笑道:"汪总看得出门道,余小姐也已经摸到门边。"

余珊珊忙道:"柳先生你不可以害人。凭我大本四年,我即使火眼金睛看得出你热处理的办法,也没法处理你的这些数据。我的高等数学程度还不够处理这些。"

"对不起,余小姐。实在是回国后遇到的都是反对声音,一见你和汪总都是内行人,心里不知多开心。"

"那你更要保护珍稀物种,不要给我们造成困扰。"

杨逦看着余珊珊,若有所思,她有意自言自语:"难怪大哥为这个项目投入五十万没听见一声响儿。"

"这不是汪总的错,而是整个行业的指导思想有问题。在我工作的实验室,里面除了机械博士,还有数学、物理、化学等多种学科的博士,包括电脑博士也不少。这边吧,你看,我连个帮手都找不到,找来的帮手非常浮躁,跟他说好指定的加热时间,他给拖延了十多分钟,还大言不惭说没什么,差不多,马马虎虎,我只好报废一批。有些东西,不是五十万能买到的。"柳钧说着,腾出手指了指脑袋,"态度问题。"

---

1 近机类:属于非机械类,但与机械联系密切的分类。

杨逦听得似懂非懂，不过大致听懂了柳钧的意思，心里总结出一个初步的概念。

果然，第二天柳钧再来测试中心，余珊珊只将他领入，而不再陪伴，下班走人了。柳钧虽然高兴没有人打扰，可这么一来更没人说话，他寂寞得发慌。第三天就拿来CD机和音响，一个人鬼哭狼嚎，自得其乐。

另一边，是杨巡的办公室。杨巡和跟屁虫一样的副总工透过偷装的摄像头观察柳钧的一举一动，甚至可以看清显示屏上的每一个数据，但是那副总工也是说的跟杨逦差不多的意思。除非剖开柳钧的脑袋，这种边缘观察没用。杨巡这才死了一颗心。不过他把这事跟献宝一样说给他的靠山——东海集团的宋总宋运辉，好歹这是一个比较有文化的话题，可以在宋总面前提起并获得回复。但宋总还没怎么提起兴趣，宋总的太太梁思申却好奇起来，数学处理数据？这可是一个好玩的话题。梁思申指示杨巡随时汇报。可是杨巡的监视摄像头拍了好几天，还是"啪"一下拉断，"啪"一下拧断，"嘎吱嘎吱"地压扁，他都不知道柳钧哪来这么多的傻耐心。

但即使杨巡看不懂，他却有过人的常识来判断柳钧的行为。他相信，若无过人的利益和可以预见的成功摆在面前，这么一个毛躁的小伙子能在蓬勃的春天里老僧入定一般地做同一件无趣的事吗？更可以相信的，以柳钧父亲营收有限的小老板这种为人格局，如此一掷千金地投入，这其中能没有原因？不，有且只有一个原因：巨大的利益预期。就是因为这样的揣测，杨巡即使日理万机，依然心痒难搔地放不下柳钧这一头。虽然摄像头的设置根本没什么意义，杨巡却令不许拆除，他有时间总要看一眼，看看究竟发生了点什么。

当然，杨巡看到的依然是一样的场面。

而其实，这一切在柳钧眼里，早已变得完全不同了。随着一个个数据的获取，原本冷冰冰的数字在柳钧眼里都变得有了生命。窗外春意勃发，都不如他手底下数据喷发的蓬勃生机。有机地串联这些数据，成了一项极富挑战，又极其有趣的工作。而柳钧也终于获得一个称心如意的帮手，这个帮手其实完全不懂机械，却有一颗细致的心。那是他有次与前来打扫卫生的傅阿姨提起工作中的烦恼，他不知道为什么会跟傅阿姨说这些，傅阿姨就自告奋勇说她有足够耐心。于是一老一小两个人成了最佳搭档，傅阿姨帮柳钧守大烤箱，一丝不苟地根据柳钧的吩咐调节温度调整时间，并替柳钧妥善保存所有记录。

这期间，最煎熬的是柳石堂。所有的人都有欢乐，唯独他没有，他只有每天心如刀绞地看着花钱如流水，他每天率那么多人赚的钱远远不够支付儿子一个人消耗的。他最先还问儿子一句"有眉目没有"，后来别说儿子嫌他烦，回他一个白眼，他自己也嫌自己，在儿子面前太没骨气。可不问又不行，他可以答应，可手头的钱不答应。

终于煎熬得吃不消了，柳石堂决定婉转谏言。他走进目前是儿子专用的办公室，见儿子只穿短袖还满头大汗，他不禁看看自己的长袖，想说的话却有点儿说不出口。儿子都辛苦成这样，他再盯着问，不是逼迫儿子吗？可他实在忍不住啊。于是话到嘴边，完全变了味："阿钧，你几天没给你女朋友打电话啦？"

柳钧一拍脑袋，连忙看手表，算一下是德国的早晨，女友应该起床，就立刻拨打过去。没想到早晨却没人接听。柳钧的脑袋终于从计算公式中拔出来，发了好一阵子呆。

柳石堂看着不忍，心说洋婆子出了名地开放，儿子几天没盯着，那边还不出轨？但儿子这模样又让他不忍心再说什么，只好违心地道："你最近连星期天都没休息，头发都长成野草啦。今天别做了，去理个发，找同学朋友玩去。"

"关键时刻，扔不开。"

"每天都是关键关键，说有一个月了。"

"爸，忙你的去。谢谢。"

柳石堂不果而出，想半天，只有打电话给钱宏英，让钱宏英吩咐她弟弟，拉柳钧出去玩几天，即使花天酒地也好，好过现在都没一点儿男人气。

可钱宏明何尝没找过柳钧，他还没答谢柳钧照顾嘉丽那么多天呢。但柳钧都告诉他，现在闭关进行时。

柳钧等女友上班时又打电话过去，可即使国际长途的音质再不好，他依然敏感地发觉，女友说话有点儿吞吞吐吐。他想了好久，写一封长长的传真，发给女友。没等女友回复，他就得去市一机。前所未有的，柳钧有点儿累了，倦了，情绪异常低落。

可这回余珊珊将他领到测试中心后，却没离开，捏一本书坐旁边看。柳钧正郁闷无处诉，就没话找话了。

"余小姐，你怎么还不下班？"

"上头指令，让管严实点儿。呀，是不是你试验进入关键阶段了？"

"是的，取样与计算相匹配，已经有大致眉目。"

"那么你可以去理发了。"

"不，我要蓄发明志。你不问问我究竟进展到什么程度吗？"

余珊珊动作明显地将椅子移开象征性的一尺："你今天很古怪，我跟你保持距离。"

柳钧郁闷地看着余珊珊的不合作态度，扯着长长的头发，犹豫了一下，道："我女朋友那儿好像有问题了。"

余珊珊拿圆溜溜的大眼睛瞪柳钧一眼，这回是无声无息地退开足有两米："危险分子，你好好做工，赶紧完成，立刻飞过去看你女友。"

"有没有点儿同情心？"

"你都还没哭，难道我越俎代庖？你必须承认，我给你出了个最好的主意。"

"但是小姐，我现在需要同情，需要可怜。"

"你太赤裸裸了，像男人吗？"

柳钧怒目而视，余珊珊好汉不吃眼前亏，"哧溜"一下蹦到隔壁，将门紧紧顶住。柳钧反而哭笑不得，刚才憋的一口气不知不觉消散无踪了。国内到处都是工作不专心的，眼前这个余珊珊，应该是背负着施放美人计的大任吧，却比谁都对他冷漠。好在他也不计较这些，又不是他的女朋友，他也看不上这种毛躁的。

但今晚注定不安宁，一会儿，走廊传来高跟鞋敲打地面的声音，还有另外稍轻点儿的脚步声。柳钧没抬头，反而是余珊珊探出脑袋，见门口出现杨逦和一个帅哥。原来是钱宏明约不到柳钧，又不愿去前进厂见他，只好求助于杨逦带路，找来市一机。

钱宏明看到的是披头散发的柳钧，又黑又瘦，完全可以去拍灾难片："市一机厂区很有历史，有几棵树确实挺老，可明明还不够茂密。"

"够栖息就行啦，野生动物生存环境早一年不如一年。杨小姐好，每次见到你都很开心，让我有回到文明社会的感觉。"

杨逦听到最后才明白两人在互相取笑："我们都说柳先生够有耐心的，一个人守着测试中心，准时来准时去。"

"不是一个人。"柳钧指指半开半闭的门，"还有一个被我吓进去了。杨小姐，其实你这么美好的身材，背后是藏不住什么东西的，与其掩耳盗铃，不如早点儿拿出来给我惊喜。"

"呸，真不要脸，谁说是给你惊喜的，我本想藏起来，免得让某些嗅觉灵敏的野生动物找到。给你吧，我猜你回国好几天，一准儿想牛排了。"杨逦手中拿的正是从本城一家台湾人开的馆子里打包来的牛排。

"杨小姐，我爱你。"柳钧打开，厚厚两大块黑椒牛排，浓香四溢。钱宏明道："我替你记录数据，你快吃。"

柳钧看看那扇门，走去分了一块给余珊珊："有福同享，有难同当。"

"呃，我不饿。谢谢。"

"都是不得已的，立场那么分明干吗？吃吧，你们老板请客。"

柳钧做一个鬼脸出去，这个鬼脸配上一头长发，相当卡通。余珊珊惊住，愣愣地看了柳钧背影好久。

柳钧出去，看到杨逦站在钱宏明身边窃窃私语，似是讨论记录上的数据。他狠狠咬一口牛排，这家人对他造成的困扰已经够多了，似乎前进厂也有几个工人被买通了，最近一直企图走进原翻砂车间，偷看测试温度。为此柳钧和他爸讨论再三，决定布下迷魂阵，爸爸不时得掺买一些不同的钢号，免得被市一机的工程师去供应商那儿按图索骥，摸到门道，这太容易了。那种钢材特殊，做的供应商没几家，一问就问出来。为此，不得不又增加研发预算。柳钧对这家人不知多少腹诽，有这精力，又有市一机的排场，何不沉下心来好好提升自己。

柳钧都不敢慢慢享用，飞快吃完，就回到阵地，但还是不放心地问："宏明你看出什么花头没有？"

"杨小姐刚才也考我这个问题。我对这些数字全无概念，没法在脑袋里画出关联图。"

"杨小姐，你打听的是秘密，是属于我的知识和汗水。不应该。"

不仅是杨逦，连钱宏明都被柳钧的直言不讳惊住。里面的余珊珊也是听得分明，咬着牛排看外面的好戏。杨逦粉脸通红，但笑道："不知者不罪，我们都早知道这些数据在外人眼里不代表什么，可人是天生好奇的动物。"

柳钧耸耸肩，不再继续，而是埋头做事："宏明，我感觉你有话要对我说。"

杨逦立即笑道："柳先生下逐客令了。你们慢慢谈，我先走一步。"

"杨小姐请到外面等我会儿，我很快。"钱宏明看得出杨逦的愠怒，等杨逦佯笑出门，他就压低声音，对柳钧道："你爸找我姐……"

"靠，我已经严令他不许找你姐。"柳钧顿时跳起来。

"你今天怎么这么急躁，我话还没说完呢。比如刚才，你侧面讽刺一下杨逦就是，何必扔出这种重话。"

柳钧抓抓头皮："对不起，我今天心烦，我女朋友有问题。但刚才这两个都是严重问题。"

"更严重的还在后面。你爸打算咬牙卖掉他的宝贝街面房，支持你搞研发，正找我姐帮忙找买主。"

"什么？"柳钧惊呆了，研发的明细成本一项项在他脑海里飞过，他心烦意乱地大致计算数字。

钱宏明拍拍手，打断柳钧，"别想了，抓紧做事。这儿都是计时收费的。"

柳钧喉咙里咕噜几声，还是发了会儿愣，才道："知道了，你回吧。嗯，别忘记嘉丽。"

钱宏明笑了："你以为我是什么人。你快动手，我看你做顺了再走。"

钱宏明看着柳钧恢复状态，才过去和一直置身事外的余珊珊打个招呼，悄悄离开。但是钱宏明一走，柳钧就扔下手头东西，走过去对余珊珊道："余小姐，今天我们到此为止。"

余珊珊立刻起身收拾东西："我还以为你不会受情绪影响的呢。"

柳钧欲言又止，实在没脸解释，要爸爸偷偷卖房子资助他，这算是什么嘛。他灰溜溜收拾一下，一点儿都不掩饰自己的垂头丧气，走了，直接找去爸爸的家。

傅阿姨给开的门。柳钧道了谢进去，坐到茶几上，正对着他爸。

"爸，我有个想法。我研制的本是一个系列，但现在准备把其中一个条件成熟的先拿出来做成品，这样可以用产品滚动养开发。我唯一担心的是质量。这种产品精度要求很高，凭我们的设备和我们职工的质量意识，还有爸爸你的管理意识，我如果继续搞研发，而不顾生产，我怀疑精度根本就上不去。怎么办？"

柳石堂刚被前面一句话弄雀跃了一下，立刻又被打入尴尬境地："如果做新产品，只要你定下一招一式，我们当然都照着你说的做，爸爸自己去现场盯着。"

"有个大问题。做样品，可以用我那只大烤箱解决，但批量就绝对不行了。除了市一机，哪儿有可靠一点儿的热处理车间？另外，我们连高精度数控车床也没有，我倒是在市一机郊区分厂见过合适的，日本进口的。可是我实在不喜欢与市一机打交道，他们杨总虎视眈眈，随时想扒我一层皮似的。"

柳石堂却听得又兴奋了："真的能出产品吗？只要能出产品，生产不是大问题。"

"不，生产是个很大的问题。研发才是第一步，我研发得这么辛苦的目的是做出高精度产品，如果生产抓得不紧，做不出来，全部报废。你不也市场调研了吗？傻粗仿的卖不出价。爸，你想想，哪家厂有热处理和进口高精度数控车床的？"

"除市一机，本地还真找不出几家来。除非东海集团，可人家那地方肯给外加工吗？"柳石堂将兴奋压在心里，到处打电话找朋友打听。多年机械做下来，他在同行中多的是朋友。起码，打听个事，都是很灵的。

柳钧脑子转得飞快，既然决定先做一个产品替爸爸解困，那么此时就该调转枪口，开始想产品试制的流程。但有些数据一时想不起来，他记得傅阿姨那儿有记录，就走去傅阿姨的小房间："傅阿姨，方便吗？请教个事情。"

傅阿姨忙出来道："阿钧这么客气，你尽管说，尽管说。"

"傅阿姨，你每天记录的本子借我看看，我知道你每天都带回来的。"

"好，好。"傅阿姨连忙转身进去，但很快又一脸尴尬地摊手出来，"我今天正好没带，瞧我这记性。"

"那算了，打扰傅阿姨休息。这几天你很辛苦，早点儿睡。"

"呃，好的，好的。你也早点儿休息，这几天都比刚回来时候瘦好多了。"

柳钧回到客厅，耐心等爸爸打完电话："没几家合适的？"

"有是有，不过都是些规模企业，我们这儿如果没有量的保证，他们不会理我们。"柳石堂说到这儿，见儿子不大明白的样子，就解释道，"国内工厂都差不多，一般80%的生产量交给大订单长户头，打成本，剩下的20%给高利润的小订单，出利润。如果我们的单子太小，他们换工序换模具都要时间，耗不起，把利润都吃了。尤其大公司更不喜欢小单子。可是我们一开始肯定不可能有大单，不大可能交给那些公司做，要不我们价格吃不住。大概最合适的还是交给市一机，市一机这几年搞得有点儿伤筋动骨，只要有利润的，什么都肯做。"

柳钧心说真有特色，他想了会儿工序："可是如果我们把产品交给市一机去做，包括热处理那道也给他做，照杨总兄妹这几天表现出的德行，他们一准儿明天就把产品抄袭了。有没有办法控制我的知识产权？"

"啊，你以前不是说没法仿制吗？"

"样品给他，热处理又需要他来，我们哪有什么保密可言？但他最多是仿冒一件产品。可是我们可不可以与市一机签订合同，确认我们提供技术，提供设计，提供质检，他们提供生产，最后我们合理分成？"

"你说的那种高精度车床大概要多少钱一台？"

"一台哪儿够。爸，我们现有的钱肯定买不起的，只有交给别人去加工。"

"合同没用，阿钧，这是个很重要的教训，你一定要记住。数控车床买不起，我们可不可以自己做热处理？关键工序一定要捏在自己手心里。"

"合同怎么会没用？不遵照合同办事，我们可以上告法院。"

"没事不打官司，有事也不打官司，什么事都自己解决。以后你会明白。我问你，我们自己做热处理呢？"

"爸爸你自己想想这是不是外行话。一块铁放进去要加热多少时间，批量生产的话，为配合一台车床，你就得有多少热处理空间。买不起车床就更建不起热处理车间。"

"那还要做什么？什么都不用做啦，今天做，明天就给仿，我可以跟你赌。"

"爸，又不是原始社会，市一机再无耻，合同还是要履行的。"

"看到厚厚一摞钱，谁还管你合同？何况那杨巡是摆摊出身，更不是个讲规矩的。换我也不讲规矩。"

柳钧被爸爸的话一再地搞得目瞪口呆，也觉得爸爸可能言过其实："可是爸，那你还有其他什么办法吗？"

柳石堂想半天："我明天想想办法，不是借钱，就是问别人家借热处理。你告诉我热处理车间必须达到的条件。"

"如果这么防不胜防，他们两家之间不会串通吗？"

"我们尽量找家规模小的，需要改造的话，我们自己来。生产的时候，我们自己去人控制。"

"自己人？如果这么防不胜防，除了我们俩，花多少钱可以把自己人买通？"

柳石堂一拳砸在沙发扶手上，闷声不响。确实，当利润高到一定程度的时候，有人连不要命的贩毒都会去做，何况是买通几个人？柳钧见此道："爸，我们同时立刻申请专利。合同加专利，双保险。"

"合同没用，专利就有用吗？一样没用。"

"我们要相信法律。"

柳石堂根本就听不进儿子的话，他这么多年做下来，难道还不清楚合同专利算什么玩意儿。他心里的算盘子拨来拨去，自己造热处理车间，靠眼下手头的一些钱，即使把店面房全卖了，把自己住的房子也卖了，也造不起，恐怕都还不够最基本的土木建筑和配电设备。而问人租借，改造，弄不好一笔钱投进去，转身，那些数据就给出卖了，也是一样的成本高昂。其实，与交给市一机做所冒风险差不多。他想来想去，一时想不出办法，就叫儿子先回去休息，他独自安静想个最佳措施来。

柳钧看时间还早，先拐去工厂，打算拿上资料开始考虑第一件产品的设计提纲。而既然人到了前进厂，那么当然不能让处于保温状态中的大烤箱闲着。一顿忙碌下来，柳钧刚坐到而今算是他专座的铁砧上，忽然想到傅阿姨的笔记。可是环顾周围，都没一件看上去像是笔记的东西。柳钧脑子里"轰"的一声，空白了好一会儿，立刻给爸爸打电话，让傅阿姨接听。

傅阿姨一直说她记得应该收进包里的，若是包里没有，那么一定留在车间，可如果车间也没有……傅阿姨被柳钧问得哭了。柳钧没好意思再问。放下电话细细地又贴地再找一遍，乱糟糟的长发几乎成了扫把。还没等他全找遍，爸爸电话又来。

"阿钧，我这边又问了，也找了，没有。要不要紧？"

"我翻翻工作笔记，看那些数据敏不敏感。总之流失肯定不是一件好事。"他拿脖子夹着手机，急忙翻看记录。这些都是他自己做的事，当然一目了然。"爸，还好，不是好事，但也坏不到哪儿去。这段时间里的数据跳跃性很大，想整理不是易事。算了。"

"你是不是怀疑？"

"没有证据。何况傅阿姨在我们家做了这么多年，其他方面一直不错，应该相信她。爸，答应我，没关系的。"

柳钧再就着工作笔记仔细回忆，想来想去，只能叹一声气，将此事放在一边。这才想到，女友的传真不知道回了没有。他赶紧跑回办公室，见到女友长长的回信。这一天，终于还是有阳光照到他的头顶，柳钧心花怒放。

又让柳钧开心的是，第二天上班，傅阿姨就交给他那本原以为遗失的笔记本。

虽然笔记本失而复得，可柳钧不敢大意，当天就两手准备，找去工商局咨询专利申请的事宜。虽然工商局的人问三句答一句，可他好歹还是拿来了资料，又找到工商认定的专利代理机构，办理专利申请代理。

柳石堂看着儿子欢欢地做着，心里一点儿都没底，可是又没有别的招儿。而儿子的绘图设计已经开始。他看到儿子是用一种叫作CAD的软件在那台笨重的电脑上绘图，完全不是他认熟的设计图纸。儿子的本事让柳石堂非常自豪，因此有事没事就站在儿子身后看着，都不知道看点儿什么。不过凭他脑袋里残留的看图知识，他知道这种图纸与往常见的一样可以看懂。

儿子的图纸出来后，柳石堂就立刻拿去叫人绘图，晒图。而今这种事都有专人来做，不像过去厂里必得养着绘图员，建个飘满氨水臭的晒图室。

图纸出来，正好柳钧不在，柳石堂拿去给老黄、老徐等人看。老黄等人一看上面标注的公差，就将图纸塞回老板怀里，说都不用说了，那精度，不是靠几台脱了一半漆的老爷机床能做出来的。

柳石堂也愁眉苦脸："阿钧说只有市一机的日本车床才能做，自己厂里反而只能做一个粗坯。"

老徐道："要是关键工序都在市一机做，不如落料开始都交给市一机，省得当中还要运来运去，增加关节。"

"老黄你说呢？"

"让太子算算再定，别工艺还没设计出来，我们一帮不相干的先热闹上了。"

柳石堂笑道："我们怎么会不相干？阿钧书读得再多，车间里的经验总是不足，还得我们老的帮他修正。"

"老板你不了解你家太子，太子能文能武。同一台机子车一个零件，他可能没我做得好，可设计工序一点儿不会错。老板你可以退位了。"

柳石堂一时不知道老黄说的是正话还是反话："呵呵，老黄抬举阿钧。小孩子本事有点儿，离独立还差得远，还得你们叔伯帮他。"

柳石堂话音未落，柳钧大步进来："正好黄叔、徐伯都在，您两位帮我看一下工序安排。"柳钧其实已经与汪总约好时间，可是既然爸爸千叮咛万嘱咐要他尊重两位叔伯，他就多给他们发光发热的机会。

徐伯笑眯眯地道："我们正看你绘的图纸，你给我们说说该怎么排工序。"

柳钧应了声，从杂乱无章的工具箱顶找来一截石笔，眼看油污遍地的地面无从下手，只得踢开一块钢板上的杂物，在钢板上写出他设想的工序。徐伯看着连连点头，对柳石堂道："老板你真可以退位了。"

老黄却拿脚尖指着一个工序，轻蔑地道："这一刀下去有六七个密力吧，什么刀这么结棍？"

柳钧从小在车间打滚，知道密力是英语"millimeter"的音译，毫米的意思。被老黄这么一提醒，他想了想就笑了："是我脑袋结棍，妄图一刀切掉六七个密力。谢谢黄叔指点。"

柳钧放洋几年，学会与人对着眼珠子说话。老黄可不习惯，被柳钧盯得"呵呵"讪笑，反而像做错事似的目光东躲西藏。柳石堂看着觉得奇怪，本以为儿子会被老黄修理，没想到两人似乎早已暗度陈仓了彼此的意思。柳石堂挺开心的，这说明儿子有本事，有的是跟他不一样的本事。唯有徐伯讪讪的。

柳钧快手快脚地落料，可还是慢了一步，等他拿着做样品的几块钢料走进车间，老徐那个班已经下班，全车间都只剩老黄的人。柳钧对老黄很是头疼，可是既然进了车间，就只有先找老黄。连他爸都承认那是老黄的地盘。

老黄一手拿图纸，一手拿钢铁，看了会儿，道："你来，我看着。"

柳钧依然是实话实说："不是数控的，我没法在这儿的车床上做到同轴，需要黄叔出马。"

老黄斜了一眼，倒是没说什么，找了台机子，踢开他徒弟，开始转换刀头。

柳钧在旁小心伺候，眼看老黄要扔东西的时候，他就快手接住，轻轻放下，惹得老黄不时怒目而视。柳钧只好当作没看见，头皮则是隐隐发麻，担心活火山老黄再次喷发。偏生缓冲剂老爸已经出差去了。

老黄这回也小心了，加工好一个，虽然不肯依了柳钧的心思轻轻放到地上，可好歹递给柳钧，让柳钧自己去处理。在旁人看来，柳钧便是成了老黄的跟班，老黄心里极其满足。

等全部十套样品的粗坯做出，老黄整整操作了四个小时。柳钧衷心赞一句："又快又好。"

"你怎么知道？"

"反正我是实话。"

老黄斜柳钧一眼："下一步怎么做？我得盯着，别我做得好好的，后面让人做歪了。"

"我明天约了市一机的汪总，去他们郊区分厂做加工，黄叔要不今天早点儿回去，我明早七点来这儿接你。"

柳钧着实不明白老黄为什么要跟着，可饮水不忘掘井人，人家既然提出，他自然得接上，免得老黄骂他没良心，又为难到他爸身上。他发现接班人这个活儿挺难做，上上下下全部需要殷勤伺候，比以前做个小头目时候的日子难多了，越来越没法率性。

第二天先接上老黄，柳钧也不会客套，老黄又摆明非暴力不合作的态度，两人一路闷到市一机，接上汪总。汪总坐上就戴上老花镜，拿柳钧放在后座的一套毛坯细瞧。汪总是行家，又是领头试制过这种套件的人，自然看了就清楚："小柳，你这条辅助加强筋的设计，思路非常好，一下子让成品体积缩小不少。"

"无数试验加计算，总算得出这个最佳值。可怜的是，系列中其他套件并不能依循同一思路，还得调换材料和设计。我这几天先出第一套，一个人忙不过来，只能一个一个来。"

"低黏度机油留得住吗？"

"留得住，我已经计算每个联结部位的热膨胀系数，而且已经通过试验验证。"

老黄在一边听得云里雾里，车上一前一后两个人说的话，都不是他平时接触的。

"我爸工厂的加工能力不够，最后可能得请市一机代工。可听我爸说，估计我们第一批还没做出来，这个产品就得给抄袭了。我做那么多测试，取得无数数据，最后用得上的只有一组，抄袭太容易了。是吗？"

"对的，基本上是这个情况。市一机不抄，其他厂家闻讯后也会从市一机挖个人去抄，防不胜防。"

"我有合同有专利呢？"

"合同，呵呵，专利这东西，你还没申请吧？小心着点儿，弄不好今天申请，明天全国人民都知道了。"

"天哪，"柳钧最先还以为是爸爸奸诈，想得太多，没想到汪总也这么说，"我爸肯定后悔研发投入那么多。"

汪总了然地笑："所以当初杨总一看见研发费用升到五十万就不干了，他是个很精明的商人，绝不肯做亏本买卖。但你也不要怕。你可以第一批就做一个短平快，量攒大点儿，价格适当点儿，考虑一次性把研发成本做回来。等第一批做完，估计各地仿冒的都冒出来，你的价格就上不去了。"

柳钧听得愁眉深锁，几乎哑口无言，顿了好一会儿才喃喃道："估计第一个模仿的就是市一机。杨总已经虎视眈眈，措施多管齐下了。"

汪总"嘿嘿"一笑："我今天出来就是带任务的。不过你只要捏紧最后一道工序，谁也拿你没办法。"

"我爸厂里没热处理车间。"

"你爸也没钱造。"老黄听到这儿，才插进话来，"你们想第一批放量，难。原料采购的钱哪儿来？"

柳钧想了半天，才道："我不会让我爸后悔。"

汪总善意地道："有你这样的儿子，你爸这辈子都不会悔。"

柳钧忍不住问："杨总难道不觉得明目张胆地窃取别人的知识和劳动是不道德的吗？"

汪总叹一声气："所以我一直羡慕你，你起码还有点儿自主权，我现在只有被委以模仿'重任'。市一机以前是有好几件自行研制设计的好产品的，唉……"

"如果都不研发，我们国家的制造业还有前途吗？总应该有办法的。"

"小柳，你有点儿理想主义，难得你爸爸会支持你的理想主义。不过我还是提醒你，真正进入实际操作时，一定要慎之又慎，多与你爸爸商量后再做决策。如果相信我，你也可以来咨询我。"

坐在前面的老黄忍不住回头看看后面的汪总，又看看披头散发的柳钧，心说这两人搭上钩了。老黄后来一直斜眼看着柳钧开车，心中若有所思。别人，老黄不服，但是这位汪总却是本市赫赫有名的高手，整个行业的内行人都拿汪总当祖师爷敬着。以前市一机多少新产品都是汪总领头开发，老黄从来只有仰望的份儿。因此，车到分厂门前，老黄独自对柳钧道："汪总说的话，你要听。汪总是个大有身份的人，比他们杨老板有身份得多。"

柳钧点头道谢，一个人去后座拿十套样品。老黄没有犹豫，走去伸一援手。老黄第一次见识到日本人盖的厂房，最让老黄吃惊的是车间光滑如镜的地面，几乎纤尘不染，与前进厂的油污遍地大相径庭。柳钧看出老黄的困扰，就给他解释："这儿有些设备的防尘防震要求非常高，所以车间里面的通风管道需要特殊设计，像那边那台停着的，如果底部基础没有做过特殊处理，这样的平板车过去的震动都会让它精度偏移。"柳钧不用再说下去，老黄也已经明白，这种地方那是断断不能扔成品的。即使柳钧不再解释，老黄还是抑制不住地频频点头，如鸡啄米一般地机械。

　　在如此亮堂的车间里，老黄意识到自己的渺小，周围没几件是他能上手做的，那么多光洁漂亮的机器都不是他熟悉的样子，甚至连刀具，都似乎大不相同，老黄见了就一直琢磨人家该怎么磨这些刀具，老黄就一直一声不吭紧紧跟着柳钧，调动全身感官接触眼前的新事物。即使柳钧没有说明，老黄也知道这些机床比柳石堂宝贝一样藏在原翻砂车间的机床要好得多。而老黄见到，柳钧与这边的工人一唱一和，异常融洽。

　　十件样品加工多久，老黄就看了多久，都没离开样品十步远。看了那么久，老黄明白一个道理，其实加工的原理还是差不多，不同的是设备的操控。原本是人拜师学徒多年操练才有的操控能力，现在都交给了机器，所以眼前一个个毛头小子都能做出精度超高的成品，而且废品率极低，而那些老黄引以为骄傲的多年经验在这儿看似完全无用。在这个大车间里，老黄心头阵阵危机感不可遏制地升起，他觉得自己被边缘化了。

　　老黄不禁想起他那个曾经非常有名的箍桶匠师父，那时候，多少人打破头想做他的徒弟，而师父也是骄傲于一技之长，钻在手工手艺里精益求精——就像他现在将旧机床打磨得炉火纯青。而早在若干年前，到春节时，师父家已经不再门庭若市，只有他这个当年不招待见的徒弟还拎着礼物上门。多少集体国营的机械厂倒闭后，个体厂家争着抢人，可没人愿意抢师父，而退休工资又是少得可怜，如今师父只有栖身城市的一处冷僻街道，摆着门面只有一米来宽的小五金店，做一些老头老太送上门来的小活计。

　　看着眼前簇新的机床，和说着他听不懂的术语的柳钧，老黄第一次意识到，他将很快很悲哀很身不由己地重蹈师父的覆辙。

　　虽然十件样品都试样成功，可回程路上，柳钧和老黄都是情绪低落。唯有汪总一直询问一处他认为设计非常奇巧的曲面的设计原理，柳钧手里握方向盘，口头表述不清。但是老黄插嘴："汪总，虽然我一直非常敬重你，但你不应该问阿钧太多，瓜田李下不合适。"

　　柳钧和汪总都是一愣，汪总连忙解释："我没其他企图，对不起，对不起，忘了，我不问了。小柳，你设计中运用到的数学知识非常有趣，我听着很受启发，回头你推荐几本书给我。我看市一机没几个人能领悟，你不用太担心他们抄袭全系列。"

　　老黄八面玲珑，立刻接着道："我是粗人，说话直接，但看起来是多虑了，别人我不敢保证，汪总肯定不是那样的人。汪总是公认有资格的人。但是汪总啊，我们老一辈的不能不承认，我们落后了。阿钧，你今天听我耐心讲两个老故事，我师父和我……"

汪总虽然被眼前这个油污满身的粗人顶得不愉快，可他这辈子经历的风浪多，涵养好得惊人，脸上纹风不动。但听着老黄现身说法，讲那长江后浪推前浪的故事，他动容了。老黄讲的又何尝不是他汪总？

"以前背毛主席语录，世界是你们的，也是我们的，但归根结底是你们的。我不会讲大道理，只好搬老人家的语录。你爸的前进厂跟我们一样，也老了，过时了。该怎么救前进厂，阿钧，你要拿出你的那一套。"

"老黄，你是个通达之人，我想做小柳思想工作的话，你两个故事就说明问题了。"汪总非常感慨，他知道工人们有着过人的智慧，可没想到老黄有这等见地，"小柳，市一机目前已经被类似问题困住。因为决策层的短视，我们已经很久没有全力启动开发新项目，于是老的没法在开发新产品中获得提升，新的没法获得实践经验，看上去整个技术部门人浮于事，更被决策层视为鸡肋，决策层也更不指望倚仗自己的技术团队开发新品，宁可花钱买图纸来消化，或者抄袭模仿成品。我看到最可悲的还是技术人员心态的变化，很多人被消磨得不唯科技，而唯利益，技术人员的那种理想主义荡然无存，不再讨论爱好，不再追求上进，心态变得异常庸俗。目前已有恶性循环的倾向。这已经不是市一机的问题，而是行业内的通病。刚才老黄说得没错，短视，总有一天会被世界抛弃，市一机目前的这条路走不通。小柳，你走自主研发之路，从大方向来说是正确的。但是眼下大环境不佳，自主研发会很艰难。你要有思想准备，你也要心有坚持。"

柳钧最没想到的是老黄拿自己挺尴尬的故事来鼓励他不能走原路，必须创新，这几乎不是他原先认识的那个动辄得咎的老黄。而汪总更是看得高远。他刚才一颗焦躁的心安定下来，他想，坚持到底，相信这个社会总是遵纪守法的人更多，也相信这个社会不会永远短视地停留在模仿层面。

但是，钱宏明在酒吧里捏着一杯黑麦啤酒，对着刚刚理了头发的柳钧连连摇头："连契约都不能相信的年代，你还能相信精神？"

"我选择相信契约。如若不然，什么都不用做了。"

"你说我该看看你，让你从一次次的违约中汲取教训呢，还是阻止你，不惜与你翻脸？"

柳钧不好意思地笑："我知道你的好意，我会事前将契约做得妥当。喂，你胖了。"

"有这么快？嘉丽才胖得多，整个人都快变圆的了。我最近日子好过，丈母娘过来照顾嘉丽，我也顺带有好饭好菜吃，真是这辈子都没有过的安逸生活。"

"你不是三天两头出差？"

"出差相比无望的负担，算得了什么？不瞒你说，我姐现在卖了老房子，按揭买入新房，每天生龙活虎地又是忙工作又是忙装修，人也还胖了。不说这些，你跟我说说你的打算，我做的生意多，帮你一起参详。我看别的先不提，我们可以先把市一机杨总当标靶，假定跟他合作，需要留意点儿什么。"

钱宏明不同于柳钧，他对人性的认识与柳钧有着本质的区别，过去的苦难让他不惮以最坏恶意揣测中国人。再说已经见识过杨逦明目张胆的偷窥行为，已经说明杨巡的态度。他料定，等在柳钧前路的将是无数贪婪的大嘴，以柳钧这种在国外实验室里养傻了的技术型脑瓜，他估计柳钧对付不了，必然处处碰壁，他得帮柳钧防患于未然。柳钧，大约是他唯一不需要用恶意来揣测的朋友。

但是钱宏明没想到，柳钧不断用老黄态度的改变，和汪总始终充满理想主义的支持来说服他，告诉他，人是充满善意的，只要加深认识即可。钱宏明差点儿拍案而起，他从来可以自如地掌握自己的情绪，他今天却实在被柳钧惹毛了。他拿拳头敲着小桌，愤怒地道："柳钧，我可以一天都不说一句话，我跟别人一向惜字如金。那么你看在我今天说那么多话的分上，你听我的！不，你听朋友的！做技术我不是你对手，做生意你是完全空白。而你有必要清楚一点，从现在起，你、是、开、始、与、生、意、人、打、交、道。"

柳钧见钱宏明如此激动，不禁瞄向钱宏明的大酒杯，显然此人不胜酒力。可是他也承认钱宏明说得对，他在生意方面一片空白，需要爸爸和钱宏明的帮助。也唯有爸爸和钱宏明才会无私地硬塞给他帮助。虽然他有自己的一套理念，最后还是乖乖地听从钱宏明的安排和指点。他们确定下一步该如何与人合作。

回头，柳钧不让钱宏明酒后开车，他将钱宏明送到楼下，这条路，他因为之前照顾崔嘉丽，早已走得熟门熟路。夜，有暖风扑面，正是敞开着车窗在黑夜中滑行的大好时光。好友的拔刀相助、老黄和汪总的善意，都增强了柳钧的信心。

柳石堂眼看儿子的样品试制工作进入倒计时，立马掐着秒表出门接洽生意。柳石堂想不到这回的生意竟然与过往完全不同，不仅是渠道与以往不一样了，以前接触的都是专职的小职员，这回则是高层主管，下面无数的关卡还得层层检测，套路乱得柳石堂不得不重新摸索。而且对方的要求也不一样了，他们非得见到样品，还要求由他们自己的质监部门拿出样品的种种检测数据。更不用说那些外资采购办。柳石堂虽然知道儿子的设计也是经过无数试验而来，可还是被前所未见的阵仗唬得有点儿担心，在他眼里儿子还是个孩子，孩子嘛，出点儿小差小错都是难免的，他不知道儿子的玩意儿经不经得住这些个严格的考验。

儿子终于拿着滚烫下线的样品来了。十件样品，加上防锈包装，整整占领一后备厢，再加半个后座。柳石堂看见儿子好歹是理了头发干干净净地来，先放下一半的担心。然后看样品，这真是他从来都钦慕不已的精致。别看依然是铁疙瘩，可在行家眼里，一个铁疙瘩中能看出无数美妙的设计。柳石堂还在戴着手套细细地看，旁边儿子开腔问他要不要戴领带。柳石堂回头一看，儿子已经换上笔挺的西装，人高马大，俨然是个帅小伙子。柳石堂笑了，这件是他自己做出的精品，他连忙说，当然要戴领带。但是柳石堂心里却是被儿子问糊涂了，正正规规穿西装难道还有不配领带的时候吗？

柳钧与爸爸一人拎一套样品进去人家的企业。先去一位负责开发的副总的办公室，那副总正拎着电话不知跟谁说闲话，指指沙发让父子俩坐，看样子没有暂停的意思。柳钧乖乖地就座，等待那副总打完电话。柳石堂却跟献宝似的从报架取下几张旧报纸铺地板上，将样品外面的包装打开，放旧报纸上。柳石堂非常满意地看到，那副总急促地结束电话，绕过办公桌，蹲下细瞧。

于是柳石堂得意地介绍："我儿子，德国博士，这是我儿子最新设计的样品。我们整整为此投入五百万。"

副总不语，戴上柳石堂递来的纱手套，亲自拆开来细细地看，尤其是用两根手指拎起一片精巧的轴瓦轻晃。看到副总的这一动作，柳钧就知道这位副总是个行家，那副总一眼就抓住套件的关键："强度过关吗？"

"不仅强度过关，疲劳测试也没问题。这是我们自己的测试报告。"

"打印的，嘿嘿，装备换了嘛。"副总接过柳钧递来的报告，却并不忙着看，而是先看柳钧一眼，才起身走到光亮处查看报告。但是副总看了好一会儿，却慢吞吞问出一句话，"真的投入五百万？"

"还不到点儿。"柳石堂正要表功，却被儿子抢了去，他郁闷得不行，连忙背着副总给柳钧递眼色。

"还不到？"副总惊讶地转回身看向柳钧。

"是的。但如果全系列都出来，估计要远超。只是爸爸的经费快被我榨干到卖房子了，所以我就先出成品，以成品养研发。"

副总看看单纯的儿子，再看看圆滑的父亲，不禁笑了。这样的回答，想让人不信都难。副总不由得在心里对柳家的前进厂添了几分好感。这种好感，即使柳石堂在副总面前低三下四一年都换不来。

于是，副总一个电话，柳家父子被安排去中试，接受样品测试。出门左拐，走进楼梯，柳石堂眼看左右无人，就揪住儿子道："阿钧，以后技术的问题你回答，其他都爸爸来回答。"

柳钧笑道："爸爸，我知道你的意思。但研究表明，人记不住所有的谎言，如果遇到有心人隔段时间多问你几遍，你肯定露出马脚。不如老老实实讲真话，没有心理负担。"

"生意是生意，生意场上没真话。你得答应爸爸，算爸爸求你。"

柳钧心不甘情不愿地答应。跟爸爸进去中试，就见爸爸与一位主责人员交谈时候，飞快塞给对方一只红包，对方笑纳。然后每接触一个测试员，爸爸就塞一份礼物，于是换得大家"老柳、小柳"地亲切招呼，爸爸也在中试宾至如归。柳钧非常吃惊，爸爸这么做是在干扰测试结果，而奇怪的是，那些人似乎都认为"礼"所当然。

等中午被安排去食堂吃小锅菜，柳钧趁无人当儿焦急地对爸爸道："你不用行贿，我们的样品绝对过关，而且刚才他们副总说我们的产品性能更优于他原先的设定。你何必呢？你这么做，得出的数据反而缺乏说服力。"

"你啊，要不是爸爸资金吃紧，真该让你头破血流撞几次，吃几个教训。你以为我这么做只是为几个数据过关吗？我首先要插队，要不然猴年马月他们都不会主动测试我们的样品，等死你，耗死你；其次我要他们给我客观公正，不要胡乱凭常识填几个数字，而懒得开动机器。"

柳钧惊愕："不会吧，即使有一两个蠹虫，不至于全部贪婪。"

"有一个贪，足以带坏整个部门。人都会心理不平衡。快别说了，副总来了。"

副总也来食堂吃饭，见到柳家父子，特意关切地拐过来招呼："小柳还是第一次来我们公司？"

"是的。"柳钧想站起来说话，被副总亲切地按住，"贵公司很有规模。而且从贵公司启用我们的产品来看，贵公司强大的不仅仅是规模，而是实力。"

柳石堂心说，小子还是很会一边拍甲方马屁，一边吹捧自己产品的嘛。副总果然笑道："晚上下班后如果还不累，我派个人带你全厂到处转转，你应该喜欢看厂。"

"不会累，我最喜欢看厂。"

副总对柳石堂微笑："老柳，你可以让位给接班人了。"

等副总走开，柳钧就得意地道："爸爸你看，只要有实力，不需要歪门邪道。"

柳石堂冷笑："你懂什么。他打算晚上跟我单独谈，怕你在场拎不清，找个冠冕堂皇的理由支开你。实力是实力，门道是门道，两者缺一不可。"

柳钧瞠目结舌，几乎不敢相信爸爸所言，可是他心里却又自觉地信了一大半。

下午，测试在大伙儿的积极主动之下，迅速完成。柳钧看着每一个数据出来，当事人都郑重其事地签名画押，他心里觉得异常讽刺。而当然，这些红包投资都最终计入他们前进厂的报价单里。

傍晚，柳钧被副总派遣的职员领着参观工厂。令他想不到的是，在这样一家国营大厂里，见到的核心设备也都是国外进口。而国产的新设备，用领路职员的话来说，质量比改革前造的还差。总之这一天的所见所闻，让柳钧有点儿六神无主。他试图找出符合逻辑的理由，可是没有，他无法想通这一切。

回头，父子俩拿着第一张订单和爽快开出的定金，又携产品去谈出口采购。不等柳钧说出汪总的提议，柳石堂早已想清楚，第一批的产品非做量不可，一举在抄袭模仿者成事之前将研发费用赚回，将利润赚足。当然，有样品在手，有满腹经纶的儿子现场流利而自信地解答技术问题，柳石堂如虎添翼。

回来，找谁制造的问题摆上议事日程。虽然内贸有少量定金，外贸有信用证可以贷款，可七折八扣下来，应付生产有余，添置新设备依然不够。柳钧绝没想到，同样的机床，在国内竟然卖如此高价，简直是抢钱。而更高精度的机床更是遭遇技术壁垒，无法进入中国。这就意味着他设想中有些产品的开发将不得不无疾而终，因没有高精度的母机，就无法加工高精度的产品。在这个行业里，没有人定胜天这么一回事。精度，是靠一步一步地以现有科学技术提高母机性能而实现的。

对于国家而言，落后就是这么被全世界联手抬价，毫无办法。而对于柳家父子而言，落后就是意味着不得不拱手将加工交给市一机，不得不让市一机分享高额利润，不得不向市一机坦露所有技术数据。

柳钧并非没考虑过让一家工厂机加工，让另一家工厂热处理，而且他也曾经由爸爸领路去考察。但是有精度合适设备的工厂却未必做得出精度合适的产品。柳钧的考察非常仔细，经常在车间一盯就是一天，可他看到的是操作人员的野蛮态度，比如不按照说明的频率更换刀具，致使加工精度总是游离于公差极限；比如加工件并未得到及时妥善的处理，致使表面氧化严重。他与汪总提起此事，汪总给他讲了市一机当年因为合资日方苛求质量，一丝不苟地规范操作步骤，导致全厂工人罢工的"光辉事迹"。如今市一机员工的近规范化操作，那还是当年日方在质量上决不妥协的态度逐步培养起来的。

原来，整个行业落后的不仅仅是技术，还有态度。

交给市一机，似乎是柳钧唯一的选择。而市一机被杨巡和申宝田接手后，因一直拿不出拳头产品，生产计划从来排不到两个月后，杨巡也揪心，既然柳钧这边抛出加工大单，双方一拍即合。对于市一机的郊区工厂的部分设备而言，这是起码满满一季度的产量。

但是，合同并不容易签署。面对柳钧递交的厚厚一份合同加附件，杨巡特意与制造业从业多年的合伙人申宝田会商。申宝田对于柳钧拿细致入微的操作办法做合同附件，倒是见怪不怪，他接触的外商往往都有极其苛刻的要求，只要与要求合拍的利润也能保证就行。但是合同中的保密条款与合同约定市一机不得单独从事类似产品生产的条款，申宝田持保留意见。

杨巡却是微笑："申总，你何尝见过类似条款真正见效？"

杨逦更是补充一句："甲方只是一个书生和一个书生的父亲，滑头小老板。"

申宝田道："起码按下一个人，滑头小老板可能比较懂规矩，书生有时候反而难弄。呵呵，杨总你有办法的。"

杨巡出门，对妹妹感慨："你看，钱有多要紧，我投入的钱少，市一机的日常管理就得我全担。"

杨逦笑道："还好申总没要求吃饭，你快回家抓紧团聚去吧，大嫂出国待产，你就好几天见不到了。"

但是杨巡一头扎进合同里，满心都是合同条款，"你说，我该耐心等着柳钧的全系列都做出来，还是一开始就拿下？"

"一切取决于市场。"

杨巡斜他的小妹一眼："你说的就是你大嫂经常提起的正确的废话。他们柳家父子出门才多少天，就拿来这样的大单，这市场不是显而易见了吗？我现在只愁一件事，我要是等柳钧的全系列出来，恐怕我有这耐心，其他人没这耐心，等全系列出来，全国人民都会做了，我还做什么。但只拿他一个套型……到底是有限得很。很矛盾。"

杨逦犹豫了一下："大哥，我们已经掌握一部分资料，又已经掌握柳钧的思路，为什么不可以自己研发？"

"这事情除非你负责，或者老三回国负责，就跟柳钧一样自己手头抓住最重要资料，否则，我绝不投入。你试想，我投入一百万，辛辛苦苦研究出来，人家出五十万就可以轻易把我的人挖走，资料也全部带走，我敢投入吗？我当初就是一看不妙，赶紧叫停，我不能出钱替别人打工。可惜你和你大嫂都把专业扔了。"

杨逦脱口而出，"这种竞争真低级。"

"你说什么是高级？赚钱就是不管白猫黑猫，抓住老鼠就是好猫。没什么低级高级之分。"

"梁思申那种……"杨逦小心地道。

杨巡立刻无语了。梁思申是他的心病。

因此，柳钧拿出的原始合同几乎只被很小限度地修改。因为杨巡需要柳钧最详细的操作步骤，并且还需要观察合同附件的操作步骤在实际生产中的应用情况，他相信柳钧研发的产品能获得超值利润和良好市场反应，绝对是因为有特殊的套路。在合同签订后的生产安排上，杨巡亲自坐镇，支持柳钧的精细要求。这让柳钧非常意外，也顺带认识了杨巡管理上过人的变通和魄力。

正式生产之前，柳钧获得难得的休息。他对座驾已经忍无可忍，趁此机会带两盏充电式应急灯，携汽配店里淘来的部件，给车子做改装，做得满手油污。钱宏明来电时候，他只能拿剥线钳顶一下按键，耳朵凑到放置在车顶的手机上听。

"晚上有没有空，杨四小姐家凑了一桌桥牌，你来，我们搭档。"

"没空，我不喜欢她。你什么时候过来？记得进大门后右拐，找到地下停车场入口，我在A柱3号改装大灯。刚刚在厂里花一天时间，已经把离合器整顺畅了，你要不要试试？都快赶上双离合了。"

"会飞吗？"

"信不信我们找个地方赛跑，保证加速秒杀你。等我回头再改一下吸气，保证直线踩着刹车也跑赢你。"

"改吧，等你改得差不多，我去买辆更好的。唉，我今天其实负责扯皮条，杨四小姐说你对她有误会，既然大家已经在合作了，她希望借今天打桥牌消除误会，方便以后合作。"

"可是我真的不会打桥牌。"

"你较真儿干吗？桥牌只是个借口。不管你喜不喜欢她，只要大家面上说得过去就行。你们未来合作的时间还长着呢，低头不见抬头见的，关系融洽一点儿岂不是好？"

"嗯，等我换好大灯上去。"

"装大灯要不了太久。"钱宏明不客气地指出柳钧的故意磨蹭。

"切，我这种人会只换一只灯这么简单吗？我还加装整流器。不信你自己过来瞧。总之我答应好的事，不会赖。"

不等钱宏明来，柳钧听到高跟鞋的声音由远及近。他脸都没转，就问一句："杨小姐？宏明出卖我。"

杨逦"嗤"地笑了："要不要我介绍你一家店？我们一家都去那儿修车，很不错。我打个电话给他们，他们再晚也会等着你。"

"需要声明，我不是修车，而是改装。性质完全不同，所以感受也完全不同。"说到这儿的时候，手头忽然一亮，抬眼，原来是杨逦帮他拿起一盏应急灯，体贴地替他照明。"哎，谢谢。这灯很重，你还是放下吧，太累。"

"还行，只要你动作够快。你装的这是什么？原厂不是应该设计全面的吗？"

"这叫整流器。装了后你会明显感觉油门反应加快。原厂嘛，有商业考虑，这种低级车它不会太考虑你的驾驶感受。"

"你在德国用什么车？听说德国奔驰宝马满街跑。"

"对喽，我开二手的宝马M3，经过我和朋友们的一再改造，功率是这辆捷达的五倍。"

"不怕一刀改下去，反而破坏原来的动平衡？"

"车就是拿来玩儿的，而不该敬而远之地供着。再说，我是谁啊！"

杨逦被柳钧的狂傲逗笑了，她的世界里很少遇见这种天生有心理优势的人。没有心理优势的人即使富了，做出来的事也很难有漂亮的格局。而天生有心理优势的人……她见过，人家却看不上她。

柳钧装好整流器，抬头却见杨逦在发呆。他举起墨黑的手指在杨逦粉脸前晃："想什么？"杨逦吓得跳起来，一松手，应急灯掉地上，碎了。柳钧坏水儿得逞，得意地捡起应急灯扔进垃圾袋里："杨小姐你让开点儿，我试一下性能。"

"咦，你是谁啊！这种小改装需要试吗？直接开了上路才是。"

柳钧哈哈大笑，果然不再上车，将门踢上。"吃饭了没？我请你吃牛排，你领我去你曾经替我打包的那家？我上去洗个手。"

"嘻嘻，我读书时候，系里有个海外归来的老师，想牛排想得又出国了。但我们都说他是不适应国内的钩心斗角，败走麦城。"

"好理由。以后我如果败走麦城，找到借口了。"

"嗯，我不是说你，你反应这么灵敏，可见你适应国内的环境了。"

"过奖，我压根儿就不知道你和你大哥在想什么，你们都太复杂。"

"嘻嘻，这么大的块儿，还想混充小白兔吗？人其实都是缺乏沟通，才会导致彼此猜忌。"

"猜忌的人永远猜忌，不管沟通不沟通。因为他的内心不真实，他连自己都未必相信，他怎么可能相信别人？我选择真实地生活，给自己给别人一份尊重。"

杨逦一时答不上来，怔怔地回去自己家里更衣。直到梳洗妥当，才想起这个书生乃是从哲学的德国回来，难怪说出来的话这么拗口。她不由得笑了，这个又玩汽车又玩哲学还会弹钢琴的大男孩非常可爱。末了，杨逦在心里又补充一句，比那个渐渐胖得圆头圆脑的钱宏明有意思多了。

柳钧说什么都无法喜欢杨逦这个人，见到一个资质粗陋的人玩弄小聪明，简直跟看草台班子演莎士比亚一样滑稽。请杨逦吃牛排，实在是基于睦邻友好关系的目的，要不然对不起宏明的关心。反正他也想牛排了。但他直到替杨逦开车门时候才意识到杨逦将原先的衣服换了，这么隆重，倒是让他对自己的态度愧疚起来。于是他上了车，就主动耐心地给杨逦讲解改装后的优点，对此，杨逦作为一个有工科底子的人，到底是能很快领会的。一路谈得很是愉快。

进了牛排馆，柳钧一吃就是两块，两只大盘子放到柳钧面前，甚是喜人，杨逦看着抿嘴而笑。杨逦最后见柳钧用面包将盘子收拾得干干净净，不禁心里骇笑，这人怎么一点儿体面都不讲。

两人快速吃完回去，柳钧忍不住问："杨小姐，有个问题我一直想知道答案。我在市一机加工套件，最后会不会被你大哥拿去照抄了？"

杨逦没想到此人会问得如此直截了当，竟是好一会儿没法回答。"我跟大哥都推测，你的加工件最后工序出来那一天，我们市一机得有不少工人技术人员被其他厂家重金挖角，从此脱离市一机。这是你害市一机的。"

柳钧无言以对。都一样的德行，杨巡又怎能免俗？他想半天，才道："你们可以用保密条款起诉辞职的员工。"

"要钱没有，要命一条，你起诉什么？"

"那么，我特意放置在合同中的保密条款，既然你们做不到，为什么还签字，不怕违约吗？或者说，你们压根儿没把合同当回事？"

"我们对合同的执行态度，你在这几天的生产会议上应该已经有所体会。大哥手头不是只有市一机一处产业，但是他最近的心血都投在市一机，我们已经非常尽力。关于保密……而且，我们也预计将成为受害者。那么柳先生，你还准备怎么指责我们？"

"我理解你的意思，但在我的理解中，合同，必须是得到签约双方绝对理性地执行，要不然就是违约。"

"柳先生，你讲不讲道理？"

"杨小姐，合作关系中的契约，难道不应该得到绝对尊重吗？"扭头见杨逦怒火中烧，柳钧忙道，"好吧，好吧，我闭嘴，我们之间就契约精神的理解可能存在分歧。但我需要提醒你，对契约的不尊重，很可能受到契约的惩罚。"

"柳先生，你这是威胁。"

柳钧愁眉苦脸，连理性的对话都能被理解成威胁，他还有什么话可说？本来钱宏明好意，安排他与杨逦睦邻友好，现在看来不行了，反而越闹越僵。但是他最后还是忍不住："杨小姐，我说最后一句。在我的理解中，合同是承诺，人应该负责地履行自己签名的承诺，这是一个成年人应该有的品格。"

"你是在指责我们不守承诺，没有品格？"

"不说了，你自己理解。对不起。"柳钧头大万分，但依言不肯再解释。他脑袋里却是隐隐地想到，如果市一机因被挖角而违反保密条款，却又因特殊国情而无法起诉追究那些被挖角的员工，那么市一机违反保密条款是不是可视为遭遇不可抗力？如果是这样，那么倒是可以理解杨逦的愤怒了。而他心里更加坚定地意识到，汪总说得对，想要保密，唯有把秘密烂在自己肚子里。他必须想尽办法创造条件，把住热处理那一关的秘密。

钱宏明早到，没想到见到的是电梯里冲出来的一对冤家，杨逦还双眼含泪。

钱宏明给柳钧使眼色，希望柳钧跟上，在有他在场的场合里缓解矛盾，但见柳钧一脸无辜的样子，他只有出手，抓柳钧进了杨逦的香闺。

钱宏明有的是办法，他反客为主拉杨逦坐下，递给一沓照片，笑道："你看看柳钧这糙哥儿，不知道的还以为我从机场接回来的是亚非拉人民呢。"照片是柳钧第一次回来时候照的，相片中的钱宏明和柳钧一黑一白，反差鲜明。原是钱宏明前阵子忙碌，直到最近才想起，将照片洗印出来。

杨逦也是话中有话："我三哥也是留学生呢，都没这样儿。"

柳钧在这种原则性问题上不愿承认错误，连口头认错也不愿："我确实回国后与整个社会有格格不入的感觉，但我相信一定不是留学的原因，宏明你应该清楚，我性格一向很较真儿的。"

"对，你学校时候较真儿但大度，大家都很喜欢你。你还率全班高大男生为一位柔弱女生跟一帮在学校附近出没的小流氓打架。虽然受记过处分，但大家还是选你做班长……"

"好汉不提当年勇。回国后我最大感受是，竞争真低级，不仅是手段低级，最大问题是大家潜意识中也都以为这样子是理所当然。或许有些人心里不那么认为，可是他如果不随大流，就会被无序竞争淹没。"

"这应该不是回国才会遇到的问题，走出校门的每个学子都会面临这样的角色转换，几乎是觉得世界观人生观完全变了，可是头破血流几年后，也基本上蜕变为社会人了。柳钧，你是迟了几年进入社会，因为你家境太好人生太顺。杨小姐你说呢？"

"我前两天才跟大哥说过竞争太低级。"杨逦脱口而出，但随即改口，"可既然身在其中，只有适应规则。"

"我如果选择死不悔改，我往后的日子会不会很艰难？"柳钧依然很直接地问杨逦。

钱宏明在一边儿打圆场："柳钧，跟杨小姐说话，口气婉转点儿。"

"杨小姐应该看得出我对朋友平等尊重的立场。杨小姐也未必希望别人当她小姑娘。"

杨逦愣了会儿，摇头："你真傻。我那么多出国留学的同学，他们更多学会的是在中外文化间左右逢源，在中国打外国牌，在外国打中国牌，就没见像你这种给你牌都不要打的。谁也不可能回答你，只有你自己慢慢体会。"

"你是我回国后说国内竞争很低级的第一人。谢谢，杨小姐，我有同伴，我不寂寞。"

杨逦不由自主地应了声"对"。钱宏明在一边儿扭头偷笑了，这小子不傻嘛。一会儿其他几个牌友来了，柳钧看一会儿，就告辞离开。杨逦亲自送到门口，倚门道："我想，人还是应该坚持高贵的人品。"说完，她一笑关门。这下轮到柳钧发呆了。

屋子里，钱宏明就一个比较复杂紧急的订单，问杨逦可不可以在市一机帮开个后门，挤进本月生产计划。杨逦非常爽快地答应。杨逦一直非常好奇柳钧高中时率众打的那一架，抓住钱宏明问了个仔细。钱宏明没想到杨四小姐的风向就这么轻易地转向了，心里有点儿失落。反正无伤大雅，他告诉杨逦，柳钧高中时候公然有女友，老师都不管，只要柳钧替他们抱回数学竞赛的奖杯就行。但是奇怪，出国后回来，反而少了点儿过去让女孩子尖叫的风流。

杨逦却想，不，不，这样才够男人。只有小男孩才致力于勾引女孩子的尖叫。

于是柳钧第二天一早出现在市一机分厂车间的时候，见到杨逦一身休闲打扮，早已在车间守候。柳钧只是挥手打个招呼，就严谨地投入到忙碌的现场质量监控工作中。即使分厂完全是日本人一手招聘管理起来的企业，但柳钧很快就发现无数在他眼里属于非常原则的问题。他找现场生产管理反映问题，懂技术的生产管理就与他争辩工人们这么做对质量没什么大影响，他们都有经验，要柳钧不要太死板。柳钧也有技术，他以一手数据告诉生产管理可能产生的后果，以及产生后果的概率。生产管理却说，这种概率在允许范围之内。柳钧不屈不挠，硬是拉着生产管理计算后果将对成本的影响，要求生产管理非改不可。生产管理原想不理他，可是杨巡来了，杨巡一见后果会影响成本，立刻大声呵斥要求改进。于是，柳钧纠缠了一上午的问题就在杨巡的三言两语中解决了。柳钧心里好生无力，叹息人们宁可乖乖屈服于强权。

可杨巡不可能天天盯着，等杨巡一走，有人又偷偷地恢复错误，只为追求几分钟的加速。现场管理怕被杨巡问责，偶尔也管几下，以示他们的存在，只有柳钧跟救火队员一样，到处巡视，可是按下这个翘起那个，有些人是故意偷懒；而有些人虽然主观不想偷懒，可是心里没有"态度一贯"这根弦，没人盯着就慢慢麻痹了，出次品了；更有一些人则是不将柳钧这个外来人员放在眼里，柳钧走过去指正，他们冷冷地我行我素，当柳钧的话是耳边风，有些听烦还跟柳钧吵架。柳钧几乎筋疲力尽，一天下来，晚饭时候口干舌燥，可是他不敢回家，怕夜班的人没他盯着更是乱来。他很不明白，这些人为什么没有将自己手头的事情做好做完美的自觉，为什么这些人对自己的工作没有良好的责任感。

晚上，杨巡忙完应酬，略带醉意过来巡视。他来，那些管理人员自然是前呼后拥地伺候。但是杨巡精明，即使周围机声嘈杂，他依然听出柳钧喉咙的沙哑，看出柳钧满脸的疲惫。这不是一个年轻人应该有的精力，杨巡相信这里面一定出了问题。杨巡直截了当地问柳钧今天什么感想，有什么需要改进。

柳钧看看杨巡身后这些刚刚与他搞过对抗，牛皮糖一样不愿精益求精的人，他现在总算从他们的眼里看到了担忧。但是他没有犹豫，质量面前他没有同情。"废品率超过预期，他们不是没有能力做得更好。不过根据合同，我只跟贵公司要成品。"

"哦，有些什么问题？你一整天就在车间里待着监管加工？"

"是的，虽然废品率与我无关，可是我希望得到精度和质量更符合要求的产品。问题有……"柳钧不客气地列出一二三四的问题，眼看着杨巡周围的管理人员脸上变色。

杨巡听完，就一声"他妈的"，轰轰烈烈地骂开了。管理人员都不敢怒也不敢言，但是杨巡骂他们，他们却看向柳钧。柳钧感觉自己快给这些人的眼刀子千刀万剐。柳钧依然想不明白，这些人为什么没有他所追求的自尊，不愿好好做事而宁愿挨骂。他从杨巡的骂里听出，这些人的收入在本地不算差，那么，这些人为什么还要这样做？柳钧百思不得其解。

杨巡骂完，扔下一句"我两个小时后再来"，拉柳钧出去吃夜宵。走到外面，杨巡就道："小柳，你技术很好，可人情世故一窍不通。跟工人能讲道理吗？这些人是蜡烛，不点不亮。你看着，等我们两个小时后回去，次品率有没有变化。"

"可不是说人活一张脸，树活一张皮吗？你骂得他们灰头土脸，他们回头怎么可能跟你同心同德？"

"你在哪儿见到过下面的人与老板同心同德？"杨巡上了柳钧的车，非要坐到驾驶位上。柳钧正要回答有，杨巡却又跟上一句，"别说你们德国。"柳钧顿时哑然。

杨巡自言自语："这车子还真让你改得很顺手，难怪杨逦把你夸得神人一样。油门踩下去反应很快，省力不少。"

"杨总，你有没有想过，你这么骂一大批，不怕他们一起撂手不干？"

"老外说过，一个中国人是龙，三个中国人是虫。我不怕他们，他们组织不起来，我也不怕有几个人跳出来闹，我一个厂多的是人，不缺一个两个。如果只有百来个人，我倒是不敢骂了，人少容易一哄而起。"

"句句是真经。"柳钧无法不想到，他的爸爸就是被车间工人挟持着。

杨巡冷笑："你以为你会做事，可你做成了多少？小伙子，先学会做人吧。"

柳钧继续无言以对。他想起刚回来时候发现的问题，人们的脸上普遍没有善意，人们对周围的人抱有天然的敌意。为什么会这样？他有无数理由想告诉杨巡，不能不尊重人，可是事实却是，人们反而尊重发飙的杨巡。看来不仅市场竞争是原始的，人与人的关系，似乎也是处于蛮荒状态。人们只尊重强权，不尊重人性。

"我明天可能进不去车间了，他们不会抵制你，但可能将我当作告密者处置。"

"你害怕了？"

"不。但是我的现场质监肯定会更添难度。"

"你打算怎么办？"

"其实应该是我问你，你打算怎么办？照这样下去，你能按照合同要求保质保量按时交付？我只是一个担心市一机无力执行合同的人。我听说交给国内企业的大单，必定需要有专人紧盯质量，要不然交付的时候什么情况都可能发生。今天我已经发现问题，那么请问杨总准备如何解决？"

这下轮到杨巡语塞。他是个明白人，比柳钧更清楚，今天的一顿骂，可能有一天两天热度，转身热度就会消失，但是他很快就得出差，没法再来继续骂。而除了他，其他人的作用都与这个柳钧差不多："你有什么办法？"

"由一个管理经验丰富的人，根据实际工序，重新制定考核办法。"

"不可能，我们这儿换工换得快，经常不到一个月就换产品，考核怎么做得过来？"

"可以的，所有的工作都可以量化，但这是一个很科学的工作，需要有个又懂管理又懂技术的人牵头精算。"

杨巡在豪园门口停下，却不急着下车，认真思考柳钧的话，他相信这是柳钧从老牌资本主义那儿得来的经验，他一向深爱这种老牌资本主义久经考验的好经验。但是想了半天，又把手头的人手梳理一遍，只有摇头，这样的人才，还需培养。以前有一个人，这样精算了他的商场，他立刻将她培养成了自己的太太。而今应付柳钧的这单生意显然是不行了，太太出国生二胎去了，而且她也不懂市一机的生产流程。

杨巡想了半天，走出车门，对在夜色中活动身体的柳钧道："你继续去车间，质量问题，暂时用我的办法解决。"

"什么办法？"

"你不需要知道，你只需要看结果。"

"我不放心。"

"你瞎操心。我一向说到做到。"

"谢谢。我还有一个操心，等这一批加工结束，市一机会不会照合同约定，永不做这件产品？"

"合同怎么说，我就怎么做。"杨巡都没将这话当回事，"听说你昨晚跟杨逦争这些事，我跟杨逦一样态度，工人如果流出技术秘密，我一点儿办法都没有。我不可能帮你打死那人。"

"谢谢，我明白杨总的意思了。我也将严格按照合同来办。"

"还有什么操心事？如果没有，你还不加油研制新产品？"

"我没信心。我研发的投入很大，但是眼下看来无法有效保密，我不知道继续研发还有什么意义。"

"研发不是你的兴趣吗？"

"我的兴趣是在更高端的研发，目前这种还算不上。看起来国内还没好的环境。"

"环境靠自己创造，我最讨厌年纪轻轻的人为自己不干事找理由。你既然认准，就一心一意干下去，坚持到底就是胜利。有什么好说的？"

柳钧没想到杨巡会鼓励他坚持，他不知道杨巡心里究竟在想什么，但起码杨巡这话说得没错。

豪园基本上是杨巡的食堂，他进门，领班就上来一五一十告诉他谁谁来过，目前还有谁谁在包厢。柳钧见杨巡几乎没安坐一会儿，没好好吃几口菜，端着酒杯进进出出地会那些谁谁去了，留下柳钧自己好好吃了顿夜宵。

等吃完，已是深更半夜。两人回去分厂，让柳钧彻底无语的是，成品率高得都出乎他的想象。说明这些人可以做得好，但是不肯做。可是，工人们真是不点不亮的蜡烛吗？难道没有其他办法让他们自发产生精益求精的工作态度吗？

杨巡见柳钧满意点头，他就夹骂夹表扬地说了管理员们一通，走了。走的时候，杨巡跟柳钧说得很精确，这帮人可以保持三天的热度。柳钧默然以对。

柳钧第二天一早赶去市一机郊区分厂。令柳钧吃惊的是，杨巡早已神采奕奕地站在工厂大门口的打卡钟旁，监督工人上工。这等精神，令柳钧佩服。

"杨总，你没睡足八小时。"

"睡足八小时？谁规定的？"杨巡看看打卡钟上面的时间，正好是七点半。再看看背后还有疏疏落落几张卡的挂盒，毫不犹豫地将剩下的几张卡都收了，告诉保安："通知考勤去车间找我。"

在车间里，杨巡结合昨晚情况，又将车间管理人员骂了一通。柳钧听着，几乎是昨晚调门的重复，但是，有效。

杨巡毕竟是诸事繁忙，趁早过来一趟，做完规矩放完炮便走了，留柳钧在分厂。

柳钧很明显感受得到中层这些管理人员对他的孤立，但不得不说，他有要求，中层都怨声连天地执行。柳钧实在头痛这样的对立关系，每次开口说话提出要求，都变得万分艰难，都得硬着头皮迎难而上。

中层忌惮杨巡，工人们可没太多计较。一会儿工夫，杨巡昨天和今天的发飙就在整个分厂传开了，柳钧成了大伙儿的眼中钉。柳钧巡查到一位工人身边时候，那人一声"呸"，吼道："看什么看。"

柳钧只好当作没听见，捡起半成品查看。这辈子，他都没受过这样的窝囊气。但那工人依然骂骂咧咧，"滚开，别挡我的光，做坏了你赔？好狗不挡道知道不知道？"

"你嘴巴放干净点儿。"

"干吗，想吵架？吵啊，你不是狗仗人势吗？别人怕你我不怕你……"那人二话没说，不管手头正加工着一只部件，野蛮关掉床子，抓一把扳手就冲柳钧扑去。

　　那工人固然是打架的实战派，才会毫不犹豫地跳出来，以为对付一个书生不在话下。不料柳钧从小也不是个善茬儿，更是科班修炼散打。那么打就打，柳钧回国后也正一肚子的郁闷无处发泄，都是豁出去不要命地出手。最先有人还想出太平拳收拾柳钧的，但是看这等架势，都怕被拳风扫到，只敢在旁边吆喝，引得管理员飞奔过来劝架。

　　但是两个打成一团的人谁也不肯罢手，非得最终分出一个高下，整个车间才又恢复平静。那工人被柳钧单腿压在地上。那工人，嘴角噙血，喘着气道："靠，练家子？"

　　"想怎么办，私了，还是公了？"

　　"私了。"

　　"好。我问你一个问题……"

　　"你甭问，凭什么我们做死做活，赚的钱都给你们拿去花天酒地包二奶？你算老几？"

　　柳钧很是莫名其妙。但他还是松开腿，一把将那工人拉起来，"记住，你是我手下败将，有种的你该知道怎么做。还有，我凭我的技术和勤奋赚钱吃饭，我的钱来得并不可耻，你不用仇视我。"

　　"就这样？"

　　"对，就这样，可以理性解决的问题，没必要动手。但——并——不表示——我——不——会！干活儿。"

　　那工人用回丝擦血，看着柳钧回去继续检查他的产品，便不再说话。他不过是一个愣头青，被车间几个老谋深算的挑逗起血性，想帮大伙儿出头。既然落败，他自然无话可说，私了的后果就是以后看见柳钧只能百依百顺。

　　但是柳钧虽然赢了，也很骑士地大方了一把，心里却并不痛快。他其实更想骑在输者身上，打得那人满脸开花，因为此时此刻他满心都是暴戾。他最近窝囊坏了，他似乎与这个社会格格不入，谁都可以轻视他欺负他，连这种二愣子也骂他，可他却不得不为产品顺利出炉而顾全大局，假装宽宏。不，这不是他的个性。

　　柳钧知道此刻有几百双眼睛从四面八方盯着他，他埋头做事，故作镇定可是心里很烦，烦得差点儿错过口袋中手机的振动。幸好那边有耐心，没挂断。而更让他心中温暖的是，电话的那端是他眼下最想说话的女友。

　　可是他对着电话还是说："都半夜了，你怎么还不休息。"他忽然觉得自己好虚伪，怎么回国几天，也变得入乡随俗了。他刚想改腔，那端却是悠悠地跟他说对不起。柳钧立刻明白了，拿着手机的手慢慢滑下，脸扭向窗外。洁净的窗外什么都没有，只有一天一地的阳光。柳钧的心里此时却什么都没有，更没有阳光。他不知道有两行眼泪滑过面庞，串珠儿似的落在胸前。他的脸色变得煞白。柳钧就像一个小小的苍白少年，面对四面八方压来的挫折打击，手足无措。

有工人来来往往，经过柳钧面前，看到柳钧的眼泪，都惊讶了，这人不是才刚打赢的吗？打赢的人还跟小姑娘一样地哭鼻子？众人挤眉弄眼地走开，消息疯狂地在整个车间里传开了，很快，也传到了总厂。

柳钧发了好一会儿呆，等清醒过来，意识到自己失态，没说什么，想装若无其事。但是他抬眼，却见有人对他指指点点，有人对着他笑得前仰后合，还做着哭鼻子的动作。他本能地往脸上一抹，没想到竟抹来一手的泪水。柳钧脑袋"嗡"地一下，充血了，想都没想，飞起一脚，踢向身边铝合金窗。只听"哗啦啦"一声巨响，两排铝合金窗竟然土崩瓦解，轰然倒下，连柳钧都被吓了一跳。可碎裂飞溅的玻璃也刺激了柳钧，他歇斯底里地大吼："看什么，干活儿！"声音嘶哑，如同狼嚎。众人脸上有震慑的，有不屑的，也有依然看笑话的，但都不敢再笑，怕此人发疯，拳脚招呼上来。竟然真的没有人组织起来架走这个危险分子，也没有管理人员上来找柳钧谈话。

柳钧踩着碎玻璃左冲右突跟疯子一样期待着人们的反击，可人们都采取漠视的态度，令柳钧有劲无处使，飞起一脚，又踹倒一扇铝合金窗。混沌之中，有个声音告诉他，赶紧离开，赶紧离开，别再闯祸。可是又不知哪儿来的蛮力在推他，怂恿他继续大闹天宫。终于有地上的玻璃碴儿刺穿鞋底，插入柳钧的脚掌。疼痛让柳钧冷静，他站定了，深呼吸，理智渐渐回到身上。他弯腰拔出玻璃，谁也不看，走出车间。他尽力地将背挺得很直，很直，希望留给人们一个坚强的背影。

到了车上，柳钧逼迫自己冷静。可是他想发泄，想找人说话。他心里飞来飞去都是女友的号码，可是他知道没用。他除非立刻追过去，可是，当前关头，他能离开吗，他离得开吗？他连三天都不能离开。他只有打个电话给钱宏明。但钱宏明接起电话就急促地说："我在开会，我在开会。"

柳钧蛮横地道："我有话说。我女朋友……黄了。"

"哎，等等，我出去说。"钱宏明急急走出会议室，"十分钟。我早不看好你们，离那么远，又不是牛郎织女。你可以难过，但你不用难过太久，这种结果是必然。"

"我不应该离开德国。"

"你有选择吗？"

"没有。"

"可以挽回吗？"

柳钧想到不久前清晨打女友家电话没人接，他叹了声气："没有。"顿了顿，又道，"我在车间里当众哭了，也当众发疯了。"

钱宏明一听觉得问题严重："你给我一个小时，我回头找你。你镇定，镇定，什么都别做，等我过去接你。"

钱宏明的关心让柳钧温暖，他犹豫了会儿，决定自强："你不用来，我就近找家医院包扎一下，晚上再说。"

"你行吗？别逞强，状态不好的时候不适合工作。"

"没问题，我已经发泄完了。"

"你又不是小孩，怎么一点儿自控能力都没有？"

"很多事让我很胸闷。不说了，我血快流干了。宏明，幸亏有你这个朋友。"

"去吧，国道向西，有家医院，记得打破伤风针。"

放下电话，柳钧默默开车去医院包扎。回来，又若无其事地投入车间做事。离奇的是，虽然那些人的目光甚是古怪，可只要是他说出口的，那些人虽然有所嘀咕，却都照做了，都不需要他费劲讲道理。

直到快下班时候，杨巡匆匆忙忙地出现，见到的已是平静的柳钧。但杨巡早已听说柳钧的失态，也被手下领看到踢翻的窗户，他禁不住在窗户边比画比画，骇然，这么粗的铝合金，踢翻它得多少力气？

杨巡找到忙碌的柳钧，拍拍肩头问："他们又惹你？"

"没事。杨总，我会赔你铝合金窗。"

杨巡点点头："不下班吗？还是跟中班一起下？"

"我晚点儿再走，中班要上两道新工序。杨总，没事。"

杨巡放心离开，但心里更瞧不起柳钧。男人，居然当众落泪，这算什么？自控能力实在太差，不是当头儿的料。

柳钧也对杨巡很失望。分厂发生事情，作为最高管理者竟然可以允许私了，而不一查到底，引以为戒。如此粗糙的管理，却掌握着如此庞大的工厂，能行吗？

　　然而，柳钧无法对市一机的内部管理置喙。甚至，他也未必能有效管理自家在市一机加工产品的质量，他唯一的办法只有最终拒收，可是拒收却将陷他于无法向甲方交货的困境。这几乎是一个无解的结，因此他只能硬着头皮在现场不受欢迎地继续监督。结合此前为寻求加工企业而考察的其他厂家，柳钧终于认清国内的工厂。

　　柳钧认定，若想在国内制造好的产品，除了需要高精度的机床，管理也必须上一个精度。但是谁来管？哪来既懂前沿制造知识，又懂管理知识的人才？柳钧还想到，他原本设想用一年时间改变前进厂的面貌，让爸爸不用为前进厂的生存担忧，可现实第一次逼他看清楚，照着目前他的"研发——代加工"模式，等一年后他回去德国，爸爸还能将产品持续生产下去吗？显然，他高估了现状，也高估了自己。

　　第一次，柳钧认真考虑钱宏明以前提出的问题，钱宏明说过："我认为你来了就不愿回去，你不如现在就开始做好说服女朋友来中国的准备。"是的，钱宏明事事料中，连女友问题也于事先警示了他。而今，女友基本上是追不回了，那么他自己又将何去何从？

　　钱宏明接到柳钧电话的时候，他姐姐正因为新屋装修住在他家。钱宏英听弟弟略作解释，不禁莞尔："可怜的孩子。"

　　嘉丽满脸同情："柳钧真可怜，他是很爱他女友的吧。宏明你劝劝他哦，柳钧是性情中人，这下受伤大了。"

　　"柳钧从女友那边受的伤有限。他从高中到大学经历的女友多了，一个文化不同的女友未必能多打击他。我看他有别的心事。"钱宏明进屋一丝不苟地更换出门衣服，他心里更认同姐姐的说法，也怀疑姐姐话中有话，"姐，柳钧回国，是不是自始至终就是一个圈套？"

　　"事到如今，圈不圈套还有什么区别？不搞清楚更好。你能帮就帮，帮不了多陪他坐坐。一个小孩子，一上来就把全部责任压给他，过渡都没有，担得住吗？别压出心病来才好。"

　　钱宏明没想到姐姐帮柳钧说话，不禁愣了下，也是话中有话："再小的孩子都没被压垮，柳钧挺得过去。嘉丽，你早点儿睡，姐你帮我管着她，别太贪玩游戏。"

　　钱宏明见到柳钧的时候，没有提起柳钧回国可能是中圈套的疑问，如姐姐所言，此时是不是圈套还有什么区别呢？这只会更打击柳钧的真性情。连姐姐都不忍，何况作为好友的钱宏明？

在停车场，钱宏明见到一瘸一拐的柳钧，情况似乎比他想象的更严重。"要不要紧？我还是送你回家吧。"

"放心，即使只剩一只手一条腿，我照样能自己开车回家。对不起嘉丽，又把你半夜叫出来。"

钱宏明奇道："身体状态看上去不大好，精神状态看上去还行啊。"

"没，心里很乱，但精神似乎处于亢奋状态。你陪我坐会儿。"

"走，去喝两杯。"两人在酒吧坐下。钱宏明以前不大来酒吧，更多的是去咖啡店，而柳钧似乎更钟情酒吧，却喝不了几杯啤酒，纯粹是形式主义。

"宏明，你以前说我既然来了，就不会再回德国。当初说这话的理由是什么？"

"你是个有责任心的人，而你打算做的事又不可能一蹴而就。等你负责地挑起责任，短期内很难撂下。怎么，你打算留下？"

"可是留下很难。我去医院包扎后想了很多，也实践了，从效果来看，我可以做好与车间工人、管理员们的协调工作。但是为了这个'可以'，我得降低一贯的道德标准……"

"说具体点儿。"

"我得放弃人与人之间应有的尊重，而改用暴力使对方顺从。我发现杀鸡儆猴啊、借刀杀人啊、仗势欺人啊，这些诡术都很好用，唯独不能以理服人。我很违心，但是我又知道，我不可能与全世界作对，我只有先适应环境，再谋求理想。可是……心里不痛快，别扭。"

钱宏明闻言奇道："我还以为今晚我得好好劝你放弃一些理想主义的想法，没想到你进步神速。"

"你劝我，我倒未必听，人不撞南墙不会回头。可见南墙是最好的老师。"

"那么，打算长期留下了？"

柳钧垂首良久："我似乎是赌气，可又想证明我能做好。刚才来的路上想到留下，一想，思路就豁然开朗。非常汗颜地发现，其实我也在浮躁地做着短期行为的事。如果留下，所有的打算都需要改变了。可是，我真的要留下吗？"

"你有选择吗？什么都不用说，留下就留下，不用给自己给别人任何理由。

生活哪有理由可讲？"

"我不是找理由，而是我不愿留在这个环境里。好吧，我势利虚荣，我喜欢生活工作在德国，虽然我也很爱中国。是不是很矛盾？我原以为我回来可以做很多事，可我发现已经与故国格格不入，我在中国反而跟一个大傻瓜一样，所有的人就差当面跟我指出我在国外待傻了。我这半年下来有很多想不明白的事，好了，从今天开始我决定不问为什么了，放弃工科人士该有的一丝不苟刨根究底的精神，不再跟生活讲原则。"

钱宏明一只手转着酒杯，想了很久才问："想听好话还是坏话？"

柳钧不情不愿地道："据说忠言逆耳。"

钱宏明还是犹豫了会儿，才道："你有没有想过，有些人有一肚子的委屈、矛盾、烦闷、不甘，却囿于常理连说都不能说出来，喊冤更会被砸死，唯有憋死自己。相比之下，你这些矛盾算什么？你也别怪工人没责任心，他们平时遇到太多不平，可他们处于如此的底层，为了生活却唯有一路憋屈自己，久而久之就麻木了。凭什么要他们理解你的理想你的抱负？对待他们，我的经验是不要抱怨，用物质的方式体现尊重，即使见面递一支香烟也是好的，最终日久见人心。你不用叫屈，而该从自身寻找问题。"

柳钧抱头，从指缝里瞅着钱宏明把话说完，心中更是郁闷转向憋闷。原来他这么多日子来的烦闷还都是挺优越的表现。但他听得出，钱宏明是拿自己做了例子，因此他无话可说了，拿起酒杯跟钱宏明碰一下，咕嘟咕嘟一饮而尽。"我是不是很幼稚？"柳钧想到上午飞踢铝合金窗的事情。

钱宏明依然是转动着酒杯，但笑不语。柳钧见此，懊恼地拿两根手指狠狠叩击桌面，也说不出话来，直叩得手指疼痛。钱宏明阻止了柳钧："回家吧，你今天喝酒多，我送你回去。"

柳钧"刷刷"抽出钞票，招手叫小姑娘来结账，钱宏明没阻止，但吩咐一声："开张发票。"等小姑娘拿钱走后，钱宏明道，"如果留下来，一定要学会在任何场合索要任何发票，无论是个人消费还是公司消费。不要以为这事很庸俗。具体原因，你可以研究一下税法。"

柳钧又忍不住叩击桌面，但选择闭嘴，而不是反驳。相比钱宏明，他对国情知道得太少，他不能做狗咬吕洞宾的事。不过他没让钱宏明送，自己开车快快回家。进门，却发觉他爸半躺在沙发上，睡眼惺忪抬起头来。柳钧头大，他可以面对朋友直诉胸臆，却未必愿意对老爸说。前者是成年人可以做的，后者是成年人不可以做的。可他又清楚爸爸特意等着他，是想说什么。他还在想着装醉避免爸爸追问的时候，他爸爸已经哑着嗓子开口："阿钧，脚真受伤了？你晚上怎么都不开手机？让爸看看。"

柳钧无法躲避，他爸早已飞快冲到他的面前。见爸爸想蹲下去看，他只得找椅子坐下，脱下鞋子让爸爸看个明白。"放心啦，不是大事，出点儿血而已。我知道你担心什么，上午女朋友跟我说分手，我很有情绪，就这样。"

柳石堂心里很是复杂，可还是没说什么，只伸手拍拍儿子的后脑勺，许久才道："爸爸只提醒你一件事，不管怎样，市一机都不是你的，你别在那儿耍脾气。"

"我不想太憋屈自己，但我会尽量理性。爸爸，最近我会考虑一下我们厂长远的发展规划，我先给你提个大概，我们一定要高瞻远瞩。"

柳石堂一听，立刻无比欣喜。话还没说出口，早被儿子推着出门要他早点儿回家休息去。柳石堂被儿子像推辘轳一样地推着，不断吩咐儿子受伤后注意这个注意那个，直至被关进电梯。但他忽然想到什么，忙又扒开电梯门，急着道："你隔壁住着的一个姑娘找过你。"

"知道了，杨巡的妹妹。"

柳石堂的手被儿子从电梯门掰开，塞进电梯里。他只得更加欣喜地乘着电梯下楼，心里密密麻麻地盘算开了。

柳钧看看手表，看看杨逦的门，回去自己房间，翘着一只脚，将自己浸泡在浴缸里。这一天发生的事情太多，他有些理不清头绪。他在浴缸里用目前周围的人看不懂的德语将心里的问题一条条列在本子上，就跟他平时工作一样，他都是那样一目了然罗列问题，以免遗漏。然后找出符合逻辑的原因，最后给出办法。他还是没法像跟钱宏明说的那样，不给生活找理由，他需要明明白白，好坏都是真实的、清楚的。

写出来，他就能卸下包袱安心睡着了，不再气急败坏，也不再闷闷不乐。

钱宏明回家，妻子和丈母娘已睡，姐姐正从客卧出来，见他就问："柳钧什么事？"

"他有点儿赌气，打算留下。"

钱宏英"噢"了一声，一笑，进去洗手间。钱宏明见此，忽然想到，姐姐会不会是柳石堂的帮手？年初为柳钧回来的事，姐姐挺出力的。钱宏明心中不快，不愿姐姐总与柳家牵扯不清。他决定以后有关柳钧的事不再与姐姐提起。

03

柳钧继续一瘸一拐地去市一机郊区分厂上班。他并没有到处敬烟，他本身是最反感工作场合吸烟的人。然而"日久见人心"还是一天天地变得具体。在工人们眼里，柳钧依旧很讨厌，因为他对质量非常苛求。但是工人们眼里也看出柳钧始终一贯的态度，而并非无知者的兴风作浪，也并非与工人们恶意作对。这就很难让大伙儿继续对柳钧抱持恶意了。同时，日式机床在运行中总会出现一点儿咳嗽喷嚏之类的小毛小病，柳钧并没有因事不关己而袖手旁观，他的优势在于他的见识和他对机械的热爱，他在解决高端机床的问题上总能起到主导作用，而且他总是毫无保留地将原理告诉给大家。先是车间技术人员与柳钧亲近了，他们经常在车间办公室里听柳钧讲解一个两个小时；接着是车间管理人员服帖了，开始心服口服地配合起柳钧的工作。他们的态度是最佳的风向标，整个分厂对柳钧稍开有点儿温情的大门。

于是，热处理阶段，当柳钧提出封闭现场温度显示仪，进料时候清场等"无理"要求，大家稍有异议，但最后看柳钧的处理并不影响工作，便都挺配合。柳钧为此大大地安心，总算，他保住了产品生产中关键的一环。

当然，柳钧也是知恩图报的，一个多月的合作期间，他常常请大伙儿下馆子，而且经常被他们调戏着灌醉，睡在分厂办公室里，睡出一身蚊子包。

柳钧最先挺烦这种吃饭，常常心中默念：君子不得已而为之，必须用物质来表达善意。可随着与大伙儿渐渐熟悉，工作外的交流渐渐增多，饭桌不再成为负担，他也学会一套套的酒令，学会呼五喝六地灌酒。

到那时，大家才告诉柳钧，大家最初讨厌他，反感他，是因为他一个外来毛头小子仗着老板做后盾，到他们的地盘上指手画脚，非常有损他们的面子。彼此熟悉了才了解柳钧这个人其实表里如一，倒是一个胸中有货色，做人很实在，原则很坚持的人。用大家酒桌上的话来说，柳钧被大家看得上了。

但是，即使有了这么良好的关系氛围，产品的质量依然是柳钧头痛的大问题。

不为别的原因，而是大家已经习惯了差不多、马马虎虎，还有人非常友好地私底下教育柳钧，其实甲方未必会如此追究精度，全国一盘棋，他们有经验。柳钧无奈，只好天天一边被车间管理员们取笑抱怨，一边时时刻刻不忘质量。在最后的产品下线时，他都觉得自己快成《大话西游》里的唐僧了。不仅柳钧快累瘫了，他熟悉的车间人员也纷纷开玩笑说这一个多月都快比日本人管理的时候还累。柳钧当然是拖着疲惫的身体开宴答谢。他当然还请了杨巡，但杨巡没有出席。

与市一机的合作就此告一段落。柳钧又一次没想到，运输竟然也是大问题。他刚回国时曾被一个奸商摆了一道，红绿灯前运输车偷梁换柱做了手脚。那么现在他即使用脚底想也想得到，好几车的货色运去遥远的甲方，路上会遇到多少困扰，说不定被偷去几件明珠暗投做废铁卖了都难说。整个大环境的商业诚信非常低级。

柳钧不得不与爸爸一个管车队的第一辆车，一个管车队的最后一辆车，黄叔钦点的两个可靠徒弟分别管住当中两辆车，在炎夏火烫的货车厢里首尾呼应地看护着自己的财物，一路不敢合眼，不知喝了几箱矿泉水。柳钧等两个年轻人一天两夜下来尚面有人色，柳石堂下车时候面如土色，当即让人刮痧刮得惨不忍睹，才算冒出豆大汗滴，缓过神来。可是柳钧却除了殷勤端茶倒水，递药扇风，其他忙一点儿都帮不上，上回来过之后已经得知，所有的办事都有暗藏门道，有他听不懂的切口，他唯有赔笑跟在他爸身后才不致误事。他心里非常无力。

果然，他们找一处旅馆洗去油汗，换一身体面衣服去甲方公司，就跟孙悟空跟着唐三藏须过九九八十一道关卡一样，验货的、入库的、开单的、统计的、出纳、会计，凡是过手的每一个人都要伸出手指捞一把。尽管父子两个一路过关斩将，还是用了两天时间才得到部分货款，还剩三十几万得等两星期后来取。届时，估计又得在财务室放一把血。用柳石堂的话说，不给好处肯定不给办事，给了好处也未必给你办事。

柳钧在眼花缭乱的社会历练中学习着知识，懂得未来成本核算的时候需要添加这种看不见的人情成本。但是柳石堂却告诉他，这一单生意里面看不见的成本还算是少的，有底的，因为这家企业效益好，基本不赖账，最多最后三十几万多拖几天，或者给张承兑汇票。遇到赖账的，那货款如肉包子打狗了都有可能。说起以往讨账的辛苦，柳石堂非常感慨地告诉儿子，这就是为什么他绝对倾向做出口产品，钱给得清清楚楚，成本也事先可以核得清清楚楚。

另外两批的货色都是出口之用，果然，外方在国内的代理自己过来验货，虽然柳石堂带着儿子殷勤款待，可毕竟省心省力了许多。两批货色验货无误，集装箱发货，也不需要父子两个跟车押运。回头，就兑了信用证，货款两讫。相比之下，看不见的成本如凤毛麟角。对比如此显著，柳钧第一次深刻理解爸爸爱做出口加工的原因。

柳钧原以为可以喘一口气，然而车间平时玩得较好的技术员一个电话打给他，他老板压下任务，他们已经照着前进厂此前提供图纸的复印件做了两百多件半成品，而今这批半成品正等待进热处理车间尝试获取各种温度各种表面强化处理后的数据。挂帅的乃是总厂的副总工程师。

果然不出所料，杨巡觊觎这种高新产品的利润，甚至连杨巡着手的切入点都不出柳钧所料，唯有热处理是杨巡无法探知的。面对如此明目张胆而又出于意料之中的仿冒，柳钧只会冷笑，拎起电话就打给杨巡，问他是不是意欲仿冒。

杨巡一口承认："对，世上没有不透风的墙，你不也得知我公司秘密试制的消息了吗？"

柳钧闻言哭笑不得，贼喊捉贼呢。但他还是晓之以理："杨总，如果我们继续第一批这样的合作，大家互惠互利，细水长流，岂不是很好？如今你耗资巨大，最多试制出整个系列中的一件，市场有限，收益也有限。而且你跟我不一样，你无法手握一手资料，你耗资巨大试制出来的产品很容易被别家剽窃，你岂不是竹篮打水一场空？"

杨巡道："我打算投入二十万试试，如果超过二十万还没得出结论，我立刻放弃，我们继续过去的友好合作。"

柳钧只能顿足，在心中大骂无赖，难为杨巡还能将这等无赖事说得如此理直气壮。但是柳钧好歹获得一个结论，杨巡打算投入的是二十万。以市一机这种不经高深计算，拿整个套件做试验的傻办法，这二十万很不经用，很快就会见底。他心说拭目以待。但是，难道真的他将如杨巡所言，如果杨巡砸二十万剽窃不成，他未来还得乖乖回头与杨巡合作吗？不！柳钧告诉自己，他必须开始长远打算，建立自己的加工基地。

柳钧无心休假，下一刻，就坐到爸爸的对面，摊开笔记本电脑，与爸爸算这一次研发与外加工周期的盈亏总账。财务拿来这半年厚厚六本凭证，三个人一条条地确认是否属于研发专项，由柳钧一条条地输入Excel表格。大多数条目由柳钧自己经手，比如材料、市一机测试中心场地费等，有些是柳钧看见条目就觉得不正常的，比如临时人工费、来路不明的车旅费、业务招待费、奇高的运输费等。柳石堂解释，比如那些红包，无法从账面上支出，只能钻税法空子，做一些能入账又最好能税前列支的项目套出现金来做小金库，还能少缴一些所得税。这就是一般纳税人的好处。

柳钧不禁想起钱宏明要他处处索要发票的提示。若非如此，又能以何名目取出现款？如果是以个人收入名义支取，柳钧虽然不知道这边的税率是多少，可多少知道个人所得税不会低。那么，用于公司经营目的的这笔支出就很亏了。但如果遵纪守法，不私设小金库，不塞红包，就没生意没收入。真是一团乱麻，合理的不合法，合法的不合理。

同时，柳钧看到那么多的稀奇古怪，他用于测试的材料必须一五一十地缴纳增值税，却没地儿抵扣，缴得非常冤；他们所获得的利润在缴纳所得税时，还得按照一定比例缴纳明明该是国家福利支出的残疾人保障金和义务兵优待金；甚至还有根据所得税税额提取的教育费附加、城市维护建设税。他原本还信心满满，认为自己大笔投入的研发和生产应该不会让爸爸亏本，看到这些支出，他有点儿不确定了。

一笔一笔的费用全部列出，他计算出来，果然，亏本。幸而是小亏，也幸而还有系列中的其他产品未来还可以挣钱。他满怀歉疚。柳石堂打发会计回去，就笑道："你愁什么啊，我们才做了三批，就能马马虎虎打平……"

"是小亏。如果再分摊厂里的日常管理费用和我个人的支出，噢，惨不忍睹。我以后要节约，大大地节约。"

"别担心，爸爸是做好大亏准备的。目前看来势头很好，你再拿出一个产品来，我们就可以盈利了。你别看眼前，要看长远。"

"说到长远，杨巡已经看到我们尝到甜头，产品竟然卖出高价，他一定会投入不止二十万，他是个精明的商人。如果我以后在他们那儿做一件，被他们明目张胆地模仿一件，我们还有什么长远？这么少的盈利根本不配我们在研发中投入的资金和脑力。我们是不是该大笔资金投入，开始提升我们的加工能力？"

"我们自己加工，他们不会拿成品去测绘模仿？也只要破解一道热处理就行。"

"我还有其他研发！而且我们还得赚精加工的高额利润。即使我们小亏，但市一机这回凭他们的好设备做我们的产品，赚得不错。爸爸，你是不是不舍得投入？你可以把我现在住的房子开的车卖了，投入到设备升级中去，我们再不能钻在低级加工里面没出息了。我可以住你那儿，骑自行车。"

柳石堂脸扭得跟牙痛一般："我们以前已经计算过，这是笔非常不小的投入，我们投不起。"

"一步一步来，舍不得孩子套不住狼。你知道刚才我跟杨巡说我正在申请专利，从申请日起我已经有优先使用权，是受到保护的，他不能再擅自生产这种产品。你知道他怎么说？"

"他肯定得说这是他们自己的发明，与你无关，什么专利不专利。"

"对，就是这么法盲，无知无畏，他不会停止侵权。"

柳石堂犹豫了下，道："侵权这种事，你以后别当回事，基本上没人管。"

"不可能，有法律，我已经研读过白纸黑字。正是因为你们都认为没人管，不相信法律，不去追究，不去上诉，事实上纵容了杨巡那些人的肆意侵权。"

柳石堂皱眉看着儿子，可他手头还真没有哪个人起诉被侵权的例子。他提醒儿子："无风不起浪，不要以为只有你知道别人都不知道，现在很多大学生管理公司，他们也知道专利，可他们都还在拼命仿冒呢。你还是别指望的好。"

"有一分可能，做一分努力。爸爸，回头我会根据资金情况给你一份发展计划。首先，我必须开始看新工厂的建设用地。而且看起来我还得好好学习税法，刚才看财务说起减免来吞吞吐吐，可见并不熟悉条规。但现在，我得跟汪总打个电话，打听杨巡他们实际研发的投入和进度。我还真有点儿担心他们歪打正着。"

"新工厂的事，你让爸爸好好考虑。"柳石堂经验老到，他很清楚，资金投入给研发，那是随时可以咔嚓的，可以有底，但是投建新工厂……没有可靠的保障，不问清楚政策会怎么变，谁敢做如此大的投入，即使他很爱儿子。

柳钧当然不会逼迫爸爸即时做出这等重大决定，他立刻给汪总打电话，但是汪总接起电话，却七扯八扯地一会儿说他认为可行，又一会儿说他不认可，然后"哼哼哼好好好"地将电话挂了。柳钧一头雾水，放下电话想到汪总可能是不方便。

果然，下班后汪总就打他手机，而且开口就直奔主题："小柳，你也听到消息了？"

"是的。汪总，他们打算怎么做？这是侵权啊。"

"我没负责此事，杨总可能不信任我。不过我根据你曾经说给我的原理，和看看他们那个研发小组大概做的几件事，我估计他们想摸准路子，有的摸索了，没那么容易找对门路。不像你从开始时候已经找准大致方向。"

"杨总跟我说，他准备投入的上限是二十万。"

"看杨总的热衷程度，不会只有二十万。但以他的性格，也别想超过五十万太远。小柳，你别纠缠这些了，我看你还是应该多关注自己的发展。毕竟你自己的发展是主要的，余暇才收拾那些烂摊子。"

"可是我如果不断被侵权，还怎么做？"

"你要时刻跑在前面……唉，我说得理想主义了。"汪总在电话里长长叹息，长长无语。

"是的，我心有不甘啊，他们在糟践我的心血。"

汪总沉默良久，道："我得提醒你，小柳，国家现阶段在一定程度上默许对知识产权的侵犯，这是发展的需要。否则专利都被老外捏着，我们就举步维艰了。"

"可是……有法律的。而且不尊重知识产权，国内自己的研发也会被侵犯，比如说我就被侵犯了，我现在已经被影响研发的热情，而且可能被影响研发的成果，直接影响到我未来对研发的资金投入。我如此遭遇，其他人也一定差不多。"

"国家应该是权衡之后做出的决定吧，唉，说真的，在我这个过来人看来，我们现在在技术方面的投入太少太少了，一年比一年少，悲哀。"

柳钧很是无语："可惜，汪总，我们厂没规模，否则我一准挖你过来。"

汪总开心地笑了："别挖了，我看得出我的思维方式已经很不一样了，我只会给你当绊脚石。你只要让我旁观就行，我随时提供经验。"

"汪总，每次跟你交谈，总是让我对人性充满信心。"

"傻孩子，哈哈哈。"汪总更开心了，结束电话后心情一直很好，看见柳钧就像看到自己的年轻时代，多年以来，他还是难得一次对别人如此推心置腹，不以利益作为前提。

柳钧得到汪总提供的情报，放心不少，转头又专心投入新产品的设计。柳石堂则是又开始出门洽谈生意。

但是，好景不长。两个星期之后，还是汪总在下班后打电话给柳钧，告诉他研发小组已经拿出样品，各项机械性能与他的设定几乎没有差别。柳钧闻言如遭闷棍："怎么可能？"

"已经肯定，而不是可能。你回忆一下，热处理过程中有没有被偷窥。"

"没法偷窥，现场只有我看得到温度显示，也只有我知道添加的稀土材料是什么，他们最多只能记录时间。或者，市一机的领头人是个高手？"

"他有多少本事我知道，这么快得出结果只有两个可能：一，他撞大运；二，他从你那儿得到明确线索。我看只有后者，前者的概率太低。"

"不是概率太低，而是根本不可能，我对不同部件采用的是不同的热处理，他不可能一次撞中几个，那概率没法计算，天文数字。难道……"

"我再提供你一个线索，他们试验中用去三千多套成品，算是投入不菲。你算算排列组合，从你那儿泄露出去什么资料，才会需要这个组合数量。"

"是的，是的，谢谢汪总，这个线索太重要了。汪总，我只要能证明，我一定起诉，我不能坐视。"

汪总叹息："我提供你线索的原意是，让你就此找出泄露点，也好亡羊补牢，避免以后再被偷窃。至于走法律程序，你耗得起这精力和财力吗？打经济官司，拼的是财力、财力、财力！"

"不应该是这样的。我不能坐视。"

"小伙子，要学会忍，学会咽下一口气，甚至一口血。"

不，不，不。柳钧在心里强烈否定。

下一刻，柳钧立刻与出差在外的爸爸通气。那边柳石堂听说此事，勃然大怒，"难怪，难怪，我本来谈得好好的，转头他们就翻脸，说别人报价比我低，还骂我刀子太快。他娘的，姓杨的吃我豆腐。"

"根据汪总说法，他们的成品今天才试制出来。那么他们的销售跟进是不是太快？或者说明他们对剽窃成功是胸有成竹的？他们凭什么胸有成竹？"

"内贼？阿……阿钧，傅老师？你还记得有天你问她要笔记本她拿不出来？"

"可是她的言行是那么知书达理，总让我想起妈妈。她能做出如此卑鄙的事？"

"阿钧，穷啦！她儿子野鸡大学毕业后一直游荡，她老公工作的集体企业倒闭，每个月只能领到一百元退休金，又是一身富贵病，好像是糖尿病。钱对他们家比性命还要紧。可你当时好像说过笔记本里看不出花头。"

"我想来想去其他部位基本上不会泄密。我刚想起一件事，当初为了节省成本，我用的是一边计算一边排除，所以越试验到后面，采样数据越定向密集。这等于基本上为市一机剽窃最终数据划定一个范围了。爸，对不起，你回家吧。"

"嗯，别说对不起。我还想清楚一点，既然他们能这么容易解密，下回他们是不是还能凭借差不多的办法很轻松地剽窃我们下一个部件？"

"是的。而且事情发展到今天，我们下一个部件去哪儿加工都成问题。爸，我们回家商量，得修改计划。"

"嗯。"柳石堂忽然想到一个问题，忙道，"阿钧，你千万不要去找姓杨的，他们那帮老乡非常团结，要官府有官府，要下三流有下三流，你找他会吃亏。听话，你答应我，等我回家再说。"

"知道了。"柳钧虽然这么答应着，但是怎么肯听话？他当即就打电话给杨巡，但是杨巡不接电话。柳钧火上了，不接，他就不停地拨打，再三再四，才有人接起，却说杨总不在，回头会告诉杨总。柳钧怀疑杨巡根本就不会再接他的电话，他就直接告诉电话的人："根据合同，市一机不得生产跟我工厂一样的套件。你请转告杨总，只要杨总生产一个，我立刻去法院告状。"

对方那人奇道："我们生产自己研究出来的也不行？"

"请你自己去问杨总，请补习法律知识，谢谢。再见。"

柳钧再接再厉，下一个电话打给杨逦。拨打的时候他才想起来，最近似乎进出家门时候还真没见到杨逦，而且在停车场也没见到她那辆白桑塔纳了。可见杨逦是先知先觉地避着他？

果然，电话响了很久都没人接，兄妹一个德行。柳钧不依不饶，继续打，直到第三个电话，杨逦终于接起。但是杨逦接起就道："对不起，对不起，非常非常对不起……"

"显然我当初没有误会你，为什么要这样？"

"非常对不起，我大哥就是这种性格，看到有钱可赚，他一准奋力冲在前面……"

"可这钱不是他该赚的，合同有约定不说，专利法也可以保护我。"

"这问题我跟大哥说起过，可是……我无颜见你。"

"那么怎么办？我打电话，你大哥又不接，连协商都不愿意，难道逼我打官司？"

杨逦犹豫了半天，道："大哥根本不怕你打官司。"

"为什么？"

"你别逼问我了，我这个夹在中间的人很矛盾，很为难，但请你相信，这件事我没插手。对不起。如果大嫂在国内，或许你还可以通过她说服大哥，现在没人能劝的。面对这么丰厚的利润，他不会收手。"

"可问题是，我面对本该属于我的丰厚利润被剥夺，我能罢休吗？"

"柳先生，请冷静。我不是威胁你，你一定要想个稳妥一点儿的办法解决问题。大哥不是……你就把大哥看成地头蛇吧，大哥的合作人申总更是。你千万别莽撞。"

柳钧错愕："我想不出更好的办法，唯有用法律来文明地解决。"

"柳先生，我毕业以来看到的和经历的一切都表明，权和钱才是一切，法律什么都不是。"

柳钧再次错愕："我不信邪。请告诉我，明天怎么可以找到你大哥。如果你方便。"

"对不起。"

柳钧无奈，只好结束通话。他没想到，一圈儿电话打下来，从汪总到爸爸，再到杨逦，都在劝他不要打官司。包括以前他与钱宏明说起的时候，钱宏明也告诉他打官司得不偿失。那么还有什么办法可以阻止杨巡？或者，只能听任杨巡明抢他的成果？不，全世界的人都可以放弃起诉杨巡，唯独他不行。别人只看到他用这么不到半年的时间研发出产品，可是又有谁看得见他多年攻读的知识积累？他的知识产权绝不能被剥夺。而且，他不能容忍杨巡无耻无赖的态度。

但他不得不冷静下来，他得先检视那本曾经消失一夜的笔记本。

他尝试换一个角度，用一个偷窥者的眼光看这些数据……他终于看出其中的联系。那些数据其实已经指向问题的根源。那么将可能的数据排列组合，稍有脑袋的人就能得出结论。柳钧没想到，竟是他尊重的傅阿姨出卖了他的秘密。这一刻，柳钧甚至觉得，被出卖甚至比被偷盗更令人愤怒。

第二天一早出门，柳钧前往经常路过的一家律师事务所。但是当他一说出起诉的对象是市一机，接待他的律师立刻尴尬地婉拒代理，理由是他们与市一机有合作，不便吃了上家吃下家。柳钧最先信以为然，就请那律师再介绍一家。等在第二家继续受到婉拒，他终于明白了。律师不知道忌惮什么，总之是不肯接与市一机的官司。

柳钧心中的怒火越来越盛，敢情杨巡敢这么做，全是因为看死了他柳钧有冤无处诉。柳钧更不信邪了，他本就自信于自己的聪明，索性冲进书店，买来法律法规汇编。是的，他铆上了，他在心里发狠，他不信打不赢官司。

但他再生气，也明人不做暗事，他必须与杨巡见面对质，陈诉利弊，给杨巡当面解释的机会，也给杨巡改过自新的机会，或者，他得当面通知杨巡他起诉的决定。柳钧一整个早上什么事情都干不成，直奔市一机去见杨巡。

柳钧在市一机早已熟门熟路，以往他的车子开到门口，保安问都不问就直接给他升起撑杆。但这回保安却没给升，有位保安还走过来对柳钧说："你回去吧，上头已经吩咐今天起不让你进门，我们听命行事，没办法。对不住，对不住。"

"你们杨总吩咐？我正是来找你们杨总。"柳钧跳出车子，从保安的阻止中看到，杨巡已经先他一步将敌意付之行动。

"兄弟，帮帮忙，管的就是不让你见杨总。你请回吧，别为难我们小老百姓，我们没办法。"

柳钧一定要与杨巡面质，见此场面焦急，张开双臂道："你们看，我身上什么都没带，我只是跟你们杨总谈话。大家都是文明人。"

柳钧说着，激动地往前走了几步。两个保安见此，忙急着一个顶住他，一个抓住他的手臂阻止他："柳先生，帮忙，千万帮忙，我们小老百姓混口饭吃不容易，你给我们个胆子，我们也不敢不听杨总的。求求你，千万别为难我们，挡不住你我们会下岗的。"

面对眼前两个大好男儿的哀求，又有两个保安从别处跑来，柳钧如深陷泥淖，无法动弹，只有一步一步地后退，离市一机的大门越来越远。难道让他真的为难保安？他还不是那么野蛮的人。

走回车子，他再度打电话给杨巡，接通便被掐掉。柳钧气得恨不得也要无赖，不停地打电话让杨巡掐，就算骚扰。可是他不愿，他不能以无赖对付无赖，他有他的原则和教养，不能堕落到与杨巡同流合污。

柳石堂很快回家，见到儿子啃读民事诉讼法，他再三劝儿子别做吃力不讨好的事，杨巡有的是办法阻止执行，杨巡千年不还万年不赖，谁也拿这种人没办法。柳钧提出他可以申请财产保全，他将民事诉讼法的有关条款指给爸爸看。但是柳石堂不相信有这等好事，他记得申请保全并不容易。他问儿子财产保全有些什么要求。柳钧嘴里说着保全申请材料没问题，但是往后翻到适用意见，头大了：采取诉前财产保全需要申请人提供担保，而且担保的数额应相当于请求保全的整额。

根据合同约定，杨巡违约需要赔偿的数字是柳钧起诉的目标。可是如果他将同额的担保金打进法院交付担保，他们自家的前进厂还将怎么运作？他想，一定有其他的办法，只是他不知道而已，要不然，不成了衙门八字开，有理没钱莫进来了吗？柳石堂忧心忡忡，劝儿子不要赌气，赌气不争财。

柳钧不肯，花两天时间研读相关法律法规，又花两天时间草拟诉状，打印出小小三本，让爸爸盖章签字。柳石堂说什么都不肯签，但是柳钧问爸爸："你不尝试，怎么知道我们肯定不会赢？杨巡瞅准的就是我们这种退缩心态。"

"经验，遍地都是经验，不一定自己撞了才算经验。"

"爸爸，那么我们的血性呢？难道我们两个大男人可以如此忍声吞气？爸爸，你能忍，我不能忍。你如果不敲章，我撤掉一项违反合同法诉讼，只以我个人名义发起专利诉讼。"

柳石堂紧握拳头，不敢看向儿子："你别逼爸爸，让我想想，好好想想。"

"爸爸，不要优柔寡断。"柳钧知道爸爸放公章的所在，抢了爸爸抽屉里的钥匙，自己去财务室打开保险箱，将公章盖上。回来，看到爸爸哭丧的脸。

"阿钧，你会闯祸的。"

"不会，我理直气壮。"柳钧不管爸爸的劝阻，直奔辖区法院递交诉状。法院告诉他七天内立案，要他等待通知。

然而，法院的通知还没来，地税的一个电话倒是非常有效率地打到柳石堂案头，要柳石堂拿最近三年的凭证和账本等去地税查账。

柳钧见到爸爸顿时面如土色，连那次大热天送货中暑的脸都比这会儿的脸色好。

"要死了，地税稽查科说有人举报我们好几条偷漏税，要我拿三年内所有凭证账簿下周一去稽查科。你说，我每年跟他们马屁拍得好好的，今天怎么会一点儿面子不给，招呼都没有，直接就通知查账？"

"查账不是很正常吗？我们只要账做得好，你的避税不被查出来，不就行了？"

"我知道你会这么回答。可问题是这么简单的吗？首先，为什么早不查晚不查，偏偏今天找上门来？"

"因为我起诉杨巡？"柳钧的眼睛惊得如灯泡一般。

"我告诉你，查账是爸爸的七寸。国内的账没几本老老实实，经不起查。你前几天看税法不是说我们有几处做账不对吗？你都看得出来，税务更是清楚每家企业会在哪儿做手脚。税务平时看我孝敬分上对我高抬贵手，但真查起来……你起诉杨巡就算让你全赢，又顺利执行，赔来的钱都不够杨巡发狠让税务罚我的款。你这下相信了吧？赶紧去撤诉。"

柳钧呆住了，他逻辑分明的脑袋运转了半天才将此中的关系搞明白。他相信杨巡此时正在城市的某个角落不屑地俯视着他，看着他走投无路，将前几天异常可笑的自信吞回去。他心里弥漫开的是深深的屈辱。

"唉，撤诉后我还是得去应付查账，既然给查账了，不让查出点儿东西来，他们没面子，应付不过去。作孽了。"

这又是什么逻辑？柳钧呆呆地看着爸爸，想不通查账与面子之间有什么逻辑关系。柳石堂叹了声气，虽然满肚子都是紧张，此时还得安慰儿子："阿钧，别把撤诉当败诉，我们没输，我们只是实力不如杨巡。"

"实力不如就得被弱肉强食吗？"

柳石堂无奈地看着儿子："你妈一定要用书本上的理论教育你，从来不许我在家讲社会上的龌龊事，怕教坏你……"

"爸你是不是想说我在接近理论环境里长大，反而不识时务？"

柳石堂犹豫了会儿，点头。

"对不起，税务局那儿的事肯定只有你自己去解决了，我这就去法院。"

柳石堂看着儿子挺直腰板出门，心里很痛，但他别无选择，他考虑了会儿，揉揉自己的脸，扮出笑脸，给杨巡打去电话。杨巡倒是赏脸接了他的电话，听了他的好话，虽然没答应饭局，不过总算答应"此事到此为止"。但警告他管住拎不清的儿子。柳石堂抱头在沙发上枯坐一小时，估计杨巡在远处电话来电话去地重新摆布他的前进厂之后，他才提起拎包，前去地税赔笑脸。

柳钧被迫撤诉，心情接近燃点。从法院出来，他铁青着脸看看头顶铁青的天幕，不愿回家，开车直奔郊区。他怀疑很快得下大雷雨，他想在大雷雨中爬山。非此，他会爆炸。

可是雨一直不下，连树梢儿都不肯动一下，只一味闷着，闷热得让人喘不过气来，就像他的心情。柳钧闷头爬山，这种地方非周末时间几乎没有游客，他爬得一往无前，轻而易举地爬上山顶。刚在山顶站直，忽然，起风了，山顶飞沙走石，远处也有滚雷排山倒海而来。柳钧心胸为之一畅，忽然很想在山顶呼啸出心中闷气，可是想来想去却想不出该喊什么词儿，只一个劲儿擂打胸口，大喊："我是柳钧，我永远都是柳钧！我是柳钧，我永远都是柳钧！……"

非常没有营养地狂喊一通，柳钧终于气顺不少。是的，他是柳钧，依然是柳钧，不会变，不会动摇，但是会更注意行事的方式方法。挫折有什么，他会笑到最后，他要成为真正的强者，而非强盗。他不信，他会不是那种鼠目寸光者的对手。

但柳钧这个科学青年终究是不敢站在山头当人肉避雷针，喊舒服了，人也跟虚脱了一样，他开始慢吞吞地往回走。没走几步，下雨了。狂风暴雨，电闪雷鸣，山野的环境更助长了雨的气势。但雨水是清凉的，所有的闷热、所有的闷气，在雨点的冲刷下，渐渐消退。柳钧在雨中如闲庭信步，享受着雨水和纷纷落花，心情渐渐平静。

走下山时，天已经稍暗。前面还有一片开阔的草坪，才是检票处和山门外的停车场。柳钧依然不急，慢吞吞踩着积水往外走。但他远远看见检票处小小屋子的屋檐下贴壁站着十几个小孩子，由两个大人领着。而显然这些孩子不听话，两个大人按下这个，去抓那个，手忙脚乱，异常狼狈。柳钧想告诉自己，他今天很受伤，无暇照顾别人。可是看着蒙蒙雨幕下无助的妇孺，他把一张脸挤成一团，挤走几点雨水，下定决心走向那帮妇孺。

走近，柳钧才发觉眼前的孩子们与常人有点儿不一样，不是呆傻，就是残缺。唯一完整的是个机灵的小男孩，帮两个老师紧紧地抱着一个眼光发直的小姑娘。

柳钧善意地对两位老师微笑一下，蹲下身，将三个骚动不已的孩子抱在一起，尽量温柔地对待。这一来，他的身体就全露在屋檐外，他替孩子们挡住风雨。蹲着的他正好与那个小男孩平视，他就冲小男孩做个鬼脸，小男孩也腾出一只手抓住眼角嘴角，伸出舌头，给他一个鬼脸。柳钧终于被逗笑了，可他此时真懒得说话，依然保持沉默。

时间过得飞快，接人的面包车终于到来。柳钧一手抱一个孩子，帮着送进车子里。安顿完毕，他帮拉上车门，这才看清，前面车门上写着东海总集团赠送某某福利院。看到小男孩在车子里冲他挥手，他心里很高兴，一种做了好事之后的高兴。这看似微弱的高兴，将他心中的烦闷冲淡了不少。他索性好事做到底，跟在面包车后面又到福利院，帮老师和志愿者将孩子抱下来，送去浴室洗澡。此时，天色已暗。

这些孩子不同于正常孩子，淋雨受惊之后又是屎又是尿，非常麻烦。柳钧抢在女士之前去洗最脏的孩子。那位小男孩和他妈妈都是志愿者，女志愿者表扬他："你以后会是最好的丈夫，最好的父亲。"

柳钧自嘲："刚被女友抛弃。"

女志愿者一笑："所以爬山淋雨？我真替你前女友可惜，她错失一个多好的人。"

"今天是另有其事，我被迫屈服于不公，很想不开。不过看看这些孩子，我还有什么值得想不开的？"

"祝你好运。不过要纠正你，孩子们不赖，他们的内心很纯美。反而是我们都太复杂，经常感受不到幸福。"

"对。"柳钧脱口而出，是的，相比其他人，他已经得到够多，不应遭遇一点点挫折就怨天尤人想不开，"我也想做志愿者，以后我可以维修福利院的所有设备。"

"嘿，你不可以跟我们可可爸爸抢，那是他的事儿，要不然他来了这儿手都不知道往哪儿放。"

两人说说笑笑，彼此做了自我介绍，女志愿者姓梁。但两人都保持着距离，不再深入探听对方身份隐私。收拾完孩子，他们终于可以回家。柳钧惊讶地看到雨后初晴的夜色中，停在院子里的女志愿者的车子是去年刚出品的保时捷911新款。他禁不住一声口哨："硬顶，帅。梁，我们赛跑？"

"胜之不武。"女志愿者带儿子上车。柳钧才刚启动，只听耳边轰一声，黑色911几乎是瞬间加速，飞出福利院。柳钧的改装捷达以自身最高速度提速，可等他出门，外面早已没了保时捷的影子。嚯，车帅，人帅，柳钧凭常识推测，这百米加速最多只四秒多点儿，那位梁女士够水平。柳钧看得眼冒红星，浑忘了积郁的心事。他在自己的车里和着强节奏的音乐高喊："我还有追求，我有物质追求，我要赚大钱，买保时捷。"

转弯，他却见到保时捷闪着红灯在等他。他拉下车窗大声喊："甘拜下风。"

车里母子跟他说了再见，又一闪溜得不见踪影了。柳钧这回没再玩命地追，他原是看死人家女子玩不了快车，一次比试，早见真章。但他自言自语："哎哟，这车，每天得吃多少罚单才能开得过瘾啊。"

柳钧几乎是一回家，就听到电话铃猛叫。他拿起电话，里面是爸爸如释重负的声音："阿钧，你总算回家。一下午都没开手机，爸爸快担心死了。"

"爸，我没事了，明天太阳依旧升起。爸，你还好吧？你好像喝多了，要不要我去接你？"

"我已经回家，老爷们儿不肯赏脸多吃一会儿。你没事就好，听你声音应该没事了。"

"查账，怎么样？"

"查还是得查，已经开出的通知没法收回。让他们放点儿血吧，没大问题就好。阿钧，我问你，你到底查出来是谁泄露我们的秘密没有？"

柳钧看看饭桌上精美的晚饭，伸手有点儿夸张地揉揉胸口，按下性子道："没找到确定的。接下来我重点做这件事。"

"阿钧，这件事，爸爸想起来也很气，可我们能怎么样呢？我们实力不如，只能避他们市一机远远的，别去招惹还不够，最好让他们不知道有我们，省得让贼惦记。但是泄露我们秘密的人……"柳石堂说到这儿顿了顿，柳钧相信爸爸此时严厉的目光一定是盯着家中的某一处，"我决不轻易放过她。"

柳钧放下电话后，却找出纸来，伏案而书："傅阿姨：请你放心，我不会揭穿你，但我也不愿再吃你做的饭。我原以为你是跟我妈妈一样的灵魂工程师，可是，我很替你可惜，你所得到的一定远远弥补不了你心灵所失去的。柳钧。"

第二天晚上柳钧回家，见到房间已经打扫，但是桌上没了晚餐。纸条还在桌上，下面却是添加一行娟秀小字："谁又是良善的！"

柳钧一下就联想到谁又是良善的中的谁，指的是他爸爸。他苦笑，他爸爸还真不是值得尊重的人。他也是被最近的事情逼得有感而发，抽出钢笔再写一段："别人的行为不应成为你作恶的理由。"但想想没意思，他也没有理由要求别人的行为，就把纸揉成一团，扔进垃圾桶里。他连自己都管不了呢，他因杨巡的言行对杨巡恨之入骨，他不是圣人，哪儿克制得了自己心静如水。

可是，他只能偃旗息鼓，一点儿办法都没有。不是他没办法，而是他拿杨巡没办法。

这时候一个电话进来，号码是他不认识的："我是余珊珊，还记得我吗？"

"哦，余小姐，好久不见。有什么事？"

"我有一件东西要交给你，你请我吃晚饭。"

柳钧眼前浮现一双美丽的大眼睛："不好意思，我今天很累，不打算出门。改天请你。"

"可是我要交给你的东西很重要，你再累也得来。你谢我的报酬是一顿晚饭，然后两清，OK？"

柳钧从小见多了女孩子在他面前搞怪，早见怪不怪，但见余珊珊说得干脆明白，似乎真有大事，只得应了，立刻开车赶去余珊珊指定的小饭店。他有预感，这位市一机的员工肯定只会因为市一机的事情来找他，他很愿意知道。

找到那家饭店，却是小小的门面，脏脏的环境，好多人赤膊坐在沿街的桌边喝啤酒吃饭。柳钧没见到余珊珊，就问小二要了一张桌子坐下。小店人满为患，他的桌子被摆在离店门遥远的地方，灯光都吝啬光顾。他今天确实很累，因为爬上爬下地为老翻砂车间做了测绘，看看能不能将老车间旧貌换新，里面的设备鸟枪换炮。等啤酒送来，他看看同来的玻璃杯子模糊得形迹可疑，索性对着啤酒瓶喝酒。

一会儿，听得身后有人道："嘿，饱受打击的同志还坐得直吗？"

"本同志的心灵巍然耸立。"柳钧回头一看，正是余珊珊，大热天穿得宽袖大袍的，上身是男式圆领T恤，下身是牛仔短裤，那蓝色T恤上还有几滴白漆，似是从什么建筑工地赶来的民工。他起身让座，拎过一瓶啤酒，问："喝吗？"

"喝。不喝啤酒，这儿没东西解渴。"余珊珊说着掏出一张纸，递给柳钧，"公司已经谈下的两家外商，刚来公司考察过，基本确定大批量做你的那个产品。"

柳钧一脸苦涩，其中一家正是以前他的甲方。"谢谢，只是看见了徒增烦恼。"他也不知道余珊珊是何用意，他现在已经不敢相信别人。谁知道呢，以前这个余珊珊可是不大合格的美人计主角。他将纸条推还给余珊珊，"你们杨总现在连门都不让我进，我的事还是别给你添烦才好。吃点儿什么？或者我们换个饭店？"

"不换饭店，这家店号称本城四小脏之一，出了名地脏，可又出了名地好吃。"余珊珊招手叫小二过来，如数家珍地报了四个菜名，都不问柳钧吃什么。等小二一走，她就将纸条拍回给柳钧，低声道："不用怀疑我有什么不良动机。我既然做了这种背叛公司的事，就不打算回去若无其事地继续上班了。我过几天辞职，待足一年，我已经受够了。"

柳钧听得一头雾水："谢谢，不过你不必为我牺牲什么，我的事我自己解决。"

"柳先生，我尊重你的才华和执着，才会帮你一起生气杨总的无赖行径。有些事法律惩罚不了他，老天还会劈一道响雷下来呢。但我不是为你牺牲，我是被当年的合资日方招聘进来的，说好的是进先进的研发中心，但等我分配进来，市一机已经换了老板。都没等我板凳坐热，市一机又换老板。研发中心当然也没影子，他们想分配我做办公室花瓶，我坚决不肯，可抗争结果还是给分到进出口部做花瓶。好吧，为了户口，我做。现在一年期满，我的档案和户口不会被退，我当然辞职。与你无关。纸条你拿着，你绝不能让杨总得逞，这是市一机很多正义同志们的严正呼声。"

柳钧不晓得这个小姑娘究竟什么意思："我在市一机有不少朋友，但是他们的生存依赖于市一机的生存，他们心里虽然知道我被侵权，可是他们在行动上未必发出正义呼声。不过依然谢谢你的纸条，我会留作纪念。"

余珊珊只不过是说话夸张了点儿，表情眉飞色舞了点儿，没料到好心没好报，被无情揭穿，不禁俏脸通红。她是从小就四方通杀的美女，她自然不肯受一点点的委屈："你没尝试，怎知市一机群众没有正义？当然，杨总权势倾城，你选择忍气吞声，选择望风披靡情有可原，你识时务。可是，我原以为你好歹有点儿血性，你会想办法阻止外商的采购维护自己的权益。看错你了！"

柳钧本来就憋闷，好不容易自我调节才表面显得心平气和，被余珊珊一刺激，怒了。但他瞪了好一会儿眼睛，最终还是没对女孩子下毒舌，可还是忍不住道："那辆车子好像是你们杨总的，他也来这种地方吃饭？"

柳钧说得认真，余珊珊信以为真，放眼一搜，果然见转角停一辆旧普桑，依稀仿佛就是杨巡的座驾，她一惊之下，本能地捂住自己的脸，可又担心地从手指缝中钻出两只眼睛，四处打量，好在没找到杨巡。

柳钧这才道："我刚才看清楚了点儿，好像不是你们杨总的车牌。现在满大街都是这种车。"

余珊珊惊魂甫定，她可不愿在离职的节骨眼儿上被杨巡抓到与外敌沟通，被扣住档案。那种农民不拿别人当人，居然想得出让她当诱饵使美人计，那种人什么干不出来？但余珊珊喝一口啤酒，镇定下来，忽然意识到上当了。她顿时恼羞成怒，柳眉倒竖，起身愤愤欲走。可欲走还留，非得骂完才肯离开："你狗咬吕洞宾，不识好人心，你还不是绕着杨总不敢照面？你有种自己闯祸自己解决问题，别让你爸拉一副老脸，挨杨总训孙子一样地骂啊，我们旁边听见的都替你爸抱不平，你昨天又去哪儿啦？你比我还没胆子……"

柳钧见余珊珊生气，本已起身阻拦，准备道歉，但听得余珊珊骂他的内容，急火攻心，眼看着余珊珊滑不溜秋非走不可，他急了，一把抓住余珊珊双臂，急道："我爸去找杨巡了？我爸……在哪儿……他们怎么……杨巡怎么对我爸爸？"

余珊珊惊得立刻住嘴，双手顺势护在胸前，严正警告："柳钧，你不许要流氓，立刻放手。"见柳钧火烫似的抽回手，背到身后，余珊珊却转嗔为喜，被柳钧的动作逗笑了，她手指椅子命令："坐下，坐下跟你说。"

柳钧一屁股坐到凳子上，听余珊珊说她怎么听见杨巡与柳钧爸通电话的经过。柳钧可以忍，可以想尽法子化解从杨巡那儿所受的屈辱，也可以对经济损失视而不见，可是他不能忍杨巡对爸爸的侮辱。偏偏余珊珊记忆惊人，又不顾柳钧情绪，小嘴嘀嘀呱呱将杨巡的话一字不漏地复述出来。

柳钧的腮帮子不由自主地痉挛，太阳穴突突乱跳。他不知道爸爸找了杨巡，他还以为杨巡终究是理亏，因此不敢见他们，只会背后搞搞阴谋。那么他撤诉了之后，昨天爸爸告诉他税务那边也改口，他还以为事情就这么罢休了。他没想到，这还是爸爸去求了杨巡的结果。相比爸爸，他自以为受到的屈辱又算得了什么？尤其，爸爸还是拖着年初才刚小中风后的病弱身躯承受杨巡的侮辱。

这一刻，柳钧恨自己。

"还有吗？"柳钧勇敢地问出声，既然事实扑面而来，他选择面对。

"没了，你脸色很糟糕。吃点儿红烧小蹄髈，都快凉了。"见柳钧拉着脸摇头，余珊珊道，"这就是了，你应该生气。快吃吧，吃饱才有力气生气。"

柳钧没法说话，怕一说话就是爆发。面对余珊珊好意递来的半只小蹄髈，他没有胃口，可是嘴巴却由不得他，他的嘴巴狠狠咬下一大口，几乎不用咀嚼，就硬生生吞咽下去。蹄髈肉虽然煮得润滑，可是那么一大口下去，还是将咽喉挤得刺疼，柳钧却享受这等疼痛，继续大口大口地吞咽。余珊珊终于觉得大大不妙，眼看柳钧半只蹄髈下去，眼睛又瞄向另外半只，她连忙抢先一步，将盘子拢进自己的领地。却见柳钧一抓不着，大掌一个转弯，抓住啤酒瓶，她赶紧伸手去抢。可是柳钧力气大，她抢不下来，两人各持酒瓶一段，僵持。

"别借酒浇愁，你还开车呢。"

"我没，我只是漱漱口，你放心。"

"你听着，你现在连声音都在颤抖，你听我的，放手。"余珊珊嘴上苦口婆心，下手却很重，腾出一只手化掌为刀，一刀将柳钧的啤酒瓶劈到地上，她自己也握着手疼了好久。小二听到啤酒落地声过来查看，余珊珊立刻叫小二打包，将几乎没动过的四只菜打包成一式两份，但叫小二将半只蹄髈划归到她的餐盒里。然后，摸出一百元大钞算账。柳钧总算反应过来，连忙递上自己的钞票，将余珊珊的钱拦住。

小二拿钱算账去了，柳钧直着眼睛看着余珊珊。余珊珊道："这才是正常反应。原来你不知道就算了，现在你要是仍然没事人一样，那么你不是大奸大恶就是孬种。"

柳钧欲言又止，说出口的不再是想说的："你家在哪儿，我送你回去。"

"你两只眼睛的视线各自为政，都没焦点，谁敢坐你的车。"

柳钧丧气，伸手捂住两只眼睛，指望松开双手时，视线能够对准焦点。他都气疯了，满肚子都是左冲右突的闷气，所有言行都是本能，几乎没法经过大脑。

余珊珊见柳钧可怜，实在不忍心弃之不管。"喂，柳钧，我讲故事给你听吧。"余珊珊说到这儿，却打个噎，她该讲什么故事啊，好像脱离幼儿园后，她的故事储存就断档了，总不能给柳钧讲小红帽大灰狼。她一急，自家的事情就窜到了嘴边，"你知道？这儿是我爸妈的故乡。但是他们大学还没毕业，国家需要他们支援边疆建设去了。从小，爸爸妈妈就抱着我和弟弟，给我们回忆江南有多好，吃的东西有多少。我每次都被馋得发誓一定要考到爸妈的母校，然后争取高分分配到爸妈的家乡打头阵，让爸妈退休就可以回来故乡安享晚年。喂，柳钧，你听着吗？"

"我听着。谢谢你，珊珊，谢谢你帮我。"

余珊珊被一声"珊珊"叫得脸红了一片，幸好柳钧捂着眼睛没看见。她独自扭捏了会儿，才又道："我在市一机做得不痛快，也没赚到多少钱，爸爸妈妈没挑破，他们借口以后老了要回故乡住，弟弟大学毕业也得分配过来，就拿钱给我买房子，方便我把集体户口转到自己房子里，让我可以在这儿立足。可是爸妈的钱来得不容易，国企效益不好，他们又要供我和弟弟上学，都没多少积蓄，这些钱都是他们牙缝子里省下来的。我拿到钱的时候哭了一夜，我想我真没用，不能帮到爸妈，反而还要拿他们的钱。可我还是得用爸妈的钱买房子，否则我离开市一机就没地儿住了。"

柳钧没想到余珊珊跟他说这些，心里感动，不知不觉就转移了注意力："谢谢你信任我，告诉我这些。"

"不是我信任你，而是你值得信任。大学毕业后都没见到几个正经人，经常稍微熟悉点儿就言语不三不四起来。我被杨总派去监督你那么多日子，你有好处从来没忘记我，老板妹妹送你的牛排都会记得分我一半，可你从来没乱七八糟。"

"我有女朋友。"

"多的是有家有口还不三不四的，完全是人品问题。可以走了，你看上去正常啦。"

"等等，你离开市一机后准备去哪儿工作？"

余珊珊前一刻还在做着柳钧的精神导师，下一刻就没了脾气："找工作正好应了墨菲定律[1]，我想找技术工作，可是人家公司不要我，说我没经验，手里没现成的成果，他们不要储备人才。好不容易有一家要我，却是让我去管技术档案。结果还是外贸公司张开双臂欢迎我，总是我最无可奈何的选择却最欢迎我。"

"前阵子我想找几名助手，结果专业符合的男生一听所做的工作和所领的工资，都不愿来。有的更是露出把我这儿当跳板的意思。可我没办法，现阶段只能开出这样的工资。而其他公司不愿招聘没经验的大学生也有他们的道理，怕教熟就飞了，不高的工资留不住人才。简直是一对死结。你找不到合适的工作，不是你的错。走吧，我送你回家。"

余珊珊领柳钧去取了自行车，扔进车后备厢。她上车就好心提醒："他们都说杨总黑白两道都有势力，你得小心他。"

"我已经吃过他的亏，我起诉他侵权，他反手就是一招，打得我爸背着我找他说好话去，我也只能撤诉。刚昨天的事，非常内伤。这种事……"柳钧长长呼出一口气，"我不会忘记。"

"你不能这么文明，这是豺狼世界。"

柳钧叹一声气，他这回没再说出不能因为别人的言行而改变自己的理念之类的话，深深的屈辱让他闭嘴。他很怀疑，时隔一天，他还能喊出"我是柳钧，我

1　墨菲定律：事情如果有变坏的可能，不管这种可能性有多小，它总会发生。

永远是柳钧"这样的口号吗?

余珊珊的住处是一刚落成的新区,才刚交付,整幢楼还黑灯瞎火的,没什么人家入住,黑夜中偶尔还传来装修的声音,寂静得可怕。柳钧陪余珊珊上楼,就站定在门口不再进去,看余珊珊进门开灯宣告没事,他便告辞。他没有立即回家,他在大街小巷兜圈,终于找到一家还没打烊的五金店。他买一把锁回家,连夜就将锁换了。他不愿再忍,再也不要见傅阿姨上门。他也没找钱宏明痛诉,他只是一个人在阳台坐了半夜,面对着城市的万家灯火,打着卑鄙的主意。

柳钧暂时放下手头的技术工作,开始学着爸爸,拎一只包出差。他先去母校拜会老师,他从来都受老师的喜欢。从母校出来,他拿着老师和留校同学给的名片,借着老师和同学电话开通的捷径,一家家上门找校友演示他的专利。他的同学是最帮忙的,不仅替他安排食宿,还帮他说服上司点头,帮他出谋划策如何最有效地与主要负责人沟通。柳钧从爸爸那儿学乖了,最先交给同学校友好处费的时候,他还会脸红,还会犹豫会不会被拒绝,也都不知道怎么开口。一来二去,他熟练了,素未谋面的校友们也成了他的好帮手。他用五万到十万不等的价格,将他的图纸一家家地卖出去。

这回,他不心疼他的劳动果实。他知道,他贱卖出去的那些技术很快就会被转化为生产。那些生产出来的产品,很快,将与杨巡高成本开发出来的产品展开激烈竞争。充分竞争的结果,杨巡别再指望拿高价偷窃来的产品赚大钱发横财。

市一机的有关消息也不断传入柳钧的耳朵。当初前进厂在市一机手里吃过的亏,市一机而今也一分不差地吞下,几乎是所有的内贸生意全都毁约。厚道一点儿的毁约是一个电话打来要求重新修改合同,核定价格,不厚道一点儿的则是一声不吭,等市一机送货上门,他们以千万条质量理由将产品退回。偏偏没有柳钧这样的人盯现场监管,市一机产品的合格率还真马马虎虎,有小辫子可抓。

这几个闷亏,杨巡吃得无法发作。好在他还有外贸大单,他则是自己亲自出马,督促销售部重新打开国内市场。柳钧回家,将带回的汇票与差旅费一结算,盈余已经够填补研发亏空。

但是没完,杨巡应该失去更多。

柳钧即刻支取十万元,去银行兑换一万美金放在银行,随时准备提取了走路。

柳石堂喜看儿子的转变。然而,知子莫若其父,柳石堂仿佛看到儿子心中疯狂燃烧的邪火。他白天逮不住刚出差回家的儿子,就让儿子晚上回家说话。

柳钧敲门见到傅阿姨，他没料到傅阿姨还有脸留在他家。他默默地站在门口逼视一会儿，才进门见他爸爸。他见到傅阿姨低头缩肩地走开，一会儿又是低头缩肩地送来一杯茶水。柳钧将茶水远远推开，渴死也不喝傅阿姨给斟的茶。柳石堂一眼看出两人不同寻常的交手，他没有问什么，但也是做出不同寻常的举动，将儿子拉进客厅的阳台，拉上阳台隔音玻璃门说话。隔着开阔的大客厅，神仙也听不到他们在说什么。

虽然已是秋天，夜晚的空气依然热烘烘的，隔绝了通风的阳台顿时燥热起来。柳钧毫不犹豫地将T恤袖子推上肩头，催促他爸："爸，快说，慢一步阳台上多两块烤肉。"

柳石堂道："泄露我们技术的是傅老师？"

"是。"

柳石堂惊讶于儿子的干脆回答，他本来准备听儿子继续跟他打马虎眼，他知道儿子的心肠一向很好。

柳钧又补上一句："我已经给我的房子换锁。"

柳石堂犹豫了一下："我不打算解雇她，一个做熟的保姆比老婆还强。以后不让她接触太多秘密就是。"

柳钧直言不讳地指出："爸爸，你已经失去血性。工厂管理上你也是患得患失，结果你都控制不了生产，让新机床一直荒着。我看你留不住数控机床操作工的更主要原因是厂里其他工人的排挤。"

柳石堂被儿子说得老脸通红，但他对儿子没脾气，还是耐心解释："我算的是总账。我如果血性一下打破现有局面，利润会增加吗？生活会更方便吗？都不会……"

"爸你怎知不会？凭经验推断，还是尝试多种选择后的最佳决定？"

"先不说我，我们来分析你最近做的事。你在报复杨巡？好，可是你算过总账没有。你押上的是你全部两个多月的时间，而这两个多月里你可以做多少事，所得远不止眼下这点儿进账。可是杨巡失去什么？他只是失去他收入的一个零头。就像小鱼咬大鱼一口，大鱼最多痛一下。大鱼咬小鱼呢，一口吞下，命都没了。你跟杨巡玩得起吗，你值得吗？"

"杨巡作恶，他需要为此付出代价。"

"用你更多的付出去讨还一点点代价？你会算账吗？"

"有一种账，叫作忌惮，叫作下不为例。"

"你别总打断我，我问你，社会上都这么做，你难道一家家地讨公道去，你哪来那么多时间？我看你至今没拿出新工作计划，你是不是还打算继续对付杨巡？"

"爸爸，比如说你不解决傅阿姨的问题，结果呢，我们两个人得躲在这儿说话。你掩盖小错，总有一天大错爆发，难以收拾。"

"阿钧，做人不能太独，不能全都由着你自己性子。"

"我容忍错误的行为，但决不容忍无赖的观念。"

"好了好了，我不跟你讨论这些，算我承认你年轻人有血性……"

"这种根本性意见不统一，我们接下来有关前进厂未来的讨论怎么进行？继续旧模式的生产吗？"

"不需要统一，你我做的不是同一套，你这半年多赚的是大钱、快钱，我以前想都没想过，可我也替你捏一把冷汗。爸爸已经考虑过，前进厂的未来肯定得由你来定，可是爸爸担心你顾首不顾尾，心里想替你上个双保险。这样吧，阿钧，金工车间我保留，金工车间所需的流动资金也划一块给我，其他都由你去处置。我唯一要求，你别再把精力都放在讨还公道上了。你自己发展得好，什么公道都会自己回来。"

柳钧非常惊讶，看着爸爸不敢置信。两个月前，爸爸还只提出小改小弄，稳步积累，不料今天思想大变。"爸爸，这是好主意。虽然我一直认为真正有本事就不要靠着家里，可我们也不妨将此看作最有信用的借贷，爸爸，你会获得最好的回报，我向你保证。"

"我的唯一要求，你答应吗？"

柳钧犹豫了一下："不答应。"

柳石堂跌足："小子，吃定我。"柳石堂无可奈何地看着儿子跳跃着离开。

柳钧匆匆离开，是因与钱宏明早就有约。他今天才刚回家，做的事多，连晚饭都没吃先去看爸爸。他也有抱怨，爸爸不同于妈妈，都没问一声有没有吃饭，吃了点儿啥。他当然也不愿意叫傅阿姨替他做饭，他已经白纸黑字告诉傅阿姨，他不要再吃傅阿姨的饭。他此时唯有饥肠辘辘地冲进麦当劳，买一个巨无霸，一路啃着去找钱宏明。钱宏明约见他的地方总是市内最高档的场所，今天是新开四星级宾馆的咖啡座。柳钧啃巨无霸进去，招来无数侧目。

　　钱宏明也看着旁若无人的柳钧笑，好好一个公子哥儿，吃相搞得像饿死鬼转世一样恶劣。柳钧吃完，便将刚送上来的咖啡一饮而尽："怎么样，我这胃口去丈母娘家基本上是大小通吃地受欢迎吧？"

　　钱宏明微笑："我家女儿以后若是领这种转世饿鬼进门，打出去。"

　　"不是说不让B超看性别吗？"

　　"你忍得住吗？这几天一直忙什么？有什么产出？"

　　"赚了点儿钱，可性价比极低，总算对得起我爸了。你有心事？说说，我替你开解。我等会儿也有事问你。"

　　"你什么事？你先说。"

　　"干吗总跟我抢压轴。好吧，你给我说说CIF[1]报价和L/C[2]支付的流程。我需要最基本的知识，尤其需要了解最容易出错的点。我已经看了一本实务书，但总觉得虚。你最好举实例。"

　　"每天做死外贸已经够烦，你还让我炒冷饭。"钱宏明虽然抱怨，却没拒绝，想了想，拿出自己经历过最典型的一个案例，细细给柳钧讲解。柳钧将此与自己看书所学的对照起来，基本上是一点就通，举一反三，又问了许多问题。

　　"看来L/C拒付与合同关系不大。明白了，说说你的事，你在我出差时候一天一个电话催我回来，肯定有大事。"

　　"既然知道我有大事，你也不连夜飞来帮解决，够朋友吗？"

　　"嘿嘿，真是天大的事，我们的手机似乎还不至于有人窃听。说吧，你看我咬着面包赶来见你，别一脸怨妇相。"

　　"我想出来单干。可去年前年外贸几乎灭顶这一幕还在眼前，去年有国营大进出口公司做靠山，单干后遇到什么事，就全一个人独吞了。我在家里一说，全体反对，连囡囡都在她妈肚子里踢打。"

　　"其实你打定主意的事，他们别想扭转你，是吧？你是想让我去说服嘉丽，让她安心生孩子，是吧？"

　　"我的心思都瞒不过你。"钱宏明讪笑。

　　"说说利弊，我得负责任地说服嘉丽。"

1　CIF：成本加保险费加运费。

2　L/C：信用证，一种银行开立的有条件的承诺付款的书面文件。

"其实很简单：这么多年做下来，我个人已经有非常稳定的业务量，我现在手头的积蓄可以维持家人一年有房有车的生活，我随时可以回去大公司依附。我进可攻退可守，想不明白姐姐和嘉丽为什么都死命反对。"

"你们一家辛苦动荡那么多年，刚刚安闲下来，他们想过一段清静日子。"

钱宏明点头："还有呢？嘉丽对这方面应该感受不深，为什么她也激烈反对？"

轮到柳钧微笑："不会你对嘉丽了解至深，对自己反而不了解吧。别看你性格非常温和的样子，其实你内心比我激烈得多，你读书做事从来有股非常强烈的狠劲，争当出头鸟。嘉丽大概是怕你钻了追求经济利益的牛角尖。"

钱宏明闻言，愣愣地看了柳钧很久："不一直是你在争胜好强吗？"

"我？当然。但我雷声大雨点大，你雷声小雨点大。其他还有什么需要我的？"

"没了。最先半年我会比较辛苦，一切从头开始，包括办公室都得一穷二白地租建起来。正好嘉丽生孩子，虽然嘉丽妈妈在，但我出差的时候，有些体力活儿得麻烦你，我不放心其他人，嘉丽单纯。"

"完全不是问题。办公室找到没有？我那房子，现在楼上楼下有不少做了公司，你要不要？三个月后你盈利了再收你房租。我不想要保姆，一个人住那么大房子太浪费，打算住厂里去，可以吃食堂，还……"

"别使劲找理由了，知道你想替我省初期费用，帮我顺利上道。多谢，不要你房子，我开始时在家办公都行，财务都打算外包呢。"钱宏明说着摸出中华香烟，不过顿了一下，"你还不归顺烟民队伍？不递烟说话费劲吗？"

"别招安了。高中时候我吸烟你怎么说的？臭流氓！我现在一看见烟心里就有阴影，你害的。现在我返璞归真了，这个世界也得让你们这些早先的香流氓享受享受。"

钱宏明举打火机对着烟头想了好一会儿，笑了，才将烟点燃："柳钧，跟你说话最不费力，我才说半句，你把后面的都接上了。而且你厚道……来，看看这包烟，我教你一些道儿上的知识，以后你送人烟酒用得上。"

"不用以后，已经用上了。直接砸钱，省得在烟酒上费心。你别说话说半边，你说我厚道，后面是什么？"

钱宏明想半天，自己也接不上这半句。柳钧又催，他只得道："别逼我，我好不容易……"说到这儿，钱宏明顿住了，怔怔看着柳钧不语。柳钧却有些领悟了，伸手拍拍钱宏明依然握着香烟的手，笑道："所以说，语言表达能力也是一门大学问啊，这不，噎死了？以后找我多练练。咱光屁股兄弟，你怎么出糗都不在话下。"

钱宏明举拳放到唇边，微笑。他想到的，柳钧也想到了，不过柳钧总是宽厚，不像姐姐虽然也了解他，却字字不留情面地剥皮。他在柳钧面前无拘无束，全心信赖，甚至——中学时候已经开始有所依赖。

但柳钧毕竟不是场面上混熟的高手，冷下去的话头还得钱宏明熟练地捡起："你最近怎么样了？没见你做技术。"

"我卖技术。既然一定会被盗版，不如自己先低价卖了，好歹收回点儿成本。回头，我刚与爸爸谈下来，我也准备单独创业。我现在已经有些计划，等我整理出思路，你帮我一起论证。"

"资金够不够？是不是先上测试设备？"

柳钧被问住，因为他的计划里，压根儿没有测试设备的一席之地。可是，他不是一直抨击国内企业重生产轻科研吗？今天轮到了他，他却首先想到的是买机床。包括他的大学同学，替他规划发展计划的时候也几乎没人提起重点优先建设研发中心。是大家都已经对自主研发心灰意懒？

"怎么？"钱宏明看到柳钧的失魂落魄，异常担心。

"我整理一下思路，回头找你谈。我发现自己迷失方向了。"

但是柳钧决定在纠正方向之前，先得赶紧把最后一件心事处理掉。他踩着市一机两批进出口合同交付日期奔赴国外，拿的是余珊珊给的，他电话确认过的那两家公司总部的地址。他的德国护照帮了他进出国境的大忙。

柳钧委托当地律所，将有关专利侵权的律师信递交给两家公司总部。同时，他也提供了一份获得他专利授权的所有公司名单给那两家公司。

他几乎没有在外逗留，就回国了。他已经将权利委托给律师，他也清楚那两家公司面对这种律师信该有的正确态度。他心里非常悲哀，他的知识产权被侵害问题却是在国外轻易地得到解决。还是老外将替他狠狠地复仇。因为那两家公司都在国内设有办事处，国内的办事处不能违反中国的专利法。

柳钧回国，并不意外地听说，市一机的外销产品已经发货装船。很快，船正在海上漂浮的时候，杨巡将接到买方鸡蛋里挑骨头找出单证纰漏，对L/C拒付的通知。钱宏明说过，只要买方不想收货，对信用证有的是处置办法。柳钧很想知道，明知信用证已被拒付，船却依然稳稳地驶往彼岸，增加越来越多的运回费用，杨巡这个钻在钱眼子里的人该如何的心痛如绞。

杨巡可知道，他施加于别人头上的，别人终有一天会加倍返还。作用力一向伴随着的是反作用力，这是力学的基本。

柳钧一个人悄悄地出国，又悄悄地回国，跟以往出差一样，便是行李也拿得不多，依然是他常背的双肩包。进入小区时候被杨逦的车子从身后追上，两人见面都是讪讪的。柳钧则是刚刚摆了杨家一道，凯旋，便主动相问："下班了？"

"是啊。呵呵，我大嫂美国生完孩子回来了……"杨逦说到这儿，又不知道自己干吗说这些，忙换了话题，"你出差？最近你都挺忙。"

"是啊，处理后续技术问题。"柳钧不愿撒谎，但也不能将自己做的事告诉杨逦，只能含混一下糊弄过去。

小区道路狭窄，下班又是车流高峰时期，开始有车子在杨逦后面按喇叭。杨逦如释重负，连忙与柳钧说个再见，一溜烟钻进地下车库。柳钧竟也觉得如释重负，他心里诧异：他又没做坏事，干吗心里紧张，难道反而还是做贼的理直气壮了不成？同理，傅阿姨偷窃了他的技术，结果反而是他不要见傅阿姨，傅阿姨还堂而皇之地待在他爸爸家里，害得他都不想去爸爸家。这世界很颠倒。

04

信用证被拒付，可货船却由不得杨巡，一分一秒地远离中国，将发回的运费越拖越高。杨巡更恨的是，以前凭信用证所贷的款已经到期，这笔款子没法续贷，可两单信用证被拒的生意却将大笔流动资金死死地压在海上动弹不得。杨巡从知道被拒那天起就每天急得跳脚，可是天高皇帝远，他的关系、他的脑筋都在国际贸易方面派不上用场，即使市一机进出口部的几个人被他骂得狗血喷头都不见效。

有内贸的几单生意因别家低价竞争而遭毁约的先例，杨巡认定这两家外商也是因为相同的理由拒付。他指示进出口部与买家商议，提出降价销售。可是对方的反应依然是因单证不符而拒付。杨巡急得团团转，由进出口部安排，向专业的外贸人员求救。

杨逦一样着急，她约钱宏明询问解决办法。等杨逦前前后后将经过一说，钱宏明不知怎的，联想到前不久柳钧才刚向他咨询出口的详细规则。想到中学时候班级篮球队在柳钧的率领下大玩规则，偶尔能与校队打得你来我往很不出丑，他相信，柳钧玩规则的习惯一定也会带到工作中。但钱宏明不动声色地给杨逦解答疑，细致地分析种种可能，唯独避开老外最头痛的专利侵权这一条不谈。

等送走杨逦，钱宏明一个电话打给柳钧，问市一机的L/C拒付是不是他干的好事。果然，柳钧的回答不出他所料："我一切遵从规则，而已。"

"虽然你是遵照规则办事，可你这招太凶了，你完全可以略施薄惩，在装船前让买方通知结束合同，给杨巡一个教训。国内现状就是这样，你又何必太执着？现在杨巡损失惨重，等哪天他知道问题出在哪儿，你说他会怎么处置你？"

"但杨巡也应该明白，我不好惹。我不怕他知道，我已经有防卫考虑。你想他还能怎么处置我？他都是那些不入流的阴招，吓唬吓唬我爸这种也不讲规则的人。他不敢搞大，他想搞大，人家也未必帮他，那是违法。"

"柳钧，你这种想法很……我宁愿相信你这是被杨巡惹毛了。你怎么知道杨巡不敢搞大？你有空来找我，我告诉你杨巡旗下几个产业怎么摆平小流氓的事。他本身就是一个灰色的人，没事少招惹少接近。"

"你的意思是，他会对我使用流氓手段？"

"对，他给逼急了什么招都会。你这回够逼急他的了。"

"究竟是我逼急他，还是他咎由自取？"

"两个人只有权势相近的时候才有可能坐下来讲理，我们都还不够让杨巡平等合理地对待。你好好想想该怎么办，这个秘密迟早会被杨巡发觉。"

"我很悲愤。"

柳钧花那么多差旅费处理了自己被侵权的案子，处理的时候还很激愤，可是处理完却觉得这回出手阴损，心里还有点儿内疚，这下，他一点儿不内疚了。他面对的根本就不是个善茬儿，他现在唯一要做的只有一件事：保护自己。

但是柳石堂听儿子回家一说，惊呆了，一张脸憋得血红。

柳钧见此不妙，想到小中风，急得连声大叫："爸你怎么样？爸你说话。"

柳石堂照着儿子胸口就是一拳："你闯大祸啦！你赶紧回去德国，这儿我会处理。"

"爸，你何必怕成这样，杨巡是人不是鬼。"

"是人才麻烦。别说了，你赶紧收拾收拾走吧，越快走越好，三年五年之内别回家了。"

"我一走，杨巡不是全对付爸了？要走一起走，不走都不走。爸，我有办法。"

"你没有办法，你还嫩，你对国情一点儿都不了解，你的办法行不通。别闹了，回去收拾，明天我送你走。"

"我有办法！"柳钧被爸爸的完全否定激得大喝一声，声音在小小阳台回荡，连他自己都吓了一跳。他见到傅阿姨从小房间探头探脑来看，他横了一眼，盯着傅阿姨缩回头去才罢休。

"说吧，让你说痛快，别以为我委屈你。"柳石堂火气很大。

"很简单。爸爸卖掉前进厂，然后用我的名义去开发区建立外资企业。不是有人一直觊觎我们的地皮吗？我已经了解政策，外资工厂的优惠非常多，两免三减半和进口设备退税，加上开发区税费优惠，只收残疾人保障金和义务兵优待金，爸爸即使只做原本的生意，在税费方面便可以每年少缴不少……"

"这又怎么样？你以为逃到开发区算是逃到天边了吗？"

"不，我们不是逃，而是甩掉历史包袱。我们卖掉前进厂，未来再有什么查税之类的问题，也只与新的法人代表有关，追索不到我们。我们重新开始，一切遵循规则，吃透规则，利用规则。这是我早有的打算。"

看着儿子似乎深思熟虑，甚至思谋已久的样子，柳石堂心中忽然升起一阵寒意。若是都照儿子说的做，那么他手中不是连金工车间都没了吗？而且，全部照着儿子说的做，他以后在厂里什么都不是了。柳石堂无法吱声，他不断在心中劝慰自己，那种篡党夺权的事情别人家没出息的儿子才会干，他儿子秉性纯良，逼他儿子做都未必肯做。

柳钧还以为他爸爸委决不下："爸爸，你今晚好好考虑，但时间不等人。我明天去财务根据去年缴税情况给你做一份减免税收的数字。再有一点，市区昂贵的地皮置换到开发区相对便宜的地皮，其中的差价可以让我们在设备更新升级方面大做文章。"

"你好像考虑很久了？连资料都看齐全了？"

"是的，从决定留在国内那天起，我出差都带着资料，有空就看，我需要补课的东西太多。但是爸爸，我不是一窍不通，不是不行，而是我跟你有截然不同的考虑。"

柳石堂默不作声地看着儿子，看了很久，但还是无法做出决定，挥手让儿子回去，明天再谈。他很想找个人说说，可是这种事，除了老婆，跟谁都无法说出口。柳石堂胸口憋着一团闷气。

柳钧走后，傅阿姨出来收拾。柳石堂见到傅阿姨心里更火，但是他能忍。无奈他儿子年少急躁不能忍，摸到杨巡的七寸狠狠打下去了，可是杨巡那条蛇太庞大，打，只会招来更残酷的反噬。柳石堂头痛不已。可事已至此，儿子回去德国有用吗？没用！他已经没有退路。摆在他面前的只有两条路：一条是跟着儿子出走德国，一条是照着儿子说的做。

儿子是不是吃定了他？

柳石堂夹着香烟，在屋子里兜圈，满心烦闷。可是想了半天，他还是先给儿子打电话，为自己刚才的冲动做弥补。

"秋凉了，别再洗冷水澡。"

"什么时候吃不消什么时候停止。爸爸你打算说什么？"

"前进厂是爸爸命根子……"

"对不起。"

"说到前进厂，爸爸太激动了。其实你做得很好，你比爸爸那些朋友的儿子都出色得多，你缺乏的只是国内的经验。爸爸刚才不该这么否定你，你别放心上。"

"爸爸……"

"别说了，我们父子不用说对不起，你也不会把爸爸说你的放心上。你洗澡吧。"

这话却也提醒了柳石堂自己。他对儿子这么信任，那么刚才又怀疑什么？实在是看别家父子为钞票反目看得多了，谁都会疑神疑鬼。可是，他的儿子与别人的完全不同，他的儿子有才，在德国的收入不会比他一年的实际收入差。儿子根本没必要下那么大力气来谋他那么点儿财，只要回德国去儿子就海阔天空了，反而是他死死地拖住儿子。

那么，他还怀疑什么，迟疑什么？

"阿钧，明天开始，爸爸卖老厂，你建新厂。出手要快，争取半年建成。"

"明天星期天，什么都干不成。"

"订计划！"

虽然爸爸在电话那头是大吼一声，可是柳钧却对着电话舒展了眉头。爸爸似乎很有被迫逃亡的意思，柳钧却觉得，这才是最佳的选择。要不然，留在前进厂原址，想扩张，没地皮没资金，还有那一大帮黄叔、徐伯等人的掣肘。改变的决定出于被动，而他们的选择却是主动。

可柳钧此时也对前进厂依依不舍起来。那几乎是他从小到大的另一个家，他即使离家多年，回到前进厂，依然能闭着眼睛在车间里面行走无碍。他拿着几份各式各样开发区工业区的资料看了会儿，心中却一直压着前进厂的影子，脑子里飞来飞去的都是前进厂的一砖一瓦。

资料再也看不下去，他起身出门。下地库取车，还没看到自己的车，就见入口处大灯雪亮，飞驰进来一辆普桑。柳钧见此不好，连忙闪到柱子背后。那车飞驰而过，"嘎"一声，停在弯道中间。柳钧才看清，这是杨逦的车子。柳钧本想走开，这家的大哥实在无赖，他不愿搭理杨逦。可回头，却见杨逦跌跌撞撞出来，步履不稳。喝多了，柳钧想。他见杨逦摇摇晃晃用力关门，车门关上，她也趴在车门上不动弹。柳钧看不下去，只得上前搀扶。他见到杨逦微微抬眼认出是他，忽然妩媚地一笑，他只觉得杨逦半个体重都压到他胸口，顺着他胸口软绵绵滑下去。柳钧惊得拿德语喊德国上帝救命，大力抱起杨逦，免得她妄图从大地获取力量。

将人抱进电梯，柳钧俯身按楼层的时候，忽然觉得耳根有触感，他又不是不识人事的纯情小生，顿时火烫了半边脸蛋儿。抱扶着的温香软玉也环抱着他，而且还不安分地不停蠕动，呢喃着他的名字。柳钧继续小和尚念经一样地向德国上帝求救，全身动都不敢动，唯有两只眼睛紧紧盯着电梯跳跃的楼层指示，指望快点儿到达。

终于将杨逦抱出电梯，杨逦却嘀咕不愿回家，不要一个人待着，紧紧抱着他不放。柳钧岂敢逗留，擅自打开杨逦的小包摸出钥匙，将人塞进屋里。杨逦虽然醉得糊里糊涂，却跟能精确地将车开回家一样，她紧紧搂住柳钧脖子，精确地找到柳钧的唇。

柳钧挣扎走出杨逦家门的时候，就像格斗场刚下来，连忙趁一息尚存，拔腿逃离。沿路，看到那些媚眼乱飞的霓虹灯，他很有下车进去的冲动。他连连告诫自己，不可以，不可以。他一往无前地开向前进厂，最终胜利到达。

门卫的话兜头浇了柳钧一盆冷水，门卫告诉他，他爸爸先他一步，早已一个人进了金工车间。

所有的信念瞬间消失，柳钧蹑手蹑脚步入金工车间小门。

他见到爸爸一个人背着手站在夜色中，背影那么孤独，那么渺小，看上去很是彷徨。

"爸爸。"柳钧见爸爸受惊回眸，他分明看到爸爸眼里的泪光，"爸爸。"他大步过去，爸爸却回过头去，背着他拿手背拂过眼角，"爸爸，我舍不得，忍不住过来看看。"

柳石堂本不愿让儿子看见眼泪，但听儿子这么一说，他的眼泪又克制不住地往外奔涌。柳钧心酸不已，伸手抓住爸爸的手，紧紧握住。他的眼前都是杨巡的影子。虽然撤离前进厂是他主动做出的选择，可是，他恨杨巡。

05

嘉丽产期在即，钱宏明减少出差。但他已经习惯了奔波的日子，在家待上三天就开始闲得慌。周日一早就打电话给柳钧，约一起打网球。得知柳钧已经约下与工业区招商人员谈话，钱宏明扔下网球拍，便赶来柳钧家会合。

杨逦一夜醉酒，清晨早早起来，依稀还记得自己是开车回来。她下楼去找车，果然，车子停在弯道中央，挨了被挡道车主好几个脚印。循着记忆的脚步，杨逦更是记起来，昨天似乎还有旖旎风光，有强壮的手臂和坚实的胸膛。杨逦屡次醉酒第二天总有一个重要项目，那就是满小区寻找昨晚停放在不知哪儿的车。但今次与众不同，她得绞尽脑汁地回忆究竟有没有与人缠绵，那个男人又是谁。但她分明又确认她的衣服是完整的。

杨逦不敢确定，以为她是做梦。慢慢走回电梯，看见电梯按键又回想起熟悉的一幕，她记得很想拥抱那个人，而且也付诸实施了。是谁呢？应该是谁扶她回家。难道是保安？电梯到点，杨逦一步跨出，抬眼，见柳钧和钱宏明两个站在面前。钱宏明先跟她打招呼，可杨逦却看着柳钧，脸"轰"地一下烧了起来：是他！

钱宏明眼尖："怎么回事？"

"咳，昨天杨小姐喝醉，可能把我错认了。杨小姐，我们出去办点儿事，回见。"

杨逦羞得满脸通红，连声说着"再见"，先冲回自己家里去了。钱宏明看看她，却被柳钧一把拖进电梯。

"你们俩？"

"别瞎猜，我做个好事，结果被她借酒非礼了。别这么笑，拜托，我不是爱占便宜的人。"

"是是是，多的是投怀送抱的，哪儿需要你主动占便宜去。有没有考虑过她？"

"不喜欢。哎，外资是不是很受欢迎？我联系的时候他们说周日不办公，但我一说是外资，他们立刻改口。"

"记得去年那场席卷亚洲的金融危机吗？许多亚洲国家亏就亏在外汇储备不足。所以现在更加注重招商引资，各地方官员都有引进外资的指标。我们出口也是很受重视，危机之后银行借贷方面优惠许多。"

"难怪你趁机出来单干。"

"我在犹豫。辞呈递上去后，老大找我谈话，他开出非常优厚的条件，让我独立创建开发区分公司，财务基本独立核算，上缴一定比例利润，但信用证担保由公司来做。其他都马马虎虎，最关键是最后一条。你知道，我如果辞职出来设立私营公司，去银行开信用证的话，需要交比例很高的保证金。但我们公司不同，公司是银行求着它去开信用证，谁家许诺的保证金比例低，公司去谁家开证……"

"哦，你们公司是融资大户，银行比较青睐。"

"不仅如此，还由于我们公司是市外经贸委下属国企，银行对国企倾斜相当大。我被老大这么一拉，有点儿不想走了。我跟老大谈了很多，把所有我辞职出去开公司所能拥有的灵活都拿来跟老大谈，要老大授权给分公司。老大竟然有条件地答应很多，超乎我的想象。但老大提出的条件也很苛刻，他给分公司压下来的年进出口总额几乎是我部门今年总额的三倍。他说，否则他难以向其他几个部门经理交代为什么如此厚待我，他没法搞平衡。"

"三倍？大跃进了。你担心完不成？"

"事在人为。但我不能答应得太爽快，免得老大以为我很轻松，明年他准拿别的经理来压我，再度提升业务额。"

"可是三倍，不是两倍，你这个跃进会不会太大？"

"人有压力才跑得快。再说我原先在父母那儿耗的时间精力非常多，现在没了，我可以一门心思做业务。"

"可你将添丁进口，升级做爸爸可不轻松。"

"我这不已经让嘉丽辞职了嘛，而且丈母娘也帮着。"

"好好干，你一定行的。我也今天开始算是创业，我们要不要比试比试？"

钱宏明微微一笑："不跟你比，我直接走上轨道，又有公司财大气粗做依托。你呢，开个规模不大不小的厂，以后麻烦多着呢，我胜之不武。"

"既然你已经不打算辞职，为什么还跟我出来见招商人员？全不搭界的。"

"多了解没坏处，多了解规则，以后跟类似厂家接触时候可以有的放矢。"

"有什么的？"

"目前还不知道。"

柳钧跟看怪人一样地看看钱宏明，非常不理解。

车行半个多小时，他们到达一处工业区。招商人员早等在办公室，进门就非常热情地倒茶寒暄。柳钧开头就问一个他最关心的问题，他有德国护照，但是资金早在半年前回国时已经兑换成人民币，还有以前陆陆续续汇来的钱也被兑换成了人民币，却都没留下收据，那么他可不可以用人民币出资。

这个问题柳钧在一处国家级开发区和一处已经形成规模的工业区问过，但是招商人员都是面有难色，按照规定，注册资金一定得是外汇。不料今天这位招商人员却一口答应没问题，由他去向上通融，而且程序如何如何，并非他信口开河。然后，招商人员一份一份地拿出文件，告诉柳钧优惠政策，并信誓旦旦地保证，这些都是国家发放给外资企业的优惠政策，而非地方土政策，而且都是直接免税，而非一年后的退税。绝不会出现有些地区漫天给优惠，入户后却无法兑现的情况。

其实招商人员若不说这些，柳钧根本都不知道某些地区还有恭请入门、关门打狗的恶政，连钱宏明都是没听说过。柳钧一边听介绍，一边随手做记录。以前他跑的两处因为当时目的还不明确，只是泛泛了解。这回则是不同，他根据对以前两处开发区资料的研究，非常有针对地提出问题。他要的除了数据，还是数据，其他任凭招商人员说得天花乱坠，他都放在次要。这是他的工作方式，他向来只拿数据说话。可苦了招商人员，难得遇到这么磨人的外商。

钱宏明基本上没怎么说话，除了看到招商人员脸色尴尬时候才插嘴打个圆场。钱宏明虽然没做记录，但他也是仔细地听，默默地心算。他发现，外资企业的优惠真多，多得让人眼红。以前只知道外企有两免三减半的优惠，今天才知道，除此之外，还有很多杂七杂八的优惠，而且都是刀刀见红最实在的优惠。

中午请招商人员吃饭，终于轮到钱宏明找话来说。钱宏明认识的人很多，说起来与招商人员有好几个共同认识的人，于是话题就扯到工业区所在县乡的行政队伍上去了。柳钧对此完全不懂，唯有傻愣愣地听钱宏明热火朝天地与人扯人事八卦，讲谁谁有希望再往上升，谁谁怀才不遇准备另辟蹊径，谁谁看来政治生命到此结束，等等。柳钧想，这也是钱宏明说的多了解没坏处？可他也没见到好处在哪儿。

中饭后各自回家。钱宏明上车就道："这家可以作为顺位前三的候选。"

"为什么？"

"就是刚才饭桌上聊的。这县的书记年轻，要政绩，做事魄力大，舍得投入，懂得放水养鱼。我常听人说办实业对当地行政环境要求挺高，不像我们贸易公司可以打一枪换一个地方，你们有厂房设备在，跑得了和尚跑不了庙，要是遇到个关门打狗的政府，你就会陷死在里面。"

"呃，还有这么一道讲究。没想到。"

"服气吗？"

"服。"

钱宏明哈哈大笑，心里异常畅快。他并无压好友一头的歹念，可是能让柳钧心服口服，他还是非常引以为傲。"国内办事，很多条规虽然写在纸上，执行起来却都有个'但是'，也可以说有个弹性，比如刚才你希望用人民币出资便是一例。所以你光看资料不够，你还得广泛地与相关人员接触，从他们嘴里了解那个弹性的极限在哪里，你通过多方运作又能到达哪一个度。多了解总是没错，你总有一天用得到，或者举一反三用在别处。"

柳钧再次像看怪人似的看钱宏明，好不容易才把涌到嘴边的"真的吗"吞回肚子里去："可是个人拥有那么大的弹性处决权，会不会助长权力寻租？"

"这不是你我所要考虑的问题。"

柳钧听到这儿，终于融会贯通，明白是怎么回事了。可他越是懂得多，越是不安。他不清楚前路还有多少他不懂的东西，那些不懂的东西凭他脑子里的既有常识都是无法推知的，甚至他都无法问出问题，以向钱宏明请教。他能问的只有一句："那么我还应该留心点儿什么？"柳钧问了后好一阵子没听到回答，扭头见钱宏明鼓着腮帮子翻白眼，他不禁叹道："刚回国时候还豪情满怀，看到满地都是不足，满地都是机会，现在才知艰难，而且是越来越觉艰难。"

"说明你入门了。"

"对，我以前常想，这么简单的事，国内的人为什么不去做。现在知道傻的其实是这么想的我，谁都不笨。"

"别矫枉过正，你毕竟出国深刻体会到另一片天空，哪天你若能做到熟知两边规则，融会贯通，我们就谁都不如你。哎，昨天杨逦对你怎么了？说详细点儿嘛。"

"她喝多了，非常热情，没想到。"柳钧忍不住吹了一个口哨，"她身材真好，我差点儿犯罪。"

"看今天那样子，她欢迎你犯罪。"

"那我也不能昨天她喝醉时候乘人之危。你仿佛特别在意杨小姐？有鬼？"

"没，我只是好奇你的态度。按说，不是出国一趟应该开放不少？你出差跟人谈业务那几天就没进出歌舞厅？"

"有啊，怎么没有，他们还叫小姐，我天，公共场所这么堂而皇之，我大开眼界。国内才开放。你……这几天嘉丽不方便，有没有进那种场合？"

钱宏明惊得跳起来："别胡说。"

柳钧大笑："那你干吗审我，我才理直气壮呢。送你回家还是去哪儿？"

"不用，我约了人喝咖啡，吃饭。娱乐时候要不要叫上你？"

"你不用喊我，我今天要消化这些资料。宏明，你有个大问题，你好像待家里的时间比较少。"

"没有，我很顾家。"钱宏明断然否认，非常坚决，"可是工作需要，不得不放弃一些私人生活。"

柳钧不以为然，但他知道嘉丽其实也这么想，他接触的那些大学同学也是说男人晚上应酬是理所当然。柳钧很矛盾，为了获得那些条规背后的"但是"，他是不是也得出席应酬。可若如此，他用什么时间来学习、提高，以及享受个人生活？还有，他是不是应该追逐那些"但是"？他总觉得那些"但是"充满灰色，可那又是如此诱惑，犹如伊甸园的苹果。

柳钧也没回家，他去了福利院。才到福利院门口就接到余珊珊的电话，原来余珊珊进入进出口公司，几天工作下来上司看她可行，就给她配了手机。余珊珊趁周末赶紧买手机、入网、遍告众人。柳钧忽然很想请余珊珊吃晚饭，可是那头余珊珊口气急匆匆的，似乎身后有无数事情赶着，他只能断了念头。虽然余珊珊做事不经大脑，不合他胃口，可他欠余珊珊一顿晚饭。

福利院还真没什么需要修理的，设施都非常新，洗衣机什么的都还是品牌货。阿姨得知柳钧有学历，就安排他给几个读小学的大孩子看作业。这倒是柳钧能得心应手的活儿，他做到晚饭时间才离开。他这回没见到那位保时捷女郎，却从孩子们嘴里得知，福利院的新楼是保时捷女郎梁女士和她丈夫东海总厂厂长宋总捐建，福利院的设备也是他们更新，福利院好多小妹妹的医药费也是他们支付。柳钧听着似曾相识，等回家路上才想起才回来的时候钱宏明在豪园请客，跟他说起过。呀，那不是杨巡传说中的保护伞吗？柳钧发现自己一个不小心钻进了盘丝洞。

但是在福利院两个小时的志愿工作，却令柳钧出奇地安心。什么原因他也不知道，他只知道他以后还会再来，但他会避开那位梁女士。那个圈子里的人，他还是少惹为妙。

06

杨巡和公司的出口部员工没那么快拿到两国的签证，急得跳脚，只能打电话请他在美国的弟弟杨连帮他跑这两个国家的公司询问拒付究竟是什么原因，打电话总是鞭长莫及。

杨连好不容易请出假来，跑第一个公司就获得有用消息，人说市一机的那批货侵犯专利，被律师发函警告了。杨连在国外待久了，认为这个原因无可非议，但他把原因电话给杨巡，杨巡却爆了。此时正好家庭会议，大弟杨速和小妹杨逦都在杨巡的办公室议论事情。杨巡摔了电话就道："准是柳钧干的好事，他娘的小子太歹毒了。"杨巡将杨连的调查复述给弟弟妹妹。

杨逦见大哥暴跳如雷，一颗心莫名揪紧了。几乎是鬼使神差地，她打断大哥，大声道："大哥，我知道你接下来会做什么。但是我告诉你，他们海外归来的人有个帮，柳钧现在也混那里，跟梁思申非常投机。"

杨巡的暴怒凝在半空，面容扭曲而古怪："你怎么知道？"

"我住柳钧隔壁。"杨逦镇定自若地回答，"大哥，梁思申绝对不会赞成你专利侵权，你自己心里有数。"

"小子攀上了梁思申？"

"吃你一次亏，他还能不长个心眼儿？他是土生儿，又不是天外飞来的外商。"

杨巡杀气腾腾地盯着妹妹，但他家就一个杨逦不怕他。可杨巡硬是相信了杨逦的话，不为别的，他早看出柳钧身上有一股气质，与梁思申刚来中国那阵子非常类似：那种优裕家庭出来的孩子天生有一股满不在乎的"傻气"。

"我们该查查内贼，谁告诉柳钧外商消息和我们这边交货装船的时间。"杨巡的大弟杨速提醒盛怒之中的大哥。

"不用查，个个都有嫌疑，个个没有嫌疑。"杨巡迅速冷静下来，铁青着一张脸，"我们没做任何防范，分厂上千张嘴个个都会告密，包括进出口部的也会。真要认真查起来，工厂得乱好几天。这事我看到此打住，对谁也别说是因为专利原因，只能统一口径，是外商失信。要不然我一张脸往哪儿搁？老四，你通知办公室拟定处理进出口部当事人。"

杨逦答应，但她不放心地问："柳钧呢？"

杨巡铁青着脸没回答，碰头会也开不下去了，赶弟妹离开，他关办公室里生闷气。可是他显然不能故伎重演为自己出气了，既然照着杨逦的说法，柳钧应该是有意攀上梁思申，他这边稍有动静，柳钧还能不去求着梁思申？可是，这口气杨巡怎么吞得下去？他出道这么多年，栽了无数跟斗，可都是栽在有头有脸的人手里，今天他还是第一次栽在小人物手心，而且损失巨大。无论如何，即使有梁思申拦着，他也要出这口气。

07

柳钧去工业区洽谈后，便做出大致的分析报告，与爸爸商量该不该去那工业区落户。柳石堂当然不会只凭招商人员一张嘴就信了工业区，他朋友找朋友地找到先他们一步进驻工业区的老板，一番通气下来，他认可儿子的选择。于是柳钧周二就联系招商人员上门办手续。

那招商人员工作非常负责周到，全程领着柳钧递送审批报告，包括独资企业的章程他们都有现成的范本，还指点柳钧去香港花两万港币代理注册一家某岛国的公司，拿着岛国公司的材料过来办登记就行。外资的审批相对麻烦，非工业区所在县能够审核，但是柳钧自己摸不到路，招商人员却对门道门儿清。别人都规规矩矩在大厅办事，规规矩矩等待大厅工作人员递送审批材料去签字画押，招商人员却能熟门熟路摸到长官们的办公室，在别人排队等待的时候他已经捷足先登。正因为招商人员替柳钧办了分批验资，好歹解了柳钧的外币之困。

柳钧过意不去，但招商人员说这是外资该有的待遇。柳钧直到以后才知道，成功招得外商落户的招商人员将按更高比例获得提成奖励。几天后事情全部办完的晚上他心甘情愿地请客，请招商办的几位好好吃了一顿，总算还了这个人情。大家在饭桌上拍着胸脯保证，以后柳钧在工业区遇到什么问题都可以找他们。

一件大事办完，柳钧非常快乐地回家。他甚至有点儿觉得爸爸有时候有些操心过度，其实在国内办事并不太难，只要所有步骤符合规定，官府的人还是和善的居多。他进门，开CD，才刚准备脱下假惺惺的西装，杨逦来电问他是不是在家，她打算过来找他谈话。柳钧想风度一下，就自己过去。但是才打开房门，杨逦已经心急火燎地等在他家门口。两人那次醉酒后还是第一次见面，脸上都有点儿尴尬。

柳钧请杨逦进门，他不知道这女孩子来找他干吗，但杨逦抢先道："啊，原来你家里就有钢琴。"

"是啊，我从小用到大的钢琴。请里面坐，喝点儿什么？"

"不了，我只简单跟你谈件事。"但是杨逦伸手将大门关上，搞得柳钧心惊胆战，"拒收我们公司产品原来是因为两家外贸公司收到你的律师信，我大哥已经知道了。我来知会你一声。"

柳钧没想到杨逦这么直截了当，他吓了一跳，一时没反应过来，看着杨逦。杨逦也看着柳钧，今天正经职业打扮的柳钧可谓潇洒，看上去很是悦目。"我大哥很生气，你要当心了。就这些，晚安。"

"请等等，杨小姐。"柳钧怎么都没想到杨逦竟然会来警示他，"请里面坐会儿，我家很简陋，请你别在意。"柳钧说话时候伸手阻止杨逦开门的动作，顺带轻轻一揽，请杨逦沙发就坐。杨逦全身微微一震，连忙退开几步，满脸不自然地冲去沙发上坐正了。柳钧又是一愣，不禁笑了："请问咖啡还是酒？"

"白开水，谢谢。"

柳钧索性将咖啡壶和手摇碾磨机拎到客厅："尝尝我刚从香港买的埃塞俄比亚

咖啡豆，有浓郁的可可味，你一定喜欢。我去香港注册了家公司，以外方公司名义来国内设立独资企业，手续刚刚办完。"

"你不回德国了？你不是有女朋友等在德国吗？"

"不回了，国内也很好。"他坐在桌边着手磨豆子，"杨小姐，谢谢你来知会我。你大哥很有能量，我已经吃过他的亏，但是我依然不愿被侵权。"

"可是你不能下手轻一点儿，在没装船前给外方发律师信吗？你现在让我大哥蒙受这么大损失，你说他会罢休吗？你太莽撞了，竟然什么保护措施都没有就对我大哥出手。"

"我能不能解释？你大哥欺人太甚。其实宏明和我爸爸都是跟你一样的想法，你们都很关心我，谢谢。"

杨逦无语，愣愣地瞧着柳钧跷着二郎腿侧身坐在桌边，悠闲地摇着碾磨机的手柄。柳钧那姿态，非常帅："看样子是我多虑了，你似乎胸有成竹。"

"你没多虑，但是我已经做好担当我所作所为的准备。我等着你大哥了解因由后发火，等了好多天了。"

"你想得太简单。"杨逦欲言又止，让她还能怎么说，另一边是她大哥呢，她也不能诋毁大哥。

柳钧严肃地道："我没想得简单。但士可杀不可辱，我宁愿承担最坏后果也必须发出律师信。况且，我的行为合法。"

杨逦只有叹息。她既劝不了大哥，也劝不了眼前这个，只能眼睁睁看两人火拼。

柳钧不是傻瓜，早已明白杨逦的心意。但他只能装傻，给杨逦讲解他手中的咖啡。杨逦心不在焉地听着，等咖啡煮出来，她喝几口，在杯沿留下玫红的唇印，就告辞了。柳钧送到门口，杨逦欲言又止，再三徘徊，终于还是叹一声气开口，"有市一机的人问起，你就说认识梁思申，就是东海总公司宋总的太太。"

杨逦走了，柳钧莫名其妙地站在门口。他们不是一帮的吗？

这时市工业建筑设计院的邵工来电找柳钧，请他去一家桑拿浴中心，有两位建筑公司负责人希望能见见柳钧。都已经很晚，柳钧懒得出去，心知邵工想拉他新厂建设的皮条。没想到邵工竟然与两位建筑公司负责人已经迎候在他家楼下。柳钧盛情难却，得到邵工一定提前一周出图纸的保证，他才出去，但不愿去桑拿中心，他们去了卡拉OK。

柳钧原以为坐坐就可以离开，他没想到会在一个包厢里见到钱宏明。他是先在走廊听到钱宏明唱歌的声音，但被妈妈桑热络地半拥着进去他们的包厢，他只记住钱宏明那个包厢的房号。进去后建筑商想叫小姐，被柳钧拒绝了，其他人便也没好意思叫，大家就着里里外外轰响的音乐谈柳钧的项目。柳钧对建筑一窍不通，对国内建筑公司资质什么的更没头绪，根本没什么可以谈。他告诉大家他请了同学做顾问，他可以找个时间请同学就着图纸来谈。两位建筑商一个劲儿地奉承柳钧，柳钧跟他们真没什么可谈，敷衍好几句才出来找钱宏明。

推开钱宏明所在包厢，柳钧惊呆了——里面一群与他年龄差不多的男子，和一群衣衫不整的妖艳女子。

果然有钱宏明，而钱宏明没看见他，因为钱宏明仰躺在一个艳女的大腿上。柳钧还是第一次见到这样放浪的钱宏明，他一愣之下，立刻转身退出，与旁边的男子说抱歉，说走错门。

柳钧第一时间就想给钱宏明打电话，但是钱宏明的手机关机。他看看那扇已经闭合的门，转头回去自己的包厢，与邵工和建筑商谈话，了解工程该怎么做，直到大家都被他问得烦死，说图纸还没出来的时候根本没必要考虑这么详细，柳钧才被迫打住。然后他就与这些人没话可说，众人坐坐便散了。等柳钧先告辞出去，里面两个建筑商就破口大骂，骂柳钧是太监，是书呆子，做事的套路都没有。柳钧出来后也愤怒地想，那邵工经常说话牛头不对马嘴，拉皮条倒是熟门熟路，这样的人，往后的合作会愉快吗？他有了毁约的想法。

经过钱宏明的包厢，那儿还在放浪形骸。柳钧依然没走进去，不是怕钱宏明看见他不好意思，而是他不知道怎么面对钱宏明。对于他而言，钱宏明怎么样，都不影响两人友谊。但问题他也是嘉丽的朋友，嘉丽而今正苦苦待产。柳钧思来想去，决定坐在停车场等钱宏明，直等到两点钟歌厅打烊，钱宏明的车子还停在原地。柳钧撑着眼皮发呆，忽然意识到自己不能再等下去，再等，他将更难面对钱宏明。

柳钧快快地走了，更迁怒于市工业设计院的邵工。回家打开电视，大半夜只有中央台还在坚持。可电视节目也在这秋高气爽的季节里春意盎然，一个忠厚深沉的声音含蓄地解说着草原动物兴致勃勃的风求凰。仿佛全世界都在发春，唯有他柳钧老僧入定。

他第二天找设计院谈，要求撤换设计师，要不然不签设计合同。原因的其中一条就是，设计师拉皮条。设计院的领导转身一个电话打给柳石堂。柳石堂也没想到儿子会上这么一出，对于设计院这种凭良心干活儿的地方，怎么能一上来就与设计师对着干呢？这不是存心跟设计师不好过，诱导设计师以后在图纸里设陷阱吗？但是柳石堂对着电话，眼睛一闭心一横，告诉设计院领导，他唯儿子之命是从。

设计院领导想用拖字诀，无奈柳钧还没签字，今天不处理他就不签合同，逼得领导非解决不可，而且必须是速战速决。偏偏柳钧还要求多多，不要邵工插手之外，新主持设计的建筑师不能由设计院指定，得他自己来谈。设计院领导硬着头皮看在钱和合同面子上只能应付。柳钧却是谈一个毙一个，建筑师纷纷提出设计不了，伺候不了这么麻烦的大爷。柳钧心里很是奇怪：他的要求很复杂吗？他完全是从设备安全平稳运行角度提出对地基、梁柱等的要求，可建筑师最烦他对结构除尘、光照节能、雨水收集等细节设计提出的要求。柳钧提出根据本地一年四季的日照角度变化数据设计车间的自然光照，仅此一项就遭建筑师的抗拒。建筑师甚至告诉他，他的要求，即使设计出来都没人造得出来。

柳钧也扭头走了，算是彼此嫌弃。连他这个外行都认定这是个不求进取的设计院。要换作是他，有人跟他提出有这么一个小结构可以有效集尘，他定喜欢都来不及，赶紧记录下来，回头考虑怎么设计。这边的人却只告诉他常规没有这类要求，却都那么积极地拉皮条，甚至不惜陪玩到半夜。完全是态度问题。

又是态度问题。

柳钧听汪总指点，只能去上海找曾经配合设计市一机分厂的那家设计院。那家设计院人员精干，为了资质挂靠在一家国营设计院门下。柳钧与那家一拍即合，他提出要求，对方举一反三，而且能找出曾经设计的案例给柳钧过目。柳钧终于放心地签下合同，当然，设计费高了不少。但是又怎样？好的设计，意味着顺利的施工，用材的节约，和将来永久运行维护费用的降低。设计成本的回收实实在在可以预见。

这一回，柳钧是心甘情愿地在签订合同之后请主持人员吃饭。他喜欢，在于他此行看到同类的人，他感觉吾道不孤。

柳石堂一边快马加鞭地与几家出价的公司个人谈买前进厂的交易，一边奇怪，杨巡为什么至今没有任何反应。甚至，杨巡也派人来深入细致地问了前进厂的报价。柳石堂担心杨巡捣鬼，基本上不考虑杨巡派来的那个人。而且他提醒儿子，随时注意杨巡的动向。他根本就不相信杨巡肯忍气吞声，他只有认定，杨巡沉默越久，反弹越大。

柳钧从上海直接飞去德国，通过前同事的介绍，直接与机床厂家签订订货合约。其他方面他或许还必须与别人商量，在设备选择上，他全都自己做主。他落地德国，首先联系女友，可惜女友在电话里明确告知不见。但柳钧并不是说不见就不见的人，他独自坐在女友家门口的路边等待，直等到夕阳西下，凉风四起，女友与新男友亲亲热热一起回来，就跟以前与他在一起的时候一样。

女友没看见他，或者说女友的眼里已经有了别人，不再有他。非得眼见为实，柳钧才能死心。这半年多，离沧海桑田也没差多少，如今站在老地方，看着明亮依旧的女友的窗，他已经面目全非。柳钧站了会儿，走了。虽然回头看了又看，还是毅然走了。心里的痛只有他自己知道。

回国路上，柳钧已经想好，希望将进口设备的代理权交给钱宏明。他回国接触了太多不上路的人，越来越不敢将重要工作交给没有了解的人。

柳钧没料到回家又是先遇见下班回家的杨逦，住在隔壁真是低头不见抬头见，他一回来只够时间先去工地转一圈，看围墙进度，连爸爸都还没见呢。杨逦见他就问是不是要卖前进厂，她有意向。

柳钧对这个杨小姐有点儿不知说什么才好，索性约了一起吃晚饭，他洗漱一下在车库等。

等杨逦婀娜多姿、一阵香风地下来，柳钧打开车门让杨逦入座，先问一句，"你知道我家为什么卖掉前进厂？"

杨逦隔着车窗看柳钧拐过车头，心里很是疑问。等柳钧坐下，她才道："难道不是以置换土地获取发展资金？"

"初衷是为避开你大哥的打击。"

杨逦差点儿噎住："可是你难道没觉得怪异，你爸至今没谈下买主，你们前进厂却至今没病没灾？"

柳钧一愣，等将车子驰出地库，才道："咦，怎么回事？是不是你帮我们？对了，你上回说东海集团的谁，我还没去了解。"

杨逦叹息："你不信我上次跟你说的那些。"

"没，怎么会，我后来一直出差……这人怎么骑车的。"才刚开出大门，一辆自行车飞快从右侧冲来，重重撞在柳钧车门上，骑车人当即倒地。柳钧吓得赶紧刹车，对杨逦吩咐一声"你别下车"，跳下去查看。

立刻，那骑车人的五六个同伴一拥而上，将柳钧包围，七嘴八舌要柳钧赔偿。柳钧想看清倒地者的伤势，但还没等他俯身，背后挨了重重一拳。见势头不好，柳钧连忙奋起还击，边大声喊："先救伤员，报警。"但是没人听他，拳脚自四面八方向他袭来，而地上那人也是一跃而起参战。

柳钧此时隐约感觉事情不对劲，但无暇多想，唯有兵来将挡。

但是三拳不敌四手，面对六七个人的缠斗，柳钧很快落了下风。杨逦降下车窗大喊别打，外面人立刻给她一个巴掌。杨逦唯有报警，可是她害怕得手指都按不准按键。仅仅是打电话的当儿，她见到更多的拳头落在柳钧身上，柳钧已被打得脚步踉跄。她透过车窗缝大喊："我已经报110啦，你们住手，警察很快就到。我认识你们。"

那几个人一听不妙，其中一个人一声喊，一群人一齐扑上去，七手八脚将柳钧压倒在地。

柳钧被按在地上，如同一个"大"字，身上骑满大汉，他胸口差点儿爆裂。只听得身上有人用外地话七嘴八舌："小子拳头很硬，给他点儿苦头吃吃。""快点儿，快点儿，110晚上来得很快。""你们按住，我来。""留点记号。""留什么记号，他们富人爱戴戒指……"柳钧还没反应过来，只觉左手一阵剧痛。剧痛中，有声音大叫"快走，快走"，刹那间，所有的重量从身上消失，柳钧艰难抬头，看到那群人骑车飞奔而走，四下逃窜。足足八个。

事情似乎是瞬间发生，连围观的人都还没聚集，打架已经结束。杨逦冲下车去，昏暗路灯下，眼前的情景让她惊呆了。她见到柳钧勉强撑起身子，两眼不敢置信地盯着左手。那左手鲜血淋淋，无名指被从中间关节截断。杨逦吓得尖叫一声，立刻想到很多，都来不及扶起柳钧，飞身扑开接近的围观者，大叫："大家帮找找手指。快别踩过来。"很快有小孩子尖叫"这儿，这儿"，杨逦冲过去捡起手指，连"谢谢"都忘了说，回来扶起柳钧："快去医院，可能还来得及。"

"别动，把我放地上，叫120，肋骨也有问题。"慌乱过后，疼痛袭来。十指连心，柳钧痛得汗出如雨，禁不住用那只没有受伤的手死死刨地，减轻痛楚。杨逦只能将柳钧放倒，哆哆嗦嗦地拨打120。本想垫一只手在柳钧头底下，可是她此时心慌意乱，一只手根本没法拨通电话，只能两手并用。此时，围观的人很快里三层，外三层。

警察很快来了。见到警察，杨逦的神经才稍有松弛，不觉眼泪滚滚而出。警察问是怎么回事，杨逦边哭边说，但一边说，她心里升起一个大问号，这事怎么不像车祸，倒更像寻仇呢？连警察都问他们认识不认识那八个人，这时柳钧在地上挣扎着道："八个人是老乡，讲的是同一种方言。撞我的自行车是单独冲过来，然后其他人才一拥而上。"

杨逦脑袋里"嗡"的一声，她才想到，那帮人讲的是她老家的方言。大哥？！她不由得举起手，呆呆看着手里的那枚断指。有那么巧？杨逦脑袋乱成一团。

别人都以为杨逦吓呆了。一个警察留在原地查勘，另一个到周边走访。等急救车来时，警察推杨逦跟上。杨逦心慌意乱地上了救护车，看着医生对脸色苍白的柳钧施以急救，她不敢说一句话，只会默默流泪。柳钧攒足精神对杨逦道："杨小姐，打电话给钱宏明，别通知我爸。"

杨逦看着柳钧点头，她也不知道她竟然点了好几下头，因为她看到柳钧的眼睛里有深深的怀疑。柳钧是不是也想到了她想到的那些？杨逦低下头去，紧紧捂住脸，不敢看向柳钧，也忘了给钱宏明打电话。柳钧见此，心里也明白了。他请随车的警察给钱宏明打电话，让钱宏明去医院帮他。他再也支撑不住，昏死过去。

杨逦捂着脸，直到快把自己闷死，才偷偷移开双手，她见到昏迷的柳钧，嘴角还流淌着血沫。她无限内疚地看着柳钧，甚至都不敢伸手替他擦去血沫。她鼓起勇气问医生："医生，他怎样？严重吗？"

"需要外科确诊。情况不好，手指可以接上，但没法用力。目前可以看出第六、七根肋骨骨折，不知道刺穿胸膜肺泡没有，从呼吸上看，肺泡可能没问题。"

"能好吗？会留下后遗症吗？"

"关键看明后天，住院观察会不会血胸气胸。恢复需要一个月，不能急。"医生看看杨逦茫然的眼，又追加几句，"单纯肋骨骨折不是大问题，一个月后就恢复如初。"

"他的手指还能弹钢琴吗？"

"基本上……可以恢复完整性。"急救医生一脸为难。

"他们砍掉的是他的精神。"杨逦听出言外之意，两只眼睛不敢看向柳钧，她盯着旁边的一只箱子，这只箱子正冷藏着柳钧的半枚手指。

钱宏明接到警察电话的时候，正在应酬的饭桌上。听到警察的转述，他不知不觉地站起来，惹来一桌的惊讶。他听完电话就跟众人告辞，不管桌上的正是他未来的可能客户。走到外面就想到，柳钧还面临一个断指再植问题，这个手术做得好不好，直接关系到柳钧的未来。钱宏明搜尽枯肠，只想到几位医生朋友，还都不是外科的。可是事不宜迟，钱宏明咬住嘴唇，拨通姐姐的电话，索要柳石堂的手机号。

钱宏英很是惊讶，说出号码，但立即吩咐："注意态度，过去的事已经过去了。"

"知道。"钱宏明就着车顶灯光，拨打手背上的一串数字，那边柳石堂好久才接起，"我是钱宏明，柳钧遇袭，一根手指被割断。你赶紧想办法联系最好的断指再植外科医生，救护车目前开往医院，必须快。我刚上路，医院会合。"说完他就挂了电话。

柳钧不让钱宏明通知他爸，可是他通知了，他相信柳石堂多年小富，必然积累人脉，而且儿子危难当头，唯有当爸的才会竭尽一切可能为儿子找最好医生。为了柳钧，他唯有放弃誓言，放弃爱憎。他一路给医生朋友打电话，咨询有关信息，又去自动取款机取钱，以备诊疗费。此时他想不了那么多，也不愿花时间多想有的没的，一门心思开往目的地。

才到医院门口，姐姐来电，说她通过老总联系到最好的外科包医生，包医生目前已经出发，让钱宏明准备好红包。钱宏明微微惊讶，本想让姐姐顺便通知柳石堂不用再联系医生，可稍一转念就否决了，他宁可自己联系。等他接通柳石堂电话，柳石堂抢着说："我刚联系上包医生……"

钱宏明一听就道："包医生已经出门。我刚到医院，这边的事我先处理起来，你带足钱和柳钧的住院用品再过来。"

"谢谢你。"

钱宏明一愣，没回答，就不客气地挂了电话。他冲到急救室，没看到柳钧，被护士指点去放射科找人。在放射科，钱宏明意外见到不停抹眼泪的杨逦："怎么回事，柳钧怎么样？"

警察见到有男丁来，便与杨逦告辞。刚才警察问杨逦许多问题，翻来覆去问事情的发生发展经过。杨逦什么都说了，唯独没说那帮袭击者的家乡口音是哪一地。这会儿钱宏明又问起，杨逦急躁地道："车子才开出小区，一个人骑自行车撞上来，然后好多人围住柳钧打，等我报警警察到来，他们就一哄而散。"

钱宏明觉得杨逦有些怪，但只看看她，道谢后就默不作声。放射室的门很快被打开，护士推柳钧出来，直奔手术室。钱宏明冲进旁边的医生办公室，大致问个情况才疾步跟上。他虽然父母久病成良医，可对外科一窍不通，听了也是稀里糊涂，最多只在心里留个底。柳钧进手术室后，他见一个貌似权威的医生走来，连忙问："包医生吗？我姓钱，我的好朋友拜托您，手术后请让我送您回家。"

包医生看看他，"手术单你签？不可以吗？"

"他爸爸很快就到，自己开车的。我朋友的手指能恢复吗？"

"我看了才知道。小年轻有什么不可以说明白的，非要打架斗殴……"

"我朋友不一样，他比我斯文，刚从德国留学归国，非常难得的德国机械博士。包医生，您千万救救他，对于一个机械工程师，手指太重要了。我不知道他今天犯了哪路神仙。"钱宏明连忙帮柳钧说尽好话，在医生心里留下最佳印象，免得医生带着坏情绪上手术台。

包医生点点头进去，神色比来时缓和不少。钱宏明稍微放心，他刚才把该交代的都一气呵成了：他对医生的允诺会兑现，柳家的家底不薄，柳钧是个值得最好医治的好人……他喘出一口大气，回头见旁边杨逦一直神色恍惚，钱宏明心里更加怀疑。"杨小姐？你精神不大好，受惊了，赶紧回家休息休息，这儿有消息我第一时间知会你。"

杨逦愣头愣脑地问一句："医生有没说手术多少小时？"但不等钱宏明回答，又神经质地道，"我去去就来。"杨逦头也不回就跑了。钱宏明真想拉住她，因为杨逦一走，等会儿他就得单独面对柳石堂。他今天可不能见了柳石堂就头也不回地走掉。说曹操，曹操就到，杨逦还没拐弯，柳石堂匆匆而至。

两人见面都是尴尬，但柳石堂做人能上能下，抢先道："阿钧刚推进去？到底怎么回事？"

"医生刚进去，这是负责这个案子的警察联系名片，我也仅知道这些。"钱宏明说完，就走开几步，找把椅子坐下，不理柳石堂。

警察接到柳石堂电话，去而复回，就地问询。警察说有保安反映那几个凶徒早在下午四点钟就在周围晃荡，显然不是一个偶发事件，问柳石堂，事主最近得罪过谁。柳石堂当即想到杨巡，他将事情前因后果一说，旁边的钱宏明补上一句，坐在柳钧车里的那女的正是杨巡妹妹杨逦。不仅柳石堂，连警察都惊讶地看着钱宏明。钱宏明再补上一句，他感觉杨逦今天的反应有点儿古怪。他把自己的怀疑一五一十告诉警察。

警察来了又走，手术室的门还没开。柳石堂急如热锅上的蚂蚁，反反复复丈量脚底下的走廊。他的宝贝儿子在里面，他急欲找人说话商量，可是眼前唯有视若路人的钱宏明。没几分钟，他实在忍不住了，坐到钱宏明对面，直愣愣地问："小钱，你看阿钧会怎么样？"

钱宏明只是摇头。柳石堂急了："以前我们有什么过节，我向你道歉，求求你告诉我阿钧进行手术前是什么样的，他给人揍成什么样子，流血多不多，医生怎么说？你今天别有情绪，有什么你要追究的，回头你尽管找我，我不会躲开。今天是阿钧在里面，他跟你是好朋友。"

钱宏明依然摇头，但终于开口："我了解不多，医生进手术室前也了解不多。我只看到柳钧一眼……你还是不听为好。"钱宏明转头，却看到柳石堂的泪眼。他心里很复杂，他是多么乐于看到柳石堂流泪痛苦，可不是今天。

"你说吧，说吧，求求你。你今天要体谅我，要不是阿钧我也不会麻烦你。你开价吧，你要怎么样才肯告诉我。"

钱宏明本来就没想瞒，但听柳石堂这么一说，他火了："你是不是什么都可以开价买卖？我是柳钧朋友，我在这儿关心柳钧，但我跟你不认识。"

柳石堂一拍椅子，"妈的"，但闭口不问了，满肚子的问题都憋在肚子里，憋得满脸通红，对着手术室，忍不住拭一滴眼角的泪。钱宏明冷眼旁观，等柳石堂拭第二滴泪的时候，他才将惊鸿一瞥的印象一五一十告诉柳石堂，包括X光结果。柳石堂闷声不响听着，直等钱宏明说完，他才回个"多谢"，不再多说一个字。

随后，两人都沉默，一会儿是钱宏明站起来焦躁地踱步，一会儿换作柳石堂。终于等到柳钧被推出来，两人一起几乎是很有默契地护着柳钧，跟着包医生前去病房，又是非常默契地一起动手将柳钧抬到床上，都不用彼此哪怕说一个字，甚至对上一眼。有话，也只跟包医生说。

唯有包医生告辞时候，钱宏明才说一句："我送包医生回家。"柳石堂回一句"有劳"。

等大伙儿都走了，柳石堂一个人对着依然昏迷的儿子抹眼泪。他在心中将杨巡祖宗十八代骂了个遍，他早已认定，一定是杨巡将他儿子打伤的。柳石堂此时开始后悔，不该让儿子从德国回来。

08

杨逦冲出医院，跳上出租车就杀奔大哥家。见大门紧闭，就拔出拳头将防盗门擂得惊天动地。一脸惊愕的保姆立刻来开了门，她冲进门去，手指着杨巡，愤怒地道："你！你干的！是不是？"

杨巡妻子任遐迩见此不妙，连忙与保姆将一大一小两个孩子抱上楼去。杨巡却见妹妹花容惨淡，披头散发，奇道："你怎么回事？你……啊……"

"对，你想到什么了是不是？你干的，是不是？是不是？"杨逦步步紧逼，将大哥逼得往后退去，她见大哥一直不说，就手指上天，道，"妈在天上听着，你说，是不是你指使流氓打我们，我和柳钧？是，还是不，一个字。"

走到半路的任遐迩大惊，却清楚听到丈夫嘴里吐出一个"不"。她松一口气，可又满心忐忑。

杨逦却不信，依然手指上天，瞪着眼睛道："你敢对着妈发誓？发誓啊。"

杨巡被逼到屋角，终于忍无可忍，一把将杨逦的手打掉："让我损失惨重的人，取他人头都便宜他。你伤到没有？"

"根本就是你做的，你还赖，我早知道是你做的，那帮人说的都是我们那儿的话，我早知道，柳钧也知道了。我真想不到你会做这种事，流氓，下三滥，我没想到你会做出这种事，这么卑鄙，这么无赖，只有流氓才做得出来……"

上面任遐迩虽然避开兄妹的冲突，但一直侧着耳朵听着，听到这儿大惊。她出国生孩子，回家抱孩子，都有好多日子没去工作，不知道公司发生了点儿什么，没想到大事不妙。

"我没想到你在身边，我再怎么样都不会对你下手，好啦，别激动，我赔罪，我不是针对你。伤到没有，我陪你去医院……"

杨逦尖叫打断，声嘶力竭地道："你竟然耍流氓，我没想到你竟然还会耍流氓，妈妈知道会被你气死，你这个臭流氓。你还是当爹的人呢，你竟然这么狠毒。好了，现在柳钧住院了，残疾了，你满意吧，你高兴了吧？！"

杨巡抬眼瞧瞧楼上，他见到妻子站在楼梯上的两只脚。但此时他顾不得那头了，他依然一脸冷静地对妹妹道："你是不是喜欢上柳钧了？以前不是不喜欢吗？"

"我只问你为什么耍流氓，你别回避。你说啊，说啊！"

"没有人耍流氓。他不仁我不义，从此扯平。"

"扯平？扯平你应该也使手段还他，你为什么不使？你怕谁呢？你，你只会下三滥。我鄙视你。"

杨巡依然冷静地道："你的电话已经叫了好久。"

杨逦还想不依不饶，忽然想到电话可能是钱宏明打来，连忙扑过去抓起包翻出手机。但里面民警的话让她立刻安静下来，呆若木鸡。结束电话，她盯着杨巡狠狠地道："警察让我过去问话，你走着瞧。"

杨巡不语，看着妹妹抓起包飞奔出去。他还有更值得头痛的人需要对付，那就是他妻子，两个孩子的妈，任遐迩。杨逦做事一阵风一阵雨的，他妻子可是绵里藏针，决不妥协。

杨逦又被派出所请去问话。问话这种事，一年多前杨逦在上海遇到过更麻烦的，这回她可算是轻车熟路，该说的全说了，不该说的老乡的口音她依然没说。即使她恨不得对杨巡拳打脚踢，可是人民内部矛盾与外部矛盾的区别，她还是非常清楚的。她又累又饿，回到家里，不敢去医院看柳钧，她希望钱宏明能第一时间给她消息。

钱宏明却是送包医生回家后，才想起对杨逦的承诺。他不急着打这个电话，将车停在路边，手支在唇边想了好一会儿，才拨通杨逦手机："杨小姐，向你汇报。柳钧已经手术结束，但还在麻药期，他爸爸守着他。"

杨逦忙问："医生怎么说？"

"医生说还得看后面两天，最关键是后面两天。柳钧爸爸为这事暴跳如雷。好在柳钧入籍德国，已经是外籍人士。他爸爸准备立即联系德国使馆协助解决这个案子，案子上升到涉外的话，公安局不会怠慢。你放心，你所受的惊吓也将很快得到公平公正的解决。"

杨逦这边结束钱宏明的电话，那边拨通杨巡的手机，听到杨巡接起后怨声载道，埋怨她打扰睡眠，杨逦气呼呼道："你听着，柳钧是德国籍，是外国人，明天他爸就去找德国使馆撑腰施压。这叫涉外事件。你等着吧。他爸都发疯了。"

"你确定？"

"钱宏明透露，他一直陪在旁边。现在柳钧还没醒，又断一根手指头，问题严重。"杨逦顿了顿，又问，"你怎么不问我伤了没有，我在派出所说了没有。"

"我认识他们指导员，你给我钱宏明电话。"

杨巡睡不着了，偷偷摸到书房，也不开灯，一个人在黑暗中吸烟。一起惊醒的任遐迩在黑暗中静静地看着丈夫出去，再也无法回避。她披衣下床，摸到书房门口，也不开灯，只冷静地道："你现在是两个孩子的爸，你现在做事无论如何都要三思，你得让我们孩子以后能自由放心地逛街逛公园。"

杨巡立刻感觉到妻子心照不宣，只是没有揭穿而已，但把话都扔给他了，比杨逦的更管用。

柳钧外籍，是杨巡没考虑到的，涉外案件究竟会被上升到什么高度，这是杨巡老革命遇到的新问题。

杨巡彻夜难眠的时候，柳钧麻药过去，痛醒过来。等眼前白茫茫褪去，他看清眼前两颗人头，这一看清，让他忘记身上的痛楚，惊讶于两个王不见王的人凑在一个病房。在柳石堂激动悲愤庆幸惋惜的各色情绪化语言中，柳钧的神志渐渐恢复清明，他相信，是钱宏明去电叫来他爸爸。从爸爸的唠叨中，柳钧终于清楚了自己的现状。其他犹可，唯独手指——这是他身体的一部分，残缺了。即使重新接上，看上去形状完好，依然是残缺了。

但是面对爸爸不依不饶的愤怒，柳钧反而没那么愤怒了，而且他也不愿看到爸爸鸡蛋碰石头去。有他碰一次，已经足够，他怕爸爸碰出更大更无法承受的祸。他现在已经清楚杨巡这个人无视规则。

"爸爸，愿赌服输而已。不能你儿子打赢了喊友谊第一，你儿子输了喊黑哨。"

"不是黑哨是什么？有种姓杨的跟你单打独斗，别叫一帮民工打闷棍……"

"爸你再生气也不能跟杨巡这种烂苹果比烂。这事我说了，愿赌服输，没什么可怨的。"

柳石堂被儿子软磨硬泡地撺掇回家去了，留下原本一直没说话的钱宏明。

柳钧这才垮下脸来，七情六欲全流在脸上，痛就唧唧哼哼，决不装好汉。柳钧因为伤肋骨，不能平躺，需要半坐半躺，反正怎么躺都是痛，钱宏明将床调整了半天，才算调对一个稍好的角度，已经额头见汗。

连涵养好的钱宏明都骂："妈的，不让杨巡放血，我誓不为人。"

"我死也不会放过杨巡，但我们不能打泥浆战，他本来就是泥浆里打滚的人，我们跟他混战不是对手……"

"我拿你的德籍做文章，已经把信息传递过去。"见柳钧一脸纳闷儿，钱宏明解释道，"国内为优化投资环境，对外籍人士额外照顾。有句话，外交无小事，你挨打往大里说，算是涉外事件了。公安局怎么都不可能压着不管。"

柳钧惊愕，又是差点儿忘记疼痛，脑筋转了好几个弯才道："悲哀，专利问题也是在国外解决，刑事案件还是用外籍才能解决。好吧，算我又撞一回南墙。然后接下去呢？案子能破吗？那几个袭击者能被抓获，供出背后主使者吗？"

钱宏明犹豫了一下，道："案子能不能破，全看你的态度。但背后主使者能不能被供出来，都由不得你我。这件事……我倒真希望你跟你爸说的正好是你的真实想法。"

"退缩？"

"不，忍。"

柳钧沉默了，好半天都不说话。钱宏明非常耐心，也不怕得罪朋友，一五一十地给他解析。钱宏明对本城的掌故几乎了若指掌，而且钱宏明说话很有逻辑，一路剖析下来，柳钧没话了。再捡起话头，是与受伤全不搭界的事，柳钧告诉钱宏明，他某月某日在某KTV见到钱宏明，不方便进去打招呼。钱宏明解释有朋友行将脱离光棍生活，一起做外贸的大伙儿照国外不知哪个规矩陪朋友彻夜狂欢，没大麻没迷幻药，大家都自律得很。柳钧依然不解。

柳钧痛得没有睡意，钱宏明就陪着说话，不知不觉，曙色从没拉窗帘的窗户透进来，照得房间越来越亮。有晚间值班护士进来测量血压温度，走廊也渐渐人来人往热闹起来。

一个谁也想不到的人出现在柳钧的病房。当杨巡捧着鲜花水果进来，不仅柳钧呆了，钱宏明也一时反应不过来。

杨巡开门见山："我来道歉。昨晚得知情况后睡不着，怀疑跟我的兄弟们有关，连夜查下来，果然是。既然是我的兄弟为我干的，我必须出来承担一切责任。趁早送上门来，任杀任剐。"

柳钧几乎无言以对。钱宏明退开，走到窗边，摆出不参与、不掺和的样子。杨巡自己拿一把凳子面对柳钧，他也不问柳钧情况，只是拿自己深凹在眼眶里的眼睛看。柳钧道："民警等会儿要过来给我做笔录，我会将情况转告。"

"可以，明人不做暗事。听说你爸爸的工厂打算出手，几家公司的报价我有所了解。我也有想法，我给你报个价，阿民大眼的报价是最高的，我也用阿民大眼的报价，不过我有两点优惠：一条，我全数接收你的工人，全市大概只有我才吃得下你们全部工人；另一条，是现款一次性全付。怎么样，你要不要考虑一下？"

阿民早年是渔民，后来渔船出海夹带私货，闷声发大财。而今开一家三星级宾馆，三教九流来往如云。阿民到前进厂视察的时候，身后马仔前呼后拥，都是称呼一声"马哥"，谁都不敢挖出阿民微时的"阿民大眼"称号。阿民走后，爸爸曾告诉柳钧，全市大概只有有限几个人敢抢阿民看中的货色。眼前这个杨巡就是其中之一。

再者，柳钧新厂的设备已有规划，基本上用不到原有的那些工人，即使用上，那些工人也不肯去遥远的郊区上班，处理原先工人是个大包袱，起码以工龄计算的遣散费就不是小数目。再加现金一次性支付，杨巡的开价不菲。但是柳钧深知他需要用什么来交换这个开价。

"如果决定，今天上午一上班就着手办理移交手续，我先把一百万定金开支票过来。"

柳钧闭目良久，才能吐出两个字："成交。"杨巡微笑，也没什么客套，旋即走了。柳钧再次睁眼，艰难抬起包扎着纱布的手，叹息道："半截德国手指的卖价不错。"见钱宏明神色不忍，他勉强笑道，"你看，我这只手伸出去，人们会以为我是吸毒的，还是以为我是滥赌的？"

"别瞎说。"

"你说，后半辈子这个手指都不会变了。人一生有那么多的不可逆，伤疤，皱纹，白发，让人无法不怀念青春。"

"喂，你才几岁，你后面还有长长的寿命，你想干什么，别瞎想。"

"我想用长长的寿命赞美生命。"

"去你的，吓我。"可钱宏明想了想还是道，"你不愉快还是说吧，尽管跟我说。"

柳钧茫然很久："让杨巡这么一闹，我什么愤怒都没了，也不知道有什么不愉快需要表达。"

"大少，忍并不是屈辱，是技能。"

柳钧没回答，过了会儿，推说睡觉，给爸爸打完说明电话，又昏睡过去。

柳石堂小睡过来接了钱宏明的班，但是柳石堂很快就被杨巡派来的律师请去办手续，病房留下傅阿姨。

柳钧虽然又累又困又虚弱，可是全身疼痛，却又只能半坐着睡，他睡得极不踏实。睡梦中他仿佛回到爱运动爱打架的童年，总有妈妈手势轻柔地替玩得筋疲力尽的他擦去汗污，掖紧被子，用棉花滋润他干渴的双唇。柳钧苦中作乐，将一个梦抻得又长又圆，依稀半醒，他都不愿睁眼回到现实。等护士进来换药，他才不得已睁开眼睛。柳钧看到，端着水盆子出去的却是那个让他厌恶的傅阿姨。怎么又是她，爸爸难道无人可用了吗？可是傅阿姨为什么却总让他忆起妈妈。

柳钧身不由己，只能眼睁睁看护士来了又走，傅阿姨去而复返，病房只剩下他和傅阿姨两个人。他凝视傅阿姨，不愿说话，但也不想逃避。傅阿姨被柳钧看得手足无措，坐立不安，勉强声明："你爸爸让我来的。"但面对柳钧不依不饶的目光，她脸色僵硬，又道，"我事后才得知我做得不对，不应该伤害到你。你是个好人。"

"那么你承认外传我的测试数据？"

"对不起，我最先想反正你爸也不怎么样……"

"我爸不怎么样与你偷盗测试数据之间有什么必然联系？你替天行道？"柳钧说到这儿，想到余珊珊将杨巡市一机的秘密透露给他，他当时可没觉得有什么不妥。那么该如何定义正义与出卖？用每个人心中那一把尺子？

"你爸怎么样，我对你不方便说……"

"既然如此，你为什么不亲君子远小人？"

"可惜我没那么多选择，我儿子还得靠着我才能进市一机。如果有机会，我也不会在你爸家里多做。"

"既然你这么坦白，那么我告诉你，你偷盗的是完全由我个人劳动出来的成果，你直接伤害了无辜的我。然后市一机凭此偷盗我的专利，又凭强权打击我的维权，你看，这就是我今天躺在病床上的原因，你间接又伤害了无辜的我。我请问你有何脸面和胆量站在我面前？"

"这么严重？可我儿子说他只要讨教一个思路。"

"这是你对我的辩白，还是给自己找的借口？其实你心里是清楚的，对不对？我今天也把话跟你坦白，弱者与强者的对抗，结局就是我的现状。我拜托你别在我面前晃了，你刺激我的犯罪心理。"

"可是我没选择，我是你家保姆。"

"无赖。"柳钧只能自己闭上眼睛，眼不见为净。

傅阿姨却是脸色大变，"我不是。因为是你，我觉得对不起你，我明人不做暗事，我也知道这话说出来不妥。但相比你爸，我好多了。"

柳钧气得胸口剧烈起伏，更是刺激肋骨的疼痛。他无法理解傅阿姨的逻辑，又是被自己身体的剧痛打倒，只有继闭目之后闭嘴，惹不起躲得起。

但很快，一室的寂静更凸显走廊外的吵闹。柳钧气鼓鼓地聆听室外的嘈杂，靠着辨别室外的声音来平静自己的情绪。一会儿，刚开的手机有电话进来。他忍痛举起，睁眼看到的是余珊珊的号码。余珊珊问他是不是遇袭，是不是与杨巡有关，她很后悔交给柳钧那两家外国公司的信息。因为傅阿姨在场，柳钧只能用英语作答，他阻止余珊珊这种时候来医院看他，被杨巡看到并怀疑上并不是一件好事。

但是病房是公共区域，病人没有隐私，从门口涌进来的三个公安人员打断了柳钧的电话。正当柳钧思索该如何应对有关被袭问题的询问时，公安人员却与傅阿姨有问有答，随即带走傅阿姨，罪名是侵犯商业秘密。柳钧目瞪口呆地看着这一切，看到傅阿姨本来已经被他责问得苍白的脸色变得益发苍白，看到傅阿姨被强行带走时候投向他的惊慌失措的一瞥，他说不出话来。

不久，又一名中年妇女进门，带着柳石堂的纸条，说是新保姆，来照顾柳钧。柳钧有些看不明白。直到两个多小时之后，柳石堂空闲点儿，才来电告诉儿子，他不能因一次证据不足轻易放过傅阿姨，他愿意忍耐，寻找新的机会将傅阿姨，尤其是傅阿姨的宝贝儿子一起处理了。没想到他而今需要忍气吞声与杨巡合作，那么他将傅阿姨作为合作条件向杨巡抛出，杨巡配合了。跟傅阿姨一起被捉拿归案的还有傅阿姨的宝贝儿子。杨巡却大可将责任推给傅阿姨的儿子。不管怎么宣判，即使只关几个月，也够傅阿姨母子喝一壶。

柳钧不禁想起他刚才对傅阿姨的警告，弱者与强者的对抗，结局往往以弱者失败告终，不幸言中。他感慨万千，却不敢再往深里想。

幸好，很快有杨逦一下班就来探望他。天冷了，杨逦穿一件米色大翻领风衣，显得很怀旧。但是杨逦与柳钧相对无语。杨巡一早就冷笑着告诉杨逦，天下没有摆不平的事。杨逦没想到柳钧竟会如此没血性，但她却也因此有勇气来探望柳钧。可见了面，又无话可说，默默坐了会儿，又默默走了。很快，市一机将引进一位管理人才，该人才原是一家外企的副总，又是在职读的MBA，思想前瞻，行动泼辣，杨逦将进入市一机的财务部配合工作。第一步，当然是将市一机市区工厂拆迁至郊区，前进厂当然也在拆迁之列。但是杨逦没将这些告诉柳钧，至此，还有什么可说的呢？

柳石堂旋即赶来，连晚饭都没时间在外面随便吃一口，看到儿子脸色比早上稍好才敢放心。为了安抚年轻而急躁的儿子，柳石堂拿自己对傅阿姨这种小人物的忍耐作为教材教育儿子，其实人时时刻刻都在忍耐，一时的忍耐没什么，最终胜利的唯有两个字：实力。他让儿子向前看，别气馁。

柳钧无奈地听着爸爸的教育，其实他现在最需要安静地躺着。可是柳石堂此时着实兴奋，为前进厂出售而复杂地痛并兴奋，柳钧怎么提示都没用。柳石堂今天终于失去心爱的前进厂，现在能倾诉的唯有儿子。可是他又不便在拍板出售前进厂的儿子面前提起他的失落，他唯有用滔滔不绝的"忍耐论"来释放自己的话痨。其间钱宏明来电问知柳父在场就说明天再来，都没打断柳石堂的高谈阔论。

可柳石堂到最后，还是忍不住道："阿钧，从今天起，前进厂没了，爸爸也告老还乡了，以后都看你了。待定的新厂名不能再用'前进'两个字，你想好新名字没有？不叫前进又该叫什么，有没有差不多的？"

柳石堂说这话时候带着浓浓的失落和留恋，即便是被轰炸得烦不胜烦的柳钧都听得出来，看得出来。柳钧不由自主吐出两个字："腾飞。"柳石堂勉强笑道："好啊好啊，这下比前进还快了。也是，留学不是白留的，老子交到儿子手里，儿子做得更好，这日子才有盼头不是？一代比一代强，爸爸很高兴，被淘汰了也高兴。"

柳钧今天脑袋不灵光，但还是抓紧时间安抚老爸："爸你别说退休，起码国内销售那一块还得你来，我管不住。好吧，我还有很多管不住的，你退休我得抓瞎。这几天不谈工作，我脑袋失血。爸，讲故事给我听，我要休息。"

"啊，讲故事？"但是柳石堂的脸色已经迅速融化。

"对，《铁臂阿童木》《鼹鼠的故事》《变形金刚》，都行，只要你别提工作。"

"好好好，爸爸不烦你。"柳石堂终于一笑，这些故事他哪儿讲得出来，他以前还赶着儿子不许儿子看电视呢，"爸爸给你讲内销的那些故事吧。你也该知道了。"

"不听工作。"

"要听，好听，哎，比你什么《铁臂阿童木》好听多了。"

父子俩都没再提起傅阿姨，傅阿姨就这么无声无息地消失了，就像傅阿姨平时走路的脚步声。若是换作以前，柳钧或许会心存不忍，设法让爸爸别下这等重手。可他此时是躺在病床上，此一时彼一时。

就在柳钧又开始昏昏沉沉，心下佩服六十来岁的爸爸精力过人的时候，蒙眬间见到有白衣护士探脑袋进来。他只得勉强睁大眼睛，应付又一轮的打针吃药。但等看清楚来人，不禁笑了。探头探脑进来的却是变装的余珊珊。柳石堂见儿子神色忽然变得古怪，他异常警觉地回头去看，见是一个大眼睛漂亮女孩，也是一脸古怪，看似穿着护士服，手里什么东西都没有，跟串门似的。柳石堂意识到什么，与余珊珊寒暄几句就借口走开。仅仅是几句，柳石堂就能推测小姑娘并无过人家底柳石堂并不喜欢。在他看来，儿子是人中龙凤，配得上儿子的小姑娘凤毛麟角，显然眼前的小姑娘不在其列。

柳钧不晓得余珊珊没遮拦的快嘴会怎么说他，见到余珊珊的目光精确地落在他的左手无名指，他奇道："都传开了吗？我爸爸还遮遮掩掩，怕亲戚知道太多伤我脸面。"

"市一机都传开了，要不然我怎么会知道。我能看看吗？都是我害的，我不告诉你就不会惹事。"

柳钧犹豫了一下，将左手摊放到余珊珊面前。心里却是在想一个问题，谁将他遭袭的事情传到市一机的？他也并不希望自己遭袭的事被传得尽人皆知，毕竟被一群人骑着揍，被割掉一截手指，最终却与幕后主使媾和，都是非常非常的不光彩，他无颜提起。他很怀疑是杨巡刻意传播，要不然消息怎么传得那么快，那么精准。

唯有杨巡才乐见他的狼狈。想到这儿，柳钧心里悲愤，更不愿说话。

余珊珊垂下眼皮，沉默良久，才期期艾艾开口："我当时不该……不该……现在道歉也没用了，但我还是要当面来向你道个歉，希望我可以为你做点儿什么。你很痛吗？"

柳钧虽然热爱美女，可对眼前的余珊珊感情复杂："不用道歉，我现在不想说话，痛，对不起。"

可余珊珊心存内疚，追着询问不停："想看什么书吗？我给你拎一台收音机来？真不好意思，同学告诉得突然，都没来得及准备礼物。想吃点儿什么？蜜饯、鱼片干、牛肉干、山楂片、瓜子、炒花生……"

柳钧对这种没有情商的询问心烦不已，只好闭目养神，他心里充满悲愤，哪有空间给涵养。余珊珊却看着柳钧痛苦的脸，一个劲儿想办法逗柳钧欢心，可全不奏效。她实在想不出什么话了，可又不愿走开，愣愣看了会儿，豁出去伸手轻轻抹去柳钧额角的一颗冷汗。柳钧不禁大惊，睁眼看到余珊珊近在咫尺，这个美女不说话的时候，分外美丽。两人对视半晌，等余珊珊告辞的时候，柳钧心中竟生出一丝依恋。

柳钧又在医院熬过一夜，精神好了许多，抓钱宏明研究设备进口代理。钱宏明原本不愿与柳钧有生意来往，免得见到柳石堂，但此时面对遭受严重打击的好友，他不忍拒绝，答应全力帮忙，用他公司的信用帮柳钧开信用证时少交保证金。

但是钱宏明说这么多，柳钧却是一窍不通。无奈，钱宏明只能倒回去，从头给柳钧讲解信用证的操作。柳钧一听远期信用证竟然可以开180天，兴奋了。

"嘿，宏明，让我们联合做没本钱生意吧。你知道我这批设备放到国内卖要多少吗？比原价加运费关税之后翻倍都不止。我在180天内只要倒手做两批，毛利减去利息，依然是暴利。你说我说得对不对？"

"对，理论上可以无限扩张，只要开得出信用证，业务量无穷大。我两年前听东莞一个同学说起过这种操作方式，但危机发生后他销声匿迹，有说是亡命天涯了。远期信用证风险极大，银行基本上不给开，大多是给开90天的，我们公司偶尔开120天，相当于贷款了，需要老总审批。你这一次的，我只能给你开90天，我目前授权不够，等我将分公司好好运作起来，准备下一步就联络相熟银行，我需要快速熟悉全面业务。你总有机会的，又不会只做这一笔。"

"好好干，兄弟以后靠你了。不过我相信我的公司起来后，只要走上正轨，应该很容易从银行贷款。我会将公司做得非常出色。"

"那倒是，正规贷款利息低很多。不过我听说私企难贷款，不知道银行会不会对你这种技术含量高的企业网开一面。"

柳钧得意地道："信不信，上回第一次操作生意，大进大出一回，结束后开户银行就主动联系财务了解我们的资金情况了。我爸说，这是前所未有的待遇。我已经联系上这位银行信贷员，新公司的基本户开在那儿，希望有未来。这说明私企贷款并不难。"

钱宏明有些将信将疑："我接触的好多私企客户都说贷款难，我建议你进入实质操作一笔之后再谈未来，别相信信贷员的鬼话。但也可能银行看中你公司良好成长性。难说得很，你经常拿到好牌，一向人缘极佳。"

柳钧笑嘻嘻地道："从今以后我决定百分百听你的那些经验之谈，我每次撞南墙后总发现其实你早告诫过我。"

"类似的话，你已经说了不止一遍。其实从小到大你常说类似的话，我一概将之归为鬼话连篇。"

柳钧只能捂胸止笑。两人说说笑笑，两个小时轻易翻过。柳钧等钱宏明走了，就打开保姆刚拎来的笔记本电脑办公。工作，才可以让他忘记愤懑。钱宏明则是被柳钧提醒，特意拐去银行，找朋友询问远期信用证操作事宜。说起来，钱宏明依然相当佩服柳钧举一反三利用死规则的本事。他在生意中接触最多的是私企，那些私企老板经常跟他感慨贷款之不易，他也知道不少私企老板手头紧张时不惜问私人借款，有时候利息相当吓人，甚至被利息拖垮。柳钧偶尔闪过的一个念头，点燃钱宏明心中的一团小火苗。

这个中午，钱宏明与银行的朋友一起吃饭，了解了许多他以前不需要接触，自有公司财务代劳的程序问题。他有点儿想拿这些收获与柳钧分享，希望柳钧又能意外帮他找出新的线索。吃完饭，丈母娘来电话让他赶紧开车回家接嘉丽去妇幼医院，孩子等着出生。

嘉丽一直辛苦到深夜，钱宏明终于荣升爸爸。抱起自己的孩子是一种全新的体验，瞬间，钱宏明全身充满做爸爸的意识。他轻轻对身边的姐姐说，他一定要做个最合格的爸爸，给女儿无忧无虑、物质丰美的童年。钱宏明在心中发誓，他要加倍努力，好好挣钱，拼命挣钱。

钱宏明对妻女的爱都落实到行动上。他从小很少感受到父母的爱，父母对他只有无穷需索，令他的童年备受煎熬。他现在既然有了能力，那么他自然要以实际行动将缺憾弥补给他的女儿，不能让女儿的成长历程也充满缺憾。钱宏明原以为自己已经做了最好的准备来迎接孩子的降生，给女儿买的东西足够塞满一间客卧。他没想到女儿出生后更是产生层出不穷的需求，那么，只有继续掏出钱包，买！

女儿出生不久，钱宏明便去香港出差。他平时是个头面讲究的人，但这回为了女儿，几乎是空箱子出去，满箱子回来，箱子里大半是女儿的东西，其余是妻子的东西。嘉丽看见漂亮实用的小衣服和奶粉果泥等食物，喜欢是喜欢，可是一问价格就埋怨丈夫不该大手大脚。钱宏明以后干脆不告诉嘉丽，他又不是那种不知道量入为出的人。好在嘉丽也是个爱做甩手掌柜的。

钱宏明一边挨嘉丽嘀咕，一边奋力安装香港买来的功能超多的婴儿车，可是怎么安装都有几个零件没用上，他将说明书看了又看，也看不出错在哪儿，索性一顿卷包拎去柳钧家里。柳钧手指拆线后已经出院，在家卧床休养肋骨。

门是柳钧开的，茶也是柳钧斟的，若非钱宏明从来知道柳钧走路如脚底装弹簧，换作外人还真看不出柳钧毛衣下面还是五花大绑的病躯。令钱宏明吃惊的是柳家的温度，老大一间屋子都是扑面的暖，比有一屋子上老下小的他家还暖和，非常奢侈。果然，钱宏明找到起码三只电热油汀。但他也看到客厅乒乓球台般的大桌子上面，全是工作资料。他原以为自己已够勤奋，不料这边还有一个拼命三郎。

这个拼命三郎耳边夹一个电话，利用与设计院通话核对数据的当儿，三下五除二，将婴儿车拆成零件，又顺手将零件分门别类排放于桌上，然后转去一间客卧拿工具。钱宏明跟去一看，有一堵墙上装了三米多长的两排铁架子，无数又黑又亮的工具插在铁架子上。另一堵墙边则是放着钳桌，上有台虎钳和摇臂钻床各一台，整间屋子几乎满满当当。而柳钧则是顺手拔出两把螺丝刀，因自己不能弯腰，又差遣钱宏明从墙边工具柜第三格拿什锦锉两包。

钱宏明不知什么叫作什锦锉，打开小抽屉一看，不禁"哇"的一声叫出来："暗器！"只见巴掌大的透明塑料包里并排装着十来支还不到筷尖粗细的锉刀，有尖有圆，有扁有方，形状各一，状如武打小说中的独门暗器。再往下翻，更有弯头的，曲面的，似乎更应属于四川唐门所有。钱宏明爱不释手，索性拿出不同形状的三包。

柳钧自言自语："暗器？"再看，果然。他因为从小接触到大，都没把什锦锉往暗器上想，此时也忍不住捂胸跟着钱宏明笑。"你那婴儿车好像被撞过，有个塑料轴套有点儿内凸，锉几刀就行。"

"哦，我拿着婴儿车没法上飞机，只好拆散了做行李。你只管旁边指点，我自己来装，这暗器很好玩。"

"当年报考专业你还不肯学机械，好玩吧，还有更好玩的。我还是那句话，玩机械才够男人。"

钱宏明笑而不言。他当年有选择吗？没有。因此他只能挑选据说最朝阳最赚钱的计算机专业。可是阴差阳错，毕业后从事的也不是本专业。早知如此，其实大学都不用读，照样做得不比外贸专业出来的人差。

钱宏明专心操作什锦锉的时候，柳钧又接电话，周日也是异常忙碌。依然是设计院给他来电。他们前天送图纸过来交底，柳钧虽然不懂，却可以连夜上网查阅资料核对设计，当天就给设计院电邮过去一长篇疑点。那家设计院非常负责，看起来也没什么周日之说，不断来电给予说明和纠正。这回来电是来告诉柳钧为什么设计钢筋密度大于柳钧所查标准。柳钧听完就哑了，不过更信服设计院的认真细致。他放下电话对专心致志装配婴儿车的钱宏明道："你相信吗，设计院说，全国市面上能买到的钢筋普遍比标准偏软，原因是钢筋主要产自小钢厂，小钢厂冶炼水平不足或者计较成本，钢筋硬度普遍不达标。同理的还有带钢、角钢，以及这些钢衍生出的制成品。我的天哪！那么我的钢结构顶棚牢度是不是很可疑？往后造厂房时候的脚手架是不是也得另行加固？我那些标准紧固件是不是也得加粗？怎么到处是偷工减料的？"

钱宏明想都没想，就道："所以我给女儿买国外产的婴儿车。呃，你还没听说过地条钢吧？我看报纸上说很多钢筋还是地条钢做的呢，更不得了，根本就是脆的。"

"有没有信誉可靠的品牌？"柳钧想到去市一机加工的艰难，立即自问自答，"没有。即使有，也是凤毛麟角。"

钱宏明一笑："对，所以我做任何产品，质量始终由我亲手把关，从不放心交给别人。但即使这样，也经常会出现不可预测的事件。我接触的国外客户也是经常不放心，自己跑过来看。"

"我已经有深刻体会。那么，建设安装开始后，所有的采购，所有的工地现场监理，都需要我亲力亲为吗？"柳钧再次想到在市一机做加工时候所遭遇的工人们匪夷所思的态度，自问自答，"必须，唉。"

"有件事情很离奇。杨逦问我能否安排市一机的新任老总与你见面，她说那位老总看了市一机产品后想与你谈谈。"

"确实离奇，不过他只要开个好价，我看谈都不用谈，卖给他。反正我早没脾气了……不，换那条，钩子旁边的那条，你手里的目测一下就知道尺寸不对。"

钱宏明看看手里拿的构件，再将桌上柳钧指点的那根拿来并排一比，一尺来长的两条构件才差不到一厘米："我靠，你还真是天生做机械的料。"

"老百姓心里都有一杆秤、一把尺。"柳钧半躺在藤椅上，听得大门一声响，见爸爸拎着吃的用的进来看他，"呃，宏明，你别回头。"他连忙走过去将爸爸堵在门口，让爸爸先回家去。柳石堂心中不快，可架不住病弱的儿子捂着胸口跟他比画手势，只能离开。眼下柳钧不能行动，许多办手续去现场等工作都是柳石堂在做，因此父子两个每天都得坐一起好好会商，互通进程。正因如此，柳石堂心中的失落感才有所减轻，他还有意加快办事节奏，总是超越儿子的进度表，让儿子越发重视他的本事，离不开他的本事，说到底，他心里就是不肯放手。

柳石堂并没离开，而是坐在地下车库等钱宏明，他不信才得了女儿的钱宏明会在儿子家里待久了。

果然，很快钱宏明就拎着婴儿车下来。柳石堂启动车子跟上，摇下车窗道："小钱，你刚才看见了，我儿子为你可以不要我这个当爸的。你现在也当爸了，你设身处地替我想想。你也是男人，一样在外面花天酒地，我没少在KTV看到你抱三陪，你还有什么不理解的，干什么离间我们父子。"

钱宏明一声不响，将婴儿车塞进后座，关门开车离开，将柳石堂的话当耳边风。

柳石堂点到为止，冷笑看钱宏明离去。他只需把话扔给钱宏明，小子想在他和儿子面前扮正经，还嫩着呢。但还没等柳石堂熄火升车窗，只听地库出口处"嘎嘎"闷响，他连忙扭头看去，那不是钱宏明的车子擦了地库出口墙壁吗？好好的大路，怎么会撞到墙？柳石堂又是一声冷笑，看钱宏明歪歪扭扭驾车离开，心说："心里有鬼的人，装啥正经。"

柳石堂回去楼上与儿子谈话。最近老黄总追着他，说是不肯移驾市一机，一定要进腾飞新公司，还说柳石堂不答应就是抛弃老兄弟。柳石堂心说过去他追着老黄说好话的时候，老兄弟去哪儿了？但老黄还说他不答应就找他儿子，他只好将老黄的要求转告给儿子。

柳钧当然不答应，要不是为了好好送走黄叔、徐伯等人，他又何必屈辱于杨巡的条件之下？而且黄叔参观市一机分厂后难道还不清楚，这么大年纪的人面对德国进口设备，还不是废人一个，何必自讨苦吃？但他不学爸爸老兄弟长老兄弟短那一套，他直接打电话给黄叔，明确告知腾飞公司不设传统加工设备，没有黄叔用武之地。

没想到老黄也很干脆："照你意思，我是不是别混了？"

"不会，传统加工依然会存在，腾飞以后也需要传统加工，但都会外包。黄叔大有用武之地。"

"你告诉我，德国还有没有前进厂那样的厂子。"

"我对全德国的工业了解不深，就我所在公司来看，因为人工比较贵，有些只需要常规加工的标准件已经外包给人工便宜的东欧等国了。"

"好嘛，就是这意思，很明白的，我没几年可以混了，你别不承认。所以我不能去市一机继续混，一直混到绝路，我得进腾飞，再苦再累我都得学。"

柳钧听得目瞪口呆，见爸爸冲他摊开手，他估计黄叔也是这么跟他爸说话。他只得耐心道："黄叔，别那么悲观，中国的发展没那么迅速，起码到你退休前，你还是车床边的一只顶。"

"你才回国不了解，你可以问你爸，我们这种老街道厂出身的人，没有退休，手停口停，哪天不能动了，哪天才是退休，哪天也可以死了。到市一机我没几年可混，阿钧你得给我留一条出路。你们父子不能有事要人，没事甩包袱。"

柳钧一时不知道怎么回答，只好答应考虑，才能将电话搁下。一问爸爸，果然如此。他此时才开始有点儿理解黄叔最初对待他的态度，黄叔既然有后顾之忧，当然在能做的时候争取将利益最大化。争取利益最大化的前提当然是必须千方百计地保留与老板讨价还价的势力，甚至不惜设法驱逐操作数码机床的人。他当时一上来就剃老黄的头皮，老黄怎可能不给他一个下马威？柳钧当真是没想到事情竟然这么复杂，居然有这么深的渊源。

但是腾飞能给老黄留位置吗？父子俩的回答很明确：不能！虽然他能体会老黄心中深切的危机感，可是他何德何能，背得起老黄的一辈子吗？而且，以老黄的德行，是个容易背上的吗？

从爸爸嘴里，柳钧了解到有更多像黄叔一样没有社保没有医保的人在各个工厂工作，那些人被叫作民工。那些人前有狼后有虎，后事无法得到保障，做事怎能平心静气？柳钧渐渐地从一件件事例中学到经验，重新思索如何建立他新腾飞的企业文化。

终于在柳钧快被闭门养伤憋死的时候，医生高抬贵手，允许柳钧带着诸多限制出门了。柳钧出门第一件事就是去找他相熟的修车铺，想给车子安装减震。他往后多的是跑工地的机会，他可不敢拿自己的肋骨开玩笑。但进那儿一瞧，没看得上眼的。于是修车铺老板怒了，哗啦打开一道中门，拉柳钧进他私藏宝库，非要柳钧承认，不是铺子没东西，而是柳钧车子不行。柳钧一看，哇，满满一屋子的二手配件挂满屋顶墙壁，空气中充满令人激动的机油气息。他终于挑选了心仪的装备，让老板帮忙装上。老板见他是个真内行，也终于肯开金口告诉他，这些配件都来自广东，那儿有专门拆卖进口二手车配件的市场。柳钧却是徜徉在一屋子的二手配件里想，好多东西，其实不一定非要用在车上，将来土建和设备安装时候需要牢靠的零部件，宁可来这儿找二手国外货色，价廉物美。因为国产优质产品，寻觅起来太累太难。

这种感受始终贯穿腾飞公司的土建过程。首先是土建项目的招标。来者是一个个地自我压价，一个个地八仙过海各显神通只为请柳钧出去吃饭喝酒唱歌玩乐。但是柳钧心里有个底价，分别是建筑设计院与他从业的高中同学帮他算的。他想不到的是，那些报价竟然都远远低于他的底价，他都想不出那些人怎样可以将工程保质保量地做出来。因此他分别耐心地与那些项目经理谈，核对他们报价的可行性；与项目技术人员谈，咨询施工步骤如何可以符合图纸设计。可是谈着谈着一到吃饭时间，项目经理就千方百计将柳钧往高档饭店餐桌拐，摆出非餐桌不能谈的架势。每次柳钧说不用吃饭，你们只要把我的工程保质保量做好，他就发现大伙儿看他的眼神里面充满怜悯和鄙视，仿佛他是一个怪物。

柳钧需要猛做心理建设，才能将这种眼神视若等闲。他警告自己，虽然饭桌能拉近人与人之间的距离，但是吃人家的嘴软，为了保证施工质量，他必须坚持自己的质量理念，与那些人保持一定距离。幸好有柳石堂偶尔居中调剂一下，但是柳石堂很明确，把关的是他儿子，他不发表意见。

然而，他们柳家的项目说大不大，要求却是很多，好些还比较超前，是施工队第一次遇到，所以即使眼下施工队受去年亚洲金融危机影响，活计不多，可对柳家的项目都是视同鸡肋。终于，说好说歹的，尤其是在柳石堂的帮眼之下，终于确认一家有高规格厂房建设经验，又看上去比较规矩实在的建筑施工企业。腾飞公司破土动工了。

同时开工的是二十公里开外的市一机新分厂。虽说腾飞公司因柳石堂的坚持，好歹半夜摆猪头点香烛，放了几个鞭炮，请了几个神，腾飞和建安的主要负责男性职员全都到场，仪式结束后也热热闹闹大吃一顿，可是这等热闹，相比市一机新分厂开工，那是提都休提。市一机新分厂的奠基仪式上名流云集，前来祝贺的人，全市人民叫得出十之八九的名字，奠基仪式还上了电视和报纸。柳钧心中赌了一口气，他一定要比市一机做得更好更快。

柳钧早就做好了自己挽袖子当监工的准备。因为虽然有专门的监理公司做现场监理，可柳钧根本就不相信监理公司的质量意识，果然，那些人跟市一机工人一样喜欢说"马马虎虎过得去"，若是设计钢筋间距10厘米，他们看到是11厘米就眼开眼闭。因为他们心中认定建筑乃是糙活儿。然而柳钧不一样，他说一不二，即使他清楚一排钢筋间距11，另一排间距9，其实不影响强度，可是他坚持，他挂在嘴边的话是必须坚持始终如一的态度。然而正因为他招标时候有言在先，又当面商议价格的可行，而且最后也不是选的低价者中标，现场施工负责人也无话可说，可是全都怨声载道。因为如此精确，势必影响进度，增加劳动强度。但是他们看到柳钧认真到拿着建材做强度试验，也只能将闷气吞进肚子里。但都纷纷说开了，这么不变通的人，怎么做工厂？绝对亏死。

好在柳石堂已经看儿子做过一票，而且是赚得很好的一票，要不然准得与施工队同声共气。因此，施工队的人被柳钧磨得怨声载道，并非没想过趁柳钧不在的时候飞速赶工，以生米煮成熟饭来变通，但是，柳家还有一只狡猾的老狐狸柳石堂是最佳替补。施工负责人火大之下，将一块因质量不佳返工敲下来的钢筋水泥疙瘩当作新年礼物，披红挂彩地送给柳钧，水泥意味着不开窍，支棱的钢筋意味着脑神经短路。这个新年，柳石堂本以为能收到施工负责人的大礼，结果只有一块水泥疙瘩、两条锈钢筋。

但是，工程却是保质保量按时顺利地进行。

2000年

01

当春天的气息渐渐来临的时候，设备进场了，厂房建筑物竣工验收了。虽然监理公司的预验收顺利通过，但是项目经理对于政府部门的验收还是心怀忐忑。柳钧倒是不愁通不过，他不信还有人比他更认真。他目前更头痛人员招聘的问题，他好歹是找了一个很不错的行政经理，这位行政经理三十几岁，开着一辆柳钧买给他的二手夏利车一边跑机关跑新公司数不清的各项审批，一边跑人才市场招合适的操作工。可是招聘问题很大，关键是柳钧要求太多，即使是最基本的操作工，柳钧也要求找最认真的人。柳钧给行政经理的招聘要求是：一要有中专以上文凭，二要有较真儿的态度。反而有没有技术基础，他并不太要求。

项目经理见验收现场的柳钧一脸心不在焉，不好好招呼验收人员，他忍不住拉柳钧私语："柳总，都临门一脚了，关键时刻千万别掉链子。"

"你不是说我这边两个厂房够申请鲁班奖了吗，还愁什么？"

"你再没问题，也得敷衍好这帮大爷啊。"

柳钧笑道："我是甲方，你从不敷衍我，还拿水泥块砸我，我也学你不敷衍大爷们。我不是一开始就跟你说了，做我这个工程，你只要操心质量，操心进度，其他都不用操心。你说，总体加起来，你其他的工程有我这边操心的少吗？起码我没让你操心钱吧，你甚至连管现场的都不用配备，你够轻松。"

"可这是官府，官府的人得罪不起。你看你们上海建筑师都不敢怠慢。"

柳钧却想起来，认真问一句："我这个项目做到今天算是结束了，到今天我再问你，你究竟认不认可我的模式。换个表达方式，若是我接下来有新的工程上马，你还愿不愿意做？"

项目经理一愣，盯着柳钧足足想了好一会儿："先回答后面一个问题，当然做，有钱不赚猪头三。但是前一个……你这工程，我虽然操心得少，可也赚得少，只赚到点儿辛苦费。你要知道，浑水才有鱼可摸，有个名词叫内外勾结。"

"白善待你一场，白眼狼。"柳钧笑骂。

项目经理也不遑多让："你这种模式只此一家，幸好你这工程不大，我要在你这儿再多做半年，出门退化得别想做别家了。不过跟你这几个月做下来，我的醉肚倒是养好了。"但项目经理犹豫了一下，还是又不客气地补充道，"这回你是甲方，我看工程款不差我一分一毛的份上让着你。你这模式……幸亏我脾气好，你爸周旋有方。"

"你看着，像我一样的老板会越来越多。"

项目经理这回倒是承认了："对的，我已经接触几个老板第二代，有见识，有抱负，肯下功夫，牛。虽然都花钱大手大脚，可都能花到点儿上。人也不错。"

"我还以为你同济出身，难得是个拿得出技术的项目经理，你应该会比较认可我的模式。"

"我一穷二白起家。目前对于我而言，钱比理想更重要。"

闻此言，柳钧不禁想到钱宏明。钱宏明又何尝不是如此？

项目经理还是不由分说拖柳钧跟上大部队，一路提醒柳钧保持微笑保持谦卑。柳钧虽然勉强做到，却依然有点儿心不在焉，他烦这样地浪费时间，这种验收原不需要他来参与，但因为来者是老爷，所以老板必须随叫随到贴身伺候。

走进热处理车间时，行政经理来电，说是有个姓董的人打车过来，指名要见柳钧。没过一会儿，柳石堂拿一张名片进来，让柳钧撤退，去接待那个姓董的。

柳钧一看名片，一半英文，一半中文，大名董其扬。柳石堂附耳轻语：董其扬正是市一机新任总经理，孤身一人打车而非驾车前来，必有原因。柳钧吃惊，留下老爸应付老爷们，他去见那董其扬。

董其扬大约四十岁，长得可说其貌不扬，凸脑门，厚嘴唇，整个人又干又瘦，却有一双精光四射的眼睛和一脸可亲的微笑。董其扬开口也是很随和，柳钧问："董总喝咖啡吗？我这儿有半年前香港买的小粒种阿拉比卡，香味已经逃得七七八八。哈哈。董总找我，是不是想追回四个被我挖来的技工？"

"呵呵，市一机人才济济，不差这四位。他们四位，据我了解，不算是分厂技术领先的人。"

"没错。但这四位是我在市一机做加工时遇到的工作最细致到位的人，作为技工，他们是最优秀的。他们也愿意来我这儿，我给所有员工缴纳四金，比贵公司多一项公积金，我这儿的工资目前暂时与市一机持平。"

董其扬惊讶，沉吟道："你这么坦白，不怕我把他们挖回去？"

"你挖不回去，你们市一机根本没有他们需要的企业文化。我很奇怪，董总今天找我，因公还是因私？"

"算不上公事私事，我一到市一机就听汪总等人提起你，看到你研发的产品，一直想结识你。请你别有敌意，我还不至于来你这儿做工业间谍之类下三滥的事情，只想认识朋友。我在这一行一直主管销售，但我一向与技术人员投缘。可以带我看看你们的车间吗？刚进来时候已经见到初具规模。"

柳钧亲自陪同进车间参观，而董其扬一见到车间，便脸色一沉。今天是个阴天，但是车间里面却光线充足，自然采光良好。他做业务走南闯北，见多识广，他心里最清楚好坏。眼前车间无微不至的细节表明，腾飞公司的建造彻底贯彻了柳钧的意图："请问柳总，车间每平方米的建筑成本大约是多少？"

柳钧微笑："没比市一机新分厂的预算成本高，但是我这儿比市一机多出很多附加设施。我这些附加设施的目的只有一条：节能降耗，也就是降低未来的运行成本。董总，腾飞两个月后即将成为市一机的最有力竞争对手。"

董其扬硬是笑道："我不担心，呵呵。这个市场很大，我们两家的产品在这个市场的占比非常之小，完全无法形成竞争，却可以形成集群效应，得利双方。"

柳钧毫不掩饰："我们的产品完全无法形成竞争，但这个大市人才有限，请恕我往后继续挖你们墙脚。"

董其扬反唇相讥："至今你还没挖走一个工程师，这倒让我感觉毫无悬念了。"

柳钧张了张嘴，但没说出来，不是他没挖走，而是没看上。据汪总讲，以前市一机还有几个不错的年轻工程师，这几年老总换手太快，大家纷纷挂印求去。

两人后来只就车间建筑方面有所讨论。董其扬见到雨水收集回用系统的雏形，见到热处理车间降温水帘的雏形，见到车间集尘和水幕除尘设施的雏形……董其扬不太懂技术，不能很好领会这些看似不重要设施的运行方式，但董其扬是个精打细算的人，果真如柳钧所言，腾飞公司每平方米的建筑成本低于市一机，说明固定资产投入不高，未来的单位折旧不会高于市一机，而眼前这些节能降耗的设施却将真金白银地降低未来运行成本。若真是在市一机与腾飞之间展开竞争，成本已经高下立判。市一机几乎没有竞争力可言。难道这就是柳钧说的产品完全无法形成竞争的原因？

但是等董其扬走出车间，跟着柳钧去几根钢管几片石棉瓦临时搭建的车棚取车，再回首，看偌大场地上的车间异常小巧，身量气势与市一机不可同日而语，董其扬暗自微笑，放下心来。腾飞与市一机，并无可比性。而柳钧其人，董其扬认为此人太直太冲，不是管理制造型企业的好料。一念及此，董其扬放松下来。

腾飞新址地处偏僻，进来容易出去难，柳钧打算开车送董其扬进城。见董其扬站车屁股后面眯着眼睛凝神看他两个车间，他也不禁站到董其扬的角度看自己的公司："董总，很小，是吧？"见董其扬实事求是地点头，他倒是喜欢："别看这么小，目前订购的设备也才够放满一半不到的室内面积。资金不足，不如市一机实力雄厚。"

董其扬摇头："市一机两位股东实力雄厚，不过到我手头可支配资金不够。市区车间迁址市郊，腾出的土地是两个股东来开发，土地差价没全部交给我用作工厂运作。我比你难啊，天天拆东墙补西墙。"

"难怪工程进度慢我起码一半。施工现场基本上就是拿钱说话。"

"哪儿都是拿钱说话。"既然不再将柳钧视作对手，董其扬充分表现出他的大度，"我听说……有家公司已经赶在你之前，研发出全系列……"

"有，我大学校友的公司，他们买了我系列中一个品种的一套图纸，然后没有疑问，没有创意，也没有改进，仿出一系列低端货。"

"可是那种低端货廉价，性能比过去的已经有较大超越，也能达到一定要求，据我了解，市场相当不错，国内还是有不少企业愿意接受这种价廉物美的产品。我们也准备批量生产。"

"我还知道你们买了美国某家公司的全套图纸，打算进军工程机械。汪总一定能很快制定工艺，只是可惜了汪总的一身本事。所以我说，我们之间无法形成竞争。"

　　董其扬这才明白前面柳钧说两家公司无法形成竞争的原因，不禁哭笑不得，这小子，毫不掩饰骄狂。"我做销售多年，我可以跟你说一个假设，你研判一下究竟会不会出现这种可能。市场需求呈金字塔形，高精尖的产品位于市场顶端，但是需求量并不大。最大部分的是中档需求，中档市场需求一直在质量与成本之间维持着动态平衡。当市场上有马马虎虎还算通得过的产品面市，首先，原本属于高端市场的份额被夺去一大部分，然后下家以此马马虎虎的产品生产出面向消费者的成品，消费者的判断力有限，既然没太大区别，当然很愿意接受，性价比比起原来劣质成品和高精尖成品高了不少，于是马马虎虎产品的成品销量惊人。最后，惊人销量反馈给上游厂商，上游厂商扩大产量，上游厂商间又展开激烈竞争，最终是竞争和规模效应导致价格大幅下降，于是最终成品的性价比更高，受众更加广泛，更加侵占高端市场的份额。高端产品此时往往高处不胜寒，受众的面太窄，成本一直降不下来，于是更失去市场，有时候被迫得为了生存降低身份。这种现象，用我们的行话，叫劣币驱逐良币。你如果不信，可以走着瞧，事实胜于雄辩。"

　　董其扬语速不紧不慢，字字铿锵，感染力十足，柳钧听着听着就将车停下，一直等董其扬说完："逻辑上完全成立。"

　　"不仅是逻辑上成立，凭我十几年的市场经验，这种情况在中国发生概率极高。"

　　"百分比多少？"柳钧急着追问。

　　"90%。我们可以打赌，一块钱。"

　　柳钧大惊失色，好一阵子无语。等醒过神来，他缓缓将车启动，没了说话兴致。他原是信心十足，将以产品系列中的余下部件打响腾飞新公司的第一炮，已有实践表明，他的研发有回报。因此他购买的第一批设备也是以满足这种产品生产为要。可是，若真有董其扬所说的90%的概率，那么他的投入将从哪儿收回？腾飞投入生产后的利润从何产出？难道，他为了报复杨巡，将设计图纸贱卖，反而砸了自己脚面？柳钧郁闷得肋骨开始隐隐作痛。

　　车进市区，路上逐渐热闹起来，董其扬让柳钧停车，他在这边打的，他不愿与柳钧的接触在老板心里留下什么不良印象，毕竟他在现在的位置还不算屁股坐热。下车时候，他跟柳钧和善地道："柳总，我初来乍到，此地人生地不熟，以后有什么不懂不熟的需要向柳总请教，希望柳总把我和我老板一分为二啊，呵呵。

说起来，柳总，我们两个互补，以后你有销售方面的难题，尽管找我。"

"谢谢，以后一定请教。"柳钧犹豫了一下，问，"那么董总看好美国买来的图纸？"

董其扬摇头，"我是一个职业经理人，两位大股东对我的要求是尽快获利。买美国图纸是性价比较高的选择。"

柳钧犹豫了一下，还是道："其实……机械制造业容不得急功近利。"

董其扬这回点头，"你知道我为什么找你吗？你手头这些不同处理后的物理数据，都是宝啊。当初我在外资公司，这些数据……别提了，我们中方人员都接触不到，都是锁保险箱里存档的。你摸的路子是对的，我想认识你。但到目前为止，我看你对市一机还构不成任何威胁。"

柳钧看着董其扬打车离开，好一阵子没挪动半分，他被董其扬这个行家点了穴。在德国，他和伙伴们经常挂在嘴边的一个词，"经典"，他们总是追求精益求精，将手头的活计打造成经典。他没想到，回国全变了味儿。他几乎开始相信，董其扬与他打赌一块钱，他得输。从他回国一年整获得的经验来看，良币在国内处境艰难，而这种劣币良币论，董其扬看到了，爸爸却没看到，看起来董其扬确实有水平。

那么，他是不是走错路了？就像董其扬说的，在目前的经营环境下，他对市一机无法构成威胁？

柳钧热爱户外运动，热爱旅游，他在旅途中总是能看到，不同的植被适应着不同的环境。杨柳树到了高海拔地区即使能存活，也绝无西湖边杨柳依依的意境；而高山匍匐生长永远长不大的小树移栽到平地，弄不好就长成参天大树。他的坚持，他的理念，难道在国内水土不服？

即使杨巡去年将他打倒在地，再踏上一脚，即使拿着他的钱的施工方项目经理眼睛里总有若隐若现的不屑，自始至终柳钧都没有过怀疑。但这一次，董其扬的一席话，让他终于看到国内市场的本质。他的心底有一层怀疑悄悄升起。他的路，究竟是走岔了，还是走对了？

等柳钧回去，一行验收人员已离开去市里吃庆功宴了，柳石堂当然也敬陪吃饭。柳钧一个人在热处理车间徘徊，不知不觉钻进高频屏蔽笼里。小小的空间抑制住柳钧的心猿意马，他一个人抱头静静坐了好一会儿，才心平气和地被饥饿逼去食堂吃饭。他安慰自己，大环境没有变好也没有变坏，事实是什么都没有变，反而是董其扬的提醒让他对未来有所准备。应该是好事。比撞上南墙，甚至积压无数库存，要好得多。起码，让他可以事先有所准备。

柳钧走出屏蔽笼子才想起，他的手机信号在这么长一段时间里也被屏蔽了。他忙打个电话给董其扬，对董其扬的提醒表示感谢，这倒是让董其扬很感意外。然后是行政经理通知他，应聘面试的三位有大学文凭的技术人员已经在办公室等候。柳钧一看时间，已经超过约定时间一刻钟。他在德国已经培养出严格守时的习惯，这下心里很是不好意思，食堂也不去了，直接赶去办公室。

面试，在别人看来或许是很正规，在柳钧眼中，就是跟三位散漫地坐在办公室，拉家常一般地聊天儿。技术这东西，行家伸伸手便知有没有，只要问他过去做过什么，怎么做的，其间有什么考虑，用到哪些原理，基本上该露出的毛须全露了，看面试官自己怎么抓辫子怎么判断。

结果，一问就问出两个资深的都是玩粗仿的，更差劲的是，他们仿的时候都不去探究一下每一个设计背后的考虑。反而是一位刚从大学出来才不到一年的，叫罗庆，说话时候很有自己的想法，罗庆懂工控，爱玩电脑，最难得的是，罗庆爱问个为什么。柳钧与三个人谈了半个多小时，只留下一个罗庆。对于这一结果，柳钧并不感到意外。若不是他的腾飞公司眼下挂了外资的羊头，他怀疑这三个人没一个会来应聘。这种味道，他在前进厂时已经尝到过。

随着设备陆续进场，柳钧手头可用人手越发捉襟见肘。但他在招聘中依然高标准，坚持宁缺毋滥，不认真的，没耐心的，毛糙的人，一概不要。柳石堂曾经劝说儿子，有些人可以培养，但是柳钧不肯，他不愿有人进来破坏公司踏实做事的风气。人都很会有样学样，往往会一颗老鼠屎坏了一锅粥。

即使柳钧早已知道，专业人手不好找，早就做好自己传帮带一批新进人员的打算，可是没想到非专业人手同样也不好找。而且他没想到全社会男性对机械最基本的知识接触得那么少，或者说学校刚出来的男孩子根本就连锉刀怎么拿都不懂，更别说精分螺丝的那么多种类。即使中专大专职业技校出来的人，一样基础知识缺乏，很难囫囵派上用场。但柳钧眼下是整个腾飞的头，他可以每天鼓动大家，告诉大家你们是最好的，却没法迅速将所有人改造成三头六臂。他心急，却只能闷在心里，免得动摇士气。而今又添董其扬说给他的一道心事，他只用下午到傍晚的时间，就憋出了一嘴的口腔溃疡。

晚上，柳钧没再留车间加班，而是将年轻基础工的学习计划分派下去后，驱车进城散心。今年以来，钱宏明新公司开业后一直很忙，每天就跟空中飞人一样，今天也是在外出差。但钱宏明叮嘱柳钧如果真有空就去趟他家，背一些米、油等重物过去，家中只有嘉丽和保姆，重活儿有点儿吃不消。柳钧依言去超市买了不少，分两次才扛上钱宏明家的楼。

嘉丽腾出手来，找出她送给柳钧回国一周年的礼物。

嘉丽说一周年的时候，柳钧很是恍惚了一阵子，他都回来一年了？一年，按说很长很久，为什么他却觉得没做成几件事？他却不由得右手摸摸左手，谁说一年不长，不仅肋骨断了两根，手指更是不再完整。这一年，发生太多的事。

嘉丽送给柳钧的是一幅一尺来长宽的水彩画，右下角草书"千禧年柳钧快跑"，一条肥嘟嘟粉嘟嘟的虫子，头顶翘一缕圆润的毛，神色很臭屁，站在山顶上做手握红宝书向北斗状，只是压在胸口的宝书，用童体字写的是"金属切削手册"。柳钧看得哈哈大笑，别看嘉丽把他画成一条虫子，而且是条可爱的卡通虫子，可胖虫子的眉眼之间却依稀有点儿他的影子。柳钧非常喜欢，更喜欢的是嘉丽如此有心，丈夫常年出差，她一个人带着孩子，还送给他亲手画的画儿。

嘉丽不大擅长说话，柳钧说了几句就黔驴技穷，又赞美几句孩子，只好告辞走了，连中饭晚饭没吃都没好意思说出口。好在他约同学，倒是都一约就到，同学有的是晚饭吃到一半扔掉饭碗过来，有的是已经吃过饭，大家坐上饭桌个个神情悠闲，唯有柳钧从冷菜上来起，就吃得穷凶极恶。

酒足饭饱，好不容易出来潇洒一趟的柳钧贼心不死只见几位男同学，不禁拐去余珊珊家的小区，他忽然想见见余珊珊。去年出院后，他嫌余珊珊一张嘴没遮拦，就没再见过面，只是偶尔晚上通一个电话。

但好巧不巧，柳钧才开车到余珊珊家楼下，刚想给余珊珊打手机，却见一辆车徐徐开来，即便是小区路灯暗淡，柳钧还是认出这辆车是广州本田雅阁，目前车市的当红炸子鸡。车子才停，就见一个青年才俊急匆匆跳下来，绕个大圈给余珊珊开门。柳钧看着脖子一紧，立刻斗鸡一样地跳下车去。

柳钧跳下车纯粹凭的是直觉，认定车子里等着青年才俊开门的一定是余珊珊。及至冲出去真真切切地看清车子里出来的女孩，却是紧急刹车了，这是余珊珊？记忆中的余珊珊头发长不盈寸，眼前女孩头发长可及肩，昏暗灯光下都可见油亮发光。记忆中的余珊珊穿着不甚讲究，眼前女孩首先伸出车门的是重心极不稳妥的高跟皮靴，而后出现在春寒料峭夜色中的是及膝裙子，中长风衣。整个人袅袅婷婷，女人味从头流到脚，再不是过去的英气逼人。柳钧呆住。

那青年才俊见有异常，一个侧身拦到余珊珊面前。柳钧忙表明身份："余珊珊，我是柳钧。"

"咦，你总算出关了？难得。"余珊珊惊讶，看着夜色中的柳钧，一时无话。

她身边的青年才俊抢先一步，将名片递上，跟柳钧表示认识认识。柳钧也将自己名片递去，先看一眼余珊珊，才俯身就着车子大灯光线看青年才俊的名片：申华东。柳钧心中灵光一现，抬头看那申华东，也是眼光中有惊讶。柳钧不知道这算不算狭路相逢，对方应该是市一机大股东申宝田的儿子，听说是个留学归国的才俊。但若真是申宝田留学归国的儿子，似乎不应该只开一辆本田雅阁。

两个男人各怀心思地握手，余珊珊在一边问："柳钧，你那儿完工了？"

"厂房完工，设备刚开始安装调试。"柳钧又忍不住解释，"今天难得进城，想来看看你，正好停下车，你来了，很巧。还不晚，去吃个夜宵？"柳钧想面对余珊珊说话，可申华东总是有意识巧妙地夹在两人中间。

余珊珊当然不愿夹在两个男人之间尴尬，说声晚了累了，与两人道别上楼去了，高跟鞋敲得楼梯"嗒嗒"响，楼下两个男的凭着"嗒嗒"声将仰望的角度微调。等余珊珊终于从窗户伸出手来挥手，两人才低下头，看向彼此。两个人的年龄差不多，但申华东显然很会收拾自己，全身上下透着贵气。柳钧不由得想到余珊珊衣着翻天覆地的变化，很怀疑是受了申华东的影响。想到这儿，柳钧心里很不是滋味，但此时他脑袋已经冷却下来，心说他激动个啥，就与申华东道了再见，开车离开。反而是申华东还站在下面，跟余珊珊通了几句电话才走。

柳钧几次三番想拿起手机与余珊珊说几句，但都左手打右手地放弃，他心说他又不喜欢余珊珊。回到公司，见罗庆和几个员工就着办公宿舍楼西墙简陋的篮球架打篮球，他也加入进去，与大家抢篮球投篮。他没想到罗庆当天就搬铺盖住进来，行动如此迅速，于是对罗庆心生好感。见大家都喜欢打篮球，他提出平整一块还没钱利用起来的土地做篮球场，大家都很高兴。柳钧似是给自己打气，告诉大家我们都还年轻，我们要走与众不同的路，创建不同寻常的工厂，升华自己独特的人生。他这么鼓动大家，也这样子鼓动自己。他将嘉丽的画装上镜框放在桌上，朋友的关爱，是最大的鼓励。

但情况总是一日三变，当设备安装到一定程度，他跟开户行那位原先跟他谈得挺好的信贷员联系启动流动资金贷款，信贷员很遗憾地告诉他，虽然银行方面也知道腾飞是家理念先进的企业，可在腾飞拿得出业绩漂亮的财务报表之前，银行方面没法突破贷款硬杠子，给予腾飞贷款。柳钧指出工业区隔壁有家企业一开工就有贷款，信贷答那家是国企。柳钧这才知道企业与企业是不一样的，就像印度种姓之间有着深深的鸿沟，私企在银行眼里可能是吠舍的级别。他唯有磨着那位信贷员问财务报表做到什么样子才算上硬杠子，一直磨到饭桌上，才算把贷款的所有硬杠子搞清楚。柳钧失望地意识到，他的腾飞距离从银行贷款，还太远太远。很有可能开工后的半年内都拿不到贷款。那么他该怎么办。他的启动资金都是满打满算地投入着，按照计划，工厂正式启动的那一天，也是所有自有资金见底的那一天，未来需要贷款支持。可是半年没贷款，可怎么办。

腾飞将崭新地死去！

财务报表的硬杠子，在柳钧心中深深扎下了根。该如何交出一份漂亮的报表，柳钧绝不会去想做假账，也想不到，他回到公司对着计划进度表打坐，整整闭门坐了一个小时，决定修改计划，更改进度。这一天下来，柳钧又给逼出满嘴的口腔溃疡，他都能闻到自己因为上火而臭烘烘的口气。

即使被迫改变了计划，也拿出了对策，可是柳钧情绪依然低落，他再一度陷入怀疑。这一次，他怀疑自己的能力，在经验欠缺的情况下，虽有爸爸的辅助，可是，他真能做出最佳决策吗？他能将腾飞公司运作得腾飞起来吗？

想到爸爸全心全意地信任他所描绘的前景，将所有家当全部交付给他操作；想到公司全体员工也是全心全意地信任他所描绘的前景，跟着他自觉要求加班，自觉学习他每天翻译出来的设备手册，柳钧心头异常沉重。他只许赢，不许输，他根本没法输。他只能再搬出翻来覆去不知用了多少遍的激励词来给自己打气，可是今天，这些老生常谈已经没法鼓动他，他忽然非常厌倦，感觉这些激励就像拙劣的名为励志的表演，实质则是骗子。

然而，车间里，员工们还在等着他这个主心骨。他不能挂着脸出去。他要是先散架，腾飞顷刻完蛋。他必须振作。

万般无奈之下，柳钧唯有举起左手，五指张开，平放在自己眼前。包医生说已经给他做了最好的手术，做了最淡的疤痕处理，可是指关节间只要仔细看，还是看得见那不太正常的一环。柳钧强迫自己睁大眼睛，看着左手捏拳，但这根无名指只能稍微倾斜，无能、丑陋，全都表露在这根手指上。这是杨巡给他下的战书。他如果不能支撑起腾飞，他唯有做这根手指第二，做个孬种。他仿佛看见杨巡轻蔑的眼光。他猛然站起来，戴上安全帽走向车间。

他必须努力走下去。

夜晚的家宴上，钱宏明看到柳钧的脸色，惊住了，即使柳钧上回遇袭时候的脸色都没今天的差，他从小到大都没见柳钧脸色这么难看。柳钧整个人瘦得颧骨凸起，灯光打下来，颧骨下面两团阴影，更是显得已经晦暗的脸色更加惨淡。钱宏明即使出差大半个中国，为了节省开支经常夜晚宿在驰往下一个目的地的火车卧铺上，他的脸色都没柳钧的差。他顾不得吃饭，拉住柳钧问为什么。

柳钧告诉好友，他现在连牛排都没兴趣，因为口腔里此起彼伏的溃疡，搞得他吃饭非常痛苦。他将这几个月来心里的不快一一向好友倾诉。两人边喝边吃，一会儿嘉丽放孩子睡觉，也加入进来旁听，但她没法学钱宏明随时可以插话，或安慰，或点评，或出主意，她没那么多的经验，可是她能感受柳钧的心乱如麻，感受到柳钧肩上如山的压力。柳钧这一战若是败了，虽然凭他本事多的是地方吃饭，而且依然会混得很好，可是，柳钧的骄傲呢？

钱宏明与妻子心意相通，他总是调动他心中强大的数据库来引经据典地告诉柳钧，这很正常，还有谁谁谁也遇到类似情况，当时更惨，柳钧已经算是解决得很好的，等等。

柳钧在好友的安抚宽解下，情绪恢复了一点儿，他吃完饭就告辞了，他还得去爸爸那儿，将自己新的计划拿去与爸爸商量。嘉丽将一锅本来炖给钱宏明喝的绿豆莲子百合汤交给柳钧拿走，让柳钧清清火气。

等柳钧一走，钱宏明就跟嘉丽道："你看柳钧眼睛凹陷得……我都不忍看他。回国一年他快耗尽自己，他太认真了。"

"你有没有办法帮帮他，帮他找人，或者找钱……对了，他说他最愁的是两样：一是市场，二是启动资金。"

"你说，这两样我帮得上吗？我可以帮他做外销代理，可以做得让他不操一丝的心，其他，我全外行。"

"你是最能干的，你想想还有哪位朋友能帮上忙。"

"如果是其他的忙，或许能托朋友，可是钱和市场，这是谁都想抓在手里才甘心的东西，谁肯伸手援助？"

但是钱宏明否定了嘉丽，却否定不了自己滑向雷区的步伐。是的，那是雷区，是一处游走于法律边缘的雷区。可越是危险的地方，越是金矿的所在。自打那次与柳钧解说进口贸易中信用证的始末，柳钧的脱口而出提醒了他，他此后每每一有机会，或者说是有意制造机会，就向金融界人士请教，他只要有空，就在心里密密地完善所有的操作步骤。他为所有的设想倾倒，可是他不敢走出哪怕是一步。因为那是雷区，是个如果银行认真查一下就能引爆的雷区。他自从打通操作程序的仁督两脉之后，一直忐忑地提醒自己不要再去想那雷区中的金矿，那是玩命，命没了要金子何用？

但今晚柳钧的神色让他心痛，他比嘉丽更想帮柳钧，可是他又能帮到什么？嘉丽说得没错，只有市场和金钱。

钱宏明内心剧烈地动摇，不知不觉走进女儿的房间里。小小的女儿躺在小碎花的被子下面，脸色红润，无忧无虑。女儿出生之前，他们已知性别，但一直商议不下孩子的大名小名，他们觉得自己的孩子是如此独一无二，说什么都得有个最别致最美丽的名字。一直到孩子生下来，第一天裹着孩子的是一块小碎花的棉布，小碎花簇拥之下，他们的女儿怎么看怎么好看。嘉丽忽然提议，就叫小碎花吧。于是他们家开始塞满小碎花的布艺。小碎花出生前买的外套如果是纯色的，嘉丽也会拿起画笔用丙烯颜料精心地画上小小花朵。钱宏明本想用女儿来阻止自己滑开去的脚步，可是女儿红润的脸却总是提醒他想到柳钧干枯的瘦脸，他都没法将柳钧的两团颧骨从眼前抹去。

钱宏明离开小碎花的房间，独自站在阳台发了半天呆，终于下定决心。他一定得帮柳钧。

柳钧则是在这个春风轻抚的夜晚，来到爸爸的家里。爸爸不在，不过他只要一个电话，爸爸就十万火急赶回来了。柳钧告诉爸爸他的新计划，他准备安装一台设备，启用一台设备，决不让设备闲置半分钟，哪怕是让设备做外加工。他让爸爸重新出山，寻找新设备可以完成的加工。他画个表格给爸爸，什么设备，可以加工什么，可以达到什么精度，加工成本大概是多少，什么时间可以启用。他让爸爸照着表格寻找业务，多么难的都可以拿下，需要设计的也可以拿下，只要有业务，唯一要求是价格不能平易近人。

柳石堂听着儿子的计划，看着儿子的脸色，他等儿子说完，将计划翻一个面，用手掌压住："阿钧，这是生产和安装两条线并行，你手下又没得力人手，你不能逼死自己，你会累死。"

"爸放心，我不会累死，我年轻，身体好，睡一觉什么问题都解决了。但我会羞愧而死。"

柳石堂不吭声，起身去翻出一面镜子，递到儿子面前，"你看看你的脸。你别逼自己，爸爸早知道你的钱会不够，我早想好了，我们还有三处房子，都是没抵押的。我还可以凭我老脸借点儿钱，只要利息稍微高点儿，我已经跟朋友在谈了。办法是人想出来的，没有解决不了的问题。可爸爸只有你一个儿子，你得给我好好的。"

"爸爸……原来已经知道？"

"你以为爸爸是吃素的？但爸爸这不是总跟不上你的思路嘛，只能放手让你自己发展。阿钧，听话。你放心，你只要把腾飞搞得能运作了，我们只要有腾飞这个壳子在，前面都是路。"柳石堂说到这儿，又想到儿子需要清火，连忙叫出新保姆，让想想有什么清火的食物，赶紧拿高压锅做出来。

柳钧道："宏明已经给我一锅绿豆莲子百合汤，够我吃两天，第三天再说吧。"

柳石堂眼睛眯了一下，不再接话。但一等儿子离家回公司，他就将儿子刚描给他的计划翻过来看。他在心中痛苦地抉择，要不要照儿子计划的去做。

可是柳石堂知道，其实他跟儿子一样，也没有选择。他再心疼儿子，最终还得照着儿子说的去做。

柳石堂对市场需要什么，哪儿有针对的市场，可谓轻车熟路。他以前就知道有些模具的加工精度要求非常高，可以前都是望洋兴叹。而今不同了，腾飞有好机床，又有他儿子。他只要找准地方，跟人一说，我家有什么什么型号的机床，顺手将说明书复印件奉上，对方都是业内人，一听就心领神会，跟着他来腾飞踩点。然后只要跟他儿子一谈，生意没有不成的，唯一需要扯皮的只有价格，因为儿子要求预付款和交货时候的一手交现钱一手交货。可正是因为有好床子的大多数是大企业，大企业一般不肯屈就做没几件的小加工，腾飞的加工价格要求即使偏高，也总有几家咬牙认了。

柳钧将这种加工的机会当作对新人的培训。由市一机挖来的员工传帮带，其他的基本工从中学习操作中最基本的知识。有些知识跟他们再多次上课，可因为程序死条规繁多，每个新人还未必记得住，可是只要现场一看，再与所学一对照，程序就活了。于是，加工方看到他们的零部件在腾飞受到每一个人如珠如宝的对待。最后到手，拆开严密包装，揭开油纸，里面是光洁的表面，质量绝对符合要求。

这些人，毫无疑问地成了回头客。

凡事开头难，找最先三个客户的时候，柳石堂需要磨嘴皮子，到后来，他只要搬出一句：某某已经在我那儿加工过，你问问他们往后还会不会去我那儿。而且业内也是以各种方式口口相传。于是，渐渐地，开始有客户自己找上门来。口碑，要的就是使用者的口口相传。一传十，十传百，比自吹自擂有效得多。

不仅如此，因为客户对腾飞进口机床的赞美和对腾飞严格加工工艺的欣赏，让那些一直被柳钧鼓动，却心中到底将信将疑的员工在心底生出自觉的骄傲。这种骄傲，成为腾飞最大的向心力和凝聚力。再多宣传，都不如眼见为实。

可这种加工毕竟有限，已经安装好的机床只够饱一顿饿一顿地吃。但即便如此，一个月下来做结算，所得利润已够支付所有人员工资等办公费用与德国设备提供方工程师的食宿，以及一个月来各色备品备件的采购，这一个月，进项与销项居然打了个平手。

柳钧并不以为意，这点儿收入折合成他以前挣的马克，或者是相比腾飞在机床方面倾家荡产式的投资，实在是马马虎虎拿不出手。他唯一看重的是人手的培训，在实践中培训，这才是千金难买的机会。他基本上可以确信，等三个月过去，有一批新手可以被培训成半熟手，可以在熟练工监督下半熟练操作。

而柳石堂却已经很高兴了，这才是第一个月啊，不，安装都才不到一半呢，营收已经能保平，很不错了。柳石堂唯一担心的是儿子的劳动强度，有些奸商实在够无耻，加工拿来，却还需要柳钧付出设计。柳钧寻常哪有时间设计，当然唯有压缩睡觉时间。柳石堂知道儿子大多数时候只够睡足五六个小时，他让保姆多煮鱼肉给柳钧吃，但柳钧却拒绝特殊化，而是将食堂饭菜搞得丰富多样，顿顿免费，荤素不拘，随便吃饱，饭后还有水果。柳钧认定，他要求员工付出加倍的负责，他当然需要给予员工加倍的回报。他希望员工对腾飞保有忠诚，但不会如黄叔等难以操控。

钱宏明再次出差奔波之后，约柳钧尽快见面说话。柳钧不知钱宏明有什么十万火急的事，正好他得来市区亲自做个采购，就顺便拐到钱宏明的公司。到达的时候钱宏明还在外面，柳钧坐等无聊，看见钱宏明办公室挂着两张营业执照，一张执照是不熟悉的保税区公司。等钱宏明匆匆赶来，就将办公室门一关，钱宏明道："我有个办法帮你筹到启动资金，人民币三百万，利息比较高，算下来比银行利率高一倍多，半年，你要不要，数量够不够？如果要，你给我时间表。"

柳钧眼睛一亮，欢喜得拍桌子："三百万？够了够了，我现在已经挣扎着有点儿产出，路子走得比想象的顺……"

"我们之间，你不用客气，需要多少尽管开口，我再想办法。只是利息很高，你得好好算算成本收益。"

柳钧笑道："我不用算，即使借款利息是银行的两倍，只要给足我半年，我也有赚，我坚信我产品的附加值。你看，三百万，差点儿逼死英雄，哈哈，现在彻底放心了。嘿，宏明，你一定要告诉我怎么筹到这笔借款，我得学习，免得又被逼死。我请你吃龙虾。"

"我们先不说别的。据我了解，工业的毛利率能达到10%已经算很好，你确定你刚刚开始运作的新公司真吃得下高利率？说实话，高一倍多才只是我的假设，真正运作的话，我得问你实收，但我不会问你要手续费或者赚中间差价。"

"你？"柳钧心中灵光一闪，"信用证？"

"是的，我注册保税区公司的目的就是为此。但我目前的能量只够运作到三百万元人民币：因为是远期信用证，我还需要上报老总批示，太多不行；我这是第一次操作，我没法学别的高人自己在国外注册公司运作，而得与相熟国外客户联系，以价钱说服他们接受远期信用证，而且事先将货运到我这边的保税区，以便我打出信用证，就可以一天不耽误地提货，卖货给国内的下家；唯一幸运的是，我有国内客户需要这种化工原料的进口，他们的批需求量也就三百万；我的国内客户付款提货，我把这笔款子给你专款专用，你半年时候还我。事情紧急，我只能将几方串起来，串到这个数目，幸好够你用。为你的利息支出考虑，你给我的时间一定要精确，方便我提前运作。这就是我的操作方案。你看可行吗？因为现在还没签合同，两边的具体价格和汇率波动都没法定下来，我没法给你确切利率数字。"

钱宏明两眼精光闪闪，掰着手指一气呵成，几乎是不带喘儿地将这么多信息一股脑儿倒给柳钧。总是声音越说越高，需要柳钧伸手比画，提醒隔墙有耳。柳钧感动于兄弟为他帮忙的真情实意，他也兴奋，兴奋得不行。

"行。宏明，亲兄弟明算账，你得收手续费。但不能多，多了我付不起。哈哈，太爽啦。"

"什么手续费，回头给我家小碎花车一个铁臂阿童木，要会喷气会飞的，独家手工打造。"

柳钧大笑，那可是机器人，他怎么车得出来，钱宏明这是婉转地谢绝他。柳钧感动得不行，紧紧抓住钱宏明的手，恨不得将钱宏明抓起来抡圆了。

钱宏明也非常兴奋，他心中有种浓浓的满足感，他现在已经能够帮柳钧的忙了，多好。这是第一次，他将四方完美地串联起来，每一方都必须是信得过靠得住的人，这样，他的每一步才能脚踏实地，他的第一次才能出师大捷。他知道这是冒险，但冒险绝不是鲁莽，他必须做足准备，将四方串联得天衣无缝。多年的外贸工作经验告诉他，一件看似简单的进口生意，却很可能因为从没操作过而中间出现不可抗意外，他必须将路子从头到尾走一遍，以后……钱宏明有点儿不敢想以后，他现在与柳钧同乐。

这是多么多么快乐刺激的一件事啊。三百万，整整三百万人民币，在半年时间里，由他钱宏明随心所欲地支配。

钱宏明虽然与柳钧同乐，可实在无法不去想那三百万的独家支配权。三百万，现钞拿出来那得多少？一麻袋够不够装？钱宏明眼前飞满十万一扎的百元大钞。

钱宏明很快要忙他的事去，他太忙了，为了解决柳钧的问题，他又出差多日，几乎想学大禹三过家门而不入。柳钧则是开着车子敞着车窗吹着口哨回公司，无比的春风得意。

回到公司，想到早上吩咐下去必须赶紧修好的化粪池盖板不知道完工没有，就下车后捏着鼻子过去看一眼，见已经搬来新的水泥楼板隔好并填缝，他才放心。他以前从来没想到过，管一家工厂原来会有这么多的大事小事，其实行政经理已经够能干，可他还是觉得自己像个大管家，上管头下管脚，方方面面都得照顾到，逃都逃不过，可今天他高兴。

柳钧沿西墙走到办公室大门，见罗庆在门口对着东边探头探脑，他正兴奋着，就一声口哨，提醒罗庆身后有人。罗庆早已习惯柳钧的没架子，但今天还是被柳钧的兴奋惊了一下，忙道："刚才见柳总车子进来，还以为从东边过来呢。我把图纸绘好了，柳总看看有没有错。"

罗庆勤干巧干，唯一欠缺的就是经验，柳钧昨天让他完成一只加工产品的测绘和零件图，本以为罗庆这个不熟练的起码得做上两天两夜，没想到一天多点儿就完成了。柳钧毫不吝啬地赞美："好样的，我看看你今天绘的有几处，春天可是虫子高发季。"

罗庆不好意思地一笑。他原本以为自己大学毕业，画法几何曾是高分，画几个零件图应该小菜一碟，不料第一张图纸几乎被柳钧改得面目全非，他羞愧得差点儿辞职。在柳钧的指点下，他迅速进步起来，手下测绘的零件越来越复杂。

柳钧到罗庆的办公室看图，一看就道："好！我昨天一直在想，你会不会想到取这个剖面，不画剖面图实在很难说明白。"罗庆获得肯定，开心地笑了，是的，这个剖面是他昨晚半梦半醒之间想到的，可以说是妙手偶得。他看柳钧后来没再说，而是拿着2H铅笔和尺子在图上淡淡地做标记，每做一个，抬头看看他。罗庆想明白错在哪儿，就回答一句。一套图纸，还是挑出五处。柳钧拿笔头敲敲图纸，开心地道："非常好，原则性错误已经没了，要是再能减掉这些不规范错误，拿出来的图纸就完美了。"

罗庆看着很快解决这几张图纸，却没比他大几岁的老板，疑惑地问："柳总，你刚开始工作的时候，养了多久的虫？"

"我在车间里泡大，读大学前已经几乎包揽前进厂的图纸，你不用跟我比，别气馁，你已经是神速。"

"是不是安慰我？"

"我这万恶的资本家巴不得打击你，顺便可以克扣你的工资，呵呵。"

柳钧走出罗庆的办公室。技术部的办公室设计特殊，朝南一个大厅，全部是地毯铺设，房间安静清雅。落地玻璃窗正对着稀疏的绿化，光线充足，视野开阔。里面放几张小咖啡桌和一张大木桌，散列的是舒服的椅子，有茶叶和纯净水供应。围绕大厅的是一个个小房间，被大伙儿称作KTV包房，是每个技术人员可以关门独享的空间。如今只有柳钧、罗庆和另一个也是大学毕业才两年多点儿的助工占用包房。

启动资金得以解决，柳钧本来是很开心地想，他要睡觉，他要坦然地好好睡一大觉，睡它个昏天黑地才罢休。可一回到公司，事情处理上了就无法放手。但柳钧还是晚饭吃罢，天塌下来也不管了，关掉手机钻进寝室睡觉。启动资金的问题得到解决，其余的问题都在他可控范围之内。他太感谢钱宏明了，都不知道怎么将感谢表达出来才好，恨不得冲上去拥抱亲吻，可惜钱宏明这个保守分子很排斥同性拥抱。

安装很顺利，早在柳钧意料之中。

培训很顺利，让柳钧有点儿小意外，他爱死了腾飞公司的员工们。

管理很到位，这是柳钧最努力培育的花朵，他将德国的全套制度搬来腾飞，将腾飞的管理培育得如这个工业区的孤岛。这不，他可以越来越放手车间里的管理，抽身干属于总经理和技术负责人的工作。他得继续他那个系列的研究。此时已经不同过往，他自己手头也有了部分测试设备，无须再向市一机求援。但他有前车之鉴，所有的关键数据，他都独自掌握，锁进独享的保险箱。

为了与那些粗仿的系列产品竞争，柳钧在设计中更加殚精竭虑。系列中第一个产品的试制成功给他不少新的启示，他将新得的启示用进新产品中，务求更精、更强、更耐久。这一次，他研究并试制出新系列中的一个产品只用了一个月时间，他将产品拿到母校检测，性能全面超出常规要求。他很兴奋地将产品交给爸爸去推广。爸爸的市场推广能力，比他好上十倍。

柳石堂跑市场的结果不出董其扬所料。正因为市面上充斥质量马马虎虎过得去的仿造品，市场对腾飞公司的精品需求欲不高。然而还是有那么几家是打算做精品的，可柳石堂上门却被三言两语打发，原因是他们不相信国产货。那些买家多的是用国产货的血泪教训：国内公司拿出来的样品是很好的，起初答应的条件也是实在的，可等合同签下，预付款拿到，所有的花样都出来了，总之能按时拿到一半与样品相符的产品已经算不错了。不少公司早已将国产货当作等外品的代名词。

柳石堂想都想不到同样精度的产品这回遇到截然不同的待遇。等被两家公司拒绝后，柳石堂立即灵活地心生一计，决定将自己的职位降格，名片重新设计包装。他十万火急一个电话打到公司，让儿子用德语将新名片翻译好。于是，他下次出发，除了印刷精美的中德文产品图册，拿出来的名片则是中英德三语对照，上面为：德资腾飞制造有限公司柳石堂市场二部经理。为了生意，他自封的自以为很时髦的执行董事头衔都不要了。

果然，名片一换，出师大捷，门容易进了。进门就好办，柳石堂很快说服第一家坐下来跟他们谈具体技术。柳石堂一声招呼，柳钧携罗庆等两位技术人员上场。柳钧在谈判桌上罗列出设计思路与公司条规，一举将买方收服。腾飞公司四个人听到了最滑稽的赞美，这些赞美让他们四个当场忍笑到内伤，回到宾馆则又感慨万千。那几个买方代表一直说，果然不愧为德国全资公司的出品，唯有如此无微不至的规章才有如此完全有别于国产货的制成品。

腾飞厂的产品明明是纯正中国血统，研发和制造全在国内的中国货，却因挂上羊头而被刮目相看，他们全体都很哭笑不得，尤其是三个年轻人，深深悲哀了一把。柳钧已经悲哀复悲哀，悲哀很快淡定，该做什么做什么，罗庆他们两个却是一直议论不休，以工科生的执着将问题往纵深探究下去。

但是，价格果然上不去了。柳钧看到价格长叹，这样的毛利，都无法体现脑力劳动的价值。这个产品若是由一个几名资深技术人员组成的技术团队来研发，恐怕这等毛利都不够支付技术人员的工资。可是他也必须接受这个价格，这就是市场，产品的定价取决于市场。而且，他需要收入，以尽快还掉钱宏明帮他运作来的钱。思量之下，他唯有跑量。

可是，哪儿来的熟练工替他做出产品？当然，只有挖人。从市一机挖，从其他公司挖。挖人并不容易，关键是挖来的人并不熟悉腾飞的高标准严要求，往往手头的活儿还行，但试工第一天的态度就让柳钧不满。柳钧的态度依然很坚决：不要。他宁可慢慢培养完全生手。因此，柳钧的跑量计划无法实现，产能受到严重限制。

因为开始有奖金发出，腾飞员工的收入立竿见影得到提升，而且几乎是翻倍地提高，行政经理拿着这等不菲的月收入再去人才市场摆摊，张榜出去，来的人就多了，应聘的人中，精品也稍微增多。柳钧终于招到一个有经验而且有想法的工程师，然后，又来第二个。工人也是一样。以前只是市场价的月收入让工人不愿约束自己，但是而今高薪当头，即使让不吃不喝纹丝不动打八个小时的坐，都有人踊跃报名。

腾飞的人手越来越充足，终于可以达到三班倒地跑量。钱宏明将所有腾飞公司的出口代理都包了去。这一回，柳石堂什么声音都没了，是钱宏明的义气给了腾飞一条生路，从此钱宏明在柳石堂面前地位平等。这就是现实。

柳石堂其实比柳钧更清楚新开企业借贷启动资金的困难。他虽然跟儿子拍胸保证只要工厂竖起来，民间借贷就可以拿到。但他与他那些老友们的借款谈判谈得很艰辛，很愤怒。唯此，方显钱宏明无条件帮助筹划三百万启动资金之可贵。柳石堂至此才有点儿相信，钱宏明对他儿子还真是有点儿友谊。

正是因为有钱宏明提供的启动资金，让腾飞可以迅速展开业务，取得的低毛利尽管让柳钧痛心疾首，但在其他同行看来却是暴利。借贷人主动找上柳石堂。即使柳石堂行走江湖那么多年，他都还是第一次切身感受到民间资本的强大，竟

然有那么多人委托熟人与柳石堂结识，开口就说三天内一两千万资金保证一次性
到账，唯一需要谈的只有利息。

柳钧跟老爹去高档宾馆听谈判，等他一听借款的利息，就奇道："这么高的利
息，制造型企业谁敢借？"

"你们的毛利，借得起。"借贷人没太多废话，很是沉着。

"短期调头寸还行，长期……我们还不得为利息打工了？借得起也不能借，
我们制造型企业不能借高利贷。"

借贷人依然微笑道："我们绝不是高利贷，我们有良好的金融素质。但大家
打开天窗说亮话，我们也不指望你长期问我们借款，等你拿着我们的钱，用三
个月时间在银行大进大出几回，银行早把你们这些优质客户撬了，哪儿还轮得到
我们？我们只跟你做短期贷款，你们也只需要三个月。我们也只能做银行丢弃的
市场。"

"你应该已经了解过我们腾飞，我们的产品有市场，你借钱给我们的风险
成本较低，而且我们需要长期的借款，为什么你不考虑降低利息，获得稳定收
益？"

"借钱给你们的风险成本确实低，但是做我们这行的社会风险成本居高不
下。"借贷人笑容可掬，礼数周全，引经据典，可就是不肯答应降息一厘。

柳钧与借贷人软磨硬泡，希望以借款时间换利息空间，借贷人终于松口，打
算回家与朋友商量后再给柳钧答复。柳钧清楚自己的财务报表还无法达到银行的
审核标准，此时唯有靠预付款和民间借贷度过过渡期。他的心理价位乃是钱宏明
帮他运筹三百万所需费用折合的利息。

柳钧晚上与钱宏明一说，钱宏明却是非常能理解借贷人的处境。他告诉柳
钧："现在遍地都是沾不到银行一丝光的中小私企，那么他们的流动资金从哪儿
来？唯有问个人借。问个人借有两种办法：一种是直接问亲戚朋友借，给百分之
十几的年利。这种办法不仅辛苦，而且借不到多少，借的同时也得欠一屁股人情
债，过年过节都得去那些亲戚朋友家请安赔笑送礼，总体算下来利息也不会低。
另一种办法就是问专门做这种民间借贷的人借，由他们筹钱给你。你想想他们的
筹款成本和风险成本，再算算他们给你的利息算不算高。"

"他们那么定价是合理的，我却要不起。问他们借贷，我扩大了规模，却没
法提增资产积累……"

"但你现在别无选择，你眼前唯有一条道，就是扩大规模，博取银行青睐。"

柳钧闭目心算一会儿，道："研发不跟上，规模怎么上得去？市场是有限的。"

钱宏明没想到还有这个问题，心说制造工厂的麻烦比他外贸公司更多千头万绪，难怪柳钧几乎每天都给钉在工厂，唯有周末两天晚上才有时间出来。"你说，借款利息可能还可以降低？你估计他们能给你降多少？"

"二点五到二点八分。我希望降到二点五分利。"

钱宏明惊叹："他们怎么做到的？你问过他们资金渠道没有？"

柳钧说不出什么，对方压根儿不可能把最清晰的筹款渠道说给柳钧听。钱宏明想来想去，算来算去，将一杯啤酒摇得泡沫出尽，口感极端苦涩，才道："看起来单纯的信用证操作还不行，还得设法在汇率、进口货物差价上面做文章，扩大利得。你知道吗，只要那三百万一天不到账，我每天盯着汇率变动心惊肉跳，怕最后操作结果让你担负高利息。看起来我还得想想办法。"

柳钧困惑地看着好友，心说还能有其他更好的办法？"把汇率在期货市场保价？可是国内没有炒美元期货的吧。"

钱宏明揉揉脑袋，皱眉道："我得扩大视野，不能在现有进出口品种上打转。起码得往大宗商品上靠。"

"宏明，别……差不多了，别再为我挖潜，不能再给你添累。我只要问高利贷他们借半年，银行硬杠子应该能达到。再说我这儿目前还有预付款和信用证，现在已经能对付了。"

钱宏明点头，但一颗心早钻进牛角里去了，他与柳钧差不多，都喜欢钻研，不过他更多钻研数字。正如柳钧所说，有产品也未必有市场，他有大笔的钱可以自由支配，可也得看利息能不能让人接受。

柳钧没看出钱宏明一刹那的分神，他好不容易脱离一会儿苦行僧的生活，来城里的花花世界泡一会儿酒吧，他将眼光更多地投向进进出出的美女身上。钱宏明好笑地看着柳钧与看上去没有男伴的美女搭讪，他在这方面的胆量和技巧，差柳钧一大截。看柳钧，那脸皮真厚，一脸若无其事就跟人搭上了话，交换了名片。但等最后柳钧光棍一条与他在停车场告别，钱宏明大笑柳钧做了一夜无用功。

柳钧原想周末好好睡一觉，但大清早的，被手机叫醒。柳钧现在最怕非上班时间手机响，一响，就说明有非正常事件突发。而且手机响在早晨才六点多的时间点，更说明事件非同小可。果然，电话那边是工业区派出所的民警，昨晚他在酒吧与美女们搭讪的时候，他的工人们更直接，嫖娼了，当然，正是被抓了才会有民警来找他。

柳钧头痛万分，赶紧奔去派出所处理。等一弄清楚被抓的是哪三个，柳钧更是抓狂，这三个都是他由新手基础工培育起来的操作工，眼下订单紧张，这三个要是被拘留个几天，他还怎么活？好说歹说，他将小时候记忆中老师说的那些大义凛然的话都搬出来用了一遍，以示他虽然年轻，可还是个讲正气有道德的领导。最后派出所开恩，跟他讲了一大通员工管理必知之后，总算每人罚款五千，才将三个灰溜溜的工人放出派出所。

他在车边，对三个工人骂道："没出息的，好好的三个人，工资已经涨得不小，不会好好去找个女朋友吗……"

但没等柳钧将思想工作做得彻底，里面的民警又赶出来道："柳总，请留步，还有件事要请教。"柳钧只得放灰溜溜的三个回去公司宿舍，他硬着头皮打算回去派出所继续听教育。这回却是换了一个管事民警，民警取出一本腾飞公司暂住人员登记簿，指着其中一个人问柳钧认不认识这个人，这个人平时有没有异常。

柳钧几乎每天与工人混在一起，一看就知道。"前个月刚刚应聘进来，为人谨慎小心，干活儿很卖力，不过不大合群，没事都待在宿舍或者在图书馆里面看书，很要求上进。"

民警"咦"的一声，"你们公司那么多人，你都记得住，还是这个人很特殊？你看看，他的籍贯年龄与你平时观察到的有没有区别？照片上的人脸与他本人像不像？"

"我们为了方便员工，专门买了相机给每一个签订劳动合同的员工照大头相，省得员工还得抽空上街拍照，也省得建档的照片规格太花。而且我们行政部一条龙服务，给新进员工代做暂住证和缴纳四金。因此，照片上的人脸肯定是他。"柳钧感觉民警一定是有事才抓他详查，他于是将来龙去脉说得很详细。见民警点头微笑赞许，他问了一句："他是不是有问题？"

"我们怀疑他是公安部上网逃犯，请柳总务必配合调查，这种人在你们公司蹲着，总是一颗定时炸弹。"

柳钧大惊失色，他的公司还有这等藏龙卧虎？他又配合着回忆那位员工的可能籍贯等内容，后来又进来三位民警，四个人一起给柳钧布置任务，让柳钧设法将该员工引到易于抓捕的区域。

柳钧几乎是梦游一般地回公司，都不再有心思教育刚从派出所领出来的三个人。他想都想不到，一家才不到一百个人的公司，居然还会潜伏着一个逃犯，而且看上去还是重案犯。那三个嫖娼的工人还以为老板是给他们气的，都没敢说话，一车人一路闷到公司，柳钧才恍然大悟，让三个人自己守住秘密，别将这种没皮没脸的事情在公司里传播开去。三个人当然没意见，而柳钧的目的则是别打草惊蛇，不让那逃犯知道他是从派出所出来的。

柳钧悄悄留意着那逃犯，等时机成熟，一个电话给派出所，四个民警偃旗息鼓赶来，一举将逃犯擒拿。果然没抓错人。整个公司的人都惊动了。柳钧真是想不到，管一家公司竟是那么辛苦，与董其扬通话，董其扬却告诉他这等事乃是家常便饭。

在柳钧引入民间借贷的同时，钱宏明却最终放弃打信用证的主意，他经过多方调查摸底，无师自通地用数据得出结论，用信用证融资是个不错的办法，但是成本太高，这成本包括实际运作成本、开道成本、堵嘴成本以及风险成本，而收益不彰。收益的高点已经由柳钧摸出大概。他即使循规蹈矩闭着眼睛做生意，都能盖过这等收益。

既然不再考虑那计划，钱宏明盘点盘点分公司成立不到一年的收入，决定为自己换一辆好车，让柳钧帮忙去挑选。

柳钧被钱宏明抓差的时候，正忙得昏天黑地。由于管理人手缺乏，他必须自己赤膊上阵。同时也为了锻炼年轻少经验的技术人员，他调遣罗庆等几个员工监控车间的质量管理。他给罗庆他们几个的任务是，必须从实践中找出质量问题的根源，将问题的处理积累成经验，所谓的实践出真知。

对于钱宏明有关选购什么车的提问，柳钧漫不经心地道："市面上你想买的只有四张老熟脸，奥迪、别克、雅阁、帕萨特，那些参数我不动脑筋都背得出来。你只要拿出一张纸，列出你想要的所有体验传真给我，我准保给你找出一辆最适合你的。"

钱宏明听了深深地微笑，下意识地将左手放到唇边："我想借你一天时间，你陪我去一趟上海，我打算买辆进口的。"

柳钧一愣："钱总……侬准备打出多少预算？进口原装车税高，花翻倍的钱买来的可能还不如国产化程度不高的那四张熟面孔。你要是有特殊需求，等我消闲，我替你改装。"

钱宏明依然微笑："我要特殊化！你说个时间，这个周末？"

柳钧直到放下电话，才后知后觉地想到，钱宏明要的是"与众不同"。他心里冒出GTI、EVO等钱宏明可能吃得消的好性能车子的倩影，但随即在心里一口否定，那都不是"与众不同"的车子。他唯有耸耸肩，等到了上海再说。他将准备去上海看进口车的消息发到本地最热门论坛的车版，不料有好几个人提出跟着他一起去，因为柳钧丰富的改装知识几乎在车版一言九鼎，好几个人希望跟着柳钧去现场领略，也有一两个想买新车的希望柳钧帮忙指点，有位网名"漂移王"的，平常潜水居多，这回居然非常踊跃地要求给柳钧做个长随。

柳钧周五傍晚与钱宏明会合，坐钱宏明的桑塔纳2000去市府门口停车场，与漂移王等三人会合。傍晚的市府门口停车场不再是高朋满座，柳钧一眼看到一辆宝马五系的车子，挂的正是漂移王短信给他的车号。显然漂移王也看到他们的车子，跳出来打招呼。两人见面，都是惊讶，柳钧看清，漂移王居然是申华东。柳钧不禁瞟向宝马打开的车门，嘴里也毫不掩饰地问："没带上余珊珊？"

申华东一脸疑惑，也直截了当地问："余珊珊不是你的女朋友？"

两人都莫名其妙。申华东力邀柳钧和钱宏明上他的车，快而舒服。三个人一上车，申华东就一脚油门踩到底，六缸轰鸣着飞快蹿出去，后面另一辆广本跟着有点儿艰难。钱宏明坐在后面，被申华东的横冲直撞搞得异常紧张，喃喃地道："这儿限速得厉害，别吃一沓罚单回家。"

申华东横一眼柳钧，道："罚单算什么，不能在情敌面前丢份。"

柳钧坐在副驾驶位置上哈哈大笑："漂，我看你漂。最好每一次漂都拦腰挡住广本，哈哈。"

"不许漂，这儿是市区。"钱宏明毫不犹豫地阻止，他很怀疑前面的两只斗鸡还真会漂起来。

柳钧冷嘲热讽："就这胎，也敢漂？让他漂。"

申华东无语，他早知道在车子方面他不是眼前这个网上ID为"螺丝螺帽"的柳钧的对手，他表现越多，被柳钧抓到辫子的机会越多，他只有越没面子。正好钱宏明发话，他顺坡下驴，将车速缓下来，将话题扯开去："螺丝，余珊珊有没有跟你说，她打算三十岁才谈恋爱？"

"有这种事？"柳钧惊得笑出声来，他还是第一次听到这种理由，不过听起来像是余珊珊的风格。

"可能你连听这句话的机会都没有。"

"我跟余珊珊谈这种事情干吗？我跟她见面谈理想谈人生都谈不完。"柳钧也不甘示弱。

"我起码还知道余珊珊是单身，你连她现在什么状态都不知道。"

"喂，两位，你们成年了。"钱宏明不得不在后面提醒，免得两人斗得忘记开车。

申华东却扭头道："我们清楚，不用提醒。"

钱宏明立即笑道："好嘛，这就成'我们'了，一致对外了。"

"哈哈，《围城》里说，这叫同情兄。"柳钧心里挺高兴，笑声分外响亮。

钱宏明坐在后面抱臂听前面两位继续任性地斗嘴，心中虽然非议两人的小孩子气，可没再插嘴。他借着仪表板的微光细细打量车子的内部，再看看前面驾驶者申华东潇洒轻松的模样，越看越是动心，他也想要这样的气派。

一行人半夜才到的上海，到了后都不肯休息，又去吃了夜宵。第二天却个个精神抖擞地跑遍上海车市。人生地不熟，不知吃了多少罚单，还不如全程包出租车便宜。钱宏明果然订下一辆宝马，不过他还真有点儿吃不消五系的价格，最终买了三系的，这期间，几乎没柳钧什么事。柳钧也没太坚持，他已经明白钱宏明要的不是性价比，而是"与众不同"，他只管尽心尽责地将车子试驾了一下，看看有没有问题便罢。柳钧反而与申华东一起将跑车看了个遍，申华东简直是黏在法拉利身上不肯离开。

上海回来，柳钧跳上自己的车子，就直奔余珊珊的家。路上打余珊珊的手机，不通。等到余珊珊家楼下，一眼就看到申华东的车子也趴在那儿。两人见面，会心微笑。申华东告诉柳钧余珊珊不在家，也没开手机。两人友好告别。

但柳钧回到公司，罗庆立即给他一个"惊喜"。罗庆私下递上辞呈，说是提前休息起来，准备应付公务员考试。

柳钧大感不解："为什么去考与专业毫不搭边的公务员？多浪费你的才能。"

"柳总，对不起，恕我很现实。我需要稳定的工作，良好的工资福利，还有立竿见影的工作回报。我耐不住做技术的寂寞，因为几乎看不到独立设计的前景在哪儿。我很气馁。"

柳钧想不到罗庆的理由是这个。他想了好一会儿，才道："可是罗庆，你热爱机电。我还记得你画对图纸时候，眼睛里闪过的光亮。你已经攀到山腰，你舍得放弃？你问问你的内心。"

"我已经思想斗争很多天，除了我自己和柳总，所有人都支持我考公务员。柳总，千般理想，不敌生活万般无奈啊。我等不起。腾飞其实已经给我们够多，可是相比公务员……"

柳钧摇摇手，阻止罗庆说下去，他能理解罗庆的选择。他给罗庆的辞呈上签了字，他反而看到罗庆眼中流露出的失落："去尝试吧，什么时候想回来，我还是欢迎你。我替你可惜。"

柳钧看到罗庆的内疚和罗庆的激动，但是他心里很不是滋味，他柳钧竟然是被选择出局的那一方。他做出千般努力，都不如人们对公务员身份的一个希冀。他郁闷了好久，却更想到，他究竟做出了多少。此时，看到钱宏明一掷千金豪买宝马时心底的一点点刺痛，在柳钧心底渐渐浮起。

柳钧又一次深深地怀疑自己，他究竟在瞎忙些什么。他的公司投入那么大，可是几个月运作下来，他别说是没有买新车的贼心，连平日的开销都一反常态地束手束脚，腾飞的利润哪儿容得他的挥霍。做工厂，除了将产品当猪卖，难道还得将自己辛苦成一条狗？这不，罗庆已经提交辞呈了。社会上有那么多轻易可达成功的行当，唯独不是他的腾飞公司。柳钧怀疑自己是不是走错路了。

钱宏明买宝马车的消息，隔天就传到出差的柳石堂耳朵里。柳石堂一听就爆了，什么，钱宏明那种人凭什么比他宝贝儿子更早买宝马？连他都还开着一辆老奥迪呢。他当即一个电话打给柳钧，道："阿钧，账上有多少现金？"

"够用，高利贷已经有五百万打进来了。爸，什么时候回来，我跟你重新议定一下价格。"

"你拿出一百万，买车去。要买拉出去全市人民都盯着看的好车。"

柳钧好不容易领悟过来，想不到他爸爸也被钱宏明的宝马震撼了。难怪钱宏明一进车市就绝无旁骛直奔宝马，钱宏明早等着这个效果。"没必要，爸爸，只要把腾飞运转起来，我们开拖拉机出门都没人笑话。"

"不行，你以前在国外一个人挣工资还买宝马……"

爸爸的电话也提醒了柳钧，他回国一年半，此时回首当年，真有物是人非的感觉。当年刚去德国读书，手头存下一笔钱，首先想到的是买一辆拉风的二手车，然后所有积蓄都花在改装上。等工作挣钱，更是倾家荡产买下宝马M3二手，真是眼睛都不眨一下。他现在这是怎么了，居然含蓄得开拖拉机都不在乎了。若不是爸爸说出来，他还没留意到他已经变化那么大。

罗庆办完离职手续，抱一只大纸板箱来找柳钧，纸板箱里满满的都是机电类专业书。

"柳总，这些书都是我从上海托同学买来的，我们图书馆里没有，我不带走了。今天整理出来我才发现，我来腾飞一年不到时间里，竟然自觉看了那么多书，比大学读的专业书还多，不得了。"

"可你最终还是选择放弃。"

"是的，我看了那么多书，才发现我这才推开一扇门，门里有前人的经验，和飞速发展的最新科技。我得啃完前人的经验，跟上今天的飞速发展，才能端稳技术这只饭碗。原来技术行业的积累没有大用，很快就会被淘汰……"

"不，机械行业的经验积累非常有用。"

"可柳总，你不能否认在工控、材料、加工技术等方面发展日新月异，我看你每天有空，有时候连吃饭时候都抱着原版书看。这一行，太辛苦。我已经看到，这一行做下去，付出与所得将会永远不成比例，到年老时候还会被冒起的年轻人追赶嘲弄。这一行其实也是吃青春饭，只有三十岁到四十岁是黄金十年，与IT的并无两样。"

柳钧认真听罗庆讲完："我理解你。谢谢你特意来告诉我，你离开并不是因为我公司办得不好，我好过许多。"

罗庆惊讶地道："我们公司在同类企业中已经是最好的，我们都说这儿是理想王国。而且我们都说你是个好领导，除了太严格了一些。"

"马后炮！我送你出去，这儿叫不到车。"

罗庆这一刻有收回辞呈的冲动，可是理智占了上风。他见识到什么叫好合好散，他将腾飞和柳钧都记在心里。

送走罗庆的柳钧却是异常沮丧，即使罗庆行前说了很多赞美，可那有什么用？罗庆最终用脚投票表明了对他和对腾飞的实际否定。柳钧这辈子所承受的否定，加起来都还不如回国这一年多遭受的多。一连串的否定，让柳钧差点儿也否定自己，他是不是真的已经面目全非。起码，他非常不喜欢如今心态沉郁活力欠缺的自己。柳钧竭力想与现状撇清，证明自己依然风流倜傥，便去电勾引余珊珊，约请晚上一起吃饭。不料一勾就中，余珊珊竟然热烈响应。

余珊珊的热烈响应和她明显落力打扮过的美丽，成了柳钧这阵子灰暗心情中的唯一亮色，让他总算捡回一点儿对自我的肯定。晚餐吃得很愉快，余珊珊不矫情，不做作，七情六欲全写脸上，映得两只大眼睛波光粼粼，照得柳钧心猿意马。就在柳钧试图安排饭后余兴的时候，口袋里的手机叫响。他一看是公司车间电话，头皮一下炸了，准没好事。

果然，公司又出事了，而且是人命关天的大事。一位高频焊接工人违规操作，启动前未关闭屏蔽墙，摔倒正好扑在高频头上。即使普通家用50赫兹的电流都可以击死人，何况工业用高压高频电，任何有点儿常识的人一听这种事故就知道意味着什么：死人！柳钧方寸大乱，脑子里唯有一丝希望，那就是工人最好穿着上没有违规，脚上穿的是绝缘鞋。

"公司出人命了，你结账，自己回家。"柳钧给余珊珊扔下一句话和一沓钱，就匆匆夺门而走。局势急转直下，余珊珊目瞪口呆，可一颗心强烈地牵挂起来。

柳钧一路飞车，甚至超越尖叫的救护车。他急得咬牙切齿，妈的，屏蔽墙呢。每天班前会跟他们千叮咛万嘱咐安全等于生命，班后会提醒他们注意休息不要酗酒，都当耳边风，操作上不知手把手纠正多少次，每次都到骂人才有小成，都一个个不拿自己性命当命。屏蔽墙是特别为设备配的，就是怕工人万一撞到什么摔上去，也可以同时减少辐射伤害，可总有人不重视。这下好了，违反操作规程导致工伤——最好是工伤别死人，最后还得公司全额买单。

柳钧赶在救护车前冲进车间，可是一得知前因后果，他气得快炸了。一共三个人中班前在小饭店喝酒，虽然一人一瓶啤酒，可酒精够麻痹安全那根弦。果然，事故不是偶然，原来是酒后上岗。唯一的希望是，伤者一息尚存。

但等他们赶到医院，当值医生检查后通知柳钧，本市医院全部对付不了，唯有送去省城。柳钧只得跟车赶去省院。但即使如此努力，第二天清晨，那位工人还是去了。其间余珊珊来电关心，柳钧一看清号码就掐了。这会儿还哪有兴趣泡妞？

柳石堂半夜接到儿子电话时候，便一口要求儿子，这件事不管人死人活，要儿子回避，由他来处理。柳石堂让柳钧要求医生抽血取证，化验血液酒精含量，复印所有医院单据。然后不管有没有人在省院接手，柳石堂让柳钧立刻离开，不要开口做任何承诺，回公司照管生产。首要保证的是生产不停顿。

等柳石堂大清早包车风尘仆仆赶到省院，死者的亲属还没赶来，而柳钧则已经从行政经理那儿了解到解决办法。柳钧心疼爸爸一夜赶路，可是两人一个照面，他发现爸爸精神抖擞，反而比他更精神。原来柳石堂在车上一路睡过来。

"你还没走？快走，快走。人还活着没？"

"死了。行政老张带家属已经上路，大概再半个小时能到。死者未婚，家里只有父母和姐姐，他是独子，要死……"

"死了？死了一了百了，不像工伤没完没了是个无底洞。老张有没有说有规章可循？"

"有，我们交了工伤保险，因公伤亡职工的丧葬补助、供养亲戚抚恤金、一次性工亡补助金都由劳动局的工伤保险基金支付。但是这位员工喝过酒，可能会被排除在工亡认定之外。"

"千万不能跟劳动局管工伤鉴定的人提起喝酒的事，市面价，人命二十万，不是国家赔就得我们赔。既然死了人，不赔逃不过。我们的工伤保险绝不能白缴。"

"那是才刚工作没多少年的，正当青春，就这么死了，我们私人在工伤基金之外，另外多给十万吧。"

柳石堂两眼往周围一扫，挥手挡住儿子的话头，"这件事我来处理，我不管你愿意给多少，给一百万我都没意见，但这话只能事后提，现在是讨价还价时候，什么都不能说。人心叵测，我们要有打硬仗准备。再说，我们的损失谁来赔？自认倒霉？"

"爸，虽说如此，可别太冷血，毕竟是一条人命。"

"我依法办事。他奶奶的，这事一出，银行刚启动的贷款审核又得泡汤，我们又得多借几个月高利贷，这息差损失谁来赔我们？倒霉……阿钧，工伤很常见啦，你不能婆婆妈妈。"

"是的。但……"

"没有但是，腾飞这是第一次工亡，一切照规矩来，别给以后处理留下高标杆。我会处理。接下来是比谁更无赖，你做不出来。你找人把我业务顶上。你快走。"

柳钧心里非常担心爸爸的处理手段，他可以设想，爸爸会很巧妙地对付死者家属，然后将总赔付控制在二十万之内。他在路上已经打定主意，不管处理结果如何，他个人再给十万，要不然他过不去自己心里的那道坎。可是柳钧又默认爸爸处理这件事的起始态度是正确的，在人与人该如何相处的问题上，他已有前车之鉴——傅阿姨，让他对人性的良知很难有太大奢望，唯有事先做足自我保护。他没有意识到，他在不知不觉间，也对靠近身边的人开始保持警戒。

一夜未眠的柳钧坐上大巴想打个瞌睡，可是怎么也睡不着，工亡员工脸上痛苦的表情一直在他眼前晃动。他不得不佩服他爸爸，别的不提，能一路睡到省城，得多大的镇定。

等回到工厂，看到出事焊机被保存现场，所有焊机之后的后道工序不得不因此停工待料，柳钧心烦得不行，他一向交货及时，按照合同安排的生产向来一环紧扣一环。他不知道焊机会被封存到什么时候，可是交给外加工，他又担心质量跟不上。这是不上不下的一道工序，这道工序坏掉，前功尽弃。

不等柳钧想出主意，调查事故责任的各路政府大员都到了，因为这起事故涉及人命，工作人员个个不敢怠慢，上班茶都来不及喝一口，及时赶赴腾飞出事现场。柳钧只够时间吩咐停工待料的工人趁闲擦拭机器，他赶紧跑去会议室接待，叙述事故发生时候的情况。他将出事工人晚餐喝一瓶啤酒的前事暂时略而不谈。

接下来，是冗长而繁复的事故鉴定。安全条规建立？没问题。安全培训？没问题。日常安全监督？没问题。劳动局的来人有其特有的办事套路，柳钧以不变应万变，腾飞有柳钧问以前的德国同事要来的全套安全防护措施，包括每天的安全操作，也都有专门安全档案记录，每一个经手人全有签名。他不怕查。若是有事故责任赔偿，柳钧相信他的企业可以不承担任何责任，不做任何赔偿。

在场的劳动局工作人员将文字记录一一审核下来，没有发现问题。然后进去车间现场鉴定。他们没等全套进门程序完毕，就笑话说，这个车间是他们见过最难进的车间之一：他们从头到脚的装备全给换了，才被允许进入。柳钧在一旁看着，心里苦涩地想，可即使如此严格，依然不够，除非是设立快速血液测试，以免喝酒嗑药的进入车间，防不胜防。

中饭时间，柳钧毫不犹豫将工作人员拉到饭店吃饭，并且点了一桌高价菜，一条中华烟。柳钧晓得这样的行为与行贿无疑，柳钧也晓得这样的行为是人人必须遵守的规矩，柳钧还晓得如果狷介地不这么做那叫找死，即使他什么过错都没有。果然，大家到了这样大方的饭桌上，言语之间和善宽容起来。有人还说了一句政治很不正确，但实际却又是那么一回事的话。那位公务员说，他这辈子调查了那么多安全事故，有时候无法不用迷信解释一些现象，有些看似绝无可能发生事故的场合或者人，偏偏当事人犹如被鬼使神差着撞上去了，真正是什么理由都找不到。大家都说腾飞的这起事故也是如此，再多防范，也敌不过小概率事件的残酷降临。大家挺理解地宽慰柳钧，事已至此，到底那边是一条人命，唯有耗点儿时间精力金钱，将事情抹平，不认倒霉不行。他们也告诉柳钧，不管腾飞有过还是无辜，程序必须走，该填写的文字说明一件都不能少，该参加的三次鉴定会审也一次不能落下。柳钧答应了。好歹，焊机被恩准开封使用了。

刚送走这一拨，又很快迎来下一拨。死者家属组织能力惊人，很快组织一群人吹吹打打来到腾飞公司，为死者招魂。柳石堂让柳钧退开别管，这种人伦大事，即使腾飞的管理再严，你也不能拦着人家不看看事故现场。但是，其实也在柳石堂意料之中，那帮人进了车间就不肯走了，堵在车间门口，哭声震天地说什么都不肯起身离开。柳钧打电话问派出所那个他曾经协助工作过的民警，这事该怎么处理，不过人家跟他讲，这种事情派出所也不方便出面，最好大家坐下来好生协商解决。

柳钧心急，柳石堂却依然有张有弛，与死者家属中的一名代表你来我往地扯皮。直到柳石堂答应于赔偿之外额外拍出一万元的丧葬费，代表才拉上家属们哭哭啼啼地走了。

不等柳钧松上一口气，车间主任来报，班后会点名，有位员工失踪，那位员工对应的图纸也告失踪，没能收上。柳钧脑袋又是一声"嗡"。多少公司觊觎他的图纸设计，因此他设立了严密的保密制度，图纸落实到人，人在机器边图纸也在机器边，人离开，图纸必须办理移交手续才能拿到出门证。但是今天现场混乱，想不到有人趁机浑水摸鱼了。

柳钧查阅该工人档案之后，唯有报警一途。该工人是外地人，而且家乡是那种老少边穷地区，打官司容易，索偿肯定不易。除非是警察能抓到人，可估计抓到人的时候，图纸也已经被卖了。对于柳钧而言，抓不抓，其实已无关宏旨。但他又不能不报警，其他的工人都盯着这件事的处理结果呢，他处理得太软，下一步估计是层出不穷的图纸失踪事件。他必须杀鸡儆猴。

父子俩说到杀鸡儆猴，两双疲惫的眼睛心照不宣地对视。柳钧将所有有关这名工人的档案复印一份，放进一只透明塑料文件袋里，准备亲自去一趟派出所敲敲桩脚，找以前配合过的那位民警帮忙。柳石堂却抢了儿子手中的文件袋，道："你那种关系基本上不算关系，派不上用场。还是我去找人。"

"是不是找上回帮忙抓傅阿姨的人？"见爸爸点头，柳钧忍不住又问一句，

"傅阿姨出狱了没？"

柳石堂闻言却是一愣："上回抓走是什么时间……哦，差不多一年了，真快。过阵子该出来了。还是你守着公司，这几天准保不太平。那帮人今天刚给打蒙，还糊涂，等醒过神来，该跟我们讨价还价了，往后我们无论如何都得守住，不放一个人进门，否则我们很被动。"

"他们还会怎么闹？今天这样子还不够？"

"当然不够，一条人命，而且是独养儿子的命，他们哪肯轻易放我们过门。现在人死了，他们还能求什么，当然是能榨出多少赔偿是多少。我赶紧去派出所，回头再跟你说。你快去食堂吃饭，吃完赶紧睡觉，你一整天没歇着，我看你眼神已经不对。我出门会关照保安晚上看紧大门，放出两条狼狗巡逻。妈的，倒霉透顶，我们让他害得损失惨重，还得挨他们索赔，好像还是我们的错。"

柳钧也是皱着眉头，跟着他爸出去："算了，人都去了，我们别计较那些。"

"我们这么停工一天损失多少？"

"别提了，我也不想算，这些没法计较了。想开些，爸，你也别太累着，早点儿结束早点儿回家睡觉。"

柳石堂心说，这几天还想早睡？休想。但为了让儿子能安心睡觉，他一个字都不提，只不断念叨着倒霉倒霉，到了快与儿子分手时候，柳石堂才又想起一件事："阿钧，明天你早点儿去庙里拜拜，听话，无论如何去一趟，也替我拜拜，我明天可能没时间。回头我再找和尚做法事。"最近祸不单行，让人无法不迷信。

柳钧筋疲力尽地答应，送走爸爸，勉强吃几口饭，想到他心里有点儿敬佩的董其扬，连忙打电话请教。

董其扬在电话那头轻描淡写地道："我们的遭遇差不多，我这儿前天钢结构屋顶铺彩钢瓦，一个民工失足掉下……"

"高空作业没系保险带？"

"你说事情就这么巧，绑了，但是绑的那根带子竟然会被钢梁锯断。钢结构公司老板被死者的老乡追得失踪，那帮人就缠着我要钱，我怎么可能给？这事情我交给杨小姐处理。你要不要问问她？我看她处理得很麻利。"

"麻利算不算合理？"

"说句没良心的话，遇到这种事，谁心里都不好受。可是公司该承担多少责任，该付出多少赔偿，都必须照着明文规定来，即使最后我想补偿，也只能是私人掏腰包，而不是公司。若是处理过程中稍有妇人之仁，这事情基本上没完没了，看不到结束了。杨小姐在行政工作方面，巾帼不让须眉。呵呵，你该不会是第一次处理这种事情吧？"

柳钧拿勺子将饭碗里的饭翻来覆去，看起来他的心理素质还不如杨逦。"还有一件事，董总，我这儿有位员工趁乱偷了我一份图纸失踪了。请你帮我留意，若是他上门兜售，图纸给你，人给我。"

"呵呵，秦失其鹿，天下共逐之。能否透露，这份失踪图纸有用吗？如果有用，我连夜发信号重金招贼赃。"

"只是其中一只零件的图。但是我愿意私人给你五万，请你帮我以市一机名义设圈套，我需要的是捉住这个人，杀一儆百。失踪的员工可能打死他都想不到我会找你市一机的董总串通。"

"这件事……我愿意帮你，可你知道我的处境比较为难。要么你去找杨小姐，我看她很愿意送你一个人情，减轻一点儿内疚，你看呢？或者我打个电话给杨小姐，让她找你。"

柳钧忙笑道："我脸皮还行，我会自己找杨小姐。谢谢董总，你总是在关键时刻帮我。"

"柳总，我再次声明，我是一个职业经理人，我的职责是升值股东利益，而不是做股东的狗腿子，呵呵。"

柳钧由衷地道："哪天我的腾飞要是能请得到董总这样的人才，我就可以专心我的技术研发了，现在我的时间大部分交给杂务，非常可惜。董总，可不可以预约你？"

董其扬闻言惊讶，以一个资深销售人员的素质很圆滑亲善地道："我很荣幸，希望有那么一天。"

董其扬不过是画了一只虚无缥缈的大饼，柳钧心里却认真上了。

杨逦则是实实在在地给了柳钧一块大饼。杨逦想不到柳钧会直接来电向她提出要求，她当然不会要柳钧的五万块酬劳，但她有要求："希望柳总替我保密，我大哥显然不会乐见我替柳总做这件事。我也不会要你公司流出的图纸。"

"我当然。"柳钧惊讶，他心里闪过的是当初在市一机做测试时候杨逦千方百计偷窥秘密的形象，杨逦而今变得如此道德了？柳钧颇不适应，心里不得不疑神疑鬼，不由得多问一句："请问有什么办法可以联络上我那失踪员工？"

"嘿嘿，你怎么挖我的员工，我怎么联络你的失踪员工。"

柳钧被杨逦说得脸皮发烫，但他心里却是相信了几分。他当初从市一机挖人，除了几个他早就认准的，其余的靠的是他看似漫无目的向市一机的人发布消息。一个老板可以收买员工八个小时的工作量，可是无法收买员工的心，往往工厂有两条平行的消息渠道：一条由公司主导，一条则是工人自发，有时候后者甚至比前者更加畅通。正如他柳钧可以发消息给市一机的工人，想来市一机在腾飞也有渠道，杨逦的消息一传十十传百，柳钧不怀疑，很快就能传到失踪员工的耳朵里。那位员工的失踪，不过是从他柳钧眼皮子底下失踪而已。

"杨小姐，再请教你一个问题，你怎么处理工亡索赔的那些苦命亲戚。"

"你是不是被纠缠上了？"

"我才开始，今天几乎停工一整天。明天还不知道怎样。"

"不知道该说你是运气还是不运气，运气的是开工一年未遇工伤，不运气的是一遇上就是工亡，你一点儿处理经验都没有。我们这么大公司工伤不断，我刚接手时候……"

柳钧听到这儿，正聚精会神呢，忽然电话断了。他一看手机，果然是他的手机没电。柳钧扔下饭碗就跑回办公室，拿座机给杨逦打电话，二话不说直奔主题："对不起，刚才我手机没电。你刚接手时候是不是看见职工的鲜血，首先想到的是不惜一切代价救回员工，并赔偿他们损失？"

杨逦当初在现场吓得面如土色，首先想到的是怎么办，如何回避责任追究。但听柳钧这么一问，她当即收起原本想说的经验："是啊，大概谁都会有这样的第一反应吧。可是事故处理过程中各方站在不同立场纠缠同一个问题，可以拖到一年半载，拖得双方所有人筋疲力尽，最终一定是谁先拖不住谁先妥协。于是我领悟到一点，别把感情因素放到工作上，既然作为资方，就做一个合格的资方，千万别拖泥带水。等你经历过这一次之后，你可以回头再看看我们今天的对话。"

"做一个没感情的资方会不会让其他员工产生兔死狐悲的感觉，让其他员工心中失去对企业的归属感？"

"我认为在现今的社会大背景下，员工与企业之间的关系太脆弱，你不可能将公司建成一个小型乌托邦。"

柳钧从杨逦的表达，联想到杨巡的态度，再联想到市一机工人不肯专心干活儿，说是不愿挣钱供老板花天酒地。这就是极端对立的劳资关系导致的结果吧。但是，他这儿又好得到哪儿去，这不就有人趁火打劫，偷了他的图纸闹失踪吗？想起来还真让人对劳资关系寒心。所以杨逦所言是经验之谈，是事实。"你说得对。我们回到正题，以你的经验来看，我公司这起工亡事故，工亡职工家属未来会提出什么要求？一般你们对工人的赔偿上下限是多少？"

"柳总，我已经跟你说了，我只做一个合格的资方，绝对站在资方立场办事。既然我们遵照规则交付了所有工伤保险，那么保险怎样理赔，我们全数转手给工伤职工。我们只保证绝不从中抽取一分钱的好处，也不与工伤员工计较公司因事故产生的损失。"

柳钧实事求是地道："我目前暂时做不到。"

杨逦不禁一笑："柳总的公司做得好不好？听说业务吃得很饱。"

"还没达到饱和，人手跟不上，流动资金跟不上，到处都捉襟见肘，毛利都交给高利贷利息，一团糟。"

"说什么呢，董总一直夸你，半年就产生利润很了不起。我原先也没看出窍门，董总给我画一张你们公司的资金图，他说你的智商得多高，才能将如此紧张的资金运作得可以维持生产，董总说你能维持到一年，你就胜利了。"

"董总真这么说？董总的脑袋真是好使，他说得一点儿没错。不过请你告诉董总，我已经趁我爸出差在外，把我爸的车子当了赎，赎了当，无数次了，形象并不如董总以为的那么好。"

杨逦听了大笑："有空进城来玩，我再帮你约董总。我跟着董总也学到好多。"

"那么我跟你学吧，哈哈。"

这一回，是柳钧画一张大饼，杨逦微笑了一整夜。微笑的杨逦速战速决，背叛大哥杨巡帮柳钧办事。很快，一个电话打到杨逦的手机。杨逦约定当晚会面地址，便给柳钧电话。可是手机打了两次都没人接，第三次的时候，才有人接起，电话那端传来的是迷迷糊糊的声音。

"杨小姐，这么晚还没休息？"

"晚？才九点。呃，你已经在休息？我跟你那失踪员工约下十点在香榭咖啡馆见面，一手交钱一手交货。你行吗？"

柳钧一听就兴奋得跳下床，问清地址，立刻跳进浴室冲一个冷水浴，睡得稀里糊涂的脑袋才有点儿清醒过来。他开上车进城奔赴现场，将车远远扔在别处，走一大段路只身悄悄钻进香榭咖啡馆。时间已经过了十点。果然，在咖啡馆的角落，那种最适合进行不正当交易的地方，他见到那位"失踪"员工。柳钧扑上去使出浑身解数，将失踪员工降伏，混乱中他装作不认识杨逦，让咖啡馆小二从他口袋掏手机报警。

110警察很快赶来抓人。现场听得柳钧说明情况，他们与工业区派出所通话认证后，将人带走，准备移交。因此柳钧不用跟去做配合，留下来面对杨逦。等紧张情绪过去，困意立即袭上柳钧脑袋，他忍不住打个哈欠，但是哈欠中途变卦，一气呵成变成一只喷嚏。

"对不起，昨晚处理事故没睡，刚才你打来电话时候我正梦周公，拿冷水冲半天才醒过来……"

杨逦立即伸手招呼小二，让煮姜汤来，姜汤没有就要干姜水。柳钧惊异地看着这一切，笑道："你真贤惠啊。"

杨逦脸上一红："没点儿正经，还柳总呢。好了，你回公司早点儿休息去吧。"

"等等，怎么谢谢你？我都没想过这个人能这么顺利逮住，你帮我解决大问题了。你不知道我多激动……"

"那么送我回家吧。每次夜归，从车门到地下室电梯这段距离，总让我胆战心惊。"

柳钧不禁想到第一次见到杨逦，正是从电梯下到地库，杨逦对他浑身充满戒备。他忍不住笑了。

杨逦却是错会了柳钧的笑，她想到的是她有一个晚上醉酒，正是柳钧将她从地库送回家，记忆中的片段要多暧昧有多暧昧。杨逦的脸变得通红，即使咖啡馆的灯光也掩饰不了她的羞涩。她顿足扭身走了。柳钧连忙结账出来，见杨逦坐在已经点火的车子里等他。柳钧不知道杨逦干吗这样，非常想不通，直至近距离看清杨逦眼波欲滴，似笑非笑，他才忽然想到那一次的暧昧，他忍不住放声大笑。

柳钧一大笑，杨逦心慌意乱之下，直接将车头撞向路边一棵树。幸好柳钧眼明手快，一把抓过方向盘，车头擦着树干过去，险险地停在行人道上。杨逦吓得花容失色。

柳钧绕过车头，打开驾驶座门，拍拍杨逦的脸，笑道："别怕，有我。我们换个位置。"

"你不许再笑，不跟你开玩笑。太危险了。"

杨逦被柳钧的拍脸动作闹得脑部缺血，她不愿爬到副驾驶位置上去，想矜持地绕过去，可高跟鞋不听话，也是被差点儿的车祸吓得腿软，出门就摇摇欲坠。柳钧连忙一手扶在她腰上，只是柳钧很煞风景，又是一个喷嚏。杨逦趁机挣开。

但是杨逦上车，见到柳钧放在方向盘上那只很不自然微翘的无名指，一颗心顿时凉了下来。这叫作深仇大恨啊，朱丽叶是怎么死的？

于是变成柳钧一个人唱独角戏，数落着车什么该换什么该修，杨逦有一声没一声地应着，无精打采。柳钧也只好无聊地打喷嚏。等将杨逦送进家门，他看看近在咫尺的自家的门，真想闯进去一头睡倒。可是他还有任务。他硬撑着精神，又是哈欠又是喷嚏地回到公司，给正准备下班的中班职工开了一个简短班后会。他首先跟大家通报一下事故处理阶段性结果，然后告诉大家，携图纸失踪的那位员工刚刚被捉拿归案，等待那位员工的将是牢狱之灾。

从员工们的目光中，柳钧看到了震撼。行，这就是他吊着精神赶回来开简短班后会的目的。他要的就是杀鸡儆猴的震慑力。确实，腾飞不是乌托邦，因此他必须恩威并施，两手都硬。

若是单纯从为人的角度来讲，柳钧并不愿意做这种虚言恫吓的勾当，他宁愿在生活中看到大家都自觉，遇到不自觉的人绕道三尺。可他现在的身份不一样，他现在是个资方，那么他只能收起他属于个人的价值观，做一名合格的资本家。该资本家干的事，他都得干。就像杨逦说的那样。

柳钧死心塌地地睡觉，反正睡与不睡都一样，明天太阳升起的时候，那些预料中的闲杂事情都将如期而至。

然而，柳钧错了。他以为十七八个喷嚏意味着感冒，可是他起床神清气爽，呼吸顺畅，吃嘛嘛香。他以为昨晚被他逮住的失踪员工家属会来公司求情或者吵闹，可他在门房打卡钟边静候良久，不见一个闲杂人等。他更以为工亡家属今天将卷土重来，但是连他爸都惊讶了，大门外什么响动都没有。柳钧问他爸，难道是他们幸运，遇到不世出的好人？既然如此，他们也不能亏待人家，赶紧让出纳去银行提款，将补偿金给了吧。

柳石堂将信将疑，思来想去，按下满怀歉疚的儿子，让再等三天。

柳钧心怀忐忑，生怕伤及好人，只是爸爸信誓旦旦说人心不古。他被爸爸没收了印章，只得去车间布置赶工。回头去派出所就员工偷图纸事件应询，柳钧见到了那位"失踪"员工的家属。

那应该是"失踪"员工的妻子，最多三十来岁的女人未老先衰，更加奇观的是手上拖着两个，背上背着一个，一家总共生了三个孩子。不过柳钧见到手上拖着的两个都是女孩，背上的那个明显是男孩，心下了然。那员工妻子见到柳钧，呆滞的目光似乎亮了一下，掏出一沓纸片递给柳钧，上面有一家医院的病历卡、住院部楼层房号和门诊记录。从那妻子夹土夹白的叙述中，柳钧得知，那一家丈夫中专毕业脑子活络，原本可以在一个小城镇过挺滋润的日子。可是全家上下一门心思生个儿子传宗接代，为逃避计划生育，夫妻两人曲线救国出门打工，千辛万苦终于生下儿子一个。一家五口生活压力巨大，妻子生下儿子三个月后不得不出去上班，请来婆婆照看三个孩子。不料天雨屋漏，婆婆河边洗尿布打滑，摔裂盆骨住进医院。丈夫万般无奈，出此下策。现在好了，婆婆已经被抬回家，妻子辞了工作照顾一屋子的老弱病残，壮劳力的丈夫住进班房鞭长莫及。

处理案子的民警与柳钧听得面面相觑，两个大男人面对老老少少的眼泪，都硬不下心肠。为了调查核实，民警跟那妻子去租房查探，柳钧脑袋一热也跟去。租房是一间村屋，昏暗的室内果然躺着一个面色蜡黄的老太，房间里荡漾着酸臭和霉味。除了老太躺着的那张床，室内再无长物。柳钧想不到自己手下的员工竟能穷成这样子，他还以为他公司的工资已经超过平均工资许多。他和民警从那屋子出来，站在阳光底下都有混进了天堂的感觉。两个大男人只会连连说"作孽，作孽"。

柳钧越想越心软，全身上下连整票带零钞摸出五百多块钱，又折回去交给那一家，他不敢看那一家老小，将钱放在纸箱搁三夹板做的饭桌上就赶紧溜了。至于民警怎么处理，由不得柳钧了，他回到公司一直在想，那一家往后该怎么活，那家婆婆的骨伤又该怎么办。矛盾之下，他打电话给杨巡，告知昨晚帮忙之事的意外结局。他说他已经不打算提起民事诉讼，可是刑事诉讼却由不得他。

杨巡心中了然："你是不是想资助那一家老弱病残？"

柳钧默然，他不情愿，可是又不忍心。

"我只提醒你一点，这种人家是无底洞，又经实践表明是什么缺德事都做得出来的，你当心自找上门去，往后一辈子都赖定你，我这儿有先例，如果你需要，我帮你约我那个朋友出来给你现身说法。"

柳钧无言以对，他相信杨巡说的是真话。好久他才憋出一句，"管理真是一门包罗万象的大学问。"

"岂止是学问，大约人生百科都不如管理复杂。"

杨逦对柳钧可以说是知无不言，恨不得将自己的闪光面都亮给柳钧。她虽然心里矛盾，可挡不住心猿意马，打完电话后思来想去，又找出新的话题，那是一份国际水平的展会邀请函，她复印下来，传真给柳钧，希望柳钧有兴趣一起去。果然，柳钧上钩了，再次来电约定展会前三天通报决定去不去。杨逦于是满心期盼下月那一天的到来，甚至开始策划下个月那一天该是什么温度，该穿什么衣服。

柳石堂对儿子的婆婆妈妈很不以为然，他索性写一张地址交给儿子："这是傅家地址，老婆儿子坐牢之后，那个生严重富贵糖尿病、靠老婆做保姆养活的男人不晓得怎么活，你要么也去送一把温暖？"

傅阿姨的家？柳钧对着纸条看了好一会儿，拿起，撕碎，扔进纸篓，叹一声气下去车间了。相比之下，机器虽然复杂，却要可爱得多，即使是那台刚杀了人的高频焊机。比他更早蹲在焊机边看操作的是新招聘来的工程师孙工，孙工沉默寡言，即使说话也经常让听的人摸不到头绪，思维似乎跳跃得很。但只要是机电出身的人，则都是一听就懂，一听就听得出精髓。柳钧与孙工一见倾心，不管他以前设计的是什么，招来养着再说。

孙工想改造那台焊机，避免有人滑倒触电的惨事再次发生，这个想法与柳钧一拍即合。两人站现场看着操作，设想出几种方案，有障碍式，也有感应式，前者是阻拦人体靠近，后者是感应人体在某个范围之内时，自动切断电源。两人都觉得用后者更加保险，而且后者的适用范围也广，可以应用到其他类似设备。而即使定位感应式，也有各种各样的感应方式，孙工拿着课题研究上了。若换作柳石堂在场，必定会指出这是不务正业，可是柳钧不那么想，孙工有发现的眼睛和思考的头脑，他不正应该好好鼓励吗？

晚上，柳钧进城与余珊珊共进晚餐，为前天吃饭吃到一半逃开道歉。他没将近期公司那么复杂的事情跟余珊珊提起，免得她也伤脑筋。这种事根本无解，还是别拿出来考验余珊珊的态度了。余珊珊以为柳钧因为工亡事故而烦心，饭后陪着柳钧在夜色中散步，逗柳钧说话，可两人对彼此并不了解，当一个人懒得配合的时候，话题便进行得艰涩。柳钧早早送余珊珊回家。他这回没回公司，他被公司的琐事压得有点儿排斥工作，他想在与工作无关的家里好好放松一晚，他希望这是一个没有午夜凶铃打扰的夜晚。

柳钧心事重重，在屋里盘旋半天，最终坐到钢琴面前。他翻出《保卫黄河》的曲谱，但是没几下，声音便凝滞在他的左手无名指下面。柳钧皱了半天眉头，决定无视，不管这个手指弹不弹得出声音，不管弹出的声音高低，不管旋律因此不连贯，他无视，只机械地往下弹。

渐渐地，柳钧心中升起对妈妈的感激，若非当年妈妈几乎有点儿神经质地屡屡将他从运动场捉回，逼他学习枯燥的钢琴，今天他又怎能从排山倒海的音乐中宣泄情绪？

隔壁的杨逦却是从第一个音符听起，站在与柳钧一墙之隔的地方，背着手一动不动听了半天。好几次，杨逦想去敲响隔壁的门，可都是临阵退缩。她只能在心里默默地描画着坐在钢琴边柳钧的形象，想象着那个人的眉头眼梢……

清晨，当柳钧回去公司上班，他和其他腾飞员工一起，被工亡职工的家属们挡在门外。

门里，是柳石堂组织保安和两条跃动的狼狗保卫大门。门外，是花圈和哭闹的家属。柳石堂打手机让儿子离开，怕儿子被家属们攻击。但是晚了，有人认出柳钧，家属们拥上来，尤其是工亡职工的妈妈和奶奶，拍打着柳钧要他偿命，家属们的情绪异常激动，下手越来越重。柳钧却难以还手，因为冲在前沿打他的是老弱妇孺。柳石堂只能眼睁睁看儿子独立难支，无法开门应援，只因大门一开，恐怕那些人冲进来砸的就是设备。他唯有大呼儿子快跑，招呼员工支援柳钧。

等到柳钧终于被职工们解救出来，远远走开，他摸摸发际，果然摸出几缕的血，他的脸好像被死者妈妈抓了一把，而身上究竟挨了多少拳脚，他已经数不清。但柳石堂再来电话，依然是指示儿子离开，不要与那些人纠缠。人死为大，这就是风俗。

但死者父亲操起一只花圈，不要命地冲着柳钧奔来，嘴里嚷嚷他儿子死了他也不让柳石堂的儿子好过，打死柳钧偿命。柳钧打架在行，可他依然无法出手，很快地逃离了。但是他的车子被死者家属砸得惨不忍睹。柳钧只能愤怒地跟身边的工人讲："好吧，原本我说银行贷款批下，我把这辆车子交给你们拆，现在提前了。"

有工人道："到底他们要围到什么时候？没法上班，我们的工资奖金怎么办？"

也有工人道："柳总，你受伤不轻，快去医院看看吧，照个X光。"

业务部统计更是忧心忡忡，"明天有两批出货，怎么办，怎么办，那边又要打电话骂了。"

柳钧到底是血性青年，他揉揉被揍得酸痛的胳膊，准备回去谈判，他不愿如此不明不白地僵持。但是柳石堂又是来电，让柳钧千万忍让三天，体谅死者家属的痛苦。柳钧其实心里也是这么想，将心比心，他能理解死者家属的激动，可是又有谁来理解他这个无过错者的损失。他终于还是忍了，让工人们回家，他在公司外面绕了一圈，跳进围墙。工人也跟着跳进去，做贼一样地进车间坚持生产。

可是人可以翻墙，运输车无法进出。生产秩序依然大乱。

如此煎熬了两天两夜，公司大门被冲得东倒西歪，门里门外谁都累，可谁都不放弃，门外更是似乎红了眼睛。柳钧问爸爸："三天，有用吗？"

柳石堂沉默。于是柳钧甩开爸爸的阻拦，走到门前，对冲过来准备用竹竿子打他的死者亲戚道："你听着，我手中有死者酗酒上班的血液化验证据……"他这话出来，对方立即动作停滞，"根据工伤保险基金赔偿条例，酗酒造成的工伤不在赔偿范围之内。公司好心，一直替你们向劳动局保守秘密，你们再逼我们，那么对不起了。如果需要我们的配合，请今天撤退，否则你们不仅别想从我这儿得到一分钱，你们也别想从工伤保险基金获得一分赔偿。"

那位死者亲戚大声道："你吓谁呢，你……"

柳钧也提高声音："你大声，尽管大声。目前这事只有我们父子知道，你嚷出来啊，让全世界知道。不是我的损失，而是你的损失。"

那亲戚犹豫了一下，回去与众人商量。他们停止了攻势，但依然没人撤退。

柳石堂也火了，他让儿子回来："警察不肯来，我叫黑道。妈妈的，我再也不给他们一分钱，宁可全给黑道。这个规矩不能开，要是有点儿问题都围攻公司，以后公司还怎么开？妈的，当我是面人。"

柳钧没犹豫，也没阻拦，他回头看一眼门外的人们，回去办公室做事。一会儿，他见到两辆面包车赶来，车上跳下手持铁管的十几个男人。很快，门外的男眷们被打得落荒而逃，被放过的女眷见势不妙，也只能扔下家伙逃跑。柳钧在楼上漠然地看着这一切，他的同情心已经被磨损到极限，他没有想法。

公司又恢复正常生产，虽然大家都跟柳钧说，公司已经做到仁至义尽，但柳钧不知道大家心里究竟对此有何看法。死了一个人，对死者家庭而言，是一场灾难；对企业而言，又何尝不是灾难。

不再有围攻，但是死者的母亲隔天又到公司门口，没有任何激烈动作，只是坐在地上哀哀痛哭。

柳钧告诉行政经理老张，钱对一个失去儿子的母亲无用，但钱可以保障失去儿子母亲的下半生。他让老张积极配合向基金索赔，而且要想个办法，让公司以什么正当名义给予那位母亲一定补偿。老张说，干什么赔偿，公司这几天被敲掉的损失已经是五位数。柳钧说，损失早已六位数。老张说，他们过分到了极点，公司上上下下好几个人挨揍，大家还有什么可谈的，一切免谈。

柳钧心里狂叫，我不仅想免谈，我不仅想免谈……但他现在是腾飞的大局。他还得婉转劝慰作为谈判使者也挨了拳脚的老张，他搞得自己血性全无。

钱宏明应约找到柳钧，是在跆拳道馆。他见到柳钧被一个黑带教练好整以暇地打得几乎满地找牙，可他又见到柳钧一次次地站起，顽强与教练对抗。钱宏明实在看不下去，冲进场地拦住。

"你找死！"

柳钧却歪着鼻青脸肿的脸笑："终于痛快了。"

"跟死人较什么劲，看到这种事只有两个字，认栽。"

"我认栽得不能再认栽，可你不知道，人家更爱得寸进尺。我今天终于明白，不仅我爸的办法错了，我的想法更错。以后知道了。又撞一次南墙，算是吃一堑长一智。"

"知道什么？"钱宏明心里认可柳父的做法，可难道柳钧还有更好的办法不成？

"不能说，一说就是政治不正确。"柳钧扶着钱宏明才勉强站起来，与教练道谢后缓缓走出来，"假仁假义要不得啊。"

"究竟还发生了些什么？"

"没发生什么，只是我从这件事上豁然贯通。我把根子挖出来了。既然知道了根子，以后就很知道该怎么做，不会再犯错误。"

"根子是什么？"钱宏明知道柳钧有总结教训，寻找原理的理工科生癖好，非常有兴趣知道。

"闪光的思想还没上升成理论，待我总结两天后告诉你。"柳钧嬉皮笑脸的，刚才冲来与教练对打一顿，打完，整个人这几天来的绷紧全给打没了，"喂，我得去这边冲淋一下，别挟持我。"

"带你去土耳其式按摩。"

柳钧故作一声尖叫，"哦，我是好人，我不去那种地方。"

"别胡扯。"

柳钧不愿去按摩床上耗费时间，硬撑着淋浴贴伤膏，穿一件随随便便的厚T恤出来，总算恢复点儿人样。钱宏明等柳钧上车就道："刚才杨四小姐打电话来问你们公司的事情处理得怎么样了，我让她自己过来听你的理论总结。你这回总共损失多少？"

"一名好不容易培训出来的工人，哎哟，我最心疼这个。你不知道，培养一名规范操作的工人容易吗？简直是一个个手把手地纠正出来。啊不，应该是损失两个，另一个坐牢了……"

钱宏明听柳钧将前因后果一说，奇道："小小的工厂，事情这么多。难怪我几个供货商总是跟我叹苦经，我以前还以为他们为了拖延供货时间唬我。"

"说到供货时间，这回的事情耽误我三天的发货时间，按照合同我以为这下得赔惨了，好在这是中国啊，谢天谢地，甲方今天听说我已经发货，什么意见都没有，还说本来就在收货时间上打了余量。侥幸得不行。这部分预想中的损失免了。我最心疼的第二个损失是银行贷款又得再议了，好不容易银行才伸过一根触角，唉。"

"资金周转得过来吗？"

"乱了，跟银行的通了一下气，答应让我拿私房的房产证抵押贷款。幸好我爸这财主颇老，有点儿私蓄。"

"五十万以内的周转以后不用跟我客气，尽管跟我提。"

柳钧愣了一下，惊讶地看看正专心开车的钱宏明，心想钱宏明得有多大实力，才能举重若轻地说出这么一句来。钱宏明却是惊讶地看着另一个方向，他刚赶到的停车场的另一端，杨逦匆匆下车，大步迈进的姿势说明心中的急切。他推推柳钧，让柳钧看杨逦："杨四小姐很热衷跟你在一起。"

柳钧耸耸肩，不置可否。坐了会儿车子，他反而行动更不便，反正当着钱宏明也不用装好汉，一径吱哩哇啦地钻出车门，拖着脚走出停车场。杨逦见此却是一脸了然，起身亲自替柳钧拖开一把椅子，道："对不起，我忘了提醒你，处理这种事，保安不管用，需要随身带两名保镖。"

"什么啦，他自找的，胆敢挑战黑带教练，给揍得沙袋一样，幸好我及时赶到把他拦下。"

柳钧嬉笑，打开菜单看吃什么。杨逦却是一愣，但随即又是了然，"这才是开始呢，你得准备打持久战，工亡家属逢年过节想起来了，过来烧香哭闹一番，还得想尽办法从工伤保险基金那儿将抚恤金赔偿金抠出来。"

"走程序大约要多久？"柳钧从诱人的菜单里依依不舍地抽出眼神。

"少则三个月，多则一年，还未必给你批下来。总之一次一次的鉴定会议，烦得你最后恨不得自己掏钱，当作公司没交工伤保险私了算了。"杨逦见柳钧惊讶地看她，"不信？"

"可这是政府强制设立的保险基金，以政府的信誉为担保……"问话的是钱宏明，他比柳钧更不明白。

"我凭经验相信杨小姐。杨小姐所说的，也正好符合我总结出的理论。请问杨小姐吃点儿什么？我记得你爱吃醉河虾和水煮鱼头。"

钱宏明不禁在一边挤眉弄眼，柳钧这人浑身都是身不由己的桃花。他等杨逦说了菜名，就自己快速点了塞得饱肚子的菜，打发小二走了。杨逦早追问上了："什么理论？"

"我从正式回来工作起，就发现国内的人非常有不安定感，对周围抱有警戒，做事疑心很重，即使在公园里锻炼，我也是被老太太们不知道掂量试探了多少遍才被解除危险信号。我以前一直不以为然，以为国内经过那么多运动后信任缺失，到今天才知道还有其他深层次的原因。"

偏偏此时先上来一盘椒盐排骨，柳钧当即止住话头先填饱肚子再说。钱宏明笑道："吃相！"杨逦却微笑，将盘子往柳钧那儿推了推。

终于两块排骨下肚，柳钧对杨逦道："先从我跟你大哥的冲突说起。那件事本来很容易解决，法律有明文规定，打官司一清二白。可正是由于政府主导的执法机构的缺位，让我们不约而同自力更生寻找解决办法，不惜动用江湖人士。同样还是执法机构的缺位，像这回工亡家属围攻我公司，我们跟派出所预打招呼，他们竟然说让我们自己协商解决，最后我们不得不也动用江湖人士。正是因为可信赖机构的缺位，所以有的人特别敢做，知道敢做就有大好处可捞，而有些人被迫做出极端的反击手段，结果两败俱伤，最终双方的成本付出都不小，很少有人真正捞到好处。也正是因为不相信机构会保护自己，人们个个都警戒得跟刺猬似的，宁可用不信任来保护自己。我至今签了很多供销合同，买的不敢打预付款，卖的不敢无预付款开工，结果搞得交易成本居高不下，每个合同都预留风险成本，甚至我们的内销报价还高过外销的，异常畸形。这就是我第一点要说的，执法机构缺位导致的高额社会成本。对不对？”

杨逦见柳钧一开头就拿两家的冲突做例子，脸上讪讪的，但听柳钧接下来就事论事，立刻认真地听住了。柳钧的解释，无形中也解脱了少许她心中对柳钧的内疚。她听得连连点头。但钱宏明却不断地将菜盘子往柳钧面前挪，试图打断柳钧，让他好好吃菜，少少说话，只是不成功。柳钧憋了那么几天，满肚皮都是牢骚。

“那么工伤保险的赔付难，是你说的第二个原因？”杨逦最欣赏这种能将事例抽象到理论高度的人。

“是的，你刚才说的工伤保险赔付难提醒了我。社会保障体系的缺位，是我回国后遇到好几件事的深层原因。工人们短期心理严重，抱着捞一票就走的心理，缺乏精益求精的态度。所以有我爸以前企业的员工不是想着如何做好工作，而是想着如何要挟老板，谋取额外收入。我有外地员工急需家用，首先想到的是不顾企业死活，他想到的是个人捞饱了换地方做工便是，因为本地的劳保约束不了他，也管不了他的后半辈子，他无可依恋。还有工亡家属，明明有规定的工亡保险，可是他们不相信依靠正常途径能拿到，宁可相信暴力。你看，社会保障体系的缺位，给企业经营无形中背负巨大社会成本。最可气的是，最受打击的是守法企业，弄不好又是造成劣币驱逐良币的结局。”

钱宏明终于忍不住道：“你的伤膏味道已经很打击我胃口啦，拜托别再调戏政府，没用，只会让我胃部痉挛。”

“刚才是你强烈要求我形成理论，说给你听。”

“问题是你三句不离政府，我就可以断定你总结也是白总结，总而言之两个字：没用。”

“但我只要摸清原理，以后便可以举一反三，避开‘没用’这个陷阱。”

“可惜你的理想主义让你很难将一些事情定义为‘没用’。”

“没关系，一，我皮实；二，南墙是好老师。”

“我替你辛苦死。”

柳钧多的是针锋相对的话，可他忽然没了脾气，塞一口芥蓝止住争辩，只给钱宏明两个字：“你对。”

一直在旁边观战不语做君子，但心里替柳钧打气的杨逦，被这个急转直下的

"你对"搞得也没了脾气。但她思量之下，对钱宏明道："总得让人有宣泄的机会嘛。"

"男人讲究闷骚。"钱宏明点到为止，开了句玩笑。

"闷骚伤肝，我不做闷骚男。但杨小姐，我接下来是不是得被迫闷骚着帮工亡家属办理艰巨的申请补偿手续？"

"不，你只要闷骚地挑拨工亡家属自己去纠缠工伤理赔人员就行。"

"柳钧不忍心的，别看他被工亡家属刺激得想杀人，等一觉睡醒他又是糯米心肠一个，南墙撞不死他。"

"不要刺激我。"柳钧无奈地看着总是揭发他的好友。

杨逦微笑道："柳总让公司出面，可能还不如家属不要命地纠缠有效。"

钱宏明笑道："看，理论用于实践了没有？举一反三了没有？"

杨逦正色道："钱总同志，今天不适合说这些。"

钱宏明依然笑道："你别以为柳钧是气球，他没那么娇贵，信不信他转身就在女朋友面前神气活现。"

杨逦依然面不改色："柳总跟女朋友真不容易，这么千山万水地隔着……"

"早不是了。"柳钧随口胡诌，"你还记得余珊珊吗？你们市一机出去的，我前阵子公司开工告一段落，千辛万苦联络到她。"柳钧终究是对杨逦有所保留，不肯将与余珊珊一直有所交往的底细透露出来，免得杨巡怀疑上余珊珊。

"她……她……她很漂亮。"

"谢谢。"柳钧不再多说。钱宏明也闭嘴。在钱宏明看来，柳钧最薄弱的环节乃是处理人际关系，杨巡的妹妹惹不得，不过他的帮忙点到为止，多则无益。

"女朋友不反对你打拳吗？跆拳道究竟怎么分级别的？"杨逦很快就恢复镇定，若无其事地引开了话题。

钱宏明餐后送柳钧回公司，两人在公司门口看到死者的父母愁眉苦脸地守着一炉三炷香。钱宏明要柳钧直接进去公司，柳钧在车内看了死者父母一会儿，摇摇头让钱宏明将车开进公司。既然对方不可能承认他们的儿子作为成年人而不懂自保是自己找死，而他也不可能承认他作为工厂主必须尽到幼儿园阿姨的保护责任。那么即使未来情绪平静下来，彼此也没什么可谈的。

这一周，简直是柳钧的劫难，看到他的工程师们围着他的破车拆得热火朝天，柳钧都提不起参与的兴致，他唯有用电脑般的脑瓜子计算着企业每一道环节的成本，设法通过进一步优化工艺，以进一步压缩成本，赢取可怜的利润，还高利贷的利息，弥平死人事故造成的巨大经济损失。他原本设想降低售价，掠夺中间市场，扩大产能，现在不可能实现了，他的资金计划因事故而再度与银行失之交臂，他唯有在束手束脚的煎熬中等待。

周日，柳钧想换个生活方式，好好散心，便征用公司采购的皮卡，装上切割好的不锈钢管与工具，约余珊珊一起去儿童福利院。他上次去的时候细心观察到那边的楼梯有墙壁没扶手，大门的斜坡和台阶也没扶手，福利院多的是腿脚不灵便的孩子，他打算帮忙安装。余珊珊照例是一约就成，她喜欢与柳钧在一起，她是美女，多的是拒绝追求者的经验，却少有爱一个人的经验。她不懂矫揉造作，欲拒还迎之类的腔调，还想自己坐公交过来工业区与柳钧会合呢。

可福利院的院长对于此类破坏整体观感的行动不肯贸然答应，柳钧惊奇万分地看到院长打电话请示去了。在余珊珊给小朋友们指导作业，柳钧爬上爬下打扫卫生的当儿，宋运辉、梁思申夫妇带着儿子可可匆匆赶来。夫妻俩听院长一说，都觉得挺好，是个周到的好主意。于是柳钧被阿姨们找出来开始安装，院子里另一个成年男性宋运辉理所当然地卷起袖子给柳钧打下手。宋运辉只自我介绍姓宋，也不端架子，尽力做一个好帮手，柳钧便当作不知他是谁，该做什么做什么，该说什么说什么。他的骄傲让他不愿巴结杨巡的后台。

宋运辉不免看到柳钧那枚僵硬的无名指。但见柳钧将焊机、切割机、冲击钻等工具使得得心应手，便估计柳钧这枚手指是玩机械玩伤的。他本能地喜欢这个小伙子处处表现出来的一丝不苟，他也是个工程技术人员，他也喜欢较真儿，即使眼前这种看似不重要的活计，他也愿意配合柳钧测量楼梯斜角，根据斜角按着计算器精确计算接口位置，并根据柳钧指示用切割机割出不锈钢管接口处的斜角。因此他们两个根据计算切割出来的管子安装起来不需要现场修边，看似精工细作了，其实速度并不亚于那些毛手毛脚的。

柳钧本来对宋运辉的印象非常差，那种给杨巡当后台的人，那人品该多下作，可实际接触下来，他的看法改变不少。等院长亲自过来请他们去吃中饭，他忍不住由衷地道："老宋，我回国一年多，真正无须督导、工作中自觉始终保持认真态度的人，见识到的还不足十个。你太稀罕了。"

"不到十个？"宋运辉几乎是重新打量了一下柳钧，"抽样人数多少中的不到十个？"

"我喜欢你提出的问题,大多数人可能直接答复我'这么稀罕啊'。我因工作接触的人数超过一千,也就是说,比例还不到1%。"

宋运辉想了想,道:"差不多,就这比例。"

柳钧想不到宋运辉的话这么少,可是看样子又不是摆架子。倒是梁思申见两人进门洗手,对柳钧微笑道:"对不起小柳,食堂不搞特殊化,我们跟孩子们吃一样的饭菜,不在意吧?"

"没关系,我不挑食,好像珊珊也不挑……"

余珊珊从一边冒出来,笑道:"梁姐说的真正意思是我们跟孩子们吃一样多的饭菜,小朋友吃一碗,你不能吃两碗。不在意吧?不在意吧?"

"传说中有不吃饭光干活儿的田螺小伙儿吗?记得只有田螺姑娘。珊珊田螺姑娘,你就别勉强冒充人类装吃饭了,你的那份我做做好事替你吃了吧。"

宋运辉看这一对你来我往地调笑,跟妻子道:"小柳做事很认真,想不到也挺会玩。"

梁思申看出柳钧是个容易说话的人,等大家各自取饭菜坐下开吃,她问柳钧:"小柳,你们工程师是不是经常会在工作中遇到人身伤害?"

"这儿?"柳钧伸出左手无名指,既然他们问了,他不打算隐瞒,"我算是个不错的工程师,本来我挺骄傲工作几年下来,全身还不见一块因工作留下的伤疤,结果回国没几个月就在杨巡手底下破功了。这是他想教训我,指使人做的。"

"杨巡?那个开集贸市场的杨巡?"梁思申追问的时候,宋运辉却旁观不语,觉得柳钧与他第一次见面就告杨巡的状,太过巧合。

"是的,杨巡的市一机侵犯我的发明专利权,被我上诉到法院,他动用政府机关逼我撤诉。那是第一回合,当时我愤懑得爬山去了,正好遇到避雨的你们。但我当时太年轻气盛,气不过杨巡自认为理所当然的侵权,在国内又不能依法讨到公道,我给买他产品的两家国外客户发律师信,导致客户拒收,杨巡损失惨重,才会拿我手指出气。"

"那帮流氓还打断柳钧两根肋骨,害他在床上躺了整一个月。"余珊珊不知道眼前男女与杨巡有瓜葛,说起来比柳钧放得多,"连我去医院看柳钧都得偷偷摸摸问同学的同学借护士服,怕被杨巡眼线看见。什么叫为富不仁,杨巡是最好样本。"

宋运辉听得脸上变色，他大致清楚杨巡这个人很不循规蹈矩，可如此无法无天却还是第一次听说。若柳钧也不是个好东西倒也罢了，可他凭阅历认定柳钧这个人算得上是个好青年。但宋运辉当然不会表态，反而是梁思申道："我认识杨巡好多年，对他为人大约清楚，你们能说具体一点儿吗？"

余珊珊不满宋梁夫妇看上去没什么强烈同情心，尤其是对她喜欢的柳钧没同情心，而又有点儿居高临下的态度，强硬地道："我们不会找杨巡的朋友击鼓鸣冤，不需要杨巡的朋友做仲裁。柳钧有能力解决他自己的问题。"

"敌人的敌人不一定是朋友，敌人的朋友不一定是敌人。对不起，小余。"梁思申尽量微笑，对柳钧道："难怪后来好一阵子没见到你。"

敌人的朋友虽然不一定是敌人，可柳钧也不指望他们是朋友，而且他很认同余珊珊的骄傲，伸手与余珊珊紧紧一握，余珊珊眉开眼笑。"我自己创办的工厂刚启动，新手上路，诸事事倍功半，恨不得变成千手观音。栏杆其实早就切割好，可一直抽不出时间来一趟。"

"是不是太认真，凡事亲力亲为，不放心交给别人？"宋运辉问一句，凭的是他的亲身经历。

"最先是这样，后来紧抓培训工作，用知识和制度约束工人行为，我才渐渐给解放出来了。最初放不开，新招工人的态度普遍比较浮躁，我若是放任他们设计马虎一点儿，工艺马虎一点儿，操作再马虎一点儿，质检再马虎一点儿，最终产品就差得没边儿了。我制作了很多牌子，到处挂，上面只有一句话：保持始终如一的态度。所以见到老宋的态度，我跟见亲人一样，稀罕啊。吃足苦头才更觉稀罕。"

"悟性不错，方向也抓得不错。做技术的抓管理，常常会抓错地方，不懂抓大放小。"宋运辉点头肯定。

"老宋的口气怎么像当官的？"余珊珊继续反感有人在柳钧面前充权威。

"老宋本来就是官，东海集团的老总。"柳钧跟余珊珊解释的时候，见梁思申瞪着他，解释道："我恨杨巡，不高兴跟你们有瓜葛。"

宋运辉被柳钧和余珊珊搞得有点儿糊涂，看余珊珊瞪着他的样子，不像是作假，可柳钧真的不是设计与他接近吗？梁思申奇道："我们被杨巡背书[1]了？"

柳钧耸耸肩，默认。余珊珊依然口无遮拦："你们难道不是？我从分配来这

1　背书：本义支票背后的签字或图章，后引申为一方为另一方做背景支持。

个城市的第一天起，就知道宋总是杨巡后台。当然，没有红头文件，你们可以赖账。"柳钧听余珊珊一说便开始笑了，他第一次觉得没遮拦也是好事。一直笑着听余珊珊说完，最后补充一句："赖不赖账，都是既成事实，难道还发书面声明否认？"

宋运辉被两个心直口快的年轻人说得无言以对，扭头跟妻子道："我们看起来得为背书章承担责任。"

"我们没有讨伐的意思，我跟杨巡的妹妹杨逦还是经常通电话的朋友。既然梁姐问起，我一向不高兴撒谎，说就说呗，也没太见不得人。总比被人误会我是因滥赌才断指的强。"

宋运辉在柳钧的坦荡面前，反而收起刚才的怀疑，自觉地相信起眼前这个大男孩说的每一个字，相信柳钧并非刻意找他告状或寻他难堪。梁思申快人快语："我理解你，我也吃过杨巡一个大亏。怪我先生，他认识杨巡的时候，杨巡才初中毕业，已经肩扛起失去父亲家庭五口人的生计，其吃苦耐劳的精神让旁人动容，我先生对他的印象从此先入为主了。对不起，柳先生，我先生有责任。"

柳钧吃惊，他想说不用道歉，余珊珊已经抢在他面前："我觉得你们不用向柳钧道歉，你们也已经够倒霉，名头被杨巡拿去扯虎皮大旗，杨巡那种人什么都做得出来，他心里没有忌惮，底线极低。跟这种人吧，沾边都不行。"

柳钧忙替余珊珊解释："不好意思，珊珊也是杨巡手底下的受害者，她在杨巡那儿工作的时候，因为大学刚毕业有一年试用期限制，辞职会被退户口退档案回学校，她被杨巡要挟使美人计，非常侮辱人格。她是个做技术的女生，接受不了丑陋的事情，期满一年立刻辞职。"

宋梁面面相觑，心说难怪这女孩说话忒冲，原来也是对杨巡深仇大恨。还以为杨巡如今成家立业，家大业大，也开始做起慈善，那些下三滥的事肯定已经收敛，不想……柳钧和余珊珊就是明证。可可与小朋友一起吃好饭，拿着饭盆子过来得意地让父母验明正身，说明他吃饭有多乖，一桌四个大人才暂时放下这个话题。

饭后，宋运辉继续配合柳钧干活儿，两人都没再提起此事，不过聊了不少各自工作方面的思考。柳钧初掌大权，多的是问题，可是他并不怎么看得上他爸的经验。眼下当然抓住宋运辉问个没完。管理，若非亲历，有些条规事先抓破头皮也未必考虑得周全，需要的除了经验，还有思考。宋运辉言简意赅，正合柳钧脾胃。虽然柳钧的话十有八九是提问，但阅历丰富的宋运辉已经从中看出柳钧的为人。

装好栏杆，宋运辉提议去看看柳钧的工厂，柳钧却提出公司谢绝闲杂人等，不愿破坏公司的工作气氛。对此，宋运辉倒是理解，他也不喜欢公私不分。于是梁思申带着可可，送余珊珊回城，宋运辉跳上柳钧的车子，跟去腾飞公司。公司门口，不免见到依然守在门口的工亡死者家属。对此，宋运辉见怪不怪，做企业的谁若没见过这等阵仗，便算不得满师。柳钧解释了此事，但等宋运辉说起他们行业的意外事件，柳钧唯有目瞪口呆的份儿。以为他的安全观念已经足够，不料还有更讲究的。

宋运辉是个行家，虽然不属于机械行业，可是见多识广，又是基层技术出身，自打走进车间，他便从角角落落发现精心考虑设计的痕迹，而那还属于硬件。他更欣赏车间内各类物品的有序摆放，他只要抬头看看行车，低头看看设备布局，便能推知那些摆放位置都是经过路径计算，这份用心已经难得。更难的是，工人在工作中对这份用心的维护，由此可见车间内一丝不苟的管理，这才是难中之难。不过宋运辉心想，工厂小，管理相对容易。

等站到研发中心大厅，宋运辉道："你刚才不是一直口口声声解释资金不足吗？这儿投入够大。"

"硬件投入其实是有度的，软件投入才是没底。虽然我最近被一些事搞得焦头烂额，账面资金捉襟见肘，但下月的展会，我依然准备包车组织全体研发人员去看，去见识，去扩大视野，去拓展思路。而且我打算建个中心机房，建立一个大大的数据库，包括测试数据库、标准件和非标件图库等，以后调出来就可以用，用起来就顺手，少走弯路，多用巧劲。其实投入都是有产出的。"

"我的投入经常遇到员工培养出来便辞职的问题。你怎么解决这个问题？"

"我有一次拿着劳动法和实施细则研究了一整天，发现没有办法阻止人员流失，也几乎很难有办法追讨赔偿。我是工厂，有实体，搬不走，凡是风吹草动有罚款有官司，全部可以将我一逮一个准。但是我追讨个人赔偿却很难，官司可以打赢，执行却是个难题，没有司法系统配合的追偿行动，投入追偿成本可能还高于赔偿额。即使追到了……"柳钧不禁叹一声气，将前儿发生的前员工偷图纸案件告诉宋运辉。

宋运辉摇摇头："我已经麻木了。说起来我的人大多数是给私企挖走。"

参观出来，外面已是晚霞满天。宋运辉想了想，对柳钧道："让你为福利院做那么多事，中午没招待好，晚上我在豪园请客。我让太太先过去，你也喊上你女朋友。"

"对不起，宋总，我不同杨巡媾和。谢谢你费心。"

"纯粹吃饭聊天儿。"宋运辉不由分说，推柳钧上车。但柳钧没叫上余珊珊，那豪园是什么地方，那是杨巡的老巢，余珊珊那性子会闯祸。他是男人，兵来将挡，再大损失也就肋骨手指，可是余珊珊女孩子不一样，有些事女孩子承受不起。于是宋运辉也便不叫上太太。

如同杨巡进豪园，宋运辉在豪园也是得到超等待遇，但是与杨巡受全体簇拥的热闹待遇不同，宋运辉异常低调，只有一位领班陪同，领班一路上就把谁谁在，在哪个包厢等情况清晰告诉宋运辉。宋运辉听到杨巡在，就吩咐一句："他不用过来。"

柳钧看着这一切，心说还真是纯粹吃饭聊天儿。两人坐下就谈技术问题，谈的是宋运辉最感兴趣的国产化问题。但柳钧不知道的是，宋运辉在豪园吃饭，还是第一次提出不要杨巡过来敬酒陪坐。因此杨巡听得领班传达，好奇上了，想方设法问清楚宋运辉请的是谁，领班不知道，他就要领班形容来人的长相。领班只能一次次地借端菜机会，将见到的柳钧面貌形容给杨巡，可惜杨巡心中搜遍达官权贵，没一个长相符合领班形容，因此杨巡很怀疑来人可能是来自上面。

好奇心害死猫，杨巡耐心等待宋运辉那边包厢饭局结束，他站角落偷偷张望。他当然见到柳钧。他见到与不喝酒的宋运辉吃了两个多小时饭的人居然是柳钧，那个他想也想不到的人，杨巡当场脸色变了。他原先从杨逦那儿得知柳钧与梁思申关系良好，只以为不过是普通的认识，杨巡最忌惮梁思申，当时虽然对柳钧坏他钱财之事恨之入骨，可也只能悬崖勒马。而今天柳钧与宋运辉单独会面长达两个多小时，杨巡又知道宋运辉是个疏于饭桌应酬的人，这其中的关系就有点儿费思量了，杨巡甚至猜不出这两个人怎么会凑一起。

更让杨巡称奇的是，他追踪出去，见两人又在停车场站住说话。

其实两人说的话很简单，宋运辉很诚恳地跟柳钧说："我只是企业界人士，虽然是国营，可毕竟只是企业，什么背书作用没那么大，你们不要太放心上。"

柳钧到此时已经很感动了，忙道："早已经不那么想了，非常对不起，以前误解你，宋总。还有个问题……"

两人站在停车场又说了几句，才散场，柳钧上他的农夫车，宋运辉跳上司机给他开来的座驾，各自走了。柳钧此时才想到，以前见到电视里那些老百姓被领导握手时候那个激动，他还很不屑，今天他也被平易近人又有真才实学的宋运辉搞得很感动，再加上宋运辉站高看远，把他过去所看现在所思的许多疑团一一解开，他今晚是恨不得对宋运辉掏心掏肺。经过宋运辉的指点，他在回家路上，对新产品的开发又冒出许多思路。

但杨巡不等看到两人散场，就接到梁思申的电话。梁思申在电话里笑嘻嘻地道："又在外面应酬？每天花天酒地，把两个孩子扔给太太一个人料理，很不好嘛。"

听得梁思申的态度这么轻松，杨巡不禁悄悄收起疑虑，笑道："你是不是哄可可上床，终于有空打电话了？"

"是啊，那小猢狲精，每天不知哪儿来那么多精力。杨巡，跟你求个人情。"梁思申根本不玩那种不说是什么事，先要杨巡答应的那一套，而是直截了当地道，"以前我曾爽快地不计本息地退出股份，我请求你现在还我一个人情，退出豪园的股份。明天我让秘书送支票给你，数字你看着填。顺便把相关文件拿给你签字。答应吗？"

"为什么？"杨巡立即想到今晚宋运辉与柳钧的会面。

"不为别的，我从来反对韦嫂与你合资。杨巡，你是个非常好的商人，可你不是一个好的合作者。而今我谢谢你把大哥韦嫂他们扶上马走一程，在这里站稳脚跟，但合作必须到此为止。当然你可以找宋提出抗议，否决我的提议。但我希望你跟我私了，我要过河拆桥。"

梁思申越是直截了当，杨巡越是无言以对，他在梁思申面前前科累累，底气严重不足，唯有赔着笑脸道："太突然，我一点儿准备都没有。让我想想，想想……"

"好，总之我明天把支票送过去，你自己填。饭店相比你其他生意，性价比实在太低，你以前多次提起，我无数次当没听见，这样对你不公平。宋那儿……你最好别让我好事多磨。"

杨巡非常有冲出去揪住宋运辉的冲动，可是他听着梁思申的电话，却不敢动一根脚指头，眼睁睁看着宋运辉上车离开。可他依然赔着笑脸道："我还是想问为什么，不可能只是你说的那些原因。"

"只有这些原因，杨巡，我何尝跟你撒过谎？选择合作者，意味着为彼此背书。你这人滑头滑脑，呵呵，我没法为你背书，我更不愿被你背书。这就是我始终反对你和韦姐合作的原因。"

"开饭店不同于开公司，需要应付的方方面面非常多。你最好问问韦姐的意见。"

"结束合作后，我如果有麻烦请你帮忙，你不会不帮吧？"

"那是，那是，而且你在本市哪儿需要用得着我，多少人想帮你还帮不上呢。"

杨巡结束通话后，久久缓不过气来，他相信梁思申做出结束合作的决定后，他即使找宋运辉挽回，也挽回不了多久，宋运辉别提对妻子多千依百顺，枕边风一吹就做墙头草。他只是狐疑，为什么梁思申今天才做出决定，真是扶上马走一段，走到平稳的原因吗？这理由倒还真解释得通。但是为什么梁思申不愿宋运辉知道此事？杨巡满腹疑团，但他忍不住默默打量整个饭店，梁思申此言既出，他相信，他保有此饭店的日子到头了。梁思申已非当年青涩丫头，其锋芒，他在买下市一机的时候已经领教，他不用多作妄想，等着明天收支票。

只是，今天不管柳钧此人与宋运辉会面是否巧合，他不敢恨梁宋夫妇，只敢迁怒于柳钧。他唯有安慰自己，这饭店消耗他大量精力，又没有多少收入，早该放弃，放弃得好。只是，杨巡也想到，饭店给他提供靠背的树荫，这才是他入股饭店的真正原因，梁思申终于出手收回去了，梁思申终究是记恨于他，不会那么容易原谅他。一名高干子弟岂是那么容易得罪，杨巡再次为自己年轻时候的无知后悔莫及。

但是好在他杨巡而今也不需要靠着这树荫。

杨巡与老板娘韦春红打个招呼，回家去了，他唯有接受这个事实。

柳钧带着与宋运辉交流后得来的启发，与公司技术人员连续开会三天，提出新的研发方向。当然，研发就得投入，投入便意味着花钱如流水。柳钧每天将钱掰成两半花，对于出纳递交的预算，他总是无比心痛地取舍，要用钱的地方太多，而钱太少，他唯有将买车的计划一拖再拖，资金重点投入到研发和生产。

可是每天总有这样那样的意外支出流水一般地产生，需要柳钧拆东墙补西墙地筹钱。这不，出纳当月缴税回来，带来一张通知，说是普及电脑开票，所有一般纳税人企业都要配置专门电脑、专门打印机，安装名为航天金穗的税务软件，配置并培训财务人员，以后所有增值税发票和报税都要用这种航天金穗软件处理。柳钧一算，航天金穗的软件加硬件合计三千五，培训费和一年维护费一千五，为此专门配置一台电脑，大约六千，购买一台指定的爱普生LQ-1600KⅢ

打印机又是一千，为了税务的一个华丽转身，柳钧得合计支出一万多。

企业要开，增值税发票不能不开，就像职工档案必须放到人事局或者劳动服务中心，公司就必须缴纳两处的协会费，并订阅强推的杂志；公司产品要出口，他们也得在海关和商检分别缴纳两处的协会费，并订阅强推的杂志。这种费，柳钧将此设为社会成本，不能不交。交，唯有企业节衣缩食。

因为财务的电脑操作水平不佳，柳钧自己跟去看金穗卡究竟怎么安装怎么用，一看之下大怒，三千五买来的是一张简单的插卡，和一份非常落后的DOS软件。在微软已经推出界面非常友好的WIN98的今天，这种DOS软件而今即使倒贴都没人要，可是企业却必须花比买WIN98正版软件高的价格接受它，花大钱接受培训以使用它，而且安装培训金穗软件的公司态度非常蛮横，完全不是做生意的态度。柳钧感觉其中猫儿腻极大，就一个电话打到纪委公布的廉政电话投诉。可是纪委当天就回电告诉他，这价格非该国税局决定，也非本市国税局能够决定，定价来自上头。纪委态度非常公开及时，柳钧唯有嘿嘿以对，对节衣缩食得到的高价DOS软件无可奈何。

好消息是，经常周旋于交际场合的钱宏明来电欢快地告诉柳钧，传言杨巡退出豪园的股份。钱宏明以自己的经验推测，杨巡这种人不管盈利或者稍亏，肯定愿意竭力保留在豪园的股权，借此以为某种跳板。如今退出，而豪园依然生意兴隆，说明一种可能，杨巡被宋总难看掉了。柳钧顿时想到他与宋运辉的交流，心里感动，他相信宋运辉原本是被杨巡的花言巧语蒙蔽了，果然，这不，宋运辉行动了。他心里充满感谢，说明社会上好人还是不少。他哪知道宋运辉此时正尴尬地为着妻子的一个快刀斩乱麻式决定做着事后修补。

02

豪园的股权变动，当然也被申华东父子看在眼里。

似乎满城的人都在关心豪园的股权变动，应酬的饭桌上经常有人以此作为话题。柳钧带着窃喜率工程师们去上海看展会，本来约定一起去的杨逦和董其扬大约是受杨巡退出豪园的影响，先后取消行程。柳钧一行五人开着柳石堂的车子去上海，在上海住一夜，将展会的角角落落都摸一个遍，第二天连夜赶回公司，回来已是凌晨。

第三天起得较晚，柳钧几乎是下意识地先走到窗前看一眼公司大门口的动静。令他吃惊的是，门口除了横七竖八的条幅依然零落地悬挂着，每天几乎是跟着出勤钟点守在大门口的工亡职工家属却不见了人影。虽然那些家属自打柳石堂叫人打砸后不再哄闹，也不再影响公司人员车辆的正常出入，可是今日的不见人影却让柳钧神清气爽，说不出地轻松。

柳钧想通知老张将大门口清理一下，不料老张又被叫去开会审议那个工亡事故了，看起来事情远远没完。柳钧直接通知到保安，才知原来前天开始，家属已经散场，原因是亡者母亲心力交瘁，不敌风寒，病倒了。柳钧好久无语，主要是不知道该说什么。他能理解亡者母亲的痛苦，他只要想想他妈妈去世时候他心中的痛。他想做些表示，可是前车之鉴，他不敢轻举妄动，唯有保持沉默，让自己显得冷血。

下午，廖工来找柳钧，进办公室就掩上门，表情显得很神秘，甚至一脸心虚。这几个月下来，柳钧与几位当家工程师已经熟悉，了解廖工话不多，是个本分人。柳钧不知道廖工像是犯错一样地坐在对面吞吞吐吐干什么。

"廖工，如果很不方便说，要不写下来，我看完就当着你的面撕掉。"

廖工依然是欲言又止地"嘿嘿"了几声，才道："告密这种事，我一直以为很小人，可是……这事也可能是我太敏感。展会上我遇到一个老同学，老同学正好认识孙工，他很奇怪孙工降低工资收入和原来待遇来我们腾飞工作。同学说，孙工在原公司的时候，老板非常重视非常抬举，似乎不该……"

柳钧不禁惊讶得趴到桌上，"孙工原公司叫什么？"

"隆盛，这家的产品，有些是模仿我们的。"

隆盛！柳钧知道这家，柳石堂将业内模仿他家产品的名单都传递给他，其中就有隆盛。难道，孙工，那个他总是以为侥幸招到的优秀工程师，来得并非偶然？

柳钧从不会纯洁地以为世上只有市一机杨巡觊觎他的图纸，因此他也采取了很多保密措施，他的安保部门绝非只看门防盗那么简单，保密是安保部门的重头戏，即使这样，依然有职工会趁事故浑水摸鱼，将图纸偷渡出去。可若是有人用几个月时间拿着他的工资耐心卧底，将设计精神吃透，然后传递出去，他想不出安保部门有什么办法杜绝这种事。感激地送走廖工，柳钧关在办公室里拼命回忆孙工的一举一动，看能否找出蛛丝马迹。可思来想去，他想不出那么热爱技术的孙工有什么不妥之处。柳钧在办公室里吓出一身冷汗。

他从数据库调出孙工的档案，看到简历一栏里，孙工并未注明曾在隆盛工作。唯此，才更有鬼。

柳钧不敢耽误，直到车间里才找到孙工。见孙工自己动手在安装一个部件，柳钧知道那是什么，就是孙工跟他提起过的感应器，以探测人是否在安全范围内作为设备通电的依据，以免高频焊机事故再次发生。一个工作如此主动细致的人，会是潜伏偷技术的人吗？若孙工心里只藏着偷技术那种短期行为，有必要为腾飞公司的安全生产花费额外脑力吗？或者，孙工正是那种优秀的间谍人才？

孙工见柳钧皱着眉头看他，奇道："我认为我的设计是没问题的，柳总不觉得？"

柳钧依然皱着眉头，他现在理解廖工来见他的时候的神色了，面对有点儿技术狂倾向的孙工，有些小人之心的猜测还真难说出口："孙工，我能不能打断你十分钟，我们去篮球场说几句话。"

孙工说走就走，拍拍手与柳钧一起走出车间，神情异常坦荡，柳钧怀疑自己要是遇到这种情况，一准先做贼心虚。

工作时间，篮球场上空空荡荡，秋日的艳阳照得场地白花花的，天却是越发冷了。柳钧请孙工在场地边坐下，道："孙工，你以前在隆盛？"

孙工这才吃惊起来，抬眼看了柳钧好一会儿，才道："对的，你终于还是知道了。这件事……咳，我真没脸说。"

"孙工，我还是希望你跟我直说。别对我太不公平。"

孙工犹豫了好一会儿："隆盛想要你的技术。老板原先派别人来，可你看不上，没录用。正好当时我手头的工作告一段落，老板求我出马，说我肯定能被你录用。我很不情愿，这不是偷窃吗？可是我不来也不行，老板太志在必得。我本想来做几天就回去交差，说没办法偷。但几天做下来，我挺喜欢这儿的研究氛围，目前工资虽然不高，可这儿你懂行也重视，研发资金投入大，做事有盼头，我跟隆盛老板坦白我不回去了。这事，左右不是人，没脸跟你提起，也没脸再回去见隆盛老板。柳总，你要是怀疑，尽管开除我。别担心，我有地方去，我在业内还有点儿名气。这种事不能光听我一个人说的，我这个当事人说的不能作准。"

柳钧张口结舌。那么，他敢凭孙工一面之词，相信孙工吗？

"我们已经合作了半年多，我们的新产品一直经过你我等人的手研发出来，我们配合得越来越默契。研发时候的思维方式可以与人品画等号，我相信你。听说这个怀疑后，我非常不敢相信，我决定先不做任何外围调查，而是直接问你，希望你不要见怪。今天你的解释虽是一面之词，但我相信我们半年多相处下来的感情，和你半年多来的人品表现。如果说是在留你的问题上赌一把，我相信我赢面很大。这件事我们到此为止，你不要有心理负担。"

孙工点头："这种事只有看来日方长，谢谢柳总信任。柳总，既然这事说明白了，我索性跟你提一个疑点。隆盛老板很不满我留在这儿，他觉得这是赔了夫人又折兵，很没面子，他在想办法让我在腾飞待不下去。柳总最好查查消息来源。"

柳钧几乎晕了。告密——反告密，事情看来越来越复杂，这下廖工也有嫌疑了。究竟还要不要信任？

钱宏明听闻详细说明后，也无法做出判断。若是寻常人等，柳钧还可以找个借口不敢用，可廖工与孙工都是公司技术栋梁，柳钧在这两人身上投入巨大，两人也是细水长流地持续产出，岂可对两人轻举妄动。可问题是眼下此事非同小可，腾飞资金紧张得犹如细细的琴弦，再经不起风吹草动，他柳钧敢轻易交付信任吗？

连钱宏明都为柳钧感慨上了，国内制造业想做科研创新，还真不是一般的难。大环境太恶劣。

柳钧憋闷得不行，还什么都不敢做，唯有再去打拳，找教练对打，打到趴下为止，才连滚带爬地回家，睡一觉恢复正常。谁让他是老板呢？既然做了老板，当然只有全部担着，跟手下哪个员工叫屈都不行。

可是廖工孙工两人怎么办？他该不该再找廖工谈话，让廖工口头保证事情并非如孙工所指责？柳钧即使用中学当班长的经验都能知道这样不行，这么做是唯恐天下不乱。柳钧唯有赌一把了。他赌素来对两位工程师人品的理解没有出错。如果真有出错，他只有认栽，谁让他眼光有问题。他也赌在工业区内前无古人后无来者的，占销售额10%的科研经费投入能让顽石点头。

可是，不能不敲山震虎，不能坐等亡羊补牢。正好检察院上门，就有关上回事故时期那职工浑水摸鱼偷窃图纸之事调查取证。检察院需要了解的是盗窃的案值，量刑将以案值而定。

一边是偷窃图纸员工家中一屋子老弱病残，一边是公司一只只疑似蠢蠢欲动的手，可昨天与孙工的对话，让柳钧毫不犹豫地选择保护自己。他告诉检察院的同志，他曾经将那套图纸卖了多少家，合计卖了多少钱，他有发票为证，而这还是价值的部分。连检察院的同志也禁不住说，那偷窃图纸员工的案子大了。

与检察院同志的交流，柳钧特意放在公司小会议室，参与的有老张、做会议记录的办公室秘书，及配合查账提供一手证据的出纳，可谓人多口杂。因此，消息很快就传了开去。继上回柳钧火速擒拿偷窃图纸员工归案之后，这回柳钧毫不留情重拳配合量刑，又在员工中引起巨大震动。所有的人都看到，眼前有一条触不得的线，触之，连书生柳钧都会杀人。这叫作底线。

申华东不知为何找到柳钧。他约柳钧晚上去慕尼黑酒吧喝啤酒，柳钧正有个技术难题没解决，谢绝不去。申华东最恨柳钧总在他面前领先，似乎总想昭告柳钧是胜者，一气之下开着车子赶来抢人。赶到腾飞见柳钧是真的穿着白大褂钻在实验室忙碌，他才心理平衡，心平气和地等柳钧做完事，也不让柳钧吃点儿东西，载上人就出门去。

柳钧见申华东西装革履，笑道：“我不记得有多少天没穿带扣子的衣服了。看到穿得一本正经的人还真有点儿不习惯。”

申华东趴在方向盘上等电动大门徐徐拉开：“跟你谈正事。”他见大门缝隙足够，就一跃冲了出去。不料黑暗中忽然斜刺蹿出一个人，拦在申华东车前。申华东连忙刹车，幸好车速还没上去，车头险险地顶着那人的肚子停住，车子里的两个人全吓出一身冷汗。惊魂未定，却见那人退开几步，趴在地上连连跪拜。申华东的车窗紧闭，只见大灯照射下，那是一个女人，女人似乎高声呼喊，车子里的两人却听不出那女人讲的是什么。

柳钧等那女人再次抬头，终于看清女人是盗窃图纸员工的妻子。申华东被吓得一颗心乱跳，不禁骂道：“他妈的，我最恨有些人动不动又跪又拜，一点儿骨气也没有。柳钧，怎么回事，是不是上了人家不认账，被人找上门来。”

柳钧按住申华东打算降车窗的手，冷冷地道：“绕过去。”他相信，一准有无数目光正看着他对女人的处理。

申华东不出声，前后看看，猛一下后退，又在戛然刹车声中险险地擦着女人而过，冲上直路。听耳边一声“帅”，申华东得意地道：“你做得到吗？”

“根据目测，通道比你车子宽三十厘米，除非新手才绕不过去。”

"问题那女人会动，好，我倒回去，你来。"

"得了得了，我做不到，行了吧。快去吃饭，饿死了。"

"怎么回事？那女人，是不是给开除出厂的？"

柳钧耐心解说，但才说到三句，就被申华东打断，"知道了，这种事全世界都一样，他们能弄得好像是你在犯罪，你偷走他们的家庭幸福，他们最无辜，却从不想最先伸出肮脏的手的是谁。犯事了才想侥幸撞到一个傻总放过他们，犯罪时候倒是想什么去了？"

"你常遇到？"

"三天两头。我那儿是劳动密集型企业，几个厂区加起来近万的人，每天按下葫芦又起瓢，什么事都能发生，你那算得了什么。不信我们晚上说完事找个厂区宿舍悄悄去围墙外守着，准有浓妆艳抹的半夜翻墙回宿舍。她们白天上班，晚上三陪，据说这叫搞三产。偶尔白天突击检查宿舍区，还能抓到做中班的在浴室卖淫。眼睛鸽蛋一样了吧，哥们儿随便露两手就能震死你。我回国原本想扭转公司的不文明局面，先从抓厕所浴室入手，给厕所浴室安上隔断和门，给工人们保留点儿隐私，结果最后只好全拆了，劳民伤财。这事害我被人笑话至今。"

柳钧岂止惊得两只眼睛跟鸽蛋儿似的，更是嘴巴犹如塞进一只无形的蛋，张成一个"O"字："偷核心技术的中层管理员有没有？"

"废话，你看看全市，那么多类似我家的公司，那都是谁开的？设计人员做熟了，单飞自己开设计室去了；销售员把路跑通了，单飞自己开小厂去了。公司有什么他们拿什么，跟自己家一样方便。"

"你那么大方？不追究吗？"

"有些能追究，要不动用执法机关抓进去坐牢罚款，要不私刑，天涯海角都不放过，无非是杀鸡儆猴。可不少是无法追究的，更有日久生情下不了手的。你以后慢慢会明白。"

柳钧好久无语："以前老是指责我爸管理不足，真自己动手才知道不足的是自己。"

见柳钧收起趾高气扬，申华东也开始实心实意："差不多的，我学MBA回来，一套套理论能把我爸驳得哑口无言，结果只要一个月，厕所浴室隔断造了立刻拆，我就意识到我脱离实际了。你不会回国一年多还没意识到吧？"

"意识到了，可意识跟行动很有一段距离。你晚上找我谈什么？"

"跟一个农民合作，被一个农民使劲拖后腿，你说是什么滋味。"

"杨巡……你指他是农民？"

"小农意识。"申华东不屑地说，"眼里只有钱钱钱，只要能挣到钱，让趴地上学狗叫都会干，这种人怎么合作？不瞒你说，你只能看到市一机目前很堕落，我们还有窝火合作的房地产项目。彼此理念不合，我们想做成一个样板工程，在本地房地产界树起一座丰碑，让市民说起好品质的房地产公司，首先想到我们。他不考虑未来，竟想每幢楼下都设商铺卖更多钱，不管是不是临街，不管小区从此无法封闭。单是为一个预案，我们就相持不下拖两个月，我们考虑索性买下他的股份，可担心他狮子大开口。所以今天我是想找你合作一起拖垮市一机。"

"搞垮市一机让杨巡巴不得尽早脱手？好办，银行利息，借给我一千万，我准保一个月内将市一机主要利润业务全拿下，让市一机一口都吃不到。"

"你趁火打劫。"

"不是趁火打劫，是互惠互利。我分析给你听，你不晓得我眼下资金有多紧张，只好每天在心里幻想天上掉下个一千万，我就可以怎样怎样对付市一机。"

"呃，会不会我们合作结束，你因此强大了，从此每天压市一机一头，市一机再无出头日子？"

"以市一机的底子，我想压市一机一头，是不可能的。可如果市一机找死做我的产品作为主要利润源泉，那么，只要我有资金，我不会让它有活路。我只要稍降价，客户都奔我来，毕竟我的产品性能更好质量更优，客户都会算综合账。"

"可是，我凭什么信任你，拨出一千万巨款给你？你能拿出什么样的实际保证？"

"我的人品。"柳钧拍胸。

"我要看你的财务报表。给你自己看的那套报表。"

"不给看。我还担心合作结束，你调转枪口开始对付我呢。你家大业大，我怎么吃得消？"

"你有点儿魄力好不好，我把那么机密的事跟你说了，你还不信任我？"

"过河拆桥的多了，何况你我是情敌。嗯，我会保守秘密。"

"那么你换个角度考虑，为了一千万流动资金，你如果问银行贷款，你给银行多少资料，你也得给我多少资料。"

"不要偷换概念。我和银行不构成竞争，我和你，只在杨巡一件事上站同一阵线。"

"死结！行，我另想办法。"

柳钧想不到申华东迅速结束话题，一点儿不给他讨价还价的余地。他急得想放弃意气，找个借口抓回话题，可是又开不了口，两人之间还斗着气呢，不能让申华东太得意。于是，两人找地方AA制吃了一顿晚饭，又去酒吧各买各的啤酒，就是不再议论此事，只谈汽车的改装。

正好钱宏明与朋友也来慕尼黑酒吧，干脆两队人马凑在一起。申华东上回与钱宏明一起去上海买车，跟钱宏明这种小商人不对脾胃，懒得敷衍，趁钱宏明上洗手间的当儿，与柳钧耳语："他难道不是你小时候的忠实跟班？"

"怎么可能。他成绩一向数一数二。"

"跟班和成绩无关，我的跟班常给我写作业。有没有兴趣跟我一起抓爬墙三陪？可好玩了，我每遇郁闷时候就干这事。"

"走。"柳钧少年心性，与申华东一拍即合，他最近总做矛盾而违心的事，正烦闷着呢。钱宏明想不出这事有什么好玩的，不肯跟去，但大包大揽地帮两人结了酒账。申华东斜睨钱宏明，觉得此人傻到透顶，放着他申华东这样的金猪不杀，居然杀自己。

听得柳钧会拳脚，申华东大喜，决定去一处更隐蔽的地方埋伏。两人将车子停在半路，将手机设为震动，徒步从大路拐进厂房外面一条有点儿荒废的机耕路，穿过高速公路下面的涵洞，眼看公司围墙在望。忽然，有两束雪亮手电光射来，照得两人睁不开眼睛。两人左闪右躲，光束也跟着他们晃动，闪躲中，两人见到暗处似乎有不少人头晃动，心中意识到不妙，开始一步步往回退出。

却听得对方忽然有人喊了声："是阿东，没事，是阿东。阿东你怎么会来？"

"搞什么鬼。"申华东这才敢放下遮在额头的手，开口说话。最先敌我不明，他怕被亡命之徒认出，在这种叫天天不应，叫地地不灵的地方被杀金猪了。等手电光移开，申华东的眼睛适应好久，才看清站的人是他早年的玩伴，现在不大在一起了，也有个有钱爸爸。见老友一双眼睛一直狐疑地扫柳钧，申华东道："我朋友柳钧，我们来看看我公司外围。你们忙你们的。"

那人看看柳钧穿着，伸长脖子与申华东耳语："梭哈，玩一把吗？玩大的。"

申华东摇头，拉柳钧沿原路返回。柳钧一边闲着的时候却见到草丛后面晃动的脑袋中似乎有杨巡的。等两人退出机耕路，回到车上，柳钧才问："一帮人在做什么？这么神秘，还有专职把风的，看着像打手。"

"赌博，大赌。近期风声紧，市区宾馆不敢收容他们，赌瘾熬不住的只有来这种地方赌。"

柳钧恍然大悟："我仿佛见到杨巡。"

申华东则是一脸鄙夷："看样子你是全市屈指可数有点儿钱却不赌的白兔。"

"远有拉斯维加斯，近有澳门，来这儿偷偷摸摸多没意思。你也玩？"

申华东这才收起鄙夷："那帮人赌瘾犯了呗，澳门再近，到底也不能当天来回。嗯，看起来我联手你的计划可以死心报废了，杨巡一定看到我们。"

柳钧闻此，心里有点儿失落，可也只能认了。

03

天越来越冷，不过腾飞公司的生意越来越火，柳钧将所有利润全部投入再生产，不舍得自己消费。他太缺资金，因此他只好每天与采购抢皮卡开。

圣诞期间，开发区外商投资企业协会组织座谈会，区主要领导和分管领导悉数出场，以示对外资企业的重视。柳钧原以为这种会不过是露露脸拍拍手，什么用处都没有只是白浪费时间，本不想去，但柳石堂提醒儿子，这种场合贵在认识人。柳钧进场找僻静地方坐下听几句后才知，这种会议有用，会上领导们讲话比较切合实际，而且是很有针对性地跟在座外企主管们宣讲政策变动，未来发展等等。会上还有几个外商现身说法，讲他们在本地发展的体会。当然是粉饰太平的多，可也能听到不少合用的。当场也有外商跟在座政府机关人员提出不满。

柳钧基本上还是个管理新人，坐一边只有听的份儿。座谈会开到四点半，大家休息会儿，等待稍后聚餐的时候，柳钧才有空回开会期间进来的电话。

老张在电话里心急火燎地告诉他，那位偷图纸员工的妻子得知丈夫肯定判刑，而且判得不轻后，竟然抱起宝贝儿子跑了，不见了。扔下两个还小的女儿，与病残在床上的婆婆。那婆婆想不开，爬出门去跳河自杀。等人发现时候已经晚了。现在河边说什么的人都有，怎么办？

又一条人命！柳钧一口气不上不下噎在胸口，只会瞪着身边的大圆柱子发愣。

老张继续道："那边村里打电话来要我们公司去收尸，去领养两个小姑娘，我跟他们说，与我们无关。"

"对。"柳钧一口无名火上来，掐了电话。这都什么事，他不管，那些人就闹到他头上来，他一管，那些人就家破人亡。那工亡员工的妈妈还在病着呢，现在又添两个孤零零没人照顾的小女孩。柳钧不敢想，进去餐厅赴宴，可是坐下又觉得这简直是朱门酒肉臭、路有冻死骨的最好写照，烦闷之下先行告辞了。

柳钧又去了跆拳道馆，被打得屁滚尿流地出来。回家拖着腿走进电梯的时候，发现很巧，电梯里有从地库上来的杨逦。杨逦见柳钧这个样子，以为他在外面打架吃亏，连忙问要不要去医院治疗。柳钧想到杨逦是明白人，就将心里的郁闷冲杨逦倒出来。说到后头，柳钧心里实在放不下那两个被母亲抛弃的小女孩，杨逦陪柳钧去租屋看看。

开着杨逦的车子，柳钧忍不住问："我是不是很倒霉，公司才成立一年多点儿，就发生那么多事情。"

"很正常。只是你心软，有些事情被你放大了。"

"可是死人啊。"

"人家自作孽，你也兜着？我倒是想看看你以后怎样收养这两个小姑娘。别说我没警告你，有些事情最好别沾手。"

"谢谢。我可以派人将两个小姑娘送回老家去。"

"我还得提醒你一件事，你那个等待判刑的员工……人吧，一般很少会自我反省，得知他家破人亡，你说他会不会怪罪到你头上，出狱后先找你报仇？"

"有这先例吗？"

"不排除有人反社会。"

柳钧无言以对。正好余珊珊电话进来闲聊，柳钧才想起今天说好要利用他好不容易进城的机会，两人见个面的。他被公司的事情搅浑了，连忙道歉，说正赶去公司处理前员工母亲自杀的事情。偏生这个时候杨逦插了一句嘴："小心，红灯，别光顾打电话。"

余珊珊疑窦顿生，她心直口快地问："咦，你车上是谁，你不是说你那儿是和尚公司吗？什么时候招秘书了？"

"不是秘书，是市一机的杨逦小姐。我回头跟你说，这件事让我很心烦……"

"可是你公司的事与杨逦有什么搭界的，她为什么跟你在一起？你说地址，我也要去。"

"对不起，我已经很心烦，你别闹我了。"

"你心烦可以找我，为什么找她，你们不是死对头吗？为什么，为什么？"

柳钧不愿被杨逦看好戏，说声"对不起"，挂了电话。余珊珊这下更生气怀疑，不断打柳钧电话，柳钧索性关了手机。杨逦在黑暗中背过脸去微笑。柳钧心说这什么跟什么啊，都还没跟余珊珊说个"爱"字呢，就被管上了。这人怎么这么一根筋。

终于在黑咕隆咚的农村小道上摸到那家租屋的门，柳钧见到门上铁将军把门，先是松了口气。然后是杨逦挂着笑脸问左邻右舍，得知有亲戚过来将两个小女孩领走，柳钧才终于放心。

回来路上两人一路闲聊，话题不绝，两人至今已有不少共同朋友和经历，聊起来比较轻松。柳钧将杨逦送到家，想了想，也懒得去找余珊珊解释，拖着被教练打得浑身是痛的身子赶紧睡觉。

于是，元旦，小年夜，柳钧约余珊珊，不得。柳钧也无所谓，不得就不得，他再约别人，说实话，他挺不愿与玩不起又假装很会玩的女孩子接触。却不知余珊珊与他憋着一股气，一直牵挂着他。可柳钧一直不给电话，美女到底是生气了，再也不肯主动了。

2001年

01

千禧年年底的时候，市区又开了一家股份制银行，原先四大行与信用社垄断江湖的局面渐渐崩裂。新来的银行自然难以撼动大国营银行的地盘，必然灵活机动地另辟蹊径，寻找遗珠堆里的成长型企业发展业务。新银行初来乍到，但除了一个上层，其他人员基本上就地取材，就地从国营银行挖角。从同学那儿获知新银行降临的消息，柳钧便盘算上了。柳钧而今已经学会一个诀窍，那就是别贸然上一个全然陌生的门谈对他很重要的事，以免一开始便以严肃地互相警戒拉开序幕。

柳钧通过同学朋友，辗转联系上新开张银行的信贷人员，通电话交谈良好之后，才上门拜访。因已有三分情面在，彼此沟通非常良好。尤其是柳钧的财务外包，做账的是会计师事务所，因此财务报表的可信度自然也高了几分。从报表上看，很显然的，腾飞成长性良好。

新开张银行办事效率很高，初步审定之后，便来两个人到腾飞实地查看。现场自然是没说的，柳钧陪同的解释更是让银行职员很是意外。不过眼下腾飞规模不大，他们转一圈不用多少时间，便走了，约下晚上一起吃饭。

令柳钧惊讶的是，很快就有两家私人融资来电接洽，愿意降低利息借款给柳钧。可私人融资利息再低，比柳钧现在千辛万苦谈下来的还低，也不可能与银行贷款利率相比。柳钧只是很奇怪，那两家私人融资怎么知道的他，又怎么会清楚他公司业绩有成长性。但无论如何，在春节到来之前，柳钧看到前路显现曙光，那曙光是金晃晃的有点儿俗气的铜钿色。

晚上，柳钧请银行信贷人员吃饭，饭后K歌。等曲终人散，一群人都已醉醺醺，大家勾肩搭背地称兄道弟，言语之间，柳钧得知他的贷款这回将极有把握。他也得知，原来前儿两个私人融资是眼前这两位银行人士介绍。往往他们能替企业从银行获得贷款，他们取得提成，便罢；若不能，而企业又是他们看好的，他们就卖情报，他们手头多的是自己撞上来的企业，又能看到一手的资料。

柳钧反正也见怪不怪了，他已经习惯大家的职业道德。再说他现在真开心，还计较什么？银行贷款啊，多么难得，虽然第一次可能只有三百万，可他们不是说了吗，有第一次就有第二次，挂上钩了，未来只有越钧越多。柳钧太需要资金了，若是能把他自己卖了换钱，他都愿意。每天束手束脚、拆东墙补西墙地工作，还连新车都不敢买，他已经快窝囊死。

贷款可能得逞的喜悦需要与人分享，他知道他爸爸一向是昼伏夜出的主儿，即使出差也不可能影响他爸爸的生活规律。果然，他爸爸的电话一打就通，一通就听到背景是花天酒地的声音。

柳石堂听柳钧讲贷款审批的前前后后，连忙道："赶紧准备现金，封两个红包，分别送。也可以送一个，问他摆平整个审核程序的人要多少，一起拿给他去分。"

"看上去……好像……不用给红包。股份制小银行这方面还行，只可惜额度不大。"

"是不是你不愿干？可惜我一时三刻回不来，只能大年夜赶回家了。也行，春节时候我去拜访他们。挺好，这下流动资金又活了点儿。这样吧，你赶紧趁年前把一部分高利贷还了，还可以少付一些利息。"

"我打算一步来，明天就去找高利贷，谈春节假期半息，谈春节后降息，他们这半年也捞够了，我们该过河拆桥。如果谈不成，我们换一家高利贷。"柳钧又把跟新找上门的两家私人融资谈话内容汇报给他爸，完了补充一句，"其实小银行贷款利率上浮幅度不小，加上贷款成本红包，其实私人融资并非全无可取之处。"

柳石堂听来听去，就是儿子不肯掏红包。但柳石堂不追问了，这事他会插手。乌鸦有白的吗？肯定有，但人若是抱着对方是白乌鸦的侥幸心理去办事，一准儿灰头土脸如出门撞黑乌鸦。柳石堂将话题扯过去："最近利润一直在产出，而且积累得挺好，我还是建议你稳扎稳打，把借高利贷的钱先还掉一部分。背着这么高的利息，我们做出来的只够付息，不合算，想着都不舒服。"

"爸爸，这是因为你没做理性分析。留着高利贷，我们可以用它的产出冲掉所有费用，然后银行贷款方面就是实打实的产出。引进三百万银行贷款同时去掉三百万高利贷，与引进三百万银行贷款同时保留三百万高利贷，这两种情况下的利润净值，还是后者高。然后，后者还可以让我们的生产规模上升，报表更好看，在银行的进出记录也更好看，贷款很需要看这些。"

"可是规模扩大，人员扩招，设备增加，你身体吃得消吗？"

"规模小，我才得事事亲力亲为；规模大，就可以设立专人负责某些环节，我只要抓住专人就行，专人的工资可以因规模而负担得起。还有，我打算买车了，也会占用一部分资金。"

"对，对！一定要买辆好车，越噱头越好，就你以前开的宝马M3？好车买来你也可以拿去抵押换钱，一定要买贵的。我们有厂，我们又不是没钱。"

柳钧想不到爸爸对钱宏明买宝马的事如此耿耿于怀，恶作剧地加料一帖："宏明刚买了市府边号称顶级豪宅区的三室两厅，一百五十平方米。"

"不理他，他买再多，也不及我们工厂一座。我们这种人就是开拖拉机出去，也没人敢不敬我们。你早点儿睡觉，高利贷暂时不还，我们扩。"

柳钧掩嘴而笑，忙放下电话以免爸爸听到，爸爸又改主意。可也不免想到，他拼命地扩大规模，难道心里没有一点儿与钱宏明竞争的意思？

春节前夕，事情多得数不胜数，更有节外生枝的。原来好几个外地员工每逢佳节倍思亲，要求提前放假，公司不答应的话他们请事假回家，同时也要求公司延长春节休假时间，因为他们难得回一趟家，扣除舟车占用时间，剩下与家人团聚的时间不多。老张不敢答应，因为柳钧的工作计划订得很紧，再说公司一个萝卜一个坑，这好几个员工一走，生产就近乎瘫痪。但是外地员工联合起来坚持上了，拿出车票给老张看，他们走也得走，不走也得走，要再不行，辞职，当场办理。老张唯有搬救兵。因为这些员工都是久经培训，老板岂舍得让他们辞职？

柳钧能理解工人们思乡心切的心情，再说公司外地员工不少，他的公司经不起那么多人辞职的折腾，对此唯有妥协，同意原定七天的假期不变，但节后可以请事假到初十，节前可以请事假到年二十八。于是老张非常尴尬，似乎他做了恶人。

但是柳钧的决定只满足了一部分人，却满足不了另一部分。还是有三个人再度提出，他们家乡习俗是元宵之前不能出门，所以他们必须请假到元宵之后才能赶回来上班。柳钧这下子火了，他让这三个人爱怎么办就怎么办，反正他不可能批准事假到元宵，那么旷工超过三天就按规定开除，没二话。大家这才回去上班。

柳钧请老张到他办公室，关上门安抚情绪。老张气呼呼地道："我们公司够宝贝员工，他们怎么还没良心，仗着我们教他的三分手艺，竟然倒转逼宫。他们倒是换个公司试，哪儿有我们这么好说话好待遇的。"

柳钧道："对不起，是我事先没考虑周到，像他们一般不舍得坐飞机，乘火车即使回最近的安徽，路上也得去掉两天。七天还真是不够团聚用。但是真有元宵之前不得出门的风俗吗？"

"有肯定是有啦，可现在有几个年轻人是照老规矩做事的呢？无非是看柳总好说话，得寸进尺。"

"现在算旷工处理，他们还会过年后不回来吗？"

老张谨慎地道："我有个经验，不过比较下三流，请柳总斟酌。一般企业为了防止员工春节后流失，采取的措施是年终奖发一部分，大部分拉到春节后发。而且最好是到四月之后，四月之前是招聘高峰期，过了四月招聘岗位少了，人心也安了，再发。"

柳钧摇头："未必有用吧？你看我们都还没发年终奖呢，他们为了回家已经提出可以辞职。"

"其实，我根本不相信他们会在年终奖发放之前离开。出来打工为什么，就是为着一个钱字。要不是为钱，他们在家待着当家做主，何必辛辛苦苦出来打工。所以他们把眼前的钱看得最重，只要告诉他们前面有那么一笔钱可以拿，他们什么条件都可以答应，只要条件稍微合理……"

柳钧心里嘀咕不已，从老张言语的背后，他看出，员工们利用了一把他的真诚和善意。他因为有感于市一机员工与老板的对立，他原想创造一个同舟共济的氛围，他首先以合理合法的规章制度对待工人。结果，人善被人欺，他过于乌托邦了。他想到当初杨巡在市一机分厂为抓进度而破口大骂的情形，难道他也必须这么做？

可是，想到刚才的场景，想到场景背后员工们的用心，还有偷图纸的员工，以及还不知道孰是孰非的孙工和廖工，还有工亡员工家属，柳钧的心凉了，而火气腾腾地蹿上来了。前面已经说出口的请假问题，他不再提起，但是年终奖，他只发每人一千，其余部分等年后回来，与四月份工资一起发放。入乡随俗呗，要不然，他就是员工们心中的傻瓜。员工要骂，骂吧。他想通了。

正好中饭，柳钧气闷地起身到食堂窗口，付钱再要一份红烧肉，又添一些米饭，猛塞。即使柳钧平日里低调再低调，他在食堂里依然是大众瞩目的中心。食堂的饭菜一向足量，掏钱加餐的事凤毛麟角，因此柳钧吃到一半起身去加餐，成了大家捂嘴偷笑的焦点。

坐同一桌的孙工一向只看机器成色，却看不懂人的脸色，一看见柳钧面前添加浓油赤酱的一盆红烧肉和冒尖儿的一碗米饭，实事求是地道："柳总，吃这么多对胃很不好。古人老话，三十之前人养胃，三十之后胃养人。年轻时候有点儿节制才好。"

"吃饱点儿，让血液定向分配到消化系统，这是非药物神经麻痹良方。"柳钧心说，孙工你也是罪魁祸首。

孙工不疑有他："是个好办法，有利午睡。不过超额太多，胃部不舒服，还是会影响到神经系统。"

老张看看对话的两个人，却没有说话。他比谁都清楚柳钧因何胡吃海塞。廖工坐在同一长条桌的顶端，他对柳钧暴饮暴食的反应是："虽说胃壁具有弹性，但是犹如我们熟悉的弹簧，扩张到一定程度，也叫拉伸过度，就不再适用胡克定律，胃壁恢复原样很难，暴饮暴食会造成不可逆的伤害。既然已有定论，柳总若再尝试，有点儿不智。"

不仅柳钧对着一大盘红烧肉拌饭哭笑不得，旁边的老张也笑了出来。老张虽然不是工科出身，可好歹也有点儿意识到他们在说什么，心说真是哪儿找来的一帮书呆子怪人，这些人居然都是他从人才市场一个个挖出来的，简直不可思议。不过此时老张开始理解柳钧较真儿得有点儿乌托邦的性格。

柳钧对着一帮吃完后不肯离席，认真看着他做超胡克定律拉伸胃壁运动的工程师们，吃掉一半，再也无法勉强将剩下的一半也吃下去。他被一帮工程师笑话了。但是，柳钧却从这些取笑里听出大家心中的善，很温暖，在严寒的天气里，给人力量。饭后他请来老张，取消上午只发一部分年终奖的决定。他现在想明白了，他可以因为技术、态度等原因淘汰员工，员工当然也可以因为收入、劳动强度等原因淘汰公司。淘汰是双方的，积极淘汰的结果是一个动态平衡，是彼此在一定时段内的满意表现。这样的动态平衡是促进员工一直保持良好工作态度的源泉，又何尝不是对他的鞭策，让他必须殚精竭虑提升利润增加员工劳动付出的性价比。

是的，他既然已经走上老板这条路，那么他早应该明白，他肩头而今早已不止挑着他一个人的事，他需要考虑更多的人，更多更长远的事。他已经没有感情用事、意气用事的资格。他唯有前进，否则他将首先被员工们淘汰。

柳钧让老张跟员工三令五申春节后不归或者迟归的后果，把工作做在前头，把后果这等丑话说在前头，而拿走全额年终奖的员工春节后若是只回来一半，他也只有认了，说明他的腾飞没有吸引力。强扭的瓜不甜，这个道理，他懂。

年终奖这一波三折，知情的只有老张，感动的也只有一个老张。作为一名合格的行政经理，他有圆滑的性格，看风使舵的本领，当然，也有知人识人的本事。他也是一个打工的，打工无非一个追求：工资福利。所谓快乐打工，那是属于没有家累的年轻人的奢望，他原本对此不做考虑，但而今柳钧这个老板，让他在工作中不用枉做小人，不用夹在老板和员工之间做风箱里的老鼠，不用担心做老板打手太多夜行挨闷棍，这工资福利的性价比就算高了。以前，他以为是老板年轻不谙事，手头散漫。从年终奖这件事看出，老板识大体明大理，看得高远。他心里有点儿定了，在腾飞做下去，不错。

老张心里这么想，他给员工训话时候便自然而然地有了发自他内心的激情，这种激情，最有感染力。

柳钧亲自开车送孙工等人去上海乘火车，又从看上去依然簇新的浦东机场接回他爸爸，父子两个在柳石堂的家里过新年。柳石堂已经非常满足，儿子就在眼前，夫复何求？柳钧却对只有两个人，甚至保姆也告假回去的空落落的家很不习惯。好在柳钧能做菜，起码能让五谷不分的爸爸吃饱。但柳石堂毕竟上了年纪，长年出差非常劳累，上饭桌时候还豪言壮语，要与儿子一起守夜，可等几杯酒下肚，红着脸支着头就在饭桌边打起了呼噜。

柳钧于是一个人坐在客厅看电视，将电视频道轮了不知几遍，实在无聊，又抱着笔记本电脑上网，可惜常玩的车坛一个鬼影子都没有。人家都在团圆，他家没妈，家不像家。无比的空虚撕裂柳钧粉饰在焦虑外的彩妆，他只好放弃硬撑出来的节庆，开始坐立不安。他不肯做小人克扣员工的年终奖，可别最终成了傻大头吧。等春节后贷款批下来，正要大干快上，若是员工没有按时回来上班可怎么办？他的订单全得吃罚金了。他最主要还是心疼那些辛辛苦苦培训出来的工人，新人即使找得到，而且个个名牌大学毕业，一来也未必能上得了手，他的公司要求太高太多。

柳钧过了一个患得患失的大年夜，大清早还没起床，就听到爸爸在外面骂人。他躺被窝里喊了一嗓子："爸，大过年的，宽心。"

"宽什么心，有人半夜砸一包大粪在门口，寻我晦气。"

柳钧一骨碌爬起来，冲到门口一看，有人用那种菜场红白相间的塑料袋盛一包粪便，昨晚不知什么时候砸在他家门上，一摊烂臭。柳钧看了赶紧缩回被窝穿衣服："爸，你不懂收拾，放着，我来。"

"谁干的，阿钧你说谁干的？你别管，大过年做这种事晦气，我找人来收拾。"

柳钧拦住他爸："爸快去看看车子有没有事，既然来人摸得到我们家门，一定也摸得到我们车子。"

柳石堂一听，连忙灵活地跨过粪便，下楼去看他的车子。果然，车子四只轮胎全部跑气，其中一只轮胎上还插着一把雪亮的钢针。柳石堂闷声不响仔细看一圈，四只轮胎的破洞都是横插，无法修补，唯有花钱换新胎。看起来是内行人所为，旨在让他破财。他回去，阻止儿子擦拭门面，打110报警。

若是换作一年前，早在看见大门被泼粪的那一刻，柳钧就该程序正确地报警了，可这回却是他出声阻止爸爸打电话，他问他爸报警有用吗？这种时间，这么小的案子，而且明显是私人仇怨，若不额外打点，估计谁也不会重视。反而他们得在大节底下面对着警察，一桩桩地翻出陈年旧事。报警，性价比是个负数。

柳石堂一想也对，这种小事，额外打点吧，弄不好收不抵支，而且冲小区管理水平，未必找得到罪魁祸首。于是父子俩吃进闷亏，合力将门口打扫干净。可整楼梯的污秽气岂是容易清除的，父子俩不知挨上下楼梯喜气洋洋的邻居多少白眼。

清扫的时候，父子俩一直做排除法：谁干的。讨论的过程，是痛苦地梳理过往一年多不快的过程。有那么多人可能上门撒气：原前进厂工人归到市一机后被裁员的；傅阿姨和她的儿子；拖了半年还未拿到工伤基金应发抚恤金的工亡职工家属；偷图纸员工家属……

父子两人都认定，可能性最大的还是出狱已有一个季度的傅阿姨和她儿子。看着爸爸的暴跳如雷，柳钧更是认定非傅阿姨莫属。傅阿姨在柳家做了多年，早已摸透柳石堂脾气，当然最知道如何以最小代价打中柳石堂七寸。

柳石堂果然很受伤，清扫完后，他拿出自己的香水，将楼道喷一遍，也不急着拜年，拉儿子顶着北风，好不容易打到一辆出租，先奔寺庙烧香拜佛洗晦气。在柳石堂的理解中，污秽之物有秽气，秽气者晦气也，新年第一天开门撞晦气，不是好兆头。

柳钧好笑地被他爸爸硬拖进庙宇，却想不到眼前是极其旺盛的香火，触目的善男信女中有不少有头有脸的人，不断有人与爸爸互贺新年，热闹如社交场所。更让柳钧惊讶的是，那些善男信女早他们不知几步已经烧好了香，此时纷纷打道回府。等爸爸砸大钱请竹竿似的高香的时候，柳钧见到一群熟悉的人，正是杨家兄妹四个和一帮妯娌，队伍很是浩浩荡荡。柳钧转过身去，当没看见。当然，杨家也无人过来与他打招呼。不过柳钧还是看到杨巡手腕挂着的一条硕大念珠，柳钧心想，啊，原来杨巡也有信仰。

钱宏明趁节假日，骄傲地拉柳钧去看他按揭买的新房。市区地皮寸土寸金，当然造的是高楼。房子已经结顶，脚手架未拆，可从地面看去，已然看得出巍峨。钱宏明扬扬得意地道："我买了三幢楼里面最高那幢的二十八楼，以后可以跟你遥遥相望。"

柳钧笑道："你房子是板楼，我那儿是塔楼，对着你的是杨逦的那套，你以后跟她银汉迢迢。外贸这么好赚？"

钱宏明斟酌了一下才道："我以前总叹我们死外贸，做得要死。自从看见你这一年来的辛苦，以后再不会在你面前叫苦了。去年分公司开业时候，我曾经踌躇满志地考虑，等一年后生意企稳，我要开一家工厂，专门做自己接的单子。现在没想法了。不过辛苦归辛苦，你究竟有没有算一下，你开工这几个月来的利润高，还是我的利润高？"

柳钧想了会儿，"我的利润绝对数不低，可是相对我们各自的初始资金而言，我的产出比并不高。"

"对，我方便贷款，你贷不到。还好，当初若不是我们老总拉住我，我若是辞职出来单干，我上哪儿去找背靠乘凉的大树，让我可以如此方便开出信用证？若是当初辞职单干，我也得学你苦苦地原始积累，不知哪天可以做出头。现在回想起来，做什么都得靠着国家这棵大树，做国家的亲儿子，国家的油水最足。"

"原来我们是偏房庶出。"

"打住，打住，大过年的我们不发牢骚。你那个前员工考上公务员没有？"

"考中了，那家伙胆大心细，要不是有把握，不可能辞职应试。前几天告诉我，位置落在计委，不知道挖了什么门路。我连忙反省一下我以前有没有得罪过他。"

钱宏明一笑，但他很快就将话题岔开了，并非故意，而是谨慎惯了，一种背靠大树者对大树的又敬又畏又依存，已经身不由己。他跟柳钧聊他的女儿小碎花，说起来喋喋不休没个完。但见柳钧依然不时扬脸找他的房子所在，不禁又开始得意扬扬，"这就叫城市之巅。我本来想买顶楼，可都说顶楼怕漏，只好退而求其次。28层的不好买，还是通过我姐找门路才买到。不瞒你说，我签下购房合同当天，就带着嘉丽和小碎花飞上海找宾馆的28楼住了一天。虽然上海高楼林立，可身处28楼的感觉依然很好，连我们小碎花都喜欢得不行。只有嘉丽对着落地大窗害怕，说台风天气里，谁敢靠近落地大窗啊，掉下去别说摔死，恐怕每一只细胞也全四分五裂。哈哈。"

柳钧看着钱宏明踌躇满志，放声说笑，也跟着笑。可再高兴，只要一想到节后开工那一天的点卯，他的心就不由自主地抽一下，眼睛不由自主地失神一下。他知道，钱宏明没有类似的担忧，他那公司的位置，人们削尖头皮还找不到门路呢。工厂真是越来越没人青睐。

忐忑不安的等待中，时间飞快滑到初七。柳钧在家待不住，去公司办公室坐，一颗心全挂在大门口，每看到一个员工扛着大包小包回来，他就欢喜一下，心里记下一个数，可一根神经也吊得越来越紧张。傍晚时候，他见到老张的夏利车匆匆赶来，两人见面，心照不宣，原来老张也是忧心明天报到人数，先来宿舍点卯。有人急他所急，想他所想，柳钧非常感动，由衷地觉得付出有所回报了。他真要求得不多。

第二天早上，柳钧站到打卡钟边，以老板身份欢迎大家新年第一天开工。老张也一早来上班，站在柳钧身后。两人脸上全挂着笑容，可心里全都紧张。

打卡的规矩，为了减少混乱，员工从卡箱找自己的考勤卡——打卡——将卡扔在打卡钟边，以后整理考勤卡插回卡箱的事，由保安完成。因此柳钧不用数人头，只要不时抬头看一眼卡箱，剩下多少张卡，即意味着多少人没来报到。老张老练，见老板对着卡箱的脸部肌肉异常僵硬，甚至抽搐，他连忙将老板拉到对面，背着卡箱，以免太过刺激，在员工面前不雅。柳钧也顺水推舟，不敢回头去看。

终于，八点的钟声敲响了。老张轻咳一声，轻道："柳总，你先别回头，猜有几个没来。"

"听你的声音比较轻松，应该不到五个。"

老张刚要说话，又一位员工背扛肩挑呼啸而来，一看时间已过八点，连连顿足。可是那位员工却见到老板和行政经理最慈祥亲切的脸。因为看到那位员工进门，老张就报出一串数字："节前十二人请事假到初十，七个人请假到初九，论理该十九个人今天未到。但减去这个刚到员工，只有十三张卡未打，说明有六位提前销假。节前没请假的，全到！"

"他奶奶的。"柳钧飞速出口成"脏"，还觉得不过瘾，又是一句"他奶奶的"。然后才回头看卡箱，看到稀稀落落十三张卡，他大声道，"这说明什么？啊，这说明什么？"

"虽然我知道马屁使人快乐，"老张优雅地道，"可是我上了年纪，有些话羞于说出口。"

柳钧听了大笑，拍胸道："我满足了，我的努力得到承认了。我爱你们！"

老张连忙闪开，免得被柳钧当众拥抱。

同样，贷款也来了个开门红。柳钧节后亲自去银行办手续，就这么顺利得跟做梦似的，他拿到了第一笔贷款。虽然事后他又请了一顿客，而且贷款员还塞给他一只装着六千多元发票的信封让报销，可柳钧已经觉得这事意外地顺利，柳石堂更是不敢相信贷款有这么简单。于是柳石堂也非常先进地念叨起来，消灭垄断就是好，银行间也展开竞争就是好。要不，哪有他们这种企业贷款的机会？

拿到贷款，柳钧当机立断，降价！

降价是自由市场的一帖灵药。柳石堂自出道以来，第一次尝到客户主动打电话给他的美好滋味。员工的全额回归，银行的顺利贷款，市场的强劲反应，让柳石堂对儿子充满甚至有点儿盲目的信心。这不，公司当月的产值就冲了个开门红，用财务画的示意图显示，那是一个陡峭上升的粗箭头。

按照市场蛋糕论，既然柳钧吞吃一大块，那么必然有别家吃不饱。当然，地域最近的那个别家必定受最大影响。市一机三月遭遇倒春寒，销售业绩飞流直下。董其扬作为市场方面的高手，当然知道如何应对。但是董其扬无能为力的是技术，是质量，是精确的生产安排，是最少的库存和最快的资金周转频率，因为他不懂生产和技术，而偏偏市一机的工人大爷却又是最擅长糊弄的。

　　于是市一机的产值滑向低谷，利润显著下降。但是产值下滑到一定地步，便停滞了。以董其扬的经验，这应该是反弹的前兆。董其扬若是知道柳钧只得到三百万贷款；若是知道柳钧将这三百万贷款合着高利贷锱铢必较地滚动使用，依然无法避免捉襟见肘，不得不就着产能安排销售；董其扬若是知道他的产值是因此而停止下降，那么他此时应该调转枪口，专注开发其他产品，避开腾飞的锋芒。但是董其扬轻信了他的经验。他也降价，指望以微薄利润倾销市场，夺回市场份额。

　　同时，董其扬也想到，鸡蛋不能放在同一只篮子里。于是他向董事会提出，要么下拨一笔资金搞新产品研发，要么下拨一笔资金买适用于市场的专利，市一机务必扩大产品种类，不能如此单一下去了。董其扬提出的发展方向，依然是他来市一机时提出的成套设备。但彼时杨巡领导着市一机欢欢儿地模仿着柳钧研发出来的产品，好好地赚着快钱，因此杨巡压后了董其扬的建议。但这回真李逵势不可挡，导致市一机的假李逵节节败退，影响利润，申宝田和杨巡两个大忙人不得不凑一个时间坐到市一机的办公室进行讨论。

　　但是杨巡一听董其扬提出两种方案所需的金额，大大地不以为然，技术部坐着那么多工程师，每人拿的是副经理级以上工资，养这些人难道是白养？让技术部的人一个月内拿出图纸。叫人去技术部坐镇，人盯人地干活儿。

　　董其扬的方案预算并不是拍脑袋而来，而是与各部门协调商量之后才写的，其中有杨逦的功劳。但他不是工程技术人员，他尚且对如此大笔的研发预算究竟用在哪儿，怎么用，还心存疑问，当然对杨巡的反对无强有力的辩驳。他只能解释：一套成套设备的研发需要一个个零件的研制，研制过程中必然有废品……但董其扬的解释立即触动杨巡的神经，杨巡马上想到前年通过摄像头看到柳钧将好好的钢铁一堆一堆地试废了，全不知心疼。那么若是研制成套设备，成百上千个零件都这么试验下来，那些技术员又试验的不是他们自己的钱，自然比柳钧更不懂得心疼，他杨巡还不给搞破产？比如以前他曾当机立断叫停已经耗资五十万的研发，因为他看出那研发很可能是无底洞。杨巡将问题抛给制造行业出身的申宝田。

　　申宝田的态度很明确，一家企业想立足，必须拥有属于自己的优势。市一机有庞大体量的优势，可无拳头产品优势，买图纸的产品毕竟我能买别人也能买，形不成优势。目前市场已经发出警讯，这是好事，提醒市一机应该慎重思考未来的路该怎么走。从长远来看，有必要从现在起培植并善用自己的研发队伍。申宝田否定买图纸的方案，坚决支持自主研发，掌握核心技能，当然可以花钱横向引进技术，提高研发效率。

杨巡反对，但此时大股东的赞成票让杨巡的反对无效。申宝田在会上当场拍板，就照研发的方案做。

杨逦作为董事之一与会，但基本上除了解释方案，没有她的发言权。她心里很矛盾，方案是她与技术部讨论出来的，她也早等着自主研发的一天。但大哥的不支持，让她的态度有点儿模糊。她总不能站在大哥的对立面说话。她唯有沉默。她看看比她更沉默的申华东，心理稍稍平衡。她不知道申华东看着他爸心里在想：高，姜还是老的辣。消耗申杨共有的市一机的现金流，提升公司最核心的技术研发队伍水准，又用漫长的研发来延长市一机产品转型的时间，人为耽误稍纵即逝的翻身时机，达到造成并扩大亏损，却不损核心的目的。比他寻求外援柳钧的主意好多了，他们有雄厚财力与杨巡相拼，那么主动权完全掌握在自己手里，还肥水不流外人田。

柳钧不明白董其扬这样的聪明人为何面对危局，却不采取快速见效的行动。他直接打电话问，董其扬闷闷不乐地告诉他，两大股东之间搞不定。柳钧立刻想到，肯定是申华东出手了。他顿时很同情被蒙在鼓里的董其扬的处境，这种时候，任董其扬有三头六臂，也无法施展，只能莫名其妙地郁闷。与董事长人心隔肚皮的经理人太难做。

柳钧隔岸观火，他自己的事情还忙不过来呢。年初有许多事，最重要的是税务有汇算清缴做年报，工商局有年检，至于还有其他部门的这个检那个检，基本上都是交钱敲章，并无悬念。税务有关年报的说明中，有要求到指定税务师事务所审计的条文。老张拿到说明一看就知道柳钧那儿通不过，他便让财务去税务咨询，问在其他会计师事务所做出的由注册税务师签名的审计报告算不算。财务回来说，税务窗口人员面色墨黑，不过总算点头放行。

但工商局的年检就没那么容易说话。工商给出的年检办法提出资金审计，也指定一家会计师事务所。文员前去一打听，工商却没税务好说话，工商局窗口人员态度坚决，非这家会计师事务所做出来的审计报告不可。文员办事仔细，又拐去隔壁会计师事务所临时办公室一问，被审计费吓了回来，连忙报告老张，人家根据腾飞规模，开价八千元。人家还不冷不热一点儿不愁生意地说，一年审计一次好啊，帮老板总结回顾一年的资金走向。

老张熟知柳钧的脾气，知道柳钧保证不肯交这笔冤枉钱，可是一年一度工商年检的那个贴画不能不贴，不贴就等于自动了结公司经营。有规定营业执照必须在公司显眼处悬挂，以便来往客商确认公司的存在是否合法。年检之重要，便在于此。工商局一年闹一个花样，老张很能理解，他以前在私营企业做事，不乖乖交钱加入私营企业协会，工商局就不给敲章年检。所谓加入私营企业协会，交了会费拿一件小纪念品，整一年都没协会什么事。这种猫儿腻，他以前的老板肯认，他相信柳钧不可能认账，更何况这审计要八千块。

果然，柳钧一口否定。可是想不重复审计，又必须参加并通过年检，该怎么办？两人都看不出眼前还有其他的道路，工商窗口人员已经一锤定音了。议论的时候柳钧又想起，去年已经审计了一回，说是新开办企业必须审计，当时还说第二次年检就不用审计了。那么为什么今年又提？柳钧打电话给市工商局咨询，市工商局说没这回事，鼓励柳钧理直气壮地与本区工商局交涉。柳钧而今已无拍案而起的性格，他以务实的态度问市局能否下去调查，收回原办法，下发新办法。市局的在电话里说要汇报领导。

柳钧记下接电话官员姓氏，第二天再问，该官员又鼓励柳钧理直气壮地与本区工商局交涉了。柳钧便知系统内投诉无用，便照着上回举报金穗卡的纪检举报电话打过去。这个电话，若是老张在场，一定费尽口舌阻止。

举报电话接线人员的声音和蔼得与纪检一贯给人的严肃印象很不符，这种态度，鼓励柳钧叙述时候毫不保留。接线人员记录之后还复述一遍，又态度可亲地让柳钧传真工商年检办法过去，半天内等回复。这回可不是柳钧在电话里追着问对方贵姓，什么时候可以知道消息。柳钧很惊讶纪检的态度，也很期待半天内的回复究竟是什么。

结果不到一个小时，换了一位官员来联系柳钧。该官员应该是个中年男性，态度很职业，开口便自述他姓什么，怎么联系，甚至还告诉柳钧手机号码。然后该官员开始耐心详细询问事由。在这么良好的气氛下，柳钧也很坦白地说，他虽然举报，可不敢不匿名，他怕未来遭到打击报复，官员竟然表示理解。柳钧结束通话后有点儿不相信，这是传说中的机关工作作风吗？

柳钧听其言观其行，按兵不动了三天，眼看年检大限一天天临近，他还是等。第三天的时候，中年纪检官员来电，告知处理结果，不合理的审计取消。官员还友情提示柳钧，以后遇到本地政府乱收费现象，以后可以直接找他。柳钧将结果告诉老张的时候，老张瞪着眼睛不敢相信。柳钧心说他也不敢相信，他当时打举报电话，抱的是死马当作活马医的心态，而且若对方是税务而非工商，柳钧一准儿认命了。谁敢得罪税务啊？以前他还教育爸爸做账不老实，才会看见税务老爷犹如老鼠看见猫，等他两年亲手操练下来，他早已心知肚明，即使他将财务外包给专业的会计师事务所，这个得罪与不得罪之间的区别也可大了。

为求稳妥，老张不敢第二天就去办理年检，以免被工商火眼金睛识破他们腾飞便是那位匿名举报人。直等到年检大限，又探听得本区其他外资企业还真免了那杀千刀的年审，老张才亲自出马。所有的步骤都很顺利，等最后从档案室调取档案对照时，窗口人员冷冷地说，档案袋里的登记申请资料有缺失，不符合要求，不予年检。

老张唯有打电话询问当初办理工商登记的当事人柳钧，记不记得当年有这么一张资料没有提交，如今被不予年检，而且还要给追究虚假登记责任。时隔两年，柳钧当然记不清了，尤其当时办理登记全是那位热情的招商人员前后奔走，他只要签字画押交钱。但去年年检没有查出这个问题，今年怎么忽然有什么资料缺失了呢？柳钧一愣之下，问老张，是不是白匿名了。老张说可能性很大。柳钧痛骂一声"靠"，飞车赶去工商局。

在窗口大厅，窗口人员依然是眼皮子都不抬地冷冷告诉柳钧，某某手续缺失。柳钧于是问："我当时全套办理，如果资料缺失，当时怎么可能办出来？"

窗口人员不阴不阳地说："很多人办理登记注册的时候不走正道，你们好好回忆一下当年是怎么办手续的？"

柳钧想到这倒是他的小辫子，当初招商人员正是拿着申请资料到处走后门，窗口人员业务精通，一抓就准。可柳钧当然不认账："那么你的意思是你们中的一员当年没把关，你现在火眼金睛把那位营私舞弊的经手人做的好事揪出来了，是不是？请问当年是谁经手，我倒要问问我在他面前走了什么歪路。档案就在你手里，你请查究竟当年是谁签的名，谁是当年那个不负责任的具体经手人。"

窗口人员顿时脸色通红，大约是想不到还有辖下企业如此不要命，敢当面气势汹汹地拍案，而且矛头反指他们自己："没有就是没有，你再吵闹也没用。这里是机关……"

"对，我知道你这里是机关，所以我认定你的每一句话代表政府。那么请你告诉我，那位当年具体经手人究竟是谁，我跟他对质。"

窗口人员转过身去不理，祭出一贯晾着办事人的高招。柳钧就在大厅拍案要求说法，扬言鱼死网破，举报当年具体经手人。终于有人悄悄赔着笑脸走出来，劝柳钧息怒，拉柳钧去隔壁房间喝茶解决问题。又有人出来将窗口人员拉开。过后没多久，就有人拿着纸进来，解释说局里去年底搬了一次档案室，可能有一些资料遗失，本局当然不可能企业资料不全就放注册登记过关。让柳钧这就补签一份便可。

一番折腾出来，早已过了下班时间。老张走到外面才笑道："柳总刚才很有气势啊。"

"赢得太没尊严了，做了一下午泼妇。"

"不知道他们以后还会不会玩出其他阴招。"

"不怕，我今天算明白了，比贱、比无赖、闹影响，就行。不过我再明白也不敢闹税务。"

柳钧吵架吵得亢奋，梗着脖子开了一路的车，到公司，依然眼球充血，浑身紧绷。却见到已经是公务员的罗庆在宿舍区与老友们打打闹闹，一点儿不像他经常接触的那些公务员。想到以后罗庆也会同化成那帮人的一员，柳钧心里替罗庆可惜。

第二天上班老张拿一张单子来交给柳钧。单子上一个政府部门对应一家协会，和各式各样的培训认证，老张的字不大不小，竟然整整写满一页A4纸。看柳钧大惑不解，老张解释道："昨晚从工商局回家后，我想了半天，觉得老是靠柳总亲自去吵架，行不通。我根据这几年的经验罗列出这些我们今年必定被催缴的费用……"

"去年为什么没有？"

"去年我们处于试运行阶段，这些收费递过来的时候，我都以试运行不正常打发了。今年逃不过。"

"为什么逃不过？如果是外企协会那样的协会，参加一下也挺好，可以获取很多信息。"

"问题就在这儿，外企协会的成立目的与纸上这些协会的成立目的大不一样。外企协会，政府的意图很明确，是配合政府服务外商，改善投资环境，以进一步招商引资。但是我写的这些协会不一样。早好几年，不是96年，就是97年，国家推行公务员制度，我当时眼看一幢劳动局的大楼一分为二，东楼的工作人员全部变为公务员编制，西楼的变为事业编制。编制不同，待遇天差地别。西楼的当然不干，东楼与西楼做了那么多年同事，当然不能不讲义气，于是就帮助西楼的成立协会。有下属企业来办事，不参加协会就不给服务；或者把某些工作交给协会做一半，比如认证，那么下属企业不得不乖乖参加协会，每年交一笔不多不少的会费。费收多了也不行，多了就全是柳总昨天拍工商局桌子这种闹场的了，所以普遍收费都几百块，最多一两千。一个区域企业交的会费，足够养活几个改制分离出去的人。"

柳钧看看单子上协会的数量，说："每家协会的会费不高，可这么多协会加起来，不少啦。"

"是的，我以前的企业除了单子上这些协会，还得参加政府主导的行业协会，一年总共加起来，会费得一二十万。行业协会大多是行业专管领导退休后发挥余热的地方，所以……他们只要一句话，你也不得不入。我们继续说改制分离出去的西楼人，西楼还设有认证中心和培训中心，东楼只要发布命令，给他们管得着的某个行业某个职业设立准入门槛，不持证不给上岗，那么西楼必然成为准入发证的独家认证单位和培训单位。独家，别无分号，所以培训费和认证费非常宰人。我们企业涉及的七证八证我也罗列在单子上了，职员工的这些培训和认证费用，以及年检费用，一般都是公司出，但在劳动合同里限定员工离职必须赔偿。"

"你的意思是，我要是以后每遇到单子上的一笔支出，就举报，就拍案，一年到头忙也忙不过来？"见老张点头称是，柳钧又道，"所以以后遇到类似支出，只能视而不见了？"

"是的。昨天在工商局我不反对柳总拍案，是因为每年只遭遇那么一次两次，得罪也无所谓。可有些部门，我们的经办人员三天两头要打交道，只能花钱消灾。请柳总理解。你就把它当作公关费。"

柳钧想了好一会儿，才点头："好吧，算我学祥林嫂捐门槛，我们惹不起那些大鬼小鬼。"

等老张走后，柳钧才想起去年底开外企协会之前，协会曾经寄来一份资料，其中有份小册子是去年一年里，各级政府大力消灭的各项不合理行政收费。他去年看到的时候还误以为是德政，等今天听老张一分析，懂得那些各项不合理行政收费的来由，他唯有无语。才知道原来企业除了税负之外，还有那么多强加的其他负担。

后来再有类似费用前来审批，柳钧都只能无奈地问一句那部门要紧吗？要是要紧，唯有签字。他觉得自己是一只谁都可以斩一刀的肥羊。

02

柳石堂听得儿子新车到货，比儿子更早一步飞到上海，打算跟儿子一起提货。但是等与儿子会合，见到价值不菲的新车GOLF GTI[1]时，柳石堂欲哭无泪，儿子花大钱买的竟然是夏利车一样没屁股的车，加上后备厢的门，全车才三扇车门，还不如夏利车的五门，多坐两个人，就得爬着进后座。车子里面他也看不出好处，内饰打造得不精致，不是那种一看就很鲜亮的，只有GTI的招牌打磨得很精细。这种车开出去，那是会被人立即当夏利车看低的。

"为什么买这种车？"柳石堂从坐上车开出车行的第一刻起，就追着儿子问这个问题。但是柳钧正高兴地玩他的新车，没心思理他的爹。柳石堂只能看着儿子双眼亮晶晶地操纵新车，一边儿生闷气。四五十万，竟然买一辆夏利车。他一直认为儿子能赚少花，是个极端出色的好孩子，想不到儿子平时不乱花钱，真乱起来，四五十万买辆夏利这种蠢事也会干。

等柳钧终于将性能玩了一遍，才有心思告诉爸爸这车子好处在哪儿。转弯的时候他问一声没感觉吧，起步的时候问一声快吧，换挡的时候问一声没顿挫感吧，柳石堂毕竟是开车多年的，被儿子几声指点下来，即使他没扶着方向盘，也感觉得到这车子真如小钢炮一般。可他依然不客气地指出：坐着不舒服，噪音大，开出去没面子。他不肯乘这种小样儿的车回家，坐上飞机宁可继续出差。

与柳钧前脚后脚提车的申华东为庆祝新车到手，呼朋唤友于周日去申家参股的、新近建设验收完毕等待通车的新路试车。柳钧通知钱宏明一起去，钱宏明一呼便应，独自开着他的宝马去往目的地。他去得稍早，一会儿工夫，他就看到一辆辆造型很不主流很不本分的车子，拽着轰鸣的声浪汇集起来。当然也有他开的宝马这种中规中矩车子，然而今天，中规中矩显然并非主流。

钱宏明见到一个个驾驶者跳出车子，那些驾驶者基本上拥有年轻而无忧的

1　GOLF GTI：高性能运动高尔夫汽车。

脸。跟着那些年轻人跳出车子的是一个个美丽的女孩。钱宏明心想，果然都是公子哥儿，本地富豪第一代张扬的不多，许多身家不菲的老板开的不是广本就是别克。很快，钱宏明就见到柳钧的新车。在柳钧买车的时候，他已经上网查到这种车子的照片，可等亲眼看见，依然忍不住摇头，模样实在太寒酸了。

柳钧一到场地，都还来不及与钱宏明打招呼，就被他的那些车友抓去交流彼此的车子。柳钧见到梁思申居然也驾着保时捷在场，与申华东的车子成现场一时瑜亮。钱宏明此时成了边缘人，跟着大伙儿一辆辆地看车子，可是插不上话。那些话题，离他很远，那都是些饱暖后才会衍生出来的话题。钱宏明也不硬插话，他默默地听，用他精良的脑袋刻磁盘一样地记录。他终于知道，饱暖之后应该追求什么，才算不露怯。但是这些车子令人吐血的车价啊，连柳钧没尾巴车这种不要脸的价格都是那么咬肉。

然后，钱宏明看着一帮人虽然嘴里嚷嚷友谊第一，却一个个憋足吃奶的力气冲上赛道。他唯有微笑旁观，看一大帮大人玩游戏。他身边唯有美女啦啦队，显得他有点儿格格不入。他左手压在唇边默默看了会儿，就悄悄走了。他并不喜欢这一群自以为是的骄子。

柳钧却玩得兴高采烈，他车子虽然不是申华东的法拉利与梁思申的保时捷的对手，可是回国后第一次油门踩到底，肾上腺素升到顶，最大的爱好终于捡回来了。他跑直道不是大马力超跑的对手，就缠着申华东和梁思申赛弯道，他将车技发挥得淋漓尽致，虽败犹荣，结束时候，那真是全身全心全意的畅快。

一帮人赛后余兴未了，率领美女啦啦队杀奔饭店吃饭。唯有梁思申扬着兴奋的红脸告辞了。柳钧和申华东都松一口气。尤其是申华东，梁思申在，他还想好好玩吗？那可比他一个人一车拉上三个女孩还累啊，关键是照顾梁思申有责任没乐趣。若是梁思申身后更拖出一个宋运辉，他就死定了，得抓出他老爸才压得住阵，全场一群扑克脸的大怪，他还玩什么啊。

饭后大伙儿K歌。柳钧以前几次应酬出入歌厅，对这种地方印象很差，觉得是个藏污纳垢的所在。今天全是朋友，大家找一个大包厢喝酒唱歌跳舞，全然自发，哄闹得不知多来劲。等唱歌唱饿了，出来再找地方吃饭，柳钧都不知道自己脸上印了多少唇印，总之拿纸巾一擦，满纸的姹紫嫣红。

一行人也不用开车，直接奔进隔壁一家酒店。柳钧、申华东他们眼里只有自己疯玩的一个圈子，却不料有人坐在一角清清楚楚看着他们的疯闹，那是余珊珊。余珊珊与同事逛完街找个地方吃饭，不料见到两个所谓大好青年的真实面目。原来所谓留学，学来的尽是这种开放，男男女女在公众场合可以如此随便。看到柳钧身边的女孩子说话时候总往柳钧身上蹭，而柳钧则是来者不拒。而且她也不知道柳钧居然与申华东这么熟，她心里开始怀疑，这两人是不是在她面前合演了一出双簧。余珊珊看得心里针扎一样。

柳钧根本没有感应，与大伙儿又闹又吃，饭后继续酒吧，玩得筋疲力尽，喉咙沙哑，才打车回家，睡一个好觉。第二天打上领带一本正经地上班，又是个认真干活儿的大好青年。回国这么多日子，终于找回过去酣畅淋漓的生活。人，活了。

老张可谓是历尽冬寒夏暑，终于拿到有关部门开出的工亡事件补偿支票。柳钧看到支票上的数额，奇道："才这么点儿？一次性支付，还是还有以后？"

"一次性。因为死者父母都有收入来源。"

"早知道理赔这么拖沓，理赔金额不高，我们还不如给员工买商业保险。当然，这由不得我。"

令柳钧想不到的是，工亡员工家属接到通知却不敢来腾飞取款。经事故时候那么一闹，柳钧与老张也不敢去工亡员工家属家送钱，彼此存着戒心。大家唯有约银行见面。

柳钧带着出纳一到银行便看见工亡员工的父母和姐姐姐夫四个。他将支票交到四人手上，对方一看数目和他们参与追索补偿会议得到的数字一样，便一声不吭转身去对公窗口提现，看也不要看他。柳钧让出纳跟上，他去对私窗口提出十万，直接捧着一摞钱走向正拥在对公窗口数钱的一家四口，将他私人的钱与那堆钱放一起。

"这是我私人的歉意。眼下再多的钱也无法挽回你们遭受的巨大损失，非常对不起。"柳钧深深鞠躬，起身看看工亡员工家属的惊讶，拉起出纳离开。去时，与来时不同，四双眼睛齐齐看着柳钧，直到他消失于门外。

私人补偿十万，事先柳钧不曾与老张提起，当然工亡员工家属更不会知道。那起事故之后，柳钧常常想起一条浸血的人命，想起工亡员工父母欲绝的悲伤，更想起双方的冲突，和冲突最后非正道的解决办法。他今天只想用他的直觉告诉那对父母，他不是害死他们儿子的恶人，他不是蛮横霸道的土财主，他不是不懂敬畏生命的混蛋。

但是，他当时处理问题的方法肯定有错误。

回国两年多来，他不断地遇到新问题，不断地求解，又不断地积累经验。对问题的态度由原先的惊讶甚至激愤，转为熟悉、熟练，而今在遇到日常问题时候，他已经得心应手。若是去年的工亡事故发生在今天，他相信他能处理得更好，他会知道哪儿可以进，哪儿可以退，怎么不违背心中的原则，不削弱自己的利益，又将对方的感受考虑进去。这不，他去跆拳道馆挨打的频率已经越来越低。

他在成熟，他已经很久不曾拍案而起。

相比柳钧的成熟速度，钱宏明女儿小碎花长得就跟春天竹园里的毛笋一样快。钱宏明工作忙碌，养育孩子的重任大多落在嘉丽身上。嘉丽与保姆忙不过来，好在她知道柳钧一呼就灵，比念芝麻开门还灵。

申华东傍晚寻找柳钧时候，柳钧正陪着同时发烧的嘉丽和小碎花看病打针。因此柳钧一看是申华东的来电，就条件反射地道："没空吃饭。"

申华东悻悻地道："我们再怎么也不算是酒肉朋友吧，我们是同情兄弟。正经事找你，我在市一机开会，希望你来一趟。绝对给你惊喜。"

"我是真走不开。陪朋友在医院里。你听听环境……"柳钧将手机朝向一个正被针扎得哇哇叫的幼儿。申华东只得要去医院地址。柳钧接完电话，见嘉丽很内疚地看着他，连忙道："我这个朋友叫我一般不会是正经事，别担心。小碎花睡着了，你也闭会儿眼睛吧，我看着吊瓶。"

"小碎花看见是柳叔叔抱着她，特别安心。"嘉丽自己心里也很安心，早已知道柳钧是个负责的朋友。她放心地闭上眼睛静养。

申华东抓着一堆图纸匆匆赶来，看见眼前似乎是一家三口的场景，目瞪口呆了足有一分钟，还是护士被他挡道，推他一下，他才还魂。他走到柳钧面前，见柳钧撮唇让他噤声，他左右看看生意好得不得了的注射室，只能出去外面等待。他不晓得那个小小的孩子与旁边温婉的少妇是柳钧的谁，他被搞糊涂了。

申华东等了足有二十分钟，才见柳钧抱着小孩，耐心地配合着少妇病弱的步调，走出注射室。柳钧见到申华东耐心等着，也是惊奇："你还真有天大的要紧事？我送嘉丽回家，你找个地方吃饭，我立刻去找你。豪园吧，近。"

"嗯，是汪总让我找你。本来汪总也在会议室，等不及你了。我去豪园等你。"申华东显得病快快，可还是对着冲他微笑的嘉丽勉强挥手道别，心说柳钧什么时候找的老婆。

柳钧将嘉丽母女送回家，才赶赴豪园。申华东这个大少难得坐在大厅用餐，打横坐一个大汉，与申华东说着什么。柳钧过去坐下，看清大汉偏瘦、硬朗而轮廓分明的脸，只是一双布满红血丝的微凸的眼睛看上去有点儿病态，好像是严重高血压之类的富贵病人。申华东一介绍，柳钧得知这是豪园老板雷东宝。

申华东抓着柳钧紧问今天医院那母女是谁，什么关系。柳钧解释是钱宏明的老婆，可申华东硬是不信，一径胡搅蛮缠。雷东宝在一边听得心烦，告辞离开。等雷东宝一走，申华东呼出一口气，立刻停止追问。"雷大叔同志太爱关心下一代了，我每次来豪园，都被他拖着关心工作生活，问这问那。幸好他看你不顺眼。你别吃饭，先看图纸。汪总说你看得懂，不用我跟你解释。"

柳钧本想说他早饿死了，不看图纸，但一听是汪总吩咐，他就乖乖展开图纸。汪总经常跟他通话，告诉他市一机正由汪总挂帅，首创与大学合作的模式，加大投入研发新品。从市一机跳槽过来的工程师也告诉柳钧，市一机技术班子研制的正是柳钧辛苦研究出来的系列产品，据说很有进展。柳钧很想知道他们研究进度，正好，送上门来了。他看到第一张总图，就已心中明了。市一机巨资投入出成果了。

申华东细细留意柳钧的神色，至此才问："从此你们不算是独家了吧？"

"叫我去市一机开会，就是这事？"柳钧将图纸卷上，"给你们做技术鉴定？"

"是汪总很兴奋，希望你参与鉴定。我和我爸希望跟你谈谈，我们做同样的产品，如何瓜分市场。"

"瓜分？以你们市一机设备的生产能力，你们打算留几块肥肉给我？"

"你少安毋躁，你知道我们的研发投入是多少吗？单单是给大学的，就是五百万，可大学异常磨蹭，最后只做出数学运算的部分。杨巡现在每天见面就唠叨败家，心疼得不行。我们也清楚，这么巨大的投入，收回异常艰难。起码在较长一段时间内，市一机肯定是亏本运行……"

"不正好让杨巡萌生退意吗？你打的不正是这个算盘吗？"

"杨巡已经退了，他决定专心搞房产。"

柳钧吃惊，第一反应竟是问："杨逦也退出？董总呢？"

"杨逦退出，董总留任。你怎么不问问你腾飞该怎么办。我们两个以目前的局势，不是竞争对手，就是合作伙伴。"

"我们可以做竞争对手，但绝不可能做合作伙伴，两家公司的身量决定了我做你从属，才能合作。对吧？所以你要我去市一机开会，已经把我当殖民地了吧？"

"我们签订价格攻守协议，我们需要共同维持产品价格，大家都有好处。我们两家打价格战的话，两败俱伤。"

"我不做殖民地。"柳钧断然拒绝，"这块市场说大不大，说小不小，我做殖民地只能苟且偷安，不用多久，即使你不想，你爸也会灭了我。"

"跟我们竞争你没任何好处。我们作为上市公司，起码有一条你吃不消，我们可以倾销打压你。你回家好好考虑。"

"别这么狰狞，好吗？你话里面的刀子太锋利。"

"我看你一点儿危机感也没，不得不点醒你。"

"你不点醒我也知道，前面两条路，竞争是一头撞死，签约是绑起来慢慢饿死。你让我决定怎么死，你说我该怎么决定？"

申华东沉吟："对不起，柳钧。不过在商言商，只能如此。"

柳钧无话可说，这种结果他早已设想过不止一次两次，在不菲的利润面前，当然会有厂商前赴后继地研制，他想了会儿，无奈地笑笑："我刚过几天安稳日子，全让你打破了。难怪我前几天好不容易早睡时却心惊肉跳地觉得这好日子太不真实。"

"打算怎么跟我竞争？"

柳钧摇头："我还没想好。"

申华东终于忍不住道："你倒是给我一个准话。抢余珊珊的时候你怎么就那么积极呢。"

"机械制造行业很大，门类很多，产品恒河沙数，未必到时就你一家独大，周围寸草不生。我激动个什么。"柳钧沉吟一下，毫不犹豫地提出，"我可以退出这个系列产品的生产，但是我有代价，你花一千万买断我的技术。"

"你疯还是我疯？一千万！我全部研发投入也不到这个数。早如此，我还不如一分钱不花，直接问你买。"

"我听说古玩界有这么一个故事，有人为保证手里一只花瓶的独一无二，他把市面上其他几只花瓶全部高价买来砸碎。最终他将手中独一无二的花瓶卖出高于全部花瓶总价的价格。我也可以索性把技术零卖给别家，捞笔一次性的，怎么都比在你的阴影下把产品越做越死得好。你可以考虑我提议的可行性。"

"别赌气，我跟你谈认真的。"但申华东说话时候已经醒悟，柳钧并非赌气，而是就事论事。这种事，柳钧早在一年多前已经做过一次，做得市一机库存积压如山，杨巡亏得苦不堪言，才会上演柳钧皮肉吃苦的事件。那么毫无疑问，若是柳钧此次也是恶意低价售卖技术，他在市一机投入的近千万研发资金等于全部泡汤。恐怕到时候他也会生出持刀斩柳钧手指一根的冲动。申华东一直想看柳钧激动，这下反而是他激动起来。他看着依然不激动的柳钧，怒不可遏。

柳钧静静注视着申华东脸色的变化，心想虽然杨巡比他和申华东大不了多少，可杨巡着实比他们两个老成无数，他直到最近才能领会杨巡的能力。"我跟你继续深入地认真下去。"他指指图纸，"这个产品系列，我早已申请专利。刚刚我看了图纸，你们的新设计虽有不少故意绕开我的意思，但最终没有跳离我申请范围的框架。这是你们对我的专利说明吃得不够透。也说明，到目前为止，你们技术人员的水平还不足以挑战我的高度，呵呵。东东，我亏就亏在缺资金，但你因此轻视我，拿我的产品下刀子，我倒要看你这跟屁虫做得成做不成。"

换作杨巡，此时根本不会将柳钧的话当回事。杨巡不遵循规则，自然，规则对他无用，恰好这个社会也支持杨巡的态度，规则只限制心中对规则有点儿敬畏的人，比如申华东。柳钧与杨巡对话，基本上是鸡同鸭讲，全不对路；与申华东对话，则是你来我往，有答有对。从申华东的哑口无言，柳钧看到自己这两年的长足进步。他初来时的不快消减了许多。

申华东则是非常不快，无论是追女人，还是赛车技术，他都小输柳钧一截，这是他积极争取管理市一机的重大原因，也是今天产品才刚试样成功，他就迫不及待地找柳钧见面的原因，他想看到柳钧的愤怒，就像柳钧每每总是看到他的愤怒一样。可是申华东挺失望，柳钧反将了一军。可申华东还是不死心地问："你转换产品，那是必然了。下一步你打算做什么？"

"不告诉你，免得我的产品才上市，才将市场做热，你紧跟坐收渔利。起码，我需要一段时间的收获期。"柳钧见申华东微笑，便不怀好意但强颜欢笑地又补充道，"不过我替我们的工程师们谢谢你。他们这一年多研制出的不少可爱玩意儿，眼下都被我锁在保险箱里。这下可以见光了。"

"你们的技术团队并不大，才不到十人。"申华东吃惊，"锁在保险箱里的那些……领先吗？"

"不领先的，直接襁褓里杀掉，要不然要我这领头人干吗？你既然知道我技术团队有多少人，那么你清楚我那儿的检测设备，从大约一个月后起，将超越你们市一机吗？你知道我每月的研发投入占产值的百分比是多少？你还知道，一个领头羊的作用有多大？"

"你的研发投入占比是多少？"

"你们市一机的利润率。所以你看，我不可能跟你低水平竞争，不可能做大路货。我只能高精尖。而你跟我竞争，也是不明智的，你规模大，资金足，但是库存大，掉头慢，反应迟钝，就像一艘大船。你如果跟我比追逐，你显然不明智，你跟不住。因为你们一开机就是大规模的量，大规模的周转资金，大规模的库存，我只要拿出以前对付杨巡的手段，你遭遇打击的时候停都停不住，只能眼睁睁看着损失加剧，这叫惯性，物体质量越大，惯性越大。所以我不清楚你盯着我干吗，短视，短视之极。"

申华东侧身不情不愿地斜睨柳钧好半天，才道："我讨厌你。"

"我更讨厌你。但你还是必须回去考虑，我给你一周时间，买不买断这个系列的技术专利。一周后没回话，我就采取措施。"

"我非常讨厌你。不可能一千万。"

两人草草吃完饭，白眼相向地各自结账。但才出饭店玻璃门，忽然眼前强光一闪，似乎是照相机的闪光灯，两个刚从灯光中走出的人顿时成了亮眼瞎子。随即哄闹声四起，都是女人的尖叫声，伴随而来的是奶油蛋糕袭击雨。"哇，阿三的生日愿望太灵光了。""才许愿天上掉帅哥，不到一分钟，一掉就是俩。""帅哥，一起去K歌吧，今天我们阿三生日。"……在叽叽喳喳中，却传来一锤定音："这两个阿三我全不喜欢，太奶。"

眼睛刚刚适应黑暗，又手忙脚乱抹去一脸蛋糕的柳钧与申华东听得最后一句话，又惊又怒，可是又只好打不还手，骂不还口，因眼前嘻嘻哈哈摇摇晃晃的是七八个女人，而且都是年轻醉女人，一堆的环肥燕瘦，他们胜之不武。两人唯有嘀咕几声，自认倒霉，避开三尺而走。可是那几个女人却不依不饶，有一个女人口齿不清地道："阿三说得不错，俩大男人一点儿反抗也不会，比蛋糕上的奶油还奶。"

柳钧和申华东倒是又站到同一战线，一起倒退撤离。柳钧坐进自己车子之前看阿三一眼，见是个微胖的女孩子，长得一脸福相，圆眼睛小嘴笑眯眯的脸，头上戴一顶纸糊的皇冠，大约是蛋糕店送的，很傻气滑稽。

申华东站柳钧的车外郁闷地道："我真想跟她们比比谁更十三点。"

"你想发十三？跟我对打？"

申华东忙道："不，不，我不当你的沙袋……"

但是两个人才刚恢复的对话被那群醉女人打断，那几个人托着蛋糕盒来赔礼道歉，邀请两个人去喝酒，权当赔罪。柳钧一看不对，连忙轰起油门，老鼠一样地窜出去，留申华东独闯盘丝洞。申华东眼看醉女人不可理喻，来不及撤回自己车子，操起飞毛腿追着柳钧的车子跑。柳钧只能放他上车，两人才算摆脱醉女人纠缠。

柳钧见申华东上车良久还不说话，就直奔七寸而去："市一机的工人很难管吧，你吃到苦头了？"

"唉，说给我家老头子听，连老头子都不敢相信。国企出来的工人老大哥太牛气了。"

"我见识过，那些人原本是体制内的老大哥，他们不适应头顶有老板的日子。前年见杨巡治那帮人的态度，我当时叹为观止，基本上将杨巡的管理方式视为反面教材。到现在才明白，大多数时候杨巡的法子是最管用的，我现在偶尔也如法炮制。但是管理需要恩威并用，杨巡侧重于威，工人在他面前一个字也不敢说，在他背后怨声载道做手脚。我还在寻找恩威之间的那个度，希望我在德国公司里感受到的企业文化企业向心力，能移植到我的腾飞来。"

"是不是得磨得像你一样没脾气，才算成功？"

"要不要对打试试我的脾气？"柳钧在公司克制再克制，越来越觉得不像是自己，本就不喜欢，眼下被申华东一再地指出没脾气，他胸闷得要死，也句句直指申华东软肋。

"我没恶意，可我有时从市一机出来真的想找人打架，打完坐一起喝啤酒说管理体验，可惜你是练家子，郁闷。我问我家老头子怎么解决因忍耐咽下去的那口气，他说他去澳门大赌一番，输个几十万出去，输得心疼了，回家就心平气和了。就跟女人上街疯狂购物是一个道理。我最近憋死了，还得假惺惺在公司装海外归来的金装青年，装作我的洋MBA就是比董总的土MBA深奥，妈妈的啊，我憋死了，我要做野人。咦，这是哪儿？"

"我家楼下地下车库。愿意的话，跟我上去喝酒吹牛，我叫上杨逦，她对市一机管理很有一套心得。"

"她？听说每天装腔作势坐办公室里发号施令，只会夸夸其谈，不敢下车间。

不要她，咱纯爷们儿说话。"

"她说的很多体验，我觉得有用。"柳钧一想，家里没啤酒，只得立马转身去外面小店买来一打。

两个人将柳钧的沙发搬到阳台上，一人霸占一条沙发，一人分得六瓶啤酒，就着柳钧做得不错的炒鸡蛋和油炸花生米，滔滔不绝地聊了一夜。到天色渐白时，申华东终于承认，他爸发配他去市一机磨炼的决定，正确。而柳钧表面上的没脾气，正是他未来的发展方向。

申华东回家后，虽然心中生出不该抢夺朋友财物的念头，可他实在抗拒不了系列产品的诱惑。经双方友好磋商，不久，柳钧以彼此都能接受的价格，将他用半年多心血研发的系列产品技术转让给市一机，他顺便做个人情，将产品市场也交给市一机。

杨巡闻此消息，实在不敢相信这是精明的申宝田做出的决定，他认定这是申宝田傻儿子的败家行径，若他还在市一机，必定拼死抵制。他当年亲眼看着柳钧将产品研发出来，明察柳钧花费多少时间，动用多少途径，消耗多少材料，他完全算得出这个产品的实际研发成本。柳钧若是敢跟他开这么个价，他准将柳钧的脑袋拧下来，掏出脑浆替柳钧好好洗洗。虽然杨巡清楚现在市一机已经不是他名下产业，可是看着申家乱花市一机的钱，杨巡禁不住地心疼。可再心疼，那也不再是他的财产。杨巡而今将全部精力投入到前进厂地块的开发，他将在那儿建造一座宾馆。有熟悉宾馆的杨逦配合，有他本人在豪园协助管理餐饮的经验，项目进展迅速。

建造星级宾馆，曾经是杨巡渴望而最终无奈放弃的梦想，而今，他有钱了，可以美梦成真了。

03

柳钧将卖技术得来的资金全数投入到购买新设备上。柳石堂看得跳脚，要是把这笔钱还了高利贷，他们就可以无债一身轻，日子过得很滋润。可年轻人就爱冒险，宁可让债务抽得每天紧张忙碌。

腾飞的产品新陈代谢之际，柳石堂终于可以暂缓出差，回家息养一段时间。

想到他的车胎屡屡在小区惨遭毒手，柳石堂决定豁出一夜睡眠，窝在车里守株待兔。柳钧见不得老爹出差回家第一天就豁出睡眠，只得毛遂自荐牺牲自己。夏日的车厢内异常闷热，为免打草惊蛇，柳钧只能将四扇车窗打开手指粗的缝，保证通气。可是蚊子也随着空气流窜进来，围绕着柳钧嗡嗡打转，柳钧苦不堪言。

好在夜晚并不是想象中的宁静，除了手机此起彼伏的来电，还有车子旁边在夜色掩盖下不断上演的活剧，柳钧还可以趁此机会好好思考一下给腾飞办理高新技术企业认定的程序，尤其是必须考虑自我评价该如何写，才能突出腾飞的与众不同。应该说，按照他的研发费用投入，和高新技术产品收入，以及申请的专利，他自审结果是他应该通过认定，起码比据说今年再争取高新技术企业的市一机有资格得多。如果通过认定，那么腾飞获得的将是实实在在真金白银的利益，与税收优惠大有干系。

不过有一个问题柳钧有点儿打不定主意。申华东向他透底，其实他们年初花五百万请大学教授协助科研攻关，这钱花得醉翁之意不在酒，主要目的是打教授这个专家的主意。申请报告上面有没有那教授的签名，认证会上有没有教授的出席，那效果大不一样。面对税收优惠这个大诱惑，柳钧心中摇摆，他要不要也花钱请一个教授做一个空头签名造一个假？他的申请报告需要硬杠子。

好不容易时间爬到半夜一点多，绕着柳钧转的蚊子不知道已经换了几次岗，柳钧终于见到有一个六十多的老头儿不仅走近他爸的座驾，而且还背着手绕车子转了一圈。这一圈走得不容易，有一边需要穿越绿篱。可那老头子还是费劲地走完一圈。柳钧悄悄地钻在后座，紧张地看老头儿下一步行动，务必捉个现行。可是那老头儿什么也没做，只是一个劲儿地叹息，喃喃地自言自语。

"你这辆车又是好几天没来了，听说你忙着出差挣钱，唉，年纪再大，能挣钱都是好事啊，劝你千万不要停手。你看我，今晚睡不着，愁明天孙子开学要交的钱。我们一家两个老的只有我拿一点点退休工资，两个中的没工作，靠我退休工资糊口，一家废物啦。唉，我们家这么穷，这个小区的私家车却是越来越多，我每天都数着，有些是换车子了，有些是搬出去住更好的地儿了，都发财了。现在啊，人跟人差别太大了，不过你这么忙，你这辆车，是小区最忙前十名，也算是勤劳致富，我再怨也怨不到你头上，以后有什么运动，我给你做证明，不会打倒你。唉，我也想忙，没人要啊。唉，富在深山有远亲，穷在闹市无人问，我连说个话都没人听，只能跟你们说……"

　　柳钧目瞪口呆地看着老头儿摸摸车头走开，去往下一辆车。但是老头对下一辆车却不客气，先踢上一脚，才剑拔弩张地说话。柳钧忽然想到，他家车子好几次破胎，会不会是这个老头儿搞破坏？仇富？他看着那老头儿一辆辆车地唠叨下去，而老头儿的态度也是因车而异，有些摸摸车头，有些踢一脚，有些则是啐一口浓痰。不过仅此而已，直到老头儿拐弯，柳钧也不曾见到老头儿拔出钢针一枚。

　　看看手表，时针已经指向两点，都已经守了半夜，今晚就坚持到底吧。柳钧打着哈欠，继续看野狗野猫在小区蹦来跳去，看夜归的人以不同于白天的步伐神秘地回家。

　　就在柳钧哈欠连天的时候，他终于又见到有人鬼魂一样地接近车子。已经习惯黑暗的柳钧看得分明，毫无悬念，这不是傅阿姨是谁？他见到傅阿姨若无其事地往车子里面张望一下，又若无其事地走开，轻轻的脚步声越来越远，直至听不见。柳钧疑惑，难道傅阿姨发现他了？这基本上不可能，他爸的车子贴膜了。抑或，这是一次试探？柳钧的脑袋全清醒了，五官也各就各位，仔细侦察周边所有响动。

　　可是这一等，又是一个小时。夏天，清晨来得早，三点钟已能听见偶尔一两声鸟叫。天还是暗着，野猫野狗反而不大出现了，沉闷了一夜的天终于吹出几丝风，车子里面终于能感受到一丝凉意。柳钧心想放弃，可此时车身边的绿篱传来不同于风声的"沙沙"声，柳钧仔细倾听，那声音渐渐靠近他的车子。他顿时兴奋起来，候着声音越来越近，近在咫尺，他隐隐见到绿篱后匍匐的身影。然后，他见到身影钻进近一米厚的绿篱，一条手臂握着一只器具谨慎地接近轮胎。他不等了，直接打开靠绿篱的车门，大喝一声："谁？"一脚往来人手臂踹去，踢落手臂握着的器具。

　　绿化带里的人直起身就跑，柳钧看清是傅阿姨，好整以暇地捡起傅阿姨掉落的器具，才跃身追上。追赶基本上也没悬念，不等第一个岔口出现，傅阿姨已经被柳钧轻松擒拿。报警之后，柳钧问傅阿姨："为什么没完没了？明明是你们先错。八只轮胎价格不菲，你等着再次坐牢。"

　　"我老头儿被你们害死了，我把牢底坐穿也不怕，你们姓柳的千刀万剐，我出来继续跟你们没完没了。"

　　"你家老头儿……我们并没有接触。"

　　"我老头儿有病，要钱看病，要有人陪他看病，你把我和儿子关进去，我老头儿死了一星期才被人发现，人都烂了，太惨了。我恨死你们，下半辈子只要有口气在，跟你们没完。"

柳钧觉得此人不可理喻，他为春节家门被泼粪，与隔三岔五车胎被刺，早已忍耐足够，火气很大，现在更是烦傅阿姨的纠缠不清。"你应该清楚是你先偷我们的资料，那份资料我现在打包出售，卖了几百万。也就是说，你偷了我近百万的财物。你不坐牢，谁坐？明明是你和你儿子贪心害死你家老头儿。赖给我和我爸，你以为你可以逃脱你老头儿孤零零惨死的罪责？"

"不怪你们怪谁？我年纪轻轻给下放吃足苦头，我怪谁去？你妈心狠手辣抛弃原来谈的男朋友找城里的你爸结婚，得以调回城里，我一身清白，却到老还调不出山村，我怪谁去？我从教几十年含辛茹苦，培养出桃李满天下，可是上面说取消我们小学就取消，说解聘我们代课教师就解聘，我做了一辈子代课教师，却退休工资无着，我怪谁去？我老头儿的乡镇企业说倒就倒，说卖给个体老板就卖，他做一辈子，连医药费都没处报，靠我在外面做牛做马挣钱买药，我怪谁去？我的东西，你们说拿就拿去，连骨头渣都不留，你们这些趁改制买国家厂的却都肥得流油。你们的东西呢，我抛家弃小伺候你爸那么多年，你爸给过我好脸色？一家房间那么多，却让我住杂物间，当我是人吗？你爸给我的工资又是多少？从来不会主动给我加工资，非要我苦苦哀求他才开恩，他算个屁。我只是要回本该属于我的那份子，你们没理由让我坐牢，还害我儿子坐牢。你等着，我出来会继续追索，我要阴魂不散追着你们不放。看起来你也不是好东西，有你烂爹娘遗传，我白善待你……"

柳钧的工科脑袋怎么都无法把傅阿姨吃足苦头与怪罪他们柳家之间用逻辑的线条连接起来。他看着傅阿姨振振有词，滔滔不绝，似乎全是傅阿姨的理，心里想到上半夜那个东摸车子一把西啐车子一口的自言自语老头儿。他不再反驳，只是默默听着，但也不放手，一直等到公安赶来。

清晨与早起的爸爸说起，柳钧唯有让爸爸搬家，搬到安保严密的小区居住，避开死缠烂打的傅阿姨。让他更头痛的是爸妈的婚姻，以前总觉得妈妈多愁善感的性子与爸爸的不搭，只记得他有记忆起，妈妈一直与爸爸分开卧室，他长大后知道这不正常。现在听了傅阿姨的控诉，他有点儿明白，可是他不愿深想。大概每个人都有每个人的无可奈何，而他上一代人的一辈子有更多无可奈何。对于那么多的事，他是如此的无能为力。

04

九一一事件发生的时候,钱宏明正在腾飞厂。他与朋友一齐看好上海的房价,大家有意去地铁经过的小区购买住房,朋友们公推内行人他姐姐钱宏英牵头。只是他正好手头现金有限,想问柳钧借二十万调个头寸,等产权证拿出来他就去抵押,很快还柳钧的钱。正好柳钧接到申华东的电话,申华东中文英文夹杂地要他赶紧上网看新闻,考虑事件会如何影响经济局势,明天晚上见面商谈。柳钧赶紧找用惯的雅虎新闻,跳出来的画面触目惊心。他将新闻页面转给钱宏明看,等钱宏明看完抬头,他问:"你是不是该谨慎一点儿,先观望一段时间。"见钱宏明皱眉,他又赶紧表明态度:"二十万不是问题,但我希望你三思。还有,你要那么多房子干什么?你第二套房子刚装修完,还空着没入住呢。"

"上海的房子买了不是自己住,是投资,大家都看好上海的房价。不过今天飞机撞双子塔……我的美国业务……看新闻,美国那边还摸不到头绪,不知道什么时候评论能出来。好,我延缓一段时间,看看再说。"

"明天晚上申华东家,他邀请几个朋友见面协商,你一起去?"

钱宏明犹豫了会儿:"跟申华东这个人我有点儿不习惯。我跟几个外贸圈的朋友会商一下,我们再通电话交流。"

"那家伙顶直爽。"

"我不喜欢他,太自以为是。"

柳钧想不出申华东自以为是在哪儿,不过钱宏明既然不喜欢,也就作罢。

他第二天约了东海集团采购部门的一位经理,他携新试制的特种配件去给试用。这个约见是东海集团老大宋运辉下的指令,而宋运辉得知这种特种配件的国产化,则是由梁思申传达。因着这一层关系,柳钧突破国营大集团的最大门障,得以让大集团肯点头答应试用。即使是腾飞免费提供试用,这对腾飞也已经是无上的恩典。当然,这是他爸碰壁之后,他特意找上梁思申请求得来的机会。

令柳钧非常意外的是宋运辉也列席答疑会。在宋运辉的授意下,东海集团技术部门提出的问题一个比一个刁。好在柳钧胸有成竹。他在答疑中抛出一个接一个的数据库,以腾飞厂技术人员密集的测试数据为依据,告诉众人,他们是用最笨最不投机的试验,结合最前沿的科学理论的验证,才有最后成品的诞生。他们又在特种配件的控制中采用目前比较先进的工控技术,使得无论是应用还是反馈，各项性能较之国外产品均不逊色。他也不讳言，因为精密锻机的精度受限于欧美等国禁运条例，他的产品质量受到一定影响，而目前这种影响被工艺设计所中和，成品总体性能依然可以不逊东海集团目前在用的进口件。眼下他们正尝试努力吃透进口锻机的结构，设法提高锻机精度。

宋运辉授意之后，便一直只听不说。等柳钧答疑完，才招手让柳钧拎笔记本电脑坐他身边去，他要看柳钧说的数据库。柳钧一不做，二不休，要求将电脑联网，通过口令密码，直接进入他公司机房的数据库。宋运辉的技术虽然偏运行，可是对设备知之甚多，他只要点开总目录，又一条一条地拉出分目录，心里就有了大概。他点开看了会儿，问旁边一位设备总工："我们有硫化氢在不同浓度不同温度下，对不同钢材腐蚀程度的数据记录吗？"

设备总工摇头道："有资料可以查询。有曲线图的。"

宋运辉打开一个页面，将笔记本电脑转给设备总工，"你看，这儿有翔实数据。对于我们东海的设备而言如此关键的一组数据，我们没有，反而腾飞有。"

设备总工脸上一红，不过他不大会操作笔记本电脑的鼠标，还得身边工程师帮忙翻页。不免，他也翻到总目录，再看分目录："这些数据，你们怎么得来的？"

"我们有专人专门测试材质，充实数据库。这位专人不一定有很高的学历，只需要认真再认真就行。这样，他得出的数据就便于我们分析研究利用了。不过以前人手不足以细分工种的时候，这种工作都是我和工程师们自己利用休息时间傻做。"

宋运辉不禁想到自己当年初次接触设备，他不使半点儿花活儿，就是用最笨的方法，利用别人看电影吹牛皮谈恋爱的时间将设备的全部配件图纸整理对照甚至重新绘制，虽他是一个新进职工，却对设备了若指掌，可以说当时的傻干奠定了他这辈子事业的基础。看着同样是傻干出来的数据库，他感慨道："我们大多数人不是天才，可是我们中间总有一些人凭着过人的认真，过人的坚持，今天多学一点儿，明天多干一点儿，日积月累，出来的就是丰厚的成果。小时候背毛选，里面有句话：世上最怕'认真'二字。"他拍拍柳钧的电脑："这个认真，看似很傻，实则大智慧。"

宋运辉在旁边说，柳钧在心里默默地记。他想，当初罗庆辞职去考公务员，他无法做通罗庆的思想工作。他若是搬出宋运辉的这些话来，效果又会如何？这种话，如果他以前听到，可能不会有大感触，可是现在自己做了管理，在每天的管理工作中碰到这样那样的问题，也在苦思解决的最佳办法，宋运辉的言行，无疑给了他最好启示。

答疑结束，柳钧悄悄问宋运辉，他的产品与他的研发管理，还有没有需要改进的地方。宋运辉反而将他和两位设备总工请进办公室，研讨研发管理的经验。大家都是内行人，说话一点就通，彼此交流了好些实用经验。因为谈得投机，而且东海也决定试用他的特种配件，柳钧禁不住大胆向宋运辉提出："宋总，有个不情之请，特种配件的制造成本很高，能否……"

宋运辉一听就笑了："你以为我占你小公司便宜？你倒是问问在座两位专家，我让你的部件在东海试用，是对你多大的支持。"

一位总工解释："我们的设备常年不停，若是因故障停机一次，损失以百万计。类似你提供的配件，我们需要在设备定期大修或者小修时候换上去，换上去后就必须保证使用到下次定期检修的时间。因此，我们对部件的要求非常严格，轻易不会尝试没有信誉的产品。这也是我们在决定试用你的产品之前必须郑重其事开答疑会的原因，我们是冒着很大风险的。"

"原来如此，隔行如隔山。"

宋运辉道："我们看看试用情况，如果实际使用效果达到我们现在所用进口产品的水准，而非理论达到，我们会支付购买费用。这方面小柳你可以放心，我们是正规大国企。"

柳钧嘴上不敢说，心里则是腹诽，以他两年周旋于客户得来的经验，越是大企业，采购部门的猫儿腻越多，几乎中外公私共襄盛举。而大企业加国企，那就意味着猫儿腻的登峰造极。不过他在东海直接攀上老大宋运辉，当然另当别论。

柳钧上车，先忍不住擦一把整个下午被如此严苛的大阵仗吓出来的冷汗。可他立即又接到宋运辉的来电。

"小柳，最近你和小申没时间组织活动？"

"有，今晚上东东家聚会，讨论纽约双子塔被飞机撞倒对我们有什么影响。正想请教宋总，刚才人多不便问。"

"昨晚纽约股市反应已经出来，我们担心接下来对美国经济的影响。今年，美国经济本已走一波高科技热之后的下坡路，这一撞的影响估计不容低估。我们还有必要继续观察这次撞击事件的背后势力，以及美国即将就此做出的举国行动会是什么，往往大事件后面紧追的是大举动，所以目前还难以下定论。"

"茅塞顿开。宋总，你是我的偶像。我晚上就搬宋总的话吓东东去。"

"呃……你们最近没组织户外的活动？组织一下吧，我可以替你们联络吃螃蟹的地方。"

柳钧闻言愣了好一会儿才会过意来，宋运辉在帮他太太找事做。他忙道："我晚上与东东商量，回头与宋总联络。"

放下电话，柳钧想想年轻爱玩的梁思申，再想想一本正经的宋运辉，若有所悟。他一边上路，一边回拨开会期间不便接听的来电，有个电话号码根陌生，他打通，那边的女声就自来熟地问："腾飞公司的柳总？您好您好！介绍一下我自己，我叫崔冰冰，工行市分行的皇牌信贷员，呵呵。我从朋友那儿看到您申请高新企业认证的报告，很有兴趣，想约个时间上门谈谈。"

"噢，你好。"柳钧说完就想到，人家"冰冰"有礼地称呼他"您"，他却用了一个"你"，可是从小习惯改不掉，他只好将错就错了，"现在就可以，我二十五分钟之后到公司。"

那边的崔冰冰非常爽快地答应。但是柳钧却看到时钟已经接近下班时间，二十五分钟之后就是下班时间。以他对银行那帮大爷，尤其是四大银行那帮大爷的了解，他怀疑崔冰冰得爽约。于是柳钧一路等着崔冰冰来电反悔，结果一路等不到，却一进公司大门，就见到门口一辆白色帕萨特，帕萨特里刚刚钻出一名女子，鲜红的真丝圆领衫，齐肩短发，微胖，唇红齿白，手臂一条红玛瑙珠子手链，未语先笑。柳钧一眼就认出，这不是在豪园门口借生日发酒疯的阿三吗？难道崔冰冰就是阿三？说什么皇牌，不会是黄牌吧。

"阿三，你好。"

阿三微微一愣，就笑眯眯道："柳总吧？真好效率，这么快连我匪号都打听出来啦。下班时间谈工作，不过柳总应该不会见怪。柳总就这一片厂房吗？"

崔冰冰若无其事地递上名片。反而柳钧一头雾水，难道这个无厘头一样的阿三还很有名？"是的，只有这一片。"

"我问朋友借阅了贵公司的资产负债表，难道贵公司的固定资产全放在设备上？这是我今天上门想解开的第一个谜团。"

柳钧喜欢崔冰冰直奔主题的态度，更喜欢崔冰冰信手拈来一连串数字的神功，这才对这个无厘头阿三刮目相看："确实，固定资产分配在资产负债表上看不出来。请去我办公室，我有本公司全部设备价格的复印件。你也可以换上工作服戴上安全帽，进车间现场看看。"

"行，先看资料后看现场。喂，柳总，您问谁打听到我？"

柳钧扭头看看并肩而行的崔冰冰，忍不住笑出来："我见过你，在豪园，你生日那一天，你跟一帮女朋友玩得很尽兴，追着人疯砸蛋糕，我正是被你们追砸的其中之一。"

柳钧等着看崔冰冰表现尴尬，却不料崔冰冰笑道："哈，记得记得，我那天对着蜡烛许愿天上掉帅哥，然后我记得很快就跳出来两个帅哥，我的许愿灵极了。当时喝多了，没记住人脸，既然柳总是帅哥，那就不会错了。蛋糕好吃吧？我特意从上海拎回来的。另一位帅哥是谁？介绍认识认识，这个愿还真是灵光得不行。"

柳钧反被吃豆腐，看起来这个阿三醉时惹不起，清醒时候依然惹不起。"另一位是小K申华东。我等下去他家吃饭，你不妨一起去。"趁着进门找复印件的当儿，柳钧仔细看清楚手中崔冰冰的名片，一看职位，颇有点儿不信，这么年轻，这么无厘头的人，居然已经位居市分行的小中层？可是看她开着帕萨特，应该门面不假。

崔冰冰拿到文件袋，打开一看就递回："对不起，英语全还给老师了。柳总跟我说一下吧。"

"是德语，不如我们下去看图对照。对不起，我们公司没有一个女员工，请崔小姐换一下我的干净工作服，牛仔裤和运动鞋穿进车间无妨。"

崔冰冰倒是熟络无拘，套上柳钧庞大的工作服，还笑嘻嘻甩一个水袖做一个鬼脸。被工作服掩住红装的崔冰冰，柳钧更不把她当女人看待。两人先去新建研发中心大楼，看里面的昂贵仪器，对照资料图上面的马克标价，一目了然，看图说话。看完研发中心，崔冰冰的评价是整幢楼每一个角落都比总经理室豪华舒适。再去车间看设备，依然是看图说话。

一圈儿下来，夏日的天色早已暗淡。崔冰冰石破天惊来了一句，"我终于知道为什么你的贷款这么低，呵呵，贷不到吧。我第二个谜团解开了。"

"咦，为什么？一方面是你们这样的四大行不愿搭理我，一方面是股份制小银行给我的贷款额度有限，原因是什么？"

"首先，你损益表上面的利润数字实在是太漂亮，漂亮得假，不像是传统机械制造企业，要不是我看你申请高新技术企业认证，我先拿你当骗子看待，而且是不成熟的骗子，做假报表水平太次，一看就是假外资的练摊出身个体户水平。单纯看报表，谁也不会想到你的车间里金屋藏娇。承认吗？"

柳钧想不到还有这么个理由，"国内的机械……嘿嘿……名声都给低级加工败坏了。这种毛利，在我以前服务的德国公司属于很正常。"

"你是真外资？"

柳钧不予正面回答："我持德国护照。"

"坐我的车回城吧？我们路上可以继续谈。"

柳钧从善如流，脱掉工作服扔进保安室，上了崔冰冰的车。想不到崔冰冰性格硬朗，开车不到十米却让柳钧皱起眉头。为小命着想，他强烈要求撤换司机，好在崔冰冰也不坚持，两人换个位置。

"我们继续。第二个原因，你固定资产中的地皮占比太小。我们银行看你能拿出什么做抵押。设备，是我们最不要的，转手太难。那么地皮，你那么小一块地能估价多少？所以你只能拿到一点点贷款，其余只能给你开承兑。你目前的贷款银行有没有跟你说明其中的原因？"

"没说。可我钱不够才问你们银行贷款，而且以我目前的产能，这块地绰绰有余，我挣来的利润只够买设备，买了设备就没钱买其他的，你看我的设备都多贵。"

"你的想法有你的道理，但不是跟银行打交道混贷款的好思路。大言不惭地说，我之所以成为皇牌信贷，是因为我做一笔贷款，交一个朋友，而且不是酒肉朋友。我通过充分深入地了解一家企业，帮助发掘企业的成长性，就这样。起码，你从没见过我这种主动出击，送上门来的四大行大爷，是吧？"

柳钧也不知道这个皇牌抑或黄牌满嘴是吹牛还是真话："那么我该怎么获得更多贷款？"

"有不少企业是这么做：利润再投资，一部分买地，一部分买设备，或者甚至租赁设备。买地的好处有两方面：一是方便贷款做抵押物；二是等待地皮增值。就目前来看，有不少圈地成功的企业，我看他们资产表上的资产增值，主要体现在地价评估增值上，辛辛苦苦做得的利润，哪能跟这种增值相比？基本上是又轻松又快捷又量大。"

"问题是我的资金有限，更新设备又是当务之急。"

253

　　"谁家资金都不闲着，但有人大胆，买地等升值的同时套出贷款……自己去领会吧。目前一般人拿地不容易，但像你这种有项目的外资制造企业拿地，又另当别论。全体政府机关大约都夹道欢迎你外资进场，还提供你最优惠地价。这其实是很简单明了的一条思路。"

　　柳钧听了心中豁然开朗，以前跟他接触的信贷员也有隐隐约约说起，可是他没往心里去，因此也从无深入探究，被崔冰冰明刀明枪地一说，他才算真正明白工业区里一家明明效益并不怎样的公司，两年里眼看着它规模飞速膨胀，发展势头惊人，他原来一直搞不明白那家公司哪儿来那么多的钱呢。"可是资金链绷得这么紧，到固定还贷期拿不出钱还银行，岂不是很糟糕？"但是柳钧这句话问出，自己心里就有了答案：遍地的地下钱庄，异常便利快捷的民间融资，即使利率很高，可是拿来调几天头寸，还是可行的，"哦，有数了。"

　　"侬真是老灵光咯。不过最大前提是企业有潜力，要不然银行不敢冒险。"

　　"只是……你一向这么直接跟只有一面之缘的人说出银行的秘密吗？不怕被你们银行亮黄牌警告？"

　　"我出道至今，这么毫无保留地传授秘诀，你还是第一个。呵呵，够献媚吧？"

　　柳钧听得毛骨悚然，心里无比怀疑兜里那张名片的真伪，这年头儿，尤其是财大气粗的工行市分行，能出这么一个平易近人到献媚级别的信贷员吗？柳钧抓紧时间斜睨一眼，却正好见到崔冰冰抱臂笑眯眯看着他，落落大方，却笑容诡异。他心里更加怀疑，企图赶紧脱身，心生一计："受教了，我每天钻在车间里，你说的这些还真没去想。呃，你这车是不是好多日子没换机油了？听着声音不对劲。"

　　"这也听得出来？"崔冰冰异常好奇。

　　"当然，我每天做的就是这种事。你想象一下，你用手掌搓木板是什么声音，手掌抹厚厚一层油之后又是什么声音，区别很大。"

　　"对啊。我买来一千公里时候去4S店保养过一次，他们说很好很好，我后来就没再去过一次。"

　　柳钧大惊，指着里程表问："你开了这么多公里，还没换机油？"

　　这回，崔冰冰收起镇定，心虚地道："我就市区开开，而且开得不快的，车子也经常洗……"

"这叫隔靴搔痒。你可以想象一下你的手臂在水泥上磨，多磨几下破皮了。机械也是一样，没有机油保护，很快磨损。既然我看到了，不能不管。"柳钧征得崔冰冰同意，开去4S店，结果人家关门。他就非常热心地联系他熟悉的车行，到店里打开前盖一片墨黑，他忍不住笑出声来，当场与老板敲定需要换机油及内部机械的清理。一切安排停当，崔冰冰现场监工，他赶紧溜走去申华东家了。

这边崔冰冰还感激得不行，觉得柳钧耽误约会帮她这个车盲事事安排妥帖才走。那边柳钧一到申华东家，就让申华东家在场众人帮忙打听工行有没有崔冰冰那么一个女人。在场有在工行开户的朋友都帮忙打电话询问，一轮问下来，答案令柳钧吃惊，崔冰冰一点儿没骗他。反而他被大伙儿猛烈取笑，四大行对他冷漠点儿吧，他要抱怨，对他好一点儿，他又要疑神疑鬼，倒是让四大行很难拿捏分寸。

在场的都是车坛老友，来之前基本上已经上网查过国内国外的网站，众人对于纽约的飞机撞大楼，并无太多新鲜见解，与宋运辉提出的并无二致。凑一起基本上还是为了玩，饭后就开起一桌麻将。爬不上麻将桌的柳钧提出国庆节前找个地方吃螃蟹赏桂花，众人一致叫好，很快便拟出最佳地点，最佳行动方案，当场就有人一个电话过去与养螃蟹的联系下最好的螃蟹，有人则是与桂花浓密的农村联系好饭店。申华东当即将方案上传到车坛。

看着申华东上传，柳钧笑道："刚才我说的那个崔冰冰，就是在豪园门口扔我们一身蛋糕，还骂我们奶油的阿三。"

"什么，那个十三点？正常时候怎么样？难怪你疑神疑鬼。"

"你自己去看，她那车子，估计得修到半夜十二点。"柳钧将崔冰冰车子情况一说，旁边听见的几个人笑得前仰后合。想到崔冰冰并非无厘头，而是真的找上门来说正经事，对于一个四大行小中层而言已是非常难得，柳钧收起起初走避三舍的念头，与申华东家保姆要了一盒蒸饺，去车行探班。

果然见崔冰冰坐在车行里无聊地拍蚊子看电视。崔冰冰见到柳钧去而复回，开心得不行，跳起来接过饭盒，连声道谢："柳总，我还替你想到一个原因，你的车子太寒酸，换门面好点儿的吧。"

车老板大声道："柳总车子不比你的便宜。人家那马力，轰出去小钢炮一样，内行人才买他那车。"

崔冰冰惊讶，"柳总，我对你越来越好奇，回头找时间再去你公司，你得给我讲讲你办公司的思路。"

"不给贷款不让进门，呵呵。"

"贷款的一个中心两个基本点我都倾囊而出了，你还想怎样？见过我这么爽快的人吗？"

"没见过，你态度好得不正常。"柳钧让崔冰冰吃蒸饺，他去帮车行老板修车。等车子修好，柳钧打算掏出钱包，旁边的崔冰冰早眼明手快，把柳钧的手按住，她摸出自己的钱包，将修理费结清。这又让柳钧心中称奇，大好的让他掏钱的机会，崔冰冰却很廉洁。看起来崔冰冰还真是贷一笔款交一个朋友，而且不是酒肉朋友。更让柳钧不适应的是，崔冰冰硬是提出送他回家，而不理什么男士有义务送女士回家这种鬼话。可是半路上崔冰冰又提出请柳钧做她陪练，陪着她在城里转了一圈又一圈，提高她的驾车臭水平。柳钧若非见过崔冰冰将数字如数家珍，真想将她脑袋拧下当木鱼敲。幸好崔冰冰脾气好，笑嘻嘻地一边说自己笨，一边死不悔改，气得柳钧脸色铁青，她才将柳钧扔在小区门口，哈哈大笑而去，仿佛她就是为刺激柳钧的火气而来。

柳钧本就对崔冰冰将信将疑，虽然出于礼貌，十分钟后又打崔冰冰手机问她安全到家没有，被崔冰冰连声赞美得他都会脸红，可是心中疑团还是在电话里跟他爸和盘托出，想知道那女人究竟打什么主意。柳石堂的话让柳钧差点儿跳起来。

"前阵子我不是回家闲着吗，我托朋友去说李××的女儿。那个李现在退居市政协，不过这一家弟妹不少，全在市里当官，势力你可以想象。昨天朋友才回话说李××对你的条件挺喜欢，打算安排个时间先与你见个面……"

"搞什么，相亲？老土，不干。"

"我知道你嫌相亲土，不敢跟你说。那个李××的女儿就在市工行上班，李××是女的，她女儿姓什么我倒是忘了问。"

"是啊，有些人在家是某某某女儿，出嫁后改称呼变成谁谁谁太太……什么，市工行？崔冰冰调戏我？"

"我也怀疑是。否则你想啊，像市工行那种地方，寻常人混到信贷已经不容易，起码得从柜台做起做上好几年。更别提这么年纪轻轻做个小中层，没一点儿背景哪儿行？我明天问朋友打听清楚。"

柳钧终于明白崔冰冰为什么一晚上都笑眯眯的，态度好得不像四大行信贷员，敢情她就在偷看他的好戏，那心情，自然是要多愉快就多愉快。想通这点，柳钧郁闷得直挠墙，生气爸爸一直瞒着他。

因此崔冰冰再次邀约上门面谈的时候，柳钧一口回绝了。正好他也有事，宋运辉亲自打电话过来，让他去设备小修现场看特种配件安装调试，基本上就是大考中的口试。虽然柳钧的产品已经在实验室模拟环境下经受住考验，可是谁都知道现场情况千变万化，弄不好头顶掉下一顶脆生生的安全帽，也会砸得设备失灵。

柳钧带上负责设计的孙工，和这个设计班子的其他三位，一车挤了五个人赶去东海集团。他们去的时候，配件已经安装。孙工爱不释手地抚摸法兰，看看周围塔罐林立的环境，再看看他的宝贝配件，心情别提多激动。柳钧也是一样，可他现在不再是个单纯的工程师，他代表腾飞，他得拿出腾飞总经理的样子来，因此他只能比较克制地拿火眼金睛扫视着周围，指出那部件是进口的，这部件也是进口的，于是愈发显得他的国产货卓尔不群。

但腾飞一行很快就被戴着橙黄安全帽的东海集团安全员赶到安全线之外，原来是开机了。见到这种阵仗，腾飞一行都是肃然，即使原本胸有成竹，在方圆不知几平方公里范围内隆隆升腾起来的机器大合唱声中也变得忐忑起来。柳钧眼观六路，耳听八方，深深意识到东海的工厂环境与腾飞大不相同，这一机器开启，可不是一台两台，而是看不到边的一片，无数的管道瞬间充满气液，无数的轮轴瞬间飞转。他这才能理解上回东海设备总工对他的解释，确实，若是他的配件稍有闪失，维修时停工的就是眼前一大片，这种损失，他担负不起。宋运辉当初答应放行他腾飞这种小公司研制的特种配件，实在是天大地大的恩惠，宋运辉该承担多大的风险啊。也只有宋运辉答应，他的产品才能进入东海这种大公司的门。柳钧心里直呼侥幸。

一会儿，有一帮领导模样的人经过，其中就有宋运辉。他们边走边看，走到柳钧一行身边时候，宋运辉跟柳钧道："不错，开机阶段不出问题，就跟飞机能够安全起飞一样不容易。你去会议室等我，我巡视一圈过去找你。"

"让我们跟着看行吗？我们保证不乱走乱摸，技术人员多看多长见识，方便以后设计更适合的产品。"

宋运辉笑道："得寸进尺。好吧，跟着，不许走丢，只能走我们大队人马踏过的路。"

这一路，腾飞一行人看得眼界大开。

一行走出作业区，机器声稍微轻下来，宋运辉就停住道："我们就在这儿简单说几句吧。几年前我曾担任设备国产化的重任。可是等我们将产品设计出来，却遇到无法在国内加工或者寻找配件的难题。有些是设备太庞大，国内设备的动力不够做物理加工，有些则是国内设备的加工精度不够。到最后说是国产化了，结果关键部件全是进口，是个十足的伪国产，最终造价并不比整机进口低。那次任务几乎成了我的心病。小柳的公司敢于走自主创新之路，我大力支持。希望小柳你们耐得下寂寞，抵得住诱惑，在自主研发这条路上继续走下去。我们东海，我再三提示，从社会效益而言，我们必须发挥产业领头羊作用，继续广泛发掘优秀的自主研发产品，为国产化创造条件。从经济利益而言，鼓励国产化和鼓励竞争，都是有效降低我们成本的必由之路。老王，你考虑一下，把这个思路形成文件。"

一位姓王的官员领命。而腾飞一行人在如此宏大的工厂背景下，聆听宋运辉对他们的鼓励和支持，一个个激动得心潮澎湃，只觉得自己成了"天将降大任于斯人也"的斯人。但宋运辉随即就转过头来，似笑非笑地对柳钧道："今天让你们到现场看着，为的是让你们充分了解所提供产品的责任之重，同时，有问题也方便我现场发落。"

"真是太感谢东海集团了。"柳钧不禁激动地说起他最初的产品进入市场之时，被心怀成见的企业以国产货拒绝，他后来如何冒充外企才得以打入。听得宋运辉等人脸上骇笑。可是宋运辉等人回思他们自己平日里选择配件的思考，以稳妥起见，他们可能与柳钧说的那家企业是一样的思路。所以，国产化任重道远，最需改变的正是人们心中固有的成见。

05

宋运辉很喜欢柳钧他们吃蟹赏桂花的安排，他说届时一定与梁思申一起成行。柳钧心想，连宋运辉这么一本正经的人都喜欢这个玩赏计划，那个工作狂钱宏明一准儿也会答应出来散心。果然，钱宏明很喜欢，可惜那天他正在火车上，他希望柳钧捎上因为他不在家，一直关家里不大出小区的嘉丽，让嘉丽偶尔也能放下小碎花出门晒晒太阳透透风。柳钧好生为难，以前他对此也不以为意，但上回在医院被申华东误解后，他开始警惕，首先便是不愿钱宏明因此误会。可是钱宏明取笑他的谨慎，柳钧无奈，只得为朋友两肋插花，而不是插刀。

回到公司，老张喜滋滋地通知柳钧接驾，说原掌管科教文卫，现政协李副主席，明天上午下来调研。老张非常快乐地猜测，可能是腾飞的高新技术企业申请上达天听了，既然这么快就有大人物降临，那么说明腾飞的申请很可能获得认证通过。柳钧心里却是咯噔一下，他倒是忘了将他申请高新技术企业与那崔冰冰联系到一起了。现在眼看着连李副主席都亲自上门，那么他是不是该插草标卖身了？否则一个老大的政协副主席这么迅速降临他的小公司干吗？不明摆着假公济私，假调研之名行相亲之实吗？

柳钧心里生出无数的反感，他吃过许多衙门里公差的苦头，着实见不得那里面人的工作作风，结果好，他爸背着他攀高枝，李大人上来就是一个公器私用。且不说李大人心中有没有把他的高新技术企业认定与婚姻挂钩，先说李大人通过办公室下发通知做调研的形式来相亲，他首先看不惯，这其中有太多复杂的味道。

可是反感归反感，李大人通过办公室下达的调研通知他不能不当回事，官府大小公差出巡到腾飞，哪次不是点名要他陪同的，他有拒绝的权利吗？唯有赌气地逐一否决老张提出的什么拉横幅工人列队欢迎等仪式，一切照常，甚至连贴个小通知都不干，就让李大人他们悄悄地进村，打枪的不要。可是柳钧一边反感，一边担心他的高新技术企业认定申请。若是他惹李大人生气了，申请会不会泡汤？而那可是实实在在的税收优惠啊。还有……崔冰冰递过来的那只贷款大光饼……

柳钧一头纠结，一头反感，崔冰冰却又找上门来。因为没有预约，她被拦在门外。柳钧头痛，这对母女，无论哪个都得罪不起，现在很好，只因他爸的一个擅自决定，母女俩将他的公司当成后花园，爱来就来。

柳钧不高兴在办公室等崔冰冰。崔冰冰则是入研发中心如入无人之境，胜似在家闲庭信步，对腾飞工程师们投注的目光视若等闲，直取刚穿上实验室白大褂坐到砂轮面前磨刀片的柳钧身边。眼前的柳钧在崔冰冰眼里非常特殊，她是一个文科生，跟着父母从小接触的环境也算是五花八门，可是充满阳刚的机械工厂却是去得少，而一般的机械工人大约不大能进崔冰冰的法眼，眼前这个则是不同。柳钧戴着有弧度的防飞溅铁屑用平光镜，正专心打磨一块不知什么铁片，形象异常陌生而新颖，却并不将她的到来当回事，这在崔冰冰眼里比戴最时髦墨镜的人更性感。等到柳钧好不容易关掉刺耳的机械，摘下眼镜，崔冰冰见柳钧看着她不怀好意地笑了。

柳钧本来对崔冰冰的到来很是头痛，可是一看崔冰冰的装扮，上面亮黄T恤，下面深蓝牛仔，脑袋里立刻闪过一件熟悉的东西，那就是最常见的那种在碱性溶液里浸了半截的PH试纸，他的心情才算转好一点儿。

"这种工作，你不可以吩咐别人去做吗？"崔冰冰很有耐心，等柳钧全部操作看似结束，才问一句话。

"乐趣。今天什么事？你今天没有预约，我恐怕没有时间给你。"

"上回跟你交谈结束，我发现你对你公司的资金运作没有一点儿规划。我来给你做方案，报答你把我的车修好。"

"车子保养之后，有什么感觉？"柳钧一边问，一边坐到钳桌前面动手操作。

"轻好多。"崔冰冰自来熟，自己跟去搬凳子坐下。

"不出所料，我也估计你最多只有这么一个感觉。我暂时没有资金规划的需要，等以后有需要一定请教。"

"可是我来找你，跟你说了那么多话，却一点儿事情都不干，会不会害你被你们员工闲言碎语？不如你随便丢个账本给我看……"

"所以我并不建议你来。还有你妈妈，政协李大人是不是你妈妈？刚来电说明天来调研。我这么小的庙，你说她大热天出城来一趟，能看什么？很不值得。你回家帮我说一声，最好别来。"

"嘻嘻，她专程来看你，这个忙我可帮不上。李阿姨不是我妈，我爸妈都是医生，我跟李阿姨女儿是同学加同事。我同学很烦恼她妈限令她跟你相亲，她有个她妈看不上的心仪对象，我为朋友两肋插刀来搅局，不过看看你是个做实在事的，不忍心陷害你，就这样。要我给你出谋划策，破坏你在李阿姨面前的印象吗？"

"早说。"听得崔冰冰与李大人无关，柳钧当即对崔冰冰另眼相待，"晚上我请你吃饭，你传授秘诀给我。既然你专程来了，不能让你空着，跟我去财务室，务必见什么帮我什么。"

崔冰冰看见柳钧的拒绝态度，很是欢喜："喂，你没见过我同学，别否决得那么快。万一一见钟情呢。我得问清楚，免得到时候你指责我搞破坏，追杀我。兄弟，皇亲国戚呢，以后你想贷款直接找我们行长呢。"

柳钧佯装擦汗："吃不消，吃不消。再加一码，周日请你吃蟹赏桂花。"

崔冰冰这才满意，快乐地扔下柳钧，让他忙他的，她自个儿活蹦乱跳地找去财务室。她何须人陪？柳钧也满意，周日吃蟹加上活泼的崔冰冰，省得他单独与嘉丽相处。

崔冰冰在财务室快乐地等着吃饭，一等等到夕阳西下，饥肠人在天涯。她坚决要求跳上柳钧那辆据说性能特殊的车子，不断偷眼看辛苦了一天的柳钧，七扯八扯地找话说。但她只要一问车子特殊在哪儿，柳钧就一口拒绝解释。崔冰冰只好问柳钧爱吃什么，她太了解本市饭店，由她领路。

柳钧毫不犹豫："想吃最最地道的本地菜。"

崔冰冰和他一样，她早摸清柳钧的家底，晓得柳钧这句话背后的意思。妈妈去世那么久，大男孩又是出国又是创事业的可能不怎么会做菜，因此说是最想吃本地菜，其实想的是妈妈的味道。她犹豫了会儿："饭店一般吃不到，敢不敢去我家？"

"你会？"

"废话，江湖上去打听打听，谁不知道神厨阿三？听我的，我们去超市先买两个包子填肚，然后买菜去我家烧。走进超市，你想吃什么尽管点，反正你掏钱。"

柳钧高兴得嘘溜溜吹口哨："阿三，我爱你。"

在超市里，两人买菜买得夫唱妇随似的。崔冰冰在挑鸡毛菜的时候，忽然感觉对面有点儿异常，抬头，见是一个大美女对他们怒目而视。崔冰冰机灵，眼珠子一转，悄悄站到正比较两盒蘑菇的柳钧身边，与柳钧指指点点研究蘑菇哪盒更鲜美。等崔冰冰再抬头，她得意地笑了，大美女凭空消失。她也得意地吹个口哨，可惜声音嘶而不响，获柳钧一顿讥笑。

柳钧原本以为到了崔冰冰家他应该打下手。不料从进门起，他就做起了修理工，从灯泡到水龙头，到桌椅到橱门，崔冰冰单独居住的家与她的车子异曲同工，整一个绣花枕头烂草包。等崔冰冰来喊吃饭，他还钻在浴室洗脸台下缠生料带，而台盆下面放着一只挂满锈迹的塑料盆子，崔冰冰就是用这种办法解决漏水问题。崔冰冰连声说不好意思，柳钧反而见怪不怪了，能无耻到不懂换机油把传动件烧墨黑的人，他早对崔冰冰没有指望。

不过这一顿饭吃得极其地爽。崔冰冰果然给他做了一桌清清爽爽的本地菜，无论甜酸油腻，都是他久违的味道，与饭店拿出来的重油重味精极不相同。两人开一瓶红酒，边吃边聊，崔冰冰因为看了柳钧的账本，这回给柳钧提出很多建议，而且她因工作关系见多识广，她的例子信手拈来，让柳钧受惠不尽。

眼看一桌菜惨遭席卷，红酒瓶也是见底，柳钧依依不舍地看着红烧带鱼的盘子，犹豫道："给我一点儿米饭行吗？你烧的带鱼太好吃，这些汤汁不能倒掉，我拌饭吃。"

崔冰冰目瞪口呆："鱼汤拌饭？没煮饭，还以为这些菜够吃了。"

"我们买了面条，我去下点儿面。"

"我……来。"崔冰冰瞪着眼睛梦游般飘向厨房，实在不敢相信有人敢用腥气的带鱼汤拌面条。可是，她端上一撮面条后，就见识到了，"大哥，野猫见你也得自愧不如吧。"

"太好吃了。阿三，你家还有不少东西需要修理，我今天没工具，等下我再扫一遍，记个单子，周六继续上门服务。唯一要求，你再烧一桌给我吃吧。"

"想来就来，只要我有空，随便搭伙。"

等柳钧走在回家的路上，唇边挂满浓郁的鱼腥味，小醉意升腾着精神，在秋风荡漾中像只惬意的肥猫，他再回想崔冰冰的这句话。想来就来，随便搭伙？这话钱宏明和嘉丽说出来，他们怎么说，他怎么听，也会怎么做，不会觉得异样。可若是换作现今几乎一天一个以上电话的申华东，申华东出于隐私考虑，未必会说，而他尊重朋友个人隐私，也未必照做。至于才结识的崔冰冰，柳钧毫无疑问地怀疑这句话背后的深意。

想想崔冰冰其人，其性格，柳钧心中只有三个字：没发展。做个朋友倒是挺好，问题是跟女人做朋友犹如河边走路，失脚可能性太大，属高危行业。他并未将此事往心里多想，一笑而过。好笑的倒是崔冰冰对他千叮咛万嘱咐，要如何如何应付李大人。她仿佛比李大人的女儿更紧张，不过，崔冰冰当然有她的小算盘。柳钧用画法几何的思路俯视崔冰冰的行径，对崔冰冰的小心思一目了然。当然，心中受用。

第二天，李大人本来说好上午来，柳钧等到早上十点，一个电话过来，通知说李大人有事，改成下午。修改行事历，下午继续等。以为一点钟可以获得消息，却被老张泼一瓢冷水，国庆节前，机关下午睡完午觉才能上班，大约两点。再集合，再车队上路，估计到公司最早得下午三点。

果然，三点多的时候李大人驾临，柳钧祭出崔冰冰教的独门秘方，李大人的驾临自然而然地变成公事公办。

世界就此清静。连崔冰冰都来电，谢绝他上门做维修工，因崔冰冰周六出差，晚上才能回家。但是周日清晨，崔冰冰就精力充沛地跳上柳钧的车，上钱宏明新家，那市中心知名的豪宅区接嘉丽。

嘉丽穿一件自己画的T恤，配牛仔裤和帆布鞋，身上不见一丝首饰，但头发明显是坐在某高档美发中心一刀一刀花两三个小时剪出来，全身上下可谓简约而不简单。最关键的是，嘉丽瘦瘦的，即使穿牛仔裤，也显得仙风道骨。

柳钧跳下去给嘉丽开门，崔冰冰在车里惊讶地看着嘉丽，这是个完全与她不同世界的人，那气质完全不是她印象中的商人妇。一般从太太可以推知丈夫，崔冰冰好奇柳钧的那个朋友究竟何许人也。

柳钧坐回驾驶座后，也变得稳重起来，一本正经地替两个人做了介绍。两人都姓崔。

柳钧跟坐在后面默默打量他车子的嘉丽道："嘉丽，听听我给小碎花搜罗的曲子，全是我自己弹的，你听着好的话，明天我做成文件传到你邮箱。"

"宏明说，你弹的《小星星变奏曲》很好听。我正想哪天领小碎花去你那儿观摩呢。"

"啊，那我得赶紧把新买的钢琴背回家，旧的太没感觉了，误导小碎花。你打算让小碎花学钢琴？我可以给你写个计划，还可以甄选老师，现在先多听，培养兴趣。你不教小碎花画画？"

"正在培养兴趣呢，你看我T恤袖子上的一朵小花就是小碎花画的，可意识流了。"

崔冰冰在一边儿笑眯眯地听着，也听车子音响中流出来的音质不怎么样的钢琴声，原来柳钧会弹钢琴。她斜睨一眼柳钧那根功能不全的断指，她不晓得伤了一根手指后会不会影响弹琴。那根断指的来历她早有耳闻，以前事件刚发生时候，她当作江湖恩怨的一桩，想不到今天能遇到当事人，而且当事人看上去并不江湖。她很想知道那事件背后的曲折，只是她目前还不到可以打听隐私的级别。但她可以从车子里其他两人的对话中听到很多她不知道的柳钧。

车子很快到约定集结地。一家超市平时车流不大的停车场上已经聚集不少车辆，好几辆好车。崔冰冰看柳钧向一辆牛高马大的大切诺基走去。大切旁边有一小群人，圈子中有个看上去不属于这种游玩场合的中年男子和一个气质高雅的美女。崔冰冰从来不是三从四德的料，她和柳钧并肩走进这个人圈子。

"东东，我把阿三给你带来了。"随即柳钧回头又跟崔冰冰道，"你上回生日，说东东比奶油蛋糕更奶油，他日日夜夜惦记你。"

崔冰冰被打个措手不及，但不慌不忙地笑道："那天晚上没看清你们的脸，要看清了，我直接叫你们菠萝面包。"

众人都起哄，柳钧讪讪地看申华东的脸皮，见申华东也是在审视他的脸皮，众人都在看他俩的脸皮。柳钧连忙借口预付活动款，走开找人。申华东索性把阿三生日那天的德行说出来以飨听众。众人大笑着各自上车出发。申华东今天无法开他的烧包跑车下农村，只能开着宝马在前面开路，他这一车载了四个女孩子。

柳钧拿上梁思申递给他的一只对讲机上车，他感觉宋运辉可能有话要跟他说，心里非常忐忑，上车就将对讲机打开，不即不离地紧随大切诺基。果然，一会儿就有信号传来。

"小柳，你选择部件表面材料的时候，忘记考虑我们类似企业的工作环境。酸性大气环境，对表面腐蚀很明显。我带着照片，你等下看看。"

"呃，会不会导致你们停机？腐蚀程度怎样？我立刻去看。"

"目前我让做了表面防腐，基本上可以拖到春季大修。但表面防腐……应该不是你追求的境界。需要批评你的是，这么重要的工作环境，竟然没有考虑到，是个不该有的疏忽。"

"宋总，非常谢谢你如此关心这么一个不起眼的部件。但请容我解释，我研究过东海的工艺，我以为应该有安装脱硫装置的。而其他酸性腐蚀我都有考虑。"

对讲机好一阵子的安静。崔冰冰听着不对，冲柳钧挥挥拳头。柳钧也早又按下说话键："是的，我的疏忽，我进入厂区闻到气味，就应该有所察觉。"

"你的解释是对的，十几年前引进设备之初，我也遇到过类似国外尖端设备到中国水土不服的问题，忘了提醒你。我当初对引进设备的考虑有这些小经验……"

崔冰冰惊讶地听着那个高高在上，她以为接触不到的东海宋总像教育自家弟子一般，与柳钧闲闲道出经验之谈，她不知道这两人是什么关系，但她工作那么多年，清楚一个前辈对一个晚辈如此传授经验，是多么的不易。哪有几个长辈有这等耐心，即使柳钧大把大把地行贿宋运辉也未必换得来这种人的耐心。她不由得回头看后面嘉丽的反应，她却见到嘉丽拿着复杂的单反相机聚精会神地对焦窗外，全不搭理。柳钧的朋友全都出乎她的意料，崔冰冰对柳钧好奇更多。

"还有一个问题，你的公司ISO9000证书拿不出来，怎么办？目前几乎所有规范化企业，对供货企业的质量管理体系认证都有要求。"

"其实那个没用，那个体系还不如我的，尤其是认证机构的态度与水平，我大不认同，而且我得为此增加人员编制。这种对企业并无助益只有麻烦的认证，却要不菲的认证费，还有未来需要复审，劳民伤财。不过我已经在排队了。只能认证，否则竞标去没有证书首先被硬杠子敲下来。还有个ISO环境认证，也不得不做，完全是形式主义，未来我可能得实际做一套，为ISO另外备一套假文件。"

"小柳你听着……哈哈哈，我们都在笑你。"柳钧听到对讲机里传出嘈杂的笑声，夹杂着隐约的对话。旁边崔冰冰也笑道："这纯粹是孩子话。"

终于等到那边笑够了，说"我们笑完了，over"，柳钧才能按下通话键："今天不一样嘛，出来玩，让我发发牢骚。你们真不知道那认证费我是怎么谈的，还有安排日期，还有什么工作餐，你们不知道我为此认了多少所谓的朋友，占去我多少宝贵时间。可是，那帮大爷又非我出面不可。我无法不听，因为他们是局里的处长挂帅，谁敢得罪？这不是认证公司质量管理程序，而是认证我的公关手腕，我的大弱项，你们不知道我有多痛苦。"

宋运辉又笑，但是笑毕，立即严肃地道："我们系统的采购，有条明文规定，就是质量体系认证。相信未来有类似规定的企业将越来越多。明天你把剩下的两只试用件拉回去，重做表面处理。不拿到认证书，不能再进门。"

这个问题对柳钧打击很大。崔冰冰看到柳钧不明显地皱起眉头。相识以来，她还是第一次见到柳钧皱眉头。"宋总，我们这种小型制造企业，正所谓庙小妖风大，池浅王八多。有数不胜数的不合理社会成本冲着我们伸手，隔几天就给剥去一层皮。前不久就有一个工种的培训年审，公司花钱去培训，上课马马虎虎，最后考试，上面考官读答案，下面照抄，考卷拿上去，全部人当场通过。这样的培训这样的年审有什么用？可如果不参加，这个工种没有敲这一年的年审章，很快调查小组就顺藤摸瓜上门，抓住罚款。更荒唐的是，年初工业区派出所通知我们被评为什么综合治安优胜单位，要我们拿200元牌匾成本费，去换一只优胜单位牌匾，我连忙说我们去年发生好几起治安事件，不配不配。到处都是这种花钱买证的现象，我非常反感，非不得已我尽可能拒绝，因此是工业区出名的刺头。包括这个ISO质量体系认证，社会上有许多认证机构，可是我们不能去那些机构认证，因为我们常年有产品出口，出口必须仰商检海关的鼻息，而商检的出口处正是ISO质量体系认证的主导单位，所谓一个班子两套牌子，我们只能乖乖去它那儿认证，接受高价认证。但据说，公关一下价格就可以商谈。我没有选择公关。与此同时，因为ISO质量体系据说是近年才引进中国，从突破到普及，到目前的单位采购招标以ISO质量认证为硬杠子，这两年算是达到高峰，因此需要认证单位众多。可又由于前面说的非去某个认证机构认证的原因，导致认证塞车，我们唯有排队等认证。可因为我不愿公关，眼看不断有后来者加塞，不遵守排队秩序，我公司的认证于是一直排不上日程。我本来一直想方设法避免被ISO硬杠子打到，宁可等，也不愿打开这个主动公关作弊的潘多拉盒子，包括我目前最迫切的高新技术企业认定。可现在看来，我可能等不起。还有一个问题，我虽然跟国内机关接触才两年多，可是凭经验，我已经清楚在ISO质量体系认证这种弹性工作中，他们会做什么，不会做什么，这些直接决定认证的通过与否。所以我说认证其实是对我公关能力的认证，可我打心底不愿做这样的认证，不只是认证费用的问题。"

对讲机一时安静下来。车厢里也忽然安静，连嘉丽都放下手中的相机，看向柳钧。崔冰冰更是惊讶地看着柳钧，原以为柳钧刚才说的是孩子话，这么长篇累牍地听下来，才知柳钧这个理想主义者心底的挣扎。因已知柳钧关闭说话键，崔冰冰好意提示："你对宋总说这些话，会不会不合适？他的身份和他与你的关系，你考虑过？"

"找一个可以说这种话的人很不容易，我嗅到宋总身上有同类的气味。即使说错，也没有什么后果。"

"我不这么以为。"

"谢谢，我知道分寸。"

崔冰冰无言以对："对不起，我多嘴再说一句，你遇到的问题，其实其他企业一样遇到，你有必要这么怨吗？"

"如果真是这样，大家站在同一起跑线上，那么我掏再多的钱也只能忍着。可问题是那么多规则只约束守规则的人，执行规则的人作弊，使得企业站在不同起跑线上。比如说排污，我严格遵守规则，每年投入的环保费用需要计入成本。但是有人沟通机构，肆意排污，赖掉这笔费用，无形中他的成本就比我降低了。又比如说劳动保险，我按照规则给员工上劳动保险，可是有些地方管理不严，有些企业则是沟通机构，于是他们的人力成本就降低了。那么做同样的产品，我守法的成本这么高，谁给我提升产品价格？我守法反而导致我产品的竞争力削弱，这正是我目前面临的问题。我的产品，如果是核心技术容易被复制的，只能生产几个月，在几个月内可以有比较好的利润。等市场做开，被模仿厂家盯上，高仿品出来，我基本上就没有竞争力了。我只能退出这个市场，将技术卖给连模仿都做不到的厂家，让这个市场恶性竞争去。我现在的问题是，我目前研发出的可控核心技术的产品正在东海试用，如果试用成功，以东海的背书，我就可以向全系统推广，这其中宋总帮我极大的忙。可如果因为手中没有ISO质量体系认证而被退回，我如何对得起宋总的赏识？而且，退回后再进，对产品信誉的影响是大大的不同了。再有一个问题，退回，将严重打乱我的年度工作安排。"

"亏本？"

"对。短暂停工。"

"守法步履艰难，违章却诱惑无限。很煎熬。"

"我不是个合格的老板。"

"前提是这个大环境，这个大环境下，你不合格。"

这时，对讲机又响起："小柳，刚才我和我太太不应该取笑你，我们道歉。"柳钧惊讶地与崔冰冰对视，崔冰冰轻道："你们还真对味。"

宋运辉那边继续说下去："但是质量体系认证必须做。我举个例子，我为什么敢开口放行你寂寂无名小公司的产品进入东海，正是因为我机缘巧合亲眼看到你公司的细节，又跟你有一席长谈。然而对于那些对工厂运作不熟悉，对质量管理无认识的人，或者是对工作不上心的人，他们判断你企业如何，只能靠公认的标准，公认的认证。质量体系认证就是这么一回事。哪怕你看不起这个认证，你也得去做。"

"妥协的问题，大概我们有很多共同语言，以后可以交流经验。"梁思申接了丈夫的话，"我的想法是，坚持理念，但设法谋求生存，这样，才可以在我们力所能及的范围内影响更多的人，改造更多的世界。我是行动派，但或许也有人认为生存不能凌驾于理念，那么各自求索吧。"

梁思申的话给了柳钧理论基础，或者说是借口。他面对的若只是自身的生存，他宁愿不妥协而求良心平安，可他而今肩扛的不是他一个人的生存，他从宋运辉提出需要质量体系认证那一刻起，已经没有第二选择。他今天算是向宋运辉夫妇撒一个娇吧，起码他没认错人。他更敬慕宋运辉。

这边，梁思申问丈夫："柳钧会不会太任性？他若是跑单帮便罢，可他现在手下有百来号人吧，这么书生气还不误事？"

"你放心，任性需要有资格，只有特别有底气和身无长物的人才任性得起来。柳钧是聪明人，他知道今天出来玩大家都轻松，知道我欣赏他，撒撒娇而已。"

"这么大的人还撒娇……"

"知识分子，情绪比其他人种复杂点儿。但只要给他一个台阶下就可以了。那家伙确实厉害，他手下那帮工程师跟他一样都是神人，他那套研发体系极其有效，我以后还得压任务给他。你知道他那个部件试制出来，国产化的话，那得是我们系统设备国产化的一个里程碑，等慢慢攒成系列，我一年可以节省不少外汇。他自己也可以收获很好效益。所以我要对他精益求精，压着他多做事。那种认证小事，估计他接触那些官僚时候给气着了，赌气过后会想明白。"

"可是他心里纠结的那些事，跟我以前差不多啊。原来你也是这么看我的？可你当初还装作挺重视的。呀，我刚才又自以为是了一下。"

"没，没，你不一样……"宋运辉发现按下那头，翘起这头，这头的麻烦更大，这头他当局者迷。

另一辆车子里，崔冰冰疑惑地看着柳钧，直截了当地问："宋总夫妻为什么纵容你？"

"什么叫纵容？这叫朋友，好不好。"

"谁跟你朋友，你在他们面前有资格吗？为什么纵容？"

"你不就是想逼我说傻子拿大牌吗？"

"你拿的是什么大牌？"

柳钧被崔冰冰问住，回答不出来。是啊，宋运辉为什么帮他，总不至于因为他帮宋运辉安排太太的活动吧。看东海那些人在宋运辉面前噤若寒蝉，他对宋运辉似乎还真太随便了点儿。"我刚才说话会不会太过？"

"要是一个愿打一个愿挨，怎么都不为过。我只是想不通。"

柳钧被崔冰冰提醒，下车后收敛了一点儿。但他收敛，并不意味着其他人收敛。一伙儿来的都是好事的青年男女，到了农村广阔天地异常兴奋，不知谁从后备厢摸出一只足球，一帮男的一哄而上，自觉组成两队，在晒场上踢将起来。昨天刚下过雨，晒场又是泥又是水，一会儿工夫，个个成了脏猴子。场边女孩子们尖叫助威，不亦乐乎。柳钧将宋运辉也拖下了场。说真的，他心里还真对宋运辉敬而不畏，只觉得这是个大哥一样的人。

崔冰冰既然大号阿三，自然是个不肯站场边呐喊做超短裙状的人。可是足球对抗激烈，她晓得硬邦邦的足球砸身上是什么滋味，因此连守门都不敢做，绕着场子做起捡球的勾当，竟与场内的人呼应默契，只是也很快一手一脚的泥水。

终于等那么多的螃蟹一锅一锅地蒸熟，一帮泥人才肯罢手，申华东先追着跟他车的其中一名女孩子一个大熊抱，惹得女孩子惊声尖叫，泥人一个变俩。大家一看好玩，纷纷效仿，惊叫声此起彼伏。崔冰冰足球踢不上，模仿非常积极，转身找到嘉丽，飞奔过去大大地一个拥抱，在嘉丽背后印上两只泥手印。也有自己撞上去要求变泥人的，那就是梁思申。崔冰冰不配合，甚至比男人们还积极，柳钧当着同车两位女士的面不得放肆，只能去河边洗手。

运动过后，大家吃得特别尽兴。柳钧本想照顾比较文静的嘉丽，可发现嘉丽早被崔冰冰罩着了，两人混得似乎比他更熟。他便抓紧时间缠着宋运辉请教问题。申华东机灵，赶紧割地赔款和崔冰冰换了位置，坐到柳钧身边加入讨论。两个新进，一个老手，问不完的问题。可把宋运辉郁闷死，他太太的螃蟹腿还等着他剥呢，可两个傻大胆的看不懂他的脸色。

但宋运辉发现，即使在场没人很拿他当大爷供着，他依然玩得很开心，他似乎从来没有这么放下一切，坦荡地玩闹过。于是他变得比梁思申更向往集体活动，等吃完饭，赏完桂，大家各自上车回家的时候，宋运辉忍不住追问柳钧和申华东以后还有什么活动，搞得柳、申两人很是吃惊。

柳钧更吃惊的是嘉丽的态度。他们吃完螃蟹吃烧烤，嘉丽就说这是以毒攻毒，一天玩下来一张脸玩得红红的，难得脸上布满很不沉静的笑容。柳钧送她到家，嘉丽几乎是跳着出车门，跳着上楼去。因此柳钧毫不犹豫给钱宏明打电话，责问钱宏明只顾工作不顾家。

但钱宏明也有理由："柳钧，我比你清楚嘉丽，你能想象嘉丽跟朋友在酒吧拼酒吗？她连出去看电影都不愿，宁愿在家看碟。但我知道她喜欢这次的活动，才会积极鼓励她参与。你看，谁对？"

柳钧一想也对："你最近究竟在忙些什么，不仅我见不到你，连你老婆都扔给我照顾。"

钱宏明笑道："你这家伙，回国后口头语日见匪气，我太太，别什么老婆老婆的，粗俗。等我忙过这阵子，回来跟你好好聊聊，我最近大补特补WTO知识，回头向你传达，看起来我得开始留意进口。"

柳钧斜睨一眼旁边的崔冰冰，隐晦地问："是不是去年帮我那次的进口模式？"

"有完善，有进步，有提高，哈哈。"

柳钧对进出口贸易一窍不通，迷迷糊糊放下电话问旁边的崔冰冰："你们银行有没有安排WTO的学习？"

"有，但很泛。我个人收集了点儿资料，需要的话，我明天复印一份给你。"

"非常感谢。我请你吃川菜，我前天吃了水煮鱼，惊艳啊，真想与你分享。"

"为什么想跟我分享川菜？"

"印象中女孩子大多喜欢吃的环境，你应该比较不同。一起去吧，去吧。我回家换套干净衣服，一小时后来接你。OK？"

崔冰冰将信将疑地答应。一小时后，她见到一身休闲但一身名牌的柳钧，这人竟然大胆地穿太阳黄的T恤和土黄的帆布裤，一下子就从灰扑扑的人丛中挑了。她还收到小小一束白玫瑰花球和一瓶香水。崔冰冰变得疑神疑鬼，直接就问："你想干吗，贿赂金融系统国家干部？"

"周末，放松点儿啦。"

"哦，明白了，你周末很想风骚，可惜找不到合适的人，只好把花束pass给兄弟？"

柳钧但笑不语，车子滑出小区才道："我不知道哪天才能修炼成宋总的段位，恨不得用一个月时间，什么都不干，就跟在宋总后面拎包偷学。"

"原来你这是真心话，中午你说差不多话的时候，我还想你脸皮真厚，马屁当众拍得山响。含蓄点儿嘛。"

"我一个体户，有什么可含蓄的？喜欢就喜欢，不喜欢就不喜欢，直接说。又不是你们金融系统国家干部。"

"你据说还是归国华侨、海外学人、高级知识分子、留德博士，哇……"

"我请教你一个问题，你怎么分进银行的？据说这种国家单位很难进，银行等油水单位尤其是，你那个信贷职位更是人人打破头想进而不得。"

"父母领进门，修行靠自己。我爸是本市心血管一把刀，认识的都是富贵病人，而富贵病人下半辈子都离不开好医生。问这干吗？不可以嘲笑哦。"

"笑你干什么，我也是靠着我爸的基础，才能顺利在国内发展；否则一开始只能打工。起跑线太重要了。"

崔冰冰请柳钧去一条小街拐一下，只是她不好意思说她去做什么，她最近贪吃黄油煎牛排，害得腰围猛增，不得不将几条裤子放到相熟裁缝店放宽裤头，又顺便在那店里量身做了两件真丝睡衣。可是她见到此时最不想见的人，她的同学，李大人的女儿沙菲，因这家裁缝店本就是她们姐妹淘的据点。偏偏柳钧挺自觉，一看见崔冰冰拎的袋子挺大，就跳下车去做苦力。于是他被沙菲见到，沙菲坚决要求做两人的电灯泡。崔冰冰急得要死，柳钧却无所谓，周末反正没事，多加一个女孩吃饭多一份热闹。

一行上车，触目便是雅致的花球和香水，沙菲让崔冰冰从实招来。柳钧在前面道："什么事情都没有，我只是贿赂金融系统国家干部，以求骗得仨瓜俩枣。"

沙菲道："说得这么赤裸裸，才是有问题呢。"

崔冰冰连忙道："那啥，东东，我给你介绍，沙菲，我同学，她妈妈李阿姨也最喜欢我。"

柳钧立刻拎清了，暂时冒充起东东申华东来，不敢惹沙菲这种人。等会儿有手机呼叫，他就立刻借口公司有紧急情况，将两女拉到饭店，他自己先溜了。崔冰冰才松了一口气。

不料沙菲却暗自记下柳钧的车牌号，缠着她妈妈去查车主，一查，原来车主正是那个柳钧，拿来的登记照片复印件显示，这个自称东东的人不是柳钧是谁。母女一番推演，立即摸清前后因果，这崔冰冰不要脸的，先她们一手将柳钧拦截了。

问题既然搞清楚，李大人直接找崔冰冰父母下了最后通牒。崔冰冰无奈之下，只能苦笑着给柳钧去电话。

"柳钧，我跟你道别的。晚上有空出来，我请你喝酒。"

"不巧，我出差，回母校。我买的是周四的回程机票，我周四找你。怎么回事，道别？"

"呵呵，我做了一件坏事。说是帮同学相亲，结果……呵呵，我同学其实没中意的男朋友，她和她妈现在很满意你，很生我气。我就是想告诉你这些，反正你有机会。周四不用找我了，我已经赶紧打包滚蛋了。"

"呃，你……你别放弃工作，我可以向李大人说明情况，我确实有女朋友，与你无关。"

"谢谢你好意，不用啦！我还真横刀夺爱了，哼哼，太巧，我生日许愿完毕，你就跳出来，老天注定。我不怨谁，反正一身本事，哪儿都一样吃饭。我去上海工作，眼下股份制银行到处招兵买马，我很抢手。"

"别莽撞，这边是市分行，国企，稳定，而且你已经打稳基础，站稳脚跟。"

"不碍事，刚毕业没出息时才削尖脑袋混国企呢，现在只觉得束缚，正好也想跳去外面看看，真正摸透市场化的路子。你能这么说我很开心。你回母校干什么？科研联系？"

"也在做坏事。我申请高新技术企业认定，想请母校教授助一臂之力，工程院士呢！周四真已经走了吗？"

"呵呵，看起来潘多拉盒子正式打开了。柳钧，临行不负责任地问一句，你喜欢我吗？"

"喜欢，但不是爱。所以你滚蛋得很冤。我跟李大人说说吧，都是我的责任。"

"你少惹她，你家大业大，惹不起官场的人，不像我卷包就走，他们拿我爸妈也没办法。除非你想做乘龙快婿，那么我建议你赶紧。"

柳钧觉得很内疚，崔冰冰打包滚蛋，总是与他有一部分的干系，也感激崔冰冰为他着想。可是崔冰冰很潇洒，她说人难得有一次犯浑的体验，那感觉比嗑药还迷幻，人一生有这么一次，也算是赚到，她一点儿不后悔，一切向前看。柳钧以往对崔冰冰不过是马马虎虎，此刻不禁刮目相看，可是崔冰冰已经不需要了。

06

柳钧回到母校逗留几天，母校而今除了建筑物日新月异，思想观念更是翻天覆地地变化，非常世俗。而柳钧同样是醉翁之意不在酒，他抓住留校读研即将升为副教授的同学将系里近年的科研成果删滤了一遍，找不到适合腾飞的，可是他依然与系里签了五年共同研发协议，价格不菲，按年付款，重点在于"共同"，而非"研发"，以他母校响当当的名头，这个"共同"拿出去，值得真金白银。

这一大笔钱花得柳钧心如割肉，折算一下都可以买地建车间了。但是正所谓舍不得孩子套不住狼，相比申华东为高新技术企业的投入，他的已经是小巫见大巫。好歹他大学出身豪门，进了大学遍地都是同学，满地都是内奸，自然比申华东好说话得多。

回家，他就主持改进从东海集团退回来的试样。好多传奇故事中描写一种新事物的发明，那真是脑袋一拍急转弯，答案就摩西开海一般奔涌而来，给现代文明带来光和电。现实，则是又傻又苦，非常无趣，几个小组的人分工协作，海量的计算，海量的测试，海量的分析，稍微耐心差点儿的人，熬过三天，绝熬不过一周，那过程唯有两个字可以形容：枯燥。

但柳钧今时不比过往，他还得管企业的日常运转，管春节后预定召开的腾飞公司历年研发成果研讨会。因此，研发中心里面的工作，他只能做个牵头人，做个协调人，做个决策人，而具体的研究工作，都已经渐渐离他而去。他心里非常可惜，可也只能那样。

等产品完美地呈现，柳钧拿去交给宋运辉献宝。宋运辉看一眼产品，看一眼显然是带着刚钻出实验室的疲累，滔滔不绝介绍设计改进思路的柳钧，竟是一口答应出席腾飞的研发成果研讨会。柳钧高兴得跳起来。有他的工程院院士导师，再有一方诸侯的宋运辉，这两个大头压阵，他的研讨会档次自是非同小可。果然，当他搬出这两人的名字两人的头衔，再去邀请高新技术企业评审小组成员来参加研讨会，人家赏脸了。这一仗，其中错综复杂而微妙至极的人际关系，是柳钧第一次接触第一次理顺，他累不死，但他能被人与人之间的关系搞晕。诸如请甲的时候不能请乙，请丙必须亲自出面，请丁必须在请戊之前，会场的排位必须根据行政级别，如何将学位折算成行政级别等等，若不是有经验老到的老张相助，柳钧很怀疑他早已将事情搞得一团糟。

这段时间柳钧几乎是心力交瘁，没有精力给产品更新换代，淘汰已经被遍地模仿、价格跌到不能再低的产品。为了维持工厂的生产，为了给公司一个正常的表象，为了让员工察觉不到公司面临的艰难，春节后能积极放心地一个不落地回公司上班，即使产品价格已经跌穿盈亏线，柳钧依然坚持保质保量地生产，生产一天亏一天，亏得柳石堂一颗心滴血。可是员工不知道，他们只知道今年工资奖金收成很不错，春节大休假后回来就换做国际领先的新产品，明年一定会更好。因为柳钧的下本维持军心，今年春节前柳钧不用担心节后人员跑空，老张还告诉他，有些员工回家前细细打听公司招聘细则，希望介绍自家合条件的七亲八眷来公司上班。可见再精彩的思想工作，不如工资表上白底黑字的数字够说明问题。

2002年

01

等马不停蹄地将大事小事处理完毕，大年夜来到了。这个大年夜，又是只有父子俩冷冷清清地过。柳钧累得心力交瘁，懒得做菜，两人叫上姑姑一家去饭店包了一桌年夜饭。想不到如今春节的饭店一样热闹非凡，他们去吃的饭店全部坐满，若无预订，谢绝入内。吃完饭，父子俩心有余悸地将车子停放在宾馆停车场，带着醉意迎着西北风，看着天边偶尔偷放出来的烟花，慢吞吞走回家。

看着身边消瘦的儿子，柳石堂异常感慨："去年一整年都特别辛苦。可去年一年，挣的钱比我以前挣的加起来还多。而且，再辛苦，我们父子有商有量，即使商量不出个结果，我们也能分担辛劳，我去年一年做得特别踏实。阿钧，你回来对啦。"

"爸，我基本上已经不是鱼已上钩，而是烤熟上桌，不可能再蹦跶。你这下能不能跟我讲实话，你大前年是真病还是假病？"见爸爸不语，柳钧又补充一句，"如果是真病，趁春节长假，我带你去我一个朋友的爸爸那儿看看，人家是心血管名医。"

柳石堂想躲避不说，可是儿子就是不上他的套，他只能讪讪地承认："我大前年为骗你回来，才出此下策。"

"我就知道，我就知道，你害我女朋友跟人飞了，你害得我白头发添那么

274

多，你还害得我苦死累死操心死庸俗死，气死我了，我明天不陪你过节，我飞香港玩儿去。"

"跟女朋友一起去？让爸爸看看……"柳石堂唯有赔足笑脸。

"没有女朋友，哪有时间谈女朋友，每天穿的是三年前的衣服，再不势利的女孩子也不要我。明天跟东东几个一起去，早签出来的。爸你呢，有没有准备再婚？"

"这两年太忙，哪有心思？等你新产品的市场稳定下来再说吧。只要新产品可以多做几年，我把市场打开就可以扔给别人去跑啦，到时候再说吧。"

"别以为我不知道你夜夜笙歌，装什么门面。"

"臭小子，我是你爸，说话放尊重点儿。"

"其他人随便你，唯一要求，坚决不许钱宏英进门。"

"钱宏英？人家现在是女强人，我这种老头子有什么好的。现在把我放她面前，她也未必看得上。你不知道？"

"不想知道。看起来他们姐弟时来运转了。"

"钱宏明那小子，一只眼睛看前面，一只眼睛看你，每天心里跟你比画高低。这种人不可深交，太摸不透。"

"宏明挺好，够修养，够兄弟。"

"钱宏明挺好？我告诉你，他外面有二奶，长得很漂亮，大学还没毕业呢，他给人家买了一辆车租了一套房，养着。怎么，你真不知道？别拿眼睛瞪我，好像我还会诬蔑钱宏明那小子一样，不信等开学，我陪你去逮。"

"老天，我还以为我浑身桃花，给女孩子追得鸡飞狗跳，敢情钱宏明才是个闷骚的。难怪，难怪……"他一直觉得钱宏明忙得不可思议，哪有开外贸比他开小厂还忙的，这下他终于明白了。想到嘉丽一个外地女孩子，在本地的社交圈几乎为零，连出去玩都只能靠他这个钱宏明的哥们儿，他替嘉丽深深地悲哀，也非常非常生钱宏明的气。论理，钱宏明吃过他姐姐做人二奶的苦，他应该厌恶那一套丑陋，可他怎么可以才刚发达，就直奔那一套丑陋而去呢？他被钱宏明包二奶的事震得说不出话，不由自主地摸出手机，但他的手臂被他爸眼明手快地摁住："别做傻事，你一个外人能做什么，通报钱宏明老婆，还是骂钱宏明？"

柳钧脑袋一个拐弯，就知道自己不会将情况通报给嘉丽。老公有外遇，老婆知道后会怎样，他妈就是血淋淋的例子："我会跟宏明谈谈。"

柳石堂慢悠悠地道："你懂不懂，包一个小姑娘，尤其是女大学生，这是多有面子的事。"

柳钧无言以对，是，他懂。正如钱宏明有钱先买宝马车，他以性价比规劝却牛拉不回。他能就二奶的事劝阻钱宏明吗？柳钧发现自己竟然真的无从着手。可是嘉丽该怎么办。

今年初一，柳钧竟然又巧遇杨巡一家。上一次在庙宇，这一次在机场，他们乘坐同一班飞机飞香港。即使柳钧与杨巡互不理睬，可申华东与杨巡还是很有寒暄，而杨逦也与柳钧在飞机上坐到一起。杨逦告诉柳钧，他们一行主题是过境香港，送大嫂任遐迩去美国抚养一双儿女，让小儿女的学习起步就是英语教学环境。当然，兄妹顺便游玩美国。柳钧很觉得奇怪，这样子为了孩子，夫妻远隔重洋做起牛郎织女，杨巡那种人会管住自己手脚吗？但随即柳钧就不怀好意地醒悟，面对一个百无禁忌的丈夫，一个知书达理的妻子该怎么办，或许，带着一双儿女远走高飞，一辈子装作不知此事是最现实的做法。柳钧不禁想到嘉丽的结局。

与一帮年龄相差无几，经历大同小异的朋友一起玩，基本上不会有什么意外。虽然照旧是一日三餐，不过免去早餐，添加夜宵。尽兴而归，每个人除了自己的，就是给别人带的，出门时候一手的购物单，回来时候手拉肩扛都是包。柳钧也是一手推车的超重行李，光是给小碎花买的奶粉零食玩具就是一整个红白条大编织袋。钱宏明自然得来接机做搬运工。

柳钧今天看见钱宏明，浑身都不对劲。他将红白条编织袋放进后备厢，就拉开拉链，开锁取出一只小包，道："这一袋是嘉丽的，不交给你，我找时间自己给她。"

钱宏明不知其意，笑道："还想当面邀功？给我，我太太神圣不可侵犯。"

"不给，怕你转手送给别人，嘉丽拿不到。你打算把嘉丽怎么办？"

钱宏明一愣，奇怪事情怎么可能传到柳钧耳朵里。柳钧见他不答，又追问一句，"你打算把嘉丽怎么办，不许你伤害嘉丽，你我都知道，这种伤害致命。"

钱宏明被柳钧盯住，不得不表态："我会处理，不过是一时鬼迷心窍。"

"处理？可怜那边那个女孩，日子想必也不好过。宏明你听着，嘉丽是我朋友，你不可以对不起她。"柳钧还是忍不住道，"杨巡把老婆儿女送出国了……"

"不，你千万别跟嘉丽提起，也别跟嘉丽出那馊主意。嘉丽是我的港湾，你放心。"

"既然嘉丽是港湾，你为什么还不知足？"

"你别问了，我们混不同的圈子，有不同的行为准则，你未必理解。包括你车子上经常换不同的女孩，我也不理解，可是我不问。我只向你保证，嘉丽不会知道，嘉丽不会受伤害。"

柳钧无言以对。回到他的家，钱宏明拎着手提电脑跟上来，一定要给柳钧看伦敦铜期货。钱宏明连线上网，兴奋地解说，柳钧听得不知所云，完全是他不熟悉的名词，不熟悉的操作。什么期权，什么合约，什么交割，什么平仓，什么期货空头多头，钱宏明中英文轮着说，柳钧的脑细胞被交替割裂，号称交割。"我只看到眼前的每吨铜价数据折算成人民币，加上运费，依然大大高于国内市场的铜价。你是不是想通过期货市场做铜？国内的上海不也有铜期货吗？"

"孺子可教！"此时的钱宏明全无往日儒雅之风，眼睛迸射激动的光芒，显然是身体内荷尔蒙超常分泌，"再给你看沪铜……"

柳钧将双手全盖到键盘上，"你简单告诉我，今年是不是不做出口，改炒期货了？"

钱宏明急得想抓开柳钧的手，可是抓不走，只有干着急，"跟你解释你又不好好听，我做套期保值，如果方向跟对，我就在期货市场兑现盈利；如果跟错，大不了吃进做进口，反正国内铜价一向居高不下，风险不大。再说，我还可以在信用证上动脑筋，通过伦铜沪铜两手抓……咳，看你一脸茫然，你听我细说规则。这年头儿，我们不可能钻进权贵圈做垄断交易，那么只有善用规则，规则越复杂，跨行业越多，越少人做，获利越丰。因为这是仅限高智商人群的游戏。你以前挺能利用规则的，现在怎么不行了呢？"

柳钧不得不去煮一壶咖啡，才能打起精神听钱宏明灌输知识。好在柳钧也是聪明人，即使那是一个他从未涉及的领域，可几个事例听下来，他终于对概况了解得七七八八。再加上他的公司如今用铜，对国内铜价行情有所了解，心中略作计算，两只眼睛也贼亮起来。

"一起做？我们一向配合默契，彼此信赖，这是合作的最佳基础。"

"可是精力和时间，我哪儿有？现在只一个腾飞已经占据我所有时间。"

"你可以盯伦铜，晚上。大不了不去歌台舞榭混你过剩的精力。"

"我还歌台舞榭，两周happy一次已算足额。另外一个问题，资金？我自顾不暇，拿不出资金。无法合作啊。"说这话时候柳钧想到崔冰冰给他做的一份资金规划，他还得找时间与崔冰冰详谈，同时将手中替崔冰冰在香港买的参考书交付，"用上回长期信用证套利的办法？"

"你这下可以答应了？"钱宏明手指轮番击打桌面，目光炯炯鼓励着柳钧。

柳钧将他不熟悉的，从信用证到期货的程序在心中好好梳理一遍，"你单独就可以做，你已具备单独操作的一切可能。不用分我获利。你尽管去做，若不得不吃进高价铜，只要与国内市场的价格差不多，我可以接手，同时说服申华东接手一部分。"

"不，我是新手上路，我需要可以信任可以商量的人一起做，壮胆。"

"你以现有资产，抵押的话，足够沪铜开户……"

"怎么够？那还不如炒股票打新股去。一向都是你大胆我周密，我们一向互补协作。上吧！"

"尝试一个月！"柳钧难拒诱惑，蠢蠢欲动。可心里不禁想到，现在他与钱宏明的角色似乎倒置了，现在是钱宏明大胆，他周密。而且柳钧的尝试还有前提，那就是先纸上谈兵演练一番，才能进入实战。钱宏明虽然不太情愿，可也答应了。他此举颇具风险，太需要有个壮胆的同行人。

这以后，柳钧一边每天投入两个小时阅读钱宏明搜集给他的期货知识，一边与钱宏明看着行情模拟操作，每天投入巨大精力和时间。可即便是模拟操作，却也迅速见胜见负，心情如坐过山车，刺激异常。也正因为是模拟，两人可以动用极多的虚拟资金，在期货海洋畅游得非常痛快。更因为是模拟，遇到两人意见不一时，不用坐下来摆出理由说服对方，只要另设一部分虚拟资金，各自往认定的方向操作，最终结果说明一切。这样，便让两个心气甚高的人心中生出竞争意识，竞争让两个人更加专注，抽出更多时间关注两地期市。竞争也使两人的性格暴露无遗：柳钧谨慎，钱宏明泼辣；柳钧细水长流，钱宏明大开大合，竟是与两人小时候给他人的印象完全不同。不过最终算总账，盈亏半斤八两。偶尔两人也有意见统一的时候，这种时候，他们需要出门撮一顿以示庆祝。于是，实钱还未开始赚，聚餐已经好几顿。嘉丽说他们两个像上瘾的赌徒。

柳钧专注于期货的时候，腾飞公司为了申请高新技术企业认定而从事的外围工作也紧张地进行着，包括座谈会。因为柳钧精力分散，专心旁骛于期货，做事不免顾此失彼，老张起先还着手弥补，眼看着座谈会时间越来越近，老张终于怨声载道，抓住柳钧指出最近工作因为甲乙丙丁等延误，导致节节延误，却不见有谁出来力挽狂澜。这样下去，五天后的座谈会还不如不开，得罪到场的重要人物将前功尽弃。

柳钧心惊，不得不暂时搁下期货那头，专心抓紧座谈会安排工作。座谈会之前，原本邀请的人还得再次殷勤地敲定一下，以示腾飞非常恭候大驾。有些忽然吞吞吐吐的，需要柳钧专程三顾茅庐。远路的，则是谈妥接送事宜。还有会后需要送出的礼物，也需筹备。更得准备的是座谈会的进程，发言稿自是不必说，他们还得设想可能发生的变故，柳钧需要拉来几个人当听众，模拟演练一番。总之全是事情。柳钧一边忙碌，却忍不住将期货行情挂在电脑上，随时联网，百忙之中总是会一目十行地看一下翻新的信息，稍微分心思考一下。

等柳钧一行进入一家四星级宾馆的会议厅时，柳钧觉得自己已是强弩之末，老张说他眼白全是血丝，脸皮全是粉刺。柳钧无法不反思，期货是不是分去他太多的精力。

宋运辉来得不早不晚，比开会时间提前十分钟到场，进门一看柳钧那一脸亢奋和疲惫，自以为了然。他笑问柳钧，组织这种会议是否比得心应手的研发工作更累，会不会研发时候三天三夜不睡也不如这边开一场会辛苦。柳钧心怀鬼胎，只敢笑不敢回答。会议上，宋运辉主动发言，他肯定腾飞公司的先进研发体系和高比例研发投入，更就东海集团多年来国产化道路上探索的艰辛，指出腾飞公司自主研发的产品在几个方面的重要意义。

柳钧早已被灌输得知，即使与会者来自各行各业，可是大家的行动却隐隐向着行政级别看齐。而东海集团又与本地行政密不可分，于是行政级别最高的宋运辉的发言基本上成了会议的基调，将柳钧自己定的有点儿自吹自擂的发言稿打进箱底。自然，宋运辉的发言较之柳钧的自吹自擂，效果不可同日而语，完全出乎柳钧意料。柳钧完全不知道该如何感谢宋运辉的大恩。

宋运辉没有留下来吃中饭。柳钧送他上车去，沿路感激不尽，宋运辉只是很谦和地说，他只是实事求是，同时以实际行动为优秀企业保驾护航。他上车前，督促柳钧不要看到成绩沾沾自喜，前路很难，也无止境，必须忍耐寂寞，坚持、坚持、再坚持。

柳钧汗颜，觉得非常辜负宋运辉的无私提携。他满心纠结地想，期货占去他太多精力，他手下确实有几个怪才，可是怪才清高不擅管理，他若不亲眼盯着，腾飞的科研成果不会出得那么快那么好。他是不是该戒了分去他太多精力的期货？但期货已经钻研了那么多，刚刚学会建立数学模型摸到门道，前面正是一片未知的诱惑，心头一块火烫，着实难以取舍。

会议算是成功，后续工作由柳石堂跟进，往往场面做足之后，接下来的都是桌面下的勾当。钱宏明一听柳钧终于闭关结束，力邀柳钧赶紧去他办公室面谈。几乎是一看见手机屏幕显示出钱宏明的号码，柳钧心中的天平就自觉地微微倾斜了。而钱宏明见面便开门见山，将电脑页面拉出，推给柳钧看。

"你闭关前一天，我们难得做出同样的判断，我高兴得跃跃欲试。你闭关时候我实在忍不住去上海了。我带去公司的流动资金，还有我两处房产的抵押，虽然微不足道……你看看所有发生的交易记录，我必须第一时间与合作伙伴你通报。如何？果然是兄弟同心，其利断金，不错吧。"

柳钧仔细看完，嘴里只会说一句话："这钱挣得太容易了。"他心里很快将交易所得折算成腾飞的收入，腾飞需要发生多少啰里八唆的事，耗费多少人的集体努力，花费多少的时间，才能取得相同收获。

"所以你看，只要是我们都看好的，准没错。现在我有些犹豫不决……"钱宏明跟柳钧详解这几天来的形势变化，他又有多少下单，还有多少剩余资金可以操作，而眼下国际形势表明，资源市场短期内显然波动挺大，可期货喜欢的是波动，有风险才有回报，关键是怎么走好每一步，以免已经进场的资金亏本，尽力在波动中顺势而为。

"眼下小亏，别担心。不会没希望。"柳钧看着后续数据，尽力安慰将全部身家押进去的好友。

"担心有一点儿，但不大。不过今天看着收益渐渐收窄，直至小亏，我仿佛从那个时候才真正意识到，我们已经不是玩模拟，而是真刀真枪。刀刀割肉，非常考验意志力。幸好你出关了。"

柳钧责无旁贷，即便不想盈利，眼下也得先帮朋友脱困。两人在钱宏明的办公室里讨论至深夜。结束时候柳钧才发现他的体力快撑不住，而且他那边还有大学的教授和陪同的同学忘了接待。他不得不赶回宾馆，不敢打搅老师，只能找同学赔个不是，出来后被他爸埋怨得差点儿疯掉。

不过无论如何，研讨会总算是顺利结束了，结束后各方的反馈都不错，看起来高新技术企业认定有望。柳钧终于可以喘一口气，专心研究期市波动。他也将一部分腾飞的流动资金补充进去。腾飞的流动资金本就紧张，这么一抽血，日常运作便有些捉襟见肘。但是柳钧想，很快，他会以期货所得反哺腾飞。但腾飞上下的知情人开始怨声载道，工作认真的得不到嘉奖，工作松散的得不到惩罚，整套管理体系仿佛方向盘失灵的汽车，走得漫无目的。

终于有人敲开柳钧的门，竟然是孙工与廖工这对冤家结伴而来。他们两个不等柳钧说话，就自说自话地坐到柳钧对面，眼光不再平静，仿佛压抑着愤怒。

"我们强行阻止车间开工，动用的是厂规第三章第五条，我们认为柳总签发的工艺不对，我们以研发中心名义强制车间停工。"

"这个产品是我负责研发，敲定工艺的时候我正病假，原以为有柳总在，我只要安心养病，这种小问题柳总洞若观火。"廖工将手中工艺交给柳钧看，"红线画出那道工序，柳总请看，这么走捷径，强行加工产生的应力怎么办，等着交付的时候部件开裂？"

"这么显而易见的错误，绝不应该出在一个从业十年的高工身上，唯一解释只有：不认真！"

两个高工你一言我一语，基本上不留情面，批的都是柳钧以往一直重点狠抓的条目：不认真。柳钧简直无地自容。起先，两位高工的批评对事不对人，讲的都是技术有关的问题，因此句句一针见血，打得柳钧体无完肤。但是孙工后来见老板脸色通红，就安抚了一句："柳总应该不会是不小心犯这种低级错误，但是我看你最近住公司的时间多，按说不会有太多分心的家务事，不过你年轻人……"

"我最近在帮朋友做一个项目，投入的精力非常大，很多高数计算。"柳钧连忙踩刹车，免得他们怀疑他色迷心窍，酒色过度，"对不起，工作中大大分心了，害廖工提前结束病假赶回来。我很快改进。"

"我们倚老卖老，索性多说几句，柳总，这几个月……公司在严重退步，质量上退步，生产上退步，管理上更退步。还有资金，下面车间已经好几次为流动资金断档停炊了，太动摇军心。到底怎么回事啊，不能再这样了，你不心疼我们心疼，你不能让我们下面做事的失去指望啊。"廖工虽然平时话不多，可真说起来，都是掏心挖肺的话。

"柳总，春节后你一直没给我们中心开会讨论新的研发方向。我已经两次书面提醒，不知道柳总看见没有。"

"柳总，我这人一向有什么说什么，心里藏不住话。你老板三心二意，我们该怎么办？我们都是做事的人，不想吃闲饭。"廖工说到这儿，下面挨了孙工一脚。廖工也一想不对，这不是明目张胆地造反吗？赶紧闭嘴。

两位高工盯着柳钧将工艺改过来，重新签字，才拿走告辞。柳钧被训得像个小学生。但两位高工不放心，又偷偷一个电话打给太上皇柳石堂。柳石堂还以为儿子老大不小内分泌不平衡，竭力婉转劝说儿子有必要忙里偷闲享受生活，不能一心扑在工作上。柳钧倒是没想到有人通报了南辕北辙的爸爸，他给他爸弄得哭笑不得。这么多人提醒，柳钧意识到他应该合理安排时间，不能太沉迷期货。

柳钧几乎是左手斩右手地克制上网时间，这个过程很痛苦，就像几年前戒烟一样，有一根神经根本不听他的指挥，放肆而妖孽地自说自话。而且还有钱宏明三不五时地跟他来一个热线，就像有人硬塞给戒烟的人一根好烟，柳钧经常为此破戒，打开电脑。终于，连年轻而胆小的会计也找上柳钧，告诉他这个月的办公费用即将超过硬杠子，问柳钧有几笔等待付款的支出要不要收回。如果不收回，超出部分需要另外走一套财务签字程序，才可以入账。

公司的财务都是柳钧一支笔签名，他认为自己一向把关严格，怎么可能一个月多出好几笔超支的，他心里有些怀疑，就让财务拿最近三个月的账簿和凭证来查。查账说简单也简单，只要在电脑上做一个表格，一个月发生的费用全部列出，下个月有类似费用就列在一行，对比之下，一目了然。对比，最说明问题。显而易见，一个月比一个月，不仅支出项目增加，单项支出额度也逐月提高。柳钧越来越觉得问题严重，这几个月他的把关似乎越来越松。

但查账期间，钱宏明一个电话打来，汇报今天战况。两人将被杠杆放大的资金几十万、几百万地一议论，柳钧再回头看凭证上几十、几百、几千的小支出，心里很有点儿不耐烦。碍于对面坐着被他拉住加班的小会计，他只有继续对账。等心情慢慢平复，柳钧忽然惊悚，钱宏明来电的一前一后，他的心态出大问题了。工厂的工作必须拥有按部就班细碎耐心至极的心态，期货操作则是不同，在期货市场，随着资金的杠杆放大，人的贪欲、情绪等也成倍放大。现实表明，他显然做不到在两种心态之间游刃有余地切换。这就是三个月来费用逐月增加的原因。因此他面对的问题不是减少关注期货的时间，而是面临两种选择：选择一心一意做期货，还是选择一心一意做工厂。

当千头万绪提炼成非此即彼的选择时，柳钧没有犹豫，即使心中抱有很大遗憾，他毅然决然地选择了工厂。他自嘲地心说，啊，钱不是最重要的，人生需要有追求。与财务一起查完账，柳钧就电告钱宏明，今天开始他退出，绝不回头。原因只有一个，继续炒期货，他的公司不出三个月会垮掉。唯有斩草除根，柳钧才能戒掉所有的瘾。

一夜睡过，柳钧回首做期货的那几个月，真如鬼迷心窍似的。他是亚当·斯密的信徒，他一向认定唯有制造业才创造价值，制造财富，因此他将制造和科研奉为他的信仰。可前几个月，他竟将宝贵的时间贡献给赌博一样的所谓金融事业。那几个月，他几乎早上睁开眼就打开电脑，先看全世界行情变化，晚上闭上眼睛前最后一件事一定是关电脑。他是真的荒废了腾飞的工作。柳钧深信，这几个月里，不会仅仅办公费用出问题，一定还有更多浑水摸鱼。

而他首先要做的不是亡羊补牢，而是于上班时间全心投入抓生产抓质量。果然不出所料，抽检成品库产品的质量合格率并不是百分百。有些铸件竟是出现肉眼可见的砂眼，也被鱼目混珠当作成品。至于原因，无非是质检高抬贵手，车间少扣废品率奖。这几天，一口气查出好多问题，包括产品质量的，包括管理程序的，处罚单开了一沓，光是激光打印机就运作了近半小时。

可这些都只是马后炮，柳钧流着冷汗想到一个严肃问题，在他鬼迷心窍期间，不知有多少不合格产品浑水摸鱼，又不知有多少疵品流到客户手上。像他腾飞这样的小规模制造企业，放到偌大的中国，几乎是沧海之一粟，毫无优势可言。腾飞得以安身立命，唯有品质，而眼下，他似乎自毁江山了。柳钧一时委决不下，要不要将产品召回。如果不召回，需不需要派人去下家重新验货。而后者若是做出来，几乎可以毁掉他用两年时间建立起来的腾飞质量百分百的信誉保证。可如果坐等疵品被发现，更毁信誉。怎么办才好？

与此同时，柳钧利用八小时以外时间，全面彻查这几月的所有凭证。令他胆战心惊的是，好几张凭证明明是他的签字，他却对其绝无印象，毫无疑问，他签署那些凭证的时候，大约正全心关注伦铜沪铜的起落。他这种精神状态，账目怎么能不出问题？他发现最近几笔短驳到内河码头的运输费高得异常。他既然做铜期货，当然也关心国际油价，在近期国内油价并无显著上涨的前提下，运输费怎么可能上涨？柳钧叫来掌管储运的员工，指示要么压价，要么换运输公司。

很快，员工就反馈，那家运输公司方老板声称，要么原价做，要么拗断。柳钧以为很简单，拗断就拗断，死了张屠夫，不吃带毛猪。不承想，运输市场说大很大，说小很小，尤其内河码头短驳运输，那真是铁板一块。与方老板拗断之后，再联系其他运输公司，要么一听腾飞的名字就摇手谢绝，要么有不知套路的拉上腾飞的货色去内河码头，结果要么不得其门而入，要么被不知哪儿蹿出来的人围着车子砸。几天下来，腾飞陷入只能进不能出的尴尬境地，发货工作陷于停顿。

柳钧悔得肠子都青了，若不是他前阵子鬼迷心窍，怎么会有货运价格偷偷小幅快跑，涨到眼下高价。而吃多了高价运输费的货运公司自然是不甘自行降价，谁肯把到嘴的肥肉吐出？柳钧想到申华东家大业大，旗下几家公司的日货运量惊人，应该与那些人有些关系。他找申华东咨询，果然没问错人。申华东了解内幕，本市内河码头有限，自从私有化开始，几年下来几乎被一群老乡收入囊中。那群老乡身在异地，自然非常团结，经常抱团议价抱团接货，似乎内部有一套不为人知的运作体系，带点儿暴力，带点儿江湖。柳钧眼前一黑，想到在本市很有名气的杨巡那个老乡团，幸好申华东答应帮助协调。

他们晚上约一家酒吧见面吃讲茶。与运输公司方老板一起来的是申华东家的长期合作运输公司老板，与申华东口口声声称兄道弟。用申华东朋友的话说，他是押着方老板过来讲和。但他们那行有规矩，破镜重圆，喝三杯交杯酒，从此揭过，见面都是朋友。申华东那朋友二话不说，也不管酒吧规矩，去柜台摘下六只红酒杯，倒满六杯绿瓶红星二锅头。酒保一看那人架势，什么都不敢说，任他们拿自带的酒在酒吧的场子自由发挥。

柳钧看看瓶子上明晃晃的56°，心说这哪是喝酒？这基本上就是灌酒精了。可是再看看申华东朋友与方老板手臂上年糕般粗的纯金手链，以及方老板手背青郁郁的一个"忍"字，他知道今天逃不过去，能用喝酒解决，已经是看在申华东的面子上了。柳钧只能豁出去，强笑着与方老板交臂喝下三杯绿瓶二锅头，顿时整个人跟火球一样，全身发烫。后来的事他全不知道了，等他醒来，已经是第二天中午，他身处医院。柳钧以胃黏膜损伤吐血和酒精中毒，终于了结他一度鬼迷心窍在腾飞造成的亏空。

柳石堂得知此事，更加生气钱宏明，一心认定儿子是中了钱宏明那小子的圈套。他找到钱宏英骂了一顿，钱宏英唯有唯唯诺诺。钱宏英虽然而今一心工作，做得风生水起，可是她的地位越高，心里越留恋阳光下堂堂正正的生活，便越发担心她过去的阴暗被人挖掘揭发，而柳石堂是她最忌惮的那个。等柳石堂离开，她便一个电话打给钱宏明，将钱宏明骂了一通，要钱宏明从此远离柳钧，不许招惹。钱宏英问弟弟，柳钧是一个能提醒痛苦回忆的人，为什么一直巴着柳钧不放，除了友谊，还有什么见不得人的潜意识，自虐吗？

钱宏明回答不了，可是姐姐的问题又提醒他，为什么？理智分析，他应该离柳钧远远的，最好老死不相见。真的只是友谊吗？难道不仅仅是友谊吗？

柳钧虽然将养了好几天才恢复正常，可腾飞却犹如"人头马一开，好事自然来"，终于拿到质量体系认证了，起码以后走国企正门有了一张硬pass。高新企业认定也批下来了，不过批下来的同时，一个经办人员从柳钧这儿私人借款五万，倒是给了一张借条，不过借条上面不见约定归还日期。

腾飞公司开始走向一条被政府关注的轨道。柳钧不知道这是好事还是坏事，关注多了，揩油的也多了，不过给的政策也多。政策在某些人手里是弹性的，可以给你上限，也可以给你下限，端看你企业主拎不拎得清。柳钧显然不大拎得清。只是眼看研发能力在业内公认不如他腾飞的市一机获得更多关照，柳钧心里到底有点儿不平衡，可也只能认命，申家在本市散枝开叶，根系发达，岂是他腾飞可比？

02

柳钧还在亡羊补牢的当儿，市一机与技术合作伙伴的谈判已经紧锣密鼓地展开。此次谈判，是市一机有史以来第二次走出去。与以往的盲目出走不同，此次走出去的掌舵人是申华东的父亲申宝田，当年，申宝田是最密切关注市一机首次合资遭遇合同陷阱的人之一，也曾为市一机当年的合同解套出谋划策，因此早在第二次走出去策划之初，申宝田就凭经验简单扼要给出一个备忘，指示几处重点关注。申华东全盘操作，几乎是完全将杨巡招聘来的董其扬隔绝在合作谈判之外，申华东看不上土MBA董其扬。于是董其扬处境尴尬，但按兵不动，每天按时上下班，即使办公室门可罗雀。

反而是柳钧虽然查漏补缺忙得一塌糊涂，却经常被申华东请去做技术高参，以免市一机在技术转让方面重蹈当年之痛。即便是柳钧也看出申华东强势排斥董其扬，他私下规劝申华东妥善处理，爱才惜才。但申华东有申华东张扬的行事方式，他甚至提请柳钧充当媒介，与董其扬商谈分手价码。

柳钧不愿接腔，转了话题："你怎么带我走后门？太绕了，前门又没在修路。"

"前门有个疯子等着砸我的车。那疯子以前是市一机正式工，市一机还是国企时候停薪留职，现在忽然想回来上班，人事当然不同意，那疯子就闹到我办公室，扬言他既然当年没将档案转出去，我们现在也无权将他的档案转送到劳动局，我们得对他终身负责，不答应就砸车。我只好避着走，又不能剥夺疯子人身自由。"

"你这不算什么，对方最多给你造成一些不便。我以前一个员工偷图纸，被我设法抓了送去坐牢，他坐牢期间老婆带着儿子跑了，老娘走投无路跳河自杀，他刑满释放就找我，威胁说他这辈子被我害了，他现在是亡命之徒，我要么给五十万了结此事，要么等着挨闷棍。你说这是什么事，才刚按下我爸车胎被戳那头，又来一个更要命的。做企业成高危行业了。你爸做了那么多年企业，有没有人找上门？"

"怎么没有？我小时候有阵子好几个人吃睡都赖在我家，现在我爸地位超然，底层有纠纷不大会找上他，轮到我挨枪子儿。前阵子我们开除一个好吃懒做的清洁工，结果清洁工她爸打上门来，正好我出门经过门卫，那人操起凳子就飞过来，我幸亏跟着你学拳脚了，要不然出人命。还有质检跟车间打架，整个大车间的械斗。说起来咱什么没见识过？这两年大风大浪全经历了。"

"唉，全武行，车间遍地冷兵器，我那儿也闹过这么一出，才夏天的事，我至今回想起来还心有余悸，一测血压准超标。我那天抢了一根螺纹钢撬棍进去劝架，撬棍一头尖嘴，一头鸭嘴，近一人长，真要出手，准一手一条人命。事后他们说我那次红了眼，真像要杀人，他们就怵了。至于每天的小打小闹，唉，我现在已经麻木了。我现在修炼到可以麻木不仁地途经吵架斗殴现场而不出手，只打电话给当事人的直系上司，让他们顺序处置，得道了吧？"

"你知道我爸怎么说，他说等哪天我修炼到听说车间出了人命依然面不改色，我才可以回集团上班。他说人做到一定层次上，拼的已经不是脑力，那层次的人都差不多聪明，而是比耐力，看谁更沉得住气，沉得住气的人才能思虑周详，少出纰漏。我目前还做不到，我还喜欢真心实意地拍案而起，而不是装腔作势拍给别人看。"

柳钧闻言，顿如醍醐灌顶。想想最近因谈判而频繁接触的申宝田，想想他一直视作偶像的宋运辉，再想想自己这几年走过的坎坷，以及性格的前后变化，他心中千言万语，却只吐出四个字："原来如此。"他现在唯有佩服他爸，当初哪来那么大胆魄，让他一个乳臭未干的毛头小子独挑大梁，换他可不敢，他只会学申宝田，先发配儿子做一方诸侯历练几年再说。

十月，好多人结婚，其中就有杨逦和余珊珊。余珊珊给柳钧寄来一张喜帖，柳钧问了好几个人才问出头绪，原来是嫁给烟草公司某大头的公子，余珊珊也顺便进了烟草公司吃皇粮。有关那个烟草公子，传说不少，普遍不佳，柳钧不晓得余珊珊怎么会找这种人，而且动作如此迅速。而杨逦的喜帖则是约请吃饭，见面递交。虽然婚礼之前准备工作繁忙，可杨逦竟然拨出一晚上时间，单独与柳钧吃饭。饭店由杨逦选择，柳钧先到，进包厢往窗外一看，正好面对杨巡正在建造的五星级酒店。淡淡夜色中，只见体量庞大的裙楼，与巍峨耸立的主楼，柳钧即使不是建筑业从业人士，也能从中见识到杨巡的实力。他在心中叹了一声气，将窗帘拉上。

杨逦穿一件真丝吊带连衣裙，外罩西装短外套，配一串滚圆的白色珍珠项链，既妩媚又干练。杨逦心知柳钧不可能去参加她的婚礼，故拿来喜糖，今天就送了柳钧。柳钧也掏出贺礼，一套SKII礼盒，乃临时抱佛脚，请崔冰冰帮忙从上海寄来。

"同一楼层的邻居，竟然事先不知道一点儿信息，你保密工作做得忒好。"柳钧替杨逦拉开座椅，"新郎官呢？等新郎官来了再点菜吧。"

"他不会来，他在新房盯着打扫呢。看看我们的婚纱照。"

柳钧心里生出一丝狐疑，接婚纱照翻看，见新郎官是个健壮的青年，与杨逦站一起，显得稚嫩。倒不是年龄上有差别，而是神情上，一望而知的单纯。看看对面老练点菜的杨逦，再看看婚纱照上的新郎，柳钧更是心生诧异。

杨逦早已感觉到，爽快地笑道："有话直说便是，藏藏掖掖做什么。我家新郎官性情阳光，心胸坦荡，懂得体恤家人，尤其难得是做一手好菜，多好。找丈夫嘛，又不是找情人，人好才是第一位。"

柳钧开始还真信了，可杨逦越往详细解说，他越怀疑，但他刚决定学习见怪不怪，就微笑道："这话说得很有道理，人品好最要紧。最近忙什么？宾馆筹建是个大工程吧。边打边学？"

"我熟悉五星级宾馆运作，现在的主要工作还不是具体事务，而是洽谈酒店管理公司。原先我们谈的是香格里拉，但现在看来香格里拉条件太苛刻，准备多谈几家。嗯，市里刚划出一片地做科技园区，我前儿过去看了一下规划，你倒是动作麻利，比我还快一步啊。你看中的那块地两面环水，风景极好，唯独对岸一座寺庙大煞风景。准备搞开发吗？"

"搞什么开发，我老老实实做实业。公司产能扩张，原先的土地不够用，只好把研发中心迁出来。那块地风景不错，适合规划一个可以安静思考的环境。说到底我就是一名大管家。我们的企业人员构成与其他企业不大一样，我们更侧重人，研发中心的科研人员是公司的宝贝，我需要为宝贝们创造最好的用人环境，才能留住宝贝。科研人员大多人到中年，拖家带口，他们需要方便的生活环境，和孩子入学的好校区，这些，只有城市才能提供更好的。科研人员对精神生活的追求也要求高一点儿，也只有城市才能满足。创造条件一要户口二要钱，所以我看中科技园区，那儿的集体户口归属于市区，我们公司作为高新企业，可以用引进稀缺人才的政策为我们的科研人员办理市区集体户口。那么未来科研人员在市区买了房子，从市区集体户口迁到自家市区房子就很方便了。如果是郊区集体户口就没那么容易。再有我公司自身的考虑，科研工作不同于坐班，有时候灵感上来，却赶上公司班车接送时间，不跟班车吧就得住公司宿舍，跟班车吧明天就没那兴奋点了。如果工作地点在高新区就不存在这个问题了，那儿有市区公交网，而不是现在这边工业区的城乡公交，晚上不到六点全停班。另有一个客户接待的问题，现在已经不是酒香不怕巷子深的年代了，现在酒再香也得将门面放到闹市去。还有很多理由，你做了那么多年管理，肯定比我清楚。"不过柳钧没有说占有优质地皮即等于拥有银行承认的优质资产的想法，那是崔冰冰教育他的结果。

"确实这样，你为你那些宝贝员工可算是考虑到极致了。不过既然你还没付款，我还是要把大实话告诉你。本地老话有说，庙前穷，庙后富，庙左庙右多寡妇。那块地正处庙前，风水大忌。否则你想，那么好的地段，哪儿轮得到你打主意？怎么样，我是不是很俗？呵呵，近年看地多，接触的都是这方面的知识，想不知道都难。对于寺庙，我可以无神论，可是我的客户们会用脚投票，我不得不考虑周详。"

柳钧哑然失笑："我说呢，我一眼看中的地块怎么没人跟我竞争。无所谓，我那儿搞纯研发，与客户无关。太好玩了，真想不到你这样的人还懂得这种东西。"

杨逦小心地看着柳钧笑得心无芥蒂，而不是嘲笑，才放心。"没办法，吃饭家什，不得不知。不过我得提醒你，那块地未来升值潜力就差了，年代不同啦，拆庙的运动可能不会再来。"看到柳钧心悦诚服地点头，杨逦心里欢喜，"这种事我以前也挺排斥，你知道我为什么熟悉五星级酒店吗？以前……我们这一代算是看着琼瑶长大的……"

"我看古龙。"

"都是充满梦想的文字。那个时候，我向往看不见的阶层，看不见的生活，那个时候五星级酒店是最佳也是唯一的窗口，我好不容易争取到五星酒店工作的机会。看不见的阶层，唉……我大嫂就比我明白得早。我最迟钝，最近才明白一个道理，草根出身的人，心里永远是野火烧不尽的草根。"

柳钧听得莫名其妙："我国改革开放二十几年，真正好日子才不到二十年，可以说遍地都是草根，不要在意。"

"不，人与人是不一样的，那是一种境界，自出生便已注定起步的轨道是哪一条，就像田径场上的跑道，你站哪圈就跑哪圈，踩线是要遭处罚的，甚至取消比赛资格。我却至此才弄明白。"

柳钧更加一头雾水："人生与跑道没有可比性。虽然人定不可能胜天，可是……"

"那是因为你一直占着内圈跑步，你看不到外圈的艰辛。"

"我认为这是心魔，你看你大嫂，不是快快乐乐地积极生活着？"

"她比我看得明白，现在一个人在波士顿抚养一双儿女，对我大哥大撒把，我大哥反而敬重她。她很有智慧，一个人将生活安排得极好，照顾孩子之外，还可以攻读会计硕士课程。啊对，其实就是心魔，放下一颗心，外面天高地远。"

柳钧陪着杨逦喝酒，听杨逦不着边际地扯得越来越跳跃，愈发感觉这顿饭不简单，杨逦似乎真有心魔。一瓶红酒，杨逦喝了大半，酒尽时，杨逦忽然问一句："柳钧，你有没想过报复我大哥。"

"没有机会。"

"说明你心里还是想的，难怪我大哥一直提防你。"

柳钧心里吃惊，但表面若无其事地道："我想你大哥更应该警惕资产负债表，这么一座宾馆造下来，你们的资产负债表一定很吓人。"

"担心什么。你是不是还打算并购你公司隔壁那家摇摇欲坠的微型轴承公司？"

"你大哥这么关注我？"柳钧给吓出一身冷汗，可是杨逦酒后失言一次之后不再多说，给柳钧心中留下极大疑团。可柳钧终是忍不住，他太忌惮杨巡，不弄清楚心里猫抓猫挠的："你大哥对那微型轴承公司有打算？"

杨逦却微醺着问："新开的高尔夫，你做会员了吗？我上回去打了一下，环境还不错的。"

"没做，对高尔夫兴趣不大。"

"有人告诉我，在那儿社交挺不错的。最近玩什么好玩的？"

"最近……呵呵，很自恋地录我弹的钢琴曲，去一家不怎么样的录音棚里玩儿。"

杨逦眼中露出羡慕，是的，优越的人自己是不会知道优越的，但是旁人清楚。"这个需要好几天吗？不是弹几个曲子吗？"

"我的一根手指不大灵活，若发挥好，一次通过，发挥不好，只好再来一遍。我也很不愿意。"

包厢的气氛一下冷了，杨逦沉吟许久才道："你说我大哥怎可能不时时提防你。他现在恐怕很后悔很后悔，他原以为你只是个白面书生，是个有回头路可走的书生，以为你遭遇挫折肯定会逃出国去。想不到你这么有坚持。当然他不会告诉我，我想他把两个孩子送出国去，也是出于安全考虑。"

"我还不至于做出下三滥的举动。"

"是的，我相信，但我大哥不会这么想，人跟人是不一样的，所以人的底线也不同。放心，你们之间目前并无交集，大哥还不至于做损人不利己的事情。"杨逦晃晃手中的空酒杯，看一眼柳钧的，不由分说地将柳钧酒杯中的红酒倒来一半，"最后一杯，请祝福我一个月后的婚姻生活美满幸福。"

两人一饮而尽，柳钧奇道："你在担心？像你这样豁达理性的女孩，首先挑选的人就不会错，其次未来的生活琐碎你一定也能妥善处理，有什么可担心的？婚前焦虑？晚上请你唱歌散心。"

"我？豁达……理性？"一直到结账出门，杨逦还在反复念叨"豁达理性"，微醺的脑子转不过弯来，她竟然能与豁达理性沾边，若不是柳钧说出来，她一定不会信。因此上了车，她决定豁出去，厚着脸皮问柳钧："你真觉得我有这么好？如果你与我大哥之间没有怨恨，你会不会追求我？"

柳钧毫不犹豫地给了一个"会"，他喜欢内涵丰富可供研究的人。于是，杨逦的心飞扬起来，她笑得非常开心。她想，这就是九死一生经历万水千山之后的豁达理性了吧。但是杨逦回家后，却站在热水淋浴龙头下哭了。快乐永远不属于她，她宁可不要什么豁达理性。而窗外，台风于凌晨登陆，一夜风雨敲窗。

03

柳钧早上起来，建筑质量良好的墙面竟然会有些许渗漏。他惊讶地探视地面，只见城市路面黄浊浊一片汪洋，可见一夜降雨量。柳钧惊出一头冷汗，连忙冲出门去，连早饭都顾不得吃，小心翼翼开车蹚水赶赴公司。

进工业区，沿路是被刮翻的彩钢屋顶，是随脏水漂浮的包装盒，是挽起裤腿忧虑的人们。柳钧提心吊胆地想着他的那些精密数控机床，若是浸水，那死路一条。他心急如焚，可是不敢加大油门，以免发动机进水。好不容易龟爬至公司大门，亲眼见到完好无损的屋顶，柳钧几乎激动得想哭。走进厂区，根据本市五十年一遇降雨量设计的排水系统发挥了作用，即使外面市政排水系统已经瘫痪，即使工厂空地一片汪洋，可是腾飞却可以用水泵抽水保证车间干燥。腾飞完美地抗击了台风登陆。

基建时期，他顶着讥笑甚至谩骂，一丝不苟地选择设计单位，一丝不苟地审核各项设计，一丝不苟地选择建筑用材，一丝不苟地现场监督，而今于此大风大雨终见真章。柳钧站在瓢泼大雨中骄傲地看着这一切，很想抓一个当初嘲笑他的人来此现场，看，他当年做得对，当年的高价付出值得。包括他这几年来坚持的产品的用料、产品的质量和产品的设计，时间将证明他的正确。

然而，同一工业区的另一家公司老板却与柳钧见解大不同。固定资产因偷工减料在台风中造成损失？无所谓。他们本就不追求精密加工，等雨过天晴，机器设备洗洗刷刷便可正常使用。成品表面水淹后的锈迹？酸洗一下便是，公差要求又没那么高。还可以递一份资料去税务报损，另递一份资料去保险公司索赔，他的低成本也是精确计算的结果，而且是被市场认可的精确。那位老板还善意地取笑柳钧，他只要稳守几只成熟经典的产品，一年四季便可旱涝保收，做人越来越潇洒，谁让中国市场那么大呢。哪像柳钧做得辛苦，成天赶着技术潮头奔跑，不进则退，不能止息，最后赚的大多进了劳动力成本，何苦，也不过比他稍微多赚一点儿。

柳钧的骄傲被"嗤"的一声浇灭了。在这片神奇的土地上，追求更快更高更强有时候是个笑话。

04

很快，杨逦结婚了，柳钧没去。但董其扬终于约柳钧告别，他找到新的东家，与申家和平分手。柳钧问董其扬为什么不自己做老板，有这身本事在，自己创业事半功倍。董其扬不以为然，反问柳钧还没尝够小老板的滋味吗？柳钧被问得无限感慨，当初被爸爸诱拐初涉浑水之时，他即使再长三头六臂都不会想到管一家企业有如此烦琐，而今，再难脱身。他对董其扬直言，可惜他腾飞现在庙小，否则绝不放过董其扬。董其扬听着心里很安慰，这也算是他黯然告别市一机之际难得的一丝温情。两人把酒话别，董其扬看着柳钧心想，有时候人也不用太有城府，直爽的人讨人喜欢，讨人喜欢者获得的帮助足以抵消有城府避免的伤害。比如他就挺喜欢柳钧，知道此人言行一致，可以放心交往，也可以放心托付，不管柳钧与杨巡交恶还是与申华东交好，都不影响他对柳钧的判断。董其扬心中暗暗地想，或许以后还真可以有新的交集，希望柳钧未来发展蒸蒸日上。

天又转冷，不爱运动爱窝家里的嘉丽和小碎花不免又染风寒，可是钱宏明专心在上海折腾，鞭长莫及。当然，柳钧也知道钱宏明在上海有另一个窝，也可能不止。于是还是柳钧半夜被嘉丽的电话叫去，车载娘儿俩去医院看病。看着烧得一把鼻涕一把泪的嘉丽还得尽力照顾小碎花，柳钧唯有心里一边骂钱宏明，一边更加尽心尽力帮忙。他甚至不敢在嘉丽面前骂钱宏明一句，唯恐给嘉丽雪上加霜。

最终，当然又是送进注射室打吊针。柳钧替嘉丽抱着哭累而睡的小碎花，时时关注旁边烧得打盹儿的嘉丽，无聊地想自己的心事。妇幼医院的注射室喧闹得鸡飞狗跳的，可即便如此，输液下去的嘉丽还是很快稍微恢复精神，她终究是无法释怀丈夫总是在这种时候缺失，忍不住问正对着吊瓶发呆的柳钧："柳钧，生意人都忙得顾不上家小吗？"

柳钧一愣，忙道："国内生意场竞争激烈，而且竞争的又都是些题外文章，唯有占用八小时之外的时间。"

"可为什么我请你帮忙，总是一呼就应？宏明还说，你的工厂每天事务更烦琐呢。"

"我家情况特殊，我家是上阵父子兵，你若是呼我爸，有九成可能找不到人，他代我出差应酬去了。我不少朋友与宏明差不多，大家说起来都内疚，唯有用物质来弥补家人。"

嘉丽清澈的眼睛专注地注视柳钧，看得柳钧的眼神东躲西闪，他本就不是个爱撒谎的人，而且他面对的又是好友嘉丽。嘉丽轻轻叹息："还是看一个人在另一个人心中所占的地位吧。"

"这个你别多想，今天病中想过算了，千万别钻牛角尖。"正好柳钧手机叫响，给柳钧解围。可是今晚麻烦事一桩接着一桩，可谓祸不单行，公司中班人员告知，腾飞对马路的一间家纺公司着火，火势凶猛，大有乘风飞跃狭窄非主干道马路扑向腾飞之势。柳钧当即飙汗，可此时他正是嘉丽母女的主心骨，他怎么走得开？他心急，只有电话里指挥大家循序停止车间工作，直至关闭生产段的电闸，尤其注意用电安全；一边派非车间人员放出大狗，关闭公司大门，守住公司，以防有人趁火打劫；同时保安立即启动三号消防方案，先喷湿路两边茂密的行道树与墙上茂盛的爬山虎。

"柳钧你赶紧去指挥吧，我这儿一个人行的，一针下来我已经恢复，而且医院门口都是出租车，打一辆很方便，不像从家里出来得走一大段路。"嘉丽一改常态，插话打断柳钧。

柳钧摇头，依然是轻声镇定地遥控公司的防火工作。嘉丽就不吱声了，看看小碎花依然安静、不受干扰地睡在柳钧怀里，她心中若有所思。水火无情，这还不是立刻投入工作的最佳理由吗？所以可见，关键还是人的一颗心究竟放在哪一头。嘉丽病中更是彷徨，也更信赖柳钧。

柳钧听着车间循序汇报现场操作，等到操作完毕，全部机器停下，才满心志忐地放下手机，依然镇定地对嘉丽道："别担心，工厂的特征就是每天状况不断，我们早给训练出成套应急预案，这种事若是出在两年前，我倒是真要手忙脚乱了。"

嘉丽低头挤出一个微笑，看护士为她拔针。柳钧心里却明白，嘉丽不再捡起电话前的话题追问，并非疑问已经解开，而是嘉丽为他着想。唉，这样的好女人，钱宏明却罔顾嘉丽的善意。但柳钧此时心中火急，那是真的火引出的急，无暇思索如何进一步化解嘉丽心中的郁结。可偏偏小碎花小孩子血管细，一瓶输液只能慢慢地滴入，柳钧唯有按捺着焦急，不断打电话询问进展，而且还不能太惊动病中的母女。他当然可以请朋友来帮忙，可是输液已经过去大半，他即使飞车赶去现场也须半个多小时，也不急在一时半刻了。

送嘉丽母女回家，由保姆下楼接走，柳钧这回来不及看着嘉丽母女进家门，赶紧匆匆走了。

赶到工业区，一路都是闹哄哄的人，还又是警车又是消防车的，柳钧不得不将自己车子停在路口，跑步进去。火还在熊熊燃烧，但可以看清火点距腾飞有一定距离，而此时路灯尽灭，看不清腾飞状况如何。直到问清公司职员，才知靠近腾飞这边的火势首先被腾飞出动的消防水捐灭，腾飞有惊无险，柳钧才松一口气，有闲心管隔壁公司的闲事。果然看见隔壁公司老板叫得撕心裂肺的，非常悲惨。柳钧见到工业区几个老板也在附近，就走过去加入。

大家七嘴八舌，都猜测家纺公司老板得罪了本地地痞，遭暗算了。前几天已经听说过，不断地痞流氓乱用家纺公司公共浴室热水洗澡洗衣服，老板稍有不从就大打出手，进而得寸进尺，食堂吃饭不付钱。最后发展到帮家纺公司工伤员工敲诈老板拿提成。保安根本不敢硬来，否则落单时候遭闷棍。这种家纺公司人员流动大，工人多，工伤事故层出不穷，地痞顺势而为，老板头痛万分，曾经向左邻右舍请教如何却敌，可工业区的企业要么也深受其苦，要么就像柳钧公司从开始就管理分明，针插不入。据说家纺老板最近新设制度，与一家保安公司签订高价保安合同，一改忍气吞声作风，所以大家怀疑，那帮地痞狗急跳墙了。放火，这种最原始、最简单，对于家纺企业却是最致命的办法，随便找个人都想得出来。柳钧心里兔死狐悲，如果家家都装防盗门窗，那么该怨谁呢？家家都是被叫天不应叫地不灵逼出来的。

大火过后，家纺公司在黎明中一片断壁残垣。老板一个大男人坐地上痛哭，一辈子心血全完了。细问下来，原来本小利薄，这家还不曾为厂房设备产成品做保险。大家背后都说，那是真的完了，卖掉烧焦的地皮，先还银行，再发工资遣散员工，老板可能一文不剩。这种年纪的人，哪儿还有斗志东山再起？反而是那几个地痞流氓，估计早跳上火车各奔老家了，谁还找得到，即使找到也查无证据。

这一夜，对柳钧是虚惊一场，可也是物伤其类。他定下神来就打电话去骂钱宏明。但听钱宏明说已连夜赶回家，用睡眠不足的红眼白和黑眼圈最简洁有力地说服了嘉丽，他终于替嘉丽稍稍放心。这个气球，他不敢戳破，又不忍注视，唯

294

有帮助维持现状。

钱宏明回家后,用本来准备给嘉丽买车的钱,在不到十分钟步行距离的另一小区置办了一套房子,赶在春节前亲自驾车去嘉丽老家接二老过来养老,而房子的房产证上写的是嘉丽父母的名字。这一切贴心布置,比钱宏明说一百句他父母已亡以后专心孝顺丈人丈母娘更有力量,也是对嘉丽更好的说服。有刚刚退休依然年富力强的丈人与对女儿无微不至的丈母娘在,钱宏明以后无须麻烦柳钧照顾嘉丽。他的姐姐钱宏英也松一口气,钱宏英还担心嘉丽对柳钧的过分信赖呢。

当然,有丈人在,新房的装修不用钱宏明操心,他甚至不需要再操心嘉丽一个人待家里的寂寥无趣,更可以忙碌他的事业。钱宏明如今将外贸与期货结合得越来越好,两条线齐头并进,每日如陀螺一般穿梭于两条线之间,高节奏的工作,高节奏的思维,高节奏的情绪,不知疲倦,因此他需要激越的性来舒缓紧张兴奋的神经,放眼他那个圈子,这样子生活的人比比皆是。他反而有些不明白柳钧哪儿来的耐心,一个见过世面的大好青年苦守一家小工厂,也不会枯燥得慌。他甚至有些怀疑,柳钧再这么稳固蹲守下去,思维差不多该与乡镇企业家看齐了。

柳钧还真津津有味地做着乡镇企业家该做的事。并购隔壁那家微轴厂进展不顺,因为柳钧一口表明只要地皮,上面的东西包括厂房设备尽管搬走,他一概不要。微轴厂老板一手一脚撑起一家企业,对厂子的感情极深,即使不得已将厂子卖掉,却也不愿意看到厂子的设施被新主子弃若敝屣,因此一直犹豫着不肯卖给柳钧,挣扎着寻找其他下家。可惜其他下家虽然愿意保留所有设施,出价却不理想。微轴厂老板在情感与理智间痛苦地彷徨。

虽然柳钧等得不耐烦,若不是有第二选择,柳钧还真不得不继续等。可是阴差阳错,隔一条小马路的家纺厂给烧成焦土,家纺老板心灰意懒,决定卖掉厂子做寓公,首先便是遍访工业区的这些企业,看哪家愿意就近接手。

柳钧一听,隔条小马路又不算什么,家纺厂的地理位置并不比微轴厂的差,于是两家认认真真地坐下来开谈。正好家纺厂烧成焦土,符合柳钧除了地皮什么都不要的要求,两家谈判的起点非常一致。

微轴厂老板一听就急了。再说年关来临,债主上门,人给一逼就会缺乏闲情逸致,于是感情向理智投降,微轴厂老板向柳钧投降。微轴厂和家纺厂,两块地柳钧看着都爱,可是再爱也得受拘于腰包,他同时还等着付科技园区那块地的款子呢。年关,是所有企业主的年关,柳钧的腾飞虽然坚持现货现付,可到底架不过大环境，腾飞的年关虽然不用做杨白劳，可一样有点儿煎熬。精于研发的柳钧将手中的钞票和可能的贷款，以及未来的支出，推沙盘一样地推算半天，脑子被搞成一团糨糊，索性卷起账簿去上海找资金军师崔冰冰。

为免崔冰冰提前殷勤筹备，劳民伤财，柳钧事先不给通知，算准时间乘高速大巴进市区转上海地铁，正好赶在崔冰冰下班时间到达银行楼下，这才一个电话打进去，说又冷又饿，猫银行大楼冰冷的墙角讨一杯热咖啡吃。崔冰冰哈哈大笑，果真端着一大杯热咖啡下班，当然，与柳钧在一楼温暖的大厅见面，而非室外墙角。崔冰冰可不良善，逼着柳钧将手中一大杯咖啡喝完才肯罢休。

崔冰冰毫不掩饰地欣赏柳钧喝咖啡时候喉结上下滚动，等柳钧快喝完，才问一句："你那位青梅竹马的朋友喊了没，确定去哪儿吃晚饭？"

"我没跟宏明说我来上海，今天找你，可能得占用你不少时间。怎么又瘦一圈？上海地铁也太有减肥效果了嘛。"

"唉，上海女孩子太优雅，我至今没找到一个匪气朋友，你说，对于我这么个美食家而言，吃应酬饭吃得胖吗？既然你自投罗网，那么老规矩，连吃三家饭店，吃到你投降。"

柳钧却知道崔冰冰重新打江山扎桩脚的辛苦，这正是他来上海不提前通知的原因。"找家好吃点儿的牛排馆，我想死正宗牛排了，只要让我连吃三块，我毫不犹豫地投降。"

"嘿，本来还想去川菜馆灌你辣椒水，瞧你，一点儿气节也没有。呼一下钱宏明吧，那兄弟前阵子一直约我咨询一些政策，我一直没空，今天倒是正好。"

柳钧眉头一皱："我最近抓着他探讨人生观，他对我避之不及，连买新车都不找我了。我一肚子奋发向上的人生观成了堰塞湖，闷死。"

终于确定今晚仅两人共进晚餐，崔冰冰不禁想到"对食"，鬼鬼祟祟地一笑。"说真的，我看不出你与钱宏明探讨人生观能探讨出什么来，钱宏明虽然打扮举止可能比你雅致，可本质上是个十足的草莽。那些手法吧……洗脚进城的农民企业家还比他有文化点儿，他有精神生活吗？不说了，免得惹你厌烦。"

"阿三，你明明不是个真正心直口快的人。"

崔冰冰哈哈一笑，并不辩白，让柳钧开她的车，路上指一家她认可的牛排店。柳钧猛吃牛排，她就翻看柳钧给她带来的礼物，柳钧送礼态度令人发指，竟然没一件像是给女孩子的，全是吃的，却无甜品。可是，这些吃的却都是她离乡背井无比想念的，可见柳钧对她观察细致。

"我来的路上订锦江之星，想要的几家竟然都没有客房。你家附近有没有类似的？"

崔冰冰奇道："你又是大巴进城，又是住连锁便捷酒店，兄弟，你眼下资产价值不菲，流动资金充裕，资产负债为零，该不会是暗示我给你制订新年资金规划时候管住手脚？"

"我抠门啊。我刚回国时候比现在阔气，现在呢，你去公司看看，哪间办公室温度最低，哪间肯定是我的办公室。一想到工厂电比家用电贵那么多我就心疼。越挣钱，越懂得钱来得不容易，有些无所谓的享受，就不去追求啦。"

崔冰冰惊愕，心里立即冒出个体户小乡镇企业主的形象，她在银行接触三教九流的老板，颇知有些大老板极端节俭，她曾知有个开造船厂的老板，家产超亿，却出门从来只坐公交，大多数时候以自行车代步，公司最好的一辆车是金杯面包车，因为放倒椅子可以装货，装上椅子可以拉更多的人，性价比一流。该老板说话结结巴巴，扔在工人堆里绝对被人当基础工，唯有算账时候才面露峥嵘。可是，那种形象与柳钧似乎格格不入。"真话还是假话？"可她眼明手快撩起柳钧的左手，愤愤地道，"换手表了，这块江诗丹顿够住几个月五星级？骗人之前请收拾道具。"

"我又不是说不追求任何贵价货，我只是有所选择地不追求不必要的享受。比如这只手表，我既然对它的工艺水准爱不释手，觉得它美若天仙，那么该买还是买，买来拆开研究一遍，学透原理。至于宾馆，我反正在哪儿都睡得着，只要干净安全，再顶级也毫无建设性，锦江之星足够。花钱的心理真的跟以前不一样了，以前是早早将未来一年的收入全计划好，挣多少花多少，现在是看到一些浮夸的价格，想想这得是多少成品的净利，就挥霍不起来。"

"你得道了，施主。说说你明后年的资金规划。"

"我的目标是吃下三块地，这些地的报价都在这儿，有些可以分期付，有些……"

"绝不分期，分期拿不到土地证，你这种公司没有土地证无法抵押贷款。"

"然后这一份是我新年——2003年的工作计划，和资金投入计划。必须保证的资金用的是红字。我跟拼七巧板似的，怎么拼都是资金缺口，拼不全，唯有请教高手。"

"少买一块地，就宽裕不少，如果压缩研发资金，那么更宽裕，问题是让你压缩什么都行，就是不能压缩研发投入。看来有些人还是有信仰有追求的，不像从小穷怕的，现在对钱那个孜孜不倦的追求啊，两眼只看得见铜板，什么赚钱做什么，一点儿追求也没有。"

"你今天是不是哪儿受刺激了？"

"你的资金规划我一周内给你做出来，回头快件传给你，会不会太拖？如果你急着用，我赶一下时间，最近好多事凑一起，包括烦死人的MBA学期论文，时间不够用。"

柳钧恨不得速战速决，当天就拿到方案，可是也不能太逼了崔冰冰，看她那样子，一周赶出来，已是天大人情。"要不你先粗看看，告诉我能不能三块地全吃。"等崔冰冰点头说行，柳钧就换了话题，"工作上有问题？难得有匪类朋友在，不如说出来听听。"

"唉，矛盾啊。以前不幸被同学妈李大人看上，从此沦为跟班丫鬟，连累我爸妈也被李大人一大家族随叫随到做家庭医生，做人不晓得多卑微，可也因此获得李家嫡系身份，毕业得以分进银行，在银行里跟着同学享受特权，发展业务到底是比其他没有背景的人顺利一些。现在争气是争气了，可也成为没有背景的人，大环境人踩人。既然自己选择了这条扬眉吐气的路，唯有打落牙往肚里吞。具体没什么可说的，有本事打回去，没本事忍着。"

"以前再开心也不过是个奴才，现在你有自由，即使生气也是自由的。"

"这个道理，说着只有一两句，可小时候不懂，小时候还非常享受狐假虎威的乐趣。所以想想做人非常可怕，小时候无意做的荒唐事，冥冥之中有账本替你一笔笔记录，等你有了自我意识，上天会一笔笔给予报应。"

"别这么想，你是阿三，匪类。乐观点儿。老天还不是因为看我们成年人担得起，才现在秋后算账嘛，不怕。"

"我什么时候怕了？不过是天气太冷，好阵子阴天不见太阳，又好几天没时间找甜品吃，情绪不佳而已。"

"呕，阿三，看不出你还有这招，这好像是宏明太太嘉丽才该说的。"

"你那宏明兄弟，我见到他身边女友换了两茬儿，而且一看就不是普通交往的女友。"

"这事，如果你是嘉丽，我该把宏明出轨的事情告诉你呢，还是不告诉你？

我最近纠结此事，我早知道了。"

"这个问题你不该来问我，如果我是嘉丽，我不需要你告诉，钱宏明那几根肚肠我摸得清楚。"见柳钧点头，崔冰冰又补充一句，"如果我是嘉丽，谅钱宏明也不敢出轨。什么锅配什么盖，不是上帝的人类别妄想改变别人的生活，那叫不自量力。"

柳钧被呛得直噎气："我只是让你从一个女人的角度来帮我分析分析……"

"女人跟女人还有不同呢，我阿三心胸海阔天空，家庭爱情虽然重要，可还不至于是我的全部，那么你若是知道我这种人的丈夫有出轨，尽管跟我讲，我即使受打击，也死不了。但你说的那个嘉丽，她的世界她的心只有家那么大，家庭爱情即使不是她的全部，也差不多了，你要是告诉她实情，你还不如直接给她一刀子。"

柳钧不禁想到他的妈妈，他爸爸工作忙碌，一年大多数时间不在家，妈妈就把绝大部分精力投注在家里，爸爸的起居，他的成长，几乎成了妈妈的全部，因此妈妈的工作马马虎虎。妈妈的关注点在家里，她的心便也只有家，因此家变等于毁了妈妈全部。妈妈的昨天，会不会就是嘉丽的今天？其实答案是肯定的。

"兄弟的女人，你管头管脚，是不是有问题？"

"兄弟的太太，也是我的朋友，嘉丽人极好。我管兄弟的女人，你管头管脚，是不是有问题？"

"问题不是明摆着的吗，你视而不见而已。我什么时候隐瞒过。"

柳钧面对这个崔冰冰，这个阿三，异常尴尬。崔冰冰言语可爱，可在崔冰冰面前，他什么都藏不住，备受打击。

崔冰冰嘻嘻一笑："男人爱面子，对不住喽，以后不揭穿你。"

"我要求晚上住你家客厅折叠沙发床，你不可以拒绝，男人爱面子。"

"你要敢去，我就敢应。"

柳钧遭遇克星。他到底是文明人，不便对着女孩子说下流话，只得吹胡子瞪眼，咬牙说出一个"去"。见到崔冰冰轻蔑一笑，他郁闷坏了，今晚排除万难也得去崔家香闺过一夜。

崔冰冰牛排之后要了两份甜点，她很不客气，既然柳钧自己不点，她吃得再好吃也不会分给柳钧一口，完全一人独享。吃完之后，又是调戏柳钧成功，她心情大好，要求直接回家，她还有工作未完，今晚必须完成。

崔冰冰现在的住宅只有一室一厅，上海房价高昂，她又不肯卖掉老家房子换上海的，手头积蓄只够付一室一厅的首付。不过上海工作一年多下来，她已经将小小房子布置得舒舒服服，已经在考虑提前还贷。眼下柳钧真的嬉皮笑脸地跟着她走进小小客厅，崔冰冰脸皮有点儿架不住了，她觉得眼下的客厅比车厢空间更局促，大冷天竟然烧得热烘烘的。

"你喝茶吃零食看电视，我在隔壁做事，有事尽管说。"

所谓敌进我退，敌退我进，崔冰冰一变得睒眉耷眼，柳钧立刻反客为主，给一个飞吻，也不开电视，趴到崔冰冰的书架上找书看。崔冰冰心知，柳钧只要将她的书架浏览个通透，她在柳钧面前就成了透明人。她站卧室门口犹豫了一下，就走过去，将车钥匙递给柳钧："行，你赢了。钥匙给你，小区出去往东一公里，有家宾馆新开，价格合适，你住那儿吧，我不送你。"

柳钧从说好住宿崔家，就有点儿心猿意马，成年人，谁都知道这意味着什么。此刻见崔冰冰绯红了一张老脸，两只眼睛躲躲闪闪，他伸手抓住那只拿着车钥匙的手，用力一带，拥进怀里："告诉你什么叫引狼入室。"

"不！不可以。"

"晚了。"

"除非你保证以后只能有我，心和身体。"

"与你交往的阶段，只有你。"

崔冰冰松开支在两人之间的手臂，主动圈住柳钧的脖子。他妈的工科生，谈情说爱时候也不忘逻辑，只要给她机会，一年还怕收拾不了这小子。反正她早就爱柳钧，这就正中下怀。

从陌生的探索，到激烈的交会，因为你情我愿，过程一气呵成。崔冰冰在天堂边缘听到气喘吁吁一声"我爱你"，抓住少许理智深入细致地问个清楚："良心发现？"

柳钧直到第二天早上才答疑："现场发现。"崔冰冰此时心说，爱发现不发现，她拿起电话就去银行请了假，她又不是第一次为爱情糟蹋工作，此刻有爱人如珠如宝的爱抚，她将工作压后，她就是有这个自由这份信心。

柳钧第三天早上才依依不舍地离开。一个人的时候扪心自问，究竟爱不爱崔冰冰，他发现这个问题很难回答。少年时期的铭心刻骨好像永不再来，他只知道，他喜欢精读崔冰冰，喜欢与崔冰冰对话。崔冰冰无论从相貌上，还是姿态言语，全不符合他从小迷恋的女人形象，与他以往交往的女朋友全不相同，目前看来，充满新鲜感。可柳钧也清楚，他若是敢学钱宏明，那就只有符合崔冰冰风格的四个字：小心狗命。

很快，崔冰冰便来电告知方案。按照腾飞现有资金流，加上腾飞目前很笨很傻很原始的贷款方式，可以拿下两块地。那么在下一年，自有资金全部投入到买地和土建，生产资金由抵押贷款来满足，除非下一年度出现了不得的天灾人祸，正常情况下的周转绝无问题。三块，几乎不能考虑。

柳钧依言，先拿下科技园区的土地，依照规定足额付款，又与工业区的两家同时谈判，无非是用这家压那家，用那家压这家，最终，居然拿下的是微轴厂，而非变为焦土的家纺厂。原来家纺厂老板算来算去，根据柳钧的出价，他即使卖掉全厂也不够支付债款，还得卖掉家中房子。家纺厂老板心说他公司即使被破产拍卖，按照公司法，他是有限责任公司，不需要用私人的家财来抵债，那么他不如省一头心事，等政府摆不平告上门去的债主，来收去烧焦的公司好了，他何必自己辛苦筹钱还债？

2003年

01

照例，春节前忙得不可开交，可这种忙碌在旁人看来，都是些请客吃饭迎来送往。但当柳钧跟崔冰冰说抱歉，他不能去上海接她回家过年，崔冰冰却很理解，她这几天也陷在热火朝天的应酬中不能自拔。

大家都是混江湖的，此中套路崔冰冰一清二楚，过年过节的时候谁敢忘记拜谢各路神仙？私企业主明年还想不想做人？而且从上海回家，而今几乎全程高速，半天多点儿可到，即使柳钧有时间去接，崔冰冰也会说不必。

即使已到年三十前一天，柳钧依然奋战在应酬工作第一线，不过他随时与崔冰冰通话，了解一手动态。因此等到差不多时间，他就将包厢费结清，先走一步打车去高速出口等人。半夜三更，寒风凛冽，算是有风有雪，有手中的玫瑰花和天上的蛾眉弯月，给女朋友一个惊喜的设计却并不风花雪月，而是辛苦异常。

崔冰冰当然是惊喜的，柳钧想不到他也能收获惊喜，匪类阿三身上居然冒出香水味儿，而且居然是甜美风格；从来着装简洁直线条的崔冰冰今天还围着一条质感极好的真丝围巾，显得非常妩媚；而且灯光下看得出崔冰冰还将头发也重新收拾过，一改过往简单的直短发，柳钧也不知道这种微卷的发型叫什么，总之看上去娇俏了不少，哪儿还有匪类气息？柳钧不客气，抓起崔冰冰的手机："给你妈电话，说累了，半路下高速住宿，明早才回家。"

"不，我想爸妈，想死我了。"崔冰冰嘻嘻哈哈，就是不拿电话。柳钧不理她，直接将车往他家开。

"你往哪儿开？我爸妈还等着我呢。"

柳钧见崔冰冰雷声大雨点小，估计她并没通知父母今天银行一下班就连夜赶回家，他怀疑即使他今天不主动上演半路劫持这一出，崔冰冰出高速后也会想方设法引诱他来劫持。他们前不久在上海的意外激情，他后来回想起来，越来越察觉崔冰冰隐藏在句句对话中的计谋，她一直在激将。今晚的劫持，不过是崔冰冰半推半就的合谋。果然，崔冰冰没打电话回家，却也没拒绝上楼，两个人在年三十的凌晨抢先团圆了。而年三十的下午，柳钧使尽浑身解数，才将崔冰冰"赶"回崔家。他岂止是对昨晚劫持那一出胜算在握，他根本是对崔冰冰这整个人胜算在握。

但是柳钧也有不解，崔冰冰居然拒绝让他送回崔家，说现在还不是让他见父母的时候。

晚上，城里限放烟花爆竹，柳钧与老爸两个身先士卒，在公司值班，买来烟花爆竹放了个够。工业区有好几家公司在午夜放烟花，一家比一家放得美，放到后来，柳钧抬头看着漫天烟花，笑嘻嘻地目测，哦耶，又是个三千块的，再加五千的，这个得上万了……看起来，大家的日子大多过得挺好，日子好，出手便大方。而他的，最贵不过一百块，他是越来越抠门了。

初三，崔冰冰开始寻找过去信贷界的朋友，希望能帮到柳钧，不过情况并不理想，人走茶凉，使得上劲的朋友并没当场拍胸答应。崔冰冰一气之下，决定回去跟上司争取，跨界过来老家发展业务。她绝不能丢弃多年辛苦培育起来的人情。

柳钧带崔冰冰去拜访钱宏明、申华东等朋友，崔冰冰不是做温柔女友的料，一个小时不到就与申华东谈下合作意向。柳钧几乎插不上话，但是申华东私下告知，他的新女友乃是知名律师陈其凡，本城第一律所的合伙人，他女友若在，连他申华东也没什么事，就让她们两个女人热闹去。两人暗自感慨，现在的女人真是凶猛。

而在钱宏明家，崔冰冰虽然与嘉丽有一面之缘，可是她的气场与嘉丽的不合，三言两语便没了下文，只看着寡言的嘉丽心想：一个看上去羞怯的女人，年龄三十出头，带着一个随时出状况而且还没上幼儿园的孩子，整三年无工作记录，扔进而今僧多粥少的人才市场，该怎么招人事注意哦。钱宏明是不是看准老婆已经折翼，很难再谋得与当前丰衣足食同等水准的好生活，所以才肆无忌惮？

钱宏明一直想逮住崔冰冰问银行最核心的信贷政策，崔冰冰现在既然已经是柳钧的人，当然不必再绕弯子，他知道崔冰冰现在的职位并不低。但崔冰冰懒得回答，被问急了，就理直气壮地说她回家几天酒色过度，胸大无脑。但是一说到别的方面，崔冰冰却能精确地说出谁家银行进账、电汇等时间需要多久，谁家最短谁家最长，时间可以精确到分分秒秒。钱宏明拿这个看上去没一点儿正经的女人没办法。

柳钧没有当着大伙儿的面逼崔冰冰回答问题，他清楚崔冰冰反感钱宏明。等两人从钱家出来，柳钧本想私下帮钱宏明问问，崔冰冰依然拒绝，理由是这种核心运作被钱宏明这见缝插针没有底线的人知道，会害人害己。柳钧不知道崔冰冰干吗如此看低钱宏明，他具体告诉崔冰冰两人从小到大的交情细节，唯独不提那段恩怨。于是崔冰冰很纳闷，这两个人怎么会走到今天。等柳钧说到刚创业的时候借不到钱，连高利贷都不肯上门，钱宏明冒险套现信用证为他这种前途未卜的公司筹款，崔冰冰内行，深知钱宏明如此仗义背负的巨大责任，这才动容。柳钧见此就再拉崔冰冰上门，钱宏明终于不仅是弄通最关键的问题，崔冰冰还贴心地帮钱宏明设计最快捷最低资费的资金流转办法。

从钱家告辞，崔冰冰实在忍不住，对柳钧道："嘉丽整整四个小时，一直笑眯眯地陪着我们，听我们扯跟她全不相干的话题，不觉得浪费生命吗？"

这也是柳钧心里的话，柳钧什么都喜欢往创造价值上扯，但笑道："人家陪丈夫，又不是陪你，自作多情干吗。"

"啊对，我还陪着你串门呢，更没道理。"崔冰冰一笑，"我不递刀子，但提醒行人靠右行。你呢，我得提醒你，别多管嘉丽的闲事，你没见钱宏明对你的态度有点儿僵吗，任谁都不喜欢太太与别的男人太接近的。"

"我有分寸。宏明对我僵，是我刚才单独与他在阳台说的有些话刺激了他，这里面……一言难尽，有历史。"柳钧面对崔冰冰的追问，犹豫了会儿，将过去他爸爸妈妈和钱宏英的那件事情说了出来。

两人此时已经拐进一家饭店落座，崔冰冰连最关心的菜单也忘了看，瞪着柳钧直摇头："你们的关系，比我和同学的还畸形。"

"宏明除了私生活不检点，对不起嘉丽，其他都没得说，是个很不错的人，何况我们有从小到大的交情。"

"我可以马马虎虎理解你的观点，可是我不理解钱宏明的想法。他这么一个敏感晦涩的人，每天对着你不痛苦得慌？连我都不愿面对李大人一家，远避上海呢。你别告诉我爱能化解一切，我是凡人。但也或许，人有鬼迷心窍的时候，可以什么都不计较。"

"我对你就是鬼迷心窍。"

"你对谁都鬼迷心窍，不像我，专一地只对你鬼迷心窍。"

两个人甜蜜地斗嘴，霸占彼此的分分秒秒。尤其是崔冰冰只恨不能分身，让另一个身体去陪伴父母，她就可以在春节假期里与柳钧日日夜夜纠缠。但是崔冰冰心里总有隐隐的担心，别说是老同学一眼看中柳钧，以柳钧的人才家世，多少女孩趋之若鹜，她今日凭计谋擒得柳钧，来日呢？难道她得设法让柳钧求婚？

崔冰冰春节假期结束便回上海，柳钧投入腾飞公司新一轮的大建设，而且这回是两头开花，原微轴厂地皮的车间与科技园区的研发中心一起开工。虽然公司已经慢慢积累起不少年富力强的人才，个顶个地管用，但平时大家一个萝卜一个坑，本来就有满负荷的工作，而今忽然散枝开叶，人手立刻捉襟见肘。好在，腾飞已经运作了这么几年，起码在业内已经拥有实打实的好名声：工资福利不错，发展前景看好，个人学习发展机会较多。因此老张一说扩大招人，应聘简历像雪片一般飞来。柳钧心里挺骄傲，这是不是意味着社会对他的肯定？

然而，腾飞同时也成为业内挖角的标杆。先是有人揭发一家公司与廖工商谈高薪挖角，据说进门先送一套省会城市中心城区房屋一套，年薪四十万，奖金另计。而后孙工来告诉柳钧，他的老东家找上来，希望他回去发展，只要他回去，八十万安家费，五十万年薪，另有其他许多奖励措施。而一位三十几岁的车间负责人则更直接，干脆利落地办完一切辞职手续，立刻就在离腾飞不远的地段租用一家机械厂，支起一家新公司，做类似产品的开发制造。若是客户来腾飞现场参观，从市区出发，沿路便可看见这家新公司醒目的广告牌，谁能不进去看一看比较一下呢？腾飞的客户立刻被拉去几个。而且那家新公司的新老板踌躇满志，废弃柳钧管理中的刻板规矩，根据自己在腾飞的经验和对市场的把握，有意制定出扬长避短的管理制度，颇受有些客户的好评。不免地，新公司与腾飞打起价格战。当然，离去的还有熟练工。柳钧都认为那是新陈代谢，他能做的都已经做到，只能眼看无可奈何花落去。可是，廖工与孙工，几乎是研发中心的两根顶梁柱，他们怎么能走？

然而，现实非常残酷，那些来挖角的企业，他们只需要用一枝独秀的高价挖一个工程师，用其他公司养熟的高价工程师领导开发一系列产品，让许多廉价的工人大批量地做，便足够吃香喝辣好几年，一直吃到价格战打到全国狼烟四起，那么有的是办法抛弃原来的高价工程师，再去标杆企业挖一个养熟的科研人员开发另一个系列，如此重复。唯有腾飞因为志向不一样，腾飞必须养着那么多工程师，日日夜夜地与国外先进技术较劲，当然不可能将别家开出的一枝独秀的价格加给每个人。当孙工跟他来说的时候，柳钧只会哀叹："孙工，这种价码，我也想去。"

孙工却微笑道："柳总放心，我不会去。公司去年给我的工资加奖金都很好，最关键是我们在公司看得到未来长期稳固的发展前景，而我们的个人发展轨迹也很清晰，与公司是有机契合的。对于我们这种无意自己创业的人来说，我们公司透明、一贯的奖惩措施，让我们很安心于岗位。公司长年不断的培训交流也让我们快速得到提升。可是我担心有些年轻人看不到这一条，也可能有些人头脑发热看不久远，看不到别家公司给的高薪，其实是被竭泽而渔，在别家公司的资历无助于提升自己的实力。柳总还是应该找机会在会议上把我们研发中心的优势拎一拎，让有些蠢蠢欲动的人看明白。"

柳钧抚胸大慰，冲口而出："孙工，吓死我。"

孙工开心地笑了，但转而又认真地叮嘱："若真有人想要离开，追求一个新的环境，柳总不用为此影响心情，那并不是你做得不够，而是人各有志，勉强不来。我不会走，因为我已经把自己与公司当成一体，但有可能其他人不这么想。柳总有空请一定与老廖谈谈。"

柳钧非常感动："孙工，管理上我是老板，工作上我们是同事，但在很多人情世故方面，你是我的长辈。谢谢你。"

孙工微笑，说完事情就走，绝不逗留，甚至连个客套话都没说。

而被柳钧找来谈话的廖工更是惜字如金，才听柳钧拎出谈话大纲，廖工就笑道："不跟柳总说，是怕柳总误以为我要挟加工资。"

柳钧再一次抚胸大慰。从公司开初的谍影重重，谁都有嫌疑，到而今孙工、廖工等铁杆，这几年，他不仅将腾飞发扬壮大，也交了一批理念相同的朋友。吾道不孤，让柳钧倍感欣慰。

然而，有人却遇到了麻烦。城中纷纷传言，杨巡太太任遐迩出国后翅膀硬了，坚决要求离婚。事出意外，杨巡已经飞赴美国处理。首先告知柳钧的是申华东，申华东认为柳钧需要一些资料来对杨巡幸灾乐祸，而且还做义务解释："杨巡那个老婆不得了，是杨巡背后的财务总管，即使怀孕生孩子的时候不去办公室，手里都抓着账本。我们去年还在疑问杨巡怎么舍得放他老婆去美国，后来听说是等孩子小学住校后就回来。想不到他老婆打的是一去不回的主意。杨巡割掉一个老婆可能马马虎虎，可是飞掉这么个左膀右臂，他得吐血了。"

"好消息！奖励你，我刚刚给雅马哈沙滩摩托换了只缸，基本上可以爬六十度硬坡，你周日可以拿去玩。这回有进步，汽缸是由中心一帮工程师开发的，自己开模铸造，到底是比汽车的汽缸容易出活儿。说到汽车的汽缸，我的GOLF GTI汽缸不知道被他们拆了几遍也没拆出结果，唉，说起来那真叫气馁。"

"你开着工资付着高额研发经费，就是这么让那帮大宝贝们玩儿？"等柳钧在电话里肯定，申华东很不理解地道，"所以我管不好我的技术部，你可以，你本身就是技术疯子，你才能理解你那帮宝贝们。"

柳钧嬉笑，他可不敢再承认是技术疯子了，他现在掌管着大大小小三百多号人的生计，不敢再由着性子做事，不过他倒是真的能理解技术人员。

位于科技园区的研发中心的开发工作相对比较快，到夏天已经看出一点儿眉目。柳钧想给研发中心做个漂亮的环境，想到嘉丽的艺术眼光很不错，家里的装饰和画的画儿都有意韵，他就致电嘉丽，问有没有兴趣帮他设计园林大概。柳钧怕伤害嘉丽细致敏感的内心，故意说他没有艺术细胞，那些找上门来的大老粗承包商看上去也都没艺术细胞，希望得到嘉丽艺术眼光的把关。

嘉丽一听就认真上了，想到柳钧在技术上的精益求精，她抱着一摞的候选图纸满心忐忑。为了不辜负柳钧所托，她上本市图书馆借书临时抱佛脚，可是觉得资料不够，便将小碎花托付给妈妈，只身跑到上海让钱宏明载着去书店和图书馆检索资料。一星期的书本啃下来，她终于弄懂图纸中那些图标的意思，能将平面的图纸立体起来，在脑子里扩展出一幅幅效果图。钱宏明积极充当车夫，看到嘉丽对此事的兴趣和热情，心说柳钧还真能投嘉丽所好，找出这么一件既风雅又有难度的工作给嘉丽。短短几天时间，钱宏明已经自掏腰包给嘉丽买了不少装帧精美的大开本园林书籍，这钱，他掏得心甘情愿，不仅可以让嘉丽生活充实，而且他总算可以还掉柳钧源源不断的恩情。奇怪，他总是欠柳钧的人情。

崔冰冰不喜欢嘉丽，她不明白一个女人得有多少无耻的无知，才敢将自己完全地交付给一个男人主宰，她即使再爱一个人也不会愿意，她想象不出问丈夫要钱花会是什么滋味。她甚至看不起嘉丽，觉得嘉丽枉费一颗考上重点大学的好脑袋。但据说嘉丽这是在帮柳钧的忙，虽然崔冰冰早知道柳钧的目的无非是让嘉丽出门走走，开阔开阔心胸，可既然嘉丽为了柳钧的事情来到上海，她总得从百忙的学习和工作中抽出周末时间有所表示，她打电话请钱宏明转达，她想邀请嘉丽吃大餐。钱宏明代妻子谢绝，说嘉丽这几天趁人在上海忙于啃书，以便赶紧知道还需要什么知识，趁还在上海的时候该查的查，该买的买。钱宏明的拒绝正中崔冰冰下怀。

令崔冰冰想不到的是嘉丽亲自打电话来跟她说抱歉，更让崔冰冰爆笑的是，嘉丽来电主题明确地说完不能接受邀请的歉意，便立即没了下文，电话那端只有轻轻的笑，一再的道歉。后面全是崔冰冰询问她在上海过得好不好之类的客套话，而嘉丽则是简单地回以是或者不是，崔冰冰不说结束，嘉丽也耐心陪着。崔冰冰很是哭笑不得，她想男人可能就喜欢这种性格的女人。

崔冰冰回头就将这个电话当作笑话转述给柳钧，柳钧听了也笑，不过柳钧也知这就是嘉丽。他周末在科技园区的工地监工，同时等待宋运辉来访。崔冰冰听到电话背景乃是嘈杂的声音，心里无端地欣慰。

宋运辉自己开车，柳钧老远看见就上去迎接。但柳钧看见车里跳出一个青春美少女，和他认识的可可。经宋运辉介绍，柳钧才知女孩是宋与前妻生的女儿宋引。柳钧听到宋引喊他柳叔叔，差点儿一个趔趄，他都老得可以做那么大姑娘的叔叔了吗？

宋运辉登高一看地面建筑物的布局，心中了然，奇道："你还真是拿这么一大块好地全部做研发中心，而不是为了争取进入科技园区的门票，谎报一个项目。你公司旁边烧焦的那块地不是更便宜更便捷吗？"

"工业区空气越来越不好，我一家控制排放根本影响不了大环境，经常是某一家乱排放，臭足一大片地域。我们的工程师又个个内行，一闻气味就说空气中有什么什么，能致什么什么病，还怎么让他们安心工作？考虑科技园区的规划和已经招商的项目，基本上排斥污染行业，设计的环境也很不错，这儿未来可能是个闹中取静的好地方，以后也方便工程师们上下班和户口在市区的落户。"

宋运辉听了连连点头："你还真舍得下血本。你的研发中心人员流动大不大？"

"相比其他企业，我的研发中心算是很稳定。不过还是有好几个优秀人才流出，非常舍不得。若是自己创业或者去到更好的地方，那么我祝福他们，可是有些明显目光短浅，只看到眼前给开的高工资，我看着真是心疼，可是又不能把刀架他们脖子上不让走。"

"以前外资刚开始大规模进入中国，开高工资挖去我不少人才，几乎有一半，可以说是砸了我一闷棍，逼着我不断想方设法提供人才升迁机会和优厚福利，眼下人员流失越来越少。十几年过去，回头再细数当年跳槽去外企的那些人，发展机遇相比留在东海的人差远了。事在人为，你也可以做到。"

柳钧叹一声气："宋总，我这儿虽然挂名外资，可本质是私企，我也不愿学有些公司挂一个在国外注册的名号来国内招摇撞骗，所以说起来总归不属于主流，姥姥不亲，爷爷不爱，无处挂单。这回华北那家招标，宋总也知道的，标书说得很明确，只给国企产品和纯国外产品开绿灯。本来国企产品也没份儿，但国企好歹是主流，有关部门施加了压力，总算添了国企产品一条，我们私企就没人替我们撑腰了。那么大一个合同，真是急得我恨不得背一箱子钱去行贿。难怪我们研发中心的人还是要跳槽，谁都看得到私企老板的社会地位有多低，那么在私企老板手下打工只有更加低级，年轻有血性的人谁愿意被看低？有一个最可惜，在我这儿做了两年，非常优秀的人才，可惜跟我挥泪告别去了500强外企跑业务，全然抛弃了技术知识……"

"抱怨没有用，你应该竭尽全力留住那个优秀人才，事在人为。"宋引眼睛亮晶晶地在一边儿插话。

宋运辉和柳钧闻言都是一笑，小姑娘当然不会懂得人才虽挥泪却求去的复杂背景。

"小柳，你力邀我来参观你的研发中心，是不是希望我替你跟华北那家说句话？"

"是的，宋总，我们完全能做到符合各项技术要求。不瞒宋总，我们与这回竞标的外企在南亚竞争另一个项目，我反而在国外获得公平竞争的机会，而且有望以价廉物美获得订单。希望我们的国企也给我们机会。"

宋运辉沉吟："那家，我和他们关系不错。不过他们招标那么做事出有因。他们的主要负责人过去也支持国内研发，可惜四年前他力排众议采用一家私企的产品，结果私企拿出来的样品很好，最初产品也很好，渐渐就买通验收人员偷工减料了，最终导致事故，为此那位主要负责人被查得很惨。你不能怪没人替你们私企做主，关键是没人敢替你们打包票。另外，比如招标如果允许私企参与，你信不信，绝对有不少私企参与，最初拿出的标书比谁都好看，价格比谁都优惠，若真从字面上来判断，你还比不上他们。但等预付款一付，乙方就摇身一变挟持甲方了。为了大浪淘沙，招标企业需要投入大量人力财力才能调查清楚，那么谁家愿意额外出这些钱辛辛苦苦来扶持一家私企？换你，是不是也要算算招标成本？有些事你不能心急，声誉需要一点儿一点儿地积攒，现在的环境已经远远好于过往。比如等你这儿的研发中心落成投入运作，这就是最拿得出手的硬条件了。华北那儿，我会替你问问。"

柳钧差点儿失望，想不到最后形势急转，他清楚宋运辉轻易不会答应，答应的话就一定会有结果。柳钧高兴得蹦起来，恨不得抱起可可往上抛。他抓住宋运辉的手连声说谢谢。宋运辉却不居功，指着工地道："今天看到你这样的真投入很不容易，一个人坚持理念一条路走到黑很不容易，你得相信往后有越来越多支持产业振兴的管理者出现。新任市委曹书记，我前儿刚与他见过一面，是个很有想法的人，我们谈到去年底开始讨论的绿色GDP，谈到本市的产业发展和城市发展，相信你们的曙光就在前面了。"

"真的会有我们的机会？"柳钧不知为何，却不怎么相信换一个市委书记会真有曙光降临，毕竟像宋运辉这样的知识型干部太少。

"不要因噎废食嘛。不过作为你，你也得兼顾发展与创新之间的平衡，注意扩大你的规模，增值你的利税，你总得让大多数不懂科研的人看到珍惜你的理由，也不能光顾着自己属下科研人员的创新。"

柳钧不禁抓抓头皮，他奇怪宋运辉总能抓到他的弱点。于是他老老实实地道："我在工厂新址上筹建一个铸造车间，以后我们的产品范围可以扩大很多，产能也将大幅度提高。我这回投入得特别多，索性让铸造车间更上个台阶，资金紧张得我每天睡觉做梦抢金库。"可又忍不住得意地炫耀，"不算这儿的研发中心，我现在全公司生产用地接近一百亩，我自己都觉得有点儿规模了。"

"好，趁年轻，吃点儿苦算什么。回头等车间安装得差不多，再通知我去看看。"柳钧的这点儿规模，相对于宋运辉指挥的千军万马，着实算不得什么，他很难为此产生共鸣。但宋运辉看好柳钧的坚持，在这个浮躁的社会里，有人能脚踏实地将理念变为现实，太不容易。"铸造车间的污染会不会很大？我看到新的规划，城市准备往你们工业区的方向扩展。"

"我在努力减少铸造车间的污染。不仅我个人受不了工业区那几家汽配厂家的铸造污染，我的精密设备也受不了，怎么可能在自家也安一个污染源？"

宋运辉点头："绿色GDP，虽然只是会议上的一个提议，可毕竟是有人提出了，说明污染已经成为全社会的关注点。我们做企业的得好自为之。"

但柳钧没把宋运辉的这个提醒太往心里去，他都已经凭良心达到很高排放标准了，工业区应该树他为标杆。正好申华东开着改装的沙滩摩托玩得兴奋，来电勾引柳钧听他们那边的尖叫。结果柳钧没被勾引，宋运辉却被女儿抓去找申华东了，扑克牌脸[1]面对女儿的时候洒满蜜糖。宋运辉约下回再看研发中心布局，他对柳钧的研发模式很有兴趣。

新上任的市委曹书记果然如宋运辉所言，是个很有想法的人，一上任不是先烧三把火，而是频繁下基层走访调研来获取一手资料。当然也包括利税重镇工业区。来之前，工业区管委会全体出动，与几家被安排参观的企业对口径，以免出岔子。腾飞也是被指定企业之一，柳钧现在当然清楚怎么与官员说话：一是官员台面上说的话不能当真；二是永远不要公开指责官员；三是中国足球的精英深藏于机关。所以他才不会胡言乱语，也不会有所指望。

很快，曹书记下来视察了，但曹书记并未照着工业区安排的路径走，而是走出自己的一条路，看到工业区的严重污染，脸色与挂满灰烬的树叶一样黑。柳钧倒是意外了，原来还真如宋总所言，曹书记是个有想法的人。

嘉丽经过反复推敲，终于和柳钧约下时间，讨论园林设计方案。柳钧依约上门，却是大忙人钱宏明给他开的门。他奇道："你今天竟然休息？难得。"

钱宏明的左手习惯性地在嘴角碰了碰，又立刻拿开，笑道："嘉丽生日，你说我该在吗？"

"哎哟，我不该空手来。"

"呵呵，嘉丽在生日这一天展示这几天的工作成果，那么你只能说好不许说坏喽。"

柳钧本来就没指望嘉丽能帮到什么，当然一口答应："那当然，嘉丽做的方案

---

1 扑克牌脸：玩扑克牌时为了不让对手猜出手中的牌，要面无表情，后来用来形容人面部严肃，不带任何感情。

还用说吗？"

两人对视一笑，钱宏明这才让开身。柳钧走进玄关，当即惊住，满满一地的图纸，而嘉丽则是抱着小碎花骄傲地跪坐在图纸中间，对着柳钧微笑："我把你拿来的三个草案大致吃透了，从艺术角度考虑，我有个新提议。"

"怎么样？"钱宏明在柳钧身边轻轻地问。

"想不到。"

"所以你还有必要替她担心吗？嘉丽的内心不知多丰富。"

"杨巡的太太任遐迩据说十项全能，带着孩子去美国受教育离开丈夫一年多，提出离婚了，杨巡急死。婚姻中距离不会产生美，距离就是单纯的距离。"

钱宏明笑了笑，推柳钧进去，却不接腔，轻轻地就将话题扭了开去："柳钧，你看看嘉丽草草赶出来的效果图，大致是这个样子。我们不专业，你只要能看明白就行。"

柳钧惊讶，他最近几乎每天跑工地，对新研发中心的布局了若指掌，一看效果图就知道这是尺寸按比例缩小，虽是经过艺术加工的水粉画，方位却是精确，一草一木也描得清清楚楚，方便设计公司根据专业对号入座。等嘉丽对比着园林公司提出的方案图纸说明她的草案，柳钧轻而易举地听懂，而且很容易接受了艺术效果更好的方案。其间，最多不过是根据他的实际需求，局部做一些修改。嘉丽拿着画笔刷白后添彩，很快完成。柳钧非常欣赏嘉丽对每一块园景配上的说明，比如有些来自唐诗宋词，有些取材自经典文章的某一段，古今中外被嘉丽涉猎了个遍，有这些说明打底，柳钧觉得研发中心的绿化似乎成了一种文化。他让嘉丽索性好事做到底，把每一幢楼的名字也拟了，省得他们一帮工科生在大好园景中从一号楼窜到二号楼，大煞风景。

钱宏明以好丈夫模式，一直耐心陪在一边儿，随时给嘉丽恰到好处的帮腔，也将小碎花照顾得妥帖，任谁见了都会以为这是一个极致完美的家庭。可柳钧正是因为已经知道，才觉得钱宏明的举止是那么的假，假到满是蛛丝马迹……可能钱宏明自己也不清楚，他不时将左手背举到嘴角边，频率高得异乎寻常。他作为钱宏明的兄弟看得明白，那么嘉丽作为钱宏明的太太，不是更应该看得清楚吗？

柳钧将图纸收拾起来，笑道："我明天与园林公司重新讨论设计，一定大力推荐嘉丽。"

嘉丽抿嘴微笑，钱宏明则道："别给她找事，她最近醉心大乘经中的《华严经》，为此还学习梵文，弄懂那些般若啊波罗啊究竟有什么本意，若不是你的事，她理都不理。"

柳钧惊得弹眼落睛，即使让他猜一百次，他都猜不到嘉丽在忙着这些。他在钱家吃了一顿生日宴，出来后他需要倾诉，赶紧告诉崔冰冰今晚发生的一切。当然，他没忘记在钱家留下他得意的钢琴独奏CD。

"我现在已经不敢坚持己见，凭我对宏明的了解，看得出他是真在乎嘉丽，不像演戏。不，应该是他们两个什么都没变，就我一个外人在庸人自扰。"叙述之后，柳钧如是总结。

"是啊，我上个月生日，你正好有事还抽不出时间来上海呢。可你看钱宏明，最近几天据说市场挺波动，他原不该离开上海回家陪嘉丽过生日。可见他是个有心人。也可见一家有一家的相处模式，外人理解不了。以后你别管了，人家嘉丽也……不对，嘉丽研究的是佛经，遁世？心灰意懒地遁世？"

"看着不像，嘉丽自己烤生日蛋糕，很热心地帮我，如果遁世，还会费心做这些吗？"

"看不懂，我最近频繁发现我不懂女人心，以后你不要再问我女人是怎么想的。"

柳钧擦着冷汗问："你……你难道不是女人吗？"

"我一定有什么错位，你看嘉丽，很女人吧，她做的事别说我做不出来，我连理解都难。再说我同事，两个重点大学出来的小姑娘，我不清楚她们做事怎么总那么没条理，基本上前一件事与后一件事全无逻辑关系，她们也能扯一起，火大了批评几句，她们又梨花带雨地说我态度凶，还说那种需要编程的事本来就该是男人做的……女人啊。"

"那我俩算什么关系？"

崔冰冰一愣，忙道："那当然，如果不是因为你，我老早登报脱离女性队伍了。"

"你省省吧，你十足一个女人，你若真是男人，两个女同事梨花带雨地看着你，你早颠儿颠儿自我感觉良好，出手帮她们将工作扫尾了。物理学上叫同性相斥，异性相吸。"

"你在公司是不是这么做的？"

"我公司纯阳刚。"

"你那么在乎嘉丽的权益,是不是因为嘉丽梨花带雨的委屈?"

"刚刚还怒斥两个女同事前后事扯不上逻辑关系,啧啧,一路货色,女人啊。"

"没关系你又反咬一口干吗?直接说不,多干脆,你跳起来才说明有问题呢。"

"对,你这话就是女人的逻辑,我做没做是次要的,但态度好不好才是原则问题。女人啊。还说要脱离女人队伍,乖乖待着吧。"

"呔,死柳钧!你歪搞逻辑。赶紧请求割地赔款,要不然……哼!"

柳钧跟崔冰冰一顿搞恼,才将钱家的事情扔到脑后,决定不多管闲事,或许还真是一家有一家的相处模式。

在宋运辉的周旋下,华北那家大国营在最后日子终于答应私企参加投标。不少得知消息的其他私企只能对着大限日期无可奈何,那么短时间不可能拿出书面材料以备资格预审。腾飞却恰好有类似的投标南亚那家企业的标书在,翻译过来,修修改改,虽然闹了两个通宵,可好歹亲自打飞的过去,将材料在大限之前交上,跌跌撞撞地拿到标书。柳钧与几位分管人员也谈得不错,算是让分管人员对新型高科技私企耳目一新。

可是接下来的技术交底时间,却与南亚那个项目发生冲撞。因为签证受限,那个南亚项目的牵头人只能是柳钧。虽然明知技术交底相当于人事招聘的面试,技术交底会上的印象分有时可以扭转乾坤,可柳钧分身乏术,只能让他爸爸柳石堂带队,他将精兵强将孙工和廖工都配置给爸爸。很不幸,柳石堂的形象正是华北那家企业老总最忌讳的私营业主形象,即使首先发言的柳石堂普通话基本流利,言语尽量诙谐,可他的诙谐与知识分子的诙谐是两种概念,交底会开始不到五分钟,柳石堂发言介绍腾飞公司结束,老总便一声招呼都没有,背着手黑着脸走了。于是在场双方人员看着老总的背影,心中产生近乎一致的解读。

等柳钧从南亚胜利中标回来,听爸爸讲经过,前前后后一说,他想不到竟是如此不战而败的结局。

见儿子一头雾水,柳石堂道:"我向他们工作人员打听,据说他们老总和总工都讨厌我。"

柳钧欲哭无泪,宋总早跟他提起过那家公司老总在私企手里吃的亏,他看看爸爸那张典型私企老板的脸,只能无奈地笑,不忍揭穿。但心里无法不想到,随着腾飞的形象越来越向高科技的精英化方向发展,爸爸作为对外窗口销售部的负责人,其能力、其形象其实已经日渐走向负面,可是销售这一块又怎可能缺少爸爸这个角色？他想到董其扬，可是又不由自主地摇头，人才虽好，可他养不起。

而养得起的人才，那些送上门来应聘的，则需要老张精挑细选，老张平均一天亲自面试起码五个人。技术人员则全部需要通过柳钧的最终面试。柳钧上午出差回来，老张也没让他喘口气，下午就安排了一个数学系毕业转行IT的男孩子小柯给柳钧面试。柳钧忙碌得几乎是一只眼看着小柯简历，一只眼看着小柯进门。而那看简历的一只眼却发现一个熟悉的地名，小柯身份证上地址就在傅阿姨家那边，也就是他妈妈曾经做代课教师的地方。

柳钧按捺好奇，依照惯例做完面试，觉得小柯这个人不错，本分实在，而且拥有真正的数学头脑，决定留下此人。可他终于还是忍不住问出来："小柯，你读的小学，以前是不是有个傅老师，人不高，瘦，身板笔挺。"

"有，我们小学很小，老师认识所有学生，学生认识所有老师，呵呵。柳总也认识傅老师？"

"傅老师曾经在我家做保姆。一个老师做保姆，她说起来心里就很不平静。她以前做老师的时候脾气大吗？"

"傅老师脾气不大，从不打同学，人很负责，负责得钻牛角尖，经常我们谁作业没做完，她不下班盯着我们做，然后摸黑送我们走山路回家，以前那可危险啦，山路走得不好就会掉下去，别的老师都不肯这么干的。我以前是小顽皮，就是被傅老师坚持盯着学好的。可是傅老师很冤，我小学毕业后没几年，我们小学因为生源少，撤到镇里，正式教师跟去镇里，代课教师全遣散回家，傅老师做了那么多年老师，给一笔钱勾销。我们都说不公平。傅老师现在好吗？柳总能不能给我地址，我找时间去看看她。"

柳钧听得皱起眉头，为什么小柯嘴里的傅老师与他接触的傅阿姨仿佛不是同一个人？可若说那份无视危险的劲儿，又似是同一个人。"傅老师现在生活不大好，先生病故，儿子不上进，她的生活也是历经波折。"柳钧不便说傅阿姨坏话，就截断这个话题，将小柯交给老张处理具体招用事宜。等小柯一走，柳钧再回味小柯的话，傅阿姨以前竟是这么好的一个老师？

可是出差回来忙碌异常，柳钧没时间细想，唯有将此事放在心底。他有大量工作要做，新铸造车间的建筑安装工作需要监督回顾，新研发中心的建筑安装工作一样需要他每天看顾一趟。幸好夏天的太阳下山晚，他七点才逮着天光的尾巴跳上车舒展累散的筋骨。可是还没完，他还得回公司处理出差几天积压下来的日常事务，连饭都顾不上吃一口。他不禁想，若是崔冰冰与嘉丽一样在家待着，他此时可以回家转一下，洗个澡，吃个热饭，可以稍微放松一下筋骨。所以钱宏明那么设计家庭，有钱宏明的理由，因为钱宏明也是一个大忙人。当然，以崔冰冰的性格，是不可能在家待着的，即使勉强待着，以此人过人精力，他回家不是放松，而是受一遍脑力风暴。

说曹操曹操就到，崔冰冰电话进来，问这会儿可不可以说几句闲话。崔冰冰掐着柳钧回来的时间来电话，可是柳钧总是忙忙忙，她也不恼，隔一两个小时，想起来再给一个，即使听听声音也好，听到声音就能让她微笑好几分钟。这会儿柳钧懒洋洋似乎打着哈欠说："阿三我很想你。"听得崔冰冰心花怒放，诅咒发誓要再加一把油再添一把柴，一定尽快扛着分行打回老家。柳钧哈哈大笑，这就是风格鲜明的崔冰冰。

回到腾飞，柳钧钻进新铸造车间安装工地，一钻就到大半夜。即使当年腾飞开业之初，人手生疏，全面开花，柳钧也就用了跟现在差不多的精力，只因此次公司研发中心自己动手，将铸造车间的设备在同等效能之下实现了高度国产化，因此大大降低固定资产的投入，并缩短了建设周期。但问题也正出在国产化上，那些加工质量，那些材质，那些加工周期，真是让柳钧等一干把关的人忙死。忙得差点儿后悔选择国产化。

这时候柳钧听说一件事，那就是工业区管委会主任在月度工作会议上被曹书记批评了。这个批评，结合着一朝天子一朝臣的古训，究竟会给工业区管委会主任带来什么厄运呢？又或者会给工业区的环保工作带来什么新的思想呢？

很快，工业区有了响动。通知下来，让腾飞企业负责人前去开会。然后又是电话过来，办公室主任叮嘱最好柳钧亲自去，如果柳钧抽不开身，一定要去一个能拿主意的人。说是要开一个整治工业区环境的会议。柳钧心想不出所料，既然管委会因为污染严重被曹书记点名批评，管委会主任当然要有所表示，也该是时候了。柳钧将日程表重新安排一下，硬是挤出时间，去看看管委会有什么动向。

走进会议室，冷冷清清，只有柳钧认识的两个老板在。这两个正是将工业区树叶弄得灰扑扑的罪魁祸首——两家铸造厂老板。柳钧还挺不屑与他们为伍的，虽然同属机械制造行业，可是理念完全不同。他拿出来的两只手虽然算不得细腻光洁，可相比这两位全身皮肤皱褶部位都嵌着烟灰的老板，他算是无比干净。可是等到管委会主任进门，会议室门一关，柳钧才发现，工业区把他与那两家厂一视同仁了。

柳钧心下不快，看着那两个老板一个殷勤地给主任点火，一个赶紧挪坐到主任下首做俯首帖耳状，柳钧没动，依然坐在原地，这等小殷勤他做不出来，也不愿做。

主任说了一大通政策，柳钧当耳边风听着。他现在已经知道政府的政策多，他若认真当回事呢，首先政令不公开，即使有公开的，他也无所适从，其中尺度之泛，让人不知道该怎么执行。可若不当回事，也不行，谁知道哪个有关部门忽然看他不顺眼，抓出一条尘封多年的政策抖抖灰烬，正好套用到他的头上。因此主任列举再多政策都不重要，重要的是主任打算怎样弹性地使用这些政策。

主任终于图穷匕见，要求三家企业严格根据环保条规限期三个月整改，改不了就搬。

另外两个老板立即慌了，当场就不管不顾地开始做公关。柳钧表态说他的铸造企业设计方案已经通过环评，根据目前建设进度，三个月之前可以完工交付使用，到时环保尽管上门检测便是。柳钧走了，那两个老板还留在会议室，但柳钧清楚知道，这回那两个老板的公关不会有任何成效，相比主任的乌纱帽，那两家利税不高的企业算得了什么，随时可以如蚂蚁一样被捻死。而对自己的企业能否通过环保验收，柳钧虽然在主任面前胸有成竹，心里却一把忐忑。

因再多信心，也敌不过机关抽屉里暗藏的一份红头文件。比如建厂之初，柳钧如果敢不买环保强行推荐的一套酸洗水处理设备，就别想敲出最后一颗章。他当然可以申请行政复议，可是工程进度不等人，人家坐机关旱涝保收，他若复议程序走遍，他的腾飞基本上也晾干了。所以他当时就屈服淫威花了一笔预算外的钱，买了环保"推荐"的一套高价设备，然后亏本大甩卖，转给别家。从买到卖，设备其实没进过腾飞的家门，设备的卖家和买家都是由环保的一位"好心人"给"帮忙"安排。

所以，如果主任不安好心，在体制内大肆活动，柳钧不知道自己会遭遇什么结果。但是他也不愿当场就学那两个小铸造厂老板向主任屈服，他的庙一时半会儿还不可能搬出工业区，他如果表现得太可欺，那么可以合理化推断，以后的需索就得没完没了。俗话有云，人善被人欺，马善被人骑，在工业区这片丛林里，无法良善。他首先得弄清楚，主任为什么把他的企业与两家小铸造厂一起处理。相比工业区其他厂家，他的公司既然能被拿来供曹书记调研，自然是优胜于其他的。是真的为环境而将铸造厂一刀切，还是想借两家小铸造厂杀鸡儆猴，从他这儿弄一点儿活动经费，为挨曹书记批评而打点。不弄清楚是什么原因，柳钧无法行事。即使打点，花钱也得花在刀口上不是。再说，他不愿被主任那么捏着欺负。

他与朋友，与爸爸，与崔冰冰商量，大家说两种可能都不能避免。至于如何应对，办法可就五花八门了。但有一位在税务局工作的校友给柳钧吃了一颗定心丸，去年至今，因受SARS疫情影响，虽然本市非重灾区，可是依然难逃大环境，不少企业经营陷入困境，严重影响到今年税收任务的完成。最近这阵子，税务下来查账肯定会有，甚至查三五年的老陈账也有可能，可是杀鸡取卵的事情绝不会干，尤其是不会对一向纳税态度老实透明的腾飞公司下封账手段。

柳钧一听就放心了大半。这年头儿只要税务公安法院不来封门，还有什么能阻挡得了机器马达的旋转？而能用金钱解决的都不是问题。但在如何处置管委会主任的问题上，柳石堂的意见与崔冰冰的正好对立。柳石堂一听说此事就想到儿子有点儿文人气的倔强性格，强烈要求回来帮儿子协调此事，他打算与主任勾兑一番，讨价还价稍微封个红包将此事了结，就当走夜路撞鬼。而崔冰冰则说，即使有污染也不搬，有种来罚款，有种来执行，绝不跟这种人低三下四，她在银行接触的客户中做这等蛮横抗拒的人多了。

而柳钧除此之外还有一项不得已的考虑，他身后的订单追着铸造车间，他还等着铸造车间提前竣工，提前运行，提前出货呢，哪来搬迁的空间？再说，安装了的东西拆掉，专门设计的车间搬迁，谁给他搬迁费，主任凭什么两张嘴皮子一滑拿他成千上百万的资产开刀。因此看到崔冰冰的支持，他心里喜欢。是的，他一样是企业，他也会蛮横抗拒，最多他战术上重视，战略上藐视罢了。急得柳石堂特意飞上海找崔冰冰理论，要求崔冰冰改口，希望在大国企成长的崔冰冰千万正视个体户人尽可欺的处境，别煽动柳钧与官府里的人对抗，没好果子吃。崔冰冰则是以大量事例告诉柳石堂，与官府勾结当然是最好，可惜柳钧不是那块料；与官府对抗则是下策，当然不可行；可是比下策更不行的则是逆来顺受。社会发展到今天，私企合法经营，不必依然抱边缘人心态。

柳石堂原本指望用身份压这个未过门儿媳与他组成联合阵线，他万万没想到崔冰冰态度很好，一直笑眯眯的，可是立场坚定，一步不退，可也不进一步试图说服他。柳石堂明察秋毫，发现这个女孩子比他儿子狡猾得多，心里替儿子担忧，想对崔冰冰投反对票，可是想想崔冰冰家的背景，又将反对票吞了。

柳钧不知道他的两位亲人在遥远的上海有了那么一次较量，他思虑之下，决定找两位铸造厂老板商谈。他没那两位老板的电话，反正在一个工业区，他看着上班时间，就骑一辆自行车先去其中一家。很简单，找最黑的就是。当然，谁都清楚，工业区里比铸造厂更毒更脏的企业多的是，比如印染厂、电镀厂、化工厂，然而人家这回幸运，没有撞到曹书记手上。工业区提前通知停工，让这几家企业排放的污水臭气暂时消匿。

长驱直入铸造厂，漫天漫地的黑，让柳钧重温少年时代。当年爸爸的农机厂旁边也有一家铸造厂，他只要进去转一圈，出来就只剩眼白是白的。这家也是，进去找不到立足的地方，当然更找不到坐的地方，包括办公室里的椅子也是面目可疑的灰色。老板倒是非常客气，拿一块颜色浑浊的毛巾给柳钧擦出一把椅子来，又赶紧打电话请另一位过来商议。柳钧见另一位老板进来，大黑手相当随意地拎一把黑凳子坐下，当然不需要享受脏毛巾的待遇。

两位黑老板说话很直接，取笑柳钧这个出国留学过的高知难得降贵纡尊来一趟乌龟肚肠一样的厂子，柳钧也坦率地说以前确实不是一路人，各走各路，现在既然被管委会主任强行捏到一起，那么团结总比散沙强。这话让两位黑老板放心，大家于是真心商议。一说下来，谁也不愿搬，搬厂就跟树挪窝，一搬就去掉半条命。没补贴谁搬？搬不起，死路一条。他们说他们打听了，这都是主任那瘟生的主意，他们决定了，谁敢对他们的厂子用强，他们就对谁用强，一辈子的心血不能白让别人摆弄。钱不好赚，他们每天十六小时待车间与工人一起干活儿才有今天局面，要钱没有，要命一条，谁敢拆他们厂子，他们跟谁拼命。

就是这话，这两个黑老板说出了柳钧的心声。三个老板殊途同归，走上对抗行政命令之路。柳钧心说，他这像不像林冲的逼上梁山。亲身经历之后，他决定以后对报纸刊登的那些不轨企业行为打个问号。

很快，腾飞外包做账的事务所来电问柳钧有没有得罪了谁，有人找国税要求查腾飞的账，但国税一问下来原来腾飞财务外包给他们关系密切的事务所，那么当然无账可查，即使找个不知什么理由罚了款，根据事务所与腾飞的合同，罚款也是事务所的事，那么当然更不能查。事务所提醒柳钧小心小人。柳钧心说当年受杨巡那一开窍，还真管用，新腾飞的预防措施终于派上用场。

然而那两家小铸造厂就没那么幸运，税务上门精心地特意地一查，好多漏洞，当场查封财务室，发票被收走。没有了发票的工厂当然可以正常开工生产，可是不能再正常经营，毕竟他们面向的不是普通消费者，他们生产经销的产品，买家需要发票。于是，不等管委会主任上来封门，两个老板无法不乖乖关门歇业。他们来问柳钧何以逃脱厄运，希望柳钧看在是一条绳上蚂蚱的分上，指点一条行贿之路。得知腾飞财务透明，完全外包后，他们知道无法仿效，以他们微薄的利润，这么干就别想混了。

两家铸造厂老板另想办法，柳钧也在心中忐忑，不晓得主任下一步会来个什么阴招对付他。

天雨偏逢屋漏，SARS风尾横扫，给腾飞加工铸造车间特制除尘设备的台资公司不支倒地，等柳钧获得消息，那家公司值钱细软早已让部分消息灵通的供货商和被欠薪的工人赤手空拳地搜刮一空，等当地政府派出人手设置门禁，腾飞的30%预付款与大门外其他顿足痛骂债主的那些人的货款一样，进入政府处理程序。柳钧买通当地政府布置的保安，翻墙进去查找属于腾飞的设备还在不在，可是看来看去，不仅找不到几块疑似腾飞公司设备的零件，连签约时候看到的精良加工设备也不见了大半主件，他翻墙出来与大伙儿一说，猜知那家台资公司可能是有计划有预谋地倒闭。既然如此，那30%的预付款还能收回吗？柳钧与其他债主虽然在有关部门登记了，可是谁的心里都不指望能拿到那笔钱了。

夏日艳阳下的火车为了避免交叉感染，不敢开空调，车窗开得大大的，一路呼呼往里灌热风。柳钧下火车进入上海站时，根根头发给吹得造型前卫，犹如搽足发蜡。他的心情很烦闷，最近恶事不断，配合这前卫发型的是苦瓜脸和一身汗臭。他没通知崔冰冰，直接乘地铁过去她家，开足空调洗澡睡觉。

崔冰冰半夜筋疲力尽地下班，被家中多出来的行李和一个人吓了一跳，近看却见柳钧咬牙切齿睡得死沉，全无平日熟睡时候的舒坦，她晓得柳钧最近挺难，可真想不到柳钧会不告而来，全无平时光明磊落的做派。再听呼吸声音不对，摸摸额头滚烫，她忙翻出温度计给他测体温。她是医生家庭出身，一看温度就知道有问题，硬拉硬扯唤醒他去医院，他烧得太高，必须打针降温。

可是柳钧被叫醒了，却烧得稀里糊涂地硬说自己没事，挣开崔冰冰的手撞回床上继续睡。崔冰冰忽然想到，这年头儿的发热病人如果进医院，那程序可麻烦了。她连忙打电话咨询父母，给柳钧灌药灌水，加全身物理降温，一夜无眠，至天色破晓，终于温度降到三十七度多点儿，算是基本正常了。崔冰冰也累瘫了，给同事发个短信请半天假，倒在柳钧身边酣睡。等她醒来，空气中是咖啡的浓香，身边早已没了人。崔冰冰有点儿幽怨地闭目躺了会儿，甩着依然混沌的脑袋下床，她还得去上班，今天有要事。

可走进客厅，见到端着咖啡发呆的柳钧，崔冰冰的心软了。她走过去抱住柳钧，坚定地告诉他："不是大事，会过去，别太难过。"

"不是难过，而是……我发现我的极限了。我现在什么都不愿想，脑子一片空白，完全无能为力。很麻烦，可能我的精神到达极限了。"

崔冰冰听得心头揪紧，但是她以最自然的态度"呵呵"一笑："你这傻蛋，你以为你是短裤外穿的超人啊。告诉你，你昨晚烧到三十八度六，害我一夜没合眼。你今天能起床已经算你本事，你还想思考，见你的鬼去吧。怎么，昨晚一夜折腾你没印象了？我还打算邀功呢，你别想赖账，赶紧回忆，要我帮你催眠吗？"

"我……发烧……呃……没印象啊。"

"要证据吗？洗衣机里有大量湿浴巾、湿毛巾，床头有……"

"难怪我起床时候身上一丝不挂，还想你趁我熟睡时候非礼我，这也太色了。"

崔冰冰这回才真的爆笑，一拳头拔出来伸到半空，想想此人半夜的惨状，悻悻将拳头自觉收了回去。

"奇怪，我买的应该是回公司的票，怎么在上海跳下。不过也幸亏跑来你这儿，要不然现在进去隔离病房了也难说。"

柳钧说的时候，崔冰冰替他翻包，果然翻出的火车票是回公司的"你潜意识里很有我嘛。"

"哎，阿三，你一个人待上海，有个头痛发热的时候身边没人伺候怎么办？还是回家吧。"

"很快，我会微笑回家。"崔冰冰昨晚至今，第一次眼睛里有了泪意。也是来上海至今，心里第一次有了一丝软弱。她原以为自己会排斥这种无耻的软弱，可真实的她很享受柳钧的轻怜。只是时间不等人，她很想多陪男友一会儿，却连给男友做顿饭的时间都没有，她必须赶去上班。

柳钧也非常不舍这一刻分离，他虽然还是头晕脑热的，却起身一定要送崔冰冰下楼，不让她睡眠不足开车，说是要帮她拦出租车。走进电梯，崔冰冰忽然想起一件事，笑道："昨晚喂你吃药，你死活不肯张嘴，我说你爸爸来了，大美女来

了，大灰狼来了，你都不理我，牙关咬得死紧，存心跟我作对一样。结果我骗你
说某某打电话来要你必须吃药，你'刷'地就把嘴张开了，这效果……你知道我
说的是谁？"

柳钧不晓得自己发烧吐真言，给说了什么胡话做什么浑事被崔冰冰抓包
了，满心忐忑，不敢乱猜，只好说一个最保险的："我妈？"见摇头，就笑道，
"你是不是说'环保来了'？"

"哈，我怎么没想到这个七寸，留着以后用。我昨天说的是宋总，你还真听
他的。"

"越做企业越觉得这一行不容易，就越服气宋总。"

崔冰冰一路指点，这家可以吃饭，值得点哪几个菜，那家最好去做个刮痧，
她感觉柳钧一顿高烧可能与中暑有一定关系。柳钧将崔冰冰送上出租车，回来懒
得动脑筋，崔冰冰说什么，他照做，吃饱刮痧，脖子一带惨不忍睹地回家，再猛
睡一通，见崔冰冰短信说会迟点儿下班，就去附近超市买菜。他的烧菜水平，不
过是维持温饱，相比崔冰冰差得远，还是在德国的时候被迫无奈向同事和同学学
的，风格非常不本土，手头作料也不齐，唯一不错的是火候控制，原因似乎与他
的专业有点儿搭边，可以视作热处理。做菜中途崔冰冰回家，却不肯进厨房接
班，换了居家衣服倚在门边看，这一天起，崔冰冰对两人的感情心中充满前所未
有的踏实。

两人这时候才有时间好好地说囫囵话。柳钧出差做了些什么，他反正每天早
请示晚汇报的电话里都说了，崔冰冰早已知道；崔冰冰想知道的是，经过一下午
酣睡恢复，柳钧总算能正常运行的脑袋有没有想出补救措施。她还知道柳钧此时
内外交困，身后是大笔订单追着，如果延误就是大笔罚款，可是铸造车间的环保
设备不落实，铸造环节的生产便无法进行。身边有管委会主任目光灼灼地扒着钱
包，而柳钧的钱包却在铸造车间除尘设备那儿遭遇严重水土流失。还有新研发中
心的基建工程每天张着大嘴要钱。到处都是钱钱钱，要命的钱，崔冰冰恨不得挪
用公款帮柳钧的忙。

"我下午睡醒后到处打电话给朋友请求帮忙，总算也有一家倒霉企业，手头
压着一套买家付半拉子定金做出来的铸造全套，买家却在约定交付期后一直没钱
支付余款提货，卖家急着处理变现，今年哪家企业都难。价格不错，即使加上我
那笔肯定要不回来的预付款，还是比我原先的预算低。我刚口头跟他们约定我要

其中的环保设备，明天就直接过去看货，看着行就当场拉回家。没办法啦，时间不等人，不可能再花巨资量身定做，只能……昧良心了。"

"我看你可能也矫情了点儿，别家公司定做的设备当然也是照着国家标准来的，你别嫌不中意啦。"

"这方面你是真不知情，在我们这儿，环保纯粹是良心活儿。我举个例子，你比如说我们金属加工业很普遍的一道酸洗工序，现在大多数是用盐酸或者硫酸，前者有挥发，腐蚀车间钢梁，很多厂家选择后者，洗后的废水不能直接排到地下水管里，正负离子超量，PH值也不行，一般生产中就是用石灰来中和，将PH值升到正常淡水水平，将硫酸离子用硫酸钙形式沉淀下来。可是你学过高中化学该清楚，硫酸钙在水中大多数是以絮状物沉淀下来，可还是有一小部分溶于水，但就是这一小部分的游离负离子，却超过排放标准设定的量。为达到标准，唯有将水处理设备大幅度升级，运用离子膜等高价设施，不仅固定资产投入高，未来运行时候的运行成本也高。可现实是，国内加工业的毛利大多很低，不少企业连挖一个沉淀池扔石灰定期清理淤积物的投入都只是勉强拿出。然后看着我国赶美超英订得极先进高不可攀的排放标准，能走的只有一条路，反正设备上达不到，可是又不能不做，那么唯有桌面下运作出一个环评。最后，既然已经将裁判腐蚀成兄弟，人在缺乏监督的情况下，还要日常的环保运行投入干什么，污水干脆直进直出。你华南环保成本这么不见了，产品在价格战里面打得更顺溜，我华东的当然也会跟着学，最后全国一盘棋。当初若是标准定得稍合国情点儿，执行却抓得严一点儿，环保效果可能反而好。可是这退一步进一步的道理我也是现在才懂，以前我只知道既然能达到更高的标准，为什么不高标准严要求？"

文科出身、早将理化扔还给老师的崔冰冰偏偏性格争胜好强，不愿被柳钧笑话文科生，拼着老命聆听柳钧讲据说高中就该学过的知识，头晕目眩之余，严正指出："你好像偏题了，你在发牢骚。"

柳钧笑嘻嘻道："得允许我夹带私货嘛，不过我刚说的确实是很严肃的现状。我原本花钱自己投入大量设计的特制除尘设备就好像加离子膜的高价水处理器，明天打算去看的那套好比是只有沉淀池和最基础水化验室的水处理系统。那两家被主任盯上的铸造厂勒紧腰带还能买得起后者，前者他们就是砸锅卖铁也买不起。像铸造车间除尘这种投入，我花五十万，基本上可以达到除尘85%的效果。再加五十万，最多效果达到88%，骗骗外行已经行了。加到五百万也就达到98%

最多，想做得彻底，那就轮到我砸锅卖铁也买不起了。这就是做环保的困局。因为产生的灰有粗灰细灰之分，粗灰最容易处理，拿风机打到闷罐子里用离心力析出，加水喷淋就行，出来的烟气起码肉眼看着就是不黑了。可我们做技术的不怕粗灰，最怕的还是到处乱飞的细灰，我们全知道它的害处，不消灭良心不安。那么方法就多了，投资运行成本也飞跃式升级，有水幕除尘、各种布袋除尘，还有静电除尘等，各有优劣，当然混合着用最好。最后最好还要用高高的烟囱将处理后的排放气体送上空气对流层，进一步稀释看不见的细灰在空气中的密度，才算符合标准的处理。原理说难也不难，只要肯花钱投入就行。现在不行啦，我明天只能买蒙蒙外行人的处理设备，要不然做不出产品延误发货的赔偿能让我前功尽弃，转眼就成穷光蛋。"

"那不正好让那管委会主任抓住把柄吗？"

"看来只能向他投降。做人……你看，什么气节，什么原则，什么良心，最终全得服从生存。"

这些，崔冰冰听得明明白白，她总算回过气来："主任会不会因为你前阵子不乖乖进贡，非得走投无路才投降，唆使环保卡你一下？"

"估计他做不到，环保以前收过我一次钱，这回不敢不收第二次。而且我明天买的设备无论如何，凭主任那几把刷子还是抓不住我把柄的。不过得对他意思意思啦，免得环保夹在中间难做人。"

崔冰冰长喘一口气，终于放心："这回稍微多破点儿财，稍微多点儿曲折，看你现在这样子，应该胸有成竹了。嘿我刚才还担心死你，原来你全清楚该怎么做。"可是崔冰冰看柳钧脸上神色有点儿古怪，又忍不住问："怎么，还有什么解决不了的？"

"不说，说出来你得笑话我。"

"说嘛，不就是被主任勒索个红包吗？混那么多年谁没见过送红包啊，没见过才让人笑话呢。说吧说吧，我不笑你，你看你暑气给刮痧出来，你心里有闷气也说出来才好。"

柳钧还是犹豫了一下，才道："用赶时间赶合同求生存做借口，看似合情合理，实则工程技术人员的耻辱。"见崔冰冰一把捂住嘴，两只眼睛变得弯弯如新月，柳钧只得无奈地道，"笑吧，我知道你会认为这种话很傻。"

"虽然……可是作为一名私营业主，你的主业是企业的生存，你这样的想法我觉得有必要克制。再说,即使你只是一个纯粹的科研工作者,你也得考虑考虑科研成本吧。"

"我当然克制,不过是私下对你发发牢骚。这是我最佩服宋总的地方,他能将心里的爱好与工作平衡得非常好,不会像我那么任性。"

"不,我忽然觉得你还是任性的好,有人味儿。成功要紧,人味儿也要紧。我要人味儿。"

柳钧一笑,虽然事情一波三折,可好歹有不幸中的大幸,万幸打听到一套现成的环保设备,不仅工期可以提前,花费也不会超预算太多,而且他已经想出解决问题的所有步骤,他也愿意妥协,可心里还真的高兴不起来。有一种东西叫作信念,有一些人在心里将它当作至宝。

不久,崔冰冰终于争取到微笑回家的机会。她被派遣回老家协助一位资深银行家设立分行。

02

年底,钱宏明驾驶一辆簇新的宝马X5到科技园区腾飞的新研发中心找柳钧商量个事。他这回算是锦衣夜行,他是早上匆匆从上海赶来,回来办一些事,再回家卸下行李亲亲妻女,都来不及喝完一杯热茶,就摸黑顶着西北风出来找柳钧。他听说柳钧最近索性住在研发中心的别墅,他让柳钧别出来了,他去看看嘉丽设计的园林究竟怎样。

夜色中,科技园区的道路宽敞而幽静,绿化虽未成荫,可已看得出规模,路上只偶尔有加班加点的工程车辆开过。腾飞研发中心也差不多,黑暗中可以看到处处是瘦弱的枝枝丫丫,不过可以想象得出春天来时的茂密。钱宏明循保安的指点将车停到一处线条简单硬朗的别墅门口,开门便听见屋里传出叮叮咚咚的钢琴声,柳钧显然在练琴,弹得并不连贯,不过在宁静的夜里,不懂乐器的钱宏明听着也觉得怪有味道。他想让小碎花也开始学钢琴。他从小看着柳钧练习高贵的钢琴,而那时小学的音乐课老师用的只是手风琴,初中老师用的则是小小的风琴,乐器音质的区别是那么的不同。钱宏明至今还记得千方百计与柳钧成为朋友之后,第一次有幸到柳家摸到雪白琴键那一刻的激动。他还记得他转身去了一家乐器店，在琳琅满目的乐器中，他见到最便宜也最简陋的竹笛，可那时，他连竹笛也买不起。回想过往，钱宏明不禁伸手抚摸自己的爱车，久久。

不过很快琴声停歇，代之以一串小跑声音，别墅大门里钻出穿着毛衣的柳钧。"让我看看你的新车。"柳钧顺手摘了钱宏明手中的钥匙，"你进屋里吧，外面冷，你穿得忒少。"

"知道你这大少爷奢侈，家里暖气足，我还背大衣干吗？"钱宏明没进去，抱着手臂跺着脚看柳钧钻进他的车子。他见旁边停一辆黑色奥迪A624，他估计这就是柳钧跟他说的新买的商务用座驾，这车常见，他懒得顶冷风过去细看："不是说最近公司运作良好吗？又不是没钱，为什么不买一辆你喜欢的性格车？"

"买设备了，打算明年内彻底赶超市一机的加工水准。不过他们的量，我还得过两年才能赶超。"

"现在你公司贷款额度有多少了，用足没有？"

"额度给我加了两千万，不过他们现在肯给我开承兑汇票，可以超过两千万，我现在流动资金一点儿不愁。所以挪用流动资金贷款，自讨苦吃一口气进了好几套顶级设备，把我们全研发中心高兴得，每天就掐着日子等新设备到港。我可就麻烦喽，天天算计着钱钱钱，拆东墙补西墙，最头痛还贷日，有时还得光顾那些典当行筹头寸。"

"典当行确实是个好东西，我买了这辆X5之后资金小紧，也常跑典当，呵呵，这辆车害死我喽。我本来想开个典当，把我的资金运转得更圆顺，可惜那牌照不好拿，相比那些拿出牌照的，我在本地的根基还是浅，相当浅，找不到真正出得了大力的。有些时候，再多的钱也未必找得到地方塞，人家不敢收来路不明的钱。"

柳钧自打去年底买了两块地皮造新工程起，公司的资金运转便时常在还贷日捉襟见肘，与那些挂着典当大旗的民间资本常有接触，算是知道些运作的底细。听钱宏明这么说，他笑道："你都已经直接放高利贷了，还想谋取那一块合法牌照啊？进去吧，外面冷。你回家几天？这车借我开。"

"行，三天后我来取还。你觉得开一家房屋中介公司，怎么样？"

"你姐？不是说营销做得挺好的吗，打算自立门户？"

"我想叫我姐跳出来，跟我合作房产中介。我的思路是希望用房屋中介公司更好运作我手头能搅动的资金流，一分钱都不能让空跑，同时又通过中介公司搅动更大的资金流……"

"不懂，阿三也不在，到上海述职去了，这儿没人懂你。"

"你们都算是有身份的人，既然已经公然住在一起，为什么还不去办一张婚书？"

"不知道，我把婚戒和保证书都递交给阿三了，她还说我没诚意。呵呵，是她自己没时间生孩子，找借口。"

钱宏明摇头，不晓得究竟是他还是柳钧更开放："你别煮咖啡了，我睡眠不良，这个钟点喝咖啡，晚上得烙饼。你过来听我给你演绎加上房地产中介公司这一环后，我打算的资金运作路线。别装傻，很简单，你肯定一听就懂。"

"让阿三回来跟你谈，她也跟我提起过可以问中介公司调头寸。"

"不，我需要你的意见，你用你的逻辑思考，帮我分析一下这个路径走不走得通，对，路演。"

柳钧有些莫名其妙，明明有崔冰冰这么好一个内行人，只要等两天，钱宏明却不问，非要问道于盲。可是他难以拒绝钱宏明热切的眼神，只好硬着头皮坐下来听天书。

钱宏明叙述问题很有条理，他取资金流动的线路作为提纲，从他的进出口贸易公司如何以自有资金通过银行及其他金融工具杠杆放大，如何与二手房中介公司相结合，又如何从中介公司获取客户订金，反馈自有资金。其间，柳钧只能问得出两个问题：一个是"你怎么想到的"；另一个是"这一步的风险是什么"。

对于前一个问题，钱宏明往往以得意一笑开场，详细告诉柳钧他所了解的某些事例，以证明并非他异想天开。对于后一个问题，钱宏明也不隐瞒，在柳钧的追问下，一方面凭事实说话，一方面根据现状做合理推测，两人尽量深挖在现实中可能产生的风险，以及风险概率。因此，等钱宏明将整件事全部说完，已经是深夜零点。钱宏明手头才刚开封的香烟已经吸掉一半。

"可行吗？柳钧，你不需要以一个朋友的身份说话，只需要以一个中立者态度，对一个项目进行评估。"

"是风险，也是机遇……"

"是的，谁都这么说。我姐害怕，说本身资金实力有限的情况下，通过多种渠道如此冒险放大资金量，万一哪一处关节断裂，粉身碎骨都还不起。但我告诉她，这么玩，用的是银行等金融机构和二手房购买者的资金，我们只是借力者，其实我们赚取的是资金中介费。而我们的自有资金可以逐步抽离，甚至投放至离岸。"

柳钧心里本能地反感钱宏英，即使心中闪过一个念头，觉得钱宏明的操作思路对出资者很不负责，他还是拧着钱宏英说话："这个倒是可以计算出临界值，我们可以建立一个模型，计算出每一笔放贷控制在多少限额之内，那么出现一笔、两笔甚至三笔坏账的时候可以不损伤这条资金通道。不过这个模型……你的先决条件太多，我明天找我们中心的小柯一起看看怎么做。挣钱当然需要冒险，尤其是创业的，社会发展至今，能不冒或者少冒风险就赚钱的地方，哪儿还轮得到我们？即使轮到也是薄利。"

钱宏明一把抓住重点，急切地问："什么模型，怎么建立？"

"当然是数学模型咯，谁让你当初选学科死命抱牢应用科学，我当时怎么写信给你没忘记吧，让你辛苦点儿读数学系双学士，一定要掌握基础科学，你不肯，非要勤工俭学……"

"你别饱汉不知饿汉饥，我那时候若读双学士还哪来饭菜票？"

柳钧连忙噤声，那段时间是两人的大忌讳。他偷瞥钱宏明一眼，见钱宏明果然又左手不自觉地放到唇角，他连忙若无其事地将话岔开，大致解说一下建立模型的思路。钱宏明果然不甚了然，但他的眼中再度流露出热切，他此来，手把手地教会柳钧，就是等着柳钧给他一个肯定答复，他心里万分需要柳钧的肯定，才敢继续下一步。

柳钧不容置疑地道："只要你刚才已经提供给我的方法和数据正确，你接下来只需要等。我会给你一份多种变量下的投资模型，供你选择。"

钱宏明仿佛从柳钧的口气中听出肯定："你平时公司的借贷投资发展是不是也建立类似模型？"

"当然，否则难道拍脑袋决策？"柳钧倨傲地、别有所指地又补充一句，"我们总需要有些汲取知识力量的举动，以区别于其他人吧。我们绝不做无端的担忧和拒绝。那个，日常我们称作瞎——操——心。"柳钧仿佛见到钱宏英无言以对，皱眉哑然，他心里有种反击得逞的痛快。

"柳钧，先给我一个变量下的答案，国家经济平稳发展，稍有波澜，企业发展也相对平稳，债务有借有还。最多，有一笔五百万的欠款无法收回。"

"那还犹豫什么？以你目前的个人资产，都已足够对付五百万的坏账。"柳钧想到这区区五百万坏账估计，肯定是钱宏英的小手笔，钱宏明哪问得出这等小数字。他下意识地就给了一个最快的答复。

钱宏明终于发自内心地笑了："除了做数模，我做不到，其他的，我想的与你一样。"

"你别抬举我了，我才知道多少，你知道多少，你是业内人，我是门外汉。你这几年做得真好，眼光准，落点准，下手快，我拍马难及，啊，你是拐弯抹角来告诉我窍门吧。"

钱宏明听了哈哈大笑："怎么会，怎么会？不跟你说一声，我是六神无主啊，这下可以回去好好睡一觉了，明天跟我姐好好谈。柳钧，你以后有闲钱，拿来我帮你操作，你绝对可以放心，我现在经验充足啊。"

钱宏明走后，柳钧百思不得其解，不清楚钱宏明问道于盲干什么，后面更是不真诚，他都还没给出数学模型呢，钱宏明已经说能睡着觉了，客气得太假。柳钧只好不去想，依言于第二天找小柯一起建了一个复杂模型，看来看去，除了出现经济大崩溃，或者忽然一众欠债人联合起来赖账，一般应该不会有太大差池。柳钧将结果告诉钱宏明，钱宏明说，看来就这么定了，他已经说服他姐，今天就开始筹办房产中介公司，速战速决。

柳钧将钱宏明的宝马X5开了几天，爱不释手，可终究还是得还。他驾车进城，路过豪园饭店，饭店已经改头换面成门庭幽深的会所，柳钧记得申华东提起这家会所新开，需要刷卡进入，非会员不得入内。显然已非宋总姐夫的天下，好像是一家港资背景的公司在经营。

柳钧直奔钱宏明家。钱家客厅立式空调打得很暖和，小碎花已经大得满地乱蹦，看见柳钧大有不认识的样子，柳钧才想起今年一年忙碌，似乎记忆中没有嘉丽请他帮忙的印象。再一想嘉丽父母已经搬迁过来，当然不便再麻烦他做事。一家人都乐呵呵的，除了小碎花又见长大，钱宏明与嘉丽都没什么变化，甚至连胖瘦都没有明显变化，嘉丽依然话不多，态度云淡风轻，但是很真诚，连小碎花的宝贝零食都拿出来招呼柳钧。

从钱家客厅大窗看出去，不远处是杨巡那家金碧辉煌的五星级宾馆，已经试营业。柳钧知道杨逦这一年为了引入国际知名酒店集团进驻，率团成了空中飞人，不过回报丰厚，眼下夜色中酒店熠熠生辉的店徽，估计全世界百分之百的空中飞人都认识。毫无疑问，酒店开业，使杨巡的身份更上台阶。即便杨巡依然年轻，可在他出现的场合，谁也不敢再拿他当个体户。这个市里喊"杨巡"的人已经屈指可数，"杨总"则是完全取代"杨巡"，成了"杨巡"的代名词。

柳钧看着夜色中酒店皇冠般璀璨的屋顶五味杂陈，虽然杨逦送了他一张VIP卡，卡号名列前茅，可他决定不会去消费。

钱宏明拿一杯茶过来给柳钧，有点儿踌躇满志地道："站这儿看城市，与在地面走路看城市的感觉完全不同。走路看城市，得不断抬头仰视。而这儿唯有平视，甚至俯视。"

柳钧听着感觉有些酸，笑了笑道："你这儿门卫越来越严，简直成闹市中的禁地了，进门手续够啰唆。"

"安全基本可以放心，有时候车里载一包钱，感觉进入地下车库就安全了，这种安全感很重要。特别是等你有了孩子之后，这世道能让小碎花随心所欲地在草坪乱跑的地方，太难得了。"

"我就住研发中心，晚上安静得无法想象，可以看很多书，阿三也说住那儿后心静了许多。"

嘉丽难得插进来一句话："柳钧，我看你眼睛好多红血丝，眼皮也有个小包鼓起，你有没有去查过血压？"

"我家父母两系都没有高血压史，我估计不会有高血压。不过我们做工厂的每天不是对内吵就是对外吵，按下葫芦起来瓢，天天火气旺盛，阿三每天给我吃降火汤水。不像宏明，谁看见宏明都赞一声儒商，看见我肯定就两个字：奸商。"

大家都笑，钱宏明看柳钧，刚回国时候就已经不雅致，现在每天混在工业区，当然更加粗糙。似乎现在的柳钧更适合豆浆白酒，而他钱宏明则是徘恻在牛奶与红酒之间。

一会儿崔冰冰打来电话，应酬结束，让柳钧去接。钱宏明送柳钧下去，顺手拿上一盒最近正热销的精装库尔勒香梨，非常友好地送给大楼值班的保安。柳钧回头接上崔冰冰，告诉她钱宏明如此细腻友好，崔冰冰感觉钱宏明比柳钧会做人，而且高明一大截。

但有一件事，崔冰冰非得弄明白不可，她今天在本市新开张的五星级酒店请客吃饭用了柳钧的VIP卡，结账小姐才走出去不久，一位妆容精致看似高管的年轻女子就过来。女高管看见是她用那张VIP卡，脸上神情有点儿不对劲，崔冰冰心里含了一包的醋，抓住正为她开车的柳钧追问。

"杨逦，杨巡的妹妹，以前住我隔壁，结婚后搬走，老熟人啊。"

"没有更进一步的关系？或者，请你再做进一步的描绘。"

对于崔冰冰这样的明白人，柳钧并不做隐瞒："男人跟女人的友谊很少有纯粹的，不夹杂点儿荷尔蒙不可能，但绝大多数也就流于柏拉图式，再进一步又不可能，都知道越线是个大麻烦。大家心知肚明就容易相处，男女搭配干活儿不累，还不是一样道理？"

崔冰冰听着郁闷得不行，扭头看身边人硬朗的线条，她起码是一看见就喜欢得不行，都来不及探索此人有没有灵魂。她想象得出杨逦作为柳钧死对头杨巡的妹妹，却与柳钧保持良好而不纯粹的友谊，这其中得有多少荷尔蒙，而她更不知道全市还有多少个杨逦等她去发现。

柳钧见崔冰冰沉默，奇道："你还为这种事生气？"

"是你的态度，太不担心我生气，太理直气壮了点儿。"

"实话嘛，难道你也学那些小姑娘玩态度决定论了？"

"既然你那么爱实话实说，那么你说实话你从小到大有多少个这样的女朋友？"

柳钧哪儿数得过来，只能"呵呵"一笑，道："赶紧结婚，省得疑神疑鬼。"

"又拿结婚做挡箭牌。你怎么不问问我身边有多少这样的男朋友。"可是崔冰冰心知肚明，柳钧根本就不必担心她，他们之间，唯有她单方面地担心个没完。

"你看看，一说到结婚，你又用倒打一耙法来回避。我不是跟你说了吗？腾飞的资金来自我爸爸，但是当初为了弄个外资招牌享受优惠政策，不得不用我的名字注册验资，出资人不得不是我。这是一笔糊涂账。所以我们婚前有必要签协议明确一下我爸的权利，我绝对没有拿你当外人的意思。你别一说协议就好像我在为离婚做准备，我没那意思，这只是现代人步入婚姻的一道程序，你是明白人，怎么就在这儿搁浅了呢？"

"你别总让我做明白人，我不想做了，我现在改信奉态度决定论，你怎么就一点儿都不在意我心里不舒服呢。"

"呃，我不应该提，这方面观念不同，一谈就伤感情。"

"可问题就这么拖着不解决？我也再次声明，我一看见你那事无巨细的协议就影响感情。我只需要感觉良好的婚姻，不愿勉强自己。"

"我们这样在一起，而不结婚，这在中国社会，对你影响最大。你……理性点儿好不好？"

"我很理性，我清楚我的婚姻需要的是什么，我宁可这么坚持着让你伤感情，在社会上伤名誉。"崔冰冰今晚喝了点儿酒，说话更加直接，"如果你能像我爱你一样爱我，你还会提那么多条款吗？"

"这不是爱不爱的问题，如果不爱我跟你结婚做什么？不跟你说，算我白说。"

崔冰冰越想越闷："转弯，送我去我老巢。"

柳钧斜睨过去，见崔冰冰一脸生气，他知道又是这种结局，只得再次提醒自己下次不可再提结婚，可是他不提，难道等崔冰冰提？观念不同，简直是一个死结。他伸手揽住崔冰冰脖子轻轻抚摸，但没转弯。崔冰冰也不再提，她就是被柳钧看死的明白人。等回到科技园区住处，两人照样该干吗干吗，跟什么都没说一样。

2004年

01

钱宏明的房产中介公司飞速启动。姐弟联手，钱宏英发挥专长，寻找店面的速度一流；钱宏明执行能力一流，装修工作全面开花，加班加点。四家店面于春节后同时开张，全市各区各设一旗舰门面，全部同样的门面设计，名唤"宏盛"。

开业那天柳钧找个借口出差去了，请崔冰冰代替去现场祝贺。崔冰冰其实比柳钧更忙，可她对钱宏英大有兴趣，非到现场一游不可。她以为应该看到的是徐娘半老、风韵犹存的那种，最起码有染发有抹油，眉毛拔得很细，脸上擦得雪白，身上穿的衣服带有很多明显而刻意的设计，手上一定挽着个大牌包。但是崔冰冰见到的是一个与她的想象完全不一致的中年女性。钱宏英气质沉静，言语果断，衣着线条简单但一看就是贵价货，脸容看上去与年龄基本一致，是崔冰冰喜欢的干练职业女性形象。及至握手说话，崔冰冰立刻在心里想到一个问题，柳钧的爸爸以前肯定爱这个女人，而不单纯只是玩玩。想到柳钧的爸爸一直光棍至今，当然光棍并不意味孤单，但其中原因颇可玩味。崔冰冰不是柳钧，她可以无拘无束地瞎想。

相比之下，钱宏明比他姐姐兴奋得多，一张戴着钛金细黑框眼镜的白净脸上甚至布满红晕。他见到崔冰冰就问："你怎么看这个项目？"

崔冰冰身在银行，自然消息灵通："我一个同学想买四月开盘的四季花城，去售楼处一问，才发现自己市面墨黑，在售楼处意向登记的买家早已超过售卖数量。同学说，等四月开盘，他提前一天带着弹簧床裹着棉大衣到售楼处门口排队去。既然楼市如此火爆，你的项目当然生逢其时。"

钱宏明笑道："我就是这么想的。你看，我毕业后买了那么几次房子，第一次是公司分配，第二次是去上海买，第三次是买在市中心，第四次是替我岳父母买。我最大感觉是，买房一次比一次难，本市人民真有钱。后面两次买房，即使通过我姐很铁的关系，也没抢到好的楼层好的朝向。所以你说，趋势摆在这儿了。"

崔冰冰笑眯眯地道："钱总只买了四次房？大大缩水吧。小公馆难道都是租的？所以说，钱总作为一个拼杀在买房第一线的人，对楼市冷暖，那真是春江水暖鸭先知啊。呵呵。这个项目必火，我非常看好。再有令姐这样一位资深业内人士把持大局，天时地利人和全然在握。"

钱宏明哭笑不得，欲言又止，怕又被崔冰冰抢白了去，连忙拱手希望崔冰冰不要揭发，他到底是瞒着老婆和姐姐做这种事的。崔冰冰当然也点到为止，这种事情见得太多，她早习以为常，只要不发生在自己身上就行。等钱宏明走开，崔冰冰将门口的花篮看了一遍才告辞。她看到不少花篮缎带上写的是公司名字，她很怀疑那些公司都是钱宏明的客户，不是进出口贸易的客户，就是借钱的户头。不过崔冰冰没看到柳钧他爸的花篮，她会心一笑。

一家新开业的公司，由两个本身就事业有成的人入主，而这两个事业有成的人原本从事行业又都与新公司经营息息相关，再加上眼下市道向好，SARS疫情过后市场恢复迅速，崔冰冰以一个专业人士的眼光来评估这家宏盛公司，她很看好。

深夜，等最后一位客人醉醺醺地告辞，钱家姐弟早已筋疲力尽。两个人相携走出宏盛旁边包场庆贺的酒店，步行来到最大的店面门前。虽然春节已过，可春寒料峭，夜晚尤甚。看着两盏门灯照亮的簇新门面，两人感慨万千，这是两人独立支撑起的第一份事业，两人都想不到可以来得这么快，来得这么有规模。

"钱大掌柜，爸妈如果回来，可能都不会相信看到的这一切吧？"钱宏明与其说是问，不如说是自问自答。

钱宏英累得站不稳，恨不得甩掉中跟鞋，靠在弟弟身上。但是她不愿回答这个问题，不愿在全新的一天说起过去。她只是问一句："真的要我帮你留意别墅？

不是酒后胡言？"

"是的，而且最好是独栋，不是联排。"

"你还不如买店面。"

"我又不是买来做投资，我是买来自己住。你以前说的，我们一定要买顶天立地的别墅。你也可以换房子了，别光顾着买店面房。我手头的钱有更好的投资目标，不用买店面。"

"你那新房子还没住热呢，怎么又换，那房子还不够高档？哦……"钱宏英"啧"的一声，"眼红人家的别墅了。人家住高楼，你也换高层。人家住别墅，你也要独栋。你累不累？"

"不累，怎么可能累？轻而易举的事。资本这东西，发展速度犹如滚雪球，最难的是初期，怎么滚也滚不大。到了现在，滚一圈，就是巨大的量。刚开始，我求着集团财务带我去银行勾兑；然后是我跑开户银行如进自己家门；到现在是银行主动找我，贷款利率上浮幅度越来越小，保证金比率也越来越低。我等着，总有一天……呵呵，其实未来有时候惊人得我都不敢预测。"

"柳钧的总资产，与你的总资产，谁的规模更大？"

"总资产而言，目前我不如，但我目前能搅动的资金量比他大。就资产增值的幅度而言，他远远不如我。"

钱宏英好久无语。"你辛苦了，这都是你个人的努力，非常不容易。姐很为你骄傲。我也相信，我们的未来会更好。现在我们自己做，做的是自己的事业，用的是自己的钱，我从领执照那天起，感觉好像很不一样了，打预算更加谨慎。你一只脚还踩在那边公司，你最好也收收心，脚踏实地为好。"

钱宏明欲言又止，他今天累了，懒得就姐姐很泄气的话做出解释。在他的设计中，宏盛公司只是资金运作环节的其中一环，而绝非终极。若真如姐姐所言，将宏盛看作自己的事业，说实话，他还真不怎么看得上这等小进小出苦哈哈的生意。但今天姐姐高兴，他就别扫兴了，让姐姐好好高兴。钱宏明一向很会体恤照顾别人的心情。他抬头看向不远处，夜色中那高耸屋顶上璀璨的皇冠，他希望，哪天也能与杨巡一样，拥有整个城市的皇冠。

在钱宏英轻车熟路的带领下，宏盛公司的业务很快走上正轨。

钱家姐弟自己都有点儿不大相信，市道会这么好。想到有些热门地段热门楼盘的开盘需要买主提前一夜等待，钱宏英当即决定动用自己在房地产界的关系，让弟弟筹集资金，她与售楼人员内部勾结，批量买入新盘中的好朝向好楼层房子，然后不等楼盘交付，若有买家需要，直接改发票加价转手。钱宏英在地产行业浸淫多年，对其中门道了若指掌，而房地产公司从业人员也需要她这儿的渠道，这样的生意做得风生水起。

柳钧的腾飞也做得风生水起。新设备陆续安装投产，加工能力已经能傲视同侪。可是做企业的是见不到底的劳碌命，他想不到今年开春起，工程机械部件的需求量会这么大，国资的、合资的、独资的，还有海外的企业，全伸着手向他加量，公司原有人手加班加点都来不及做，唯有对外大量招工。可是腾飞对新人上岗抓得很严苛，于是这么多人的培训成了大问题。柳钧亲自上阵主抓培训，声嘶力竭地将一个个生手转换为腾飞人。转换率如常地低，整个过程下来若只淘汰一半，上至柳钧，下到培训班长，都会连呼阿弥陀佛。

销售，尤其是追款，成了腾飞最大的问题。公司规模还小的时候，出货的量也小，追求见款出货还勉强能做到。而如今一个合同就是一年的供应，一年内需要做到几十次交货，每一次交货都需要追款，而这些公司又是长期客户，已经列入友好名单，谁家都有偶尔调不转头寸的时候，于是见款出货还真是成了考验判断的大问题。柳石堂的能力日见不敷使用。柳钧此时想到董其扬。

董其扬身价不菲，是柳钧早已料到的。这正是他虽然求贤若渴，却迟迟不敢邀董其扬加入的原因之一。而且董其扬的资历颇深，当年市一机邀请他加盟的时候，就给的是总经理的位置，那么在柳石堂还占据销售总负责人职位的时候，董其扬进来也无法操作，腾飞怎可能只给一个权限有限的副总经理之职？现在柳石堂自己感觉吃力，邀请董其扬的机会便来了。

但柳钧料不到的是，董其扬提出股权要求，而且开口就是不小的数目。柳钧当即放弃，投降。但是董其扬告诉柳钧，如果腾飞想做大，股权激励是必然趋势，唯有股权才能激励主事人员的积极性。柳钧则是反问，他腾飞又不上市，股权激励与奖金激励有什么区别？不过是换个名称，实质则是换汤不换药。

董其扬一听柳钧说不上市，就像看见不想做将军的士兵，再好的城府也关不住一脸的哑然。一个高管，要股份的最终目的不是分红，分红能有多少，尤其是在这个社会里，老板有的是本事做假账，制造亏损，等分红简直是太纯洁的梦想，不该由高管来拥有。唯有上市，那才几乎是一本万利的好生意。如果不上市，谁肯起早摸黑窝在一家制造企业里吃苦。董其扬虽然不答应加盟腾飞，但好心劝说柳钧认清上市的好处，一定要将腾飞的发展往上市方向引导，要不然靠制造企业一只零件一只零件地挣取利润积累资本，做到什么时候才是头，太慢了。

柳钧铩羽而归，只好无奈放弃聘用董其扬的野心。回来与朋友们一说，罗庆跳出来说："我来！"

柳钧几乎不相信自己的耳朵，看着这个虚岁三十而立的年轻人发愣。罗庆可是当年强烈追求公务员的高尚社会地位与良好福利，才坚决跳出腾飞的，现在想回来？"混得好好的，已经跳到正科，前途无量，出来干什么。给我好好在机关里潜伏着，以后我们腾飞办事全找你。"

罗庆道："柳总请相信我的能力，你可以让老柳总先继续负责着销售，等我慢慢学起来。我相信销售一考总体布局的眼光，二考待人接物的能力，我在机关这几年够速成了。再说我经常泡在腾飞没落下技术。对于腾飞而言，一个懂技术的销售人员与公司的形象相符。"

柳钧想了好一会儿，道："你对腾飞非常熟悉，你得考虑清楚，也必须跟家人商量。按说腾飞不会耽误你，但你刚刚升迁年轻有为的科级干部，一个官职的含金量……"柳钧摇摇头，"你别头脑发热。我不愿你牺牲太多。你那位置，出来就很难回去了。"

"柳总，我只请问你，我合格吗？"

"我求之不得。"

"柳总请给我时间。有时候在机关扯皮好几天还做不成一件小事，回来腾飞看到大家切切实实地做事，经常心理很受冲击。我经常想，我跳来跳去究竟追求的是什么。我并不是说机关不好，但我可能不适合。再实际点儿地说，现在的腾飞在物质上不会亏我。"

柳钧被罗庆说得心头一团火热，但他还是冷静地道："我需要你太太的同意电话，还有你父母的。"

柳钧不很相信罗庆真会辞去公务员科长职务来腾飞任职，最多是热血冲顶说几句，然后回家被妻子父母一拉扯，估计早没戏了。一个有实权的科长，不说眼下高薪养廉弄出来的工资奖金和生老病死的全包福利，单说别人办事去送的小礼，而不用红包，罗庆就能经常拎海鲜瓜果给腾飞的朋友们来分享。更别提去哪儿都打折，就房子打折购买，一下就是好几万，含金量太高。若罗庆是他兄弟，他都得按下罗庆好好教育，别轻易放弃公务员这头衔。

柳钧去医院接受体检，是腾飞为全体员工统一组织的体检。等他从医院出来，忍不住先给嘉丽打电话，他竟然真的高血压临界。他这么一个没有家族病史，而且身体锻炼正常，全身脂肪含量不高的人，竟然真的血压高到临界，再往上跳一步，就是货真价实的高血压了。好在嘉丽安慰他，这都是压力太大逼出来的，平时要注意劳逸结合，安排时间休闲，血压可能会降下来。柳钧将信将疑，拐去准岳父那儿讨教。准岳父当然仔细得多，几乎是让柳钧再做一次更透的体检，将器质性病变引起的高血压排除了，才得出与嘉丽差不多的结论。

吃完饭，柳钧老老实实听准岳父谈了一顿饭时间的修身养性，但是一吃完饭，崔冰冰一句话就全部推翻："他要是一天不骂人，那一天的次品率准超标。"

准岳父云："可以以理服人，未必骂人才是解决之道。"

"看场合。战场上如果有违抗军令的，人家还一颗枪子儿崩了呢。工厂，尤其是车间，直接最有效。磨磨叽叽是你们医院事业单位里的作风，连我现在这个银行都没那么好说话了。"

"没有吧，我哪有这么粗糙，我经常做思想工作的，我还搞平衡，搞曲线救国。"柳钧脑袋里不觉冒出以前见过的杨巡骂得市一机管理人员服服帖帖的场面。他哪有杨巡那形象？

"你还动粗呢，别瞪我，我见过，那次有个基础工打扫不干净，又不听车间小头目的指令掉头离开，你正好经过，一个龙爪手将基础工押回来，我看那基础工服服帖帖做得飞快。没有？别赖，我从摄像头里看见的。"

"有……吗？"柳钧心里想不起来，每天事情奇多，有时候哪来得及细想，很多动作言论都是下意识的反应。

准岳父担忧地看看女儿，对柳钧道："那是应该改改脾气，不仅为血压，也为同事朋友的友好。"

"爸放心……"见她爸一脸忧虑看着她，崔冰冰心中恍然大悟，"我们两个都是我施家暴，他打不还手。"

但柳钧从准岳父家出来，还是忍不住问崔冰冰："我真的对基础工一个龙爪手？这不是很那摩温[1]很反面吗，我怎么做得出来？"

"我还真没冤你，那天在老张办公室看到，老张一脸见怪不怪的。你暴力了

1　那摩温：英语number one中译，被称为洋泾浜话，代指工头。

以后就匆匆走开了，倒没有留在现场耀武扬威。"

"我的天！"他还真成杨巡了，"我现在的形象是不是特包工头？"

"岂止岂止，更像黑社会打手，当然不是教父级别的，只是打手小头目，出体力的那种。"

柳钧降下车窗，转过倒车镜猛照，被崔冰冰一把揪回。"照什么照，我看着帅就行，男人要面团一样才死定了呢，钱宏明我就不喜欢，进去上海写字楼，一抓一大把都是这种油头粉面的。"

"我这样的，工地上一抓也是一大把。"

"不在工地，又有工地气质，错位，人格分裂，才稀罕啊。"

回到研发中心别墅，柳钧脱掉西装，换上白色圆领T恤和花花绿绿的沙滩裤，抓乱头发出来问崔冰冰："像吗？"

"还差一双海绵拖鞋。"崔冰冰表示肯定。

柳钧对着落地镜子痛心疾首，连呼上帝，当即打电话给小柯，让周末安排号召研发中心人员去小柯老家春游。但电话才完，另一个电话进来，是生产车间发生事故，行车上面掉下一枚粗壮铆钉，砸伤下面一个当班工人，完全是小概率事件，完全是倒霉。崔冰冰看到柳钧顿时眼珠子凸起，扔下电话大骂国产行车制造商，然后连续打电话查问现场处理情况，最后出门赶去医院看望伤员。

崔冰冰笑嘻嘻跟出去问一句："你这态度，若是身边女人是林妹妹，会不会被你吓死？"

"林妹妹都吓跑了，我身边只剩你。"

"你奶奶的死乡企，瘟乡企……"崔冰冰气得大骂，但一动不敢动，因柳钧飞快倒车，那速度，她看着吓死，"路上慢点儿。"

"放心，不会超速。罚款贵呢。"

后面的几个字几不可闻，不过崔冰冰从柳钧的对答中看出他对这起工伤事故的处理胸有成竹，此去匆匆，想赶在伤员之前到达医院，主要是为了表明他这个腾飞老板以人为本的理念，即使小工伤也不会轻视。只是火气还真太爆了点儿，若是能举重若轻就好了。

崔冰冰放心回屋里看书睡觉。等不知什么时候柳钧回来吵到她，她迷迷糊糊问一句"有没有问题"，听到回答是"没问题"，她翻过身去抱头再睡。谁家没点儿大事小事。柳钧颇有点儿英雄无用武之地的感觉。

小柯很快拿出一份活动计划。这份计划很有工程技术人员的气质，时间安排得异常精准，几时几分做什么，几时几分上下车等等，为了避免塞车路堵影响时间安排，小柯在两个活动之间总是用自由活动十几分钟来打余量，以便按计划时间精确操作。换作回国前，柳钧可能也会拿出类似的活动计划，现在却只会看着小柯的计划发笑。他删掉所有自由活动余量，模糊了一下时间段，让研发中心的行政人员安排具体行程。他得知钱宏明这个周末也在家，就竭力煽动钱宏明带上妻女一起去，钱宏明被煽得推不过，只得勉强答应。

但柳钧不识相，周六一早就打电话叫醒钱宏明，然后几乎是一刻钟一个手机短信，硬是把个睡眼蒙眬、哈欠连天的钱宏明逼出门来玩。钱宏明开着他的宝马X5来到聚集地，揪柳钧下大巴给他开车。他带着小碎花，嫌坐大巴不干净，而且麻烦。崔冰冰见此就跟大巴上看闹剧的大伙儿解释一下原因，也跟去钱宏明的车子，与嘉丽和小碎花坐到后排。崔冰冰不客气，上去就跟钱宏明道："你这一下子，让柳总同学在员工面前颜面大大扫地。"

钱宏明一个哈欠打到一半，闻言忙道："哎哟，我考虑欠周到，我去说明一下。"

"我颜面哪有这么脆弱？"柳钧拖住钱宏明，跟上前面徐徐发车的大巴，"你怎么累得鼻青脸肿的？"

"你问嘉丽，我几乎一夜没睡，有一单进口出点儿问题，昨晚交涉了几乎一夜。累啊。"

"不会我第一个电话叫醒你的时候，你就说明一下啊。你看你这状态，大烟鬼一样。"

"小碎花盼今天出来玩，盼一星期了。你怎么想到去那儿玩？那儿有什么新开发出来的项目？嘉丽上网查查没见有什么特殊嘛。难道是饭店好吃？"

"我想去见个人。你还记得我刚回国那年，独家技术数据被保姆偷出去卖了那事吗？放出来后就一直扎我们车子轮胎。我前儿从公司一位员工那儿得知，保姆以前原来是一个很较真儿的代课教师，学生嘴里的好人。"

"有故事？说说。要不然我又想睡了。"

柳钧说着说着，发觉身边的钱宏明没动静，扭头一看，却又见钱宏明的眼皮倏地打开，明明没有一点儿睡着的样子。"我讲故事水平再糟，你也给点儿面子给我听着嘛。"

"我一直听着，一个字没落下。你跟傅老师约好今天上门吗？"

"没约，怎么可能约，我怀疑她看见我如看见寇仇。我只是去外围看看，问个清楚，我是不是她倒在地上之后又踩上一脚的人。"柳钧在前面说，崔冰冰在后面暗自嘀咕。她发现钱宏明的神情很不对，皱着眉头好像有点儿不快，但眼睛里又有点儿阴鸷。她心说钱宏明欺负柳钧开车看不到，可没提防身后还有一双警惕的眼睛。

"你去到那儿就别乱打听了。我告诉你只有一个理由：穷！大少你就听我的吧，别再往人心头捅刀子去。"

柳钧当然知道"穷"是一个原因，但是不觉得这是唯一原因，并不答应下车后不再刨根问底。但后面的崔冰冰却忽然联想到，钱家也是因为一个"穷"字，曾经与柳家发生过那么多不可告人的往事。钱宏明听着傅阿姨的事，联想到他自己了吧，难怪一脸扭曲。崔冰冰懒得点明，让他们前面说去，她在后面看嘉丽和小碎花，见小碎花睡在一块小毛毯下面，小小身子煞是可爱，她禁不住微笑了，忽然心里也想有个孩子。她想到，她的孩子，一准儿不笨，长相却有点儿难说。

柳钧还想将故事讲下去，钱宏明却道："我不想听了，柳钧，一个到这把年纪的不幸人，想翻身除非上天开眼承认她那么多年代课教师工作。听了徒增伤感，别影响今天心情。你也别试图去追问，给人在老家留三分尊严。"

柳钧一听有理，他有事没事专程打听傅阿姨，别人会怎么想。于是他放下原定任务，与同事一起在水库边玩个尽兴。钱宏明睡眠不足，懒得与大伙儿凑热闹，抱着小碎花与嘉丽坐着晒太阳聊天儿。崔冰冰作为女主人，难免走过来关照一下，一眼却看到钱宏明斑白的头发闪烁在太阳光下，很是刺眼。想到刚才钱宏明在车上复杂的表情，崔冰冰很有感慨："宏明，你这几年做事很辛苦吧，白发很多。"

"虚岁三十五，这个年纪该有白发了。我们那行，白头翁不少，我算中等。"

"柳钧也不少白发，我前儿动员他染黑，他懒得坐那么长时间，索性剃个杨梅头。他还比你小一岁。"

钱宏明等崔冰冰寒暄后走开，他也悄悄走开去。见一老头儿在竹园挖笋，他过去借口买笋，连夸好笋好竹园，夸得老头儿心花怒放，口若悬河，钱宏明转弯抹角，便引导着老头说起傅阿姨。他很快摸清傅阿姨的底细，当初为了代课教师转正，傅阿姨工作得相当积极，甚至顾不得拉扯自己儿子和照顾自家病弱丈夫。

可那校长看她一根筋，就忽悠她几十年，临到小学拆并，那校长却什么都不认，挥挥袖子就走了，傅阿姨那次才认清自己上当受骗，被打击了，没脸待家里，去山外打工。大家原以为她做了那么多年老师，到外面好歹做个家教，挣钱也不会少，后来竟传说是给一个熟人做保姆，从光荣的教师到保姆，这身份跌的，反正挺没面子。

钱宏明心想，说到底，世人心里还是对教师多点儿尊重。人在落魄的时候，对这点儿身份的差距就更执着，他打小深有体会。他很怀疑傅阿姨可能因为进城人生地不熟，投靠柳石堂，结果被柳石堂七骗八拐蒙成保姆。他为了小碎花的出生请过保姆，知道一个知根知底认真负责知书达理的保姆有多难得，他相信柳石堂那种死了老婆没人照顾的暴发户做得出那种事。钱宏明将柳钧的话和卖笋老头儿的话有机串联在一起，心里就有了事情的清晰轮廓。说起来，傅阿姨跟他一样是坏在柳石堂手中的天涯沦落人啊。山里的笋很便宜，才两毛一斤，他掏出五十块钱，让老头儿别找了，他拎走据老头讲是最鲜嫩的两棵胖笋。

腾飞的人爬山过后，在小水库边垒砌简易炉灶，生火野炊。小孩子们异常兴奋，平日在家都是四肢不勤，今日什么都肯干，拎水捡柴火搬石块洗碗，大人让做什么他们做什么，异常任劳任怨。于是大人们都说，以后这种活动要常搞，一边欣赏山水野趣，一边可以教会孩子一些劳动技能。钱宏明听了心中一动，将此话记住了。

回家路上，钱宏明没有将他打听到的情况与柳钧提起。他懂柳钧，傅阿姨那事即使是柳石堂作的孽，若是让柳钧知道，恐怕柳钧赶不及地先揽到自己身上了。那大少，从小做班长，又家境良好，落下一身爱揽事的毛病。但是钱宏明推己及人，估计傅阿姨最不愿看到的就是柳钧揽下此事。人有时候会被浑身阳光的人逼出一身阴暗。可是钱宏明又对傅阿姨在柳石堂手下的遭遇感同身受，回来后再三想起傅阿姨，再三将傅阿姨的个人经历逻辑化。

想了一星期，钱宏明决定付诸行动，帮助那个上了年纪再无翻身可能的可怜人。他也是个才刚翻身的可怜人，可他现在手里有钱。只是，他心里也清楚一个受创严重的人有颗极其敏感的心，他一直想不出该如何顺理成章地向傅阿姨伸出援手，而不被怀疑，不再雪上加霜打击那个可怜人。他跟嘉丽商量办法，嘉丽非常赞成，两人决定再走一趟那个山村。只是江南春天连日阴雨，一家三口一直未能成行。

但是阴雨天不妨碍柳钧听讲座，票子是工业区发给几家利税大户的，照崔冰冰的说法，这是柳钧年年进贡利税、捐款、赞助之后的零头式回馈。讲座放在杨巡酒店的会议厅，柳钧今天是第一次走进杨巡的酒店，此时有资格坐在本地企业家中间，听台上那位他大学时候已经听说过的经济学家讲学。他身边是申华东等朋友，他见到杨巡也在座，当然杨巡坐得相当靠前，杨巡有这资格。经济学家讲的是改革开放以来民营经济的发展，深入解读国家近年对民营经济的政策。举例说到今年的热点事件：江苏铁本事件。顿时，在场绝大多数人竖起耳朵，听得更加聚精会神。

铁本事件，是有点儿规模的民营企业家都无法忽视的本年度大事件。柳钧首先是从材料供应商那儿获知，他凭借自身多年经历，很快就在心中拼凑出此事的轮廓：中央与地方政策打架，祸及企业。但是经济学家却从另一个角度层层剖析了这个事件，令柳钧眼界大开，终于明白中央与地方政策打架背后的深层原因，原来逃不过"利益"两字。专家的大胆解读，为柳钧打开认识中国问题的一扇窗口，让他从此对上至中央下至地方的政策重新认识。事后他将专家的解读转告钱宏明，钱宏明听后低头思考半天，说了句"豁然开朗"。

当然，经济学家也有不便说得太明的地方，台下便交头接耳，自己解读。不少是有经历的人，一点即透。而类似申宝田那种坐前排的人，则是很少动作，柳钧相信，那都是些早已将理论运用到实践中去的高人。而柳钧更相信，宋运辉更是被经济学家拿来解读的人。

散会后，柳钧上厕所，出来正好撞上匆匆而至的杨巡。两人难得近距离面对面。杨巡看柳钧，已经一洗当年的学术气，整个人流露出强大的张力。而柳钧看杨巡，一个成功的男人，长相身高都在其次，关键在于一股精气，杨巡足够上台面。两人都不由自主地止步，静静对峙了一会儿，杨巡才道："等会儿我们与专家吃饭，你来不来？"

"不便打搅，谢谢。"

"他下来演讲，同时他也要搜集第一手资料，大家互惠互利。"

杨巡说着，焦急冲进一个刚有人出来的小间。柳钧愣了一下，就走开了。难道两人不打不相识？

柳钧与申华东一众人等吃完中饭回家，惊讶地见到好动的崔冰冰居然周末时间老老实实在家，而且是坐在落地窗前，对着一帘雨滴看书。柳钧走过去翻看封面，竟然是讲茶文化的。于是柳钧毫不犹豫地问："哪个大神嗜茶？"

"嘉丽推荐给我看的，据说茶能明目，这书清心。"

"帮我清清血压？"

"我刚开始看。嘉丽一屋子的书，不是极清雅我敬而远之的，就是很浅薄我不愿花时间在那上头的，呃，不能叫浅薄，应该说不适合我这年龄阅历。可是盛情难却，只好借了一本，好歹做工具书看吧。"她指指客厅楼梯边的一长排书架，"嘉丽的书比我们两个的书还多三倍，我一看就叹为观止，那得花钱宏明多少钱啊，而且她那些花花绿绿的书比我们的专著类书贵多了。"

"看书很私人，你们两个性格南辕北辙，看书兴趣没有交集。没拿宏明看的书？"

"你那宏明兄哪有时间看书？今天的讲座有料吗？"

"有料，你晚上做蟹粉煲给我吃，我就说给你听。"

"晚餐，蟹粉，胆固醇，高血脂。你自己斟酌吧。或者现在可以去健身房跑五千米。"

"唔……你说嘉丽会拒绝宏明的美食要求吗？我们……"

"再次提醒，我跟嘉丽没有可比性，而且不仅仅是性格差异的问题，完全是人生观不同。"

柳钧笑笑，接起喧闹的手机。是宋运辉来电，让他去宋家旁听一个会议，说是一项重点工程的可行性会议。柳钧当即往手心呵一口气，仔细闻闻，道："你闻不闻得出我喝过酒，我中饭喝了不到半杯红酒。"

"宋大神有这么可怕吗？我包里有口香糖。周末也不让人休息。"

"宋总没事不会找我，找我一定有事，而且是大事。他一直关照我。"

柳钧换上刚脱下的西装，又匆匆出去。崔冰冰又变得无所事事，闻闻刚才柳钧靠过的右肩，似乎有股味道在，再闻闻，味道又消失了。这若有若无的味道搅得她无法清心看书，于是对着雨帘发呆。等被朋友的电话吵回神，心里暗骂自己一句，好死不死，学什么嘉丽。可是两个小时后见到柳钧回来，她立刻就变得充实起来。她发现问题很严重，她在严重趋嘉丽化。

"宋大神周末也不休息？不怕挨他太太埋怨？"崔冰冰跟着柳钧换衣服，顺手接住柳钧脱下来的西装。

"宋总公司管理层二十四小时开着手机，没人敢忘记充电。他太太跟我说，她就喜欢脚踏实地做实业的男人。"

"对，我跟宋大神太太一样。"崔冰冰终于摆脱像嘉丽的危机感，"宋大神太太大富大贵，她与宋大神结婚的时候，有没有签什么婚前协议？"

"不清楚。刚才去的是宋总家，他儿子非常机灵可爱。"柳钧严肃地看着崔冰冰，意有所指，"我每次见每次都羡慕宋总的儿子。我什么时候可以有？"

"很简单，就在你一个态度。"

柳钧闭上眼睛，眼前飞来飞去都是宋运辉儿子可可机灵的身影，连严谨的宋运辉也对儿子在会议期间的捣乱网开一面。柳钧即使是旁听会议，他今天还是冒昧伸手强抱可可好几次。他硬下心来："我不会改变决定，希望你理智地理解我的态度。我今天开始搬去市里住，希望你冷静考虑。"

"你什么意思？"崔冰冰见柳钧镇定自若地摊开手，耸耸肩，神情犹如应对一个寻常谈判对手，她心碎了，"我如果不签字，你是不是准备提出分手？换句话说，你以分手要挟我？"

"在零和游戏里，必须有人退出，局面才会有所改观。我们这样僵持不是办法，在所有措施都已采取，我已黔驴技穷的前提下，我们需要分开一段时间，冷静思考。"

"这不公平，只有你才敢提出退出一段时间，我不敢，你瞅准我离不开你。"

"那是你以为。男人同样有感情和名誉。如果你愿意，请你跟律师商谈修改协议细节。唉，这在你看来又是很无情的谈判，我不敢参与，以免以后无法与你见面。我走了，晚上睡觉前别忘记锁门关窗。"

"等等，这是你的地盘，应该是我走。"

柳钧当作没听见，大步出门，钻进车子里飞速离开，他已经看见坚强的崔冰冰眼睛里蕴含的泪水，他怕自己心软。可是这个死结非解开不可，而且他相当理智地想到，对于他犹可，而对于崔冰冰，生殖的生理年龄转眼到头。难道两人不明不白地一直如此同居？

柳钧开车到外面路边停下，才收起冒失，想到一个严重问题，如果崔冰冰不答应，卷铺盖从此离开呢？在两人关系充满无数变量的情况下，他唯有运用不大可靠的概率分析。他赌，崔冰冰赌气离开，只是一个小概率事件。

但今天显然是一个忙碌的周末，罗庆又打电话给他，约请见面。柳钧与罗庆约定两个小时后共进晚餐，罗庆在电话里说携太太同来，柳钧心中有种预感。放下电话，柳钧刚才冲出别墅的情绪平复不少。回头想想这么做比较出格，他考虑要不要回去好言好语。可是坐在车上迟疑半天，还是决定不回。

刚开始他表示婚姻诚意的时候，就告诉崔冰冰腾飞资金的历史遗留问题，提出是不是签订一个婚前协议，被拒绝，理由是非常破坏本该非常神圣的求婚气氛。然后他考虑到崔冰冰可能对协议有误解，就索性与律师洽谈后拟定一份草稿，交给崔冰冰看，结果更是捅马蜂窝，以后他对此事真是提都不能提，一提就是伤感情。反而崔冰冰自己可以将协议拎出来打击他，他却不能表达理智，只能被要求很绅士地接受崔冰冰的感情用事。今天，他既然走出来了，回去更无助于解决问题。

忽然，柳钧眼前一道熟悉的白影闪过，他定一定神再看，消逝在远处的不正是崔冰冰的车子吗？崔冰冰到底是不可能一个人住在他柳钧的地盘上。柳钧转身回去，果然，桌子上放着一张纸条，上书："我从今开始，做坚定的态度决定论者。"柳钧将纸条放回桌面，心说这已经不是概率论能解决的问题，而是要求助于混沌学了。

窗外还在下雨，春天的雨很是夹缠不清，下个没完没了，柳钧的情绪低落到极点。他想了好久，先打个电话给他爸，让他爸最近有什么事别去麻烦崔冰冰，以免夹在两人中间更惹矛盾。

柳石堂不知就里："有什么拉不下面子的话，爸替你去说。你越活越回去了，读书时候还油嘴滑舌……"

"不是吵架，还是婚前协议那回事……"

"啊，这事绝不能退让。现在女人太精刮，义务不肯尽，责任不肯担，好处什么都占。天下哪有这么便宜的事？"

"阿三不是这种人，她只是想不通。这事我自己会处理。"

"什么叫不是这种人？你以为现在你们很好，等几年以后翻脸，你倒是再看看，这种女人最凶。杨巡那老婆离婚，你知道她提出分多少，那真是杀猪一样狠。阿三每天银行里泡着，她不跟人签合同，她敢贷款给别人吗？明摆着看你好说话，左一个伤感情右一个伤感情，她拿感情卖钱啊，不是精刮是什么。当她是公主还是什么，现在即使她爹妈也不会死前把遗产全给她，何况老公？发什么癔症。"

柳钧皱着眉头多次想打断，无果，只得静候老爸说完。"这件事我自己会处理，爸别插手。这种话以后也别再说，阿三不是这种人。我跟人有约，出去了，我开车别给我电话。"

柳钧往楼上查看，满目翻箱倒柜后的痕迹，卫生间里原来是林立的瓶瓶罐罐，现在只剩下寥寥无几的几只。可见崔冰冰的离开并不是摆样子。柳钧将抽屉橱门一一归位，室内很快恢复原先有条有理的简洁，看上去就像什么都没发生过，可柳钧的心情不一样了，他忽然感觉有点儿孤独。他将感觉抛到脑后，进城赴罗庆之约。

罗庆的太太出自公务员家庭，父母的官位虽不大，可到底是公门里的人，眼下经济宽裕，以后不愁养老。罗庆活络，于无数追求者中杀出一条血路，抱得美人归。罗庆结婚时候，柳钧还去喝喜酒。这回再见罗庆太太，见罗妻大腹便便，显然身怀六甲，罗庆挽着太太走得很小心。柳钧很是感慨，他比罗庆大，却连婚都结不成。

三个人坐下点菜，两个男人都将点菜重任交给罗妻。罗庆则是开门见山："柳总，太座今天终于首肯，我让她自己跟你说。明天我就可以去办手续，下午回腾飞上班。"

柳钧想到过晚饭会发生点儿什么，可没想到发生得这么快，他欣喜地看向罗妻。罗妻笑道："虽说我不愿意，多少人抢着考公务员啊，怎么舍得放弃。可我再不答应，他该发狂了。请柳总好歹收留他吧。"

罗妻言语可喜，柳钧听得异常开心，胸口一种说不出叫什么的情绪忽然猛烈发酵，柳钧猛然站起，一把拉起也在嬉笑的罗庆，猛力拥抱："兄弟，我很高兴，非常高兴，什么都不说啦。"

罗妻原本被丈夫磨得没办法才算答应，此时见柳钧真情流露，而等两个大男人分开，她见到柳钧竟然眼圈泛红，她惊讶之余，却也答应得死心塌地了。看来果然跟罗庆说的一样，老总赏识重用，他非去不可。

但罗庆却是更惊讶，拥抱倒也罢了，柳钧的脾气，一起打篮球踢足球的时候，赢了就喜欢拥抱。可是柳钧眼圈儿泛红，却是极不正常。柳钧也留意到两夫妻"O"字形的两张嘴，有点儿不好意思地道："我情绪化了。可是罗庆，你的回来，除了可以帮我填补公司目前最有缺憾的一块，将公司的销售最终牵入现代管理轨道，你毫无条件的主动回来，还意味着最真诚最强大的支持。我在科技创新这条路上不再孤单。兄弟！谢了，我信心倍增。"

罗妻听着有点儿心酸，可是罗庆却理解了柳钧的激动，他与柳钧经常说起心中的缺憾，说起社会的不理解，说起坚持走这条路的困难，两人经常对此非常感慨："柳总，我以后会非常踏实，心里踏实，做事踏实。"

但柳钧当然不会真的不讲条件，他在饭桌上就将这几天考虑的销售部门调整方案和新分配方案拿出来与罗庆商谈。归总起来，主要有两条：一是必须立刻着手，全方位地建立起腾飞公司的现代化高技术企业形象；二是销售提成与销售业绩挂钩，提成以递进方式计算，做得越多，提成比率越高。罗庆补充了自己的看法，两人高效快捷地拟订出一个初步方案。

将罗庆夫妇送回家，柳钧先找去父亲新家。但敲门久久不应，等他疑惑地下楼，他爸却一个电话打给电梯里的他，让他在下面门厅等着。柳钧翻了个白眼，只好等。好一会儿，他爸才穿着一件亮眼的长袖厚棉T恤下来，脸上颇有一些难堪。父子见面，柳钧还被埋怨来前不打电话不做预约。

柳钧只好当作不知道爸爸还有性别，装作若无其事地跟爸爸详谈今晚与罗庆的会面。柳石堂认真听着初步方案，一直点头。柳钧前几天考虑方案的时候，多有向他请教，现在听着感觉与罗庆商量后的结果和预设差不多，柳石堂就比较认可。

"罗庆那孩子，我们算是看着他成材，是个知根知底的。可是我一直放不下心来。自从我开始当老板第一天起，一直到现在，从不敢放开营销这一块，为什么，因为这一块是接触钱的第一线。别人不知道，我太清楚了，这里面可以做多少猫儿腻。说真的，我真不敢放开这一块，要不是力不从心，我拼老命也要做下去。"

"是的。而且如果不是爸爸在腾飞起飞的这几年亲自管着营销这一块，我不可能这么省心，公司也不可能起飞顺利。可是宋总再三跟我提起，公司必须树立起一个高精尖的形象，一方面是公司对外的人，一方面是公司的拳头产品。爸爸的技术有点儿落点不对了。罗庆好在他没有放弃技术，这很要紧，他的技术虽然在公司里排不上号，可是他有底子，可以学，可以用到口头表达上。罗庆还有一个强项是他的待人接物。不管怎样，对放弃腾飞的人，我再大度也不可能全无芥蒂，可是罗庆让我一直无法产生芥蒂，这就是他的本事，他快速上升到正科也绝非侥幸……"

"可是销售很多时候是一种天赋。而且主管销售的人，你得给他很大授权，处理那些桌面下的交易。这是最不能让人放心的。尤其是像罗庆这种待过官场的人。"

"这方面的管理，对我是个考验。我会留意，以后与客户的交往也有必要增加。"

"采购，你永远不能放手，利润全在采购上。不，我可以开始替你管采购。"

"好。"

"还有一件事，你通知财务，等移交给罗庆后，我取两百万，打新股玩。以后我就是退休老头儿了。"

柳钧指指楼上："与上面的人有关吗？"

"我的事，你少管。你还是管好你自己的大麻烦女人。"

"好吧，上面只要不是男人。爸，罗庆能回来，我今天很高兴，本来想跟你好好喝几杯酒，庆祝一下。罗庆年轻，潜力无穷。最关键的是，他从这个身份跳出来，首先说明他心中的强烈认同。爸，你说他认同的是什么？"

"现在谁还看不出我们腾飞前途光明？赶紧搭末班车进来，做个开国元老，罗庆是个聪明人。"

柳钧无奈，只得结束谈话，放满面春风的爸爸上楼去。其实他心里更想找崔冰冰说话，述说罗庆回归的兴奋。当初一无所有的罗庆为什么离开，而现在前途无量的罗庆又为什么放弃现有，绑到他这条贼船上，其中之原因，怎能不让一路头破血流走来的柳钧感慨万千，这其中岂是一个有共同信念所能解释？崔冰冰能理解他，而且他也喜欢回家与崔冰冰说说各自的工作，现在他空落落的，兴奋无从寄托，憋肚子里闷死。

崔冰冰离开柳钧的别墅，将几包日用衣服一扔，先投入铁杆好友们的怀抱，寻求支持。她一说SOS，好友就扔下大家小家，将崔冰冰温暖地包围起来。可是结果大出崔冰冰意料，大伙儿温柔指责柳钧不该手法如此简单，却没人说柳钧态度粗暴。而对于崔冰冰的出走，大家却都大不以为然。好友提出一个只有好友才敢提的问题："你都三十多了，柳钧这种条件不错而你又喜欢的男人过了这村没那店，你跟他计较态度好坏，你是不是这辈子不想嫁人了。你即使知道他吃定你了，你也只能让他吃定，先结婚再徐徐谋之，这种生意人浑身辫子，多的是办法降伏，唯一前提是一纸婚书。"

一个好友提出后，其他好友纷纷补充，让崔冰冰别意气用事。崔冰冰迷茫地听着，心里也是想到年龄与结婚的问题，她已经是老大难，若是她自己再不识趣地折腾，那么折腾死的唯有她自己。崔冰冰的骄傲几乎被打击殆尽，似乎不结婚她就是一个失败者。但是崔冰冰在一团糨糊中抓住一丝灵光，颇为中气不足地问："那么，我为什么要上赶着结婚？"

一句话问得个个都是大本以上文凭，能言善辩的女友陷入沉寂。但很快，几个女人一台戏，结婚的女友一点一点地概括结婚的好处。事关终身大事，崔冰冰虔诚地做好记录。等几乎记满一张纸，女友们停止总结，看向崔冰冰。崔冰冰则是端出工作态度，拿出一支荧光笔，道："我们用排除法，你们看我划掉我单身也能解决的问题。经济类，都可以划掉，我的收入应付生活绰绰有余，柳钧也不是巨富。生活类，现代社会，只要有钱，什么都可以解决，不靠男人。社交圈，我很丰富……"

崔冰冰一项项地划掉，最后只剩四项：感情得以契约保护、孩子、社会认可、稳定的性。

"如果我委曲求全地谋求一个婚姻……"崔冰冰又划掉两项，分别是感情和性。"那么，我为什么要上赶着结婚。"

女友忠言逆耳："你不能轻视社会认可。"

"我够坚强。我有独立的人格和独立的经济，我有能力，我就是要追求独立的爱情，没有附加条件的爱情，单纯的爱情，宁为玉碎不为瓦全。"

女友们都劝说崔冰冰不要理想化，无论男女，到了这个年龄，谁的潜意识里都已经混杂了无数不单纯的因子，这个年龄的人还拿得出单纯的爱情来吗？女友越是劝得现实，崔冰冰越咬牙切齿地想，她绝不妥协。

婚姻中的女友们再不可能像过去那样玩个通宵，一到时间，纷纷作鸟兽散。几乎是女友们前脚走，柳钧的电话后脚赶到。崔冰冰一看手机屏幕上显示的一个"柳"，心头一阵狂跳，狠狠将手机屏幕朝下拍在沙发上。但一个短信提示随即进来。崔冰冰虽然恨不得往手机上吐痰，却还是抑制不住好奇，她给自己开解，万一是哪个亲朋好友的短信呢。可是，还是柳钧的："我在你楼下。"

柳钧并非惜字如金，但他很技巧地只打这五个字，让崔冰冰无穷遐想。他想上楼，请她下楼？或者他单纯地在楼下痴望，没有勇气走出下一步？

楼上崔冰冰心乱如麻，可是第二条短信随即赶到："罗庆returns。"

两人前不久刚挤在一起连续看了两部《木乃伊》，崔冰冰对"returns"记忆犹新，她还探究过为什么要加一个"s"。而就是这个"s"，勾起崔冰冰无数回忆。

她心中强骂一声："恶棍。"

柳钧看着楼上的一扇窗，虽然他有那间房门的钥匙，可是他今天不愿上去，上去意味着前功尽弃。可是他又不能放弃崔冰冰，有点儿眼巴巴地等待着崔冰冰以任何方式回应罗庆回归的好消息，即使兜头泼一盆脏水下来也好。可是等来等去等不到，他只得讪笑，知道也不可能等到，就又发一条短信："天不早，早点儿关灯休息，Big brother is watching you，乖。"

崔冰冰简直抓狂。她在柳钧的竭力推荐下看了奥威尔的《1984》，于是"Big brother is watching you"成了两人之间的密语，柳钧经常在她走进浴室差不多脱光衣服的时候，潜到门边神秘地说一声"Big brother is watching you"，引得门里门外一阵大笑。可崔冰冰此时怎么笑得出来，她想动拳头，此人太无赖了，什么意思。但她最恨自己不争气，被那恶棍三言两语挑得心烦意乱。

下面的柳钧将三条短信发出后，心里平静许多，斟酌了会儿，发出最后一条，就开车走了。"冷静几天，我们找时间好好谈。我走了，晚安。"转弯的时候，他忍不住停下回头看一眼，仿佛见到那扇窗户有窗帘晃动，他停顿了会儿，还是走了。态度决定论？态度解决不了问题。态度可能掩盖问题的爆发，但掩盖的问题依然是问题。

第二天下午，柳钧以一个小型会议欢迎罗庆的加入。简短欢迎仪式过后，立刻切入正题。正题与宋运辉叫柳钧过去旁听会议有关。东海集团在上级机关要求下，准备自主研发一套设备，暂命名"东海一号"，整条生产线需要分门别类发包给不同厂家研制。宋运辉将其视作政治任务，即使投入大于设备的全线进口，他也认，这是培植本土制造业的必需。碰头会上，各家企业老总纷纷出面认领，柳钧看来看去，难度低的，轮不到他，东海集团自己就能完成，难度高的，适合他的却是一块硬骨头，一套机器人系统，东海集团已经征求好几家高校及国家级科研单位的意见，都视为畏途。可若是能够成功试制，那么前途无量。但是柳钧当场泼宋运辉一盆冷水，即使试制出来，也不可能全部国产化。最关键的是，腾飞的资金实力在这种高端机器人系统研发面前，完全使不上劲。

现在他将会议内容向生产和技术骨干传达。这个机器人位于东海一号设备的后道工序中精密成型阶段，因为作业条件复杂，温度高，粉尘浓度高，湿度高，噪音中的次声波密集，以及加工的精度必须很高，国外先进厂家已经完全摒弃人工或半人工操作。而东海集团希望自主知识产权的东海一号达到目前世界先进水平，当然不可能马马虎虎在这儿做个妥协，只用半自动半人工的操作，他们希望在此使用全自动机器人。

柳钧将昨天记录的机器人工作条件写到白板上。他一边写，一边看在座各位的脸色，他见到有人眉毛开始一高一低，有人抱住头皮，有人用手捂住了嘴。都是行家，看到详细的参数，便已大致清楚这种机器人的组成。柳钧接下来说出他预设的机器人的组成。才等他说到定位系统，抱住脑袋的谭工索性将脸埋在桌面，从手臂下面，谭工模模糊糊地呻吟出一串话："天哪，四套伺服，四套、同步，设定响应时间又这么短……柳总你搬个数学系给我吧。"

柳钧却道："这还是这套设备的难点之一。其次是工作环境，这个工作环境，气体成分也很复杂，对传动和密封提出严峻考验。从东海提供给我的大致参数——不是最终的，他们还需要验证——我们公司目前的数据库中少有涉猎，看起来需要一穷二白着手。"他再次站起来，到白板上写下大致的环境成分分析。

孙工默默地看着，脸上没有表情。

柳钧接下来介绍他预计的研发费用和成果开发出来后的前景，以及东海集团打算补贴的数目。罗庆此前虽然听着感觉这个项目是条畏途，可毕竟与他无关，那完全是研发系统的事。但柳钧既然说到预算，说到成本，说到产出，他就开始记录。但他目前对腾飞的具体年利润数字没概念，尤其是毛利。等柳钧说完，他就问："总经费占年产值的百分之几？"

"起码二十。"谭工一声号叫，但被旁边的廖工一脚踢闷声了。虽然研发中心一向没大没小，可到底还是得有点儿秩序不是。

"二十！"罗庆心说，如此投入，用一个词来形容，就是"孤注一掷"。而腾飞是企业，企业岂能有此赌徒心理？"如果需要追加呢，如果不成功呢？"罗庆克制住自己的乌鸦嘴，刹住心里的另一句话：是不是不成功便成仁？

"我们目前侧重成套机械的研制，伺服电机的应用已经逐步深入。而此次东海一号的联合研制，是我们面对的一个大好机会，我们必须看到，借助东海雄厚资金的资助，如果成功，我们的产品将跨上一个崭新的台阶。在这个新台阶上，模仿、盗版将不复存在，无法模仿，优势是绝对的，难以超越的，而且是长期的。在此基础上，我们可以将我们目标库中的三个产品轻松拿下。你们知道，这意味着什么。"

谭工终于抬起头，清清嗓子："柳总，这是一个长期工程，而且我无法预知时间投入。一年太少，两年三年很有可能，也有可能两年三年还无法出成果。我最怕的不是很快就看到我们无法做到，而是怕做了一年，依然看到光明就在眼前，却一直达不到终点，可是资金投入却慢慢枯竭。柳总，我真心实意地说，这个项目，对于我们公司目前的水准而言，是个大跃进。我们最好用科学求实的态度来看待这个项目。"

"你说得没错，这就是我无法答应宋总的原因。但毋庸讳言，这样的项目，对于我们技术人员而言，具有极大诱惑。难得有国企不计成本鼓励自主研发……"

02

罗庆被打发去与柳石堂交接。罗庆不客气，将会议大概跟柳石堂一说，柳石堂急了："一帮技术疯子，那帮疯子两只眼睛只看得到技术，只要有机会，他们就不计成本。可我们是办厂，哪来那么多钱？小罗，你知道我们公司年研发投入是多少，其他公司是多少吗？"

"知道，这是柳总引以为骄傲的数据。可惜，我也知道柳总一直在克制自己的技术疯子倾向，毕竟我们不是国家养的。但是东海一号这个项目，势能太强，我看柳总有点儿……"

罗庆没说出来，但柳石堂心知肚明。对于那个姓柳的总，大约只有他这老爹能施加克制的外力了。要不，连续两三年下来，腾飞必亡。

想到巨额现金将流向一场成败难料的研发，柳石堂心急如焚，但多年江湖沉浮，让柳石堂能技巧地安坐辅助的位置，而不会立即冲进会议室阻止儿子继续。柳石堂一直关注着走廊，一直等到会议结束，走廊恢复安静，他才走进儿子的办公室，将门合上。但儿子显然人在里面的卫生间，柳石堂等好久才见儿子头脑湿漉漉地，低头皱眉走出来。看到儿子这样子，柳石堂心里犹豫要不要提此事了，儿子何尝不知道研发投入巨大？但作为老总，人前总不能先泄气吧。

柳钧见他爸爸紧赶着来找他，奇道："跟罗庆的交接？爸你全权好了，你比我更清楚。"

"交接我会处理。你那东海一号是怎么回事？"柳石堂终于还是决定问，实在是干系重大。

"罗庆？小子，告状告得快嘛。他怎么说的？"

"他说一年产值的20%，你得投到东海一号部件研发上去。我在想怎么算纯利，你是不是打算把纯利全投入东海一号？你算纯利的时候，是不是把我们那些高新产品的退税也算进去了？我看你先把退税那一块划掉，从来让你缴税是一天都不让耽误，退税，而且是我们这种退不少的，你还真不能卡时间，退下来才能算数。"

"我正想说这个，爸以后闲下来，多帮我跑跑政府机关，该死的退税跟挤宾馆小牙膏似的，爸多催催。科研经费的事，从今天会议开下来看，我做不起来。我只是跟大家讨论一下可行性，可是越细分工作，越发现这项目需要多学科紧密结合，我们不仅人手不够，知识也不够尖端，真运作起来，需要找大学合作。你说，现在跟大学谈一个合作得多少钱，那可都是狮子大开口。今天讨论结束，大家也死心了。"

"你心里很想做的吧？"

"谁不想摘下皇冠顶部的明珠。可也得顾及性命。这个项目，资产不到十亿的，休想。"

"你跟申家说说，他们要是想做，你也有沾手机会了。"

"东东……唉，有钱的只想引进消化，没钱的却想自主创新。"

柳石堂见儿子将困难考虑得很清楚，还没疯到只要技术不要命，才放心离去。柳钧看着他爸出去，心里很是闷气。对于高精尖新产品开发这一条路，他而今走得熟门熟路，尽量为自己争取最多的政策优惠，以抵销巨额的研发投入。至目前为止，他已经有好几样新产品通过国家级或者市级试制计划评审，新产品投产后，退回的所得税已经不少，为更多新产品研发创造良性资金循环环境。

可是东海一号，除了投入大、难度高之外，还有一个周期长的大问题。也就是两三年时间内，他只有流水般的纯投入，不见产出，必须等新产品投产，单独核算产生利税，才能有退税回来。麻烦的是，退税能在一年内到手已经算上上大吉。也就是说，三四年时间才能谈收益。可是三四年时间的抽血，估计研发还没见结果，工厂已经羽化升仙。

柳钧是真想，非常想，可惜蚍蜉撼树是个笑话。业内有句老话，搞技改找死，不搞技改等死，并非空谈，而是经验之谈。

柳石堂才走不久，孙工被谭工拖着进来。谭工一反会议时抱头做鸵鸟状的态度，忽然变得有点儿亢奋。孙工则是进门就声明："小谭说我们这几年已经积累了丰富的经验，所有本科出身的工程师都学会合理运用数学知识。而且在柳总领导下，我们传递函数的建模也有做，就是那台进口数控机床自行维修那次，动态稳定性还是不错的。其实我们的团队已经有一定基础了。"

"是啊，柳总，是啊。我刚才回头一想，哎呀，我忽略一个问题。我们这回虽然研制的是东海一号的一个分段，可是这个系统的研发思想，却正是可以用到我们制造行业最精深、最尖端的机床设计制造上去。我……热血沸腾了！柳总，我向你保证，只要你不咔嚓了这个项目，我保证我这一块的研发经费下降30%。我们一定要全员努力，达成目标啊，机会非常难得。"

柳钧只能强捺激动，以一个经营者的身份平静地说话："我理解你的想法，作为一个万恶的资本家，我当然愿意对你动用个人资源动员同学好友帮你工作，假装没看见，正好省钱。可你是内行人，这回所需运用的微积分、偏微分数值分析、泛函分析那么多，靠你蹭面子蹭得来吗？我们首先要以科学的态度分析是否可行啊。"

孙工叹道："刚才开会，小谭还是最知难而退的人。可也是他，刚才忽然想清楚我们要做的是精密数控机床的胚子，坚决要拉我帮衬。小谭不拉，我也是很想的。可这样的项目，还真不是我们的资金能解决得了的，我们对研发的投入按说已经够高了。"

谭工临走也是叹息："按说我们公司的技改环境算很好了，有大投入，也有柳总这样懂行的老板，可是我们也搞不起来，不敢搞……哎……中国真没指望了。"

柳钧怔怔地看着谭工与孙工出门，心里百种滋味，忍不住打电话给申华东，以做最后挣扎。可申华东才听三言两语，就道："这事儿早几天宋总已经跟我们谈了，我们算来算去，无法向股东交代，我们需要顾忌有人拿巨额研发经费在股价上做文章。可能宋总已经不止问了我们一家，对此有点儿绝望了，才请你去旁听。你别在心里有压力，我看宋总也不敢指望你，总不能把你的资产全折腾进去吧。可说老实话，如果你资产足够，你倒是最合适的，起码由你自己领军，研发经费可以省一半。不像我这儿，他们磨洋工我也不知道，差距啊。"

柳钧才知道其实宋总也不敢让他倾囊而出，让他去旁听那个会，更多意图是从他嘴里了解国内技术行情。估计被那么多人拒绝后，宋总自己也是心有不甘。虽然只是一个候补的，不过柳钧也没气馁，还是紧钉着问申华东："我来主持这个研发项目，我们各出一半资金，成果对半分成，你有没有意向？"

"不能有意向。研发这东西，动的脑力很难量化。比如我不管而只出钱，你全管也出一样的钱，这首先就对你不公平，是吧？亲兄弟算账不明，准掰。"

"也是，研发过程中我积累的经验，累计的数据，以后应该可以很轻易地用到其他产品开发上去，说实在的，这方面还真难以量化，也不可能让你应用，以后不可知的产出你无法分享，你很吃亏。所以研发只能各自为政。"

"哈，你向阿三求婚也是丑话说前头的吗？柳钧，我建议你别钻牛角尖了。还有一件事，我准备最近从市一机脱身，进入集团管理了。这几天开始接触集团，非常感慨，原来我辛辛苦苦发展的市一机的利润，真是笨钱，那么大的资产，那么多的人，那么辛苦地操心，所得相比公司其他项目，不可同日而语。你也得换个思考方式啦。"

"快别提钱了，上回做期货，做得心浮气躁，差点儿误大事。"

"嘿嘿，才不是期货，甚至不用太有风险。你想听吗？晚上慕尼黑啤酒吧我请客。"

柳钧当然知道申家赚钱的点在哪儿，那就是与地方政府良好沟通，最有效地利用政策，赚那地方垄断的钱。他即使知道所有细节，他也没办法效仿。不过他还是与申华东相聚啤酒吧。

申华东又找了个女友，原来刚跟那个很有性格的女律师陈其凡相处几天的时候，申华东还觉得很有挑战，但多相处下去，申华东就厌烦了，女权又不是把男人压脚底下，这种姑奶奶伺候不起。于是申华东换了一个省电视台的美女主持。美女主持见多识广，有攻有守，申华东兴致盎然，送礼手笔巨大。美女主持投桃报李，经常有空就穿越高速公路，赶来约会。柳钧还是第一次见到美女主持，一晚上被活色生香电得神志不清。申华东得意地告诉柳钧，每天上班见的都是所谓的强悍白领女性，早审美疲劳了，家里的需要换口味，让强悍白领女帮扶阿斗去。可偏偏女主持要相貌有相貌，要思想有思想，想不平衡地说她美则美矣全无灵魂都不可能。另外两个朋友也带着活色生香的女友，生生把柳钧郁闷住了。尤其是想到在他这儿，崔冰冰还跟他一副冷战到底的样子。

而崔冰冰则是在柳钧步入酒吧的第一时间，就接到朋友的爆料电话。朋友更是在电话后下一个注脚：这样的男人在外面诱惑太多，再不抓紧割地赔款，难道非得等男人生出异心来才后悔莫及吗？崔冰冰不语，可是一晚上随时连线朋友，监控柳钧的动向，她岂能真的不急。于是当她听说有孤身美女中途加入，与柳钧玩得很好，崔冰冰恨不得放下面子杀过去慕尼黑酒吧。这一晚她在加班的办公室里如坐针毡。

酒吧距离崔冰冰的家比较近，柳钧照常将车停在崔冰冰的车位上，以便酒后打车回家。崔冰冰心烦意乱地回家，一看占了她车位的奥迪，气得想杀人。可坐在车里生了半天闷气，她还是掉头远远找个地方趴下，什么措施都没有。她怀疑柳钧是故意的。

柳钧直到第二天才想到昨晚霸占崔冰冰的车位是个错误，而今崔冰冰也得用上这个车位。他忙发个短信道歉，不过并不指望收到回信，强悍的白领女就是如此风格。崔冰冰果然不回，不过她正为朋友的电邮烦恼。昨晚爆料的朋友今天脑袋清醒过来，发来一封条理清晰的电邮。电邮中说，到一定年龄的男人，结婚未必是因为爱情。一定年龄的男人结婚的原因是：你不是唯一，但你合适，他有诚意和你度过下半辈子，如此而已。崔冰冰心里哀叹一声，人混到一定年龄，天真是无比可耻的。

宋运辉很快就召柳钧问话。他在十年前主持的一次国产化运动中，并没取得太好成绩。业内虽然已经好评如潮，可作为实事求是的工程技术人员，他心里很是不满。这次，他有些无奈地瞄准国外八十年代末九十年代初的水准，想到国家目前扎实的经济底子，意图再国产化一次。他是一手一脚从头做起，太清楚进口设备商欺负国内不能生产，才敢喊出无法拒绝的高价。他作为有想法的人，不可能总是认栽。可是，几次非正式会议沟通下来，有几项不是被告知以国内目前的母机水平无法加工，就是被告知国内的技术水平还无法解决如此复杂的问题。宋运辉不肯气馁，决定一追到底，一口一口地啃硬骨头，尽可能找出症结所在，解决症结难题。

柳钧在宋运辉的追问下，将实际问题摊开来说。跟能人说话就是遭罪，宋运辉一个个的"为什么"就跟剥皮一样，柳钧想遮掩一下都不行，会被下一个"为什么"揭穿。

宋运辉翻来覆去审了一个多小时，终于放过柳钧："明白你的意思了。其实是可以做的，关键问题是资金。"

"我没说一定能做，我不能保证。可如果没资金，那是完全不能做了。"

宋运辉问完就放柳钧走。但柳钧走得悻悻的，他真希望宋运辉一把拉住他，认定他是唯一能完成项目的宝贝，许诺足额粮草给他放手试验。可惜，他不是。他为不能沾手这样令人激动的项目而沮丧。

柳钧鼻孔猛喷一股气，抬眼一看，却发现自己鬼使神差地又转回宋运辉的办公楼，可是他想跟宋运辉说什么呢，他敢像其他企业负责人一样写下保证吗？柳钧沉默了会儿，又灰溜溜折返停车场。宋运辉却见到这一幕，他一个电话打到柳钧手机，很随和地问："想做？"

"太想了。可是心有余而力不足。"

"你可以引进资金参股。"

"谁肯投入，谁敢投入？"

"有新打算的话，立刻跟我讲。"

宋运辉的重视，多多少少鼓舞了柳钧。回去腾飞，需要擦过市区。他发一个短信给崔冰冰，提出一起晚饭，但没接到回信。于是再次发信，说他某个时间段内在某个饭店等，不见不散，依然不见回信。柳钧一个人坐在饭店慢吞吞吃下一顿晚饭，整个过程看着门口，不过一直没有看到在古代称为丰满，在而今举国求瘦时被称作胖的那个身影。他只得结账后悻悻地再发条短信过去，说明自己已经离开。几天不闻崔冰冰的消息，柳钧心里有些慌。可此时不明不白地追着崔冰冰推翻原先的说法，他又不肯。那么只能让时间来解决问题。

回到研发中心的别墅，见东边的采菊楼还亮着灯，他对此习以为常，公司科研人员迟到迟退是家常便饭，不过他还是走过去看看。一看是谭工与小柯等四个人，正围着一块白板画画擦擦激烈议论。夜深人静，柳钧在门外听得清清楚楚，他们争的正是东海一号的那些事。这一刻，柳钧感觉自己像个顽固势力。当他的同事们无偿加班加点为东海一号出力的时候，他这个成日里号称以科技为生命的人在干什么？他在扼杀同事们的激情。

柳钧倒退几步，犹豫了会儿，才走进里面去。他看到大伙儿草拟的思路，当然是谭工他们几个能经手的那部分。柳钧仔细审阅的时候，周围几个同事眼巴巴地看着他。当柳钧抬头的时候，正撞上这八只充满期待的眼睛。柳钧哑然，在大伙儿的逼视下，他唯有再看向草拟的思路。如此再三，他终究是无法吱声，最终还是摇头离去。他感觉大伙儿的眼光将他背脊烧穿，而他则是落花流水地逃窜。

03

天气终于晴朗，钱宏明带着妻女，重走山村小路，找到傅阿姨。在这种几乎与世隔绝的地方，家家户户只要家里有人的，一般不设防地大开着房门，仿佛外人提脚便可以进去。傅阿姨家关着门，钱宏明不清楚里面究竟有没有人，不过才一敲门，板门立刻应声打开，里面是一个身板笔挺的老女人，脸色与门外的明媚春光反差强烈。

嘉丽不禁紧紧抱住惊惶的小碎花，钱宏明却若无其事地道："您好，大妈，打搅了。我女儿还是第一次见到长在枝条上的番茄，请问我们能摘一个长熟的吗？我本来想学解放军压十块钱在石块下，呵呵，又怕您万一没看到，还以为被谁偷了，白生气一场。"

钱宏明言语亲和，举止儒雅，态度诚恳，让人无法设防。傅阿姨一张警惕的脸微微松弛，淡淡地道："城市孩子没见过这些，喜欢就摘吧，又不值几个钱。反正吃不完也是烂掉。"

"这么好的西红柿怎么舍得烂掉，不是可以拿到菜场去卖的吗？况且这儿山清水秀没有污染，正是眼下崇尚的绿色环保呢。会不会是离菜场太远？"

"是啊，几个西红柿都还不够来回车票。你摘吧，爱摘几个摘几个，没长红的别摘，臭，放家里也不会红。"

钱宏明心说这个傅阿姨不错啊，人挺大方的，不像有些人一听番茄有人要，赶紧往高处喊价，能杀一刀是一刀。他道了谢，与嘉丽和小碎花一起笑眯眯地走去屋边的院子。傅阿姨依然有点儿警惕地看着那一家人，她看得出这一家是高档人，看男主人惜老怜贫的样子，可见是有教养的。再见到小姑娘双手捧着一个刚摘下来的西红柿欢歌，傅阿姨的脸上露出一丝笑意。

嘉丽拿照相机对着番茄和黄黄的小花左一张右一张地拍照，钱宏明将最红的番茄擦干净，掏出瑞士军刀剖了一个，第一口就被小碎花踊跃地吃了。他也吃到一小口，就对傅阿姨道："非常好吃，比我们平常菜场买来的好吃得多，很鲜甜，番茄就该这个味儿。大妈，是不是品种选得好？"

"你们市里吃的都是大棚里催大的，不像我这儿早早把塑料棚揭了，自己种自己吃的东西，要它长那么快干吗？慢慢等太阳晒熟了才吃。"

"大妈，您这儿的青菜、辣椒和黄瓜一定也好吃，我都摘去行吗？全是市面上买都买不到的好东西，大妈您说个价钱。"

傅阿姨见一家子是真心喜欢她闲着没事侍弄的菜，说什么也不肯收钱，心里还很得意。钱宏明则是在傅阿姨的指点下，足足地摘了两塑料袋蔬菜，放下一百元钱，走了。傅阿姨追着要还钱，钱宏明说下次再来摘，还说他还看中傅阿姨养的走地鸡，一百块钱放傅阿姨家，多亏少补，来日方长。傅阿姨一直追到钱宏明的车边，怎么都没法将钱塞回去。看着一家人热情地跟她说着再见绝尘而去，傅阿姨感动地心说，不是一家人不进一家门，一家子都是好人，连小孩子都那么礼貌懂事。

嘉丽等走远了，才表扬丈夫很有急智，懂得善用周边环境。一个心灵有创伤的人，旁人若只是简单地施舍，那人反而不一定接受，即使旁人不是说"嗟，来食"，也能打击到受者。但钱宏明抓住傅阿姨的小小成就大唱赞歌，然后把钱用真心诚意购买的方式送出去，那么对方就心安理得得多。唯有真心行善的人，才会有针对地、耐心地设计行善方式，不仅让受者不会自惭形秽，而且还激发受者心中的骄傲。嘉丽很喜欢丈夫的胸怀，她只是个能想得到的人，而丈夫却是个有能力将想法付诸实施的人，唯此才更值得尊敬。

钱宏明回家分了一包蔬菜给柳钧，把前后经过跟柳钧说明一下，让柳钧此后不要插手，一切行动听指挥，以免坏事。他打算一步一步耐心地接近傅阿姨，首先化解傅阿姨心中的警戒，以后再见机行事，最好是激发傅阿姨自身的能动性。他还告诉柳钧，傅阿姨本质不坏，只是剑走偏锋了，不能将一个人就此看死，要给人机会。

柳钧非常感激，也很是佩服钱宏明的耐心。唯有兄弟，才会有心帮他如此周到地料理这等看似细小的事情。不过他一个人住研发中心，每天吃食堂，一包蔬菜再绿色也无用，原封不动拿去给崔冰冰。直接上门，拿手中钥匙打开房门，将蔬菜放到客厅茶几上。

周末，崔冰冰显然生活得丰富多彩，出门不知跟谁搞活动去了，柳钧见到里面卧室床上还扔着两条裙子以及衣架，显然是仓促换装，崔冰冰以前也常做这种事，总是柳钧一丝不苟地替她打扫战场。当然柳钧也可以耐心地偷懒，等崔冰冰回来再有条不紊地收拾好。可偏偏柳钧引以为傲的工程技术人员性格对此零容忍，无形中对崔冰冰造成极大压力。同居这么多日子，崔冰冰被改造得也规矩起来。不过崔冰冰一回到单身，一切照旧，而且是赌气变本加厉地照旧。

因此等崔冰冰兴尽晚归，先见到客厅一包蔬菜便生气地想，此人居然肆无忌惮地登堂入室，以为他是什么人。进去卧室一看，更是气愤，还真是不把自己当外人了，谁让他收拾了。照崔冰冰一向的性格，她应该此时抓起电话骂过去。但她依然选择忍，她拒绝柳钧的轻慢，绝不主动联络。她生了会儿闷气，其实也不是生气，只是漫无目的地乱想，发呆、烦躁，好不容易才错误百出地洗漱了睡觉。睡时脸上还热辣辣的，乃是牙膏当作洗面奶抹了一脸的缘故。

蒙眬中，听到强劲的拍门声。崔冰冰心中第一个念头就是那浑蛋忘带钥匙了，遂一骨碌起身冲出卧室，一头撞到防盗门上。痛感让她苏醒，可周遭是午夜的宁静，哪来的拍门声？而且，那浑蛋除非喝醉，否则怎么可能靦着脸过来。她打开廊灯看了一下，果然外面一条人毛子都没有。崔冰冰揉揉撞痛的额头，悻悻回来躺下。一番折腾，一颗心跳得擂鼓似的，呼吸也跟着急促。头脑一反常态，在这个钟点清楚得像胸口的心跳声。黑暗中，崔冰冰无法再骗自己，她其实这几天过得并不潇洒，并不是她自诩的单身日子少约束多快乐，她心底，不知多想着柳钧耍无赖，偷偷潜伏在她家等她。

她已经睡不着，迟疑着再爬下床，坐到电脑面前。

"行了，我签。不过内容必须添加以下条款：一、双方所有收入全部归各自所有；二、家用AA……"

一夜无眠，因崔冰冰深知写这条电邮的后果，也猜得到柳钧会有什么应答。果然，周日早晨七点，柳钧的电话打到崔冰冰的手机。这也是崔冰冰预料到的时间，周日柳钧稍微起晚点儿，不去锻炼，一边吃早餐一边上网浏览电邮和新闻。正好，该是这个时间看到她的电邮。崔冰冰不知道她是不是该为柳钧反应迅速而欣慰一把。

"阿三，正看着你的电邮。我不是那意思，你没看我给你的协议内容……"

"我提出也一样嘛。不管你的协议是什么意思，我的第一条应该全部包括你的权利主张有余，我又同意第一条，那么我们有理由采用第一条。第二条嘛，家用才多少……"

"不是这意思，理性一点儿好不好，别说赌气话。先说第二条，家用全部由我承担……"

"不，男女平等，况且家用不多，我也想担一半养家糊口的美名。我认为我的提议简单明了，容易理解，操作方便，也不易出错。要不然我这性格大大咧咧的人每天得担心触犯协议哪一条，这日子没法过。"

柳钧皱眉："对不起，我刚才不小心，没看你发电邮的时间，吵醒你了吧。要不你再睡会儿，我拿早餐上来。"

"我清醒着呢，趁今天我把真心话摊开了跟你说。我原本指望我的婚姻生活是我爸妈的模式，没谁当家不当家的，全家的钱放在抽屉里，谁要用谁去拿，连我都可以拿，但谁都对这个家担负起责任。可现在你说得对，那是过去经济环境下的模式，现在得变，根据现实社会环境而变。当然我不可能一边争取平等，争取女权，一边又以女生的名义不负担家用，以婚姻的名义问你分柳家的财产，好处两头占，那很无耻，我做不出来。你说呢？"

"一个成熟的人，无论在何种场合，应该自觉追求责任权利的平衡，这绝非恶意。你误解了我的意思。你所说的女权也有必要商榷，男女平等，说的是在两性实际生理差异基础上的平等，而不是男人能抢大锤女人也照抢。你可能依然认为我提出协议其中包藏祸心。我们今天就谈到这儿，各自冷静，我等会儿的飞机去西安，然后转新疆，我去散心，最近很压抑。等我回来，我们找时间面对面地谈，好吗？"

"几点的飞机，我送你一程，可以边走边谈，也算是面谈。"

"冰冰，我也需要冷静，去新疆就是这个意图。不仅生活上，我的工作也面临三岔路，我需要冷静抉择。到西安后我会与分别住西安和银川的大学同学会合，一行三人驾一辆皮卡车西进，你不用替我担心，我那两个同学都是好样的，路上带着基本工具，一辆皮卡车小修理不在话下。我分别带着移动和联通的手机，只要有信号，我会发短信给你报平安。"

"你一般叫我阿三。最后两个问题：我刚才说的两条，等于是什么都不要求，为什么你依然不答应？等你回来的时候，我会失去你吗？"

"对不起，冰冰，我该启程了，司机等在门口。再见。"柳钧叹息，掐掉手中的电话。他脑海里浮现出当年崔冰冰穿得像PH试纸，活泼而狡黠的样子，按说崔冰冰不是个不可理喻的人，可为什么她现在不肯好好对话，总是走极端，哪像拿得起放得下的阿三。

崔冰冰听柳钧经她提示后依然不肯改口叫阿三，语气则是不咸不淡，忽然心头一阵子地虚，心跳又重如擂鼓，她禁不住激动地给柳钧拨电话，情绪全线崩溃："你告诉我律师电话，我今天就联络他，我去签字。"

"你那儿发生什么事，病了？还是昨晚酒喝太多？你门别反锁，我拐过去一趟，很快。"

崔冰冰一边想着，这个神经病还是自己吗？一边又悲从中来，放声大哭。可是她性格刚硬惯了，两声哭过，便雨过天晴，唯独红了眼圈。等柳钧赶到，她什么事都没有，只有黑眼圈套红眼圈，异常狼狈。她想不开门，可是又怕柳钧带着牵挂上路，不安全，只能勉强开门。

柳钧见此吓了一跳，望闻问切却找不出原因，只好一再保证提出签字绝不是恶意，但处理方式不正确，伤害到人。飞机不等人，柳钧放开崔冰冰忐忑不安地离去后，崔冰冰却留在家里恨不得劈自己耳光，她这是怎么了，怎么忽然发神经，变得如此贱格。她还真的不是阿三了。

柳钧与同学驾车沿河西走廊向西，一路山川戈壁，气象万千，让人心胸为之开阔。偶尔回想前几天工作中纠结的大事小事，胸中不禁另有一番光景。徜徉在自然奇观魔鬼城里，柳钧摩挲着被千百年的风沙耐心却坚韧地雕刻出来的石壁，他心中豁然。

晚上住宿，他给孙工打电话。即使失去东海一号，可是我们不能放弃我们心中的追求，不能放弃我们进入这个行业的初衷，高性能的机器人依然是我们的目标，我们依然得迎难而上。我们或许资金缺乏，资料缺失，需要拉长战线，前路曲折艰难，可是我们相信我们的努力，相信滴水穿石，相信功夫不负有心人。柳钧让孙工布置下去，第一步，由谭工迈出。

柳钧跟他爸的解释就通俗得多。好比买房子，拿不出一次性支付的房款，那么就借助按揭，首付不算太伤筋动骨，改一次性大投入为细水长流的五年十年投入。按揭取得居住权的房子，可以出租，以补贴按揭款。而拉长对机器人研发的时间跨度，通过管理者的有机穿插，不仅可以保障原本研发秩序的大半完好，减少影响目前的正常生产安排，还可以好整以暇地将机器人研发过程中的成就不断付诸应用，回馈机器人研发项目的巨大资金投入。当然，最后如按揭结束获得房子全部产权一样，腾飞将拥有机器人研发的最终成果。

柳钧还告诉他爸，对于研发中心知识分子的激励，除了奖金，还得有一个具有代表性的，令人热血沸腾的项目。技术人员的这种心态，可能在有些人看来有点儿不可思议，甚至不切实际，可是他懂，因为他就是这么一个人。他希望爸爸理解他，容忍公司利润在近年内无法用于规模扩展或奢侈地挥霍。

柳石堂只能认了，可是想想钱家姐弟两个迅速地挣钱，迅速地发家，迅速地改头换面，柳石堂心里不舒服。他儿子的风头怎能让钱宏明盖了下去？可是他再焦急也没用，儿子不急，等于腾飞不急。公司发展到眼下这地步，他这老头子已经有心无力了。他连车间里的那些设备都还认不全。以前生气了可以踢一脚的机床们，现在得小心伺候着，有些还得管它湿度温度。不过好在接替他的是儿子，长江后浪推前浪，他这前浪死而无憾了。

相对而言，与宋运辉的对话毫不费劲。虽然宋运辉惋惜腾飞无法参与东海一号的研制，可是他欣赏柳钧在社会上打滚这么多年之后依然拥有的坚定理念，以及勇敢追求理念的勇气。宋运辉是工程技术人员出身，深知技改工作在中国的不合时宜。若说他以前与柳钧算是臭味相投，有一种自上而下的欣赏，也对柳钧有一种长辈式的提携，那么从这一刻起，他对柳钧平视。

宋运辉告诉柳钧："从我提出合力开发东海一号起，我一直让有关科室收集来自国外设备商的反应。从国外设备制造商的激烈反应，包括多方刺探东海一号的参数，以及在某些部门的各种放风表态，我更看到我们这一工作的必要性和紧迫性。对我们而言，国外设备制造商的反应，既是鞭策，也是极大的鼓励，为什么呢？因为十年前我们提出国产化的时候，他们漠然以对，说明他们认为我们那时压根儿做不到，看死我们。但现在就很难说。我正收集更多各方反应，也准备召集专家研讨东海一号的巨大意义，希望借此获得国家资金支持。你现在开始动手，是个好事，有进展，记得及时通报。"

宋运辉的这番话，若是听在别人耳朵里，可能会说，你做好自己的事就是了，管人家那么多干吗？可柳钧完全理解宋运辉所说的"极大的鼓励"背后的深刻含义。回国之后，他对"落后就要挨打"这句话有了更深理解。他以前以为有钱便可以买到心仪的设备，其实不然。首先，他会遭遇高科技禁运；其次，那些只有几家能做的设备价格高得离谱，看似设备供应商违背市场规律暗中签了攻守同盟，给中国买家的态度就是降一分钱也不卖，就是那样傲慢。什么叫耻辱？不需要翻阅字典，经历过的人无师自通。想必宋运辉也经常碰壁，无论是作为中国的技术人员，还是作为中国的企业管理者，有血性的人无不憋着一肚子气。那么，看到对方听说东海一号启动而坐立不安，怎能不从心底里升起骄傲？可是，当然，心中也生出只许成功不许失败的必胜信心。

崔冰冰应柳钧之约，下班就去接机。这一段时间柳钧行走新疆，反而比平常在家时候想念崔冰冰，他打定主意回家耐心做崔冰冰的思想工作，不能急躁，该用美男计的时候用美男计，该低声下气的时候低声下气，务必不能让崔冰冰情绪失常。

飞机晚点，崔冰冰在机场吃了些又贵又难吃的点心，时不时深呼吸几下，按捺住驿动的心。可是老天捉弄人，她越是紧张，播报到达时间越往后推。等柳钧终于出现在出口处的时候，崔冰冰发现自己快要窒息了。十天不见，柳钧给晒得像黑炭似的，人也瘦了一些，不过精神焕发，背着个相机包像个不到三十岁的大男孩。看着柳钧等行李，崔冰冰在心里反复背诵她这几天总结出的台词，她爱柳钧，但她更爱自己，她发现自己如今因为爱柳钧而越来越失去自我，变得面目全非，疯疯癫癫，毫无自尊，完全不再是阿三，因此她决定放下对柳钧的爱，找回自己。

但是，等她落入柳钧的怀抱，真切感受到那怀抱传递过来的爱和欲，喜悦与思念，她又动摇了。她怎能放弃此人？她无论如何不应放弃，而应学会在爱面前坚持自我。于是，她将所有的台词吞下，欢欢喜喜跟着柳钧下去停车场。两人小别胜新婚，又是一场折腾下来一个愿意退，另一个也愿意退，于是在床上什么都容易沟通，将协议大概决定下来。既然说定协议，那么婚期也可进入议事日程。

崔冰冰唯一坚持的是收入各归自己，不过不再坚持反对由柳钧全资养家。柳钧心说协议可以这么签，大家都太平，但到时候他馈赠崔冰冰财物，这个是不能算作违背协议的。

柳钧很快将精力投入到机器人项目的细分小项、精细预算和实施方案的制订。他和崔冰冰的婚礼反而由闲着没事干的柳石堂操办。柳石堂好噱头、爱热闹、讲排场，若非本城目前最好的酒店是杨巡所开，他一定将婚宴定在最好的酒店。现在无奈只能退而求其次，但他舍得花钱，他在饭菜酒水上下足功夫，一张菜单翻来覆去研究若干遍才定下。柳石堂最满意儿子签的那份婚前协议，他这才发现，事业上越是有本事的女人，其实越傻，什么见面礼啊彩礼啊头面首饰啊之类的全不计较，也不要求别墅重新装修，几乎是什么都好说话，连婚纱、别墅新换软装修都是崔冰冰自己掏钱买下，而且似乎在柳钧面前也不曾提起。柳石堂冷眼旁观，心说这是事实上的倒贴啊，要换作别个女人早咽不下这口气了。

既然已经成为一家人，柳石堂不能因小失大，他暗中提醒儿子不能太占人家女孩子便宜，让儿子找机会打一些钱到儿媳账户上，方便取用。

崔冰冰在婚礼那天非常美丽，可是她被爸爸领着交到柳钧手上时，实在忍不住，对柳钧一句耳语："妈的，又不像阿三了。"于是崔冰冰若无其事，镇定自若，柳钧喷笑出声，久久不绝。

宋运辉很给面子，带着太太梁思申一起出席婚礼。柳钧过去敬酒，他笑眯眯地公然道："你婚假后赶紧来找我，我送你一份大礼。"

柳钧直觉就想到宋运辉的东海一号项目与他的机器人项目，他的眼中不由得露出更多欣喜。申宝田坐在宋运辉旁边，见此锦上添花一句："宋总总是那么提携后进。"

钱宏明也来了，带着嘉丽和小碎花，与柳钧的其他高中同学坐一起，整整两桌。钱宏明很是感慨，他与嘉丽结婚的时候，还在事业的起步阶段，钱是那么紧张，多余的钱都得塞进父母的药罐子里去。因此他们没有举办婚礼，只是领来结婚证的第一夜与他的同事吃一桌，第二夜与嘉丽的同事吃一桌，便算宣告结婚。钱宏明羡慕柳钧所做的事情总是可以如此盛大公开。

等婚礼结束，他们与柳钧告别出来，钱宏明却是冷不丁跟嘉丽道："那个傅阿姨，真是个脑筋不会拐弯的，你说得没错。"

"哦，为什么？你自己去了一趟？"嘉丽也无所谓，钱宏明是她的主心骨。

"不是，我们上周不是去了趟，又拿回来好多蔬菜吗？我们一说好就好在不施化肥不打农药，她还真的什么药都不用了。不过要不是个一根筋的，怎么可能盯上柳家，不明摆着以卵击石吗？这社会，有钱就是有势，她惹得起吗？"钱宏明在前面闲闲地开着车，尽量开慢点儿，以免颠着后座的宝贝女儿。"看情形，傅阿姨的精神面貌有些恢复，现在肯闲时开着门。人哪，钱能壮胆，再清高的人也得承认。"

"可是总靠我们和你的几个朋友上她那儿买菜，也不是办法啊。你们能持续几年？"

"我刚打听到有个农保推出来，好像是按年龄不同交三万左右的钱，明年开始每个月就有五六百块的劳保。他们那村现在年轻的都搬到平地上住了，留下几十个老头儿老太，估计不仅没人特意跑去跟他们说，他们也拿不出几万块钱来。我打算替她去做个，但告诉她这是国家承认她以前代课教师的资历。我看她心理不平衡的最主要原因是她白做那么多年代课教师，心结解开，人就会正常。"

"三万多……"

"三万多就可以帮一个人找回尊严，性价比很高。"钱宏明说得很干脆。几个月来，他冷眼旁观傅阿姨一周两周地发生着变化，轨迹是那么的熟悉，傅阿姨的每一个变化都似曾相识，让他久久回味。这么多年来，他隐忍着心中的矛盾，一直不敢跟任何人提起，闷在心里到底不痛快。而今从傅阿姨身上看到变化，他就像是完成一次共鸣，积郁在心底的不快跟着阳光蒸发了。他仿佛跟着做一次脱胎换骨。

嘉丽在钱宏明的背后注视着他，外面霓虹灯的闪烁光影映得嘉丽的双眼也是光怪陆离。

04

柳钧在婚假中不断被崔冰冰问，到底是憧憬婚后生活多一点儿，还是憧憬婚假后与宋总的会面多一点儿。柳钧被问得尴尬地笑，他确实更憧憬后者，因为一纸婚约和一场婚礼给他的感觉是大局已定，以后老老实实做丈夫，着实不如后者刺激。

终于婚假结束，他与宋运辉约定时间，但宋运辉给他的会面地点在北京。仅仅是一个地址，便推翻柳钧心中所有的推测。他带上宋运辉吩咐的公司介绍，以及历年科研成果，上北京去找在那儿开会的宋运辉。至此，他终于得知，他即将会面的是一家军转民的大型机械集团的老大安总。

根据宋运辉的说法，安总是"文革"后第一届大学生，两人有共同语言，因此相见甚欢。他见到安总也是技术出身，一说到对自身的研发能力有顾虑，他就将腾飞力推出去。宋运辉告诉柳钧，安总有东北人特有的豪爽，看目前的意思，安总有与腾飞联合开发东海一号分段的意思，这个联合，就表现在安总愿意出资，以后共享技术。

安总愿意出资！如果谈成，那么腾飞研发中心的春天就到了，他终于可以染指东海一号。柳钧在飞机上坐立不安，往日他总是在旅程中看书，但这回一个字都看不进去，反反复复地考虑该跟安总说什么，怎么告诉安总，他目前已经决定下来的研究大纲。

柳钧很相信，虽然宋运辉说得轻描淡写，事情仿佛简单得好像得到安总的垂青是天意注定，但他不是书呆子，若非宋运辉，他不会有今晚与安总的会晤。若今晚的会晤真的促成安总的大手笔投入，柳钧也相信，那不是因为腾飞的实力，而纯粹只是因为宋运辉的大力举荐。安总这等高高在上的大神，轻易不会将目光投向腾飞这样的小企业，更何况是合作。

晚饭后，他终于在宋运辉的套房门口等到相偕而来的宋运辉与安总，这样的人身后往往跟着一帮人，一大帮人一起涌入宋运辉的套房。

安总离开技术岗位多年，不过有基础在身，就像会游泳的人即使多年不沾水，一旦下水，扑腾几下还是游得起来。再说他随身带来三位高工。大家看上去都很有资格，唯有柳钧最年轻。他介绍公司资产与产值的时候，他看得出大伙儿的反应也就那样，等他开始介绍手中的设备配备时，安总与他的手下都认真了。及至他一项项地列举公司研发中心这几年取得的专利，以及获得的成果，几位的眼光变得专注起来。

等柳钧说完，安总就跟宋运辉道："我早说您推荐的准没错，您这眼光就是标尺。"

宋运辉微笑："耳听为虚，眼见为实。您最好亲自去看那个研发中心。我和小柳说的都不算数。"

安总笑道："若您宋老总说的也不算数，天下还有谁的话能听？其实今天的见面都不用，您非要来这一出，多余。有您一句话，够了。"

柳钧心说，果然，果然，人家就是因着宋运辉的一句举荐。他心中万分感激这等知遇之恩，在这物欲横流的世界里，他一分钱都没行贿宋运辉，可人家就是这么惦记着他，大力地提携他。他很怀疑，换他坐宋运辉那位置，做人做事能否如此周到体贴。

安总这个大忙人终于还是在宋运辉的提议下，趁周末时间跟柳钧到腾飞一游，却还是早上飞来，晚上飞走，连让柳钧好好招呼一下的机会都不给，就是这么干脆。用安总的说法是，其实来一趟完全是多余。不过柳钧看得出安总并未将此行看作多余，安总又从公司叫来好几位精兵强将，在他的工厂区和研发中心，尤其在后者，逗留到最后一分一秒。

送走安总，柳钧又兴奋又忐忑，心中对安总志在必得，问崔冰冰要不要给安总一些表示。

"安总有没有暗示？"

"没有，我们才见两面，都是众目睽睽，谁想暗示都没机会。"

"送！送是常态，宋大神那种是不正常，是神人。即使被安总拒绝，但你起码表达了你的心意。"

"这儿还有一个问题。协议中有一条，未来的研究成果共享。这一条对我非常不利。可以想见，东海一号如果投产顺利，安总的产品在宋总手下顺利过关，你可以看着，很快，什么黄海一号、南海一号的都很快会上马跟风，顺藤摸瓜到安总那儿。以前宋总告诉过我，他们大国企非不得已，不愿与私企合作，背不起责任，担不起风险，再加上国企与国企之间，本身就有着千丝万缕的关系，容易搭上关系。可以想见，未来的绝大部分市场被安总他们占领。我想发财，必须另辟蹊径，换个产品。我除了研发可得以实施，没占太多好处。"

"虽说如此，可安总的决策结果，是把国家的钱放到你个人口袋里，让你个人花。而这个项目成功，安总的公司赚钱，却是赚来钱装进国家口袋里，他只拿工资。性质，兄弟。"

"是啊，性质不一样。在这些前提下，送多少才好？"

崔冰冰虽然从四大行转身到了股份制银行，可毕竟还是银行，是捏着钱的财主，对此行情不甚了然。

"我打算送一只手表，十万以上的。"

崔冰冰心说，相对于投入的数值，这十万块哪儿够？果然，柳石堂在电话里也是一口否定，十万块的手表只够投石问路，他让柳钧赶紧行动，尽早落实诚意。在这个节骨眼儿上，千万别做大爷。

"哎，越说越够坐牢级别了。我明天就去香港，先买手表，万一是个宋总那样的人呢。然后……见机行事吧。"

"杀人放火金腰带，修桥铺路无尸骸嘛。你想过上限没有？"

"让安总提。别担心，又不是没做过。明天修桥铺路的事你帮我操办一下吧，有时间吗？我导师大学时候一直很赏识我，他明天带几个硕博研究生来我们研发中心做实验，你帮我出面接待一下，要很重视。食宿我早已安排妥当……"

"与东海一号有关吗？还是为东海一号修桥铺路？"

"纯慈善。我们研发中心的设备，眼下放眼全国，不算弱。我得帮导师一把，一个院士，做个实验还得到处求助。系里内耗很厉害，按说年度经费比我们在研发中心的投入只多不少，可是没被善用，设施还不如我们。我手头有本系里去年已发表论文的汇编，数量不少，可捏出水分，其实不如我们出的实货多。导师只是带队来一下，你千万想办法留住他，我很快回来，打算跟他谈谈。有安总那边的支持，我这几年应该不大会紧张，可以考虑回馈，吃饭多摆几双筷子嘛。"

"总之柳大爷花钱大手大脚，送礼细水长流啊。"

柳钧将公司的事交给爸爸和罗庆，将个人的事交给太太，奔赴香港采购。怎可能只买一只手表，从回国与国企接触的第一单生意起，他已经跟着爸爸了解到，打点，必须要全方位，大鬼小鬼全顾及。手表、数码产品、化妆品，他像个跑单帮的，拎回来一箱，反正这次用不完，未来也必然用得到。这是个历史悠久的礼仪之邦。

回来再与导师谈科研基地的事，情势已经与三年前大不相同。三年前公司底子薄，规模小，需要花大钱单方面地求着母校来挂名，以助混得个高新技术企业的招牌。而今形势变化，母校更需要他，他也乐得在高精尖的研发中心锦上添花。那么，就可以坐下来公平合理地谈。他提供场地，提供设备，提供食宿，出钱出力，而母校则是在他的研发中心正式挂牌，将他的中心用作研究生培养基地。钱宏明笑柳钧，这块金字招牌的买价也太高了些，柳钧也晓得投入的钱够打一块纯金招牌，可正如宋运辉的不断提携，才有他柳钧今天在高端产品的立足，他也有义务向社会回馈他的一份子。更何况，若是师弟妹中有天生的好料子，他当然近水楼台先得月。

当然，到了安总地盘，柳钧就不可能如此主动。安总总算从北京打道回府，柳钧立马不经邀请就主动飞去鞍前马后。柳钧不是奉承拍马的好手，说话稍嫌实打实，不过话题挺多，在技术人员中间不愁寂寞。只是安总离家多日，堆积如山的工作等着处理，柳钧这一等就是三天，其间虽然与相关人员讨论合同细节，可大家的眼睛都盯着顶部的安总，原本一天就可以拍板的事情，拖啊拖啊就拖了三天。柳钧自己不吸烟，却已经买了四条软中华天女散花地发出去。但既然见识到了安总的绝对权威，柳钧当然将礼品袋捂紧，除了香烟，其他免谈。他到底不是花钱大手大脚的柳大爷。不过，请客吃饭，还是连吃了三天，天天酒精考验，东北人的能喝，果然不虚。

三天后，终于被单独引入安总办公室。这间办公室相比宋运辉的，无论从面积还是内部装修，都差了一等，这似乎隐喻着两个总级别上的差异。当然，比他柳钧的强多了，他的办公室只有十五平方米，与其他同事稍有区别的只是附带了一个卫生间。柳钧进去的时候，安总在里面房间大声吩咐柳钧稍等片刻，柳钧犹豫了下，就将手表拿出来放到安总桌面的显眼位置。

安总果然是一会儿就从里屋出来，一眼就看到桌上的手表盒："同事们都说你性格不像南方的私营业主，呀，这就像了。桌上是你拿来的？"

柳钧忙笑道："是的，小小一只手表，实在不知道怎么感谢安总给我的这个机会，不成敬意。我们全体科研人员本来已经以为与东海一号无缘，我作为负责人真是非常愧对他们的才华，幸好有安总赏识……"

安总拿一双锋利的眼睛笑眯眯地看着柳钧，直看得柳钧心中发虚，不晓得是不是弄巧成拙。幸好安总及时挥手阻止柳钧说下去，打开手表盒自己欣赏，道："好手表，好价钱。"他拿起手表，在手腕上试戴一下，又摘下来，放回表盒，递给柳钧："小柳，表你拿回去，我不要。"

"安总，我没别的意思，这是我刚飞去香港特意为您挑的，非常简单的一只表……"

安总轻咳一声，道："你赶紧收回去，要不然有人进来，看见不美。我们说说合同。你们谈的，我看了，基本就这个意思……"

在安总眼睛的不断示意下，柳钧灰溜溜地将手表收回包里，听安总讲合同。因为礼物没有送出，柳钧心里很不踏实。即使安总叫法务进来安排当场签约，柳钧还觉得事情顺得有点儿可疑。太好的事情总是不符合自然规律，柳钧差点儿疑心这份通过传真与律师商量过的合同会不会有漏洞。

等法务拿合同出去敲章，柳钧忐忑地听办公室门轻轻合上，他心说合同都签了，务必花言巧语将手表送出去。这么大的一个技术合作合同，安总又一直大方地拿他当科学家殷勤招呼着，他要是连一只手表都送不出去，那真是脑袋有白痴嫌疑了。凭直觉，安总不是宋总那种人。

但安总又回去里屋了。等法务高效迅速地敲完章回来，安总才换了一身休闲的服装出来："我这一趟辛苦了近半个月，走，跟我打高尔夫去，手痒了。"

"我……不会。"柳钧这才后悔不学高尔夫，当初钱宏明可是苦口婆心教育他，让他拿高尔夫当雪茄，当年份红酒，当一切上流社会交际的工具，可他不听，不愿浪费时间在这种没多大体力消耗的运动上。

"不会就跟去散散心，晚上我请你吃渤海湾的海鲜，看看跟你们那边的海鲜有什么不同。你是个科学家，我不请你喝酒。"

柳钧被安总的好搞得晕晕的，跟着安总上了安总的奥迪A8。见安总不用司机，他连忙主动请缨。开车的时候，柳钧总觉得安总在观察他，审视他，他不知这是为什么。安总问他与东海宋总的交情，柳钧如实相告，一再表示他非常敬仰宋总。

安总说宋总与他虽然是同届大学生，可年龄相差一轮还多。他是老三届的，等毕业已经三十多，那真是争分夺秒地抢时间工作，都忙得顾不了家庭，顾不了孩子，让孩子跟他受了很多委屈。他问柳钧见过宋总的孩子没有，又问宋总的孩子在哪儿读书。柳钧依然如实相告，不过没说得太详细，何况他是真的知道得不多。

安总眼见宋运辉对柳钧提携有加，那绝对不是泛泛的关系，心说柳钧绝不可能只知道那么点儿，就笑道："你还真是科学家的脾气，说话这么谨慎，口风很严嘛。"

柳钧微笑道："真是只知道这些。安总的儿子与宋总大女儿应该差不多年龄吧，高考了吗？"

"唉，说来话长。"原来安总平时工作忙，很少有时间看顾儿子的作业，于是耽误了儿子学业的底子。等安总意识到高考在即，连忙从高一开始抓儿子的功课，却已经回天乏力。考虑到国内高考的严峻，他们把儿子送去澳大利亚读书，目前已经快上完大学二年级。一说起儿子，安总也变得絮叨起来。

"留学很苦，我早年留学的时候还可以替老板做项目挣钱，像本科出去的大多只能出去勤工俭学。"

"是啊，别看我这边坐好车吃好饭店，可那都是公款消费，每次儿子回家那吃相……"

柳钧听到这儿，忽然福至心灵，忙道："安总，再苦不能苦孩子。要不安总给我个澳大利亚那边的地址，我直接飞过去一趟，去看看小兄弟。我德国籍，出入境方便。"

安总终于勉强答应，交出儿子在澳大利亚的地址。柳钧心里这才踏实了，下了车，安心跟安总学高尔夫球，然后不客气地跟着安总吃了一顿渤海湾海鲜。有新鲜的鲍鱼盐灼着吃，有新鲜的海参凉拌着吃，吃得柳钧心花怒放。合同签了，把安总私了了，他心中大石尽去，胃口尽开。

回到家里，由崔冰冰亲手操刀，兑了一大笔美元，一小半拿现金出境，一大半放在柳钧德国的银行卡里，当然，没忘记带上那只手表，直接拿给安公子便是。另一边，研发中心的东海一号分段项目全面启动。

柳钧先北上去安总家里拐了一趟，捎上安家带给宝贝儿子的衣食用品，才南下广州出境。事情既然做了，就得多花点儿心思和精力，将事情做得圆满彻底贴心，送钱得表现得心甘情愿。

于是，柳钧回家后很快接获通知，北上拿汇票去也。第一笔款项于合同约定日期，一分不差地支付了。

取银行汇票，必得经过财务主管之手。若是不打点好财务，即使安总再强权，这种国企的财务主管也能动用各种借口，让你很没脾气地等上半个月。再说，能安稳坐正安总手下财务主管位置的人，毫无疑问是安总的心腹。柳钧若是不孝敬一二，在财务那儿吃瘪的话，安总断不可能为他主持正义的。柳钧很知道好歹，不仅送了礼物，还请吃饭。

等三杯酒下肚，财务主管透露一点儿风声，公司现在经营状况并不好，已经连续半年亏损，今天付款的钱还是安总亲自出面筹措。

柳钧很是惊讶，按说今年年景转好，全国上下订单都不错，像安总公司这等实力雄厚的应该日子更好过才是。再说，长三角珠三角地区今年还受困于缺电呢，他都觉得今年年景好于去年，安总公司怎么会反而难过了？面对柳钧的疑问，财务主管只是一笑，灌再多的酒下去，也不肯多说了。

柳钧觉得诡异，但也不再打听，言多必失，只是回来后暗自留心。同业之内，只要留心，总是能听到一点儿消息的。听说安总与一家实业公司比较牵扯不清，那家实业公司背后隐隐有安总的影子。柳钧心里就奇怪了，那么安总为什么还要花大钱支持他搞那研发。他心里将此事存上了，花钱时候有了点儿打算，以免未来两笔款子若是不济，不至于影响全局。

工厂的麻烦事永远不会断，不等柳钧按下研发中心的这头，那边车间与罗庆的销售闹起来了，柳石堂在两边周旋都没用，两边都非常强硬，而且也不是很听柳石堂这个太上皇的，他们都只认柳钧。柳钧从澳大利亚回来，一下飞机就直奔工厂以居中调停。

原来，今年夏天以来，本地普遍缺电。前两年也偶尔停电，但那时候停电前比较慎重，电业局还会来个通知。而今年缺电情况严重，电业局经常眼看着负荷不行了，就拉掉一片。而工业企业是最怕没通知就拉电的，临时拉电最大问题是出人命事故，至于临时拉电造成的经济损失，那就是家常便饭了。工业区成了电荒重灾区，虽然上面有保生产的通知，可是只要气温一超过35℃，车间生产管理员就得战战兢兢等拉电。腾飞原有两台柴油发电机组可以保证临时急用，供几台不能停的机床吊性命。可是经常断电，订单却得按时完成，两台柴油发电机就不够用了。

在工业区企业的联合努力下，电业局终于答应网开一面，改成有规律地停电，即停二开五。若逢供电紧张，那么会在预先通知的情况下，改成停三开四，甚至停四开三。在协调会上，柳钧得知，原来经常拉闸限电的原因很复杂，不仅仅只是当今人们生活富裕了，开空调用电花钱如流水不眨眼了的原因，而是许多原因的综合。有去年至今的干旱天气造成水库库容告急，本地水力发电大大削弱；有国家整顿小煤矿，导致电煤产量减少，电厂无米开锅；有本地变电所的负荷跟不上本地电力需求的蓬勃发展，而新变电所的建设又需要时间，最早明年年底才能投入使用；还有本地一家中号电厂因环保需要，正好停机整修，准备改烧煤为烧天然气……等等。总之那么多原因凑在一起，电业局领导明告众老板，不要存侥幸心理，拉闸限电在近两年内只会加剧，不会减轻。

协调会一结束，柳钧无奈拨出款项订购柴油发电机去了。可此时正是普遍电荒，那家柴油机厂顿时朝南坐了，即使白花花的银子捧进去，也得排队等它将产品做出来。柳钧已经等了两个月。可是订单不等人，尤其是外销订单，装船时间只要差一天，外商就可以凭此拒付，那损失就看不见边了。罗庆为此经常与车间协调，可是车间也是不得已，换上的模具，编好的程序，不可能今天为赶你罗庆的工就撤下，明天赶完再装上，成本不允许。最先彼此还能讲大局，久而久之，彼此就有了争执，等柳钧出差澳大利亚，鞭长莫及的时候，两下里终于吵了起来。

柳钧耐心先听车间主管跟他发牢骚，劝慰了几句。又叫来罗庆单独谈话，也是听牢骚的时间居多。等罗庆说完，柳钧也郁闷地道："给两台新发电机造的车间早已万事俱备，连配套柴油罐都已完工，这两台发电机到底什么时候可以给我们，你这几天问了没有？"

"怎么没问？他们的产品有一半被政府调用，我们的单子已经被我催着提前再提前，最最起码还得等到下个月底才能发货。"

"还得俩月，我们的柴油机又不是非标……他们发货的时候，我们可以去拦路抢劫两台吗？"抢劫当然不现实，"行贿多少，可以让提前发货？都秋天了，眼看要冬天，还停电个没完。"

"太上皇早去沟通过了，别家也同样心思。"

柳钧想半天，打电话给他爸："加码！狠狠加码，不惜血本地加码！本周到货！"发电机再拖两个月不到货，腾飞损失只有更大。钱塞哪儿不是行贿，为了东海一号可以下血本，为了柴油机一样可以下血本。开门七件事，四周无数嗷嗷等钱的嘴。

柳石堂却心疼白花花的银子，他带着现金眉开眼笑低三下四地去柴油机厂成品库门口趴了一天，就直接拎钱进了专门给柴油机厂做运输的物流公司。他只出血两万块钱，第三天，两台本该属于别家的柴油机就进了腾飞的门。物流公司当然有一套说辞，无非是过境的时候被地头蛇劫持，无奈进了腾飞。生米煮成熟饭，柴油机厂也只能认了，派出安装工，送来装配图，拿走腾飞的尾款。

这件事，给归来后一直追求正统高端的罗庆上了一堂课，一堂立法其上，取法其中的课。

果然，电业局所言不虚。过了秋季，虽然歇了夏季空调用电，冬季取暖用电很快跟上了，依然是停电，停二开五的那一周就跟赚到了一样，大多数时间是停三开四。而且因为居民用电拉闸搞得民怨沸腾，政府的态度从保证生产转向保证生活，于是工厂用电更加紧张，唯有借助柴油发电机。用电费用的高企，大大侵蚀了产品的毛利。可是能不做吗？不能。他们宁可毛利降低，也不能丢失已经占据的市场。工业区不少企业是与不愁电的北方公司竞争，本来就是利润微薄，电费一涨，只有乖乖配合电业局的停电通知，三天打鱼，两天晒网。

研发中心也不得不用上柴油机发电。为了保证设备的运行，而且柴油发电成本太高，大家唯有减少取暖用电。恰巧，崔冰冰怀孕了。大冷天窝在冰冷的大别墅里不是办法，两人只能搬去城里住。柳钧住处的大楼由于开了不少公司，人员进出混杂，大楼设施损毁严重，电梯小状况不断。两人不敢住那儿，还是暂居崔冰冰的家。

2005年

01

　　元旦假期，钱宏明请柳钧和崔冰冰来家里吃饭。他今年又买了两套上海内环的房子做投资，他忠告柳钧一定要买房子，看这形势，买房子除了是添置产业，也是保值增值。他说他看到国外报纸说人民币未来走势将是对外升值对内贬值，那么私人钱财保值的最有效的办法是添置房产，最笨的办法是储蓄。

　　崔冰冰的钱不愿捆死在不易变现的房产上，她的钱自有她的投资渠道。而柳钧则是说他的投资就是腾飞，何须另外考虑？钱宏明也没办法，只好拉柳钧问给嘉丽买车，既要美丽，又要结实，还要容易泊车，最好买什么车，他自己想买一辆超跑，该选哪个品牌。两个男人讨论的时候，崔冰冰心里替钱宏明计算，一辆超跑，一辆嘉丽的车和两套上海内环的房子，再加上钱宏明手头留着的，钱宏明这一年得赚到多少钱啊。她忍不住又在心里替柳钧算算2004年一年来的收入，当然不少，可是，柳钧能学钱宏明的潇洒吗？柳钧挣的钱，不得不为了保持在业内的先进地位，不断投入到设备更新换代上去，要不然就是不进则退，沉舟侧畔千帆过。所以看似柳钧挣得不少，其实能拿出来用的并不多。

　　离开钱家后，崔冰冰无法不感慨，务实，不如务虚。做实业投入大，产出小，非常考验一个人的耐心。尤其是两人回到家里，黑咕隆咚的楼道，陡峭的楼梯和一个SARS下来满小区乱窜的野狗，连柳钧也心理不平衡起来。想到钱宏明尽一切可能为家人提供最好的生活环境，他却让怀孕的妻子住回婚前的房子，非常对不起崔冰冰。而且，想到钱宏明今晚阔气的用钱计划，他想到，他似乎无法做得比钱宏明更好。他心里挺焦躁的。

春节之前，钱宏明开回一辆宝马M5，说超跑太招摇，让人一看就知道是捆着两三百万在街上跑，太不低调。柳钧心里却被刺激得不行，找到申华东这个开发商，内定一套好位置的。总算买了一套比钱宏明大的房子，柳钧算是安心了点儿。他觉得最近状态不对，竟然杀熟嫉妒起好友来了。

春节，柳钧又带着崔冰冰去宋运辉家拜年，惊愕地发现宋太太梁思申也怀孕了，再一想也是，人家美籍华人，不受计划生育政策限制。他以后也可以做到。

崔冰冰最近因为学摄影，为了将菜拍得美观，就比较追求美器，对瓷器啊托盘啊之类有了点儿研究。到宋家一看就看出门道，却又看不出那些器物究竟水有多深，顿时眼花缭乱了，若不是忌惮宋大神，她可真想将面前每一只盘子抓起来看看盘底究竟描着什么印，坐那儿一颗心猫抓猫挠的。终于开口问梁思申了，梁思申却说都是些高仿品，自己搜罗了照片找相熟瓷厂做的。崔冰冰想到自己趁去上海述职时候赶紧买名牌的英国瓷器、日本瓷器，这境界啊，没法比。再看屁股下面坐的、桌上摆的、地上滚的，无一看得出门道，又一看就知道很有门道的，崔冰冰明白了，这才叫富贵到极致之后的低调，钱宏明那算什么啊。

崔冰冰面对钱宏明的奢华，又何尝心理平衡了，为柳钧大大地不平，可今天到宋家一看，对钱宏明完全没了想法。她心里笑嘻嘻地想，钱兄啊，任重道远啊。

宋运辉家高朋满座，柳钧坐坐便告辞了。宋运辉倒是亲自送出来，还问他东海一号分段研究进展如何。柳钧心里一直想问宋运辉如何在东海集团坚持了那么多年，但最终还是没有问，他想到宋运辉经常夸他坚持理念，他怀疑答案就是这个。可坚持理念这东西，知易行难，身边的诱惑这么多，前途的诱惑又这么少，得有多少精神动力，才能将理念坚持下去呢？

崔冰冰也有大量朋友客户需要拜年，柳钧载着她到处跑，直把车后厢的礼物送空了，两人半夜才回家。这些礼物，当然一大半是送给过路神仙。当柳钧这个个体户看到流水般的礼物送到崔冰冰手上，顿时叹为观止。像他这种个体户，可能收到几件几百块钱的象征性小礼，而总体则是入不敷出，不像崔冰冰可以有来有往，颇有盈余，还可以转手交给柳钧送人。这年头儿，无礼简直没好意思出门见人。

开春起，房地产市场的热度忽然蔓延开来，不仅买房子的人感受到热度，连本身不想买房子的人面对报纸上的巨幅房产广告，和房产展示厅门口漏夜排队的购房人，不知不觉地也关注起房产来。这时候，市面上热传着一个中国老太和一个美国老太的买房故事，不少人的思想即使没有被几年前银行按揭贷款消息的推出而打动，此刻也被两国老太太的买房故事撞了一下腰。

但房地产市场的全面趋热，并未带动本市二手房中介市场的水涨船高，这到底有点儿出乎钱宏明的意料。钱宏英与弟弟不同，她这几年卸下包袱后，也挣了不少钱。与弟弟一起开起中介公司后，为了装点门面，接手了钱宏明早年买的宝马三系车子在用，钱宏明感觉那车子已经太旧，劝姐姐再买辆新的，车钱从公司里走，不要姐姐单独掏腰包，钱宏英却不肯，她不舍得。金钱来得太不易，节俭的习惯已经在她心里生根，一时哪儿改得了？有时自己外出，她还心疼宝马的油耗，宁可坐公交呢。去年自家开公司，收入大增，可是吃穿支出也多不到哪儿去，钱宏明总是鼓动她将钱交给自己，可以炒期货，可以放债，可是钱宏英还是选了自己最熟悉的投资：买房。

这个行业她做了那么多年，里里外外全都熟悉，除了吃面子抢街面房，就是想办法买小套型。开发商为了追求利润，一般不愿做小套型，市面上小套型很少，需求却很大。因此每个楼盘开出来，先被哄抢一空的总是九十平方米以下的小套，钱宏英就专门想方设法买这种小套，公司资金投资的小套等价格上升便出手，自己投资的就不急了，做好按揭长期持有，慢慢地还贷，顺便将房子简装一下租出去，钱在她熟练的手里滚得很是顺滑。

钱宏英的朋友挺多，她身边也并非无人追求，连弟弟也有意给她介绍过男人，可是她对结婚并不热衷，甚至有点儿逃避，她想不出如果与一个人长长久久地生活的话，能不能对那人隐瞒一段历史，或者隐瞒得了吗？若是那段不堪的秘密泄露了，结果会如何？钱宏英不愿想与秘密有关的一切，干脆单身着，也算顺应大势。这年头儿，据说有点儿事业的都叫女强人，女强人都嫁不出去，那么多老大难，不多她一个。

工作，则是游刃有余。一个女人，有钱又有闲，不免学学瑜伽、跳跳芭蕾、学学插花、练练书法，虽然年纪越来越大，气质却是越发珠圆玉润，与弟弟钱宏明走出去，都经常会被人误会。

江南五月时候，已经繁花似锦，有业内友人邀钱宏英去东北吃新上市鲅鱼做的饺子，钱宏英第一天接到邀请，第二天就背着双肩包上路了。清早终于从上班族手中抢得一辆出租车，杀奔机场，好歹在最后一刻冲进安检。她晓得这时候不用跑了，就好整以暇地快步登机。她那排位置靠窗坐着一个补眠的胖男人，中间坐着一个看似年轻的男人，正扭头对着窗借一些天光看资料。她想，挺用功的打工族。

钱宏英才刚揭开行李箱盖，下面就有人问："需要帮忙吗？"

"谢谢，不重。"钱宏英心说今天真难得，出门遇到好人。她将背上的双肩包扔到行李箱上，关上门，就低头微笑想再表达一下谢意，可是一看抬头看她的那个人，脸色一下变了。冤家路窄，原来是柳钧。

根据合同约定，腾飞在五月向安总公司进行一期技术交底，并申领二期的资金。柳钧反正了解东海一号研发的所有细节，再说申领二期资金的事情也唯有他自己出马，他索性一个人飞过去一趟，两件事情并一块儿做。不料飞机上撞见最不想见到的人。

正好空姐过来，两人不约而同开口要求升舱，可是很不巧，今天飞机全满。柳钧郁闷得一脸默然，心说跟谁换个位置呢。可偏偏他坐在中间，无法行动。钱宏英也想到换位置，可此时心烦意乱，想不出措辞，索性闭目静坐，眼不见为净。柳钧郁闷了会儿，只能再看资料，此时怎么也看不进去，只得将资料收回包里，也闭目假寐。可是谁又能真正睡着。而且柳钧想到旅程两个多小时，一直这么老僧入定一般坐着，会死人。他心里开始同情电视直播里面那些开庄严会议的大人们，有些还在温暖的室内穿着厚厚的民族服装呢。

谁知，柳钧还真睡着了。

听到身边传来均匀的呼吸，钱宏英心头松懈，才敢活动一下手脚，找个合适姿势。飞机早已冲上云层，机舱完全亮堂。钱宏英小心看一眼旁边的人，想不到这当年的毛孩子现在也老了，鬓角略显霜花。她不禁想到自家弟弟钱宏明，目前头发已经白多黑少，焗黑了反而更显古怪，索性天气稍暖便剃了个光头，别人除非贴近了细看，否则还真不大会留意白发茬。这些人，都很操心，而且不是一点点的操心。

钱宏英叹了声气，拼命想让自己想别的事去，可是不大成功。脑子乱得很，总是往过去那些事上拐。谁都不愿做昧心的事，早年她告诉自己，最不是东西的是柳石堂，作孽的是姓柳的，而她只是生存。可是偏偏在她爸送医院那天，柳钧将一件西装套在又冷又精疲力竭的她身上。只是西装压肩膀上的小小冲击，她心中怨天尤人的外壳给击碎了，扪心自问，她确实对不起柳钧，她确实做了违背天良的事。可直面错误是痛苦的，好在有父母接连去世的打击来掩饰，她在那段日子里九死一生地煎熬着，无法跟谁倾诉，只能一个人煎熬。在弟弟无言的帮扶下，她总算走出来，活下去，拿工作塞满生活。

钱宏英坐立不安了两个多小时，连旁边的几个乘客都能看出她的烦躁。等明显感觉到飞机下降的时候，她终于鼓足勇气，推醒身边的柳钧。见柳钧睡眼惺忪地看向她，钱宏英立刻清清楚楚地说了三个字："对不起。"她见到柳钧一脸迷茫，并未领会，她不管了，刚才说出这几个字，仅仅只是她的表态，她并不指望柳钧有任何和解表示，那不可能，她说出来就行了。

飞机正好落地，钱宏英立即起身取包，拿上就摇摇晃晃地往前走。

柳钧眨巴了好几下眼睛才醒过来，看着钱宏英的背影，他想到刚才明明听到一声"对不起"。什么意思？可怜柳钧刚苏醒的脑袋塞车了好一会儿，一直塞到飞机停下，才想到，没有原谅。他恨自己睡着，没能当即反击，让钱宏英摆了一个姿态。他煎熬多年，才能放过爸爸，原谅钱宏明，而对于钱宏英，没有原谅。

柳钧心里好生憋气。沉着脸出去，却意外看到有人举牌接他，竟是安总派来的。柳钧不得不想到此来的重大使命，忙压下闷气，换上笑脸，与接他的人打招呼。安总如此客气，柳钧反而担心第二笔资金的到位。

司机对柳钧也很客气，一直问柳钧能不能做成东海一号分段，说公司现在没有拳头产品，都等着东海一号分段来撑门面呢。柳钧很奇怪，道："你们的技术力量很强的，怎么会没有拳头产品？"

司机见怪不怪地笑道："我们现在不是国家抱着啦，没有国家给的单子，我们没法跟你们这些公司竞争。做同一种产品，我们的成本就是比你们的高。高哪儿？高我们有那么多的人要养活，你们一个人干的活儿我们四五个人干，你说怎么行，技术科再研究什么东西出来都养不活我们。安总说你们研制出来的产品国内以后只有我们一家做，可以卖大钱，对不对？我们全公司现在都指望你们啦。"

柳钧想到，以前爸爸厂里的工人他可以一个不剩地扔给杨巡，甩包袱，就是因为那些人干不了现在腾飞的活儿。可是安总不能甩，这些工人都是正式工，都得养着，而且年纪一把的人还无法分流到三产去。可是真正能操作新设备的只有四分之一到五分之一的人，即便安总三头六臂，也无能为力啊。柳钧开始理解安总的一些举动。

司机不断询问东海一号分段究竟有多神奇。柳钧正想摆脱来自钱宏英的阴影呢，就非常重视地、深入浅出地给司机讲解东海一号分段的先进之处，困难在哪儿，为什么可以在国内领先，目前类似设备成本是多少，但国外产品目前实际销售价格又是多少。司机到底是在这个行业混了那么多年的，跟柳钧对答得有模有样。

柳钧终于还是忍不住问："师傅啊，既然上班工资还不到一千，为什么不出来开出租车，您这车技多好啊。"

司机笑道："开出租车多累啊，一天起码做十二个小时，成天都在路上，一个月挣个两三千的，多劳碌呢，连喝酒时间都没了。我现在钱少，没错，可我是国家管着，钱少归少，做人安心。柳总我看您三十多了吧？"

"是啊，师傅您四十出头？"

"我五十啦。您看，我不操心，我闺女起码一个月才能从我头皮找到一根白发。呵呵，再做几年，我就退休拿劳保啦。您说，我们厂早年跳槽的那些人，去你们南方做得辛辛苦苦的，也就赚点儿辛苦钱吧，往后还没劳保，哪有我们过得舒坦？我们都是普通人，别好高骛远，日子过得安心就行啊。"

柳钧听得目瞪口呆，对这等安贫乐道的生活态度，他都不知道说什么才好。再想想安总手下指挥着这么一帮人，要抓进度吧，肯定抓不起来，这帮人无法用奖金来激励；要抓质量吧，肯定也没法抓，做坏了你总不能把他不到一千的微薄薪水也扣光吧；而且还没法开除，按这位司机的说法，领导要是做得过分，他就召集公司里的七大姑八大姨一大串去领导家闹去。公司几乎跟共和国同龄，每一个工人背后都有一大帮亲戚工友，每一个工人头顶都是上面有人。柳钧想不出这种工厂若是交给他，他该如何管。但最大问题是，这么一个外强中干的公司，他还拿得到第二、第三笔研发款吗？如果拿不到，他接下来就很被动了。

怀着忐忑不安的心，柳钧被直接拉到公司，中午就在酒桌上被洗尘接风了。对此柳钧真不知说什么才好，他是来工作的，下午一期需要交底，他怎么可以喝酒？别人或许不知道，桌上的两位技术部的人则是不可能不知，还一个劲儿地劝喝，柳钧以下午还要工作拒绝喝酒，他们还挺不开心，说不够朋友。再说了，他虽然是客人，可是让他吃工作餐就行，即使要请客也只要一人陪同便好，他不明白怎么就能坐满一桌十个人，来者除了技术部门的人员，还有完全不搭界的环卫部门和行政部门，最后买单据说是安总会签字。幸好这回不是宰他，可能安总盼啉过。

因为下午一点半的技术交底会议有安总参加，大伙儿好歹有点儿忌惮，所以到了一点十分，总算扔下盘子叠盘子的餐桌，扔下才吃了不到一半的菜肴，就签单走人了。柳钧看着真是心疼死，想来想去只想到一个词，大锅饭。去机场接柳钧的司机也在一个桌上吃，喝了两瓶啤酒，载着柳钧与两名技术员玩极速飞车，踩着一点半的时间线将三个人送进会议室。车技好得连柳钧都捏着一把汗。

幸好，大家都迟到，一点半后，才有人陆陆续续进入会议室，大约一点四十分，安总进来，会议开始。

不过交底会倒是开得挺好，众技术人员底子不薄，水平超过市一机的。柳钧近半个小时的发言之后，便是大家七嘴八舌的提问。柳钧留意到两位给他接风的工程师没提出问题，甚至眼睛恍恍惚惚很有睡意，柳钧不得不庆幸自己一口酒都不喝，要不然他还怎么站在台上滔滔不绝半小时。而安总只是看那两位工程师儿眼，却也没发话。

交底会议竟然一直无间断地开到下班时间。问题很多，有些想法柳钧当即记录，很有创意，果然是高品质的团队。只是外面下班电铃一响，问题立即收住，大家一致很自觉地停止发问。于是安总宣布散会。柳钧再次感觉好奇，若是换在他的腾飞，恐怕这次会议会延长起码两个小时。可是眼下的大家却都很自律，很照顾他，一个个都很准时地下班了。真够心平气和。

柳钧于会后跟着安总走进办公室，安总关上门问柳钧，研发程序走得顺利不顺利？看上去似乎挺顺利，那么会不会超前？安总一口气问了好几个问题。柳钧照实回答："第一阶段与两家大学分别合作，一家大学的成果还没出来，还在摸索中，我们一起查找原因，不过早前也预知不可能那么快就获得成果。另一家有一半出来了，后一半可以看见曙光。我公司研究中心的进展稍微快于预期，与工程师们对项目倍加珍惜有关。从目前项目进展来看，时间不大可能超前，工作量摆在这儿。"

"那么，零七年初？基本上是这个时间？"

"是的。从中午饭桌上与大家的接触来看，大伙儿好像都很希望能尽快做东海一号这个产品，我会努力在保证品质的基础上压缩时间。"

"你的工作不要受我这边同事的干扰，我们国家等待这个产品已经有许多年，我们不急一个月一个季度，但我们必须、一定要做到我们力所能及的高度。

我宁可你稍微拖延几天，科学的态度是严谨，而不是'大跃进'。"

柳钧想不到安总能这么理解，说出这种话的安总完全不是因为他的勾兑起作用，而是安总真正能理解科研攻关的细微精神，以及在理解基础上的支持。"安总，有您这话，我心里有底了。"

安总更让柳钧心里有底的是，如实跟他讲了二期资金由于种种原因，还有两百多万得后天才能凑齐，让柳钧要么等两天，等后天拿到汇票再走；要么明天就回，钱到账后打电汇给柳钧。柳钧毫不犹豫地选择留下，他哪儿敢走，他得盯着财务主管第一时间将钱给他。晚上他想请安总吃饭，安总正好有重要应酬，谢绝了。柳钧乐得去找旅馆住下，一个人好好将城市逛了一圈。上回来，天天醉生梦死，记忆中只有饭桌和足浴盆。

但第二天他就行动起来，抓住财务主管吃饭喝酒唱歌按摩，还有送红包。效果立竿见影，安总说钱后天到，钱果然后天到账，而钱一到账，柳钧拿了立刻赶飞北京，从北京转机回家。不仅仅是他，所有的生意人都是如此珍惜时间，只除了一些国企的红顶商人。拿到第二笔钱，柳钧心头又放心许多。

第二天，柳钧一上班就找罗庆，让罗庆可以考虑开始布局东海一号分段的市场。通过这一次与安总公司底层人员的接触，柳钧意识到即使安总有再大野心，可凭安总手下那些人的精神状态，他们加工得出东海一号分段所需要的精度吗？他很怀疑。而安总他们不行，却恰恰是腾飞的机会。东海一号在中国的市场说大不大，但说小也不小，腾飞即使只割食一小片蛋糕，已经可以赚得非常滋润。

一起出差的崔冰冰却到晚上九点才来电让柳钧去分行接她，她从上海回来了。两人一见面就笑。崔冰冰笑柳钧又趴在刚交付的房子里自己做水电，穿一身连体工装。她真是很难理解这个工科生为什么非要在百忙当中抽出时间来自己接强电与弱电的线，柳钧告诉她这是功率需要、维修需要、布局需要等等，崔冰冰却总是不以为然，交给专业的人来做，岂不是更好？不过当周末柳钧去布线的时候，崔冰冰一定要跟去观摩，操持冲击钻的丈夫在她眼里比坐钢琴边的时候还帅，她承认自己低级趣味。

柳钧见崔冰冰脸色还行，不是很累，就问她要不要去吃广式夜宵，崔冰冰果然响应，她现在是两个人的需求，却表现出近三个人的食量，天天闲下来就喊饿，催得柳钧厨艺突飞猛进。上了车后，柳钧实在忍不住，笑道："说个笑话给你听，宋总太太不是刚生一个儿子吗？结果这事居然影响很大，不少人指责宋总搞特权，打计划生育擦边球，呵呵，竟然也传到安总耳朵里了，安总抓着我问宋太太有什么特殊性，连说宋总够大胆。"

崔冰冰无法理解这事有什么好笑，想来想去，才理解地道："你不了解国企，尤其是宋总他们的国企，他们抓计划生育抓得可严，几万人里面只要有一例出事，全部几万人一年的生育奖全当，大家人盯人地盯着呢。结果宋总自己钻政策空子，美国太太一生就是两个，下面的人还能不认为他这是明目张胆搞特权吗？"不过崔冰冰说到这儿，忽然意识到不对，"噢，大家是不是都笑话宋总明知来自下面的怨言多，却管不住年轻貌美的太太要孩子，妻管严？"

"安总也是这么想，还自以为了然。人们都喜欢看现象而想当然，可你以为宋总是个怕事的人？我倒更愿意相信，这个孩子正是宋总最想要的，是爱情的事实证明。"

崔冰冰刚想反对，可是忽然想到自己，她一结婚就千方百计怀孕，特意通过父母找关系，去中医专家那儿开来中药，好好吃了近一个月，将养身体。此刻被柳钧一席话提醒，她忽然意识到，柳钧因喜欢小孩子而想要孩子，而她呢，她至今对身边乱窜的小孩子们没感觉，她怀孕的欣喜，更多是因为肚子里的孩子是爱情的事实证明，她得到了证明。因此怀孕后心胸简直是秋高气爽。这一刻，她理解了貌似强硬的宋运辉内心的虚弱，也看清貌似强大的自己内心的虚弱。她担心柳钧像看透宋运辉一样地看透她。

崔冰冰在银行消息灵通，她带给柳钧一个意外消息。据说杨巡最近贷了不少款，转到山西炒煤矿去了。还听说这两天煤矿所在地的市领导来本市考察，杨巡全套仪仗，全程陪同，还挤在两市领导会晤之间，上了市电视台的晚间新闻。

"煤矿？跟他现有的产业有上下游关系吗？"

"需要有上下游关系吗？纯粹是资金运作，人际关系运作，是煤矿还是铜矿、铁矿、铝矿都没两样。不是说国家关闭小煤矿导致电煤紧张，害我们经常断电吗？可是小煤矿是说关就关的吗？每一次政策的推出，无非是市场的一次洗牌而已，你不得不承认，杨巡此人头脑活络，抓得住机会。听说现在煤价飞涨。"

柳钧的脑袋好一阵子才转过弯来，他不得不承认，他这方面与杨巡相比大大不如。"我听东东说，杨巡常去澳门赌博，赌得不小，在那儿住酒店不用自己掏钱。你说炒煤矿与赌，是不是半斤八两，实质是一样的。"

"反正不是正经开工厂挣利润的，在你眼里都是末流。杨巡嘛，去澳门一般是陪别人去的，既然去了，总得自己也下场玩儿把，不能只做钱包。"

"什么啦，他自己也爱赌，以前严打的时候，大冷天的还在荒郊野外聚赌呢，我跟东东有次撞到他们，差点儿打起来。"

"他那样的人，赌性肯定是很足的。不过主要原因我看还是他家里没太太管着，你真不知道，太太管着对一个男人有多重要，哈哈。他死不死活不活拖着不离婚，彼此都不自在，何必？因为爱太太，还是因为与太太在儿女归属上相持不下，还是抠门不舍得割弃一部分财产给太太？"

"听他妹妹说，他为儿女读书受教育考虑，觉得应该让老婆在美国带着，可是他又不肯放弃儿女的归属，只好僵着。在本地办离婚，他若是不答应，他老婆哪怕再三头六臂，告到哪儿都没结果。做他老婆算是倒了八辈子霉。"

崔冰冰奇道："杨巡妹妹怎么连这种家务事也跟你说。你们在什么时间地点人物下说这些话？"

"那天电话里说件什么事，顺便问起，她说了这么多。你别多疑，我没问题。"

但崔冰冰还是患得患失上了，她每天混在江湖，见识好多男人在妻子怀孕不方便的时候出轨，有些还是一向操守不错的男人，可见下半身的诱惑有多大。再想到连宋总都要担心枕边人，这婚姻啊，整一个动态平衡体。直到夏天崔冰冰生了个女儿，小名淡淡，崔冰冰心头才尘埃落定，不知为何，与柳钧有了个孩子，才觉得真是一家人了。

淡淡妈白吃了那么肥，淡淡却是中等胖瘦，唯手长脚长，有乃父之风。崔冰冰总算是耐心坐了一个月的月子，但等月子坐满，她在银行办公室隔壁一幢大楼内租了一间小办公室，布置一番，她刚退休的妈领着保姆带着淡淡，白天就住在那办公室，等正常上班的崔冰冰两个小时过来做一回奶牛。崔冰冰迅速消瘦，淡淡迅速长大。柳钧心疼得跳脚，可是面对崔冰冰的坚持却无可奈何，他拗不过太太，唯有尊重太太的选择，心里却更尊重太太的精神。晚上淡淡哭的时候，他多多担待，承揽换尿布喂奶等事务。但人的精力总是有限的，所以一家三口除了淡淡一个人胖，其他两个都瘦得很快。

但尊重，并不意味支持。包括崔冰冰的父母，全家无人支持崔冰冰只休一个月产假，玩命投入工作。崔冰冰只好一遍遍地解释，坐在她的位置，她不能退出三个月，否则死状悲惨，还不如一退到底，回家做全职主妇。关键还在，她享受工作带来的成就感，她无法放弃，那么只能这样。女友们有赞有弹，这也是崔冰冰预料到的结果。让崔冰冰最想不到的是来自嘉丽的支持，嘉丽对崔冰冰佩服得不行，但作为一个过来人，她深知崔冰冰的不易。虽然有崔母这样的专家级医生把关淡淡的抚育，可崔母毕竟不是妇儿专家，跟不上育儿科学的进步。这方面便有嘉丽帮忙耐心细致地弥补。嘉丽送来眼下口碑最好的尿不湿、小衣服、纱巾、奶瓶等，本地买不到的，她就让钱宏明从上海买来，甚至从香港托钱宏明朋友带来，不惜工本，花钱如流水。

好东西只要用一下，就能体会出其中的妙处，崔冰冰对嘉丽感激不尽。她现在也做了妈妈，总算与嘉丽有了共同语言，可依然说不上几句话，两人思维频率不搭，跟嘉丽说话，崔冰冰得急死。不过崔冰冰终于向柳钧承认，嘉丽这个人确实很好，只是太不拿钱宏明的钱当钱，花钱太大手大脚。

柳钧即使睡眠不足，工作辛苦，将原本微微发福的身体减肥了下去，可是看到崔冰冰几乎每天大清早睡眼惺忪地为了催奶大吃几乎没放盐的猪脚汤，就佩服得不行，他再瘦，大清早也不会有这胃口。他让崔冰冰不妨学眼下的电力供应，停三开四，或者停四开三。崔冰冰怎么可能停三开四？她出其不意地回去上班，彻底打乱那个指望接替她的脑后有反骨的同事的布局，她若停，岂不是让反骨同事卷土重来？柳钧只能表示理解，并大力配合。

可是嘉丽有一天掏出镜子，让崔冰冰好好地看，却什么都不说。嘉丽的镜子有放大功能，崔冰冰一看镜子中黄脸婆一样的自己，尤其是看到粗大的毛孔，松垮的皮肤，禁不住大叫一声，毛骨悚然。她了解柳钧，此人好色。她想到比她早生几个月的梁思申，人家前几天来看她的时候保养得多好，难怪她先生紧张她。也难怪，柳钧从来不紧张她。可是，柳钧对她的黄脸婆样熟视无睹，是好事吗？当然是大糟特糟。

淡淡睡觉不老实，非得有人抱着她，等她睡着才可以放到床上。柳钧下班回家，这份差事当然与柳钧有关。等淡淡终于睡着，柳钧才拍醒下班回家小睡片刻的崔冰冰，让她醒来吃饭。崔冰冰见旁边没人，抓住丈夫的手轻问："我现在是不是很难看？灰头土脸？"

"没，一脸神圣的妈样。"

"妈样是你女儿看的，老婆样有没有？是不是糟糠之妻？"

"老婆样暂时严重缺位。哎，我没要求，你别心急，我再提要求你得逼上梁山给我休书了。"

虽然柳钧说得很好，崔冰冰却不可能无视自然规律："我真觉得自己已是强弩之末。我非常需要你的支持，需要你给我信心。柳钧，请经常抱抱我，生完孩子后你很少抱我。你才是我唯一的大补药，我最爱的是你。"

"你给淡淡喂奶，给我灌迷汤。"柳钧伸手抱抱妻子，就推她下去吃饭。崔冰冰意犹未尽，她不是个扭捏的人，有需求就说，就做，她像个考拉挂在柳钧身上，直抱到自己也不愿抱了，才放手，两人一起下去吃饭。桌上又是一碗催奶的鲤鱼汤，稀淡稀淡的，崔冰冰皱着眉头喝下去。柳钧看着这个美食家为女儿如此煎熬，实在看不下去："别逼自己，你不是神仙。没奶可以喂配方奶，现在市面上很多，不行我也可以飞香港去买。"

听得丈夫疼惜，崔冰冰本来皱着的眉头舒展了，她笑了，眼泪却滴滴答答落下来："不能委屈我们淡淡……"可是说着说着就哽咽着说不下去了，扯来纸巾笑着擦脸，眼泪越擦越多，脸上也很快无法再笑。

柳钧绕过桌子，让妻子在他怀里哭个痛快。妻子不用解说，他也已经懂了，换他坐妈妈这个位置，他也未必做到崔冰冰那么好，可崔冰冰是女人，是他忽视了强大的崔冰冰其实是个女人。难怪他有时候说崔冰冰是女强人，伊总是大吼一声："老子最烦'女强人'三个字！"女人再强，也逃不过生理限制，总之还是女人。崔冰冰也在内疚她为了工作委屈淡淡吧，于是堤内损失堤外补，那么难吃的猪蹄汤、鲤鱼汤都是闭着眼睛全喝，女金刚一样。其实，更该内疚的是他柳钧。

可是他还能做什么呢？晚上经常是崔冰冰泵奶后睡整觉，他半夜醒来喂女儿。据说这该是保姆的事，可是两个新爸妈又都不放心。他还可以做的，大概就是给妻子做大补药，多给她精神力量吧。他最喜欢崔冰冰不同于其他小女人的直爽，不需要他煞费苦心地乱猜。可是，当拥抱成为任务的时候，运作起来总是有点儿欠缺火候，但此事只有柳钧自己知道了，崔冰冰看不出来。

公司则是永远麻烦不断。这回的麻烦可以说是多年前埋伏在腾飞的定时炸弹终于被引爆。人行一纸通知下来，让柳钧前去解释，为什么说是外资公司，却完全用人民币出资。柳钧连忙先询问崔冰冰，怎么这个时候会提起出资问题。崔冰冰才想起最近严查地下钱庄，以防近期人民币跳跃式的大幅升值带来的境外外汇冲击。不仅仅查柳钧这种外资户头，连人民币大额存取也抓得更紧。柳钧心里有鬼，崔冰冰说的原理并不能解决他的问题，他唯有先硬着头皮去接受质询。点名让法人代表去，柳石堂即使想去也不成。

去之前，柳钧又找到过去工业区招商办的人员，一打听才知，原来腾飞不是个案，工业区不少企业为了争取外资企业税收减免政策，想方设法花点儿钱，通过中介去香港或者离岛注册皮包公司。有些胆子小，拿到境外执照后通过中间人的运作，找到一家需要人民币付大陆职员工资的港商，两家直接私自兑换，用于外汇注资验资之用，所以那些企业的起始注册资金大多不高。而大多数则是拿个境外公司的执照，通过关系用人民币注资。这些人都是这回被打击的对象，听说人行、外管局、工商一起查，查实的话，罪名不小，减免的税得吐出来，还得按上一个什么金融方面的罪名，最高可判刑五年。

柳钧满心忐忑，去前与崔冰冰反复斟酌口供。他告诉人行官员，他回国的时候带来外汇，那时候爸爸办的是工厂，他们考虑一家人反正说得清，就一次一次地把他的外汇兑成人民币，全数投入到新产品研发上去。年代久远，那些兑换的单子今天已经找不到。然后嘛，新公司成立，那时候还有兑换单子在，就视作外资入股了。这是他和崔冰冰商量出来的对策，一口咬定确实有外资进入，而且达到政策规定的外资公司的外资出资比例，只是当年注册操作时候有点儿弹性。唯有如此，才能方便未来缓缓幕后操作。毕竟柳钧与其他那些玩外资公司的不同，他是真护照，而且他在国外工作多年，有外币积蓄是理所当然，道理上讲得通。崔冰冰认定，地方人行不可能因柳钧这点儿小事通过外事途径查柳钧的德国账户信用卡，他们也无非是走走过场，最后罚点儿款向上邀功而已，这年头儿，不是杀人放火的大事，谁也不会太较真儿。

余下的事，就是崔冰冰上阵。她身处金融系统，在系统内上上下下跑得熟透，只要找对了人，那么这等一口咬定非原则性问题的小事就成不了原则性的大事。当然，罚款还是要交的，只是不需要割肉。坐牢就更不用提。问题在职业妇女崔冰冰手里处理得轻而易举。

其实据柳钧探知，工业区经过这么一番整肃，最后没一个坐牢的。这年头儿，谁也不是石头里蹦出来的，能在工业区办上几年厂子赚上几年钞票的，谁上头没有几条路子啊？几年下来，没亲戚也培养出朋友了。柳钧回头再看，不过是虚惊一场。

最头痛的还是公司本身的问题。产品的保密工作永远是道高一尺魔高一丈，有工人记性好，动用五鬼搬运法慢慢将图纸一条线一个数据地泄露出去的，有职员跳槽带走思路的，还有被模仿的等等。罗庆终于忍无可忍，他提出一个方案，公司既然因为用材问题和质量管理严格问题而不愿降低成本，导致无法与模仿偷盗者竞争，不得不在研发上加大投入不断提升产品层次，简直是形成恶性循环，不如在腾飞品牌之外设立类似服装的二线品牌，单独另辟车间或者厂区，专门跑量做与市面上差不多质量的产品，这样一来，谁都知道偷了腾飞的技术没意思，漏洞不堵自绝。而又因为另辟场地，不影响现有工人的品管意识，还可以让腾飞研发中心的技术延长生命期。

罗庆给柳钧举例，过去VCD这么贵，大伙儿手里钱又少，那么对不起，都买盗版，即使图像模糊也忍了，道德滚一边儿去。当年有人大魄力，一举降低正版VCD价格，大家一看稍微贵价就可以看正版，当然不再买盗版碟。而市场却还可以推出更高价的清晰版，满足部分特殊人士的需求。这就是市场。很多时候只要政策适当，善用市场那双看不见的手，反而事半功倍。

罗庆说这些，不过是抱着"不说白不说，说了是白说"的心态。因为他放弃人人争抢的公务员职位来到腾飞协助柳钧，正是因为他与柳钧有差不多的理念，科技是他们的宗教。他平时对业务人员的训诫中，也永远带着类似的内容，培养同事为腾飞的高品质理念而骄傲。可是现实摧毁理想，劣币驱逐良币的市场让人动摇信心。

柳钧听了却道："这个问题我已经不止考虑一年两年，就像大众旗下不止一个品牌，单国内就有一汽大众的捷达、宝来，和上海大众的桑塔纳、POLO、帕萨特等，定价不同，品质自然也大大不同。可是早年资金不够，而且人手也还没培养出自觉，这个问题不能考虑。尤其是同一厂区不同品质平台，最终结果肯定是上至管理人员下至工人学好很难，学坏很容易。"

罗庆不禁笑了："我还以为你会一口否决，甚至说我堕落。那么现在的机会合适了吗？我倒认为正合适，中心现在致力于东海一号配套的研究，眼下新产品开发不多，正好方便我们炒冷饭。"

"是这个理。我现在的想法是，腾飞原封不动，另外找地方建立新工厂。不同的品质，放不同的厂区，免得混淆腾飞好不容易建立起来的品管理念。但是……这就需要大幅资金投入，另起炉灶，不易啊。"

罗庆却看着老板的两只黑眼圈，直言不讳："财力是个问题，可我看相对柳总而言，精力更是个问题。新爸爸不好当啊，哈哈，我就是个过来人，根据过来人的经验，恐怕柳总得等宝贝女儿断奶之后才有精力打理新厂事宜。可事不宜迟啊，柳总，目前中心出品减少，而市场永远是沉舟侧畔千帆过。"

"对，精力。我太太的朋友威胁我，一周岁远非尽头，带孩子最辛苦的时期是从孩子会爬会走开始，一直到上幼儿园之前，你永远无法想象孩子哪来这么多精力。所以你看，不能拿精力做借口，该做的事，立刻就得着手。"

精力不是借口，可没有精力再建一座分厂，却是事实。柳钧咨询家大业大的申华东，申父申宝田刚发家的时候，又是如何分配精力。申华东只有一个答案，"股权激励"。于是事情兜兜转转，又回到曾经被柳钧否决的董其扬的提议。申华东告诉柳钧，当年他爸一个人忙不过来，就想出一个主意，将公司几个主要骨干职工变为股东，把一个老板忙不过来，变为几个得力股东一起忙活，在全市率先进行股份制改造。效果立竿见影，他放学回家终于可以见到爸爸了。

"我也想过这个办法，可是我不愿上市，不上市的股权激励有效吗？"比如董总就看不上，"与年终奖又有什么不同？大家都不傻。"

"我家股改时候也没奢望上市，上市是股改之后很多年的事。可股改前后，人的积极性完全不一样了，也没人再提离职。就像原本你只是告诉驴，只要把车子拉到终点就有胡萝卜吃，那条胡萝卜很抽象，现在改成在驴脑袋面前挂一只一路够不着的胡萝卜，所起的作用完全不一样。人的心理就是这么微妙，即使明知没有区别，可依然容易被挑逗。你这个做硬科学的很有必要学学我们的软科学。"

柳钧听着频频点头："如果我股改，索性引入投资股东，可不可行？"

"如果我还在管市一机的话，我会说可能可行。现在我可以明确告诉你……"申华东一声冷笑，"我现在知道如今的资金多的是高产出的出路，谁耐烦投入到你们这种制造工厂？有那个钱，还不如买一块地皮放着等增值。"

柳钧白眼，可也无法不承认。不说投资资金流向，即便他们的招工也是如此，今年以来，愿意投身研发的名牌大学生寥若晨星，他的研发中心条件再好，也比不过外面精彩世界的诱惑。快钱，那也是挂人才面前的胡萝卜。如果用脚投票，制造业事实上已经排位全国最不招待见的行业前几名，即使是追求更快更高更强的企业，也无一例外。柳钧心中异常感慨，再加政府不重视，政策无倾斜，大环境无治理，照此下去还真不如做做衬衫鞋子，起码人不必如此殚精竭虑。

可他不就是有那么点儿贼心不死吗？

经几天考虑，最难的是说服他爸柳石堂，柳钧在腾飞高管会议上出其不意地提出引入高管成为腾飞股东的想法。他经过精算去年一年的利税收入，将释出的股份可能获得红利与年终奖对等，拿出干股分配办法。他看到，在他一条一条地宣读办法的时候，大伙儿的眼睛渐渐闪闪发亮。这个会议开到傍晚，整个会议室提前群星闪烁。即便理智如孙工、廖工、谭工等人，一样莫名兴奋。

于是三天后有关新工厂上马的会议，开得异常顺利。会议布置罗庆开始物色场地，行政经理老张开始准备注册资料、招聘主要财务经理、开始大规模员工培训。大家都兴奋异常，不用柳钧布置，工厂与中心的人自动联合，说是三天内根据投资额拉出一份设备清单。转眼，工厂又与行政部联络，主动提出培训计划的共同制订。

大家都是熟手，都不需要柳钧指挥协调，他们自己协调得周全周到。本来罗庆与工厂负责人有点儿矛盾，这会儿也不提了，可谓真正全力地发挥主观能动性，群策群力。

而这，才是柳钧刚刚提出干股方案三天之后，设想还未转化为白纸黑字的法律文件，可他们已经将挂在唇边的萝卜化为动力，全力以赴了。柳钧很容易就看到新公司顺利运作的前景。即便是他原本用至饱和的精力，现在也可以收回一些了，各部门自有其他股东替他操心。可见全世界都通用的法则，自有其存在的必然性。

会议结束，连新公司的名字也有了：腾达。

柳钧觉得快得不可思议，可是大伙儿却从闭门会议出去后，自发自觉地做上了。研发中心的工程师们在腾达项目上出不了太多力，但他们明显也表现得更有劲。弄得柳钧轻松得不行，大把时间回家抱娃娃去，解放娃她娘。

但轻松也不过是一天两天，随着罗庆快速确认工厂地址，柳钧便开始亲自一块一块地前去实地查看。优惠政策太多，条件若好得不像是真的，那么一定不是真的，基本上就是抛个诱饵给你，等你上门就关门打狗，这种事情听得太多。条件看似还行的，那么只要开车周围转几圈，抄下几家企业名称，打朋友们电话问一遍，通过朋友介绍找上已经扎根企业的老板咨询，不仅咨询招商政策能不能真正落到实处，会不会翻脸不认人，还得问清楚这个地方的地头蛇诸如水电通信交通税务等部门是不是姓周名扒皮。

此时的柳钧已经不同于腾飞启动时，此时的他已经历过太多太多，工厂每天层出不穷的事件是最好的老师，他早在南墙撞得皮糙肉厚，不仅吃一堑长一智，更是熟能生巧，举一反三。因此，腾达的地址很快确定下来，在一处开发区，政策优惠，交通对于柳钧的工厂需要公路和水运而言是便利，对于普通居民则是不便利，然而正是这样的土地才能拿到低价。与政府部门藕断丝连的罗庆则是通过朋友获知，附近将很快修建快速交通干道。柳钧一口吃下两百亩土地，约定三年付清土地出让金，第一次付一半。

等不到一个月时间将两百亩五通一平的土地用围墙围起来，柳钧站在专门通往腾达的双车道水泥路上，看着似乎一眼望不到边的雪白围墙，对抱着孩子跟来看热闹的崔冰冰说，这感觉，真像是建立一个小王国。人在此时不产生出一点儿自豪感，几乎不可能。而罗庆他们也纷纷拖家带口开着自己的车子过来看，他们这会儿看腾达，与以前看到腾飞的时候心情大不相同，现在如小王国一般的腾达，其中有一块就是他们的。那种拥有的感觉，就是当家做主人的踏实感。

腾达的进程顺利推进，似乎除了钱是个问题，其他都不是问题，因为三个臭皮匠，顶过一个诸葛亮，大小股东劲往一处使，心往一处想，效果当然非柳钧当年与他爸两个人管理腾飞基建时候可比。然而就在这顺风顺水的时候，一个东北口音的电话打进柳钧手机，没头没脑地问柳钧是不是腾飞公司老板，德资公司老板怎么是中国人，老板的电话怎么能一打就通，会不会是沿海一带有名的皮包公司。柳钧没回答，让他们如果有疑问，不如直接过来这边工商局查注册登记，说完就挂了电话。

但是放下手机，柳钧却想到一处破绽，那个没头没脑的电话怎么知道腾飞是德资。再翻看手机来电记录，没错，显示的区号正与安总的相同。柳钧心中生出一丝不详。他想来想去，决定自己暂时不出面，由罗庆与一位客户联系，询问安总公司究竟怎样了。

消息很快传来。安总的公司目前奄奄一息，眼看新年来临，可公司账户上连发基本工资的钱都没有，公司财务每天须得拆东墙补西墙才能维持公司日常开销，连安总的车子也卖了抵债，安总眼下打车上下班，也不常出门开会出差了，倒是经常跑政府机关要政策。许多工人家中没存款，东北人家一到冬天就面临供暖问题，许多工人交不出供暖费。公司目前人心惶惶，说什么的都有。

柳钧心说，看来，第三笔，也就是最后一笔研发款项必然泡汤了。虽然年初从安总那儿讨得第二笔研发款的时候，柳钧已经有了心理准备，可是他想不到这一天会来得这么快。按说安总底下公司资产不少，算是百足之虫，在眼下的大好经济环境下，怎么会死得这么快。

柳钧给安总打去电话，以前他也是隔三岔五地打电话给安总，基本上都是报告进度，交流感情。这回他问安总需不需要帮忙。安总在电话里的声音依然中气十足，而且还挺乐观，他说困难只是暂时的，让柳钧只要安心做好自己的工作就行。为了安抚柳钧，安总还说了他最近的设想，穷则思变，公司既然已经穷得有半年揭不开锅，那么就应该考虑走出去，改革现有落后体制，寻找外部资金注入。

柳钧提出自己的疑问："公司需要养那么多闲人，谁家敢往公司注入资金？"

安总道："我们接触的投资者都有类似想法，你说得没错。但这是我们老国企的痼疾，没办法，企业性质不变，就只能看着它烂下去。我们正汇总各方面的意见，上报市领导，争取政策。总之你安心做科研，最后一笔研发款可能会比较波折，但我答应你的事不会赖账。"

柳钧心里想，安总你凭什么不赖账。可是他也不好多问，唯有劝慰安总劳逸结合，保重身体。但柳钧心中几乎放弃对第三笔研发款的指望，看来从此需要自力更生。他不断告诉自己，当初若无安总支助，他本来也想通过自力更生，腾飞多花两三倍时间全资开发类似机器人的，现在有安总帮忙解决三分之二款项，应该说结果已经好于预期，他没什么可怨，他早应该感谢上天待他不薄，他是幸运儿。如安总所言，他应该安心做好他的工作。

想明白了，事情就是这么简单。可即使想得明白，心里总是不痛快的，谁都不愿听见希望的泡沫破裂的声音。

只是，柳钧心头有丝隐隐约约的担忧，安总与其公司处境不同步的反常态度，让他怀疑他在安总棋局中的角色。他没怎么犹豫，不嫌麻烦又给安总打去一个电话，试探性地提出，他的公司正组建二线工厂，大量求购设备，性能良好的二手设备是首选，如果安总那边需要变卖设备筹资的话，他愿意出良心价购买，而且保证现款现付，拖谁也不拖安总的。柳钧听安总在电话里笑言很受用朋友的雪中送炭，但目前还不考虑变卖家产，等哪天撑不下去了，肯定不会客气。柳钧听得出安总并没有变卖机器设备的打算，那边公司目前连工资都已经发不出，这还不是撑不下去是啥，还要到什么时候才算是撑不下去可以变卖家产？

投石问路，要的就是石头落地时候发出的一声动静，安总的反应，让柳钧进一步肯定安总下一步走棋的动向。他周日又去新屋DIY，崔冰冰抱着孩子跟去凑热闹，崔冰冰热爱一家人凑一起的感觉。柳钧一边自己攻厨卫吊装用的特种耐腐蚀螺丝，一边解说对安总的疑虑。崔冰冰对此见怪不怪，安总那点儿小心思早几年在本地屡见不鲜，多少中小国企都是这么改制的，多少过去国企的一把手就是通过类似办法华丽转身成个私老板。

崔冰冰给柳钧很针对地举了一个例子。比如某某国营医药公司，连续三年耐心地亏损，亏得不少骨干跳槽，企业眼见命若游丝的时候忽然改制了，改得顺应潮流符合民心。还是同一个老大，还是同一套人马，结果当年就扭亏为盈，大盈特盈，盈得原先自以为很英明地跳槽的骨干后悔不迭。回头一看，原来那老大在三年时间里耐心地做着资产转移，一步步地将企业拖成市政府心头的鸡肋。不过自2004年地方国资委成立后，这种事情少了点儿，隐蔽了点儿。

崔冰冰所说的例子正与柳钧考虑的相同，他笑道："不过当年我爸接手跃进厂的时候，那厂子是真亏的。"

"这个吧，你就别撇清了，哈哈。我可以给你算账，等我先收拾了淡淡。"淡淡醒来开始吵闹，她得开始对付女儿。等淡淡吃饱喝足，睡在另一个小房间里，崔冰冰才关门出来，对柳钧道，"我在想一件事，你原本指望从东海一号分段上面与安总公司抢市场，现在安总有改制行动，等他成功后，你还有可能与他抢吗？"

"他改制对我有利有弊，从此后他们也是私企，在产品进入大国营方面不会比我有优势，而且我相信凭他那边那些人的惰性，未必很快就能上道。我在想，安总曾经问过我什么时候可以研制成功，他好像不急着要，最好零七年才交货。是不是他的改制日程表排到零七年？希望研究成果等改制后再让他摘桃子？"

"安总难道不需要跟你打个招呼说明一下？"

"他手里捏着最后一笔款的发放权，他不用担心我嘴巴，他不说我也肯定守口如瓶。因为说了对我没好处。"

崔冰冰叹道："这人真是枭雄。"

"妈的，总是被迫道德败坏，底线越来越低。"

"嘿，别这么说，别这么说，你主导，克服艰难险阻，最终研制成功东海一号的话，就是功德无量的大好事，些许前进中的曲折算什么，一笔勾销。"

"程序正确非常要紧。你别紧张，我说说而已，现在每天追求结果正确还来不及呢，哪有心思管程序？"

"你这人，心中条框太多，而且拿条框当回事，活得太累。不像安总他们，心中的条框是拿来约束别人的，那种人才能成为枭雄。"

"违背条框，内心矛盾地追求财富，快乐吗？"

"你有选择吗？"

"没有。"柳钧回答得很干脆，现在他不是一个人行动，他只是一个召集者，若是他的追求慢于同事们许多，他不能满足同事们的追求，那么结果可想而知，他将被抛弃。既然已经选择走上这一条路，那么退路只有一条，那就是全盘放弃，可是那样他又能做到吗？柳钧发现，原来他的观念是如此的不三不四，不切实际。

可人就是这么不三不四，明知不切实际的心无助现实，却依然推崇那份不切实际的心。

如罗庆放弃公务员官职加入腾飞，孙工、廖工等不受高薪诱惑坚持驻守腾飞，还有柳钧自己，一个个看似理智的成年人，却都抱着不切实际的技改之梦，而今梦想正在实现，他，柳钧，所能做的，所被要求的，唯有承担，以一个男子汉的体魄，担当起梦想的启航。确实，他有选择吗？

柳钧毫无选择地按部就班地建设腾达。相比九九年他第一次操作工厂建设，社会环境真是大变样了。可以外包的工程越来越多，以前的包工头走出来，身后只有一帮民工和几把泥刀。现在则有专门提供打桩机的包工头，有提供挖掘机的包工头，有提供混凝土车的运输公司，甚至还细分到有专门扎钢筋的工程队，不仅分工细致，而且市场竞争激烈，买方大受裨益。腾达的车间也是包给一家钢结构公司，有专业的设计和流水化的施工，工地面貌可谓日新月异。唯一不变的，大约就是马马虎虎差不多的工作精神。

可正是因为方便的工程外包，让基建工程的方方面面可以齐头并进，迅速前进，一时，工地上面乱象百出。虽然柳钧现在手头有人手，而且个个还都是调教得很注重品质的人手，可是买的没有卖的精，面对工程队经验老到、花样百出的偷工减料，防不胜防。若是当场没抓住纰漏，就得提出返工。但是有关返工的谈判基本上类似挖工程队心肝，乙方偷工减料就是为了昧钱，甲方提出返工则是指望乙方全额负担返工费用，两者针尖对麦芒，谁也不肯多掏腰包。每一次谈判全是软硬兼施，动用暴力是家常便饭。可是，能用暴力解决反而是简单的。柳钧最头痛的是有些工程公司上头有人，这边矛盾才发生，那边就有一个掌关键部门印把子的立刻打电话过来说好说歹，柳钧敢不认吗？不行。那么唯有生生地将一口鲜血咽进肚子里，自己出钱返工，而且还不敢再请这一家，花钱送神了事。

许多工程齐头并进的另一个讲究，乃是工程款的落实。柳钧很快就将腾飞的家底用完，开始用上崔冰冰给运作出来的贷款。这笔贷款依然来自原来的开户行，但是柳钧深知崔冰冰在其中运作的奥妙，那就是交换。也就是崔冰冰这边也承担一定风险地贷出一笔款子，给柳钧开户行主事者指定的某家公司。崔冰冰总是说没事没事，她手脚做得很干净，这不过是一笔普通不过的贷款。但是柳钧很担心，既然需要走路子，总不是最符合规矩的，那么若是有个三长两短，必然连累崔冰冰。而且，他因为腾达建设的繁忙，无法顾及小家，又将大部分家务卸到崔冰冰肩上，却还要让崔冰冰替他解决公司贷款，柳钧心中甚为内疚。不免花钱时候更加谨慎，以免更给崔冰冰雪上加霜。

再加上东海一号分段的研发进入攻坚阶段，前期研究的问题在此形成瓶颈，后期的路却一时云深雾罩看不清，柳钧这个总召集人不得不经常召开跨专业研讨会，让各专业的思想在会议上碰撞。然而，会议主持并不是一件轻松的工作，往往是前一刻还杀气腾腾地在腾达工地上拎铁棍与工程公司干上一架，下一分钟就得闭关入定，为技术会议备课，圆滑地厘清方方面面的人际关系和研发思路。人的角色岂止一天三变，用崔冰冰的话说，那是城头变幻大王旗，柳钧则感觉自己在研发中心——腾飞——腾达之间做着混乱的布朗运动[1]。

市区新买房子的装修一拖再拖，入住遥遥无期，他和崔冰冰都没时间管那个茬儿。好在年底时候电力供应渐渐恢复，停电的日子开始少于往昔。而且，好歹住的别墅位于科技园区，政策比较倾斜，停电日子相对少于工业区。这个冬天不用再搬回城里。

---

1 布朗运动：悬浮在流体中的微粒与粒子的碰撞而发生的随机运动。文中含义为脑袋的思路在不停转动着思考。

2006年

01

巨大的压力让柳钧天天肝火旺盛，口气臭如霸王龙，害得淡淡虽然喜欢爸爸，却不愿爸爸接近。但麻烦并不会因为柳钧的脾气学口气的样，越来越像霸王龙而减少。才过元旦，一帮操着东北口音普通话的人突袭腾飞，没有预约，没有招呼，一群人直接出现在腾飞公司门口，被门卫拦住。柳钧接通知从腾达火线赶来，见其中有相熟的安总公司员工。通过那位员工的介绍，柳钧得知，陌生面孔的来者乃是临时成立的专门工作小组，人员不仅仅是来自安总公司，更有来自政府部门。

一行专程来腾飞检查东海一号部件的实际研发进程与账务支出。对此柳钧无须作假，拿出来让查便是。他也不相信那些人能拿一清二楚的事情查出什么漏洞来，他本身就是个有账目洁癖的，当然，凭证的每一笔支出都清清楚楚，有根有据。虽然工作小组的突袭打乱了柳钧的工作日程安排，但时间挤挤总是有的，柳钧还不至于方寸大乱。而且进度与账目也公开透明，绝无玄机，柳钧对此不用有任何担心。

但是，这样一个工作小组的到来，让柳钧意识到一个严重问题，那就是安总那边似乎对事态有点儿失控。工作小组还在的时候，柳钧试图致电安总，可电话不通。无奈找上财务主管，又要问出原因，又不便大嘴透露腾飞发生的事情，很是为难，好在财务主管说安总乃是出国考察，很快回来。柳钧心说，那么不是失控，而是架空。

不等工作小组离开，柳钧约到年终忙碌无比的宋运辉，获得一小时会见时间。柳钧认为他有必要告诉宋运辉有关安总的情况，因为这也涉及东海一号的重要环节。果然，宋运辉听着听着就皱起眉头。

"如果那边出问题，影响到研发经费的到位，你这边的研发会不会受到影响？"

"会，肯定会。经费问题，还有安总那边的生产可能跟不上了。"

"他不行，你接上，顺理成章，我还更放心。"宋运辉说得很是干脆，"问题是经费。"

"问题更可能是……我这几天得随时揣着护照。"

宋运辉一愣，目视柳钧良久，才道："行贿？你外籍身份恐怕不会太遭罪，不用一惊一乍。"

柳钧想不到宋运辉能说出这么体己的话，他也兜底说出自己的想法："我更担心的是被叫进去配合调查，节骨眼儿上还是飞走回避。这么多年做下来……这么多年做下来，多少人眼巴巴看着我进去怎么说话……"

"打住，我知道了。"

"所以请宋总提前做好最坏打算。如果有问题，请你帮我扶一把我太太和罗庆的组合。有你支持，东海一号分段可以在腾飞继续。"

宋运辉点头，但好久才冒出一句话："你说，你当初接手东海一号分段研发的初衷是什么？"

柳钧欲言又止，唯余长长叹息。虽然宋运辉送走他时，肯定他是有良知的人，可是柳钧心情却久久不能平静。他原是堂堂好儿郎，现在却要落得个怀揣护照惶惶若丧家之犬。单纯就东海一号的分段研发，宋运辉一针见血问得好，他接手此事，初衷更多的是对技术的热爱，对赶超国际水平的狂热，其中有关他个人的私心可谓不多。可即使如此，他还是被动地犯罪了。

柳钧可以承受工作的重担，可有些看不见摸不着属于意识形态方面的东西，却压得他难以喘气。

工作小组走的时候，柳钧当然得亲自送往机场，以免得罪。送走客人，柳钧回头看不远处的国际出发口，心神恍惚地摸摸这几天包里一直揣着的护照，去柜台买了张飞香港的机票。进关后，才想起来，打个电话给妻子汇报方位，又抓着登机前的时间尾巴，给公司同事交代工作。此时他已经见到也是单身一个人，也是只带一只公文包的杨巡，更相同的是，杨巡与他一样，也是黑着个脸。

柳钧一边通电话，一边瞄杨巡的那张脸，满心都是犯罪的念头，心里是真想拔出训练有素的拳头，照着杨巡那张脸来上两拳，真实痛快地犯罪。可直到登机，从杨巡身边木然走过，柳钧还是没有任何行动。只是那种被动的感觉越发压迫着他，让他坐立不安。

澳门，赌博去！柳钧心中终于将含糊的意念化成清晰的目标。对，做坏事去，明目张胆做坏事去！

下了飞机，柳钧免签进入香港，而一帮同胞却得拿着特别通行证进入自己国家的特别行政区。出关后，柳钧抓住一个人询问坐什么车去澳门，可惜那个人不懂普通话，柳钧只好改说英语。想不到身边忽然有人用字正腔圆的普通话插进来。

"马考？你去澳门？跟我走就是，去码头。"

柳钧一扭头，见杨巡一脸寻常地看着他，忽然意识到这个杨巡可能也是去赌场，他不愿示弱，就说了声"谢谢"，跟上杨巡。杨巡扫他一眼，没说什么，一直等上车后，才问："你这样的三好生也去澳门赌博？"

"女人会血拼，我们男人会赌博，没什么了不起。你英语不错。"

"英语？只认识字母。你一说马考，再笨的人也猜得到你在说什么。有什么想不开，你最近不是混得挺好？"

"年关嘛。"柳钧不愿问杨巡此去澳门难道也是想不开，他靠着椅背闭目养神。

"你能有多大事，真要想不开，半夜三更找个冷僻点的水库，上去跑几圈号几声，什么问题都解决。"

柳钧无奈，只能睁开眼睛看向杨巡："你跑澳门是因为想不开？什么大事让你去水库跑几圈号几声也解决不了？你在本地还有解决不了的事情吗？说来听听嘛。"

"我说出来怕教坏你。凭你做事的套路，你能惹多大事，歇歇吧。我有经验，号几嗓子，包好。号到吐血，事情立刻转折。回家吧，别让你老婆孩子操心，赌博这玩意儿沾上手了就扔不开。"

柳钧目瞪口呆："你为什么劝我？你真以为我是去赌场撒气？"

　　杨巡轻蔑地道："虽然我没比你大几岁，可混社会的日子足足多你两倍有余。混到我这境界，没有跨不过的仇，没有化不开的怨，什么都是此一时彼一时，你以为我跟你怄气？没空。我是认真劝你回家去，你不是块能放能收的料，你这性子进不得赌场。你非要坚持去，我这就给宋总打电话，你想想你敢不敢跟宋总解释？"

　　柳钧几乎是被杨巡逼下车，站在街上看载着杨巡的出租车消失，还兀自发了半天愣。至此，他去澳门的冲动被杨巡鄙夷得淡了，再也提不起劲再找路线杀奔澳门赌场。天色开始暗下来，冬天的夜晚来得很早，夜色中的香港更加璀璨。柳钧索性两脚走路，走一程吃一程，别的什么都不想，只盯着香港丰富的美食。烧鹅、肠粉、鱼丸……吃撑了，走累了，找家酒店住下，先给崔冰冰报个平安，然后给杨逦打电话。因为他知道做酒店的杨逦不可能早睡。

　　"我在香港，遇到你大哥，说了不少话，我有点儿想不到。"

　　"对，他去澳门赌博，改不掉了。大嫂也因为这个更不愿回来。你是不是尝试阻拦了？"

　　"没，是你大哥把我拦在香港，不让我去赌。我非常意外……但他自己去了澳门。"

　　"唉，你有没有办法拦住他下赌场？如果有，我下辈子也谢你。我大哥很复杂，我头脑简单有时候无法理解他，现在依然无法全面理解他，他的思维方式与我们读书出身的有点儿不一样，但他是条汉子，这点毫无疑问。"

　　"回头，请你帮我谢谢他。最近你们很多麻烦事？千万想开点儿，年关总是千头万绪。"

　　"可能是矿上的事吧，大哥不会冲我喊累。不过你可以想象煤矿那个复杂，大哥说比煤还黑，煤好歹还有点儿亮光呢。那一行，赚得大，压力也大，一言难尽。你最近碰到什么事了？"

　　"年关，混得跟杨白劳似的，出逃了。不过看来再逃也还得回去，总是逃不掉的。哪天能退休啊！"

　　"呵呵，我每次烦得想退休的时候，就想，哇，世上没有花钱摆不平的事。这一想，立刻就抖擞精神投入到赚钱的斗争中去了。你有没有办法帮我劝劝大哥别赌？他现在一边赌，一边求神拜佛，两个地方都花钱如流水。"

　　"我境界不如他，劝不了。你也不行。如果可以，推荐你们的老乡，宋总。"

"宋总有意疏远我们，已经好几年了，他那算洁身自好吧，跟我们接近没一点儿好处。他心肠很硬，我打动不了他。柳钧，你今天说话够大方，我真高兴，谢谢你。"

"呃，该谢的不是我。"

"虽然我也有点儿意外我大哥会拦下你，但这也说明你有一些品德让人很容易信任你支持你。放到经济社会，这就是无形资产，赊账、贷款，全靠它。"

"杨逦，你真是越来越美丽。"

电话两头的人都是愉快地结束通话。柳钧奇怪，其实什么问题都没解决，为什么忽然心情开朗了起来。安总那边的事吧，他见机行事。只要最后不是给驱逐出境，总有办法可想。即使坐几天牢……世上没有花钱摆不平的事。什么叫意难平？没有，正如杨巡所说，都是此一时彼一时，想那么多干吗？

回家后，柳钧从申华东等朋友那儿了解了一下杨巡，得知杨巡通过一次招商活动，与一地方政府签订协议，他投资帮助整合那边的小矿，最终他可以占多少股份，前景当然是不错，但是小矿的利益错综复杂，整合谈何容易？柳钧光是替杨巡想一想，就想得头皮发麻，难怪杨巡需要大赌以发泄。

安总回国后就来电，问柳钧找他有什么事。柳钧将工作小组过来的事跟安总透露了一下。安总详细询问那些工作小组究竟查了些什么，有没有透露出其他的只言片语，柳钧都如实相告。安总最后请柳钧守口如瓶。柳钧进一步感觉到安总那边有危险，而且危险已经敲响大门，近在眼前。

春节，本是个全民休假的日子，柳钧与外包工程队商量，可否加点儿钱，春节加班加点赶工。他不知道安总那边事情会如何发展，他只能想方设法加快进度，起码……他若真的出事，腾达一摊子千万别不上不下还无法开工，那会烂掉。可是春节这个时候，即使加钱人们也不愿干活儿，工地上的外来务工人员一个个就像洄游的鲑鱼，此时眼里唯有老家，为此不惜辛苦排队三天三夜谋一张回程车票，再奔波煎熬也得回家回家回家。

柳钧无奈，只好将工地暂时停工，而且看起来春节后还不一定能很快复工，那些好不容易才杀回老家的人哪可能休息到初七就回来？唯有研发中心的工程师们，初四过后便陆续主动回来做事，看到他们的忙碌，柳钧心中满是充实。

可柳钧春节走亲访友经过钱家姐弟开的宏盛房产中介，却发现除了初一到初三休息，其余时间照常营业。房屋中介，又不是卖家常用品的超市，居然春节无休，着实令人揣测门面背后如火如荼的生意。有不少制造公司的生意也相当火爆，他们没有腾飞规矩，一向游走于劳动法边缘，过了初三也立即恢复开工，而且，哪来的节假日双倍工资？他们的工资一向计件。

才到初五，就有生意主动敲响腾飞的门。有一位老板通过业内朋友介绍，找到罗庆，要求腾飞帮助赶工一批电机转轴。罗庆一看，没有图纸，只有几点要求，说明这个老板还希望腾飞提供设计。再一看要求的参数，他拿出手机大致计算一下，就笑了。显然是块难啃的骨头，要不然也不会大年初五就急吼吼主动找上门来。

但罗庆对自家能不能做这个，也不是很有把握，他赶紧打电话给柳钧。柳钧一听也笑，研发中心花大力气建设起来的数据库有料，调出来套上去就行，不用再做各项测试，理论上明天就可以交出设计图纸。但柳钧在电话里告诉罗庆："工厂春节后工期全部排满，没空档给他们。我们可以单纯提供图纸，标明材料，让他自己找加工厂。其实一两天可以做出来，不过你告诉他，设计需要一个月。要不然他还以为我们有多容易呢，卖不出高价。"

崔冰冰在一边儿看老公一脸顽皮，奇道："你这好像是跟机关学的，明明一个章就是，他就要研究研究，你只好送烟酒上门。你不怕吓走人家？"

"不怕。他给我们出的题目偏难。就像这个饼干盒子，规定必须放足一百块饼干。可是你平时做的饼干硬塞也只能放进去七十块，那么你必须动脑筋了，用什么工艺，换什么面粉和黄油，什么配比，做成什么形状，才能将饼干做薄到塞得进去一百块，还得不容易碎，又要好吃。我这边数据库正好有这种面粉黄油配比和工艺可以调用。如果没有呢，那么就得一次次地试验，一次次地计算，花掉许多面粉黄油和时间才能做出设计。但是国人一般不承认脑力劳动，如果我一两天出活儿，他给三千也会觉得我是暴利。他看不见我获取数据、建立数据库、维护数据库，甚至保密工作投入的那些资本和劳动，也不会看到我们技术人员脑袋里技术知识积累的价值，他们只觉得你一两天就拿出来的东西只能值不到三千。跟他们解释还不如取巧一些。呵呵，我一组高工，专门给你做一个月设计，你说你得花多少钱啊。"

崔冰冰笑骂奸商，不过也没怎么当回事，商场上面斗智斗勇多了，她见多识广。她见柳钧又笑嘻嘻地接罗庆的两个电话，最后一个电话是拖了好久才来，那时候他们已经在路上，准备去给城投副总拜年。柳钧将车子停在路边接听，听完四肢摊在车椅上哈哈大笑："二十万！罗庆的刀子比我的还锋利。他装作我们是勉为其难答应提前一星期交设计，春节后加班加点多不容易啊，呵呵，当然加钱才做。对方还特感激特满意。你看，人就是这样，我若是说明天就给，三千，对方还嫌我刀子快呢。现在皆大欢喜。"

崔冰冰笑道："牛啊，你们小哥俩配合得越来越顺了。这笔钱赚得漂亮。那为什么加工不一起做了？"

"那套东西的加工很麻烦，却叫不上价，别人家也能做。如果腾达上马了，可以给腾达做。腾飞做这个不合算。"

"段位越来越高了，就是太不严肃了。"

"比起杨巡，差多了，我跟杨巡没差几岁吧，最多三四年，可在他面前，我好像是透明的，我脾胃如何他全看得清楚。那人才是段位高，能屈能伸，关键是这个。"

"出身低的人，身段肯定比我们这种人更能曲。没办法，工作中早有领教了，我还算是个能屈能伸的呢，比起有些客户的忍辱负重，简直是不值一提。比如东东，比你更不能曲，城中好多人嫌他张狂。"

崔冰冰说着，帮柳钧接起刚刚叫响的手机。柳钧有了孩子后开车变得谨慎，车速高的时候不敢接电话，怕驾驶分心，伤到车上的淡淡，久而久之成了习惯。"宏明来的电话，像是有什么烦心的事，让你有空回电。"

"宏明现在都不爱跟我谈事业，说我脑袋呈混凝土状，没资本意识。难道家里有什么烦心的？"

"我很奇怪，宏明没其他朋友吗？他好像有事都找你说，找不到别人。有时候你那么忙，他还拖住你研究买什么车喝什么红酒，真想在旁边损他几句。"

"他性格如此，不爱对别人交心，不像跟我是从小一起玩大的，知根知底，他对我也不需要有保留。"

崔冰冰想了想，道："也是，他保留的东西太多了，连嘉丽都不清楚，我看他维持一副精英形象很辛苦，人前做戏，我都替他吃力。"

柳钧听了摇头："越放不开越不敢放。性格如此。"他送崔冰冰到城投副总楼下，打个电话给钱宏明，本想掉转车头赶去钱家，不料钱宏明却让他原地等候。

柳钧没等多久，钱宏明便开着含蓄的宝马M5匆匆赶来。坐进柳钧的车子，钱宏明便长长伸了个懒腰，长长叹了一口气："我快被家里两个女人烦死了。我姐不知道从哪儿听来我……和女朋友的事，抓住我拷问一夜。见我一夜没回家，嘉丽却没来一个电话，她疑心问题出在嘉丽身上，这几天一个劲儿劝嘉丽出来工作，吸点儿人气。"

"难怪不肯在电话里跟阿三说。"

"你家阿三那权主义，跟她说了，以后我还想见你吗？我姐找的借口很巧妙，说中介公司现在越做越大，现金大进大出得她都怕，很担心出纳那儿出问题，希望有家里人去公司财务把关。活儿不重，但责任很重，这种事舍嘉丽其谁。嘉丽哪懂财务，她脑筋挺好，可没金钱观念，可是被我姐的困境打动了，觉得应该替我姐分忧解难。我怎么劝阻都不行，一起矛头对我说我没良心。"

"其实嘉丽去你们自家公司做也蛮好嘛，干吗阻止？上面有你们罩着，谁也不会让她受委屈，她也可以照样顾及家里。也或者你断了那边女朋友，你姐图的不就是这个。"

"嘉丽无论如何不能去工作，中介公司一帮都是靠嘴皮子吃饭的猢狲，比你那儿复杂得多，嘉丽心思单纯，受欺负也不知道，我姐管不过来。而且，我不想让嘉丽去那儿学坏，你知道，嘉丽是净土，难得的净土。你帮我去劝，嘉丽信任你。你要不答应，我就把嘉丽扔你研发中心去做总务，你替我罩着，反正无论如何不能去中介公司，那儿人太杂。"

"断了那边的女朋友不行了？你又不是只有一个，断掉一个，给你姐看个样子也行。家里一个外面一个，还满足不了你？"

"同志，事关征服欲，我不由自主。明白了吗？吸毒一样，吸上了就断不掉，每天蠢蠢欲动。"

"克制嘛，你看我结婚后对阿三忠心不二，还得在阿三面前装作对美女没兴趣，你也可以，只要多想想小碎花就行。这件事的解决我看你还是得斩草除根，从源头解决问题。"

"不帮？不帮我初八就把嘉丽拉你研发中心上班去。"

"把老婆交给兄弟照看，你荒唐不荒唐？赶紧遣散女朋友，好好做人，别提什么征服欲。"

"跟你说了，没办法，我看见美女就自动孔雀开屏，美女看见我主动求欢，你说怎么办？求你，柳钧。要能解决我也不会求你帮忙了。嘉丽心软，这几天就要上班帮忙去，时间不等人啊。"

"哎，嘉丽去上班，怎么就不净土了？阿三每天……"柳钧说到这儿，却见到钱宏明一个久违的动作，左手微蜷放到嘴角。他忽然明白了，钱宏明要的就是嘉丽不复杂，不会像崔冰冰一样能一眼看透到人心里，也不会像崔冰冰一样抓住一句话里的纰漏就追根究底，那样，钱宏明回家才不用太掩饰过去的种种，家才是最舒适最宽松的港湾。对了，钱宏明以前曾提过，嘉丽是他唯一的港湾。这是个苦命人。柳钧心下一软，答应做嘉丽思想工作。

在钱宏明的注视下，柳钧有点儿违心地拨通嘉丽电话："嘉丽，宏明大过年的找我哭诉，你说怎么办才好？"

但是任凭柳钧怎么劝说，只要嘉丽那边传来女声的窃窃私语，柳钧所有的劝说全都失效。柳钧明白了，问题出在钱宏英身上。钱宏明认真地看着柳钧打电话，恨不得出声指点柳钧几句，一转眼，却见到崔冰冰惊讶地站在车外看着他们。他忙捅捅柳钧，提醒太座驾临。柳钧不知哪儿来的心虚，连忙结束通话，满脸堆笑给崔冰冰开门。看得崔冰冰一脸疑惑，坐下就问两兄弟干什么坏事。钱宏明只得笑笑告辞，将烂摊子留给柳钧。

崔冰冰等钱宏明一走，又紧着追问："他鬼鬼祟祟来做什么？唔，我们得赶紧去我妈家，我涨了。"

"才坐半个小时就完了？看起来不大顺。"

"那当然，城投啊，又不是你们私企，都是我们求他，他看不上我们这种中等规模银行。但春节总得在他们面前露个脸，万一他们什么时候不小心漏一个项目的贷款给我们。钱宏明来干吗？"

"他不希望嘉丽上班，嘉丽却想上班帮他姐姐的忙，做他家房产中介公司出纳。他请我出面劝阻。"

"开玩笑，嘉丽做那种中介公司出纳？不到一天准鸡飞狗跳。她在家养尊处优这么多年，娇滴滴的，任性得不行。出纳这活儿是什么，又要把门，又要随时听候差遣，她受得了吗？几次差遣下来准爆。"

"嘉丽不任性吧，她脾气一向很好，很柔顺。"

崔冰冰"嘿嘿"一笑："在家关久了的人，都有一种社会适应不良症，不懂能屈能伸。碰上钱宏明心里有鬼，更是在家处处顺着嘉丽，嘉丽内心不知多娇纵。没表现给你看而已。我知道，你反正相信我的判断就行。"

柳钧想了想，好像还真是这么回事，嘉丽若是居委会大妈性格，倒能良好适应社会了。嘉丽确实非常有礼节，可是遇到需要排队，需要争抢的琐事，她是掉头就走，宁可放弃。日常工作可不能要仙女，只能要大妈性格的人。柳钧又打一个电话给嘉丽，直言不讳提醒她不适合那份工作，去了反而添乱。果然，这回嘉丽顺利答应放弃。

"果然女人了解女人。"柳钧自言自语，"阿三，有什么办法让宏明别出轨？这样下去总不是办法。"

"结婚后我明白一件事，男人有外遇，老婆肯定感觉得到。身边人有细微变化，除非是对夫妻关系早已麻木的，正常夫妻感觉不到的才是活见鬼。你以为嘉丽是真傻真单纯被钱宏明蒙在鼓里吗？一家子的事，关上门谁知道呢？或许这是他们夫妻的相处之道，你外人插手反而坏事。"

"呃，难道我妈早对我爸麻木了？"柳钧想到傅阿姨说他妈是为了调回城里才与他爸结婚，而似乎他爸外遇好几年才被他妈探知，"可若是早麻木了，又为什么会自杀？"

"我没见过你妈，不好说。"崔冰冰想想钱宏英那张脸，但不便明讲，"你看你做人光明磊落，跟我开诚布公，就不用像钱宏明在家也得鬼鬼祟祟。所以人的路怎么走，全是自己决定，别人真插不上手。"

柳钧一笑收手，不再钻牛角尖。在崔家吃一顿晚饭，又拎了满满一包吃的，其中有崔父以动手术的手腌制的咸鸭蛋，和崔母做的很多菜，就是担心两个年轻的在保姆回家过春节的时候可能饿死。第二天早上两人喝粥，崔冰冰又烙了葱油饼，炒一盘青菜，切一只咸鸭蛋，再切一块风鸡腿。崔冰冰刀工了得，将咸鸭蛋一分为二，大小相同，可是里面的蛋黄分布就难掌握了，崔冰冰上桌就主动挑了蛋黄少的那一半来吃。

柳钧盛来两碗粥，见此就道："干吗切开呢，一人一只多好，公平合理。"

"我就是要跟你分着吃。"

"那你挖点儿蛋黄过去，别你爸腌的蛋，精华全进我肚子里。"

"你这大少爷不肯吃蛋白，少给你点儿蛋白，省得又剩下一半蛋白不吃，浪费可惜知不知道？"

柳钧不禁笑道："一家子的事，关上门还真是外人难以猜测。有谁想得到你阿三这么彪悍的人，回到家里是这么三从四德呢。原来你阿三的三，是三从四德的三。"

"你心里对我是不是还生出三贞九烈的幻想？不，其实我可能是三教九流，更可能是你的三皇五帝。"

可桌面扩音器传来上面淡淡的哭泣，两个人当即扔下粥碗飞奔上楼，一个放下三皇五帝的架子，一个放弃做老婆三从四德的沙文猪的幻想。

02

钱宏英眼看着自己的计划被柳钧破坏，心头非常来气。对柳钧，她没措施，不免将所有的气转移到弟弟和弟妹身上。钱宏英心说，一样的有手有脚，一样的平民出身，嘉丽还有重点大学文凭，凭什么吃不消一个自家公司的出纳职位。钱宏英愤而告辞，出来正好遇见回家的弟弟，兜胸一把扯住，拉到一角："我今天才想起来，你在外面花天酒地，我在家替你摆平你老婆，你们一家子够瞧啊。"

"我每天那么多事，哪有时间花天酒地，也不会去乱七八糟的地方，姐又不是看不到我工作量。"

"你春节前三天，在新开的那家商务会所，不叫小姐去什么去，你以为我不知道？以后你家有事别找我，没空，我也不是三头六臂。"

"姐，嘉丽不是不会开车嘛，你就……"

"谁天生是会的？不会就学，怕什么，我难道就是女超人，管了自己还得管你们一家。哦，对了，你们要学梵文，学澳大利亚红酒与智利红酒的区别，学咖啡哪儿产的怎么烘焙，敢情我是打粗工的老妈子。"

"姐，不是这么回事。"钱宏明拖住怒气冲冲的姐姐，想拉进附近一家春节照常开业的咖啡店慢慢谈，但被钱宏英猛一甩手，又是一瞪眼。钱宏明在他姐姐面前不敢造次，只得看着姐姐开他用过的宝马三系车离去。他认定姐姐气的是他，可是又从来不舍得骂他，只能拿嘉丽出气。姐姐气头上的话他又不好对嘉丽讲，免得两人心生龃龉。

可是家里总有那么一些事情，不仅嘉丽无法解决，他才刚退休的岳父母因为人生地不熟，也行事不便，需要有人帮忙。再说，他刚通过姐姐买下一幢双联排别墅，装修的事本来可以委托姐姐监管，现在可怎么办，难道大包大揽地交给装修公司？那不知得多花多少钱，而且还质量有问题。可是，再回头去找柳钧帮忙，他此时已经说不出口，柳钧现在也有了家小，而且是个超级大忙人，帮一两次可以，多帮……柳钧刚才不已经说了，总跟兄弟老婆凑一起不是回事。这事，还真不知道怎么跟嘉丽说。

偏偏钱宏明春节去上海后没几天，家里中央空调不制热了。嘉丽不知情，打电话到钱宏英的手机。不料这回钱宏英的手机由办公室秘书接听，嘉丽只好留个电话，请姐姐打来。结果姐姐一直没打。嘉丽再去电话，依然是秘书接听。她与父母商量，大家都觉得应该找物业，物业一听，建议他们找品牌维修站的专业人士来看。嘉丽记得当初装空调是柳钧一手帮办，家里翻箱倒柜也找不到空调维修单，尽管丈夫曾叮嘱她柳钧现在忙得焦头烂额，尽量别去打搅，可是家里冻得冰窟窿一样，嘉丽只能打电话找柳钧。

柳钧却刚好被安总请去给调查小组做说明，他也不记得当初的空调说明有没有给钱家，就让在家的崔冰冰帮忙找一下。崔冰冰哪有这个空？干脆一个电话打给嘉丽，让嘉丽抱小碎花到她家住几天，等柳钧回家再解决。嘉丽哪好意思，此时一圈儿赔笑下来心头也恼了，发个短信把事情扔给无所不能的钱宏明。钱宏明当然清楚他姐姐不接电话的原因，现在电话都是来电显示，只要一看是嘉丽打来的，她转手让秘书挡驾就行。他只能给外贸公司的员工打电话，让解决老板家的小问题。其实问题很简单，找到室外机看看是什么牌子的空调，上网查一下公司网站，再顺藤摸瓜摸到本地维修点，即使手头没有安装说明书和保修单，可这年头儿有钱能使鬼推磨，钱宏明的员工不会替老板省钱，多花点儿钱什么问题都能解决。无非就是一个方法问题。

钱宏明忙碌之余，不断打电话询问事情办得如何，得知手下员工很是尽心尽力，嘉丽也与之相处和谐，索性叫嘉丽以后有事直接找那员工，不要找那些大忙人了。

柳钧不知道事情原来牵涉那么多前因后果，他在安总的安排下协助审查，本就满心如履薄冰，压根儿无暇考虑嘉丽这边的事情解决与否，再说他也相信崔冰冰的能力，一个连银行都管得了的人，怎么可能管不好一桩小事？

他原以为面对质询的时候，他很难理直气壮。他本来就认定安总行为有鬼，而他与安总也存在猫儿腻，调查小组问起来，他怀疑自己很难对付，这也是他当初想到如果安总公司出事，他避去国外免得配合调查的原因之一。可他竟然意外顺利地应付了质询，而且还赢得工作小组的好感，进而影响到小组对安总的调查。这么大笔而且很容易台下起猫儿腻的资金的运作既然能经得起调查，而且是好钢用在刀刃上，大家就有了抓大放小的心。再加上安总回国后便加紧扭转乾坤，调查工作竟然无声无息地无限拖延下去，渐渐上面没人提起了。

柳钧应付调查小组的质询之后，又顺便到安总公司向生产技术部门汇报研发进程，拿人钱财，总得让人花钱花个明白。他在电脑上向大伙儿展示一段录像，是初步搭起来的东海一号分段部件框架，以及试验加工全程。人们可以清楚看到全自动的喂料，全自动的加工。如果最终参数能达到某一数值，那么这台设备可以说是大功告成了，而且，类似精度的设备在市面上也应该有一定市场。可是东海一号的要求不同，东海一号要求的是现代国际中等偏上的加工水平，那么腾飞研发中心的工程师们还将有很长一段路要走。对于线性输出问题的进一步解决，业内技术人员都清楚，非一朝一夕可以达到。而目前的进度，已经让在场诸内行人无可挑剔。

大家你一嘴我一嘴提问的时候，柳钧意味深长地回答："整个研究工作，大家都是内行人，说白了就是烧钱。目前第二批资金已经烧完，已经在动用我公司的资金。可是看贵公司的现状，我真是开不了口。我很犯愁，接下来怎么办。青黄不接，停止就意味前功尽弃，而继续往前走，则是面临一个资金问题。"

众人面面相觑，没有人回答柳钧。公司生存堪虞，哪儿拿得出资金继续让腾飞搞研发？生存摆在第一位的时候，其他什么都可以往后靠。在大多数人的眼里，研发，只是公司的奢侈品。

"看起来，我们研发中心得自谋出路了。"柳钧点到为止。他也知道眼前这帮人解决不了资金问题，但他必须说，免得安总公司的这帮人总是以为他们是金主，有十足理由对他指手画脚，把腾飞几乎当作殖民地，想来就来，想调查就调查，把他柳钧使唤得经常飞来飞去。现在，好吧，你们可以闭嘴了。果然，大家难堪地沉默之后，便不再理直气壮地提出问题。会议就这么草草结束了。

柳钧下午的飞机离开，会后便去安总办公室告辞。安总办公室有五六个人在，柳钧不认识这些都是谁，而安总也不打算回避这些人，握住柳钧的手道："你是个大忙人，这回又让你来回折腾两天，很过意不去。不过说明问题还是有必要的，算是帮我的忙，人情记在我账上。"

"安总不客气，举手之劳而已。我们公司自行研发的新产品多，向税务局申报的退税也多，税务局见我们新产品退税申请数目超行业平均水平，对我们非常警惕，经常下来查账。我们也因此被培养出每个产品每个项目单独建账的习惯，税务下来检查的时候一目了然，非常清晰。这回我们合作的研发项目也不例外，不麻烦，只是我们公司的正常管理程序，再说查账也是出资方的权利，呵呵。"

安总感慨："跟你们这种管理先进的公司合作，不仅我们省心，也让我们学到不少好的管理理念。你好好干，相信我们公司的困难也是暂时的，上至省市领导对我们都很重视，我们的合作项目应该前途无量。"

柳钧直说："安总，三期资金我先垫付。希望贵公司尽快落实，要不然我那边真是无米开炊了。到目前设备实际调试阶段，那真是开动一下机器，烧一刀子的钱。我真担心撑不住。"

"先克服克服，克服克服。"

柳钧在众目睽睽之下，无功而返。其实他心里也清楚，估计安总第三笔款子肯定不会爽快地付。若是改制成功，钱成了安总自家的钱，一般很少有人舍得为研发实实在在地掏腰包，那么安总可能会跟他软硬兼施讨论一个方案，尽可能将第三笔款子打个折扣支付，或者换种形式支付。若是改制不成功，他们公司还哪来的钱？但是，合同上面有个约定，若是不按期支付，超过多少时间，那么可以从这个时间起终止合同。离约定时间还有三个月，柳钧唯有拭目以待。

好在腾达的建设已经进入设备安装期。目前的公司已不同以往，有身为股东的高管们积极主动地工作，有各方面技术过硬的人手，现阶段的工作对于柳钧而言，困难只有一个字：钱。于是，饱暖而思……当然，首先要犒劳辛苦一年的太太。

"阿三，淡淡一断奶，你可以部分解放了。这一年你还没出去旅行，我们去德国如何，我做导游。让你体验体验我的极速飞车不是吹的，德国的公路真是驾驶者的天堂啊。"

崔冰冰却是回眸"嘿嘿"一笑："想你的纽博格林北环赛道24小时耐力赛吧，连梦话都三句不离纽博格林。"

柳钧哈哈大笑，司马昭之心逃不开崔冰冰法眼。他一笑，吃奶吃得不痛快的淡淡也手舞足蹈地笑啊闹啊，一家其乐融融。柳钧见缝插针向妻子宣传耐力赛有多么疯狂，其中可以看到什么什么什么，其实柳钧不用多鼓吹，崔冰冰本身就是个爱热闹好起哄的，这种背一顶帐篷类似狂欢的活动，她怎舍得落下？只好跟淡淡说对不起了。

既然崔冰冰答应，柳钧立刻打电话给申华东，推掉五月份车版的活动。光棍很自由的申华东正陷身酒吧，听得柳钧的理由，立即要求第三者插足当灯泡。申华东的理由很强大，他是美国籍，去一趟德国很方便。他甚至提议，不如多凑几个人自驾欧洲，玩他十天半个月的才回来。为了方便，尽量找有外国护照的人。柳钧当即想到梁思申，那人似乎也是个疯狂爱车的，索性也叫上。他发了一个邮件给宋运辉，想不到半个小时后就接到宋运辉来电，去，三口人，小可可以逃课。再过会儿，申华东接二连三来电，总共又拉来三个同行者，都与柳钧相熟。此时已经凑足九个人。

"大哥，导游费几钿一人，吃饭住宿拿多少回扣？恭喜发财哈。"崔冰冰一边儿看着笑，她比柳钧爱热闹。

"宏明一年换一次车，应该也喜欢车，他经常进出国门，签证不会难。"柳钧赶紧给钱宏明去电。

"五月底……要是五月一日该多好，正好长假。五月底我需要凑一下行程，如果需要一周以上时间……究竟准备哪些项目？"

"我跟东东商量的是去领略德国的汽车文化，两天耐力赛，一天斯图加特参观保时捷和奔驰博物馆，据说奔驰博物馆正好五月重新开放，再一天慕尼黑啤酒朝圣兼参观宝马博物馆，还有一天是新天鹅堡，搭上路上时间，七天最起码。一般你去德国最恨遇到语言问题，是吧，你看，正好有我这个全程导游做翻译。去吧去吧。"

钱宏明听着只会笑："兄弟，你是机械工程师，你当然喜欢这样的行程，可是对我而言，进宝马博物馆与奔驰博物馆有什么区别，连跑三家汽车博物馆简直是谋杀我的脑细胞嘛，拒绝。我打算夏天与嘉丽一起逛遍法国博物馆，你有没有兴趣？"

柳钧只能放弃钱宏明，回头对崔冰冰说钱宏明爱车原来是叶公好龙。再一想，这么多年来替钱宏明挑车，其实钱宏明好的不是车子本身，而是附加在车子身上的其他东西，诸如身份、财富等。柳钧见崔冰冰对叶公好龙一说没有提出反对，便悻悻地将想法吞进肚子里。

五月，春意盎然的季节，腾达的春天也终于来到。腾达的安装接近尾声，有些设备已经开始运作。正因为同事们超强的主动性，他们不等设备安装完全收工，便已将设备安装一台，创造运行环境一处，试运行一台。产能顿时如千树万树梨花开，以几何级数增长。两个最大问题摆在柳钧面前，那就是流动资金的筹集和新市场的开拓。原本柳钧做了预算,对腾达开工后的流动资金很有规划,可是半路跳出安总公司那么件事,他的资金不得不流向无法中断的东海一号分段研制,于是腾达的流动资金便出现严重缺口。

这一刻,柳钧真是无比地想钱啊。他跟崔冰冰说,那真是让他卖身都愿意了。可崔冰冰此时有点儿爱莫能助,她的运作能力到此达到瓶颈,总不能以身试法来突破瓶颈限制吧?只好挫伤腾达的积极性,按部就班缓缓地扩大产能。另一方面,罗庆对销售人员的培养也跟不上设备的忽然全线上马,市场需求无法储存,不可能存着合同等腾达不知什么时候产能出现。当然也很难跃进式起步,功夫非一朝一夕。

这段时间,整个公司最尴尬的是两个人,柳钧与罗庆。大伙儿齐心协力将万事俱备了,结果一个拿不出钱,一个拿不出合同。罗庆赶紧跑出去出差了,柳钧几乎将财务室当作行宫,每天不知将"钱真是好东西"复述多少遍。

可设备不等人。车间递来一份采购清单,光是日本产的一种钢材就得两百吨。

换作半年前,柳钧对这个数字不会眨眼,可是现在对着这份清单只会眨巴眼睛。怎么办,君不见床头黄金尽,壮士无颜色。柳钧岂止壮士无颜色,而是脸色异常白皙,他为慰劳太太艰苦生育养育淡淡一周年提起的车游德国活动,还须太太崔冰冰掏出私房钱支付全程开销。崔冰冰倒是不觉得什么,可是柳钧无脸见人啊,他白活了,都成小白脸了。

柳钧甚至失态到抓住申华东猛问,你为什么能筹到超资产无数倍的钱,为什么,为什么!

申华东的答案不言而喻,谁让你做的是传统机械行业,这个烂大街的行业;谁让腾飞即使加上腾达也只是中小企业;谁让你们是私企。这就是原罪。

不过申华东见不得柳钧急得跳蚤一般上蹿下跳,私人借给柳钧两百万应急。钱宏明得知此事,也不声不响电汇两百万给柳钧应急。柳钧总算度过小小一劫,手头忽然小富。但是钱宏明对此好生奇怪,怎么可能两百吨钢材难倒一家工厂,他做铜材,对其他金属原料价格也有认识,不知道柳钧采购的钢材价格何以如此之高。

柳钧告知:"没办法,这批材料用到一批高档模具上,国产钢有这标号但用不上,我也想支持国货啊,但国企的品质不靠谱,私企的做不来这个,都在不同层面上做粗钢,奶奶的,都大而无当。"

"你这死不开窍的，客户如果没明确要求，你干吗给自己找罪受？或许人家客户也不需你提供那种精度，这叫作精密过度，也是一种浪费。"

"没，这是加工中需要承受冲击力的模具，对模具材料很有要求，否则做不到几件产品就精度直线下降。近年国内企业对品质有讲究的开始多起来，不少是做OEM[1]做出来的好习惯，已经比较能接受好品质高价钱。指定要我们做高档模具的客户就是我们长年累月培养出来的长客户，要求高，价格好，我愿意做他家的。现在定位腾飞中、高，腾达中等，他们再要高级的只好进口了。想想还是气馁。"

"可能社会照此发展下去，你的用武之地会越来越多。"钱宏明异常真诚，"我想到一个案例，商业案例，呵呵，我一个客户从我这儿进铜材，他也是正好遇到周转不灵，索性把整仓库的原材料都押给银行，换来流动资金贷款维持日常开销。你倒是可以让阿三帮你试试。"

"具体怎么操作？"

"我替你再问问，我只是刚听说，也听傻了。我们常见有银行委托码头铁路监管货物，可直接进入公司仓库监管货物还是第一次听说。现在银行贷款市场竞争大，不再是四大行独霸，估计这种灵活措施会越来越多，你这种有巨大固定资产的应该多往灵活贷款上动脑筋。"

"没错，阿三每天就是研究怎么打擦边球，你说的这种办法阿三跟我提起过，这办法有特殊性，主要针对那些资金密集企业，大批量比较单一品种进货的那种，不像我这儿进的原材料五花八门，银行即使估价也很难，何况是监管？这回一次性进两百吨算是比较难得的。"

钱宏明笑道："也是，你身边现放着一个内奸，还能不把银行的底子摸透了？可真想不到你们这种企业贷款会这么难。如果需要，我可以介绍几个比较可靠的私人借贷给你。"

"你……不也是吗？一般现在利率多少？"

"利率随行就市，短期借贷高一点儿，长期大笔的稍低一点儿，但都无法跟银行的比。你谈的时候再打电话给我。但现在人们更愿意贷给做房地产相关的个人或者企业，不大喜欢贷给油水不大的工厂。我就不跟你做这个了，否则亲兄弟

1　OEM：称为定牌生产和贴牌生产，是国际大公司寻找各自比较优势的一种游戏规则。

没得做。你刚开业时候借过，应该领教，差不多，不过现在社会上钱更多，借贷方式也更多。"

"你会不会碰到那种借了不还的？你得小心啊。"

"放心，我只接触有口碑的，宁可少赚点儿。我们这儿都是熟人介绍熟人，与银行操作方式不同。"

不过柳钧有点儿替钱宏明担心，钱宏明那行业虽然实际填补国内银行大爷发展缺失的空白，可毕竟游走法律边缘，如果有个万一呢。但他相信钱宏明的能力，只要认对人，便意味着风险降低。就像银行也有坏账率，钱宏明只要把坏账控制在一定范围内，应该不成问题。

区区四百万，解了柳钧燃眉之急，甚至钱宏明意外之喜的那两百万让腾达的日子稍微滋润，要不然他连德国都不敢去了。很快，柳钧又进账一笔小钱。宋运辉一直忙于工作，无暇参与行前讨论，表示全权支持柳钧的安排，只要把行程表交给他就行，他会在出发时与大伙儿在机场会合。不料梁思申正好这几天稍微有空，就趁下班时间赶来研发中心，将机票钱等柳钧已经代为预支的费用交给他。

正好崔冰冰有应酬，柳钧也不急着回家，在实验室与同事一起做事。等迎出去一看梁思申的车子，他不禁痛苦地将脸扭向一边。梁思申换车了，换成他心心念念的保时捷GT[1]："梁姐你应该把车子运到德国去，到纽北赛道上好好跑几圈。"

"现在终于有上海天马可以遛马。你去过天马没有？我跟东东约过一次。"

"没有，我现在规规矩矩开奥迪A6，公司资金比较紧张。梁姐看看我们的实验室，还是去我家喝杯茶？"

梁思申拿出手机一看："当然看实验室，听说你的科研实力很强。我可以看半小时，已跟先生约好七点吃饭。"

"等下让我开你车送你去好不好？我打车回来。"

"行。你这么喜欢，为什么不买一辆？而且你又开得很好。"

"钱紧，从做工厂起，我好像一直处于资金紧张状态，想到一台保时捷911的价格可以换一台梦寐以求的加工中心，就死心塌地开奥迪。我同事们还在自觉加

1　GT：英语Grang Towring的字头缩写，本意指过去贵族出游用的豪车、马车，后演变成高性能跑车的代名词。

班。请走这边，给你看看我们的仪器。"

梁思申笑道："你可真能精打细算。"梁思申心想，放着这么豪华的研发中心说钱紧，还口口声声不舍得换掉奥迪，这话听着怎么像葛朗台，"你投资研究所的手笔很大啊。"

"那是。你要是业内人士的话，还该去看看我们工厂，内行人进去就不想走。"

"许多人舍得投资工厂，可是这么投资研究所的人不多，这规模都不亚于东海集团了吧？"

"那还差点儿，但我们小而精，专攻一个方向，还算是有点儿成就的。不过我是技术人员做管理，以前没什么市场意识，我们的研发没能好好折换成效益。我一个朋友来辅助我市场营销后，我们才从形成拳头产品、打响品牌入手，眼下每一项研究所产生的经济效益已经突飞猛进，研究方向也不再很随性，呵呵。你看这台，全国只此一家，我母校要做试验还得来找我。只此一家的原因是我们选择不受欧美日出口管制名单约束中最顶级的，然后我们的工程师们好好把它改造了一番，基本上达到欧美日出口管制级别了。这台只要喂料口放好料，它自己会把所有需要的数据测出来，做记录，将记录发送到我们的资料中心存档。最要命的是精确，国内独一无二的精确，误差值可以缩小到小数点后好几位，这是什么概念呢？"柳钧说到这儿忽然停顿，发现自己跟外行人讲这些有些无聊，"我会不会很无聊？"

梁思申笑道："我大概有些明白，就像东海有套设备的镜面可以让国内加工，但是另一套加工等级更高设备的镜面得拿到意大利去定制了。这就是你们实验误差值缩小到无穷小所能带来的好处。"

"呵呵，跟宋总近朱者赤了。是这个意思，像国内能加工大面积镜面已经是很不错的进步了。高精度先进机床对零件的要求极其苛刻，我要它走刀[1]一微米，它就不能走一点一微米，如果零件公差大，我们的走刀要求就不能满足。这其中牵涉到许多科技难题，这台仪器仅能解决掉小小一部分。我们还有许多问题需要面对，像东海一号分段研发中的伺服电机[2]我们还不能很好搞定，已经请我母校

1　走刀：切削刀具在加工表面上切削所完成的工步内容。

2　伺服电机：在伺服系统中控制机械元件运转的发动机，是一种补助马达间接变速装置。

的数学教授协助做了天量运算，看来还得继续一步步耐心地走，已经很接近目标了。"

"东海一号。某人已经念叨了不知多少年，现在我都俩孩子的妈了……做你们制造业还真需要耐心，一个目标需要为之奋斗那么多年。某人说你这儿是最省心的，他只要打个电话问个进度就行，进度还比预期理想。有些的，他恨不得越俎代庖。"

"我这儿事情也多，不过能自己解决就自己解决。原本合作的另一方忽然出事，中途掐断资金投入，我这儿的自有资金立刻顶不上了。唉……"

梁思申跟着柳钧参观，忽然打断柳钧的话："咦，你们需要用到这些计算？找数学系教授合作的就是这个？"她指着白板上一大堆乱糟糟的计算惊讶不已。

"是，我们下午刚为计算方法争执了一场，忘了清扫战场。我们团队本身也有数学硕士，这些是自己算的。"

"非常高深啊，原来这样啊。"梁思申是数学高才生出身，对于柳钧原本给她介绍的那些独一无二的技术，她感受不深。但是白板上在外人看来似乎是一团糟的计算，她却从中体会到东海一号分段研究的高超水平，对眼前的研发中心终于有了切肤的了解。她站在白板前面看了好半天，还是柳钧提醒她半个小时已到，她才依依不舍地离开。数学，原本的大爱，此地忽然狭路相逢，竟是牵动心底深处的颤音。

上车一直到饭店，柳钧深入体会保时捷GT的操控性，梁思申则是一直回味刚才白板上乱麻似的计算，竟是一路无话。等见到丈夫，梁思申先打听柳钧这个人到底是怎么回事。

宋运辉了然地笑道："柳钧是技术型的。许多起点比他低的工厂，这么几年下来，规模都超过腾飞，柳钧算是混得差的。不过在业内名声很好，除了说他不会经营，对他的产品都没话说。"

"看他工厂规模，真想不到他的研发中心有这等水准。他那企业，倒是让我想起欧洲那些规模虽然不大，可手中捏着顶尖绝活的中小公司。嗯，有件事，他公司的资金给你的东海一号吸干了，据说。"

"哎哟，忘了这件事，他那试制品开动一次就要好几万，隔三岔五开一次，还不把他榨干？"

宋运辉当即给秘书打电话，让立刻弄清楚安总的情况。放下电话，他解释道："这件事最大的为难是当中夹着个安总，偏偏安总那边还很不让人省心，我想做什么还得看看安总的处境和态度。可惜柳钧规模实在太小，要不当初直接交给柳钧做就没那么多波折，稍微不足的部分我可以通过银行指定贷给他一笔，很容易解决，可他的实力实在差太远。"

很快，宋运辉的秘书来电通报，安总这两天没上班，但公司有传闻说安总可能被双规了。宋运辉不由自主地道："呃，前两个月不是说摆平了吗？要死了。"他当即打电话让柳钧过来，有事相商。这时候还谈什么指定贷，他这会儿要是指定贷给柳钧一笔钱，弄不好过几天柳钧进去配合调查，他也被连累怀疑上有猫儿腻。

柳钧刚打车到丈母娘家打算接淡淡回家，不晓得宋运辉叫他去有什么事，只能立刻折返饭店。见到宋运辉，却是当头一棒。"反正后天启程去德国玩，我多收拾一些行李。"柳钧闷了好一会儿，才说出这么句话。

"抓紧时间安排好工作。不过我的建议是你不用去避风，那样反而给人不正常的感觉。"

"我……考虑。"柳钧一时有点儿不知所措，"东海一号分段研究工作，宋总请不用担心。这现在是研发中心全体的命根子，没人催他们也会做下去……"

宋运辉干咳一声，只能直说："你不用东躲西藏，你只要保证给我如期拿出合格产品，我会保你。"

柳钧愣愣地看了宋运辉一会儿，懂了："非常感谢宋总，我这次去德国的旅行取消。"

"不去也好，去了也没心情玩，以后有的是机会。"可宋运辉还是不敢放心，"会不会影响你的资金链？"

"或多或少总是会的，不过只要人在，总能解决。"

柳钧后来没兴趣说话，坐了会儿就告辞。走出饭店大门，沮丧地沿街步行很久。原以为安总春节那会儿折腾一阵后已经脱厄，想不到还是没摆平，就冲那阵子调查安总，就有人立刻找上他折腾他，他估计自己没几天又得被人找了。人说罪有应得，怎么就他倒霉，所有差池全被抓包。

柳钧走后，梁思申却惊讶丈夫的表现。这个号称大陆不粘锅的人，竟然一口答应保柳钧，可见东海一号项目在宋运辉心中地位之重。不过宋运辉却解释他了解柳钧行贿那事，那种被迫行贿的事，真是说不清道不明的一团乱麻。好在他一向信誉很好，又与腾飞无金钱来往，出不了什么事。可是他担心柳钧雪上加霜的资金链，那必然影响研发工作的进度。

对于宋梁两人而言，柳钧的那点儿小事，真如蜻蜓掠过水面，点起一阵涟漪。他们除了去德国的时候少了个很好的地陪，其余都没太大影响。而且即使这点儿最小的影响也不算影响，宋运辉只要打个电话，自有德国本土人士在机场等候。

可是对于柳钧这个当事人而言，情况则是完全不同。他心情非常低落，一边忐忑地等待不知什么时候落下的另一只靴子，一边还得担心因为他被拘而伤害信誉，可能产生的对公司的打击。

但是崔冰冰见到进门脸色墨黑的丈夫，却坚决地道："有宋总这句话，只要不坐牢不留案底，就什么事都没有。你只要管住嘴巴，进去什么都不说，什么都不知道，出来你就是传说中的英雄。这年头儿不进去几次配合调查的不算企业家，而进去不说的，出来只会更受尊重和信赖。社会就是这样，你什么都不用担心。"

"你不要想当然。我们以后还得接触银行、国营大公司、大小行政审批单位，我留下这么个'好'名声，以后他们看见我有心理障碍。你不知道有些事情他们只要端起脸公事公办，就一定坏事。"

"嘿嘿，只要你是个坚强的战士，他们只会愈加青睐你。不信咱走着瞧。你眼下除了不能去德国玩，其他都没变，想吃吃，想睡睡，放宽心。别自乱阵脚。总之一问三不知。"

"万一安总自己招了呢？"

"那也是安总张冠李戴，记错，总之与你无关，你两袖清风，清白如初生幼儿。我明天安排你见个朋友，业内有名的好汉，听听他的经验。你现在手头有两大优势：一是外籍；二是未完成的东海一号。东海一号这么大的工程，宋总肯定背着天大的责任，不仅要对上面交代，还要对香港股民交代，要是坏在你这个环节，接手的人都没有，他能不死命保你？他那是保自己。所以你放心，放一百个心。"

柳钧摇头："你就别给我宽心了，大妹，这是犯罪，犯罪啊，社会还不至于宽容到纵容犯罪的地步。"

"没见过世面的人才傻不啦唧认为你是犯罪。这世道谁不知道你做的是什么，谁也没指望你这种企业家是白兔宝宝。那种拎不清的你才不用管他们怎么想，他们想什么永远与你无关。不会……你自己想不开吧。可是做都已经做了。"

柳钧继续摇头："我没那么白兔。可我不知道心里烦什么。阿三，如果我进去，你抱淡淡去娘家住几天。按宋总的说法，他不会让我进去时间太久，你们娘俩需要有人照顾。"

崔冰冰飞老公一个白眼："你以为我是嘉丽。你进去几天，我请假几天，专门替你去腾飞坐镇。哼，从来没有摆过老板娘的款，这回一定要好好过把瘾。弄不好索性把你老板位置篡了。得，先给你煮个糖水压压惊。"

柳钧追着崔冰冰进厨房："我不是害怕，我是心烦。"

"正常，正常，你若不心烦你就是刘备了，你知道我最讨厌刘备那种动不动双目含泪的猥琐男。但这儿不是有很神圣的妈样的宽阔胸怀吗？你有什么心烦尽管说出来。"

柳钧哭笑不得："阿三，你可以陪我长吁短叹两声吗？你这么镇定弄得我感觉很弱智啊。"

"是真的，我出道以来已经给好几个这样那样进去的前辈接过风，第一次还跟着心惊肉跳的，对他们也挺鄙夷的，后来就道德观念淡薄了，因为大家都是这么在混，或多或少擦个边，连妈妈们都要几百几百地行贿幼儿园老师，何况我们？谁给捉出来肯定是站队没站好，没给捉出来的也未必清白。哎，我不是镇定，我是麻木，你这下舒坦了吧？"

"老婆，你是我的精神栋梁。"柳钧抱住妻子真真假假地赞叹了几句，到底是心头放下了许多。有些不知名的烦闷，似乎也莫名其妙地消失了一些。

可总还是担心的，最担心的是有可能的失控，或许宋运辉也有鞭长莫及的盲区。第二天在崔冰冰安排下，柳钧与一个几进几出的前辈见面，请教了许多问题。而且有不少问题他还没想到，前辈主动提点了他。于是，柳钧接下来首要大事，乃是弄清安总的失蹄，究竟是有谁从上而下地搞安总，还是安总民愤太大不抓不足以平民愤。据前辈说，弄清这个本质的区别，才能让自己有效应对，保证立于不败之地。

但没等柳钧将安总失蹄原因弄清楚，一辆公检法的车子早上过来腾飞，将柳钧接走，同时还将柳钧的办公室贴了封条，抱走里面的电脑主机和笔记本电脑。柳钧心中了然，在众目睽睽下跟便衣人员下楼上车。幸好来人并未用强，若非来的是一辆标志太明显的公检法车子，别人会误以为柳钧来了朋友。而柳钧听到有个来人是本地口音。但是下面车子的车牌是来自东北那地儿。老张一见那阵仗，就分别给柳石堂和崔冰冰打电话。

柳钧唯一的担心是会不会被拉去东北,而且眼下宋运辉一行还在德国,他落在本地还好,落到外地,等宋运辉回来还能管得住吗?好在车上三个来人都态度挺好,除了声明坦白如何抗拒如何之外,其他话都听着很家常。车子经过一处路口,柳钧一看没向左拐上那条通往高速的公路,心里先宽了一点儿。于是他开口提醒来人,他是科学家,那台笔记本电脑里面有很多研究资料,不少是独一无二需要保密的,希望大家检查时候不要销毁那些资料,因为没有备份。

然后,一行停在本市一幢政府大楼下面。柳钧开始管住嘴巴,根据前辈的提示开动脑袋里的逻辑机器。

崔冰冰一接到报讯电话,就跟在大户室里泡着的公公柳石堂简短谈两句,说一下情况,便请假出来与公公在附近咖啡馆面谈。讨论结果是,柳石堂去公司坐镇,她在市区跑关系,看发展。其间给柳钧打一个电话,接通但没人接。崔冰冰干脆发一个短信过去,问要不要送换洗衣物。过了好一会儿,几乎在两人决定结账离开时,才有短信来,说暂时不用。崔冰冰也不知道这个短信是不是柳钧发的,因为这么特殊的时刻,这么难得的短信居然没有一个让人宽心的字,显然不符合柳钧的风格。

柳石堂见儿媳言语镇定,可脸色大变,就劝崔冰冰不用太担心,这年头儿公检法对行贿者客气得很,何况是宋运辉有过明确表态的。崔冰冰不禁摸摸自己的脸,还以为她能冷静应对的呢,虽说她也知道事情不大,即使柳钧在里面全部招认了,问题也大不到哪儿去,可想到亲人这会儿正失去自由,说不慌是不可能的,就像柳钧所形容的,说不出地心烦。虽然公公劝她镇定,可是公公脸皮僵硬,又能比她好到哪儿去?都是关心则乱。

只是打听一下柳钧的现状,而不干扰司法,这等小事崔冰冰只要给父母打个电话就行。这年头儿高职高位高薪的人有不少同时高血脂高血压高血糖,本市第一号的三高专家为女婿的事情求上门去,岂有不给面子的?很快崔冰冰便得知,宋运辉早已在里面打好招呼,柳钧不可能北上。该"三高"还说,既然是崔医生的女婿,他们自然另眼相待。至此,崔冰冰完全放心,他妈的,只要人在本市,即使柳钧全被逼供出来,也出不了大乱子。

于是,剩下的事情唯有等待。崔冰冰果然抱淡淡去娘家住了。这种时候一个人在家,她觉得房子太大,大得心烦。

好在,等待的时间不长,第二天傍晚,"三高"便通知崔父去接女婿。崔冰冰与柳石堂一起去，见到态度从容的柳钧从里面出来，仿佛只是到里面办了一件公事。"三高"一起出来，嘱咐柳钧这几天别离开本市，随时准备接受问话。当然，这些话是说给崔父听的，无非是在崔父面前卖个人情，人家这是破例提前放你女婿自由，你得记住了。

等"三高"一走，柳钧拥抱了一下妻子，附耳轻道："什么都没说，我的逻辑能力比我预想的强，原来我真的很聪明。"

柳石堂见此与亲家对笑，两人先坐进车去，柳石堂自觉坐到驾驶位，心疼儿子刚出来，不舍得儿子再操劳驾车。崔冰冰则是哈哈笑道："天才青年汗臭十足，给人吓出的冷汗吧？"

两人也跟着坐进后座，柳石堂赶紧给儿子说说亲家的功劳，大家一顿彼此安慰下来，车子已经到了崔家。崔家只有崔冰冰一个女儿，自然是将女婿当儿子看待，进去崔母已经什么都准备下了，直接就把柳钧送进浴室。柳石堂唯独阻止儿子接触孙女，说儿子身上带着晦气，不能沾染到小孩子身上。于是柳钧在屋里面洗澡，外面四个成年人激动得不知说什么好，唯有淡淡站在学步车里"刷刷"地撞来撞去。

一会儿柳钧出来，大家一边吃饭一边说里面的事情。柳钧说他等着调查人员上门的那阵子心情最差，总感觉好像有什么飞来横祸要降临头上似的，满心都是不安和烦躁。反而上车跟来人对答几句后，心情完全安定下来，来都来了，又死不了，还能怎样？那么就以一贯的科学精神对待此事。又因有前辈高手教育在先，柳钧不急不躁，即使对方抛出安总已经招供等诱饵，他的回答万变不离其宗：我是个科学家，我不需要用行贿手段争取一个纯粹的研究项目。那帮人问不出什么，就查他电脑，台式机的主机和笔记本电脑一起查，至今电脑还被扣在那儿。不过他在里面受到的待遇不错，有不错的盒饭，与坐他对面的人吃的一样，晚上还睡了一觉，虽然睡得并不舒服，被蚊子吵得慌。他能够不出城，是得益于宋运辉，而在里面获得优待，则肯定得益于岳父大人。至于那个案子，就得看安总的嘴巴够不够坚强了。可若是有人自上而下地搞安总，安总即使再有渣滓洞精神也难闭嘴。

崔冰冰很好奇，什么叫作以一贯的科学精神对待此事，又在什么地方需要用到逻辑能力。可惜她得管淡淡睡觉，只能有一茬没一茬地听几句。终于等到淡淡睡着，她才出来再问。柳钧就告诉她："他们提出的问题都有目的，他们希望通过提出雨点般的问题把我绕晕，以获得或真或假的答案，然后他们再通过将真假答案中的蛛丝马迹进行串联比对，推知事实真相，再对我进行更进一步的挖掘。我对于他们的问题，总是告诉他们我对前哪个问题有这个答案，但是我的答案与你们后问的几个问题之间存在的是充分关系，或者是必然关系，也或者是充分必然关系，所以你们能或者不能据此提出接下来的这个问题，这是逻辑关系的要求。越到后来，我感觉越有趣，完全置身事外把它当作一个逻辑课题来对付。因此到昨晚的时候，他们愤怒地发现陷入逻辑怪圈，他们那些准备不充分的三板斧的问题全部被我简单地引向几个现成答案，那几个现成答案我都写在纸上，供他们明确参考。"

崔冰冰被绕得晕晕的，柳石堂则是笑道："小时候外面闯了祸，也是这么回家对付我，他反正是最无辜，最有理由。呵呵，最后我只能武力解决。这回幸亏有我们这么多人帮你在外面奔走，要不然，关你三天三夜不让睡觉，几班人马车轮大战陪你玩逻辑，看你还挺不挺得住？"

"所以美国在关塔那摩设立监狱对付那帮恐怖分子，在本土就不行，遇到你这种人就吃瘪。万恶的资本主义国家机器尊重罪犯人权把自己作茧自缚了。"崔冰冰笑道。

"我们国家现在也施行无罪推定了，眼下我只是嫌疑人，而不是罪犯，这其中有本质区别。"

"去你的，若没爸爸和宋总，你就从头到脚都是罪犯。今天他们没再问你？"

"他们显然昨晚备课很辛苦，而且肯定求助于外援。但我也不傻，水来土掩，兵来将挡。"

"你让人家很没面子，你当心人家恼羞成怒。"

"如果我昨天被直接带上飞机向北飞，我就不能用这种态度了。我既得闭嘴，又得让他们满意。不过他们昨天跟今天都气得笑。还好，这年头儿大家心态都很好，都挺宽容。不过心理学这东西真可怕，好几次我都快被诱导了，幸好脑袋里有根深蒂固的逻辑弦，及时指出他们的不合逻辑。想想就冒冷汗。"

崔冰冰瞪了会儿眼睛："爸，你做手术的时候有没统计一下，理工科生的脑袋打开来是不是跟常人很有不同。"

"嗯，大多数人脑细胞是圆的，唯有纯种理工科生的脑细胞是方的。连血管也是方管，当然，心脏更长得像魔方一样有棱有角，条块分明。"

眼看亲人们情绪稳定下来，柳钧不敢歇息，连夜赶去公司，其实未必他离开两天一夜公司就会大乱，但是他有必要去公司现身一下，以示他没事，稳定上上下下的心。他做公司这么多年已知，人心齐，泰山移，老话是很有科学依据的。

柳石堂一定要跟着去，说是做个车夫也好。

从最远的腾达一路稳定到研发中心，顺便处理一些工作，到家已是零点。崔冰冰提前领淡淡回研发中心的家。柳钧进门，见到的是以高难度蛙泳姿势趴在单人沙发上睡得呼呼直响的妻子。可见她昨晚也是一夜不曾好睡，否则身为夜猫子的她不可能这个钟点这种姿势在沙发上睡着。而此时柳钧也是心力交瘁，原本满心的话想跟崔冰冰说，此时累得只剩两个字："憋屈"。他一屁股坐在崔冰冰身边，久久不能动弹。

而他还连累他的家人一起受累。这两天一夜，多亏了崔冰冰。并不仅仅是因为他知道崔家在他进去后，肯定会为他的权利而积极奔走，更在于他在里面失去自由的这段时间里，因为想到外面有崔冰冰在，这个强悍精明的分行副行长在，这个真心爱他的妻子在，他不用为他缺位这几天的腾飞操心，也不需要为这几天的小家生活操心，因为他无后顾之忧，所以他能安心，他能镇定，他能以绝对的理智应对困厄。

此时面对睡相有点儿傻的妻子，柳钧心中满是同呼吸共命运的感慨，想不到两个陌生的人会结成一家，想不到这一家人还越来越近，亲密超越血缘。生活真是神奇。这两年，有好几次他已经觉得心力交瘁，仿佛躺倒了就见不到明天的太阳，就像现在一样。可是第二天醒来，全身发条依然没有松懈，因为他身边有个理解支持他的同行人。

三万米上空，上飞机前刚获悉柳钧平安出来的宋运辉告诉大家这个消息，大家都说柳钧不容易，替人受过，估计现在心情很糟糕。唯独一位也熟悉车内机械的车友不以为然，他认为柳钧虽然辛苦，可是这么多人中间，唯独柳钧认真从事自己真心喜爱的工作，而且在工作中不断取得可喜成就，他相信柳钧心里不会认为这点儿辛苦算什么，这点儿辛苦也不至于打击柳钧的热情。

宋运辉一听，得意地扭头对太太道："我也是，因为喜爱，心中有种内生的动力，即使遇到挫折，偶尔有些沮丧，但都能很快过去，很快眼前就有新的乐趣等在前面。可可以后想做什么？"

"我要在海边开一家很有个性的小店，专门卖冲浪板，不卖低能的救生圈，还卖冰淇淋、甜甜圈。每天晒得黑黑的，看美丽的大哥哥大姐姐。"

夫妻俩面面相觑，一边忍不住地笑儿子这么小已经晓得看沙滩上的美女帅哥，一边惊讶儿子不思进取的理想。他们小时候经常被老师要求写理想，男孩子总是向往当科学家，当将军；女孩子则是希望成为居里夫人第二，大约从没有人向往当一个杂货店老板，而且还是小店的老板。两人需要非常辛苦地调整心态，才能和颜悦色地告诉可可，这个理想不错，爸爸妈妈无条件支持。

"如果来一场大台风，把小店门窗吹烂了怎么办？会不会来找妈妈哭鼻子啊？"

"不会，我那时候是大人了，我会吹着口哨把门窗修好，然后去帮别人，顺便挣点儿工钱。"

梁思申惊道："还吹着口哨呢，这境界真高。难怪我工作不顺的时候可以情绪低落一个月，原来我从事的工作不是我喜欢的。"

"你喜欢数学，后来被什么天才打击了。我看你心底依然喜欢数学，前几天一直拉着我谈在柳钧那儿看到的计算。"宋运辉道。

"妈妈为什么不继续学数学呢？"

"妈妈那时候忙挣钱，都是被你爸引上歧路的。"

"爸爸，你真不好。"

"你妈抵赖，你妈上大学的时候忙着炒股票炒汇率玩钱挣钱的把戏，爸爸那时候听都没听说过。"宋运辉抬头跟妻子道，"那时候你不能算很愁学费，是跟你外公斗气吧？现在看来，你还真挑了一条速成来钱的道儿。"

"真麻烦，你不能装作不知道吗？我一点儿隐私都没了。"

宋运辉看着妻子的鬼脸笑："现在可以考虑捡回你的数学嘛，家里有我一个人上班差不多了。你还可以与两个儿子多点儿相处时间。你的收藏爱好也需要时间。"

"你巴不得我回家做家庭妇女，偏不。"

可是梁思申的心思活动开了，如果有时间，她真想读数学硕博课程，她还想跟着柳钧的研究小组，将数学应用到设计中，小可可已经表现出极强的数学天赋，她得花时间引导，还有她不想与丈夫总是聚少离多……为什么不学学儿子只要开一家小杂货店满足于看美女帅哥的良好心态呢？可是那日进斗金的工作……

一路上，可可的理想成了大人们的话题。大人们一致鼓励可可想自己所想，不要有所顾忌，可是面对自己最本性的理想与生存、社会地位和财富欲望之间的冲突，一致没了下文。

"我想起杨巡太太任遐迩跟我说起的离婚原因。"坐在租来的商务车上，申华东将车子开得飞快，梁思申见怪不怪，照常说话，"她到美国，几天紧张地安顿下来后，便开始丰富的异乡生活。她忽然发现原来的生活就像是被一个工作狂上了发条，可是生活中不应该只有红着眼睛挣钱这一项，生活中应该有时间停下来，品一杯茶，听一个曲子，甚至做一次久违的游戏。她与杨巡沟通多次无效，杨巡完全不赞成她的小资闲情。可其实遐迩已经很牛了，一个人带着两个幼儿，还两年内通过美国的CPA考试，所以她家完全是个观念差异的问题。"

"杨巡不懂得生活这门课。他也鄙夷这门课吧。他生存感太强了，上了发条停不下来。"

申华东在前面插嘴："对了，他跟我提起过，进娱乐场所不是为生意，就是为欲望，要不没事唱歌去干吗？闲了没事干，那点儿时候多的是事情可做，宁可加班看账。"

宋运辉最了解杨巡那种小时候被生活逼迫出来的拼命习性，他当年可是非常欣赏呢。现在回头再看，他其实依然无权置喙杨巡的习性，不过是五十步笑百步。比如他现在能请假那么多天出来游玩，几乎是屈服于对太太的爱，若非这个梁思申，他也是个上发条的工作狂。他能转型，可以说完全仰赖太太在他心目中的重要地位。可惜杨巡的太太制服不了杨巡。

<h1 style="text-align:center">03</h1>

宋运辉一行从德国回来，柳钧的电子邮箱里立刻塞满那帮人出行的照片。想到他在里面与同志们大辩逻辑的时候，那帮人在德国玩得尽兴，他欲哭无泪。而更让他欲哭无泪的是他爸爸那男公关为腾飞跑政府对公司科研行为的资助，眼看已经很有眉目，可是据可靠消息传来，腾飞的私营身份是个大问题。其实候选名单中也有其他私营企业，可人家的法人代表不是人大就是政协代表，最不济也是个有娘家的民主派人士，都是有头有脸的，哪像他是个孤魂野鬼。

可是现在流动资金紧得柳钧到处蹭朋友头寸，政府这回的资助又很大手笔，他即使能得到最小份的六百万的一年期无息贷款，只要年底根据要求拿出一项有分量的专利——这对他几乎是小菜一碟，他的困境就能稍微舒缓。他唯有到处求助。他找上宋运辉，请宋运辉帮忙开口，为他争取资助增加重磅砝码，宋运辉是他目前呕心沥血做的东海一号分段研究最有力的证明人。他也找上申宝田，希望申宝田这位本地经济界大佬帮忙说话引荐，显得他并非孤魂野鬼来历不明。他动用一切能动用的资源，到处求助。

宋运辉回家后，花了好几天时间才忙完工作，有时间关心柳钧的进度。他奇怪柳钧靠着太太那个银行高管的大树居然还贷款不易，腾飞而今规模也算不小，可眼睛还盯住区区六百万是不是有点儿目光短浅？柳钧据实相告，由于安总那儿被迫踩刹车，他太太能想的合法办法几乎用尽了，他不愿太太走违法乱纪之道，要不然他们还有一个办法，就是他太太贷款给那些利用商业融资做放贷生意的人，那些人转手以人情价放债给他。可是他看到那些人操作中以月息2%到3%从私人手中吸储，再以翻倍以上的利息贷出去，他非常心惊，不认为这种疯狂而不正常的利息可以维持。所以他不愿太太为此冒险，对那些人网开一面，给自己埋下显而易见的隐患。

而另一方面，如果不走"曲线救国"的借贷之路，他发现很难从个人手中获得贷款。眼下市面上的私人借贷利率之高，令人瞠目结舌，比他当年初建腾飞时候更疯狂，而那时候他已经私下骂那些私人借贷是高利贷。他这样的制造型企业如果只是为几天的资金周转借个头寸，倒是可以，可他现在需要的是起码半年的贷款，借这等高息贷款无疑饮鸩止渴，即使他这等优秀制造企业不错的利润率也支付不起那样的高利息。可奇怪的是，那些人的钱却不愁借，根本不会被他腾飞的稳定回报和大笔批发性借贷量所打动。他是无路可走，眼前既然有市政府提供的无息贷款，而他又是除了私营身份外其他条件全部优胜，怎能不竭力争取？

连宋运辉都很奇怪，究竟是谁在借用那些高息贷款，而且市场居然还那么大。他也听朋友说起民间高息借贷，大家都怀疑与曾经备受打击的民间抬会有关。宋运辉答应帮柳钧竭力争取，他甚至直言不讳，若连腾飞这样的企业都无法获得鼓励企业科研的无息贷款，本市还能有几家有此资格？柳钧一听宋运辉这话，就直接从座位上跳起来，兴奋地拿着手机在办公室里团团转，必须竭力保持平静才能继续正常通话。

末了，宋运辉认认真真问一句："有个世界排名前列大学的数学本科生，海归，放弃专业多年，想到你那儿捡起从小的爱好，不要工资，你那儿收不收？"

柳钧脑袋里立刻冒出梁思申："收。我的研发中心现在免费对我母校开放硕博研究基地，有几位师兄弟来了后发现与我这儿的理念一致，也看来能获得提升和还行的收入，毕业后来我这儿工作了。其实我这儿做到这种地步，最讲求的就是兴趣和天资了。如果没猜错，是梁女士吧。欢迎，我这儿大把计算。"

"对，我太太，被你感召了。她从德国回来下的决心，这几天正处理交接工作，很快就会投靠你。"

"呵呵，怎么可能，我家连我女儿都知道我的学习榜样是宋总……"

宋运辉打断柳钧："事已至此，与东北那边的合同，你打算怎么处理？"

"我有两个打算：一是争取有条件的时候连本带息还掉他们的前两期投入，换回东海一号分段研究的专利独有；二是他们给我多少钱，我给他们多少比例的研究成果。可是他们那边现在乱套，我连找谁谈都找不到，而且我是他们的审查对象。再者，他们拿走了我的笔记本电脑和办公桌上的台式电脑，我很担心若是有人别有用心窃取我电脑中的资料，我谈判的底牌还有没有。"

宋运辉不禁叹息："可我还是得告诉你，即使你这边好事多磨，在我眼里却还不是最麻烦的一个分段，还有人遇到更大麻烦。想做成一点儿事情，非常难。希望你坚持到底。"

"研究到目前阶段，我的困难唯有两条：钱和别把我抓进去。"

宋运辉哑然失笑，这两条对于他，倒是容易解决。

柳钧听得毛骨悚然，他以为已历经万劫，苦不堪言，想不到还有比他遇到更大麻烦的。整个东海一号划成多少分段，作为总协调人的宋运辉，该如何焦头烂额啊。可是人家看上去并不。可见崔冰冰说得没错，那是神人。

然而，也有人将柳钧当作神人。嘉丽找上他，而且是晚上打车直接找到他们家，将他和崔冰冰一网打尽。在嘉丽眼里，柳家夫妇无所不能，尤其是柳钧。

嘉丽一脸焦虑，身不由己地揉着一角裙子，开门见山地问："姐姐一直跟我说宏明太大胆，我越想越担心，可宏明跟我讲的我又听不出有什么不对劲。可是宏明一头乌发几乎全部变白了，我想他要不是非常冒险，又何至于操心到了白头？我只有来问你们了。柳钧、冰冰，你们两位都是能人，你们请千万知无不言，言无不尽。"

崔冰冰小心地问："你想知道什么？"嘉丽的题目太大，崔冰冰怕自己答出不该说的问题。

柳钧趁嘉丽不注意，给妻子一个眼色，崔冰冰立刻心领神会，闭上嘴巴。柳钧转一个身，将后脑勺对着嘉丽，道："嘉丽你看，我是不是也很多白发？这是没办法的事。市场已经近乎饱和，每一家企业想立足于竞争激烈的现代市场，必然需要筑造他人无法企及的门槛，比如资金门槛、政策门槛、技术门槛、地域门槛、风险门槛等等。比如宏明祖上无法庇荫，唯有靠自己的勤劳和智慧建立技术门槛和风险门槛。同样的，我如果光有技术门槛而不冒险，那么我只能是个循规蹈矩的工程师，无法做企业主，做企业就只能冒一定的险。你不知道，我前几天就给传唤进去，把冰冰急死。但其实也没什么大事，只是局外人看着心惊肉跳而已。可局外人如果不心惊肉跳，那么大伙儿都大胆进入我们赚钱的领域了，我还赚什么钱？所以适当的冒险是常态，我们正常经营就是用各种办法来应对危机，将危机有效控制在某个范围之内。你看你一听我被传唤就这神情了吧，其实我出来就跟宏明通了电话，他经常应对危机，就不会像你一样惊惶，而是问了我几个问题，提出一些解决方案，就完了。我出来回家，冰冰在呼呼大睡，我们都不会觉得这有什么问题。我说了，适当冒险是我们的常态，你不用太担心。"

"可你们都还不到四十岁啊，都已经白头发了。"嘉丽连声叹息。

崔冰冰看柳钧说得天花乱坠，她想也只能这样，要不然告诉嘉丽了，能让嘉丽做什么，瞎操心？或者让嘉丽盯住钱宏明？可钱宏明是盯得住的吗？崔冰冰都没把握盯得住钱宏明，钱宏明从事的那套，精准地钻了政策空子，而且在一个个大幅度跨领域的政策空子之间将钱运作得游刃有余，崔冰冰曾经试图摸清那路线，等弄清后，她也叹为观止，不得不承认钱宏明的脑瓜子灵活好用，配那个"钱"姓，其实那一套也是技术，是高级的软技术门槛。如此说来，多一事还不如少一事，起码钱家可以风平浪静。

嘉丽这几天囤积起来的担忧被柳钧和崔冰冰搭档着解说，如冰雪见暖阳，消融得很快，一会儿便无话可问了，觉得该说的都让两人给解决了。柳钧见此就提出由他开车送嘉丽回家。

但是嘉丽上了车，还是道："可是柳钧，为什么我总是提心吊胆呢？总觉得有什么意外或者不测即将发生，可是我一点儿情况都摸不清楚，帮不上宏明的忙，甚至我担心拖累宏明。"

"你瞎操心是多余的，不过你如果有意识地做一些危机防范工作，在家中建立宏明之外的另一道保险，我认为很有必要。我跟阿三结婚的时候是签约公证财务独立，当时阿三想不通，但是现在我们虽然钱混在一起用，可形成新的共识，那就是账户依然分开。说难听点儿，从法律上从人情上都说得通，万一我有什么事，影响不了阿三的财务，阿三有什么事，影响不了我。我们在家中建立多道拦水坝，我们最大限度保存实力。"

"可是我不工作，我的财务就是宏明的财务，甚至我爸妈的财务也是宏明的财务，外人一看就门儿清。"

到钱家楼下的时候，嘉丽让柳钧在车里等等，柳钧以为嘉丽又是给淡淡买了什么东西，却见嘉丽拎下来一只帆布包。等嘉丽坐进车里将包打开，柳钧见到一摞摞的钱，他凭经验估计，有十几万。

"这些都是宏明每月交给我的家用多出来的，宏明让我使劲用，我用不完就存在保险箱里，让宏明哪天钱紧了可以拿去，起码可以给同事发个工资。宏明一直不看也不要。你刚才说的我都听得进去，我在别的地方帮不上宏明，设个双保险还是可以。请你把这些钱拿去，帮我存上，用你的名字。我以后经常会交现金给你。"

"也是个办法。不过……这任务可不可以交给宏明的姐姐？我这就带你过去。我……我连我自己都信不过。"

"我更信任你。"

柳钧提出要写收条，嘉丽也不答应，嘉丽只提出一个要求，知情范围限在柳钧、崔冰冰、她与钱宏明这四个人中间。柳钧就这么平白拎了一包钱回家，跟崔冰冰一说，两人一起惊讶，柳钧连连自夸自己好人品，倒是暂时忘记东北那边今天打来的电话，那是明确告知有录音记录的电话，那边哪儿那么容易放过他？不过凭他对那些人问话的推理，他怀疑安总没招供他这件事，当然，只要安公子还好好待在澳洲不回国，也当然，安公子不会傻到这时候回国。这年头儿谁也不傻。当然，他的出境记录给查出来了，但是那又能说明什么呢，除非他们大动干戈查他德国信用卡的账户。更何况，向安总送钱的又不止他这一家，他可不必傻傻地将来自东北的压力化作自己惶惶不可终日的动力，他现在别的不说，首先得赢了这场攻心战术。好在工作很忙，多的是事情让他分心。

梁思申结束上海公司的交接，以后脱身具体事务，改为把握大方向，于是闲下来的她一个华丽转身，开始好好生活，继续爱好。但江山易改本性难移，一个工作专心的人做其他事也不会三心二意。梁思申好好捡回数学一看，原来已经丢得七七八八，心里一急就化为行动了，在研究中心边做边学，进境神速。于是宋运辉不得不经常晚上亲自来将老婆拖回家。

由此，宋运辉更了解东海一号分段研发的进度和难度，原来柳钧那孩子叫唤得不响亮并不意味着没麻烦，这种人越发对宋运辉的胃口，他也是个遇到苦难不愿吭声的。可是他再努力帮柳钧，虽然总算挤入政府接济名单，帮柳钧获得无息贷款，可腾飞作为名单中唯一私企，而且又是好死不死没有噱头的传统制造企业，最终只拿到六百万的最小额度。宋运辉简直无颜见人。

柳钧却还是高兴得跳了，六百万，大旱逢甘霖，几滴也好啊。他将资金全数投入腾达，将新开工的腾达热气腾腾地运转起来。腾达与腾飞的理念大大不同，腾达降低品质，但是大大地跑量，又通过罗庆有效开拓市场，尽力将产品全数转化为资金，并提高资金周转，于是开户银行账户上的资金流飞速加大，而且流转迅速，月进账额度终于庞大到让开户银行动心的地步。崔冰冰瞅准时机，搭准那家开户行信贷主管的脉搏，让柳钧适时出面向开户银行申请扩大授信额度。这种情况下，适合申请银行承兑汇票。

当然，这个结果是压缩研发中心的支出而得。腾达切走最大一块蛋糕，研发中心不得不忍饥挨饿降低设备试运行的频率，研发进度被迫降低。柳钧心头跟割肉似的，可是弹尽粮绝之下，他又能做何选择呢？他只能等新的贷款额度获批，以解研发中心断炊之急。

他这边慢下来的时候，东北那家公司却是新官上任。宋运辉有一天皱眉告诉柳钧，可能柳钧电脑里的资料泄露了，东北那家公司正召集各方人手做最后一搏，新任总经理来人来电对宋运辉信誓旦旦做下保证。"他们将合同扔开，直接撇开你。"这是宋运辉做出的合理化推测。

"根据合同约定，他们有理由在三个月付款期过后因不付款而终止合同。但他们可以得到前两期付款应得的分段研究成果。我在被搜去的主机上装的差不多就是那些内容，也是我北上向他们多次技术交底的内容。他们不会得到更多。他们估计也知道自己能得到多少，已得到多少，所以直接不问自取，懒得跟我交涉。"这就是崔冰冰给柳钧找的那位前辈给予的提示，"问题是，以他们公司员工的精神面貌，他们能完成最后一步质的跨越吗？"

梁思申在边上笑道："老板你掉以轻心了。一家国企老总辛辛苦苦布局那么多年，结果在改制临门一脚的时候，被人摘了桃子，你以为摘桃子的人能是寻常人吗？至于摘桃子的人目的是什么，目前我们只能从他最新的行为中寻找答案。"

柳钧倒吸一口冷气："那人想好好运作工厂？其实那家厂的技术实力是很不错

的，他们全公司如果换一种精神面貌的话……"

依然是梁思申道："也不能一概而论。能把布局多年、上上下下根基扎实的老总撬掉的人，一般应该大有来头。可是大有来头的人多的是拿来头换大钱的机会，有几个是肯安下心来做传统产业经营的？所以你也不用过于担心他们与你竞争。"

梁思申信手拈来，跟柳钧举例说明大有来头的人篡夺一家大国企负责人的企图之多种可能，她让柳钧根据那家公司情况对号入座，以做出合理应对。就在柳钧被那些眼花缭乱的空手套白狼手法惊得瞠目结舌的时候，梁思申被丈夫领走了，留下柳钧两眼转来转去像个猫头鹰。

大有来头——不怕官司——不择手段——钱……柳钧脑袋里一个激灵，忽然想到与他签有保密协议的几位教授。东海一号分段项目研发工程量极大，即使有腾飞的工程师吃里扒外，也得北上做好几天才能将数据正确地导出去给别家，眼皮子底下的几个人，这方面的保密工作倒是可控，唯独那几位教授，若是他们违反保密协议，而对方又掩盖得好的话，那就是神不知鬼不觉了。届时协议有个鬼用？

那就，腾飞什么都白干了，将亏本亏得吐血。柳钧的脑袋瞬间失血。不，不会白干，他们获得了方式方法，他们可以另寻其他产品的出路。柳钧不断安慰自己。可是，为了获得完全的方式方法，他必须继续投入，将研发进行下去，一直进行到底，做出产品，否则，半拉子的经验有什么用？继续投入……钱从何来？

前阵子与风投接触，你来我往谈了几个回合后，理念彻底不合，退出了，不过风投的私下说法是，传统企业太没概念。新的贷款也一时无法很快到位，可这不，北边来了一匹狼。那匹狼与东海集团签有合同，只要2007年底之前拿出产品，那么生意就是他们的，腾飞再努力都没用。而且那匹狼若是先腾飞一步将产品研发出来，又先腾飞一步将涉及的技术全部申请专利了，那么腾飞即使坚持到底也没用，取得的经验将无法应用到其他项目上，否则就是违法。

柳钧怀疑他的脑神经不是短路就是揉成乱麻，好多想法，可好多绝路，越想越烦。他一个个地给教授们打电话，晓之以利害，唯有一位教授告诉他，那匹狼已经联系过他，开价很高，他考虑到违约就拒绝了。唯一教授的话让柳钧对人性最后的几丝希望幻灭，都是一家大学的，那匹狼不可能只找一个不及其他，而其他几个教授没告诉他，那还能意味着什么。

这一刻，柳钧脑子里忽然冒出的是杨巡的办法，杨巡当年拿来对付他的最直接有效的办法，他现在不知道多想向几个不守合约的人砸闷棍。

第二天，柳钧召集中心的研究人员们开了一个临时会议，他如实告诉大家东海一号分段研发眼下面临的困境：几乎弹尽粮绝；而对手又异军突起以雄厚财力大挖墙脚；腾飞该怎么办，要不要投入巨资将项目继续下去，继续下去的结果，东海项目的订单也不会落到腾飞头上；若是对方挟巨大财力拔得先机，提前取得结果获得专利，那么腾飞竹篮子打水一场空。柳钧将问题摊开来，血淋淋地放在众人面前。不等大家有喘息的机会，柳钧自己先表了个态："我不想放弃。"

可是大家都看得到柳钧空洞的眼神。众人鸦雀无声，无话可说。事实摆在面前，对手是已经掌握三分之二进度，又挖了他们墙脚的庞然大物，他们除了放弃，难道死撑到底，自寻死路？东海一号分段已经做了近两年，两年里面，项目是大家唯一朝夕相伴的工作。从感情而言，谁想放弃？可是理智上，不放弃难道自寻死路？他们拼得赢挖走墙脚的庞然大物吗？

"我们还有一条路，抢在对手前面。"柳钧又补充一句，眼睛却没看向大伙儿，而是不由自主地扭头对着窗外欣欣向荣的浓绿。要钱没有，几位主力外援又被挖角，抢在对手前面谈何容易？他全无底气。

沉默良久，团队主力谭工慢慢站起来，扔下一句"我放弃"，低头疾步冲出门去。却被门口的孙工拉住。孙工问柳钧："可以与那边新老总谈合作吗？"

罗庆在门外反驳："新老总不会没考虑过合作，他一定是综合分析了合作的成本，和他们自己单独继续研发的成本，以及成果共享对他们的不利，他们一定看到胜利在一步之遥，综合分析的结果是他们不需要我们。但柳总，我可以去尝试。即使是城下之盟，我们也要争取最良好的条件。我想知道的是，挖角能带走我们多少成果？"

"多到他们有足够理由决定不考虑与我们合作。"柳钧没脾气。

罗庆哑了。那还谈什么？

还是谭工，被孙工拉住的激动的谭工，忽然转身对着柳钧问："我们难道一点儿优势都没有吗？我们起码上上下下熟悉这个项目，可他们得从头熟悉起。这就是我们的时间优势。"

柳钧平静地补充："我还想到，他们缺乏一个权威来糅合协调各方技术人员的进度，有机调度技术人员的工作，在这儿，这些事都是我在做。"可柳钧的目光和声音依然是空洞的，因为他相信，巨大的财力可以弥补很多很多。

"所以我们还是有机会的。"谭工热切地盯着柳钧，希望老板给个响亮的回答。

但柳钧却是疲惫地道："所以我不想放弃，我想办法去找钱。"

临时会议没精打采地结束，走出来的人全都没了精神。罗庆追着柳钧到无人处，直言不讳地道："柳总，你今天这个会议是严重失策。你若是什么都不说，弄不好东拼西凑就把研发进度赶超对手了。可你现在这么一说，人心散了，队伍更不好带。"

"我知道。可你不知道我今天本意是鼓动大家破釜沉舟背水一战，激发那种悲情……我不行，控制不住自己了，我首先控制不住自己的情绪。你有什么急事特意赶来中心？"

"柳总，我建议你扔下所有的事，去休假三天。"

"还是先处理你的急事。你别管我，说吧。"

"要钱。"罗庆拉柳钧坐下，详细说明为什么要为这次竞标走后门。

柳钧一边听，一边就开始摸信用卡。这个项目他知道，与那种公司打交道，不掏小金库的钱走后门，似乎天理难容。但谁都知道现在即使个人柜台取款也有五万元限额，柳钧只能先打电话与银行柜台方面预约。罗庆等柳钧打完电话，奇道："你拿三十万干吗，我估摸着那家有个十万可以打发了，毕竟我们产品的竞争力和价位目前在国内缺少对手。"

"你多拿五万，见机行事，务必把合同签下来。我需要这份大合同再与银行谈承兑。另外十五万我自己有用。"

罗庆立刻明白那另外十五万柳钧打算用到哪儿，但他还是拒绝再多要五万。与柳钧一起去银行，拿着十万走了。还是省省吧，这么大公司，扫扫屋角就能省好几万呢。从原来做公务员的时候考虑最多的社会效益和政治效益，到现在眼前只有经济效益，罗庆发现他所经历的这两个职位简直具有质的区别。可他相信他更有人味儿了。

随着罗庆成功签得合同，五天后，柳钧也成功获得银行新开的承兑汇票，那其实就是贷款。虽然只有三个月，可是三个月之后还可以再开，因为合同执行期得超过半年。他破例没有拿着承兑去腾飞财务部，而是挥着承兑先来到研发中心，召集大家看这一千万。他将小扇子一样的一叠承兑用力拍到桌面上，就两个字："开工！"

众人一扫眼神中近一个月来的阴霾，欢呼着开工去了。柳钧拿着承兑去腾飞。只有他自己知道，他越来越堕落，越来越主动积极地堕落。

唯有梁思申在柳钧落单时候提出疑问："这一笔钱，够用？你真不打算放弃？"

"都已经做了那么多日日夜夜，我们是全身心投入，呕心沥血，我从没想过放弃。就像十月怀胎生下的孩子，即使缺胳膊少腿，明知活不长，可做父母的谁舍得放弃？产品与孩子完全一样，我们全中心的人不答应。"

"你究竟是企业的负责人，还是弟兄们的大哥？你明知放弃应该是最佳的选择，你们不过是在不合适的时机做了一件超过你们能力的事，放弃不是错。"

"我们已经看见山顶了。梁姐你参与的时间不长，你不会理解我们这种心情。不放弃，也是大家的心声。"

"你担心不担心工厂的人因为你厚此薄彼，跟你造反？"

"工厂早有怨言。我需要竭力平衡。"

"你这不是明知前面是火坑，还睁着眼睛往里跳吗？"

柳钧想了半天理由，却找不到合适的，唯有回答两个字："是的。"

梁思申看柳钧如看神人。回家吃饭与丈夫说起，她觉得柳钧作为管理者，太意气用事。连宋运辉听着都满心纳罕，再三问太太是否听错，或许柳钧只是表个态，以安抚为东海一号分段操心近两年的工程师们，其实则是将钱暗度陈仓了。梁思申思来想去觉得这不可能是姿态，若是姿态，有个表态就行，这么全面恢复回头就损失大了。

"什么，他还没死心？"宋运辉手里的筷子在半空举了好一会儿，才笑道，"明知不可为而为之，技术型管理人员的倔脾气上来了，好。"

"官话套话会害死柳钧，需要有人阻止他，他现在已经完全不是一个理智的企管人员。"

"用不着，人的潜能在压力下会表现出爆发状态，柳钧年轻，受压。而且技术人员嘛，有点儿痴才出活儿。好，我相信他，到此为止彻底相信他了。我不也是痴人一个吗？为了个东海一号，这两年升官都放弃了，坚守在小半岛上吃海风。"

"可人家说你是宁做鸡头不做凤尾。柳钧跟你不一样，他挥霍的是他自己的钱，他没那实力挥霍。"

"你完全是以一个投资客的眼光看柳钧，然而一家公司的实力除了其眼前的盈利能力和盈利企图，还有很多因素，腾飞因为那个研发中心而非常优质，缺的只是机会，一个可以让他们脚踏实地发挥实力的市场环境。社会不会永远那么浮躁的，改革多年来，竞争秩序已经良性了许多。"

"良性了吗？不见得，应是从冷兵器时代进化到核子时代，杀伤力只有更大。柳钧的腾飞只会变得更加像石块前的鸡蛋，如果他继续这么蛮干的话。"

"如果他真不要命地只因为无法放弃而继续研发东海一号，我很喜欢，我会资助他。我还是比较相信这种人手中拿出来的产品。我的东海一号需要的就是这种痴情种子。"

梁思申斜睨丈夫，做了个鬼脸："哦，是不是做救世主的感觉很好？早不帮忙晚不帮忙，就垂死时候伸手，更显你身形凛然。"

宋运辉笑笑，不予反驳，家里嘛，让她去做老大好了。宋运辉只是叮嘱太太继续观察，看这几天内柳钧是做姿态，还是真抓。

腾达工厂的管理人员终于忍不住了，他们找到柳钧，要求加大工作负荷。好好的全新设备，却闲置几乎一半的产能，完全是因为流动资金跟不上。产能闲置，人员工作时间不够，意味着人均产值无法拔高，那是关系到大伙儿的切身利益——工资奖金啊。可今天又看到老板手里不是没钱，而是把钱投入到无底洞一样的研发中心去了，如此厚此薄彼，令工厂管理人员忍无可忍。柳钧做了近两个小时的思想工作，拿块黑布将良心蒙上，撒了很多谎，无非是要说明研发中心目前试制工作的一本万利。他看到腾达管理人员一脸的半信半疑，他索性拍胸让大伙儿耐心等三个月，三个月为期，很快就出结果。

当晚，柳家的餐桌也一本正经。崔冰冰得知柳钧打算将新得承兑汇票中的一半用到东海一号分段研发，也是筷子举在半空好半天，盯着柳钧默然。

"你高兴了，可是公司真正的投资人你爸呢？你问过你爸没有，你这是在把腾飞往死里折腾。还有我以权谋私给你拿出那么多贷款，万一，你想过我的后果没有？"

"阿三，我搜肠刮肚也找不到理由向你解释，下午梁姐也问我理由，我说不上来。可是说真话，我无法不继续下去，我跟谭工他们一样，满脑袋都是东海一号，我们有很多想法需要继续验证，不继续的话……不继续的话……"柳钧又噎住，找不出说辞。夫妻俩大眼瞪小眼，崔冰冰既不帮说一句，也不出言否定，而是默默地用眼神示意柳钧继续想，她一定要弄明白这是怎么回事。

柳钧也想好好跟妻子解释，毕竟这是重大决定。可是他绞尽脑汁，总不能说不继续这等于收割他灵魂吧？正好外面大门被拍得山响，也不知谁不按门铃那么没规矩，柳钧本能地心头大惊，连忙跳起身开门去。崔冰冰也惊，将淡淡的小饭碗交给保姆，跟出去看，工厂大事小事不断，夜晚拍门声必定没好事。

却是谭工活蹦乱跳地站在门外，双手像捏着指挥棒一样舞动："柳总，今天状态奇佳，你赶紧来看，我计算机仿真模拟输出曲线……像回事了。真的，这回再不是狼来了，你快去看。"说着就抓柳钧去实验室。

崔冰冰看谭工那么大一个男人挂着卡通人一样灿烂无邪的笑，大幅度地手舞足蹈，随口贤惠地问一句："谭工还没吃饭吧？"

"吃什么啊，吃什么啊。"即使柳钧已经跟上，谭工依然一只手抓住柳钧手臂往实验室拖，仿佛嫌老板走得还不够快。等崔冰冰转身进去飞快拿一盘南瓜饼出来想给谭工充饥，两人早已走不见了。崔冰冰端着盘子在门口站了好一会儿，回来不急于吃饭，拿起手机给柳钧发一条短信，很简单几个字："甭解释了，若不行，我养你。"

但柳钧根本就没听见短信提示，他和谭工等一帮人一起盯着计算机大屏幕，看仿真模拟演示。

"X条件群……嗯，这个在，这个为什么……好……好……好……有的……然后Y条件群……"柳钧对这些模拟模块了若指掌，在谭工指点下，他一项一项地检验，而不是先看结果。等所有条件群都检视完毕，他心中已经明白灵感出现在哪儿，谭工在孙工、廖工的协助下，揪出一条实在是令人意想不到的变量。这条变量一直是中心所有人心中的魔，都知道应该还有什么没考虑进去，可是又都找不到那个什么在哪儿，于是一次次地出现工况变动之下的输出误差值居高不下。今天将这条隐藏的变量嵌入模型，于是就出现了令谭工手舞足蹈的美妙输出曲线。

柳钧闭目想了一下，输入一个极端工况参数。很快，结果出来。谭工放肆地大笑："这个我早想到了，早验证过了，柳总你再想，再想，看能难倒我不？哈……你不用输入啦，这个工况我也做过。是吧，小柯你们做证明。"谭工摩拳擦掌，将袖子撸上撸下，根本坐不住，站柳钧后面跳来跳去，嘴里念念不绝的都是他已经测试过的各种工况数据。

柳钧侧耳细细捕捉谭工吐出的每一个字，慢慢地，手指脱离键盘，蒙在脸上。仿佛是屏幕调得太刺眼，他手掌底下的眼睛热辣辣地难受，眼泪克制不住地从指缝间漫溢出来。因为柳钧知道仿真模拟的成功，几乎是突破一重最难的关隘，越过这重关隘，结局就实实在在地出现在眼前了，距离可测。而不是他们原来钻在瓶颈里看结局，只知道结局远远地矗立在地平线上，可是，有谁摸得到地平线的边儿？他们不断地朝着地平线的方向跑，可地平线永远在看得见的远方，却永远触摸不到。好了，现在好了，他们突破最盲目的布朗运动，终于走出线性轨迹。这一步，迈得多不容易啊。

后面的谭工还在喋喋不休："前几个月我们不是没钱做试验吗？那就坐草坪上听着鸟叫空谈，我们下盲棋一样地空谈，我们说大家什么都别拘泥，说出来的东西再弱智也不许笑话，反正是盲棋，死无对证。可是我们老的不行，没小的们有想象力，我们再无聊也想不到的变量，即使梦话也涉及不到的领域，小的们却信口开河什么都敢说，天花乱坠的变量在他们眼里仿佛是常量。孙工最勤快，他一点儿没把我们的无聊扯淡当游戏，他竟然记下一条条荒诞无比的设想，回去一条条地排除。老板你相信吗？一个顶尖的科学家竟然拿荒诞设想当回事，而且想方设法地验证，实在无法通过验证了才给予排除。后来廖工也加入，再后来是我知道了也要求加入，我们利用业余时间默默做这件事整整做了四个月，从春天做到秋天，一刻都没放弃。这才能揪出一条接一条鬼一样的变量。世上哪来什么运气，这世上只有傻子才能撞大运，为什么，因为只有我们傻子一直撞，一直傻撞，才终于将小概率事件中的可能性撞出来了。哎……老板你咋啦……"

"我幸好没辜负你们的努力，幸好，幸好。"

谁都听得出柳钧嗓音的沙哑，谁都猜得到柳钧在蒙面哽咽，大家都惊住，本来手舞足蹈的都停住，看看谭工，看看失态的老板。刚才口舌灵活的谭工忽然舌头打结了，不晓得怎么说才好，一名手下在手心写"劝慰"两个字提示谭工，谭工刚想说，忽然他自己也是喉咙一痛，泪盈于睫。是啊，太不容易了，年初至今，那真是一段非人的日子，前些日子还进展顺利，可到了春节后忽然什么都堵住，他们在一团漆黑中顶着旁人的怀疑费力摸索。若不是老板的理解和支持，他们早被人骂饭桶了，哪儿挨得到现在？老板从来没有辜负他们，而是他们实在愧对老板的善待，综合起来他们的心理压力很非人。

柳钧抹一把脸站起来："走，喝酒去，我请客。我靠他东海一号八辈子祖宗，今晚不醉不归。"他拉起谭工，见谭工也眼泪汪汪，笑了，可眼泪还是止不住地流。他也不当回事，大声一个个叫出在场同事的名字，招呼大伙儿跟上。走到外面，又狂叫他老婆阿三，让一起喝酒去。玻璃隔音太好，崔冰冰没听见，柳钧就打电话叫。崔冰冰拿着手机莫名其妙地走出来，看到一小群人在黑夜中群魔乱舞。崔冰冰即使不懂技术，猜不到他们做了些什么，却也立刻猜到他们的研究有眉目了。她忍不住一声声地尖叫，她何尝不是东海一号分段研究项目组的一员？

第二天，整个研发中心沉浸在一片欢乐的海洋里，秋天的阳光很透亮，透过谭工分管的实验室大玻璃窗，照到窗内的人头簇簇，孙工连声说终于可以戒烟了，他还真是将口袋里的烟盒摸了又摸，死忍着不拿出来。不过两个重头人物缺席，谭工与柳钧都还在呼呼大睡，一方面是昨晚宿酒未醒，一方面也是大大松了一口气，终于得以放下重担，无牵无挂地睡个安心觉。

柳钧吃中饭时候才起来，一夜睡实睡透，整个人神清气爽。摸出手机调回铃声，见上面无数未接来电和短信，便一边吃饭一边翻看短信。看到崔冰冰那条"我养你"，柳钧须得脑子转个弯，才能想起她是在昨晚什么样的状况下发这条短信。才不到二十四个小时，就已两重天地，柳暗花明，令人无法不感慨万千。老婆对他真好。

未接来电中有宋运辉的，打来的时间是早上七点五十分，可见是一上班就找他。这么急，会不会是昨晚梁思申回去说了些什么。不过昨晚开始柳钧胸中底气十足，他不用做任何心理准备就回电过去。

接电话的是宋运辉的秘书，秘书记录来电之外，与柳钧聊了几句。前阵子检修分公司根据宋总指示，趁维修淡季对集团所用的设备进行使用情况调查，经过各车间一级级的反馈收集，以及汇总比较研究历年维修单子，通过对同类产品在不同使用场所运作情况的横向比较，取得非常详尽科学的使用情况报告。结果基本上不出大伙儿的预料，国外大品牌产品获得综合高分，但也有一些出人意料的结果，那就是私企产品品质的异军突起。作为一家大型国企，以往大家心中有一个普遍印象，那就是私企是草台班子，非不得已才使用私企的产品。可是随着近年私企的遍地开花，他们不得不经常采购私企的产品，但为了明哲保身，他们为此制定不少规避制度，实际上在有选择的情况下经常回避使用私企产品。这回的调查可以说给大伙儿上了一堂课。比如腾飞的品质评分并不亚于众多国外知名品牌，但价格明显有优势了许多。公司总结会上提出，此次调查指明一处明显的成本控制点，各部门有必要立即针对此次调查进行相应的布局调整，有效挖潜，降低成本，以科学化的管理艺术来提高利润率。秘书则是笑嘻嘻地对柳钧说，腾飞等一些私企的机会来了。

柳钧对此调查大感兴趣，并不仅仅是有兴趣了解自己产品的评分明细，而是非常想了解东海的详细调查框架，哪家企业不是将控制成本列为日常管理工作的重中之重呢。如果有办法，大约很少有希望企业长治久安的老板总是往职工工资、职工加班时间等上面打损主意，谁不向往以科学、艺术的管理获取回报呢？秘书答应给柳钧传真详细资料。

柳钧终于还是深吸一口气，道："虽然我着手的东海一号分段还没拿出最终结果，按说不该如此浮躁冒失，可我实在太高兴，昨晚开始，我接手的这一分段已经只是时间问题，请通报宋总，他不需要为这一分段操心了。"

秘书听了大为惊讶，欣喜之余不禁向柳钧披露一段实情，原来宋总为东海一号国产化项目背负巨大压力。因为东海一号国产化项目工期长，前景不明，却又投入巨大，甚至远远超过成套引进国外顶尖设备的价格，因此上上下下有不少风言风语，有说宋总好大喜功的，也有说宋总浑水摸鱼的，还有说宋总不愿进京当凤尾因此拿东海一号做挡箭牌的，怪话风凉话不少。更因为东海一号的国产化将实际损害到某些国外公司的利益，因此那些国外公司的中方代理人在这段时间里也是活动频繁，很不幸，那些代理人有些很有背景，而有些本身就是从系统高位上出去，那些人的活动直接而有效，对宋总造成实质性压力，宋总目前面临的境地是不成功便成仁。因此每一个分段研发项目的成功报喜，都是世上最好的消息。秘书相信，宋总一定会非常高兴于听到这个好消息。

柳钧目瞪口呆，他原以为自己因私企身份而受更多的罪，想不到家家都有一本难念的经，宋运辉永远镇定的背后是举重若轻。他忽然发觉他遇到困难就到处求救，百般纠结，显得非常浅薄。

几乎是才刚放下给宋运辉秘书的电话，申华东的电话就急着钻进来，申华东开口就抱怨一早要么是手机没人接，要么是正在通话。柳钧大言不惭："嘿，昨晚酗酒加睡懒觉，我刚醒，生活很美好。"

"嚯，很难得啊，既然这么有闲，帮我看一份资料，我已经发你电邮了，我们准备收购一项技术，前期论证已经告一段落，最终拍板前我希望征求一下你的意见，我把我们这边的一些意见也发在附件里，你帮我一起看看。"

"你等等，我看看。"申华东说的时候，柳钧就转动电脑鼠标将页面切换到电邮，很快下载了两个附件，打开看到内容。"何不自己投入资金研发呢？你买技术的这笔大钱足够你把这套技术做成了，你那边的研究人员应该具备这点儿实力。"

"自主研发！我又不是不知道自主研发，可我给你看的这个大项目若是拿来自己研发，周期长，投入大，最后能不能出结果难如中奖，几年后出结果还有没有市场，更是跟赌博一样难料。再有你这个榜样每天在我身边晃着，我还是省点儿心搞引进消化吧。起码经济效益比你更好。你别生气，我是学经济的，我没有科技方面的追求，唯有出此下策。"

"靠，我都成你反面教材了，这世道。不妨告诉你，昨晚我们成功了……"

"我还是那句老话，你投入多少，你可以获得多少利润，产品什么时候被盗版。最后问你，经济效益如何？"

柳钧被问得闷声不响，这么多年的研发工作，这么多年的知识产权遭遇，以及腾飞以自主研发为倡导的成长模式，时至今日的成就与其他企业的对比，林林总总，旁观者清，谁有权利否认申华东的选择？毕竟大家都不是国家出资的研究机构，而一家企业，尤其是一家私企，你还能让老总在眼下的社会环境下做出何种选择。

幸好，柳钧有同行人，而同行人又恰巧是他的偶像。偶像宋运辉很快来电，详细询问昨晚的进展，以及未来将在多少天内拿出成品，可不可能赶在明年东海的春季大修之前将仿真变为成品，放到东海现有的生产线上试运作。

柳钧回答得胸有成竹："以我们实验室的速度，只要两个月就能转化为成品。我现在的当务之急是申请专利。"

"稳妥起见，你先把好事隐瞒几天，最好先把与安总签的合同了结一下，取得一份终止合同的书面材料，以防万一。当然，申请专利的相关工作可以在小范围内先做起来。这几天非常关键，你一步不能走错。"

柳钧闻言如醍醐灌顶，连连应是。

"本来早上找你，打算汇总下半年和明年的供货，给你打包一份大合同，东海的合同在本市算是硬通货，让你拿去找银行开份承兑，现在看起来不用了，总之还是什么时候需要什么时候随时通知你出货吧……"

"不，宋总，要，很需要，下一步转化为成品，肯定需要消耗不少零部件，以及做不少试运行，依然是大投入，我正愁呢，谢谢宋总雪中送炭，非常非常感谢。我什么时候去东海签？"

"下礼拜三你过来。我到时候再给你一份名单，包括全国和第三世界地区需要类似东海一号的公司，你可以加油跑起来了。你企业小有企业小的优势，你的优势在于短小精悍，掉头快速，你一定要发挥你的优势。这个市场不小，好自为之。"

　　跟宋运辉通话往往是简短扼要，几乎不用运作面部表情肌，一句是一句，就像看表格。柳钧总是要等电话结束后好好回味一通，才喜上眉头或者愁眉苦脸，因谈话压缩得厉害，当时都来不及品味其中滋味了。但柳钧回味之余，发现宋运辉的言语中似乎并没有透露出过度兴奋，他不禁摸摸自己的额头，如他昨晚与同事醉酒K歌那等放浪，宋运辉恐怕终其一生也做不出来吧。多么可惜。

　　与宋运辉短短不到十分钟的电话，便决定了柳钧对这一年剩余部分时间工作的安排。柳钧不得不思考自己的工作方式，为什么他总是这么忙，为什么人家就能举重若轻？

　　与东北那边的合同很容易就了结了，对方自己心虚，主事者并未出来见柳钧一面，甚至公司员工跟柳钧说起新老板不大来公司，大多数是委托新总经理来管理。柳钧只听不说，拿了书面终止合同的文本就赶紧回家。回来依旧不敢声张，悄悄地开始申请专利，也悄悄地打造样机。宋运辉给的合同果然在银行畅通无阻，很顺利就为柳钧开得大笔承兑汇票。有此汇票相助，腾飞与腾达终于脱离紧巴巴的境地，得以开足马力运行。

　　天越来越冷，而研发中心的情绪异常饱满而热烈，连新加入的梁思申也感染了这里的温度，衣着越来越简单，渐渐地甚至取下隐形眼镜，顶着无框眼镜梳一把马尾巴过来上班，两个孩子的妈看上去像个女大学生，在谭工的小组做计算辅助。崔冰冰眼红得要命，缠着梁思申要美容护肤秘方。待得梁思申毫无保留地传授，她立刻蔫了，回来跟柳钧学舌，她觉得这不是寻常美容，人家那是在脸上玩化学，为了护肤将高等化学给啃透了，难怪她这个文科生总是护得不是地方。柳钧申请替太太学高化，崔冰冰忙不迭地拒绝，害怕她挺男人味儿的丈夫一旦沾染上化妆，就给随男化妆师的大溜了。她宁可继续在黄脸中茫然地摸索，她认为早在丈夫衰老之前就变为黄脸婆，是一件很危险的事。

　　但终于有一天，危机降临。有女友向崔冰冰报告，在昨天某地看到柳钧与一年轻女子喝咖啡，谈笑甚欢，一看就是中年怪叔叔泡学生妹的恶心场景。崔冰冰勃然大怒，回家便找柳钧审问。柳钧招供那是嘉丽昨天拿钱给他。崔冰冰虚惊一场，可是吊起的一颗心依然难以平复，她心里很有疑问，一个女人对一个非亲非故的同龄男子如此信任，这算是一种什么感情，这算是正常吗？崔冰冰有疑问就提，一点儿不肯忍气吞声委屈自己。

　　柳钧心里也很奇怪："就算我是宏明的亲兄弟，嘉丽似乎也不该对我如此信任。可眼下她既然如此信任我，我自然是不能辜负。看起来宏明最近的生意不怎么样，拿回家的家用有减少。这个月嘉丽才给我五千。"

崔冰冰想了想，道："以后拿钱就走嘛，还喝什么咖啡聊什么天儿，你这样做会犯错误。"

"你想想你说的这家咖啡店在哪儿，不就是在他们家小区门外吗？我这是不好意思一个人上门去，才把人约出来到下面咖啡店接头，我总不能跟嘉丽约在墙角见面，然后她递给我一包钱，我往怀里一掖就走，你说这鬼鬼祟祟像什么。"

崔冰冰一听就笑了，此事揭过。"这几天房地产有点儿低潮，我们银行办出去的按揭贷款也有降低，我正愁呢，这两个月怎么完成任务。估计宏明那儿资金吃紧了，我很怀疑他的贷款好大一部分是贷给做房地产相关的人。不过不碍事，年底嘛，银行放贷额度在上半年用尽，下半年没钱可贷，所有靠贷款维持开销的公司都吃紧，暂时低潮一下很正常，你不用替你兄弟操心，弄不好这几天是他放贷最火爆的时节，害得他把自家的钱也放出去了。"

"对了，听说一位做房地产的老板破产，会不会与这几天的房地产吃紧有关？"

"哦，那家，早就不行了，都是上面有人捂着拦着才最近爆出来。那家是赌博赌光的，听说还与杨巡是好朋友，经常相约一起去澳门赌。这几年只有听说开新房地产公司的，倒还是第一次听说有房地产公司倒闭。赌博的，哪个到头不是输？我已经听说好几个人赌输公司。都是这几年钱多了烧的。"

"不不，有时候去赌场只是散心，男人去澳门赌，女人到香港血拼，一样是花钱。"柳钧不禁想到他差点儿也进去赌场，那还是杨巡把他拦回来的呢。当初若是他进了赌场，万一——赌上瘾了呢？

"怎么一样。也怪我们国家文化底子太薄，一帮人富起来后都不知道怎么花钱怎么玩，想来想去最后还是黄赌毒。哪像你和东东这帮人，多的是地方花钱，唯恐钱不够多。还有梁姐。其实钱宏明也不懂享乐，别看一身洋气，内心也整个儿一土鳖，全靠一身名牌才能找来老丈是有钱人的感觉。哎，你是不是特希望杨巡也赌光家财？"

"以前想，现在不想了。说到有钱了，咱今年也有余粮了，要不要给你买辆梁姐那样的跑车？你那帕萨特都开好几年了，早该换掉。"

"不不不，不要跑车，梁姐那车子开快容易开慢难，但开快，那不是要我老命吗？我得买辆耐撞的，车身高的，要么……"

"路虎？悍马？就你这水平，开那种车倒车入库几乎是不可能的任务。"

崔冰冰贼眉鼠眼地讪笑："反正你定，你得给我找出又小巧又经撞又拉风又凶猛的……"

"同志，高中物理动量公式还记得吗，MV，质量乘速度，撞击的时候动量守恒，你让我上哪儿找质量小又耐撞的车子去。或者……手扶拖拉机？"

说曹操，曹操就到，钱宏明一个电话打给柳钧，问柳钧拿不拿得出五百万现金。"只要二十天，转个头寸就还，很稳。是个老户头大户头，要不然我也不会到处打电话帮他解决，我不愿意他接触别人后与我这儿脱钩。柳钧你千万帮帮忙，只要二十天，不会多一天，这个人的信誉一向良好，而且五百万对他也不算太多。"

柳钧没多想什么："行，不过我只能拿出三百万给你，其余你得自己想办法。"

"OK，帮我把大头解决就行了，就这样，我明天上门取钱。你问问阿三怎么拿出三百万现金，不能开支票，法人之间不能借贷，支票无法走账。我还得打几个电话找钱，今晚一定得替朋友把剩下两百万解决掉。这几天问我借贷的人好多，我真是分身乏术。"

果然是崔冰冰说的年底普遍资金吃紧。不过崔冰冰责怪柳钧不该问也不问清楚就把钱借出去，而且一借就是三百万。柳钧笑道："宏明在我这儿，三百万的信誉总有的吧。如果我拿得出，明天借给他的肯定是五百万。不用担心。以前宏明借给我的时候，都是我前途最不明的时候，宏明从来是眉头不皱就接济我。朋友嘛。"

"他那行风险大，不像你庙大资产多。算了，三百万就三百万啦，谁让我是贤妻良母呢。钱宏明这钱挣的，我不能替他细算，一算我得眼红吐血。"

钱宏明果然守信，二十天后，将三百万原原本本交还柳钧，还给了一大笔利息，说他只是经一下手，既然是柳钧的钱，那么利息就全归柳钧拿。柳钧一看利息数目，大惊，这才二十天，才三百万的数。他当时就有一种冲动，恨不得砸锅卖铁再凑一笔钱全交给钱宏明去放贷，这钱赚得太容易了，比他每天苦哈哈地管厂子好赚得多。

钱宏明一看就笑道："如果你以后资金宽裕了，可以放到我这儿来，我替你放出去。许多资金宽裕的国企就那么在做。"

"我……克制，克制。"

钱宏明更是放声大笑："放债又不是洪水猛兽，只不过是对国有银行放贷的有效补充而已。噢，你是担心占用你搞科研的精力？与以前炒期货时候不同，这个你不用操心，全程我替你操作，所得完全归你。你总得想个办法有效运作你的闲置资金吧，我相信你手头闲置资金会越来越多。"

柳钧给自己的克制找理由："我不会有闲钱，我很快就得将某些腾飞的设备转移到腾达去，给腾飞添置精度更高、加工能力更强的设备。那些设备基本上就是拿白花花的银子打造出来的，我还愁钱呢。"

钱宏明又笑："你太低估自己，你好好宣传你的东海一号，很快你的融资能力将大增。我这儿有不少现成的例子，其实哪家公司都很少有闲置资金，不过是有些公司融资能力强点儿，从银行低成本贷款得来的钱放出去吃高息，挣息差，算是不劳而获，多爽。"

"我融资能力已经提高了，尤其是高科技园区里的研发中心，地价评估升值很快，即使银行拿去七折八扣一下，抵押贷款也已经猛增。其他两块坐落在工业区的升值就没那么快了。"

钱宏明简直是摇着头笑了："阿三那银行人士难道没给你开窍吗？这样吧，我先在你这儿定个号，我的外贸公司虽然附属于国企，不过开信用证的额度还是不够我用。哪天借你的额度一用，我算代理费给你。"

柳钧爽快答应。他一直进口设备，也有进口原材料，经常问银行开几百万人民币的信用证，不过他估计钱宏明要的不止这个数。但既然钱宏明开口提出，他当然不会拒绝，帮朋友是应该的。跟崔冰冰提起此事，崔冰冰也说可行，银行融资额度闲着也是闲着，闲着反而影响来年贷款额度，不如这么用出去，只要用的地方得法，资金安全有所保障就行。说这话的时候，崔冰冰面前是三百万出借二十天得来的利息，她将一沓钞票捻来捻去，连她这个在金融界见多识广的人都连连摇头，对于有些人来说，钱真是太容易赚了。

柳钧需要使点儿劲才能不去想掏钱交给钱宏明打理的念头。好在东海一号分段进度一日千里，已经转移到腾飞的试制设备日趋成型，成了全公司上下最大的核心，柳钧更多关注还是放那儿了。几个部门几乎是你追我赶地抢进度，仿佛恨不得一天建成罗马。梁思申也每天都是花一个下午跟着大伙儿做事，一起感受难得一遇的激动。她终于开始有点儿理解柳钧当初为什么弹尽粮绝却不肯放弃，睁着眼睛往火坑里跳。眼前这帮人废寝忘食的激情，总让她想起丈夫久远前的照片，一张稚嫩而严肃的脸，一双因设备运行成功而兴奋的眼睛，和嘴角累起的大燎泡。难怪她丈夫总是那么理解柳钧，原来是过来人呢。

终于万事俱备，柳钧请梁思申转达，有请宋总过来看设备试运行。梁思申并无隐瞒，笑道："我每天告诉他进度，他知道这几天可以下线，推迟出差等着你通知呢。"

"我真不知道该怎么感谢宋总，送重礼又怕亵渎宋总，反而给宋总造成不利影响……"

"别，千万别送礼，我们够吃够用。他跟你只是臭味相投，他纯粹只是因为你这个人和你所做的事……与你其他朋友只是因为你这个人而与你交好，没什么两样。你会因此送朋友重礼吗？"

柳钧讪笑，是，他总跟崔冰冰说他傻人有傻福，崔冰冰却说不是，铁杆朋友完全是因为个人的人品，朋友的友谊其实是个人人品的反射。

第二天，宋运辉大驾光临试运行现场，一起来的还有东海集团几位技术骨干。柳钧胸有成竹，新设备则是不负众望，在众目睽睽之下，在东海集团来人一再提出苛刻的运行条件下，一次次拿出合格参数的产品。柳钧眼看东海集团拿出的苛刻条件都难不住他的宝贝儿，更是笑得合不拢嘴，跟谁说话都是以"哈哈"开头，拍着设备喊"宝贝"，不过谁也没觉得他的形象怪异，在场的腾飞同事没一个是正常的，年纪轻的更是时不时扭一下屁股耸一下肩，喜悦的神情盖都盖不住。

东海人的态度则是稳重许多，他们虽然也喜上眉梢，可还不至于跟着腾飞人手舞足蹈，因为他们的老大是不苟言笑的宋运辉。柳钧此时也不管场合了，到处"哈哈"，不过看到人家东海人聚一起讨论的时候，他还是"哈哈"地离远一些，他有点儿忌惮宋运辉。

过一会儿，宋运辉招手让柳钧过去："小柳，连夜拆下来，明天就运到东海去，有没有问题？"

柳钧惯性地又是一声"哈哈"，不过这声"哈哈"有失圆润，因为他大为惊讶："连夜拆下来是没问题，可是拿去你们那儿有用吗？其他配套设备还没到货吧。"

"我们刚才让你测试的几个工况是其他设备上的，很不错，你的宝贝很广谱，都能应对下来。我们有一套最早的国产设备，这几年一直在对它整改，以期跟上现在产品的质量要求，如果你的宝贝顶替上去，可以对产品质量产生不小影响。也同时，算是对你宝贝的现场运行磨合吧，有什么新设备常有的问题可以及时发现改进，省得正式配套东海一号后添乱。"

"哈哈，没问题。不过宋总最好给我一礼拜时间，再给我旧设备所涉及的具体运行参数，我们可以有针对性地做一些小改动，以更适应旧设备的运行。因为我们这套的设计基本上是以最符合东海一号设计参数为指导的。"

有位东海高工插了一句嘴："哦，还有这个讲究？"

"哈哈，这是高精度产品的必需。我们必须通过对材料的各种处理，以保证设备每一个零件的使用寿命。参数的不同，必然导致某些零件的运行状况产生稍许差异，我们必须根据工况在某些部位做一些加强，在某些部位则可以稍微弱化。放心，很快的，我们有强大的数据库做后盾，哈哈。"

"那意思，是不是你在说明书中明确做多少产量后需要更换某些部件，我们就得百分之百照做？"连宋运辉都将信将疑地问了一句，虽然他是亲眼见识过柳钧那庞大的有一大间中心机房的数据库。

"哈哈，是的，宝贝用的材料都有多次试验数据做依据，绝非信口开河。"

"牛！"东海人几乎是异口同声，因为同样的情况，他们只在国外设备上见识过。

"哈哈，不牛。其实我们的东海一号肯定不可能完全国产化，我们用的好多材料必须进口，否则没法保证材质。但我只能做到这一步啦。"

"放心，像腾飞一样的企业会越来越多。总有一天我们会实现真正彻底的国产化。"

对于宋运辉的这句话，柳钧心里持一定的保留意见，像腾飞这样的企业真是越来越多了吗？不，他不觉得。他还记得小的时候跃进厂才那么小，可也有像模像样的一个技术科，技术员虽然并不怎么样，可经验很丰富，自己绘图设计，自己制图晒图，很有自主知识产权。起码那时候毕业的大学生以成为工程师为荣，不像现在——当然这是自然选择的结果——最聪明的人都去了挣大钱的行业，比如金融业。很少有人的志向是工程师，也很少有人耐得住性子从基础做起，熬上好几年才熬成能单独上岗的工程师，现在人的诱惑太多了，除非是对设计制造有一份痴心的人，他还真没见过几个没痴心的聪明人能在技术岗位上耐心傻做一年。即使腾飞科研人员的工资普遍很高，可问题是，一个聪明人在营销金融等领域却能更快速地得到不菲收入，在机械制造行业做个合格的工程师却需要好几年，因此工程师的目标诱惑甚小。

可矛盾的是，这个社会每年春夏之际，总有大量大学生哀叹找不到工作。一方面是大量找不到工作的大学生；一方面是他腾飞找不到几个安心做工程师的应届毕业生。现状让柳钧很难相信制造业的前途有什么光明。

更让柳钧不敢相信的是眼下的普遍人性，严谨的人是那么的少，而且不受鼓励，反而弄虚作假却越来越少被追究，越来越堂而皇之。有句老话是过街老鼠人人喊打，可是现在的人对过街老鼠很漠然。

这不，在研发中心实习的研究生很快就将腾飞试制成功的好消息汇报给导师，当晚，曾经与柳钧在研发中心并肩作战，但转身就将技术带去北上的一位教授就找上柳钧，跟柳钧商谈合作发表论文，申请国家科技发明大奖。柳钧至此才终于收起笑了一天的"哈哈"，闭上傻愣愣地张了一天的嘴。但是权衡之下，柳钧同意签名合作。因为他无法免俗，腾飞这种孤魂野鬼一样的私营公司需要国家大奖来支撑门面，扩大影响，获得政府支持。而理所当然的，评审大奖的，也正是跟他合作的那些专家和专家的朋友，每一个圈子发展到顶部，都只是有限几个人抱成的小集团。

柳钧唯有安慰自己，起码那些专家还是做过贡献出过力的。可是他心里对专家们一声叹息。叹息归叹息，他还是积极与那些他曾经尊敬的师长们合作，一起拿出论文。他将所有的腹诽藏在心里，最多与妻子说说。

因此，学术界很快响起腾飞的声音。专家们在各种场合唱响东海一号的革命性研发成就。宋运辉也介绍行业顶级会议让柳钧派人去参加，柳钧都请上那些专家。荣辱呢，那是看不见的。有的是狼狈为奸，互为利用。很有意思的是，专家们反而成了东海一号分段研发项目的最好背书。

2007年

01

柳钧在2007年春节到来之前，紧赶慢赶地开了他这辈子最多最频繁的会。他相信，开春，他还得参加更多的会，讲更多的话。但彼时他的心里相信已不是科研的激情，而只单纯是市场的动力。与专家们一起站在台上的不是痴心研发的科研带头人柳钧，而是唯利是图的企业主柳钧。

好事接踵而来，柳钧订购的全新宝马M3双门赶在春节前凑趣地运到，这是他以前在德国时候开惯的车，他对此车的性能念念不忘。申华东一听说就跃跃欲试地想拉柳钧赛跑，可那几天柳钧忙得连轴转，应酬饭一夜可以吃三顿，哪有时间给赛跑？申华东可不管，他终于设计将柳钧骗到市一机所在的工业区。时间已是晚上近十二点。

崔冰冰也是刚应酬结束，与柳钧一起在回家的路上被申华东骗来。车子一进入市一机所在的工业区，眼看路灯下一眼两眼三眼还看不到头的围墙，崔冰冰叹为观止："还以为我们的腾达已经够规模，想不到东东那小子手底下产业更大。"

"东东爸绝对是个人精，我每次遇见他都觉得这个人好得不行，实在得不行，可信得不行，可亲得不行。不像宋总，可亲两个字可放不到宋总身上。可见做事先做人。我靠，还没见大门，这工厂也太大了。好像又在土建。"

但两人的车子摸到市一机主大门，却见申华东的烧包车子正正地停在大门前，鲜红的法拉利犹如寒风中的一把火。申华东拿着对讲机笑嘻嘻地跳出来，抓开柳钧的车门笑道："阿三，委屈你下车观战，我给你准备好暖暖的羽绒大衣了。我跟柳钧溜几圈。你们不许走，周围我都清场了，所有路口全有我们的保安把守。我们绕市一机外墙三圈，看谁更快。柳钧，要不要先带你勘路？"

崔冰冰不禁感叹："申大少你大手笔。你们玩吧。"她心甘情愿地下车，再看看望不到头的市一机围墙，心说周围得放多少保安才行啊。

"不要脸的，价格差三倍呢，直道哪跑得过你。"可柳钧眼睛雪亮，肾上腺素激情分泌，"绕到油箱烧干为止！"

"你技术过硬，我一直等你买新车呢，这辆马力正好。"

崔冰冰叉腰站一边儿观战，她即使近朱多年也依然不赤，她才看不出两辆车子你追我赶有什么妙处，她只管看由远及近的车窗里的丈夫。其实她最爱的还是柳钧年少轻狂的姿态，这阵子，东海一号分段研发结束，柳钧终于恢复正常，每天阳光灿烂激情四射，她不知道多享受。因此等车子终于绕到油箱见底，一个急刹停到她身边时，崔冰冰首先想到的是冲过去给刚打开车门的一脸汗湿的丈夫一个激吻。后面赶来的申华东见此大声怪叫，拿出手机抢拍。两人才不管，吻完了给申华东两个鬼脸。申华东输就输在夜晚开得没胆魄，白饶了一辆好车。

在申华东的同事拎汽油桶替两车加油的当儿，三个人在寒风中聊天儿。柳钧问申华东围墙里面是不是又造车间，做什么用。申华东也答不上来具体的，只知道是新技术引进后产能跟不上，市场火得超乎预期，所以不得不投入巨资再造两个车间。

柳钧奇道："我的腾达也准备扩车间，没办法，订单做不过来。但我有时候真觉得很玄，眼下的需求这么大，同比放大的倍数惊人，我一直在想，究竟世界上的哪个角落产生那么大的需求，那样的需求会不会在哪天忽然消失，然后我们扩大的产能不得不慢慢阴干。我们是不是需要思考走更正确的路？"

申华东道："我也有这担心，说实话。每天上网先看华尔街之类的国外新闻，国外对我们近年的GDP有很多议论，最先还很多人持GDP造假说，现在国际上这种说法越来越少，没办法，谁都感受得到这几年中国市场的活力，太火了。国外比喻为破车快跑，说我们的经济结构很不完善，可是却被疯狂增长的GDP拉着快速跑，不知道这破车旧车会不会散架。可我们企业再担忧又能如何？眼下的需求在飞速扩大，不管这种扩大是不是泡沫，我们都得迎头赶上，扩大自身以牢牢占据原有市场份额。要不然怎么办，全国这么多工厂，我杞人忧天担心泡沫刺破不扩张，总有其他企业趁机扩张夺走我的市场。我们做企业的其他都可以失去，唯独市场不能丢，对吧。即使泡沫破裂，原先的市场若是已经被别人抢去，我这保守不扩张的也不可能在泡沫破裂后夺回市场，失去的很难再夺回。我们企业只能被动地迎合，主动地扩张，紧跟大环境。不用多想，多想会吓死人。你听我的，我学经济，这方面的先例我早有读到过，很基本的理论，我们企业只能那样。正确的路应该由政府来把握，但我看……"申华东看看周围的同事，闭嘴不说。柳钧理解申华东闭嘴的原因，作为一个管理者，说出来的担忧经常会被放大几倍地往下传递，以致在公司形成不必要的恐慌。

崔冰冰看他们赛跑，知道自己不是那料，最终思来想去，买了一辆有跑车的外表，但无超跑复杂性的奥迪TT。奥迪TT线条圆润可爱，头部仿佛充溢饱满的张力，颇为符合崔冰冰看似矛盾的小巧耐撞的要求。

东海一号分段研发至此终于告一段落，研制出来的新机器根据腾飞自成一体的命名体系，被编为F-1号。这个号虽然只是顺序而得，却很合爱好赛车的柳钧的胃口。但是此系列的产品将顺序往下编号，总有一天得出现一个F-4，众人想到这个编号，就一阵阵毛骨悚然。

春节之后，原材料市场沿袭上年增长态势，价格更是出现令人不敢置信的增长。而人民币汇率兑美元的升值却是雷声大雨点小，此起彼伏，无法有效对冲进口原材料的涨势，于是腾飞与腾达的成本猛涨。可是一般规律往往是成品价格调升速度总是慢于原材料的涨价速度，若是在往常年份，生产厂家总是在此阶段需要稍有痛苦地忍受一下利润收窄的现象，可是今年大有不同。今年原料涨价实在太过迅猛，经常是一月过后，价格便翻天覆地，竟然也迅速带动产成品的价格上升，当然总是不如原材料上涨得快。以往生产型企业最忌讳的侵占流动资金的各种库存，此时竟然也成了利润的源泉，原材料压库和成品压库竟成为一本万利的生意，企业主可以什么都不做，只要压库，就能轻松取得比傻做更高的利润。原材料涨价传递给企业的感受并不是太痛苦。

与此同时，是不知哪儿来的需求大开闸。不仅是内需开闸，外单也是雪片般地飞来，似乎丝毫不受人民币升值的影响。柳钧原本有点儿得意自家产品的旺销，可是往左右一看，原来国内机电产品的外销今年全都向好。每次柳钧加班到深夜，从工业区回家，总能看到工业区里其他机电工厂也是一样地加班加点，灯火通明。有需求大幅提高的保证，即使利润因原材料和运费的飞涨而收窄，企业普遍利润还是较往年大幅增长。

相较工业区其他生产企业的红火，成功研发F-1设备的腾飞显然生意更是火上浇油。因为有专家们因利益相关而奔走呼号，又有宋运辉大力扶持，给第一台F-1的成功诞生并运行提供机会。

业内对于专家的宣传或许可以持保留态度，中国自主研发的科技向来不大受自己人待见，经常得经外国机构的赏识，口碑出口转内销了，才会火旺起来。但是东海集团这家素来把关严格的公司启用F-1，却是摆在众人面前不争的事实，再从东海集团传出评点，说F-1技术先进，结构合理，价格同比算是低廉，因此性价比一流。很快，当罗庆拿着宋运辉给的相关企业名单上门推销的时候，只要稍微运作一下，就很容易将订单拿下了。但即使F-1的价格大大低于国外产品，可F-1相对腾飞其他产品，其利润率那是相当地好看，好看到柳钧几乎不用考虑原材料没日没夜地涨价，不用考虑人工费用也是日涨夜涨，不用考虑国际汇率变动对进口出口大有干系。

更有柳钧亲自出马，联系国外业务。他的护照让他可以去很多国家免签，正是因为看到罗庆英语不利索，介绍产品的时候效果大打折扣，而且罗庆每次去新的国家，签证都是大费周章，柳钧才决定由他自己启动国外市场。

好在现在互联网发达，所有大公司都在因特网上有企业网站，不像过去需要没头苍蝇一样地通过当地使领馆找过去，通过熟人先打探，电话传真你来我往好多日子，费尽周折才能两头搭上线。现在则是根据网站找上门去，E-MAIL与MSN齐飞，搬起笔记本电脑让摄像头对着F-1，到哪儿都可以做现场直播，千里一线，不用见面就几乎可以将事情谈得七七八八。

第一家业务的谈成颇有一些难度，因为柳钧初次亲自尝试对外贸易，程序不懂，磕磕碰碰。幸好钱宏明即使再忙，只要柳钧一声招呼，那是风里雨里都会即时上线听候咨询。有老手钱宏明几乎是手把手地教，而且因为两人之间毫无保留地沟通，钱宏明往往是根据柳钧说的步骤，凭他多年外贸经验一次性预见很多可能让柳钧打底，于是柳钧很快就顺利走通第一轮程序，将第一笔外单拿下，交给钱宏明代理出口。

历经艰辛，花了那么多时间，才终于谈成一笔，成绩远远不如罗庆做的内销，柳钧跟罗庆说到胜利谈成的时候，他自己都不好意思地笑。但是这笔外销生意对于腾飞却是里程碑式的，这是腾飞有史以来最大的一笔出口。信用证拿去银行，连银行的老熟人都禁不住"哟"的一声，说是难得。

但是外销虽然麻烦，却有与内销截然不同的好处。外销只要生意谈成，信用证到手，就可以凭信用证获得贷款。不像内销生意，即使腾飞严格把关，不予赊销，合同签订之日需要预付，交货时候必须一手交钱一手交货，而且很多时候柳钧可以凭借与国内知名企业的合同获得承兑汇票，可内销毕竟占用流动资金超过外销。更麻烦的是内销即使合同当头，说好了一手交钱一手交货，还是有企业总麻烦不断，延误交钱。为了腾飞可怜的流动资金，柳钧爱死了外销，自然是跑得信心百倍。他并不满足于宋运辉给的第三世界，只要是他的护照可以落地签可以免签的国家，他都信心百倍地前去尝试，他成了空中飞人。

与此同时，因为有前车之鉴，柳钧几乎是每一次回家都狠抓质量，回家的日子耗一半时间在质检科，亲自上阵抽检，抽检得车间主管个个脸色碧绿，战战兢兢，不敢有所懈怠。

有原来的业务打底，轧平所有费用，那么F-1的收入就是净收入。柳钧的日子很快宽裕起来。半年过去，他就结算分红，也给全公司员工发了一笔结结实实的奖金。这方面柳石堂特别想不通，看到分红和奖金这些白花花的银子雪花一样地从自家手里飞出去，柳石堂心痛如绞，不能年底再结算吗？但是柳钧给他爸算账，两间工厂加一个研发中心，每个月的工资才多少钱，工业区有不少企业每月十五日甚至二十日才发工资，而不是约定俗成的十日，其实一个企业主死皮赖脸地拖五天十天工资，才是多少利息，却是很伤员工对公司的向心力，那才叫因小失大。奖金与分红也是一样，这么一笔钱，拖到年底发，确实能周转出不少新的钱来，可是又何必呢？年中就发不知多激励人，就像腾飞开工之初的第一年春节，他们并不卡着员工的奖金拿到春节后发，员工却反而认准了腾飞，春节后回头率奇高。真正做一家企业，想日久天长地笼络一帮技术工人，最需要讲究的是人心。

柳石堂现在插手不上，只能郁闷地从儿子手中再拿走一笔钱。他现在股票做得风生水起，张嘴全是股票经，据说在朋友圈内号称股神，他觉得他这几年股票做下来，对这一行已经很有认识，这一年炒股如有神助，只要有钱拿来，那就翻滚着获利。

柳钧跟他算腾飞的账，说今年才半年的赚头有多好。柳石堂则是给儿子看他炒股所得，他才多少家底，这几年就已经将手头股本从原来的两百万炒到现在的账面六七百万，他认为自己比儿子能干，若是当年将腾飞的家当完全拿来炒股，那么按比例来算，现在他的账面资产肯定不止腾飞的资产规模。这种比较搞得柳钧挺垂头丧气，其实岂止是他老爸炒股，多少人空手套白狼，个个都比他辛辛苦苦开工厂搞研发赚的钱多，身边就有一个资产数额已经难以计数的钱宏明。而他却还是业内做得好的，做出很大成就的。想着就灰心。

不过，很快，两间工厂、一个研发中心的停车场就被新车挤得满满当当，溢出到大门外。这等场景，几乎成了工业区的一道风景，所有人经过，都会不由自主地猜测，到这家公司做事该多挣钱。老张告诉柳钧，腾飞有史以来第一遭，有人托关系想将有文凭的孩子送进腾飞工作。这个消息多少有点儿抚平柳钧的灰心。

钱宏明与柳钧两个大忙人终于难得有时间凑到一起，两家四口大人和两个小孩坐到一只包厢里吃一顿饭。包厢是崔冰冰订的，基准消费每人八百，钱宏明进门就说今天由他结账。崔冰冰才不推却，让钱宏明进门就摘下袖扣，摸出钢笔，摘下手表，让她欣赏，钱宏明全部笑嘻嘻地遵命。回头，钱宏明就跟柳钧道："最近外销很多啊，我今天来前一查你公司的台账，总数惊人。"

"相当好，那是相当地好，国外同类产品想跟我拼价格，可是他们怎么拼得过我们？我们这儿我腾飞工资再高，跟他们还是差距悬殊。宋总跟我说，我的F-1一出来，连带着拉下生产线上其他配套设备的价格，真是太立竿见影。其实国内推广我们产品还有些小麻烦，有些拿着国家的钱，他们看的不是产品。我做外销轻松很多，现在正慢慢打名气，做系列，相信会做得越来越顺。"

钱宏明笑道："我才问多少呢，你就给我一车轱辘的话，可见是真得意。当初还在摸索阶段，那真是愁眉苦脸，三棍子打不出一个闷屁啊，哈哈，恭喜恭喜。有个小问题，这个产品可以吃多久？"

"吃不了多久，我们现在已经把腾飞放到国际竞争环境中，跟成熟国际巨头抢市场，那些现在暂时被我们打败的企业怎可能放弃这块市场，肯定会考虑转移工厂，也到人工便宜的地方生产价廉物美的设备跟我竞争。我们研发中心从来没有停歇，现在已经开始研制升级换代的。"

"做工厂……"钱宏明摇头，"起码相对很多行业，做工厂的性价比偏低。"

"你现在别跟我提这个，我刚被我爸那股神说得心灰意懒，需要安慰鼓励。"

"我看你最近进口原材料的量也很大，你对着几乎直线上行的资源价格，难道无动于衷吗？有没有想过通过期货市场套保？别告诉我你已经忘记那些操作了。"

"我进口的大头在钢材和电机，我国又没钢材期货。铜材不多，我倒是转过念头。"

"既然转过念头，那我就给你开个窍吧。我给你说说一家电器厂怎么跟我一起做铜材，其实他们很简单，只要开出进口铜材的信用证，其他全部由我操作，最后我根据信用证额度给他确定比例的费用。"

"绕那么大圈子干吗？说白了就是你以前跟我说的，你能开得的信用证有限，你希望其他公司替你代开，让你操作，其他公司拿代理费。"

钱宏明听了笑道："哈哈，看起来你不仅仅是转过念头吧。怎么样，做不做，你现在开信用证需要押多少比例的保证金？"

"呃，这得问问我们编外财务总监。阿三，我们信用证怎么开的？"

正照顾淡淡吃饭的崔冰冰头也不抬就给一句："家庭聚会，只谈感情，不谈生意。"

崔冰冰一言既出，两个小孩子鹦鹉学舌，众人大笑，果然不再提起，因都知道崔冰冰说不就不的性格，席间总算开始说起家长里短。柳钧说起他们一家搬回城里住的原因，科技园区的独立别墅虽然又大又安全，可是小淡淡开始认识世界，他们不能将孩子放在一个只有成年人的环境里，孩子需要接触同龄人，他们考虑之下决定牺牲大人，成全孩子，搬到城里住。果然，淡淡与小区的孩子们玩得很好。很快，也不用多久，可以就近上小区里的幼儿园，幼儿园很不错，收的全是小区住户的孩子。

钱宏明却道："不行，你那小区户型太杂，虽然市中心地段单价不菲，可是一幢单身公寓拉下总价门槛，导致整个小区入住人口阶层落差太大。这种话说起来看似政治不正确，可事实是你等淡淡进入幼儿园跟那些教养差的孩子吵架后，你就会明白阶层落差太大的坏处。我还是打算等别墅一装修好就搬过去，小碎花继续读双语幼儿园，每天让司机接送一下。"

柳钧笑道："我们淡淡是会吃亏的吗？她自己不答应，她爹妈也不会答应啊。"正好，穿着小白T恤小灰灯芯绒工装裤的淡淡一把夺过小碎花手里的鳕鱼柳，三口两口吃下，完了小手在裤子上一抹，眼睛圆溜溜地看着小碎花姐姐，极其无辜地说"还要"。

钱宏明看了笑道:"确实不会吃亏,跟你当初一样。我们小碎花文气,我就不考验她了。柳钧,你上回说起你们自己做的警报器抓住偷入研发中心的小偷,有没有多做,也给我别墅安装一套。"

"我那套你没法用,我们是跟中心机房连着的,警戒级别太高。你要的话我替你上街挑一套,我两家工厂财务室用的给你别墅用差不多了。"

"有没有既报警,又有一定防御功能的。比如说低电压电击之类的。"

"你郊区别墅装报警还不如养两条大狗,郊区反正不限大型狗。"

"嘉丽怕狗。警报器我回头自己找找,大学时候也做过,应该原理差不多,我想自己安装,省得太多人知道。不过如果你有时间帮我做了这件事,我就可以偷懒了,嘿嘿。"

柳钧白了一眼,心里却有点儿说不出的怪异感觉,钱宏明似乎谨慎过度。回家等淡淡睡了才打算跟崔冰冰讨论,还未开口,却被崔冰冰劈胸抓住:"你说,干吗让我做恶人?"

柳钧笑道:"我就知道你能领会我的意思。宏明总是鼓动我跟他做信用证套现,他一片好意,我又不好拒绝。"

崔冰冰一声"哼":"明天他找我,我就说我已经拿你户头开信用证套现,跟你爸一起做股票。说到你爸,估计他不会有下文了。不过你现在出口多,做做进口信用证套现应该挺不错,等于是借鸡生蛋,再说你天天都喊手头紧,套现不比纯贷款差,这几年原料一直涨价呢。"

"我心里很矛盾,现在只要是个人,炒股票似乎都可以发财,而且莫名其妙的是都还比我们做工厂的挣得好。更别说宏明那种手法非常高明的。我想从国外找答案,结果发现这是一种普遍现象,现在好像企业都追着华尔街的指挥棒走,被股东价值牵着鼻子,但是我分析他们实现增值却大多是通过财务运作,而不是通过创新提高创造财富。因此相应的,以前我工作的时候,总裁都是技术人员出身,对本公司的发展非常懂行,能一手指引公司的稳固成长,现在我查美国上市公司好多CEO是财务人员出身,学的是工商管理。就像东东管市一机,说到公司品质,怎么能跟宋总管的东海比?可现在这社会却很有趣,股市反而认市一机这种财务运作好的公司。我还没想明白,我要不要改弦更张,将我的工作重心转移到财务运作上去。"

"开公司就是为了赚钱，怎么赚钱就怎么做，只要不违法。多简单。究竟是我文科生想得太简单，还是你工科生想得太复杂？"

"不是，我总觉得这种现象不符合经济规律，可又为什么全世界都这样，而且行之有效了那么多年。那么应该是我对经济规律的认识有错，亚当·斯密对财富创造的定义或许已经过时。如果我的认识有错，那么我现在应该改弦更张，什么赚钱做什么。而若是我没错，很可能我现在跟进宏明，明天就全军覆没，因为市场不可能永远不正常下去。"

"您，太理论化了。我倒是认为你的选择很简单，就是做点儿什么来跑赢通胀。比你更深入研究亚当·斯密的弗里德曼说实际，通胀是一种货币现象。眼下国家虽然不承认，可事实已经通胀，毫无疑问了。我们是不是应该从货币入手应付通胀对我们财富的侵蚀？OK，别瞪我，这是我跟梁姐讨论的结果。你创造财富很有必要，但你也得想方设法保证财富的货币计价不在通胀中贬值。"

"他妈的，经济说到底更像是人文学科，好，我想明白了。"

"然后呢？"

"人文学科是你的强项，当然由你去操作。咱不能没皮没脸地说一声兄弟，就把钱扔给宏明去操作，宏明总是不肯收我费用的，时间久了我怎么好意思总占他便宜。"

"占我便宜就可以啦？"

"你赚了你自己收着呗。你打算怎么操作？股票，已经这么高了，房价，也已经这么高了，这时候进入似乎都不对。"

"我操作可以，但我手头没有完整的进出口网络体系，境外没有接头的出口商跟我做时间配合，境内没有保税区的公司和接手的进口商，最终具体操作还是得落实到你兄弟钱宏明头上。但是钱宏明这个人做事见缝插针得很，如果我跟他合作倒手信用证，他很快会想办法让我给他开大量信用证，到时候我会很难拒绝。有些东西吧，我作为高层，虽然心知肚明，甚至还暗示手下为了提高贷款额做这种事，可是不能亲手参与操作。你明白？"

"我回头飞机上没事干的时候好好想想办法。说到宏明，你有没有感觉他今天明显表现出对家人安全的焦虑？"

崔冰冰想了下："有，即使钱再多，似乎也不用焦虑成这样子。"

"看起来放债有风险，有风险又不可能通过你们银行类似渠道解决，或多或少总是有点儿擦边球行为，多少得结点儿恩怨。嘉丽又跟你不一样。"

"我们不谈宏明，我们还是说通胀。看样子这通胀一时半会儿止不住，国家不肯调升汇率怕影响了出口，境外又大量流入外汇赌升值，有多少外汇流入，就有多少人民币发出来，正好说明通胀是货币现象。我看是再怎么样都不能持有人民币，一定要把人民币换成跑赢通胀的东西。我上次跟梁姐谈了后，看你手头反正从来没闲钱，就不管了。总之你留意着点儿，不能眼看手头闲钱贬值。其余的，还是等你有闲钱了再说吧。"

"信用证套现那个，虽然诱惑很大，可是想想宏明所冒的风险，我更不能白占他便宜去。"

崔冰冰欲言又止，未必就是柳钧占钱宏明便宜，两人是互惠互利呢。可是她做银行做得太有风险意识了，总是不敢沾手钱宏明的生意，便偷偷将话咽进肚子里，不提。

其实柳钧也是半推半就，他心中有很多不服气，难道他靠自己就不能跑赢通胀？怎可以像嘉丽一样总是想依赖宏明？好在如今市面上多的是跑赢通胀的法宝，柳钧只要每天花一个小时浏览订阅的经济新闻，心中就大致有了点儿跟通胀斗法的蓝图。眼下既然国家在出口和通胀之间左右不是人，不可能压下通胀，那么劳动人民只有不等不靠，看自己的了。

柳钧想到扩大腾达的地皮。人家炒房子，炒房地产商吃干抹净利润才吐出来的房子，那么他既然有办法，就直接买地皮储存。可事实却是吓了柳钧一大跳，他站到腾达公司的制高点往左右前后一瞧，两年前这地方还是一片绿油油的稻田，而今不是房子就是塘渣，才两年时间，这一片土地就沧海桑田了，触目之处再见不到一块完整成片的绿地。柳钧都没地儿扩他的腾达。

不说别的地儿，就看这块地方，忽然之间哗啦啦一下子冒出这么多工厂，包括他柳钧手中开足马力绝无库存的工厂，这市场还真是跟海绵似的，竟能吸收这么多密集冒出来的产能，真是让人匪夷所思。所有怀疑GDP过高的人，只要走出书房看看，只要眼见就能明白，柳钧怀疑今年这GDP都还不止政府公布的数字。就像全民怀疑统计局将CPI做低，柳钧怀疑统计局也将GDP做低。

腾达中班与早班交接完，柳钧有意到工厂周围走走，开着M3小心地绕来绕去，发现那些已经填满塘渣的土地基本上有主，不是已经用围墙圈起来，就是敲了一块牌子表明此地乃某某公司所有。有些没有明显标志的，柳钧拿支笔记下来，回头找主管招商单位问一下。绕到一处村落，M3底盘吃不消乡村公路，他只能停车步行。

柳钧在城里长大，对农村有种异样的好奇。此行并非专程探访农村，可既然来了就走进去看看。其实沿海的农村已经很难纯粹，到处是花花绿绿的水泥楼，柳钧原以为能看到傅阿姨家那边的石板小径，却不料这边的小径早已铺成平滑水泥路，挖出排水沟。路尽头刷着一块小小碑文，原来是达标社会主义新农村。不得不承认，虽然江南农村味儿淡了许多，可是对本地人而言，生活方便不少。

让柳钧很惊讶的是一路撞见的缕缕浓烟。当然绝非诗情画意的炊烟袅袅，而是他一路看到好几个女人在生煤球炉子。对，就是他印象中很小很小时候才看见过的煤球炉子，他家经济条件一向较好，他记忆中一直用的是煤气灶，左邻右舍很多家用的煤球炉或者煤饼炉，一到傍晚下班时候都拎出来生煤炉。他不会记错，谁家经济条件越差，就越迟弃用煤球炉。

柳钧想不到现在农村还普遍使用煤球炉。按说本地农村的经济条件不差，看看好多只煤球炉身后是两三层的漂亮小楼，所有者绝非租住破旧老屋里的外地打工仔。可是煤球炉不是又脏又麻烦吗？怎么舍得在好好的房子里用煤球炉。柳钧不得其解，心说虽然农村富裕，与城里人的生活方式还是有点儿不同啊。

回去经过腾达，见到门口簇了一堆人，好像打打闹闹的样子。柳钧远远就停了车子，打电话问厂里面的管理员出了什么事。原来是中班一位员工的家属打上门来，找公司领导控诉现代陈世美。保安人员让秦香莲自己回家解决，可是秦香莲一定要找领导反映问题，希望组织插手解决，于是就有了眼前这一幕。柳钧一听就启动车子走了。最初只有腾飞的时候，也有员工家属直接闹到他办公室，什么原因都有，夫妻关系啊，父母赡养啊，邻里矛盾啊，说急了苦主还会操起椅子朝柳钧砸过来，可他一家私企业主既非司法机构，又非黑道组织，哪来权威管别人的家务事？在办公室和门卫接待室三番两次被砸之后，他制定规矩，家务事一概拒之门外，公司不予受理。

可是两家工厂的年轻员工太多，平日里上班守着一台全自动机床很少消耗精力，而且能独立操作加工中心的员工大多高工资，于是下班时候就没准头了。对此，柳钧的应对策略是，触犯法律的，一律开除。花天酒地而影响第二天上班精力的，劝回，算作一天旷工。全体员工一视同仁。

公司条规虽然严格，可现在的柳钧已经能严格执行了，不会再因为开除一个主力员工而上演挥泪斩马谡的大戏。因为这几年他一直常抓不懈的就是员工培训，有条理地、系统化地培训员工，因此A角出问题，就会有B角C角很轻易地顶替上，谁都不会是唯一了，谁都得在心里绷紧一股竞争的弦。近年，虽然多有其他公司来腾飞腾达挖墙脚，可眼下的腾飞和腾达已经不容易轻易被撼动。

最考验工厂管理的，便是那一套长治久安的人员培训策略。而与之配套的则需一套齐全优厚的工资福利，要不然养熟一个，飞走一个。这两条说着容易，做着却难，最考验的还是老板的资金实力。柳钧现在终于能大致做到了，而他过往在培训方面的天量投资，终于慢慢开始获得回报。

等柳钧来到机场，腾达那边来一个电话，"秦香莲"见闹了半天，公司一个管理人员都不出来，砸碎保安室的大玻璃走了。公司已经下单通知当事员工，玻璃损失费用从当月工资中扣除。柳钧一笑置之。今天这件事情若非他碰巧遇到并过问了一下，恐怕腾达自己照章处理，未必会拿这等小事来知会他。这种，而今都是小事一桩。

大事是柳钧接上才下飞机的罗庆，两人就明天的年中生产规划会议商量的内容。最近两个人都是大忙人，一个国内满天飞，一个全世界地飞，难得凑到一起，后天又得劳燕分飞，有见面的时间更得分秒必争。可是柳钧却见到罗庆专注地看着手机，目不斜视地走出来，根本没看到等在外面的老板。柳钧好奇地凑过去看什么短信这么要紧，能让罗庆一路看了那么久。一看，原来是股票信息。他哭笑不得，一把抢了罗庆的手机："我现在一看见股票就想杀人。连廖工这种做事专注得不行的人，上班时间也偷偷摸摸上股票网站。工厂排班，个个不想上白班，就怕影响白天炒股。连你也变成疯狂股民。全民炒股，你说正常吗？"

"老大息怒，让我看最后一行。你看我从不耽误工作，就是路上无聊时候消遣玩玩。"

柳钧将手机递回："买了什么股？收益怎么样。"

"谢谢老大。其实我哪有时间炒股，我们的作息太不正常，我买了一些基金，让专业人士替我操心去，进账很不错。孩儿娘他们机关里的才炒得厉害呢，基本上九点半到下午三点没心思工作，全趴在电脑面前看走势。"罗庆一心二用，一目十行地将信息看完，连忙将手机合上，"行情好得让人不敢相信，也真不知道市面上哪来那么多的钱，把股票炒得那么高。以为四千点应该到顶了，想不到没有最高，只有更高。跟我们现在的销售额一样。这么高了，却还能感觉到后续势头很强。"

"我正是准备跟你商量这个问题。从理论上说，实在不应该相信需求会忽然放大，在我们公司的产能成倍增长的今天，我们的设备三班倒连轴转都还做不过来，看似不正常。可是理智分析现有市场，问题是确实存在着这么大的实际需求。我今天半路拦截你，我们在明天的会前，先一起做个分析。我手头是随机选取的二十份合同，上半年的。我们坐下来冷静分析，这些合同的另一方，是不是还会有后续需求，有什么理由。我们不能凭印象做决策，必须做出科学的概率分析才行。"

罗庆一听就知道这事半夜之前完不了，立刻想给老婆打电话请假。柳钧却笑道："别打了。今晚你、我的老婆，还有梁姐，还有几个相熟的富婆，都把小孩扔在宋家让宋总照料，她们相约吃饭泡吧SPA。我们也找个饭店吃饭，边吃边谈。"

罗庆骇笑："她们也应该好好放松放松。这几天其实研发中心的几个，老大也放他们一马吧，苦了那么多日子，现在让散散心，炒炒股。"

"别跟我提股票。说起来，我非常佩服我们研发中心的这些兄弟。F-1才脱手，孙工率大伙儿已经自觉开始研究F-1研制过程中遇到的其他问题。他们打算以此为契机，改进B系列的一系列产品，全部由液压改为电机驱动。我答应他们，有思路就先拿腾达的一台锻床开刀。争取到明年底，将B系列产品全面减肥两到三倍，精度起码提升十倍。"

"我服。不过老大，你知道新B系列出来，意味着什么吗？"

柳钧一笑："哟，可别下来一个文件把我的整个研发中心国有化了才好。我得悠着点儿，还是别去触碰目前只能国营的那条底线。绕开某些产品。最近原油涨得厉害，曲线简直跟我们的A股一样陡峭。我跟梁姐商量了一下，目前国内成品油价还压着，没怎么调，可国外的都在随行就市，国际货运价格飞升。最近我做的几单出口很有感觉，运费每次变化，每次都是成倍地涨。梁姐说，运费再这么涨下去，我国对欧美的出口价格优势得大幅削弱了，尤其是笨重机电类产品的出口，当运价加上产品价格涨到一定程度，美国首先会转向墨西哥寻找加工商，欧洲会转向东欧。我在想，会不会因此削弱我们一部分客户的销售，我们有多少客户其最终产品是走外销的。"

"你不让我说股票，我偏说股票，市场在这个时候跟股市差不多，都知道这么高有风险，可是眼看着股指继续向上，你舍得错过这个搭车赚钱的机会吗？

我不买,有别人来买,市场容量这么大,根本就不会在乎我一个人的退出,大把的人想加入呢。我们也岂敢因保守而退出市场,做熟的客户如果拱手让给别家,以后想再夺回来,就要下点儿血本喽。我相信市场有自我调剂能力,若真到饱和了,它自己会迟缓下来,需求增长慢慢趋向零值。毕竟我们这个行业与炒家离得比较远,那种大起大落的现象不大应该出现在我们这儿。因此我准备在明天会议上说的就是,我们最起码要做到满足现有客户的需求。这是最起码的,最保守的做法,已经非常保守了。"

"是这么回事,这是我征询好多经验人士之后得出的结论,你说的还算是最保守的。看起来我是非得投巨资打通现有的生产力瓶颈了。今晚我们最后看二十个合同,看完如果还是这个结果,明天腾达地块二期开始建热处理分厂。最近热处理那一块卡得实在厉害。"

两人说着到了一家就餐环境很安静宽敞,当然就餐价格也很吓人的饭店。柳钧下车就把一份资料交给罗庆,摆明了吃饭时候就开谈的架势。罗庆早习以为常,这种习惯还是他自己搞出来的呢,他刚进腾飞的时候特别忙,有很多东西不懂,只好吃饭时候抓住老板问个明白。久而久之,两人吃饭若是不谈公事,倒反而非常不正常。

入座点菜开吃。才吃了没多久,服务员端上本店名菜浓汤象鼻和白切加料鹅肝,说是有位先生送的。两人不禁环视一周,没见到有相熟的,好奇得不行,罗庆更是与服务员开玩笑,问究竟是男的还是女的送的,如果是女的,究竟爱慕的是哪一位,这个问题非常重要。

很快答案揭晓。一位中年男子过来,递上名片,是一家贸易公司的老板。该人七搭八搭打躬作揖套了半天近乎,说了很多好话,最后提出请柳钧帮忙向钱宏明通融,让他推迟一个月还款,然后说了一大堆非常客观也非常可怜的原因。说是都知道柳老板是钱老板的好朋友,请柳老板千万帮忙,事成必定重谢。

柳钧好不容易才将这位黏着不肯走的老板请走,罗庆疑惑地道:"现在人还钱这么诚恳了?难道不该是钱总追着这位仁兄的好友,期望好友帮忙催这位仁兄赶紧还钱?"

柳钧借钱的经验比罗庆丰富了不知多少,罗庆不过是道听途说,他是亲身经历。因此稍一思考就明白端的,但他只是道:"不懂。不提了,我们继续。"

罗庆却自己醒悟过来:"看不出,钱总不像是路道很粗的那种人。"

"一个行业是一套模具，走进这个行业的人，等于是装进这套模具成型，最终出来的业内人士，都是八九不离十，难的是怎么保留最后的一二成自我。"柳钧看着那个中年男子走开的方向，心绪翻滚。他想了好一会儿，摸出手机给钱宏明发条短信，把自己最近的行事历告诉钱宏明，预约三个小时详谈。

柳钧与罗庆深入研究分析随机抽取的二十份合同，还算高效，十一点钟之前拿出结果。看着结果，两人相顾而笑，还需要选择吗？"逼上梁山了，热处理分厂非上不可。"

罗庆想到一件事，摸出新签合同递给柳钧："老大你看，本来说好的数量，结果签合同的时候临时又加了三百四十五套。客户这一批据说都是给煤矿做的。这个量，这个势头。每次看到我们的销量，我买入基金就很有动力。经济形势如此火热，怎可能不反映到股指上去。"

"明明赶上一个好时代，我怎么心里反而不踏实呢？看起来我只有苦干的命。"柳钧嘴里嘀咕，心里也是嘀咕。他翻阅罗庆新签的合同，点头道，"又是需要热处理的，我们的优势有一部分体现在独特的热处理工艺上，现在总算有人识货，可我们也做不过来了。热处理分厂非搞不可。"

"其实我已经放弃一部分热处理占重头的产品合同。我的意思，这回上新热处理分厂的话，一定要上更大规模，档次在我们是毫无疑问的，不需要我说。大概需要多少钱？"

柳钧笑道："我现在可以拍着胸脯说，钱不是问题，哈哈。F-1给我们带来不小的利润，尤其是出口帮我们将自有周转资金体量大大缩小。热处理分厂要怎么做嘛，完全看我们的理想。"

"既然如此，为什么不可以对新上马工厂建设规模的规划更前瞻一些，更超前一些呢？"

柳钧想不到的是，第二天的半年度工作会议上，大家全都发出与罗庆一样的声音，为什么设计规模不可以更超前一些。发出声音的包括研发中心的孙工们。

大家一致认定，这是一个百年不遇的好时代，全民资产增值。远的不说，起码，火烧一般的好年景一定会延续到明年奥运会开幕，国家一定会力争在奥运的时候将最好形象展现给世人，也有可能，会延续到后年的新中国成立六十周年与大后年的上海世博会。只要最简单地猜测，想想国家在奥运会这么多投入的边际效应，世博会这么多投入的边际效应，起码三年内，效应将普惠全国制造企业。没有理由腾飞在这种时候反而裹足不前，腾飞更应该分秒必争，抓住眼下这最好的时机。

结论不出柳钧所料，只是他没想到大家的意见会如此统一。末了，他用笔头敲桌子，提醒大家道："今天在座诸位，都是在腾达持有股份的股东，正因为今天的会议涉及的是公司未来半年的重大决策，因此这个会议更应该看作是股东大会。所以你们别着急着说服我赶紧开工建设大规模热处理分厂，你们应站在公司股东的角度首先需要说服你们自己，未来一到两年，公司该将利润分配红利还是新建热处理分厂？"

众人一下子哑了，刚才倒是没考虑到，新建热处理分厂就得掏自家红利的腰包。可是没多久，大家就又众口一词回到原来的调门。新建热处理分厂全票顺利通过，毫无异议。

会议结果给柳钧很大的心理支持，原来不仅是他看好盈利前景，大伙儿也全都看好，而且全都是以实际行动支持扩建。于是，柳钧心中最后的一点儿怀疑也灰飞烟灭。

会议结束回到办公室，秘书说钱宏明有紧急来电。柳钧连忙打过去问有什么要紧事，钱宏明接到电话也是懵懂地问柳钧有什么要紧事，这么不正常地发短信行事历跟他敲定约见时间，他昨晚正好手机落在公司没带着，刚才又逢柳钧开会说不上话，现在正焦急从上海赶回来，晚上见面吃饭谈。柳钧想不到昨晚吃饭时候图方便，发个短信，就误导了钱宏明。不过事情在他看来确实不小，误导就误导吧。唯独崔冰冰郁闷，好不容易出差回家几天，结果接连两天吃饭不在一起。

柳钧先到饭店，得知钱宏明还没到，索性坐在车上打开电脑处理几件事情。过会儿被车灯晃得抬头，见到一辆硕大的Jeep停在对面，从里面跳下钱宏明。柳钧一看车身硬朗方正的线条，就知道是指挥官而不是大切诺基。他也合上电脑出来，奇道："不开宝马X5了？新欢？"

"X5卖二手车了。刚开始看到牛高马大的X5，还觉得这SUV够味，后来越看越没性格。"他拍拍指挥官车头，手底下传出的是厚钢板才有的闷闷回声，"这个不一样，选择它，是选择一种生活。什么时候空了，我们哥儿俩找个地方真越野去。"

"我呸，你这叶公好龙的，我看你选择它，是选择美国大兵梦。你小时候多爱挂着我的木头枪招摇啊。"

钱宏明一个劲儿地笑："看，瞒不过你，真是麻烦得要死，我好歹也是钱总了，你还跟我提开裆裤时候的破事。"

"你不也一样，说是跟阿三谈工作，结果谈什么，啊，连我小时候怎么对女生好奇，怎么率男同学偷偷摸摸流着口水看女生游泳也给我捅出去了，我才跟你提提又怎么啦。"

钱宏明开心大笑，忽然想起来，道："我今天回来，没跟嘉丽说，你也别跟她提起。"

"你看看，我小时候虽然坏了点儿，可现在多好，正宗绝世好丈夫。你呢，晚上宿谁家？当初我们偷看去的时候，你还故意装作掉队，不跟来呢。这就是我想找你谈的问题。"

钱宏明不经意地左手背在嘴边放了会儿，立刻拿开："我说这么反常呢，原来教育我这个来了。你怎么知道我不回家是找别的女人去？告诉你，我今晚很正经，顺便连夜处理一些工作，时间很紧，就不惊扰嘉丽了。"

柳钧听着不信，他即使时间很紧，即使半夜回家会吵醒妻女，他再晚也肯定要回家的，起码摸摸女儿通红的小脸蛋，被阿三埋怨几句也好。但他没揭穿，因为他留意到钱宏明很久没出现了的那个招牌动作。走进饭店坐下，柳钧道："我昨晚也在这儿吃饭，结果有人看你面上送我两道好菜。"他摸出昨晚收到的名片，放到钱宏明面前。

钱宏明一看就怒道："这个瘪三。找熟人做中间问我借钱，说是预付款进去，货一直拿不出来，需要借钱调个头寸。结果货拿出来，头寸解决，却偷偷炒权证去了。他以为权证是股票，结果输得当裤子，我的钱更还不出。我还宽他几天，让他想办法筹措，他很好嘛，找你告状了。你今天找我是不是为这个事？"

没等柳钧答应，服务员拿一瓶酒过来，笑眯眯地说："今天是有人送酒，指名道姓送给一位柳先生。"

柳钧奇道："男的不要，女的要。"

"是位很美丽的女士呢，让我不要跟你说是谁。"

钱宏明笑道："打嘴了吧，还教育我呢。我看你小时候的性子一点儿没改。"

柳钧拿起酒看了一眼："挺贵的。小姐你请拿回去，我跟朋友两个今晚都开车，没法喝酒，帮我谢谢那位女士的好意。"等服务员一走，柳钧就接着道，"有一些事情，从小就知道那是坏事，比如婚外情。而这种坏事又是只需要克服一下，克服后最终也只影响我一个人的快感，那么我当然克制一下自己，不去触动那条线。这就是我今晚想跟你讨论的。我绝无教训的意思，我只说说我的一些想法，一些我积累了很多日子的想法，今天倾诉一下。"

"婚外情与婚外性，不是一个概念。对，我们今天是理智地讨论，我有必要向你指出，你千万不能混淆。"

"我无法理解，但我愿意理解你。婚外情这种事对我而言，判断起来很简单，白就是白，黑就是黑，没二话。可是我们遇到的很多事却不是。很多事情，我举个例子，行贿，从小我就知道行贿是坏事，可是真遇到了，却发现不行贿影响到的不仅仅是我个人的生存，若只影响我个人，我选择不行贿，可是不。而行贿却有无数正大光明的理由，有时候甚至是不得不行贿。我得说，从我这两只手送出去的红包已经无数了，可每次行贿，我都很内疚，心里很挣扎。每次听到有人说起行贿，理所当然地说人在江湖，还没混出师门的才拿行贿当回事……"

钱宏明一直认真看着柳钧的眼睛，听到这儿接了一句："你虽然行贿无数，可你从不认为是理所当然，所以不仅是每次行贿你的心里都很挣扎，而且你还是长长久久地内疚、矛盾，甚至不断谴责自己的这种行为。"

"是的，我就知道你能理解我。有人或许说这是一种虚伪，做都做了，还假惺惺掉什么鳄鱼眼泪，再恶心不过。没错，我不断地意识到我在犯错，可是我依然不断地犯错，但我不愿内心麻木，不愿放弃儿时便养成的善恶标准，我依然认定行贿是坏事，然后每一次做坏事，便可以谴责自己一次。同样地，还包括很多事情。我唯愿我坚持的这点儿脆弱的标杆，让我内心以为我还不算是道德败坏到家的人，让我内心以为我还是个分辨得清是非曲直的人，让我在某些我可以控制的领域中克制我的行为。我不知道我这么想算不算很白痴，这种想法其实多余，我即使不这么想，我可能依然还是现在这样的柳钧，可是我多了这点儿想法，却是挺折磨自己。幸好你一听就能理解我。我就知道你能理解，而且你也会这么想。是吗？我们如此坚不可摧的友谊，说明你也是个多情的人。"

钱宏明却好久说不出话来，他想顺着柳钧说一句皆大欢喜的"是的"，可面对认真看着他的柳钧，他却难以启齿。良久，钱宏明才道："这个问题很形而上，我还真没时间认真反省过。今天不能贸然给你答案。良知在很多场合都是多余，没办法，生存逼得太紧了。"

"像你说的那个赖账的，从我昨晚看他眼神深处的惊惶，我相信你给他施加了你们这一行常用的压力。虽然，在这件事上，我知道你必须这么做，我也想不出有更好的办法。可是宏明，这种做法非常不良善，我不愿你回头一个人痛苦地面对自己的内心。嘉丽虽然是最好最安静的港湾，可是港湾又能容纳得了多少。你看看你一头白发。"

钱宏明双肘支在桌上，两手抱拳撑在下唇，欲言又止，无力辩白。到最后才说了句："我有很强很强的欲望，各种各样的欲望。"

"可你更是个内心丰富而敏感的人，你想得要比我多得多，我一直在想你为什么经常不回家，找各种理由蹲在上海，可又这么爱嘉丽。"柳钧顿了顿，"你怕把你的丑陋暴露在嘉丽面前吧。我刚刚才替你想明白。"

钱宏明迅速但并不干脆地反驳："柳钧，我没你想象的这么单纯。"

"我们都奔四十的人了，怎么可能单纯？我刚才说了那么一堆，就意味着我单纯吗？不见得。宏明，我只真诚地希望你别亲手摧毁自己的心。找时间，你好好面对一下自己。你都已经不敢面对嘉丽了。"

"不要想当然，行吗？我跟你虽然是好朋友，可到底是不一样的人，你别把你的想法生拉硬扯到我的头上。我确实不单纯，内心不单纯，我不愿瞒你，其实我可以敷衍你，这种问题很……对我很弱智。"

柳钧却是定定地看着钱宏明的眼睛："我不信。"

钱宏明心头烦躁起来："不管你信不信，事实就是事实。"

"事实是你本质并不坏，你别糟践自己。好吧，今天讨论到此为止，你都快把你的嘴唇磨肿了，别人看到还以为你疯狂怎么了呢，还真不能回家见嘉丽了，嘻嘻。"

钱宏明一愣，迅速撤回双臂，心中有种被透视的不快。他尽量克制，微笑道："柳总现在指挥惯了千军万马，饭桌上也这么有张有弛有条不紊了嘛。"

柳钧也笑，不再深挖。不喝酒，两人虽然说了很多话，可还是很快吃完了饭。柳钧问刚才的服务小姐究竟是谁送酒，小姑娘不肯说，眼光却飘啊飘地飘向一处包厢。柳钧会意，走过去那包厢，打开门一看，就一脸木然地回来。里面有个美女他一眼就认出来，那就是余珊珊。

钱宏明一听说刚才送酒的是余珊珊，顿时拍桌大笑，招手让服务小姐过来，抢着结账同时加两盅木瓜牛奶炖燕窝，让送去到余珊珊所在包厢。柳钧大不以为然："你送什么不好，送这种容易引起误会。"

"想在你面前扬眉吐气？我涮她一道而已。"钱宏明笑嘻嘻地拉柳钧离开饭店，"难得我们单独聚会，我想看你怎么开我的车，你赶紧想个可以越野的地方，我们飙过去。"

"你不是今晚很忙吗？"

"再忙也得给你让位啊。走。"

柳钧坐在车上想了好一会儿，才想出朋友的一处基建工地。钱宏明懒得开口指点特殊操作，让柳钧那老手自己摸索去，对那种天生的机械狂人而言，自己摸索反而是种乐趣。只是他旁观柳钧的操作，心中愤愤不平，这款虽然是欧洲生产，可全然美式设计的车子针对的市场主体是五大三粗的老美，他一米七出点儿头的身高开这车子很是不顺手，许多柳钧只要勾勾手指就能达到的功能，他得移动整只手，所以有些人的优势真是从脚底武装到牙齿。

夏天的晚上八点来钟，路上还人来人往，好多乘凉的市民。不过通往工地的路还是塘渣块路，基本上就没有行人。但柳钧才将车子开进去一百多米，就迎面对上一个穿圆领碎花布衫、黑色人造棉大脚裤子的老妇人，老妇人手里捧着一堆木条，木条之间还有一把本地人爱用的蒲扇。塘渣路狭窄，天色又暗，走错了就得掉进旁边烂泥地，老妇人站在路中央，有点儿不知所措。柳钧将车子靠路边停住，让老妇人就着车灯慢慢擦着车身离开。

柳钧见老妇人手中还有沾满水泥沙石的木条，奇道："好像是本地人吧，这年头尔本地人还烧柴灶？"

钱宏明笑道："你这公子哥儿从小就'何不食肉糜'，你知道现在煤气多少钱一罐？一百二三十大元了，看原油价格走势，煤气价还得往上升。寻常工薪一个月工资才多少，又没见升，好多人家用不起，家里改烧煤球炉了。"

"钱总你怎么知道的？太神奇啦。"

"凭我是劳动人民出身，凭我始终扎根在劳动阶层。"钱宏明一笑，"上回带小碎花去乡下乘三轮车，随便绕小镇转了一圈。那三轮车夫告诉我，夏天一到，他一天得喝五热水瓶的开水。家中煤气转眼就烧没了，怎么用得起。正好邻居有人支起一只老虎灶烧开水，一瓶一毛，像他那样一天五六瓶的就八分一瓶批发价了。你别这么看着我，好像我跟你撒谎似的。老虎灶烧开水为什么便宜，就是因为现在房地产发烧，到处是工地，工地上到处是扔掉不要的木条木片嘛。不过刚才那老太太捡去的木板可能是给自家烧煤球炉做引火柴的。烧煤球二三十块一个月，比起烧煤气就便宜多了。"

柳钧这才明白昨晚进入农村，为什么到处都是生煤球炉的。原来不是农村特殊一景，而是生计所迫，不得不将时光倒退十几年，捡起煤球炉。"哦，还有最近的面粉涨价，方便面涨价……公司食堂这两个月的支出确实有涨，我一直没过问，还以为是就餐人数上升的缘故。"

"你公司不是提供免费工作餐嘛，可能对有些低工资人群来说，那是他们一天中吃得最好的一餐了。我经常带小碎花去城乡结合部走走，去山区结对助学家庭走走，送点儿吃的用的去，让小碎花懂得点儿世事艰难，可别走你这公子哥儿'何不食肉糜'的老路。"

"呵呵。"柳钧被揶揄，皮实地笑，"我刚才就说你了吧，本质挺好的一个人，硬是要糟践自己。"

"我们这把年纪，说难听点儿，半截身子已经埋进黄土，已经就那样了。我懒得多想，活着不容易，别再给自己添堵。"钱宏明不容柳钧再说，一口气接下去道，"知道杨巡做得怎么样吗？他现在可是正宗煤老板了。我前阵子跟老乡们在上海聚会，看到他也来，一水儿三辆悍马，身边紧跟着的两个人很像保镖。听说他一直在为手头膨胀的资金寻找出路，寻思着投资点儿什么。"

"我早知道，杨逦跟我说了。"柳钧有意又八卦了一把，"杨巡今年终于答应在离婚协议上签字，据说给身在美国的前妻一笔不少的钱，两个孩子归杨巡，但依然放在美国由前妻教育抚养。杨逦说，其实杨巡很信任前妻，也很器重前妻，许多事情弟妹们都不知道，他跟前妻全说。但等事到临头才后悔，晚了，他前妻那种人不可能容忍男人在外面胡搞。我也顺便提醒你，嘉丽不可能看不出丈夫在外面做什么，你别欺负她软弱。"

钱宏明不语。两人在黑暗中沉默了会儿，柳钧就掉转车头回城。钱宏明过了好一会儿才开腔："我知道你是为我考虑。我姐跟我提起的时候，她跟我说的理由是不许祸害女孩子，而不是站在我的角度。这世上，像今天一样跟我说这么多肺腑之言的人，只有你了。我唯一要求，你别让我表态，给我留下一点儿转圈余地，你放心，你说的每一句话，我都听进去了。来，握握手。"

柳钧在黑暗中伸出右手，兄弟俩紧握了一下，不用再多说什么。回来的路上，变成大多数是钱宏明在说话，钱宏明说他给一家老小办移民去澳大利亚的曲折。柳钧心说，这可就把嘉丽发配得更远了，以后嘉丽更管不到钱宏明。

早晨起床，卧室一台电视机，厨房一台电视机，一起播报新闻伪造立体声，在央视新闻雄壮铿锵的声调中，柳钧与崔冰冰分头行动，前者煎蛋烤面包做咖啡热牛奶削水果，后者对付小玩猴一样的女儿。崔冰冰好不容易将淡淡洗干净，驱逐出卫生间，接下来就由她爸接手喂食。崔冰冰不喜欢保姆在家过夜，于是每天早上只能这么打仗一样来一遍，尤其是柳钧出差的时候。

等崔冰冰洗漱装扮了出来，却见女儿已经喝光一杯牛奶，面包啃了半片，据说还吃了两只大虾，半朵香菇，两口青菜，显得崔冰冰总是跟丈夫抱怨女儿吃饭不老实害她早上常吃不上饭很有告黑状的嫌疑。她坐到父女俩对面，倒想好好问柳钧取经，看怎么才能将饭塞到女儿嘴里去。结果看到差点儿吐血，丈夫就是夹了一筷子青菜送到淡淡小嘴边，很没技巧地说声"淡淡，吃青菜"，淡淡就麻利地张开小嘴将青菜咬进嘴里，又麻利地咀嚼几下咽进肚子里，然后自觉地自己掰面包吃，吃的时候两只眼睛还巴巴儿地看着爸爸，那个乖巧哦，与她平时面对的小魔头完全不是同一个人。崔冰冰扼腕浩叹，她也要出差，也要让这小魔头体会体会妈妈也很珍贵。

终于电视放广告，柳钧奇道："经济新闻怎么不是股市就是房市。即使不相干的事，也可以一句话牵到股市。"

"本来就是全民炒股，我们不到下午三点整幢楼几乎停摆看股票，再前儿一个5.30大跌，跌得全国上下鬼哭狼嚎，现在谁敢不拿股市当回事啊？还有说得很多的是我们银行的，准备金率啊，利息啊，你打开财经页面去看，几乎每天都占头版位置。"

"我们制造企业本来贷款就难，贷款利率高，它这么提高准备金率，提高利息，说是对付热钱，结果刀刀都刺在我们实业界身上，融资费用一升，利润全给吃掉了。"

"不把股市降下去不行啊，我们银行存款都快搬家搬空了。眼下最要紧的还是我们嘛，你们暂时靠边站站。"

"钱不去股市就去房市，现在谁还敢存银行？算上通胀，存银行是负利率。早就该把GDP压下去，去年却还压那个数字，刚不是调整过来了吗，谁知道调整后数字是不是确切的。可不得不承认，现在经济后劲真足，都不知哪儿来的劲。这几天吃饭，不预约就没桌子，市道火得惊人。"

可是淡淡没睡着的时候，夫妻两个人的对话只够新闻里插播广告的时间，很快淡淡就敲着碗唱乱糟糟的歌吸引父母的注意。两人快速收拾好孩子，出门依依

469

惜别。崔冰冰毕竟不可能送丈夫去机场，柳钧也不是偶尔出差。

候机楼里，电视上放的居然也是股市行情。正是早上开盘时间，更多人拿着手机或者电脑看行情，个个脸上有喜有忧。柳钧遇到熟人上前招呼，熟人张嘴就是基金股票，柳钧一点儿没头绪，唯有听的份儿。从家飞到广州，从广州飞出国，这一程，柳钧一直在想这个问题，全民炒股，股指百折不挠，这算正常吗？

柳钧有很多的疑问，却缺少对宏观经济的认识，许多问题想着想着便走到死胡同，翻不出去，找不到路。他想到，既然股票是由境内外的热钱炒高，那么热钱总有获利撤退的时候。可是实体经济由谁炒高呢？那么大的需求量又由谁炒高呢？公布的每月进出口同比超20%，又岂是进入中国的热钱所能炒高，那么实体经济又因何而热呢？再有，若股市热钱撤走，对实体经济会不会产生影响？产生什么影响？影响有多大？好多问题，他无法解答。他只知道，经济再这么延烧下去，非常危险。可是根据早上与阿三的简短讨论，看得出国家想控制，但政策顾此失彼，调控失衡。当然柳钧最终还是想到自己的问题，面对如此失衡的局面，他敢不敢大投入。

柳钧想得绞尽脑汁，在飞机上如坐针毡。因为与股票不同，股票容易变现，可热处理分厂如果上马，未开工前那就是一口无底洞。开工后如果吃不饱，也会成为无底洞。可万一，经济还真如去年至今那样的快跑，而他若今天保守，做出一个循规蹈矩的决定，热处理分厂只上一半的保守产能，那么就意味着他将与百年一遇的大好时机失之交臂。怎么办才好，柳钧还真有点儿看不清，更不敢下决定，所以昨天的会议，他坚决抛到脑后。

毫不意外，他让研发中心暂停热处理分厂设计的决定，立刻遭到众高管电邮的轰炸。有邮件问他，当初孤注一掷决定接手F-1研发的时候，有没有考虑到失败，可是相比当年F-1的决定，热处理分厂成功的概率大大超过，那么，有什么理由不上热处理分厂？也有邮件直接问柳钧，柳总的经营侧重是不是有问题，一家企业光有类似F-1这样的大胆研发就够了吗？如果没有配套完善的设备，做不出F-1，那么与茶壶里煮饺子又有何异？也有老成持重的电邮，说大家一起经历了F-1研发的痛苦历程，柳总在各方面所遭的罪非一般人所能体会和承受，大家理解柳总因此在热处理分厂建设决定上裹足不前的心情，但是企业家不能一朝被蛇咬，三年怕井绳，企业家的教条中有一条是必须的，那就是勇于进取。当然，更有其他邮件跟柳钧阐明目前的大好经济形势。

柳钧与客户会谈后回宾馆，给管理人员群发一个邮件。

"我试图跳出我们眼前的圈子，不看我们眼下的经营，不看我们客户的订单，不看你们热衷的股票，我试图探寻最本质的经济生活。于是我看到，煤气费在基数不小的家庭眼里变得高不可攀，他们已经用煤球替代煤气；我看到街边原本五毛一个的肉包子做得越来越小，我昨天清晨看到的肉包子已经比我刚回国时候的生煎包没大多少，油条也大为缩水；我看到房价日涨夜涨，房租却日趋倒退；我还看到，工业区有两家小企业的利润被日趋高涨的融资费用和飞涨不休的原材料价格击溃，自动选择暂时关门打烊，将手中资金投入收益更高的股市……这都正常吗？民生不可能被如此压迫，尤其是涉及最基本的温饱问题的民生，社会必然对此问题有所反应，政府也将被迫就此问题做出反应。那么这种现象还能持续多久，只会是一个时间问题。大家有没有想过，在那个时间到来的时候，我们公司将面临的是什么状况？我们也将看到我们目前荣景的本质，究竟是海市蜃楼呢还是真实？这正是我眼下思考的问题，也是我暂时不敢下决定的原因。请你们也讨论交流。"

邮件发出后，柳钧便开始忐忑地等待。他考虑之下，也将此邮件发给申华东等朋友。他对目前的局势完全没有把握，因此也对即将到来的回邮是什么内容毫无信心。

罗庆连夜发来的电邮彻底打动柳钧。罗庆说，眼下的经济往哪儿走，他也看不清，但他看得清一条，那就是毫无疑问的通胀，而且从我国正处于发展中的经济局势来看，即使未来稍有波折，可通胀的大方向不会变。那么在通胀的前提下，持有人民币的人该怎么做？罗庆举例他早年按揭买房。早年买房是为了结婚，咬咬牙一步到位将房子买了，头款花尽积蓄不说，还欠了一屁股的债。可时至今日，即使他还在公务员队伍里，那点儿按揭款也不在话下了，原因就是通胀，通胀并非全无是处，通胀有一个旁生的好处，那就是帮债务人的忙，以通胀形式赖账。同理，如果凭腾飞眼下的实力，只能上马比预期小一半的热处理厂，那也只能如此，巧妇难为无米之炊。可如果通过借贷能一步到位，那么就可以跟上经济可能依然大爆炸式发展的步伐，退则是有通胀撑腰，眼下看来是过度投资而产生的巨额折旧，很快将被通胀消化。一句话，通胀时代里，借他人钱谋自己发展是硬道理。

而申华东等朋友的电邮则是在中国的第二天下午陆续发来，大家都推心置腹地说了各自的担忧，但大多数人用到股市一个术语：看空不做空。唯有申华东的电邮是最晚来的，时间大约是北京时间的深夜。申华东的邮件写得很长。

"你提到的最本质的经济生活，让我非常受惠，在昨天睡前，我带着你的问题入睡，差点儿失眠。今年以来，面对发烧的经济，我多次与来访经济专家有过面对面的切磋，可现在的专家浮在上面的多，接触地气的少，可惜你才刚将此问题抛给我，否则我更有话题。我今天是带着你的问题上场的，我与其他七家房地产企业竞买本市市中心一块绝无仅有的地块，拍卖场合可谓火光四射，最终我以每平方米一万三千二百八十元的楼面价拿下这块地皮，成为今年的地王。这个价，几乎已经接近目前周围成品二手房的价格，但是我不担心，我看好长远。原因与我曾经同你讨论过的一个问题有关，如今遍地都是投资，遍地都是新建产能，总有一天过剩了怎么办。但是我考虑到，世界上即使有再多过剩产能，顶尖的永远是稀缺的，而稀缺的永远可以由拥有者定价。在今天去拍卖场地之前，我最后站在本市地图前思考，由于《物权法》即将生效，市区旧房的拆迁费用将更高，政府的拆迁意愿会更低，意味着今后五年内上市交易的市区地块将是极端稀缺资源，而根据我与相关官员接触获悉的规划也是如此。目前我公司已经储备本市住宅地块的近30%的面积，我有什么理由不拿下今天的地块，将我的土地储备占比进一步推高，在定价上拥有更大话语权？所以我今天几乎是抱着不惜一切代价的决心上场。我认为，这也可以作为你新建产能规划时候的参考。而另一方面，眼下火热的经济提供了充裕的资金，我在股市融资很方便，我有充足的弹药，其实其他七家房地产企业也差不多，但是我更有勇气。我刚刚说服我爸，还来不及庆祝，明天这个时候估计我还泡在酒吧。"

申华东的大胆气魄，令柳钧意识到，在新建热处理分厂这件事上面，他前所未有的摇摆不定，前所未有的心虚，是源自他回国办厂经历那么多曲折磨难导致越来越谨小慎微，是他对大局关心太少越来越看不懂时势，还是他的能力有限跟不上时代发展？

公司管理层不断将大家讨论的结果形成纪要，发给柳钧。出差期间，柳钧一直没有再发出指令，他需要时间，让自己摆脱对做出下一个重要决定的恐惧。他眼下是如此地胆怯。

柳钧想到股市名言，看空不做空。作为一个企业家，是不是也该如此，你可以抨击社会现象，但是你不能因怀疑而不作为。老话说，人无远虑，必有近忧。

可现实也可能是，人若太多远虑，必无所作为，因为恐惧。这就是柳钧的现状。在彷徨中，他翻看好多著名金融报刊的网站，可除了形势一片大好之外，还真看不出有什么阴霾。至此，他唯有认定自己太保守太胆怯了，他非常讨厌这种感觉，非常想摆脱自己是胆小鬼的感觉，想来想去，不管如何，热处理分厂迟早得投资建设，虽然眼下建材价格高企……

生意签合同倒是顺利，合作方也是受困于产能不足，眼看自己打桩多年的市场领域被同行蚕食，发狠猛扩产能。谈判之余，柳钧向合作方请教为何高位扩张，合作方说出来的考虑与腾飞众高管一致，而且说是专门咨询了世界知名咨询公司。柳钧一听那家咨询公司如雷贯耳的大名，又仔仔细细与合作方交流了自己心中的疑问，回住处就上网发出指令，热处理分厂设计立即恢复。不仅仅是他们一个城市投资巨大，看起来全世界都一样。

当初F-1的研发进入瓶颈，他眼前是茫茫看不到头的黑暗，几乎是所有的人劝他罢手，梁思申当初说他明知前面是深坑还睁着眼睛跳下去，他当时也不知道哪里来的勇气。事后人们都夸他勇猛，夸他有破釜沉舟的勇气，他也深以为然。今天才知，他其实胆小如鼠，即使决定再次做出，热处理分厂正式启动上马，他心里还在首鼠两端，惶惶不可终日，回程的飞机上依然是坐立不安。

浦东机场出关，居然见到钱宏明这个大忙人来接他，这一刻本来就已筋疲力尽的柳钧有点儿恍惚，仿佛昔日重来。而此次，两人的交流显然是熟络得多，钱宏明拉起柳钧的行李箱，主动释疑："你家阿三趁周六带着淡淡亲自开车来接你，还带来嘉丽和小碎花，我们一起吃了中饭就赶来机场接你。她们在外面空阔处玩。我看你不如晚上到我家宿一晚，明天再回家。"

柳钧吊起脖子没看到崔冰冰，就轻声问一句："住你上海的家？你不怕蛛丝马迹被嘉丽发现？找个理由一起住酒店吧，嘉丽太细心。"

钱宏明一笑，点头道："多谢你体谅。回头吃晚饭的时候得靠你配合了。"

柳钧心说他体谅的是嘉丽，既然两人不可能离婚或者怎样，他这个局外人还不如不捅破，免得节外生枝。走出人圈，两人与太太女儿会合，柳钧抱起女儿，走在钱宏明他们一家后面，对妻子道："你大清早一个人开车过来上海累不累……"

钱宏明当即回头笑道："我刚才也是这么跟阿三说，她回我没那么娇贵，她银行里的男孩子同事还冲她撒娇呢。"

崔冰冰哈哈一笑："哎哟，我耿耿于怀啊，你们说不止一个身强力壮的男同事冲我撒娇，我难道已经老到大妈级别了？真想背后戳他们两刀。淡淡，别扯小碎花姐姐的辫子。"

　　一行人一起上了钱宏明的"指挥官"，钱宏明拗不过柳钧希望好好睡觉休息的要求，将一车人送进酒店。又拗不过小碎花和淡淡想一起睡的强烈请求，钱宏明再次跑下大堂开了一间房，两家干脆都宿在酒店。柳钧赶紧往公司打了好几个电话，其他倒是平安无事，唯独一周内有三个人辞职，这个数字在一向人员比较稳定的腾飞算是超常。再往详细里问，原来其中一个辞职的是宿舍楼清卫阿姨，上半年赶时髦将手头五万块积蓄委托亲戚炒股，赚得很好，那清卫阿姨一算计，发现炒股所得比起早摸黑赚点儿工资强太多，便爽快地辞职专职炒股去了。柳钧大开眼界。另一位是工作态度不认真，可又未犯大错，被老张设计排挤走的，算是计划内减员。再一位是研发中心的工程师，80后，硕士毕业。那男孩子很得柳钧赏识，柳钧一直认为那男孩子只要再锤炼两年，前途便是豁然开朗，因此柳钧是加意栽培，那男孩子是用功学习实践经验，彼此应该算是合作愉快。柳钧想不到他会辞职，就像想不到清卫阿姨自以为是股神而辞职下海炒股一样。

　　柳钧调出那男孩子的手机，直接打过去问询挽留。但是男孩子说的一席话让柳钧放弃了挽留的念头。男孩子坦言，他辞职的原因是办技术移民去加拿大。腾飞的工资在同行内算是高的，在本地制造企业中也是不低，福利也很全，可是他发现，这些收入扣除日常开销，他的积蓄总是追不上房价的飞涨，而且看眼下房价无休止涨价的趋势，他的积蓄在起码两年内唯有离首付款越来越远，两年后他在腾飞可以独立承担项目，估计经济可以改善，可是谁又能知道两年后房价会炒到何种地步呢。他父母底子薄，他不可能请父母帮忙，而他热爱技术，不愿改行做其他工作，这一年来，他发现前途越来越迷惘，他的恋爱关系因为他没房子，被女方父母生生拗断，生存压力迫得他喘不过气来，他没有信心，唯有选择出逃。

　　柳钧逮着崔冰冰大叹遗憾，不仅是为腾飞遗憾，也为国家因这种原因流失大好人才而遗憾，可是他无能为力，他可以将当年因为前途而出逃的罗庆拉回，可是他没有把握拉回这位男孩子。他也在国外工作生活过一段时间，那时他有正当职业，工作才刚起步的时候便可以有房有车，生活不愁，不知多潇洒。相比之下，国内的年轻人生存压力很大。国内租房市场不规范，租房意味着颠沛流离，不为丈母娘所容。可是买房，市面上都是那么大的套型，那么高的房价。对于赤手空拳的年轻人而言高不可攀的首付，以及未来三十年的不菲还贷额，未来生活还谈得上什么质量。空有一身本事，却连最基本的生存都无法满足，怎不让人气馁？换位思考，他柳钧也会投奔国外。

晚上两家凑一起吃饭，柳钧告诉钱宏明："我公司扫地阿姨辞职去炒股了，技术人员付不起买房首付辞职技术移民了，世道是不是很畸形。说是适者生存，可是创造价值改造世界的人却成了不适合社会的人，有道理吗？"

"说明你的工资不合时宜。"钱宏明微笑。他的手下就没一个舍得辞职。

"我只是一家制造工厂，不偷不抢，循规蹈矩地赚取利润，还能要我出多大工资？"

钱宏明笑道："来，让我们念诵：不是我的错，错的是社会。"

柳钧悻悻地："你就是那个炒高房价的罪魁祸首。"

"不是我的错，错的是社会，政策如此，我只是个顺势而为的小卒子而已。别生气啦，毕竟辞职的只是少数。"

"可惜，你知道吗？我心疼。我已经尽力，我无能为力。"

"可惜你公司还不够举足轻重的级别，要不然可以跟所在地政府提要求，定向拍卖住宅用地给你建职工住宅。"

"按照利税，我不比工业区那些巨无霸似的劳动密集型企业少，可根据国家确定的划分细则，我这家公司工人用得少，划归中小企业。什么……"碍于桌上有孩子，他硬是将后面的"狗屁细则"咽进肚子。

"我们不谈反动言论。"崔冰冰插话，"其实国家一直在不断推出政策抑制今年来的过热，新出台的降低出口退税文件，这一次涵盖的范围很广，直指那些低附加劳动密集的产能。对了，宏明，你也得当心局势变化。"

"我仔细研究了，不担心，影响不到机电类。"

崔冰冰也觉得眼下的经济很畸形，她这几天去工业区等地拜访企业，几乎是家家门前挂着醒目的招聘广告，招募普通操作工，那姿态之热情，言辞之恳切，崔冰冰以前只在专业人才招聘会上见过。因此她觉得用工问题困扰不大的柳钧实在没必要为几个人的辞职如此感慨。与其他公司相比，柳钧这几年在人才养育方面应该可以理直气壮地说一声无愧人才，只是那家伙太较真儿，才把绣花针当棒槌。钱宏明也觉得如此，劝柳钧往宽里想。

柳钧叹道："我开公司那么多年，经手的人多了，怎么可能为一两位员工的辞职想不开？我遗憾的是年轻人移民的理由，非常感慨，非常震惊。"

这些话题，嘉丽全插不上话，也听得懵懂，只好专心照管两个孩子。小碎花吃了会儿菜就饱了，给淡淡讲她在幼儿园学来的故事。嘉丽在一边儿听着错误百出的故事发笑，可两个小孩子却是一本正经地对故事内容有问有答，自成一体，反而不需要她太操心。

柳钧忽然想起一件事，想想这种事情可能嘉丽更懂，就问嘉丽："现在市场上大排大概多少钱一斤？"

嘉丽想了会儿，笑道："都是保姆去买，我忘了是多少，没留意。"

"普通大排十五六块一斤，去皮去骨的再加两块，据说还得涨。"崔冰冰顿了顿，"你也关心起菜篮子了？"

"这么贵了？以前我记得是七八块钱一斤吧，一斤大排可以斩五块，以一个人一天吃两块大排或者当量计算，那不是一个月来生活费方面光是吃大排这种基本的，就得一个月最起码增加五十块钱，还不计其他涨价的。难怪我们清卫阿姨嫌弃工资不如炒股，爽快辞职。我最近一直出国，忽略这些了。"

钱宏明笑道："以前还说你是'何不食肉糜'，看起来冤枉你了。"

崔冰冰道："那是你的谬误，柳钧在管理方面全是拿数据和条规说话，你可以相信他回到公司就会抽查几个员工，调研日常生活支出变化，决定加多少生活补贴。而不会像公务员那边生活补贴一涨就是五百八百，什么理由都没有。对了柳钧，一定要做成生活补贴项，不能直接加到工资上去，工资死的，以后再难灵活机动。"

"你俩还真是默契啊。"

崔冰冰看了眼嘉丽："哪里，我们两个就是传说中的握着老婆的手，就像左手握右手，没劲透了。"

柳钧笑道："别给我设局，我要是胆敢应一声，晚上你准递一把快刀让我斩一只手试试是什么味道。"

钱宏明比柳钧懂得察言观色，一眼看清崔冰冰的圆场，当即若无其事地将话题扭了开去："最近，不，前天，有个大新闻，阿三听说了没有？杨巡在这种热火朝天的市道下，竟然快刀斩乱麻地卖掉他在煤矿的股份，从山西脱身了。我们都在猜他的意图，阿三你知情吗？"

"你消息很灵光嘛，我也才知道，但不知情。"

柳钧却忽然想到那次他想去澳门赌博，路上遇到的杨巡。可不可以把他当时的心情安到也是独自去赌博的杨巡身上？也或许，难道杨巡那老手嗅到空气中的什么不安定气味了？他把想法告诉大家，钱宏明却笑道："有钱，没有摆不平的地方官。再说现在煤价那么好，客户全得拿着现款去提货，杨巡手头有的是钱，那人也不可能像你一样有原则。若是你去山西采矿，半途而回，那倒是原因一清二楚，只有一条。"

崔冰冰道："我更早时候听说，杨巡在洽购一处镍矿。宏明，山西地方官没你说的那么容易摆平，前两年闹电荒，其他省常务副省长上门去也讨不到好。这种事情小孩子在，咱们别说了，家庭聚会，公事免谈，你们大人乏味不乏味。"

直到第二天将嘉丽放在上海买书，一家三口自个儿上路，崔冰冰才向柳钧承认，嘉丽此次突击来沪，是她有意力促，她实在受不了那一家不温不火的关系，一个太假，一个太傻，嘉丽被圈养得智商都快逼近零了。可惜，昨晚被钱宏明破局，大家都宿酒店。一夜时间，够钱宏明电话遥控清扫战场。

柳钧不禁抬眼看看后座的母女俩，看到淡淡可能昨晚与小碎花睡一张床上闹累了，正猫妈妈怀里熟睡，才道："昨晚不去钱宏明在上海的家是我提出的。嘉丽连大排大致价格也说不上来，她知道了能怎么办？"

"看那些富商太太、狐媚子算计丈夫钱的，我看着讨厌，可是嘉丽这种的，我又替她累。钱真能扭曲人。幸好我自己也不少钱。"

"你哪儿一样，我们左手握右手。还记恨我当初要跟你签婚前协议吗？"

"你这人，纯工程师脑袋，直线思维，我后来才算慢慢知道你这性格，真是怪胎。更怪的是，你们中心一窝子全怪胎。"

"怪胎好，怪胎做出口不知道多方便。我出国卖第一套F-1最难，客户不信任中国货的质量，更不信任我的售后。幸好价格实在有竞争力，他们终于勉强给我们一个机会。不过第一台顺利投产，他们看到我们严谨规范的风格不是装出来的，而是公司素来规矩，二话不说又连续送上合同，而且还不仅仅只要F-1。我最恨听到他们说我与其他中国公司不同，我实在无法认为那是表扬。难道中国人只配输出廉价货？可我无法开口，他们公司在中国定做的输送架连基本防锈都没做好，就这么简单的一个工字钢架子……"

"打住！你别现在饱汉不知饿汉饥，想想你研制F-1那段日子，那种苦头，别人但凡有其他活路，谁爱走你这条路？只有你们中心一帮怪胎才熬得住。再说了，别人防锈虽然做得不好，可那种企业这几年的利润却不会比你差，赌不赌？"

"嘿，你就不怕刺激另一只手？不能让我志得意满一下吗？"

"谁跟你左手握右手，咱两只手还是拗手劲吧，自在点儿。"

"做输送架的企业我回来查了一下，还真如你所言，人家那规模，小王国似的。架子上有些型钢还是他们自家热轧出来的，热轧，那得多大规模。那也是九七年才开始建厂的，跟我几乎同步，说明人家赚得比我好。可是现在原油价格上升，国外柴油价格也上涨，海运费今年来涨了不少，他们那种粗笨设备运到海外还有优势吗？但也不怕，排放治理那儿省一点儿，工人福利克扣一点儿，甚至防锈处理做表面文章点儿，利润挤挤就出来了。"

"你说的这些很没技术含量，正说明你没往那上面动歪脑筋。我有一个客户告诉我，4月1日国家取消钢坯出口退税，可退税是他们企业出口产品利润的唯一来源，怎么办？事实是他们至今出口还做得好好的，能拿的退税照拿，只不过在报关时候拐一个弯，把钢坯报成什么压起重机的铁块，有的稍微调整一下微量元素的含量，报成合金钢，就这么简单。你在技术上钻研，人家在其他方面钻空子，各行其道。不过，我当然喜欢你这么实打实的，晚上睡觉心里踏实。"

但不等一家三口出上海大市，嘉丽一个电话打进崔冰冰手机，柳钧只听后座的崔冰冰一个劲儿说"别哭"，仅此两个字，他已经意识到钱宏明手脚没做干净，东窗事发了。他赶紧拐进服务区停车，跳出车门打电话问钱宏明发生了什么。钱宏明告诉他，嘉丽估计发现很多蛛丝马迹，几乎是一进家门就开始哭，昨晚保姆收拾的全没用，他也还不知道嘉丽究竟发现了些什么呢，只知道嘉丽一会儿看着这儿哭，一会儿看着那儿哭。

"阿三告诉我，我即使进门拐弯的角度有个不到5度的变化，她都能猜出我今天有没有坏心思。嘉丽唯有比我们阿三更细腻。"

"我……我想不到嘉丽……我该怎么办？一大一小都哭，嘉丽不肯说话，只哭，也不让我接近。柳钧，要不你辛苦一下，转回来帮我？"

"我会折回去，但我不知道怎么帮你。我曾未雨绸缪问阿三，算是问问女人的想法，你要是被嘉丽发现有问题可以如何处理，连她也不知道，嘉丽性格比较封闭，也比较特殊，这才是难题。"

"柳钧，不管你怎么处理，我只有一个前提，不离婚，不分居，其他，嘉丽有什么条件都答应。"

"答应以后不碰其他女人吗？"

钱宏明好一阵沉默："柳钧，我们两个都是男人，推心置腹地说，你有没有遇见过这么一种场合，一个非常重要的客户他就是奔小姐去的，你不陪着一起上小姐就是不给面子，也是扫兴，更是可能泄密他寻欢的定时炸弹，所以一次见面后没了下回。你有过这经验吗？我首先坦白，我很多这种机会。哪个男人进会所不是奔美女去的？"

柳钧不禁小心地瞟车窗一眼："知道了。"他转回车里，见崔冰冰还接着电话，他低声与之沟通了一下，就开车找出口下去，折返城区。崔冰冰在明确保证她一个小时之后也很快结束了通话，她告诉柳钧："可能是钱宏明别馆里处处透露的有其他女人在此安营扎寨的信息让嘉丽无法自欺欺人。"

"就是说，嘉丽能忽略宏明身上带长发带香水味带口红回家，但不能面对家里有女人占据？"

"谁不知道这世道礼崩乐坏，像宏明这种做偏门生意的早该出轨啦，苦苦隐瞒到今天算他对嘉丽很有点儿良心。场面上遇到个不抱小姐的，大家都跟看怪胎一样，认定此人不是Gay就是有什么癖。当然这些事情在社会上似乎是约定俗成的事，不适合你，你不可以。嘉丽未必不知，只是以前自欺欺人，结果让钱宏明底线越来越低。"

"你作为女人，也不觉得宏明是坏男人？"

"宏明是你好友，而且确实是你好友，他又不是我的老公，我管那么多干吗？但你不可以，我做得出左手斩右手的事。"

以往柳钧听到这种警告，心里总是很反感，认为有辱人格，可今天想想以往的每次应酬，若不是背后有老婆不客气的快刀架着，那些声色犬马的诱惑以及客户朋友在酒酣耳热时候的硬塞，还真是让人难以抵挡。

可崔冰冰虽然嘴上世故，真眼看着离钱宏明上海的家越来越近，直至找到车位准备下去，她终于还是忍不住口气蛮横地道："手伸过来，让我揍两拳，我上去得放过钱宏明那臭男人，心理很不平衡，谁让你是他兄弟。"

"不，淡淡看着你呢，看淡淡醒来怎么跟你算账。"

"那我不出声，改咬，行吗？你好事做到底。还有，约法三章，你上去后就抱着淡淡，也可以抱小碎花，诸如向嘉丽提供肩膀提供怀抱之类的事都由我来做。"

"哇，在这一刻，灵魂附体。在这一刻，你不是一个人在战斗，不是一个人！

请问你现在是崔行长吗？"

崔冰冰哈哈大笑，但随即干咳一声："嘘，严肃。"话音刚落，车外嘉丽抱着小碎花猛冲过来，拉开车门坐在副驾位置上，一个劲儿哭着喊"回家，回家"。

"好，十分钟内上路。"柳钧说着就跳出去问还追在后面、却也不阻止嘉丽上车的钱宏明该怎么办。钱宏明还是那句话，无论如何，绝不离婚，绝不分居，但现在让嘉丽回家冷静冷静也好，他在上海安排一下就开车跟上。

"如果嘉丽一定要离，怎么办？你们夫妻之间的事，外力没用，我必须取得你的表态。你别找社会理由，那可以说服我，无法说服嘉丽。"柳钧见钱宏明又是将拳头举到唇边，一副欲言又止的样子，可是这次他不能放过钱宏明，要不然事情无法妥善解决。

钱宏明被迫说了很多理由，可全让柳钧否定。他被柳钧逼得无路可走，怒道："你什么时候变三八的，嘉丽就从来不管家长里短那些琐碎事。你请上车，我想好再回答你，我现在心里很乱。"

柳钧无奈，只得扔下钱宏明启程上路。他心里唯一的安慰是，钱宏明坚决不愿抛弃嘉丽，这个态度，倒是与他爸当年颇为不同。车上，崔冰冰不知道用了什么办法，将小碎花转移到后座，一个人在后面照顾两个小姑娘，而嘉丽还在低头垂泪。崔冰冰扔给柳钧一句话，提醒他车上有两个孩子，相关事情等回家后再说。柳钧怀疑崔冰冰一方面也是说给嘉丽听。

上路后，渐渐地，嘉丽停止了垂泪，但也不说话，一路茫然地看着前方。

柳钧要不是电话多，他早已百无聊赖了。一个电话进来，却是杨逦的。杨逦经柳钧介绍与崔冰冰相识，两人挺说得来，发展得狐朋狗党的，常一起逛街血拼。杨逦打崔冰冰电话，关机，就找到柳钧，说酒店刚进货一批不错的辽参，阿三上回提起要一些，让转告。柳钧赶紧抓住时机，问杨逦道："问你打听个事，听说你大哥撤出山西的煤矿，是不是对未来经济不看好？"

"有好多原因，主要是三条：一是煤矿危险，他做上煤矿后每天就担心井下死人，晚上失眠得厉害，再说现在越查越紧了；二是现在煤矿收益实在太好，公然地好，好得地头蛇们胃口大开，虎视眈眈，连村民都想出各种办法勒索，大哥怀疑地头蛇们就恨抓不到他的辫子，毕竟受贿拿干股不如独吞整个煤矿，强龙难敌地头蛇，所以第一条就更成问题；三是源自大哥对形势的判断，他经历过九八年那阵子，做事总有点儿疑神疑鬼，看现在国家通过关税等办法卡全国粗钢的产能，他怀疑瓶颈势必传导到焦炭，然后传递到煤炭上，不如趁高出手，市面上多的是追高接手的人，卖个好价，转投镍矿。"

"你大哥是不是不看好后市？"

"又问啦，后市这东西吧，经济总是起起落落的，大哥说下手有点儿准头就行，别被一吓就吓破胆了。他投资镍矿就是这点儿考虑，镍矿总归是更稀缺点儿，而且价格更不受国内政策的影响点儿，再有是镍矿远离人烟，重重大山正好隔绝那些红眼睛。不过因为技术含量高，对资金的需求也更大，我们正设法谋求上市。还有疑问吗？"

柳钧听得又想劈自己耳光，这世上大约就他一个人胆小如鼠。他奇怪了，怎么就在投资兴建热处理分厂的事上，他总是那么优柔寡断呢。崔冰冰照顾两个小魔头之余没忘记评论几句："我给你提供一个反方证词，当地人都说杨巡等人去那儿是捞饱就走，没本地人有良心。再说杨巡这个人一看就是炒买炒卖的性子，不是蹲哪儿一根筋搞发展的人，他将煤矿低买高卖只是一个商业过程，你别从你做产业的角度出发来解析，完全牛头不对马嘴。任何一地的政府，都只喜欢实业落户，不欢迎炒家入户。不过现在政府欢迎外地炒房客。"

柳钧一听，确实，各有各的立场，各有各的利益，便将此放下，安心开车。但这对夫妻寻常的一段议论落在嘉丽的眼里，第一次有了不一样的意义，她从来不知道宏明在做什么，当然就更无法讨论。在她家里，都是两人一起看碟片，听音乐，去旅游，谈的当然也都是这些她熟悉的领域。她很想知道，那个从蛛丝马迹中反映出来的宏明的同居女人，会与宏明在一起谈什么呢？

这一程很闷，好不容易到家，柳钧领两个孩子玩，崔冰冰载嘉丽回家。两个小孩本来就是一个好动一个好静，早上这么一闹，小碎花就更安静了。柳钧发现对付小皮猴似的淡淡累，可对付安静的小碎花更累，非常难以讨好。

崔冰冰上车就问嘉丽："你什么打算，两条路，离婚，还是继续婚姻？"

"不！"嘉丽飞快回答，但随即叹一声气，很久才又补充一句，"不离婚。"

崔冰冰从不以为嘉丽会因此提出离婚，或者离得成，但没想到嘉丽不离婚的心意如此坚决，她反而噎住，一下子不知道怎么接腔。她没有松口气的感觉，反而在心底拍案大怒，难道男人死光了吗？都到这种情况了，心里还不肯冒一丝离婚的念头，崔冰冰彻底难以理解嘉丽。

反而还是嘉丽从上海一路冷却下来，此时已经稍微恢复平静，话也有了："阿三，你们是不是早都知道的？"

"你上个月还去看过话剧还是歌剧的，上上个月去看过什么展，你那时候没发现吗？"崔冰冰反问。

"唉，上海很有腔调的老公馆改的宾馆太多，我每次去宏明都领着我一家家地轮，还一家家不重样，我也乐此不疲。原来……今天才知道原来是有原因的。那女的是谁，做什么的，跟宏明多少年了？"

"我不知道，柳钧也不知道，我们的大本营都在本市。今天的事我们都很意外，但我们毕竟是旁观者，再震惊也有限，因此我以旁观者身份劝你一句，如果你决意不离婚，我看你还是既往不咎，把你今天所见所闻全删除掉，方便以后容易见面过日子。而你如果想好好过日子的话，我希望你眼睛向前看，想方设法固化两人的婚姻。"

车子到了钱家所在小区的车库，嘉丽一时不愿下车："我问清楚真相都不行吗？我连起码的谴责都不行吗？"

"当然可以，但有什么意思？还是向前看吧，生活还要继续。"崔冰冰自己先跳下车，也想将嘉丽也拉出车，"走，去你家，你洗个澡，放松放松，我替你烧碗粥，吃饱喝足，才有力气活下去。"

"谢谢你，你回吧，帮我照顾小碎花一晚上，让我单独待着，我现在什么都不愿想，什么人都不想见。"

"不，我得跟上，我不放心。我不会打搅你，你什么时候想说话，来客厅找我，不想说，你自己找地方待着。"

"我谁也不想见，行了，阿三，你回去吧。我上去了。"

崔冰冰犹豫了一下："我……叫柳钧过来，你先在车上待着。"崔冰冰打算悲壮而英勇地贡献出柳钧，可嘉丽并不领情，甩着手臂说"不要，不要"，蹬着脚自顾自下车走了，一脸的拒人于千里之外。崔冰冰连忙跟上，可也只能跟到电梯口，嘉丽根本就不要别人跟着，全身的肢体语言就是你再跟上我们就拗断。崔冰冰只能驻足。

柳钧也不知道怎么办，总不能动用小碎花使苦肉计吧。可觉得让嘉丽一个人待着危险万分，越是平时闷声不响的人，越是容易在激动之下做出惊人的举动。好在钱宏明来电说已经出高速，后面的事情他会处理，不行就撬门，再说家里还有一个保姆呢。两夫妻在一件事上倒是意见统一，那就是将小碎花托给柳钧一夜。

为了安抚时不时对着窗外发呆的敏感忧郁的小碎花，柳钧不得不破例，将小碎花和淡淡拉去她们从未见过的工厂。淡淡被柳钧绑在小推车里，看得手舞足蹈，小碎花则是小心地牵着柳叔叔的手，贴着柳叔叔静静地走，两只大眼睛要等进车间好久，才慢慢活络起来。柳钧最见不得小孩子这样子，好在他进了车间就如鱼得水，有本事将小碎花的心情热启动了。一直将小碎花折腾到倦极而睡，淡淡也在他怀里睡着，柳钧才能回家。其间，钱宏明那儿只来一个消息，他已经进家门了，让柳钧不用再担心嘉丽的安危。

回到家里，柳钧与崔冰冰合力伺候俩小的上床睡觉，完事的时候，钱宏明一条短信进来，"没事了"，简简单单三个字。反而是柳钧与崔冰冰一脸意犹未尽的样子，面面相觑。崔冰冰一脸疑问："没事了？怎么没事的？明天开始嘉丽会不会自强起来？哪怕是稍微一点点？"但不用柳钧回答，崔冰冰自己先在心里否定了。

柳钧与崔冰冰心意相通："你别再瞎操心，朋友之间求同存异，把朋友的好处放大几倍对待，就行了。最起码，经过此事，宏明好歹能收敛一点儿。"

崔冰冰拉了一个河马脸，一脸的不信，但也懒得再说，不是身体累，也不是心累，而是老子不耐烦。反而是柳钧嘀咕："别再弄出个性格不对劲的小碎花来才好。"

第二天，太阳照常升起，而且夏日的太阳很亮，很正常，正常得令人发指。小碎花一早就被钱宏明派来的司机领走，送去幼儿园。此后，两家的接触大幅倒退到很久以前，又变为只有柳钧与钱宏明之间的接触。崔冰冰懒得去想为什么，道不同不相为谋呗，还能怎样？别人的生活，外人只能点到为止。

便是柳钧，心中也不得不强行压抑冒出来的一点点小泡泡。可是钱宏明手掌微蜷放在嘴角的画面总是在小泡泡冒出来的时候自动跳到柳钧眼前，柳钧总是在心里叹一声气。

当七月过去，嘉丽不曾交钱给柳钧存着，柳钧不敢惹嘉丽，就问钱宏明要不要将这笔私房钱退还嘉丽，钱宏明让柳钧还是替嘉丽收着。再一次地，钱宏明让柳钧转达对崔冰冰的歉意，解释嘉丽避开崔冰冰并非由于那件事迁怒，只是单纯的性格原因。

柳钧克制不住自己家长里短的冲动，打断钱宏明的一再解释，问道："你和嘉丽到底怎么样了，我不替你担心，只替嘉丽担心。"

"你这位兄弟，赤裸裸地冲我表达对我太太的关怀，你什么险恶用心，呵呵。"

柳钧也笑："你也可以直接向阿三表示关心去。怎么样了？嘉丽性格内向，我担心她没那么容易想开，自闭。我最大的担心是她心理上出问题。"

"你放心，夫妻结婚那么多年，是个互相改造的过程，改造得彼此越来越契合，只要谁都没有离婚的意愿，后面的事都可以设法解决，我跟嘉丽彼此之间很容易达成共识。"钱宏明总是无法拒绝柳钧的追问，不过他对此事也不愿说得太具体，"我会更多回家，更多带她出门，你不用担心。我承认前段时间太忽略嘉丽，已经改进了。上礼拜又一起去探访了一趟傅阿姨，她身体有点儿弱，我带去点儿洋参和燕窝。"

柳钧懒得提起傅阿姨，当没听见："我还有一个担心，看得出小碎花是个非常敏感的孩子，性格也内向，你记得多引导她，让小碎花接触社会，而不是跟嘉丽长时间待在屋子里。世上没有不透风的墙，你的事嘉丽可以不知道，可以知道也当作不知道，可是小碎花会长大，总有一天会知道。你想过后果没有。这种后果，我以过来人的身份告诉你，内向的小碎花很难承受。你不为嘉丽，也得为小碎花。"

"对，有这倾向，小碎花太静。柳钧，你以后带淡淡出去玩的时候，也去捎上我们小碎花。"

柳钧不便指出钱宏明言语中的避重就轻："现在起，恐怕嘉丽不会放心把小碎花交给我们。你多付出时间吧。"

钱宏明沉默了好一会儿，才道："幼儿园老师也说小碎花不合群，彬彬有礼，其实冷漠。可是这阵子我真没时间，日常工作之外，新近添加不少二手房中介公司的工作。最近房价冲到高位，可是成交大幅减少，我们遍布全市的中介门市部有时候一天才来几个询价电话，生意清淡到入不敷出，直接影响到公司的现金流。我正清理每一个门市的账目，看需不需要暂停一些业绩不佳的门市。每天真的是一点儿时间都没有。"

"不是你姐管着吗？"

"她没经高等教育，很亏，常规管理可以，深入一步就乱了，得我来厘清。柳钧，哪天你带淡淡出去玩，先给我个电话……唔，好像不大现实。"

柳钧也笑："若方便，我会直接去你家接人。刚才你说到暂停业绩不佳的门店，是不看好后市吗？"

"中国的楼市，我起码五年内看好它，两个原因，目前这是我国经济唯一的成长拉动力，而目前卖地又是分税制后地方政府的最大财源。从地方到中央，别看个个都喊民生，可谁舍得动摇一下这个房地产支柱？我不过是借机调整一下布局，平时动刀子裁门市容易引起反弹，这个时候裁减门市和人员都名正言顺，谁也没法说。"钱宏明顿了顿，"柳钧，你今天跟我提小碎花的教育，我心里很欣慰，我很担心你从此忌讳着点儿什么。谢谢你。"

"什么话，我们知根知底多少年啦。可现在房价已经高到怨声载道的地步了，即使从中央到地方政府都扶持，可市场不答应了。瓶颈会不会是个提醒？"

"我认为瓶颈只是一个买家心理调适的阶段。房价在三千元一平方米的时候已经怨声载道，到五千元的时候好多人都认为违背经济规律，不可能再上，事实是，目前上一万了，还是有人买。只要大原则由国家抓着，土地只能政府主导，它只要控制每年投放市场的土地的度，就能有效调控市场。所以买房从来是少部分人的游戏，这社会就是这么现实，没钱的人、钱少的人，只能租房住。"

"非常冷血，也非常现实，唉。可是宏明，还是得考虑民意。"

"经济解析可以告诉你，被动而松散的大集团的利益，从来被主动的利益小集团所侵犯。这还是你推荐给我看的书，我建议你分析经济现象的时候不要夹杂情感因素，那会扰乱你的判断。再说到你前阵子忧虑的问题，既然作为中国经济支柱的房地产业五年内值得看好，你可以据此推测你的行业，你不是说你有不少部件是卖给建筑机械的吗？全国一盘棋，全国大关联。"

"我依然认为，强力如我国的政策可以局部左右市场，可大趋势还是得看市场的脸色。"

"柳钧你不知道，这是一片神奇的土地啊。因为我刚才所说的楼市政策两大原因，我万分相信我党我国政府在这方面的执行力，哈哈，因为他们只能这么做，必须这么做。"

对着自信满满的钱宏明，柳钧无言以对，因为他找不到理由，他所有对经济的认识，在今年这个火热的年度里，似乎完全失灵。混沌之中，钱宏明那句万分相信党和政府的话显得无比讽刺，那么公信力被置于何处了？难道可以不需要吗？

可经钱宏明一通猛药开窍，柳钧好歹不含感情色彩地又弄清楚了眼前这片大好形势的缘由之一。那就一起博傻吧。社会就是这么现实。

只是，如申华东家那样，将绝大部分资金投入到钦定的房地产这一支柱产业上去，却忽略了制造工厂自身研发的投入，每年需要花大量的钱从国外买入先进技术，而进一步削弱自身的研发能力。若全国都这样，支柱产业是不是发展得有点儿竭泽而渔。

疑问归疑问，腾达的热处理分厂依然得加班加点地建设。

股市，终于在紧锣密鼓的调整政策打压之下，不可思议地冲上六千点大关。

并非所有的人都炒股，但不炒股如钱宏明，却在全国股民的狂欢中迎来一个黯淡的十月。期铜在十月遇到一轮狂跌。二手房交易也没有依循历来金九银十的惯例，随着南方深圳吹来的一股冷风，不仅出现长时间的交易停滞，每日成交凤毛麟角，甚至房价隐隐然有下跌之势，原本可以调配的二手房交易保证金池子顿时水位下降。钱宏明的资金链立即提前遭遇寒霜，每天除了完成正常的工作，便是忙于拆借。实在维系不住的时候，他终于给柳钧打电话。

柳钧一看显示就不由分说地道："嘿，正要向你汇报，嘉丽又取钱给我存上了。我趁机约嘉丽去赏桂烧烤，可最终没打动嘉丽，好歹把你家的小公主拐出来，扣在我家住了周末两天，与淡淡玩得很疯，送回家时候嗓门都笑哑了。唯一不足，嘉丽脸色很苍白，你的责任。"

"我最近忙得每天只有不到五小时睡眠，对嘉丽是心有余而力不足。柳钧，借给我五百万，现金最好，不行的话帮我开信用证，我调个头寸。最近我公司开信用证额度到顶了，开不出来。"

"对，最近银行准备金率已经上调到13%这个历史高点，对各公司的额度显然开始抽紧。我可以开三个月的信用证，你随时可以派人过来指导怎么配合你。现金还真拿不出，我这儿基建多点开花，全都等着用钱。"

"太好了，我不客气，就跟给其他公司一样的点数付你代理费……"

柳钧怎么可能收代理费？当年他困难的时候，钱宏明二话不说就冒险第一次尝试信用证融资给他，一分手续费都不收。如今钱宏明问他借急，他要是收了代理费，那还是人吗？几乎是结束通话不到十分钟，钱宏明公司的员工就联系上柳钧，可见钱宏明等钱之急。柳钧真想不到区区五百万能难倒钱宏明，可人在江湖，有时候可不就是那样，他也曾遭遇一分钱逼死英雄汉的境地，全靠朋友解囊相救。

一波未平一波又起，周三下午，柳钧接到一个陌生电话，严厉地让他去某某派出所，说有个叫崔嘉丽的女人在超市偷窃，需要他去协助处理。柳钧大吃一惊，赶紧扔下手头工作，飞驰去派出所。办案的民警识货，听到轰鸣的马达声透过窗户看到M3，因此一见柳钧就责怪他自己开着好车，却纵容妻子行窃。

柳钧连忙辩解："我不是嘉丽老公，嘉丽是我最好朋友的妻子，不过好友正在上海。她怎么可能偷窃？我好友比我富裕。"柳钧与派出所民警大眼瞪小眼，一致想到一种富贵闲人的癖好，而柳钧想得更多。

民警文明办案，登记柳钧的护照之后，道："情况是这样，崔女士去超市购物，空手出来时候被保安查到口袋藏了几件货物。本来这种没几块钱的事超市自己处理一下，结果崔女士的态度极不配合，一句话都不肯说，超市方面只好报警。我们既然接警，那就得公事公办了。可是崔女士性格很拧，一直低着头不肯说话，只写给我们你的电话和名字。请问，崔女士有没有前科？"

"没前科，要不是你指名道姓说是嘉丽偷窃，我再猜一千个人都不会想到她。不过我怀疑这其中会不会存在误会。我好友前阵子犯了男人有钱后的通病，嘉丽受的打击很大，她性格非常好，只是哭了一顿，也没闹，就把自己封闭起来。即使好不容易被我逼出来见一面，也是脸色苍白得像个鬼，言行也像个鬼，不，应该是魂不守舍。我有些怀疑，她会不会是进超市后又魂不守舍，造成误会了。"

民警一听在理，很负责地又是调看录像，又是分析，又是汇报，确认现场可能是误会。于是干净利索地将事情处理好，让柳钧将嘉丽领出派出所。柳钧非常感谢，问民警同志要了一张名片。

嘉丽一看到柳钧，才开口说话："柳钧，我没偷。可是我无法解释。"柳钧当着民警的面向嘉丽解释民警如何明察秋毫，嘉丽听完，道，"你可以谁也不告诉吗？尤其是宏明。"

柳钧尴尬地看看民警："我另找时间与宏明谈谈，他有责任。"他随即赶紧与民警告别，拉嘉丽出门上车。

嘉丽上车后道："宏明最近压力很大，他每次压力很大的时候脸色是青的，晚上睡觉会磨牙说梦话。可是我又帮不上他。他压力很大的时候总做出很离奇的事情，我猜他是泄压吧，他也是人呢……"

"我最近听传说，他送办公室所在大厦的保安一人一盒冬虫夏草，是不是真的？"

嘉丽点头："是的，每次压力最大的时候，他总是送他们东西，找时间与那些人拉家常，包括去找给你家做过保姆的傅阿姨，还有……我的事……请你千万别给他添加压力了，他最近一定是很不好受，他怕影响我和小碎花，都自己独吞着。他很可怜的。"说着，嘉丽垂下眼泪。

柳钧与钱宏明交往多年，不知道钱宏明还有这种怪癖，虽然他已经了解很多钱宏明的怪癖："知道了，我一定守口如瓶。宏明那儿我清楚，问题不是很大，就是最近辛苦点儿，比较劳心。你别太担心了。记得回家好好洗个热水澡，振作精神，你和宏明都没什么大事。要不要把小碎花接到我那儿住几天？淡淡可想她了。"

嘉丽一直点头答应。但到了家门口，她还是吞吞吐吐地问："这个时候……宏明的泄压渠道……会不会……再找那些……那些……"

"我会提醒宏明。那次事后宏明也向我有过保证，你看他送不相干的人冬虫夏草这种事以前没做过吧，他可能换办法了，他非常珍惜你。"

嘉丽又点点头："我明白了。谢谢你，柳钧。"

柳钧看嘉丽离开的背影萧瑟得与眼下的金秋天气格格不入，倒是让他想到他妈当年一步步走向河沿的身影。柳钧心里替嘉丽担心，但作为朋友，他能做的事止于门槛，即使他知道钱宏明现在忙得不可开交，不可能顾得上这边心神不定的妻子。他还得根据名片与当事民警联络，可不能受了人家宽待而当作理所当然。作为嘉丽，可能永远不会知道一件事情的处理会产生比事情多得多的扫尾工作，而这些，阿三懂，柳钧此时愈发觉得活生生地世俗着的阿三的珍贵。每当申华东大叹找不到好老婆的时候，他总是竭力劝诱申华东吃回头草，找强势的陈其美，列举这种强悍女人的种种好处，说得申华东有点儿心动。

柳钧头痛的是，要不要将此事瞒着钱宏明，想想嘉丽魂不守舍到这种地步，怎么可以不让钱宏明知道。可又考虑到钱宏明忙得心力交瘁，他有点儿不愿拿嘉丽的事情压好友，这女人还真是无事生非。他决定找稳妥时间与钱宏明面谈。但钱宏明更早一步电话找到他，语气异常欣喜地告诉他刚刚将资金盘活，可以将借柳钧的钱归还。于是柳钧趁此提出："行，你既然解放了，我跟你说件事。你赶紧回家，嘉丽不对劲，有往精神疾病方向走的趋势，你方便的话，带她去看看这方面的医生……"他毫不犹豫地将嘉丽与超市冲突的事说给钱宏明。

钱宏明听得好久不能说话："我这就连夜回家。啊，我应该是立刻给嘉丽一个电话，让她不要反锁着门。"

"这就对了。我再警告你一句，你若是再有外遇，就是把嘉丽往死里赶。"

"可现在我再怎么做，她都会怀疑，怎么办？我也知道不对劲，现在几乎一有时间就打电话给她，或者网聊。"

"我也怀疑，你能结束现在的这几个外遇吗？"

"死结。我这下百口莫辩。"

柳钧只能再次点到为止。钱宏明也岔开话题跟柳钧说了半天的房市，听得柳钧耳朵流油。这个市道仿佛除了房市就是股市，放下钱宏明的电话，与朋友们吃饭，可申华东等一帮人几乎全是看着手机进来，进来坐下后议论的唯一话题就是股指在10月15日冲破六千点大关，三天内摸顶之后，直线下坠了，至今坠得如赴万丈深渊，一去不返。申华东们也跟其他股神一样谈形势，一字一字地分析形势，柳钧全听得明白，可是他从没往股市里想，他无聊地做围观者，心里默默对号入座。根据他们所谈，A股开始跌的日子与钱宏明说的沪铜下跌的日子几乎是前后脚，可是原油却一直保持上升态势，只有些小波动。若说单纯只是中国的政策影响了股市，也不对。柳钧问身边正打开笔记本上网的朋友借用一下，调出伦铜的曲线，却是与沪铜一起走跌，可见铜期货受的是国际影响。再看其他国家的股市曲线，与A股印证，他把问题抛给桌上各位，问大家是不是与世界经济相关。但是大家只议论了几句，就又恢复讨论A股。申华东的态度很明确，他除了手头自己的零钱买的股票，还有公司战略投资在几家上市公司的股份，那些股票号称大小非，还得等明年后年才解禁，所以股指的每一点下跌，都是深深地剜他的心头肉。而现在最痛苦的是，股指跌跌不休，不知还将跌向何处，他怎能不为之魂牵梦绕、茶饭不思呢？

柳钧整整旁观了三个小时，三个小时里，他看到一桌的人将任何政策的风吹草动都往股指上套，他听着直觉是荒谬，这就像钱宏明是什么政策都往房价上套一样。

刚才钱宏明还唯恐天下不乱地告诉他，股指下跌，资金从股市撤出就得往房市上跑了，所以股指下跌对房市是利好。柳钧当时听了还腹诽呢，难道钱的去路非此即彼，只有股市和房市两条？现在看桌上这帮人的议论，仿佛，他们抽出钱之后，还真得往房市里跑。柳钧心说，究竟是他们盲目，还是他懵懂，他怎么觉得不大对劲呢。

吃饭结束，大家转移会场去酒吧，柳钧反正插不上话，与大家告辞。在停车场，他趴在申华东的车窗上，道："东东，我建议你有必要冷静，召集你的经济分析人员从更大局势上分析眼下经济。你与其他股民不同，在中国炒股确实要看政策眼色，可是你做的是企业，你得看得更加开阔。我建议你将伦铜忽然下跌和美国房价持续下跌，以及全世界的游资，和进入中国的热钱，这几方面结合起来做个分析。不要光盯着今天一条政策明天一条政策。"

申华东愣了一会儿："啊，我这儿有份集团做的研究报告，你拿去瞧瞧。"

"你爸……不会也像你一样，每天议论股市吧。换句话说，不会将什么都与股市联系在一起吧。"

"我爸前阵子跟我说，他比以往任何时候都关心政治，关心宏观经济数据，以前是浏览一下报纸第一版，现在是事无巨细地看。他是股市房市两手抓，呵呵。柳钧，你太局外人了，有点儿不合时宜。"

"从企业经营者角度来说，你不觉得股市泡沫减小意味着追逐资本利得的热钱流出境外，反而是件好事吗？"

"可是大哥，我是上市公司，股指下跌意味着我的资产缩水。还有……唉，你看看我的研究报告再说，我们房地产与股市密不可分，我们需要融资买地，买了地后融资，我们需要这个泡沫。"

柳钧无言以对，是的，每个人看问题取决于屁股坐在什么位置上。比如他，眼下最恨的是国内油价总不上调，导致全国人为油荒，货车排队一天一夜还加不到油，害得他公司发货不正常。可若他敢在闹市街头埋怨油价不上调，估计一帮出租车司机得将他揍死。而油荒，又何尝不是另一个利益相关者为了自己的利润发出的过激诉求呢？这都是屁股指挥大脑的现实。

回到家里，轮到今天留守在家管淡淡的崔冰冰告诉他，一个自称原市一机总工的老汪打来过电话。柳钧一想，汪总？一向都是他逢年过节向汪总问好，汇报科研进展，难得汪总主动打电话给他。他忙打电话过去，原来汪总有点儿壮志难酬地从市一机退休后，待家里谢绝其他公司发挥余热的邀请，挺心灰意冷。可不到一年便开始"贼心不死"，技痒难忍。他目前想到一种数控机床刀片的打磨再利用，越想越开心，简直比做游戏还好玩。目前国产刀片因为材质不好，虽然价格低廉，可是物并不美，连续使用时间稍久就影响精度，一般公司为了操作连贯，宁可选用十倍价格的进口刀片。可是如此昂贵的进口刀片却因为打磨技术难以掌握，用过一次就得作废。汪总退休在家一直在思考如何解决刀片打磨再利用的问题，他想到几个办法，可是需要通过实践操作来设法验证。他当然可以回去市一机，在那儿他还能说上几句话，可问题是市一机的外行老板未必看得上这种小小的革新改造，他这么偷偷摸摸回市一机如做地下工作。他心里不爽，思来想去找到柳钧。果然，柳钧一听就表态，行。

可汪总却是别扭，谨慎地问："小柳，你别是看我老面子勉强答应吧。这事儿我只是好玩，你别勉强。我们退休人士玩玩的前提是不影响你们年轻人正常工作。"

柳钧笑道："不会，汪总您提的这个改造我曾经想过，可惜没时间深入，但毫无疑问，这个改造有意思。"

"哦，那么你先告诉我，有意思在哪里？"

崔冰冰最近很忙，却忙得表带渐紧，反而胖了，她让柳钧把以前取下的一节接回去，反正她解决不了的问题扔给老公，老公肯定能帮她解决，她最受用这个。因此柳钧是开免提接听汪总电话，两手摆弄着崔冰冰的表带。崔冰冰一听电话里的老头儿求柳钧办事，却得拷问清楚了才肯答应被帮忙，态度是吊着卖的样子，更是竖起耳朵旁听。

"整个大市需要用到这种刀片的机床有四百二十三台，我们保守算它是四百台。一台机床每年起码需要用到两百至两百五十片刀片，全市就要用八万至十万片刀片。只要解决刀片打磨问题，即使只是可以回用一次，便可以少花四五百万的进口刀片费用。但我看理论上可以修复回用的次数不会少于三次。其实，节省的钱着落到每一家公司每一台机床，看似并不会对成本产生太多影响，可是革新改造不能单纯用金钱成本来衡量，有些事，就像我们做排污，都是良心活儿。技改要的正是这种细微积累，不能抓大放小。"

"好，你这态度很实在，有你这么想，我老头子磨磨蹭蹭好长时间拿不出成果，你就不会嫌弃我。我明天会自己去你厂里，你只要给我打好招呼就行。嘿嘿，我自己改装了一辆花两万块钱买的二手桑塔纳，非常好用，明天开去给你瞧。"

崔冰冰见柳钧结束通话，好奇地道："哦耶，这老先生比你一把刀老丈人还牛啊。"

"汪总的牛，可真是不比一把刀差。不仅技术好，做人也有品格。当年有造反派要斗他，结果不仅全市许多工人联合起来保护他，连请他修过渔轮的渔民和他支农下乡修过打稻机抽水机的农民也闻风赶来与造反派对峙，好多业内人士见他得这样的……"柳钧起身，做出一个俯首帖耳的姿势。

崔冰冰摸摸自己的脸："你老婆看上去是不是挺容易骗的？怎么到处是默默无闻的大神？"

柳钧挥挥拳头，却很难向外行解释汪总一出手就是传统工艺中最难最费时又最不起眼儿最不招老板待见的项目，这种人才是真技术人。他轻而易举修整表带，崔冰冰看他的眼光就像看神人，而机械行业的技改，离寻常人是那么遥远，那真是一个寂寞的角落。即使他想解释，崔冰冰也早转移兴趣到申华东给他的近期研究报告上了。他只能作罢。

两人挤坐到单人沙发上一起看申华东给的报告。柳钧打开活页看到报告署名，先笑了，此人他认识，东东带来一起吃过饭，是他高中校友，大他两届，目前几乎是申宝田的副手。此人出手，当然不会是凡品。然而一份常规的月度经济报告却要申宝田的副手百忙之中抽出时间来做，这其中已经可以嗅到一点儿不同寻常的意味。

高人出手，果然不同凡响。报告从国际形势开始说起，环环相扣地说到国内形势，又说到地方土政策在这两个月里面的响动与国内国际形势的关联，因此对集团三大板块的影响，以及集团公司的应对提议。看完，崔冰冰点头："不错，很系统。这个人你应该去挖来。"

"挖不来，我只吸引技术人员，他志向更远，有点儿像董总。"柳钧一拍脑袋，"思路，他的思路很不错。我也会，我建立一个更明确的关联图。老婆，我申请熬夜。"

"我先去煮个夜宵，你开始做。"等崔冰冰做两碗青菜香菇面来，依稀听柳钧在念念叨叨什么，她凑近一听，原来是在自吹自擂："哎哟，记性真是一流，年初的事件还记得清清楚楚，天才；哎哟，这逻辑水平，无可匹敌，天才；哎哟，不就是几个数字吗，脑袋有料，天才。"崔冰冰凑过去一瞧，电脑屏幕上已经是密密麻麻的关联图，柳钧正在往里面填空。崔冰冰坐下，连线GOOGLE，替柳钧查漏补缺。可是，随着信息越积越多，电脑屏幕呈现一团乱麻。凌晨两点，面红耳赤的柳钧蛮横地将正好好运转的电脑电源一拔，一脸沮丧。

"无穷变量，无穷充分关系。难怪我国经济学家里面那么多骗子，反正无法严谨。"

"呸，你这个死工科沙文猪，自己无法建模，诬赖经济学不科学，你还我一晚上心血。"崔冰冰勃然大怒。

柳钧不理她,扔下电脑进屋睡觉去,经济现象中那么多乱麻似的关系在脑袋里纠缠,柳钧的脑袋烧机。他更沮丧的是,他真的看不清眼前的经济形势将如何影响制造业。他不认为有些舆论说的美国的房价下跌与中国无关,A股股指的变动不会延伸到制造业,他刚才建造的关联图告诉他,全有关联,可是关联的结果他找不出,因为存在无数变量,他无法将一条条的变量之间错综复杂的关系厘清,他缺乏认知。包括申华东集团那位高人的报告也不严谨,起码他现在已经在制图的过程中找到纰漏。

崔冰冰跟进卧室拔拳揍下,可是两拳下去全无反抗,崔冰冰的长项在于吵架,只是夜深人静难以施展,只得也郁郁而睡,可惜睡不着。一个满脑子乱麻,一个一肚子的脾气,两个人互不搭话,在夜色中呼哧呼哧喘粗气。

也不知多久,崔冰冰终于气平了,低声道:"你这么追求答案干什么,有没有答案,你还不是一样做现在的工厂管理,你还有其他选择吗?"

"没有。其实我看着股票跌,心里是欣慰,这一年受热钱所困,又是加息又是提高准备金率的,都压不下去,结果忽然股票就跌了。它跌得不单纯,我今天理出来的因素有些属于政策,可以截止,而有些属于市场,影响难料。唉,不说了,又乱了。我不大会钻营,不屑扯大旗,我只能靠自己一副脑袋赶上杨巡那些能钻营的。其实……我也知道我这几年的发展速度其实不如别人,我一直不敢正视自己的能力缺陷。你太宽容我。"

"干吗跟人家比呢?你做得挺好的。"

"不好,我真不擅长管理。其实你应该批评我欢迎汪总到公司来做小技改,我这儿毕竟不是公立慈善中心。"

"你在技术上花的冤枉钱还少吗?不差这几万。"

"所以说,我很任性,这样的人是无法赚钱的。"

"又改不掉的,你看你刚才一着手建立关联图,就像中降头似的,你就是这点儿心头好。"

"可是不赚钱又开什么公司?我还不如快快乐乐做我的技术去。"

"这是你爸害你的,你甩不脱,只有做下去。别多想了,做人一辈子的,不放纵点儿自己的爱好,活着有什么意思?我就愿意放纵你,你放纵你自己吧。"

"我从决策热处理分厂那天起,一直战战兢兢,担惊受怕,可我看别人都很潇洒，非常经得起风浪的样子，你看申华东他们那份研究报告，虽然我现在已经看出它里面的不少纰漏，可你看报告整篇洋溢的满满自信。这是我现阶段所没有的，我现在几乎很少肯定，全是疑问，我看不清。我越来越怀疑自己的能力，从那天起一直怀疑到今天。腾飞能活到现在，只是我好运。"

"这个……你如果现在写份类似的，保证也是一样自信满篇。谁都是穿上一件铠甲给外人看，其实都只是混日子吃饭罢了。我也每天都在心虚，每天都是鼓励自己，我是最能的，我做出的决定全部正确，哦耶。以后不如我们出门前对念吧。"

柳钧没再开腔，用行动代替了语言。老夫老妻的，甜言蜜语不说也行，一个长长的拥抱比什么话都说明问题。

果然，早晨柳钧出现在公司员工面前的时候，早已是胸有成竹的模样，很是老神在在地就汪总研制不起眼儿的刀片的再利用，提出告诫：在技改问题上，不能因技改小而不为。正如研发中心门口黑底小金字所宣扬的，"技术改造世界，我们改进技术"。技术，在任何时候，都必须放在腾飞公司的首位。这时候的全体员工是看不到柳钧在凌晨时候的那些胆怯、动摇、怀疑和自我否定的，他们一再地接受柳钧强硬的灌输，技术！技术！技术！！

股票在一个多月令人绝望的下跌后，重拾升势。其间有多种多样的有关证监会的传闻，因此大众对股指回升的最普遍反应，这是股民坚决抗争的辉煌胜利。在如此气贯长虹奋发向上股民翻身农奴做主人的氛围下，信奉没有攀不上的槛的大有人在，也正因为有6000点高位的标杆在，柳石堂倾囊而出，逢低吸纳，以坚实筑底。而股指，也正如他所期望的那样，蓄势上升了。只是，越上升，柳石堂越提心吊胆，胆怯心情比柳钧有过之而无不及，这是他一生经历风浪所培养出来的警惕。几天里，他过得茶饭不思，像个赌红眼睛的赌徒，每天都是在眼前天旋地转的状况下上床睡觉，他亲家公一见他就提醒他务必注意心血管疾病，这种年纪最怕高血压中风。因此，在股指上升到一定程度，手头囤积的股票已经保证小赔不赚的前提下，柳石堂完全清仓。

空仓当天晚上，柳石堂心中那个失落，仿佛一个好员工被意外裁员一样地失落。等第二天拿着儿子给买的体检套餐去医院体检中心做完体检，却又浑身舒坦，一夜之隔，血压竟然下降到正常。顿时头不痛了，眼白不充血了，口气不臭了，吃嘛嘛香，身体倍儿棒。只是手头的巨额现金必须立刻找到出处，柳石堂找冰冰讨论这个问题。可惜，是晚轮到柳钧值班带淡淡，柳石堂在儿子家看到的是三从四德的儿子，而非儿媳，颇为不爽。

柳钧见不得老头子现钱烫手，恨不得当天就用掉的德行，发狠说不如买一套市中心开了近半年还没卖完的精装修七百多万豪宅，六十万车库买一间，剩下的钱能买什么档次的车，就买什么档次，以后物业费生活费反正都有他这个儿子担着，敢不敢。柳石堂说，你以为我做不出来。

柳钧以为他老爸一辈子也就那街道小厂老板的抠门德行到底了，手头掖千万巨款，住在市中心繁华地段老小区自得其乐。想不到时隔三天，他老爸就给了他一个"惊喜"。柳石堂宝刀不老，速战速决全款买下柳钧说的那八百万高价的豪宅和一间车库。而且两者的产权都写在柳钧名下。但柳石堂坚决不换车子，那价值六十万的车库，停的依然是他开了好几年的君威，二手车市场折价可能不到十万。柳石堂说，做人不能太高调，买好车的钱还不如好吃好喝好玩。对外，柳石堂声称房子是儿子孝敬他的，儿子对他不知道多好，要什么给什么，唯恐他不要。

柳钧背着这么个孝子名头很是汗颜，因老爸的房子车子全是老爸自力更生，他让老爸不要这么栽好处给他。但柳石堂却认定儿子孝敬是他最大的面子，儿子很有本事也是他最大的面子，人活着讲究个面子，他愿意把好处全让儿子顶着，自己糟老头儿做到底，怎的？于是，柳石堂欢欢喜喜置办家具，才刚塞满一间卧室，便搬进去住了。楼高三十多层，只住了糟老头子一个和五十岁保姆一个，颇有月宫中吴刚与嫦娥的倾向。才住上一个月，股指又掉头向下，柳石堂心中那个得意，与股友聊天儿时候直夸自己英明，一点儿不怕股友听得心头滴血。

柳钧在一个星期后才冒出点儿怀疑，申华东家造的房子，老头儿为什么不让他出面要折扣，老头儿凭什么拿到不错的九五折？明明这几年钻在股市里打死也不肯走开，怎么忽然说不做就不做，走得那么干脆？从来花钱都精打细算，手头的钱最多十分之一用来消费，其余用作再投资，怎么忽然倾囊而出只顾享受了？如此反常，一定心中有鬼。可是柳石堂牙关紧闭，绝口不提，柳钧什么都问不出来。

今冬的第一场雪，柳钧在他爸新家的落地大窗前看到。新家是大楼集中供暖的中央空调，更是映得窗外肃杀不堪。今年的天气特别冷，大江南北雨雪纷飞，连这个已经好几年不下雪的城市也飞起了雪花。柳钧是趁休息天主动上门给他爸安装家具，以免白顶着个大孝子的名头。他带着淡淡来此，可惜淡淡小人家对三百平方米的大空间并不在意，而是使劲往小柜子里钻，钻好了就大声叫爷爷来找，非常掩耳盗铃。

柳钧不时抬眼看一下这对爷孙，怕淡淡太闹伤到爷爷。这一想，忽然领悟到，他爸快七十了。想想老头子一个人住在大屋，他心里不忍，然而续弦的事已经说得耳朵生茧，他也懒得再说，从老头子买房这件事来看，他感觉老头儿背后有人，既然老头儿不愿说，他就尊重隐私呗。

虽然住着西式豪华的房子，一家人吃饭还是几十年不变的老口味。一碗最合时令的牛腩粉丝汤，一条葱烧河鲫鱼，一碟油煎带鱼，还有清炒塌棵菜，清炒绿豆芽，柳钧发现他爸的口味也变清淡了。崔冰冰周末要陪个总行来的钦差，这顿是姓柳的三代人一起吃饭。柳石堂提到以前前进厂的老黄找他帮忙，老黄小儿子读了个三类大学，明年毕业。四年级一开学就开始找工作，半年下来还没着落，希望能进效益和工资都不错的腾飞。

柳钧一听是老黄，就皱起了眉头："有其父必有其子，可不敢要。元旦开始就得实施新劳动合同法，谁还敢尝试让人怵头的新人啊？我看吧，今年大学生就业得受这部新法的拖累。"

"不要就不要，我也不欠老黄，以前可受够了他的气。新法说，做满十年的员工就得签长期合同了，是不是？我们家新公司快十年了，那最早的一批人怎么办？"

"蠢蠢欲动呢，我很头痛。我怎么也想不到新法能写成那样，意识形态很重，可见公仆们心里还是马克思的那一套，将企业主视作剥削者，对剥削者就得剥夺他们的权利，也不想想这样一来得提高多少企业的用人成本。我们工业区已经有一家服装厂整个搬越南去了，就是征求意见稿出来时候走的，吃不消用工成本了。"

"你别看各级政府都向钱看，可真碰到这种与劳动人民相关的法律法规，他们还是把姓资姓社分得很清楚的，这是大是大非。你别搞不懂。"

"我们认为是国家现在富了，尤其是出口挣的外汇多得烫手，想借此赶走一批劳动密集型企业，实现腾笼换鸟。出发点是好的，我一直也觉得很多企业太拿工人当牛马。可办法不行，企业太被动。其他国家属于工会该做的事，我们国家用这部新法来解决，这样就很侵犯企业主的权利。"

"那你能怎么办？你既然在这儿开公司，总得听国家的。别怨了，再怨影响工作情绪。"

"我倒是不想怨的，可是工业区最近召集各公司开会，学习劳动合同新法，杀气腾腾地誓言元旦开始坚决贯彻新法，做不到重罚。他上面开会，我们下面早把对策传开了：非主要岗位工作人员从劳务派遣公司外包。我们工厂不能倒，这么多资产没法处理，那些租借办公室的劳务派遣公司今天开明天倒都没关系。还有很多办法，道高一尺魔高一丈，最终还得看实施细则怎么出来，否则谁敢用长期合同的工人啊？还说不折腾呢。还有的厂本来就打算设备更新换代，用更多机械操作代替人工。用工成本提高，必然会走到用机械代替人的一步，可新法催生了这一步，相当于早产。所以很多企业猝不及防，首先想到的是搬迁，搬到人工更低的越南。若是这一步水到渠成地走，很多企业应是自觉慢慢用机械替代人手，眼下的用工荒其实已经让有些厂家在考虑这个问题，然后逐步对有专业底子的大学生产生招工需求。现在嘛，早产的反而走向反面，大学生以后更找不到工作。"

柳石堂感喟，脱离一线才几年，转眼已经天下大变，变得他不认识了。儿子说的这些他听得懂，可自己想不到，可见他已经淡出这个社会的主流。但懂行的是他的儿子，所以柳石堂退就退了，最多感喟几声："房价还会不会跌？不过有人跟我说，我这套房子……市中心的房子涨跌都是有限。"

"自住的，涨跌就别想它了。听说在深圳，香港来的炒房客开始抛售，有些受限银行融资的也支撑不住了。这边还好。"

"股票跌的时候，成交量特别少，跌了那么多天，现在是成交量越来越少。房子其实也是一样的，生意心理哪一行都是一个样。二手房惨了。"

柳钧竖起身子："你还跟她有交往？"

"胡说八道，我是提醒你，以后钱宏明问你借钱的时候，你得小心。没良心。"

"嗯，他前阵子刚问我借钱，没几天就还了。最近铜期货又掉头向上，他手头紧张解决。他收入最大一块在期货和套现，还有放债，二手房这块没那么多。"

柳石堂一听儿子心里明白的，这才放心，他总是担心自己忠厚老实的儿子吃亏："他放债要是放给做股票的，做房产的，最近这市道再继续下去，他会不会收不回那些本钱？"

"有，也有不少是给还贷的企业调头寸的。我现在最担心他一条，银行目前银根收紧，对贷款卡得很厉害，我们的贷款也被通知维持现状，别想再多，以前银行对宏明外贸公司的信用证额度不小，今后会不会收紧？那些借额度给宏明的公司，会不会也遇到银行限制。

"如果这方面的资金出现紧张，宏明需要调整策略了。不过一般年底是银行放贷最紧张的时候，等新年开始，贷款立刻开闸，信贷员还等着提成呢。"

"总之不要再借钱给钱宏明，不可靠，你又不图他的利息。答应我？"

柳石堂紧追不放，柳钧唯有答应。但他还是补充一句："虽然到哪儿私人借钱都是件风险很大的事情，可是一个人的人格还是有一定担保金额的。"

"人格？他蒙过你一次，难道不会蒙你第二次？再高贵的人格，遇到危急时候也照样破产。这方面爸爸经验比你足，'文革'那几年，爸爸该看到的都看到了，没好人，谁都死前拉别人做垫子。听话。"

父子各持己见，还是淡淡的插入让父子两个结束话题。淡淡吃不惯如此传统的菜，柳钧也不勉强孩子，答应淡淡吃饭店。淡淡要求不高，气壮山河地说出来的是大娘水饺。于是柳石堂亲自送儿孙出门，而且亲自帮拎着淡淡胖面包似的羽绒服，细心地赶在乘电梯前将衣服包在淡淡身上。柳钧笑道："我小的时候，爸爸没这么细心。"

"那时候没时间，现在时间多。"柳石堂弯腰拉着淡淡的小手乘电梯，对于儿子大大咧咧对待孙女的作风很是反对。这不，放任他孙女自个儿乘电梯，儿子着手接电话呢。虽然柳石堂也知道这儿的电梯对小孩子也很是安全。

柳钧接的是钱宏明的电话，钱宏明告诉柳钧，他新买的一辆宾利雅致到货，他这会儿正开着回家，很快下高速，问柳钧有没有兴趣试他的新车。柳钧倒吸一口冷气，宾利雅致！钱宏明居然买了宾利。得多少资产才舍得买宾利，柳钧不禁咋舌。不过他再爱车，也大不过女儿吃中饭，他让钱宏明一个小时后给他地址。

柳石堂在一边儿听着，等柳钧接完电话，他随口问一句："谁买宾利啊？"

"钱宏明。刚提车。"

柳石堂一愣，看儿子将孙女绑入安全座椅，回身向他道别，才紧张地道："恐怕有诈。他们现在钱紧得很。"

"钱紧是十月份，订车应该更早。宾利一般订车得半年才到货，也可能……三个月。"

"也有可能不到一周时间里就转让一份别人的订单。买宾利……"

"爸，你别这么紧张，宏明前两年就买了宝马M5，加税得两百多万呢。哎，你怎么知道他们钱紧？"

柳石堂含糊其词地应付过去，但柳钧又看到爸爸与钱宏英接触的影子。柳钧不再多说，带淡淡去吃水饺。他心里也是奇怪，钱宏明十月份还问他借钱周转呢，这会儿就付款提车，难道就这么宽裕了？或许，这就是钱宏明那一行的特色吧。

淡淡早饿了，在大娘水饺吃得跟小饿死鬼一样。柳钧是吃饱的，坐一边看着女儿吃，等淡淡将碗一推说吃饱了，他才动手将碗里剩下的饺子吃掉，免得可惜。旁边一桌有一家子来吃饺子的，看着柳钧的行为都很叹息，说现在的人，再穷也不舍得穷孩子，这家做爸爸的让女儿吃个饱，自己为省钱宁可忍饥挨饿在旁边看，可是谁不知道好吃不过饺子啊，所以孩子吃剩的几个饺子，做爸爸的囫囵吞下去了，真可怜。

柳钧哪知道被人这么议论了，他领淡淡去看钱宏明的新车。到了钱宏明停车的酒店露天停车场，见那儿已经聚了好几个钱宏明的朋友，好几辆好车，就跟开车展似的，因此有路人经过举手机拍照。他带着淡淡很不方便，看了一下就告辞了。但很快就有车友通过各种方式向柳钧打听钱宏明。一辆车的影响力这么大，柳钧还是第一次感觉到。柳钧如实交代：期货、融资、房地产、外贸。大家都感慨这两年果然是做这几行的最佳年月，尤其是像钱宏明这种横跨这几行的，自然更是不同凡响。

2008年

01

钱宏明的宾利来得正是时候,恰逢年关,他开着这车子又是接送小碎花上下学,又是参加朋友聚会,还得与客户吃饭唱歌继往开来,在本市街头出镜率极高。柳钧与一众车友聚会吃惯例的年夜饭,钱宏明听说后也要求参加。钱宏明还邀请柳钧参加大大小小的聚会,可柳钧最近真抽不出时间,长江以南地区下起罕见的冻雨,这场冻雨造成有些地区的公路和铁路双料瘫痪,而且似乎冻雨区域还有扩大的趋势,腾飞与腾达既有原材料被卡在路上运不进来,害得公司生产断炊,也有成品卡在半路未能按时送到货主手上。平常的工作秩序全乱,柳钧须得坐镇公司随时调整工厂工作安排。有人提议要不早点儿放假,让老家不在本市的员工可以宽裕地回家。柳钧也在电视上看到广州火车站近乎瘫痪,看到网络上有网友对几条瘫痪高速公路的报道,也看到本地火车站在报纸上发布的消息,他问员工们,回家的路如此艰难,今年还回不回家。回答柳钧的几乎全是斩钉截铁的一个字:回。

可是往北的公铁还通,往南往西的几乎全断,从电视上看到,有些地区甚至全城断水断电,生活陷入困境。有几个员工最初还能与老家通上一个电话,但老家断电久了,手机无处充电,座机线路中断,员工们越是担心老家,越是联系不上,于是更加归心似箭,完全无视沿路已经有官方报道出来的大堵车。柳钧唯有嘱咐带上小被子和干粮饮水，可以在堵车时候将就。

也有不少员工最终选择了不回家。作为公司，自然得对他们在春节长假的生活做点儿人性化的节日安排。而且本地也是一场冻雨接着一场中雪，几乎每一个工程师都会在大雪中不由自主地抬头仰望车间大跨度的钢结构屋顶，担心按本地正常气候设计的屋顶钢架承受不住积雪冻雨的重压。正常工作时段，尚有车间设备熏出的腾腾热气将钢屋顶上面的积雪融化，那么长假期间呢？大家最后不得不搬出最古老的办法，安排长假期间无法回家的员工在车间最空旷的地方架起几只柴油桶，燃烧煤炭，烘热车间里的空气，不让积雪在屋顶停留。

这个年关平添了许多临时救急行动，柳钧忙得不可开交。这是每一个做工厂者的宿命。

唯有柳石堂最闲，每天坐在温暖的房子里，看窗外白雪飘飘，庆幸自己英明果断地跳出股市。今年这种罕见天气重创的正是国家经济最发达的片区，这么多日子的公铁运输瘫痪下来，经济损失无法估量，能不影响到股市吗？柳石堂估计春节后股市还得继续跌。虽然他也不知道股指又会跌到哪儿，但他是不会将手头有限的一点儿活钱再投入走在下行通道匍匐的股市里去了，还不如死心塌地坐享晚年清福呢。柳石堂的春节计划订得很丰富，请儿子儿媳来中央空调的新家过春节，在新家宴请一把刀亲家夫妇，在新家宴请老友新朋，他还是忙碌得很的。

但也只有柳石堂这样的人才能在冻雨灾难中安闲度日。而崔冰冰的父亲在这么一场史无前例的冻雨灾难中忙得不可开交，一把刀频频出手。更加忙碌的是搵饭吃的年轻人，春节后第一场应届生专场招聘会现场人潮汹涌，进场人数更胜往年，可见，谁都清楚今年就业之不易。

另一边，外来务工人员的求职行动也早早启动。因为风雪所阻，好多外乡人滞留本地，春节长假还没结束，他们已经将工业区周边的职介所围得水泄不通，仿佛去年年底在珠三角和长三角一带爆发的民工荒全部到这里了。腾飞与腾达门口经常有三五成群的年轻力壮的人前来询问要不要招人。但即使以养人才出名的柳钧，也在新的劳动合同法下选择观望了。因为不知道即将推出的劳动合同法细则又是如何规定，大家还是小心为上。毕竟市面上不缺具备工作经验的熟手，而在新法下培养一张白纸的大学生是更大冒险，还是交给别家实力雄厚的公司去做吧。

很快，崔冰冰从她同行那儿获得一个情理之中的消息，钱宏明于节后刚刚申请的一笔两千万信用证卡在审批环节，估计今年这种从紧的金融环境下是开不出来了。其实，银行还是清楚钱宏明们开这种信用证出去是做什么的，遇到信贷收紧，自然先卡到的就是他们。崔冰冰也估计，柳钧去银行开承兑汇票的难度也将平添许多，而贴现时候银行会要求工厂提供更多交易证明。

柳钧想到钱宏明那辆刚刚上牌的崭新宾利，按说，买得起这辆车子的钱宏明应该不会太受两千万信用证开不出的打击。但他还是小心为上，向身为行家的太太请教："两千万会不会压垮宏明？"

"不会。"崔冰冰说得很清楚，"钱宏明做的本来就是拆东墙补西墙的民间融资，银行贷不到两千万，他只要肯出高息，总能从市面上借到。他有的是路子，民间多的是钱。"

柳钧奇道："为什么我借不到民间的钱，那么多民间的钱为什么不来砸我，我还是去年市里评的优秀科研创新企业呢。"

但崔冰冰只是斜睨他，懒得回答。因为柳钧早在若干年前已经知道答案，一再地问，无非是心理不平衡而已："不过，有一就有二，我担心钱宏明接下来还会被拒贷。如果再东来一笔两千万，西来一笔三千万的，他就麻烦了。嘉丽节后还有零钱给你存起来吗？"

"刚给了五万，据说其中有小碎花收到的压岁钱。这个你别担心，宏明再紧也不会苦到妻女。"

"我又没说他会苦到嘉丽，我只是提醒你，哪天你收不到一月一次的零钱，说明宏明有问题了。"

春节刚过，柳钧就遭遇协议退订。三台几乎装船的F-1被暂时封存，因为外方来人协商终止合作，愿意根据合同约定赔款。这是柳钧遭遇的第一次国外退订，他自然是抓住外方来人问个清楚。外方来人说，他们的公司财务状况遭受严重打击，无法维持扩张局势，唯有毅然停止扩张，保存实力。但具体原因来人也说不清楚。柳钧唯有转告罗庆，想方设法将退订的三台为外商量身定做的F-1在国内推销出去。而谁都知道，推销这种量身定做的设备，一靠机遇，很难找到正好也需要这种特定参数F-1的国内公司；二靠价钱。损失是必然，而且损失可以预见，不会小。

既然第一声警钟敲响，柳钧不会以为这一次协议退订只是个偶然。因为他也从国外经济类报刊上看到从美国刮起的次贷风暴，看到金融杠杆的收紧。好在包括大鳄如索罗斯等人预测，在石油、食品及其他大宗商品价格全都坚挺的情况下，再有"金砖四国"与其他产油国需求强劲增长的强力支撑，危机估计不会蔓延开来，不可能导致一场全球性的衰退。当然，欧美等地则是难以避免，这不，美联储竟然紧急降息75基点。这几年，只见银行升息，升息，升息，以期弥平疯狂上升的CPI，美联储的忽然降息，谁都无法等闲视之。因此，柳钧赶紧联系已经签约F-1产品的各家公司，一轮问询下来，暂时无恙。倒是腾飞的欧美长期供货商，有几家已经传来财务紧张的消息。

然而，柳钧相信索罗斯所言，强劲发展的中国，估计很难撼动。他依然非常怀疑国家在年初的经济工作会议上制定的全年4.8%的CPI将如何达到，他与罗庆协商决定，今年市场重点放在开拓国内与其他"金砖四国"的市场。

钱宏明在三八节不打招呼就亲自上门，皱眉问柳钧与某某某的关系好不好。柳钧一听，这不正是他开基本户银行的分行长吗？关系只是点头之交，便道："可是，你又不在那儿贷款。"

钱宏明趴在柳钧桌对面，双手支住下巴，叹了声气："不是我贷款，而是我一个客户问我借了笔钱还贷，原本十几天后可以转贷，我就可以连本带利收回，可这回给银行卡住了。我想请行长吃饭，你一起出席，帮我说说吧，阿三……我去请，还是你帮我说一声？还是我去请吧。"

"你是不是想让阿三把行长请出来？其实阿三基本上不与行长打交道，大市分行长呢，我们都是远远地瞻仰，平时与具体经办人私下交流。可以只见具体经办人吗？"

"这件事只见具体经办人没用。"钱宏明看了柳钧好一会儿，才又道，"我另外找门道吧。你最近有没有点儿空？最好连续一礼拜的时间。"

"没有，我最近冰火两重天，出口和进口麻烦不断，内销却是虚火很旺，我们每天得微调策略，我需要在场签字把关。还有我热处理分厂建成准备投产，千头万绪。你……什么事？"

"我已经把嘉丽和小碎花的移民办好，可是我这阵子真脱不开身，也不能走，尤其是出境一长段时间，要不会有很多传言。而且眼下非常时期，我也暂时不打算把嘉丽和小碎花出境的事公布出去，想把了解情况的人控制在小范围。可是我不放心让嘉丽单独带小碎花出去，到那边需要办的手续很多，买房，入籍，小碎花的入学……即使有可靠的中介，总还是需要有自己的人盯着才能放心，唉……"

"你进出口公司的同事？"

"他们倒是可以，可估计管不住嘴巴。而且……关键是嘉丽害怕与陌生人相处，尤其去了异国他乡的。"

"宏明，最近深圳那儿传来不少有关房产中介公司的糟糕消息，有的老板则是卷款出逃，你……"

"我还不至于混到这种地步。移民是我早就打算的，只是拖到今天才办成，我主要目的还是考虑到嘉丽和小碎花的安全。像今天这个转贷转不出来，陷了我一大笔的，我首先帮他从银行想办法，若真不行，只好逼他找别的办法还钱了。你应该想得到的。你忙，我另外想办法。你说进出口的问题……"

柳钧面对钱宏明皱起一脸的心烦意乱，真想冲口而出，答应帮忙送嘉丽母女去澳洲安家，可他最近是真的无法离开，春节前后冰灾已经闹得一团糟，应收款于当时未收到，事后追讨就有点儿难度，还有其他很多很多的事情，还有一个展会也横插其中，他连三天都不能走开，何况一周？甚至可能更久。"嘉丽一个月之后成行可不可以，我看看一个月后能不能挤出一周时间。"

钱宏明摆摆手："我另想办法，如果一个月后还不行，我再找你。你说说你进出口遇到的问题，让我参考。"

"举个例子，我有一种零件从欧洲进口，用的是A、B两家公司的产品，最近用A家的。昨天特意打电话去问一下A的近况，就怕欧美已经出现的金融危机影响到A家的供货，捎带也问一下B家的境况，结果A家说，现在不应问B还好不好，而应该问B还活着没。B这几年扩张太快，账面负债太多，刚刚被银行逼破产了。你没听说类似情况？我跟几个朋友交流说起此事，他们的合作外商也遇到类似情况，可见不是个案。"

"唔，我最近进口品种比较单一，还行，没遇到类似的……我这就关心一下……最近都忙借贷这块了。"

"宏明，最忙的时候，更应该每天划一个小时出来，单独一个人静静地给最近的工作画一张全面布局图。"

"是的，我今晚就得安排时间静心思考一下。"但是钱宏明很快就将话题扯回去，"你看，美国的降息影响会不会传导到国内？我们国家会不会跟着放开信贷？最近银行信贷真是太紧了，我们一行好多人做得呱呱叫。跟我们平时要好的信贷员也说，他们今年奖金惨了。"

"我们国家前阵子患热钱，导致通胀害底层民众回头烧煤球炉，导致房价猛升到寻常有正当工作的人都负担不起，这很不正常。只是去年任何调整政策都是顾此失彼，驱逐热钱不是件容易事，所以都说国家政策被房市股市绑架。现在很好，热钱回流欧美，房价有企稳下降势头，股市也下跌，局势正趋于正常。适当引导一下，正好让在这两市里面逐利的产业资金流回产业，对于产业的发展很有好处。我不看好国家会大举放开信贷，纵容虚火动摇基础产业的发展。你以前说国家拿房地产业作为支柱产业，我很不以为然，房地产业绝不能成为一个国家的支柱产业，那是畸形。有前车之鉴，国家应该不会允许房地产业再次绑架经济，去年的教训足够惨痛。"

钱宏明一直看着柳钧，认真听柳钧说的每一个字，等柳钧说完，又顿了会儿，他才道："看起来你挺反感我们这一行。"

"我理解，对个人而言都只是对政策的顺势利导而已，有什么正感反感的。我只是想提醒你留意大形势。"

"你说的还真有点儿道理，我好好想想，若是这样，我得考虑收缩阵线了。"

"是的，我……有些人提姓资姓社，但我想，不管什么性质的国家，经济发展总是应该将民生放在首位。"

钱宏明却是看着柳钧，狐疑地道："你真这么以为？那么医改、房改、教改都是怎么出台的？"

柳钧自嘲地一笑："善良的人们天真而宽容地认为，需要给制定政策者一个发现错误改正错误的机会，这不就来了一套矫枉过正的新劳动合同法，明显倾向劳动人民，非常大义凛然地替劳苦大众伸张了公道。不管怎么说，上位者肯定是清楚'民心'这两个字的。"

"但你有没有想过，他们在新劳动法里面倾向民众，是因为他们这么做掏的是你们老板的腰包，赢的是他们亲民爱民的名声。可'教改''房改''医改'等等却是另一回事，那是要掏他们腰包的。所以你说银行不会放开信贷，我得回家再好好想想，你说的情况太过理想主义，太把他们嘴上说的那套当真。"

柳钧摊开双手，发现自己无言以对。好不容易才挣扎着道："去年经济刹不住车，难道还不能汲取教训吗？"

钱宏明仰头考虑了好一会儿，他打心眼儿里想反驳柳钧，希望驳得柳钧缴械投降，然后，他的心里会好过一些："经济若真刹车，即使我这么个小卒子有个风吹草动，都能牵出好几个官。你有没有想过，这是什么影响。"

柳钧微微一怔，首先弃械投降。若说刚回国时候或许他还会坚持争论到底，而今回国这么多年，大大小小的事情经历不少，大大小小的官员也接触不少，他能偶尔犯傻，可他更接受钱宏明的一语道破。他只能无奈地摇头，再摇头，一直摇到钱宏明微笑离去。他已不知道该不该为钱宏明庆幸。

这个阴冷特殊的冬天终于渐渐远去，等暖融融的太阳重返大地，柳枝最早萌发嫩芽，在大大小小的内河边笼出一簇簇的绿烟。脱去面包似的羽绒服的淡淡在春季里长得跟新笋一样快，越发调皮可爱，闲下来的柳石堂总是跟亲家母抢生意，总是大清早赶来将孙女带走。可把柳钧和崔冰冰愁得不行，生怕江湖气十足的柳石堂将淡淡带去搓麻将讲是非。

不过这天柳石堂依然是赶在柳钧和崔冰冰出门前来到儿子家，崔冰冰刚想把编好的谎话说出来，柳石堂先开口道："冰冰，你别管我，你领淡淡去你妈家，我跟阿钧去公司，今天热处理分厂正式开工，我去看热闹。"

崔冰冰暗抹一把冷汗，赶紧领淡淡夺门而走，生怕公公反悔。这边柳石堂等儿媳一走，就对儿子道："钱宏明在做一个上海什么大厦的项目？"

"有听说，不过宏明没跟我怎么提，什么时候的事？"

柳石堂惊讶地看了儿子足有半分钟："不是去年已经开始了吗？上海徐家汇的一座大厦改造，我看计划，建成后会收益很好……"

"钱宏英？"

柳石堂犹豫良久，终于点头："对，她。去年开始她就动员我投资，我被她磨得烦死，索性抛掉所有股票买了房子放到你名下，她忌惮你，从此不来烦我。但我听说她募集到不少钱，利息都很高，我有个老友问亲友们借了钱后再借给钱宏英，吃息差。可昨天她又来问我借，我怎么嗅出点儿狗急跳墙的味道啊。我是不会借钱给钱宏英的，她这种人不会跟我讲良心，我的钱到她手里，等于白送她。我警告你，你也不许借钱给钱宏明。"

"这阵子宏明没问我借钱。"柳钧犹豫了一下，没把钱宏明最近手头紧的事实与原因说给他爸听，怕他爸恶意宣扬出去。而他终于明白他爸退隐的原因，更想到那句"被磨得烦死"背后还不知道有多少文章。他不愿去深想，只得道："爸不借是对的。我这边资金一向紧张，也无钱可借，爸尽管放心。"

柳石堂再犹豫良久，道："钱宏英不知多恨我，可又不敢得罪我。我看她最想把我的钱骗走，把我老命攥手里。不过现在我认定她是狗急跳墙。她……"

"爸，你也别没事往她身边凑。"柳钧不肯再听下去，心里感觉他爸不知道做了多少猥琐事，只得皱眉喝止，"我知道了，她现在可能狗急跳墙，能骗多少是多少，骗了就卷款逃走，对吧。我走了，我不想上班迟到。"

但柳石堂既然鼓足勇气对儿子坦白，自然不会无功而返。他跟儿子上车，絮絮叨叨地给儿子介绍他的发现，目的只有一个，他要告诉儿子，他感觉钱家资金状况不正常，让顾及朋友义气的儿子千万别上钱宏明的当。

但车子才进入工业区，柳石堂就噤声了，他惊讶地看着工业区入口处整齐而老旧的标准厂房群落，惊讶地问儿子："你看到没，那里围的一群人在干什么，闹事？"

柳钧头也不回地道："又一家工厂老板卷铺盖了呗。这种租借标准厂房的小工厂最容易卷铺盖，设备不值几个钱，可能也是租的，一看市道不好连夜卷铺盖走，扔下一堆工人没处讨工资。山东那儿韩国小企业跑了不少，东莞港台小企业也跑了不少，我们这儿才刚开始。"柳钧有意打断爸爸很是不堪的啰唆，尽量将话说得详细。

"哎哟，这种厂往往还人最多。怎么回事？有困难扛扛不就过去了？"

"今年企业负担新增三座大山，一是新劳动合同法的实施，门口那些劳动密集型工厂最吃不消；二是关税上调，退税降低，门口那些厂大多是做外贸公司发出来的单子，最受打击；三是银根紧缩，国家本意是借此压缩投机资金，到了下面还不是一刀切，连带我们工厂的流动资金贷款也一起压缩了。可这些还是明的，大家都清楚的，那些房产税土地使用税的征收调整，还有各级政府借口调整地区产业结构搞出的这检查那达标，都要我们工厂拿钱出来。我经常对着自己的账簿，想那些小加工厂怎么活命的，果然，一个个吃不消跑了。"柳钧将车停在车棚，一口气说完，才拔出钥匙，"爸，今天我很忙，没时间陪你，你是随便坐坐，还是这就回去？"

"你叫个司机送我回去吧，我又没什么事。"

"我看看司机在不在，这几天柴油荒，两个司机经常得一整天出去排队加油，一次才给加二十升，有时候排一天一夜才能加满一箱油。柴油机用的油桶也常年空着，批不到正常价格的油。今年这日子真是过得古怪。"

柳石堂糊涂了一下，果然是不管事就不知柴米油盐贵："你回头，把我送到工业区后面的公交起点站，我坐公交回去好了，这种天气权当出来散心。别不好意思，你爸又不是七老八十的，坐趟公交还不算受罪。"

"爸，你明明是个好老头儿，干吗总跟钱宏英夹缠不清，你自己也是知道猥琐的，一直不敢告诉我。你说你何必啊，这是糟践你自己。"

柳石堂但笑不语，任儿子怎么说都不回一句嘴，也不反驳一句，可就是不听儿子的。柳钧拿他爸一点儿办法都没有，只好鼓着腮帮子将老爸在公交起点站一扔，扭头就走。可又忍不住，旋一圈折回身，擦着他爸停下，威胁道："我算是已经麻木的，你要继续的话，我跟阿三讲，明天开始淡淡就不单独交给你，免得学坏。"

"哎，不行，我改。"一说淡淡不让领，柳石堂只得屈服。

"口说无凭，你已经答应我好多次，可没一次是言而有信的。这一次我不会相信你。"

"可你让我玩什么呢，你们不肯跟我一起住，那些五六十岁的老太婆我不喜欢，我就爱逗个钱宏英玩玩，又没拿她怎么样的，我一大把年纪还能怎么样啊？是她自己心浮气躁做贼心虚总以为我还想拿她怎么样，你不晓得这个人外强中干起来有多好玩。好吧，我不去逗她，你得给我找点儿事情做做。"

柳钧郁闷地瞪着他爸："你可以养狗养猫，种花养鱼，还可以去会所喝茶打牌，人家不都是这样过的吗？"

柳石堂笑嘻嘻地道："行啦，你回去吧，我上车去。你今天陪我讲这么多话，我一天都不会闲得慌啦。"

柳钧怔怔地看他爸上车，摇摇头叹声气离开。他忽然发现他已人到中年，人说人到中年分身乏术，上有老下有小，一个人的时间怎么都不够分。想起来，他确实忽视了他爸，好像更多时候是跟着崔冰冰泡在岳父母家里。总觉得他爸人精一个，能将自己照顾得挺好，平时就少了过问，原来他爸也是有亲情需求的。柳石堂却是坐在缓缓出站的车上，透过车窗笑眯眯地看着儿子。儿子的七寸太容易抓了，他估计儿子这会儿正猛烈反省呢。

柳钧果然是内疚了会儿，但是很快想到钱宏英问他爸借钱的事，估计与钱宏明这回借钱给人转贷转不出来有关。又是准备将妻女送出国，又是让钱宏英加紧借钱，估计钱宏明那儿的资金链有点儿问题。可是若说钱宏英借钱已经借到红眼的地步，为什么钱宏明却不再如过去一样一个电话打过来问他调个五百万什么的。应该说，虽然他现在因为热处理分厂才刚开工，而非产生效益，已经耗尽一切原有资金储备，可是开一份信用证出来帮钱宏明还是做得到的。也可能他猜测错误，钱宏明其实应付得过来，只是钱宏英想收拾他爸。

他看看时间，估计钱宏明这个夜猫子此时未起床，就给钱宏明发一条短信。想不到短信很快回来，钱宏明告诉他这回能周转得过来。于是柳钧便丢开了手。但是钱宏明很为柳钧的短信而高兴，借钱这种事，人们躲避唯恐不及，也只有真朋友才会真心关心他是不是周转得过来。尤其是他知道柳钧现在手头也紧张，唯此，关心的短信才真正可贵。

不过钱宏明终于还是在圈外找到可以送妻女去澳洲的人，是他的大学女同学，已在澳大利亚定居，平时已经没有来往了，可难得这位女同学居然度假带国外出生长大的孩子回国看长城，看建设得差不多的奥运会场馆，他一获知这个消息就喜出望外，赶紧带嘉丽和小碎花飞去北京与同学见面。同学很帮忙，当场联络上钱宏明准备让嘉丽落脚城市的华人朋友，嘉丽总算可以成行。

崔冰冰替柳钧置办了一份体面的厚礼送给嘉丽母女。而且为了保密，钱宏明无法送妻女去上海，出行也无法兴师动众，崔冰冰和柳钧先分头将嘉丽的几只行李箱偷运出来，藏在家里。在最后一天，崔冰冰借了银行贴满黑膜的奥德赛商务车，由柳钧开车，夫妻俩带上淡淡，将嘉丽母女和满满一车行李送去上海机场。神不知鬼不觉的，即使有谁看见嘉丽母女上车，也绝不可能想到她们此去乃是遥远的澳洲。

嘉丽从上车开始，一直在哭，说不要去，崔冰冰也没什么可劝的，她估计她的劝说不对嘉丽的胃口。柳钧也无法劝说，当着两个小精怪一样的孩子的面，让他怎么说得出口？好在终于有钱宏明的电话打来，嘉丽抱着电话说个不停，其实嘉丽也没怎么说，主要还是钱宏明在电话那头不断叮嘱，两人竟絮絮叨叨反反复复说了一程。

崔冰冰除了与两个孩子说话，就是沉默，一直沉默到将嘉丽母女送入关，才长长舒一口气，终于送走，以后她不用担心丈夫总被别的女人理所当然地抓差，她在回程的路上高兴得很，跟着CD与淡淡对唱。不仅是崔冰冰，连柳钧都舒了一口气，嘉丽在的时候，车厢可真是一片压抑啊。他也不管母女唱歌唱得兴奋，插话道："阿三，你认识陈其凡律师吗？女的。"

"知道，有背景，有魄力，据说牛得不行。怎么，向你伸出玫瑰还是橄榄枝？"

"嘿，好像我人见人爱花见花开似的，只有你喜欢罢了。是东东打听得陈其凡今晚与几个朋友聚会，准备装路过，去混一席。我好不容易从东东嘴里撬出聚会饭店，我们晚上如果赶得及，瞧热闹去。东东以前追求过陈其凡，后来插入一个风情万种的女主播，两人告吹。"

"哟，这种盛会绝对不能错过，你订座没有，东东怎么想吃回头草的，我们要不要赌一把？"

"东东家最近在股市损失惨重，他甚至需要卖掉一部分战略投资的原始股换取现金流正常运转，在房市也死样活气，买的两块地王退不得进不得，他心情很不好，因为他家那些大刀阔斧的投机相关行为大多是他主谋策划，他现在难见家中老父，哪还有心情泡妞？这时候才想起陈其凡的好处来。其实我前年已经劝他回去找陈其凡，他不采纳，人都是这样，不到黄河心不死。至于结局，需要赌吗？"

"呃。不过我一个单身朋友说，她二十七岁到三十岁那阵子是最想嫁的，那时候真是急得只要有个平头整脸的来追求，她都热情反馈，认真考虑。真正过了三十，尤其三十四五开始，反而无所谓了，还嫌谈恋爱麻烦辛苦。陈其凡也到这年龄了吧，东东未必容易。"

柳钧想都不想地道："赌什么，一个月的早餐？"

崔冰冰一想，便立刻泄气，说什么也不肯打赌。眼看老公一脸得意，她很有一拳揍过去的冲动。等一家三口掐着钟点赶到饭店，还是挺给申华东面子，好歹抑制住心中冲动的魔鬼，不去捣乱。可是陈其凡不给申华东面子，申华东才刚厚着脸皮在她身边落座，她就面无表情地与朋友说声抱歉，拎起大包走了。好在申华东自信十足，而且企图强烈，嬉皮笑脸地追了出去。崔冰冰一见就更不愿跟柳钧赌，烈女怕缠郎，这是千古法则。

倒是钱宏明一听说柳钧已经回家，就赶来凑了一桌。吃饭时候一直坐立不安，念叨怎么还没到怎么还没到。柳钧倒也罢了，崔冰冰看得惊讶万分，以前以为钱家夫妻的恩爱是钱宏明装的，算是骗术高明，今天才知钱宏明还真有爱。这边一顿饭吃完，嘉丽那边还没消息，钱宏明很想扯住柳钧陪伴坐立不安的时光，可是柳钧有大客户来电，现在已经有空了，希望见面，因为明天就得乘飞机离开。钱宏明只能放手。

柳钧那个大客户，来得特殊。

历年从腾飞出走的人，有几个自己开起工厂，做与腾飞差不多的产品，业绩有好有坏。其中有一个从生产管理岗位走出去的小谢做得最好，魄力也最大，他们占据从市区到腾飞的必经之路，总是以比腾飞定价低一成的定价策略拉走许多腾飞的客户，发展到去年前年，若是以产品销量确定公司规模的话，那家公司的规模已经后来居上。去年初，那家公司投入巨资，比腾飞更早一步更大魄力地扩张规模，引进大量先进设备，意图打造航母级制造基地。今天是那家公司新制造基地开机典礼，邀请许多相关人士出席，腾飞的这位大客户自然也在其中。但这位大客户会做人，吃完那边的庆祝饭，就溜出来与这边的腾飞老总柳钧叙旧。

这种叙旧，柳钧着实不愿去，这简直是被人拿后来居上者小谢的魄力来反衬他的保守。可那是大客户，他又不得不去。大客户见面倒是很客气，那是个做大了的私营业主，拉着柳钧一个劲儿地说，他用的产品分三个档次，出口的，都用腾飞的产品；内销高档的，用腾达的；放量铺货的才用小谢家的，他最信任的还是腾飞的产品，可他也得考虑成本。

柳钧讪讪地笑："可是第三档的量最大，真让人心理不平衡。我有时候很佩服他们，这个价怎么保住成本。我就做不到，只好守着高价。您总说我不肯降价，我是真没法降。"

大客户道："你也可以做到，两个秘诀：一、跑量；二、偷工减料。我相信你要肯偷工减料的话，他们不是你对手。有时候我已经明示你这一批可以偷工减料，你也不肯，不过这样也好，我把高档加工放你手里，放心。"

柳钧继续讪讪地："品质管理这件事，易放难收。即使你们愿意，我也不敢有丝毫放纵，怕人心散了，队伍不好带。不过我算算成本，他们真有这个资金积累做那么大的制造基地吗？"

"借的，当然是问银行借的，我问了一下，买地才付了20%的款，土建和设备的钱全是借的，我相当佩服他的魄力，尤其是现在银行一再加息，贷款利率居高不下，银行费用得多高。我也有点儿做不到。"

"我最疑惑的还是他能问银行借得到钱，现在银行卡得真紧，他那种借贷按理该首当其冲。"

"我侧面了解了一下，好像用到不少民间融资。柳总的新分厂也是用类似方式募集筹建款？一次大概可以借多少？"

柳钧笑道："我只在公司才刚成立的时候借了一次，利率太高，吃不消。现在的民间借贷行情还真不大清楚。最近银行贷款利率这么高，估计小谢那儿每个月借款利息负担不低。"

客户沉吟了会儿："我让同事别跟着，就是想单独跟你柳总谈。南方那么多出口小厂倒闭，大多数据说是因为接不到业务。我公司也是，现在做的外单都是去年的订单，做到今年下半年得没了，新订单不是没有，但小，以前这种小单子我看都不看，但今年形势我看悬，我让他们再小的单子也要，唯一要求是预付款，我连信用证都不大敢相信，就怕外方找空子拒付……"

"我的高端成套机组已经遭遇一次退票，幸好有预付款，损失还不算惨重。不过那三台遭退票的机子已经做好，却只能打上牛油在公司仓库里封存，暂时卖不掉。听说好几家公司遇到类似情况，包括我那些国外零配件供应商也有倒闭的。我原本认为国内不大会有问题，可现在看看，欧美的金融危机可能会通过进出口市场传导到我们国家。"柳钧有意补充了一句，"我最近已经严控资金流，不敢轻举妄动。"

"我就是担心这件事，现在问银行借钱的，怕银行转贷转不出来，银行今年银根明显收紧。我想问柳总，找私人借钱的，你们这儿最近情况怎么样。柳总，只我们两个人，请你务必知无不言。我有一笔合同刚刚签下，预付30%，今天摸了他们新厂底子后，就不敢下决心打出预付款。我们这一行里面谁不知道谁的底细啊，他们那么大的负债，万一根子给银行或者私人借贷的给抽了，不是得拿我的预付款补西墙去了吗？"

柳钧心里立刻明镜儿似的，原来客户怕预付款到了小谢手里出事。他微笑道："这个我还真不方便背后说人坏话。我说说我们这儿私人借贷的钱从哪儿来，您自己判断。有些是问私人高息筹集，他们用更高利率放出去，吃息差，这部分的钱比较稳定，暂时不会受银根收紧的影响；有些是效益比较好的企业甚至机关，手头有大量现金，存银行拿那么低的利息心有不甘；也有些企业比较容易拿到银行贷款，手头也有钱，他们一般是通过中间人将钱存到指定银行，然后通过银行将这笔存款指定贷给下家……"

"这种就容易受这回银根收紧的影响了。"

柳钧点点头："还有玩信用证的贸易融资，开远期信用证，一般操作得好的话，近九十天到一百八十天里面这钱的使用权就拿到了，有专人做这种放贷。一般他们进口的大多数是国内不具优势的大宗商品，容易变现，有些还可以到期货

512

市场套现，以进一步压缩这种贸易融资的成本。"

"这回，银行盯紧这种融资方式了吧？我们也有，都是你们沿海进出口发达地区的知名外贸企业找过来，还大多数是国企的底子。"

"已经有人开不出信用证，银行今年初开始警惕这种虚假融资。"

客户点头："靠这种办法贷出来的钱都已经用到小谢工厂那种地方去了，如果旧信用证到期，新的开不出来……"

"是的，这条资金链上的有些人已经很着急。还有不少办法，不过可能与我们做企业的关系不大。"

这一回，客户是看着柳钧深深地点头："你们南边的人真能想，什么空子都能让你们钻到极致。多谢，多谢，柳总下次去我们那儿，我先敬你三杯酒。总算摸清楚你们这边的情况。有些事情吧，我虽然知道你们这边在做，可总是隔着一层纱，找不到准头，不晓得你们已经走到哪一步，这下清楚了。柳总研究得真透。"

"我算是信息不灵的，不过我对你知无不言。"

客户道："我现在怀疑国外订单为什么量小，他们可能也怕我们这边出事，宁可一次少签点儿合同，避免风险。"

柳钧与客户对视一眼，心中都是有数。柳钧估计客户明早就会找小谢，将合同撕了重签，找各种理由将大合同分割成小块，以有效规避风险。他提醒自己也得如此，一方面是风险考虑，一方面则是尽可能地减少库存，保证手头握有现金，别让资金链太过紧绷。

然而，令柳钧意想不到的是，大客户第二天下午原该是已经上飞机在天上飞的时间，一行打车主动找上腾飞，将本是签给小谢的合同交给腾飞，而且老老实实按腾飞的报价签。柳钧心里很有点儿意外，可也觉得这是情理之中。他当即打电话将此事告诉罗庆，让罗庆在未来的谈判中也运用类似策略。

柳钧以为自己运筹于帷幄之中，决胜于千里之外，多少有点儿沾沾自喜，可几乎是不等他喜上眉梢，邻近城市传来经常登报的知名大集团债务缠身，轰然倒下的消息。显然，在他刚开始动作的时候，有人已经危机缠身。柳钧立刻想到钱宏明，显然钱宏明前阵子遇到的转贷不灵、信用证开不出等事件并非个案，而是在周围普遍发生，迅速蔓延，深刻打击上了。他想到有家客户与那家知名大集团有业务往来，便打电话去询问详情。详情其实不出所料，爆炸式发展，导致债台高筑，沉重的利息榨干现有利润，当市场忽然出现调整，物价涨势得以缓和，然后有一家银行见此收回近两亿的贷款，资金链便断了，顿时所有的问题集中大爆发。

而这家知名集团的倒下，牵连到许多民间借贷人士和那些人身后提供资金的个人与集体。

柳钧想打电话问钱宏明有没有涉及，但很可怕，钱宏明的电话百年难遇地关机。更可怕的是，钱宏明的手机从下午到傍晚，一直没有开机。柳钧越打越是担心，连回家洗澡时候还把手机放在客厅桌上，以便一有响动就能听见。

崔冰冰领女儿回家，一进门就见到丈夫的手机在叫，她理所当然地接了。电话是嘉丽打来的，嘉丽也是一天找不到钱宏明，非常焦急，自然来问柳钧。崔冰冰不清楚是怎么回事，但她反感嘉丽屁大的事也来找柳钧，就说柳钧出门呢，手机遗忘在家里没带上，等柳钧回来她会告知，三言两语就结束了。等柳钧出来，她只跟柳钧说是嘉丽电话，解决了。柳钧忙着对付淡淡，也就没当回事。等一家三口终于都静下来，他才想起再打钱宏明电话，那边却是转成电话正忙了，他就留了条短信，不再担心。

崔冰冰听柳钧这么一说，一拍脑袋想到刚才回家，见小区路边停着钱宏明的宾利，又大又结实，太显眼了，她想忽略都不行。柳钧揣上手机赶紧下去找，果然见钱宏明的宾利停在小区路边。他才走到车边，就见后车门打开，钱宏明在里面恹恹地道："柳钧，进来。"

柳钧感觉不对，佯笑："哟，别在里面幽会吧。"

"幽会就不来你家小区了，不是自撞枪口吗？我正找你，来得正好。"

"一下午不开手机，干吗？"柳钧进去，但坐到驾驶座，闻到好好的新车里，一股浓烈的烟味。

"就在这儿睡觉，等你回家，跟你商量个事。"钱宏明在黑暗中摸索几声，将一包厚实的东西递给柳钧，"你看看，这里是我自上班以来买的没抵押出去的房子的房产证和土地证，包括我正住着的那套市区房。我最近缺钱，希望你买下这些房子。"

柳钧将大包接住："刚听说××集团倒了，门口被讨债的堵死。不会跟你也有关吧。"

"这个跟我没直接关系，但肯定会扫到风尾。"

"你现在有多困难，我可以帮你多少？你别拿房子给我，我不会要你的抵押。"

"你手头拿得出多少钱,我大致清楚,帮不到我。我前阵子一直在试图挽救,买这辆宾利就是博取信任,证明实力。但想不到政策越来越紧,我试图填补的亏空越来越大,另一方面,我借出去的钱却越来越难收回来。我看这样下去就是把我剁碎卖了也填不满这亏空。现在我手头没别的资产,一部分给嘉丽带去澳大利亚,不多,剩下的就是这些房子,我只敢找你变现,找别人的话,我可能今晚就得给得到音讯的人发落了……"

"你是不是打算拿着房款潜逃?"

"这是最坏打算。但我跟你讨论过,我还是认定国家不可能一直将银根这么紧着,我等贷款很快重新放开的一天。我拿卖房子的这笔钱先调剂,只要形势有好转,我可以立刻翻身。这房子唯有放到你名下,我才可以现在还每天住着,也不会有人知道房子已经过户,等未来形势好转我也可以把房子赎回,只有你能替我守住这些。"

"你把房本拿回去,这些钱我照数给你。"

"不,房本得给你,一定要给你,万一我输个精光,起码我还能从你手里讨一个地方住。而且,万一我输成负翁,债主肯定先拿我的房子,放到你名下他们就没办法了。其实这些已经是不很值钱的房产了,除了我现在住的。两套别墅早已抵押给银行,上海的房子也已经抵押,只剩下这几套房子。你上去跟阿三讨论一下,我明天等你答复。我走了,你下车。"

柳钧一直借路灯光仔细观察钱宏明,见钱宏明憔悴了许多,但两只眼睛雪亮,似是亢奋。想到钱宏明哪儿都可以睡觉,今天却在车上关掉手机睡觉,柳钧心里想到了什么:"你最近是不是难以回家?问私人借钱填窟窿了?上海一座大厦的改建项目就是筹资借口?"

钱宏明长长叹一声气,没有回答,摊开四肢半躺在后座,仰望车顶,如仰望星空。

"你真疯狂,你们姐弟一起疯狂。怎么办?这几天住我公司研发中心去,有保安和全套安全系统……"

"不至于,还不至于,我能应付。"

"继续拆东墙补西墙?为什么不考虑一刀子止损?"

"说得轻巧,这刀子除非是法院切下去,我抢,有用吗?你别问了,你完全是局外人,跟你解释清楚这些得起码一周,我只要知道你在这里,开着手机,我有事找得到你，就行了。你回家跟阿三商量一下，行的话，明天让阿三跟我姐联络，让她们两个专业人士做这事，必须手续清楚，绝无纰漏。如果我被起诉，根据民事诉讼法，我必须汇报执行之日前一年的财产情况，这个正当交易最容易被推翻。所以，必须市场价，柳钧你放点儿血啦。"

"唉，个人在大环境下，简直是蚂蚁一样微小。你手头现金够不够？"

"目前还够，不够了问你要。"钱宏明依然抬头望天，说话有气无力，"你说的那家倒闭集团，我这几个月其实一直关注，很意外一个现象，那些个人债权人竟然非常干脆地走法律途径讨债，而不是自谋出路。我今后恐怕也是一屁股官司。"

柳钧犹豫了一下："法院可以对债务人的法人代表限制出境。你如果实在走投无路，赶紧。"

"潜逃容易，想回来就难了。而且我姐没移民，我走了，所有的矛头就对准她。不管你对她有什么想法，她对我犹如半个母亲，有养育之恩，我不能抛下她。幸好早一步把嘉丽送走。"

"嘉丽在我这儿存的钱，这就给你吧。"

"我放在澳大利亚的钱不多，万一我有个三长两短，嘉丽需要这笔钱，你先收着。再说也没多少，十几二十万的，顶什么用。"

"我还有一个额外要求，无论如何，一天给我一个电话，报个平安，不要对我撒谎。"

钱宏明懒洋洋地笑道："没那么严重，呵呵，一天一个可能做不到，但有重大变化，我首先知会你。放心，问题没你想象的严重，我只是提前做好退后准备，然后才能放手一搏。我有计划的，我不能不要回我的钱。"

柳钧下去见钱宏明，一去就是这么久，崔冰冰在楼上很担心一件事，那就是怕钱宏明问柳钧借钱。借钱这种事，以前钱宏明并不是没开过口，而柳钧则是什么抵押物都没问钱宏明要。可今非昔比，今天钱宏明手中的资金链恐怕是岌岌可危，根据她对那一行当的了解，今天借钱给钱宏明，那几乎是肉包子打狗，有去无回。她崔冰冰又不是不懂那一行。可是她难道能冲下去阻止吗？不行，她只能心神不宁地在楼上待着。

等柳钧捧一只大牛皮纸袋上来，将钱宏明的请求一说，崔冰冰一颗心终于放松，脱口而出："想不到钱宏明这个人还真是你好朋友。这事我明天找他姐，他说得没错，手续一定要清楚，他这是保护你。"

"我本来想借钱给他，设法给他……"

"不行，理智点儿，现在借钱给他等于填无底洞，不如等他折腾出个结果来，届时你帮他东山再起也来得及。"

这一回，连崔冰冰都真心地为钱宏明叹息起来。等将淡淡送上床，崔冰冰也将最近工作中的烦恼一股脑儿倒给柳钧。这几年放出去的贷款忽然要收紧，怎么能够？那些贷款好多已经被企业挪用，诸如流动资金贷款给投入到固定资产上去了，收急了，企业只能倒闭给你看；不收，又有上面压着。若更是遇到钱宏明那种手里拿着护照的，逼急了就给你卷包逃出国，留给银行的就是坏账。她是每天提心吊胆，斟酌每一笔贷款的来龙去脉是收是放。现在银行唯一舒心的事是对个人的窗口终于不排长队了，因为股票跌得够惨，股民已无心再跑到银行窗口申购基金。去年是股民开户人数节节上升，银行储蓄步步下降，每天的烦心事是揽储。现在是窗口门可罗雀，银行储蓄节节高升，她却依然无比烦恼。有时候真想学嘉丽大撒把，回家享清福。

崔冰冰倒了半天苦水，可柳钧劝她可以认真考虑退休，她却又不干，并非不相信柳钧，而是最担心自己变成嘉丽。崔冰冰心里还有一个最大的疙瘩，那就是持有的银行股票还无法随大小非解禁，却眼看着股指日日下跌，账面资产天天缩水。那简直是悲剧啊。好歹在银行里待着，还可以大家同病相怜。

柳钧见了钱宏明之后，心里就一团疑问，一听"同病相怜"这个词，不禁想到钱宏明："宏明从来不把他的烦心事告诉嘉丽，结果到今天这种日子，他还在对嘉丽粉饰太平，最终还是走回原点，与他姐姐同病相怜。他此时应该赶紧跑，带上他姐，又不是签不出去。"

"你真是，他现在跑，卷得走多少钱？他是心不够黑，前阵子还指着到处借钱填补亏空……"

"他相信他的判断，他判断国家不敢一直收紧银根，他相信很快贷款开闸。所以他想维持资金链正常运转，只要过去这一关，等银行有新贷款出来，就什么事都没了。"柳钧将上回他与钱宏明辩解的理由说了一遍。

"原来是这样，我还以为他心不够黑，他考虑问题倒是很长远，难怪他还守着。而且我替他想想，他现在若跑路，也是心有不甘吧。卷包跑路，才卷这几套自家最不值钱房子的钱？才多少啊，比起过去经手的上亿资金，他怎么肯罢手？

他要不是对贷款开闸心存幻想，早在年初看大势不好，卷了私人看在宾利面上千方百计借给他的钱跑路，那就光棍了。可惜。我现在是真心为他可惜。"

"他今天似乎是交代什么后事……你说，如果你没见到他的车，我也没下去找他，他还会不会见我，即使见，又会什么时候见我。他是不是对于把房子转让给我这件事很是犹豫。"但问题才问出口，柳钧心里已经透亮，"他从小跟我扎风头，这家伙，太在意那些意气，都这么大年纪了还想不开，谁没个遇到困难的时候。"

"哦耶，弗洛伊德大神，我即使厌烦他，还是不得不承认他有道理。"

两夫妻说到很晚。钱宏明则是一个人开车在街上兜了一圈，虽然满心烦闷，还是来到本城最奢侈的会所潇洒。反正是回家也没人，再说，他得让宾利频繁地出现在某些人群的眼皮子底下，他需要某些效果。还是钱宏英一个电话把他叫走，这时候他已经不知道吸进去的雪茄是什么味道，一天吸了那么多烟，嘴巴鼻子早麻木了。他嘻嘻哈哈地跟雪茄房里的朋友说，老婆叫回家喽，做好老公去喽，心里却是不明白他姐这么晚叫他有什么事。

到姐姐家，巨大的书桌上满是账簿。钱宏明不等他姐姐说话，就道："我把没抵押的房子都卖给柳钧了，市场价，姐明天跟阿三交接一下，手续一定要绝对正确。这些账别算了，银行贷款不放出来，你怎么算都只有一个结果：吓死自己。"

"怎么办？现在债主还没反应过来，但这个月底要给几笔利息，你拿得出吗？要是传出我们给不出利息，我们有几条命可以给人家？"

"我一直在想办法，你别急，不能心急。姐，早点儿睡，明天出去你得像没事人一样。钱的事我会考虑，不过，你那儿还能再借多少，问你那些房地产界的朋友借。最近不是都不敢炒房，手头有现金了嘛。"

"我连公司里的员工都借遍了，大家都盯着我月底怎么付息呢。我愁都愁死了，还有十几天时间，哪儿找钱付利息。我现在最怕谁家忽然有急用，问我拿钱回去，我可是一分都拿不出了。"

"姐，镇定，无论如何都不能自乱阵脚。你看我借得更多，不还是……"

"镇定你个头啊。"钱宏英忽然不知哪儿来的脾气，拍案乱骂，"你倒是跟你老婆说镇定啊，你怎么跟我说镇定跟你老婆不镇定呢，我这边跟人借钱赔足笑脸恨不得下跪，你把我借来的钱送你老婆出国避祸，你把我当什么，你老婆是神仙我是你们丫鬟吗？我镇定你妈的，我这辈子欠谁了，一辈子给人做牛做马……"

钱宏明不吱声，只是低头听着他姐姐乱骂。最近压力大，能骂出来是好事，他还有柳钧可以说说，他姐姐更是没人说话，当然只有骂他。等他姐姐骂完了，他才道："姐，这几天你还是住到我那儿去，一起住着，有个照应。我那儿高楼，保安不错，比你这儿联排安全。"

"我们到底要怎么样？"

"我在想办法。这时候也只能走一步是一步。今晚就搬我那儿去吧。"

"不去。你少假惺惺，我这一搬走，明天就有人知道，谁知道那些债主能想到哪儿去。你真敢让我搬走？"

钱宏明叹声气，站起身："姐，消消气，我是你看着长大的，我什么人你最清楚。我回家睡觉去，天都快亮了，你也睡会儿吧。这时候再不休息好，脑袋更乱。"

"宏明，你是不是脑袋乱了？"

看着姐姐慌乱惊讶的眼神，钱宏明镇定地微笑："我脑袋里的账本，比你桌面上的清楚多了。"他微微一撇嘴，一扬脖子，神气活现地开门出去。但回到他自己的家里，他将头钻在冷水龙头下足足五分钟，冻得头皮麻木才抬起来，对着镜子发了好一会儿呆。

回过神，钱宏明立刻打了个电话给一名债主，那债主大约是被电话吵醒，说话还迷迷糊糊，钱宏明则是中气十足地道："阿七，盯梢弄个长相好的，索性让我收在身边当保镖。靠。"说完这几句，钱宏明就将电话断了。站在阳台，往下看遥远的地面，不知还有多少双眼睛关心着这间房子。他忽然想起傍晚见柳钧时候忘记说一件事，不顾劳累连忙发一条短信过去，很简单："说件高兴的事，杨巡通过中间人问我借钱，很急，给的利息很高。"

柳钧当然不是善茬儿，早上起来一看见短信，立刻奔走相告。反而崔冰冰一脸疑惑，借钱不是很正常的吗？高息借款用于转贷，这种事在本地如同家常便饭，大惊小怪的人才真正有问题呢。柳钧找了许多理由，可都被崔冰冰无情否决，他只得讪讪地做早餐去。

可柳钧心里还是高兴，实力强劲的杨巡急于高息借款，他怎么听怎么觉得杨巡出问题了，完全无视崔冰冰的反驳。然而下午，柳钧与全国人民一起目瞪口呆心情沉重地看向四川，趴在网上一遍遍地刷新网络新闻，获取地震一线发回的消息。杨巡借款这等无关紧要的小事被他抛后脑后。他第一时间让办公室通知四川籍贯的员工赶紧打电话回家问平安。好在两家工厂加一家中心本来就没有几个四川员工，打电话回家也说平安无事。

下班时候，崔冰冰打电话来，让柳钧若能准时下班，就去她妈家接淡淡，她与钱宏英就买房事宜制作一些文件，可能会比较晚回家。

崔家家境小康，手头不差钱，他也想出钱给崔家换个好点儿的小区，可是崔家二老不答应，说没那必要，于是二老就一直住在市中心的老小区里，周围步行二十分钟内有超市有菜场有医院，他们觉得这样的小区才是适合生活的小区。柳钧穿越小区傍晚时油烟机翻滚出来的饭菜香，来到丈母娘家楼下，见丈母娘正好领着一个年轻男子上楼去，他就在后面大步跟上，原来那年轻男子是个破烂王。

崔母不肯卖掉废报纸，埋怨破烂王给的价格太低，只肯把油瓶饮料瓶卖给破烂王。破烂王倒也不勉强，只是笑嘻嘻说，要卖赶紧卖，这都五月中了，等奥运会后这种东西价格都得跌。崔母一听便与女婿会心一笑，觉得这个破烂王倒是有意思，就把床底下堆积的好几捆废报纸都拖出来卖了。破烂王一看这家人有货，更积极起来，煽动崔母有破烂赶紧卖，那些什么废纸废铜废铁废塑料之类的东西一过奥运准跌，现在是国家撑着门面给外国人看，才有大家的好机会，过了这村没那店啦。

等破烂王一走，柳钧就道："胡说八道，我经常进货钢材的省级代理今年一直捂货，最近更甚，还在码头囤了不少铁矿石，赌我国过不久与澳大利亚的铁矿石谈判结果再度大幅调升价格。国际上大宗商品都在呼啦啦地涨价，哪是我们国家奥运管得住的？"

"今年多灾多难，年初雪灾，今天大地震，还不知损伤多少，总有坏影响的吧。"

"现在的大宗商品市场很奇怪，就像去年的中国股市，坏消息出来，反而是利空出尽，涨，好消息出来，更涨，任何理由都导致涨。年初冻雨和大地震，估计在大宗商品市场里会有另一种解读，救灾，灾后重建，那不都是扩大物资需求吗？这个市场真的很怪。"柳钧晓得丈母娘不服老，也不肯做家庭妇女，实在是为了女儿没办法，才住家抱外孙女，跟丈母娘说时政，切不可敷衍了事。

可等柳钧从丈母娘家出来，心里却越想越不对，似乎他更认可破烂王的煽动。整个国际上的下游订单在减少，出口订单受创的不是他们一家，而是整个同行。近期的倒闭现象虽然被官员们遮遮掩掩，可他们身处其境，心知肚明，那么影响应该很快传导到大宗商品交易。即使大宗商品交易受炒作资金的影响，可也不能脱离基本面太远。即使现在PPI[1]高企，甚至高于CPI[2]的涨幅，作为一个身处制造业一线的人应该看得到，PPI的升势已经缺乏事实支撑了。只是，难就难在谁也无法知道大宗商品价格的那个六千点高位拐点将在何时出现。

但崔冰冰回来，就反问柳钧一句："所有的贸易商依然都在囤货，难道他们看不清楚这一点？"

"我也奇怪，所以我心里很动摇。可是没有需求支撑，原油或许还有个欧佩克[3]，铁矿石有两拓加淡水河谷，这两种或许可以垄断价格，其他呢？会不会大宗商品价格也已经接近六千点？可不可以这么设想，现在的高价因为短缺引起，而短缺却是由于贸易商囤货导致，而非制造商。一旦囤货达到一个平衡点，贸易商发现需求骤减，囤货变成吞没资金的烫手山芋，那时候会不会是摧枯拉朽式的跳楼价出逃？其实粮、棉、大豆价格已经下来。唉，真难，现在都不敢签长期合同做大项目，摸不清原材料走势就定不出合适价位，竞标定价就跟押宝一样，越来越没底气。怎么管厂越来越难呢，今年真变态。"

然而，变态还有更变态。美国老客户的一笔精加工生意，柳钧原以为十拿九稳，放眼神州舍我其谁，可是设计出样检验等等程序走完，眼看只差临门一脚，美国方面却传来消息，意向取消。因为客户发现，眼下的船运费一方面是被火热的铁矿石运输带动，另一方面则是受飞奔每桶一百五十美元的原油价格影响，原本中国拥有的价格优势完全被运费吞没。本国的加工费虽然稍高，可是考虑到周转周期，放在本国加工也已经好于中国。那么，还签什么合同？

柳钧一直巴望着疯狂的原材料价格出现拐点，然而此拐点未到，彼拐点却不期而至，打得腾飞方寸大乱。美国老客户最终取消生意，这是一个危险的信号，也正是目前形势下水到渠成出现的拐点。那意味着，国外订单不仅将因为国外需求的减少而消失，也将因为国外需求由于中国价格优势的丧失而转移，而从中国

---

1 PPI：即生产价格指数，衡量工业企业产品出厂价格变动趋势和变动程度的指数。
2 CPI：即消费物价指数，与居民生活有关的消费品及服务价格水平变动情况的经济指标。
3 欧佩克：即OPEC，石油输出国组织。

消失。什么叫雪上加霜，现在就是了。历来，柳钧的高端加工能力非常依赖出口，不仅直接依赖，而且还间接依赖，他的国内下家经常是开宗明义告诉他，进他腾飞的货是不得已，完全是迫于出口高品质的要求。他这边的出口出现关键性拐点，他的下家能好到哪儿去？大家是同一条绳子上的蚂蚱。

即使柳钧反应迅速，飞快调整生产计划，他的产品还是出现了库存，出现了积压。各式各样的合同违约接踵而至，令人应接不暇，罗庆为此跑断了腿，吵破了喉咙，可是大势当前，回天乏术。

每一天，开工率低于前一天。腾飞比腾达的开工率更低。品质，总是在任何时候遭遇逆淘汰。

往往公司出现状况的时候，正是资金链最紧绷的时候，但柳钧还是一分不差地将买二手房的钱给了钱宏明，自己拆东墙补西墙，苦苦应对。他此时最头痛的是客户退订，客户若是退订，他即使吃没那点儿订金又有什么用，订金只够买材料，不够加工费。退订的产品在这个年月里，基本上成了积压的代名词。而销售部门眼下的最主要工作是隔三岔五地联系客户，询问现有订单是否安全。

六月初的一天，柳钧正从成品堆积的临时仓库出来，本就是被临时仓库的闷热逼出一身的汗，工作服湿答答地贴在身上，走到外面太阳又是热辣辣地晒下来，柳钧心头躁得慌。正好申华东打电话来，问柳钧这边有没有做不完的订单，可否调一些给他们市一机救急。柳、申两个人说话一向比较直接，在外人听来是没皮没脸，柳钧也不掩饰，道："年初开始，加班这个名词在我这儿已经成为历史了，现在也是吃不饱，有些合同再是明知吃不饱也不敢碰，没订单给你。你那儿能保持多少的开工率？"

"目前怕只有70%的开工率了，我很怀疑接下去还得降。我们产品今年出口不好，订单掉得很快。有几个订单形同鸡肋，可市一机总经理还是满心不舍得放弃，找我讨论求我高抬贵手接下，公司稍亏点儿，保证开工率，免得人心浮动。可我哪敢同意？汇率死撑着，原料价格日日涨，一笔合同里面打掉这些因素，岂止稍亏？再加上奥运前后为保北京环境面子，华北得停不少工厂，那边的订单到此为止，做完算数，新的得等奥运后再给，那是多大的一刀，这真是雪上加霜，草菅人命。"

"别抱怨啦，总比北京人民牺牲少点儿。我这儿目前最重要工作是清理库存，悲哀的是，经常有客户公司没良心，明明他们公司状况已经不行，我们打电话去问，他们还说没事，货款已经准备好。等我们发货过去，他们不按合同给钱，希望拖延付款，我只好赔上运费让拉回。这种时候，明知谁都不好过，谁敢让客户压货？宁可我自己压，起码看得见摸得着。"

"对！"申华东忽然想起一件事，"我中午吃饭经过你钱朋友家中介公司，门面很乱，好像出了什么大事，大玻璃也让人砸了。"

柳钧这才想起已经有好几天没接到钱宏明的电话。刚接手钱宏明房子的那几天，他还很警惕，每天或者隔天总有一个电话打给钱宏明，几天正常下来，他自己这边又焦头烂额，不知不觉就把钱宏明那头给疏忽了。他忙拨打钱宏明电话，里面却提示关机。他跑回办公室，将工作交代一下，就冲去市中心。一边打电话向崔冰冰报告这种情况，问有没有听到什么风声。

等柳钧赶到中介公司总部，见那边已是曲终人散，透过砸烂的玻璃窗可以看到里面人去楼空，只剩一地垃圾，倒是外面围了好多指指点点的围观者。崔冰冰得知消息也赶来了，见此奇道："谁砸的，怎么回事？"

旁边有好事者兴奋得唾沫飞溅："上午吵起来的，说是老板跑了，吵着吵着，人越来越多，最后就砸了。警察也来了，警察来有什么用，砸都砸完了，搬也搬空了。"

柳钧一拉崔冰冰："走，去宏明办公室。"

崔冰冰被丈夫拉着跑去街角的停车点，跑得气喘吁吁，直等赶到钱宏明公司所在大厦停车处，她的呼吸还没平静。但是等电梯，电梯却一直不下来。柳钧忽然感觉到电梯不下来与身处九楼的钱宏明公司有关，他让崔冰冰继续等电梯，他改走楼梯，冲上九楼。崔冰冰看看黑魆魆的楼梯间，心里发怵，可想了想也跟了上去。

柳钧先冲到九楼，伴随他风箱一样呼哧呼哧声的，果然是乱成一团的场面。有个女人坐在压着电梯门的真皮大班椅上，谁敢接近她就嚷嚷"我的，谁也别抢"，也有人坐在两张办公桌搭起来的台上，抱着几台电脑嚷嚷"这是我的，这是我的"，大家闹哄哄地瓜分办公室的家具杂物，只可惜保安一直守在电梯口不让搬走，他们只能一直占着，地上横七竖八撒满吃剩的快餐盒。柳钧心说钱宏明大手笔送保安虫草，还是有点儿效果。

他稍稍缓过气来，就直奔钱宏明的办公室。不出所料，所有的家具都已移位，能搬走的已经搬走，原本豪华的办公室满目疮痍。有人手中紧紧抓着一只相框，烦躁不安地走来走去，与同病相怜的人一起扯着嗓门倾诉遭遇，大致说的是私人借钱给钱宏明上百万，又问亲戚朋友借钱，转手再借给钱宏明，没想到……柳钧看来看去相框里面是空的，这相框，柳钧认识，原本放的是钱宏明一家三口的照片。不知框里的照片已经被钱宏明带走，还是被眼前这帮愤怒的人撕毁。

总之不见钱宏明。

忽然有个原钱宏明公司的员工扑到柳钧面前，大声向大家指证柳钧是钱宏明的死党，顿时周围能动的都拥过来，那些占着办公桌椅的无法动，眼睁睁盯着这边。柳钧一看不妙，这些都是急红眼了的人，他当然不肯吃眼前亏，反问那位员工道："钱宏明呢？我打不通他手机。他最后一天出现是什么时候，你们账面上还有多少钱？你知道你们开户行是哪家，什么账号……"

柳钧连珠炮似的发问，顿时打消大伙儿眼中刚刚点燃的期盼，因为柳钧问的问题与这儿每个人上楼时候问的问题一样。于是众人又一哄而散，柳钧沉着脸抬头，见崔冰冰才刚气喘吁吁地上来，他一拉崔冰冰，回去楼梯间，慢慢往下走。等到上车，才开腔："估计宏明卷款跑了，楼上那些都是借钱给他的债主。去他家看看。"

"早知道就这结果，早不跑晚不跑，为什么挑这个时候。他还问同事借钱？"

"他姐也问同事朋友借款，据说都是几百万地借的，疯狂。"

"钱宏明总算对你很有良心。要不然你今天得当场脑出血，你肯定是借他最多的人。"

柳钧不禁叹一声气。车子很快到钱宏明原来住的那警卫森严的小区，这一次，保安不放进。柳钧没敢说出那房子其实已经产权归他，只是两夫妻一起游说保安，说了一箩筐的好话，以期打动保安。但保安还是不敢放行，最后轻声透露原因，不知有谁突破防线到了钱家门口，用红漆将钱家大门涂画得异常恐怖。今天也已经有好多人想进去找钱家，他们唯有严防死守，闲人一个不放。

柳钧想把钱宏明所有房子都搜一遍，崔冰冰道："别找了，钱宏明不会那么傻。他如果方便，肯定会联系你。他如果不联系你，那么肯定是他不方便。你耐心等吧，手头随时准备一笔钱等着。"

柳钧虽然也觉得崔冰冰说得有理，可关心则乱，他还是回家找了钥匙和门卡，重回钱家。他既然有门卡，一刷就进去，保安也没理由再拦他。柳钧上楼，果然看见一片血红，岂止是钱家大门血红，而是整个门厅血红。同一楼层的另一户跟着倒霉。柳钧思虑再三，才开门进去。门一开，里面呼啦一下扑出一阵风，带着一股阴寒，柳钧不觉心头一寒，闪身进入，冷风狠狠将他身后的门敲上。柳钧看清了，里面倒是保持原状，但一个人都没有，连每天都在的保姆也不知去了哪儿。而风则是从主卧打开的飘窗吹入。柳钧走过去关上窗户，却意外发现飘窗窗台上有两只淡淡的脚印。柳钧心头一紧，不禁低头看下窗外，这是二十八楼，如果站在飘窗看地面……又开着窗……柳钧一阵心悸，好久喘不过气来。钱宏明曾站在这儿想到自杀！

柳钧直着眼睛好半天，才想到搜一遍房屋，没找到任何线索。

夏日的夜晚总是来得特别晚。等柳钧马不停蹄地跑到最后一串钥匙所在的房子，窗外才刚残阳如血，如钱家门口那泼血一般的红漆。在如血的残阳下，柳钧正好接到嘉丽的电话。嘉丽声音很轻，说是刚安顿下小碎花睡觉。柳钧不吭声，于是嘉丽小心地问："你知道宏明的消息吗？他说最近忙，过两天再给我电话。可今天已经是第四天了。以前从没这么长时间不打家里电话。"

柳钧一算，差不多他与钱宏明也是四天没通话。"我现在在你们刚结婚时候住的房子里，宏明单位分给他的这套，我也在找宏明。"柳钧没有犹豫，对嘉丽坦白，"他暂时失踪，许多债主也找他。你在澳大利亚钱够用吗？"

"钱……我有。宏明怎么了？"

"暂时我也不知道他怎么了，有消息我第一时间通报你。嘉丽，你答应我，这个时候千万别回国，你回国不仅帮不上忙，还可能害宏明无法藏身。你别哭，认真听我说完。你在那边也请保持低调，保持一切如常。有人打电话来问你，无论是谁，你都说不知道。万一宏明联系你，你请立刻告诉宏明，我永远站在他的一边。"

柳钧话没说完，嘉丽已经泣不成声："柳钧，我很担心，你一定要把宏明找到，真的，一定要。你跟他那么多年朋友，你一定了解他性格，他怕输，怕穷，非常怕，他有句口头禅，对那些做期货输得精光的人，他常说，'输成这样，还有脸活着，猪头不配活在这个世界上'。我怕他也拿他自己当猪头。柳钧，我还是回国吧，即使让他藏不住身，也比他一个人想不开强啊。"

柳钧心头冒出飘窗上那令人毛骨悚然的两只脚印："嘉丽，我必须提醒你，宏明不是你以为的那种想不开的人，他是个非常不屈不挠坚韧不拔的人，你千万不要胡思乱想，做出傻事。你必须听我的，暂时别回来。另外，我还得提醒你一件事，你请开始留意你的生活开销，最好是找个工作，我看宏明暂时很难翻身。但你一定要相信宏明的理智，照他理智安排的做，别回来。"

"可是宏明……你可能不清楚，宏明并不自信，他心里其实非常害怕输，经常在背人的地方露出焦虑，他从不会让你看见的。"

柳钧坚决地道："嘉丽，你其实很懒，你对宏明的了解只是表面。我跟宏明多年老友，不仅了解他的性格，更了解他性格的生成原因。你现在放下电话好好想想宏明送你们母女去澳洲的原因，这是他理智下的最好安排。我再告诉你，你们家门口被讨债的人涂满红漆，宏明的公司和宏盛房屋中介总部都被砸毁。你考虑一下债主看到你和小碎花会采取什么行动。你作为成年人，你可以承担，小碎花呢？孩子还小，不能让孩子看到暴力。你等我电话，也请经常关注电邮，有消息我不会隐瞒你。"

柳钧几乎是强行结束通话，否则嘉丽会抓着电话哭个没完，却又说不出建设性的话来。其实柳钧心中的担心与嘉丽的一样，他最初一直想着宏明终于卷包逃了，可是飘窗上的脚印让他越想越不对。钱宏明走得那么匆忙，仿佛是被逼得走投无路。

柳钧还想知道的是，钱宏英有没有逃跑，是不是姐弟俩一起落跑。

筋疲力尽地回到家里，崔冰冰拉柳钧看本地网站的几个网页。不出所料，早已有人在网上图文并茂地直播。柳钧细细查阅跟帖，依然找不到蛛丝马迹。他长长叹息，告诉崔冰冰飘窗上的脚印和门口恐怖的红色。

"他想自杀？"崔冰冰也是惊住，"你看住淡淡，我打几个电话问问江湖传说。好大的事啊。"

柳钧差点儿眼珠子掉出来："你还认识那种人？"

"嘿嘿，以后你要是对不起我……"崔冰冰摩拳擦掌，满脸狰狞。不过随即便一本正经了，"工作需要，认识几个，但不打交道。不敢跟这种人有牵扯。今天特殊情况。"

柳钧目瞪口呆地看崔冰冰进去书房。但见崔冰冰将关书房门前，忽然倚门做出S形曲线，风情万种地回眸一笑，柳钧不禁一笑，绷紧的神经稍稍松弛。淡淡自然是大声叫好，踊跃模仿。可惜这娘儿俩滑稽万种，风情欠缺。

一会儿轮到崔冰冰目瞪口呆地走出来："钱宏明摸到哪只老虎屁股了？其中一个讳莫如深，另外几个不知情，不正常啊，一般这种事很快就在他们圈内传开的。"

两人都觉得钱宏明眼下大大不妙，可是都不知道该怎么办。就像钱宏明曾说，跟外人解释三天三夜也解释不清楚那一行的奥妙，柳钧也是从来都弄不清楚钱宏明手下究竟有几家公司，又分别是做什么用，财务上怎么勾连。眼下柳钧更是弄不清楚钱宏明那边究竟发生了什么，钱宏明又有什么打算。没人来找他，他也不知道该去找谁，全然地束手无策。柳钧唯有等待，等待什么线索主动找到他的面前。

而柳钧自己的工作也是忙得不可开交，除了忙，最主要的还是烦心。目前市场陷入僵持状态。原材料价格一直在涨，销售却是停滞，柳钧与朋友们议论起来的时候，都禁不住提到一个可怕的名词：滞涨。

当业务量计划外地下降，导致开工率下降，进而导致利润下降的时候，有一个问题便严重凸显。比可靠的业务更大的问题还是资金。柳钧虽然对外声称建设热处理分厂的资金来自历年积累，可是说实话，毕竟还是挪用了一部分银行流动资金贷款的。原本根据计划，可以用未来的陆续产出支付贷款利息，以及清偿挪用的流动资金贷款，可是利润出乎意料地下降了，还贷便有了很大压力。

而更大的不幸是，由于业务量的下降，新建热处理分厂的产能就成了多余。然而这个多余却不是省油的灯，即使停开，也得按部就班地产生折旧，产生贷款利息，产生管理费用，产生用工费用……所有的腾飞高层管理都已经意识到去年决策的失误，可是最后为失误买单的唯有老板一个人。

好在柳钧好歹保守，手头还有一点儿积累，可以应付日常开销。此时他心里生出与钱宏明差不多的疑问，国家难道看不到长三角与珠三角这两个地区经济面临的问题吗？

日子一天比一天艰难。每当柳钧焦头烂额之时，嘉丽准时的一天一个电话，让柳钧非常无力。嘉丽着急钱宏明，他何尝不着急？可是他跟嘉丽一样无从下手。他能回答嘉丽的是同一个答案，重复了多少遍，重复得柳钧自己也不相信自己了。他同样重复的还有另一句话，那就是竭力劝阻嘉丽回国。

这一天，周五，嘉丽终于问出一句话："宏明……你说宏明还在世吗？"

这又何尝不是柳钧心中的疑问："我们必须相信宏明的能力。"

"可是宏明究竟做了什么，让事态这么严重？他从来对谁都很谦让，对谁都很大度。他从来习惯以自己忍让来解决问题，他能得罪谁呢？"

柳钧哑然。唯有挂电话前再叮嘱一句，让嘉丽不要回国。但是丈夫下落不明，嘉丽一个人带着孩子还能不胡思乱想？可是柳钧也不知道怎么办才好，这种事情，需要嘉丽自救。

第二天总算有点儿空，崔冰冰最近因为应付总行钦差辛苦得发誓周六大睡一天，柳钧想到老爹那次在公交站落寞的眼神，早饭也没吃就带着吵吵闹闹的淡淡悄悄关门出去，留妻子安静睡觉。男人嘛，总得多担待点儿。他带着淡淡去吃广式早茶，可是淡淡专情地还是只要水饺，柳钧不晓得女儿这是像谁，只好用三只晶莹剔透的虾饺糊弄了一把女儿。

到了他爸那儿，其实也无事可做，就懒懒地半躺在沙发上，对着电视机有一搭没一搭地与他爸聊天儿，偶尔看看淡淡又在满屋子地干什么坏事。

过了会儿，淡淡匆匆跑过来，三步两步沿着柳钧的腿一直爬到柳钧肚皮上，瞪着圆溜溜的大眼睛道："爸爸，那边屋有大老鼠，很大，很大。"

"比淡淡大吗？"柳钧笑着逗女儿，却意外看到他爸脸色有点儿不对，他忽然意识到什么，抱起淡淡跃起身，看着他爸道，"走，我们捉老鼠去。看爷爷家老鼠有多大。"

"咳，回来。"柳石堂不得不出声，"里面有人。"

"大方点儿啦，请出来见见。"

柳石堂尴尬着一张老脸，犹豫很久，才低声道："钱宏英。"

"什么，她？"柳钧呆住，想都想不到，一起失踪的钱宏英居然在他爸家里，他爸的家绝对是他的盲点，"我有话问她。"

柳石堂道："算啦，人家是走投无路才来投奔我，你看我分上放她一马吧。"

"不是，我要问她整件事是怎么回事，为什么一点儿安排都没有，这么匆忙失踪，宏明在哪儿。"

柳石堂依然严格把关，严肃地道："你等等，我去问一下。"

柳钧惊讶地看着他爸去那被指有大老鼠的房间，心里很有点儿复杂。他环视这间房子巨大的客厅，想到这儿每间卧室都配备卫生间，窗外是繁华的市中心，钱宏英即使在这儿住上个半年估计也不会给闷死。她可真会找地方。但柳钧很快也想到，钱宏英找来这儿不是无的放矢，她问朋友同事借了那么多钱，都借遍了吧，此时还能找谁投靠，谁见她都恨不得从她身上把钱榨回来，唯有一个狡猾的柳石堂不肯借钱给她，现在可以收留她。柳钧心中虽然对两人这几天的相处满是疙瘩，可是也不得不承认，他爸真是掐准了钱宏英七寸，太了解她。

很快，钱宏英从客卧出来，很简单地穿着一件深蓝T恤和一条黑色中裤。整个人苍老得厉害，如崔冰冰所说，这个年纪的女人很容易就把一张脸变得跟核桃一样了。两人见面，对视好几分钟，淡淡似乎感受到其中的不对劲，紧紧抱住爸爸的脖子，要求回家。柳钧不得不安抚女儿，钱宏英已经迫不及待地开腔："你有宏明的消息吗？"

"没有，我正要问你。"柳钧不敢说飘窗上的脚印，"不过看到你我放心许多，宏明应该也没事。究竟发生了什么？宏明为什么仓促失去音讯？又为什么这么久都不与我们联系？嘉丽在国外非常担心，一直怕宏明是不是有了生命危险，一直想回国来……"

"叫她外面待着，别回来添乱。就说是我说的。"

"我们摊开了讲。宏明在我这儿没有借钱，我是宏明信赖的朋友，你也可以在这件事上信赖我。你告诉我，究竟发生了什么？宏明可能会怎样处理退路？我们可以怎么帮助宏明脱困？首先你告诉我，事情怎么会发展到你们仓皇出逃的地步，而且你们还不在一起？"

钱宏英深吸一口气，欲言又止，却看了眼柳石堂。柳石堂只得道："你说呗，你不是每天担心你弟弟吗？正好有个得力的能在外面跑。你原先不让我跟阿钧提，怕影响我们父子关系，现在他都问了，你还不说干吗？"

柳钧听得压倒，可只能隐忍。钱宏英终于道："去年二手房成交萎缩开始，宏明手里就少了一笔从我这儿可以调用的临时资金。想不到十月他在铜期货上亏一大笔，那时候眼看没办法，只好开始问个人借款，三个月结一次利息。宏明信用好，很多人抢着借给他，我们的利息也开得高，吸储比较顺利。可是问个人借钱再顺，也抵不过银行一再收紧贷款，下家一再无法还款。今年以来，日子几乎是一天紧过一天。但宏明分析形势，他认为国家很快应该放开信贷，否则得乱，得闹出很多乱子，国家可以放任其他，但不可能容忍乱。他鼓励我继续撑下去，撑到那个时候。我们好不容易东拼西凑把上一季度的利息分发了，手头已经接近空空，可是有人听到风声不对，要宏明偷偷把那人经手的几笔款还了。完全不讲规矩，也不给我们宽限。我们还不出，第二天车子就让警察找个理由扣了。宏明接到很多威胁电话，白的黑的都有，他感觉事情不对头，让我立刻从办公室离开，别回家，立刻找地方躲起来，手机断电，拔卡，接到他的电邮通知才出来。可是从那天起我一直没接到他的电邮。"

"那几笔款是谁的？谁能量这么大？"

"公门里的。具体不跟你说了，对你不利。我现在不知道宏明在哪里，他唯一能信任的是你，但连你都不知道，我……而且他可能无法出境了。他要么落在谁手上，要么跟我一样躲哪儿去了，也可能……"

钱宏英没有说出可能什么，但是柳钧从她微微凹陷下去的眼睛里，读到两个字："自杀"。"宏明不可能自杀。"柳钧几乎是说服自己，"比这更煎熬的日子都熬过去了，他没那么脆弱。"

"可你想过没有，那几个人可以让宏明走投无路。而等宏明和我忽然反常消失，其他所有借钱给宏明的人也得醒悟过来，开始追杀他。钱啊，不是别的，几百万几千万合计上亿的钱。宏明现在走白的走黑的都不行了，他无路可走。甚至不能自首，欠了人那么多钱，现在傻傻地送到人手心里去，在里面被人黑了都难说。这几天下来，如果他还活着，我估计他身上的钱也该用光了。不知他该怎么过。"

柳钧心中的谜团一个个解开。即使钱宏英没有说出几个人的名字，他也已经觉得钱宏明走投无路。似乎，真的只有死路一条。自杀，或者被自杀，一切皆有可能。他把钱宏明所有房子门口的红漆啊大字内容啊都跟钱宏英详述一遍，终于将飘窗上的脚印也说了。

整个大厅鸦雀无声，淡淡一脸畏惧地看着大厅中的大人们，紧紧缩在爸爸怀里不肯出来。大人们都是如此严肃，严肃得让这么大的大厅变得寒冷异常。终于她忍不住了，哭着喊出来要回家。

柳钧抱女儿站起来，想说什么，可又说不出来，深深呼出一口气，闷声不响离开他爸的家。

钱宏明这辈子完蛋了。

崔冰冰即使刚刚起床，睡眼惺忪，听得柳钧前前后后一说，脱口而出的话却异常冷酷："江湖上不晓得对钱宏明的封口费开到多少了。"

"那帮人何必心急，给宏明一段时间，或许就柳暗花明了。真是典型的囚徒困境现象，都只想自己脱困，结果全部陷于绝境。"

"凭什么让人像信任你一样地信任宏明？关键时刻，我们还是以有形资产来确定可信度。中午外面吃去，我睡得手脚酸软，没力气做饭。"

柳钧见崔冰冰一身宽袖大袍就准备出门，只得两眼望天，但他今天心情很差，不愿熟视无睹："嗯，睡一觉脸色特别好，皮肤可以跟淡淡比了。我记得刚给你带来一件……"

"知道了。"崔冰冰磨牙霍霍地转回身去换衣服。重新出来，总算有了点儿人样，"休息天也不让人自在。"

淡淡大言不惭地道："妈妈，还是淡淡好看，淡淡让你抱吧。"

"我在家地位真低啊，谁都可以骑我头上。"崔冰冰继续磨牙霍霍，任凭淡淡在她怀里闪跳腾挪，就将一件真丝裙子糟蹋了。等一家三口从车子里爬出来，柳钧已经后悔让老婆换上真丝的。

三个人从停车库的另一出口钻出来，却见到众人在热闹地围观。走近了，听有人说又是跳楼秀，还有人大声喊"跳啊跳啊"，当然也有担心的，但似乎激动地煽风点火的属于多数。柳钧抬头一看，这不是钱宏明公司所在大厦吗？只见十几楼处有一平台，上面站着一个人，从下面看上去，渺小得像是随时可以被风刮下来。柳钧心有所感，对崔冰冰道："那些借钱给宏明的，不知有多少个人也有讨薪民工的跳楼想法。"

"愿赌服输。那么高利息的借贷，本身就是赌博。事前都以为自己英明神武，事后跳楼来不及了。"

崔冰冰话音未落，在众人的抽气声中，跳楼者不顾窗口民警的劝告，直勾勾地跳了下来。下面的充气垫还来不及充足气，人已经摔在地上，只听一声闷响。两人连忙带淡淡离开，钻进旁边的一家饭店，怕淡淡吓到。虽然淡淡不当回事，还以为是超人，但旁边一桌的人正热火朝天地对着窗外议论此事，两人都清清楚楚地听到，原来跳楼的不是讨薪民工，而正是借钱给钱宏明的债主。柳钧听得更是百味在心，无以言表。一顿中饭吃得心不在焉。

等饭吃完，围观人群早已散去，出事地点也早已清理干净，一条人命的消失，在一个多小时后就好像什么都没发生。开车路上，又接到嘉丽来电，是崔冰冰帮助接听。嘉丽说她不放心，已经买好机票，等会儿就出发，明天早上抵达上海，她爸妈会去机场接她，顺便抱走小碎花，她独自过来。

"我早料到你不可能放着这边失踪的丈夫不管，但我得提醒你，刚刚这边有个人跳楼了，是宏明的债主，十几层跳下来，当场呜呼。"崔冰冰不得不字斟句酌，以免在淡淡面前说到一个"死"字，"你可以想象，当你出现在这儿的时候，那些没跳的债主会怎么对付你。来不来你自己决定吧，不过把小碎花交给你父母带走，这是对的。"

知道窃听容易，崔冰冰到底是不敢说出钱宏英的那句话。那头嘉丽是下定决心要回来，没有什么豪言壮语，也没有什么煽情，她说她只想离宏明近一点儿。

崔冰冰依然不跟嘉丽来婉转的："我猜测宏明应该躲在哪儿，他是聪明人，应该躲得很严实。但若是你回来，又遭到围攻，甚至更可怕的事，你岂不是成了有些人钓宏明的最佳饵料？你家是回不了的，你住宾馆，肯定不安全，以你手头的钱也住不起。住朋友家，朋友当然欢迎，但是你得冷静替朋友考虑一下，这肯定是引祸上朋友家门。所以你回来干什么，纯粹是惹事。你离起飞还有几个小时，赶紧好好想想宏明送你们母女去澳洲的意图。"

"我考虑仔细了，我有思想准备，我这几天也已经查阅法律。宏明怕输，怕坐牢，可他总要为他的错失承担责任。我会陪他等他。你们放心，不会连累你们。"

崔冰冰听得抓耳挠腮，无法在电话里解释。这种事她与柳钧只要提一个头便知道尾，可是跟嘉丽解释起来怎么就那么难，尤其是眼下通话可能不安全。她依然是隔靴搔痒地劝说了一通，当然搔不到痒处，而且她也确实理解嘉丽回家的心，换出事的是她老公，那么她早在听到消息的当天就杀奔回家了，怎可能听旁人的劝？当然，她也有理由，她有本事。她跟开车的老公道："嘉丽是铁了心地要回来。既然她要来，我们总不能不管她。唉，淡淡明天开始住外婆家去。唉，怎么办哦？"

柳钧一样是愁眉苦脸想不出办法，崔冰冰都已经把话说到这个份上了，嘉丽还牛拉都不回，他们能有什么办法？毕竟是隔着一条电话线，好多问题无法展开。"今晚有个大客户老板亲自来，眼下业务这么紧张，我不敢任性离开不理客户。可是明天嘉丽到……"

"你陪客户，我等下就开车去上海，晚上睡一觉，明天正好有力气回来。"

"你开车我最不放心，何况眼下这种多事之秋，任何车在高速上随便玩你一下，你就麻烦了。我让司机去。"

"以往宏明在的时候，我们管接管送，现在宏明才失踪，她回来你就只出动司机，她想得多，别让她想到人走茶凉才好。我去吧，或者司机开车，我押车。"

"你这几天这么辛苦，才刚恢复过来，我心疼的。"

"完全是看宏明分上。宏明其实最知道你对他不设防的，总算他对你……"

两人都无话可说，尤其是刚刚看到一个大活人跳楼，虽说有老话愿赌服输，可赌出人命来，钱宏明怎么都无法理直气壮了。回到家里，柳钧才道："很奇怪，本地报纸对这么大的事都没报道，按说砸了一家公司，又砸了一家总店，那么多人看见的，怎么都上晚报了。今天有人跳楼，不知道报纸会不会说。这事深不可测。"

"媒体越是沉默，越让我坚定一个想法，我们只帮朋友，绝不插手案情。"

"路上小心，你时刻帮司机一起留意身边车辆，注意车速……算了，还是我去，你帮我见客户去，我相信你行的。"

"没这么可怕，只是嘉丽，不是宏明，也不是钱宏英。"

但是两人像少年夫妻时候那样地拥抱好一会儿，才告别。其实两人心里都清楚，不可测，才是最步步惊心。

崔冰冰去上海，柳钧亲自开车去本地机场迎接大客户。该大客户原先是腾飞的客户，后来被小谢以低廉价格挖走，而今眼看风向不对，很怕生意坏在小谢手里，于是轻车简从，亲自出马调研，务求眼见为实。花一天时间细细考察柳钧的公司，又偷偷参观小谢新开工的公司，明眼人一看便知端的。谁也不敢在自身生存也受到威胁的境况下，冒险下单给垂死的公司，柳钧以财力维护的稳定局面博得客户肯定，因此获取大客户的小订单。合同连夜商谈，一直谈到黎明。虽然订单不大，可这年头儿订单就是开工率下降的公司的生命，任何一份合同都是大旱中的一滴甘霖。

柳钧筋疲力尽地从客户房间出来，想到崔冰冰正一个人应付嘉丽回国的局面，很是不放心，到宾馆总台查得有早班飞机正好飞浦东机场，他就直接迎着天边的朝霞去了机场。他从国内出口迷迷糊糊地摸到国际出口，还比崔冰冰早了一大步。

崔冰冰能理解柳钧的担心，她拍拍自己的肩膀，笑道："来，尽管靠着睡，现在有坚实的我呢。"

"你来了，我就不站了，我去那边坐着睡。等人来你叫醒我。"

崔冰冰摸出柳钧身上所有值钱的东西，才放他去睡。她一个人站在线外等嘉丽，知道国际航班报到达后，还得等好一会儿才能见到人。可是她想不到能等那么久还没见人，抬眼看上面到达班次显示，明明已经到了近一个小时。崔冰冰没耐心了，去服务台问那个航班的人走空了没有。但是转头，却看见嘉丽领着小碎花与三个男人一起出来，即使离得远远的，崔冰冰也嗅得出那三个男人身上浓浓的公务味道。崔冰冰自觉停步，看着嘉丽东张西望地最终看到她，还一笑。嘉丽径直走向她父母，将小碎花交给她父母，跟着那三个男人走了。

崔冰冰张口结舌地看着这一切，回过身来坐到柳钧身边考虑了好一会儿，才将柳钧推醒，告知详情。两人也不敢逗留，立即启程回家。崔冰冰不知道嘉丽现在是怎么想的，叫她别回来别回来，非要回来，这下好，自投罗网。不过也可能，嘉丽那人以为这样才有意义，与她老公同甘共苦。

柳钧一路还是睡觉，躺在商务车后座舒舒服服地睡。事已至此，反而搁下一头心事。事前他最头痛的一件事就是把嘉丽接回来后放哪儿。已经有债主命都不要了，其他债主看见嘉丽的时候会做出什么举动，怎么预测都不会过分。不要命的人也不会太在意法规约束的。那么把嘉丽放哪儿都是危险，不仅嘉丽自己危险，收留嘉丽的人和地方也得遭殃。现在不用担心怎么安置嘉丽了，至于未来该怎么做，有司机在侧，他也不好多说什么，不如睡觉。崔冰冰见此心有不甘，将椅子放倒也安心睡觉，没有嘉丽在，她不用再替司机留意路况，干吗不睡？于是车厢内呼噜声此起彼伏，令枯坐开车的司机郁闷不已。

直到回家，崔冰冰才跟柳钧道："嘉丽整个人瘦得仙风道骨的，看见我竟然还笑一笑。"

柳钧又是哑然，顺着嘉丽的思路想了会儿才道："她一直不想去澳洲的，她巴不得回来呢，正好。"

"唯有希望嘉丽在里面善用她这几天都在研读的法律了。"

"善用个啥，一个协助转移资产就可以敲实罪名。谁知道关里面会出什么事，还得替她跑跑关系。"他郁闷地顺手在自己博客上敲了几个字，"靠，嘉丽居然回国"，就写不下去了，实在无法评说嘉丽的行为。

"别试图动用我爹，我爹娘特讨厌那种高利贷，钱宏明在他们眼里就是吸血鬼。我去抱淡淡，你去不去？"

"你去吧，我把凌晨跟客户讨论好的合同整理一下。人还真是老了，以前两天两夜做计算，从实验室出来还能游泳，现在一夜不睡就落了形。"

崔冰冰对自己的色相马马虎虎，而柳钧的色相却是她幸福的追求，她伸手拍拍柳钧还未凸起的肚皮，看来看去还是满意："老个鬼。"遂放心出门。

柳钧也猜到岳父肯定不愿帮忙，换他若不是钱宏明多年朋友，有人来跟他说有这个债主刚刚因为宏明潜逃而跳楼，他也是说什么都无法原谅宏明这种人。可是……总得帮帮嘉丽吧。他很快处理了合同，立刻打印出来，去公司敲了合同章，就寄去给客户敲章。等他将这些工作处理完，崔冰冰已经回家好久，招手让他看电脑。

一条人命果然不同，这事在网上被传得沸沸扬扬了，说什么的都有，有些回帖有了点儿实质性内容，但臆测居多。两人密切关注各个网站的动向。第二天晚上，两人找到一个原帖，也是大热帖，却让柳钧这个半知情人大惊失色，此人笔锋太犀利，一个标题，就将钱宏明潜逃事件概括得惊世骇俗、上纲上线，简直是语不惊人死不休的味道。相信任何人看到这么惊爆的标题，怎么都会点击进去看个究竟。里面的内容也是非常火爆，将钱宏明坑害了多少多少人有所侧重地放出来，外行人看上去只觉得匪夷所思，倒不是罪大恶极。但柳钧细细阅读下面火热的跟帖，皱眉跟崔冰冰道："宏明得给这帖子害死了。不知道是他哪个仇家整理的。"

"换我是债主，我也会整一份放上网，能怎么为自己争取，就怎么争取呗，总不能干坐着等天上掉馅饼。"

"是啊，所以这篇文章以偏概全，也不说说原因是那么多人欠宏明的，搞得宏明简直是世纪巨骗一样。不知道宏明看不看得见这边的各种反响。"

"要是新闻出来，钱宏明妻子千里迢迢回国投案自首，若再给配发一张披头散发的照片，你说钱宏明会不会跳出来认罪，替代嘉丽出来。考验钱宏明是真情还是假意的最佳机会来了。"

"总之……你一说嘉丽出关就被带走，我已经没想法了。我都不忍替宏明做选择，他们中间还夹着一个小碎花。忘了问，小碎花跟她外公外婆走的时候，有没有哭？"

"小碎花当然是哭，她已经有灵性了。嘉丽还跟我笑，也很镇定，视死如归似的。我做菜去，阿姨这回把洗好的菜码得挺整齐嘛。唉，你也带淡淡来厨房吧，我们好歹是一家在一起的。"

"我现在最希望宏明待的地方上不了网，看不到报纸。"柳钧此时与崔冰冰感受相同，一家人能凑一起是多么幸福的事情，他收拾收拾跟进去厨房，淡淡一看就跟上了。

　　但是报纸却找上柳钧。一家从网上看到如此惊悚新闻的全国性财经媒体大牌记者找到申华东，说是已经选题获批，正打包准备上飞机，希望申华东配合调查。申华东家这种上市公司经常需要接触媒体，当然大家有来有往，他想到柳钧很熟悉钱宏明，建议柳钧出面会见一下记者，提供一些客观公正的信息，免得被网上以讹传讹。申华东说的网上传得离奇的，正是柳钧刚刚看过的那条惊爆标题。但柳钧想来想去，拒绝了。他不知道别人已经掌握了多少材料，而若材料是从他嘴里泄露出去，他至死不会原谅自己，他还是闭嘴为妙。他一直认为钱宏明一定没死，一定还活着。

　　那家全国性财经媒体的记者很是速战速决，过来一趟收集了资料，钱宏明的新闻很快见报。柳钧看了一下，标题也是很悚，但内容倒是有正有反，只是语焉不详，果然是知情很少。他幸好没有接受采访。于是，本地的报纸也开始有了关于此事的大幅报道。很快，也就几天的时间，仿佛世界大变样。

　　柳钧晓得他爸只看晚报，就找个时间拎去两箱桃子，顺便将有关钱宏明内容的报纸夹在桃子箱里。钱宏英一看报道的数量就脸色苍白，唉声叹气地说她还是自首去得了。柳钧将那张有关嘉丽回国自首的内容找出来，放到钱宏英面前。钱宏英一看，反而没声音了，只会连连摇头："还好，宏明没跳出来。这女人真是杀人不用刀子。"

　　柳钧不便多留，放下桃子就走了。但是路上接到警方电话，让他带钱宏明所有家的钥匙和产权证，去指定地点说话。柳钧心里默默地回想钱宏英的那句话，只能老老实实带上所有东西去了公安局。他被审了个天昏地暗，所有他跟钱宏明的交往，几乎尽在警方掌握。他简直是一边回答，一边翻白眼，知道这都是嘉丽说出去的，还包括他给嘉丽存的那点儿私房钱。

　　他无法再玩逻辑，只好将他与宏明的友谊从小学时候说起，他也找得到很多证人来证明他和宏明的友谊有多么纯洁多么热血，所以才会有这一包产权证的转让。而且他还有严格的交易手续和付款证明。但这些只是他的一面之词，在警方拿不出反驳之前，他们倒是很讲道理地将产权证留下复印件后还给柳钧。然后，柳钧陪着他们去这些产权证对应的房子搜查。可是柳钧这几天本就忙得四脚倒悬，给这么一折腾，公司的事情只好先搁一边，每天只能电话解决问题。

　　当然，他替嘉丽保留的那本定期一本通存折，毫无疑问地交给警方了。

　　搜查的最后一站，放在钱宏明失踪前住的房子。开门进去，房子依旧。相关人员进了这幢大屋大搜特搜,柳钧被勒令坐在客厅显眼处的沙发上,配合说明。看到电脑主机和手提电脑等一件一件的证物被归类贴条,柳钧除了在一边指明这件属于谁,那件又属于谁,其他别无可说的。他提议其实应该请嘉丽来配合说明,他只是个偶尔到访的朋友,虽然现在名为这间屋子的屋主,可是他对这房子并不熟悉。还不如放他回去工作,他案头的工作一定已经堆积如山。警方对他态度挺好,对于他的牢骚,他们只是微笑拒绝。

柳钧郁闷地坐在沙发上,一上一下地抛着手中的手机,看看屋子里的人,看看窗外的景,百无聊赖。又有电话进来,他将手机举到眼睛面前,是一个外地的固定电话号码,不熟悉,号码后面一串8,估计是家不错的酒店的总机。但是接通,里面才传来一声"柳钧,辛苦了",他的眼睛立刻瞪得滚圆,这不是钱宏明是谁。他连忙隐晦地道:"你好吗?我正在现场配合调查,请你长话短说。"

"连累你。我现在联系不到我姐,你替我设法发个信号,就在我家老屋窗下一棵老桂花树上绑一根黄丝带,你认识的,让我姐出来自首吧。我已经做了安排,现在这个案子已经发展到捂都捂不住,我看报纸,从上到下都在关注,她进去应该不会再被黑。躲不过的,不如尽快做个了结。"

柳钧忽然灵光一闪:"不会那个在××网站的帖子,是你发的,你故意搅局的吧,把事情搞大,捂不住?"

"对,本来不想这么做。我上你博客,看到你写的'靠,嘉丽居然回国',我只能出此下策,我得保护小碎花不被黑。拜托你一件事,以后请向我姐道个歉,我害她了。"

"我这手机可能被监听……"

"那是当然,不监听你还能监听谁?"

"那么你也打算自首?如果是,我立刻把手机转给这儿的人。如果被监听,也很容易被定位。"

柳钧全身绷紧,反而是钱宏明好整以暇地道:"这些我都有考虑,我不打算自首。我的判罚估计不会轻,我一个手无缚鸡之力的人坐牢二十年,而且可以预见不可能被保外……"

柳钧却见正在搜查的人忽然朝他围过来,他看着民警毫不犹豫地对钱宏明道:"暴露了,你赶紧逃。"

柳钧的手机被民警接手,他只能眼睁睁看着民警劝降,可是他心中强烈地感觉到钱宏明是有意暴露行踪。既不愿自首坐牢，又故意暴露行踪，算什么意思：
"不好，钱宏明想自杀。"

民警说了几句，将手机递回柳钧："他要跟你说话，你劝他不要自杀，又不会
是死罪。"

"宏明，好死不如赖活，千万不要自杀……"果然不出所料。柳钧紧紧握住
手机，生怕再给抢走。

"赖活没意思，以后在可以预见的年月里，都是穿囚衣过没有尊严的生
活，何必呢？我既然做输，就得负责。谁让我不自量力，做那些超过我能力的
事情。我已经过了很多年我不该过的日子，够本了。你知道我刚才正喝着上好的
红酒，住在不错的套间，泡在浴缸里用子母机给你打电话，我刚好洗完澡，可以
干干净净地行动了。柳钧，再见，我把小碎花托付给你，小碎花的教育很重要，
你也能给她一个阳光的生活环境，你千万告诉她，她爸爸是无辜的，只是无能而
已。别给小碎花心头留下阴影。怎么编就看你了。等嘉丽出来，你让她再嫁吧，
别再想我。我这儿尽快做个了结，主犯死了，其他都是被我七骗八拐蒙混的小角
色，这个案子也应该很快就有结果，我姐和嘉丽可以尽快出来。唉，都是我拖累
她们。"

"宏明，别……"柳钧听到电话那端似乎是走动和开窗开门之类的声音，
"宏明，你不无能，你还没活够本呢。你不能死，你死了我找谁竞争去，我这辈
子一直追随着你跑……"柳钧激动得不知不觉游走到主卧，一脚踏在飘窗窗台。

"呵呵，柳钧，倒过来才是，我一直羡慕你，我真想做个像你一样开朗快乐
的人……"

"你喝多了，宏明，你回屋，坐下，喝杯冷水，我们理智地谈。不是，我
一直追着你跑，你成绩那么优秀，我追得很累，记得初中时候一个女同学说我跟
你比是绣花枕头烂草包，这辈子的成绩都不可能追上你。我不服气，可是我性格
臭屁，只好……"柳钧听到电话那头传来猛烈的打击声，他连忙捂住麦克风跟身
边民警道，"我劝他投案，你们请让那边门外的人住手，他反正逃不了的，冲进
去只有逼他加快跳楼。"这边又接着道，"你不知道我每次周末回家什么事都不
做，就是关在家里死命啃书，你不知道吧，你还以为我每天只知道打篮球，对不
对？其实不是，我这是做给女同学看的，好吧，我承认。你那么优秀，你害我一
直苦追到今天。像你这样的人即使进了牢狱也无所谓，你看了《肖申克的救赎》

吧……宏明，你干什么，你进来，你别……"柳钧听到那边更大的动静。

但是在动静声中，钱宏明依然冷静地道："柳钧，还有一件事拜托，帮我谢谢傅老师。其实你没有体会过失去尊严地活着是什么滋味，我体会过，我不想再过这种日子，生不如死。傅老师也是个失去尊严的人，你帮帮她，支持金钱就够了。再见。告诉小碎花，爸爸很爱她。"

"不要挂断……宏明……"

"我不会挂断，我听着你说话。"

"宏明，我们都很爱你，你有很多人爱……"

但是，一声闷响通过一束一束的电波从遥远的不知哪儿传到柳钧耳朵里，随即一切沉寂。

柳钧如化石般凝滞，一只手还维持着打手机的姿势，唯有眼泪夺眶而出，一滴一滴，落在窗台的脚印上。

不知过了多久，他耳朵里听见遥远的地方有一个声音在说话："嫌犯带着子母机跳楼……"

02

一个人的死，对于他人而言，不过是一条转瞬即忘的消息而已。但是对于爱他的人，却意味着全部。听着钱宏英撕心裂肺的大哭，柳钧垂头对着他爸，两人一起失声。

很久很久，柳钧才能跟他爸说话："告诉她，宏明一死，已经封口，她只要什么都不知道。多知道，反而让有些人坐立不安。这是宏明在电话里无法说的意思。再告诉她，活着，无论如何都要活着，只有活着才是全部。宏明的目的就是让他爱的人好好地活着。让她不用担心出来后的日子，有宏明的好友在……"

柳钧站在哭倒的钱宏英身边，跟他爸说了好多，甚至包括将钱宏英先运到别处，再投案自首。他也是说给钱宏英听。

"我这就去一趟那边，将宏明接回来。"

钱宏英猛地抬头，定定地看着柳钧。

柳钧也看了她一会儿，坚定地道："好好活，谁也不要自杀。没有过不去的坎。自杀是对生者的最大惩罚。"

　　说完，柳钧就走了。他得放下工作，他需要亲自过去处理很多很多事情。崔冰冰不放心柳钧的状态，一定要押车陪着，跟银行请了个假，几乎连准备行李的时间都没有，拿起一包现金就跳上柳钧的车子。柳钧开车越来越不在状态，大多数路段是崔冰冰接手，两人开了许多歪路，终于将后事圆满地办完了回来。

　　这个时候，钱宏英已经自首去了，嘉丽还没出来。连柳石堂心里都很难过，拉着儿子问，是不是他过去的罪孽害了钱宏英。柳钧没有回答，人的一生有太多因果，谁知道呢。现在好歹活着一个是一个，即使那是钱宏英。柳石堂替钱宏英请了个好律师，用的是儿子的名义。柳钧让把嘉丽也捎上，柳石堂直言不讳地说，那个女人还是住里面为好，能住多久是多久，出来还不得给债主们五马分尸了啊。崔冰冰这一次是非常地支持公公，但是她与柳石堂想的又不一样，若是嘉丽出来，不是柳钧成了嘉丽的帅小厮，就是她成了嘉丽的胖丫环，凭啥？崔冰冰很满意地看到，她丈夫只是提了一下嘉丽，却并未坚持。

　　钱宏明的死，让柳钧着实预了好几天。老板精神不佳，员工便得议论纷纷。眼下正是整个工业区的冬季，每天上班下班，总能见到又有公司倒闭，门口围了一大群讨薪的工人，有的工人则是直接砸了公司大门，将工厂洗劫一番；更屡见不鲜的是成群结队的打工仔拎着结实的行李等在开往火车站的公交候车亭，以往夏季可不是回乡的季节。每一个看见这种情形的打工者，很难不感同身受。再加上每个腾飞的员工都亲身感受到近期工作量的减少，尤其是天天经过的那家从腾飞出走的小谢公司从大幅裁员到关门停产，公司门口每天闹得不可开交，有些从腾飞出走的工人回来打听能不能再回腾飞上班，要不然几个月停薪下来，全家都得上街讨饭。因此每个腾飞的员工本已提心吊胆。及至看到老板的脸色不佳，更是感觉危机重重。危难时刻，饭碗变得异乎寻常地重要。于是，产品品质方面，反而合格率明显上升，连续好几天冲破柳钧以为不可能达到的极限。对于柳钧，算是意外之喜。

　　好几天的忙碌，终于将案头工作做完。这个时候，国内的汽柴油价格终于上调，柴油车不用再漏夜排队加油，郊区加油站门口不再堵塞，公司的柴油发电机终于又有了口粮，但毕竟是涨价。而且工业用电也同时涨了。油、电是工业企业的口粮，本已是业务收缩，利润下降，却更遇上成本上升，企业的日子雪上加霜。

　　柳钧稍微闲下来，想起钱宏明临终跟他提起的傅阿姨。钱宏明挣钱后帮了不少人，大多是些穷苦学子，他经常在每年夏天亲自开车将一年的学杂费和一些生活用品送到穷苦学子手中。傅阿姨也是接受钱宏明帮助的众人之一。但是为什么钱宏明在千言万语来不及交代之时，硬是特意说到傅阿姨，柳钧心中隐隐猜到原因。于是他挑了个周末带上淡淡前去。崔冰冰又是有工作。

进村的公路比往年已有改善，由于"村村通"工作的开展，以往需要高底盘车子才能通过的进村公路，而今修成双车道的水泥路，柳钧开着崔冰冰的奥迪TT已能畅行无阻。但即便是道路顺畅，周末白天的村子依然是荒凉，进村后沿路遇见的全是老人，大约唯有老年人才耐得住寂寞，愿意留守这个群山环抱的村落。

有村人看到柳钧下车，问都不问就扯开嗓子大喊："傅老师，你家又来客人了。"

柳钧略微惊讶，村人怎么知道他是来找傅阿姨的？抬眼，循着村人的指点看到傅阿姨家刷得雪白的外墙，和码得鳞次栉比的青瓦，很是整齐秀气的村屋，旧，却有风雅。他盯着傅家敞开的大门，傅阿姨却不知从哪儿冒出来，忽然出现在柳钧面前，脸色有点儿尴尬，却并不阴冷。柳钧也是有点儿尴尬地看着傅阿姨，好在怀里的淡淡大方地喊了声"阿婆好"，他就顺势道："我女儿，傅阿姨看上去气色很好。"

眼前的傅阿姨依然是笔挺的身材，但是整个人圆润了许多，不再是过去那种芦柴棒似的皮包骨。相应地，脸上的神态也和缓了许多，有了不错的微笑："你女儿啊，比小钱的女儿小，来，屋里坐，别晒着。"

柳钧原以为需要与傅阿姨好好沟通一番才能正常说事，傅阿姨的态度出乎他的意料："傅阿姨的房子重新粉刷过？我看这儿几乎没有人家装空调，晚上不用吗？"

"小钱也跟我提起过要装空调，前两天他来这儿住了才知道，这儿夏天晚上不用空调，睡觉还要盖毛巾毯呢。非常感谢你和小钱总是想着我，给我那么多钱翻修房子。非亲非故的，怎么好意思？"

柳钧心说钱宏明把功劳分一半给他了，而且傅阿姨的话也证实了他的猜测，果然，前阵子钱宏明失踪，就是躲到傅家来了。倒是个谁都意想不到的好地方，连他都没想到。大约若非嘉丽忽然回来，钱宏明还可以继续躲下去，最好躲到大雪封山。可是嘉丽知道这个地方，以嘉丽的修为，被人翻来覆去问上三天，再冷僻十倍的地方也肯定让她招供出来了。想起惨死的宏明，柳钧的眼眶又红了。

　　好在傅阿姨一根筋，没有注意到柳钧的异常，也是刚从大太阳下面走进屋子，眼前黑乎乎地还不适应。她进了门，一边给父女俩倒水，一边继续唠叨："你们坐，我给你们摘两只番茄来吃，我们这儿地里长熟的番茄拌白糖，小钱最爱吃，我每天给他做。"

　　柳钧实在不愿再听傅阿姨欢天喜地地提到钱宏明，就道："宏明刚去世了，才前不久的事，从你家离开就去了。我今天来取他的遗物，也跟傅阿姨说一声。"

　　"怎么会啊，小钱是个好孩子，他怎么去的？"傅阿姨的眼泪毫不犹豫地流了出来，那是真的伤心。

　　"是的，他是个很好的人。"终于有人说钱宏明是好人，柳钧心里很是舒服，"他前儿感觉不好，来傅阿姨这儿休养，可惜回去还是逃不过，但是他在这儿度过宁静祥和的最后几天，我替宏明来谢谢傅阿姨的真情款待。具体的我就不说了，很难过。"

　　傅阿姨哭了好久："唉，我看他脸色不大好，胃口也不好，每天做好菜逼他吃下去，我不知道他身体不好啊，早知道我要逼他看病去……"

　　傅阿姨一边说一边哭，走进里屋搬出一只纸板箱，放到柳钧面前的桌上："难怪他走的时候打包得这么好，他心里太清楚了，唉，这孩子是我见过最聪明的孩子，也是脾气最好的孩子，他对谁都那么好，说话做事让人心里舒坦，小小年纪做人道理都懂，比我做人还清透，这么好的人怎么就不长命呢。"

　　"他是我最好的朋友。"

　　"你以后要向他学习，对人多点儿体恤，别高高在上。"

　　傅阿姨端出傅老师的姿态，以钱宏明为榜样，好好教育了柳钧一顿。柳钧唯唯诺诺，虚心接受。

　　柳钧和淡淡吃了中饭才离开傅家，傅老师送出门来，对着柳钧的车子还教育柳钧做人要学小钱的踏实，小钱买车就买结实的，能扛的，而非这种中看不中用的。柳钧依然虚心接受，这时候谁能说钱宏明的好话，再怎么说他都爱听，即使拿他做垫底都行。

　　车子绕出大山，柳钧就迫不及待抱纸箱下车，掏出瑞士军刀将纸箱拆封，寻找钱宏明留给他的遗言。他没有找到，但是看到一台几乎是崭新的上网本，他想，就在这儿了。回到家里，淡淡睡午觉，他将上网本充电，迫不及待地打开查看。果然是新买机子，上面连杀毒软件都没有，也没有文字处理软件，仅有

Windows的操作系统，几乎是裸机，只除了可以上网，可以在线写字。柳钧从浏览器里找到钱宏明的访问历史，果然，除了新闻网站，就是那个论坛的链接。除此，钱宏明什么文字都没留下。柳钧心里非常遗憾，可是想了会儿便想通了。以钱宏明的精细性格，他是绝不能容忍在最后一刻由于手脚没做干净而节外生枝的，他要将所有的可能都掌握在他力所能及的范围之内。傅阿姨毕竟不知情，不知情便可能产生好心惹出的意外。

箱子里除上网本之外，还有钱宏明换下的一望而知名贵的衣服鞋包。柳钧将这些东西依然封存在箱子里，打算以后交给钱宏英。而钱宏明这个人，也成为被封存起来的历史。历史，从来只有有限的人有兴趣开启它。

柳钧又接到申华东电话，这几乎已成为例行电话，开头第一句总是"你家开工率止跌没有"，柳钧道："相比倒闭的，我们能维持的总是好的。我想到广东那边喊了那么久的淘汰产能，最终却是以这种意想不到的方式曲线实现。"

"我这儿坚持没问题，只是开工率越来越低，30%了，我挺不住了，得开始裁员。"

"我建议非不得已不要考虑裁员，既然你能坚持，裁员是下下策。我认为腾飞之所以成为腾飞，不仅仅由于那块地皮、那些厂房和那些设备，还有一帮训练有素的员工。我裁员，那等于白白往外扔培训费啊。"

"问题是你看新闻没有，对了，最近你心神不定，美国的次贷危机蔓延，房利美和房地美岌岌可危，IndyMac银行倒闭，那意味着危机目前不受控制地往纵深发展了。都说这是危机的第二波，而且这第二波可能更大更猛烈。看这阵势，你能保证一两年内美国经济恢复平稳吗？我看越来越难。我国眼下的困局可以说大半是输入型的，所以我也看不到国内制造行业一两年内会有起色，为此我必须裁员，千方百计削减支出。我们集团万名员工，让我白养一年两年，会吃死我。"

"其实随着那些虚肿的企业逐步退出，业务正逐步向存活的企业集中，即使银行贷款暂时不放开，我们存活者的日子也会逐渐好过起来。我感觉目前业务量普降是业界对危机来临的无所适从，进而观望导致，未来还会有清理库存等行动，等这一阶段过后，正常需求会体现到业务量上，不可能有一两年之久。我现在的心态是把时局当作一次洗牌。"

"兄弟，别傻了，我可以很负责任地告诉你，许多企业关门歇业是主动的。本地老板很多人经营方式比较保守，他们手头有钱，没有债务，他们心里不慌，面对危机，他们的处理办法是主动关门，将支出降到最低，这是积极的冬眠，只要经济略有起色，他们立刻就可以招人将机子开起来。这种企业的产能你根本淘汰不了，他们也从来没有退出的打算……"

"这是看行业的。虽说中国最不缺的是人，但中国最缺的是高级技工。我这儿全是后者，我要是把这些从白纸培养起来的技工裁员了，回头往哪儿找去？"

"嗯，我这儿跟你略有不同，我爸发家的产业可以裁掉大半，市一机可以裁掉三分之一，留用的人暂时降等使用。我必须考虑裁员。顺便正好有借口把跟不上时代的老臣子请回家。"

"人心，别伤了人心。"

"人心是很奢侈的存在，我从没见过，我从来只看到利益的交换。柳钧，人心只是借口而已，不能当真。别看他们当面对你花好朵朵，等你哪一天不发他们工资，你看你还能不能在他们面前说响亮话。"

两人经常出现这种谁也说服不了谁的现象，柳钧就转了话题："陈其凡怎么样了？"

"大女人太麻烦，实在是太麻烦，对我一直不假辞色，我快成大家的笑话了。"

"我支持你坚持到底，这回宏明的事，要是老婆换作阿三或者陈其凡，事情可能完全是另一个结局。"

"但问题是这种女人只跟你谈国事家事天下事，就是不跟你谈情说爱，我跟她只好总在明亮的众目睽睽的环境下座谈当前局势。你说我这是找对象还是招聘？"

"笨啊，她都接受你单独邀请了，你还假斯文，赶紧找一切机会突破，无赖，流氓，都行。越是阿三、陈其凡越是吃那一套。你只要相信一条，她们绝不会真对你生气，她们心智成熟，对于自己认可的人，态度其实相当宽容。呀，我想到一件事了，我谈情说爱方面EQ这么高，在公司怎么忘记收买人心了。明天上班就收买去。"

"呵呵，对啊，你的不裁员理论可以好好发挥一下，最好声泪俱下的，感动得人家拿你这个老板当再生父母。我也做一件收买你们人心的事，我看大伙儿最近心情都低气压，如果我拿下陈其凡，我出来组织一次活动，封一条才竣工未交付的路，找大伙儿出来遛遛车。咱这时候更得苦中作乐。"

柳钧不禁开怀一笑，这个申华东，实际是个精细聪明人，可浑身又是大大咧咧，从上到下透着乐观。做人就得这样。

但柳钧毕竟还不至于没策略，不会无缘无故就召集中层以上管理人员开一场宣誓会，发誓不会以裁员来度过危机。作为一个管理人员，耐心，是必备的素质，他必须耐心等待时机的出现。而内心深处，其实更愿意那时机不要出现。

趁着全公司上下因饭碗危机而人心惶惶，柳钧与罗庆开会，商定调整岗位架构。罗庆工作积极主动，勇于表现，柳钧逐年扩大对罗庆的授权，眼下罗庆已经成为公司的副总。岗位架构调整是罗庆去年提出的，罗庆认为公司从无到有，又从几十个人发展到而今的千人，却依然沿用最初制定的架构，导致公司管理重床叠架，职责不明，条理不清，人浮于事，内耗渐增。调整架构的构想早在去年已经有了定论，柳钧也已拿出方案与各部门负责人讨论可行性，原定于今年推广实施。但是新劳动合同法的实施，让架构调整困难重重，公司很难劝说员工做出与原有的劳动合同有所不同的岗位变迁。因此架构调整设想一拖再拖。反而，眼下弥漫在整个工业区的倒闭风和裁员风帮了柳钧，当一个问题摆在面前，"调整岗位还是失去饭碗"，大多数人息事宁人地选择了前者。余下的少数，便容易个个击破。

这一次的调整，柳钧明刀明枪摆明了铁腕。铁腕必然招致反弹，现在的人谁都不笨，尤其是腾飞腾达多的是受过良好教育的员工，柳钧预计反弹的人必然直接走依法保护自身权益之路。然而，为配合调整的强硬需要，柳钧势必不可能很顺利地对反弹有求必应。但他担心一件事。年初时候劳动局曾经重手做出警告，对于不遵守新法的公司开出巨额罚单，即便是重大环境污染都没领教过的巨额罚款。而且听说这么重手处罚的不止本地，而是全国同唱一首歌。企业任何与新法擦边的行为都会被劳动局放大了警告。柳钧有点儿担心公司的调整动作会被抓典型，他让老张提前向劳动局投案自首，说明情况，回复却是让柳钧目瞪口呆。官员口头表示，眼下工业区的首要任务是保证企业存活，对于新法的执行暂缓，有些不是人命关天的劳资纠纷他们会酌情手下留情。虽然没有文件，可是柳钧这一回相信他们。他连忙向狐朋狗友广而告之。说到原因，他想到钱宏明曾经跟他争辩过的有关房改为什么教改为什么的利益站位，他根据钱宏明的理论推而广之分析劳动局的口头答复，原因就是那么简单：毕竟，财政收入依靠企业税收，企业首先不能倒。在企业不倒的前提之下，新法可以有力贯彻实施，但是当企业在目前的经济大环境下普遍摇摇欲坠之时，新法可以靠边站，保谁不保谁便有了另外取舍。如此匪夷所思，令柳钧一再感慨钱宏明分外冷峻的眼光。

出差开行业会议的时候，柳钧接到公安局打来的电话，要求他去办理嘉丽的取保候审。柳钧只记得律师为钱宏英做取保候审，但被钱宏英意外拒绝。可他们并未提出给嘉丽取保候审，怎么公安局反而主动来电。想到自己还得过两天才回家，就让崔冰冰去办理。崔冰冰没时间，一个皮球踢给掏钱请律师的公公柳石堂。

柳石堂急他人之所急，恨他人之所恨，这个他人当然是钱宏英，他对嘉丽非常不满。钱宏英自首去之前差点儿因弟弟之死而精神崩溃，破天荒地抓住他哭诉了一天一夜，咬牙切齿发誓出来后绝对不放过嘉丽。柳石堂当然不可能替钱宏英动刀子，但让他出面保嘉丽，他心理很不平衡，总想做点儿什么手脚。因此他不愿律师跟随，再说，他也不舍得那论分钟计价的律师费，他相信他这个老江湖没有迈不过的门槛。

想不到现在的机关办事人员非常地热情主动，一听说他来保嘉丽，立即尊老爱幼地领着他办完所有相关手续，他说他不是亲戚不是朋友拿不出那么多钱，他们就给他打了折扣。一直等到柳石堂被领到医院将人领到手，才明白人家那是甩了一个烫手山芋，嘉丽这种在案子里无足轻重的人，眼下正躺在病床上奄奄一息，那是个谁都想甩的包袱啊。柳石堂犯难了，他想不出该怎么处置闭着眼睛挂着吊针的嘉丽，可是不处置，儿子儿媳哪有时间，唯有他来当这个嘉丽的老家佣了，苍天啊。

问儿子，儿子不知道嘉丽父母的联络方式，问公安局，问出来的却是他儿子的地址电话，通过律师问钱宏英，也只知道嘉丽父母所处的城市。柳石堂只好带着保姆，守在嘉丽的病床边，等她睁开眼睛说话。崔冰冰本来不想沾手嘉丽的破事，可是看到公公如此犯难，只得处理完工作之后，于夜晚九点多来医院接替筋疲力尽的公公。柳石堂看看心里很满意的要财有财，要身份有身份，要家世有家世的儿媳，再看看病床上闭目不醒的嘉丽，拖儿媳出去走廊说知心话。

"阿三，这事吧，我看你一定得在阿钧回来之前处理妥当。我告诉你啦，男人都是轻骨头，看见林妹妹都走不开身。里面躺的那个，你千万别让阿钧接手，阿钧是老实头，那女人不知多想沾上阿钧找依靠呢，你要是不防着，到时候很麻烦。我走了，我让医生给她用了好药，医生说她会醒来，不是什么死人的大病。"

崔冰冰何尝不知道这个理，她正讨厌嘉丽干吗将联系人设定为非亲非故的柳钧呢，干吗总抓着她老公不放，害她不得不将女儿扔老妈那儿，来医院做胖丫头。一直等到嘉丽终于在十一点多悠悠地醒来，两个人的视线终于对焦，崔冰冰才有气无力地吐出一口长气。

"宏明……宏明……真的……吗？他们对我说话总是真真假假，我不相信。"

"是真的，宏明在生命最后一刻，一直与柳钧连线通话，柳钧至今无法接受这个事实。你的怀疑我很理解，不过这已经是既成事实。目前骨灰盒在我们这儿暂寄，我们不知道怎么联系你父母，又见不到你，宏明也没留下遗言该怎么处理他的后事……"

嘉丽从睁眼开始就哭泣，可是崔冰冰却看到很少的眼泪，甚至可以说几乎没有眼泪，可明明嘉丽都哽咽得无法说话，崔冰冰心说嘉丽眼泪已经哭干了？嘉丽哭了很久，才问："宏明……跟柳钧说了什么？"

"你身体太弱，我暂时不方便跟你说，柳钧将当时的通话做了个记录，打算以后交给小碎花的，你回头恢复了再看。你背得出你父母家地址电话吗？让我来立即通知伯父伯母你平安出来的好消息。"

"我爸妈会伤心死的。小碎花也会哭死。怎么能通知他们呢？"

崔冰冰耐心地循循善诱，分析为什么长痛不如短痛，又为什么应该告诉家人事实，而不是让家人在黑暗中盲目而焦虑地等待，还说隐瞒只会让事情越来越糟，此时大家应该抱团尽力实现宏明的愿望。嘉丽终于在接近凌晨一点钟时认可了崔冰冰的道理，将父母家的联系方式告诉了崔冰冰。终于拿到联络方式的崔冰冰几乎不做停留，再和颜悦色地劝说了几句，就将嘉丽交给雇来的看护，累得摇摇晃晃地回家了。第二天一早，她就通知嘉丽父母来接手他们的女儿。

嘉丽的父母当然是立即赶来。崔冰冰一看他们火车到达的时间比柳钧飞回家的时间晚两个小时，当即先斩后奏，将二老与小碎花接到他们原来的住处，因为房产归属二老名下，暂时未被搜出没收。二老自然是急不可耐地想见女儿，崔冰冰好事做到底，亲自开车将哭哭啼啼的三个人送去医院。她问二老小碎花的学业怎么办，二老说正想办法，小碎花非本地户口，在老家找不到对口好学校，要不得付昂贵的择校费。崔冰冰说她有办法让小碎花进好学校，但是只在本市有办法，二老一时委决不下。

到了医院，崔冰冰非常不客气地掏出柳钧的回忆记录，交给醒着的嘉丽。她告诉嘉丽父母，朋友们都很恨。崔冰冰放下记录就走了。嘉丽焦急地打开看，看到宏明说到他现身的原因，她惨叫一声昏倒过去。嘉丽父母这才知道崔冰冰说朋友们很恨的原因，才知原来朋友们恨的乃是他们的女儿。如此，他们即使再有千难万难，还怎敢向钱宏明的朋友伸手求援？

崔冰冰明人不做暗事，回家就一五一十向丈夫汇报。柳钧皱眉道："会死人。"

崔冰冰冷笑道："要不然怎样，你做钱宏明第二？看她那样子，本来还想把自己甩给我们这些朋友了呢，可真不见外。或者你现在就去医院挽回？"

柳钧想了想："就这样吧。我明天过去一下，如果小碎花入学有问题，我们帮助解决，从住宿到学杂费，一直包到小碎花不想读书为止。我还得提醒他们赶紧回老家，这儿待着，迟早被债主们找到撕了。"

"我去，我明天顺道过去一下，不像你得专门找时间去。现在非常时期，你还是好好盯着公司，先管住自己的生存。"崔冰冰牢记老江湖公公的教导，说什么都不能让柳钧看见嘉丽心软。

柳钧皱眉叹息："你帮我去处理吧，我现在不能想那件事，不愿提，一想到，脑子里就有闷响，晚上又得做梦被闷响惊醒，很神经衰弱。宏明只提到让我照顾小碎花，唉……我鸵鸟一把。"

崔冰冰揉揉丈夫的头皮，将此事撂了，不敢在丈夫面前提起。

但是崔冰冰再回医院，却没见到嘉丽一家。问到护士站，护士说昨晚有苦主来大闹，吵着要昏迷的病人血债血偿什么的，还动起了手，一直到报警才拉开。那帮人还是虎视眈眈守到半夜才被警方劝走。病人家属不顾病人依然昏迷，赶紧出院跑了。崔冰冰想不到是这个结果，想到她见到的那个跳楼的债主，人家那家属当然是放不过嘉丽。她转去嘉丽父母住的地方，也没看到人。打嘉丽父母的手机，也是关机，一家人平地消失。

柳钧再也不敢鸵鸟，立刻飞车赶去崔冰冰从嘉丽嘴里骗出来的老家地址。也不知是他的车快还是怎的，反正他等到傍晚，还没等到嘉丽一家人回来。他完全是仗着车好，在小区保安的默许下，愣是在大热天赖在嘉丽父母家楼下。夜色四合，坐在车里才好过了些，柳钧不敢有些许走神，紧紧盯住黑暗中的楼道口。他隐约猜测到，嘉丽家人可能成了惊弓之鸟，但是他不相信嘉丽家人能不回家一趟。

果然，半夜之后，世界几乎沉寂，柳钧困得眼皮打架，嘉丽的父亲终于鬼鬼祟祟地出现了。柳钧跳出去，可是，任他再如何解释，嘉丽的父亲都不相信他是来帮忙的，因为嘉丽的父亲更相信一种合情合理的可能，那就是钱宏明的朋友恨死嘉丽。两人完全无法沟通，嘉丽的父亲自然是不肯告诉柳钧嘉丽怎么样了。

柳钧只能提出最后的要求："您两位老人家在可预见的日子里照顾嘉丽都忙不过来，让我来照顾宏明的女儿。我是宏明最信任的人，也是最后联络的人，我对小碎花有责任，小碎花也从小跟我很亲。你们可以相信我不会亏待小碎花。"

"只要我们没死，我们自己照顾小碎花。"

"小碎花的学业很麻烦，她在国内上了一年小学，又到澳大利亚上了半个学期，如果在这边降级上学，又从二年级开始学，会比较吃亏。而且她还得过语言关，我有出国留学经历，可以帮小碎花扭转过来。而且我有财力可以让小碎花接受最好的教育。宏明刚刚去世，您三位目前都没有精力安抚小碎花的心情，大约只有我这个跟宏明从小一起长大的还算合适。我刚出差回来，很累，没力气花言巧语，只有一句表态：一切只为小碎花。但只要嘉丽恢复，她怎么想，我们再安排小碎花。我有家业，有身份，我的工厂摆在那儿，您随时可以考察我，我不会信口开河。如果我有胡说，您也可以砸我的工厂，很简单。您如果相信我，我今天就接了小碎花回去，从今后我女儿什么待遇，小碎花只好不差。我向宏明在天之灵保证，相信我，要不然宏明也不会临终托付给我。"

柳钧无视嘉丽父亲的一再拒绝，拉住他抢着话头一口气说了所有的话。但嘉丽父亲沉默。柳钧也不知嘉丽父亲是什么意思，最后只好来最直白的："你们根本不用怀疑我，我不会跟你们抢小碎花，我自己有女儿。我完全是看你们现在照顾可怜的小碎花有心无力，而我只想为小碎花好，只为小碎花。您也累了，这一天这么大年纪都没休息，我能理解，但我不能给您时间。小碎花刚刚知道她父亲去世，她还很小，她需要有人安抚，必须立刻，这就是我赶来守候您的唯一原因。小碎花交给我吧，我的三家实业的地址，我的家庭地址，我父亲的地址，我太太的工作单位，我都写在这纸条上，您拿走，我家大业大，不可能为争夺小碎花卷包逃走，放弃那么多。您只要愿意，有时间了，随时可以回去找小碎花。伯父，我已经说到底了，可以相信我了吗？"

嘉丽父亲又是沉默了近十分钟，柳钧算是获得嘉丽父亲的初步许可，也是因为嘉丽父亲也凭理智知道自己不可能既照顾不知昏迷到什么时候的女儿，又照顾好外孙女，终于答应将小碎花交给柳钧，因为这也是宏明的遗愿。把小碎花交到柳钧手里的时候，嘉丽的父亲看到小碎花对柳钧的信赖，更看到柳钧的眼泪，嘉丽的父亲终于无奈地信任了。

柳钧一向反对老板亲朋好友在公司出入，将公司办得像作坊，但这一次为了小碎花破例，他在小学开学之前，上下班一直带着小碎花。他怕小碎花落单，落单的小碎花会睁着大眼睛，沉默得像是没有生命的洋娃娃。他随时联系嘉丽父母，希望为小碎花带来她妈妈恢复的好消息，可惜，嘉丽醒了，但嘉丽的魂追着丈夫不知去了哪儿。嘉丽的父母一说就哭。

然而，事情总是有转机的，只要有人坚持不懈。现在的大清早，柳钧和崔冰冰得加倍辛苦，因为家里多了一个孩子。柳钧一早在厨房烟熏火燎地做煎饺，下馄饨，没有听到手机提示有短信。崔冰冰反而听到了，从浴室出来看短信说的是什么，却看到一张照片，上面只有一只光溜溜的手比画出一个"V"，是申华东来的短信。

"咦，东东这么早跟你打什么暗号，你看，搞定什么了？"

柳钧扭头一看屏幕，"扑哧"一声笑出来，这是他最近几天难得舒心的笑："那家伙搞定陈其凡了。看得出背景吗？准是床上。"

"哦耶，你们这些鸟男人，这种事也能公开吗？你们走着瞧。"崔冰冰将照片转发到自己手机，她又转手将照片转发陈其凡。"哇噻，爆发枕头大战了，我很有兴趣。东东今天准保全线溃败。"她还不尽兴，又叫柳钧竖起小指头，让她拍一张，立刻传给申华东。收拾完了申华东，这才哈哈大笑着去女儿的卧室，收拾两个小的。

可是，进去却见淡淡的床上不见人影，崔冰冰下意识地往床底下瞧。小碎花轻轻地道："阿三，淡淡跟我睡了。"

柳钧与崔冰冰商量着给两个小孩同样的环境，可是一个喊爸爸妈妈，一个喊叔叔婶婶，立刻亲疏有别了。于是两个大人忍痛在家推行全盘西化，一个成了孩子嘴里的阿三，一个成了孩子嘴里的阿钧，完全没大没小了。崔冰冰看过去，果然见淡淡挤在小碎花的床上，此刻还趴在小碎花的背上睡得很沉很甜。崔冰冰一看就笑了："小碎花，你晚上协助淡淡爬上来的？"一边下手将淡淡挠醒。

"淡淡想跟我睡。我也想跟淡淡睡。"

"哦，原来两个都是小坏蛋。怎么办，一人打一下手心？"

淡淡立刻尖叫一声钻进小被子，猫了起来，小碎花认真地道："不能体罚孩子。"小碎花的脸上没有笑。

崔冰冰若无其事地笑道："好，不体罚，我们挠脚底，哇。"她"刷"地掀开小被子，出手如电，四只小脚丫先后中招，两个小人儿抱在一起笑成一团，尤其淡淡更是大声地尖叫，大声地笑，引得柳钧都过来看是怎么回事。两个人都看见了小碎花的笑，但是两人都没点破，彼此会心一笑，依然若无其事地各干各的。他们竭尽全力给小碎花营造常态，抹净所有的特殊。他们相信小碎花未来的笑容会更多。

然而，公司的工作却是千头万绪，架构的调整并非只是将每个员工的岗位换个名称那么简单，其中需要协调，需要督促，需要磨合，需要考核，需要分析调整结果是否有利于工作效率的提高。于是原本该因为开工率降低而清闲，反而变得从上到下忙忙碌碌，由于不熟悉新架构而工作失误的，而火烧眉毛的，尤其是中低层的管理人员更是忙得疲于应付。柳钧居高临下地观察着，忽然想到最近上去的那些门户网站普遍不是改版就是升级，也是热闹得不可开交，他无法不想到那些网站的管理者会不会也是趁淡季给大伙儿找事情干，省得大伙儿闲出问题。

在这样人为的忙碌中，开工率依然势不可挡地下降，降得每一个老板全寒透了心。连宋运辉那边也遭遇一样的问题，梁思申跟柳钧说，宋运辉急得大把大把地掉头发，说眼下的经济环境前所未有地恶劣。宋运辉还捎话给柳钧，这种形势下，活命才是硬道理。

可是，活命并不容易。包括申华东，总有一天也终于笑不出来。本地论坛无聊地闲扯本市若干著名公司的境况，众人踊跃提供素材，有人拍下了市一机厂车停车场的照片和上班时间大门口的人流。那个有心网友倒未必有什么恶意，但是他为了反驳另一个网友说的市一机才不会出问题，而从库存照片里挖出证据。去年上班时间厂车排队，今年上班时间厂车寥寥无几。去年上班时间大门口人流如鲫，今年上班时间大门口人头稀稀拉拉。此人还认真地点了人头和车辆，得出结论，市一机现在能有两成的开工率已经算不错。

所谓言者无心，听者有意，这样的新闻很快传播开来。对于腾飞这样的公司，这种消息再怎么流传都无所谓，可对于上市公司却不一样了，上市公司面向公众。顿时，申家父子为扑火而焦头烂额，申宝田更是老革命遇到新问题，急火攻心，躺倒住院，划归崔冰冰爸爸的麾下。申华东少帅上马，身后没了一根定海神针，他拍板的时候很是心神不宁。什么赛车，早都丢到脑后去了。他的裁员计划，更因曝光在众目睽睽之下，而不得不慎之又慎。

柳钧无须关注网上讨论，他和崔冰冰知道的事情若是扔上网，绝对是火爆帖，因为他身处其境。他几乎是最早知道小谢出逃加拿大，工业区为稳定局势，找到柳钧希望他接手这家乱成一团的有渊源的企业，柳钧哪儿接得住？他现在能活命已经上上大吉，怎还敢想扩张？工业区政府只能愁眉苦脸地与债主们谈政府主导下的破产重组。有家工业区企业的老板正被债主盯得走投无路，也不知被债主绑架了多少回，家里的值钱家伙早被债主搬空，见人家可以破产，可以有限责任，可以重组，老板心里立刻燃起了希望，也想将公司破产掉，可等他执行起来，却发现破产不是随随便便可以破的，眼下破产需要的不是法律程序，而是政府批准。可他明明已经将公司停产，将人员遣散，早已资不抵债，回天乏术，他的破产申请不知为何就是被否决。他只能继续与债主们缠斗，时不时地挨一顿揍，受尽侮辱，生不如死。此时，那老板再想失踪，已经来不及了。

柳钧一直想了解杨巡混得好不好，可惜，这方面的消息不多，起码杨逦掌管的大酒店依然开门迎客，说明杨巡也正常存活。

终于，那么多倒闭或者停顿的企业影响到了大宗商品的价格。即使国家统计局给出的CPI与PPI同比增幅依然高达7%以上，柳钧却从每天进出材料的比价上看到通胀的退潮。以前，他是追着供应商要材料，供应商都是挤牙膏似的给一点儿，下一次挤牙膏的时候价格必定有涨。但现在是供应商追着他推销库存，希望他多多地进货，多进货，价格多优惠。反而，柳钧不敢多进货了。

可是看各大财经报纸杂志，专家们还在就公布的经济数据发表议论，担忧下一个月的通胀继续延烧。而官员们也是继续布局，抵抗通胀造成的伤害。经过这半年多煎熬的柳钧此时已经难以相信专家，专家几乎成为信口开河的代名词，他更相信自己的观察、自己的分析、自己的判断。

可惜，此时他心有余而力不足，他纵能深刻分析现象，却依然是被大势卷裹的卒子。他的资金终于青黄不接，八月初发工资之前，他算来算去，还与销售和财务部门开了一个联席会议，大家都发现发薪日之前的应收款扣除必须支付的各种款项之后，腾飞腾达面临工资无法足额发放的问题。起码得等到十五日，工资才可全部结清。

是罗庆，首先在会议上提出，不如将他的工资扣发，他的延后几天无所谓。财务主管随即做出响应。柳钧何尝不想如此，可他还是在会上表态，大家尽职工作，他作为老板，应该尽职支付工资。

想办法，无非是借钱、典当、变卖家财。一想到借钱，就无法越过钱宏明，每一次在他困顿之中无偿伸出援手的人，总是钱宏明，首先肯定是钱宏明。此时回想起来，往事历历，更是平添无数伤心。当然，他现在想借钱还是不成问题，只要他开口，他爸和崔冰冰两个就能把他的两个月工资解决。但他考虑之后，决定将他的宝马M3开进典当行。这只是他在危机中需要给出的一个姿态，给员工拿着放大镜审视的姿态：老板宁愿变卖家财，也不肯将发薪日延后一天。实际行动，胜过千言万语。

可令柳钧意想不到的是，相熟十来年的典当行老板看到他却是一副愁眉苦脸。老板拉开保险箱给柳钧看，满满一盒子的名表和闪闪发光的克拉钻。老板说，从开始做当铺以来，从没同时收到过这么多的当物，害得他没日没夜地提心吊胆。老板不断奉劝柳钧如果能想办法还是别考虑典当，他最近大笔大笔地支出典当款，已经很愁手头现金不够了。但柳钧进典当行是别有用心，在柳钧的坚持下，老板终于拦腰给开了一个低价，将M3收当了。

走去地下停车场，老板指着一个停满车的角落告诉柳钧，那儿是他买下来停放典当车辆的地方，可今年以来不断有车辆送来交当，却有不小比例的车子在期满后不是续当就是死当。最恨的是，现在很难处理死当物品，谁都在念叨现金为王。所以那个停放场地终于不够用，老板不得不开辟新的停车场，新的停车场选在一家关停的公司，离城有点儿远，老板考虑到好车一路可能出现什么三长两短，赔不起，让柳钧自己将车开去。

柳钧将车开到指定地点，只见原本透风的钢栅栏门被严严实实地封死，站在外面的人说什么都看不到里面是什么，倒是能听到里面群狗乱吠。柳钧与典当行老板的两辆车子等了好久才见大门开启，老板解释里面的保安必须把五条狼狗拴住，才能放人进门，要不然准出人命。柳钧将车开入，果然见大铁笼里分别关了五条高大凶悍的狗，原来典当行老板最近收车太多，不得不出此下策，无外人的时候放五条狗满院子打转，以免贵重车辆被盗。实在是当物太多，防不胜防。柳钧虽然是欠过典当，见此也不禁莞尔，这算是特殊经济环境下的特殊现象吧。

交了车子，柳钧乘典当行老板的车子回城。路经二手车市场，典当行老板想去看看手中死当的车子卖得怎样，柳钧跟进去一瞧，发现好几辆熟悉的好车。更是看见钱宏明曾经开过的Jeep"指挥官"。柳钧不禁走过去默默地站到车窗边，对着空无一人的车内发呆。典当行老板办完事过来，一看见这车子，想了想道："好像是钱总的？"

柳钧点点头，没有吱声，拉典当行老板离开，可又忍不住回头看那辆车。

过几天就是发薪日，柳钧领出纳去银行办理个人银行卡转账到公司账户的手续，不经意地提一句，车子开进当铺，连半价都保不住了，只换来这点儿钱。出纳大惊，不敢乱问，但回公司一看，车库里果然不见那辆烧包车。于是很快，老板当车发薪的消息在全公司上下传开了。

发薪日之前，照例有月度工作总结会议。检讨上个月的工作之后，柳钧话题一转，说到裁员。

"目前，整个工业区大部分公司在裁员，就业大环境恶劣，我不愿意选择这种不负责任的卸包袱方法。原因有两条：首先，我们从员工个人出发，替员工考虑，这个时候如果被裁，能在短期找到工作的人凤毛麟角，我们此时裁员，是断绝员工的生路；其次，我们的员工是公司最重要的组成部分，很多员工在公司工作近十年，与公司甘苦与共这么多年，俨然是公司大家庭的一员。我作为老板，若在危难时候拿一直跟随我的员工开刀，是背叛大家对我的支持和信任。目前公司还能支撑，但日子过得很不好，那么大家可否祸福与共，一起节衣缩食，共渡难关。你们讨论看看，有什么办法。"

柳钧当车子在先，立刻占据了舆论高度，因此他的话落在众高管耳朵里，就不再是什么伪善啊权谋啊之类的东西了。再说，公司除了一个老板，其他即使再是股东，也是小股东，对饭碗的忐忑与其他员工差不多，柳钧有关不裁员的两条原因，若是平时说，可能显得迂腐，可在这等风雨飘摇之际说出来，却是一腔热血了，很容易博取大家的好感。但老张还是提出，有些员工实属鸡肋，趁此机会了结一下，也是好事，只要把人数控制在小范围之内，对军心不会有影响。这个提议获得大家的一致认可。

问题是，有限的裁员能顶什么用，大家心里都清楚福祸与共得共到谁头上。此时老板已经为了发薪将车子当了，众人即使再不愿意，也得表面上表示良心，实质性地剜出自身的一块好肉。毕竟大环境不好，能不裁员已是老板开恩。于是柳钧提出轮休方案时，无人表示反对。这个月八日起，除研发中心和市场部，其余必须硬性规定员工分三批轮流休奥运假，每人休息十天，休息期间拿基本工资。至于下个月怎么办，视情况而定。

事后，罗庆小心地重挑话题，委婉地道："柳总，你这么做，员工们能领情吗？大多数人不过是做一份工领一份工资，整个人从里到外并非你说的公司大家庭的一员。"

柳钧道："很多人不容易记情，但很容易记仇。平时能做一份工领一份工资已是不易，若在心里存下疙瘩，做的那份工就七折八扣咯。尤其是在公司里面有选择地裁员或减薪的话，势必在员工之间掀起内斗。结果我成本是减了，可人心也散了，这笔经济账不容易算。再说……"柳钧叹一声气，他想到钱宏明的预言，不知为什么，看着形势一天天地恶化，他心里越来越相信钱宏明的判断，经常反复思考钱宏明的思想轨迹。"你没看见这几天新闻中一家家巨大公司倒闭，一个个关联官员因此暴露而被双规吗？太多了。那些举债谋'大跃进'式发展的倒闭公司背后，都有一串关联官员。继续倒下去，决策者吃不消舆论。我相信这一切目前只是因为全民办奥运而不被提上议事日程。奥运后应该会有政策出台。"

罗庆听了点头："而且企业继续倒闭下去，迅速从去年的民工荒转到现在的高失业率的话，社会安定也是个问题。应该会有措施迅速出来。嗯，我明白了，不用急吼吼地裁员，看这个月。老大，高瞻远瞩啊，佩服。"

柳钧一笑，将"宏明的想法"五个字吞进肚子里。他当初无法反驳钱宏明，现在，在机关工作过的罗庆也承认钱宏明说得对。可见，钱宏明比他们都更早一步认清了现实。只是……眼下正举国欢腾呢……

"可是……"罗庆犹豫了一下，才又继续道，"一个月后可能出来的新政策，可能不是哪儿有危险救哪儿，而是哪儿与自身最要命利益攸关而救哪儿。我看柳总最好不要对政策寄予太多期望。"

"这还需要可能吗？可即使救最不招人待见的房地产，好歹也能带动工程机械的销售，给我们送来生意。我们还是别指望政策专门对我们网开一面了。社会就那样了，不指望。"柳钧几乎是自言自语。

"孙工难得来这儿嘛，看来研发中心坐不住了，轮休的工人都埋怨研发中心是烧钱的主儿，最应该关中心的门。"罗庆坐窗边，正好看见孙工的车子进门。"柳总，裁员的问题，我建议你还是有必要摆到议事日程。现在是材料价格下行期，原料进门，经过一段加工周期，等出厂时候，原料价格下跌就得吃掉一部分利润，我们接下来的日子更不好过。"

"裁员是实在混不下去的时候才能出的下策。这会儿我更需要做的是压孙工提高设备的国产化率。你也最好找一些定制产品的合同，比如F-1系列的。我们两个月前签的F-1合同，那时候运费和材料费都高，我们根据那时候的价格报价，现在降下来的材料费和运费就是我们额外的利润了。没办法，这种时候只能随时调整策略啦。说句心里话，看到原油价格雪崩一样地往下掉，其他大宗商品的价格也掉头向下，还有房地产商哭爹喊娘，我是喘一口气的，总算这个社会正常了，我们可以安心挣合理的利润。”

孙工进来，替换走了罗庆。但罗庆俯身笑嘻嘻地对孙工道："没钱。"

在场三个人谁都清楚罗庆的意思，孙工一脸尴尬地对柳钧道："怎么办呢，都眼看只差临门一脚了。"

"我把太太的车子当掉。"

这个项目按计划还差一百来万研究经费，孙工前天开会一看老板当车，工人轮休，唯独便宜研发中心，当然心中有数，回去就召集全体研发人员开会两个小时，几乎是锱铢必较地挖潜，才将计划用资金压缩到七十万左右。可是老板却还是得当车，孙工无言以对。

柳钧绕过桌子，从郁闷的孙工手里挖出经费预算，仔仔细细看完，预算连加班夜餐费都没有，交通费更是不用说。中心的人员如此牺牲个人利益，让他好生感动："孙工，谢谢你们。钱……我先给你十万，后续会跟上，你就照预算来做。"顿了顿，又道，"夜宵的费用还是打上去吧，总不能饿着肚子等数据。"

"大家知道最近生意不好，都想着早日将主要部件国产化了，可以大大降低成本，跟人打价格战去。加班加点是必然的，公司好，大家才不会丢饭碗。我开会说了，养兵千日，用在一时，工厂每天背后骂我们烧钱，抢他们奖金，我们不能当没听见，这种紧要关头大家自己看着办。后续的钱，柳总是不是又得掏自己口袋？"

"别多想，我这儿虱多不痒，又不多你这一笔。"柳钧佯笑，"无论如何，压缩成本是我们必须走的路，迟早的事，好在中心有孙工领着替我考虑，合力断金，公司的困难肯定是暂时的。"

"可这回是全世界出问题……"

"孙工不用担心，我会解决。"

可是，等孙工一走，柳钧就抓破了头皮，钱呢，钱呢？借钱，当然可以，可眼下私人借贷的利率较以往更高，他借得到，却用不起，这会儿他哪儿有利润来支付高额借贷利息？让崔冰冰在股市低迷期低价卖掉银行原始股来支助他，显然说不出口，他还不到最后阶段呢。他爸的钱，是养老金呢。目前他自己手头可以动用的，除了车子，就只剩……钱宏明卖给他的那些房子了。卖，不可能，这是宏明对他的托付，每间房子都有钱宏明的足迹，他不舍得。眼下唯一出路只有房屋抵押贷款。可是，抵押钱宏明托付给他的房产，由于他全价付款，房主已经是他，柳钧将房产证交给崔冰冰去办理的时候，心里依然有点儿不是滋味。

而好歹，过了眼下这一关。

整个八月，工人轮休看奥运，柳钧忙得不可开交，他追着研发中心赶紧拿出产品，投入使用，大幅降低了成本。这算是冬天里的一缕阳光。

另一缕阳光则是来得意外，波罗的海指数暴跌至今，已经几乎跌掉一半，国际货运价格大幅跳水，运费成本显而易见地下降，所以有些国外用户又想到来中国做加工。可眼下都是生存不易，一家生意百家抢，个个八仙过海各显神通，价格，必然成了敏感指标。以往，有些毛利菲薄的生意柳钧一概拒绝，可现在，即使面对美国次贷危机越演越烈，各界纷纷预言美元肯定贬值，等产品交付时候可能亏本，他还是咬牙第一次做出削价竞争的举动。工人轮休，拿基本工资，这笔支出合起来是巨大的费用；为筹建热处理分厂所做借贷的利息也是无论刮风下雨都会照常产生的费用；公司运作所需最低办公费用，等等，许多费用口子每天嗷嗷地吞钱。有生意，即使毛利再薄，好歹可以分摊不少费用，有比没强。起码，他预测原材料价格还将下降呢，他可以从这种下降中获得利润。

几乎每一笔生意的洽谈，都是需要精确到一分一厘的成本计算，最忙的也就是这个工作了。在各种价格充满变数的时期，成本会计做不了这种包含多种变量的计算，都得柳钧自己凭扎实的数学功底和对行业未来的预估来建立公式。

可是回家，柳钧再累也得检查小碎花每天的补习进度，详细询问小碎花在柳石堂那儿与性格开朗的大学生补习老师相处得如何，好在小碎花虽然郁郁寡欢，学习成绩倒是很好，接受能力很强，与她爸一脉相承。因为柳钧给小碎花报的是小学三年级，那么他就得在暑假这段时间里，把二年级的所有功课都灌输给小碎花，还得把小碎花在澳大利亚接受的几个月英文教育转成中文。强度看似很大，但对小碎花不是问题，柳钧发现小碎花其实已经掌握很多中文字，阅读普通文章绝无障碍，加减乘除也基本不成问题。他怀疑是嘉丽每天闷在家里教育的小碎花。就像他小时候，他妈每天一有时间就给他开小灶，他简直不跳级不足以平民愤。

柳钧不禁看看他的女儿，九月要上幼儿园了，可是从一到十都还数不全，每天只知道嘻嘻哈哈没心没肺地玩，用崔冰冰的话说，淡淡基因优质，智商没问题，让淡淡尽情玩到初中再抓学习也来得及。柳钧不知道小孩子的教育是哪种更正确一点儿。想到小碎花的乖巧，柳钧忍不住抓淡淡过来，硬是教她写自己的名字。淡淡烦得直叫唤，坐在小凳子上花样百出，一会儿耳朵痛，一会儿背脊痒，最终还是小碎花耐心地抓着淡淡的手教会了她。柳钧看到小碎花教淡淡的时候话特别多，神情特别开朗，就放手了。

这么忙，再摊上崔冰冰出差的日子，他真的要喊老天救命了。工作的忙，又怎么比得了两个小孩子层出不穷的麻烦，早上起来一个人收拾两个孩子像打仗。幸好崔冰冰体谅他，出差能赶着回来就早回来。

八月底崔冰冰出差回来，带来一个小道消息，国家有给银根松绑的打算。虽然崔冰冰让别透露出去，不过柳钧还是跟处于水深火热之中的申华东通了一下气，这个年头儿，谁都需要点儿安慰。不料申华东也刚刚获知这个消息，跟柳钧道："董秘来电鬼鬼祟祟跟我说，我本来有点儿不信，这个月公布通胀还这么高，这时候放松银根会出问题。既然阿三也这么说，可能性就比较大一点儿。看起来奥运一结束，决策也回到轨道了。"

"通胀，我一直怀疑统计数据有问题，估计上个月造假的时候没能跟上飞快转变的时势。只要它贷款放松，我就贷款，我已经接近变卖家财了。幸亏阿三在银行做，要不然我连抵押家产换点儿钱都会被拒。"

申华东却嘿嘿一笑："我倒是不希望银根立刻放松，我下面两种实业的竞争都很恶性，不怕你生气，我还希望多紧几天，再倒闭几家，倒到死翘翘为止，我以后日子就轻松了。我有钱，我是本市典型的大到不能倒的企业。连杨巡都乖巧地跟我商量借钱。"

"杨巡？借多少？他那镍矿应该是炒得最热的时候吃进，现在资源价格下降，他麻烦大了。"

"他一开口就是两亿。我让他找矿区政府解决，他说那边政府穷得寅吃卯粮。他开的条件非常优越，高利息，包括给我股份，不过他这个人的股份我不敢要，有名气的不讲规矩，见利忘义，我爸替我拒绝了，我爸说拿不住这个人的，不能跟这个人谈钱。我看他现在想脱手矿山，不过没人接手。镍价继续跌的话，他死定了。他要是卖酒店的话，我倒是有兴趣。"

"嚯嚯。可以找本市政府啊，他也算是大到不能倒的公司了吧？"

"他算什么大。再说他那矿山不在本地，利税上缴别人的，本市政府怎么肯伸手？喂，我爸一直想请阿三爸吃饭，你就撮合一下嘛，阿三爸太清高了，我爸都不知道怎么谢他。"

"很容易，借给阿三爸女婿一千万，阿三爸会自己跳出来请你爸表示感谢，哈哈。还以为你没钱呢，前儿放过你。"

"钱当然是紧张的，你又不是没看见社会上的传说。不过你要真是火烧屁股需要救急，可以打电话给我。可你借钱如果是拿来救病，我建议你别借，利息吃不消，还不如量入为出，耐心熬过这阵子为好。看起来贷款应该很快就放松了。"

"对的。"柳钧其实也是这个意思，不过他还有一点儿意犹未尽，"我很想知道杨巡现在精神状况怎么样。"

"你倒是直接。杨巡不好，一看上去就是压力很大的样子，这个人寻常有点儿压力是显露不出来的，我看他是真麻烦了。你尽管幸灾乐祸，不会笑错。"

"嘿嘿。对了，告诉你一个好消息，我这儿又出一项跨越性研究成果，全国独家，你知道我现在卖的D系列机子成本比全国同类的低多少吗？下个月起，国内D系列的产品，我家就是独家了。再加上原来独家的F-1。"

"恭喜。问题是你的产品都是精度太高，国内市场需求不大啊。"

"妈的，别揭穿我，我这几天忙得脚跟不着地，就是在开发国际市场。我不信了，我打价格战打不过欧洲国家和日本的。"

"再浇你一盆冷水，据我观察，目前国际市场对低档货的需求反而下降较少，对高档货的需求萎缩更快。符合我的预测，现在市场需求趋向基本面，少了点儿个性追求。这世道啊，我叫你家阿三破坏我跟陈其凡的好事。"

"这世道啊，果然是我家A系列和B系列的最有人问津，真是……真是……"

可即使冷水浇头，这一天柳钧依然忙碌得非常愉快。他承认自己小人，听到杨巡遭难的消息他就是高兴。

忙碌之中，九月的发薪日到来。柳钧将他爸现在住的房子和他的房子也抵押了，崔冰冰也主动贡献储蓄，他几乎山穷水尽，不知道接下来还能抵押什么。

但发薪日才过不久，央行宣布降息了，准备金也减了1%。另有消息放出来，国家要求银行加强对中小企业的贷款。前者倒也罢了，降息的呼声早已听了很久，只是后者，一年前他还没被钱宏明教育的时候，他看到这条消息还会觉得理所当然，国家当然得重视解决大部分就业的中小企业。但现在，不知为什么，他看着这条消息却是怀疑，银行有动力吗？谁给银行做风险担保？而最大的怀疑却是，中小企业普遍是私企，这回却首当其冲地被关怀了，他真有点儿不适应，这是真的吗？似乎太不符合钱宏明原则。

仿佛好日子已经展现在面前，可柳钧却不敢高兴。因为他看到远在太平洋另一端的大名鼎鼎的雷曼兄弟公司继贝尔斯登之后，轰然倒下。柳钧担心刚刚才面向中国的国外市场，他即使可以对美国接二连三的小银行倒闭视而不见，可他不能忽视雷曼兄弟与贝尔斯登这样的巨人的倒下。毫无疑问，国际市场的形势将更加严峻，他刚燃起的出口救命希望看来得落空，做人真是没指望了。

早上，柳钧送小碎花上学。小学的上学时间早，为照顾崔冰冰和淡淡的睡眠，自小学开学起，柳钧只好自告奋勇担负起叫小碎花起床穿衣吃饭送学等一系列的重任。因此上班时间总是特别早。不过他有一个同路人，那就是每天早上送儿子上学的梁思申。今天很凑巧，两人是一起到达，一起离开，柳钧开在前面。但才刚出城，后面梁思申那漂亮的保时捷立刻"嗖"地蹿上，超越柳钧，却又不仗着速度绝尘而去，压在柳钧车头面前。柳钧开着他的旧奥迪只能无奈地跟着，满心想念他那躺在典当行仓库的M3。

一前一后到达研发中心，梁思申跳下车道："刚听说你把最值钱的车子当了，怎么回事？"她暑假时候领着两个儿子游南美洲，紧赶慢赶回来，大儿子还落了几天课。如今她在家做家庭妇女，穿着随意休闲了许多，白天也肯戴眼镜出来见人。

"岂止当了车子，家产早当无可当了，资金紧张得很。这鬼日子到底什么时候到头啊。"

梁思申一拍脑袋，笑道："你看我现在健忘的，我给你带来几本书，有关美国大萧条的，有关日本那几年的，你有空看看吧，借鉴一下也好。"她钻进车子里面找书，递给柳钧。"跟我说老实话，为什么你资金会紧张，光是发发工资，应该难不倒你，你还算是有积累的，不是很冲的人。"

"下家，关键还是被下家拖死了。很多是拖后交货期，这样我的资金周转节奏给打破了，许多资金就积压在拖后周期内。也有的预付金让我吃没，货也不要了，我仓库里现在不少这样的存货，这种市道下很难转销出去，也是严重侵蚀我的资金。没办法，大环境这样，比我更惨的是我们一家客户，船厂，现在半价叫卖那种客户不提货的船都没人要。这种情况下生意不好，尤其是后续生意接不上，做完旧订单盼不来新订单，我的资金链就岌岌可危了。工资算是最后一根稻草。我真是急等贷款放开，可又担心贷款是饮鸩止渴，它不知什么时候忽然收回去。"

梁思申耐心听完，道："我家某人说，他经历三次经济低谷，总结出两个字：活命。千方百计地生存，呵呵，不择手段地生存。有贷就先拿了再说。"

"我最担心不择手段这四个字，很担心年底税务突击检查搞创收，他们今年的任务肯定很难完成。真是伸头一刀，缩头还是一刀。梁姐，你们组最近的研究，对不起，只能停留在理论上了，我在一个月内暂时拿不出钱来做试验，一个月后还得看天吃饭。"

梁思申笑笑，耸耸肩，两人告辞。但柳钧走出几步，又折回来追上梁思申："根据我朋友的思维方式，由于地方财政的一半来源是卖地，目前地方财政困局，会不会让他们打房地产的主意。比如说，放开对房地产的信贷，收回年初的一些政策。"

"你管那么多干吗？"

"我得预估市场发展啊，看看会不会有工程机械的出路。做工程机械的客户今年业绩快吃鸭蛋了，连累我E系列找不到出路。"

"我看来得找点儿内部数据研究了……回头告诉你。不行，脱离社会太久，迟钝了。"

梁思申嘀嘀咕咕地离开了。柳钧与宋运辉的"活命"二字真经产生共振，决定无论如何要从银行挖出钱来，能挖多少就挖多少，搭乘信贷放宽的头班车，只求活命。这阵子下来，他已知道，活命很难很难，比他想象的更难。他不能再保守地采用常规措施了，就像走进丛林，为了活命，可以皱起眉头闭上眼睛吃蚯蚓吃蟾蜍。即使，贷款发工资，贷款支付日常运行费用，贷款赎回他抵押出去的房产和车子，又如何？没有规矩了。

但银行还有点儿小心，给柳钧开的是承兑。承兑与贷款对柳钧而言支付功能并无不同。拿来钱，他赶紧将车子赎回来。最近经常有人问他车子去了哪儿，是不是抵押出去了，是不是手头紧张，是不是日子不好过。他终于体认钱宏明去年资金链绷紧却反而买宾利的心态，越是没钱，心里越没底气。

有了钱，他彻底放手打起价格战，可以跑量。以前他让腾飞做一线品牌，让腾达做二线品牌，放弃技术含量低的大路货，可现在为了活命，只要价格吃得消，他什么都做。他在销售例会上杀气腾腾地说，抢到生意，就意味着在这脆弱的生存环境中消灭竞争对手，就意味着获得更大市场占有率，就意味着活命。他第一次放手销售部门与同行价格肉搏。

罗庆管理的市场部人员个个定期进行技术培训，以确保推销产品时候可以说到点上，让客户认识腾飞的产品究竟性价比好在哪儿，要保证可以面对客户的工程师。因此对于柳钧的决定，大家当场哀声一片，这价格肉搏太没技术含量了。可是大难当头，公司又能怎么做呢？柳钧也在会上直言不讳，他心里也很矛盾，他从来坚持科技制胜，也一向以此理念来管理公司，不惜为此牺牲规模，可是面对世界性的危机，必须采取不同寻常的办法以求活命。但科技制胜的理念依然是公司的灵魂，只要公司存活下来，一切照旧。

说服了市场部人员，柳钧自己心里却很不好受。为了活命，这个借口是不是真的如此理直气壮？

申华东稍微得空，就将柳钧一家约出来，与陈其凡一起吃饭，以好友一家的良性形象，来向陈其凡表明他也是个良人。因陈其凡说他劣迹斑斑，懒得跟他结婚，申华东相当焦虑。席间，申华东告诉柳钧一个动向，他作为本市最大房地产开发商之一，刚受邀参加一场本市党政头面人物主持的研讨会，与会的还有相关部门主管官员，四大银行主事，和各路专家。会议商讨的是如何救楼市。看得出，政府比他们开发商还着急房地产市场，当然间接着急的就是财政这只米袋子。而且领导们还直接在会议上说，中央有救楼市的想法，股市倒了，楼市不能再倒。

柳钧听得咋舌，政府这一步一步，居然完全不出钱宏明所料，也完全符合他根据钱宏明思维方式推算出的决策可能。他不禁看着文静地吃饭的小碎花，就只差那么几个月，就是那么短的三个月，要是熬过了，钱宏明的曙光就在前面了。可钱宏明虽然先人一步看到地平线上的微光，却终于坚持不到这一天。时间，只是因为时间。

"我们有个楼盘一直在建，可是不敢开盘。这个会议下来，等于给我们吃了半颗定心丸。现在我们只要等待，看后续有什么措施。可是现在楼市这么淡，全国各地都在退地王，售楼处常常被砸，再加上经济大环境不好，想恢复楼市，难啊，另一块地不敢再启动，还是观望。"

"最近信贷有点儿放松，根据我和银行接触……"

"别伪君子，直接说跟阿三接触吧，你和银行谁跟谁啊。"

众人都笑，崔冰冰指使陈其凡揍申华东，柳钧笑道："我说的是普遍性，虽说贷款支援中小企业，可我看不到操作细则，基本上只是一句口号，阿三说很难操作，本来中小企业的资信就不好，授信不高，碰到现在不死也只剩半条命的，银行怎么敢贷？像我，贷出来全靠阿三。那么你想，银行现在有钱可以贷，信贷员有贷款的冲动，然而可以授信的企业却较过去少，那么钱该流向哪儿？"

"只要二套房政策有改变，我毫不犹豫地贷款给房地产公司。"崔冰冰插话，"救工厂难，救楼市太容易，每个地方只要寻找各种借口大规模拆迁，需求立刻上来。别看现在积压的未售房很多，相对全市人口，这个数量不算什么，本市有钱人多，眼下正无处可投资，都放我们那儿存定期，三个月的，通知的，都是短期的，个个贼心不死等着苗头呢。你们房地产只要稍微有起色，一勾引，那些存款就冲出来。投资渠道只那么几个，后市怎样，得看政府怎么操作楼市了。"

"阿三跟我爸的腔调差不多。他听了我的传达后，说政府必定指望卖地充实地方财政，可现在这种情况，谁也不肯去拍地，上两个月已经流拍两次，他们不会不心急，只要上面中央松口，地方一定动作很大。他说他已经不愁了。"

柳钧揶揄道："是我跟阿三与你爸见识差不多，我们早若干天就预知这一可能，只是猜不出什么时候拐点出现。东东你以后要多向我们虚心学习，你别不信，证据都在我的博客，你跟帖说我异想天开，罔顾本国现实，嘿嘿嘿。"

"哼，你们两个同声共气，惯会拆台。"申华东斜睨一眼陈其凡，悻悻地转开话题，"看起来我要用房地产养两家制造公司了。这年头儿，开厂最最最没意思，最最最不赚钱。"

言者无心，听者有意。两个"最最最"，惊醒梦中人。即使眼下凭老婆阿三的人脉，抢先获得贷款，让两家工厂一家研发中心得以靠贷款苟活，可是，他真能指望政策帮得了忙吗？无论内外销，即使他向市场部发出不惜进行价格肉搏的指令，可是面对骤缩的市场，面对与他一样观望而不敢推出无订单新产品的客户，他即使抢到了更大的市场份额，可销售绝对值的下降趋势却是难以挽回，他所做的一切，不过是以开后门获得的贷款苟延残喘。

原本指望经过这一年来的经济局势起伏，主事者能够看清经济发展结构的不平衡表现在哪儿，可以趁经济放缓期间大力修补，扭转畸形发展的趋势，可东东转达的会议精神，让柳钧彻底看不到制造企业头顶上有什么政策的曙光，他也不敢再有指望了。制造业在申华东眼里最最最没意思，在决策者的眼中，又何尝有意思了？他相信，未来即使再来什么扶持中小企业的政策，也不过是雷声大雨点小，而更多闷声不响的暗力，则是会使在与财政利益最直接相关的地方，也是最快速获利的地方，最容易获利的地方。

可是，为什么心里有那么点儿小小的不死心呢？他心里总是存着点儿希望，希望有一天出国参展的商品不是因为价廉物美而吸引人，而完全是因为最前沿的高科技招人眼球。他多么希望有那么一天，他可以自豪地拍着胸脯说，完全自主研发，我们中国不仅仅只会生产衬衣玩具，我们国家大力支持企业向高科技转型。

可是，真难啊。他独木难成舟，今年的高新产品退税都还没拿到手呢。连这种仅有的支持都难以兑现。

国庆长假，一家四口人浩浩荡荡奔赴嘉丽的老家，小碎花想妈妈了，小碎花的外公外婆也非常想念小碎花。两个小孩子给绑在专用座椅里，在后面一路嘀嘀呱呱说话，笑闹。闹到后来都累了，终于肯安安静静睡觉。崔冰冰转身给她们盖上小毛毯，试探两人都是熟睡了，才对柳钧轻道："你看淡淡总是笑得那么大声，一边笑一边尖叫，我看好多小孩子高兴起来都这么闹。总算小碎花在我们家这几天待下来笑声越来越大，只希望这几天下来不会有倒退。"

"没办法，只能这样。"柳钧意识到小碎花将看到让人心里不快乐的画面，可人有时候也只能认命，这就是小碎花的命。

因此，在高速出口意外看到小碎花外公挥手招呼的时候，柳钧心里咯噔咯噔的，只希望小碎花外公能照顾小碎花的小心灵。他忍不住先跳下去，准备与小碎花的外公事先交流一下看法。可是一看见小碎花外公三个月不到苍老憔悴了许多的脸，他真有点儿不忍心再提要求。可该提的还是得提，小孩子更脆弱。

小碎花的外公一提起女儿就泣不成声。他也觉得小小的小碎花不应该再受打击，可他们又寄望小碎花的声音能唤醒嘉丽，他心里非常矛盾，手心手背都是肉，只好为难受创最小还不很懂事的小碎花了。末了，小碎花外公拉着柳钧的手一直说感谢，说他和妻子每天最大的安慰是看柳钧寄来的记录小碎花生活的VCD，他们非常感谢柳钧夫妇为小碎花所做的这一切。柳钧一听，终于松了口气，他最怕的是小碎花外公外婆不满意，现在看来，小碎花外公外婆是多么迁就多么温和的人。

从小碎花醒来见到泪眼婆婆的外公这一刻起，几乎一整天，柳钧耳朵里都是此起彼伏的哭声，还有淡淡抓着小碎花的衣襟跟着一起哭。唯有嘉丽的眼神一直凝视在无穷远，脸上既没有快乐，也没有不快。连崔冰冰都看着心酸。晚上去宾馆住宿，柳钧将一家人送上车，又下来跟殷殷送行的小碎花外公外婆道："实事求是地说，嘉丽其他都很好，脸色比早前还强了许多。其实……宏明在的时候她很忧郁，现在这么无忧无虑也好……您两位别太难过了，嘉丽心事重，又内向，或许失去记忆未尝不是好事，可能是躲避痛苦的最好办法。"

小碎花外公外婆一人拉柳钧一只手，无语凝噎。好一会儿，外公掏出一只牛皮纸信封塞到柳钧手上，哽咽道："你们明天直接回吧，别来了。谢谢你们把小碎花带得这么好，我们很放心。起码我们还有一个小碎花可以指望。"

柳钧却一手就掂出信封里是什么，是钱，他经常送人这种信封，早手势纯熟，一摸便知："我跟宏明是开裆裤兄弟，我跟他不谈钱。小碎花是我侄女。"

小碎花外公外婆当然不肯收，柳钧临走从车窗里扔回给他们，一个冲刺溜了。不过他第二天没走，让崔冰冰领淡淡去玩，他领小碎花再次去探视她外公外婆，三个人好好地待在他的车里见面，他一个人在小区里晒太阳。回宾馆路上，他告诉小碎花，大家都很爱她，非常爱她。小碎花似懂非懂地点头，但是很疑问为什么妈妈不抱她不看她，是不是不要她了。一说起来，小碎花就哭得很伤心。柳钧只好告诉小碎花，妈妈生病了，什么都看不见听不到，不知道小碎花去看她。等妈妈恢复健康了，妈妈会狠狠地亲小碎花。

一次探亲下来，小碎花又沉默了。一行绕道上海好好玩了一趟，一家人才恢复节前笑容。可是，柳钧估计杨巡整个长假笑不出来了，长假这几天，国际大宗商品价格犹如雪崩，几乎跌掉四分之一强。杨巡的镍矿出产的镍自然也在其列。柳钧想到，杨巡这个人头脑活络，对赚钱这种事见缝插针，估计很可能在上海期货交易所做套期保值，他记得曾听杨逦说起过。只是不知道杨巡眼光如何，赌性如何，持的是空单还是多单。目前国内大宗商品价格与国外联动迅速，长假后必定跟风下跌，若是杨巡因三季度连续镍价下跌而持有空单，纯粹只为自家产品套保，损失还不至于太惨重。

果然，10月8日，上海期货交易所哀鸿遍野。

与此同时，是各地不断传出大力支持楼市的地方政策。柳钧一声叹息，他似乎看到市道的前途。他不知道最高决策怎样，大约很多人跟他一样翘首期待上面的声音，只是目的各有不同。

很快，梁思申就告诉柳钧一个消息，杨巡在期货市场大败亏输，输得手机都停了。柳钧奇道："他难道不单纯做套保？还做投机？"

反而是梁思申奇道："你懂期货？既然你懂，你应该理解做那行的心理，进了那门，不投机投什么？"

"是啊，我当时差点儿玩得扔掉公司，幸好机械是我的热爱，好不容易才拔出泥足。"

"现在都这么暴跌，你怎么办？继续养着这个烧钱的研究中心，还是寻求国企合作？"

"我最近一直在考虑，试图寻找另一种赚钱途径，来养活研发中心，就像东东家目前所做的那样，用投资和房地产来养活两家大工厂。我也很希望给研究中心找个大户人家，可是很少有人能花大钱支持独立创新自主研发精神，很多投资客无法理解中心这些虔诚于科研的科学家的精神领域，与那样的投资客无法合作。"

"可你目前的自有资金根本无法从事投资和房地产这两大项目，除非搭车。而我国目前可供你这种外行投资的领域又很少，股市期市你现在不敢进去吧，你还能做什么？请原谅我直接，我们这算是谈工作。"

"我……正瞄准房地产。这几天的各种信息越来越让我相信，地方政府有企图也有本事在区域内提升房价。但他们具体准备怎么做，还有待观察，目前只是几个城市试水性质地推出政策。我算了一笔账，我如果有三千万流动，投资买二手房，只需要支付30%的首付，假设我可以买一万平方米。只要房价每平方米上升一千元，我就可以获得一千万的回报，这已经是不小的回报率了，适合我这种资金实力不够雄厚的散户。而我相信，这个升值幅度应该概率不小。原谅我说句可笑的话，只要我还能生存，研发中心一定不会倒。支持它，也是支持我的一个信念，一个希望。只是很可惜，我为了它，不得不离我喜爱的研究工作越来越远。人生真是很符合墨菲定律。"

梁思申愣了会儿，笑道："看到一个十足的奸商说信念，才发觉这个世界真的很美好。真高兴看到一个个为实现希望而努力的人。我越来越喜欢在中心工作，这儿有磁场。我也在看局势，觉得还没摊牌，但凭我多年做资本这一行的直觉，眼下不失为资本扩张的好时代。我们往后经常切磋。"

柳钧无法不想到，一个个为实现希望而努力的人里面，一定包括宋运辉。他很开心，又多一个人欣赏这样的品格，而不是取笑。说真的，若不是因为梁思申是宋运辉的太太，而他深刻地感觉到宋运辉也是个怀抱自主研发希望的人，他才不敢跟梁思申说起自己的信念，这年头儿一个大男人如此口头表白，会被人认作中年怪叔叔。

申华东不断告诉柳钧，他爸又跟谁谁会面了，又谈到什么了，看来趋势越来越明朗啦，等等。柳钧不得不想到官商勾结这四个字。两个完全不同的体系，却有了相同的利益目标，又为了一个共同的革命目标，走到一起来了。可悲。

那位在小谢出逃之前亲自来视察敌情后才敢下单的大客户，算是浸淫制造行业多年的老前辈，前几年即使面对飞速膨胀的泡沫，也不愿移情做房地产，因为他热爱这个行业，最喜欢的娱乐是自己蹲到车间练一手锉刀功夫。而今却来电告诉柳钧，他准备抽出资金搞房地产去了。他好意提醒柳钧做好心理准备，后面几个月不要将他那边的可能需求量打进计划中，以免误事。他奉劝柳钧也要做好两手准备，这个冬天会很长很长，往下走可能是重复去年前年的经济结构不平衡，制造业会非常艰难，而且看上去坚持在制造业的人很保守很愚蠢。

柳钧心里有点儿物伤其类，原来有心外向的不止他一个。大约很多像他一样的人一忍再忍，终至忍无可忍了。

而事实也是逼着他非跟老前辈移情不可。老订单渐渐做完了，新订单却似稀有物种大熊猫，腾飞与腾达和整个工业区的大多数企业一样，在寒冬中瑟缩。形势越来越不容乐观，即便是他将高科技独门绝活儿降价再降价，也揽不到合适的生意。不是他们不努力，而是市场忽然消失了。这个市场有关闭破产的，有骑墙观望的，也有失去信心抽资移情的，很少再听说有人热血沸腾地扩张。现在比两年前更没人敢投资制造业。

可是他却看到土地流转新政出台，进一步支持了地少人多之论，他看到国务院会议要求降低住房交易税，以优惠国民购房。有退税政策的调整，不过明显看得出侧重劳动密集型行业。政策，正一步步地走回头路。却很少看到对中小企业的支持，只肥了他这种有门路的。

可是他不能让企业倒闭啊。他想到钱宏明年初做出最后的挣扎，而非卷款潜逃国外去。他此时何尝不是挣扎。

挣扎时候，人真会恶向胆边生。

公司场地内即使最小的野草也被拔光了，密布公司墙头的爬山虎给梳理得整整齐齐，原本已经一尘不染的车间更加一尘不染，即使轮休，即使发动员工搞卫生，也依然解决不了开工率的大问题。轮休的政策无限期延长，柳钧能跟员工说的唯有"至少我们还活着"。他看到公司的人气日益凋敝。

终于，时髦名词"拐点"也降临这家不时髦的公司。第一名工人主动辞职了。这种时候，他辞退工人都得考虑一下人家出去还找不找得到饭碗，可人家却是主动辞职。柳钧看到平静得冷静的公司表面下，是人心对公司信任的动摇。

才刚迈进11月，公司开工率降到30%。研发中心也被迫降薪。

连财势雄厚的申家，三个月前在开工率降到30%的时候也毫不犹豫地大量裁员，他柳钧到底该怎么办。崔冰冰首次提出，不能再妇人之仁了。当断则断，要不然连累公司全军覆灭。

柳钧心理压力大到极点。而全公司的人则是看着他。回到家里，他又得和颜悦色地对付两个小姑娘。他知道崔冰冰身上工作压力也大，今年谁都有压力。家里的两个大人都是充气到透明的气球，彼此体谅着不产生摩擦，以免爆裂，彼此也体谅着不给对方百上加斤，男人女人都是人，都有承受的极限。唯有早上被闹钟叫醒时候，静静拥抱一会儿，给彼此打气。

可是柳钧总想找地方发泄，他这等年龄不可能再找教练打个鼻青脸肿，他怀抱冲击钻将公司绿化带中做装饰的大石块全部打个粉碎，一夜之间，彻底歼灭，好生消气。

11月的第一个周五，才刚下班，梁思申急匆匆打电话来约柳钧与崔冰冰去她家吃晚饭商量点儿事情。柳钧想她家反正地大物博，索性将两个孩子也领了去，可以与宋家的两个儿子一起玩。崔冰冰问有什么事，柳钧也不知道，怀疑是以前说的看到消息彼此通风，正好周末大家有空。

想不到宋运辉也在，两家人见面先坐下一起吃饭。可可很喜欢小妹妹淡淡，捏捏淡淡的脸，又转过去捏捏自家弟弟的脸，宣布重大发现，小女孩的脸更软。小碎花护着淡淡，不让可可再捏，拿起叉子暴力地将可可的手挡开。大人们让这帮小孩子自己闹，不予干涉。淡淡见到保姆分好吃的蒜蓉大虾，就强悍地抢了可可的一份，送给小碎花，毫不怯场。大人们看着都笑。

梁思申不卖关子，开门见山："杨巡找到我，想把他的××房地产公司卖给我。这家公司几乎没开发房产，所以账目比较单纯。手头一块储备地，是住宅用地，在市区二类地段，规划建筑面积十五万平方米。这家公司别无长物，其实卖的就是这块地。但单纯卖地不如卖带着地的公司，卖公司的税比较合理。杨巡现在急需现钱，愿意压低价格给我，只要我给他全款。刚刚我跟他谈完，我打算买下，我看好地价升值，原因我们饭后分析。有关报表我也全部拿来，你们都是行家，我们饭后检查分析。因为这笔款子不小，我邀请你们加入。我记得小柳说起过投三千万买房子的事，你不妨有钱再多投入，我认为买地皮更直接高效。"

柳钧不懂行，但崔冰冰接触面广，一听就知道那块地在哪儿，知道这个收购涉及款项不下十亿，梁思申若拿得出十亿，却差三千万，以她的人脉，临时不会募集不到。因此，梁思申的邀请加入，其意图不言而喻。崔冰冰毫不犹豫地道："非常感谢梁姐提携。这可是个十亿多的大项目。"崔冰冰及时给柳钧一个提点。

"不客气，如果这样，以后我们是合作伙伴。小崔是内行人，接下来的程序还得你多参与。你们总之回家自己盘算一下，有多少，参与多少。其余我从我外公的基金中支出。我可以保证你们不吃亏。"

柳钧此时全明白了，梁思申心里记着与他的聊天儿呢，他激动地道："梁姐，谢谢你帮我挽救中心，我真不知道怎么说谢才好，你几乎是救了我的命。"

宋运辉笑道："谢什么呢，研发中心是思申的饭碗，她救自己的饭碗而已。"

梁思申一本正经地道："我们都是十足的奸商，不过偶尔得给自己粉刷一层信念啊理想啊之类形而上的东西，显得我们是一个高尚的人，一个纯粹的人，一个有道德的人，一个脱离了低级趣味的人，一个有益于人民的人。"

在座的其他三个成年人都学过毛主席语录老三篇中的《纪念白求恩》，听着十足洋气的梁思申将语录活学活用，异常有喜感，全部大笑。四个孩子反而不明白了，看着大笑的爸爸妈妈们很是莫名其妙。

饭后，梁思申解释，她从亲朋好友那儿大致了解到政策趋势了，估计很快就会有最高政策出台。房地产会是重点之一，地方政府将获得尚方宝剑。这是政策面。另一方面是资本面。目前全世界都用果断降息来扩大流通，中国与其他国家有一个最大不同是，其他国家的银行绝大部分是私有，他们忌惮风险，会谨慎放款。但是中国的银行是国家的，只要国家有窗口指导，他们唯有配合积极宽松的货币政策，扩大贷款。而且估计很快也有国家投资出台，数目不小，所以可以预见未来市面上不缺资金。扩大贷款加国家投资，完全可以填补民间谨慎投资造成的资金缺口。可在目前百业凋敝的情况下，这些钱可以投向哪儿才能获利，在出口市场的外需受国外金融危机影响而无法恢复，而内需已经刺激多年也无法兴旺，现在更别指望的前提下，巨额资金的流向几乎是不言而喻了。梁思申说，这是很老套的，格林斯潘以前用来救美国经济的套路，结果也有先例可循。有政策支持，又有资金支持，所以大家该做的就是跑在政策出台之前，将政策涉及的赶紧拿下，当一回秃鹫。

四个人当场拍板，明天周六不休息了，立刻行动，拿下杨巡嘴里被迫吐出来的肥肉。

鸡蛋挑骨头地审核报表，逐字逐句修订合同，没办法，因为四个人不信任杨巡，不相信报表的真实，不相信账目如报表那么简单，不相信账面上除了抵押贷款，没有其他私人借贷。大伙儿集思广益，制定一份排除性非常强的合同。

从宋家回来，天已经很晚，可柳钧与崔冰冰高兴得睡不着，将淡淡和小碎花送上床，两人戴着耳机赤着脚欢欢儿地跳了半天舞，压抑着嗓门又笑又叫。活了，这下是真的有活路了。

柳钧的困难暂时见底，可工厂的困难远未到头。短暂的快乐之后，面对社会上猜测这回危机将何时复苏，复苏是"L"形、"U"形，还是"V"形，柳钧则是最担心他的复苏是"W"形，因为他暂时看不到前路有多少起色，而他还需付多少个月的轮休工资，他还需继续打价格肉搏战，他还得投入研发中心。毕竟，他认为地方政府再拉楼市，应该也是起色有限吧，消费能力受限，再高也不会高哪儿去，他从合作买房地产公司中获得的利润，不知够不够支持他坚持到制造行业的黎明。他，会不会像钱宏明那样，也在黎明之前倒下？

即使想着都心寒，柳钧还是得努力。努力寻找生意。

"四万亿"伴随"国十条"呼啦啦而来，果然不出梁思申所料。柳钧感觉周围所有人都好好研读了国十条，研读的目的是判断对自己有什么好处。但很多人也问，经济下滑成这样，四万亿怎么拿得出来？会不会只是一句口号，只是一个安抚人心的数字。申华东的爸爸申宝田冷然道："简单，印钱。"观点众说纷纭，柳钧决定相信申宝田这个老法师。但是对于"国十条"的第一条，申宝田却更加冷然地反问："谁出钱？"

相关行业针对四万亿很快做出反应，柳钧没有料错，工程机械方面首先有了动静。开始，市场部门接到询价电话了，开始，业务员的出访获得意向回复了。但是只听打雷不见下雨，全都还在观望，不敢轻易开工上马，以免在这种苦寒冬日里攒下要命的库存。

这个时候，活着的企业就显现出了优势。打电话有人接，来公司看得到机器在转，工人没被裁员，首先说明一种实力，说明不需要担心业务放出去后，传来对方忽然倒闭的消息。这个时候，谁都小心翼翼，不敢有任何闪失影响利润。普遍心理是"稳"字当头。

只是四万亿还停留在纸上，具体投入到哪儿还只是宏图，因此业界都只能等待，密切关注四万亿的落实，老老实实配合四万亿的步调。等待是一种煎熬，不可知的等待更是一种痛苦，可前路漫漫，立项、报批、审核等等，都需要时间。别无选择，全都必须在下滑的开工率打压下继续等待。

今年，整个2008年，从闻所未闻的冻雨冰灾开始，天灾人祸接踵而至，一路严寒，冷到年底。

这一年，柳钧失去最好的朋友，却还晦气得在年底前出国洽商的时候撞见宿仇杨巡。更令人头痛的是杨巡见到他就阴魂不散地缠上了他，两人原来搭乘同一班去往美国的飞机。柳钧见杨巡丝毫没有离开他的意思，便清楚此人估计想利用他做一回全程翻译了，可真做得出来。他看看杨巡携带的两只巨大行李箱，不怀好意地问："杨总该不是卷包潜逃吧。家当都带上了？"

"我逃？"杨巡反而一脸惊讶，"我为什么要逃到国外去。背几千万块钱跑美国买几间房子收租？还不如跳飞机来得痛快。我去美国看儿女老婆，他们快放假了，好多天，我这回总算有时间陪陪他们。我告诉你，人在青山在，只要公司不倒，所有债务都只是账面数字，哪家公司不是负债运行的？我又不是你同学，我有实业，都是响当当的实业，债主再不心甘情愿，这个时候也只能跟我绑一条船上，等我的实业活过来，他们更怕我。"

"既然如此，又何必卖房地产公司，目前看来那是最早生金蛋的鸡。"柳钧心里却嘀咕，老婆不是离了吗？

"没办法啊，周转资金没了，这种时候债主不追债，可也没钱再给我，卖别的未必找得到下家，只能割肉房地产。我卖掉房地产公司，去除各种费用，还能到手五六千万。我们做生意的，越苦的时候，手头越不能缺活钱，越苦的时候越需要烧香拜佛。尤其是年关将近，你可以其他时候手头没活钱，也断断不可以年底没有红包钱。你不是刚回国时候，你回国这么多年做下来，不会不明白我的意思。你出国干吗去？"

"去谈一笔业务。一家集团整体裁掉一家分厂，打算把这家分厂的产品转移到劳动力低廉的地区来做。我跟他们过去存在业务联系，他们相信我有ODM的实力，故此邀请我过去商谈。"

"ODM是什么？"

"就是老美提供产品规格参数，我来设计和生产。这家的技术要求比较复杂，系列变化很快，一般公司难以接手。我顺便看看他们裁掉的分厂有没有可利用的二手设备。"

"噢，这倒是你的优势。"杨巡说话归说话，手上一点儿不含糊，抓过柳钧手中的资料，将登机牌换到一起，"一路无聊得很，坐一起有个照应。"

"你不坐商务舱？"

"省省啦，都穷人家出身，还没那么娇贵。我有朋友趁这时机到国外挖技术人才，这回老美失业不少人，据说这个时候挖华裔专业人才价格可以降不少。我有心趁长假挖几个。可又担心，要是挖来的人跟你刚回国时候一样傻傻的不好用怎么办。说实话，我家老三也是一毕业就出国，跟你一样德行，我老婆后来才出的国，几年美国待下来专业知识倒是上进了，脑袋变简单了……"

"不是脑袋变简单，而是各地有不同的思维，各地用力的地方不一样。我们看你还觉得你闹腾得可笑呢。你前妻对此应该最有了解。你要真想引进技术人才，你最好先自己改变一下思想，给人才创造一个合适的环境。我看你不行，你的观念里面不尊重知识，没有一个以技术求发展的理念，你就是把人才供起来也没用。说白了，你没那根弦。技术人才靠脑袋出活儿，要是你管理不顺，人家在脑袋里偷工减料，你管都管不住。"

柳钧见杨巡若有所思地看着他，即使登机时候也似乎满脑门都是问号，他坐下就毫不客气地问："说到你痛处了吧。再跟你说，我的研发中心我都不需要去，他们自觉加班加点，公司现在这么困难，他们替我分忧解难。你要是心里没那根弦，花再多钱引进人才，也只会是被动帮人才在国内做跳板，做修桥铺路的傻活儿。"

杨巡依然抱臂看着柳钧，看得出柳钧说得不假，这正是他遇到的问题："那……你怎么对待他们？"

柳钧言简意赅："创造力无价。"

杨巡的眼光不由自主地往柳钧的手指上掠过。他在飞机的起飞声中沉默。好久，看空姐开始活动了，他才开腔："你这话……这世道还是有点儿变了，以前知识分子没那么重要。现在我们这行抢人，挖人，千方百计留住人，花越来越大的价钱……"

"说半天就是没一个字说到培养人。我这好几年，有八成技术人员是公司自己培养出来，其他两成是公司开创时期挖来，但他们知识中的一半也是通过公司有意识地培训才获得，比如今天若是去美国为一个展会的话，可能坐你身边的就不是我，而是我几个工程师了。包括梁姐，她原本想考研去哪家名校读数学硕博，可最后不愿去了，因为我中心本身就与一位数学教授有签约，随时可以接受咨询，而且我中心的学术气氛要浓厚得多……"

杨巡也打断柳钧的话："可你这几年赚得并不多，看你的发展，我都替你着急。只有我妹这种人才会说你脚踏实地，她不懂创业才那么说。"

"我经营水平有限。近来跟着我的副总学习经营，受益匪浅，创业也需要有观念。"柳钧不明白为什么今天他和杨巡似乎都特别坦白。

杨巡点点头："我给你指一条路，你近水楼台，一个巨无霸国企，一个权贵，宋家夫妻扫扫门缝子，就够你受用。到现在为止才合作一笔收购我房地产公司的生意，你算没用。不过很明显这笔生意是他们提携你，他们干吗便宜你？因为权贵在你手下玩数学还拿工资？"

"你看，你三言两语就暴露马脚了吧。他们不是你想象的那么低俗，他们认识创造力的真正价值，他们清楚这是这个国家的希望。宋总帮我的可不止这点，他促成我F-1系列研究这个大工程，若没有他，这个研究在我当时想都不敢想。他提名让我获得各种科技奖，获得奖金，获得政策。关键是我不擅长钻营，不懂得抓住机会跟政府要求更多，我实在是想不出来怎么要，没人告诉我有这政策那政策，政务不公开啊。后来还是被我副总提醒。前不久宋总又竭力举荐我公司，这回，我不会再让机会溜走了，我要争取政策。呵呵。"

"宋总？最先赏识你的是他？不是因为你和梁还有小申都是飞车党？"

"你该不会以为我送了宋总和梁姐很多好处吧？"两人对视，柳钧从杨巡眼里看出一丝恍惚。"或许，你的世界只有利益相关，但我们的世界里有一些傻傻的东西，比如你近来才意识到知识无价，因为这个社会发展到现阶段，人力成本上升趋势已不可逆转，无论国内外的市场竞争都将越来越靠科研技术。只是眼下的大环境并不支持这种脚踏实地的竞争方式，有很多傻傻的人内心很焦虑，很着急，很想尽一己之力稍微改变一下这样的结构问题。我们都在努力，我非常感谢宋总支持我的努力。他是个很有精神感召力的人。"

"你千万别再提'傻傻的人'这四个字,你还是说'有识之士'吧,我虽然文化低,但还听得懂。要不然这话传到宋总耳朵里,我回国还不得让宋总拧下头颅。"杨巡虚晃一枪,却没真正答复柳钧的话,只是凝神看向机顶,传递出不想说话的信号。

但柳钧不肯说停就停:"不是傻傻的是什么?"

"对,这形势下面,你应该抛下工厂,好好开发我那块地,有你赚的。梁思申就是会趁火打劫,你跟着她没错。我等到把地卖给她,才得知形势变化,悔得肠子都青了。你还跟我提精神感召力,不要听,我才是真傻,没看清她那么急背后有阴谋。"杨巡不看柳钧。

"你宽宽心吧,我挣的那些钱,全养工厂和研发中心了,梁姐因为这个支持我的,我们的研发中心要是倒了,不仅仅是我个人的损失。所以我说他俩是好人,那是真的好人。"

杨巡终于将目光移回来,看向柳钧:"那块地即使再升值,又能升到哪儿去?明年这大形势也不对,你不要命了?这种市场形势要是再持续一年,你拿命填窟窿?"

"你这下明白中心的科学家们为什么不计报酬地替公司分忧解难了吧。因为我们有个共同的理念,科研,在这个环境下生存太不易了,我们身在其中的人首先得有这个自觉。很傻,是不是?可有那么一帮心智成熟的成年人正身体力行,你不会懂。"

杨巡的目光又不由自主地往柳钧的手指上溜一圈。他感觉应该是那只戴婚戒的手指,可他已经不确定了,这么多年,他已经遗忘一些小小细节。

"现在才开始?"

"是的。可我还能做什么?可以向你请教吗?"

"你跟着梁宋投资房地产,就很对,照这思路继续做下去,做大,赚大钱,然后挤出一段牙膏给你的研究中心,就显得你很崇高很有想法——不,理念了。我当然是讽刺你,可我说的也是大实话。"

柳钧叹息,看来唯有如此了。最近银行一再找他,希望他这个目前还存活的,看上去生存力还行的企业冒险在明年一开始就大量贷款,作为老朋友,帮助银行解决贷款任务,也不管他而今一个月的业务量才多少,吃不吃得下这么大量的贷款。据说政策要求定点投放。至于他贷款后肯定资金满溢,溢到其他经济领域，银行就决定视而不见了。

"这几年，发展得最好，资金回报率最高，又最清闲的是梁思申。另一个有点儿理解当初的冲突究竟是为什么，原来他抢了这种人心目中的无价之宝——创造，而不单纯只是一个利益。这些个人，还真是想法怪异。"

"你下一步打算怎么办？靠梁宋支助，不是长远之计。困在你那两家工厂里，也不是回事。你作为老板，你可以抱着创造不放，可你不能放弃创业，你的身份首先是老板。是宋总姐夫的老婆，前豪园老板娘，从一开始就认准买店面房，买了出租，然后再买。我挖两个矿的人还羡慕她，这世道，怨不得你也来搞房地产。"

柳钧摇摇头，无话可说。

"我开了矿，才知道社会还是需要你们这种人的。我们矿下随时有危险，设备要是出故障，就是人命关天。国产货真不敢放心，还吹什么中国制造转向中国创造，看看你活得这么不容易，谁会自讨苦吃做创造去？人还是追着利益跑的，创造没利益，聪明人就都读经济系去了，赚饱了才假模假样回来搞研究，这世上没圣人。包括你研究中心那些科学家，你暂时让他们同甘共苦，还行，时间久了，他们就跟你拜拜了。当然你现在已经不傻，不会不明白这个理。你好好干吧，以后需要什么投机倒把秘诀，尽管让我妹来找我，让我也崇高一回。"

柳钧微笑，看起来杨巡对梁思申有气说不出呢，只好拐弯抹角嘲讽。看到杨巡这样，柳钧心中对杨巡的气不知不觉地消减，全身渐渐地去掉戒备："想让你儿女怎么发展？"

"总之不会学你。"杨巡顿了一顿，却又道，"像你一样也行，反正老爸我有财力供他们挥霍。"

"很吃苦。"

"不会比我更吃苦，还让人看不起。背后不知道多少人骂我。"

柳钧会心微笑，看杨巡也是微笑。面对面地，两人都轻轻笑出声来。

飞机在翻滚的云团上孤独地飞行，仿佛脱离万丈尘埃。科技的力量，让人类飞得更高，飞得更远。开放社会，人类思想的变革已成大趋势。

杨巡在睡前嘀咕了一声："我们中国一定也能造出大飞机，我们有人。"

"会的。"柳钧闭目微笑。

《落花时节》

阿耐 著

以为不会再爱的年纪，真爱却悄然而至！

·读 客® 三道杠知识小说文库·

读小说 学知识

《清明上河图密码》

1-6册大全集

冶文彪 著

隐藏在千古名画中的阴谋与杀局

清明上河图密码

1-6册大全集

隐藏在千古名画中的阴谋与杀局

全画824个人物逐一复活，超过20种推理诡计，80多起案件

冶文彪 著

《欢乐颂》

（全4册）

阿耐 著

一部女性为人处世指南，

讲透都市女性的家庭、职场、亲密关系与人际交往。

激发个人成长

多年以来，千千万万有经验的读者，都会定期查看熊猫君家的最新书目，挑选满足自己成长需求的新书。

读客图书以"激发个人成长"为使命，在以下三个方面为您精选优质图书：

1. 精神成长

熊猫君家精彩绝伦的小说文库和人文类图书，帮助你成为永远充满梦想、勇气和爱的人！

2. 知识结构成长

熊猫君家的历史类、社科类图书，帮助你了解从宇宙诞生、文明演变直至今日世界之形成的方方面面。

3. 工作技能成长

熊猫君家的经管类、家教类图书，指引你更好地工作、更有效率地生活，减少人生中的烦恼。

每一本读客图书都轻松好读，精彩绝伦，充满无穷阅读乐趣！

认准读客熊猫

读客所有图书，在书脊、腰封、封底和前后勒口都有"**读客熊猫**"标志。

两步帮你快速找到读客图书

1. 找读客熊猫

2. 找黑白格子

马上扫二维码，关注"**熊猫君**"

和千万读者一起成长吧！

读客知识小说文库

读小说　学知识

长篇小说

大江大河

全景展现改革开放以来中国经济、社会、生活变迁

阿耐 著

北京联合出版公司
Beijing United Publishing Co.,Ltd.

图书在版编目（ＣＩＰ）数据

大江大河 / 阿耐著. —— 北京：北京联合出版公司，
2018.6（2025.6重印）
（大江大河四部曲）
ISBN 978-7-5596-2044-6

Ⅰ.①大… Ⅱ.①阿… Ⅲ.①长篇小说 - 中国 - 当代
Ⅳ.①I247.5

中国版本图书馆CIP数据核字(2018)第087232号

大江大河

作者：阿耐
责任编辑：徐樟
选题策划：读客文化　021-33608320
特约编辑：尹舒慧
封面设计：所以设计馆　蒋咪咪
版式设计：黄巧玲　余晶晶
责任校对：绳刚

北京联合出版公司出版
（北京西城区德外大街83号楼9层　100088）
三河市中晟雅豪印务有限公司印刷　新华书店经销
字数607千字　710毫米×1000毫米 1/16　37印张
2018年6月第1版 2025年6月第13次印刷
ISBN 978-7-5596-2044-6
定价：320.00元（全四册）

1978年

　　宋运辉忍无可忍，终于与父亲宋季山吵了几句，抄起扁担挑上两只空竹箩冲出家门。

　　外面是赤日炎炎，八月的骄阳晒得地面蒸起腾腾热浪。无遮无挡的机耕路上空无一人，路两边刚播种的晚稻稀稀拉拉，连夏日最普通的蝉鸣都似是远在天边，周遭一片死寂。宋运辉冲出小村高低不平的石板路，一头扎进这火热的无人之境。

　　因为家庭成分，宋运辉从小忍到今天，已经一忍再忍。本应是中农的父亲年轻时稍通医理，在解放战争最后时期被国民党捉去救治伤员两个月，等国民党溃败才偷逃回家，此后一直没能与"地富反坏右敌特"摆脱干系。宋运辉从小便被称作狗崽子，刚进小学，小朋友们为示立场，非得在他身边重重吐一声"呸"，如此才能显示自己的根正苗红。很快，勤劳好学的宋运辉便让小朋友们改变了立场，但他依然没有朋友，哪个小朋友与他稍亲密，便会被家长告诫。

　　因为无缘轰轰烈烈的革命运动，宋运辉不得不收起男孩子的野性，做了苦读圣贤书的小绵羊。比他大两年的姐姐宋运萍老成懂事，时时叮嘱弟弟要自知身份，不要总做越界的事，这让初生牛犊般的宋运辉非常受拘。他与姐姐有过辩论，但他小男孩的放肆最后总被妈妈和姐姐的眼泪融化，他只能忍，只能自知之明。

　　宋运辉因此变得沉默。但沉默和聪明可以赢得小朋友的友谊，却无法赢得

1

成年人的善意。去年，他初中毕业，持着年年第一的成绩单和高中报名表去街道敲章，却被街道革委会主任将单子扔了回来。主任皱着苍老的眉头，语重心长地说，宋季山的儿子？你姐姐不是正上高中吗？你们家这种成分，给一个读高中的名额已经很不错了，我们社会主义国家的高中不是给你们这种人家办的。

宋运辉还想据理力争，但被身后追来的宋运萍拖了回去。后来还是初中老师帮他想办法找到一条政策，说插队支农让贫下中农劳动教育一年，回来便可报名上高中。为了读书，正长身体的宋运辉义无反顾地挑起行李去了更偏的山村。他没带别的，除生活用品，只带了姐姐的高中课本。

没想到山村里面有好人。宋运辉插队的山村，队长看他嘴上毛没长齐，安排他跟人养猪。猪场虽臭，活儿却闲，宋运辉又几乎是本能地有条理安排时间，将猪场的事料理得井井有条，自己却有大量空闲。闲来无事，宋运辉除了自学，还是自学，他从学习中找到乐趣，对着书本，他不用检讨不用反省，只要掌握了知识，他便成了知识的主人。他自得其乐，他以为就此下去，一年后即可顺理成章地报名上高中。

即使宋运辉现在气得昏昏沉沉，可还是不会忘记去年深秋的一天，那天天高风大，赶来看他的姐姐的脸不知是因为兴奋还是走路走急了，两颊通红通红。姐姐宋运萍带来一张手抄的纸，宋运辉仔细看下来，至今还断断续续记得其中关键几条："凡是……只要符合条件都可以报考……自愿报名，统一考试……不唯成分……政审，主要看本人的政治表现……招生主要抓两条：第一是本人表现好，第二是择优录取。"

宋运辉记得他那时与姐姐兴奋得大叫，压过猪圈里群猪的尖叫。高中不稀罕了，今年冬季高考看来是赶不上了，两姐弟发誓，苦读一冬一春，赶明年夏季的考试，宋运辉的自学这才有了明确的动机。

时至今日，宋运辉才明白自己当时的幼稚。不错，试题对他而言，并不太难，物理试题里电路串联并联的判断，他初中就会。姐姐的同学和甚至比他大十年的大哥大姐都围着他这个黄口小儿对答案，他那时还是那么骄傲。不出所料，他和姐姐同时被通知体检，谁都大致猜到，那是因为姐弟俩的分数线上来了。有人开始生红眼病，风言风语开始在他们姐弟俩身边包围。去年街道主任那句"我们社会主义国家的高中不是给这种人家办的"话，充溢政审全程。姐姐宋运萍痛哭一天，强烈要求将上大学的机会让给弟弟，因为她是姐姐，她岂能占了弟弟上高中的份额。成分是深深刻在他们身上的烙印，岂是那么容易跨越的？

今天宋运辉挑着两箩番薯回家打探消息，没想到分数比他差的人录取通知书都已经下来了，他的还没有。他们已经牺牲了宋运萍的政审，可他的通知书还是毫无音信。宋运辉一圈儿打探下来，终于忍无可忍，冲父亲吼出一句憋在心底许久的话："都是你害的！"

可吼了父亲后，宋运辉自己也不好受，想起父亲煞白的脸，他追悔莫及。他只有将自己抛在大毒日头底下，折磨自己以赎罪。但他最不好受的还是他可能已经破碎的大学梦。按说，他插队一年已经够时间，他可以要求结束劳动回来上高中，可他心里恨恨地想，背着这成分，连今年这么好的机会都无法抓住，这辈子还有什么指望，还读什么书，上什么高中！闷死在山村得了，起码那里的人们从没歧视他。

宋运辉气得昏头昏脑，热得昏头昏脑，却憋着一股子气，一刻不歇地走了二十多公里，回到插队的山村。夕阳已经挂在山边，周围的热气终于渐渐地减弱。

没想到才进村口，妇女主任推着一辆大队公用自行车迎上他，一边大喊一边将自行车往他怀里塞："快，你爸喝农药送县卫生院了，你快骑队里的车去，路上小心。快，别愣着。"

宋运辉哪里能不愣，他站那儿如五雷轰顶，腿都软了。妇女主任后面说什么他都没听到，脑子里浑浑噩噩地只有一个念头：爸是他害的。他最终也不知怎么上的自行车，梦游似的，却又飞快地歪歪扭扭地赶去县医院。

等他摔了两跤赶到县医院，天早暗了。他压根儿不知道饿，找到住院病房冲进去。他还没找到父亲的病床，他妈先看到了他。他妈二话没说，脱下鞋子劈头盖脸打过来，从来不舍得动儿子一个指头骂儿子一个字的妈这时候嘴里念念不绝："你这畜生，你这畜生……"宋运辉自己也觉得自己是畜生，爸当年被国民党抓去那是身不由己，如今儿女因为他而考不上大学，当爸的又怎能不心痛如刀绞？他怎么还能往爸心里捅刀子？他当然是打不还手，骂不还口，站在住院病房当中挨妈的揍。

见儿子这样，当妈的再也打不下手，扔下鞋子失声痛哭。宋运萍上来抱住妈，严厉地对弟弟道："爸暂时没事了，你自己向爸道歉。若有个万一，我抽你筋扒你皮。"宋运辉唯唯诺诺，这才得以走近父亲的病床。

3

这一夜，母子三个都没合眼。三个人，六只眼睛，密切关注着宋季山的一张脸由黑转青，由青转白，关注着他呼吸时候胸口的起伏变化，关注着他的脉搏由弱转强。母亲和姐姐一直在流泪，只有宋运辉没哭，他咬紧牙关不哭。错是他铸成的，他会担当。

这一夜，宋运辉无比清晰地明白了一个道理，原来，人不能行差踏错。如他父亲，解放前的那两个月，可以毁了两代人；如他失去理智的一声吼，差点铸成他一辈子的悔。幸而父亲被救回，否则……宋运辉不敢想，他追悔莫及。

宋季山的眼睛随着第二天初升的太阳睁开。回过魂来看见眼前脸色苍白的母子仨，他未语泪先流，嘴唇颤巍巍好久才吐出一句话："我对不起你们啊，我还是死了的好。"

围在病床边的三个人又是欣喜于亲人的复活，又是听了这话难过。宋运辉紧了一晚上的神经哗的一下崩溃，他不由自主跪了下去，头搁在床沿默默流下眼泪。还是宋运萍轻斥一句："爸，不许胡说。这事儿我们以后也别再提起。"

宋季山叹息，挣扎着想拉起儿子，当妈的忙哭着将儿子扯起来，一家人哭成一团。

是宋运辉推自行车载着父亲出院的，母女俩在后面一左一右扶着，很艰难地才回到家里。宋季山一路地过意不去，一路地唉声叹气，一直让母子三个歇歇。一行走了半天才到村边。进村的石板路不好走，宋运辉索性将自行车交给姐姐，蹲下要父亲趴到他背上，他要背父亲回家。宋季山心疼儿子，死活不肯，一定要自己走回去。但他才一迈步，脚下就一个趔趄，撞到儿子背上，被儿子顺势背了起来。宋季山无力地趴在儿子稚嫩的背上，感受到儿子的举步维艰，他热泪如涌，眼泪滚烫地灼上儿子的背。

宋运辉此时已是强弩之末，一夜未睡，又这热天，从县城走回来已是吃力，何况身上还背着一个人。但是，祸是他惹出，他即使被姐姐抽筋剥皮都难赎愧悔，面对着村里探头探脑射出来的各色各样眼光，他咬牙死挺，他什么都不想，他的眼睛里只有脚下的石板路。

一步，一步，一步……不知走了多少步，终于到家了。宋运辉微微下蹲，让妈妈扶父亲落地。背上的压力才刚消失，他也失了浑身的力气，腿一软瘫坐到地上，只觉得喉咙甜甜的，眼前金星乱冒。刚打开门的姐姐见此一声惊呼，回身想扶弟弟。却听父亲也是一声惊呼："地上……"

宋运辉惊愕地看着姐姐抢似的捡起信封，看到递过来的信封右下方鲜红的学校名称，他也是抢似的夺过信封，却一把递到父亲面前，千般滋味涌上心头，他什么话都说不出来，只会一声一声地哭喊："爸……爸……爸……"

父子俩的眼泪齐齐滴上这只来之不易的牛皮纸信封。

1979年

01

宋季山虽然大难不死，可身子终究是亏了不少。他又不舍得花钱看病吃药，再说儿子上大学的行李、火车票就要无数费用，他还能不知道自家家底？他仗着自己几分行医底子，写几味草药，让妻子上山挖来煎了汤喝。家里把平日一角一元节省下来的钱全拿出来，又把平日里"用不了"的布票、粮票、油票、糖票换钱，总算成功替宋运辉置办了一件白的确良衬衫、一件卡其罩衫和一条卡其裤、一条劳动布裤，还有一双新的解放鞋。其他被褥之类都是宋运辉插队时候用的现成货，让宋运萍拿到八月的太阳下晒了好几回才晒走猪骚气。

一家人因此宣告倾家荡产，连走到县城乘汽车送儿子到市里火车站的钱都没有了。可又不舍得不送，知道他这一去将几年没钱回家，一家全都想去送。于是，他们凌晨一点就起来了，从披星戴月，走到艳阳高照，到市里的火车站把最后一点毛边毛沿的钞票换来一张挺括的硬纸板半价火车票，准时把宋运辉送上火车。宋运辉成了宋家第一个乘火车的人，幸好不用转车。即使到分手的最后一刻，宋运萍还一再地叮嘱弟弟，要政审那么严格才能上的大学，里面的人一定都不得了，她要弟弟这个狗崽子夹着尾巴做人，千万别乱说乱动。宋运辉说他知道，宋运萍却不放心，数落弟弟一向大胆得豁边，"知道"两个字不能放在嘴巴里得放进心里。一边说，一边人流裹着宋运辉去检票口了，做母亲的先哭了出来，父亲、姐姐跟着哭。宋运辉咬着嘴唇几乎是倒着走，可最终还是越走越远，到转弯看不见家人，他这才擦了眼眶里的泪水。

宋运辉一直认为，跳上火车的那一刻，便已经是他大学生活的真正开始。跳上火车，就像是跳进一个截然不同的世界，乘客们说着他听不懂的方言，也说着他从没接触过的事，宋运辉好奇地想，这就是"五湖四海"的意思了吧。他伸着脖子听得入神，倒是把离乡别土之愁抛到脑后。反而是父母姐姐送他上车后，闷着头就往回赶，一路时时流泪，一句话都没有。

宋运辉原以为火车上的人已经精彩万分，到了学校才知道，同学才是真正的五湖四海。班里最大的同学年届三十，有儿有女，整整比他大十四岁，还领着工资上学。最小的也是高中应届毕业生，还是比他大，班里系里所有的人都叫他小弟弟、小神童，他到哪儿办事，人家一看他的稚嫩长相，都忍不住哈哈笑着问他是不是那个小弟弟，他竟成了小小的名人，比有儿有女的大哥还有名。而他的家庭成分，在他寝室八个人中，还算是小儿科的，寝室老二的父亲，还是上报纸的老右派，这让从小忍到大的宋运辉如释重负。教他们的老师也是右派分子，可在迎新晚会上，几个以前与苏联专家一起工作过的教授讲师还欢快地跳起苏联舞，矮着身子跟鸭子走路似的。受他们的欢快感染，宋运辉感到自己可以不用一忍再忍，他终于偶尔说几句心里话。宋运辉几乎是一点不漏地将这所有新奇事写上信纸，一周一封信地往家里寄。这些信宋运萍都爱看，看了好奇又回信来问，但做姐姐的总不忘后面跟一句，嘱咐弟弟不能忘记读书。

宋运辉怎可能荒废学业，别说他是真的喜欢读书，就算是他想贪玩，那些深知读书机会来之不易的大哥大姐也会裹带着他读书，读正书闲书。"文革"后第一届大学生，学习资料非常简陋，几乎没有像样的课本，很多是学校自己开工拿油墨印的，有的是老师每次讲课带来自刻蜡纸印出来的几张教材，还有的连书都没有，老师上面讲，学生下面记，英语更是从ABC开始学起。老师都恨不得把所学所知一股脑儿塞给学生，总教育他们珍惜得来不易的机会，学生也是再苦都愿意。宋运辉年少记忆好，学什么都比高龄同学来得容易一些，让那些大哥大姐羡杀。

班级寝室里，说起学习，宋运辉如鱼得水，但说起时事，他立刻哑口无言，他什么都不懂。他那封迟来的录取通知书，大家替他分析，是有人恶意卡住不放，或者有人扣住信函却去信到录取学校要求取消录取他这狗崽子都有可能，见差点出了人命，怕惹大祸，才悄悄放回他家。同寝室大哥们替他分析的时候，还一致拍着他肩膀，叹说他们一家还是纯洁，难得的纯洁。那个从北大荒来的同学说，他当时为了报考七七年的高考，寒冬腊月冒着大烟泡找连团教导员干架，人都被他盯怕了，才放行。宋运辉心想，他和姐姐如果政审时也撒泼一下，会不会姐姐也有了机会？

班级里经常有政治学习会，久经沙场的大哥大姐们不耐烦非把一目了然的报纸文章在会上读一遍的教条主义愚蠢做法，当然就把读报的任务推给最小的宋运辉，辅导员后来顺理成章地偷懒，让宋运辉去校门口拿每天一张的《人民日报》。宋运辉几乎不会讲普通话，班级读报会就变成大伙儿教宋运辉说普通话的改造大会。宋运辉有时给笑急了，发誓以后用英语读报给他们听，大家却纷纷起哄说拭目以待，这就把宋运辉逼上梁山，不得不拿出以前自学高中课本的劲头自学英语。但更多时候，那些大同学唇枪舌剑地辩论"实践是检验真理的唯一标准"，辩论"两个凡是"，宋运辉只有旁听着发晕，真理不通过实践检验，就像数学公式不通过论证，怎么可能认定它成立呢？这么简单的一句话几个字有什么可辩的？他很不理解那些大同学在这句话上面的认真劲儿。

宋运辉从来没想到过他这样的人能有资格阅读并保管《人民日报》，记忆中，《人民日报》是只能出现在校长办公室、街道革委会办公室，而且摆放在报架最高一层的宝物。他很珍惜这个保存《人民日报》的机会，不管看不看得懂，他每天都会抽时间将报纸全部看一遍，即使极其枯燥的长篇社论，他也硬着头皮生吞活剥，有时候硬是看没有懂，看完都不知报上说些什么，需得大哥们一个指点，他才能略有头绪。从报纸上，他看到中国共产党第十一届中央委员会第三次全体会议举行了，他并不清楚这届会议有什么要紧，只知道那些大哥大姐一反常态，抢着看报，然后都不需要辅导员组织，他们自己课前课后展开热烈讨论。从他们的讨论中，宋运辉不仅对政治形势若有所悟，更是渐渐产生一种新的思考方式，知道怎样把报纸上的新闻理论与自己的生活学习联系在一起。

当然，更多消息则是来自小道，来自那些有背景同学的家信。宋运辉如饥似渴地在大学里学习着理论知识，同时向那些社会经验丰富的同学学习社会大学的知识。但学得的大学知识更多只停留在名词、停留在概念。

一九七九年的春节，宋运辉没钱回家。但是春节的凄清，与天气的寒冷，都浇灭不了他心头刚升起的熊熊烈火，他第一次因此参与了大同学们之间的讨论，也尽快将这一大好消息用信件传达给家里的父母姐姐：中央做出给"地富反坏"

摘帽的决定了。在信中，他还把与同学讨论后得出的见解也一起写上，让远在千里之外的父母从此可以挺起胸膛做人。

虽然最终的政策落实还没到来，可是，从那一刻起，宋运辉觉得，他可以堂堂正正地站起来做人了，不用再夹着尾巴。宋运辉看到几个深受其害的大同学喝白酒庆祝，喝得泪流满面抱头疯笑，他没酒量，可感同身受。这一切，终于结束了。他发觉他开始热爱这个世界。

但这个话题在学校里没热多久，对越自卫反击战打响。前方打仗，后方全民动员，同仇敌忾。除了一些老油条同学，很多人写信向前线英雄致敬，宋运辉也不例外。但他同时做了一个大胆举动。他听说学校准备选拔一批德才兼备的学生作为附小附中的业余辅导员，向中小学生宣传对越自卫反击战的英雄，他很想验证他的"五类分子"出身是不是真的可以摘去，他主动出击，悄悄找辅导员申请成为业余辅导员的一分子。为此，他精心准备了厚厚一摞从《人民日报》得来的剪报、笔记和心得体会。意料之外，虽然据辅导员说，批准他加入的过程比较特殊，一波三折，可是，他最终还是光荣地被批准成为附小业余辅导员。用大同学的话说，他这个出身不佳的同志，可以拿着尚方宝剑"腐蚀"祖国的小花骨朵儿们了。

宋运辉非常感激系领导，珍惜这个来之不易的机会，满腔热情投入到大学附小业余辅导员的工作中去。他辅导着附小三、四两个年级的学生，小学生们都很喜欢他。他也是第一次让自己的伶牙俐齿正大光明地有了用武之地，无论对小朋友还是老师都很具说服力。但是，他还是记得那错说一句差点招来终身悔恨的惨痛教训，言多必失，闲时他对小孩子也不多话。四年级一班的班主任是个年轻人，喜欢宋运辉的诚恳，邀请他在一个没课的下午去一班听课。

宋运辉去了，坐在课堂最后面，一眼看去全是黑压压的小人头，而他则是正襟危坐一脸大人样。身边的男孩女孩个个感受他的气场，一齐正襟危坐。只有一个高挑的女孩偶尔拿闪亮的眼睛研究一下他，正视的目光和微扬的下巴显示出女孩的无惧和骄傲。宋运辉也留意到那女孩，他看得出女孩气质的与众不同，似乎周身散放着光彩。

一会儿，班主任点评起上节课的作文，可能是同学们的作文普遍不尽如人意，班主任越说越激动，刹不住车地一个个数落，整整骂了大半节课，好几个同学挨了粉笔头的空袭。但在班主任说到大家如此三心二意，未来还哪有出息的时候，宋运辉见女孩举手，沉着冷静地发言辩称全班同学总有一半肯定能考上大学，比中专毕业的老师有出息。班主任气得浑身发抖，却没飞出粉笔头，而是拂袖而去。

宋运辉很惊讶，认为自己必须处理此事，就叫女孩出去单独谈话。女孩不卑不亢犹如天鹅一般优雅地走出教室，跟宋运辉来到操场中心，自报家门叫梁思申，又主动申辩她的理由。宋运辉非常欣赏，他从读书至今，何尝如此意气飞扬过一天，但他还是以一个辅导员的身份尽职尽责地将自己作为事例，告诉梁思申十年浩劫中前人读书之艰难，老师中专学业之得来不易。令他没想到的是，梁思申在好奇地问上几个问题后，爽快而大胆地找到班主任老师道歉。

梁思申好奇宋运辉初中考大学的艰辛曲折，宋运辉则好奇梁思申的勇气直爽。梁思申成了宋辅导员的小跟屁虫，宋辅导员从善如流。

没多久，宋运辉向班级团支书递上入团申请书，竟然很快获得批准。

这一招，让所有的大同学刮目相看，都没想到，竟然是这个全班，甚至全系，更可能是全校年龄最小的同学，后来居上，身手灵活，抢占了积极要求进步的先机。

大家都觉得这小子是初生牛犊不怕虎，歪打正着撞到机会，一些社会经验丰富的人等着看宋运辉少年得志，趾高气扬，但他们都失望了。宋运辉一如既往地生活读书，一切照旧，照旧用功读书，分秒必争，照旧抢着做大同学不屑的班级工作，任劳任怨。众人最先觉得他是人小城府深，后来慢慢觉得，此人是劳碌命。

宋运辉心里却一点都不淡泊，他把申请业余辅导员和申请入团的想法写进家信后，还没等做上业余辅导员，家里厚厚一摞教诲便乘着风火轮赶来。父亲以他自己的惨痛教训告诉儿子，虽然政策暂得以和缓，但是谁也不知道什么时候会出现反复。做人切记不要惹人红眼，不要落人口实。父亲与姐姐更是事无巨细地告诉他吃饭时候要注意不能怎样，说话时候音调声响节奏要注意不能怎样，参加集体活动的频率和参与度要注意不能怎样怎样，等等。看得宋运辉心烦，他又不是小孩子，而且都什么时候了，还如此谨小慎微。但他终究还是谨记着那一失足便成千古恨的教训，虽然回信大肆反驳一通，可行动上还是收敛了。父母毕竟都还没摘帽呢。

于是家信又赶着过来，字里行间可见战战兢兢。信里还夹着两张全国粮票。宋运辉每月有十五元的助学金，平日里省吃俭用，从牙缝里省钱到新华书店买书。有时早上的酱菜留到中午下饭，结果菜钱省了，饭量却大了，一顿半斤都不够，每天上午最后一节课都心系食堂。幸好家里每月都有全国粮票寄来贴补，不像有些同学家里男丁多饭票不够，只能节衣缩食。

姐姐宋运萍高考后等招工，可即使再差的机会也轮不到他们这种人家头上，父母又是自卑都来不及，不敢去找人开后门，于是宋运萍的工作一直没着落。宋运萍不肯干吃饭，拿家里两只旧锡罐，与人换来一对长毛兔。一家人精工细作花两天时间才在后院搭起两只兔笼子，开始搞起家庭副业。冬去春来，竟然已经抱了一窝六只小兔，长毛也已经剪了一茬。等初夏第二茬八只兔子的毛剪下来，给宋运辉的家信里，开始隔三岔五夹上一张两元或五元的票子。家信里面，宋运萍算计精明，为家里规划起美好未来，她不想再考大学，也没再上学，怎么与应届那帮正规军竞争，不如立足眼下。

因此，宋运辉并不喜欢新学年进来的七九届大学生，奇怪的是，同学和老师也不是很看重七九届大学生，大家都说这帮没经过社会历练的小毛蛋蛋啥都不懂，没脑子，叽叽喳喳麻雀一样，只知道玩，陪来上学的家长还特多。欢迎七九届的仪式没欢迎七八届的热闹，教授干脆都没参加。

而姐姐养的长毛兔，却已经生出第二窝，她已将之视为出路。

02

出路在人脚下，但条条大路通罗马，条条大路各不同。雷东宝参军有个最大愿望，那就是在军队里入党，然后争取提干，穿上四个兜的军装。他为人豪爽，干活卖力，又有小脑筋，深得连长指导员的器重，参军第二年就光荣加入了中国共产党。

对越自卫反击战打响的时候，他与其他勇敢的战士一样写血书要求上前线，但没想到他们这种工程兵没上前线的份，战争却又只打了一个月就胜利结束。他们这些积极分子白忙活一场，过后只能听那些英雄报告团来团里演讲，听了演讲后的雷东宝热血沸腾。他想，只要能提干，能留在军队，总有机会像那些英雄一样保家卫国。

但天有不测风云，上面忽然下来一个文件，为了保证军队指战员的知识化年轻化，所有军队提干都要经由军校考试，雷东宝傻眼了。

他虽然号称是初中文化程度，可那时候读的是什么书啊，一大半时间在玩在闹，进部队后虽然又学习了一些，但是他那水平在连里是中下，与城市兵没法比，哪里经得起军校的考试。无奈，他只能打了退堂鼓。年底时候，与其他志愿兵一起恋恋不舍心有不甘地退了伍。雷东宝没提成干，退伍并不情愿，但看到宝贝儿子回家的寡母却是欢天喜地的，没事就围着儿子转。

家乡虽然是从小出生长大的地方，但在如今见了世面的雷东宝眼里，这家乡如此地穷。报纸里电台里都在宣传实现"四个现代化"，这儿却一点动静都没有，泥墙上刷的依然是"批林批孔"的标语，大伙儿依然是听屋檐下广播喇叭起床，听村口大钟上工收工。男人一天一工，只有七分钱，买张邮票都不够。关键是，雷东宝力气大食量也大，天天吃上顿愁下顿。

雷东宝回家这几天东家拜大伯西家拜大舅，匆匆将礼数尽到，也将大队里情况了解个八九不离十。落后、闭塞、贫穷，大队里只见大姑娘嫁出去，不见小媳妇娶进门。

回家第四天，雷东宝便来到大队部，只有两开间的小平房里，找书记和队长要工作。老迈的书记是他远房叔叔，早在回家第一天就已经拜访过了，但私访与公事大不相同，要工作就得到衙门里谈，尤其是作为一个党员，更得及时找到组织。书记还是今年才官复原职，以前把持大队的是造反派出身的老猢狲。老书记德高望重，可有点力不从心，于是对雷东宝一上来就委以重任。

老书记跟雷东宝交底："东宝啊，大队六个党员，其中四个有造反前科，公社不肯加以重用。现在加入你这个新生力量，我总算可以放心了。昨天我特意去公社，公社问我你怎么样，我说好，我看着东宝长大，又是咱革命队伍里入的党，能差吗。公社答应你先代理半年副书记。东宝，你有信心吗？给叔一句准信。"

雷东宝照直说了："叔，我本来想问你要个民兵连长做做，没想到你那么看得起我。没说的，我在部队练得好身板，累不死，有什么任务，你尽管吩咐。"

老书记听了直笑，眼角嘴角的皱纹像老猫胡子一大把："我喜欢爽快的。行，你既然说了，叔不跟你客套。公社今年布置下来的任务叔都还没抓落实，一件是什么什么责任制，文件昨天一套今天一套，这事儿叔一直没搞清楚，没敢乱来。回头你把这些文件好好看看，告诉叔怎么做。一件是怎么把咱们大队富裕起来，公社说我们大队是全县最穷的，年年还得吃返销粮，这样下去不行。叔命令你，春节前拿出想法来，跟叔去公社汇报。"

雷东宝大呼："叔，你这是把全大队老小都压给我？我部队里才做到代理排长，又不是连长团长。"

老书记狡猾地道："你前天跟我说，要不是要去军校考试才能提干，给你个连长做做你也做得下来，是你说的吧？既然能做连长，就能做大队书记，给你副书记做还是委屈你。不许推，累不死你，呵呵。"

雷东宝被老书记呛住，无言以对，他本来就不是那种能言善辩的。看着老书记笑得老猫一样的脸，他心说这叔比团参谋长还狡猾。不过雷东宝年轻人心性，跃跃欲试，不再多推。否则，依他性格，说不干就不干，在部队里也照样与连长拍桌唱反调，从不会什么忍气吞声。他拿了文件学习，但他这个粗线条的人，干活是使不完的劲，最头大的事却是坐下来看文件，犹如张飞绣花，没一会儿就憋得眼冒金星。

老书记早溜了。雷东宝对着空旷的窗外出了会儿神，下地找到以前毛笔字写得最好的同学史红伟。说干就干，他找到一桶石灰刷墙，红伟拿着瓶红油漆刷标语。一天下来，崭新三条标语出现在大队里最热闹的地方，都是雷东宝从文件里找来，也是他曾经在别处见过的。一条是宣传"四项基本原则"的；一条是"大包干就是保证国家的，留足集体的，剩下都是自己的"，文件里还有更复杂的，但雷东宝看来看去还是这句最顺眼，他一看就懂；一条是"发扬党的优良传统，齐心协力搞四化"。再多的，雷东宝想不出来了，反正落实责任制，发展经济，拥护党的政策这些话都说了，还有什么遗漏的？应该没了。他觉得来几条主要的，让大伙儿来来往往都看见，耳熟能详记在心里，知道要做什么怎么做就行了。就像他以前在部队，安排工作就是编顺口溜，三句两句，叫战士背熟，说什么都不会误事。

老书记饭后溜出来拿手电一照，笑了，亲自走去雷东宝家，却见他家开小会似的热闹，大伙儿都直奔主题问雷东宝什么叫大包干。老书记站门槛儿上往里一看，雷东宝面红耳赤地吃饭，心说，这小子肯定也没领会文件精神，答不上来了，忙大声打了圆场，说大包干这事儿大队还没讨论过，等东宝拿出方案来讨论了才能公布，现在还是机密。大伙儿这才不追着雷东宝问。但大家都议论这个"剩下都是自己的"意味着什么，说话间，老老少少浑浊的清澈的眼睛里饱含憧憬。

老书记一看，有门儿，东宝才一煽乎，大伙儿就来劲了，东宝自己也给逼上梁山了。

　　老书记想第二天与雷东宝开闭门会议，没想到雷东宝比他还积极，一早就等在队部将老书记拖进门，踢上门就问："叔，你说怎么办它这大包干？人家大队都是怎么做的？"

　　老书记按雷东宝坐下，皱眉道："我也不知道，上面文件上半年说村民自愿组成小队承包，不能包给个人，隔壁几个大队都是这么在做。前儿又下文件，说可以承包到个人，向安徽哪个地方学习，可又没说怎么学，我问公社，他们也是没头绪的样子。可是，土地承包给个人，这不是乱了套吗？大伙儿这不是成解放前的小地主了吗？还要不要集体？我想不通。东宝，这事儿我们一定得小心，公社问不出来，我们问县里，不问清楚我们不能动，我想着，我们宁可不动，一定求稳，原则性错误万万不可犯。否则万一运动一来，我们个个都得吃批斗。"

　　雷东宝心说，怪不得他昨晚看文件看来看去没准头，原来是真的没准头。他爽快地向老书记摊开手，道："叔，给我开几张介绍信，我到隔壁几个大队问问，看他们怎么搞。"

　　老书记连连道："对，我们要多问多想，然后才能稳扎稳打地落实文件精神。东宝，叔老寒腿犯了，你自个儿去，有什么打电话来跟叔说一声。"

　　雷东宝也没啥豪言壮语，就只是点点头。

1980年

01

雷东宝四处问询，越问越远，发觉大家都在喊责任制，可步子有大有小，有的则是光喊不练。十来天走访下来，他心中大致有了个底。

雷母也没闲着，到处给他张罗相亲。这天准备充分，向儿子摊牌。雷东宝并不反对，一边扒着地瓜饭一边饶有兴味地听着，但越听越不对劲，忍不住问："妈，有没有个正常点的，怎么不是哑巴就是瘸子？不要看。"

雷母叹道："小宝，没办法啊，你若不是复员军人，不是党员，不是大队干部，连这样的姑娘都找不到呢。谁让我们村子穷呢？他们隔壁村一天工分值一块钱呢，我们连人家零头都不到。"

"妈，别说了。这事儿明年再说，今年我刚复员，没时间结婚。不说。"雷东宝沉下了脸。父亲早逝，这个家由寡母勉勉强强支撑到现在，值钱的都换钱了，他刚回来时候一面墙还豁着，北风吹，雪花飘，家里冻得像冰窟，还是他这两天拿茅草混黄泥糊好的。他家连像样的床和桌子都没有，衣服都扔在一只小水缸里，结什么婚，谁家姑娘肯来他家。但，他大好的一个人，没想到在别人眼里是如此看待，他很生气。

雷母又是叹息："看看吧，你总是要结婚的。趁妈手脚还活泛，你早点生孩子，妈好替你抱着。"

雷东宝竖起食指，坚定地道："一年。"说完就把饭碗一撂，开工做凳子。他把家里唯一一棵杨树砍了，等不及杨树晾干，做了一张吃饭桌。他回家时候，看到妈把祖传八仙桌卖了，吃饭捧着碗都没处搁。坐的长凳也是他刚做的。他在工程兵部队大多时候做泥瓦匠，偶尔也学了几套木匠的散手，马马虎虎能够对付，就是做出来的东西样子不好看。

做妈的明白儿子这"一年"是什么意思，知道儿子说一不二，一年之内别想再跟他提起相亲的事，雷母挺失望的。她这几天本来还高兴有姑娘愿意给儿子相呢。

雷东宝也不吭声，噼噼啪啪地干活，心里恨恨地想，等着，等着明年这时候媒婆踏穿门槛，一个个大姑娘排面前等他挑。他就不信他连个老婆都娶不到。

这阵子，他把周边村庄的情况大致摸熟了，心里基本有了主意，那就是要改就撒欢跑，别毛毛雨似的湿个不尴不尬，老书记那样的光看不做更不行。他还想到村后废弃已久的砖窑，他记得很小时候看见砖窑烧过，后来不知怎么给封了。他看到周边村庄有人在翻修房子，在部队时候也听说最近常买不到砖，他盘算，这会儿把砖窑盘活，会不会增加点大队里的收入。

他是个说到做到的人。既然想到砖窑，第二天就踩着雪往后山去。他不会记错，砖窑就在后山脚下，虽然盖着厚厚的雪，可也看得出，想要让砖窑烧起来，得好好费一番工夫整修砖窑和烟囱。他绕着圈走了一遍，又将头探进窑，里面一团黑。他想了想，干脆甩掉棉袄，搬开窑口碎砖想探个究竟。做了好久，日升当头，忽然听见有人声传来。

是一男一女，说话声音都是低低的，很是动听。而雷东宝就顾着听女声了，他心想，这是谁说话这么好听，这声音钻进他耳朵里，仿佛是只小手柔柔抚过他的五脏六腑，浑身都舒坦，让他都不敢喘出大气来。他停下手，愣愣地站窑后竖起耳朵听着，都没想转出去看上一眼。忽然那个男声哎哟一声，像是摔了，又听女声笑嘻嘻地说："就跟你说走大路呢，你偏要抄近路，摔两跤了，没摔疼吧。""没，今年雪厚着呢。姐，你接了包一边儿等着，我自己会爬上来。""别逞能了，还是我拉你。"

雷东宝这才如梦初醒似的想到，这是姐弟俩，弟弟好像掉什么沟坎里去了。他没犹豫，就转出去想去学雷锋。没想到正好看到上面那个做姐姐的也被弟弟拉了下去，两个人倒是不急不恼，掸着雪笑得开心。雷东宝也忍不住想笑，跑过去趴雪地上，将手伸给姐弟俩，用他最友好的声音道："拉住我的手。"

姐弟俩正是宋运萍和宋运辉。两人抬头，见上面一个浓眉大眼的小伙子，看上去凶巴巴的，很无善相。宋运辉一点没犹豫，先将手伸出去拉住雷东宝，他不放心姐姐一个人被那凶小伙先拉上去。雷东宝虽然拉宋运辉上来，心里却鄙视他，做男人的怎么能先争着走出困境。一手拉出宋运辉，他另一手就递给宋运萍，更是轻易得跟老鹰抓小鸡似的把宋运萍拉了上来，都不用她自己在斜坡上用力。他看到，这个姐姐长得眉清目秀，不像村里常见的那些柴火姐的模样。雷东宝都有点不想移开眼睛，但好歹知道三大纪律八项注意，他不能拿目光调戏妇女。

宋运辉站稳了也一起拉姐姐，不过几乎没费多少力。他连声对雷东宝说谢谢，见雷东宝也只是简简单单"嘿嘿"打发。原来这人面相凶恶，却是实在。等宋运萍站稳了向雷东宝说谢谢，雷东宝立刻不再那么惜字如金，客气地问："你们来走亲戚？后面的路认识吗？"

对于雷东宝来说，这已经是他最客气最温柔的口吻，可听在宋家姐弟耳朵里，却跟吵架似的强硬响亮。宋运萍也是不自信地问弟弟："小辉，你到底认不认识后面的路？"

宋运辉笑道："怎么会不认识，这回可上了雪的当了吗，还以为踩下去没事。这位同志，我们这是回家呢，谢谢你。"

雷东宝看看这两个文绉绉的男女，心中生出老大的不放心来，忙道："你们等等，我替你们找条棍子。"

宋家姐弟看看满地的白雪，心说哪来的棍子。却见雷东宝翻身跑开去，找到一棵树，猛力一拗，硬生生扯下一根树杈来。雷东宝徒手收拾完枝枝丫丫，回来交给宋运萍，只说"拿着"。姐弟俩觉得此人虽然人好，却说不出的怪，做好事却搞得像打劫。宋运萍不敢多让，很老实地接了，但心里却是挺信赖他，很客气地道："谢谢你帮忙。我们家里爸妈还等着呢，我们得赶着回去，谢谢你，再见。"

雷东宝抬头看看天："中午了？你们没吃饭吧，要不要到我家……"他有点不舍得这个姐姐。

宋运萍忙道："我们带着干粮，谢谢。"宋运辉从棉袄里扯出一条军绿色水壶带子，补充道："我们也带着水。"

雷东宝简直没理由再挽留，只得道："行，一起下去，我也正好要回家吃饭。这儿以前烧砖，路给挖得都是洞，你们小心跟着我走。"说完他都不好意思面对当姐姐的，觉得自己太赖了，忙转身往前带路，走得匆匆忙忙。

宋家姐弟都觉得这人真好，随后跟上。雷东宝破天荒地没话找话，说了他这辈子最傻最多的话："这儿是小雷家大队，你们是前面红星大队的吗？红星大队落实承包责任制，听说今年收成很好。"

宋运萍走在雷东宝后面，宋运辉走在宋运萍后面，是宋运萍接雷东宝的话："我们家还远，在红卫大队。"

这红卫大队，雷东宝正好刚去过，忙道："你们还得走两个小时啊。市里过来的吗？红卫大队也搞了承包责任制啊，不过搞得晚，今年收成没啥大变化。"

"我弟弟放寒假，今天正好有拖拉机运菜进城，我早上跟着去火车站接他。回来只能走回来了。我家不是农业户口，不大清楚怎么责任制。"

宋运辉本来一直在后面默默听着，觉得要是姐姐喉咙也大点的话，听着就更像吵架了。他听到说承包责任制，忍不住插一句："同志你说的是安徽凤阳小岗村式的大包干生产责任制，还是分组联产计酬，自愿结合划分工作组，包工包产到作业组？"

雷东宝这么多天来，终于见到一个说得明白的，大喜，转身叉腰站住，等宋运辉过来，一把抓住宋运辉肩膀，大力摇了两摇，欣喜地道："你是大学生？乘火车去上大学的大学生？你能耐啊。你给说说，这个大包干怎么做，联产那个怎么做。我们大队正要搞这个，我十几个大队跑下来问，没一个说得清楚，你给我说说。"

宋运辉自以为也算是成年人身强力壮，但碰到雷东宝竟是一点还手之力都没有，被他摇得头晕。忙道："你放手，我们边走边说。"宋家姐弟见雷东宝应该是高兴的样子，可脸上还是一脸狠劲，心里都觉得好奇。

雷东宝放手，又抢到前面去："我还是走前面，你说话声音大点。公社发红头文件让学习安徽那个大包干，可这文件是市里转县里，县里转公社，整个公社没个人说得明白。你是大学生，你知识多，你告诉我，我们小雷家大队都感谢你。"

宋运辉并不是道听途说，而是与同学在政治课上讨论过很多遍的。结合他自己看的报纸，他自以为了解得差不多。他说："先说分组联产计酬，是将大队社员全部按自愿结合，而不是以前上级指定分组，分别自愿组成三四个小合作组，合作组按照人数承包相应的农田，按照大队指定的承包数上交粮食。我这样说清楚吗？"

"清楚，很好，你们红卫大队就是这么做的，大包干呢？"

宋运辉见雷东宝一点不客气，倒也喜欢他的直爽："大包干虽然已经被万里同志肯定，也已经上《安徽日报》宣传，但全国对此还有不少争议。大包干说白了，就是把分组联产计酬的包产到组，分得更细，变为包产到户，按户联产计酬。这样一来，更能调动每一个人的劳动积极性。眼下全国受左的那套影响还根深蒂固，很多人认为大包干是土地私有化的前兆，是倒退，是走资本主义道路，但是我们讨论以为，土地只是承包，而土地的所有权还是属于大队公有，公有性质并没有变，不存在走资本主义道路的问题。"

宋运辉一口气说了不少，雷东宝却一把抓住本质。这分成小组，怎么与分到户比？从来都是自留地伺候得精细，公家地稀稀拉拉。分到家，才能调动种地的积极性啊。"这就对了。到底是大学生，一说就明白。"宋运萍听完，眉开眼笑地回头看弟弟，觉得弟弟非常了不起。宋运辉的解释深入浅出，条理分明，而且还把争论意见也说出来，雷东宝一点就透。他开心地道："我姓雷，雷东宝，刚刚复员，上面让我负责大队承包责任制的事。我看既然承包，就干脆包到户，别什么不三不四包到组，一组那么多人，要偷懒还是可以偷懒，包到户了看谁还敢偷懒，偷懒饿死自己。"

宋运辉并没什么得意，只冷静地道："对，一竿子插到底。但事前的思想工作要做好，其他地方推行时候听说阻力很大。我们姓宋，雷同志请留步，快到村口了。"宋运辉本来想从雷东宝这儿了解报纸上常说的责任制之类的在农村究竟是怎么在运作，没想到反而是轮到他给雷东宝解释政策，他觉得挺没劲。

雷东宝愣了一下，忍不住回头看看宋运萍，迟疑道："我再送你们一段，这雪天路不好走。"

还是宋运辉道："时间不早，我们不能耽误你吃中饭。"

雷东宝又与宋家姐弟客气一番，他很想请两人去他家喝口热汤，可又心知家里未必揭得开锅，只得作罢。看着姐弟离开，他竟是在雪地风口站了许久，直看到他们背影消失。而宋家姐姐温柔清脆的声音则开始日夜萦绕在雷东宝心头了。

宋运萍走远了，还回头看了一眼铁塔似的站在雪地里的雷东宝，低眉沉思好久，等估摸着雷东宝听不见了，才感慨地对弟弟道："我们家如果有个雷同志这样的人，哪里还会受那么多欺负。"

宋运辉笑道:"这样的人如果生在我们家里,也得生生被爸和你教育成'绕指柔'。我在学校看到标语上说'为中华之崛起而读书',我想,我该是为宋家不受欺负而读书。我用文明的方式使自己不受欺负,而不是用蛮力。"

宋运萍不以为然:"教你的教授们够文明吧,他们秀才遇到兵的时候,怎么办?爸妈就是太文明了一点,才会一辈子受欺负。"

"'四人帮'都已经粉碎好几年了,姐,你的思想别一直停留在那个混乱年代,现在政策都在变呢。"

宋运萍哼了一声:"爸的成分又不是'四人帮'时期定的,说了一年多时间摘帽,我们的帽子摘了没有?我的招工是谁一直在阻拦着?谁知道这个时期是什么时期?我们怎么可能过于乐观?你别书呆子气,政策能这样变,也能那样变,政策是死的,人是活的,起码我看到那些以前批斗过爸妈的人现在还在台上做官,我们还是得听他们的指挥,他们不让我工作,我还是没工作可做。"

宋运辉听着愣了好久,说这话的姐姐让他看到苍老,这话似曾相识,更像是从历经艰苦的爸爸嘴里出来。想到姐姐高中毕业后漫长的待业时光,那都是当初把上学机会让给他才导致的。宋运辉内疚万分:"姐,有没有办法跟着他们高中上课,你明年再考吧,现在政审不会再限制你。大学与这儿不一样,真的,你看我都能入团。"

宋运萍没想到弟弟把话题转到她身上来,笑道:"你真不知道,我们以前哪里正正经经读过书,跟如今正规初中高中读下来的应届生没法比。不考了,我还是等卖兔毛的钱攒足了去买只半导体收音机,跟广播电台学英语。或者买辆自行车,到县城读电大去,也是文凭呢。有什么不懂的,有你这个现成的大学生在。"

宋运辉又是哎呀一声:"你不该寄钱让我回家,否则你早点买上一辆二手自行车,早点上电大。"

宋运萍顿足佯怒:"小辉,你什么时候变得这么婆婆妈妈,钱的事你别管,我自己有计划呢,电大得夏天开学,现在买了自行车也没用。你不知道我们多盼着你回家,你回来我们不知道多高兴,一家子在春节团圆比什么都重要,知道吗?你再说不该寄钱让你回家,我揍你。"

宋运辉一听有道理,这才释然,心里更是暖暖的。但他仍是顽皮地冲姐姐做鬼脸:"你天天口口声声揍我,害我从小压抑到大,我的童年不知道多黑暗。"

"嘿,臭小子,谁打你啦,栽赃。"宋运萍从来不舍得打弟弟,他们家也没打骂孩子的传统，这会儿见弟弟冲她做鬼脸，知道这小子寻她开心呢，抓起地上一把雪揉硬了扔过去。宋运辉一甩大包就跑，宋运萍捂着书包跟上追杀，一路嘻嘻哈哈。这书包里，是宋运辉给她带来的一大堆书，有一套四本《红楼梦》，是宋运辉问人千求万求借来，有买的《唐诗三百首》，有《宋词精选》，有《古文观止》，有《安娜·卡列尼娜》，还有好几本杂志和宋运辉从大学图书馆借的小说，她不知多珍惜这一大堆书，书包虽重，她还不舍得给宋运辉背。

但两人都各怀心思地往后看了看。宋运萍想，听说公社那儿摘帽政策早已经下到街道，可她和爸一起去问，人家爱理不理，若是换她和那个雷同志一起去——宋运辉则是从姐姐的话里感觉到自己肩上担子的沉重。出去读书之后才知道爸妈的懦弱，这个家，现在竟然是由姐姐柔弱的肩膀在担着，而姐姐虽然不说，心里不知道多希望有人与她分担那责任。他已经是大学生，他也是男子汉，他应该做些什么了。

02

雷东宝回到家里吃中饭，一直心不在焉，两只环眼兴奋得杀气腾腾，如果不是他亲妈，旁人看见准得吓死。他的兴奋，一半儿是为那么动听的声音，一半儿是为终于了解联产计酬的步子究竟能跨到哪里，有些事情一点就破，可没人指点时候，面前糊着的那张纸坚如铜墙铁壁。他草草扒拉了饭，照例将饭碗一搁交给妈，去队部找老书记，没见到。寻到家里，果然老书记坐在被窝里暖暖地听收音机。

雷东宝没一点寒暄，自己找凳子坐到床头，开门见山："叔，我问清楚什么是大包干了。就是把责任田一竿子……那个包到每户人家，不是隔壁几个大队他们那样包到每个组。"他想学宋家那个弟弟说的话，但话到嘴边却忘了一半，"《安徽日报》已经宣传过，人家早做上了。我们也干吧。趁现在农闲，先把全大队的地摸清楚，春节之前搞好承包，开春天暖，大伙儿正好开始卖力侍弄。"

老书记关掉收音机，奋拉着厚实的眼皮跟睡着似的想了很久，才道："我们不能做出头椽子。包到户，那还有集体经济吗？那不跟解放前一样做地主了吗？社员还能听集体的话？"

雷东宝不慌不忙，将宋运辉的解释搬出来："不一样，地是集体的，就像是我借一把凳子给你，你用着，可凳子还是我的，赖不掉。"

这回老书记很快答话："东宝，你年轻，没经历过事。这种文件上都没说明白的事，你千万不能做，这是挨批斗的原则性大事。我老了，你还年轻，又是复员军人，还有大好前途，万一有个政治上的污点，你一辈子没有出头日子。你好好想想。"

雷东宝好好想了想，但他根本就不在乎老书记的担忧："叔，我现在就没在过好日子，你看整个大队小伙子，哪个娶得上媳妇？我回家那么多天，又有哪天吃饱？日子还能坏到哪儿去？不怕。叔，你年纪大，你才担不起风险，正好眼下天冷，你老寒腿犯了，出不了门，大伙儿都知道。承包的事，我来管，我担着。"

老书记心中万分不肯，伸手抓住雷东宝的手，语重心长地道："东宝，你误会叔了，叔不是怕担风险，叔以前怎样的，你问问你妈就知道。但是这方案得经公社批准，公社能不能答应你？你的想法太新，公社也不能决定，公私问题大是大非，公社肯定得讨论再讨论，等他们讨论完，黄花菜早凉了，还搞什么承包。这样吧，我们步子走稳一点，考虑成熟一点，还是分组联产计酬。你抓紧把地丈量出来，我们年前争取搞好。大家都在分组承包，公社不会太管我们，过年过节的他们可能连开会都不会参与。你去做，方案我这几天写出来，交给公社。"

雷东宝闻言眼前灵光一闪，不由暗暗一笑，嘴上非常爽快地答应："好，我下午就干。再一件事，后山那座砖窑，我搬开碎石望进去看了，里面好像没塌，不知道能不能用，行的话，开春把砖窑烧起来。"

"砖窑一点问题都没有，当年砖窑是我的罪名之一，砖窑口还是我自己亲手扒的，省得他们那些败家子乱扒。你别看外面破破烂烂，里面结实着呢，好用。"老书记说完，得意地偷笑，一脸又挂满老猫胡子。原来人人都有小狡猾。"等天稍暖一些，我找几个老把式把砖窑整一整，整个囫囵地交给你烧，你安心去做别的。东宝啊，我和队长都年纪大了，以后冲锋陷阵的事你多担着点。"老书记又说。

雷东宝一听就乐了，蹦起来就往外走，一边霹雳似的扔下一句话："就这么定。"话音未落，人影早没了，客堂间大门被他关得地动山摇，震得屋顶簌簌落下老尘。老书记看着哭笑不得，他话还没说完呢，比如他还想叮嘱雷东宝丈量土地时候该留意什么，组织人手时候该找谁，跟人说话客气点之类的，没想到这小子说走就走，龙卷风都没他快。

雷东宝旋风似的刮到队部，冲到会计门前，大声吩咐："拿纸，拿笔，拿卷尺，再拿团绳子，量地去。广播怎么开？"

会计比雷东宝大不少，并不是很看得起这糙货，闻言依然坐着，不紧不慢问一句："几张纸，几公尺的卷尺，什么绳子？"

雷东宝一听就知道这四只眼跟他搞对抗，伸手一把拽住会计的领子生生把他从椅子上拎起来，拉到面前，一脸狰狞地盯着他，咬牙切齿地重复："纸、笔、卷尺、绳子，妈的，开广播。"

雷东宝手一松，会计的屁股在桌角撞一下，却连一个屁都不敢放，四十岁的人，身手灵活地在椅子、桌子间转弯抹角去打开广播，调好音量，然后立刻退开，寻找卷尺绳子。他怎会不知道丈量土地用什么卷尺什么绳子。即使真不知道，也被雷东宝那一脸凶神恶煞给逼明白了。

雷东宝噔噔噔到麦克风前，扯开嗓子就喊："四宝、老五、红伟，来大队。四宝、老五、红伟，来大队。快，有好事。"

会计一边儿听着觉得非常不正规，但再也不敢吱声，闷声不响将丈量土地的工具收拾出来，而且还一式两份，因为他听到雷东宝叫了三个人，这么多人出去丈量，一份纸笔卷尺显然不够。雷东宝也不语，煞神一般地站一边看着。

包括后面丈量土地的时候，雷东宝也是背着手一边儿看着，他以前做的是工程兵，又不懂丈量土地的事儿，连一亩是多少平方米他都搞不清楚。反正他把原因说明白，说是为搞承包，既然土地包到人头上，就得把好地坏地分清楚，不能这人给好地那人给孬地害死拿孬地的人，然后大伙儿就兴奋地忙活上了。四宝悄悄问隔壁大队都是分到组里，一个组有三四十个人，怎么我们大队难道是分到户吗？那倒是大快人心了。雷东宝连忙说这只是打比方，大队当然是承包到组。但是，雷东宝狡猾地在心里想，这个组，可以小啊小啊小到三四个人，那就是跟承包到户没什么两样了。什么大包干，什么分组联产计酬，他们爱怎么说就怎么说去，咱自有咱的对付。

天寒地冻，又近年关，公社里果然没人肯来参与小雷家大队这个落后分子的承包大会。老书记坐在露天大晒场的主席台上正儿八经地说了承包的意义，承包的好处，没说几句话，就下来把下面的雷东宝扯起来，占了他坐得暖乎乎的凳子。老书记都懒得管东宝怎么讲，光捧着杯子很感慨地想，东宝到底是个年轻气血盛的，坐过的位置跟火炉烤过一样热，做起事情来也快，原以为这事情磨磨蹭蹭总得拖到元宵之后才能大致有个眉目，没想到这小子两天就把整个大队的地量了出来，还让会计和红伟两个把土地方位图也细细描出来，甲级地，乙级地，丙级地，标得一目了然。这不，雷东宝正挂那图呢。

但等图纸展开，老书记傻眼了。原本用黑线画的一块一块土地，怎么被用红线画成一小片一小片了呢？他忽然悟到什么，整个人愣在座位上，这臭小子，别阳奉阴违当那么多人面犯大错啊。下面那么多人，好几人盯着臭小子的位置不服气，这要是被人告到公社里去，明天公社就会派人来摘了臭小子的乌纱帽。老书记顿时坐立不安。但是，上面雷东宝早已指手画脚地开讲了。

"社员们，我不会讲大道理，我就直接讲怎么承包。你们看图，我们大队共有甲级地这些，乙级地这些，丙级地都是零碎边角料，是这几块，承包到每个人头上，甲级地六分，乙级地三分，丙级地六分。四眼会计和红伟这几天已经把地都按大小画好，等一下你们每个人上来抓阄，甲箱抽一个，乙箱抽一个，丙箱抽一个，抓到甲一地，这地就是你的了，抽到甲二地，以后你种甲二地，乙级丙级地也一样，抓完阄凭纸条到窗边问红伟、四宝拿地，自己赶紧去画好地界。但是且慢，你一个人能做啥啊，你一个人犁地后面谁给你扶着犁啊？你那么能干还种什么地，趁早做神仙去。所以抓阄后我们还得自愿组成小组，你可以找你爹妈儿女，也可以找你兄弟姐妹朋友妯娌，随便，一定要组成小组才能跟老五、四眼签承包合同，小组的人得一起摁手印，明白了吗？这就叫分组联产计酬，隔壁村都那么在承包。"

老书记心惊肉跳地听着，但听到最后，一颗心咚地放了下来，鼻孔里呼出一声长气。这臭小子，到底还是不肯分大组，硬是搞了个偷梁换柱，名堂说得好听，可那些社员自愿组合还不得按家庭亲戚组合？说到底依然是承包到户。可被东宝那么一说，似乎还挺合情合理，说到公社去也不怕。老书记看到雷东宝横着一张脸看过来，他当没看见，撇开脸去，心说回头算账。

这时下面有人跳出来问："万一我抓到甲一地，我老婆抓到甲一百零一地，以后我东头浇一桶水，还得跑一里地到西头再浇我老婆的地，麻烦不麻烦？还是划片吧。"

雷东宝眼睛一横，眉头都不动地道："行啊，你们一家老小十一口人，甲三十到甲四十这一块都是最好的地，你不想挑着水桶跑来跑去，这一大片全给你们，旁边大多数是丙地，你干不干？如果旁边都是甲地，你们一家全拿好的，人家干不干？现在抓阄是最公平的办法，完了你们嘴巴长鼻子底下，自己找人换来换去换到一起。就跟你买电影票，你是一排二座，你老婆是十排二座，你进场后找人师傅长师傅短换了位置不就成了？多大屁事，搞得跟关公一样红脸。大家还有什么问题，讨论讨论，没意见就举手表决通过。"

众人顿时嗡嗡嗡讨论成一团，说起来什么方案都有，但基本上没脱离甲级地分一些乙级地分一些丙级地也分一些的公平合理方案。老书记想了好几个分法，比如说先结合成组，然后再抓阄什么的，但都不行，纸条不可能照顾到一组几个人。想来想去还是东宝的那办法合用，虽然挺傻，但最公平合理。老书记完全可以站起来跟大家讲理由摆道理，但他不说，他要给社员更多讨论争吵的机会，这种承包大事，一包就是关系到五年口粮的大事，一定得包得人心服口服。

老书记耐心地低头喝水抽烟，仔细地聆听周围大伙儿的激烈讨论，掌握着周围人的思路走向。令他放心的是，雷东宝一动不动，也一声不吭地坐在主席台上虎视眈眈，一点没有不耐烦与社员吵成一团的意思，好，这才是大将风度。结论，得由大伙儿自己吵出来，大伙儿才能心服口服。

老书记等听到前后左右的意见大致统一到雷东宝说的意思上来的时候，毫不犹豫地高高举起他的烟杆。他坐在前面第二排，谁都看得见他那柄黑亮的烟杆，会场顿时一阵静默。没多久，一根、一根、一根的手臂坚决地、犹豫地、彷徨地、无奈地接二连三地举了起来。

会后，四眼会计与四宝、红伟、老五他们四个忙得不可开交，老书记悄悄走到雷东宝身边，拿烟杆子敲敲他肩膀，使个眼色，要他跟来。雷东宝自知理亏，心虚地跟在老书记后面，一直跟到大队部。但雷东宝见老书记关上门，却什么都不说，转来转去找什么，心中狐疑，心说，别把老书记气糊涂了吧，但刚才最先举手的还是他呢。

终于，见老书记从桌底掏摸出一条两尺来长板子，是他平时扔地上搁脚御寒的，只见老书记抄起板子，雷东宝心中飞快闪过念头，叔肯定是火大了，要打就让他打三下，让他出受骗上当的气，多打不肯。老书记果然不客气地一板子抽在雷东宝屁股上，嘴里恨声道："叫你骗我！"雷东宝一听不对劲，回头一看，果然老叔一脸老猫胡子，在偷笑呢，他不等第二板子下来，飞身夺门而逃。老书记一板子打空，却笑出声来，将板子冲雷东宝背后扔过去，嘴里却大喊一声："操你娘，干得好！"见雷东宝做事如此麻利，老书记都没好意思把砖窑的事情拖到年后了，裹紧棉衣出来想找老伙计商议，没想到晒场上早空空荡荡。

原来晒场上的男人早蜂拥挤到田头，女人则是回家找来板子到田头找到自家男人会合，跟着红伟、老五他们为自家的承包地竖上"界碑"，反而是四眼会计和四宝两个签合同的桌前却是空空荡荡没人响应。冬日的夜晚来得早，筋疲力尽的红伟、老五很想早点回家吃饭歇息，但早有人燃起松枝要求挑灯夜战，人们竟是全体响应。无奈，红伟和老五也只能撑着，一直将甲级地分完，松枝燃尽好几条，才告一段落。而划得承包地的人却依依不舍不肯离开地头，生怕别人拔移了"界碑"似的，天寒地冻都不足畏惧。更有人干脆站在呼啸寒风里现场办公商议怎么组合，怎么与人交换地块，一个个热情空前高涨。

但是，接连两天，大队部的签订承包书桌子面前，一直空空荡荡，没几组过来签订。四眼会计此时已经服了雷东宝，拿着名单满村子地找雷东宝而不是老书记想办法，一直到大队养猪场才找到。

臭气熏天的猪场里，雷东宝正与猪倌商量哪几头猪可以杀，哪几头猪留种。见四眼会计进来，他拿环眼盯着会计，却自言自语似的道："这猪连番薯藤都吃不饱，摸上去一把骨头。你算算一个人能分几斤。"

四眼会计每年都算，早轻车熟路，拿钢笔在手心手背算了会儿，报出个数字。

雷东宝不清楚四眼会计是怎么算的，问道："下水怎么算？猪头猪脚不能算在内，谁有钱谁买。"

四眼会计忙道："一向都是肉平分，猪血下水猪头猪脚谁出钱谁买，另外留一只猪头，大队干部聚餐。"

雷东宝想到他们当兵时候连长指导员与他们一个锅吃饭，有时抢任务抢时间，好菜还留给突击队员吃，这个大队倒好，干部比群众吃在前头。统共才几头猪，几个大队干部一顿得吃掉几个人的份额。他压根儿就没想这事得与老书记他们商量一下，顺口就道："今年不留猪头，开春砖窑开起来，买煤、买手拉车，多的是要钱的地方。我看队里都没几个钱吧，一只猪头的钱也好。"

四眼会计有意讨好，拉住雷东宝的手臂一直拖到猪场门口，才附耳轻声道："要不赶杀猪时候留只后腿，给公社信用社主任送去？只要他主任一张嘴，就是买辆拖拉机的钱都能借出来。"

雷东宝本来挺厌烦四眼会计的亲密相，但听了会计说话才明白这话还真只能贴着耳朵说，他狐疑地问："这不是腐蚀革命干部吗？别肉给扔出来，事情也办不成。不行，要借钱我们还是问公社打报告，按规矩来。"

四眼会计真没想到，如此凶神恶煞的人竟然会如此单纯无知，他硬是傻了几秒钟才反应过来，道："你不信问书记，都是这么在做的，否则就是公社批条了你也借不出来。"

雷东宝将信将疑，仍在嘀咕："这不是犯错误吗？对了，你来这儿什么事？"

四眼会计这才想起他还有要紧事找雷东宝，忙道："才三个小组来签承包书，怎么办呢？问他们，他们都说再商量商量，我估摸着他们得商量到春节后。"

雷东宝奇道："地都已经分到他们手上，干吗还不来摁手印？你晚上广播里通知，明天杀猪分肉，谁不签谁别想分肉，年内不签，分到的地退回，以后继续出工拿工分。什么屁大的事儿，磨蹭啥？"

四眼会计提心吊胆地提醒："东宝书记，要不要注意一点方式方法？要不我跟老书记说说，晚上挨家挨户……"

雷东宝打断他："我跟叔去统一意见，你照我说的做。天快暗了，快去。"

四眼会计看看表壳开裂的手表，连忙离开猪场，心里一直在想，这东宝书记可真够粗暴独裁。

但四眼会计没料到雷东宝的独裁效果会是那么好，他广播停下没多久，立即有人撂下饭碗上门要求签承包书。但都在摁手印时候问一句，这谁出的馊主意，拖几天会死人吗。四眼会计一点不客气，实事求是告诉大伙儿，这都是东宝书记的主意。顿时大半的人哑了火，这小雷家大队谁不是看着雷东宝长大的？又有谁不知道雷东宝一身蛮力打遍小雷家无敌手？

也有几个仗着辈分骂上几句的，更多的是偷偷告到老书记那儿的，不过老书记一概"嘿嘿"以应，态度非常明确，决不敷衍。众人这才明白，敢情雷东宝后面是老书记撑着腰呢。

等众人离开，老书记才关上门偷笑。不为别的，只因小雷家大队原来的那个造反派书记老猢狲在队里依然横行霸道，在公社依然称兄道弟，老书记取而代之，老猢狲不知道心里头多恨，事事与老书记唱对台戏，而队里没人敢出来说公道话，都怕那造反派书记。但老猢狲唯有怕雷东宝一个，他唯一挨欺负的一遭是得罪了雷东宝的妈，大雪天差点被雷东宝埋进雪堆闷死，此后见了雷东宝就远远绕着走。这世道一向是讲理的怕不讲理的，不讲理的怕不要命的。老书记本来想拉雷东宝撑腰来推进大队工作，意外之喜是这小子还是个能干事的，大队里从来办事磨蹭，这小子上任后气象焕然一新。老书记看着雷东宝越来越喜欢，先前雷东宝来商量以后不占那一只猪头的便宜，他还大大表扬了一番，说大队干部分吃猪头，是老猢狲那种人留下的恶习，该除。可惜小子经不起表扬，白着眼睛溜了。

老书记决定往后死撑雷东宝到底。再说，怎么说都是本房侄子，虽然是远了点。只要雷东宝这半年坐稳，以后他让位给雷东宝，书记之位依然掌握在本房手里。人怎么说都是有点私心的。

03

闹哄哄杀完猪分完猪肉，已是大年三十。闲下来没事做了，雷东宝心里猫抓猫挠地想起一个人，那个宋家姐姐。他花退伍费买了一副猪肝一对儿猪蹄，掏钱时候心里就想着那条通往宋家的路。但他一直腾不出时间，他得看着承包书签完收存，他得看着金贵的猪肉公平合理地分到每一个人手里，他还得处理换承包地位置起摩擦的小官司，没想到芝麻绿豆大的村官，事情多得不可思议。

年三十早上贴完最后一张封条，他拎起猪肝猪蹄撒丫子赶去红卫大队。但上了路才有时间想到一个严重问题，他该找个什么样的借口进宋家的门并送出东西。他做事再直接，也知道不能上去就说我看上你们家姑娘了，那样做会被人拿扫帚打出来。他想来想去，决定违心地挂上向宋家弟弟致谢的招牌。

一路过去，雷东宝一路感慨，看人家大队，家家热火朝天地准备过年，进村就闻到肉味在空气中弥漫，门口挂着鸡鸭鱼肉，不像他们小雷家，一人才能分到那么小小一刀肉，都不够他放开肚皮吃两顿。开春，是真的要好好发展经济了。

紧赶慢赶，好不容易赶到红卫大队，雷东宝却尴尬地发现家家烟囱在冒白烟，正是中饭时间。雷东宝当然是硬着头皮上门了，可心里着实担心宋家所有人的反应。恰恰在吃饭时间到人家家里，人家会怎么看他。

他只是奇怪，别人家都看上去红红火火的，就宋家安安静静，门口啥都没挂，对联都没有。雷东宝尽量斯文地敲门，见开门的是宋运辉，雷东宝忙稍稍提高一点手中的猪肝猪蹄，以他特有的凶巴巴笑脸对宋运辉道："小宋，来感谢你来了。前几天你告诉我承包是怎么回事，我们小雷家大队……"说到这儿的时候，宋运萍听到雷东宝特有的粗大嗓门，离开饭桌来到门边。雷东宝一看见简简单单只穿一件丝瓜蛋花汤般花色棉袄罩衫的宋家姐姐，喉咙一哽，忽然失声。这一下，雷东宝的"司马昭之心"立刻暴露无遗，宋家四口全都看出他对宋运萍别有用心。

宋运辉当即想到，这人癞蛤蟆想吃天鹅肉，反感地拦在门口不让进，而宋家父母多年以来虽然活得战战兢兢，低人一等，却也并不满意这个闯上门来的女儿追求者。只有宋运萍一脸惊异，但面对雷东宝热烈的直视，低下头去，看到弟弟拦在门口，她忙轻轻说一声："雷同志请进，还没吃饭吧。"

雷东宝眼里只有一个人，压根儿没看到其他人的反应。但听宋运萍邀请，却又难得收起泼天大胆，违心地道："吃了，我吃了。前几天你弟弟帮忙，我们承包搞得很成功，我过来谢谢你们。一些些东西，我挂门口，我走啦，你们慢吃。"话是这么说，东西也挂门口了，可脚底下却并没移动。

宋运萍微微一抬眼皮，但都没瞟到雷东宝，就又低下眉，从喉咙底下说出一句："大冷天的，进来喝口汤吧。小辉，给雷同志拿凳子。"

雷东宝早高兴地应声跳进门。宋运辉却看着姐姐走向厨房的身影略微迟疑，但他最终还是没说什么，将一把小圆凳搬来，换下自己的椅子，请雷东宝坐椅子上。家中椅子有限，四口人四把椅子，再多没有。雷东宝进门就冲宋季山夫妇客气地喊"叔，姨"，但这声音却打架似的，又响又硬，一下震动这个原本安安静静的家。宋运辉依然没说什么，只默默旁观，看父母并不是很热情地请雷东宝入座。

宋运萍当然不相信雷东宝已经吃了饭，好在中饭晚饭是一起煮的，饭锅里还有，她取来一只蓝边碗满满盛了一碗白米饭，想了想，又拿饭勺将饭使劲压结实，上面又狠添一勺。她估摸着雷东宝饭量大，怕他客气吃一碗两碗就收手，回去路上冷着饿着。这一碗饭，捧手上沉甸甸的。

雷东宝将饭碗接到手里，就感觉出异样，他心里非常高兴。这说明啥？说明宋家姐姐疼他。他看到宋运萍到门边将猪肝猪蹄拎进来，将门关上。门这一关上，礼这一被收下，雷东宝就感觉自己与宋家人是一家人。

宋运辉也看出雷东宝手中这碗饭的密度，他心里很不情愿，可对着一桌都不说话的人，还是他开口，因为他已经十九岁，已是成人，这个家，他应该起中流砥柱作用："雷同志，你们最终采用什么承包方案？"

雷东宝本来是看着垂着眼皮的宋运萍乐，见问忙道："就是承包到户。但怕公社不让，我们说的还是承包到组，承包书上面也是写组。"

宋运辉一笑，刚想再说，却听姐姐说话："那大伙儿春节后就得忙活了，小雷家大队和我们红卫大队是一个公社的吗？"

"不是一个。"这话是宋季山回答的。

雷东宝却才知道不是一个公社，他当兵之前不会关心这些，当兵回来才没几天，又都是忙得焦头烂额，哪有时间了解这些。他见宋父回答了一个问题，就很虔诚地回答另一个问题："春节后也得看天气，地里的活还不一定要开始做。不过上次我们遇见的地方你们还记得吗？那儿有座砖窑，我那天看了，还中用，春节后尽快把它修好，烧起砖来，给大队里添点收入。"说话时候，雷东宝吃得狼吞虎咽的，他吃饭本来就快，入伍后抢着吃饭，以便能抢到前面盛第二碗，如今更没一点吃相。

宋家人都诧异地看着雷东宝吃得虎虎生风，只有宋运萍却问她爸："爸，你说街道下午还有人吗？"

宋季山道："应该有人，明天才开始春节放假。"

宋运萍毫不犹豫地道："雷同志，你下午急着回去吗？如果不急，能不能跟我去街道找个人？"

宋运辉一惊，立刻想起初遇雷东宝后姐姐说的话，隐隐明白姐姐要雷东宝一起去公社是什么事。他忙将饭碗放下，看住姐姐，严肃地道："姐，这事我来，我等下饭后就去。我们不能麻烦雷同志。"

"我去，没麻烦。"雷东宝不知道什么事，但他心里愿意为宋运萍赴汤蹈火。

宋运萍没看雷东宝，却是带点祈求地看着弟弟，轻道："小辉，你饭后去孙三伯家好吗？他答应把刚剥下来的花菜叶子都给我们，兔子好几天没吃上青饲料了，你力气大，多去挑些回来。小辉——"

宋运辉摇头："姐，原则性问题。"

宋运萍还是轻道："没那么严重。可是，明天就是初一……很不好。小辉，你去吧。"

雷东宝却想到前儿他伸手想拉两姐弟上来，结果做弟弟的没点男人样子，先伸手抢着上来。他想，这个弟弟难道又想在力气活上面挑肥拣瘦？虽然这弟弟说起承包来头头是道，但雷东宝却再次瞧不起他，毫不犹豫地对宋运萍道："我跟你去公社，回来顺便把菜叶子挑回来，没差多少时间。"

两姐弟都知道雷东宝误解了，宋运辉不得不妥协，郁闷地低头吃饭。"我会去。"怕没说清楚，又很不情愿地补充，"挑菜叶子。"

这会儿工夫，雷东宝早吃下一碗饭，宋运萍见他饭碗空了，起身拿起他的饭碗又飘进厨房，雷东宝忽然想起他才刚说过他吃过饭，一下心中很不好意思。但宋运萍把结结实实一碗饭拿来，他还是又吃了。宋家年前的菜还行，比雷家是好多了，有蒸鱼，有粉丝肉汤，还有油豆腐烧白菜，在雷东宝的一起努力下，饭菜全部吃完。这让宋家人第一次见识了雷东宝的胃口。

宋运辉不愿看到姐姐与雷东宝这种人一起出门，吃完饭就抓两只竹筐，拎一条扁担赌气出去。宋运萍怕父母钻进厨房里询问，收拾了桌子也不洗碗，就出来邀雷东宝一起去街道。两人一前一后出门，走在狭窄的村路上，还是一前一后，后面的雷东宝两眼只随着宋运萍走。

直到走到空旷点的地方，宋运萍才声音跟蚊子似的对雷东宝道："谢谢你还特意送猪肝猪蹄来。我叫宋运萍，我弟弟叫宋运辉，我弟弟已经在大学读到二年级了。我们家成分不好，听说现在文件下来可以给摘帽，有人已经落实政策，可我们去街道问问，人家总是让我们等，欺负我们呢。想请你帮忙……"

雷东宝粗中有细，一听就明白，以前部队里时候也那样，那帮坐机关办公室的特势利，要他们做事，常得三请四请，赔足笑脸，才给你懒洋洋做一些。但这帮人也常喜欢敬酒不吃吃罚酒。宋家人都是文绉绉的，再说成分不好底气本来就弱，上去找人办事还不得无功而返？他很高兴宋运萍不拿他当外人看，爽快答应："我们就是一个公社的，也不怕，反而更容易办事。你家养着兔子？收入好不好？"路宽了，两人走在一起，雷东宝可以看到宋运萍冻红的侧脸。

宋运萍低头轻道："我们养的是长毛兔，到现在能剪毛的有二十多只了，我一个人养着，收入已经比我爸妈工资好。要是我们家也能承包一块地就好了，我种上一亩番薯，兔子就不愁过冬了。你家要不要养？"

雷东宝想起自家的院子和刚承包的地，忙道："要，怎么养？"

"开春我抱一对给你。现在天冷，你没准备着兔子吃的，长毛兔又娇，还是先不忙给你。"

雷东宝想到这样一来又有借口找宋运萍，而且可以借着养兔子取经一找再找，喜得差点手舞足蹈。可惜红卫大队离街道办公室近，没说几句话就到了街道门口。

敲门进去，里面只有两个人。一杯茶一张报纸，见人进来，都是微微斜一下眼，一看不是要紧的，都没人开腔，两人继续看报。

雷东宝见宋运萍对他朝着一个人使眼色，便知分管宋家摘帽的是这个人。他走过去伸掌一把将报纸拍桌面上，另一手指着宋运萍对那人道："她家摘帽的事你在做？大过年的，你给个准信。"

那人被如此冒犯，皱眉抬头，见是一个不好惹的混人，自知不能硬取，须得蒙混，便懒懒地伸个懒腰，道："排队，说过多少次了，排队，总有轮到你们那一天。都像你们那样想着插队，我们还怎么开展工作。"

"你们怎么排的队？我们排第几位？哪天可以轮到？"

那人懒懒收拾报纸，却对宋运萍发问："他是谁？你家的事跟他有什么相干？"

雷东宝抢着道："她家的事就是我的事。我问你，你回答。"

那人却"嗤"的一声，斜睨着雷东宝不屑地道："什么时候的事儿？谁问你……"话音未落，那人忽觉腾云驾雾，脚底生风，晕眩过后发现，他被劈胸抓起，顶到墙上。那人好汉不吃眼前亏，面对压到眼前的一张煞神脸，立刻不再吱声。办公室另一个人站得远远地道："你们干什么？我警告你们，立刻放手，否则后果自负。"

宋运萍也惊住，她原本只想大吵一架，没想到雷东宝上来就动武，偏离既定轨道。她想上前劝阻，但又闭嘴，事已至此，不如顺其发展，再回头反而被人更加看死。但心中开始提心吊胆。

雷东宝理都不理身后的警告，盯着眼前的人狠狠地道："老子偏要插队。你今天就给宋家办摘帽。老子只问你一个字，干不干？"

那人被雷东宝拎起来顶在墙上，哪里敢回答两个字"不干"，但有碍面子，又不愿意说"干"，只得战战兢兢地道："得写申请。"

"然后？"雷东宝惜字如金。

"然后把申请放我这儿，等我通知。"

宋运萍一听，心说这就是了，办好的人都这么说。心中不由骂那人一声"犯贱"，挺方便的事，"四人帮"粉碎了，"三中全会"开了，国家给了那么好的政策，却硬是让这帮歪嘴和尚念坏经。想到宋家这么多年来在这帮人手下吃的苦头，虽然见事情有了眉目，虽然知道得罪街道的人不便，宋运萍却背手不去阻拦雷东宝，只觉大快人心。而另外一个人见此情形，不敢靠近，闷声不响旁观。就算他这时逞能，难保他哪天落单挨闷棍，因为谁都知道在摘帽的事儿上，绝大多数人憋了一辈子的恶气。

雷东宝却并不觉得满意，不耐烦地将那人拎高两厘米，怒斥道："你这么大人会不会说话？一茬屎一茬尿没个完。老子问你，申请后做什么，什么时候批准，老子哪一天拿批文，你给老子心肝肺屎尿屁一起放出来。"

宋运萍听了差点忍俊不禁，那人却淋着冷汗从嘴里放出屎尿屁："申请得党组开会通过，每星期只有礼拜五一次，这中间隔着一个春节，我真没法给你确切日期。"

"算你初十上班，我过了元宵就来问你拿手续。行不行，说一声。"

"行，行，你放我下来，我给你们拿申请报告。"那人给吓到崩溃，不再继续讲究面子问题。

雷东宝这才放开那人，叉腰坐到桌边。忽见宋运萍接了申请报告单取笔要填，忙起身将位置让给她，看她轻轻巧巧地在纸上填写娟秀小字。雷东宝觉得这些字个个好看。

办完这一切，两人一起出来街上。雷东宝都不等走远就扯着他一贯的大嗓门道："元宵过后，你别自己一个人来，会吃亏，等我一起过来拿结果。"

"是，谢谢你，雷……"宋运萍一时不知道怎么称呼才好，本来称"雷同志"，可经此一役，觉得再这么称呼，有点对不起雷东宝。究竟是女孩子家，不好意思太主动，不由红了脸，可脸上满是笑意。想到刚刚那一幕，想到原先一直在他们家面前耀武扬威的街道负责人就像纸老虎一样不堪一击，想到雷东宝简单直接解决问题，再想到期盼已久的摘帽问题终于可以得到落实，宋运萍真是激动得想拍胸大笑。可这是在大街上，在雷东宝面前，她硬是忍住，却仰着通红的脸笑道："我真是太高兴了，没想到事情这么轻易解决，太大快人心。我们全家都谢谢你。"

雷东宝却看着宋运萍通红的笑颜，闪亮的星眸，没了刚才一往无前的气势，搓着手笑道："你高兴我也高兴，你高兴我也高兴。"

宋运萍听了，红晕一直蔓延到脖子，不敢再看雷东宝，低下头轻道："不是我没良心过河拆桥，可你回家还得走好多路呢，我不请你到我家坐坐了，你爸妈可能还等着你一起吃年夜饭呢。"

雷东宝舍不得走，可也知道宋运萍说得在理，别的日子都可以晚回家，年三十怎么能让寡母一个人等着操心。他连连点头，道："我知道，我知道。我爸早去世了，家里只有我妈一个。我刚复员，我们小雷家大队造反派书记今年才倒台，他们在的时候个人养猪养鸡都是资本主义尾巴，他们越闹社员越穷。今年我把地承包好了，回头发动社员女人养猪养鸡养兔，男人拉土烧砖，你看我一年，我一定带小雷家大队赶上你们红卫大队，你一定得看着我。"

宋运萍虽然大致知道雷东宝的意思，可听他自己说出来，心里更是欢喜，毫不犹豫就点了点头，轻轻地嗯了一声："这边走，我给你带路"。

雷东宝简直得将根根头发变成触须，才能捕捉到宋运萍蚊子叫一样的说话声音，但他愿意，乐在其中。他也不假客气，他还恨不得绑宋运萍一起回家呢，可惜现在时机还不成熟。他只能一路难得话很多地介绍一下他的简单历史，让宋运萍对他印象深刻。一直走出很远，他才真的不好意思让宋运萍再送，看着她走回家。

宋运萍回到家里，把这大好消息告诉全家。她事无巨细地说，父母听着一边笑一边称愿，一边列举以前所受的各种欺负，只有宋运辉心里很复杂，他没想到，事情可以用一种更不讲理的方式解决，耽误他读高中、耽误姐姐读大学的强大势力竟然在蛮力面前不堪一击。而且宋运辉更是想到，如此一来，姐姐将付出什么。他在姐姐将过程兴奋地讲完后，就说了一句："姐，我们该好好谢谢雷同志，但你千万要想清楚，我那些插队支边的同学有些已经在后悔不该跟没有共同语言的村姑结婚。且不论他们的道德问题，可一个道理是清楚的，道不同不相为谋。"

宋运萍一下红了脸："谁说道不同？我又不是大学生，我也不过是个农村人口，一个连地都没有的人，还不如农民可以承包土地。"

宋季山小心地道："可怎么说我们都是居民户口，有供应粮可以吃。"

宋运萍气道："别有事有人，无事无人，做人别太势利。"

宋运辉也红了脸，但他还是坚持把话说明白："姐，你误解我的意思。你和雷同志不是一路人。你爱看书，爱看《红楼梦》，你是书里薛宝钗一样的人物，雷同志最多是水浒里面的好汉，是红楼里面的焦大。贾府再败落，薛宝钗即使再落魄，她也不会与焦大为伍。这不是户口不户口、学历不学历的问题，完全是性格爱好问题，你们志不同，道不合。"姐弟两人近来一起看红楼，言语之间全是红楼长红楼短。

宋运萍板起脸，起身离开，但走几步，又站住背着宋运辉道："你懂什么，雷同志不是焦大，我也不是薛宝钗。你回去安心读书，别掺和你们大同学的家庭问题，你还小呢。"

宋运辉见姐姐轻视他的见解，异常生气："姐，你可以用理由说服我，但你不能用年龄来否定我。"

宋运萍冷然道："理论再有理，我也只看做出来的结果。百无一用是……"宋运萍即使被弟弟激得生气，也还是记得不能骂人，忙将话止住。雷东宝做人热情，做事实在，是个山一样的男人，爸妈歧视他的户口倒也罢了，这是实际问题，而她觉得，弟弟的话欺人太甚，非常侮辱雷东宝。本来她只是对雷东宝有隐隐约约的好感，只觉得他可依赖可信赖，此时被弟弟一说，她反而坚定不移地站在雷东宝的一边，一个男人是干大事创大业的，难道贾宝玉才算是性格爱好没问题？贾宝玉那样的男人才可怕，请他进门就跟请太爷进门。她气呼呼边说边进自己房间拿起一本书，一看是《红楼梦》，立即烫手一般扔下。

宋运辉已经将一句"姐你受迫害没读成大学，别因此仇视大学文明"的话挑到唇边，但生生咽了下去，他咽下去时候只是本能，一种多年培养成的怕言多必失的本能，可很快就在沉默中想到，这话说出口，太伤姐姐的心。他沉默良久，最终只是冷静给一句："姐，我对雷同志远日无怨，近日无仇，我不是诋毁他，我只是认为他有企图。我们不能太麻烦他，占他便宜。"

宋运萍没想到弟弟会说出如此理智的话来，她也是好久才回答一句："鞋合不合适，脚最知道。别说了。"

宋季山夫妇看着儿女唇枪舌剑，都插不上嘴，心中感慨有之，欣慰有之，失落有之，孩子毕竟是长大了，可孩子做什么也不由爹娘了。

跟以往所有时候小姐弟吵架最终都不了了之一样，这回也是隔夜就没事。虽然是不是真的没事，只有姐弟俩各自心里知道，可春节就那么吃吃喝喝、热热闹闹过下来了。过了春节，还是宋运萍送弟弟去市区火车站，去得早，经过小雷家大队时候，远近不见人影。但两人都看到积雪化掉大半的路边的砖窑已经在整修，周围场地已经清理，整一个大广场。可见雷东宝说到做到，春节几天也没闲着。这回，连宋运辉看着也服，说这位雷同志是个做事的。这话，宋运萍听了心里比弟弟赞美她还高兴。在她心里觉得，被出去读书见多识广的弟弟赞美，是件了不起的事，她也终于为雷东宝放了心。

宋运萍一个人在市里逛了半天，看看市里的姑娘小伙穿得花枝招展，裤子把屁股紧紧包成两瓣儿，裤腿大得像扫帚，还看见一个男人戴着蛤蟆镜，穿三接头皮鞋，理大鬓角，手里拎一只录音机，边走边放，还边扭，看见女孩子经过就作怪声，宋运萍忙躲进商店避开。她差不多将整个市中心走下来，看到电影院门口贴着张红纸，上面用黑墨汁写着《小花》，另有一张是白纸黑字，写的是《追捕》。宋运萍不由得想起弟弟提起他们学校操场放日本电影《追捕》，说里面有个美丽的真由美，穿着很美丽的衣服，会开车开飞机，弟弟还画图给她看，可惜弟弟画图水平不好，但好歹看出真由美是很长的卷发，宋运萍想，那一定很美。宋运萍真想看，可电影得晚上才有，她等不及。

她又去新华书店看看，见到柜台上在卖过时的年画，有一张刘晓庆的特别好看，眼睛弯弯的，就像是《红楼梦》里说的，"任是无情也动人"，她忙掏钱买下来，她觉得刘晓庆可比陈冲美多了。

但宋运萍回来路上，一路走着，一直在想那触目惊心的喇叭裤。她想到那包得跟蒜瓣似的屁股，又是骇笑，这样的裤子，蹲下去不会裂吗？她可不会穿那样的裤子。

宋运辉回到大学，回到书的海洋，不仅学校图书馆里面的书日新月异，同学里面更是能人众多，只要有消息说过去的禁书或者限量内部发行的册子出来，有钱的同学就呼啦一下去排队抢购来看，有些书看得半通不通，可大家还是打攻坚战似的啃下，乐此不疲。宋运辉没那么追风，他把更多时间放在功课上，英语上，他对那些文艺的东西兴趣不是很大，更无法投入同学对文艺的侃侃而谈。

开学忙碌一段时间之后，他才有时间作为辅导员给四五年级的班干部讲课。这次他讲的是第一个植树节的意义。为此他根据中央关于大力开展植树造林的指示，找了很多资料，深入浅出地告诉孩子们，植树，对环境对人类的影响。他来自农村，而坐在他面前的孩子们来自城市，对于他所讲的树与人的关系，孩子们都很是好奇，非常爱听，连老师都听着觉得有趣。

讲完课，宋运辉与老师说了几句话，见到梁思申一直背着书包在门口等着，知道小姑娘有话要跟他说，与老师告别后，就走向梁思申。梁思申见他走来，就快乐地大声道："Happy New Year, Mr.Song.（新年快乐，宋老师。）"

宋运辉早知道这小姑娘古怪多，知道她从小就被她妈逼着学英语，现在虽然小学三年级起也试教英语了，可梁思申的英语水平早应该上初中，不比他差。他笑眯眯地道："应是Teacher Song。新年快乐，梁思申，你看我给你带来的鹅毛和公鸡毛。"宋运辉将夹在书里的鹅毛公鸡毛交给梁思申。

梁思申顽皮地晃着一个手指头，笑道："Mr.Song错啦，我外公说了，在美国，称呼老师用Mr，不用teacher，Mr.Song，谢谢你给我带礼物，我也有，是美国的一套卡片，送给你。再给你看看外公给我的压岁钱，是美国的美元噢。可是妈妈只给我一美元的，一百美元的被她没收了。"她从书包里小心翼翼摸出一张绿绿的票子和一套卡片。

"你外公从美国回来？你高兴吗？梁思申，我也谢谢你的礼物。我看看是什么卡片。"两人一起坐在操场边的花坛上，梁思申摆布鹅毛，看怎样才能制作成可以写字的鹅毛笔，宋运辉欣喜地通过印刷精美的彩色卡片看花花绿绿的美国，又把一元美钞上面所有的英语字认了一遍。"梁思申，外公看见你高兴吗？"他问。

"外婆看见妈妈和我，说着说着就掉眼泪，哭得我怪不好意思的，只好陪着他们一起掉眼泪。以前奶奶老是嫌妈妈成分不好，这下她没话说了，省委第一书记还接见我外公外婆呢，看他们以后还敢看不起我和妈妈不。妈妈说，我们这个年，过得那叫扬眉吐气。Mr.Song，妈妈还说，我们要加紧办出国护照，她要送我去美国外公那儿读书。我也想去美国玩，可我不愿意离开爸爸妈妈，Mr.Song，怎么办？爸爸妈妈说，最后还是要看我自己的决定，因为他们也舍不得离开我。"

宋运辉早就知道梁思申的家庭不简单，爷爷是省人民银行的行长，几个伯伯都是省财经系统的大官，她爸爸也是市人民银行的官。也知道她爸爸当年硬是要娶一个逃到国外的上海资本家流落在国内的女儿，是多么艰难，以后又是被视为家庭异类。而且还知道，重男轻女的梁爷爷一点都不喜欢最小的孙女梁思申。但梁思申在相爱的爸爸妈妈庇护下，却活得很快乐很阳光。这会儿见问，他看着手中一套十二张图片，犹豫地道："如果是我，我会选择去美国读书。我知道我的经历，当我第一天踏上火车的时候，我觉得是踏入另外一个世界。在这个省城里，我看到以前从未见过也从未想象得到的东西，包括公共汽车、自来水。你知道，那是多大的震撼吗？我感觉，我的视野一下提升，我的见识思维因此开阔，而我整个人完整了许多。我很庆幸我有来这个大城市读书的机会。我感觉，我从家乡到城市，就像你从这儿到美国，那对你的成长有积极意义。你理解我的意思吗？"

梁思申做个鬼脸："只懂一半儿。Mr.Song，去美国读书，我会变得更聪明，更强大吗？"

宋运辉肯定地道："会，我们现代人正是因为站在哥白尼、牛顿这些巨人的肩上，才能看得更远。你到美国如果好好学习知识，你将是站在另一种巨人的肩膀上，你的心会变得更强大。当然，如果你不求上进，没妈妈管着就不好好读书，你还不如不去。"

梁思申扬起小小的脑袋，想了半天，坚决地道："那我去。我要赶超Mr.Song。"

宋运辉一愣，没想到小姑娘赶超的目标是他："我已经跑在前面，你将踩上巨人肩头，我们比赛。"

被宋老师如此重视，梁思申俨然觉得自己变成大人，忙严肃起来，郑重伸手，与宋运辉重重握了一下，就像大人一样地握手："Mr.Song，我会好好学习，你看我的。"

"好，等你学成归来。"但宋运辉估摸着这个再见面的可能性太小。

04

按照小雷家大队风俗，初一走亲访友，初二喜庆结婚，但几年前到今年，小雷家大队已经三四年只见姑娘嫁出去，不见姑娘娶进来。初二有一家姑娘出阁，大队晒场上停了好几辆手拉车，上面是花花绿绿的锦缎被子和油得闪亮的家具，有一辆手拉车上，竟然有极其稀罕的一台三洋黑白电视机和一台先锋双声道收录机，而上海产的华生牌台式电风扇反而显得不那么露脸。

小雷家大队那些光棍满嘴苦涩地瞧着这些嫁妆，就是把他们抽筋剥皮论斤两卖了，也筹不齐买这么些嫁妆的彩礼，他们什么时候才能娶到一个老婆啊？

雷东宝也是看着这几车光鲜的嫁妆心里不是滋味。他想到宋运萍了，比之眼前这个即将出阁的新娘，他心目中的宋运萍不知强几倍，长得更好，为人行事也更好，性格更是不用说。娶眼前新娘这样的姑娘都要那么多彩礼，娶宋运萍呢？可是，他现在凭什么喜欢人家？一年后，他又能拿出多少彩礼？眼下，他除了砖窑，除了承包地，还有什么挣钱的路子可寻？

雷东宝想到这儿，心烦气躁。但是他心中几乎咬牙切齿地发誓，无论如何，即使剥层皮，也要把那么好的宋运萍娶回家。这姑娘太好了，他从没见过这么仙女一样的姑娘。想起她,他心里就跟灌了蜜糖似的甜;想起她,他就忍不住想神行百里立即赶往红卫大队瞅她一眼,对,即使只是一眼也好。

送亲的队伍喜气洋洋的,而一帮大大小小的光棍脸上什么神情都有,唯独没有笑脸。而且物以类聚,游来荡去,渐渐混到雷东宝周围,一个最僻远的角落。大伙儿默默看着二踢脚爆竹接二连三飞上天空,看着刺眼的嫁妆终于被喜气洋洋地推走,看着送亲队伍走远……

雷东宝转身想走,却撞到一个人身上,这个人傻傻的,瘦削的脸上满是阴郁。雷东宝知道他想什么。雷士根,也算是大队里的秀才,年届三十,却已经被悔婚多次。他忍不住拍拍士根的肩,宽慰道:"士根哥,你是秀才,种地会动脑筋,以后承包地里长金子长银子,都看你自己啦。"

士根收回傻气,却将了雷东宝一军:"东宝,俗话说,新官上任三把火,你已经搞了承包,干得不错,后面两把火你准备怎么烧?"

雷东宝是个不怕被将的,也不是个藏着掖着不肯说的,爽快地回答:"不瞒士根哥,后面两把火,烧来烧去都是为吃饱饭。一把是把后山的砖窑烧起来,一把是发动全大队老少娘儿们搞养殖。看了今天的嫁妆,我心里很堵,什么初一初二,想不打光棍,想吃饱饭,今天就把第二把火烧起来。你们谁跟我去?做一天算俩工。"

士根却犹豫了:"东宝,起码过完年……初十吧,初十开始干。过年哪,要饭的也不会出门。"

雷东宝哼了一声,闷声闷气道:"讨饭也得冲在前头。我今天跟你们把话砸在这儿,我跟书记老叔算了下,砖窑先要三十个人就够。老叔那儿要去三个名额给师傅,其他二十七个人,谁早跟我干,谁往后每月拿工资。我不动员人,想挣钱娶媳妇的,回家拿钉耙锄头,跟我上。"说完,雷东宝转身就走了。他今天受刺激了,血性地想挣钱,他想比他老的光棍应该比他更心急更血性,还做什么动员,想要老婆就上呗。

但他没想到,诸光棍在他身后面面相觑,都觉得初二出工,这事儿荒唐,要做事也不赶春节这几天,要饭也别赶得像急杀鬼。可问题是砖窑名额有限,若是被谁赶了先,自己混不进这二十七人名额里,不是失去一个机会了吗?但大家你瞅瞅我,我瞅瞅你,你没动,我也不动,竟没一个挪窝的。

雷东宝肩扛钉耙挑两只畚箕出来,见晒场上光棍们还木着脸一动不动,极其失望，一边走向后山，一边忍不住破口大骂："妈了个巴子，做人没本事，做不成孙悟空，也学学猪八戒，看见甜头扑上抢。光棍做得血气都给狗吞了，孬种，老子看死你们一生一世做不出头。四宝红伟老五，是朋友别死样活气，滚出来。"

四宝红伟老五都知道雷东宝点名了若还不动，回头有的好果子吃，忙与周围人赔笑几声，飞奔回家拿了家伙跟上雷东宝。又有两人也跟了，但大多数还是没动，大伙儿都觉得大年初二干活儿极其荒唐，雷士根更是摇头说，正月里国家领导都丢下日理万机回家休息，几个白饭都吃不上的积极个啥劲儿。

到了砖窑，雷东宝看看身边稀稀拉拉五个人，一声闷哼，脱下棉袄往窑顶一扔，抢钉耙就开始清理砖窑周围碎砖。其他五个也都不敢吭声，扒的扒，挑的挑，将砖窑周围场地一点儿一点儿地平整出来。很快中午，还是雷东宝说声"收工"，大伙儿才回家吃饭。但等雷东宝吃完稍坐会儿再回砖窑，却见他们五个早已回来开工。

雷东宝这才收了脸上的黑云，边干边道："我盘算着，我们先烧两窑砖试试，看要用多少煤，多少车泥，多少个工。回头四宝和红伟，你们算算，一车泥巴可以烧多少砖，每块砖用多少钱的煤。算清楚了，我们跟承包产量承包土地一样，做砖也包，拉一车泥巴多少钱，打一块砖坯算多少钱，烧一窑砖算多少钱，卖掉一块砖拿多少钱。谁有力气多做，谁拿的钱多，多拿钱早娶老婆，谁偷懒耍滑，饿死活该。你们看怎么样？"

四宝问："不上交给大队吗？挖大队的泥巴，用大队的砖窑，不上交点说不过去。"

雷东宝想了想："二八开，二归大队，八开工资，差不多了。砖窑坏了大队修。"

大伙儿想了会儿，还是四宝脑筋灵光，道："这主意好，以后我没日没夜干。但东宝，算账这事，还是士根最强，要他算肯定算得更清楚。"

雷东宝不以为然："做事拖拖拉拉，脑袋再像诸葛亮也干不成事。士根不来，我们不求，我们大不了多花几夜，再不行我拿去交给一个大学生算，大学生还能算不出来？不怕。"

老五问："东宝，你说会不会我们拼死拼活干了，一天挣不到一角钱？"

雷东宝毫不犹豫地道："一天挣不到五角，把我雷东宝活埋填窑里烧了。我在部队里常去砖厂拉砖，那些砖厂的职工多懒，还照样一个月拿得到二三十块工资。我们好好干，勤快点儿干，比砖厂职工多干一倍的活儿，一个月收入争取翻倍，拿四十、五十块，一年下来，我们也抱它个电视机回家看看。"

"东宝，真能拿那么多？"

雷东宝依然胸有成竹地道："我跟着工程队去的地方多，见的世面多，听我的，有你们好处。"

"可公社能让我们开砖窑吗？以前还是公社带工作组来扒的。"

"年代不同了，你还翻老皇历，地都承包了，砖窑还不让开？听我的。"

雷东宝虽然没扯着喉咙做宣传，但他说话胸有成竹的样子，令其他五个心中生了盼头。红伟又问："我们今天抢了头筹，但万一别人看着我们拿钱多也争着拉泥抢我们饭碗来呢？"

雷东宝斩钉截铁："三十个，一个都不多，我爹从坟里跳出来求我都不放人。"

"一定要光棍吗？"

"来谁都行，只要别是七老八十做不动的。"

五个人一边奋力干活，一边心中打开了小九九。晚上收工回家，一个个找身强力壮的亲朋好友暗中宣传，以图肥水不流外人田。只有雷东宝回家微微有点提心吊胆，话是通过五个人说出去了，但他们烧出来的砖供销社又不包收购，将来砖烧出来卖不卖得出去？究竟真的能不能每人挣到五角钱？他心中没底。可既然话放出去了，他当然只有硬撑着充好汉，打肿脸也得说肯定能挣钱。

没想到，第二天初三，砖窑就有三十二个人等在那儿，大家还是抓阄，才拉掉五个人，留二十七个人大干快上。下午时候，老书记带两个老师傅悄悄到来，拎泥刀、泥桶，开始修复砖窑烟囱。

事情只要做起来，就招人耳目。早有邻村走亲访友路过的开始打听砖什么时候烧出来，多少价钱一块。这样的探听，给了不过年干活的人以信心。

雷东宝终于明白一个道理，事情不做，永远没有机会；事情做了，机会自己找上门。

所有的进程，只要沾了雷东宝的手，仿佛都能飞速前进起来。承包如是，砖窑如是。雷东宝鼓励大家，要用抢饭吃的劲头干活。

场地很快平整出来，第一车土拉进场地，第一批砖坯在老师傅指导下打出，大队仅有的几块钱在公社农业银行开门第一天便取出来全买了第一车煤，第一把火开始温火烧新窑，第一个买主已经拿钱排队等候要砖，虽然只要两百块砖。事情进展顺利，工地上热火朝天，胜利似乎指日可待。

面对大伙儿如火如荼的热情，雷东宝却反而变得冷静。砖窑这件事上，他是牵头人，砖窑往后的日子是好是坏，他有全责。

初十晚上，须得有人看着整夜温火烧新窑，老书记要求这种不吃重却很要紧的技术活由他来做。雷东宝晚饭后就找了过来，爷儿俩坐在温暖的窑边背风处说话。

雷东宝有很多担心，大队那一点点钱买的煤够不够烧出一两窑砖，烧出来的砖质量会不会好，买砖的人会不会多，买砖得来的钱够不够买第二车煤。老书记别的不能保证，却是绝对保证质量，他说以前小雷家大队烧出来的砖早就名声在外，都知道是最结实的，手指弹着铮铮地响。老书记还说，买砖的人他也不担心，听说国家安排全国百分之四十的人这回涨工资，工资涨了还能干吗？吃好穿好住好呗。但老书记也愁买煤的钱，总不能鼓动社员凑钱，何况社员口袋里也没钱。上山砍柴也砍不出几根木柴，这年头山上都是光秃秃的，能砍的都早烧了。寻常茅草烧不了窑。

雷东宝挺愁，万一仅有的煤烧完，砖却没给卖掉挣回钱来买煤，中间出现空当，窑凉了，会不会把好不容易鼓动起来的人心也凉凉了？光棍们看不到挣钱娶媳妇的希望，有家有口的看不到吃饱饭的希望，还会跟着他起早摸黑吗？他喃喃骂人："妈了个巴子，让他们挣钱还得哄着他们，我自个儿挣钱发财还容易得多。叔，不行把村前村后那么多祖堂拆了当柴烧。"

老书记当即给雷东宝一个后脑勺："那些祖堂除非等它们自己倒，你敢动它们一块瓦片，你家祖坟先给人扒了。想想别的办法，你跟着工程兵部队走的地方多，你有办法。"

雷东宝挺不服气："我有再多办法，碰到叔你前怕狼，后怕虎，也早给你灭了。否则你说哪儿找钱买煤？听说问信用社借钱还得送礼。"

老书记道："东宝啊，我原先还担心你年轻不周到，现在在看你把砖窑搞得有声有色，我放心啦。但老叔还是不放心你，你这人做事好，做人不善。叔不是打击你积极性，年前搞承包，你知道有多少人告到公社去？公社怎么批我们？"

雷东宝脖子一梗，怒道："谁告？名单给我，我明天就把他们的承包合同撕了，有屁当面放，背后放暗箭算什么鸟。"

老书记沉默了会儿，才道："你看，你这一说就火上了。人家告的不是承包，都巴不得这样承包呢，人家告的就是你态度粗暴，像个南霸天。公社一上班就赶着把我叫去问，没事儿，我都替你兜着了，但你还是改改的好，做事情得注意方式方法，得让大伙儿心服口服跟你干。就像这次烧砖窑，你当初在晒场怎么骂的？"

雷东宝更怒："这帮人吃屎还是喝尿的？为他们好知不知道？我免了大队干部一只猪头肉他们怎么不去公社表扬我？不是我骂着赶着，他们能那么顺利签承包书？砖窑能那么快烧起来？这帮人又懒又要，天上会掉大团结吗？"

老书记暂时不语，听着寂静暗夜中雷东宝呼哧呼哧的怒气稍微缓和了，才继续不紧不慢地道："社员思想当然简单落后一点，需要你大队干部起带头模范作用，你做事前把道理给他们讲清楚。有人思想扭不过来的，你单独做他们思想工作。人都是讲道理的，你把工作做全面了，就——"

"就啥？我把时间都花在给笨蛋开窍上，我还要不要做事？叔，革命不是请客吃饭，村里也该学我们部队一切行动听指挥。你看着，等他们赚够钱尝足甜头，回头怎么来谢我们大队领导。"

老书记见话不投机，只能不说。因为他自己也在感慨地想着，如果不是东宝态度粗暴，承包哪会那么顺利得到落实，砖窑又哪会那么容易烧起来。他也矛盾，东宝的作为与他平时和风细雨长者式的工作方法完全不同，可明显东宝的工作方法比他的效率高。书记取舍之下，还是做了决断："东宝啊，叔不劝你了，以后还是这样，你只管做事，叔来跟他们讲道理。叔只要求你一样，别动不动瞪起眼睛骂人动手。以后动手之前，先想想叔的话。"

雷东宝对于这个分工很欢迎："行，我以后一生气先把手背身后去。往后我打先锋，叔你押着大部队。"

老书记听了，笑得挺开心："好，你能收收你的脾气就好，一步步来吧。去信用社借钱的事，我明天下午去找人，你不行，那单主任……"老书记伸出一只手，在半空虚刨几下，"手指甲长得很，你会气得当场掀桌子。"

雷东宝奇道："都知道单主任贪，他怎么还坐得稳稳当当？四只眼也跟我说起过。"

"他上面有人。"老书记不再说下去。

"我们啥都没有，你明天上去找单主任，有什么用？"

老书记无语，他愁的就是这事儿，别的都好说。雷东宝见此也明白老书记为难，再说就是逼他了。现在大队一穷二白，自己都吃不饱，拿什么送人？春节才过，连瘦鸡都找不出一只。一老一少两个都愁眉苦脸。山上吹来的风呼呼地叫，叫得愁眉苦脸的两个人更添苦恼。

好久，老书记道："东宝，你回家睡吧，明早这儿还得你管着。我晚上一个人想想办法，看能不能从兄弟大队借点钱，咱利息照算，大不了比银行利息高点，谁让咱穷。"

雷东宝眼前一亮，觉得这主意好。但他才刚起身，又举一反三想到更好的："叔，你说我们每块砖如果比县砖瓦厂的便宜一厘两厘钱的，先付钱，一星期以后付砖，你说人家干不干？"

老书记也是眼睛一亮："干，为啥不干，一星期又不长。可我们太吃亏啦，一块砖少赚一厘两厘钱，一窑砖得少赚多少呢。"

"亏就亏点，谁让我们没钱？权当给信用社那龟孙子送礼。"雷东宝兴奋地道，"我还想到一个招，叔你和四只眼一起拿着公章，带几个人拉一车砖，围上红布，敲锣打鼓到各队转转，就跟当年送我入伍一样，红布上写'一块砖便宜两厘钱'，把人引来咱小雷家砖窑买砖。后面再跟两架手拉车，拿到钱就去煤场拉煤。"

"对头，去县砖瓦厂买砖也得交好钱排队等好几天才有，我们给他们便宜两厘，他们为啥不来？县砖瓦厂卖给公家的砖是三分三厘一块，卖给私人的砖是三分一厘一块，但大多是次品砖，我们卖个整价，三分一块。说干就干，后天出发，明天就整一架花花绿绿的彩车来。东宝，到底是你见得多，叔老啦，不如你们了。"

雷东宝抓抓头皮，客气话却说不出来，事情就这么定了。

被逼上梁山才想出便宜两厘钱办法的老书记和雷东宝都没想到，便宜两厘钱的效果会那么好。经济效果好，老书记率宣传小分队出门当天就拉来五六车煤；宣传效果更好，"便宜两厘钱"竟成了小雷家砖窑的诨名。为了赶着把砖做出来，雷东宝四宝他们竟连算账的时间都没有，只好每天把每个人的工作量记账，以后再算。

但是雷东宝还是惦记着宋运萍那儿摘帽的事。为了两头兼顾，正月十七礼拜一，一大早就踩着积雪融化的泥泞机耕路小跑着去红卫大队。宋季山大清早打开门去上班，没想到就看到雷东宝已经站在门外。小雷家村的锣鼓早已敲来了红卫大队一次，宋运萍见面就问砖窑怎么样了，可把雷东宝得意的，将自己的计谋一一道来。虽然他是吃了早饭赶来，可愣是一边说，一边将宋运萍端来的一碗泡饭一碗番薯粉团吃得精光。雷东宝几次三番想说"你等着，我很快就能存足钱来娶你"，可几次三番又看着宋运萍微微害羞的脸将话吞回去，不敢拿粗话冲撞眼前这姑娘。

摘帽的事儿很顺利，去街道办，人家就送瘟神似的把结果塞给两个人，客客气气请他们回。雷东宝还觉得郁闷，多拖会儿时间，他有借口跟宋运萍多待会儿，可现在不得不急急忙忙走了。走的时候一步三回头，恨不得走一步退三步。

宋运萍本来对雷东宝这个人的身强力壮虎虎生威颇为喜欢，这种特质正是她家所欠缺的。待到亲眼看见小雷家大队春节前后砖窑的明显变化，而如今才刚过完春节，小雷家砖厂又已经轰轰烈烈运作起来，宋运萍对雷东宝这个人雷厉风行的办事作风大为倾倒，刚才吃早饭时候看着雷东宝信心十足侃侃而谈，她心里时不时走岔，时不时地暗思，什么叫男子汉大丈夫？这就是。回到家里依然时时走神，想起街道那些耀武扬威的人对他的态度，她就暗笑。看得她妈提心吊胆，心说女儿难道真看准那鲁男人了？

雷东宝则是明笑出来，一边走一边仰着脸笑，路过看到他的人都避开三尺，以为他脑子有问题。每想到这好听的声音从那么小小柔软的嘴唇里由衷吐出一句"你真能干"，他脸上的笑容就扩大一倍。这一路他也不知怎么走下来的，一颗心如醉酒一般欢快，脚步如蹬在云里雾里似的轻快，转眼小雷家山头在望，但他根本没去留意，他心里一直盘算着一件事，等发钱后赶紧去买一辆自行车，以后只要有一点点时间就可以去看宋运萍，听她说话。老天，怎么会有这么合他心意的姑娘，宋运萍简直是天造地设配给他的老婆，从他第一次听见她的声音就确定了，尔后，则是越来越确认，错不了，就是她。

终于，从云里雾里，他听到有个难听的声音在叫他，硬是把他从欢快中扯回现实。他拧眉一看，原来是雷士根。士根远远就看见雷东宝的异常，但还是大着胆子迎上去，没想到唤醒雷东宝，立刻换来一张凶脸，他顿时认为大事不妙，"嗯……哈"一声，说声"东宝，你还没吃饭哪"，就想溜走。

雷东宝看见士根就知道找他来干什么，肯定是想进砖厂。才几天工夫，砖窑才刚烧起来，砖才刚卖出去没多久，大伙儿都还没分到工资，明眼人就看到一门吃饭生意的盼头，前赴后继敲他家漏风的门，想走后门成为砖厂的第三十一个人。还没过完大年，一个个都巴不得元宵节前就到砖厂上班。雷东宝就曾看到士根也神出鬼没地一直在砖厂旁边转悠。但士根不说，他就不提，他知道士根在后悔，可他也曾在所有人面前砸下狠话，砖厂三十个人，绝不再添一人。士根应该清楚，机不可失，时不再来，砖厂没他位置了，他还得继续打光棍。

但是，雷东宝看到士根手里的一卷纸，再看看士根好像是没睡好的脸，他心中一动，想到了什么，他当即摊开手："手里是什么？拿来看看。"

士根尴尬地笑着，将手中的纸交给雷东宝。雷东宝展开一看，里面清清楚楚写着，拉一车土，平均需要多少时间，两人合力打一个砖坯，平均需要多少时间，拌一车泥，平均需要多少时间，一车泥平均可以脱多少砖坯，这多少砖坯总计包含多少时间、工时。然后，砖钱减去烧砖用的煤钱，减去次品砖，减去砖厂提留，大队提留，最后除以时间，核计每单位时间工钱值多少，再反过去算，就可以得出，打一个砖坯可以得多少钱，拉一车泥可以得多少钱，拌一车泥可以得多少钱，一清二楚，合情合理，拿来就可以用。

雷东宝看看纸上密密麻麻的考核办法，再看看士根又是尴尬又是充满期盼的脸，心中很是矛盾，用这现成的考核办法，总不能不要士根。他当然可以装傻将纸一卷揣进兜里说个谢谢就走，当士根的心血为没有，可这缺德事他做不出来。但三十一个人的口子决不能开，开了别人怎么处理？要这个不要那个，以后他说话人家还不当他放屁？他扬扬手中的纸，对士根道："你早清楚，砖厂没你的位置了。"

士根叹气："知道，唉，是我自己没学猪八戒。这考核办法送给你吧，以后再有什么机会，记得先给我留一个。"

雷东宝点点头，没说话，看士根又伫立片刻，失望离开。雷东宝觉得手里这份考核办法沉甸甸的。

三十个人的数字绝对不能变，想插士根进来，除非哪个人出列。但是现在谁肯放弃砖厂的位置？谁都不肯，包括他雷东宝。目前除了大队砖厂，还哪里去找这么好的活路。谁肯给士根腾位置？

雷东宝在路上站了好一会儿，一直看士根走远。他可以让位给士根，但他让了之后砖厂的生产谁来组织？砖厂才转起来，事事都是他错眼不得地盯着，他要是退位让给士根，谁来管砖厂？要老书记来管的话，又不知给管成啥样。他思考再三，决定还是欠着士根的人情，等来日方长。

吃完饭回到砖厂，雷东宝叫来算账的红伟，将考核办法再核对一遍，果然基本无出入，原来士根前几天在周围出没是为了获取数据。雷东宝将考核办法与老书记核计一下，便叫红伟抄几份贴出来。红伟抄好一核计，顿时大喜过望，一周下来，按每个人的工作量，一个人起码有十多块可以拿。一个月将是多少？五六十块！这简直是巨款。红伟当即在来来回回记账时候将这一消息告诉大伙儿，整个砖厂沸腾得连雷东宝都烧了，砖厂闹得像鸭寮。

众人沸腾的原因更在于，这一周才是新手上路，过后，将更加顺手，赚得更多。有高工资赚，又有承包地可种，让进城做小工都不干了。

看到希望的工人是最容易有干劲的，有干劲的工厂是最能出效益的，砖厂一帆风顺，却也成为县砖瓦厂的心头肉刺，但谁也拿小雷家砖厂没办法。随着时间深入，越来越远的人过来买砖，雷东宝看到买一辆手扶拖拉机跑运输的必要，他让士根自己想办法学了开拖拉机。但是砖厂虽好，可终究是才刚上马，手头钱还不够买拖拉机，他不得不再次想到信用社，无法不想到信用社，除了信用社，这当下还哪儿去找可以借大笔钱的地方。

老书记拎一袋特意从市里买来的很稀罕的上海糖果出马，被人哼哼哈哈敷衍回来了。雷东宝憋气很久，决定自己出马。他什么都没带，直接找进信用社单主任办公室。他竭力管住自己发痒的手，直截了当，没一点策略地跟信用社主任说，礼物让单主任自己点。单主任倒是一点没客气，赞了一声爽快，说可以借一辆手扶拖拉机的钱给小雷家，但前提是拉两车砖堆他家门口。雷东宝一口答应，出了办公室，就将钱拿出来，转身到市农机公司买来一辆崭新手扶拖拉机，让士根开回家。雷东宝坐在颠簸的拖拉机斗上，一路破口大骂单主任，他第一次发觉拳头这玩意儿也有用不上的地方，可也发现借钱这事儿真能解决问题。

士根却从此一心一意跟定雷东宝，觉得他是个说到做到的人。

雷东宝第一次以职权获取强权，是在一张自行车票的获取上。他理所当然地认为他比其他人更有理由获得这张自行车票，因为他迫不及待地需要一辆自行车以争取更多探访宋运萍的时间。他很运气，获得一张凤凰牌男式二十八寸自行车的票子，立马拿上刚挣的滚烫的钱，又问人借一些，去供销社买了乌黑车架上钉七彩凤凰牌子的一辆。雷母却心疼得要死，才挣上钱呢，却立即欠债。但没唠叨上几天，又有新的工资发下来，雷母才无话。

雷东宝新车上手，当然是立即去看宋运萍。充足气的轮胎滚在机耕路上，颠得雷东宝一寸长的短发茬都颤动有致，弹到石块上更是铮铮作响，而且人一下拨高的感觉如骑高头大马，车轱辘飞转之间，再看行路的芸芸众生，则有一览众山小的心理感觉了。

没想到宋运萍也买了一辆，但只是永久的旧车，轮毂锈迹斑斑，而且还是有横档的男式二十六寸。一个冬天过下来，兔毛又厚又密，宋运萍又自己在家稍微做了一下分类，将大多数毛卖了甲级的好价钱。宋运萍拿这钱添了一辆旧自行车，又在电大报了名，准备考电大。这会儿站兔舍门口看进去，笼子里大多是刚剪毛后粉红色的兔肉团，只有两只兔耳朵雪白。

宋家父母不得不默认了雷东宝，因为知道女儿心里主意忒大。但宋运萍太注意分寸，每次雷东宝来，即使父母都在，她都把家门打开，光明正大的样子。见了面，雷东宝说他最近做的事，宋运萍大多数时候听。跟听收音机里的说书似的，每星期总有新的进展新的亮点，宋运萍奇怪，怎么有人的生活就能过得如此活泛。偶尔宋运萍也将自己的事跟雷东宝商量，比如电大读什么，文学呢，政经呢，还是财会。雷东宝不由分说就要宋运萍读财会，说他们现在的四只眼会计记账，一多就搞不清了，等宋运萍读完电大正好给小雷家做会计。这话明摆着动机不良，宋运萍给了一个"呸"，可考试成绩过线后，却还真的报了财会。

雷宋的交往，即使宋运萍不说，宋运辉在信中也会问，宋家父母都是一手好文字，他们也会向儿子汇报，宋运萍无奈，还不如自己跟弟弟实说，经常将雷东宝的发展进程向宋运辉说说，她觉得挺自豪。

没想到第一次就获得弟弟的很好回复，宋运辉在信中说，听说目前有些工厂正在小范围试行个人计件、集体计件考核制，雷同志的砖厂先人一步施行计件考核制度，并因此获得良好经济效益，真是撞对了路子。可见路是人摸索出来的。宋运萍看的时候，觉得这个"撞"字很是碍眼。可再回想一下，雷东宝没有弟弟那样的理论基础，也更别说有什么高瞻远瞩的觉悟，还真有点"撞"对路子的感觉。但宋运萍又想，想"撞"对路子，那也得靠某些人胆大心细真抓实干呢。宋运萍回头就把这信的内容跟雷东宝说了，雷东宝这才知道自己做的事，用简单的一个词来说，就是"计件"，他觉得宋运辉挺能干，再说爱屋及乌，本来对宋运辉不是很待见，现在也全心喜欢上了。

见雷东宝和宋运辉之间夸来夸去的，宋运萍心里比他们都夸自己还高兴。但没想到几次下来，弟弟四月份的一次回信中说，他有一个小朋友去美国做小留学生了，他挺失落，一则是自己暂时没有去美国的大好机会，二则是小朋友就像自己妹妹一样要好。因为听说发去美国的信件邮票很贵，他只得断绝与小朋友通信的念头。宋运萍认为可能是宋运辉近阶段心情不佳，他居然在信中批评了雷东宝。

宋运辉在信中说，改革一靠政策，二靠科学，三靠人。小雷家砖厂依靠政策，依靠小雷家的人，搞得不错，有了个开门红，但是科技含量不够。如今是因为县砖瓦厂的砖瓦价格国家定价，他们才可以做出便宜两厘钱的举动，万一别家大队也搞起砖厂来了呢？而砖厂也只发动了小雷家大队一小部分的人，雷同志作为一个大队的副书记，他有责任想方设法带动更多的人走上致富之路，而不是窝在砖厂，将时间精力全部投入到简单重复劳动中，挣计件工资，却无暇思考整个大队的致富。这是以小失大，捡芝麻丢西瓜的小富即安行为。

宋运萍看着弟弟充满尖酸的回信，气得差点拿一条竹板打小兔子屁股去。她回信责问弟弟，一个农村在一穷二白基础上建立一个砖厂，怎么可以高标准严要求非要它搞什么科学？县砖瓦厂都做不到。同理，让一个手无寸铁的大学生在短短春节几天内发动社员，修复废砖窑尽快投入生产，你宋运辉能做到吗？宋运萍在最后批语是：书生惯会夸夸其谈。

信发出后，宋运萍有些后悔，觉得言重了。以往去信一个星期，来信一个星期，一个月一般可以收到两封信，但这回去信之后，三个星期，才有信回。宋运辉在信中一点不客气地指出，姐姐言行前后不一，一边在信中要求做弟弟的帮雷同志出谋划策，一边只听好话不听坏话，老虎屁股摸不得。明明是她在与雷同志交往方面持有不自信态度，才稍微说到雷同志的不对就跳脚，这种心态有问题。宋运辉建议姐姐不妨把他前一封信的内容说给雷同志听，雷同志人虽粗糙，却应该有男儿胸怀，应该会知道好歹。如果雷同志也生气，那么这种人外表粗糙，内心狭隘，不可深交。

宋家父母也看了这信，看了都说，自家弟弟那是肯定为姐姐好，怎么会乱来。宋运萍不得不检讨自己，是不是真的心态有问题。她确实是一边很重视弟弟对雷东宝的表扬，一边又特别揪心弟弟对雷东宝的态度，这难道真是不自信？可她明明又是很为雷东宝自豪，又很喜欢雷东宝过来看她的。这是怎么回事？她暂时没回信，等雷东宝过几天过来看她时候，将弟弟前一封信的内容用她最委婉的口气转达了，她还没说这是宋运辉说的，她就说是她自己想的，因为知道雷东宝肯听她的。

雷东宝听了双臂支在桌子上，耸着肩缩着脖子像猫头鹰似的瞪着圆溜溜的环眼看着宋运萍想了好久，宋运萍看出他不是在生气，所以看到雷东宝猫头鹰似的样子忍俊不禁，在桌下踢踢他，笑道："你想什么啊，两眼睛贼溜溜乱晃。手放下来，真难看。"

雷东宝呼出一口长气，道："你说得对，你怎么想到的？"

宋运萍松口气，心说这是不是如弟弟信中所写，雷东宝能承认不足是因男儿胸怀？倒反而是她心胸狭小估计错误。她只笑着反问："你说我怎么想到的？"

雷东宝笑道："你让我每天看着你我就知道了。你快点嫁我吧，你看我家离县里近，你读电大可以少走很多路。我前几天买了水泥做兔舍，顺便把几间屋子也浇成水泥地，过两天再买些麻筋石灰把墙也封了，准跟新的一样。我现在还买不起电视机录音机，但我给你写保证书，我明年就把缝纫机、收音机、录音机、电视机都买全了，再添一套家具。你相信我做得到，这辈子我做什么都要让你吃好穿好。"

宋运萍听着心如鹿撞，都不敢看雷东宝，脸红心跳地道："你瞎说什么啊，跟你说正经事儿呢。那不是我想出来的，是我弟弟信里让我告诉你的。我弟弟说你比我有胸怀，能听批评意见。"

"小辉？"雷东宝笑道，"小辉都替我出主意了，你看，我们早点两家并一家算了，也省得我每次想替你们挑水你总不让。"

"你每天砖厂那么累，半年来人都黑瘦了，怎么能让你总来我家干活。"

"那我明天扛两包水泥来，给后院刷条水泥地，雨天走着不带泥。"

"别，后面今年刚种了橘子、柿子、苹果、无花果，还有一棵桂花树，兔粪刚好拿来肥地，要浇了水泥都完了。你刚挣的钱还是给你妈买些好的，她老人家辛苦一辈子了。哎，下个月我准备卖了兔毛买部缝纫机，你以后衣服拿我这儿来做吧。"

"好啊，我那里有几只日本化肥袋，他们说做裤子最好。"

"是啊，我见过，他们把化肥袋拆了做裤子，前面日本制造，后面尿素，特逗。你去拿来吧，我想想办法怎么把这些字裁掉。"

雷东宝涎着脸笑："别拿来拿去啦，你就去我家吧。"

雷东宝涎着脸还是虎虎生威。不过宋运萍早已习惯，啧道："嘿，我跟你讲正经的，你怎么老打岔。"

雷东宝看着宋运萍似笑非笑的脸，真想捏一把，但前阵子想动手动脚，被宋运萍拿着扫帚赶出去，又好一阵不见他，他心有忌惮，可又面对着仙女一般的女朋友手脚难禁，当下双手交握下定决心，跳下凳子跑隔壁屋，对里面宋家夫妇大喊一声："爸，妈，萍萍嫁给我吧。我一定对她好，对你们好，对小辉好。"

宋家三口人都吃惊，宋家陷入可怕的沉默。雷东宝回头看宋运萍，见她咬着嘴唇怪怪地看着他，就又补充一句："答应吧，反正迟早的事，我们早点在一起多好。我暂时拿不出多少彩礼，保证一年后两倍补足。"

"谁问你讨彩礼了。"宋运萍顿足道，"你快回家，晚了，后天再来。"

"还早，月亮还没升高，走山路太暗。别后天啦，答应吧。六一节我们去登记，行吗？我数到三，你站着就是答应，坐下就是不答应。"

宋家父母早追着出屋来看，却见雷东宝赖皮地伸手抓着女儿不让坐下，嘴里还吊着长声念"一……二……三"，念到三，当然他们女儿没法坐下，就算是答应了？不用他们说，宋运萍自己早急着说"不算不算"，雷东宝却大笑说："算，算，我明天带我妈来，带保证书来，你们等着我，哈哈。爸，妈，我这下可以走了，你们早点睡，明天等我。"说完黑旋风一样刮出去了，留下宋家三口面面相觑，哭笑不得，觉得很是儿戏。宋母问女儿答应不，说女儿答应，他们也答应，但彩礼算了不要求，可他们规矩人家女儿，结婚还是得按规矩来，一定得要雷东宝找个德高望重的媒人来说媒。宋运萍其实早答应了，但叫她怎么说得出口，见妈妈这么说，她就用力点头。事情就这么定下来。

雷东宝虽然赖皮得逞，但他认定萍萍就这么定了，一路唱着"雄赳赳，气昂昂，跨过鸭绿江……"乘着微凉的夜风回家。但他还是想到一件事——保证书，虽然容易，就是那么几句话，但问题是萍萍一家都是文化人，他拿自己写的保证书出去还真有点犯怵。他稍一合计，不急着回家睡觉，先隔墙翻进村口雷士根家土围墙，月下打门求援。

士根开门一见是雷东宝，大惊，伸手一把将雷东宝拖进去，拖了雷东宝一个趔趄，一手又捂到雷东宝嘴上。他探头侧耳观察一番才关上门，这才拉惊讶的雷东宝进自己房间，轻道："出事了，吃饭时候公社工作组来，先摸到你家，没找到人，又摸到老叔家，跟老叔吵了很久，说到年前承包和砖厂的事，说我们承包是擅自瓜分集体土地，说我们砖厂是一小撮人侵占集体资产为自己牟利，挖社会主义墙脚。他们等半天等不到你，带着老叔回去公社了。"

雷东宝一张脸顿时墨黑。别人不知道，他不笨，他立刻想起年初跟老书记一起守窑那夜，老书记说他会做事不会做人，肯定是有人因此告到公社，工作组下乡第一个找的是他，而老书记是替他顶罪去了。

士根见雷东宝不说话，在一边献计献策："东宝，你还是去哪儿避一避风头，明天他们肯定还得来找你。老书记在公社人面儿熟，过几天准能放回来。你不行了，你当兵那么几年，谁都不认识。"

雷东宝摇头，他哪可以做什么逃兵："工作组来，谁替他们领路？"

"还能是谁，但老獭狲没正经出面，闪了闪，指了你家的路就溜，这是四只眼看见的。老书记家是你妈带去的，你妈没事。"

雷东宝面色铁青，一把拳头捏得咯咯响，老书记四月份时曾经忧心忡忡提起，说前书记老獭狲与上面有些人关系不错，年初承包到现在，老獭狲还什么声音都没出，总是有点怪，果然，今天终于折腾出事情来了。老书记原先提防着老獭狲纠集以前一帮活跃分子扒砖窑搞破坏，走一贯的打砸抢路线，所以让砖窑里一直留着人，没想到这回老獭狲走的是上层路线。雷东宝一时失措，对于打砸抢，他兵来将挡，水来土掩，有的是办法，但对于公社来的工作组……他好歹是部队复员的，并不是个无政府主义者，他得考虑如何应对。雷东宝从来没应付过太大的阵仗，一时有些不知如何安排，可他又知道自己不能说出来，以免动摇军心。

士根见雷东宝拧眉沉默，又补充道："工作组让砖窑立即停产。"

"砖窑？"雷东宝想起他下班去宋家时那才烧透一半的砖，"砖窑熄火了？一窑砖不都得废了？"

士根点头："民不跟官斗，你出去避避吧，等风头过了再回来。他们针对的是你，不是老书记，老书记那儿不会有事。一窑砖废了以后还可以烧，你要是被公社抓去，往后谁还敢开砖窑。"

"我避？等我回来，小雷家又是老獭狲天下了。去年初老獭狲下台，是公社里谁的决定？我找他去。"

士根对大队里的事一清二楚："是县里去年新上任县长的决定，听说新县长上任，接连派出好几个工作组到各公社，动了好几个大队的领导班子。东宝，你不会是想去找县长吧？县长哪是你想见就能见的，再说他们正愁抓不到你，俗话说官官相护，公社要抓你，县里能拦着？你送上门去让他们瓮中捉鳖吗？我看你还是避避风头，等弄清楚到底是怎么回事，再对症下药。千万不要莽撞，平白消耗自己实力。"

雷东宝挥手否决雷士根的建议："士根哥，你脑筋很好，胆子很小。别说我不肯避出去，就是能避，避回来一切照常，我也不能走。先说我做的事国家允许，这是我大学生小舅子说的，再说已近六月，我们砖窑给大队挣的钱得全拿出来买高产晚稻稻种，拖几天得影响育秧工作。我不能走，没法走。我带大家闹承包闹砖窑，有点小事我先躲，我还是男人吗？明天我去找县长，要抓也让县长抓，抓之前我得跟县长说道说道政策。"

士根忧心忡忡："东宝，跟你说了，县长不是那么好见的，别你还在县府大院等县长，人家小门卫早一个电话打给公社。你要保存实力，别计较眼前得失，稻种一季不好，还有明年。只要你没事，没让公社押走，给老猢狲十个胆也不敢坐你的位置。"

"老猢狲见我一吓就走，不用给他苦胆他也不敢再次造反。士根哥，你别再劝我，我想个办法。"说着，便和衣倒在士根的床上，反正天热，不用被子也无所谓。

士根见此只好闭嘴，换作春节时候他可能还会嗤笑雷东宝太过轻敌，不懂轻重缓急，但是半年看下来，他看到雷东宝有他所不具备的磅礴勇气和锐气，而很多他以前以为很传统的固有势力，总是在这种有点莽撞的勇气之下化为一戳就破的纸老虎。他想，或许，雷东宝思考之后会得出最好的方案。士根小心，又进进出出趴窗户墙头往外看了动静之后，才放心回屋打算再与雷东宝讨论。

但没想到回到床边，却分明听到雷东宝从黑暗中传出来的鼾声。士根有点懊恼，这算怎么回事，人家替他操心，他倒是什么事都没有倒下就睡，东宝到底有没有好的打算？士根无奈也只得睡觉。但床铺被雷东宝占了一半，他只好找来一把凳子，将脚搁凳子上很不舒服地将就着睡。

士根才迷迷糊糊，却被一阵摇晃摇醒，耳边传来急促的声音："哎，士根哥，士根，你怎么睡着？这么大事你还睡得着？快起来，有行动。"

真是贼喊捉贼，士根翻身起来，迷糊着双眼道："你做梦还是醒着？明明看着你打鼾我才睡的。"

"我睡着了吗？不可能，我在想事。"

士根心里嘀咕，有这么想事的吗。但脖子早被雷东宝一把揽了过去，如此这般这般地吩咐了一通。士根听完很是不信："这太儿戏点吧？领导会见你？领导会不会见面就骂我们不严肃？"

雷东宝环眼眯成细眼，狡黠地笑："会，以前部队领导喜欢的就是这调调儿。"口气里满是不容置疑。

士根将信将疑，但立即灵猫一般出门行动了。雷东宝不便出面，反而占着士根的板床睡了个好觉，第二天天一亮就飞车去红卫大队，告诉宋运萍情况有变，他得去县里办事，带妈过来见面的日子延后。

宋运萍本来见了雷东宝还低着眼皮不肯出声，一听此话，心细如发的她立刻觉察有异，她几乎已经了解雷东宝的性情，今天是他做梦都在盼的好日子，他怎么舍得轻易放弃，除非是他家或者小雷家大队出了大事。宋运萍追问雷东宝这是怎么回事，雷东宝装作一脸满不在乎，他不愿让宋运萍为他操心。但是他又敌不过宋运萍的温柔攻势，在宋运萍抽丝剥茧式的追问下，他只得投降，道出事情原委，以及他即将奔赴县里要做的事。

宋运萍异常担心，虽然她知道雷东宝做的事符合国家政策，可是，天高皇帝远，这年头政策又是一天一变样，谁知道今天的政策又怎么样了呢？宋运萍要雷东宝等着，她推上自行车一起去县里，但雷东宝不让，雷东宝说她跟着他心软，泼不出大胆，又叫宋运萍千万别悄悄跟着，免得他一心两用。

宋运萍无奈，羞涩也不顾了，硬是拉雷东宝坐下，端来一盆水要雷东宝洗干净头脸，又要雷东宝脱下昨天傍晚洗澡后换上而今已是穿得熟软的布衬衫，她飞快敲碎炉子里的煤饼，钳火烫的煤块放进熨斗，将雷东宝的衬衫洗出来熨平，又亲手替他将袖子整整齐齐挽上，看着整齐了，这才放雷东宝走。

雷东宝再次骑车上路，昨晚最后的一丝担忧也消失殆尽，心中充满必胜的决心和信心。他身后有那么多人在支持他，包括运萍，包括雷士根连夜联络起来砖厂的那些兄弟，包括四眼会计等大队干部。有他带头，老猢狲之类在小雷家哪里还有横行的空间。

宋运萍等雷东宝上路，将煤饼炉封了，兔料槽里塞上足够的蒸麦麸皮和青草，桌上留下一张字条给爸妈，自己鼓起勇气，顾不得羞涩了，骑车去小雷家大队，她想第一时间知道雷东宝的好歹，小雷家离县城近，有消息肯定先传到小雷家。而且，她想雷东宝的妈此刻该是最担心的，需要有人分忧。

雷东宝骑到空旷处回头看看，果然没见宋运萍跟上，这才放心。他骑得飞快，到县城正好中午，知道离约定时间还有一会儿，他便进县第三饮食店吃一碗阳春面，面条吃完，连汤水都喝下，直至露出碗底钢针凿出的三个黑点字："县饮三。"吃饱抹一把嘴，他刚想起身离开，忽然想到来前运萍为他整理衣冠，他忙也粗粗拉了拉衬衫，将部队带来的宽皮带挪正，才整整齐齐走向县政府。

没等多久，大约是县政府领导们开始陆续上班的时候，只听喧嚣之中隐隐传来喜气洋洋的锣鼓声。雷东宝随着路人的眼光一同看过去，远远地，看到大红横幅一条一条地冒出来。雷东宝眯着眼看，看着横幅渐渐走近，其中一幅上书"农民过上好日子，感谢县委县政府"，落款是"小雷家大队宣"，雷东宝心说这是谁想出来的好句子，很上口。第二幅也近了，上书"四项基本原则做指引，三中全会放光芒"，第三幅是"小雷家大队社员富裕感谢共产党"。锣鼓则是安放在手扶拖拉机上，由雷士根开着的、擦得崭新的手扶拖拉机头还顶着一朵绉纸大红花，新娘子一般。砖厂的人都来了，每人手推着新新旧旧的自行车，车头绑着一面彩旗，这是雷东宝密授的露富招式。队伍倒也招惹人，后面已经跟了一大堆看热闹的。

雷东宝高兴，才要与众人招呼，却听后面有人问了一句："同志，你也是小雷家大队的社员？"

雷东宝回头，见是一位同样推着自行车的文质彬彬的年轻男子，那男子的眼睛似乎会笑，很是可亲，雷东宝看着很愿意回答："对，我们是。"

年轻男子微笑地问："大队领导班子改组才一年多点，这么快走上富裕道路了？"

雷东宝天不怕地不怕的心忽然被年轻男子看得有点虚，忙大声道："别的都不用说，你看我新买的自行车，还是凤凰的。你看我们大队新买的手扶拖拉机，那是大队砖厂拉砖用的。"

年轻男子依然微笑，说了声"不错不错"，便推车进去县府大院。雷东宝不知道这是什么人，最希望这人是县长书记的秘书，第一时间把他们小雷家拍的响亮马屁传达到领导耳朵里。但他没时间多想，他得与士根他们会合。

会合后，他们便站在大院大门口的路边，继续锣鼓喧天地闹。士根心里很是担心，不知道县衙门里面什么反应。雷东宝吩咐大伙儿使劲地敲，即使叫不出人，也得烦死里面办公的人，总得让县里的人出来说几句话。

果然不出所料，没过多久，一位笑容严肃的中年男子过来，介绍说他是县政府办公室主任陈平原，请锣鼓队的领导们进去说话，也请敲锣打鼓的大伙儿稍微歇歇，路边坐坐。雷东宝一个眼色，叫上大队长，两人一起进去。外面的锣鼓暂时歇了。士根这才松口气，看来谁都吃马屁，雷东宝到底是当过兵见多识广的，没说错，又是他白操心一场。

雷东宝被办公室主任陈平原引进徐县长办公室，看到起身迎接过来的徐县长，心里不由一沉，这不是门口那个令他心虚的年轻男子吗？雷东宝预感自己的诡计可能无法实现了。大队长不明就里，见终于如愿见到县长，非常欣喜。两人的表情自是收入徐县长的眼底。

县长办公室非常简单，桌子椅子文件柜之外，就是屋底有张窄窄的木板床，床上铺着蓝白方块相间干净的床单。徐县长招呼大伙儿坐下，早有人上来端水倒茶。徐县长自己端把椅子，坐到雷东宝他们两人面前，依然是微笑着道："你们雷老书记没来？"

队长立刻道："老雷年纪大，身体不舒服，那么多路走着累，我们过来也一样。"

徐县长还是微笑道："看到你们过上富裕生活，我们都很高兴。贫穷不是社会主义，让群众在党的领导下大干快上，奔向四个现代化，过上富裕日子，才是正确的社会主义道路。如今你们的富裕生活，一是靠党的好政策，二是靠你们自己坚持不懈的努力，是你们小雷家大队群众鼓足干劲，同心同德，力争上游，才有今天的新手扶拖拉机和新自行车。你们更应该感谢的是党的好政策和你们自己。我代表县委、县政府，向你们两位工作在四化建设第一线的基层领导干部致谢。"

队长和雷东宝忙要站起来，被徐县长起身按住。雷东宝在心中盘算，县团级、县团级，县长起码是军队里的团长级别啊。他本来话就少，县长这样有觉悟的话他更说不出来，对于县长的致谢他只会笑，还是队长撑场面，连说"谢谢县长表扬，谢谢县长表扬"。

徐县长摆手阻止队长的道谢，微笑道："我想了解一下小雷家大队究竟推行了什么政策，能在不到一年的时间里取得成就。"边说，他边起身关上门，"不限时间，大家畅所欲言。"

雷东宝这才开口说话。在徐县长的微笑鼓励之下，他没一点夸张，也没一点削减，如实向县长汇报了年前的承包，年后的砖窑。因为都是他一手做下来的事，所有的数据他都是信手拈来，诸如每个社员平均承包多少土地，土地怎么公平分配，社员如何自愿组合，春收小麦实际亩产最高多少最低多少。然后是砖厂的工作，每月产量多少，废品率多少，利润多少，上交大队多少，砖厂留成多少，砖厂职工如何计件，等等。他一边说，徐县长一边在笔记本上简单做着记录，都是非常认真。

等雷东宝说完，徐县长拿笔在笔记本上稍做计算，才问："购买手扶拖拉机的支出，是贷款的吧？"

雷东宝答应："是，向信用社贷款的。一年后拿砖厂留成来还，应该够还。"不知不觉地，雷东宝在回答中用了当兵时候粗着喉咙回答首长问题的劲气，一个人的大嗓门在县长小小办公室里震出嗡嗡回响。

徐县长再看一遍笔记本，不由惊叹，中央还刚在小范围试点工厂全员承包，小雷家的砖厂却更进一步，已经推行计件，而他们大队土地的承包，更是有安徽推行的大包干的雏形。没想到，农民自发的经济行为会走在国家政策施行的前头。徐县长本来对小雷家敲锣打鼓的举动不以为然，认为他们哗众取宠，听了雷东宝的汇报，才真正刮目相看。他由衷赞美一声："很好。"拿起热水瓶给两人续上水，"雷同志，再给我谈谈你们承包的思路和砖厂计件的思路。"

雷东宝很敏锐地捕捉到县长话里并没有批评他们承包中搞投机取巧的意思，心中微喜，忙道："承包前我问了回家过寒假的小舅子，他是大学生，知道的东西多，他跟我说承包的很多办法，我记不住名词，但我记住最实用最不可能偷懒的承包办法。砖厂，我想既然土地可以承包，那我们打砖坯烧砖也可以承包，我还只是一个很粗的想法，具体办法是开拖拉机的雷士根细致做出来的，我们做上后，小舅子才告诉我这叫计件。"雷东宝将士根的计件原理跟徐县长又详细说了一下，他看得出徐县长是认真地在听，所以他讲得特畅快。

徐县长这次的微笑令雷东宝如沐春风，徐县长说："雷同志，你小舅子对政策吃得透，另一位雷士根同志解剖工作有条理，而你们大队领导政策执行有力，落实有方，动作雷厉风行，你们小雷家的富裕完全有理由。眼下，虽然你们小雷家的领导班子组成才一年，虽然你们已经做了很多工作改善群众的生活，但是，我鞭打快马，要对你们提出更高要求，你们接不接得下？"

"县长请说。"

"好。听了你们的汇报，我看出，小雷家目前已经有一部分同志先富裕起来，但这还不够。作为一个大队领导，你们还得考虑，怎样想办法促进全大队社员的共同富裕，你们现在有没有这样的打算？"

雷东宝心中一跳，心说幸亏宋运辉先提醒了他，也幸亏他昨天回家路上好好想了，他现在心中有现成的答案："报告县长，有。大队现在有了钱，已经能替社员办些事了。我们最先要做的一件事是种地能手雷忠富想出来的，打算购买晚稻良种，大队统一育秧，夏收夏种时候秧苗分给各社员，免费。第二件要做的事是大力促进家庭养殖，现在已经看中长毛兔，等大队砖厂再赚点钱，由大队引进长毛兔优良品种，交给老少娘儿们回家养，别的主意还没想出来，请县长给我们支着儿。"

徐县长听着雷东宝慷慨激昂又缺点文采的汇报想大笑，但还是忍住，微笑问："雷同志当兵出身的吧？"

雷东宝一惊，但随即一手摸上皮带，笑道："是。"

徐县长终于不是微笑，而是畅快地笑道："好，基层就是需要你这样年轻有见识又有旺盛精力的同志来领导群众走致富之路。你们前阶段的工作抓得不错，对未来工作的考虑也是本着因地制宜的原则，相信你们真抓实干，年底小雷家大队又将是一番新面貌。至于别的主意，我还是一句话，要因地制宜，因人制宜，一定要立足农村，稳扎稳打。眼下我对小雷家大队没有调查，没有调查就没有发言权，但我很快会组织由农技人员组成的小组去小雷家大队调查研究，希望能为小雷家大队的发展助一臂之力。不过，我不赞同你们敲锣打鼓、歌功颂德的行为，县委县政府是为人民服务的公仆，而不是古代的衙门，基层工作做得红火，群众生活过得好，才是对我们最好的表扬。从你们的汇报来看，你们小雷家大队的领导班子是干实事的，以后，这种敲敲打打的花架子，还是少一点的好，在这件事上，我要批评你们。"

雷东宝没想到徐县长会说得这么实在，心里一热，也没战略战术了，冲动地道："徐县长，不是我们想搞花架子，可不这么搞，我们不知道怎么见你，我们有事要反映，我们怕还没见到你就被公社拦回去。"

"哦？"徐县长没想到原来锣鼓喜庆后面有隐衷。

雷东宝没有隐瞒，便将昨晚他从红卫大队回家的见闻都说了一遍，队长补充。徐县长一听便知道问题出在哪里，基层大队的步子已经自发放开了走，而公社领导的脑筋却还没转弯，导致上下不能协调，脑袋瞎指挥。难怪逼得做实事的这两个人想出敲锣打鼓的馊主意，不过也真是有点可爱的小狡猾，否则他还真不可能第一时间会见他们。

徐县长又禁不住地笑，道："雷同志，你尽管放心大胆地回家，不过我就是不说，你也会大胆地回家——"

"对，我就是大胆。"雷东宝很是赞同地抢话。

徐县长笑道："公社的事，我会联系了解，你们只要继续照既定的老路子走，万里同志在肯定大包干的时候说了，'只要能增产，什么也不要怕，争取在最短时间内，把凤阳讨饭花鼓扔掉，扔得远远的，扔到太平洋里去。无论怎么说，讨饭不是社会主义的优越性'。理解这句话吗？"

两人回答："理解。"雷东宝心说，越是有本事的人，说出来的话越是能让人一听就理解，比如眼前这个徐县长，还有天边那个未来小舅子宋运辉。就是文件说的不是人话。

"好，这也是我们县里的态度。只要你们想方设法让群众过上好日子，县里千方百计支持你们。"

雷东宝与队长出来，心里都如吃了定心丸。雷东宝尤其觉得这个县长有水平，人又很好，出门时候忍不住问徐县长是不是也是大学生，徐县长笑答是，雷东宝说难怪，他又把小舅子扯出来了，说小舅子这个大学生也能干。徐县长哭笑不得，不知该怎么评价眼前的雷东宝，觉得他有时候有点浑，有时候又是精明强干。还真是第一次见这么特殊的人，徐县长对他有了兴趣，回头，吩咐下去，将小雷家大队划为他的联络点。

雷东宝虽然与大伙儿偃旗息鼓地回去，但是通过大队长对刚才会见的宣传，大伙儿群情激昂，情绪更高。回去的路上虽没敲锣打鼓，可一路欢声笑语比拖拉机声音还响。

回到小雷家大队，大伙儿二话没说，直接奔赴砖厂开工。不是砖厂的则是各自回去家里。但过会儿就有人飞递鸡毛信给雷东宝，有个挺漂亮的大姑娘在他家与他妈说话，听到大家平安回来的消息，大姑娘比谁都高兴。雷东宝一听，高兴而得意地公之于众："我对象，我对象担心我。我对象是居民户口，她就是要我。"嘴里念叨着，两脚飞奔回家，奔出一段路才想起有自行车，忙又折回，飞上自行车赶回家里。

他妈数落着迎出家门，而雷东宝则看到躲在门后的宋运萍，早绕过老娘兴奋地冲进家门，忘情地热烈握手。

雷东宝的妈，连稍有残疾的媳妇都想要，何况是水灵灵的还有居民户口的宋运萍。她现在养着的四只长毛兔还是从宋家抱来的呢，平日里怎么照料兔子都是通过雷东宝传话，但雷东宝不耐烦管鸡毛蒜皮，传话常是短斤缺两，今天宋运萍自己送上门来，雷母才对如何养好长毛兔有了系统化的了解。对这个未来媳妇，雷母有些敬畏，也很有为儿子而巴结的意思。但看到儿子冲进门时候眼里只有未来媳妇，她心里稍有一点失落。

雷宋两家的婚事就这么定了下来，宋运萍连说六月一日结婚很胡闹，结果天遂人愿，六一儿童节居然是周日，两人六月二日才登了记。然后两人约定，等宋运辉暑假回家才办婚事，在宋运萍的心里，她的结婚大事，如果弟弟缺席，那将是极大遗憾。她无法想象，父母照规矩是不能送女儿去雷家的，但如果弟弟也不能陪她去雷家，她感觉自己简直与私奔差不多。

雷东宝则是公私两忙，自从见了徐县长，来自公社的压力自然消失。事情的发展往往是这样，各方势力之间没有绝对的平衡，往往是此消彼长，势力的某一方总是在跷跷板上维持短暂的优势。一时之间，老猢狲几乎销声匿迹，进进出出变得鬼影子一般飘忽。而小雷家大队虽然被徐县长控制着没走向另一个极端，没被当作先进集体推广给其他大队，因为他们的步子走得太大，徐县长担心目前形势下有些人会接受不来，可也被县里当作心照不宣的试点对象，政策方面有意放宽，行政方面给予大力支持。小雷家大队雷东宝的名气很快如日中天。雷东宝又是要当新郎，又是被全县人民口口相传，年轻的一颗心天天如饮了醇酒一般兴奋，做事更是大刀阔斧。

在家里，他运用自己在部队学到的泥瓦匠本领，硬是用一把泥刀将祖传了不知几代的泥墙刷成粉垩，将陋室整修一新。屋子亮堂了，地面平整了，可家具几乎是没有，房间里疏可跑马。在大队，他在县里派来的专家组的帮助下，目标明确地引进高产杂交水稻品种，确认优良长毛兔品种，还在专家指导下，将砖厂挖泥挖出来的大坑修整之后，做成鱼塘，承包给很有钻研脑子的种稻能手雷忠富。他自然是疏了砖厂的计件工作，大队虽然收益增加了，他个人的收入却减少了，婚礼筹备捉襟见肘。他尽量不想给宋运萍知道，怕她操心，但宋运萍太了解他的收入来源，推测他的窘迫。于是宋运萍提议移风易俗，也免了嫁妆搬来搬去。雷东宝很是内疚，别家黄毛丫头出嫁都有十来车嫁妆、吹吹打打的仪仗、流水的婚宴，可他那么好的新娘却什么都不要求，他太对不起运萍。他没别的话，就只握着运萍的手，几乎是咬牙切齿地发誓："我一定要对你好，一定，一定。"

宋季山夫妇一向没什么主见和坚持，长年累月的反革命帽子让他们顺从惯了，虽然对雷东宝这个人不是很满意，可女儿一坚持，他们便没了坚持。女儿又说人好最要紧，别的都只是附属，不要紧，他们也觉得对。他们心疼女儿，除了留出儿子暑假来回的车票费，将所有积蓄都拿来给女儿置办了嫁妆，只是缝纫机实在是货源紧张，时间紧买不到，才作罢。宋母嘀咕说，这简直是倒贴。但是两夫妻也听说雷东宝现在的荣光了，宋季山只敢在背人处与妻子说说，说现在社会还真是劳动人民最光荣。

唯有宋运辉对于姐姐嫁那么个粗人并不满意。他觉得雷东宝虽然干事情是好样的，可作为他的姐夫还不够资格。他本来为了节约些钱不准备暑假回家，如今姐姐婚礼他当然得回。回家看到姐姐已经领取结婚证，自然是无话可说。宋季山夫妇终于见儿子回来，背着女儿向儿子抱怨，说戴了几乎一辈子的帽子，好不容易摘帽翻身，本想借嫁女儿时候风光一下，说明宋家现在也是堂堂正正平民百姓了，招个女婿还是党员干部，可还是不能如愿。最不能忍受的是，连人生唯一嫁女儿，还是得像做黑五类分子时候夹着尾巴做人一样，不得舒展。

宋运辉年轻思想新，对于姐姐简单办婚事的想法本来也支持，但是听了父母的抱怨，心里却是心疼父母。在学校时候，有次寝室里的老大趁左右无人，忽然问他，为什么他一个小小年纪没太多社会艰苦经历的人对政策时事那么关心，宋运辉当时被问住，脱口而出的答案是有兴趣，就是有兴趣。老大当时还很吃惊，说他小小年纪就有平常人三十岁才有的分析问题眼光，很是不易，以后不该光做技术，更应以技术为跳板走向政工，否则浪费大好眼光。宋运辉对于老大的这一提议非常热衷，因此对自己的人生隐隐约约有了规划。

事后他再回想起老大的这个问题，仔细反思之后，却得出另外一个结论：他关心政策时事，实在是应该归结为缺啥补啥，根源应该在老实巴交的父母身上。其实解放前夕，与他父亲一样被国民党军队临时强征的并不止宋季山一人，可是与他父亲有同样命运的人却懂得审时度势，适时跳出来控诉自己被万恶的国民党强征的苦处，以种种血泪证据说明自己是更受苦受难的劳苦大众。而运动总得找一个合适的批斗对象，于是落后不知自辩的宋季山就成了那些人洗清自己的垫脚石。这种事，宋运辉从小就听父亲唉声叹气地道过冤，他小时候只想着那些践踏父亲的人非常可恶，父母太老实，可大了后又是另一种想法，父亲如果灵活一点了解解放前后政策转向，如果出手快一点先跳上台洗清自己，他的童年会不会又是另一番光景？可想归想，心里也多少知道这不可能，父母这两个人性格太懦弱，能不被人欺负已是上上大吉，至于灵活机变，那简直是天方夜谭。

宋运辉现在才知道懦弱的父母在艰难环境下依然张大羽翼保护他们两姐弟长大成人非常不易。以前不懂事，只看到自己的苦难，才会对可怜的父亲吼出"都是你害的"，差点惹下无法挽回的悲剧。现在他长大了，除了因缺啥补啥关心政治，他更想到，他要成为家中有力的梁柱，要让父母姐姐都过上好日子。对于父母无奈又无力的背后抱怨，他理解，也心痛，因此他开始主动介入姐姐的婚礼，与姐姐磋商婚礼步骤。但是宋运萍性格恬淡，不喜交游，再加以前因为成分问题，同学不愿与她走得太近，她现在朋友也少，她考虑低调结婚其实也有心愁自家拿不出像样送亲队伍的原因。但是宋运辉不同，他虽然也有成分问题，但他高分高能，同学抄作业的要求他来者不拒，因此与同学关系较好。他也看出姐姐的为难，于是他接手了婚礼事项，不仅联络自己同学捧场，更是将姐姐的几个同学也请来送嫁，还将一些有点头面的远亲近邻拉来凑数。送亲路远，他一个又一个、一丝不乱地安排下谁骑车，问谁借车，谁坐谁车后面等事项，又跑到小雷家与雷东宝见面，花一晚上时间逼着雷东宝一项一项地将结婚各项议程落实到人，落实到确切时间，讨论完毕，他拉出一式两份的婚礼进程表，一份给雷东宝，叮嘱他找个合适的人届时落实，女方的一份当然是由他执行。

雷东宝早就从运萍那儿了解到这个小舅子见解高，能力强，接触之后才知小舅子一张脸虽然稚嫩，作风竟是如此强硬。他雷东宝生气时候老书记都怕，唯独小舅子不怕他，遇到双方意见不合，他总是大手一挥说就照着他说的办，但小舅子总是等他发作结束，一针见血指出缺点。有时令雷东宝答不上话，不得不妥协；但有时两人都坚持，小舅子往往绕开一个圈子过会儿再兜回来，一直达到目的，耐心非常好。而雷东宝到第二天才想明白，小舅子虽然不吵不闹，话也不多，可最终坚持了所有主张。但好歹小舅子没有什么不合理，而且两人都是为宋运萍好，再说雷东宝也不喜欢个人事情上太计较，双方才相安无事。

但想让雷东宝循规蹈矩按牌理出牌，那是不可能的。婚礼当天，小雷家自家的，借用的，迎亲队伍来了三辆手扶拖拉机，装满三车的光棍，还有黑压压的自行车行列。起因是雷东宝的煽动，他说他是近年来第一个娶媳妇进门的小雷家男人，如今小雷家富了，光棍们得鼓足勇气学着他兜里揣着钞票出外找对象。光棍们真听了雷东宝的话，想到送亲队伍将有很多的未嫁姑娘，个个砖厂计件也不管了，衣服穿得比新郎还挺括，脸刮得比新郎还白，恨不得胸口也佩上新人才用的大红花招人注视。雷士根这个迎亲大管家都有喧宾夺主的嫌疑。两边见面不用调和，早自己招呼上了。

看着小雷家大队那些"雄孔雀"搔首弄姿的模样，看着送亲这一方姑娘们咪咪乱笑的傻样，看着婚礼气氛完全偏离自己的设计想象，宋运辉差点无语。原来不只是大学里那些比他大龄的男女同学闲时眉来眼去，罔顾学校的禁令，原来神州处处都是相亲场。宋运辉不得不随机调整程序，忙前忙后将那些光顾着眉目传情忘了跟上大部队的人拖上。他看到父母送姐姐出门时候流泪了，但他当时几乎没有时间体会父母的感受，他忙着应付送亲的捉弄迎亲的，还不时得为雷东宝的自说自话擦屁股。雷东宝这时候兴奋得满场都是他的大嗓门，穿着新娘子宋运萍为他做的笔挺的的确良衬衫和灰毛涤裤子，他看来很不适合那一身壳子，但谁说他不管自己的婚礼现场了，当宋运辉准备悄悄提醒一下光顾着打情骂俏者跟上大部队的时候，他早高高地站在披红挂彩的拖拉机上回头一声喝："他妈的，打水也换个地方，快跟上。"于是当事人面红耳赤，大部队内掀起一阵接一阵的笑浪。整个婚礼场合热闹无序得不像话，本来最该挨欺负的新郎反而保护着新娘指挥着大伙儿闹，他比别人还闹。

原定新事新办，大伙儿把新郎新娘迎送到雷东宝家门口，行礼说话亮结婚证，请几个活跃分子表演一下唱歌、快板书之类的节目，然后送新郎新娘入洞房，散会。但没想到原定节目还没表演完，送亲迎亲双方已经在晒场对上了，摘下手扶拖拉机上的大红花，敲起铜钉红皮大鼓，闹起击鼓传花。总算没忘记这是婚礼，时时有人出题目关照新郎新娘，一直自发玩到天快暗才不得不散，小雷家的光棍们送出很远。

雷东宝觉得越热闹越好，坐在宋运萍身边咧着嘴大笑，有时忘乎所以地吆喝得比谁都响。宋运萍很高兴地看着这一切，她原本以为结婚只是自家的事，简简单单跟众人打个招呼过门就行。但是，在这个对她而言最重要的日子里，竟然有那么多人陪着她一起高兴，她由衷地感谢，也跟着由衷地欣喜。虽然她记着今天是新娘子，不能太放肆，可好几次她还是笑得直不起腰。宋运辉也高兴，姐姐的婚礼出乎意料地热闹，他比谁都高兴，料想父母知道了也会欣慰，父母要的不就是这效果？但虽然他常作为万众瞩目的新郎唯一小舅子被捉出来示众，他依然没忘记维持局面的闹而不乱，最快时间应付闹过头的突发事件。

　　宋运辉在姐姐简陋的新家吃了丰盛的晚饭才回。在座的还有老书记等几个近亲近邻的长辈，凑了一大桌。大家喝酒扯淡，不过都是顾着身份，雷东宝放开了喝，没忘记招呼宋家姐弟也喝。宋运萍也喝了一点，喝得脸色微红，两眼水汪汪像要滴出水来；宋运辉没酒量，可今天特殊，他还是喝了一点儿。

　　忙碌了一天稍微静下来，宋运辉在酒桌上的情绪有点低落。他正视姐姐的选择，可还是无法很快接受雷东宝做他姐夫，他总感觉姐姐会在这样一个莽夫手里吃亏吃苦。他看出雷东宝大开大阖，挺受小雷家社员的敬重喜欢，可他喜欢不起来，他那么细腻温柔的姐姐，哪是雷东宝这样的人能够般配，姐姐那些婉约低回的心思，以后该如何与姐夫沟通？他依然坚持以前对姐夫的看法，但姐姐既然已经结婚，他只有正视。

　　饭后新郎新娘一起送宋运辉回家，想到姐姐从此留在雷家，宋运辉心里说不出地堵。看到姐姐在月色里抹眼泪，他也眼眶湿了。村子的路不长，很快就到村口，宋运辉站住，很果断地对两个新人道："就到这儿吧。姐，你旁边等等，我和大哥说几句话。"

　　宋运萍知道弟弟不是很满意这个姐夫，很怕两人单独说话说出问题，闻言忙道："有什么话，我一起听着不好？"

　　宋运辉揽着雷东宝肩膀走开，扔给姐姐一句话："男人的话，你暂时缺席。"说着，拉雷东宝到稍远地方，盯着雷东宝的眼睛，严肃地道："大哥，姐姐以后交给你。因为我们家成分问题，姐姐以前吃了很多苦。你是个强有力的男人，你以后得保护好姐姐，不能让她挨人欺负。"

　　雷东宝心说这话多余，他心爱的老婆，他怎么舍得让人欺负。但他只坚决地应一声："行。"

　　对雷东宝的回答，宋运辉相信他以后会做到，是男人都不愿自己的妻子被人欺负，何况雷东宝这样有担当的人。他需要解决的是后面一个问题："我姐姐外柔内刚，但她刚的时候，经常是牺牲自己，照顾家中大局，她柔的时候，是为家人无微不至地操心。你性格粗放，但请在对待姐姐时候细心一点，周全一点，不能让姐姐总是牺牲自己。我很私心地请求你，多为我姐姐着想，以后做事别光顾着自己痛快，让家人为你担心。"

　　这席话，雷东宝听了有点意外，不由扬眉看住眼前乳臭未干的小舅子。想到他遇到来自公社的麻烦时，那么害羞的运萍竟动手整理他的衣装，又自作主张过来到完全陌生的他家陪着他妈担心，他以前都没想到运萍会这么勇敢，估计小舅子说的牺牲就是这个。小舅子最后一句话很不客气，但雷东宝无法生气，这是事实。他很想跟小舅子解释，也想好好保证他不会让运萍受罪，但千言万语，最后还是用了他惯常的表达方式："行！"

宋运辉本打算与雷东宝理论一番的，没想到他答应得那么爽气，一时无语。他也知道雷东宝是干事的，不是口花花说了不做的，因此不用确认再确认，或者更加上威胁。两人沉默良久，他才吐出一口长气，黯然道："我姐交给你，我走了，祝你们新婚美满。"

雷东宝紧紧握住宋运辉伸过来的手，猛摇几下，道："回去多写信给你姐，你姐喜欢。你家我们也会常去，你别挂心上，回学校好好读书。你有文化，会比我们都有出息。"

这回轮到宋运辉好好抬眼打量雷东宝，他也没多话，鹦鹉学舌答应了一声"行"。他又走过去与姐姐道了别，才一个人回家。回头看到姐姐还站在村口送他，似乎还抹着眼泪，他的眼泪也夺眶而出。宋家多年多灾多难，都是一家四口抱在一起相互取暖，今天姐姐出嫁，宋运辉心头就像割去一块肉。世界很大，他的心也很大，但他心的内核很小，只藏着有限几个人，有限几人之一的姐姐却忽然成了雷家的人。他知道姐姐出嫁是合情合理的事，就像小妹妹一样的梁思申出国也是合情合理，明知她们未来的生活应该会更好，但他就是难以割舍，他一个人在月下的旷野流了好一会儿眼泪。

宋运萍很担心弟弟与雷东宝说了什么，见两人没冲突，又同志般地握手，才略为放心。回头就问雷东宝："你们说了些什么？"

雷东宝没想隐瞒，即使不是一家人，也没啥可隐瞒的，何况运萍已经是他娘子："你弟弟不许我欺负你"。

"这家伙，乱来。"

"他没乱来，你弟弟这人做事脑子很清楚的。你们姐弟好，我看着也高兴，我以前还以为他在家又懒又霸。"

"咦，你怎么会这么想？我还觉得弟弟太懂事，太会忍，又太能吃苦。他那么聪明，我们家真是委屈了他。他要是生在干部家庭——"

"靠谁都不如靠自己。萍萍，以后你爸妈也是我爸妈，你弟弟也是我弟弟，我会对他们好。我现在没钱，结婚没法让你风光，以后补。"

"补什么呀，谁家结婚有我们那么热闹。到家了。"

两人走进院子，雷东宝忽然嗨一声扛起运萍，宋运萍差点惊呼出声，忙捂住嘴，可旋即一头撞上低矮的门框，她终于没忍住一声叫。把雷东宝给悔的，刚答应宋运辉做事不能光顾着自己痛快，回头就一高兴没了准头，将运萍撞了。他不知道怎么疼这个娇滴滴的老婆才好。

回到学校，宋运辉成为三年级生，终于将迎来与他同龄的大学新生。寝室同学都打趣他，要他趁女孩子刚入校，赶紧依仗老同学身份抓一个做女友，宋运辉嘴里推辞，心中又有些向往。但新生入学时候他们全体出去实习，实习在西北，以前建设大三线时候从上海搬去的工厂。如今国家对三线投入减少，而远从上海来的老职工也纷纷按政策要求回上海，整个工厂虽然钢铁林立，可给人暮气沉沉的感觉。

但工厂即使暮气沉沉，远近矗立的铁塔铁罐和盘桓交错的输送管线，还是让宋运辉这个来自农村几乎没见过像样工厂的人倾倒。其实宋运辉并不知道这家工厂经营得如何，这家工厂的颓势还是那些从工厂考进大学的大同学观察出来的。宋运辉看见无数阀门无数管道，早眼花缭乱了。

工厂的领导对这帮大学生很重视，第一天做报告时候一口一个天之骄子。工厂的工人也对宋运辉他们很客气，见面都像看西洋镜似的，有的还在背后窃窃私语："大学生呢，千军万马过独木桥才考上的呢。"这些话经常可以听到，大家回临时寝室议论起来都挺骄傲。宋运辉心里当然也骄傲得飞飞的，只是没说出来挂在脸上。但看见工人时候，总是无端平添许多心理优势。

实习的安排很宽松，大家最先还好奇一下，比较热衷，但很快有些人就疲了下来，从工厂早退回临时寝室，先甩几圈老K才懒洋洋出去食堂吃饭，饭后成群结队逛逛工厂生活区马路，其实也没什么可逛的，商店早关门了，黑不溜秋一条直路，饭后百步而已。反而是他们被工厂生活区老小看新鲜。宋运辉则是与一些学习认真的同学每天解散后还在工厂留恋不肯离开，反正工厂管理松懈，他们就进控制室跟着工人上半天班，跟着工人每隔两小时或者一小时到处巡视，从工人热情的介绍中总算知道一些运行基础知识。他们都还没学专业课，连专业基础课都还没学，整个实习期下来，依然是一知半解。但他们却自信地向带队老师向工人建言献策，自以为满载而归。

回到学校开始学习专业基础课时，如开了窍门。有时撞到一个名词，忽然想起实习期间曾经听说亲见，那感觉就像出门遇见老友，分外亲切，于是对读书的热爱变得立体起来。

大学除了分秒必争地为"四化"建设培养有用人才，每个系还在热火朝天地重建实验室、教研室，翻译国外先进资料。人手当然是大大地不够，那就从本科生里拉夫。老师的眼睛一边盯着黑板，一边盯着学生，从中物色合适人选。有两个老成稳重学习非常刻苦曾在读大学前做过机械工和电工的老三届同学被老师抽去帮助组建实验室，在大家都羡慕那两个同学的时候，宋运辉被他最崇敬的陆教授抽去翻译英语资料。当他第一次翻开陆教授交给他的资料，只觉眼前一黑，胸口严重缺氧，才知自己英语水平严重不足。刚在实习工厂被工人"大学生大学生"地羡慕出来的傲气全扔到九霄云外，还满载呢，其实什么都不懂。不得不老老实实彻夜苦干，唯恐辜负陆教授知遇之恩。

还哪有心思找女朋友，连吃饭时间都成问题，宋运辉钻进书堆时候，非常忘我。有革命经验老到的同学善意取笑他安心工作，钻研学问，是个不折不扣的"安钻迷"。宋运辉听着感觉与小学时候他被称作"小绵羊"差不多。

05

这一年，小雷家大队风调雨顺，良种晚稻大丰收。雷东宝不舍得让从没忙过农活的妻子下地，也当然不能让老娘下地，非要自己一个人将全部地收割下来，只允许宋运萍在后面捡稻穗。宋运萍也确实不是割稻的料，总觉得镰刀下去直往自己小腿钻，活儿大多是社员帮忙收拾，因此雷母便没出场。宋运萍在打稻时候才帮得上忙，手脚并用捆扎打下稻穗的稻草。谷子晒干，新米碾出来，烧出来的饭出奇地香甜。收了稻子的土地翻耕后又种上兔子爱吃又高产的花菜。

雷东宝装了两麻袋新米去孝敬岳父母。明明宋运萍自己也能骑车的，他偏要抓着宋运萍坐他前档，硬是被宋运萍逃了，两人并肩骑车过去，"秋风得意"。这时候老书记已经在公社的暗示下退位，雷东宝理所当然做了大队支书，是整个县最年轻的书记，众人也都说他是县长的亲信。宋运萍明显感觉得到婚前婚后人们对她态度的不同，当然都是因为雷东宝。连宋季山夫妇都感觉得到别人对他们态度的不同，那些以前拿他们当软蛋子捏的街道干部对他们客气了，雷东宝年前对那些人的冒犯，都没人提起。两老吃了女儿家的米，攒下的粮票连忙换成全国粮票支援儿子。

小雷家大队的女人们在宋运萍的指导下纷纷养起长毛兔，养得早的，兔毛已经剪了一茬。雷母养得更早，两个月剪一次兔毛，都已经剪了两茬，换来好几张大团结。

有徐县长牵线搭桥，宋运萍抱兔子去省农科院良种兔场配种，养下两窝良种兔。小兔子一长毛，就看得出好坏，两个月养下来，小小兔头看上去方头方脑，兔毛长得浓密厚实，第三个月剪第一次毛时候，剪刀插进毛里面，已经很有阻力。家里不得不再造兔舍，而且还是两层兔舍。这都难不倒雷东宝，从砖厂买来几拖拉机次品黄砖，叫来两个也能做泥瓦匠的朋友帮忙，几天时间就砌成框架，再由雷东宝找年纪大的社员编好兔舍门，一时后院密密麻麻都是兔舍。众人有样学样，纷纷跟着在院前院后砌兔舍，准备来年大养。倒是消化了砖厂好多次品砖，又培养出好几个农民泥瓦匠。

雷东宝有妻子悉心照料，走出去衣着整洁，脾气都好了许多，一张脸似乎也白了一点。因为宋运萍还在读夜大，两人商量好，等夜大毕业才要孩子。雷母心里觉得这个媳妇千好万好，唯有两样不好：一样是儿子有了媳妇忘了娘，回到家里两只环眼就只落在老婆身上；一样是媳妇不肯立即给雷家生个孩子。

家里收入大增，不用再吃地瓜干饭，偶尔吃顿肉也不再是遥不可及的事儿。

因为土地承包，小雷家大队原来的养猪场断了糠菜供给，不再养猪。但家家户户自己有了米糠，纷纷在自家院子后面养猪。春节到来，养得傻肥的猪出栏宰杀，雷东宝一口气买了半只光猪，斩下一半，送到岳父母家。宋运辉扛着英语资料和砖头般字典回家过节，猪肉吃了一个饱，回学校去时下巴都圆了。宋运辉看到雷东宝极其疼爱姐姐，姐姐又是看上去丰润很多，甚至精神很多，自信很多，这才放心。雷东宝看见宋运辉将苍蝇头大密密麻麻的英文字翻译成密密麻麻的方块字，看上去容易得就跟吃饭喝水一样，佩服得五体投地。春节跟娘子回娘家时候，忍不住坐宋运辉身边傻看了许久。

不仅是宋季山夫妇夸奖这个女婿好，小雷家大队上上下下也是对雷东宝交口称赞，说他做书记后，大家才用一年时间就吃饱了饭，而且还不止。大家都说今年终于吃上肥得流油的肥猪肉，明年该可以吃上大队承包鱼塘里自家养的鲤鱼草鱼了。大队还出钱买了一台彩色电视机，每天晚上都有专人抬出队部打开箱子对好天线，放给大伙儿看，大家看到电视上公审林彪、"四人帮"团伙，底下都议论什么时候我们也学着审老猢狲一伙，吓得老猢狲在家提心吊胆好几天，从此气焰不知不觉就被压了下去。雷东宝不爱看报，但爱听新闻，新闻写在报纸上他看着烦，从电视上播出来他一听就灵，他有时间就去听新闻。他想着什么时候凑足钱，也去买台电视机放家里看着，那该多美。

生活，开始走上良性轨道，轰轰烈烈地奔向富裕。而对雷东宝的拥戴无须言语，大伙儿都是自发，一个个愿意相信，甘愿被差遣，唯恐落在人后。

1981年

01

不仅是小雷家大队富裕了，整个社会都好像是听了发令枪似的，一二三，轰的一下富裕起来，尤其是有些手艺有点办法的人更是来钱来得快，家中很快挣齐缝纫机、自行车、手表三大件，开始朝着电视机、录音机进发。

春节期间，开天辟地第一次，小雷家大队娶亲酒席多于嫁女酒席。雷东宝被扯着去各家赴宴，各家老人求着雷东宝给自家儿子证婚，但被宋运萍制止了。宋运萍说，证婚的事儿还是让给虽已退位，但依然德高望重的老书记为好。雷东宝听宋运萍的，可雷母很是不满，她一寡妇人家含辛茹苦养大儿子，吃足白眼，如今熬到儿子成大队书记，正是她扬眉吐气的时候，婚宴被邀，她总是当仁不让坐在上席，她坐上席时候怎么能眼看儿子那桌将上席让给老书记？可只要是反对儿媳妇的话跟儿子偷偷说都没用，儿子严重倾向儿媳妇，别看儿子大粗人一个，经常是儿媳一个眼色，他立刻领会精神，降低声调。

多次提醒儿子无效之后，雷母决定当面与儿媳说话，再怎么说，这里是雷家，她是婆婆。雷母告诉儿媳，儿子现在是书记，书记就是整个大队的老大，大队里谁结婚没老大证婚算什么话。宋运萍早料到现在风头很劲的婆婆会提出反对，只是没想到婆婆会直接跟她来说，她就说尊老爱幼，老书记虽然退下来，可东宝不能因此占了老书记上风，做人得有谦让。雷母不肯，说比老书记更有资格的书记还有，老书记上位后就老书记在证婚，现在该轮到新书记她儿子来证婚，风水轮流转，这没道理可讲。宋运萍只是微笑解释，说婚礼毕竟不是工作，在婚礼场合不要盯着论资排辈，东宝年轻，把面子给老书记挣又没什么，但大队工作会议上，东宝那是非坐主位不可的。雷东宝旁听，到此就断然一句，肯定老婆说得对，雷母气郁。回头跟左邻右舍埋怨儿媳顶撞，说她自己在家中没地位，有人把话传到宋运萍耳朵里，宋运萍挺无奈。农奴翻身后未必不会做恶霸。

人越是在感知自己权威旁落的时候，越是斤斤计较地要在众人面前挣回面子。春节后，雷母便不肯再烧火做饭，更不愿被儿媳主导着帮忙养长毛兔，有时间，她只洗自己的衣服，完了宁可与老乡邻一起提把凳子坐墙边晒太阳。偏雷东宝本就是不做家务的，也不知道家务烦琐，更是没时间太关照家里啰唆小事，直把宋运萍忙死。宋运萍没想到一家人的事情会那么多，以前她在宋家也几乎是当家，可从没如此忙得足不着地。为此她买了煤饼炉，心说烧灶总是费事费时间一点。可这笔开销被雷母唠叨了好几天，说家里现成的稻草用不完烂掉，却花钱买煤饼来烧，败家。雷母现在有了策略，知道跟儿子说了没用，干脆直接跟儿媳碎碎念。直把宋运萍郁闷死，可她还是不好意思使唤婆婆干活。她只有省下读书时间干活。

雷东宝还是保留着砖厂的位置，拿固定工资，虽然大多数时间不下场干活了。年后砖厂才开工，他还没在位置上坐稳，就有买砖的急火火赶上门来要砖。雷东宝疑惑了，这会儿天寒地冻，浇水泥石灰过夜会冻，急着买砖干什么，问清楚了才知，原来大家怕开春都紧着要砖，到时得排一个月的队才能拿到砖，影响工作计划。雷东宝当机立断，决定上第二眼砖窑。

雷东宝做事一向速战速决，中午时候就用广播喇叭将大队干部和老书记一起叫来开会。他从来不讲大道理，坐下就说："我有两个打算，一个是老砖窑上面加顶棚，省得雨天烧不成砖，一个是再造一眼新砖窑。你们看看，原来我们便宜两厘钱，一星期后交货，这还是敲锣打鼓去招来的生意。现在跟砖瓦厂同价，可人家还是交钱买砖，秋天时候得排队三个礼拜才能拿到砖。我看今年开春要砖的更多。我们自己不造，别个大队看着眼红也会造，不如我们自己动手，还可以安排我们自己社员进砖厂。叔，一眼新窑要多少钱？"

老书记被公社迫退，心中本是气闷，可雷东宝听了宋运萍的话，几乎在所有场合都是以他为重，大队开会依然叫上他，老书记心中很有太上皇的感觉，对于东宝侄儿的提议，他乐意配合。他熟门熟路抽开四眼会计抽屉，取出账本，一边翻着一边心中默默算计。四眼会计连忙提醒："老叔，去年啥都涨价，你不能翻老皇历了。"

"晓得。"老书记头也没抬，可还是翻出老账本看了，又取纸笔算了半张纸，好容易才道："东宝，我连棚一起给你算进去，就算最简单的油毛毡棚，我们砖厂加大队的钱不够，还得外借四万五。"

数字出来，全场都倒吸一口冷气，一齐将眼光对准雷东宝，就算是现在富了，可四万五，那得全大队人不吃不喝半年才还得。队长当下道："东宝，要不我们先把现在砖窑的顶棚做了，春天雨水多，这才是当务之急。四万五，这欠债欠那么多，全大队老小谁还睡得安心啊。"

雷士根眼下是大队部成员，说话也有份："东宝书记说得没错，砖窑点火以来，每月供不应求，门口要货的队伍越排越长。可形势一片大好，问题依然不少，现在物价这么涨，涨得大家都受不住怎么办？都受不住，吃饭成问题了，谁还造房子？我们还是保守一点，先搭顶棚，把下雨天的时间夺回来，看看市面还紧不紧，如果——"

"士根哥，你聪敏，你会看，别人也会看。等别个大队把砖窑造起来，我们哭都来不及。听我算账，造新窑，可以解决大队三十个壮劳力，加顶棚，可以多用十个人挖泥打砖坯，这四十个人每人每月五六十块工资，我们大队又可以解决四十个人的生活。这方面你们算过没有？"雷东宝说话没好气。

老书记赞了雷东宝一把："对，我们作为大队干部，做事情要兼顾经济效益和社会效益。再说句没良心的，社员富了，以后我们每年追缴稻谷也轻松一点。我投东宝一票，不过借钱的事，东宝你自己解决，整个大队老鼠洞掏空了都拿不出四万五。"

四只眼会计倒是毫不犹豫地道："我投东宝书记，东宝书记以前每次做的决定看着都冲，最后效果都好。"

与会众人心中都冒出两个字——"马屁"。士根道："四只眼的话也有道理，我知道我一向保守，不过……我总归是担心，东宝书记，我们不是拉你后腿，你知道我性格。"

雷东宝当然知道士根不是有意拆台，士根往常的小心也帮了他很多忙，纠正很多错误，但他现在认定自己做得没错，再讨论已经没有耐心。"我没二话，你们看效果。我们现在已经吃饱饭，往后开始得要求吃饱鱼吃饱肉。我还是那句老话，如果砖厂亏本，你们把我雷东宝塞砖窑里烧了。我老娘、老婆保证不找你们算账。就这样子定，我找信用社要钱去。"说完，两眼炯炯环视在座各位。

众人在他瞪视下，一个个忐忑着投下赞成票。全体通过。

但雷东宝私下里还是找老书记商量，问是否有办法将费用打低一点，老书记说不可能，这已经是最低价。老书记也问雷东宝，万一市道差下去他准备怎么对付，总不能让砖窑闲着，大伙儿闲着。雷东宝说，实在没办法时候，就再降价，反正国营砖厂没法乱调价格，国家不让。他们社队办企业自己可以做主，挖点国营企业的墙脚还是可以的。老书记不断念叨，这样做好吗？怎么能挖国家企业墙脚。雷东宝给老书记这么一说，也觉得不对。可又一想，小雷家砖厂的工作可比县砖厂的辛苦得多，大家多拿点辛苦钱应该。

但雷东宝心里忐忑，一点不比其他干部少担心一分一毫。就像他去年春节后一穷二白凭一身泼胆将砖窑烧起来，其实他那时也担心得晚上睡觉做噩梦，梦见砖头堆积如山没人要，梦见砖头烧到一半没了煤。可他还是相信一点，做什么都得抢在别人前头，学不来宋运辉这样精灵的孙悟空，那就学猪八戒，吃饭抢前头，吃屎掐尖头。抢在前面，机会才多，跟人后面永远吃不到肉。

但是，今时又有不同，老砖窑的红火说明他的正确，四只眼说得没错，所有结果都证明，他的决定最终都没错。比起当初的一穷二白两眼一抹黑，今天他对黄砖市场了解得多，他知道市场有量，有更大需求。那么他担心什么？继续泼胆上才是。都是被士根这帮胆小的给吓着了。

这么一想，雷东宝将所有顾虑抛到脑后。这世道，没有做不到，只有想不到，既然想到，那就放胆去做。

雷东宝再去信用社。他已经是第三次去，第一次借买拖拉机的钱，第二次还买拖拉机的钱，第三次，他连问都没问，直接摸进主任办公室。见到里面烟雾腾腾。

信用社单主任一见雷东宝就道："你来得正好，我问你，你们的砖好还是县砖瓦厂的砖好？"

"问用过的人都知道了，当然我们的好。单主任，我要借四万五，一年后还，建个新窑。"

"砖厂生意真这么好？我问县砖瓦厂要砖，他们说我量大，先可以给我五千块，还得一个月后拿，再什么时候能给我其他的就不知道了。操他奶奶的，我水泥都已经买来，一个春天放下来还不得结块？"

"主任家造新房？"

"信用社造两层宿舍楼，三月准备动工，五千块砖顶什么用。还有公社建筑工程队，说什么造影剧院比造我宿舍楼要紧，电影院是十一向国庆献礼工程，我的宿舍要我自己找泥瓦匠，你说又不是农民土坯房，两层楼，水泥预制板的两层楼，我放心交给那些只会建土坯房的泥瓦匠吗？不说了，你要借钱？一个条件，从今天起，你们所有烧出来的砖全卖给我。"

"行，几块？我们的砖质量没的说，敲起来铮铮响，整块烧透，不像县砖瓦厂的芯子还是黑的。"雷东宝心说县砖瓦厂不从公社信用社借钱，单主任对县砖瓦厂没辙。

"几块……"单主任噎住了，"要不你先给我拖两万块砖来放着，等我造的时候不够了再问你拿，你反正得当天给我。"

雷东宝奇道："才两万块？图纸没注明？你把图纸给我看，我当兵时候带一个排，军事工程都造过，看得懂。算正确一点，免得临时问我要砖我拿不出不够朋友。"

"哎哟，那就太好了。你看看，我描的，大家都说这样子好看。"

雷东宝接过图纸一看，张飞脸也会笑出来，这不是小学生画的图画吗？只差右上角画一个金灿灿太阳，左下角描几棵碧油油青草。他将图纸推回单主任面前，道："这图纸内部结构都看不出来，怎么算？你干脆告诉我你怎么想的，我画得虽然难看，意思都在。"

单主任于是这样那样把他的意图向雷东宝阐述。雷东宝听到一半，放下手中铅笔，摇头道："土，以前我给司令部造——这不能说，这么说吧，走廊不能要，厕所厨房最好不要公用，你说厕所放外面，晚上瞌睡蒙眬出来走错厕所怎么办？冬天又太冷。你看着我画给你看，这是我们首长住的房子，嘿，我那次也是第一次造，全排愣是花了好几天才把图纸啃明白。"他边说边将简单图纸画出来。

单主任奇道："厕所放里面，还不臭死？这个不行，夏天赶苍蝇都来不及。"

雷东宝道："你贴上瓷砖，平时拿刷子洗干净点，比人家粪桶还中用，首长都那么用。"

单主任面对雷东宝画出来的图纸一窍不通，任雷东宝怎么解释都没用，但他脑子转得快，一巴掌拍在雷东宝手上，道："你既然会画图纸，会造房子，手里又有砖，你们大队为什么不组建个建筑工程队呢？我再借给你五千，这五千专款专用，给你买造房子用的设备，我再提一个要求，你一定得在五月份替我把房子造好，我儿子六月份结婚，小子非要住公房才肯结婚。你可以先把东侧房子造出来，我要东侧二楼。"

雷东宝眼前一亮，对啊，小雷家好几个泥瓦匠，三个木匠，又多的是力气多得没处使的光棍，还有他这么个造过军事工程的把总，为什么不自己组建工程队？再说，自己组建的工程队专门用自己砖窑烧的砖瓦，新窑不是又多一层保障了吗？他当下一拍办公桌，差点震晕单主任。他闷在主任办公室按要求将六套房子画出来，又大致算出要多少钢筋、水泥、石灰、沙石，还有木料、水管、涂料，让单主任去公社供销社买。他立即要雷士根开拖拉机过来，跟着单主任将钢筋水泥拖回去先浇楼板。单主任本来还是将信将疑，是被儿子婚事逼急了才逼上梁山要雷东宝挂帅，这会儿见他果真做得有模有样，信了。连忙打电话给供销社的朋友要他们急备雷东宝要的东西，在公社里，他还是玩得很转的。

雷东宝一点不含糊，拿了五万块回去，砖窑、顶棚，在老书记监管下开工，拨两个泥瓦匠一个木匠给老书记。他拿着五千块买下该用的设备，率小雷家所有泥瓦匠、两个木匠、二十个帮工，上公社造大洋楼去也。他本来就做过代排长，下面管过四十来号人做工，现今更是轻车熟路，指挥有方，再加他一双环眼不怒自威，工地上谁都不敢偷懒。单主任每天过来巡一趟，眼看着红砖外墙内墙拔地而起，速度惊人，内行人见了都说，这砖墙，砌得笔直。第一层造到一半，单主任才看出房子结构究竟什么样，原来一条楼梯上去三户人家，外面看上去像是个"凸"字，果然厕所厨房都在里面，回家大门一关，赤膊都没人看见。回去与儿子一说，儿子这下急不可待想结婚了。

房子造得相当快，都是天才亮上工，天不暗不收工，跟以前两头见星星的长工似的，可大家都没有怨言。所有人回家都是累得瘫成稀泥，包括雷东宝，回家洗澡有时是宋运萍帮他。又有几个伶俐点的帮工被雷东宝敲着后脑勺手把手地教他们砌墙抹水泥，火线上阵。工地里到处都是他的怒吼。两星期，盖起一层，一个月，框架全部完成，开始抹面做地坪通电、通水管。等红瓦白墙两层楼的雏形出现在大伙儿面前时候，整个公社惊动了，从来没见过这样洋气的房子，竟然有前后阳台，阳台还是弧形，楼道进去那地方，两根雪白圆柱跟人民大会堂门柱似的壮观。而走进里面，只见这房子前后透亮，竟然还有专门一间卫生间，已经用白瓷块做出蹲坑,以后不用每天早上倒马桶,水一冲全干净,又有洗澡地方,洗澡水也自己会排走。有人说,这种房子,只在上海高级地方见过。见了实物,单主任一颗心才落地,这样放在房间里的厕所确实不会臭。

信用社里面为这六套房子的分配打破了头。

雷东宝他们还没收工,县里一家效益很好的单位又闻风找上了他们,要他们照着这样子给造三十间职工宿舍。信用社宿舍最后结账算下来,小雷家建筑工程队的人都傻了,一个半月,交足大队的提留,平均每人赚一百五。大伙儿都觉得,即使做死在工地上也值了。

雷东宝率建筑工程队马不停蹄从公社赶去县里,继续开工。但他这回脑子又好好转了一个弯,大队自己出面买水泥、钢筋、沙石,把四宝从砖厂抽出来专门负责浇制水泥预制板,谁要叫他们造房子,就得从他们手里买水泥板,这又能赚上一笔钱。他干脆求徐县长帮忙开张介绍信,直接上市物资公司拿水泥钢筋,又便宜,货又更多。单主任现在看见他如看见宝,早习惯他的凶神恶煞,见他瞪着眼上门,眼睛都不眨地又批给他买一辆东方红拖拉机的贷款,该要的好处一点不会不好意思说。

雷士根一跃开上大拖拉机,每天市里县里连轴地跑。他有心机,拿柏油将两辆拖拉机都刷黑了,上面让写字好的红伟用红漆见缝插针写上"小雷家大队",拖拉机一开,小雷家的红火传播开去,这样,以后找他相亲的人也会踊跃一点。

小雷家社员都争先恐后跟雷东宝身后向钱看,小雷家大队干部则战战兢兢朝后看大队身后一屁股的债。

雷东宝干劲十足,几乎要学大禹三过家门而不入。好在新婚燕尔,一天都不舍得不回家,只是回家累得眼睛都睁不开。宋运萍见他这样,有苦说不出,不舍得拿啰唆闲事烦劳累一天的丈夫。

春暖花开,兔子纷纷交配抱窝,兔舍里每天做不完的事,可婆婆却每天雷打不动地坐晒场与七老八十不会动的老头老太一起晒太阳接受恭维。雌兔温驯,剪毛时候不大会动,雄兔剪毛最好两人一起来,可她哪里差得动婆婆。这么多兔子,她一个人剪不过来。而她知道,四月又将出生一百多只良种长毛兔,要分配给全大队养殖户做种,没睁眼的小兔子吃奶得有人在旁边牢牢盯着,否则要么弱小的总吃不上,要么大兔子不老实压了小兔,什么问题都会有。她知道,她一个人,即使二十四小时连轴转,从小兔子接二连三出生的那一天起,她都忙不过来。她想，别指望婆婆了，还是另外找个人帮忙。但是她又有顾虑，这样做，会不会被人说成剥削工人？她累点倒是不怕，就怕好不容易才摘帽又被打成剥削阶级，她过怕那种随时会被批斗的苦日子，更怕牵累到雷东宝。

为此她写信去问弟弟，雇一个人帮忙可不可行。弟弟的记忆如资料库：去年对于非农个体劳动者有个文件，其中明确规定不得剥削他人劳动。如果打个擦边球叫亲戚来帮忙倒是可以，事后把工资说成谢礼，别人也说不上什么，但如果请不相干的人来帮忙，估计麻烦。宋运萍不敢再往找人这路子上想。

眼看着兔子妊娠日子渐渐临近，宋运萍不得不与雷东宝单独商量，她挺不住了。她拉住吃完饭往床上倒的雷东宝，指着自己脸问他："东宝，你看我瘦了没？"

雷东宝仔细打量，忙道："好像没瘦，脸色不好。怎么了？人不舒服？"

宋运萍拂开雷东宝探到她额头的手，叹息道："不是不舒服，是累的。现今天气稍微热点，我得把兔毛全剪出来。这几天兔子怀孕，又吃得多，犯病多，很忙，但过几天更忙，小兔子得出生了，这些小兔子都是小雷家大队搞副业的命根子，最好一只都别死，可我肯定忙不过来了，怎么办？"

"很容易，谁想要兔种，谁来帮你三天忙，我明天就传达下去，没人敢说不。你别累着自己，我心疼。"

宋运萍没想到事情这么容易解决，不由笑了，她自己想，却走了那么多弯路。"好，我只要有人帮我清理兔舍，去地里割菜切菜，到粮站买麸皮，就行啦。小兔子生出来还是我自己管，小兔子弱，怕感染，接触的人太多会带菌。"她说。

雷东宝奇道："没多少事啊，我妈也做得完。你不是最不喜欢别人来我家进进出出吗？"

宋运萍低头，尽量不让自己激动："你妈，现在吃饭都得我去晒场请两次才来，第一次都装没听见。"

雷东宝本来歪靠在床头腾地坐起来，宋运萍一见忙按下他，轻道："你干啥，她是你妈，把你养大够退休养老了，别那么凶。我们别跟老人计较，还是想其他办法。"

雷东宝看着宋运萍，这才恍然大悟："难怪脸色不好，早上醒来眼皮肿。我还想你在娘家时候也养了那么多兔子，做惯了的，没想到——你最近电大的课也荒了吧？"

宋运萍被丈夫这么一问，委屈得眼泪禁不住流出来，慌得雷东宝手忙脚乱。可宋运萍还是死死按住雷东宝，不让他去找他妈，怕事情反而闹得更僵。雷东宝滚着环眼想来想去，发觉家里事比工地上更麻烦，家里两个人，他冲谁都不能一个后脑勺，老婆这儿更是连大声都不敢。他想了半天，才道："你把这批种兔卖了，顺便把所有兔子都卖了。以后挣钱靠我来，你看我现在一个月，砖厂的工资四十，工程队基本上可以拿两百多，徐县长都没我拿得多。我说过娶你过门不让你吃苦，你还是读好电大，以后你给我做会计管账，没时间养兔。"

"我又不是资产阶级小姐，没那么娇气，我只是担心……"

"你弟弟说你最会操心，别操，家里有我顶着，你多点时间读书，你是管账的料，不能老养兔，那能多大出息。"

宋运萍低头想了会儿，豁然开朗，哽咽道："是了，我竟本末倒置，否则我读电大干什么。这窝兔子出笼，我专心读书，我看着小辉那么能干真羡慕。东宝，你看我想了好几天，都愁了快一个月了，还不如你三言两语解决问题。你真行。"

雷东宝这才放心，又被妻子表扬得飘飘的，笑道："你以后有心事都跟我直说，否则我粗心，都看不到。我妈那儿——"

宋运萍捂住他的嘴，轻道："你妈那儿你别管，你做儿子的可以说她，但你妈心里有气只会冲着我来，我们还是让着她。还有件事跟你商量，你看下了几天雨，这墙脚一直渗水，屋子里很阴，新刷的墙都出青苔了。我们年轻的身子骨好，住着还行，你妈年纪大了，住着对腿脚不好。我这回把兔子全卖了的话，是笔不小收入，不如把后面兔舍拆了给你妈先盖个砖房住着，等以后我们钱再多一点再把这儿也拆了盖砖房。"

雷东宝听了羞愧道："你看你那么替我妈考虑，我妈这没文化的还欺负你。后面兔舍拆了打围墙种果树，妈的屋地基我另外问大队批。后面再造幢小房子，我们这屋更没法透气。"

"别，你是书记，不能搞特殊化，你拿地基，那些家里人口更多的得说闲话。"

雷东宝笑道："又瞎操心了吧。我批荒地，又不要良田，谁敢多嘴。批个四十几平方米就够了。我给我妈铺上地板，省得她每年冬天喊脚冻。我们家现在多少钱了？"

宋运萍信雷东宝做事有章法，不再疑问，挂着泪，笑眯眯取出薄薄一本作业本："你看，都记着账呢。"

雷东宝一看，大惊："有那么多了？盖小平房早够了。你等着，我问人换兑换券去，我们到市里抱一台进口电视机来，你以后省得每天去县里上课。手表可能得去上海买，我问问谁家亲戚有办法。缝纫机也要一台。"

宋运萍扑哧笑出声来："你怎么手上不能沾钱啊，大队现在负债累累，家里这么点钱你也花光才高兴啊，你这泼皮。"

雷东宝见媳妇儿终于笑了，扑上去啃两口才放手："很快就发工资，别愁。手表索性买三只，我们一人一只，给小辉也买一只，他一个堂堂大学生每天拎家里带去的铁皮破闹钟上课下课，像什么话。你陪嫁的这只旧表我都不好意思每天戴着，回头你还给你妈去，你妈也要表。"

宋运萍忍不住笑着给雷东宝一拳头："你这败家子。"不过她听雷东宝的，他的主意总是出人意料，可大多数是好主意。她很高兴，雷东宝将她娘家人也周到考虑。

但是，正如公社信用社主任在县里吃不开，徐县长的条子刚开始还有用，四宝最先拿着徐县长的条子去市商业局下属门市部买水泥钢筋无往不利，但很快就吃到冷眼，听到冷语。在一次又一次空手而归后，四宝只能找雷东宝报知难处。四宝愁眉苦脸说，他去市里买钢材，市物资局那些人最先是拖，要他等，后来被他缠得不耐烦，就埋怨徐县长这人不顾全大局，净替自己县里的企业开小灶，乱批条子帮买计划内物资，不知拿了企业什么好处。人家别个县市的企业也要大干快上奔"四化"，都把物资给了你们县，别人拿什么来生产。四宝说，他后来再去，人家就不搭理了，说不能给徐县长的县搞特殊化。

雷东宝惊讶透顶，什么，徐县长的条子竟然不管用？他当下就想跑县里向徐县长告状，可忽然想到，物资局不让买，直接去厂里买，不就行了？就像县砖瓦厂，从供销社门市部里拿砖可比从厂里直接拿砖麻烦多了。他回家立刻整理出毛巾牙刷，循着水泥袋上印刷的水泥厂地址和钢筋卷上吊的钢铁厂地址，与四宝一起顺藤摸瓜，直接找上工厂。

先摸上本省的一家水泥厂，水泥厂供销科的倒是客气，见他们大老远来，给他们端上满满两杯浓茶。但水泥厂供销科的人很遗憾地告诉两人，他们是国营工厂，由国家按计划供应生产物资，生产出来的产品需要按照国家规定的供货任务卖给国家，由国家统一调配水泥最后流向哪里。

人家说得合情合理，四宝听了当下就眼角、嘴角一起往下垂，心说没希望了，好不容易当上水泥预制品厂的头，这下没饭吃得关门了。雷东宝死不甘心，捧着搪瓷杯子，脖子伸老长，探到人家供销科长面前，他一根筋地道："科长，你看我们大老远来，要不你卖给我们几吨，只要几吨，你们只要给几吨就够。"

供销科长看着这农民好玩，笑嘻嘻地道："我们进的原料和产的水泥都是有定额的，违规卖给你们了，我们仓库里就得出个大窟窿，完不成今年的计划。我们今年计划完不成，大家年终奖就得泡汤喽。"

四宝听着直替雷东宝害臊，心说他怎么说出这么没水平的话来，这不，让人笑话了吧。雷东宝倒是无所谓，他依然一根筋地盯住供销科长："同志，我看这窟窿填着方便，你们也去进些计划外物资来生产水泥，生产出来的水泥不交给商业局，直接卖了不就完了？卖了的钱正好发奖金，东西就卖给我们。"四宝看着雷东宝像煞有介事地拍着桌子说话，真想钻进桌底下去，人家国营企业，正规企业，做事有计划有规章，一板一眼，哪是他雷东宝自说自话的，人怎么能说出这么没文化的话来呢。所谓跟老虎吃肉，跟黄狗吃屎，他今天跟雷东宝丢脸。

供销科长果然又眯着眼睛笑了："雷同志，雷书记，你的心情我们理解，但我们是国营工业企业，我们要按照国家计划的任务来做，都像你说的做计划外的，挤占了计划内的工作，国家不就乱套了吗？"

四宝真想下手拖雷东宝出去，可总是顾忌着雷东宝的黑脸，只敢在心里用劲，耳朵里无奈地听着他的书记继续不死心地说话："同志，我们还欠着信用社一屁股债。你帮帮忙，帮帮我们小雷家大队。你一定要帮忙。"四宝臊眉耷眼再不吭声。

供销科长道："不是我不帮忙，我是帮不上忙。这样吧，我给你们一些我们省水泥石灰厂的地址，你们上那些厂去问问。不过基本上别太抱希望。"

雷东宝无奈只得拿了字条出来，字条上面有远远近近三家水泥厂的地址电话。走出厂门，四宝终于松了口气，将腰背挺直，没想到一个后脑勺打了他个趔趄，他虽然没敢反抗，却也嘀咕："干吗你，心里窝囊别拿我撒气。"

雷东宝环眼一瞪："妈了个巴子，别以为我没见你挤眉弄眼。你这就给我坐火车回去，跟我家说一声，我把这三家跑了再回。"

四宝远远站在火力范围之外，不怕死地道："去了也没用，白浪费差旅费。"

雷东宝道："什么叫没用？这不又问来三家水泥厂吗？你懂个屁，你那么能，书记换你来做？"

四宝连退三步："行，你去，我是不去了，省一笔开销。旅行袋给你，你给我买好火车票。"

雷东宝也不要四宝跟着，原以为交钱买货一清二楚的事，还想带着四宝出来开眼界，算是一项福利，没想到要点水泥有这么难，而据这位供销科长说，买钢筋可能更难。他可不想让四宝总看着他低三下四求人，丢人。他不是四宝那样的老百姓，四宝没负担，他可是大队书记，管着大队好几百号人的饭碗，身后还有一屁股的债，他是被几百张嘴和一屁股债追着跑，不跑不行。

雷东宝继续拎着黑拎包翻着全国地图册找水泥厂，他发现旧军装特管用，有时穿着旧军装遇到同样是退伍的，能推心置腹说很多内情。于是这家介绍那家，那家再介绍别家，终于找到一家跟他的砖厂气氛差不多，规模稍微偏小，但生产搞得轰轰烈烈的水泥厂。那家厂就是加班加点完成国家计划后，计划外采购煤炭石灰石等原料，生产出来的水泥直接自己销售。雷东宝激动地握住接待他的书记的手直摇，总算遇到同志了。但是，水泥与小雷家砖厂不同，他们计划外水泥出厂价比国家采购价稍高。这给了雷东宝启示，既然畅销，为什么不加价？

水泥厂书记二话没说答应发货，算下来，水泥厂车子直放小雷家，加上运费，还比从市里拿的水泥价格低。有货，那就简单，交钱看着水泥出库装运就是。但是雷东宝不愿坐太阳底下无聊地看装货，他待在人家书记办公室里相互取经，他讲他的计件，他的考核思路，那家书记讲车间承包，讲责权利怎么落实到人，两人都是干事的，讲得投机，互相学到不少管理经验。晚上还一起吃饭喝酒，都是感慨虽然是出谋划策流血流汗全为集体谋利，可拎着上阵的是自己的脑袋，有个风吹草动，落地的总是领头的头。

两人讲得投机，第二天两辆水泥车出发前，水泥厂书记又给雷东宝一家钢铁厂供销科领导的地址，让雷东宝不用绕弯子直接上去，说是刚打电话问以前一个买水泥的客户拿来，那客户曾从那家厂买来过计划外的钢筋。水泥厂书记还答应，以后要货就来个电话，人别来了，他们水泥送到小雷家，钱让司机带回来。雷东宝大喜，功夫不负有心人。

满载着稀缺的钢筋水泥回小雷家，雷东宝二话没说，与大队部谁都没讨论，就撤了四宝，换上胆子更大的史红伟。红伟上任，雷东宝就给他上了一课，虽然最终运到小雷家的钢筋水泥都比从市里拿来的便宜，但人家出厂价定得比卖给国家的高。咱跟大团结没仇，咱学，咱也别客气，看谁水泥楼板要得急，加价；谁家要得不急，肯等，那就低价，但绝不能比市面上的便宜。有四宝这个前车之鉴，红伟虽然将信将疑，怀疑这么做会不会是投机倒把，违法乱纪，但还是一口答应下来，人家钢厂水泥厂不是也在做吗？谁跟大团结有仇呢？他提着小心耍着小狡猾按雷东宝说的执行了，没想到没少挨人骂，可水泥楼板照样卖出去，供不应求。吃到甜头的红伟见到雷东宝就弹大团结。

不知不觉地，这些原本嘴里都是水稻农药的农民改了腔儿，利润成本之类的名词探头探脑地摸上了岗。

只有四宝心里觉得挺冤，他又没做错事就给撤了职，后面不知多少人指指点点笑话他。但他再冤也知道这事儿找谁说都没用，只能找雷东宝。他私下问雷东宝是不是他在第一家水泥厂惹雷东宝生气了，雷东宝说不是，他没那么小眉小眼。雷东宝说他让四宝做官是看他平日里笑面虎一个，要他能出门低三下四求人要货，别的卖货之类的谁不会干，现在什么卖不出去？只要会数钱的都会干。既然不能低三下四，那就只能撤。四宝无话可说，因为他见识过霸道如雷东宝的都在低三下四，甚至低三下四得他都害臊，原来雷东宝不是傻，是没办法才那么做。机不可失，时不再来，他只能求雷东宝以后再给他机会。

雷东宝随口答应着，心思却全不在这上面。他一圈儿省内省外跑下来，跑了近一个月，现在满心的只有他那个娇滴滴的妻。回家才到院子外面他就嚷开了，他嗓门儿本来就大，再加现在正兴奋着，这一嚷，左邻右舍都鸡飞狗跳。他很快就见到他的萍萍风一样地跑出来，满脸都是笑，他哪里还顾得上这是光天化日，抱起运萍转了一圈，就往家里蹿。这次宋运萍有了经验，到门口就脖子一缩，总算避免一次撞击。

雷东宝进门就见一屋子红皮老鼠一样的小兔子拱来拱去地躺在硬纸板上，一窝一只大纸板箱，屋里满地纸箱，几乎无立足之地。一个过来帮忙的妇人见书记这样，惊呼一声大笑，自觉告辞回家。但妇人前脚刚走，雷母后脚进门，雷东宝无奈只能放下宋运萍，知道她脸皮薄。宋运萍见婆婆追着儿子说话，她就去后面抱大兔子来给小兔子喂奶，雷东宝嘴里答应着老娘，眼睛只看着老婆，跟去一起看小兔子吃奶，看着看着就说他们以后也生一屋子儿子。雷老娘挺无奈的，只能气儿媳不懂规矩独占她的儿子。

雷东宝虽然一路劳累，可还是能察觉身边人半夜悄悄起床。他扯着呼噜等了会儿还不见宋运萍回屋，心中着急，下去找她，却见她正忙忙碌碌满屋子地转，扶东头小兔衔住奶头，扯西头母兔腿救出被压住的小兔，脚底不出一点儿声音，却也没一丝喘息空闲。雷东宝脱下鞋子，乖乖自觉帮忙，他粗手大脚，却也起码能照顾到一角，让宋运萍能有喘息机会。等好一会儿，才见小兔子吃饱，纷纷从母兔怀里滚下来，两人才一只一只地抱母兔回去兔笼，把小兔抱进草窝盖上小被子。

雷东宝见老母自始至终都没出来，嘴里虽然没说，心里清楚。回头弥补似的抱着妻子睡觉，有意细看一下，果然妻子的下巴又尖了。这回他没跟妻子商量，第二天悄悄上晒场找到正坐树荫下聊天的老母，斥她一家人也不知道互相照顾，又不是老得不能动，才五十几岁就每天什么活儿都不干坐晒场饭来张口衣来伸手，搞什么剥削阶级地主婆派头。雷母被儿子一训，心里虽然憋屈，行动上却是依从，回树荫下取回凳子，赶回家生火做饭，但她不会用煤饼炉，她用的还是大灶。而且她习惯一个大锅下面煮饭，上面撑一只竹屉，什么菜都放在上面蒸出来。这样既节省柴火，又可以少用油。宋运萍见她能回来烧饭不用她三请四促就已经满足，至于蒸得老黄的菜叶子，只有睁只眼闭只眼。只是宋运萍不知道婆婆是怎么会一下回心转意的，回头问雷东宝，他又不肯居功。

眼看着红皮小兔慢慢变成粉红，两只眼睛睁开，再慢慢变白，细细的毛柔柔地长出来，然后开始不老实，满纸箱乱窜，再后来总惦记着爬出纸箱，可纸箱沿高，它们一次次摔回去。等一个月下来兔子们完全变白，只剩眼睛血红，才终于出笼，被小雷家妇女们争先恐后抱回家去当金蛋蛋养，宋运萍也脸色煞白，终于累得倒下，送医院一验，血色素低得医生骂雷东宝虐待妇女。

兔子卖完，宋运萍终于可以躺床上修养，雷东宝有时间就回家来看看，怕老母不肯照顾，自己来端茶送水。回来总见运萍在看书，运萍也笑眯眯告诉他，今天把一星期的课都自习下来，或者是又看《聊斋志异》里的故事，转手就说给雷东宝听，雷东宝听着心说故事怎么都差不多，区别只在雌狐狸还是女鬼。但他迷恋运萍的声音，怎么听都好听。

闺房里温柔旖旎，雷东宝在外面却雷电风云。渐渐地全县甚至全市都知道造房子找小雷家，最紧俏的水泥、水泥预制板、砖瓦都可以从小雷家买到。只要联系上小雷家，自己不用操心，等着小雷家建筑工程队自己带来人手，带来材料，带来图纸，等着他们将楼造起来，自己只要派人去清理卫生，等着入住就行。大伙儿管这叫一条龙。虽然价格稍微高点，可也高得有限，自己买紧缺材料要批条就不用塞东西派香烟地出血？一样要出钱，还麻烦，反正是公家的，不如交给小雷家图个清静。

市场只有那么大，给了小雷家，就缺了别家的粮，原本坐北朝南的县建筑工程公司、公社建筑工程队，还有县砖瓦厂，各相关门市部等，渐渐变得门庭冷落。虽然依然吃饭不愁，可奖金大受影响。尤其是县砖瓦厂受压迫的时间最长，他们带头，大伙儿告上县里。告小雷家大队投机倒把，拿国家计划物资低买高卖，告小雷家大队扰乱计划经济秩序，与国营企业争料争工。这回告状的不再是类似老猢狲等的散兵游勇，他们是吃皇粮的国营企业干部，他们熟知机关套路，他们知道小雷家是徐县长手中的样板，所以他们通过各种渠道直接告到县委一把手宫书记那里。

县委相当重视，应该说是重视得过了头，为此专门召集四大班子领导开会研讨小雷家大队现象，讨论这究竟是三中全会后出现的合理经济现象，还是解放前不法商人投机倒把行为的死灰复燃。县商业局长说，小雷家大队转手倒卖的钢材和水泥都是国家重点短缺的生产资料，按规定，这些资料必须实行计划管理，砖瓦这些一般生产资料倒是不很受限。徐县长说，目前听的都是告状企业的一面之词，事实究竟如何，不能背靠背，必须让小雷家也有说明情况的机会。宫书记当场拍板，立即派出由相关各局组成的清查小组，清查小雷家大队的经济运作程序，让事实说话。责令小雷家大队暂停现阶段一切对外经济活动。

徐县长从宫书记前所未有的雷厉风行中，终于隐约嗅出一丝味道，也终于明白过来，事情的本质究竟是什么：他们的目的在于敲山震虎。但是即使他知道事情的本质，可小雷家大队依然将在整件事情当中扮演举足轻重的角色。

七月炎热，会议室屋顶几只淡绿吊扇呼呼扇动，开会的县领导们用本地方言侃侃而谈，他们谈的内容，讲普通话的外来者徐县长如今已能全部听懂。他没再发言抵制，因为他看到一股保守思潮依然牢牢占据着眼前这些头发花白，曾经遭受过运动伤害的领导者的头脑，以及有人别有用心地利用这股根深蒂固的保守势力和小雷家大队样板的被集中告发这两者之间的矛盾，趁机巩固领导层中地域圈子的暗流。

徐县长明白自己终究是年轻了点，方方面面欠考虑了点，地方工作经验不足了点，以致急功冒进，得罪一批人。他明白自己在做出政绩的同时，没有好好抓全县干部的政策思想水平的提高，没有落实全县干部换脑子思考问题，而更主要的是，他没有隐去自己身上外来年轻有知识领导的光环而导致地域基层干部的心理反感。后者，让他失去四大班子中的绝大部分支持。

今天的会议，意见几乎一边倒，他反对无效，而他的反对可能激起与会人士的反感，将导致对小雷家大队更严厉的清查。如果小雷家大队问题被清查，将如疾奔中的骏马忽然被勒紧缰绳，导致骏马受阻无法站立，前进中的马车颠覆，那么家底不足、身负信用社债务的小雷家的小问题会演变为经济大问题。与会众人虽然没有明说，可都知道，未来这些问题将会贴上他徐县长的标签，成为他政绩的污点。徐县长看看身旁宫书记花白的头发，更加体会上任前一位前辈的教诲，前辈说，做地方工作，一半的精力得拿来周旋地域人际关系。

会议最后，当大伙儿都等他表态时候，他发言表示支持清查，他说有则改之，无则加勉，清查工作是帮小雷家大队理清前进道路上的歪路岔路，帮小雷家大队更好地在中央政策指令下团结向前。于是，这句话便成了清查小组的成立宗旨。宫书记鼓掌赞扬徐县长这话说得好，一直到会议结束，气氛都是如常地融洽。

但徐县长回到办公室，一个人想了好一会儿，很想找雷东宝来面授机宜，但又觉得不妥，他虽然从没太给小雷家贴他徐县长的标签，可全县上下都认准他是小雷家的靠山，而他自己也是有在小雷家试点的意思，因此，本地帮要给他一些下马威的时候，找小雷家这只有点缝儿的鸡蛋实在是适当不过。都已经把他和小雷家捆绑在一起，他现在无论以何种方式找到雷东宝，都难逃当地那么多人的眼睛。徒惹麻烦。

但是，他就这么束手就擒吗？当然不是。

两天之后，他反客为主，当众给迅速成立的清查小组一条指令，一查到底，决不姑息，如有重大经济问题，该批批，该抓抓，务求正本清源。众人顿时哗然，有人猜疑有人不屑，下面众说纷纭。

02

宋家眼下的经济条件也好了许多，宋运萍出嫁后，宋母退休接手养那些兔子，收入不比宋季山差。有了钱，两夫妻巴不得儿子天天回家，一早特意寄钱给儿子要儿子暑假回来。宋运辉这回自己下火车自己回，依然走的是小路，中午拐进姐姐家吃饭。

雷东宝不在，雷母再次看见宋运辉这个敢与儿子顶撞的大学生诚惶诚恐的。因为他未来是正式国家干部，她儿子雷东宝在部队里混那么多年都混不到干部四个兜，现在的大队书记位置也不过是野鸡部队，雷母客气得不得了。宋运萍冷眼旁观，对着鼻梁上居然架上一副眼镜的弟弟嘘寒问暖高兴得不得了，赶紧打四只鸡蛋，从屋顶剪下一段腊肉，给弟弟做顿好吃的。

饭后，雷母找个借口溜了，两姐弟这才可以单独相对说话。宋运辉看着姐姐进她自己屋去翻箱倒柜找什么，他自个儿在客堂间转悠，扬声道："姐，添了很多家具啊，缝纫机也是新买的，看来大哥真是履行他的承诺了。"

宋运萍在里面惊讶地问："我们结婚那天东宝向你承诺什么了？他怎么没告诉我？"

宋运辉笑道："那天没说什么，大哥不是向爸妈承诺结婚一年后把三大件都添齐吗？听妈在信里说，你把陪嫁的一只旧手表还给妈了，你自己买了一只新的。"

"哦，这事儿。不瞒你说，我们攒着兑换券准备买台电视机呢，国产的效果不好，想买台三洋的。"宋运萍说着，从里面抱出衣裤来，堆到桌上，招手让宋运辉过来，"这只手表是东宝让一起给你买的，我们每人一只表……"

"这怎么好？太贵了，姐，不行，不行，你……"

宋运萍挥手道："你别推，我们现在生活稍微好点了，照顾一下我娘家也是应该的，手表算是东宝一点心意。你乖乖拿着，姐姐有东西和弟弟分享，天经地义，你不会我出嫁你就拿我当外人了吧？这件的确良衬衫和三合一裤是我做的，还行吧？你看我的裙子也是我自己做的，一年没摸缝纫机了，我可是做了最简单的裙子后才敢做你们的裤子，最后才做衬衫，我看东宝穿上蛮好看的，这衬衫裤子是给你的，你试穿给我看看，我都不记得你身材了，裤子做长了点，不行现在就给你改。"

宋运辉看着手表和衣裤汗颜，姐夫不知道他反对他们的婚事，他无法心安理得地拿下姐夫送他的贵重物品："姐，衣服我收下，手表太贵了，不行。"

"买了又退不回去，你不要我给爸去，回头爸要把他的旧手表还是这只新手表送你我管不着。"不由分说抢过手表给宋运辉戴上，扭头看了一下，笑道，

"很好，很摩登。快去换上新衣服给我看看。"边说边将弟弟往屋里推，"等下你别急着回家，我会跟爸打电话说一声。我们大队下午要开会说下半年的事，还得落实夏收夏种，你听听他说得对不对，晚上我再和东宝一起把你送回去，自行车也快一点。"

"大哥这都做得挺好，开会怎么会说差了，姐你别谦虚，但我也正想听听，有意思。"宋运辉换了衣服出来，裤子有点长，其他都好。

宋运萍听了很高兴，笑着道："咦，我怎么看着你又长高了呢？这裤子会不会太老式？要不要再给你做条喇叭裤？我看市里好多人都穿喇叭裤，理大鬓角头发。"

宋运辉被姐姐推着转来转去，展示新衣服。"千万别什么喇叭裤，我做辅导员的那小学校长有次说，他看着喇叭裤眼睛会滴血，他开会时候声称，谁敢穿喇叭裤上学，他让谁在门口蹲五十下，裤子如果不爆，他放行。我们陆教授也反对喇叭裤，说流里流气的。"宋运萍听了脸一红，"我还差点做一条喇叭裤穿穿呢，时间该差不多了吧，我们去晒场，你戴顶草帽。"

宋运辉没好意思穿着崭新衣服去晒场，换了才肯走。到晒场一看，那些树荫下早给人占了，主席台只是一张旧办公桌，沐浴在七月艳阳下，台上还没人。

过会儿才见雷东宝急急赶来，下面早有四眼会计大叫一声："东宝书记，人都到齐了。"

雷东宝点点头，径直去主席台坐下，目光一扫，看到宋运萍身边站着宋运辉，也不顾自己正坐讲台上，粗着喉咙就问一句："小辉你什么时候回来的？"

宋运辉忙大声回答："已经吃中饭了。"

"你晚点走。"雷东宝交代了家事才言归正传，开始做他的报告，一如既往，他的报告最上不得台面。

"我每块田都去看了一下，今年早稻收成不会差。这回都自觉点，该交的粮别拖，别等四只眼上门去讨，现在又不是没饭吃，早交晚交都是交，痛快点，别给大队添烦，大队干部很忙。晚稻秧苗还是用大队给的高产种，去年没用的已经吃过亏，今年自己脑子拎清。想要大队机器耕田的，会后到雷士根那里登记，大队手扶拖拉机手两天不给砖厂拉砖，专门耕田。记住啊，只有两天。再说到交粮上，别光占大队便宜不交粮。春天让你们院前院后是地方都种果树，都做得很好，管得也很好，以后再接再厉。娘儿们养的长毛兔也行，别忘打防疫针。砖厂和建筑工程队，还有预制品厂生意也很好，上缴大队不少钱，我们争取再多找道路，让所有壮劳力都有班上。下面说下半年的目标，简单，就是要把我们农民变工人。第一步，每家都有一个劳力像工人一样每月领工资，这步差不多快做到了；第二步，等大队钱再多点，以后每个社员能像工人一样报销医药费，预计明年初做到；最后一步，明年底之前所有社员到六十岁以后跟工人一样拿劳保，劳保钱多钱少五块十块不论，保证饭吃饱，饿不死。我的话完了，你们还有什么话要说？"

不等雷东宝说完，下面如雷般的掌声把他最后一句淹了，更有老头老太激动得下巴颤抖，劳保？那以后做人还不铁蛋一样地稳？有小年轻在下面叫："东宝书记，都听你的，我们要做工人。""东宝书记，媳妇发不发？""有东宝书记在，给工人做也不要。""听东宝书记的，听东宝书记的。"会场气氛异常热烈，不过雷东宝坐上面，一张黑脸还是铁塔一样凶。

宋运辉受大家感染，也是激动，跟着鼓掌。宋运萍挺得意，但她侧脸时候却见远远赶来的雷士根满脸愁云，两眼焦急地盯着台上的雷东宝，心里不由咯噔一下，钻出人群拖住士根问："士根哥，哪儿出事了？"

士根气喘吁吁急道："我刚送砖到县里，听人幸灾乐祸说我们小雷家这回得完蛋，追问下来才知道县里要派清查组来我们大队查东宝书记……"

"什么？徐县长怎么说？徐县长不是……"宋运萍脸色大变。

"听说还是徐县长说的，要严查，决不姑息，查出问题要把东宝书记抓起来。听说是有人告我们投机倒把，扰乱计划经济秩序。"

士根的话也被其他人听到，刚憧憬着美好未来的社员们炸了，尤其是老头老太。村里人骂起人来什么话都滚得出口，句句直逼下三路。宋家姐弟面面相觑，宋运辉一把抓住脸色苍白的姐姐，但他什么也没说。雷东宝被从这儿蔓延至全场的喧嚣引来，问清楚士根是怎么回事后，奇道："我投机倒把？赚来的钱哪一分是给我个人的？都是给大队的！硬掰我投机倒把，我坐牢没问题，可大队欠信用社的债怎么还？社员每人还一百块？不行！"

士根道："可是人无完人，清查组只要有意对付我们，总能从大队历年工作中找到瑕疵。连徐县长都下指示，我们看来得认真提防他们欲加之罪了，清查组肯定不会是走过场。"

雷东宝却紧盯宋运辉，良久才道："我不信徐县长亲手对付我，一定是有人恶意造谣。除非徐县长亲自带清查组来，我开门让查，否则，我做事光明正大，他们清查个屁，不行。想断我们的砖窑工程队，更不行。"

"对，我们小雷家才吃一年饱饭，有人发红眼病想撂倒东宝书记，我们不干。没东宝书记我们怎么变工人？老猢狲，是不是又是你去县里告东宝书记？你妈的安的什么狼心狗肺？"

有人将嫌疑目标指向老猢狲，顿时群情激奋，四面八方包抄老猢狲，老猢狲见大伙儿来势汹汹，惨叫一声："不是我，我这回真的没去告，东宝书记救命。"

"不是老猢狲。"雷东宝沉着地给了一声，难得的声音不大，但旁人听得到。以往不可一世的老猢狲挨了几只拳脚终于得以逃命。雷东宝再想了一下，道："我相信徐县长这个人。但万一我真出事，大家当我今天开会说的话是放屁。都跟我来，我们队部开会。小辉你也来。"

"今天的话怎么能作废？我们老年人要劳保，县里谁跟东宝过不去，我们跟谁过不去。"一个白发苍苍老儿的话引起大伙儿的如雷响应，宋运辉听着震动，见说话那老儿几乎连站都站不住，还得靠孙儿扶着，看上去清清爽爽有古风，难怪能说出有点水平的话来。再看雷东宝，招手引大家去队部，以前只觉他莽撞，今天见了，倒是很有大将风度。宋运辉征询了姐姐的意见，两姐弟一起跟进。

大队负责人都到队部坐下，而外面几百农民依然留在晒场不散。还是老书记又仔细问了士根究竟从谁那儿听来这消息，究竟有多少人在传这消息，那些传消息的人态度怎么样。等士根说到有人鄙夷徐县长一介知识分子，浑身软骨头，只会卸磨杀驴的时候，老书记的脸彻底黑了。众人都期待老书记给个分析，老书记打开窗户，朝外喊了一声，叫老猢狲立刻过来。

没多久，一头冷汗的老猢狲战战兢兢出现在队部门口，被四眼会计一把拖进来。老猢狲连连辩解："我没有，我真的没去告。"

此时河东河西早已分明，老书记不再忌惮老猢狲，只淡淡地问："你知不知道徐县长和宫书记的关系？"

老猢狲这才放心，忙戴罪立功，说得无比详细："宫书记资格老，'文革'前就是书记，现在县里一大帮人大多是他一手培养出来。七八年宫书记从干校回来官复原职，上面同时派下来一个徐县长，徐县长一来就烧三把火，撤换不少基层干部，听说宫书记最先是借徐县长这把刀裁掉三种人，后来头痛徐县长一气儿把他宫书记的人也撤了。我当时也被撤，换上老书记，当初我们被撤的大伙儿搞串联，都议论着宫书记会不会咽不下这口气，出面反了徐县长的决定。可宫书记最后没行动，听说徐县长来头很大，靠山在中央，他爱人一直住北京。但听说常委开会，在某些决议方面徐县长常受孤立。最近我没法再关心县里的事，但估计格局不会有大变化。"老猢狲说话时候，两只眼睛犹如两只被堵住路的老鼠，胆怯地乱窜，又小心留意着周围。

众人都心说，他可真了解机关内幕。若不是徐县长从天而降，与他从没瓜葛，换个别的本地产县长上任，估计老猢狲的位置还稳如磐石。雷东宝听着心说，县里领导的关系跟清查有什么搭界？自己把事情干好了不就得了？宋运辉心想，徐县长是不是已经顶不住来自宫书记积蓄几年的压力和孤立，决定拿姐夫开刀作为投入宫书记大营的献礼？他问老猢狲："这就是徐县长亲口下指令清查小雷家的原因了？"

老猢狲依然小心翼翼地道："目前全县，包括全市都知道小雷家是徐县长手中的一面旗帜，东宝书记只要没有杀人放火做违法勾当，徐县长不会亲手砍他亲手树起的旗帜，砍我们小雷家就是打击他徐县长。我考虑以后以为，这是徐县长把本该暗中进行的事情端到明面，以往清查组都是悄悄成立，突然出现，打你个措手不及。但徐县长这次违反常规，明着站出来成立清查组，又给清查组下指令，而且措辞非常严厉，这很容易让人震惊，让小道消息迅速传播开来。你看士根这就听到消息来提醒你们做好准备，你们如果早有了准备，清查组还能查得出什么？徐县长这一手既显示了他铁面无私，不徇私情，又借此大张旗鼓帮我们小雷家洗刷控告，手腕真是高明，以前真看不出他这么个白面书生有这等城府，难怪我会在他手里吃瘪。"

众人听了面面相觑，宋运辉更是大受震撼，原来同样一件事，被内行人看着，竟能看出这等弯里弯角门道中的门道。而一件原应私相授受很不上台面的事，却能被徐县长做得如此光明正大，堂而皇之。他忍不住对老猢狲脱口而出："你真是个人才。"

"可惜以前用得不是地方。"雷东宝随后接上一句，"老猢狲，给你戴罪立功机会，你，现在起，帮老叔和我小舅子一起清理大队所有资料。你要耍个心眼，你自己当心。"

"是，是，谢谢东宝书记信任，事关我们小雷家的大事，我哪里会耍滑头，你尽管放心。我已快六十岁，还等着你率领我们奔'四化'，像工人一样拿劳保呢。"老猢狲只差打躬作揖，怎么都不会想到雷东宝会在清查前的节骨眼上重用他，这让他感到往边缘化滑行的步子戛然而止，他心里竟生出感激涕零来。

老书记急得直冲雷东宝打眼色，心说老猢狲这种人成事不足，败事有余，别本来没事，被他一插手反而整出事来。倒是雷东宝大大方方地道："我也不怕你要滑头，你想耍滑头别人管不着，倒要问我拳头答不答应。"

"是，是，是。"老猢狲继续打躬作揖。

宋运辉这才又想到一条要紧的，跟老猢狲这种七窍玲珑的人玩心眼，那是真叫累。可对于这种人，拳头却是最直接最有效的办法，老猢狲哪敢做对不起雷东宝的事让下半辈子被雷东宝的拳头如附骨之蛆般叮着？今天真是大开眼界，既看到徐县长的曲线救国，又看到姐夫的霸气，这两种手腕各得其所，各有所长。而且，原来姐夫看似鲁莽地对徐县长的信任也是很有理由，没想到。他心中顿时放下石头，回头轻轻对姐姐道："姐，不会有事。"

宋运萍并不很放心，可又不能不装出放心的样子，其实握紧的拳头，指甲早深深掐进肉里。

于是雷东宝挂帅，红伟和士根各自拿来水泥预制品厂资料和砖厂资料给三人小组查，雷东宝自己拿出建筑工程队的所有资料。老书记、老猢狲和宋运辉三个坐在被晒得火烫的屋顶下预审，老猢狲倒真的是认真，看到不顺眼的，就拿出来与大家讨论，看不能支吾过去的，就做个记号抽出另放。老书记更不用说，他比老猢狲还小心，只是政策找碴儿方面比老猢狲稍有不如。宋运辉也是搜肠刮肚地拿自己了解的政策对照资料，可没想到从老猢狲嘴里学到很多有意找碴儿可以将政策曲解的方式，一时如听天书。

可他并不是个会被人牵着思维走的人，他心中总有一个总体框架始终主导思维，他跟着辅助预审资料一小时之后，就发现问题，伸手按住老猢狲抽资料的手，对雷东宝道："大哥，我看先停停，你听听我的想法。目前看来，大错不多，也可以掩盖。可你生性粗爽，资料里面小错不断，首先会有一个积少成多的问题。其次，如果把这些小错都抽出来掩藏，会造成资料的明显不连贯，到时我们经不起清查小组的追问。依我看，我们预先在资料里面做手脚的办法行不通。"

在场所有人都一点就通，愣住，一齐看向雷东宝。雷东宝想了会儿，道："小辉，你说得有道理……"

老猢狲大胆打断雷东宝的话："我有办法让清查组滚出小雷家，以后也不敢来。但不知道你们会不会说我打砸抢。"

众人看着如此主动的老猢狲都是惊异，在雷东宝一句"你说"之后，老猢狲跳起身附到雷东宝耳边窃窃私语。雷东宝听罢大笑，拍桌道："就这么办，叔，你也听听，你和老猢狲分头去办。"

老书记将信将疑，可听了仇人老猢狲的耳语，也终于舒开眉头，哭笑不得，嘴里还"表扬"了老猢狲一句："你啊，还真有两把刷子。"

宋运辉事后才知道老猢狲这个人是什么人。虽然他相信姐夫的拳头，可想到老猢狲这种人的本性，心里又很担心，怀疑老猢狲会不会在如此紧要关头做什么手脚，老猢狲鬼主意太多，防不胜防，姐夫以后虽然可以讨还，可好汉不吃眼前亏。会商结束，他就告辞拿了行李骑姐姐的车回家看父母。一路仔细揣摩老猢狲的主意可能会给姐夫带来的伤害，可想了一路，找不到纰漏。但宋运辉相信，这只是因为他年轻阅历不够，他也算是从小吃足险恶人性苦头的人，他不信老猢狲这样的人这一次会如此单纯。

他回家没与父母提起，怕他们担心，也料想来自县里的传闻未必能传到老实本分的父母耳朵。但他牵挂姐姐那儿的事，第二天找个借口说是还自行车，又早早趁天还没亮赶到小雷家大队。雷东宝对于他的再次出现倒是没有惊讶，他的手掌只是轮流拍宋家姐弟俩的肩头，信誓旦旦地告诉他们不会有事。但宋运辉建议姐夫今天当作不知道，若无其事出门离开。雷东宝虽然不愿意，可还是从善如流，要宋运辉在家照料好他姐姐，然后便到村里扯两嗓子，叫上工程队的四五个人离村而去。但临走，雷东宝又折回来，要宋运辉遇事别激动，记得盯住老猢狲。宋运辉这才有点放心，原来姐夫粗中有细，还是知道老猢狲这人危险的。

可宋运辉没有想到，老猢狲会把原本应是严肃甚至严厉的清查组搞得如此无奈，原来所说的父老乡亲请命竟演变成父老乡亲索命，清查组进村被搞得跟闹剧一般。第一天，清查组被一群白发老头老太哭哭啼啼地拿拐杖、扁担、扫帚打出村子，打得全市人民都支持老头老太，认清清查组本质：原来就是嫉妒人家好不容易吃一年饱饭，去人家小雷家眼红找碴儿。等雷东宝磨磨蹭蹭回来半路遇见清查组，请他们再回小雷家他们也不干，谁敢跟老人小孩孕妇对抗啊。

第二天清查组被领导逼着又硬着头皮上小雷家，这回迎接他们的是抄锄头菜刀的年轻人，年轻人说好不容易生活变样有姑娘愿意给相亲，好不容易定下一个对象，被清查组昨天一来全给搅黄了，这怎能让人不拼命。雷东宝这回听老猢狲的话没走，还排开想拼命的年轻人将清查组安全迎入大队部。可坐在大队部里的调查组成员面对的是外面惊涛骇浪般的群众海洋，随时有石块泥巴破窗而入，他们还如何工作，依然落荒而逃。但小雷家大队那句"农民变工人"的口号却随着冲突被传向四邻八乡，听到这口号的农民都异常羡慕小雷家大队，都说自家大队书记要是也变成雷东宝那样的人，以后大家每月有工资拿、有医药费可报、有劳保垫底，地里还有蔬菜可收稻米可吃，这日子还不共产主义了？

不说小雷家全体社员，即使社会舆论也几乎一边倒地支持小雷家大队，支持雷东宝。一个大队书记，率领本大队的农民过工人的日子，自家结婚却连酒席都办不起，眼下还住着祖传泥巴房子，这样一心为公的大队书记哪儿找。冲突反而让四邻八乡认识雷东宝这个带头人，看到小雷家大队的进步，羡慕小雷家人有奔头的日子。

第三天、第四天，清查组没再出现，他们怕了小雷家老老少少的刀光剑影，而最主要的是，他们难以面对舆论的压力。这压力，主要还是来自原定清查组回县每天一次的汇报总结会议。他们只能汇报那些小雷家农民的怒骂，而那怒骂，是对他们清查活动的谴责。他们可以无视怒骂，可是，当初决定清查时候宫书记有意将主持会议的尴尬位置奉送给徐县长，徐县长如今坐在主席位上问出来的问题刀刀见血。清查组下去两天的成果，形成会议纪要，是他们看到小雷家大队的繁荣富强，有人吃了闷亏。

宋运辉从来不知道，严肃的政治问题竟然可以用不严肃的下三烂手段解决，也佩服姐夫这个看似粗人的用人之道。他不明白姐夫的思路，可姐夫相信徐县长，现实表明，正确；姐夫起用老獭狲，现实也表明，正确。庙堂之人可以结交，人们从来都是在这么做；而鸡鸣狗盗之徒也可以入幕，过去的孟尝君曾因此脱厄。用人，该有胸怀，该不拘一格。姐夫有的是胸怀，这胸怀，让很多看似无法用上的人为他所用。宋运辉从此对雷东宝真正刮目相看。

他也觉得自己没原则，他竟然还有点欣赏老獭狲。知己知彼，大约说的就是老獭狲这样的人。了解局势，了解矛盾，从中游走，顺势而为，往往事半功倍，此役，他受益匪浅。

清查组的事在县里成为一个禁忌话题，而在小雷家大队则是成为大伙儿茶余饭后的谈资。雷东宝多少有点志得意满，心说县里也奈何不了他，可宋运萍是个谨小慎微惯了的，见此虽然也高兴，可总是抓紧时间苦口婆心劝说雷东宝低调低调再低调。雷东宝虽然不以为然，可有一样，他见了宋运萍就是俯首帖耳，为了免得妻子担心，他只好刻意收敛。当然他回家添油加醋向妻子说明他在外面是如何抵御吹捧的诱惑，宋运萍总为此给他炒个好菜，热一壶酒，柔柔摸一把他的脸，他就满足了。

宋运辉对小雷家那个犯禁忌的水泥预制品厂最有兴趣，向姐夫要求后，隔三岔五跑那儿了解情况，想了解为什么这个预制品厂会被认作搅乱计划经济，为什么会被认作是投机倒把。红伟自然不敢把国舅爷安排去搅水泥轧钢筋抬预制板，他啥都不敢要求，免得遭到四宝那样一把被撸的命运，就任着国舅爷随意溜达。宋运辉理论联系实践，理出一条清晰的产供销脉络，找出与当前政策相违的地方，他看到，沙石砖瓦这些都还不是关系到国民经济的重要计划内物资，转手倒卖着还不会太受重视，目前市场上这种转手买卖已经不止小雷家一家，而预制品厂转手倒卖的水泥钢筋却确实很容易被抓把柄。他思量再三，向雷东宝提出，要不以现有设备，将钢筋稍做简单加工再出售，比如剪断拉直之类，加工费反正也是羊毛出在羊身上。这样一来，谁也抓不住他们投机倒把转手倒卖的罪名。雷东宝听了先跟老婆说一声"狡猾"，再跟小舅子说一声"好"。

徐县长满意于雷东宝所作所为，尤其赞赏他事后无声无息不再提起的涵养，感觉这对他那样的粗人而言颇为不易，估计他身后应该是有一两个智囊出谋划策。徐县长本来有心借清查组铩羽而归这件事乘胜追击，做一番手脚，可这时他那在北京高校做教师的妻子暑假过来团聚，带给他几份机密文件，其中有两份还是七月初才刚在高层会议上讨论的文件，一份是陈云同志撰写的《提拔培养中青年干部是当务之急》；一份是陈云同志主持起草的《关于老干部离休、退休问题座谈会纪要》；还有一份是陈云同志在会上的讲话《成千上万地提拔中青年干部》。从这三份文件，结合目前国内局势，徐县长看到大势所趋，紧锣密鼓。从去年年中宋任穷同志提出的提拔脱产干部要求年轻化、知识化，到现在的提拔培养中青年干部是当务之急与老干部离退休问题一起谈，这其中，他看到中央一步紧似一步的步伐。

想到宫书记白多黑少的头发和老态龙钟的步履，他一笑收回原定计划，按兵不动，但他停止对宫书记采取措施的同时，却开始挑战宫书记的神经，强硬地、有的放矢地推广最新颁布的全国物资局长会议精神，将会议精神刊发至基层。会议精神强调，在搞好社会供求平衡的条件下，对重要的、短缺的生产资料实行计划管理，对一般的生产资料实行自由购销，力求做到管而不死，活而不乱。这个举动，实际是对清查组事件的拨乱反正。

但会议精神还没下发前，徐县长已经听到耳报，说小雷家大队改变工作思路，不再投机倒把，而是如此这般。徐县长听了又是诧异，难道那糙人雷东宝又傻子撞大运先人一步跑到政策前面了？后来打听了才知道，这其中又有雷东宝常常提起的那小舅子的指点。徐县长这回改为诧异现在大学生的素质，回头问在大学做讲师的妻子，难道现在大学生水平这么牛？他妻子回答，那个叫宋运辉的小舅子估计是比较出类拔萃的。

过一阵子，徐县长在陈平原陪同下下乡，有意孤身拐到小雷家大队，实地察看小雷家大队究竟最近搞得怎么样。进村，便看到小雷家的夏收夏种工作早已收尾清场，只有晒谷场还看得到夏收的影子。问田间老农，据说是大队出资给免费统一翻的地。老农还自豪地说，现在大队有钱，有钱就是好办事。这一点，徐县长认同，其他经过的大队，还有人在插秧呢。徐县长还看到砖厂挖泥挖出的两片鱼塘，鱼塘周围种着果树，村里角角落落也是见缝插针种着果树，这是他向雷东宝建议的。而今果树虽小，可绿意喜人。

徐县长又去看了砖厂，厂外就可以看到，目前的厂区已经比年前开阔好多，两眼砖窑热火朝天地烧，有新购机械制砖坯的设备在隆隆转动，于是夏日白天也可制砖，不怕泥坯被毒日晒裂，只要上面盖上新打下稻草织的草毯就行。

旁边就是水泥预制品厂，他没透露自己的身份，别人看到他俩的气势也不敢阻拦，任他们直进直出。徐县长看到一个戴着米黄色塑料框眼镜的大男孩在现场指挥大家用新买的葫芦吊加两根粗竹竿轻易搬运沉重的水泥楼板上拖拉机，新办法实施成功，大家齐声叫好。大男孩面相稚嫩，可举止胸有成竹，发出的指令简洁清楚，却是一点儿没有稚嫩的样子。徐县长想，这可能就是那个雷东宝的小舅子，原来是这样一个文质彬彬的人。难道有点胡闹地赶清查组出村的主意也是他出的？倒是小小年纪不可貌相。

宋运辉看到这么一个特别的人，想过去问候一下的时候，徐县长他们已经骑车走了。徐县长这回来，并不想打草惊蛇，没必要在这种无足轻重的小事上触动哪个人的神经，尤其是在调查组的事才发生一个来月的时候。他来主要是看看他手中这杆大旗插得好不好，眼下该看的都看了，没必要惊动小雷家的任何人，也免得被小雷家的人误以为他竭力撑着他们的腰，导致他们以后有恃无恐，为所欲为。

但是小雷家根本没法像徐县长想的那么为所欲为，作为体制外的经济实体，在严重触及体制内单位个人的利益情况下，牵一发动全局，体制内的实体全体受触动了。既然向县里告状不行，向下面派清查组不行，而且又有新文件下来放开经营市场，但是，老大哥就收拾不了你这小弟弟了吗？抱着给小雷家吃点苦头的心理，老大哥们开个茶话会心往一处想，给全县收购站一条指令：兔毛凭证收购，每个大队给一定配额的兔毛收购证，超出部分不予收购，而居民户口倒是不受限制。小雷家大队是全县长毛兔养殖大户，明眼人都看得出，这指令的矛头直指小雷家。

而一波未平，一波又起，坏事总是来得接二连三。小雷家两眼砖窑一起烧，黄砖红瓦辐射到邻县邻市，当地砖瓦厂不乐意了，汇报领导部门，从保护地方经济角度出发，由当地政府出面派专人在路口设卡，拦下小雷家黄砖的辐射，顺便也阻拦了其他农副产品的冲击。一时打得小雷家砖瓦厂措手不及。

雷东宝那几天每天挂着个脸，颧骨下面两团阴影，旁人看着毛骨悚然。但这样艰难的时候，他还是东拼西凑，在电大开学前换足兑换券，交给宋运辉，让宋家姐弟去市里买电视机。宋运萍不肯，说积谷防饥，钱别全用光。雷东宝这回没听妻子的，埋着头发狠说，电视机一定要买，不仅上电大课程方便，还要买了听中央来的新闻，学宋运辉了解政策，免得总被那些把门小鬼陷害。这回宋运辉无条件支持姐夫，因为他也早已看出这个姐夫不爱看报，看了也看不进去，听新闻是最好的了解政策途径，而了解国家政策是如此之重要，自不待言。

宋运萍无奈跟着弟弟一起去市里买电视机。两人大清早先骑车到县里，再买票乘汽车去市里，买好回程车票才去市中心第一百货商店买电视。价钱是早已知道了的。将一张一张的兑换券数出去，又看着售货员将一张一张的兑换券核对完，听售货员说声正确，宋运萍却脸色一白，眼前发黑，贴着玻璃柜台软软倒了下去。宋运辉大惊失色，幸好里面售货员热心周到，端把凳子来给他们，又帮着掐人中，一会儿宋运萍就睁开眼来。售货员见了说没事没事，拿那么大把钱来，很多人会晕，他们这儿前儿还晕倒一个大小伙儿。但宋运辉觉得不是，他觉得姐姐最近是操心过度，两夫妻虽然是一起瘦，可姐姐是心力交瘁。他跟姐姐一说，宋运萍眼泪就流了下来，她在丈夫面前一直假充坚强，还得温言细语安抚丈夫，可在弟弟面前就不一样了，姐弟俩谁也瞒不了谁。她要弟弟别跟雷东宝说，别给他添乱。

宋运辉想起低血糖的人要多吃糖，宋运萍听了只有苦笑，她那婆婆穷怕了，每次糖票下来，买来没几天就吃完。她还是让宋运辉陪着去了趟医院，配来葡萄糖。然后才提了电视机一起回家。喝了葡萄糖水的宋运萍回家就跟没事人一样，雷东宝一点儿都不知道。雷东宝在家终于想出一招儿，叫来见多识广能屈能伸的老猢狲，让他带四宝一起去上海和各大省会城市直接找兔毛纺织厂。既然收购站不收，那就绕开它，相信既然水泥厂已经在买计划外原料进行生产，兔毛纺织厂亦然。不是说全国一盘棋吗？

至于砖瓦的销售，雷东宝蛮劲上来，决定挤垮县砖瓦厂。大队碰头会一商量，一方面降价，像以前一样全县敲锣打鼓地宣传让所有私人公家都知道，起码私人的肯定认准他们小雷家砖瓦厂；一方面扩大承揽建筑工程，自家承揽的工程当然用自家的砖。但雷东宝考虑的是一个重要问题，他的建筑工程队只能承揽民用建筑，类似影剧院、大会堂这样的工程就吃不消了，可用砖最多的还是那种地方。红伟想出办法，那就是直接找县建筑设计院的工程师，请他们八小时之外出来帮忙指挥工程。宋运萍为此提心吊胆，挤垮县砖瓦厂，那不闯祸吗？县砖瓦厂被挤垮了，工人怎么办？可她丈夫只会安慰她说没事的没事的，找她弟弟参议，她弟弟说，穷则思变，用政治经济学里面的话说，就是生产关系必须适应生产力的发展，县砖瓦厂不思变，只有等着被淘汰。宋运萍眼里都是这两人挖社会主义墙脚的形象。

宋运辉上学去前，又单独找雷东宝提醒了一下，要他以后有要紧事最好别让宋运萍知道，以免姐姐操心，姐姐身体太糟了。雷东宝这还真的回家尽量喜怒不形于色，除非是实在过不去的大事，全大队人都会知道的，他才跟宋运萍说说，以致宋运萍还以为此后风平浪静。

有些事倒也真是逢凶化吉。老猢狲有老猢狲的路道，等他带着四宝回来，四宝还迷迷糊糊的，老猢狲却单独找到雷东宝，要求由他组建小雷家兔毛收购站，与公家收购站一样的收购价，集中收购后运去毛纺厂，所得利润上交两成给大队集体。雷东宝一口拒绝，怎么能让老猢狲这样的人牵头做买卖，怎么能放心将钱交到爹娘都不认的人手上？可四宝又实在没用，再给一次机会，四宝还是没抓住。无奈，他让四宝带上士根照着老猢狲走过的路重走一遍，士根到底是有脑袋的，一圈儿下来，回来就着手开动小雷家兔毛收购站。老猢狲又是靠边站了。

此时的小雷家已是不同以往。此时的小雷家已经自家有钱，付得出收购兔毛的费用，也付得出公社搬运队的运输费，只要稍微提高点兔毛收购价，全县全市的长毛兔养殖户都往小雷家卖兔毛。急得全市国营收购站跳脚，无奈之下只好悄悄取消办兔毛收购证的费用，继而取消兔毛收购证，可大势已去，再不复他们坐北朝南的好日子。

小雷家大队东山不亮西山亮，虽然砖厂突围无方，有点开不足量，可其他都是欣欣向荣，尤其是请了县建筑设计院工程师兼职的工程队。当年底便兑现年中的允诺，报销医疗费之外，春节前，向所有六十岁老人发出第一笔劳保工资，十元。

这一年，小雷家除夕夜的鞭炮直响到天亮。

雷东宝也买了无数二踢脚鞭炮在自家院子里猛放。他越挫越勇，他很喜欢宋运辉跟他说过的一句话："道路是曲折的，行进是艰难的，前途是光明的。"对于新的一年，他豪情满怀，踌躇满志。

1982年

01

宋运辉万万没想到自己竟会如此抢手，春节才结束，就有一家大国营企业金州总厂指名要他。金州总厂正好就在他家所在省，是他本想努力一把请求辅导员将他分配去的工厂。如此正好一拍即合，他安心做毕业设计就是。可是他想不明白，他虽然大学三年半下来成绩已经后来居上，政治面貌也一跃变为优秀，可何至于让一家大工厂，主动上门指名要他，便是辅导员也说不可思议，他们并没向那家金州总厂发函专门推荐个人。唯有陆教授为宋运辉不考他的研究生而可惜，多好的一副头脑，又是多么年轻可造的一个人。

小雷家大队开始扬眉吐气，本年度中央下达的一号文件讲的就是农村工作问题，文件说"目前农村实行的各种责任制，包括小段包工定额计酬，专业承包联产计酬，联产到劳，包产到户、到组，包干到户、到组等，都是社会主义集体经济的生产责任制"。小雷家的包产到户终于不用打擦边球似的披着包产到组的外皮，可以出头露面挂嘴上说了。

二月，中央关于建立老干部退休制度的决定下达，决定明确规定各级别老干部离退休年龄硬杠子。凡是见到文件的干部都知道宫书记大势已去，全县上下呼啦一下紧紧团结到徐县长周围去了。宫书记家门可罗雀。

办公室主任陈平原更懂得因地因时借花献佛，他结合本年度一号文件，凭自己掌管的权力渠道，真抓实干，将徐县长重视的小雷家大队树为学习一号文件的农村集体经济改革的典型，连夜组织笔杆子赶赴小雷家，挖掘小雷家大队的先进闪光之处。但他们所获得的待遇与清查组的虽然稍有不同，却也没好到哪儿去，小雷家上下没人相信他们，担心他们挂羊头，卖狗肉，名为树典型，实为搞清查。虽然没有刀光剑影伺候，可老头老太的骂声不绝。

但陈平原咬定青山不放松，何况这事儿事关他的前途，他见小雷家上下依然抱有戒心，知道再以组织名义下去可能依然会被拒绝，而他现在又不能强行下达指令，因着打鼠忌着玉瓶儿，还有个徐书记挡着。看来只有柔性进取一途。天下无难事，只怕有心人。在雷东宝都还感触不到有人在对他进行全方位侦察的时候，陈平原已经雷厉风行地完成所有外围调查协调工作，亲自率领县建筑设计院院长来到工地，成功完成一次拉郎配。对外，则是县政府对农村经济改革典型的大力扶持。

于是，小雷家建筑工程队要设计有设计，要现场有现场，要设备有设备，要建材有建材，实力大增。而又由于陈平原的策划设计，小雷家建筑工程队与县建筑设计院的联姻又被上纲上线地描写成为政府搭台，企业唱戏，是政府领导理论联系实际，指导基层群众致富的范例。小雷家又因其农业高产、副业多样、大队集体工业发达、社员生活有保障，而成为区域学习的典型。小雷家由原来徐县长手中的旗帜这一个人身份，转正成为官方确认的旗帜，这一身份的转变，意味着以后小雷家如果再遇体制内的障碍，可以堂堂正正找县领导告状去矣。

陈平原做这一切的时候，徐县长一直保持沉默，一直持不反对的态度，看着陈平原使出浑身解数将小雷家做成样板。过后不久，宫书记光荣退休，他继位，他提议陈平原为代理县长。至于陈平原是怎样的人品，他清楚得很，可初即位，即使有人送上死千里马他都得收，何况陈平原这种活的虽然可能走歪路的千里马。他现在手下需要能看准他意图，又有能力办成事办好事的本地得力人手。

唯有雷东宝面对一下捧到他面前的荣誉傻了眼，天上怎么就无缘无故砸金块了呢？面对四邻八乡参观取经的人，他只会说一句上台面的话，却也是实话："只要一心为小雷家老小考虑，小雷家老小都会支持我，只要小雷家几百号人都支持我，没啥事做不成。"往往同一句话，你带有恶意的眼光看待，可视之为没文化；可如果你带着善意的眼光挖掘，那就是质朴。见诸笔端，便是讷于言，而敏于行了。

雷东宝声名大噪。

喜事成双。在全大队接二连三的新房上梁鞭炮声中，东宝书记家的一所一厨一卫一厅一卧的不起眼平房也落成，小夫妻孝敬老人，让雷母先住进新房。雷母起先还挺得意，两天新房住下来发现，她被孤立了，她再也无法染指儿子的大事，儿子被儿媳全方位接管。而她又醒悟这回吃的是闷亏，因为前儿她还冲邻居炫耀她是一家之主，儿子媳妇都听她，好吃好喝好房都是她先占，可是，这不，媳妇顺水推舟就把她逐出家门，她现在有苦说不出，怕人笑话。如今儿子每天回家都累得跟稀泥似的，哪有精力上她这老娘的新家，她现在想回老屋看儿子得先过儿媳这关。

宋运萍设计令婆婆搬出旧居，自然知道婆婆有一天会明白过来，但搬出容易搬回难，她抓紧时间将生米煮成熟饭，把婆婆那个房间改成储藏室，请邻居帮忙将原本堆在客堂间的稻子和稻草堆满婆婆房间。但物质上的孝敬依旧，自留地收上来蔬菜，或者雷东宝带来的好东西，她总是分一半给婆婆。雷东宝新买一只半导体收音机，被她拿去送给婆婆解闷，还手把手教会怎么用。雷东宝去市里开会奖来的台式电风扇，也被她装到新房子去，还是雷母心疼儿子天热易出汗，又大张旗鼓送回来。一来一回，好多人羡慕书记家的婆媳关系。

雷母本来生了好几天气，可大家分开住了，却又觉得这儿媳懂事，是挺好一个人。她一个人住事情少，起床又早，经常还是她去自留地割了蔬菜拿来儿子家，如果见儿媳去县里读书，她还会自觉取出扫帚将院子打扫干净，将菜择洗干净放着。两下你敬我爱，反而其乐融融。

陈平原既然已经把小雷家树为样板，自然想把这样板搞得正经点，细腻点，上档次点。为此他没少想办法，可雷东宝对于陈平原的建议并不很待见，觉得花架子十足，未必能给小雷家挣钱。倒是陈平原提议的把大队、砖厂、预制品厂、兔毛收购站和工程队的账目放一块儿统一结算的主意，雷东宝很是热衷。他也看到随着大队办的实体越来越多，他的工作越来越忙，那些钱进钱出的事，很有他照顾不周出漏洞的可能。正好宋运萍电大毕业，她和四眼会计一起，还有一个刚嫁入小雷家的高中毕业的新媳妇，跟着陈平原派下来经验老到的商业局老会计一起，建立小雷家大队的会计制度和账本，士根喜好这行当，常自荐让捉差。

会计工作认死理，宋运萍又正好是个认真认死理的人。原本雷东宝这人做事海阔天空，想到什么做什么，没有发票上白条，从来没有什么制度可言，别人也不敢管他。而现今管钱的变成他看见最没脾气的妻子，在宋运萍软语厮磨下，他不得不照规矩办事，以博夫人一笑。众人见他规矩，当然也只能跟着规矩，小雷家钱财管理焕然一新。

雷东宝原先一看见满是密密麻麻数字的账本就头痛，而今被宋运萍捉着学会看账本看报表，却是看出名堂，看出滋味来，往后他找各实体负责人说话时候就翻着账本，对比着报表，谁也别想拿什么客观主观原因支吾过去。为此他买了两瓶酒两条烟送去陈平原家致谢，陈县长留他吃饭，开了一瓶酒，拆了一条烟，说了很多话。陈县长家千金看见雷东宝这粗人，撇着小嘴不肯上桌一起吃。

雷东宝觉得奇怪了，徐书记做县长时候，他为什么觉得徐县长高不可攀呢？就像现在，即使他知道陈平原所做的这一切大半得归功于徐书记对小雷家的重视，为什么他就是不敢提烟酒往徐书记住的地方去呢？

喝得微醉回家，宋运萍早给他打好两桶井水等他回来洗澡，妻子疼他，怕他拿冰凉的井水洗澡坏了身子，总是早早将井水打出来外面搁着放温了，才让他洗。他照例是高一声低一声地在里面耍赖，一会儿是手酸，拿不起水勺，叫妻子来帮他冲水；一会儿是背后搓不到，脖子洗不干净，要妻子帮忙。他妈搬走后，小夫妻比蜜月时候还甜腻。

洗完后，雷东宝照例都是背对着电风扇一堵墙似的遮着风，宋运萍躲他后面，稍微吹点风就行。雷东宝又照例告诉妻子今天做了些什么，跟陈县长说了什么等等的，宋运萍嗑着瓜子听。瓜子这东西，雷东宝总是嗑不好，一整粒扔嘴里，不是力气大咬烂了，就是没嗑开，好不容易嗑开一粒，他粗手大脚捏在手里费老大劲才能剥开一粒，弄不好还掉地上，可吃着倒是真香。只有两个人时候，宋运萍总是嗑好瓜子自己吃一粒，往雷东宝手掌放一粒，雷东宝等手掌有好几粒了，才一掌拍进嘴里，没等嚼完咽下，又将手掌摊到宋运萍膝头等吃了。往往这时候总得挨妻子几声小唠叨，可雷东宝听着舒服，觉得像给挠痒痒似的。

他也知道，他汇报完后总得被妻子提醒别太狂，今天说他送烟酒给县长就行了，干吗还大咧咧坐县长家喝酒，委屈人家县长太太烧菜，县长千金没法上桌。雷东宝说是县长非拖住他不让走，又不是他赖着不走。他现在很多酒席都是被人死活拖住不让走才吃喝的，他向妻子解释他也知道吃人家的嘴软，可现在不比过去，既然大家都要拿他当朋友，他也不能太拒绝人，伤人面子。他说他会把握分寸，有些时候如果不请人喝口酒那才是太狂呢。雷东宝最头痛的是他如果打了骂了队里的什么人，那人如果想叫屈，总是找到宋运萍那儿哭诉，然后他回家总得挨审问。他如果讲不出理，那就糟了，他最喜欢的软软的嗓音总能要他好看一晚上。为了不挨妻子唠叨，他只好收敛脾气。有时候想着这样也挺好，他现在好歹总是个干部，总打人骂人也不是回事儿。

他不明白了，他那公认脾气特好的妻子，如果坚持想做什么，那是排除千难万险都要做到的，她哪来那么强的韧性。他小舅子告诉他，这叫外柔内刚，这种人最难弄。

但他今天总觉得妻子有点心不在焉，眼看着快到睡觉时间，他吃完瓜子说声"不要了"，疑惑地问："你今天有什么心事？"

"你也看出来了？你是不是看我这几天脸上有什么变化？"

雷东宝仔细看看，摇头："没有，啥都没变，不舒服？"

"真没变？"宋运萍又愁起一张脸，"我……我今天整理卫生纸，忽然想起我那个……那个延后快一星期了。"

"那个？哪个？"雷东宝大大地不明白，又凑近去摸摸宋运萍额头，没烫啊。

宋运萍急了："那个，每月来的那个。我……我担心是不是有了。"

雷东宝再愣，但旋即明白过来："儿子？我们儿子？咋那么快呢？小子手脚快啊。我们明天去卫生所查，别怕，我背你去，一点不会颠着你。"

宋运萍见雷东宝一高兴，嗓子霹雳似的，忙伸手捂住他的嘴，急道："可万一不是呢？你别嚷嚷，别让人听见笑话了。东宝，我挺担心的，要不我明天先回家问问我妈。去卫生所一查还不都让人知道了。"

"让人知道有啥，士根新娘子外面鞭炮纸还没扫光就怀上了，你看现在队里多少大肚皮，别怕。你怕卫生所遇熟人，我明天带你去县卫生院，这么多新娘子就你脸皮最薄。"雷东宝早坐不住了，跳来跳去围着妻子打转，眼睛仿佛能透视。

"人家担心万一没有那不闹笑话了吗？而且……而且……反正我总是担心。"

"别怕，有我在。明天我们去县里，再去买些奶粉麦乳精来你每天喝着，你以后得喂两张嘴。家里布票还有吗？儿子的衣服鞋子……"

"啐，还不一定呢。"

"一定的，一定的。我儿子像我，心急。嘿，儿子，我儿子。"雷东宝喜得手舞足蹈，一会儿抱起妻子，一会儿放下，都不知道怎么亲这妻子才好。他绝对认定妻子肚子里肯定有个孩子在了，这一刻他觉得自己俨然换了身份似的，对，他现在开始是爸爸了。他以后一手搂着妻子，一手抱着儿子，要多美有多美。这日子，他以前真没想过能过得这么美，吃饱饭了不说，每天桌上都有荤腥，三大件都买足了，又有了电视机和电风扇，最美的是有那么好一个妻子，而且妻子又要为他生儿子了。现在的好日子，以前做梦都想不到。"儿子，我儿子，哈哈哈。"

宋运萍虽然担心，却没法不被雷东宝感染，雷东宝一声"有我在"总能给她打强心针。她跟着雷东宝一起笑，可过了会儿又犯愁："东宝，万一是女儿呢？你不喜欢女儿吗？现在计划生育了，只能生一胎。"

"女儿、儿子一个样，都好，自己生的都好。女儿叫小萍，儿子叫小宝。大名你来起。"雷东宝开心得仿佛明天就可以见到儿女，对着宋运萍的肚子发誓，"小宝、小萍，爸爸狠狠赚钱，赚很多钱，买很多大白兔奶糖给你吃，你每天早上一只鸡蛋，中午吃鱼，晚上吃肉。爸爸要把老房子拆了盖新房，你一生下来就住新房。还有啥？"

他抬头征询宋运萍意见，宋运萍早笑歪了，什么担心都给笑到九霄云外。

02

宋运辉按照报到证上给的时间范围，取了个中间值，既没早去，也不太落后，一条扁担挑简单生活用品去往金州总厂报到。东西几乎全是他大学里带来的，前面挑一个被妈妈洗得很干净的红白相间粗线网兜，里面是两只脸盆，一只搪瓷杯，一只竹壳热水瓶，一只铝饭盒，两只搪瓷碗，几根筷子，很多书，外面再捆一条草席；身后一捆被子一只旧皮箱，还是爸爸当年用的，除了一年四季没多少件的衣服，就是书和文具，以及大学几年与家人及梁思申的通信。

下车，他就看到远方林立的烟囱和高塔，都不用问，朝那方向走就是。看见大门时候，也闻到空气中飘扬的特有异味。已经是下午，金州总厂的门卫显然比他实习的地方森严得多，可一听说是报到的大学生，门卫里间坐着的都走出来瞧，看西洋镜似的，还有人说这都到齐了，外来的一共五个，原来是四男一女。大家七嘴八舌指给宋运辉看厂门边的一幢三层楼，告诉说总厂干部处就在二楼楼梯拐角第一间。

宋运辉微笑道谢，挑起行李告别。听着身后传来的窃窃私语，他仰首，将扁担换了个肩膀，心中隐约有走向风云激荡舞台的感觉。

总厂办公楼人进人出，穿工作服的工人见一个挑扁担的人进来，都下意识打量几眼，甚是奇怪。宋运辉也知道自己的奇突，可也没办法，这么多行李，一路不靠扁担怎么过来。当年下乡时候挑猪泥挑得很溜，四年大学下来，今早刚挑起担子时候他还得好好适应一番，如今肩膀也是生疼。毫不意外，他在干部处也收获一堆惊异眼光。

但里面的人很快就叫出他的名字，问他是不是宋运辉，说他这名额还是水书记年初亲自问学校要来。宋运辉没问水书记要他的原因，更没问水书记何许人也，他心中有对自己的自信，以他年年高居榜首的成绩，用人单位当然得抢着要他，但他本来就话少，他只是微笑感谢一下，心中却有骄傲。立刻有人问他跟水书记是什么关系，他只得说他并没听说过水书记，但他从众人眼光中看出不信。一室都是闲聊和打量的眼光，宋运辉听而不闻，只管自己填写所有表格，然后一会儿被支到保卫处登记，办理出入证，一会儿被支到财务处登记，交上表格，又被支到总务处登记，买些饭票菜票，最后被支到总厂生技处，大概最后的落脚点就是生技处了。这时都快到下班时间。办理所有手续时候，都有中年妇女在门口探头探脑看他，他不知道什么原因。

另外四个新分配来的大学生正好劳动回来，满头大汗，蓬头垢面，显然是在做清污工作之类的体力活。但对于大学生，这叫锻炼。生技处也一样热热闹闹的，都是香烟灰和聊天声。只有一个管总务的过来接待一下宋运辉，交给他一把寝室钥匙和一把书桌抽屉钥匙，要他跟其他三个新分来的男大学生一起下班去找寝室。这位总务一边做事一边发牢骚，说他这种自学成才的土八路最倒霉，"文革"时候说他是臭老九，打倒，现在又说他没文凭，评职称没他的份儿，提拔没他的份儿，净让他干总务的活。宋运辉依然是听着，微笑不语。总务牢骚发爽快了，这才开恩似的跟五个大学生说，明天还有三个厂子弟报到，既然大家全到齐了，明天开始干正事，费厂长和刘总工准备接见他们几个一下，今天恩准提前下班。

五人鱼贯出来，其他四个疲倦得都懒得说话，一个叫虞山卿的下楼后指指车棚一辆三轮车，对宋运辉道："你拿那车驮行李去寝室吧，就大门口那条路一直走，过桥左拐，我们晚一步过来。"

宋运辉见那三轮车上横七竖八放着几把扫帚和铁锹，心说这可能是他们几个的劳动工具，便道："你们都坐上去，我带你们走。"

众人欢呼一声，上了后座。可宋运辉发现踩三轮车的技法与骑自行车不同，跳上去那笼头直打滑，车子原地转大圈。四个人在后面终于笑出声来，叫他慢慢适应，不急不急。宋运辉适应会儿，撞了两次黄砖花坛，才终于可以歪歪斜斜地对准回寝室方向。大家坐稳了才互相交流姓名，唯有女生是入大学前就已婚的。后面四个都是抱怨，说总务安排给他们的这哪是锻炼，这是摧残。又说那些工人技术员没事聊天时候最热情，可话语间总是透着一股酸味，又羡慕又嫉妒，仿佛这一届大学生捡了本该属于他们的宝；但遇到找他们办事了，都一个个拖拖拉拉架子十足，更多的是出气一样地把大学生当牛使，而工友们好奇之外就是不友好，事事处处别苗头。又叹宋运辉命好，说早知道也晚点来报到，少受几天摧残。宋运辉客气地说，他以后工龄总是要比先到的短好几天。

而令大伙儿更气不过的是，宋运辉分得的宿舍居然在二楼，而且是两人一个房间，他们早来的三个男的和一个女的都是分散住四人间，都是一楼。宋运辉心里隐隐想到这事儿大约与干部处那些人提起的水书记有关。因为大学住宿舍，都知道先来先得，后来的吃残羹冷炙，后来者想居上，除非有特殊原因。他不清楚那个水书记到底是怎么回事，但绝对清楚自己这时候对不认识水书记的表态，对现实未必有什么好处，目前也看不出坏处，所以他只是谦逊地说句鼓励后进，挑行李上楼了，多说无益。

等宋运辉熟悉全部宿舍环境，洗完澡，打来饭菜开始吃，同宿舍的人才出现在门口。这是一个高大强壮精悍的年轻男子，穿着工作服，理大鬓角，头发偏长，看上去像《追捕》中的矢村警长。宋运辉见此人不急着进门，倚在门口冷冷扫视他这个不速之客，他不清楚这意味着什么，但可以看出明显地不友好。宋运辉微笑着打个招呼："你好，我叫宋运辉。"

那人神色没什么表示，嘴上也没什么表示，却动身进屋，坐下吃饭，眼睛一直没离开宋运辉。

这下轮到宋运辉好奇，吃几口饭，终于忍不住问："你看我半天，看出我第三只眼长哪里了吗？"

那人却忽然抖着肩膀愉快地笑，笑得令宋运辉想到不正经女人的"花枝乱颤"。过会儿，那男子才道："昨天我在楼下也这么看你们这回分来的大学生，结果个个像大姑娘一样红了耳朵，吃饭差点吃进鼻孔里。你胆儿大，你以前是班干部？"

宋运辉想到虞山卿说到工友不友好别苗头之类的话，这才恍悟。好笑地对那男子道："你这也看得出？高明。我怎么称呼你？"

那人颇有深意地看了宋运辉一眼，道："我叫寻建祥。都说你住到我这屋是因为水头儿说话，你是水头儿亲戚？"虽然《加里森敢死队》放到一半给咔嚓了，可小伙子们说到领导就是"头儿"。

宋运辉这时候晚饭吃完，索性拿起饭碗走到寻建祥面前，微笑着摊开手道："你看，四肢五官，没多没少，正常人。你问的问题，我自己也不知道大家为什么都这么问我，我们以后住一起，来日方长，你我都会知道答案，不急在今天。"

寻建祥没料到宋运辉这么快就轻易地反客为主，瞄着他出去洗碗的背影，不由老脸一热，后面充满八卦探究的居高临下的问话再也问不出口，却很想揍上一拳。这会儿，心中隐隐有些猜到传说的水头儿亲自找关系要来这个叫宋运辉的大学生是什么原因了。

宋运辉洗碗时候觉得好笑，哪儿都有老资格，他在学校时候作为四年级生，常见同学眼睛里闪着调戏的眼光老三老四地盘问一年级生，这会儿毕业了轮到别人调戏他。他连以前做狗崽子时候都不曾让人调戏，何况现在。但从寻建祥嘴里再次听到水书记，难道是全厂上下都知道他与水书记有关？他究竟哪儿撞到过这么个大官？宋运辉心中一点印象都没有。

但等他回去寝室，寻建祥兜头就给他一句："你以后的日子不会好过。"

宋运辉愣了一下，淡淡一笑，道："多谢你提醒。"心说难道被水书记关注惹祸了？那可真是飞来横祸。

寻建祥气得一拍桌子，怒道："问我一句难道会死吗？我才不会像你一样给句来日方长敷衍人。大学生就是肠子多。"

宋运辉不紧不慢地道："我今天才来，才知道大门朝哪儿开，你们谁是谁我一概不知，你却追着问这问那，还拿居委会大娘才有的警惕目光扫描我，你说谁没道理？你既然有话，那就有话就说，有屁就放，藏着掖着干什么？你这人弯弯肠子比我更多。"

寻建祥哭笑不得，又是双肩乱颤："那就再问你一个问题，晚上干什么去？我去看电影，《被爱情遗忘的角落》，听说特刺激，你一起去？"

见寻建祥好好说话，宋运辉也说正经的："不知道有没有阅览室，我想去看看报纸，你能不能带我去？"

"有工人文化宫阅览室，开到九点，我等一下顺路带你去。其实你急什么啊，自打《小字辈》放了后，人模鬼样的都拿本书到公共场合装看书钓小姑娘，你额头上都凿着大学生了，还装啥样子，现在全厂有女儿的老娘都盯着你们。"

宋运辉听得直笑，道："你这一说，我坚决只看报纸不看书，我还不到婚龄呢。我虚岁二十一，你比我大吧？"

"知道你小，我大你五岁，以后你叫我头儿。你怎么这么小，这届共八个人，中专毕业的都比你大，我只知道你最小，没想到你这么小。小弟弟你等我，我洗碗洗澡，时间还早。"说完大脚一蹽大摇大摆出去了。

宋运辉心说这厂子怎么这样，他人还没来，底细早让人摸清楚，好像全厂人都翻了他档案，大学生吃香也没到那么恐怖的地步吧。但心中又有些骄傲，人未到，声先至，先声夺人，多大的排场。寻建祥说的以后日子不好过，没怎么放宋运辉心上，他才来，一介书生，又没得罪谁，谁能看他不顺眼？

但等一下跟梳大背头，穿花衬衫、喇叭裤的寻建祥出去，宋运辉发现跟寻建祥打招呼的个个都会后面问一句，这就是跟你住的大学生吧，然后都是若有所思地用目光打量。这目光，一而再，再而三地出现，宋运辉心中不得不警醒，咂出异样的味道来，他很想钻进那些跟寻建祥打招呼的人心里看一看，看他们没招呼出来的话是不是"这就是水书记要的人"，他这时仿佛看到有条无形的绳子将他与水书记捆在一起，这让他想到寻建祥不知是真是假的话，他以后的日子难道将因为水书记而不好过？

金州总厂看来很富裕，有新电影院，电影院边上是有点老旧的三层楼的工人文化宫，报纸杂志阅览室在文化宫二楼。寻建祥居然没去看电影，跟着宋运辉进了阅览室。但他没坐下看报，他趴门口跟两个管理员说笑。宋运辉自己找到一摞《人民日报》，没想到旁边还有《参考消息》，他不客气，两挂报纸都拿来放自己面前。这种报纸没人看，不像《大众电影》《读者文摘》《新民晚报》之类的早被人从书架拿走。他看到虞山卿也在阅览室，看的是《小说月报》。

那边两个管理员追着寻建祥打听宋运辉，寻建祥说人年纪还小呢，说两个管理员在人家眼里跟老咸菜一样，只有他寻建祥拿她们当玫瑰花。气得两个管理员拿装订得跟砖头似的杂志揍他。寻建祥被追杀到宋运辉身边，一看，这小子居然在认真阅读《人民日报》头版的社论，而且看得出绝对不是装模作样。寻建祥顿时看宋运辉如看神人，顺手拿了一份报纸坐旁边看，一看头大，他拿的居然是同样严肃的《解放日报》。他一边翻看里面稍有趣的，一边斜眼看宋运辉看什么，看了之下心中郁闷，这小子越是严肃的内容看得越仔细，他看得仔细的第四版，这小子却是扫一遍就过。果然是神人，难怪水书记会特招这小子来。

一直到管理员催促，宋运辉才将报纸放回报架，跟寻建祥一起出来。他不知道寻建祥为什么一直陪在阅览室，又总打量他。走到外面，他才笑问一句："寻头儿，我脸上刻着花儿还是刻着乌龟？你一晚上都在研究我。"

寻建祥肯定地道："你整个人就是怪物。"

宋运辉奇道："我又怎么你了？"

"你哪能怎么我。小子听着，阅览室两个大妞对你有兴趣，在打听你，你想不想认识她们？"

宋运辉回想一下，委婉拒绝："年龄有差距。"

"我就说，她们在你眼里跟老咸菜帮一样。"

宋运辉想了想，问道："你们都说我是水书记亲手招来，难道水书记家里有女儿？"

寻建祥一听扑哧笑出来，自行车骑得乱晃："亏你想得出来，幸好水头儿家两个儿子，没女儿，否则你真惨了，冲水家人那品质，你得娶个丑姑娘。告诉你，你不懂可以再问我。这个厂本来是水头儿说了算，他招你的时候正是他当权的时候，没想到前不久部里文件下来，说什么由厂长说了算了，现在两方闹得够僵，一个要权，一个不放权。你说，都知道你是水头儿的人，你以后还有好日子过吗？"

原来是这样，宋运辉心想，但估计水书记权威还挺高，还能关照他宋运辉的生活细节，让他不用进门就做苦力，不用住厕所水房对面的四人寝室，不用住潮湿的一楼。但是，小恩小惠，也让他进门就掉进派系斗争旋涡，他只会苦笑："你说我该怎么办？这厂里我谁都不认识，谁都没见过，我这不是很冤吗？"

"谁让你太神，敢看《人民日报》当消遣，你看我就没人来找我。"

宋运辉想了会儿，才道："大学班里，我最小，大伙儿把读报的任务派给我，四年下来，我才会习惯成自然，拿《人民日报》当消遣。我们班里那些同学才是神人，有些都看得到家里的内参。"

寻建祥在前面哼了一声，懒懒道："你别拿我当傻大个儿混，跟你说了一晚上话，我还看不出你斤两？我这五年干饭真是白吃的吗？我跟你不打不相识，敬你是个聪明人，给你指条路，来日方长。"

宋运辉没料到寻建祥真的帮他，不由伸手在背后给了寻建祥一拳："多谢，我听你的。"

寻建祥回头敲上一句："那你明天开始给我打半年开水。"

"一个月！"

"是朋友吗？"

宋运辉干笑，可早已没了心情。放弃考研，迫不及待想进入社会大干一场，结果却遭此无妄之灾。明天费厂长和刘总工接见，他还能有好果子吃吗？想着都心灰。难怪大伙儿看见他都这么好奇，好像他脸上画了花儿一样，原来都是等着看他好戏啊。

寻建祥硬是要扭头看清楚宋运辉的脸色了才肯再往前骑，他看到宋运辉脸上的没精打采，心说这小子总算还是个人，心理大为平衡。

回到寝室，才九点多点，寻建祥便洗洗睡了。他说倒班五年，害得他每天生活的主题唯有"睡觉"两个字，白班是8:00—16:00，晚上想好好睡觉，以免后面晚班撑不住，结果晚十二点之前肯定得被上中班的人吵醒一次，睡出一身床气；中班是16:00—24:00，一下班就是零点，好不容易睡着又被早班的人吵醒，只有念叨着中午睡觉补充，早上没睡足没力气，下午睡太多脱力，整一天没做事的力气；晚班回来正是一天好时候，亮晃晃的太阳照得人睡不着，中午又饿得睡不着，晚上吃完赶紧睡会儿，睡得正舒服就给闹钟叫起来上班；晚班做完了是休息天，给晚班折腾得睡觉都来不及，谁有心思去玩去闹。寻建祥说，有点儿关系的工厂子弟都很快调出三班倒，只有最没用最没关系的底层人才做三班。做三班的女人到四十岁就跟六十岁一样满脸斑，内分泌失调闹的。不过他说宋运辉永远体会不到这种三班倒的苦，大学生是当干部的命，大学生归干部处管，他这小工人归劳资处管，最没前途。

寻建祥在牢骚声中睡着了，这么热天，这么个血气汉子的蚊帐外面却围着一块深色床帘，宋运辉估计这是白天睡觉时候遮光之用。他自觉关掉顶上日光灯，征用寻建祥的台灯。为此赢得床里面寻建祥一声迷迷糊糊的谢。

宋运辉虽然一天舟车劳顿，可他睡不着。早上揣着一颗跳跃的心出门，至晚上理想基本破灭。今天跑的各部门人浮于事，对大学生态度的两种极端，还有大厂小社会，流言满天飞，陷阱遍地跑，让他感觉到，金州不是小雷家，改革春风不度玉门关。这种工作环境，与他原先想象的完全不同。他失望，可他知道，他目前的处境就像是每个商店玻璃柜台上贴的一张长字条——"商品售出，概不退换"，他无回头路可走。

既然无回头路，他只有踏踏实实立足现在。他轻手轻脚地从皮箱里取出以前帮陆教授翻译的初译稿，有的放矢地取了与金州总厂有关的一本译稿翻阅。那是国外行业期刊上的几篇文章，讲的是金州总厂相关产品的最新工艺和适配的最新设备研究成果。明天就要正式工作，宋运辉一向有预习的习惯，他得把设备原理先搞清楚，免得走进车间里面连路都摸不着。当初翻译时候为了翻译准确，被陆教授灌了几顿小灶，后来纠错工作又强化他的记忆，现在摸出来重新看，老友一般地熟悉，有些数据都还记得清清楚楚。

但今次不同以往，以前但求无错，今天要求深解。陆教授曾说，一种产品的基本工艺全世界都是大同小异，主要设备逃不出甲乙丙丁，但是往往细微工艺对产品产量质量的影响大有区别。宋运辉来前曾就金州总厂找过资料，可惜找不到对应现有设备的，陆教授帮忙也找不到。他还记得当时陆教授叹息说，百废待兴，中国科学技术方面出现的巨大断层，需要他们这帮刚走出大学的新兴知识分子去填补。宋运辉当时听了很有使命感，今天拿起译稿想起陆教授的话，他信心倍增，挑灯夜战，被台灯照得满头大汗地将相关译稿全部看完，睡觉前不得不又去冲了一个凉。

第二天一早，他骑三轮车到各个寝室叫上其他四个大学生，载着他们一起上班。对没有自行车的这几个新来大学生而言，寝室到厂区的路非常遥远。可他们目前都没钱买自行车。三个厂子弟大中专生也今天来，但他们一水儿地骑着崭新自行车，家中经济条件高下立现。年轻人之间容易说话，八个人混在一起自己找凳子坐在生技处最大一间办公室一角，等待分派工作。

大伙儿聊的都是未来会被分配到哪儿工作，三个厂子弟说，可能会被分配到全面整顿办公室，协助刚刚开展的全面整顿工作。因为别的地方一个萝卜一个坑，只有那儿最缺人手。宋运辉话不多，旁听，心中开始回忆所有有关全面整顿的资料，年初在报章上看见过有这么回事，但没太重视，当时关注的侧重点与现在不同。

大伙儿直聊了快一个小时，总务才来招呼大家立刻到三楼小会议室。大家忙都从一楼拥上三楼。这么漂亮的小会议室宋运辉还是第一次见，会议桌是圆环形，上面铺着雪白台布，周围垂着墨绿帷幔，很是干净端庄。几乎才坐下不久，先后进来三个领导模样的人，都穿着整洁的工作服，两鬓都看得出飞霜。

俗话说阎王易见，小鬼难缠，三个领导都和蔼得很，态度比生技处总务好百倍。领导与众人一一握手说话。三个厂子弟都认识领导，他们开口一称呼，宋运辉立刻大惊，其中一个瘦小精干，架着一副黑框眼镜的半百男子竟然就是水书记，他竟然也来了。与费厂长和刘总工握手后，才握到水书记的手。两人都已知道彼此，水书记拍拍宋运辉肩膀，和他一起坐下，同时招呼大家也坐下，一边扭头跟身边的费厂长道："老费，这个是小宋，宋运辉，没想到年龄这么小，我也是第一次看见。他可是小徐推荐给我的，既然是小徐推荐，我问都没问，想方设法都要挖到他。没想到这么年轻，江山代有人才出。"

宋运辉心说小徐何许人也，原来他来金州有这么个由头。费厂长早已笑道："原来是小徐推荐，徐庶行前向刘备推荐卧龙凤雏，难怪老水亲自出马。"

对面刘总工一点不客气地道："小宋的档案我看过，成绩一直前三。今年分配来的八个大学生，小虞的学校最好，小宋的成绩最好。书记厂长，这两个人我都要了。"像农贸市场筐里拣菜。

水书记微笑道："本来我不会跟你争，看见小宋以后我才想到一个问题。这儿在座的都是或者工作或者支边支农几年后才千辛万苦考上大学的，唯独小宋应该不是。小宋是应届高中毕业直接考大学的？"

宋运辉几乎都已看到大伙儿投来的嫉妒的眼光，见问忙道："我初中毕业支农一年后考的。请问小徐是哪位？我怎么没有印象？"

水书记倒是没有惊讶，但还是先回答了宋运辉的问题："我们可以叫小徐，你不行，他是你们的父母官徐县长，啊，不，现在应该是徐书记。小徐以前是我们工厂出去的。你说你初中——"

"我支农时候自学的高中课本，所以不算应届生，报名不受限制。"宋运辉至此才把他被招进金州的脉络搞清楚，原来是徐书记推荐，徐书记那儿，当然是姐夫老是替他在吹了。这关系！

"难怪，难怪这么年轻。既然已经支农过，我的主意就作废吧。老费，占了你那么多时间，会场交给你。"

费厂长本来是有话要讲的，现在他新掌权，这批新来的大学生当然是他眼中重要的新生力量，在金州有关方面，他们还是一张白纸，可以被他熏陶，与那些摇摆在水、费之间的老工人不同，所以他异常重视，可被水书记喧宾夺主这么一搅，他如果真认认真真发了言，那就跟是被水书记指定委派了似的，无形中就低了一级。他不愿，只得改变既定方案："今天大家就见见面说说话嘛，要不，请刘总介绍一下工厂情况？这儿除了一位女同志，其他几个以后都在你手下工作。"

刘总工本来就是备好课的，开始简单扼要介绍总厂三个分厂的布局，其中主要设备是什么，原料是什么，成品有哪些大类，产能是多少，以及本厂在全国的重要地位。他一边说，一边环视七个男生的神情，六个人不出意外地给了他激动的表情，对，谁都会为能成为全国一流企业金州的一员而自豪，唯独那个被小徐推荐的小宋果然不同，他从小宋眼里看不出激动，倒是看到小宋思索的眼神。刘总工在看，水、费两个也在看，他们都在挑选最佳白纸，以亲手画上属于水书记或者费厂长的水印。

宋运辉只是认真地听，刘总说的流程、原料、成品之类的大致没跳出那个框框，可见陆教授说得不错，大同小异。只是他惊讶于让刘总自豪的产能和领先技术水平，据他从翻译文章中了解，这些都只达到发达国家六十年代水平可能还不到吧。陆教授总说差距极大，当奋起直追，他当初没概念，今天有了数据对比，才有深刻认识。他一边听，一边随手把那些数据记录下来，准备回寝室再仔细印证一下。

刘总介绍完后，看看费厂长，见费厂长跟他使个眼色，了然，便继续讲下去："目前工厂面临两大主要任务，一是挖潜、革新、改造。国家外汇有限，不可能大规模引进国外先进设备，我们要立足本厂，发掘现有设备的潜力，通过一系列的技术改造，进一步提高我们的产能，并将生产重心向消费品原料方向转移；二是将上级布置的整顿工作落实下去。整顿和完善经济责任制，全面进行经济考核、岗位责任制、质量管理等指标的制定、完善，同时通过严格按照经济考核、岗位责任制定奖惩制度，约束、整顿、加强全员劳动纪律。这两项工作的开展都需要充足人手，我调阅了一下你们的档案，看到你们有些专业侧重工艺，有些侧重设备，我按照你们的专业初步设定了一下工种分配。要不，请书记厂长先过目一下？"

水书记二话不说，起身就先接了那张名单，拿着自己看。费厂长不得不稍移一下脑袋一起看。水书记看了后道："小虞是老三届的，社会经验丰富，应该进整顿办。小宋年纪太轻，不适合做制度核定工作，还是与小虞换一下。其他我没意见。老费呢？老费说说意见。"

费厂长非常被动，只得大度地说："老水说得没错，就这么定。"其实这份名单他早已过目，对于宋、虞两个人的安排，两人都考虑了水书记的影响，知道不得不照顾水书记的面子，将宋运辉放到整顿办，走高起点管理之路，另两个是厂子弟，总得先行照顾自己子弟，他们是很怅惜地将虞山卿放到挖潜小组的。没想到却被水书记自己调换回去。那就正好，只是不知道水书记究竟是什么考虑。也或许正如他所说，他一点不认识宋运辉，因此没啥特殊考虑。虞山卿却因此欣喜异常，心中异常感谢水书记。

会议很快结束，水书记却当着众人面就将宋运辉叫去他的办公室。宋运辉感觉自己像是一团被架上火炉烧烤的红薯，煎熬。

水书记一进办公室，也没叫宋运辉坐下，就直截了当地一句："小宋，我要你下基层三班倒。作为一个技术工作者，如果不到一线亲身体验设备运营，做什么都是花拳绣腿。什么挖潜改造革新，都是空谈。我不给你设年限，你既然脑子不错，你什么时候做出成绩，什么时候我对你量才录用。"

宋运辉听着眼睛直晃，三班倒，寻建祥嘴里的最底层？

但没等宋运辉答应，水书记又不容分说地道："我还要你放下大学生的架子，从今天开始把文凭锁起来，不许再提起，下去与工人打成一片。你知道小徐，小徐还是高干子弟，他来的时候谁都不知道他身份，最苦最累的工作他都抢着干，工人们都拥戴他、喜欢他，他说什么大家积极响应。你既然是小徐推荐的，我相信他的眼光，你以后以小徐为榜样。小徐现在怎么样？"

水书记的话来得如急风暴雨一般，都容不得宋运辉有思考时间，只能跟着水书记的思路走："徐书记一年前还作为外乡人受排斥，今年已经全面掌握。我虽然从没直接接触过徐书记，但如水书记所言，据说大家都很拥戴他、信任他。"

水书记听了笑道："一个有能力有性格的人，无论扔到哪里，最后有且只有一个结果。你很幸运，有小徐推荐，但我不会给你特殊照顾，我不愿宠出一个八旗子弟，你给我从基层踏踏实实一步一个脚印做起。"

听着这话，宋运辉不由自主挺直腰背，清楚地应一声"是"。走出来再回想一遍，虽然水书记并没有给他选择的机会，可他觉得，水书记说得没错，他有信心从倒班最底层开出最灿烂的花，犹如徐书记一样。

到生技处，水书记早已经电话下了指令，宋运辉被发配到一分厂第一车间，总厂主力分厂的主力车间，总厂的心脏。大家都不明白宋运辉究竟怎么得罪了水书记，以致一来就被连降三级用作苦力，以往对他与水书记关系的猜测又添新的调子，倒是减少了费厂长们心中的疑虑。

一车间也直接接到水书记的电话，虽然目前规矩应该是听费厂长指挥，可大家都已经习惯水书记的指令，他说啥下面就照办，车间主任无比迅速地就把宋运辉押到一工段，工段长又亲自把宋运辉押进设备运行现场的控制室，将宋运辉交到正好轮到做白班的三班长手中。

宋运辉才进门，于机器刺耳轰鸣中，听到一阵放肆的大笑，看去，果然又是寻建祥坐在凳子上笑得花枝乱颤。宋运辉笑着过去，一拳砸在寻建祥肩上："以后我们兄弟共进退。"

寻建祥笑道："料到你没好日子过，没料到你这么快就得罪人，哈哈哈，笑死我了。"

宋运辉心说他要真是被发配，寻建祥笑得也真够黑心的。见工段长要他过去，他忙过去。工段长派三班长做他的师父，说三班长的技术一流，全厂都知道，要他好好跟着学。也没多交代什么，就走了。三班长是个实诚人，叫宋运辉端把凳子坐他旁边来，告诉说他姓黄，他说以前工农兵大学生分配来都是先下车间，他要宋运辉别气馁，基础打扎实一点对以后技术工作有好处。宋运辉没跟师父隐瞒，直言说下来基层是他自己愿意，不是什么得罪人。说这话时候旁人听不到，外面机器太响，墙壁隔音太差。三班长这才宽慰地笑，说这才好，这才好。

三班长两个小时出去巡查一次，他带着宋运辉将流程从头到尾顺着液体流动走了一遍，告诉宋运辉这个是什么用那个是什么用，这种颜色的管道代表里面流着什么液体，那种颜色的又代表什么，虽然颜色漆脱落得七零八落。一趟走下来，几百只阀门，无数管道，几十只大小不同的泵，还有三步一哨的塔、罐，宋运辉记住后面忘记前面，等回到控制室，早忘得一干二净。黄班长宽厚地笑着安慰，要宋运辉别急，等明天他拿一张他以前画的示意图来，再对照着看心里就会有些谱。宋运辉问有没有书，黄班长说分厂生技科据说已经在编，但还没拿出来。

寻建祥一个小时得出去巡一次，大约是现场太烦，他也懒得多说话，一整天后来都没来跟宋运辉说。宋运辉也没找他，有时间他就戴上安全帽，一条一条管线地认，一个一个阀门地确定作用，想通一个点，他就上去控制室问问黄班长，是不是这样。反而是黄班长要他不用那么心急，迟早闭着眼睛都会走。宋运辉倒不是心急，只是他这人本来就认真，工作上手后就一门心思地想做好做完，如今走进一个新环境，他每搞懂一点就欢喜一分，一点没有嫌累嫌吵。

中饭有食堂大师傅骑三轮车送来，这儿不愧为主力一线车间。下午三点四十分时候，有中班的人上来交接班，大家对着宋运辉又是一阵好奇。四点钟下班，大伙儿走下去取自行车。寻建祥在楼梯上就对着后面大叫一声："呔，大学生，坐不坐我自行车？"

"怎么交易？"

寻建祥一听又笑："便宜一点，三瓶开水。"

黄班长道："你载我徒弟一段会死啊？一瓶开水，来一瓶，去一瓶。"

寻建祥贼头狗脑地笑："你女儿还小，等你女儿长大，大学生早让娘儿们吞了，你白护着他干吗？"

黄班长操起工具袋追打寻建祥，笑道："反正不许欺负我徒弟，听话。"

旁边一起下班的十几个人和刚上班下来巡查的几个一起起哄挑拨，有取笑黄班长笨嘴笨舌的，有鼓动寻建祥说啥都不能听话的，更有看好戏的。寻建祥不去搭理黄班长，反而捏起刚上班一个小伙子的脖子，痛得那小伙子尖声求饶，众人打打闹闹一阵才下了班，各自骑车出去。

这回宋运辉骑车，寻建祥坐后面，骑过吵闹的厂区，寻建祥才问："你自己要下来的？你胆子也忒小了。"

宋运辉笑道："高处不胜寒，基层待着踏实。"

寻建祥斥道："是男人吗？怕他们干吗？他们敢拿你怎么样，你每天睡他们门口要他们好看，他们倒怕你。这全厂宿舍区全在一块儿，谁住哪儿都清楚，这儿领导最怕工人找上门去闹，懂吗？书呆子，偏现在小娘儿们都喜欢书呆子。"

宋运辉倒是没想到寻建祥对他真心，忙解释道："大学学的东西有限，如果一来就进生技处，就跟住空中楼阁一样，底盘子虚。我不希望以后每天一张报纸一杯茶无所事事打发日子，趁年轻多做点事学点东西。"

寻建祥想了想，道："还是傻，人这东西，下来容易上去难，你看你师父老黄，我只服他，他技术多好，遇到大修，分厂生技科的都听他，可他八辈子都脱不了倒班命，做人不能太本分。"

宋运辉虽然不会向寻建祥承认与水书记的对话，可也向寻建祥坦承："说实话，我也没把握得很。事在人为吧，与其让我窝窝囊囊地去整顿办扫地充开水倒垃圾，不如到基层多学点东西。"

寻建祥道："你倒是实在，可就不是当官的料。唉！本来还指望你升官发财拉兄弟一把。"

宋运辉回头笑笑，道："你更实在，其实挺热心一个人，非要装得吊儿郎当招人厌，你说你说笑时候别贼眉鼠眼有多好，本来谁有心提拔你也得被你吓跑，有见过笑起来全身都会抖的领导吗？"

寻建祥后面"哎，哎，哎"乱摇，宋运辉不得不弃车而逃。寻建祥也不换位置，坐在后车座上扔下宋运辉骑回寝室。吃完晚饭，这回寻建祥非去看电影不可，因为早就听说《被爱情遗忘的角落》里有黄色镜头。宋运辉趁天还亮着的时候将工厂宿舍区都摸了一遍，里面幼儿园小学公园都有，比个小城镇还热闹。回来继续看专业课教材，看了几眼扔掉，上车间才一天就知道，这些真是一点用都没有。他还是拿起机械设计来看，他很奇怪今天看到的有些阀门为什么直接连在管线上，有些为什么要用上法兰。

寻建祥很晚才回来，喝了点酒，胸前背后全被汗水浸透，两眼异常地亮。问他电影好不好看，他直说没意思，不刺激。可过会儿又两眼发直，嘴里梦呓一样吐出一句"绿毛衣……衬得两只奶子雪白"。宋运辉在大学听经验丰富大哥们的卧谈会早听得脸皮厚如城墙拐角，闻此好笑地问："那还说没意思？"

寻建祥急道："可这才一个镜头，其他都是沈丹萍拉着个脸苦大仇深。哎，大学生，听说你们搂一起跳交谊舞，你有没有跳过？"

"没有，只一次，刚进大学时候看到老师们跳，我们都不会，以后再也没有过。你一脸猴急啥啊，剪掉长头发，穿正经点，不是说我们厂工资待遇高吗？找对象容易得很。"

寻建祥喉咙里咕噜一声："哪那么容易啊，我们厂男多女少，跟本厂女职工结婚立刻有房子分，福利翻倍还不止，分的东西都吃不完。否则，我结婚了还得住这宿舍。你以后会知道我们厂那些女的有多狂。可你看，你们这次分来的大学生都是光棍，唯一女的又是已婚的。谁抢得过你们啊。不说了，洗澡去。"

这方面，宋运辉倒是不愁。虽然理解寻建祥的心情，可爱莫能助，看着寻建祥扔在床上的花衬衫心想，难怪这小子骚得厉害。过会儿，寻建祥回来，宋运辉出去洗澡。等他回来，那一向只要有人就不关的寝室门却死死关着，敲也敲不开。过好一会儿门才开，但等宋运辉进门，寻建祥早已又缩回床上。宋运辉心照不宣，没再找话跟寻建祥说，自己老僧入定一般地看书，但也有些心猿意马。

第二天中午，寻建祥叫了一帮朋友来寝室喝酒，有男有女，录音机放得山响，一首"阿里，阿里巴巴"来来回回地放，寻建祥被喇叭裤包成两瓣儿的屁股扭来扭去。宋运辉一早走了出去，找到黄师父说的图书馆，看能不能找到点对口的资料。不出所料，有，这是宝库。

等他回来，寻建祥喝得眼白血红，牛一样操一只脸盆满走廊乱打，寝室里聚会的男女早一哄而散。宋运辉冒险又骗又哄将寻建祥送进澡堂，冷水冲了半个来小时，这家伙才安静下来，回头却又没事儿一样跟着宋运辉去上中班。宋运辉问他跟谁吵了，他说没吵，就闷得慌。还说这是正常现象，上回还有一个是喝醉了操刀子乱砍，人跑光了他砍墙，直砍到没力气才让人绑起来。回头寻建祥指那个操刀子的工人给宋运辉看，挺白净文气一人。宋运辉不知道这些工作挺好钱挺多朋友也多的人怎么会这么无聊。

后来的日子，围绕着"睡觉"这个主题，日复一日。宋运辉拿到师父亲手写的资料之后，进境神速。工段没有给他安排特定的岗位，他爱干啥就干啥，因为工段长说过，大学生嘛，过几天就抽上去的，不能真拿他当一个人用。他就每天只要天气晴朗，绕着设备上上下下、里里外外地跑。一个星期下来，全部流程走通；两个星期不到，原理搞通，仪表能读，普通故障能应付；第三星期开始，他可以开出维修单，但得给师父过目；第四星期起，谁有事请假他可以顶上，坐到仪表盘前抄表看动态做操作。师父说他学得很快。

第四星期起，没人可以让他顶替时候，他在仪表室后面支起绘图板。先画出工艺流程图，经现场核对无误，又让师父审核后，开始按部就班地根据液体走向，测绘所有设备的零件图、装配图、管段图等。这工作最先做的时候异常艰难，首先是绘图不熟练，很多小毛病，尤其是遇到非标零件，还得到机修工段测绘，一天有时都绘不成一个小小非标件。如果车间技术档案室有图纸还好，可以对照着翻画，可档案室里的图纸残缺不全，前后混乱，想找资料，先得整理资料。资料室中年女管理员乐得有个懂事的孩子来帮她整理，索性暗暗配把钥匙给宋运辉，要是她下班不在的时候，让宋运辉自己偷偷进来关上门寻找资料。

机修工段的人本来挺烦这个宋运辉，说他一来维修单子多得像雪片，支得他们团团转，有人还趁宋运辉上班时候冲进控制室指桑骂槐，被寻建祥骂了回去，差点还打起来。但后来集中一段维修高峰后，维修单子又少了下去，上面还表扬跑冒滴漏少很多，一工段和机修工段各加一次月奖，可见设备性能好转。再以后遇到维修，他们不能确定要用什么零件，打个内线电话给控制室问宋运辉，一问就清楚。双方关系渐渐变得铁起来。基层有时候很简单，只要拿得出技术，别人就服。

这一段时间，宋运辉每天平均在车间工作十四个小时，刨去睡觉的八个小时，他还有一个小时留给阅览室图书馆，另外一个小时给吃喝拉撒走路。他做事，向来有股狠劲，越难越繁，越压不垮他。

第三个月开始，有分厂领导开始过问他的工作，大力肯定的同时，却没再有实质性表示。

而就在宋运辉刚刚开始安心于基层的时候，总厂上层展开轰轰烈烈的争权斗争。费厂长名义上管理工厂的日常生产经营工作，可水书记却以别家工厂基本派不上用场的职代会和本来就派得上用场的党委会，对内积极行使决定权、选举权、罢免权，对上行使建议权，一步一步地架空费厂长的管理，使费厂长的命令越来越难以推行，费厂长有个什么决定，总有一半被驳回，于是围绕在费厂长周围的一些人开始观望、动摇。

宋运辉待在基层，这种风雨与他无关，他只要做好他的工作就是。

风声多少传到他的耳朵里。虽然水书记对他不错，可他心里却觉得，水书记的做法极其霸道，干涉了厂长负责制的有效执行。当然，他不会说。

他过着忙忙碌碌的清静日子。

03

去县医院的日子被宋运萍拖了又拖，终于一天雷东宝实在熬不住了，说你不走是吧，那好，我扛你走。说着真扛起老婆要走，宋运萍说还得上班，雷东宝说他是书记，上不上班他说了算，硬是扛着往外走，宋运萍无奈只好答应。一路打招呼的人不断，人家问两人去哪儿，去做什么，宋运萍都不好意思说，都是雷东宝大声撒谎。

终于检查出来，宋运萍是真的有了，两人虽然早连儿女名字都已经起好，可还是高兴得不得了。妇产科都是女人，雷东宝不好进去，宋运萍在里面跟医生说话，雷东宝外面大声问这问那，声音响彻整条走廊。医生被烦死，有别的科室医生出来大声呵斥，宋运萍见此都无心与医生说话，医生也不愿搭理这种人家，宋运萍尴尬地走了出来，拉起依然兴奋、脸红、粗着嗓门的雷东宝急急走出医院。

走到外面，宋运萍才低声埋怨雷东宝的嗓门，说这儿又不是乡下，说话大声被人难看。雷东宝压根儿就不当回事，也不会觉得难堪，不管宋运萍的埋怨，拉她去买吃的。宋运萍见他依然大着嗓门毫不在意的样子，只能心里叹一声气。想随便他去，可心里又总惦记着别人的眼神，又骂自己怎么变得琐碎，可看到别人投来的讥消目光她又心烦。自从上回省悟到自己怀孕后，她心里一直有放不下的担心，总觉得后面的事责任重大，有无数大事小事需要在孩子出生前解决，可她又暂时不知道从哪儿做起，雷东宝又只会大而化之，她心里一直很烦，今天结果出来，她很想与医生好好谈谈该注意什么，她想把心里的担心都问出来，她极其需要医生的建议，可被雷东宝大嗓门打断，她心中生出火气。

雷东宝兴高采烈说着有儿有女的美好生活，直走出好一会儿才留意到宋运萍的臭脸，吓了一跳，忙问："怎么了？哪儿不舒服？还是医生说啥了？"

"医生说啥都被你打断，医生还能说啥。我想了多少个问题，都没法问。"

"嗳，我们转回去，再问。我保证管住嘴巴。"雷东宝意识到问题的严重，忙捂住自己的嘴，只留两只鼓溜溜的大眼，像青蛙似的。

宋运萍哭笑不得，扯下雷东宝的手，道："还回去什么，去新华书店找本书看看。你啊，我跟医生说话时候你插什么嘴，医院又不是小雷家，不是你当家做主。"

"行，家里的事你做主。萍萍，医生有没有说不可以拍照？"

　　"怎么问这个？"说话时候宋运萍也看到旁边的照相店，橱窗里展着色彩鲜艳的彩色照片。他俩结婚时候穷，只拍了一张黑白结婚照，还是她掏的钱。这会儿生活好了，看见美丽的东西，她无法不动心："应该没问题的，东宝，我们照张彩色的。"

　　"多照几张，嘿嘿，你还得照全身，照片拿来，你后面写上字，以后给儿子看，喏，这张，一家，有三个人，一个还在娘胎里。"雷东宝见宋运萍舒开眉头，他也高兴，话又多了。

　　宋运萍听着直乐。雷东宝一般不沾手钱，钱都是她拿着，她到柜台开票，她想拍两张，一张两人的两个头，一张两人的全身，可雷东宝一定要多拍几张，她嫌贵，不肯，最后皮夹被雷东宝拿走，开了五张的票，排队等候时候宋运萍直埋怨，雷东宝心里正高兴着，才不在乎。但宋运萍埋怨会儿，还是动手给丈夫整顿仪容，掏出手绢帮他擦脸，雷东宝闭着眼睛乖得跟猫似的，可惜宋运萍知道这是个披着猫皮的虎，才不会受骗上当。然后宋运萍自己找镜子想把辫子重新梳一梳，雷东宝指指外面橱窗上挂的美女说披着好看，宋运萍不肯，觉得害臊，硬是要梳起来，雷东宝不说话光行动，搞破坏，没搞两下轮到他们拍，摄影师在门口一声吼，宋运萍只好披着如云秀发进去，臊得脸都抬不起来。

　　宋运萍编过麻花辫的头发散开来后如烫过一般，摄影师看着叫好，亲自操梳子将她一边头发梳出一缕顺着脸盘子垂到胸前，一边头发夹到耳朵后，又帮她将很少的碎发梳成薄薄的刘海儿，这一来，宋运萍看上去异常妩媚。雷东宝虽然挺不喜欢男摄影师翘着兰花指围着他妻子转，可看到效果，他就不说了，将拳头藏到背后。

　　摄影师退走，灯光一打，雷东宝看到他的萍萍两眼晶亮，睫毛小扇子一般，头发更是像蒙了层雾，脸嫩得跟剥壳鸭蛋似的，喜欢得眼睛挪不开，对着萍萍喃喃自语"好看，好看"，连摄影师的指令都没听见。摄影师心说这样也挺好，算是含情脉脉，就叫着"保持保持，笑"，开始数数。雷东宝充耳不闻，心痒难耐地想亲亲妻子，结果闪光灯闪前，他正好亲在那只露出来的耳朵上，摄影师惊觉时，手已按下去，拍出一张"废片"。

　　几天后雷东宝独自到县照相馆拿照片，看到这张"废片"，乐不可支，没与照相馆计较。晚上回家与宋运萍两个看着直乐，捧着肚子笑好半天。里面，宋运萍察觉到身边的偷袭，惊异得一条眉毛高，一条眉毛低；而雷东宝则是一脸奸计得逞的得意，样子滑稽至极。两人回头又缩印了两张，各自皮夹里夹着，天天都可以看见。反而是其他正正经经的照片不被重视。宋运萍总指着里面的雷东宝说，这坏爹，哪有一点当爹的样子；雷东宝指着里面的宋运萍说，这小姑娘，才一点点大就当娘了，看着不像。

八月的几天，两个准备当爹娘的嘻嘻哈哈地过，这张"废片"将本来焦躁的宋运萍从情绪中牵出来，每当她又忧心的时候，自觉取出照片来看，一看就万事太平。

但，八月即将结束时，一条噩耗从县里传来。暑假过来探亲的徐书记爱人，在阳台帮徐书记晾晒冬被时，厚重的冬被没搁稳掉下，站凳子上的徐书记爱人瘦弱的身子给被子一带，一头栽下三楼，竟然摔死。

雷东宝一听说这消息就去县里找徐书记，他如今在县里可以直进直出。可到了县里被告知，徐书记连夜带遗体回京了，都说这么冷静的人，爱人一去世，整个人跟傻了似的。也有人说徐书记到底是北京来的，派头大，大热天还把遗体囫囵地送回北京。

等听说徐书记回来，雷东宝又想去看看，徐书记的秘书出面婉拒，说如果没别的事，徐书记的家事到此为止，不要特殊对待。于是雷东宝总是与别人一起见到徐书记，见到徐书记的笑容褪减了，人清瘦了，态度好像消沉了。单独接近徐书记的时候，雷东宝知道自己不是花言巧语的料，他能做的就是紧紧握住徐书记的手，用力摇几下，似是给人打气。徐书记也是知道的，他会伸手拍拍雷东宝的手背，流露一丝黯然。

十一节休息三天，宋运辉回了一趟家。全家欢天喜地的，宋运萍和雷东宝一起回娘家团圆。宋运辉取出一半工资交给父母，又送给姐姐一斤腈纶毛线，说是给未来外甥织小毛衣用。大家都让宋运辉把钱拿回去自己用，买些新衣服穿，不要总穿着大学里的旧衣服，现在是干部了，不一样。宋运辉说单位里进进出出都得穿工作服，天还没凉，棉袄已经发下来，雨衣雨鞋也有，不用买伞，几乎不用买自己的衣服。食堂又是补贴的，菜好价低，每顿都有荤的。连肥皂、洗衣粉、卫生纸之类的都不用买，每季度有发。宋运辉还说他才是个刚分配的，有些福利拿不到，只有隔三岔五地看着老工人今天领什么费明天领什么钱，等他转正之后还可以多拿些钱回家。雷东宝听了感慨地说，看来小雷家大队农民做工人的目标还远没实现。

宋家父母就把钱收下了，不过单独给儿子记账，以后拿来给儿子结婚用。大家又讨论要不要买国库券，利息比银行的高一点，有百分之八，可钱放进去得那么多年不能用，心里又别扭，而且现在三年期储蓄利率有百分之五多，眼看着利息还得升，存银行里，家里有急用还可以取出来，不像国库券没法取。雷东宝说公社农业银行每天为国库券头痛，只好串通公社下令每个单位分派一些任务，算是支援国家建设。大家听雷东宝这么一说，就打消了买国库券念头，需要强塞的东西能是好货吗？

宋家四个凑在一起说得热烈，只有雷东宝旁观者清，感觉这回的妻弟看上去有些闷，不像以前虽然话不多，可两只眼睛满是自信。他不是个有话闷心里不说的嫡系宋家人，他看清楚了就问宋运辉这是怎么回事。宋运辉现在挺敬服雷东宝，没隐瞒，直说了。他也觉得锻炼挺有用，可有时夜班做得昏天黑地出来，看到一起分配的几个带着属于干部身份颜色的安全帽趾高气扬地全厂巡查，他心里就挺憋屈，再说上面争权夺利得厉害，没人像是正经要发展经济的样子，他现在有点怀疑，他下沉到基层究竟是不是错误决定。

雷东宝说，他不知道工厂是什么情况，但对于他自己，只要是自己认定的事，不撞南墙不回头。雷东宝说到这儿，宋运萍插嘴替他补充，说他即使撞到南墙，他也得狠撞几下看穿不穿得过去。宋运萍也劝弟弟，太容易走的路，别人也看得到，像他们家这种没背景的人出去想与别人争，只有靠自己多花点力气多花点时间，这是没办法的事。宋运辉一听也对，说他们厂里每一个资深厂子弟身后都有七大姑八大姨，有好位置当然他们先看到先抢到，像他这样的只有凭本事实打实地做出来。他也想到寻建祥，说寻建祥类似的人可能看不到平等竞争的机会，干脆自暴自弃。

宋运辉本来此时正彷徨着，自己努力做事却受机修工段的人抵制、辱骂，他安心基层努力学习却被人指为充军发配，众口铄金，他即使再强的信心，此刻也有动摇。回家与家人说说，才又跟充电了似的恢复正常。尤其是姐姐说起雷东宝开始时撞南墙的事，谁都是一穷二白起家，没下个十二分的力气，怎可能不劳而获。

宋运萍和雷东宝吃了晚饭就走，怕太晚看不清路，现在的宋运萍不能出麻烦。宋运萍本来兴高采烈的，可走到半路却忽然委屈起来，她怀孕了回家报喜，都没见爸妈如今天看见弟弟拿工资回家这么高兴，可见爸妈还是有点偏心的。雷东宝说她挺好的自己找气受，又说她最近疑神疑鬼，看什么都不顺眼。

宋运萍见丈夫也不偏着自己，心烦气躁，一路埋怨雷东宝大大咧咧，又说他最近见她怀孕反应大，又吐又闹晚上还不让他碰，他有怨气，他是在打击报复。说得雷东宝冤得不行，辩说几句，宋运萍唠叨得更委屈，他只有闭嘴，气闷得不行。一直到家里，灯光下见妻子眼泪都出来，他很想吼一句，可不行，他对着妻子吼不出来，只好哀求，要萍萍凭良心想想，他姓雷的让谁这么数落不回嘴过。宋运萍一想可不是那么回事，内疚地低下头。两人这才言归于好。雷东宝心里挺不快乐，可想到妻子怀孕辛苦，就没敢说出来。有儿子本来是挺快乐一件事，可妻子的脾气折腾得他最近火气上头。

宋运辉回去继续埋头苦干，雷东宝也是一条路走到底。最近上面有文件下来，他已经去公社学习过，说不让各县各市对外地产的工业品进行封锁。文件下来后，他让人放半拖拉机砖去试探试探，冲卡没成，半拖拉机的砖给卡了。他就告到县里，县里陈平原县长告诉他县里很为难，都是兄弟县，人家县的县长冲他倒苦水，他也说不出口。

雷东宝没去找徐书记，人家心情正不好，他不想拿这种小事麻烦徐书记。反正他现在是先进，小雷家是典范，常有市县领导带领导来参观，他只要看见领导反映就行。他现在可算知道了，做什么事，循规蹈矩地来，最后都不知磨蹭到什么时候去，而找领导，领导又要扶持他这个先进，领导只要说一句话，比他跑断腿都有效。经验都是这么从实战中总结出来的。

虽然，雷东宝很不愿意工作时候被人从工地喊过来陪领导参观，把同样的话说上一遍又一遍，可为了反映问题，他最近几乎是等着领导光临。终于，在问题说上一遍又一遍之后，常务副市长异常有魄力地现场办公，将邻县封锁问题解决了。至于其他市封锁的问题，副市长说他回去协调。而雷东宝却已经无所谓了，目前的产能，全市不封锁已经够他发挥。于是，副市长一走，他回头就让砖窑开足马力生产。

雷东宝在外一呼百应，在家跟小媳妇似的忍气吞声。

04

秋风染山头的时候，徐书记一个电话打到队部，问小雷家周围有没有可以钓鱼的河流，雷东宝说两个鱼塘随便他挑，徐书记一听在电话那头笑了，他又不是馋鱼腥了想到小雷家打秋风，他只不过想周末时候找个清静地方散散心。雷东宝才明白过来，忙说有，不仅是那儿水清鱼多，还少人过去，只是路难走点。

雷东宝很为能替徐书记出力而高兴，星期天一早先去地里割些蔬菜，就转去县里接了徐书记到野河塘钓鱼。野河塘果然清静，坐河边钓鱼，身后有苍翠的小山包遮挡，头顶有两人合抱大柳树遮阳。只是雷东宝拿来一顶女人用宽檐草帽要徐书记戴上，说柳树上面毛毛虫最多最毒，掉一条到脖子上，辣得跟火烫过一般地难受。雷东宝出来前，宋运萍已经吩咐过他，人家书记是来找清静的，要他别多嘴，一边儿自己玩。他依言，各自坐下后，他就不打扰。但钓鱼这等水磨活儿实在不是他这种没耐心的人能做的，他早有自知之明，撒一把虾竿沿河塘放着，就地掘来的蚯蚓，粗的给徐书记钓鱼，细的他钓虾。

徐书记拿出来的钓竿乌黑锃亮，可以伸缩，据说是日本货，可钓了半天没见一条鱼上钩。雷东宝的虾竿是临时问人借的，反而忙得不亦乐乎，净见他在草丛里窜，不过常钓上的是偷吃的小指头长的小鱼。

金风徐徐，吹得河岸边的芦花漫天飞舞，沾上人的头发，也有些被鳞跃的小浪花一把揪住。立刻就有小鱼蹿上，一口吞食下去，倏忽一下又潜入河底，在荡漾的水草间悠游。水面似玻璃一般，待得天上白云遮住阳光，水又变成通透的绿玉，纯粹得不像是真的。

过了也不知多久，徐书记才开腔："东宝，钓多少了？"

"有二十多只，中午拿回去煮盐水虾，我们喝点酒。徐书记，你钓钩上的蚯蚓要不要换？"

徐书记微笑一下："姜太公钓鱼，愿者上钩。东宝，考你一个问题，你们这里春天时候什么叶子先绿？"

雷东宝笑道："考啥不好考这个。这儿一年四季不会断绿，毛竹不说，即使大前年雪下那么大，刨开雪下面的草也是绿的。"

徐书记听了哑然失笑："我的问题有错，不严谨。我说的是我们头顶的柳树，还是我爱人说的，春到江南，别的树还没发芽的时候，柳树已经像一蓬鹅黄的烟。只是秋天时候，却是柳树最先掉叶子，刚掉下来的叶子也很漂亮，鹅黄色的。你看这一地的黄叶，看到就想起我爱人的细致了。"

雷东宝心说，女人怎么都差不多："我家萍萍也拿后院什么树先开花来考我，我答不出来她就得折腾我。嘿嘿。徐书记你与爱人也是自由恋爱？"

"是啊，你怎么看出来？"徐书记与雷东宝讲话虽然不多，但人与人之间有种默契，知道有些人可以当朋友，可以有话直说。雷东宝对徐书记也是这样。

"当然看得出来。我跟萍萍也是自由恋爱，我们结婚后还特别好，比人家相亲结婚的好得多。我们谈的时候我还是穷光蛋，连房子都还是漏风的，萍萍长得好，又是居民户口，她就要我了，她是倒贴嫁我。嘿嘿。我跟她发誓，我这辈子就只她一个老婆，什么都依她，家里她说什么就是什么，全听她的。"

徐书记赞许地道："你做得比我好。我当年也是这么跟我爱人说，可最终我又说什么好男儿志在四方，跟她长期分居两地，现在后悔都来不及。东宝，你说到做到，是条汉子。"

"也不是，现在她怀着我们儿子，每天烦得不得了，我有时很想骂过去，心里早把她骂上不知多少遍。我也不是说到做到。"

"女人怀孕时候生理变化大，那是身体里有些变化，导致性格变化很大，倒不是她故意难为你。你做男人的别与她计较。东宝，我打算调回北京去，估计调令春节左右可以下来，以后不能常跟你见面啦。"

雷东宝刚想着原来女人怀孕性格变化大是有原因的，那他还生气就是他的不对了。没想到徐书记后面来句狠的。他愣好一会儿，才道："徐书记，我听说你都不愿意回去原来住的三层楼，我知道你想你爱人，可你是男人，你也不能从此不做事吧。"

"一方面……是你说的这个原因，另一方面，我在北京还有才上幼儿园的儿子需要我。"

"可我不舍得你。不过你回去吧，你说得也有道理，我儿子以后生下来，我每天得把他拴我身边，自己骨肉自己疼。以后我去北京看你。"

"我们是朋友，你什么时候去北京找我都行。"

"别又门口派个秘书挡我，我可不是花言巧语的人，没事我不会找你。"

徐书记听了反而笑，雷东宝要不是这么直说才怪了。"不一样，前一阵我如果放你进门，就不好意思挡住别人了，否则是不给别人面子，我还不烦死？我相信你也不会与我计较。"徐书记说。

"那倒是。"

"我走以后……陈平原这个人，如果用得好，他是个很能干事的人，如果没人约束他，他这人手脚放开了也挺难弄。以后没我在，陈平原对你的态度应该会有变化。你有两条路得走：一条是以后离他远点，别让他手指抓得到，你不是个能跟他这种人混得到一起的人；一条是偶尔送点好处出去，别吝啬。至于你在做的事，尽管放心大胆地做，国家政策应该是越来越活。如果有什么反复，我会来信通知你。"

"听你的。"

"你小舅子在金州总厂做得不错，水书记跟我说，这孩子做事脚踏实地，又能做大事，是个可造之才。可小孩子还没定性，不能给他太多光环，太捧着他会把他捧得不知天高地厚，反而扼杀他的发展。如果你小舅子回家吐苦水，你鼓励他一下，不过也别把水书记一直注目他的事告诉他。"

"早说过了，我要我小舅子不撞南墙不回头，他听我的。"

"那就好，有你这个榜样在，他学着就是。东宝，我还是最担心你，你性格太冲，狡猾太少，容易得罪人做错事。以后做事，多想想以退为进。要不，以后撞到南墙了，来电话问我吧。"

"好。我家萍萍也一直管着我，我现在起码已经不会再拔出拳头就打。"

徐书记笑笑，看看手表，叫上雷东宝一起上雷家吃饭。进村时候不时指点雷东宝怎么改造村落，怎么真正提高大家的生活层次，达到某种超前高度。雷东宝一一答应，徐书记说的有些东西，他想都没想过。

徐书记看到宋运萍，再看看雷东宝，发觉这两人对比太大，不由失笑，跟雷东宝说他确实应该对爱人好一点，这样的人当年肯下嫁，可见是对他雷东宝非常好。宋运萍看到徐书记则是肃然起敬，徐书记身材清癯，长相出色也罢了，电视电影上又不是没见过好看的男人，只是这个徐书记……看上去说不出地高贵。

05

十二月份，在国人心中或许不算是年底，可对于工矿企业而言，十二月是个辞旧迎新的关键月份。对于整顿办而言，尤其如是。

全厂上万人都等待着整顿办的经济考核责任制将怎么脱稿。不时有风声传出，有条可疑制度不得民心，全厂上下大哗，那些平时面无表情盯着仪表八个小时的倒班工人顿时每天都有了话题，以往只闻机器响的控制室每天人声鼎沸，大伙儿一起讨论所有来自整顿办的吹风。

水书记"顺应民意"，组织职代会全面介入整顿办的工作，也就是说，整顿办所有成文规章，必须经过职代会的讨论，否则，人民群众不答应。费厂长本来意图以整顿办的工作为起点，借整顿工作之名，废弃或替代原本属于水书记的根深蒂固的管理架构，大幅度调整全厂管理结构，以逐步建立起属于他自己的从上到下的干部班子，开创属于他费厂长的新世纪，不料水书记会以职代会的名义插手。而因此，他所有的个人意识都无法在整顿办的文件中体现，否则，只有遭到被职代会否决的命运。

职代会身后，完全是水书记高大巍峨的身影，一如厂长负责制之前。水书记不过是换了一种方式，依然牢牢掌控着全厂的主动权。

费厂长的手脚完全无法施展。整顿办的人也郁闷，费尽心思写出来的东西被职代会一讨论，总是支离破碎。热情是最容易被消磨的，大伙儿早没了开始时敢教日月换新天的豪情。

宋运辉也是时刻关心着整顿办的工作，那儿，现在属于虞山卿的位置，原本应是他的。他现在倒是庆幸，如果他没下基层，在整顿办每天将如处于风暴中心的小舟，谁知道什么时候倾覆。不像现在，他可以主导自己的学习方向、工作方向，与大家又和睦团结。这南墙，算是撞对了。

只是，宋运辉对水书记这人挺反感的，一个人怎么可以以一己之私，发动内耗极大的职工运动，阻挠这么大工厂的前进步伐。他新进，他还不知未来做什么，所以他只能旁观，正因为他旁观，他才能客观地看出职代会背后水书记的影子。反而是那些职代会代表的职工，都被人有的放矢释放的风声的魔棒搅得群情激荡，即未来权力划分方案。一叶障目，不见泰山，极大支持了职代会的权力行使。他有时候很想告诉人们，你们被利用了，可他终究没说出口，他太深知言多必失。

可正在宋运辉反感水书记的时候，车间忽然将他抽调到技术组，给他一间小办公室，指派两名技术员给他，让他带领这两个刚考取技术员的年轻人一起整理完善车间技术资料。后来听说，原来是水书记指示，这令宋运辉心中感想复杂，他只有更紧闭双唇。

两个技术员虽然年轻，却已是老资格，并不服管，主要的还是质疑宋运辉并没经过大设备故障考验的技术水平，而且都还很不服气一纸大学文凭的效用，认为宋运辉能领导这样一个三人小组，无非因为他是比较幸运的最受重视的"文革"后第一届大学生。再说了，做多做少一个样，宋运辉这种连身份都没明确的人当然不可能对他们的工资奖金造成影响，做少还留点力气可以回家打个沙发，都是等着结婚的人。

宋运辉第一天安排工作就遇到消极怠工。他已经客气，每人只安排他半天工作量，可两人一天下来都没做完。宋运辉在下班前五分钟问他们为什么没完成，两人还挺不耐烦，都说大学生做事何必太认真，这儿做事做死了也没人看见，何必跟自己过不去。宋运辉很认真地跟他们说，做事虽然辛苦，可学得的知识是自己的，做事的过程虽然累，可最终完成一件事的喜悦也是自己的，即使眼前看不到钱的回报，可自己获得的喜悦和提升，不是金钱可以衡量。但宋运辉真心实意的话被两个技术员取笑了。

宋运辉很无奈，名不正则言不顺，出现这种局面在意料之中。他早已知道他不是雷东宝，不能像雷东宝一样布置任务的时候当仁不让，遇到谁敢反对，拳头过去。他只能说理，但对于不讲理的人，该怎么说理？宋运辉找到上中班的师父，师父想出面跟两个技术员说说，两个都是以前在他手下待过几天的人，会买他面子。宋运辉想想，不妥，即使小学时候他受欺负都不去告老师，现在怎么就越活越回去了呢？

他回到寝室另想办法。今天与两个技术员的交手让他想到一点：口说无凭。他今晚上索性其他什么都不干，用寝室里的图板画了一张工作任务分解图，每个人每天的工作，细化到画一个螺丝，都放在一张二号图纸上，三个人的工作量一目了然，三个人的工作进度也是一目了然，每天下来只要打钩勾掉已经完成的工作就行。后面的备注则是说明为什么完不成工作。为防万一，他画了一式两份。等寻建祥中班回来他才做完。寻建祥问清楚是怎么回事，干脆地说，客气什么，他们完不成就骂，他们敢反抗就找他寻建祥，他拳头正痒着。宋运辉笑着答应，寻建祥的友谊虽然另类，可友谊都给人勇气。

第二天上班，宋运辉完全改变态度，挂出图表，然后明确告诉两个帮手，他丑话说前头，跟着他宋运辉做事，绝无你好我好，敷衍塞责，不愿意，可以要求调离，不调离，就得依照图表干。他看出两个技术员嘴巴不说，心中不以为然，他不得不压缩自己的动手时间，时刻关注两个人的工作，不行，他开口骂。他话不多，骂人也不是泼妇骂街般一骂就是半天，他以当年当狗崽子时候没法多说话而练出来的精准骂人技术，一句一个黑虎掏心，噎得人难受。想不挨骂，就好好做。

两个技术员先后向车间主任和书记告状，但等领导问他们究竟委屈在哪里，挨了些什么骂，他们又说不出来了，因为他们发现当时被气得噎死，现在说出来的话，听得出调戏。这也是宋运辉从小艰难环境中自我培育出来的技巧，没办法，他不能落人口实，所以骂人总得有点技巧。两个技术员只能乖乖跟着干活。就算两人加起来只有宋运辉一人的工作量，可三人成帮，工作进度还是大大加速。

其间，水书记过来巡视了一次，领导关心一线中的重点车间是常有的事，一个月看上一两回是正常。他在车间主任、书记陪同下到设备运行那儿看看，又到总控看看，然后到车间办公室听取汇报，左右走走，似是有意无意间走进宋运辉所在的小屋子，然后有意无意地看到墙上拿图钉钉上去的工作进度分解表。

他仔细审阅，问了宋运辉几个细节问题，又问他具体怎么推行，宋运辉当然不会说他尖酸刻薄地骂人，只说是大家自觉。水书记当然知道这不可能，他是个人精子。但他也没多问，他要车间主任打电话叫整顿办的所有人来，就在这么个小房间里挤得差点密不透风，对着宋运辉的工作进度分解表开现场会议，告诉他们要走下来，扎进去，只有端正态度深入了解一线工作，才能做出切合实际的责任制方案，而不能坐在总厂办公室建造空中楼阁。他说，职工大会的否决正好说明大家对空中楼阁的反对，也正好说明整顿办这半年多来的指导思想有误。他要所有人回去好好反省，不能再沿旧路走下去。

众人被水书记骂得灰头土脸，但没人敢吱声，更没人说旧的指导思想是费厂长制定，你们书记厂长两个口子说话，下面的人该听谁的。宋运辉在一边看着心想，这就是地位。他看到虞山卿也在列，而且是只能站在屋角，因为虞山卿只是个不起眼的新进。

等整顿办的人被水书记斥回，水书记带着宋运辉单独漫步在塔罐丛林里，语重心长地告诉他八个字，"因人成事，因人废事"。水书记说，有些人，即使有再好的想法，可不会管理，不能将自己的思想贯彻下去，最终想法都成空话。而最可怕的是，有些人做不成事，却埋怨社会不公，奸人当道，给自己找失败理由，其实这些都不是理由。一个人想做成事，遇到的不是一个两个人，而是很多，形形色色的社会人都能遇到。社会这样对这人，也是这样对那人，没太大区别。有些人就是不能回头思考，为什么就他面前奸人特别多，社会特不公平，究竟错在哪里。他肯定宋运辉这半年来做的成绩，但也指出，做任何事，不要一厢情愿，急于求成，必须有进有退，有所迂回，保持弹性。一方面要督促手下干活，一方面也得团结手下众人，不能强硬到底，制造对立，否则，物极必反，终会有人反弹，或者就像弹簧天天被放在弹性极限使用，终有一天失去弹性，最终废弃无用。

水书记告辞时候问宋运辉有没有写过入党申请。宋运辉一点就通，这是水书记让他写入党申请呢。可他想到目前总厂两帮公然对抗的局面，他如果此刻交上入党申请，找谁做介绍人都是问题，都会敏感。而主要原因是，他不是很赞同水书记的为人，明明整顿办的工作是被水书记卡着，可水书记却是将责任都推到费厂长身上，为人很不地道。他不愿意在这时申请入党来支持水书记，虽然他的支持力量渺小。但他在水书记面前貌似单纯地说，他想将手头事情整理出来，以完美工作答卷向党递交申请。水书记倒也不反对。有时，越是成熟狡猾的成年人越是看着年轻人觉得异常单纯，容易被年轻人的小花招骗过。再说，以这种成年人的地位，他们也不愿费心机思考年轻人可能的花招，因为那些花招伤害不到他们，他们不必多此一举。

水书记走后，宋运辉想好久，才能理解"因人成事，因人废事"这八个字。仿佛说的是他宋运辉，是在赞赏他没有条件创造条件地干活，可似乎也是在暗讽费厂长，即使大权交给费厂长也用不好。宋运辉不知道水书记说这八字的真实目的是什么，他虽然感觉受益无穷，可还是无法因此改善对水书记的印象。可又想到，这会不会冤枉了水书记，费厂长指导下的整顿办绝不是只面对水书记这一个障碍，而是很多，空中楼阁就是其中之一，整顿办如此被职工反对，真能全怪水书记吗？

可无论谁对谁错，这种政治斗争真是丑陋，都是不惜牺牲工厂利益换取个人私欲。这种现象在小雷家大队就看不到，在小雷家，大家围绕有饭吃、吃好饭一个中心，那是真正地大干快上。两者工作氛围的对比，让宋运辉好生憋闷。

宋运辉又想到，以他目前对政策的理解，估计金州总厂的同龄人里面无出其右，他当年认真研读政策的目的是避免重蹈父亲的命运。可面对水、费之间的争权夺利，他想到自己，如果把他放到父亲的位置上，即使他那么理解政策，他能做到为了解脱自己踩别人头顶上位吗？他做不出来。他既然做不到，他还如何因人成事？想到这些，宋运辉有些灰心。

1983年

01

元旦，一工段有个倒班工人需要调休参加家里弟弟的婚礼，宋运辉好心顶替一下。新年伊始，他就得来两天调休。

元旦过去没多久，总厂召开团代会，宋运辉也不知自己怎么就成了一车间的团员代表，有幸参加总厂的团代会。想到以前入个团就像偷袭一般艰难，而如今水书记竟然亲自暗示他可以写入党申请，而且还可以作为优秀团员代表参加团代会，凭此，他相信，成分问题以后在金州可能再也不成为问题。再想到目前小办公室是水书记指示安排，他怀疑参加团代会的资格即使水书记没吱声，车间团支部书记在车间党支部书记指示下，也肯定是受了水书记的影响。对水书记，他感情复杂。

早在知道要参加这个会议时，寻建祥就提醒宋运辉穿好一点，说这种在厂区外召开的脱产会议是变相相亲场，穿好一点钓一个女朋友来，这是最好机会。宋运辉想在意也没法在意，进工厂近半年来，他心思全在工作上，根本没有去哪儿买些衣料子做件好看衣服的心思，他还是穿着工作棉袄去开会。一进充作会场的电影院，不得了，闪亮灯光下，年轻男女争妍斗艳，女同志雪花呢的大衣领子上更是围着嵌金银丝的玻璃丝纱巾，看上去好像只有他一个穿的是工作服。好在宋运辉对于穿着打扮不很在意，觉得太花哨没必要。

虞山卿作为生技处的团员代表也出席会议，他穿一件半身长、烟灰色雪花呢大衣，黑色笔挺的裤子，黑色锃亮的牛皮鞋，大衣下面是雪白的衬衫领子，也不知是真衬衫还是假领子。头发是新理的，鬓角雪青，脸庞洗得干净，胡子刮得干净，整个人挺括精神，与宋运辉坐在一起反差强烈。虞山卿处于生技处和整顿办的干部身份，以及他出色的长相打扮，为他引来无数姑娘火热的目光。

虞山卿年纪比宋运辉大得多，他自然知道自己的魅力，坐在椅子上顾盼生姿。宋运辉便是缺了这方面的技术手段，他只会兵来将挡水来土掩，姑娘们的眼睛瞧过来，他的眼睛看回去。宋运辉没看到几个入眼的。

上面开始讲话时候，下面聊天开始。虞山卿轻问宋运辉："快半年了，有什么感想？"

"累，比读书时候累。你呢？"

"唯一感想，当初真不该跟你换来整顿办的位置。整顿办被水书记拎到你办公室骂一顿后一直瘫痪，做事挨水书记骂，不做事挨费厂长骂。"

"总比三班倒强。"

"三班倒也得看是什么三班倒，像你这样有上头撑腰，走曲线到下面沉上几天，上来就是资本了。"

"我哪有谁撑腰，又不是厂子弟。前几天还有人说你找了个厂子弟的对象，是那个谁的女儿……"

虞山卿非常不以为然："再谁的女儿能和你跟定水书记比？"

"我？有没有弄错？"

虞山卿不满地瞥宋运辉一眼，道："这否认太不地道了吧？现在谁不知道你是水书记嫡系中的嫡系？要不是水书记在你办公室臭骂我们一顿，我们的工作怎么会停滞？你画的工作分解图，可做得真用心，跟水书记的骂配合得珠联璧合。"

宋运辉闻言不由嗳了一声，一时无言以对，难道人们误会他的工作分解图是配合水书记而精心制作的一个道具？他很想追问一句"大家真都这么说"？可问不出口，电光石火间已经想到，别人正该这么想。早在他进厂时候已经被与水书记联系在一起，他一路的脚印都带有水书记的指点和牵引，他虽然颇为反感水书记，意图与水书记保持距离，可他无法否认，他个人身上，无可避免地烙上或明或暗的水书记的水印。他无法掩耳盗铃，别人也都看着呢，即使工作分解图不是与水书记的合谋，但他依然不能得了便宜又卖乖。对他，对外人而言，这都已是既成事实。他无法解释分解图与水书记无关，只简单道："倒是真没想到会成为害你们挨骂的导火索。"

虞山卿定定看了宋运辉一会儿，道："我现在很矛盾，整顿办继续待下去，做什么机关的领导，华而不实，没有前途。但如果像你一样下基层，我与你毕竟不一样，你在年龄上耗得起，我不行。而且现在再下去，不是一开始就下去，你可以料想到诸多猜测。可是整顿办处在风眼，如今更是人心惶惶。小宋，换你还有心思找女友？"

宋运辉心想，既然那么多矛盾，那还犹豫什么，跳出来，做点实事，来日方长，用事实说明问题。但一想也果然是，虞山卿已经三十来岁，还怎么来日方长，他只有安慰："整顿办不会永远无序下去，国家对整顿年限是有规定的。"

虞山卿再次定定地看着宋运辉道："你年轻，也好，没复杂想法，别人也相信你没复杂想法，反而会培养你信你塑造你，出事也不会找到你头上；可我们不一样，我们是政策制定敏感部位，一朝天子一朝臣这种事最容易出在我们头上。你看看现在这局势，整顿办所有人都谋划着改弦更张呢。"

"对了，基层就没这种事，如果不是你今天跟我说分解图，我还不会很有感觉。"宋运辉净看见机关里在斗来斗去，下面基层的看热闹。

"如今不是全民皆兵的年代，被选作对手，还得看有没资格——啊，你年轻，你是天然免疫。"虞山卿看看宋运辉，见他并不在意的样子，这才继续说下去，"再一个月到春节了，小宋，你哪天有空，我们一起去水书记家拜年。"

宋运辉心想，难怪虞山卿今天跟他说得那么多，原来就为最后一句话。他本来有现成的建议，建议虞山卿递交入党申请书以向水书记表明态度，但他直觉虞山卿太钻营，他有点忌惮这种人，过去的经验告诉他，这种人往往是踩着别人头顶往上爬的人，他不想做他父亲第二，他微笑一下，示之以弱："我不敢去水书记家。"

虞山卿本来想搭一把宋运辉这个新贵的顺风船，没想到这个新贵还真是年轻不懂事——不，是不懂做人，居然说出如此孩子气的话来，他当真是哭笑不得，怎么这天下净是傻子拿大牌啊。话不投机，虞山卿懒得再说，继续打量周围人等。

宋运辉也就不说，心不在焉地听上面主席台有人做报告。水书记也在主席台上，身架子依然瘦小精干，可身形不能说明问题，水书记坐哪儿，哪儿就是重心。宋运辉看着水书记心想，他真被公认是水书记的人了？

回到寝室，问寻建祥，寻建祥也说大伙儿都这么说，但他看宋运辉不是那种攀附权贵的人，寻建祥说他曾跟人解释说跟他同寝室的大学生纯粹靠本事吃饭，做事不知多辛苦，傻得不得了，可别人都说没人撑腰做死也没出头日子，都说寻建祥没看到本质，被大学生蒙了。寻建祥最后嬉皮笑脸总结说，说你是，你就是，不是也是，跳进黄河洗不清，干脆实至名归，从了吧，从了可以早点混个小领导做做，把兄弟救出苦海。

宋运辉听了讪笑，可见事实不以人的意志为转移，他不想攀附权贵，他只想把事做好凭实力进取，不错，他有野心，但他只想凭自己苦干加巧干，以实力实现野心，而不是投机取巧做拉帮结派的歪门邪道勾当。可没想到人们不信他。他跟寻建祥说，还是那四个字，来日方长。立刻挨寻建祥一句骂，要他别傻了，现成的阶梯为什么不爬，还等人端到面前跪地上请他爬吗？谁那么傻，以为他宋运辉是大爷吗？宋运辉也觉得寻建祥说得有理，可他越不过自己心里的那道坎。于是又挨寻建祥骂了，不过两人心无芥蒂，骂来骂去不伤感情。

寻建祥骂人没几句，骂完就雨过天晴，忽然两颗门牙刨在下唇外，兔子般地尴尬笑着对宋运辉道："你饭后抽一个小时给我，我带你去见个人。"

"谁？"宋运辉感觉寻建祥今天极怪，"男的还是女的？"

寻建祥哼哼唧唧地笑，硬是不答，呼噜呼噜将饭吃完，扯起宋运辉扔上自行车后座，驮着飞快往市区赶。半路上才不情不愿地招了："女孩，叫张淑桦，刚顶替她妈在饮食店工作，去晚了人家关店门。大学生，你帮我参谋，怎么攻下她。"

宋运辉在后面大笑，但笑完，为朋友负责起见，不得不老实地道："我更没经验啊。"

寻建祥道："两个人比一个人强。还有，她妈在店里安插眼线，我找上去他妈不让，愁得她什么似的，你找上去保证没事，她妈把女儿倒贴嫁你都愿意，你今晚帮我带她逃过她妈眼线就行。"

"行，怎么跟她说，你们有没有什么暗号？"宋运辉为朋友两肋插刀。

"暗号？没……我就远远指给她看是哪个，你进去跟她说你是谁就行，我常提起你。然后你帮我店里等接她下班，把她带过来，后面的事我接手。"

"行吗？她妈会不会杀上来？"

"呃，看你福气。嗳，看在兄弟分上，你扔掉脸皮也得把她约出来，你不知道我多想见她，再不见她……"再不见她会怎样，寻建祥没说，但自行车骑得飞一样，可见激动。

宋运辉没见过哪个天仙能让他激动至极的，对寻建祥的激动不是很能感同身受，但一定帮忙。

饮食店大门朝马路开，寻建祥不敢走近，远远指着对面马路昏暗店堂里面的一个女孩告诉那就是张淑桦，宋运辉摩拳擦掌穿过马路，要帮寻建祥完成这一使命。他走进店堂就找到张淑桦，轻声直说他是谁谁谁，谁要他来，谁在外面等着。张淑桦忙安排宋运辉坐到一个角落，要他等到七点半，只要那时候她妈没出现，她就可以自由跟他走。说完她就欢喜跳跃着走了。宋运辉看着张淑桦只觉得她像小麻雀，人小眼睛圆嘴巴尖，看上去挺时髦，短头发电烫过，发卷儿满头跑，这么小的人，寻建祥一个指头可以拎起来，都不知道他们两个怎么对上眼的。

但宋运辉几乎没坐稳，当然是还没喝上一口张淑桦斟来的茶，一个胖女人出现在他身边，胖女人查户口似的问他问题，他只说了他叫什么名字，来找谁，其他都是微笑不答，客气是客气，可就是刀枪不入。胖女人拿他没办法，走了。但过了没多久，又来一个微胖妇女，一来就说是张淑桦的妈，而张淑桦在别处紧张得直挤眉弄眼。宋运辉很规矩地起立称呼，反客为主地请张淑桦妈坐下，偷眼看出去，对面马路的寻建祥早躲得没了影子。

轮到张淑桦的妈查户口。宋运辉依然彬彬有礼，交代自己姓名、籍贯、民族、学历，然后，再问，他就说阿姨可不可以让交往一阵子，彼此熟悉了再问，这是对彼此的负责和尊重。张淑桦妈被宋运辉的道理正好震到心坎儿，再看这孩子一脸正气的书生模样，喜欢不过来，拉着他没话找话，硬是说到她的家教，说她管女儿管得多严，那种不三不四小流氓一样的人别想靠近一步。从张母说的不三不四人的分类来看，其中就有寻建祥。宋运辉问可不可以下班后带她女儿逛半小时街，张母一口答应。

但令三个年轻人都没想到的是，张母答应是答应了，却远远跟在宋运辉和张淑桦后面，寻建祥半路无法调包。大冷天里走了半个小时，宋运辉无奈地将女孩交到张母手中。

宋运辉回头看着无精打采的寻建祥只会笑，把事情经过跟寻建祥一说，寻建祥气得一脚踢翻公园门口的一排自行车。回程是宋运辉载着蔫蔫儿的寻建祥。宋运辉让寻建祥剃掉大鬓角，穿上正经衣服，买几条宽松点的裤子，即使像他一样只穿工作服也行，寻建祥不肯，男子汉大丈夫，这么屈就，岂不让人笑掉大牙？他谁啊，他是全金州大名鼎鼎的寻建祥。

但第二天寻建祥自己过去饮食店，无果，第三天做中班的白天，悄悄把头发理了。理了头发后的寻建祥戴着安全帽不肯摘，怕人笑话。可宋运辉观察着，打探着，知道寻建祥理了头发也没得逞，一个月后，寻建祥的头发又长回老样子，但人消沉了不少。宋运辉想找张淑桦的妈讲理，被寻建祥阻止，原来张淑桦也不要他了。宋运辉挺替寻建祥不平，就说什么都别说了，完就完，天涯何处无芳草。走出去买了猪头肉和花生米，破例又去小店买了两瓶白酒，陪寻建祥喝一顿。他不会喝酒，硬撑着舍命陪君子，后来不知道酒后两人怎么了，第二天醒来，颧骨一块乌青。问寻建祥两人是不是昨晚喝醉打架了，寻建祥说这点儿白酒对他寻建祥算什么，是他自己撞的。

两人此后还是老样子，可心里都知道有些什么不一样，以前是朋友，现在是兄弟。

而虞山卿则是速战速决，团代会后就递上入党申请，他更是很快确定一个女友奋起直追，该女孩正是与水书记关系不错的机修分厂程厂长的女儿。

02

春节在女人们"降价降价"的喧闹声中到来。中央送给全国人民一个新年大礼物——全国化纤品价格大降。好多人不信天下真有这等好事，可商店明码标价这么写着，毋庸置疑。大家都担心这会不会是昙花一现，除了留出买凭票供应年货的钱，抢着将家中有限的布票都换来花花绿绿的化纤布，屯进板箱。宋运萍也买了很多，她更留意的是婴儿用品，她抢买了很多膨体纱小袜子等降价东西，可她体会到孩子更需要的做小卦用的棉布却涨价了。

于是，春节大伙儿见面时候，宋运萍手里忙不完的编织活儿。回娘家一天，竟然与她妈一起织出一条鲜红的膨体纱小儿开裆裤，裤子小得可爱，被那个即将当爸爸的雷东宝拿两枚粗手指叉着玩，宋家一家人看着笑。宋运萍的肚子已经显形，她这会儿脾气好了许多，不过为了肚子里的孩子，更是谨小慎微得厉害，怕有个闪失，伤到肚子里的宝宝。雷东宝一样地为自己即将出生的儿子提心吊胆，宋运萍出门，他恨不得找个人来鸣锣开道。

虽然宋运萍满心的儿子儿子，却没忘记还有个回家过春节的弟弟，她早就托人往娘家捎去几本她新买的小说，怕弟弟回家寂寞。结果，等见面时候听着父母与弟弟议论那本《李自成》，说里面的九宫山还不如直接写成井冈山，李自成与张献忠会面不如写成井冈山会师时候，她略微惘然。这些小说，包括《冬天里的春天》《高山下的花环》《芙蓉镇》《沉重的翅膀》等，都是她去县里买婴儿书籍时候陆续买来，可她最近忙忙碌碌，都没时间看这些书，她能匀出的一点点时间，是用过时年画给每本书包了封皮。如今听着父母弟弟议论着的话题，她心里有些羞愧。

回家与雷东宝说起，她没想到丈夫居然跟她说，家里的地可以少扫几次，菜可以少做几碗，可人的文气不能丢，时间别都花在家务上。他虽然是个粗人，可他敬重徐书记、小舅子这样的人，他自己是不成了，没那天分，可他希望有天分的人别忘记读书，他对雷士根和史红伟也是这么说，他可不是看到他文文气气的娘子非变成大寨铁姑娘才高兴的人。这话，宋运萍想了一天，回头跟雷东宝说起，说她的丈夫虽然文化不高，可见识过人，这也是天分。雷东宝刀枪不入，却最消受娘子的夸奖，听了表扬简直跟喝了老酒一般，眯起眼睛高兴好一阵子。

宋运萍也是说到做到的人，想明白后就合理安排时间，有取有舍，有些恢复新婚时候的生活调子。她看了书，看到精彩的，就捉来雷东宝讲解给他听，雷东宝虽然一只耳朵进一只耳朵出，可他喜欢，他喜欢的就是这种调调儿，甚至喜欢妻子笑他不懂的无伤大雅的玩笑。也喜欢妻子天刚暖时在家中十来只瓦花盆里下的跟豆芽似的花秧，为此他积极帮忙，每天早上出去前帮行动不便的妻子将花盆搬出去晒太阳，晚上回家将娇嫩的花秧端进门免受寒流蹂躏。他一辈子看得多的是柴火妞一样的同伴，他就是喜欢说话细声细气，皮肤白白净净，干不来粗重农活，却把书读得很好很有见识的妻子。而且他现在钱多了，他愿意把妻子捧在手心里疼，妻子娇嫩，他有面子。去年他听徐书记赞扬他妻子比他气质好，他还得意呢。对于乡人说他妻子不会做农活不能吃苦的议论，他不屑一顾。

春天来了，宋运萍的身子越来越重，很多看着她肚子的人都转身恭喜雷东宝，说书记娘子肚子里一定是儿子。雷东宝是如此期盼那一天快快到来，宋运萍也期盼，雷东宝一天忙碌后回家，两人常跟新婚夫妇一样地依偎在一起，憧憬孩子出生的一天。两人指着搬进屋的花秧们说，等孩子出生的时候，有些花正好开放，迎候儿子的降世。等花儿结子的时候，不知道孩子会不会喊爸妈了。但毫无疑问，等明年花开时节，孩子肯定是会跳会笑了。雷东宝还最喜欢把妻子做的那些小得不可思议的衣服拿出来玩，摊得满床都是，一边玩一边笑，非得睡前才肯拿进箱子。那箱子还是他找来上好樟木，特意叫大队里跟着他干活的最好木匠细心做出来的，那木匠好心思，做好樟木箱，又拿电烙铁在箱面烫了一幅画，画面是个骑着鲤鱼持一朵莲花的大胖小子。孩子的小衣服都放那漂亮的樟木箱里。

03

但雷东宝在家一直乐呵呵的，在外面却遇到烦心事。徐书记年前已经回去北京，回去前徐书记亲自出手为他做了很多事，他被评为八二年的省劳模，又被补选为市人大代表，小雷家大队成为全县骄傲这个调子几乎无法被改变了。当然，雷东宝遵照徐书记的指示，与陈平原加意"结交"，同时继续为陈平原的政绩增光添彩。只是徐书记一走，雷东宝心里空落落的，一下少了支撑。以前徐书记虽然没怎么出手帮忙，可他总感觉有徐书记在，天不会变。

还有，他给市电线电缆厂的一个职工宿舍工程，等去年工程结束，那些职工赶着搬进还没干透的房子，电线厂宿舍的包工费和从小雷家拿钢筋水泥预制板砖瓦泥沙的钱却拿不出来。那厂长与雷东宝商量先给职工过个好年，年后工资不发，也得找二轻局"婆婆"出面到银行贷款将钱还上。雷东宝不是黄世仁的黑心肠，想着总不能不让人家过年，再说也相信国营单位的信用，怎么说人家都有国家管着不愁他们不还。但没想到，过了年再让人去讨钱，厂长一直避而不见，那些住上新宿舍的职工将上门讨债的轰出厂门。

雷东宝找上级反映，找电线厂婆家二轻局反映，可上级部门领导说，电线厂确实没钱，没钱你难道能吃了那厂长？雷东宝不干了，没钱建什么宿舍，没钱住什么宿舍，这不是骗他们小雷家的钱为他们自己谋福利吗？雷东宝发狠，叫几个没事的老头老太去电线厂附近盯着，只要看到厂长进出立刻回来报告。果然，那厂长躲了几天，见风平浪静了，中午趁人吃饭时候悄悄从后门回厂。小雷家警觉的老头立刻骑车回来通报，这老头正是老猢狲。

老猢狲是个明白事儿的，心中算盘子一打，咦，这么大笔的钱被赖，往后肯定影响到他们这些老人的劳保工资和医疗费，他心急，积极向队长要求去逮那厂长，队长也怕那些没见过世面的老头老太完不成任务，想这种小事儿老猢狲别想捣出花样来，就让老猢狲负责去了。

老猢狲果然负责。他有本事，他能煽动老太老头们的积极性，他又能合理安排盯梢位置。白天忙完回来，他还不嫌累地捧着饭碗到晒场向大伙儿宣传那个电线厂厂长不是东西。都不用雷东宝拧开广播喇叭做解释，小雷家上上下下早被老猢狲的思想工作做得同仇敌忾，群情激奋，知道有人敢喝小雷家人的血。

因此，老猢狲回来一吆喝，说电线厂厂长回厂，大伙儿赶紧去抓，不用雷东宝招呼，大伙自发抄起家伙跳上一辆中型拖拉机、三辆手扶拖拉机，满满四车壮年汉子，加后面跟着骑自行车的，黑压压涌向市电线厂。宋运萍一见这架势，大惊，可她腆着肚子哪里能跟得上雷东宝，又哪里能骑车赶去劝阻，只有急急去兔毛收购站找士根，没想到士根也抄起家伙正想冲出门。听到宋运萍的忧虑，士根却让她别担心，他有数，他会盯着。

宋运萍知道士根是个极其稳当的人，见他这么答应，这才稍微放心。可回到队部会计室，她还是度日如年，如热锅上蚂蚁一般等待来自前方的消息。她更关心小宝爸的安危，她很怕雷东宝抑制不住怒气，指挥小雷家黑压压的农民大打出手，她见过以前那些群情激奋的人一旦动手局势便无法控制，什么事都会发生，到时，可能得流血了。无论哪一方流血，都不是她乐见的，她担心，士根真阻止得了雷东宝吗？

宋运萍急得双手微颤，无法算账。她坐立不安，时时站到窗户前看他们回来的必经之路，可那条路现在遮满果树，果树上开着粉红粉白的花，就是没大队人马回来，有见一个两个，那还是赶着出去的。她双腿酸软没力气，没法多站，可又坐不住，扶着窗户勉强站着，她现在哪还有心思欣赏满眼的春花。

忽然，旁边队部办公室有电话铃响，她忙过去打开空无一人的办公室的门接起电话，没等电话筒放到耳边，那边霹雳似的一声喝，自报家门说是县公安局的，叫雷东宝听电话，宋运萍忙说领导们都不在，问是不是谁闯祸了。那边又问一大帮人去市里干什么，宋运萍不敢隐瞒，将原委说了，公安局那边大叫胡闹，骂这是闯大祸，没说完就重重挂了电话。

宋运萍更是担心得手足无措，公安局的人都给惊动了，而且都没顾及雷东宝的劳模和人大代表身份说胡闹，不知道雷东宝那儿究竟闹成什么样儿，她真想骑上车飞快过去看，可心有余而力不足，只能干着急。报纸上一直在说要清除干部队伍中的三种人，不知他们会不会把东宝当作三种人之一的打砸抢分子处理呢？宋运萍愁得脸都绿了。

但没等她走出队部办公室，电话铃又响，这回来电话的居然是陈平原县长。陈平原在电话那端大叫胡闹，宋运萍按捺担忧，忙替自己丈夫辩解说电线厂赖账太无理，今天听说厂长偷偷回来，大家都激动，雷东宝知情后忙跟去阻止了。陈平原严厉说等雷东宝回来就去县里见他。宋运萍放下电话，揉着胸口喘不过气来，事情都闹到县里了，会不会有善终？最要命的是，小雷家的农民会不会与电线厂工人打起来？都是手里有家伙的，真打起来，那就不可收拾了。

她扶着墙回去，瘫在椅子上起不来。正胡思乱想着，四宝媳妇冲进来，报说有汽车运钢筋来，预制品厂能做主的都去市里了，依规矩只有大队会计能出面代替去点数。宋运萍不得不硬撑着起来，跟四宝媳妇过去。四宝媳妇极其殷勤，当然，宋运萍知道这是为什么，她现在出门，到处看到笑脸，还不是因为小宝爸，唉，不知他现在怎么样。

宋运萍赶着来到预制品厂，幸好，厂里还有从别个大队招来的临时工，她拿着送货单让人爬上去点数。正确无误后，她让四宝媳妇请司机到厂办公室休息喝茶，她指挥着临时工们装卸，卸下来的钢筋卷她还得仔细对照一下挂牌上的数字。这些程序，她以前来这儿看一次就会了，不用人教。

如今的预制品厂已经鸟枪换炮，装上一架旧龙门吊，装卸再不用像宋运辉在的时候需要动脑筋巧用三脚架和手动葫芦，现在只要有人在下面摁控制器上的红绿按钮就行。但是那些临时工平时没有用龙门吊的机会，不很懂得操控龙门吊的速度，走顺走快了却一个急刹，惯性使得钢筋悬在半空乱晃，吊着钢筋卷的钢丝缆嘎吱嘎吱地响。

宋运萍感觉吊着她心脏的那些血管也在胸腔嘎吱嘎吱地响，有不胜负荷之势。她担忧着冲去市里的那人，无时无刻。

欠债还钱，那是天经地义，每个冲向市电线厂的人都这样想，包括雷东宝也这么想。雷东宝还想，欠他们小雷家的，等于踩他雷东宝的脸，这不反了吗？更有老猢狲献计献策，说讨不来钱，就搬他们的设备，搬来设备才能逼他们拿钱来赎，也有人说扣了那狗娘养的厂长，不拿钱还债不放人。所有朴素却被实践证明行之有效的讨债办法都被大家拥护，大家一路奔赴现场，一路讨论得出结论，前车传后车，后车传前车，拉大嗓门传递的讨论异常能说服人，渐渐地，大家打定同样的主意，吼出同样的声音，挂上同样的表情。

一路跋涉，一路呼喝，赶到市电线厂，已是下午。大伙儿还没下车，就看到紧闭的市电线厂大门内工人们同样操持着家伙严阵以待，激动情绪不亚于小雷家农民。隔着工人与农民，是穿绿警服的警察，也是严阵以待。老猢狲一见就大喊，他们欠我们钱还有理了，他们还找警察保护咧，活该我们小雷家倒霉咧。老猢狲这性格本就是唯恐天下不乱，越乱越兴奋的，这等场合，他如鱼得水，也没法计较这事儿对自己有利无利了，只拍着脑门凭本能做事，眼下，干柴烈火，这点子火星正好点燃看见严峻场面有点犹豫的农民。

所有的农民都指责痛骂警察包庇恶意赖账。警察请大家安静理性有话商量，可没人听他们的，因为里面的工人也一起鼓噪，与农民对骂，对骂的声音掩盖理性。双方的阵营越来越压缩，警察陷于两阵夹心位置难以施展。

雷东宝也是热了脑袋，因为他看到那个欺骗他的厂长也在紧闭大门内冲他吆喝辱骂，厂长辱骂的话通过工人的口号传递出来，就是骂他傻，自己上当撞枪口。雷东宝打小没受过这样的欺骗，气得头昏脑涨，抄起手中木棍想扔那厂长，被士根死死抱住，提醒雷东宝千万不能动手，不能伤人，什么都可以，就是不能违法落人口实。雷东宝哪里肯听，他不把手中木棍扔出去，出不了心中那口恶气。他春节以来到处求爷爷告奶奶地要钱，处处被人踢皮球打官腔，心中别提多少怨愤。他身强力壮，士根哪是对手。眼看就要挣脱，又一个人伸手一把抱住他。他回头一看，居然是陈平原县长。

陈平原的出现让雷东宝稍微收敛，可他依然大力挣扎，向陈县长诉说不公。陈平原明确表示，讨债可以，不许械斗，不许闹事。雷东宝说那还有什么办法把钱讨回来，电线厂明显是恶意赖账，陈平原说他负责联络各部解决。士根见此忙大声告诉乡邻，说县长说话了，大家收起锄头，倒退十米。雷东宝虽然不情愿，可在陈平原的催促下，还是回头大声吆喝大家倒退。他的话不仅声音响亮得多，比士根的号召力也大得多，大家虽然一样地不情愿，可还是乖乖倒退。

倒退中，有人高喊，不让冲进厂里，又不还债，不如扒了新宿舍，大家都别想好过。此话得到大家的一致响应，众人一起高喊扒了宿舍扒了宿舍，这一来，犹如围魏救赵，原本以为守住大门固若金汤以逸待劳的工人在里面急了，电线厂宿舍一造就是几十户，这里面的人几乎大半与新宿舍有关，扒了工厂可以，扒宿舍绝对不可以。见到小雷家人退后，还以为小雷家人赶去扒房，这下轮到工人叫嚣着要冲出来追打，名为保护家园。

警察不得不全力封住工厂大门，不过好在那些工人也不敢从窗户跳出来落单。这时，市里的各级领导也纷纷赶来。赶来的大领导一见陈平原在场，都不约而同冲他大喝一声胡闹，搞得陈平原也是上了肝火，扣住雷东宝的那只手跟钢箍一般狠。雷东宝浑然不觉得疼，兀自大声向各级领导解释其中原委，说电线厂骗的是小雷家人的血汗钱，这些钱都是要拿来看病养老的，说电线厂按计划生产按计划购销，有多少钱他们厂长自己心里清楚，他们这是存心赖账整死小雷家。雷东宝说，身边农民们响应，农民们天生的大嗓门震得领导们恍若身处惊涛骇浪之中。

而在惊涛骇浪之中，雷东宝捕捉到一个声音，那是曾在小雷家现场办公帮助解决问题的副市长的声音，副市长也说赖钱问题他主导解决。雷东宝立刻刹住所有含冤的话，转头指挥大家回去。而那些在里面正与警察对抗的工人一看不好，以为农民们真去扒宿舍了，大急，有人拖来消防水管水枪，旋开消防龙头，高压水喷向门外所有人。这下，把在场领导和警察也打火了。

乱象中，只听砰砰两声爆响，别人可以不知道，当过兵的雷东宝却是听得清楚，那是枪响。他这会儿彻头彻尾清楚了，忙顶着水柱冲击，指挥小雷家大队大伙儿回去，立刻回去，谁不回去，他当头就是一棍子。小雷家上下本来就听他的，即使有肝火上涌不肯退走的，被他一棍子也敲醒了，纷纷退走。依然上蹿下跳的老猢狲也挨了他一棍子。领导们也被高压水冲得回撤，跟着小雷家大队众人一齐走，看雷东宝提棍子将众人赶上拖拉机回家。这时，工厂工人也看到黑洞洞的枪口，连忙关了高压水，两下里平静下来。

浇得透湿的各级领导扯上雷东宝和电线厂厂长，回机关开会。雷东宝想跟士根说几句话，做个交代，被气急败坏的陈平原一脚踹进车里，紧跟领导将车开走。士根见此连忙踩上自行车赶回家。

04

焦虑的宋运萍一直神思不定，两眼时时看向外面大路出神。那些临时工到底是手势不熟练，卸装工作进展缓慢，那个开车来的司机不时跑出来看一眼，嘀咕几句，又被四宝媳妇敷衍着拖回去喝茶。眼看着天色暗下来，四宝媳妇也坐不住了，出来抓住宋运萍问男人们会不会出事，会不会跟电线厂的打起来闯大祸。宋运萍虽然安慰四宝媳妇说政府会插手，只要政府在，打不起来，可她心里忐忑，她想着既然公安局已经知道，应该早早把小雷家的农民们从半路上拦回来，怎么会到现在还没见有人回来呢？

这时临时工终于报说装卸结束，宋运萍原地站着让他们回家去，那些人关掉龙门吊上面的电灯，收工回家。里面坐着喝茶的司机见外面灯光一暗，忙跳出来看，问收拾完了吗，收拾完了他得赶着回去找加油站。四宝媳妇嗓门大，回声行了，那司机听了就准备走。宋运萍忙走回去想给司机签字画押，没想到场地上关了灯没看清，自己又心神不宁没小心，一脚踢到刺棱的钢筋，收脚不住，和身跌到一卷钢筋上。四宝媳妇走出一阵没见身后人跟上，回头一看，吓得脸都黄了，忙回来扶起宋运萍，伸手往她全身乱摸，借办公室灯光看看好像手掌上没血，可眼见着宋运萍却是五官抽紧，满头冷汗。四宝媳妇怕了，叫上送钢筋的司机，将宋运萍送往卫生所。一路没觉得有异，可等到了卫生所，将人从车上抱下来，却见宋运萍下面就像开了闸似的，鲜血如淋。

卫生所不敢接，值班医生直接跳上大卡车跟着一起去县医院。没想到，半路卡车没油了……

雷东宝跟着领导们来到市政府，一路感觉心惊肉跳的，他当然不会承认自己害怕，他怎么可能害怕，所以他无视这种感觉，又哼了一声给自己打气。理亏的是电线厂，不是他们。

全都湿漉漉地在会议室坐下，都没问清缘由，市长对着雷东宝劈头盖脸就是一通骂。骂雷东宝作为共产党员不循正当途径解决问题，带头组织群众闹事，造成极坏影响。下面食堂端来姜汤，但市长闭嘴前，谁都没敢碰一下杯子。

等市长的批评终于结束，雷东宝一口喝下姜茶，大声反驳："市长，我们农民没文化，心直口快。市电线厂故意赖我们的钱，那钱都是小雷家老人劳保工资和医疗费，市电线厂已经从年前拖到现在，我们去讨钱的人被赶出来，很快我们就没钱给老人开工资，现在青黄不接，地里也没东西能吃，那些老人得挨饿。市长，你也看到了，今天老人都来了，他们担心没饭吃，他们的钱让电线厂黑心昧了。那狗屁厂长，年前告诉我就是不发工资找银行贷款也要还钱，年后躲得人影都不见，害我们大队老人天天跑那么远路守着厂子逮他，老人们吃口饭容易吗，

145

他们都穷那么多年了，他们只想吃口饭。"

陈平原皱眉看着雷东宝不语，市长书记都在，没他说话的份，但心说小雷家一向有闹事的光荣传统，当初县前任宫书记组织的清查组就是被那些老人闹得一天都待不住，谁说这其中没雷东宝的煽风点火，但这账往后跟他单算，今天怎么说也得保住先进大队的牌子。

市长骂说没文化就可以闹事，就可以堵塞交通？但因为雷东宝说的也是实话，他便开审市电线厂，没钱建什么宿舍，怎么拿来的批文。矛头直指主管单位二轻局。二轻局连忙解释说他们没批电线厂大规模建宿舍，只根据他们现有资金情况批了两百平方米的集体宿舍。

甲方、乙方，上级、下级都在场，事情抽丝剥茧，很快搞清，原来是电线厂闻说要利改税，又不知道会怎么改，便要小聪明，打小算盘，赶紧将所有两年来扩大企业自主权挣来的计划外利润用掉，盖房子分了。既成事实，以后拿来利润都贴房子上，就不用上交了。他们没敢找国营建筑公司欠钱，怕被上告，没想到小雷家建筑工程队这个社队企业更不好惹。

接下来，轮到市电线厂厂长、书记遭殃，还是第一次见市委书记和市长这么大的官，却是看着湿漉漉的书记、市长骂他们。市长是个老干部，特能骂，连二轻局的都挨骂。陈平原看了心中嘘口气，好歹注意力只要不集中到他头上就行。正骂着，有值班人员推门进来，小心说小雷家大队雷书记家人来电话，说他妻子送医院了。雷东宝一听就跳起来，预产期不是今天，今天进医院肯定有问题。他冲上去就凶神恶煞地推着值班人员去电话室。电话那边告诉他，宋运萍早被送去卫生所，可是大队里留的都是老弱病幼，没人知道该怎么找他，直到去市里闹事乘拖拉机的人回来，才由红伟联络到市里值班室。红伟说，士根已经亲自开着拖拉机去卫生所，很快会有消息来。但具体宋运萍出了什么事，没人说得清楚。

雷东宝心急如焚，虽然被吩咐守着电话等消息，他却是恨不得插上翅膀立刻飞回家里。但没让他等多久，几乎是电话搁下没几分钟，红伟又来电话，红伟这回变了声音，红伟告诉雷东宝，士根从卫生所借电话打来，说宋运萍大出血，被送往县医院。士根正开着拖拉机追去。

雷东宝晕了，大出血？萍萍本来就缺血，她怎么经得起大出血？他跌跌撞撞冲出值班室，穿过走廊，爬上楼梯，撞进会议室，一把抓住陈平原，直着眼睛说他妻子大出血，问陈平原借车子。陈平原趁机向书记、市长要求陪雷东宝回去，说雷东宝那样子回去得闯祸。于是陈平原脱了身，与雷东宝一起乘一辆吉普车飞速赶回县里去。

宋运萍还是被后面赶来的雷士根的拖拉机送进县医院的。等雷东宝赶到，看到的已是白布蒙头，白布中间是高高隆起，那是另一条未见阳光的小生命。整个县医院的人整夜都听到一个男人野兽般的嚎叫，一直叫到破了嗓门。陈平原一向自诩心肠最有原则，见此也不忍看，站在急诊室陪了一夜。回头，他将此事向市里做了汇报。

宋运萍一条命，换来雷东宝免受处分。

宋运辉第二天就接到电话，什么都来不及带，寝室都没回，穿着厂服就往家里赶，半夜才从市火车站走到小雷家，见父母早哭岔了气，软倒在一边，雷东宝红着环眼直挺挺跪在灵床前。宋运辉在灵堂门口站好久，才梦游似的走进去，揭开白布蒙头看上最后一眼。里面的姐姐在昏暗中很是安详，像是睡着似的。

宋运辉已经在火车上流了一路的泪，想着小姐弟艰苦的过往，想着姐姐一辈子对他的照料，一切一切的细节，如放电影一般在他脑海里重现，他一路流泪。此刻看见遗容，他再次泪如雨下，回头揪住雷东宝，哽咽着大声斥问："我把姐姐交你手上时候你答应我什么？啊？你说话算不算数？"

雷东宝被宋运辉揪得不得不抬头看上去，他直直看着这个与亡妻长得有点像的小舅子，斩钉截铁说了几个字。但他的嗓门早喊哑了，宋运辉只闻喑哑声响，听不清他说什么。宋运辉不知雷东宝搞什么鬼，再问："你好好说话，你怎么说？"旁边与他在预制品厂一起忙碌过的红伟上来抱住宋运辉的手，对宋运辉附耳轻道："东宝书记号了一晚上，现在没法说话了。"宋运辉愣住，却见雷东宝又是嘶声在与他说话，还是没法听清楚。他干脆掏出口袋里的笔给雷东宝，雷东宝取来，在手心重重写上，"我这辈子不娶"，手递到宋运辉眼前时候，笔尖刺穿掌心渗出的血几乎模糊了这六个黑字。

宋运辉无法再说，他还能说什么。这是一个比他更伤心的人。他只能问抓住他的红伟："我姐临终说了什么？"

听问，雷东宝不由垂下头去，还是红伟帮着说："四宝媳妇一直跟着，四宝媳妇说，你姐最后清楚时候一直说，她真不放心走，真担心她走后留下东宝书记一个人怎么办。"

宋运辉死死盯住雷东宝，眼睛里满是悲愤。

事后，雷东宝趁一个阴雨天，将宋运萍培育出来的花秧绕土屋种上一圈。夏秋时节，各色鲜花不断地开，不断地结子。而他的花，他的子，却已经成为消逝春天里一抹最深刻的记忆。

雷东宝变得沉默。

05

宋运辉回到金州，破天荒地手头什么事都不干，只躺在床上发呆。寻建祥下班顺路买了饭菜回来，见宋运辉已经在，随意问了一句"吃了吗"，好久没见回答，也没在意，因为宋运辉有时干事情认真了也是两耳不闻的。

但寻建祥坐下吃饭没多久就觉得不对，床上躺的这个人怎么眼睛发直呢？他吃上两口饭，才见床上那人眼睛眨一下，跟傻瓜似的。他想到宋运辉这回请假是去奔他姐姐的丧，估计这小子现在还难过着。他没多说，扔下吃一半的饭碗，拿宋运辉的饭碗出去，当然不会去只剩残羹冷炙的食堂，他在金州熟门熟路，他到朋友家要朋友炒了花生米、红烧肉，又硬搜刮一包人家珍藏的金钩海米，到小店买一瓶白酒，回寝室硬拖起宋运辉，与他对酌。

他知道宋运辉只那么点酒量，都不屑买两瓶酒，他将一瓶酒均分两杯，一杯给宋运辉。果然，宋运辉才喝一口，一股火气便腾腾地从肚子直延烧到脑袋，仿佛有人忽然一把拎起他两只耳朵，他一下坐直，终于有了精神。第二口下去，热气迅速蔓延全身，全身细胞复活，眼泪刹不住车地流出来，比喝下去的酒还多。

"寻建祥，你不知道，我们家……我从小……爸妈双职工，我几乎就是我姐带大的，这辈子我跟谁在一起的时间最多？我姐。

"我姐从小懂事，爸妈给我们的早点钱有剩时，她只给自己买过一次盐橄榄，其他都给我买了玻璃弹子。否则你说我家成分那么差，哪个小朋友肯理我？还不是看中我手中大把玻璃弹子。

"我姐最胆小，可碰到谁欺负我，她豁出去时候比谁都胆大。有次我挨人揍，姐姐看见冲过来保护我，她不会打人，她只会护住我，让拳头落在她身上，我都能听见拳头落她背上'嘭嘭'的声音。啊……好人为什么不长命？"

寻建祥看着一向镇定的宋运辉两口酒下去就一把鼻涕一把泪，情绪激动地敲着桌子声嘶力竭，用眼瞄瞄打开的气窗，忙起身不动声色过去关上。但站在门边却依然能清晰听见走廊里来来往往的脚步声，现在正是晚饭过后的时间，寝室走廊人来人往。寻建祥想了想，索性找来榔头钉子，将他猪肝红的厚毛毯钉在门上隔音。那边宋运辉浑然不觉，兀自疯狂着喋喋不休。

"我姐鼓励我不要像她那么胆小，鼓励我跟欺负我的人打架，她陪我练打架，可那时候我小，下手没轻重，她不知挨了我多少没轻没重的拳脚。寻建祥，你没见过我姐，我姐是个弱不禁风的人，可她挨我拳脚时候无怨无悔。

"刚上小学时候我还比姐姐矮，我们姐弟一起去河边挑水，一向都是姐姐拎水桶去河里取水。她贫血，起身时候常站不稳，可她就是不让我去取水，怕我不小心滑到水里淹死。

"我家的扁担当中画着一条黑线，姐姐比我大，可我是男孩，我要求水桶放黑线位置，平均分担重量。可每次从河边挑到家里，我走前面，水桶绳总是偷偷被姐姐偏移，姐姐总说是水桶绳自己走的，可那时我矮她高，水桶怎么可能自己往高处走？她处处为我着想，为爸妈分担家务，她最后才想到她自己。她连找个丈夫都要先想到能不能替娘家撑腰。可我是那么没良心，我才给姐姐做了多少事？我只拿回去一斤毛线。寻建祥，你说我是不是东西？"

寻建祥一只手罩自己的酒杯子上，怕被宋运辉抢去，两眼眯成一条线，难得严肃地听宋运辉忏悔。但心中不以为然，心说全金州的老娘都巴不得有宋运辉这样一个儿子，这小子够是东西了。

宋运辉只模糊看到寻建祥认真听着，心中欣慰，抓起毛巾擦把眼泪，继续说："我从小蔫坏，打定的主意决不放弃，一点儿不考虑姐姐的良苦用心，我一定让姐姐操碎了心。我夏天要下水游泳，姐姐怕水，不敢跟下去保护我，她只能想办法搓了条细麻绳，一定要我绑在腰上她在岸上牵着才肯放我下水。我不肯，那多失面子，姐姐就苦口婆心劝诱我，又把麻绳染成黑色，说这样在水里别人就看不清了。我还是不肯。我扑腾下水了，自己玩得高兴，姐姐在岸上急得打转，眼泪都急出来，又不敢向爸妈告发，怕爸妈骂我。我姐那时才上小学，你说现在哪个小孩有我姐那么懂事的？他们现在连鸡蛋壳都不会剥。

"我家成分差，不是一点点差，而是很差。我初中毕业就没法升高中，我姐难过得什么似的，直说是她占了我读书的名额。所以考大学她也上分数线了，一看公社卡我们，她立刻将名额让给我。我现在真悔，我应该让我姐去读大学，我还小，我再复习一年一定也能考上，我姐就不一样，她如果读了大学就不会遇上雷东宝那厮，她就不会变本加厉地操心。我早知道雷东宝胆大妄为，我为什么还亲手把姐姐交他手上？我当时如果反对到底，拿姐弟关系做筹码，我姐一定会退步的，我怎么没反对到底？姐姐这次是被雷东宝的胆大妄为害死的。我后悔，我后悔……”

寻建祥没醉，看着宋运辉拍桌打凳，心里一犹豫，将他杯子里的酒倒到宋运辉杯里。一向知道宋运辉话少，闷屁，看今天这情况，能让宋运辉发作出来也是好事。宋运辉不明就里，他沉浸在过去的回忆里不能自拔，看见杯中有酒，拿来就喝。渐渐地，他话少了，眼前的景象却越来越清晰，那是他小小的姐姐，穿着小碎花的罩衫，梳着两把小扫帚似的辫子，脸上挂着甜苹果般的笑容，嘴里嫩嫩地喊着“小辉，小辉”……

寻建祥斜着眼看宋运辉喃喃念着“姐姐，姐姐”，脸搁在桌上垂泪，不由也鼻子酸酸的。可男儿有泪不轻弹，他扭扭鼻子，呼哧几声，对着宋运辉嘀咕：“呸，差劲，半斤酒就能撂倒。可惜红烧肉一块没吃，我来吃，可惜凉了。”

寻建祥嘀咕几句，吃几口肉，却忽然看到宋运辉跟没骨头似的软软滑下桌去。寻建祥看得目瞪口呆，大男人能如此柔若无骨？他自己试了一下，没办法滑得如此行云流水，一时哭笑不得，起身将软瘫的宋运辉扔上床，指着宋运辉的鼻子道：“以后我当哥的来管你，你这没长毛的屁蛋。”说完花枝乱颤地干笑两声，终是没法真笑，回去摘了门上的毛毯，洗漱睡觉。没精打采的，心说他怎么就没人那么疼他。

宋运辉第二天起床，除了眼圈还肿，其他什么都看不出来。戴上眼镜，几乎可以湮灭证据。他知道自己昨天又哭又闹，依稀记得说了什么，又不是全清楚。问还赖床上的寻建祥，寻建祥却只闭着眼睛懒洋洋说要他放心，没旁人听见。宋运辉没追问，下去跑了一圈，又帮寻建祥带来馒头。

06

宿醉之后，脑袋开裂似的疼，可宋运辉顾不得了，他得先骑上他新买的二手自行车去车间，检查两个手下的工作进度，布置任务。然后，他到图书馆翻查资料。照旧工作，就像什么都没发生过似的，别人提起，他也是敷衍过去，他的家事，他不想敲锣打鼓地说。

图书馆有些书是不让借出来的，可又有很荒唐的规定，进阅览室阅读者除了纸笔不得携带其他东西，宋运辉在阅览室查阅英语资料，最先不让带字典，遇到疑难词非常麻烦，得整句记录下来带回寝室查了字典领悟。一来二去与阅览室那些婆娘面熟了，再加有关他是谁谁嫡系的传闻增多，管理员婆娘儿们网开一面，对他格外开恩。

但今天进阅览室，又被拦了。来人温柔而坚决地说一句"不得拿其他物品进入阅览室"。这声音，这腔调，是那么熟悉，依稀就是陪伴他二十年的姐姐的口吻。他猛地抬头一看，是张新面孔。在被窗外绿树滤过光线的映衬下，这张新面孔皎白如玉，恬静清丽。宋运辉只觉得心头有个小声音冲他使劲地喊，"就是她，就是她"。他忘了应答，愣愣盯着那女孩瞧。那女孩瞪他一眼，接过宋运辉已经放在柜台上的借书证，将牌子换给宋运辉，但见此男色眯眯看她，她生气，抓起牌子在柜台上敲了几声。宋运辉这才惊悟自己失态，他忙慌张地捡起牌子就走。女孩等宋运辉进去才想起，她三令五申不让此人将手里东西带进去，此人还是带进去了。她想去拿回来，可想到此人盯着她看的眼光，她讨厌，怕走过去自讨没趣，只得忍了，等会儿准备告诉师父让师父帮忙去赶此人出去。她无聊间取出宋运辉的借书证看，不认识，是个一车间一工段的工人，名字不好听，人更是怪，眼睛肿肿的，像桃花眼。她将那只借书证扔回槽里。

宋运辉以往都是选择背对着大门的位置，免得受走进走出人流的干扰。今天忍不住对着大门坐，抬头就可以看见那女孩温婉的侧面，眼睛累了，以前是往窗外看，现在是抬头看。看来他回家这段时间，图书馆里换了人。这样温婉的侧面，很昙花一现的声音，悄悄弥补他心头刚刚出现的空缺，令他产生丝丝依恋。

过会儿，女孩的师父来了，女孩立刻就向师父告状，说有人带东西进阅览室，她拦都拦不住。她师父一瞧，老熟人，笑说这小宋是规矩人，他要带什么进来就随便他吧。又说想阻也未必阻拦得了，人家急了找水书记开张条子，这儿照旧得放人。老管理员大致向女孩介绍一下宋运辉，女孩这才明白过来。不过想起宋运辉刚才直愣愣的眼光，心里隐隐有点不屑。什么大学生，这么没修养。比起另一个她认识的大学生虞山卿来，可差远了。

老管理员坐了会儿便四处张罗，走到宋运辉身边时候，问了一句："你姐姐过世了？难怪这几天没见你。"说话时候一眼就看出宋运辉眼皮浮肿，哭过的样子，看来是个重情的。

"是，让阿姨牵挂了。"宋运辉照旧没多说，但拿手中的笔指指女孩，问，"阿姨，新来的管理员？怎么称呼？"

"啊，小刘，刘启明，刘总工家小女儿，刚从化验室调来。刚冲突了吧？你放心，我替你说了。"

宋运辉忙道："谢谢阿姨，还正想着跟您说一声呢。如果手上不让带工具，有些书看起来不知所云。"

"你别谦虚啦，我看你翻字典的次数不多。这些书，说实话，买的时候胡乱买来，买来就是胡乱放着，不是你帮忙，都还不知道归到哪类，除了你，我也不清楚还有谁看这些书。有几个老高工来看看，翻几页就走，你们一起分来的，我都没见过几个。还是你最认真。"

宋运辉微微笑了一下，可他今天实在不是很有心情真笑，谁都看得出来，他笑得勉强。老管理员打个招呼说上几句就走了。宋运辉又将目光转向刘启明，原来是刘总工的女儿，难怪年纪轻轻就可以脱离倒班，也难怪气质清丽，原来是来自书香门第。宋运辉想到刘总工倒是常来阅览室，不知道父女见面是如何景况。但无论如何，他决定等下换牌子时候与刘启明说上几句，不为别的，就是听听她说话声音也好。但他不得不想到，像虞山卿一样急巴巴地递上入党申请表明态度，他如果在此时与小刘搭讪，会被视作什么样的表态？这念头，在他脑子里一闪而过，就被他扔到脑后。什么荒唐想法。

说曹操，曹操就到，刘总工居然这个时候来。宋运辉最先没在意，直到感觉身边有人，才抬头一看，见刘总工在看他查阅的资料。他忙起身招呼，顺便看一眼刘启明，果然她看着这边，她不知是不是看到他的视线，偏过头去不理。

刘总工让宋运辉坐下，轻问："我要查这个资料，你帮我想想，你心里有没有印象。"

刘总工递过来的字条，上面是一种国外七十年代成形技术的名称。宋运辉在大学时候接触过，忙道："厂图书馆应该没有介绍这方面的书籍，国外专业期刊有过介绍，我寝室里有原始翻译稿。根据我看到的资料，这种技术应该性能稳定，国外有成熟设备投放市场。"

刘总工点头道："你方便的话，找个时间拿翻译稿过来给我看看。你以前学校里接触过国外专业期刊？"

宋运辉道："是，老师让我帮忙翻译。我今天中班，中饭后我把翻译稿拿去刘总办公室。不过因为是初稿，当初我对设备也没现在熟悉，里面很多纰漏。"

"大框架在就行。你怎么还在倒班？"

"我跟着调度了解一车间总体运行，运行跟设备一起了解后，再查阅这儿的资料，更能吸收。"

刘总工看着宋运辉，若有所思地点点头，不过又摇摇头，改了主意："你把翻译稿拿来交给我女儿吧，就门口那个年轻的。这个时候你还是别来我办公室凑热闹，你还年轻，有些事你担不起，还是避避嫌。"

宋运辉应个"好"，巴不得呢，其他就不多说了。他知道刘总工指的是什么，还不是水书记与费厂长的关系，而刘总工看来是费厂长一派的，他感谢刘总工替他考虑。

刘总工没想到宋运辉没有花言巧语，不由更仔细打量这个小伙子。这孩子的档案他看过，很欣赏，不过当初被水书记欣赏了去，他无奈只有拱手送上。如今看来，水书记的育人手法还是正确的，小伙子下基层锻炼，看来成效很不错，不像虞山卿那几个，几乎一年下来，一事无成。他手中要的资料，前几天来图书馆找，还动用权力发动其他人帮忙，所有相关人等都说，这种有关一车间的技术问题，还是等宋运辉来了问，馆里的俄语资料是早就整理出来的，英语资料小宋最清楚。果然，一问便见分晓。这样实干的小伙子，刘总工喜欢。他都已经来了，索性坐下多问几句："听说你在整理一车间技术档案？"

"是的，不过有些设备内部无法测绘，好在那些主要设备图纸基本齐全，但听说有过一些小改造没记录，得等大修时候爬进去核对了。一车间一工段的设备档案基本整理出来，目前在整理二工段的。现在唯一遗憾是人手不够，再加我运行经验不足，否则我想把原有的应知应会根据现有设备重新整理一下，按照每个工种整理一本新的应知应会。"

刘总工听了感慨："都说百废待兴，可我们金州的一年时光……唉！我们该学你的脚踏实地啊。"

宋运辉谦虚地一笑，不过对刘总工的话不以为然。他对车间越熟悉，越觉得整顿办的工作荒唐。连应知应会都还不成文，现在沿用的还是"文革"前的老资料，怎么制定岗位责任制？职责都没明确，责任如何落实？这不是无根之木吗？

但他当然不会诘问，他知道自己对金州了解有限，谁知道技术部门手中是否真的掌握着一手资料呢，或许他们只是没给基层而已。刘总工把责任推给动荡的一年，似乎理由不足，在他看来，好像应该是工作总体思路成问题。

刘总工过好一会儿才又道："一车间所有设备改造我手里都有记录，下午我让我女儿拿给你做参考。"

"太好了，谢谢。"宋运辉一听，眼睛都能放出光来。

刘总工看看他，忽然叹声气："有时间，最好把所做的工作都做个记录，方便以后查阅。你……你现在这样挺好，年轻人千万别野心勃勃，技术没学好先卷入钩心斗角。我们做技术的，最好是踏踏实实守住书桌，否则别想干成一件事。我走了，你继续，看来你英语不错。"

宋运辉起身送走刘总工，虽然刘总工不计较他似乎是水书记的人而倾心相待，但他还是不认同刘总工的观点，比如他，如果没有权威的水书记的关照，他能有平稳的书桌吗？此刻，宋运辉似乎对"因人成事"有更深一层了解。懂行的，未必能成事。

中午时分，阅览室清场。宋运辉的字典之类照旧扔在位置上，反正下午还得过来一会儿。他到柜台换借书证，见里面放着一本书，便伸手翻了翻，见是外国小说，简·奥斯汀的《爱玛》。他估计这是刘启明在看的书，接了老管理员递来的借书证，他忍不住多了句嘴："我姐姐以前也喜欢看书。"说了又心酸，不等老管理员回答，就急急转身离去，都忘了留意一下刘启明在哪里。

老管理员惊异地看着宋运辉的背影转出门去，忽见刘启明关了窗户过来，不由唠叨："没想到小宋对他刚去世的姐姐这么好，这么大男孩子说起来就会流泪。嗳，没想到。"

刘启明依然不以为然，看着师父出去，将门锁上。回到家里，她爸将过去的笔记翻出来，让她下午带给宋运辉，又说这小伙子踏实，是个好样的。刘启明心里迷糊了。

宋运辉回到寝室，见寻建祥头发凌乱，就着昨晚的菜吃今早的馒头，早见怪不怪，道："才起床？"

"废话呗。"寻建祥眼皮都不抬，才不理会宋运辉的面部表情，他认为男子汉大丈夫如果悲悲戚戚个没完，那就废了。宋运辉如果还想悲戚，他就不管账了，眼不见为净。

"不会还没洗脸刷牙吧？"宋运辉有点存心逗他。寻建祥拿眼睛斜睨上来，奇道："捡到一分钱啦？"

宋运辉顿时有点羞愧，他现在好像不应该那么娱乐。可又是忍不住要说："你知不知道刘总工的女儿，小女儿？"

寻建祥顿时来了精神，立马坐直了，目光炯炯："那妞儿，眼睛长头顶上。怎么，有人给你做媒？哥们儿这辈子唯一要求，你狠命拒绝她，给全金州光棍争口气。"

宋运辉一时红了脸："才见到，白问问。"

寻建祥一拍桌子，指着宋运辉道："指望不上你，瞧你这阵势，得让人逗着玩。刘家一窝知识分子，一窝女儿，他家女婿个个像面条，又白又细，风一吹就倒。你不像，你实打实，还是别凑热闹，听哥们儿的。你要再让刘家女儿涮了，金州男人脸面都丢光了。"

宋运辉不知道怎么回答才好，道："我打饭去，还要不要给你带点什么？"

"不要。"寻建祥不放心，又追上一句，"你说什么都得起码苦上一个月才能找乐。"

宋运辉听了在门口一怔，忍不住回头看寻建祥一眼，索性走回来，将门关上："她除了心高气傲，难道还有什么别的问题？"

寻建祥一脚踩到凳子上，猴子似的坐着，实事求是地道："没别的问题，作风正派，没病没灾。但我丑话说前头，你要找了那么个妞儿，以后我都不敢上你家。"

"那么严重？为什么？"

"看在我昨晚漏看《姿三四郎》的分上，你也得听我的，你跟她不是一路货色。"

"没，她像我姐姐，都爱看书。"

寻建祥愣了一下，随即白着眼睛不理，心里着实想一拳揍醒那只据说挺聪明的花岗岩脑袋，但现在两人都没喝酒，师出无名，他只得咬牙切齿地从喉咙底唱着"杀西螺，杀西螺"，打开门去水房。宋运辉不知道寻建祥为什么找尽理由反对刘启明，回头也问不出别的，寻建祥说不出刘启明的坏话，两人更没新仇旧恨，但寻建祥一口咬定说两人不合适，说他看人奇准，谁合适谁不合适他最清楚。

中饭后，整理出刘总工要的翻译资料，又重新看一遍，将其中明显不合理的部分修改一下。修改痕迹很明显，原来是蓝黑墨水，如今是碳素墨水。宋运辉想，这只是他一贯做事精益求精，而不是单纯想给刘总工一个好印象。

下午去阅览室，他将翻译资料交给小刘，看着刘启明用一双嫩白纤细、明显比姐姐细致的手将一本黑皮大笔记本递来，宋运辉留意到，刘启明用的是双手，就像早上她接他的借书证时候也是用的双手，那是教养。宋运辉很想搭话，但想起姐姐，喉咙一痛，说不出来，回去早上那个位置，老老实实看书。他暂时没时间看刘总工的笔记本。

照旧到三点半时候，老管理员过来，跟对付她自家孩子似的拍拍宋运辉的背，催他该上班去了。宋运辉收拾东西，再次从刘启明面前经过，微笑冲她点点头，便离开。他才走，老管理员就闲不住议论起宋运辉，前几年好不容易不打打闹闹了，年轻人开始想读书了，结果又什么《加里森敢死队》《姿三四郎》地放，学得那些小年轻个个跟敢死队里的小偷抢劫犯一样，看见父母都叫头儿，现在却是到处拳打脚踢，晚上都不敢去电影院看电影，自家厂里的电影院都不敢去，最怕看见那些年轻人一言不合跳起来叫去外面做体操，女排的拼搏精神都用到拼命上了。所以看见小宋那样的年轻人就喜欢，文文气气的，做人那么刻苦好学，要是自家儿子也是这样肯读书就好了。刘启明嬉笑说她也爱看书呢，老管理员立刻大不以为然，说看的书不一样，小说谁不会看，看了也没用。

刘启明还是不觉得宋运辉有多出色，会看书？她家多的是这样的人，而且姐夫们个个温文尔雅，多才多艺。

宋运辉到了班上，才看刘总工的笔记。一看，顿时背后直冒冷汗。这本笔记真材实料，内容翔实。不，厂里的工程师并不都是他以为的被耽误的一伙儿，被荒废的一伙儿，不是过去社会荒废他们，现在他们荒废社会。他们是茶壶里煮饺子，肚里有料，只是没法倒出来。宋运辉为自己过去的浅薄认知汗颜，相比刘总工对设备的了解，他算什么啊。可他不知有多少趾高气扬的行为落在别人眼里，他这半瓶子醋晃得太响了。

但宋运辉好歹是内行，对一车间设备的了解，让他看刘总工笔记的时候一目十行，一点就通。最让他受益的，是刘总工记录在后的思考，那些思考，道尽刘总工对设备更新改造的深思熟虑。宋运辉只是不明白了，他是总工，他有权，他懂，可他为什么什么都没做？当然，七九年前他还没被平反，可以理解，八零年到现在，可已经是两年多了，这不能不说，是刘总工的工作方法有问题。一直在茶壶里煮饺子，也不会换个大口的容器。

但这些想法宋运辉只在下班路上考虑，一回到寝室，他又全身心投入黑皮笔记本里去。好多的疑问，在黑皮笔记本里找到答案，豁然开朗。通过黑皮笔记本，他仿佛可以与过去的施工人员对话。为什么这根管道要转一个弯，为什么那里要装一只疏水阀，为什么悬空地装一只碍眼的压力表……原来都有答案，因为实际运行中出现的水击、共振等不可预见的问题。宋运辉掏出他自己的笔记本，将好几条原先准备在五月春季大修中提出来的改进条款删了，余下的，他得再综合考虑审视一下。刘总工的黑皮笔记本带给他全新的思考。

寻建祥不知在哪儿喝得醉醺醺回来的时候，宋运辉还在看笔记本，被寻建祥咣当踢门进来的声音打扰，抬头见寻建祥又不知喝酒后与谁干了架，那么结实的工作服都会撕碎袖子。宋运辉也不知他们都哪来那么多精力，听说已经有好几个人打架给送进厂医院，女孩子下夜班不敢独自回家，需人接送，这还是在厂区呢。他上去将瞪着眼睛还扯着嗓门胡说的寻建祥撂上床，替他放下床帘，里面一暗，寻建祥就安静了，每次都这样。宋运辉替寻建祥脱掉鞋子，却见寻建祥的臭脚呼一下伸出床帘，他不客气，一脚踢进去，否则，这双不知几天没洗的袜子会增加寝室的干臭味儿。

宋运辉有时挺不明白，为什么寻建祥本性不错的一个人，生活却总是那么没有追求，每天得过且过。寻建祥即使能像机修车间那些偷偷拿公家材料做自家沙发弹簧的人，也算是生活有点奔头，可他就是喝酒打架。宋运辉能体谅寻建祥的生活方式，可就是不能明白他到底在想些什么，不明白人怎么舍得浪费自己的生命。

没多久，费厂长被抽调去党校学习，很多人在背后议论，费厂长终于顶不住水书记的火力，找借口撤了。对于费厂长的去留，大伙儿都像是在看戏，仿佛剧情与自己无关。如今悬念终于揭晓，大家都还有事后诸葛亮的愉悦。

宋运辉本来还有些将信将疑，可很快就看到水书记开始借五月大修密集开会，指挥设立临时工作组，工作开展得有声有色。他这才相信大伙儿的议论。

07

年轻人中，也因着五四青年节的即将到来，开始轰轰烈烈地开展争当新长征突击手，争做四有新人的运动。自费厂长一走，整个金州仿佛改了面貌，真正从七十年代一步跨入八十年代。

宋运辉当然无法遥感水书记的心理，也没精明到能推测水书记借临时工作组孤立两年来新蹿起势力的意图，他只是感觉，他妈的，终于可以做事了。他已经快被压抑坏了，每天都有骂粗口的心。他真不愿看着堂堂金州连小雷家这等农村都不如，看着寻建祥等一干年轻职工浑浑噩噩，好了，现在老天终于绽开一条裂缝，吹进一股属于八十年代的新风。但他又有疑问，可是水书记这不是公然挑战厂长负责制吗，这样也行？

但无论如何，他有事做了。他在寝室几乎不眠不休，挑灯夜战，三天时间，就拿出一份报告——《关于一分厂一车间成立青年突击队的设想》。他多看社论，对于官样文字的过门驾轻就熟，字能写得多快，成文也有多快。后面的目标安排，才是真枪实弹：总体目标有哪几项，目标如何分解，目标如何实现。他依然按照以前的办法，以表格形式画在绘图纸上，他很有将人员如何安排也写进去的冲动，可扼腕再扼腕，才将这冲动压抑住，留出备注一、备注二这样的空格，留待领导决定人事安排这种大事，他在大学学生会就曾经吃过一次苦头，他逾越了，辅导员愤怒了。他吃一堑，长一智。

报告完成后，宋运辉占了寝室两张桌子，将报告摊在桌上又思考修改了三天。看得寻建祥直嘀咕，这什么鸟人，拿的工资比他寻建祥还少，连助工都还不是，每天却忙得昏天黑地，谁蒙他的情了？累不累？到时还不是与其他大学生一起按部就班升级涨工资，不知他忙个什么，累不死的傻瓜，神经病。但寻建祥还真是有点服这愣小子累不死闷不死的劲头，佩服这小子除了工作时间，一个人可以关在寝室对着一张绘图纸瞧上三天。

谋定而后动。宋运辉一点没犹豫地将装满报告的厚厚一只文件袋交给车间，选在车间书记和主任都在的时候，免得有厚此薄彼之嫌。他得逮住时机，迅速出击，类似当年大学时代，毫不犹豫交上入团申请和小学辅导员申请。

车间书记和主任都清楚，这个宋运辉别说是编制不在车间，即使在，他们也没权指挥宋运辉的一举一动，都是水书记在上面遥控。因此他们当然不会对宋运辉递上来的报告深思熟虑后拿个意见再给水书记，他们就看一下，熟悉一下，直接打包交给水书记自己去看、去决定。不过他们看了之后心里都想，这个小年轻，野心不小。

水书记一点儿不含糊，还没打开资料袋就打电话给车间，让宋运辉自己上去解释。宋运辉正好夜班后睡觉，被总务从被窝里揪出来塞进总厂办公楼。宋运辉扒拉一下头发，就被推门出来的水书记秘书推进书记室。

水书记一看就明白是怎么回事，还是关心地问一句："夜班？"

宋运辉点头："没关系，脑子还能使。"见水书记抽出资料袋里的内容物，他接来将图纸铺开。

水书记道："你别坐下，你给我简单介绍一下。"

宋运辉心说要是刚下夜班就叫来说话，可能脑子还好使，可睡了会儿之后被揪出来，现在站着连腿都有些软，不知会不会说错。他尽量集中心力，颇为艰难地向水书记解释计划分几个大类，为什么产生这种考虑，估计将使用的人力与时间，但因为他没有管理经验，不敢写上，等等。

说完了，水书记让他坐在一张军绿色布沙发上，宋运辉这还是第一次坐沙发。本来脑子就困，一坐上宽大柔软的沙发，他更是脑袋发晕。水书记看上去挺欣慰，笑着说："看来下基层锻炼很有好处，沉下去，静下心，就能发现不足，知道如何改进。你最近在学什么？"

"在跟车间调度。基本上把三个运行工段的设备都认清了。"

"嗯，好，大家反映也不错。来，我先泼你一盆冷水，你这份计划，我不可能批准在一车间独立执行，因为一车间是全厂的心脏，一举一动影响全局，即使是试点，也不能找上一车间。但是你提供了一个很好的思路，你这个思路以及你去年钉在墙上的工作安排，让我考虑到应该修整整顿办的工作模式，从过去的由上而下工作方法，改为总厂制定框架的由下而上的方式。这个问题我们另找时间开个专门会议决定，会议时间会提早通知你，你到时推掉夜班。你回去有时间再将眼光放开一点，人站高一点，统筹考虑一下这个问题。"

"是，书记。"宋运辉一时不知道该高兴还是该失望，他现在脑子有点犯困，反应比较本能。看见水书记起身，他也跟着起身。

水书记过来，满意地拍拍宋运辉的肩膀，看宝贝似的将宋运辉上下打量半天，笑道："回去好好睡一觉，睡足了立刻给我开动脑筋，最迟不出三天会通知你。你做得很不错，进厂不到一年能对一车间有如此深的认识，甚至能提出一些改进思路，你这日日夜夜没有白花。"

宋运辉有点受宠若惊，被肩膀上水书记那只温暖的手鼓励得更晕，有些结结巴巴地道："谢谢水书记，我……我肯定考虑不成熟。"

"这是必然的，你的阅历摆在那里，你所看到的和所思考的，必然受你阅历的局限。"水书记亲自送宋运辉出来，两人一起站在走廊栏杆边，下面人流来来往往看得一清二楚，"但是，你有没有考虑过扬长避短？你们年轻人，精力充沛，思想活跃，相比我们年长的，你们敢于接受新事物，善于接受新事物。如今，摆在我们面前的问题是设备落后、工艺落后，产品跟不上国家调整重工业服务方向，发展轻工业原料的要求，诸如此类。作为年轻人，更应该在技术改造、技术革新方面多下功夫，另辟蹊径，寻找突破口。我需要你考虑的问题也是这新的突破口。你不需要给我完美答卷，不必做得跟资料袋里那些那么完善，你回去好好查阅国外先进资料，金州目前最需要的是这些。"

"是，我会做到。"宋运辉欣喜，他是年轻人，他早在进厂初期就已经不满工厂的设备运能，他早就等着这一天，没想到水书记高瞻远瞩，先人一步提出。"水书记，那我能不能请假，回学校去查阅资料？金州的相关国际资料……已经落后。"宋运辉说。

"前年开始图书馆已经引进国外先进资料，你看了吗？"

"都看了，不过已经比我在学校接触的落后。书和杂志在时效方面不能比。"

"那还等什么，今晚别上夜班了，明天出差，我先给你批张条子，你去财务预支差旅费，明早再来找我，你直接去北京，我给你开介绍信找人进内部查阅资料。"水书记一边说一边已经返回办公室，找笔写批条。

宋运辉没想到水书记做事如此迅速，令人耳目一新，想到即将去北京进内部查阅资料，他心花怒放，简直想蹦起来。他跟着水书记进去，着急地道："水书记，中午就有一班去北京的火车路过，我今天就去。"

"来不及，有些信件我晚上才写得出来。你今天夜班别上了，好好准备，明天走。"水书记戴上老花镜写字，他的写字速度不如办事速度，一笔一画有些慢，但看上去力透纸背。"总工办也在研究国外技术动向，他们还跟我说厂图书馆资料充足。你要是拿不回来足以证明厂图资料落后的资料，我找你算账。"水书记说。

宋运辉正激动着，胸有成竹地道："水书记没有找我算账的机会。我手头的翻译资料已经比厂图超前，刘总工想了解的FRC技术资料还是从我手里拿去的。"

水书记停笔，看着宋运辉若有所思，好一会儿，才抬手将原来那张批条撕了，重新开写，写的时候不很连贯地道："你回去准备一个月，甚至两个月的替换衣服，不把一车间关键设备的国际技术走向搞清楚你别回来。这件事，没有先例

160

可循，你和生技处的几个新大学生分头执行，自寻出路，我和总工办给你们提供便利。你记住，必须解放思想，打破条框，从根本上改变我们的产品方向，但也必须与原有辅助设备合理配套，而不是另造一个新工厂。我们资金有限。"

"明白了。"宋运辉这才知道，他在基层山中方七日，金州领导层世上已千年，水书记才刚接手，金州厂全体上下顿时全速运转，而不单是他一个人有所动作。他忽然惊醒，如果不是他自觉找到切入点，递上计划书，是不是没今天的机会？是不是将被分在生技处的几个同进工厂的大学生抛在身后？他顿时有了分秒必争的急迫心情。

水书记写完批条，交给宋运辉，上面是预支差旅费用，宋运辉大约三年都挣不了那么多钱。水书记这回没起身相送，但坐在位置上很严肃地道："小宋，你是小徐介绍给我的，我对你期望很高，你不要辜负我。"

宋运辉答应了出来，见虞山卿已经等在外面。两人见面，没有说话，都是相对微微一笑，但高下立现，宋运辉衣冠不整，头发凌乱，眼皮浮肿，而虞山卿则是容光焕发，眉目英挺。

看着走进书记办公室的虞山卿，宋运辉不由得想到刚刚水书记的话，难道虞山卿早就开始着手设备的改造改良研究？他有没有找到方向了呢？从刘总工对FRC的陌生，和水书记对厂图资料落后的陌生来看，虞山卿的研究并无成效。但是也难说，或许虞山卿走的是另一条路，而条条大路通罗马，谁知道虞山卿究竟做得如何呢。眼下形势，他必须分秒必争。

现在想让宋运辉睡觉他也睡不着，他去财务领钱，又到总务换全国粮票，然后骑车去火车站买火车票，回来哪儿都不去，就在寝室将手头所有笔记和翻译稿都粗粗看一遍，做到心中有数。

只是没想到晚上宿舍楼后面灯光篮球场举行春之声歌咏晚会，宋运辉探个头看一眼就缩回，寻建祥一直扒窗户边看，但主要是看花枝招展的女孩，以及对面女工楼探出来的头。看上一会儿，寻建祥拿脚踢踢宋运辉的桌子，说刘总工家小姐来了。宋运辉丢下书本就探出脑袋去，循着寻建祥的指点，果然看到刘启明。刘启明穿一件钩花线衫，脑后松松绾着头发，娴静得不得了。周围那么热闹，刘启明却是淡淡地微笑着，不热衷，也不疏远。寻建祥在一边说，操，这素质是真好，跟《人到中年》里面的潘虹似的，就是人难弄。宋运辉立刻反驳，哪有那么老。

宋运辉净看着刘启明，寻建祥依然四处乱看，忽然又叫了一声，操，这小子学成方圆啊。宋运辉看去，见虞山卿竟然扛着一只硕大的吉他上台，罕见的大格子衬衫，黑长裤，卓尔不群。心说怎么又是他，他怎么无处不在。下意识地看向刘启明，竟见刘启明一只手两枚手指扣住下巴，神情非常专注地看着台上，灯光下眼波流转。宋运辉心头烦闷，忍不住学着寻建祥骂了声"操"，一声不够，又是一声。寻建祥闻声看去，大笑，笑得都有人抬头来看。

而虞山卿在台上唱得高兴，第一首是《Kiss me goodbye》，赢得满堂喝彩，第二首是《Yesterday》，两首唱完，大家热烈地在下面拍手叫再来一首，刘启明一改刚才的淡雅，也是热烈地拍手。宋运辉无论如何都不拍，两手死死撑在窗台上，咬牙切齿，而虞山卿的第三曲已经响起，是很多人熟知的，连宋运辉都知道的《Tie a yellow ribbon round the old oak tree》，依然是英文歌曲。宋运辉忍不住对寻建祥抱怨，说虞山卿英语比他差得远，偏偏盯着唱英语歌，要不要脸。寻建祥说人家那是本事。

宋运辉不要看了，缩回头看资料，但哪里看得进去。一会儿又探出脑袋去，台上已经换了人，可刘启明依然手指扣着下巴两眼痴痴追踪着下台了的虞山卿，宋运辉上面看着非常无奈，然后眼看着刘启明一个人离开，推上自行车走了，原来，她只来看一眼虞山卿。可人家虞山卿追求其他女孩的事是全金州家喻户晓的，刘启明未必不知道。原来她对虞山卿单相思，这什么事儿。

宋运辉带着挫败感上火车了，带着挫败感的宋运辉老想着假想敌虞山卿，发誓说什么都要把虞山卿赶超了。而寻建祥虽然嘴里取笑宋运辉，可心里竟然比宋运辉还激愤，操，刘小妞，无法无天了，不就是个总工女儿吗，有什么了不起，他被激起的那叫义愤。

08

妻子去世后，一向睡觉踏实，打雷都不醒的雷东宝好几夜失眠。失眠时候他索性一骨碌起床，借着小土窗透进来的月光，打开烫花樟木箱检查里面的小衣服。当初他妈要把这些小衣服拿去烧了，他不让。这是他妻子和儿子的遗留物。看这些小衣服的时候，雷东宝虽然沉默，可整个人清楚，清楚得能回忆起与妻子相识后的点点滴滴。可白天时候，他就蔫了，他睡眠不良，整个人灰头土脸，两颊顷刻削了下去。

雷母看着不妙，收拾收拾搬回旧屋。但雷东宝吃惯宋运萍做的菜，嫌老娘做出来的菜只一个味道，都只有一股蒸饭味，气得他老娘想撂挑子，可终究是心疼自己儿子，儿子再不爱吃，她也旁边苦口婆心盯着，被儿子顶几句都无所谓，生一会儿气，转身就好了。可儿子老是没胃口也不是办法，雷母想了又想，试了又试，无计可施之下，竟然一个人走老远路找去宋家讨要烧菜秘诀。

宋母怎么也想不到亲家母为这种小事上门来，便立即炒了个蛋炒饭，烧一碗青菜汤，拌一碗土豆丝，招待雷母吃了。两人哪有胃口吃，尤其是宋母一看见雷母就汪出眼泪，一碗蛋炒饭，吃到后来差点成泡饭。雷母总算学得一点，回家第一件事就是生起她以前反对的煤球炉，这生煤炉的事，她还是叫来个邻居才做成。便依样画葫芦地炒了蛋炒饭，烧一个菜汤，又蒸了几个萝卜，筋疲力尽端给儿子吃。

雷东宝没想到老娘竟然为了他吃下饭去到宋家取经，说什么也把炒焦的饭塞进肚子里，把汤兜底喝了，只是这萝卜再也吃不下。雷母看着儿子把饭吃完，又高兴又难过，眼泪管不住地直流。雷东宝拿不出话来劝，陪着老娘静坐。此后雷母就到处找煤球炉烧饭的人家取经，取来经就给儿子做着吃，雷东宝知道老娘辛苦，就算填鸭子也得填进肚里，总算人不再瘦下去。

雷东宝虽然人没精神，发起脾气来却更暴，大伙儿即使有心劝他，可又怕劝错地方，遭雷东宝拳打脚踢，都只有避着他。只有士根与红伟觉得这样下去不行，小雷家群龙无首，迟早得乱，得先从摊子铺得最大的建筑工程队乱起，万一工地出个故障出条人命，那就糟了。士根与红伟合计着找上雷母，可雷母说自打儿子长大后从来就不怎么听她的话，结婚后就只听媳妇的，现在更是碰不得，一碰就跳。雷母让两人去找宋家，说儿子看在宋家女儿分上，会听宋家二老几句话。

士根与红伟立刻找去宋家，一刻都不耽误。宋季山夫妇虽然跟着儿子怨雷东宝毁了他们女儿，可究竟雷东宝以前也孝敬他们，夫妻俩答应了，但要求士根和红伟跟着，怕出什么岔子，毕竟他们都知道雷东宝的暴脾气。

士根与红伟将地下工作做足，才敢去找雷东宝，找到雷东宝也不敢说别的，只敢说他丈人来过电话，要他星期天过去说说话。雷东宝不知道丈人叫他有什么事，当天晚上就去了，士根都来不及跟上。骑车到宋运萍长大的家，又临阵胆怯，从窗户望进去一看，二老正清清凉凉地吃饭，头顶一盏昏黄的灯泡。他敲门进去，这敲门，还是宋运萍扭着他扭出来的习惯，以往只要去的人家门开着，他都不敲门，抬腿就进。

见了面，宋季山一声"东宝"，雷东宝叫了"爸、妈"，相对无语。好久，还是雷母问了句："东宝吃没吃饭？"

"没吃。听说你们有事找我。"

两夫妻看见雷东宝这样子，又怨不起来，宋母上前拉雷东宝坐下，宋季山去厨房盛饭，都没说什么，雷东宝坐下就吃。吃上几口，雷东宝忽然冒出一句："我第一次来，萍萍给我盛的第一碗饭足足够分两碗。"

宋季山夫妇对视，宋母先落下眼泪。宋季山忍了又忍，才对雷东宝道："你妈说你现在想成仙，不吃饭。今天你怎么也得吃两碗。人都已经去了，你再有个好歹，我们心里更不好受。"

宋母擦擦眼泪，起来道："我去炒个蛋来，东宝你慢慢吃。"

雷东宝伸手一把抓住宋母，道："不用，菜够吃。"

宋母嘀咕："不是够不够，看你瘦那么多，萍萍知道会怨我们。我今天做多少你吃多少，就当是平时萍萍做给你吃。"

雷东宝这才放手，宋母心中嘀咕，只要扯出女儿的牌子，雷东宝就听话。宋季山负有说服雷东宝的重任，原本约在星期天，没想到雷东宝当天就来，令他措手不及。他还没想好要跟雷东宝说什么，可人都来了，他只有临场发挥。他不是个能说的人，琢磨半天，才想出一句又不出卖士根、红伟，又自认比较得体的话："东宝，不管怎么说，饭还是要吃，事还是要做。"

雷东宝抬抬眼睛，看看老丈人，非常郑重地答应："知道。"

宋季山觉得雷东宝太厉害，他又缺乏挑战权威的勇气，想了会儿才又鼓起勇气，仗着丈人身份道："可是听说你睡眠不足，吃饭很少，基本不做事。这样下去不行。"

雷东宝还以为这些都是他妈来告的状，换成是他自己妈，他早从喉咙底呼一声表示烦意，但对丈人，他只好还是顺从地来一句"知道"，因为他对不起两老。

宋季山一下没了下文，该说的都说完了，他又不敢逼着雷东宝答应以后睡觉睡足八小时，吃饭每顿起码两碗，不，三碗，人家都已经应了知道，他难道还要表示怀疑吗？他又陷入沉默。

宋母炒了三个鸡蛋出来，也端了饭锅出来，将饭锅所有的饭压了又压全盛到雷东宝碗里，与当年宋运萍盛给雷东宝的第一碗饭差不多结实。宋季山看看那么多饭，再看看桌上的菜，下桌去做紫菜汤。宋母将鸡蛋往雷东宝面前推，"强硬"地道："多吃点，今天不吃完别下桌。听你妈说你……我们常想着找你来劝劝你，可又怕你忙。我们老的都挺过去了，你小的还有什么过不去的？你要再每天这么没精打采的，我们老的活着还能有什么指望呢？小辉离得远，我们和你妈往后都靠着你啦，你可别倒下，你要是倒在我们前面，以后我们别说没脸去见萍萍，也没法活下去啦。"

宋季山端着紫菜汤出来，听着心说，老婆说的比他在理多了。

雷东宝听着也觉得在理，不错，他以后身上背着三个老人，他怎么敢倒下去，可问题是他身不由己："我睡不着，这几天饭已经尽量多吃了。"

"那就好，慢慢……慢慢会过去的，唉！"想到慢慢过去了就意味着雷东宝忘记宋运萍，宋母不由得叹气，"睡不着就骑车来我们家吧，骑累了躺哪儿都睡得着。"

"我明天去工地转转，那儿累。爸妈你们不怨我就好，以后我会孝敬你们。"

"我们老的还能有什么指望，只要你们小的活蹦乱跳的我们就高兴啦。以后想到就来看看我们，别以后当陌生人就行。"还是宋母说话。

"没，我担心你们看见我生气。以后会常来。"雷东宝松口气，一直觉得岳父母和小舅子都在怨他，他怕一来又惹他们生气，所以一直有些犹豫，不敢过来探望。今天见岳父母没怨他，他好像就跟被亡妻原谅了似的浑身轻松许多。

"你得常来，我们小辉一年不能回来几次，我们太寂寞。"宋季山违心地插一句。

"是，我会来，我会来。"雷东宝人一轻松，吃饭快起来。宋母看着他大口扒拉饭，心里真担心他噎死，忙将紫菜汤推到雷东宝面前。雷东宝吃完饭，见两老早就吃完，便端起所有菜碗菜盆都清了个底朝天。宋母看着放心，唠叨着"这样好，这样好"，收起碗筷进去洗。

宋季山犹豫了一下，道："东宝，以后做事别太莽撞，政策多变，人心叵测，防不胜防啊。"

"知道。"雷东宝心说，都已经害死妻子了，害得妻子到死都不放心他，为他操心，他以后做什么事，说啥都得先在脑子里盘三圈才决定。

宋季山不知道这个"知道"是能做到还是不能做到，但又不是很敢问，还是将另外一件要紧事也说了，以君子不辱使命，对得起士根、红伟上门求助："还有啊，你脾气也得改改，别动不动就生气发火。做人要团结群众，互助友爱，不能一个人霸王似的，那会失道寡助的。"

雷东宝老老实实地道："这条做不到，天生的，没办法。"

宋季山觉得有理，脾气这东西果然是天生的，哪是一天两天可能改变，他嗯了一声，准备仁至义尽地撒开手，回头也够向士根、红伟交代的。但忽然一想，觉得哪儿不合逻辑，一时较真起来，对着雷东宝认真地道："东宝，这脾气一定得改。坏脾气必然导致莽撞，莽撞怎么会产生？都是脾气克制不住，血气上头做出不经大脑考虑的决定。说起来，莽撞的源头还在脾气。你答应改改你的莽撞，这是好的，可你如果不改改你的脾气，你的莽撞永远也改不了。东宝，你现在是领导，学学克制自己的脾气。"

雷东宝没想到平日沉默寡言的丈人会说出如此头头是道的一席话，不由抬眼若有所思看住丈人。宋季山为人谨小慎微，本就是一边说一边担心，见雷东宝一双环眼紧紧扣住他，心底不知哪儿生出虚软，忙噤声不言了。倒是宋母从厨房出来，没关注到桌面风云变幻，很是赞同地道："对，莽撞的根源是坏脾气，不能纵容坏脾气。根源不变，其他什么都白说。"宋母说着走到灯下，忽然看到雷东宝的环眼唰地扫过来，不知怎的，心头一慌，后面的话也说不上来，讪讪低眉坐下。

雷东宝不知自己的眼神对于两个躲在暗处做人多年的老人来说杀伤力有多大，见宋家两老忽然又不说话了，他还以为两人想起他们的女儿，忙道："爸、妈，我以前对萍萍从来没有发过脾气，你们放心。"

"那好，那好。"宋季山喃喃地回答，又觉得这样回答伤体面，又补充道，"肯定不会的，你们那么要好。"

"倒不是，萍萍一说就哭，我哪里敢在她面前大声。"

"不会，我们萍萍从小坚忍，长大后哭的次数屈指可数。"

三个人错愕以对，他们说的真是同一个人？雷东宝忽然有种跳进黄河都洗不清的感觉，嗓门都急高了："我真没欺负萍萍，只有她欺负我，我挨她揍，她揍了我她还哭，她还说这是鳄鱼的眼泪。"

宋家两老对视，若是三个月前雷东宝说这席话，他们得笑得揉肚子，现在听了，先是忍俊不禁，然后又悲从中来，想到女儿好好儿地才过上几天有人顶着天可以撒娇的好日子，却又撒手西归了，如此福薄。两人的眼泪忍不住又掉下来。雷东宝看着心说，宋家一脉相承，都爱掉眼泪，连宋运辉这个男子汉也会掉眼泪，都已经被他看见两次。他不会劝，看见丈人丈母娘垂泪，他就一边儿目光灼灼地看着。

还是宋季山早收眼泪，想了会儿，叹了声气，对老伴儿道："萍萍在家里都没过上几天好日子，我们害得她从小吃足苦头，总算嫁给东宝，她过了几年扬眉吐气的好日子。唉，东宝，东宝……"

"是啊，萍萍做人有准头，她自己选的东宝，她自己心里有数。唉，东宝，人死不能复生，你也想开点吧，日子总要过下去的。"宋母想到雷宋两家结亲后女儿一直那么欢喜，她也不忍再怨雷东宝，做人得讲道理不是？

雷东宝没想到岳父母这么说，原以为两人当面不骂他那是两人有教养，没想到竟然还说女儿跟了他也算是过到好日子，这反而让他内疚。一直都觉得二老懦弱，没想到二老竟是这么讲理。二老为他开解，他反而没法对自己开解，二老对他讲理，他觉得自己更应该跟二老讲理，本来对于二老的话他答应就答应，并没打算花十二分力气执行，现在，他当然得更讲理，否则，还是人吗？他重重又应了声"知道"，他没豪言壮语花言巧语，反正他想，说了有什么用，看他怎么做就行。

09

雷东宝虽然还是失眠，还是白天没有精神，可他好歹打起精神做事了。只是诸事不顺，那家电线厂没法立即还钱，市二轻局虽然给了点，可终有一部分的钱还得拖后再还。陈平原县长因为此事而对雷东宝起了戒心，一个没法妥善控制的人，一个随时可能暴大问题的人，他哪里还敢捧在手心当模范供着？他退却了，开始重新在县里物色先进典型。

随着陈平原的退出和陈平原的示意，县建筑设计院也跟着退出，他们说，如今把小雷家帮扶起来了，他们现在需要集中精力搞自己的建设。这一来，小雷家建筑工程队没了技术支持，在建筑市场上就少了优势。雷东宝原本想找几个合作良好的设计师，请他们业余时间帮忙，但那些设计师都很诚恳地向他说抱歉，说设计院刚给他们开了会，再次传达了去年《关于制止企业职工从事不正当经济活动牟取额外收入问题的通知》，说设计院严厉禁止职工八小时外赚外快，要雷东宝先给他们一段时间，等风头过去他们再给他帮忙。雷东宝手头正有一个工程需要技术指导，失去了县里的支持，小雷家举步维艰。

雷东宝回头与士根、红伟合计，大伙儿都觉得，什么先进、什么人大，都是虚的，领导能把这些给你，也能把这些取走，轻易得很。可享受过政策优待的人怎能忘记那甜头，大家嘴里没说什么，心里却时时挂牵。

领导既然如此对待，小雷家人也没了面子，雷东宝派几个年老的社员轮流着每天去二轻局要债，从局里盯到家里，盯着他们领导，盯得他们鸡飞狗跳，快快讨到所有的钱。他们不再大规模发动社员，而是选择重点击破。领导打电话找雷东宝骂娘，雷东宝装赖皮，告诉他们老人们讨的是他们自己的活命钱，他想拦都拦不了，他除非拿出钱来拦，可他没钱。老社员们每天在家属楼敲着竹板唱快书烦得领导们鸡犬不宁，领导想抓他们，他们又没犯什么乱子，无奈之下，将电线厂的一套旧设备硬扔到小雷家，算是抵了欠小雷家的钱。

对着这么死沉死沉墨黑墨黑的铁疙瘩，小雷家上下一筹莫展，怎么用？没人会用。可是敲了当废铁卖又不舍得，好歹这还是设备。如果不要这些设备，退回去，市二轻局又拿不出钱来偿还，怎么办？市电线厂的人已经成死对头了，不能找。雷东宝要红伟找邻市的电线厂，找个工程师来看设备，看能怎么用。又叫士根去上海送兔毛时候也问问上海有什么电线厂，看能不能找人将机器开动起来。

好在这年头人人都想着赚钱，社会上诱惑太多，原来的三大件都快过时，现在家家唠叨着电视机、收录机、沙发、三门大橱、五斗橱，逼得会点手艺的要不是揩集体的油，上班时候打个弹簧箍只铁皮桶，就是出门寻外快，找八小时以外的发展。什么国家规定不许从事八小时以外的工作，人总不能让尿憋死，不能明刀明枪，就不会暗度陈仓吗？

红伟请来邻市电线厂的一个中年工程师，用手扶拖拉机连夜载来，晚上于预制品厂雪亮灯光下验了设备，工程师说完全能用，但安装和开启，实在需要费一番工夫。看完设备，雷东宝用一只猪腿请客，又让从鱼塘捞一条草鱼做三吃，开了两瓶洋河大曲，好好招待工程师几乎吃到天亮，又让捎上两只正生蛋的肥活草鸡，要四宝开拖拉机悄悄将工程师送回去。

工程师回去一掂量，这外快得赚，不赚是猪头三。他悄悄找上几个好兄弟，每周星期六下午一下班就骑自行车飞快离厂，到僻静处甩上小雷家接应的拖拉机，赶到小雷家，帮助安装设备，星期一早上才筋疲力尽地回厂迷糊着眼睛上班。在厂里上班可以休息，到小雷家做事可得打起十二分精神，一分钟掰成两分使。做到要紧处则是事假、病假轮着请。

小雷家农民做惯农活的手，扶上机器的时候，怎么做怎么错。邻市工程师和他的好兄弟来的时间有限，走的时候留下明确的作业让一周内完成，可等工程师和他的好兄弟第二个星期天来，他们要么没做完，要么做错，总是完不成作业。雷东宝自己也耗在设备旁，除了搭设备上面的临时厂房和设备下面的水泥基础，他别的都不怎么帮得上忙。两个星期折腾下来，他这才意识到，文化程度太差是主要原因。

可他作为大队支书，他得硬着头皮带头学习知识，带头忙碌在安装现场，可惜士根、红伟两个知识水平高的一个萝卜一个坑地已经安插在其他重要位置，小雷家现在正当危难之际，需要这两员大将守住赚钱阵地。雷东宝只能满大队筛找高中毕业生，好歹这几年都有小年轻正正规规读了高中出来，可那些高中生大多眼高手低去县里、市里做临时工拿死工资。雷东宝动员回来三个，其他不肯回来的，雷东宝发狠下了死命令，谁敢不回大队做贡献，大队收了谁家的承包地。雷东宝一发狠，谁都怕，又是本队本家的，谁都不敢去公社告去，怕以后在老家里待不住，那些高中生个个怨声载道地回来。

高中生们到底是容易学会，再加上雷东宝凶神恶煞般地盯着，做着做着，大伙儿终于可以顺利完成工程师们布置的作业，小雷家好像是像模像样地有了正经八百的工人。其中一个雷正明，小伙子一教就会，还能举一反三，不久就被雷东宝指派做"小头目"。

雷东宝天天挂心小雷家电线厂，又不得不带头钻研技术，没时间想别的，也没力气想别的，每天都是筋疲力尽，倒床上就睡，睡眠质量开始恢复，倒是把丧妻之痛稍稍淡化了一点，偶尔睹物思人，可屁股后面穷追的都是活儿，哪里容他多想，他只能像头老牛似的拼命工作。

雷东宝不得不操心。一套电线生产设备之外，还得有水电气设备配套，买设备都需要钱。为了省钱，他开大队会议，以命令口吻与全队社员商量暂时断了劳保工资，暂时不报销医药费，暂时不支付设备安装人工工资，大伙儿虽有怨言，可也都只能理解，大队的账目一清二楚着呢。最有怨言的是那些被逼回来的高中生，可小年轻们经不住雷东宝一声沙哑的吼，都只有老老实实干活。电线设备投产时候，小雷家几乎山穷水尽，连原材料都买不起。当然，临时车间只有上面遮光挡雨的一个顶棚，没有墙，自然也没有窗没有门。唯独从邻市请来的工程师等人的工钱一分不少，请工程师等人吃饭的鱼肉也顿顿不减，雷东宝发火更是不会发到他们头上，雷东宝现在牢记着血的教训和岳父母的话，发脾气克制得很，不过发出来依然霹雳。

那些工程师当然是看在眼里，记在心里，有心送佛上西天，帮忙帮到底。他们牵线，雷东宝大大方方送钱送物，拉拢了邻市电线厂厂长书记，小雷家电线厂成了大红公章敲定的邻市电线厂联营厂，用邻市电线厂的原料、技术人员，开自家的机器，产自家的货，货色交给邻市电线厂，挂邻市电线厂的牌子销售。邻市电线厂因与小雷家联营，私下设立小金库瓜分了做奖金。小雷家电线厂则是在联营的扶持下，得以跌跌撞撞地上路。虽然加工费用不高，可总是把那些设备开动起来，培养出农民技术工人，又可以支付工人工资，还第一次难得地没有找信用社借钱。

电线厂门口挂的牌匾写的是某某电线、电缆厂第一联营厂，大家谁也不在乎花了那么多心血的电线厂没一个属于自己的名字，一样地卖电线，既然挂人家名下能走得更好，那还计较什么姓甚名谁的问题？大伙儿要的是实惠。

从电线厂的联营中获得启发，雷东宝开始为小雷家建筑工程队找联营单位。这时候，整顿的风暴刚刚退烧，社会上又刮起大建设的风。小雷家建筑工程队搭上大建设的风潮，花了些买路钱，顺利找到市建二公司的依靠。这下名正言顺地有了技术保障，而且，工程业务量更大，只是利润要比原来薄了一些。不过东方不亮西方亮，小雷家建筑工程队不挣钱，可小雷家自家出产的砖头、瓦片、预制板，以及新出品的电线都有了更多的去处。电线厂开了三班，一半的产品给邻市电线厂，一半的产品自己用到工地上，雷东宝还让红伟想办法将电线与水泥、钢筋、预制品之类的搭配销售，整个小雷家挣的钱又多了起来。

到夏日炎炎时候，终于，小雷家的一切都又回到正常轨道。劳保工资补发了，医药费补报了，队里又有闲钱了，可雷东宝倒下了。他在招呼市建二公司领导到雷忠富承包的鱼塘钓鱼吃喝时，胃出血住院。

好多人争着去市卫生院给书记输血，大拖拉机拉一车人去，总有几个能配得上雷东宝的血。有那么多心甘情愿的血补充，雷东宝恢复很快，也免遭一刀之灾。

经历一场劫难，小雷家更加兴旺。所有社员都看在心里，从此铁了心地相信雷东宝的领导，跟着他奔致富路，即使看到雷东宝看似荒唐的主意，也没人再会反对，他们有点迷信雷东宝。

陈平原也看在眼里，又看到雷东宝似乎有吃一堑，长一智"改邪归正"的倾向，似乎收敛脾气不再咋呼，他也有回心转意的意思，还特意去市卫生院探望了正住院的雷东宝，可雷东宝装病，表情淡淡的，陈平原拉不下脸，也只好淡淡地结束探访。

雷东宝趁岳父母一起来探望时候，请识文断字的岳父帮忙，给徐书记写信汇报最近半年多的情况。宋季山听着雷东宝轻描淡写般的描述，心下佩服，这孩子，这半年遭逢这么大变故，不仅挺过来了，而且还做了那么多事，最关键的是，那些做出来的事都有些匪夷所思，追赶在潮流最前头。宋季山自是在写的时候添油加醋了一些。没办法，他有点为女婿自豪啊。

雷东宝一直对岳父母歉疚得很，除了爸妈爸妈地叫得响亮，很想物质上补偿老两口，他说他给他妈造了新房，也想替宋家将房子翻新，宋季山夫妇硬是不答应，说给父母翻房子是儿子的事，女婿没那责任。雷东宝拿这两个又懦弱又顽固的老人没办法。

岳父母走后，士根被雷东宝让人叫来。士根如今已经递了申请入了党，被雷东宝安排为副队长，只等着并不见太起作用的队长到年龄退休下台。而其实在小雷家，士根已是众望所归的二号人物。雷东宝身体生病脑袋没闲着，一见士根就解决工作。

"士根哥，这几天我不在都是你顶着，我想啊，你脑子好，只管着收兔毛可惜，现在开始你再管上电线厂，兔毛交老五去做。大队总会计这一项，四只眼不行，萍萍去世后他顶不上，这几个月的账搞得稀里糊涂，你回头去学一下会计也你顶上。以后工作就这么分配，我跟戏文里皇帝一样打下江山，你做宰相替我管牢。"

对于雷东宝的皇帝宰相之说，士根忍俊不禁，不过没笑出来，因为他知道雷东宝说得实心实意。"这事不急，你反正也很快回去的，回去你在喇叭里喊一下或者开会宣布一下再定。反正这几天即使没有你的任命我也会管着电线厂，再说正明这小伙子领悟得快，也能助我一臂之力。"士根说。

雷东宝狡黠地看着士根道："你这回倒是不叫我召集大队干部开会研究研究讨论讨论了？"

士根笑道："反正讨论来讨论去还不是你说了算？我好心好意让大队开会集体决定，万一出事有集体帮你顶缸，你还不领情。"

"你想得太多，你说，小雷家有事，上面哪次不是找我？谁找集体？别等宣布，你先做起来，我出院再大喇叭确认一下。"

"好吧。我旁观着，老书记管砖厂那块有点累，他重面子，定价时候太客气。不如让红伟全面负责建材类的供销，红伟嘴巴油滑，卖出去的总是好价钱。"

"不行，砖厂就让老书记养老。他再重面子，也不舍得定价太低。老书记要么自己提出不干，他只要干着，就得充分给他权力负责全部。"雷东宝喝口别人送来的橘子水，又道，"今年又有三个高中生毕业，两个女的全给你用，用到兔毛收购站里。男的还是进电线厂做学徒。现在电线有些供不应求，你得开始给我考虑电线厂添设备。我枕头下面有本书，他们工程师给的，我看了等于白看，你拿去看，看看下批设备买什么，你决定了跟我说一声。"

士根从枕头底下抽出一本书，看了看，道："我还是先看两个月会计书后再看这本。不能急，今年折腾大了，伤元气，连你都住了院，大队也才刚缓过气来，你等大队存足点钱再考虑添加新设备。我保证年底前给你提供方案。"

"八、九、十，三个月，你十月份告诉我添啥设备。你回吧，叫红伟来看我。"对于士根深思熟虑的意见，雷东宝一向腰斩后做出决定。

士根没与雷东宝争，知道争了也没用，也奇怪，往往雷东宝给他很大压力，他反而总能揪着时间的尾巴完成，反正他不争了。士根告辞回去。下午红伟来，雷东宝对红伟不如对士根客气，没有商量便要红伟帮他缠医生让他出院，红伟坚持原则不肯帮这忙，气得雷东宝不理红伟，让红伟带了雷母回家。

一个人清静下来，雷东宝看看一屋子二十来个床位，大多不是丈夫陪妻子，就是妻子陪丈夫，他看着心里恹恹的，闭目装睡。他生病后，有大姑娘趁机跟着家里人来送汤送水表示关心，都被他拿眼睛瞪回去。他当年没钱没权时候怎么就没人冲他殷勤呢？那时只有萍萍对他好，所以他只认萍萍。他很想她。

172

10

宋运辉拿着水书记亲笔写的介绍信赶赴北京，正是北京最灿烂的春天。有水书记的信件敲门，相关单位人员对他的态度也是灿烂得很，还有科室给他配了一辆自行车。宋运辉每天骑着自行车，招待所与资料室两点一线，晚上和星期天整理看书笔记，思考总结阅读资料的体会，只抽出一个星期天去看了天安门。一个月下来，研究所和部委的相关资料被他看得差不多了，心中基本对当前本行业技术发展有了明确定位。什么FRC，看来是个过路神仙。他通过电话向水书记汇报，准备打包回家，水书记让他等在北京，第二天水书记就飞来北京，带上宋运辉找部委的老友商议金州设备改造的问题。

都是宋运辉先介绍技术参数和设备大致造价，然后领导们开始讨论可行性。宋运辉旁听着眼界大开，这才知道，技术参数和设备造价之外，原来还得注意无数其他社会因素。但是会谈结束，水书记便抓着宋运辉根据会谈精神作出会谈总结。可怜宋运辉，他对设备技术参数如数家珍，但是对于运行成本社会效应之类的问题一窍不通，怎么写，写什么，都是个问题。他虽然已经被讨论指点前面还有大路一、二、三、四，可怎么走，确实缺乏手段。只好厚着脸皮问水书记，可水书记只能记得金州的一个大概，他让宋运辉自己打电话回去问。可宋运辉这样也才只能了解到金州的数据，而国外新技术新设备方面的资料，他当时看的时候没留意，也不知道报章在那方面有没有披露，好像不太多。他只能先交出半拉子的报告。水书记回去金州时候，把半拉子报告拿走了，要宋运辉再在北京待几天，把这问题搞清楚。又给他一个"小徐"的地址和电话，让宋运辉回去前上门拜访讨教。

虽然水书记没有责怪的意思，但宋运辉自己惭愧不已，他怎么就没考虑到这些未来经营方面的情况呢？送水书记回去后，他一个人在招待所床上打坐似的想了半天，将水书记来北京这几天接受的新思想好好整理一番。以前还以为知道得很多，原来还是管窥，依然是井底之蛙。最令他受打击的是，水书记与那些领导讨论的东西，他压根儿连想都没想到过，仿佛那是另一个世界的东西，可他却表现得那样自以为是，哈，不知多让水书记笑话。

宋运辉心烦意乱，虽然知道这时最应该做的是回去再翻资料，找出数据，可他有点不自信，他找出来的数据，是很有针对性的数据吗？他想到水书记嘴里的

"小徐"，雷东宝嘴里的"徐书记"，那个被大家交口称赞的人，那个推荐他去金州的人。作为一个前辈，没差太多年纪的前辈，会给他什么样的提示吗？宋运辉第一次觉得，他需要有人在背后拎一把领子，帮他站直了。

徐书记跟宋运辉在电话里约定在家见面，边吃边谈。徐书记说话声音虽然权威，却很温和，让宋运辉听了似乎看到希望。他早早顶着烈日找到徐书记家，怕徐书记还得等他，四点多就已经等到一处四合院外面。这一条巷子很是幽静，不似北京别处的人来人往。这里地面干净，墙面干净，屋顶也干净，都没长着什么瓦楞草。而徐书记家的四合院与别家的没什么不同。

敲门进去，在一张本身木头油光闪亮，上面嵌的东西也是闪闪放出宝光的桌子边等了好一会儿，才见徐书记回来。看到徐书记，宋运辉心里忽然很是高兴，虞山卿啊虞山卿，徐书记才能真正诠释风流儒雅这四个字。

徐书记微笑着对宋运辉道："比我两年前在预制品厂看见你，老成许多，东宝和你姐姐都好吗？"

"我姐两个月前去世了。"见徐书记好像并不了解情况的样子，宋运辉将事情经过说了一下。

徐书记听完，也是想到自己的妻子，感慨道："好女子是宝，连上天都嫉妒。没想到东宝这个鲁智深会做出一件李逵才做的傻事。你们一家怨不怨他？"

宋运辉愣了一下，不过还是实事求是地点头："怨，可看到他那伤心样子，又没法责怪。"

"我了解东宝，替他向你和你爸妈求个情。现在即使你不怨他，他对自己的责怪已经能够压垮他。以他跟你姐姐的感情，断他四肢都不如你姐姐去世对他的伤害更大。"徐书记说着拿起电话，想了想，拨给雷东宝。没想到小雷家大队这个时候没人接电话。

宋运辉惊异地听着徐书记的求情，又惊异地看着他给小雷家打电话，虽然嘴上没说，心里却并不打算原谅雷东宝。但他答应不会去责怪，仅此而已。

徐书记放下电话，便改了话题："在金州适应得还好吗？跟我说说你这一年怎么过来的。"

别人如果这么居高临下地那样问，宋运辉会反感，但徐书记这么问，配合着他的语调，宋运辉竟觉得自然不过，对着徐书记将这一年来的经历一五一十地全说出来，他看得出徐书记听得认真，徐书记也还偶然发问，问宋运辉提到的谁谁现在好不好，一直说到外面天暗，保姆送上酒菜，两人对酌。老先生与小男孩在里面自己用餐。

宋运辉说完了，鼓足勇气道："这两天跟水书记跑了几个机关，咨询金州设备改造方面的问题，这一程下来，才知道我一直在金州坐井观天。"

徐书记一听笑了："你这一年学的东西做的事，已经是旁人几倍，不过鞭打快牛，水书记对你的鞭策还是正确的。你吃菜，边吃边聊，夜晚还长，足够我们把酒说话。你们改造设备，准备从国外引进，还是委托国内设计院自行设计？"徐书记果然对金州的事情兴趣十足。

"水书记有引进设备的意思，已经组织几班人马分头调查。我是其中一路，在北京收集资料，可这几天下来，我发现以我有限见识，有限视角，收集到的资料存在严重局限，并不足以说明问题。我很想请您指点我，这是我今早刚做的小结，第一页是对已收集资料的小结，第二页是我察觉到的资料收集中存在的不足，可这些不足以我的见识，目前无法寻找到收集的途径，请您不吝指点。"宋运辉一向强硬，说这软话是拼足内力说的，说完时候，脸一直红到脖子。

徐书记一直看着宋运辉说话，等他说完，见他面红耳赤的样子，不由一笑，收回眼光，看手上的资料小结。宋运辉忙双手拿起红葡萄酒瓶，帮徐书记的高脚玻璃酒杯满上。徐书记认真看完第一页，看到第二页时候，会心笑了，放下手中的纸，却打了个岔："小宋，以后叫我老徐，我现在不是徐书记。教你一条常识，喝红葡萄酒，一般用这样形状的玻璃酒杯，倒的时候不能全满，最好是到这个高度，手这么拿，对。以后你可能会经常接触外宾，这点得记住。你还年轻，接触的事情有限，随着你工作向纵深发展，时迁境移，一扇一扇过去从不熟悉的门将向你打开。你切不可因此妄自菲薄，毫无自信地说自己是井底之蛙。辩证唯物主义说，认识是一个渐进的过程。认识不可能一蹴而就，也不可能胎里带来，你今天遇到的瓶颈，这是正常现象，因为你接触到的是最基层的运行维修，而没接触到车间之外的供销管理体系，你若是能清楚了解第二页的内容，那是不可思议的天才，得轮到水书记拎两瓶茅台上门来谢我举荐之恩。你已经很不错，没塌了我举荐人的台。"

宋运辉被徐书记说得讪讪地笑，可心里暖暖的，总算有点恢复元气："老……徐，您过奖。"

老徐微笑问："费厂长与刘总工的技术都很出色，你收集的资料有没有跟他们统一一下思想？老费最近也在北京。"

宋运辉一时很为难，斟酌一会儿，才道："我一直在基层，对领导层上面的工作不是很清楚，只了解一点，刘总工曾经在图书馆向我询问有关FRC的情况，我收集资料给过他，然后我就被水书记抽调来北京了，不清楚他们的进展如何。"

老徐微微皱了皱眉头，他从金州出来，对上层情况的了解比宋运辉清楚，知道金州出现龙虎斗了，早在他离开金州前，刚平反的那些知识分子就已经对水书记的领导有所不满，说他外行领导内行。他摇了摇头，满脸遗憾地道："对知识分子的态度，外界和知识分子本人，都一直没摆正位置。工人老大哥们说，对知识分子要管得严厉一点，不能太放权给他们，否则不容易领导。知识分子们，有些则是一朝翻身，就嘲讽在位的领导有权的不懂行，彼此不能良好沟通协调，你有没有遇到这情况？"

宋运辉点头道："有，但我还没遇到真正困难，一方面是因为我一直在基层，另一方面是大家都照顾我。"

老徐点头，心里却想，什么照顾，都是因为前十几年出现知识断层，金州技术力量青黄不接，如今两边看到一个年轻有知识，吃苦肯干又说话口风极严的孩子想竭力拉拢，就像他当初在金州的待遇。刘总工透露FRC研究方向钓小宋，而水书记更下血本，直接将重任压这小孩子身上，都不怕这小孩子受不起。难怪这个认真的小孩子会困惑得上门找他求教。他很直接地道："你今天参与设备改造项目，回去，不得不站队了。"

宋运辉没想到老徐竟会直言指出他现在的困境，不由愣愣看了老徐一会儿，他信任老徐，因此也直说："事实是，由不得我站队，我早已被归类了。"

老徐拿起酒杯，示意宋运辉碰杯，喝了一口，笑道："这种情况，我以前遇到过类似的，我当时选择站到能做事，做得成事的一方。年轻时候，总希望多做点事，累不死人。"

闻言，宋运辉那只搁在唇边的酒杯似是粘住了一般，久久没有取下，好久，才呼出一口气，道："我明白了。"

两人心照不宣，但老徐心想，这个小孩真是不简单，这么小年纪，嘴巴竟是严到一点不露他究竟是准备站到哪一边。他不知宋运辉家境使然，从小话少，因此，对宋运辉，老徐又有点欣赏，又有点忌惮，他这个人精说话不免也小心了起来："金州改造的事，我离开时间长，具体已经不能确定什么最适合金州，不能帮你提出参考意见。不过对于第二页的内容，我看你还是考虑得不够全面，我给你列个提纲，回头你做一份正式的可行性分析。至于数据，你不必再去档案室查，毕竟针对性不强，我介绍你去中国技术进出口总公司问问，你们以后的设备有可能通过他们进口，他们知道有些设备的生产厂商在北京设有常驻点，你不如直接找上门去问外商要资料。你最了解金州的技术参数，这样拿来的资料也能有所针对。"

老徐酒量很好，可宋运辉却不胜酒力，只好投降不喝。老徐一手拿杯子，一手写字，一边写，一边还问宋运辉这个意思懂吗那个名词懂吗，非常周到。从问话里，宋运辉已经了解到大概，心里一直嘀咕，老徐这是怎么知道的。宋运辉忽然很想问问，老徐是看在雷东宝的面上帮他，还是看在水书记的面上帮他，更抑或是看在他宋运辉这个后进后生帮他。但他终究是没多嘴。

从徐家告辞出来，宋运辉一会儿踌躇满志，觉得现在天清月明，终于明白路该怎么走，一会儿又为老徐惋惜，惋惜他儒雅笑容后面掩不住的寂寞，他爱人去世，对他打击真那么大吗？宋运辉想到雷东宝，再想到老徐为雷东宝求情的话，难道老徐也自责？被自责压垮？可无论如何，宋运辉都为老徐这样有才气的人惋惜。而他也真羡慕老徐收放自如的倜傥，那种风度，让他忽然想到远在彼岸，同样也是高干子弟的梁思申。小姑娘的信倒是常来，通过梁家转到金州，经常骄傲地向他汇报读书进度，而且已经全用英文。信的末尾总是自信地来上一句：我距离Mr.Song越来越近，很快赶超。宋运辉则是直接寄信出国，简要介绍自己的工作，并没拿梁思申当小孩。尤其是姐姐去后，他给梁思申的信内容更多。

按照老徐的指点，宋运辉拜访了在北京的日商和法商。他的简单穿着，在外商的西装领带面前，相形见绌。但是，当谈论起技术问题来，他胸有成竹，自有气象万千。他的英语日常对话不行，结结巴巴，词不达意，可说起专业英语，最先也是口语不行，可一会儿就飞快流利，像是换了张嘴。他从外商那儿直接取得口头和书面资料若干。在北京的招待所先精心整理出一份草稿，交一份到老徐家四合院，这才放心回去金州。

11

寻建祥正睡午觉，一见宋运辉开门进来，一骨碌起来，小孩似的嚷道："带什么吃的回来？"

"要不要脸，一见面就讨吃的。给，京八件，听说把北京小吃一网打尽了。"

宋运辉扔盒子过去，寻建祥一把接了，打开看看，满意，倒是没吃，起身钻出床帘，对油光发亮的宋运辉道："你床上也有一个小姑娘送来的东西……"

"啧，寻建祥你怎么能帮我收小姑娘的东西。"宋运辉将行李一扔，拿出毛巾脸盆衣服准备去洗澡。

寻建祥道："你不要？嚯嚯，正好给我。别说你不要，别说！是你那个美国学生特意送来的，你别说你不要。"

"梁思申？"宋运辉东西一扔，蹿回床边，拿出一包拿黑色塑料袋包装的礼物，"她什么时候来的？长大了吗？留下什么话没有？来也不提前说一声。"

"快拆，快拆，我看看美国货。那个小姑娘很漂亮，气质一流，还帮我干了几件好事。这是什么？"

宋运辉将礼物推给寻建祥，先看书信。信封上梁思申说，她跟爸爸的车子一起来开会，但很遗憾没遇见他，跟着寻建祥在外面兜了一圈，见识一下张小姐、刘小姐，又跟爸爸回去了。宋运辉心说，张小姐、刘小姐是谁？但来不及细想，迫不及待就拆开信看里面的。寻建祥探头过来一看都是英语的，放弃。

梁思申在信中写道，她依然在美国跟外公外婆住一起，在私立中学读书，课程依然紧张，她依然成绩名列前茅。两个舅舅依然不待见她，外公外婆依然不是很亲，舅舅的儿女依然与她有隔阂，她这回又照着Mr.Song的最新办法与他们沟通，依然无果。她只有发奋读书，拼命学习上流社会的礼仪，以不让他们笑话她。她今年考试下来数学跳级，开学后将跟高年级的学生一起上数学课。这回好不容易回家跟爸爸妈妈当面说，妈妈说肯定是舅舅嫌她去了美国就得分外公外婆的家产。她是跟着意外做出回国决定的外公外婆回来，很快又得回去，她真不愿回美国。等她大了她可以自己回来，到时她再来看Mr.Song。

宋运辉自己虽然从小吃苦，却从不以为苦，可每次看着梁思申的信，却总为小小女孩揪心，看完就问寻建祥："哎，梁思申看上去快乐吗？有没有可怜巴巴的样子？"

寻建祥贼头贼脑地笑道："她可怜巴巴？小姑娘能得不得了，别人别被她欺负得可怜巴巴才好。放心，她快乐着呢，坐着她爸车子来去，别提多威风。穿得也帅气，不说了，还有很多事，你洗完澡一起跟你说。唉，你们怎么一路货色，小姑娘什么不好送，送书。"

宋运辉忙拿起厚厚六本书，都是英语的，看封面似乎是一套，上面写着作者名字都是同一个——Agatha Christie。宋运辉除了莎士比亚、巴尔扎克之类很出名的国外作者之外，很少知道还有别的，不知道这位"Agatha Christie"是谁，那么值得梁思申不远万里从美国为他特意背来这么厚厚一堆书。想到分别三年多，梁思申竟然还特意抽回家宝贵时间来看他，又背来这么几本书，宋运辉异常感动。他一直惦记着这个小妹妹，他觉得这是正常的，成年人都会记得一个要好的人，可小小的梁思申三年多后也还惦记着他，让宋运辉倍加珍惜。他想，无论如何，他都得把这六本书好好通读一遍。

寻建祥其实早憋不住，等宋运辉顶着湿漉漉的头发洗澡回来，才进门，他就机关枪似的打开了："你还记得那个张淑桦吗？她不知通过什么关系，转到我们厂生活区一条街上的饮食店……"

"你这下便利了。"

"便利你还是便利我？她一来就到处打听你，原来她后来看不上我是因为看上你了。操，正好你的梁思申来，梁思申头发比你还短，戴一副老大蛤蟆镜，穿一条牛仔短裤，黑色弹力背心，脖子上挂着叮叮当当不知什么玩意儿，就是漂亮，就是没见过。我跟她一说有个花痴迷她宋老师，她一听就来劲，跟我去饮食店吃中饭，结果再巧没有，还遇上在一桌吃饭的虞山卿和刘启明，咱哥俩配合得那叫好，一锅儿把三个男女给烩了。"

宋运辉听得目瞪口呆，无法想象梁思申的打扮，怎么感觉很有小流氓模样。至于张淑桦跟他在公园有她妈妈盯梢地逛了半小时后竟然会找上他，宋运辉反而没有感觉，只觉得对不起兄弟："嗳，梁思申穿成那样子，不很阿飞吗？你说明白点，梁思申肯定不会胡乱穿衣服。"

"小姑娘哪会像阿飞，小姑娘一亮相，人家就想到高级，没别的。往刘启明旁边一站，刘启明声响都没了，别看她平日里眼睛长头顶上。虞山卿这老'花贼'一看见小姑娘就移不开眼睛……"

"好，好！"宋运辉早已为自己竟然在北京，没能见上一眼梁思申而郁闷，听闻小姑娘很好很像样，心里比别人赞美他还开心。

"当然好，再告诉你，这几天厂里风水轮流转，费厂长时不时回来一趟，主持设备改造大会战，说是要拿出一个好方案来。总工办最近那个忙啊，我下中班还能见到总工办亮着灯。"

"水书记参与没有？"宋运辉心下一沉，想到刘总工的FRC，想到老徐有关知识分子的点评，想到去北京出差前厂里高层的明争暗斗。没想到出门两个月，回来山河变色。

"那还不是对着干吗？整顿办全体归入生技处，归总工办分管，那个虞山卿见风使舵，这就与刘总工女儿好上了，他追程厂长女儿一直没追成，追刘启明倒是一炮打响。两人现在出双入对的，中饭还一起到饮食店吃。嘿，正好让我们也撞上，我告诉小姑娘刘启明看不上你，小姑娘气愤了，一张小嘴把刘启明损得捂着脸跑出去。小姑娘对你满嘴都是好话，小嘴跟擦了蜜一样，看到这种破寝室说你床上就是比我的干净，还说这回条件改善了，以前大学时候住的是七个人的寝室。哎，小姑娘以前是不是暗恋你？"

宋运辉脑袋里飞一般地梳理分析来自寻建祥的信息，忽然听到最后一句，猛跳起来，正色道："胡说，梁思申才多大，小妹妹一样一个人。我们认识时候她才小学。"

"心虚了吧，心虚了吧，跳什么跳。"寻建祥怪里怪气地笑得得意，"小姑娘不小了，足有一米六七十那么高，比张淑桦整高出一头。"

"什么？都长那么大了？"宋运辉目瞪口呆，他以为梁思申还是那个小小的小学生，刚见面时候门牙才长出一半，没想到长那么大了。他想着都欣喜，更是惋惜没有遇上。反而对于刘、虞两人走在一起淡漠了点。

"当然，骗你干吗？听我说下去，不说我难受。不是说我们去饮食店吗？一进门就看见刘启明，我高兴了，今天一枪打俩，立马坐到他们旁边一桌。我悄悄告诉小姑娘刘小妞是谁，小姑娘火了，见刘小姐偷偷瞧她，就说心正眼正，看人斜眼偷眼的都不是好人。我看刘小姐红了一张脸，不再偷看，就故意告诉小姑娘是那个穿黄色连衣裙的大姐姐在偷看。你猜小姑娘怎么做？小姑娘真太绝了，气得刘小姐吃了亏还得死忍。"寻建祥想起那天的情形，忍不住拍着腿又大笑。

宋运辉心说原来梁思申中文口语还挺好啊。寻建祥早不等宋运辉发问，自问自答；"小姑娘就这么走到刘小妞身后，背脊笔挺，跟女王似的，衬得刘小妞乡下丫头一个。"寻建祥说着还比画，做出一个梁思申站立的姿势，但宋运辉怎么都看不出什么风度。"小姑娘自报家门，说听寻先生说，刘小姐和虞先生都是密斯特宋的好朋友，她说她跟密斯特宋有四年的老交情，现在回国第一个就来看望密斯特宋，密斯特宋的好朋友就是她的好朋友，大家都是好朋友。你听，这话跟绕口令似的，刘小妞跟虞山卿两个客气得不得了，要她一起坐下。小姑娘说她不坐，她作为好朋友向刘小姐提个醒，说女孩子穿无袖衣服得剃去腋毛，否则稍微张开手臂就很不雅观。这话一说出来，刘小妞和张淑桦都夹紧了手臂。小姑娘装傻继续说，穿有点透的化纤衣服最好不要戴白色的内衣，否则透在外面一清二楚，也很不雅观，宁可露不可透；夏天穿比较薄的衣服时候里面内衣不能太厚，否则一眼就能让人看清内衣粗糙的轮廓，还是非常不雅观，宁可外衣穿得差一点，女人的内衣一点马虎不得。这话一出，店里所有女人都弯下腰去，不敢再挺起胸膛。刘小妞羞得一张脸红一阵青一阵，又不好说人家小姑娘，捂着脸跑了。小姑娘还不放过她，非要在后面又好心提醒，劝刘小妞千万别做那种小城市的摩登姑娘，落伍的时髦，乡气的都市化。可怜啊，刘小妞在我们面前多么心高气傲，我们都拿她没办法，硬是让我们梁小姑娘给发落了，痛快，无比痛快，哈哈，为了这，我也得把梁小姑娘伺候得跟皇后一样。张淑桦也是躲得没影儿，以前满店堂都是她小麻雀一样的声音，今天啥声音都没有，看她还敢打听你不，也不掂掂自己身份。"寻建祥说道。

宋运辉听了也笑，知道这种装傻的本事梁思申从小就会，以前常告诉他，怎么装傻调戏了爷爷、奶奶、伯父、伯母，现在当然更是炉火纯青。虽然小孩子做事没有准头，听寻建祥挑拨乱咬一气，但他没法生梁思申的气，怎么可能生一个小妹妹的气。

寻建祥见宋运辉没说话，道："喂，你要是为了刘小姐生小姑娘的气，那你太没种了。"

"哪会，我只后悔没见到梁思申。寻建祥，谢谢你，那天你请客花多少钱？我来付。"

"看不起我还是咋的？去，提也别提。可惜小姑娘吃了饭就走，否则我请假陪她看电影。小姑娘对我也很好，别吃醋，对你更好。"

宋运辉将钱包塞进口袋，笑道："好兄弟。我得赶去总厂交差，回头我去车间找你。"

"干吗，干吗，遗言吗？有没有党费要我替你交了？不，你还没资格交党费，团费拿来。说那么严重干吗，大不了每天上刘家、费家门口去吵，怕什么。"

"我没怕，我回来之前已经想好该怎么做，虽然违心，但不得不。可没你提供的消息让我知己知彼，我走进总厂的腿是虚的。你给了我这么多好消息，你等着，我会做出来给你看。"

寻建祥脸上想笑不笑的，侧过身去，呵呵吸着气道："认真啥啊，读书人就是麻烦，梁小姑娘就正常得很。去吧，还等着你升官发财帮我脱离倒班呢。我今天是大夜班，睡觉了，你出去把门带上。"寻建祥说完就钻进床帘，头顶的吊扇吹得床帘一漾一漾的，如翻彩浪。

宋运辉在屋子里站了会儿，想了好久，才转身出去。寻建祥在里面听着动静，一张脸也是严肃的。宋运辉与寻建祥想的差不多，费厂长时常回来，对于宋运辉目前所做的事来说，绝不是好兆头。而工厂上层目前的动向，寻建祥在基层不可能太清楚地知道，但虞山卿知道。虞山卿在短短两个月时间内迅速与刘启明站在一起，已经很能够说明上层目前势力较量的风向。虽然，梁思申特意来看他的事令他非常高兴，如果换个时间，他会高兴得跳起来，可是如今是黑云压城，他是覆巢下一枚刻着"水"字的卵，他即使想跳，上面也有沉沉阻力。但寻建祥和梁思申的友谊，给他极大的动力。既然认定，那就撞到南墙也不回头。

宋运辉骑上自行车，一脸淡定地背上早已磨损、从大学背到金州的军绿色书包，顶着七月下旬的烈日，不骄不躁地赶去总厂。经过图书馆时候，他朝那幢掩在绿树丛中的三层楼建筑瞧瞧，又淡然地转开眼睛。寻建祥一直在劝阻他，连小小的梁思申都为他打抱不平，他可得争一口气，做出点人样儿来。

12

宋运辉先去车间打招呼，向考勤员确认自己结束出差。但还没等他走出办公室，车间副主任过来一把抓住他，把他拖到外面太阳底下，告诉他刘总工找他，让他一回来就立刻过去一趟。宋运辉答应，骑车赶去总厂办公楼，但他直接进了水书记的办公室。

水书记办公室开着门，看进去水书记正伏案而书。宋运辉敲门，水书记抬头，脸上露出笑容，拿手掌勾勾叫宋运辉进去，靠到椅背上长长伸了个懒腰。这个懒腰，看得宋运辉目瞪口呆，这是书记的风范吗？

水书记却若无其事地又坐直了，精神焕发地对宋运辉道："年轻人体质好，下火车不用休息一下就上班。你的草稿，小徐已经跟我说了，我不用看，也不看，完全相信小徐和你。你跟我说说，下一步准备做什么？"

宋运辉从书包里拿出稿纸的手僵在半空："可是，水书记，内容已经与北京时候有很大不同，您看一下才好最后定夺啊。"

水书记摆摆手，道："你看过《史记》没有？"

宋运辉摇头："没看，我文学、历史方面很差。"

水书记起身，打开文件柜，取出一本厚厚的书，翻了几页，找到他想找的，指着其中一段要宋运辉看。宋运辉一看，是古文。

> 居顷之，孝文皇帝既益明习国家事，朝而问右丞相勃曰："天下一岁决狱几何？"勃谢曰："不知。"问："天下一岁钱谷出入几何？"勃又谢不知，汗出沾背，愧不能对。于是上亦问左丞相平。平曰："有主者。"上曰："主者谓谁？"平曰："陛下即问决狱，责廷尉；问钱谷，责治粟内史。"上曰："苟各有主者，而君所主者何事也？"平谢曰："主臣！陛下不知其驽下，使待罪宰相。宰相者，上佐天子理阴阳，顺四时，下育万物之宜，外镇抚四夷诸侯，内亲附百姓，使卿大夫各得任其职焉。"孝文帝乃称善。

宋运辉看得磕磕绊绊，却也能大致明白意思，又前后看了一遍，想了好久，才道："谢谢水书记信任，可责任太重，我心里没底。"

水书记将书合上，推心置腹地道："我不是搞技术的，你给我看，我也看不出什么。我已经看了小徐传给我的框架，大方向就是这样，没什么需要改变的，不用再看。我的任务是管人，是调度人力、物力为一个一个的目标服务。你相当于廷尉、治粟内史，你掌管的是实际工作。大家各司其职。既然你有能力，又做得不错，我放手让你去发挥。你自己也放开了去做，别拘泥于年资，懂吗？"

宋运辉重重点头，他懂。他想到老徐对他说的话，厂里的知识分子不服水书记，所以，可想而知，水书记得培养自己的知识分子势力。他就是。这是机会，但这也是逼上梁山。如果他做错，不，他不能做错，他作为水书记的军前大将，出马必须得赢。

水书记静静看了宋运辉一会儿，对于眼前的年轻人，他属于押宝，但是他到底是信任多年合作融洽的小徐，信任小徐的肯定，小徐对方案的肯定让他重用小宋。但他将手搁到电话机上时，还是叮嘱了一句："要自信！"看到宋运辉又重重点头，他才拿起电话，打给总厂办公室主任："立刻通知开会。与会人员总厂、各分厂厂长、书记、总工、生技处、整顿办，会议议程讨论确定设备整改方案，下午四点，大会议室。"

宋运辉惊讶地看着水书记放下电话，瞠目结舌。这就开会？这就磨刀上阵？这么快？

如此急促，如此重任，却令年轻的宋运辉兴奋得跃跃欲试。这就是速度，这就是做事！比之刘总工那边地下党似的接触，这种速度才让人痛快。

水书记一手还是捏着电话，眼睛看看手表，道："你先去会议室，再复习一下。"

宋运辉想到水书记肯定还要打几个重要联络电话，他不便旁听。虽然他清楚自己对资料上的数据一清二楚，不需要再复习，但没解释什么，告辞出门，顺手将门带上。水书记看着宋运辉带上门这个细节动作，不由想起昨天与小徐通的电话，他最欣赏，曾经想培养为接班人的小徐说，这孩子有心机，有野心，但好在尚且稚嫩，比较忠厚，做人、做事颇有原则。水书记心说，这就好，他才不要忠厚老实得像头牛的人，他自有办法克制这小孩子的野心心机。

宋运辉去会议室的路上一路告诫自己，他只为工作，他想做事，他不是搞派系。进会议室后没东张西望，自己低头闭目沉思，重点考虑如何反对FRC技术。

过会儿，有人碰他手臂，他条件反射似的识相地将搁在把手上的手臂放下，却听旁边传来扑哧一笑，他抬头，却见是虞山卿。对虞山卿，他以前视作竞争对手，现在有点不齿。但还是笑笑道："终于见到熟人。"

虞山卿往宋运辉脸上看了看，笑道："这么憔悴，可打瞌睡也别打到领导眼皮子底下来啊。"

"刚下火车，一路没睡好。"

虞山卿了然地笑笑，道："听说要把你调进整顿办。你看，今天预先就让你参加会议了。"见宋运辉眨巴着眼全不知情，虞山卿笑道，"算了，这是后话，不提。三天前动力车间差点出事，你知道吗？当时压力急速上升，安全阀差点起跳。"

宋运辉学过一车间的调度，作为分厂心脏的调度，自然对其他车间的大致情况有所了解，闻言惊道："全厂领导都得扑过去啊。"

"你说对了。"虞山卿舒服地靠着椅背神秘地笑，"现场内行外行一目了然，有人就出了洋相，工人上下议论纷纷。"

"没听说。"不知怎的，宋运辉立即想到，那个出洋相的领导可能是水书记。但他不问，他不很喜欢背后说人是非，即使不是水书记他也不会问，再说是问虞山卿。他对虞山卿的为人不很肯定，很担心什么话到了虞山卿耳朵里，得被断章取义地散发出去。他学着水书记伸了个懒腰，但不敢伸大了，只轻轻打个哈欠："你吉他弹得真好，我什么乐器都不会。"

虞山卿惊愕，不知道宋运辉是有意还是无意扯开话题，他不由自主回了一句："这算什么，业余爱好而已。"又想到一件事，轻问，"前几天你不在时候，来了个据说是你好朋友的小姑娘，你还有那么小的好朋友？"

"有，梁思申，才初中呢。我三年没见她，回寝室看到她留在我桌上的信，悔得不得了。怎么，你见过？小姑娘长大了没？"

虞山卿笑道："你确实得悔。什么叫长大没有，长得太好了，虽然五官不是最出色，可整个人气质一流，回眸一笑百媚生，'金州粉黛无颜色啊'。"

宋运辉不无得意地道："那是必然的，梧桐树上落凤凰，不是我们金州水土能比。"

这时刘总工进来，坐下时候特意留意了一下这边；费厂长也进来，也是往这边看了看。宋运辉了然，一车间副主任肯定已经通知到刘总工，他既然没第一个去见刘总工，接下来会遭受什么，他已经有所准备。但他庆幸他面对的是刘总工和费厂长，若是面对的是刚走进来的水书记的话，估计水书记会眼睛一扫，喝一声宋运辉出去，将他置于尴尬境地。好在知识分子不会这么嚣张。

但宋运辉又想到，等会儿水书记必然要他反对FRC，他发言时候，需要用与身份符合的知识分子手段呢，还是用水书记、雷东宝一类人的手段？显然，用后者，他的发言将暴发更大的影响力。但是，后者，宋运辉虽欣赏，却不喜欢。他性格里，多少带点读书人的头巾气。

虞山卿也感觉到三大头儿进来时候都有意无意地关注了一下他这边，他当然清楚，他们关注的不是他，而是他身边的这个小毛孩子。他心中无法不嫉妒，嫉妒水书记排山倒海般送予宋运辉的好运。换作他做领导，他也愿意培养宋运辉那种白纸一张的小年轻，而不是他这样已经有人生阅历的成年人。他的所有，只有靠自己双手争取，而不能等幸运从天上掉下来。可是，争取这种事，往往事倍功半，好在，他通过刘启明，总算打开通往管理核心的大门。

虞山卿不露声色地一笑，笑意只在他嘴角显露一下，便告消失。他当着刘总工的面，做出主动拉拢宋运辉的表象，他感觉，刘总工言语中有欣赏宋运辉的意思，很想拉宋运辉为我所用。人人都喜欢白纸。他又瞥了眼闭目养神似的宋运辉，笑道："又打盹儿了？哎，你的小朋友小梁的爸爸是做什么的？"

宋运辉看一眼虞山卿，挺反感这个问题，不愿回答："还说我打盹儿，看你的眼睛也是熊猫眼，最近赶什么？"

虞山卿当然不会坦白整顿办的工作，只春风满面地道："谈恋爱啊，恋爱。呵呵……"

宋运辉听了恨不得挥拳照鼻子揍过去，心里不由想到梁思申为他出的气。嘿，小姑娘就比他有策略得多，可见是每天在家努力生活、努力实践的结果。冲那小家伙在饮食店端着女王架子说出来的损话，可见她所谓学贵族礼仪，不过是为自己披上一张羊皮。宋运辉想到这儿不由一笑，每个人身上都深深刻有生活的轨迹。相比梁思申之于饮食店，他在眼下这场合，又何尝不是小孩子投入成人社会？他也装傻即可。他又是不由一笑，他这个辅导员Mr.Song还得向小小梁思申偷招儿。

按说，今天的会议并不是党务会议，由水书记通知召开已经不符合规程，但费厂长他们却赴会了。还不到四点，水书记先开口说话，将会议主持权也抢了过去。

"人都到齐了吧？趁费厂长明天回去北京之前，把近期有关设备改造的工作提出来，会议上理一下思路，统一一下思想，确定未来工作方向。时不我待，今天的会议必须形成决议，本次决议，将成为设备改造的指导纲领，指导未来设备改造工作的进行。因此我们的讨论有必要全面、深入、细致。今天会议按照以下议程进行：第一，运销处就目前国家计划政策情况，从计划为主，市场为辅角度，谈设备改造的必要性；第二，厂办介绍我厂设备改造提请审批的程序，和预期可能获得的资金划拨；第三，总工办详细介绍已经完成的工作，以及进一步的工作方案；第四，讨论确定最终改造方案的框架，并就下一步工作做出人事、行政、财力上的安排，确保下一步工作平稳有序地展开。事不宜迟，老费，开始第一项议程吧！"

水书记有没有私心？起码宋运辉看不出来，估计费厂长也无话可说，反正费厂长点头同意，让运销处长开始发言。所有的发言，宋运辉都认真地听，认真地做笔记，有些内容，简直是弥补他可行性报告中的不足，如果宋运辉自作多情一些，都会以为这是水书记明修栈道，暗度陈仓，给他提供资料。旁边的虞山卿也听得极其认真，他也明白这个会议的重要性，很可能他们未来将所做方案形成拿去审批的文字，就需要拿今天的会议决议做指导。但他没像宋运辉那样地详细记录，而是融会贯通地记忆。

前两项，每完成一项，做一番讨论，几乎没有异议。第三项开始时，所有人都不自觉地竖起耳朵，竖起脊背，看一位副总工在黑板前介绍为什么选中FRC，FRC技术相对现有设备的先进性，FRC与现有设备的配套便利，金州现有技术力量对FRC技术消化的便利。宋运辉倒是没想到过这个技术消化的问题，一时心里难以取舍，究竟是应该技术适应工厂现状，为我所用，还是工厂适应甚至引导技术潮流。不过有一点他是肯定的，很奇怪，在行前，刘总工找他了解FRC资料至今，两个多月，他们竟才做了这么些事。当然，他们工作的细致是毋庸置疑的，他们拿出来的数据面面俱到。

副总工讲完，费厂长对水书记道："老水，你看看，有什么需要修改补充。"这话出来，好几个人脸上露出意味深长的表情，都知道水书记不熟悉技术，费厂长这话是揭水书记的短。

宋运辉正考虑他要不要站出来说话，却听水书记开口："我们听听大家的意见。有没有谁需要修改补充？小宋，你刚去北京查来资料，年轻人给我们提提意见。"

宋运辉听得出水书记话里的讽刺，起身沉静地道："有。我对FRC技术的先进性有几点补充。"他的话说出口，在场大多数拎得清的人都惊愕，包括水书记，一张脸都黑了，全场沉寂。宋运辉感受到前所未有的压力，他脸上虽然沉静，可宽大裤管里的两条腿，却瑟瑟轻颤，比第一次走上小学讲台做辅导员时紧张百倍。

唯有刘总工开口："小宋上来黑板前说。"

人人都看到宋运辉犹豫了一下，但只有宋运辉自己知道，他没犹豫，只是他的腿有点僵，忽然走动不了，使劲才能迈步。但走出一步，便似血脉畅通了，下一步就不再难了。他走到黑板前，面对一片亮闪闪的眼珠，那些都是久经沙场老将的眼珠，他需要运足内劲，才能正常说话。

"我补充一下FRC技术的先进性。就目前来看，FRC技术下生产出来的产品在国内市场属于顶尖，产品宜轻工业，副产品宜重工业，符合当前国家倡导轻工业加速发展政策的大前提。"宋运辉对站在这么多人面前非常不适应，就好像是普通人套上戏装跳大神，怎么也施展不开。他干咳一下才能接着说下去："就国际市场而言，如果设备运行良好，产品应可以达到中到中高档，这种产品，在国际市场上有较大的需求，可以考虑出口创汇，为国出力，将购买设备的外汇挣回来……"

宋运辉话音未落，下面刘总工就提了一句："好，这点我们没考虑到，应该补充进去。"

宋运辉不得不再轻咳一声，将话继续："我这儿有数据比较，我在黑板上画出来。"他转向黑板，今天，他的板书前所未有地难看，他笔下的字跳跃无序。他身后，水书记虽然强自镇定，可胸膛剧烈起伏。

往往，数据是说明问题的最佳手段，何况是表明出处的数据。宋运辉一边写，下面一边交头接耳，大家纷纷议论，黑板上的数据为总工办的方案提供最佳佐证。

宋运辉最后落笔转身，费厂长抢在他前头，对水书记道："老水，看来产品定位合理，我们把方案确定下来吧，下面开始讨论审批和配套工作。我看，也不用再另立班子，依旧总工办和生技处负责，原班人马重新组合一下，开展下一轮的工作。人手不够，从各处室抽调。目前设备改造工作作为重中之重，除正常生产运作之外，其他工作都必须围绕设备改造这个中心展开。我们确定一下下一步工作步骤。老刘，刘总工，你介绍下一步工作的思路。"

刘总工起身，对宋运辉道："小宋，你资料收集得很齐全，现在你下去听着。"

宋运辉照梁思申的思路，一本正经地对刘总工道："可是，刘总，产品的正确并不意味FRC技术的最合理。这就比如同样是到达河的彼岸，一种办法是造桥，一种办法是用滚装船实现车客渡，造桥的办法是一劳永逸，并小成本运行，而滚装船却有较高运行成本，遇到气象因素还得停开，FRC就是属于滚装船这样的过渡技术，有成熟设备，却非成熟技术。根据我收集的资料表明……"

"少啰唆，这是技术会议，不用比方来比方去，直接说结果。"下面水书记终于明白宋运辉的策略，以很不客气的语气配合一句。

刘总工一时站在黑板前很是尴尬，赞扬小宋资料收集的话是他说的，他当然不便立刻当众收回，又不让小宋将后面的话说出来。会场上毕竟是两股势力在纠缠，而不是他的一言堂。宋运辉见此忙对着刘总工道："对不起，刘总，请让我说完。根据我对FRC生产厂商代表的访问，我们原设备与FRC技术配套的最大问题在于动力车间、关键辅料和运行技术掌握的问题，这三个问题构成未来设备运行成本的居高不下。我觉得这个问题应该预先考虑到。"

"预先考虑没错，可有没有成熟的替代技术？任何技术都有无可避免的缺陷。"

"刘总，对不起，替代技术的问题我后面会说，我紧张，第一次上讲台，您得让我一步一步说。"

刘总工无奈，他不是仗势欺人的主儿，他讲理，他不能欺负小年轻，他只好回去坐下。宋运辉松口气，感觉有汗水从耳边滑落，他顺手擦了一把。于是，所有人都看得出他的紧张。刘总工下去坐下就道："你先说动力车间，这个临界压力蒸气工作环境前面已经提到过。"

宋运辉道："可没提到我们目前的动力车间设备，没一台锅炉能提供临界压力蒸气，如果采用FRC技术，我们还必须打上临界压力锅炉的设备成本，这笔成本相当巨大。还有在未来运行中，动力车间设备配套使用电力大幅上升导致运行成本的上升，必须考虑。"说着，他转身到黑板上写字，"这是我从应用FRC技术生产设备的两家厂商那儿初步了解到的设备大致价格，根据参数变化，变化范围可能是百分之二十，我这儿再加一台临界压力锅炉大致价格，这是设备成本，然后我说关键辅料。FRC设备的特殊性，决定它使用的关键辅料必须进口，虽然量不大，但是考虑到外汇和未来的运行成本，这也是个问题，选择时候必须考虑。再一个是运行技术问题，FRC设备在运行中的不稳定，导致需要高成本培训运行工。以上是FRC技术的优点和缺点。"

宋运辉说完，也在黑板上写下密密麻麻的数据，才顿了一下，等待有人提问责难，但奇怪，没有。他不由看向刘总工，发觉刘总工脸色铁青，他怀疑刘总工心里在想，这宋运辉臭小子竟敢拿一份大学翻译草稿误导他们，事后又据此推翻他们。

他等了会儿，见没人发话，就继续讲下去。信心开始一点一滴地从脚底慢慢注入心脏。

"另有两项成熟技术，就是我说的类似造桥这样的技术，虽然任何技术站在历史角度来看，最终会被新技术赶超，可在目前阶段，这两项新技术有可取之处。从设备先期投资来看，有不需要改造动力车间的优点，所以虽然单个主体设备的造价高于FRC，可总体造价相对较低，请看图表。

"它们最终产品标准比较，请看表4。产品性能与FRC基本保持在相同级别。对于类似产品优缺点的阐述，前面已经说明。

"它们运行参数比较，包括FRC技术，请看表5。

"它们运行成本大致产生于以下环节，请看表6。

"它们……

"它们……

"它们……

"以上是三种技术的全面数据比较。需要说明的是，其中运输成本参照的是运销处长刚才的说明；运行成本我只能说出成本产生于什么环节，但我不知道金州的具体数据；设备进口关税等费用取自中技进出口总公司。有遗漏处，请各位领导批评指正。"

宋运辉说完，站在黑板前看了看众人的脸色，非常复杂，有灰头土脸的，也有兴奋的，还有漠然的，强持镇定的，等等，每张脸后面，都有各自一段心事。宋运辉看看没有表情的水书记，便自动走回自己位置。但还没等他坐下，忽听身后啪一声重响，他惊得往前一冲，小腿撞椅子上，撞得生疼。他忙回过头去，却见水书记虎着脸呼一下站起来，大声责问。

"我只问你们一句，你们看看黑板，再扪心自问，两个月，你们在做什么？告诉我！"

宋运辉心想，水书记借题发挥，动刀子了。他忙坐下，一手轻揉痛处，耳朵听水书记扫机关枪似的大骂，从设备改造方案论证中的经验主义作风，一叶障目，不见泰山，到整顿办的教条主义作风，不接近基层，造空中楼阁，一年依然一事无成。虽然口口声声总工办生技处，可矛头直指费厂长和刘总工。虽然，宋运辉是水书记扭转局面的功臣，可水书记刀刀见血的痛骂，还是听得他心惊肉跳，何况被痛斥的那些人。再看虞山卿，也是面如土色，虞山卿的心情可想而知。

宋运辉微微低头听着，与大多数人一样。他眼中的水书记，除了那次在车间小办公室对着整顿办的人发火，其余时候都和蔼可亲，是个提携后进的长者，没想到，火山不爆发的时候很温和，火山爆发就是灾难。绝对是场灾难，宋运辉偷偷看着手表，一刻钟了，水书记还没有停歇的意思。水书记与雷东宝不同，雷东宝骂人脏话粗话一起来，甚至拳头也来，但水书记什么脏话粗话都没有，大义凛然，却令人无从辩驳。

然后，在敲定总工办生技处整顿办等罪状之后，水书记开始历数费厂长领导无方，说得出做不到，好大喜功；历数刘总工年老保守，不能走出去拿进来，故步自封；历数生技处诸人不思进取，做一天和尚撞一天钟。一路数落下来，竟然没人还嘴，包括费厂长，都低头听水书记将罪名落实到他们头上。

宋运辉这才想到，水书记前段时间一会儿退步，一会儿强硬，然后又退缩，原来是策略，是引蛇出洞、一举歼灭的策略啊。否则，总工办的人们能那么轻敌吗？怎么说，他们有集体的智慧，有那么多的熟练人手，有全厂的配合。他们被麻痹了。

宋运辉置身事外，听着，考虑着，心里感慨万千。水书记这人非常可怕，是个步步心计、步步为营的强人。如果他进厂不是老徐推荐，今天的结果又会是如何？站在水书记的对立面上？想着就令人毛骨悚然。水书记做事，可以为解决路上的绊脚石，而把整条路封闭，不顾大局之惨重损失，可是水书记又可以最快最有效地调动人手，将事情做成。此人的心，一定跟铁一般冷，一般硬。这样的人，只有"可怕"俩字可以形容。

这时，宋运辉开始同情刘总工，起码，刘总工的技术在他接触的人里面是首屈一指，刘总工只是毁在墨守成规，果然是年老了。而那些生技处的中年人和年轻人，他不予同情，他在图书馆泡着的时候，都没见那些工程师来查资料，路是人走出来的，自己不走，今天挨骂别怨人。

好不容易，水书记止住痛骂，在近晚七点褪色的夕阳下，开始一人独断，调整领导班子。整顿办的工作归口黄副厂长负责，会上重新确定工作框架。水书记一路说下来，大家做笔记记下自己要做的，条理一清二楚，直说了近一个小时。至此，谁还敢提出反对意见，谁有脸提出？总工办和费厂长的脸皮被水书记的暗中布局剥得一干二净。

设备改造依然归口总工办，但改由机修分厂程厂长临时负责，水书记直接督导，明天开会，会议名单一、二、三，会议组成新班子后再定方案。务必雷厉风行，拒绝拖拖拉拉。

会议在日光灯下结束，结束时间接近晚九点，没人敢有饥饿的感觉。宋运辉也没有，他一直竖着耳朵听着对自己的安排，只有在明天的设备改造会议名单里听到自己的名字，其他没有。宋运辉自嘲地心想，也合该如此，他到水书记发火后开始调整领导班子时，才明白自己的角色，不过是个没脑袋的打手，有点卑鄙的带血的刀子而已，接下来，他该走回轨道，该怎样就怎样。但是，被人从人格上鄙薄，可能是免不了的了。甘愿充当打手，充当刀子，这样的人……他自己先鄙视一把。

但是出乎宋运辉的意料，会议结束，有那么多人在走廊上，在楼梯上，在自行车棚，向他表示善意。他一时应付不过来，内心也无法适应，只保持着微笑，只说"谢谢"，其他啥都不说。回去路上，好几辆自行车同行，好在大伙儿也没太多话，怕太高声笑语得罪了其中某一方，谁知道未来会怎样发展呢。宋运辉路过图书馆时候想，刘总工彻底恨上他了。

回去寝室，与寻建祥说起今天开会的事，寻建祥挺为刘总工可惜，这老头其实是不错的人，要是专心搞技术，就什么事都没有。费厂长技术也非常好，哪儿都拿得出手，可就是不会管人啊。宋运辉感慨，哪有可能专心做技术，做技术就要涉及运营、维修、核算、管理，就要与人协调扯皮，就得卷入是非。寻建祥问宋运辉赢了为什么还不高兴，宋运辉说，没想到是这结果，他还没从会议场合回魂。寻建祥斥责，想那么多干什么，赢了就高兴，输了就哭，多简单的事，有些人就是自己给自己磨叽死的。宋运辉讪笑。

今天后，他是彻底站队了，也只有一条路走到黑了。否则，打手之后又做叛徒，他又不是虞山卿。可是，他对水书记，此时有敬服，却无好感，怎么办？以后不知道还有没有积极性。他说服自己，做事还是做事，做事是为自己为工厂。

可无论想什么，他总是想到今天会议上他所扮演的角色，总觉得心中像吞了只苍蝇一样不自在。以后，想必他有更多机会做打手做匕首，他很卑鄙。

他也想到刘启明，今天之后虞山卿那个见风使舵的人会不会赶紧与刘启明划清界限？

他吃一只寻建祥开恩给他买的驴打滚，无力地倒在床上。手臂一张，碰到一块硬物，取来一看，原来是梁思申送来的书。他想，干脆拿这书消遣吧，他今天脑袋混得很。

小说与专业书不同，专业书翻来覆去那几个单词，三年下来，早倒背如流，可小说里面却好多不熟悉的新词汇。他不得不拿起字典一边看一边翻。没想到一看就放不下手。这是非常好看的推理小说，令人看了前面就想看后面，不看完不能释卷。

直到寻建祥怨声载道地去上大夜班，他才想到天已半夜，此时，他已平静如常，满心只有波洛的影子。可爱的梁思申，她怎么什么都懂，她又一次帮了他。再次回首刚才的会议，他已经平静许多。他可以很理性地想，只能如此，虽然不是阶级斗争，可也只能你死我活，今天不是水书记把他们打下去，就是水书记遭殃，而他得跟着受连累。他早已绑在水书记的那条船上。只能如此了。

站水书记的立场上，水书记又能有什么更好的办法？换谁都是一样心狠手辣，看今天费厂长最先的表现就知道。既然走上这条道儿，看来只有一条道走到黑。这事儿，谁都做得出来，道理清楚得很。他其实开会最初，还不是殚精竭虑，考虑如何采取手段，想将对方一击命中吗？他可能是被水书记排山倒海般骂人的罡风震晕了。

啥都别想，想是这样，不想也是这样，都那样，没回头路了。明天还要开会，得打起十二分精神，为自己争取相应的位置。唉，都那样了。

宋运辉睡下时候，心情还是沉重。为前途，更为自己今天的行为。

第二天的会议气氛相对轻松，大局已定，虽然费厂长与刘总工依然在位，可整顿办与设备改造办两个近期重点工作部门与他们的切割，已经导致他们再无法发号施令。其他人自然无力再与水书记对碰，要么偃旗息鼓，要么做一次墙头草，第二天的会议上，再不见剑拔弩张。

水书记一点都不避讳，会议开始，就论功行赏。除了宋运辉，当然还有其他人。宋运辉被提前授予助工职称，提前转正，归属生技处，工资比转正后再上涨一级，目前进入设备改造办工作。会上，水书记表扬宋运辉吃苦耐劳，勤学上进，应该成为新进大学生的表率。他也下达命令，此后，新分配进来的大学生必须先下车间锻炼。

但在座明眼人，包括宋运辉自己都清楚，这个赏，雷声大，雨点小，所谓提前授予助工职称和提前转正，也就比虞山卿之类同期进厂大学生提前了一个月。再过不到一个月，虞山卿等人也可以满一周年而转正。唯一的干货是涨一级工资。这个赏，与宋运辉所做事的重要性相比，显然不能相提并论。因此，不少昨天会议后确认宋运辉是水书记手头一枚重要棋子，是重点培养对象的人，开始怀疑动摇。按说，昨天宋运辉即使没帮上水书记的忙，可他所做的工作已经足够重重行赏，涨一级工资是理所当然，可为什么水书记对他如此吝啬？会后众说纷纭。

宋运辉心里则是印证了昨日会后的想法，因为这样的行赏，也就够打发打手的级别。今天这个会议出来，估计他的打手身份就这么被坐实了。想到他平日里看待那些打手的眼光，再想想自己如今背后的眼光，宋运辉心头凉飕飕的。

而更让他郁闷的是，水书记今天直接拿他的可行性计划草案做框架，只另外添加两条必须抓紧做起来的工作，一是开始立项申报，报告在一周内拿出；二是向已经引进国外设备的同行取经，以不走弯路。会议同时明确工作框架，什么什么事在某某时间段做出，责任人谁、谁、谁。这个责任人的排序颇为讲究，有职务的按职务排序，没职务的按资历排序，宋运辉总是排在末尾。而且宋运辉的名字满纸飞，就是取经和进京申报之类的好事没份。进会场时候宋运辉是内涵地沉默，出会场时候宋运辉是失望地沉默。

然后，开始按部就班地工作。虽然有明确的工作指导框架，可宋运辉明显感受到相关人员的扯皮推搪计较。比如申报文案的编写，交给宋运辉写，其实只要两天，可责任人的第一位却带着大伙儿左一个会议，右一个会议，讨论来讨论去，一个会议只能写出一页，写的东西不见高明，只见"稳重"。宋运辉倒是不反对讨论，他心疼磨蹭掉的时间。可是，他现在已不是自由人，不像以前可以挂在一车间却自由做自己想做的事，他现在得身不由己地出席那些打发时间的会议。往往一天两三个会议，做事只能拿到业余时间。

他有时真想自己拟一份报告交给会议讨论，免得他们拖拖拉拉没完，但他没做。他知道那么做显然有否定领导的意思。可每天转悠着从一个会议室到另一个会议室，那真是他妈的憋闷。

反而是整顿办的工作做得轰轰烈烈，水书记亲自参与，一抓到人，从车间工段将工作开展起来，然后才集中到上面终审通过。一时之间，大家嘴里都是整顿办，而不见设备改造办。

周五的会议，宋运辉没有参与，他借口到图书馆查资料离开沉闷的地方。

他如今是什么形象，他从寻建祥有些支支吾吾的表述中得到答案，有人说他枉做小人，最后也并不被水书记待见，有人说他急功近利，可这样急吼吼的人谁敢用他，最终被冷搁是必然。虽然同事与他见面时候都是客客气气，可背后转身，都不知怎么议论他。宋运辉自那天开会以翔实数据顶翻总工办之后，一直心情极差，每晚需要梁思申送来的小说镇定心神才能睡觉，他是硬撑着凭良心做事，才依然努力地工作。他扪心自问，如果时光可以倒流，让他重新做一回选择，他会怎么做？他想来想去，他别无选择，除非他什么都不做，嘻嘻哈哈地混日子，否则，他依然会被水书记挑中，做那条大棒，他甚至没有拒绝做大棒的资格。

一路胡思乱想着，宋运辉骑过了图书馆都没看到。等蓦然醒悟，才看到这都快到集体宿舍了。他忙又倒回去，得深呼吸一下，才能走进图书馆。不出所料，刘启明一看见他就别过头去不理，但从下面抽屉取出一摞资料啪一声拍在台子上。

宋运辉没吱声，拿了资料找自己常坐的桌子，背对大门。翻翻刘启明扔给他的资料，不出所料，就是他过去的翻译手稿。不错，这本有关FRC技术的手稿现在谁都用不上了。他又想到前几天一直在犹豫的事情，要不要把刘总工的笔记本还给刘总工。今天，刘总工把手稿还他，他还有脸再昧着刘总工的笔记不还吗？他想了想，还是两个字——"不还"。原因？他就是小人。

摊开图纸，他便专心查起资料来。他索性横下一条心，心里冷笑着想，又能怎样？小时候做了十多年的狗崽子，不也好好活过来了吗？

但他都没查多少数据，忽然有个人匆匆忙忙冲进阅览室，大声喊道："宋运辉，哪个是宋运辉？水书记让你立刻回去开会。快去，水书记秘书说都在那儿发火呢。"

宋运辉很想放肆地来一句"不去"，可还是默默收拾了图纸，托给老管理员帮保存着，省得回头出门又得开出门证。

没进门，就听见水书记的怒骂。宋运辉在门口敲了一下门，才进去里面找位置坐下。水书记的怒斥早追了过来："宋运辉，为什么不开会？"

"今天会议是讨论财务有关问题，我对此没有贡献，所以出去图书馆查阅资料。"

"你宋运辉才工作几天，你能懂多少事，你不懂就老老实实听着，学！谁让你自说自话搞独立王国？"

宋运辉豁出去了，这种日子还不如被贬去车间继续倒班，他迎着水书记的目光，不卑不亢地道："我在学，回头我会花三十分钟时间把三小时会议的记录深刻领会一遍。"

　　水书记阴森森地盯着宋运辉："你这是什么态度！你有才可以如此嚣张？"

　　宋运辉这才收回目光，微微低头，但只说一句"对不起"。后面，任凭水书记怎么批评，他不再开口。

　　水书记又批评两句，但立刻停止针对宋运辉，继续对全体申报报告组成员道："说，一个一个表态，今天星期五，我星期一去北京，机票已经订下，我拿什么去申报！"

　　组长汗流浃背，说周日不休息，晚上不回家，保证周一拿出报告。水书记立刻砸回去，问难道让他拿着手稿去北京？难道就不给出一天排版刻字时间？于是其他人接下来表态，将交稿时间提早到周日。表态顺序，按照表格上责任人排名，丝毫不乱。最后轮到宋运辉，宋运辉道："集体负责，等于个人不负责任。如果信得过我，我执笔，各位在座前辈提供宝贵经验，我明天下午拿出初稿，如有贻误，唯我是问。"

　　众人听了心惊，心说这小伙子虽然没直说，可摆明了指责水书记原定方案不正确，才导致今天工作拖拉无法如期完成。大家都偷偷看向水书记，看水书记如何发作。但没想到，水书记没立刻发作，而是两眼阴沉沉地盯着宋运辉，再看宋运辉，则是大义凛然地瞪回去，一副初生牛犊的样子。

　　终于，水书记语气和缓地道："明天下午四点，把初稿交给我。如果交不出，唯你是问？你有几个脑袋？散会。"说完，水书记头也不回走了出去。身后，众人长出一口粗气，宋运辉甚至得活动一下脖子做一个扩胸运动，才能活转过来。

　　组长连忙对宋运辉道："快动手，书记一行已经订了周一的机票，也已经跟部里领导约定时间。天哪，怎么扣得那么紧。"

　　另有人道："小宋，胆子蛮大的嘛，书记还真吃这一套。"

　　组长道："别说了，干活。"

　　宋运辉问组长要来小会议室钥匙，去自己办公室找到平日读报笔记，和所有资料，再回到开会的会议室，反锁上门，又将朝走廊一面的窗户关上，窗帘拉上，一个人根据小组会议决定的提纲开始起草报告。刚刚走过另一个会议室，也是设备改造办霸占的会议室，又见水书记在骂人。他想，这完全是领导者的指导方针问题，水书记不用骂别人。

　　其实，作为申报报告，讲的只要是大体情况就行，那个扭转局势会议上通过的决议已经够说明绝大多数问题。宋运辉所做的，主要还是陈情，是决定以何种语气向部领导和计经委传达金州总厂迫切的设备改造要求。他在报告里重点突出两件事，一是金州总厂响应中央号召，不做设备成套引进，而是以较少外汇引进主要设备，其他辅助设备由金州自我消化；二是说到目前考虑的两项新技术新工艺对未来产品定位的影响，对我国该类产业界整体水平的提升，以及在国际方面的影响，这影响，包括政治影响和经济影响。类似高品位产品的出口，将出口创汇为国家做出贡献。

宋运辉从没接触过高层的报告，不知道类似官样文章该怎么写，他接触最多的还是大学里翻译过的那些资料，那些对成本市场等斤斤计较的老外的报告，那些翻译资料他一稿二稿三稿地反复整理，早已将其中套路铭记在心，他下笔，也无可避免地带上浓重的市场色彩，重点将引进设备的经济影响说得天花乱坠。

中午直到饿了才想起吃饭，出去找食堂，早已关门，无奈找饮食店，看到张淑桦，但张淑桦看见他却三步并作两步逃进厨房躲了。宋运辉吃两大碗青菜肉丝面，又去副食品商店买一斤半最便宜的方饼，飞车回去会议室继续。他晚上干脆没出去吃饭，就啃方饼，只恨自己写字不够快，没法将胸中早考虑成熟的意思用笔飞快表达出来。他只找了两次财务室的同人，其他都没找。他心中略带轻蔑地想，其实，要什么小组，他一个人完全可以对付。对，他就是狂，但是有什么办法，他有料，用水书记的话说，他有才，他嚣张。

有才，唯有用行动证明，才最有效。宋运辉一夜没回去寝室，累了就在会议桌上睡一觉，一觉醒来天刚蒙蒙亮，他去楼梯间厕所洗把脸继续写。中午下班前，顶着两只红眼睛，把报告草稿交到水书记办公室。连水书记都脱口而出："这么快？"

厚积薄发！宋运辉嘴上没说，心里狂傲地给了自己一个回答。他缺少的只是工作经验，但对付这种申报报告，还是绰绰有余。

水书记看了一下页数，没抬头，道："坐，自己倒茶。"

正好，下班铃声响起，宋运辉没坐下，道："水书记，我三餐没吃了，得回去吃饭。饭后我立刻过来。"

水书记闻言，"嘿"一声笑出来，起身道："我请你吃饭，边吃边聊。下午放你回去睡觉。"

宋运辉简直有点不相信自己的耳朵，但见水书记果真收拾起报告放进公文包里，起身下班，他愣怔地跟出去，跟下楼，各自找到自行车，水书记招手叫他跟上，他一直愣愣地跟到水书记家里，就在一起下班的全厂白班人员众目睽睽之下。

水书记家有保姆做菜，进门就可以吃，一桌吃的还有水书记爱人。水书记有两个儿子，老大结婚了搬出去自己过，老二被总厂派到上海接待站。水书记直接问宋运辉前几天是不是有情绪，宋运辉也直说有，最受不了的就是原以为可以大干快上，没想到还是传说中的机关磨洋工。但水书记就是追问宋运辉对众人传说他枉做小人这话的态度，宋运辉有些招架不住，回答三个字——"受不了"。水书记立刻笑呵呵地就给了一句结论，说难怪昨天那么顶嘴。宋运辉挺不好意思。

然后，水书记一边吃饭一边看报告，水书记的爱人则是对宋运辉问长问短，害宋运辉这顿饭吃得极其别扭，虽然菜是真好，水书记夹到他饭碗里的一只鸡腿真肥腴。一直到水书记爱人吃完先进去卧室午睡，宋运辉才松口气，大吃特吃，他早饿坏了。好在水家菜多，他大吃也不会影响水书记没菜下饭。

水书记吃得慢悠悠的，戴着老花镜看得也很慢，反正天热，不愁饭凉没法吃。吃完才看完，却一直摇头："不对，这味道不对，写得是很吸引人，换我是部委领导也会被鼓动，可是整体味道不对，没有公文味道。"

宋运辉只得承认："我从没写过这么重要的公文，但提纲是我们小组讨论决定的，应该没错。"

水书记没回答，坐到沙发上又翻来覆去地看，拿铅笔画出有疑问的地方。宋运辉旁边看着，心中却挺平静，他认为绝对不会有问题，他有自信，按照小组所讨论的提纲，他的写法应该是最佳表述。

但是，水书记最终还是指出，社会效益和政治影响方面写得太少，虽然引用了国家整顿政策中有关条文，提到不成套引进的问题，但还应该再提几条别的，比如国家对目前工业企业技术改造的决定必须提到；对我国当前面临的为全面开创社会主义现代化建设的新局面，为建设一个具有高度民主、高度文明的现代化的社会主义强国而奋斗的中心任务必须提到；对国民经济中重大比例严重失调、消费品行业必须加快发展的状况必须提到；甚至还应该宣传一下金州推行整顿以后经济效益的提高。水书记说，这些都是必不可少的内容，必须到资料室查了资料补充进去，其他基本可以通过。宋运辉心说整顿真正的开始才一周，哪里能出效果，怎么写。但他只说了句这下没法睡午觉了，取了水书记的铅笔将刚才水书记说的几个重点稍微记了下，被水书记放出家门回去再写。

但水书记看了修改稿后还是觉得这味道怎么看怎么怪，又叫来厂办的两个笔杆子来看了一遍，有个笔杆子指出这是因为宋运辉写的东西完全不符合既有套路。水书记这才恍然，但笑着叫下面去刻印了。宋运辉回去睡觉，睡前都不需要梁思申的书做镇定，躺下就睡着。只觉得心里郁积的疑团已经散开。至于原因，他也不知道。

水书记周一下午坐飞机去北京前，又分别召开整顿办和设备改造办两个会议，宋运辉在设备改造办又被调入设备组，负责新旧设备的参数衔接工作。而在整顿办会议上，水书记说，你宋运辉不是累不死吗，那就负责一车间整顿工作的督导联络整理。于是，宋运辉在继去水书记家吃饭被人刮目相看之后没两天，又被人视为笑柄，众人人前人后都不避讳，直称他为"累不死"。不过，一些有一定地位，关注着局势的，又明白水书记一向工作作风的明白人却从这一波三折和多次压下重任中解读到，水书记重视宋运辉。

宋运辉在某些人眼里成为明日之星，但在同样资历同样级别的人眼里，却成为最大的竞争对手。

<h1 style="text-align:center">13</h1>

不出所料，他在娘家一样的一车间，在一车间的技术室，还没下去，寻建祥下班就带给他不好的消息。

"喂，你师父让我跟你说，技术室那帮人在不服气，等着你明后天下去跟你搞脑子。"

"又不服我年纪比他们小？"

"那当然，凭什么你才来一年就爬到总厂？你师父让你去的时候小心点，说话客气点，别得罪他们。"

宋运辉当然知道，凭他做得多这条理由是无论如何不能说出口的，只得哭笑不得地道："行，我明天下去低三下四的。"

寻建祥犹豫一下，又道："那些人都很服刘总，你……小心。"

宋运辉愣住，衔着筷子眼睛晃悠半天，才道："明白，嗯，明白。"

寻建祥知道宋运辉这人话不多，宋运辉既然说了明白，他就不再继续这个话题："今晚放《海狼》，去不去看？"

199

宋运辉还没说，门口就有人应了句："小宋肯定不去。小宋，等一下我找你，我联络的是二车间，与你有些参数需要衔接。"

室内两人转头看去，是刚搬上三楼住的虞山卿。寻建祥不喜欢这个油头粉面的小子，什么都不说，就拿眼睛冷冷地斜视着虞山卿，但发现虞山卿与刚进厂时候已经不同，不再回避他的眼睛，也不把他当回事。宋运辉大方地说道："欢迎，我不会出去。"

虞山卿做个手势离开，寻建祥轻声嘀咕："不去陪刘启明，陪你来干吗？"

宋运辉轻声道："还能为什么，他现在哪还敢跟刘家混一起？不提他。喂，你别跟熊耳朵他们一起去电影院，那帮人净惹事。"

寻建祥扑哧一声："我不惹事？亏熊耳朵还挺喜欢你，别不讲义气。"

宋运辉从抽屉拎出一瓶酒精、一瓶双氧水："得，又得打架，我先把酒精、双氧水给你们准备上。"

才说完，楼梯间传来一声熊吼："寻建祥，死哪儿了？快下来。"

宋运辉将头往外伸了伸，也喊道："熊耳朵，把你的紫药水、红药水都拿上来。"

熊耳朵的耳朵好得出奇，还真听见宋运辉的声音，过一会儿，拖鞋啪嗒啪嗒的声音传上来，熊耳朵正好与过来的虞山卿撞个满怀，他一屁股挤掉虞山卿，将一堆东西全扔到宋运辉桌上，计有红药水、双氧水、胶布、棉花、绷带等好几种。以前他们打架回来，宋运辉露了一手学校里学的包扎功夫，他们就跟宋运辉哥们儿上了，当然，还得有寻建祥穿针引线加强效果。宋运辉将这些东西都收在一只抽屉里，头痛万分地对这两个道："小心着点，不就看个电影嘛，人家长高点遮住视线，你们偏个头不就行了？"

寻建祥道："干吗要我偏头，他们长高的就得自觉点，要么坐最后去，要么就别看电影，出来看电影又坐前面等于要后面人好看，这种人不修理，修谁？"

宋运辉无奈道："滚，看完早点滚回来，晚了我这医院不开张。"说着一起收了寻建祥吃干净的碗出去洗，熊耳朵和寻建祥立马欢快地出去，熊耳朵一出去就大声点名，立刻有各路好汉纷纷钻出寝室，呼啸下楼。

虞山卿这才进门，等宋运辉回来。

两人核对完数据，便没事做，宋运辉看他的资料，虞山卿拿了宋运辉床上的书看，很反常地赖着不走。一直到很晚，虞山卿的室友进来说小刘已经离开，虞山卿才回。宋运辉这才明白虞山卿赖他寝室是为避开刘启明。可怜刘启明放下架子亲自到夏天的男工寝室找人，却受这等待遇。

等虞山卿一走，宋运辉才能关门上锁，开始躺床上想明天下一车间的对策。万事开头难，有师父和寻建祥预先提醒，开头的难便打了折扣。可是，他得想办法让折扣落到实处，否则，什么都没准备，明知故犯，那就是蠢驴一头了。

好在，寻建祥虽然回来得晚，可没病没灾，什么事都没发生。

宋运辉第二天没正常开始在一车间的整顿联络工作，而是侧重设备改造办的工作，中间抽时间过去一趟一车间，与车间主任商量一下整顿工作的事。两下里商定，趁第三天各工段三班倒班间隙的上午学习时间，召集三班倒班工人、机修工段全体与车间全体技术人员召开一次动员大会，说明一下一车间面临的设备改造远景和近期整顿办须做工作的部署。因为机修工段上下对宋运辉技术的重视带来的友好与信任，所有运行工段三班人员对宋运辉的熟悉和友好，宋运辉可以保证，动员大会可以让一车间技术人员无从给下马威，无从反对他的部署。而他也希望通过会议将自己依旧与以前朝夕相处的工人混合在一起，成为他们那个有力群体的自己人，获得他们的大力支持。试问，哪个技术人员敢与一个拥有广泛群众基础的人作对？

这等技巧，宋运辉小时候就已经自发操练，熟能生巧。否则，以他出众的成绩和老师对他的喜爱，他这样一个狗崽子还怎能在那个荒唐年代被同学认同？他一向低姿态惯了，工作时候再演练一次，不成问题。他只是庆幸，幸好水书记没给予他太多好处，只给了增加一级工资和家宴一次的与众不同，给的同时却又一会儿不加重用，一会儿在会上当众揶揄，让众人不可能对他产生太大嫉妒，他才能回一车间顺利工作。否则，只怕车间主任都不会配合，因为人人都讨厌平步青云的新贵。

第三天，他的方案被顺利执行，获得预期效果之后，宋运辉回到寝室不由自作多情地想到，水书记做事，一向老谋深算，一招一式都有前因后果，水书记对他的处置，是不是也颇有考虑，而不是他最先以为的大棒打手论，和现在的侥幸没被拔太高？如果，他在帮水书记否认刘总工和费厂长代表的总工办和生技处的工作成果之后获得重赏，以他如今身处生技处的地位，那些原本拥戴刘总工费厂长的人，将如何对他？他如果不是在周一会议上被水书记揶揄"累不死"，他今天还怎可能笑嘻嘻地回一车间被人嘲笑着，与上上下下打成一片地开展工作？又如果水书记没给一通家宴，给众人一个心理暗示，车间主任他们会那么配合他？

越想，越分析，宋运辉越觉得水书记对他忽冷忽热的处置不是偶然。难道这是水书记给他搭建舞台，让他好好做事，树立属于他自己一步一步挣来的威信，而不是靠扶持出来的不能服众的威信？很有可能。宋运辉有些哭笑不得，如果是这样，那他在水书记面前的态度，就太像那种受尽父母百般宠爱，却依然身在福中不知福的惫懒孩子了，对他的表现，水书记应该看得一清二楚，水书记自己也说，他顶撞水书记。

想到这些，宋运辉心中很是惭愧，尤其是想到他对水书记的猜疑、排斥，他更汗颜。他对水书记的态度，很有忘恩负义的意思。他从来就刻骨铭心地知道，世人夺利容易，施恩难。父母从来教育他，世上很少有无缘无故的好，对于无缘无故的好，得懂得识别，对于真正的恩惠，一定要加倍报答。目前，即使水书记对他的栽培是为了他以后对水书记的支持，可水书记从一开始就大力栽培，给予他无限机会，帮他周到谋划，以及水书记对他能力的赏识，对他这个不起眼者的发掘，换别人，做得到吗？虞山卿都已经攀上刘启明，可刘总工又发掘虞山卿了吗？可见，水书记对他宋运辉，恩同再造。

宋运辉一向知道恩惠来之不易，从来轻视有人身在福中不知福。他从来受的教育是，作为一个人，知恩图报，是做人最基本道义。因此，他对水书记的观感，一夜扭转。以前是凭良心做事，凭上进心做事，以后加上一条，他得报答。

理清这个思路之后，宋运辉以后做事，心里的别扭少了许多。他也更放开手脚，大刀阔斧地做事。他相信，做好他手头的工作，就是对水书记栽培他的最好报答，也是对旁人质疑水书记对他栽培的最好回答。

当然，宋运辉会大刀阔斧，别的人在水书记制定的落实到人的框架下做出来的事也成效喜人，尤其是那些本来就有群众基础、有技术基础的经验人士。虞山卿也不落人后，他思维缜密，善于联络群众，以他热情的感召弥补他技术的不足，做事常是事半功倍。再说，人都知道虞山卿与刘总工家的微妙关系，都还不知道虞山卿在逃避刘启明，那些敬仰刘总工的技术人员，对虞山卿多少有些加意帮忙。虞山卿后来也慢慢觉察出此中奥妙，方才知道，官场政治之外，还有民心，刘总工官场失意，可多年积累的威望，在金州厂这个小小社会体系里面还有一定影响。

但是，这个认知，令虞山卿左右为难。他忽然发觉，刘启明是个大麻烦，脱离了，他会被那些爱戴刘总工的人鄙视；但是不脱离，估计他的事业将受到影响。他聪明反被聪明误了。

无奈，虞山卿只能拖，好在刘启明也不主动找他，大约是知道了些什么，他只能将关系不干不湿地拖下去，偶尔，匆匆忙忙去一趟图书馆，带些零食、书籍之类的过去，而刘启明的态度令他费解，刘启明总是若有期待也若有所思地拿双美丽纯净的眼睛看着他，不多说话。他不能多管了，他必须维持这局面，当然最好是刘启明自己提出分手。可刘启明偏又没提出分手的意思。

八月底的一次会议，是科级以上干部的非例行会议，宋运辉没有资格参加，但是会后，一个重大消息在全厂爆炸性传开，宋运辉当然也是听闻，那就是费厂长调到部里工作，而水书记兼职厂长。

至此，宋运辉终于下定一个决心，一个令他非常担忧的决心。这个决心向寻建祥提起时候，被寻建祥直斥为神经病发作，拿自己前途开玩笑。宋运辉自己也知道，这事儿非常冒险，简直是拿自己开玩笑，但是他又想，这事儿如果能成，即使对金州总厂，也是一件大好事。而不是单独为了刘启明。因此，他不采纳寻建祥的意见，九月的一次整顿办例行会议之后，他第一次主动追上水书记，要求跟水书记单独谈一些事。

水书记挺意外的，倒也没拒绝，走廊上就问："怎么，要我给你做入党介绍人？"

宋运辉这才想起，忙得都没想到入党的事，他笑道："还没写申请书，我觉得……"

"还是没做出成绩之前不入党？什么叫成绩？"水书记开门进办公室，一把将宋运辉按在他办公桌前的椅子上，才又道，"非得获得重大奖励，或者受伤送命才算成绩？你这孩子太认真点。说吧，找我有什么事？"

水书记的话让宋运辉感动，他有点不好意思地，期期艾艾地说出实话："可是我着手做的整顿和设备改造这两件事都还没见结果，现在就提出入党申请，有些违背原则。"

水书记一听，笑出声来，看着稍微留点胡子冒充老成的宋运辉，真想伸手拍拍那只挺聪明又挺傻的头，他笑道："去申请吧，让你在一车间的师父做介绍人，人不能没原则，也不能忘本。"

宋运辉应了声"是"，将手中捏了很久的一本黑皮笔记本用双手放到桌上，很有点吃力地道："水书记，我不知道这事儿能不能提出来，但是我觉得现在已经能提这事儿。我冒昧请求，水书记看看这本笔记，这是刘总工在我去北京收集资料之前，交给我学习提高技术的一本他多年经验积累的笔记。这本笔记是刘总工多年智慧结晶，以笔记内容与目前我已经接触过的那么多总厂技术人员相比，很少有人的技术能赶上刘总工。眼下，整顿办的工作在水书记制定的框架下进行得如火如荼，但其中发现不少技改问题，而整顿办需要制定的条规中，也有许多技术问题需要有人把关，我冒昧，能不能请刘总工来把关，他的肯定或者否定，相信很多人都心悦诚服并心中生出底气。"

水书记没打断宋运辉的说话，但两只深沉的眼睛藏在浓黑的眉毛下，一直紧紧地盯着宋运辉。水书记当然知道，现在为什么宋运辉能提这事儿，那是因为费厂长已走，他已经拿下厂长位置，刘总工已经孤掌难鸣。他没说话，拿来笔记本翻看，不错，这确实是刘总工的字，年代自六几年一直到现在，二十多年。刘能将毕生技术经验积累交给一个小年轻，说明刘也认识到宋运辉是可造之才，其中之赏识不言而喻。难怪全厂都无人来劝说他恢复刘总工的工作，只有这个小孩子到他跟前冒昧，这孩子有良心，当然不忍心见赏识他的人没着落。但水书记思索之后，将眼睛从笔记本里抬起来，问："你是不是在工作中遇到某些技术人员的抵制？"

"没有。即使有，属于我工作范围的事，我自己会想办法解决，不会来麻烦水书记。"

水书记倒是不会生宋运辉的气，因为知道他是个认真的孩子，他提出这种要求合情合理。水书记很耐心地道："小宋，你眼前有两个人：一个人做事一百分，甚至一百二十分，可破坏力八十分；另一个人做事九十分，破坏力十分，你会选择哪一个？"

宋运辉一愣，没想到水书记把选择权交给他，以如此清晰的打分方式交给他，从中他也看出水书记对刘总工技术水平的绝对肯定。他一时无话了，他最近因为整顿办的工作，与那么多人接触，当然已经清楚，硬性或者柔性的抵触对工作进程的影响，他为此不得不将做事的精力分出一半来处理人事纠纷，因此非常影响工作进度。他清楚那八十分的破坏力有多麻烦。再说，刘总工若有心，重新掌权后的破坏力，那可能不是刘总工一个人，而是带动一片人。这不是水书记的气量问题，而是从工作考虑。他思索半天，才道："水书记，对不起，我知道了。

但是……很可惜。"

"不错，很可惜。我一向坚持因人成事，因人废事，善用一个人，事半功倍。"说完，水书记将笔记本递还给宋运辉，"你好好学习，但千万不能因学历因技术而脱离群众。"

宋运辉怎么也想不到，水书记不生气不说，竟然还教育他鼓励他，如此大度。他接了笔记本，点头道："是。"

宋运辉告辞后，水书记反而挺赞赏宋运辉，光明正大地将反对意见说出来的人，比背后说风凉话和搞小动作的人可爱得多。为此，水书记反而愿意考虑宋运辉的提议。他虽然否决了宋运辉的提议，可是，他不会不知道刘总工在技术人员心中的影响，在那些有技术的工人心目中的地位，如果不将刘总工做个妥善安置，他的领导形象就会打上一个不怎么大气的折扣。他当然可以以权威让别人无话可说，可是，人总得留意一下自己的形象不是？

此时，新分配大学生的报到工作已经完成，对于第二批大学生的接收，总厂有了规矩。经过一段时间的集中培训学习，这帮大学生被分配到各车间基层进行锻炼，就是倒班。宋运辉当然也在一车间接触到两个新来大学生，当然，那两个大学生的年龄照样还是比他大。看着新分配来的大学生意气昂扬的眼神，宋运辉才意识到自己在这一年里成熟多少。当年读书时候了解政策，学习知识，能精确掌握机会，在学生会做了一件又一件有影响的事，还自以为是多了不起多厉害的事，到社会上一瞧，才知以前那都是过家家。这一年，崎岖曲折，可他还是个有水书记支持着的人。

但水书记深思熟虑之后，还是在秋风高扬的一天，找上刘总工的办公室。此后几天，没有消息。但是宋运辉这半个当事人却觉得有异，因为与刘总工在楼道走廊相遇时候，刘总工一改以往的客气微笑，见面竟然开口寒暄似的问一下进度。宋运辉不会忽略刘总工看他的眼睛，那眼神，很有探究意味。

国庆节休假两天，正好又遇到一个星期天，宋运辉加上两天调休假，搭总厂运销处车子回家五天。运销处本来没安排去宋运辉家那边的运输，但宋运辉一问，处长行了个方便，将后天的车子提前安排到国庆前一天傍晚出发，于是宋运辉在家足足地待了几天。雷东宝送来好多吃的，还有应景的月饼，是不常见的广式月饼。但雷东宝自己没法来，他被市里组织着去蛇口参观考察取经去了。

宋家两老生了一儿一女，现只剩儿子一个，因此分外疼爱。儿子回家，什么都不让儿子做，只要儿子敞开胃口吃就行。宋母更是片刻都不愿儿子离开眼前，没事时候总跟进跟出跟着儿子唠叨，即使手里拿着个米箩挑米里的沙子，也要找到儿子身边，戴着老花镜边聊边挑。

回家第二天，宋运辉陪着爸妈去市里买电视机。他已是第二次去市里买电视机，第一次是陪着姐姐去，第一百货商店还在，可是物是人非。其实，"物"也不是了，短短时间过去，可以说光阴荏苒，如今的国产电视机做得跟日本货似的，样子很是漂亮，价钱也比日本货便宜。他们一家挑了一台上海产的凯歌电视。等着商店发货的时候，宋运辉去趟隔壁没多远的新华书店，一口气买了四本书，《第三次浪潮》《大趋势》《领导者》《超越革命》。这几本书他闻名已久，今日终于得闲逛书店买来。姐姐不在，宋运辉也就没了买小说的兴趣。但是出来到门口，看到柜台玻璃下豆沙绿封面的《红楼梦》时候，宋运辉还是心中一动，掏钱买下一套。他想到梁思申，那个小姑娘年纪小小就被送到遥远的外婆家去，景况倒是与黛玉有的一比，他准备回厂里后将书寄给梁思申。

回家这几天，宋运辉的日子过得极无规律，每天吃了睡，睡了吃，早上非得妈妈叫他才起床，起床已见脸盆有水，牙刷涂了牙膏。宋运辉都觉得不好意思，可早上他就是起不来，他很困，好像要用这几天时间把毕业一年来的辛苦都补睡回来似的。不让他妈帮他脸盆接水，他妈还不干，宋运辉是反抗无效。他好歹现在在金州总厂是有点名气的人物，可回到家里就得受妈妈如此"小看"。

十月三日早上，宋运辉还睡得迷迷糊糊的，又被妈妈准时叫醒，他妈热切地问儿子要吃甜馒头还是淡馒头，宋运辉记得妈不会发面蒸馒头，就偏说要吃花卷，他妈应一声好就跑出去。宋运辉好奇了，难道家里来了田螺姑娘？跳下床就跟出去看，门外果然有人，可不是田螺，而是一个十五六岁的男孩，男孩黝黑的脸上有明亮的眼睛和阳光般的笑容。

宋母见儿子出来，就道："你看，一只鸡蛋换四只淡包或者三只甜包，花卷没有，你吃什么？甜包好吃一点。"

宋运辉问那男孩："淡包几两一只？"

男孩笑道："淡包、甜包都是一两一只，我们不要粮票，价钱就稍微贵一点。"

宋运辉奇道："你买面粉就不用粮票？"

男孩爽快地笑道："我们乡下人出力多，胃口大，饭不够吃，但糠多，鸡多，蛋多可以拿来换吃的,城里男人吃得比乡下女人还少,家里多出来的粮票正好可以换鸡蛋。"

宋运辉恍然大悟:"真聪明。妈,我们买十二只淡包吧,我给你们做红烧肉夹淡包,我在厂里常这么吃,西安同学教的。"

男孩好奇地问:"怎么夹?要不要把肉汤也浇进去?"

宋运辉拿起一只馒头,大致示范了一下给男孩看,男孩点头表示学会,男孩又举一反三地说,夹咸菜夹酸菜也都可以。宋运辉很喜欢男孩的机灵劲,趁妈妈挑了馒头拿进去,准备拿出鸡蛋来,他问那男孩:"国庆节放假出来帮爸妈做点生意吗?小伙子很能干啊。"

男孩摇头:"我今年初中毕业不读了,爸去世早,家里穷,下面还有三个弟妹,我得干活养活弟妹们。"

宋运辉听了很替这男孩可惜,挺机灵一个孩子,要是读书,成绩肯定好。他指指自己家门,道:"养兔也是很不错的挣钱办法,你们孩子多,放学了每人揪一把草回家,够兔子吃。放弃读书多可惜。"

男孩道:"养了,归小弟小妹管着。可爸去世欠下一屁股债,靠几只兔子没用。"正好宋母拿了五只鸡蛋出来,男孩又帮宋母挑了八只淡包,这可是今天的大买卖了。男孩高兴,就话多了一点:"明年等我大弟初中毕业可以接我班了,我跟人去东北做生意,听说那儿人富。"

宋运辉道:"东北吃工资的人多,可东北太冷。"

男孩又开心地笑道:"是啊,我把换来的全国粮票都存着呢,等明年用。大哥,我姓杨,我走啦。馒头好吃,我后天再来。"

宋家母子看着小杨吆喝着挑担离开,都是挺感慨,宋母说,自夏天开始这个小杨挑担来卖馒头,大家贪方便都不去镇上早餐店了,再说小杨与人自来熟,谁见他都说得上话,一个月下来就混出人缘,大伙儿都叫他馒头专业户,生意极好。宋运辉觉得小杨可比他小时候辛苦得多。

回厂路上,想到红红火火的小雷家,想到机灵挣钱的小杨,再想金州,只觉得金州一片黑暗。没回家看看还不觉得,回家一看,见农村日新月异地变化,金州却前不久才刚开始启动,很多人依然以传递小道消息为乐,以养红茶菌、君子兰消磨光阴,这中间差距真大。宋运辉心想,他绝不能在思想上与那些人同流合污。

没想到,回到工厂,也看到一个巨大变化。刘总工复出,不过负责金州总厂研究所的筹办，同时担任整顿办审核组的领导。虽然宋运辉十月六日就上班，可刘总工这回速度特快，早已在昨天组成两套班子，开始运转。一时，整顿办变成两条线争先恐后地交替前行，一套成文，一套审核。尤其是刘总工蛰伏后复出，做事快马加鞭，总是赶着成文的一套班子交出初稿，审核后发还，又让尽快拿出修改稿。因为刘总工在技术人员中德高望重，谁被赶着都没敢公开对抗，成文班子虽然不属于刘总工直管，却被赶得比被水书记骂着还狠。宋运辉反而高兴，对，这才是做事的样子。

宋运辉心中非常好奇，非常想知道水书记主动找刘总工谈话的那一次，两人说了什么，不知用了什么策略，让刘总工焕发青春似的充满活力。

终于，也轮到他联络整理的一车间整顿文件交付审核组，接受审批。都知道，前面的都被刘总工好一顿批，刘总工拿出来的审批意见稿长不见尾，被批的人个个噤若寒蝉，但都不敢发出怨言，没办法，刘总工批的就在死穴上。再说，全都知道，刘总工这人一旦涉及技术问题，一向态度认真强硬。

宋运辉还听说，虞山卿也挨批，一点没比别人占便宜，甚至有人说，刘总工就差将审批意见照虞山卿劈头盖脸扔过去，一点不顾小女儿的面子，非常铁面无私。宋运辉倒是心说，这才对，刘总工又不是笨人，能看不出虞山卿的心思？此时还能待见虞山卿？宋运辉对于已经递上去的初稿本来信心十足，那是整个车间工人技术人员心血的结晶，又参照了刘总工笔记本里面的精华。可看了那么多经验丰富的技术人员在刘总工手下的遭遇，他也有点心虚。他心里总觉得，他挨骂的可能性比较大，因为他得罪刘总工最多，也因为他知道得太多。知道得太多的人，往往成为别人憎恨的对象。

刘总工秘书通知宋运辉的时候，他正参与设备改造办的会议。但是刘总工秘书对于开不开会视而不见，长驱直入，提宋运辉上堂。宋运辉才到门口，里面的刘总工就问了句："小宋，你自己对草稿打几分？"宋运辉只见在他面前的秘书神情变了变，不知道这是祸是福，硬着头皮挨进去，硬着头皮回答："九十五分，因为没经历设备大修，少许问题我模棱两可。"身后，秘书将门掩上出去，形成关门打狗之势。

刘总工道："请坐，茶水是我刚替你倒的。如果你不是宋运辉，我给你打九十八分，不是因为你做得特别好，而是因为你草稿表现出的极强思维条理，换一句话说，你搭建的框架不错，就像你驳倒FRC技术的方案，你表现出的思维逻辑，让我无话可说。但是对于你宋运辉，我只能给你及格。为什么，我一条一条跟你分析。"

刘总工并没如传说中的发脾气，而是拿着草稿对宋运辉一一详解，除了指出错误，更非常尖锐地指出犯错的原因，包括其中的侥幸心理或者想当然心理。宋运辉如果是厚脸皮，完全可以在心中给自己开解：哎呀，错不多，最多一页评审意见。但宋运辉偏是个认真的人，而且刘总工的批评又是一针见血，所以，他全身越来越热，满头汗水。是，他的一些小聪明小滑头都被刘总工找出来了，刘总工就像是翻出他的脑子清理后找出漏洞，将他的心理分析得清清楚楚，这才可怕。难怪刘总工只给他及格，他没尽力的地方太多，他认。

刘总工总算清算完毕，宋运辉还在忙着记录，刘总工问了一句："是不是说你累不死，你就忘乎所以，两只肩膀一起挑？一边做整顿办的事，一边做设备改造办的事，你哪来那么多时间精力？"

宋运辉忙将最后几个字写上，才回答刘总工的话："我还单身，时间比较容易掌握。"

"新旧设备一起考虑，不混淆吗？"

"是互补，尤其是新设备的有些独特设计可以为旧设备未来可能的改造提供思路。"

"哦，你想到哪些？说……"说到一半时候，刘总工有些迟疑，不知道这个小伙子会不会保密。

宋运辉理解，FRC的事让刘总工心有余悸。他有些尴尬地笑道："刘总工如果有时间，最好一起去一车间现场边看边说。"

刘总工道："你去拿安全帽来，十分钟后楼下会合。"

已近下午四点，刘总工带上一只三节电池手电筒，招呼上宋运辉一起去一车间，没去车间办公室，直接去的现场。手电筒在刘、宋两个人之间轮流转，拿来打指向光柱。刘总工对设备极其了解，往往是宋运辉才提出思路的上半句，刘总工就想到思路的后半句，两人一拍即合，说得极其愉快，都没顾着天色已暗，设备现场灯火辉煌。看完，刘总工让宋运辉回头给他一份明细。

回办公室路上，宋运辉忍不住问："刘总，为什么当初你认准FRC？我对这个问题一直想不明白。我到北京一查资料就发现FRC明显落后。"宋运辉也是存心想告诉刘总工，并不是他一开始就挖好陷阱将刘总工引入FRC泥沼，他也是后来才知。

令宋运辉没想到的是，刘总工却说了一句大实话："年纪大了，对新生事物不敏感，正好看到手头资料里面FRC最有先进性，就一头扎进去，只顾做精做细。就像今天你的那些旧设备改造设想，金州的设备，很多是我们这些老的年轻时候想点子改造又改造的，可如今，却需要你这样的年轻人提一个头，我才能想到还有这种可能，但我想到这种可能时候，却能比你想得深入细致，这就是年龄的区别。以后的金州，靠你们啦。"

"年轻的冲锋，年老的压阵。"

刘总工在总工办面前跳下自行车，意味深长地冲宋运辉一笑，道："非把我们老头子挖出来吃干抹净才罢手。"

宋运辉也笑，才要回答，二楼走廊传出一声唤："爸，你去哪儿啦？也不打电话说一声。"

刘总工忙看手表，宋运辉却循着熟悉的声音往上看去，正是刘启明，旁边还有一个虞山卿。宋运辉心中叹一声，早知是这结果。他跟刘总工上楼去，却看到刘总工对虞山卿淡淡的，正眼也不瞧。宋运辉看看这对男女，看到两人贴得那么近，心里对刘启明的好感减少不少。上回看她在虞山卿寝室骄傲地离开，还以为她有志气得很，看清虞山卿本质，从此好马不吃回头草。没想到这么没志气。

他回自己办公室放下安全帽，取了书包出来，却被门口的虞山卿笑话了："小宋，这只书包是小学背到现在的吗？"

宋运辉笑道："不中看，却中用。"

这话正好被出来的刘总工听见，刘总工将眼睛在两人之间晃悠两下，皱眉，虞山卿虽然也是出色，但相比宋运辉，却是中看不中用。可惜女儿牛拉不回，刘总工拿女儿没办法，谁让这个小女儿天性浪漫。刘总工邀请宋运辉去他家吃饭，说现在食堂已经关门，宋运辉哪里肯去，那不是自讨没趣吗？就借口说刚才在一车间遇到的室友肯定已经给他买菜买饭，他还是回去吃，刘总工这才作罢。面对刘总工，宋运辉比在水书记面前狡猾了一点。只有在谈技术的时候，他才没法狡猾。

令宋运辉没想到的是，回到寝室打开灯，竟然真有一菜一饭放在他桌上。他忙拎两人的热水瓶下去，打来开水，拿开水泡饭吃。寻建祥？显然又是去玩了。寻建祥做白班时候从来不会放弃玩的机会。直到他睡觉，寻建祥还没回来，不过这很正常。

出乎意料的是，早起依然不见寻建祥。这就反常了。下去熊耳朵那儿打听，还被熊耳朵同寝室的人取笑，说宋运辉管寻建祥就跟女孩子管男朋友似的。但，熊耳朵也没回。

宋运辉胸口有一团担心急冲而出，他忽然想到这几天报纸上反复看到的两个字——"严打"。

果然，这想法在一车间得到证实。昨晚，寻建祥、熊耳朵等人在饮食店喝酒胡闹，醉后跟人争风吃醋，一帮人打起来，对方不敌，逃走后又叫一帮人返回，二十几个人在饮食店门口打群架，惹来两个派出所的警察两面包抄将人都捉了。还说生技处的虞山卿正好经过也挨了黑手，一张脸给拍得血淋淋。

宋运辉心中只会叫苦，完了，寻建祥打架前者是为那个小麻雀似的张淑桦，后者是为他。全厂只有一条大马路晚上灯光明亮，虞山卿从刘总工家回寝室，必经这条路，也就是必经饮食店门口，寻建祥打上劲儿了，看到他最看不惯的油头粉面虞山卿，还不趁机下个黑手。以前这种事也就是个当地派出所将人送交厂保卫处处分，而寻建祥从来对什么处分都无所谓。可今天是"严打"，看样子寻建祥又是主犯，不可能是处分那么简单了。报纸上都在说，从重、从快，一网打尽，那么，以前的处分，现在可能得在派出所关两天了。

宋运辉难得上班时间开小差，找个熟悉保卫处的同僚去保卫处咨询，一问，果然不出所料，昨夜公安局全市大行动，寻建祥他们正好撞枪口上。

很快，从重、从快的判决随着冷空气一起到来，寻建祥被判十年，发送新疆劳改。熊耳朵他们也被判得有轻有重，但都发送新疆，连张淑桦都没幸免。宋运辉还了解到，虞山卿多次上告，控诉罪行。刘启明当然跟去做证，明确虞山卿只是过路的一个无辜路人，却被一群流氓毫无理由地殴打，可见这帮流氓对社会治安破坏之大。有人议论说，寻建祥他们给判那么重，完全是被告出来的。

宋运辉一点也帮不上忙，求人找保安处处长说话，保安处处长很为难，最近这是全国统一行动，他爱莫能助。宋运辉甚至找上水书记，水书记却告诉他，有人还告他宋运辉呢，说他助长寻建祥等人的流氓风气，一向为寻建祥等人的恶行揩屁股，还是总厂厂办对市里审理案件的人拍胸保证宋运辉是个极优秀青年，才把事情压下。水书记要宋运辉最近老实点。但水书记还是问宋运辉怎么给寻建祥等人揩屁股，宋运辉说不忍看着好友受伤流血，出手包扎一下而已。水书记却指责宋运辉既然善待好友，为什么不劝好友积极上进，做个好人。水书记好好批了宋运辉一通，告诉他，洁身自好，并不意味着对周围恶行不闻不问。作为一个有为青年，要有是非观念，不仅要严格要求自己，还得帮助带动周围的人。

宋运辉焦头烂额却一事无成地从水书记那儿出来，走到虞山卿所在办公室时，站门口狠狠盯视那个空座位很久。他想到，三国时候，周瑜感慨"既生瑜，何生亮"，因此处处下黑手整治诸葛亮，虞山卿对他一如周瑜。想到只因为打群架就被重判的寻建祥，想到他自己也差点被作为共犯处理，如果虞山卿此时出现在眼前，他必定会脑袋充血，犯下危害社会治安罪。

宋运辉都来不及见寻建祥一面，寻建祥就被转移了。寝室一时空荡荡的，那张属于寻建祥的床，床帘一直拉开着，主人再不会从里面懒洋洋探出一只臭脚。往后，寻建祥即使刑满释放，估计也不会回来金州了。

很快，有新的室友分配进来，是新来的大学生方平。宋运辉收拾起寻建祥的铺盖，等寻建祥家人来时移交。寻建祥不是个正统人，可他做事光明磊落，对朋友赤胆忠心，是条真正的汉子，比之虞山卿之流不知强多少倍。宋运辉从来不会认为跟寻建祥是折节下交，交朋友，贵在诚心，而非地位权威等其他因素。

而对刘启明，宋运辉彻底死心。

14

然而，所谓福无双至，祸不单行，很快全厂又展开整党和清除精神污染的活动，宋运辉又陷入一个麻烦。作为一个才刚申请获得批准的预备党员，宋运辉也参与了整党工作。他隶属生技处，在这么一个遍地知识分子的环境里，在遍地都是从才刚结束的十年运动中走出来的老练知识分子群体里，每一次会议，对于宋运辉而言，都是煎熬。

宋运辉以为，他了解政策，可以趋利避害，避免重蹈父亲当年被打倒时候的覆辙，但是他错了。相比其他人，他阅历太浅，他对人性了解不够，他心中的坚持太多。在党组讨论时候，同样也还是预备党员的虞山卿提出有必要帮教宋运辉清除思想中的无组织无纪律的自由主义倾向，他举的例子，就是宋运辉和劳改犯寻建祥之间的密切关系。他指出，宋运辉毫无原则，与寻建祥、熊耳朵等人打成一片，勾肩搭背，而不是以争取上进争取靠拢党组织的先进青年身份教育感化寻建祥等人，致使寻建祥等人越滑越远，终至危害社会。虞山卿还指出，过去的已经过去，希望宋运辉认识错误，改过自新，以进步姿态投身组织的怀抱。

其实，在场经历过那么多运动的人都清楚虞和宋是怎么回事。两人一起进厂，在同一起跑线上，"前无古人，后有来者"，目前看来宋、虞各有千秋。但机会有限，有宋没虞，有虞没宋，虞在技术上不是宋的对手，这个时候不出手打压一把宋，争取跑到前面，还有什么机会？也正好出他一张俊脸，差点被寻建祥毁容的恶气。起码，虞山卿提出这个议题，大家就得认真对待，场面上得有个交代，给议题得出一个结论。

大家都没把这事太当回事，又不是宋运辉自己触犯法律去坐牢，不过是室友坐牢，宋运辉只要打个哈哈，说句工作忙碌，专心科技，无法顾及其他就行，什么责任都没有，不过是一场讨论，又不会记档。但大家都没想到，宋运辉这个实心眼的，竟然不肯敷衍塞责。宋运辉说，他对虞山卿的发言持保留意见，即使寻建祥等人被判刑被劳教，可依然是群众的一分子，根据我党团结群众的宗旨，作为一个预备党员，首先就得团结身边周围的群众，从一点一滴做起。寻建祥是被判刑，但是任何人都不能非黑即白，因一次判刑就把寻建祥打入另类，打入只能教育改造而不能团结的人群，那样反而会把一个本来可以成为大好青年的人推得更远。宋运辉还说，他不承认寻建祥有不可饶恕的错，因此与寻建祥交往也不能说是错误，是勾肩搭背，沆瀣一气，既然如此，他如何认识错误改过自新？宋运辉最后还强调一句，他对朋友两个字有清醒的认识，他永不做侮蔑朋友的事。

宋运辉当然也知道只要违心地敷衍一下就能过关，可是他不能，他敷衍，就是承认寻建祥是个坏人，他可以当着寻建祥的面指责寻建祥打架酗酒无恶不作，但他怎能在人后往已经服刑的寻建祥背后插上一刀？他无法违心，否则他如何对得起寻建祥闯祸那天放在他桌上的一饭一菜？

宋运辉的表态令众人很无奈，众人也只好拿这事当回事，认真讨论批评，总算是有了事做。

为此，水书记大表失望，很气愤宋运辉做人糊涂。因此他在这问题上不发表意见，任大家一次次地对宋运辉批评教育。他想，这孩子太顺，无论如何都得让这孩子吃吃苦头，知道人情世故。

一九八三年的冬天，对于宋运辉而言，特别冷。

好在，他有师父支持他，一车间一起倒过班的人支持他，一车间所有认识寻建祥，也认识宋运辉的人都支持他，他们的支持虽然无用，可是温暖。

还有，一封来自美国的来信。

信中，有两张梁思申的照片：一张是在学校拍的，穿着校服领奖，一本正经；一张在不知什么晚会上拍的，梁思申侧面拉琴，穿一袭深蓝曳地长裙，高贵典雅犹如希腊雕塑。小姑娘倔强地长大了，长得他都不认识，不敢认。

梁思申还是用英语写信，在信中说，收到《红楼梦》了，非常非常高兴，终于可以看到简体字的书了。外公、外婆总是诽谤简体字没文化，坚持让她看繁体字，害得她邯郸学步，反而连简体字都忘记怎么写，只好都用英语。尤其是外公作为利益持有者，一切都从自己喜好角度出发考虑问题，别人只能仰他鼻息。比如他在家过着舒适的西式生活，却保留着绝对权威的中式家长作风，比在国内的家庭还封建。但是舅舅们不敢分家出去过，怕分出去会少一份遗产，一大群人挤在大宅里跟演戏一样热闹。外婆身体不佳，因此她在大宅更无法待，申请了住校，亲戚也巴不得她住校，学校里虽然严格，可好歹没那么假惺惺。父母家也一样，爷爷、奶奶也是强有力者，也是两个大麻烦。这次人民银行转为机关式的中央银行，爸爸要求转入承接人民银行原业务的新成立的工商银行，被爷爷竭力阻止，差点闹到断绝关系，但爸爸坚持自己的选择，还是进了工商银行。她以后要学爸爸，选择自己的路，走自己的路。一个人必须保持自己独立的人格和自由的思想。

宋运辉看了心想，真不错，一个小小女孩竟有这么深刻的认识。看来两个国家两头跑，对一个人的成长是多么有益。不错，人得有自己的独立人格和自由思想，不能没有原则被人牵着走，或者人云亦云。正好他最近也是困惑于这些事，他给梁思申的回信中就谈了自己的想法，他还补充一点，独立人格与自由思想之外，还得有务实作风，学习要务实，做事也要务实，以务实态度做更多、更出色的事，证明自己的人格与思想。

信寄出后，宋运辉放下包袱，轻装上阵。他失，失的是眼前利益；他得，得到的是自己的独立人格。他必须坚持自己的人格，坚持自己的信念。他相信，还是那句与寻建祥说过的话——"来日方长"。

这个年底，在水书记和刘总工的两座大山督促下，整顿工作飞速收尾，进入正常管理，年初准备迎接上级对整顿工作的验收。

设备改造已经获得部委批准，从两套技术方案中选择一套，已经通过中技进出口公司向国际制造商发出信息。接下来，等待参数提供、技术谈判、商业谈判等进程。

虞山卿提前转为正式党员。宋运辉思想不过关，但是没人敢把他整出去，打狗看主人，谁都看得出水书记甚至刘总工都很重视这个小后生，因此，他还能得以保留预备党员的党票，只是大会小会批评不断。众人都说，宋运辉的气焰饱受打击。此消彼长，虞山卿既成为第一批大学生中的第一个正式党员，又与刘启明春风得意，感情事业双丰收。又有东山再起的刘总工提携，升官发财指日可待。进厂一年半后，虞山卿如今又跑到前面。

1984年

01

　　春节之前，雷东宝应老徐邀请，去北京见面。老徐依然关心小雷家，不过如今是因为雷东宝而关心小雷家。老徐跟雷东宝讲了很多最新出台的文件精神，告诉国家现在看到社队办企业的重要性，放开对社队办企业的资金约束，以后社队办企业的路子将越走越宽，老徐要雷东宝抓住机遇，千万不要落在别人后面。老徐还拿出他收集的全国先进农村模范事迹向雷东宝一一介绍分析，跟雷东宝商量小雷家什么可以做，什么有前途，还有农民的好日子能好到什么程度。最后，两人确定两项目标，一项是养猪，一项是发展猪饲料。老徐让雷东宝不能轻举妄动，现在小雷家有钱了，所以养猪场必须有高起点，必须谋定后动。他给雷东宝订立一项计划，什么先做，什么晚做，什么事情要找谁，什么事情得重点解决。

　　雷东宝整整跟老徐说了两天话，他是个直性子，他照直了就问老徐怎么知道这些步骤，老徐说，用脑袋想就行。雷东宝老老实实说，他就是想不出来。老徐就是喜欢雷东宝的这直爽劲，当然不会取笑。老徐又劝雷东宝一定要与陈平原搞好关系，说一个大队集体的发展，离不开地方政府的政策支持，如今陈平原需要政绩，小雷家需要政策，陈平原已经退后一步，小雷家何必僵持着不肯后退？退一步海阔天空，只要小雷家坚持走发展经济保持先进之路，而且走得出色，陈平

216

原这个人，说难听点，就是让他叫雷东宝大哥都肯。

但雷东宝实在不愿见陈平原这个没义气的人，老徐就教育他拿陈平原当砖厂、电线厂之类送钱上门来的顾客，顾客送钱上门，陈平原送政策上门，谁也不会把送钱上门的顾客打出去，同样拉拢陈平原有好处没坏处，做人要想得圆滑一点。雷东宝听了只能答应，说既然老徐苦苦相劝，他就认了，反正听老徐的没错。老徐听见"苦苦相劝"这个词，笑了，跟雷东宝说话，就是这么好玩。

老徐当然也看着雷东宝消瘦不少的脸，就他妻子的去世表示慰问。两人同病相怜，说起来都是无限感伤。但两人对感伤的表现却迥然不同，雷东宝虽然也叹了几声气，黑了一会儿脸，却很快就石破天惊地说道："不管怎么样，我们打起精神都得好好活下去。你上有老下有小，我呢，我要为老婆、儿子报仇。"

老徐大惊："你说什么，为你老婆、孩子报仇？你别做蠢事，没见最近严打抓进去一大批吗？"

雷东宝道："知道，我小舅子年前还托我岳父捎话给我，要我最近小心着点，不许动不动拔拳头，万一抓进去一判就去新疆劳改。他生我气，可还是关心我的，你看，我们还是一家人。我哪还会犯傻，我以后也蔫坏，让市里、县里抓不着把柄。我回信告诉我小舅子，要他学你，看来他学得成。"

老徐听了不由得一笑，他对宋运辉没太多好感，也就是因为雷东宝才多关心一些。宋运辉这等性格的人他并不喜欢。所以老徐只抓住"报复"问个彻底："小宋是聪明人，他有自己的路。你说到报复，我很为你担心，你这性格跟霹雳火一样，有几个人能担得起你的报复？你报复成功，你自己又会不会受到伤害？你把你的计划跟我说说，说实话，不要瞒我。"

雷东宝笑道："我瞒你干吗啊，瞒得过你吗？我还等着你给我出主意呢。但我有话说前头，这事，我非做不可，你不能拦我，你只能给我建议。"

"你说，我先听了再说。"

雷东宝一拍桌子，道："一句话，很简单，我要恶心死市电线电缆厂。"没想到老徐家的桌子死硬，雷东宝这一掌没拍出惊天动地的响声，却把自己手掌震得死疼。他看看自己手掌，嘀咕一声，才又继续，"现在我的电线厂不是起来了吗？总有一天，有我没它，有它没我。就这样。"

"你想压倒市电线厂？我看你这时候更应该是投入精力大干快上，你活得好，是对他们最好的报复。你如果把精力放一半到整人上，你还怎么发展你们小雷家？别到时候人让你整了，你自己也垮了，两败俱伤。"

"老徐，你别婆婆妈妈，我不杀人不放火不犯法，他们有本事就跟我对着干，可我这辈子说什么都不会放过他们。"

"你不能绑架小雷家集体为你自己复仇。东宝，你作为一队之长，不能只顾自己私欲。"

"小雷家集体是怎么来的？就是被我绑架着发展起来的。我绑着小雷家，小雷家只有好没有坏。我绑架小雷家，顺手把市电线厂咔嚓了，把自己电线厂发达了，你怎么能说我只顾私欲？这事儿你别劝我，我就这事不听你。"

徐书记一时有点不能定论，能人与集体之间的关系，究竟应该如何分清主次。小雷家如果没有雷东宝这样一个能人，小雷家还哪里会有今天的美好光景，虽然也会发展，可不会发展得那么好。可既然要能人做事，如果像既要马儿跑又要马儿不吃草一样，那是不可能的，你集体总得满足一些能人的个人私欲，让能人绑架一下集体。可是，如果如现在小雷家一样，集体完全维系于能人一手，能人究竟会不会把集体牵入歧途？能人的私欲会不会把集体吞噬，这是一个很值得关注的问题。老徐看到，小雷家能人当家问题，或许也是目前农村改革中出现的一个普遍现象。

雷东宝见老徐不答话，却用异常严肃深沉的眼睛看着他深思，一时有些不知所措，对于这样的老徐，他有点心虚。他想，他是绝不会断绝报仇的念头的，老徐既然不喜欢，他就不说，免得老徐劝他，他不接受，两下里火气爆起来伤和气，他狡猾地转了话题："老徐，我打听个事，我小舅子在他厂里做得好不好？我怎么听说他做得不是很高兴？"

但老徐根本不上狡猾初段的雷东宝的当："金州那边的事我不很关心，不好意思，不过小宋应该不会差，他很受重用。还是说你的事，我理解你的心情，但你们小雷家整个一大队的经济实力不能跟市电线厂比，我担心你消耗不起这个精力财力，电线厂有国家撑着，你们只是一个小小社队办集体，你们谁硬得过谁。古人说，君子报仇，十年不晚。东宝，你当务之急，是发展小雷家自身实力，继续带着大伙儿奔'四化'，报仇的事，等你有了实力再说。"

雷东宝听了，考虑好久才道："我知道你最想我过两年就忘了报仇的事，那不可能。但你说得有理，我的电线厂还只有他们一台不要的机器，斗不过他们。我听你一半，回去继续绑着小雷家奔'四化'，先把报仇的事搁一边。你别笑，让我说中心事了吧？我知道你关心我，绕半天圈子想让我放手，放心，我能应付，都不是大事。"

老徐怎能不笑，雷东宝看着虽粗，却是个明白人。但老徐也从这两天的接触中，看到雷东宝身上细微的变化，雷东宝的私欲重了。或许雷东宝自己没意识到这一点，可是老徐却已经敏锐地觉察。因为他过去欣赏的是雷东宝充满原始激情的理想主义，是那样的理想主义促使雷东宝公而忘私地带领小雷家摆脱饥饿，丰衣足食。可是在全国上下已经意识到大锅饭行不通的今天，谁又能否认雷东宝的私欲。老徐担心的是，雷东宝这个文化水平不高的人，未来将如何摆正私欲与公家之间的位置，雷东宝未来又会变成怎样的人。

雷东宝这次北京一行之后，眼界开阔许多，比去蛇口取经一趟还有用，因为老徐说得更有针对性。回家就去找乡长商量办养猪场的事，没想到被乡长否决，乡长说正要通知全乡将土地承包期限延长到十五年，不许乱想什么项目占用农村耕地。雷东宝说以前不是没事吗，乡长说不行，年底才发的文件，现在不许了。听说有文件，雷东宝才没办法，总不能让乡长违法乱纪吧。

可老徐给的项目雷东宝认定肯定是好的，说啥也不肯放弃，再说老徐说得好，养猪场正好让小雷家的女人也有地方去。这是因为去年天刚冷下来时候，忽然小雷家兔瘟肆虐，全村的兔子一个劲拉稀，拉着拉着就倒下了，那些原本指望养兔挣钱的女人哭天喊地的，再说到养兔就心有余悸了。他这个做支书的总得给那些不敢养兔的女人找点活路，省得她们每天只知道晒太阳嚼舌根子。但是，没有地怎么办？

雷东宝背着手将小雷家走了好几遍也找不出一块地来开猪场。而春节则是热热闹闹地来临了。

因为电线厂的效益不错，小雷家人的年货多得令人眼红，有些家庭三代同堂，领年货时候索性拉手推车去，一拉就是一车。肉多得吃不完，家家户户门口挂起以前从来不见的香肠、酱肉、风鸡等货色，老少媳妇们互相取经怎样做那些稀罕物儿。雷东宝自然拿自行车驮了年货送去岳父母家。

02

天，下过一场雪，地上黑白斑驳。骑车经过一个个村庄，到处洋溢着浓浓的年味，空气中一会儿是杀猪宰羊的腥味，一会儿是小孩偷放鞭炮的火药味。但更多是清冽而寒冷的空气，吸进去五脏六腑都清净。这场景是如此熟悉，令雷东宝想起几年前也是差不多的时候，他竟敢拎着一副猪肝儿一对儿猪蹄就往宋家跑，那时候如果去的是别的姑娘家，人家还不把这么小的礼物扔出大门。只有萍萍才会对他那么好，留他吃饭不说，还怕他客气吃不饱，偷偷给他盛来结结实实的饭。

到了宋家，见二老坐在门口，戴着老花镜拔鸡毛。旁边是一只热气腾腾的大木盆，显然是刚烧的开水退毛用的。雷东宝招呼了，将年货放下，不要二老起身，自己去屋里搬凳子出来。

宋母也忍不住想到雷东宝第一次上门的情形了，心中一酸，可想到这是大过年的，忙找话打岔："东宝，叫你别拿那么多你还拿来，你得给你自己留点，以后人来就行，别拎东西。中午这儿吃饭，我们吃鸡肉。"

"好。年货家里还多，一家一半。爸、妈，煤饼要不要买了？米呢？水缸水满着吗？"这是雷东宝每次来必问的几件事。

宋季山忙道："小辉休探亲假提前回来过年，这些他都做了。东宝你这么忙还挂念着我们，真过意不去。"

"这什么话。"雷东宝说着站起身，"小辉呢？去哪儿了？"

"还睡着呢，每天起床都那么晚，他在厂里累得很。"

"我找他去。"雷东宝熟门熟路就进去找宋运辉，门都没敲，直接进门，一掌拍下去，道："起来，都几点了？"

宋运辉早听见雷东宝来，早料到他会闯进来，睁眼瞪上一眼，懒懒地道："非请勿入。"

"又不是大姑娘闺房，稀罕个啥。我刚从北京见了老徐回来，老徐说你受重用。"雷东宝也不知怎的，看见这个小舅子就英雄气短，总觉得欠人家太多，很想讨好小舅子。

宋运辉心说重用个什么，依然不理雷东宝。

雷东宝见宋运辉赖着还不起床，却睁着眼睛出神，不知他想什么，就道："老徐建议我们小雷家养猪，说人富了就要吃肉，人永远要吃猪肉，猪永远卖得出去。你看，道理就那么简单。"

宋运辉这才起身穿衣服，懒懒地问一句："你哪来的地建养猪场？"

"对了，就这句话，乡长告诉我不许占了农田。但你想，中央的政策老徐多清楚，我们县的情况老徐也清楚，他跟我说出可以办养猪场，肯定可以办成，你说是不是？"雷东宝有些许讨好地将挂床尾的衣服递给宋运辉，忍不住加一句，"你工厂工资不高？怎么还穿旧衣服。"

宋运辉翻起眼皮看一眼雷东宝的旧衣服，没搭理。如果能穿工作服，他最好都穿工作服，省心。但他更多考虑的是老徐的意见，雷东宝说得没错，老徐对小雷家的地理环境和社会环境都熟悉得很，怎么可能会说出没准头的话，那不是老徐那种人的风格。这倒是激发了宋运辉心中的好胜心，难道哪里可以找出变通的办法？虽然看见雷东宝还是烦，可因为听爸妈说雷东宝一直照顾着他家，他也不好一直冷淡人家："中饭我们家吃吧，回头一起去你们小雷家看看。"

"我就等你这句话。小雷家我已经看了好几遍，大队开会也讨论过，没结果。我需要外人去看一眼，就跟老徐一样。"

宋运辉斜睨雷东宝一眼，心说这话有水平。正好宋母听儿子起床进来准备吃的，见两人客气说话，放心很多，将泡饭锅放上煤饼炉，便翻箱倒柜找出一件深蓝色薄花呢中山装和一条裤子交给雷东宝，说这是给他的，女婿、儿子一人一套，料子还是托人去上海买的，要雷东宝穿上试试，不行还可以赶在春节前改。

雷东宝没客套，忙依言试穿，宋运辉洗完脸一看，失笑，跟他的一模一样，春节要是一起穿，外人看见定会误以为是双胞胎。老妈眼光老旧，金州都已经开始流行夹克衫和猎装，妈做出来的衣服还是下摆老大，穿上去，远看准像只重心稳固的圆锥。不过，宋运辉相信雷东宝不会嫌弃。果然，雷东宝高兴地说，比他准备春节穿的派头得多，春节就穿这件了。

宋母听了高兴，追着雷东宝前看后看，道："喜欢就好，喜欢就好。小辉臭小子眼高手低，自己不会买，我给他做了他又不要穿，每天净穿旧衣服。"

雷东宝回头奇道："不好吗？我在北京也看人们都穿这种衣服。"

"老徐穿什么？"宋运辉自己端了饭锅上桌，揭开一看，里面还有馒头，一看就知肯定是小杨的馒头，上面还讨喜地戳了一个红印。

雷东宝想了想，道："家里都穿毛衣，北京屋里暖和。出门穿长大衣，银灰色的厚呢，周总理有张照片穿的就是那样子。老徐派头足，我不跟他比。"

"这就是了。一起吃点儿吗？"见雷东宝摇头，宋运辉不勉强，自己馒头酱菜稀饭地吃，一边跟他妈道："妈，我昨晚想了，人不就是只立方体吗，你把衣服图样给我，我自己设计你来改，我不信能比机械零件测绘还难。"

"少作孽，你知道薄花呢要多少钱一尺？你这么能，怎么不自己买衣服穿？"

"我哪有时间，这不现在回家闲着吗？妈你别怕，我先拿报纸画，画了粘好穿给你看，行的话你才改，又不难，不过是拿片布在身上比画。"

雷东宝听了脱口而出："你们姐弟一个样，你姐每次做衣服也是要我拿报纸来剪……"话没说完，屋里三个人都沉默了。宋季山终于拔完鸡毛走进门，外面亮里面暗，他没看清众人脸色，进来就招呼宋母取大锅煮鸡，宋母这才走开。雷东宝犹豫一下，取出老徐写给他的猪场计划，交给宋运辉，宋运辉一看明了，大致差不多的套路，可见万变不离其宗。雷东宝见宋运辉一看就懂，更不肯放宋运辉在家好生闲着，非要这个小舅子春节几天好生替他出力不可。

但雷东宝没想到，宋运辉吃完早饭，竟真取出报纸摊饭桌上，将属于他的衣服挂墙上，拿只卷尺一会儿量衣服，一会儿对着镜子量自己，顺手就在纸上拿铅笔画出两个图样，图样上标满密密麻麻的数字。雷东宝看得目瞪口呆，这可是娘儿们干的活计啊，小舅子这么骄傲的男人怎么也好这个？还好小舅子没娘娘腔。这时厨房里冒出鸡汤的香味，雷东宝的肚子不由咕噜噜一声，他也没客气，自己动手将宋运辉剩下的两只馒头吃了。

好一会儿，宋运辉才大功告成，叫他妈出来看。宋母一看，两个小图，她儿子得意扬扬跟她解释，这个呈梯形状的是现有衣服尺寸测绘，那个下面稍微有点收紧，有条宽边的图是他设计的样子，大家现在都这么穿，最新式的，听说是从上海传过来的样子，他目测的数据应该不会差太大。说到这儿时候宋运辉又意有所指地补充一句，上海比北京可时髦多了。不过雷东宝神经粗大，根本不接收意有所指的信号。

可惜宋运辉解释半天，他妈无法理解什么斜度、斜角、弧度，撂下一句狠的，要宋运辉拿报纸剪出来穿上才算完。宋运辉无奈，他本来还想偷懒不剪报纸的，他充分相信自己的测绘设计能力，现在只好拿米饭粘报纸，将样子一刀一刀剪出，又拿米饭粘成衣服样子，穿上身去。可米饭黏度有限，这儿粘上那儿暴，没法穿得齐整，好歹宋母看出儿子剪出来的东西确实穿得进去，虽然样子有些古怪。可想到好好一件衣服得拆了剪好几刀，别提多心疼。但又想到儿子性格倔强，不给他改他可能一辈子不穿，只得一路唠叨着拿出针线笸箩，准备拆新衣。

雷东宝看宋运辉穿报纸，竟也心动，因为他相信宋运辉的眼光，也想要改，他是个直性子，没去想什么儿子、女婿的区别，有要求就直说。宋母无奈，只得又拿出一把剪刀，招呼老头子一起拆线。知道这两个年轻的不会干这种水磨活儿。想到这种事如果女儿在的话……不由得黯然了好一阵子。

于是宋运辉自觉进去厨房烧菜。雷东宝看着心中觉得无比怪异，他以前就知道这个小舅子能烧菜，烧菜能动脑筋，水平坐宋家第一把交椅，都是从小父母双职工，家里没人帮忙，小姐姐一个人忙不过来，硬给生活逼出来的。可今天又看宋运辉裁衣服又看他做菜，都是娘儿们的活计，他还做得特好特欢，雷东宝心里有话说，可不敢说，怕得罪小舅子，被小舅子的利嘴宰了。雷东宝也有怕的，不过更多是心虚，是失去萍萍后对萍萍家人的心虚。

宋运辉烧出来的一桌菜，分别是蒜爆鸡杂、糖醋鱼块、豆腐鱼头汤、辣子鸡丁、炒小棠菜。除了小棠菜，其他都正对雷东宝的胃口，他终于在心中由衷地想，男人烧出来的菜就是不一样，不像萍萍、萍萍老娘、自家老娘，三个女的烧出来的永远是清汤寡水。雷东宝一个人猛吃的菜，等于宋家三口的总和。

饭后，宋运辉骑父亲的自行车出门，没多久，就到小雷家，翻过小山头，他这个职业搞化工的就闻到空气中一股淡淡的塑料味儿。这就跟接近金州总厂就能闻到化学品味道一样。他在山头招呼雷东宝停下，问："这是电线厂的臭味？"

雷东宝道："做漆包线时候还臭，还好我们电线厂只有屋顶没有墙。现在市电线厂做漆包线做不过我们，怎么做价格都没我们低。嘿嘿，我们有诀窍。"

宋运辉看雷东宝一眼，道："小心，这种气体很毒，多吸会生癌。废水不要乱排到河里，人喝了也会生癌。"

"这么厉害？你看工人这不都好好的？"

"慢性病。你最好尽量用其他不含氯的材料生产电线……"回头一看雷东宝一脸迷茫，只得作罢，只说简单的，"换一种不臭的塑料做电线，有没有？烧起来不臭的。"

"当然有，可价格高了啊，做了卖不出去，没人要。"

"哦，还有个卖不出去的问题，对了，成本，对，成本。"宋运辉自言自语。金州生产出来的产品从来不愁卖，都是国家统包的，难怪他在设备改造会议上说起成本时候众人都是不以为意兴致淡淡的样子，原来是没有拥有这个成本意识。他在审批报告上写了很多设备成本、运行成本之类的问题，后来还被水书记添了好多社会效益、政策影响之类的内容，可见金州与小雷家，思想意识差距极大。

雷东宝听了道："当然要注意成本，否则白做还赔钱，谁干？小辉，再爬高点，可以看见整个小雷家。"说完，他自己带头扔下自行车上去，宋运辉后面跟上。

宋运辉爬了几步就问："这个山头坡度很小，可以依山建造猪舍，以后污水排放有自然落差很便利。不过好像坟墓比较多，记得姐姐的也在这儿。"

"就是这个问题。"最大的问题还是宋运萍的坟，否则雷东宝怀疑自己很可能就发号施令让大家把坟迁了。

两人先到宋运萍墓前站了会儿，才走到山顶，又爬上一棵大树，两人分占一根树枝往下看去，好半天，宋运辉才说一句："你电线厂竟然没排污管？就那么让污水顺地表流到河里去？"

"地势太平，没法装，装了也不会流到河里去，都半路待着。"

"装只污水泵打压。"

"小辉，不是你们国营厂，用的是国家钱。"

"一个个都毒死了，挣来钱还怎么用？挣来的钱都做医药费？你不是全大队报销医药费吗？正好。"

"小辉，说话客气点。那你说该怎么办？"

宋运辉想了半天，才道："找几个人，挖个沉淀池，够一星期污水排放的量，沉淀后的水拿最便宜的潜水泵抽到简易水塔里，再让砖瓦厂烧点瓦筒来，通到河道下游去，尽量下雨天才排污。"看看雷东宝有点似懂非懂的样子，他只得道，"回头我给你画图纸，你叫他们照图纸施工。这样看来你养猪场只能造山上，可以避开山头，造半山和山脚，都没有农田的。不过我不知道猪废水怎么处理。"

"我们可以去省种猪场参观。不是问题。"又喃喃道，"半山，半山可以避开萍萍的坟，可往后得每天让猪臭熏着。不行，换地方。小辉，你再想。"

宋运辉又想了好一会儿，才道："没办法，除非把你砖瓦厂拆了，加旁边鱼塘，正好。要不，先把两个鱼塘填了，从连着鱼塘的山体上挖土打石头来填，打平的山体正好也建猪场，再偷偷摸摸吃掉几块周围稻田，神不知鬼不觉的，够面积了。然后你先把猪场一期建起来，建起来后……最近几年政策多变，不知道明后年会怎么样，到时再说。"

雷东宝想了会儿，忽然拍手道："好办法，我先填两口鱼塘，我鱼塘都填了乡里还能说什么话。再填的都只要说是挖泥挖出来的坑，要多少面积就多少面积，好，就这么定。"

"承包稻田的农民吃饭怎么办？"

"招工进养猪场，吃工资，美死他们。行啦，就这么干。"

宋运辉看看摩拳擦掌跳下树的雷东宝，心想，如果一年半之前，他也会这么说，可今天不会了，他冷静周全地道："我既然说来帮你养猪场的忙，我得把忙帮到底。还是那个排污问题。我插队时候养过猪，猪很脏，猪舍每天需要冲洗，以后猪场成规模养猪，为了避免猪瘟，肯定得将猪舍清理得很干净。毫无疑问，未来猪舍产生的废水量会比电线厂多得多。你怎么处理？直接排进河里的话，这条河就得废了。你还得考虑到下游的人跟你们来吵架。还有，猪粪往哪儿堆放，怎么处理。"

"照你的意思我别养猪了？"

"不是，你得先考虑了排污问题，才能考虑猪场上马。否则后患无穷。"

"小辉，我说你书呆子气。这条河每天多少人倒马桶洗马桶，比猪多多了，人能往河里倒马桶，猪为什么不行？放心，水是活的。再不行，我们接自来水。"

"人一天大便、小便能多少，但猪的多少？"

"你不如问沿河人口多少，猪多少。"

宋运辉跳下树，严肃地道："再叫你一声大哥，做事前请周全考虑，不要再吃盲目冲动的亏。我走了。"

雷东宝心里一虚，立刻想到自己的莽撞导致宋运萍去世那次，忙追上去道："小辉，不一样……"

宋运辉没回头，但问了一句："你准备初几上我家？我把电线厂废水处理的图纸给你画一下。你采纳不采纳请自便。"

"小辉，不要这样，你想想小雷家钞票紧得很，钱都得花在刀刃上。不像你们国营大企业，国家给钱。"

"钱再紧也不能拿河两岸人的性命开玩笑。我走了，新年快乐。"

雷东宝看着宋运辉甩上车扬长而去，喉咙里嘀咕着也说了句时髦话"新年快乐"，但几不可闻。心说小辉跟那些国营厂技术员一个样，什么都要顾虑，结果什么都办不成。有什么好想不开的，下游的人如果吱声，招他们几个人进小雷家吃工资不就得了，美都美死他们谁还会来闹？

雷东宝忽然看到，宋运辉下山后却是往村子方向去。他忙跟上，却在电线厂那儿见到宋运辉。只见他跟士根打了招呼后，皱着眉头翻看原料，又看怎么生产，然后找到一块空地好像是用脚步丈量尺寸。士根见雷东宝跟来，忙问这是怎么回事，雷东宝只是说小舅子跟他闹脾气。但雷东宝心里清楚，宋运辉在干什么。心说姐弟俩一样的认真，一样的精细，可都胆子太小。女人胆子小没问题，家里窝着，男人怎么可以胆子小。

外人在场，宋运辉客客气气当着士根的面与雷东宝道别，骑车回家。路上心想，成年人的脾气怎么可能会改，姐姐的血怎么可能让雷东宝蜕变。想到姐姐的死，宋运辉就气不打一处来，心里连"狗改不了吃屎"的话也冒出来了。

骑了好一阵子，宋运辉的气才消了一些，又不得不理解雷东宝，对刚洗净泥腿子的人不能高标准严要求，他自己也知道很多国营厂都没怎么注重废水处理排放，他是中"国外资料的毒"太深。

但是，理解并不意味着认同。宋运辉也知，决定权掌握在雷东宝手里，而不是他的手心，以雷东宝刚愎的性格，开弓没有回头箭。他可以清高地拂袖不管，以后拿这种不计后果的人当陌路，可他又做不到，姐姐的坟碑上刻着"雷"姓，他不能抛下雷东宝不管。再说，以前雷东宝对他很不错，他以前也挺佩服过雷东宝一阵子。帮他吧，能做多少做多少，采纳不采纳，随便雷东宝了。

03

春节后，不，春节没过完，才初五，雷东宝在给出一份赔偿后，强行收回鱼塘承包权，开工填平养猪场用地。按照老徐给他制订的计划，他还是第一次如此有计划、有步骤地开展工作。雷东宝心里想的是，老徐不会想不到污染的问题，老徐比小辉考虑问题更周全，但是老徐做领导那么多年，知道什么叫轻重缓急，所以他照着老徐给的计划去做就行。小辉毕竟是太年轻，有很多事不懂。

承包鱼塘的雷忠富不干了，才刚养熟手挣点钱了，就让村里将承包权收回去，这么一笔赔偿费哪够找补。忠富问雷东宝要公道，雷东宝让他个人服从集体，在小雷家就得听他雷东宝，何况补偿的钱不算少。雷东宝不管忠富答不答应，一口气放光水捉光鱼，将鱼塘填了。忠富心疼，每天跟着雷东宝闹，雷东宝被闹烦了，又不能打人，现在与以前不一样，他干脆叫两个小伙子守住忠富家的门，不让忠富出门。忠富无奈之下，叫妻子拿着承包书找去乡里，向乡领导告状。

乡里领导说占鱼塘又不是他雷东宝造自家房子，那是为村里办好事，为整个村的人谋福利，当然得个人服从集体，承包自然中止，给赔偿还是雷东宝有良心。忠富不甘心，又上告到县里，县里对雷东宝就没那么买账，一个电话要雷东宝去县里解释。雷东宝二话没说，去了陈平原办公室，在陈平原的办公室里，陈平原现场办公，叫经办人跟忠富妻子说，个人服从集体是天经地义，别忘了这是社会主义国家。赔偿已经够合理，不许无理取闹。

雷东宝听到无理取闹这四个字，觉得对头，他那是为整个小雷家办大事，雷忠富却为个人小利做绊脚石，又不是没赔偿，赔偿了都还那样，忠富太无理取闹。如果不是他在宋运萍坟前发过誓，以后不再动不动就拔拳打人，他早亲手将忠富修理了，哪里还让闹到县里来。不过，雷东宝与陈平原之间的关系算是恢复了。当天他送去两条好烟。

从县里回来当晚，雷东宝便召集全村人到晒场开会。今年起，小雷家大队改为小雷家村。换了个称呼，不得不花钱换了一批公章，大家都不明白这么改来改去有什么必要。雷东宝叫惯了大队，一时嘴里改不过来，大喇叭里通知开会时候还是一口一个大队。

忠富不肯来，硬是被雷东宝叫两个人给架了来。忠富只觉得这好像是开批斗会，批斗目标正是他这个循规蹈矩养鱼的人。

雷东宝穿那套经过宋运辉设计的时髦薄呢衣服坐主席台，可台下的人看着都觉得不顺眼，好像是绫罗绸缎披在草垛上，不搭调。只有雷东宝自己对这套异常时髦的衣服非常喜爱，特意在今天开会场合穿出来。忠富则是被两个人硬拖着站台下，正好对着雷东宝。

雷东宝见人来得差不多，就用力一拍桌子，顿时下面鸦雀无声。他什么废话都没有，直接就问下面养鱼的："忠富，我问你，你养鱼挣钱，是不是小雷家大队给你的机会？"

忠富不语，狠狠盯着雷东宝。旁边早有人高低不一地回答："是，当然是。"

雷东宝板脸道："让忠富自己说。给你三分钟，三分钟不说，算是默认。"

忠富依然不答，那么多人的会场，硬是死寂了三分钟。雷东宝看着表，一到三分钟，就道："好，你默认。我再问你，现在大队有钱，可以想办法办养猪场让更多人挣钱，这样的好事你凭什么要阻拦？"

忠富倔强地道："现在是村，不是大队，此其一；其二，我没凭什么，我凭承包书，白纸黑字，我承包五年，现在才两年你就收回，你东宝书记说话不算话。"

"妈个逼，村就村。你那么有文化，我要你算笔账，你承包鱼塘，一年上交大……村里多少钱？能带动村里多少人吃工资？一样的地块，我办养猪场，能让村里多少人吃工资，交村里多少钱？你姓雷，你站小雷家大局想过问题没有？你吃香喝辣时候，看着隔壁兔子死光血本无归哭天喊地你怎么想？我作为书记，要不要为他们考虑？大家都是低头不见抬头见，你隔壁杨大妈以前奶过你，你有没有想帮他们？我最后一个问题，我雷东宝自己得到好处没有？"

几乎是雷东宝说一句，下面有人叫一个好，越到后面，叫好的人越多。忠富站那儿无言以对，再要坚持什么承包书，那简直是与人民为敌，以后他还要不要在小雷家出门。他只有继续沉默。

雷东宝听了会儿大家的反应，又看看忠富终于目光不再倔强，才道："忠富，我跟你说道理，也可以跟你动拳头，但我还是跟你说道理，当着大家说。我看到你个人的损失，所以一定要赔偿你。你去乡里县里告，你看到了，没人支持你，因为你没道理。我雷东宝有道理，所以不动拳头，免得你这个大队、村都要搅清楚的人说我逼你。今天跟你把道理讲清楚，完了，到此结束。你还有什么话说？有话今天都说完。"

忠富沉默了会儿，道："我说的话有用吗？你白纸黑字都要作废，我空口白话有什么用？"

"妈个逼，你吃饭还是吃屎？跟你讲半天道理都白讲？"雷东宝终于拍案大怒。

下面的村民早已骚动起来，一起责问忠富讲不讲理，有没有良心，难道非要大家饿着肚子等他五年承包到期才能办养猪场。有人还说，就是现在把鱼塘还给忠富，他们也不让忠富好生养鱼，晚上投放"六六六"，杀得鱼一条不剩。也有人息事宁人，劝忠富把赔偿款拿了还闹什么闹，回头好好在养猪场谋个好位置，跟大家一起致富，比什么都强。

这时，士根上台，缓和气氛："大家听我一句，忠富你也听着。最早东宝书记开砖窑，我是第一个抵制的，后来事实证明，东宝书记是正确的。东宝书记迈的步子比我们大，我们一开始不理解也是有的。这几年东宝书记带着我们过好日子，彻底改变我们光棍大队的面貌，现在全村还有谁是光棍？只有东宝书记一个人。东宝书记的成绩摆在这里，大家都看得见。忠富啊，有些事情你一开始难接受，我能理解，我以前也是一样。对还是错我们都别提了，都是小雷家人，一家人有什么事不能说明白，非要去县乡告？你呢，回家好好为大家考虑考虑，不要光打自家的小算盘，想通了，来找我，或者找东宝书记。你自学技术养鱼养得好，东宝书记还跟我提起你是个能人，要我养猪场里好好用你做技术员。你想做，回头有个机会等着你，我们正要组织五个人去省里培训养猪技术。你不想做，我还有个建议，你不如去别处承包鱼塘，大队照旧买你的鱼发年货，都是雷家人嘛。怎么样？回去考虑考虑，别总想不开。"

忠富本来被雷东宝一席歪理气得浑身充气，没想到士根伸来一只看似无害的手，却噗一下将他全身的气放了，他不是心悦诚服了，而是明白再对抗没用了。他泄气。雷东宝唱红脸，士根唱白脸，他还哪有说话的份，他还哪能再拿白纸黑字跟全村雷家人讲理。他低下目光，随即也低下一直昂扬的头颅。当那么多人的面，他想死的心都有。

雷东宝这才宣布散会，士根走下来，却硬拉着忠富去他家，坐一起好好谈了一夜，给足忠富诚意和面子，忠富这才缓过气来，眼见无计可施，只好跟着去了省里培训学养猪。

引进的猪种在从省里培训回来的忠富等人的精心养殖下，半年多点时间便纷纷产崽。优良品种不是吹的，最好的母猪一次产崽竟然达十三头，最差的也有九头，半年多时间，猪场养猪一下达到一千头。大家说远远就能听见养猪场的猪叫得欢。小雷家村很多娘儿们吃上工资饭，米糠都可以卖给村里喂猪。

按照老徐给制订的计划，雷东宝在小猪生下来时候就派出两个村里最机灵的小伙子，到处联系买猪的主儿。遇到食品公司或者肉联厂之类的，就是雷东宝自己出马，跟他们一家一家地签下合同，只等猪崽长大，卖猪拿钱。

猪粪？供不应求。那些种粮种瓜的专业户循着臭气找来花钱买猪粪，一拖拉机一拖拉机地往家拉。不过猪场废水还是得排到河里，否则往哪儿去啊。

只是，等着母猪怀孕产崽、猪崽长大换钱的过程实在漫长，几乎一年的时间，猪场只有烧钱，花的钱都是电线厂、砖瓦厂、工程队和预制品厂挣来的钱，钱哗哗哗出去得跟流水一般，叫人心疼。但是，没人提反对意见，因为都是农民，都知道一头猪值多少钱，满眼白花花的猪，拿脚指头都能算出值多少钱，再说，眼看着种猪又怀孕，眼看着又有千把头小猪将出生，那都是钱。大伙儿满心充满希望。

忠富这人还真是好学能学，五个人一起去培训，他却学得最好，都说一窝猪崽生下来总得死掉一两头，忠富经手的猪崽成活率让农技站的人赞叹。不到一年，大家在技术上的事都听忠富的。雷东宝找一天全村人开会时候，封忠富做养猪技术标兵。忠富在台下听着那个"封"字，鼻子里"嗤"的一声，很是不屑。虽然心里也挺高兴，这段时间里终于将面子挣回来了，可看见雷东宝依然没好脸色。但雷东宝也不管具体事，具体的都是士根在管，士根做人圆滑，忠富不是对手。

雷东宝终究没按宋运辉给的方案做废水处理，他拿不出钱来了，猪场占的资金太多，他还得留点钱给全村老年人发劳保，报医药费。

本来还想扩大电线厂的规模，再上一条生产线，也是没钱。

好在，猪的品种好，个个都是洋名字，什么杜洛克、大白花；忠富配的饲料好，眼看着猪崽出生，眼看着猪崽长大，一天一个样，一月大变样，与以前辛辛苦苦养一年才见长大完全不同，平均一天竟能长一斤多，大家都说吃下去的都变肉了。紧赶慢赶地，春节之前，第一批一千来头白花花的肉猪胜利出栏，换来同样白花花的大把银子。可以预见的是，未来形势将更好。

至此，忠富虽然还气雷东宝，可也对他的霸道决策没话说。

04

宋运辉春节休假完毕回到工厂，所在科的科长有点艳羡地告诉他，设备改造办已经将与外商谈判人员的名单列出来送审。因为这次除了任务很重，还涉及与外国公司打交道，对谈判小组的人员当然高标准严要求，除了技术过硬，还得政治过硬，双过硬。所以厂部特别成立一个审核小组审核谈判小组的十个人，春节后审核结果很快会出来。

宋运辉一听就觉得不对劲，这个名单很不对劲，技术好的、能决策的、能拍板的，包括他这个能跑腿又英语好的都在了，问题出在那个政治过硬。他的家庭成分在档案里都有记录，严审之下会不会被旧事重提？就算旧事不重提，他整党过程中认寻建祥为友这事儿，至今还没完呢，这哪算政治过硬？宋运辉总觉得通过审核的可能性很小，即使审核小组的人没发现，难保有眼红嫉妒的人揭发攻击。

想到盼望已久的与老外技术交锋，而不是过去在北京的蜻蜓点水式上门拜访，想到很可能这个希望会因为他在整党会议上的表现而成泡沫，他心中百感交集。他勇敢直视自己内心，分明看到一个淡淡的"悔"字。他清楚，这等小事，他只要找组织认个错，交个心，根本就不成什么事。

宋运辉内心斗争三天，却没有行动。第三天审核结果出来，十个人里面删去一个人，那个不走运的人就是他宋运辉，原因就是整党中的问题。尔后，虞山卿因为技术过硬、年轻有为和英语较好，被推荐作为第十个人送交审批。宋运辉人前装作若无其事，人后不得不苦笑，他早该想到设备改造过程中还有个与外商谈判的问题，早该想到严格的外事纪律对参与谈判者政治面貌的严格要求，恐怕年前虞山卿不怕被人侧目，迫不及待抛出话题打压他宋运辉的时候，已经考虑到这点了吧？虞山卿从刘总工那儿得到的提示？虞山卿这个人，如果预先知道将有与外国商团谈判的可能，他怎能不放手一搏？宋运辉心想，全是他自己太大意，给虞山卿机会。不过，也只能这样了，求仁得仁。

水书记一看这个结果，火了，但是也没办法，外事纪律严格，自是非比寻常，他有些时候也不能总捧住一个人，那太明显。再说这回谈判主要侧重技术，须多仰仗刘总工，虞山卿明摆着是刘总工的准女婿，他不便在此时插手把虞山卿拖下来，得罪主要人物。但他气宋运辉没出息，授人以柄，他干脆叫宋运辉过来，虎着一张脸瞪着进门的宋运辉，瞪了宋运辉好一会儿，才短促而低沉地问："你跟那小流氓是怎么回事？"

这回水书记不再是破口大骂，终于给宋运辉说话机会，宋运辉忙道："他不是小流氓，水书记，不仅是我，一车间的很多人也为寻建祥惋惜，接触过他的人都知道他是条真汉子。我刚进厂时候，是他带我熟悉环境；我在一车间倒班，他一直风雨无阻拿自行车驮我上下班；即使他闯祸那天，我加班到很晚还以为得饿肚子了，回到寝室，寻建祥已经给我打了饭菜。他这次打架，是为饮食店工作的一个女孩，他们曾经有过恋爱关系。听说那晚有人在饮食店对那女孩不三不四，寻建祥当然不答应，才会闹大。但我也一直想不通他还有熊耳朵那些一起打架的人为什么总是对前途没信心，得过且过。明明都是急公好义的人，偏要穿花衬衫踢死牛皮鞋说话行事古怪招人厌才舒服，我一直怀疑他们自暴自弃，寻建祥那些朋友也常来我寝室，只要看见我在看书做事，他们就不打扰，他们很讲理。我们也常有谈话，我不成熟分析，他们行事古怪有几个原因：第一是因为每天倒班，按他们的话说，每天过日子就是围绕睡觉一个主题，没睡好的人一般脾气比较大；第二是因为总厂规定，夫妻都是本厂职工的才能分房，我们厂女孩少，大多还是厂子弟，寻建祥他们在本厂找不到对象，可我们厂又离城远，他们接触到其他女孩的可能性很少，他们都是老大不小奔三十的人了，嘴上不说，心里苦闷；第三，每天按部就班地工作，看不到其他变化，走出门，又是看来看去只有那么几万个人，对于一个好动的年轻人来说，可能很束缚，这是我想的，因为我跟他们谈起一车间设备改造时候，他们都很有兴趣，还积极建言献策。跟他们不熟悉的，可能一看见他们穿花衬衫，就觉得他们是洪水猛兽；但跟他们熟悉了，就会知道他们本质不坏。我很想帮他们摆脱迷茫困境，可我力有不逮。我最多只能在他们出门时候老太婆一样叮嘱他们不许打架，如果他们真打架回来，我帮他们处理伤口。我不敢想象他们关十年后出来会是什么模样，十年最美好的时光都没了，我怎么还能忍心指责他们以前的过错，也跟着不明真相的人称他们是小流氓。其实虞山卿也是知道的，不过可能我一来就去车间，我跟他们混得比较好。"

水书记最初皱着眉头爱听不听，后来神情越来越专注，几乎是看着宋运辉眼睛一眨不眨。等宋运辉说完，水书记想了一会儿，问："你在厂里也有被束缚的感觉吗？"

"我文化程度稍微高一点，我能丰富自己的精神生活，还嫌时间不够用；但他们不一样，他们的精神生活需要外界来提供，可晚上工人文化宫只开放阅览室，他们只有影剧院和聚餐喝酒两条路。喝酒了还能不闹事？其实集体宿舍还有许多这样的人存在，寻建祥他们不是特例。别人越不理解他们，越是鄙视他们，他们越跟别人拧着干。"

"又不是小孩子，那么大的人……"

"所以他们特别爱看《加里森敢死队》，那里面小偷都能被重视，他们也希望有那么个头儿用他们。"

"有什么办法激活他们？你回去也好好想想，青年工作确实是个问题，七六年前把他们运动得太足，现在又太不关心他们，你能发现这个问题很好。不过，这回跟外商谈判，甚至以后出国考察的机会都不会再轮到你，你自己调整好心态，不要学寻那个什么他们自暴自弃。去吧。"

宋运辉答应出门，把事情跟水书记讲清楚了，他舒心许多，可是想到不仅参加谈判机会没有，出国机会也泡汤，他又郁闷之极。出国，他向往了多少年的事，从梁思申出国那时候想起。可惜，非常可惜。而他也只能徒呼哀哉。

<h1 style="text-align:center">05</h1>

周末，参加生技处一个同事的婚礼。新郎新娘都是厂子弟，钱多，派头大，硬是要到城里的饭店包场子喝喜酒，大伙儿只好都骑着自行车去。喝喜酒不能穿工作服，宋运辉只能翻出自己设计妈妈制造的深蓝薄花呢夹克衫穿上，没镜子，他也不知道是什么样子。梳顺头发出门，半路早给风吹乱了。同事们见了都说小宋这小伙子帅，说他平日深藏不露。宋运辉嘻嘻一笑而过。

喝完喜酒，已经是晚上八点，冬日的夜晚漆黑一团。大家纷纷向新人告辞，新郎却忽然拖住宋运辉，指指旁边一个叫程开颜的小姑娘，要宋运辉帮忙搭回去。宋运辉答应了，见那个程开颜珠圆玉润，眼睛嘴巴都是圆圆的，连手指头都是圆圆的，看上去挺滑稽。

宋运辉跟新郎同事再次告别，却发觉大伙儿都笑得有些古怪，他忽然想到，会不会又是给他做媒的招数？怎么不来点新招，每次都是自行车带人，没一点技术含量。看向程开颜，果然见她冲新娘做得意的小鬼脸，程开颜见宋运辉看过来，忙收起笑容，尴尬地干咳一声，一脸通红。宋运辉哭笑不得，同事塞给他的是啥货色，人家小姑娘都还没长大呢。

一会儿与大家一起上路回厂，程开颜一上车，他就闻到一股扑鼻的浓香。他忙骑车如飞，免得被熏死。

骑出好一段路，宋运辉不吱声，后面的程开颜也不吱声。直到大约一半路程时候，程开颜才在后面说话："哎，小宋，都说你是神童呢，高中没读都能考上大学呀，真了不起呢。"

程开颜的声音与她的长相一样，珠圆玉润，如果用指头戳一下，触感甜腻柔软。宋运辉听了不好意思不回答，可也懒得多说："没啥了不起。"

"可是你没读高中呀？"

"自学呀。"宋运辉忽然发觉不对劲，他怎么也"呀"上了。

"难怪呢，你进厂没人教你，技术也能学得那么好。都说现在一车间的机修工有问题还打电话问你呢，是吧？"

"人们都还说什么？"宋运辉都有些不想回答这些白痴问题，想拿这话刹住程开颜的提问。

没想到程开颜不领会精神，继续道："人们还说你够朋友，讲义气，要在解放前，就是辣椒水老虎凳都拿你没办法。"

宋运辉没想到人们对他挺寻建祥的普遍评价是这样，还以为大家都认为他与小流氓同流合污呢。他呵呵干笑两声，又懒得说话。他进金州厂后，最烦的就是全厂人如三姑六婆凑一起东家长西家短，又怎么可能与明显无知的程开颜话说短长。

程开颜一路没话找话，但宋运辉都当没听见，慢慢地程开颜也无话了。宋运辉好人做到底，一直送程开颜到她家楼下，好像是处长楼区域。程开颜跳下车，鼓起勇气道："你的手帕刚才帮我擦后座脏了，我替你洗洗再还给你好不好？"

宋运辉吓得忙说"不用不用"，跳上车溜了。洗手帕？这不跟小姐、书生一样了吗？恐怖啊。回头再看程开颜，却见她还站路上，只得又转回去，对一脸欣喜的程开颜道："你先上去，我下面看着，你进屋后跟我招个手。快上去。"

程开颜笑眯眯地又磨蹭会儿，才上楼。一会儿就从二楼一个窗户伸出头来，在上面大声说："谢谢你，你早点回去吧。晚安。"程开颜的话还没说完，那窗户一下伸出另外两个头，宋运辉落荒而逃。

可宋运辉流年不利，逃得飞快，却无意追上另一个骑车的，被那人叫住，原来是虞山卿。凛冽的寒风中，虞山卿的笑容跨越季节，先一步来到春天。宋运辉只得将自行车慢下来，两人并骑。虞山卿忽然问一句："小宋，你老家在农村？从小在农村长大？"

宋运辉不清楚那话是什么意思，奇道："你在学算命？全中。"

虞山卿笑道："不是我，是启明，启明说你肯定是农村来的，所以做什么事都异常刻苦、用力，姿势非常……非常那个，哈哈，强势。"

宋运辉心说，能有什么好话，大学一个养尊处优的女同学就曾评论他和其他从农村来的同学，说他们这些人太求上进，姿态一点不优雅从容，不像伏击在草丛的狮子，倒像是血红着眼睛时刻准备抢食的狼。刘家虽然也曾在运动中起落，可刘启明毕竟也是养尊处优。宋运辉心中异常气愤，可佯笑着道："你刚从刘总家出来？看样子准备结婚了？"

"早呢，早呢，呵呵，不急。你来这儿，也是从哪家姑娘家刚出来？"

宋运辉笑道："只有当苦力的命，门没进茶没喝。哎，你说起农村，我倒想起去年夏天我小朋友来那次，哈哈哈。"

想到那次刘启明被梁思申气哭的事，虞山卿有些讪讪的，再说，那次梁思申还用英语骂了他一句色狼，还是他回家拿字典一查才查出来的俚语，他一时没法再太得意，立刻转了话头，继续抢占高地："下礼拜，我们得集体去上海量体裁衣定做西装，如果最终谈下来的设备在美国，正好我可以帮你带东西给你那个小朋友。"

宋运辉心头刺痛，淡淡地道："小虞，你努力终于有结果。"

虞山卿"嗤"地一笑，笑得异常讽刺。他当然知道宋运辉话里有话，但是绵里藏针有什么用？反正，机会已经属于他了，谈判，甚至出国，多少天，他可以紧密接触最高领导，到时有什么不可手到擒来？所以，在宋运辉面前，他连含蓄都不必了。虞山卿得意地想，所有的都是他亲手努力得到，而且姿势又是非常漂亮。

宋运辉回到寝室，辗转不能入睡，浑身火热。即便是如此寒冷天气，他两手伸出被子抱头沉思，还一点不觉寒冷。他一直在想一个问题，从小听得多的"害人之心不可有，防人之心不可无"这句老话，究竟算不算过时悖晦？

到第二天上班，大家还热议这事，也有人指出虞山卿如果不是打压下宋运辉，机会原本属于宋运辉。宋运辉听着头大，巴望着他们不说。可同事们怎么可能不说，多少年了，金州终于迎来这么一件大事情可供大嚼舌根。这一天，宋运辉度日如年，还是逃到图书馆阅览室找清静。经过刘启明的时候，他神色如常。

晚上，宋运辉吃完饭正半躺床上看书，程开颜上门。宋运辉好像是冥冥之中有感应，或者说是他正在等待程开颜的到来。他客气但并不是很热情地接待了程开颜，将杯子用开水烫了，才给小姑娘冲一杯开水。一会儿工夫，满室都是剧烈的香。

所以程开颜有点坐立不安，有勇气上门了，却没勇气抬头。她拿来的一只铝饭盒放她面前。还是宋运辉问一句："你怎么知道我住这儿？"

"问同学的呀，一问就知道。"今晚不用迎着寒风，程开颜就说话细声细气的。

"哦，对了，你们同学都是厂子弟。刘启明你认识吗？刘总工的女儿。"

"当然认识，跟我哥是同学呢。"程开颜忍不住警惕地瞥宋运辉一眼，"你也认识她？"

"当然，我常去图书馆，常遇见。很娴静美丽的一个女孩。"

"可她现在跟生技处的虞山卿是一对儿，就是那个踩你的虞山卿。你不知道吗？她太可恶了，伙同虞山卿和她爸一起踩你，我爸说本来机会肯定属于你的。你别理她。"

宋运辉不由笑道："她跟虞山卿同进同出，我们全宿舍楼都知道。前一阵她爸不是失势吗？那时候刘启明上虞山卿寝室找他，虞山卿到处躲避着刘启明，一直到刘总恢复位置，两人才好上。这些我们都看着。"

"真的吗？"一说到这种事，程开颜不再拘束，又被宋运辉说出的话惊住，两只眼睛更是瞪得桂圆核似的圆。

"别说出去，刘启明挺秀气一个女孩，我们旁观的都替她打抱不平，不忍心看这样一个人伤心。你今天不用上课吗？"

程开颜不语，严肃地注视着宋运辉，心里非常排斥宋运辉对刘启明的怜香惜玉，好久，才勉强打起笑容道："今天不用上课，明天呢。谢谢你昨晚送我，我妈妈说你真是个有口皆碑有责任心的人，送我到家还看着我上楼才走。她本来还想自己过来道谢的呢，我不让她来，可别吓着你。我……"程开颜将铝盒推给宋运辉，"我做的肉饼蒸蛋，妈妈说食堂吃得不好……嗯，你一定得收下，这是我谢谢你的。"

宋运辉没推辞，打开饭盒一看，就是在饭盒里蒸的，上面还黄黄地卧了两只鸡蛋，很香。他笑道："谢谢你妈，不好意思，顺路人情，还要你为我做个菜送我。很好吃的样子，你会做菜？"

程开颜老实地伸出一根指头："我只会做一个菜，而且肉末儿还是哥哥帮我剁的呢。"

宋运辉看着程开颜嫩生生的窘态，今天第一次真正地笑出来："我很会做菜，可在这儿没用武之地。"他心情大好，起身去拿架子上放的筷子，回来尝一口肉饼蒸蛋，味道还行，"一条枝上如果只开一朵花，那朵花肯定开得非常好。你的肉饼蒸蛋也做得好，术业有专攻啊。"

"可是我怎么感觉你是在讽刺我呢？"程开颜一脸的不信。

宋运辉忍不住又笑，程开颜怀疑得很有理，可见很有自知之明，这人好玩。"你虽然只会做一个菜，可做得很好。就像我技术做得好，做人很失败一样。这盒子我不倒出来了，破坏两只完整的蛋很可惜，等我吃完再还给你。你在哪里上班？我到时送到你班上去。"宋运辉说。

程开颜惊讶地反问："你真的不知道我是谁吗？虞山卿可是一开始就把我调查得清清楚楚，我烦着他呢。你不知道我是谁，昨晚还送我回家？"

宋运辉立刻想到虞山卿一上来就追求机修分厂程厂长的女儿不果，又想到处长楼，不由脱口而出："是你？"

"还以为你早知道呢，你真是特殊生物，大家都还以为你眼高手低看不起全厂女职工呢，原来你是压根儿没看上一眼呀。你每天是不是净盯着书本了？"

"是，所以比谁都熟悉刘启明。"

程开颜脸上一黑，女孩的直觉告诉她，有问题："你是不是很喜欢刘启明？怎么总提她呢？"

"我们这帮光棍都在提，怎么了？"

程开颜有些黯然地道："没什么，问问呢。我走了，八点前得回家。"

宋运辉看看手表，八点差一刻。他起身道："我送你，今天骑车来了吗？"

程开颜立刻满脸高兴，脸色变得飞快："真的？你送我？我骑车来了，可我一到晚上就骑不好……"

"慢慢走回去。不过你得告诉我你在哪儿上班，我不好意思到处去打听程厂长女儿哪儿上班。"

"我在运销处做统计，我在电大念会计。宋……你真会找我去吗？"程开颜站起来，满脸绯红。她来时就念着阿弥陀佛，最盼望宋运辉别立刻把饭盒还给她，而是另外找时间还她饭盒，这样就又有见面机会，她真巴不得宋运辉能将饭盒送去她家，不过送去她工作的地方也好，一样，一样。

宋运辉没回答，但以笑肯定。送程开颜下楼时，遇见几个人，都看看两人，然后眼神了然。宋运辉不用推测，简直已经可以下肯定，等他一路走着送程开颜回家，明天大家都得传说两人好上了，他一路看看程开颜，看看天，心里只觉得好笑。金州人不是爱家长里短吗，好，他设计激发程开颜的嫉妒，让她散布对虞山卿不利的话语。他们这种厂子弟，有个固定而活跃的小道消息交流圈，被激怒的程开颜很容易对着小姐妹们诋毁刘启明与虞山卿的关系，而刘启明与虞山卿的这种关系又很能满足别人幸灾乐祸的欲望，这种小道消息，流传得最快。何愁刘总工听不到？

唯有程开颜高兴得轻飘飘的，恨不得回家的路没有尽头。只有在想到刘启明的时候，才心里针刺一样。因此她必须力促刘启明赶紧结婚，免得宋运辉惦记。她想到的办法是到处传播消息，要刘启明早日结婚，趁刘总工还在位两年，赶紧生下孩子拴住虞山卿，否则两年后虞山卿此人又会反复。很快，这消息在金州星火燎原。

对于在过去运动中尝够人性反复的家长而言，虞山卿那样的人意味着什么，他们都心里清楚，只是女儿坚持，他们只好掩耳盗铃。可面对大伙儿几乎异口同声的忠告，他们不得不叹一声气面对。女儿的幸福太要紧，找对人比什么都重要。

去上海量身定做西服的前一天，刘总工招来厂办审核组成员，以及生技处总工办的相关人员，坐会议室一起考核宋、虞，以及全厂所有有一定英语底子的技术人员。很简单，就是拿出一份英文资料，让大家现场口译。刘总工解释说，虽然总厂有专职翻译，中技公司也有翻译，可谈判团更需要的是专业类翻译。

只有宋运辉成竹在胸，他几乎可以如读中文似的口译，虞山卿手头没有字典，急出一头大汗，其他人也差不多。所以，刘总工大义凛然地总结，论技术，虞山卿不如宋运辉扎实，论翻译，大家已经看到，这样的翻译水平能上场吗？怎能在外商面前丢中国人的脸面？刘总工甚至非常严厉地说，虞山卿不配去，他的英语既然派不上用场，总厂随便找个资深工程师就比虞山卿有用，虞山卿凭什么资格去。刘总工还警告众人，不能因为他而重用虞山卿，他不能因私废公。刘总工最后还发誓，他要带这个好头，只要他在位一天，他对周围亲友就严格到底。一席话，说得虞山卿灰头土脸。

宋运辉一脸激动地听着，心底却是冷笑。演戏，刘总工无非是被他逼上梁山，才演出这么一出大义灭亲的好戏给自己长脸，同时彻底断绝虞山卿的出路，令虞山卿知难而退。这个当父亲的当然看得出，要女儿主动脱离虞山卿是不可能的，只有从虞山卿一方痛下毒手。

宋运辉知道他这么做是阴谋，是拿不上台面的阴谋。阴谋就阴谋吧。除了背叛。背叛就是背叛，到哪儿都是背叛，背叛朋友的事儿他依然不干。

事后，宋运辉拿梁思申的照片打发了程开颜，让程开颜怀疑他已有女友，知难而退。他一向不喜欢跟资质差的人浪费时间，认为那种人没救。而程开颜正好是他一眼就看穿资质的人。

一切都不露痕迹地过去，有人欢喜有人愁，可人人都认为欢喜的人欢喜得有理，愁的人是活该。宋运辉很想单独跟虞山卿做一下沟通，再问虞山卿，究竟大众眼里，谁的奋斗姿势更好看一点？为什么大家都否认虞山卿的姿势？可宋运辉当然不会这么去问，讨得一些口舌上的便宜，又有什么意思。

时间安排得很紧凑，很快西服就做出来，可以试穿，因为是量身定做，几乎没有什么需要修改。只是大家穿上后都觉得浑身别扭，不明白外国人怎么喜欢穿这种肩头胸口垫得厚厚实实硬邦邦的衣服，这种衣服，天气稍微暖一些就跟套一件铠甲一样，岂不闷死。做衣服的老师傅据说还是当年上海滩的红帮裁缝，有名气得很，老师傅教育大家，这西装不能叠，到哪儿都得拿衣架挂着。当然不能让领导上车、下车手里挂一套西装，当然宋运辉一人得包下一半领导的西装，西装死沉，压得垮一个壮汉，压得宋运辉恨不得拔根毫毛变出一条扁担。

06

北京三月，依然春寒料峭，金州总厂一行十个人，一色的藏青西装，一色的枣红领带，经过严格的外事纪律培训之后，出现在与外商的谈判桌上。议程、会场，都是中技进出口公司安排，连水书记都是第一次见到如此派头的场面。宋运辉走进谈判的高级会场，对着头顶华美璀璨的枝形吊灯和脚底比他的床垫还厚实柔软的羊毛地毯目瞪口呆。一直到外商进场才收回驰骋于屋子角角落落的好奇心，转为对金发碧眼的德国人偷偷好奇。

中技公司请来两家公司，分别来自德国与美国，都是用英语会话。宋运辉和刘总工等技术人员都是考虑参数的吻合度，考虑技术的先进性和价格的高低比较，而水书记与中技公司人员还得考虑到国际影响，考虑到友谊第一。宋运辉与刘总工配合得很好，在技术方面，年老的有深度，年轻的有灵活，一老一少的搭档，赢得对方工程师的尊重。技术问题的谈判上，中方几乎就只有这两个人发言。宋运辉会话虽然不好，不过有时只要对着图纸将两个设备名称说出来，然后两手一比画，对方便能清楚。技术方面的谈判很顺利愉快，都是行家，一说就通，说通了大家就记录签字确认。但是价格与附加设施的谈判，宋运辉只能旁听，他一直在想，友谊第一那么重要吗？为什么老外不对我们友谊第一？但他人微言轻没有发言权，在他看来，设备起码多花了两百多万美元。

最后确定的是德国的设备，宋运辉稍稍有些失望，仿佛如果是美国的设备，他就可以去美国看看梁思申似的。

水书记表扬刘总工选人选得好，若不是刘总工力挽狂澜留下小宋，哪来今天谈判桌上两人合挑大梁的局面出现。宋运辉不知道刘总工真实想法是什么，虽然在北京这一段时间里，他与刘总工配合默契，刘总工依然不吝教诲，他依然尊敬长辈，可他现在已经知道，他对刘总工已不复过去的崇敬。

回到金州，宋运辉便跟着刘总工他们就德方提供的数据开始新设备选址勘测等工作，他这才又将眼光扩大一个层面，原来化工机械还涉及土木建筑。宋运辉很快被破格提升为工程师，副科级别，此时，他的跑道线上，已看不见虞山卿。说来也怪，进出寝室楼，甚至也看不见虞山卿。不知是他工作忙碌，作息颠倒，还是因为虞山卿避开了他。是，一个年轻有为的男人，被准丈人指着鼻子鄙视，还如何见人？

没多久，宋运辉便顶着年轻工程师的职称，与另两个分管设备也参加过谈判的中年资深工程师一起，被派往德国设备制造工厂验收设备。水书记希望有人在设备封装前便实地验收设备，保证设备完好无质量问题，以免新设备运抵中国后才发现问题，退回重来，既影响工程进度，又影响双方友谊。临行前，水书记切切叮嘱，三个人在德国展示的是全中国人民的形象，千万小心谨慎，不要把脸丢到国门外。

三个人穿着藏青西装系着枣红领带，带着统一的黑色大皮箱又出发了。每个人的皮箱里都有几十包榨菜，那是新出的带亮晃晃包装的斜桥榨菜，味道极其鲜美，开袋即食，异常方便，但价格也贵，市面上还不容易买到，是总务处的同志帮忙从市食品公司找人情挖来。其他都没什么私人衣服，统一的还有三个人新领的两套土灰色工作服，一套深蓝色连身工作服，一双绝缘皮鞋。三人跟着中技公司的同志走，但中技公司的同志到法国后，送他们上飞机，让他们自己去德国。宋运辉等三个穿着硬邦邦的西装，被撑得像木乃伊似的辗转来到德国，到了工厂，换上工作服的三个人恍若挣脱枷锁。

德国人的工作态度异常严谨，有时刻板得像机器人，头脑中似乎没"灵活"

两个字，所有的操作都依据规程。宋运辉的语言过关，工作间隙，与德国人可以聊得愉快，德国人也尊重这个年轻好学又有技术的年轻人，愿意费劲讲英语与这个中国小伙子交流。从聊天中，宋运辉学到很多管理方面的知识。他这才知道，管理细则可以细到这种程度，比起他在金州一分厂、一车间所做的岗位责任制，犹如土八路遇见正规军。德国一行，除了让宋运辉英语水平提高，技术更臻成熟，对国外工厂的认识是他此行最大收获，真是天外有天。

在德国的验货工作完毕，看着设备在货运代理商的指挥下装上货船，宋运辉等一行三个才回家。三个人在德国省吃俭用，将一箱榨菜全吃完，省下一笔外汇，其他两个工程师凭外汇换的兑换券从友谊商店扛回家用电器，宋运辉直接在德国给自己买了一只函数计算器，又给父母买了一堆新奇好吃的东西，其他的钱，都买了新奇实用皮实的文具，回到金州一一分发。

没多久，设备安装便在德国工程师的指导下，轰轰烈烈地展开。宋运辉作为与德国工程师的总联络人，协助程开颜的父亲，如今已经升为总厂副厂长的程副厂长，开始具体安装工程。他虽然依然挂职副科级别，可作用直逼处级。在他负责的范围内，他要求所有的工作学习德国管理经验，完成一批，验收一批，合格一批，所有工序都有记录，有责任人。他把他刚学来的管理知识加入自己的理解，充分运用到管理中去。他边学边做，边做边学。

程副厂长不知怎的，很支持宋运辉，当然不是言听计从，但总是能有选择有指导地吸收宋运辉的意见建议，当宋运辉是自己人一般。宋运辉一直怀疑，程副厂长是不是看在女儿程开颜面上如此关心他，可又不像，他不是让程开颜死心了吗？宋运辉想不出合适的理由，但因此对程家颇为内疚。

由于程副厂长的支持，宋运辉工作非常投入。每天早上，他与德国工程师商议工程安排，每天晚上他亲自检查一天工程进度，他记忆极好，最小的工作安排也不会放过，检查进度，检查质量，督促整改，登记在案。第二天早上根据进度继续与德国工程师商议工程安排。他不得不这么认真，他不愿金州的工人在严谨的德国人面前丢脸，他得把检查做在前面，有问题赶在第二天德国工程师检查前连夜改进，过程之中，宋运辉受益匪浅，他不仅学会技术，还学会管理，摸索出调动工人积极性的方式方法。

工地气象日新月异，设备安装进度超过预期。所谓的预期，是根据国内其他厂家安装类似设备所需工期制订的计划工期。上上下下，加班都是家常便饭，管理人员更是没有不加班的日子。对宋运辉这等光棍而言，加班不是什么问题，可是对程副厂长等有家有口的人而言，经常加班是大问题，可程副厂长带头，别人不敢有怨言。

程副厂长有胃病，加班时候就需要家里送菜、送饭，往往也给宋运辉带一份。宋运辉想推推不掉，想给程厂长钱，人家不要，令他万分苦恼，因他知道程家要的是他对程开颜的表示。

这天，他一身深蓝连身衣裤从主体设备中检查后爬出来，满脸满身都是灰是汗是油，两手脏得像熊掌，工地上的人看了都是善意地取笑，宋运辉也是露出对比极其强烈的白牙一边自嘲，一边叮嘱。经过木工场所，他抓一把木屑搓洗手上的油污，一路脏屑飞扬。这一双手，如今前所未有地粗糙。快到指挥部的时候，看到一个有点纤细的女子拎一只天蓝色布袋走进他的办公室，也是穿着工作服，戴着安全帽，与其他金州女子一般无异。里面灯一点亮，宋运辉看清那竟然是程开颜。宋运辉怎么也没想到，以前珠圆玉润看着好玩的程开颜竟然变得苗条纤细。他一愣，赶紧躲了，眼看着旁边程副厂长办公室的电灯亮起，他估计程开颜从两个办公室相通的小门走了过去。他惹不起那女孩子。因此办公室也不敢进，又折身溜回工地。等时间过去半小时，天色已暗，才悄悄地溜回。不料，正撞上程副厂长送女儿出来，他躲都来不及。

程副厂长却是神色自若地对宋运辉道："小宋，又是才下工地？赶紧吃饭。我骑车送开颜回家，开颜一到晚上就不敢骑车。"

宋运辉当然知道，这种情况他已经领教过两次。但而今他吃人家的嘴软，总不便无视半百多的程厂长的辛苦，只好硬着头皮道："程厂长等等，我洗下手，我送。出去那一程路不好走。"

程开颜立即笑逐颜开，急着道："可你还没吃饭呢，你吃完再送我吧，我不急呢，晚上又没事儿。"

宋运辉巴不得早早送走程开颜，但程厂长却道："小宋忙一天了，先吃饭，吃完也来得及。我正好也要跟你谈些事。"一边说着就走进宋运辉的办公室。

程开颜紧紧跟上："爸爸，吃饭时间不好谈事儿。"

程厂长心说，没见胳膊肘这么往外拐的。宋运辉则是有引狼入室的感觉。这顿饭，他吃得如嚼砂砾，头一直埋在饭盒里，状似恶鬼出世。程厂长笑道："我以前跟我儿子说，小子，你每天放开了吃，把胃撑大了，以后去丈母娘家上门使劲吃，给你爹长脸，会吃的男人才像男人。小宋，看你吃饭，我都能多吃一碗。"

宋运辉都不敢搭话，三口两口将饭吃完才笑道："那时在德国，每天做梦都想白米饭红烧肉。回来在食堂里整买了三碗红烧肉才算吃了个饱。"

程开颜听了一直笑："我明天做红烧肉。"

程厂长哭笑不得，开始后悔把女儿保护得太好，怎么一点不懂含蓄，不懂她面对的是个少年老成的宋运辉，不懂掩饰自己，这下得让人笑话了。宋运辉看了程开颜一眼，没敢应声，说着"很快，很快洗完"，起身出去洗碗。程厂长当然知道那意味着拒绝，看女儿脸上却还是颇为期待，他觉得这样下去不是办法，得帮女儿另辟蹊径。

宋运辉载程开颜上路。程厂长不在身边，他得趁机设法从程家最软的环节入手，将每天被迫蹭程家便宜问题解决了。他小心绕行于最颠簸的临时路，直到骑上开阔大道，才对程开颜道："小程，谢谢你和你们一家。"

"谢什么呢，反正要给爸爸送饭，妈妈说一定要捎带上你呢。你每天那么辛苦，不吃好点影响身体。"

宋运辉耐心等程开颜说完，才不紧不慢地道："所以才要好好谢你们。不过我现在挺为难的。你知道什么叫吃软饭？"

"嗳，这不是个好词……呀，是不是有人说你吃……吃……"

"是的。所以……请你帮我一下。我知道这么说很辜负你们一家对我的关怀，所以一直不知道怎么说才好，但觉得你一定能理解我的苦恼，嘿嘿，理解万岁，是不是？我现在很苦恼。"

程开颜虽然心里很不情愿，可是看到宋运辉因被人说吃软饭而苦恼，她就毫不犹豫地道："我明天开始不来了，让哥哥来。"

宋运辉差点无语，可为了不再勉强吃程家饭菜，只得继续循循善诱："那还是一样的，前阵子不是不来，人们照样说，我很为难啊。除了你没人可以帮我，你跟你妈说停止，你妈才会听你。你千万帮我，拜托，拜托。"但宋运辉很怀疑这话的效果，他没好意思深入分析原因，想程开颜未必能理解。

程开颜非常不愿意停止，但是见宋运辉这么说，她没法拒绝，只好答应了，而且割地赔款一起来，还答应宋运辉，她回家只说她不想送了，是她的意思。

此后，果然程家不再另送一份饭菜，但是程厂长对宋运辉一如既往，不计回报地扶持，而且那些扶持与工作相结合，令宋运辉无法拒绝。宋运辉心头的压力越来越大。

不久，在程厂长授意下，宋运辉向工地所有青年提出"我把青春献给党"的号召，设立一个专门笔杆子，天天发掘工地青年的先进个人事迹，公布在现场指挥办公室门口黑板报上。事迹发掘的着眼点很别致，青年们每月平均加班时间都可以成为亮点，显示新时代青年人忘我工作的精神。程厂长说，先进个人，需要先进事迹来说明问题，而先进事迹中的某些亮点是需要制造的，为宣传所必须。人人都知道这是表面文章，可人人都得像煞有介事地将表面文章做好。他要宋运辉写的时候切不可大意，既不能太自我，又不能太浮夸，必须围绕"青年"这两个字大做文章，突出处在当今这个特殊年代的"青年"，这个八十年代新一辈的特殊性。

程厂长经历风雨，官场打拼多年，如今拼得这金州一人之下万人之上的地位，自有许多独到见解。这等见解，令宋运辉受用不尽。宋运辉一辈子接触的最亲近的人比如父母比如陆教授等都是文人气质，满头满脑都是忠孝节义的传统思想，想走出另一条路的宋运辉不得不自学成才，在黑暗中摸索。程厂长的倾心传授，才让宋运辉真正接触官僚，才令他耳目焕然一新。可是如此的程厂长，却是程开颜的父亲。

宋运辉举一反三，提出学习女排精神，"拼搏最后一百天"的口号，更加激励工地所有同志的积极性，也向外人展示工地的热火朝天。程厂长采纳这个建议，与众指挥商议后，确定倒数一百天的起点日期。在那一天，彩旗插遍工地，淡灰色、昂扬的高音大喇叭翻来覆去地宣传"拼搏最后一百天"，无形中，仿佛工地建设进入冲刺阶段，众人情绪进入白热化，别说外人进来看到热闹，连在工地上工作的人们也受感染，加倍努力。

因为是旧厂新建，许多水电动力等附属基础设施都无须新添，只造一个主体设施，无须与地方交涉水路电路铺设，工程相对比较简单，工期也比较容易控制，快到年底，几乎可以预计必定实现"拼搏最后一百天"的口号。走进工地，除了机器还没开始全面运转，其他与所有已完成工厂没差多少。设备油漆一新，挂牌清晰可辨，建筑整洁干净，控制室窗明几净，仿佛只等着有人宣布一声"开动"，所有机器都可轰然运行一般。

越是收尾阶段，尤其是模拟运行环境的打压试验阶段，所有指挥办的人员越不敢掉以轻心，怕临门一脚出现纰漏，前功尽弃。尤其，手中运作的是花大笔外汇买来的德国设备，万一有所损伤，浪费的是国家宝贵的外汇，而更大损失是浪费不起的时间，设备如有损坏，得从德国再运设备，这一路的定做运输报关时间，那得将大笔外汇买来的设备闲置多少时间。所有的人，都是捏着一手心的汗，包括德国工程师。中老年人体力受制，顶在一线的果然大多是宋运辉等年轻人。

水书记是个会来事的，他本人也想趁新设备上马的机会在部里露脸，捞取政治资本，这就需要找各种题材在部里的报纸露脸，在部里的会议上成为议程。他先将宋运辉写给他的报告作为金州党委积极探索新时代青年教育工作的典型推荐到部里。然后见到设备安装现场几乎成为年轻人驰骋的战场，新一代技术工人如雨后春笋般蓬勃发展，他抓紧机会，请来市、省、部各大报刊记者，热烈操纵了一场青年突击队员火线入党仪式。这场仪式，有背景，有寓意，更有深刻的教育意义，尤其是照片上有些青年突击队员有些激动流出的眼泪，和记者忠实记录的青年人累哑的嗓门，都让坐在高位的领导看到金州人的风采，更看到金州党委的号召力、行动力、凝聚力。水书记一拨一拨地宣传着金州，当然他不能全部宣传自己，他还得以伯乐姿态，将他破格发掘的宋运辉等人推荐出去，以他带动宋运辉等人，再以宋运辉等人辉映他，这样宣传的效果更自然更可信。

但是，令宋运辉感到奇怪的是，虞山卿又出现在他面前，火线入党仪式中，跟着水书记跑前跑后，好像干得挺欢，挺受重用。打听下来才知虞山卿已经与刘启明拗断，不再来往，索性也找关系调出刘总工控制的技术部门，转到厂办受水书记直接领导。程母还说，虞山卿这一举动，倒是赢得大家一致喝彩，都说做男人总得有点志气才行。而且水书记与刘总工本不是一路，如今设备引进工作完成，安装工作已经不需要刘总工的技术，往后的引进设备运行工作更不需要刘总工，虞山卿有什么必要抱着刘总工的大腿受腌臜气。

宋运辉有些想不明白，虞山卿这么明显的墙头草，水书记这么个明眼人为什么会用。可时间紧迫，不允许周密分析，他现在几乎是日日夜夜连轴转。新设备的应知应会已经全部教给从各个车间抽调来的年轻干将，那些年轻人也都已经考试通过。晚上是模拟实战演习，课堂从指挥部会议室搬到现场，所有的操作都是落到仪表上，与真正上马不同的只是仪表没有通电。本来这些演习应该放在白天，但白天宋运辉没有时间，正是设备打压试验最关键时期，他必须在场随时快速解决问题，而且他私心也想亲自参与设备方面的所有问题，他想做新设备真正唯一的权威。好在程厂长支持着他的小私心。

因为水书记早就策划了盛大的开工典礼，相关领导得莅临总控室按下最关键的一只按钮，总厂特别购买了摄像设备准备记录金州这历史性的一刻。所以，尤其是开机演练，必须一试再试。程厂长也是非常挂心这事，你可以在安装过程中小错不断，可在部委领导在场情况下，却是丝毫差错都不能有，为此他也经常出现在演练现场。

可是，为了真正开机时候不出丝毫差错，甚至保证操作流畅美观，必须将操作工们操练得熟能生巧才行。唯有夜夜练习，无一日放松。宋运辉让在总控室挂出一行标语——"以半军事化的管理，运作最先进的设备"。大家自己开玩笑的话是："操，不信拿不下洋鬼子的玩意儿。"可几乎没多少时间开玩笑，说是半军事化管理，其实比全军事化还狠。

宋运辉这个累不死的天天睡眠不足，一天只能睡不足六个小时，人又黑又瘦，嘴唇烧起两只燎泡，左右一边一只，此起彼伏。要好的人都打趣他，说他这是找女朋友亲嘴的下场。宋运辉觉得奇怪的是，他并不觉得累。旁人也看不出他累，都只看到宋运辉眼睛贼亮，到处出现。

开工典礼定在十二月二十六日，请来好多领导同志。整个总厂办公楼前锣鼓喧天，彩旗飘扬。仪式过后，领导们戴着红色安全帽缓缓步入新设备的塔罐丛林，由同样戴红色安全帽的程副厂长现场说明设备的先进性。然后，领导们来到总控室，受到头戴白色安全帽的操作工们的鼓掌欢迎。几位领导一番讲话之后，最大领导站到总控台前，按下披红挂彩的总控台上最大的按钮。

与平常演练一样，操作工们每操作一个步骤，高声汇报一声，宋运辉翻译给德国工程师，他们几个逡巡于各类仪表前，时刻关注打印纸上表现出来的各种数值，随时反馈出操作指令。实战毕竟与演习大不相同，什么情况都会出其不意地发生，现场真跟战场一般绷紧。好在机组顺利开启，有惊无险。而那惊，也只是宋运辉等熟悉机组人员自己才知，总算没有任何警报装置启动。

当所有仪表画出来的曲线都停留在一个位置相对不动时，宋运辉转身向领导们汇报，开机顺利成功。总控室又是掌声一片。有人去现场取来新出产品的样本，有人在快速化验之后，向领导们汇报先进的数据，而领导们已经与水书记等握手，鼓励祝贺都有。部里来的领导竟然知道宋运辉，拍着宋运辉的肩膀直赞他年轻有为。宋运辉没敢多在总控室逗留，他跟领导们汇报一下去向，便到设备现场查看设备真实运行情况，爬上塔罐查看现场的压力表、温度表等仪器的现场数值是不是与总控显示的数值相同，看气液输送设备有无跑、冒、滴、漏，看高速运转设备有无运转不良，不只他到处看，德国工程师也是严守现场，中国工程师们也没一个离岗，都是如临大敌。谁都输不起。

多年后，大家看到档案馆里的影像资料，还是能看到宋运辉的特写，红色安全帽下，一张相对周围领导显得异常年轻的脸，以及嘴唇上触目惊心的两只大燎泡。这是宋运辉自认为最值得骄傲的时刻，他的青春、他的理想、他的智慧，在这一时刻，得到最完美的结合，散发出最美丽的光彩。多年后，他更上一层楼，指挥更大工程。可青春不再，激情不再。

顺利开机，做完一个白班，中班交接正常后，大家才陆续回到指挥部，都知道设备只要正常运行起来一个班后，一般不会出太大问题。宋运辉这才感到全身骨架塌下来似的疲惫，他跟同事说声"我躺一下"，裹上一件军大衣，就倒在长木椅上，呼呼入睡。办公室里利用余热烧出来的暖气热烘烘的，宋运辉睡得异常满足，雷打不醒。

程开颜下班后骑车来看热闹，见爸爸不在，忍不住偷偷摸过小门，想看看宋运辉的办公室也好，没想到宋运辉反而在。她看到宋运辉都不用枕头依然睡得甜美无比，而头发又脏又乱，原本闪闪发亮的眼睛藏在瘦得下陷的眼窝里，两只燎泡倒是又肿又亮。程开颜看得哭了，跟家里打个电话，默默坐在一边陪着宋运辉。

程开颜的哥哥被接到电话的妈妈指使，担心地找上门来，却看到妹妹坐一把小凳子上，握着宋运辉的手，趴宋运辉身边打盹儿，满脸都是笑意，脸颊却有泪痕，他索性关灯锁门离开。

宋运辉这一觉睡得前所未有地酣畅，没有梦，甚至没有翻身，一觉睡到自然醒。醒来四肢百骸提不起劲，眼皮肿得睁不开，又是呆呆坐了好一会儿才能缓过劲来，看时间已经是下午。他拉下毛巾出去洗脸，水槽边遇到同样也是眼皮肿胀但脸上欢喜的一个同事，但他感觉同事的笑容有些诡异有些探寻。他揣着狐疑探到水龙头下洗脸，鼻端却闻到一股隐约的香气，他更添狐疑，立刻停止水流，寻找香气的源头，很容易就嗅到两只手上。宋运辉愣愣地看着两只手，疲累的脑袋有些应付不过来，他都好几天没回寝室，哪儿沾染的香气？

但他很快就在晚上知道答案，是接替寻建祥入住的方平传达给他目前继新车间开工后最火暴的热点：程副厂长女儿清早披头散发走出宋运辉办公室。宋运辉立即反唇相讥，可忽然想到两只手上可疑的香气，他目瞪口呆。他想到程厂长昨日典礼后去了庆功宴，想到程开颜每天例行送饭到程厂长办公室，即使不送饭也要过来拐一趟估计是看他两眼，想到程开颜一到天黑就不敢骑车，想到程开颜爱用浓香的东西，想到清晨……披头散发……他的办公室……他都不需要有福尔摩斯的脑袋，就能推断传言会说些什么。

但他没有想到，传言比他的推断走得更远。有那么多人喜看程大厂长出家丑，传言最多是说一句宋运辉攀龙附凤，对程开颜的贬抑却是字字句句直指两个字——"破鞋"。宋运辉心惊肉跳地听着传言，他尝试解释，可是连方平都小心指出他一睡二十小时中间并无停顿的说法缺乏旁证。宋运辉终于明白，这是一笔糊涂账，因此他除了方平，不再向任何人解释。他更猜想到程厂长一家的窘况，那种越描越黑的窘况。

周一上班，他走进办公室，一眼就看到憔悴的程厂长。他还想上去跟程厂长有所表示，程厂长却已勉强笑着抢先说传言不足为虑，还让宋运辉安心工作，不要为此分心。可是宋运辉怎能无动于衷。看着无私教诲他的程厂长困境之下依然如此宽容，想象着程厂长这样的一个长辈为儿辈的事没法抬头见人，他心中的内疚越来越强烈，整一天上班都坐立不安。

下班前半个小时，宋运辉请假早退，出现在运销处统计办公室门口。这天开始，宋运辉恋爱了。

恋爱其实很简单，程家一家四口都对宋运辉很好，尤其是程开颜对宋运辉是千依百顺。宋运辉也是知恩图报，对程开颜真诚相待。当东风和煦了，春江水暖了，杨柳丝儿泛绿了，春天顺理成章地来了。

1985年

01

梁思申的圣诞礼物被收发室照着地址又送到总厂生技处，于是落到也在总厂的程开颜手里。拿着沉甸甸的一包礼物，想到宋运辉曾经给她看过的照片，那照片里不可企及、高雅得令人绝望的美少女，程开颜满心不是滋味。中午，两人相约一起在食堂吃饭，程开颜将包裹交给宋运辉时，又看到他脸上绽放的欢愉。

程开颜忍不住嘀咕一句："那么高兴干什么呀，你又不能飞过去。"

宋运辉这才想起这件事还没跟程开颜解释，忙把与梁思申的关系与程开颜简单说一下，没想到程开颜听了患得患失，既高兴没那么个假想敌，又烦恼宋运辉没有一开始就爱上她，一脸花花绿绿的表情。宋运辉没去搭理程开颜的小心思，也顾不上吃饭，掏出钥匙拿出钥匙串上面的小刀打开严严实实的包裹，一看，又是一堆书，忍不住失笑。再看书的标题，却是管理方面的书籍。他从德国回来，曾写信告诉梁思申很多他在德国的见识和对德国工厂管理的赞叹，没想到梁思申这个有心人就寄来这么一堆书。

程开颜虽然知道了宋运辉与梁思申的关系，可心里没法放得下，看着宋运辉拿信下饭，她无心咽食。再说，信上所写都是英语，她想看也看不了，可越看不了越想看。她耐心等着宋运辉看完，仔细折叠好信压进书里，才问："都说些什么呀，这么高兴。"

"他们美国的教育方式与我们非常不同，有意思。"宋运辉没多说，就换了话题，"开颜，我打算春节前几天回家，你准备请假三天，跟我回家见一下我父母。第三天我送你上火车回金州，你得跟你爸妈过年。我初三回金州上班，不能总让别人替我春节值班。你看行的话，我晚上跟你爸说一下。"

程开颜的关注点立刻跟着转移，再无心思关心梁思申："我……你太突然了，可是你爸妈会喜欢我吗？我得拿什么礼物去？穿什么衣服最好？要不要俭朴一点的样子呢？"

宋运辉不以为然地道："瞎操心。"

程开颜听了又羞又开心，即使她才正式与宋运辉交往没多少日子，似乎这么早跟他回家有些不合程序，可看着宋运辉的权威，她毫不犹豫地答应了。

宋运辉根本就没担心程开颜会不会否决他的提议，他在程开颜郑重答应时候已经看向身边出现的虞山卿。他伸手与虞山卿打个招呼，虞山卿过来看一眼程开颜，才问宋运辉："你们年度总结什么时候给我？你不能跟我再拖下去啦。"

程开颜瞥虞山卿一眼就低头吃饭，不理。宋运辉微笑道："我下午赶出来就给你。那么要紧？"

"当然，都等着你们这些总结写总厂总结呢，你晚了我们巧妇难为。千万帮忙，下午我再晚都等着你。"

"哎呀，不好意思，不好意思，耽误你们，下午一定送到。"宋运辉伸手，与虞山卿拍了一下。

虞山卿握着宋运辉的手，俯身用程开颜也听得见的声音轻声问一句："什么时候吃喜糖？"

"年后。"宋运辉回答得很肯定。

"恭喜你，小子。"虞山卿松开宋运辉的手，走了。

程开颜这才抬起头，好奇地问："他那么踩你，你还对他客气？"

"该不客气时候不客气，该客气时候客气，又不矛盾。以后工作方面还得经常合作，见面总得留三分情面。你饭都凉了吧？叫你去我寝室吃你不去。"

"让人看着多不好啊。"

"我不是常上你家吃饭？有什么不好？"

"我家有我爸妈哥哥在，不一样呢。"

宋运辉哭笑不得，他都不敢提起如果跟他去老家住一天那意味着什么，怕程开颜认真上了。

反而程家二老都相信宋运辉的操守，一口答应女儿春节前请假跟去见一下宋家二老，程母更是将结婚日期提上饭桌，程厂长毫不犹豫说，早办早好，早办好宋运辉就搬来程家住，等分了房再搬出去。宋运辉很感激程家自始至终对他的好。

宋家二老看见那么个水灵灵的准儿媳也喜欢不过来。程开颜还想表现表现，显示自己很贤惠，很能干家务，但二老不让。两个小的都没事做，宋运辉就带程开颜去了一下小雷家的后山，到姐姐坟前，跟姐姐说一声。程开颜心软，哭得稀里哗啦。宋运辉握着程开颜的手，等着她哭完，两人一起下山。到下面，才问："闻到臭气没有？我们去看看，他那养猪场办怎么样了。"

"早闻到了，比我们总厂还臭。去看你姐夫吗？"

宋运辉点点头，带程开颜推着车走下去，一路告诉砖窑是怎么建起来的，以前的鱼塘怎么给填了，为什么会想到养猪，电线厂是什么原因，还有那边高大的龙门吊是怎么回事。程开颜跟听故事似的，觉得很传奇。经过电线厂，抬眼见门口牌匾换了，变成登峰电线厂。宋运辉拐进去看看，没看到污水沉淀池，不由暗中摇了摇头，但当着程开颜的面，他不便说什么，又找去雷东宝家看看雷母，寒暄几句，送上年货，两人才一起去养猪场。

程开颜到路上才悄悄问："你姐夫是不是挺厉害一个人？一路遇到的人都对你客气得不得了。"

"他很能干，但若是文化程度再高一点更好。"可这话出口，宋运辉想了想，又自相矛盾地道，"可他如果文化再高一点，可能就达不到今天的成就。"出国一趟，又主持大设备安装半年，宋运辉考虑问题心胸成熟许多，对雷东宝已经能表示理解。做一件事，方方面面需要考虑的东西太多，条件不足的情况下，只好抱着脑袋勇往直前了。雷东宝这个一村当家的，压力不小。

程开颜笑道："你都说他能干，他一定能干得不得了。"

宋运辉想，雷东宝能干吗？可似乎不是那种传统意义上的能干。"他……比较敢，敢作敢为，可考虑问题不很周到。我跟他正好相反，我没他大胆。我们没可比性。"宋运辉说。

说着就到养猪场，骑自行车眨眼可到。小雷家的人大多认识宋运辉，他进养猪场跟进电线厂一样便当。进去换上高筒靴，踩过药水池，揭开毡帘子，里面就是热烘烘臭烘烘的猪场。雷东宝正陪着陈平原参观，一看见有外人进来，看清是宋运辉，撇下陈平原就跑过来，大叫着抓住宋运辉的两手："你今年一会儿听说去西德，一会儿又听说忙得不得了，想死你爸妈了。多谢你拿来的外国糖，你还记得我妈最爱吃糖。你对象？你妈才提起过。"

"谢什么，这段时间多亏你照顾我爸妈。我女朋友程开颜，开颜，叫大哥。"程开颜在与雷东宝大力握手中叫了声"大哥"，觉得这个姐夫对宋运辉真热情，因此她虽然觉得这个姐夫穿得很乱糟糟长得又凶，可也立刻接受了这姐夫。"大哥，你去忙，忙完我们再说话。"宋运辉说。

"你一起去听着，又不是国家机密，顺便给我出主意。我这儿想再引进种猪，再造一排养猪场，可钱不够，拉县长来要政策。走。"

宋运辉跟去，见程开颜有些惊讶地圆睁着眼睛，微笑问："好玩吧？"

程开颜点头："好玩呢，跟他姓一样，风风火火，可一张脸真凶。"

宋运辉笑笑，上前跟陈县长握手，见雷东宝介绍得不好，自己重新介绍："我在邻市金州总厂一分厂××万吨××工程工作。"

"哦，知道，重点引进项目啊。你……我想起来了，你还上了省报。我还说看着名字这么熟悉，原来是从你姐夫这儿听到的，年轻有为啊，相当年轻有为。你该多给小雷家指导指导，东宝同志政治觉悟太低，哈哈。"陈平原很是亲切。

程开颜非常不甘心地替男友补充："宋运辉现在就管着大工程车间呢，是我们总厂最有前途的车间主任。"

"你也不怕牛皮吹爆了。"宋运辉笑嘻嘻地说，"陈县长，一直听说您是全市有名的改革工作有力支持者，也是仰慕已久。"

"东宝同志才是改革的先行者、实践者，东宝同志不容易啊。"

雷东宝一向不愿意听这种官话套话，打断道："我先行什么啊，我最早偷偷摸摸承包到户，还都是从小舅子这里学来的政策，他才先行，他现在还先行到西德出差去了。陈县长，你不是说我改革吗，批我三十万，我自己有多少垫多少，我争取把猪场扩大两倍。"

"你别跟我打马虎眼，你这些猪圈不都空着吗？"

"那是这几天大猪刚出栏，等过年小猪就得全搬过来，不够用了，不信你去看。"说完拉着陈平原就走，态度看上去极其粗暴，一路走一路道，"本来小猪早可以分栏，这几天太冷，怕它们冻死。县长你去数数，那么多小猪，这些猪栏怎么够。"

程开颜跟着去另一个房间，又蹚过药水池，一眼看见满地雪白肥胖的小猪滚来滚去，非常好玩，雷东宝早一句话扔过来："好玩个啥，你们结婚早点生个胖娃更好玩。"程开颜立刻一张粉脸通红，旁边的人都笑。

陈平原问："多少小猪？你这里能养多少大猪？"

"这一茬的还在生，生完得有一千五百来头，我这里只能养一千头大猪。听说一般夏天猪卖得不好，我今年夏天打算留几头下来做种猪，争取今年年底出栏三千头。镇信用社说没那么多钱，陈县长，我找你，你钱多，你的条子过硬。"

宋运辉听着心里想了想，觉得这个扩大计划可行。不过他没插嘴。陈平原背双手看着小猪，好一会儿才道："我回去研究一下，最快也得年后给你。"

"最慢年后吧，否则猪圈盖起来都赶不上猪长肉，很快挤不下。陈县长，你有钱。"

"有钱也得走对程序，哪有今天要明天给的。"

"后天，后天也行。你说，这如果扩大了，我今年就可以赶上市养猪场。"雷东宝讨价还价堪比小菜贩子。

"索性再扩大一点，年出栏五千头，规模化养猪。"陈平原想了后又来一句。

"怕市场容不下，活猪又不能库存。"宋运辉终于插上一句。

雷东宝却道："你给我六十万，我就扩成五千头。"

陈平原道："好。我明天再过来，今天中饭不吃了。小宋，经常回家来，多支持家乡建设。"

陈平原走了，宋运辉看着车尾风尘滚滚，问雷东宝："五千头，市场吃得下吗？"

"去年一千头，再加一千也不成问题。今年大伙儿生活更好，肉吃得更多，五千，五千就五千。中饭去我家吃。"

"回家去吃，她明天就得回金州。要不你一起去我家。"

"也行，我交代点事。"雷东宝又进去养猪场，大声喊出雷士根，要士根准备一笔钱拿信封装好，明天交给陈平原。陈平原要的还不是这个。出来，他已经变了主意。"他要是批我六十万，我就有钱扩电线厂，电线厂生意太好了，我得全力扩我的电线厂。猪场还是扩，他只要钱给了我，三千五千随我说了算。走。"雷东宝说。

"他不找你算账？"

"算什么？谁找我算账都轮不到他。"

宋运辉一怔，忽然领悟到什么，瞥了程开颜一眼，也是隐晦地道："你小心着点。"

"怕什么。今天去你家吃顿好的，我妈烧菜最差，最好你烧菜。"

"我也想吃小辉烧的菜，他总说他烧得比我好。"程开颜不明白两个男人说话中的严重问题。

"他肯定比你烧得好，他做什么都动脑筋。小辉，瘦很多啊。"

"他可辛苦了，一天睡觉只有六个小时，有时候还没的睡。现在终于好了，已经胖回来了。"

"男人嘛，苦点怕什么。以后你在家替小辉收拾吃的穿的，让小辉好好干活，他脑子好，别让他把脑子浪费到小零小碎上。听到没？"雷东宝不由想起宋运萍在的日子，那时候他钱还不多，可生活多么惬意，简直是神仙日子。看眼前这个小程没长大的样子，以后小辉还不知怎么吃苦，他得先帮小辉教育小程。程开颜笑着答应，却一点没觉得受教训，因为大哥已经将她当作宋运辉的主妇看。

宋运辉听着一笑，却想到雷东宝如今孤身一人，雷东宝是什么都不会做，与他不一样，总不能一直依靠雷母。他心里矛盾了一下，道："大哥，如果有合适的人，你再找个吧，家里总得有人。"

"胡说。"雷东宝一声吼，就没了下文，一张脸墨黑。

程开颜吓得猫在宋运辉背后，不敢看骑在旁边的雷东宝。宋运辉倒是不怕，听着还挺欣慰，为姐姐欣慰。可也不能总耽误雷东宝，他叹了声气，道："我和我爸妈都不会反对。"

雷东宝不答话，脱下手套，将手心翻转给宋运辉看。当年他在手心写的字，如今虽然笔画早已辨认不出，可好几处黑点就跟文身一样永留手心。宋运辉也就不再相劝，他反正已经表明他的态度。

宋运辉本来话就少，雷东宝一样不怎么会寒暄，再加两人心情都不是很好，程开颜又被雷东宝吓得不敢说，回宋家一路竟都没说话。

终究还是宋运辉下厨炒了两个菜，特意放到雷东宝面前，算是给雷东宝一个安慰，却换来雷东宝一个白眼。程开颜后来了解内情，感动得不得了，更对雷东宝刮目相看。

送走程开颜后，宋母一直担心家里简陋，会不会让准儿媳看不起，宋运辉倒不担心。他想上房翻修一下瓦片，却被告知雷东宝早就做过。他看看家，也确实低矮老旧潮湿，好几处漏风，该翻新了。他要父母把他拿来的钱加上家中储蓄都拿来盖房，父母却说要给他结婚派用场，不肯。无论他把德国的居住环境怎么跟父母宣传，他父母就是不肯，一定要把钱花在他结婚上。他赌气说他旅游结婚，不办酒席。说出这话，宋运辉还真心动，旅游结婚是个好主意。

年三十的白天，雷东宝照旧送年货上门，宋运辉自作主张跟雷东宝商量盖新房子的事。雷东宝已不再计较宋运辉叫他另娶，两人当着宋家二老的面谋划，最后争论结果，宋运辉出钱买全部材料，雷东宝叫来人工盖房。房子式样是宋运辉画出来的，有点西德见过那些别墅的味道，两层楼，屋顶和窗搞得很复杂，但被雷东宝否认一半，最后的定案四不像。两人当场计算水泥石灰砖瓦等用料的数量价钱，宋运辉让父母年后就把钱从银行取出交给雷东宝。如果不交，他以后每个月从工资里扣给雷东宝。宋家父母无奈，只好答应。

宋运辉也跟雷东宝说了西德人居住的环境有多美，房屋道路规划多好，雷东宝要宋运辉有本事把小雷家规划好，他也能把小雷家搞得像大花园。宋运辉大有兴趣。他是个闲不住的人，当天就去小雷家山头看了半天，可看着村里密密麻麻的村屋，觉得无从下手。中国毕竟人多。

闲时问起妈妈，小杨馒头还来不来，宋母说夏天时候小杨馒头跟几个常买他馒头的人家告了别，还真带着他弟弟闯东北去了。宋运辉心下有点佩服这个小杨，年纪那么小，竟能去闯东北，不过，现在是春节，小杨馒头应该回家过节了吧，不知他在东北做得好不好。

02

小杨馒头叫杨巡，弟弟杨速。杨速初中毕业，兄弟两个就带上两担家乡产的插座、插头等小东西，坐火车赶去东北。一路聊天，杨巡感慨，爸爸起的好名字，害他们兄弟挑着馒头担子拎着鸡蛋篮子天天走走走，现在又走走走，越走越远，走去东北。

有早年走出去的老乡们在东北一个城市花钱找关系租下百货商店里的电器柜台，小杨兄弟前去替他们看柜台。没有固定工资，卖掉多，两兄弟挣得多，卖掉少，两兄弟挣得少。两兄弟看一个柜台，杨巡嫌太闲，就带上样品走街串巷找单位去推销。门房们见杨巡人小可怜，嘴巴又甜，常肯私下指点一二，告诉杨巡该找哪个关键人物。杨巡虽然人小，胆子却大，再说已经做了一年的馒头生意，嘴皮子灵光得很，即使面对严肃的老头都不畏惧，常能把人说得心软。可他才开始做电器，不懂什么单位用得着这些电器，经常磨半天嘴皮子，人家才勉强看他这个人的分上买两只插座。不过即使如此，也比他弟弟守柜台的生意好一些。杨巡想，这就算是守两个柜台挣两份工钱的意思。虽然看上去收入还不如卖馒头时，可杨巡不气馁，才开始呢，他才开始卖馒头的时候，买主也不待见他。别看他小，他经验足得很。

这样子东奔西跑两个多星期，终于一家工厂供销科长被大热天汗流满面的小小杨巡感动，写出五种电器问杨巡有没有，杨巡忙说有，从包里拿出两种符合规格的让科长试用，说其他三种没带着，等一下立刻拿来。其实其他三种杨巡管的柜台没有，但他们老乡在本市做电器的多的是，他找一下就在另两处柜台找到那三种电器，跟叫老王的经理老乡见老乡，拿家乡话商量一下分成，他就背上那三种电器飞快送去那家工厂，正好赶在下班前。那家厂供销科长挺感动，要杨巡三天后来问，看试用结果怎么样。杨巡三天后一问，科长一下要了五种七十多件，可把杨巡乐坏了，自行车整整送了四趟，花了两天才送完。

拿来一笔不菲的分成，杨巡高兴得立即冲去农贸市场买了一斤最便宜的猪肚皮肉，和弟弟敞开肚子吃了一顿红烧肉，小兄弟两个人满足得如同过年。然后他依然走街串巷，寻找蹲伏在角角落落的机会。依然是有时有收获，有时没收获，但是那些愿意从个体户手中要货的厂家他都好好记下来，不管有没有生意，他隔三岔五上门去喊声叔叔伯伯，有事没事拜访一趟，赔个笑脸，总能有点收获。时间长了，手头的单子越来越长，不得不在百货商店买一本小笔记本记录。这些都成了他手头的法宝。两兄弟的伙食也渐渐好起来，菜里越来越多见荤腥。

但好景不长，很快，东北的冬天就来了。东北的冬天严酷得令人绝望，漫长得令人绝望，从不长冻疮的小杨家兄弟先是四只手肿得跟他们以前卖的馒头一般，然后破皮溃烂，溃烂处偶尔见白骨森森。两人努力抗寒，努力适应环境，购买本地人的衣服御寒，购买特殊的煤炉放屋里取暖，零零碎碎添置下来，花去他们好多刚挣的钱。等他们学会伺候煤炉，他们手上的冻疮才好歹慢慢痊愈。又摔了不知多少跤，两兄弟终于把冰上骑自行车的绝招也学会，终于适应东北的严寒。他们以为已经够艰难，可老乡却说，毕竟小兄弟两个年轻，不仅普通话学得比别的老乡快，连对东北的适应也快于他人。

终于等到他们期盼已久的春节。元旦后，老乡们就聚在一起谈论回家的事，说到回家大家都兴奋，可想到租房或者仓库里放的货物，大家又担心一个春节回来都给小贼清了。杨巡不知道多想家，可考虑几天后，他跟大家提出，大家都是有家有口的，要不大家把货物都放到老王那间最大的仓库里，他不回家，由他守着仓库。要老王他们带他弟弟杨速回去再回来。他经常从那些老乡手里拿货，大家大多认识他，相信他为人，再说又是摸得到家门的老乡，万一有什么事，跑得了和尚跑不了庙，大家于是都感谢了杨巡，纷纷回去取货，将东西堆到老王仓库。货物太多，好不容易才能塞进杨巡的一张床，又剩下小小一角给他生煤炉。

杨巡一个人度过最凄清的冬天，每天钻被窝里看大家留给他生煤炉用的报纸杂志，饿了在煤炉上烤两只馒头，只有大年初一中午他才吃一顿饺子。等元宵节过后，老乡们才陆续回来，他守着仓库将东西一件不少地交还老乡，赢得那些老乡对他的赞美，尤其是老王对他从此青睐有加。

等将最后几件货色交出，天也渐渐暖了，很多工厂轰轰烈烈开工，需要购买货品，杨巡怎肯放弃这等机会回家探亲，直把这一波小高峰做过，又小赚一笔才肯回去。但回去之前，许多老乡客客气气跟杨巡商量，要他帮忙带点货色回来。杨巡本不答应，他自己还想带货，半年做下来，已经知道什么好卖什么不好卖，他想带点好卖的回来放租屋里，省得永远只拿小小分成。但回到租屋摊开信纸细细一算，那么多人要他带东西，他不如再问几个人要带什么，都攒一起，索性叫一辆车放过来，不知有没有的赚。他第二天就找运输公司，问了去他家乡的价钱。再跟老王他们一商量，大家都说主意好。于是本来想叫杨巡带货的，都数量翻倍。

出门在外，做的都是小买小卖的小生意，都对进价异常计较。每个人心里都有一处最便宜的进货处，都会偷偷找上杨巡，递给一张字条，要杨巡保密，上面写着某商品从A厂家进货，找甲某，是多少价钱，合计多少钱，问哪个地址拿钱等，要杨巡一丝不差地按纸条上写的去做，其中当然也有欺负杨巡人小听话方便差遣的意思。没等杨巡上火车，他们的电报早飞向家里说明情况让家里准备钱。

杨巡一手接了二十来张字条，他又不是个笨人，如果都按那些人说的做，他在家里得忙得无头苍蝇一般找一个月的货都不够。他坐火车上画了一张大表格，同一产品都写在一条横线上，几家一比较，就可以比出谁家最便宜，谁家质量最好等结果。回家后，他骑以前卖馒头的自行车货比三家，拿几个人加起来的巨大进货量砸人家厂家，压厂家的出货价，拿到比表格上的最低价更低的价，人家厂家见他还如同见亲人。

杨巡边打边学，学了再打，忙碌二十来天，将货差不多配齐，只差电线。十几个人需要进电线，其中八个人想进一家叫登峰电线厂的货色。杨巡以前一年天天挑着馒头担子到处转，当然知道那家登峰电线厂在哪里。一大早他骑车出发，近中午才到小雷家村，坐山口上先把兜里俩馒头吃了，才冲下山坡到那登峰电线厂。

到厂一看，好家伙，整三条生产线，其中一条还是簇新，壮观地排列在三架棚屋下。因为车间没墙，站门口就可一目了然。难怪品种齐全，那么多人要的货色全有。

已经进了那么多货，杨巡稍有经验，进厂门就直奔办公室。登峰电线厂厂长办公室里有两个人面对面坐着说话，那个对着门坐的凶汉看见杨巡，瞥了一眼闭嘴不说。背着门的那个就回转头来，看到毛头小子杨巡，就道："我们停止招工了。"说完就又背过身去。这里面的正是雷东宝与雷士根。

杨巡立马笑容可掬地抛出大买卖："大叔，我来买两千捆电线。"他既然人微言轻，那就进门就抛大买单，砸死对方。

这话一出来，士根又转回头，笑道："回家叫你爸来，别寻开心。"

"我叫杨巡，钱我已经带来，跟大叔谈个价钱。不过有些需要订做。"杨巡走进办公室，镇定自若地自己找凳子坐下。

行家伸伸手，便知有没有，士根立刻明白眼前这男孩子是真的送生意上门。忙起身拿雪白搪瓷杯给杨巡泡杯茶。杨巡总觉得身侧像有一束火线烤上身来，顺着看去，却是雷东宝靠在椅子上沉默注视。他忙赔笑打个招呼："大哥你好。"

"叫他大叔，叫我大哥？"雷东宝依然虎视眈眈，"你家做什么的？要那么多电线做什么去？他们放心你来？"

"我家农民，老爹去得早，我跟人去东北做生意养家糊口，这次回来帮大家发一些货。大哥，听说小雷家村支部书记也是早年父亲去世的，都说他年轻有为，我说这是咱穷人孩子早当家啊。得早早跳出来挣钱吃饭，养活弟妹，不做事都等着喝西北风啊。"

雷东宝一听笑道："士根哥，还真是那么回事，我们还不是让穷逼的。以前只有一个目标，吃饱饭。"

直等雷东宝说了话，士根才道："还真是的，那时每天想着能不打光棍已经美死了。小杨，这是我们村雷书记，我是登峰厂厂长，也姓雷。你说吧，要什么规格。"

杨巡忙伸出两只手非要捧住雷东宝的一只手握了，连声说"久仰久仰"了，才从口袋里掏出一张纸递给士根。雷东宝对这种客气早已习惯，没啥受宠若惊的感觉，不过对杨巡印象极好。士根看了字条，又看看自己手头的报表，道："有两种没有库存，我安排下去立刻做，你后天来拿。"

杨巡问："雷厂长，你们电线足尺吗？"

"当然足尺，你去车间随便找一卷量一下。"

"有没有不足尺，短个四五公尺的？"

士根心头不快，道："小小年纪疑心倒重。"

杨巡察言观色，忙笑道："雷厂长误会了，我们成批卖给国营厂的电线，一般都是居民买电线剪下几公尺后的卷，反正他们拿去厂里，电工自己还得偷剪几公尺回家，没人会查。可我们这样剪了后包装会松，碰到仔细的会被看出来。不如你们这儿先扣下几公尺，我们把价钱按比例扣除就是了。你看我画红圈的这几种，就要短尺的。"

士根还是第一次听说这猫腻，不由与瞪着眼睛的雷东宝面面相觑，嬉笑道："哪有这样作弊的，不怕让人查出来砸你铺面？"

杨巡嘿嘿一笑："我们小本经营，看到国营厂采购的又得递香烟又得送好处，不从这里抠斤两还赚什么？他们拿了好处，还哪里会来砸我们铺面。"

雷东宝道："还有比红伟更滑头的，你们都那么做？"

杨巡一笑，哪是都那么做，那些订做不足尺的都是他自己要的货，他到处上门推销，找的大多是国营企业，最需要这种短斤缺两电线。但他嘴里说："都那么做，不然我怎么知道。雷书记跟雷厂长慢坐，我自己去车间量尺寸。"

雷东宝看杨巡笑着露着两颗大虎牙出去，等看他走远，才道："小小年纪就这么滑头。"

士根笑道："看他量大，我们给他订做一批，我们自己不干，还是足尺。不能明着开这个口子，我们那么大摊子，要是都学会生那小心思，还怎么管得过来。"

雷东宝点头："你防着点，如果有人开这口子，敢昧村里钱，往死里打，再送他去坐几年牢，看谁还敢。"

士根犹豫了一下："四宝说，老书记收人钱物，批低价砖给人。"

雷东宝一时愣住，死死盯住士根，好久不语。这时杨巡回来，跟士根就着各种规格谈价，将价格压到他满意地步，才交出预付款，约定后天取货。雷东宝一直不语，双臂抱胸前发呆。连杨巡走时打招呼说再见都不理，想自己的心事。等士根回来，他才难得地压低声音，问："你调查了没有？"他知道士根不将细节调查清楚绝不会胡说八道，与四宝为人大不相同。士根既然说了，那就确有其事，所以这个问题才严重。

03

"调查了，证据确凿。跑拖拉机的好几个人知道。"士根取出一只信封，"里面是证据。"

雷东宝拿来证据细看，眉毛越拧越紧。看完，拍案而起。士根忙也跳起来，一把拖住雷东宝："你不能急，我就是怕你急才一直没跟你讲，先把外围调查做好了才告诉你。你妥善处理，老叔与别人不一样。"

"大伙儿都看着。"雷东宝简直可以说狰狞。

"可他是老叔，不是别人。"士根死死拖住雷东宝，"或者悄悄把他撤职了，算他退休，对大家有个交代。"

"不行。"雷东宝大力挣出去，"你守着电线厂。"说完，便走了，直奔砖厂找老书记。士根无奈，拿起电话想跟老书记先说一声，可想了想，还是放下。他相信雷东宝的处理，但他担心，他最终还是没敢大意，骑上自行车远远跟去。

雷东宝找上砖厂，直奔老书记办公室，一声不吭进门，关门，关窗，将信封扔老书记面前。

老书记不知是什么事，打开一看，脸色煞白，一言不发。

雷东宝盯着老书记，咬牙切齿地道："叔，你是老叔，我先来问你，怎么处理？"

老书记还是不吭声，摸出一支香烟，却双手颤抖，火柴划不亮。雷东宝没帮忙，依然盯着老书记，也不言语。

有人来办公室找老书记，在窗外一看里面肃杀气氛，立马乖乖溜走。里面两个人在沉默中对坐足有十分钟，老书记才终于划亮一根火柴，点着一支烟。

雷东宝拿出他这辈子最大的耐心，才闷声不响等着老书记将一支烟死命地抽完。原以为老书记这下总该说话，没想到老书记晃晃悠悠站起来，佝偻着背，走向门口，却依然不表态。雷东宝不得不仗着年轻身手好，一脚伸出去险险地拦住门，不让老书记打开："叔，给句话。"

"你看着办。"老书记站在门前，并没施力开门，却也没看向雷东宝。

雷东宝愣住，一张脸更黑，想了一下，便将拦住门的腿撤回："叔看着我长大，最后给你的机会不抓住，你知道我会怎么做。"

"我求你拜你，你会放我一马吗？我太知道你。"

"既然太知道，为什么你还明知故犯？"

"又没多少，我没想到有人敢查我。现在的小雷家是你的天下啦。"说着话，老书记打开办公室门，却看到赶着进大门的士根，自言自语："好样的，雷士根，狗奴才。"

士根感觉到老书记的目光如刀刮过他的脸，当然，他的招呼老书记不会应声。他看着老书记走到大门口，试图骑上自行车，不成，不得不推自行车出门。他赶紧跑进办公室，看到雷东宝正好黑着脸走出来，他忙问："没吵？"

雷东宝摇头："立刻，红伟接手砖厂，你查账，搞它一清二楚，张榜公布。"

"其实老叔不声不响退出已经够说明问题，村里大伙儿都心里清楚，就算他退休吧，别追查得那么彻底。打人不打脸，给老叔留点面子。"

"查！一查到底！叔知道我会怎么做。"

士根犹豫了一会儿，才道："老叔知道的内情太多，万一他要求我们公布送给那些县领导和邻市电线厂领导的财物呢？他如果嚷嚷出来，事情得闹大了。"

"士根，你前怕狼，后怕虎。照我说的做，查。你以为叔敢闹？这种事换成老猢狲都不敢闹。"

士根凡事务求百分之百保障，岂敢像雷东宝般赌命。可看雷东宝那架势，他既然说服不了，那就得查，不查不行，雷东宝也懂点财务，逼急了雷东宝会跳出来自己查，到时对老书记打击更大。正说着，红伟被雷东宝一个电话叫来，风风火火赶到，跳下自行车就气喘吁吁地问："怎么啦？出什么事了？我跟老书记打招呼，他理也不理我，脸色像结结棍棍饿了三天。"

雷东宝简短地道："你今天开始接手砖厂，叔出问题退休。最后结果出来前，你们跟谁都别说原因。"

士根道："要不，开个村干部会议，大家商量决定？"

"你们都敢投票？"雷东宝瞪着眼睛反问。

红伟听得云里雾里，直到雷东宝骑车离开，他才从士根嘴里得知来龙去脉，忍不住埋怨士根："你这不是让东宝为难吗？你要他怎么处理老书记？你把他们两个都逼上绝路了。"

士根叹息："我本来也不想，可我管着账，我再不出来说话，老书记手指越伸越长。你以为大家不知道？都瞒着东宝一个而已，都趁东宝忙，做戏给东宝看，最好东宝看不见时候自己也学着老书记捞一票。我管账的不说谁说。而且我再不阻止老书记，大家连我们两个管事的也会怀疑上。我唯一担心的是东宝怎么处理老书记，东宝一向下手太重。"

红伟想了一会儿，道："老书记也太不要脸，孙子都有了的人，明目张胆的，这么贪全村人的钱，不怕出门让人戳背脊。以前跟东宝提起过，东宝太相信老书记，放给老书记的权太大，不像对我们，每天查我们的进出，看账跟查犯人一样。"

士根若有所思地看着红伟，好久才道："我一手管账，一手管电线厂和养猪场，比你更让人怀疑。不行，我得让东宝把职责明确了，否则哪天我也会忍不住学老书记贪一把。对了，得跟东宝提一下，老书记是他惯出来的。人哪是神仙啊，白花花银子谁不要。"

红伟忙道："你别这样看着我，我还行，最多吃人家几支香烟。我们卖出去的东西，价格明摆着的，谁能像老书记一样乱来啊。我现在没空跟你说话，得跟砖厂的人开个会。晚上我们再一起劝劝东宝，别把老书记逼急了，和气一点嘛，我们旁观的也省得胆战心惊。"

士根还是若有所思，有点神神道道地点点头，去村办查账，贯彻雷东宝的"查"字诀。功课得做足，不能冤枉老书记，也不能放过老书记，但是处理手法上得劝东宝别太狠。只是士根被红伟的话提醒，也担心自己哪天蹈老书记覆辙，他要伸手，太容易了，比老书记更容易，雷东宝相信他，所有的印把子都是他抓着，他只要做个假账，神仙都查不出来。他现在凭良心做事，但未来呢？

士根越想越心惊，开始谋划改变。

　　红伟走没多久，士根去村办公室，却见老书记的儿子倚在门口冲他客套地笑："士根哥，干吗去呢？"

　　老书记的儿子年龄比士根长，现下却跟着村里一班小伙子喊士根哥，士根自然明白原因，他是帮他爹探听情况来呢。士根没想撒谎，直说："查账去。"说完锁上电话。

　　"士根哥，你说都是姓雷的，东宝书记又是我爹一手提拔上来的，不能开恩一点刀下留人吗？干吗非要学包公一样逼我爹呢？"

　　"你他妈但凡能正经干点活挣点钱，你爹也不会给逼到今天这地步。别跟我说，我奉命查账。你孝敬，你出头替你爹顶着责任。"

　　老书记儿子见奉劝不成，躁了，堵办公室门口不让士根去财务室："雷士根，你这条跟雷东宝后面舔屁股的狗，你奉谁的命查账？你说，你说，告状的是不是你？你这条狗，吃屎的狗……"

　　士根为人内敛，听到骂，却不急不躁，两眼看看门外晒场上探头探脑围观的人，冷静地道："东宝书记还看着你爹面子不处理呢，你先把你爹丑事嚷嚷开来，到底是谁要你爹好看？"

　　老书记的儿子一愣，慌忙中捂住自己的嘴。士根趁机擦身而过，去财务室。老书记儿子一看不好，他怕士根查出证据，那是非看住士根不让去财务室，抢上前去抱住士根不让走，力气用大了，摔得士根差点翻倒。士根以为老书记儿子袭击他，火气终于上来，两人扭成一团，打得不可开交。这下，本来雷东宝连红伟都不打算告诉的事，经这么一场打斗，经老书记儿子一嚷嚷，飞速地大白在众人眼皮子底下。大家不仅知道了老书记贪财，还亲眼看到老书记无理取闹指使儿子不让查账，不管是不是老书记指使的儿子，这笔账全都算到老书记头上，老书记顷刻英名扫地。

　　两人很快被旁人分开，有势利的帮着新发势力新村长士根骂老书记儿子，祖宗十八代都给骂了出来，有息事宁人的推着老书记儿子回家，直把这个败事有余的人塞进院门才作罢。老书记本来是叫儿子出去探个动静，以便有所准备，一直站院子里侧着耳朵留神听着，没想到听到儿子将事情捅到光天化日之下，听到有人对他的辱骂唾弃。想到自己一世英名，运动时期都不曾倒下，此刻却被众人羞辱，再无颜出门见人，窝在家里不敢出去见人，也不敢再要儿子出去见人。尤其是想到雷东宝不知会采取什么措施毫无情面地召集全小雷家人开会批斗他处分他，他的党票会不会被剥夺，他更是夜不能寐，天天如坐针毡。外面有什么声音，他就风声鹤唳一般竖起耳朵倾听，又怕听到别人的评论，又想听到别人的评论，他茶饭不思，整天抽烟打发。

终于有四只眼会计第三天傍晚时候隔墙捎来一条最新消息，士根查出一沓不合理单价批条，甚至查出几个月过分虚高废品率，如今已经开始找人一一核对批条是否有猫腻，找砖厂考核本子核对废品率是否属实。老书记没想到士根竟会查到废品率上去，那是他做的最大的手脚，而不是吃人一顿收人几块钱这样的小事，顿时知道问题严重，极有可能吃上官司。他闷坐炕头，越想越烦，越想越没脸见人，越想后果越严重，外面春雨潇潇，他找根细麻绳半夜上了吊。

一时，所有原本指责老书记的舆论都闷了声，人死为大，有些开始数落雷东宝和士根不该对德高望重的老书记赶尽杀绝。雷东宝布置士根查账后，自己连着几天守在工地，监督工程，没想到会听到老书记的噩耗，他也傻了，怀疑自己是不是威逼过甚。他当天赶回村里想参加老书记的葬礼，但被老书记一家痛骂，他没有回嘴，转身离开。可是农村人骂人没遮拦，老书记儿子一张嘴尤其漏风，一骂骂到雷东宝克死老婆不够还克死亲手提拔他的恩人，雷东宝才忍无可忍，张开蒲扇般大掌就是一耳光，打得老书记儿子眼冒金星，不敢再骂，但个个见面横眉冷目。士根文气，却是给老书记家人堵住家门痛骂。士根没有还嘴，老书记死都死了，他难道能拿着证据自辩老书记这是罪有应得自绝于人民？

葬礼过去，反而是追查贪污的雷东宝与士根被人指责薄情寡义。这件事却也令小雷家人人自危，手中可以接触公家钱的，有些小权的，都知道了书记村长的铁面无情，连老书记都能处理，那些人自己心中掂量，还有谁的分量重过老书记。

但士根好几天没法出门，家门被送葬回来的老书记家人堵住。雷东宝煞气重，没人敢堵他的门，可他家窗户好几扇被砸。对于老书记的死，雷东宝一直很矛盾。当年，老书记提拔他，重用他，维护他，没有老书记对公社的阳奉阴违，就没有他雷东宝今天的成就。老书记的家里人骂他没良心，他一边真觉得自己没良心，逼死老书记，一边却又觉得挺冤。他管着一个村，如果放任老书记伸手捞村里便宜，那不是失职？如果放任老书记捞钱，村民得骂他与老书记穿连裆裤，可他才下手处理老书记，老书记一自杀，村民又骂他良心让狗吃了，他怎么左右都不是人呢？

有围绕在他身边的人提醒他，士根家被围三天，可能断粮。雷东宝知道，这会儿谁也不敢去惹那帮披麻戴孝哭哭啼啼围堵士根家的老书记家亲戚，死人家的亲戚什么事都做得出来，做出来的事糊别人一辈子晦气。只有他出马，即使他可能遭到围攻谩骂，他也得出马，因为他是一村之长，彻查老书记的决定由他做出，他有责任担负最大部分的压力，而不是士根。前面三天，老书记出殡之前，他一直忍着，隐忍不发，那是他对老书记过去的尊重。但是老书记既然入土为安，他不忍了。他的做人信条里，"忍"字淡而又淡。

雷东宝要四宝去买来一捆荤素菜，他拎着直奔士根家，没要任何人跟着。他大摇大摆地去，后面远远跟了几个偷看热闹的。到士根家门口，那些披麻戴孝的当作没看见，都是默默低头坐着敲着，就是不让道。雷东宝在圈外吆喝一声："让个道。"没人理他，都是估摸着雷东宝再煞，也不至于踩着别人脑袋走路。

雷东宝果然没有硬闯，但也没有客气，站在圈外，响亮地道："这件事，是我要士根查，冤有头债有主，你们要找，找我，你们没种。叔以前是我敬重的人，出问题时我先找他，问他怎么处理，他说随便我处理。好，那就随便我，即使是我亲爹亲娘，出问题也是要查，死了也要查到底，好给你们一个交代，看我有没有冤他，看你们有没有冤士根。查出来的问题，昧钱的，父债子还，昧良心的，到此为止。今天，我把话扔这儿了，你们有种，继续堵着，士根出不来，我请乡里出面查账。你们尽管逼我，我雷东宝打小是光棍，没有怕的。"说完，将手中一捆荤素大力扔进围墙，转身要走。

老书记家众人面面相觑，嘴里早仗着人势骂出断子绝孙的话来。越骂越激动，老书记的老妻越众而出，举起缠白纸条的竹棒照雷东宝劈头盖脸抽过去："贼种，你逼死我老头，你还想逼死我？"

雷东宝一把抓住竹棒，拉得老书记的老妻差点跟跄而出，摔倒在地，硬是被她那些亲戚的头颅顶住。雷东宝拿竹棒指着众人，道："本来想悄悄处理这事，叔悄悄退休悄悄退钱，没人知道，叔自己也清楚，回家就不吱声。硬是被你们自己吵上村办捅出来，天下哪里见过这样的儿子，巴不得老子没脸见人。叔自杀，那也是让他不成器的儿子逼死的。如今叔已经入土，你们还不让叔安心，到处哭哭啼啼怕别人不知道叔怎么死的，好啊，我帮你们，叔的问题查出来，我张榜公布，让全村每个人都知道，你们满意了吧？你们这帮逆子，叔都是被你们害死的，害死了还不让他好过。"

雷东宝一边说，众人一边鼓噪，有人想夺雷东宝手里的竹棒，雷东宝不得不一边大声说话，一边挥棒乱打。众人忌惮他真张榜公布，可又骑虎难下，不能被人一吓就回，而老书记的儿女亲人哀恸老父之死，不是雷东宝三言两语可以说退劝退。再说以往都是雷东宝唱红脸，士根唱白脸，让人有机会下台阶，可如今士根被他们围在屋里，没法出来对唱。老书记老妻急了，顺势往地上一滚，大哭："书记打人，书记打人，不要活了……"抓起手里能抓的东西都扔向雷东宝。

雷东宝躁极，心说这帮人怎么不听劝不讲理，索性扔掉竹棒，撸起袖子道："娘的，我从小打架打到大，打人又怎的。"说着就要动手，先揍没胆正面对打总是偷袭他的书记儿子，没想到士根家大门一开，士根踩过众人冲出来，一把抱住雷东宝："书记，你别管我，我家让他们围着，你去管村里大事。我没事，快走。"

士根劝架，老书记家人反而来劲了，拳头竹棒纷纷落在两人身上。雷东宝火大，一把推开雷士根，先给老书记儿子一个耳光，又一把劈胸抓住扑上来的老书记老妻，拎起来大吼一声："谁敢动手？当我雷东宝说话放屁？"老书记老妻本就丧夫之痛，几天没睡，头昏眼花。被雷东宝高高拎起来天旋地转地一拨拉，眼前一黑，晕了过去。她女儿先看出不对，忙大叫："出人命啦，妈，妈，你怎么啦？"雷东宝没想到老太这么不经拎，拉回一看，果然见老太两眼紧闭，牙关咬紧，忙将人改拎为抱，命令雷士根带钱跟上，他准备带人去乡卫生所。

士根不急着进去拿钱，拦住雷东宝先掐老太人中，身后，几只拳头又落在两人身上，但不多。本来也想抓雷东宝拼命的书记儿女们这时顾不得吵架打人，都将眼光焦急地集中到士根手上。幸好，老太在士根手下苏醒过来，醒来就被老书记儿女一把抢去，众人不敢拿老娘性命开玩笑，簇拥着老太回家里。老书记儿子咬牙切齿扔下狠话，要雷东宝管住他寡母。雷东宝冷笑，说谁想学老猢狲被他埋雪堆，谁尽管上。

看着众人退去，士根叹息道："幸亏老书记家人口不多，否则我家得给他们扒了。唉，扒了也只有认，谁让一条命摆那儿呢。你让你妈去哪儿躲躲吧，避开他们几天火气。"

"他们？他们有那能耐，以前也不会被老猢狲这种人压着欺负。不躲，怕他们怎的。"

"好汉不吃眼前亏。"

"怕什么，我不做亏心事，不贪财不好色，他们敢乱来？你看你做人正派，他们也只敢堵你不敢扒你墙。他们还有理了？查！你今天开始继续查，别让人以为叔是我们逼死的。"

"东宝，别赶尽杀绝。老书记都已经去了，一条命放那儿，你不能再蛮干。"

"士根哥，你不查，我出钱让乡里派人来查，这件事一定要查个水落石出，否则影响我们村领导班子的威信，让全村人还以为我们是旧社会的恶霸土匪。我们一定要把道理说清楚，不能死一个人让他们闹三天就闷声不响，让别人看见以为我们好欺负。我们以后还要开展工作，听到吗，还要工作。"

士根无奈答应，转回家中打个招呼，去村办继续查账。他虽然涵养好，可也不是土性子，他被堵家里三天，他也气；他虽顾全大局，他心里也冤。本来他还顾着老书记过去的功德，有些可忽略的也忽略了，可现在如果不拿出证据说话，他与雷东宝还真坐实了迫害老书记致死的指控，他哪里担得起这罪名。虽然他还是有顾虑，乡里乡亲，做得太绝不好，何况人都已经死了，一条命抵多少钱都可以。可他真是不能不彻查了，无论最后是不是张榜公布，他都得把问题查个水落石出，他还得面对自己充满内疚的良心，给自己的良心一个交代，不是他逼死老书记，是老书记自己的行为逼死自己。

老书记家众人退去后就没再堵，人都是一鼓作气，再鼓而衰。士根得以顺利出门又查三天，经过多方求证，将最终意见递交雷东宝。雷东宝看了，能具体落实的贪污竟然有三万元之巨。他召集所有村干部开会，问怎么处理，果然，大家都没敢表态。大家最后要求把决定权交给全体村民。

雷东宝也不表态，他这次学乖了，村民那些婆婆妈妈没道理可讲，他索性把决定权交给村民，村民自己怎么决定，村里就怎么执行。雷东宝不急，耐心从月中旬捂到月底，这耐心，是每天挨老书记家人骂，每天被村人流言蜚语这等枪林弹雨锻炼出来的，这耐心，对雷东宝而言，弥足珍贵，可那也是老书记的一条命带他的教训：做事，不能想干就干。这还是士根背后苦口婆心劝出来的，士根列举其他两种比较婉转的查处老书记的办法，以此告诉雷东宝，做事未必只有雷厉风行一条路。

这期间，有风言风语传到乡里，乡长打电话下来责问，雷东宝暂时不回答，他不想透露。即使陈平原来电话，他也咬紧牙关不说，他要让村民先决定，自行决定。

　　每月月底，都须开会发放村老年人劳保工资，向村民交代村里又做了什么，准备做什么。雷东宝当初定下这规矩，是为招工需要，他得公平公开地告诉村民哪儿又招工了，你们掂量着报名，村里择优录取，免得肥了东家亏西家。所以每月月底的会议老老少少都踊跃参加。今天更不例外，村里出了那么大个变故，大家都想看村里给个说法，村民都有兴趣得很。雷东宝也正想利用今天的会议。两下里一拍即合，晚饭才吃完，晒场早坐得满满当当。

　　雷东宝不管老书记家人来没来，他到时间就走上台，向大伙儿宣布常规议程一二三，最后公布老书记的问题。他直截了当地公布，可以确切查证的，证据明白无误的，老书记贪污砖瓦厂公款三万多元，至于收受好处后，老书记擅自给人减价，具体造成砖瓦厂损失累计数字是多少，因为老书记已经去世，人证物证难找，这些既然无法最终确认，会上就不能不负责任地公布。雷东宝说完，全场大哗，三万多，还不算老书记背后收的好处，这都已经值三个万元户，够全村老人一年的劳保金。面对真实而巨大的数据，全场一边倒。

　　雷东宝坐台上沉默了一会儿，阴沉沉盯着台下众人交头接耳，等差不多，才又大声说，请大家回去后考虑，一、要不要把证据移送公安局，让公安局跟进；二、要不要父债子还，追回赃款。出乎雷东宝与士根的意料，众人竟然都说要。全忘了今天会议之前大家还在指责雷东宝逼人太甚，逼死老书记，众人说要追还赃款时候都没想想，会不会逼死老书记的妻儿老小。

　　雷东宝没当众答应，他宣布散会，让大家好好想明白再投票表决。

　　他把问题向大家交代清楚，终于卸下这一阵压在身上的巨石。他率先离开晒场，鄙夷地将群情激奋抛到身后。他冷着一张脸，冷着一颗心，都什么鸟人，是非不分，眼里只有钱。他为他们做那么多事，他那么好的运萍为村里的事殉命，他至今还住着老旧的泥房子，他一分钱都没多拿，可是，他自己都是心如割肉一般地处理一个贪污分子，那些村民却横加指责。士根也是一般遭遇，士根管那么多事，若是放在国营厂，那是要分房有分房，要奖金有奖金，可是士根家给堵的时候，谁去解救？谁出来说句公道话？没有。令人寒心。

　　雷东宝对小雷家一团热心，此刻被德高望重的老书记贪污众人钱财，而众人又是非不分，搞得没了兴致。

　　老书记家人会后才意识到问题严重，等众人入眠月黑风高时候，出来悄悄找雷东宝求情。雷东宝任他们将门敲破都不开。事后老书记老妻找雷母求情，雷东宝依然不吱声，既不说移送，也不说事情到此为止，任他们着急上火。他从实践中学了深刻一课，他再不像过去般急公好义。

而雷东宝忍耐不表态的火气，都集中到市电线电缆厂。如今小雷家登峰电线厂三条电线生产线，已经与市电线电缆厂的电线生产能力相当。除了机电公司收购，他没在计划之列，没法将市电线电缆厂的货色挤出机电公司，其他，他要登峰电线厂的供销员如阵地战似的一家一家工厂地拿下，一家一家商户地拿下，争取把市电线厂的饭碗抢个干净。

那些市电线厂供销员哪里是小雷家出去的生龙活虎供销员的对手，他们的生产越来越收缩，除了小雷家没法做的电缆设备还能吃饱，电线设备都只能生产一些计划内数目，一大半时间电线设备停工停产。不过无所谓，大家正好上班甩老K，工资照发，大不了没奖金。

雷东宝见市电线厂大门照开，工人照常上班，心里焦躁，心里异常想上一台电缆设备全面挤死市电线厂。可惜，他才刚上了一新一旧两套电线设备，地主手头没余粮，没法上电缆设备。

只能在去市区办事时候，两眼阴沉沉绕市电线电缆厂看一圈，暗中咬牙切齿。

04

杨巡从各个厂家发来货，可暂时押着不走，他到处找去东北运货的车，满市运输公司地找，邻市的运输公司也跑了，到处留下电话，那电话是他所住村村办的电话。

他有耐心，直等了快一星期，才等到几辆粮管所去东北拉大豆的车。司机是偷偷找上他偷偷地拉私活，因此运费比寻常便宜不少。

这些货色发到东北，杨巡没在运费上做手脚，但是在进货价上，他想，他既然凭本事拿到比众人叮嘱的价格更低的进货价，那么，其中产生的差价理所当然该由他吃下。但是，低于想象的运费已经令在东北的同乡欣喜，众人没计较杨巡小赚一笔差价，欢天喜地地拿了自己的货色回去。这笔差价，说大不大，说小不小，每件都是几分几厘不到一角的差价，可是，积少成多，军绿色解放大卡车一车的货色，够杨巡赚得开心。

电线上做的手脚，也让杨巡稍稍地赚，赚得开开心心。他让弟弟依然管着别人的柜台，他开始专门侧重于推销电线。他手头积累的企业名单越来越长，直接问他这个小鬼头要货的企业越来越多，他买了一辆二手三轮车，几乎天天都有货要送。北方短暂的夏天才刚结束，他就不得不再回一次家，进他的电线。这回，依然有人要他带货，他当然带，可是，这回放来的一车，大多是他的电线，是他用自己初中毕业两年多挣来的钱和问亲戚朋友借来的钱进的。他还从家乡带来刚成熟的碧绿的橘子，去工厂拜访时候，这儿送一网兜，那儿送一网兜，异常受欢迎。他索性叫弟弟不再守柜台，专门守着自家仓库，专管发货送货。跟隔壁一家小厂攀上交情，每月送给私人二十块钱，接来一根只能接听不能打出的电话线。他们的电话经常很忙碌。

杨巡拿出来的电线质量与普通的差不多，但价格很低；杨巡这人脚头勤快，会自己寻上门来问要不要货色，介绍又有什么新品种；杨巡这人嘴巴甜不说，小恩小惠不断，上门时候，什么橘子、茶叶、米糕、上海奶糖之类江南特产总是小小带上一点，让众人笑纳；杨巡这人送货又最及时，风雨无阻，下刀子也不耽误。只要是杨巡的客户，都被杨巡伺候得舒舒服服，没想再换进货渠道。

很快又到年底，杨巡隐隐已成当地电线大户。他不仅零售，还批发。不仅那些老乡问他批发，本地人也问他批发；不仅本市老乡问他拿货，邻市老乡也听闻风声问他要货。他不得不一次一次地跑回家，运电线北上。随着他资金滚雪球般地增加，到年底时，他可以腰缠十万贯，硬卧回老家。过完年回东北，发去整整两车电线，那已经用的全是他自己的钱了。

人们都喊他"杨小倒爷"，杨巡都是挺得意地答应。他弟弟杨速，人称"杨二倒爷"。

从小杨馒头，到杨小倒爷，杨巡用了短短一年半的时间。那速度，跟夏天发面似的快。

05

雷东宝趁稍微空闲，叫一辆拖拉机拉着他去看新婚的宋运辉，拖拉机上还拉着一台他想办法搞到的冰箱作为贺礼。他到金州，宋运辉当然请假陪他，两人将程开颜请回娘家，关门谈了一天一夜。雷东宝将老书记自杀的前前后后告诉宋运辉，商量该如何杜绝这种情况再次发生。宋运辉正好是新车间上马后变得清闲些，每天攻读梁思申狂妄地说要提高他的跑步进度以免被赶超得太容易而寄来的各色书籍，包括管理书籍。而且他还得辅导因结婚而落下夜大会计功课的程开颜，正是觉得满腹刚学来的才华无处施展，与雷东宝一拍即合，讨论一方面通过改变管理框架，以交叉监督杜绝一个人经手钱财这等考验人良知的现象。另一方面较大幅度提高管理者收入，手中有钱少起贪念。

一天一夜下来，大致方针已定，雷东宝就匆匆告别回去了。他工作很忙，最好是一刻都不离工作岗位。宋运辉若有所失，很不安分地羡慕起小雷家激情四射的创业进程。相比之下，如今的金州总厂引进设备已经安装投产，生活与工作又沦为一潭死水，没有丝毫激情。

可是，他明知这样的生活不是他想要的，却又无能为力，金州总厂受政策限制，他这样一个年轻人被破格再破格地提升重用，已是非常不易，他不应再有非分妄想。他已经非常幸运，能正好撞到设备引进这样的大好机会，正好趁机利用他年轻人特有的英语技能和对新知识强劲的吸收力，突破头顶无数资深技术人员的阻挡，在新设备安装运行中脱颖而出，奠定地位。人人都以为他应该志得意满，可他依然向往不停奔跑。

雷东宝才回去小雷家，报平安的电话里很激动人心地说，本地猪肉价格放开了，现在市场上猪肉价格比原来的高，正好猪场新的一批肉猪要出栏，这下可以卖个好价钱了。这发的是横财。雷东宝怀疑说，是不是老徐鼓励他养猪时候，已经看到有那么一天。

宋运辉一边替雷东宝高兴，高兴他们总能抓住国家政策的先机，赶在改革浪潮的前头，日子过得日新月异；一边替自己心烦，为什么改革春风依然不度玉门关。

可很快，宋运辉就无法再无聊地烦恼自己的雄心壮志不得酬。金州从西德引进设备投产后，产量增加，质量上升，可能耗也增加，再加设备折旧，成本也增加。一年下来，金州的利润不升反降，到年中一车间大修期间，竟然出现亏本。

很快，部里刮起一股引进设备反思风，矛头直指金州等重点企业，部里有一种声音责问，设备改造，是不是等于盲目引进。

水书记被叫去北京开会，被批得焦头烂额地回来。但好歹他看出，这股风的刮起，有被他挤出金州的费厂长的功劳。水书记心中有数，但无法叫屈，谁让金州引进设备后，利润节节下降。他没有底气反驳，他关于质量方面提高的发言，被上司批驳。而且他技术不好，无法面对有关技术方面的责问，他就索性脸色铁青，闭嘴不说，一直坚持到会议结束。他就是不检讨当初决策中可能有的轻率拍脑子赶风潮思想，以给批评他的上司下台阶，一是怕被作为会议纪要记录在案，以后被人拿来当攻击他的把柄，他经历的运动太多，早已知道做事不能留下尾巴；二是他不服气，他就是不信引进设备有啥不妥。

回到金州，水书记召集相关人员开会，研究讨论如何压缩成本，增产创收。宋运辉也在被召集之列，如今他能坐在会议桌的末尾，而虞山卿则是坐在外围，作为厂办一员，做会议记录。场上气氛随着水书记的脸一起沉闷。

一分厂闵厂长兼职新车间主任，虽然列席，可基本没有发言的机会，水书记也知道闵厂长只是挂个名，其实全是宋运辉在管。众人讨论的议题自然是如何压缩引进设备的生产成本，水书记也直接指着总厂财务给出的成本分解图问宋运辉，究竟哪个环节可以改良。

宋运辉走到图表前，一项一项看着回答。按照他的回答，眼下新设备因为运行良好，质量很有保证，从资料来看，运行效率与国外同行相比并不逊色。他可以当场拿出数据，国外先进水平的单位产出，对应的水、汽、电和正常运行损耗分别是多少，成品率是多少，他管辖车间的数值又是多少，两者差别并不很大，新车间的运行技术应该不能成为成本上升的源头。

水书记严厉地道："可是数据表明，新车间产品成本比一车间高得多，你怎么解释？"

宋运辉奇道："不可能，除了用电量比一车间高一点，新车间的成品率比一车间高得多，质量也好得多，这些完全可以抵消用电量高出一截提高的成本。"

财务人员插了一句："小宋，还有折旧，折旧也要计入成本，这一点你可能不清楚。新车间的折旧太大，一车间的设备老得已经几乎没有折旧了。"

"哦，对。"宋运辉很是懊恼了一下，他还算是学了会计的，怎么会忘记折旧这茬。他忍不住问一句，"不会新车间的产品与一车间的同等价钱吧？如果这样，等于鸡蛋当成土豆卖，新车间产品背上巨大折旧，一点优势都没了。"

"不错，对于同类产品，国家都有统一定价。本质上来说，一车间与新车间的产品只是三级土豆与一级土豆之间的区别，而不是土豆与鸡蛋之间的本质性区别。因此新车间的产品相当好销。"财务人员说。

宋运辉目瞪口呆，天下竟还有这等怪事？想到小雷家还在绞尽脑汁制定规程避免厂长营私舞弊将鸡蛋当成土豆卖，金州却理所当然地将鸡蛋贱卖，这什么制度？他奇道："不是说扩大企业自主权吗？我们没有产品定价权？"

众人都如看UFO上面下来的外星人似的看着宋运辉，他的岳父程厂长忍不住出言提醒，免得女婿出丑，他了解女婿，知道他看的东西太杂，思想太先进："我们系统的产品属于国家战略物资，都是统购统销，我们再说是重点企业，与那些小企业不一样。我们的渠道和价格都是国家说了算，不可能有改变。"

水书记有些哭笑不得于宋运辉的常识缺乏，紧盯着问一句："每月折旧既然是固定的，小宋，你有没有可能在稍微降低一下成品质量的前提下，减少水、电等运行成本，或者大幅增加产量，以尽可能地分摊每月的巨额折旧？"

"可以……稍微改变一下工艺。"宋运辉回答了，可异常心痛，"可是，那么好的设备……"

水书记没让宋运辉的心疼表达出来，爽快拍板道："很好，财务提出的分解成本，层层寻找原因的办法很好，现在已经找出问题症结所在。小宋，接下去抓紧落实的重任落在你头上，你三天之内改变工艺，争取以最快速度提高产品产量。"

"一天，明天这个时候参数可以改变完成。"宋运辉胸有成竹地说，可心里很不乐意。

水书记意味深长地看着宋运辉道："年轻人，看来有抵触情绪。现在是讲求经济的时代，全厂工人的奖金也是与经济效益挂钩，你说经济重要不重要？"

宋运辉虽然讪笑点头，可心里着实不服，如果只要这样的质量参数，那还引进西德设备干什么？用这么好的设备生产低质产品，等于杀鸡用牛刀。他丈人程厂长见此连忙出声自己先数落宋运辉："年轻人看问题不全面，不会算总厂的经济账，只看到自己一个车间的局部，这样要不得啊。"

水书记听了反而笑道："这是老丈人藏私，没把自己一手绝活教给宝贝女婿啊，呵呵，看来问题出在我们老程头上。"

大家都笑，会议开心结束。与开会之初的严肃气氛截然不同。

宋运辉自然知道丈人替他圆场，他也找机会打电话向丈人致谢。看来，与那些老领导比起来，他的为人处世还嫩，没法做到跟水书记、程厂长一样谈笑间樯橹灰飞烟灭。

他回到车间，立刻着手下控制室改变参数。闵厂长也到场，当然坐在总调度座位上的只能是宋运辉。闵厂长不得不无奈地想，即使这小子再嫩，却谁也没法将他从这个副车间主任位置上搬走，技术上，无人可以在近期内取代宋运辉的位置。闵厂长四十来岁，算是总厂里面年轻有为的领导，他对宋运辉，不像水书记与宋运辉之间隔着好几层，他对迅速蹿起的宋运辉有所忌惮。他深知，今天会议上如果换成是他回答水书记同样的话，一向强硬的水书记可能都会气得骂出来。他嫉妒宋运辉既是程厂长的女婿，又是水书记的嫡系。

宋运辉不知道顶头上司在他最忙碌的时候站他背后深思，他盯着表盘上的各种变化忙不过来，哪有心思想其他，晚饭都差点吃到鼻孔里去。一直忙到第二天凌晨，各项数据才稳定下来，他又带人到现场角角落落巡视一遍，在又看了一遍总控室数据后才回家睡觉。

没想到，他才要掏钥匙开门，里面程开颜却早一步将门打开。宋运辉看着睡眼惺忪的妻子，奇道："'小猫'你没睡？等着我？"结婚后，他亲昵地称呼妻子为"小猫"。

"嗯，你去洗澡，我给你煮个蛋。"

程开颜揉揉眼睛去厨房。宋运辉心疼，将她拖住，抱了会儿，才道："别煮了，我困得很，洗完澡赶紧睡觉。"

"不行，我得保护好你的胃。大哥没你姐姐保护着，不是胃出血了吗？"

宋运辉抱起妻子，硬是将她放床上，按住她不让起来："你睡吧，我吃你的杏仁饼干，总算有机会偷吃你的饼干了，哈哈。"

见丈夫这么说，程开颜放心，一转身就小猫一样地睡着了。宋运辉洗了澡出来，虽然真困，可不想辜负程开颜，吃了五六只小小杏仁饼干才睡。结果，早上还是他听到闹钟把程开颜叫醒，让她去上班。

宋运辉睡到中午，做了菜等妻子下班回来吃。程开颜吃了就睡，宋运辉坐在她身边想昨天会议的事。难道没有办法让高质量的产品卖高价？为了经济效益，真的要让新设备自甘平庸？

金州没办法如小雷家那般轰轰烈烈便罢，却还要自甘堕落地倒退。宋运辉怎么都不可能没抵触情绪。

宋运辉郁闷地堕落了几天。第一天下班与程开颜一起去岳父家吃饭，吃完出来看电影。第二天自己做菜吃了，趁天光还亮，两人在小操场上打羽毛球，打得大汗淋漓，程开颜别提多高兴，丈夫终于陪她玩，宋运辉生活规律，早上起来跑步锻炼的时候程开颜还没起床，晚上看书，电视也不大看，大多数时候是程开颜一个人在客厅看电视，宋运辉一个人在卧室看书。程开颜经常很是有点怨。第三天是周末，宋运辉下班到总厂办公室楼下接上程开颜，两人直接赶去市里，到一家老字号饭店吃了一顿。在市里不同厂区，宋运辉不用表现适合领导身份的老成，一手推自行车，一手牵着"程小猫"，两人沿街溜达，看市区夜景。

街上也有很多其他年轻人在溜达，成双成对的，与宋运辉他们擦肩而过。

程开颜取笑宋运辉："你看，满大街只有你一个人穿工作服呢，最难看。"

"人长得好，披麻袋都好看，咱有自信。"宋运辉笑嘻嘻的，"你看看，那么热天，满大街人都穿没袖子的裙子，就你最老实。本来还想带你去跳舞，这下不敢带了，怕带坏你这老实头。"

程开颜并不在意，笑道："都是你那个美国小妹妹害的，现在全金州女孩子没一个敢穿没袖子的衣服。刘启明到现在还为这事被人笑话呢。"

"哦，这么严重？梁思申那小鬼，前几天信里说她喜欢上一个金发碧眼很有贵族气质的男孩子。刘启明另找男朋友没有？"

"没呢，反而虞山卿香得很，很快找了，很漂亮，化验室的。小辉，你出国看到那些西德女孩怎么穿呀？老外是不是穿很少？"程开颜并不是很喜欢提到梁思申。虽然自己不小心说出来，却不愿接了丈夫的话头。

宋运辉笑道："我才去多久，大多数时候都在工作，不过有些西德女孩晚上还真是穿得可怕，我都不敢抬头看。北欧人长得高大，我在车间遇见……遇见……"宋运辉忽然想到什么，呆立在路中两眼迷茫地发傻。好像头脑中有件很重要的事显现，可又卡在一处无法明晰。是什么？宋运辉绞尽脑汁却想不出来。

程开颜看着奇怪，拿手轻轻骚扰，见宋运辉不理，便下死劲推他，却见宋运辉眉头一拧，"啧"了一声："别烦，我想事儿。"程开颜听了老大不乐意，他态度怎么可以这样？噘着嘴就噔噔噔自己走了。可走几步发觉宋运辉没跟上，赌气不理，继续走。走出好远，才忍无可忍钻进一条小巷偷偷回瞧，却见宋运辉魂不守舍地低头慢悠悠走，根本就不知道或者不在乎她已经跑开。两滴委屈的眼泪悄悄溢出程开颜的眼眶，他压根儿就不在乎她。程开颜不知道宋运辉这是想起他在美国的小妹妹了，还是想到工作了，结婚半年来，她慢慢觉察出，好像对于宋运辉，她总是没法成为他心中的第一位，他只有在工作学习之余，才会看到身边还有一个她。可等他投入工作学习中时，他当她是透明，甚至如今天一般恨不得她自动消失。

可对于她，宋运辉却是她的全部。

她看着宋运辉旁若无人地推自行车且行且思，好长一段路，都没发觉身边少一个人。她看着宋运辉慢慢接近她站立的地方，又慢慢从她面前走过，脸上却似乎有了笑意。程开颜很想不喊他，就让她自己迷失在市区，看他宋运辉怎么办。可她不敢，天太黑，路灯太暗，她怕，再说回去厂区还有好长一段漆黑的路。她只能在宋运辉背后委委屈屈含泪喊一声"宋运辉"。却见宋运辉做梦一下回过头来，看见她就满面春风地倒退着走回来笑道："'小猫'，你怎么钻那儿了，晚上钻小弄堂不安全知不知道。"

被宋运辉这么温存地一关心，程开颜心中的怨气一下没了，可还是委屈，站在原地瞪着泪眼就是不挪窝。宋运辉走近才看清程开颜的眼泪，奇道："怎么了？谁欺负你？还是哪儿摔着了？"

"你！"程开颜愤怒控诉，"你要我不许打扰你，你把我丢大街上，你那么不耐烦，你态度粗暴。"

宋运辉诧异地指指自己的脸，心说怎么可能，但看看周围环境，想到自己很可能想问题想得出神忽略了身边的"程小猫"，忙搁下自行车，腾出两只手擦干小猫脸上的泪，握着两只"猫爪子"笑道："我道歉，'小猫'，我想到工作了。刚好想出苗头，很好一个主意……"

"不要听。"程开颜赌气捂住宋运辉的嘴，"你一工作就忘记我。"

"好，好，不说。那儿有雪糕，我买一根给你，你等着我。"宋运辉飞快穿过街，买来一根雪糕，还真只买一根。剥开纸，才交给程开颜："这下不生我气了吧？"

"革命同志没那么容易被收买。"程开颜娇声娇气说出的狠话没一点力度，"没完。"

"那你要怎样？回家给你做盐水棒冰吃，还是绿豆棒冰？"

程开颜这才微微笑出来，扭捏地道："回去……我要坐你前面。"

不出程开颜所料，宋运辉一脸尴尬："不好，回去路上都是我们厂的，让人看见影响很不好。"

"就是要坐，就是要坐，否则我还生气，谁让你丢下我不管。"

"你说热不热啊。"

"不热，骑起来风可大了。"

宋运辉环视左右，四顾无熟人，才勉为其难地将程开颜扶上大梁，简直是羞愧难当地恨不得净找没灯光的路走。程开颜窝在丈夫怀里，丈夫被她欺负了，她早没气了，委屈也没了，高兴地举起雪糕非要奖励宋运辉咬一口。一会儿雪糕吃完，她微微侧身，趁着夜色，抱住身后的丈夫，她心里异常满足。宋运辉最先就跟做贼似的难堪，很怕明天就传出宋主任家小夫妻你侬我侬之类的风言风语，他年轻脸皮薄，在车间里扮老成都来不及，怎么可以被人看见与妻子当众亲密。可过一会儿，他也沉浸到幸福中，骑车的频率缓下来，一脸都是笑意。

好在程开颜没真为难他，快到厂区时候，她就要求跳下来，坐到后面，规规矩矩地坐，只是脸贴着丈夫的背。小夫妻都是笑眯眯的，话都懒得说了。

宋运辉第二天神清气爽地带着程开颜去丈人家过星期天。丈人家很大，走进大门，地道战似的满眼是房门。眼下程家已经搬到厂长楼，厂长楼外是空旷的绿地，楼里是宽阔的楼梯和宽敞的房间，程家父母巴不得女儿、女婿跟着他们住，热闹，但是女儿、女婿都不愿意，宋运辉是觉得不能总依附着丈人家，程开颜是想成天黏着宋运辉，独门独户免受干扰。

程厂长天还没亮就去钓鱼了，大约得等到十点才能回来。宋运辉回到自己家里什么都不做，到丈人家里总不能那样，他还是钻进厨房洗菜收拾。把中午饭的菜都快准备好的时候，听客厅传来一阵喧哗，好像是丈人回来。宋运辉探出脑袋一看，却看到丈人与水书记一起拎着钓鱼竿进门，说说笑笑的。宋运辉只得擦干手迎出去，水书记见宋运辉，笑笑，却对程厂长道："他最没心事，他生气就跟我赌气，小孩子。"

程厂长看着女婿微笑，却吩咐儿子："去买壶生啤来冰着，请水伯母也来吃中饭，今天河鲫鱼钓不少。"

"不用去喊她，她去儿子家了。小宋，你会做菜？鱼交给你收拾。"

宋运辉拎了钓来的鱼进厨房，却被原本打扫卫生的程母接手，要他出去招待客人。他忙洗手出去端茶倒水，看到程开颜这个小家伙已经摆上瓜子糖果。程开颜对宋运辉说过，她看到水书记很怕。果然，她客气完就钻进房间去了。

水书记坐下喝完一杯水，叹声气："老程，左右不是人啊。我路上想来想去，明天还是跑一趟北京比较稳妥，明天的例会你主持一下。"

程厂长看着宋运辉道："你有没有办法在维持现有产量情况下，提高质量？能提多少提多少。"

宋运辉忙道："水书记，爸，这不仅是操作上不可能，理论上也是不可能的。我不是赌气，不过我还是心疼那么好设备只做一些寻常货色。"

"搞技术出身的是不是同一腔调？"水书记在程家没如平时端着架子，说话随便得很，"考虑深入一点，多考虑考虑经营，不能做亏本买卖。"

"他可深入考虑了，昨晚想得出神，差点把我扔在市中心。"听到水书记批评宋运辉，程开颜忙出来打抱不平。

宋运辉笑道："还真差点扔了她。我昨晚想到年初一个文件，爸这儿看到的，说我们这样的大中型国营企业可以申请直接对外经营自主权。我当时看了就记住了，但也没太在意，昨晚才想起来，这倒是解决我们好设备生产低质货的办法。既然我们的成品在国内只能鸡蛋当土豆卖，那就想方设法卖到国外去，也不能让外贸公司低价收购，我们直接卖，挣外汇，卖国际通行价格。我们的产品质量有国际竞争力。"

水书记将信将疑地看着宋运辉，过了会儿，问程厂长："你有印象吗？"见程厂长摇头，他又道，"我也没印象，小宋，你会不会是理解错误，不是对外出口，而是扩大企业自主权？"

宋运辉脸一红，道："应该不会错，年初，春节过后不久，我看到的，找找应该可以找出来。"

"你那时候忙着结婚，哪有精力看那么仔细？"程厂长都有些不信。

水书记笑道："思路是对的，今早我跟老程讨论的也是这个问题，其他行业都已经执行价格双轨制，我们还是束手束脚什么都不能做。我手脚让他们捆着，他们昨天却来埋怨我做不到质量好、产量高、价格低三项一起抓。我周一说什么都要去北京要政策，也弄个双轨制过来，看谁管得了我卖高价。人不能让老费这种酸丁憋闷死，老程你说是不是。"

"这事不做不行了，否则奖金再少几个月，工人得怠工，这个月统计出来调休的就特别多。老水，我们当初上新车间时候也考虑过外销，大笔外汇买来的设备不反出去挣外汇，搁着心疼。你这次既然亲自出马去北京要政策，不如干脆步子迈大一点，索性给部里强化一下你的改革派形象。"

宋运辉心想，这还改革派？金州这还是改革先锋？其实民间早就价格放开了，早几年至今，雷东宝的预制品厂买的钢筋水泥都已经是计划外物资，与物资系统给的价钱全不相同。但这话他不能说，言多必失。

水书记想了会儿，问："文件在不在你家？"

程厂长摸出办公室钥匙，要宋运辉去他办公室把春节以来的相关文件全搬来。宋运辉出去了，水书记与程厂长又就双轨制研究了很久，看向部委摆什么理由比较好。但水书记终究还是对出口这件事上了心，问程厂长要电话，拨打电话给他一个在北京一家外贸公司工作的朋友。一通电话下来，水书记心情好转不少，笑道："小孩子记性还是好的，没错，不过具体在实施的还是凤毛麟角，上海还在试点，工厂可以自己找国外客户，自己定价格，自行结汇，自负盈亏。外贸公司只代签一下合同，收点代理费。如果我们也能这样的话，就活了。"

等宋运辉大汗淋漓地将文件拿来，将他说的那篇找出来，水书记看了笑，交给程厂长，程厂长也看了笑。水书记笑道："到底是年轻，看问题一知半解，不过已经不错了。会议讲话没形成红头文件前，我们都还不能理直气壮地执行。不过这倒是一个口子，说明上面肯开口子了，既然他们思想活动，那我就去钻，苍蝇不叮无缝蛋，我去做第一只'苍蝇'。"

客厅三个人一起笑，不过笑完，都开始讨论。程厂长的儿子早已买了啤酒回来，可插不上话，他不是那料。程厂长看了心里微微难过，儿子若是能有女婿一半才干，他做人真是虽死无憾了。

即便是水书记也对程厂长感慨："你这女婿，搞经营是块好料。可惜技术太好，反而让我不舍得把他从技术岗位上换出来。"

程厂长道："我倒是建议他在技术岗位上好好做几年，先练成熟些。"

送走水书记，程厂长关上门就教育了宋运辉，一是不能透露看他文件的事；二是以后在任何场合遇见水书记依然不能随便，他自己与水书记多年老友都没随便；三是掩盖锋芒，再懂也得稍微掩盖一下。宋运辉受教。

金州是个麻雀虽小、五脏俱全的小社会，水书记前脚上飞机去北京，各色有关新车间的传闻便后脚传遍金州。本来，新车间就像天之骄子，是国民党军的新编美式装备军团，新车间走出去的人腰板都比别人挺直一些，找对象比旁人多几分胜算，可一夜之间，却成了中看不中用的笑柄。

新车间工人也在总控室内部的议论中沮丧，为什么花大钱、花大力气建起来的新车间却成了总厂亏损源头？为什么前几天忽然自甘堕落降低产品质量？其实，新车间的奖金工资并不比其他车间高，大家在新车间工作得士气昂扬，无非是因为新车间有新意、有奔头，可如今，忽然如幻梦走向现实，原来自己一团热心迎娶的"公主"，只是人家调包的"宫女"。

谁都知道，这时该做思想工作，摆事实讲道理。可是，当怀疑在人们心中滋生的时候，道理岂是那么容易被接受？何况当初建设新车间，已经将该讲的新设备优势全部讲完，把大家的情绪激发出来，就像人早早亢奋完毕，热情早在安装时候燃烧到最灿烂，现在空口白话早难形成刺激。以前，起码还可以在质量上傲视一车间，可现在，质量的优势也被迫自我扼杀，所谓价格双轨制与外销都还只是水书记竭尽全力向上争取的东西，成不成还是未知数，而且还不能事先拿出来说。宋运辉遇到思想工作的难题。

按说，车间思想工作本是书记该管的事，可宋运辉心中一向把新车间当自己的战场，自己的资本，新车间就像是他自己生出来的儿子，长得好看难看，他揽到自己头上，养得好不好，他也揽到自己头上，他对新车间，有着与旁人不一样的感情和责任。于是，他小家才和谐美满了三四天的生活又被工作取代，没办法，他必须想出妥善的解决方案，他需要单独思考策划。

宋运辉有三种选择：直面问题，还是粉饰问题，或者甚至是逃避问题。最保险的是逃避问题，不作为，任工人人心浮动，只要不出生产事故，所有问题都可以推给总厂决策。总厂都解决不了的事，他一个车间副主任哪有什么责任。第二选择是粉饰问题。掩盖事实，往往使流言更加泛滥，还不如逃避。第三也是最险的选择是直面问题，最难预料结果的选择也是直面问题。可宋运辉以年轻人的血气，选择了这个最险的选择。不是说理解万岁吗？只要如实向工人说明，工人应该会理解新车间的难处。只要理解，就会产生责任感。

这是他把看电视的程开颜关在客厅，自己躺床上将心比心地考虑众人对三种选择的反应，想了两夜的结果。他甚至没与程厂长商量，因为他估计程厂长肯定会要他看看吧，先观察一段时间，等水书记回来看政策取向再做定夺。可宋运辉怎么等得住，当初设备引进审批报告递上去多久才批复，这回的两个建议书申请周期也可想而知。可是新车间的士气不等人，他不能无所作为。吃够小时候被动挨打的苦头，他如今丝毫都不愿放弃主动权。他可以隐忍不发，但他必须主动掌握自己的人生命运。

在班前会议上，他明确告诉大家，新车间设备在国际上的定位，在国内的地位，新车间产品目前在流通中遭遇的政策局限，为什么总厂为摊销成本暂时做出降低质量提高产量的决定，新车间设备亏损点主要在哪里。他也在最后勉励大家，国家政策一直在朝着给企业松绑，开放企业自主权的道路上前进，政策趋势是对企业的约束将越来越少，企业的自主权将越来越大，所以新车间的前景依然是乐观的。但新车间目前处于黎明前的黑暗，或许有各种不利因素在这个时段出现，艰难时期更需要大家抱成一团，同心协力，克服困难。

流言总是难以在真实的土壤上存活。宋运辉将事实摊开来讲，立刻消除了流传在各班组间各种版本的流言。大家也在无聊而悲观地盯着仪表盘的间隙就事实展开讨论。说到流通渠道的局限，大家就把周边亲戚朋友所在企业那边的活跃变化拿出来讲，对比之下，越发悲愤于新车间这么好设备所遭受的不平待遇，都说这是凤凰迫降草鸡窝，并不是凤凰本身出问题。

令宋运辉没想到的是，不到两天，这些以往自诩总厂精英的新车间职工中间居然产生一种悲情情绪，悲情发酵，却令那些工人自觉多花精力在限定产量基础上，相对提高产品质量。他们都说，树争一张皮，人争一口气，不能让一车间甚至其他辅助车间的人给看扁了。宋运辉本来只想以开诚布公来消灭流言，让大家安心工作，不要自乱阵脚，没想到效果却走向他无法预测的一端。所谓人心叵测，谁也无法预料人心带动下的舆论会走向何处。没想到悲情会把众人团结在一起，迸发出一种独特的力量。

宋运辉将这一实例记在心里。原来人心的动员，既可以通过正面鼓动来刺激，也可以通过反面压抑来刺激，全在因地制宜。

但是，宋运辉的选择却给他自己带来麻烦。他的顶头上司闵厂长在每周例会上批评宋运辉，说在总厂还没拿出最终处理意见之前，他怎么可以擅自将总厂小范围会议上讨论的内容公布于众，完全是无组织无纪律。宋运辉没有解释，也没有反驳，只低头听训。他告诉自己，道路是曲折的，前途是光明的，只要看准了，咬紧牙关排除万难也要走下去。

可一边的，只要想到小雷家的飞速前进，宋运辉有时又会觉得气馁。在金州这样的大工厂做事，牵绊太多，内耗太大，成效太差。他有时想，如果他去小雷家，又会怎样？

可宋运辉不知道，小雷家并不如他想象的那么一帆风顺。

06

雷东宝回去小雷家，与村干部开了几次会，将村集体企业机构改革方案的调子定下来，又起草完毕，便交给乡领导审批。那些乡领导看到以宋运辉思路为蓝本的草案，都是对里面的陌生论调大为倾倒，于是，草案又送交县里。陈平原看了草案将雷东宝叫上去询问，雷东宝叫士根去解释，免得他自己被问急了当场急躁。

县里最主流的反对意见是有关分配问题。刚从平均主义走出来的领导们虽然已经接受了包干到户，适应了工厂承包，适应了多劳多得，可是，对于以村干部为首的乡镇企业领导拿高额提成的做法却非常不理解，很多县领导当场质问，问以村集体资源获取的利益，可以让村干部多享吗？村干部作为一村的领导，凭借职权制定为村干部谋取个人私利行方便的规则，是否合理？

也有人问，依照小雷家村目前的经营情况，诸位村干部同时作为企业负责人，大约可以拿多少。士根给了数目，大家都说高了。士根解释说，企业职工的工资也将提高，有人又提出，把原本属于村集体的那部分资金拿来瓜分给私人，不太合理，不能用改革的名义挖社会主义集体的墙脚。

雷东宝一直沉着脸不说，该说的反正士根都知道，而且他听得心烦气躁，恨不得动手打人，还是不说为好。但他听了两个多小时辩论后，终于忍无可忍，问如果不相应提高管理者的收入，管理者的能力又体现在哪里？这话是宋运辉教他的，他背下来了。他紧接着的第二个问题是，管理者的收入不与效益挂钩，又该用什么办法来阻止类似已经自杀的老书记那样的以权谋私呢？雷东宝说，县领导们既然说这也不行，那也不行，那倒是拿个办法出来消除贪污。

有领导对雷东宝这样一个小小村干部的嚣张不以为然，说农村工作目前两眼只盯着发展经济，忘记思想教育，正是因为忽视思想教育，才会出现管理者思想偏差。雷东宝火大，老书记一向是村里带头教育村民提高思想的人，而老书记的思想一向由县乡两级来教育，县里思想工作是抓了，但为什么老书记手中有了审批权却第一个贪污？县里领导被雷东宝问得很尴尬，可就是咬紧牙关不批准。

士根眼看闹僵，就迂回了一下，说分配问题可以回头再谈，也可以按照领导意思削减分配系数。但这个草案中关键并不是分配问题，而是小雷家村集体管理机构架设的问题。雷东宝心说士根说得太客气，直接就说县领导见钱眼开，忘记主题不就得了。

幸好陈平原拿小雷家的手软，坚持将会议主持下去，将讨论拨回到主题上来。对于小雷家机构的架设，尤其是士根看似很专业的解释，让县里领导拿不出反对意见，他们不痛不痒问了几个搔不到痒处的问题，就将机构架设给通过了。

虽然是分配问题还没解决，雷东宝知道，想要县里将分配问题通过，除非村干部全体不领饷，那是不可能的。所以，雷东宝决定不管县里怎么说，回到村里，就开会将草案化为落实。砖厂和预制品厂都是红伟负责；养猪场交给雷忠富负责，这个决定倒是让雷忠富大为意外，看着台上依然在宣布任命的雷东宝，心情复杂；电线厂交给原本协助雷士根的本村高中毕业生雷正明，正明的技术和为人灵活都拿得出手；建筑工程队由一位村民承包，自负盈亏，因为雷东宝嫌建筑工程队收入少，麻烦事多。总负责是雷东宝，副总负责是雷士根，名称没改，还是一个书记，一个村长。至于如何分配，雷东宝干脆不说。以前他什么都先与村民通气，现在则是懒得再说，反正他钱拿多了肯定得挨骂，骂就骂吧，他才不解释。

会上有人提出追还老书记贪污款的事。雷东宝阴沉沉地看了老书记家的方向半天，回答一句老书记一条命够值三万块。台下议论纷纷，雷东宝没兴趣听，讲完就走了。什么民意，他现在不信了。他努力把村集体经济搞好，他自己光荣，这块生他养他的土地也光荣，他可以日子过得好，带动小雷家这帮人日子也过得好，这就行了。民意？光听民意，他能办成什么事？当初谁支持他开砖窑？当初承包土地时候谁乖乖听话了？

当改变架构后的第一个月工资出来，村民的议论爆发了。虽然谁也不敢当着雷东宝的面说什么，但士根和那几个厂的负责人都被人指着骂。连忠富都放弃过去的成见找上雷东宝诉苦，说还是降点工资。但雷东宝说，做得多，做得好，就得拿得多，有种谁也把猪养得好，顶替他雷忠富。挨骂怕什么，做头的哪个不挨骂，头是那么好做的吗，能挨骂也是本事，只要自己行得正，站得正，坐得正就行。忠富听了不由得想到当初他承包的鱼塘被扒了之后他如何骂雷东宝，如今虽然猪场兴旺发达可他依然觉得雷东宝没按承包书办事是错误，但今天听了雷东宝有关挨骂的解释，倒是理解了这个不讲理的书记。做头的，哪里可能事事摆平，总有一头不服帖时不时翘起，做头的总会挨几句骂，正常。忠富倒是为自己以前的不顾大局对雷东宝生出点歉疚了。

为此，忠富没少劝其他几个也拿钱多了的猪场负责人放宽心。算是替雷东宝分忧解难。

雷母听到的议论就多得多，回家很担心儿子会不会又闯祸，苦苦哀求儿子把工资削减一半，免得哪天被抓去坐牢。但雷东宝告诉母亲，以后谁再当着她的面说，她就说儿子不会霸着书记这个位置，谁有能耐她儿子当天就让位。

雷东宝如此蛮横霸道，别人却反不起来，反而在议论几天后悄悄接受。反观士根、红伟他们几个越讲理越讲不清理，最后只好把责任都推给雷东宝，说都是东宝书记做的决定，有本事都去找东宝书记。结果，村民不过是多喧闹了几天，后来也没了声音。

反而是有人反映到县里，县里有领导来指责。雷东宝在电话里没客气，也是给那句话，有谁能代替他，他绝不霸占着书记位置。可是，谁能代替他？县里虽然大会、小会把雷东宝的"自私自利"当作现象来研究，当作典型来批评，可他们改变不了现实。最终，闹腾几个月后，所有的反对全都不了了之，小雷家的管理架构改革被强行推行，顺利推行，成功推行。

07

连宋运辉都没想到，小雷家在分配问题上竟然没掀起翻天巨浪。他更是感觉到，金州与小雷家这两片土地，那简直不在同一个国家。小雷家是块热土，一块干事业的热土。

因此，宋运辉想到自己的事业。他希望持续不断地奔跑，可是，如果继续目前的工作……他想到水书记在丈人家的那句话："你这女婿，搞经营比搞技术更有头脑，脑子对政策敏感度高。可惜技术太好，反而让我不舍得把他从技术岗位上换出来。"他还想到更远的，大学时代寝室大哥建议他未来从事经营。经营是一条不可测的路，可也是充满挑战的路，似乎更是一条可以发挥他宋运辉主观能动性的路，这不正是一条他向往的可以持续奔跑之路？可经营之路，他的起点是零。而技术，他已经小有成就。以他目前在新技术领域无可替代的地位，他只要保持，就可以轻易守成。再加他的年龄优势，他在工厂技术管理或者生产管理领域的前景指日可待，他只要耐心等待充实资历。

只是，他不满足于安稳的现状。

在接到雷东宝的汇报电话后的发薪日，他终于还清因结婚欠程家的钱。虽然不多，可还清前与还清后总是不一样，还清欠款，整个人一身轻松。在丈人家吃晚饭时候，他提出程开颜不很喜欢现在的工作，有没有办法转去幼儿园。没想到程开颜反对，当年为了不去幼儿园，还与爸爸小小生了一场气，历时三天，以爸爸投降告终。她性格已经够孩子气，同学笑她去幼儿园的话不是去教小孩子，而是与小孩子一起玩儿。但程厂长夫妇都支持宋运辉的提议，他们的女儿他们最清楚，运销处统计的活儿她老出错，主管人员虽然没敢抱怨，可程厂长心里早没意思。

宋运辉是不达目的誓不罢休的人，回家路上曲线救国："'小猫'，不是说你能力不行，我的意思是，你那么可爱，我真不愿意你在运销处被那些老油子近墨者黑了，我希望你一辈子都单纯透明。而且，你忘了吗，幼儿园有暑假寒假，那么大段时间的休息，我想到你暑假、寒假待家里，我一下班就可以看到休息了一天活泼可爱的你，并吃到你亲手为我做的饭菜，我对那样的生活向往不已。你说呢？"

程开颜眼里火花一闪，对，暑假、寒假，一年里可以慵懒上三个月，那三个月里可以天天以饱满的精神迎接宋运辉回家，而不是她有时累得头昏眼花，宋运辉也累，两人见面都没兴致。"对，我这下可以有时间耐心学做衣服，还可以学打毛衣，我一定要给你穿上我亲手织的毛衣。"程开颜说。

程开颜当即拉着宋运辉转回娘家去，向爸爸要求调动。程厂长嘴里答应，却看着女婿心里微寒，他费尽口舌没法达到的目的，女婿是如何三言两语达到的。女儿如此听女婿的，会不会吃那么年轻老成女婿的亏。他为此暗中提心吊胆起来。

回到家里，程开颜又开始看日本电视连续剧《血疑》，山口百惠饰演，这几天大家见面都谈到《血疑》。宋运辉陪着程开颜看一会儿，就进卧室去看书。看了会儿，又想到做技术还是做经营的问题，不由得摊开信纸，写给梁思申。他很怀疑梁思申能不能看懂他信里所写，但他需要一个说话的地方，这件事，懂的人，他不便说起，包括丈人；不懂的人，他说了也没意思，说了更郁闷，比如对妻子。他就把自己的心情写在信里，不管梁思申看不看得懂，他算是把自己的想法说出来，省得憋在心里难受。

在信里，宋运辉写道："……我现在面临两个选择，一个选择是按部就班地生活工作，巩固十拿九稳的成就；一个选择是条不明前途的道路，我很想在投入所有精力将新车间建成之后，再想尽办法，完成投建新车间之前我在项目建议书里的设想，那就是把买新设备所用的巨额外汇用新设备生产出来的高质量产品挣回来，其实，那也是我的理想。如今，因为受政策约束，新设备明珠暗投，降低规格生产旧设备就能做的产品，这令我很痛心，我不清楚水书记带去中央部委审批的价格双轨制建议能不能批下来，外贸自主权能不能获得审批通过，只要能被批准一项，新车间新设备就有前途能扬眉吐气。我认为，能被批准一项，甚至两项，都只是时间问题，我能不能参与其中，为新设备的产品寻找出路，才是最大问题。因为我的技术，总厂是绝不肯放我脱离新车间的技术管理，让别的不是最熟悉设备的人接手。而且我对怎么走产品出口之路，或者价格双轨之路也是茫无头绪，很奇怪，你的企业管理书籍里很少有关于销售的内容，为什么？因为那么多的不确定，所以我才觉得我的选择有些难。既不愿放弃既得，又担心无法预料的前途。可是，守住既得，而不是开动我所有的潜力去求新、求高，却令我困惑。守成，那不是老年人才做的选择吗？我想，我还年轻，跟我同样年龄刚分配进厂的大学生在这个年龄依然一无所有，还站在起跑线上。如果我放平心态，也以一个新人的心态和姿势站回起跑线上，我可以做什么，怎么做？……"

信中，宋运辉又写了别的，他叮咛梁思申在中学里一定要好好读书，考取最好的大学，因为一个好大学独特的学习人文环境，对人一生影响至大，他讲了他与来自名牌大学的虞山卿之间的修养区别。他也讲了他的"程小猫"打出来的围巾坑坑洼洼，可很感人。他甚至还给梁思申说了刚刚发生在小雷家大队的改革。一边写一边想自己太怪异，梁思申才是个高中生呢，连"小猫"都听不懂的话题，梁思申能懂？可宋运辉还是"手不由己"地写了，就好像是记日记，写心得。就像以前在大学时候，总把发生的见识，所有新鲜事写信向家里汇报，家里有个一直关注着他的姐姐，而梁思申的回信也从来都是言之有物，决不空洞，虽然有些想法幼稚，可她毕竟有想法，而且是视角独特，观点鲜明，甚至有尖锐的想法。

其实，写完给梁思申的信，将自己心中一直反复的思路理清，明晰写到纸上，宋运辉心中立刻有了决定。不，他不能按部就班地从新车间副主任，赚够资历后升到新车间主任，然后再赚点资历，最好让自己眼角尽快长出皱纹，明显老成之后，转到一分厂担任领导，然后……再然后……一直到头发花白，做个稳重的宋厂长。闲暇时间钓钓鱼，揩厂里便宜自己打一套沙发，生个孩子抱着宠着养大，还有，每天学着旁人嚼舌根，成为传播小道消息的一道环节。那样的人生，可怕。不是他的理想和追求。

水书记去了北京后还没回来，传来的内部消息说，审批工作异常艰难，因为这是一个太大的创新。对于金州这样的大型企业而言，一举一动，都关系重大，不可能一批就准。需要考虑的方方面面太多，水书记有太多工作要做，太多思想需要汇报。

幸而，一车间的大修完成，由一车间拉动，总厂终于走出亏损。但是，考虑到下半年已经开始，总厂利润与工人奖金密切相关，水书记在电话里指示程厂长想方设法挖掘潜力，提高利润。程厂长召集分厂厂长，讨论如何在下半年将前两个月的亏损弥补掉。这事儿，闵厂长最在意，因为亏损就是发生在他任厂长的一分厂，他兼任车间主任的新车间。

回头，他在分厂例会上，就把任务向新车间布置下去，要求继续提高产量，压低质量，只要与一车间产品质量参数持平即可。

但是宋运辉阳奉阴违，不予执行。回头，闵厂长看报表见新车间产量没有变化，便打电话问宋运辉什么时候改变参数，宋运辉给他一个回答，经试验表明质量不可能无限量低下去，反应器上会出现大面积结焦。闵厂长将信将疑，但又无法当场反驳，因为他不懂新车间设备。他只好暗中找来新车间一个工程师询问，工程师回答说有结焦可能，但参数变化幅度不大的情况下结焦可能性不大。闵厂长问，如果调整到一车间的产品参数，会不会结焦，工程师说，因为设备从来没达到过这么低的参数，所以必须与上次下调参数时一样，边调边观察，必须非常小心谨慎，但不是没有可能。

闵厂长从严谨的不肯得罪人的工程师嘴里听出苗头，那苗头就是，宋运辉也不知道会不会结焦，可宋运辉却拿话拒绝他。于是，闵厂长鼓励工程师尝试，可工程师说他不敢，连宋主任调整参数时候都战战兢兢，他技术不如宋主任，没那个胆量尝试那么贵的设备。

闵厂长既然把情况调查清楚，便又找上宋运辉，让他务必尝试降低参数，也提出他会在场，大家一起密切留意结焦。闵厂长把道理说得很婉转，但他等到的是宋运辉的拒绝。而果然，宋运辉没有辜负他的期待，又拒绝了他，昂贵的设备不能冒结焦风险。

如果换作别人，闵厂长可以把任务强硬地压下去，但是对于宋运辉，这个有程厂长作为后台的手下，却不行。他可以抓住宋运辉显而易见的错误提出批评，但是对于新车间的设备他无从下手，批评出去，反而可能成为笑柄。但是，这并不意味着他束手无策，他等的就是宋运辉的再度拒绝，他索性将宋运辉交给布置任务给他的程厂长自己去处理。程厂长若没法压宋运辉，自己下的指令被女婿顶翻，那是笑话。宋运辉如果顶不住丈人压力最终调低参数，那么，宋运辉存心与他闵厂长闹对立的用心昭然若揭。反正宋运辉将左右不是人，他正等着宋运辉自己入瓮。他在找上程厂长谈困难的时候也指出，宋运辉可能对他在以前一个会议上的批评有抵触情绪，他还把那次会议向程厂长回忆一下，搞得程厂长很替女婿理亏尴尬。

等闵厂长一走，程厂长就打电话到新车间，要办事员立刻将宋运辉找到。

程厂长一见女婿就一针见血道："小辉，你是不是挟技术自重，借机宣泄反感闵厂长的情绪？你要认清你自己的位置，你虽然处于可以胡闹的年龄，可你已经是中层干部，作为干部，你不能意气用事，你得眼观六路照看到方方面面。比如你即使想抵制上司的决定，这次你也不能做，因为这回提高利润的指令是我下的，你不能让闵厂长看我的好戏。"

看到宋运辉哑口无言，眼神中了然和复杂并存，程厂长叹息道："去吧，赶紧去调整参数。至于你与你上司，谁都没指望你们能团结在一起，可由你挑起矛盾，总是你失策。以后做事，三思而后行。"

宋运辉答应了出门，回去就参照上次改变参数的经验，这回很顺利，几乎是没啥障碍地将参数降到一车间那个水平。都没加班，晚上照常地下班，像是改个参数如小菜一碟。

宋运辉自己知道，他冒了一定的风险，他甚至在调整参数过程中带着对讲机，直接站在现场观察孔旁边，随时观察现象改变。但是，他做得比上次调整时候泼辣，大胆，因此给外行人的感觉就是，调整参数是件太容易不过的事。程厂长知道后，顿足长叹，还是年轻，还是冲动，不懂适当伪装一下，装作十二分艰难，也算是给闵厂长一个面子，稍微堵住闵厂长的嘴。可这下，如此轻而易举，谁都会说宋运辉原本的拒绝那是存心为难人家不懂新车间的闵厂长嘛。

饭桌上程厂长把宋运辉教训一顿，重点向宋运辉指出，闵厂长的能力正好符合目前年轻干部选拔标准，那人前途光明，何必为一点小意气得罪一个可能永远做自己上司的人呢。

饭桌上程开颜哥哥听着一直笑，说男人怎可没有血性，他支持妹夫。程开颜就一直拿话想打断她爸没完没了的批评，可她爸这回就是不听她的，一直到她妈发话才停止，偏偏她丈夫还向她爸提问，非要打破砂锅问到底，问清利害关系才罢休。

但是，宋运辉抵制闵厂长，最后却是闹个尴尬收尾的"事迹"还是传开了。有好事者问起宋运辉，宋运辉只是自嘲地笑说，那么好的设备，不能堕落到如此地步，他不是抵触闵厂长，他对上司没有个人成见，他对事不对人。总厂增产节能的要求，怎能总是用新车间设备堕落来完成指标，但既然岳父兼总厂副厂长硬压，他只能遵守，他总得听岳父大人的话。

这话传开，新车间诸职工都因此心态平和地接受了再次降低参数，而闵厂长心里更不满。在金州总厂小小社会中，这事很快便酝酿成为不得了的矛盾，成为人们茶余饭后的谈资。人们都说，宋运辉上有丈人支持，下有新车间职工拥戴，自己又握有过硬技术，顶头上司拿他没辙。也有人说，宋运辉迟早是继续上升的料，闵厂长不明智，或者说是嫉妒，怕宋运辉压倒他，才现在来不及地打击。

传言有好听有难听，总之闵厂长全部听在耳朵里，照单全收。

水书记中间回来一趟，得知宋运辉的狂妄后，心有不满，怀疑小年轻仗恃技术，又仗恃他不在家时候是程厂长当家，所以小人得志。但水书记没太多表示，听过便算数，没当作重要事情对待。这令闵厂长很是困惑，不明白他该如何处理宋运辉。没多久，水书记又去了北京，撂一个问号给闵厂长。

其后，分厂与车间又因几件小事产生龃龉，分厂有些无聊的检查活动都在新车间遭到抵制，上令无法下达，分厂无限尴尬。可是新车间人却对宋运辉越来越拥护，因为宋运辉在新车间执行他自己的一套，卫生、秩序等都订立在日常规章中，并不需要搞什么突击活动来表现。整个车间因为新，又因为管理得好，闲处无乱扔的废弃物，所有器具都有固定存放位置，走进新车间只见秩序井然。对于抵制分厂的活动运动，宋运辉从不说他的动机，但是下面的人都说，我们执行的是高级制度，哪里需要堕落到降贵纡尊。下面的人正为降低质量的事烦躁，趁此终于有捡回自尊的机会。于是，"堕落"一词，成了新车间的口头禅。

因为拒不执行的事是宋运辉做出，因此所有的议论，也都被闵厂长算到宋运辉账上。闵厂长并不是个怕事的人，即使就级别而言，作为总厂最要紧分厂的厂长，他在金州的重要性并不亚于程厂长，对于一个手下的刺头，他既然设套让宋运辉暴露，下一步，他自然不会如祥林嫂般到处哭诉含冤寻求舆论支持，而是先去程厂长那儿打个招呼，然后就大会小会地批评宋运辉，进而暂停宋运辉的职位。

程厂长一接到闵厂长挑战书式的招呼，就立刻找宋运辉怒斥。但是宋运辉的回答令他叹息，宋运辉说，除了在技术方面，他因为固执技术而不愿违心接受分厂增产压质量的安排，其他都不是他愿做的，分厂会议上他都是没有异议，这种事反正是表面文章，何必因此得罪人。但是，他控制不了新车间的民意，因为压质量，新车间的职工抵触情绪很大，面对群情汹涌，他只有妥协。

程厂长很无奈，当初宋运辉担任副主任，有他的大力举荐，但是他也考虑到一个年轻人能否挑此重担，当然，他知道宋运辉的技术没问题。但是，作为车间主任，管的不仅是设备，设备这东西，只要掌握了技术，它们是死的，作为车间主任，还得管人，人是活的，人太难管，一个没有太多阅历的年轻人，要他管那么一大帮子人，确实勉为其难。

手下两员他看好的干将打架，是水书记最不愿看到的。手心手背都是肉，两个闹到白热化，他势必得出手处理，处理哪个他都心疼，而且他肯定得处理宋运辉，因为上司与下级打架，为了维护总厂秩序，他总不能鼓励下级造反。可是，他挺喜欢这个话不多、有点耿、能做事的小年轻，再加总得顾着点老程的面子。好在，程厂长没为难他，已经帮他把事情调解好，压下宋运辉这一头，把退一步让宋运辉转到总厂生技处继续分管新车间技术的处理意见给他。这让水书记心里很是受用。水书记这才将他考虑已久的处理意见告诉闵厂长与程厂长，他的意见是，宋运辉的职位先搁一搁，冷处理，都别动，他回头对宋运辉另有任用。

闵厂长说什么都不相信宋运辉是因为掌控不了新车间才总是不落实分厂的工作，在他眼里，宋运辉对新车间的控制别提多有效，他作为上司都无法插手。但人家既然已经服软，无论是什么原因导致宋运辉服软，他都不便再予追究，因为他从水书记的处理中看出水书记对宋运辉的看重，打狗总得看主人，主人是程厂长的话，他还可以设法；是水书记的话，他不便乱来。但他没恢复宋运辉的车间副主任工作，既然暂停了，他就强硬到底，否则他以后还怎么在分厂一言九鼎。他让宋运辉在生技科赋闲。只是，在分厂长内心，却一直画着一个大大的问号，对于宋运辉，这个将眼睛深藏在黑色眼镜框后的年轻人，他发觉，他捉摸不透。

正好趁着开学，程开颜调到幼儿园开始做幼儿教师，她脾气好，自己也爱玩，跟小朋友们混得不错，回家说起孩子们来就嘻嘻哈哈。她听了爸爸的话，以为宋运辉心情不好依然对她强颜欢笑，她就常讲小朋友的糗事让宋运辉笑。宋运辉其实并不心烦，他还到市工人文化宫报名去学刚兴起的美声，也给程开颜报了个名，两人隔三岔五下班就去城里工人文化宫练上几嗓子。两人都有乐感，年纪还算轻，嗓子也不错，竟是练了点名堂出来，也很快乐，尤其是程开颜回来还可以教小朋友们唱歌。

宋运辉又开始有时间去图书馆阅览室。再次接触刘启明，感觉刘启明的气质文雅中带点尖酸，其实并不可爱。不像"小猫"，"小猫"与她的家人，构成他的第二家庭。

好不容易，梁思申的信才来到，包括一本有关销售的书。展开信，宋运辉才知这封信为什么拖延好久才到。原来，梁思申的外婆去世，她妈妈去美国奔丧，可是受到冷遇，没人安排她妈妈的住宿，她妈妈不得不与她住在一个房间，单人床不能睡两个人，她睡了好几天睡袋。因此梁思申有担忧，这个家庭里对她最好的外婆去世，对她的态度可有可无的外公与巴不得她不出现的舅舅会不会更当她是透明的，她考上大学后的费用，他们会不会不再负担，或者甚至要她回国。她说，这不是不可能，舅妈就曾提起要她回国读大学，说供读大学的费用太高，成年人应该自筹。她妈妈也有类似担心，就此问过她外公，可外公或许是受外婆去世的打击太大，没有做出明确答复，令妈妈上飞机前还在担心。

梁思申说，她现在最担心的是外公一蹶不振，从此两个舅舅当家，她可能蹭在外公家没有问题，吃住毕竟是小钱，但是读书的学费就是大问题了。从两对舅舅、舅妈对待妈妈的态度上就可以看出，他们恨不得逼她回国，甩掉这个包袱，他们两个可以瓜分更多遗产。因此，她与同学商量，大家帮她想了很多主意，都建议她通过打官司合法取得外婆去世留下的遗产。但是妈妈不同意，说那会伤及老外公的心，老外公刚刚去了老伴，不能再受打击，不许她做伤害外公家的事，可是妈妈又无比担心，竭力劝她如果诸事不顺，立即回国，爸爸、妈妈会安排国内的一切。梁思申不以为然，老外婆照着中国风俗没有留下分割名下财产的遗言，这并不意味着她对外婆的部分财产没有继承权，这是在美国。她现在犹豫的是，要不要与舅舅他们翻脸。

后面，梁思申写得有点草草。她说她去书店看了，企业管理类书籍还真很少有讲销售的，所以她只好先买一本专门讲外贸的书寄来，这书主要讲外贸文书规范，算是工具书的一种，也可能针对性不强。她还说，她支持Mr.Song的选择，混日子，那是浪费爹妈给的好脑筋。

宋运辉看了信后，立刻回信告诉梁思申，到哪儿都得将主动权掌握在自己手中，以免被动挨打。他说，他不知道美国的法律，但既然法律规定梁思申有获得她外婆部分遗产的权利，她就有权享用这笔钱，她舅舅无权剥夺，他希望梁思申继续想办法，找在美国的成年人咨询，如何避免被动。他也指出梁思申思考问题中的一处谬误，既然是可以合法取得遗产，她舅舅应该也知道美国国情，所以不存在翻脸的问题，舅舅他们翻脸，只能意味着舅舅们无理，意味着她舅舅们本来就打定主意侵吞属于她的份额。如此，如果舅舅们本来打算供养她，打官司虽然会让舅舅们伤心，但道理讲得通，打完官司后多孝敬舅舅们挽回感情就是；如果舅舅们本来就有逐她回国的打算，那么打官司是迟早的事，迟不如早。只是，宋运辉在信中担心，一个小姑娘与亲人打官司，法院会搭理小姑娘吗？美国的法院究竟是怎样的？梁思申的舅舅们在当地生活几十年，又有点钱财，他们会不会与官员关系良好，台面下就做了手脚让梁思申输了官司？这么一来，梁思申岂不是更被动？因此，宋运辉奉劝梁思申，千万要咨询可靠人士后才可行动，一定得站稳脚跟，确信自己不受伤害，才能出手打官司。

为此，宋运辉从总厂办公室借来一本盖有保密字样的法律法规书来看，越看越觉得梁思申的官司有点玄。他不清楚美国的法律怎么样，但总觉得各国的法律总应万变不离其宗，忙又写信追上去，列出注意点一二三，一定要梁思申将这些注意点都做到后才能打官司。信寄出后，宋运辉一直为梁思申担心，担心这么一个小姑娘只身在美国求学，万一她舅舅真有歹意，她还真求天天不应。她若是回国上大学，现在高考竞争如此厉害，她一个受英语教育的人，得复习几年才能参加中国的高考啊。他发觉，小小的梁思申真有背水一战的艰辛。他爱莫能助，料想梁思申的父母更为宝贝女儿操心。

没想到，水书记跑部委终于跑出成果，外经贸委批准金州可以试点自找国外客户，自行结汇，自负盈亏，由掌握进出口权的外贸公司代理出口。反而是价格双轨制没被批下来。

水书记回来就火速成立运销处管辖下的出口科，让宋运辉挂帅出口科。他本来并不愿意把宋运辉调出新车间，可既然闵厂长与宋运辉水火不相容，他只能妥协一下做一些平衡。

宋运辉得偿所愿，走马上任，手下三个比他晚进门的大学生，都是刚从车间抽上来的。人称"四人帮"。

十月一日，虞山卿结婚。宋运辉偕程开颜参加婚礼。虞山卿被灌多了，背人处，拖住宋运辉酒后吐真言，怨说找个靠山与找不到靠山就是不一样，出口科是他下死力跑出来的，本以为他是最佳人选，可是他只能为人作嫁。宋运辉理解虞山卿的努力，可是，机会只有一个，他只能不客气了。如果换作虞山卿有靠山，虞山卿也不肯轻易放弃这位置，当年虞山卿又不是没为可能的出国在整党中踩他。不过，宋运辉没有否认，作为胜利者，他不会学虞山卿过去对他的嘲笑，他决定保持大度。

宋运辉去参加了广交会，当然是水书记亲自带队。水书记很是满意宋运辉在与外商谈话时表现出来的不卑不亢，比出口科的其他三个人强得多。水书记虽然听不懂他们在讲些什么，可他人老成精，旁观就能看出外商们的兴趣被宋运辉激发出来。他感觉他没找错人。

宋运辉以对国际上同类产品的熟悉，以及对工艺的无比熟悉打动了外商。有外商要求找时间去金州拜访。也有一组外商准备广交会后就跟去金州。旗开得胜，这令宋运辉心中涌出无数成就感。

工作繁忙，可总有少许闲暇。少许闲暇里陪着水书记一起去广州街头，两人对广州市面的混乱大惊失色。同样的货物，换一家店，价格竟可以天差地别。好多不明身份的可疑人当街乱拉行人，拉到稍微角落的地方，扯开衣服露出身上挂满的几十只亮晶晶的手表，就这么当街谈价，一手交钱一手交货。看到价格如此便宜，东西又漂亮，水书记买了两只双狮全自动带日历男表给他两个儿子，又买三只女表分别给老伴和儿媳。有些集贸市场竟然还有不需布票的漂亮布料卖，水书记十米十米地买布料，宋运辉也买，两人像是不要钱似的买了好多，都很是欣喜。

但是，水书记并不是糊涂人，在与宋运辉带着外商乘飞机回金州途中，他问宋运辉，与闵厂长闹僵关系，是不是意图跳出新车间的曲线救国策略。面对宋运辉的讪笑，水书记像是逗小孩似的索性将两人关系一一剖解，一一逼问宋运辉是或否。宋运辉异常尴尬，满脸涨红支支吾吾招供说他觊觎出口科的原因是为兑现当初进口设备时的设想，实在不忍心看着心血成就的新车间堕落到生产低档产品。水书记虽然骂了几句，可没太放心上，人有点手段，这很正常。只是觉得小伙子难得，肯在优势位置上断然以退为进，忍辱负重等待时机，这等耐力，这等魄力，非虞山卿等人能比。这点，他欣赏。

水书记自然是不怕小小年纪的宋运辉跳出他的掌心，他就犹如高高在上的如来佛，孙猴子蹦得越欢，他也游戏得越欢。他早已攒足提携机灵部下的资本，他自然无须有武大郎开店的狭小心胸。而程厂长却不然，等女婿被水书记安排到运销处外销科，他终于明白女婿为什么当初忽然提出把他女儿调离运销处安排进幼儿园，也终于想到前段时间女婿与闵厂长的对立都是有意为之，原来一切的一切都在女婿的算计之中，而且都还是瞒着并成功瞒过他这个老丈人，城府何等之深。程厂长开始非常担心起自己那单纯的女儿。

宋运辉回到金州，就将工作有条不紊地开展起来。人们都以为他应该穿上西装接待外宾，可他依然穿工作服，只是穿得整洁一点。他出过国，明白人家国外怎么做。他领外宾进新车间，新车间的工人都对他异常热情。而他则是能如数家珍地面对同样懂行的老外的提问，并做出技术方面的解释，令老外很是信服。但是，为了拿出样品交给老外，在取得水书记的同意后，他回到总控室，监督接替他的新车间副主任改换运行参数，开始生产高质量产品。工人都依然称他是宋主任，都笑说宋主任是抱大新车间，又给新车间找婆家，将新车间一手包了。宋运辉还是笑着说出那句话，不忍看着新车间堕落啊。因此，车间工人与宋运辉很是贴心。接替他的新车间副主任显然没法操控局面，不得不向宋运辉低头。

一批外商拿着样品回去自家进一步化验去了，不久又有一批来。金州总厂的出口科在挑战中忙碌。

外贸局面的打开，令新车间又恢复一枝独秀的优势。而这当中，宋运辉的努力众所周知。宋运辉也清楚他个人对新车间的意义，若说心中没一点志得意满，那是不可能的。

梁思申连续接到宋运辉的两封信，对于宋运辉说的无论如何都要掌握主动权的说法非常有共鸣，也对宋运辉的利害分析很是受教。但是看到第二封信她就笑了，原来神勇非常的Mr.Song也有不懂的东西，她真是非常高兴，立刻抓紧这个难得的机会，写信用美国的法律教育了Mr.Song。然后，她毅然行动，通过向老师求助，找到一个可靠而且能干的律师，为她和妈妈代理争取外婆遗产的事宜。好在她住校，打官司期间，不用回家看舅舅们的脸色。

但是，官司进展缓慢，到圣诞节还没结果。她回外公家挨了外公的骂，外公骂她忤逆，妈妈也来信责备她，但是妈妈还是考虑到女儿的生存，寄来授权书，舅舅们更是翻脸不认。年轻的梁思申反而被激发斗志，咬牙切齿，非要把官司打到底。有理的事，她为什么不坚持？她甚至与同学商量着，寻找第三方机构的帮助，逼迫外公不得不开出支票，支付她这个未成年人最后半年高中的费用。然后，她只能听天由命了，官司如果能在她考进大学前结束，她就可以获得不菲遗产；如果不能，她不知道下一步该怎么办。届时，将有很多问题需要她面对，她只能走一步看一步。好在，她有同学们的支持，她也大胆大方地寻求大家的支持。

离开父母，只身赴美，让梁思申成长。与亲人公堂相见，更令她快速成熟。

1986年

01

雷东宝满意地站在一团温暖的臭气里，看着几头肥猪被赶上斜坡，赶进拖拉机，挤成一团地被运出养猪场。身边走来猪场场长雷忠富，忠富递来一支烟，雷东宝不吸，挥手挡回去，忠富也没强劝，全村都知道书记不吸烟，光喝酒。

"书记，一天一个价啊，每天到土根哥那里批价钱，我都让他加几分。可价格这样涨，要猪的人还一早就来排队。我恨不得把那些猪娘也卖了。"

"忠富，我听徐书记的话，没错。你们听我的没错，忠富，服了吧？今年收入比你养鱼，多还是少？"

忠富嘿嘿地笑，不答。年中时候雷东宝顶着上上下下的骂名改革收入分配办法后，他的收入因猪价飞涨彻底暴涨。前不久刚发年终奖，他拿钱拿得心虚，他的收入甚至高过雷东宝。可忠富不善溜须拍马，不肯接雷东宝的话茬，虽然觉得雷东宝说得没错。

雷东宝道："开春我再给你造排猪舍，只能给你造一排，其他的钱我要拿来改造我们小雷家村。"

忠富小心地问："大家会自己造新房，村里忙活啥呢？"

"你又没集体观念了吧。都插蜡烛一样，这儿插一支，那儿插一支，从山头上看下来乱套套，像什么样。"

"可是，趁市面好，更应该把钱用到发展上，猪场要是再建两排猪舍，只有更赚钱。"

"你也算聪明脑袋，也不看看，哪里还有再造两排猪舍的位置？我得把你旁边的屋子都腾出来，搬别处去，你这儿才能再扩。否则你让我造两层楼猪舍？"

"大伙儿肯搬吗？都是祖宗传下的地基啊。搬了的话那些祖堂怎么办？还造吗？"

"村里出钱让他们住新屋，换你，搬吗？"

"可村里得砸进去多少钱，书记，我们正缺钱。好吧，我不劝你，反正别人能搬新房，我也能搬，我干吗劝你。"

雷东宝爽朗地笑，道："本来就别劝我，村子富了，不让老百姓占点便宜，我们不成剥削者了吗？忠富，你放心，我看你比士根哥还能操心，我雷东宝做事心里有数。"

忠富将信将疑，下班后去已经被整出半个山头的后山瞧。却见雷东宝和士根都在，还有一个陌生青年。走近一瞧，认识，这不是雷东宝那个很能干的小舅子吗？看来春节临近他又回家了。忠富上去打招呼，宋运辉也认识忠富，两人握手寒暄，旁边雷东宝道："忠富不放心哪，非来看了才放心哪。"

士根解释道："忠富，怨不得你不放心，我最先也不理解，前阵子跟乡里一说，也不知他们怎么传到县里，没两天县里就打电话过来表示支持。我问县里，我们把钱都拿来给村民盖房了，发展缺钱怎么办。县长亲口向书记保证，只要小雷家建设得好，上级领导参观了赞不绝口，村办企业发展的钱，他批，问银行贷款。"

"问银行借钱要利息。"忠富仔细地找出问题焦点。

雷东宝笑道："忠富你落后了。靠我们自己一点一点滚，滚到什么时候去。你看去年县里贷一大笔钱给我们，我们电线厂扩了，猪场扩了，一年多挣多少？明年就可以把贷款连本带利全部还清，以后几十万几十万挣的都是我们自己的了。你要解放思想了啊。你跟我说的啥，再造两排猪舍？眼光太窄了，我只要拿到贷款，猪舍给你翻倍，让你手下管一万头猪。"

士根笑道："要是手下的猪能跟以前鱼塘里的鱼一样多，忠富做梦都会笑咧。忠富，我们得分析，县里凭什么要贷款给我们小雷家，而不是给别家。我们为什么要把村民生活搞上去呢，首先是告诉县里，我们拿来的钱都是用来搞活经济，富裕老百姓，不是胡吃海花；然后是告诉银行，我们钱多，我们还得起，你们尽管放心贷给我们；最后，领导们要政绩，我们满足他们，他们为了政绩更好看，肯定得支持我们。当然，村民日子过得好，我们自己不也得实惠吗？小宋，你听听我说得对不对？不过我话糙，说不来理论。"

忠富这才明白，这里面还有那么多大道理在，原来书记和队长都是不一般的明白人。宋运辉听了也点头，原来又是一出"曲线救国"，神州处处是曲线。不过，宋运辉提醒道："还贷压力会不会太大？"

"小辉胆子小。你不是说你们厂国家一批就是成百上千万美元吗？还是美元，我们才一点人民币。不怕。"

宋运辉分辩道："我们两家性质不一样，我们是大国营，国家担着。你们是自负盈亏，亏了，怎么办？"

雷东宝狡猾地笑道："我们亏了也是国家的，银行能挨家挨户问我们小雷家村民要钱吗？国家能把我们小雷家村没收了？关键是我们会亏吗？现在我们是做什么，卖光什么，我们只要扩大规模，我们赚的钱就多。"

宋运辉笑道："你别跟我争辩，反正小心无大碍。我跟你说了，这块地，我只能给你画水电道路排污等的配套图，还有画个房屋的位置。房子怎么造，你自己看着办，别造成我爸妈家那种不伦不类的，像足碉堡，里面厨房造得可以摆开大圆桌，厕所塞在楼梯下都没法淋浴。宁可造得简单干净点。有机会你去广州、深圳、珠海那一带取经。我们这次去广州，去看了白天鹅宾馆，一点不比西德看见的差。大哥，你能造房子，你去看了就知道怎么造。"

"你别废话，你把房子里面房间怎么安排都画给我，我自然知道怎么造。"宋运辉蹲下身，将自己曾经拜访过的德国工程师家的屋内布局用树枝在泥地上大致画出来，三个雷家人在一边看着议论纷纷。有说客厅门太小，不够气派，有说厨房太小，一家子人上哪儿吃饭，也有说要那么大厕所干什么。宋运辉一一跟他们解释，厕所里面以后还得放洗衣机、浴缸等大家伙，厨房就是厨房，吃饭在别处，客厅门不用太大，太大冬天漏风，夏天管不住蚊子。小雷家三个人肯定了厕所，但是把厨房和客厅布局都中国化了一下，雷士根解释得也有理，客厅门太小，怎么抬得进老大的竹筐，这毕竟是农家。

眼看天暗得看不见，雷东宝才领着宋运辉回他家。程开颜与雷母聊不上，正百无聊赖地等着宋运辉，见两人回来才高兴了。等吃饭的当儿，宋运辉铺开雷东宝提供给他的土法测绘图，拿尺比画着，计算着，先规划出房屋位置，大多是三四家、四五家连着一排，房子南北朝向，南北纵向宽马路配东西横向人行道，马路两边还要种树；家家都有庭院，统一排水，统一接用乡里通来的自来水，电线就跟金州新车间老外给的设计一样，都埋在人行道下的电缆沟里，宋运辉觉得这样安放电线很整洁，费用也不比竖电线杆高到哪儿去，就蒙雷东宝国外都是这样，雷东宝就相信了。

只要闭上眼睛，雷东宝就能想象得出新房子造起来后，那将是什么模样，简直跟以前军区司令部大院差不多，没想到赤脚下地的农民们也能住上司令官们才住得起的洋房。他兴奋地要宋运辉添鱼池，添花园，添锻炼场地，都被宋运辉无情否定了，这才是一期，三十几户人家，花园、鱼池得等二期、三期时候再考虑。

雷东宝的积极性没被打击，而是又狡猾地笑着取出另一张图纸，那是全村勘测图。他粗壮的手握住一支细细的HB铅笔，轻轻地在图纸上画出一块面积，说这是安置一期三十几户人家的地方，又往别处，轻轻画出一块更大的面积，说这是眼下这三十几户人家分布的地块。画完后，考问小舅子，明白他这是什么意思吗？

宋运辉考虑了一下，就明白了雷东宝的意思，雷东宝这是化零为整，把零落分布的宅基地都集中到一处，而且是集中到有缓坡的一处，整理出大片面积的平地给发展工厂、猪场之用。他倒是煞费苦心，既然批不出农田，他就这么螺蛳壳里做道场。既给了上级领导小雷家兴旺发达的表象换取贷款批示，又给了小雷家村民实实在在的好处，最后还腾出村集体发展的空间，一举三得。宋运辉由衷表扬雷东宝现在考虑问题很全面。

雷东宝听了很得意，连声说那是当然。然后，雷东宝就逼着宋运辉将他妈没炒完的菜接手了，一点不拿宋运辉当客人供着。宋运辉也没在意，觉得这样才不见外。

雷母见儿子坐在客堂间长凳上，一只脚还踩着长凳，知道儿子一时半会儿不会来灶房，便轻声对宋运辉道："小辉，唉，东宝还是能听你的啊。"宋运辉感到雷母有什么话要说，便侧耳倾听："我们讲得到一起。"

果然，雷母道："我悖晦了，啥都学不会，烧出来的菜东宝不爱吃，扯来布料做的衣服东宝不爱穿，还得常去麻烦士根媳妇。唉，你说，哪天我要是不能动了……"

宋运辉心领神会，道："我会再做大哥工作。去年这时候我已经说了，大哥差点跟我翻脸。今年我再试试。"

雷母忙道:"小辉,你们都是读书人,讲道理,我不是想让东宝忘记你姐姐,你姐姐是好人——"

宋运辉忙打断这话:"这两码事。"

宋运辉很快将菜炒完,吃饭时问雷东宝:"夏天改革分配方式后,有没有造成村干部与村民的对立?"

"有,都背后骂我贪污犯,但没人敢当面骂。"

宋运辉不由得笑,这倒是雷东宝的风格:"作为干部,群众意见有时也得重视重视。"

"重视个屁,今年底,就是前几天年终奖一发,大家又跟着我屁股差点喊书记万岁了。他们懂啥?他们只看得见眼前一点点小好处。又不是你们厂,大学生多,心眼儿杂。"

宋运辉笑道:"话不能这么说,呵呵。好吧,赶明儿我给你写篇套得上政策的东西,你背下来,以后你们村有领导来,你照着应答,外场面还是要摆的,说话不能太赤裸裸。跟领导说话,绝不能说为了防止贪污,怎么怎么,你得说,为了鼓动大家的积极性,真正实现能者多劳、多劳多得的社会主义分配制度……"

"行。"雷东宝答应,因为知道宋运辉为他好,但同时狐疑,"你说,你脑袋那么好用,少想些这种有的没的,不是能干更多事?"

宋运辉由衷地道:"这种想法,我以前也有,可现在明白,做事,首先得做人。或者说,一半做事,一半做人。现在你们在加速往前滚,就像我们新车间建设时,底下人看着面貌日新月异地,人心极其容易调动,极其容易拧成一股绳,但当发展到一定规模,速度减下来,人心就会浮动了。这时候,你得做到平衡、妥协、拉打压放,十八般手段一齐上阵。到时全得靠你一张嘴。"

雷东宝却不以为然:"小辉,我们是不一样的人。你要我讲英语,我讲不来,我要你骂人,你也做不到。我什么性格就怎么做人,我要是变成你,别人会当我昨晚脑袋磕床沿,磕病了。我不是说你有病。"

程开颜扑哧笑出声来,连连说"大哥说得对,说得好"。宋运辉也无奈地笑,确实,要雷东宝改变待人接物的方式,无异于削足适履。可是,他又觉得雷东宝如此直来直去实在危险,忍不住出言提醒。

饭后雷东宝送他们走一段,见到宋运辉脖子上的围巾,扯起来拉到程开颜面前，拉得宋运辉也不得不跟着他走："小程，你织的？"

程开颜藏匿在黑暗中的脸泛着得意："当然。大哥，我今年给你打一条吧。"

雷东宝火烫似的扔开围巾，忙道："我有，小辉姐姐打的，我放柜子里了，比你打得好得多。还有一副手套。"

宋运辉笑道："别嫌，'小猫'这条围巾拆了打，打了拆，整打了半年呢，她还未必有时间给你打。大哥，今年有没有看到合适的人？"

"什么人？"

"女人。"

"放屁！"

宋运辉这回改变策略，悠笃笃地道："姐姐的性格我最了解，姐姐若是在天上看着你吃不好穿不好，生活没有着落，她会比你还急。你的心意姐姐还能不知道，你把思念放在心里就行，生活还是要继续的。"

"没可能，我对不起你姐，也对不起你，没听你话。你别管我，我自己做事自己知道。别说了。"

"你还有个妈，你如果觉得你已经对不起我姐，你怎么忍心让你妈五六十岁的人还来伺候你？你现在这样，对得起你妈？你别一负再负。"

雷东宝这回想了一下，才道："我有钱，我给妈请保姆。不用你操心。"雷东宝左耳进，右耳出，回到家就忘了。反而是程开颜念念不忘，坐在宋运辉车后，很是憧憬地道："小辉，大哥对你姐姐真好啊，你以后会不会——"

"胡说八道，不许胡说，我们要一直做伴到牙齿掉光，眼睛看不见。以后不许提什么会不会。"

程开颜被宋运辉责备了，心里反而很高兴，脸颊靠着宋运辉的背，甜言蜜语一路。

两夫妻嘻嘻哈哈地回家。不做车间主任，改做出口科长后，宋运辉在厂区稍微不那么扮老成了，顾家的时间也多了点，程开颜不知道多开心。春节前夕，程开颜跟着幼儿园一起放寒假，她还每天看外国电视，研究外国人的礼仪，等宋运辉回来就教他。两人学得不伦不类，唯一一学就会的是进门出门时来一个吻。

02

除夕白天，宋运辉带着程开颜去他以前上过学的小学、初中看看。程开颜强烈要求去宋运辉以前插队的地方，宋运辉并不是很想去，他更想帮父母打扫卫生，可被求恳不过，只得去了。

天气是越来越热，大过年的只下了几场雨夹雪，落地就化。程开颜快活得不得了，一路喊喊喳喳全是她的声音，一会儿问老是在他们面前飞的黑白相间的是什么鸟，一会儿问山怎么越来越多。到了宋运辉以前插队养猪的地方，已经物是人非，路过的没一个人认出已经长大、长高，又戴上眼镜很有风度的宋运辉。

宋运辉到空旷处，指着周围告诉妻子，这里人多、山多、平地少，以前穷得整个大队只有队里有一辆自行车，还是公社发的，比小雷家当年还穷。当年天天吃红薯干，还不让在山上种板栗，因为板栗可以当口粮，种了板栗就得扣掉一部分口粮分配，非常荒唐。程开颜从没听说过农村这么多古怪事，好奇地说红薯不是很好吃吗，又问大家饿死了怎么办。宋运辉开玩笑说，他饿的时候就盯着猪耳朵猪尾巴两只眼睛发绿，恨不得操起切饲料的刀子将猪耳朵猪尾巴割了。程开颜非常相信，对丈夫满眼怜悯。宋运辉却指着大山深处说，翻过那座不算低的山，里面还有一个村庄，听说那里的土地更瘠薄，吃草根挖树皮也有听说。程开颜听得瞪大眼睛。

两人中午在路边发现一家饭店开着门，就走进去。一进去就发现里面真热闹，小小店堂竟有两个大圆桌满着，两人进去，宋运辉竟看见一张熟悉的脸，正是久违的小杨馒头。看小杨穿着一件不常见的羽绒服，志得意满的样子，宋运辉估计小杨可能赚到钱了。他把小杨的事向程开颜一说，程开颜就好奇地回头看，轻声问说小杨才多大的人哪。

杨巡见新来的人总是看他，好奇地捏着一只酒杯走过来，满面笑容地问："大哥，我们见过？我看着面熟就是叫不上名字。"

宋运辉心说这滑头："小杨，我不会认错，我是红卫村的。听说你去了东北，怎么样，好吗？看上去做得不错。"

"哎呀，是你，大哥，你还教我馒头夹红烧肉，我到东北天天吃馒头，往里夹东西时就想起你。大哥结婚了？新娘子好漂亮。我本来替人看柜台，现在做电线批发。大哥以后要电线……啊哈，你也找不到我，我在东北啊，呵呵。大哥做什么？坐机关的吗？"

宋运辉听着发笑，却道："看来你做得很好，恭喜你。小雷家村登峰电线厂不错。"

"做得再好也没大哥有派头啊，大哥进门一站，还有新娘子，一看就是吃公粮的。不像我们是倒爷，说出去丢人。不瞒大哥，我常往登峰电线厂进货，大哥那里有熟人吗？能不能帮我压些价？我春节后还得去登峰拉两车电线走，我们小本生意，艰难着呢。"

宋运辉听着小杨竹筒倒豆子似的说话还是觉得好笑，不过他抓住了事情的本质："两车电线？你实力不小了啊。都是自有资金？"

杨巡笑道："都靠朋友帮忙，这儿借些，那儿借些，总算稍微做出点名堂。大哥，喝酒吗？坐一桌。"

宋运辉笑道："谢谢，不打扰你。小杨，既然资金已经足够，为什么不就地在东北那些国营厂进电缆？如今价格双轨制，抬点价，应该进得到电缆。对了，你弟妹们都因你过上好日子了吧？你这个当大哥的真不容易。"杨巡索性坐下来，详细地道："我让大弟跟着二弟复习初中课本，明年继续读书，不让他跟我做生意了。你说，我爸要在的话，他肯定不会让我们失学，是吧？只要有口饭吃，书能读多少就读多少，对吧？大哥你看上去就是读书人。"

宋运辉笑笑，道："你真了不起。"

"什么了不起了得起，我只是一个倒爷。说到电缆，大哥你可能不知道，能做电缆的厂正规，用到电缆的也大都是国营大厂，我一个倒爷，谁理我啊。我现在跟着同乡开发票，一张发票得给一份子抽头，如果摊上个电缆大生意，这发票一开，同乡还不得把我生意抢了去？现在自己开厂还得注册，可我们个人又不让注册，注册了也不让带上发票全国跑，只能回税务所开票，你说我活得起来吗？"

"不是说很多个体户拎着印把子全国跑吗？找家不景气的工厂，顶个红帽子，承包也行。"

杨巡皱眉道："大哥，我出道晚了啊，印把子都让别人抢了，除非我现在找家挂靠，否则我还得靠着同乡。大哥还有没有其他办法？"

宋运辉摇头："我听你说的都跟听天书似的。不能跟登峰谈谈吗？你拿他们那么多货色。"

"不行，登峰财务很规矩。大哥，这是我名片，在东北的电话地址。我家翻过山头就是，有机会过去坐坐。我那儿朋友等着我，我先过去啦。"宋运辉微笑目送杨巡离桌，心说这家伙真主动，简直有贴肉的热情。程开颜一直旁听着，这时才问："他家翻过山头就是，那就是你说的很穷的地方了？难怪长得不高，小时候营养一定不好。"

"应该就是那个村出来的。"

"什么叫印把子、红帽子？"

宋运辉轻声解释："比如我们厂，倒爷进门是不接待的，他们的东西我们也不要，怕来路不正。可如果他们带着敲着公章的介绍信上门，情况就不一样了。有些机灵的买通或者承包一家不景气的国营、集体小企业，很多拿出的是校办厂的名号，一包端了那些小企业的公章、发票、介绍信，到外面就冒充是那些小企业的供销员，我们就会接待他们。还有索性找机关事业单位挂靠，办个工贸公司，每年交点钱，走出去还是国营集体的，名声比小雷家的村办企业还硬。明白了吗？"

程开颜笑嘻嘻地问："那你又是怎么知道的呢？别是瞎蒙我这不知道的吧。"

宋运辉笑道："说你运销处坐了也白坐，我还不是从供应科听来的。幸亏调去幼儿园，孩子们不会笑话你。"

程开颜娇嗔着不依，可问题是她真的不知道。

杨巡从朋友那儿回来送走宋运辉两个，对着宋运辉留下的名片艳羡不已，嘴里一迭声的"派头"，打定主意也要印他妈的几百张几千张，这玩意儿拿出去，可比介绍信体面多了。他想到即做，吃完中饭就去张罗他一见钟情的名片，可双方谈崩，一者是他嫌印刷厂拿出来的纸片不够挺括白净，二者是那家校办印刷厂不让他印，说他没有单位证明。两下里不合眼缘。

杨巡也是略带醉意，没滑头滑脑地想尽歪招非印不可，谈不拢就爽快地走开，一个人骑着辆二十八寸老式自行车回家。回家要翻一座岭，自打为了卖馒头骑一辆自行车起，他都是从山脚平坦处开始加速，直踩得风声呼呼，一鼓作气冲上最高点，他控制得好，总是在最高点达到一瞬间的零速，然后兜着满怀清爽的山风如自由落体般地飞翔，直冲到家门口。今天与一起做生意的朋友喝了点酒，自然是更加勇猛，平地加速的时候用尽在东北驮几捆电线走街串巷的力气，连羽绒服都是打足气似的鼓胀起来，一如被拎出水面胀一肚子气的河豚。果然，一举冲上坡顶，只是多日不练，力气没有使得恰到好处，没在坡顶略停一阵，不得不使上并不怎么好使的刹车。

回到家，是小妹杨逦先脆生生叫着迎出来，小妹穿的鲜红羽绒服黑色羽绒裤还有头上戴的粉红绒线帽，都是他从东北买来的，小妹爱不释手，恨不得睡觉也穿着。小妹上来就喊喊喳喳地汇报："大哥，二哥不肯读书，一定要跟你去东北。""表姑来了，嘻嘻，听说给你介绍那个呢。"杨巡衣锦还乡，不出三天，就有人上门做媒，他妈并不鼓励儿子这么早谈朋友，但没好意思拒绝，只好背后叮嘱儿子。他如今在城里混的时间长了，看到那些个手上冻疮长得红萝卜似的柴火妞也不待见，倒是可以忠实执行他妈的叮嘱。

进门，依然是见到一个穿着鼓鼓胀胀花布棉袄罩衫的柴火妞，杨巡这就倒了胃口，与表姑寒暄几句就拉着杨速走到后院，严厉地问："你跟妈说不上学了？"

杨速有点畏惧大哥，低声道："哥，做生意把屁股都磨尖了，没法再坐课堂。让我跟你去吧，我们老大个仓库，你放心让别人管吗？"

"放心，我怎么不放心，老王仓库不也是叫别人管着？你不读书我才睡不安心。别跟我争，我这儿没商量，除非你说动妈。"杨巡酒后尿涨，找个围墙外的屋角，左右一看没人，就痛快撒一泡尿。

"妈说让我跟你去。"杨速隔着低矮破旧的围墙回答，"妈说我从来不是读书的料，不像大哥和杨连。但妈要我自己跟你说。"

杨巡微一思索，便明白妈的意思，从围墙外转入，不容置疑地道："你别跟我磨，晚上我和妈谈谈，你就是次次考鸭蛋也得给我上教室坐着。"

杨速急道："大哥，要不你回来上学，你一向功课好。我去挣钱，我真的不喜欢读书。"

"你那么能？"杨巡忽然展开笑脸，扬声道，"杨逦，你又偷听，你也不换件变色龙衣服出来偷听。"

"大哥给我买。"杨逦笑着跑出来，撒娇地扭着杨巡的手臂，"大哥，我铅笔又断了，卷笔刀不好使，还是你削得最好。大哥，还得磨刀。"

杨巡警告似的瞪杨速一眼，被妹妹扭进屋去。这边表姑有意问他："杨巡，对象找了没？"

杨巡嬉皮笑脸地道："想找，癞蛤蟆想找个天鹅吃吃呢。"

杨母便跟上一句："这小子，嘴巴没个正经，谁不知道你眼高手低。"

表姑与那姑娘都明白了他们的意思，不再勉强，坐坐走了。杨母送走客人，笑眯眯地言若有憾地嘀咕说："这三天来的客人比前三年加起来的总和还多。害得我都没时间给你们做包子。杨连，看看面粉发好没？别找借口赖火柜上。"

"好啦。"杨连推开作业，纵身跳下温暖的火柜，又从被窝里挖出一大甄发得极好的面，自觉开始揉面。这套散手，杨家五口除了杨逦，个个都会。杨速咕嘟着嘴巴进来，自觉斩肉剁葱。杨巡去灶下生火，空闲不添柴的时候，一只脚拉风箱，两手腾出来替妹妹削铅笔，杨母将一只肥鸡汆进大锅，上面盖上蒸笼，先蒸上一笼甜馒头。只有小妹彤红的身影蝴蝶般地飞来飞去，一屋子都是过年的热闹。杨家今年才得有鱼有肉，过年有个过年样。

晚上，等弟妹们都跑外面放鞭炮，杨巡才与妈轻声商量杨速读书的事。对自己这个能力很强，在村里做妇女主任的妈，杨巡向来不敢转弯抹角："妈，让杨速留下来读书，你别担心我心里委屈，我做大儿子的让你和弟妹们生活过得好，我很得意。等他们读上大学挣来工资，我再找机会读书。杨速本来就不肯读书，离开学校到社会上再混几年，他更不肯坐下来读书，他现在不读以后没机会了。"

"话虽这么说，可好歹两个人一起彼此有个照应。你挣的钱也不少了，要不你也留下来读书。"生活的艰苦，让杨母看上去比同龄人衰老。

杨巡笑道："那还不够，三个以后还都得读大学呢，房子也得翻新，等春天雨水过后我们盖幢水泥三层楼，以后下雨刮风不用担心漏。妈，别担心我，现在不比刚去东北那时候，现在去，我到处都是朋友，不怕。"

杨母看看儿子，不知不觉就点头同意了。虽然她自己也刚强，可看到长子更有出息，做妈的很愿意在长子面前屈服。三兄妹好不容易放完一捆杨巡买来的鞭炮，杨速读书的事已经尘埃落定，杨速很是失望，可只能听母亲、哥哥的。杨逦和杨连不知情，兴奋地说，今天的二踢脚都响两声，非常吉利，挨杨母呲了个"小迷信"。

一家五口守夜到十二点，又去放了几只鞭炮，美美吃一碗汤圆，杨母与杨逦睡温暖的火柜，三兄弟挤一张木板大床睡觉。

这个春节，开天辟地头一次地，杨母让四兄妹撒开了吃。一条两斤重的红烧鲤鱼上来，五双筷子插下去，一会儿不见踪影。一只肥鸡白切，只够吃一天。二十只皮蛋只需四个早上就全蘸着酱油吃完。杨巡东北带来的肉肠早在春节前已经消失，留不到过年。三个兄弟都是胃口如狼似虎的时候，一只五斤重的红烧蹄髂，杨母不得不将之破相，一分为二，一餐上半只，否则一顿就不见踪影。杨逦也不弱，最好的，哥哥们都自觉让给杨逦。杨母说，一家五口张开嘴，合起来整一只大畚斗。

不过，四兄妹也有吃腻的时候，到初四，就抢着吃妈做的麻油榨菜了。大鱼大肉，方显过年日子之丰美。

03

雷东宝照例初一要上宋家一趟。早早过去，远远就见宋家碉堡似的房子，见屋顶上好像是宋运辉他们小夫妻在放鞭炮。宋运辉他们也看到他来，麻溜就下楼来迎了。坐在宽敞亮堂的客厅里喝茶、吃瓜子，雷东宝已经找不到当年宋运萍的身影，这是他在这新屋里唯一的遗憾。

吃中饭时，宋运辉问起雷东宝认不认识一个叫杨巡的常在登峰电线厂买电线的男孩子，雷东宝想都不用想，就道："知道，今年问我要两辆车的货，带篷的绿解放车，满满两车，这回都是他自己的货。你说他一年赚了多少，都值好几个万元户了，别看他年纪小，跟我差不多富。"

宋运辉大惊，再想昨天的相遇，怎么也想不到那么个小子已经是几万元户，他冲他母亲道："我们说的是小杨馒头。"

"啥，小杨馒头？"宋母的眼睛也惊得桂圆核儿似的滴溜圆，但回过神来就道，"这孩子会做生意，那副算计，人小鬼大。他一来这儿卖馒头，别家都关门算了。"

"可不就是他，做生意什么办法都想得。"雷东宝把杨巡电线短尺、批量压价等事简单介绍，"否则你说我哪会认识他，每次小杨的事都要我出面拍板，麻烦得很。"

"可不是那样，他哪可能那么快赚钱。不过太歪门邪道。"宋运辉不知怎的，心里有点不平衡，直到想到歪门邪道，才平心静气，"难怪现在说，造原子弹的不如卖茶叶蛋的。"

家人面前，雷东宝口无遮拦："是这样，现在最不赚钱的是老师和坐机关办公室的，你们大国营还好点，还有奖金福利。现在基本不靠凭票买鱼买肉，那些坐机关的没啥好处，我春节前给几个常给我们办事的送两只鸡几斤牛肉两条鱼几串香肠去，他们眉开眼笑地高兴得不得了。还不如我们小雷家的，每个村民分到手的就有那么多。你说他们还会造我的反吗？呵呵。"

程开颜心直口快："那比我们金州好了，我们新车间上半年还愁奖金呢，直到小辉把产品卖到国外去，奖金才落实。说起来，小辉的奖金还是水书记特批的，可比起那个小杨馒头，真是差远了。"

宋季山道："不一样的，你们稳定，东宝也有小雷家做靠山，万一哪天政策变一变，小杨馒头这种人第一个吃亏，他们还没劳保没医药费，钱挣再多有什么用，不像你们大国营的都是国家包着。"

宋运辉道："爸爸保守。你想，小杨馒头光一年挣好几万，寻常人一年生活费只要一千，他一年挣的就够活一辈子，他还有必要靠着谁？就像大哥的小雷家，也是没国家保障，可你带着大家挣够钱，给农民都上了保障，由村里包着村民。小杨馒头不会吃亏。"

雷东宝认同："是啊，靠天靠地，没处去靠，最后还不如靠自己，现在小雷家人，让他们进城当工人都不干，除非户口转成居民户口。不信，你让小杨馒头坐办公室去，他去不去？不去，要我也不去。管天管地的，又没钱。"

宋运辉讪讪地道："大国营和机关有自身的好处，舞台大，学习的东西全方位，对自身的提高也全方位。不能净盯着挣钱。不过教师是真的吃亏。"

"学再多，不挣钱，什么都白搭。"雷东宝一点都不客气。

"所以去年才要弄个教师节出来呀，你们看，我最可怜，我是幼儿教师。"程开颜说自己可怜，别人看着只会笑。

"你这样差不多了，女孩子嘛。小辉要是肯来小雷家，我立马把电线厂扩了，全交给小辉。你们国营厂里大学生磨洋工，我们村里只能要你们国营厂的工程师来兼职，国家还不许。"

"小辉哪里磨洋工了，小辉连业余时间都在看书学习呢。"程开颜为自己丈夫抱不平。

宋运辉终于笑道："人各有志，也未必事事可以用收入来衡量，比如说我就喜欢大舞台的感觉，做的很多事都是我以前想都没想到过的，如果没有大国营这个背景，我充其量也只能做个技术员。别说是出国，到北京去国家部委的门都摸不到。"

雷东宝不以为然地道："你不一样，本来你本身水平就好，机关里有些大学生就没你水平，你今年不出国，明年后年一样能出国，全靠你自己。再说，我们说的是小厂，小厂哪里有大背景，见到县府就差不多了。现在有些集体厂包给厂长，工人更没活路，遇到包得好的还行，遇到包得不好的，医药费都没处报，你不知道？再说包的人又不爱惜机器，我们过年时机器都上好油怕生锈，他们承包的把机器往死里用，维修时不肯花钱，用最差的零件，等承包到期，承包人赚足钱跑了，留下一堆废铁给工人，再国营有什么用？所以他们县里让我把几个厂包给个人，我不干，他们骂我贪权，他们懂个屁，看别人包我也包？我跟着吃屁？看看那个叫得挺响的海燕衬衫厂步鑫生，现在不是承包出毛病了吗？厂都要倒了。"

宋运辉顺势把话题扯过："你们还承包什么，你们的分配制度更先进，承包只是搞活经济初级阶段的事，国外管理哪见过这么大规模承包的。"

"是啊，所以我说他们乡里工办的懂个屁。大拜年时候他们又开会教育我们村干部不能光盯着无工不富，也要认识到无农不稳，被我顶了，我说我们种稻专业户十个人把全村水田都包了，我们上万头地养猪，这算是工还是农？我们农了，我们也工了，我们都富了。只有他们净说废话，什么都干不出来富不起来。"

"规模化，做什么都得规模化。大哥，必要时还得引进一些工程师之类的人。"

"得了，现在都是些抱着铁饭碗不肯走的，工资再低人再没出息他们都要守着国营厂，只肯星期天来我这儿拼命干，挣点辛苦钱。等哪天承包到期设备成烂铁他们没处去了，只有来我这儿。小辉我虽然最想你来帮我，可你还是别来，你那里做大事，跟我小雷家不一样，来了委屈你。"

宋运辉微笑道："到小雷家，怎么会委屈？起码大哥护着。"

一家这才说说笑笑又扯起聊天。吃完，雷东宝就走人，他现在是忙人，不知多少人等着请他，就怕请不到。宋家亲戚本就少，运动时候又都避之不及，早冷淡得没了亲气，现在也没啥亲戚可走动的，过年都是自己吃喝。

04

杨家与宋家差不多，杨父去世后，杨家亲戚们也都穷，帮不上，避着走，人情冷得可以，但杨巡今年初发达，却是拎着礼物上门拜到，礼数一点不缺。但杨母精打细算，花最少的钱办最多的事，这些人情世故，杨巡一一看在眼里，学在心里。初二时候杨母率儿女们回娘家，一家才穿上崭新高级的衣服，擦亮皮鞋出门。

一行五个人走在路上，非常扎眼。乡下人最多见一件滑雪衫已经了不得，何况气球似的羽绒服，连领子也跟气球似的，紧紧包住脖子，都不用围巾。还有杨巡杨速兄弟穿的带毛领呢大衣，大家只在外国电影里见过，摩登得不得了。到了杨母娘家村子，正好有户人家结婚，一行男女拥簇着新郎新娘敲锣打鼓在前面走。杨家兄妹四个都是最爱看热闹的年纪，只有杨母着急赶路，千方百计想超越送亲队伍。杨家四兄妹看新郎新娘，送亲队伍里的人看这衣着光鲜的五个人。

总算快接近新郎新娘时，前面男方迎亲的忽然促狭，朝人群放一只二踢脚，吓得送亲队伍里的女孩子们鸡飞狗跳。一个女孩子尖叫着后退，一头撞进杨巡怀里。杨巡虽然走南闯北，脸皮厚得如城墙拐角，可毕竟才虚岁二十，除了小学二年级前与女生同桌两年，略有正常接触，其他时候与女人一向距离一米开外。这会儿一个女孩撞进怀里，倏忽逃离后，又在他手心衣襟留下扑鼻浓香，这种感觉，令杨巡震惊。

杨巡不由自主地举手闻了闻遗留在手上的香气，眼睛着急寻觅过去，见是一个罩碧绿滑雪衫，戴黄色拉毛脖套，穿黑色直筒裤，罕见地有一头泛黄卷发的女孩。女孩大眼睛，高鼻梁，雪白皮肤，外国人似的。杨巡看那女孩，那女孩也正偷看杨巡，两人目光一撞，都做贼似的撇开脸去，一脸正经，就差干咳一声，以示正义。

杨巡身不由己地被杨连拉着走，走到迎亲队伍那一方，忍不住又回头看那碧绿衣服春意盎然的女孩，却欢欣地看到女孩也正看向他。女孩水汪汪的大眼，撩动了杨巡一颗年轻火热的心。

正好，那家摆婚宴的就在杨母娘家隔壁没多远，杨巡有意借尿遁出来，凭借三寸不烂之舌，夹杂在杨母娘家熟人当中，没多久就套取了绿衣女孩的情况。女孩叫戴娇凤，初中毕业后没考上高中，在一家绣花厂做临时工，二十一二岁，听说好多男人追求她，晚上她家门外狗叫鸟鸣此起彼伏。杨巡心说，那当然，这样标致的女孩哪里用得着让媒人牵着上男方家相亲，追求的人肯定一箩筐。

女孩显然也是注意到了杨巡，那么一个穿得比新郎还扎眼的男子。两个人隔着几十、几百号人，眉来眼去。

杨巡速战速决，立刻回外公家找妈商量，告诉妈有个叫戴娇凤的女孩子，住什么村，爹娘是谁，要妈找人过去提亲。杨母心中警惕，立马跟儿子出去瞧，见那个叫戴娇凤的女孩与新娘坐一桌，显然是伴娘。但杨母以自己几十年经验看人，并不喜欢儿子看上的女孩，感觉那女孩目光太水，举止打扮太风流，不像良家妇女。可眼看儿子两只眼睛像看到宝藏一样闪闪发亮，杨母这个做妈的有异常策略，说现在都什么年代了，年轻人都是先自己谈对象，谈得差不多才让父母找媒人说婚期。杨母心想着儿子很快就要去东北，没几天时间可以行动，要谈最多也就谈几天，等一年后她大儿子回来过年，戴娇凤这样风流的人还能等着她儿子？

杨巡不疑有它，反而视他妈的话为鼓励，回家后略闷两天，等镇上百货商店春节后第一天开门，他立马上门买了一罐最贵的可蒙双色美容霜，又买一包什锦奶糖，包一包奶油话梅和橄榄，都装在他宽大的大衣口袋里，压得沉甸甸地找去戴娇凤家。他知道见人总得带上小礼，而他虽然不知道戴娇凤的口味，可被妹妹追着买糖买蜜饯总算悟出一些女孩子爱吃零食的道理，想当然地认为戴娇凤肯定也应该喜欢这些。

当两个人冥冥之中有缘分的时候，任何小概率偶然事件都会发生。当杨巡正好问到戴娇凤家三间平房面前，正激动地揣测着戴娇凤在不在家，犹豫着该如何敲门搭讪，如何约戴娇凤出来表明心意，正好戴娇凤端一盆水出来泼外面沟里，正好郎有情妾亦有意，戴娇凤轻声指点杨巡到村后茶叶山上等她，杨巡喜不自禁地飞跑去了，觉得比小时候与小朋友一起漫山遍野玩抓强盗游戏刺激得多。

原来，不只他收集了戴娇凤的资料，戴娇凤也从背后了解了他。两人坐在茶叶地里，吹着西北风谈得热火朝天。戴娇凤很喜欢杨巡送她的东西，迫不及待地掀开可蒙双色美容霜盖子闻香味，直说杨巡真能买东西。杨巡其实哪里会买这些了，他不过是进店门一看这种双色的最大罐最贵，就买了这种的。他也是第一次见这种东西，一看，原来罐子里一分为二，一半是白的，一半是粉的。戴娇凤用生了一些冻疮的手蘸了一些抹手指上，果然压倒一切地香。戴娇凤用喷香的手揭开纸包，拈一粒话梅要杨巡一起吃，杨巡从来不知道话梅竟然如此香甜。

两人的关系进展神速，符合杨巡一向的行事风格。初十，杨巡就载着戴娇凤去他家跟他妈谈，当天又杀奔戴娇凤家。两家父母都当这两个小年轻是儿戏，哪有三天就确定关系的，都没太认真当回事，都说结婚登记还早，先慢慢认识，不急着决定。不过，细微的区别是，杨母使的是拖延之计，希望杨巡去了东北就忘记这姑娘或者姑娘忘记杨巡，戴家父母倒是中意杨巡，可交往才三天，他们怎可能太拿这事当回事。再说，戴娇凤还比杨巡大上两年，戴家父母都有些担心条件这么好的杨巡会不会只是一时冲动。

可杨巡不这么看，既然已经见过双方父母，那便意味着官方承认。于是，在后面五天内，杨巡一边忙着到小雷家等地安排货色，到市内联系汽车安排货运，一边在戴娇凤的半推半就中完成人生的无数第一：第一次牵手，第一次拥抱，第一次亲吻……

正月十六，元宵节后，杨巡和戴娇凤带着满脸幸福激动的红晕，乘上装满电线的卡车，奔赴遥远的东北。尤其是戴娇凤什么都没敢带，她是瞒着父母，一意孤行要跟着杨巡私奔，杨巡的母亲也是在最后一刻从杨速口中得知杨巡带上了戴娇凤，心里第一个考虑是儿大不由娘了，第二个考虑是戴家父母得杀上杨家了。

沉浸在幸福中的杨巡自然是不会想到戴家还会杀上杨家的风险，他把羽绒服给戴娇凤穿了，自己穿上顺手买的军大衣。他与戴娇凤两个坐在后排位置，罔顾前面还有一个司机，一个备用司机，他张开军大衣将戴娇凤裹进怀里，在宽大严实的军大衣下，两只手胡天胡地，这一路本应无聊艰苦，而今却变得精彩瑰丽。杨巡第一次感受到，女人原来是这样好。

杨巡原本与杨速一起住在仓库边一间小平房，仓库与平房都是一家街道厂的资产，在街道厂围墙里。如今杨速不来，戴娇凤来，杨巡当然意思是让戴娇凤住小平房，他搬床到仓库，伴着电线睡。可天寒地冻，哪里睡得着，一夜醒来，冻得头疼。第三天，杨巡叹着冷叹着头疼，戴娇凤念叨着陌生念叨着害怕，两个人顺理成章地住到了一起。杨巡没忘给一起做生意的老乡一个交代，请老乡们吃喝个痛快，宣布两人从此是夫妻了。

有个女人的小平房终究是不一样，戴娇凤针线好，白天没事做，给小小窗户装上镶裙边的小窗帘，生着煤炉的房间擦拭得干干净净，很多时候炉头放着一锅肉汤，等杨巡回来，正好肉汤喷香，汆进去几片大白菜，便是令人满足的一顿饭菜。闲暇时候，杨巡带着戴娇凤逛街，杨巡舍得花钱，戴娇凤虽然没带东西出来，可新添的衣服鞋袜好于家中十倍百倍。两个人的小日子甜美而热烈。

戴娇凤最先帮不上忙，但见杨巡每天进进出出很是辛苦，想助一臂之力，慢慢开始让杨巡教着熟悉仓库中的货物，也慢慢开始大胆接听电话，顺手记录账目。杨巡见她肯帮忙，自是欢喜，可他不舍得要戴娇凤像杨速一样也骑着自行车送货，他只要娇妻在小平房接听隔壁转来的电话，记录进出账目，管好他们的小家就行。送货，他除了自己送，半雇了一个老乡带来的同龄人帮忙，虽然生意进一步扩大，可进出理得有条不紊，收入日见增长。生意做熟了，很多时候都是买主自己上门来拿货，戴娇凤早已能熟练点数发货，收钱存银行，一点不会搞错，是个很好的贤内助。

杨母见事情已经无法逆转，只能默认。她速速去信给儿子，信中要求杨巡好好待妻子，不过没忘记寄上避孕药，她在信中说，两人没有登记领证，生出来的孩子没有户口，还得挨罚，非常麻烦。建议等杨巡达到结婚登记年龄领办结婚证后才可以怀孕。小两口这话肯听，两人正享受两人世界的快乐呢。

杨巡拐了人家的女儿，很知趣地就在卖出电线存了点钱后，给戴家一下子寄去两千块钱。戴娇凤看着心里很感动，也觉得有面子。戴家虽然来信说何必这么客气，可终究没把两千块钱寄回，算是承认两人的关系。

杨巡算计着江南春暖花开的时节，回去再运一趟货，戴娇凤想跟着一起走，可考虑到东北的生意，不得不留下。杨巡回家火速走后门从小雷家买了建材，而杨母自己招呼泥水工安排建房，杨母能耐得很。等杨巡押着两车电线回东北，房子已经挖好地基。

回去，杨巡跟戴娇凤一说，又描绘了一下家中正在造的两层带阁楼新房，戴娇凤很是艳羡，两人一边猜测杨母不知会把哪间房留给他们俩，一边地，戴娇凤心里想着自家那老旧的三间平房，很想要杨巡也出钱把娘家的房子盖上，可她想着那总是杨巡的钱，她父母结婚那么多年还各自藏私房钱呢，她怎好意思才结婚就要杨巡出这笔大钱。她就没有提起，依然与杨巡过着快乐的日子。

她不会偷偷昧卖电线的钱，两人是夫妻，怎么好偷拿老公的钱。杨巡每个月都会从银行账户里取出一笔钱作为两人的生活费，都交给戴娇凤支配，除了买吃穿用度，总是能剩下好多，她花钱把自己打扮得美美的，香香的，杨巡看着喜欢不过来。余下的钱她还给杨巡，杨巡却意外地反问交给他干什么，一家的钱她不管谁管。戴娇凤虽然爱打扮，可也知道挣钱不容易，他们两个不像国营企业工人那样有保障，从来花钱适可而止。每月生活费都有不少结余，她都是把钱存在活期上，积少成多，一段时间就换上一张定期存折。杨巡见戴娇凤很会持家，乐得放手。

老乡总是拿两个人开玩笑，说两人都那么小，凑一起过家家似的。杨巡也不知道别人夫妻怎么生活，他感觉，他和戴娇凤的日子过得非常好，他很满足，戴娇凤什么都好。

05

宋运辉接触外宾久了，终于知道当初在上海统一定做的第一套西装有多傻，那条枣红的领带有多滑稽，穿上那么一套，如果两颊搽上两团胭脂，几乎可以上台演丑角。从西德回来后，只在去年秋季广交会，与水书记一起跟穿着工作服似的再次亮相，以后再也没穿，都不好意思穿。但是，上海商店挂着的他看得上眼的，又贵不可言。

宋运辉是个非常关注周围环境的人，从小被异常对待的生长环境让他自然而然地培养出对环境的敏感，一副精益求精的大脑，又让他对关注的问题追根究底。他此时已经知道，当初寻建祥他们的蛤蟆镜喇叭裤之类在着装中的定位，明白小梁思申为什么嘲笑刘启明，明白工作场合与生活场合的穿着应该有所不同。

但是，宋运辉无财力讲究，也不愿太有别于工厂其他人。反而是他手下三个人，工厂给定做铠甲般的西装外，都在得到年终奖金后去上海花血本买了套崭新西装，据说还是香港货，上班时进出厂门都穿着西装，非常招摇。宋运辉不干，他只在上海茂昌眼镜店换了副眼镜，由原来的黑框换成金丝边。他年轻白皙的脸，配金丝边眼镜与干净挺括的夹克式蓝灰工作服，这是他出席所有场合的打扮。程开颜总想好好打扮宋运辉，照着电视上演的什么燕尾服骑士装之类的打扮自己的丈夫，可都被宋运辉拒绝。反而是宋运辉出差到上海、北京、广州，尤其是去广州，常给她带来不一样的漂亮衣服。

春暖花开季节，金州的价格体系也终于松动，获批在一定范围内试验双轨制。于是，一直在部里为双轨制跑动的虞山卿也被安排到运销处实施双轨制，新办公室就在宋运辉的出口科隔壁，他又与宋运辉站到一起。虞山卿的级别上升为副科，顶头上司是运销处的处长，其实他全权负责起了价格双轨制的运作。有别于宋运辉的低调，虞山卿到运销处上班始，就基本没有穿过工作服。

谁都看得出，虞山卿如今是水书记的得意干将，虽说他的顶头上司是运销处的处长，可大宗定价权都在水书记手中，虞山卿绕过处长直接向水书记汇报。宋运辉的出口订单，也都是需要水书记的认可，但是，宋运辉明显感觉得到虞山卿与水书记的热络程度超过他与水书记的。虞山卿已经可以直进直出。

或许别人对于双轨制背后的运作不知情，不知道虞山卿春风得意背后的隐情，宋运辉当然明白这是怎么回事，他深入接触过小雷家不受国家约束的价格体系，知道社会上有杨巡那样的滑头人，知道目前从虞山卿手中批货的就是杨巡那样的人，杨巡对雷东宝所做的小动作，当然更会对虞山卿们来做，因为相对雷东宝不大可能在价格上有所松动的笔杆，虞山卿手中掌握的批条简直是金矿，而虞山卿本人更不须对价格浮动担负太多经济上的责任。但是，仅凭虞山卿这么一个小小副科，是没法有太大动静的，因为虞山卿并不掌握着定价权，难道这就是水书记用虞山卿的目的？

宋运辉将他心中的猜测单独问岳父程厂长，令宋运辉没想到的是，程厂长竟然震惊于他的推理，宋运辉这才想到，程厂长虽然阅历丰富，老谋深算，可终究是几十年如一日地在金州这个小社会打转，在金州类似行业里打转，能够解剖麻雀，对外面日新月异的变化却如瞎子摸大象，没有全面宏观的概念。

程厂长想了好一会儿，才道："这个人选，虞山卿比谁都合适，这人投机，什么都做得出来。换你去坐虞山卿那个位置，你得经历多少思想斗争。也好。水书记再做几年该退休啦，做得那么辛苦，过五关斩六将地，才坐到这个位置，也该是有想法的时候啦。"

"需不需要开始与水书记保持距离？"

"不用，平时怎么样，现在还是怎么样，当什么都不知道。"

"可不，所以我单独跟爸说，请爸拿个主意。还有，我想，妈、哥、开颜，最好都别知道。"

程厂长点头："你说得对。即使别人已经风传了，我们也当作不知道。别的事可以跟水书记谈，这种事，怎么跟他说，只有装聋作哑。你继续做你的出口，也是不错的，你不要学虞山卿，你还年轻，来日方长，不能毁在眼前。虞山卿跟着水书记做这种事，等水书记退休，接替上来的人谁敢用他。"

"是。"宋运辉答应，心里却想，虞山卿完全可以捞够后，等水书记退休，就出去做倒爷，比小杨馒头一穷二白赤手空拳地开创天下容易得多。但他见岳父快快不乐，就不说出来打击岳父了，反而宽慰道："爸，别去想它，这事儿做了心里不安，睡觉也不安心。"

程厂长却快快道："难怪，我说这回怎么定价权老水自己紧紧抓着，谁都不让插手。原来没法让别人插手。"却又忙叮上一句，"千万别自作聪明去告发或者揭露，老水的位置轮不到我，你更轮不到，损人不利己。你也别看着虞山卿捞钱不服气，别人看着你随时有出国机会，更不服气。"

宋运辉明显看出岳父心中的不平衡。他心中并不羡慕虞山卿，他平衡得很，因他以前尝过做水书记大棒的滋味。只是奇怪，岳父作为一厂之长，除了不快，却并无气愤，似乎视水书记与虞山卿的勾搭为理所当然。宋运辉猜知水书记的猫腻后还是愤慨了几天，本以为岳父能做出跟他一样的反应，疏远水书记，起码，在与他的单独交谈中痛斥几句，甚至以其自身地位做出一些明智选择，可没有。宋运辉有点失望，这就是官场？

回家，他独自思考了好一阵，才明白金州总厂的官僚体系是一张盘根错节的网。目前盘踞在网顶端的几位大员都是水书记的亲信，比他岳父程厂长。水书记如果倒台，其他人上台，作为没有过硬技术没有强有力后台的程厂长，结局也可想而知。连刘总工都可以被打入冷宫，何况别人。所以，想要程厂长从内部破网，那是不可能的。

就此，宋运辉发散性地考虑了很多网络内部关系的纠结，当然，最终考虑到他自己的地位。他凭什么坐稳目前出口科科长的位置。他想到，他目前靠的是两样，一样是独一无二的技术，对新车间的绝对权威和目前掌握在手心的与外商关系；另一样是与程厂长与水书记等的关系。可是，即便是刘总工这样的人都可以被放弃，而且是宁愿搁置总厂改制进度来达到弃用刘总工的目的，他这种对新车间的绝对权威，够不够分量？而与外商关系，与水书记的关系，更是存在很大变数，变数的源头，就是水书记。直至想到这一层，宋运辉才能理解岳父无奈的态度。但是，宋运辉也分明看到，自己心头的那点不情愿。他不愿看到自己的未来如此被动，一如岳父程厂长，虽然拿着钓竿与水书记同进同出，却连一句重话都不敢说，即使背后也不敢讲。这一次与岳父的对话，让宋运辉明白一件事，人不可以永远处于从属地位，比如岳父程厂长。人得在工作之外有所布局，主动，是最好的防御。

06

虞山卿官升副科，便很快分到大一点的房子，装修结束，请几个相熟又岗位要紧的朋友去他家吃饭。宋运辉问程开颜去不去，程开颜最烦以前追求过她的虞山卿，她也不喜作假，不喜就不去。宋运辉就自己去了。

都是三十来岁的年轻新贵，见面都很随意。虞山卿的妻子下厨做菜，虞山卿招呼客人。一见宋运辉，虞山卿就递一支香烟给宋运辉，宋运辉虽然不吸，但一看壳子就知道，是良友。这会儿到处都是讨论涨价囤积的事儿，这儿也不例外，这个说家中厨房堆得没地儿搁脚，那个说买的毛巾够用十年。宋运辉回头，见虞山卿并不热衷，他也并不热衷。最近到处听到大家有关涨价的议论和抱怨，可他就是没从雷东宝那儿听到抱怨，他们正广开财路，哪里管得了一分一角的涨价。估计虞山卿也是，宋运辉倒不是，他只是觉得计较一分一角没什么意思。他过去对不参加讨论的虞山卿道："参观一下你的书架，行吗？"

"书者，输也。总厂让我们两个书虫专管内外销售，大大失策。呵呵。"虞山卿将宋运辉领到书房，进门就见长长两排的书。

宋运辉却先看到挂在墙上的吉他，拿手指弹了一下，想到过去还住集体宿舍时的日子，笑问："还弹吗？"

虞山卿索性将吉他取下，却没动手，左看右看，道："没有弹的环境，没有那个热情了，叫谁来听？"

宋运辉犹豫了一下，道："刘启明。"

虞山卿一笑："找个耳朵还不容易，随便抓个女孩来，都会用水汪汪的眼睛看着我弹，可我只觉得对牛弹琴。我倒是想找你来听，冲你毛衣里面穿硬领衬衫，我就愿意弹奏给你听……"

"我不懂，我真不懂。"可宋运辉心里却是动了一下。

"别装低调，你家爱人在幼儿园说，你回家就听上海外文书店买来的外国音乐。"

"那跟我看技术书没啥两样，都是工具，工作的时候必须用到的道具。"

"试想，一个穿着工作服看似简单的年轻人，哼着贝多芬的《月光》，唱着瓦格纳的歌剧，老外面前，该多震撼。水书记说你做什么都用心，我说你做什么都有一股常人难及的狠劲。"

"姿态异常难看。"宋运辉一笑，指着两排图书，"这些书，非常小众。可见你虞科本质上是个什么人。"

"这些也是道具，蒙人的道具，可惜我现在混迹的场合用不上，我现在最需要的是俗语大全，最需要的是姿态难看，借用你的名言，就是堕落，堕落，哈哈。"

宋运辉终于心中确定虞山卿似乎是一味地在跟他攀搭关系，笑道："我的名言是，人不能这么堕落。哎，小虞，说吧，你要我做什么。"

虞山卿绝没想到宋运辉会自己提出来，一时有点尴尬有点被动，呵呵笑上两声后，才道："跟聪明人说话就是轻松。没错，我想请你小宋帮忙，这忙，只有你帮得上。"

宋运辉大致已经明白是什么事，但还是佯作不知："那是你虞科抬举我，我哪有那么重要。是什么产品需要出口？"

虞山卿忙道："我怎么敢插手出口的事。是这样，一位大买主希望采购一部分新车间的产品，用作他们出口产品的生产原料。可我一问之下，听说新车间两个月内的产品都得交给你的外贸订单，不可能给我哪怕是小小的一吨。所以我只有向你通融，匀给我一千吨，我那位买主对于总厂而言，实在是个太重要的客户。"

果然不出所料。宋运辉说："小虞，这事要紧，你得赶紧跟水书记说，让总调安排新车间生产。"

虞山卿苦笑道："水书记能安排的事还需要找你吗？就是因为水书记也安排不下去，总调说产能只有这些，你的外贸订单又是紧扣时间不能拖延的，误点得赔外商美元，压根儿没法安排我的一千吨……"

"你看。"宋运辉摊开手，微笑，"新车间的产品基本上用于出口，我在订单上签时间的时候，也是根据设备产能来签，几乎很少打出时间余量。否则新车间产品压库，创汇不足，影响奖金的话，去年部里抓亏损的事又得重演，我又得挨批斗。"

虞山卿道："听说有那么一次，一位老客户临时要求加量，你答应了，也如期保质保量给货了，可见有办法。今天，你千万再答应我一次，要不，我汇报给水书记，请水书记跟你说。"

宋运辉笑道："这种事，有，不过因为是外贸订单，新车间上下才买账，但也害得我没日没夜在总控盯了一周。至于内贸的，我还是建议你让水书记压下去。"

"水书记可以压，可是压下去后，新车间还不得找你去拉负荷？你不去总控盯着，他们敢拉？再说我不能事事都麻烦水书记啊，让别人说我狐假虎威。而且县官不如现管，谁不知道你在新车间一言九鼎，只要你出马，新车间谁不听你的？你就帮我盯三天吧，求你。"

"你事急，我不跟你绕圈子，直说吧。这种事，我可一不可二，多次越界到新车间伸手的话，我怕有人误会。这事你只要把总厂到分厂的程序走通，要我到新车间加班，那还不是你虞科一句话的事。"

虞山卿是个灵活人，立刻领会，脸上阴转多云。不错，新车间的车间主任还是闵厂长兼着，宋运辉与闵厂长曾经公开龃龉，这才调到运销处做出口，总厂谁都知道，当然，他是不便三番五次地插手新车间的事务了。他了然地道："看来，还是得请水书记出面。"闵厂长只买水书记的账。

宋运辉笑："唯一的路。至于我们之间，你压根儿不用那么客气，一个电话我就会做到。"

虞山卿拍着宋运辉的背开心地笑："是啊，不过礼多人不怪啊，是不是？看中哪本书，尽管挑。"

宋运辉笑道："你出去，尽主人本分去，让我慢慢挑。"

虞山卿又亲热地拍拍宋运辉，才出去了。里面宋运辉对着书架回想了会儿，觉得不错，是该这么回答。其实他在新车间确实一言九鼎，但是，他怎么可能自说自话为虞山卿做事。虞山卿在做什么，哪天总有人会知道，他不能给人一个他与虞山卿沆瀣一气的假象。而且，他现在进新车间，背后总是追着闵厂长的眼睛，他如今目的达到，何必继续挑逗闵厂长的神经。

菜很丰富，竟然还有罕见的大对虾。

回到家里，看到家徒四壁的自家，再想到被家具塞得满满的虞山卿新家，不由得心生感慨。不久之前，虞山卿还一直有意避着他，见面也没什么话说，现在虞山卿主动邀宴，而且还可以放下身段赔笑脸求他办事，这都只能说明一个问题，虞山卿内心强壮了。而虞山卿内心强壮的原因在于，他自知与水书记的关系是如何之铁。继续抽丝剥茧，找出铁的原因，毫无疑问，这与虞山卿跟他相同资历，工资甚至还不如他，却能将家塞得满满，香烟老酒都是高级品有关，那些好处，虞山卿岂是独享。以虞山卿与水书记的这等关系，哪天英语会话也不错的虞山卿如果忽然想插手出口科了呢？宋运辉无法不感受到危机。

让新车间超负荷增产的事，果然由虞山卿上报水书记，由水书记直接下令给一分厂与总调，宋运辉扯着虎皮令旗下新车间帮了虞山卿一个忙。只是，令宋运辉心里难过的是，虞山卿要去的这批产品，内销价格远远低于外销，金州非常吃亏。但是宋运辉有什么办法呢？而他对虞山卿与水书记的关系更添一层体会。

人无远虑，必有近忧。宋运辉不得不开始考虑如何巩固自己在出口科和新车间的地位，因此，他在教别人掌握技术的时候，开始有意保留。宁可自己辛苦一点，经常新车间与运销处两头跑，也好过忽然一天被人踢开。至于出口科，成也萧何，败也萧何，都在水书记一念之间。

事后，宋运辉便出差了。省化工进出口公司想代理金州总厂的出口业务，通过朋友，委托再委托地一直找到水书记，水书记让宋运辉去谈谈。当然水书记是有前提的，但是，水书记已经在宋运辉心中失去光泽，水书记的话，宋运辉不会再如过去一样奉为圣旨，他现在只会把水书记的话当作底线，底线之上，他随意发挥。他从水书记话中找出的底线是，给不给省化工做，无所谓。因此，宋运辉尽可以放了开与省化工谈判。他想碰触一下代理费的数值，虽然压下代理费，钱并不会落入他的腰包，但他想要尝试。

宋运辉有恃无恐，谈得很放开。但在谈的过程中，了解到省化工的福利待遇之后，除规定代理费，他提出几点附加，其中就有一条安插人员进省化工。省化工的经理答应得异常艰难，可最终还是看在金州巨大的代理费预期的面上，咬牙答应。

等宋运辉三天后回金州，妻子程开颜却交给他一个小小盒子，他打开，里面是一串漂亮的紫色珍珠项链。程开颜说是虞山卿的妻子前天来他们家聊天，走的时候一定要把这个送给她，说是感谢。宋运辉将珍珠翻来覆去，问程开颜这玩意儿大约值多少钱，程开颜不知道，本市百货店没见过的，本市的都是白的，但估计得好几百。

宋运辉看看美丽的珍珠，再看看程开颜，程开颜眼神中流露出对珍珠的喜欢，结果还是让程开颜退珍珠给虞山卿妻子，怎么来怎么去。当然，怕程开颜说话有误，退不回珍珠，宋运辉自己先想好应对话语，教给程开颜。他不与虞山卿同流合污。

　　回头上班，宋运辉将与省化工的谈判结果对水书记说了一下，尤其是那些附加条件。他上来就直说他觉得附加条件挺适合水公子，就是照着水公子的条件与省化工谈的，说省化工答应可以两夫妻一起去，而且以省化工与金州的火车距离，离家不算太远。他又把省化工答应的房屋、收入等福利条件与水书记详细说明。他谈时已经想到，水书记一个儿子远在上海，另一个在金州高不成低不就，不如去省进出口公司做全方位提升，反正有老子在金州支撑，省化工不敢亏待了水公子。

　　水书记也很爽快，当下就直说这两个名额让他儿子儿媳去正合适，也很感谢宋运辉想得周到。与宋运辉详细商量了后一步怎么调动儿子的工作，便要宋运辉出面全权负责后续事宜，包括在金州和省化工两处。

　　宋运辉第一次做这等以权谋私的事，从水书记办公室出来，心里感慨自己的堕落，说明白了，他现在就是狗腿子的角色，与虞山卿没什么差别，与虞山卿所谋也一样。原因很简单，上有所好，下有甚焉。他为自己找到解释，为了一个在外贸的儿子，水书记是说什么都不会继续偏向虞山卿，让新车间经常堕落地生产低价内销产品了。他是用自己的堕落，换取新车间的不堕落。他安慰自己的良心，不，他自己并不沾手非分利益，他为的是他宝贝新车间。他尽量忽略他的另外一个目的。

　　回头想想，原以为做这等宵小之事会非常难堪，可做了才知道，好多事都是大家心知肚明，只少个提出来的，只要条件成熟，这种事，都是顺水推舟。

　　宋运辉拒收虞山卿的礼，可虞山卿又没法绕过宋运辉。因此，虞山卿求上宋运辉的时候，不得不看宋运辉的脸色，听宋运辉的牢骚，宋运辉怨说总是插手新车间的工作，看尽人脸色，虞山卿就把这话放大几倍，传达给水书记，以便水书记从上往下地加压，让新车间尽快出货。所有的抱怨，宋运辉都不直接向水书记说，而是由虞山卿出于个人需要，积极传达。几次三番，水书记烦不胜烦，知道这条关系不能不理顺，否则宋运辉没法干活，而宋运辉此时又不可能离开出口科，出口科也需要他。水书记索性特事特办，让宋运辉跨单位到新车间又兼了一职，调任副处，虞山卿至此才明白，他被宋运辉利用了。可他也只能吞下这个哑巴亏。

　　而宋运辉心照不宣，明白这个职位与水书记儿子的速速开赴省城就位大有关系。而他，则是终于又可以名正言顺地回去新车间了。

　　这时，久无音讯的梁思申终于传来消息，在她憋了一肚子火，准备将情况捅给媒体之前，好面子的外公、舅舅们屈服，她与外公、舅舅们庭外和解，拿了符合她意愿的一笔，这笔钱足够她读书安家，但她也被痛斥为白眼狼，以后别想再上外公家的门。她秋天将升大学，已经选择一家顶级大学的通知书，她准备中学毕业后回国一趟，见面详谈。

　　宋运辉终于可以为梁思申松一口气。但他告诉程开颜，梁思申将回国的时候，程开颜心里很有点担心，而且担心外露，露了好几天。出于一种深刻的担心，程开颜在避孕措施上做了手脚。未几，她果然怀孕。程开颜的怀孕令她自己心中放下一块石头，令她丈夫欣喜若狂。可她实在有点受不了宋运辉的谨慎，先是带着她托关系找到相熟妇产科医生，问询各类注意事项；然后宋运辉每天研究有关书籍，每天对着她千叮咛万嘱咐，就差恨不得一条绳子把她绑在床上养胎。程开颜感觉异常甜蜜，她虽然觉得宋运辉因为他姐姐流产去世的阴影而对她关心过头，可她甘之如饴，她是天下第一幸福的孕妇。

　　宋运辉兼职新车间后，忙了许多。但再忙碌，他也不要妻子忙碌，他动手将家务做好。程开颜常心疼宋运辉的忙碌，可宋运辉却并不觉得累，或者辛苦，他反而觉得生活又多一个目标明确的盼头，生活比之前的更有意义。只是宋运辉担心，恐怕只有等程开颜将孩子顺利生下，母子平安，他才会放下担心。

　　金州是个缓慢行走的巨人，但是在等级制度的运作上，却是雷厉风行。宋运辉调升副处级别没多久，都不须他向相关科室提出要求，相关科室已经笑容满面地自己送上门来，递上几串钥匙给宋运辉，让他自己从处长楼群中挑一间中意的。金州总厂几万工人，上千科级干部，处级干部却只百来号人。物以稀为贵，在金州，升到处级后，便基本上是万众仰望了，被万众仰望的人，自然是可以方便地捞取有利福利，不，甚至不须动手，自有人上门巴结。

　　宋运辉这个农村长大、从小亲近土地的人，再加担心程开颜怀孕，行走楼梯不便，他挑了一间一楼的房子。房前房后都是宽阔的空地，处长楼的特殊地理位置，又决定此地楼距开阔，不存在太阳照不到一楼的难题。房子虽然没有程厂长的厂长楼那么宽敞，可已经是四室一厅，其中客厅宽阔，可以骑自行车绕行，而且还可以是二十八寸大自行车。房子里面已经粉刷，所有水泥地上铺的是白底红花蓝叶的地砖，卫生间地面已经铺上马赛克，还配有一只罕见的雪白马桶和雪白立式瓷洗脸盆，这还是今年初才改造的，与厂长楼同步。

可是，宋运辉连原本的两室一厅都填不满，还空出一间什么都不放，如今搬进处长楼，有限的几件家具更是如滴水入海，找都找不到。请朋友帮忙搬家，等客人散尽，程开颜笑着踢开两间什么都没放的房间的门，打开两间房间的电灯，指着里面道："我们当年结婚时没钱装修房子，是多么正确呀，嘻嘻，我们早就知道我们很快会换房子。小辉，哥哥都嫉妒死了。"

宋运辉穿着皮鞋在空阔的房间里走来走去，他有意踩得很响的脚步声仿佛都有回音，他听着静谧中清脆的脚步声响，志得意满。"我们是处长楼最年轻的户主，不久，我们的孩子将是在处长楼出生的唯一婴儿。可惜你爸妈也有大房子，我家刚造了新房，爸妈不爱搬家，否则我们还可以与老人同住。这间，等我有空布置出来做孩子的房间，这间做书房，摆两张桌子，以后我看书孩子做作业，那间给你看电视，大厅……大厅那么大干什么，哈哈。"

反正家里没旁人，程开颜肆无忌惮地道："书房只要一张桌子就行，谁知道我们孩子上小学之前，我们是不是还得搬家，跟我爸做邻居去，这事儿没准头。我要在门外种上花，还要养只猫，以后和孩子玩，哈。"

两人嘻嘻哈哈开心好一会儿，程开颜忽然压低声音，鬼鬼祟祟地笑问："你上任三把火，是不是要撸谁呀？先说给我听听呀。"

宋运辉眉毛一扬，有点张狂地道："需要撸谁吗？不需要。因为我从没真正离开过新车间。我唯一要做的事只有一件，那就是保证我在新车间独一无二的地位，进一步提升新车间对我的依存度。"

程开颜疑道："可是，大家不是都说新车间少不了你吗？"

"那只是短期现象。"宋运辉微微一撇嘴，"随着越来越多的大学生分进新车间，我的那些优势，很快会被别人追上。当别人与我的差距缩小到某一可承受范围之内时，我的位置就不稳了。我现在所要做的，是得把贸易、生产、新产品开发、新工艺改进，甚至包括设备改良等联系在一起，全面提升新车间的技术领先地位，争取在国际市场上的竞争力，顺便，推动我自己永远领跑。"

"那你不得忙死了吗？"程开颜看着宋运辉很是崇拜。

"忙，不会死，人只有越忙越活，流水不腐，户枢不蠹。自从与外商充分接触后，我才真正了解国际市场。以前，在报纸杂志上阅读到的信息太过有限，而且很多非业内人士写的东西局限性很大。我很有意在新车间先进设备的框架上，研究如何进一步提高质量，争取产品价值的提升，同时我得发动引导新进大学生研究改造工艺，看还有没有挖潜改造，节约成本的可能。前段时间，我们是引进设备，消化新技术。如今，我们要在消化基础上，进一步提高。引进、消化、提高，我要让新车间跟着我奔跑，谁也无法停歇，哪天若也能技术输出，那才叫真正的成功了。"

程开颜似懂非懂，基本不懂，反正是用水汪汪的眼睛崇敬着在她面前激情澎湃、壮志满怀的丈夫，她既然不懂，也不装懂了，她就听丈夫的，做贤内助，管好自己的小家。她现在满心规划的是家中南北两个院子，该种些什么才好。她的眼里满是憧憬。

宋运辉本没指望程开颜的呼应，可没呼应他的兴致就维持不了多久。他很快又老僧入定般看起他的书。

07

说到小雷家的发展前景时，雷东宝也是激情澎湃，壮志满怀。他没宋运辉的话多，但是他还有肢体动作，他两条手臂一起上阵，一挥一舞之间，将他的热情感染给他人。

橘子花开的季节，满山飘香，掩过猪臭。小雷家村屋改造一期全部搬迁。从山顶看下去，新村里整齐漂亮的二楼房子，雪白墙面，橙红屋顶，还有宽阔而超前的水泥马路，路边都是刚种上去的才筷子粗的小树，前院后落种的是村民原来宅基上迁来的果树，虽然剪掉很多枝丫，依然有成荫的感觉。还有就是喜气洋洋迎风招展的彩旗和同样喜气洋洋已经搬进新居的村民。

雷东宝早就请了陈平原，可陈平原比较忙，等村民入住了一周后才能抽出时间。不过，陈平原来的时候，带来县府的笔杆子两名，以及其他随行人员。雷东宝不得不让那些彩旗在绵绵春雨中多插一周。

陈平原等县领导没一来就爬山，而是直接走进新村。分管城建的一来就问，电线杆呢，进水出水呢？有的领导则是说，纵向的路太宽了，这么宽的路边还做人行道，太奢侈。

陈平原对雷东宝比较了解，直接就指着漂亮的房子和环境问："让谁设计的？"

雷东宝得意地道："自己设计的，没请设计院，设计院能有我们设计得好？我们超前，我们看的是西德的样，我小舅子画的总图，我们小雷家建筑工程队自己画的施工图。士根，你来说。"遇到啰唆问题的表述，雷东宝都是交给秀才士根。

士根于是详细解释："我们村目前开手扶拖拉机跑运输的有不少，我们南北走向的一条主干道路就是按照两辆中型拖拉机的宽度设计的，方便交会。听说，西德小区里面的道路也是这么设计的，人家车子多，路都得那么宽。我们村除了拖拉机，目前还有了四辆摩托车，自行车不计其数，随着村民生活越来越好，拥有的摩托车会越来越多，为安全起见，得划出人行道。电缆铺设与进水、出水也都是照着东宝书记家小舅子在西德见的，参照他们安装设备的西德设计做的，都铺在地下，你们看……"

士根撬开一块水泥板，让参观的领导看个仔细："这是搁电缆的沟，你们看电缆都搁在红砖上。旁边一条沟是污水沟，什么生活污水啊，下雨天的雨水啊，都流到污水沟里，我们这回最大的革新还是在污水沟上，以后我们村子没粪缸了，大小便全部通过污水沟排走。所以你们看，我们的新村看上去特别干净。"

县里的领导都被上了一堂课。有人很不识相地问："你们两位书记和村长的房子，分别是新村里的哪一幢？"

"不要以为我们多劳多得，就是贪污犯嘛。我们这回分房很明确，从村子西边开始拆，拆到谁家，谁家先搬。士根家下批可以轮到，我家，早着呢。"雷东宝也回答得不识相。

还是陈平原说话有水平，他问："村民对搬迁怎么看？有没有人不愿意的？"

"谁会不愿意啊，抢着搬，这批轮不到的都追着我赶紧造二期，好像我不急一样。村里白送他们一套新房，搬进去就能住，谁不喜欢？"

陈平原接着问："你们的思路是不是村里先集中开发一块山坡荒地，荒地上免费建造房子，置换村民手中位于平地上的宅基地，以后，那些置换出来的宅基地，经过平整再成片开发，以解决你们小雷家村办企业用地问题？"

雷东宝笑道："不是。我们村有钱，有钱就得让大家过好日子。"这话，是宋运辉教他的场面话，雷东宝记不住全部，宋运辉那些绕来绕去的书面话太绕口，雷东宝要用自己的表述，但是意思还是清楚的。

陈平原听了笑，想了想，对身后的笔杆子道："这部分如果写出来，应该这么写，小雷家村抓住农村改革契机，通过创办村办企业，走改造农村经济之路。不仅富了每一个村民，也充实了集体经济。丰厚的集体经济积累又可以在改善村民物质文化生活、提高村民精神文化素质方面，起到决定性作用。大致就是这个意思。"

雷东宝听着心说，怎么跟宋运辉写给他的是一个调调。

陈平原说完又问："你们的钱都投入到新村改造，你们照顾到了享受，有没有影响到村办企业的发展？"

"没全部，建新村投了一半，另一半拿来扩猪场。"说到工作方面，雷东宝的话就顺畅了，"陈县长你一说就说中我心事了，我要不建新村，不顾村民死活，我那一半钱投到电线厂该多好啊。可我们的钱是村里人一起挣的是不是？怎么可以不让村里人享受？我当然可以再挣几年，挣够了才改善村民生活，可那时大家自己新房子都盖起来，拆了多可惜，再说，什么时候才算是挣够钱？所以我决定，每年拿出一半村集体收入，改善村民生活。发展当然得打折扣了。可如果县里支持，贷款给我们，照我们小雷家发展势头，不仅可以按时还贷，还可以更好地发展我们的村办企业。县长，你得支持我。"

陈平原这次回答得倒是爽气："下周一，我安排一下，你们带上账簿到县里开会，我请农行和县信用社相关人员过来，大家坐一起聊聊。"

"好。"雷东宝答应得跟部队里喊号子似的，又拖住陈平原到远远的，轻声道，"陈县长，你以前答应我的，我只要做出样子来，你就会拨款给我。"

陈平原微笑道："我当然不会忘记，你没见我带着笔杆子？你们的事迹，我要替你重炒冷饭。嗯，我有件事要跟你说说，你后天到县里来。"

雷东宝心里一寒，操，别是又要问他拿钱。可他又不能不答应，小雷家需要贷款。

县领导们又到电线厂和养猪场视察一圈，拍下很多照片，才打道回府。

不过，出乎雷东宝的意料，陈平原这回并没伸手问他要钱，雷东宝虽然拎包里带着钱，可没机会拿出，陈平原自始至终没给一个暗示。

陈平原一见雷东宝单独来，就递给他一张报纸，得意地笑道："你看看，第一版，上面是不是介绍的你们小雷家。"

雷东宝拿来一看，果然是。当下认认真真看了一遍，笑道："吹牛吹大发了。"

陈平原笑道："实事求是嘛。这回你给我长脸，这篇报道上去，不用我去报社活动，自动登上一版。我也发了一份给市四套班子，你等着接待领导们参观吧。"

"我哪有那本事接待领导，市领导们又不是你，我们知根知底，市领导弄不好被我得罪怎么办。"

陈平原不以为意地笑笑，道："我清楚你不喜欢接待，但你这回得当作任务来完成，一定得好好给我完成。贷款问题我已经替你联系农行，农行知道你们运作，说基本没问题。你拿到钱，得答应我立刻开始上新村第二期，二期的范围得扩大。"

雷东宝一点不客气地问："为什么？"

"不瞒你说，内部消息，县委书记将调到市里。我！那个位置必须我坐。你明白了吗？"

雷东宝想了会儿，就点头，心里想的是，以前老徐说过，这个陈平原能办事，只要抓得住他，他办事能力很强。目前通过接触来看，陈平原虽然不如老徐清廉，可只要答应办的事，从来不拖拉，办事能力确实强，比其他县里官僚作风十足的干部强得多。雷东宝反而现在并不反感陈平原，只觉得老徐看人真准。他有时还觉得陈平原更容易相处。他就直截了当地道："行，以后有人来参观，我就说这新村是你教育我们为人民服务的，新村设计是你帮着想点子的，我们村办企业都是你在扶持。"

陈平原本来多少还端着一点领导的架子，可听雷东宝一说，扑哧一声，一口水全喷了出来，大笑："哪能说得这么赤裸裸，也稍微婉转一些。"

"那不行，我就这么个糙人，你让我照着报纸背，别说别人听着假，我也背不出来，要我命吗？"

陈平原一想也是，笑道："也行，你平时怎么说话，市领导，甚至省领导来了也怎么说话，算是乡土本色。嗯，反而能取信于人。"

雷东宝倒是直说："你本来就帮了我们大忙，加点小忙给你又怎么了。那你答应我们贷款的事呢？没钱我没法上二期。"

陈平原微笑道："急什么，我这就给你联系。"心里想，这糙人说的糙话还真是讨人欢喜，怎么听怎么真，也果然念情，记着他帮小雷家的那么多忙。他要秘书联系农行行长，放下电话对雷东宝道："除了参观时的应答，你也得草拟几份报告，以后免不了有些报告会要你参加。你让你们那个村长草拟吧，我这儿笔杆子写出来的东西与你们村里写出来的味道搭不上。我的这件事情，只能办好，不能办砸。"

"知道,我们鱼儿离不开水,瓜儿离不开秧。"

陈平原一愣,又笑,这人怎么把《大海航行靠舵手》也搬出来了呢?不过雷东宝把他们之间的关系这么一比喻,他倒是放心了,虽然小雷家与他的关系并不是鱼儿非水不能活,可是,雷东宝能这么想,却是好事。

过会儿,雷东宝就舒舒服服地待在这间以前老徐坐过的办公室里,看陈平原与县农行行长通话。通话很顺利,很快就得出结论,过了周日,下周一就要小雷家派人去农行办手续。过后,陈平原问:"一百五十万,满意吗?"

"满意,我回去就平二期的地。五十万给二期,二期的规模可以比一期大一倍。一百万给村办企业,加上我的自有资金,到年底,你看着,我的养猪场争取存栏一万头,不行的话,八千头十拿九稳。"

"哦?一万头是什么概念?"

"全省最大。"

陈平原一愣,沉默下去,好一会儿才道:"我再给你二十万,你年底一定给我达到一万头。你如果达到了,我请省里领导给你题匾。"

"这容易,只要你给钱。"

两人拍手成交,两人心里都很愉快。陈平原又看到当年老徐在时,树小雷家为典型给自己带来的好处。雷东宝看到的则是一百七十万资金在前方闪闪发亮。有这些钱在,他什么事不能干?回到小雷家,就号召闲人们,将刚腾出来的旧屋扒了,准备扩建养猪场和电线厂。同时,原定留给二期的地,开始平整。全村上下都是兴奋而期待,仿佛那钱是县里白给的,而不是县农行借给的。

果然,接下来,接二连三的参观团、取经团,雷东宝最先还看在陈平原面上接待一下,后来来的人他也看看级别,如果不是很重要的官僚团,他不出面。众人对于超前意识的新村一期,自是交口称赞。

08

没想到梁思申暑假时也不能回国。宋运辉接到梁爸爸忧心忡忡的电话,说梁思申如今没法再住外公家,做父母的决定亲去美国,亲眼看着女儿在读大学的地方安置下来,否则远隔重洋的父母不能放心。

但到八月，梁爸爸却笑呵呵地又来电，说梁思申在美国受的教育非常有用，小小孩子在美国那个万恶的资本主义国度不知多如鱼得水，与几个家境优裕的同学一起到大学城附近找房子，各自买了合适的小套，又买辆小小两厢微型车以备上课下课用，都不需要他们父母帮忙。几个小孩子虽然面孔稚嫩，可应付起购房事务来，无比务实。梁爸爸还说，亲眼看到之后，做父母的心里总算踏实了。他们回国后，梁思申将勤工俭学，一点没有拿了足额遗产从此做纨绔子弟的意思，她几个家境优裕的同学也是各自寻找勤工俭学机会，看来都是积极上进的人，他们看着很满意。宋运辉想，可能是独立的生活和来自独立生活的压力，反而培养了梁思申独立自强的精神。

梁思申不回国，程开颜倒是松口气，不再挂心。

而宋运辉则是继续利用自己抓住新车间销售与生产大权的契机，一步一步巩固自己的地位。闲暇时间，督促新车间技术室翻译编写操作规程，他自己则是撰写多篇有关新技术新设备消化应用的文章，投稿于部门刊物。当然，投稿前，必须先得到总厂批准，敲章认可。

宋运辉写的是一个系列，上中下三篇，题目为《引进，只是开始》。他以独特的视角，讲述从金州设备引进之后，国际市场方面对产品需求的参数变化，产品在国际市场上的价格体现出来的优势增减，分析国外产品为什么能在人工比中国贵的前提下还能保持价格优势，又分析目前风起云涌的自动化设备在减少运行成本和控制质量稳定方面所起的重大作用，由此提出他的论点：国外设备引进只是一个良好的开端，在引进设备的良好框架下继续革新技术改造，赶上国际技术领域和市场需求的风云变幻，保持设备永恒的先进性，才是设备引进的最终目的。

本来，宋运辉只写了一篇，就是系列中的上篇。但是他的文章视野开阔，角度新颖，观点独特，富有激情。文章刊登，立刻引起部领导上下的重视，视之为全系统设备引进的宝贵经验之谈。上面立刻打电话下来，询问金州总厂如何能大胆走出计划经济体系，从国际市场高度回头审视自己的产品。上面的领导要水书记盯住写这篇《引进，只是开始》的职工继续深入剖析引进工作的方方面面，深入分析设备引进与现有制度的衔接与碰撞，分析金州总厂如何以设备引进为契机，大步迈入国际市场的曲折历程。

水书记本来对宋运辉这篇文章并不是太在意，原来还以为只不过是一篇阐述设备引进消化改造的技术性文章，他不懂技术，略略看一眼就审批通过。这会儿被上面电话提醒，再叫秘书问宋运辉拿原稿来看，看着看着，一抹微笑升上他一向尖锐的眼睛。他拍着扶手舒心而笑，没想到，去年因新设备亏损，因费厂长打压受部里一肚子的窝囊气，最后的出气口竟然着落在宋运辉的一篇文章上。水书记当即电招宋运辉来，要求第二篇，第三篇……

宋运辉还以为水书记是让他继续深化消化引进设备，考虑了一下，才沉稳地道："起码得再给我一年时间，我可以从设备改造方面入手，不过写出来的东西不会比这篇有内容。"

"为什么？"

"这篇写的正好是我们处于一个拐角时期，走出拐角，前面豁然开朗，一下看到好多新事物，可以写的内容很多。可我估计未来一年之内，新车间基本上走在直路上，看到的新景物只会是细微变化，这种细微变化只可意会，写出来并不会太好看。"

水书记不由得笑了，摆手道："那你有没有想过，你既然在拐角看到许多新事物，接触到许多新变化，有没有考虑分析一下激发我们走出拐角的因素是什么？引进来当时我们的考虑是什么？引进来走出去的时候，我们遇见多少新旧思想碰撞？我们当时是如何决策的？"

宋运辉听了，大大地愣住，看着水书记好半天，才道："这个题材……太大。"

"对，这是一个很大、而且很严肃的题材，按理说应该交给专人深入研究之后才能提笔书写。但是，所有人之中，有谁对这一拐角的感受能如你我的深度？谁又能正确描画我们面对冲击时的矛盾心情？非你我莫属。当然，必须由你执笔。你尽管去写，大胆点，不用掩盖思想冲击和观念冲突，第一要求，求实；第二要求，还是求实。但是，双轨制就不必写了，别人也做得挺好，我们没优势。"

水书记虽然鼓动十足，宋运辉依然犹疑，因为他早在写第一篇的时候就已经考虑过这些问题，他不敢写，怕太触动政策，言多必失。政策这东西是高压线，有事没事离远点，平时做做也就罢了，这等白纸黑字放到系统刊物上登载的东西，最是落人口实。"当初，对我触动最大的是新车间做多亏多，鸡蛋当土豆卖，但其中涉及计划经济的局限……"宋运辉说。

"我理解你的顾虑。这方面你可以避重就轻，考虑如何在不批判计划经济体系的前提下，写出我们当时的矛盾。你回去好好考虑，先打个提纲给我。走吧，下班。"

宋运辉跟着起来，一直没说话。等秘书过来锁门，他跟着水书记一起下去，骑车到半路，才终于想明白，对身边的水书记道："水书记，我有数了，避实就虚，就谈我们作为国营企业，既要顾全大局，又要改革思路提升企业经济效益，在这样的矛盾中，我们如何把握好一个度，如何做到引进来，走出去。"

水书记闻言想了会儿，知道这个宋运辉终究是不敢写得太直："你说的也是一个不错的角度，你先好好考虑个提纲，要抓紧，我们要争取把续篇登载到下月期刊上。"不过水书记略微失望，这么一来，他出气的力度就得打个折扣了。

宋运辉回家，程开颜已经洗好菜等着，她这几天暑假。宋运辉很快烧出两菜一汤。

既然已经想到思路，也别什么提纲不提纲，宋运辉饭后就把自己关在只有一张桌子的书房里，奋笔疾书。写着写着，觉得越来越解气，真是恨不得听水书记的话，第一求实，第二还是求实，把去年那个时候受的那些腌臜气都放出来，什么鸡蛋当作土豆卖，简直是打击，荒唐。他忽然想到他作为新车间的车间主任，心里那么解气，作为金州的厂长兼书记，去年压力最大的是水书记，水书记又何尝不想找个出气口发泄去年被费厂长暗搞的恶气？难怪刚才谈话时水书记说感受最深的是他们两个，其实，谁又能真正体会水书记去年那个时候的巨大压力。

回忆的闸门打开，宋运辉不由得又想到，他去年那个时候，还为了脱离技术岗位，走向经营道路，而有意与闵厂长闹矛盾。现在想来，真险。如果水书记是个暴脾气的，去年看他如此乱上加乱，还不一刀铡了他。无论水书记是个怎样的人，毫无疑问，水书记对他是仁至义尽。写的时候，宋运辉不由得稍微走出保守，朝水书记的求实倾斜了一些。

因为事事都是亲历，写起来毫无障碍，无非是组织语气词汇的工作。程开颜不甘寂寞，一会儿走进来要求亲一下，一会儿送来一根自制冰棍，一会儿又拿冰块偷偷刺激一下丈夫，但这些小动作都不会打断宋运辉的思路，搞得已经在家憋闷一天的程开颜非常没劲。她又知道丈夫的工作重要，宋运辉是以别人两倍的工作时间干事才有今天的地位，她不敢强扯丈夫陪她说话，只有自己满心郁闷。

宋运辉一陷入工作就非常专心，很快就将水书记吩咐的文章写出。他写上劲了，面对翻过一页之后的空白信纸，忽然一笑，决定一鼓作气，索性再来一篇，继续换个角度剖析去年的拐角。这篇，他详细描述水书记的大胆用人策略。说水书记用人不拘一格，跳出金州化工原有的行政格局，全方位信任、提拔、培养、任用一批年轻有知识的干部，给予年轻干部广阔的发展空间。其中，当然有他这个特例，还有虞山卿。因为这也是他最深切的感受，写来依然是下笔如飞。写完，他都不想回头再看，马屁文章，绝对的马屁文章。虽然说的是事实，可有些真实的东西大肆宣扬出来，就成了马屁。宋运辉还不习惯于溜须拍马，因此有些羞于回头面对。掂着那几张写用人策略的信纸心说这怎么当面交给水书记？心想撕毁算了，可犹豫再三，还是与前一篇叠在一起，放入公文包。他终于不再用旧书包，换了一只黑皮公文包。

再看时间，不得了，已经接近零点。过去卧室一看，却见程开颜半躺着看书。他站在门口笑道："又是琼瑶小说？这么晚睡，不怕明天身体难受。"

程开颜堵了一肚子闷气，道："你这会儿有空理我了？你好不容易理我，我敢睡吗？"

宋运辉只得好声好气地道："你别生气嘛，我还不是在工作。快别看了，躺下睡觉。我洗个澡就来。"

程开颜还想说，却见宋运辉早就转身去卫生间了，气得将书摔在地上，关灯就睡。宋运辉洗澡回来，见屋里一团漆黑，早就了然，躺下笑道："一个人关在家里闷坏了吧？我本来还把设备调度工作安排在早晨进行，就是想着晚上可以准时回家陪我的'小猫'。没想到下班时被水书记叫去吩咐工作。没办法啦，我明天回来好好陪你。"

"你总是工作、工作、工作，你工作最重要，工作起来眼睛都不看我一下。你心里还有我吗？"

"怎么会没有？你是我的'小猫'。快睡吧，我倦得眼睛都睁不开了，乖。"宋运辉早累得说话有气没力。

"不乖，宋运辉，我想跟你吵架，你就行行好跟我吵几句吧。我开灯啦，你别睡，你别总拿我的生气不当回事。"但程开颜说完见宋运辉没反抗也没应声，细细一看，见他已经睡着，真是气不打一处来，很想用拳敲醒宋运辉，激怒他，可想到他又不是贪玩，而是工作得那么累，拳头又砸不下去，只有自己心里憋闷。她觉得生活无趣儿之极。

水书记倒是没想到还有意外之喜，看了宋运辉写他大胆用人的那篇文章，心里很是欢喜。即使知道这篇有马屁成分，可是相对于大多数马屁的华而不实，宋运辉的马屁却是货真价实，水书记还专门派人送杂志给各部门，略施小计，让这后续两篇文章依次分两期登载。于是，由宋运辉执笔的上、中、下三篇《引进，只是开始》，有因有果，步步揭示引进取得成就的最大原因在于什么，明眼人一看就知道，就在于水书记的英明领导。

三个月连载下来，水书记在部里也彻底击败费厂长，风头一时无两。

宋运辉看着水书记如此热衷，心里不由得想到成千上万地挣着钱的雷东宝与杨巡。相比雷东宝与杨巡光明正大地名利双收，宋运辉总觉得水书记这样一个拥有极高智慧和能力的人为那么点虚名和小利不择手段，败坏一世英名，很不值得。但回头一想，自己又何尝不是为点蝇头小利甚至溜须拍马？

虽然水书记对宋运辉照旧另眼相看，可宋运辉心里却越来越否认自己。

09

虽然是县长陈平原拍板，银行行长一口答应，可七手续八手续地办下来，还是耗费很多时日，等到田间地头夏天踪迹而来时，那贷款才姗姗来迟。士根还以为雷东宝已经等得忘了这事，没想到他才办了手续回村，早见雷东宝在村办公室里探头探脑，没等他走近，雷东宝就高声而呼："士根哥，今天办成没有？"

"哎哟，总算办成，好了，我先解决一批火烧屁股等钱用的项目。东宝你别走，我还等着你签字。"

雷东宝闻言欢快地道："我签字，你立刻把钱全提出来，明天我带正明去把电缆设备搬来。"

雷士根正走到门口，掏出钥匙准备开保险箱的门，闻言将钥匙又揣进口袋，皱眉正色道："东宝，二期那些水泥、砖头、预制板还欠着红伟那儿的钱，二期工程款才付了一半，大家还等着搬进去住，还有你答应陈县长扩充养猪场，一笔贷款到期要到银行转一下，到处都急等着钱，可你那套设备一占就是一大半，我哪里拿得出来。"

"红伟那里不短钱，欠着就欠着，明年还他。工程款你要付也行，没多少。这几天每天有猪出栏，猪场自己可以解决扩充资金，最多少扩一点，贷款你明天就去银行转出来。多大的屁事，看你小家子气。开保险箱，照我说的做。"

士根依然不肯:"东宝,这笔账我已经算了很多遍。你一套设备还是二手货,先得占去那么多钱。设备拆和运输又要钱,设备安装还要钱,设备车间也不能学电线厂只有一个棚,还有配电房要新造,更要钱。再往后机子开起来,要的铜比电线厂多几倍,吃钱跟喝水一样,我们还有钱供电缆厂吗?你起码得有三百万才够开电缆厂,我们现有的一百七十万远远不够。你可以说你以后还可以问银行贷,可你也要想到,你这回贷来的钱没听陈县长话把养猪场扩到一万头,你没了信用,还让陈县长以后怎么帮你?再说问银行借钱又不是不要利息,我们借那么多钱,利息背不起啊。"雷东宝这回没解答,而是抱臂稳坐,看着士根道:"电缆我非上不可。"

士根无奈地道:"东宝,你的心情我理解,我知道你急着想上电缆,可你别忘了,心急吃不了热豆腐,你曾说徐书记也已经劝过你,君子报仇,十年不晚。你就不能再等一年?只要再一年。今年我们可以扩大养猪场,再上电线设备,把这两项稳下来,明年顺理成章上电缆。"

"明年就有钱了?明年你就找不出理由反对了?你这性格,我上什么新项目你都会反对。你把保险箱钥匙留下,你不开,我叫出纳开。"

"东宝,我不是存心跟你作对,你别那么想。要不,你让我考虑一天,明天这个时候我答复你?"

雷东宝起身道:"明天这个时候,你不开支票,我撤你职,多的是人抢着你的位置给我开支票。电缆,我非上不可。你想清楚。"

士根闻言愣住,看着雷东宝背影,怔怔道:"东宝书记,你就这样打发我?"

雷东宝站住,但没回身:"你有话好说,有屁好放,但你不能拦我上电缆。你只要拿我当兄弟,你就不能拦我。只有这件事上,我六亲不认。你以为我不知道你拖一天想干什么,你想找小辉。告诉你,小辉来也没用。"

士根终于大声直言:"东宝书记,你以为我们上了电缆就能打倒市电线、电缆厂?不可能。他们有计划渠道,有计划收购,他们是铁打的饭碗。再说国家那么大,东边不亮西边亮,你靠一条电缆设备想逼死他们?你别想得太轻易,你会先逼死我们小雷家,我们小雷家全靠自己,经不起折腾。你作为村干部,不能不负责任。"

雷东宝仰天一笑:"哈,我不负责任?"

士根看着雷东宝横行而去,嘴上没说,心里却想,对,每次雷东宝有大举动,他都反对，从砖厂一直反对到养猪场，最终事实总是证明，雷东宝是先行一步，抢占先机。可是电缆厂，明摆着钱不够，与以前克服克服就能过去的情况不一样，他就是拖欠了全部应付款都克服不过去。上电缆厂，明摆着是错误决策。可是，他已经把自己的顾虑全部说给雷东宝，雷东宝却给他这么个答案。他相信，雷东宝今天就能出手把他废了，换上别人坐这个掌印把子的位置。雷东宝为了去世的爱妻，什么都做得出来。

士根心里生气，多年交情，雷东宝竟然会为一件事说废就废他，人性何在。雷士根很想撂挑子不干，让雷东宝想上啥就上啥，他眼不见为净，这两年的高收入够养活他。可是，想到雷东宝一天到晚的辛苦才支撑出小雷家的今天，想到雷东宝曾经单刀赴会把他从老书记家人手底解救出来，想到雷东宝这几年对他彻底信任交付大权，他虽然生气，可心里依然是感激的。他不能袖手不管。

士根唉声叹气，虽然已经被雷东宝戳穿他施缓兵之计，可他还能做什么？解铃还须系铃人，上回雷东宝丧妻沉沦，是他找宋家父母劝说雷东宝。这回电缆厂的事，显然只有宋家弟弟才能化解。他知道宋运辉家里已经装上电话，他等到晚饭后才又回村办，对，就是堂而皇之地，不怕雷东宝看见他回村办联系宋运辉。

宋运辉听边记录，等士根说完，宋运辉一时无法定论，看着那些数据，对雷士根抱歉地道："士根哥，你给我一些时间好好分析一下。大哥做事一向粗中有细，他的直觉，或者说眼光，往往很准，半个小时后再给我电话。"

宋运辉放下电话，抓来一支HB铅笔开始计算，这是他这个技术人员的惯性，手头喜欢铅笔胜过其他。士根虽然料想宋运辉也不会听他一面之词，知道肯定要给宋运辉思考的时间，因为这毕竟是一个影响小雷家的决定。但等待宋运辉给答复的半个小时还是漫长得让他差点发疯，一个人坐在村办，将报纸翻得惊天动地。

士根忽然意识到自己犯了一个错误，东宝是为谁报仇？就是为宋运辉的亲姐姐。看当年葬礼上两人差点打起来，可见宋运辉也是一腔血性。士根心想，光一个东宝书记就已经够强硬，如果又多一个撑腰煽风的，东宝还肯罢休？他刚刚这个电话，会不会反而是引狼入室？

士根无奈地叹一声气，索性起身前去找雷东宝。雷东宝见士根一脸无晴无雨就是有点闷，没多问，估计告状不顺，他有点高兴，当然答应半个小时后的电话由他来打。士根想赌气离开，反正这已经变成他们雷东宝一家子的家事，他还在旁边凑什么热闹。但被雷东宝硬拉着去村办。

很准时地，雷东宝迫不及待地拨通宋运辉那儿的电话。但宋运辉显然没想到来电的会是雷东宝，惊异地问："大哥你怎么……"

雷东宝急道："你别问我为什么，我问你能不能上。"

宋运辉没肯定也没否定，只说："我不清楚你们的电缆设备是怎么样的……"

"与电线的没差多少。"

"哪能这么比，电线设备不用做设备基础，你电缆设备光拉铜的和绞线的就得用基础。你们买的二手设备包括哪几样，明天给我一份传真。我明后天问我们供应科的同事找家电缆厂看看，彻底给你估算个用款计划表，如果你能吃得消，就上，吃不消，创造条件上，实在不行就拉倒。星期六晚上我下班回家一趟，见面再商量。"

"你先说能不能上。"

"现在不知道。"

"小辉，你就不想报仇？"

宋运辉心说，想，当然想，他最想的还是揍雷东宝，根源是雷东宝的性格，而不是其他。但他嘴里只是说："等我调查之后跟你说。"

雷东宝有些没劲，放下电话，回头看看士根，有意给自己争气："你看，小辉没反对。"

士根针锋相对："他也没支持。"

雷东宝却不以为忤，大方地道："士根哥，这方面你要向小辉学习，反对还是支持，都能拿出充足的理由。你这也担心那也担心，可从来你拿出来的理由大半不能说服我，你说，我为什么要听你的？"

士根怔怔看着雷东宝出门，心中忖度，看来他刚才对雷东宝有些小人之心。雷东宝并不是一味只想着报仇才否决他，而是因为他拿不出足以说服雷东宝的理由。

因此，周日清早宋运辉从夜行火车下来，被正明骑新买的摩托车接上来到小雷家，士根一直拿出十二分的关注，看宋运辉如何对待电缆设备问题。红伟也蹭过来看着，雷东宝一看，索性把忠富也从猪场叫来。

宋运辉都已经主持过一次引进设备的大工程，小雷家的事情简直是小菜一碟。他风尘仆仆而来，去雷东宝家冲洗一下就全力以赴投入工作，雷东宝赞赏地拍拍他肩膀，很亲昵地夸他是累不死的超人。士根在一边儿看着心想，雷东宝自己又何尝不是个累不死的，但雷东宝好像对宋运辉青睐有加，什么都叫好。

宋运辉上来就给大家一个表格，这是他一贯的工作作风，事事条理清楚。但是，上面大多数空格未填，基本是个空表。士根疑惑地看着宋运辉，不知道他葫芦里究竟卖的什么药，他就不信宋运辉能拿出比他的计算还详细的表格来。

但是，宋运辉第一个问题就不在士根的考虑范围之内："你们二手设备有没有配备图纸？据我的经验，一般类似你们说的年份的设备图纸大多流失。"

正明主管此事，就道："图纸还真不全，我看大多数图纸都找不到了。"

宋运辉道："如果这只是电线设备，没图纸就没图纸，现场安装时适当调整一下就是。你们现在的电缆设备需要做设备基础，水泥浇下去前得先找有资质的设计院来设计，根据设备情况预留水电线路和地脚螺丝孔。所以，你们的当务之急不是拿钱去把设备搬来，而是先找人去现场有的放矢地测绘设备。我把这项工作放在第一栏，这项工作大概你们这儿人手顶不上，得找两名专业工程师前去。费用一栏，你们看看需要多少。时间如果紧一些，加上来回路程，大约需要两周。"

雷东宝非常干脆，手起笔落，把一个数字填在第一栏的费用下面。

宋运辉道："第二步，依然不是交钱。电缆与电线不同，根据你们买的二手设备型号，做出来的电缆需要吊装，靠人力不行。你们决定一下，用行车，还是用龙门吊。行车的话，还得专业设计院设计车间，那些架行车的牛腿梁不是几根水泥浇上去就行，还得根据行车设计强度。下面也要做基础，龙门吊就简单一些，但车间高度得增加。我建议你们还是用后者。"

雷东宝依然是干脆地道："听你的。"

于是，宋运辉把第二项填上，嘴里并不闲着："你们现在开始物色二手或者订购新龙门吊。等确定龙门吊可以安装的日期，再决定付钱拆设备。这儿的龙门吊大致费用我已经了解了，载重我也标一下，差不多这样就够。"

士根这才明白他与宋运辉的区别在哪儿。区别就在，宋运辉懂行，即使不懂电线怎么做，可懂机械设备安装的总体框架。宋运辉这么一步一步地把项目拆分，如此细致理性地分析，自然也牵着雷东宝点头配合，全无对他时的断然否定。士根心想，这就是工作方法问题，他服。于是，他也不非要持反对态度，配合着宋运辉一步一步地推进进度的说明，他就小雷家村四个实体的收入预期，在不同时段填入款项补充。但在场谁都看得出，随着安装层层推进，小雷家资金缺口越来越大。士根斜睨越来越沉默的雷东宝，果然见书记面如重枣。

宋运辉并不发表否定或肯定的意见，只不偏不倚地给出没有倾向性的计算，把所有可以考虑节约的也都考虑进去，因为他来前也不清楚究竟这个设备可不可行，他需要小雷家众人拿出数字来配合着说话。但连他说到后来都摇头道："看来，没进一步论证的必要了。把你们所有人的家底都翻出来，估计也不够。"

士根本来一直反对上电缆线，可如今被宋运辉如此抽丝剥茧将所有可能逼到绝路，得出绝无可能的结论，此时反而心里很堵，满不是滋味，仿佛刚才经历一场资金大战却最后大输一般憋闷。可他还没回答，却忽然瞥见雷东宝中邪了似的，劈胸抓住宋运辉前胸，一把提了起来。在场其他四个慌了，都起身劝解，可见雷东宝目如铜铃，气喘如牛，只差伸出蒲扇般大掌呼啸扇去。

雷东宝的思路原本被宋运辉牵着走向很具体的前景，心里满是冲锋陷阵的豪情。待得分析越来越深入，他的呼吸却越来越困难，他甚至都无力反驳，因为宋运辉的否决严谨周密，并无他可突围的地方。待得宋运辉说出没必要再讨论，他耳边忽如钟鼓铙钹齐鸣，一腔热血倏然冲顶，他急红了眼："宋运辉，你还姓宋吗？你忘了你姐？你小子还有没有血气？……"

周围四人七手八脚拉扯，都是大力气，慌忙之下，只听刺啦一声，宋运辉穿的短袖自胸裂开，他却总算得以脱厄。宋运辉惊魂甫定，看着士根他们抱住雷东宝，看着雷东宝依然冲动地冲他声嘶力竭地狂吼，不明白雷东宝何以忽然发作，难道他讲的道理还不清楚？一时没法答应。

雷东宝心里极端失望，只想找什么发泄，猛然挣开众人，抄起一把长凳狠狠朝桌子砸去。士根一见急了，忙大叫："小宋，你快出去，快走。"

那边，雷东宝却大喝一声："走什么，我又不吃人。"

众人看去，却见他已经扔下长凳，只是依然黑着一张原本就黑的脸。宋运辉这才道："你搞什么，发疯啊。"

雷东宝依然气呼呼的，一屁股拎起一把东倒西歪的椅子，黑着脸道："开会，商量一百七十万怎么用。"

宋运辉一点不客气地道："商量什么，你干脆一言堂算了。哪有一言不合就开打的。"

雷东宝这才抬眼看宋运辉一眼，却见他上身只剩一件汗背心："对不住你，我闷坏了。你就不会一上来就跟我说不行？你搞七搞八吊我半天胃口才说不行，要猴吗？"

宋运辉没好气，想说一句"就是你这臭脾气害死我姐"，看在场人多，不便任性，但还是道："跟你说了几次，臭脾气不会改改吗？大家都是同事，你做人怎么可以这么霸道。"

"别说啦，是我不对。"

其他四人看着黑脸的雷东宝被宋运辉数落，反而不忍，红伟忙旁边说一句："东宝书记平时不是这样。"

宋运辉不语，闷声听小雷家五个人商量。听他们决定优先扩大养猪场，再上两套电线设备，其他钱用来改善村民居住环境，就像前面没发生什么似的。他心里嘀咕，众人反对雷东宝的霸道，却又为雷东宝的霸道开脱。就像他反对水书记的官僚，却又送上响亮的马屁，如此矛盾，却是如此统一。他想到他送上马屁时的小算盘，不由得看着在座诸人想，士根他们究竟是什么考虑。然而水书记却是那么一个历经风浪精明过人的人，清楚自己在做什么要什么，雷东宝呢？他现在开始觉得雷东宝做事有些盲目，不知道雷东宝经得起众人抬举不。

他心中虽然不快，可他终于还是决定拉雷东宝一把，省得他们盲目。他告诉他们，不止电力电缆一种，要雷东宝别净盯着市电线、电缆厂，要竞争，要压倒别人，必须先武装自己，把自己的产品结构完善丰富起来，对方不攻自破。比如可以先上过渡性质的额定电压比较小一点的分支电缆，先抢夺市电线、电缆厂的一部分电缆市场。众人讨论，表决通过，皆大欢喜。

宋运辉原以为平静下来的雷东宝起码会讪讪地不好意思，却见雷东宝一点都没啥变样，就在那儿支使正明开始去市面上了解设备，又要士根准备好钱，还热火朝天地讨论怎么非法占用农地，怎么给被占农地的农民安排出路，宋运辉又开始旁观。他看到他们几个都是自发自觉地干事，而他呢？却是越干越气馁，还得打起精神鼓动别人。他羡慕小雷家单纯的做事环境，小范围灵活的机制，合理的分配制度，还有一日千里的进步。

他相信，不用等明天，下午开始，正明就会开始筹划电缆设备的工作。而不用几天，订设备，平地，建厂房，安装，猪场和崭新的登峰电线电缆厂所有工作都会轰轰烈烈地展开，完工指日可待。报纸上一直鼓吹的深圳速度，可能也不过如此吧。

他羡慕。尤其看到正明这个比他稍微年轻一点的小伙子迅速成长起来，虽然只是高中毕业，能力却比同龄的金州总厂大学生大大超越了。所谓用进废退，把雷正明与金州那些大学生相比较，这个词是最好的写照。

<h1 style="text-align:center">10</h1>

快年底的时候，刘总工退休。到退休时，刘总工虽然依然占着总工位置，可那位置形同虚设。他还占着研究所的位置，但研究所在他手下造起一幢漂亮的三层楼，其他研究人员、研究项目等都没到位，研究经费更不必说。刘总工的退休，如树枝上勉强支撑到这个季节的枯叶，在空中打了个小旋，无声无息地飘落，没有砸出多少的动静，虽然大家都看得见。

宋运辉也看见，同样级别，另一个总厂副厂长也前脚后脚地退休，却是座谈会、茶话会、欢送会，大聚小聚，热闹非凡。宋运辉可以想象刘总工面对如此的反差，心情会是如何。

圣诞到来，虞山卿请了几个年轻要好的在家搞了一个圣诞派对。虞山卿会来事，家里用拉花蜡纸装饰得纸醉金迷，桌上是随意取用的可口可乐、青岛听装啤酒和张裕红葡萄酒，香烟是红白相间的万宝路，还有上海带来的暖房西瓜，据说要九毛钱一斤。糖果、饼干、瓜子更是不用说，来者一人还分了一块DOVE巧克力。

这回，挺着大肚子的程开颜也跟着去了，见此情此景，大为倾倒，宋运辉把手里的巧克力也给了程开颜，让程开颜与也是大肚子的虞山卿妻子待一起聊天。客厅里众人则是疯玩，最先还知道击鼓传花，抓倒霉的出来喝酒表演，后来都是带着酒意互相起哄，宋运辉被哄着唱了一首《今夜星光灿烂》，不伦不类的花腔男高音。一直闹到很晚，宋运辉担心程开颜撑不住，没想到程开颜玩得高兴，还不想走，硬是一直玩到零点过后才散。

从热闹温暖的虞山卿家走出，经过冰冷的寒夜街道，回到自家装有科长楼不具备的暖气片的更温暖的家，两人看着空旷的客厅一时默然，相比虞山卿的家，他们俩的家，大，却简陋，简陋得寒酸。程开颜拿牙齿很珍惜地啃着DOVE巧克力，感叹这巧克力真是比麦丽素香得多。

程开颜只是感慨，而宋运辉却是感慨万千。虽然他因为从事出口工作，见识过比虞山卿家更奢华的所在，可是，那些都那么遥远，即使奢华得跟天宫一样，他也不会太在意。只是，虞山卿近在咫尺，虞山卿家的奢华，让宋运辉汗颜，尤其是看着程开颜捧惜那块小小的巧克力，小孩子似的享受巧克力的美味，他更觉内疚，他没能力给予妻子更好的生活。他心里很乱，一夜辗转反侧。

周日的早晨两人晚起，吃完早饭，宋运辉找把剪刀和铲子，去院子里收拾，程开颜捧着肚子在窗户里面看着。他家前院里的菜长得很是水灵，宋运辉挑几棵菠菜拔了，敲窗交给里面的程开颜，见程开颜胖面孔红彤彤得像苹果，忍不住开个玩笑："春节去大哥那儿拿包猪粪来吧，准保菜长得更好。"

"咦，不要，猪粪种出来的菜我才不吃，想着就倒胃口呢。"

"要不埋桂花和栀子花下面？明年开出来的花一定又大又美。"

"你才又大又臭，脏死了。不行，一定不要。"

宋运辉想了一下，道："要不，今年让我爸妈过来吧，做个帮手。'小猫'，关上窗，别冻着。"

程开颜笑得甜滋滋的，关上窗，把菠菜拿进去。宋运辉在外面修剪菊花。这阵子一直忙，没时间收拾，菊花开过后，枝干立刻就老黄了，而地下却有肥嫩的青苗钻出来。宋运辉将枯枝一一剪去，留下嫩苗。做着这些事，人仿佛心平气和起来，最近一直烦躁。

没想到有人声从后院那儿传来，是一男一女在议论他们家后院正吐香的蜡梅，又是诗又是词，非常风雅。宋运辉只觉得那声音熟悉得很，尤其是女声，熟悉到心扉的那种感觉。他忍不住放下手中劳作，耐心等那一男一女的声音慢慢靠近。程开颜看到有异，也一起注视。过会儿，却见刘总工与女儿刘启明一起从墙角转出，刘家父女见到宋运辉也是惊讶。宋运辉这才明白为什么女声听着熟悉，刘启明的声音一直像他姐姐的。

刘总工先道："原来是你家院子？后面开得多好的蜡梅，我们经过公园看到的蜡梅都还没开。还有这些个菜，这儿一带就数你的院子料理得最好，你一向好耐心。"

宋运辉忙笑道："刘总这么冷天还出来？好像是快下雪的样子。没办法，我家那个现在嘴刁，她就是要吃天鹅，我也得晚上冒险扒动物园的墙。刘总里面坐坐？"

宋运辉只是客气客气，没想到刘总工却是欣然答应，跟着他进门。程开颜却见刘启明如见情敌，并不欢迎，但是既然丈夫迎他们进门，她也只得端茶倒水欢迎。

刘总工和刘启明各自坐在木椅子上，都是好奇地打量这简陋到都没有一张沙发的寒酸客厅。

宋运辉见此，微笑道："家中简陋。刘总请喝茶，这茶叶是老家山上出的，还不错。"他端把竹椅子坐在一边，把另一张木椅子让给程开颜。

刘总工倒是一点不客气，指着空空荡荡的屋子问："总厂上上下下，小伙子们没事都在家自己敲组合柜，你好歹也下过基层，这点动手能力总有吧？"

程开颜道："他要么早出晚归，要么看不完的书，哪儿有空。"

刘总工笑道："都说你少年有为，有为，看来也是刻苦出来的，拿别人吃喝玩乐的时间做事。"

宋运辉微笑道："在刘总面前，谁敢自夸刻苦。尤其是刘总还是在那么乱的年代里做出那么多事。"

刘总工长叹一声："有什么用啊，做技术的最辛苦，最容易被淘汰，也最没花头。还是现在的年轻人聪明啊，你们这些人都是大学毕业，都是拿技术做跳板，这才对。对了，你有没有听说一分厂人事调动？听说闵厂长要去总厂做副厂长了。"

宋运辉比刘总工更早知道此事，从他岳父那里得知，但此时也只是笑笑道："有听说。不知道新车间未来车间主任是哪位。"

"都说是你。"刘总工说话时两只眼睛满是审视。

宋运辉又是一笑："刘总哪儿听说的？"

刘总工却是一笑，不再提起，闲闲又说了没几句话，就带上女儿告辞离开，前后不到十分钟。宋运辉将两人送出，回来与程开颜道："你有没有看出，刘总似乎对我有敌意？"

"他现在看谁都来气。再加他宝贝小女儿到现在还没嫁出去，人家虞山卿又混得那么好，他更生气。一个过气的人哪儿来那么多的气。别理他，说话太不客气，两只眼睛看着你直勾勾的。"程开颜即使为了刘启明也要诋毁刘总工，何况刘总工还真是不客气，笑起来皮笑肉不笑的。

"对了，就是眼睛直勾勾，皮笑肉不笑，你旁观者清。我感觉他就是纯粹为了看看我这个新贵的家才肯进我的门，他有点过敏了。"他忍不住，又多一句嘴，"刘启明的声音依然像我姐姐的。刚才还没见面时，墙角听他们父女说话，惊讶得不得了。"

程开颜警惕："你还想着她，你以前就听过她声音，是不是一直对她有好感？"

宋运辉连忙否认："胡说八道。你别忘记，我好兄弟寻建祥就是被她和虞山卿告进牢里的。"

"可你现在不是和虞山卿混得很好？"

"心照不宣而已。走，去你妈家。"

程开颜想想有理，心里也知道宋运辉一直反感虞山卿。但是，她对刘启明还是不放心。

晚饭时，下雪了。待在温暖的房间里看雪，感觉有些奢侈，宋运辉贪恋这份奢侈，在窗边看了好久，也想了好久。他刚才与岳父谈了闵厂长升官的事，程厂长也说，闵厂长年轻有为，升到总厂后，眼看就是未来总厂厂长。料想闵厂长目前会主管生产和技术两大块，很大可能成常务副厂长。宋运辉想到他曾经与闵厂长的矛盾，心中开始预计有些不妙。现在看着窗外的飞雪，心事重重。可当初与闵厂长作对，那也是不得已。不知现在有什么挽救措施。

到九点多，程开颜看完有个很帅男演员的《寻找回来的世界》，准备睡觉，电话铃响。电话虽然就在程开颜身边，但只要宋运辉在，她从来不接，怕接起是一声"Hello"，尤其是这种这么晚打来的。宋运辉拎起电话，也是自觉地一声"Hello"，就怕是天涯海角来的电话。程开颜黏在丈夫身边，听电话里不很清晰地传来一声女子的"Hello"，她便知难而退了，说明不是她爸妈的电话。

宋运辉却分明听到后面是清晰可辨的"Mr.Song"，他惊喜，脱口而出："梁思申？好吗？"

程开颜闻言也是大惊，却不喜，停下脚步很是犯难，旁听，还是不听？

梁思申语速有点慢，好像是一字一拖音，听着有点怪，倒是字正腔圆的普通话："我挺好，宋老师，圣诞快乐，新年快乐。但是，我不敢想象，宋老师的声音变化好多。"

"我也不敢想象你会来电话。新年快乐。没出去玩？你们现在应该是放假吧？"

"现在是早上，我要赶功课。以前有两次打电话来，都没人接听，爸爸又说你就是这个电话。我想今天再试试运气，我今天果然好运气。可是，为什么我打通电话，反而觉得不知道说什么好了呢？对了，宋老师，你现在做什么？"

宋运辉听了觉得有趣，本来还以为梁思申说话应该与她写的信一样犀利。宋运辉考虑到国际长途昂贵，便扼要说一下："我做产品出口，管着一个出口部门，同时做车间管理，手下四百多号人。"

"你管的人还不如爸爸多，可爸爸年纪比你大。我做临时工的也是一家进出口公司，可是我们做衣服，我每次上班就是给他们打数不清的单子，非常复杂，做错就麻烦了，但我从没做错过。你联系的是美国哪家公司呢？我现在水平很好，可以帮你调查公司资质。"说完，梁思申自己忍不住先笑了。

宋运辉笑道："好啊，你把电传号给我，我明天上班发给你。给你个锻炼机会。我们一般于合同订立后凭信用证发货，对方即使是一个皮包公司也无所谓。听得懂我的话吗？"

梁思申慢吞吞地问："皮包公司是什么？"

"就是没有办公室，没有其他工作人员，只有一两个人拎着皮包到处跑，皮包里面是钱、印章、发票、介绍信等全部公司家当。"

梁思申奇道："这又怎么了？美国好多小公司是这样，有些就是在家里做买卖，只要资金实力好，信誉好，谁都不会歧视皮包公司，银行照样开信用证给他们。宋老师犯错误，不该歧视皮包公司。"

"我们这儿的皮包公司意义有点不同，这事说来话长，不浪费国际长途。这儿皮包公司打一枪换个地方，信誉不是很好。"

"哦，明白了。真希望宋老师在美国的客户都是皮包公司，那就太好玩了。宋老师请记我的电话和电传号码，我一定查出个皮包公司给宋老师做新年礼物。"

宋运辉拿来旁边的纸笔记下号码，完了忍不住问："你以前说话很快，现在怎么说话像录音机变调一样慢？"

"没人跟我练中文，可我英语说得可快了。我真悲哀啊，听说这叫忘记根，忘记祖宗。"说着梁思申就用英语把前面的话复述一遍，果然叽叽呱呱就跟录音机快进似的，而且词汇量也大得多，宋运辉耳朵忙不过来。"我上次跟爸妈也是讲了好几天话才恢复过来。妈妈说，我现在只适合听儿歌。"梁思申又说。

宋运辉听着哭笑不得。两人又说两句，梁思申说话费太贵，以后再打，就挂了。宋运辉心里很高兴，回过头，却见程开颜神色不悦地在一边发呆，心里立刻明白，不得不收起笑容，走过去若无其事地说了句"那么多年没见面，一时拿起电话就没话可说了"，就把事情打发过去。不过心里挺不喜欢程开颜疑神疑鬼，早上因为刘启明过来一次，她一直疑神疑鬼到现在，可是，梁思申那么小，又碍着程开颜什么事了？宋运辉觉得不可思议。可程开颜还是追问都说了些啥，宋运辉忍不住给了她一句"你怎么这么庸俗"。程开颜委屈得直哭，宋运辉也心烦得懒得去劝，本来挺好一个晚上，硬是被打破了。

外面，雪却停了，地上都没积雪。

又是一个年底。

1987年

01

元旦过后，宋运辉奔赴广州会见一位港商。港商住白天鹅宾馆，宋运辉住系统在广州的招待所。

闲暇出来逛街，广州的街道依然比金州繁华。今年因为程开颜身子不方便，他准备叫父母过来过春节。在金州的春节肯定与在农村家里的不一样，大约会有许多人上来串门，他也得去一些朋友领导那里拜年，没有拿得出手的礼物不行。

可是，东西真贵！并不是宋运辉眼高手低，而是去年与今年比较，物价上涨太明显，而工资上涨太不明显。虽然去年年中时，金州贯彻国家有关工资与职务挂钩的精神，进行了工资改革，宋运辉的工资提到副处级别，与其他副处再也不存在多少工龄工资差别，可是，钱到用时方恨少，他家只有程开颜陪嫁的一些家具，他需要花钱填满他空阔的家，他底子太薄，幸好程开颜从不埋怨，程开颜只要有他在就是天堂。看着广州街头琳琅满目的商品，宋运辉捏着手中皱巴巴的几张大团结，很是窘迫。不出金州，还不觉得钱少，到了国外，反正是知道自己钱少，有心理准备，可出了金州，尤其是到广州上海这样的地方走一遭，心灵才真正受到震撼。

宋运辉带来广州的旅行袋没装满，旅行袋瘪瘪、钱包也瘪瘪地回家了。乘火车回金州，毫不客气坐的是十四级以上干部才能乘的软卧。经过上海时，跳上满嘴酒气的虞山卿。相比之下，虞山卿的旅行袋不仅漂亮洋气，而且充实。虞山卿分给宋运辉吃涂抹着奶油椰丝的面包，又拉开拎包送给宋运辉几盒音乐磁带，说是特意带给他的，还有一条沉甸甸的漂亮丝绸围巾和一包上海什锦糖。宋运辉送出的只有可怜巴巴的一瓶夏士莲。好在，这玩意儿还没北到上海，虞山卿还没见过，看着满是英文的包装，虞山卿也不知真高兴还是礼节性地表示高兴，看上去反正挺受用。

两人都是天南海北说了一通，甚至还讨论了厂卫生院那些妇产科医生哪个顶用，然后，不免都说到最近全厂上下都关心的总厂人事。

"小宋，你看闵那个拼命三郎去总厂的决定基本不会变了吧。"

"我看应该不会变，我只愁新车间新来哪个车间主任。"

"哈，你愁什么不行，愁这个，一看就是跟我打马虎眼。有你在新车间一天，哪个车间主任来都是虚职。我才愁。我就是奇怪了，你跟闵明明是一号人，怎么就对不上眼。难道是同性相斥？"

"你愁什么，闵上来肯定不会管经营。我才愁，全厂人民都知道我跟他不对路，只有你说是一号人。"

"闵跟你最对路，都是抓效益的狂人。以后你我手中出去的条子，都得在他手里遛一弯，他还能不撸下一大批？走着瞧吧。"

宋运辉倒是一愣，没想到虞山卿看到这条。他沉吟会儿才道："你还是不用愁。闵再怎么样，也不会驳水书记面子。不是说闵是水书记一手提拔的吗？"

"希望如此，怕只怕……翅膀硬了。"

宋运辉再愣，看着虞山卿，虞山卿没回避，也看着他："很可能，我们两个是一条绳上的蚂蚱，你还没意识到？"

宋运辉前思后想半天，才恍然："你是说，闵的这回任命，将是直接从部里下达，水书记也无能为力？"

"我没说，我又没看见任命。你丈人没跟你说？"

"我元旦后一直出差，你忘了？不过……水书记是什么人，他在金州哪有摆不平的事。起码，他退休前两年里，你不用愁。我反正还是愁，以后新车间归闵管。"

"两年后，估计是闵的天下了吧。一般来说是，不，肯定是。我们还有两年存活期。"

宋运辉看着虞山卿，微笑道："你别跟我绑一起，两年，那也只与我有关，跟你什么关系。你喝多了，来，喝口水。"心说虞山卿酒后真言，总算今天抓住机会可以压他一头。他只能不予计较。

"三个人，才半瓶茅台，怎么会多？"

"茅台？真的假的？"

虞山卿一笑起身，翻上他的床铺取来一只瓶子，扔给宋运辉："还有半瓶，给你，应该是真的。你这人洋酒喝了不少，中国酒反而不认识。"

宋运辉打开瓶盖一闻，浓香扑鼻，笑道："好酒。我要喝上一百毫升，回头你背我下火车。"说完把瓶子还是放回虞山卿面前。

虞山卿一声冷笑，将茅台酒瓶收回："小宋，你以为我不知道你看不起我？连要你收个礼也还得求你。还有闵。可你们现在拿我没办法。等他两年后上位，第一个先把我这个马屁精铡了。然后才轮得到你。可他也不想想，他也是靠丈人发迹，金州哪个领导屁股后面是干净的。"

宋运辉这才明白虞山卿的顾虑，虞山卿虽然从水书记那里批得条子，可生产的安排大半需要从一分厂厂长手里经过，闵看重效益，又是个狠角色，不知虞山卿在他手里吃过多少排头。闵做了总厂副厂长，可上面依然有水书记，虞山卿反而好过，少了个直接经手的。但两年后水书记退休，那就难说了。宋运辉看着满嘴酒气、脸却不是很红的虞山卿道："可闵还是有能力，他的今天，有偶然，更多的是必然。"

虞山卿冷笑一声："算了吧，为你自辩吧。你现在当然可以这么说。但你想过没有，同样一个职位，你可以轻而易举地获得，你凭什么？无论什么工作，上面给我的时候我都得千恩万谢感谢领导给我机会，即使再不愿做，也得接受，也得去做好，你用得着接受吗？你还可以挑三拣四，可我能挑拣吗？即使明知给我的是火坑，我也得含着笑跳下去，还得替领导把火扇得旺盛，换你你愿意吗？你从进厂门起就比我们幸运，你有人推荐，你一来就住楼上，你不用劳动一天，你被水书记重点培养，可我呢？我就好像是个陪读，处处衬托你的光彩。有你这样同届进厂的人光辉地站在前面，为了不让自己太落魄，当有人扔来一个机会，无论机会是火是冰，我都得接着做好。你说哪来的公平？闵看我伺候水书记他看不起，闵自己回家伺候老婆怎么就不是低三下四……"

宋运辉心说这不是指着和尚骂贼秃吗，不得不打断："闵还不知道上位不上

348

位呢，你急什么。即使上位，你也还有两年好日子。再说了，不行就去海南深圳嘛。连广州现在出差都不用太在乎全国粮票。"

"是啊，别鼠目寸光地以为在金州做个土皇帝，大家都得听他的，天下大着呢，也不出门看看世面。"

宋运辉奇道："你火气那么大干什么，闵这不还没上位嘛，谁知道他两年后又什么态度。说不定他主意也会变。"

虞山卿又是冷笑："你是真傻还是假傻，眼看着两年后的势头是他姓闵的，眼看总厂副厂长的任命一定下来，你不知道有多少人早已紧紧团结到闵厂长周围，拍马屁趁早？你当然还可以超然几天，你的产销都是被你自己捏着，我呢，多少人想捧死我向闵邀功，闵都无须出手。这是大势，即使水书记还在位，他也只能眼开眼闭了。但你的好日子也不会长，绝不可能让你安闲到两年后。"

宋运辉又悟，一时看着虞山卿无语。看来，虞山卿已经吃到闵周围新一代势力的苦头了。被虞山卿一说，宋运辉才明白其中利害，看来虞山卿说得有理。那么，既然水书记都已经要眼开眼闭，他岳父程厂长，自然就更无能为力。他的好日子，怕也等不到两年后。但是，虞山卿既然能依附水书记，难道就不能依附闵？依附谁还不是一样？

宋运辉看看虞山卿财大气粗的装扮，心说：一个可能是已经插不进去，闵周围本来就有一帮亲信；另一个，可能虞山卿也不屑吧。天下，又不是只有金州头顶那么小小一块，虞山卿这一年下来，已够资本。但是他自己呢？如果闵上台后开始收拾他，不，可能还得牵累上他岳父，他到时该怎么做？

看来，他当初为了出口科的位置，做事还是欠了思量。

他真不知道，到金州那几年都做了些啥，除了头上一顶处级干部帽子，家徒四壁，位置岌岌可危，他连虞山卿都不如，虞山卿起码务实，他却马屁也拍了小心也赔了，到最后却只得来个虚名。他这几年，他错上加错吗？

虞山卿不动声色地看着宋运辉思考，心说这人虽然聪明，可终究是嫩了点，经验不足，竟然没考虑到他说的这些。不过，这话他今天不说，等宋运辉回到家里，程厂长也已经会考虑到，这种厂子弟的女婿，就这么占便宜，可有人就是这么幸运。

虞山卿等宋运辉考虑一会儿，才敲敲桌子道："有笔生意，参数比一车间的高些，比新车间的低些，只能新车间降格来做，我一直犹豫。可那价格不错，量又大，不接可惜。你看，你春节前能不能亲自上阵调整一下参数，帮我赶出这批货？你的辛苦费，我会提议买家支付。这个数……"

宋运辉看着虞山卿手指在桌面画下的数字，心中一拧，这都够他两年的工资了，真是巨大的诱惑。换作一天前，他会毫不犹豫地拒绝。但是今天，他看看衣光颈亮的虞山卿，一时没法吱声。

虞山卿料到宋运辉心中斗争得激烈，没步步紧逼，却状似无意地说了句："快过年了啊，没办法，每年都有那么多婚礼要参加，这一个金州，你说哪来那么多结婚的。你更不得了，新车间工人结婚个个都邀请你，够把你撕成肉松。呵呵，礼金准备了吗？"

宋运辉摇摇头，已经无法忍耐小小车厢的窒息，起身急促道："对不起，我上个洗手间。"

虞山卿微笑点头，掏出一只式样漂亮的打火机，啪一声点燃一支雪白的健牌香烟，斜睨着夺门而出的宋运辉的背影笑得意味深长。

然而，宋运辉在走廊吹了十分钟风后回来，给虞山卿的回答是拒绝。这个答案，多少也在虞山卿意料当中，一次引诱就能让这个年轻又前程大好的得意小生低头，那宋运辉也太不成材了点。不过，两年，随着闵上台动作，随着宋运辉开始吃苦头，他还有机会。他将手中白净的烟盒递给宋运辉，却被宋运辉推回。虞山卿忍不住笑道："你这个人，烟酒不沾，做人有个什么趣味，他人跟你交往又有什么趣味。"

宋运辉笑笑："幸好只做外贸，看来也只能做外贸。"

虞山卿还是笑，忽然一拍脑袋道："哎呀，你看我这记性，我在上海看到有凤凰小毛毯卖，给刚出生小孩子用正好，也给你带了一条，差点忘记交给你。"

宋运辉看虞山卿果然从包里拉出两条漂亮毛毯，一条给他，忙笑道："怎么好意思。"

虞山卿把毛毯往宋运辉怀里一塞，道："有什么不好意思。我们两个，一起进厂就是缘分，旗鼓相当还是缘分，以后被闵一起发落，依然是缘分。呵呵，孩子也差不多时日出生，更是缘分。以前虽然为了争夺机会我们有明争暗斗，不过那些都是过去式啦。为了这几世修来的缘分，我买婴儿用品的时候怎么能不想到你孩子？拿着，别客气，我这不是放长线钓大鱼。"

听虞山卿这么说，宋运辉当然不便再推辞。下一站有别人进来，两人就不便再肆无忌惮谈金州的事，一起聊些老外如何暴发户如何，一路时间就打发了过去。

春节很快来临，雷东宝亲自送宋季山夫妇来金州，还带来不少年货。雷东宝这回拿出来的年货不同以往，竟然有罕见的海参、干贝、蟹子、裙带菜。大家包括雷东宝自己，都不知道怎么吃。雷东宝说这是杨巡带来送他的。因为登峰电线电缆厂眼下货色齐全，杨巡见了他不知道多亲。

雷东宝第二次来金州，他竭力要求宋运辉带着进去绕一圈。宋运辉依言，带上雷东宝将厂区转了个遍。冬日的夜晚来得格外早，等两人一圈两个多小时走下来，厂区已是灯火通明。雷东宝站在二分厂大门，看向一分厂边缘新车间灯光璀璨，如同水晶宫一般的塔罐丛林，豪情满怀地跟宋运辉说，他以后也要把小雷家建成那样的壮美。

新车间刚建成时，宋运辉最大的爱好就是带着程开颜，骑车到二分厂门口看新车间的灯火辉煌。可现在听着雷东宝的豪言壮语，他竟没有自豪，也没共鸣。

他出差回来，闵厂长已经新官上任。一分厂换上的新分厂长以前就是闵的亲信。程厂长的分析与虞山卿差不多，如今的金州上下，已经飘荡起"闵"字大旗，宋运辉已经感到黑云压境。此时此地，要他如何欢喜得起来。

02

杨巡今年早早结束生意，携戴娇凤踏着积雪，春风得意地回家。下火车，他就财大气粗地叫了一辆等客的破轿车，拉着他们俩先去杨家。可杨巡终究还是怕他那严厉的妈，怕妈看到他的奢侈，车到山岭下，他就让停车付费，宁可大包小包扛着那么多行李走一段路翻过一个山头才辛苦回家，差点没被戴娇凤笑话死。

他将千娇百媚的戴娇凤领回家让妈瞧瞧，和放寒假的弟妹们一起吃个中饭，大家见面都是客客气气，杨巡这提了一年的心才总算放下。中饭后，杨母就提出戴娇凤也是离家一年，杨家不能自私地强留着她，杨家不能搞重男轻女的封建套路，她安排杨速跟着骑车驮戴娇凤的行李，而杨巡当然是驮着戴娇凤，客客气气地送戴娇凤回家。

戴娇凤原本一直以为杨母很严厉，今天这一接触，也是跟着杨巡一起松口气，觉得杨母虽然说话权威，可笑容可掬，是个明理的长辈。唯一美中不足的，杨家新修好的二层楼新房，楼上三间卧室，杨母一间，杨逦一间，三兄弟共用一间，就是找不到她的落脚地。那她春节还要不要来杨家过？戴娇凤不知怎么处理，问了杨巡，杨巡含糊其词。杨巡这半天下来又怎会看不出妈是什么打算，他能看不出妈有意把他们兄弟三个塞一个大卧室是什么意思，家里又不是没地方。但当着戴娇凤的面，他只有敷衍再三，怕影响未来婆媳关系。

送走戴娇凤，杨巡回家背着弟妹们与妈商量，果然印证他的猜测，妈不允许未领结婚证的戴娇凤春节来杨家过夜。杨巡据理力争，说这种规矩无稽，可他妈在家一言九鼎，咬紧牙关就是不许，搞得杨巡非常气闷，可也无奈。他与戴娇凤正一团火热，两天不见就非常想念。可春节回家，需要到处拜访朋友，感谢朋友们一年来的照顾，一起展望未来一年的好年景，大家见面总要喝几口酒，说几句话，他一时忙碌得有些脱不开身。

当然，他最需要拜访的是他的大户——小雷家村的登峰电线电缆厂。这个登峰电线厂变为登峰电线电缆厂，虽然厂名只变了两个字，影响却是不得了。反正高压线他也暂时做不了，现在手头只要拿足登峰厂的，那就是全系列，他虽然没跟登峰厂的人说，可在外面他打的就是登峰厂门市部的牌子。带着这块牌子和全系列的登峰产品，再加他千方百计印来的名片，他走进那些国营大厂的时候，腰杆子都挺拔粗壮了些。只可惜登峰厂的产品年底才真正形成系列，他的腰杆子才粗壮不到一个月就回了家。

因此，他送给小雷家相关人员的年货最是丰厚，不少是他从北边带来的渤海湾特产，说起来还是山珍海味。可他要求小雷家给他一份许可证书，认可他做地区门市部或者批发部的请求被否决。因为雷东宝总觉得杨巡这小子滑头滑脑，不可信任，某些敲上大红印章的文件交给杨巡这种人，他不放心。

杨巡无奈，也不敢强求，因为以后还指望着登峰厂及时安全保质保量地供货呢。杨巡第二个需要拜访的人物是老王。

老王大约是周遭最早一批走出农村，奔赴大江南北寻找生路的人之一，当年借蜂箱在铁路上几乎是免费运货，很是赚了一些狡猾钱，是出了名的倒爷。后来凭借着手中资本，很快就站稳脚跟，成了同乡中的带头人，他拥有最大的仓库，当然也拥有最大的生意额。老王最初眼里看到小杨巡，还是因为杨巡第一年做生意时主动要求春节不回家，替大伙儿看仓库，等开春大伙儿转回，杨巡有条有理地发还大家的货物，小伙子的吃苦耐劳和办事可靠给老王留下很深的印象。此后老王几乎是看着杨巡一步一步地成长，直至成为当地电线电缆批发零售行业的有名人物，直至老王自己有时也要问杨巡拿电线。因为是老乡，也因为都是领头羊，又因为同在一个城市做生意，需要守望相助，大家经常一起吃饭聊天，老王与杨巡的关系现在挺好。

老王生意做久了，开始产供销一体化，想将所有的利润一网打尽。于是在老家找一家小学，搞了个校办厂，先期投进去没多少钱，放几台胶木成型机，几台脚踏冲床，小作坊似的开业，校办厂做出零部件，交给四邻八乡的乡亲拿回家装配，每个给几分几厘钱的组装费，做得很红火。此后老王卖的电器开关都用上他自己厂产的货色，这比从那些最小的街道小厂进的货色还便宜。又是市面上要什么，他家校办厂生产什么，掉头非常灵活，于是利润越做越多，盘子越做越大，车间设备越来越多，冲床从脚踏变成机械的，给老王厂做加工的人也越来越多，从一个村拓展到另一个村，老王成了当地有名的带动大家致富的能人，再也没人很不尊敬地喊他倒爷了。

杨巡来到老王的校办厂，见虽然临近春节，可低矮昏暗的校办厂平房里面依然热火朝天，每台机器上的灯泡散发着昏黄的光芒，映照得工人冬天里汗浸的脸也泛着微光。杨巡看着好生羡慕，他知道这些工人正在赶制老王明年北上将要捎带的货色。他则是需要春节后才能从各处进货，特别是有些国营厂惰性十足，问他们买货就跟问他们取命一般，拖拖拉拉，每次进货都是个曲折漫长的攻关过程。唯有登峰厂才是钱货一手交易得爽快，有时打声招呼，说是车子等着，连夜都能替你赶出来。人都是趋利避害，几次下来，只要登峰厂做得出的货色，杨巡当然只从登峰进，谁还去看国营厂那些大爷的臭脸。

老王办公室的地面摆满东西，简直难以驻足。老王的儿子已经成人，才初中毕业一年，已经能替老王打理校办厂的生意，而老王的妻子老蚌怀珠，逃外面亲戚家躲风头去了，不过，反正老王也没打算好生过春节，只想过一个劳动最光荣的春节，妻子在与不在一个样，整天与儿子一起泡在校办厂。

杨巡与老王混得熟，进门就长驱直入："王叔，这些都是春节后拿去的吗？要不要拼车？我估计还有半个车厢空位。"

"正好，给我，我正愁一辆车装不下。你要些什么，这儿挑几个？都在。"

杨巡笑道："去那儿问你随要随拿更方便。王叔，你这家厂，看着都让人眼红啊，才两年不到吧？都红火成这样了。"

老王心里美，脸上也美滋滋的："要说，自己开家厂，别说是发货发得心里有数，做的东西也是最好销最合我脾胃啊。"

"更别说挣钱啦。"杨巡赔着笑，"咦，王叔，你这几个货色……好像是给煤矿专用的。"杨巡两年生意做下来，已经熟能生巧。

老王神秘地笑："只有你看出来了。怎么样，你敢不敢做煤矿的生意？"

杨巡一听，眼睛发亮："我有几种规格的电缆正好是煤矿专用的。听说煤矿电缆一拖就是几公里，只要联系上煤矿，那就是大买卖了啊。王叔，你有门道？"

老王龇着牙齿又笑："刚联系上，好不容易拉上的关系。等我做铁了，拉你一起认识认识。"

杨巡有些好奇地伸长脖子问："听说煤矿那边管得特别严？有没有这回事？"杨巡说的时候忍不住搬起一只减压启动器，瞟几眼就看出里面的芯子没用铜或者铝，而是包得很好的水泥管。都是这么在做，卖的人都懂那窍门。虽然问题问出去了，可杨巡早从这台减压启动器里摸清楚答案。就这种没法减压，只能当闸刀用的减压启动器也能卖到煤矿，那煤矿能管得严吗。

老王见杨巡翻看减压启动器，又见杨巡展眉一笑，知道杨巡已经清楚答案，他便不再回答，只笑道："走，我们去喝几杯，厂子扔给我儿子。小杨，你看我做人爽快不？结婚早，儿子生得早，我还没爬上四十，儿子已经能替我管家，女儿已经长得林妹妹一样好看。嘿嘿，我老婆还能给我再生儿子。做人……"

杨巡放下减压启动器，心里也打算做煤矿的生意，不过见老王不愿多说，他也不再说，他本就是个最会看人眼色的人。

到了酒馆子，两人立刻不说了，都知道计划生育抓得紧，万一被谁偷听泄露出去，警察都会出动抓大肚皮。两人说说行情，不知不觉就是一餐。

杨巡喝了几口酒，胸口一团春意盎然。赶紧骑车大老远绕去戴娇凤家看望。戴娇凤也想他，一直嘀咕着要跟着杨巡走，杨巡异常为难，只好照旧推说你戴娇凤也看见了他们兄弟仨睡一屋，实在没戴娇凤住的地方，等他这几天想办法解决了再来接她。而戴娇凤回家受父母兄弟教诲，已非东北时候任杨巡瞒天过海，很敏感地问是不是他妈不让，才会房子造好那么多间，却没留出她的床？杨巡当然一口否认，可饶是他否得坚决，戴娇凤还是神情不悦，回避杨巡的亲热。

岳家也敏感这个问题，生气于准亲家不认他们女儿，明摆着是欺负人。戴家有意早早摆出晚饭，早早请杨巡吃完，早早要他回家上路，戴家的人大义凛然地说，没领证的姑爷在女方家过夜不好，太晚离开也招人闲话。

杨巡感觉自己是风箱里的老鼠，两头受气。

虽然是早早被赶出戴家，可一路月黑风高，行路难，行路难，大冷天骑得满头大汗，速度却快不上去。其实他今晚是想趁天黑赖在戴家的，可没想到人家不让，他走得极其没有面子。骑了也不知多久，天黑得连手表都看不清，终于到了进村的山坡。可今天杨巡心灰意懒，没劲冲坡，冲到一半就跳下来，改为推着到顶，才捏着刹车缓缓回家。

第二天早上，杨巡自以为晚起，没想到弟妹们都还睡着，睡得跟死猪一样。他悄悄下去，却见妈拎着一桶洗好的衣服从外面进来。杨巡忙上去接了桶，又帮妈从屋里背出晾衣服的竹竿，支到外面石凳上。一边轻问他妈："不是给你买了洗衣机吗？干吗不用？看你手都冻烂了。"

杨母紧着埋怨："我还没说你胡闹呢，这洗衣机是给通自来水人家用的，我们山里还不如到溪坑洗着方便。钱多也不是这么乱花。还有电视机，这里隔着大山没信号，你买来电视机有什么用，还彩电，这不是花冤枉钱吗？以后再买大件，你先写信跟我说一声，不能用就别乱买，浪费。我托人去问着，谁家要电视机洗衣机，我原价卖了，听说还开后门才买得到呢。"

"不会让老三他们挑水？他们都是大小伙子了。"

"你这话才笨，老二老三除了暑假寒假休息日，其他时间都住宿，连杨老四也住在学校，谁能帮我。要我挑水，还不如拿去溪坑蹲着洗。"

"那叫他们礼拜天挑水，把水缸也挑满了，反正你家里也得用。他们星期天回家带衣服来洗吧？那么多衣服你一个人怎么洗得过来。"

"老大，你不要为洗衣机而洗衣机，你孝敬我我知道，我还是喜欢手洗衣服，你别跟我说了。快去洗脸，猫舔过一样，满脸油光光的。"

杨巡本来想趁着弟妹们都还没起床，跟妈好言相求戴娇凤的事，诉说一下他的为难。但见妈一如既往地固执，连洗衣机这等小事都固执，一时不知道怎么开口。折身进去厨房，往灶上大锅里倒一桶水，钻进柴窝生火。一会儿杨母晾完衣服回屋，上灶前舀出半开的水倒进热水瓶里，等三兄妹起床用。她又快手淘出半箩米，倒进大锅煮粥。这才招呼杨巡出来洗脸，由她烧火。

杨巡刷着牙，想着戴娇凤，心里坚决地要把这事跟妈说明。他急着洗完脸，捞起大勺揭起锅盖搅了几下粥，才猫到妈面前，赔着笑道："妈，让小凤来吧，虽然没领证，可那是迟早的事。"

"不行。你下面还有三个弟妹，都是尴尬年龄，他们要都学了你，高中就谈恋爱怎么办？大学还考不考？你跟小戴在外面我们看不见随便你们，回家不行。我早说过了，你是大哥，你得带头做榜样。你现在做的榜样很好，连老二不爱读书的现在也肯刻苦，你要是领着小戴来住上，你怎么介绍？叫弟妹们怎么学你？再说我是村妇女干部，我自己儿子都带头无证结婚，我以后还怎么管别人晚婚晚育？"杨母语气非常严厉。

杨巡被一顿道理打回，无奈地道："妈，小凤是个好女孩，在东北帮我很多忙，什么苦都能吃，她不是你说的风流女人。而且我们已经在一起，我春节不让她来我家过，我怎么对得起她。"

杨母沉着脸，道："你这话不对，我没反对她来我家，前儿她来我看着也高兴。但她来的话，晚上得回去，不能住这里。小戴要是吃得了这个苦，她每天都可以来，我欢迎。你要记住，你不仅没领证，也没摆酒席。名不正，则言不顺，这话你要记清了。"

"妈，你不觉得太对不起小凤了吗？她一个女孩子，你要她回家怎么做人？"

杨母道："你以为——"忽然刹住，使个眼色，杨巡回头一看，见是杨速和杨连前脚后脚地下来，他只得也不说。他也不想跟妈为戴娇凤的事在弟妹们面前争执，他做大哥的不能带这个坏头。爸去世后，妈一个人含辛茹苦地把他们四个拉扯大，他不能不体谅妈的辛苦。

等弟妹都吃完早饭，杨巡带两个弟弟，自行车后面各挂两麻袋谷子去村尾碾米。他从小帮着寡母做事，又是老大，练就灵活主动，比如碾米这等事，都不等他妈吩咐，他揭开米缸一看快要见底，就自觉想起要碾米了。杨逦也要跟着去，四兄妹一人一辆自行车，很是浩浩荡荡。都是因为杨巡赚了大钱，一家人如今走出去不知有多精神。

一路上，杨巡几次三番想跟弟妹们讲戴娇凤的事，可几次三番地噤声。作为大哥，他在家里一向是弟妹们的榜样，如今他能干赚钱，弟妹们看见他更是崇拜。他还真如妈所言，他怕说了与戴娇凤的真实情况，把眼前三个水灵单纯的弟妹给教坏了。他自己也知道未婚同居不是件好事。

他只能在心里唉声叹气地想，唯有春节后回东北再好好向戴娇凤赔罪了。只是不知道戴娇凤还会不会不管不顾地跟他走，戴家这回会不会看紧她。

03

雷东宝在宋运辉有暖气片的家里睡得温暖舒适，竟然睡过头误了火车，到了晚上天色墨黑才被四宝的拖拉机接回到小雷家。雷东宝路上早把宋母给他准备的中餐点心都吃光了，回到家里饥肠辘辘，马马虎虎叫一声"妈"，便下手翻灶台，看有没有吃的。他们家依然还住着祖传泥巴房子，村里统一造的新村还没轮到他，他也高风亮节不搞特权。

等雷东宝的妈听到儿子呼唤，从邻居家"远程奔袭"冲进厨房，雷东宝已经翻出一盘码得整整齐齐的饺子。雷母见此忙道："士根媳妇送来的，士根媳妇真是能干，里里外外一把抓。我下给你吃。"

雷东宝疑惑："士根媳妇又不会做饺子，前两天士根还提起。到底谁拿来的？"

雷母不敢看向儿子，尴尬地笑着道："没谁，没谁，就那啥，那啥，宗梁伯外甥女过来包的。你只管吃，又没让你付钱。"

"她来干什么？"雷东宝知道那个宗梁伯外甥女，托关系进猪场干活，倒是个手脚利落的。

雷母吭哧吭哧半天才道："宗梁伯带她来坐坐，人家勤快，进门就帮着收拾，是个好姑娘呢。"

雷东宝不响，立刻明白是什么意思，打开窗子，就把几十只饺子连布带碗全摔了出去。关上窗，才对他妈正色道："妈，你不许自作主张。以前你还嫌萍萍，现在遇到个拍你马屁的你就说好？以后还不知怎么整你。早跟你说了，我们都对不起萍萍，你别插手我的事。"雷东宝翻出一大碗冷饭，拿开水一泡，拌上白糖开吃。

雷母被儿子训得哭出来，又想到抱孙子无望，越发悲恸，拍着大腿一把鼻涕一把泪地数落："你三十出头啦，人家士根儿子都已经上幼儿园了，你好歹给我们家留个后啊，你就算随便娶个老婆给你死去的爹留个后，我也没话说啦，你爹要是在，我早就多生几个，也不会稀罕你啦，嗬……哈……我死了怎么向你爹交代啊，我还不如一头撞死，省得看你一辈子光棍啦，省得被祖宗大人骂啦……"

雷东宝听得心烦，捧起饭碗去他自己屋子。雷母委屈地哭了会儿没人响应，即使有人路过听到也没人敢进来管书记家的事，她哭会儿便生着气回她屋里，赌气不给儿子做晚餐。雷东宝坐自己床头，嘴里完成任务似的扒饭，两眼看着床尾的烫花樟木箱发愣。那樟木箱是他当年特意叫工程队的木匠精工细作的，里面放的都是只能放进他一只拳头的小衣服。樟木箱防蛀，里面的小毛衣小鞋子小袜子都还保存完好，可是做那些小衣服的人不在了，这些小衣服也没人来穿了。最后一口饭哽在雷东宝喉咙里，咽不下去，倒是眼泪，在他眼眶里缓缓打转，终于还是没有落下。可雷东宝嘴里含着那口饭，傻傻地坐到半夜。

第二天一早雷东宝去猪场，要忠富说什么都得把宗梁伯外甥女开了。忠富最先不明白是怎么回事，偷偷叫女孩子先回家过春节，准备等书记气头过去后再婉转帮女孩子说说情。待得打听清楚原来宗梁伯曾领女孩子去书记家，才知道宗梁伯触霉头了，却是没想到书记还守着当年葬礼上的誓言，心里倒是佩服。回头给女孩一点补偿，打发了她。宗梁伯最多背后骂骂，对着雷东宝却什么话都没有，还被人笑话不看眼色想攀贵亲，很是气了几天。这以后，小雷家上下谁也不敢再提起给雷东宝做媒的事。

办完猪场的事，雷东宝就到村办，要士根帮着收拾礼物，再从小金库包出两千块现钞，说他要送人。士根依言提款，记录下用途，以后找机会让雷东宝签字确认，密封到信封里，收于保险箱。

雷东宝提着他千年不变的右下角印三潭印月图案的黑色人造革公文包来到陈平原书记的办公室，这间办公室，也曾是徐书记坐过的，不过，新的办公楼正在不远处建造，陈平原在这间办公室不会坐得太久。

雷东宝还在走廊时已经被陈平原的秘书拉住，要他说话小心点，说里面正生气。雷东宝问生的什么气，秘书知道雷东宝与书记要好，就说书记本来有个很好的机会，可是半路杀出程咬金，上面又下达一个必须有大专文凭的硬杠子，陈书记硬是被这硬杠子打下马。雷东宝听着也生气，可转念一想，他推崇的老徐和宋运辉都是大学出身，果然都是本事了得的人，而现在忠富在县里推荐市里安排下去农大进修，正明带几个小年轻去高专进修机电专业，已经能画图纸，一边进修一边出成绩，可见读书还是有用的，也可见大专硬杠子还是有道理的。

但陈平原也有他的道理："我们那时候哪有考大学这种事，我们家庭成分差的哪里轮得到推荐上大学，当年不让上大学，现在又问我们要大学文凭，这不是调戏人吗？"

雷东宝笑道："我小学文凭，不也活得好好的？你还净推荐我做省劳模呢。"

"我们不一样，你挣钱凭本事，我们这里除了本事还今天一条硬杠子明天一条软杠子，天天给杠子打得满头开花。你说我能力有没有？不说别的，现在全市各个县，我这儿经济工作做得好，年财政收入最高，遥遥领先。我这儿思想工作做得好，你给增补上市人大，还有其他几个先进分子。我这儿就是教育工作也是做得最好，今年夏天哪个高中升学率最高？还是我们，比市一中升学率还高。这么多硬杠子我都超标，偏偏就不敌文凭这条硬杠子，你说还有什么公平可言？"

雷东宝将报纸裹缠的两千元钱放到陈平原面前："高兴点，过年过节的。"

陈平原愣一下，却一改以往的稍微客气推辞，一把将报纸包揽入抽屉。完了却不吱声，低头闷吸一支香烟，好久才道："东宝，你看我几岁？"

"干吗？反正不年轻，别想再找对象。四十吧。"

陈平原写下一个数字，举起纸给雷东宝看，见到雷东宝吃惊的表情，他叹声气："我这年龄，错过这次去市里发展的机会，等这一届做下来，该去县人大养老喽，我这人也该过期作废喽。"

听着这话，雷东宝不由得想到宋运辉的烦恼，顿时理解了陈平原。"你们这些做官的，想做事的，做不痛快，做多事了，遭人红眼，最没意思的是，我们只要傻大胆，早干一步，就能挣大钱，你们只有死工资。你们除了个官衔，啥都没有。"雷东宝说。

陈平原听了既有同感，又伤自尊："你别胡说，这种话也乱说，我们是人民公仆，为人民服务。"

陈平原本想拿套话压住雷东宝，不让他胡说，到底他是县委书记，雷东宝是他手下村支书，不能让雷东宝在他面前太放肆了。可雷东宝天不怕地不怕，满不在乎地道："胡说啥啊，我小舅子做上处级干部了，本事比我好得多，我有事都要找他商量去，可他一个月工资还不如我一星期的，他看见我就心烦。你还不是一样。"

"别瞎猜。"陈平原干咳几声，整整喉咙，"你无事不登三宝殿，每年春节前后找我准没好事。直说吧。"

雷东宝道："向你汇报，去年跟你说的万头养猪场，我们做到了。我们还做到猪场的猪种档次在全省领先。今年赚了不少，还了银行不少，总之是大丰收。大家都要我来感谢县委领导的好。"

陈平原不耐烦地笑道："东宝，你说套话不在行，还是趁早别讲，跟我说实话，你又想干什么大计划。"

雷东宝嘿嘿一笑，道："我不是跟你说套话。你别插话，你一插话我更说不清楚，我的意思是，现在不是过去，现在得拿技术说话了。像我们养猪，这养猪学问大，有些人喜欢吃五花肉，我们就养腰身特别长的猪，有些人现在不爱吃肥肉想吃瘦肉，我们就养腿特别壮的猪，我们现在一分场、二分场、三分场养的都是不一样的猪，不能串种。卖出去也是不一样的价，那种猪腿特别壮的，卖给做出口的，价钱特别好，花一样的饲养成本，特别挣钱。年底时候又开动两条电缆设备，现在虽然还没开始好好挣钱，可已经前途一片光明。陈书记，你帮个忙，跟银行说一声，我今年贷款还不出，都压在电缆设备上了。"

陈平原狠狠瞪雷东宝一眼："好，你说完了？我问你，不经批准私自占用农田是怎么回事？去年跟你说的这贷款你是怎么用的？你那小雷家村现在一半新一半破跟剃阴阳头似的，比全破的还难看，你怎么给我长的脸？你这样言而无信，还想让我帮你？上面都在问我怎么树的你这个典型。"

"没办法，钱不够啊。总不能房子造好农民饿着肚子住新房吧。那地你要么也给我补批了吧，又不是多难的事，人家村里现在也都在批。"雷东宝的意思是既成事实了，就跟谈朋友肚子谈大了，不结婚怎么行。

陈平原想了好一会儿，道："地可以批给你，贷款我也可以给你说说，但你得答应我一个条件，你们新村里面那么宽那么平的水泥路，你再给我延长点，伸到省道为止。你们村办企业不是很兴旺吗？有钱也不会把村子弄整齐点？怎么能让领导每次参观先走一段让你们拖拉机轧坏的机耕路？"

"这得花多少钱，不行，我们现在先发展，再享受。要不你再批我点钱。"

"今年不能再给你钱，我全县的钱都放你兜里怎么行，我也给你算笔账，你现在修路要五十万，这年头物价日涨夜涨，等明年你再想修，一百万都拿不下来。你想清楚。再说你小雷家富裕村的形象好，宣传做得出来，以后市里也会贷钱给你。"

雷东宝心说，看来不答应不行："好吧，答应你，我再在旁边种上树，搞得像公园一样美，好不好？"

陈平原沉稳地道："当然好，还有——"

"你不是说一个条件吗？不行，说好一个就一个。"

陈平原哭笑不得，从桌上翻出一只讲义夹，交给雷东宝。"我辛苦让人收集的资料，明年你把这些能拿的荣誉都给我拿了，你小雷家发展不能光盯着经济效益，你还得盯住社会效益。你要明白一点，社会效益和经济效益相辅相成。等你社会影响大了，哪天你还不屑来我这儿拜年，你都直接拜到省长办公室去啦。给。"说完将讲义夹扔到雷东宝面前，"叫你们村长去做，你做不来。"

雷东宝看都没看，将那夹子哪儿来放哪儿去："拉倒吧，这种东西我再也不信了。以前你也是给我搞个什么人大代表，可才出了点什么事，撸起帽子来比变戏法还快，有啥用啊，还不如钱实在。"

"你这鼠目寸光，榆木疙瘩，爱做不做。"

雷东宝想不理，陈平原早退下文件给他，留下讲义夹。雷东宝说声"小气"，陈平原终于爆一句粗口："妈的，谁像你们农村破落户，没规矩。"骂出来后，陈平原憋了那么多天的一口气才终于顺畅了，可心里一直怀疑雷东宝不知怎么在笑他小气。他大方地摸出几张餐券交给雷东宝，正好走廊传来响亮的电铃声，下班了。陈平原仔细锁上抽屉，看着雷东宝把资料塞进黑色人造革公文包，包身又恢复鼓胀，这才领雷东宝一起去机关食堂。

机关食堂里好多人都认识雷东宝，好多人主动跟雷东宝打招呼，可又敬而远之，就怕雷东宝一客气点，握手像搓麻花，拍肩像造房子打桩，细皮嫩肉的县机关人员没几个吃得消。雷东宝不明就里，看到顺眼的就上去一熊掌，震得人心肝肺打战儿，巴不得他快快离开，他提什么事都是好说好说。

04

这个春节，杨家比去年过得更富庶，家家户户挂了鸡鸭鱼肉，可大家却反而不稀罕荤腥，一家人抢着吃素。初一时候杨巡飞奔去戴家，厚厚地发了一沓压岁钱，又送准岳父母一人两千块钱，才换来戴家的笑脸。他这才松了一口气。

定下心来的杨巡才留意到，周围老的少的男的女的都热情地吼着"一把火……一把火"，他问了戴娇凤才知道，原来昨晚的春节联欢晚会上，有个台湾来的特别帅的歌手费翔且歌且舞地唱了首《冬天里的一把火》，特别好听。杨巡瞅着戴娇凤说费翔说得高兴，忙趁热打铁问戴娇凤今年跟不跟他去东北。戴娇凤反问他明年春节让不让她去杨家。杨巡扯了半天两人的事与家里无关云云，可戴娇凤就是咬定明年春节。杨巡就横下心肠问戴娇凤，是不是明年春节他如果还是没法让戴娇凤去他家，她就不跟他去东北。戴娇凤肯定，不明不白地跟了他一年，没想到他是个胆小鬼。杨巡初一一大早骑半天自行车来到戴家，又赔着笑脸做了半天孙子，见戴家收了他钱后转为笑脸，而戴娇凤还一直不冷不热，这回又说他是胆小鬼，他终于火了，说出不去就不去的话。他硬撑着笑脸与戴家众人告别，借口有人在家等他，中饭也没吃就走了。

杨巡这一走，戴娇凤并不觉得怎样，戴家人却慌了，急着要戴娇凤第二天亲自去杨家言和。戴娇凤不以为意，她在东北常与杨巡打打闹闹，床头吵架床尾和，吵几句嘴又没什么了不起。她就是不去。

杨巡非常郁闷地回到家里，私下里希望妈别那么不近人情。杨母却说戴娇凤不跟去东北也好，大家都安分过日子，等结婚年龄达标那一天。她坚持做人要行得正，站得直，原则性问题不能丢，绝不能钱挣多了做个被人戳后脊梁的浅薄无耻暴发户。杨母又反问杨巡早上口袋里鼓鼓囊囊一包钱去哪里了，杨巡回答说在戴家发了压岁钱。杨母嘴上不说，心里却鄙夷戴家，儿子挣的钱儿子怎么花是儿子的事，她不插手，可戴家太贪，女儿还没出嫁，就这么好意思心安理得拿她儿子那么多钱，杨母理所当然地认为，戴家家风不正，戴家女儿可想而知。杨母也不想想，私奔的另一个参与者是她严格家教下的儿子。杨母反正是怎么看戴娇凤怎么不对味。

杨巡没想到他敬爱的母亲大人还有那么不通融的一面，本来心里生戴娇凤的气，这下却两头生气。可两头都轻不得重不得，只有运功把两头气自我消化。这一个年过得极其不快乐。他想他妈应该看出他的不快乐，他也一直劝妈妈松口，可他妈在他走之前还是没松口。他备足货物走之前又去戴家，戴家见他再来，都松口气，可戴娇凤还是要杨巡在明年春节她去杨家过年与她今年不跟杨巡去东北之间选择。杨巡要戴娇凤再忍一个春节，反正明年春节过了没多久他就到领证年龄，可戴娇凤咽不下这口气。任凭杨巡说半天好话，戴娇凤就是背对着杨巡不理。杨巡只得怏怏而走，自己一个人押上送货车去了东北。

可令杨巡没想到的是，他到了东北卸完货，请司机吃顿炖菜，安排司机住下后，回到他去年新买的两室一厅家里，却见门缝透出灯光。他警觉地拔出钥匙伸长手臂开门，人远远站在楼梯口。没等他将钥匙插到底，门却哗啦自己打开，站里面的是戴娇凤的哥，后面是拿眼睛白着他的戴娇凤。杨巡欣喜若狂，一扫一路独身一人的郁闷，冲进门抱起戴娇凤打转。搞得戴家哥哥不得不转开脸去。

杨巡虽然嘴上没将老娘老婆挂嘴里比较，戴娇凤娇嗔地逼问他谁对他更好的时候，他也都是嘻嘻哈哈打混过去，可心里却觉得，老婆比老娘讲理，老婆比较疼爱他。

杨母得知戴娇凤由哥哥陪着又跟去东北的事后，轻蔑地在心里想，她儿子若是个穷小子，戴家还会殷勤将女儿往她儿子怀里塞？还不是看准她儿子的钱。杨母只有在信里叮嘱儿子，所有人都见钱眼开，包括最亲近的父母妻儿，钱只能抓在自己手上，天王老子都不能相信。杨母宁可赔上自己，也不愿儿子在大他两岁的戴娇凤手上吃亏。

但杨巡与戴娇凤小别胜新婚，又是风雨过后见彩虹，哪里肯认同老娘如此刻薄的话，再说春节没让戴娇凤进杨家门，他总是内疚，在钱上面，他当然对戴娇凤有所松动。

小两口和好如初了，可戴娇凤心里有了疙瘩，而且还有了危机感。去年不管不顾跟着杨巡一起来了东北，原以为与杨巡是一辈子的事。可今年被杨母这么折腾一下，又听家里父母一分析，她不能不担心，杨母会让她进杨家门吗？如果进不了杨家门，她以后可怎么办？她总是问杨巡，万一他妈不签字认可不交出户口簿不让他们结婚，他们还能不能结婚？杨巡一口咬定他妈只是不让他没领证前带她进杨家，没说其他。可杨巡虽这么说着，自己心里也没底，他总感觉母亲对戴娇凤有着一种根深蒂固的排斥。他告诉戴娇凤，即使母亲反对，只要年龄一到，他也死活要与她结婚，谁也拦不住。

戴娇凤还是提心吊胆的。不过两人一如既往地好，钱多，人年轻，社会又开放了，玩的地方多，两人的日子过得不知多风流潇洒。两人没事时经常去舞厅，最先两人不敢跳，渐渐放开了跟着别人学。有时放快节奏音乐的时候有人在场子中央跳霹雳舞，杨巡也跟着学，别人能把动作做得跟机器人一样，杨巡做出来的动作总像娄阿鼠出洞，贼头贼脑。不过无所谓，自己开心就好。

05

宋运辉的这个春节，却是有生以来过得最热闹的春节，热闹得他都觉得要忙死。

宋季山夫妇在儿子家住得挺好，他们虽然来自农村，可知书达理，做事胆小而愿做无限牺牲，正好程开颜态度娇憨，个性随意，不计较小家庭里有别人进入，有人替她打理家务她来不及地欢迎，乐得不动脑筋。宋运辉忙，顾不上家，也正好扔给父母。于是家里的事都是宋季山夫妇与程开颜三个人商量，大家还都不是拿主意的主儿，总是彼此谦让。人家两代住一起鸡飞狗跳，他们两代住一起挺和美。

程家夫妇本来担心女儿吃亏，几天下来见女儿吃好睡好，脸蛋更是红润，这才放心。春节时候程开颜哥哥有了女朋友，也是厂子弟，不过女方父母乃是布衣。程厂长摆出一张大圆桌，初一那天把儿女亲家都请来，好好吃了一顿。掌勺的是程母与宋运辉。宋季山夫妇看见程厂长这么个大官非常拘束，尤其是宋季山坐在亲家旁边，以他一向听领导话跟领导走的个性，这一顿饭他吃得极其辛苦，程厂长夹给他吃什么他就吃什么，奋力完成任务。好在程厂长还得照顾儿子的准亲家，否则宋季山得吃撑死。

其实程厂长儿子的准亲家更拘束，本来就是一个厂的上下级，而且儿女又还没结婚，处境非常尴尬。反而宋季山夫妇的拘束比较不显。

宋运辉初二早上与岳父一起去给水书记拜年，进去看到一屋子人，开总厂干部会议似的，有头有脸的都在，不由得大乐，那么多人在，他倒是不显了。可近中午时候，大家又都散去，个个奔赴婚宴，有些又得再次遇见。初二以后又是初四，一天中、晚两场，参加不尽的婚宴，送不完的贺礼，送得宋运辉荷包空空，心里吐血。贺礼雪片样地飞出去的时候，宋运辉总是不由自主地想起那天火车上虞山卿跟他说的那些话，以及那些真金白银的诱惑，可想归想，他依然坚持自我。

因此他不得不问父母借点钱应急。他是领导，送礼当然得送大份，可是他与其他领导不一样，人家是家底厚实多年积累的老财主，他却是正需要花钱的时候。他送完存折上的钱，无奈之下只有伸手问父母借，心里很不是滋味。偏偏一月份的工资又是为了照顾春节提前发了，宋运辉上班后到了二月十日，习惯性地想到工资，兜里却只有问妈借的几块钱。没钱的时候再想到来自虞山卿的诱惑，再看着虞山卿每天潇洒地从他办公室门前走过，满腔都是不快。

在总厂，当他完成一件又一件任务，攻克一个又一个堡垒，他心中充满自豪。可是再多的自豪也无法让人屡屡饿着肚子唱山歌。饿着肚子唱一次两次，还算是革命豪情，可一再地唱，不免令人英雄气短。后面一个月的日子该怎么过？

春节后上班，最令人高兴的事，是在出口科桌面上一大堆来自四面八方的信中拣出一份来自梁思申的快件。梁思申果然守信，说要给Mr.Song一个新年礼物，她果然将礼物送达。她把宋运辉给她的美国客户名单做了详细了解，给出一份略显稚嫩，却颇有章法的评价报告。她说，这是她在打工的公司评估生意对象时常用的办法，她照搬照抄。其中，她用红笔圈出两家公司，在一片英文字母的海洋中特意用中文注明"皮包公司，哈哈哈"。宋运辉看了大笑，梁思申这是嘲笑他呢。可也惊讶，这红笔圈出的两家去年一年的生意额不小，可以说是金州总厂的大客户，从来都是讲究信用，一点没有所谓皮包公司的低级倒爷样。难道国外的皮包公司与国内的不同？梁思申在信的最后要Mr.Song猜猜她读什么系，宋运辉心说，会不会是现在国内最热门的经济管理，或者计算机？

他看看时间合适，就越洋电话打给梁思申。梁思申正在家里，接到电话，大约是非常意外，一句"Mr.Song"足足拖了十秒钟，从低音差点吊到High C。宋运辉哈哈笑道："新年快乐。年夜饭怎么吃的？春节怎么过的？"

梁思申简单说了一下，就调皮地问："猜到我读什么了吗？猜到有奖，猜不到罚请我吃顿饭。"

宋运辉道："经济管理、计算机，或者跟我一样学化工？你女孩子不会读文科类吧？"

"No，全错。我学数学。接触数论后我喜欢上数学，很多人说我是疯子。"

"是不是你父母反对你选择学数学？"

"咦，你怎么总能猜到我想什么？对，我爸妈反对，这真是一件令人气馁的事，我原以为他们应该全力支持我的爱好，可他们说数学不实用，未来不容易找工作。可我天高皇帝远，我坚持自己的选择，半年下来我感觉很好，学得很轻松。Mr.Song，你当年为什么学化工？"

"我当时觉得化学反应很神奇，化学的世界很有趣，就那么稀里糊涂报考了化工系……"

"对对对，我也是，我也是，我跟你的想法大同小异，所以我说爸妈不理解我们年轻人，我们跟他们有那个什么……对，代沟。"

被梁思申说成是"我们年轻人"，宋运辉不得不憋住狂笑的冲动，他只能硬忍着一本正经地道："你们不仅有代沟，还有因为所处大环境不同产生的思想距离。比如我厌恶皮包公司，没想到我有两家信用很好的客户却正是你给我圈出的皮包公司，这就是两个世界不同地理人文环境造成的客观差异。你喜欢数学，你就坚持，大不了以后找不到工作也开家皮包公司，我提供最优惠的货色给你。"

宋运辉年前已经在考虑。他原先以为根据梁思申爸爸的说法，梁思申的经济条件应该不会差，得来的遗产可以买房子买车子，还可以接父母去美国看一趟。可年前梁思申来的这个电话言简意赅、精打细算花钱的样子，宋运辉就有点意识到梁思申那儿的经济条件并不如他所想象。再看今天他打电话过去，梁思申说话叽里呱啦没个完，连代沟都挖掘出来了，因此更印证他的猜测。他很想帮帮这个独在异乡的坚强女孩，他如今太能体会一分钱憋死英雄汉的难处，料想梁思申也差不多，他很直接地解释道："很简单，现在就可以做起来，那些公司的联络方式你已经都有。我可以做到的操作方式是，比如，我给他们的货定价一百美元一吨，给你的是九十五美元一吨。你可以用这个差价照着我给你的客户名单与他们联系。明白我的意思吗？"

梁思申惊道："那不是太简单了吗？会不会是作弊呢？你这样做好吗？"

梁思申那来自大洋彼岸单纯而缓慢的声音却如冲击波正正地打在宋运辉的心上，他一愣之下，连忙道："没关系，我们的出口价格有一定浮动幅度。我上面说的差价只是比方。不过你可能先得筹集一部分资金用来开信用证，或者你可以找一家公司合作，由他们帮你开信用证，你拿佣金。你看什么办法比较合适？"

梁思申果然笑道："真没问题？我现在就可以开家皮包公司，我可以把我的房子抵押出去，既然不会坐吃山空，我也可以将小小一份储蓄也拿出来，而且我现在已经懂得怎么做进口。"

宋运辉这才嘘一口气，问道："再有一个问题，你有时间吗？会不会影响你的学习？"

梁思申却加快了她原本慢如蜗牛的语速，笑嘻嘻道："我不仅有时间，而且有精力。Mr.Song请相信我，立刻给我一份英语资料和报价。"

宋运辉也笑嘻嘻地道："行，为了你伟大的皮包公司，我这两天整理一份专门给你这个门外汉的资料，尽快寄给你。你如果觉得为难，千万不要勉强，这不是游戏。我给你的只是建议，你一定要审时度势看可不可行。"

"Mr.Song，不行也得行，我一个人在美国，必须掌握我经济状况的主动权。我现在的工作很受好评，Mr.Song，请相信我会做好。谢谢你给我的这个机会，太棒了，我一定做好，我真感谢你。"

宋运辉虽然对梁思申的能力将信将疑，却一点不放松地抓紧时间就给梁思申组织资料。小家伙既然如此积极地自力更生，活得如此有理想有想法，他当然大力支持，而且是毫无保留地支持。组织资料虽然麻烦，可宋运辉毫无怨言，而且心态好得简直像是在做游戏，与梁思申玩一个跨国大游戏。即使以后梁思申临阵退缩，那也就算作给她一个锻炼机会吧，如果不给予小孩子机会，小孩子永远不会长大。

好在他回家做的家庭作业都是英语，程开颜肃静回避。

夜深人静时，宋运辉扪心自问，他为什么追着要帮梁思申，除了对梁思申缺钱生活的感同身受，他更是一种发泄吧。他就是缺钱，就是举债，他也不肯跟虞山卿同流合污。而他又不是不能手段灵活，他可以肥了梁思申。再说，等闵开始动作之后，他还有好日子过吗？他对事业，对金州，已经深深怀疑和倦怠。

不久，梁思申来电说，经过调查比对，这生意可以做，不过因为她在校，很多事需要委托代理公司办理，所以利润会被分摊得比较薄。宋运辉没任何犹豫，直接就在电话里告诉梁思申，给她每吨降下五美元。梁思申大喜，可又再次结结巴巴地问Mr.Song这么做会不会犯错误，宋运辉告诉梁思申，这在他权限范围之内，要她别担心。不过他自己心里清楚，给梁思申的价，是绝对优惠价，那是给大客户的最低价。当然，为什么不便宜梁思申？

中午下班时，宋运辉被虞山卿叫住，虞山卿脸色不太好，像是有心事。即使骑在自行车上，也是悬悬地探过身来，轻轻地问："听说没，下午总厂主要领导会议，要讨论到我们运销处，给透露点消息啊。"

宋运辉点头，看看旁边没太近的人，才道："运销处其他科室有什么可以讨论的，还不是讨论你我两个科。"

虞山卿笑道："拜托，晚上直接去你岳父家吧。回头有跟我有关的，千万先通个气，让我有点准备。"

宋运辉笑道："你倒是急什么啊，今天的会议能具体到我们两个身上吗？最多是调整一下运销处任务和框架，我们两个，等往后温火慢熬吧。"

虞山卿长长叹一口气："你有根基的人，才有资格等温火慢熬；我没根基的，恐怕会议结束调令就来喽。"

若是换作以前，宋运辉还会对这种话嗤之以鼻，而今在闵厂长的压力下，他已深有感触。毕竟，水书记之于虞山卿，当然是不同于程厂长之于他，关键时刻，是不是一家人，大不一样。

家里，父母已经回老家，幼儿园还没开学。宋运辉回到家，看到桌上已经有一盘炒好的菠菜，就放下包转到厨房，把正在水槽前忙碌的程开颜拖开："自来水冷，告诉你了，菜等我回来洗。洗菠菜得手在水里泡多长时间啊，你。"

程开颜甩甩手上水珠，笑嘻嘻地让开，可还是贴着宋运辉："我快开学了，可我也有点担心呢，小朋友撞来撞去没准头，万一撞到我肚子上……我想让我妈去医院打个病假条，这就休息起来行不行？会不会太特殊化呢？"

"不会，你情况特殊。"宋运辉脱口而出，却又忍不住笑了，"小猫"有什么特殊情况，哪个孕妇还不都是一样？不过他还是听出程开颜不想上班的心思，便道："让你妈去打假条吧，再说你一个寒假暖屋子蹲下来，开学每天去冻着会不适应。"

程开颜放心了，贴着宋运辉从水槽转战到灶台，她本来就是个被娇养的，可看着丈夫做事这么认真拼命，她都不好意思跟丈夫开口要特殊化，怕被宋运辉驳斥。

宋运辉却忽然想到一个大问题，大事不好，程开颜请病假减少收入，他们目前又是存折见底，而孩子又眼看着出生，正是急等钱用。他还没还问她妈借的钱呢。眼看着三月份孩子出生，到时手头只有他一个月的工资和程开颜一个月的病假工资，这日子……

宋运辉心中的摇摆幅度越来越大。

程开颜午睡后找她妈聊天要假条，晚上顺便赖在娘家吃饭，她妈还巴不得，立刻打电话给宋运辉让他晚上也过来。但程厂长很晚了才结束会议回来，见女儿女婿在，还以为宋运辉急着打探会议消息，脱下大衣就道："今天讨论倒是有不少涉及你的工作。奇怪，闵这回有耐心，没大动作。"

"反常才麻烦。爸，给开颜请了一个月病假，等产假后再请几天，准备一直休到暑假结束，正跟妈商量呢。"

程厂长忙道："好，这样好，最好你们还是搬来这里住，多点照应。她妈也退休了，正好两人做伴。"

宋运辉回头问妻子："好不好？"

"不好，等我不能自理了才过来。"程开颜大力反对，因为在妈妈家里她就不能总黏着丈夫。

程母立马从厨房持着锅铲跑出来扔下一句话："你一个人待家里我不放心，明天就搬过来。小辉，这任务交给你。"说完又立刻冲回去。

宋运辉看着程开颜笑道："听妈的，我也不放心你一个人在家，妈退休了也闷，你正好陪妈说说话。"

程开颜做了好多鬼脸才答应。程厂长才放心，又有点气闷女儿嫁出去了不肯再听他的，只听她丈夫的。他喝了口宋运辉递来的水，道："今天闵提出来，运销处在编人员越来越多，尤其是你们出口科和内贸科，每个科室才一个二十平方米的办公室，里面一塞就是十几个人，人均占用面积比坐牢的还不如，他提出不如运销处搬出总厂大门，另外造一幢新的。"

宋运辉有些惊奇："太客气了吧。"说到这儿，程开颜早听得不耐烦，跑去小厅看电视剧去了，程开颜的哥哥也赶紧溜走，不爱听这个。程厂长以往从来在家无用武之地，总算现在有女婿可以商量。

程厂长哼了一声："不见得，闵想扩充内贸，插入他的人手，直至替代虞山卿。但因为你那儿进入门槛较高，他暂时对出口没想法。"

宋运辉一时也搞不清了，闵和水究竟是怎么回事，为什么虞山卿的焦躁却是那么真实？

程厂长总结似的道："走着瞧吧，不过从年龄看，这金州的天下总有一天会是闵的。小辉，你以前得罪过闵，以后还是收敛着点。我也是很快就要退休的。"

宋运辉有些无奈，虽然他目前的工作无虞，可与虞山卿感同身受。

闵厂长果然上台抓生产，抓技改，动作幅度很大。闵厂长年轻，有技术之外又有精力，一分厂和二分厂的两处技改一起上，一时论证会议开得轰轰烈烈。宋运辉工作繁忙，只看会议记录，倒是深刻感受到闵厂长带来的全新蓬勃活力，这是他喜欢的活力。但他按兵不动，他其实有很多有关一车间的技改想法，但以前可以提，现在他作为新车间主任却不能提了，那是捞过界不给人家一车间主任面子。这就跟以前闵厂长是一分厂厂长时并不见得雷厉风行，直到升上总厂，才大力出手一样，到什么山上唱什么歌，位置不同了。

宋运辉的忙，还在他想出差多挣补贴，没办法，家中等米下锅。一趟东南亚两国回到金州，原想已经接近下班，就不去厂里了，不料却被通知闵厂长十万火急找他。宋运辉不知道闵厂长找他做什么，小心起见，先打电话问问岳父，知道没出什么大事，才打电话给闵厂长。闵厂长建议他索性一起吃晚饭。

总厂厂长级别的没几个人，闵厂长家就在程厂长家那栋楼。宋运辉直接就穿着毛衣带上两包算是国外货色的芒果干过去敲门。闵厂长爱人出来开门，闵厂长则是在厨房忙碌。宋运辉不由得心里好笑，看来厂子弟不会做家务是一脉相承，闵厂长的爱人也是不烧菜。

闵厂长爱人一见宋运辉，就爽朗大笑道："终于让我看到你了，呵呵。小宋，里面请，穿这么少不冷吗？"

"从丈人家过来，很近。一些芒果干，刚出差带来的小特产。"宋运辉把东西交给闵厂长爱人，对走出厨房的闵厂长道，"闵厂长，不好意思，让你辛苦。"

"有急事，不能让你休息，不过好在你是水书记御封的'累不死'。为什么不见你的整改设想？"

"目前新车间需要做的是改进工艺，完善产品系列，设备改造方面暂时还不需要。只有工控方面国外发展太快，我们的设备虽然才上马两年，却已经稍有可以改进的地方，但暂时可以作为选项考虑。"

"哦，你一直在跟进国外的技术发展？"

"我出口与技术一起管，跟外商接触的时候就经常会向他们了解一下。"

"哦。这样，我们把新车间的问题先搁搁。听说你对一车间的改造很有想法，我以前也是一车间出来的，你跟我详细说说。"

宋运辉有些惊讶，他有关一车间设备改造的思路只很早以前与刘总工说起，闵厂长怎么会知道？难道是闵与刘深有接触？他有点保守地道："从一九八四年开始做新设备，后来没回一车间，对一车间的情况已经生疏。估计一时半会儿想不起来。"

闵厂长端出最后一盘菜："来，请坐，喝酒吗？"

"不能喝，对不起，一喝酒就倒下。"

闵厂长爱人笑道："全厂好像都知道小宋不喝酒不吸烟，家务活什么都做，是个五好丈夫。"

宋运辉笑笑，坐到饭桌边。闵厂长倒是给自己倒了一杯白酒，客气地笑道：

"我每天晚上喝一杯，你不喝就不勉强你了。我儿子在市一中住宿，平时只有我们夫妻两个吃饭。希望我儿子以后也能跟你一样考上大学，不过要像你一样初中就考大学是不可能了。"

"我虽然考进大学，不过大学不如虞山卿。"

"大学好当然要紧，但脑袋好最要紧，脑袋好之外还得有恒心有毅力。你进厂一年多点时间就把一车间所有资料全部整理出来，应知应会和岗位责任制也是你一手下来，对一车间的了解，这个总厂没几个人可以赶上你。所以，别人说对一车间情况已经生疏，我信；你说，我不信。"

宋运辉微笑："总体还是记得的，但是没法像以前那样传感器在哪儿阀门是什么型号都一清二楚。可我记得当时对一车间的那些改造设想都不是很宏观……"

"小宋，不要跟我打马虎眼，有什么想法，你肯定都有记录。你是怕一车间上下不满吧，不用想那么多，你尽管跟我说。除了新车间，一车间是总厂的重中之重。我对一车间整改的要求你出差前已经了解了吧？"

"我现在很难说出个子丑寅卯，脑袋里比较没有头绪，回头我整理一份资料。"

"你必须尽快给我报告。一车间的产品现在在国内都叫不响，我们必须做出改进了。我们已经讨论出一些方案，但是据说你有更全面系统的。你尽管做，不要有顾虑，一车间主任亲自推荐你。"

闵厂长如此紧催，宋运辉也只能答应："我试试。"

"你不用谦虚，你看得多，不仅在国内看，还出国看，又有新车间的一手资料。技改工作很需要你来统筹。你推三阻四，会不会是对我个人有想法？我知道你是很坚持自己意见的人，你既然有好的想法，不拿出来你自己心里乐意？还是你现在锋芒磨钝了？"

宋运辉被闵厂长咄咄逼人的问题问得都不好回答，只得道："感谢闵厂长赏识，我会尽力而为。"

"这就好嘛。以前我们因为工作有过冲突，但个人生活方面没有过节，我们就事论事，大家都不要有太多思想包袱，一起把金州的产品质量和生产效益提上去。现在社会物资极大丰富，可物价也跟着涨个不停，我们做领导干部的不能不看到职工工资慢慢贬值，我们得从技改中要效益，从效益中提取奖金，你说对不对？"

宋运辉没想到闵厂长说出这么实在的话，这又是与水书记不同的风格。他闻言点头。

"比如说你新车间，目前你那里的出口占了几乎所有新车间的产量，你知道你们的利润在总厂全部利润中占多大比例吗？"见宋运辉点头表示知道，闵厂长才继续说下去，"这就是技术的力量。现在的市场不再是两年前，两年前你大力抵制降低品质的决定，还跟我闹不愉快。你当时说什么？人不能如此堕落。对了，堂堂一车间也不能如此堕落，不能眼看着产品在全国排末尾。我们都是从一车间出来的人，无论如何，不能坐视不管。你说是不是。我希望你来做这个技改小组负责人，水书记也同意由你挂帅。"

宋运辉惊异，但极力推辞："一车间的技改我没资格挂帅，对一车间的了解，我给刘总工提鞋都不配。"

"我会与水书记商量。你吃饭，别光顾着说话。"闵厂长自己倒是把一杯酒喝完了，他爱人给他盛来一碗饭。"一车间的产品如果做出口，可以卖多少价？"闵厂长问。

"基本上卖不出去，没法说出确切价格。"

闵厂长显然不是很相信，但也没追问到底："外贸难度大不大？"

"外贸难度其实就在于我们能不能随时跟进世界范围的技术潮流，随时调整产品系列。如果墨守成规的话，恐怕产品会越来越难外销。"宋运辉沉吟一下，终于道歉，"闵厂长，我以前年轻气盛，说话做事有些少年得志，请你别放在心上。"

闵厂长道："过去的问题解决就解决了，谁还记着那些，都是对事不对人。小宋，以后你也别放心上，你这是记性太好，这种垃圾信息也记。我炒的菜怎么样？都说一流。"

闵厂长爱人笑道："难得下厨呢，说是你小宋来，要好好招待你。"

一顿饭吃得高高兴兴，闵厂长说宋运辉才出远门回来，就不再留，亲自送出门去，还帮开亮楼道灯，等宋运辉进了程家门才关灯关门。弄得宋运辉满心都是疑问：闵厂长用得着这么客气吗？

回到家与岳父程厂长说起，程厂长说，闵刚上台，总得团结一帮有用的人，找到他宋运辉是再合理不过的事。但是等闵上台坐稳之后会怎么做，就不清楚了，那得看闵为人是不是包容。说这话的时候，宋运辉感觉到程开颜靠在他背上的分量一下加重，意识到程开颜听得发闷睡着了，只得悄悄与岳父说声抱歉，扶程开颜回屋睡觉。程厂长看着挺无奈，他还有一肚子的话呢。

宋运辉本来是不想捞过界，而现在与闵一顿谈话下来，更觉事情复杂，怎么看似掺和了刘总工？他不知道闵厂长究竟是什么打算，总厂里面，谁不知道水书记与刘总工是公开翻脸？宋运辉欲待不掺和，可看样子由不得他，而且他自己也是年轻好胜，早就对一车间的设备想入非非，他很快做出两份方案，一份注明是小改小闹，但影响有限；另一份注明是大改，需要进一步组织班子进行论证，预期效果较好。一式三份，一份给水书记，一份给闵厂长，一份交生技处。方方面面都拜到，免得不小心得罪尊神。

方案上去三天，闵厂长便问水书记要人，一定要把宋运辉要去专门负责技改第二方案的落实，事先并没与程厂长或者宋运辉打个招呼。程厂长为此黑了脸，宋运辉也因此看到闵厂长隐约的势头，闵已经不把程厂长放在眼里。他不免想到，闵若是真有重用他的意思，那么必定尊重他，拉拢他，软化他，而不会是现在这样的表现。宋运辉即使再喜欢摆弄设备实践技术，也不免裹足再三。总觉得技改这事儿的表面之下，是无穷的权力重新洗牌。

可是闵厂长并没因为水书记的一次拒绝而放弃，他声称，根据方案将有不少设备可能需要引进，而一车间的改造又是一场抓时间抓成果环环相扣的战役，必须抓紧在隔年一次的大修前完成所有前期准备，到明年春天大修期间打一场漂亮的安装攻坚战。这场战役，需要一个有设备引进、安装经验，又充分彻底了解一车间设备的人来统筹指挥，这个指挥人选，全金州舍宋运辉其谁？

两年之前，宋运辉或许真会以为一车间改造舍我其谁，但是经历新车间建设的复杂战役之后，宋运辉已经很清楚，一车间的改造绝非单纯，其中牵涉太多太广，他一个小小副处不仅协调能力不够，即使技术方面也无法做到全面总抓，他离刘总工毕竟还有一段距离，那段距离，就叫"经验"。即使他在新车间安装期间功记一等，可他必然会在一车间改造中遭遇技术经验缺乏的陷阱，除非有类似刘总工那样的经验人士倾力帮扶，有过去水书记那样的全力包容瑕疵，就像岳父程厂长曾经的提携帮扶一样。但是现在的闵厂长会吗？连程厂长也认为，闵厂长如此委以重任，对宋运辉是揠苗助长。

宋运辉虽然带着满心疑问，却还是几乎手把手地教梁思申做成第一笔生意。不过梁思申也争气，居然能说服客户接受来自她的订单，在产品装运前，她已经在美国确认买家，签订合同。有第一笔就有第二笔，等货物到港交付，接踵而来就是第二笔的时候，梁思申就有了熟门熟路的味道，而且提货数量也是大增。宋运辉都不知道梁思申这个小姑娘是怎么做到又找到下家，又说服银行扩大信用证的规模的，问梁思申，梁思申没有隐瞒，一五一十实说，原来差价决定业务，业务取信银行，就是那么简单。宋运辉心里嘀咕，美国的生意真容易做，哪像这儿还有平价议价、平改议、议改平、价格双轨、计划收购、关系户等无数规矩。

闵厂长最终还是获得水书记认可，一把抓宋运辉过去，对宋运辉提出的增加补贴要求一口答应。宋运辉不得不开始忙碌。但既然已经被迫上手，宋运辉还是愉快起来，他本来就喜欢技术革新，喜欢开拓新的领域，再说闵厂长非常配合，要人给人，要钱给钱，使得宋运辉工作非常顺手。后来，闵厂长索性把一分厂所有技改工作全都交给他，让他系统指挥，闵的唯一要求，就是必须抢在明年大修前完成所有筹备，力争大修期间争分夺秒完成设备技改。

宋运辉是个越忙碌越兴奋，越兴奋就越能出成果的人，再加岳父倾力指导，闵的倾力配合，他成功指挥起一分厂，甚至总厂的相关人员一起忙碌地围着技改工作转，就像当年新车间建设时期。而一分厂技改金额虽然没新车间建设时期大，可细碎工作一点不少，一分厂的技改不仅占据一分厂全体职工的精力，也牵动着总厂上下许多人。宋运辉依然不能确认闵对待他的思路，可随着工作的开展，他都没时间再想其他。而程厂长主管基建，也是因此投入忙碌的工作。

其间，程开颜生了，生了个女儿。程开颜推进产房后，宋运辉和他告病退的爸，以及原本就退休的妈因宋运萍的意外而在外面急得如热锅上的蚂蚁，连程厂长夫妇都没他们急。直到程开颜折腾了半天被推出来，宋运辉提了九个月的心才终于放下来，程开颜痛得哭，他就坐床边抱着安抚，还得他妈抱着孩子过来他才有时间看上女儿一眼。他跟程厂长说，他要学岳父对待程开颜一样地对待女儿。可说实话，看着红皮老鼠一样的女儿，他心里怪怪的，什么感觉都有，就是没强烈地感觉自己也是个爸爸了。

宋程两家人都围着程开颜和小囡囡转，程开颜觉得自己真幸福。出院回家后，妈与婆婆继续围着她俩转，程开颜都不用自己动手。三个月产假过后又是暑假，她真心觉得宋运辉为她换的工作真是好。

五月时候，很多五月新娘。程开颜的哥哥结婚了。宋运辉家外面前后小院的花草开得姹紫嫣红，他却没时间信守诺言，抱小囡囡赏看鲜花，小囡囡几乎都不认识这个不着家的爸爸。

梁思申却带来令宋运辉感慨的消息，小姑娘告诉他说，美元对马克与日元等主要货币大幅下跌，她拿出一半钱去炒日元，因为她来自亚洲。操作下来，她发现自己瞎猫撞着死老鼠，竟然是日元相对美元升值最多，她赚了。宋运辉心说他是掌管着出口才知道一些外币汇率之类的情况，好奇梁思申只跟他做单一中美贸易，怎么会知道这些情况，梁思申说她中学时就和同学一起学习投资操作了，现在既然手里有了钱，怎么可以眼看着坐吃山空，当然得让钱生钱，实现增值。梁思申又说了他们几个中学同学的交流沟通情况，听得宋运辉眼界大开，才真正明白自己这做出口赚的美元是怎么回事。他积极要求梁思申给本有关汇率的入门书，梁思申一下寄来好几本。宋运辉仿佛看到梁思申一日千里的进步，终于意识到梁思申嘴里信里常常提到的赶超Mr.Song不是戏言，他心里开始有了危机感，如闻身后追赶的脚步声一声紧似一声。

这一回的国外设备订购，宋运辉因为已经有丰富外贸经验，做得游刃有余，核定合同时，他还咨询了一下炒汇的梁思申，确定合适币种。当时一家日本公司可以提供相对价廉物美的产品，而且还附加后续服务，唯一要求是日元付款。水书记和闵厂长一致看好那家贸易代表态度可亲的日本公司，但被宋运辉否定了，他以《广场协议》与最近日元相对美元的升值曲线来说明付款时实际支出货币肯定比购买其他国家设备的实际支出多。水书记和闵厂长都被他煽得一愣一愣的，同意他的意见。

反而是在国内订购设备千难万难，要求确定一个供货期，有时简直要求爷爷告奶奶。

06

小雷家村春节过后就遇到一件大麻烦。

春节大量肉猪出栏，猪场将猪舍冲洗干净，准备开春小猪长大后进栏。春节时候天冷，连刮几天西北风，冲出去的脏水冰在阴沟里。春节时候大伙儿又欢度节日，没人盯着清理结冰而不臭的猪粪用拖拉机运走，哪个富裕的农民春节还干这臭事！没想到春节后天气放暖，脏冰融化，又下了一场大雨，粪水和着新出的猪尿一起排进河里，下游村庄养的大鱼小鱼全部肚子翻白，白花花浮了整个河面。

小雷家下游的村庄邵家村因为地处下游，自打周围乡镇企业如雨后春笋般冒出来后，他们门前流过的河水几乎没几天清澈过，总是一会儿黄一会儿绿一会儿红，染坊一样热闹，可河里养的那些鱼却跟得道成仙了似的，百毒不侵，依然活得自在。往常小雷家流下来的臭水虽然气味不对劲，可风向一变就闻不到，再说又不会熏死人，小雷家人自己不也熏着吗，所以大家虽然总要骂上几句，可也没法太在意，人家可是天天一车一车地拿拖拉机载走猪粪，不就是放点猪水下河吗？总不能关了人家的猪场吧。可这一回死得满河漂的鱼却是真金白银，跟乡里签下承包河流养鱼合同的村民心疼得对着满河白花花的鱼肚皮哭天喊地。

邵家村村长气得找上小雷家，要求小雷家出钱赔偿。既然对方来的是村长，这边就由小雷家村村长雷士根接待。士根虽然知道猪屎猪尿放到河里去确实脏，可不承认邵家村的鱼是被小雷家的猪尿毒死。他也有理，猪场的臭水都往河里放了两三年了，怎么会今年才死鱼？肯定是上游别的哪家企业放毒。邵家村的村长就问为什么小雷家和小雷家以上的河流都没死鱼，就只死了小雷家下游邵家的鱼，这说明即使不是小雷家的猪尿，也是小雷家放的其他毒水。士根说小雷家门前的河压根儿没养鱼，死什么鱼。

一时公说公有理，婆说婆有理，两个村长都不让步，邵家村村长转个身又告到乡里。小雷家村经济搞得好，乡里比较疼爱小雷家，士根在乡里一向直进直出。邵家村长在乡里说话还有点顾忌，士根却还是一样地说话，于是争论局势变成好像是邵家村犯红眼病告黑状，小雷家人盼青天。乡里要邵家村别逮谁是谁，看到小雷家农村经济搞得好就抓小雷家要钱，邵家村长冤得什么似的，非要拉乡长去邵家看死鱼。正拉扯间，中午下班电铃响了，乡里工作人员积极踊跃地下班回家，撇下邵家村和小雷家村的两个村长。

邵家村的村长受托而来，见事情没办成，无法回去向村民交代，就拉住士根要一起回去跟村民说，士根不肯，骑上新买的摩托车自己走了，邵家村村长的自行车怎么也追不上，心里又羞又气。

士根回村与雷东宝说起这事，雷东宝小时候还见猪粪扔进河去，大鱼小鱼追着吃的，哪里还会毒死鱼，跟士根一起议论邵家村的不是东西，自己把鱼养死，想敲诈小雷家村淘本。两人都觉得是这么回事，士根本来还想争论是不是小雷家的事情后稍微给邵家村一点赔偿，因为好歹是把人河水弄脏了，可想到邵家村不上路，摆明着讹钱，他也不干了。

当晚，猪场的一堵墙就给人扒了。正好扒的是小猪哺养场，半夜三更，寒流入侵，扒开的墙洞周围好几窝小猪冻得"嗷嗷"叫，扒墙声猪叫声惊醒夜班管理员，大家抄家伙冲出去抓了两个，其他跑了。农民对待对手一向下手无情，夜班的有些去堵墙赶猪，有些就把被抓的两个人扒了大衣绑在猪场门口两根电线柱上，等待第二天领导们来了处理。被绑的两个也冻得"嗷嗷"叫，与披着大衣的猪场职工对骂。

逃回去的邵家村人见少了两个人，少的都是谁家侄子谁家外甥亲连着亲的，这与乌合之众不同，不能不回去找。可再回去猪场，却见狼狗当道，灯光雪亮，小雷家人严阵以待，邵家村人都不知道该不该露面。他们又不是不知道小雷家人的剽悍，连市里欠小雷家钱他们都敢打上去要，可面对着被绑电线杆上的亲属，他们又无法不救，于是，派了几个人回邵家村去叫人。

小雷家的狼狗闻到人味儿，跃跃欲试，小雷家人感觉不好，也打开猪场自用的大喇叭叫人求援。冬日的村庄本来静得一根针落地都听得见声音，脚盆般大的灰色高音大喇叭一喊，小雷家村的人都起来驰援。这时天渐渐亮了，连着小雷家与邵家村的路两头，黑压压的两军对垒，高过人头的是锄头柄钉耙柄。

雷忠富一听猪场出事，是第一个刺溜出被窝的，去猪场了解后，连忙找上雷东宝和士根咬耳说了最近天气返暖，原来冻结的猪尿大量排放入水，又一场雨，把春节几天休息没清的猪粪冲下河里，这么多猪尿猪粪下水肯定可以害死一河的鱼，忠富本来就是养鱼改养猪的，懂行。

雷东宝与士根知道这下骑虎难下了，如果这时答应赔偿，对方还以为是枪杆子底下出赔偿，以后邵家村的气焰将大增，小雷家的以后还怎么做人。可既然毒死他们的鱼，不赔又说不过去。正好乡书记带着派出所民警过来劝架，雷东宝顺势做大方，便要小雷家的收队回家，把晚上抓住的两个邵家村人交给派出所处理。邵家村的人不肯撤，村长仗着人多势众，一定要拉乡领导去看死鱼的河。乡领导们去看了，看到一条宽阔的臭水沟。这种臭水沟里还能不死鱼？

雷东宝坐士根摩托车后面，主动赶到乡政府，等乡领导们回来处理。路上他与雷士根商量，这事怎么办，承认还是不承认，若是承认了，以后邵家村的人不是有理由堵他们排水沟了吗？如果不承认，又用什么借口赔钱？猪场不能不办，猪尿不能不排，承认无疑是断猪场后路。

乡领导们先把河水取样交给市里去化验，结论出来之前没法下定论。可乡里还是批评了小雷家村把一条河搞得跟臭水沟一样，于是邵家村的村长支书跟着一起指责，要猪场停办。雷东宝原本一直听着，听来听去听不出合理解决办法，索性一声大喝止住大家的吵闹，告诉乡长，万头养猪场是县里要办的，也是县里树了一年多的典型，给县里不知争了多少光。猪场一定要办下去，猪粪猪尿一定要排，领导看着该怎么办吧。

乡领导当然也知道小雷家养猪场的牛气，自然不肯停办这个县里树立的典型、乡里财政的大户，可问题就是雷东宝问得那么简单，怎么办。他们不能做决定，只有向县里汇报，要求县里解决。

没想到县里的答复很简单，县里说小雷家经济是全县农村经济的典范，邵家村有什么问题自己克服解决，还要邵家村向小雷家学习，大干快上，搞活全村经济。邵家村的村长支书不敢找去县里，只好蹲乡里拖住乡长书记要求解决。士根根据邵家村村长的赔偿要求，主动放下五千元现金支票走了，雷东宝走以前还问乡长，猪场一直要办下去，这问题怎么解决，总不能老问小雷家要钱。邵家村的也问乡里这问题怎么解决，邵家村的河不能不养鱼。乡里头都大了也拿不出办法。

既然谁都没办法，再说邵家村又把钱拿了，这事儿就不了了之了。小雷家养猪场吸取教训，再也不敢不清当天猪粪，但臭水照排，邵家村的河流继续做阴沟，邵家村的人再往上反映都没用，县里一心只支持小雷家。邵家村的人只有怨声载道，却无可奈何。

雷东宝起先还挺关心猪场猪粪猪尿的问题，要忠富想办法解决，他自己也想着要么修长沟把脏水排到邵家村更下游的地方，可后来既然上级没意见，邵家村拿了赔偿后没再有大动静，他也就将此事搁下。

而小雷家上下见出了这么大事，上级还是包庇着小雷家，一个个身体壮胆气豪，自然是更不会用心去解决猪场的问题，而且更是理直气壮地"为了壮大农村经济"而排污。于是，不仅邵家村，邵家村的下游也怨声载道，可大家的怨气又能传达到哪儿呢？渐渐地，大家都说雷东宝这个人霸道，不仅在他自家村子里一言堂，周围村子也在他面前说不上话。小雷家的猪屎一臭一条河，雷东宝的臭名也顺着河流往下传。偏雷东宝是个拧着来的人，既然大家这么骂他，他索性把以前的内疚也丢了。

而因为登峰电缆厂两条电缆设备的开工，需要动用大量铜材。早有机灵的个体户闻风而来，在附近村庄找地块做起废铜回收生意，准备将废铜整了卖给耗铜大户小雷家电缆厂。邵家村自然是近水楼台先得月，村里开起好几家废铜回收场，邵家村好多人进废铜场就业，天天几根烟囱冒出充满燃烧聚氯乙烯的臭气黑烟，而邵家村废铜回收排出的酸处理废水和卤素废水继续往下游跑，一站接着一站，下游还有下游。

年底，猪场再次丰收大赚，可猪场再丰收也比不过电缆厂的赚头。可电缆厂的开工引导得周围村庄大上废铜收购加工厂，终于天下乌鸦一般黑，小雷家的臭水臭气不再一枝独秀，从此邵家村的人不再埋怨小雷家。

不过，周围村庄也不得不通上了自来水。因为河水不能用了，被酸水卤水污染的地下水也不能用了，大家只有被迫赶超城里人，用上自来水。

这一年，杨巡私自打着登峰电缆厂的牌子在东北搞他的电线电缆批发，久而久之，人们也认可他是登峰电缆厂的门市部，生意越做越大，资金越滚越雄厚。杨巡在登峰的进货量越来越大，于是在雷东宝面前越来越说得上话。不过雷东宝依然不很喜欢杨巡，常当面指责杨巡这小子越来越狂，狂得没边儿。不就是做个倒爷吗，有什么可狂的。杨巡也就在雷东宝面前没法还嘴，他狂，雷东宝比他更狂。

1988年

01

元旦凌晨天还墨黑，雷东宝就坐上借来的一辆深蓝桑塔纳去火车站接人。他心说这车子真好，别说村里的那些拖拉机，那都不是车，就说他常揩油的陈平原的北京吉普，坐着哪有这车子稳，车椅子又软，车里开起暖气来，一点不漏风，棉袄都穿不住。唯一的美中不足，就是脚撑不开，雷东宝现在胖了，他人本来就高大，一胖，走路就更掷地有声，只是坐车就麻烦了。

雷东宝心里谋划着要么也买一辆用用，但心里把村财政去年一年挣的钱一算，不舍。去年一年大丰收，不仅村里存钱多，全村有近三十个人烧包地买了摩托车，雷东宝也买了一辆雅马哈的。可用钱的地方也多，电缆厂的投建需要工程师，为此他造了几幢漂亮的专家楼。村里搞一个三期，把全村旧房全部换成新房，现在村里看去齐刷刷地都是新房。又照着陈平原的嘱咐，把村路一直通到省道，这是最烧钱的，简直跟用一张一张十元钞票铺出来差不多，县里批给的一点点补助杯水车薪。村里还得还那么多银行贷款，至今还没还完。雷东宝也没想好好还，他两只杀气腾腾的环眼一直瞄着被他的登峰电缆厂挤压得只能靠生产10kV以上电缆维持生计的市电线电缆厂，他等着市电线电缆厂难以维持，然后他说什么都得出钱把市电线电缆厂吞并。可他真郁闷，这种国营厂即使几周不生产，依然能维持一口气吊着不关门。若换作他们小雷家，三天不开门，他就得愁全村农民吃饭问题，这真他妈不公平。

雷东宝买月台票进去火车站里面等，这时天已放亮，西北风呼呼的，站台上没遮没挡，冻得工作人员直哆嗦。雷东宝刚在车上捂得满脸通红，这会儿硬是给西北风刮得嘴唇青紫。好不容易火车呼啸着进站，雷东宝立马找到软卧车厢跑去等候，不出所料，他等的人正是坐软卧来。他上前就跟拦路抢劫似的抢了来人的行李包。

来人是雷东宝最崇拜的老徐。老徐穿一件驼色羽绒服，别说这种羽绒服罕见，这种颜色在冬天里也是罕见。这儿放眼看出去，满眼大多红绿蓝三色滑雪衫。老徐一个人来，看见雷东宝就大笑，一点客气寒暄都没有："东宝，小宋信里说你现在是你们猪场最佳代言人，你还真胖了许多啊。"

雷东宝也是大笑，看到老徐他就喜欢，老徐不通过县里，而是直接找他，他不知有多骄傲："小辉他说我什么？敢背后出卖我？这个叛徒。老徐，你一点没变啊，啊对，我没通知陈平原，你说的。你就住我家吧，我刚搬新家，大得说话有回音，给你留着两间房，随便你睡。"

老徐笑道："让我吃什么？你们自己开着养猪场，猪肉得随便我吃。"

"那还不容易，你进猪场随便拿手指哪头，我立马叫人放倒了煮给你吃，现在光大猪就有整整七千头呢，一年出栏一万多头。陈平原给我布置任务一年出栏一万，我哪是个乖乖听话的。老徐，这边。"

老徐一看，居然是辆崭新小轿车，他进里面坐下，坐的是后面，雷东宝当然也跟到后面坐。老徐好奇地道："小宋说你买了辆摩托车，你这又买了汽车了？"

"没，问市物资局借的，哪能让你坐摩托车吃西北风。物资局现在钱多，办的贸易公司光卖批文就能挣钱，国家给的平价铜给他们手里一转就成议价了，这一转手二转手，一年挣了我们电线电缆厂不知多少钱，够买好几辆车。"

司机听了在前面笑："你们一家还是中号的，他们进钢材的才埋怨大呢，可又离不了我们物资局，自古华山一条道儿。"

"那是他们懒，我好几年前就已经直接从钢厂进钢筋。我一半的铜也没从你们那儿进。"

"雷书记，你那钢筋是小厂产的，当然能从小钢厂直接进，你那一半的铜用的是废铜回收铜，我们也都知道，可他们要用钢板钢卷铜板铜卷的还就非从我们物资局走不可，大厂谁理你们啊。你说是不？不怕告诉你，就只我们这一条道儿。"

雷东宝回头看向老徐："你看你看，我还真没办法。我等明年火大了也办家炼铜厂，等我有钱就办。"

老徐一直微笑听着，这时才道："我一直想看看你们下面怎么操作，没想到一来就接触。东宝，说说你电缆厂的进货出货。"前面的司机一听这话，立马玩了个高难度动作，汽车继续飞驰，他回头好好看了老徐几眼，感觉来人不寻常，有点不敢多嘴了。

雷东宝却是老实不客气地一口拒绝："我说不清，士根心里有账，回头我让他汇报。我只管几项大的，像电线厂的塑料粒子进货，是小辉帮我联系的他同学的厂，便宜；铜进货，一半是周围小铜厂进，可他们给的不够我用，只好问物资局要；还有预制品场的水泥钢筋进货；猪场的我更不管，都是问粮管所进的，能坏到哪儿去。小的我全不管，让厂里自己进货，大队监督。我还抓出货，每天拿着鞭子赶他们出去跑，不达指标别想回家。"

老徐笑道："好样的，你这抓大放小的魄力，我还得跟你学。你们从小个体厂和物资局进货差价多少？"

"还差价，差价个头，能拿到已经谢天谢地了。就是年三十半夜火车装到，我们也得立即冲出去抢，迟一刻就没了，得从物资局不知道谁办的贸易公司拿，价格没个准。"雷东宝这话说出，前面司机呵呵地笑。

老徐听了微笑："你卖电线时，该轮到你翘尾巴了吧？"

雷东宝立刻兴奋，目露凶光："老徐，你一说就中。我们现在手头有钱，有钱，就能心狠手辣，做出来的东西不一定你来买我就卖，烫手一样。我现在做出来的东西就捂着，价高的才卖，一点不怕没钱买料发工资，我比买电线的人钱多，看谁急得过谁，你急不过我你就得出高价，嘿嘿。"

老徐连连点头："没有特权的话，就看谁有手段谁钱多。嗯，这倒是跟赌钱一样，谁手中筹码多，谁下注时胆气壮一些，敢用的招数多一些。"

雷东宝听着觉得有理，可忍不住问一句："老徐你这样的人也会赌博？"

"打个比方，呵呵。"老徐有些不好意思破坏自己在雷东宝心目中的好印象，"说说你的猪场，还是我给你出的主意。别总说电线厂。"

雷东宝胖了后说话声听上去更不客气，再加日积月累地在村里做老大，口气中不知不觉地带着霸道，不过老徐早已知道这个人，即使多年不见，也不会不适应雷东宝的凶神恶煞样。两人一路说了好多小雷家村的经营，老徐说很受启发。

车到小雷家村村路，老徐看着眼前已经完全陌生的村庄大惊："这是你们小雷家？"

"那当然，十个人来，十个人不信。以前连我都想不到。"

"小宋给我描绘过，但我的想象还是有局限，跟不上你们发展的速度。真想不到。"

"他忙，一年多没来了，来了也一定不认识路，这条路他还没见过。"

桑塔纳简直是一马平川地直接开到雷东宝的新屋，那是全村最大的五幢房子之一，其他四幢分属雷士根、雷正明、雷忠富和史红伟四大员。雷东宝说，五人贡献最大，住大房子一点都不用不好意思。反而是其他四个还嘀咕一下，拿那么高收入还住村里分配的最大房子，会不会挨村民骂，结果，这回没人骂，大家似乎已经习惯这等不公平的分配。

四大员一齐等在雷东宝家欢迎老徐，老徐对这种阵仗见多不怪，很是亲切地与大家握手寒暄，不过要求先上屋顶看看村子全貌。雷东宝带老徐上去，老徐进村就闻到浓烈的混合臭味，在雷家依然如故。因此上了屋顶平台就问："猪臭，之外还有什么臭？"

"电线厂的塑料加热也臭，没办法。你看电线厂屋顶密密麻麻的烟囱。小辉一来就摇头，他洋派。"

老徐倒是不以为怪，他这次是私访，想通过私人关系了解农村经济发展的第一手资料。在因公出差时，他见过好多地方也是这样的污染，虽然人们在他到来时做过手脚，可他本人就是一手一脚从基层倒班出来，那些手脚他还能看不出来？经济开始复苏的地方大多这样。"电线必须用这种含氯的塑料？"老徐问。

"不用也行，可原料价格太高了，我做了得亏本。"

老徐点头，这是实话，需求决定，对于小雷家村办企业来说只能做到这地步。"车间看来还真不要有墙的好，可以尽可能把气排出去。这种塑料有毒，你们尽量不要让孕妇进车间。唉，目前还是只能上初级低端产品，像小宋那边新设备的高端产品，大部分还得靠出口来消化。猪场怎么也这么臭？冬天都这么臭，夏天还了得？"老徐说。

"猪场一直这么臭的，没办法，我们每天都用一辆大拖拉机专门拉猪粪了，猪场嘛，不臭哪算猪场，每天臭水都够气味。你看，周围满山种的果树毛竹也都是猪粪养的，春天满山都是花，哈哈，都是臭猪粪养出来的。老徐，你看山上种满果树，这都是你帮我们想的主意。大多数果树才开始长果子，可惜果子不好卖，放没几天就烂。去年秋天果子第一次结那么多，我发动全村吃橘子吃梨，他们说橘子上火梨清火，正好调和。"

老徐听了笑："放心，随着人民生活水平的提高，吃水果的人会越来越多，不过你得选个能人专门负责提高果树品质，种出最甜最大的果子。找找农科院。下去吧。"老徐自己先下，雷东宝后面跟上，"东宝，你房子外面那么漂亮，里面怎么不好好搞一下？起码也拉车家具回来放着。"

"我搬进新家时小辉就跟我说，要我等他回来才做家具，他给我画怎么摆。可他哪有时间啊，他女儿半岁了还不认得他，我指望不上他。老徐，你本事比小辉好，你帮我。"

"哦，对，他信里跟我说了，他那边改造工作其实比新建一个车间还啰唆，他起码得今年秋天才有时间帮你。你们家小辉大有前途，脑子好，又肯干，更是遇到好时代，我想着他做的那些事都忍不住手痒，总是要他多多写信告诉我详情，看来不应该啊，他那么忙我还霸占他时间。"

"他这人累不死，不累他他才蔫蔫地死样活气。老徐，今晚你住这间，全是新的。"

老徐在雷东宝面前毫不拘束，闻言就探头过去看，见大大的空屋子里只有一张床，两张木椅子，不过倒是有一张独脚金鸡桌上放着一台电视机，电视机用一个亮闪闪粉红的罩子套着，床上的两条被子当然也是亮闪闪的锦缎面子，盘龙绣凤，一床大红一床鲜绿，床头的枕头是橙红色。总体很是俗艳。老徐心说难怪经常出国的宋运辉要说他来替雷东宝布置，若是雷东宝那个文雅的妻子在的话，这个家可能会是彻底不同的一种格调。不过老徐相信雷东宝已经把最好的给他了。他微笑道："不错，不错，我晚上就住这里。你呢？你哪间？看看。"

雷东宝也高兴老徐这么不见外，带老徐去他房间。老徐进门就看到也是这么孤零零一张床，一只旧三门大橱和一只旧五斗橱，看来是以前结婚用的，倒是床尾放的一只樟木箱与众不同。老徐走过去一看，道："你的保险柜吗？这个箱子做得不错。"

雷东宝没回答，出手打开给老徐看。老徐一看了然，没再说话，也没像宋运辉那样有所劝慰，只拍拍雷东宝的肩膀，扯他下楼。

雷母早听说有这么个北京的大官要来时，就计划着出逃了，今早一早就躲到隔壁。在邻居家隔窗看着下车的老徐如此气宇轩昂，一副大领导派头，更是说什么都不敢回家。楼下茶水饭菜都是隔壁士根家和正明家的媳妇过来料理。老徐时间紧，上来就抛出一个个的问题详细询问在座的小雷家四大员。包括小雷家的管理架构，他也了解了个清楚。老徐看得多，有时提出某个模范村是怎么在做，与在座讨论其合理性。

雷士根类似大总管，被问得最多，他渐渐发觉老徐除了问出一个现象外，还非要深挖痛掘，刨出事情的根由，还与大家议论目前的合理性和未来可能的变数。老徐站得高看得远，那些远见性的东西自然不是小雷家五个能赶得上的，令在座五人受益匪浅。雷东宝本来就对老徐有些盲从，自然是把老徐的话句句装在心头。

第二天，老徐才坐着雷东宝的摩托车全县看看，那都曾是他的辖区。回来在村里巡走，经过一座小桥，忍不住问这桥下是不是他们曾经钓鱼的那条清水河，雷东宝答应是。老徐看着桥底满是白沫的污浊河水感慨万分，而且是一路感慨。他离去上火车前，要雷东宝回家做一件事，就是把所有排污的明沟都做成暗沟，排污口都通到河流的水平面下，起码能消除部分臭气。他说他回去找找其他地方的经验，看能不能把容易解决的污染问题尽可能解决，而又不太影响小雷家的经济效益。

老徐走的时候且喜且叹，这片令人欣喜、充满蓬勃希望的田野上，许多事情似乎正被突如其来的经济利益裹挟、扭曲，而刚刚获得财富的人们还来不及意识到迅速发展背后伴生的危机。

故地重游，前后天差地别的对比，给老徐极大震撼。

元旦，宋运辉难得放自己一整天假，一觉睡到中午，还是被他妈叫醒。他的忙碌一家人有目共睹，谁都不舍得叫醒难得好睡的宋运辉。他起来就发觉家里不合常理地静，果然是"小猫"程开颜带着"小小猫"宋引出去玩了，宋母说开颜去了小虞家。宋运辉看看正是吃饭时间，本来想打电话到虞山卿家要"小猫"回家，可想了想，决定还是自己过去一趟。他要爸妈自己吃饭，不用等他们。

女儿出生，宋运辉即使再忙，也没忘记要给女儿找个好名字，父母与妻子都中意宋颖这个名字，宋运辉不喜欢这种一看就是太多小女儿味的名字，不过拗不过一家其他三口的坚决反对，只改字不改音。南边人说话不分前鼻音后鼻音，大家也就凑合同意。倒是虞山卿见了这名字大力叫好。虞山卿的妻子与程开颜差不多时间进产房，孩子生下来后，两家交往因孩子而密切，大人小孩经常一起走动。宋运辉知道"小猫"这个钟点还没回家，定是与虞山卿妻子难分难舍。

他套上大衣从楼梯下推自行车出门，屋后的蜡梅又大了好多，大冬天里开得又香又美。他知道宋引虽小，却已知道臭美，最爱头上戴几朵娇黄蜡梅，对着镜子左顾右盼。没想到出门就遇见手上捧着十来包方便面的刘总工。刘总工退休一年下来，看上去反而年轻了一些，可见少了心事。宋运辉主动跟低头走路的刘总工打招呼。

刘总工一愣抬头，就笑眯眯道："你也是难得白天在家属区出现啊。怎么样，一分厂技改到什么进度了？"问了又呵呵一笑，"你看，我都退休了，还问这些事干啥。"

宋运辉忙道："我们做技术的，说起一辈子伺候的设备，多的是感情啊。刘总，很想请你做顾问，可惜闵厂长一直不允许。"

刘总工又是呵呵一笑："老了，还是小闵体恤我，让我安心养老。再说我也帮不上忙，有你在，差不多了。你好样的，亏你拿出那样的第二方案，太冒险你知不知道？唉，看了你的方案，我才知道我真该退了，给你们这些年轻人让路。长江后浪推前浪啊，可惜我们那时没这么好的机会，一生蹉跎。你去哪儿？"

"中饭了，找女儿回家吃饭。"

"哦，我刚才经过，见你爱人在小虞家里，听说你跟小虞走得近？"

"是啊，真巧，我们一起进厂，连孩子都是差不多时间出生，孩子妈常带孩子一起玩。"

刘总工有些神情古怪地看看宋运辉，忽然提醒一句："你好好一个年轻有为的……唉，别同流合污。"

"是，谢谢刘总提醒。"

刘总工又看看宋运辉："老水去美国，是你安排的？"

宋运辉万分小心地回答："水书记带队去美国现场检验待装船设备。"

刘总工仰天"哈"地一声："他去？他什么用？小宋，再劝你一句，你大好青年，别同流合污。"

宋运辉没有应声。刘总工走出一段路，看到自家在望，才对宋运辉道："谢谢你陪我老头子走一段，不过我还是多嘴，虽说人在江湖，身不由己，可人总得有点坚持。小宋，你勤奋好学，又何必自甘堕落。"

宋运辉听着只觉得脸上发热，看刘总工上楼，才转身上自行车去虞山卿家。他不得不在心里感慨，刘总工现在说这些很有气节的话，当年呢？人在江湖，谁能由己？可刘总工的话还是敲打了他的心扉。

虞山卿今年明显收敛，没再呼朋唤友办极其奢华的圣诞晚会。不过，家中物品之丰富，依然如故。宋运辉上门就被满眼先进家用电器吸引，尤其是那套看上去低调华贵的木质音响。

虞山卿关上家门，就低声道："扣留你孩子，就知道能引你上门。嘿嘿，你难得休息啊，我们今天喝一杯？"

宋运辉大步跨过去，先眉开眼笑摸摸女儿的胖脸，才跟虞山卿道："你好像有事？"

"对，我们书房说话。"虞山卿拖宋运辉走进书房，关上门，才严肃地道，"老干部处帮刘总工等五个老干部买了明天进京的火车票，奇怪的是，他们没要老干部处预订部招待所的床位，看来不是游山玩水。"

宋运辉不由得想到刚刚见到的刘总工手中捧的方便面，还有刘总工一再的告诫。愣了一会儿，才道："你说……你会不会是风声鹤唳？你去年一直担忧到现在。"

"不。我了解消息后才侧面打听一下，知道有人关注我的内贸科和你的出口科。还有，我爱人说，一年来，有两个老头曾借口关心上我家来东张西望几次。而且，你难道不觉得现在是他们的最佳进京告状时机吗？"

宋运辉闻言沉默良久，才道："去年初，刘总工也是有些莫名其妙地进我家考察一圈。不过我家是一楼，不进门也可一目了然。你的意思是，他们趁水书记出国，准备在部里搅出一些响动？"

"对。这几天水书记肯定会联络你，但不一定联络我。如果水书记有电话来，你跟水书记说一声。我看他们项庄舞剑，意在沛公。小宋，无论如何，水书记待你如同亲生，你必须第一时间通知水书记。"

宋运辉虽然有些吃惊老头子们真会动手，可没太吃惊，他从去年虞山卿焦躁时起，已经感觉总有人会看不下去拍案而起。他定定看了虞山卿好一会儿，才道："我晚上联系水书记，我知道他现在在哪里。我也奉劝你，最近别太招摇，穿工作服上班，别给水书记惹麻烦。"

虞山卿点头："我知道你对水书记是有良心的。这回水书记出国，究竟是你大力促成，还是闵大力促成？"

宋运辉再度惊异："对，是闵提议的，闵提议水书记退休前到处走走看看，我顺水推舟。难道是……"

"闵连一年都不能等。此人做人也太刻薄。我还听说他暗中查账，如果不是财务处朋友经我逼问跟我说出疑点，我一点不会怀疑到闵。我很怀疑，闵想通过这么一手，彻底清除水书记退休后在总厂的影响，方便他自己以后在总厂一手遮天。小宋，你是后起之秀，如果水书记不保，你得留点脑袋考虑后路了，闵能容忍你这么个未来可以威胁到他的人存在？"

宋运辉点头，这点，他早就与岳父预见，可有时身不由己。他一点不客气地问："你自己考虑后路了吗？有没有想过怎么不影响水书记？"

虞山卿冷静地道："我想与水书记商量后定。小宋，你打电话时就这么告诉水书记。"

两人开门出去，看到各自儿女，却又换上笑脸。宋引只要妈妈抱，不要爸爸抱，依然令宋运辉心酸。

送妻女回家，宋运辉便拐去岳父那里，将虞山卿的密语说与岳父。程厂长听完反问一句："你相信虞山卿？"

宋运辉摇头："不信，他无非是想搞大事端拉我与他一起对抗闵。可我个人没啥可焦急的，唯独如果牵涉到水书记，我得为此做点事。"

程厂长异常自信地道："闵不可能出手对付老水，这是虞山卿误导你多想。我们总厂以前书记厂长打得不可开交，这都没事，人之常情，现在闵对你藏着手段，这也正常，唯独闵不能反水。你想，坐高位的最怕什么？最怕下面背叛。闵敢反提携他上进的老水一次，以后他在系统内的名声就做臭了，谁都知道他脑后有反骨，谁还敢提携他？闵还年轻，还要找机会上去，即使在金州，他也还没坐稳一把手位置，他哪敢对老水明目张胆。老水统共加起来也不足一年了，闵急什么急。老刘他们想趁现在还有力气，上京告状才有可能。"

宋运辉听了大受教益，人与人的关系真是千变万化，万花筒一般，稍转一个角度，又是一幅绚烂图案。"那么，闵查虞山卿的账目，是不是表明闵还是想在内贸这事上有所作为？会牵累到我的外贸吗？"宋运辉问。

"你啊，怎么能被虞山卿转移注意力呢？早跟你说了，虞山卿不值一提，水书记没把虞山卿当人用，闵更不会把虞山卿当人对付。闵要留意的是你。反正你小心做事吧，别做多错多，被闵抓住把柄往死里整。现在要你向闵臣服也不行了，你这人做不出这种低三下四的事，闵也不愿意养你这条冻僵的蛇。你还是管好你自己，跟虞山卿撇清关系，晚上找时间与老水通个电话通报他一声让他有所准备，其他他都别参与。"

宋运辉听了这些不由得笑了："爸，虞山卿那些事，拿到爸面前真是不值一提，我明白了。刘总工他们会威胁到水书记吗？"

程厂长摇头："不知道。老水不上路，什么都瞒着我们，谁知道他平时怎么做的，老刘他们总是抓到一些风声的吧。与你无关，你那外贸能做出什么手脚。不过如果老水真出事，闵不知有多快活，他可以早日出头。但你就麻烦了。"

宋运辉有些无奈地道："没想到上进太快也是坏事，会搞得闵睡不着觉。福兮，祸之所伏。"

02

宋运辉回到家里，本想陪快不认识他的女儿睡觉，不料一进家门，他爸就塞给他一张纸条，上面十来个来电须复。他没劲地看看那些总厂分机号，一时懒得回复，就找以前读大学那座城市的电话打过去，这个号码有些眼熟，心说难道是同学找他？他一边拨号一边又想到梁思申家的电话，难道说，他让去美国检验设备的同事带去美国托客户邮寄的包裹这么快到梁思申手上了？没想到，对方接起电话，竟然是梁思申的声音。

宋运辉大惊："你怎么回国了？没听你说起。"

"本来不回的，可家里出了点事，我后天就得去北京乘坐回美国去的飞机。Mr.Song你有时间吗？如果有时间，我明天就去北京，我们北京见个面。"

宋运辉想想火烧眉毛一般的日程安排，只得很是遗憾地道："分身乏术，一天都不能离开。希望你暑假能回来，那时候我这儿的项目告一段落。对不起。家里没要紧事吧？"

"太遗憾了，我好想与Mr.Song面对面一较高下，可是我查了从我这儿到你们那儿的行程，无论如何我都来不及赶上回美国的飞机，太遗憾了，你没空。我家差点出大事，不过已被我治好了，现在没事了。"

宋运辉忍不住笑："你念数学，又不念医学。"

"话虽这么说。"梁思申笑嘻嘻地耍顽皮，"我爷爷这个老革命退休了还想革，以前的关联单位请求他帮忙参股一家股份公司，他老人家积极踊跃地把当年的补发工资和现在的储蓄倾囊而出买了几百张股票，买了后自知理亏，对奶奶竭力隐瞒。后来奶奶要准备送礼的钱，才知道爷爷把所有积蓄买了几百张废纸，奶奶急了，住进高干病房昏迷不醒。爸爸让我趁假期回来看奶奶一眼，说可能是最后一眼，我火烧屁股般来了，在奶奶病床前一口答应买下那几万块股票，才不到一万美元，算是给奶奶买个安心上路。没想到奶奶一听就睁开眼睛活过来了。我后来扬眉吐气地跟奶奶说，怎么样，孙女比孙子好吧，奶奶听着生闷气，我就被爸爸支走了。他们真是过河拆桥，呵呵。"

宋运辉知道梁思申现在恶补中文，最喜说话带四个字成语，今天这么一大段难得没说坏，有时说得就不伦不类了。想到她一出手就是一万美元，真够大方。"难怪，看来还是孙女好，你看我就是生女儿。你别担心，国家对股份制国营企业不会放任不管，你的股票不一定会变成废纸。不过你别太大手大脚，还有MBA学费等着你。"

"Mr.Song，你不能学我妈的婆婆妈妈，你知道我在炒汇，在跟你做生意，我在积极地挣钱不很积极地花钱，进多出少，我不就有剩余了吗？"

宋运辉沉吟一下，道："我半年后可能转行，不管出口。虽然总厂肯定还是希望与我移交下去的外商做生意的，不过你得开始有思想准备，万一你以后拿不到那么优惠的价格了呢？"

梁思申想了想，道："Mr.Song，我明白了，你叫我有备无患呢。爸爸也是这么跟我说。不过我还是深信我买下爷爷的股票是一举两得。因为首先可以救奶奶的命。其次，股票虽然是风险，但是你们既然都说了国家不会管，为什么又担心股票变为废纸呢？万一股票可以交易了，我手中的这几张票子不就升值了吗？当然，它们也可能变成废纸。最后呢，我手中的钱需要分散投资，而不能把鸡蛋放在同一只篮子里，掉了一起碎。我把一万美元投资到中国的股票市场，其他投资到别处，我总有一处赚得欣欣鼓舞，把损失的部分全赚回来，对吧？我这叫分散风险。"

宋运辉听了差点闷掉。他这儿每天还在愁工资不够用，又不能要来他这儿住的父母帮出饭菜钱，人家梁思申却拿着大把钞票考虑如何投资分散手中一大把钱的持有风险，他只能老实承认："以我们国内现在的温饱环境，果然是没法对你那儿的金钱运作感同身受。不过，我看出你很有想法，你肯定能做得很好，我真为你的出色高兴。"

"对，对，Mr.Song，你什么时候跟我爸妈说说，我爸爸自以为金融专家，其实一窍不通，我被他俩聒噪得发疯。他们为什么只看住自己眼前一米，不能看看世界通例呢？还是Mr.Song最好，跟你说什么你都能理解。"

"不能说一窍不通，没规没矩，你爸爸懂的你就不懂。我请人带到美国给你寄的东西，你不在没关系吧？"

"没关系，谢谢。我也有东西带来给Mr.Song，不过行色匆匆，没好好准备。爸爸说他会安排人捎给你。Mr.Song，家里好多好吃的，我真不想回美国，我现在每天都要吃一团烤红薯，我把酱肉塞进烤红薯里，味道怪里怪气地香，还有香瓜子、小核桃、蜜饯吃都吃不过来。可是呢，我做梦还是想比萨饼想沙拉了，最想的是亮堂的洗手间。还有还有……"

宋运辉听着直笑，这个小家伙，每天过的都是美国物资丰富的好日子，还怎么能适应中国家中的环境呢？即使她家的环境在国内还算特殊的。有时他出国回来，也得有一两天不能适应家里环境呢，幸好现在有点权，家里给通了暖气片，否则可能更受不了，尤其是沐浴，国外那些卫生间里的一切。他估计，梁思申是不会回中国来定居了，她在美国混得如鱼得水，与本地人没什么不同，回来，干什么？做外商办事处工作人员吗？不过，这些考虑对于才读大学的梁思申来说，还早。

宋运辉笑眯眯地放下电话，却见程开颜怪怪地盯着他，满脸生气。他不由得惊道："怎么了？小引……"

"跟谁打电话呢，这么开心，也不怕吵醒小引。"程开颜一甩手转回房间。

宋母过来轻轻对儿子道："开颜好像对你的电话不高兴。"

宋运辉看看房间门，心说又来了，程开颜总是见不得梁思申。他看看手中其他没打的电话，放下，先去房间看妻女。程开颜看见他就转过身去不理，宋运辉怕吵醒女儿，不敢说话，张开手臂把坐着的"小猫"抱进怀里，一声不响抱了一会儿，才感觉程开颜原本充满抵制的硬骨头变软。他又抱了一会儿，才贴着妻子耳朵轻声道："还有好几个分机电话，估计都是工作，我去处理一下？"

程开颜翘着嘴，好久才不情不愿地点头。她也知道丈夫忙，可丈夫知道她多想跟他说说话吗？可他却能花那么多时间跟梁思申说电话写信。看着丈夫与梁思申说得开心时，她总怀疑丈夫心里晃动着她曾经见过的照片上的丽影，她想得心烦气躁。

令程开颜郁闷的是，跟自己妈妈说烦心事，还被妈妈批评，妈妈说她不该见着风就是雨，别反而把男人闹到别的女人怀里去，让她注重点儿策略。可是她该如何策略呢？她都逮不到总是匆匆忙忙的丈夫说上几句话。

是的，她拉不住丈夫，这不，丈夫才走到卧室门口，外面客厅的电话又响了。她家电话现在比爸爸家的还忙。她听丈夫在电话里大声小声地吩咐工作，说个没完，她流了会儿眼泪，看女儿醒来，只好收回心思照应女儿。没想到小小女儿会聪明地拿手抹她的脸，女儿是在给她擦眼泪吧。程开颜更是委屈，眼泪更多，只好将女儿交到婆婆手里，她得先对付自己。

宋运辉没空看顾程开颜的委屈，他几个电话下来，就不得不骑车出门处理，回来已经深夜，可他还不能睡，他还须联络远在美国的水书记。他找到帆布工具袋，妈来后，这个工具袋给洗得非常干净。找出笔记本根据水书记行程推断他在哪个方位，他才打电话出去。

等好久，才等到水书记被找到，又打电话过来。水书记显然兴致勃勃，哑着疲累的嗓子，大声开心地问："小宋，有什么要紧事这么急着找我？"

宋运辉用尽量平稳的口吻道："虞山卿让我千万转告水书记，刘总工等一批老干部明天准备去北京，行踪可疑。小虞请水书记尽可能快地与他联系。"

水书记那边好一阵沉默，好久才道："知道了，你还有什么事没有？"

"没了，其他人都好。"

但是水书记没说"再见"，而是沉吟好一会儿才道："给我闵副厂长电话。"

宋运辉立刻找出来念给水书记。他不知道水书记将如何处理这件事。后面的电话，水书记会先打给虞山卿呢，还是闵？宋运辉不得而知。

他第二天上班，见总厂的一切依旧有条不紊，不知有几个人知道桌面下的暗流已经涌动。

宋运辉如今中午都不回家吃饭，有爸妈在家料理，他无须分心照顾家中杂事。接近下午下班时回到办公室，却见虞山卿坐他位置上等他。运销处现在已经搬到厂区大门外，而宋运辉的技改组占了运销处刚在总厂办公楼腾出来的办公室，虞山卿如今出现在总厂办公楼，肯定是专门来等他。

宋运辉进去看看其他两个同事，知道那两个一时半会儿没法下班，只得走到自己桌子旁，跟虞山卿道："你等等，我收拾一下一起走。忙吗？"

虞山卿起身让开，呵呵一笑："当然忙，不过不会有你那么忙。不好意思，让你早退。"

宋运辉笑笑，将东西收拾进工具袋，这时下班铃响，大伙儿一窝蜂冲出门去，宋运辉与虞山卿都是有意识地延后几分钟，等大部队浩浩荡荡走空，才慢慢下去。骑车到空旷处，虞山卿就迫不及待地道："小宋，水书记今早刚给我电话，说机票没法改签，没法提早回来。你有没有办法让你美国客户帮忙一下？"

宋运辉昨晚早想过这点，据说最近因为美国假期，飞机航班都满得很，再加上每周来往中美的飞机又不多。"我问问，不过基本上没希望。水书记起码得两周后回来吧。"宋运辉说。

虞山卿叹息："你知道两周意味着什么吗？意味着水书记不能亲自出面到部里说明，而是需要有强有力的人代表他出面。你说水书记会找谁？然后水书记需要许诺释放什么条件给那人，让那人给他出力？"

"闵！"宋运辉想都不用想，谁还比闵更有资格？闵或许还能规劝刘总工们半路折返，答应他们告状的诉求。那么，刘总工们希望看到事情得到怎么样的处理？闵又希望从水书记那儿捞得什么样的好处？前者，可能虞山卿会成为替死鬼，代替水书记牺牲；后者，哪个替死鬼的前途会被水书记当作筹码换取闵的行动？谁知道他们的暗箱里面会不会操作到他宋运辉呢。

虞山卿毫不客气地道："对，只有他有资格。我是刘总工他们这帮失去权力满心失落的人欲除之而后快的，而你，你掌控着出口科，手中权力也不小，你虽然看上去两袖清风，可谁能相信你一尘不染？你也在名单之内。然后，全总厂都知道你是闵屁股底下最活跃的一座火山，闵即使不提出他的条件，水书记又怎会不知道你是一个重磅砝码？你我目前都水深火热，但你只有比我更深陷一层。你别侥幸，有办法的话你还是早点逃脱吧。"

宋运辉心说虞山卿与他想的一样，两人现在还真是一条绳上的蚂蚱，虽然他的出口科绝对没事，但他绝对是闵的眼中钉。他想了半天，才道："我没办法，他们两个人的交易如果是把我拿去做砝码，我岳父出面都没用。但小虞，刀子会先砍向你，你绝无幸免之理。我嘛，等技改结束，也是决定我去留的日期。"

"你为什么认为我一定会被砍？说说你的理由。"

"小虞，你就别侥幸向我求证了，你自己还会不知道？体面一些，你自己走，帮水书记一个忙；不体面一些，你鱼死网破。以你的性格，你只有这两条路。"

虞山卿焦躁地拼命按铃，把那只转铃按得异常刺耳，可好久都不说话。到那片科长楼区，他才忽然问一句："你的意思是，让我走？"

宋运辉沉静地道："外面海阔天空，你何苦死心眼。"

虞山卿跳下车，拦着宋运辉也跳下，又不敢大声，压低了的声音却有些咬牙切齿："你为什么不走？你完全可以凭技改工程要挟。你现在如果说走，技改还不得前功尽弃？"

宋运辉当然是知道虞山卿巴不得拉住他一起以走相威胁，因为虞山卿手头的砝码最多只能威胁一个水书记，而他手头的砝码却是可以威胁到闵厂长。两者如果相加，当然，宋运辉知道，他可以凭此提出要挟。可是，他大好一个人，怎能与虞山卿同流合污，他有他的清高。他定定地看着虞山卿，冷静地道："我热爱我手头的工作，反而是他们可以拿不许我技改来要挟我。而且我起码还有一段缓刑期，小虞，你还是尽快拿出选择吧。"

虞山卿听了瞠目结舌，定定看了宋运辉好久，才极其憋闷地道："你……从没见过你这样的傻瓜，你这是给人卖了还替人数钱。"

宋运辉一声讪笑："可不，人各有命门。小虞，好合好散，留待以后。"

虞山卿摇头："小宋，事到如今，我倒是要问你，你究竟是真傻，还是假傻？你真相信能好合好散？离开金州的话，我对金州还算个屁？我手中再有一手资料又还能说明什么问题？"

宋运辉冷冷地道："可是，你以为你有其他选择？你鱼死网破对你有什么好处？你会鱼死网破别人就不会？你想坐几天牢？我身后还有程家一大家子，我能为所欲为吗？你好好回家冷静想想，你别无选择。"

宋运辉拿开虞山卿扳在他自行车上的手，转开车头骑车离开，留下虞山卿一张脸铁青，站在寒风里发呆。其实，宋运辉心里才不管虞山卿结局如何，可虞山卿如果真鱼死网破，那破坏力，只有强过刘总工们，遭殃的是水书记。对于水书记，宋运辉心里很复杂，水书记对他此生的影响，他岂能等闲视之。虽然他并不认可水书记在价格双轨上面的猫腻，可水书记出事，他当仁不让，想伸一把援手。不过，他也很无奈地想到，很可能，昨晚水书记与闵厂长通话的时候，他已经被扔到交易台上，作为筹码了。

他相信，水书记也会找虞山卿说话，许以条件，请虞山卿走人。虞山卿这个主事的离开，闵再着一把力，这件上访的事，几乎可以不了了之。宋运辉看不出刘总工他们还有什么上访的动力。刘总工们又不会不知道，水书记盘桓金州那么多年，岂是他们容易告倒的。再说，价格双轨制，本来就是国家允许的政策，大方向没错。只要等虞山卿一走，水书记将所有污水往虞山卿身上一推了之，刘总工他们还玩什么。

但是，宋运辉清楚地知道，无论如何，他的未来，如虞山卿所言，等技改结束，也是他被宣判之时。谁知道闵会如何"重用"他。虞山卿都说，全金州都知道，他是闵宝座下最大的一座活火山，他想否认都不行。

连岳父都没办法，岳父的位置来自水书记，对上面的关系，由于水书记的压制而空白，水书记如果放弃他宋运辉，他只有任凭闵厂长处置。岳父说，水书记没把虞山卿当人用，其实，谁在水、闵眼里是人了？都是棋子。

宋运辉觉得自己又看穿了不少。不，他不心灰意冷，他才不会气馁，他只是寒心。也觉得现在做得累死累活，实在是如转盘上的小白鼠，无意义得很。甚至，有些滑稽。

他在实现他的理想，高位者却在利用他的幼稚。

如果说人生还有"幻灭"这么一种状态，他现在就差不多已经进入。

但他回到家里，还得以一家之长的责任心，摆出若无其事的面孔。爸妈带着宋引已经累了一天，程开颜需要养足精神对付晚上的宋引，他得担负喂女儿吃饭的责任。

他能回家吃中饭，让一家子都是喜气洋洋。宋运辉看着心说，他真傻，以前怎么能如此忽略家人。他本来还以为自己需要强颜欢笑，但没多久他的心情就被温暖的饭菜和温暖的亲情融化。

看程开颜放着自己的饭碗，先专心喂女儿吃奶糕，他抢过小勺子："你也累了一天，喘口气吧，中饭我来喂。"

程开颜笑道："你以为谁都跟你一样是工作狂啊，你加班我也得加班吗？小引我来喂。"

宋季山一边儿笑道："小辉上班上傻了。"

宋运辉看着一桌子都笑他，才想起这个元旦可以休息两天，他也忍不住笑，将小勺子塞回给程开颜："那我专心吃饭成吗？你们白天有没有出去走走晒晒太阳？"

"有啦，怎么会没有。我和妈逛了好半天呢。"

"买些什么？别又是光给小引买衣服。"

宋母笑道："有啊，有啊，我们开颜买了一条健美裤，很时髦的。开颜还给我们扯了阳离子布做衬衫，花了不少钱。"

程开颜眼睛亮亮地道："妈前几天给我织了一件棒针衫，配这健美裤特别好，我们幼儿园阿姨都这么穿呢。"

宋运辉以前闲的时候还关心流行，最近忙得连吃饭时间都没有，不知道健美裤阳离子是什么。"这回总算总厂开良心，奖金给我发得多，你们是该添点衣服。"他这个学化工的对阳离子最百思不得其解，"阳离子能做布料？什么样儿的？"

程开颜捂着嘴大笑："我就知道你会问阳离子呢，妈，给我说中了吧。小辉是个书呆子。"说着起身把小勺子交给宋运辉，"我拿给你看，省得你一顿饭都想着阳离子。"

宋运辉笑道："我彻底搞不懂现在的东西了，什么朱丽纹、牛肚布、乔其纱，还是以前的石磨蓝、宝石蓝容易理解一些。我怎么跟个老古董一样。"

宋季山道："我也不懂，我们男人懂这些干什么。"

宋引看到大人们说话，她就不老实，宋运辉只好专心对付，七骗八拐才喂下一口奶糕，抬头，却见程开颜换了一身衣服出来。看着程开颜身上麻袋般宽大的蓝一块白一块的棒针衫，还有下面一条把大腿包得紧紧的黑色弹性裤子，真是哭笑不得。程开颜生了孩子后一直胖，穿上这样的弹性裤子，两条腿就跟大象腿一般地壮硕，偏偏上面的棒针衫也是肥大。他忍不住道："别人没穿时你先穿，别人都穿时你不穿，这才对。不好看。"

宋母忙问："棒针衫不好看还是健美裤不好看？健美裤要十二块多一条呢。"

宋运辉摇头："棒针衫也就罢了，下面的健美裤真是太俗。"但一眼看到程开颜涨红了脸，忙道："开颜你气质温柔，穿这种健美裤埋没你，我们不穿这种低级衣服。"

程开颜并不很领情，嘟起嘴对宋母道："妈，小辉老是出国，出得眼高手低，回来也没见他穿多好，净穿着工作服而已。他还嫌我们穿不好呢。"

宋母忙息事宁人："什么低级高级，我看开颜穿得挺好，小辉你就是花头透，你倒是给开颜找好看的来？"

"就是，就是眼高手低。"程开颜抢回女儿的小勺子，还冲宋运辉得意地一声"哼"。不过她虽得意，心里却是动摇，想着回头可以把这健美裤折价给谁，她非常重视宋运辉的脸色。

电话铃却是不客气地响了。宋运辉拿起一听，又是办公室的事儿，他没敷衍，直接说吃完饭才过去。那边很为难地做他思想工作，宋运辉并不动摇，放下电话就说："拿我当奴隶使唤啊。"

宋季山道："别这样嘛，工作重要，领导要你去，你怎么能一点面子都不给就回绝呢。"

"我都已经每天不着家了，连顿饭都不让在家吃吗？我又没卖给他领导。"宋运辉见女儿看着他说话强硬有些怕，忙放缓声音，"小引，张嘴让爸爸看看咽下去没有，啊——"

第二天，虞山卿大约经过一夜思索，知道自己胜算不大，也可能已经与水书记在电话里达成什么谅解，宋运辉上班时接到虞山卿一个电话，说是趁大家都上班，叫辆车来悄悄搬家了。虞山卿在电话里说，他既然走，妻子也不打算留在金州任人欺负，等他落脚后再给宋运辉电话，以后大家多关照。

宋运辉以前虽然并不待见虞山卿，但此时也很黯然，那么，下一个就是他了吧。但他须有始有终，无论闵想把他怎么样，水又不想把他怎么样，他得把手头工作做好。他也不能心有旁骛，否则如果技改那么多啰唆事出个纰漏，他更被人抓住把柄，他木然地积极着。

春节前夕，梁思申父亲果然托人捎带一行李箱的东西特意转道金州交给宋运辉。宋运辉没想到梁思申送他的东西除每年必送的时下美国流行的书籍，还有一块简单大方的手表，一只精致男式皮包，两条领带，两条皮带，一支钢笔和一副漂亮的金丝边眼镜架。其余的礼物都是给宋引的，有两只小巧绒布玩具，会叫会笑，几本漂亮的书，两套漂亮的衣服，以及竟然有十包之多的奶粉和五颜六色的饼干糖果。

宋运辉是在家打开行李箱的，一看手表和眼镜架等就心知是贵价货，梁思申果然是能花钱。他有些怀疑这孩子人小鬼大，太过世故，竟然懂得这样子来感谢他。对着这一箱没法计算价值的礼物，宋运辉内心还是希望他收到的只是书籍和宋引的奶粉。可他自然是无法退回去了，这么一箱子，除非他自己拎去梁家，怎么邮寄。

程开颜没有收到专属礼物，但她并无意外，梁思申一向只寄给宋运辉看的书，这回多出几件送给宋运辉的文具用品，当属正常。宋运辉也觉得正常，他父母也没收到礼物呢。

而水书记与刘总工等一干老干部几乎是前脚后脚地回厂，回来后就跟什么事都没发生过似的，风平浪静。唯有虞山卿和妻子一起辞职了，开金州总厂人事有史以来最令人惊奇的先河：竟然有人丢掉铁饭碗搞什么下海勾当。海，是那么容易下的吗？大伙儿都预测虞山卿会被海水呛死。而运销处内贸科的人当然是换了，换上的是闵以前在分厂时的亲信。

03

杨巡的妈还是拒绝戴娇凤春节住到杨家，在与戴娇凤的电话里，杨母说都已经两年了，又不急着这最后几个月。戴娇凤含冤带怒，可也没办法，谁让自己没有那一张大红证明。

小两口子两年相处下来，感情更好，可没了当年如胶似漆的热乎劲，杨巡先送戴娇凤回娘家，戴娇凤见杨巡走的时候没偷偷拉她到一边捏一把搂一搂，心里慌慌的，很怕杨巡已经淡了对她的心，这一回家被他妈一教唆，就给改了心思。她只好叮嘱杨巡三天就来看她一次，杨巡对已经住一起两年的戴娇凤不再油嘴滑舌，实事求是说有困难，他这几天回家要拜访好多人喝很多酒，不会有太多时间。戴娇凤于是益发提心吊胆，天天如热锅上的蚂蚁。

戴家父母看在眼里，纷纷替她出谋划策。

为了行路方便，杨巡叫家里买了摩托车，让杨速暑假学会骑摩托车，平时载着杨连杨逦上下学，又可以多多回家看老娘。等他回家，就他自己骑着摩托车到处找人拜年送年货。他这次东北的事情结束得晚，回来已经是阴历腊月二十八，他这一年做的大多是登峰的产品，当然回来第一个要拜访的人就是雷东宝。

杨母是个识大体的，知道摩托车对于大儿子来说是工具，虽然要一万多块钱，她不知有多心疼，可还是咬咬牙托关系帮大儿子买好，平日并不怎么让杨速他们用，怕用损了。只有天气不好的时候，最娇的杨逦上学去不方便，她才肯网开一面让用一下。放在家里，她没事就擦拭上油，一辆摩托车半年下来还跟新的一样。杨巡骑出去，她自然是千叮咛万嘱咐，要儿子万万不可喝酒。

到小雷家那儿，臭，是难免的，奇怪的是到处热火朝天地在挖沟，老人小孩齐上阵，无比齐心合力。杨巡先到电线厂对账，完了到村办找到雷士根说话，好一会儿才见雷东宝大冷天满头是汗地回来，原来也去挖沟了。老徐来一趟，要求雷东宝把明沟变成暗沟，他记心上，也照做了。

雷东宝进门就问杨巡："都说你有老婆了？我记得你才二十出头吧。"

杨巡忙笑道："我二十二了，雷书记你亲自挖沟？"

"亲自你个屁，我又不是国家领导，挖沟能少我块肉？马屁没这种拍法。你才二十二……士根哥你看，这小赤佬做啥事都抢人前面。杨巡，听说酒席也办了？怎么不叫我们去？"

"我这不还没到结婚年龄吗，只在东北请朋友们吃两桌，算是见个面，这边没摆。"

"这边怎么不摆？这边大哥你不认吗？我今天想喝酒，你把老婆叫出来一起喝。"

"那还不是雷书记一句话。我们去哪家饭店？我这就去接她过来。"杨巡看看手表，"不过可能要多会儿工夫，得花一个多小时吧。"这么冷的天，杨巡着实不愿顶着寒风骑一个小时的摩托车来回，就多说了一些时间。

雷东宝好奇了："来回你家要那么多时间？杨巡你不想请我们喝酒就直说。"

杨巡索性把皮夹掏出来交给雷东宝："雷书记想喝酒，我请都请不来。这不我老婆住娘家嘛，离这儿远。"

雷东宝料到杨巡皮夹里有鬼，果然，打开就看到透明塑料里面夹着一张明眸皓齿的女孩照片，他仔细看了一下，摸出自己的皮夹交给杨巡看："你看，我老婆什么都不用打扮就比你老婆漂亮。"

杨巡早听说过雷东宝的家事，闻言连忙抢过皮夹，唯恐雷东宝中途变卦。一看，一个比普通人漂亮一点的女人而已，最多不过是很文气，一看就是读书人，比他的戴娇凤稍微差点。他很不服气道："你的当然好看，比我的还是不够，我的——雷书记，我带你一起去看看。我老婆，那跟大城市的没什么两样。"

士根连连跟杨巡使眼色，杨巡这个一按尾巴全身动的这次竟然没看到。果然雷东宝一听杨巡说他老婆不如杨巡的，急得跳起来扯起杨巡领子往外拉："不吃饭，先去看你老婆。我就不信。"

杨巡吓一跳，心说这是怎么回事，回头向士根求救，雷士根让他自求多福，杨巡一肚子激情给逼出来了，大声说："去就去，我老婆放哪儿人都说是美人。"

士根在办公室偷笑，实在好奇不过，也抓起桌上钥匙跟出去，他很想看看这个老鼠般机灵的杨巡找到的漂亮老婆究竟能美到哪儿去。一行三人三辆体积硕大的鲜红摩托车，齐刷刷飞驰出去，杀奔戴娇凤家。都是一穷二白走出来的人，都是现在手头有大票子的人，买摩托车时不约而同都是买最好的。

雷东宝看到从饭桌边迎过来的戴娇凤，立马没了声音。戴娇凤确实漂亮，雪白皮子，会笑会说话的大眼睛，樱桃小嘴，洋美人一般，着实是这小村飞出的金凤凰，放北京天安门也能挣一耙子脸回来。士根看着也是惊奇，心说杨巡还真是个千伶百俐的，做什么都能钻营到最好的。

杨巡一看雷东宝的神色，便知雷东宝认输。但他看人说话，换作别人他立马要讨还公道，但对雷东宝，他还不敢。戴娇凤也是个伶俐的主儿，见杨巡这样子，就知道雷东宝是个说话有份的，她正愁进不了杨家门，见此就抓紧机会抢着道："我们在东北常说起雷书记，今天见到雷书记真是太好了。雷书记请坐，我进去再做几个菜。我们要好好向雷书记敬几杯酒感谢雷书记对杨巡的照顾呢。"

雷东宝道："你们结婚都不敬酒，现在还敬个屁，不喝。我们外面吃去，不稀罕你们敬酒。"雷东宝挺郁闷的，不愿看到这个比宋运萍漂亮的女人。

戴娇凤不明就里，但抓住机会忙道："唉，我不知多想，可人家妈妈不让呢，说不到年龄没法领证就不算结婚，春节都不让过去，更别说在这儿摆酒敬雷书记了。哪天我能进门了，雷书记说要我敬你几杯就几杯。"

雷东宝诧异，没想到其中还有这么一段隐情，他指着戴娇凤问杨巡："大伙儿不是说她跟了你两年吗？"

杨巡一张老脸竟然泛红："当然，我们……我们一起两年。"

雷东宝奇道："你东北摆两桌说她是你老婆，回家就不算了？你这算什么道理，对得起人家小姑娘吗？哎，小戴你拿盆凉水来，这小子噎住了没法说话，给他清清脑袋。"

杨巡无奈，看着一屋子姓戴的，只能拉住雷东宝："雷书记，我叫你大爷，你出来我跟你说。"

雷东宝嘀咕："有什么话不能明说。"但还是跟了出去，听杨巡解释。杨巡原以为雷东宝会理解，没想到雷东宝听完鄙夷地看着他，道："亏你还是个男人，白长这么大个儿，又想吃又不敢认，什么玩意儿。"说完扯开嗓子叫："士根哥，我们回去，不跟杨巡吃饭。"

连戴娇凤都跟着跑出来，看势头感觉事情可能闹僵，一脸紧张，唯恐闯祸。士根忙笑道："东宝你这是干什么，过年过节的，杨巡难得回来一趟。走，小戴你带我们找家近一点的饭店吃饭，过年大家都忙，我们不打扰你爸妈。杨巡，载上你老婆。"

杨巡快快的，可又不能不听，雷东宝是他的祖宗，他现在对外都打着登峰的名号，得罪雷东宝，立刻信誉玩儿完。可也不能怨戴娇凤，这事本来就是他妈不上路，可他能怎么办？他是夹在风箱里的老鼠。戴娇凤坐在杨巡后面心里忐忑，可别给杨巡惹祸，可心里又带着期待，希望雷东宝能压迫杨巡向他妈反抗。她可太需要身份了，否则怎么跟姐妹们解释她跟着一个男人失踪两年，春节回家还在家里单个儿过。她都没脸见人，还不如在东北自个儿过春节快活。

戴娇凤带大伙儿去的是一家悦来饭店，门楣上贴一张鲜红条幅，上书"客如云来"，下面门窗玻璃上贴满"活鸡活鸭""山珍海味"之类的字。走进里面，果然有客有"云"，几乎是人手一支香烟，人人头顶都是朵朵"白云"。不过似乎是客少"云"多。

雷东宝坐下便摸出两张五十块的拍在桌上："士根哥你点菜，我请客。"

杨巡忙赔笑："雷书记，说好我请客的，我赔罪还不行吗？"戴娇凤也在一边拿大眼睛央求雷东宝，但不敢说话，雷东宝没事时就已经一脸凶相，眼下更是凶神恶煞。

雷东宝拿环眼盯着杨巡，盯得杨巡胆战心惊，一直等士根点好菜，付好钱，雷东宝才道："杨巡，你这人，我打一开始就不喜欢你，原先还以为我讨厌你滑头滑脑，今天总算明白，你这人心里没准星。"

杨巡连忙解释："雷书记，我这么做其实也是为小凤好，你想，我妈是个厉害角色，小凤这时上我家门，有的苦头吃……"

"你这话好没准头，要是厉害的是小戴，你是不是要把你妈赶出门，让小戴当家？你不明摆着欺软怕硬嘛。老娘老婆摆不平，要你男人什么用，我看你谁也别怨，全是你自己的事。你心里就是没有准星，谁强你偏谁，谁没好处你踩谁，滑头。"

戴娇凤旁边坐着一听，一个身子不由自主就偏离了杨巡，可不就是，明摆着就是看她好欺负，杨巡就偏着他妈，跟了他两年，一点都不为她出力，由得她在人前没面子。原来平日里的甜言蜜语都是虚的。

杨巡一向油嘴滑舌，遇到雷东宝一针见血的大白话，反而应答不上来，又是一脸通红。却见戴娇凤红了眼圈，连忙贴近戴娇凤的耳朵，轻声道："你要相信我爱你。"

"你就好听一张嘴。"戴娇凤一点也不给杨巡面子。

一顿中饭，吃得杨巡差点筋疲力尽，他的伶牙俐齿遇到雷东宝完全吃瘪。吃完饭送戴娇凤回家，戴娇凤下车就甩手走进屋里，一句话都没有，把他晾在寒风里。杨巡赔半天不是，可还是没用，戴娇凤关着房门不理他。

杨巡闷闷不乐地骑车回家去，顺路看见老王的校办工厂，把手一扭拐过去讨主意。他都不知道该怎么处理戴娇凤与他娘的矛盾才好，总不能与妈吵架吧。

老王的校办厂今年没扩，因为他觉得这样已经差不多大。杨巡进去时，老王自己在踩冲床，做小插件，老王是个见缝插针地赚钱的人，累不死，苦不死。杨巡难得不是嘻嘻哈哈地进门，一声不响抓把凳子坐到老王身边，老王见此奇道："你今天怎么了？哪儿吃晦气来？"

杨巡重重叹息："唉，我妈跟小凤……唉……"

"还不让上门？"老王心说全天下都知道寡妇老娘难弄。见杨巡点头，老王关切地问："小凤跟你闹开了？"

杨巡直着眼睛再次点头。老王就道："我跟你说，老娘是老娘，老婆是老婆，老娘再生气，到死还是你老娘，老婆逼急了会飞。"

"我又不是不知道。可我能把小凤领回家吗，那还不闹翻天了？我还有一帮弟妹看着呢。"

老王奇道："你妈干什么反对小凤？退一步不行？"

杨巡一时没法说，他妈说小凤一看就是水性杨花，越看越水性杨花，一年比一年水性杨花。他加工了一下才道："我妈说小凤风流，我这老实头看不住她。"

老王一听忍不住笑，做娘的大概都看着自己孩子是老实头，可杨巡这人，人家不被他要已经上上大吉。不过老王看着戴娇凤也觉得这人可能不安于室，平时与大家打打闹闹全无顾忌，哪像人家寻常小媳妇。换他也不喜欢儿媳妇是这号的。但杨巡又另说，他有的是本事锚住戴娇凤。老王笑嘻嘻给杨巡出主意："你又不缺钱，干脆去县里或者市里买间商品房，你妈不让小戴进门你就让她住商品房，两头远远隔开，你两头跑，两边不得罪，又两边讨好。春节领小戴回去拜个年，你妈总不至于把小戴赶出去。即使没领证也跟领了证一模一样，小戴还会埋怨你？"

杨巡恍然大悟："王叔，多谢，多谢，我明天就去办。哎呀，早问你了多好。"杨巡心情一好，嘴上话就多了起来："王叔，你钱比我多，还辛苦踩冲床干什么，雇个人，一天也没多少。"

老王唉声叹气："我老婆前几天抱女儿回家来，给计生办的抓了，一定要罚我款，我给罚得心疼啊。这个春节我不休了。"

杨巡早知道老王小气，做生意从来都是斤斤计较，到处揩油，这回被计生办罚了钱去，还不等同割老王的肉。"王叔你不正想要个女儿吗？千金千金，花这点钱值。哎，王叔，你现在做的大半是煤矿货了啊！"杨巡说。

"都是些小煤矿，年后争取打进国营大煤矿。你怎么样，这一年打进去没有？"

"我都忙着做批发了，王叔，你打进国营大煤矿，不妨顺路问他们要不要电缆，我优惠批给你。我量大，你再也拿不到我这么低的出厂价。"

老王道："我倒是想，可我没钱。我生个女儿给罚去一大笔，刚又给儿子在市里买了套房子放着，准备让他找对象摆嚎头用，现在手头钞票紧。再说现在煤矿穷，不肯给预付款，我小本经营的哪里还有钱进电缆。"

杨巡心说，罚款加买房子，加起来也没几万，老王哪里能穷成这样，无非是想跟他掉枪花。他将计就计，道："王叔，只要是国营煤矿的生意，电缆你先拿着，煤矿什么时候给钱你什么时候付我款。国营煤矿，还怕拿不到钱？"

老王顿时眉开眼笑，连连夸奖："小伙子，做生意愣是有魄力。难怪后来居上。"

杨巡心里得意地想，那是当然的，他把脑筋放在扩大生意规模上，老王之类的人则是把精力集中于针头线脑，几年下来，当然不同。

从老王那里出来，杨巡心情好不少，又飞驰去戴娇凤那儿，说明他准备在市里买商品房给戴娇凤住，他爱戴娇凤，当然在美人的眼泪攻势下，割地赔款地答应房子签戴娇凤的名字。他既然有行动出来证明不是嘴花花，戴娇凤自然就相信杨巡。两人本来感情就好，戴娇凤愁的本就是杨巡爱她不爱她的，到此便又亲热作一团。

只是，买房子的事并不是说做就可以做：一是春节前后，人家房管所不办事；二是买房并不是你想买就买，不是市区户口还不给买；三是都不知道哪儿有房子卖，他们这些不住市区的不知道行情。杨巡又是春节进完货后急着要赶回东北去，人家已经千里迢迢来电话催他，他只能把任务托付给戴娇凤的哥，只要她哥找到房子，他就会带钱南下。大家都觉得这办法挺好，戴娇凤虽然这个春节还住在娘家，可心里顺了，娘家住着舒坦。

04

跟县里的那些个同志联络感情，以前兴送年货，只有他们下乡时才须摆开桌面招待一顿好的。现在年货之外最好是吃一顿，雷东宝随大流。雷东宝不像杨巡那样擅长花言巧语，他就是发动攻势灌酒。可他灌人一杯，别人也回敬他一杯，两桌酒席一起开，等大家吃好喝好，雷东宝也脚底踩花步了。

他们吃饭的地方是个体性质的车站饭店，饭店老板娘韦春红，做人八面玲珑，人称小阿庆嫂。雷东宝经常上门，韦春红早已与雷东宝熟得互知底细。她眼观八方，眼看着雷东宝送走客人，歪歪斜斜地准备上摩托车回家，便走过去轻声道："雷书记，你今天喝这么多，回去路上又暗，不如坐我店里喝杯茶消消酒，等酒劲过了再回家吧。否则太危险。"

雷东宝酒气粗，胆气豪，连声道："没事，没事，我一点没醉。"

韦春红一把拔下摩托车钥匙，扭身就往店里走："有事没事我比你清楚，雷书记就一点面子不给，一口茶都不肯赏脸吗？"

雷东宝钥匙被抢，没办法，又不好出力气从人家女人家手里抢，只得被顺藤牵回车站饭店。饭店几乎打烊，只剩下几个服务员打扫。韦春红递来一只灌满热水的盐水瓶让雷东宝暖手，雷东宝当然拒绝这种娘娘腔的东西，韦春红也不勉强，收起来不管。雷东宝坐着喝了几口水，却是酒劲突突地上来，上下眼皮打架，坐着看会儿人家打扫，不知不觉就迷糊过去。

一会儿，他被人推醒，他懒得睁眼，听见耳边一个温柔声音说话："雷书记，都这么累，随便哪儿睡一下吧。"

雷东宝毫不犹豫地接受建议："嗯，行。"觉得这椅子舒服，就想躺下去。

身边有个人笑着挽起他："这都要睡到地上去啦，走，我们稍稍走几步就是床。"

雷东宝听着只觉得这个声音入耳，乖乖地被身边人挽着走。可费劲走了半天楼梯还没完，他忍不住出声："怎么那么远，有完没完。"

身边温柔声音告诉他："就到，很快就到。"雷东宝又乖乖地走，倒是有一半分量挂身边人身上。不过这回倒是真的很快就到，他摸到床，就闭着眼睛甩掉外套毛衣裤子，钻进被窝。被窝又香又软，还很温暖。雷东宝很是享受，很快睡去。

扶雷东宝上三楼睡下的韦春红这才近身，稍稍揭开被子，取出两只灌满热水的盐水瓶，又将雷东宝随地乱扔的衣服捡起。抱着雷东宝乱七八糟的衣服，韦春红坐在床头看着雷东宝发愣。她开饭店这么多日子，多少男人对着她嘴花花眼花花，唯有雷东宝一张脸虽然土匪似的，做人却是规规矩矩，她偏就稀罕上了，多想有这么个男人做身后的依靠。可是她自知长得不美，中人之姿都没有，年纪又不小，不知会不会比雷东宝大，又是寡妇人家，人家大名鼎鼎的雷书记怎么会看上她，她最多单相思而已。

她看了好一会儿，拿来新毛巾，倒出盐水瓶里的温水给雷东宝洗脸擦手。一只略显粗糙的手指忍不住轻轻描过雷东宝的轮廓，一遍又一遍。又坐床头将雷东宝的衣服尺寸量下来，将补得乱七八糟的地方拆了重补，非常困了，她才罢手，看看房间里唯一的这么一张床，她犹豫半天，心慌慌地先关掉电灯，又在黑暗中站了会儿，才颤抖着双手宽衣解带，慢慢滑进那唯一的被窝里。

有男人的被窝，自然不是盐水瓶能比。

雷东宝睡得浑身舒坦，兼有异常热烈的春梦一场。可睁眼发现眼前这不是他的家，整个人彻底清醒，跳起来对着陌生环境发呆。他渐渐清楚地想起，这里是什么地方，昨晚都做了些什么，而那个怀中的女人……

雷东宝意识到犯男女问题了。他焦躁地起身穿上衣服，当然是不会细心到留意补丁的变化。他飞奔下楼，看到老板娘韦春红静静地坐在一楼择菜。听见响动，韦春红很是害臊地更低下头去，眼皮子都不抬地道："雷书记起来啦? 你坐会儿，我去煮个酒酿圆子。"

"昨晚是你？我认错，你说吧，要我怎么样。"雷东宝站楼梯口看着韦春红，心说昨晚上怎么会把这女人当成萍萍。

韦春红听着这么无情的声音，心里发苦，但反而能若无其事地起身，淡淡地道："要什么怎样，你鳏我寡，又没害到谁。我不会要求你什么。圆子很快就好，稍等等。"

雷东宝莫名其妙地看着韦春红走进厨房，心说平时看这女人挺正经，怎么把男女关系看得这么随便。他想了想，并不想吃什么圆子，大步走出饭店。可摸了半天没找到摩托车钥匙，门口却传来轻哼声："起码吃了早饭再走吧，钥匙在我这儿。"韦春红说完又快步扭身进去。雷东宝无奈，心虚地看看周围，见左右没人，也赶紧跟进。但他不肯轻易就范，跟进厨房就道："钥匙给我。你自己想好，要我怎么认错。但我告诉你，我不会再结婚。"

"谁不知道你的历史？你有过去，我也有。我也不会跟你结婚，你休要想得美，以为你是香饽饽。"

"那你要我怎么样。你不用扣钥匙，直说，我不会赖账。"

"谁说要你负责，我才是要你原谅，昨晚喝醉的是你不是我。该我向你赔罪，请你吃了早餐再走。"

雷东宝不客气地道："你到底什么意思？"

韦春红又气又急，满脸通红："你不用怀疑，我不想陷害你，我也不是水性杨花的女人。可……可我们平日里不是说得挺好的吗，我也只是……只是……一个人孤单……你应该理解的，好吧，我不应该贴上你，你说该打该罚，怎么办吧，我好汉做事好汉当。"韦春红盛出一海碗酒酿蛋花圆子，也不看雷东宝，捧去店堂。回来又与雷东宝擦身而过，又盛一碗，也端去外面。

雷东宝瞪眼看着韦春红进进出出，想到似梦非梦的一场，心头又是狂跳。他坚持道："你把钥匙给我，我不吃饭。"

韦春红猛然抬头，泫然欲泣，泛红的眼睛盯住雷东宝，忽然掏出钥匙往桌上一拍，尖叫一声："滚，我还没那么贱。"

雷东宝拿起钥匙就走。但走出门外，才止步想了会儿，又觉得似乎有点对不起韦春红。但雷东宝还是没折返，跨上摩托车逃也似的离开。

一路上，雷东宝都不敢开动一下脑子，怕头顶中央不由自主地冒出夜晚的一幕。他觉得自己真流氓，怎么就能跟一个没关系的女人上了床呢？他必须拒绝回忆，将脑子封闭。

可老天爷看来并不想放过他，他才驰上小雷家村的村道，遇见的人十个中有一个要低头哈腰地跟他打个招呼，内容正是"东宝书记昨晚没回家啊"。雷东宝不知该怎么回答，一概听而不闻，目不斜视而过。

可是，雷东宝越想逃避，越无法逃避。回到村部，士根拿张纸条给他，告诉他有那么几个人打电话找，雷东宝一眼先看到其中的宋运辉。见宋家人犹如见宋运萍，雷东宝看见宋运辉的名字，心里就一个激灵，脸色大变。旁边士根看着奇道："怎么了？今年我们没欠哪家钱。"

雷东宝摇头，却被士根问得激起匪气。做都做了，还怕见人？他很是反常地一把将椅子往地上重重一踬，搬出电话拨给宋运辉。听到电话那头传来的熟悉声音，雷东宝反而跟审犯人似的暴喝一声："你找我什么事？"

宋运辉奇道："干吗，不能找你？你忙就别回电，回电就别那么大脾气，没人招惹你。"

雷东宝硬充起来的气在从不怕他的宋运辉面前泄了少许："你现在架子大了啊，打你电话还专门有个女人先挡着，官不大架子贼大。"

宋运辉奇怪雷东宝怎么硬拧着挑他发火，他索性不对抗了，冷嘲热讽也停止了，直接实打实地道："昨晚跟爸妈商量了一下，决定今年春节还是不回老家了吧。昨晚打了你三个电话，你妈一直说你还没回，去哪儿了？"

雷东宝做贼心虚地就把宋家人不回来过年与他昨晚的耍流氓行为联系在一起，急着问："干吗不回，干吗不回？元旦前不是说得好好的吗？你们不把我当亲戚了吗？"

宋运辉在雷东宝咄咄逼人的追问下，不由自主地没采取任何抵触情绪，老实回答："本来是真想回的，不光爸妈想家，我也想，还想看看你。可你也清楚，最近甲肝太流行，我们大的也还罢了，我们担心小引小孩子容易遭传染。大哥，你要走得出，就来几天吧，请你妈一起来，我家暖和。"

宋运辉的声音温和平实，就跟宋运萍一样说话，对雷东宝有种奇特的安抚作用，让他的蛮横无处兴风作浪。雷东宝的气一泄到底，有气无力地道："知道了，我这几天走不出，春节几天怎么都会去你家。你床给我弄结实点，别一翻身就晃。"

宋运辉心中总觉得雷东宝有什么话心里闷着，所以才态度如此反常，他依然温和地道："大哥，你一定要来，不仅是我，我爸妈也等着你，我们家亲戚有限，春节最盼望你来。"

雷东宝顿时闷住不能说话。闷了好久，也不管刚刚回避出去的士根匆匆从门口经过，敢作敢当地道："我没脸见你们。"

这话说出，不仅是电话那头的宋运辉，就是门口的士根都惊住，都一致联想到雷东宝的一宿未归，揣测他昨晚有什么艳遇。宋运辉胸口有巨大失落，一时无言以对，看着满桌的图纸发呆。那边雷东宝焦躁地等待宋家人代表宋运辉的批判，却长久没等到回音，急得又喝："你还要不要我去你家？"

宋运辉长长一叹："大哥，也该是忘记的时候了，我们家一直对你敞开大门。"

雷东宝更急："不是那么回事，我没忘记，可我……我昨晚喝醉，喝醉你知道吗？"

宋运辉的口气温和得很假："大哥，快五年了，你应该有自己的生活，我们都是男人，我理解。大哥，这事不用解释，我也一直在劝你另找一个。"

"放屁！你当我发的誓是放屁？放屁，放屁！"雷东宝被理解了，却更是急得直跳，一室杀气腾腾。

宋运辉冷静地道："我从来当你的发誓是放屁。并不是不相信你的诚意，而是我正视人的七情六欲。你是个正常男人，比寻常正常男人更精力十足，你能打五年光棍，我们一家已不敢置信。姐姐在天之灵会欣慰你找到新的幸福。不说了，我很忙，你春节来可以看到我们一家的反应。"

宋运辉冷着脸放下电话，忍不住抄起一只茶杯狠命摔到地上，惊得路过的同事大惊失色，都还是第一次看到宋运辉发那么大火。不错，他曾多次理智地规劝雷东宝另外找人结婚，但那事真冷不丁地蹿出来摊到他面前，他却一下子无法接受，极端地无法接受。难道，姐姐就这么被那人忘记了吗？这么轻易？

雷东宝更是在村办暴跳如雷，什么，宋家人从来当他的发誓是放屁？从来没相信过他？是不是宋运萍在天之灵也不相信他？而雷东宝更气的是自己不争气，竟然真的出轨，没守住。而他的誓，那还是在萍萍灵前发的啊，这样的誓都能违背，他说话还真是放屁，他这人还算是人吗？

士根在隔壁办公室听到雷东宝暴跳如雷，心里大概清楚昨晚发生了什么事，他多年下来已经了解雷东宝这个人，知道这人说单纯，有些地方还真是单纯，为了一个誓言，多看女人一眼都不，很多农村男人喜欢说荤话打趣小媳妇，雷东宝从来不干。士根不愿看到雷东宝发狂，更不愿别人看到雷东宝发狂而后窃窃私语，破坏雷东宝形象。他强自镇定思考会儿，想出一个主意，走进雷东宝的办公室，状似无意地道："东宝，猪场在杀猪，你快去。"

雷东宝一听，果然红着眼睛冲了出去。

士根立马打电话给猪场的忠富，让忠富见到雷东宝就把杀猪刀交出，众人回避。

过了很久，忠富以探询的口气问士根，书记已经杀了二十来头准备春节供应的猪，还要不要让他宰杀计划外的。士根问得雷东宝已累，坐在杀猪场门口生闷气，才撒腿赶去猪场，将泄了气的皮球似的雷东宝拖去人迹罕至所在，坐下好生说话。

"东宝，我媳妇是个醋坛子，你知道吧？"士根看看雷东宝，见他似乎没反应的样子，拿胳膊肘捅捅雷东宝，"我说话你听着没？"

"听着，谁不知道你老婆醋坛子。"雷东宝整个人蔫蔫的，还浑身是血，就像惨遭人一顿胖揍似的，可说话依然有中气。

"是啊，我媳妇年纪比我小不少，最爱跟我撒娇，老要我指天发誓我一辈子心里只有她一个。我当然发誓，这不明摆的吗？可她还不满意，又一定要我发誓我一辈子只有她一个女人，她如果现在死我也只能有她一个，就说是学你的好榜样。"

雷东宝闷声道："榜样个头。"

士根顺水推舟："是啊，凡男人都说榜样个头。我没瞒我媳妇，不怕她生气，跟她实事求是解释，要一个青壮年男人守一辈子不可能，但我会在心里永远把她放在第一位，没人能替代她。我媳妇最先愣是跟我闹，要我签字画押写下这辈子只能有她一个，可闹了两天也想明白了，那是不可能的。反而怨我这人太实在，为什么不骗骗她。东宝，我比你长几岁，看的书比你多，见的世面没比你少，你听我一句，我早知你迟早有这么一天，你还是认清现实，顺应现实吧。谁都知道弟妹在你心头是第一位，没人能替代，你不用苦着自己证明什么啦，这种事情我媳妇这么爱吃醋的人都不能不承认，弟妹一向是最明事理的，她能不理解你？恐怕，她还支持你呢。"

"屁话，不可能。"

　　士根瞄着雷东宝的脸色，揣测着雷东宝与宋运辉的通话，再联想以前宋运辉据说曾经劝雷东宝再婚，他冒险道："不是没有可能。弟妹的意思，宋家人最清楚，可能比你还客观。宋处他就不反对。"

　　"没可能，没可能，没可能……"

　　"对弟妹，你心里有她，比什么都重要。你过得不快活，她反而难过。东宝，你别钻牛角尖，听我一句。"

　　士根拍拍雷东宝的肩，起身离去，他想留空间给雷东宝自己想清楚。可没走出几步，就听到后面响动，回头却见雷东宝板着脸跟上。他忙道："东宝，今天没大事，分肉的事我会解决。"

　　"我是书记。"雷东宝给出一句，闷声继续走路。

　　士根明白，雷东宝就是这性格，即使天塌下来，他该做的还是得做，说好听点，是坚持不懈，说难听点，有时有点一根筋。所以才会有以前宋运萍刚去世，他硬是累得胃出血的一幕。

　　但士根一点也不敢懈怠，一整天一直关注着雷东宝的情绪，好在雷东宝一整天阴沉着脸，却是没有发火。但分完年货，雷东宝却在人皆散场的时候，问了士根一句："为什么我妈守得住？"

　　雷士根愣了一下："女人与男人不一样。"

　　雷东宝却来了个意外的结论："守不住的女人很贱，守不住的男人也很贱。"

　　"你不是说你喝醉了吗？喝醉的情况下，罪名不能记到你头上。"

　　雷东宝闷闷地道："你不知道。唉，你不知道，走了。"

　　雷东宝都没好意说，他不敢回想昨晚，其中原因，却是他除了觉得自己贱之外，还觉得快乐，他觉得这才是最对不起宋运萍的地方。

　　当年宋运萍刚去世时，带着火热滚烫的悲伤，雷东宝一诺至今，倒也能克制自己。可那么一夜重尝甜头之后，他孤衾独眠，一具火热而年轻的身子难以抑制地心猿意马。他想要得越迫切，内心斗争得越激烈，似乎是两三天都不能忍，白天走出去看到年轻娘儿们，感觉各个都是那么风骚。好在很快初一，初一之后，他鼓起勇气拎着东西赶去宋运辉家。

　　以往雷东宝来金州，宋运辉要么脱不开身，要么雷东宝来去不定，从不迎接。但这次雷东宝来，因为正是春节休息日，又知道雷东宝心里有结，他就早一步迎到宿舍区唯一进出大道上。

他虽说那天打电话时不快了一下，可回头再想，人得公平一点，雷东宝做到今天这一步已经很难得，对他宋家一直照料有加，这几年下来，不是血亲，胜过血亲，他还那么计较干什么？理智上说，他应该为雷东宝祝福。他迎在路口，也无非是表明一个态度，让雷东宝上他家不为难。

这年头骑摩托车的毕竟少，而骑大功率值万把块钱摩托车的更少。雷东宝如骑高头大马般凛然而降，宋运辉看着心里感慨，这样出众的雷东宝，能守到今天，太难了。他自己也是个优秀的，在金州同龄人中一枝独秀，他深知地位给他带来的魅力，各色诱惑对他的种种勾引，很多时候防不胜防，他都不敢告诉"小猫"，怕"小猫"天天疑神疑鬼。相信雷东宝身边展示魅力的女性只多不少，多少人等着雷东宝意志薄弱时乘虚而入，一次酗酒之后，还真是个机会，宋运辉都想认识认识哪个女的这么有本事。

雷东宝看到路边挥手致意的宋运辉，一个急刹车，差点人仰马翻。他摘下大口罩大喊一声："你怎么会等着？等多久了？"

"今天闲嘛，又带来那么多东西？"

雷东宝却盯着宋运辉单刀直入："你是不是有话要跟我说？直说。"

宋运辉笑笑，仰脸道："都是人，何必拿自己当神，神仙还思凡呢。你搞得那么紧张干什么。走吧，我就担心你来了金州又不敢进我宋家门，才费劲巴拉等这儿一小时多。"

雷东宝一听急了："谁不敢，我雷东宝打死做不出这种腻歪事。"

宋运辉继续笑笑："再有件事，预先跟你通一下气，你那些情事就别跟我爸妈说了……"

雷东宝立刻警惕地道："你爸妈会生气？会不认我？"

"去，我爸妈都已经把你认作亲生，谁生你气。但有些事吧，你做就做了，说就别说了。你说我一屋子老老小小，合适吗？再说，你也得帮我忙，开颜总愁外面狐狸精抢她丈夫，你要那么一说，让她知道外面狐狸精那么能耐，她还不每天跟我烦？你可千万别一句话破坏了我家安定团结。"

雷东宝不由自主地被宋运辉捎带过去："小程不是挺讲理的吗？"

"女人一当妈了就不讲理了，以前我姐怀孕时你不也被她折腾得吃不消吗？走吧，不早了，该吃中饭了。"

雷东宝拿环眼看看穿着一身并不出众衣服，却文雅中带着奋发意气的宋运辉，不由嘀咕一句："你还真是全身带桃花，小程还真得看紧你。"

"你别给我添乱，我已经够烦了。"见已经成功地把雷东宝的关注点引开，宋运辉就不再拿自己糟蹋，"小雷家今年好吗？"

"有我在，怎么会不好？今年养猪场可以拿自有资金扩张，电缆厂流动资金多得用不完存银行，银行看见我跟亲人一样，哪像以前问他要点钱得找县长书记……"

"是啊，现在银行变着法儿吸引大伙儿存钱，可再想办法也吸引不了我，我没钱。现在我们工厂工人要比社会上的人穷了啊。你以后贷款会不会容易一点？"

"贷款杠子太多，我们乡镇企业是后娘养的。可我总有办法，放心。你们现在还真不行，越来越不如卖茶叶蛋的。出来帮我们村上大项目吧。"

宋运辉无奈地笑道："看你活泛，不像我们，你知道这几天厂办的人在讨论啥？都那么多聪明人，有人计算出来，以现在的利息，一百块钱存八年，拿出来正好翻倍。也有人说不如存住房有奖储蓄，十万户算一个单位，保证有两人中奖拿到商品房，没中的也好歹有些利息。你说心思都花这上面，还能好好工作？"

雷东宝听了笑："你们厂，能人多，可都不好好做事，浪费。"

"我一直好好做事，可没比他们上班一张报纸一杯茶的多拿多少，久而久之，我现在也终于心里不平衡了。"

"我也不平衡，县里那些老爷还都说我们暴发，可我们那都是辛辛苦苦干出来的，比起那帮官倒，你说，他们凭什么要耍嘴皮子倒个批文、靠关系搞个平转议，一转手就是十来万进账？过去我们老书记昧了村里几万块钱他都没好意思再见人，现在都昧着国家的钱，谁还拿几万块当事？今年我们村几个大学生回家过年，我跟他们讲劳动致富，他们反对，他们跟我提什么东欧改革，要拿小雷家做试验，操，我怎么能带小雷家做那种没影儿的事。"

宋运辉笑，但没接茬，因为处长楼区到了。雷东宝这会儿早没了心理负担，看见宋家前院有花有菜，郁郁葱葱，禁不住大笑道："哈哈，我忘了带包猪粪来，该死。"

雷东宝的声音霹雳似的，宋家人老远就听见，都迎出门来，见面亲热得不行。只有小引见不得这个凶神恶煞的姑父，雷东宝不以为意，他早习惯了，没个小孩看见他不哭的。在宋家上下待他如宋家第三个儿女的温暖里，雷东宝这个性格大开大合的人心里的负疚全部卸下，他想清楚一件事，心里有宋运萍才是第一。宋运辉送雷东宝走的时候，雷东宝还严肃认真地向宋运辉保证，他心里只有一个宋运萍。这点，宋运辉相信雷东宝说的时候是真心的，事实上，或者以后，未必雷东宝心里只有他姐姐一个，可他姐姐一定是最重要的。也只能如此。

从宋家回来，雷东宝就跟解放了似的。

05

宋运辉没想到他会在春节接到虞山卿的电话。宋运辉一听到电话里虞山卿的声音，忍不住怪怪地看向程开颜。程开颜看着古怪，一跳上前就趴到宋运辉肩上旁听，没想到听到的却是男音。宋运辉见程开颜又是没来由地警觉，索性叫开了，让程开颜清楚对方是谁："小虞，安顿好了吗？"

"刚安顿好他们娘儿俩，家里也是求爷爷告奶奶才装上电话。呵呵，你知道我刚拿这电话给谁拜年了？"

宋运辉呵呵一笑："水书记。"

虞山卿也笑："你猜他跟我说什么？"

"别为难我，我还在金州。"

虞山卿又是笑："你这么明白的人，何必还待在金州受气？刚才这一通电话，你不知道我多扬眉吐气。树挪死，人挪活……"

宋运辉不欲听这些，有些事，多知道多麻烦："你这棵活树现在安家在哪里？户口怎么办？电话多少？"

虞山卿心领神会："你也想挪窝了？我现在定居市区，户口和我爱人的工作都是闵和水一起帮忙解决，你想不到吧？这都得感谢你劝我好合好散。你如果想出来，更方便，闵肯定是敲锣打鼓给你最好安置，只要你点头答应离开金州，这世上多的是武大郎。"

"那倒是。怎么样，下一步准备做什么？"

"倒爷，呵呵，倒爷。以后还得拜托你这个体制内的干部多多关照。你这人有前途，我得事先打好桩基。"

宋运辉听了笑道："吃我豆腐，我朝不保夕呢。"

"哎，小宋，跟你说句实心实意的话，算是报答你年前实心实意劝我自动辞职离开。你这人性格适合做实事，做大企业。我出来只有天地更宽，可你出来就不容易找到施展的舞台喽。你还是找机会跟闵沟通，力陈利弊，该伏小就伏，别一身臭文人傲骨。我这话，你爱听不听。来，拿支笔记一下我电话。"

宋运辉真是没想到，虞山卿出去后反而做人说话光明正大，后面说起他的倒爷计划来头头是道，这又是与雷东宝不一样的天地，估计与杨巡之类的小倒爷也有所不同。看来，以前在金州还真是憋屈了虞山卿，在金州的官僚体制下，虞山卿是高拜低踩，但在广阔的市场体制下，虞山卿却是灵活机动，一样的性格，放到不一样的环境，结出不同的果实。橘生淮北为枳。那么他自己在这样的官僚体制之下，以后会变得如何？宋运辉觉得自己已经变化很多。

不过，宋运辉还正准备年后与闵厂长谈谈，与虞山卿建议的一样，他不能继续被动。不为别的，而是他实在不忍心看岳父老大一把年纪，为了他的事热面孔贴人家冷屁股。他现在已经不大跟岳父商量前途的事，他觉得岳父的辉煌岁月已经随着金州的改朝换代消逝了，别再让岳父做力所不能及的事，他的事，他自己解决。

程开颜看宋运辉与虞山卿说得那么好，奇道："你怎么与虞山卿越来越要好？"

"谁都不是大奸大恶。"宋运辉自己也有丝感慨。

"可是，你们不是钩心斗角过吗？他以前多欺负你。"

宋运辉禁不住笑，在程开颜的世界里，黑还是黑，白还是白。"放心，我不会与虞山卿同流合污。对了，过完年，你答应我到夜校学日语的，书本呢？我前儿给你买的书本和磁带呢？"宋运辉说。

程开颜立刻可怜兮兮地道："我学英语行吗？不懂你还可以教我。"

"我学英语，你学一门日语，以后可以互补。回头我有时间跟你一起学，别怕。"

程开颜小声道："不学行吗？我幼儿园又不用日语。"

宋运辉只得稍微严厉一点："不许偷懒，多学一门知识，多长一份智慧，学来都是你自己的。"

"可我电大学的财务一点没用。"程开颜只敢小声抗议，也自知理亏，但希望最好还是抗议成功。

宋运辉当然知道程开颜想的是什么："别偷懒。小引已经大了，再说爸妈也在，你有时间应该充充电，多看看书，别成天琼瑶、岑凯伦。没有商量，开学就上夜校。现在条件够好，夜校都开到总厂里面来了。"

程开颜好生头痛，气得敲了不讲情面的宋运辉一拳，回头找女儿玩。宋运辉老是不顾她的感受，不像她爸那样好说话，又不是天下人各个都像他一样学什么都成。

过完年，宋运辉果然盯着程开颜学日语，他再忙，也要早上抽出一些时间听着录音机跟程开颜的进度。晚上回来有时还得教程开颜几个发音，程开颜尤其是记不清那些片假名。宋运辉有时候工作累，见程开颜屡教不会，不免有些火气，可他才一上火，程开颜就开始眼泪汪汪，宋引跟着放声大哭，于是一家人都指责宋运辉。程开颜后来条件反射，一看见日语就头痛，就越从心里排斥，越学不进去。搞得没一个月，宋运辉心灰意冷地放手，反而他自己又跟着磁带学下去。他一向是个有始有终的人，对于程开颜的不求上进，他挺无力。

偏偏这时候梁思申电话里说起她从中学开始学起的法语现在已经能派上用场，说她作为医院的志愿者，现在可以帮助说中文和法语的外籍人士，休息时间常被捉差，很有成就感。宋运辉想到自己不思进取的妻子，无法不摇头。

而人们自春节后就开始传言，能干的虞山卿毅然辞职下海，更能干的宋运辉既然与闵厂长关系不佳，估计更有下海的可能。宋运辉原以为不过是空穴来风，这金州总厂传统就是闲着没事干，喜欢传话。可没想到不到一个月，三人成虎，竟影响到了工作。

那是一次在技改组仪表小组的讨论会上。宋运辉对仪器仪表不是很熟，他无法在仪表组做到权威，但他根据性价比选择最终设计，一般做总指挥的思路就是如此。但在一种传感器的选择上，仪表分组的工程师竭力提议选用一种高级传感器，而宋运辉却认为配置过高，没必要高配低用。那位仪表分组的工程师情急之下，指责宋运辉没长远眼光，不能因为自己很快将挪屁股走人，而只顾眼前好看。宋运辉当时直斥无稽之谈，并强行根据综合评分，选定他指定的传感器。但没想到这个会议传出去，却变成宋运辉面对责问无言以对。这种传闻，极大地影响了宋运辉周围从新车间带出来的年轻铁杆们的积极性。

宋运辉心里很烦，他需要倾诉，需要有个人做只进不出的耳朵。可他找不到那样的人，他蹿得太快，身边都找不到可以坐下来说知心话的老友。程开颜倒是有两只忠实的耳朵，可程开颜提出的疑问只会让宋运辉更加心烦得吐血。他这时倒是有点想念虞山卿，后期已知无法与他竞争的虞山卿一直与他同声共气，但宋运辉更怀念寻建祥，那个倾心相交的热血朋友。

偏偏这个时候程开颜还跟他闹学不学日语，宋运辉情绪极差之下，虽然依旧能够控制自己不说伤人的话，可眼光中无法克制流露出的鄙夷，令一向对自己与宋运辉的巨大差距极其自卑的程开颜异常敏感，导致程开颜经常对着已经扔下的日语书本哭泣流泪。闹得宋季山夫妇这两个息事宁人一辈子的老人一致认定是儿子欺负儿媳，要宋运辉不许再逼程开颜学日语，宋运辉真是无语问苍天。

程开颜回家找母亲诉说，程母本来还生气女婿不讲理，可问到后来，女婿没说一句重话，亲家都帮着骂女婿，程母都不知道女婿错在哪儿。可程母又不舍得批评自己的女儿，只有背后找宋运辉给几句软话，希望宋运辉对程开颜网开一面，不要要求过高。

宋运辉在沉闷之中，决定突围。找个夜晚，晚饭后敲上水书记的门。虽然这是他和闵的事，可程序走来，第一个还是得找水书记。

水书记对于宋运辉的上门并不是很惊讶，水夫人开门迎进宋运辉，就笑着说："你看，到底是小伙子，天还没入春呢，就只穿单衣毛衣了。"

"年纪轻啊，全总厂处级以上干部个个皱纹白发，就小宋一个鲜活。遇到什么事了？最近技改这么忙，你还有时间串门？这儿坐。"水书记家的沙发已换，换成不知真皮还是人造革的黑色沙发。

宋运辉坐下微笑道："是的，最近满脑子都是技改，筷子常当铅笔使。我才做这么点小事好像就要嚷得全厂都知道似的，可见还是能力不够。"

"已经够好了，你丈人老头不晓得多满意。小宋，开门见山吧。"

宋运辉这会儿见水书记已经不同于刚进厂的时候，现在坐下说话已经胸有成竹："水书记，这事还真是与我丈人有关。有些事我因为钻在技改里面，脑子没法分散思考，反而考虑得少，可总让我丈人为我操心，我真是过意不去。所以找上水书记，得麻烦水书记帮我开个结。"

"嗯，你丈人年前就为你的事找过我。"

"大概是同一件事。我本来以为这只是我的个人问题，可没想到已经影响到我的工作。最近我工作中很为难，在设备型号选择中，有时一言不合，有人会站出来直指我因为将离金州，对金州不再抱有感情，做事短期效应，只求应付眼前。我否认已经没用，搞得我工作中极其被动。我想到水书记，当年我刚进金州时，水书记指点我直接下基层，令我收获良多，很希望今天水书记再给我指点迷津，我该顺应大家的议论，走，还是不尴不尬地留。"

水书记有点惊讶地问："有人当面指你对金州不抱感情？"

宋运辉点头："是，而且第二天就很快传出，我在会议上无言以对，草草收场，就这几天的事。"

水书记一时陷入沉默。明眼人都看得出有人在背后操纵此事，何况是操持全盘的水书记。宋运辉跟进一步，又道："我本来想有始有终，可是……现在看来，我有点一厢情愿。"

水书记沉默良久，才道："小宋，你在金州几乎所向披靡。你今天遇到的事，对于别人，可能坐上科长位置前已经遇到十次八次，可你几乎一路顺风顺水，畅行无阻。这可能也培养了你的娇骄二气。我不给你指点迷津，我只告诉你，有人的地方就有政治，你去，还是留，来回都是人堆，你在这儿躲避的事，在别处依然会遇到，你不可能一辈子一路顺风。对不对？你好好考虑。"

宋运辉原以为起码能试探出水书记对他的一个态度倾向，没想到水书记却知心知意地说出这么一席话。他不禁毫无深度地道："我丈人也一直以为我骄傲，可真有这么明显？"

水书记不由得笑道："人不轻狂枉少年，你已经很不错了，别想太多。不过你缺憾在经历太少，有时候，挫折也是一本不错的教科书。"

宋运辉已经判断出水书记要他留下，不过态度依然不明，水书记只是从他宋运辉成才角度考虑他的去留。但他还是被水书记的分析影响到判断，他笑道："水书记，我会留在金州继续磨砺。"

水书记呵呵一笑："金州是个大企业，小社会，这个舞台相当锻炼人啊，我个人对金州充满感情。好啦，这事揭过。你今天不来，我也准备这几天找你。"水书记说到这儿，一张脸严肃起来，"小宋啊，现在国家对干部年轻化、知识化、专业化的要求越来越紧迫，像你这样的人才，正是我们国家'四化'建设的生力军，未来的绝对栋梁。但是我们这些老的，专业技术知识不具备，或者已经跟不上时代了，已经被要求退居二线，让道给你们这些年轻人。唉——"

宋运辉惊讶地看着水书记，不知道水书记准备说出什么来。

水书记喝口白开水，继续道："小宋，你现在不仅应该在工作上起到先锋带头作用，回到家里，你也应该挑起大梁。我给你透点风声，最近上面准备调整所属企业的人事，我距离退休没多少日子，位置还会保留，但是权限会被削减，你丈人会退居二线，到党委任职。另有其他几位老同志也会被调整职位。我跟你丈人是多年老友，我能料想他看到调令后会比你更吃惊。我希望你在这两周拿出办法预先安抚好你丈人，让他认清这个社会趋势，回头不要因突然袭击而情绪激动，引发高血压。我也会想办法，我们多年朋友了，可改朝换代，这是每一个老年人都无法避免的遭遇。你回家多做工作，现在，我们老年人要仗着你们了。"

宋运辉惊诧得无言以对。岳父转做党务，那会意味着什么？对岳父，必然是巨大打击；对他宋运辉，无疑是釜底抽薪。

送走宋运辉，水书记对老妻嘀咕，他没想到闵行动如此迅速强硬，以前还真小看闵。这样的闵，等他退休后会如何对待他？这样的闵，靠日薄西山的程和阅历有限的宋做牵制主力，会不会不够？水书记不得不思考。

宋运辉其实很想一拐走去岳父家，可不敢，他怕自己没准备，被老于世故的岳父问出究竟，对岳父打击太大。他只能先回家，考虑好步骤后才能行动。看来，很可能岳父才是那个被水书记奉献出去激励闵为他办事的关键人物。而岳父，是遭他连累。想到刚才在水书记家里差点被水书记感动，他为自己的幼稚感到羞耻。眼下的情况是，手中毫无权力资源的岳父和他都被放砧板上宰割，他走，是逃避，留岳父在金州独木难支。他留呢？他该怎么做？该如何化被动为主动？

而如今，看来真该是他挑起大梁的时候了，于工作于家。水书记这点说得没错。

程开颜看着回家来的丈夫紧锁的眉头，很是小心地问："你怎么了？挨水书记批了？水书记骂人很厉害的，你别放心上。"

宋运辉看看客厅里同样关切看着他的父母，忙硬挤出笑容，道："没事，不是我的事。水书记还是支持我的。不过有些工作上的事……我到书房想想，你们别理我。"

程开颜一向知道丈夫考虑重大问题时喜欢一个人关在屋子里想，这与她爸爸的习惯相同。最近他工作忙，脑子几乎二十四小时运作，梦话都是技改，在家除了吃饭时间和少许闲聊时间，基本上就是闷在书房做事，程开颜已经习惯了。但程开颜敏感地感觉到今天的宋运辉有点不同，宋家父母也感觉到了。因为小引已经被安排睡觉，有闲暇的宋母与程开颜竟不约而同地走去厨房，动手给宋运辉准备茶杯。

宋母压低声音问程开颜："你说会是什么事啊？小辉这样的脸色我从来没见过。"

程开颜摇头："我也不知道呀，我也觉得小辉脸色很不对。妈，要么你去问问他，他最听你的话。"

宋母道："以前他最听他姐的，现在都不知道他最听谁的。你跟他一个厂工作，没听到点风声吗？"

程开颜羞愧地红了脸："我明天问爸爸去。我们幼儿园与他们是不同系统。"

宋母一向是顺民，不会用强，闻言只好作罢，可心里却对这个儿媳失望。能让她儿子小辉如此动容的事，在金州总能露出点风声吧，这个儿媳竟然会不知道，但她还是把茶杯交给程开颜，让程开颜去书房。

宋运辉看程开颜进来，愣愣地看着她好一会儿，一直等到她被看得浑身不自在地放下茶杯热水瓶想出去，才问了一句："'小猫'，你爸以前好像最宝贝你，看见你就眉开眼笑，现在最宝贝小引吧？"

程开颜不知宋运辉怎么会问起这个，连忙点头："是的是的，爸以前最心烦的时候，只要带我出去走一圈回来就好了。现在是小引，要不是天还冷，爸恨不得每天叫我抱小引过去玩。"

宋运辉愣愣地转着铅笔，又是考虑好一会儿，才起身，揽着程开颜走到客厅，按她坐下，又跟父母道："爸妈，你们坐，我们商量件事。"

想到宋运辉刚才问到她爸，程开颜很是忐忑地问："跟我爸有关吗？要紧吗？"她一急，声音不由得带了哭腔。

宋运辉有些字斟句酌地道："有事，好在水书记今天给我打了预防针，让你爸有个适应期。你爸最近会有工作调动，这个调动对你爸来说可能是巨大打击。'小猫'，我打算让你带小引住回娘家去，有你和小引在，你爸情绪会比较容易得到缓解。但你只有在两种情况下才会住回娘家，要么是跟我吵架逃回去，要么是我爸妈想家，回家一阵子。前者就别演戏了，我看还是选择后者。爸妈，你们暂时回去一个月，可以吗？我请假送你们回去。"

宋家父母虽然不愿意离开儿子，不愿意离开一手抱大的孙女，可人家亲家出事，这么大官给调动工作，而且看来是失权，他们怎么都得牺牲一下。宋母忙道："行，我们也该回家看看了，不过我们又还没老，我们自己会回去，小辉你还是忙你的。"

程开颜眼泪汪汪地道："小辉，爸爸究竟会怎么样？你知道爸爸最爱权了，水书记会把他调哪儿去？小辉，是不是很严重？你告诉我啊。"

宋运辉严肃地道："'小猫'，从今天起，你要记住你是成年人，你必须承担起一个家的责任，你在我们自己的家里尽管哭，但是去你爸那里，你得逗他开心，你别比你爸哭在前头，反而让你爸操心。懂吗？你爸级别不会变，享受待遇不会变，但权限缩小不少，这对你爸可能是很大的打击。我让你住回娘家，就是要你帮你爸放宽心。如果你做不到，我调整策略，另想办法。"

程开颜忙道："我会做到，我会做到。可是小辉，你得告诉我怎么做啊，我怎么办呢？"

"很简单，你的口舌还不够劝说你爸，你回娘家只要和小引一起骚扰你爸，让你爸分心，不能专心想工作的事就行。我们全家都不够劝你爸，你爸资格太老，看来只有你和小引能引开他的关注，'小猫'，看你的了。"

程开颜拼命点头，她当然要竭尽全力帮助爸爸，可她心中没底，又是伤心又是急，只会狂流眼泪。宋季山一直没说话，小心地看着一屋子的亲人，满心都是思索。

程开颜睡觉时又流了好久的眼泪，又怕吵醒女儿，非常压抑。她一个劲地问丈夫，会不会出大事，爸爸要不要紧，宋运辉都是给予否定答复，但前提是要她做好疏导工作。程开颜无比信任丈夫的本事，每问一句，就给自己充实一丝信心，渐渐终于定下心来，在丈夫的怀抱中挂着眼泪睡着。

宋运辉一时睡不着，瞪大眼睛想了好久。看看时间已经半夜，偷偷起身给睡猫一样的女儿把一次尿，才又回来躺下。他想了很多，想到如何以最委婉的方式告诉岳父，想到自己该如何应对岳父调动后周围环境的变化，更想到，他是不是需要更加主动。

宋运辉因此难得晚起床了半个小时，没时间再看日语，走到外面小院活动活动，而此时只有程开颜和宋引没起床。宋季山悄悄跟出，轻轻贴着儿子耳朵问："你岳父的事，会不会影响你的前途？应该会吧？"

宋运辉没否认："会，但不会太影响，我已经立足，而且我主要还是凭自己本事立足。爸，你现在回家，胃会不会给冻难受？"

宋季山这才有点放心："那就好，你自己最近小心做人。我和你妈住你家这么多日子，你妈关节炎好多了，早上起来不会痛，我近一年都没再吃胃药。再说这都开春了，天气一天天转暖了。"

宋运辉点头，父亲的胃，是他最大的心病，正是当年他高考时落下的病根。"我问题不大，你们也一点问题都没有，可'小猫'爸为人老谋深算，如果'小猫'没理由就住回娘家，她爸可能怀疑我是不是因为他失权而冷落'小猫'，那就弄巧成拙了。我得把戏做圆满了。还有……我还是送你们回家，我有事要找大哥。"

"那也行，你脑子灵，你自己决定就是。"宋季山既然知道儿子没大事，也就放下一百个心，因为他太信任儿子的本事。

宋运辉当天上班就开始布局，先分别向一分厂和运销处要求周六调休一天，得到批准。然后当晚就把程开颜母女送回娘家，送去得晚，进门程开颜就得伺候女儿睡觉，省得在程厂长面前露马脚。宋运辉向岳父解释，是因父母思乡准备回去一趟，怕自己太忙开颜一个人忙不过来，厚着脸皮上岳父家搭伙，早来几天以让小引适应。程厂长自然是异常欢迎，还探头探脑等着外孙女睡着了，好好进去"观赏"一番，眉开眼笑的。宋运辉一直在旁搅着程开颜，给妻子打气，程开颜总算是没露馅。至于程开颜眼皮微肿的原因，宋运辉解释是开颜重情，舍不得公婆。

程厂长倒是一点没有怀疑。宋运辉准备等岳父高兴上两天，周四再告诉岳父真相，周五观察岳父一天，周六他才可以安心陪父母离开。他有了自己的计划。

但是从岳父家告辞出来，宋运辉一个人整整在宿舍区里散步近两个小时。他有很多话要说，他有很多压抑要宣泄，他还有很多计划想与人商量，可是他现在必须独立承担所有。才知，原来以前在心理上依靠岳父那么多。而今，一个人承担起来，是那么艰巨。他对未来设计没有绝对把握，但时至今日，他必须做，因为他已经不是一个人，他身后是一大家子老小，甚至包括程开颜的兄嫂。至于最终，那就成王败寇吧，他孤注一掷。

他感觉，今天的宿舍区异常黑。

第二天上班，又有要好的轻问宋运辉，是不是真的准备离开金州，甚至因为顶不住压力而罢手交出技改工程。看着越来越多的人看向他的目光充满揣度，宋运辉心中的压力一个小时甚于一个小时。他很忙，脑子本来已经全速运转，可如今又要负担那么多鸡零狗碎的杂毛事，他疲累的神经接近临界。中午时候他没回家吃饭，打电话给正在一车间倒班的师父，他跟师父解释，他不知道哪来的传言，那些传言又有什么不可告人的目的。他也跟师父保证，除非是上面下来调令，否则他能到哪里去？他不是虞山卿，虞山卿以前做内贸，出去后当然可以照旧在全国跑，他不行，他以前做外贸，出去后难道出国？他连买一张飞机票的钱都没有。师父倒是一如既往地信他，帮他，师父说他也不信传言，可听到那么多传言后还真疑惑了，以为这么一个少年得志的徒弟经不起压力，受不得窝囊气，冲动之下什么都做得出来。师父说他会跟同事们解释清楚。

宋运辉又给新车间的前亲信们打电话，明确指出他不是临阵脱逃的孬种，他一向有始有终，压力越大，他越坚守。宋运辉决定从自己曾经的大本营入手，从基层这个最大的群众基地入手，瓦解对他不利的传言。

因为越来越多的传言，岳父程厂长也打电话来约他晚上谈话，宋运辉只好答应。也是考虑到'小猫'这个人实在不是个能托付的，还真有点担心程开颜在她爸妈面前露出马脚。

下午时，总厂总工办和生技处，联合一分厂召开一分厂技改工作临时会议，让宋运辉在会上通报技改工作进度。宋运辉心中奇怪何以在这么一个上不着天下不着地的时间开这么一个碰头会议，等走进会议室，看到群贤毕集，如三堂会审，甚至还有已经退休的刘总工及另外一个技术冒尖的退休高工的时候，宋运辉心里忽然想到，他被眼下局势逼得屁股冒烟、筋疲力尽、四处救火的时候，闵会怎么考虑？等到两周后他岳父程厂长的调令宣布时，闵最担忧他如何反应。冲眼前这会议的阵势，闵在担心他撂挑子吧。闵必须建立强大的后备力量，以防他突然脾气发作，甩手不干。闵担不起在他担任主导期间，技改工作被延误而造成重大损失的风险。

可是，传言为什么又言之凿凿地说他对金州没有感情随时抬屁股走人？面对一会议室的金州最强技术人员阵容，宋运辉忽然忍不住笑了，他终于明白闵的计谋。

不错，他不正是被这些传言逼得四处灭火四处表决心了吗？闵这是遣将不如激将，就是要用这种传言的办法逼他宋运辉为了名誉，为了心中一口气，还得为了以后在金州抬头做人，即使面对再大压力，处于最低困境，也必须咬牙挺住，任闵为所欲为。闵这是一环套着一环，从邀他主持技改工作起，就已经给他挖好了陷阱。闵不得不用他，可又不能不压制他，闵看见他，也是头痛万分吧。想到闵如此重视他，为了他这么区区一个不到三十岁的管理人员如此费力地设谋布局，宋运辉心情大好。人被重视，总是好事，对吧？

可闵也担心万一他宋运辉顶不住压力做了逃兵，谁来接手技改工作的问题。

一个副处级小年轻主导的工作，居然需要这么多总们来接手，宋运辉心中更加愉悦，半年多来的鸟气几乎一扫而空。

宋运辉冷笑着心想，闵既然如此抬举他，那他也誓与闵周旋到底。

宋运辉想得入神，没听见会议召集人已经说话完毕，该他说话。众人都看着他入神地注视手中的铅笔嘴角噙笑，都不知道他玩的是什么招。一直到有人看不下去捅捅他，才把他从冥想中招回，他这才开始偷工减料地汇报。现场有人录音，有人记录，而那些技术大佬也都是亲自动手记录要点。等他简短介绍结束，与会众人开始提问。宋运辉认为不要紧的，就麻溜儿地回答；认为要紧的，他当然守口如瓶，岂能让闵的两手准备得逞，他会一脸真诚地给对方一个软钉子，说这个问题他还没考虑，会回去认真研究。但一次两次还行，多了，有人就会怀疑，责问宋运辉这也没考虑那也没考虑，他领导的技改小组究竟是怎么运作的，如此常规问题到技改中期了都还没考虑。

宋运辉不卑不亢地告诉大家，他运用的不是常规技改思路，就像一车间的技改需要打破常规布局，大胆引进国外先进技术和设备一样，他的技改思路也是引入国外先进技术管理理念，打破原有技改布局框架，可以说是打乱传统布局节奏，所以有些常规问题可能不用考虑，不过，对领导们提出的问题，他回去会好好思考，以求技改工作安排得更加完善。

刘总工当场提出异议，认为技改框架万变不离其宗，他们问出的几个问题都是进程中必须注意到的细节，他要宋运辉解释现有技改方案实施的总体框架。

宋运辉知道刘总工是个有料的人，在刘总工面前作假，无疑关公面前耍大刀，可是他岂能将他的总体布局摊给这帮别有用心的人？他索性合上笔记簿，再也不看一眼工作记录，海阔天空地侃侃而谈他的技术管理理念。他这回没偷工减料，也没作假，但他把关键词汇都用英语表达，所有记录人员都是停笔不前，看着他目瞪口呆。主持人要他用中文表达，他直言不讳，因为他看的都是英语书。众人能听懂凤毛麟角，大多数知道宋运辉说得针对，却又听不懂全部，宋运辉说了等于白说，可宋运辉非常客气地一直说到下班还意犹未尽。会议无果而终，但是宋运辉又非常真诚地请在场领导放心，技改工作进行半年来，一直顺利，也欢迎各位领导继续监督指导。

离开会场，宋运辉几乎是跑步回到技改组，抓紧时间检查今天工作落实情况。等他检查安排布置完毕，抬头却见刘总工与总厂现在的总工一起站在门口一直倾听。宋运辉更是认定闵两手准备的打算。他索性走出来大声问前辈有什么指导。刘总工注视宋运辉的眼神有些复杂，但只是说很好很好好好干，打算离开。宋运辉这会儿也不客气了，冷冷地说，他一个小小车间主任指挥总厂级别的技改非常力不从心，也害得领导们总不放心，只希望总厂尽快安排得力人手接替，只要总厂决定，他立马儿让贤。一席话说得刘总工与新的总工异常尴尬，嗫嚅而走。宋运辉冷笑着告诉组员，逼他走，没那么容易。他相信，这话会传到闵的耳朵里，闵不正等着他这句话吗？

可宋运辉发觉自己全身亢奋着，连坐着都是憋着一股子力气，而且还坐不住。他知道自己这样的状态回家去肯定得把父母吓死，他只好又拐去运销处，将积压下来的工作处理完，又发电传要梁思申立刻决定合同，明天就给他回复。处理完那么多事，他的情绪才稍稍平缓下来，回家吃饭，吃完饭去岳父家时，宋引已经等不住睡觉了。

程开颜看见丈夫来，才终于松口气，不用再独立演戏。骗自家爸妈真难，她只能在父母问她为什么老是神思恍惚的时候，解释说因为担心宋运辉。程厂长倒也相信，他也担心，否则不会在亲家回乡之前还占用宋运辉的时间。

因此，程厂长一见宋运辉就拉他坐下，但程厂长看来看去看不出宋运辉有什么紧张慌乱。家里人之间无须客套，程厂长直接就问："今天下午的会议，是什么内容？"

宋运辉想起会议，就忍不住展颜一笑："都让我捉弄了。他们大概是想做两手准备吧，那么多高工围着我发问，想问出我的技改框架和思路。"

"闵这么心急逼你走？什么两手准备，明明是准备替代你。"

宋运辉冷笑："我能上他们当？我给他们上英语课。若都是一些'文革'后大学生工程师来听着，我还真担心被他们了解了去，那些老的，他们能听懂？技改框架只有我一个人握着，谁也别想中途插手，否则我每天那么辛苦亲力亲为地干什么。"

"你别大意，金州有的是人手。"

"我不怕，技改与新车间不同，技改的各个小项没有系统性可言，实在是千头万绪，就算他们每个人成功接手一块，他们之间也无法有效衔接。何况，能不能成功接手还是个问题。爸，其实闵也知道这个难题，刘总工不会不告诉他，刘总工倒是可以接手，但是，刘总工老了，他没我的精力，没我的速度，刘接手的话，不知道一年后能不能改造完。闵知道只能用我，我从今天的会议看出，闵心中极端地害怕。他必须做好技改这个工程，一则是因为这是他调升总厂领导后的第一个工程，二则是我在系统杂志上发表的文章早已搞得我们的技改人尽皆知，他无法自行中断，他不能让工程在他手里砸了。而闵最害怕的是什么？是我撂挑子。他根本不敢逼我走，爸，他最清楚这点。他所有的行为，都只为逼我留。可我难就难在我不能公然撂挑子，因为这个技改工程涉及一车间，我不能辜负一车间上下对我的期望，还有，传言我如果撂挑子那就是我不爱金州，如果我真甩手不管的话，我真是走也不是留也不是了。爸，你说是不是？"

程厂长听着点头，但不得不伸手拍女婿肩膀："小辉，别激动，别那么激动，看你两眼珠都瞪出眼眶了。不急，我们慢慢商量，慢慢商量。"程开颜难得看到宋运辉如此激动，说话说得手舞足蹈，忙取桌上的水让他润口，她真是担心丈夫，爸爸已经那样了，如果现在撑着主心骨的丈夫也支持不住了呢？但她担心归担心，还是由衷地相信丈夫能做得到，在她心目中，宋运辉自始至终是个高大伟岸的神人。

宋运辉今天难得把最近几天的郁闷之气吐出，说着说着不知不觉激动了，被岳父一说，挺不好意思，借喝水平静自己。

程厂长考虑了一会儿，问："你说的有几分把握？"

宋运辉道："十成把握。但全金州，我怀疑看得透闵布局的，大概不出三人，一个是他自己，一个是我，还有一个是刘总工。水书记估计也被闵瞒过。我到今天才想清楚。"

程厂长想了好一会儿，才道："看来你得任着闵予取予夺了。"

"不，爸，我昨天没想到闵逼我留时已经想好一条对策，如今既然看出他内心深处的心虚来，我不能不抓住这个大好机会反过来逼迫他。我不能走，但我生甲肝，生这种急性流行病住院隔离不行吗？我回家让我姐夫帮我安排，他在县里有的是办法。别人没法因此指责我，但闵会心领神会，我今天已经把一丝意思甩给刘总工了。闵对我的动作越迫切，说明他内心越虚，我越可以利用他。他连为虞山卿安排工作都做得出，现在换我抓着他小辫子予取予求。我已经想到两个条件，回头继续想几个。昨晚我还没十足把握，只想孤注一掷，但今天我不担心了，看来闵比我心虚，他得任我予取予夺。"

宋运辉说着又激动了，他今天一直很情绪化，都不管岳父插嘴，一直滔滔不绝地讲下去。程厂长却是越来越少插嘴的举动，最后变成定定地看着宋运辉说话。等宋运辉说完喘气，程厂长也忍不住跟着长嘘一口气，靠着沙发深思。宋运辉喝几口茶后，才又补充一句："爸，我周六陪我爸妈回家就会行动，你帮我再考虑完善。"

程厂长点头："没想到还有这么一层，咳，老了，看不清了。只要前提成立，你说的反将一军，倒是能行，回头我再想想你最好落脚到什么位置。"程厂长嘴里自言自语，然后就嘀嘀咕咕，旁人都听不出他讲什么。过了一会儿，才又道："小辉啊，有件事你还得再考虑清楚，找出原因。按说你技改工程接也接了，做也做了，他只要短时间内笼络你一下，稍稍逼迫你一下，你就能就范，他干什么要大动干戈？这后面有原因，你得先搞清楚了才行，你不能做得太绝了。"

宋运辉心里不由得感慨一下，到底是老资格的人，一眼就看出了问题症结所在。他也不等周四明天了，既然岳父提起，他就顺水推舟回答吧。"原因……我前晚去了一下水书记家，水书记告诉我一个决定。也不知这个决定中有没有水或者闵在其中的作用，但这决定出来后，肯定极大打击我们的工作热情。"宋运辉看看警觉起来的岳父，才又小心地道，"水书记让我告诉爸，部里很快下来调令，爸可能两周后调任总厂党委副书记。"

宋运辉说着，伸手从衣袋里摸出硝酸甘油候用。旁边安静旁听的程母惊住了，瞪着眼睛盯住宋运辉不放。程厂长更是一张脸忽地变得通红，呼吸急促，嘴唇微颤。宋运辉忙踢程开颜，推她行动。

程厂长终于在程开颜"逼迫"下回过神来，张嘴含住硝酸甘油。果然，不到一会儿，一张脸渐渐褪色，只是又变得铁青。但后来无论程开颜如何劝诱引导，程厂长都是不说话，只有程母拉住宋运辉问究竟是怎么回事。宋运辉直说，说他也不知道究竟是政策原因一刀切，还是被他连累，闵为打击他的势力而釜底抽薪。

程厂长沉默许久之后，才横一口"妈了个逼"，竖一口"妈了个逼"，骂个不停。宋运辉到这时才松气，拿眼神支使程开颜再抓她爸说话。程开颜摇着她爸的手臂，气愤地道："爸，水书记还说是你老朋友呢，小辉说了，关键时候朋友最会出卖朋友。亏他还好意思在我们家吃了那么多饭呢，真不要脸。"

程厂长又是狠狠一句"妈了个逼"。还是程母了解自己丈夫，从厨房找来酒瓶酒杯，送到程厂长嘴边，又把一支点燃的香烟送到程厂长嘴边。程厂长喝酒吸烟吃茴香豆，间隙时候继续骂一句。

宋运辉想了一会儿，决定拿自我批判换岳父开口："爸，祸都是我闯下的，如果我以前不为新车间的事与闵发生纠葛的话，也不会有今天闵紧逼我不舍的情况出现。如果我早在知道闵会上任总厂时就找他赔罪修好的话，他也不会今天一直视我为敌对。爸，对不起，我给你添大乱子了。"

程厂长听不下去了，这才开口："狼盯上羊，因为羊肉好吃，难道也是羊的错？"

"可是爸——"

"闭嘴，你后面的计划都是为保住我家在金州的地位，否则你有的是其他办法跟闵作对。"

宋运辉没想到岳父到这时候还能清楚地看出他所作所为的背后动机，而且并不怪罪，他极其感动，更是拿话积极岔开岳父的心神："爸，等我送我爸妈回家后，我会打电话到总厂请假，你们谁都不要去探望我，就是要给闵看出我是在作假。我要给他时间权衡究竟是我未来的威胁重要，还是他眼前的前途重要。我要逼着闵上我家订城下之盟，去割地赔款。"他到此顿了顿，看看岳父的脸色，才继续道："其间技改办会大乱，他们找上你要人的时候，需要爸出马应付了。但估计部里对爸的调令已经成形，想通过我的计划来改变，比较难。"

程厂长狠狠将烟头掐死："妈了个逼，你狠狠做，给我出气。"想了想，又拿酒杯指着宋运辉道，"你再添个条件，等你回来，要刘工出山，要好好抬举重用刘工，要刘工每天在总厂办公楼晃，恶心死水。"

宋运辉忙道："我会。还有什么条件，爸想好了告诉我。爸，真没想到，你这么坚强，早知道我也不用担心来担心去到今天才敢告诉你。开颜最担心，开颜知道这事后急得不得了，怕爸难过，一定要先搬来陪着爸，开颜最心疼自己的爸。"

"那当然，爸爸一直对我最好。"程开颜一直腻在她爸身边，又把一粒剥好的茴香豆送到她爸嘴边。程厂长闻言拍拍女儿的头，却一针见血地对宋运辉道："这是你做的安排，开颜嘛……早吓得六神无主了。"

程开颜被她爸说中，可她在她爸面前并不如在宋运辉面前讲理，一时也不管她爸现在是重点安抚对象了，敲着她爸的肩膀不依，说硝酸甘油就是她要宋运辉准备的。程厂长被女儿揉成一团，虽然他现在心事重重，可果真一点没脾气，腾出肩膀后背让女儿敲个爽快。宋运辉也不劝，或许这就是治疗程厂长情绪的最好良方。

“可怜”的程厂长在家连脾气都发不出来。但他还是第二天告假休息一天，与老伴儿在家里生了一天闷气，又把该骂的骂了个遍。可晚上就叫老伴儿做了一桌子菜，宴请宋家父母，算是饯行。宋季山真是佩服亲家，出那么大事，人家还若无其事的，可见就是做大官的料。而程厂长周五上班，还主动找上水书记，心平气和地说他接受组织安排，然后与水书记心照不宣地说笑。

宋运辉周五将工作一扔，周六送父母回家，周一，就有一张电报飞上他的直接主管领导运销处处长案头。上书：宋运辉甲肝急症隔离病假一个月。这一招，打得闵措手不及，水在一边冷笑看戏。甲肝，这个时期轰轰烈烈的甲肝，恰巧发生在宋运辉头上，一点都不稀奇。

06

雷东宝春节从宋家回来后，心结打开。当然，他并没无耻到急吼吼地就去找女人解决问题，参军后部队对他的教育影响犹在，除了他总是笔挺的腰杆，还有为人行事的规矩。不想结婚，却去找女人，总好像有点思想问题。但雷东宝不再下意识地回避韦春红的饭店，节后有请客，又上门去。

对于雷东宝的再次上门，韦春红心里奇怪，可一团子热情又死灰复燃。看到雷东宝与朋友们几杯酒下肚后频频看向她的目光，她不由得面热心跳，特意上楼抿了抿头发，又取出一支变色唇膏，淡淡搽了一点口红。

饭后，郎有情，妾有意。雷东宝顺理成章留下来，雷东宝甚至都无须暗示挑逗，送走客人后直接问一句“我今晚住这儿”？就得到了韦春红的点头允许。

雷东宝这回是主动送上门来，早上起来，稍微感觉羞耻了一下，却没太大反应。只是起来发觉床边没他的衣服，才继续窝被窝里大喊一声：“老板娘，我衣服呢？”他倒是一点没想到会不会是有人抱走衣服，要拿他作法。

韦春红很快应声抱着一堆衣服上来，满脸是笑地放到雷东宝身边，看他起身，便扭转身去回避。雷东宝穿上身去，这衣服还是暖的，他虽然粗糙，可还是闻得出衣服上的一股子清爽肥皂香气。他不会光想只猜，直直地就问了一句：“你把我衣服洗了？”

“嗯。”韦春红又忍不住笑，“穿得好脏，棉毛衫打了两次肥皂，还没泡泡。”

"啊？我都用洗衣机了还没洗干净？"

"洗衣机哪里洗得干净，一锅脏水搅来搅去的，哪有手搓的力气大。你以后脏衣服都拿来吧，我替你洗好，晾灶眼儿口烘干，很快的。"

"不好，影响你做生意。今早不用洗菜？"

"春节后生意一直不好，现在没事谁还敢出来吃饭。你早上喜欢吃啥？鸡汤青菜面，还是粥加包子？"

"吃饱就行，哪那么多讲究。"雷东宝穿戴整齐，跳了几下，浑身整舒适了，才又道，"裤扣是你帮我缝的？"

"正好看见呢。"韦春红这才掉转身子，眉弯弯眼笑笑地看着穿着整洁的雷东宝，"常见你衣服穿得最邋遢，唉，都不像一个村书记。你今天如果不急，一会儿我给你量个尺寸，我住县城，扯个布料方便。"

"现在量，现在就量。"

看到雷东宝龙行虎步地绕过床走过来，韦春红不由得低下眼去，微红了脸，忸怩地道："现在空着肚子，腰围量出来不准，往后做成裤子准暴扣子。"

雷东宝也怪怪地看看韦春红，面对着面了，才觉得没话说，发觉昨晚灯光下看着韦春红还好看，现在可能是日光下吧，怎么看怎么粗糙。可又挺享用韦春红对他的好，一时无话，转身率先出门下楼。韦春红后面跟上，这才敢放肆地看雷东宝宽阔的背，厚实的胸，山一样的肩膀，想起昨晚的光景，满脸堆笑。这男人，是她的了。

趁韦春红去厨房烧鸡汤青菜面条，雷东宝从钱包里数出五百元来交给韦春红，说这是给他做衣服用的，也要韦春红自己做几件好看的。韦春红说什么也不肯收，但硬是被雷东宝掰住两只手，将钱塞进她口袋里，厚厚十张五十元的。雷东宝心安理得地吃了满满两大海碗鸡汤面，满足而走。韦春红送到门口，轻轻叮嘱有空常来。

雷东宝离开韦春红，满心都是怪异的感觉，不知道这种夫妻不像夫妻的男女关系算什么，但雷东宝绝对不认为这是姘居，姘居太难听，两人在一起又没碍着谁，双方你情我愿的，好像与别人不相干。但又绝对不是夫妻，如果是夫妻……他当年是那么喜欢抱着娇美的妻子，可对韦春红没那感觉。

但雷东宝并不是个宋运辉那样喜欢想个究竟的人，心里怪异就怪异了，反正又死不了人。后来想起来就去一趟，摩托车一响，转眼就到。韦春红爱他，真是把他当宝贝一样，再说最近甲肝闹得饭店生意不好，韦春红就千方百计做好吃的补的给雷东宝享用。雷东宝却并没觉得太受优遇，对他好的人太多了，千方百计想拍他马屁的人太多，反而显不出韦春红对他的好。只是，来了几次后，心中那种怪异感觉渐渐消失，慢慢变得理所当然起来。好像韦春红饭店就是他另一个窝。而韦春红开着饭店，见过的人多，见过的世面也多，雷东宝说什么她都能应声儿，又是方方面面都把雷东宝伺候得舒舒服服的，雷东宝即使有脾气地来，她也能让他消了气地走。不知不觉地，雷东宝有什么话，便与韦春红商量起来。不再是原来的吃完晚饭上床，吃完早餐离开，两人话挺多。但是韦春红也听到了她最不爱听的话，雷东宝明确告诉她，他不会再娶。

宋运辉来的时候，雷东宝对他一如既往。对于宋运辉的帮忙要求，雷东宝全力以赴，找上县卫生局长帮他作弊。等宋运辉下火车，雷东宝叫车接上宋家一家，就笑嘻嘻地把病假条病历卡送上。宋运辉也笑嘻嘻地收下，就宋母嘀咕说也不怕不吉利，什么都可以作假，哪有甲肝这种事也要赶时髦的。

等到了宋家，雷东宝拿出两包烟打发走司机，进来帮忙拎水冲地，这才问拖地的宋运辉："你电话里跟我说啥？你这是跟你们总厂副厂长闹矛盾？闹矛盾不会当面说清楚？搞那么多花头干啥？你这人腻歪不腻歪？"

宋运辉耐心解释："我跟你不一样，我如果是光棍一个，遇到欺压还不拍桌顶了，就像我以前室友说的，不行就天天上领导家打门去。可我现在不行，我岳家都是金州职工，我顶得住，他们顶得住吗？只有迂回一些，让各方都获得好处。"

雷东宝鄙夷地道："多不爽气，你说你那些工夫，拿来痛快赚钱多好。为那几张工资，值得吗？"

宋运辉叹了声气："总有一天会值，我不信那么大规模的国有经济会一直不济事，我不信那么不正常的脑体倒挂会持续。你听说东欧苏联那边的改革了吗？"

"不管，我们管好自己家的事。你来得正好，你还记得那个市电缆厂吗？哼，春节后就一直停工，没开门过，彻底被我打垮，你说，我买下那家厂，怎么样？"

宋运辉见雷东宝不跟他讨论国企的优越性，可他现在心头有股气，不说不快，于是回答得牛头不对马嘴："其实你别说我们工资低，我们前年以来涨工资幅度还是不小的，总体来说，比农村平均水平要高，当然跟你不能比，你是带头人。"

"那你怎么还钱不够用？"

"我生活奢侈，呵呵。我的钱，很多花在精神文明建设上，我喜欢华而不实。说你的吧。"

"什么意思，你自己说舒服了，才轮到我说？"

"你嗓门大性子急，我常让着你，你偶尔不能让着我？"

"都是我在让你吧？连你姐都一直要我让着你。"

"你什么时候让过我？都是我据理力争。"

还是旁边宋母说了句公道话："东宝一向说一不二，只有跟我们家小辉才有商有量。"

雷东宝立刻道："听到没？听到没？就你一个不讲理的。快跟我讨论电缆厂。"

"你别钻进那家厂拔不出来好不好？那家厂都一些老工人老设备，效率没你登峰的高，个个都是磨洋工揩公家油的好手，那家设备生产效率也肯定不如你们登峰，你开了那么多年村办厂，总不会不知道好设备坏设备对成本影响有多大。那种几十年没换的设备现在能用吗？维修都能赔死你。"

"你话是说得没错，可你态度不能好一点？"

"我听你说那家厂就来气，别钻牛角尖，别意气用事，行吗？那种厂，你承包，还是买？买，等于买堆废铜烂铁；承包，你跟那帮工人以后有的是对抗，走着瞧吧。"

"怎么会是废铁？你看以前他们赔给我的那套电线设备，现在我们不还用着？"

"好用不好用，大不相同。我刚在跟你说东欧改革你还不要听，匈牙利有本书，讲的是短缺经济，什么叫短缺经济？就是我们国家现在这样，大家加工资了，有钱，都想好吃好用了，可市面上东西没多多少，所以什么东西做出来都有人买，好的坏的都卖得出去，只要不凭票，还都能抢光，价格还一个劲地涨。可这现象不会持续太久，中央一直在计划大上消费产业，今年我们系统的投资就比前两年超几倍。等这些新设备上马了，市面上东西就得多了。我看美国的书里说，到时候群众买东西，就得比较什么东西好，什么东西便宜，价廉物美的人家才买。产品便宜，取决于成本降低，首先是原料，比如说你进的铜线价格比人家低，你电线卖出去也能便宜一些。还有就是生产中用的水电人工等运行成本。运行成本低，又产生差价优势，你就能比其他厂家多赚。再说回那家市电缆厂，那么老的设备，动力部分单位耗电量不会小，而且老设备配备人工多，一个月开的工资比寻常的多，一样的电线生产出来，它运行成本特别高，结果你说还哪里赚？你现在那套旧设备混在新设备里，没好好计算一下成本，谁知道它赚钱还是赔本。那家市电缆厂的就很明显了，它全是旧设备，成本高，打不过你们，这才会关闭，它是国营企业也没用，国家现在没那么多钱给他们。那样一家赔本的厂你要来干吗？等着以后经济不短缺了，你赔本？"

雷东宝虽然放下手中活计，仔细听宋运辉解释，可依然听得云里雾里，里面新名词太多了。他毫不犹豫地道："回头你住我家去跟我好好解释，别吊着卖的样子。哎，你们晚上吃什么？"

宋运辉看看手表，笑道："急什么，粮站关门还早。"

"菜呢？菜有没？"

"有，金州带了点来，放桌上。就知道菜场下午没菜。"

雷东宝过去一看，嚷道："哪够吃，自行车给我，我回家去拿一趟。"

宋母正擦着楼梯，听见了忙道："东宝别忙，我看见后院杂草堆里长着几棵青菜，等一下摘来放个汤，管够。"

雷东宝这才作罢，自觉摘下墙上挂着的自行车，充气了听听有咝咝漏气声，就拔出气门芯换新的，再打气进去，就没声音了。晚上吃了晚饭，雷东宝就骑着自行车回家。骑惯了摩托车，骑自行车真是慢出鸟来。而且自行车放置的时间长了，可能内胎老化，骑到家里正好差不多泄完气，骑得眼下胖乎乎的雷东宝那个累。

宋运辉周日周一帮着父母清理房子后院，又教了一向老实巴交的父母金州如果来人"探病"该如何应付，周一晚上才坐上雷东宝的摩托车去小雷家。

雷东宝的新房子，宋运辉还是第一次来，一进门看见四壁雪白，空空荡荡，就忍不住笑，这就叫大而无当。雷母看见宋运辉来，客气得不得了，捧出体己奶糖给宋运辉吃。现在雷家钱多，她糖吃得饱，再也不用稀罕地藏着掖着了。宋运辉还记得以前陪姐姐买电视时姐姐低血糖晕倒，看见雷母拿出来的糖，心里百感交集。

那边厢，雷东宝却打开窗户，大吼四声："士根哥、红伟、忠富、正明。"其他什么都没有，却在静夜里嗡嗡生出回响。宋运辉不由得笑道："急什么，拿我当长工使啊，你这周扒皮。"

雷东宝一点没否认他的"恶霸地主用心",笑道:"谁知道你能住几天,不把你吃干榨尽了,怎么能放你走?"

宋运辉很是感慨:"一到你这里,浑身都是干劲,跟在金州完全不一样,我在金州全凭良心做事。"

雷东宝不屑:"这话我听都不要听,这边好,你倒是反出金州?"

宋运辉笑道:"又来了。金州有金州的好。在金州可惜是我使不上劲,我官太小,说话没份,我想发挥,还得等别人发善心。这不,我跟领导闹脾气躲你这儿来了嘛。"

雷母奇道:"你还官小?东宝说你都跟县长一样大了。"

宋运辉客气地解释:"我们总厂级别高,连所在市市长也管不了我们。我这种官在总厂算得了什么?就跟县长走进省里一样没脾气。"

雷母似懂非懂地哦了一声:"可也比东宝大。"

雷东宝那大嗓门确实有用,这会儿小雷家四大金刚一个个进门,很快全部到齐。宋运辉与众人握手寒暄,旁边雷母看着心说,还真有干部样子。虽说她现在是小雷家太后,可她还是下厨烧水去了。干部来了她不敢怠慢。

雷东宝原先跟四大金刚说的是小舅子来,大家一起见个面说说话,听一堂课。大伙儿还有模有样地拿了笔记本来,却见宋运辉手里什么都没有,一起坐到八仙桌边了,还是什么讲义都没拿出来,心中有些纳闷儿。宋运辉看出大家的严肃,笑道:"大哥一定要把我轰上台,其实我懂什么啊,成本核算的事,士根哥最有数。我还是打个擦边球,说成本管理吧。士根哥,你若听着不对,请随时指正。"他一边说,一边写,主干分成几个枝干,几个枝干又各自分权,分解成更细的成本。"我目前先不就某种特定产品分解成本,我们先说一个总的概念。"

士根最能听懂,有点慎重地道:"我们……平时没分得那么细。"

宋运辉道:"我们现在把成本分解得那么细的目的,是方便研究我们产品的成本究竟产生于哪里,继而,哪个部位可以通过技术手段或者管理手段加以调整,以获取更高利润,就是赚更多的钱。否则我们只能在生产中得到一个笼统概念,哦,我可能人比别家多用了一个,那就减一个人什么什么的,这样的成本控制没法针对。又同时,我们可以通过对特定时间段内成本的核算,找出最近成本控制在哪儿出了问题,为什么利润降低或者升高,以后我们在管理中都可以做到心中有数。"

正明年轻反应快，立即道："有道理。"

宋运辉继续道："现在我们把成本分解清楚，那就可以一项一项地解决落实成本的控制。比如这里的原材料成本，一个最简单的办法是偷工减料，最合理的办法是利用负公差。积少成多，一笔利润就这么出来了。也有用技术的办法，我们可以想想如何在保证质量前提下，控制电线外面塑料层厚度。现在我们虽然做不到，但这就可以成为我们未来科技攻关的方向，正明你说对不对？"

正明点头，旁边红伟笑道："有些事我们做是已经在做，可没理论，被你一说，思路清楚起来。你怎么想到的？你们国营企业到底是不一样。"

"不，这是参照美国管理书籍。金州……"宋运辉不由得叹一声气。

雷东宝听了半天，到这会儿才发话："这样吧，你反正要在这里住几天，索性把我们所有产品成本分析一遍。"

宋运辉一口拒绝："我不懂你们的工艺和设备，没办法。"

雷东宝对宋运辉没辙，只好两眼盯住士根。士根犹豫地道："理论上应该是可行的，其实以前我们砖厂的考核也是分解得那么细。可是……这不得增加好多人手吗？书记，你看呢？"

忠富却抢着道："我看这人手该添还是得添，先算出一个标准数字，以后照着数字做。像我养猪场我专门弄了两个人算饲料成本账，否则猪这东西多喂浪费，少喂不长肉，怎么都不对。小辉这办法细，比我原来想的糙办法细多了，我回头就照着这办法再去核定成本分解图，回头……小辉，你帮我看看这样成不？"

红伟最滑头，笑嘻嘻道："忠富，你该叫宋处。"

"咳，叫顺了，叫顺了，呵呵。"

雷东宝当即拍板："你们赶紧去做，做出来的什么东西快给小辉过目，三天。"

宋运辉笑道："不是跟你说了我得住上一阵子吗？"

"你每天忙得打电话都两只听筒一起上，我不信你们领导肯放走你一星期。"

宋运辉幽幽地道："你以为金州是你小雷家？金州就像一条大鲸鱼，尾巴挨别的鱼咬一口，它起码十天半月才知道痛，又得十天半月才能做出反应。"

雷东宝却笑道："这是条好鱼，好鱼啊，你能在我这儿越多待我越高兴，你就当在我们这儿休养。忠富，明天你找刚杀好的猪拿个后腿来，小辉他们这种城里人每天吃的都是冷气肉。"

宋运辉真是哭笑不得，他心里，既不想闵反应太快，太快的话，闵还没吃足苦头，不会答应他的苛刻条件；可也满心希望闵的反应时间别太长，太长……这中间就不知道会出现什么变数了。他只有把这些焦虑都压在心底，继续与小雷家干将们热火朝天地讨论。

07

闵厂长与刘总工谈后，刘总工依然说没人能接手宋运辉的工作，包括刘总工自己。但他并不死心，不信一个人的作用能顶得过一个团队，他指使继任刘总工职务的新总工暂时接手宋运辉的工作。当即下面传出风言风语，说一个总厂副厂长级别的总工接替一个分厂车间主任级别的工作，这明摆着要么是杀鸡用牛刀大材小用，要么是以前欺负人小宋老实，总之总厂的安排大有缺陷。

闵厂长性格强硬，对此听而不闻，可总工却是如坐火山口。做好，是应该；做不好，面子丢大了。

总工本就因为刘总工的预言而忐忑，等坐到宋运辉的位置上，闻着桌子椅子消毒后的怪味，几乎五分钟接待一个来电或者来人请示汇报，一天下来，总工被消毒水呛得头昏脑涨，脸色煞白，满脑子都是技改内容打乱仗，脑浆似乎如翻滚的热粥，咕噜咕噜直响。

总工自知力有不逮，可总是心有不甘，更不愿向上推脱，让人轻视。总工抱着一丝侥幸心理想，或许，只是因为他第一天接手技改工作，不熟悉，才会千头万绪抓不出个脉络。他想，设备还是那个一分厂的老底，他年轻时闭着眼睛都能在车间里走，如今技改，而不是一窝端，就那些设备，能逃到框架外去？

总工这么一想，心中便有了线索。下班回家，根据设备走向，将所有技改工作条块分割，然后将白天接触的那些搅得他脑子一锅粥的问题归类填写。一晚上坐下来，他心里有了点自信。第二天早上闵厂长特意跑来关心技改的问题，他能自信回答：正在进入状态。闵厂长自然是高兴，心说原来是刘总工估计得太过保守。也难免，老年人，尤其是老年技术人员，最容易犯过于保守的通病。

唯有程厂长了解情况后心中焦急。可再焦急，他也只能按兵不动，静观其变。如果女婿聪明反被聪明误，那也没办法了，总不能要宋运辉立刻解说没有甲肝这回事，立刻回来抢回总工的工作。这会让宋运辉一辈子成为系统内的笑柄。程厂长越来越感觉女婿有走钢丝之虞。总厂人才辈出，哪可能少一个宋运辉转不下去。宋运辉是太顺致、太狂了，以致以为老子天下第一。程厂长后悔当时因为自己也是生气，没劝阻女婿走这着险棋。

他中午回家，给雷东宝家打电话，告诉宋运辉此事。宋运辉听了也是担心，但他还是安慰岳父："爸，我最愿意看到总工接手的时间拖长一点，问题暴露得彻底一点，摊子搞得难收拾一点。如果总工一上来就说干不了，而不是如今的乱弹琴，技改工作就不可能生出太大乱象，闵不会跟我太多妥协。"

可是，放下电话，宋运辉还是思考很久，估摸总工究竟会做些什么。他心里最清楚的是，即使他走钢丝成功，回到金州，那一大堆烂摊子，收拾起来也够他头痛，也可能无法收拾，毁他在技术界的名誉不说，闵还可以推翻城下之盟。他把闵逼上悬崖，又何尝不是把自己逼上悬崖。可非如此，他能忍受处处被动挨打？不，他做狗崽子时都不肯。他心里清楚，他只有华山一条道可走，可依然难免等得满心忐忑。

此时，整个小雷家的人都忙，雷东宝去市里跟人谈事，四大金刚各有工作，只有他一个人最闲，拿着梁思申寄来的书学习。梁思申自从上大学后，特别是做了跨国贸易和炒汇炒股之后，寄来的书越来越精彩，有些书梁思申自己也看，常常一本书里夹着许多她自制的书签，说明自己的感想。宋运辉以前知道这些是好书，可惜他时间太少。现在终于可以有大块时间，却心不在焉。

他放下书走出去。不得不承认，小雷家如果没那股子臭味绕村，眼下桃红柳绿，着实美不胜收。村道河堤的树长大不少，正齐齐吐着新绿。远处的山上，是层层桃李花，山下田间，是小小紫云英花铺就的毡子，还有星星点点的油菜花开始娇黄。不像金州，也是臭，化工企业特有的臭，但看不到那么天真的春意。农村的春天是那么绚丽，一如它的经济。

只是那河水，颜色暧昧地浑浊。

宋运辉稍走走便回来，才能静下心来继续看书。雷母旁观着心说，他们宋家人怎么都喜欢书，做弟弟的更不得了，看的都是洋文啊。雷母都不敢接近宋运辉，就像不敢接近老徐一样，她感觉这两个人身上都带着一股子高不可攀的冷气。宋运辉绝想不到自己给雷母造成困惑，他依然专心看他的书，不知疲倦地看。但心中总是有一块地方，一直隐隐地抽动，提醒他头顶还悬着一把不可知的利剑。

等待的时候度日如年。宋运辉这个人从不吸烟的，三天时间，从周二到周四，整整吸掉雷东宝放着待客用的一包香烟。吸得嗓子发痒，声音沙哑。雷东宝还是不能明白，宋运辉把事情搞得那么复杂干什么，而且这办法据说还自伤，不，自残。雷东宝说，爽快点，拍桌子跟厂长吵一顿，有话直说，老大一个男人又不是没地方去，死守那金州一百多块钱干吗？

周四晚上，岳父每天打电话来的时间，却一直没有电话来。宋运辉吃完饭后与士根、正明研究登峰厂的考核，可眼睛总忍不住往电话和手表上瞄。雷正明年轻好新奇，看着宋运辉的手表越看越欢喜，笑道："宋处，你的手表借我看看，真有派头。"

宋运辉把手表摘下交给雷正明："国外的。"他终于还是忍不住起身拨电话去岳父家。他的事，犹如点燃的引信，时间每过去一小时，离爆炸越近。

那边，接起电话的果然是他岳父，但是他岳父接到电话，才听他叫一声"爸"，就镇定自若地说一句"又打错了"，便把电话挂了。宋运辉猜测，毫无疑问，家中有人。而且那人，估计不是水，就是闵。

终于金州有了反馈。任何的反馈，都比没有反应要强。宋运辉心情由焦虑，变为急切。雷东宝看得真切，奇道："干吗啦？屁股生疔疮了？坐稳点嘛。"

宋运辉果然坐立不安，好不容易，接近九点半的时候，雷东宝家的电话才响，雷东宝接的电话，可是宋运辉看到雷东宝的脸色大变，变得烦躁，说句"没空"，就搁下电话。宋运辉一颗提起的心无奈地放回本位。士根却是隐隐猜到打来电话的是谁，小心看了一眼宋运辉，拿话引开大家的注意力。

宋运辉不疑有他，因为第二个电话紧接着又来。雷东宝以为又是韦春红，板着脸接起电话就道："干吗？"

那边却是程厂长："小雷吗？我小辉岳父。"

雷东宝立刻道："你总算来电话了，你再不来电话，小辉屁股快磨出血了。"

宋运辉忙跳过去抢来电话，急切地问："爸，刚才谁来了？"

"你无论如何不会想到，两个人，一个前总工，一个现总工，说想去探望你，我跟他们说，还隔离呢，去了也是看个医院大门。他们支持不下去了吧，你直接领导还没要求探望，他们急什么。我最不明白的是老刘蹚什么浑水，这人年纪大了，经不起人家几句吹捧，这回老命面子都豁了出去了。"

宋运辉终于撑不住放声大笑："他们撑不住了。"

程厂长却严肃地道："你别高兴太早。目前撑不住的不是闵，今天技改组开会，闵主持，任命老刘为技改工程总指挥。对你有利的一面是，你的水平被认可，现在大家都在看两个总工的笑话，说两个总工不如一个车间主任，笑话传得沸沸扬扬。但任命刘，刘又肯上任，让我看到事情大大不妙。你说，闵到时候会不会把责任往刘身上一推，他自己金蝉脱壳？刘反正已经退休，做不做得成技改，最多影响名誉，与前途无关，刘只要肯担着，技改如果最终拖了时间，总厂损失再惨重，也与闵没太大关系了。可是你，你甲肝总有好的时候吧？"

宋运辉听了呆住，他没想到，强中自有强中手，闵会使出这么一招。如此一来，技改失败对闵的地位威胁减小，闵还肯接受他的城下之盟吗？

程厂长料想得到宋运辉的惊诧："你现在开始好好想想，有什么办法可以把水搅浑。"

"难。"宋运辉毫不迟疑地回答，"有了替死鬼，水搅得再混，有什么用？"

"总有办法的，你好好想想。"

宋运辉沉吟一会儿，道："下星期，他们要来，就让他们来吧。按说甲肝十天左右可以解除隔离，下周我应该是可以被送回家休养。刘老总，他折腾得起，就让他折腾。没见过这么不甘寂寞的人。"

"好吧，先这么打算，边打边看。"

宋运辉放下电话，对雷东宝道："大哥你看，我说要在你家住不少时间吧。"

"爱住多久住多久。我还想你不走呢。"

宋运辉点点头："情况看来变得糟糕，七成可能，我会长住下去。"

"我欢迎，你丈人家怎么处理？"

"这是我最大的问题。我想想。"宋运辉心说，他现在如果回去，事情只会变得更糟。

士根与正明都听着两人的谈话，这才明白宋运辉原来工作上出了问题。尤其是士根心想，这人小小年纪还真沉得住气，前几天一直没看出来。士根与正明都识趣地又稍微讨论几句，告辞离开。宋运辉烦闷地抽出一支香烟，到门外去抽。雷东宝本来准备去睡觉，看着小舅子这样，不忍心。可又不喜欢宋运辉处理事情的方式，没法劝解，怕自己火气上来先与宋运辉争起来。可终于还是没忍住，等宋运辉掐灭烟头进来关上门，他不耐烦地道："直接给你们厂长打电话，别不死不活吊着。看你样子，好赖都是个出局，不如做得痛快点。"

"再说吧，我这几年确实很累，也该好好休个长假。白天你又去市里干什么？这几天跑得武勤，怀疑你这人愣是不肯放弃市电缆厂。"

"管好你自个儿。"雷东宝走上楼梯，可还是被宋运辉问出兴趣，"我去二轻局，你知道他们怎么说？"

"国家财产，不卖！"

"我能那么容易放手？我什么时候成的软蛋？"

"我哪知道你什么时候成的软蛋。你别又提出承包吧？"

雷东宝得意地道："你总算不笨，我更不笨。我跟他们提出，我买设备。"

宋运辉一听，擦着雷东宝走上楼去："正明和我已经算出来，你们那套旧电线设备基本不赚钱，能耗太高。"

雷东宝哼了一声，志得意满地道："你看我的，我比你聪明，更比你干脆。"

"未必。"宋运辉拿着书走进那间老徐来时住过的房间，正想关门，雷东宝却心痒难搔地道："二十五万，你说值不值？"

宋运辉大惊，他向正明咨询过市电缆厂的设备，为的就是可以在做雷东宝思想工作的时候言之有据，可听到这么一个价钱，他无法不吃惊，站在门口进退不得，看着扬扬得意的雷东宝道："二轻局以为卖废铁啊？"

雷东宝得意地嘿嘿一笑，却是故意不答，转进自己房门，他才不关着门睡觉，他睡眠好得很，不怕吵。

宋运辉前思后想很久，想到雷东宝对市电缆厂说不清，道不明的情结，想到卖废铁一样的价钱，走到雷东宝卧室门口，问道："你没做手脚吧？"

雷东宝满不在乎地道："否则哪来废铁价？"

宋运辉担心地说："你这价钱明显不合理，太明显，会出事。"

雷东宝还是嘿嘿一笑："天知地知。"

宋运辉想说什么，可终于没说。想到自己遭遇的不合理对待，想到虞山卿反出金州后的如鱼得水，他本来想劝雷东宝的做人道理到了嘴边，却无法吐出。谁比谁更适合生存呢？大自然的法则，就是适者生存。他是不是太异类？他耳边不由自主响起那首一看到便震撼了他，一眼之后便无法忘记的北岛的诗："我不相信天是蓝的，我不相信雷的回声，我不相信梦是假的，我不相信死无报应。"当时看的时候，直呼痛快，但现在隐隐想到，北岛写下这四句的时候，他在怀疑吧。

雷东宝本想与宋运辉辩个明白，教育教育这个只知道想，不懂得做的妻弟，可见宋运辉好一阵没有回答，禁不住奇道："吓傻了？"

宋运辉被雷东宝的大嗓门唤醒，快快地道："没有，或者是你做得对。现在前面机会很多，可道路狭窄，或许……狭路相逢勇者胜。"

雷东宝不是很懂宋运辉的意思，但他作为姐夫，还是很负责地扮演姐夫的角色："你呀，少想多做，或者边想边做。否则，等你想好，好东西全让人家手快的抢光了，你再想有什么用？"

宋运辉有些感慨地叹了声气："对，什么谋定而后动！晚安，我再想想我该怎么做。"

雷东宝听着只会躺床上翻白眼，他说了半天都是白说，此人竟然还是要想想，他真想找什么砸醒宋运辉。

宋运辉躺到自己的床上，他没想该如何应付金州的事，他回想从小走来的路。他的脑袋里，"我不相信"与"我怀疑"交替轮回。他该如何更好地立足？他是不是该更多地改变自己？

虽然刘总工精于技术，可因为已经脱离基层久远，他可以做到很好地宏观指导，可是要像宋运辉刚下基层时一样，每个非标件都有测绘图纸的傻事他毕竟没做过，即使做了也已经概念模糊。偏生这种技改的事，是无数毫无先例可循、毫无系统化可言的鸡毛蒜皮凑起来的一项庞大工程，面对这一地的鸡毛蒜皮按部就班地需要前进，需要衔接，需要拍板选定，刘总工感受到了什么叫艰巨，这个工作量，巨大。

他接手了，他一开始上来处理的几件事，确实获得技改组成员的拥戴，首先是因为大家本来就敬重他，他也确实有料。但是他处理工作的速度与宋运辉大相径庭。因为不熟悉，他需要查阅资料，深思熟虑后，才能得出结论，因此宋运辉一天能处理五十件事，他只能处理五件，连宋运辉都得经常加班，他更是拿加班当家常便饭。其次，两人的工作方式也大有不同，宋运辉年轻，作风强硬，也因为确实心中有料，倾向于一言堂，而刘总工经历多年运动，习惯于通过群众表决为自己挣得保护伞。因此更是拖后进度。

刘总工一来是感激于闵厂长这个后辈的器重赏识抬举，二来也是为他自己的爱好和荣誉，他倾力而为。可他到底是那么大的年纪，精力与以往已是大大不同。接手的前几天，在现任总工的协助下，还算勉力应付，可他自己心里明白，进度被拖延，他身体有些吃不消。但很快，有些他不熟悉的东西也开始追着他要结论，那些进口设备，刘总工能看得懂俄文，也能稍稍看得懂英文，可此时临时抱佛脚才开始看说明，哪里还来得及；再说，宋运辉记性好，又是一开始主持技改，许多事情可以想都不想地脱口而出，都不用留下什么资料备查，于是刘总工遇到很多事都是一头雾水，不得不召集人手从头演示一遍，以获得概念。本来，半路接手一件工作已经不是一件容易事，何况接手的是一个快手加熟手的工作。进行到一半的技改工作，已有自己的生命，有时已经是工作推动着相关人员的行动，包括指挥者的运筹。

刘总工一心钻进技改里，吃饭睡觉的时候，满脑子也都是技改。吃饭，都是家里老伴送饭到办公室；睡觉，得女儿掐着时间把他从办公室拖回家，否则老头钻在工作里忘了时间。可这样的高强度，刘总工支持几天还行，三天下来，老伴儿不让了，这不是要老命嘛。老头失眠了，便秘了，颈椎病犯了，老伴儿和女儿们都急得不得了。而对刘总工而言，最要命的还是失眠，白天脑子运动得太紧张，睡下时依然犹如绷紧的弓，无论如何轻松不下来。失眠的人记忆差，反应慢，不出三天，刘总工的工作进度开始减缓，对那些拉着警报闯来的汇报反应迟钝。

有把年纪的技术人员尊重刘总工，可此时也难免怨声载道。而那些年轻的，从没在刘总手下受过震慑的，则是开始不服，甚至抵制。技改组里一边倒的怨气，可还是分成两派，一派依然愿意理解刘总工，一派则开始给刘总工制造麻烦。

然而，特殊历史原因造成的技术断层，让那些有把年纪的中年技术员中气不足，尤其是面对有正规大学文凭、理论知识扎实、英语水平正符合技改要求的如雨后春笋般冒尖的年轻人，他们很多选择退缩。他们虽然愿意理解刘总工，可他们没声音，这一派气势严重不足；反之，那些年轻的却是声势如虹。几年下来，年轻的因为技术掌握得快，尤其是从新车间玩过德国设备出来的年轻技术员更轻视那些不求上进或者基础很差的中年技术人员，年轻人又是本性蔑视权威的，他们看不惯刘总工所谓慎重的工作方式，认为是落后，而如今刘总工无法及时回答他们的诉求，有些人更是当场就责问刘总工到底懂不懂。这让刘总工一个老知识分子的自尊深受重创。而更大的打击，还在于这些年轻人口无遮拦传出去的评价，他们都说，再来两个这样的总工也没用，技改还不如暂停，等宋处养好病回来再继续，否则只有被这帮老家伙搞乱，宋处回来更难收拾。刘总工更是失眠，几天下来，面无人色。

连程厂长都没想到，局势会迅速走向如此戏剧化的地步。他不得不在心里重新审视女婿的工作能力，难道，如今是他们年轻人的天下了？想到当年新车间组建时宋运辉的工作量，细细分析下去，还真是一个顶仨，能力非老年人可比。看来他前不久也是没意识到这个特定时期年轻人一往无前的崛起，又估错年轻气盛的强力反弹，才会估错形势，给女婿头顶浇冰水。如今看来，即使刘总工的身体能顶住，下面的小年轻也不干了。这样的局势，闵又将如何应付？程厂长都觉得有些难。他估计，闵千算万算，也漏算现在年轻人的力量。

如今的局势，已不是拖延几天进度，默认一些损失，却还能完成的问题；如今的局势是，事实迅速表明，刘总工无法担当指挥。

刘总工适时地病倒了。确切地说，刘总工病而没倒，可他家庞大的娘子军不干了。都是一个总厂进出的人，老头子可以不甘寂寞，冒死上阵，女儿们可都清楚这是怎么回事。再加如今两个总工不如一个车间主任的嘲笑越来越多，大家也全都相信。女儿们气愤于老父亲的不知进退，一致决定，将已经累得老眼昏花的刘总工软禁。都退休的人了，干吗那么拼命。而且，退休的人又何必搭理什么组织不组织。

闵厂长措手不及。

程厂长把战况告诉宋运辉的时候，宋运辉却已经没了开始策划时赤膊上阵的咬牙切齿的劲头，就算是他算无遗策，百发百中，可又如何？赢了，可本质依然是挣扎。因此赢了，也只是暂时。而且这种内耗，又有什么可喜？几天大喜大悲，他已经冷冷地跳出自身身份局限，以旁观者的清冷眼光看待与闵的较量，他看清了较量的本质，他知道了自己该怎么做。

因此，在获知刘总工病倒的第二天，星期二，他就主动打电话给技改组，用他被香烟熏哑的嗓子告诉当时接听电话的女科员，说他已经被解除隔离，住回自己家里，以后工作上有问题直接打他电话。他不再消极等待。可他那是主动吗？宋运辉并不以为自己主动了，他深深感受到个人面对那个体系时的无力，他能做的只能是适应那个体系，迁就那个体系，才能存活于那个体系。他似乎离他的心越来越远。

很快，技改组新任副总指挥被现实架空，而雷东宝家的电话则成了发烫的热线。

　　程厂长反对无效，只好听任女婿在没取得闵的态度的前提下局部恢复工作。而更没想到的是水书记。水书记一直认定宋运辉的甲肝是造假，因为这事情来得太巧，而他又恰巧了解宋运辉的抵触情绪。他等着宋运辉揭竿而起，尔后，他会从中周旋，以闵受制于技改工作停滞的名义，打着为闵脱困解难的旗号，将宋运辉提升到一个合适位置，一个闵更难打压的位置，事实造成他离任后，金州内部的两岳对峙。他相信，宋运辉在积累上不是闵的对手，而在技术和外务上，闵却是拍马难及。一个非一人独大的团队，才有他水书记退休后可以尽情发挥余热的可能。但是，宋运辉却忽然取消对峙，放弃已经取得的优势，水书记一时想不明白，宋运辉是傻了，还是他原本把宋运辉想太高明了，人家是真的甲肝，真的不得不放弃工作？

　　如此一来，他水书记还如何从中周旋。

　　闵厂长更是无比惊讶地注视着宋运辉的举动。他也认为宋运辉的甲肝来得太"恰到好处"，其中缘由不言而喻。他原本已经在打算该怎么与留在厂里的程厂长谈判，他可以做多少妥协，没想到，宋运辉却打来电话，恢复工作。他也一头雾水，不明白宋运辉到底是真病假病。他当天什么都没说，只按兵不动，关注技改组在一条热线的指挥下，开始恢复正常工作。但闵厂长心头却更觉压力，那来自一种不可知的，他无法主动操控的局势。

　　宋运辉的忽然回归，彻底打破舆论对宋运辉之病的猜测，总厂这个小社会的舆论极速发酵，一时把宋运辉的形象粉刷得完美无比：一个无私工作的年轻人，一个技术高超的年轻干部，一个富有责任心的优秀领导人。而这等高大形象，衬得众人心知肚明的宋运辉对立面闵厂长极其苍白。所有有关宋运辉要逃离、不负责任的传言顷刻消失。

　　闵厂长觉得无比被动，而更被动的是，他吃完晚饭时接到宋运辉电话。

　　闵厂长听到几乎辨不出来的宋运辉的沙哑嗓音，极端震惊，几乎是凭本能才说出一句很门面的话："啊，小宋，情况还好吗？声音好像不大对劲啊。你现在住哪里，我过去探望。"

　　宋运辉却是有备而来，他是经过了一周的思考，一周的精心推算，一周的下定决心，还有整半条的香烟，他胸有成竹："闵厂长，本来应该立刻跟你联系，可早上先打你电话时你电话忙，于是先打了技改组，后来电话就一直没放下过。我现在住姐夫家，麻烦请闵厂长打我这个电话吧，这是私人电话，总让我姐夫为我

443

出长途费不大方便。"

宋运辉这个有些小气的要求让闵心里稍得宽松，比较情愿地按照宋运辉给的号码回拨过去："小宋，解除隔离了？精神还好吗？听声音好像还不是很好。"

"是，昨晚回的家，病房住不下了。没想到会出现这么个意外，对不起，闵厂长，很影响总厂工作布局。可我暂时还不能恢复正常工作，比如今天稍微忙碌一点，没睡午觉，精神好像就不如住院的时候。"

"啊，对，不能急，不能急，病来如山倒，病去如抽丝，你应该好好养病，早日康复才能早日回来工作。"

"我本来也是这种打算，想努力休息好，早日可以得到医生允许回到金州，即使暂时不能正常上班，也起码能就近操个心做点事。可昨晚回来给家里打电话报平安，从岳父那儿得知技改工作进行得不容乐观，而更让我担忧的是有些传言，说我假借甲肝要挟闵厂长。我分析了一下，传言还真有三分道理。所以我不敢懈怠，无论如何都得即刻恢复工作，也算是表明一个态度，我宋运辉不是那种人。"

闵厂长清楚宋运辉准备跟他摊牌，但不清楚宋运辉摊开的牌会是什么，他依然觉得异常被动。他想，会不会是宋运辉看到他的极端困境，先抛给他一点甜头，让他进一步明白宋运辉的威力，然后跟他谈那种让他无法接受的条件呢？但此时，他也只能呵呵一笑："当然，你是个很好的技术人员，一个好的技术人员是不舍得亲手伤害自己一手运作起来的工程的，怀疑你的人是别有用心。"

"我很感激你的理解。不过我昨晚想了一夜，也觉得传言有一定道理。传言即使对我现状反映有误，但不能保证，未来哪天我真鬼迷心窍做出不上路的事情。我想了想，目前情况下，传言把我说成是闵厂长地位的挑战者，言之过早。但现实是闵厂长正当盛年，而我又是年轻需要发展空间。我有一点可以肯定，以目前舆论煽风点火，竭力挑拨离间的势头看，未来即使我没野心，也会被舆论催得暴跳如雷，做出影响团结的事……"

闵厂长心说，来了，果然来提这事，而且是咄咄逼人。闵厂长冷下脸，心中冷笑，小子，一点迂回都不讲，也太不把他姓闵的放在眼里了："小宋，你这种想法，我只能说你太超前太荒谬了，你不是胡闹的人，我不是武大郎，我们现在就能坐下来摊开说话，未来能发展到什么地步呢？"

"还是谢谢闵厂长的理解。我可能杞人忧天，但考虑到未来事实存在的可能竞争关系，和你了解的，我比较犟的牛脾气，我不愿意看到我未来与我的老领导钩心斗角，你死我活，无谓消耗实力，更影响感情影响关系。我不愿意。传言提醒了我，我想，我应该采取措施，阻止这种不可理喻的事情发生。我想请闵厂长帮忙，技改后，把我调离金州，调到其他没有年轻有为领导人的单位去。"

"什么？"闵厂长闻言，脱口而出，宋运辉忽然恢复工作，已在他的意料之外，而宋运辉主动求去，更是意外中的意外。对，他就是认定宋运辉是未来强有力的竞争者，而这个竞争者却忽然求去，退出舞台，那说明什么，是否说明宋运辉的诚心？

宋运辉暂时不语，让闵有时间思考。他一周思考下来，最后决定放弃，内耗极大，对闵的面子打击极大的对抗，选择迂回。因此，他率先向闵展示诚意，彻底打破闵的固有思维，扭转彼此关系的方向。

闵厂长果然无法怀疑宋运辉的诚意，一个主动求退的人，尤其是在取得全面优势下做出实际行动的人，还能有什么阴谋企图可言？他不能不相信宋运辉前面说的一串理由，即使心中有怀疑，怀疑宋运辉是顶不住压力主动示好，可在宋运辉主动退出的前提下，他有什么理由不做出一些姿态。

两人随后以最诚恳的态度，在电话里商量宋运辉的去向，闵厂长在系统里待的时间长，交游广阔，主动给宋运辉提出不少优良建议，让宋运辉选择。既然心结消除，闵厂长便是连以前与宋运辉的交锋也忽略不计，真正万分诚心地送这尊尊神安心上路，两人商谈得极好。

宋运辉放下电话后，主动将剩余的半条香烟交给雷东宝，让雷东宝锁起来不要让他碰。

宋运辉既然已经忙碌起了金州的事，小雷家的考核他就疏于参与。不过雷东宝既然已经了解了设备的大致成本轮廓，他又还没太考究到成本考核到一分一厘，过后等业务一忙，也就不再专门提起这事儿。

再过一周，金州由闵厂长出面，竭力要求宋运辉回金州休养，着小车班派车接宋运辉回来。看在众人眼里，是闵厂长亲自关心宋运辉的生活，而宋运辉则是报知遇之恩，抱病在家投入工作。哪里有什么传说中的对立？

水书记猜不透两人葫芦里面卖的什么药，一时无从下手。

不久，程副厂长调任程副书记，总厂出人意料地风平浪静。消息宣布后不久，闵就出差了，他要根据约定竭力把宋运辉送出去。但这项工作，他做得愉快，他愿意帮宋运辉的忙。

只有新上任的程副书记满心矛盾。女婿的行为最大限度地保障了他的地位和他程家未来在金州的地位，这是他乐见的结果，表明他不可能再像其他高层领导，人没走茶就凉。可是他并不乐见他的女婿未来脱离他的影响范围。他深深地担心着他的女儿，他担心他的女儿在他眼皮子之外受人欺负。尤其此次宋运辉自作主张地自如进退，他从中看出他和女婿之间的此消彼长。可是他无力扭转局势，他发现女婿蹿得太快，已非他所能操控。

08

雷东宝送走宋运辉，照旧忙碌着自己的大事。他这几天下来已经把市里相关机关跑了个遍，他拿出登峰电缆厂良好业绩，以及陈平原县长硬要他争取来的各种先进奖状。除了这些硬碰硬的实际条件，还有他疏爽的手法，他虽然不会赔笑脸，即使他笑，也并不可爱，可还是将上上下下跑了个透。一辆红色摩托车载一个壮实农家汉子，在城市道路上大摇大摆。

市电缆厂的买家并不止一个，可小雷家的登峰电缆厂综合打分第一。首先，设备卖给小雷家，虽然是从国营到村集体，可依然在市里流转，肥水不流外人田；其次，小雷家自己也做电线，以前还有接收市电缆厂旧设备的经验，最具备合理对待市电缆厂设备的实力；再次，是小雷家不屈不挠的诚意。市电缆厂人虽然须得变卖家产才能维生，可好歹敝帚自珍，总希望自己用了多年的设备有个好归宿，再加雷东宝在二轻局办公室里曾经不经意地提到，那么多设备拖到小雷家，小雷家一下需要增加许多技术工人，农村哪来那么多技术工人，可能到时还得要二轻局帮忙做市电缆厂职工的工作，屈尊去小雷家上班，每星期回市里一趟。

雷东宝提出的这话比什么都有效，立刻如夏日最热烈的阳光照进将近一年领不到工资报销不了医药费的市电缆厂职工心坎里，这年头，还有哪个工人老大哥宁愿坚持原则，宁可吃市国营企业的草，不吃乡镇集体企业的粮？他们理所当然地认为雷东宝提出的建议是解决他们吃饭问题的好建议，他们的一身国企皇牌军本事当然可以拿去那种杂牌军企业耀武扬威，虽然小雷家远了点，交通不便，一周才能回家一趟，可他们又有希望拿工资了不是？

虽然雷东宝答应的收购设备价不高，甚至低得犹如卖废铁，低得令市电缆厂上下心有不甘，可因为雷东宝在二轻局办公室不经意间提到的一句话，让那些有力气依然可以工作的少壮派职工看到了希望，而积极支持雷东宝的收购。

唯有正明和士根联合反对购买那些旧设备，两人凑一起候着雷东宝高兴时，小心地抛出疑问，问那些不赚钱的设备拿来有什么用。士根更是以老资格的身份规劝雷东宝，别意气用事。雷东宝斩钉截铁地回答："当废铁卖。"

士根与正明面面相觑，正明依然小心地道："那不很可惜吗？那设备再差，起码也有几两铁能用。要不，确定我们买下那些设备后，我先带人过去看看有多少东西可以拆来当备件存着。"

雷东宝不屑一顾地道："我们不缺那几两铁，我们要争气。"

士根知道雷东宝那牛拉不回的脾气，只得退一步道："好吧，看来二轻局很快能给决定，我们安排一下怎么拆设备吧，只是村里现在人手不够，壮劳力都进了厂子。不如花钱请外面的吧。"

雷东宝狡猾地一笑："不用，交给邵家村采石场的，他们多的是人，多的是力气。拆废铁卖钱，我分他们一成。我们不会亏。"

士根听着总觉得不对劲，雷东宝谋划得似乎太周详："东宝，你会不会想做出些什么来吧？"

雷东宝哼了一声："我说过，我不会放过市电缆厂，我要看着他们哭死。"

士根道："东宝，别做得太过分，他们到底是国营厂，国字号，我们做得太绝，怕以后上面找我们算账。"

"他们跟我算什么账，东西到我手上就得任我处理。我买来的东西，砸烂烧光，都是我的事。"雷东宝一拳砸到桌上，满眼都是腾腾杀气，"我等会儿去邵家村采石场练大锤，你们去不？"

士根毫不犹豫地拒绝，但正明却是带着年轻人的激动，兴奋地道："我去，我知道哪个部位最趁手。"

雷东宝并没有不满士根的不参与，只觉得士根这人有点扫兴，他带着正明一起去邵家村采石场抢了几回大锤，又一起去市电缆厂实地查看。正明比雷东宝懂行得多，他在现场，附着雷东宝的耳朵，又提出许多令雷东宝心花怒放的主意。这些主意，令雷东宝更是向往二轻局正式点头的那一天，他天天热心地泡在市里各相关机构，追着领导们加快研究批示。而市电缆厂的有些职工也是催着市里快做决定。

雷东宝被自己的计划激动着，压根儿都想不起县里还有个韦春红。韦春红念想不过，厚着脸皮找电话打到他家，他都是很没情意地回以没空，恨得韦春红牙痒痒，可又不好认真找上门去。

终于，市里的批文在千呼万唤中下来了。雷东宝当晚便召集通知人手，第二天天还没亮，邵家村好几十个采石工分乘三辆中型拖拉机，迎着微凉的春风，浩浩荡荡杀奔市电缆厂。

雷东宝的摩托车比拖拉机跑得快，他下来抽出绑在车上的大锤，双手抡起舞动几圈，冲一起来的正明道："第一锤，我来。"

正明这个年轻的厂长摩拳擦掌："那还用说，哈，今天要砸他个痛快。这死囚以前还到处造我们的谣，说我们乡镇企业做出来的都是垃圾，到底今天谁是垃圾，哈，他们连翻身的机会都没有。"

雷东宝更兴奋，这个时机，他整整等了五年。他不时看着手表，不时自言自语："我操，还没来，别走错路了吧。"

终于，晨曦中，一辆一辆的中型拖拉机钻出街巷，来到市电缆厂大门前。雷东宝二话没说，抄起大锤朝大门噔噔走去，一脸杀气地高高抡起大锤，轰一声砸在工厂铁门大锁上。这一锤，他练了三天，可在心中练了五个年头。这一锤惊天动地地撕裂早晨的宁静，轰开曾经把小雷家诸人挡在门外的阻拦。霎时，一个无力回天的巨人展现在这群跃跃欲试的草根面前，张开双臂任由宰割。

邵家村的村民蜂拥进油污遍布的车间，手起锤落，好端端的设备顷刻被野蛮肢解，装上吊机，抛上拖拉机，运去废品站。门卫起先以为进了一帮强盗，猫在门房不敢吱声，看着人都进了车间，才匆匆钻出去到附近派出所报警。警察过来查看，雷东宝递上盖有大红公章的批文，即刻说明问题。

待得已经停工一年的市电缆厂职工春眠不觉晓，懒懒起床吃饭，才听得消息说工厂给砸了。等有些对厂子有点感情的工人赶到，只见大门洞开，车间里面早给拆得不成模样。到处都是抢大锤的在那儿砸得震耳欲聋，已经有人砸开设备的水泥基础，抽取里面锈烂的钢筋。那些一辈子都耗在市电缆厂的工人看着这种掠夺般的架势，欲哭无泪，哎哟那个电动机还是半新的呀那传送辊是刚维护过的呀……雷东宝满意地看着这帮人脸上的苦痛，更是用力砸出一锤，意气风发地扯开嗓门大吼："砸，凡是铁的都砸了去！"

二轻局的领导被人请来查勘罪证的时候，正好看到一帮人野蛮拆卸刚刚还用得好好的行车。只听上面有人吹哨一声指挥，大伙儿就跟听见平日里的"放炮"哨声一样，一个个冲往门外，二轻局的人正好走到门口，只听车间里惊天动地一声响，行车横梁从天而降，一阵地动山摇之后，二轻局领导站稳心定了，才看到好好一台行车已经尸横在地，早已散架成废铁一堆。而一群抢大锤的早大呼一声又冲进去，收拾尘埃落定的战场。

二轻局的领导看得目瞪口呆，都心说这怎么跟原先的设定不一样啊，不是说要拆设备去小雷家重新用吗？见到依然手拖一把大锤的雷东宝，忙上去拉住他询问。雷东宝却有一番入情入理的解释，他说，他买下设备后，大家就以前那台市电缆厂旧设备做了利润分析，发觉别看机器在转，可并不赚钱，因此大家都反对购买。他想领导都已经在批，他这时候再退出有点对不起领导们的关心，只好硬着头皮赔本也要买下这些设备。

二轻局的领导难以回答，设备是他们签字批准卖掉的，如今砸都已经砸了，还能如何？只是无法向那些依然翘首等着去小雷家上班的工人交代。

而随着时间推移，那帮让二轻局领导操心的市电缆厂职工陆续出现，但他们再也凝不成五年前那样的整体，面对里面一群凶猛地抢大锤砸毁他们心血的他们曾经很瞧不起的农民，他们个个裹足不前，只在外面三三两两地痛骂，甚至都没人去动一下雷东宝和正明的摩托车。雷东宝轻蔑地看着那帮人，心说他们还有脸叫嚷，五年前他们小雷家还没电线厂，五年后小雷家的登峰电线全省有名，发家还是靠的他们市电缆厂废弃的设备。那帮混吃等死的，活该有这下场。

傍晚的时候，富裕的小雷家村民看地上设备已经拆光，正明挥手一个"撤"，大家便骑上各色各样的摩托车走了。比较穷的邵家村的可不愿轻易走了，地上的设备基础里全是钢筋，钢筋铺得又密又粗，他们怎么舍得放弃。他们家都不回了，怕这一走人家关上门不放他们进来，连夜在里面挑灯夜战，几十个人将车间地面挖了个遍，又有人回去通知新血加入，大家轮着挖掘，遇到电缆设备基础坚实，挖不开，这些石匠竟然还想到用少许炸药炸开，硬是几天时间，连把基础下面拿来打桩用的烂铁管都挖了出来。他们走后，车间一片狼藉，到处坑坑洼洼，即便是磁铁拿来，都未必能吸来一丝铁星，完全就是洗劫的结果。

事后，传言很多，但雷东宝压根儿不辩解。对，他要的就是这种效果，这也是他叫来邵家村那些穷石匠出马的动机。别人爱骂骂去，他们除了骂，还能做什么？雷东宝彻底蔑视那些脸色白净的城里人。而城里人则是彻底视雷东宝为土匪，都说现在这年头，也就这种土匪才能发财。

二轻局的后来隐约猜到雷东宝欺骗了他们，但他们没脸承认，唯有在陈平原面前告了一状。陈平原对于这种没发生在他辖区内的冲突抱手隔岸观火，不过回头还是问雷东宝，是不是为去世多年的妻子报仇，雷东宝毫不掩饰地承认。陈平原笑称雷东宝是雷老虎，不过，陈平原以老友身份，依然笑眯眯地说，杀人，最厉害的是用笔，而不是用刀。

陈平原亲自捉笔，以市电缆厂与小雷家登峰电缆厂的现状对比为题材，写了一篇文章。文章以翔实素材，细述登峰如何从一台市电缆厂的废弃设备起家，在县委县政府的正确引导和资金扶持下，从一无所有，发展到如今的辉煌，以一厂之力，带动全村农民致富，也带动周边村庄农民致富，这是政策对路，执行对路的最佳典范。

雷东宝看了心说，登峰的发展跟县里有什么关系，都是他们自己钻墙角扒地洞挣来前程，怎么就是县里的功劳了。但他也无所谓，功劳又不能当饭吃，陈平原要就拿去，大家多年朋友了，这点虚名他送得起。

可雷东宝没想到，陈平原还真是一举两得地帮他又杀了市电缆厂一刀。陈平原的文章一在日报上登出来，正明立刻从各方获得反响，同行都说，雷东宝的一锤把市电缆厂砸死了，陈平原的文章又把市电缆厂大卸八块，以后市电缆厂曾经做过领导的人，从此都没脸在业内抬头见人，而那些原市电缆厂的工人，都没好意思承认自己是又懒又蠢的旧人。因为一篇登载在日报上的文章，足以把一个事件定性。

算下来，小雷家村经济在这件事上不赚不亏，士根却还是摇头不以为然，说雷东宝这是何必呢，硬是给自己留个骂名才爽快。雷东宝当然是不肯接受士根的啰唆。但是士根的啰唆，正明作为小辈却不能不听。士根教育正明很严厉，他从方方面面分析了这事对小雷家和对雷东宝本人的损害，指出一个狂妄的人会激起的可能性反弹，他要正明不许少年得志、不知天高地厚，说正明没雷东宝那样的本钱，以后不许起哄架秧。正明被士根骂得一声都不能出，只好听着，也只有虚心接受。

对于士根对正明的管教，雷东宝不出一声。他心里清楚士根的负责，也赏识士根的谨慎，更知道自己的冒失需要士根的扫尾，只要士根的小心不涉及他的基本立场，他或默许或支持，从不反对。村里人也都说书记村长穿的是连裆裤。雷东宝知道，如果不是士根替他做好细节，他那大刀阔斧的管法肯定得乱套，他说士根是小雷家村的大管家。

士根心细如发，看得出雷东宝对他的无比信任，自然是尽心尽力，鞠躬尽瘁。

市电缆厂的事过去，雷东宝这才有时间有精力想到韦春红。他带着胜利的得意终于光临县里的车站饭店，把韦春红折腾得几乎一夜没睡。可等韦春红微含酸意地问起雷东宝刚做的轰轰烈烈的事是不是为了他去世的妻子，雷东宝却是一句"闭嘴"，背过身去便睡。韦春红看着面前小山包似的背，气极而泣，可没人伸手安慰她。她终于感知，自己其实在雷东宝心头什么都不是。

09

杨巡春节后先行一步，押着两辆车的货回东北。杨巡心里虽然盼着戴娇凤一起走，路上不会寂寞，可他也知道坐货车一路上的艰苦，尤其戴娇凤一个女孩子半路没法找地方方便，不知多为难。他心疼老婆，朋友托朋友地好不容易替戴娇凤搞到一张软卧票，又嘱咐许多不够资格乘软卧不被赶的诀窍，才告别去了东北。

戴娇凤到了时间拎一只精美旅行袋上火车，上去就照着杨巡的吩咐打点了软卧列车员，免得没干部证被赶去硬座。

走进软卧，简直是走进另一个世界，里面雪白的床单，以及来来往往看似有身份的人，让戴娇凤一下觉得金贵起来。而她的美丽，也让同一车厢另外三个男乘客注目，其中一个年轻戴金丝边眼镜的，还非常绅士地起身帮她把行李举到行李架上。戴娇凤今时已不同过往，不再是没见过世面的农村丫头，她现在知道微笑着说"谢谢"，然后从她的小皮包里取出很是罕见的随身听，爬上她的上铺闭目养神听她的帽子皇后凤飞飞的歌。

但是那个金丝边眼镜年轻人就迷上了她，一直找话跟她搭讪，在了解到两人竟然是同一个城市下车后，更是一直请戴娇凤去餐车吃饭。戴娇凤又不是不经人事的，还能看出小伙子眼中的爱慕，但她心里装着杨巡，虽然眼前小伙子长得儒雅文气，气质出众，她还是不愿搭理，一直淡淡的，就吃她自己带的东西。

可戴娇凤越是淡淡地不理，那小伙子越是殷勤。戴娇凤猫在床上不下来，他就端水送茶，戴娇凤从床上下来，他就把鞋子替她拿出摆好，搞得戴娇凤极其为难。但她好歹是个资深美女，对于如此殷勤，她一概不理。只是她长得媚，即使冷冷不理，那一双美丽的眼睛依然犹如滴得出水一般，看得小伙子心动神摇。

可随着火车一路向北，三天下来，旅客一个接一个地下车离开，戴娇凤所在的软卧车厢里只剩她和小伙子两个人。小伙子更是不管戴娇凤爱不爱听，读朦胧诗唱姜育恒的歌给戴娇凤听，戴娇凤虽然不觉得这小伙子如以前追求她的那些男人那么烦，可觉得这人也挺磨人的。后来眼看着离终点越来越近，小伙子拿自家地址给她，又说自己家情况给她听，要两人以后保持联系。戴娇凤没答应，可还是正眼看了小伙子一眼，没想到这人竟然还是个什么长的二儿子，难怪长得这么贵气。

小伙子被那一眼所鼓舞，下了火车一定要叫车送戴娇凤去她住处，戴娇凤推都推不了，只能接受，但明确告诉小伙子，她是有丈夫的人。小伙子一脸失望，可还是绅士一样地送戴娇凤回家，记住地址而去。戴娇凤觉得那小伙子真有趣，还会对着姑娘念情诗，就好像外国电影里演的似的，挺好玩。

此时，杨巡还在路上，货车可要比火车慢得多。

杨巡回来，两人见面，戴娇凤没当回事地就把小伙子那事告诉了杨巡。杨巡不依了，啥，有人敢调戏他老婆？他七骗八拐地问出小伙子家地址，趁哪天有闲，找几个人冲去与那小伙子打了一架。他没想到，那小伙子是训练有素的，他们虽然人多，却也没多占便宜，两下里都打得鼻青脸肿。这下，杨巡没教训到小伙子，小伙子却看清楚戴娇凤的丈夫是个不起眼的货色，本来已经放下的一段心事，这会儿又活动起来。

但杨巡很快就忙碌起来，无法再进一步地给那小伙子以教训。尤其是老王回来后，很快就开始了与一家煤矿的生意。那笔生意数量相当大，老王本来是想从杨巡这儿进电缆，倒手给煤矿，可数量那么大，老王手中能调用的钱不够采购大宗的电缆。他与杨巡好歹是朋友，他找杨巡协商如何应付这单生意。

老王虽然做生意的资格老得比杨巡年纪都大，可遇到要人帮忙的事，还是得出面叫上几个朋友一起吃饭。那是朋友间彼此给面子，做生意的人从来只看谁资本雄厚，而不看年资大小，现在杨巡的资本并不比老王差，甚至有过之。但做生意的人，场面还是要给年资几分面子，因此杨巡一叫就到，还带着美美的戴娇凤。

老王妻子抱着那个被罚去一大笔款的孩子一起在，一开席，两夫妻就对着杨巡夫妇口吐莲花。杨巡当然清楚是怎么回事，笑着阻止道："王叔，我一个小辈的，你就别抬举我了，有什么事你尽管说，一句话。"

老王有些吞吞吐吐，不过还是说了："我年前不是跟你提起煤矿那笔生意吗？现在有个问题，他们不肯给预付款，我那些钱你是有数的，不够买你的电缆……"

杨巡边听心里边核算，立马打断道："王叔的意思是电缆就直接由我跟煤矿做？没问题，好处费我算给王叔。"

老王听了心里直骂，他辛辛苦苦打那么多桩下去才获得那生意，谁都知道他不会放给别人做，杨巡这是明知故问，还好处费呢，好处费能多少？这小子够奸猾。可老王又不能翻脸，今天明摆着是他求杨巡，不能一毛不拔，只能豁出半身的毛让杨巡拔。"我倒是本来打算推你给煤矿的，可你要是自个儿进去，上上下下还不得重新打点一遍？不如挂我名头。我们说定，你批发价多少我们都清楚，煤矿开的价都是明的，其中差价，我们五五开。等煤矿两三个月后付款，我们结清。这是数量。"老王将电缆明细交给杨巡。

杨巡仔细看了，心中算盘拨得飞快，很快就将大致数字算出。心说老王真狠，这么一大笔生意才经一下手，就想白拿一半。他笑了笑，却冷静果断地道："二八开吧，你二我八。做你这笔生意我还得问朋友借钱回去进货，煤矿这东西一向都是拖欠的好手，谁知道得占我几个月资金，这几个月我没法做别的生意。不过王叔不一样，到王叔这儿，我赔本也得做。"

老王微笑道："煤矿付款虽然拖，可从没不付的，好就好在这里。再说我打桩打得足，付钱不是问题。你说二八开，我还不如问人借个二分利，还赚什么。三七开吧，我也不跟你小杨计较，大家一个地方出来的，互相帮忙。"

杨巡举起酒杯跟老王碰了一下，几个同乡也一起举杯，算是见证。一笔生意就这么定了下来。

但杨巡散了席就急急回家，因为与妈约好每周六晚上八点打电话汇报平安，现在时间已经超过，妈等在村办全村唯一电话机旁不知道该等得如何心急。再说，今天得跟妈商量要紧事。

戴娇凤才不急于等待未来婆婆的电话，对那婆婆她心怀不满。但杨巡既然孝敬，她也只好跟着。两人晚上不敢在雪地骑车，从饭店出来，几乎是小跑着回家。拿起电话拨通长途时，杨巡还是气喘吁吁的。

杨巡妈当然等得急，但听到儿子声音，什么焦躁都没了："这么冷的天还出去玩？你们那儿现在零下几摄氏度？"

"零下一二十摄氏度吧，妈，我没出去玩，今天如果没事我不会出去。是王叔有事找我，王叔有笔生意要我一起做，我们刚谈下来，几个老乡做见证。杨逦他们回家来没有？"

"回了，都等在边上要跟你说话。刚刚你一直不来电话，我们四个刚好凑一桌打四十分。"

杨巡嘴上笑，脸上却满是紧张："妈，我跟王叔这笔生意，可能还得借人一点钱，最近手头会比较紧一些……"

"不要紧，你手头紧就别寄钱来，妈从银行去拿些，家用不用太多的。"

杨巡犹豫了一下，看看戴娇凤，才道："妈，是这样的。我准备在市里买套商品房结婚用，这事我过年时托给小凤她哥哥帮忙。刚刚小凤哥哥来电话说房子已经找好，是新建的红梅小区，我本来想自己汇钱给他，可正好王叔一笔生意来，妈，我让小凤她哥来找你吧，你先垫一下，我很快就能周转出来。"

杨母立刻警觉起来："老大，这事没听你提起。家里房子不是大着呢吗，你还外面买什么房子？是不是小凤她哥要结婚找你出钱？你可得给我说实话。"

"不是不是，妈你想哪儿去了。现在我们生活不是富裕点了吗，我想在城里也买间商品房住住，我们春节一起到市里逛街。"杨巡一边说，一边看戴娇凤的脸色，果然见戴娇凤一脸不快。戴娇凤虽然听不到杨母在电话里说什么，但想想就知道，肯定是在说她想骗杨家的钱，都把她当什么了。本来她可以拿出这两年存下来的体己钱先应付一下，可这下她倒要看看杨母准备怎么做。

杨母以退为进："也行，等小凤她哥来，我跟着一起去，这么大笔钱，我不放心交给一个年轻人。我得盯着他交钱开票上面写上你名字才放心。我下星期都有时间，你让小凤她哥到县农业银行，鼓楼那边那个，八点钟等着我。"

杨巡再次为难，他答应房子写戴娇凤名字的，看来要妈先垫一下钱的话，这事儿得黄。他只得无奈地道："钱没藏在家里？到县里拿出来再乘车去市里，那也太麻烦了，一天没法来回。妈，那就算了，我们以后再说。"

杨母听得出儿子的敷衍，估计儿子得想办法借钱给那女人买房。她现在鞭长莫及，可那女人就在儿子身边吹枕边风，儿子还能不心软？再说，通过儿子的敷衍，她更认定儿子肯定是被戴家逼着出血汗钱帮戴家那个哥哥，她做妈的怎能袖手不管："不麻烦，再麻烦也比从邮局汇款强，你那几万块钱到邮局还不定得拿几趟呢。你让小凤她哥找个时间吧。"

杨巡虽然答应了，可心里明白在妈这儿拿钱是死路一条。放下电话，他才想跟戴娇凤说他去借钱解决，戴娇凤忍了半天早憋不住了，气愤地道："你妈说什么了？又说我是狐狸精？我好好一个清白人，怎么到你妈眼里就跟抢她儿子似的？杨巡你说，我抢你钱还是抢你人了？"

杨巡懊恼地看着戴娇凤，心说他不该跟妈借钱，即使借钱也不能提起戴娇凤的哥，原先还想这事先瞒着妈，怎么事情一有变化他又跟妈说了呢。他就是在妈面前管不住自己的嘴。这下黄了，他两头不是人。他在大发脾气的戴娇凤面前赔了半天小心，直到第二天去邮局把钱汇出，把汇单拿来给戴娇凤过目，戴娇凤还是跟他满面愁容，冲杨母对她的态度，她不知道等杨巡符合结婚年龄了，杨家那个刁钻婆婆能不能放出户口本让她顺利跟杨巡登记结婚。

因为汇了一部分钱给戴家哥哥买房子，杨巡手头更加吃紧，找朋友把现在与戴娇凤合住的房子押出去借来笔钱，都来不及回老家找登峰电线电缆厂，拿着钱到就近一家电线厂进货，直接拉去老王说的那家煤矿。就这么紧赶慢赶，来回也还是花了一星期时间。老王也赶紧着叫儿子押货过来，总算两人合力把煤矿的生意做成。两人还高兴地坐一起喝了一顿酒，就等着结账拿钱的时候了。

杨巡出差时，小家里正好米吃光了。戴娇凤虽然在家时骑车骑得跟飞一样，可来这冰天雪地的地方虽已有年头，还是不敢冬天骑车，她就走着去附近的粮站，准备先买个十斤应急，等杨巡回来再说。

跌跌撞撞地背着米踩着又是雪又是冰的地面出来，因为两手得扶着肩上的米袋子，她越发走得艰难。说巧也巧，那个火车上遇见的小伙子正好经过看到，小伙子说一个江南大美女怎么能做这种粗活，小伙子接了米袋，甩上他的吉普车，连人带米地送戴娇凤回家。但小伙子耍了个心眼，方向盘一转，带着戴娇凤去看远郊冰雪覆盖的树林，看真正又厚又白如棉花如白云的雪。这可把戴娇凤乐坏了，跳进雪里又是雪人又是雪仗地玩了个够，玩得手脚麻木才被小伙子推上车。那小伙子还动手摘下戴娇凤的手套，如珠似宝地将戴娇凤的手捧在手心，替她摩擦活血，一直到戴娇凤的手指恢复知觉才礼貌地放手，而不是趁机占便宜。这时，脚底的热量也渐渐透上来，戴娇凤浑身温暖，也羞不可抑。

小伙子愣愣看了一会儿才将车开走，可路上意有所指地说，没想到戴娇凤结婚那么早，年纪轻轻时很容易冲动，很容易看错人，一个不小心就坏了终身，人真应该多看看多见识，最后再决定。否则，大好一个人，没几年就成了黄脸婆子。若换作火车上听到这话，戴娇凤会嗤之以鼻，可她现在刚被杨母搞得心烦意乱，不知前途走向何方，小伙子一席话，令她好生感慨。

戴娇凤回头再看出差回来的杨巡，心里就有了不一样的感觉。杨巡虽然是个千伶百俐的，可到底是年轻不懂情调，又是一上来就轻易俘获了大美女戴娇凤，虽然心里对老婆充满疼爱，可除了原始本能的那几招，其他都不会，对老婆只管吃好穿好身体好，哪里会想出什么吟诗玩雪之类的高雅事儿，这就不知不觉在戴娇凤眼里有了对比。

可两人终究是相爱的，戴娇凤心里不舒服了两天，回头又跟杨巡整天笑嘻嘻的，杨巡嘴皮子滑，什么话到他嘴里一说总能让人发笑。可每次戴娇凤问起等年龄一到，去结婚登记要用的户口本和村里证明怎么办时，杨巡的一张嘴总是滑不起来，杨巡虽然一个劲安慰戴娇凤说没事没事，可戴娇凤怎么敢相信，要真没事，杨巡的一张嘴能那么老实？为此杨巡一直觉得对不起戴娇凤，对她加倍地好，可戴娇凤心里的疙瘩越来越大。

在江南，春节过后一个多月，各处应是开始春意萌动，处处可见探头探脑的新绿。可在东北却依然是飞雪连天，千里冰封。杨巡见现在市场还没正常启动，春节后一直就没让戴娇凤去仓库，都是他自己看管。早晨他要出门，戴娇凤给他下了碗白菜猪肉饺子，吃饱喝足，又帮他把帽子围巾裹紧了，才放他出门。杨巡又缠着戴娇凤亲了几口才肯走。一路笑眯眯的，到了仓库，生起煤炉，卸下门板窗板，擦干净柜台，让人一眼看进来这儿是正常规矩地在营业。

做完这些，就没啥事了，杨巡烤着火炉无聊地朝窗外看，看斜对门的老王来上班了，看正对面的一个老乡也来上班了，一会儿，对面一排仓库，只只烟洞里冒出白烟。杨巡心说，他其实不来也行，仓库里的货大多清给煤矿了，剩下的只有几卷电线，还有以前问老王他们几个老乡拿的放在柜台做样品的电器，就是小偷进来也偷不了几块钱。可不来吧，万一老顾客来找不到他，误以为他没再摆摊以后断了生意，那就糟了，所以条件再差也还得坚持着。

正无聊着，忽然听得外面有嘈杂声盖过身边的收音机，他探身往窗外看，见好多人气势汹汹地围住老王仓库的门，群情激愤地不知说什么。一会儿，只见老王被警察拿手铐铐了从仓库带出来，那群围观的各个伸出拳头喊打。杨巡这才听清楚，原来是老王卖给煤矿的东西出事了，导致煤矿爆炸死了好多人。杨巡一下呆住了，他的电缆，他的钱，怎么办？那可是他出道将近四年挣的全部的钱啊。

可没等他回过神，外面忽然传来"砰"的巨响，随即都是敲碎砸破的声音，杨巡给惊醒了，往外一看，见刚才一起来的愤怒的人们冲进老王的仓库，一会儿，连煤炉都被扔了出来。杨巡心说，这不会是煤矿死难职工家属吧，换谁家里死了人都不会放过老王。

忽然，有个人又站老王隔壁那家仓库窗前大吼一声："这家也有假启动器，一样的……"早有人接着嚷嚷："这都是一窝儿的，他们都是一帮人，也砸了他们。"

杨巡不由得看向自己柜台里摆的老王家产的自耦减压启动器，心中一个激灵，本能地猴子似的缘柱而上，藏到大梁上，猫到阴暗里。果然，没多久，就见自家仓库门被一棍砸开，一帮愤怒到几近疯狂的人冲进来将里面敲了个稀巴烂。外面，则是传来老乡挨打的鬼哭狼嚎。杨巡一声都不敢吭，躲在暗处紧张得发抖，这是他从小到大遇见过的最危险、最恐怖的事。他清楚，他只要出声，只要被发现，无数拳头棍子将招呼到他身上。换作他亲人死在矿井，他能不疯狂吗？他这会儿就是被打死也没人管。谁让罪证也出现在他柜台上。

愤怒的人们扫荡一通，又赶去下一家，这儿十多个仓库都是他们老乡的，大多这家拿那家的产品，那家拿这家的产品，互通有无，他们够砸。杨巡依然缩在上面不敢下来，怕一下来被人发现挨揍。也看不见窗户外面正发生着什么，只听得四周乱糟糟的呼喝声。他这时大约摸清了事情轮廓，估计是老王的自耦减压启动器因偷工减料，其实没有减压作用，人家正规煤矿一用就短路了，煤矿下面停电之后，停转的风机没法将井里的瓦斯及时抽走，瓦斯超过一定浓度，煤井就炸了。这不知得死多少人。杨巡一边为死于矿难的工人伤心，一边为自己目前的处境忧心，而更烦心的，则是那注定收不回的货款，还有还不了的借款。他相信，这会儿他若是还敢去煤矿要电缆钱，被人打死扔进深不可测的煤井都有可能。而还不了朋友的钱，他押给朋友的房子就没了。这一来，本钱全没了，又得从头做起。

寒风从被打碎的门窗钻进，冻得杨巡四肢冰凉。绝望之中，他终于听见外面似乎传来有人维持秩序的声音。杨巡依然不敢下去，却听见救护车的声音由远及近，杨巡更是心惊得不敢跳下去，这都给打得要救护车了，他怎能再撞上枪口。

一直到救护车声音远去，外面的人声也消失，杨巡才敢跳下，可手足早已冻僵，这哪是跳下来，纯粹是滚下来。也顾不得疼了，连滚带爬地逃回家去。到家回过神来，才发觉跳下来时在地上撑了一下的左手臂热辣辣地疼，初时还想打熬过去，小时候跌打损伤多了，也没见需要上医院。可到了晚上越来越疼，冷汗都疼出来，戴娇凤求着杨巡去医院，可医院晚上X光不开，医生初步诊断是骨折，给初步做了处理。

两人看看时间，决定不回去了，就坐医院走廊长椅上等天亮，等X光室开门。

杨巡虽然走南闯北，可从小到大，还是第一次遇到这么大挫折，简直不知道怎么应付。手臂又痛得整个人都头昏脑涨，脑袋瓜子不灵，他只会直着眼睛对着同样也是花容失色满脸焦虑的戴娇凤漫无目的地问："怎么办？怎么办？"

戴娇凤也是只会问"怎么办"，她比杨巡更没头绪。但她好歹是不疼，头脑清楚，她还能主动想别的："要不，我们找人跟煤矿说一声，说电缆是我们的，我们的电缆质量是没问题的。"

"没用，都是老王名下挂着，谁相信电缆是我的。"

"大家吃饭都听见的，让他们做个证明。"

"谁还敢去送命，都不知道他们挨打情况怎么样，能活着回来就已经挺好了。"

"那怎么办呢？我们的钱不是都没了吗？我们还借着别人的钱呢。"

"房子卖了还不够还钱，还欠着朋友两万多，我们彻底成穷光蛋了。小凤，你那里好像还有点钱吧？"

"要不，我回去就去取钱，拿了钱我们回家吧，房子谁要谁拿走，我们先养好你的伤再说。"

杨巡想了好久，才痛苦地道："我也想逃走，可我借的钱，是朋友帮忙一家一户地凑起来的，凭的是他面子。如果我跑了，他本地本户的逃不走，就得替我还这笔钱，他哪还得起？小凤，你那里有多少？要不我们回去先打电话问问你哥，要他把市里的房子卖了汇钱过来，我让我妈也汇钱过来，我们把朋友的钱先还了，回家从头开始。不怕，我们还年轻，有力气。"

"好吧，听你的，你怎么这么仗义呢？"

杨巡硬撑着笑道："我一向仗义的，只要谁对我好，我也一定对他好；谁对我三心二意，我也一定对谁三心二意。小凤，我对你一心一意，不，全心全意。"

戴娇凤忧心忡忡地道："你这会儿还有心思说疯话呢，等我们回家去，我们市里的房子卖了，你妈又不认我，我怎么办呢？你还怎么对我一心一意？"

"我会跟妈好好说……"

"你都说了几年了，你遇见你妈就是没办法，你妈能听你的吗？你说我现在回去，人家会怎么看我呢？我还不让人家口水淹死。"戴娇凤说着说着眼泪又泉水一样了。

杨巡此时又痛又累，还满心都是失败，本来就是硬撑精神抚慰戴娇凤的，他从小做大哥，做人特有大局观，可此时见戴娇凤纠缠不清，心里也烦了："我都伤成这样了，你也不说安慰安慰我，还跟我赌气，你到底要我怎么样啊？现在是只能这样，没别的办法了。"

戴娇凤气道："你妈随便怎么骂我都没事，我一提你妈你就生气，回家我还敢指望你吗？回家你被你妈绑住，你还能来见我吗？"

"我说过对你一心一意，你怎么就不信？暂时我穷几天，回家住几天，你就不能跟我同甘共苦几天？"杨巡无力地闭上眼睛，不愿再说，心里很是失望，他此时多希望戴娇凤的小手轻轻呵护他，给他力量，他现在什么都没有了，只有身边的人，他需要戴娇凤的支持。可她就只知道跟他唠叨跟他哭。杨巡想着伤心，再加上手臂钻心地痛，眼皮终于管不住眼泪，两行眼泪从痛得青紫的嘴唇边滑落。

戴娇凤见杨巡发怒，就不敢说了，别看杨巡一向嬉皮笑脸，真板下脸来，那样子可凶。可戴娇凤眼泪流得更多，心里更是不停地想，怎么办，怎么办，怎么回去，怎么跟父母交代，怎么见人，回去怎么找工作……

医院里多的是哭哭啼啼的人，两个年轻人在走廊哭，别人都是看看，也没啥惊讶，更别提围观。

终于，外面的天稍稍亮起来，戴娇凤这时已经不再哭，掏出手绢擦干自己的眼泪，也替杨巡擦了。杨巡睁着眼睛看着戴娇凤帮他，伸出右手拉住戴娇凤，轻轻道："我会东山再起，我们不会分开，我们一辈子在一起。"

戴娇凤听着又是心酸，也不是很相信两人回家后究竟还能不能在一起，可忍住泪，拼命点头，一声不响地出去买两人的早餐。

没过多久，戴娇凤就回来，从胸口取出拿围巾包着的一纸袋肉包子。杨巡痛得浑身发冷，哪有胃口，硬是被戴娇凤劝着喂着一口一口地吃下去。戴娇凤对他那么好，杨巡反而泪流得更多，小孩似的倚着戴娇凤，口口声声要戴娇凤相信他，他会做好。被他的眼泪一引，戴娇凤又哭，两人又是哭成一团。其实杨巡心里没底，钱一分不剩了，还怎么做，又从给人家守柜台做起吗？可当初私人做生意的少，他有地方钻空子，现在呢，等他一走，别人不知道多快填补空白，等他再挣到一些钱，还抢得回老顾客吗？他心虚，他极其需要亲人的支持。他一只手抱住戴娇凤不肯放。医生终于上班，X光室终于开门，杨巡拍了片出来，立刻被通知做手术。戴娇凤吓呆了，一迭声问怎么办。医生看看这个美丽的姑娘，要她先去准备钱。医生好心，虽然两人身上的钱不够，可杨巡还是被推上了手术台。杨巡跟茫无头绪的戴娇凤说，又不是剖肚皮的大手术，要戴娇凤别等他出来，还是先去银行取钱。

戴娇凤急急离去。她存银行的户头就像一个扑满，寻常谁都不会想到用那里面的钱。被杨巡提醒，她才想到原来那个存折里的钱也可以提出来用。对了，现在杨巡还欠别人的，以后可能都要用到她那存折里的钱了。戴娇凤没多想，匆匆搭乘公共汽车回家，拿一张年前才存下的一千元定期去银行拿钱，赶着回去医院想第一时间陪在刚出手术室的杨巡身边。她现在又害怕又担心，六神无主，还指着杨巡给她做主心骨。

杨巡手术后自个儿进住院部，看到早他一步住进来的两个同乡。与两个鼻青脸肿的同乡相比，他的左前臂骨折实在是小儿科。终于见到同人，杨巡迷茫了一晚上的心立刻归位，两眼恢复熠熠光彩。他不顾手上还吊着盐水瓶，怎肯安卧于病床上，举着挂盐水瓶的死沉铁架子就去找老乡说话。

杨巡艰难地坐在一个老乡的床沿上，也不知坐到什么了，招来老乡一声痛苦的叫骂。几个人交换了一下伤势，果然，杨巡的伤还算是最轻的，可杨巡却觉得，虽然只骨折了条左臂，可他怎么就半身痛得麻痹呢。

正说着，一个家属风风火火跑进来，见到躺床上的老公就开始哭天抢地，原来，她刚刚去仓库那儿偷瞧了，那儿连稍大块的玻璃碴子都不剩，何况那些库存。大伙儿听了一时都没法吱声，都是刚春节后从老家带着所有拿家当进的货品上来，都是几乎还没卖出多少，一仓库的货品抵一家的家当，就这么呼啦一下全完了。几年东奔西跑好不容易攒下的钱全一夜泡汤了，这当儿，谁还有心情说笑。

杨巡心里也是苦得跟拧碎一包苦胆一样，满嘴的苦胆汁儿。可事已至此，他也不多唉声叹气，大声跟同乡道："你们别难过，还有个我垫底，你们都知道我还有笔货压在煤矿，看这势头是别想通过老王要钱回来了，我还倒欠人家一大笔债。你们准备出院后怎么办？要不要大家一起凑笔钱找个谁去与派出所说一下，起码能追回多少是多少。老沈好像与派出所熟，他在哪儿？"

一个躺床上的立马也有了精神："老沈……老婆子，你去找找，左右就这几个医院，再不行都猫家里，没一个漏网的。我们现在一两千还拿得出，只要把货品找回一半……老婆子，你再出去一趟。"

那个刚从仓库偷瞧回来正哭得肝肠寸断的家属一听，就抹去眼泪道："还真是个法子，我赶紧去找，你们别忘了给我家老头子吃中饭。"说完风风火火就小跑着走了。

"阿婶真是好帮手。"杨巡追着背影由衷赞了一句，正好见戴娇凤找进门来，他招呼戴娇凤坐下一起说话。

戴娇凤与那些跟着丈夫夫唱妇随打天下的家属不同，她最多记个账什么的，没跑门路的经验，大家皱着眉头商量，她什么主意都说不出，光是旁听。陆续地，便慢慢有人从别的住院病房，别的医院，或家里，被那个出去的家属召集过来。能动的自己过来；不能动的，家属过来。戴娇凤渐渐被挤出老远。她心中慌乱，好想倚着杨巡，可是杨巡现在埋在人堆里连痛都顾不上了，哪还有心思管她，她好生无助。

平日里大家或许还钩心斗角，为着生意人心隔肚皮，值此危难当口，大家坐在一起，却自然地拧成一股绳。大家纷纷出谋划策，三个臭皮匠，顶上一个诸葛亮，谋划着怎么可以给自己脱罪，或者说，怎么可以把罪过转嫁到别人头上，以换取公家出面把被人抢走的库存要回来。杨巡也需要抓住那最后的一些本钱，对于他这么一个铁定已经欠债的人来说，有一元是一元，有一角是一角。

但是，讨论着，讨论着，他想到更远，他大声问："东西不管拿不拿得回来，我们租的仓库都还没到期，你们还准备重新开张吗？那里开张后，还会不会被砸？"

众人一时面面相觑。终于有人道："看了，看给抢去的东西能不能追回来，只要能追回一半，我就回去。如果追不回来……那些人见抢着没事，以后我们还能坐得住？现在我们手里好歹还有几个钱，可要是再来一次，我连棺材本都得玩完。"

"是啊，起码找政府给表个态，到我们仓库前面走几圈，否则我们哪玩得过地头蛇啊。"

"可政府能给表态吗？到底是老王有错在先，我们底气不足。"大家七嘴八舌，大多情绪悲观。

杨巡道："你们意思是走？可我们那么多年打下的桩脚，那么多老关系，走了不可惜吗？"

有人道："你小年轻也不拿脑子想想，他们今天打断你左臂，明天可以打断你右臂，你有几条手臂给他们打？"

"对。没见昨晚有人还扛猎枪来？要不是给人拦下了，我们得给崩掉好几个，东北人性子猛。"

大家都觉得这不是考虑后一步的时候，于是又恢复旧话题。只有杨巡没法再回到旧话题，他想着他就是把那些库存追回来又怎样呢，老王砸在煤矿那些是肯定追不回来了，他依然还欠着债。可是，他身上背着包括他自己在内的六张嘴，而且眼看着杨速、杨连明年就得考大学，他怎能不替两个弟弟准备好盘缠？仅仅是要回库存，就够了吗？那些欠债怎么办？而且，即使他想继续做，没本钱又能怎么做？卖老家的房子和摩托车吗？他又想，他如果放弃这儿已经经营那么多年的老关系，到别处想东山再起，能容易吗？但是如果依然在这儿经营，他们这个地方来的人被老王砸了牌子，他以后的生意还怎么取信于人？依然是难。

旁边虽然依旧是七嘴八舌，他却是呆了。怎么办？怎么办？怎么办？！

杨巡发了好一会儿愣，这会儿，麻药的劲儿却有些过去，伤口火辣辣地痛。他跟大家打个招呼，说去床上躺一会儿，就走出来找戴娇凤。戴娇凤见他终于杀出重围，忙迎上去眼巴巴地问："痛吗？又出冷汗了。"

"痛，钻心地痛。我躺会儿，你起来坐着跟我说说话。"杨巡痛得抽搐，硬是忍着不哼。

戴娇凤跟过来，坐到杨巡身边，轻轻地抚摸杨巡刺痛的手臂上的手背，如此温柔的抚摸，让杨巡好过许多，他不顾一室还有那么多老乡看着，拉戴娇凤坐到枕头边，他靠着戴娇凤的腿躺着。忽然，他想起一件事："小凤，你带饭碗来没有？"

"哎哟，忘了，我都急忘了，你看我，我再去一趟。"

杨巡不舍，伸右手拦住戴娇凤，道："别去了，外面又冷又滑，等一下问他们借个碗，粮票带着吧？"

"我还是去一趟吧，正好昨天熬着骨头汤呢，带来给你喝，你现在需要营养。

你等着我，我很快就回来。"

"算了，晚上再说。现在十点半，你问他们先要个碗，去食堂买俩馒头一些菜来，将就一下，晚上再给我带好的。我们快点，等吃好他们还来得及去食堂打菜，快。"

让杨巡一催，戴娇凤就没了主意，顺着杨巡说的去借来一只搪瓷饭碗，赶去食堂。杨巡看着戴娇凤离开，才盯着天花板沉思。他不能倒下，一大家子人都等着他养活，他得立刻拿出主意。想到这儿，他连疼都差不多忘了，满心都是焦急。

等戴娇凤打了馒头和菜回来，他既无心吃饭，也痛得无胃口吃饭，可还是吃了点。等戴娇凤洗好碗回来，他侧脸看着戴娇凤问："你手头还有多少钱？"他对戴娇凤手头积蓄从不过问，心中没数。

"大概……大概万把块吧。"戴娇凤没想到杨巡问起这个，一时口吃。

杨巡一时心里有些敏感，盯着戴娇凤道："你看你能拿多少给我，行的话，今天就拿出来放着，我准备过后回家一趟。我家也还有点积蓄，凑起来有几个小钱，再把摩托车也卖了。你等一下回家，立刻打电话找到你哥，今天一定要找到，问问他房子买了没有，没买的话，要他把钱放着，等我回去拿，那笔钱不算小，够做本钱。你还是回去吧，这些事要紧。我只伤一只手，一个人还能对付过去。傍晚再带饭菜过来，我不要吃馒头。"

"不用那么急吧，你今天才手术，我陪着你说说话也好啊。"

"很急。"杨巡看看依然讨论得热火朝天、饭都顾不上吃的同乡们，"时间不等人。快去，委屈你一个人。"

戴娇凤咬咬牙，才依依不舍地走了。杨巡下去找来护士，想要麻醉药，未果，但护士不知给他打了什么针，虽然病房那么吵，他左臂又那么痛，他竟然睡了过去。

戴娇凤先回家里，打电话回家给村办，说尽好话让人帮忙去叫她哥哥。好久她哥哥才打来电话，他们没说两句，就又挂下，由她再打过去。戴哥听妹妹如此这般一说，忙道："房子早买下了，而且，不能退。"

"哥，你想想办法，你不是说关系很铁吗？我们太需要钱了。"

"再需要，这房子也不能退。小凤你想想，你现在还没结婚，你能保证杨巡一定能咸鱼翻身吗？他如果不能，你起码还有幢房子做保障。再说，杨家那个婆婆那样子，以后你和杨巡结婚的话跟她肯定住不到一起，你一定得用到城里的房子。可万一，我说难听点，万一你没结婚，你说，你还有脸住回家吗？杨家那个婆婆到底生着什么心，你能保证吗？你也只能留着城里的房子做退路。你看，无论如何，你城里的房子都不能退。"

这话，也就只有自家人会对戴娇凤说，可也正正地打中戴娇凤的心。她犹豫了一下，还是道："可是，没钱，让杨巡怎么翻身？哥，你想想办法吧。"

"你别傻了，反正我旁观者清，不会把房子退掉。杨巡要问起来就说到店里买一分钱的东西，人家玻璃柜台上还写'货已售出，概不退换'，何况开了发票的房子，人家能让退吗？你就说我这边在努力，看能不能退掉。你别说不能，记住啊。还有你手头的钱，以前他不是说这钱都归你吗？怎么一有事就要回呢？说话这么靠不住。你看看吧，一年最低生活费总得一千吧，你一定要给自己留足几年生活费。你要给自己留好后路，别又像以前一样傻傻地跟着杨巡什么都不管不顾，杨巡不一定靠得住。我是你亲哥，我不会害你。听见没有？答应我。"

戴娇凤难以回答，杨巡正大难当头，她怎么能打自己的小九九。可是她哥哥一个劲地在电话里催着她答应，还一个劲地问她他说得对不对，她只有说对，哥都是为她好，为她着想，一点没错。放下电话，她坐了好久。她手头的积蓄，除了今早已经提出来的，还有一万多点，她想了很久，决定提出八千，其他自己留着算是后路，若再多留，她总觉得对不起杨巡。

去银行取了钱再过去医院，见杨巡正沉睡着，脸色苍白，心中又是酸楚，看着杨巡掉眼泪。那边还在热闹地讨论，戴娇凤没心情也没话跟那些老乡说，她就枯坐床头发呆。等了一会儿杨巡还不醒，她轻轻伏在杨巡身边，似是自言自语地道："我拿了钱来，今晚就放你被窝里，我不敢拿回家去。"

没想到头顶却忽然传来杨巡的声音："这么快回来？动作很快啊。"

戴娇凤猛抬头，却见杨巡微微抬起身来看着她，忙扶他坐直。杨巡却是显得轻松，有点强颜欢笑地宽慰戴娇凤："你看我才睡一会儿，起来就精神很多。"

"刚还看你睡得沉呢，怎么一下就醒了？睡不少时间，现在都傍晚了。"

杨巡笑道："你又不是不知道我一听到钱就有精神，听见你在我耳边说钱我就醒了。好了，你今晚再辛苦一晚上，我明早睡醒就活了。拿来多少？"

"八千。"戴娇凤看看左右，俯身偷偷从自己衣服里将钱掏出，塞进杨巡被窝。

"这么多。"杨巡摸到钱，稍一掂量，就知道不差，心里立刻充实起来，"小凤，等我挣钱，加倍还你。”

“还什么。”戴娇凤有点有意地道，“你还把钱分你的我的不成？”

“哪有，哪有的事，我家用从来都扔给你，做生意的钱也从来都没锁起来，我们这不是一家人吗？”

“你妈认我吗？”

“又来了。我结婚，又不是我妈跟你结婚。我们不说这事儿，我今天痛，你别跟我提这事儿，好吗？”

“可你就不能给我个准信吗？”

“我每天都在说，而且我说什么不重要，重要的是行动。”

戴娇凤虽然心里反驳“你哪来的行动”，可看着杨巡满脸忽然皱成一团，全是痛苦，就说不出口了，又伸手轻抚杨巡的伤手，一直到看着杨巡吃完，又替他擦拭一遍身子，才被其他老乡家属拖着离开病房回家。

一捆钱带给杨巡很多兴奋，也带给他新的思路。他又饱睡一夜，第二天一早，天还没亮，就自己起床艰难地穿上衣服，偷偷溜出医院。他要主动去找他的债主。

虽说睡了一夜，可终究是伤筋动骨，又做了手术，一夜饱受苦痛，杨巡起床时就感觉头晕沉沉的，甚至有点发热。他硬撑着走出医院大门，可甫一接触大门外带着煤烟味的清冷空气，整个人一下清醒过来，连手臂都似乎不怎么疼了，脑袋更是好使，昨天思考了那么多时间的该做什么该说什么话，到此时忽然清晰定格，成为决定。

清晨的路面还很少行人，当然也没单位组织铲冰的人。远远近近有高高低低的烟囱柔柔地吐着白烟，天却已经亮了。红蛋黄似的太阳徘徊在烟囱林立之间，比元旦春节那阵儿亮得早一些。杨巡要去的债主家离医院不近，但是杨巡心中自有一张活地图，到医院门口看一眼公交车牌，便能大致确定出行路线。可一条手臂伤着，走路到底是不方便，平日里两条手臂维持着平衡，今儿忽然废了一条，失衡是冰面行走之大忌，杨巡就一不小心摔了一跤，好歹死命维持摔跤角度，撞晕了头皮才算是护住那条伤臂。后来上车也是，还幸好是清晨的公交车，人少有位，若是换作上下班高峰，他还不给挤得鬼哭狼嚎。

一路辛苦，但等挂着不知热汗还是冷汗的一头细密汗珠敲开债主老李家的门，看到嘴角还挂着牙膏沫子的老李欣喜如大旱逢甘霖的目光，杨巡一下子来了

精神，他目标坚定，他必须说服老李。因他看到眼前他可以走的只有一条路，路
的第一座关卡是老李，他必须先过老李这一关。他口齿灵活，却又异常真诚地
道："李哥，前晚出了点事，昨天医院住了一天，让医生拉了一刀。怕李哥担心
我，赶紧一早过来跟李哥说一声，李哥，还有早饭没？"

"有，有，快进来。你不会过阵子再来吗？这样子折腾，小心伤口发炎。"
老李口齿含糊，几乎将没漱干净的牙膏沫子全吞进肚子里，他妻子也从厨房热切
地迎上来，大着嗓门儿道："小杨，真是你？哎哟，你们那儿到底是咋的啦，你手
上咋的了？"

杨巡坐下，稍微擦了把汗，也没粉饰，将前晚的事儿前因后果简单说了一
下，又道："现在的问题是，老王闯祸了，我的钱可能收不回来，前儿问李哥借
的钱，可能一时有问题，没法还。不过李哥相信我的为人，我虽然年轻不懂事，
脚底抹油赖账的事儿却做不出来。我今天来就是要让李哥安心，今天把我押在李
哥你这儿的房子转手给你，算是先还一笔，大概占一半份额了吧。我们再另外签
个条子，我争取尽快挣钱把余下的今年内都还上。接下去我会频繁出差，行踪不
定，先跟李哥报备一下，免得李哥看不到我为我挂心。李哥，你看这样行不？"

老李昨天才听说杨巡他们那儿出事，当即找过去仓库一看，狼藉遍地，人迹
全无，正一夜操心，愁到白头，想着今天说什么都要请假找到杨巡这个人，没想
到杨巡大清早自己送上门来，老李简直要喊菩萨保佑。老李心说，杨巡若真要赖
账的话，带上老婆连夜乘火车开溜就是，谁也找不到他们，谁知道他们家在南方
哪个旮旯，可杨巡没溜，还主动上门说明情况，商量寻求解决办法，而且还是从
医院带伤溜出来，其心之诚，可见一斑。老李还有什么可说？虽然还是忧心着借
出去的钱夜长梦多，可看着人家杨巡如此仗义，他感动之余，自然是坐下来与杨
巡协商如何合理还债。当然，老李也一口答应，作为电线使用大户工厂主管供销
的副厂长，他将一如既往地关照杨巡这个实诚年轻人的生意。

杨巡那叫个千恩万谢，身上的疼痛更是忽略不计。这才能稳稳坐在李家饱餐
一顿。告辞时还被老李拉住，老李在家属大院里转来转去找来一辆黄鱼车，硬要
亲自送杨巡回医院。

杨巡感动得忙拉住老李道："李哥，我暂时还不能回医院。前儿的事影响很
坏，不知道的人还会以为我卖假货做手脚挨了拳脚，知道的人都是多年交情，都
跟好兄弟一样，我怕他们担心我的安危，我得上门让他们瞧瞧大活人让他们放

心。李哥你去上班吧，我自个儿一家家挨过去。"

老李看看杨巡年轻得不像话，却是苍白憔悴的脸，不由得伸手拍拍杨巡的肩，由衷地道："有种，小子。你下一个要去哪儿？我拉你过去。"

杨巡笑道："那就不客气了，李哥。下站去附近的红星电机厂。"

老李听了应声道："找他们厂的老陆？我带你进去跟他打个招呼。"

杨巡大喜，有老李这样的人带路，那简直是他人品最好的背书。老李也是仗义，看着杨巡做事上路，有意帮忙，除了亲自带杨巡跑了一家，上班后又根据杨巡提供的名单，从中找几家熟悉的打电话过去聊几句，于是，待会儿等杨巡上门时，便事半功倍。

杨巡被计划的顺利实施所激励，精神得就像上了发条，一直扯着满脸的笑，一整天下来，竟然转战了十来家最要紧的老客户。那些老客户的地址联系人都是清清楚楚刻在他心里的那张地图上，都不需回家找资料看一眼。直到傍晚才不得不收工，有客户留他喝一杯，他婉言谢绝，人家看他胳膊伤着也没强留，一口一声好样的，把他送走。杨巡不敢挤下班高峰的公交车，宁可吃力地步行回医院，回思一整天的拜访，心中非常满意。半路才忽然想起，哎呀不好，早上出门时忘了留字条跟小凤说，不知道小凤这一天会怎样着急担心。

杨巡急着赶路，恨不得一步跨回医院。可此时一天计划完成，满心松懈，竟是没法提起劲儿来，两条腿似是踩在棉花上，软绵绵地发飘。他心里想着，会不会是昨天开刀时血流得太多，现在缺血了？再想到中午为了赶时间，只在路边店里吃了几个饺子充数，现在早已饥肠辘辘。而手臂上被忘了一天的疼，此时又刺骨地席卷而来，痛得使劲走路的杨巡满头冷汗。

杨巡简直是咬牙切齿才走完回医院的一程。可回到住院病房，却看到他的病床上面躺了一个不认识的病人。他才茫然着，一个老乡冲过来急着道："哎呀你都一天上哪儿了，你们小凤都急疯了，哭得死去活来。"

"她人呢？"

"她哭了半天，等你半天还不来，医生也不知道你去哪里，要她办了出院手续，她被老沈家的送回家去了。你到底去哪儿了？小凤怎么翻来覆去发疯似的说你肯定是拿到钱就失踪呢？老王煤矿那笔钱你拿到了？你怎么拿到的……"

杨巡有些头脑晕晕地问："钱？我哪儿拿到煤矿那笔钱了？你们去拿了吗？"一边说着，一边两条腿自动朝外走，他要回家找戴娇凤。

老乡听着不对，追出来道："你脸色不好，要不要先找医生打了针再走？"

杨巡道："先回家看看，小凤是个急性子。"他都没坐下，就急着往家里赶。后面老乡们看着议论，心说这两口子算是怎么了，好像里面有大问题。听戴娇凤的哭诉，似乎是担心杨巡带了钱抛弃她似的，虽然现在看来又不像，但也难说得很，都说夫妻本是同林鸟，大难临头各自飞。杨巡欠下一屁股债，娇媚动人的戴娇凤心里还能没想法？下意识地，大家都对家中美妻的稳定性表示怀疑。

杨巡又是走到医院门外，被冷风一吹才弄明白戴娇凤哭诉的是啥意思。难道她怀疑他杨巡卷裹着八千块钱逃走？他欠人家近十万都不会跑，何况才八千，他是那种人吗？小凤这叫急得啥啊。可再一想，自己也是不对，早上急急偷跑，都没与还睡着的同乡打声招呼，害小凤胡思乱想。

他累晕了的脑袋里也没别的想法，就是快快回家。天色已暗，路上行人已经稀少，杨巡有些本能地往回赶着，不可避免地又是摔跤。赶到自家居住的居民楼底下，已经彻底没了力气。他扶着楼梯把手顺势坐到地上，呼哧呼哧地喘气，正好一个邻居也是上楼，见此做了回好人，把他扶到家门口。但是，杨巡看着漆黑一片，没透着一丝光的家门，心中却是无力，难道小凤没在里面？

他开门进去，果然，里面伸手不见五指地黑。他叫了几声"小凤小凤"，可没人回答。他又急又累，打开电灯又看，卧室里也是一目了然地没人。他有点下意识地又叫"小凤小凤"，耳边似乎听见有人回答，他忙转身，却是转急了，脑袋轻飘飘地似是飞上天去，人却重重摔在地上。他想起身继续找，可是没力气起来，在暖烘烘的房间里，他只觉得浑身火炭似的烫，连眼睛都睁不开，又觉得手软腿软，无法动弹。可是他急，他要找到小凤解释清楚，他抽搐着手指想支撑起来，只是他不能动弹，他软瘫在地上昏死过去。

杨巡苏醒的时候，眼前看到的是白茫茫的医院。他很理所当然地想，当然应该是医院，就闭上眼睛又要困过去。没想到却是有人推他的肩膀，叫嚷着道："喂，你醒了？醒醒，睁开眼看看我。"

杨巡勉强睁眼，一看却是老李，忙展颜道："李哥，你来看我？怎么让你找到的？"

老李瞪眼道："什么怎么让我找到的，我前晚找到你家去，想跟你说件事，结果你家都没关着门，我还以为你家遭偷了，摸进去一瞧，你全身火烫昏倒地上。你那个小媳妇呢？跑了？太没良心了吧？"

杨巡愣住，瞪着老李想了一会儿，才回想起昏迷前的片段："我昏两天了？"

"你真够运气，还揣那么多钱呢，幸好没遭偷。我昨天回了你家一趟看看你媳妇在不在，怎么，她去哪儿了？我扶你起来吧，吃点东西，你就不该刚做完手术瞎跑，你以为骨科手术不要紧吗？医生说弄不好会感染，一条手臂锯掉都可能，看你福气了。"

老李唠叨得都不像个男子汉，杨巡却是直着眼睛自言自语："小凤，小凤没回来吗？她去哪儿了？李哥，你啥时候回家，帮我带张字条回家放着行不？让小凤回家就能看到。哎呀，我又在医院昏两天，她更得以为我跑了。"

老李奇道："你小媳妇儿担心你跑？我都不担心你跑，你是那种人吗？你别急，急也不在这一刻，这回我守着你，你没好结实我不让你跑。等你好扎实了你再去找，一个女的能跑哪儿去。"

杨巡都没心思吃老李递来的饺子，只是急着道："李哥，这里面有误会，你千万得帮我在门口贴字条，告诉小凤我在医院。她一个人在这里又没亲人，最多去老乡家里钻着，肯定得回家拿衣服。她只要看见字条就没事了，她最疼我的。"

"行，又不是多大事儿，你先吃饺子。我跟你说，我和几个朋友商议着，你现在也难，不如你还是住着你房子，算是租我们的，等你回头挣钱了把房子赎回，省得你还搬来搬去。哥儿几个都说了，相信你，你小子是个有种的。以后有什么事，你喊一声，这些大哥都会帮你。"

杨巡感动得都说不出话来，看着老李眼睛濡湿，硬撑着不掉下眼泪。多好的大哥，多好的朋友，要不是老李，他都不知道会不会昏在家里丢了小命。总是好人多。事情只要做起来，总是天无绝人之路。

杨巡心里虽然依旧极其挂牵着戴娇凤，可心有余而力不足，又是当着那么关心他的老李，都不好意思再婆婆妈妈，便听话大吃饺子。老李在一边告诉他，他刚被送进医院时发烧到三十九摄氏度，脸烫得吓人。老李也说，不客气从他怀中一捆钱里抽几张付了医药费，有凭单为证。过一会儿，老李铁塔一般的小徒弟吃了晚饭过来接班，老李这才千叮咛万嘱咐地回家去。老李徒弟说，老李前晚都守了一夜。

但是，戴娇凤一直没有出现，即便是老李在门上贴了字条之后，依然没有出现。杨巡被管住不得离开病房，他焦急地求老李或者他的徒弟们去瞧瞧是不是字条被人揭了，他们回来都说没有。杨巡心中设想出无数可能，但想来想去，认为戴娇凤回娘家去的可能性最大。他这下子开始急着回老家找戴娇凤，再说生意上的事也是只争朝夕，他恨不得敲木鱼念菩萨让自己快点好起来，让医生松口肯放他出院。可等待康复的日子却是那么漫长。

一直到一周后，医院才肯放行。杨巡简直是飞一样地先冲回家去，一顿子翻腾，很快就看出，家中一只大旅行袋不见了，戴娇凤的那些衣服用品也不见了，而门口，那张字条还完整地贴着。杨巡没法回忆他昏迷前有没有看到衣橱，衣橱里有没有戴娇凤的衣服。他无法确定戴娇凤什么时候取走所有衣物，是在他上一次回家前，还是字条贴出前，还是看到字条后。他心中只能明确地想到，他必须尽快回老家去，有很多事要做，而回去第一件事是找去戴家求见戴娇凤。

他找一只旅行袋，草草装入几件换洗衣服，伤臂还架在胸前，就急急忙忙赶火车回了。小时候看过一部电影叫《归心似箭》，用在他现在身上刚刚好。

满心以为只要到了戴家，将话解释清楚，便什么问题都没有，可以与戴娇凤重归于好。他下火车就直奔戴家，都没先回自己家。没想到一进戴家门，戴兄劈面一拳头，打得杨巡倒撞出门，腿脚一软仰天倒在地上。没等他眼冒金星地起身，早有一只大脚大力踩到他胸口，上面传来戴兄的声音："操你奶奶的，你还有胆上门，你给我滚，你这狼心狗肺的，我揍死你……"戴兄一边咬牙切齿地骂，一边耳光又扇了下来。

杨巡给揍得晕头转向，可一只手依然绑着受伤着，都没法子反抗，只好双脚乱蹬，嘴里拼足老命大喊："小凤，我那天去债主家，结果晕倒昏迷两天，我没跑掉，我这不来了吗？小凤，你出来说话。"

戴家父母听着不对，这才冲出来拖住儿子不让再打。杨巡这才硬撑着坐起来，只觉得嘴唇有什么东西流过，一把抹来，却是一掌的血。他愣了一下，起身道："你们让小凤出来，我一出院就赶着回来，我知道她在家，你们误会了。"

戴家几口互视几眼，戴父轻咳一声道："小凤没回来。你滚，我们以后都不要见你。"戴兄硬是被他妈拉住，但嘴里狠狠道："你滚，别让我看见，见一次揍一次。"

"她没回来？"杨巡伸着脖子往戴家屋里瞧，可什么都瞧不见，又被戴家一家拦着没法闯进去，他只有哀求："你们跟小凤说，我没跑掉，我是发烧昏迷被人救进医院好不容易才活过来，你们看，这是病历卡。"

戴兄不信，挣开他妈手臂又要冲上去揍杨巡，他气杨巡，虽然也大概听出这其中有误会，可想到妹妹有了误会都不敢，或者说没脸躲回娘家，这不都是这小子害的吗？想起这些他就来气。

杨巡压根儿无法还手，左臂还伤着，鼻血又流淌不止，他只得转身离开。可是他不敢回家，怕鼻青脸肿的样子让一辈子没见过太大世面的老娘担心，也怕让弟妹们看着害怕。他退出戴家的村子，坐在一条已经花红柳绿的河边止住鼻血，又洗干净脸，才起身直接转去小雷家。他下一个的关隘在小雷家。

一路上杨巡心如刀绞，他怀疑戴娇凤就在屋里看着，他心伤戴娇凤看着他挨打不出来。他心中也隐隐怀疑，是不是戴娇凤不要他了。但是原因，杨巡不敢想，也不愿想，他只坚定地想，等他养好伤，身子活络了，他有办法找到戴娇凤说明一切，也可以挽回一切。杨巡心中隐隐也是赌气，戴娇凤为什么如此待他，女人难道真如妈妈所言？

杨巡看到很多人总是好奇地偷瞧他，他手头没有镜子，不知道自己的脸怎么了，可想而知，肯定是鼻青脸肿，猪头一样。他没力气呵斥，他大病初愈，一条手臂伤着，又是刚下长途火车，两条腿还软着，他没力气跟人再吵一架，他懂好汉不吃眼前亏。他此时唯有将头扭向车窗外，对着车窗外倒退的景致发呆。

他只担心，这样的状况去见雷东宝，会不会留下坏印象。但他想到老李他们的友情，他信心倍增。眼下他手头没多少资本可以拿出来说服雷东宝继续给他供货，成败全在雷东宝一念之间，未来是如此无法确定。可是，他唯有这条路可以争取，这是他能看到的最佳捷径，即使面前是刀山火海，他也得义无反顾地往前走。他告诉自己，都倾家荡产了，老婆也跑了，还要脸干什么。他必须不管不顾，毫厘必争，不惜代价。

小雷家村，杨巡一年起码来上好几趟，每趟来都要感受到一些不同。而所有不同中最让他感受深刻的是交通，竟然都有两辆公交车分别从市里和县里开来，虽然终点站落在镇上，可都无一例外地到小雷家村口绕了个大圈，看得出市县两级对小雷家村的重视。而杨巡从来最能透过现象看本质，他几次乘车下来，都能看到车子经停小雷家站，总有很多人上车下车，可见小雷家的客流之大。

杨巡也一向是这股客流中的一员，他今天跟着大家下车，又被那些下车的人行了一下"注目礼"。以往都是杨巡留意上下车的人，大概估计一下这些人究竟是什么身份，然后从那些人的身份中推测现象背后的真实。这是他从小辗转街巷做小生意培养出的习惯。但今天是他被人瞩目，谁让他给人打得跟猪头似的。当他被人瞩目的时候，他就没法堂而皇之地观察别人了。

杨巡脸上一路飘彩地直取小雷家村办，而没像过去那样，先到登峰厂办公室转一圈结个账。村办里，雷东宝不在，雷士根这个大管家照例是在的。士根对杨巡的一脸青紫视而不见，只问了句"春节拿去的那些货这么快都发完了"，见杨巡回答得支支吾吾，就单独领他到雷东宝办公室，倒了茶给杨巡，他出去继续接待其他客人。杨巡郁闷得很，想跟士根倒苦水博同情都没法张嘴。

一会儿雷东宝就回来了。他没想到房间有人，站住看杨巡一下，才又大步进来，坐下就指着杨巡问："外面闯祸回来？"

杨巡早心中有词："倒不是我闯祸，是别人闯祸连累了我们一大帮。雷书记知道开校办厂那个老王吗？就是他，他卖了些没减压作用的开关给煤矿，造成煤矿瓦斯爆炸死了不少人。煤矿的人找来把我们那一带所有仓库都砸了，好几个人现在还躺医院里没法起来……"杨巡说到这儿看看雷东宝，还以为雷东宝多少会附和一下，没想到只见雷东宝目光灼灼如审犯人般瞪着他，从雷东宝眼里，他只读出"说下去"三个字，杨巡只得老老实实说下去，不敢含糊。

雷东宝听杨巡一五一十交代清楚，才问："你春节从我这里发那么多车货，都没了？"

"是啊，换来一身伤。雷书记，我求你帮忙来了。"

"帮忙好说，可你杨巡也别拿我当傻瓜，到我面前施什么苦肉计。"

"我没。"杨巡脱口而出，却也忽然想到雷东宝指的是什么，忙道，"我在那边伤的是手臂，这脸上……我老婆跟我有点误会，她哥刚打的……"杨巡知道不说不行，面对着如此刚猛的目光，他无法不说。可是刚刚挨戴兄揍的事，加上戴娇凤至今人迹无觅，他实在是不愿说。饶是他一向舌灿莲花，此时也支支吾吾。

雷东宝一看这架势就毫不犹豫想到一个普遍现实，一个异常漂亮的未婚妻和一个刚刚破产的生意人之间还能发生什么事。他立刻想起自己的宋运萍，这天下没人能比宋运萍更好了，这天下除了宋运萍还有哪个女人肯心甘情愿嫁给一个家中连桌子都没有的穷光蛋？没有。都说好人不长命，祸害遗千年，此话千真万确。他带着对宋运萍的怀念，对杨巡说话时不免动了恻隐之心："活该你不长眼，找老婆能只看一张脸吗？别低着头，又不是啥糗事，谁打小没打上几架的。但我有几件事不清楚，要问你个明白，你别跟我打马虎眼。你们一起出去的，全给砸了吗？"

"全砸，一个不剩。我还算是伤得最轻的，因为我爬屋梁躲着。"

雷东宝拿手指敲着桌面，依然盯着杨巡，不客气地问："政府不管？"

"政府哪来得及，我想跑都来不及。"见雷东宝似信非信，只得又补充一句，"我们已经推举一个人找政府要求帮忙去了，可解决总得要个时间。"

雷东宝摇头："不对，这种事你们就是不去找，政府也会管。就算政府护着本地人，可也不会看着你们那么多人挨抢不管，我们是社会主义国家。你们是不是让人抓着把柄了？"

杨巡被雷东宝问得逼上绝路，只得从实招来："我们虽然各自进自己的货，可柜台上什么货都放。老王的货色我们每家都有放，那些矿工看见就全砸了。"

"我说嘛，谁让你们做这种断子绝孙的生意，该砸。把我登峰的电线电缆跟你断子绝孙的开关放一起，我的牌子都给你们搞烂了，操。"

杨巡一听慌了，忙道："雷书记，这事情也是没办法的。老王老资格，老王拿来让我们都帮他摆着，我们不好意思不摆，你说乡里乡亲，一起出门在外的，能不互相照应着点？可这回教训也够深刻了，以后就是斧头架我脖子上我也不卖劣质货，以后说什么都卖最好的。这不，先找雷书记讨救兵来了吗？登峰的牌子，那是响当当的啊。"

雷东宝听着到底是受用，却也没含糊："你现在还拿什么问我要货？"

"我现在什么都没有，但我有顾客，这些顾客我打了几年交道，你们如果自己找上去，还不定找得到。说实话，我这回受伤昏迷住院看护，都是顾客大哥们出钱出力帮忙，都跟我亲人一样。雷书记如果相信我，你派一个人押货跟我去东北，我只管卖货，经手钱的事都你的人来做，我不沾手钱，我只拿业务费。我不舍这两年交下的朋友。"

雷东宝不怀疑杨巡有销售门路，杨巡一年要从登峰拿不少的量，是个绝对大户。但是——"你一分钱不拿出来，我凭什么相信你？"

杨巡迟疑了一下，抽出桌上一张纸，写下一列地址："这是我家地址，如果我有做对不起你的事，你找人砸了我家。东北人最多砸我仓库，你能砸我家。"

雷东宝毫不客气，收起字条，看看外面的天，道："还早，打个来回还来得及，走，你带我先认个路。"

杨巡看到一丝希望，可有些无奈地道："我不能回去了。雷书记你不知道我爸早死，我妈伤心得已经丢了半条命，更把我们兄弟看得命根子一样。我这样子回家，要被我妈问出我在东北不如意，她得再丢半条命。再说下面弟妹三个，都是被我妈拿我做榜样训斥着读书，我的落魄相会影响他们上进。雷书记，辛苦你自己去一趟，我家那个山村没外人，进去一问杨巡家，谁都知道，大池子边那幢新楼就是。"

雷东宝眼中掠过一丝讶异，倒是没想到杨巡这么个滑头还是个负责任的孝子长兄，每个人都有两面性。他终于收回一直投注在杨巡身上的目光，起身道："行，我立刻过去一下，你跟我出来，今晚宿我家，有什么事，等我回来再商议。"

雷东宝把目光移开，杨巡简直觉得就像日本鬼子灭了探照灯，游击队员可以放手行动一般，身上压力卸去一半，整个人仿佛又可油滑起来。可他此时说什么也不敢油滑了，跟着雷东宝起身，搭讪着又送上一个真诚的马屁："我这回遭了事，幸亏大哥们都帮我，否则我这回发高烧死在家里都没人知道。来这儿又是雷书记帮我……"

雷东宝却并不领情："你就老老实实说话吧，没人当你是哑巴。你说老实话的时候才像是个人，你就是再有缺点我也能信你。你越油嘴滑舌我越烦你，我一向烦你。跟上，马屁跟我妈说去。"

杨巡给闹个大红脸，乖乖跟上，却再不敢满嘴跑马。跟到雷东宝家安顿下来，看雷东宝胖身子飞上摩托车滚滚而去，他打量着这家具简陋而面积阔大的房子心想，事情究竟是成，还是不成？雷东宝肯上他家侦探，是不是说明事情成了一半了呢？但想来想去，他已经尽力而为了，雷东宝最后做什么决定，他只能听任老天安排。他此刻心里很无助，无助得心慌，最慌的是万一这条路走不通，一家老小生计成问题。他真累。

这时候雷母进来以居高临下的眼光打量杨巡，对于杨巡的客气招呼没有正面回应，只嘀咕说才送走一个又迎来一个，家里都成疗养院了，嘀咕完就又走出去，扔下杨巡不理。杨巡不知道雷家才送走的是谁，心说雷东宝原来是个仗义的人。以前真没看出来，以前一直以为雷东宝是个土霸王。

屋子里没人，杨巡一个人坐着发呆，脑袋里走马灯似的全是乱糟糟的想法，唯一清晰的只有两个字："出路。"他不知道雷东宝最后会不会答应他的要求，如果不答应，他一时也想不出还怎么劝说雷东宝，但他心里即使再乱，还依然坚定，今天就是豁出性命，也得把这路走通。至于怎么走，他真累了。

他的手臂又开始吱吱儿地疼，被戴兄扇过耳光的脸面也热辣辣地痛。他想来想去想不明白，戴娇凤究竟是怎么想的，竟然会拿着旅行袋一去不回。他认为戴家父母是知道戴娇凤下落的，他真希望这个时候戴娇凤在外面已经生完了气，或者是她父母已经把他的解释传达给戴娇凤，如果她真没回娘家的话，她现在不知会不会回到他们两个的小家里，就像以前一样烧好一锅肉汤等着他回家。他什么都不知道。他最希望雷东宝现在就回来给他个了断，刺激他几乎空白无法思考的大脑。

一片混沌中，他想妈了，像个在外面受了委屈的孩子一样迫不及待地想妈，想他坚强的妈妈。

可他忽然担心雷东宝会不会跟他妈搭上话。乡里一帮人闯东北，大家这回一起出事，不知道事情有没有传到老家，传到妈耳朵里。好在他家偏僻，山里人与外面交往得少。而村子里出去挣钱的人又少，在一个城市的没有。但愿有个侥幸，等他喘过气来事情再传到妈耳朵里。不知道雷东宝会不会硬要跟他妈说上几句，妈是个精细人，如果雷东宝一个不小心露馅了，妈更夜长梦多。

杨巡再无法发呆，索性走到门口与雷母说话。他一张嘴不知比宋运辉活络多少，几句下来，雷母立刻喜欢上他。

雷东宝亲自去的杨巡家。杨巡家在重重大山里面，还得经过宋运辉曾经插队过的村庄。雷东宝是个农民出身的人，翻过山头看到人家，就感觉出这里与小雷家不同，好像节气比山下平原晚了一些，山下的桃李花都几乎开罢，这里还是盛放。很容易地，一问就问到杨巡家。雷东宝顺着指点过去一看，果然有幢簇新的房子，但在他这个行家眼里看来，盖得没他家的漂亮结实。只是房门紧锁着，看来没人。雷东宝左右转了转，才想着要不要找人再打探打探，弄堂口转出一个客气而不失精明的女人。

"听说我家来客人了咧，师傅是你找我家吗？"

"对，我是小雷家村雷东宝，你是杨巡妈？"

"哎呀，雷书记，稀客稀客。请里面喝口水，正好有新采的春茶。我儿子没闯祸吧？"雷东宝大名鼎鼎，杨母又是村里的女干部，常在乡里听乡长拿雷东宝教育他们这些村干部，早已如雷贯耳。想到儿子如今跟这样的能人交往，心里很是高兴。但是又想到雷东宝不期而至，不由得甚是忐忑，因为儿子上周六没给她电话。

"你儿子活人精一个，能闯什么祸。"雷东宝难得撒谎，可他一向虎着一张脸，撒谎时虎得比对方还狠，人家没法不信他，"你们家不小啊，楼上有四个房间吧，啊？"

"是啊，上代留下的地基大。这房子是我们老大挣钱造的，算是村里第一了。听说雷书记村子里房子造得跟花园一样，跟你们那儿是没法比了。请喝茶，水是早上烧的，不是很烫了，我再去烧点。"

"别烧了，我心急，不喝滚茶。"雷东宝听得出杨母嘴里对杨巡这个儿子浓浓的得意，这正是他上门要观察的。他做事一向先找人，感觉对了就托付，因此认一个人在他看来是头等大事。他又随便扯了句："我们有车货要运去给小杨，小杨让捎点春茶过去送人。时间紧，我自己过来一趟。"他小雷家每年春天都要送大量茶叶给关系户，连老徐都来电表扬他送的茶叶新鲜有味，他就替自己来杨巡家想了这么个合乎常理的理由。

这个理由，杨母非常相信，一则雷东宝多么响当当的一个人，雷东宝这样的人说话，岂会嘴上跑马。二则果然杨巡经常从家里捎土特产去东北，春天的茶叶夏天的桃，秋天的橘子冬天的梅，几年下来她这么个精明的人早已习惯，不用儿子说，经常早早给儿子备下，而今茶叶就在隔壁房间放着呢，还分了明前雨前的两大袋。而她也顺势放了心，虽然儿子上周六没打电话来，但看来是没事，跟人家小雷家常联络着。儿行千里母担忧，她总是最挂念她的这个大儿子。

"真过意不去，还劳雷书记亲自走一趟，我们老大真是不懂事，你每天工作多忙，这种小事也劳烦你，我这就去取了来。"

雷东宝倒是不惊讶杨母说话就能拿出茶叶，他们小雷家需要茶叶，都是四宝拎着编织袋进山里去收，山里人家几乎每家每户都有茶叶，一天下来就能完成任务。只是看到杨母拿出来的茶叶包很惊讶，个个都是一样大小的牛皮纸包装，虽然纸包里已经装满茶叶，可纸包看上去依然跟熨斗熨过似的有棱有角，看着顺眼，纸包正面还用墨汁写着一个好看的"茶"字。他抓起一个包就问："大姐，这种纸包哪里买的？我也去买几个，送人装门面多好。"

杨母听了眉开眼笑道："这是我自己做的，大儿子出门，下面三个儿女都山外上学，我一个人时间多，闲了就做几个，存了不少，雷书记喜欢就拿几个去，还有百把个剩着。"说着又转进去拿纸包。

雷东宝看着茶包道："字也好，大姐你自己写的？大姐文化很好啊。"心里却想，寡妇跟寡妇也不一样，他老娘有空串门子，韦春红有空发春，就这杨母有空做正事儿。

"哪里，我老头子文化才好，这都是他教我的，说是颜体字。"杨母听着雷东宝这样子人物的表扬，颇是有些得意，"我家四个儿女从小都让我赶着练字，个个写得不错。雷书记难得来，就在这儿吃顿晚饭吧，你这样的客人闲时请也请不来。"

雷东宝看看外面的天，道："不吃了，天黑开摩托车转山路危险。就这些东西吧？我拿着走了。"

杨母忙道："哎呀，我这不都成赶你了吗？雷书记现在回去也迟了，赶不上吃饭，要不你稍坐十分钟，我正好有早上摘的春笋、枸芽、椿芽，快点炒出来雷书记回去正好下饭。等我等我。"说着也不等雷东宝答应，就急急下厨去。

雷东宝本来最腻歪婆婆妈妈，原可一嗓子喝止了去，可看着杨母这人顺眼，再说可怜面皮给打得青紫的杨巡正眼巴巴在他家吊颈等着，就安心坐下来喝茶等候。他才尝不出茶的好坏，只觉得茶泡得不够浓，寡淡无味。

杨母手脚麻利，果然十分钟左右就做出三盘菜来，分别是油焖笋、油盐炒枸芽、香椿炒蛋。雷东宝不下厨不知难处，换别人早已惊讶万分。一个人又是生火又是炒菜，十分钟里面怎么做得到，又不是千手观音。临走，杨母又拿出两包据说非常好都是嫩尖儿的茶叶和新晒笋干菜烘干送给雷东宝，千恩万谢地送雷东宝出村子，一路给雷东宝道乏，又给杨巡挣分。雷东宝上路后心想，杨母还真是个人物，难怪看不上中看不中用的戴娇凤。杨巡有这样本分能干的老娘，雷东宝无形中就对杨巡信任了几分。

杨巡吃上老娘亲手做的菜，低着头眼圈儿都红了，心中明白这是雷东宝帮他的忙。他须得沉默好久才镇定下来，问雷东宝道："我妈身体还好吧？"

"好，精神也好。就是一口一个儿子，你这不争气的，害你老娘见不到你。见到你老娘后，我以后再也不同情你老婆。"回头见他自己老娘大吃杨母做的好菜，忙道，"妈，你少吃几筷，这是人家老娘给她儿子特意烧的，你吃光了杨巡吃什么。"

"小凤也是好人，只是跟我妈合不来。雷书记，谢谢你还费心帮我带菜来，不知怎么谢你才好。"

"不用谢，你妈已经谢我，她送我那么多东西，我一点不客气全收了，全是好东西。你说，你妈那样本分又有本事的人，怎么养出你这么个滑头滑脑的，你还说给你弟妹做榜样，你这种榜样有什么好？我看着都替你妈急，你妈还拿你当好人，每次回家都强盗扮书生吧，小子？"说话时拿筷子敲了杨巡的头。

换作别的时候，杨巡一定不服，可今天听着却感觉雷东宝对他满是实心实意，心里很服，点头答应："我已经吃亏了，以后得吸取教训，改过重来。"

"这话听着像人话。你说出来的话倒是比我文气，你妈是个有本事的，把你们教得好，一个寡妇人家，不容易。你还有三个弟妹在读书？"

"是啊，老二老三读高二，老三脑子好读重点中学，考大学跟切菜瓜一样容易。老二读书差点，读的是普通中学，不过肯吃苦，现在班里名次还行。老四现在成绩还好，可玩心重，成绩滑上滑下，按说应该考得上重点高中，可难说得很，今年要是考上便罢，考不上我得回来挖门路让她读重点，她脑子不差。"

雷东宝看着杨巡如数家珍一般说着弟妹们的事，看着杨巡说起弟妹们来神采飞扬，不由得问："你几岁？"

杨巡不疑有他："我今年虚岁二十二，呵呵，等我两个弟弟毕业，我也回炉读书去。"

雷东宝一时动容："小子不容易啊，你在家里都抵得上半个爹了。"

"哪里哪里……"

雷东宝不等杨巡谦虚完，就接着道："看你妈面上我今天相信你一回，我也没人派去东北，明天我让正明发两车货给你，你拿齐货就给我押着车走。我谅你小子也不敢跟我玩心眼，跟我玩心眼就是跟你妈过不去，记住。"

杨巡忙道："雷书记，你那么相信我，我要是再敢胡作非为，哪里还算个人。我妈一直教我做人一定要知恩图报，今天大恩不言谢，我知道怎么做。我以后一定更卖力，起码，我替你把东北三省全拿下。"

"你不用跟我发誓，我看你不是个安分人，抓着你专给我做电缆，等你哪天活过来迟早得跟我生异心。我只发善心帮你渡过难关，半年后你我照老样子来，你给钱我才给你货。但你得答应我两条：第一条，一辈子也不许把我登峰货色跟什么烂货放一起卖，让我知道的话，拿大巴掌抽你；第二条，只要你做着电线，你七成以上的货得从我这儿拿。"

杨巡答应，真没想到雷东宝如此上路。这一次落难，虽然吃尽苦头，差点送命，却意外认识两个实在人，算是因祸得福。对着雷东宝，他嘴上是再不会花里胡哨说一大堆好话，只是把感激记在心里，以后知道怎么做就是。

回到东北，见过杨巡的人都说，这小子乏了一圈，原本看上去一直在笑的眼睛，可能是瘦了的缘故，深陷进去，看上去黑而深。但老李却说杨巡终于脱了男孩子相，像个男人了，看上去值得托付。

但杨巡听着并不愉悦，他可以托付吗？戴娇凤至今踪影不明，说明戴娇凤并不愿将自己托付给他。而他现在一文不名，靠着老李和雷东宝的大度才得苟延残喘，他虽然在两人面前信誓旦旦，可心里终是没底，他能还掉老李的债吗？他能报答雷东宝的大恩吗？最挂心的是，他能继续负担家中老老少少的生活吗？还有，戴娇凤能回来吗？杨巡心中压力前所未有地大。这压力，让他笑不出来，让他睡不安宁。

从春暖花开的南方回到依旧肃杀的东北的第二天，杨巡请出老李铁塔般身材的四个徒弟，在原址开门。整一条曾经被称作江南电器街的仓库区只有杨巡一家门面开业，其他老乡要么还躺在医院，要么手头还没货，要么还在观望，不敢做那第一个开门的出头鸟。可是不知是电器街名气做坏了，还是因为只有一家开门没有人气，一整天没有生意上门，杨巡的那些老顾客也暂时不敢要他的东西，因为电器街被砸，这一带出去的东西名声太臭，大家虽然是多年生意朋友，可正当风头，还是稍做回避，以免被人误解。

而且，有几个看上去黑乎乎像煤矿出来的人到店里吵闹，幸好有老李的徒弟，本地人，又是身强力壮，吵闹的人占不到便宜，快快而走。

饶是没生意，杨巡还是掏钱请老李几个徒弟晚上喝酒。回头，杨巡睡到仓库，回家形单影只，不免想起戴娇凤，心里更难过，不如看管仓库。

杨巡晚上躺在塑料臭气浓重的仓库里想，没有生意怎么办？戴娇凤给他的八千块，付去运输费，还有修理仓库费，已经所剩无几。而看来那些煤矿工人并无罢休的意思，如果天天请老李徒弟过来看场，总不是长远之计。加上每天吃喝，这种只出不进的日子，他算了算口袋里的钱，最多只够维持两三天。那么，他是不是必须做点什么来找回过去的人气，并打消老顾客的顾虑？可是，他有什么办法？

杨巡思来想去，夜不能寐，伤臂隐隐作痛。受伤之后几乎没有好生将养，反而更加操劳，而且没时间去医院复诊，杨巡都不知道他的手臂会不会废。伤痛更消睡意，杨巡睡不着，索性起来走出门去。整条路没一盏路灯，只有当头一轮月亮，左右的仓库依然破门破窗，环顾看去，黑洞洞的瘆人，好像藏着什么鬼怪。杨巡虽然小学开始就上山采山货贴补家用，经常天黑才摸下山头，可此时站在空无一人的电器街，夜风如鬼叫，冷月似白眼，他不由得泛起一身鸡皮疙瘩。他在这清冷的月光下，对着拖在地上长长的影子，竟是满心的害怕，满心的无助，满心的冷。

压力大得无边无涯，心里全是看不见希望的忧虑。才刚不久前与戴娇凤那轻裘快马的日子，现在想来恍若隔世。想到戴娇凤，杨巡的眼睛更深，他不明白，非常不明白，他发誓，总有一天他要问个水落石出。

可是，眼下又如何结束这只出不进的困局？

二十二岁的杨巡从街头走到街尾，又从街尾走到街头，一会儿拖着影子走，一会儿踩着影子走，也不知走了几趟，差点愁到白头。

重新开门三天，三天销售额连吃三个鸭蛋，门可罗雀。即使偶尔进来的"雀"，看看样品，却扔下一句"你们这里拿出来的东西质量能相信吗"，便绝尘离去。消息被老李的徒弟传到老李耳朵里，老李也一起担心，下班亲自拐来一趟问杨巡，要不换个地方隐姓埋名地经营，或者包个柜台，别再待在这种名气做臭的地方坚持。上次遭抢和煤矿瓦斯爆炸的事，闹得全城人民都知道，现在谁还相信江南电器街的东西。杨巡不敢寒老李的心，不敢告诉老李他拿不出租柜台的钱，他只能说他再看几天，等一周过去如果还是老样子，他立刻撤。

一周，是他的极限，可以预测，到时他的口袋肯定空空如也，不再有一分钱。

可是，怎样让生意走出困局？怎么才能消除顾客心头疑虑，恢复名声，而且还必须在一周内完成？如何做得到如此几乎一鸣惊人的效果？杨巡夜夜徘徊在月色下的电器街上，绞尽脑汁。白天，他深陷的眼窝周围一圈墨黑，一双眼睛更是鬼影憧憧。

第五天的夜晚，杨巡无计可施之下，做出孤注一掷的举动。他将左臂绑在身上，以免一个不小心用了力，又添新伤。他游走于这条荒凉街道的各个空廊仓库，卸下一块旁边仓库最完整的内门板，糊上白纸，蘸墨水用他妈监督下练就的一手好字写下一门板的公告。

在公告里，他有所选择地公告以前电器街里面产品的猫腻，伪劣产品的横行现象，比如说该绝缘的电器没绝缘，该绕线圈的地方用水泥纸替代，大家互相串通隐瞒，串联销售彼此作坊产品，等等。他后面说，他意识到此事的危害，决定彻底改变经营手法，彻底断绝与原有不合格供货商的联系，从此选用有保障的产品满足市民需求。最后，他介绍了一下他如今精选经营的登峰电缆厂，说明一下小雷家这几年的辉煌社会成就和带头人的光荣事迹及其社会头衔，以此抬高登峰的地位。写完，他艰难地将此门板挪到路口，那里上班下班人来人往，也算是热闹的路口，将门板明显地倚在墙上，以便人来人往看个清楚。

然后，他漏夜进出所有仓库，一只一只收集起捡破烂的都不屑的被砸烂的电器胶木壳子，当然又投机取巧地拆了一些木窗框木架子，一起堆到电器街沙石路的中央，又回去一趟家里，把那些当样品放着的电器也拿来扔进那个堆里。等把烂电器堆码到有点规模的一人多高的大堆时，天已发亮。

他满头大汗，筋疲力尽地喝着凉水欣赏一夜的成果，两只眼睛不时瞟向手表，看时间一分一秒从六点滑向七点，等七点半，路口那条街道人声鼎沸，人来人往时，他往烂电器堆浇上一瓶绿瓶二锅头，扔下一根燃烧的火柴。他清楚此举将招致同乡的斥骂，但他无法顾及了，当下之际，他只能选择生存。

火焰、白烟，还有胶木燃烧的臭气，城市里如此奇特的一个事件，打破寻常按部就班的步伐，立刻招致路人驻足指指点点。大家看了路口文字未必通顺的公告，才明白是怎么回事，有好事者当然火烧热辣地走进杨巡的电器店巡视一周，满足好奇。杨巡当然殷勤递上新茶泡的茶水，一遍遍眉飞色舞地介绍现在精选经营的电线电缆，他说话比写字不知道流利多少，听得进来参观的人个个频频颔首，承认杨巡这个断然与过去、与那些不争气同行决裂行为的可圈可点。

一时，杨巡仓库门口围满围观的人，都好像是看白戏一般地热闹。事件一传十，十传百，迅速随着大家上班聊天传播开去，大家都正等着看电器街被砸的下文呢，杨巡这一轰动举措，一下满足大家的心理需求，于是传播更快、更广。杨巡安排老李的一个徒弟差点是敲锣打鼓地来到店里，当众掏出钱买去两捆家用电线，夸张地操根扁担挑着，又大着嗓门在门口宣扬一番支持有错必改者半天，才拿电线离去。

很久才有街道办事人员过来要求杨巡灭火，说不安全。杨巡从小烧灶，明白烧火手法，明着答应街道办事人员，却是借着左手臂受伤，拿只脸盆每次只能接半脸盆的水去泼火堆。结果，火势稍减，烟却更浓更多，老远就能看见此地一股黑烟扶摇直上，谁都想过来看个究竟，谁不爱看放火。竟然，因此招来报社的记者。杨巡有生第一次接受了采访，围观者于是更加不愿离去，纷纷当看西洋景。

终于，除了杨巡安排的老李徒弟佯装买货之外，有其他人也上门买货了。每来一个，都竟然获得围观者的拍手起哄，场面意外地热烈。也不知是电器街被砸好几天，人们买货不方便好几天，压抑了需求，此时一下喷发，还是有人凑热闹，专挑热闹时玩个当众喧哗，这一天，竟然卖掉不少民用电线，杨巡惊喜不已。

但是，惊喜之下，他疲倦而兴奋的脑袋也没忘一件事，那些依然没有行动的老乡等夜深人散后会如何找他算账。他早看到有几个老乡在人堆外张望，却没进来。他猜测着老乡们的心理，估计老乡们一定对他满心怒火。

夜色不可避免地降临。杨巡挽留老李的两个徒弟守店，他支撑不住睡得人事不知。他估摸着今晚老乡会找上他，可再怎么要紧，他都需要休息，他累瘫了。他抱着死猪不怕开水烫的心理睡觉，相信老李的两个徒弟能帮他将老乡拦在门外。几天前的长途颠簸，好几天的无眠，昨晚一夜的操劳，今天一个白天的辛苦与紧张，再加几天的提心吊胆，早已压垮了年轻的杨巡。

老李的两个徒弟坐在暗室喝酒，不时探望月色之下的室外。两人担心会不会真有什么杨巡老乡打上门来。都知道这帮江南电器街的人出了名的抱团，搞不好今晚他俩被围攻都难说。但是情况却出乎两人的意料。人来了，而且还来得不少，可大多是伤残妇孺，除用方言叫骂，却没其他激烈举动。那帮人想见杨巡，可杨巡睡得死猪一样，那帮人想出手摇醒杨巡，却有老李两位弟子挡住。那帮人没多坚持，围了不到两小时就走了。杨巡却一觉睡到大天亮，才被老李的徒弟摇醒。

醒来听老李徒弟一说，杨巡估计老乡们男的伤残未愈，女的不敢惹事，照昨晚那样子，估计挑不起太大动静。他稍微安心，洗脸刷牙，赶紧出去买了大堆包子款待老李徒弟。他们吃饭时候已经有顾客上门。杨巡殷勤迎上去，人家见面先问昨天的事，杨巡一边笑呵呵说明，一边介绍型号规格，仿佛一个人生着两张嘴巴，店里全是他的声音。没多久，顾客就抱着一捆电线满意而走。老李的两位徒弟一边看着，等客人一走，忍不住地笑："小杨，你这态度不知比国营五金交电商店好多少。我们进五金交电买东西，人家理都不理。跟你这儿买东西久了，谁还耐烦看国营店的白眼。"

"那没法比，人家是国营，旱涝保收。我们不一样，没顾客上门我们得喝西北风。两位哥哥也是国营的，我不知多羡慕，可我农村户口，想进国营单位？没门。我让我弟妹好好读书，哪天考上大学升城镇户口，也跟着吃皇粮。"

"现在国营有什么用，都没你们个体户赚得好。我们活儿少，可钱也少。"

"话不能这么说。万一国家政策变了，我们这些个体户再回去握锄头都有可能。哎哟，又有人来。"

杨巡没想到顾客络绎不绝，老李两个徒弟见此也就不多待了，等两位师兄弟过来换班，他们便回去睡觉。杨巡欣喜，见缝插针地，就打电话给以前那些管供销的老顾客，说明昨天今天以来发生的情况，大伙儿在电话里都挺为杨巡高兴的，有人当即要求杨巡开始送货。不过大家都可惜，事情过后，杨巡经营的品种不得不单一不少。不过，生意就这么算是恢复了，而且又由于电器街上其他仓库都还没恢复，杨巡的生意因此少了竞争，格外火爆。

看上去谁都为杨巡高兴，连进门来的顾客都因为从众心理，看着别人踊跃地买，他们也觉得事情应该真如门板上写的有所改观，现在杨巡拿出来的电线应该没错，因此也放心了买。只有杨巡自己心中知道事情绝没如此简单。老乡们有气他有嫉妒他的，非昨晚一夜闹腾能完。而煤矿那边的事虽然是老王惹的，可谁知道当地政府会如何收拾他们这些南方来的。如今其他人都潜伏一边儿等待风头过去，只有他一个欠债的没办法只好硬着头皮上，政府如果出手收拾，肯定枪打出头鸟。他为此到附近一家单位借今天的报纸看，果然，昨天记者采访了他，今天报纸没依记者之诺登载出来，可见，这条街上的事远还没完。他这几天实际等于坐在炭盆子上。他早上说羡慕老李徒弟吃国营饭，那是真心实意的羡慕。国营的钱多钱少，反正细水长流总有国家管饭。经历此次起落，他第一次恐惧地发现，他这种个体户要变得一无所有，甚至死无葬身之地，是多么容易。他想，他已经身不由己，未来他的弟妹们不能走他老路，非全部跳入公门不可。

杨巡今天其实一醒来就在等老乡们的电话。他们既然昨晚讨不到公道拿不到他的态度，今天肯定再来。一直到中午，杨巡到一家小饭店扣来一大份猪蹄，一脸盆大小的柿子炖牛肉，几个人开吃，老乡们的电话才姗姗而来。老乡一开口就非常火暴："杨巡，你什么意思，你自己痛快，还让不让我们开店？"

杨巡道："你们他妈的有种今天就开门，沾我的光，我们同乡一场，我白让你们沾光。没种少说三道四。我现在拎着脑袋干，你们眼红，跟着来啊。"

老乡那边沉默会儿，估计是商量了，才道："你拎脑袋拎大腿都你的事，你糟蹋我们干啥……"

"谁糟蹋你们啦，我糟蹋我自己。跟你说句实心话，趁早壮着胆子开门，别花力气跟我计较有的没的，没用。你们等政府处理这段子时间里我赚的，够值给人抢去的数儿。你们有闲有钱就等着吧，别闲得蛋疼找碴儿窝里斗。"

那边又是好一阵沉默后才道："老王的处理结果还没出来，听说工商等着查处我们。"

"那你们还不快跑？还待这儿等罚款坐牢啊。跟你们说，有种就开，没种就回，没点胆子做什么生意，你又不是国家养的。我没空跟你们多说，有顾客上来。"

杨巡扔下电话回桌吃饭，老李一个徒弟道："处理什么？哥们儿给你摆平。"

杨巡道："不用，不就工商上来处理吗？还怕他们不来查，他们只要来了总有办法摆平。这个区的工商好几个都认识，就怕闹到市里。"

"你打听着点，有个风吹草动告诉我们，我们本地人总有个七亲八眷认识工商的。"

"哥哥们对我都不用说了。在家靠父母，出门靠朋友，我这回能翻身，全靠哥哥们帮忙。感谢的话都不用说了。"

"这话见外了吧。我们问你，你看煤矿的人还会找你们吗？"

"看这势头，暂时不会了。我有个想法，哥哥们每天上班，找空子来我这儿帮忙总是不便，不如我跟你们师父说，你们家里有没有身强力壮的弟弟，找两个来给我送货看店，工资从优，我原来两个帮手都是老乡，跑了，看来还是得找本地人帮忙。"

"三条腿的蛤蟆不好找，两条腿的人到处都是。我回头跟师父说一声，容易。"

杨巡不放心这两个年轻的，又当着他们的面跟老李说了一下，顺便向老李汇报这两天的收成，老李听着大喜。老李办事上路，第二天就亲自带着两个身强力壮的大孩子来，告诉杨巡这两个都初中毕业了待业至今，要杨巡先着手调教着，调教好了他才肯点头收两个做徒弟。而且当着两人的面，一口定下工资，非常帮着杨巡。杨巡自是又感激不已。

有两个可以差遣的名正言顺的帮手，杨巡一下活络许多。可两个孩子都是大大咧咧惯了的，性子与杨巡家乡出来的很是不同。他不得不又找回一个以前常替他看店的老乡守在店里。寻常，他就打发两个孩子出去送货，或者跟车收钱。老李派来的人知根知底，就算是他们敢跟杨巡打游击，他们也不敢跟老李的朋友做小手，一时大家相处很是愉快，杨巡的伤臂终于有了休养生息的时候。有钱了，做事长袖善舞了许多，虽然那钱还是借着登峰的。

没想到生意额竟然节节高升，就同这东北迅捷到来的春天的温度，一天一变。来买货的人都说，听说这家店现在有名气得很，听说这家店卖出去的东西没有短斤缺两，质量保证，规格不对还可以退换，听说……听说……杨巡听着心里喜滋滋的，这应该就是看到希望了吧，皇天不负有心人。他很怀疑，当初若不是给逼急了，他会不会生出放火公告这等背水一战的主意。而若非背水一战，皇天想不负有心人都没处着力。可见，不管怎么做，做才是硬道理，胆子一定要大。

可令杨巡觉着纳闷儿的是，那些老乡还没开门。杨巡不清楚，那些人好好的钱不赚，干吗坐家中干等？老李说，可能是那些老乡手中有粮，心里不慌，也怕政府查收了他们手中的粮。不像杨巡，光棍不怕打赤脚，干了就干了，没有心理负担。杨巡听着觉得有理，不过也正好，老乡们不做的生意让他做。

杨巡闲不下来，既然店子有人看着，他就拿着刚挣的钱又去进了一些开关插座灯头闸刀保险丝之类的东西，方便人家买电线时一程解决。他如今不敢再进那种质量明显不对的，他几年做下来早已对业内谁家东西强谁家东西差心里有谱，厂子路远的，钱打过去，人家货自会火车托运上来。寻常私人不比工厂，见价格稍微比五金交电商店便宜，他们就一定买杨巡的东西。杨巡的零碎生意也意外地好。

等东北终于春暖花开的时候，杨巡已经兜里揣上钱回到老家，找小雷家又进了一批货，不仅是电线告急，电缆也告急。等他拿了货回来，和三个帮手一起赶着送货。白天送完工厂的订货，晚上杨巡自己骑黄鱼车出去，给个人送货，他现在伤臂已经拆了石膏，可以做点轻松的活儿，只是他自己感觉，不能使大力，不知是暂时还是永久。

一家一家送下来，听了好多人的感叹，听许多家几乎千篇一律地都要提一句"真没想到没交钱只在店里登个记还给送货"，杨巡心说他现在再也不要像过去一样赚点钱就翘尾巴，自以为了不起。一次跌倒让他心怀恐惧，他只有努力而拼命地做事挣钱，才能养活自己养活全家，更能积累实力应付天晓得哪儿可能砸来的横祸。

闲时不免想到戴娇凤，杨巡很是黯然。这么多天了，她一直没有音讯。她知道他的电话，知道他的仓库，只要她想找，他就在原地。可是，他都已经把误会的信息传达给戴兄，戴娇凤还是没来找他。杨巡一直想，肯定是戴家人向戴娇凤隐瞒了事实，他与戴娇凤一日夫妻百日恩，戴娇凤即使当初再生气，现在也该缓过劲儿来，最起码，也得跟他对质个明白吧，肯定是戴家人做了手脚。

终于送完了货，杨巡一身油汗，骑黄鱼车赶紧回仓库。他如今占了就近的一个空仓库，与老家来的人晚上一人管着一间。电器街现在一到晚上鬼影子都不见，没人守着哪里行。他心中揣着一张活地图，走街串巷绕近路，有时那两个本地小孩都还得问问他。可他绕近路回家，总也有吃瘪的时候，他这就被前面一辆缓缓停下的吉普车拦在一条小街上。前后路灯昏暗，只有吉普车红红的尾灯照亮路面。可惜，那吉普车却关了尾灯，有一条高高的黑影从车里跳下来，嘴巴里兀自说着"你等等，我给你开门，你高跟鞋跳这车不方便"。

杨巡无奈等着，今天一天送货下来，人也疲了，懒得绕道，等就等吧。那跳下来的男子黑暗中见后面停着辆黄鱼车，就从车头绕去，杨巡直勾勾看着什么都懒得想，却忽然听到熟悉的女人声音从车子里传出："我自己会来。"老天，这不是他日思夜想的戴娇凤吗？杨巡大惊，顿时脑子里空白一片，两眼直勾勾看着右侧车门，瞠目结舌。

却见车门从里打开，那男子快走几步，殷勤地赶在里面女人出来前举手挡住车门上框，又在女人跳下来时及时收手在腰上扶了一把，让她站稳。眼前这女人烧成灰杨巡都不会认错，就是戴娇凤。他失声惊呼："小凤！"他此时没法伶牙俐齿，只看着戴娇凤嘴唇颤抖。

戴娇凤大惊失色，扭回头看着杨巡，却步步后退，撞进身后男子怀里。那男人将戴娇凤护到身后，急急道："你上去，我来应付。"

杨巡看着戴娇凤躲避，心都碎了，大叫道："小凤，我没跑，我那天去老李家主动坦白，后来晕倒被老李送进医院住了七天。我现在还在老地方做生意，我没走，我还回老家去找过你，我跟你爸妈解释过。"

杨巡一边说，戴娇凤一边倒退，嘴里喃喃道："算了……别解释……算了……算了……都已经……算了……"

杨巡跳下去想追，那男子拦住杨巡，沉声道："你让戴小姐自由选择，不许逼迫女士，不许用强。"

杨巡终于认出那男人是以前传说追戴娇凤的，他与之干过一架的，自知不是对手，但此时顾不得了，推着那男人冲戴娇凤喊："小凤，小凤，我每天想你，我还在老地方，我不会逼你，你回来吧，我电话也没变，什么都没变，我等着你，我不逼你，我想你，我想你。"

拦住杨巡的男子冷冷地道："戴小姐绝顶美丽，鲜花一样的人物，你一个骑黄鱼车的凭什么要她跟你吃苦？你如果真爱她，放她走，让她享受更好的生活，你不配她。"

杨巡无心跟那男子拌嘴，眼睁睁看着戴娇凤撩起裙摆仓皇逃进一处有门卫守着的大门，才霍然想到自己还被男子阻着，忍不住拔拳冲男子揍去："放你妈屁，小凤是我老婆，你这流氓抢……"但是杨巡话没说全，忽然脚底生风，也没见那男子怎么出手，他先脸上中拳，仰天直直摔了出去，脑袋重重撞到地上，一时晕晕无法起身。迷糊中，只觉得胸口压上什么，有人俯身到他耳边冷冷地说话："你叫杨巡？你这种小个体，文，告示写得狗屁不通；武，挨不住我一拳头。戴小姐跟你，那是鲜花插在牛粪上。你听着，你好自为之。我答应你，我会如珠如宝地对待戴小姐。如不，你的底细我打听得一清二楚。我会让姓李的脱手，也会让工商公安追究你的责任。再见，晚安。"

杨巡只等胸口大力消失，立刻挣扎起身，却见那男子已经跳上车子，那车子故意倒退，挑衅地撞得黄鱼车连连后退，才鸣叫一声，又是有意擦过杨巡的身子，扬长而去。杨巡一摸鼻子，又出鼻血了，而且脸上、后脑勺热辣辣地痛，那男子下手比拳兄更狠。

他坐在地上发了好一会儿呆，才摇摇晃晃起身。扶着黄鱼车站了会儿，脑子才恢复清爽。而鼻血，一直热热地往下淌。他这回连擦一把的想法都没有，只想着血流干算了，死了算了。

可是，死前，他也要弄清戴娇凤究竟是怎么回事。他循着戴娇凤逃走的路线找过去，只见铁将军把门，大约人家门卫听得清楚，早早关门省得招惹是非。杨巡不得其门而入，可又不甘心，就站门外大喊："小凤，我会一直等你，我会一直等在仓库；小凤，我会一直等你，我会一直等在仓库；小凤，我会一直等你，我会一直等在仓库……"

杨巡也不知自己喊了几遍，直喊得有人探出脑袋来骂，砸下东西来打，也不愿离开。终于里面门卫吃不住了，开小门出来捂住杨巡的嘴，低声劝道："小兄弟，求求你走吧，你也不看看你跟谁在抢。你再犟下去没好果子吃。哎哟，好多血，我帮你擦擦，快抬头。"

杨巡头脑发晕，只能任凭门卫摆布，两眼愣愣看着黑乎乎的大院，口不能言。面对生意起落，杨巡都精神百倍、东冲西突地寻找突破，只有今天，杨巡彻底崩溃。

他形如傀儡地被门卫推上车，又被推着骑出这条黑不见底的街。他不知道怎么回仓库的，他不知道怎么翻出酒瓶子来喝的，他不知道怎么惊动了旁边仓库的同伴，他只知道醒来时，胸口一片黑血，头脑剧痛欲裂。他慢慢想起昨晚的事情，躺在床上面如死灰，无力起身。毫无疑问，戴娇凤抛弃他了。再想到那个比他高一个头的男人说他的话，想到人家是吉普车，他踩黄鱼车，他昨晚怎么这么逊啊，他昨晚要是也坐辆车，他是不是能挽回戴娇凤？他想不明白，戴娇凤为什么看见他就逃，为什么连声说"算了，算了"，为什么？难道不仅是误会吗？

杨巡一整天无精打采，躺在床上不愿做生意。脑子里全是昨晚的一幕，可又无法深想，一深想，就头痛欲裂。可是再怎么崩溃，等一个顾客上门的时候，他就起来了。他现在哪有休息的资格。只是无精打采的，苍白着脸闷闷不乐了好几天。过几天，他终于能想，他想到戴娇凤的惊惶，想到那男子的警告，还想到那男子对他的讽刺打击。但是，他还是不承认戴娇凤因为他不文不武才离开了他，一定有原因，否则为什么那么惊惶，为什么说"都已经"？是不是那男的动用了什么手段？

可杨巡终是没迈出脚步去那天晚上遭受打击的那条路上等待戴娇凤，不，他不是怕，只是因为心中有个低低的声音一直在呼喊，那声音试图告诉他，戴娇凤的心已抛弃他。他一直压抑着这声音，不让自己往那上面想，可是，却又咬牙切齿地发誓，他要文！要武！他要挣钱要发家……可是，还夺得回戴娇凤吗？

周六晚上，杨巡装作若无其事地给家里打电话。对着电话那头吵吵闹闹的一家子，他没说戴娇凤已经离开，也强颜欢笑。他还要杨速帮他找高中课本，他要自学。一顿电话打下来，杨母率领的四口人都没听出杨巡有什么变化。兄妹几个还议论着暑假到大哥那儿帮忙，其实本质是想消暑开眼界。唯有杨母反对，她说那太花钱，再说俩儿子得升高三了，暑假必须待家里苦读。

没多久，一套甲种本的高中课本邮寄到了杨巡手里。给翻了三年的课本破破烂烂的，杨母拿来先整理后包书皮，又拿熨斗烫了几下，才寄给杨巡。杨母心里真是高兴，她跟去世的丈夫一般心思，总觉得万般皆下品，唯有读书高。以前杨巡打电话总是欢天喜地地说哪儿跳舞哪儿喝咖啡，她听着总不喜欢，心里埋怨不安于室的媳妇带坏她儿子。为此杨母今天破例在电话里赞美了戴娇凤几下，说两人现在长大了，在一起终于有模有样有了过日子的样子。杨巡听了只有无言，戴娇凤走了，母亲却忽然赞扬她了，这实在有点讽刺。

他没再住回那套曾经与戴娇凤甜甜蜜蜜过小日子的房子，千方百计找机会把它卖了，先还了老李的债。老李看着杨巡循规蹈矩地发展，却不急着要债了，现在物价天天暗涨明涨，钱放在银行也就一点利息，还不如放杨巡手里利息高。两人因此关系越来越密切。后来杨巡的老乡们渐渐一个个地搬回来重新开业，可生意终究是被杨巡先入为主占去不少，有人生气有人嫉妒，可都无法阻止老王走后，杨巡隐隐成为电器街新的老大。

老大，总是多占一些便宜。

10

宋运辉回到金州后，几乎没时间看一眼自家前后院的蓬勃春天。因为还借口甲肝着，程开颜只得依然住在娘家。他一个人在家住着，内线外线两部电话热得烫手，门口院子也是络绎不绝的人，只是都不进门，在门口说完即走。大家都已领教宋运辉不在这么几天的兵荒马乱，一些本来就服宋运辉的自是不必说，原先并不怎么服气的仪表和电器工程师，此时也再没话说。虽然到宋家讨个签字需要一个来回，但说什么都比等半天都没个准信的强。

技改组的人是轻松了，找到组织了，可宋运辉忙坏了，他不得不消失的几天里，技改组的工作被搅得一团乱，他回家第一件事就是整理，端起电话找到负责组员一个一个地问进度，而他占着内线电话的时候，那些打不进电话的就千方百计找外线电话打过来。宋运辉回家两天，脑袋搞得一团乱。

程开颜经不住满心思念，将女儿扔在娘家，非要回家看看宋运辉，即使宋运辉两只耳朵各挂一只话筒，没时间与她说话都没关系，她只要坐在宋运辉身边，抱着丈夫，感受到丈夫的存在就行。总有一小会儿空隙，程开颜叹息，做人何必这么忙碌，宋运辉不以为然，逆水行舟，不进则退，人怎么可能停顿。不过，他也但愿程开颜不用懂这些，程开颜的父亲和丈夫都处在金州风暴的中心，众人目光的焦点，她要是懂太多，做人哪还能如现在般轻松。家里已经有他一个不轻松的，已经足够，程开颜和以后的小宋引，他希望她们俩都简简单单，当然，前提是他要跟岳父程厂长一样，有那宽广羽翼庇护她们俩。

宋运辉忙碌的同时，没忘记时时与闵厂长沟通他的私人问题。两人既然已经把话说开，闵当然也不隐瞒，两人都看准部里规划筹建的一家海边工厂。从零开始有从零开始的好处，一张白纸，正好描画心中蓝图。只是宋运辉听了闵的建议，心说他与闵才公开谈判几天啊，闵就这么快跑出眉目，可见闵早就谋划着要把他扫出金州。

闵当然心里明白得很，不在最后安装阶段之前把让宋运辉满意的调令拿出来，宋运辉说不定什么时候给他来个甲肝复发。已经吃到苦头，他只有妥协。

水书记从部里的老友那里了解到闵在上面替宋运辉运作，他只要稍一转念，就能得出结论，两个冤家私下成交了。想通这点，水书记立刻对宋运辉刮目相看，绝没想到这个年轻书生开始能屈能伸，委曲求全。这一招，水书记想过，但从来没以为宋运辉做得到，以年轻人的血气，他原先不以为宋运辉能咽得下这口气。没想到，宋运辉做得这么漂亮。水书记都打心眼里赞赏。

因此，想到自己辛苦提拔培养的那么一个人才不久就要离开金州，水书记万分不舍。尤其是想到宋运辉如果甩手一走，再没强有力制约闵的人，对他的退休生活来说，无疑不是个利好。他想来想去，很不喜欢这个闵宋绕过他而私下签订的妥协，不想自己退休后转为被动。眼看而今闵的声势日日递增，都已经有人只知有闵，不知有水，水书记心中的不快也日日递增。他默然旁观着，日夜思考对策。

好不容易，宋运辉所谓的甲肝休养期结束，上班第一天就被叫进水书记办公室。水书记见面就亲切地伸手紧紧握住宋运辉的手，笑道："还是憔悴，还是憔悴，不该让你病中还忙碌操心，可是又找不出合适的人。呵呵，所谓疾风知劲草，也好，现在谁都知道你小宋的能耐。来，坐，喝喝我的上好碧螺春。"

宋运辉少不得感谢，并赞美紫砂茶壶的漂亮。

水书记笑道："这拿紫砂茶壶喝茶，我还是跟着小徐学的。"水书记亲自将水倒入宋运辉的杯子："你是继小徐后，我一手培养出来的最得意的人。小徐，我从来知道他待不长，可是你也说走就走吗？你连跟我通一声气都不曾，你忘了你找到我家我跟你说的话了吗？"

宋运辉没想到水书记单刀直入，他愣了一下，才道："我身不由己。"

"你不能忍忍吗？你还年轻，说白了，世界是你们的。金州这样可以供你施展的大舞台，你出去后上哪儿找？你出去后还找得到在金州这样的深厚社会关系吗？你以为良好的社会关系那么容易得来吗？愚蠢。"

"可是水书记，由不得我。"

"我只问你，你想不想留？"

"当前环境下，我没法留。"

水书记睥睨道："我说过放你走吗？"

宋运辉心中大惊，无言以对，什么，他想走都还走不成吗？从水书记办公室拿着一本《史记》出来，宋运辉简直有哭笑不得的感觉。这些个大佬，究竟想要他怎么样？水书记难道看不出这世界已经不属于他？宋运辉不由得为水感喟，没想到烈士暮年，竟会大失当年英姿。他刚来时，水书记雄姿英发，谈笑间樯橹灰飞烟灭，可这才几年啊，水书记这么失策的事情都会想得出来。程父知道后却开始心存侥幸，虽说闵而今如日中天，可水书记的势力却是在金州盘根错节，今日看水书记的意思，难道未来还可期待？

中午吃饭时，宋运辉才有时间翻看水书记交给他看的《史记》。他这种初中自学高中课本的人，语文底子差得很，看《史记》虽有下面注解，才翻开就已经觉得头大。但他想到水书记让他看《史记》，肯定有什么意图在。

他顺着水书记的书签翻到一个页面，却是"萧相国世家"。他粗粗看了一遍，心中诧异，水书记这人做事，从来没有闲笔，在他这么忙碌的时候给他一本书，而且是前所未有地借给他一本书看，其中必有原因，当然，书签夹着的位置，肯定也有文章。宋运辉捧着饭碗又从头至尾看了一遍，却在心里暗暗摇头，看来水书记真是老了，水书记要他学萧何奴才一样地跟定刘邦吗？这都什么年代了，不说水书记不是终身制的金州土皇帝，而金州也不是铁桶一只的封建王国，水书记难道没看到虞山卿已经出去了吗？人家出去也可以混得好，又何必待在金州殚精竭虑揣摩土皇帝的心思？时代变了，水书记的思维却还停留在那个人才不能流动的年代。其实岳父也差不多，一说起离开金州，就跟世界末日一般，可人家体制外的雷东宝和杨巡他们，不都过得好好的？

宋运辉看着萧何为了去掉刘邦的疑心，而自我作践的段落不住摇头，做人何苦呢？掩卷，他却忽然想到，他什么冒充甲肝，何尝又不是作践自己？再回看萧何的作为，其中一段：

汉十二年秋，黥布反，上自将击之，数使使问相国何为。相国为上在军，乃拊循勉力百姓，悉以所有佐军，如陈豨时。客有说相国曰："君灭族不久矣。夫君位为相国，功第一，可复加哉？然君初入关中，得百姓心，十余年矣，皆附君，常复孳孳得民和。上所为数问君者，畏君倾动关中。今君胡不多买田地，贱贳贷以自污？上心乃安。"于是相国从其计，上乃大说。

　　宋运辉反复看了几遍，掩卷无语。可见，做人的道理，是万变不离其宗的。"上心乃安"，上心叵测啊。宋运辉估计水书记要他看的是萧何的忠心耿耿，一心为主，他对此没兴趣，他只看到那个"上心乃安"。

　　可经历前不久在雷家独立煎熬的宋运辉，此时已非单纯少年，他冷笑一下，将书搁进抽屉。上心可安，上心也可欺，上心当然更可反。他已经看穿。

　　很快，技改前期工作完成，安装调试开始。此时的宋运辉再无当年新车间安装时的兴奋，而且他还拖着时间迟迟不宣布安装开始，一直等到闵厂长紧赶慢赶把从部里复印过来的调令放到他桌上，明确他将成为那家规划中海边工程副总指挥，他才下令安装开始。除了闵宋两个，大约只有通天的水书记和能从宋运辉嘴里挖得消息的程副书记知道此事了，但四个人谁都不会讲出去，因此其他人一概不知。

　　而刘总工再没出现在总厂，大约是无颜见人。

　　技改不同于新车间安装，都是些鸡零狗碎的事情，烦，却不难。只要心中有本清楚的账，做起来并不太艰苦。而且都是在旧设备基础上的改造，大家大多数情况下轻车熟路，宋运辉更是不用到现场都能清楚说出细节，因为他曾经一个一个零件地测绘。安装到后面，只剩几个主要设备改装时，宋运辉已经闲了下来。出人意料地，他向闵厂长申请学习开车。他对外公开的申请单上写的是为接待外宾方便。可他和闵都心知肚明，他还接待什么外宾啊，走都要走的人。不过闵积极地批了，多好，宋运辉终于不务正业。宋运辉松了弦，闵心里也跟着松弦。如果宋运辉坚守在岗位上，甚至累到吐血，却忽然一纸调令把宋调走，他闵厂长不知会怎么被人背后指点，说他不能容人。闵厂长清楚宋运辉的用意，猜到宋运辉送他台阶。感谢之余，却是更想早日把宋运辉远远送走。这样的聪明人，又有极佳技术傍身，谁敢做他的顶头上司。

　　总厂生活区几乎没外面警察管制，宋运辉拿着一辆小车班的破吉普练得不亦乐乎，每天上下班都是开车，异常招摇，当然，也引得少许人的腹诽。尤其是水书记，水书记骑着自行车上下班，看到宋运辉却是开车拉风地越过，心中不由得一声感叹，小伙子终究是青涩，知道要走，就张狂起来，一点不知道善始善终，水书记对宋运辉产生了动摇。

技改如期圆满结束，一车间产品跃上新的台阶，总厂有意办个庆功会，宋运辉拒绝。然后，他也不再去一车间，不去新车间，除了在出口科工作，就是练他的车。慢慢地，小车班班长终于肯把总厂一辆皇冠交给他开。宋运辉下班带上"小猫"和"小小猫"一起绕总厂宿舍区兜风，宋引已经过了周岁生日，坐在陌生的车子里不知多开心，程开颜也开心，她不知多少日子不曾与丈夫一起玩闹。夏日太阳落山得晚，大家都走到外面闲逛，各个看到宋运辉练车，总有人窃窃私语，但服气的人也不少。

终于天暗，宋运辉不敢拿老婆孩子冒险，老老实实开回家去。在前院旁停下车，宋运辉让妻子先别下车，他要绅士地给女士开车门。程开颜咯咯大笑，宋引不知何事，看妈妈笑得开心，也跟着大笑。宋运辉果然很是绅士地给妻子女儿开门，车门打开，程开颜早笑软了，抱着宋引下不来。宋运辉也笑，却听身后有人清晰叫了声："宋运辉。"

宋运辉一震，脱口而出："寻建祥？"回头，见一个瘦高汉子从后院那儿大步走来，路灯下看得分明，不是寻建祥是谁？他早扔下妻女，高兴地迎上去，久违的两人紧紧拥抱在一起。

程开颜知道这个寻建祥，也知道宋运辉当年怎么维护寻建祥，结婚后丈夫还常常提起这个人，因为宋运辉，她也从来没把坐牢的寻建祥看作坏人。她抱女儿出来，将车门踢上，也走过去，对女儿道："'猫猫'，这是寻叔叔，爸爸的好朋友。"

寻建祥大力一拍宋运辉的肩膀，道："兄弟，没忘记哥们儿啊，你这脑子硬是好，听我声音就知道是我，我亲兄弟都已经听不出来。够哥们儿，升官发财开小车了还没忘记哥们儿。走，上你家坐坐。"

宋运辉眉开眼笑地看着寻建祥话痨，等他说完才道："什么时候出来的？怎么也不来信说一下，我去接你。"

寻建祥道："知道你小子有出息，谁知道你这么有出息。我想着找到一车间三班不就能找到你了吗？没想到刚一打电话，你师父说你现在坐火箭了啊，不错不错，都住处长楼了。以前我走的时候这儿还没盖起来，哎哟哟，这房子愣是大，气派。"寻建祥一路嘻嘻哈哈说着，走进房间，见程开颜带女儿去厕所，轻声道："果然找了程厂长女儿，能啊。"

"我不是运气吗？"宋运辉笑着把寻建祥拉到灯光下，见寻建祥瘦了，也看上去没以前结实，脸上靠近耳垂处还有一道伤疤，整个人看上去不再有过去的鲜活。而且，那么多话的寻建祥好像不是记忆中的那样，当年的寻建祥喜欢装不正经，说话愣头青，笑起来花枝乱颤。

寻建祥被宋运辉看得有些不好意思，避开宋运辉的眼睛，干咳一声："看什么看，哥们儿不就老了五年吗，照样是条好汉，不请我坐下喝茶？"

"别急着喝茶，我问你，你从家里来？吃饭没有？"

"吃了，半路饿死了，先饮食店吃了再说。你师父接起电话也先问这句，你们师徒两个倒是像。"

"还真像，师父这个人特实在，前两年我有点以权谋私吧，把他调离倒班位置，结果他做了几星期白班，看白班的谁都不顺眼，硬要调回去倒班。你别拿眼睛看我，我知道你心里肯定骂我不好好安置师父。你坐着，我炒个花生米，我们喝酒聊天。"

大约是见宋运辉真心对他，寻建祥终于放下包袱，舒心笑了，但不再是当年的花枝乱颤："你跟我喝酒？得了吧你，你喝几口茶还能放几句闷屁出来，喝酒下去我还得替你收拾。"听得里面收拾女儿的程开颜忍不住笑。

"你喝酒我喝茶，行吧？今晚住这儿，不许回去。"

"谁说回去？回去我还会晚上过来你家？喝酒就喝酒，你也不许赖，我老远来一趟，你得陪我。"

宋运辉见寻建祥终于又使出过去的犟头倔脑这才开心一笑，走进厨房炒菜。寻建祥后面跟着，到处参观一下，见曾经高不可攀的程开颜也对他异常真诚友好，知道这兄弟还真是一直把他放心上，肯定常跟老婆提起才会有现在这效果。他坐牢五年，虽然并不认罪，可心里终究是自卑，出来见宋运辉升官发财，见面还开着乌黑发亮的车子，心里总是敏感，至此才真正放心起来，跟宋运辉走进厨房，又走出厨房，捏一只酒杯说起过去的五年。

程开颜关上卧室门，抱宋引睡着，才出来坐酒桌边听两人说话。她看到丈夫没喝多少已经脸红，但眼睛贼亮亮的，满脸兴奋，话也不少，而且说话很不稳重，不像平时说话少，而且四平八稳；再看寻建祥，一口一口喝酒，好像不会醉似的，说话凸着眼睛，看似挺凶，其实蛮好玩的。

寻建祥也看出程开颜好奇看他，趁倒酒时，客气地敷衍一句："我挺凶的吧，劳改犯啦，没办法。"

程开颜忙笑道："你不凶，就我们'猫猫'有点怕你。"

宋运辉道："还凶个头，以前我刚分来时，你一双眼睛就够把我们全吓倒，现在算是慈祥了。"

寻建祥哈哈一笑："你还记仇？当初我把他们全吓倒，就你这家伙最有心计，吓不倒。果然你最有出息，都住上处长楼了，才多大啊，连老婆孩子也有了。"

宋运辉笑："有没有想过回金州？我在金州还有几天，可以帮忙，过期作废。"

"不回金州了，这破地方古板得慌。进去五年出来，别的地方都变了，就金州还老样子。我一个里面的哥们儿，广东的，跟我约了做瓷砖生意，我前儿上街瞧瞧，还真没几家瓷砖店，这生意能做。"

"资金够不够？"

"当然不够，家里也没几个钱。想我们金州好像挺富的，过来一打听，也没富多少。里面待五年出来，物价涨得都不认识，我以前攒下的钱都不算钱了。看你一屋子也没个好家具，看来也没钱，不问你借。"

宋运辉笑道："总有一些值钱的东西。"说着撸下手表，放到寻建祥面前："上海卖，上几万了。你去广东找个好价钱卖了，那儿识货的多，等赚钱了还我。"

一时，程开颜与寻建祥都惊住。程开颜心里又喜又疼，喜的是，宋运辉卖掉那个梁思申的礼物；疼的是，几万啊，借出去不知道能不能回来。但既然宋运辉开了口，她反正听宋运辉的，不反对。寻建祥则是烫手似的，将手表推回去，道："要不了那么多，而且我也不用去广东，哥们儿说发货过来到省城，我去拿一些来做，五六千就够。"

宋运辉道："寻建祥，我可能忠言逆耳，但你得听着。你身份不同，同样开个小店，都从二道贩子手里批发，卖一样的价钱，你说人家是找你还是找别家？但你如果降点儿价，你就没的赚。你只有投入大点，起步比别人高点，店面比别家漂亮点，还有直接从你哥们厂里拿货，一边零售一边批发，你才有赚。"

寻建祥看着宋运辉，沉默良久，却扭头对程开颜道："你答应吗？"

程开颜没想到寻建祥问她，犹豫道："我还有只金戒指，结婚时我妈给的，要不也拿来。"

宋运辉笑道："我们结婚纪念物，就别了。"

寻建祥也忙道："这手表早够了，我没要你另外拿出来的意思。那我收了，不客气。"他将手表戴上，深有感触地道，"拿张纸来，我写借条。"

"你怎么写？算几万？你想还肯定会还我，不想还，再多借条也没用。只要哥们儿你好好挣钱，早点也追上个我老婆这样的好人，我就高兴了。"

程开颜听宋运辉在朋友面前夸她，心里挺高兴的，冲他做个鬼脸："你哪看得上我啊，是我使劲追上你的。"

"你有眼光，不像有些个妞，只喜欢小白脸……"但寻建祥看看程开颜，再看看好友宋运辉，把下半截话咽了下去。从三班长那儿知道宋运辉找的老婆是程厂长女儿之后，他一直因此怀疑这几年宋运辉的人品会不会变化很大。要不然以前宋运辉背人处最爱说脑袋差的人没救，却怎么会找个看上去脑子并不如刘启明灵光的程开颜做妻子，难道宋运辉现在变势利了？可现在看着不像，他心里很有疑问。

宋运辉知道寻建祥意有所指，正想回答，不料内线电话响。却是小车班值班员打来，要宋运辉在家等着，水书记要用车，他立刻过来取车。宋运辉答应了，下意识看手表，才想起手表给了寻建祥，就拉来程开颜的胖手臂看时间，奇怪水书记这么晚还出去。

一会儿小车班的人来，宋运辉拿钥匙出去交车。寻建祥看着宋运辉出去，心说还以为宋运辉做了官会不理他，没想到还是好兄弟。他进去五年后，人到底是变了许多，变得多疑，也变得不自信，但变得能掩饰自己，宋运辉对他一如既往，单从感情上讲，好像中间这五年没有过似的，令他异常欣慰，也非常感激，对他而言，那又是另一层意思，那意味着宋运辉看得起他。原本他还想着要一家一家蹭老面子，借个几千的，都还不知要在金州住几天，没想到，这么快就解决，他以后真得好好做事了。宋运辉出去后，程开颜就好奇地问寻建祥牢里的事儿。寻建祥虽然痛快回答，心里却有些抵触，那是他的伤疤，他并不愿提起。因此他更好奇程开颜所说的使劲追上宋运辉是怎么回事。

第二天，寻建祥戴着宋运辉的手表南下广东时，雷东宝正带上雷正明和雷忠富跟市里的组团，北上天津大邱庄参观学习，留雷士根和史红伟两个管家。

雷东宝现在头痛一件事。别个村都还经常追着问他该上什么项目，开什么工厂挣钱，以前他也是绞尽脑汁想着怎么发财，从哪儿着手，可现在不一样了，现在是三大金刚追着要他点头答应扩大生产，而且都还胃口不小。红伟想着做水泥电缆管，说起来红伟还算是最本分的；忠富看完老徐派人送来的厚厚一大包养猪场沼气池资料后，调查研究了一下提出建设沼气池，建设立体化农业，规划以养猪场培植农林，又以农林反馈养猪场的系列化设想，规模之宏大，令雷东宝听了之后脑袋差点一片空白；而正明手法更大，他竟然提出配套引进电线电缆生产用的低氧铜杆连铸连轧生产线，竟然须得从国外引进设备，需要花美元，需要花四百万美元。老天爷，雷东宝一直以为从国外引进设备是宋运辉他们那样大国营工厂的事呢。

被三个人追急了，雷东宝只能连问三句，"钱呢，钱呢，钱呢"？大家才勉强偃旗息鼓，但不久又眼睛亮亮地跟他游说上了。其实雷东宝也喜欢三个人提出的项目，谁不向往着宏大精深？听着他们三个的游说，他都激动呢。想当年一个破砖窑都可以让他激动地看到希望，何况现在。他自己都每天对着自己喊："找钱，找钱，找钱！"

他找去县里跟陈平原商量，陈平原也是问他钱从何来。不过陈平原非常肯定雷忠富的项目，他说红伟的太小家子气，正明的因为要牵涉到外汇，这审批手续多得吓人，再说一家乡镇企业的，可能计经委不会批复他们的可行性报告。倒是忠富的可行。现在小雷家致力工业发展，他春天陪着上级领导下小雷家视察，上级领导曾经对小雷家部分土地抛荒很有意见。当时他虽然用富裕了的农民不喜欢吃早稻米，因此都是早稻轮空，夏天直接种好吃的晚稻来糊弄上级领导，也勉强混了过去，但他相信，肯定会有不容易糊弄的领导存在，小雷家的承包地没人种哪天总会成为问题。忠富的建议倒是因地制宜。正好陈平原手头有三个去大邱庄等农村经济发展良好的示范点参观的名额，雷东宝奋勇抢来全部名额，要带忠富、正明这两个狮子大开口的同志去看看人家先进农村在做些什么。

从县委出来，顺路去了韦春红那边。没想到韦春红幽幽跟他说，要跟他中断关系两个月，说她养在婆家的儿子暑假上来与她团聚，雷东宝上饭店幽会让儿子见了不方便。雷东宝当即答应了，但离开后却心里落下个疑问，半年前的寒假怎么没见韦春红说起团聚？韦春红还是在寒假里勾引的他。没两天再去县里，却看到韦春红的饭店竟然开始敲敲打打地搞起装潢，雷东宝认识带队的包工头，一问之下，心中疑问解开，原来韦春红要把原来两层的饭店改成三层。雷东宝心说，那个第三层不就是他和韦春红睡觉的地方吗？韦春红借口儿子回来把他调开，那是小阿庆嫂的手段。雷东宝想着生气，决定说什么也要争一口气，以后再也不见韦春红，哪天韦春红又回心转意了想找他也没门。但雷东宝也不想白占了韦春红的便宜，回头出钱让去广东送货的外勤买三盏吊灯送到韦春红饭店。

吊灯还没运来，他已随团踏上北上之路，一路与同一个市的那些先进农村干部说笑交流，倒也热闹，可是想到韦春红的事，他就心里烦躁。他还想着，这种女人想她干吗？可是，很无奈地，安静下来的时候就会想到韦春红的体贴。雷东宝觉得想韦春红意味着对宋运萍的变心，就克制着自己，硬生生地不去想。只是，他管不了自己做梦。

但进入大邱庄，看到一样的农村，不一样的发展，听了大邱庄书记禹作敏简短而豪迈的讲话，又听了他们做的财政收入、宏图展望等报告，雷东宝很快把韦春红抛到脑后。一样是农村，一样一穷二白地起家，而且看上去禹作敏也是一样的粗人，为什么人家从更贫瘠的盐碱地上发展出比土地丰美的小雷家更壮大的集体经济？看了大邱庄之后，雷东宝才知自己以前夜郎自大，原来他跟人家大邱庄相比，简直不值一提。

市里组织的学习只有一天，一天后就转战到其他先进农村，从天津，一直到胶东半岛的营口，雷东宝边看边想，等学习结束，他让正明和忠富先回去一步，他自个儿再探大邱庄。

市里带队的领导笑说，要小雷家学学人家大邱庄的气派，也去弄个车队，反正小雷家的村路那么宽阔。雷东宝没搭理，什么鸟人，人家做事的本事没看到，怎么净看到人家的享受。

再去大邱庄，与前一次没头没脑地来有所不同，这回雷东宝是带着思考，带着问题而来。他有很多问题，比如大邱庄如何解决城市来的技术人员不愿落户的问题，如何全面提高村民技术水平的问题，如何在现有基础上进一步深化发展的问题，还有发展该如何侧重的问题，等等。

但是，大邱庄是出了名的先进，他一个小雷家每天都有参观的人来，何况是大邱庄。没有跟团，他根本就找不到门缝儿打听。他拿出当年供销系统断他水泥钢材供应时他带着四宝挨家挨户摸上门去赔笑脸说好话的劲头，不耻下问，递烟请客，虽然没再看到禹作敏，可接触了一个高层。人家本来忙得没好脸给他，可后来见他问的问题有门道，不像有些参观团走马观花，只围着奔驰轿车发痴，人家就接待了雷东宝。几顿饭吃下来，雷东宝既问清了大邱庄的大致思路，又就自己小雷家的发展咨询了人家先走一步人的意见。

到了天津火车站，雷东宝忽然想起应该把他的学习心得跟老徐讨论一番，听取老徐的意见，就提脚上了北京。没想到老徐出国考察，他只能灰溜溜回家，一路之上，他满心都是计划，兴奋得白天睡不着觉，瞪着张飞一般的环眼躺硬卧上，海阔天空地想，越想，越是兴奋，简直恨不得身上插两条翅膀，直接飞回家去实施。这时候，什么韦春红，想都想不起来了。回到小雷家，有人跟他说吊灯已经送去韦春红的饭店，他也只是嗯一声作罢。

回到小雷家，雷东宝办的第一件事，是把关系从县里找到市里，从县教育局攀到市教育局，花十万块钱，把今年去年两年没考上大学的十二个高中生都送进市高专分专业跟班读书。男的读机电，女的读财会。硬是马不停蹄地在高专开学前一天，把主要手续办完，第二天一辆卡车，把十二个男女送进高专做大学生。

雷东宝往天津跑，天津回来又每天往市里跑的时候，雷母也天天坐上村口公交车往市里跑。有风声传下来说国家不管物价了，以后商店爱涨价就涨价，雷母急了，那还了得，那以后不是任凭商店涨价打劫了吗？她立刻与老姐妹们凑一起拿钱洗劫村里的商店、乡里的商店、县里的商店，然后直接乘车洗劫市里的商店。商店里人山人海，排队跟打仗一样，小雷家这帮富起来的老头老太配合作战，你支援我，我支援你，看到什么买什么，钱似乎不是问题，只要有东西。等雷东宝忙碌稍告一个段落，一看家里，桌上的热水瓶多得可以排队，床上堆着羊毛毯、腈纶毯、棉花胎、被面、衣料、毛线、棉毛衫裤。地下则是脸盆、水桶、铝盒、搪瓷碗、筷子、铲子、铁锅等用品，灶间满是大袋的米面，啤酒白酒，还有三箱方便面。琳琅满目，几乎可以开个小杂货店。

雷东宝当即断了他妈的财源。难道还能把一辈子的东西全买了不成？以后的东西，以后挣钱了买，他充分相信，别人买得起，他只有更买得起。物价涨得多，他挣得更多。比如这几天手下几家厂的货物，价格也是日涨夜涨，可还是有人把库存搜刮得一毛不剩，有人还恨不得花高价把猪娘也买去杀了，市面上日日涨价，小雷家也日日挣大钱。但把个雷母失望的，可她不敢拿儿子怎么样，只好偃旗息鼓停止疯狂采购，只是看着老同伴们继续跑市里商店排队，她心痒脚痒。

只有雷东宝镇定，宋运辉这个以往涨价都袖手旁观的人，这回也投入狂买行列中去。没办法，看着翻倍儿涨的价格和一成不变的工资，谁能无动于衷？价格一放开，国家一不管，商店简直是没个节制。但是，宋运辉手中可以调用的钱远不如雷母的多，他只能精打细算地把鲜活的塞满冰箱，把粮油糖盐和宋引需要的奶粉等必需品塞满厨房，就只能眼睁睁看着价格翻跟斗似的往上冲了。但他没买什么脸盆水壶，他在国外见过好的，觉得这些现有的总有一天会被淘汰，他们现有的够用。

再说，谁知道什么时候，他这个位于处长楼的家忽然就给搬了呢。他最忧心的还是那一纸调令。

原以为是铁板钉钉的调动，没想到因为寻建祥来的那一晚水书记那次反常用车，给用出了毛病。那天晚上之后，有风言风语传出，说闵厂长与一个市歌舞团的乱搞男女关系，给当地派出所抓了，还是水书记连夜找市领导把人领出来，把事情悄悄掩了。可是世上没有不透风的墙，这么火爆的事很快一传十，十传百，就在总厂传开了。闵厂长一时灰头土脸的，好几天开会没出现，据说是生病住院了。

宋运辉想到水书记与他的单独谈话，再想到水书记去美国时刘总工等人进京告状，逼水书记不得不割肉处理，心中冷笑，两个上位者一样的伎俩。谁又能知道，这消息的不慎传出又是不是水书记有意安排的漏洞呢？就像当初虞山卿不慎知道了刘总工他们的动向。

可是，宋运辉无法静心旁观。他的调动，是与闵达成的桌下妥协，而水书记对他则是挽留。如今出了这么一出活剧，他的调动会不会因此受到影响？

但是，他还是继续为调离，或者说是快速撤退暗做准备。他几乎已经退出新车间的日常管理，只有新车间万分火急时他才过去一趟，一杯茶，偶尔一支烟，跟一个常规办事员一般地手中拿张报纸，而更多时候是书。他把梁思申以前寄来的那些管理金融书籍又复习一遍，还看梁思申暑假回国寄来的国外报纸。小姑娘越大越有心，寄来的书刊报纸越发精深。

旁边办公室国内业务科的科长最近忙了个底朝天，无数以前不曾冒头的客户拿着钱上门买货，仿佛即使拿扁担挑两筐回家也是好的。科长问宋运辉协调要新车间的产品，因此跟宋运辉说了现今的行情。宋运辉好生奇怪，那还不涨价？科长说，都找不到水书记和闵厂长，水书记去了北京，闵厂长住院，没法开会发布文件确定新的价格，他一个人怎么敢在价格上乱来。

宋运辉听着很是感慨，忽然想到，不在这个时期趁火打劫提价的国营企业估计还不止金州一家。不提价的原因千变万化，在金州是兵荒马乱，而有的可能是保守而按兵不动，更有的是压根儿没反应过来。他感慨雷东宝前儿电话里讲到小雷家早已囤积。士根将村里所有的钱都拿出来买了铜杆、塑料、钢筋、水泥和猪饲料，士根的算盘子硬是好。做出来的产品也不卖了，等着价格再往上翻。同样是实业，两地怎能如此不同？

杨巡和寻建祥却是赶上了时候。若说寻建祥还是刚刚试水，看到价格飞涨，人们疯狂抢购，还有点无所适从，最先没把握住分寸，欢天喜地卖得高兴，等醒悟过来才借口关门保留库存，这时候从广东拉来的一车皮瓷砖已经去了三分之一，他那个悔啊。

而杨巡则是大大不同，他这几年已经经历太多次的调价，眼看这一次的价格跟脱线风筝似的乱飞，与以往大大不同，他就停止销售，严阵以待。他很兴奋，看来终于可以借此涨价，一举还清欠债，甚至还能凭空生出些许本钱。真没想到，落魄之下，竟会遇见这等大好转机。

杨巡唯一的遗憾是，他的电线电缆没能如市面上的日常用品般翻倍地涨，他的电线电缆要是能换成日本的录像机、电视机，或者只是脸盆热水瓶也好。不过好歹他把两个仓库里的货色卖了个好价，几乎是接近最高价卖，卖了后想去小雷家提货，小雷家的仓库也空了，没货可提。他心里那个难受，若是没老王坑煤矿那一出，他要是手头还是有那么几十万的本钱在，他一早多进些货色的话，这回肯定赚翻了，千载难逢的良机啊。

但现在既然没生意可做，回到老家又没货色可进，他便开始处理老王的事。老王东北的货色全没了，可在老家还有家产，还有一个校办工厂，不知现在怎样。杨巡现在有闲暇，也不用再担心欠债，他可以放缓一下自己的脚步，稍做停顿，着手收拾以前的残局。

当然，杨巡这才单独将这回的大起大落跟他妈说了一下。杨母惊得只会一边流泪，一边拿拳头捶自己的腿。等杨巡说明不跟家里说的原因，杨母斥道："你以为你翅膀硬了？你以为你妈是个经不起风雨的？虽说你有本事独立应付，可你——罢了罢了，你的考虑也有道理，只苦了你。"

"妈，这个家还是你当家；可外面的事，全部我来。"

杨母叹道："好吧，以后弟妹们的事还是你扛着。妈只管你们吃饱穿暖，管你们一个个结婚成家，我就功德圆满了。我先张罗你的婚事吧，你年纪上杠了，趁这几天在，我跟亲家见个面，说说你们结婚的事。"

杨巡一时无语，好一会儿才道："小戴……失踪了。"他不愿提起戴娇凤跟了别人的事，连跟妈都不说。

　　杨母大惊，看着儿子失落的脸，又点点头，起身道："我去看看田螺，等一下给你做干烧田螺吃。"自己儿子的心，她还能不清楚，她就别往儿子心口再捅刀子啦。她充分相信儿子的智力，经此一事，以后不会再迷上个水性杨花的轻佻女人，无须她再替儿子总结提醒。

　　杨巡对着北窗葱绿的修竹发了会儿愣，却又觉得心里轻松，跟妈把所有的事说出来，似乎是去掉了他心中最后一个包袱。他很感谢妈什么都没说，没跟以前一样地鄙视戴娇凤，他也不愿，即使他亲眼看见戴娇凤与别的男人在一起，而那个男人的企图是那么明显，可他还是不愿把戴娇凤往坏里想。他们曾经有过多么美好的小日子，曾经也艰苦地住在仓库边小屋子里相依为命，他相信戴娇凤是爱他的，出问题的原因肯定在于戴家父母兄弟，戴娇凤年轻没主见误听了他们的话。

　　杨母虽然手头做着事，可一颗心两只眼睛却全挂在儿子那头。看到儿子发了一会儿傻，上楼换了短袖长裤下来，又进去厕所，似乎要出门的样子。她候着儿子出来，就追着问："老大，你去哪儿？"她可真怕儿子去戴家。

　　"去老王家看看。妈，晚饭别等我。"

　　"讨债去？这当儿去，别逼出人命。"

　　杨巡答应着，告别忙忙碌碌的老娘出去。看儿子骑上摩托车远去，杨母反而放下手中的活计，坐在灶间板凳上默默垂泪。刚才她都没太抚慰老大，并不是她心肠硬，儿子出事，她做娘的怎能不心疼。可是她又有什么办法，丈夫去得早，她一个人拉扯四个儿女，太艰苦。她不得不逼着大儿子小小年纪闯世界，帮她一起扛起这个家。她不能让大儿子在她的疼惜下变得软弱。她知道老大的委屈，为了养家不得不辍学，最先卖馒头时没自行车；没几天肩膀就挑出老茧。不说别的，大儿子硬是比下面已经发育的老二老三长得矮，那是因为老大吃的苦最多。她现在回想起来，有些后悔当初慢待戴娇凤，当初若是睁一只眼闭一只眼任凭老大过几天爽心日子也好，好歹也让老大享几天福。她现在只有在心底暗暗发誓，往后一定要替儿子物色个最好的对象。

　　杨巡去老王家只见已经换了房主，那家校办企业也被搬空，他连找个出气的地方都没有。只得灰溜溜去了小雷家，本想是好好感恩的，可是雷东宝忙得没闲工夫跟他聊。

　　雷东宝一顿忙忙碌碌送小雷家子弟上了大学后，开始推行他的计划。他摸索着想，一个村子就跟一个大家子一样，下面小的们如果都只知道伸着手问他这个家长要钱要物，势必不懂钱粮艰难，只知道狮子大开口。他不给的话，小的们还有怨气。不如他放权，让他们自己支配这些年挣的利润。他们挣得多，也能支配得多，既可以鼓励他们想方设法提高利润的积极性，又可以让他们因此知道钱来得不易，精打细算着花用。再说，这回涨价，现在虽然有些平静下来，可他们还是挣了个肚儿圆，差不多把银行的贷款还了，正好可以放手让下面几个厂自主决定究竟因地制宜地上什么项目。他呢？他瞪大眼睛管着他们不许耍滑，而且，他当然会帮他们从银行解决资金问题，他又不会丢下他们不管，他还是这个大家子的大家长。

他这个主意拿出来，士根第一个反对。士根觉得这样放权太多，哪天又会出老书记那样的问题。雷东宝说士根算得精，放不开。这么多日子厂子做下来，各家厂能获得多少毛利，基本知道个八九不离十。正明、忠富、红伟敢有个三心二意，他宁可关了厂也要撤了他们，他们放着铁打的饭碗不好好守着，敢胡作非为吗？现在与以前又不一样了。

士根总是提心吊胆的，不等雷东宝说，他先苦苦想出对策，把他管着的原先侧重结算功能的村财务组做一下结构性调整，改为结算和审计并重。搞得雷东宝哭笑不得。雷东宝虽然笑士根过于小心，可没干涉，这是士根分管的事，他充分信任士根，不出大事决不插手。

他等着士根很不情愿地答应了，才召集其他村干部和三个厂的主管领导们开会，推出决议。他在会上一言九鼎，几乎不容大家赞同或是反对，他说这办法很好，而且不是说理论要通过实践来证明吗？大邱庄的实践证明这办法管用，管用就得加紧做起来，吃屎也得掐尖，别等人家都学了大邱庄，小雷家才干，小雷家最起码得跑在全市全省前面，他决定了。

办法一推行，果然红伟忠富正明三个不再缠着他提出大得没边儿的设想，红伟几乎是不到三天就拿出方案，打算上水泥电线杆。忠富也不久就决定，先以万头养猪场的猪粪为依靠，发展沼气这个一本万利的项目，顺便解决猪粪问题，未来考虑书上说的立体化农业。忠富这人喜爱农牧业，又爱钻研，再加几年下来养猪场挣的钱不少，农业的投入又没大工业那么大，划到他手里的钱够他支配。他的计划很快得到雷东宝批准，其实雷东宝也不知道究竟是不是真的可行，但他选择相信自己委任的人，首先相信忠富这个人执拗坚定的性格，其次相信忠富一直不错的头脑。

拿到钱，忠富就动手干了起来。

正明可就不敢再提他原先的计划，他的登峰厂虽然这几年也挣了不少钱，可比起他提出的项目来，简直是微不足道。他只有收回鸿鹄之志，有些委屈地寻找比较可行的项目。他不耻下问，找那些问他进货的生意人讨主意，那些生意人走南闯北，见多识广，又是同一个圈子，大家各有好招。正明比较之下，最后只得选择继续丰富登峰产品系列。

宋运辉与雷东宝常常电话来往，也知道小雷家最近的大措施，对于这回的改变他没一处插手，他替雷东宝他们高兴，说明他们毕竟是进步了，放开眼光了，自我摸索出一套发展路子了。可是，他心中还是有小小的失落，小雷家已经不需要他。这是不是同时也反证他最近不进则退，思维已经赶不上小雷家的发展了？他有些不能接受这一事实。

可是，他无处着力。闵虽然恢复上班，可最近不大走出办公室，没一个月前发号施令的劲头。而水书记一点不怕累着，来来往往穿梭于金州北京，有两次，闵也一起跟去，都不知道在忙些什么。宋运辉估计闵是去部里灭火，而水是去部里挽救余热。但是，水书记还能捞取多少好处？宋运辉想不明白，水书记不到一年就要退休了啊。

也当然，水和闵都没时间主动搭理他的事。他曾经在遇见闵的时候特意提起，他若是因此而无法调动，将对闵更加不利，毫无疑问，会被挪为分权的重要棋子。闵当时也肯定这一说法，但是，宋运辉看到闵疲于应对已经传到部里的绯闻，很是怀疑，闵还有没有心力考虑他的事情，毕竟，他的事并非迫在眉睫。

反而从北京回来的水书记先找到了他。国庆才过，天气转向凉爽，水书记找他单独谈话的时候，紧闭了所有门窗。

水书记把一份红头文件复印件递给宋运辉，严肃地道："你仔细看看这份文件，仔细思考一下你的出路。我爱惜你的才华，可我也不可能一而再，再而三地挽留你。看了文件后，你自己看着办，我再给你一个机会。"

宋运辉定定看了水书记一会儿，才看手中文件。这是国务院发出的《国务院关于清理固定资产投资在建项目、压缩投资规模、调整投资结构的通知》。《通知》指出："为了抑制通货膨胀，为价格、工资改革创造条件，也为国民经济的发展保持必要的后劲，国务院决定开展一次全社会固定资产投资的清理工作。通过全面清理在建项目，做到大幅度压缩投资规模，进一步调整投资结构。这次清理对象包括全社会固定资产投资项目。"

宋运辉看了之后，脑袋嗡嗡嗡的，其实早该预料到国家会发出类似通知，国家前阶段不是一直奉行"调整、改革、整顿、提高"的八字方针吗？这回物价如此反常地飞涨，通货膨胀如此居高不下，国家能不拿出调整措施来？只是，对于他宋运辉而言，这等调整，来得太不是时候了。

可是，他又怎能留下？不说闵会因他留下跟他翻脸，即使闵因绯闻下台，替代闵的人一样将视他为对手。金州这个舞台派系林立，错综复杂，遍地资深人士，他的命运早在他在新车间建设中脱颖而出时已经注定。

宋运辉心下一横，将手中《通知》放还水书记桌上，尽量克制，尽量冷静地道："水书记，我很希望能把由您创导的金州传统带出去，散枝开叶。"

水书记显然是比较失望，即使宋运辉说得花好朵好也没用。他从沙发上起身，坐回自己办公桌后的位置，沉默良久，才取出一份文件放桌上，却是立刻改以非常惋惜的口吻神态道："你找时间着手到干部处办手续吧，以后，金州就是你的娘家，金州随时欢迎你回来，也随时愿意向你提供帮助。也好，年轻人都关不住，到外面闯闯也好。"

宋运辉起身拿了文件一看，果然是等待已久的调令。没拿到调令时，他一心一意地想走；可真拿到调令，他心里忽然有些慌张，真就这么走了？而且，还在前途未定的时候这么毅然出走？未来究竟会是怎样？

但水书记这时候也不挽留了，水书记有水书记的身份。

调动消息很快如长了翅膀，也传到总厂幼儿园。程开颜一直知道宋运辉在寻求调动，可终于等到这一天来临，而且还不是宋运辉第一个把消息告诉她，反而是同事消息灵通地告诉她时，她并没有宋运辉的定力，她在众老师的议论中直接愣住，一张脸涨得通红，随即眼泪也跟着流下。

同事一时都围住她喊喊喳喳，有问是不是有人存心想逐出宋运辉，搞突然袭击；也有人问是不是宋运辉瞒着他妻子自行其是。更有人议论，这下程开颜得搬出处长楼，轮候厂里专门提供给已婚女职工的独凤楼了。还有人好奇地问程开颜什么时候带着女儿随军，或者说，是宋运辉单飞，留程开颜在金州，但大家都说这样能放心吗。

三个女人一台戏，何况是那么多女人。程开颜被她们围着，听听这也说得有理，那也说得有理，一颗心乱得没边儿，都不知道怎么回答，只会哭泣。那些同事又都争着安慰她，各个都兴奋得忘了下班时间。

宋运辉回到家里，难得地竟然没见到程开颜。打电话到岳父家，也说没在。他换下工作服，又冲一个凉，却还没见程开颜回家，才急了，骑上自行车先去岳父家抱来小宋引，赶去幼儿园查看。

果然见程开颜被围在一堆老娘儿们中间哭泣。他在外面没听两句就知道这帮老娘儿们生活太闲，都是唯恐天下不乱的主儿，只有程开颜才会中套。其实有什么可哭的，程开颜不是早知道这一天的吗？白白给这帮老娘儿们看了好戏。

他走进去，若无其事地伸出一只手拍拍程开颜的头，笑道："怎么，让小朋友欺负了？"

众老师都是忍不住地笑，却看宋运辉虽然只是一身干净的工作服，却是气质出众。其中一个老娘儿们笑道："小程，你白马王子来接你啦。"

程开颜也顾不得旁边有人，抹了抹眼泪问宋运辉："调令是真的吗？"

宋运辉似乎看到周围老娘儿们都唰的一下竖起耳朵，只得笑道："那还有假？本来还想晚上慢慢跟你说的。走吧，你爸妈等着你。"他不得不手腕稍稍用劲，挽起程开颜，以免她问出更多问题。

众人看着这对小夫妻离开，有人忽然感慨一声："宋处这样的人物，挂条白围巾就能扮许文强了。"大家闻言都是心照不宣，也都在心里生出一个疑问，程开颜为什么哭得这么伤心？是不是担心她丈夫这一走如蛟龙入海，从此再也无法约束？也是，单凭程开颜这等资质，原本还有程副书记帮忙笼络着宋运辉，小家庭可保无虞，可宋运辉这一调走，程厂长鞭长莫及，程开颜又如何能不担心到哭？

程开颜坐在宋运辉后面，一路都是哭，哭得坐前面三角档小椅子上的宋引也跟着哭。程开颜不知道为什么哭，可又觉得有很多理由塞在心里说不出来。宋运辉一张嘴一只手安抚了前面安抚后面，忙不过来，哭声一路此起彼伏，他无奈只得加油赶紧骑回自己家，都不敢去岳父母家。

一进家门，程开颜立刻哽咽着道："小辉，我要跟着你走。"

宋运辉放弃下厨，蹲到程开颜身边，替她擦拭眼泪，温言道："我也这么想。等我在海边落脚了，我立刻调你过去。现在先得去北京，还没法把你也调去。"

程开颜道："我不要调了，我直接跟你去北京，你住招待所我也住，我要跟着你。"

宋运辉隐隐咂出什么味道来，心中叹息，程开颜这都想到哪儿去了，难怪会留在幼儿园乱哭，八成是那帮老娘儿们挑唆的。他自己心头也乱，未来的不可知，令他迈出去的第一脚蹒跚空虚，他本来也没指望程开颜开解，只想回家安静思考一晚上，回头好好应付上上下下的询问，没想到先得应付程开颜。他只能强颜欢笑："北京筹建办只是临时的，很快就得下到地方。我正担心你一个人带着'猫猫'不方便，刚刚与你爸商量了一下，你还是住回娘家去。"

"可是以前妈妈也是一手带着我们兄妹一手工作，一家人挤在一间宿舍里。我也能吃苦，我一定要跟你在一起。"

"以前是以前，现在生活不一样，由奢入俭难。何况我不想'猫猫'吃苦。"

"你是不是担心我笨，带不好'猫猫'？你一直心里认为我笨的，可是我能一边工作一边带好'猫猫'。"

宋运辉知道跟她说不清，只得敷衍："这样吧，我一到北京就开始办你的调动，但你现在对谁也别说，工作依然好好做，别让你身边那些老师误会。"

总算七骗八拐，哄得程开颜收住眼泪，宋运辉也没了下厨的力气，好在程母来电让他们过去吃饭。程开颜洗了脸跟上，虽然宋运辉已经给她保证，可两人结婚以来从来没经历长久分离，一想到宋运辉即将住到北京去，她看不到更摸不到，她心中依然无端担忧，无法安心。一家人吃完饭，饭桌上她见爸爸只是很浅地跟丈夫聊聊怎么办手续，未来她住娘家，还有独凤楼还是开后门先要着等，说的都不是程开颜最担心的事。

一直到饭后，宋运辉提出跟岳父单独谈，程开颜立即觉得不安，一定要跟着进书房去旁听。这一回，宋运辉在她娘家就不便多说，只能无语看着她。程开颜被看得心里发寒，只觉得自己是无理取闹，这才作罢。可是跟妈坐在客厅，却一直担心着里面的谈话，对着自己的妈，她没有顾忌，心中所有的担心全倒给妈。其实概括了就是一句："他那么有才华，又长得不赖，他哪天会不会不要我。"她妈心里也没底，眼看着女婿越来越出息，又一改刚来时的土包子样，越来越帅气，她何尝不担心，可是，即使她再担心女儿，女婿今次的调动能由得他们吗？谁都无能为力。

宋运辉把那个《通知》内容和今天水书记与他的对话，一五一十都说给岳父听。程书记听完闭目想了好半天，才道："《通知》不是最要紧，自打改革以来，多少通知下来压基建，几乎每年一个，可基建照样年年上。一阵风罢了，最多拖后几天，老水想凭这个来拉你是异想天开。你是不得不走，虽然小闵闹了件荒唐事，可老水还能有多久，最终天下还是小闵的，你留的话，小闵新官上任三把火第一个先烧到我们。可是对于你们小家骨肉分离……"

宋运辉略一沉吟，直说："开颜今天哭……我看她担心的是我一个人在外面不受约束。爸，有机会你也劝劝她别胡思乱想，这是不可能的事，你最了解我的为人。还有，希望这个《通知》真就只是一阵风，我能早日落实项目，早日接开颜她们过去团圆，只是得让开颜离开你们了。"

程书记默默地看了宋运辉好一会儿，才道："前进中总是有些小曲折，你们都是成家的人啦，得学会自己克服。我还是相信你的，当然，你也别让我们失望。"

宋运辉答应着，可心里着实对岳父的话有些不快，看得出，他们一家对他都不是很放心。他觉得侮辱，可已点到为止，不便再说，与岳父又讨论了一会儿业内对于他新的顶头上司老马的口碑，才出来带老婆女儿回家。对于程开颜想说又不敢说的提问，他只回以"别胡思乱想"，还让他说什么，难道要他写下保证书吗？

程开颜心里很难受，看着宋运辉和女儿玩闹，又时时出神发呆，很是郁闷地想，她如果当初没转到幼儿园，而是继续做着出纳，或者甚至调到财务做会计，是不是就能更容易跟着丈夫调动；她年初要是再苦也把日语学好，是不是也能跟着丈夫走？对啊，他们新工厂筹建，肯定需要用到很多国外设备的，她若是日语能说个一句两句的；唉，她要是不那么笨，她都不会成为丈夫的负累，还可以与丈夫比翼齐飞。可现在，她还得等他落脚后才能跟去。她觉得，自己真没用。她越想越灰心，又偷偷哭了起来。

宋运辉很烦很烦，心里烦透了。他觉得这回《通知》压缩基建不会只是一阵风，因为这回的涨价风潮出人意料地凶猛，甚至有些失控，前所未有，因此，相对应的整改力度也会不同以往吧。

他犹如熟练操作工似的给宋引洗澡，讲故事唱歌地哄睡觉，等女儿很不老实地睡去，他看着女儿花儿般的小脸，心说，程开颜就是不说，他也会加紧把她们娘儿俩办过去，他又何尝离得开女儿。

有很多传说解析宋运辉的调离，但很多传说猜得八九不离十，认定闵不能容人。宋运辉在家开了三次酒席，第一次宴请一车间老友和师父，跟他们告别；

一次宴请新车间同人；一次宴请出口科同人。尤其是新车间方平等一干技术员都说，只要老领导一声号召，大伙儿扔下工作都跟过去。

宋运辉尽量走得很是圆满，可他心里清楚，囫囵走了，未必能囫囵地回。他面前只有华山一条道，前途未卜，可无法回头。但等他真正背上行李时，却又觉得心头隐隐轻松，起码他头顶不再压着对他有恩的水书记、岳父等人。

令宋运辉没想到的是，寻建祥一路乘火车送他到北京。寻建祥说，以前宋运辉刚到金州，是他罩着宋运辉；现在宋运辉去北京，他也得帮着开道。

宋运辉在招待所住下。如他这样的副处级干部在金州几乎可以横行。掉进北京，一个响儿都没有，在系统内招待所也并没受待见。

当天，他就抓着下班时间的尾巴，去一幢大厦里面的东海项目筹建办报到。筹建办加上宋运辉才五个人，都是从各企业抽调上来，都是身强力壮的中青年。目前担任主管的是曾经担任一家大型总厂副厂长的老马，大家都叫他马主任。宋运辉和其他三个，也各个都有官位，显然是僧多粥少。

不过，大家都打趣他们这是发配，因为东海项目的选址在一座荒凉的半岛上，连公路都还是勉强以机耕路方式通到，晴天三尺灰，雨天一身泥，人在车上坐，如在摇篮里。据说，先前有几个筹建办的人在去实地转悠一圈后，千方百计挖路子调离。他们说，留下的，都是路子不粗，想凭自己本事吃饭的人。

宋运辉看到，五个人无一例外地都是男人，而且都是没带着家属上京。晚上他们五个一起吃饭，寻建祥也参与，大家聊得很好，"互诉衷肠"。这个团体，给宋运辉的第一印象非常不错。

以后，他们住在一起，吃在一起，热热闹闹，却单纯得跟住宿舍的大男孩似的。虽然因为《通知》而使东海项目蒙上阴影，可因为有大家抱成一团一起打气，工作并不像当初想象的那么不顺，而是天天充满干劲。

没多久，包括马主任也认定，以后什么设备、技术等方面都由宋运辉主导。马主任说，他管跑部里，督促项目进展。与很多资深干部相似：各个都是上面有人，马主任也不例外。

新工作让宋运辉干劲十足，第一次，他工作起来没那么些心理障碍。唯一美中不足的是，他想家，想女儿。五个光棍常在一起传看夹在皮夹里的儿女照片，喝多了时就胡乱攀扯儿女亲家，第二天见面就笑嘻嘻称呼对方一声"亲家"，工作环境单纯得令人预料不到。

但宋运辉不会再幼稚地以为人际关系真正单纯，或许他是成功地让闵妥协了一遭，寻建祥也以为他飞得更高更远，可他自己知道，再成功，也只不过是脱逃，而且还不算是完身而退，他是抛下家小逃离。他在吞食年少轻狂的苦果，因此即使目前环境单纯，他依然有所保留，他必须纠正自己的性格，让自己越来越适应体制。再加项目的一波三折，他的情绪比较低落。只有梁思申质疑他的调动，说抛妻弃子地调换工作，必有隐衷。宋运辉无法解释，只好被迫接受梁思申隔三岔五地来电宽解，其实梁思申并没安慰他，只是跟他说说话聊聊天，但宋运辉理解梁思申的企图。他没想到，反而是一个小姑娘最理解他。但他也感觉到，梁思申已经快赶超上来，而他却无力加速。

11

杨巡待家里几天，又北上谋生去了。杨母一个人待家里，每每想到儿子的境况就心里难受，也更提心吊胆。原来时代已经不同了，这时代怎么就跟解放前一样了，一个不小心还真会家破人亡，国家难道不管啦？

若杨巡就在市里开店，杨母是无论如何都要给杨巡看店去的，可现在鞭长莫及，她还有三个儿女要照料呢。她想着还得等三年女儿最后考完大学，不过说快也快，三年时间就眨眼的工夫。她想，到时候她跟儿子过去帮忙去。

杨母也恨自己关在山村里面，不懂外面世道怎么在变。这个地方，电视看不到，收音机只在晴空万里时候收得清楚，报纸常常隔上几天才到，她除了听儿子自己说，都无法知道儿子究竟在外面怎么过。她恨自己心有余而力不足。

但杨母没事儿的时候还是绞尽脑汁地帮儿子想办法。她想，人，总逃不过人之常情。虽然她不懂现在的市面究竟变得怎样了，是不是只有他们这儿的小山村才有难得一片安静，可既然是人做出来的事，总有常理可循的吧。

周六时候一家四口又准时拎着一把手电，深一脚浅一脚来到村办等候杨巡的电话。杨巡来电时，杨母说了自己的想法。

"老大啊，我一直在想，你们这回谁都损失了，就一个人没损失，那个人就是租仓库给你们的人。他就是窗户给砸了房门给卸了，房子总还在吧。即使房子也让人扒了，地皮总搬不走吧？你们各个损失巨大，可他租照收钱照赚。解放前老话有说，万贯家财，不如烂地十亩。万贯家财总有一天花光，烂地却是每年都有产出，你太外公以前常说，有钱就去买地，买地是万世基业。老大你说是不？你好好想想。"

杨速他们先不以为然了，买地？那不成地主了？课本里不每天都在批斗地主吗？可他们的议论被杨母斥了回去，杨母说现在看来世道有些变，小孩子家懂个什么。

杨巡却在那边道："妈，个人不能办公司，我们这种外地户口的不能在本地买房子，我以前买的房子挂的还是别人的名呢。我们只能租，或者挂在哪个公司工厂的名下，每年交他们一笔管理费，我们这儿叫戴红帽子，定期管理费交起来不得了。其次我得找个信得过的国有单位去挂靠，别没玩几天挂靠单位就跟我解缆，我损失不起，我再想想办法吧。"

杨母听得儿子原来也在思考这问题，老怀大慰，开心地道："老大，这问题我看你得抓紧。你想，以前人家货郎担挑两筐货走村串户，等有钱就买个铺子安身下来。我们最先也是挑着馒头到处叫卖，后来你们刚去东北的时候，你也是骑着车到处叫卖，等有点钱了就坐店铺。我看啊，你还是得把店铺买下来，脚下有地皮，头顶有屋盖，这才是稳扎稳打的万世基业啊。"

杨巡本来还真听着，可一听到"万世基业"，忍不住想笑，严肃不起来了。妈妈的话，让他想到那些电影中流传甚广的刘文彩、黄世仁、周扒皮等地主老财。他强忍住笑，才道："妈，有时候没个房子背着，可以打游击啊。"

"啐，改不了的卖馒头脾气，都不晓得眼光放长远些。"

"是，是，我会好好考虑。妈，你怎么知道以前那么多事儿的？"

"你爸说的呗，你爸……唉，看的书多，可都怕事烧了，否则你也可以看看。不说了，妈也知道妈跟不上时代，只会拿过去说事儿，你还是自己当心吧。老二，你跟你大哥说。"

杨母把电话交给儿女们，自己坐一边儿笑眯眯看着他们跟大哥说话，一边暗暗记住他们的汇报，看哪些他们不跟她说，却跟大哥说。她当场不揭穿，就心里记着。杨逦的话最多，撒娇个没完，好像又追着老大许诺什么好处。杨母暗叹一声气，老大的事儿，她都没与下面三个说，看来老大也没有向弟妹们诉苦的意思，老大苦啊。

回家路上，小兄妹喊喊喳喳很是热闹，杨母听他们在讨论一个台湾人唱的歌，讨论着讨论着，杨逦就怪腔怪调地唱了起来："我是一匹来自北方的狼……"杨母听着嘀咕，还北方来的狼呢，都才是一些小蟑螂，真狼去北方了。

杨巡想起妈的电话，心里就想笑，忽然想到妈说这通话的依据是什么了，好像是以前爸爸讲过的《卖油郎独占花魁女》。卖油郎独占了花魁女，意外发财后，正是开了家铺面从此万世基业的，妈打算的可能也是这么一出。想到此处，杨巡忍不住大笑，跳到仓库外面，在东北已经微寒的夜空下也唱起那首北方的狼，不过他唱的是"我是一匹来自南方的狼……"他一唱出，黑暗中有几个声音开始起哄嬉笑，也有几个精血旺盛的野小伙儿跟着一起扯着嗓子唱，都是一条街上仓库里宿着的人。

杨巡反而不唱了，他现在隐隐似乎是这条街上的头狼，怎么可能与众小狼一起嘶吼。他披襟迎风，双手叉腰，默默看着一条街两边黑魆魆的仓库。这些仓库，原本是一家厂的两排厂房，厂子承包一次烂一次，承包第三次的时候，索性车间给分成一格一格，上面行车依然可以穿越吊装货物，就这么改成了仓库。敲掉围墙，原本车间之间的一条路，也给成了像模像样的小街，反而挣钱够养活一厂的职工。

杨巡想到妈刚才的电话，看来还真有些道理。眼前这片在东北远算不上有规模的小厂，就靠着放羊似的出租，没点头脑地收租，一厂子工人什么都不做，小日子没风没雨混个温饱，如果他有这么一片仓库呢？

杨巡叉着腰在月色下浮想联翩。如果他有这么一片仓库，他绝不可能放任这儿放羊一般地出租，他会将这片厂房有效利用起来，门面归门面，集中经营，反而可以召集更多经营户。而仓库归仓库，仓库都可以不用放在这么中心的地段。现在这片仓库区，可真是捧着金碗吃杂粮，没善加利用。

直到一个喷嚏惊醒杨巡自己，杨巡才从踌躇满怀中走出，回到自己的仓库。他半倚在床头，压根儿没看闪动的电视，反而对着电视上面两叉天线出神，妈的电话让他心动。

当然，杨巡清楚地知道，转型，尤其是买地，需要大量的钱。前一阵子的伤筋动骨，他至今才算是恢复，手头稍有活络的余钱。如果再有半年前的积累，转型，还真是一个可以考虑的问题。

但是，杨巡心里对转型开始有了规划。他展开心中的那张活地图，开始寻觅合适的店铺与合适的配套仓库。起码，他想，如果他成立那么一家店铺，他是有绝对信心，把这条电器街上的老乡们都拉到他那儿去的，凭他的号召力，以及设计出的低价位。而当前，他得拼命挣钱。杨巡挣钱的道路上出现一个新的坐标。

当东北大地飘起第一朵雪花的时候，杨巡得到一个很好的机会。

那是一家中型企业基建开始，需要大量电线电缆。得知这一消息的杨巡立刻如嗅到肥肉味道的狼，循着醉人香味找上门去。但是，天不遂人愿，他在供应科看到一个同行老石与供应科长勾肩搭背出来。杨巡很敏感地立即嗅到另一种味道，那就是失败的味道。但他不动声色地依然与供应科长周旋，喝酒，拉攀关系。即使科长都被他的热情友好感动内疚得跟他直说，说杨巡后到一步，他没法再把前面答应朋友老石的生意转给杨巡，杨巡依然笑称来日方长，现在算是认识一个朋友。于是，那科长放心不少，与杨巡还真是称兄道弟起来，常一起吃喝，还拉上领导一起吃喝。他们几个厂领导朋友聚会，科长也拖上杨巡，因要杨巡付钱，杨巡一一照办。

不知不觉地，这个厂的上上下下都不再拿杨巡当外人，当着他的面谈论工作谈论进度，越说越放开。杨巡却深深记住了进度，尤其是需要进电线电缆的绝对时间，这是他的翻身机会，他必须全力争取。

在几场大雪之后，在距离计划一手交钱一手给电线电缆的绝对时间前一周，杨巡让老李帮忙，找一辆车两个徒弟，把老石硬拖上车，拉到一处原先据说是给清宫后妃筹备脂粉款的废弃金矿胭脂沟里。胭脂沟地处深山老林，是个只有几十户人家的村落，村落里的人有老李的远房亲戚，答应老李帮忙"照料"老石，管吃管住。老李的亲戚答应半月后才想办法拿马车送出老石。老石如果想反抗想出来，没车靠两条腿想在冰天雪地里从胭脂沟走出，结局只有冻死。

而那家中型企业供应科长临到要货关头，却忽然失去送货人的行踪，无奈之下，当然毫不犹豫地就把绣球抛给了杨巡。毕竟，老石又不是科长他的亲爹，又不是非老石不可。

杨巡却是有备而来，以临时需要筹集这么多货为借口，稍稍抬了些价，便开始源源不断地把自己仓库里的货发了个底朝天，又让登峰立刻加急发运货物，货到交款。雷东宝而今相信杨巡是个懂规矩的人，当下还真是派了两名小雷家人押车，顶着风雪扣着时间把货送到那家企业，一点不耽误那家企业的基建。

那家企业照计划是联系了当地驻军官兵帮忙拉电缆，演绎军民心连心感人事迹的，既然是请人帮忙，当然不便变动电缆施工时间，尤其是变动部队的时间。

看到杨巡如期把货色送到厂里，不仅供销科长热情拥抱了他，其他要好领导也拥抱了他，都对他赞不绝口，说他够兄弟。

等老石气急败坏地回来，这边早已尘埃落定，他哭也没用。老石虽然心中一百个认定是杨巡捣的鬼，也到驻地派出所报了警，但他既然没缺胳膊少腿，又本身是个外地人，也不知怎的。即使他再递香烟，人家派出所依然没怎么把他的事当回事，他只能偃旗息鼓，心里恨恨不绝。

而杨巡，则是好好赚了一笔，有生赚得最大的一笔。

有钱，便有了资本。而交朋友，稳立足，攒库存，扩规模，都需资本当道。经历年初波折后的杨巡，在痛尝一顿落水窒息滋味之后，终于明白天下没有靠自己一双手一个脑瓜只赚不赔的好事，谁都不知道阴错阳差飞来横祸，不知不觉就给倒霉了。挣钱光靠肯吃苦能钻营还不够，挣钱还得看准时机，看准项目，目光放远，规避风险。杨巡其实很想从自学的高中课本中获得一些指导，可就是政治经济学也没法跟他说清他想要的东西。他只有自己开动脑筋，年初波折落下的深深恐惧告诉他，必须调整未来的生意导向，如何既能在打击中保本，又能通过勤奋赢利。

而在交朋友的方向上，一次挫折，自然而然地让杨巡改变了原先套路。原先闲时玩闹多是与老乡在一起，有什么事也只在老乡圈子中大家互相搭一把手地解决。现在不同了，他对于高中课本上有一句话很有感触："到什么山上唱什么歌。"他既然来到东北，而且这回挫折中又获得东北本地朋友的大力帮助，他决定此后不再目光短浅地只在老乡群里打转，他有意借助强力的老李，开始拓展在本地人中的朋友圈子。

年底时，他几乎花光所有资本，买下火车站附近的一家小木器加工厂，同时也迎来雷东宝到东北赏雪。

其实雷东宝对杨巡的什么赏雪建议是嗤之以鼻的，雪有什么可赏的，虽然这两年的雪越来越罕见，可他又不是从小没见过雪的人，没事去那么冷的地方遭那洋罪干啥。可他不答应，杨巡就一天一个电话来动员，动员得他烦死，买张票，还是没位置的站票，上过路火车，又转一辆火车，到最后一天才有硬卧得以睡了一整天，才风尘仆仆踏上黑得流油的土地，被站在月台上冻得差点缩成核桃仁的杨巡接到。

杨巡见面就奉上厚厚的帽子手套雪靴，雷东宝来者不拒，当场就坐在路边一个结冰的水泥块上穿戴严实，得意地笑道："像雷锋不？"

杨巡看着穿戴后圆得跟球一样的胖大雷东宝，笑道："雷锋同志哪有你这么胖啊，你一看就是剥削阶级，还冷吗？"

"你们杨家人怎么都一句话，冷个头。给，你妈的。"雷东宝虽然对来东北的事并不热衷，可一来被冷风一打，又看了一路的皑皑白雪，心里一下有了喜欢，正好远远看到一只野猫蹿过，他奇道，"这儿猫也长长毛。"

杨巡急不可待地翻看妈托雷东宝捎来的东西，嘴上却一点没闲着："这儿人都巴不得往身上粘毛呢，什么狗皮褥子貂皮大衣，穿上一个个都毛茸茸的。哎呀，有酸笋，哈，四大块。雷书记，晚上我给你做酸笋鱼，这儿冬天敲开冰洞捞的鱼都特肥，我妈就知道我好这口。"

"别饿着我就行。"雷东宝跟着杨巡往外走。他对冰天雪地还不适应，却拒绝杨巡的搀扶，跟跟跄跄穿过广场，走着走着到一大门紧闭的荒凉所在，奇道："干吗带我来这儿？"

杨巡双臂张开，来个合抱的姿势，扬扬得意地道："这块儿都是我的了。等开春我把它们好好整整，开个电器市场，我把老乡都集中到这儿来，加上火车站有几辆公交车通着，人气不可能不旺。"

雷东宝看杨巡掏钥匙开大铁门中的小门，冷笑道："大老远叫我来看这个？准没好事。"

杨巡忙笑："哪会。我总算有点出息了，都是雷书记当初一言九鼎帮我的忙，不请雷书记过来亲眼看看我怎么交代得过去。"杨巡笑了几声，就把话题拉开："雷书记你来看车间，以后窗户整一下，电线电灯重新拉一下，这个车间我看放得下四十来户大柜台。我打算春天化冻的时候，门口这块空地也造房子利用起来，又可以租个二十来户。"

杨巡说到这儿，顿了一顿，见雷东宝虽然不答应，却照着他说的认真在看，想到雷东宝就这老大脾气，不再奢望等雷东宝的敷衍了，继续自个儿唱独角戏："雷书记来这儿瞧，你看，这个方向看过去，是哪儿？"

雷东宝没跟去，只顺着杨巡指点斜眼一看，就道："火车站，怎么了？想搞反革命破坏活动？"

杨巡笑道："就是火车站，我爬屋顶上看过，火车站里能清清楚楚看到我，我也能清清楚楚看到火车站。就这个角度最好。我已经让人上屋顶做铁架子了，做个四扇门板那么大的铁架子，很快就能做好。在上面贴四张白铁皮，再刷上雪白的油漆，让人拿红漆写上桌子大的两排美术字，就写'登峰电缆，登峰电线'，再下面就一个大大的'最好'，你想，只要火车站进出的人，抬头就能看见，以后他们想买电线了，还不立刻就想到我们登峰？"

雷东宝心说，登峰到底是谁的："屁缝大的地方，你还挺能折腾的。行，想得好。我看你上面再挂块牌子，写上电器市场，否则你这儿没正对着火车站，人家找不到。"

"嘿嘿，不瞒雷书记说，我最先想的是挂你说的牌子，后来想，既然做了，干脆一排儿全做，把我们登峰的名字也挂上去。再有空余的位置，我一块一块割了卖给人。我们英雄所见略同。"

"你小子人精，净见缝插针捞钱。"雷东宝笑骂，但也热心给杨巡建言献策，"你看，这片空地，你不是说也要造起房子吗？我建议你造两层，下面一层做市场，上面一层做办公。你这市场规模就上来了。"

杨巡呵呵地笑，拍着手套道："雷书记的见解就是不同，可我现在钞票有限，做不到。我所有的钱现在都花在买这个厂了了，还有，我租了这条路过去大概四里地的一个大仓库，给这里电器市场配套，先预付了一个月租金。这样，钱都没了。我已经拉来三十多户柜台，等明年春节后他们就搬进来。让他们换地方都很不情愿，我迁就一些，只预收三个月租金。不像我们现在租的仓库，得把半年的全交了。三个月租金不多，我打算全用到门口空地盖房子上，打三层的地基，先造一层。等慢慢有钱了，一层一层往上造，没办法，得精打细算着呢。"

"好，自力更生。"雷东宝嘿嘿一笑，不再吱声。自从小雷家富裕起来后，多少沾着那么一点点亲的人涌到他面前侃侃而谈宏伟设想，到最后就落实到一句话，请他雷东宝投资。看来杨巡千方百计邀请他来，也是为的这个，他早就百炼成金，百毒不侵了。

杨巡不疑有他，得意地笑了，趁机忙道："雷书记，这儿走，我给你在市招待所开了间房，还挺干净。还有件事想请雷书记金口答应呢。"

"什么事，直说，别拿话套我。"雷东宝心说来了，就这么回事。

杨巡道："我这市场吧，万事俱备，只欠东风。工商的朋友都熟得称兄道弟了，可人家帮不上忙，这么大场子，个人没法注册。朋友给我出主意，让我找家单位挂靠。雷书记，我其实可以挂靠到本地一家国营厂下面的，可我很不放心，就怕他们哪天看着我店子人气十足，下手把我黑了。我一个外地人怎么玩得过本地的。我挂到登峰下面行吗？我每年交管理费。"杨巡没说的是，这挂靠本身就是不受法律保护，上不得台面的事儿，如果找的挂靠单位不本分，哪天翻脸不认账，他这电器市场的资产就等于全白送了。所以他得找个信得过的人管的单位，而且那人还得对手下集体有绝对掌控权。除了雷东宝的登峰，他还真想不出第二个来。

雷东宝背手想了一会儿，道："你小子滑头滑脑，别我把登峰名字借给你，哪天人家找我要你的债，我逃都逃不掉。"

杨巡忙笑道："我没那么乱，就年初那一次阴沟里翻船，那是天灾。不过做人吃一次苦头应该吸取教训了，雷书记你看我这不是掉转经营方向了吗，你说，只要我养足这个市场的人气，以后那是铁稳地来钱，肯定不会给登峰添麻烦。雷书记，请上车，这辆一路车直接到招待所门口。挂靠的事你慢慢想，不急。"

"不急？春节离今天还有几天？你小子别想糊弄我。咦，这儿车把手还绑着布？"

杨巡忙解释："没办法，这儿太冷，若不是绑着布，有时候手抓上去就粘住肉皮撕不开。雷书记，等一下我这儿的大哥老李要给你接风，他也是个热心人，年初我出事，就你们两个伸手帮我。我跟他说起你，他很想结交你这个朋友。"说着把老李的身份背景介绍了一下。

雷东宝点头："是条汉子，东北人酒量好，今晚跟他拼了。"

雷东宝还真是一言九鼎，可喝酒时这个"拼"字，在东北万万得忍住不能说。他自恃一向酒量很好，见了老李，他没老李那么多的花言巧语，就举杯碰了，自己先喝了，然后瞪一双环眼盯住老李，老李竟然也都硬碰硬喝下去，一次都没假手身边铁塔般的一群徒弟，也命令徒弟们不许打车轮战欺负人。两人你来我往，看得旁边人齐声叫好。结果，老李先倒了，倒在徒弟怀里之前，竖起拇指赞叹："爽快，够哥们儿。"这时候，桌上的菜还没上齐。

雷东宝晕乎乎地开始专心吃菜，他觉得桌上的菜特对他胃口，什么手把肉啊，小孩手臂粗的红肠啊之类的，他喜欢的就是这种大碗喝酒大块吃肉的调调儿。吃完一抹嘴，一条两百来斤的身子轰然倒下，交给杨巡处理了。幸好老李的徒弟多，有的是七手八脚。

杨巡送雷东宝回招待所，累得气喘吁吁地看着雷东宝发呆，揣测雷东宝没理由猛喝酒是什么意思。杨巡想，雷东宝是不是担心酒桌上老李他们一起做工作，会让他情面难却答应不是不答应也不是，所以才先发制人，拿酒杯把大伙儿的嘴都封了？那么看来，是不是雷东宝心里不肯答应让他挂靠？杨巡心头割肉似的想，明天看情况，看来得有物质上的表示。

雷东宝第二天醒来，舒服得不想动。外面冰天雪地，里面比宋运辉家还暖和。他听到杨巡已经起来，轻手轻脚地进出，他懒得提醒杨巡可以随便乱动，舒展地摊在床上闭眼静思，想杨巡那个挂靠的事。无非就是一点，拿着杨巡那么些管理费，值不值得为杨巡未来的经营成败背上巨大责任。这其实是考验杨巡人品的问题。

以前白押两车货给杨巡的时候，因为那两车货他输得起。但这回不同，这回如果把登峰借给杨巡用，而杨巡又有心要滑头的话，那损失，可能是个无底洞。而问题是，杨巡这人看上去有的是本事滑头，这天寒地冻的地方又天高皇帝远盯不住。如果真有无底洞一般的损失，他还真能砸了杨家吗？砸了也于事无补。

雷东宝把前后左右的理儿都想清楚了，就不磨叽了，将问题抛到脑后，这种没法下结论的事，多想又有什么用。他想的是，火车需要经过北京，要不去看看老徐和宋运辉。拿定主意，他就睁眼问："小杨，这儿有什么特产他们北京人也稀罕的？"

杨巡被忽然一个声音吓一跳，愣了一下才道："有，多的是。再说是冬天，有些山货野味拿去北京还不会坏，我这就准备去。"

雷东宝依然懒得起床，道："从我裤袋里拿一千，一式两份。"

杨巡忙道："还什么钱啊，这些小意思我请得起。雷书记要么我出去布置一下，早餐给你放暖气片上，你起来多吃点，否则昨晚酒喝多了对胃不好。"

"不急，这儿的肉够劲，我再吃几天才回，有昨天吃的那种红肠吗？再给我来一条。"雷东宝这才起来洗漱。

杨巡有些目瞪口呆，看着雷东宝拿毛巾牙刷去外面盥洗室，他忙拔脚出去，上穷碧落下黄泉地寻找来各色各样他认为最好吃的肉肠，交到雷东宝面前，吃得雷东宝那个开心，杨巡这才明白眼前这人为什么会这么胖。

雷东宝吃完抹嘴，拉上杨巡去看那个配套仓库，又到现在依然营业的电器街查看生意，以及杨巡买下小厂与租赁仓库的合同意向，所谓意向，都是等着有挂靠单位后才能签订合同。看上去都是实实在在干事儿，不像圈套。因为那仓库的位置太好了，出去没多远就是国道，与火车站货场也近，离未来的电器市场也不远，走半小时就到。看得出来，杨巡是用心的，而且是考虑非常周全的，所有的选择都是最适合电器市场的经营。

杨巡这一路本来想好好劝诱雷东宝，但雷东宝即使到个陌生地方，也全不按他的计划做事，都是自行其是，而且还是三棍子打不出几个闷屁的自行其是。他现在有求于雷东宝，只有大力配合。饿了，两人摸出怀里藏着的红肠啃几口算数。一直到天暗，雷东宝才算看得满意，要杨巡找一家吃肉的地方说话。

杨巡也憋出去了，直截了当问："答应，还是不答应？"

雷东宝仰天一笑："让我吃饱了，我就答应。"

杨巡一听也笑出来，毫无疑问，雷东宝这是答应了。他拉上雷东宝进一家烤肉店，还想点酒，被雷东宝阻止了。

"我胃不好，要喝你自己喝。"

"可你昨晚不是很爱喝的样子？"

"妈的，那是给你面子，谁不知道碰到东北人第一顿酒一定得喝好？"

"啊，对……"

雷东宝不等杨巡说话，又道："我们再说电器市场的事……"

"我也正想跟雷书记说。"杨巡忙先下手为强，知道有些事也是跟碰到东北人第一顿酒一定得喝好一样，是规矩，"我打算把一个柜台归属给雷书记。"

"我要来干什么？这里的电缆都是你帮我卖，我摆摊能争得过你这滑头？"

"不是不是，这个柜台放这儿没法搬走，我替雷书记管着，每年的租金我收上就寄给你。"

雷东宝听了笑："你没打听打听，在我们小雷家，伸手拿钱是什么下场。前书记，吊死了。后来还有两个跑供销的，被我吊起来打，没一个敢有怨言。为什么？因为我只拿我分内的。我看过了，那些领导吃里爬外的，没一家是搞得好的。我只要你别赖我管理费，别给我捅篓子，还答应我几个条件。第一，你说过屋顶的牌子，无论你以后怎么折腾你的房子，你一定得把那牌子放在最显眼的地方；第二，电器市场里，我登峰产品的位置，一定得放在进大门最显眼的地方；第三，你必须给你自己留一个柜台，继续做我登峰的生意。"

杨巡忙道："这三点，雷书记不说我也要做到，我怎么能放弃已经做熟的生意呢？还有那个柜台，其实本来心里也不舍得的，可见到雷书记这么帮忙，我都不知道怎么感谢，你就让我意思意思，我嘴严。否则你说，上回你帮了我，我还没好好谢你，我妈都说我不懂规矩。这回你又帮我……"

"小子哎，哪天我有事的时候，你也能帮我，大家就互不相欠了。"雷东宝倒也理解杨巡的心，他当年开砖窑往信用社主任怀里送礼的时候，老书记送去的东西人家不收，他还挺担心，后来老徐一直都不要他的钱，他也一直记挂着，心里不安。杨巡肯定也是一样想法。

杨巡记住了雷东宝的话，记住了雷东宝的恩情。

1989年

01

筹建办的同人都是中年，只有宋运辉是个不到三十的，因此他们在部里或多或少有过去的同事，有以前会议结识的老友，宋运辉没有，即便是他岳父也没有力关系，他岳父的位置纯粹是承蒙水书记的恩惠，但同时又被水书记有效管制，没有接触部委的可能。可以说，他在北京的人脉几乎一穷二白，只除了老徐。

宋运辉很清楚，未来的工作，如水书记所说，他再无曾在金州拥有过的社会关系，他需要独立建立新的社会关系。但是，宋运辉很不习惯上门拜访领导，以前上门拜访水书记也是批评与自我批评无数次才做出，而且还都在被事情逼迫的情况下才肯登门。他心中总是带着一些从小所受教育给他的影响，带着一些不肯阿谀权贵的书生气，对以前登门拜访水书记，他还有不得已的自我解释，但是现在，则不同了。

宋运辉还是硬着头皮去了老徐的家。到了老徐家，听说老徐不在，他反而就像做贼没得逞，又得以安全撤离一样地轻松。从此踏踏实实地工作，不再作他想。

元旦，一个意外客人来访。天寒地冻的，虞山卿穿着跟金州时候差不多的长呢大衣，而当年的大衣里面是一件毛衣一件西装什么的，现在只见虞山卿走进宋运辉的房间，脱下大衣，里面就是衬衫西服，看不到毛衣的影子。

宋运辉笑道："不怕冷吗，还是毛衣穿衬衣里面？"

"别笑，你还是出过国的，你怎么出来了？听说闵赶你出来？"

宋运辉没有否定："看样子待不住了，还是出来。现在的筹建办环境稍微单纯一点。你呢？不是自己做贸易吗？怎么说说就去外商办事处了呢？爱人呢？"

虞山卿笑了笑，摇头："没走出金州之前，你压根儿想不到做个体户的难处，社会地位那个低。钱是赚了一笔，但赚得太低三下四，不够遮羞。正好同学给我这家美商办事处要人的消息，可我没北京户口，没法进北京外商服务公司人才库，怎么办？我自己找上去，像我这样的，又有贸易经验，又有行业技术，还有英语水平的，他们哪儿找。一拍即合，他们给我办理进京户口，我爱人也很快就能办理北京户口。怎么样？"

宋运辉略一思索，不由得笑道："我还说你怎么查到我电话，看来以后我们有的是合作机会啊。"

虞山卿拍手大笑："小宋，你幸好赖在国企不肯出来，否则连外商这边的好位置也得让你抢了。怎么样，你们的项目有眉目了吗？"

"要是有眉目，我现在不应该住这儿，而是在海边搭茅草屋了，看到去年九月份的《通知》了没？"

"有，我们总代理也正为这个犯愁，我们原先在进行的几个洽谈现在都不得不暂停。我已经无数次深刻领会到一个政策对一群人的影响。几个月前刚进办事处时，我跟老外聊起来问为什么不把办事处设在改革开放程度比较高的珠三角地区，才不到四个月，我已经承认这个问题问得很傻，经济与政治是密切相关的。"虞山卿冲着宋运辉莞尔一笑，"但是，政治与政策，又是两码事。"

宋运辉想了一会儿，才道："你说得有理，你是不是已经找到解决方案了？"

虞山卿微笑："我只能说是给你找到一条路，可是走路的人，还必须是你们项目组自己。"

"什么路？"宋运辉眼睛一亮。

"你先答应我，我办事处必须是你们设备采购的首选。"

"这很为难，你应该知道，都是集体决策。"

"我只知道，集体的技术决策，掌握在你的手上。价格的衡量，是死的，而技术的衡量，则是有弹性的。"

宋运辉笑道："你先告诉我，你指给我的路是哪一条？"

"呵呵，我差点忘记撒鱼饵了。《通知》中有那么一条，压缩全社会固定资产投资，但是，你听着，对重点企业采取倾斜政策。就跟你项目的技术衡量有什么指标，全在你小宋心中一样，你说，这个重点企业怎么确定，是不是也有那么一个人在衡量？靠你们往部里跑有用吗，根本就是跑错方向了。"

宋运辉竖起耳朵，一字一字听完，若有所思地看着虞山卿问："你既然有门道，为什么至今你们已经在接洽的企业没一家被允许有所进展？"

"就是这个问题。他们那些项目端出去没法让人产生重点的感觉。而你们不一样，凭你对行业的理解，你可以重新确定思路，拿出那种一端上来就让人耳目一新的方案。跟你实说，我们办事处现在的工作，一块是帮拿批文，一块是推销设备。"

宋运辉一时错愕，隐隐开始明白虞山卿说的把办事处设在北京的真实动机是什么了。他以前还真是背靠着金州这棵大树，不知世事的错综复杂。

虞山卿也默默看着宋运辉，他对宋运辉最佩服的一点就是，宋运辉沉得住气，遇到不便回答的问题，就不回答，因此既不会出错，又让说话对方觉得他深沉，让他站在主动位置上，宋运辉不怕被人笑话迟钝。虞山卿自己常会被人挤对得争辩到底，可事后觉得不应该冲动。他自嘲，他就是反应太快，聪明过头。这回，他有意坚持着不让自己多嘴，一定要先等到宋运辉的反应。

宋运辉其实在想以前审批过程中的一道道步骤，看现在他们筹建办的问题究竟出现在哪里。可还真是想不出，他以前只要管住技术，其他跑批文的事都不是他在做，反而是虞山卿还做过一些。但是他不能答应虞山卿，他怕把虞山卿背后可能有的靠山得罪了，未来影响东海工程。因为他不可能自作主张把未来的设备铆在虞山卿的办事处。因此，他只有拖，他相信，虞山卿跟他一样着急。

"小虞，我还是第一次听到这种思路。这样吧，我们小组讨论一下，看要不要行动。有结果我立刻照你名片上的电话通知你。"

虞山卿怎会不知道宋运辉的滑头，只微笑道："行。不过你别把我前面的那些要求放心上，那都是跟你玩玩的，知道你这人认真。我们都几年的交情啊，同一个理由进金州，同一个理由出金州，就凭这点交情，你什么时候要我帮忙，什么时候一个电话。今天去哪儿走走，来北京这么几天，长城去了吗？"

宋运辉本来他乡遇故知，准备与虞山卿一起出去，不想床头的分机电话响起来，雷东宝说他已经到老徐家，赶得巧，老徐刚好因为什么圣诞节回国，要宋运辉立刻过去一起聊天。宋运辉大喜，向虞山卿道歉，各自出门。

冬天的北京城很阴沉，到处都是灰蒙蒙的，看上去一团子的脏。老徐家门庭依旧，远看似乎也是灰蒙蒙的，近看才见干净，油漆并不光鲜的大门似乎不落一丝灰尘。

雷东宝反客为主，大呼小叫地跑出来，先来中庭迎接，老徐随后笑眯眯出来，没什么架子，很是亲和。宋运辉离家那么多天，看见雷东宝不知多开心，飞快与老徐打个招呼，就劈胸给雷东宝一拳："你来北京也不说事先来个电话，怎么又胖了？我爸妈好吗？"

不等雷东宝回答，老徐已经哈哈笑道："我刚说小雷，君子不重则不威，小雷现在走出来够威风。小宋，好久不见，快请进。"

"还虎虎生威呢，难怪我妈说现在人称大哥雷老虎。"宋运辉拉雷东宝进去，雷东宝没这两人嘴巴灵活，这会儿才有份插嘴："你爸妈都还行，不好不坏，就想着你春节能回去多住几天，你来北京怎么反而胖了？"

"工作轻松呗，不用像以前总没日没夜的。老徐，我离开金州了，现在东海项目筹建办。"

老徐笑道："刚刚小雷说你现在北京，我还奇怪。也是，每次部里上新工厂的时候，都是从各下属单位挑选得力人手支援的，可见你到金州几年上进迅速。"

雷东宝早嚷了出来："啥啊，小辉进步是挺大的，可他来北京是让人赶出金州的。"

宋运辉无奈，只得把在金州的事简单说了一下，然后道："最后水书记还挽留了我，是我自己要求调动。"

老徐想了一会儿，道："也好，既然出来了，就别去想它了，好好干以后的工作。部里准备上什么新项目，还是年初那个吗？"

"是，部里的设想是……"宋运辉这回详细说明。雷东宝听着无聊，背起手在屋子里转了一圈，对那些个暗沉沉的摆设没有兴趣，再加坐了一夜硬卧，累得慌，就坐一张宽大太师椅上睡起觉来。说话的两个人听到打雷一般的鼾声响起，一齐看着雷东宝发笑，但很快言归正传。宋运辉虽然见老徐对他不咸不淡，可为了东海项目，他得拼命抓住任何一根稻草，他把最近的处境详细介绍给老徐听，包括虞山卿刚跟他说的办法，不管老徐是真有兴趣还是假有兴趣。

雷东宝虽然鼾声如雷，可也心知这不是睡觉的地方，下意识提醒自己别睡着。迷迷糊糊中似乎听得宋运辉狐疑地说声"真的吗"，他立刻嘟囔着搭腔："老徐要么不说，要么不会骗你，他什么人啊，只要他说的我都听，你也听着。"

徐宋两人听了都笑，老徐更是扭头笑道："人说老虎打盹儿睁一只眼闭一只眼，你雷老虎打盹儿警惕性也很高啊。小宋，我出国学习告一段落，节后上班我帮你问问，我建议你还是不要听信你过去同事的话，乱找门路。你们东海项目不是那种不起眼的小工程，部委不会没有统筹考虑。"

见宋运辉答应，老徐就换了一种腔调，很是不严肃地对雷东宝道："别老虎打盹儿啦，呵呵，跟我说说你们小雷家这半年都干了些啥。"

"让小辉说，小辉说得明白。"

"我来北京这两个月你又没多给我电话。你自己说。"

雷东宝依然半睡半醒，见两个他生命中的重要人物都看着他笑，一定要他说话，他很不情愿地坐直了，伸个懒腰，才道："我这不是去大邱庄学习回来吗！那次我激动啊，拔腿就赶来北京找你老徐，你不在，我就回去照着大邱庄的那套推行了。我送了村里十几个没考上大学的孩子上大专去，叫定向培……委培？反正他们毕业了没户口，还得回我小雷家来工作。这次送去的都是读机电、会计的，下批送去读农大，我们学什么的都要。"

"这很好，做得很对，我看你雷老虎要是多读几年书，做出来的事更大。"老徐连连点头。

雷东宝却是摇头："你们读书多的都胆小，冲前面的都是我们书读不多的。大邱庄那个禹作敏文化也不高，可人家干得很好。我看，带头的书不能读得多，否则做什么都束手束脚；下面做事的一定要多读书，书读多的做出来的事情好。"

老徐听了好笑，宋运辉本来也笑，可想到金州时候费厂长刘总工斗不过非大学出身的水书记，一时有些感慨道："这也是我最近几年疑虑的问题。我有一种感觉，知识分子想法多，可也瞻前顾后畏惧多，缺乏敢想敢干的精神，在实践上落后实干的人一大步，越是年纪大的，顾虑越多。"

"这应该是特殊阶段的特有现象。"老徐看着宋运辉若有所思，"但绝不应该是未来趋势。"

"你们怎么又扯上了，听我的。"雷东宝只要真正想说，徐宋两个都不是对手，他的嗓门压倒一切，"我第二步，把权力下放，让他们自己找项目，扩大规模。现在电线厂扩张，现成的老工人带新工人。还打算开电解铜厂，我看隔壁几个村那些小破电解铜厂都活得挺好，我们肯定也行。"

"那条河更遭殃了。"宋运辉摇头，还是第一次听雷东宝说起电解铜。

老徐看看宋运辉，想到去年在小雷家桥上看到的那条面目全非的河。"这就是知识分子的顾虑。"却也不置可否，"小雷，你继续说。"

"老徐我们听你的，养猪场的沼气弄好了，这东西真管用，烧水跟小辉厂里用煤气一样顺，就是挺臭，哈哈。现在养猪场和电线厂全烧沼气，跟白捡的一样，不知省下多少煤钱。我们那么多猪，以前愁它每天拉那么多，运都运不完，一辆拖拉机全交给猪粪了，现在就愁它不拉，砖窑也想烧沼气。忠富不干了，猪是他养的，好像猪粪就是他拉的，他要把沼气拿去养鱼虾。我以前填了他两口鱼塘，他心里不知多惦记着。这回跟着省里的专家去弄来我手掌大的牛蛙，那么长的罗氏沼虾，还有长得跟田螺似的福寿螺，还有比河鲫鱼宽的尼罗罗非鱼。我说他伺候得过来吗，他说没问题，先都放在一个暖气大棚里养着，拿沼气烧的暖气片焐着，说等春天自己搞繁殖。我不信那些东西有多好，红烧了他一个牛蛙，好吃，肉多，比青蛙肉多。忠富跟我急，差点追着我打，哈哈。"

老徐和宋运辉都是哭笑不得。

雷东宝却得意地笑道："好吃，肯定有前途，我答应忠富他只要好好搞，钱不用愁，我替他解决。我两年没问县里批贷款，他们不知多急着要我去批，我就是不，急死银行，操。"

老徐笑道："好吃就有前途，很朴素。"

宋运辉沉吟道："有鬼，你怎么别的都没吃，就只吃了一只牛蛙？大哥以前跟我说起飞线钓青蛙来眉飞色舞。"

雷东宝呵呵地笑，并不狡辩。他看到忠富引进的四种东西，其他马马虎虎，唯有牛蛙这个玩意儿，他一见倾心，此后日思夜想，都是这么大的蛙，肉会不会跟癞蛤蟆似的不结实，如果结实的话，那该是如何美味。于是他候着忠富出门，进大棚偷了一只冬眠的牛蛙，回头叫管着村食堂的四宝老婆加葱姜红烧了，果然好吃，只是一只太不过瘾。雷东宝现在最大的愿望之一，就是希望棚子里的牛蛙快快长，快快生。

"那种尼罗罗非鱼挺好养，一放进暖棚，才没几天就发春，生出来的鱼子都含在嘴里，贼奇怪。春节就能上市一批，大得还挺快，我倒是要看看有没有人买。"

老徐一向很喜欢听雷东宝那种粗得掉渣儿的话，忽然因此想到一件事，跟宋运辉道："小宋，不好意思，你去隔壁书房坐会儿，我有件事问小雷。"

宋运辉不明白是什么事，依言转身出去。这边老徐轻问雷东宝："个人问题有没有解决？"

"没有，你不也还没？"

"儿子差不多够理性，时间也过去很久了，我们应该有所考虑。我已经有眉目了，你呢？"

雷东宝没想老徐说得那么坦白，不禁疑惑地问："那你忘记她了？"

"怎么可能忘记？但……也不现实。我现在找的是跟她完全不同的贤妻良母型，挺单纯也挺单调。你呢？也别勉强自己，跟你以前劝我的一样，你妻子在上面看着你生活不周全，不会安心的。"

雷东宝忽然红了脸，吭哧吭哧地道："有一个，本来挺好的，我常去她那儿，忽然不要我去了。不去就不去。小辉也劝我找一个，可我又不是看不出，他劝我的时候牙关都不肯张开，他都不情愿，你说他姐会情愿吗？"

老徐没想到是这么个原因，只得为雷东宝感叹一下，话说回来，让宋运辉欢天喜地地督促姐夫再娶，还真不大现实，宋运辉能提起已经不错。这一想倒是有些爱屋及乌地欣赏起宋运辉，他有与雷东宝一样的经历，他的妻弟挺不好相与。以前他不过是从水书记的角度看宋运辉好用不好用，对于宋运辉出金州还有些不以为然，这会儿想法悄悄改观。"小雷，你听我的，找一个贤惠的一起过日子，你这样一个人不好，吃穿没人管，哪能胖成这样的，答应我。"老徐说。

雷东宝认真想了一会儿，道："我吃穿不讲究，就是有时候晚上憋不住，这事儿你别管我，你先管好你自己。"

老徐知道雷东宝直而粗，但没料到这么直，笑道："我从科学角度跟你说，总单身对身体不好。这样吧，晚上住我这儿，明早我带你到处逛逛。"

"不，小辉那儿两张床，我住他那儿去，明天就上火车，北京灰扑扑有啥好看的。跟你说话还行，住你家不行，你一直就领导范儿，在你家里睡不安稳。结婚的事儿我听你的，你说的肯定有理。"

老徐只好笑着不挽留。

雷东宝和宋运辉在老徐家吃了一顿精致的回来，可雷东宝没吃饱，坐在公共汽车上东张西望到处找吃的，可首都人民就是不给他机会吃顿热乎的。他只好进了宋运辉房间后挖出一条熏肠来吃。一边吃一边道："刚老徐让你出去，是问我个人问题。我要他帮你，他说肯定会帮。就是他现在不像以前在县里时有权，等他上班后问清楚怎么回事，会指点路子给你。他的意思是，你们东海那个项目是他刚开始有机会做的什么工作，他也不希望被中断。"

"可老徐现在又不在我们部里，怎么跟我们项目有关？"

"这种东西你都不知道，我更不知道。你反正听他的就是，他不会骗我，我的小舅子他也不会骗。"

宋运辉笑道："我真奇怪，你们两个怎么会这么要好。喂，你少吃几口，你太胖了，对身体不好。"说着还是动手一把没收了熏肠，可闻着好香，他也啃了口："嗯，还真好吃。小杨拍你马屁的？那小子行啊。"

"那小子，比泥鳅还机灵，都不知道他脑袋怎么长的，挂靠我这儿弄了个电器市场，以后啥都不干就能收钱，看他倒是个孝子，看不出。"

"那孩子人堆里混久了，做人非常油滑，有点不好掌握，你跟他打交道得小心。"

"不怕，他不敢。"

宋运辉想到雷东宝特有的手段：拳头。像他们这种国营企业，又像他这样挂着知识分子头衔的，做事就不能如此直接。可有时候还真想冲着谁的鼻梁一拳打过去，尤其是闵。由此可见知识分子的虚伪和无力。

这回，两人见面依然可以说很多小雷家的发展，只是雷东宝没什么问题要宋运辉帮拿主意，宋运辉想方设法问出来的问题雷东宝也都差不多已有解决办法，宋运辉又是替走上正轨的小雷家欢喜，又是再度失落。

02

雷东宝回到家里，照例是找不到他老娘。摸进厨房找吃的，见灶台上码着一堆腊肠、酱肉、板鸭、风鸡之类的东西，看上去很是馋人。他的胃口到底还是适应家里的味道，东北的红肠熏肠吃多了开始腻烦，而今对着腊味流口水。

他妈倒是很快摸摸回来，一个村子的，只要有一家进人，那消息就跟鸡毛信似的传得飞快，那些没事干的老头老太都猫窗户口盯着外面人来人往呢。何况东宝书记大驾回宫。雷母一见儿子瞅着一堆儿好东西流口水，忙介绍道："一个女人送来的，姓啥？嗯……说是县上开饭店的。我看不像是偷偷摸摸找你对象的，就做主替你收下了。"

雷东宝心说，韦春红，她才是最危险的。不是已经电话里要她别出尔反尔了吗，怎么又送东西来？但雷东宝不是计较细节的人，又不舍得把好吃的退回去，只跟他妈道："给我蒸两只鸡腿吃，我打个电话。"

"有件事，我跟忠富说，听说外国鱼长大了挺好看，我要他捡两条来吃。那小子糊弄我，说要等你回来批准。忠富小子前世一定是给人吃了的鱼，以前你填他一口鱼塘他跟哭丧一样难过。"

"你别假公济私，又不是没钱，等村里开卖了多买几条不成了吗？"

"你不也偷牛蛙吃吗？你能吃，你老娘怎么不行。大伙儿都说忠富眼里没你这个书记。"

雷东宝已经走到客堂间，又转回身来，对老娘道："以后谁再这么说，你就跟他们说，雷东宝要的就是当面敢不听话的。忠富有种，以前当那么多人都敢顶我，这种人我信他。"说完径自离开。

雷母抄起一块抹布冲雷东宝背后掷去，喃喃道："贱货，让人反了才好。"

雷东宝打电话找去韦春红的饭店，那家饭店自从他做下决定之后没有再去。但他好汉做事好汉当，既然韦春红找上门来，他决不回避，躲子弹的算什么好汉。听清对方是韦春红的声音，他竟一时有些发昏，顿了顿才道："我家那些东西你拿来的？有事？"

"没事，想看看你。你等一下，我换个电话。"

雷东宝等了一会儿，才等到韦春红又拨过来："雷书记，你真不见我了？"

"废话不，我还等着你拿儿子寒假撵我啊，以后别送东西来了。"

韦春红一时沉默，都等得雷东宝耐不住劲想挂了，才道："听说你们那儿养了外国鱼什么的，有好的让我饭店先上桌行不？"

"行，你门口竖个招牌，说用的是小雷家的鱼。"

"那谢谢啦。这么大好处，本来没指望你答应的，唉，谢谢你。"

雷东宝听着伶牙俐齿的韦春红这会儿说话简短重复，一时也有些感触，闷声道："谢啥，回头鱼烧得好吃点，别砸我小雷家的牌子。"

"那当然。"韦春红沉默了一下，不肯放下电话，又找话道，"吊灯很好看，谁见了都夸，都不知道是你送来的，你做出来的事总是比别人跑在前头。"

"嗯，没事我挂了。"

韦春红听得雷东宝的不耐烦，心里发急，脱口而出："其实夏天那时候装修我怕跟你商量的话，你会误以为我要你钱，才跟你说我儿子要来，拖你两个月。我……我哪会赶你呢，你想想，你都还不了解我吗？"

雷东宝听了大惊："那你怎么把三楼也改了？"

韦春红幽怨地道："你又没来看，知道我怎么改的三楼吗？你大人大量，不会以后连小店的门都不进了吧。"

"你怎么改的，不是雅座？"

"我说的话你还会信吗？眼见为实不就得了？我晚上给你炖好一砂锅的牛腩等着你，好不？"

"不去。"雷东宝非常习惯性地脱口而出，就挂了电话。

韦春红心里知道没指望了，雷东宝这种男人气十足的人，多少黄花闺女都肯拉下面子倒追着他，她去年能拉到雷东宝，那全是近水楼台先得月，原想一心一意当丈夫一样侍奉着，不承想，她越小心越是造成误会，不过好歹这回终于明白是怎么回事了，难怪雷东宝送吊灯，送来的是不上不下的数字。估计误会到今天，雷东宝身边早有别的女人了，否则不会那么干脆一个"不去"，以前说什么也给个理由，比如说"没空"。

雷东宝则是放下电话发了阵子呆，心说难道真是误会了韦春红？这么说来，她倒还是个有骨气的女人。雷东宝一时有些心猿意马，但很快就被风鸡的香味勾魂，吃饱了出去巡视，当然先去村办。

永远风雨无阻镇守在小雷家心脏的雷士根看到他就把门踢上，拉住雷东宝轻声道："你出差那么多天，有些话先跟你打声招呼，你听了当他们放屁。"

"什么话，是不是说忠富反我？"雷东宝甩掉士根的手，他很不习惯这样。

"是，那天我老婆听有人在你妈面前挑拨。这点你不能信，忠富这人一是一、二是二，以前你填他鱼塘他跟你吵过，后来一直服你的。不过这还是其一。最要命的不知谁想出来的，说红伟、忠富、正明三个现在都实际上被我管着，都只听我的，不听你的。"

雷东宝哈哈一笑："我说你怎么说话扭扭捏捏大姑娘一样。我不信，你敢吗，他们三个敢吗？"

士根正色道："谣言都是有一定事实依据的。现在你不管具体的事，都是我和他们三个管着，聪明人看得出我们四个人权太大，只要我们联手，小雷家就乱了，说出这谣言的是个有心机的人。"

雷东宝又是哈哈一笑，却一掌猛击到桌上，震得一桌茶杯全部跳地身亡。"敢！"他凛然瞪起环眼，杀气腾腾地道，"谁都知道，我能封你们，我也能撤你们，我还能让平原书记杀了你们。造谣信谣的都他妈是蠢猪！"

士根被雷东宝看得不寒而栗，不由自主又伸手一把拉住他："我先提醒你一下，你不会以为我试探你吧，你跟我这么凶干吗？"

雷东宝奇道："我哪凶你，我凶你干吗，谣是你造的？"再次抹下士根的手。

士根紧张地注视着雷东宝的脸，果然雷东宝一如既往，知道自己多心了，也知道雷东宝说的就是他做得出的，他只是想什么说什么，不会是什么威胁。他叹气道："你这话我会传播开去，省得有人还真有心蠢蠢欲动，也省得有人看着我们四个的位置眼红，妄图挑拨离间。我们村子钱多了麻烦就多，都眼红着钱。"

"你是我的诸葛亮。"雷东宝说得没一点犹豫，"咱不说那种破事，你说这几天出了些什么事？"

士根照旧挑要紧的事向雷东宝汇报一遍，有些需要雷东宝签字的，他拿出来，他一边说明，雷东宝一边签。基本上经过他的手删滤下来的东西，雷东宝已经不用太细查。

雷东宝等全部签完，说声"没事了？没事走了"，也不等士根答应就走，但走到门口想起来，又道："挑拨的事你查查，谁造的谣。你传话下去，谁敢搞乱小雷家领导集体，我扒了他屋。"

士根冷静地问："东宝，你真那么相信我们？不听听群众意见？"

雷东宝道："我们监督体制有了，奖励体制也有了，老叔自杀的事还在眼前摆着，谁好路不走走歪路？真要走也没办法，别让我发现，否则我掏出他的牛黄狗宝。"

士根冷笑道："你难道不担心我和他们三个联手架空你，你还不知情？"

雷东宝却笑了："士根哥，你聪明脑袋怎么想不通。他们三个怕我，烦你，各自怄气。他们跟你联手？三天能行，三十天就得窝里斗，谁也不服谁。不信你试试。"

士根却是神色一松，长嘘一口气："好，你平时是装的，张飞也能绣花。你知道就好。就怕你心里信了，嘴上怕掉面子不肯说，以后心里有疙瘩。我放心了，你走吧。哎，牛蛙已经冬眠那么多天了，瘦，你就放过它们吧。"

雷东宝呵呵笑着离开去登峰，不过心里还是把士根的话想了会儿的。但他还是决定相信这四个人，那么多年同事下来，知根知底，他凭什么为了别人几句话就动摇，何况还是士根自己告诉他的。

士根看了雷东宝态度坚定，也是放心。他这位置，又与其他三个不同。如果雷东宝真被挑拨得信谣言了，他真是除非出走小雷家，否则只有跟着老书记上吊一途了，幸好雷东宝看得清楚。雷东宝人粗心不粗，其实心中明镜儿似的，再复杂的事到他嘴里也变得黑是黑白是白，士根都不知道雷东宝这是什么手段，能那么容易地化繁为简，小雷家那么多事，雷东宝照样心宽体胖的，不像他都愁出白发几根。

雷东宝最后巡到养殖大棚，他才进大棚不久，忠富就不知从哪儿闻风赶来，还气喘吁吁的，雷东宝见了不由得笑："忠富，我妈说你上世是鱼，看到鱼跟宝贝似的。你怕我又偷你的鱼吃吧，哈哈。"

忠富被雷东宝说得难为情，他还真担心雷东宝又摸他的宝贝们红烧。他讪笑道："说啥呢，看到书记来视察工作，赶紧上来汇报，咱马屁得拍勤点。"

"操，打你忠富嘴里掏马屁，还不如旁边沟里挖牛蛙来得方便。尼罗罗非鱼能吃了？"

"几条大的能吃了，而且第一批小鱼没长大都快发情了。我们沼气池真是好东西，徐书记在北京就是看得高。教授说他们南方，这种鱼都还是养在温泉里，冬天不敢露天放养的，温度不够它就不长，再低它干脆死。你看你看这条游过来的，这条最能吃也最能长，好几条鱼尾巴是它咬破的，我准备留着它做种鱼。"

雷东宝诡笑："它上辈子跟你是兄弟。"

忠富不敢顶撞，搓着手讪笑："福寿螺也很能长，来这儿看，看到粉红的一块地儿没？都是它们产的卵，下面密密麻麻都是孵化出来的，你看已经都快追上田螺大小了。看来这东西也好养。"

"听说你还养蚯蚓？那玩意儿怎么吃？"

忠富闷笑道："那是给鱼吃的，人怎么吃？我们沼气池定期捞出来的渣养蚯蚓正好，等天热了我留些猪粪出来养苍蝇的蛆，听老师说牛蛙和鱼都爱吃。"

雷东宝赞许："交给你是没错的，你会动脑筋。这不，我们这儿还有扔掉不要的吗？没了，全都能用上。我们还怕猪拉不出屎来。忠富，给我捞五条大鱼，以后每天五条，我送去饭店先让他们打招牌，让县里的人先认识认识这种鱼，春节卖起来方便。"

"这主意好，我还想着春节怎么办，拿到菜市场吆喝去，人家不认识敢不敢吃。不过今年大池子还没挖出来，鱼没多少产量，总体算起来还是亏本。东宝书记，再半年肯定不亏了。"

"那是你的事，鱼拿到县里会死吗？"

忠富很高兴雷东宝还真是放权，原以为赚的时候放权，亏的时候肯定得追究他责任。"有橡皮袋，要不福寿螺也装一些去。我已经找菜烧得好的士根嫂煮过一次，这东西肉松松的没田螺好吃，看看饭店能烧出啥花头来。"忠富说。

"好，多拿些，你看多少一斤，回头一起算钱。"

雷东宝终于还是载上一皮袋鱼和福寿螺，扭扭捏捏地赶去韦春红的饭店。

韦春红的饭店重新装潢后，已经成为本县一大亮色，竟然还在门口安装了城市里才有的花花绿绿的霓虹灯。冬日里的天暗得早，霓虹灯早已闪烁，犹如冲路人抛飞媚眼。雷东宝冲媚眼而去，推门进店，里面大不相同。他送的吊灯有两盏安于一楼屋顶，照得一楼店堂流光溢彩。而老板娘韦春红穿着一件大红高领羊毛衫穿梭于酒客之间，一会儿与这个笑谑几句，一会儿和那个打声招呼。雷东宝看到有人在韦春红手臂捏了一把，韦春红佯怒灌那男人一杯白的，而韦春红的毛衣紧紧贴在身上，勾勒得全身上下似乎只剩那对乳房。雷东宝以前又不是不知道饭店老板娘出入的是复杂环境，今天看见这一幕感觉刺眼，也不肯坐下，就令一个男服务员去叫韦春红过来。

男服务员见雷东宝衣着随便，又是拎着鱼送货的样子，本不想搭理，可又被雷东宝的凶煞所迫，勉强去喊。韦春红还以为是送菜上门的，没太紧着回来，又在场子上周旋一阵才过来，见到板着一张脸的雷东宝，她那一张脸一下如春日提前来到，两只眼睛比外面霓虹还亮。

雷东宝没有搭理韦春红热情得有点过头的招呼，眼睛往红毛衣勾勒出来的焦点上一晃，手上的袋子也是随即一晃，放到韦春红面前地上，很是公事公办地道："这鱼，叫尼罗罗非鱼，螺叫福寿螺，怎么写，看袋子上面。怎么烧，你自己想办法。鱼卖完了，你叫人拿袋子去小雷家拿，顺便结账。"

韦春红往左右看看，打发走一个问话的服务员，才对着雷东宝收起刚刚的风流潇洒态度，低眉轻笑道："都来了，饿了吧，先坐下喝杯酒？"

雷东宝看看韦春红，又看看楼梯，这条通往三楼的楼梯，硬是狠下心来，冷冷地道："不去。"便转身开门出去。

惊得韦春红愣住好一阵子，追都来不及，等追到门口，看到雷东宝已经骑上摩托车。韦春红也豁出去了，追过去拦住摩托车头急道："我怎么着你了，我怎么着你了？"

雷东宝看着寒风中衣着单薄的韦春红，鄙夷地道："看看你穿的什么，还不如打赤膊。"说着就轰起摩托车，转个方向，抛下韦春红就走了，留下一地的汽油臭包围了韦春红，令她猛打一串喷嚏，再抬头，雷东宝早已不见踪影。

韦春红不知该笑还是哭，不由得紧紧抱住自己，冲回饭店里面，可犹豫了一下，还是上去套上一件西装领外套。韦春红又不是个二八少女，寡妇人家独立支撑一家饭店，靠的是什么，她心里清楚得很。因此对着那么多看似道貌岸然的男人酒后行径，她游刃有余之余，才对不占女人便宜的雷东宝敬爱有加。更知道雷东宝今天这一走，再想要他回心转意已经难了，她又不是不知道雷东宝心里想的是什么。韦春红心里挺失望的，不仅为雷东宝的得而复失，更为雷东宝也并不是她以为的豪爽男子。

雷东宝心里也很失望，把刚刚才冒上来的一点点好感又打了回去。这个韦春红，说到底，还是个贱。

雷东宝当然清楚，他只要顺贱而为，韦春红不会拒绝他，但他心里腻歪，此时他即便是看到老母猪都带着双眼皮，可就韦春红一个是单眼皮，他想到饭店里韦春红那轻薄样儿心里就烦。真是，看到的女人没一个能跟他的萍萍比，老徐说找个不一样的，可他找不到。他是再也不要韦春红了，太贱，贱得令他受不了。

雷东宝一回到家，正明就尾随着摸上门来。正明上来就恭恭敬敬递上一支烟并点上，他与士根红伟他们不同，他比雷东宝硬是要小一辈，即使现在登峰厂利润在全村最好，他在这些人面前依然只能做小辈，在雷东宝面前更不用说。

雷东宝吸了一口，却对他妈道："妈，我还没吃饭，中午那只风鸡没吃完，再给我斩半只下饭。"

雷母嘀咕着摸进厨房，虽然是心甘情愿地为她那伟大的儿子服务，可心里真希望有个儿媳帮她分担家务。正明见此对雷东宝道："书记，我爱人前阵子坐月子请了个保姆，坐完月子还请着，一家人轻松好多。要不我也替你找一个，阿婆年纪大了，这么大一间屋子她一个人管不过来。"正明有钱了，又常出去开眼界，别人还在媳妇婆娘地叫，他却跟着城里人很体面地叫"爱人"，别人叫"娘姨"，他叫"保姆"，他爱的就是这么一些小小的区别。

雷东宝一想有理，点头道："你赶紧给我找，春节正好很多事要做。你又是电解铜的事？"

正明暂时避而不谈："书记不用操心，不如都交给我爱人或者士根叔爱人，要她们先处理着。"

"交给士根媳妇，你媳妇还嫩点。说你的事，是不是又嫌规划不够大，要我帮你找钱？"

正明讪笑："前几天书记不在时我问士根叔了，士根叔说村里好不容易还清银行欠债，这才无债一身轻，要我别又节外生枝想着借钱。忠富不知哪儿知道消息了也不答应，说要做就踏踏实实从小做起，慢慢扩大，大家要一样地起步。可书记，只有你最清楚，工业跟农业不一样，忠富可以只买十条种鱼，靠大鱼生小鱼把鱼塘做大，我不行。我开始买来一万块钱的设备，养五年还是只能做一万块钱设备做得出来的产品，产品品质说上不去就是上不去，做电线的设备再改造也只能做电线，一辈子做不来电缆。我的起步必须高，要做大才行……"

雷东宝笑道："你怎么不跟我谈铜杆了？"

正明当然知道雷东宝提的是他去年有些好大喜功提出的无氧或低氧铜杆项目，只得讪笑道："其实呢，嘿嘿，我要求上电解铜厂，也是为无氧铜杆铺路的。旁边那些小电解铜厂产的电解铜杂质太多，做一般民用电线还行，做精密的就不行了。可现在市面上通信线缆需求量开始上升，价格居高不下，我眼红这个生意，做通信线缆利润高得多。那差别就跟砖厂花一样劳力，挣的辛苦钱不如电线厂的多。可通信线缆对铜的材质和拉丝要求都很高，用周边乱七八糟的电解铜和随便挤压出来的铜杆肯定不行……"

"为什么不问铜杆厂买铜杆？你用的塑料也是问别家厂买的，难道你还想开化工厂？"

正明的脸一下红了。士根跟他提到不要欠债的时候他还不服，可雷东宝责问时，他有些难以招架。他想了一会儿才道："塑料厂是化工系统的，看上去……太难。"

雷东宝咽下一口饭，老大海碗往膝上一放，挥着一双筷子道："不是难不难的问题，那种塑料厂我们根本开不起，那都是小辉他们国家厂干的事。可我也是不支持你上电解铜。我上北京问徐书记和小辉了，他们又是对着地图又是到处打电

535

话商量了半天，吃饭时都说不支持，他们的理由你肯定想不到。他们说，我们村离国家开的铜矿太远，从老远运铜矿石粉过来这儿电解，不划算，运费太高，最终成本肯定很高。你算算，对不？"

正明有些失望，但是既然上有那么神的现在都已经去了北京工作的徐书记和宋运辉否决，对面又有雷东宝呼哧呼哧地吃着饭盯着他，他只能定下心来思考不足。想了好久才道："书记，我说说，你听着，是不是这个意思。比如说一车的铜，如果矿山旁边冶炼出来，运到我这儿，只要一车的运费。但如果拉矿石来我这儿做出一车的铜，我们就得花好几车的运费。这多出来的运费，就能把我们的利润给吞了。"

"聪明，就这意思。你要上小电解铜，我不反对，收废铜就能让你吃饱，只要我们下决心不收周围小电解铜的货，他们就开不下去。上大电解铜，哪来那么多废铜烂铁。要不，你先给我组织一个到全国收废铜烂铁的队伍，你看你行不行。"

正明听着雷东宝半对半错的话，又不敢直接反驳，考虑半晌才道："可有两个问题需要考虑：一个问题是废铜的回收是列入国家指令性计划的，像周围他们小打小闹的还行，我们要是搞大了，国家会不会干涉？另一个问题是，我原先打算的是从铜矿拿粗铜，而不是直接拿铜矿石，应该运输费用增加不是很多。可能徐书记和宋处两个理解有误。"

雷东宝把端在嘴边的饭碗又放回膝上，侧脸看着正明思索良久，看得正明手脚都快开始冒出寒意，才道："你既然想周全了，干吗前面不告诉我？"

"我说话说一半都被你抢话头了，我又不能跟你比嗓门。"正明是惊弓之鸟，前两年刚做上厂长，乱得意，乱抢话，曾挨急眼了的雷东宝劈胸一拳头。以后他哪还敢抢话，但见雷东宝又有捧起饭碗的意思，忍不住出言提醒："书记，饭都凉了，热热再吃，你胃不好。"要是雷东宝家有保姆，正明肯定会让保姆来一碗汤，就这么白干饭上放几块风鸡肉，喉咙还不被卡死。

雷东宝索性放下饭碗，道："我看第一个问题我们不用考虑，大邱庄是乡镇集体，他们敢干铁，我们就敢干铜。我看你做两手准备，废铜也收，粗铜也买，哪种便宜用哪种。你尽管放手搞，出事情有我顶着。"

"行。我明天就开始打听着，挖几个收废铜烂铁的过来，要他们开始做起来。"

"正明，你这就小家子气了。我们要做，就光明正大地做。这几天你就把那几个小电解铜叫来，给他们开会，通知他们准备改行，以后由我们来做电解铜。他们还想发财，以后改做收购废铜。"

正明喃喃道："他们还不跟我们打起来？"

"怕他，小雷家人都吃干饭的啊，一人一拳头都能砸死他们。要他们自己拎清。"

正明心里斥道"霸道霸道"，不知道到时那些小电解铜作坊会怎么跟他造反，可又不能不听雷东宝的。

雷东宝不等正明讪笑着开口，就抢着道："你立即去了解设备要多少钱，写个具体报告上来，我这几天趁春节正好跟他们领导们提提。另外我们现在小雷家人钱多，大家自己掏钱，村里给他们比银行贷款利息还高一点，比存款利息高不少的利息，正好肥水……肥水那个落在自己口袋里。你去办吧。不过跟你有言在先，借村民借银行的钱，别想让红伟忠富他们帮你还，都得你登峰自己还。"

"那是，那肯定是。"正明想到自己的梦想就可以实现，真是满心欢喜，"书记，我已经问了，有些锅炉、电解槽之类的设备都要订做，因为要用到行车，厂房也需要请人特别设计，我们一定得抓紧，否则今年底可能都没法安装。"

"这回的房子要求这么高？不能只用一只屋顶几根柱子？"

"不行，电解液纯度一定得保证，否则做出来的铜又不纯了。"

"行，正明你这主意想得好，你只要主意好，我一定支持你。你这两年跟着大学读书真没白读，很有出息了。"

正明被表扬得飘起来："那也得书记肯放手让我做啊。"

"忠富也没白学，他现在比你先下手一步，走的步子也比你稳，而且现在已经出成绩。你年轻，要赶上，你给我没日没夜地干。"

正明得令而去，雷东宝一点不肯闲着，也后脚跟出，转去旁边的士根家。他自己最清楚，他前面大刀阔斧，可后面需要士根运筹帷幄，细敲算盘摆平方方面面，士根是他的诸葛亮。

士根中午因为传言的事与雷东宝说得不舒服，感觉雷东宝有些太盛气凌人，回家心里正堵着。这会儿见雷东宝上门没事人一般抓住他商议村里最隐秘的事，而且是事无巨细什么都谈，什么看法什么设想都直言，依然细节上不很讲究，得他士根来做决断，在别人看来就是他士根一手掌握小雷家的财政大权，士根心下顿时又归顺了。心说自己肯定是太敏感了，雷东宝倒一直是个赤诚的爽快人，其实他早就知道的，又何必被别人风言风语搞得自己不舒服。

士根不好意思之下，就把自己的内疚跟雷东宝说了。雷东宝没劝慰也没开解士根，只是说他把士根放在最要紧位置，也是最信任位置。如果士根都不能信，都要反他，他没别的，一刀子捅了士根，也捅了自己，大家啥都别干了，最要紧的两个都内斗了，大家还干个啥。士根心领神会，羞愧于自己的多疑。

春节又来了，小雷家发起吃的用的东西来，用别个村的话来说，那是要用手拉车往家里拉的。

尼罗罗非鱼和福寿螺都上市了，批量很少，意思意思地往市面上投放了一些。人家都当鲫鱼认，贪新鲜买几条回家，一会儿就没了。买福寿螺的人反而少，到了春节还剩下不少。因为吃过的人都口口相传说福寿螺不很好吃。令忠富一边儿是喜一边儿是愁，不知拿那么会长的福寿螺怎么办才好。

03

老徐倒是说一不二，说帮忙，元旦后第三天就一个电话叫宋运辉去他的办公室，跟宋运辉订下新的方案。老徐是个内行人，内行人看到寻常项目激动不起来。他据此揣摩更高领导层的意思，让宋运辉把计划上升一个阶梯，使之更先进、更独到、更不可替代。他跟宋运辉闭门研究一周，简直是从每一个细节里抠字眼，务使拿出去的新方案既给人耳目一新，又真抓实干的感觉。

老徐是刚从国外学习回来的，宋运辉幸好一直在看国外的书，又因出口工作接触外部思想很多，两人的想法很能合拍，合作愉快。其间，宋运辉慢慢从进出老徐办公室过程中感知，老徐返回北京后仕途并不顺利，升迁不快，没达到下去基层获得实战资历回来，曲线救国的实际目的。老徐也坦率相告，他需要想方设法争取他支持的某些工程计划尽快上马。宋运辉明白，这是要出政绩的意思。

宋运辉只知道以前水书记告诉他，老徐是高干子弟，他不便打听老徐家有多高干，但从现状来看，似乎"老老徐"并不能帮上老徐的忙。反而是他与老徐互惠互利，合作出击。老徐还直言，这是他宋运辉接触高层的难得机会，千万想方设法，争取冒头出面获取印象分。老徐也帮着他露脸，老徐懂得上面办事的方式方法，宋运辉受益匪浅。

由此，宋运辉设法绕过了老马。有时，是老徐带着他上门拜访，有时是老徐指点他找部里的谁出面一起拜访，有时则是要宋运辉自己递介绍信上去等候召见。老徐的安排密集紧凑，又卓有成效，两人研究的方案框架获得高层一致兴趣。眼看着春节一日日地临近，宋运辉一日日地拖延回家时间，可他也眼看着项目获得批准的可能性一日日加大。

直到阴历十二月二十九那天，他才打包回家。他先回金州。到达金州，已经是大年初一。程开颜自看见宋运辉那一刻起已经哭了，一直哭回家里。没想到宋引还认识爸爸，见面就呼啸着扑过来喊着要爸爸抱，宋运辉激动得不知如何是好，后来坐下吃饭都不舍得放开女儿，他原先一直忧心着女儿可别"儿童相见不相识，笑问客从何处来"。引得程开颜妈说这父女俩就是有缘分。

从岳父嘴里，宋运辉了解到金州的麻烦事起码在表面上告一段落。水书记虽然临近退休，可已经问上面拿了个顾问的位置，够他发挥，够他退而不休。闵的绯闻因此由水书记在有关会议上亲口否认，水书记并严斥有人造谣中伤的不良行径，誓言如经查实有人造谣，严惩不贷。程父说，等春节过后，水书记会先退让出厂长职位，让闵代理厂长。交易就这么基本算完成了。

宋运辉不能不用在武侠书上看到的一个名词来形容水书记：大内高手。这一段时间与老徐相处下来，感觉老徐也是大内高手，不过，老徐本人风雅，因此拿出来的手法姿势漂亮。虽然宋运辉清楚，那都是权谋，本质并无不同，但他更愿意甚至希望向老徐学得一二散手。

夜晚，宋引睡后，才是小夫妻单独相处的时间。程开颜张开手臂转了个圈，一定要宋运辉看她身上穿的淡紫色套装美不美。宋运辉看到有着厚厚垫肩的套装里面一件雪白兔毛圆领毛衣，下面是一步裙和肉色厚长袜，感觉这等装扮在哪儿见过，一拍脑袋才想起，不正是风靡一时的香港连续剧里面演员穿的吗？程开颜得到丈夫表扬，大喜，把自己打算就穿着这套衣服跟宋运辉回宋家的想法说了出来，宋运辉说那行吗，还不冻死，老家又没暖气。程开颜得意地笑，取出她去年买的健美裤，外面套上长袜穿正好，原来人定胜天，健美裤复出江湖。

初二时候，宋运辉拜访了水书记、闵厂长以及金州总厂其他负责领导。大家都对他很客气。宋运辉意识到，他也跟那条健美裤一样了。他便也彼一时，此一时，这一次，大家相谈甚欢。

初三才携妻带子地回父母家，两个城市，火车汽车，整整一天，那还是雷东宝借一辆汽车从火车站把两人接到。回到久违的家里，已经是傍晚。程开颜虽然是健美裤外面套长裤，依然是冻得瑟瑟的，一到家就换上毛裤呢裤。大约是自出娘胎起就由奶奶抚养，宋引虽然不适应了一会儿，可很快就与爷爷奶奶混熟。不过，谁都争不过宋引的爸爸，宋运辉对女儿爱不释手。

宋季山夫妇对这个儿子不知道多得意，这儿子不知道多让他们在家乡扬眉吐气，现在谁都知道他们儿子越升越高，那些过去消失得不知上哪儿去了的亲戚，一个个又都搭讪了过来。宋运辉抱着女儿不肯放，宋季山夫妇跟儿子汇报家里情况，倒无形中把程开颜冷落了。好在程开颜对此不很在意，她也追着丈夫不放。

初四的时候，宋运辉自己骑车去小雷家拜年。雷东宝抓紧时间抓住宋运辉看他们正计划上的电解铜厂。士根心里大致猜到雷东宝肯定会拿这事与宋运辉商量，眼瞅着宋运辉串门后又进雷东宝家，他也笑嘻嘻跟了进来。宋运辉见怪不怪，向来，雷东宝家跟公共场所没啥区别，再说农村人风俗，进出不爱敲门。

宋运辉看正明写的没啥规范可言的计划书，不过也是看懂了七七八八。雷东宝见他看完，就抢着问："要不要叫正明来问问？"士根竟也抢着问："小宋，你做的项目更大，你看看我们靠自己能行吗？"

宋运辉笑笑，又翻到第二页，那页列出的是主辅设备明细。见设备横跨机械、动力、化工等操作项目，与过去单纯的电线电缆已有很大不同，他谨慎地道："我不懂电解设备，不过就这篇计划的其他几项辅助设备明细来看，正明所做的准备并不充分。大哥，这个项目由正明挂帅的话，一定要配个专业好的工程师做助手。"

"那还用说，不请技术人员，谁开得了那些个设备。"雷东宝见宋运辉看了半天才提出一条建议，一颗心放了下来，那说明上电解铜没什么问题。

士根对宋运辉道："小宋，这个项目是我们村至今投资最多的项目，你看我们是不是该谨慎着点，先请来合适的工程技术人员，再开始启动项目呢？"

雷东宝笑道："士根哥你改不了的脾气，不管这个项目是不是投资最多，你反正是只要投资就反对，没一次赞同的。你放心，我已经让正明想办法挖人。哎，小辉，有没有人挖你？"

宋运辉笑道："怎么会没有。不过我们行业需要大投资，即便是合资企业，目前的规模也赶不上我们国营的。我就只跟来挖我的说一句：曾经沧海难为水，除却巫山不是云。都这么挖社会主义墙脚，还了得。"

士根一听就明白宋运辉表面谦和，骨子里骄得很，但他没说什么，人家有资格骄，他在宋运辉那个年纪的时候，还裹着破棉袄愁媳妇找不到呢。雷东宝自然不懂那句脍炙人口的诗，他满不在乎地道："不从你们国营企业挖人，我们怎么办？可挖人是那么好挖的吗？户粮关系不给落实，人家不敢来啊，多给十倍工资都没用。国营就省心，你看看，才给你多少工资，你还死心塌地的。我现在给你现在工资的二十倍，你来不来？"

宋运辉微笑，冲士根道："大哥跟我撒气。好吧，我不多嘴。士根哥，你得把关，一定得等拿出包括厂房设计图等全套图纸之后才能放手给钱。"

士根答应，这才对，相信有宋运辉这个挡箭牌，他以后可以拿今天的话来否决雷东宝的大手大脚，他一点不会反感宋运辉理所当然的插手。雷东宝却不以为然，他们所有的设备都是一穷二白而来，现在不也好好的？宋运辉瞧瞧雷东宝的神色就知道他想说什么，冲士根使个眼色，拉起雷东宝道："我好几年没回家，上回假借甲肝之名，一直闷家里也没出去，你带我左近看看。"

雷东宝不知是计，带宋运辉出去。宋运辉坐在摩托车后面大声规劝："大哥，你现在不比以前，现在你们待上项目技术含量越来越高，你不能靠一味苦干解决问题了。你有时还是应该听听士根哥的意见，利用他的小心谨慎，适当控制项目进度，千万不能冒进。我担心正明太年轻，血气方刚，虽然要肯定他的冲劲，但你不妨用士根哥的谨慎来制衡，既不伤正明积极性，也可以更稳妥办事。"

雷东宝听着奇道："小辉，何必这样，小雷家从来就是我一句话说了算，又不是你们国营企业，还得平衡来平衡去的。我下命令要正明干什么，正明敢不听？你别担心，船到桥头自然直，不怕。"

"跟你说了，你们现在技术含量越来越高，不能盲目冒进了。我看正明的计划还很不完善……"

"那肯定是还不完善的，用哪家厂的设备都还没敲定，怎么完善？我们得边做边想，我们跟你们不一样，你们拿的是国家的钱，拖再长时间也没事。我们拿的是银行的钱，拖一天是一天利息，我们哪拖得起。"

宋运辉一时无语，雷东宝说得也在理，但他还是叮嘱："一定要找到懂行的人才能上马。"

雷东宝答应，带着宋运辉参观整个市周边的发展，尤其是他们所在的县，对那些大大小小的变化，雷东宝如数家珍。眼看中午吃饭时间，两人经过县里的大街，宋运辉看着严严实实紧闭的店门，忽然指向一家饭店，笑道："大哥，那家饭店竟然春节还开门，过去吃一顿。"

雷东宝一看，正好是韦春红的饭店，一时头皮发麻。但他又不愿花言巧语拐了宋运辉离开，心中嘀咕着谁怕谁，带宋运辉走进饭店。宋运辉不疑有他，看了门口告示板还笑着跟雷东宝道："大哥，真巧，这家还用着你们的鱼和螺。"

雷东宝一眼看到韦春红似笑非笑地在柜台里瞅着他们，却没迎出来，心里不快。两人进去店堂，脱下外面的大衣坐下。韦春红指使下面服务员过去，她自己一直冷眼旁观。她开的是饭店，迎的是八方来客，见多识广，一看宋运辉的长相气质，再看雷东宝对宋运辉的态度，令她想到传说中的一个人，那就是雷东宝去世妻子的弟弟。韦春红的心凉了，以前还想着雷东宝的前妻不过是个农村女子，甚至可能还不如她这么个县城出来的，可看看宋运辉，人家姐弟能相差到哪儿去，见过那样妻子的雷东宝，怎么还可能看上她。

虽然韦春红知道自己已经不大可能，可看到宋运辉，总还是忍不住胡思乱想，两眼直直地瞅着宋运辉，看得宋运辉都能感觉到有人注目，追寻过去，却见就是那个女老板。宋运辉心中起疑，他看得出那女老板的目光不是常见仰慕他的女孩的目光。

宋运辉看看不瞟老板娘一眼的雷东宝，将服务员拿来的菜单推给雷东宝，自己忽然起身，迅速走到柜台边，逼视着韦春红道："请问有没有火柴？"

他这迅速出击，把韦春红打个措手不及。韦春红手忙脚乱地依言去拿火柴，却碰翻了下面台子的水杯，茶水洒了一桌。宋运辉一声不吭地看着，耐心等待，一直等到韦春红终于翻出火柴，他接了火柴，若无其事地说声"谢谢"就走。后面韦春红却是看着宋运辉的背影发怔，这小伙子怎地厉害眼神，好像要揭下她画皮似的锐利。韦春红须得深深呼吸几口才安稳下来，不敢再看那边。

宋运辉心中了然，但又不解，就这么粗糙一个人？他看不出韦春红有什么好，跟他姐姐比，真是连个手指头都及不上。回到桌边，他就直截了当轻问雷东宝："是她？"

雷东宝看到宋运辉反常去讨火柴时就已经警觉，连菜都忘记点，心中紧张得仿佛被戳穿什么似的，但见宋运辉问起，却还是老实回答："是她，现在没了。"雷东宝的嗓门轻不了，韦春红听得清清楚楚。

宋运辉点头："那你还不拦住我？走吧，趁菜还没上。"

"怕什么？"雷东宝眼睛一瞪。

"何必……"宋运辉还没说完，就被雷东宝伸手一把按住。他只得坐着不走，看着雷东宝道："不说这些……对了，有件事一直想跟你说，你对士根哥的意见重视一些，别总打击他。"

"你慌什么慌，要说就跟你说个清楚。"雷东宝本来就没有隐瞒的意思，趁此说清楚也好，省得看见宋运辉总内疚。"你也看不上吧？"说的时候拿下巴指指柜台那边，那边韦春红早已离开转进厨房去了。

"你什么眼光。"宋运辉心中一团说不出的闷气。

雷东宝一时无语，过会儿才道："我承认，瞎眼了。这事到此结束。你继续说士根哥。"

宋运辉看看簇新的装潢，轻声道："这样不是办法，我要士根哥帮忙给你找个知书达理的，否则你看见哪个女的都好看，受人愚弄。"

雷东宝听着心头郁闷，禁不住辩解："她没愚弄我，这饭店都是她自己挣的……"

宋运辉不再说，他怎么就感觉出雷东宝对那女子好像有那么一点感情在呢？他强行抑制自己妄图插手并深入了解雷东宝情事的欲望，手中摆弄筷子，等不到雷东宝说话，只有他再找话说："大哥，我初六，后天就准备回北京去。我的事老徐在帮手，我们的行动计划订得很紧，不希望中途拖来拖去又节外生枝。我不放心开颜独自带着'猫猫'乘火车回家，你初六能不能帮我送她一程？"

雷东宝也这才找到话说："我送她到家。老徐站得高，看得远，你多听听他的，不会错。"

宋运辉一直因雷东宝和水书记两个几乎一致的推崇，再加以前最早时候的一次接触，最先有点把老徐看作神人似的。现在携手合作下来，虽然依然佩服老徐的城府，尤其是超人的内涵，但没再把老徐当神，他已经看出，老徐有老徐的苦恼希望，也自然有老徐的私心。但他不会向雷东宝揭示真实，他一向不是多嘴的人，只是点头道："明白。估计批文很快下来，我就得窝到海边开始前期工作了。前期准备时候我会比较忙碌，而且生活条件也不会太好，我爸妈还得你帮忙照看着。等工程上马，我估计我以后的待遇不会差，我准备把爸妈接去住。"

"这样也好，你爸妈以后肯定得跟着你的。吃菜。"雷东宝点的菜，先上来就是糖醋里脊，"你老娘若不跟着你，你孩子谁来带？你那老婆自己都还是小孩。"

"她女孩子嘛。"

"女孩子又怎么了？你姐以前一个人去省里给长毛兔接种，哪儿都自己去。回头好好教育她，别老长不大样子，以后有的你吃苦头。"

宋运辉无奈道："那是她的性格，起码她不会惹是生非，人总好看的吧。"

"好看能当饭吃？吃鱼，他们都说这鱼干烧最好吃。"

宋运辉跟着雷东宝吃鱼吃肉，后来就一直没见那老板娘再出来。一直到离开，他有意落后一步，走到门口停步回望，看到那老板娘终于探出头来。两人默默对视，宋运辉自以为读出老板娘心底深处的千言万语，才跟上雷东宝走开。坐上摩托车，宋运辉强迫自己对雷东宝道："老板娘对你有感情。"

"她对谁都有，别信她，坐稳了。"

宋运辉又扭头看看，当然没看到老板娘跟出来。他也没再多嘴。

初六后，他便带上行李直接赶回北京了，他有太多的事要做。

04

杨巡又一次无法回家。为了赶在春节后电器市场的开业，他必须留在东北日夜督工。他本来打电话让一家都过来感受东北的冬天，可他妈拒绝了，他妈说杨连杨速两个半年后就要高考，不能让他们玩得心野了。杨巡只好一个人过，一个人在电器市场又当老板又睡地板。不过他并不寂寞，老李的徒弟们都爱跟他玩，因为他慷慨，总有好酒好肉款待。但是越是将近大年三十，玩伴儿越是被拘着回去跟家人团聚，电器市场只剩下杨巡孤零零一个人。一到晚上他就缩在被窝里拿着高中课本苦读，旁边的炉子都烤不暖这宽阔的大厅。

屋子里都是松木的香气，什么拉吊顶做柜台做隔断的事都按部就班地进行，唯独最要紧的水泥地没法浇，太冷，浇下去就成冰碴儿，以后没法用。杨巡窝在一间隔断里，旁边都拿三甲板封上，算是一个小窝，可少少的暖炉热气哪里抵得住无孔不入的寒气，他非工作时间几乎就窝在被窝里了，最多是稍微冲出几步，到木屑上小便。

二十九那天，天很冷，杨巡看着书，做着课题，吸溜着鼻涕，偶尔啃一口烤馒头，自己都为自己感动。忽然听到远处似乎传来鞭炮声响。他侧头一想，对了，广播里说起，新开张的一家合资宾馆门口广场今天放焰火。他一想到就激动了，屁股有些坐不住。磨蹭来磨蹭去，终于决定放自己一天假，骑上自行车飞奔去市中心那儿。

果然，好多人围在宾馆外面，吊着脖子看只有电视上才看到过的五彩焰火呼啸冲上天空，爆出一团一团美丽的花。杨巡挤不进去，他没东北人那么高，索性站到外圈的花坛上，这才大致看到里面有几个穿着电影里才有的怪里怪气外国军装般的人在里面放炮。他也忍不住艳羡地注视大玻璃门里面水晶宫般的宾馆，这几乎是他见过的最漂亮的地方。他心里暗自想到，不急，等老子将电器市场安顿下来，总得找天时间到里面住一夜。以后得去北京上海广州，把最好看的宾馆都住遍。

对此想法，杨巡自信满满，他相信有朝一日准能做到。他看着宾馆上面霓虹灯勾勒出的"中港合资"，心里豪迈地想，对，哪天找时间还得去香港看看，看那儿是不是跟电视上演的一样繁华。

杨巡看烟花看灯火，正想入非非着，忽然眼睛一定，看住几条正走向宾馆大门的背影中的一条。杨巡眼睛很好，记性很好，看上一眼，就认出其中一条背影正是那个秋夜深深镌刻在他心头的背影。待得背影走进宾馆，站住转身，他更肯定，没错，就是那个抢走戴娇凤的人。

他紧抿双唇冷冷看着那人谈笑风生地接过与之同行的中年妇女的大衣，很是绅士地轻挽中年妇女继续向里走去，样子非常好，好得就像《上海滩》里的许文强似的。没看见戴娇凤，杨巡不知是因为戴娇凤回家过年还是怎的，他猜不到。他最希望戴娇凤已经离开这个男人。他希望，戴娇凤只是一时被那男子的表象迷住，而现在已经迷途知返回了老家。但是，杨巡咬牙切齿地凭良心承认，那男子确实好风度，不仅是长得好，而且有风度，举手投足间的风度。而杨巡又不得不承认，戴娇凤最爱看香港电视，她一直学着香港女人的打扮。

杨巡心中暗暗发誓，操，不就是学些英国殖民统治地的风度吗？他还看不上眼呢，他以后"打到殖民统治者老家去"，直接学老外的。

杨巡愤愤回去，焰火也不看了，回去钻进被窝刻苦攻读。一直看物理书到半夜，才仿佛稍稍出了点气。这一发奋，倒一夜啃下三大章。

整个春节，工匠休息，他就废寝忘食地学习，他到底是油滑性子，很快又乐观上了，笑家中准备高考的弟弟不知有没有他那么用功。打电话一问，果然没有，他拎着电话线就跟拎着弟弟耳朵似的，好好把两个弟弟教育了一番。

初五，他就把几个木匠叫来干活。电器市场的柜台布局都无须叫专人设计，他们做过电器生意的都清楚怎么布局最方便、最显眼。在他亲自跳上跳下的督工下，工程进展很快。唯一可气的是，气温依然没有回升。

但他不等了，挣钱这种事儿，必得分秒必争。有凹坑的地方先填上沙石垫上破三夹板，门口挂上棉帘，屋顶竖起广告牌子，再放几挂鞭炮，电器市场开业了。

他把原先仓库街的老乡都一锅端了来他的市场，在仓库街老店面拿油漆刷上电器市场地址招引顾客来火车站这边，人家涂了他换种颜色再刷，没多久就把顾客都吸引到交通更方便的火车站边。再说店面更集中，又在室内，不用一家一家地挨冻吃西北风，顾客看上去都挺满意。

杨巡眼看开门大吉，这才放心。但他终究是没舍得花几百块钱去那宾馆住上一夜，他已经不再是去年春天以前大手大脚的杨巡，他现在心疼钱。

05

宋运辉到北京时，老马他们都还没来。因为项目还没眉目，没有工作需要抓紧，每天待在办公室也是"晒网"，大家都是不约而同地节前早早回家，而又不约而同地将探亲假续在春节假期后。

办公室只有宋运辉，他倒是方便许多。老徐见面就是兴致勃勃地说，春节又帮他们拜访了三个人。老徐本来也是金州出去的，对这个系统熟，由他去说，不会比宋运辉说出来的效果差多少。因此，当老徐说要他去找某某，某某，进一步答复咨询的时候，宋运辉一点都不怀疑，老徐帮他把路走通了。

宋运辉照着老徐的指点找人，不厌其烦地一遍一遍介绍，老徐还夸他小伙子定力甚好，耐心甚好，宋运辉心说不是他定力好，而是春节前后政策略有改观，让他不用应付有的没的骚扰。他刚来时，虽然项目还没有音信，可那些机关干部兼职的公司早已络绎不绝地打着各色旗号找上门来要生意要合作，坐在办公室软硬兼施，看上去没一个能得罪的，谁都不知道他们真实来头。宋运辉刚到北京，对这些闲扯起来什么内幕都知道的大老爷敬而远之，五个人私下都议论说，可不敢得罪了那帮人，那等于得罪上面兼职的领导。因此对那些人一直敢怒而不敢言。好在春节才过，文件就下来叫停党政机关干部兼职，那帮原先一直来办公室坐镇的人暂时清了，宋运辉耳根清净好办事。

事情如果顺利了，那真是一顺百顺。宋运辉都不知道老徐春节时候帮着走通了哪一道关节，后面顺利得让他意外。但是部里领导看到事情都是宋运辉一个人在做，其他人居然都还没到位，多少在心中留下疙瘩。因此等老马他们回来，部里有位领导发话，让他们立刻退出现驻办公楼，立刻发配去东海边的那个半岛，开始前期工作。只留宋运辉依然留在北京，拿着资料到处讨签字盖章。

老马他们不敢违抗，立马卷铺盖下去，开始前期开发工作，包括与当地政府的联络。他们这样的大工程，哪家当地政府见了都宝贝，老马他们很快就把后勤工作先开展起来。

老马他们在当地开始吃香喝辣的生活，宋运辉却在北京焦头烂额。他讨了签字盖章后开始讨拨款，这时候开始，老徐功成身退，不再插手，不过答应宋运辉只要有问题尽管来问。宋运辉当然抓住老徐不放，他以前都是钻在塔罐丛林里，闭着眼睛都摸不错道儿，可这等官场，他两眼一抹黑，不找老徐找谁？

而且这官场不同于设备，设备只要顺着一条进料的线摸下去，即使中间颇多枝丫，最终还是可以摸透，设备是死的。官场则不同，人是活的，官场自然也是活的，今天摸通的枝丫，或许明天就改道了，搞得刚摸进去的宋运辉就跟刘姥姥初进大观园，浑不知东南西北。他艰难摸索着，艰难地将相关人员变为相熟人员，而那隐在一间间办公室挂牌背后的关系脉络，也终于一条一条地刻入宋运辉的心中。

而项目筹建办也在扩大，大家各自从原单位拉来得力人手。这个时候，原本五人团结友爱的局面已经荡然无存。跟金州一样，小团体隐隐生成。宋运辉早有准备，既然规律如此，他顺势而为。他也见缝插针飞金州找闵厂长挖人，挖他以前新车间的班底，他把曾顶替寻建祥与他同住一个寝室的方平也挖了来，放在半岛，做他的耳目。

当初宋运辉因为与闵厂长有话直说，主动求去，让工作生活都惊现波澜的闵厂长顿去一大劲敌，才得以上下沟通保住位置。否则，水书记很可能扶其他副厂长上位，拉宋运辉为辅助，而他得把副职位置坐穿，等待哪天宋运辉后来居上。为此，闵多少清楚，需要对宋运辉有所回报。闵放人放得爽快，宋运辉点名要的名单，他一个都不拒绝。

闵还专门设宴款待宋运辉，叫上刚刚退休可没退出办公室的水书记，以及宋运辉的岳父程副书记。闵虽然让水书记坐在主位，可宋运辉一眼就看出，即便是水书记坚持退而不休，气焰上依然是此消彼长，闵已然掌控全局。新旧轮替，原就是没有办法的事，不愿面对也须面对。宴会上，闵信誓旦旦，说金州是宋运辉的娘家，是坚实后盾，宋运辉在东海做得好，光彩的是金州总厂。程书记当然开心，起码他退休时，有这么年轻能干前途无量的女婿在系统里撑着局面，他的日子只有比水书记好过。

程开颜对于她没在第一批调动名单上的事反应极大，虽然以前宋运辉已经跟她有所说明，筹建办现在都住集体宿舍，家属跟去不便，可她不愿答应。她们幼儿园的阿姨们都在背后议论闵外遇事情时建议程开颜，一定要盯紧丈夫，千万别大意，一个不小心那么优秀的丈夫可能变成别人的。宋运辉本来借出差要人，想回家团聚几天，结果被程开颜请着假纠缠哭闹得没办法，只会看着旁边束手无策的岳母发呆。趁岳母偶尔与程开颜聊天时，他就急着溜了出去喘气，到市里找开店的寻建祥。

寻建祥的店六七十平方米，比较显眼。但宋运辉才走近店堂，就听见里面吆五喝六，闹得厉害。他脑袋本来就被程开颜闹得发涨，见此想走开。没想到却被寻建祥眼尖瞅见，一把拉进店里，却见是几个吊儿郎当的人坐在店里闲聊。寻建祥跟宋运辉寒暄，那帮人则依然议论着国事家事，语气不善。寻建祥也没说的，笑嘻嘻把这帮人赶了出去，他知道宋运辉不喜吵闹。

宋运辉却指指那些离开的背影，轻声问："那些人在，顾客还方便上门吗？"

寻建祥笑道："都是朋友，差不多时候进去的，有的比我出来早些，熊耳朵也出来了，你知道吗？"

"哦，他找到工作没有，落脚在哪儿？"

寻建祥叹息："这帮人都是没工作的，以前的工作丢了，现在谁敢收他们？我要不是有你帮忙，现在也跟他们一样每天混吃等死，我这儿总算能给他们一个坐着说话的地方。"

"原来是他们，难怪……"宋运辉看着远去的人们，难怪他们说话戾气十足。"你一向是最讲义气的，可你得看到，他们在，影响你工作。你可不可以晚上聚会？"宋运辉说道。

"你倒是一向跟我说实话。可是他们来，我好意思拒绝吗，看着不忍心啊。都是从小玩大的，不能我稍微赚点钱就不理他们，有时候他们还等着来我这儿吃一顿好的。你今天怎么过来？脸色不太好啊。"

宋运辉心烦，将程开颜的事一五一十地说了。寻建祥听了却是大笑，笑得参手舞脚的没一点样子。宋运辉气道："你笑什么，这事儿很好笑吗？"

"不，事情不好笑，我笑你看不透。你怎么结婚的，我都打听清楚了，这事儿太简单，谁都知道这是金州的传统。金州老娘儿们都那样，全厂物色听话女婿跟女儿谈恋爱，不等恋爱结束送入洞房生米煮成熟饭就不把女婿调离倒班，怕半路飞了。女婿进门先做几年长工，他们全家一起帮女婿升官，等女婿有点官位，以后就关照岳家。就你不老实，还跳出金州，你说你们岳家会怎么担心，这不是才养成的雏鸟给飞了吗。"

宋运辉听了满脸通红，怒道："我自愿，结婚前我岳父就帮我很多！"

"对你，当然得加料，谁看不到你的前途。"寻建祥却是异常冷静，"作为朋友，我有一说一。"

宋运辉一愣，恍惚了一下，却立即道："这事情很简单，只是开颜单纯，误解我。"

寻建祥却笑道："呵呵，难得见你失态，可见今天是真生气了。不管怎么说，传统就是这样，你爱人肯定也这么想。她已经挺好啦，那么听你的话，人也大方，你不知道以前闵厂长爱人怎么对他，就是骑在头上，嘿，那么狠的闵厂长，你信吗？"

"可她也不看看，我是没良心的人吗？"宋运辉嘴上赌气，心里却想到闵厂长，恍然大悟，"难怪闵会出轨。"

"嘿嘿。人这东西，你说，有几人能信的？我这回出来等着找出路那阵子，我进去前常接济的兄妹都避着我，只有你对我不一样。你也别怪你爱人想不通，大家都那样，凭什么她得死心塌地相信你？不过我看你爱人容易骗，你就不能花言巧语把她哄顺了吗？那么硬气干什么，又不是工作。"

"又不是没花言巧语，可那是死穴，不能碰。今天直说着要旷工跟我走。我看上去就这么不可信？"

"女人有时候难说得很，我到现在还没明白。要不你看这样，想办法把她调去那边市里工作，你在那边市里先买间小点的房子安身。对了，我现在手头开始有宽裕，先还你两万。明天我拿给你。"寻建祥"进宫"一次，到底是脾气大改，愣是管住嘴没说他详细了解宋运辉结婚过程时心中的怀疑。宋运辉既然过得好好的，以前的事还追究什么。

宋运辉看寻建祥一眼，清楚寻建祥那是为了解决他家的事，硬是不知道从哪儿挤钱来还他。他摇头道："不用，工厂选址距离市区有一个小时多的路程，而且才开始修公路，她去了我也不可能天天回家，最多一星期一次。她一个人带孩子行吗？等孩子能上幼儿园时再说吧。你有钱继续扩大生意。还有，你也该结婚了。"

寻建祥淡淡笑道："前儿有人给我说了个女的，离婚的，带着个儿子，要不要看看？"

宋运辉一愣，说这话的还是以前的寻建祥吗？以前的寻建祥不会那么宽容地对金州的所谓传统表示理解，不会随便找人介绍个女人将就。他脑筋转了一会儿，低声问："是不是生意并不容易？"

寻建祥笑道："你想哪儿去了，开着店门还会没生意做？"

宋运辉认真地道："你的朋友每天在的话，没人敢上来，寻常人谁都怕这帮人，不是我歧视，你该跟他们脱钩就脱钩。还有你的身份，街道工商什么的会不会常找你麻烦？"

"你脑子干吗那么好使呢？"寻建祥没正面回答，却低首不语了。

宋运辉看着寻建祥好一阵无语，这个寻建祥，依然是闷在肚里的义气，吃亏还没吃怕。他相信，寻建祥不肯跟熊耳朵那些一起长大的难友脱钩，那是寻建祥的性格。

回到家里，晚饭时候程开颜吃了一半又跟她爸磨着要她爸帮请事假，她要跟着宋运辉去海边，程父也问宋运辉的安排。宋运辉终于从寻建祥那儿获悉程开颜心底深处的恐惧，原来并不全是因为不信任，而是还有金州的所谓传统在作祟，他再看程开颜的吵闹就心平气和了许多。他不愿岳父太过插手，就把宋引交给岳母，扶起程开颜去他们屋子。

将门踢上，他就紧紧抱着妻子轻声道："'小猫'，我们是一家人是不是？"

"可是，一家人有我们这样的吗？我们一直分开着，你春节都不耐烦多住几天。"

"唉，我何尝不想多住，我在北京每天想你们，还有我爸妈。我跟你们小时候不一样，我从小没小伙伴，走出家门，不知道什么时候身后飞来一块瓦片砸头上，我只好经常不出门，我姐说我好静的性格就是被关出来的。那时候我们一家只要不上学不上班，就挤在屋子里安安静静生活。如果有石块砸了我们的窗，有人在外面喊打倒，我们只有一家人抱一起互相打气。家对我来说，是唯一，你们小时候有小朋友，有幼儿园，可我只有家，你理解吗？"

程开颜不明白宋运辉怎么扯到那么远的过去，但还是含着泪点头，嘀咕一声"知道"。

"但我姐姐早早去世。缺了一个人的家很残缺，幸好你来了，我们家又成四个人。我们现在又加入一个'猫猫'，我们的家现在多好，很幸福，很圆满。但你应该知道，我如今是家里的主力，我必须为我们的家过得更好而努力。我努力的目的，是希望你们过安定和美的生活，而不是跟着我颠簸，我不愿看到你们中的任何一个吃苦，我有一个姐姐吃苦去世已经够了，你们谁都不能再不幸福。听我的，我们分居两地的日子不会太长，你得相信我做事一向快手，这回我自己拿着主意，我更能控制进度飞速向前。我们团圆的日子不会远，到时我把爸妈也接去，我们一家继续抱成一团过日子。我们的家，对我很重要，是唯一，家里的人缺一不可，你知道吗？"

原来是这样。以前程开颜只知道宋运辉很顾家，他爸妈来的时候，他好菜好饭，一个月的钱花个精光，可他的工资其实在年轻人中已经不算低。以前程开颜也知道宋运辉对姐姐去世一事耿耿于怀，没想到是因为一家扶持过日子的苦难经历。程开颜想到自己现在填补了三缺一的空白，那么，她不也是唯一的了吗？她还真不敢相信自己在丈夫心目中有这么重要。她还以为宋运辉一向回家就闷头看书，那是与她话不投机半句多，她真害怕丈夫在外面找到一个讲得到一起的女人。但现在被宋运辉一解释，她以前的那么多顾虑好像一下都不成其为顾虑了，她是丈夫心目中这么宝贵的家的一员，她还愁个什么？她立刻破涕为笑，撒娇地道："那你怎么不早说呢，我当然信你啦。"

宋运辉松口气，忙道："那好好回去吃饭，别再缠着你爸。"

"不要嘛，我要抱抱你。"

宋运辉无奈地揉着妻子，笑道："不可理喻，'猫猫'都比你爽快。"

程开颜终于能够坚强地面对宋运辉的返程。

但寻建祥的处境和寻建祥说过的话，成了萦绕在宋运辉心头的结。

06

杨巡的电器市场开业时，很多人都在观望，有几个柜台并没租出去，是杨巡拿自己的东西充填了那些空虚的柜台，并雇人值守，才使整个电器市场看上去满满当当，并无缺席的样子。

开业没多久，便有各种人找上门来，比当年租一个仓库开一个门面热闹得多。找上门来的，好多手中都拿着一份很不规范的收款凭证，各式各样的收款罚款都有，有些一说出来杨巡不怒反笑，有一张单子竟然是因为噪声而罚，杨巡都不知道他的市场噪声在哪儿，门口一辆黄鱼车骑过都比他的噪声大。罚单或者收费的数额又不大，交了，杨巡堵心，不说这钱交得不明不白，谁知道今天交得太乖，收钱的以后会不会收上瘾。不交，不行，来的人都是有来头的，哪一个杨巡都惹不起。杨巡觉得跟顾客谈价扯皮都没那么艰苦，一个月下来，也不知手头不明不白流出去多少钱。有些单据拿给会计，会计还说不能报账。有那么一段时间，杨巡看着那些拿蘸了口水的手指哗哗翻着收据进来的人，心中就会涌出孙二娘的戾气，恨不得手头变出两把牛耳剔骨剪刀，将这些个人大卸八块了。

老李这天过来市场买电料，进门就看到前面的一个壮大汉子一边翻着票本子一边吆喝，老李工厂有一定规模，这等事情还是第一次见到，不由得骇笑，跟着那汉子鸣锣开道地往里走，看到旁边摊主都是见怪不怪地看着，老李心说看来这等事常有。但老李看到杨巡也笑嘻嘻一边儿看着，没事人一般，并不出来应付那汉子"领导呢领导呢"的吆喝，老李奇了，走到杨巡那儿，将采购条子扔给杨巡，说都不用说，杨巡就吩咐下面人手赶紧去仓库置办。

老李不管杨巡忙不忙，扯住杨巡胳膊问："那人闹场的？"

杨巡忙里偷闲答一句："不知道，来这儿收费的多着呢。"

老李见那壮汉还在嚷嚷，他斜倚在柜台上喝了声："找谁呢，什么事儿？"

那壮汉一听就知老李是本地人，而且还是个角色，忙换了个脸色："大哥，不是找您。"

"你咋知道不是我呢？"

"他们领导是南边儿来的，谁领导，人呢，躲哪儿了？"

老李笑道："什么事儿，这么要紧？跟我说也一样。过来。"

那人就笑嘻嘻过来："大哥，没您的事儿。问他们领导收个计划生育管理费。"

"哈，都一帮大老爷们儿，收啥管理费，你问问他们，生得出孩子吗？"

壮汉笑道："他们不会生，他们婆娘会生，一个个都南方生一个，北方再生一个，管都管不住，游击队似的，不收他们收谁的？"

老李笑眯眯揽住壮汉肩膀，微微使力朝外推，一边笑道："我是这儿领导的领导，你今儿个先回去，我明儿找上你们计生办说话去。才多大的事儿呢。兄弟一路辛苦，路上小心。"

老李这个本地人连推带拉将壮汉赶出市场，那壮汉一点多的闲话都没有，笑嘻嘻打趣几句还真走了，仿佛到此一游，游完拍屁股走人。杨巡在一边儿看着太有感触，事情难道就这么简单解决了？等老李转回，他怔怔地问："那人没说啥？"

"说啥呢，都没听说还有收这个计划生育管理费的。以后不会来了，我说了。"

杨巡掏抽屉摸出几张单据给老李："大哥你看，这都是些会计都不收的条子，都不知道收的什么费，你要是每天都在就好了，他们看见你什么话都没，看见我什么话都说。"

老李拿来单子看，有些单子上写的字跟狗爬似的，好不容易才辨认出意思来，那收费项目真是匪夷所思。他有些感触："你们南方人来东北挣钱，难啊。到底是我们东北人的地盘，你们总得为地方建设做点儿贡献。"

杨巡笑道："今天已经算好的了。刚开始那几天，来得都比顾客多，光应付他们我都忙不过来。后来我总算理出一点头绪，索性自己找上门去送点人情，让他们别上门。否则来的顾客都以为我这儿开店不规矩，以后人家还敢上门买东西吗？现在几个主要部门的都摆平了，今天来的这个肯定不是那几个要紧部门的，所以我不理他，来的人也知道自己没来头，只会虚张声势几下，看没人应他就走了。"

老李看着杨巡笑道："这都谁啊，别理他们，你规规矩矩做生意，还怕关了你店面不成？"

"可不能不理，他们不管你们国营集体企业，管起我们来跟捏死个虱子要命。我还是主动送上门去吧，还能换个人情。等他们派人来罚，我交出去的钱更多，还挨罚受气影响生意。大哥，那叫坦白从宽，抗拒从严。"

老李听了哈哈大笑，抬眼见杨巡的手下已经骑着黄鱼车从仓库拉来一车货，便起身道："我走了，你有摆不平的人，找我，我帮你一起找人。"

"哎，大哥你就别走了，要他们把东西送去，你留着我们待会儿一起喝酒去。"

老李笑骂："你还跟我提喝酒，你那个村支书大哥上回害得我吐一床，你大嫂等着找你算账。"

杨巡锁上抽屉，笑嘻嘻一直送老李到门口，看着他骑上车走了才回。眼看日头已经西斜，他整理出一些零钱，把今天赚的凑个整数，存到火车站口的银行里去。回来就招呼着大伙儿打烊，亲手一扇一扇地关上窗户关上门，夜色瞬时降临宽大的市场。

如今给杨巡帮忙的是杨母从村里物色的两个二十来岁小伙子，也都姓杨，算是有些七拐八弯的远亲。两个人跟着杨巡白天看柜台，晚上守市场，虽然年纪没差多少，可这两个刚从学校出来的男孩怎能跟杨巡比？见了杨巡都是乖乖听话，一点滑头都没有。

其中一个男孩生起煤炉，另一个洗菜淘米，杨巡自己拿把扫帚打扫卫生，每天下来都有一筐垃圾。杨巡捡出几条废电线什么的，扔一边儿等待送去废品收购站。很快，三个人便凑一起吃饭了，很简单的菜，白菜炖肉片，清炒土豆丝，市面上也就这几样菜。

饭后，其他两个去另一角拉起天线看电视了，杨巡趴柜台上开始学习。他已经学完高一的课本，现在开始看高二的。其他都还能自学，尤其是数理化的，他初中时候就学得好，唯独英语不行，他就是读不出来。他自嘲，这世上竟然也有他说不出来的话。

但杨巡的心今天有些安定不下来，他想到上午时候一个在邻市做生意的老乡来探访，东走西看问了不少问题，杨巡估计那老乡回头就会想方设法在邻市开出差不多的电器市场。如今他的市场已经做出一点名气，所有柜台都已经出租，而旁边的新市场虽然还没开始造，才刚开始挖地基，就已经有人找关系上来预订柜台，可见当初决策的正确，电气市场是条旱涝保收的好路子。想到这个市场的开业有些苦，但是开业后基本没啥事可烦，除了总有人上来罚款收款，杨巡有些野心膨胀，要不要抢在别人之前，到邻市也开这么一家市场？

如果要开的话，那一定要抢，否则等别人开起来，他再进去就没意思了。可是钱呢？他现在连建一幢新楼都有困难。

他正胡思乱想着，忽听轰的一声巨响，惊得他不由自主就从木椅子上跳起来，愣愣看向声源地，却见铁门脱线似的乱晃，原本横在拦腰的门闩不知去了哪儿，地上不知什么时候躺了一块大石头，透过被撞开的门看去，外面黑魆魆的看不见东西，只听出有人在远处装鬼弄神地尖叫，声音中似乎可以辨认出喝醉的倾向。

杨巡无语，顺手摸到柜台底下，一把关了电器市场所有的灯，以免他在明，人在暗，他大大吃亏。等了一会儿，不再有动静出现，他才借着月色，操一根铁棍摸出去，另外两个人也一起操铁棍跟上。但外面的人早跑光了。三人只能折返，简单将门修理一下，将被撞弯的门闩拗直，关门落锁，继续他们安静的夜生活。

两个同伴都在骂，杨巡阴沉着脸听左一声"又"，右一声"又"，心说这都第几次了，开门到现在，算有两个多月了吧，怎么事情越来越多？刚按下那边每天罚款的，就迎来这边晚上骚扰的，都好像存心要南边来的人好看似的。想到白天老李轻易打发走一个收计生费的，这当地人办事就是方便。他这个市场开下来，不怕苦不怕累，春节不回家也忍了，唯独方方面面的杂事，那才是真正的挑战，真正纠缠不休的无底洞。

但没容杨巡想多久，门口又传来轰的一声，这回门没被轰开，只是回音绕梁不绝。杨巡摆摆手阻止两个火气直冒的同伴操铁棍冲出去，他不想在这个时候惹事儿。他们地处火车站边儿，人来人往消息灵通，他只知道最近最好少出门惹事。他熄灯睡觉，往往都是这样，他这儿关灯时候，外面反而没兴趣闹了，或者外面担心里面有了埋伏。

但他才躺下，身边的电话铃响。杨巡说什么都不会想到，竟然会是看似遥不可及的宋运辉打来的电话，他拿着电话，谀辞便热情洋溢地滑出："哎呀，宋处，好久不见好久不见。听说宋处又高升了，正明厂长电话里说起来都是羡慕啊……"

宋运辉微笑打断："小杨，我从姐夫那儿问来你的电话，没想到你能独立启动一家电器市场，非常了不起。怎么样，做得好吗？"

杨巡实在想不出宋运辉找他会有什么事，心下打着鼓，嘴里依然热情："什么电器市场啊，挂羊头，卖狗肉，只有小小一间门面啦。这会儿柜台都租出去了，不晓得旁边两层楼店面造起来有没有人要，要没人要，就砸手上啦。"

宋运辉饶有兴致地问："小杨，我一直不是很明白，你为什么跑那么远做生意去，有谁带着你吗？"

杨巡这下更加不明白宋运辉打这个电话是什么意思了，但他当然不会拒绝整个小雷家村的小舅子"以前刚来时候不知道，只听说东北人钱多，我就跟着来了。来了才知道东北到处都是国营大厂，工厂有钱。正明厂长说，他们的电线，一半得运来东北。怎么，宋处的新单位……"杨巡说。

宋运辉心说原来还真有道理在："现在珠三角……就是广东那边发展更快，还有好多外资企业兴起，你们同伴有没有考虑去珠三角一带做生意？"

"有啊，有人去了，广东人开放得早，向台湾人香港人学了不知多少招数来，大大小小生意他们自己都占了，我们去吃什么啊？再说深圳不容易进，还得打边防证，话也不容易懂，没像这边都是普通话，我们可不拣轻怕重的都赶来东北了嘛。"

宋运辉暗暗点头，原来看似一门不起眼的小生意，其中蕴含的却是不少的政治经济大道理。他本来只想就一些开店的事问问杨巡，想把寻建祥拉到他身边来，彻底摆脱现在的朋友圈，刷白底色重新做人，但此时一问一答，他问出了兴趣，索性与杨巡探讨起来："小杨，你有没有考虑过现在的沿海地区？国家仅批了珠三角一带的开发区，还在江苏、浙江、福建一带设立了经济开发区，促进沿海地区的经济发展。你看，我们这么大的工程就落户在海边，这在以前是不可想象的，以前因为备战需要，重点企业都转移到后方，造大三线，可现在不一样，现在沿海经济技术开发区已经设计四五年了吧，沿海码头也在轰轰烈烈地造，沿海开发区的厂房办公楼也在轰轰烈烈地造，你有没有想过，现在开始，到未来几年，很可能沿海地区的发展会带来更多机会。"

宋运辉平日里话不多，即使说起来，语速也不快。因此虽然他说的很多东西相对杨巡而言非常遥远，可杨巡还是听懂了。杨巡太知道大开发需要什么了，他有些激动地道："那就是说，以后沿海会用到很多电线电缆？"

"岂止是电线电缆。但沿海的市场应该还不如广东那边的成熟，或许应该还有占领高地的机会……"

杨巡脑袋里忽然吧嗒一下亮起一盏耀眼的灯，恍若照出眼前的什么海市蜃楼，他忘情地打断了宋运辉的话："宋处，宋处，你在哪儿？给我个地址，我只知道你在海边，我这就去找你，去你说的沿海看看。你说得太对了，人家没做的时候我先占领了，以后人家醒悟过来还做个屁啊，哈哈。"

宋运辉这才是偶尔想起，跟杨巡提一下，没想到杨巡却反应这么迅速。立刻要过去？他心说，包括雷东宝，还有杨巡，他们都是看到机会就冲，有时简直是想都不想就冲将出去，边干边想，边想边干。这究竟是好还是不好？可从目前效果来看，这种办法还真是有效。他把地址和联络方式都告诉了杨巡，随即就打电话给程家，让程开颜想办法找寻建祥联络，要寻建祥立刻过去他那儿一趟。他准备想方设法留住杨巡，他现在有办法给杨巡提供优惠让这小子见利眼开。而寻建祥，宋运辉有些怀疑寻建祥大大咧咧的性格其实并不适合独立做生意，如果让寻建祥跟在杨巡这滑头小子身后，只要有他盯着杨巡，料想寻建祥可以跟着吃肉。

宋运辉放下电话，旁边虞山卿就大声抗议："大宋，做人不可以这么不地道嘛。想拒绝我也不用费尽心思搬出寻建祥这么个人来，直说不就是了。"

宋运辉笑笑，离开放电话的床头柜，坐到窗边椅子上："你看我们工地简易办公室里人那么多，我哪方便打那么多私人电话。你不用这么小气吧，打你几个电话就心态成这样，栽赃的事业做得出来？"

虞山卿亲手执热水瓶，又帮宋云辉把水续上："你说不是拒绝就好。那你说你怎么帮我吧。其实不都是掌控在你手里的吗？只要你点头签字，你认定一个只有我们才能做的参数，事情不都结了吗？"

宋运辉笑道："你这不是让我做违心事吗？我怎么敢用独家产品，以后维修时候买备件还不得被你们揪住头皮敲竹杠，你还真别在我这儿费工夫，好好跟你们上司说说，怎么压点价下来。现在日币已经基本趋稳，我们购买日本设备已经不需要冒太大汇率风险。再说他们日本设备报价非常合适，提供给我的技术性能也不错，日本又很近，一衣带水，起码运输时间的缩短就可以帮我们节省很多筹建费用。你帮我想想，这几家摊我面前，我会买谁的。"

"哎呀小宋，你不能这么讲嘛。好吧，这些先不说，你总算还是有点义气的，起码给我透了那么一点点底。你可不能跟我打官腔，当初我离开金州还是你劝我的，你得对我这个无业人士负责到底，否则我会心碎的。"说完虞山卿自己先笑了起来。

宋运辉笑道："我什么时候跟你官腔过？哎，你北京安家了没有？"

"有，好不容易拿到北京户口买套二居的房子，小得跟金州科长楼房间那么大，可也算了，长安居，大不易，毕竟是天子脚下。就是小孩的上学问题难了，孩子户口跟妈，我太太的户口迁到北京可就难比登天了。可惜你们的项目不在北京，否则我肯定得找你帮忙挂靠挂靠。你呢？什么时候把太太接来？"

"我不打算把小程放进东海厂，我对以前金州那帮干部夫人比较反感，不希望小程以后也变得那么庸俗。我们项目办准备在市里和厂区边上都建家属区，我就等市里的家属区落成吧，很快的，等半岛的路通了就调她过来。"

虞山卿有些感慨地看着宋运辉："你现在不一样喽。你出金州，跟我出金州，那是完全地不一样。你看你现在，那决胜千里的派头啊。你出金州，出得太有远见。"

宋运辉又笑："都是给赶出来的，有什么不同？这样吧，我写几个主要引进设备给你，你回去跟你们老板好好压报价，我首先得看这几个报价。你跟你们老板说，这都是你面子，他们别的办事处来，我都是让他们自己说，说个透底。"

"对，你就得这么对他们，对他们如秋风扫落叶，对我像夏天般火热。你现在太奸了。不劳您动手，小的写给您看，是不是这几件？"虞山卿一边揶揄着，手脚却一点不停顿，利索地从包里翻出资料，抽出钢笔刷刷写起来。

宋运辉乐得不用动手，仔细看着虞山卿写的东西，点头道："小虞，啊不，现在该称虞先生，哈哈……"

"得了吧，您，什么事？"

"我接触那么多个外商办事处的职员，技术水平能达到你这地步的，中方人员还没有。至于在对华贸易的综合素质评分上，你是最出色的。"

虞山卿顿了一下，道："说句实在话，我们这一批拔了乱世转安后的头筹。你看后面几届分进来的人哪儿有我们俩的运气。我们抢占那么多资源，我们不出色谁出色？嗳，你别打扰我，这几种设备的英文名我弄不好会拼错。"

宋运辉会心一笑，不再打扰，随时提醒这个不要，那个换种参数。等虞山卿写好，他拿来凑到落地灯下细看。虞山卿收起摊子，似是不经意地问："你唯一的顶头上司会认可这些设备吗？"

宋运辉微笑，抬起眼皮看向虞山卿："你说呢？我看你整一天就抱着手臂笑眯眯看我们好戏，你还须拿话套我？"

"你奸，我认了。你们马厂长肯定也认了。小宋，我说你不住厂区附近是正确的，我们这个行业，厂区周围大气污染太厉害。但是住家属区是错误的，以你未来可预期的地位，进进出出都是人盯着，有个不好就有人去你家门口滚钉板，你住家属区能自由吗？我看你现在车子开得挺好，不如早点接太太过来得了，每天来回都能看到宝贝女儿。不就是要买个房子吗？我帮你想办法解决，别那么看着我，我只是借钱给你，不是行贿。"

"去去去，还是找你老板压下价钱是正经。你别跟我马虎眼，你那里压下的钱够我这儿造整个家属区。"

虞山卿笑道："别那么死板嘛，有你这样小心的吗？哦，也对，你还年轻，正需要发展。不过你得等我一段时间，我们BOSS逃回国去了，我得出国去找他，我们是朋友，是一起进金州一起出金州的死党，你得等我回来才做决定。说定了。"

宋运辉只是笑，眼光都没离开资料一个角度。其实虞山卿选择那个办事处还是很有眼光的，他到底是个有扎实底子的人，知道哪家比较适合中国，哪家的生意在中国比较好做。但他宋运辉现在也算是久经国际市场的人，哪会像寻常技术人员一样看见技术性能中意的设备就两眼放光？他不，他得挑逗再挑逗，不能再有金州第一次进口设备时候，那个什么友谊第一的豪迈态度。

宋运辉开着一辆崭新北京产切诺基回厂。一路非常颠簸，有工程队正连夜挑灯施工。这是一条设计双车道，并带先进人行道的水泥路，比不远的一条国道还先进，是市里引进东海项目的承诺。据说这条路开工时候遇到不少阻力，很多人提出，又不是城市道路，要什么人行道，全市那么多地方需要花钱，怎么可以把钱花在不必要的人行道上。还是市委书记坚决拍板，要造路，造好路。

宋运辉了解整个过程，是因为道路设计时，他参与过确定桥梁载重和涵洞高度。他坐在颠簸的车子上，紧紧掌握着方向盘，眼睛却看向左侧不远处，那儿也在挑灯夜战吧，但那儿是铁路施工，未来产品输送的动脉。

所有的一切都朝着金州的规模发展，而更先进，更有效率。所有的一切都让宋运辉情绪激昂。

小雷家的发展也蒸蒸日上。就跟以往似的，不管别处如何，他们一心一意搞他们的发展。他们的设备已经订购，而小雷家有史以来最大最像样的厂房开始挖土建造。

开工时候，好多邻村的人扶老携幼来看。正明会鼓捣，他比画着设计红线，让工厂沿红线插上彩旗。如今小雷家村仓库里光是插彩旗用的竹竿就有好几大捆，可那还不够用，又买了一百支竹竿。这一下，电解铜厂区的开阔就一目了然。而那曾经奏响小雷家砖厂走向市场第一炮的锣鼓又被搬出来，披上鲜红彩绸，架在高台之上，几个大汉轮流击打，工地顿时喜气洋洋，热闹非常。

陈平原来了，但陈平原还不是头面人物，他前面还有一个市委常委、常务副市长。原先小雷家也去请过电视台、报社还有电台，可人家都不搭理，还是电台算是最实在的，明白地跟前去邀请的正明算经济账。节目的制作，一分钟需要制作费若干，你这开业想要占多少时间呢？半个小时？行，单位时间的费用乘三十分钟，你干不干？正明一看这得一只电解槽的费用呢，不干，当然不干，灰溜溜就回来了。但雷东宝请来了常务副市长，那些电台电视台报社的都主动闻风而来，无须邀请。把雷东宝得意的，也把正明气的。这什么世道，太势利了。

仪式结束，曲终人散，雷东宝蹿上正要离去的陈平原的车子，倒是把已经坐稳的陈平原吓了一跳。陈平原的驾驶员认识雷东宝，在前面笑道："东宝书记一上来，我这车子下面弹簧嘎嘎地响。"

雷东宝哈哈地笑，他知道当着这个司机说话没事，追着陈平原道："陈书记，帮忙一起去趟农行吧，我要两个月后才贷五百万，可他们硬要一次性把贷款现在塞给我，我不就得额外付两个月的利息吗？你领导，你帮我去说说。"

陈平原笑着不以为然："还雷老虎，小气，这忙我懒得帮，你赶紧下车，否则载你一起去县里，我还有会呢。"

"不下，这不是小事。我给你算算，五百万贷款一个月得多少利息。"雷东宝掰着手指给陈平原算账。

陈平原只管笑着吆喝："开车，开车，我们载了雷老虎去县里示众去。"

雷东宝当然知道陈平原懒得管这等小事，但他怎能放过送上门来的印把子，硬是追着不放："陈书记，你今天也看见了，我们现在这么多工程一起在搞，那叫遍地开花。为了养殖塘，我们特意从水库引来专门水管，光是从两个村通过，就得交买路钱。我们还得请人挖鱼塘，得外面请人，那又得多少钱？鱼塘上面架钢大棚，牛蛙塘上面种葡萄搭葡萄架，这些都是钱啊。我现在恨不得——"

"得了，雷老虎，你一向爽快大方，今天怎么也婆婆妈妈。比起你那些投入，你这点贷款利息算得了什么？你已经蛰伏两年没动静，现在也该厚积薄发，闹点大动静了。你干脆把五百万拿来，规划重新制订一下，趁有钱，有些事提前做了。你说银行硬塞你钱你干吗还心里不满，你要把银行惹毛了，不给你贷了，你又得上我这儿闹了。我看啊，你聪明，就把钱大手大脚花了，回头再贷，不聪明，就存银行生利息，也算是给他们银行做好事。你自己看着办吧，好好想想，你以前大胆贷的款，现在不都成你小雷家的金矿了吗？"

雷东宝郁闷得没话说，到了县里就主动要求被放下，懒得再去县委大院逛逛，更不愿去农行磨嘴皮子，径直赶去车站，准备买票回家。

经过车站，当然就得经过韦春红的饭店。雷东宝望了一眼，走过算数。这个女人，雷东宝都不愿想她了，事儿真多。前儿忠富为了福寿螺口味的事跟她去商量，两人研究来研究去，忠富臭着一张脸回来，取消养殖福寿螺的计划。于是原本挖出来计划养殖福寿螺的池子变为养牛蛙的，那些繁殖迅速已经长了一池子的福寿螺被轧碎了喂尼罗罗非鱼，没想到鱼倒是爱吃，吃了又长得快。听说，就是因为韦春红竭力否认了福寿螺，说那玩意儿没出路。而忠富被说服了。

雷东宝一向知道忠富拧脾气，非常难以说服，他以前当着一村人的面都说服不了忠富，韦春红怎么三言两语就让忠富改弦更张了呢，这其中……雷东宝不免想起了勾勒出韦春红全身线条的红毛衣。雷东宝哼了一声。

但闲事儿就像是等着雷东宝似的，雷东宝听到饭店里传出的吵架声。他想不管，但是他已经看到敞开的大门里，伶牙俐齿的韦春红叉着腰与一个男人吵架。雷东宝知道韦春红不是个好惹的，见此就坐山观虎斗，他浑不知自己竟然驻足不走了。但看着看着他怒了，什么，一个男的竟然伸手推推搡搡女人？他几乎想都没想，滚滚穿过马路，飞奔进门，扬起大掌劈胸抓住那男人，啪啪就是两个耳光。

那男人自然不依，回身与雷东宝打了起来。雷东宝而今胖了，虽然依旧力大，可腾挪不灵，也中了几招，但终究是把那男人打飞出门，站门口扔下硬邦邦的名号，要那男人冤有头债有主，想报仇找他小雷家雷东宝。

雷东宝看着那男人落荒而逃，拍拍手掌也想走。却被韦春红拉住一只袖子，韦春红淡淡地道："你一个大书记家的，脸上流着血出去总不大好，我替你清清再走。坐这儿。"

见韦春红不腻他，雷东宝才坐下。一会儿韦春红就拿了酒精来，见雷东宝看见她走近就闭上眼，心里恨不得踢这胖子一脚。她小心替雷东宝擦拭被抓的痕迹，眼睛却总瞟着雷东宝露在袖子外面的胖手臂，想起自己守寡以来多少大事小事都是独自应付，落单时候只能忍气吞声，今天雷东宝来得多及时，到底是男人，一出来啥话都不用说，就把什么都扛了，都摆平了。

雷东宝其实坐着挺难受的，一边儿是酒精的刺痛，一边儿是韦春红热烘烘的身子近在眼前，气息相闻，当真是冰火两重天。他只有紧闭双目，后悔不该留下。但忽然脖子上热热地挨了一滴什么，然后又是一滴，他不由得惊异，睁眼看去，却是韦春红在哭。雷东宝最怕女人哭，见此闷了一会儿，闷声闷气问："我没来时候你吃亏了？那男的是谁？我找他去。"

"你算我什么人，跟你又不相干。"

雷东宝口舌上不是韦春红的对手，被激得没话好说，腾地站了起来，可看看哭泣的韦春红又不忍心走，只得背过手去，不耐烦地道："算我多管闲事，说吧，谁？"

雷东宝说得看似不耐烦，韦春红听着却温暖，想着刚刚的委屈，又想到守寡以来的委屈，抽出拳头捶着雷东宝的胸口大哭："你能管多少？你今天说管明天又不管，你由着我任人欺负……"

雷东宝这拳头挨得莫名其妙，心说女人真是不能讲理，以前萍萍也是说哭就哭说笑就笑，坏事都赖他身上，眼泪鼻涕也都抹他身上，净欺负他。可问题是韦春红的拳头有劲，让敲几下也就罢了，多敲他受不住，只得抵挡遮蔽，一来二去，变成他抱着韦春红哭了。雷东宝若是避着也就避开了，可真抱上了，却也不舍得放，紧紧抱着问："到底谁啊？说啊。"

韦春红也死死抱住，却紧着问一句："你急什么，有事去是不是？"

"没事，你爱哭哭。"

"说没事就不能走，你让我哭痛快。"

"你还哭……"雷东宝束手无策，看着韦春红果真说哭就哭，下雨一样没个停。他烦躁地想了一想，拖起韦春红，将店门锁了，抱上三楼。……

韦春红下去开门营业了，雷东宝躺床上看三楼装饰一新的房间。粉红的泡沫墙纸，滚花边的粉红窗帘，全新的镜框式家具，下面的软绵绵的席梦思。就是大热天躺着有些热。看来还真是冤枉韦春红，她的三楼可能是为他装的。

再想刚才韦春红躺在他怀里说的那些委屈，说到底女人再泼辣，还是女人。以前人家都说萍萍能干厉害，可他看来看去萍萍就是个小女人，韦春红也是。原来一个女人家开家饭店不容易啊。

雷东宝正想着，韦春红轻轻开门进来，手里端着个托盘，上面有啤酒一瓶，醉鸡、熏鱼、拍黄瓜各一。韦春红轻轻把东西放桌上，看一眼雷东宝，又低眉一笑，轻道："你先随便吃点儿，我忙去。你别走啊。"

"我走哪儿去，车站都关门了。"雷东宝支起身，看着韦春红道，"你这儿别做了，收拾收拾跟我去小雷家，我们结婚。"

韦春红一听，整个人跟遭雷打了似的，站在原地簌簌发抖："你……真……假……"

"我什么时候跟你说过假话。"雷东宝想的是老徐的话，老徐前儿来电话说结婚了，他想着老徐说得有理，那他也结呗。这不眼前就有一个，就跟老徐说的，跟萍萍差距挺大的，俩人混淆不了，但这一个挺能干的，那就行了。再说他也不能总白占着人家便宜。只奇怪韦春红那么激动干吗？

"我……我……"韦春红平日里的伶牙俐齿全没了，做梦都想不到雷东宝会跟她提出结婚，扑上来紧紧吻住雷东宝，这就算是回答了。雷东宝心中很是清醒地又看出一条韦春红与萍萍的明显不同，韦春红太野太大胆了。因此雷东宝不得不在韦春红喜气洋洋地起身下去时候提醒一句："不能让野男人碰你一根汗毛。"

韦春红回眸一笑："哪会？有你在呢"

雷东宝很想下去盯着，但又懒得走，就一个人在上面喝酒吃肉看电视，将一盘子的东西吃个精光。又躺回床上，开着风扇想事儿，这银行一定要塞给他的五百万该怎么办。

韦春红今天那是巴望着客人快点走，等客人一走，招呼着服务员们打扫好卫生，她就急急关门打烊，冲上三楼。雷东宝见她进来就一句话："饭店关了跟我去小雷家，以后我养你。你儿子也带上。"

韦春红刚坐到床沿，闻言立刻认真道："不要，这饭店很赚钱呢。"

"我赚得比你多，你还不如回小雷家给我管食堂去，他们做的菜那个土。听我的，别总让男人占便宜。"

韦春红这才转为笑颜，娇媚地趴上雷东宝厚实的胸膛："你吃醋呢，是吗？"

雷东宝自然不肯承认："谁吃醋？你嫁我就得跟我走。"

韦春红媚眼如丝，笑嘻嘻道："明天我就跟人说，我是你雷老虎的老婆，看谁以后敢对我不三不四。你说你老婆有谁敢欺负？"

"那当然。"

"那你还担心？你这不是吃醋是什么？"

"谁吃醋？行，你爱开着就开着玩，我不管你。"雷东宝被韦春红颠来倒去不讲道理弄得烦死，随便她去。

"你当然要管我咯，否则人家欺负我怎么办？人家毛手毛脚怎么办？还有……"

我去把环摘了吧……"

"摘什么环？"

"我要给你生儿子！"

这一下，轮到雷东宝觉得不真实起来。双手一撑，将韦春红撑开一臂之遥，定定看着她好一会儿，道："电话在哪儿？我打个电话。"

韦春红千伶百俐，一下感觉出雷东宝的反常，她没像要坚持开饭店时候那样厮磨着雷东宝改口，而是起身找出抽屉里的电话机，拉过来交给雷东宝。雷东宝拿起电话，看一眼韦春红，但终究是没让她回避，都主动要求人家结婚了，那就当着自己人看。他拨电话给宋运辉。

"小辉，跟你说件事。我要结婚了，跟你上次见的饭店老板，叫韦春红。"

"应该的。"宋运辉脸上免不了僵硬，可还是礼数周全，"恭喜你。什么时候办酒，我过去一下。"

"不不不，不办酒。"雷东宝冲口而出，韦春红脸上一黯。

宋运辉沉吟片刻，道："大哥，我们还是亲戚。"

"对，不会变。你爸妈还是我爸妈。什么都不会变，你相信我。"但雷东宝随即电击般地翻开左手掌，看着已经看不出一丝墨汁的肉掌，内疚地道，"我说话不算数，你也别信我。"

"你什么话，我们都为你高兴。办几桌酒吧，别亏待她，她对你很有情。"

雷东宝看看脸色有些僵硬的韦春红，道："知道了。我明天去你爸妈那儿，有情况再跟你说。"

雷东宝放下电话，直截了当地对韦春红道："刚才是我小舅子，他要我对你好点，要办酒。你明天跟我一起去趟丈人家，见见她爹娘，以后他们也是你爹娘。"

韦春红心里有些堵，可还是柔顺地道："你小舅子我上次见了，真是个仪表堂堂的男人。他那么大度讲理，他爸妈也一定是讲理的好人，我能有这样的爹娘，那是修来的福分呢。酒席的事儿还是听你的，就别办了，我倒是没什么，你是大名鼎鼎的书记，我们都是二婚，被人背后指指戳戳不值得。改天我把儿子叫来，以后你就是他爸了，以后我们娘儿俩都靠你啦。"

雷东宝这才有些真实感，揽住韦春红，却又想起一件事："你还没给我吃饭。"

宋运辉放下电话，问同住一个简易寝室的方平要了一支烟，走出去对着旷野闷吸。终于还是有这一天了。宋运辉很想否认自己的私心，可也清楚自己并不是真心祝福。又能如何？早知这是不可避免的事。他深深吸了两口旷野的清新空气，心想，最终还是只有自家的一家，管住自己的家，五口人，抱成一团好好过日子。

正想着，方平跑出来叫他："宋厂长，美国来电话。"

宋运辉连忙扔下烟头，跑回寝室。对方却是虞山卿，他强笑道："装鬼弄神干吗？还真美国佬了？"

"嗯，跟你说正事，十万火急，怕人晚上守电话的听见中国话不肯传达。听说了？"

"听说什么？别打哑谜儿。"

"哦，不连累你，具体不说，总之，禁运了。你有所准备吧，回头放开了的话，这生意还是我的，说好了。"

宋运辉脑袋嗡的一下蒙了。东海项目难道真要一波三折，把这三个折都经历一遍才罢休吗？宋运辉放下电话对着方平发怔。他的思绪从工地飘向北京，又从北京飘回工地，茫无所依。他不由自主又朝外走去，他心里憋闷，需要大口呼吸清新空气。方平旁边听了个七七八八，也大致猜到虞山卿电话里说的是什么，跟着傻眼了。好一会儿后才想到，如此一来，东海项目还能不停滞？可东海项目怎么能停？他还等着在此实现心中热血澎湃的理想呢。而且，项目停了他该去哪儿？回金州？回去金州还有他原先杀出血路蹚过独木桥得来的位置吗？

方平也是不由自主跟着宋运辉出去，走到外面稍一清凉，忽然想到，宋运辉这人遇到大事时候喜欢闭门静思，他此时上去打扰似乎不智。方平看看手中不意间带出来的蒲扇，心说既然跟了，不便忽然折回去，索性赶上几步，将手中扇子交给宋运辉，尽量平静地道："这儿的蚊子都不拿香烟当蚊香，还是拿把扇子的好。"

宋运辉却是没留意到方平跟出来，吃了一惊，回过身定定看住方平很久，才叹了声气："你说，怎么会这样？"

"我们的项目，黄了吗？"

宋运辉没想到方平先问的这个，愣了一下，才道："原计划……估计暂时没法实施了。"

"这个暂时不知道得多久，部里会怎么处理我们的暂时？"

"不知道。"宋运辉自己也正没头绪着，只会借着吸烟，长长地吸气，"这是意外，估计谁心中都没补救措施等着，包括部里。既然如此，如果我们抢先提出可施行的备用方案，会不会在部里起到先入为主的效果？"

方平急切地道："是，是，只能死马当作活马医，只能破釜沉舟，背水一战。否则……我们还回得去吗？"

宋运辉再是一愣，他倒是没想过回不回得去金州的问题，他出金州时候已经破釜沉舟，已经无釜可破，无舟可沉，他压根儿就没想过回去，他心里从来就是不成功则成仁。他没想到，方平他们跟他大有不同，可见人是立体的。按说，是他当初煽动方平等金州人士过来东海的，在如今的形式下，他是罪魁祸首；他心中也想到，如果项目失败，方平他们当然可以从哪儿来回哪儿去，但回去那儿的时候，那儿还有原先一步一个脚印打阵地战似的攻克的堡垒等着他们吗？似乎，他现在应该向方平他们这些从金州来的说声抱歉，给予抚慰，但是，话到嘴边，他却改腔，强硬地道："回去？比你后进金州的小宓已经坐了你原本的位置。你有退路吗？"

"没有，可东海项目怎么办？没有进口主机怎么办？"

宋运辉想吼，他怎知道，他又不是神仙。可他克制了，他首先必须对自己负责，而不能自己先崩溃给他们看。他强自镇静地看着方平，拿蒲扇指着灯火辉煌、不时传出甩老K声的宿舍，道："你立刻回去告知老马他们，并一个个寝室地传达虞山卿的这个电话，等待开会。我随后就到。"

往往人在迷茫的时候，一条明确可行的指令能打断人的胡思乱想。方平从宋运辉的冷静中似乎得到什么启迪，什么力量，立马答应着，赶去通知老马他们。

宋运辉看着比他晚一年毕业分配进入金州，其实年龄还比他大几岁，机遇却大大不如他，如今是他在东海项目心腹的方平的背影，心中一阵阵地躁。他虽然让方平通知紧急开会，可他心中根本还没方案，他心里现在也是除了"怎么办"，其他什么都没有，他要不是被方平送扇子打断，这会儿可能还沉浸于震惊之中无法自拔呢。可是，他已经通知了开会，他相信，老马听到这一天大消息也会急着召集众人开会，届时，他能不能站在主席台上，问大家一声"怎么办"？不能。他问了，就是把大家都推向积极寻觅退路的道路，如此，人心散了，东海项目也算是走向不归之路了。就像去年《通知》下的筹建办，只剩五人。至少在无法预期的一段时间之内，大家将生活在无望中。但不说"怎么办"，难道他还能说出"这么办"来？事实是，无论他能不能说，他今晚必须说出"这么办"。

只能如此了。宋运辉深感肩头担子之沉重。可如此，也恰恰激发了他年轻人特有的斗志。

宋运辉走进会议室时候，大家也陆续走进会议室。老马焦急地招手让宋运辉过去，低声密语："消息属实？"

"属实。"

"咳。"老马连连摇头，"你太心急了点，起码我们先小范围讨论出个意向，再向上级汇报获得批准后再公布啊。"

"估计瞒不住。"

老马有些茫然地道："也是啊，这帮年轻的，英语又好，个个拿着收音机听短波。"

一个主管办公室的探过身来道："马厂长，人员到齐了。"

老马立刻收起心中的迷茫，大声道："大家安静，大家安静。东海项目已到存亡关口，我们召开紧急会议，群策群力，共同研究讨论走出困境的方案，先请小宋讲解事情来龙去脉。"

宋运辉点点头，以四平八稳的冷静声音，道："原因，小方已经逐个寝室传达，我这里不再赘述。我们现在面临的是'怎么办'的问题。如马厂长所说，现在该是我们群策群力，研究商议对策的时候。我抛砖引玉，先谈谈我的三个候补方案。首先需要明确的是，所有方案，都建立在东海项目必须坚决推行下去的基础之上。国家已经投入无数财力，我们个人也已经投入无数精力在东海项目前期上，我们无法后退，我们没有退路。"

07

宋运辉看一眼老马，见老马眼中跟大家一样有着急切期待，期待他讲出三个候补方案，他心中虽然没底，虽然那三个方案在几分钟前还只是他心中一个模糊印象，可他依然得理直气壮地讲出来。他眼前不觉晃过若干年前的那个小小少年，第一次走上金州顶级会议的讲台时双腿颤抖如筛糠那一幕，可那时候他却胸有成竹。如今他心中没底，可他稳坐，他冷静，他甚至都无须转动铅笔掩饰心中的不安。

"我的方案：一、全面采用国产设备。这是原先最不被看好的方案，但现在不能不提上议事日程，这个方案的好处是，能保证进度，同时降低投资。二、尽力提高外围配套设备的国产化率，但保留原先设计的高配套参数，而预先采用国产主机先配套生产起来，先上马一个一期工程，对国家对自己都有个交代。期待未来出现转机，改造一期，换上进口高配主机，同时展开二期。通过金州工厂对旧设备改造的先例来看，这个方案可行，但是往后一期改造浪费财力较大。三、外围同二，尽力提高外围配套设备的国产化率，保留原先设计的高配套参数。但我们在采用国产主机之前，要与主机生产厂家通过技术合作，改进某些设计指标，提高主机性能。这个方案不确定因素很多，同时耗时方面是个无底洞。请大家一起想办法，也可以就已经提出的方案展开讨论。"

宋运辉面对会场上所有同事犹疑不定的眼光，侃侃而谈自己的三个方案，虽然这三个方案他都来不及打个腹稿，临时组织一下语言，但既然谈出来了，他却越来越感到，似乎只有这么三个方案可行，他的考虑已经够全面。他仔细观察大家严重的焦躁渐渐被他的话安抚下来，看着大家开始聚精会神记录他的三个方案，并跟着他一起思考，他索性打乱原定发言步骤，一个人唱起独角戏。

"说到与生产厂家合作，自主改造设备技术性能的不确定性，我们索性也摆摆其他可能发生的不确定事件。万一事情很快有所转机呢？万一正好有友好邻邦叫卖可供配套的二手设备呢？有多少万一，就有我们多少机会。我们又该如何应对？我看我们立即成立三个研究小组，大致就三个方案进行可行性分析，尽快得出结论，上报上级机关批准。马厂长，你看怎么样？我们必须赶在上级机关产生否决东海项目的念头之前，先入为主，扭转上级机关的考虑，我们东海项目不能停。"

老马的脑袋才是被宋运辉的侃侃而谈先入为主了。他的脑袋刚刚被方平的急吼吼通知抽成真空，还没来得及产生自己的考虑，宋运辉的观点已经入情入理、长驱直入摆到他的面前，他的脑袋不由自主："应该抓紧，事不宜迟，今晚就点兵遣将。"

"是。那我们先行动起来，有什么纰漏，边做边补充修改？"宋运辉见老马点头答允，便敲敲桌子，示意大家安静，大略听取几条意见之后，开始调遣人手。某某带领如下五人负责第一方案，若干天之内，必须完成ABCD等几项调查，得出甲乙丙丁结论。第二方案又如何，第三方案又如何，他一一全面落实到细致，有针对性地安排下去。虽然这都是临时而不成熟的想法，但他自信以他过往经验，总体方向不会错。在这个十万火急的节骨眼上，他不愿因责任分配不细，出现当年金州人人扯皮会议不断的局面。三个方案的责任人确定，然后他"双手捞国界"，明确安排后勤和办公室两大部门的进度配合工作，甚至明确到何时给谁订什么票去哪儿。工作分配完毕，让秘书当场形成会议纪要，所有责任人在各自责任后面签字画押明确责任。

会议结束得很晚。回到寝室，方平脸上不再满是绝望，他被分配到第二方案负责，他心里感觉，宋运辉内心可能侧重第二方案，他为自己拿到第二方案负责人的任务而隐隐高兴。但他还是尽责地提醒后一步回寝室的宋运辉："会议最后阶段，老马脸色不大好，还有其他两个也是。"

宋运辉疲累地摇头："看到了，他们不满我越界指挥。可奇怪，刚才我们五个人的碰头会，他们倒是没提起。"

"他们会不会心怀怨气，后发制人？但估计他们暂时不敢乱来，大家现在都指着项目得以延续，如果被谁给阻拦了，谁得被唾沫星子淹死。"

宋运辉想了一会儿，叹道："你跟他们几个都帮我留意着点。"心里说，唾沫星子顶什么用，又不能把活人千刀万剐了。遇到个厚脸皮的，对唾沫星子刀枪不入。

熄灯上床，宋运辉久久不能入睡。他刚才其实不像方平心中猜测的那样，因为心忧项目，急切之下侵犯了老马等三个人的职权。他其实是在看到老马一再地在会议上当场拍板同意他的安排之后隐约生出一个激进想法，现在回想起来，也没得出激进想法的确切定义，但是，他想到很有意思的一件事。从今天开会来看，他发现，在遇到大事件的时候，其实绝大多数人心中没有一个明确的行动指南，包括他自己也没有。但此时如果有谁跳出来抛出让人眼前一亮的议题，大家顺理成章就把这议题接受了，也不管其中有多少缺陷和不足，抓到手里就是救命稻草。关键在于有谁敢承担责任，抛出议题。

宋运辉心想，他今天其实是歪打正着，凭着一腔子的责任心，意外创造出一个议题，将众人从迷茫不安中引导出来。他同时无形中成了一只头羊，他也当仁不让地做了。但究竟他能带着众人走向哪里，该轮到他迷惘了。可前狼后虎，轮不到他奢侈地迷惘。他想到会议当时隐约产生的，至此他还不敢深想的激进想法，心说他这回是自己把自己抛到风口浪尖，自己把自己送到钢丝绳上走钢丝，等待他的是成王败寇的极端命运。

他思索良久，终于还是决定照着今晚会议的工作强势，不屈不挠地继续下去。他已经厌烦每次他提出方案，被五人集团讨论来讨论去，最终还是采用他方案的官僚拖沓作风，他也已经厌烦本该属于服务部门的后勤人事办公部门人员拖延工程技术进度。他知道自己的思想受了西方企业管理思想的影响，但他不准备妥协，他冲出金州，要求来一个新兴企业是为了什么？就是为了自主自强，摆脱死气沉沉的官僚体制。或许，这回的困境也是一个难得的机遇，难说得很。

他推测了老马他们可能有的很多消极反应，他大胆泼辣地制订由他绝对主导的后续工作方案。他还准备用个什么办法把五大员之一的财务老刘抓到圈子里。这一晚，他想了很多很多。

而从这一晚起，他因为想得太多，经常失眠。

他搬出过去一车间改造时独自控制工作进度的方式，不给旁人插手机会，步步为营，让手下诸人各个唯他马首是瞻。他利用当初老徐引见的上级领导关系，熟门熟路上门拜访，争取东海项目继续进行。因为他争取的项目经费落到财务口袋，财务老刘渐渐与他站到同一阵营。而东海项目的计划随着三项可行性分析的开展和上级部门的指示，虽然已经改得面目全非，不再是最初设定的最先进最高效，可毕竟是得以延续了。

这期间，宋运辉总是抢先抛出一个又一个充满刺激的议题，裹挟着大家害怕退回原单位的恐慌情绪，激励着大家一步不离地跟着他前进。外人看来，这么多人的这等努力，甚至有点疯狂。到最后他从上级部门回来，慷慨激昂地告诉大家，"我们"的东海项目，通过"我们"所有人背水一战的不懈努力，终于又回到"我们"手中的时候，在大家的一片欢呼中，所有无法参与项目可行性调整工作的人自然而然地被边缘化了，自然而然被排除到"我们"之外。那些人，包括老马他们三个。而曾经是老马他们三个带来的人，有些身不由己地被宋运辉裹挟，有的则是观望之后做了墙头草，当然也有死忠的。

宋运辉当然也高兴看到自己实际掌控了东海的局面。他斗志昂扬。

08

雷东宝虽然说了"明天"带韦春红参拜宋家父母，但他毕竟不是真鲁莽，他回头想了后，把这"明日"复明日了，按正常程序，先带韦春红见他老娘。

令雷东宝想不到的是，原以为老娘那儿的程序最容易走，只要带人到她面前说明一下，问题便告解决。没想到雷母的眼光如今水涨船高，当年即使一个残疾姑娘做媳妇都好，现在却是将儿媳定位于黄花大闺女，雷母看着韦春红头顶的那顶寡妇帽子满心不快。她儿子，省长嘴边都挂着的小雷家堂堂书记，怎么能找个她认为最不可能的又老又干的寡妇？

雷母撇开儿子的介绍，和韦春红的一口一声"妈"，径直来一招黑虎掏心。她都不肯降低身份面对那个不可能成为她儿媳的女人，而是直接问儿子："你前阵子常晚上不回来睡觉，都睡她那儿吗？"

雷东宝答应："对，都生米煮成熟饭了。"他对老娘这种陌生的态度很是惊讶。

雷母不屑地道："自打二十六年前你爹上山，你老娘一门心思守寡，两眼看都不看其他男人一眼，神仙来也没用，一心把你养得这么出息。现在思想解放了，寡妇再嫁没什么，我作为干部家属也不能反对，但谁同意寡妇半夜肉紧，招一个野汉子过夜？你们一对野鸳鸯有脸走到大白日底下没皮没脸，我没法，我寡妇门前清静一辈子，我不招没皮没脸的进门。都给我滚出去，我死也不答应你们结婚。"

韦春红饶是伶牙俐齿，此时也知道不是辩白的时候，更不能奋起驳斥，她只拿眼睛看雷东宝。雷东宝却是被他娘说到痛处，他虽然答应与韦春红结婚，可心里持着的还是旧观念，觉得韦春红倒贴上来太不庄重，老娘一说就中。但他还是替韦春红道："这事怪我，跟她没关系。你又不是不知道，我想要什么，别人拦都拦不住。春红已经是我的人，我们结婚天经地义。妈你什么都别管，你等着年后抱孙子。"

韦春红听雷东宝一口包揽所有责任，心下感激，她找的人硬是有担当，但她听雷母又道："以前运萍摆出去，人人见了都说好，说是我们雷家上辈子修来的福气。这个？给运萍拎鞋都不配。东宝，我辛辛苦苦拉扯大你，没别的要求，这种不守妇道的寡妇我不要，我还得替你山上的爹做这个主。你要敢背着我结婚，我跳河死给你看。"

可雷母到底有些怕儿子，说完就掸掸裤子，挺直肩背走了。扔下儿子雷东宝莫名其妙地看着老娘的背影，奇道："什么时候一口一句大道理了？"

韦春红这才小心地开口："这事儿不能心急，总得让你妈理解我们，同意我们的事儿才好。要不你再跟她解释解释，或者找个她要好的老姐妹开导开导她？"

雷东宝想了想，道："我妈好像只认士根哥老娘的话，说是级别相当。我送你回去，如果不行，我自己村里盖了章跟你办登记，以后你反正也不肯关店门，你俩见不着面。今天我妈那些话，你别记心上。"

韦春红要的就是雷东宝的答应，虽然有雷母那儿的缺憾，但如雷东宝所言，以后反正也不住一起，真办了登记，国家都认了，雷母哪里还有话说。什么跳河不跳河的，叫狗不咬，才不担心雷母真跳。而对于雷母的贬损，她虽然生气，可也能忍，她又不是没见过世面的小家碧玉。她温柔地道："我怎么会把妈的气话当真，唉，都是我不好，惹她不满意。你千万别与你妈急，她一个人养大你，不容易，这苦头我吃过，要不是当年日子苦得过不下去，我也不会抛头露面开饭馆了。你得体谅你妈。走吧，你送送我到村口搭车，你忙你的。我晚上做几个好菜，你来……"

雷东宝照做，真是把韦春红送到村口。韦春红上了去县里的车，心里却是有丝遗憾，遗憾雷东宝的不解风情，去县里没多少路，他还真的不送。

雷东宝本来就没什么风情，但他办事却是利落，送走韦春红，回头找到士根家，正是中午，士根娘看到他来就避走了。士根一脸为难地看着东宝，先知先觉地道："你别试图找我老娘去劝你老娘，你老娘已经来过了。"

"操，你还真信她。"雷东宝虽然这么说，心里却是忐忑。他感到老娘真会死给他看，他老娘当年如果不是有那种不要命的作风，她那么没用的人还不一早给人欺负了去。

士根道："你还真别不信，你老娘这阵子该到红伟家了，看起来她是当真的。"

雷东宝差点无语，郁闷地问雷士根："你真不给我结婚介绍信？"

士根无奈地道："你别为难我。再说，你老娘到底是你老娘，她的话你该听上几分。"

雷东宝盯住士根道："说到底你也想横插一杠子，插手我的家事，反对春红进门？"

士根忙道："这是你的家事，我外人怎么插手。但东宝，我看你还是回家摆平你老娘，别让你老娘到处诉苦，搞得尽人皆知。那多影响你的威信。"

雷东宝又是多方努力，无法从士根手里取得印章，无奈撤离。他认定士根也反对韦春红，可士根这个鬼硬是不承认，他也没法无中生有斥责士根，只好另想办法。

韦春红原以为跟雷东宝的婚事，最难的是雷东宝的态度，而其他问题对于那么能干的雷东宝而言，应是小菜一碟。没想到，她去小雷家之后等了一个月，还没等到雷东宝处理完他老娘的态度。她正面侧面打探了才知，雷东宝在他娘那儿碰了硬钉子，还在村长雷士根那儿碰了个软钉子。没想到雷东宝这样一个堂堂男子汉遇到个人问题也有施展不开的时候。

韦春红竟是有劲没处使，生生郁闷出两颗久违的青春痘来。

雷东宝最先还吵闹几天，但他本来对婚事也没太大热情，有可无可，后来被正明那儿的事情一赶，一头扑到工作上后，不仅去韦春红那儿的时间少了，结婚登记也没精力多考虑，事情就给耽搁了下来。

但雷老虎想和小阿庆嫂结婚受阻的事却也传开了，两人虽然暂时没法结婚，可大家都把两人看作一对，以为结婚是迟早的事，虽然都非议韦春红不配，但对雷东宝出入韦春红的店子，则是以为理所当然了。

事情，竟然就这么不咸不淡地挂了起来，雷东宝倒也罢了，唯有韦春红着急。可急也没用，她这回遇到的是个横的，小事情上面她的三寸不烂之舌还有发挥的份儿，遇到雷东宝不喜欢的，她偷窥到雷东宝的一张黑脸就不敢施计逼迫了。到底是她更稀罕着雷东宝一些，她最怕雷东宝被她烦了，索性绝了踪影，就跟上回一样。

而雷东宝最近需要烦的事情着实太多。原先通过杨巡牵线搭桥找到的一位高级工程师忽然来电话说不敢来了。虽然正明信誓旦旦说这一变故不会太影响设备安装调试，因为出售电解铜设备的电工机械厂答应帮助安装调试指导生产，直到正式投产。但雷东宝看着正明年轻得满是青春痘的脸，很是不放心，那么贵的设备，凭现有的几条泥腿子，行吗？

雷东宝还是拎起行李包，赶去高工家上门展示诚意。高工没想到这么个省劳模和市人大代表领导会亲自上门，很是唏嘘。但高工还是没答应去小雷家，他说他害怕最近政策风头有变，最近报纸上有关改革的言论几乎消失，他这么个一家之主，家庭主要经济来源，这种时候不敢冒险脱离铁饭碗，追求不可知的未来。任是雷东宝解释小雷家那些企业都是乡镇编制，属于集体企业，而非个体，高工依然面有难色。对此，雷东宝虽然不愿看到，但也能理解。他身边就有一个活生生的现成例子，宋运辉还不是一样，大好人才，大好魄力，即使被国营企业老旧体制束缚得几乎吐血，依然不肯"弃暗投明"，任凭他雷东宝年年虚位以待，也不肯答应。雷东宝悻悻地表示了理解，诚恳要求高工再考虑考虑，看风向转变时立刻投身小雷家。高工答应是答应了，但两人分手时谁心中都没底，不知道以后会不会真有合作机会。

雷东宝只得找杨巡，让杨巡继续帮忙找业内人士。杨巡当然答应帮忙，无奈杨巡也不是孙悟空变的，他最近忙得无法分身，三天两头南北两地跑。自从听了宋运辉的鼓动，他去宋运辉所在的沿海城市看了，不仅看到当地隐藏着的发展热力，也看到宋运辉在本地的发展势头。

他太知道这两者的重要性。前者自不必说，后者，他从自己在东北经营的一波三折经历中体味出，上面有人，那是一件多么要紧的事。老李那种只能介绍他认识基层工作人员的关系，已经让他受惠良多，那么宋运辉这个开着车子直进直出市委市府的人，该是怎样的助力。第一次跟着宋运辉考察一遍投资环境之后，他便收拾了所有材料，赶紧着于几天后就第二次南下，租房后去当地工商注册了一个实体，依然用小雷家村的牌子。

宋运辉塞了一个人给他。杨巡看出寻建祥虽然为人义气，是个可以帮助看家护院的好人手，可公司初期需要低三下四地办理各种关系，寻建祥此人显然不是个能伸能缩的好手。但是既然是宋运辉塞给他的人，他不能不用，他也狡猾地试着压一些跑政府机关的工作给寻建祥，自己借口北上有事走了。果然，宋运辉再忙，也会伸手相援，有时亲自驾车带寻建祥上门办理啰唆事宜。而且没想到的是，看似耿直的寻建祥，却很了解官僚的心理，虽然不肯低三下四，却也能想到其他措施化解难题，杨巡这才感觉这笔买卖不赖。

而杨巡的试探测出宋运辉的底线，他看出这个寻建祥对于宋运辉的重要性。他不清楚两人究竟是什么密切关系，但他明确得出两个结论：首先他不能得罪寻建祥，而且得分出口中之肉给寻建祥一份；其次，抓住寻建祥就是抓住宋运辉，那比他想尽办法笼络宋运辉更加有效。杨巡有本事把寻建祥敷衍得很好，寻建祥很快就承认杨巡的滑头而实用的本事，而且也觉得杨巡的滑头很合他胃口，愿意受杨巡差遣。

寻建祥其实不舍得离开他一手开创的瓷砖店，他是被宋运辉拿旧时关系做幌子软磨硬泡，话说到如果不来就是存心不想要他宋运辉这个朋友的份上，寻建祥才不得不答应。这个朋友，他珍惜得紧。宋运辉说杨巡的企业是他姐夫做后盾，杨巡又是多年朋友，要他多多协助杨巡，就算是帮助他宋运辉，寻建祥信了，虽然以后很快看出似乎不是那么回事，但那时他那些原本聚在瓷砖店喝酒发牢骚的朋友一个个又因聚众闹事被捉了进去坐牢，包括熊耳朵，他这才猜出宋运辉的用心。他问宋运辉干吗不明说，宋运辉说能明说吗，有些人讲起义气来连才刚积累起来的身家都可以不要，道理讲得明白吗？只能以毒攻毒，搬出更深的交情。寻建祥听了只会嘿嘿地笑，拿筷子头指着宋运辉，给予一个字的评价，"奸"。好友面前，宋运辉一口承认，若有所思地说，他现在发现自己还真比较"奸"。

寻建祥的到来，不仅解决宋运辉心中长久以来对好友的担忧，也给宋运辉带来莫大的心理支持。寻建祥认亲不认理的性格，虽然进去过一次，有所收敛，可本性难移，遇到好朋友还是水里水里去，火里火里去。宋运辉到了寻建祥那儿，就跟到了港湾，安全停靠。宋运辉心中最清楚他如今走钢丝之险，虽然工作场合他给人一言九鼎的稳重和沉着，可心里到底是紧张，到底是没有把握。这一切，他现在可以跟寻建祥说。

寻建祥在金州时虽然吊儿郎当，可他不笨，再说一直处于最底层，往上看到的都是屁股，对于大工厂那一套他门儿清。这与程开颜不同，程开颜一直是既得利益者，对于大工厂官僚体系的复杂无法有深刻体认。宋运辉说的，寻建祥全清楚，本来这就已经足够，更好的是，他还能从自己角度给宋运辉提供意见建议。宋运辉闷了，就到城里找寻建祥胡说八道一通，第二天就恢复正常。寻建祥虽然清楚官僚体系，可真为了办事对机关工作人员低三下四了，就满心窝火，需要找宋运辉撒气。可往往他还没喝舒服，酒气就已经把宋运辉熏昏了，看着一贯没有酒量的宋运辉，寻建祥就会心软，嘿，当年那个倔强又沉默的小子，虽然混得人模人样，可这么多年不知吃了多少闷亏没处说出，这种人，真会憋出癌来。

寻建祥下决心负责疏导，他的疏导办法很科学，他经过多次试验，已经测出宋运辉多少酒精下去会放开了骂人。他就专门控制那个量，反正他的酒量在宋运辉面前那真是绰绰有余。宋运辉其实也知道自己喝酒下去会开闸，但是他信寻建祥，他平日看见老酒关闸很紧，但到了寻建祥面前就不拘束。两人虽然不常见面，但见面就关起门来喝酒吃肉，恶性恶状一如土匪。

等终于千辛万苦将注册手续完备，杨巡的计划才正式进入实施阶段。他想办一个日用品批发市场，他觉得电器电料的生意范围太狭窄，做不大，而吃喝用度的日用品和食品的批发才是永远的大市场。但他心中也没底，仗着寻建祥的面子揪住大忙人兼高人宋运辉谈了自己的想法，宋运辉让他调查一下本市类似产品的交易额是多少，确定了市场规模再定。他听了两眼一黑，不清楚从何着手才能完成宋运辉嘴里所说的高深调查。

既在正规大工厂待过，又自己开过小店的寻建祥算是旁观者清，明白宋杨两个人是鸡同鸭讲上了。他插嘴道："这问题不用调查，本市上百万常住人口，那得多少小店才能满足。我们只要打出批发价牌子，那些娘儿们就是蹲天边的也会飞过来。只要小杨有办法做到全部卖的东西都是批发价。"

宋运辉听了觉得有道理，笑道："这办法可行。你看前两年只要稍微风传涨价，即使只涨一点点，大伙儿都能大车小车往家里搬吃的用的。关键是全场批发价这一点，小杨能做到吗？"

"那不是大问题，门道我清楚，我们电器市场也是这么在做。但只能做到对批发进货的大户全场批发价，对只买一斤酱油一斤盐的生意，没办法。"杨巡这才恢复过来，侃侃而谈，"我的意思就是做这么个市场，刚才可能我口才差，没说清楚……"

"你口才差，还是我理解错误？"宋运辉莞尔。

杨巡嘻嘻地笑，道："上回宋厂长通过商业局帮我找的那块地方，我没良心，觉得地段受局限，以后想扩比较困难。这是我北方那个电器市场现在面临的最大难题，地方就那么大，我就是再有本事也变不出更多店铺来，只能眼睁睁看着赚钱机会溜走。我打算找个地盘大一点，位置可以郊区一点，但只要交通方便的地方就行。那种地方价钱还便宜。"

宋运辉看着杨巡，一针见血："咳，大地块……你有那么多资金？"

杨巡肃然道："需要宋厂长帮忙，能不能买地块的钱分期付款？"

"你手头多少钱？给我确切数字。"

杨巡不假思索，就给了一个翻了几倍的数字："一百五十万。"

宋运辉一惊，心说好小子，看上去也就一普通人，竟然手头掖着一百五十万，但他粗粗算了下，摇头道："只够上面建筑的开发。"

"市场建筑的开发也是分步走，就跟我那个电器市场一样，卖了开发出来的店铺再造新的。"

宋运辉沉吟："也行，滚动开发。寻建祥，你也把你的那些钱投进去，占一部分股份，够百分之十吗？"

寻建祥还没明白，杨巡已经门儿清，立马抢着道："够百分之十。大寻能拿出多少就多少，我们到时立个协议，就照百分之十的比例算。"

宋运辉也不等寻建祥表态，就道："就这么定。我有个意向地段，在我们厂准备开发的职工宿舍区附近，明天我先联络一下，小杨这几天做些跟我登门拜访的准备。"

杨巡一听这个地段的方位，便已经清楚这事儿几乎可以说成了大半，因为这地段宋运辉能发挥极大作用。虽然寻建祥占百分之十的决定有些割他的肉，但是值。

寻建祥最后闭口不言，只是看着宋运辉若有所思。等宋运辉告别，他单独送出去，才问："这样会不会不太好？"

宋运辉道："小杨那儿的工资不可能高，他也不便在单位里分配不匀，意外多给你工资。你以后成家立业的费用得从那个百分之十里面掏了。我看好小杨，这个百分之十，水分很少，以后都是铺面房子之类的干货。没什么不好，小杨要是觉得不合理，他会反对。"

寻建祥看着宋运辉，忽然感觉有些陌生。虽然心里很清楚，宋运辉那是全心全意帮他的忙。他回头想了一夜，回家挖出所有细软，把能变卖的都卖了，又问朋友借了一些，将力所能及找到的钱交到杨巡手上。

杨巡倒是吃惊，他本来是没打算收到寻建祥一分钱的，这下对寻建祥有了不一样的认识，把寻建祥从宋运辉的身影下独立了出来。宋运辉知道后没意外，这就是寻建祥的性格。

但寻建祥再努力，他的钱对于杨巡的事业而言，依然是杯水车薪。杨巡的钱哪有一百五十万，那是他为了要宋运辉帮忙，毫不犹豫成倍扩大的数字。随着宋运辉果真依言帮他找到地块，他在宋运辉牵线搭桥之下与供地方达成分期付款协议，对钱的需求就日渐紧迫起来。

杨巡先是忍痛卖了他宝贝疙瘩似的电器市场，因他更看好现在的日用百货批发市场的前景，他毅然壮士断腕。又问朋友四处借钱，根据现有银行利率，他给翻倍的利率，他妈也帮着四处借钱。

杨母这一辈子为人声誉极好，为人做事原则性强，无可挑剔。因此人们看着杨母的面子，都愿意借钱给杨母。杨母也是办事认真，一笔一笔记录得分毫不差，借条上面还清楚写下，还款时利息共计多少。杨巡本来不要老娘插手，怕她累着，但杨母不依，她既然知道了大儿子需要什么，而她又好不容易在这事上能帮得上忙，她非帮不可。她虽然担忧着大儿子拿那么多钱过去，以后会不会还不出来，甚至摔去年那样的大跟斗，可她在人前却是以最肯定的语气给借钱给她的人打气。当地已经有不少人出门做生意，手头有些钱的人竟有不少，这家几百，那家几千，积沙成丘，杨母一次次让杨巡回来拿钱。

这个时候，已经懂事的杨速考进高中中专，稍微懂事的杨连考上重点大学，都远远地住宿舍深造去了，只有最不懂事的杨逦陪着她。对于最小的女儿，杨母一直是宠着养，不让女儿知道人间疾苦，她认为女孩子一辈子有的是机会吃苦头，在娘家时，能多给女儿多少好日子就给多少，即使以前经济困窘，需要两个儿子出门卖馒头时也不苛求女儿。因此，杨母即便是心中很有压力，尤其是看着借款越来越多，压力越来越大，她还是一个字都不会与杨逦说。自己极端省吃俭用，将地里的产出也挑去街市上卖，杨逦周日回家的时候她却跟什么都没发生似的，依然饭桌上有荤有素。

杨母以自身信誉帮杨巡借来的钱，给予杨巡极大的帮助，令他可以从最棘手的资金问题中脱身出来，杨巡当然知道身后那些超过银行利率一倍的借款利率压力，他既然已经放弃北方的电器市场，就在新项目上全力以赴，争取早完工一天是一天。

宋运辉有时进城办事拐过去看一眼，常看到杨巡和寻建祥两人自己挽起袖子当小工，拌水泥，挑沙灰，又不忘吆喝几声督促施工进度。宋运辉看着心中感慨，这等精神，如果拿到他现在主持的东海项目工地上，那就创火箭速度了。而他东海项目的速度其实已经受到上级部门关注，引为典范。可还是比不上杨巡工地的精神。

杨巡一点儿不会忘记抓住宋运辉这面大旗摇啊摇，需要用什么建筑材料，只要能搭上东海项目这条大船，他就奋力攀上，能省一点是一点，有时都不用宋运辉勉为其难地出面协调，他自己就有办法摇着大旗把方方面面唬的唬了，揉的揉了，拿到旁人难以想象的最低价。

这一点，寻建祥简直是佩服得五体投地。跟着杨巡做，虽然累，可有奔头，日日项目都有前进，天天都能看到自己进步，寻建祥很是快活，他心甘情愿地苦干。他是工地上最好的督工，比圆滑的杨巡更好用。他黝黑健壮的身子往工地一竖，几年坐牢练出来的狠话一砸，多年打架造就的身子骨一亮，谁都怕他。工地这块男人的领地有时候需要最原始的本钱，寻建祥就是最好的典型。

杨巡也慢慢开始着实敬重真心一起跟他实干的寻建祥，引之为心腹。他细细揣摩了一遍寻建祥的性格和经历，估摸出宋运辉对寻建祥这么真心是什么原因，更认可寻建祥这个人。

对于开一家市场，虽然是迥然有异于电器市场的日用百货批发市场，可杨巡认为，套路还是一样的。等市场两层楼框架的建筑物竖起来后，他便放心地把建筑现场交给已经被他摸透心思的寻建祥，自己跑各大机关，办理各种手续。都是在东北已经领教过的，有些甚至是被恶意对待教训过的，这回重新开始，他自然是将事情预先做到完美。有宋运辉帮他在机关开道，他办事比在东北顺利许多。他拥有了很多与领导的合照，偶尔拿出来亮亮，可以事半功倍。

寻建祥最担心的是铺位卖给谁的问题。他私下里找几家办得兴旺的个人小店打探，解释说有这么这么一家市场，问小店愿不愿意进场摆摊儿去。小店老板大多数会说，本店生意好，靠的是独一无二的地段，何必搬去市场跟别人一起抢生意。寻建祥想着有理，换作是瓷砖市场，他去年开瓷砖店的时候也不肯进场，而那些国营批发店本就是坐北朝南的，更不会进场，到时候市场靠什么维持，喝西北风吗？人若少的话，还真不缺西北风，寻建祥很是担忧。

宋运辉为了寻建祥，一直关心着市场的运作，有空就打电话来问。但今天他打来电话，并不是问进度，而是问寻建祥一个私人问题："大寻，你知道女人家文眉文眼线算什么东西？"

寻建祥不防宋运辉问起这个，想了想，道："有啊，今年听说还挺流行的，搞得女人一个个眼眶墨黑。"

宋运辉在电话那头一拍脑袋，呜了一声："就那种，就那种？天哪……"

寻建祥奇道："怎么了？不会是你孩子妈也文了？呵呵，呵呵。"

"天哪，金州那帮女人怎么越来越低级趣味。"宋运辉差点咽气，程开颜刚才电话里兴高采烈地向他汇报，说文了眼线眉毛，春节给他惊喜，还说跟幼儿园阿姨们一起去文的，还下好多价。宋运辉想到曾经见过的那种熊猫不像熊猫、野猫不像野猫的眼睛，无语。

寻建祥想着好笑，道："金州那帮娘儿们都是闲着没事干的……"

宋运辉看着手中深绿色的中华铅笔，犹如看到程开颜脸上两条碧蓝的卧蚕眉和熊猫眼，无奈摇头，将铅笔扔了，他都有些担心程开颜一高兴把他女儿的脸也文了。

寻建祥想到那么冷静的宋运辉能被妻子搞得唉声叹气，有点想笑，又不明白宋运辉干吗把文眉这种事看得这么严重，大家都在文，又没什么，文了还是女人。他把办公桌拖开，拉出两片泡沫塑料铺在地上，又抱出褥子棉被。这种白天当老板晚上睡地板的日子虽清苦，但他挺喜欢。没想到才铺好床，杨巡跌跌撞撞回来了。杨巡进来就抓起桌上的凉开水喝下几大口，有些含糊不清地道："工商……工商今天答应我们，进来摆摊儿的都能用市场摊位统一注册。税务那儿也有眉目，开发票都通过我们市场财务室一道口子。日落西山红霞飞，战士打靶把营归，把营归……"

"啊，这么快就批下来了？想不到，还以为会照着程序拖到春节前。那我们下一步就开始卖摊位？"

"租……当然租，否则钱都没了，每天给包工头追着要钱。"杨巡一边说着，一边觍着脸想抢占寻建祥刚铺好的被窝，被寻建祥一把拎走。但即使再醉，杨巡嘴里一个"租"和一个"卖"字绝对不会搞错。

寻建祥看着杨巡胡乱铺床，伸手帮忙，一边问："怎么租？我这几天问了几家小店，他们都不愿进市场。"

杨巡嘀咕："怎么租？这么租，小店当然不肯来，你得挖出小店后面供货的。我明天趁热打铁去工商局把手续拿出来，后天开始租铺子，你看着，保证一天租三个铺。"

"什么办法，说说，我一起做，一天租它六个铺。"

"不说，哼，卖关子，哼……"杨巡哼哼唧唧地翻个身睡了，鞋子都没脱，还是寻建祥看不过眼帮他脱了。

寻建祥想到宋运辉总说杨巡很有一套，看来杨巡还真是有一套，这么快，不到元旦就把工商税务这两个最要紧的解决了，看来租铺子应该也不是问题，都不知他怎么解决的。

不想半夜冷空气到，两个男人都不肯半夜起来关窗，冻坏了一个杨巡。杨巡起床鼻涕眼泪齐流，眼睛红得像小兔子，寻建祥建议他休息一天，明天再去工商。杨巡顶着一头乱发，身段柔软地发了阵子呆，却摇摇晃晃起来，吸着鼻子道："不行，明天他们就该不认识我了。"

寻建祥看着杨巡连眼睛都睁不开的样子，只得道："我载你去。"

杨巡没吃两人经过一个小摊买下的大饼油条，只喝一碗豆腐脑就走。一路蔫头耷脑，到工商局门口，听寻建祥一说到了，他就跟吃了一颗仙丸，立刻感到自己有很重要的事要做，绝不能纵容自己屈服于小病小痛，便貌似轻快地跳下来，还冲寻建祥回头一笑，但没走几步，就一个趔趄，差点被不到十厘米高的台阶绊倒。寻建祥看着寒碜，上去一把拽住，可杨巡却直着眼睛坚决地道："今天一定要办，非办不可。"

"你这样子，别做错事才好，脑子还能使吗？"

"我现在全身就只剩脑袋好使了。哎，别夹着我，多丢份儿……"但还没说完，杨巡就眼尖看到一张熟脸，忙扯起沙哑嗓子招呼，"郭处，你看你昨天的火力，我今早差点起不来。"

郭处状态不大好，看上去一夜宿醉未消，但看见状态更悲惨的杨巡，就笑了："怎么，损兵折将了？这么经不起打击，昨天谁叫嚣千杯不醉的？"

"看折谁手里啦，折郭处手里，我服。东北那么多年都没这样醉过。郭处，到你办公室讨口热水喝。"杨巡也不硬撑了，就算醉态呗，有人爱看。但还是脱离了寻建祥的夹持，摇摇晃晃赔着笑脸跟郭处去办公室。寻建祥在后面一声不吭跟着，没想到杨巡顺水推舟认作喝醉，长人郭处志气，看那郭处一脸开心得意，果然还真是全身只有脑子一处好使的。

郭处与杨巡聊得高兴，就一个电话叫手下进来，拿走杨巡手里的资料，帮办去了。看得经常办事遇横眉冷对的寻建祥惊愕不已。没多会儿，事情就办完了，快得就跟不是事儿似的。郭处拿来批件，要杨巡等等，亲自送上去给局长签字，一会儿回来就又笑话杨巡，说局长要亲眼看看杨巡的残花败柳状。杨巡无奈，实在不想走那几步，尤其是还得上楼梯，但依然弱如杨柳地起来了，笑道："不给看才是最狠的，说明都见不得人了。呵呵。"

寻建祥扶持杨巡上去，自然又是一番嘲笑。等出来到空地上，杨巡这才叹声气，低低说声"好了，去医院"。这件事办完，那是解决一个定性的原则性大问题，以后进场的都不再算是农贸市场式的小商贩，而成正式商户。这对于有些做着零星生意，却拿不出执照做批发，只敢地下批发的人来说，真是莫大诱惑。

杨巡自己最清楚，做小生意的最向往的是手头能开出发票，做大生意。而那发票本，那是只有被工商税务严格批准有资格的人才能持有，寻建祥这等一直做家庭生意的人不会知道。

杨巡到医院要求打吊针，早早压下热度，医生不给，只给开肌肉注射。杨巡就声情并茂地胡扯了一通身负紧急任务之类需要玩命的故事，感动得医生都不好意思不开吊针给他。杨巡挂上吊针，就让寻建祥回工地盯着，说他自己能行。寻建祥不放心，站一边看了会儿，见果然吊针下去，杨巡脸色微微转变，两只眼睛又老鼠一样地活络起来，这才放心离开。工地还真离不开人，虽然现在已经另外招了几个人，可哪有杨、寻两人的工作劲头。

杨巡压根儿坐不住。他现在说什么都不能垮，有那么多事火烧屁股地等着他做呢。等会儿出去就去税务局，争取把税务局的事也趁热打铁落实了。他必须快马加鞭地赶，不为别的，就为身后追着的一屁股债，光是利息，就能把他压死，他需要租商铺的钱还那利息。若是能像小雷家那样借到国家银行的钱，他就不用那么急了，那利息低多少啊。可是人家国家银行的门是朝着他这种个体户开的吗？还有他那么认真的妈，他要是敢还款日期之前十天还没拿出钱，他妈会急疯。

他算过，借的钱都是一年期的，他必须赶在春节之前，把市场轰轰烈烈开了，并造成影响，才能把所有既有商铺租出去，换来钱开始第二期上马，第二期的工期必须快马加鞭，才能赶在还款期限前落成开张，如果顺利，就能得到租商铺的钱，来还老家的债。如果事事如愿，到明年八月，他还能手头大有盈余，开始三期。

他能不赶时间吗？他身上压得比旧时穷苦大众身上的三座大山还重啊。

而且，他身上还压着一家子的生活重担。两个弟弟一个中专一个大学之后，生活费用激增。他用脚指头想都想得到，妈会怎样从牙缝里省钱维持家庭。他的计划说什么都不能有丝毫闪失，一家人若垮了，最先垮的估计会是妈的身体。

相比之下，他的身体算什么。

但是杨巡也激动地盘算，如果事情最终如愿，那么他的获利将可以保证他们一家一辈子都不干活。到时，他去哪儿都可以翘着尾巴，包括外资三星级宾馆。

想到很快就会到来的滚滚财富，杨巡开心地笑了，脸上又恢复光彩。到时候，他要在这儿市区买幢房子，把一家子都接来，也过过城里人的生活：早上去公园锻炼身体，晚上吃完饭逛街。

护士拔了吊针，杨巡就又小豹子一般，投入密密丛林。

晚上回到工地看看，见工程照计划的进度推进，现在还在摸黑加班加点，他心里满意。帮忙推了几次板车，被寻建祥拿扫堂腿赶走。他今天不坚持，到旁边一家小店买了几包烟，又回工地分上一圈，才坐在小店板凳上舒展舒展筋骨。这家小店被工地照料了不少生意，小店老板对杨巡巴结得很，杨巡今天才终于拿下工商批文，有闲心打探究竟。他指着柜台上放的一包AO香皂问："这是真货？哪儿批发来的？"

小店老板笑道："怎么会是假的？中百批发出来的能假？"

"蒙谁呢，人家电视上拼命做广告，中百门口等着批发它的都排到明年去了，哪轮得到你？假的吧。你别卖的香烟也是假的吧。"杨巡听电视上每天唱"AO，AO，我不是阿Q"，凭经验推测这玩意儿俏得很，就瞎编着挤对小店老板，不成就算是玩笑，成了就是套出究竟。这等真真假假的把戏，对他来说容易得很。

小店老板果然不是对手，急道："怎么会是假的。不瞒你说，香皂真不是中百批来的，有人凭关系从厂家拿到的货比中百更多，还更新鲜。"

杨巡听了哈哈大笑，笑得呛成一团，好不容易才缓过气，道："差点让你害死，香皂又不是奶糖，新鲜你个头。哪儿批来的，给个号儿，我要给他们发福利。别心动，这笔生意不照顾你。"

小店老板犹豫再三，磨蹭再三，终究不是杨巡的对手，翻出儿女废弃作业本撕下来订的小记事本，找到供货商地址，抄下来，撕一角给杨巡。杨巡一看地址离这儿不远，当即起身骑上自行车赶去。他到底不敢骑摩托车，还真怕一糊涂给翻车了。

意料之中，找到一个，扯出一串。就跟他以前做电器时一样，这些个体批发户都是声气相通。他跟寻建祥说的不是醉话，也不是吹牛，他心里有数，别看百货与电器风马牛不相及，可都是一样的门道。找，并不难，难的是如何把握以最合适的价格诱这些商户入驻市场。他刚刚获得的工商批文是最好的旗帜，这面旗帜招摇出去，多少没名没分的个体户期盼招安。他当然是沉着谈价，首先得把祭在这面旗帜上的供品捞回。

09

宋运辉上班看见女同事一个个清清爽爽，满脸朝气，更是心烦。候着两节课中间，他打电话去金州总厂幼儿园。

程开颜听得是丈夫打电话来，很是开心，又听丈夫问起她新文的眉，就笑道："是呀，就是那种，不是全黑，全黑不好看。我们都挑的深蓝，蓝黑墨水那种颜色。你知道我眉毛就淡，现在早上起来不用画眉毛了，多偷懒呀。"

宋运辉听了只会叹气，果不其然。"能不能抹掉？想办法去掉，太难看了。"宋运辉说。

女人最恨被人说难看，程开颜也不例外："不抹，也没法抹。是你落后了，你该看看电影画报，外国演员都是这么画眼线眉毛，越浓越好，人家还五颜六色的呢。我们幼儿园阿姨一大半都文了，都说好看。"

"怎么会好看，眼睛跟熊猫一样能好看吗？想想前年的健美裤，你们幼儿园也是人人一条，现在谁还穿健美裤？流行未必好看，流行或许是恶俗，抹了吧。"

程开颜一头热心，被丈夫又是"不好看"又是"恶俗"地指责一通，满心不快，脸色都变了，愤愤地道："你每天不见人影的，来个电话就指手画脚。你倒是早早把我们娘俩搬去你那儿啊，也好让你天天管着。"

"我不是跟你说了嘛，东海项目一波三折，现在好不容易绝处逢生，我这儿有实际困难……"

"你别强调你的困难，我也难，我还一个人带着小引，我更难。"程开颜气得想摔电话，净是他的理由，她就没理由吗？但意犹未尽，又对着话筒尖叫："你别总命令人，你腔调太难听，我爸爸做了那么多年官也从不命令我，你算老几！"说完气呼呼地摔了电话。

但没意气昂扬多久，忽然一阵惧意袭上心头。爸爸说过，宋运辉现在不知拿什么办法暗中掌控了东海项目大权，呼风唤雨，威风一点不亚于当年全盛时期的水书记。对水书记，她至今还是仰视，不敢违逆，但对宋运辉呢？这么得意的宋运辉会不会抛弃她这种没文凭没姿色的妻子？她怎么可以在两地分居这么久的情况下对宋运辉发火，他要是火大了，会不会这就改变两人的关系？

程开颜越想越怕，眼泪止不住地落下来。旁边的老师都来相劝，七嘴八舌什么话都有。程开颜真想立刻打电话回去跟丈夫解释，可是这儿是幼儿园，她不便乱用长途电话。她挂着泪水也无法上课，让别的老师代了，自己闷哭了一节课。

好不容易回家，她妈赶出来说，宋运辉打来电话，晚上有事不能通话，要程开颜不要生气，不愿抹就不抹，看着看着会习惯。程开颜脱口而出："恶人先告状。"

宋运辉晚上有事进城与人谈，可心里总放不下原本清秀甜美蜜桃一般的程开颜脸上被文眉搞得如此恶俗，不用看就知恶俗。虽然已经打电话通过岳母道歉以息事宁人，可他自己闷气，将桌上蓝黑墨水换成了碳素墨水，以后再也不要看见蓝黑色。

却在几天后的清晨，接到久违了的梁思申的电话。梁思申这回有违常规，并没活泼地喊他"Mr.Song"，而是正儿八经地喊"宋老师"。宋运辉立刻想到一个很务实的经济问题，关切地问："今年暑假没回国？跟金州的进出口贸易没法做了吧？"

"是的，暑假时候爸爸没让回。我想圣诞回家，可是……跟金州的进出口贸易暂停，没办法。"

"是不是回家的机票钱成了问题？"

"不，不，机票不成问题。我不做进出口贸易后，就开始做股票，我做得不错，我会分析，这方面有天分，已经有公司邀请我毕业后加盟。我现在愁一个问题，我发现我不是数学方面的天才，我们这个专业如果不是天才，很难有所成就。我把想法告诉爸爸妈妈，爸爸妈妈都说那不如回国，他们帮我安排最好的工作，他们非常想我。可是我怎么能两手空空地回国？爸爸妈妈费尽心机地做好护照让我来到美国读书，我又跟外公家翻脸打官司闹得老死不相见，我要是空手而归，我那些已经毕业走上工作岗位做得风生水起的堂兄堂姐该笑话我一事无成了，而我也恰好中了舅舅们的诅咒，我怎么能回呢？我想换专业读硕士，可爸爸妈妈就是反对反对反对，说既然选择了喜欢的，一定要坚持到底，否则宁可回国，妈妈最近身体不大好，又说工商管理是最华而不实的专业，不建议我读。我希望宋老师给我第三方建议，你经常出国，国内国外了解得很多，你的建议一定与爸爸妈妈不一样，你帮帮我。"

宋运辉听了，觉得这简直不是问题，先笑着说："你现在中文表达已经非常流利。"

"谢谢，现在中国留学生越来越多，我有交流机会。宋老师，换你会怎么选择？"

"看你自己权衡，究竟是父母亲情重要，还是爱好重要，或者是面子重要，有必要这么在乎别人的眼光吗？"

"宋老师，非常有必要，我们没必要虚伪地否定社会承认在生活中的重要性。我原本很为自己骄傲，我可以在脱离所谓的梁家强大庇荫的情况下安排自己的生活，我希望能继续如此地骄傲，可是，我发觉我的选择一团糟。"

宋运辉想来想去，依然没看出有什么大问题，很简单的选择而已，他微笑挑出其中关键："你应该还有其他重要原因瞒着我。"

梁思申一时语塞，好久，才支支吾吾道："他是天才，认识他我才相信数学方面有比我强的天才。可他夏天回国了，他希望我也回国，我想他，我左右为难。"

宋运辉不由得想到做了家庭妇女后一天比一天面目庸俗的妻子，语重心长地道："任何人，如果没有自己独立的理想和独立的追求，终有一天变得面目可憎，你不是最在意社会承认吗？"

梁思申怔住，这不是她想象中的答案，但这却又是她能得到的最理想答案。"不，我虚荣。"她脱口而出。

宋运辉听了不由得笑出来，这孩子，现在也像欧美人那么直爽，批评起自己来不遗余力："别急，离毕业还有半年，多的是考虑的时间。"

"是，谢谢宋老师，我会适当取舍。"梁思申心中有些惘然，她的骄傲重要，还是她的爱情重要？"宋老师，你现在实现理想了吗？"梁思申问。

宋运辉微笑："我很骄傲。"

梁思申钦佩地道："希望我有一天也能自豪地说出这句话。"

宋运辉忽然想到，他还是第一次在他人面前展示他隐藏在心底深处浓浓的骄傲，而且说得那么直接，这是被梁思申直接引导的？不，应该还是因为梁思申远隔重洋，与他的世界没有交会。他狂妄地展示骄傲，不会有后遗症。他老成，他稳重，可他心中有火山。

宋运辉估计梁思申不大可能大学毕业就回国，起码这个时候不会。就跟虞山卿似的，虞山卿如今留在美国，也在忙着读书，读的也是工商管理，号称MBA。

都忙，都挺有理想。宋运辉想，他们都很有选择，选择的面也非常广泛；而他则是不同，他总是没有选择，他的决定，更多的是被形势被人情所左右，他无好恶。既然如此，他还是脚踏实地吧。

· 读客®知识小说文库 ·

读小说　学知识

《落花时节》

阿耐　著

以为不会再爱的年纪，真爱却悄然而至！

激发个人成长

多年以来，千千万万有经验的读者，都会定期查看熊猫君家的最新书目，挑选满足自己成长需求的新书。

读客图书以"激发个人成长"为使命，在以下三个方面为您精选优质图书：

1. 精神成长

熊猫君家精彩绝伦的小说文库和人文类图书，帮助你成为永远充满梦想、勇气和爱的人！

2. 知识结构成长

熊猫君家的历史类、社科类图书，帮助你了解从宇宙诞生、文明演变直至今日世界之形成的方方面面。

3. 工作技能成长

熊猫君家的经管类、家教类图书，指引你更好地工作、更有效率地生活，减少人生中的烦恼。

每一本读客图书都轻松好读，精彩绝伦，充满无穷阅读乐趣！

认准读客熊猫

读客所有图书，在书脊、腰封、封底和前后勒口都有"**读客熊猫**"标志。

两步帮你快速找到读客图书

1. 找读客熊猫

2. 找黑白格子

马上扫二维码，关注"**熊猫君**"

和千万读者一起成长吧！

读客知识小说文库

读小说　学知识

长篇小说

二

大江大河

全景展现改革开放以来中国经济、社会、生活变迁

阿耐 著

北京联合出版公司
Beijing United Publishing Co.,Ltd.

图书在版编目（CIP）数据

大江大河.二/阿耐著.--北京：北京联合出版
公司,2018.6（2025.6重印）
（大江大河四部曲）
ISBN 978-7-5596-2044-6

Ⅰ.①大… Ⅱ.①阿… Ⅲ.①长篇小说-中国-当代
Ⅳ.①I247.5

中国版本图书馆CIP数据核字(2018)第085965号

大江大河.二
作者：阿耐
责任编辑：徐樟
选题策划：读客文化　021-33608320
特约编辑：尹舒慧
封面设计：所以设计馆　蒋咪咪
版式设计：黄巧玲　余晶晶
责任校对：绳刚

北京联合出版公司出版
（北京西城区德外大街83号楼9层　100088）
三河市中晟雅豪印务有限公司印刷　新华书店经销
字数569千字　710毫米×1000毫米 1/16 34.25印张
2018年6月第1版　2025年6月第13次印刷
ISBN 978-7-5596-2044-6
定价：320.00元（全四册）

1990年

01

雷东宝从县农行出来，没去韦春红那儿，直接回了小雷家。他最近有些烦韦春红，自打说了结婚后，她就上心了，总说着说着又绕个圈子诱他说到结婚上去，直说不就得了，绕什么圈子，又不是见不得人的事，净耍小聪明。他就不想结婚？可现实问题摆着啊，他能怎么办？

雷东宝今天走了山路，自打村口那条大路修好后，这条山路基本废了。绕着山路骑摩托车，风声呼呼的，不见一个人影。忽然一个转弯，前面豁然开朗，小雷家就在眼下。

雷东宝不由停了下来，站在豁口往下看。从小到大，他不知多少遍地站在这个地方看自家村子，这几年专走大路，今天忽然再看，竟然发现小雷家大大变样。以前全村看下去全是一块块的地，跟乌龟背似的，现在则一半是五颜六色的屋顶，不是屋顶的部分，却也不是像模像样的地，即使距离那么远，雷东宝也能一一指出，这块是鱼塘，那块是牛蛙场，分毫不差。

这一年，三大块企业，没一家是省心的。红伟那块最近业务量一直在小幅度下降，库存已经堆下不少，不知道开春时候会不会有转机。忠富那儿是最省心的，虽然猪场今年销售势头也不大好，猪肉价格一直温吞，猪场今年是破例没有增栏，但好歹东山不亮西山亮，牛蛙这种新鲜事物大量上市了，好多单位大量订

1

购了去发福利做礼物，价钱卖得再黑也有人要。忠富精打细算才留下几只做种的牛蛙。尼罗罗非鱼也争气，生得多，长得快，卖得快，今年净见忠富挖鱼塘，忠富那儿应该不会亏本。最麻烦的是正明那一块。

现在看下去，铜厂已经初具规模。短的是火法车间，长的是湿法车间，窄的是辅助车间。当初正明拿着写得密密麻麻的安装筹建计划让他签字，他闭着眼睛让正明读，给听得云里雾里的，越听越觉得高深。但又越听越反感，什么叫正规？造好车间才安装设备就叫正规程序了吗？那他以前当工程兵时候的怎么算？为了抢时间，天上地下一起上，怎么就没人说不正规呢？他强烈要求一边造房子一边安装设备。正明费尽口舌都无法说服雷东宝放弃想法，雷东宝不答应，士根就不给钱。正明只好找设备生产厂家和建筑工程公司一起商量，雷东宝见几个协商会开下来，吃了他几十只牛蛙还没解决，火了，拍着桌子现场办公，拿出爱干不干没得商量的流氓劲头，设备生产厂家和建筑工程公司反而协调好了，如果东边上面施工，那么西边下面施工，反正大家错开施工，谁也不惹谁。

因此，现在看上去厂房造得差不多，其实设备也基本定位就绪，安装工作接近大半，也没见死个人伤个人。若当初玩个什么正规，现在估计设备还在天上飞，才完成三个车间大壳子。

压缩工期就是省钱，士根就此算出一笔账，拿来教育了一顿正明。但这些省出来的钱，相对预算缺口依然是小巫见大巫。雷东宝这下半年的时间就拿来借钱了，直接找银行借，通过县委找银行借，村里人集资，等等，能想的办法都想了，好在银行相信小雷家还得起，尤其是忠富那儿有赚头，登峰厂也一直在产生利润，小雷家势头良好。

今天也是如此。钱是借来了，牛蛙又送出一大袋。雷东宝心想，这笔钱专款专用，专门拿来做设备启动和试生产原料采购。这个电解铜项目可真不得了，原有登峰厂工程师看了这项目都说靠一个机械类工程师的本事拿不下，得加上其他好几个门类的才行。因此，小雷家选送好几个工人出去培训，培训费用不少。好多预算外产生的费用就是类似培训费这种因为对新设备的不熟悉而没预算到的部分，当初如果预算精确，雷东宝估计自己会否决这个项目，太烧钱。现在投资已经过半，再停止已不可能，只有硬着头皮借钱继续，好歹得把项目进行到底。

士根现在一看见正明就皱眉，看到雷东宝则是拿出每个月的银行费用叹气。士根总说风险太大，风险太大，超过小雷家的承受能力。杨白劳都没士根会操心。

雷东宝当然也操心，可怎么都赶不上士根那个操心劲儿。很简单的事，只要安装调试成功，成功做出产品，产品让自己的电缆厂用掉大半，以后的收入就不用愁了。多大的事儿呀，无非是最近得勒紧腰带，手头紧一些，但投入大产出也大，未来赚钱的日子指日可待。风险超过小雷家承受能力了吗？应该还没，只要他雷东宝撑得住，小雷家就承受得了。别人或许看着他每天焦头烂额在银行间打转，他自己心里则是清楚，只要能借得到钱，就称不上难。

雷东宝启动摩托车，下去村里。经过涂成银灰色的重油罐，他又想到卖重油的给他看的石油原油，原来不是汤汤水水跟汽油似的，而是跟沥青差不多。上这铜厂很让他长了见识。雷东宝拍拍重油罐，离开去了村办。

村办里热热闹闹，正讨论今年分发福利。只有士根、忠富、红伟三个声音不多，正明不在，正明现在分身乏术，据说一天只睡六个小时。大家都说今年得分鱼和牛蛙，大家也得尝个鲜。雷东宝在外面听得分明，开门进去就说："分你妈个鸟！分几条鱼，牛蛙不分。"

四只眼会计赔着笑道："都说牛蛙好吃着呢，自家村里都养了，总得让我们尝个味道。"

"牛蛙贵，今年不分，想吃问忠富买。今年分什么照去年的例，每人多分五条鱼。有什么好讨论的，散会。士根，进账单给你，一百六十万。"

雷东宝发话，大家的意见瞬间化为乌有，一会儿便作鸟兽散，只有忠富留下来。士根与出纳交代几句，过来道："书记你早就该来。"

雷东宝看忠富没走的意思，又吞吞吐吐不说话，奇道："忠富想请我吃牛蛙？牛蛙我吃腻了，你别想再引诱我，挖几只青蛙出来红烧是真。"

士根冷静地看忠富一眼，忠富一向不喜欢凑热闹，今天在村办坐这么久，一定有事情要讲。他想来想去，想到一件："忠富想问今年春节分福利从你那儿拿的猪肉、鱼都怎么结算，是吧？"

忠富有些不好意思地点头："还有村办食堂常从我这儿拿货，村里送礼拿的东西，年底都该结账啦，这些是单据，都有经手人签字。"

雷东宝有些意外，虽说前年还是他主张村里三个实体经济单立，村里再也不能从这家抓钱给那家，有关钱的支配都定了细致的规矩。但因为前年还在整合，规矩都没落实，到去年才开始执行。因此忠富现在跟他来个亲兄弟明算账，雷东宝一时有些不适应。他拿来账单看，才看个开头，就笑道："忠富你还算客气，我偷吃的你没给记账。"

大家都忍不住笑，都知道雷东宝一路偷吃，直到有一天忽然觉得牛蛙不如青蛙有嚼头才作罢，这期间忠富不知生了多少次气。士根笑了后却问："忠富，你是不是担心正明那儿亏空太大，想早早跟村里结清账款，确定你的利润数字，免得村里占你便宜？"

雷东宝一想，肯定是这意思，忙把账单翻到最后，一看总数，果然巨大，不由"嘿"一声："忠富你这奸臣，不说早点提醒，由着我从你那儿乱拿东西，今天才一锤子打死我。"

"你这是诱敌深入，一举歼灭。"士根一边冷冷补充。

忠富只得赔笑："没这个意思，村里用钱，我难道能不拿出来？都是村里的投资，书记的决策，我不过是管管。可亲兄弟明算账，数字还是得确认的，我得根据这数字回去计算奖金。"

雷东宝看着数字，心里跟割肉一样，这才借来的一百六十万，眼看着得剜去一块。他翻来覆去看着无误了，才将账单扔给士根，闷声道："照算，我们不能当制度是个屁。"

忠富又笑，但很快就严肃地道："看起来还只有我一个人说经济单立就经济单立，正明如果还存着可以靠在村集体身上的念头，这情况就不大好。经济单立的话，发展资金其实也应该靠自己解决。我跟村里算账正确，看上去无情无义，可我按照规定，也没要村里一分钱扩大规模。"

雷东宝一时无言以对，只嘀咕一句："你这鸟人，专门斤斤计较。"

忠富认真道："我不是斤斤计较，我看着铜厂投入资金比预算超那么多，心里急。虽然不属于我分管，可到底是村里的钱，我们都有份。"

士根在旁边说道："忠富，村里没有厚此薄彼的意思，你千万不要想歪了。铜厂作为我们村重点工程，村里态度倾斜一点也是有的。"

忠富道："我不会想歪。可我提醒你们管住铜厂的支出，如果都依着正明这个没吃过苦头的小年轻事事求好，铜厂真成无底洞了。"

士根与雷东宝面面相觑，好一会儿，士根才道："正明冒进了点，年轻人，容易愣头青。忠富，你还想到什么？"

"没了。很高兴你们没说我背后挑拨离间。"

雷东宝还是没说啥，看着忠富办完手续，签完字拿支票离开，才对士根道：

"用了正明就得相信正明，小伙子有时候头脑会发热，大多数时候还是好的，村里找不到第二个跟正明学得一样快的。再说我们也都管着，不怕。"

雷东宝说完走了，士根知道他肯定又去铜厂工地，知道他对电解铜项目的狂热其实与正明差不多，雷东宝是生就的个性，正明则是因一帆风顺，导致两人都喜欢超前。这两个人合一起，岂是他和忠富两个劝得回的。也好，让忠富财务真正独立，起码保存实力。

但正明那里，怎么想办法约束一下呢？总得想办法敲敲那小子的脑子。

正明再一次问士根拿钱的时候，士根取出一份计算好的清单交给正明看。

"这是我按照铜厂的理论生产力给你算的一份三年内利税预测。我假设你能达到理论生产力的80%，原料及产品价格保持不变，人工支出也保持不变。铜厂每年，合并登峰的利润，减去银行贷款的利率，减去问村民集资的利息，减去折旧，以及杂七杂八费用，你看看，你这三年之内预计利润可能接近零，更可能出负数。"

"怎么会？"正明有点发慌，拿了清单来看。

士根冷眼旁观，依然冷静地道："怎么不会？如果你再不好好控制铜厂安装支出，村里问银行再贷一笔款给你的话，你恐怕十年都还不清贷款。"

"怎么会？怎么会？我已经精打细算了。"正明急了起来，他没想到会有这种零利润，甚至负利润的情况出现。

"你拿回去慢慢看，我也只是给你一份粗的，有些属于铜厂特有支出的部分我可能考虑不到，你如果想到了，添上去后告诉我一声，我这里也可以为未来三年的资金情况做好准备。"

"士根叔，你的意思是……"

士根不语，只定定地看着正明。正明差点被士根看出冷汗，忙借翻看清单避开眼光。好久，正明才道："士根叔不会怀疑我做手脚，从设备采购中捞好处吧？"

士根淡淡地道："正明，你要想歪，我就没办法了。大家都姓雷，我看你辛苦一场，别到时捞不到好，提醒提醒你。你非要从另一个角度理解我的好意，我也随便你。"说完就抢来正明手中的清单撕了，不再搭理正明。

正明忙道："士根叔，这怎么说呢，你别生气，你原谅我年轻不懂事，嘴巴关不住。士根叔，士根叔……"

士根见正明再三道歉，才叹声气，道："我这里没什么，只是你做事别让东宝书记失望，别让你手下跟着你的人失望。你要拿利润和奖金来说明问题。"

待得正明保证回头一定留心控制费用支出，一改原先大刀阔斧作风，士根才放正明回去。心中则是暗自担忧，东宝不出面，正明能真的改了狂傲吗？可是又很难说动东宝出面，东宝本身就喜欢这种冒进。士根很想知道，更加少年得志的宋运辉平时工作作风是怎么样的，会不会也是一狂三千里？他写了封很长的信给宋运辉，将电解铜项目的前前后后和他的担忧讲述了一遍，希望工厂经验丰富的宋运辉帮忙看看，有没有什么纰漏。因为这个项目涉及资金巨大，若是出现问题，小雷家负担不起。

他估计这封信到宋运辉那儿，差不多快到春节了，正好宋运辉春节回来时候面谈。

02

杨巡的商铺租得很火。这个百货日杂品行业圈儿里面，交流信息似乎有其独特的地道战方式，一传十，十传百地，不知怎么就传开去了。传开后，租赁势头极好，岂止是原先预测的一天租出三个店铺的量，依杨巡得意扬扬的话说，他办手续都来不及，若是手续能办得快，他一天还能多租几个。

眼看着趋势火旺，杨巡打起了涨价的主意，今天月租涨十块，明天月租涨二十，后天说不定涨三十都不止。排后面的又是骂又是急，可眼看着还是一家一家的商铺标上租出去的红牌，那些原先还想观望几天的人急了，急着抱钱过来签订合同，手续可以慢慢办，可合同先签了，钱得先交了，免得跟不上涨价。

寻建祥一边儿看着只会惊奇，心想这才是真正的生意经，他卖瓷砖的时候怎么就没那灵活劲呢？钱超额收回，寻建祥心中痛快，可这会儿杨巡却发愁，愁怎么才能扩大市场在普通市民那里的知名度，让整个城市最犄角旮旯儿的主妇都知道这儿有个市场，做的是最低价的批发生意，让整个城市的主妇想到买大宗商品就想到批发市场。

今年的春节来得早，才过元旦就得筹划春节前开业。杨巡想了又想，不知想了多少主意，都觉得不行。杨巡眼看着时间不行，急得只有操起旧办法笨办法，挨街挨户地找居委会找门房什么的送传单做宣传，深入婆婆妈妈广泛宣传策动。听到那些持家有方的老大妈总是问起他市场有没有年货的时候，杨巡忽然想到，何不打年货牌子？

他回来叫人连夜拿碎石子把旁边二期场地填平了，后面几天通过各种渠道，甚至包括东海项目后勤人员的渠道，联系到水产肉禽蛋的供应大户到市场旁免费摆摊，又争取获得所在区领导的支持，于是，市场就夹在所在区春节年货展示会大红横幅下热热闹闹地开业了，连这些彩旗横幅还是区政府支援的。

年货场的人自然是多，用人山人海来形容一点不会错。杨巡担心人们只去年货场，不进来市场看，在布置会场的时候他很做了些手脚，搞得彩旗飘飘净指向他的市场。他看到总有人上当进了市场，但好像进来发现上当，好多人很快又走了，每走掉一个人，杨巡就揪心一次。他让寻建祥看着究竟有多少有效人口进了市场，他就不信没人对市场感兴趣。

杨巡似乎忙得焦头烂额，似乎哪儿都需要他主持似的，其实一半时间是兴奋得如梦游般地在场地乱窜，即使兴奋地看着年货场人流如织也好。尤其是看到市场里有大笔交易完成，双方一手交钱一手交货的时候，杨巡真是在旁边看着技痒，恨不得上去帮忙讨价还价。梦游好久才想到寻建祥正数着人头呢，忙折返到门口，有些兴奋有些担忧地问："怎么样？形势怎么样？"

寻建祥看看手表道："开业到现在，三个小时多，进去的人数不清了，不清楚哪些是走错门的，哪些是特意逛市场的。我数拎着东西出来的人，说明肯定是在里面买东西了。第一个小时才二十几个人，第二个小时就有六十多了，第三个小时七十多，现在好像人少了点，吃中饭去了……"

"下午肯定人更多。"杨巡毫不犹豫打断寻建祥，凭经验得出结论，"会传开的，传得很快的。"

杨巡忽然想到什么，立刻陀螺一样飞快转身，跑进里面去。寻建祥看着觉得杨巡会发现什么重大事情，就跟了上去。果然杨巡跑到一家卖南北干果的铺子前，小声神秘地道："老董，三号铺听说一早上做了三百多块生意了。"

寻建祥才想这杨巡怎么知道人家三号铺做多少生意，那个老董就得意扬扬地道："才三百，我光是瓜子就卖了两麻袋。等我老婆吃饭回来，我得赶紧去仓库补货。"

"我怎么说的？生意比你窝家里做批发强吧？后悔元旦前没多进点货了吧？"

"最先谁信你啊，一个外地毛小子，要不是能拿个批发执照，谁来你这里？哎，大姐，这红枣是沧州的，河北沧州，小枣最好的地方啊……"老董一见顾客上门，就很没良心地撇下杨巡他们，专心生意了。

杨巡又这么流窜着到东家说西家发财，到西家说南家兴旺，一个个地把生意好坏大致套了出来，等走到尽头，杨巡忽然"哈"一声一把抱住寻建祥。寻建祥也兴奋，没想到市场商户们第一天的生意这么好，但忽然觉得不对劲，杨巡这小子好像想举起他，他忙道："你神力？我一百多斤你扛得起？"

杨巡一听，索性跳开几步，"呸呸"往手心吐了两口唾沫，双手一搓，真是跃跃欲试。寻建祥见不得杨巡的土气，猿臂轻舒，化被动为主动，一把抄起杨巡，还想在空中甩个弧度，被杨巡拼力挣脱。两人又是取笑几句，才继续回头忙碌。

看样子，似乎市场开业，旗开得胜。

杨巡最清楚人气对于市场而言意味着什么，早年他就曾为人气做过种种出奇举动，甚至不惜得罪老乡。如今开业连续三天的人气，让杨巡仿佛看到二期三期推出时人们争先恐后抢购铺位的热烈场面。开业三天，他和寻建祥下了三天馆子，喝酒吹牛，还不忘冲着邻桌的女性吹口哨唱小调，吓得邻桌女性花容失色纷纷离席才罢。杨巡发现这沿海城市就是好，民风那个温柔，换作在东北，搞不好没多会儿，吓走的女性就会带一帮哥们打上门来，打个头破血流。

唯一美中不足的是，寻建祥可以跟宋运辉时时交流，杨巡想报个喜讯给妈妈，却得例行等到周六晚上。终于等到周六晚上了，也是春节就在眼前了。

弟妹们都来过寒假，妈妈那边接通电话，传来的是好多人的嘈杂声。杨巡把这边市场的情况跟他妈详细说了一遍，才道："妈，市场那些老板都不想休息，一定要开到年三十，回头初五就开门。我算了算时间，都不够回家住俩晚上。要不你们一起过来？正好我们一起看大海，我这儿现在也有地方住。我两年没见你们了，可想死了。"

杨母听儿子这么说，鼻头一酸，热泪盈眶："我们都想你，才刚寒假，你三个弟妹已经计划着怎么欢迎你回来。老大，你回来真有困难？"

"是，就算是火车汽车都能赶上，最多是初二晚上到，初四中午走。你们来吧，让老二老三多背些好吃的给我。"

杨母想了一下，道："要不让老二带老三老四去你那儿。我没法离开，我要一走，那些借钱给我们的会以为我们一家卷钱跑了，不等我们回家，房子先得给扒了。你要能回，还是你回吧，你来露个脸，比我说什么都强。"

杨巡不由笑道："妈，别那么神经紧张，我现在有那么大个市场，哪儿跑得了，他们才不会以为我们跑了呢。"

"别大意，人家又没看见你的市场，借钱出去的都是提心吊胆的。我们还是小心点，别让人背后说闲话。你看看，你能过来就你过来，过不来我让你弟妹三个过去找你。"

杨巡听着头大，知道别想说服他妈了，只得答应还是他回去。他这一答应，害得弟妹们一阵叹息失望。原本还指望大哥能抵制住老妈的强权，帮他们争取到看海的机会。

杨母又道："老大，你既然赚得比预期的要好，要不你留出二期的钱，多出来部分我们还是先还了吧，省得借钱给我们的人夜长梦多。"

杨巡几乎是捂住嘴，才把冲到嘴边的"不"捂回去，定定神，道："妈，你要么有空把最先借钱给我们的几个利息算算吧，我这次回家先连本带利还个五万。"

杨母应了"好"，但又跟着问一句："你自己发展的钱留足的吧？别到时不够。"

"够，够。"杨巡应了。回头却翻开账本算钱。他本来有计划勒紧腰带将二期面积扩大，以多放几个摊位。他想好了，屋梁朝着三期的方向伸出两块楼板的距离，钱正好够用。可现在被妈一搅，去掉五万，这两跨的计划就上不下去了。可是不答应妈，行吗？显然不行，妈会说出很多理由一直到说服他，妈的坚持杨巡最了解。杨巡不由感叹，大获成功的事若不告诉妈，那不可能，可是告诉了妈，喏，就是现在这样的结果。

杨巡画着草图，计算费用，想来想去，若只伸出一块楼板长度的话，破坏了格局，影响三期施工，又没赚来太多好处，很不合算。他无奈地放弃计划，索性春节前从银行提了十五万，反正这些钱放手里暂时也没法生钱，不如还了，还可以少付利息。心中真是郁闷得可以，发誓以后生意的事还是别让妈知道太多，妈思想太保守，动不动见到风就是雨的，太拘束他。

这十五万，几乎连本带利地还了杨母出面借钱的一半。那些借钱给杨巡的大年初三收到杨母亲自送上门的钱和利息，还附带糕饼一盒，都很喜欢，个个非常豪气地说，其实不用还，等到一年后再还也行，就是借上两年也无所谓，乡里乡亲的，谁不相信杨母的为人。杨母只是微笑，却绝不松口。

开春，寻建祥一个朋友的妹妹过来海边培训。那女孩子他认识，小时候跟她哥哥屁股后面小尾巴似的，嘴巴总闲不住，最爱吃零食，小嘴里不是话梅就是橄榄，常被他们这些大男孩不齿。寻建祥不过是看哥们儿面上帮忙接送，骑摩托车把女孩子从火车站接来，找到培训处报名登记，再带着女孩子在附近街巷绕来绕去找到一家干净旅馆安顿下来，趁女孩子收拾的时候，他还出去买了一堆零食。男人家出手大方，网兜打开，零食呼啦啦扑出来铺了半张床。晚上寻建祥请客的时候，女孩子看着寻建祥的目光有些怪，羞答答地总帮寻建祥倒啤酒，却又一次次地倒到外面。寻建祥这才忽然意识到，对面的小尾巴现在已经是大姑娘。两人一直吃到饭店打烊，被店员出了恶语才离开。

女孩子来培训两个月，寻建祥两个月有了奔头。先是惊了杨巡，惹得杨巡艳羡不已，心中痒痒，感慨从此少了个一起冲姑娘们吹口哨唱小曲的伴儿，一个遛弯儿，就把消息透露给了宋运辉，杨巡那是千方百计地寻找和宋运辉多接触多说话的机会。然后惊了宋运辉，宋运辉一定要挤出一晚上时间请女孩子吃顿饭，一看这女孩不知比过去寻建祥钟情的小麻雀似的张淑桦好多少。宋运辉心里替寻建祥高兴，回头就给寻建祥吃了一颗定心丸，说女孩子只要愿意，东海项目给她留着位置，户口可以给解决。

看着寻建祥刚毅的脸上如今充满甜蜜，宋运辉的心态就跟过来人似的。他很平静地想到，好了，寻建祥终于找到女朋友，他无论如何都要想办法促成。然后想到，谈恋爱的时候都有些傻，等一结婚就冷静了。最后想到，生了孩子，都是糟糠夫妻了。

宋运辉今年春节也没回家，既然是他亲手制订的密不透风的安装计划，他自然无法在春节时置身事外，他还得做做表率，谁让他年轻资历浅，只能请父母妻女过来团圆。反正父母退休了，妻子休寒假，时间对他们都不很要紧。他事先做好安排，让父母先经过金州，带着程开颜一起来。

不承想程开颜却是为了这次的团圆好生心虚，怕丈夫看见她文过的眉毛不喜欢，怕几次赌气不接电话丈夫会还以颜色，怕到了宋运辉的天下更加落单，到时人生地不熟，没处找人撑腰。她愁死了，一向好睡眠的人竟然好几天睡不好，因此出现在宋运辉面前的时候，更加熊猫眼。

按说小别胜新婚，宋运辉发现，他对着妻子热烈不起来。他亲自去火车站接来四口人，女儿虽然看见他有陌生感，他却对女儿亲得很，恨不得开车时也把女儿抱在膝头。父母则是一口一声心疼他瘦了很多黑了很多。只有程开颜反常地话少，脸上又满是憔悴，说话都是结结巴巴、三言两语，只牢牢抱住女儿，跟溺水的人抓住稻草一样。

一夜之后，程开颜才稍稍松弛下来，但感觉丈夫更加高深莫测。而她却很快适应了东海临时宿舍区的环境。谁都对她很好、很客气甚至巴结，所有的人看见她都是一边倒的好话，而她手上牵的女儿则是小天使、小玉女，花仙子都不如宋引美丽可爱。她第二天就融入宿舍区家属圈子，觉得与金州没差多少，更有爸爸听说后鼓励她坚决留下不回。宋季山夫妇则是被众人的热情好客搞得异常内疚，两个人低调了一辈子，忽然被人拱着高调，浑身不自在，索性带着孙女要么猫在屋子里玩游戏，要么远远出去，到东海项目周围的农村兜圈子，顺便带蔬菜海鲜回来。

宋运辉虽然忙，却都看在眼里。但他也没阻止程开颜，他自己也检讨过，他忙，没时间陪妻子，那就别阻拦妻子找自己的乐趣。何况她也就待一个寒假，放纵她一个寒假又如何。对于回来时常看不到妻子的身影，他也并不很在意，他进门总是目光嗖嗖寻到女儿，跟女儿玩得昏天黑地，女儿爱怎么蹂躏他都行。

几天下来，当然也在程父的婉转催促下，他决定让后勤帮忙在最临近东海项目的县城问房管所租来一套老式带花园的二层楼房，他把一大家子都迁过去，指使人节后立刻去金州把妻子的工作关系调到这边县教育局，把女儿安插到最好的城关幼儿园。程开颜的愿望终于实现，但她却觉得幸福来得太快太不实在，好像那些幸福都与她无关。她寄望东海的正式家属区早点落成，她可以回到东海家属区那个友好热闹的群体中去。因为她需要在群体中寻找踏实的感觉，否则总是心神不宁，觉得丈夫离她好远。每天见丈夫回来的时候都累得癞皮狗似的，她心里反而放心，用她以前同事的话说，丈夫就是要让他忙，忙了就不会有时间想风花雪月。

宋运辉感觉非常满足，他终于过上了一家人抱在一起的好日子，终于奋斗出眉目可以让家人孩子幸福于他的羽翼之下，他终于可以每天早上像天下大多数好爸爸一样送女儿上幼儿园，而且因为职位上升，他也终于不用为养活一家人犯愁。他每天很忙，每天最精神、最快乐的时间是早上，他送女儿去幼儿园，讲一路的故事，不讲完故事女儿不下车，然后才带着微笑上班，人们都背后说他家属迁来后态度好了许多。

因此，虽然宋运辉以过来人身份淡看寻建祥的恋爱，却很鼓励寻建祥早日结婚，争取早日稳定。

杨巡却并不很羡慕宋运辉的居家生活，只眼红寻建祥的恋爱。他终于厚着脸皮找到旧时同学，许以好处，让老同学帮忙打听戴娇凤的下落。没想到，戴娇凤的下落并不是秘密，去年她就回了一趟家，与新婚夫婿一起回的，丈夫是个年轻有为的军人，看上去很爱她，戴娇凤现在随军在上海。杨巡没料到是这个结果，听到这个结果，他心中似乎有一只气球呼地漏了全部的气，一时满心都是空虚。他还以为男人是那个揍了他的人，他心中隐约总有一丝攀比之念，想象哪一天终于可以一掷千金，出入华堂，将那个在星级宾馆璀璨华灯下儒雅高贵的男子比下去，一雪当年那男人抢戴娇凤的恨。没想到……杨巡不知道中间发生了什么，现在只知道，戴娇凤结婚了，而且很幸福，戴娇凤的丈夫不是他，戴娇凤的幸福不需要他，没人抢戴娇凤，没人拦着戴娇凤，戴娇凤自己离开了他。

再看到寻建祥的幸福，杨巡更是失落。他这样不知疲倦的人都没精打采了好久。

杨巡最失落的春天，一个过去曾经一起在东北做生意的老乡顺藤摸瓜找上门来。老乡顺的藤是他春节回家还债时候散发出去的名片，老乡找到杨巡之前，先带着生意人的精明眼睛把批发市场角角落落摸一个透，又到二期工地看了一圈，证实杨巡所言非虚，果然有老大身家之后，才找到杨巡，说大家手里的钱存银行不合算，还想存到杨巡手里吃利息。杨巡正没精打采着，一听这老乡的消息，他心中闪过一丝豁出命去的念头，他对着很想帮他做借款中间人以从中赚上一小笔的老乡不置可否，但回头就十万火急一个电话打到老家村里，让人找来他妈，他要他妈立即再帮他筹集资金，有多少筹多少。他准备二期未完便上三期，争取二期三期一起开业。他不给自己喘息的机会，他只想抱着头冲，冲，冲。他没有其他方向，他如今唯一的方向只有批发市场的建成，那么，他就不要命地奔向那个方向。

果然不出杨巡所料，他妈闻言就说："老大，你现在已经站稳根基，不要再试图冒进。一步一步地积累不是挺好吗？再说，你看看你这回付出的利息，借人钱不是白拿，利息这东西太咬肉。"

这一回，杨巡见招拆招，没再老实得没一点花饰："妈，现在大伙儿看到市场的成功，想模仿的不在少数。不过等他们一个个章敲下来，起码还得半年。但也不能排除有些国有企业所有批文都给开绿灯。妈，我给逼上梁山了，如果三期不和二期一起上，趁别人还没造起市场前先把顾客圈住，等别的市场冒出头来，我就没优势了。"

"哪会……"

"最怕的是别家一上来就很大规模，一上来就有很多批发商入驻，一上来就品种比我这儿齐全，那我就等着关门吧。我的二期三期一起上的目的就是得有场地招更齐全的批发商入住。"

杨母一时沉默，老大的话，她大半明白，可问人借钱这种事儿……杨母心中微叹，道："我有数了。老大，你看看这回需要多少。按说，我们有借有还，再借不难。"

杨巡说了个令杨母吃惊的数字，随即又道："妈，如果有难度，我委托以前一起去东北的老莫出面帮我借，他拿一部分中间费。他主动找上门来，说要帮我借钱。"

杨母奇道："无利不起早，帮你借钱他要你多大好处？"

"利息之外，每一百块，我得给他五块钱好处费。"

杨母大惊，忙道："那怎么行，哪有那么高好处费的，还说是一起去东北做事的老乡，吸血呢吧？老大你别急医乱投药，这都快跟借高利贷差不多了，解放前借高利贷都是逼死人的，你别上圈套，妈想办法。"

杨巡知道妈这话出来，那就等于答应。于是他回头就谢绝了老莫的提议，一心开始规划三期。他基本上操心钱的事情，寻建祥掌管的是工程进度，两人配合得很默契。很快，他就回家去取了一次钱，还是与寻建祥一起去的，数额不小。

果然如他妈的预测，有借有还再借不难。不仅原先的债主依然愿意借钱给他，其他债主也闻风拿钱过来，甚至有些还问自己的亲戚朋友借了钱，再来借给杨母，图的是杨巡的高利息。杨巡真没想到，大伙儿竟然都这么有钱。

令杨巡最没想到的是，二期工程接近尾声，准备开始招商，三期也已经如火如荼，杨速他们准备过暑假的时候，他会接到妹妹杨逦的一封信。杨巡拆信的时候依然还在笑妹妹不知又想出什么古怪主意，一周一次的电话不是可以说话的吗，还要写什么信。但等看了第一行，就愣住了。杨逦非常不客气，在信中对他这个大哥毫不留情地斥骂。

杨逦指责杨巡只知自己痛快地做事业，不该把已经辛苦一辈子的妈拉进战场，让妈为儿子提心吊胆。问杨巡回家时候为什么不仔细看看妈的脸，发现妈的憔悴，却眼中只有妈帮借的一张张的钱。杨逦又说，妈这段时间头发白了许多，从前面看去，几乎一片白，只有后脑勺还有几缕黑发，前年夏天做的一件短袖现在穿着空荡荡的，风吹上去都看不到腰，那都是愁的，因为妈责任心重，借了人的钱就一直担负着巨大责任，不像某些人没心没肺还睡得着吃得下。原以为第一次借钱之后会有个了结，没想到大哥变本加厉，而妈妈却执迷不悟，全都不肯罢手。杨逦在最后严正要求大哥，为了妈妈的身体健康，立刻停止要妈妈借钱，不然，她会在暑假采取实际行动制止妈妈。

　　因为父亲早逝，杨巡在家一向有长兄代父的倾向，他为家做了很多事，目的是为了弟弟妹妹们过得好，不用太多体会生活的苦难。而杨逦因为是最小，从来是他保护最多的，他真没想到杨逦信中措辞如此严厉。杨巡不由回想一下这三次回家取钱看到的母亲，不错，因为行色匆匆，都是当天到当天回，而且为了保护钱还带着寻建祥等人，都没在家过夜，确实没好好看看妈，但他总还是看到妈了，而且跟妈说了不少话。他搜遍记忆，情况哪儿就像杨逦说的那么严重了？妈说话走路依然开朗精神得很，妈也看上去挺满意借钱时候大伙儿的踊跃反响，哪来的憔悴？杨逦这丫头不知咋呼些什么，还采取实际行动呢，他都拦不住妈，凭杨逦怎么拦得住。他对妈的性格太清楚，他可以委托老莫帮助借钱，除非是妈不知道，但万一被妈知道他绕过她，妈会赶上来骂死他。借钱这种事，妈肯放手给别人？

　　再说，再过两个月，第一批借的钱将纷纷到期，而他暂时还没办法将刚刚建成的二期交付使用，意味着他暂时还拿不到租金交给妈妈，需要妈妈拆东墙补西墙，拿新借来的钱还第一批的债。这种事，别说他妈妈不放心交给别人，如老莫，他也不会放心交给妈妈之外的任何人。对于杨逦的严厉指责，杨巡心中有气，他哪里是没心没肺好吃好睡着，最近天气热了，他经常与寻建祥两个累得一头扎工地里，有一次醒来，发现身下是一堆横七竖八的砖头，硌得全身疼痛，差点起不来。他这么拼命还不是为了家？妈也是一样，维持一个家容易吗，供养两个大中专生容易吗？杨逦可知道，这城市的另一角，有一个村眼红他的市场，也赶紧批了农地准备建设新的集贸市场与他分庭抗礼，他若是没脑袋清楚快上那么一步，等人家集一村之财力建设起来，这个城市还有他杨巡混的地盘吗？他难，幸好还有妈妈知道。杨巡感慨，又感慨，感慨再三，终于决定不回杨逦的信。道理，妈妈肯定已经全说给杨逦了，无须他多说。而骂杨逦，那是他做不出来的，他难道还能跟最小的妹妹计较？再说，已经不读书那么多年，杨巡也懒得提笔写封类似杨逦的洋洋洒洒的信，太让人头大。

当然，他了解妈妈心里的压力，但很快，很快就会过去。夏天新建筑保养得快，很快就可以在九月左右投入使用，差不多就是北京亚运会开幕的时间，对了，到时他得拿亚运会做做文章。二期只要投入使用，钱就来了，很快，没多少天了。再等三期紧跟着完工投入使用，到那时，他算了一下，他手头现金会有很多，而市场这个巨大资产就将全部姓杨。

杨巡将妹妹的信塞进抽屉，杨逦的信并不会带给他什么阻挠，他依然会以自己的速度前进。当然，情势也逼着他必须如此飞速地前进。竞争一点不亚于将要举办的亚运会上的竞技运动，处处需要更高更快更强。

03

杨巡的奔跑还没到个头，东海项目的安装工作也是紧锣密鼓地开展着，小雷家的电解铜项目率先冲到终点。

宋运辉那是当仁不让的开工仪式嘉宾。他其实忙得分身乏术，但小雷家的电解铜项目不同以往，那意味着小雷家工业水平跃进一个新的台阶，他清楚雷东宝们对电解铜项目的感情，他岂有不去捧场的道理。但他实在是忙，只好周三下班就叫司机开车前去小雷家，他在车上睡一觉算是对付过去，大清早到的小雷家。

虽是清晨，节日气氛已经浓重，处处已经挂上大红横幅，地上遍插迎风彩旗。而进村的宽阔马路，已经变成绿荫匝地的林荫大道，路两边的樟树重重如华盖。宋运辉看着眼前熟悉的一切，对自己的司机感慨："你看，农村比我们早发展一步。"

司机有些不服："我们的也很好，更见规模，等我们的绿化长起来，一定不比报纸上拼命宣传的宝钢差。"

宋运辉笑笑，心说当然，他在当初的设计中充分借鉴了宝钢经验，除了考虑充分美化之外，还在植物的选择上选取吸附污染物质的种类，他有野心，要把东海项目搞成系统内的样板，即使目前情况进口国外设备不易，他依然想办法从其他地方着眼，提高东海项目的档次。

宋运辉看看时间，没先去雷东宝家，而是转到铜厂。远远看到的时候已经觉得很不同，附近的养猪场房子，原先看着还觉得成排成行，很有规模，现在与铜厂对比着，只显低矮老旧。而登峰厂的电线车间更不入眼，当年条件受限，车间都是只有屋顶屋柱，透风透雨，简陋得像鸭棚子。相比之下，铜厂简直齐整得不像是一个国度的。

铜厂现场却是由不相干的红伟在连夜指挥最后的清扫工作，虽然红伟见到宋运辉很是高兴，可是言语间颇多怨气，铜厂的开工让红伟有了靠边站的感觉，他手下实业的规模已经大大不如正明的，红伟本来就脸上挂不住，又被雷东宝指派着扫尾，难免怨雷东宝厚此薄彼。

宋运辉听得出来，却没顺着红伟的牢骚说下去，与红伟天南地北扯几句后，指着一只银灰色大罐问："这是重油罐？外面怎么没造一圈水泥围堰？"

红伟道："不知道，施工图纸都是设备制造厂提供的，我明天跟正明提一下。"

宋运辉道："这事一定得注意着点，水泥围堰的设计直径与高度，要正好能挡住一罐重油万一泄漏的体积。还有这种小灭火器也没用，得换大号的。烧油跟养猪场以前烧煤又是不一样，需要留意的事情很多。"

红伟嘀咕："记着了，我会提醒正明，这小年轻，做起事来着三不着四。"

宋运辉对设备不清楚，只能大致看看，却已经看出几个小小的安全问题，心中真是有些替小雷家担忧。不知道他看不懂的设备下面，又会潜伏着些什么危机呢？他一时也高兴不起来了，问道："还没找到合适的工程师吗？"

红伟叹气："有一个，专管电解的，退休老工程师了，技术是没话说的。老工程师脾气好，跟正明合得来。有些年纪轻的工程师，听说跟正明接触几次后，都找各种借口不来了。不过好在我们自己的工人出去培训三个月已经够格，还有我们自己掏钱培养出来的大学生也毕业派上用场了。这儿有问题？"

宋运辉忙笑道："没，没，我总算看到我熟悉的。这炉子是烧重油的？我们动力车间也烧重油，差不多的油枪。这儿没什么问题，感觉得出，车间主体设备的安装配备比较科学合理。"

红伟笑笑："我也不大懂，现在只有正明最懂。这个项目终于好了，再不开工我们村都快给榨干了。但愿机器一响，黄金万两，先把欠我预制品厂的水泥砖头钱都还上。呵呵，应该很快的。"

　　宋运辉一笑，依然对红伟口气中的怨气不搭腔，只就事论事地闲扯着，红伟见此就不再多说。宋运辉心里想，一个大项目肯定招很多人的怨，怨的人无可厚非，被怨的人也可能无可厚非，很多时候只是一些观念冲突，他大可不必临时来一趟就充包公断案。不过会提醒雷东宝适时化解一下大家的怨气。但他估计雷东宝不会太听他的提醒，雷东宝从来都不耐烦做思想工作，还不如跟士根说。

　　一会儿工夫，扫尾工作如期结束，宋运辉让不熟悉路的司机歇息，自己开车载着红伟去住宅区，上车下车对红伟很是周到，红伟脑子活络得紧，岂会看不出来，心下很是感动，说什么都要拉司机去他家睡觉。

　　村子很快就热闹起来。穿白衬衫蓝裤子敲队鼓的少先队员来了，小雷家自家的大红鼓又抬出来了。主席台铺上大红围裙样子出来了。麦克风一次次被弹响，大喇叭里一次次传出"喂喂"的测试声。再过一会儿，领导同志们来了，于是宋运辉就不再有时间旁观，他现在也是地位显赫的领导同志，同志见同志，话儿说不完。

　　让宋运辉捏一把汗的是当着那么多人的面，设备能否正常运转、生产出合格产品。他太清楚设备启动那一刻可能会出现的种种不可思议的事故，那样的一刻他已经经历多次，他对那一刻的要求是，只要设备转得顺利，肉眼看着稍微像样的产品能出来，风平浪静什么事故都不发生，那就是可以打满分的成功了。

　　好在，正明不负众望。当一道道工序顺利开启，一件件半成品流转于车间生产线，就只那个过程，在还没看到产品之前，宋运辉已经暗暗放心。正明也是好样的。宋运辉倒是有些欣赏正明累得消瘦长脸上略带张扬的神情，这种张扬，在有实力铺垫的情况下，显得朝气蓬勃，是他不便在金州和东海彰显的。他欣赏有实力的张扬，也羡慕正明可以张扬。再想起红伟睡眼惺忪时候的牢骚，不由笑了。估计只是小雷家的人民内部矛盾。

　　雷东宝送走各级领导，才有闲滚滚杀到宋运辉面前，喘口气道："怎么样？快点表扬，再迟过期作废了。"

　　宋运辉听了好笑，递给雷东宝一张便条："有些我能看出的安全小问题，我记录在纸上，你交给正明改进。已经很不错了，这么大项目，能按时完成安装，顺利完成投产，你真该好好表扬表扬正明。"

　　雷东宝没听到完全的表扬有些泄气，正明走过来听见这话开心，嘴里的谦虚有些言不由衷："哪里能跟宋厂长做的大项目比，宋厂长的一个项目，顶我们这儿的上百个。"

"没有可比条件，你们是在一穷二白基础上靠自己双手和智慧建设起来，我们有全国抽调技术人员的班底，有国家财力做后盾，我们做成项目没什么可稀罕的。正明，你们既然自己能消化一部分产品，照今天的生产势头，应该很快能产生利润吧？"

"肯定是，前途非常光明。"

雷东宝赞许地拍拍正明的肩，道："赶紧给我生出钱来，从今天开始我决不再给你一分钱。"

"是。"正明有些调皮地立正答应，他心里也轻松，顺利当着众人的面完成开工仪式，他不知道多得意。

雷东宝看着嬉笑，赶正明过去工作，回头对宋运辉道："总算好了，我得好好睡上三天三夜，为这铜厂操心死了。安装到后来，村里大伙儿的钱让我借空了，问银行借的债越来越多，大家背着我什么难听话都有，说小雷家要给闹破产了。正明差点顶不住，想打退堂鼓，我要他死也死在车间里，不许给我退一步。我天天到现场支持他，其实我也担心，可我得装着天塌下来有我顶着的样子。啊！累死老子了。"

宋运辉听着笑："我每次安装结束，也是睡他个昏天黑地，岂止是身体累，心更累。你走吧，庆功宴还等着你，我也走了，必须明天早上赶回东海。"

"那么要紧？"

"当然，你敢让正明前几天离开这里三天吗？"宋运辉犹豫了一下，又道，"修整后准备关心个人问题了吧？"

"什么个人问题？"

"你不是去年夏天跟我电话……"

"噢，这个，再说，我现在烦她，你爸妈好吗？等我这边闲下来，我过去看看他们。"

宋运辉见雷东宝不愿提起的样子，便也不勉强。走之前再去看看铜厂，这会儿从电解槽中拎出来的铜，已经黄灿灿地喜人。

04

杨巡几天后才偶尔从宋运辉那儿听到有关小雷家铜厂开机的消息。听到的时候，杨巡着实郁闷了一阵子。心想，小雷家这么大事，竟然都没通知一下他，即使他成不了宋运辉那样的露脸嘉宾，可好歹也让他送个礼吧，小雷家上下竟然都没想起他。说起来他对小雷家贡献不小，双方互惠互利不少。铜厂准备投资，是他帮忙全国寻找工程师。他结束北方项目，但因为与小雷家的交情，他对原有电线电缆市场做了很割肉的移交，确保他走后小雷家的登峰产品依然占有当地市场。他做事仁至义尽，却没想到被小雷家如此轻慢，就因为他是倒爷？杨巡心中愤愤。

杨巡跟寻建祥说，个体户是社会最底层，爹不亲娘不爱，政府只罚不管，银行理都不理。寻建祥也是深有体会，个体户都是小老婆生的。但两人没生多会儿气，因为最后得出结论，个体户赚来的钱都是自己的，实惠。

暑假的时候杨巡想让弟妹们过来玩，杨母不让，杨母心疼钱，还是杨速回家两天就看出妈的苦衷，带上弟妹大热天下地收拾承包地。三个儿女一起上手，承包地里的瓜果蔬菜立竿见影地水灵起来，产量上去了，拉到集市上好卖得很。如此一手一脚亲力亲为地劳动致富，杨母心里特别踏实。有三个儿女支持着，杨母原本以为最头痛的，拆东墙补西墙式的借债过程，稍微好挨了一点。

九月的时候，市场二期终于通过各项验收，可以交付使用。那天，杨巡想到要不要请有关领导过来捧场，也不免想到要不要请雷东宝过来剪彩，当然，宋运辉肯定是不会来的，他知道宋运辉暗中帮他们，可明面上，却与他们这些个体户是保持一定距离的，宋运辉为人谨慎，又正是奋斗上升期，不敢沾染最容易被人联想到经济问题的个体户。杨巡制作了很多横幅以渲染气氛，写上比如"迎亚运，盼盼带您逛市场""逛市场，看亚运"等充满时髦联想的句子。而市场门口则毫无疑问地放着慷慨激昂的《亚洲雄风》。杨巡不清楚亚运到底能给他的市场带来多少客流，但现在全国上下做什么都要跟亚运搭个小边儿，不搭白不搭，他怎么可以不搭这辆时髦的顺风车。

二期开张日期越来越临近，临近到杨巡认为再不出声请雷东宝过来看看就是没诚意的时候，雷东宝却并没想起那个曾经常来小雷家打混的杨巡。雷东宝喜欢笑眯眯地看着铜厂冒着黑烟的两条烟囱，欣喜于铜厂的滚滚利润。

他这样对电话那头的宋运辉说："铜厂开起来后，怪话就少了，有些人耐心不好……"

"看到最黑的子夜还以为没前途了，其实黎明就在前头。现在做几班？"宋运辉挺忙，只腾出一只耳朵给雷东宝。

"现在做两班，估计很快得做三班了。每天看着烟囱滚滚冒烟就安心啊。"

宋运辉手头正好有人送文件来，他心里打了个岔，漫不经心地随口问一句："黑烟还是白烟，还是没烟？"

雷东宝奇道："当然黑烟，又不是烧沼气，没烟。"

"噢。"宋运辉，看看文件，签下字，忽然想到不对，忙问，"你说什么，黑烟还是白烟？"

"黑烟啦黑烟啦，又不是香烟出白烟，你看哪根烟囱冒白烟的？"

宋运辉立刻眉头一皱，道："赶紧的，停机检修，重油不能烧出黑烟，冒黑烟有大麻烦。"

"什么麻烦？"

"燃烧不完全，你先跟正明说去，立刻采取措施掐掉黑烟，不惜停机。"

雷东宝心里嘀咕："燃烧不完全"？还有这种破问题？煤要是没烧完，铲出来敲掉外壳，里面黑的可以继续烧，油也有烧不完的？哪会？他摩托车的汽油随便拿火柴点一把就烧完，一点不剩，能出什么麻烦？雷东宝认为这是宋运辉小题大做，拿他们危险行业的大问题套小雷家铜厂小问题。他没赶去找正明，就电话告诉正明宋运辉有这么一个说法，让正明重视重视。

正明听了没扔下不理，倒是找去反射炉和锅炉那边，找两边师傅讨论黑烟产生的问题。反射炉的说想想办法，要不换一支油枪，换下的拆下好好清洗清洗，让喷出的油滴细一些，那总能烧透了吧。正明完全是出于重视宋运辉这个人的原因而重视宋运辉提出的非议，而重视宋运辉的主要原因还是因为宋运辉背后的雷东宝。他站在车间里督促锅炉的先换下油枪，因为锅炉造价便宜，当然先拿锅炉做试验。等冷了拆卸，果然上面有毛茸茸的结焦现象。

宋运辉正要去动力车间安装现场找有经验的工程师请教重油燃烧冒黑烟问题，却有门卫殷勤地送来一个包裹，一看是他大学所在地寄来的，又是梁思申，她这回暑假回了一次国，她一定又寄书籍过来。打开，果然是一包裹的书，不过另有两套小姑娘的连衣裙，不是市面上常见的花花绿绿，而是干净清爽的蓝白、蓝黑，宋运辉看了非常喜欢，一时不忙出去，看书里夹着的一封信。

梁思申现在虽然中文说得好，可书写还是全部英语。她说，她满怀希望而来，无限失望而去。那个人没有遵守诺言等她，她回国先到北京，都来不及回家，先找到他的学校他的宿舍，原想给他一个惊喜，却见到了他的未婚妻。他的理由可以成为理由，他的理由是，他以为这是无望的等待。她不恨别的，她只厌恶他为什么在漫长的认识女朋友并把女朋友变为未婚妻的这段时间里，不把真实情况告诉她，也怪自己当初没把他放在第一位，没给他大学毕业就回国的承诺以致最终失去他。但她认为错误的根源还是她自己，她并没有为两个人的爱情做最大努力，是她的行为先蔑视了爱情，爱情才报复了她。

宋运辉看到这儿心想，别看梁思申平日里挺理智的，没想到也有犯傻的时候。话说明人不做暗事，那男人那边瞒着她，这边找个未婚妻，本来就是脚踩两只船的恶劣勾当，怎么反而她先认错了呢？却看梁思申后面写道，她意识到，她去年做出留美读硕士决定的时候，考虑个人多于考量两个人，可能从潜意识上来分析，她更重视的还是自己。所以她以后也会正视自己的私心，不会再做出不着边际的幻想。经老板推荐，开学后将到一家著名投行兼职，学习工作都会非常辛苦，她以后会经常联络父亲和宋老师，请教国内金融和企业情况，希望宋老师不会因为她去年陷于感情而疏于与家庭朋友联络而放弃她。

宋运辉看了释然一笑，原先还以为疏于联系的原因是大家久不见面，又无血缘，再加没有金州的生意联系，自然渐渐没有语言，渐渐不通消息，倒是没想到还有小姑娘谈恋爱这个原因。为此，宋运辉还曾失望了一下，现在知道原因就没事了，谁都会被恋爱冲昏头脑。宋运辉难得认准一个人，认准一个人就执著到底，什么理由都不用讲。他微笑，很快写了几个字，传真发给梁思申，除了感谢那些书和裙子之外，他写道："不用纠缠于过去，而且你没错，恨谁都不需要恨自己。把它当作一个经历，回头什么事都没有，重新开始。"

几乎是才发出去，他案头的传真机就突突突回吐一卷儿纸出来。"当然什么事都没有，这种分分合合我经历得多了，从高中到现在。家里带来崔健的磁带，很有意思，Mr.Song有机会听听。"

宋运辉哭笑不得，把传出传入的两张都撕了，这才出去。看起来小姑娘恢复神速，在家的时候还痛苦，说好要到沿海玩一趟顺便找他的计划都取消了，写出来的信那么言辞恳切。到了美国又如鱼得水，还赚个十万八万的。但宋运辉到动力车间一问，立刻笑不出来了。

小雷家的反射炉在正常运转的时候不需要时时刻刻盯着不放，只要按时巡检就行。大家就都聚到正在试验的锅炉面前，看油枪清洗后又换上，一个工人看烟色回来说还是黑的，不过好像淡了些。大家看到成功，都有些高兴，就考虑是不是进一步减小流量，增大压力，让油枪雾化效果更好一些。正明对这些不是很懂，但凭着对普通水的了解，估计重油被蒸汽加热成为流动性比较好的液体后，增压应该也有这种效果。

他立刻吩咐下去："某某你去调整油泵，提高油速，回头就在外面看烟囱，变淡就朝下做手势，这样；某某你管住反射炉的油压，暂时保持反射炉油压稳定；某某你慢慢给锅炉燃油升压，不要一步到位。"

众人领命，正要各就各位，忽然只听嘣一声剧烈闷响，热浪冲得众人一个趔趄，众人惊惶转眼看去，却见反射炉竟然从高处炸裂，喷出巨大火球，众人一下呆了。忽然有人惊叫："关油，关油。"惊叫声也叫醒了众人，立刻有两个人冲去关油阀，关油泵。正明傻了，毫不犹豫就推着灭火器冲上去，可临阵磨枪，他不会使用眼前这庞然大物，几乎是看一眼火焰看一眼说明书，才将灭火器用上。正好别的人也动手将灭火器开启，从两个方位一起喷射。

但是，此时虽然油路截断，火球缺少后劲，不再爆裂，可在大家惊慌的瞬间，火球已经点燃所经之处，火势迅速蔓延。两支油枪只够截断火势向锅炉蔓延，却无法控制屋顶的燃烧，整个车间动力部分顿时烈火熊熊，情势危急。直到跟进的人手忙脚乱打开消防水龙，才总算此消彼长，渐渐将迅速蔓延的火势控制下去。

手中的灭火器已经用完，正明沮丧地看着屋顶水龙与火龙纠缠，忽然电解车间老工程师湿漉漉地从配电间冲过来，神经质地大吼着，近了才听清楚："谁开的消防水？谁开的消防水？电没关就开消防水，全都不要命了吗？谁开的消防水？……"正明无言以对。

雷东宝听见闷响就往窗外看，却看到铜厂两条烟囱之一蹿出一团巨大黑红色的火球，雷东宝说了一声"坏了"，拔腿就往外冲，都忘了还有"交通工具"这种东西。村民们也是惊惶地、不由自主地从各个方向朝铜厂会集，大家七嘴八舌地惊看着火势越蹿越高，然后才渐渐被水龙压下去，黑烟渐渐变浅，最终化为浓浓一蓬白烟，笼罩铜厂上空。

这时才有人叫出来:"你衣服烧穿了。""你脸怎么了?""哎哟,我的腿。""快送医院。"众人眼光向下,看到正明他们几个四处挂彩,摇摇欲坠。雷东宝指挥众人扛起正明几个,装上外面货车赶紧运去县医院。后面老工程师依然瞪着眼睛神经质地喃喃自语:"幸好我在高配,幸好我电闸关得早……"

雷东宝这才留意到身边的老工程师,忙抓住他双肩问:"怎么回事?"

"估计……估计燃烧出问题,反射炉燃烧出问题,反射炉燃烧出问题……要不是我正好在高配,及时合上电闸,这儿得死一地的人。"

雷东宝只觉得背脊凉飕飕的,冷汗夹着刚刚跑出来的热汗一滴滴从额头滴下。"真是燃烧不完全?烟囱里的烟太黑?"他想到被他忽视的宋运辉的提醒,心下懊悔不及。

"应该是,应该是,燃烧不完全,不知哪儿结焦了,终于有一天闪爆,爆炸。以前听说过这种事故,今天才第一次看见,看见……哪个浑蛋想到用水的?"

"你回头总结一下,到底是怎么回事,写份报告。士根哥,铜厂先交给你盯着,暂时停工,等结论做出后再开工。我去医院,你从保险箱里取点钱给我。"

雷东宝交代一下,转身走出千疮百孔的车间,忽然觉得腿脚酸软,这才想到刚才跑狠了。他小跑回去村办取摩托车,又想到要给宋运辉电话,进门就听见电话铃炸了起来,接起,正是宋运辉。

"小辉,反射炉炸了,我没听你话立刻停了它,炸了。"

宋运辉愣住,才那么一会儿的工夫?"具体的?说具体的。"

"我看到烟囱喷出一蓬火,过去看反射炉基本炸烂,屋顶油毛毡全烧了,瓦片全掉下来,还好电闸扳下,否则更得死人。我得去医院看看,六个人受伤,总算他们拼死保住锅炉没炸。"

宋运辉又是沉默了一会儿,叹道:"你们村建这铜厂基本上是耗尽所有资源,你得想办法找钱修复铜厂。估计这么一炸,问银行借钱就难了。"

雷东宝瞪着眼睛想了一会儿,才垂头丧气地骑上摩托车去县医院。是啊,这么一炸,炸飞多少钞票,虽然才烧短短时间,可一间火法车间几乎灭顶。银行本来已经在嘀咕他们借钱太多,担心他们还不起钱,若爆炸消息传出去,银行这会儿还不收紧钱包不给贷款?

雷东宝魂不守舍,一路惊险赶到县医院,幸好陪同过来就医的人说都是皮肉伤,没生命危险。雷东宝一声不吭地叉腰站在急救室外,铁塔似的动也不动。过了一会儿，村里又有人陆续赶来，都是伤员的家属，哭天喊地的。雷东宝依然沉着脸不语，两眼死死盯着急救室门。

终于，被处理好的伤员一个个出来，正明出来的时候大伙儿几乎不认识他了，脸上手上都缠着纱布，奇就奇在腿上一点事都没有。若不是他出来喊声"书记"，谁也看不出这个半身白纱的人是正明。正明看到门口的雷东宝，抢过来扑通一下跪在雷东宝面前。

众人惊住，正明的妻子也不敢拉丈夫，流着泪等在一边，等候雷东宝发落。雷东宝阴沉沉地盯着正明，嘴角越来越往下沉，身边的两只拳头捏了又松，松了又捏，并非不想痛揍，而是无处下拳。终于抬起大脚，一脚踹了过去，也不看正明如何承受，转身默默走了。正明妻子这才敢惊呼一声扶起被踹倒在地的丈夫，正明不等妻子询问，先说"没事，没事，书记出了气就没事了"。

雷东宝闷声走出医院，在九月依然热辣的骄阳下站了会儿，想了会儿，骑上摩托车赶去韦春红的饭店，问韦春红要了些钱，匆匆跳上去市里的汽车，赶去火车站。他要走个回头路，找那个去年曾经拒绝小雷家的高级工程师。吃一堑长一智，如今才痛切地感受到技术的无比重要。雷东宝手上除了一只每天不离身的扁扁公文包，还有一袋韦春红追到汽车站塞给他的一包吃的。雷东宝只是一闪念想了想今天韦春红怎么没一句废话，但随即就想更重要的事，他该如何说服高工，而更麻烦的是，他该如何说服银行。

韦春红几乎是小跑到车站攀着车窗才正好把吃的送到雷东宝手上，回店看到雷东宝的摩托车，心里酸酸地想，他应急的时候毫不犹豫把她当一家人，可就是不把一家人的手续办下。思前想后，虽然不情愿，还是拿起电话挂到小雷家村办。一个不知谁接的电话，韦春红淡淡地说："我姓韦，请村长立刻给我来个电话，你们书记的事。"

村里其实都已经知道韦春红和雷东宝的事，接电话的又是最看风向的四眼会计，四眼会计立刻抓起自行车去铜厂爆炸现场找士根。士根一听皱眉："她现在添什么乱？"

"是书记的事，你还是给回个电话吧。"

士根"哼"了声，勉强走进铜厂办公室给韦春红打电话。韦春红没废话，公事公办地道："估计你们书记暂时没法通知你们。他从我这儿拿了些钱去上海找一个高工了，现在赶去火车站。我想既然找人家高工救急，他总得表示一点诚意，我这儿拿的四百来块哪儿够，你们设法送钱过去火车站吧，如果他已经跳上火车，你们另想办法。"

士根没想到韦春红说话不俗，一时有些不适应，道："谢谢你提醒，我这就也把你的钱送过去，是……"

"那是我跟他的事，你不必插手。"韦春红冷冷地挂了电话，她不知多烦这个多管闲事的雷士根。

士根语塞，盯了话筒好一会儿，才急着招呼一个机灵的立刻跟上他去最近的银行取钱，飞车赶去火车站，如果没赶上雷东宝，就买票去上海，直接赶去那个高工家。

士根想都没有想到，他去银行取钱这么会儿工夫，村里不知什么情绪发了酵，原先还没从惊愕中恢复过来的人们这会儿好像集体苏醒，不等士根赶去铜厂，就在半路截住他，群情激奋："书记去哪了？""损失有多大？""坚决要求撤雷正明！""铜厂会不会垮？""我们的钱怎么办？"……

士根被堵在半路一一作答，但是越答问题越多。最后的问题，一致指向村里问个人借的钱怎么办，有人已经喊出要村里立即还钱，还不出就要正明这个罪魁祸首变卖家产负责。士根发现这样下去没个完，众人根本不是要他回答，而是需要拿他做标杆撒他们的气。他很想对着大家大吼几句，甚至抓住几个无理取闹的扇个耳光，可他秀才脾气，学不来雷东宝的霸气，他除了解释再解释，没其他办法。士根又急又累又饿，唇干舌燥。

忠富在牛蛙叫声此起彼伏的葡萄架下，与红伟两个看着不远处的喧嚣，窃窃私语。

"你看这事怎么收场？"

红伟叹气："还能怎么收场，继续给张白条，拿走我们的利润垫铜厂呗，总不能花那么多钱就让它瘫那儿。"

忠富想了会儿，道："我不打算给了，没底，我猪场也需要资金发展肉联加工，避免春节那阵子猪肉价格不好只好贱卖生猪这种事儿再度发生。"

"正明来问你拿，你当然可以说不给，书记来呢？"

"我跟书记讲道理。我们三家都赚钱当然是最好，如果一家不赚，只要有两家赚钱撑着，也能渡过，万万不能削了我们两家赚钱资本扶持正明去，那会三方都塌。红伟你也得坚持住，书记火力猛，光靠我一个没用。"

红伟满脸无奈地想了半天，道："我们联手！我预制品厂全部卖了都不够铜厂塞牙缝。你看，这回爆炸，一半设备烧了，这一半又得多少钱啊，还有那么多的利息。"

忠富叹气："我也是给逼上梁山，只指望书记以后能理解我们。"

红伟道："要不，我们跟宋厂长说说，让他跟书记说？别让书记搞个批斗会把我们扔台上逼我们交钱。"

"怕没用，宋厂长这人轻易不肯开口。而且，时至今日，宋厂长的话还能在书记面前占多少分量？你没见现在宋厂长越来越淡出我们小雷家了吗？铜厂项目，他其中有说话吗？"

红伟想了会儿，道："忠富，我不如你细心，还真是这样。想到正明那轻狂样，我肯定不给，可看着书记为钱发愁，我还真抹不下面子。"

忠富道："我的理解是，我扎扎实实做好属于我的这一块，不让书记担心，这才是最体恤书记的辛苦，我明人不做暗事。"

红伟道："我今年夏天才活转，我也有心无力。来，握手，就这么定了。"

两人在已经暗下来的葡萄架下握手，而士根声音沙哑地依然在跟大家解释。忠富远远看着感慨道："如果换作是书记，他们谁敢这么围着？书记是我们小雷家的镇妖石，没他，谁都敢兴风作浪。"

红伟一愣，看向忠富："你小子平时不哼不哈，原来都看在眼里。"

忠富一笑："我本来就是被书记降服的，哪像你一直就是嫡系。走，给村长解围去。"

红伟想想，果然是，还为忠富专门开过批斗会，不由大笑。东宝书记还真什么都做得出来。两人过去帮着士根说话，说一家铜厂炸了算什么，小雷家还有那么多挣钱的企业，转一天就是钱，怕个什么。两个管挣钱的这么一说，大家于是转了口气问书记怎么不出来说话，士根解释说书记去上海请能人来，刚才都已经说上一万遍了。大家这才恍然如才听见一般，纷纷议论说书记看来也不要正明了。正明的亲朋好友旁边听着都满心不是滋味。

受小雷家炸炉影响，宋运辉立即下手布置东海项目安装中的安全工作反思。让各车间自查，互查，厂安全办复查，层层落实安全检查，并记录在案。回头，宋运辉找杨巡这个白手起家的人才，询问小雷家遇到这等大事，该如何走出困境。

杨巡怎么都不会想到小雷家会出这种事，但当着宋运辉的面，一时还真想不出好办法，反而说出一句更添宋运辉忧虑的话："小雷家都是问银行借的钱，靠的好像是县里支持。他们那么一炸，县里还敢支持他们吗？当官的都是最胆小怕担责任的。他们还问村里人集资，这么一炸，只怕现在村里人先得起来造反了。"

宋运辉看着杨巡，问："有救还是没救？换你怎么做？"

杨巡不便胡说，认真想了会儿，才道："都到这地步了，只有豁出去上，没有退路。"

宋运辉见杨巡不肯说出有救还是没救，心想杨巡这么个泥鳅般的人估计面对小雷家的现状心中也是没底，杨巡一样很了解小雷家，如果有显而易见的可行之策，不会看不到。杨巡说得没错，退无可退，只有豁出去上，或许还能寻觅一丝生机。而豁出去上这等浑劲，宋运辉料想不用他说，雷东宝只有贯彻得最彻底。

杨巡却在一边儿轻声嘀咕："这个时候豁出去，还有人心甘情愿跟他吗？"杨巡总觉得雷东宝现在有些脱离群众，忽视群众，比如如此地忽视了他。宋运辉没有听见，另外有事找寻建祥去了。寻建祥的女友全家上下都支持她进东海项目这个铁饭碗，寻建祥的婚事就算这么定了，宋运辉要跟寻建祥谈谈把他女友放到哪个部门才好。

雷东宝再找铜厂高工，开门见山就把反射炉爆炸的事说了，又检讨他终于通过这次教训看到他们这些农村人不重视技术因此不重视技术人才的坏毛病。他请高工原谅他以前的错误，请高工一定要去小雷家帮忙。但是高工不愿去，依然用目前政策比较紧来搪塞。

雷东宝心想，刘备请诸葛亮用三顾茅庐，他也来那么一套。他就每天等着高工下班，到人家家里坐着。今天拎一尼龙袋新上市的水果，明天买一只奶油蛋糕，烟酒自是不必说。好在士根派人送了钱来，他手头不愁。高工终于被他烦死，说了实话："你们那个负责的雷正明厂长，刚愎自用，技术不精，还偏坚持土法上马。"

雷东宝不知道"刚愎自用"什么意思，但后面的还是很能听懂，忙道："对，这回吃苦头了。他现在半身烧伤，家也不敢回，应该已经知道后悔。高工你去，如果你愿意要他，我用他，不要他，我就不让他插手铜厂一根指头。"

高工认真看着雷东宝，道："都凭雷书记一句话？"

"对，都凭我一句话。"

高工却站起来拱手："雷书记，我以前不满雷正明厂长这个人，现在既不愿跟雷正明合作，也不能抢一个伤病人员的饭碗，说到底我不愿离开上海。雷书记请原谅，断了让我去你那儿的念头吧。"

雷东宝再劝，摆出所有优厚条件，高工不再响应。第二天又去高工家，却见高工家一夜没人，第三天又是。雷东宝心里再急切，也知道人家不肯答应了，不便勉强，怏怏而回。

回家，更多头大的事在等着他。先去县里开会解释事故，又去银行开会解释事故。但谁都知道开会解释都是过场文章，要紧的还是如何消除县里和银行对小雷家还款能力的怀疑。雷东宝心里也清楚这一点。等他终于有时间坐下，也不回家吃晚饭，就召集士根、红伟、忠富开会。士根心里真冤，雷东宝不在这几天，村里人一直缠着他不放，没想到雷东宝一来，那帮人都不见踪影，都是远远看着有雷东宝的村办不敢上来。

雷东宝这几天明显瘦了，不过还是一贯风格，当仁不让："正明老婆中午偷偷到县里找我，给正明求情。我要正明立刻回来电线厂坐着，电线厂利润是你们两个加起来的两倍还多，正明拼死也得给我把铜厂的损失挣回来。正明老婆不敢，怕人揍死正明，我说正明今天不回，以后死也别想回小雷家。我看他今天回不回！"

"他还没出院。"

"死不了，又不是伤筋动骨，养这么几天够了，男人破点相算什么鸟事。今天银行问我怎么还贷款，我这几天一睁开眼睛也只想这个问题，我怎么先还了村里的集资，再还贷款。钱从哪里来？而且我还得把铜厂开起来，不能这么不死不活吊着等机器生锈变得一文不值。你们说，钱从哪里来？"

忠富看到雷东宝的环眼在他们三人脸上扫荡，冷静地道："书记，别说我总是跟你唱对台戏，你心急，你也不能杀鸡取卵。正明有错，你得让他养好了再来上班，他带领电线厂还是不错的，带伤上班未必有太好效果。你也不能再刮光养殖场和预制品厂所有的利润，你得让我们发展，不然我们会慢慢被别人赶超，以后没发展了。"

士根道："都是一个村，要互帮互助。"

红伟道："捆一起最后都是淹死，不如放我们好好活，归还村里的集资才不会没着落。银行贷款是国家的钱，拖一天是一天啦。"

雷东宝不语，看着其他三个人眼珠子骨碌碌转，还是士根又道："你们两个别这样，关键时刻别说甩手就甩手。"

红伟道："士根哥，我们不是甩手，我们是保存实力，不能捆一起淹死。靠我们，就是把养殖场和预制品厂全卖了……那当然够了。"

忠富依然冷静地道："红伟说得好，目前村里最大难题是归还集资款，这部分钱不解决，村里别想太平。我和红伟的利润可以专款专用，解决这个部分，其他的钱，我准备上一个冷库，可以缓解一部分猪肉的供求矛盾。"

这时村办的门忽然被打开，四人看去，墨黑的门外一个白忽忽的人。士根惊呼："正明，你还真回来了？"

正明掩门进来，看到黑着张脸的雷东宝，只敢站在门边："我负荆请罪，大家说怎么发落我吧。"

大伙儿看着脸上手上依然缠着纱布的正明，虽然都恼他以前轻狂，可这会儿也有些说不出来。雷东宝靠着椅背，看看忠富、红伟，再看看正明。他早在上海找高工那阵子已经料到忠富和红伟一定不肯再背铜厂的烂摊子，没想到两人今天一点拐弯都没有。但他们也说得对，不能捆一起淹死，可是他这个当家的怎么办？他看一眼士根，道："士根哥没错。"又看一眼忠富，道，"忠富也没错。"再看一眼红伟，道，"红伟你也没错。你们都回去，谁有良心给我带碗饭来，我老娘一准没给我留热饭。"

士根这时候竟忽然想到韦春红，想到韦春红有条有理地安排他取钱去上海帮助雷东宝。如果韦春红在，雷东宝不至于出差回家第一天就没饭吃。那么，他以前的坚持是错了吗？忠富一时有些失措，没想到雷东宝竟没像他设想的那样逼他贡献出利润，还说他没错，让他原本打好的那些准备对抗到底的腹稿全无用处。他不由斜睨一眼红伟，道："三个臭皮匠，顶过一个诸葛亮，我们还是一起想对策吧。"

"我出去那么多天，你们都没想出啥，我也没想出啥，还是回家吃饭睡觉，养好身体。正明留下，我有话问你，喂，都愣着干什么？想饿死我？那么想我，立刻送饭来。"

三人这才离开，这边雷东宝就问正明："你说你去年干了什么好事，嗯？我就差跪下求人，人家高工硬是一口拒绝。你说，你打算怎么办？"

正明不敢过来坐下，依然站在门边道："书记，让我将功赎罪，让我回登峰厂，所有贷款和利息都由登峰来还。"

29

"登峰能还多少？只够还了利息，再还贷款一个零头。肏你妈的铜厂呢？铜厂就让它破着烂着？"

"我会拼命挖掘潜力，提高利润。我打算卖了摩托车还有一些金项链什么的，再自己问人借钱，给登峰再上一条电线生产线，算是我赔铜厂的损失，增添的利润全部还贷款。不然，全村人都不同意我回登峰，铜厂……铜厂……"

正明原以为他答不出拿铜厂怎么办，可能不仅得挨雷东宝骂，弄不好又得挨揍。可他却看到雷东宝好像皱眉想到什么，就乖觉地不说了，等在一边。

雷东宝听到再添一条电线设备增添利润这句话，动心了。他伸出大掌抹了一把疲倦的脸，直着眼睛想了半天，被敲门声惊醒，抬眼见正明放进忠富，忠富搬来一菜两饭，菜正是雷东宝最爱吃的大蒜爆炒肥肠。忠富把饭菜放桌上，道："书记，先填填肚子，后面还有。正明，你自己能吃吗？"说完就走了。

雷东宝看看正明："愣着干什么，坐下，你身体行不行？"

正明走来勉强坐下："只要书记不罚我做苦力，能行。"

雷东宝"嗯"一声，不答，开始狼吞虎咽地吃饭。一会儿，士根、红伟都送饭菜来，忠富也又来，雷东宝招呼他们都坐下吃，说他吃完有话讲。众人不知道他想出什么招了，当然坐下等。

雷东宝吃完，不管大家都还在吃，伸掌抹一把嘴，道："正明，拿出十万来，算你补过。你们听着，红伟、忠富你们两个，我最近不管你们了，你们自负盈亏，村里的集资也交给你们还。忠富上冷库，我支持，红伟你手里钱没忠富多，还是老实点。正明那些钱，我拿去催贷款，登峰电线再扩一倍，反射炉换新以前，我们湿法车间别让歇着。我们只有靠这种办法，让转的多生出钱来，能生钱的多转几个，死的才能活转过来，还得起贷款，否则靠现有的转啊转啊，五年十年能不能把贷款还干净还不知道，拖久了铜厂也废了。忠富你一定要给我撑足场面，把农村特色养殖业搞得让全省都知道我们小雷家，什么评奖之类的都参加，我以后什么人大劳模全靠你，我还得靠这些头衔搞贷款。就是这个计划。正明，明天开始，铜厂湿法开始生产，还是你管着，登峰也你管，等我贷来钱，你两边开始订购设备搞安装，登峰先上。你小子给我抓扎实安全喽，再有个闪失，你直接照烟囱口扎进去，别想再来见我。就这么定，你们有什么补充？"

众人面面相觑，大惊失色："还要借钱？"

"不借钱靠什么转？我铜块先买不起，没铜做什么电线，登峰不开起来，村里最大头的利润不做出来，我们靠什么来还钱？告诉你们，转起来才有活路。现在虱多不痒，反正借了，索性再多借些，转快点，债还快点。等还完债，我们就是一大摊子了。"

连正明都不敢应。铜厂这一炸，炸飞了他的狂傲，他现在有些瞻前顾后。

雷东宝看大家都不说，道："那你们说，不借钱，你们还有什么办法还贷？你们只要想得出，我乐得不用低三下四找贷款去。"

众人仔细想想，都没其他办法，好像只有追加贷款这唯一一条路了。可是，如果铜厂再来一个反复，他们小雷家不就万劫不复了吗？谁都不敢点头表态。

雷东宝再等，等半天等不出一个屁，只得扔给正明一句话，让三天内把钱筹齐交给士根，他打着哈欠走了。他也知道多借一分钱，身上多添一份压力，可是有什么办法，铜厂这一炸，他给逼上梁山了。而再用正明，那是他找不到人之下的无奈选择，只能求老天菩萨保佑不要再出事故。

士根他们看着雷东宝出去，好一会儿才回过神来，红伟先道："这不是更往悬崖上赶吗？"

士根看住正明问："你跟书记说了啥？"

正明看大家脸色不善，忙道："不是我，我本来要拿自己的钱买电线设备，算将功赎罪，没想到书记想到别处去了。书记给我那么多工作，我压得住吗？"

"唉，书记的性格，啥都别问了。我回家睡去，你们……"忠富收拾起自家饭碗，认命地走了，他目前还没从震惊中恢复过来，不愿多表态，还是等睡醒再做理会。

士根也起身，收拾了饭碗，却又站住，对正明正色道："正明，你应该清楚你这次闯的祸，现在全体小雷家人都被迫走钢丝，你今后拿出什么态度来工作，自己好好考虑吧。"

正明的脸上还裹着大面积的纱布，谁也看不出他脸上什么表情。但正明嘴巴还是能发声的："士根叔，我明白。不过……你帮帮忙，我现在回不去家，好多人说要砸了我家。"

红伟一边道："砸了没？至今没砸，没砸你还信？挺大一小伙子胆子那么小。"

士根道："大家也是一时之怒，气头过去，不会看不到你这几年在登峰的努力和贡献，你安心回家。"

红伟更道："刚刚书记在的时候你怎么不说？书记跟你一起门口站一站，比啥都管用。"

正明嘀咕："书记都想杀了我，我哪还敢提要求。士根叔，你是好人，你看得到我以前的好，别人看不到，不信你试试，他们不问收入怎么来，都追问钱哪儿去了。"

士根心里复杂，一方面红伟说得不错，雷东宝前几天若是在，他就不会被村人围堵，而正明说的更让士根添堵，从老书记自杀事件他第一次被村民围堵，到如今铜厂爆炸他被村民围堵，村民这几年拿那么多钱，有人说过感谢吗？推己及人，他开始同情起正明："走，去我家。"

正明连忙起身跟上士根。红伟想着正明说的话，不免兔死狐悲起来，若是他管的预制品厂年初时候未能勉强度过库存积压打击，若是他没有想破脑袋四处出击为库存找到市场，若是他管下的预制品厂出现亏损局面，村民会不会就像对待正明一样对待他？

红伟忽然感觉到，他目前可以算作高的收入，远不能合理支付他所担负的责任。他惺惺相惜地想到，受到重创的正明应该更有体会。他悄悄摸到忠富家里，说了自己的想法，说得忠富脸上冒出细细的冷汗，忠富想到，他风险更大，他下面那些猪啊鱼啊的东西，不明不白遭遇不测风云的可能性太大了，若是出事，村人是不是也会像对待正明一样对待他？尤其是想到当年承包鱼塘，只要交足承包款，风险自担，收入全部归己，日子虽苦犹甜。相比之下，他目前的收入还真是微不足道。忠富叹了声气，道："你等等，我去摸两只牛蛙给正明送去，听说挺补烧伤。"

士根回到家里，他妻子便给他和正明端上一碗绿豆红枣汤。他不由瞟一眼雷东宝的家，没比他早回家多久的雷东宝家黑灯黑火，想来没什么绿豆红枣汤等着。他最近常想到韦春红，按说，他和雷母都想方设法安插女人接近雷东宝，人家女人也喜欢雷东宝，雷东宝偶尔也动心一下，但也仅仅止于偶尔动心，与韦春红的关系却是一直保持着。士根真想知道，韦春红那么一个很有江湖气的女人究竟好在哪里。

雷东宝却是去了县城，因为他回家想洗澡，却发现没有齐整干净衣服可换，感觉韦春红那儿一定有，才想到就嗖地飙出去了。雷老娘冷眼旁观，无可奈何。

雷东宝的摩托车才锁好，韦春红的饭店门已经不敲自开，韦春红穿着件淡紫小花富春纺连衣裙，斜倚门边似笑非笑："半夜银行关门，有事明天请早。"

雷东宝"哼"一声，三步两步跳上台阶，进门同时顺便也把韦春红撞进门。"白去一趟。喏，钱还你，我上去洗澡，你给我准备衣服。"雷东宝一边说着，一边三步两步并作跳了上去。

韦春红刚烫了头发，见雷东宝没看见一般，好生失望。收下钱，跟着雷东宝拾级而上。她有时候也真恨自己不争气，每天生东宝的气，可看见他又没气了，总是想不出办法怎么好好收拾他。

雷东宝出来，见桌上放着两瓶挂着露珠的冰啤酒瓶，还有薹菜花生米、油炸豆瓣，犹豫了下，还是手掌抹把脸，疲惫地道："累死了，睡觉。"

"那吃了这个再睡。"韦春红端过一碗白木耳汤。

"跟你说了我胃不好，吃甜的反胃。"雷东宝哈欠连天，眼睛都懒得睁开，熟门熟路摸到床沿，却被韦春红追上。韦春红将碗递到雷东宝嘴边，另一手拧住他脖子，更有膝盖顶住雷东宝的背，不让他躺下，喝令："喝，淡的。"

雷东宝无奈，喉咙里咕噜几声，不得不喝了白木耳，这才可以睡觉。韦春红收拾好回来，见雷东宝什么都没盖，就这么胸口一起一伏地睡着了。韦春红一肚子话没法儿说，只得咬牙切齿虚张声势地揍了几拳，自己也睡觉了事。

雷东宝早上起来，想到小雷家的烦心事，躺床上想了好一会儿。而今开始的贷款活动，将与以往有所差异了，昨天银行已经对小雷家偿贷能力表示怀疑，那么，再要银行贷款给小雷家，他需要给出什么理由？他想来想去，什么理由银行都不会相信。那么找陈平原帮忙协调呢？倒是容易请出陈平原这尊神，用正明罚出的那笔钱。

忽然雷东宝鼻端闻到一股馋人的香气，紧接着屁股挨了一掌，又有声音打断他的思路："死鬼，知道你醒着，还不起来，八点了。"

雷东宝异常不满，禽，又来烦他，这人就是话多。可是，早餐的香气够诱人，他只能起床洗漱。韦春红斜睨着雷东宝一张脸皱得猪头一样往洗手间走，背后问了一句："麻烦难收拾了？"

"嗯，你听说啥了？"

"说你借了银行那么多钱还不出得破产了，还说你躲出去躲银行去了。我不信，你这人就是把你扔进老虎嘴里，你也得折腾一番打下几粒老虎牙，你那铜厂炸一声，你能闷声不响一点招都没了？你可狠着呢，不仅对我心狠，对啥都狠，就是狠不过你老娘。"

"不捎我一句会死吗？"

"当然会死，死得不能再死。哎，你小雷家到底怎样啊？"

"不好，麻烦很大，我又得往身上撂担子了。"

"噢。"听雷东宝这么说，韦春红就不讥诮了，很是知心地道，"前儿你还说，等铜厂开了，你可以闭着眼睛做太上皇，看来是老天看你还年轻，不让你休息。你就死了享福的心吧，你这人是劳碌命。"

雷东宝湿漉漉的脸从水盆里抬出来，很是赞同地道："没错，整个是劳碌命。"

"以后该吃的吃，该睡的睡，该结婚的结婚，也别赖着等哪一天享福了，天上掉吃的、掉喝的、掉媳妇，你就那命，老老实实认了吧。"

"又来了。"雷东宝不理她，走去吃饭，好大一碗鸡汤面，被他吃个底朝天。

韦春红没坐，就旁边站着似笑非笑问："昨晚到现在，还没看我一眼，我胖了还是瘦了？"

雷东宝眼睛都不抬："不就烫个头吗。"

韦春红这才嘻嘻笑了："好看吗？"

"难看，稻草一把，你短发最清爽。"

韦春红撂起就是一脚，气哼哼收起碗筷走了。雷东宝本想立即就去陈平原那儿游说的，可想到手头没带东西，决定暂时不去，走下楼去，见韦春红与帮工的在忙碌，也不理他，他就悻悻走了。

韦春红斜眼看着，忽然起身追出去，追到刚跳上摩托车的雷东宝身边，淡淡地道："我前面男人的弟弟，想来我家倒插门，你说我答应呢，还是不答应？"

雷东宝一愣，毫不犹豫地道："你还想嫁别人？"

"奇了，我为什么不能想，卖给你雷家了？今天我把你东西收拾出来，你晚上来取走，我看你妈看不起我，不让我进门，你也越来越不拿正眼瞧我，咱做人总得自己拎得清，就这么说定了。"说完就转身回屋。

雷东宝不以为然地道："想我晚上来？手段越来越高了。"

韦春红从门口探出头来，冷冷道："稀罕，走着瞧。"

雷东宝觉出有些不寻常，只得道："你别添乱。"回答他的是砰一声关门声。雷东宝原地愣了会儿，骑车远去。韦春红在里面看得咬牙切齿。她也有点心冷了，不知道雷东宝当她什么人，爱来来，不爱来就不来，比住旅馆还方便，住旅馆还跟老板娘寒暄一声呢。就算他遇到麻烦，可正眼看她一眼会死吗？再想到雷母当初对她说的话，更是灰心丧气。

雷东宝回头亲自领正明去登峰上班。他把铜厂的人也召集起来，一起站厂门口开一个会，不容置疑地宣布他的决定。他以最坚决的口吻告诉众人：钱，不是问题。然后，他坐镇正明的办公室，一言不发陪正明开始工作。于是，众人即使反对正明，质疑正明，可当着雷东宝的面都不敢多说一句废话，工作得以顺利展开。正明没想到雷东宝是以这种方式支持他归来，整个人终于恢复精气。他打电话把老娘、妻子、孩子从县里叫了回来，看来平安无事了。

傍晚，雷东宝心想倒要看看韦春红玩什么手段，正准备要走，士根却叫住他，说要请吃饭喝酒，跟他谈谈昨晚说的那个大胆决定。雷东宝跨在摩托车上不下来，问士根："你要阻止我，灌醉我套我话？"

士根道："我要问你担不担得起这责任。我今天想了一天，全面分析给你听，你要去韦……那个饭店？"

"是啊，她要扔了我的东西，我拿了就回来，你等我。"

雷士根一愣："韦……她挺有见识的。"

雷东宝道："再有见识也玩不过你，你管着印把子硬是拆散我们，现在你看，好了吧，我走了。"

雷士根看着雷东宝走，一时不清楚雷东宝是真恼假恼，想到若雷东宝真与韦春红分手了……他一时头大万分。

雷东宝到了韦春红店里，韦春红正眼都不瞧他，自然也没有好酒好菜招呼。雷东宝站门厅等了一下，不耐烦，就自己上了三楼，走进一看，果然地上铺着一张旧床单，上面乱糟糟的都是他的衣服细软。雷东宝一时脑袋转不过弯来，韦春红这回是当真的，当真要招前小叔子上门？韦春红若只是说两人断交她要结婚，雷东宝才不信。可现在韦春红说得那么有鼻子有眼，指明是前小叔子，而且还是倒插门，雷东宝面对着这一地衣服细软，终于不能不信了。

韦春红斜眼看雷东宝上去了，便交代几句，也跟了上去。却见雷东宝叉着腰站在一堆衣服面前发呆，发了会儿呆，也不知怎么想了，忽然蹲下扯住床单角狠狠打上两个结，站起来，又是叉腰发呆，却没扛起布包，而是伸腿一脚将布包踢到屋角。待得雷东宝转身，韦春红看到他一脸沮丧，竟然是一脸沮丧。雷东宝看见韦春红，立刻变了脸色。两人瞪着眼对视了一会儿，雷东宝走过去，扛起背包，却又放下，对韦春红道："现在扛出去，下面那么多人吃饭，你脸上不好看。你拿些酒菜上来，我等下走，不会赖这儿。"

韦春红不知说什么好，转身下去拿两瓶啤酒几个冷热菜上来，放下就走。雷东宝打个电话给士根，告诉士根他暂时不回小雷家，却听士根劝他，要他和韦春红好好说说，不要闹僵。雷东宝没回答，扔了电话。他心底终于慢慢生出一颗一颗的火苗，不等第二瓶啤酒下肚，就已经烧出一肚子的火，都在逼他。小雷家的时势逼他，老娘逼他，士根、正明、忠富、红伟他们逼他，银行贷款逼他，他自己的意气逼他，本来还有个韦春红身边是最随心所欲的，现在韦春红也逼他。都逼他，逼得他没个落脚地，逼得他每天忙得脚不沾地，都没人体谅体谅他现在心理压力有多重吗？雷东宝什么菜都没吃，净是喝啤酒，两瓶不够他喝。他自己下去，熟门熟路又摸了四瓶上楼。

醉眼蒙眬中，他翻出电话打给宋运辉，拨完号码就急着道："小辉，我问你，你说我他妈现在这么辛苦干什么？我忙得跟龟孙子一样，他们都说是应该，谁让我他妈是书记。我想过点好日子，他们都反对，怕我只顾自己过好日子不管他们。你说我他妈图什么？以前图吃口饱饭，后来图跟你姐过好日子，现在呢？好日子想都别想，我还要辛辛苦苦卖命。我这条劳碌命，他们看准我是劳碌命，都当我混账看不明白，谁都逼着我拼命，呵……"雷东宝忽然觉得不对，电话里怎么传来"呜呜呜"的声音，好像并没接通，他气得扔了电话，继续闷头喝酒。

韦春红又偷偷上来瞧，见桌上菜没动过，空酒瓶却已横七竖八躺了一地，不知几只，雷东宝手里捏着啤酒瓶还喝。歇一口气的当儿，韦春红看到他出掌从上往下抹了把脸，呆呆发愣。韦春红一时心软，走了进去。雷东宝听见声音转头见她，撑着酒瓶子起来，道："打烊了？我走吧。"人却往卫生间走去。韦春红分明看到雷东宝脸上一脸的水，不知酒怎么喝到脸上去了。她想着不好，也不顾害臊后面跟去，等他方便完，冲完水，她硬按下雷东宝的头，要他张嘴，她帮着雷东宝将一肚子的酒抠了出来，全是酒，没一点菜。

雷东宝吐完更没了力气，靠墙坐地上呼哧呼哧喘气，韦春红拉不动他，只得从那一堆衣服里拿来属于雷东宝的毛巾帮他擦脸擦手。然后打扫卫生。雷东宝一动不动看着韦春红忙碌。韦春红忙完，见雷东宝的胖手直直伸向她，以为他要起来，便伸手拉他，不想却被雷东宝拉倒落进他怀里。她听雷东宝唉声叹气地说：

"我累死了。"不知怎的,韦春红的心又软了,情不自禁地原谅他从来出差都不给她带东西,原谅他拖了一年还没结成婚,原谅他从来对她一阵热一阵冷总体趋势越来越冷。雷东宝没有放开韦春红,迷迷糊糊间,只觉得要抱住什么要紧东西,绝不能放手。

第二天醒来,他看到自己躺在卫生间地上,身下垫了褥子,身上盖了被子。他忘记昨晚做了什么,起身时候也没太多宿醉的难受。下去看到韦春红,韦春红不说话,却眼皮红肿看着他叹气。雷东宝不知道昨晚跟韦春红怎么了,试探着强硬地道:"我不拿走衣服。"

韦春红叹声气:"唉,随便吧。"转身走开。

雷东宝看着,发了会儿愣。很快韦春红端来两副大饼油条、一只茶叶蛋、一碗豆浆。雷东宝吃,韦春红坐旁边默默看着,帮他剥茶叶蛋,两人都是无话。等雷东宝吃完,韦春红轻道:"你晚上来,我给你炖着冰糖梨呢。"

雷东宝有些意外,不清楚韦春红态度怎么有了转变,应一声"好",但看着韦春红脸色着实古怪,便问:"怎么了,我昨晚怎么你了?"

韦春红摇头:"没有,你回去悠着点上班,别太累着。换件干净衬衫再走吧,我早上刚熨的。"

雷东宝更摸不到头脑:"你干吗呢,你不会晚上要我好看吧?"

韦春红哭笑不得,只得道:"怕就别来。"

雷东宝这才觉得正常,换件衣服走了。韦春红看着他满是精神的背影,想到他昨晚满脸的水,还有彻底的疲倦,心里微微地疼。

士根将从正明那儿罚来的钱交给雷东宝的时候,特意掩上办公室的门,按住雷东宝准备签字的手,严肃地道:"东宝,你要看清楚,这个数字不小,十万,你想清楚了?"

"不然你还有什么办法?!"

"我怕你想得太简单。这种事要是被告发了,你得坐牢。但你还别以为村里谁能帮你说好话,说你是为大家做牺牲,大家只会说,书记拿去十万,恐怕五万落进他自己兜里了,这事儿谁说得清啊。你看,你还得背黑锅。"

雷东宝皱眉道:"禽,我每天冲人低三下四,有人还说我吃公家钱养那么胖,都听他们的,我们还做什么事。"

士根还是没有放手:"东宝,你还记得当年老书记自杀的事吗?这笔钱,你经手，我也是经手，我怕，我不愿担负犯法的责任。根据忠富、红伟、正明他们的说法，我们的收入不足以支付我们所负责任，东宝，你为自己想想。"

雷东宝索性放下笔，看着士根道："你请我吃饭要跟我单独谈的就是这话？他们几个现在也吃到味道了？刚开始加工资的时候他们还高兴得跟钱是偷来的一样呢。"

士根道："正明铜厂的事还不够教训他们？该给我们几个卸点儿责任了。"

雷东宝想了会儿，心想他们还嚷嚷责任，他们倒是看看，最大责任都他顶着呢。但他今天好歹闭住嘴不说，只道："你们一起想主意，别都问我，我只有一只脑袋。我现在先解决最要紧的问题，你别给我打岔了。"

士根一愣，谁打岔了？"你也别打岔，我问你，你拿走这十万，你想好了没有？我看照这势头，十万口子一开，以后还得几万几万填进去，一直等到铜厂电线厂全部顺利运行。我问了人，一万，坐一年。"

雷东宝反而笑出来："谁揭发我去？你们，收钱的？拿来，我签字。趁正明那儿正好现在没钱发，赶紧重新定个工资奖金办法出来。我看让忠富、红伟也做些手脚，先掖阵子利润，好让新工资奖金办法推出，具体你们去考虑吧，别忘了我。别净想着卸责任，没出息。"

士根见雷东宝说了就走，忙伸手拉住，一脸尴尬地摸出一张敲了章的介绍信，交给雷东宝："你妈那儿的工作，我替你做了，我说铜厂一炸，县里追究炸飞国家财产的责任，要靠韦老板出面找领导摆平，你妈答应了。"

雷东宝一时迷糊，拿到介绍信一看，才知道原来士根终于在结婚证明上盖了章。雷东宝"嘿嘿"一笑，把介绍信收进皮包："你还真想得出，走了。罗氏沼虾卖得好，我还得去忠富那儿拿两袋捎去。"

雷东宝当晚在韦春红饭店请陈平原吃饭，席上自然有牛蛙、罗氏沼虾、尼罗罗非鱼三大法宝。饭后骑摩托车"护送"陈平原的汽车回家，交给陈平原一个袋子。看到这样大的数目，雷东宝原以为陈平原会吓傻几分钟，但陈平原不，陈平原甚至都没问要做什么，对着一包钱吸了两支闷烟，坚决收下，然后亲自送雷东宝到楼下。雷东宝心说真狠，可也放心大半。就冲他跟陈平原那么几年的交情，彼此也算是知根知底，陈平原对别人如何，他不好说，对他，那是绝对不会收了不办事的。

雷东宝回到韦春红那边，把士根刚给的介绍信交给韦春红，不过，雷东宝很真心地跟韦春红说:"这一年我不会跟你结婚,会连累你。"

韦春红看看介绍信,再看看雷东宝,轻松地道:"我不怕,我只怀疑你心里压根儿没想跟我结婚。"

"有些问题你想不到,别以为太简单。"

"我不怕,我只要你真心待我,就像今天一样跟我说认真话,我死也值了。"

雷东宝虽然不能明白韦春红干吗对他这么好,可心里还是着实感动:"干吗死啊活啊,那明天就去办了,礼拜天这里办几桌酒,我要把几个人请来。"

韦春红有些无奈地看着雷东宝,无奈地笑道:"这几个是不是你不用结婚做幌子请不来的人?"

雷东宝呵呵一笑,算是默认,没觉得被揭穿有什么不好意思,早知韦春红眼观六路,耳听八方,机灵得很。韦春红也没法拒绝,心想未来她的饭店可能就成雷东宝犯罪现场了。她还能不知道雷东宝想要做什么,猜都猜得出来。

05

杨巡的二期终于开业,他做了无数工作,才把原先食品日用品混杂的局面调整了,改为楼下食品楼上日用品。其间不知吵了多少架,而且还动用武力强搬。杨巡负责吵架,寻建祥负责打架,但两人因此好一阵子晚上不敢出门,怕被人砸闷棍。终于全部搬好,虽然只是花了半个月,杨巡还是觉得跟度过漫长的一年似的,操心得即使是他那么年轻的人,竟然也会冒出好几根白发。

杨巡还在市场沿街屋顶镶花边似的做了一圈广告牌,那是他等火车经过上海、北京看到的,在东北实践过一次,如今照搬照抄,当中老大一块就先给了他市场的联系方式。这圈广告牌发的意外财,让杨巡终于可以在三期预算之外有了余钱,可以拿回家让老娘还债。

杨巡眼看最近几天稍微有闲,就跟寻建祥商议拟订最近几天的工作计划,让寻建祥可以行之有据,他准备回家一趟,不想宋运辉打电话来问杨巡晚上有没有空,一起吃饭。杨巡当然是满口答应,都不问宋运辉有什么事,也觉得到时寻建祥一起去也是理所当然。

傍晚时候,宋运辉自己上来市场办公室,看到两个人就笑道:"大寻,你自己做饭吃。今天市规划局长请我，我带小杨过去看看，拿以前插队老友名义让杨巡认识认识规划局的同志。小杨，你换好点的衣服，带足名片。"

杨巡狂喜，他的市场各方敲章时已经接触过规划局，深感这个部门之神秘魅力，没想到宋运辉肯帮忙引见高层。连忙答应，转出来时候已经焕然一新，头上摩丝抹得头发丝丝缕缕，宋运辉看着觉得他像汉奸。

寻建祥笑道："现在好多人给小杨介绍女朋友，小杨现在头面注意得紧，走出去看背影就是许文强。"

杨巡只是笑，并不反驳。收拾妥当，与宋运辉一起下去，上了宋运辉自己开的切诺基。宋运辉上车就跟杨巡道："大寻女朋友……你跟她说话方便吗？"

"方便，宋厂长有什么话要我捎给她？对了，她户口已经转过来，准备跟大寻领证转正了。"

宋运辉略微寻思了一下，道："她一个人来这里，心里可能不放心。你有机会跟她说一下，只要有大寻在，她在东海就没人敢动她，我会逐步给她表现机会，一步步升迁。"

杨巡立刻领会宋运辉的意思，点头道："她还小，不懂宋厂长跟大寻的交情，说话时的候也谈起过她的担心，怕东海的好位置不牢靠。大寻口风严实，不肯乱吹你们俩的交情，难怪她小姑娘胡思乱想。"

宋运辉微笑，他还能看不出寻建祥看他平时这么辛苦，不愿拿小事麻烦他的意思。"我怕跟大寻说了等于白说，还是你帮我传达吧，你把握一下怎么说话，别吓到小姑娘。还有顺便也跟她说一下，别跟我太太提东海的事，没事也别跟我太太走太近。免得她费心操心东海那么大个摊子，也省得我上班是东海，回家还是东海。"

杨巡至此才明白宋运辉为什么单独找他说话，不由笑道："我赞同宋厂长的意思，家里嘛，男人出来独当一面，女人还是好好管好家养好孩子。女人外面做事太辛苦，我们能挡着，就让她们歇着。"

宋运辉心中暗笑，他说的话，哪天杨巡不是完全赞同而且找出赞同理由的，不过这种话倒也让人听着欢喜，杨巡有杨巡的本事。一会儿到了饭店，与东海其他几个职工会合，大家与规划局的和和气气吃了一顿饭。宋运辉如此介绍杨巡：这个小弟是我插队时期认识的，当年我就住他家，彼此兄弟相称。于是，规划局的自然对杨巡另眼相待，但杨巡为此替宋运辉喝了不少的酒。因此杨巡第二天坐火车时脑袋还糊里糊涂，但再糊涂他也算是个老出差，上去火车便逮住一个乘警，想办法混到一张硬卧，便抱着钱倒头大睡。他年轻，一觉睡醒，早又容光焕发，什么事都没有。

睡足之后，他才有充足的脑力仔细回想昨晚酒席上面的闲谈。这一回想，对神秘的规划局立刻有了新的认识，运辉帮了他一个天大的忙。他当然清楚，宋运辉帮他只是举手之劳，但对于他来说，他不能不记宋运辉的恩情，而他的报答，自然是着落在寻建祥头上。

因着杨逦的信，杨巡回到家里看到妈妈，自然是上下打量个仔细。赫然见妈妈脸颊一边一团黑斑，看上去异常苍老憔悴。杨母看到大儿子意外回来，高兴得很，可也留意到儿子的反常，笑着问："你看啥？妈脸上还描花不成？"

杨巡不敢在妈面前胡说，忙笑道："妈，你知道我突然袭击来干吗？我来查你在家都吃些什么。"

杨母道："还能吃什么，地里长什么我吃什么呗。老大，你这回又黑又瘦，脸色也不大好，很苦？"

"总算结束了，三期已经结顶，等里面再收拾一下就可以租了。妈，我这回带来些钱，你把这两个月到期的都还了吧。"

"哎哟，好，好，我先给你做饭，晚上算账。老大，竹园子里捉只鸡，抓那只公鸡，还是你杀。"

杨巡分明听出妈妈"哎哟"一声中浓浓的如释重负，也不知是他被杨逦信中斥骂后过分留意了，还是妈妈果真如释重负。他到后面竹园捉了公鸡，知道妈得留着母鸡下蛋。等他操刀放血做完，他妈也正好烧了一大木盆滚水出来给鸡褪毛。杨巡拿筷子把鸡毛大致划拉干净，便掏出内脏清洗，鸡壳子交给他妈仔细拔去细毛。

杨母拔着鸡毛，闲闲地道："这回做完，总可以歇一阵了吧？你个人问题考虑没有？"

杨巡没想到妈妈问起他的个人问题，笑道："有几个朋友给我做介绍，我先看看再说。三期还没完，每天打仗一样，空下来就是睡觉。昨天跟着宋厂长和市规划局的人吃饭，才知道原来全市有那么多各种各样的批发市场准备开工，都是看着我这边做得好，有样学样了。有什么羊毛衫市场、轻纺市场、水果市场、食品市场，那么多，以后不知道要分去我多少客流，我总得想个办法才行，别让他们赶上我。"

杨母听了又愁上了:"他们怎么也不自己动脑筋想主意出来?这样抄人家的,闹得你追我赶的还能有个完?"

杨巡笑道:"妈你愁什么,我回头跟人签店铺出租合同一签就五年,这么多店铺都给我拴着,他们就是开个比我大十倍的市场,也找不到人开店。就是开满店了也开不出好店,现在个人大批发商都在我那儿。放心,人是活的,随时可以调整对策,有的是办法。只是我得想办法让市场容下更多店铺。"

杨母道:"老大,钱会不会不够用?"

杨巡又是仿佛看到妈妈的担心提到嗓子眼,忙笑道:"先缓缓再说,暂时不用。我准备另外找个途径解决钱的问题,不能总问个人借。"

"不能借高利贷,利息太黑。你还是计划出个数字,妈替你借,钱的事情,交给谁都不能放心。"

杨巡当然知道钱的事有多重,除了妈他还真是交给谁都不放心。但是,他看看妈妈消瘦的肩胛,想到杨逦的责备,心中不忍再把如此重担交付给妈,假装若无其事地道:"我当然不会去借高利贷,不过妈你可能不知道,现在能借钱的已经不止银行、信用社,刚刚市里成立一家国托,全称是国际信托投资有限公司,拗口吧?我刚听说我们这样的单位也能问国托借钱。它只要政策能让我借到钱,我请宋厂长出面帮我说一下,宋厂长在市里说话有分量,他帮忙,应该很容易借出钱来。妈,你知道宋厂长怎么向人介绍我?"

杨母听着有理,便被儿子成功牵走话题:"宋厂长可真帮你,哪天他春节回家,你带妈过去好好谢谢他,让老二、老三、老四以后见面叫他叔叔。"

杨巡大笑:"人家还不到三十呢,哈哈,宋厂长每天最头痛的事情是脸上没有皱纹,表情严肃不到底。"

杨母惊道:"这么能干,人家这是吃什么长的,他怎么介绍你?"

"他说,他插队时候来我们村,正好住我们家,我们家对他很照顾,跟一家人一样。他这么一说,人家市里无论多大的干部都对我另眼相看,起码不会给我吃白眼。你说,借钱的事,只要政策规定有份,我打着他的牌子,再上下活动一下,还不是一句话?"

杨母连连点头:"老大,只是他跟你非亲非故,除了大寻放你那儿以外,你说,他干吗对你这么照顾?可不会是人家照顾你就上脸,黏住人家不放吧?人家宋厂长年轻不便明说，你不能白沾人家那么多人情。"

杨巡连连否认："没，哪会。那是宋厂长人好，再说他想照顾大寻，又没别的办法，就通过我给大寻好处。不过我是真记他的情，可他早跟我说了，不许我请客送礼，大家那么熟悉，如果我送上去他退回来，大家都没意思。他平常做人非常非常小心。但妈你放心，我会留意着，不请客不送礼，总还有其他办法还宋厂长人情。肠子洗好了，鸡给我，我快手。妈你老花眼镜怎么还没配去？多不方便，算账看账本也累。"

杨母不好意思地笑："又没多少大事，再说去趟城里多麻烦，单为配副眼镜花那车费干吗。"

杨巡心中了然，妈省钱："回头我回去的时候你跟我一起去，我们配了眼镜我再去火车站，我给你挑副好看的，妈，金丝边的好不好？妈戴上肯定跟老师一样。"

"去，寻你老娘开心。"杨母虽然叱着，脸上却是笑眯眯的，带着洗好的鸡进去煮。杨巡跟去，趴灶窝里生火，母子俩话说个没完，一直说到饭桌上。

杨巡见妈吃了大半碗饭就搁下了，非要给妈再盛，杨母连连阻止，说晚上吃太多睡觉的时候胃不舒服。杨巡就没勉强，妈有老胃病，偶尔天冷或者红薯吃多了会闹几下，他打小就知道。饭后两人一起算账，杨巡敲打计算器算一遍，杨母拨拉算盘核一遍，数字对了，就数出钱放进一只信封，写上债主的名字，等明天还的时候一目了然。算到半夜，全部完工，母子俩看着桌上整齐厚实的一摞信封，相视而笑，都是满心轻松，并不觉得辛苦。

有道是无债一身轻。杨家的债虽然只是还掉一小部分，但前景可期，而且据说还有了信托投资公司这样的国家企业给借钱，杨母已经放下十二分的担心，儿子回家第二天，她破例睡了个好觉，日上三竿才起床下楼，反而是杨巡已经起床做了泡饭。

因此，杨巡带妈妈去市里配金丝边老花镜，杨母并没太大反对，欣然接受儿子的提议，只是对着眼镜店雪亮的镜子看来看去，总叹美中不足，她对儿子说："庄稼人晒得一张黑脸，配个金丝边当真伤料。"

杨巡原本只是为了让妈妈安心，才胡诌了一个信托投资公司功能，让妈相信他不会找朋友借高利贷。那还是听朋友吃饭时说起的，别的市金融试点，金融市场搞得异常活跃，不再是只有四大银行那四张扑克脸。可没想到，没过多久市里也开了一家信托投资公司。

杨巡急忙朋友托朋友打听，看看自己够不够资格贷款。如今那么多市场申请开建，他简直觉得身后追了一群狼，他必须分秒必争地做大做强，跑在前面，否则不进则退，他这种拿自己的钱上项目的人，连原地踏步的福分都没有。哪有东海项目那么好命，造了一年，机器还没响，人家照样吃香喝辣。

但杨巡不知道，宋运辉也有吃不下喝不下的时候。雷东宝忽然来一个电话说他登记结婚了，三天后在韦春红的饭店摆宴，请宋运辉等宋家人出席。雷东宝打这个电话着实是硬着头皮，因此他还没等到宋运辉回答，就先老妈子一般絮絮叨叨解释上了："本来没准备办酒，都结两次婚的，还办什么，可现在没办法啊，我铜厂这么炸一次，资金吃紧，银行避着我。只有搬出我结婚才能一次性把人都找齐了，让他们当场表态，谁也不好当着我这好日子说晦气话，我这是把自己贡献给村里了，你来嘛，你不来像跟我赌气一样。"

宋运辉佯笑道："你这一说，我有事也不能说有事了，可你也早说几天啊。我正好要接待一批评估组的，走不开。我爸妈……你就别勉强他们了，小猫一个人没法走远路，等这阵子忙过，我找时间上去，我们一起认识认识。"

"算了，知道你不会来。本来想找你问两件事，你不来就等以后吧。等我忙完这些事，我可能去你那儿。"

宋运辉略一沉吟，道："来我家，你新太太还是请别带来。"

雷东宝一愣，心里忽然有点反感，但还是道："她开饭店也离不开，开个饭店跟坐牢一样，回头见面再说。"

宋运辉也听出雷东宝的不悦，就道："哪两件事？先跟我说说。"

雷东宝道："电话里不便说，见面说。"

宋运辉没多说，不想解释。雷东宝不悦，宋运辉也有情绪呢。雷东宝的妻子可以换，他的姐姐永远只有一个。他不想勉强自己愉快地接受雷东宝再婚。他带着情绪，上班没效率，难得地准时下班回家吃晚饭。

没想到，回到家里，也看到刚进门的程开颜一张臭脸。他忙将刚迈进院门的程开颜拉出来，拉到车上问："怎么，你也知道了？雷大哥打你电话了？"

程开颜奇道："你大哥干吗打我电话？我生气，他们评爱岗敬业模范，我们科室只有我一个人考勤从来没缺，可他们说我工作还不到一年，不能评，你说多不公平。"

宋运辉这才放心，原来是这种小事："咳，跟他们争那种小事干什么，你看看你科室，你最年轻，最漂亮，爸爸最狠，先生也最狠，你什么好的都占了，他们多嫉妒你。以后我们大方一点，这种什么小评比都让给别人去，我们高风亮节。你说，凭我们跟局长的关系，我们要真抢，那还不是我们的？我们不抢，让给他们。"

"对，我才不跟他们抢，犯得着跟他们抢吗，让给他们。"

"这就对喽，跟你说件事，我大哥再婚了。等下我跟爸妈说时，你乖，带小引离远点。"

程开颜大惊，追着宋运辉道："你呢？你也别难过，这种事你管不住的，人家还有眼睁睁看着父母再婚的呢。你真的别难过，你要心情不好，你爸妈就更伤心了。"

宋运辉伸手亲抚妻子头发，有些强颜欢笑地道："是，我听你的，下去吧。"

两人走进家门，没想到却看到女儿宋引脸上挂着泪珠。奶奶帮着解释："这星期的小红花没评上，我们小引伤心呢。"

宋运辉一听反而笑了，一肚皮的情绪消散不少："这母女俩还真一个模子刻出来的。猫猫，告诉爸爸，为什么这星期的小红花没了？"

"午睡的时候陈丁丁踩我枕头，我推倒了他。"

程开颜当过幼儿园老师，立刻严肃地道："那怎么行，陈丁丁摔疼了怎么办？"

"陈丁丁不疼，他摔李随意被窝里了。"

"那李随意不得给摔疼了吗？猫猫你是班长呢，要给小朋友做榜样，不能先动手欺负小朋友，对吗？这个星期的小红花应该没有，换妈妈做你幼儿园阿姨也不会给你。"

宋运辉见他老娘欲替宋引申辩，便拉了走开："妈，我有件事要跟你们说，爸你也来。"

宋季山嘀咕一句"我菜还没洗完"，却扔下菜跟了妻子、儿子进他们二老的卧室。宋运辉开门见山："大哥刚给我电话，他准备结婚了，女方是……"

宋运辉还没说完，他妈妈就插话道："也该是时候了。"说完低头就走，面无表情，不等宋运辉说出女方是谁。

宋季山却是愣了好半天，叹道："我们的萍萍，是我们家的，到底还只是我们家的。"

"爸,那当然。想开些,你总不能让人一直守着,不现实。我看看妈去。"

"可他还当着那么多人面说不娶,骗谁呢,说了就要做到,哪有说话不算数的。我以前还以为他一心一意,他害了萍萍的事我也不追究了……我以后就当不认识他。"

"爸,不能这样。我们听到这个消息都不会舒服,可也不能因此否定他,他已经不容易了。"

"你现在也是孩子爸,你设身处地想想。我陪你妈去,我们的女儿,就这么让人忘了……"宋季山说到这儿,声音里带上了哭腔,他不再说下去,低头找老妻去。

宋运辉心里也是不好受,没再开口替雷东宝解释。他到厨房找到父母,却见两人各自忙碌,时不时擦一把抑制不住的眼泪。宋运辉默默帮忙,便是连宋引都感受到家里的气氛,一时收了没评到小红花的胡闹。

饭后,宋运辉依然没打算劝父母接受雷东宝的新婚。父母两个吃人苦头太多,对外人基本不很信任。雷东宝本来就不是他们愿意结交的类型,都是因为女儿而接受雷东宝,自然,现在雷东宝结婚了,他们就放弃雷东宝。宋运辉了解爸妈,也只能为雷东宝无奈,他想雷东宝应该是不愿看到这等变化的。

06

雷东宝再婚,韦春红的饭店楼上楼下全部坐满,都是各个方面的头面人物。雷东宝穿上一套西装,不是新的,以他的身材,新的暂时买不到,做又来不及。韦春红倒是穿了一件大红小西装领上衣,黑色直筒裤。士根当然在场,看着觉得两人无论年貌,倒是都挺般配,甚至比当年宋运萍与雷东宝更般配。雷母不愿来,因此小雷家也只来了几个头面人物,显得这个婚礼有点像聚会。

雷东宝想请的人都到了,一个不落。陈平原有意识地坐到银行桌上,雷东宝知道这是怎么回事。让雷东宝没想到的是,韦春红第一次上场,就做了他最好的贤内助。他的气势总是稍嫌咄咄逼人,而韦春红的八面玲珑,却是最佳化解。两人一搭一档,令银行人员很难现场拒绝,再有陈平原以支持县经济发展,帮扶重点村经济，以及县委出面拍胸脯担保等话施压辅助，银行人员搞得非常被动，半推半就答应送出一百万贷款的礼包，但被陈平原否决，说不够，众有心人又在旁边起哄说应该送个更大礼包，这才讨价还价说到一百五十万。

雷东宝心想，买个新反射炉加上安装，已经够用。但他着实不是很放心铜厂，不敢再次将宝全部压在铜厂，而是侧重先扩大登峰，再逐步修复铜厂。

正明着手订购登峰厂系列设备中欠缺一环的中小电缆设备生产线的同时，也订购反射炉。同时还快手捞了一台现成的电线设备，立刻开始安装。他虽然烧伤未愈，可他豁出去了，他需要做出事情来证明自己。虽然他心里偶尔还是为自己被村人的诟骂而不满，但不满归不满，做还是得做，否则他没法在小雷家立足。倒是雷东宝虽然踢他一脚，他并不记在心上，他心里最清楚，这回若不是书记支持，多少人欲食他之肉而后快，书记是他的大恩人。

吃一堑长一智，正明说话不敢轻狂，做事谨慎许多。谨慎表现在他考虑问题开始前思后想，照顾方方面面。因此在开始订购设备的时候，他就已经想到扩大生产后面对的销售问题。除了挖掘现有外勤人员的潜力之外，当然还得扩展销售渠道。他不由想到以前在登峰拿货量惊人的杨巡。已经多日不联系，他都已经找不到杨巡的联系方式，只好去一趟杨巡的家，问杨母要来电话。

杨巡对于正明找上门来，并没拒绝，但一只皮球踢给宋运辉，给正明指出一条金光大道，规模巨大的东海项目不正需要无数电线电缆吗？他如今脱离电缆行业，忙着应付身后群狼的追击都来不及呢。再说他当初为了报答雷东宝，在退出东北时把手头市场资源全部无偿移交小雷家派去的人，并一一亲自引见客户，热心牵线，又给安插在电器市场的好位置，方便店铺批发，使得他退出后，他原有那块销量可以保持稳定，不致引起登峰忽然失去一条销路。可没想到小雷家铜厂开业时连招呼都没有一个。他当然有意见，但看在当年交情上他愿意帮举手之劳的忙，可要他分出大量精力帮忙，那就不可能了。

正明不敢直接找宋运辉，让雷东宝出面提要求。但宋运辉虽然一直关注并支持着小雷家的发展，却因为并不认可乡镇企业的普遍产品质量，他又对东海项目把关甚严，因此在答应使用小雷家的电线电缆上很有顾虑。雷东宝的要求令他为难。他知道小雷家最近不容易，雷东宝这时候一定非常指望他这边的大力帮助。但是他不能昧着良心做事，他这个企业对安全的要求实在太高，对最容易导致安全事故的电气安全更是严上加严。换作以往，宋运辉当然可以跟雷东宝说明一下，说说自己从东海项目一开始就没打算用登峰产品的理由。但是现在，他有些难以开口，有了雷东宝结婚邀请而他不出席的一次小小波折后，他的拒绝，会让此时正心忧小雷家的雷东宝产生什么别的想法。

而且更让宋运辉头痛的是，市区的那个宿舍区已经完工，他想假公济私在那个市区宿舍区用点登峰电线，稍微帮小雷家一些忙的企图都不能实现了，他如今面对雷东宝的只有完全拒绝。他告诉雷东宝，不是挂牌企业的产品拟不采用，又告诉了雷东宝一些东海项目的极严格安全框架。

雷东宝倒也罢了，几次出入金州，看到过金州的规矩，光看看进厂门检查的那个严格劲儿就知道宋运辉那行当的危险。但他跟正明一说，正明却并没那么容易被说服。正明现在心急火燎地想看到成就，看到利润，自然是一丝机会都不愿放过，面对宋运辉这样掌握着大国企的自己人，想到那不会被死压的卖价，他怎么舍得放弃这大好机会。

正明跟雷东宝说："我们的电线在东北用到过大企业建设上的，而且宋厂长他们用的上海那家的电线质量没同我们差多少，书记，宋厂长不管电线这些小事，下面怎么说他就怎么听，要不书记你再跟宋厂长具体说明说明？他管着那个项目，投资那么大，买些电线还不是他张张嘴就决定的小事。"

言者无意，听者有心，雷东宝不由自主就想到宋运辉对婚礼的拒绝。他不是个把心思存进肚皮里发酵的人，他当即就在正明的办公室里挂电话给宋运辉，也不管电话那头人声鼎沸，就对宋运辉道："小辉，真不能用？上海那个厂的电缆质量跟我们差不多，我们电缆的设备与上海那个厂是一样的，你无论如何要想办法给我解决一部分销路，你有办法的。"

宋运辉办公室里正开个小规模会议，他只能简单地道："上海那家与你情况不一样，他们有国家盖章认可的质保书，我如果有办法不会不帮。"但当着这么多同事的面，让宋运辉怎么能说出其中真实原因。上海那家是业内认可的生产商，有上海那家的牌子挂着，即使出什么问题，采购和拍板的人都没有责任。但换作是小雷家登峰这么家普遍名声并不太好的乡镇企业出来的东西，即使未来不是电线问题也会被赖到电线问题上。如今他强力夺取山头占了别人的位置，多少人磨刀霍霍等着找他的岔子而不得，他怎么可能送个明晃晃的岔子上去让人轻易地抓住？他当然只有走符合采购程序的路。

雷东宝道："小辉，那种质保书能说明啥啊，最后还不是你一个签字的问题嘛。你别跟我闹脾气，我这就出发上你家好好说说。"

宋运辉头大，想想家里父母的反应，只得道："你过了这阵子再来。电线的事有空我再跟你解释。"

雷东宝不再说了，他听出味道来了。正明看雷东宝放下电话后长长发呆，就不敢再提。雷东宝闷坐了一会儿抽身离去，走到外面，远远看着那个埋着宋运萍的山头，又是好一阵子发呆，心里很不是滋味。他感觉宋运辉已经代表宋家表明态度了。雷东宝上一刻还想着要冲去海边，向宋家表明态度，可下一刻就心虚了，说不娶的是他，没人逼他。最后是他拿自己的话当放屁，也没人逼他。他还凭什么让宋家人相信他，以致相信登峰？

但谁都不会给雷东宝伤春悲秋的时间，或者说是谁都不会相信雷东宝也有软弱的时候。忠富找了半天才找到雷东宝，一脸终于逮到你的激动，拉住雷东宝上他的摩托车，一起去一家食品加工厂看一座冷库，一路喋喋不休介绍冷库的功用和建造成本，令雷东宝都没一点时间再想别的。等到眼见为实，看到冷库，听到冷库主人说起冷库的功用，雷东宝就立刻回头对忠富道："上个春节猪价那么低，你出栏又多，要那时有个冷库，冻起来放不到两个月，那肉价就又上去了。"

忠富忙道："可不正是那么回事，其他还有鱼啊虾啊也是一样，冻到冬天卖高价。"

雷东宝点头，这理由正确。可问题是："冷库是好东西，你看中哪块地，跟我说，但你自己能解决资金吗？我现在没钱给你。"

忠富闻言失望，但还是道："书记，一点都不能解决吗？"

雷东宝白了忠富一眼，都不愿回答。忠富无奈，只好认命："那，书记，把猪场旁边原来的杀猪场整改一下，弄得稍微好一点，杀猪场旁边的一块山地给我，我平一下造冷库。"

"好，你拿白粉圈个面积出来，我回头替你协调承包户。"

"好吧。"忠富不大善于伪装，要求没得到满足，他就有些愁眉苦脸。

雷东宝伸出肥掌给他一拍："村里现在资金紧张到什么程度呢？我告诉你，我已经开口逼正明做不要脸的事了。我们以前都是拿钱去取货，时间长了，大家信任了，一般都是货到付款，有时拖几天也没事。现在不行了，到处缺钱。没钱买原料，怎么办？我要正明赖着，拖。你看看，最近正明都不待办公室里，另外找间隐蔽的小屋办公。"

忠富一时没听明白，可也有点了解到雷东宝他们的难处了，便不好意思再提自己的。但还是奇道："怎么拖？那以后还要进原料怎么办？"

雷东宝叹道："这种事，只有问国有企业下刀。今天拖这家不付，下月拖那家不付，先这么一家家拖着呗，等都拖遍了，把第一家的还掉些，再进一批原料拖着，这比问银行借钱还方便。"

忠富终于明白，立刻灵机一动，道："他们国有企业反正也是国家的钱，我们想拖得不是太难，不如拿些小钱打点一下他们负责的，打通关系了，还能多拖些时候，多拖些货色，这还真比借银行钱强啊。我有数了，我索性也这么做，冷库可以尽早建起来。"

雷东宝横他一眼，"哼"了一声。忠富讪笑："谁让你有这么好主意不早点告诉我。"

"这不也是给没钱逼出来的吗？红伟比你活络，早几天已经看出苗头，早学了去。"

忠富继续讪笑："我就这种地人的命嘛，只会背着头死做。嘿嘿，书记，回去载你去县里还是回村里？"

雷东宝愣了一下，脱口而出："村里。"说完便已经知道怎么回事，当然，他不会跟忠富解释。

杨巡的三期也终于交付使用。一等交付收到租金，他便春风得意马蹄疾，要寻建祥一起守护着一大包巨款回家，终于可以还清借来的所有钱。

他最得意的是，除了分期的土地转让费还没付之外，他目前收到的租金已经足够支付所有建筑费用。也就是说，以后拿来的租金，那几乎就是净赚了。他的市场以后只要都租得出去，他以后只要坐着收钱便是。

因此杨巡还特意挑了个周日的时间，有意找杨逦在家的时候回家，让妹妹也分享他的成功和快乐。回到家里，见到妈妈与妹妹两个坐在被窝里取暖。杨巡见怪不怪，冬天家里一向都是这样取暖的，以前还在老房子的时候，屋顶瓦片稀疏，一到冬天别说是西北风呜呜地往屋里灌，雪花都会从瓦片缝里钻进来。打小，他们四个小萝卜头冬天就是这么钻在被窝里，否则还不冻死。可寻建祥却是少见多怪了，他最初看到还以为杨巡的妈卧病不起了呢——脸色那么难看，但人家一家都欢欢的，他当然不便问，就一边儿闷声装酷。

杨巡自然也看到妈妈的脸色不好，精神也不济，他一问，杨逦就道："妈上上个星期已经感冒了，后来一直有热度，我让妈去医院看看，硬是不肯，我又说不过妈。对了，上星期还吐了一次。哥，你既然来了，你说什么都把妈拖去医院吧，对那么固执的妈只有动用武力了。"

屋里的人都"哧哧"笑出来，杨母笑道："听她胡说，芝麻大的事也能掰成西瓜呢。我没事，现在糖供应放开了，我每天喝杯红糖姜汤，不知道多舒服。都是自家种的老姜，够劲，我已经烧下了，这就给你们拿，喝了能暖上一天。小寻同志，让你见笑了，我们农村里人身子皮实，哪里那么娇。"

寻建祥却不以为然，他在金州的时候好凑热闹，算是见多识广，看着杨母的憔悴和杨母说话时候说不出的一种口臭，还有走路时候风摆杨柳般的不稳，总觉得问题严重，偷空跟杨巡说："你最好还是把你妈送去市里哪家大医院看看，你妈那样子，不像感冒，倒像是什么慢性病。"

杨巡一听吓了一跳，他眼里妈就是妈，妈什么时候都是妈，妈什么样子不重要，反正妈就是妈。被寻建祥一说，他也终于扒开眼前属于妈的那层迷障，以旁观者角度看妈，终于看出问题。要是没什么要紧，只是感冒，妈年纪还不大，怎么头发白了大半，身子都瘦得佝偻起来了呢？杨巡大冷天吓出一身汗，坚决要求立刻带妈去市里看病。杨母多次话里暗示寻建祥稍做回避，离开厨房，她好跟儿子板脸拒绝，但寻建祥当没看见没听见。杨母不便当着外人面不给大儿子面子，只得答应还了钱后，就跟儿子去医院看看。

杨逦周日后回去上学，杨巡让个朋友带寻建祥到附近山上打鸟，他自己和妈妈一起逐户还钱，进展迅速。寻建祥就爱玩有些偏门的事情，可一天两天下来，只拎来两只麻雀，杨母替他找理由，不是寻建祥枪法太差，而是现在麻雀实在少。寻建祥心说还真是麻雀少，以前还以为像杨巡家那么深山老林的地方，一定飞禽走兽遍地都是呢，原来难得撞见。

星期四，杨母才终于答应去医院瞧一瞧。医生本来爱理不理的，一边嘴里唧唧哼哼，一边早已下笔如飞书写天书一般的病历。但在听到呕吐物的颜色后，整个人严肃起来，才开始拿正眼看着杨母，问出一个一个跟感冒不搭边的问题。然后就把病历卡一合，带上杨母交给肿瘤科，杨家母子都惊呆了。

等检验结果出来，医生轻描淡写说是严重胃溃疡，连寻建祥都大大松一口气。但医生让杨母立即住院，说要准备开刀，别等胃烂穿就不好治了。面对严肃的医生，杨母这才老实答应住院。

三个人七手八脚找到病房安顿下来，护士就来叫杨巡，让去研究手术方案。医生却关上门大骂杨巡，骂当儿子的为什么没早发现老娘身体有异常，让老娘胃癌拖到晚期。杨巡惊呆了，一句辩解都没有，瞪着眼睛不由自主地缓缓瘫坐地上。医生依然没放过杨巡，告诉他基本确定是胃癌，而且从病人症状看还是晚期，目前须得手术确认癌细胞有没有转移或者蔓延。医生要杨巡配合对病人保密，以免影响病人情绪。

医生走了，杨巡依然瘫坐在地上起不来，被来来往往的护士踢到好几脚。他脑袋空了，连哭都没有想到。等终于被一个护士叱醒，眼圈一热想要流下眼泪，忽然想到不能哭，哭一下就会被那么精明的妈看出来，他连忙冲出去将头埋到水龙头下，让冰冷的自来水将头皮浇得发痛，直至麻木。那么坚强的妈妈，顶梁柱一样的妈妈，怎么会？

杨巡回去病房，拼命装出若无其事的样子。幸好病房十来张床人来人往地热闹，时时有热点焦点转移视线，杨巡又是个嘴皮子开花耳朵，才算是有惊无险地渡过难关。午饭时候，他拉寻建祥出来说明问题，要寻建祥先回去看住市场，他暂时不能回去了，他要陪着妈。然后他去书店买来有关胃癌的书，又不敢让妈看到，将书用皮带紧紧夹在身上。他觉得自己快崩溃了，他需要有人支持他。但他几乎没有犹豫，一个都不通知给弟妹们，三个弟妹都正是将近期末考试的时候。

中饭后他就赶紧回家取东西准备在医院打持久战，现在有钱好办事，他们这样的城市也有了出租车。伺候了妈妈晚饭睡觉，他也装睡，一直等到夜深人静，他才偷偷起身，走到走廊看买来的那本胃癌书。一边看，一边汗流满颊，泪流满腮。上一次二期结束后他回家，再上一次他春节回家，还有上上次，甚至更早，妈妈一直胃不舒服的时候，他怎么就跟死人一样，没想到要送妈妈到医院看看？杨逦来信斥骂的时候他怎么还不觉悟呢？妈妈即使是铁打的意志，可妈妈终究是肉做的人啊。

看着资料，杨巡想到很多。他如果从小能再乖巧一些，多留心妈妈的饮食，多逼迫妈妈别总是把有限的饭菜留给四张无底洞似的嘴而自己只吃很少，他如果那时候能多吃一些地瓜、高粱而让妈妈多吃细粮，妈的胃病会不会就不至于加重到今天这般地步？他如果不把生意的事情告诉妈，不让妈为他一起操心，甚至后来操心背上一身债务，妈妈的胃病会不会不至于迅速恶化？他现在只有求告老天、菩萨保佑，开刀出来结果是癌细胞没有转移。

他一个人钻在楼梯口闷头哭了一夜，他知道不应该哭，会被妈疑问，可他实在忍不住，再不哭他会崩溃。好在妈妈第二天醒来看到他红肿的眼皮，没问什么，还鼓励他要坚强，又不是什么大问题，说胃这东西割了还能长，长了就是好胃，还比原来更好。听着妈妈那么镇静，杨巡更想哭，他只好装傻解释说实在怕手术，想象不出刀子割到妈妈身上会有多痛。杨母说她也怕，要儿子多陪陪她。

妈妈被推进手术室的时候，杨巡一个人等在外面坐立不安。中途杨逦回家看到字条也赶来了，杨巡没告诉杨逦真相，但不管真相如何，亲人的手术已经够让人惊惶担忧。杨巡一直在期待奇迹出现，心里念叨着如果手术时间短，那就可能意味着良性，可能大家虚惊一场。这个时候如果走廊上有一尊菩萨，杨巡准保全程跪在菩萨前祈祷。

但是，手术时间不短，也不长。杨巡兄妹协助护士将术后的妈妈转移到病房后，主刀医生把杨巡叫去，告诉他准备后事。

杨巡不知道自己怎么回的病房，整个人跟飘的似的。妈妈还没醒来，对于杨逦的追问，他只能听，不愿说，他看着杨逦小小的脸，不知道这话说出来杨逦会怎样。他心想着，如果当初杨逦来信骂他时他脑子能开窍一点，妈那时肯定是有救。可那时，他还在给妈施加压力，要妈背负巨大责任，帮他借钱。都是他，妈是被他害死的，他后悔无门。

是妈妈醒来的一声呼唤叫醒了杨巡。杨巡连忙抢过杨逦抓着的妈妈那只没有输液的手，急切地道："妈，痛不痛，痛不痛？"不说则已，一说眼泪就抑制不住地纷纷落到他妈被子上。

杨母拿手把兄妹两个的握在一起，费劲地道："妈都听到了。妈不行了，老大，弟弟妹妹以后交给你，你要负责到底。老大，妈一直让你吃苦最多，你别怨妈，妈心里是最疼你的。"

杨巡脑袋又似被霹雳轰过，愣半天才明白妈都听到了什么，晓得妈可能是听到手术中医生的交谈了。他这会儿也不用再克制自己，跪到床前，泪流如奔，反而说不出话来。杨逦莫名其妙，不知道这是怎么回事，但也从妈的话中听出什么，放声大哭。反而只有杨母镇定，眼角挂着泪珠看着宝贝儿女，却没哭泣。

　　杨母拆线后就坚决要求回家，但没坚决地要求大儿子回去上班，她终于也软弱了一回，不那么理性了一回，让大儿子陪伴她最后的日子。她终于坚强地等到其他三个儿女都寒假回来，她说她满足了。

1991年

01

上海外白渡桥边，一辆崭新的桑塔纳出租车上跳下两个身穿黑色长呢大衣的女子，尤其是年轻女子头上还洋气地戴着一顶不常见的帽子，两人才刚站稳，便已招引四周目光无数。两人没管那些，只对着眼前一幢看似很有年代的西式建筑指指点点。年轻女孩拿出地图自言自语地道："这么小的地方，证券交易所真在这儿？不像啊。"

旁边中年女子柔声道："应该没错，黄浦路十五号，看门牌，囡囡，我们进去看看。"

女孩看清门牌，兴奋地掏出照相机横照竖照对着门面拍了好几张，看得旁边的妈妈心疼胶卷。跟着妈妈进门，女孩还在轻轻念叨："这么小的地方，可怎么交易呢？真不可思议。"

走进里面，打量着简陋而临时意味十足的交易厅，女孩更是满脸玩味，这就是偌大中国的证券交易所，这儿除了交易股票，还交易国库券，外面还有自发交易邮票的人。可这儿低矮局促，没一点她想象中的金融味儿。女孩并不像大多数在场人员似的盯着几个数字议论，而是这儿晃晃，那儿看看，大胆地乱走，甚至拉住工作人员交谈。做妈妈的最初总要阻止女儿的胆大妄为，金融机构怎是可以乱闯的，妈妈就是来自金融机构。但后来见女儿中文夹着英文地与一个看上去挺严肃的工作人员交换名片谈上话后，便静静待在一边笑眯眯不语了。她看着她的宝贝女儿——梁思申，女儿圣诞节回家，她毫不犹豫请了长假天天陪着女儿，一直陪到上海。

等女儿跟工作人员握手告别出来，梁母才眉开眼笑地道："囡囡说起正事来还真是像模像样呢，说什么了？"

梁思申笑道："我本来就是业内人士呢，当然我最关心爷爷甩给我的股票得什么时候上市，那位先生不肯说。"

"小财迷净瞎操心，你那股票若上市，我们还不早知道了？还好，没成一堆废纸，看来还应该涨了。"

"那个名词中文怎么说……"梁思申费力想了一会儿想不出来，只好道，"当然涨，看来还涨得不错，翻几倍了。妈，下次你来上海，可以把家里那一叠国库券拿来卖了，省得占着现金。"

"又不等着钱用，放着就放着吧，再说也不用来上海，虽然股票只能在上海交易，国库券可是两年前在全国好几个城市可以上市流通了，否则国家每年国库券任务怎么完成啊。没上市流通前，天下最难两件事——计划生育和推销国库券，那都是当任务硬压下去的。现在不一样了，现在还有人专门背一麻袋钱下乡，换一麻袋国库券回来赚差价，乡下人消息不灵通，一听说有人收国库券，打个六折七折就卖了，那帮收国库券的发财好多。"

"那为什么不用报纸通知全国人民这么个好消息？"梁思申听着好奇怪，两眼则是更好奇地看向交易所门口的一堆人，里面有人正大声地发表着演说，似是对股市的看法。

梁母也顺着女儿的目光看去，两人站路边听了会儿，梁母才道："你看，都是上班时间，却有那么多年轻力壮的人在这儿无所事事，多么浪费。这事儿不能大肆宣传啊，全国人民要都看钱可以那么投机着赚，谁还有心思上班？现在各方面对股市问题争议很大，估计这儿还只是试点吧。"

梁思申听着妈妈的话好生想笑，可又没办法用中文把满肚子的反对用专业的态度表达出来，憋得难受："这怎么能说是投机呢？这……这很正常。真有趣……"

梁母阻止女儿说下去："国情不一样。你爸说你这回读了研究生后回来，整个人变得跟个小间谍似的，什么都要打听，听了还眉飞色舞地做笔记。不过你爸让我提醒你，别光顾着看热闹，当猎奇，你还得在了解中国国情后比较与国外的区别，再下定论。"

梁思申脸上一红，却强词夺理："爸爸老奸巨猾的，为什么不直接跟我说呢？"

梁母故作义愤填膺："是啊，你爸就是外强中干，一说到批评女儿就头皮发麻，把这艰巨任务硬推给我做。现在去哪儿，虹桥还是浦东？浦东也是去年刚下文件开发的，估计现在去没看头，什么都不会有。"

梁思申看着地图，选择浦东。梁母看着被称作下只角的浦东，不清楚女儿要看什么。但见女儿到打浦路隧道口看了半小时，记录半小时内的车流量，又到延安路隧道看看，还到乱糟糟的南浦大桥工地参观，最后乘轮渡返回浦西。

一天下来，梁母双腿差点走废，吃了晚饭就坐在宾馆床上按摩，见女儿依然精神抖擞伏案疾书，做妈的还是忍不住好奇，问女儿到底算算画画的写什么。

梁思申满脸苦恼："我不知道该怎么跟吉恩汇报。一个上海市内，连接浦东浦西的只有两条过江隧道和轮渡，可隧道那么窄，过隧道还得收费，严重影响办事效率，增加在浦东办公成本。可是在金桥了解到的情况又是那么让人激动，我得选择怎么措辞，把吉恩的注意力吸引过来。唉，刚看到的南浦大桥工地，桥还没造好，浦东那儿的收费站已经在了，收费，收费，吉恩肯定会严厉地告诉我，收费比一条黄浦江更能有效分隔两地经济。缺少浦西的强力支持，浦东怎么办？我要不要明天看了虹桥再下结论？嗯，从这儿看下去，虹桥可比浦东热闹多了。"

梁母看着发愁的女儿，看着自己生出来的小小的女儿居然还能考虑如此重大的问题，心中欢喜不已，当然提供最强大支持："不要只看到不足，要看到上海的变化。"

"说到变化，更不能和吉恩提，他要是问我一句上海跟深圳、广州比怎么样，我就无言以对了。我跟吉恩吹的是上海，我跟他说我从小几乎每年到上海一次，上海是中国最美丽的城市，上海也是中国经济之都，我名字里面就有上海。可上海的现状……总觉得不如广州、深圳。"

"那没办法，当年开放的不是上海，是深圳，好在总算邓大人现在想到上海了。不过你爷爷说，他不担心上海，上海各方面实力强得很，上海要么不上，一上就肯定是最好的。你先别急着下结论，你先记录，回头到家里跟你爷爷好好谈谈，那个老金融有他的老见解。你爷爷，解放前的上海见过，解放后的政策全了解，是块老姜。"

梁思申早跟爷爷有交流，并不认可爷爷落后的知识。但此时只能放弃，合上笔记本，又抽出地图挤到妈妈身边，笑道："妈妈才是老姜，到了上海连地图都不用，妈妈还记得解放前上海是什么样的吗？"

"哪里还能记得清，只记住淮海路上的奶油蛋糕好吃得很，想起上海就想到奶油蛋糕，你是妈妈的奶油蛋糕。我还记得老家什么样子，可现在只剩个洋房还像样子，园子都给造了房子了，那些新造的房子真难看。"

"我们明天再去房管处提要求，怎么能说是归还了我们房子，可还让那些人占着我们的房子不搬呢？他们没居住证明，我们可是有的。"

梁母叹气："都难，那些人搬出去后住哪儿？有其他地方落脚的都已经搬走了，剩下几家都是很穷没去处的，房管处总不好赶人家住露天，这儿到底是社会主义国家。我们暂时也不会来住，就让他们住着吧。"

梁思申皱眉道："要不我另外买房子让他住？妈妈老家这么有纪念意义的洋房我们得收回。"

梁母横女儿一眼："我跟你爸也想过这招，但是又面临几个问题需要解决。首先我们没上海户口，不能在上海买房子，上海在这方面控制得非常严，而我们当然不可能出钱让那些住户买房子，自己不要产权；其次，有钱也不能这么乱花，爸妈对你回家时挥金如土的大手大脚并不赞赏，爸妈的事情爸妈自己会解决；最后，即使把那些人迁走了，我们暂时也不会来。这种混凝土加木结构的老房子不能每天关着不住人，长久不开窗通风烂得快。别管老房子了，这本来就不在这回的行程计划内。"

梁思申做个鬼脸，不甘地道："可是，妈，我要怎么跟你说才行，我现在真的挺有钱。我现在本金足，就跟一个赌徒一样，赌资充足，心态就好，投资方向掌握得很好，再说我这不还跟着老狐狸一般的吉恩学呢，十次投资，八九不落空。解决老宅问题，只不过是拔孙猴子身上一根毫毛。"

梁母不由笑道："又来了，又来了，你前天一定要住这银河宾馆的时候就说房价只是一根毫毛，你有多少毫毛可以拔？老宅的事不能急，我跟你爸分析了，打算通过你爸一个朋友走走关系。"

梁思申这才答应，爸妈的能量，她从小就知道，她当初出国，别人搞个护照那是多么困难的事，他们却是手到擒来，不费吹灰之力。她嬉皮笑脸地道："毫毛今天拔了明天长，越拔越多，越拔越粗，才不会少呢。再说住银河宾馆多超值啊，我上回听一个东南亚华侨说，银河老板是按照五星级标准造的宾馆，可是考虑到上海已经有赫赫有名的五星级宾馆，他的银河在五星级里并不出众，不如自己降格到四星，做四星里面最好的，争取最大知名度和客流量，这是非常高明的市场定位。所以我们等于是用四星的价住五星的店，多合算！肯定其他宾客也这么想，我打听了，据说入住率很高。"

梁母听了虽然觉得女儿狂，可依然由衷道："囡囡美国没白去，明天我们别打出租车了，妈妈真心疼，这儿看下去就是虹桥，明天走走过去。看时间安排……你要不要明天上火车去看看你那个大朋友宋运辉？还有时间。"

梁思申将嘴翘得跟小猪似的，想了会儿，摇头："我担心破坏印象。已经有好几个原先印象中很英明神武的人，现在看着怎么都那么差劲。宋老师是我的大偶像，他好像什么都知道，可……我不想破坏印象。"

梁母看着女儿，不知道女儿怕的是什么，她说："你那个宋老师倒是偶尔跟我们通电话，听你爸说，一个才三十来岁的年轻人能有这等见识，非常难得。你应该不会失望，妈帮你联系吧，我有他电话。"

"你们除了包裹有没有收到，还聊什么？"

"你爸爸，嘿，看小宋与他不是一个省，有时问问小宋企业的问题，不怕有后遗症，不像跟省里那些企业家说话，我琢磨你话里什么意思，你琢磨我这话什么背景，说不痛快。小宋很不错，难得思想超前却又脚踏实地不浮夸，我找他电话。"

梁思申终于点头。但母女两个都没想到，在办公室找到宋运辉，宋运辉却很遗憾地告诉她们俩，他这几天压根儿就抽不出时间，吃睡都在工地，怕慢待了她们。母女两个看看手表，晚上九点半，也是，这么晚还待在办公室没回家的人，怎么可能有时间应酬朋友。可是，梁思申却越挫越勇，翻出全国地图册，查找东海项目的方位，她发现，那儿离上海不远，飞机火车都可以到达。

宋运辉遗憾拒绝梁家母女的到访。除了没时间，还因为最近的某些异动。东海厂与金州不同，既然地处海滨，自然得利用得天独厚的优势造个码头。金州没码头，也就找不出相关技术人员，码头就成了马厂长引进故友的天下了。宋运辉对码头的一切知识都是从一穷二白开始，自然是指挥不灵。而最近马厂长正好提出升级码头为分厂级别，提升他两个亲信为正副职，宋运辉岂能让一个人事变动把码头永远成为他的权力盲区，他想尽办法抵制，而且得想办法在码头那块土地上化被动为主动。这个时候，他精神高度集中，无暇他顾。梁思申母女若来，他最多抽时间跟她们吃顿饭，那怎么对得起远道而来的她们？

看看时间，宋运辉起身收拾了东西，熄灯关门出去，到楼下码头办敲门，招呼道："老赵，不早了，明天再做。我带你出去。"这个老赵就是马厂长的心腹，实干强干，技术出众，与另一个马厂长心腹黄工为一时瑜亮，但相比之下，老赵更强悍。马厂长有让老赵负责码头的意思。

老赵从一堆资料中抬起头，看看手表，才道："好嘞，顺风车不搭白不搭。你今晚又不回家，不怕家里跟你闹？"

"你不也两礼拜没回家了吗……"

"嚯，宋厂把弟兄们的底细摸个透底啊。不过有件事你肯定不知道，家里跟我闹翻天了。家属才刚带着孩子调来，人生地不熟，出门步步艰难啊。我好不容易回趟家，她有气全冲我来，听说宋厂爱人好脾气。"

宋运辉一笑："我会叮嘱后勤再努力一把，看来后勤保障工作做得还不够到位。"

老赵看看宋运辉，对于宋运辉的不直接回答没有意外，早知道宋运辉四平八稳，口风严实，对于小小的挑衅绝不当场反应，也不知哪来的肚量。但上车后，老赵还是直截了当地问："宋厂，码头分管领导的确定，听说宋厂属意小冯？都说小冯是宋厂的人，我和黄工是马厂的人，宋厂任命小冯是毫无疑问的事，是吗？"

宋运辉呵呵一笑，倒是有些意外老赵毫无掩饰地逼问这个问题。"且不说人事任命是党组讨论的事，不是我的一言堂。单说有谁若是任命冯工，你和黄工闹起情绪来，码头该如何收拾？你老赵的脾气，霹雳火也不过如此。"

老赵也是呵呵一笑，傲然道："对，凭小冯？不过我是不会那么不顾大局闹事的，宋厂对我有很深的成见吧？"

宋运辉冷笑："小冯？冯工大你几岁，被你一口一个小冯，你还需要我的成见？老赵，你如果是个明白人，应该看清楚冯工这个名额只是为体现民主，拉出来陪你们玩一遭。你和黄工究竟哪个中选哪个落选，你说发言权操在谁手里？你这个霹雳火是一叶障目不见泰山啊。"

老赵一愣，扭头看看宋运辉的侧脸，一时无语。两个都是马厂长的人，提拔谁还不是马厂长说了算？对于宋运辉而言，提谁还不都是一样，反正都不是宋的人。宋运辉倒是说实话，虽然话说得难听。不过也无所谓，他对宋运辉一向剑拔弩张，从不低三下四，宋运辉对他也从不假以辞色。

车子很快到宿舍区，宋运辉停下车子，却没开门，对动手拉门的老赵道："黄工已经接连好几天陪着老马码长城，你也该想想办法啦。"

老赵再度吃惊，呆呆看着宋运辉，心头闪过无数念头。两眼看看依然亮着灯火的马厂长宿舍，再看看对马厂长行止了如指掌的宋运辉，不由自主地摇头。

宋运辉没有搭理老赵，自己进去宿舍。但关上宿舍的门，却长长呼出一口气，他真头痛，该怎么料理码头的事，尤其是收服老赵。他点上香烟想了很久，没得出自以为最妥善的方案。

宋运辉当然是最想冯工居正，奈何冯工扶不起。只有黄工和老赵两个选择。若是单纯从他个人角度来选择，当然选黄工，黄工虽说也是老马的人，可到底是性格稍微含蓄些，容易差遣。而若大公无私地从工作角度来选择，最好是选老赵，老赵这人能自觉做事，能鼓动手下做事。但这样的人是把双刃剑，老赵能鼓动大伙儿猛干，当然也能鼓动大伙儿歇火。若把老赵扶正，宋运辉想，他以后工作中有得头痛了，但也有可能轻松了。

宋运辉继续点燃一支香烟，又想到事情的反面。如果不扶正黄工，或者如果不扶正老赵，又将出现何种状况？看得出，黄工与老赵都对正位志在必得，扶正一个，毫无疑问对另一个就是沉重打击。沉重打击之下，黄工与老赵又各将做出何种反应呢？宋运辉想到老赵刚刚的"情绪"说，忽然展颜一笑，不错，老赵的火力，够老马头痛的。想到这儿，宋运辉忍笑将手中才吸了四分之一的烟头掐灭在烟灰缸里，放心睡觉。

只是那内耗！宋运辉无法不考虑到因此伴生而来的内耗给工作带来的损伤。但是，当是时也，他又能做何选择？这一刻，他隐隐开始理解当年在金州的时候水书记的苦衷了。很多时候，一个人怎么做人，并不全取决于这个人的本质，而是由这个人所处位置决定。位置影响人，位置改造人。

梁思申与妈妈两个坐了一夜的夜行火车，虽是软卧，可到站时，梁母就喊不行了，到宾馆住下就睡觉。梁思申就跟没事一般，照样精力充沛。到宾馆大堂要总台帮忙找辆出租车，照着在上海打车的规矩跟司机说到××县××镇××……说了半天才说到东海项目，司机却一口说早说东海厂不就得了。拉起梁思申就飞奔东海厂。

从出租司机的反应，从司机一路指点的东海厂专用宿舍区，为东海专修的公路、铁路、桥梁、道口，都说明东海厂的规模。梁思申只知道宋运辉在指挥一项大工程，但对究竟多大没概念，至此才明白宋运辉上一年在电话里承认的“我很骄傲”是在怎样的前提下说出的，连她都为宋运辉感到无比骄傲。她相信今次重逢老熟人，应该不会失望。

市区到东海厂的道路漫长，司机没话找话，问梁思申道：“你去东海找谁？刚开始的时候去东海的华侨、港商还挺多，这一年没了。看你说普通话咬牙切齿的，也是华侨吧？”

梁思申心情很好，笑眯眯地道：“我去找我的老师，他在东海项目做领导。”

司机道：“你不是华侨啊，你普通话说得真不好，差劲，高考拼音吃零蛋蛋吧？”

梁思申大笑：“我高考才好呢，英语一级棒，拼音差点就差点呗。”

“哎哟，牛皮吹真大，你老师该不会是东海厂老大吧？”

梁思申知道司机揶揄，也有意装作得意扬扬地道：“当然是老大，我老师怎么会做老二！”

司机立刻瘪着嘴吹着气道：“牛皮漏气了吧，牛皮漏气了吧，东海项目老大没权，权都在老二手里。听说那老二年纪轻轻，手段特别阴毒，老大玩不过他。可人家技术好啊，项目里拍板都是他一句话，老大说话的份儿都没有。你老师要是老大，嘁，我都不耐烦找他。”

梁思申不知怎的，一下就感觉司机说的那老二就是宋运辉，心说Mr.Song那么好的人怎么可能阴毒，肯定是外人不知内情胡说。她辩解道：“技术既然能那么好，老二不当权，难道还让没技术的老大当权吗？老二当权才合理啊。”

司机啧啧地不以为然：“你小姑娘又不知道，技术好能掌权吗，自古技术好的都是给人当牛马的，手腕毒辣的才是当老大的。东海那个老二要不是手腕好，技术再好也没用。不信你找到你老师问问，老二到底靠什么混的。”

梁思申再次不以为然：“未必只懂技术不懂其他的才是真正知识分子技术人员，老二多方面发展有什么不好？”

“小姐你这就错了，一个技术人员哪有那么多时间想钩心斗角的事，就跟我开车不能看书一样，知识分子掌权了技术还能好吗？”

"可刚才也是你说的，你前面说人家技术好，项目拍板都是人家一句话，你岂不是前后矛盾？"

司机一下没了声，但过一会儿便又恢复嘻嘻哈哈："你这女孩子说话跟吵架一样，你肯定是大学生辩论赛给刷下来的。反正你只要问问你老师就知道啦，当官的没一个好的。喏，看见没有，那儿那根刷得红一条白一条的烟囱就是东海厂的，那里面可大了，我们市里还新造了一座水库专门给他们用。"

梁思申故意道："哇，那个年轻的老二真了不起，能领导那么大的工程，还能把老大架空。"

司机郁闷地狠狠道："那是阴谋家，阴谋家才那么狠。"

梁思申看着司机，笑眯眯的，却不再挤对他。到了东海厂的大门，一眼看进去，果然两眼三眼都望不到边。她打发硬是要等她的出租车回去，掏出护照径直走向门卫。没办法，这等扯虎皮做大旗的举动还是她到那些省什么什么的大院找堂兄、找伯父找出来的经验，护照拿出去比什么都灵。

果然，门卫一看护照就打电话给宋运辉的秘书，说有那么那么一个人找，该人自称是宋厂的学生。秘书心说宋厂哪来的学生，徒弟都没有，但还是找到宋运辉说了。却看到宋运辉不由自主"哎哟"一声，三两句交代了问题，急匆匆操车钥匙亲自下去接人，秘书领了宋运辉的吩咐到食堂通知做几个小炒，心里好生奇怪，来人究竟是谁，哪个学生值得宋厂那么招待？

宋运辉开车出去的时候已经猜到一个必然结果，肯定会有人戴上有色眼镜看他，而且肯定会有不良传闻出现。他自以为已经做足心理准备，但车到门口，看到一袭黑色大衣、气度出众的女孩站在门口时，还是愣了一下，一时没法把脑子里小小梁思申的形象与眼前这个亭亭玉立女孩联系在一起。宋运辉跳下车时，看到梁思申也是带点疑惑地看着他，两人都是试探性地问一句："梁思申？""宋老师？"让一边儿瞪大眼睛竖起耳朵的门卫们看足好戏。

宋运辉立刻有意识地说了句："呵呵，都长那么高了，我印象中你还是刚去美国时候的小学生，才那么一点点大。"一边说一边拿手比画一下："来，上车，到我办公室坐坐。"旁边的门卫们捕捉到这一信息，立刻牢牢记住，回头等待求证。

梁思申却看着眼前戴着她送的金丝边眼镜，比较黑比较瘦，却长袖善舞的宋运辉很是陌生，虽然宋运辉的声音是熟悉的。她犹豫了一下，坐进宋运辉替她打开的车门，有点拘谨地道："谢谢宋老师，宋老师也跟十几年前大不一样了。"

宋运辉看着梁思申微微一笑，帮关上车门，心里却从两个"宋老师"的称呼中听出梁思申的不适。他坐上车，便闻到一股好闻的香味，不由侧目看看如今长得如此白皙美丽的梁思申，也是不适应地立刻避开眼去，有些掩饰地抢着说话："十几年，好像有十一年了吧？"

梁思申也是尴尬地道："是，十一年。少小离家老大回，乡音无改……面目全非。宋老师，其实我不该来，已经在门卫听说你很忙。"这个黑不溜秋的宋老师实在不符合想象，梁思申心里依然无法接受，但好在宋老师举止文明，言语自信，有国内官员少见的精神面貌，她即使无法接受，却欣慰Mr.Song看来依然是她追赶的标杆。

宋运辉有意缓解气氛，微笑道："你不仅成语说得好，诗词也有进步。你看，我这个项目最近接近收尾阶段，千头万绪都需要一个最好最圆满的结尾，千头万绪。我这么安排你看行不行，我先给你看看我的骄傲，然后你到我办公室坐会儿，中午一起吃饭。饭后如果你觉得无聊，我让司机送你回市区，我联络寻建祥，就是以前你见过的我同寝室室友，让他带你看看他们私营企业的发展，你可能会看到一些有趣的、不同于你们成熟资本主义国家的经济形态，非常有意思。我实在分身乏术，非常对不起。"

宋运辉的不是非常非常客气让梁思申自然许多，她忙道："谢谢宋老师的安排，如果你不方便，我只跟你吃一顿中饭就回去。妈妈也不支持我在你这么忙的时候过来打扰，不过……我真想看看说'我很骄傲'的宋老师是怎么骄傲的，对不起。"

宋运辉会心微笑，伸出一只手指着眼前一片钢铁丛林，毫不掩饰，也不想掩饰地道："这些都是我的骄傲。"

梁思申左看右看，不由想到来时路上出租车司机跟她说的老大老二，实在忍不住想求证一下："宋老师，那么说，这儿的工程都是你最后拍板的吗？你是不是传说中很厉害的工厂老二？——是出租车司机说的。"

宋运辉一愣，却又微笑道："是，传说中篡党夺权的老二，不仅是工程，财务、人事和后勤也是我拍板，不过名不正言不顺了点。"

梁思申并不会幼稚到以为宋运辉的直说是直爽，她好歹来自官宦家庭，知道有些话能说，有些话不能说，宋运辉对她直说那是拿她当好朋友、自己人。她由衷道："宋老师，我为你骄傲。你真了不起，不知道我到你那么大的时候，能不能有能力指挥那么大的场面，但宋老师会不会太辛苦？我第一眼看到你，感觉你比我那个比你年龄还大两岁的堂哥还显老。我这么说宋老师不在意吧？"

宋运辉笑笑："我喜欢做事，闲不住。闻到海腥味了没有？我们目前一期自备十万吨级，可以停靠国际货船。可能刚开业时吃不饱，我打算联络本地港务局，看看能不能代替本地码头装卸一部分国际货物。"

话说多了，梁思申才自然起来："那是应该的啊，不能让大投资的设备闲置着吃不饱。"

"理论上是这么说，不过国内企业条块分割严重，我的设想如果想实现，需要协调省市有关部门之间的关系，估计有些人会埋怨我多管闲事。不过既然有想法，我就一定要把它实现了，能实现新想法，突破一个新领域，那种成就感，会比任何事情都有趣。"

宋运辉此话一出，梁思申立刻感觉熟悉的宋老师终于回来了，连连点头道："是的，Mr.Song，就是那种成就感。我刚到吉恩手下的时候，原先还以为自己做外汇、做股票已经是行家里手，到了才知自己什么都不懂，一穷二白，立刻花好几天时间没日没夜把资料啃了一遍，再回头，感觉自己焕然一新。啃下一个一个硬骨头的感觉真好。"

宋运辉微笑，终于又听到熟悉的"Mr.Song"，也很喜欢梁思申理解他的意思，让他心中初见梁思申时升起的隔阂感减少不少。"你也是个用功的人，很不错。我还记得你以前问我要不要去美国，我想，你不会后悔当初的选择。"

"Yes, of course."梁思申脱口而出，随即笑了，"我也有骄傲，不过比起Mr.Song来略逊风骚。"

"你还小。"

"不小，刚才见面就跟我提我当年那么那么小，极大打击我的自尊。哎，Mr.Song，这边有人招手要找你说话。"

宋运辉刚感觉小小车厢内压抑气氛消失，看到老赵招手极不愿意回应，但既然也被梁思申看到，只好下车去说话。老赵却看着车窗里面的梁思申，对宋运辉道："宋厂，听说今晚要决定人选，三个人，你投谁一票？"

宋运辉一笑："我还以为你要跟我说码头引桥主体的事。就事论事，我喜欢做事多快好省的人。你引桥主体周末能不能完工？"

老赵看着实话实说得不给一些圆滑的宋运辉，好一会儿无语："你投我一票，我三天内完成引桥主体。"

宋运辉"哈哈"一笑，道："我记着你这句话。假如老马投你，我也可以投你，你得一言九鼎，三天给我拿出引桥主体。"

老赵从宋运辉的话里，听出宋运辉对人选的无所谓态度，游戏态度，但也感觉出自己似乎希望不大，不由疑惑地问："宋厂是不是听到什么消息了？"

宋运辉摊开手，微笑道："我听不到什么，我只看到你做了什么，自信点嘛。再见，我还有事。噢，对了，你们昨天跟港机厂打群架，报告还没出来？"但宋运辉边说，边已经绕向车头回自己驾驶座去了。

老赵再次看看车窗里的陌生女孩面孔，嘀咕了声："多大的事儿。"

宋运辉扬声道："黄工会写。"说完关上车门，扔下皱眉的老赵扬长而去。

梁思申一直看着听着眼前一幕，等车子开走，才道："Mr.Song调戏老实人呢。"

宋运辉一惊，不由看了眼梁思申，小姑娘难道看出来了？"哪里有老实人。"两人都会心一笑，"看你这见识，长大还得了？"

"抗议，Mr.Song，抗议。"

"好好好，已经长大成人，奸猾大人一个，在上海看了些什么？"

梁思申把看到的、听到的说了一遍："妈妈说上海变化小，可我还是感觉变化好大哟，上海现在就跟大工地似的，到处都在建设，灰得不得了。我咨询了一下，已经有不少外资进入，不过，近两年慢一些。"

宋运辉点头，想了想，道："你有没有兴趣了解国有之外的经济形式？比如村集体经济、个体经济，应该说这些都是我国现阶段的特色。"

"有，我首先就要先了解Mr.Song你的国有企业，我想从资金投入问到资金分红流向，这么一条线路。"

宋运辉笑道："早就猜到你会有兴趣。不错，你把资金流向作为切入点，非常有见地。你整理一下问题，吃饭时候我们问答。现在……前面是临时办公室，我得冷落你了。"

"好。Mr.Song，你忙你的，我整理问题。"

宋运辉领梁思申进办公室，看一眼经过众人的眼神，估计他驾车外面绕一圈的时间里，大伙儿已经把该传的传了，该猜的猜了，虽然有兴趣，但该不会往桃色想了。他目前还是老二，当然不能在生活作风问题上被人捕风捉影。

梁思申问宋运辉拿了纸笔，坐一边儿想问题。但办公室人来人往，热闹非凡，众生相走马灯似的出现，害得她都没法集中心思。索性搁笔，捧着热茶杯看宋运辉指挥若定。她发现Mr.Song的脾气似乎并不是很好，说话严厉得很，她在风球外都能感受到压力。再估摸着进出人员的年纪，发现能进这扇厂长门的人似乎年龄都比Mr.Song大，Mr.Song还真是厉害。梁思申非常钦佩。虽然她爷爷、她爸爸也都是一方高官，但她见多不怪，反而看着不同工作环境下的宋运辉感到血性，感到刚毅。临时办公室很冷，但气氛热烈。

让宋运辉感到意外的是，老马临下班的时候走进来，说要给难得一见的宋运辉的学生接风。宋运辉并不乐意，笑嘻嘻说："小孩子家家，那么隆重干什么。"

梁思申毫不犹豫地抵制："抗议，Mr.Song给我们做辅导员时比我现在还小得多。马厂长，听说您是这儿的老大？"梁思申主动伸手出去，心里却鬼鬼祟祟地想，原来这人就是被Mr.Song欺压的老大，闻名不如一见。

老马使劲握手，不疑有他，旁边宋运辉哭笑不得，终于认清这个小姑娘绝非善类，与他印象中一个人待在异国他乡的可怜小姑娘相差十万八千里。但到了饭桌，梁思申却不愿跟老马搭话了，跟老马说句抱歉，说她出国日子久了中文说不好，就全程说英语了，她知道Mr.Song听得懂，无所谓。可宋运辉听得懂，却说得不好，回答问题回答得那个累，影响他自由发挥，最终梁思申说她的英语，他说他的中文。老马听着无趣，没想到眼前两个人说的没一点私事，他只能埋头吃菜。

宋运辉看梁思申准备不充分，而且也可能因为国情不同问不到点上，很多都是他自说自话。等看看差不多，才跟老马道："马厂，刚刚码头上老赵找我，你决定了没有？"

马厂长避实就虚："你看用黄工还是赵工？哪个能力比较强比较服众？"

"我平常跟老赵接触比较多，老赵的能动性比较强，马厂怎么看？"

"呵呵，我一视同仁，一视同仁。"

"现阶段还是侧重工作能力、工作实效来选择干部吧。不过，呵呵，马厂，我前面已经表态了，这事你做主，我不插手，你看我说到安装工作就自说自话。"

老马呵呵一笑，却冲梁思申玩笑地道："你这个老辅导员老师，工作的时候法西斯作风严重，大家都怕他。"

梁思申笑嘻嘻道："Mr.Song做辅导员的时候也一样，只有我不怕他。"

宋运辉无奈地道："一说话就小孩子气，看看你手上戴的东西都是花花绿绿的。"

"咦，抗议，这串东西一点不小孩子气，你看。"梁思申摘下手上一串花花绿绿的东西，放到铺着白桌布的桌面上，"这白的，我让刻成芸豆状，是羊脂级的和田玉；这翠绿的豆是缅甸老坑玻璃种翡翠；这墨绿的豆是和田碧玉；黄豆是和田黄玉；红豆是珊瑚；这黑豆是沉香，雕刻成形很不容易。我拿这些随身带着做参照物用的，这些都是上好的小料。"

宋运辉和老马两个都听得云里雾里，两人虽然贵为一厂之长，可哪里见过这些传说中的东西，一时两人都拿了手串细看。宋运辉仔细看了才看明白，这些东西虽小，却果然好看，他原先以为他给妻子买的玉镯已经是润泽了，没想到还有更美的羊脂玉。"你怎么懂这些的？这些好像是中国传统的东西，不是美国的吧？"

梁思申并不掩饰她的得意扬扬："当然，我从小耳濡目染，到了外婆家又更不得了，正好Mr.Song送我的《红楼梦》又说到很多这种东西，我就格外留意了，我得拿这些跟同学说明，我是地道的中国人。"

宋运辉跟老马道："家世不一样，眼界自然也不同，很说明问题。"

老马道："北京工艺美术店里好像看到过一些。"

梁思申收起手串，笑道："Mr.Song就是看到也不会在意这些，这都是我们女孩子玩的玩意儿。"

宋运辉微笑，觉得梁思申真是鬼精，还知道替他解围消除尴尬。

饭后出来，宋运辉直接送梁思申上车，到司机已经等候着的车前，宋运辉有些总结性地道："梁思申，你比我想象中更出色。好样的，回去好好读书，好好做事。"

梁思申听了不由做了个鬼脸，却等上了车才用英语道："Mr.Song，你老气横秋。"

宋运辉一笑，看着车子绝尘而去，站在空地里微笑了好一阵子，这个有意思的小姑娘。他很遗憾没宽裕时间与梁思申好好说话，不过终于见到真人，比他想象中的更美好，他很欣慰，也很喜欢。

晚上就码头负责人进行表决，有人提出黄工稳重大气，是个坐镇一方的好人选，宋运辉不发表意见，即使马厂长一定要问，他也只说由马厂定，却又问一句昨晚与港机厂打群架的事，有没有处理报告呈交。马厂长说黄工已经把报告交上来，黄工做事耐心周到，有板有眼。宋运辉淡淡说了句原来是交给马厂了，就不再发言。气氛微妙了一会儿，大家又是讨论，整整讨论了两个小时，最终黄工胜出。宋运辉不耐烦地说句就这么定，起身先走了。马厂长一直看着宋运辉走出去，微微一笑，与大家又说几句，才起身离开。

宋运辉一路好生想笑，硬是忍着，回到寝室关上门，一个人了，才无声大笑。虽说哪里有压迫哪里就有反抗，可老马还是反抗之心太炽了点，人这东西只要一急，就容易乱了阵脚，一向老谋深算的老马也会急吼吼上了他的圈套。老赵啊老赵，今晚就能知道结果，知道后你会怎样发火？

宋运辉不去考虑这等啰唆事，拿起电话给家里打。接起的是妻子程开颜，几乎是电话才挂通，程开颜就把电话接起。宋运辉很了然地问："猫猫在你旁边睡着了？"

"是啊，今天她们幼儿园不知干什么，回来辫子都散了，全身都是汗，晚饭吃到一半眼睛闭上就睡了呢。猫猫一早睡，我们反而都不知道干什么了，清闲得慌，你爸妈也早早睡了。现在啊，电话铃再响几分钟也吵不醒猫猫，你看她，小脚丫子还在被子下面抽呢，一准儿是白天玩疯了……"

宋运辉笑眯眯地听着妻子滔滔不绝，眼前仿佛能看到宝贝女儿红苹果一般的小脸，想着都喜欢，等妻子的发言告一段落，他才问："你们局里的歌咏会怎么样了？争取到去市里比赛的名额没有？还是你主唱？"

"呀，你小看人，当然还是我主唱啦，我还跟他们说，我跟你一起学的声乐，要是你在，我们还可以对唱呢。我们现在都是下午排练两个小时，排练真好，完了就可以早早回家。今天说春节后市局举办元宵晚会，我们县局唱开场。小辉，你说我穿什么衣服才好？局长说统一服装，局里做。可是主唱是不是该穿得突出点呢？"

宋运辉笑道："主唱只要一拉开嗓门，怎么都变突出了，再说你又是你们局最年轻、最漂亮的……"

"哼，我知道你肯定这么说，你要是混到土豆仓库里，一准披上土黄袍子混得跟土豆一样灰头土脸你才罢休。"

宋运辉"呵呵"地笑，他还真会那样做，入乡随俗嘛。"好吧，要是局长同意，你挑件好看点的长裙穿上，可别冻着。对了，梁思申你还记得吗？她今天来了一趟，小姑娘长得我都快不认识了，那么高了。"

"她……她都二十多了，她当然高，我们结婚前她照片上就已经很高了，你掩耳盗铃。我多想见见她啊，你怎么不带来家里，你该不会陪她玩了一天吧……"

宋运辉听着妻子声调逐渐变高，渐渐语无伦次，只得打断："我哪有时间陪，就跟她中午在小食堂吃了顿中饭，饭后让驾驶员送她去市里找大寻玩，我们开了一晚上无聊会。"宋运辉伸了个懒腰："你最近跟你爸打电话了吗？帮我问问水书记家里的号码有没有变，再问问水书记的近况。"

程开颜却追着问："梁思申干吗这个时候忽然来找你？"

"没问，可能是完成她们学校的社会实践作业，到上海领略一下股市、浦东开发区之类的新事物，既然这么近，就顺道跟她妈妈一起过来我这边了解一下国有企业，那我也顺便推荐她了解大寻那儿的个体经济。小姑娘没白去美国，段位很高，你有怀疑？"

见丈夫这么问，程开颜却不好意思再表达怀疑，绕开了话头："那我们不说她了，其实你没空可以叫我陪着啊，我陪她逛街买衣服，再去吃饭。你怎么又想起水书记了？要问些什么？要不你还是自己打电话问我爸吧。"

宋运辉心说看今天梁思申穿着打扮那架势，还有手上那串花花绿绿，她哪里可能在这种地方买衣服，但他也懒得提，怕妻子无中生有白操心。"你就问你爸，水书记最近做些什么工作，有没有空闲时间出来走走，我想邀请他来东海看看，你爸肯定知道。我这不是每天忙碌吗，等有时间想起来打电话，不是中午就是晚上，怕影响你爸休息。"

程开颜应了声"好"，又忍不住问："水书记现在又不管事了，你要他来干什么？"

宋运辉微笑："我想带着水书记到东海厂转一圈，想跟他汇报汇报近况，想看他会心一笑。"

程开颜不由得笑："嘻嘻，你不会是想听表扬了吧？爸爸不才来表扬你了吗？你还不够啊。"

宋运辉道："不一样，我要的不是表扬，是会心一笑。"

"对了，水书记严厉，他一般不会表扬人，能跟你笑笑已经不错了。你其实还是要表扬啊，比猫猫小朋友还热衷呢。"

宋运辉只能无奈地笑笑，承认自己就是跟猫猫学的，热衷表扬。然后去电寻建祥，了解一下梁思申玩得怎么样，寻建祥说才送梁思申回宾馆，几年不见，小姑娘越发坏得跟妖精似的，很有意思。宋运辉回想一下，梁思申可不真是像个妖精，才多大的人，别人说个头她就能猜到尾，跟她说话说费劲也费劲，一不小心就给拎到痛处了，可说不费劲也真不费劲，说什么她都懂，不用解释。想到这儿，宋运辉查阅电话号码簿找到宾馆电话，给梁思申打过去。

梁母接的电话，梁母说话很客气："小宋，不好意思打扰你这大忙人。我们才回宾馆呢，小寻带着我们吃了很多好吃的，小寻爱人也很热心。思申正说明天早上要打电话找你呢，你来电话正好。思申……"

梁思申拿起电话就道："报告Mr.Song，我正在做笔记。大寻说的杨巡真是太神了，我真想见见他，可惜他妈妈去世，自古英雄多磨难。大寻也是，社会对大寻真不公平，可看到大寻满不在乎的目光，我相信大寻一定能坚强面对。呀，其实我真想看看杨巡的眼睛是怎么样的，大寻说杨巡整个一个嬉皮笑脸的，应该不会吧？我问了大寻好多问题，奇怪，在中国开一个公司有这么难吗？个人真的不能开公司，还得挂靠？看来我把资金作为切入口有一定错误，光看资金流向其实还不能反映问题，我还得分析甄别政策对不同体制企业的区别对待。是这样吗？"

宋运辉不得不笑着打断："你慢着，你慢着，再说我得掏笔做记录了。杨巡这个人表面嬉皮笑脸，本质应该与表面相反，不经意的话会被他迷惑。大寻是个真男人。个体户开公司，就我所知，门槛很多，条框很多，但我没法像杨巡那样有亲身体会，杨巡可以说是我国个体户成长发展的一个典型。我跟杨巡的认识是在老家开始……"

宋运辉简略扼要地跟梁思申提了提杨巡的成长史，梁思申连忙腾出一只手刷刷记录，但随即问了好多问题："为什么要那么麻烦地馒头换鸡蛋、鸡蛋换粮票钞票地绕大圈子？不能直接馒头换粮票、钞票吗？为什么要去东北发展？什么叫红帽子？为什么要戴红帽子？大家不是一样挣钱吗？凭什么歧视个体户……"

宋运辉最先还能回答几句，到后来被问得口吐白沫，不能回答，这才发现他平时看着以为理所当然的现象，竟然经不起梁思申的质问。他只能回答："制度的改变得一步一步地来，你不可能要求一蹴而就。政治经济学里面说，生产力推动生产关系的改变，而生产关系又促进生产力的发展，这需要一个台阶一个台阶地协调配合纠差，不能超前也不能落后。"

"可是不正确的制度应该立刻更改，为什么还要一步步来？为什么不能让个体户放开了发展，非要给他们设定那么多不合理的限制呢？他们只要合法经营，合理缴税，他们还能解决就业问题呢，那对杨巡他们不公平。"

宋运辉道："目前个体户发展中存在很多弊端，扰乱市场秩序的钻营行为比比皆是。比如生产假冒伪劣产品，仿冒名牌产品，扰乱物价。目前国家开始清理三角债，起源就在新兴的一帮个体户拿了国有企业的货物而不给货款，导致不少国有企业难以为继，不得不倒闭。国家没法放开，才放开一点点，你看，就乱成这样，且不说他们还是权钱交易的发端。"

"Mr.Song，你也歧视，你颠倒因果。如果给予杨巡等个体户平等权利，他们又何必钻营呢？他们得不到合理空间，当然只能畸形发展。这完全是不良的因开出的罪恶的花。美国遍地个体户，并没见市场秩序不良。"

宋运辉被梁思申驳得汗如雨下，他又不便一本正经对着小姑娘上纲上线，只好说："制度不健全的情况下，一下放开，拿什么去约束个体户？这个问题太大，我建议你有时间去看看乡镇企业，尤其是村办集体，那也是一种典型，可能可以回答你的一部分问题。多看，多想，别一锤子做出结论。"

梁母在一边听着也差点伸手捂住女儿的嘴："别乱讲，小心犯错误。"

梁思申对妈妈的小心翼翼不当回事，却被宋运辉拿乡镇企业糊弄了过去。她想了一下，道："Mr.Song说的那个小雷家村，我查地图了，这回可能我来不及去。我只有回家让爸爸帮我找个典型的去看看。我很高兴，Mr.Song不是跟我爸爸那样的传统官僚。这回到广东看了深圳，又到上海看了刚开业的股票市场，我感觉，在这样发展的环境下，爸爸妈妈的思想肯定是跟不上时代了。"梁母在一边无奈地瞪眼。"但是国家已经变化很大了，我却看到更多问题。"

宋运辉只能又玩玄的："这是因为进步，你在进步，国家也在进步。"

梁思申毕竟对中文接收不良，消化不良，想了想，一时猜不透宋运辉话里的玄机："OK，应该是的。"

"还有，有个态度问题我必须向你严肃指出。你留学美国，看到的听到的学到的是先进前沿的东西。但是你不能抱着挑刺的态度回国，见到不顺眼的都是机关枪似的为什么为什么为什么，一肚子怨气。我们国家拨乱反正以来，国家正努力推行改革，努力让老百姓过上好日子，作为一个公民，我们看到问题，更应该想到我该怎么做。你回头考虑一下，空谈与实干，你选择哪样？问题需要调查清楚，差距需要认识清楚，然后呢？什么才是正确的态度？"

梁思申的脸哗地红了，声音立刻低了八度："可是……可是我看到的也是问题啊。"

宋运辉道："你看到的确实是问题。但你在感觉国内大多数人，包括你爸妈，落在一口落后的井里坐井观天的时候，你有没有想过，你也只不过是落在一口叫作美国的井里坐井观天，何况你还是在校学生，你的井口更小。你看待中国问题的时候，不能完全用你还没经历过社会的理想化标准来衡量，那就有点像跟小孩子比腕力，跟大人比精力，永远都是你有理。你应该先认识中国的大环境，这就是我说的多看多想，不要急于得出结论，你说呢？"

梁思申不由得吐吐舌头："Mr.Song，你好严肃，难怪你办公室里人都怕你。"

梁母旁边听了松口气，心想好歹还有人把越来越狂傲的女儿收拾了，女儿这个大朋友没认错。

宋运辉"呵呵"一笑，宽慰几句，才放下电话。他难道还真要跟梁思申较劲不成，他只不过因为出过国，接触过洋人，清楚国外对中国的误解，才能看到梁思申的怨气，可小姑娘能这么生气，多少也说明是有良心的不是？

想到他还差点被逼问至无言以对，宋运辉一直想笑，非常好的头脑碰撞，他心情愉快地拎起热水瓶去水房，不料转弯就遇到老赵。宋运辉心里都是刚才的争论，随口说声"还没睡啊"就想过去，却被老赵跟上了。走上几步，宋运辉才醒悟过来，再看老赵一个劲吸闷烟。他一笑，走到空旷处问："你已经知道了？"

"废话，看你笑眯眯的，反正对你都一样。"

宋运辉一笑："不一样，城门失火，殃及池鱼，本来我周末可以验收引桥主体的。"

老赵忽然笑道："宋厂把我看成什么人了，我还真闹情绪了不成？又不是我儿子那年龄人。"

宋运辉笑道："那是，按说也不应该。那我就放心啦，我眼里只有进度、进度、进度。"

宋运辉扬长而去，扔下老赵留在室外。夜风强劲，吹得他一身工作服变了形。宋运辉忽然想到白天工厂门口衣袂飞扬的梁思申，呵呵，可他哪有梁思申那等风姿。梁思申是天之骄子，谁不想把梁思申的活法当作理想呢，梁思申几乎是他从小理想的具体表现。

02

小雷家春节前分福利照旧，全村老少乐呵呵分享果实。谁都看得出可能的水深火热，但谁都没放在心上想。这么多年风风雨雨下来，大家都已经相信村子相信雷东宝，相信他们的生活不会出差错。这不，丰厚的福利一点没变不是？除了小雷家顶端的这几个。

雷东宝和红伟、忠富、正明几个都跟杨白劳似的躲了出去，他们虽然有意拖欠部分国有企业的货款不还，可心里总是存着欠债不还的歉疚，年底一到，一众债主蜂拥上门，他们只得避了出去，雷东宝自然是躲到韦春红的饭店里。

唯有大管家雷士根没法躲，于是他在村办被黄世仁们围了个里三层外三层，坐在最中心的士根天天呼吸不畅。

士根心想，再这么下去，他即使不给讨债的拿口水淹死，也得被大伙儿围住闷死。好在雷东宝得知他的苦处后，通过电话遥控指挥，纠集村子里一帮男女老少，拿几根毛竹封住村口大路。谁想进村，问清楚，若是来讨债的，坚壁清野。于是，立竿见影地，小雷家村又复世外桃源，雷东宝和红伟他们又悄悄回了家门。

随即有上级部门来电询问此事，士根很担心小雷家的赖账手段会被上级机关处分，可出乎他的意料，来电关心之后便没了下文。或许，此刻来电部门也正轰轰烈烈筹划着欢度春节呢，谁耐烦管什么愁眉苦脸的事儿。

陈平原也来过电话，也是士根接的，陈平原稍稍过问了一下有人要债不成的事，就要雷东宝打电话给他。士根有心想劝雷东宝装不知道，但雷东宝说怕啥，怕谁都不怕陈平原。结果果然，陈平原啥都没提起，只说晚上一起到市里吃顿饭，认识几个邻县的致富先进带头人。

雷东宝一听这等饭局，没二话，跨上摩托车就去。到一家门面装饰堂皇、闪烁艳红霓虹灯的饭店门口停下车，身后吱的一声，一辆崭新漆黑的轿车几乎是顶着他摩托车后轮停下。雷东宝往后一看，见车上下来一个穿黑皮毛领大衣的胖男人，随即车子另一边下来一个司机，帮拎着一只才两个巴掌大的手提包，派头十足。

待到走进饭店落座，雷东宝才知，车上下来的那个胖子与他同桌。一桌十二个人，除了陈平原和一个邻县的书记，其他都是雷东宝式的人，环肥燕瘦，以环肥居多。那个跟着雷东宝下车的胖子就坐在雷东宝身边，说起话来声若洪钟。一介绍，雷东宝就知道这胖子是谁。那是邻近市区一个村的村支书，原先是个体户，卖小五金的。发家后将全村人带动起来，全村人投桃报李，一致要求他做村长做书记，上面一纸任命，他真就干上了。正好这几年流行羊毛衫，他发动家家户户添置羊毛衫机做加工，先跟几家上海羊毛衫厂搞联营，后来踢走联营厂自己挂牌生产，村子里先是遍地开花的羊毛衫作坊，然后变成遍地开花的羊毛衫小厂，等到去年那胖子要村民集资在国道边开了一家很有规模的羊毛衫批发市场后，好几家羊毛衫小厂脱颖而出，成为颇有规模的中号厂。

那胖子支书在饭桌上说，现在他不用管别的，只管收钱。但他也有宏图大略，那就是大力引进资金。那胖子口才好，能说，滔滔不绝，听得雷东宝异常艳羡。而那胖子跟说书似的说起引资时候的所作所为，诸如发动全村老少突击打扫全村卫生，甚至玻璃都擦得干干净净，诸如村里出钱统一将村屋外墙粉刷一新给资方良好印象，诸如借钱买日本产皇冠车，向对方展示经济实力等，都让大伙儿听得赞叹不已。雷东宝听着这些，眼前不知不觉浮现出当年参观天津大邱庄时候看到的一幕一幕，那豪华气派的德国奔驰车队，络绎不绝的参观者。

等吃饭结束，陈平原特意把雷东宝叫到车上，意味深长地道："那胖子，我早认识，以前他还是学你先进事迹的积极分子。我今天特意叫你来跟他见见面，听听他这些年做了些什么。雷老虎啊，山中方七日，世上已千年，你落后了，无论从思想还是行动上，你都大大落后了。"

雷东宝被陈平原激得无话可说，抱着双臂呼呼冒粗气。硬着头皮才说一句："我这是艰苦奋斗。"

"艰苦你个……"陈平原生生将一句粗话咽进肚子里，"全县都知道你小雷家现在满是讨债的，讨债的还告到县里来。这说明什么？这说明你原先那套模式不行了，此路不通了，需要改换思路，另找出路。我为你好，你可别因为我骂你几句就好心当作驴肝肺，你小雷家何去何从，你自己好好想想吧。"

雷东宝瞪着眼睛，牛蛙似的鼓了鼓腮帮子，可最终没说出话来。陈平原斜眼看着，见雷东宝一直不表态，生气了，捞过手去打开车门，推推雷东宝，道："你下车前我最后再啰唆几句。今天这顿饭，是我特意为你组织的，目的只有一个，让你看看原先比你落后的人现在如何比你先进。你雷老虎如果还有一些血气，还是个男人，你做给我看。"

看着陈平原的车子扬长而去，雷东宝待在冷风里差点吐血。他雷东宝如今就这么被人瞧不起了吗？小雷家目前发展平稳，反射炉爆了之后他们没给贷款压死，雷东宝本已感觉自己英明伟大。可是这话经过今晚一顿饭，他再也没脸提了。一比较，长短胖瘦全都盖不住。尤其是人家当初还是学着他的经验发家，如今反过来可以做他的榜样，饭桌上给他传授合资经验，叫他一张老脸往哪儿搁，他还有脸说小雷家不错吗？

雷东宝闷闷不乐地回到韦春红那儿，辗转不能入睡。

这个春节，他没去宋运辉家，只打了电话去，但前岳父岳母没接。宋运辉倒是跟他讲了不少时间电话，但雷东宝最想知道的如何引资的事，宋运辉也不知道。雷东宝又打电话给老徐拜年，也是急切地问起引资的事，但老徐建议他因地制宜，未必一定要赶时髦。但雷东宝不觉得这是赶时髦，这就是来钱，他最缺的就是钱。

春节过后，忠富继续快马加鞭地赶他的冷库工程，雷东宝则是找县里找市里要求介绍引资。终于在一次市领导外访后传来一条消息，有一家台商准备过来考察投资环境，打算成立出口用的冷冻肉食品加工厂。市里要求几家候选对象各自写上自己现有优势，供台商选择。雷东宝得知这一信息简直喜出望外，凭他手底的养猪场，这台商不正是冲着他小雷家来的吗？这整个市整个省，又有哪家集体有他小雷家那么好的底子，拥有那么多的生猪存栏？

忠富却表示疑问。小雷家的猪场办得好好的，得来的收入全部归小雷家自己，何必要另找个老板来管着？这反对被雷东宝呵斥了，雷东宝说忠富小农经济，以前只看到眼前两口鱼塘，现在只看到小雷家一个养猪场。忠富将信将疑地，合着秀才士根做出一份非常说明问题的报告，递交市里相关领导。大家分析以后都觉得，这事儿能成，小雷家几乎万事俱备。

因此不等市里给回复，雷东宝就先布置下去，让村里立刻展开大扫除。房子是不用刷了，都是整齐的新房，但还是买来石灰，把所有的树，包括行道树和山上的果树，在近地处都刷上一层白灰，远远一看，非常齐整。杂草拔了，玻璃擦干净了，村里的水泥路都用高压水枪洗了，谁走进小雷家，都会感到眼前一亮。

为了工作，为了引资，雷东宝一丝不苟，不耻下问，去胖子那儿学习经验。市里也重视，台办也来了人，查看墙上有没有比较敏感的标语。市里来人还酒后吐真言，说看了那么几个候选点，就小雷家的是最起眼的。

在一次次地按照台商方面的要求补充材料之后，不久，市里就传来消息，台商准备过来考察，而小雷家排在第一名。这个消息传到小雷家，雷东宝立刻让四眼会计打开久已不用的广播喇叭，大声把好消息传遍整个小雷家，小雷家人沸腾了。

雷东宝抓来村里主要骨干商量了一下，决定百尺竿头，更进一步，花血本买辆进口汽车。研究来研究去，大家又觉得一辆太寒酸，不如买两辆桑塔纳，人家也是合资的，没比进口差多少。大家还筹划着等台商到来那一天，桑塔纳自然是要出动的，而村里还要把所有摩托车也召集起来，擦干净打足蜡，整整齐齐排在显眼处，震一震那些台商。小雷家别的不说，多的是鲜红的进口摩托车。

说到做到，雷东宝立刻让村里车队负责人四宝着手买车。因为有招商引资这么个大任务摆在面前，市控办（市控制社会集团购买力办公室）特事特办，很快办下各项审核程序，四宝立即带着人乘火车去上海提车了。小雷家刚刚存起来的一些钱当然给搜了个空，好在县里特批一些贷款，总算把购车款圆满解决。

台商来的时候，小雷家一深蓝一深咖两辆桑塔纳开去火车站迎接，接来齐刷刷四个台商，都是穿深色西装，打笔挺领带，雷东宝看看自己一伙儿人，一样的西装领带，怎么就不如人家的挺刮呢？不过，别看是台湾人，鼻子眼都差不多，最多他们皮肤白一些、细腻一些。

车子顺省道开往小雷家，正好山上层层桃李花，车子里的台商都指指点点地说，真是太美了。正明妻子普通话好，文化程度高，人长得靓，由她跟台商介绍说这是村里集体种的果树，有些什么品种，用养猪场的沼液沼渣培育。雷东宝当兵几年，普通话也能说，可他说话跟吵架似的，怕吓到细声细气的台商，不敢多说，就坐前面听着。但他此时吩咐司机把车子开慢点，让台商看个够，他听得台商似乎挺是赞赏。

但是，等到带着赞赏表情的台商走出车子，站到空地上，立刻就有人耸耸鼻子，敏感地问："什么气味？"

雷东宝闻了闻，心想什么大不了的事："电线厂的味道，闻着闻着就习惯了。以前才臭，沼气池没造好的时候，进村就是猪粪臭。"

几个台湾人议论了一下，跟雷东宝提出要到电线厂看看。经过河水墨黑的小桥，四个台湾人饶有兴致地跟着正明把登峰摸了个遍，最终找出臭气源头，又同时找到废水源头。四个人对着塑料原料包装袋上面的说明认真研究了好一会儿，又窃窃私语商量一阵子，有人开始摇头。但四个人还是又参观了养猪场，以及其他鱼虾大棚，还把预制品场和开工一半的铜厂参观了个透，没吃晚饭，由小雷家的车子送回市里宾馆。

当晚，陈平原气急败坏地打来电话，说事情黄了。台商提出，小雷家村污染严重，不适合开办食品加工厂。

雷东宝不信，借口，这纯粹是借口，台商一准不是真心投资。然而，几天之后，县里传来消息，台商选中一块被市里排在末位，几乎可称作是不毛之地的地方，不仅要办食品加工厂，还要发展大型养殖场。

雷东宝真是彻底搞不懂了，怎么可能会是这种结局，究竟陈平原说的污染严重算是怎么回事？

雷东宝终于想到宋运辉几年前一个冬天，曾经就电线厂的污染问题差点跟他翻脸的事。他一定要搞清楚这件事，立刻打电话过去问。宋运辉没想到小雷家的引资工作居然会在污染问题上吃瘪，问清当天台商参观详情，便知污染问题出在哪儿，污染会对人身体造成何种影响，既然如此，一家做出口食品加工，质量要求极其严格的工厂是不敢冒险在这种污染环境下开建的。

雷东宝这才明白原因所在，看着台商说到做到，果真携巨资进入，迅速开工建设，而那些轰轰烈烈都与他小雷家无关，他心里不知道是后悔还是难过，总之沉闷了好几天。而小雷家这回为了台商的参观，又背了几十万的债，整个一羊肉没吃到，惹了一身骚。

而且，大好的机会，一个本可以令雷东宝恢复扬眉吐气的大好机会，就这么眼睁睁溜走了。这简直比机会没来敲过门都令人难受、难堪。晚上一想到前两天的不幸落选，想到落选前村部响不尽的来自各部门要员的关心电话和之后的冷落，雷东宝心中无限的失落，辗转无法入眠。他心里生出疑问，他真的不先进了吗？

正好韦春红收了店铺打电话过来，韦春红一问要不要给东宝留着门，雷东宝就不耐地道："你不是买木兰了吗？"

韦春红幽幽地道："你妈在吗？你妈在我就不敢来了。"

雷东宝郁闷地道："我心情不好，你别挤对我。"

韦春红知道雷东宝这个人，只是轻柔地道："虽然你心情不好，可有些传言我还是得告诉你，你可以着手有个打算。自打传言台商是因为小雷家污染问题放弃你们后，我今天听到传说，说小雷家的猪是死鱼死虾喂出来的，猪肚子贱，吃了不会死，人常吃这种猪肉得出问题，尤其是小孩子。又说小雷家的鱼虾牛蛙是拿猪粪喂大的，那些鱼虾牛蛙肚子里不知道多脏，说小雷家人断子绝孙，做得出那么脏的事，难怪台商不肯出资。"

韦春红还说着，雷东宝已经嚷嚷上了："说什么话，说什么话？！"韦春红没有中断，临了又问一句："真不给你留门了？那我关门睡觉了。"

雷东宝忙道："你话还没说完，你赶紧来一趟。"

"累了，再说到你家又得听教训。还有什么话？"韦春红有些期待，期待雷东宝说出她想听的话。

雷东宝道："有人送我一只金戒指，很小，比你戴的小，我转送我妈了，我说是你送的，她收得挺高兴。"

韦春红在电话那头撇撇嘴："我也想着戒指呢，手指头还空着好几根，不去你那儿了，一天站下来很累。"

雷东宝道："明天有人再说起，你给辟谣，什么话呀，谁那么没良心喂屎给鱼吃。"

韦春红有些失望，有意违拗："我没本事，又不知道你们在做什么，说了也白说，经不起别人一声问。"

"少来，少来，你这张嘴，活人能让你憋死，死人能让你气活，你能没本事？"

韦春红干咳一声，道："明天……你跟忠富他们说一声，我这儿不要牛蛙鱼虾了。传言一传开，估计没人吃那些，进货也卖不出去，你还是想个办法吧。"

雷东宝一愣："你怎么能带这个头，你得给我拿饭店当辟谣的桥头堡，你饭店里也不进鱼虾，人家不更相信了？"

"呀，奇了。你不想点主意扭转局面，靠我饭店里摆满小雷家的鱼虾有什么用，就算把我饭店拖下水，你小雷家不吱声，照样没人信。还是别牺牲我了，你想办法吧。我睡觉了，你也早点睡。"

放下电话，雷东宝心想，难道真有人相信这事？即使小雷家想喂鱼虾吃猪屎，那也得喂得下去啊，鱼虾又不是狗，还能吃屎？鱼虾吃得才精细，不是特配的料不吃。雷东宝暗自也为传言与塑料无关而感到侥幸。他打算再看几天，他不信那么荒唐的传言会有生命。

03

杨巡率领弟妹三个以本村有史以来最盛大的葬礼送走母亲，凄然回到母亲音容犹存的家里。一路上总是有人与他打招呼，他都是阴着张脸，两只眼珠子没有热度，不，是低于零摄氏度。

杨速、杨连自觉地去灶头忙碌做饭，杨逦哭着跑上楼去，将房门关得山响。三兄弟齐齐看着楼梯方向，杨速打破宁静，道："大哥，老四不知道出去挣钱有多辛苦，她对你暂时的不理解，你别放在心上。"

"我怎么会跟她闹脾气。我现在只想一个问题，要不要给老四转学去我那儿，你们两个都上大学，老四一个人在这儿，我不放心。"杨巡话里充满担忧，可依然面无表情。

"转高中会影响以后高考，老四转去大哥那儿未必能进那么好的高中。我们高中别的不说，老师猜题几乎能猜到一半。"杨连就事论事，"而且就是转学，也不能转户口，老四以后还得回来高考，挺麻烦。"

杨速道："大哥别急，我再半年就毕业，我争取分配回来，看着老四。"

"我最不放心的就是接下来的半年。唉，要不我把那边市场先放一放。"杨巡无奈地想到，好歹寻建祥是个够朋友的人，交给寻建祥半年，他家里市场两地跑，应该问题不大。

杨速道："要不还是我退学吧，最后半年反正也不用再学什么，待着只为一纸文凭。中专文凭算不得什么值钱货，老四才是最让人担心的。"

"文凭不算什么，户口很算什么。你们一定要进国家单位。我这半年两头跑跑，那边的大寻我能放心。"

"大哥……"

"别说了，家里一个个体户够了，你们都给我吃皇粮，过安稳日子。"

"我不是这意思。大哥，问题是现在……"杨速顿了顿，招手叫杨连替代他坐灶窝，他走出来附杨巡耳边轻道，"问题是现在老四看见你跟看见仇人似的，她能听你的吗？别你管着她，她变本加厉地别扭，她让妈娇惯的。"

杨巡看看杨速，心想老二说得对。妈刚过世的时候，杨逦哭得死去活来，但才回过气来，就跟他吵架，把去年寄的信翻出来说事，说他害死了妈。杨巡自己都悔得不行，哪里会解释，就任着杨逦哭闹。这几天里，杨逦正眼都不瞧他。可是又怎么能叫杨速退学？个体户朝不保夕，他味道吃够，杨速可以堂堂正正做国家干部吃公粮，他再活动一下帮杨速找个好单位，哪里用得着跟他一样天南地北地吃苦。杨巡一时难以委决。

但是想到妈妈临终时候的殷殷嘱托，他心里想，怎么都不能辜负妈的期待。

灶窝里的杨连插嘴："大哥，我可以申请停课一年，而且我还可以督促老四读书，除妈外，她最听我的。"

两个弟弟如此懂事，板着脸的杨巡鼻子酸酸的，他更得照顾好那么好的弟弟们的前途。

饭菜做好，三兄弟都是有意无意地选择了全部吃素。杨连上去叫杨逦下来。杨巡本来还以为杨逦会赌气不下来的，没想到杨逦的脚步跟着杨连的下来了，但是杨逦才现身在楼梯间，就霹雳似的扔下一个炸弹："我要分家。"

杨巡愣住了，立刻一双黑瞳瞳的眼睛射向杨逦。杨逦本来挑衅似的看向杨巡，一见这目光立刻吓得浑身一寒，但还是坚持着尖叫："我要分家，我自己过。"

杨连想都没想，转脸就问："为什么？"

"我不要跟害死妈妈的人住一起，我要自己过，我从今以后只有二哥三哥。"杨逦倔强地表明她的态度。

杨巡墨黑的眼睛死死盯着小妹，心中光火，他和杨速在杨逦这个年龄的时候早就开始出去做小生意，看人眉头眼色，挣钱养家糊口，哪里敢如此放肆，但他隐忍不发，毕竟是他害死了妈："吃饭，吃了再说。"

"不吃，说完再吃。"

杨速没杨巡好耐心，见此低声喝道："老四，妈尸骨未寒，你这么快就想拆家，你不怕妈难过？"

"妈会支持我，我从小就跟妈睡一个被窝，妈的想法我最能理解。我要分出去，我不要跟害死妈的人有瓜葛。"

杨速再次喝道："胡说，大哥辛苦养家，你体谅过大哥的辛苦吗？我们一家最无知的是我们三个，我们对家里一点贡献没有，还拿家里的吃家里的，我们才是榨干妈妈生命的凶手，我们如果能分担一些大哥的辛苦，还用得着妈妈出力吗？老四你不许胡闹，家里已经失去了妈妈，我们家不能再分了。"

杨巡不由看看杨速，有点刮目相看，没想到以前一直依附他的老二，已经有独立见解。看来中专里面当学生会主席还是很有好处的。杨逦却道:"没有,我们已经够吃够穿,是他好高骛远、盲目扩张,才会害妈妈那么辛苦。"

杨速道:"你以为大哥做生意跟坐机关一样,每个月稳稳进钱吗?我起码跟着大哥去东北做过,做生意不进则退,一天不努力就被人逐出市场,没有饭吃。妈妈比你懂得多,妈妈都没说大哥,你说什么!"

杨逦怒道:"你不要以为妈妈走了你得靠着他生活,就心甘情愿做他狗腿子,做人要有骨气,不吃嗟来之食。"

杨连忙道:"别口不择言。"

杨速也光火了,怒道:"好,你不吃嗟来之食。你过来,我给你算账,看你这几年吃了多少嗟来之食。大哥出去做生意前,我们家只有一间破屋和几百块钱的债,还有我们五张嘴。真要认真算,抵消过后,家里一份家产都没有。是大哥这几年挣的钱帮妈解脱困境,又造起房子,付出我们学杂费,还有你身上的衣服。你真要分家?告诉你,你一分钱都拿不到,你还得赔大哥这几年贴在你身上的钱。你分啊,妈妈辛辛苦苦把一个家维持到现在,妈妈最宠你,妈妈去世没几天你却是第一个跳出来闹分家,老四你还是人吗?"

杨逦一时说不过杨速,又没杨速声音大,早已泪眼婆娑。一时顿足道:"狗腿子没你这么做的,妈才去几天你就欺压我,你心里才是没妈妈。没关系,你尽管逼我,你可以一分钱也不给我,我自己出去工作养活自己。"

杨巡旁观着,心里为杨速的理解感动,但更对妈妈愧疚。他伸手压下杨速,声音不高地道:"吃饭,吵什么吵。"

杨连伸手拉杨逦,但杨逦扭身挣开,一战失利,又要转回楼上,以绝食抗争。杨巡猛拍桌子,喝道:"杨逦,吃饭,吃完要分就分。"

大家一时都愣住,呆呆看向大哥。杨巡黑着脸先坐到桌边,又黑着脸道:"杨逦,盛饭。"

杨逦看到杨巡墨黑的眼珠,一时脑袋一片空白,鬼差神使地真去灶间盛饭。杨速急道:"大哥……"杨巡沉着脸摆手阻止杨速,高深莫测地坐着一声不吭。杨连忙去帮忙盛饭,与小妹一起捧饭出来。四个人各据八仙桌一边,闷声不响吃饭,但谁都没胃口没心情,都是马虎吃一碗了事。

杨巡吃完,将饭碗一推,道:"开始分家,我说了算。老二说得没错,家里本来是负资产,早已被我们四张嘴吃空。但老二忘记一件事,我们每人名下还有一份承包地。我们四个现在谁都不像种地的,名下的地都转包给别人。每亩半年六十块。杨逦名下四分地,一年四十八块。老二、老三名下现在没地。老三以前帮着卖鸡蛋挣钱,我折算给你三年工资,每个月八十,逐月给你。老二贡献更大,毕业前每月三百。老四你没贡献,但你还没成年,不足十八岁,你依然可以住家里不搬,一直住到十八岁。你生活费自理。这样分配,你们有没有异议?"

杨连这回难得第一个发言:"我不分家,大哥你一分钱都不用给我,我就是不分家……"但说到一半,却见大哥冲他偷偷使眼色,他一时不知怎么办,但立刻噤声,感觉大哥有话要对他说。

杨速感觉大哥行止怪异,因道:"大哥,你即使要分家,今天也不是时候。你若真分家,我也不会要你一分钱,你已经为我们做得够多了。老四,你上去好好想想,老三,我们收拾桌子。"

杨巡看着杨速,眼眶热热的,满心安慰。他怕自己失声痛哭,掏出香烟猛吸,杨逦早就抽身上楼去。杨巡吸完一支烟才能跟去灶间。杨速先轻道:"大哥,老四这人冲动,她现在自以为悲壮得很,你别生她气,我们不能分家,你的钱我一分不要。"

杨巡叹声气:"老四这人,我现在不担心别的,只担心她自暴自弃。就像你说的,她现在悲壮得很,她就像炮仗,一点就爆。依老四的脾气,一时三刻想让她讲理,难。我刚才吃饭时候想了,她也不小啦,就算是你退学跟着她,老三停学一年管着她,她要自暴自弃,你们管得了?她要是个男孩,我随她了,可她是女孩,她乱来会吃亏死。我只能将计就计,老三,这任务就交给你。"

杨连不知道怎么执行,但忙上点头道:"好,我等开学就回去学校申请。"

"不用,唉……我恶人做到底吧。明天我再提分家,你们都装作勉强答应。老三,以后老四的生活费我都打给你,不限多少,要用多少给你多少,你计算着用。你回头装生我气,跟老四一起背后抱怨我去,骂我小生意人没见识,眼睛只盯住钱,分家都一定要搜光刮光,不给你们活路……"

"大哥!"杨连出声反对。

杨巡摇头,轻道:"听我说完。你这么跟老四说,争口气,咬牙忍一忍,你们两个艰苦几年,一起用我给你的工资,你的奖学金,还有你勤工俭学来的钱。你说你未来是重点大学毕业生,老四也一定要考上重点大学,你们要骄傲地拿血红文凭给压迫你们的初中生我一记最响亮的耳光，这是唯一给妈妈报仇的办法。老四现在恨死我，只要能让我生气的事，她什么都会血性地去干。大概只有这个办法才能让她接受你的钱活命，激她钉在学校里不要命读书。等以后，过了这难关，她气头过去，再跟她解释吧。"

"大哥，这话我说不出。"杨连一脸为难。

"说不出也得说，这是任务，为老四好，一定得做。本来可以交给老二，可老二已经早爆了，不可能再让老四相信。"

杨速皱眉道："大哥，别急，再想想其他办法。这办法……太邪门了点吧，太委屈你。"

杨巡点头："我现在心里很乱，好吧，先拖几天，有新办法的话，就照新办法做，没新办法，只有从权。不要计较过程，我们只看结果。老四不走弯路就行。"

两个做弟弟的都一筹莫展，尤其是杨速，虽然早知道大哥以前做生意时什么办法都用得上，鬼脑子特别灵，可怎么都想不到大哥处理家务事也是不拘一格。可暂时他也想不出有更好的办法，杨逦从小被宠得太倔了。

四个人清冷地度过第一个没有妈妈的春节，杨巡不知挨了杨逦多少白眼，杨逦始终梗着脖子一点不肯被哥哥们说服，三个哥哥最终不得已，只能拿出分家这一激将的法子，四个人还郑重其事地在协议上按了手印。杨逦果然被杨连激得热血沸腾，咬牙切齿发誓一定要用文凭回击老大。杨巡见激将法成功，心里虽然非常难过，可只能装作愤然。杨逦不知，看着杨巡的愤怒，她觉得自己胜利了。

杨巡装样装到底，虽然非常不放心弟妹三个，可还是给最懂事的杨速留下钱，自己装作被气走。心里一直念叨着家里不要出事家里不要出事，好在杨速懂事，隔三岔五给个电话汇报一下。母亲去世后，这个家需要艰难地调整重心，家里的每个成员也需要艰难地调整重心。

杨巡虽然担心家里的弟妹，工作的事则是一点不敢耽误。他除了抓紧时间给头头面面的人物拜年，也一刻不拉地抽出时间，先单枪匹马去市里次高大厦里的国际信托投资公司探路。

杨巡骑摩托车到国托楼下，见门前广场一排排自行车后面，有一排全部放的是摩托车。他一向最烦摩托车与自行车混放，取出时候得扛走好几辆自行车才能把摩托车取出。因此见到广场上有专放摩托车的，他立马放车过去，而毫无疑问，一个收钱大妈不知从哪儿机警地钻出来问他要钱。

杨巡几乎是职业病似的，在这么一长溜摩托车阵中，嗅到财富的气息。他一边停车，一边顺口就跟大妈搭话："这儿人多啊，那么多人骑车上班。"

大妈道："大半是国托的，瞧瞧，都是新买的。"

杨巡一听，心头一震，连忙拿眼睛好好打量眼前崭新的摩托车，立马决定返程，不上去了。坐驾还不如国托普通员工，上去铁定被人看不起，这世道先敬罗衫后敬人，人家怎么肯掏钱贷款给他？杨巡做了这么几年生意，借钱还钱是家常便饭，他最清楚借出方的心理：借债的人越富，越光鲜，越借得到钱；越穷，越需要钱，越借不到钱。

回去自己市场里的办公室，见几个前市场员工在门口探头探脑想进又不敢进的样子，他两只眼珠子只是稍微捎他们一眼，就径直进去，理都不理。那些本地人，用他们的时候，他们干活挑三拣四，暗着欺负他是外地人，拿方言背后乱笑；真不用他们，他们又恋恋不舍。但杨巡才不怕那些地头蛇，他有寻建祥，他还有刚从老家带来的一批老乡，老乡一来就接上手，把门的把门，把关的把关，把市场管理搞得服服帖帖，都有心一同地听他的话，因此被解雇的本地人想进门闹事都别想。

而市场门口原本乱停乱放，抓了这头乱那头的三轮车、大板车，也都整齐了许多，起码，让出一条可以让人货方便进出的宽道来。老家人就是让人放心。

与寻建祥商量半天洋枪换炮，可是买大发没派头，像出租车，买桑塔纳又太割肉。好生委觉不下，又想到买车钱能不能算到成本里面抵税？要是能抵税，等于国家帮着出车钱。杨巡一想有门，赶紧找去税务局咨询。

寻建祥等杨巡走后，起身出去市场巡查。这市场，即便是哪儿钉子稍微露出一点锈斑，他都是知道的，而出身消防重点单位的敏感，让他对市场的消防也加倍小心，所有干粉灭火器上面的压力表，他每天都要亲自查一遍，不行就换下。虽然杨巡曾经如释重负地跟他说过，开市场有一个好，只要房子不塌不垮，火烧水淹都没事，旱涝保收，因为里面的货物都不是自家的。但总不能掉以轻心吧。寻建祥笑自己可能是跨入中年了，现在做事异常周全小心。

如今他成家立业，收入稳定，住的是东海厂的市区宿舍，宋运辉给搞特权，硬是分给他妻子一套两室一厅的，现在他只等着妻子怀胎十月生个小子出来。宋运辉曾笑话他，说他现在一点浮躁的心都没了。是，他现在生活有盼头，有准头，还浮躁个头？不过他生活也有压力，他现在要给怀孕的妻子最好的营养和最愉快的心情，以后要给生出来的孩子最好的环境和最好的教育，也让孩子学宋运辉的女儿，活得跟小公主似的，他这爸爸得为儿女努力。

寻建祥笑眯眯地巡视完市场，又跟市场里摊户聊天了解生意动态。有他在，杨巡都不用操内部管理的心。

杨巡跟跑进自家家门似的跑进税务局，走进门这个办公室打个招呼，那个办公室打个招呼，几乎是全部招呼遍了，楼道里响彻大伙儿欢快的笑声了，杨巡才跑进他专管员的办公室。专管员看见他就笑，但笑眯眯地没说话。杨巡走过去二话没说就操凳子夹在专管员和一个胆怯的企业会计中间坐下，满不在乎地看看那会计，才对专管员道："你看你，你看你，我不在，你一个春节就饿成这样子，前胸后背排骨都看不见啦。"

专管员哭笑不得："啊呸，你才饿成一根条肉，扔巷子里狗都不理。"

"狗能不理吗，狗可爱舔我一口。哥们儿，我有个事情紧急着要来请教你，路上狗追着都不停一步。"

专管员立刻扬起严肃的脸，嘱咐先来的会计出去一会儿，听杨巡咨询买车的事。不等杨巡说完，专管员就轻轻一拍桌子，道："你等着，我替你问问，有家单位那辆拉达有没有卖掉，好歹是进口车，哈哈，苏联的。"

杨巡笑道："要还在，以后狗都别想舔到我了。"

专管员笑着作势要拿话筒扔杨巡，杨巡也是笑嘻嘻的，等着专管员打好电话问好情况，他就力邀专管员一起过去谈。正好也是下班铃响，两人说说笑笑地出去先吃饭喝酒，都没注意到走廊上那个先来一步的会计无奈的脸。

杨巡和专管员酒足饭饱后去到那家过去曾经辉煌过一阵子的集体单位，见那领导比较老实，等寒暄过后，带他来的专管员走了，杨巡就说什么都不肯付钱买车，硬是跟那领导谈下租车一年，一万五千块给那家单位入账，两千块私下给领导自己，大家倒是皆大欢喜。

回到市场，却见宋运辉在。他忙抢上前去问好斟茶。宋运辉见杨巡红光满面，略有酒意，再说大家也是熟络无拘，就随随便便问一句："你今天忘戴黑纱了？"

杨巡默默将外面皮衣解开，露出戴在毛衣上的黑纱。寻建祥补充道："有些人没事做，看小杨戴黑纱上门，恨不得刨根究底问得小杨哭出来。还有人更下作，嫌小杨晦气。"

宋运辉一愣，心想杨巡这小子也真是不容易。从寻建祥嘴里得知杨母对于杨巡的重要性，可是杨巡这么年轻的人却能把所有感情压在心底，见面总是让与他相处的人开心欢喜。宋运辉很想知道，杨巡夜深人静一个人的时候，心里怎么想。

04

但眼前现实也不给宋运辉多想杨巡事情的时间，厂里打来电话报道一员工的情况，于是他又赶到医院，医院里有已经赶来的伤员家属，还有码头分管领导之一——老赵。幸好伤员没有大碍，看似口吐白沫，危险万分，其实主要还是癫痫引起的。宋运辉代表厂领导慰问几句，便放心带着老赵走出门诊，顺手就把车钥匙扔给老赵。

老赵拿了钥匙，禁不住嘀咕："你全厂安插了多少眼线？我练车怎么让你知道了？"

宋运辉笑笑，没回答，等坐上车才道："有人被你占着车，都怨声连天了，我还能不知道？"

老赵"嘿嘿"两声，却不敢说话。点火启动，上路开顺了，才一拍方向盘，道："这车开着爽快，高，有劲。难怪马厂换皇冠，你还开旧车。"

"对，玩机械的都会喜欢。"

老赵一时闷住，众所周知，马厂的技术上不得台面。单是就人以群分而言，他其实更应与宋运辉靠拢。"我也玩机械。你说，码头十万火急的电话，哪次不是我跑去？我也要一辆。"

"我在考虑。机会也就这几天有，算是火线入党。等开工运行平稳了，老赵，就没你十万火急的事啦。"

"那干脆提拔一级不就得了？"

"老马捏着配置，提拔的事你自己跟老马说去。"

老赵一时无语，节前没被提拔的事还在眼前不远，老马怎么指望得上。他气的是老马当面跟他唉声叹气地说手中没权宋运辉当道，可转身却为任命投上关键一票，反而不如宋运辉跟他实打实。宋运辉再提老马，叫他如何回答？

车子里闷了好半天，宋运辉才道："吊机的事情怎么样了？"

"我B方案，可人硬要A方案，你问我，我问谁？"

"我从呈上来的方案看，A方案不错啊……"

"不错个屁，那方案是给内陆码头用的，我们是海边，我们得考虑空气较高腐蚀性，还有台风。B方案是我从市气象局拿来历年气象资料，根据五十年一遇台风最大瞬间风力设计的，A那种花架子有什么用？"

"这问题说起来我得批评你，你这单枪匹马个人英雄主义的作风要不得。你有想法，有好的想法，为什么不拿到工作会议上讨论？现在你做一套，老黄做一套，眼下这么紧张的收工时期，你们怎么能如此浪费人力物力？"

"好，这就是问题症结所在。"老赵愤愤地把车子停到路边，才有可能腾出脑子好好说话，"你怎么知道我没跟大家讨论？为什么你这么肯定？那是因为你们心中都有成见，都以为我没上我心中有疙瘩肯定要反老黄，不仅你这么想，码头谁都这么想，我现在做人有多难你知道吗？我说什么都有人猜测出另一层意思，怀疑我对老黄心怀不轨。那你说，我们还怎么坐下来研究讨论，彼此取得谅解？"

宋运辉听了不由"哦"了一声，心说倒是有理。接过老赵递来的香烟，两人各自点上，闷了一会儿之后，宋运辉才道："彼此彼此，你、老赵和其他人也一样这么看待我这一向比马厂做更多事的人。事情非到自己头上才知苦痛。"

老赵愣住，再次无言以对。对，他几乎与宋运辉的处境一样，都是技术强悍的老二，都是被工作追得没时间婉转态度的老二。他以前怎么对宋运辉，今天他就没资格喊冤，他沉默上路。

宋运辉也不说，两人一直闷到东海。等车到办公楼下，宋运辉才拎起皮包，推门下车，顺口说一句："这车你暂时用着，我不在你只能在厂里开，别开出去，你没本儿。"

老赵愣了一下，看看手中刚拔出来的钥匙，再看看关门而去的宋运辉，继续无语，这一刻他的忠心发生动摇。

宋运辉回到办公室，秘书告诉他金州的水书记曾打来电话，宋运辉明白，水书记回到家了，打个电话报个平安。他忙打电话过去，水书记精神还挺好，电话那头笑嘻嘻地道："小宋，我没看错你。以前你有篇写给部属报刊的文章说，要把金州的宝贵经验在系统内发扬光大，你做得好啊！我看着都替你非常骄傲。"

宋运辉笑道："那都是水书记一向对我从严要求，不过我也只敢到现在才请水书记过来看看，早先还担心挨水书记批评。"

水书记听了这话异常欣慰，笑道："不要那么谦虚嘛。不过小宋，有一件事我要批评你，你现在虽然已经坐上主要领导位置，可在金州时候的工作作风还没改变，我在你办公室看了三天，看来你还没掌握领导技巧。你不能什么事都揽到自己身上啊，你要发动部下，激发他们的积极性，同时呢，那也是让他们获得成就感，说白了就是让他们感觉到自己做出让领导看在眼里的成绩了。你不行，你得放手，不要搞得跟诸葛亮一样鞠躬尽瘁，什么都抓自己手里，你这样下去，自己累死，手下人无法提升境界，无法培养出一个强有力的管理团队。"

宋运辉沉默了一会儿，道："是，我也一直在考虑这个问题，为什么我做主要领导会做得这么苦，如何才能学得跟水书记的一招半式。果然水书记看出症结所在。可问题是，我现在无法放手，码头一块都还不听我的。"

"那也才码头一块嘛。小宋，你现在是老二，你现在还无法全面掌控局势，这都不是理由。我喝口水。"水书记大概是心中又回到金戈铁马的年代，心情激动了，说话飞快，呛了喉咙。宋运辉则是一颗心愣是被吊到嗓子眼上，不知道水书记接下来会传授什么真经给他。他趁此间隙不由想到当年在金州的时候水书记一没技术，二没名正言顺的权力，可水书记凭什么赶走费厂长，令刘总工屈就呢？

水书记好不容易才笑道："我怎么跟说书的一样，还非得卖个关子才行。小宋啊，你这时候应该大声喝彩才对，我这才有劲说下去啊。"

宋运辉不由笑出声来："水书记，我怎么就学不会您的收放自如呢？"

"那要靠修炼，你别好高骛远了。我之所以不肯照你的安排好吃好玩，非要跟你在办公室看上三天，你看，让我找到问题症结了吧。你有些小清高，还想装作一碗水端平。可我告诉你，作为一个领导，无论多大多小，都要有意识地明确表现出一定的倾向性，你有倾向，你手下的人才会明确知道该怎么做才能从你手里得到好处。你不要做得太隐晦，考验手下的智力。只要你表现出倾向，你不用指挥，事情自然朝着你希望的方向发展。谁都追名逐利，你不如亮出大萝卜前面挂着，让大家朝着那个方向走。你自己呢？省心省力。不用顾忌什么，你现在做都已经在做了，不如做得更彻底些。"

宋运辉听了不由沉吟："倾向性……"

水书记笑道："呵呵，是你以前挺瞧不起的奸猾权术。"

宋运辉一时异常尴尬，没想到以前他对水书记的权术不满，水书记全都看在眼里："水书记，我以前不懂事，请您谅解。"

水书记又笑："我又有什么不能谅解的？你比我儿子还小，又是我一手带出来的。我差不多也拿你当自己孩子看啦。你请我去你那里参观，又对我坦承布公，我很高兴。小孩子嘛，谁没怀疑一下大人呢？"

宋运辉放下电话，心情久久不能平静。不过也在这一刻，他知道该怎么处理老赵这个人了。下班之前，他知会了一下老马，以党组会议的名义下发通知，任命老赵为码头党支部书记，与黄工并级。同时明确通知码头，施行B方案。

老赵彻底站队。

但是宋运辉暂时无法下放工作。全面开工在即，事事都须限期完成，没有纠错的时间，他只能继续亲力亲为。再说，两年下来，东海大权基本掌握在手，他想，他应该有所行动了。

因此开工典礼的事，他也主抓，不让老马他们插手。可以说，自从聆听水书记的指点之后，他有点变本加厉地将老马排斥在外。同事们或许是已经习惯这种一人独大的局面，也或许是聪明地接受到宋运辉的暗示，大家都顺着宋运辉的心意做事，包括码头也没作乱。而黄工，则是跟着老马一起被架空了。老赵好几天面色不自然，脾气也大，但宋运辉当作没看见没听见，随便他别扭去。宋运辉推己及人，他当年对待水书记的时候，何尝不曾别扭过，或许现在登高看远了，他能体谅并理解一众人的心理，也更能顺势而为。

典礼当天，上面来人是免不了的，宋运辉又请来水书记，当然也请了丈人和闵厂长。毫不意外地，他看到水书记比正当令的闵厂长在典礼仪式上混得更好，到处都是水书记的熟人。而水书记则是非常活跃，全没了过去指挥若定的含蓄。

丈人程书记自然是更关心女婿。晚宴之后，等了好一会儿，才等到女婿安顿好官员们，他跟着宋运辉上车去女儿家。翁婿两个相谈甚欢，但程厂长提着一颗实地考察女儿境况的心。等到女儿家，见女儿没睡觉还等着，听见汽车声早早飞了出来迎接。两个老亲家也跟了出来，大家脸上露出的都是由衷的高兴，程厂长看得出来，他总算放了一半的心。回头，他暗中嘱咐女儿多多打电话回家报告近况，反而程开颜不以为然。

招待了两天爸爸，程开颜就有点想偷懒了。但程厂长不在乎，自己女儿什么德性他又不是不知道，都是他自己惯出来的。等爸爸一走，程开颜就忙打电话向丈夫汇报，说爸爸老是看着她的文眉皱眉头，就跟宋运辉最初看见她文眉的时候差不多。还说她现在真后悔，很想洗掉它，可又有点怕怕的。宋运辉听了真是哭笑不得，他现在已经看惯程开颜的熊猫眼，早见怪不怪，没想到程开颜心里却一直惦记着他曾经的厌恶。

所谓功夫在诗外。典礼只是一个仪式，而仪式背后，却是花样百出的人与人。宋运辉有自己熟悉的人，又认识了几个水书记的老友，而更让宋运辉意外的，是一个高层带来的两个日本客人，是业内有名的设备制造商驻北京办事处人员，还是宋运辉以前见过一两面的老相识。典礼的时候人多，宋运辉只拿出当年陪程开颜学日语还记得的几句招呼语跟日本人打个招呼，到典礼后第二天，才有时间坐下来接触。

但宋运辉事前还是悄悄问了上面领导，难道国外的禁运开禁了吗？领导说，具体开禁不开禁还不好说，但去年下半年起，日本已经恢复对华贷款，有些事，现在可以慢慢做起来了。宋运辉立刻领会到领导的意思，但还是追问一句，东海二期，可不可以申请外汇，进口国外先进设备？领导笑眯眯地没肯定没否定，只说开始着手准备起来也好。宋运辉这才放心，跟日本客商就目前最新技术展开交谈。

终于等来这一天了。

05

杨巡虽然配了好马，可自从见了国托员工的阵仗，再不敢贸然上门毛遂自荐。唯有四处找人引见，可他认识的人大多要么比较基层，在国托那儿可能说不上话，要么关系不铁，即使说上话也不够分量。好在还有宋运辉，杨巡接到宋运辉秘书通知，让提前三天准备起来，跟国托总经理吃饭。杨巡第一次接到宋运辉如此郑重其事的通知，考虑之后，觉得宋运辉的暗示有道理，既然他要借车显示自己的实力，那么，他吃饭时候的穿着自然也必须展示实力。他立马拖上寻建祥一起去上海买衣服，好车配好鞍。两人钱多人傻，在上海被柜台奶油头师傅讥讽得满头包，可好歹形象大变。

宋运辉看到打扮一新的杨巡，大吃一惊，没想到这个成天嬉皮笑脸的小子穿戴起来也挺有人样。看着这样的杨巡又是顺眼，又是不习惯。以前的杨巡似乎随时都可以伸手摸一把头皮，这般登样的杨巡却有点陌生。

可杨巡换了张皮，里子一点没变，看到宋运辉看他的目光充满怪异，立马笑道："宋厂长，洋装虽然穿在身，我心依然是杨巡心啊，呵呵。"

宋运辉忍俊不禁："不错，不错，不过嘴巴也得关严实点，到时候别嬉皮笑脸。第一次见面，得给人留个有实力的印象，毕竟那总经理现在还挂着市计经委副主任的头衔。"

杨巡不由奇道："可那些当官的都吃我那一套啊。啊，对了，这回是要借钱，我自己得先摆出大亨样。"

宋运辉原本只是感觉杨巡应该装正经，倒没想到为什么，被杨巡这么一说，才恍然点头，心说杨巡这人聪明，一点就透。可看到杨巡干咳两声，装模作样挺胸凸肚做沐猴而冠状，又忍不住笑，不由开口指点了几招，杨巡连忙牢牢记在心里。旁边寻建祥也是焕然一新地跟着。

杨巡第一天桌面上认识国托总经理，第二天上国托办公室拜访，第三天趁星期天，自己开车上门带着国托总经理一家女眷出去玩，虽然总经理自己没去。第四天，第五天，第六天……总之就像杨巡自己夸口说的，什么人，只要他杨巡有机会搭上第一次，以后那人就跑不掉了。随着与总经理个人感情的升级，随着国托总经理夫人越来越离不开杨巡的帮忙，杨巡一步步在心中提高借钱的数额，顺便地，他开始认真考虑，多方讨教，选取新的投资方向。

06

雷东宝没想到，这世上没脑袋的人还真多。小雷家鱼虾吃猪屎、肥猪吃死鱼的传闻竟然传得一发不可收拾。一下子，忠富办公室门口门庭冷落车马稀，猪场倒是每天还有几头猪出栏，反正猪脑袋上又没刻着"小雷家"三个字，拔毛杀了，谁也认不出是小雷家的猪。可是小雷家的鱼虾牛蛙名气太大，以往市面上不是小雷家的也冒充小雷家的，搞得满城尽是小雷家，因此一说小雷家的鱼虾牛蛙吃猪屎，谁都不敢买着吃，别说小雷家的鱼虾牛蛙没人要，其他家的再改头换面也依然没人要，鱼虾牛蛙都没了市场。忠富一下被打击得发晕，整天欲哭无泪。

正好冷库竣工验收，人家追着问忠富要钱，忠富只能躲了，也没脸问雷东宝要钱。以前口口声声说照规定不能问村里要钱，村里也不能问他们挖钱的是他，他现在怎么好意思出尔反尔。

倒是雷东宝黑着脸找到大棚里，找到蹲在鱼塘边"戏鱼"的忠富，分给忠富一支烟。

忠富哭丧着脸，对雷东宝道："怎么办？还好刚出钱买下三个月的料，否则这几天光见着一大群张嘴吃，不见钱进来，我得杀鱼杀猪了。可三个月后怎么办？没想到还真有人信那谣言，这怎么说都说不通啊。"

雷东宝闷声道："是我们的错，我们知道谣言那天就该采取措施。"

"可谁能想到还真有人信啊？过来瞧瞧不就是了！眼见为实，我们哪来那么多死鱼死虾给猪吃，我们就是把所有养的鱼虾都给猪吃都不够，这谁想出来的猪吃死鱼？"

"那群没脑袋的以为我们村只养两三只猪。这确实是我的错，春红提醒我的时候，我都懒得搭理。现在晚了。"

忠富见雷东宝一口承担下了责任，心下感动，知道只要雷东宝肯担着，村里就没人敢追究他雷忠富。忠富以前一直觉得自己一手撑着村子里的养殖业，居功至伟，现在出了事才知道，大力撑着他这一块的其实是不懂养殖业的雷东宝，他一出事，就想找这根主心骨。主心骨虽然没拿出主意，也一样板着脸，可主心骨承担了责任，他心里有底了许多。

雷东宝想了会儿，起身道："找县里去，再不行找市里，让他们出面澄清一下。你跟我去，你说得清楚，告诉他们为什么猪不吃死鱼，鱼不吃猪屎。跟笨人得说清楚，妈的。"

忠富犹豫地道："万一他们搬出我们污染的真正原因呢？"

"肏他妈，谁信？不信来看看我们小雷家的人，各个比他们城里的结实。走，咱自己先不能怯了。"

雷东宝一把拉起忠富，赶去县城。两人坐的是崭新的车子。

雷东宝现在都不屑先找别人，径直找到陈平原那儿，却被秘书拦了出去。秘书偷偷告诉雷东宝，陈书记正生气着，多方努力下来，还是没能坚持住，还是得在两会前退居二线，去市人大坐个副职。

雷东宝想来想去，看来现在不是找陈平原办事的时候，就拉着秘书把小雷家的事说了一下，要秘书帮忙出个主意。秘书本就是跟雷东宝要好的，指点雷东宝索性奔市里报社，到报纸上登一登，越是从高一级的地方压下来，谣言越是消灭得快。县里的影响仅限于县里，可谣言传起来没有边界，索性找市里去解决。

雷东宝一听有理，千恩万谢，立刻调头杀奔市里。有个小雷家的孩子前几年大学毕业后分在报社，还是当年雷东宝出力把他塞进去的，雷东宝今天径直去找他。当年参观了大邱庄后，心里一直想学个彻底，虽然他很想把那些有大学文凭的小雷家子弟都逼回村里做贡献，小雷家缺的是有文凭的人，但想到大邱庄的经验，他就有心栽花，由他出力，把一个个孩子塞进要害单位。没想到，才没多少时间，竟然有孩子已经能派上用场。

果然是朝中有人好办事。雷东宝在小雷家子弟办公室里坐了没一会儿，便得到报社社长的亲自接见。

见面当然是握手寒暄，但社长握完手想收回，那只手却被雷东宝紧紧钳住说啥不放。文气的社长没见过这么鲁莽的主儿，一时无法舌灿莲花口吐流利外交辞令，一上来就乱了阵脚。

雷东宝不善言辞，可性格是个极主动的，抓住社长的手用力摇了三下，又是大力地道："社长，全问遍了，只有你能帮忙，你一定要帮我们。"

社长心里轰轰烈烈地涌现井冈山会师的场面、工农兄弟喜相逢的场面、老百姓盼来子弟兵的场面，而且都是宣传画的热情奔放笔法。社长镇定再三才能从火热大掌中解脱出来，却暂时无法摆脱雷东宝创造的火热气氛。

原来，社长也早已听到类似传闻。雷东宝说哪有那么多死鱼，全让村民捞去喂猫，一村子的猫还分不全，何况猪，更别说猪不吃鱼。而猪粪，小雷家的猪粪全做沼气了，沼气拿来烧火取暖做饭了，都是喂人的，鱼吃不到。社长听着一时很有兴趣，忠富旁边看着小心揣摩上意，见此连忙邀请社长去农村逛逛，看看乡下人的玩意儿。社长倒也爽快，立刻答应。又让门卫上去叫来其他两个同事，正好坐满一车。雷东宝旁边看着感慨："到底是文化人，换我，这么两层楼的地方，扯开嗓门吼一嗓子得了。"

社长毕竟是见多识广的，对小雷家的工业并不是太惊艳，对于小雷家的养殖业却是兴致十足，尤其是看到不见一堆猪粪的养猪场，看到沼气池的功用，与两个同事好生感慨了一番，如此废物利用，着实先进。

四宝老婆一边忙碌，一边上门口趴着看客人来了没有。好不容易见远处有雷东宝胖大身影出现，她连忙吩咐升火炒菜。等到土根从村办赶来，迎着客人进来食堂坐下，一盘油汪汪透着诱人光泽的油爆虾就端上了桌面，随后是雷东宝最爱的爆炒肥肠。

时近下午一点，大家早都饿了个透，上来也不客气，先吃了会儿，社长才问雷东宝："雷书记，按说你们畜牧养殖业发展得那么好，而且这么先进，我多少也算是市里掌握宣传的，怎么心里没什么印象呢？"

雷东宝道："你们报上登过，是我们县委组织的，省报也登了，登好几回了。"

"没印象。"报社的三个人想了一会儿，终于有一个主编拍手道："想起来了，上面拿下来的。有的，有的，不过……"他看看同事们，有些惋惜地道："大概写的人是写文件的好手，可不是写新闻写专题的好手，看了让人印象不深刻。"

"难怪。"社长点头，"看了你们小雷家，说句实话，跟雷书记是个实在人一样，小雷家的发展也是非常实在，村民生活过得好，村办集体办得兴旺，可就是不会自吹自擂。"

"社长，就是这话。我找你帮我小雷家是走对路了，你一看就能看出好来。"

社长微笑道："雷书记，既然说帮忙，我就直说，不怕你恼。小雷家现在有个最大的缺陷，概括起来三点：宣传，宣传，还是宣传。你听说过×县×村吧？我们几个都好好参观过一遍，但说起真正的实力可能不如你们有货，可他们书记是跑外勤出身的，本身就会说，他又重视宣传，隔三岔五闹个新闻出来登报，那效果比做广告还好，他们的两家外商就是这么招来的。以前老祖宗讲究闷头实干，现在不行啦，现在既要干，又要说。你说你们要是早早把你们那么发达的养殖业宣传出去，还哪来那么无聊荒唐的传言？"

×县×村，雷东宝知道，那书记正是年前陈平原特意安排一起吃过饭的。听日报社社长说那家其实不如小雷家有货，雷东宝心里吃惊，打算哪天眼见为实："县委陈书记也跟我说要加强自身宣传，可我们庄稼人出身，还没等吹起来，自己先脸红了，不会啊。"

社长看着雷东宝的大脸盘，不由笑了，也是有意卖弄，笑道："怎么能说是吹呢，宣传是个很有技术性的工作。我为什么要说三个'宣传'呢？你听我说，第一，你得为自己的宣传定位。现在时代已经进步了，八十年代的时候，我们要宣传包干到户和村办经济如何带动村民致富，现在得赶上市场，现在要宣传农村工业的蓬勃发展和扩大。你们村……"

社长说到这儿，摸出雷东宝刚交给他的名片，又从包里翻出其他几张名片，如同打牌一样一字儿排开："雷书记，他们名片上的头衔，和你的，你看看有什么不同？你就一个市人大、村支书，别的没了。看看他们，除了这些外，这位把所有村集体归到集团公司名下，他做董事长、总经理。那位，才一家贸易公司，一家工厂，其实贸易公司还是从工厂分出去的供销科，他们就一起注册了个实业公司，实业公司总经理，这名字拿出去多响亮！你们别看只是一个名字上的变化，其中反映的是一个质的变化，说明已经从各自为政的农业社会转变为大工业社会，意味着你们已经走向规范化、科学化、自动化。否则你们说，谁知道你们养猪是这样工厂化规模的？谁都想不到进你们猪场还要蹚药水池消毒，都还以为跟传统农村养猪一个样，猪吃饱在猪屎上打个滚。当然说你喂死鱼，人家也信。"

雷东宝听得连连点头，听到一半就让通知正明、红伟他们过来听课。社长倒还真是难得见这等实诚人，再说也有他自己的考虑，因此也是说得卖力："刚刚说了宣传的定位，第二个要说宣传的节奏。比如宣传你小雷家，绝不能见一次报就算完事，你得不断地、有频率地把你们的消息发到报纸上来。我看，这回我们就把小雷家辟谣的报道作为宣传的起点。就让你们的小雷主笔撰写。"

雷东宝听着觉得非常有理，扔下筷子，伸手一把抓住社长的手，使劲摇了摇，道："社长，你这不只是帮我们辟谣，还在帮我们长远规划啊，怎么谢你才好啊？"

刚赶来听了几句的红伟立刻灵活地道："报社发福利吗？我们这儿包好份子送过去，等过几天西瓜、葡萄、梨子、橘子上市，我们一份一份发车送过去。"

忠富听着心尖子里悄悄地滴血，可雷东宝却笑道："对啊，我们这里的瓜果都是从沼气池挖出来的渣种出来的，模样好，又比化肥种出来的甜，吃过的人都知道，他们县城的还特意骑车赶来买，就图个好吃。"

社长虽然一直说"怎么好意思，怎么好意思"，可在小雷家众人一致劝说下，终于从了。大家于是又讨论大纲，果然专职搞新闻的人有的是想法，说出来的意见，大家听着都说好，饭桌之上，大家把下一步工作确定下来。

酒足饭饱，司机开车送三个报社的人回去，后面带上鱼虾牛蛙等物。

这边忠富抓住红伟，心疼地道："红伟你怎么给我狮子大开口，你给报社发福利……"

红伟忙拿手比画一个大小："你知道日报上登个这么大的广告要多少钱？你以为我们能白让报社宣传吗？你这一毛不拔的铁公鸡，我帮你一口说个数，你看，人家后来多爽快。"

雷东宝正是被那社长煽得蠢蠢欲动，不理忠富的小气，道："正好都在，士根哥，你到工商局了解一下，我们也搞个集团公司，看看要怎么弄。妈的，以后弄个三折四折的名片，拿出去像拉风琴，多骗几个外商来。"

士根对这个决定也是热衷，但雷东宝都没给士根说话的机会，道："你说，他们那些已经成立集团公司的村子，他们是怎么知道要成立集团公司的？谁教的他们？他们消息怎么这么灵通？"

红伟看正明一眼，道："前几天我还刚好与正明讨论过，现在工厂改名叫制造公司，听上去好像好听许多。集团公司还是少，能像我们村一样有那么多厂的村子不算多。这些事情，我们平常谈生意吃饭就会说起，听见就上心了。"

"以后听见就跟我说。"

"可早先我们也不知道到底算不算好事，不好随便说。"红伟道。

士根则是若有所思地道："书记，我们多久没出去考察了？宋厂长最近也少告诉我们先进经验，去年一年好像还真没怎么发展。"

雷东宝闷声道："都耗在铜厂了。不是没发展，是发展爆了。要不这样，士根哥，你布置下去，所有在读大学的，大学毕业已经分配的，一年起码要写两样出去开眼界看到的事情回来给我，写得好，我们用上的，我重奖。"

士根听了又想笑又发愁，只得道："别指望现在那帮读大学的，各个爹娘的话都不听，还听我们的？我们有机会还是多接触接触外界，看看别人做什么。"

雷东宝想起几个村民家里的事儿，不由失笑。果然，那些刚读上大学的，表面虽然恭敬，可谁都看得出那些小东西心里各个老子天下第一。可是，又到哪里找先进的好主意呢？雷东宝真是犯愁。就跟当年第一个跳出来分地，又想出开砖窑，忽然又搞了电线厂和养猪场，什么时候，小雷家才能有新的实质性的变化呢？

好在谣言在报社同志的策划帮助下，反而坏事变好事。本来平白无故地宣传小雷家还不一定有人关注，而因为谣言的渲染，大家都对小雷家抱着冷眼相看的好奇，反而更多人关注有关小雷家的宣传。只是报社不敢做得太赤裸裸，就跟报社被小雷家买下似的，时间还是拖了一阵子，不过，效果最终还是出来了，小雷家的养殖又恢复了正常。

忠富唯一心烦的一件事是，报社拿了他手下那么多东西，雷东宝不愿由村里出钱，说是本来就是为解决他这一块的问题联络的报社。忠富心说，起先即使为了他这一块，那也是村里害的，不是他这一块自作孽。怎么能把账全算到他这一块呢？他不敢跟雷东宝多争，只能找讲理的士根纠缠。可雷东宝不答应，士根也爱莫能助。

韦春红见危机过去，才敢再进小雷家的货色。雷东宝没怪韦春红当初不帮忙，他知道这饭店是韦春红的命根子，韦春红曾跟他说起刚守寡的时候没收入，带着个儿子穷怕了，幸好开个小饭店才算找到活路，因此能让饭店风吹草动的危险，韦春红都赶紧避开。不过雷东宝也知道韦春红因此对他心存愧疚，他乐得装作心有芥蒂，让韦春红千方百计来讨好他。

果然韦春红打来电话，要他快去快去，说今天有人钓了一只小脸盆大的野生甲鱼卖给她，她炖了一锅甲鱼乌鸡汤。雷东宝一听就馋了，不等下班就要走，但忽然想到什么，又打电话给陈平原。最近陈平原心情不好，总是要么不接电话，要么三言两语。今天秘书又是为难地说书记整理着整理着又关上门抽闷烟了，电话一概不接。雷东宝就留下话，说有那么那么大的野生甲鱼，还有家养乌脚白凤鸡，要陈平原想吃的话就去车站饭店，权当散心。

结果雷东宝人还没到，陈平原已经到了饭店，韦春红差点郁闷至死，那锅汤，可是她用心炖给亲亲丈夫的，都没假手高压锅，全是小火慢慢炖成的。陈平原一来，精华得分去一半。雷东宝舍得，她可不舍得。

等雷东宝赶到，两人帮着韦春红搬来两扇屏风，在屋角隔出个小小天地，不受打扰地吃菜喝酒。陈平原坐下就叹气，说这几天都是送行酒，他都不想去。还是跟老哥们喝酒的好，说是一听雷东宝说的菜，就知道是个有心的。雷东宝不会花言巧语，陈平原是早知道的，他图的就是雷东宝不善说话的清静。他一说出来，雷东宝反而大笑，他清静？还是第一次听说，人都烦他的大嗓门。陈平原也无所谓，在雷东宝这个糙人面前更是懒得摆架子，他最近越是这种时候越是不肯露一丝随和，架子早端得累了，现在屏风一隔，他一门心思喝酒吃菜。

这甲鱼乌鸡汤还真是鲜，一只大陶盆下放一只小小的石炉子，几块炭火烧着，汤越吃越入味。陈平原吃到半饱，才暂时放下筷子，喝口清凉的生啤，对依然埋头苦吃的雷东宝道："说说话，别光顾着吃。"

雷东宝没停手："你说，我听着。"

陈平原酸溜溜地道："我现在县官不当了，现管也不是了，你跟我说话也不耐烦了。"

雷东宝奇道："不是你不让我说话的吗？行，我说。你到市人大，还是我顶头上司，我不也是市人大委员吗。"

陈平原不由得笑，叹道："哪儿一样啊。东宝，我跟你说句实心话，你……算了，这话说了你以后得看低我。"

"什么话这么狠？你跟我说实心话，我谢你都来不及。"

陈平原玩味地微笑："真话？"

"真话，你又不是不知道我，谁跟我说话，只要不是恶意，骂我都行。"

"我骂你干什么，我帮你，你啊，该开窍啦。"陈平原说到这儿，声音低了下去。正好韦春红亲自端了酱爆肥肠进来，陈平原索性道，"老板娘你也坐下听听。"

雷东宝看着陈平原，不懂他要说什么。韦春红忙笑道："陈书记，我给您满上。这菜还行吗？"

"体己菜还能不行？我不跟着东宝来，都还吃不上。"陈平原在韦春红面前就没太随意，端起刚满上的杯子稍喝一口，才又道，"东宝，这几年，我一直看着你，对你这个人，我了解得清清楚楚。说白了，小雷家有今天，百分之八十是你雷东宝一手撑起来的，百分之二十是你手下四员大将的功劳，你这人缺心眼……"

"这不是骂人吗？"雷东宝竖起脖子不干了。

"是不是骂你，你听下去。你缺心眼，你下面四个，尤其是那个村长，一点不缺心眼。你缺心眼，村里赚钱就跟钱落在你自己口袋里一样高兴，这么多年，我看你也没拿到多少。他们几个可未必这么想吧。以前你们刚分配改革的时候，县里多少人反对，好像你们挖社会主义墙脚。现在看看，你们拿得其实不多，他们能没想法？"

不仅雷东宝，韦春红也被陈平原说呆了。陈平原看着两人的表情，冷笑道："让我说中了。"

雷东宝立刻恍然，承认道："对啊。铜厂刚出事那阵子人心有些乱，他们几个跟我说起，说他们担负的责任跟收入挂不上号。我让他们自己提出方案，可他们至今还没提出来，我忙得倒是忘了。"

陈平原拿筷子一指雷东宝，道："关键问题就在这里。你让他们提的方案，是让他们提高提成比例，对不对？可你想过没有，分配方式这种东西，你容易建立，却不能打破。你们提高提成，势必造成别人减少提成。你们同村同门的，大家敢乱提吗？不怕被人骂死？他们拿出来的方案，就是提，也不敢提太多。我看他们心里想的是，与其背着骂名提一些，还不如不提。东宝，你现在需要做的，是彻底改变分配办法。"

"怎么变？"

陈平原看看韦春红，笑道："再不变，老板娘挣的都要比你这个大支书多了。"

"早就是我赚得多了，别看他汽车来汽车去的，好看个门面。"韦春红受到提示，这才敢插话。

"对，这是实话，好看个门面。东宝，我给你个提示，比如你的养猪场，你可以伙同他们四个各出一些钱投资个猪饲料厂，现成的技术，做出来首先有个你们猪场这样的大买家撑着，你说这厂能不挣钱？挣来就是你们自己五个人分。你们投的钱你们自己分红，谁也没话说。其他的，你比我更熟悉小雷家，你自己想主意吧。"

雷东宝一听，顿如醍醐灌顶，心中自我和公我两团子激烈打架。好久才道："行吗？一次老书记自杀，一次上电解铜，一次铜厂爆炸，再一次台商不来投资，全村人民对别人有怨言，对我一句话都没有，我怎么能扔下他们？"

陈平原一愣，鼻子里哼出一声："我们点到为止，别村的经验未必适合你。吃菜，这个甲鱼蛋是我的。"

陈平原好歹也是上司，即便是半退，可怎么也得保持着身份，今天能推心置腹到这份上，那是非常拿他雷东宝当兄弟了。雷东宝知道自己的不开窍惹恼了陈平原，忙好好敬了陈平原三杯，陈平原懒得理他，不过也知道雷东宝不是作假，这人就是那钝脑袋。

等陈平原吃完，雷东宝送他回家，再回店里，店里的人也已经走得差不多了，雷东宝呼啦一下就感觉酒劲上头了。

韦春红看见雷东宝进来，早憋了一肚子话了，见左右没人，忍不住道："陈书记今晚还真是帮忙，你怎么想？"

"我还没想好。"

"你啊，就别硬撑着充好汉了，还说全村人民都支持你，你只有喝糊涂了，才会跟我喊你累死了，累死了。我以前还以为你这么累这么尽心，赚了多少的钞票，结婚了才知道你赚得还不如我。你啊，都像你这样，共产主义早实现了。"

雷东宝听了却是尴尬："我什么时候喊了，你别瞎编，我喝醉的时候清醒着呢。"

"少来，下次录下来给你听，多的是机会。"

雷东宝发愣，脑袋里又斗争开了。他确实累，他担的责任确实大，小雷家确实全靠的他，按说他拿大份应该理直气壮。可是他以前说过要率领小雷家人共同致富，忽然他自己远远奔前面致富了，会不会对不起支持他的村民？可今天被陈平原一说，他的心有些动了。他难道真是缺心眼？对，凭什么他做那么多担那么多，拿的却没那么多。他想了又想，心思越来越活动。他立刻把陈平原的提示告诉士根，让士根召集其他三个先聚一下头，他听得电话里士根的声音都变了。

雷东宝早上起来，酒气消了，越发感觉陈平原的提议有问题。比如说饲料厂，养猪场用与其他厂一样的价钱进他们五个合作的厂的饲料，道理上完全说得通，可问题是，有些事是能讲道理的吗？全村老少会怎么看这件事？还有，雷东宝觉得有种说不上来的心虚。他自信他有办法让全村人闭嘴，可他就是心虚，就跟偷东西似的心虚。

初夏的早晨来得早，雷东宝清早六点半回村子去，太阳已经晒得晃眼。回到村里，还得与那四个开碰头会，不知道那四个得怎么想，他心里难得地慌。他们四个，如陈平原所说，比他这个缺心眼的多点心眼。

可是，陈平原的建议又是诱惑太大，大到让人直想犯罪。

果然不出所料，村办里四员大将齐刷刷等着他。再看时间，还不到七点。而那四个，各个神色憔悴。

雷东宝心想，如果四个都强烈要求，他……他也干。但他此时一张胖脸不露一丝犹豫，更不能透露他的心虚。在谁面前，他都要雄赳赳气昂昂，包括在韦春红面前，这是他的习惯。

他坐下，照例他先说话，但大家面对他的询问面面相觑。士根叹了声气，道："我们当然说好，可是，难题来了：你说厂子开在村里吧，大家天天看着眼红，哪天总得出事，即使不出事，这钱也挣得棘手。但厂子开到别处吧，我们难管，什么时候给掏空了都不知道，还是得出事。"

雷东宝难得爱听一次士根的否决："你们昨晚说了半天就这意思？"

红伟看一眼士根："我们昨晚没讨论出结果，士根哥说影响不好，忠富想再看看，我和正明想先来个小搞搞。"

雷东宝看向士根，看了会儿士根泛青的眼圈，道："士根哥心里很想？"

"谁都想，可想归想，做归做，大家都戳着我背脊骂，挣再多钱都没意思。"士根没否认。

忠富却道："挣多点钱怎么会没意思？自古成王败寇，以前看不起个体户，现在上海姑娘争着嫁个体户。上海姑娘看中个体户什么？钱！没钱什么都是虚的。前几天铜厂刚炸的时候正明不敢回家，这几天呢？巴结正明还来不及。我不怕挨骂，我只怕政策变，什么时候说不许这不许那了，一下全部没收。"对于政策变化，忠富最直接的感受就是那次鱼塘被填，他虽然心中不再生气，可难免忐忑。

雷东宝对忠富说出来的话有感触："我也是担心这个，别人指指戳戳不怕。我只知道一个道理，带领大伙儿集体致富，肯定没错。可……拿着村里的好处给自己赚大钱，肯定政策不让。正明，你还没说呢。"

正明看看大伙儿，小心地道："书记，我不是对你的处分有异议。我只是想，我可以给罚十万，那我现在用最少的钱把登峰扩成最大，村里该怎么奖励我？村里肯定没法跟罚十万一样奖我十万，村里人会反对，那村里能不能想个变通的办法奖励我？我说的只是我的事，其实也适用到你们头上。"

红伟立刻道："对啊，以前已经说过，我们担的责任太大，跟我们收入不相称。既然村里没法解决，那我们就得想个变通办法啊，总不能让我们义务劳动。指指戳戳我们别管它，我们只要稍拿多点就有人背后骂，我们一分不多拿也没人给我们烧香，人哪有良心？我看什么顾虑都别管，大家凑一百万给我，我先跟水泥厂谈谈让我们拿下全省经销权，等水泥稳定了，我再拿下钢厂的。你们看……"

正明这下很快表态："我支持，可我没钱。我最近没拿到奖金。"

士根心里说不出什么感受，只能一直沉默，听大家发表意见。内心多少有些支持，可又担心东宝现在答应下来。见到红伟、正明说高兴了，他只得出来降温："书记，这几天你得去市里开两会，你想办法跟领导们沟通一下，问问意见，再问问其他跟我们差不多的代表的想法。"

"领导们……我还不如直接问待在北京的老徐，别个村怎么做倒是要问。也不在这一天两天，等我开完会再讨论。"

红伟有些失望，出来之后看看村办，见雷东宝与土根正说着话。回头却看到忠富也是若有所思地跨在摩托车上没行动，红伟就吆喝了一声："忠富，想什么呢？"

忠富回头一笑："刚刚在想，你的提议挺好，都不用等到两会后了，现在可以做起来。"

红伟也是一笑："要是昨晚书记不说办饲料厂，而是说水泥钢筋，你昨晚早不会说拖几天看看了。嘿嘿，嘿嘿。"

正明哈哈大笑，先发动起摩托车走了。忠富讪讪地，与红伟一前一后离开。红伟本来没想到，原本一门心思想着如何修改制度，提高收入。现在被雷东宝一提醒，眼前展开一片广阔天地，他一晚上几乎没睡着，翻来覆去想出好多主意。想出来的主意不能付诸实施，红伟心焦，尤其是干活时一会儿免费帮这个朋友催要几吨水泥，一会儿帮那好友解决一下货源，他越看越觉得遍地都是赚钱机会，还拖个什么，他现在只亏在手头没现钱。

雷东宝待在办公室里赶紧向老徐打电话请教。没想到老徐与他那继任者陈平原的态度完全不同，老徐不鼓励雷东宝借小雷家的风撑自家的船。老徐说，虽然政策鼓励一部分人先富起来，但并不鼓励先富起来的人挖社会主义墙脚。而且一旦开禁，村民看着他权为私用，他还坐不坐得稳位置，以后说话还有没有权威？老徐还问，一旦开禁，打开心里靠禁忌维系的道德篱笆，否定心中一向维持的是非观，他们有多少定力面对未来的利益，保证自己不向逐利歪路深入？老徐说，作为一个领导干部，作为一个致富带头人，牺牲小我是必要的。再说五人已经获得较高的收入，面对更多诱惑，需要提高认识，善于克制自己的欲望。老徐还说，他一直看好并支持小雷家发展农村集体经济，带动全村老小致富的发展模式，对于雷东宝等几个带头人暂时出现的私心杂念，他理解，但不支持。

雷东宝没法辩解，因为他自己心里想的也是老徐那套，从小受的是类似的教育，他当年从分地开始带着村民冲击现有规章，从来打的就是大家一起过好日子的旗号，他因此理直气壮，做什么都不怕。他心里也是根深蒂固地相信党员干部应该带领大家过好日子。可是红伟他们说的也有道理，他们要是自己出去开厂，早赚得流油了，可在小雷家做不好还得罚款，还得挨骂。还有，雷东宝想到自己的辛苦、自己的委屈、自己的功劳，谁没私心？

雷东宝左右为难，在两会上问了一下也是带领村人致富的那些带头人。大家都似是对这话题有兴趣，相约会后聚一起再谈。再谈的时候，却是答案五花八门，有个人的想法更绝，那人说，村里的就是他的，他现在想要什么都是村里提供，还有必要把小钱放到自己口袋才算入袋为安吗？没必要。

因此，雷东宝迟迟不能下决心再次召集四员大将开会研讨五个人集资的事儿。

正好这个时候铜厂的新反射炉进场安装了。在报社的宣传下，小雷家村有了些好名气，终于让正明招来三个铜厂的工程师，有了工程师主导工作，大家终于安心许多。吃过一次亏，即便是最勇敢的正明，也知道有些技术是不能凑合着将就着过的。

07

杨巡终于靠耐心靠水磨功夫，以市场做抵押，从国托贷出五百万现金。利息不低，加上花在贷款上的交际费用甚至比问个人借钱的利息还高一点。但这钱省心，只要借到钱，其他就是一年后还款的事了，不像问个人借的，三天两头得找找你，看你还在不在，试探你有没有偿付能力。想起这些，杨巡就想打自己耳光，当初妈妈得为他在家里承担着多大的责任，多大的压力，他没想想妈妈是人，还是女人，他竟然一直需索无度，以为妈妈是铁打的。

钱拿到手前，杨巡已经就第二个项目的展开跑开了。他第二个项目还是市场，他尝足市场的甜头了。而在轰轰烈烈的轻纺市场、羊毛衫市场、小商品市场风潮中，杨巡看到他以前做熟的电器市场居然还没人开始做，电器还是市里的国有五交化市场占大头，他决定重操旧业。重操旧业实在省心，找位置，做设计，都是心中自有乾坤。

杨巡找的是火车货运站旁的一个村子，那村子被新建通往东海项目的火车路一分为二，自家村子从东走到西都还得经常被道口叮当叮当地拦住堵上十来分钟，搞什么都不好，穷得有名。可杨巡看中那地方，那地方好啊，既有货运站的便利，地块又便宜。杨巡想问村里要一百亩地，五十亩在火车路东，做市场，五十亩在火车路西，做仓库。村里看见他如看见财神。可即便是区里也在村领导们央求下痛快答应批地，那批地手续却千难万难，不知得敲上多少章才行，没搭着东海的顺风车，做事万般艰难。眼看着手续不知道猴年马月才能批下，市场的建筑设计却已经完成，如今更是国托的借款也已到位，他怎能眼看着每天利息哗哗地往外流，而自己的市场却无法上马？他心急如焚之下寻找出路，获取区里相关头脑的默许，应允他先上车，后补票。

寻建祥看着烧香拜佛的开销，心疼得什么似的，在宋运辉面前埋怨杨巡手指缝太松，花钱如流水。宋运辉却知道杨巡的品性，杨巡该花钱的地方大把撒，送出去的东西都能让对方拿到内疚，拿得一辈子记住杨巡这个人，但抠的地方却是一毛不拔，而且别说是一毛不拔，即使是数钱的声音都不会让你听到。但宋运辉担心一点，就像他刚上班的时候不懂得利润一样，他以前以为只要银行账户里有钱，就可以可心地拿来做事，从来不注意还有成本那么回事。他怀疑杨巡也是只求成事，不计成本，以致前期成本太高，以后再怎么挣钱也只是替银行忙碌，收入全部上缴利息。

但宋运辉更知道，如今杨巡已经在全市上下混熟，有时候他都还要打个电话问问谁跟谁究竟是什么关系，为什么拿出来的批示彼此打架。也就是说，他在杨巡面前已经缺乏一年前那种举足轻重的分量。寻建祥的抱怨，宋运辉只能听过作罢，而不能像以前一样一个电话把杨巡招来，细细关切一番。时过境迁，宋运辉不相信杨巡似的浮滑人能因为惦记他以前的好处而继续一如既往地待他，人跟人之间，他从小便知，没什么温情可言。

但宋运辉没想到，杨巡却在忙得屁股冒烟之时，抽时间出来一定要邀他吃饭。

而让宋运辉更没想到的是，杨巡找他也是为告状，告寻建祥的状。

杨巡对宋运辉依旧客气恭敬。他提议上最好的宾馆吃饭，可一听宋运辉说懒得与熟人打招呼，他就立马想出替代方案，带着宋运辉到一家河边小饭店，那家饭店人少清雅，却有养在河里的活鱼活虾，非常生猛。宋运辉看着喜欢，他从小在河边长大，对于东海附近特有的海鲜虽然也喜欢，可吃多了却想河鲜，与杨巡的口味一拍即合。

店家从河里捞出一把黄蚬、一条鳊鱼、一斤带青苔的老河虾让两人过目，宋运辉看了笑道："吃了那么多蛏子、螃蟹，反而怪想黄蚬、河虾什么的。这条鳊鱼就清蒸，别的都不用加，只放少许酱油、黄酒、生姜、葱。"

杨巡连忙道："对，就吃它新鲜，还有这么大河虾油爆可惜，老板你就多加些盐烧得干干的拿来。宋厂长，我们小时候钓来河虾，小的油爆，入味，大的加盐干烧，肉干干的耐嚼。"

宋运辉小时候比杨巡文气得多，并无钓鱼摸虾的历史，对于河虾之味便少了研究，闻言笑道："你们一家兄弟出马，整个河沿得让你们占遍了。"

杨巡笑道："我哪会那么文气地钓虾，我一般都是给妹妹装好蚯蚓，让她钓，我们兄弟三个水底摸螺蛳、摸河蚌，运气好能摸些虾来。我们家的鸭子一个夏天下来，只只肥得流油，生出来的鸭蛋黄都是红的。哎呀，说着说着又想了，总算是摸到这么个饭店，有时候海鲜吃多了嫌腥气，来这儿调和调和。他们本地人笑我嘴巴长得与众不同，他们说海鲜不腥，河鲜才腥，什么嘛。"

宋运辉听着笑，他爸妈也是这么说，只有他们的宋引却爱吃海鲜，大伙儿只能跟着她吃，家里宋引的嘴最大。"习惯问题，可能从小吃惯的东西最好吃，人念旧，电器市场做得顺吧？"

杨巡笑道："怎么可能做得不顺，太顺了，依样画葫芦就行。只有一条麻烦，得征用农田，那要盖的章多了去了，即使一天能让我成功盖出一个章，我也得忙差不多一年。到处求爷爷告奶奶，幸好宋厂长去年带我结识规划局和建委的上层，现在天天得找他们。"

"呵呵，难怪全市饭店让你摸个底儿透，这家饭店这么偏僻都能让你摸到。"

"可不是，这才求来天大恩情，他们答应我先上马后补证。否则你想，拖着不能上马，一天白白生出多少利息，钱比砸水漂子还浪费。我现在把利息全拿出来送人情请客，市场早开业早挣钱早还钱，早一步进入下一个新项目，算下来那些送人情的损失可比利息损失少多了。宋厂长你说是吧？"

"还得适可而止。也不是人人都吃那一套。"心里隐约猜出，杨巡是迂回地向他解释来了。

但杨巡却一笔荡开，开始说他刚在北方开市场的时候遇到的种种人为纠缠，说起那些简直可称作无理取闹式的收费，一向在规矩行业里工作的宋运辉骇笑不已。尤其是杨巡说起来绘声绘色，声情并茂，现场效果极好。宋运辉不急于表态，等着杨巡继续发挥，杨巡就如宋运辉所愿，说了很多之后回到正题。

"虽说不是人人都吃那一套，可架不住有人吃那一套。现在机关的工资低，有办法的下海，没办法的看着我们挣钱眼红。我挨罚挨多了，总算长了点头脑，明白一些教训。一样是拿出一百元，我乖觉点自己送上门去，最好还是送到个人腰包里，那一百元叫作人情，以后人家看见我另眼相待。不乖觉等着别人罚上门来，那一百元叫作罚款，钱交出去还落不下一个好儿。我现在打点上面换他们一个默许，让我顺利开工不来罚款，不仅可以不让钱躺在银行白白扔掉利息，还换来长久的人情，等于是给未来铺平了道路，还装上路灯。可我现在为难，大寻不吃那套。"

宋运辉只能"噢"一声，剥着盐烤虾看看杨巡，心说原来杨巡也有怨气。可也不能否认，杨巡的理由成立。那送人情的苦头他在东海项目之初也尝过，虽然没像杨巡似的还形成理论，可他也太知道，早送一步，自觉送上门，送得让人眉开眼笑，那效果事半功倍。可能寻建祥不是主事，没有成事的迫切感，无法体会杨巡的苦衷。

杨巡等了一会儿，不见宋运辉问话，心里明白还得他继续说下去："大寻为人爽直，以为哥们义气吃遍天下。再说他不能太忍，我一般不敢让他出去办事，怕闹僵了难以收拾。再有，大寻要做爸了，现在做事的狠劲已经没有过去足，他现在最爱做的是管住市场，不用说，大寻管的市场我最放心，有大寻在，我几天不去市场看看都没事……"

宋运辉终于忍不住笑道："你直说吧，大寻多义气我知道，你说说你们有了什么矛盾。"

杨巡也笑，他铺垫了那么多，还不是不想惹宋运辉反感，既然宋运辉让他直说，那他只能婉转地直说了："宋厂，你信吗，大寻这样的好汉子，他这两天能把我烦死。别人烦我，我最多塞住耳朵不听，可大寻是朋友，朋友的话不能不重视。他现在每知道我从出纳那儿提一笔钱去应酬，就得唠叨我一句。他没像女人话多，他就'啧'地一声说我又怎么怎么了。可他是朋友啊，我得跟他解释。我本指望解释清楚了，他以后能不说，可下次取钱他照样说。他结婚后变得跟守财奴似的，哎，我说他坏话了。"

宋运辉继续剥他的虾，但轻描淡写地道："你看怎么办好，别人或者是光诉苦没办法，你小杨不一样，你肯定已经想好招数，只想通过我做个中间人做个见证。"

杨巡有些尴尬，又有些高兴，跟聪明人不费劲。他有些夸张地双手伸过桌面，握住宋运辉擒着虾的右手紧紧摇了几下："宋厂太理解我了。那我直说，说错的话，宋厂当我没说。我的意思是，一个单位得有一个头，其他人都得听头的。大寻看谁都是朋友，再加他本来就在公司里有百分之十的份额，他心里跟我是平等的。这样的关系如果我们能彼此理解对方的工作，那最好，一加一大于二。现在不能理解的时候，合作就费劲了，一加一甚至小于一。我的意思是，我把日杂市场百分之十的摊位分给大寻，租金按比例扣去管理费支出，其他都是大寻的……"

宋运辉至此已经摸清杨巡的意图和杨巡的价码，他不等杨巡说完，就径直打断，说出自己的价码："我明白你的意思。这样吧，我做中间人，找个时间起草一份协议，你与大寻的合作终止于日杂市场。但你得保证两条：一、大寻替你管着市场，你照付工资，你前面也说了，大寻管得好，那就让大寻继续管下去；二、百分之十二的摊位分给大寻。因为大寻退出，你得给大寻一些补偿，百分之十的数字不合理，百分之二的补偿不算高，就这样定吧。"

杨巡听着宋运辉不由分说地开价，心想百分之二的补偿怎么不算高，大哥你知道摊位租金行情？但那话是宋运辉说出来的，宋运辉是他在这儿的靠山，再说宋运辉的其他条件开得干脆而不纠缠，比他原先设想的易对付，他除了答应，还能做什么？

宋运辉心想，杨巡这小子难得的是当机立断，竟然是一点情面都没有，什么口口声声的朋友，凡是阻碍他发展的，杨巡挥刀子时那个果断利落。再想自己，想到自己目前面对的千丝万缕的关系，他倒要学学杨巡的快手了。

08

天，是越来越热。人们一步步地抱怨热死人，再热肯定得热死个把人，而炎热的天气还是一再地挑战人的承受极限。原来人其实比自己以为的更能屈能伸。

而宋运辉的心理极限在看到报纸上面的新闻时，也是着实如琴弦一般被拨弄了一把。日本首相海部俊树访华！这条消息在等待蛰伏了两年的宋运辉眼里，其震撼性自是不言而喻。他拿着报纸翻来覆去看了个透，燃起一根香烟静思。毫无疑问，一扇门打开了。或者说，一座堡垒崩塌了。其后会不会产生连锁效应？

但没等宋运辉一支烟燃尽，一个电话直接追到他的案头热线。

来电人的声音充满华贵的慵懒，绝对看不出第一时间打来这个电话的焦急："小宋，你可以无视他们外相的访问，无视接二连三公报的发布，今天他们首相的访问，你再不能无动于衷了吧？"

来电者名叫小拉，小拉既不姓拉，也不叫拉，原是他支边下放的时候被人硬安上的诨名。当年的他在别人快速起床三分钟解决洗漱十分钟奔到田头的火热进程中，他却对着天边粉红的朝霞一声长一声短地唱赞美诗，因此总是拉集体的后腿，被集体群众怒斥为小拉，小拉人尽可骂。如今，"小拉"这称谓却随着小拉父亲官复原职升为宋运辉系统的老大，小拉回城高考中榜，小拉搏击商海迎风弄潮的成功，而成为限量特批，只有亲近之人才可以当面称他一声小拉。准许谁称他小拉，那是他给谁的天大面子。这个面子，宋运辉现在也是持有。宋运辉颇有自知之明，深知自己能有这等天大面子并不因为他才识渊博，也并不是因为他是东海的常务副厂长，而是因为他不仅握有进口设备在东海的绝对话语权，还拥有系统内进口设备的建言权。正好小拉代理着一家欧洲制造商的设备在中国的销售，沉寂两年，小拉早已饿得嗷嗷不绝。

宋运辉如实相告："可来访的是日本首相。自从开工那天谁谁带来两个日本客人，他们最近拜访和资料传递都做得挺勤。估计这个电话放下，下一个电话就会是他们打来的。小拉，我越来越难坚持，你说喜从何来？"

"小宋，我这回得批评你，你太不敏感了。你难道没看出，日本首相的访问意味着多米诺骨牌倒下第一块吗？第一块倒下了，第二块第三块还会远吗？开始加快审批速度吧，不远了。"

"好，这就照办。对了，你给我的资料还缺少几份数据，我前儿直接问你代理的那家公司本部拿了，我有传真知会你一声，你看到没有？"

"看到了。秘书一看那么要紧，天黑了都要赶着送来我家，老爷子一翻，哟，小宋做事还真一板一眼，认真！小宋啊，这些技术上的事你自己把关，其他的我帮你解决。快送申报资料进京，最好你来，可以直接先找我。"

"好，届时少不得麻烦你。"

"哦，对了，南边那家叫什么来着？那家也是沿海的厂，你了解他们的设备吗？"

宋运辉立刻明白小拉太子的眼光瞄向那家厂了，看似漫不经心，但小拉瞄上的东西，能跑吗？"我找找同学。过几天去北京时根据你代理的产品，我写份建议吧。"

"革命同志啊，不愧都是下过乡的同道。小宋，别那么认真，你跟我说说就行，哪好意思占用你宝贵时间，都知道你忙。我只要了解一个大概，知道一个方向就行，都说你国外技术情报掌握得全，问你准没错。"

宋运辉没客气，笑道："行，不过我得先问清是改造还是换代。"

"换代！都什么年头了，当然得换代！"

小拉说得斩钉截铁，听得宋运辉摇头。改造或是换代，一个文科出身的人怎么可能了解，可小拉凭什么说得如此有底气？

放下电话，宋运辉想了好久。这期间果然那家日本公司打来电话报喜，建议展开新一轮实质性的会谈。宋运辉虽然口头答应，可心里暗想，被小拉太子瞄上的东海，还有别家公司插手的份儿吗？宋运辉心中暗暗叹气。没想到坐到今天这个位置，挣脱其他枷锁之后，又来新的枷锁。凡是有人的地方，就有枷锁，这辈子，别想清静。本来他一心看准日本设备，打算速战速决，以他凌厉的谈判手段拿下一套设备，开始东海二期，他盼望这一天盼望得太久了。但小拉太子一个肆无忌惮的明示，让宋运辉无法启动。这时候，还奢谈什么理想？

宋运辉不由想起女儿宋引前天跟他说的事儿：老师问小朋友们，长大了理想是什么，宋引抢着说，要当爸爸那样的人，老师表扬了宋引。前天宋引说的时候，宋运辉还挺自豪的。可现在宋运辉想着只有苦笑，女儿拿他当理想，他的理想却在哪儿？他以前上进的目标是什么，现在呢？回头看看，越来越发现方向偏离。但是他身不由己。他死死地将烟头掐灭，这时候心里开始理解岳父娇养儿女的苦衷。他现在心里有些不愿女儿重走他的复杂辛苦路，他满心地想，这样的辛酸矛盾，自己尝了也就尝了，而女儿，他既然有能力，就得庇护女儿活得单纯愉快。

但是，妥协的想法只在宋运辉脑袋里存活不到三分种。打心眼里的，他还是喜欢精英式的人物，比如老徐，比如梁思申，还有比如风度翩翩的小拉。他已经勒紧钱包在家买了钢琴一台，他已经亲自出马为女儿物色到本市最好的钢琴家教，他希望……只要他能。

周三下午例行的时事学习，宋运辉早在开会通知时已经指定学习日本首相海部俊树访华的几篇报道，方平一早遇见他就问，是不是要提二期的事，宋运辉点头微笑，原来谁都是明眼人，各个心中都有谱。但是与小拉的关系，就像小拉只打他直线电话，打不通就算了，另找时间找他一样，两人都是单线联系，没第三个人知道。宋运辉也从不打算让秘书、让亲信如方平等知道，他不相信自己都守不住的秘密，别人能帮他守住。

读报还是由老马主持，完了的时候宋运辉才开始谈他的想法，提出全面展开与日本公司的谈判，快速推进二期进程。与会人员脸上都是不出所料，但又兴奋激动的神情，但宋运辉只是布置一个大概，大概的工作都是自身资料的收集和总结工作。这么简单的布置，出乎众人的意料。都已习惯宋运辉的快速高效，一时有些不习惯任务的轻松。

会议的尾声，宋运辉跟老马轻道："老马，我们等下就二期的事讨论一下工作分配吧。"

宋运辉的话虽轻，可恰到好处地让周围几个人听了个清清楚楚。众人都在心里愕然，不清楚强势地大权独揽的宋运辉这葫芦里卖的是什么药。

老马也是在走进自己办公室的时候，关上门推心置腹地道："小宋，我看一个厂里最犯忌的是政出多头，二期还是你担着吧，你行。"

宋运辉看看高大魁梧的老马说出这样的软话，忽然有些心软，但随即便笑道："有一个主要原因，老马，我出国多，这回去日本，我不占名额，由你主导吧。"

老马有些心动，但感觉理由牵强，宋运辉未必安什么好心，他决定以不变应万变，不沾那诱饵。他依然是稳稳坐着正位，急死蠢蠢欲动的宋运辉，他何必揽事上身，自找麻烦呢。宋运辉恨不得他做多错多，可以借题发挥，他偏不上钩，不给一丝口实："小宋，还是你定吧，二期又与一期不同，二期需要更多与原有一期设备的衔接，这些衔接工作你心里最有谱，我还是别做二道贩子了。"

宋运辉嘻嘻一笑，却没再推辞，应了声"好"，不过最后还是道："估计很快就会安排去日本考察。老马，出国人员的政审和出国前教育需要你把关。现在护照办理卡得很严，我估计没时间管这个，而这事又不能委托其他不知轻重的人，只有交给你了。等下我送个名单过来，各部门的都有，你取舍一下，我得去趟北京，赶紧把审批搞出来。"

老马看着宋运辉走出去，一声冷笑，果然，早知此人不肯放权，一个人没挫折没生病，哪能改性。但是，老马又想笑，任他宋运辉上蹿下跳忙得欢，可总是不能绕过他这个坐正位的，想那宋运辉不得不当众表示要跟他商量二期的时候，不知道心里多憋屈，没办法啊，这是程序啊，绕不过的程序。老马"嘿嘿"冷笑，出国人员审批也是，别看宋运辉说得好听，其实那也是绕不过的程序，他要敢不走这程序，万一出事，他担不起。

不过老马打定主意准备在宋运辉送来的人员名单上一笔不改地签字，拿上来的名单有他置喙的份吗？

宋运辉对于老马不上当光打太极的行为极为郁闷，心想看来谁都不是笨人，谁都不是那么容易哄骗上当的。但日本的商户也是头顶的上司介绍，他可绝不能直接跟那上司说，老大家的小拉已经找来另一家，小拉牌子比你硬上几倍，领导你下回请早，这回肃静回避。日本那边的得敷衍，那是给领导面子，最后才找个不得不什么什么的技术理由打发，那才算是交代得过去，最好，还是由老马主持着打发掉，那就没他宋运辉的事了，可现在老马狡猾地不接，他只能另想他招。到任何位置，都无法随心所欲，太多的精力得花在无用功上，无奈。

一直到下班，宋运辉都关在办公室里喝茶吸烟想招，顺手拟了名单，却是写了又撕，头大如斗，一听下班铃响，就早早飞车回家，今天不在状态。

外面下雨，程开颜听说他能准时回家，就一定不肯走十分钟自己回家，一定等在教育局门口让丈夫来接。等到宋运辉看到同等的还有其他三个婆婆妈妈，他照着一车子婆婆妈妈的指示把大伙儿都送回家后才回自己的家，心里更不在状态。他已经心烦一天，本想早早回家"啊呜"一声丢弃伪装，跟女儿玩上一通，没想到还生出那一出。他耐着十二分的性子才不形于色，更是坚定决心，绝不能学岳父娇养女儿。

程开颜看得出丈夫等她最后一个同事一下车就板下脸来，忙赔笑道："雷雨来得急呢，正好你今天早早回家，瞧她们多感激你。"

"又不是刮台风，以后这种生意少给我兜来，我一天上班下来累得慌，不高兴陪着一群老娘们儿啰唆。"

"又不是我兜的，大家听说你来接我，都踊跃着要见见你呢，大家这么热心，我怎么能拒绝呢？"

宋运辉"啧"了一声，懒得解释。

程开颜一头热心转为郁闷。丈夫有时间来接，丈夫又是个好威风的人，她心里得意，就不免坐办公室里跟谁都说，大家一起哄，就成了现在的结局。她红了眼圈，嘟嘟囔囔地道："又不是成天麻烦你，偶尔一次，你脾气那么大干吗呢。我业务不好，话不会说，别的都不好，好不容易有个登样的老公，能不给大家认认吗？"

宋运辉再次哭笑不得，却也不忍再肆意发自己的脾气，可也没法消除自己的脾气，只得闭嘴，闷闷呼出一口气，被程开颜清清楚楚听到耳朵里，程开颜越发觉得自己没用。好在丈夫对她还是好的，要他来接就来接，工资奖金也都交到她手上，可是，丈夫太让她捉摸不透，爸爸怎么帮她理解都没用。不过这回教训她记下了，丈夫愿意接她并不是意味着丈夫愿意接别的女人，那以后她不做那坏事不就得了。

女儿鬼精，见到女儿宋运辉就没了火气。跟女儿饭后又玩了会儿，又教会女儿两个英语单词，pig和dog，这才放小人家回屋睡觉。可惜，女儿睡前要听的故事宋运辉胡诌不出来，他说出来的故事没三句就穿帮，这方面的功力，不如程开颜多了。

小人家睡觉的时间，全家人都是如临大敌，爷爷奶奶溜出园子乘凉去了，宋运辉坐书房里，听隔壁传来女儿与妻子絮絮叨叨的对话，他静静听着，听着，忽然脑袋里冒出新的念头。他又沉下心来好好在心里做了一番推演，这才舒畅地微笑起来。起身轻手轻脚摸到女儿房间里，却见蚊帐里的女儿已经睡着。程开颜冲他摆摆手，悄悄钻出来，他却钻头进去又捏捏女儿的小扫帚辫子才作罢。

下去乘凉，园子里茉莉花香扑鼻，宋季山向难得一起乘凉的儿子骄傲地展示他从周围山上移植下来的草药。如今生活稳定，他终于敢公然捡起年轻时爱好的中医中药，由着自己的爱好把家中小小园子种成百草园。宋母则是精研饭菜糕点制作，当然目的只为宋引小小嘴巴的喜欢。

看到爸妈终于敢挺起胸膛说话，抬起头笑，宋运辉心里骄傲。他小时候的理想，其中一条正是要全力庇护全家不受欺负，如今，他做到了，而且做得很好，只可惜姐姐……

宋运辉扭头看妻子，见三十岁的程开颜在月色下面容姣好，如才二十出头，两眼清纯更是不亚于二八少女，不由一笑，也好，能让妻子没心没肺地过日子，算是他这个做丈夫的本事。程开颜似乎感觉到有人注视，回头看来，吐吐舌头做个鬼脸。看那鬼脸，宋运辉不得不惊叹遗传的造化神功，母女两个竟然一模一样。

回头，宋运辉给老马一份与日商接洽的名单和出国考察的名单。名单充分照顾到所有被他排斥的大佬，还有老马身边仅余的亲信，当然也不会忘记安插他自己信任的做实际工作的人。老马看了惊讶不已，此人何时生了良心？

但宋运辉自己去北京的时候，带上亲信方平亲自会见了小拉引见的外商，关在宾馆里整整昏天黑地地谈了三天三夜，却把该由他出马的审批报告交给小拉，由小拉带着宋运辉的另一个亲信代为办理。

小拉只在最后一天参与了一下谈判，等结束谈判，他去外商那儿说了一会儿后来到宋运辉房间，将审批批复交给宋运辉，笑道："这么快就触及实际问题，你就不怕我拿不下批文？"

"小方，麻烦你去看看周围有没有卖吃的，饿死了。"宋运辉遣走方平，才跟小拉道："他们的设备基本上可以用，他们自己也承认有两套附加设备的功率跟不上，希望我外购。我有一个朋友以前做的设备倒是最合适的，可惜他们现在还卡得严，估计得用日本的。"

小拉点头："那就这样定。"

"有机会我把那个朋友介绍给你，他现在美国读MBA，应该快毕业了吧。毕业估计还是回那家公司，我改天让他联络你。就我们行业来说，他们的设备是最全面的，他那人做事也活。"说着拿起批文，翻开看看，看到签字和印章，不由扬扬手中的批复笑道，"早知道问都不用问，小拉兄出马，无不手到擒来。"

小拉不由笑道："你干吗还一分钟两百字的语速啊，谈判已经完了。老外说跟你说话太压迫人了，问题又多又快，没有充裕时间思考。听说你已经安排人员考察日本公司了？"

宋运辉摊摊手，略表遗憾："有些，我也不能太独裁，太剥夺厂长的意思。不过最后技术认定都在我手里。让他们去日本看看吧，从没出过国，你要不要与我们老马打个招呼？"

小拉一笑："我不跟无法拿主意的人说话，要不你现在就帮我跟你的朋友联络？"

"好。"宋运辉拿出信纸，边写边道，"现在是他们那儿的早晨，不知他在不在，给他留个传真。我把你大哥大的号码写上，如果我不在，直接找你，行吧？"

"行，你已经把我身份在上面交代了？你一手英语很漂亮啊。"小拉说着起身，叫门外等候的手下进来等传真。

"你口语尤其好，我们前三届的人，按说英语好的人不多，刚进大学的时候，英语课简直是受罪。"

小拉呵呵地笑："我一向英语好，高中时就背十四行诗。当年插队时我读英语他们批我，我告诉他们，是恩格斯的语录，傻眼了吧。呵呵，什么叫作知识就是力量。"

"当年吃了不少苦。我也插队，养猪，那挑猪泥的筐子是特制的，很长，我那时才初中毕业，挑着老是搁到小石头上给翻了，打自己一身臭。"他说着把传真交给小拉手下去发，要小拉手下看到方平叫回来。

"那猪泥我也挑，叫积肥。但我挑着总喜欢绕大圈，因为有一户农家园子里总是开着花，最不济也有几朵脸盆似的向日葵，看着那些花儿，人才觉得活着真好，那时候……人傻。"

宋运辉不由得笑："天啊，那农家估计怎么也不会想到，几朵花儿招来无妄之灾。"

小拉一想也笑，笑了会儿才道："那时候我们天真啊，满心都是理想，不过不能不承认，那时候特容易满足，生活那么苦，人还成天笑呵呵的。现在……现在你有没有觉得理想不知失落在哪里了？"

"我前两天才想过这问题。我女儿在学校里说她的理想是当爸爸那样的人，可我的理想呢？我好像现在只有一个理想，让家里人在我的庇护下无忧无虑地生活，整个一小农经济。"

小拉一笑："我现在的理想是在美国或者加拿大买房买车。我第一步目标是把我儿子送出国读书。实际吧？真不知以前那些花好月圆的理想跑哪儿去了，咱说起来也是受过高等教育的，怎么现在心里只有庸俗的生活呢？哈哈。小宋，我们同龄人真是有共同语言。我再告诉你一个笑话，我一个小小的表妹，她现在凛然叱我变得面目可憎，可让我整整气了三天。再回头一想，她还是抬举我，我要是面目可憎，那也算是有个性，我根本是面目模糊，哈哈。"

宋运辉听了不禁也笑："你们这些文科出身的，笑死人不偿命。"

小拉看到方平进来，就收声了，又恢复一脸高高在上的模样，正好此时虞山卿的电话进来，虞山卿的声音很有兴奋的意思。宋运辉不得不将话筒拉开一些才能避免耳朵受苦。交代几句就和方平下去讨论与外商谈话的总结。两人没坐大堂吧，而是坐到等候区的沙发上说话。方平原本只听不说，到这会儿两个人了才发起牢骚来。

"宋厂，怎么管管老赵才好？引进设备的事跟他们码头又不相干，他这两天争着也要去日本，非得把我下面的人挤走。这回老黄又没去，他还争什么争？"

"港机也得引进，目前的吨位跟不上，这回我没提，他急。"

"急也不能恶形恶状，他这人别的都好，就是特贪。什么便宜都要先占。"

宋运辉愣了一会儿，才勉强道："让老赵去吧，够老马头痛的。你退出一个人，不久就你带去欧洲。欧洲的事先藏藏再说。明天约见日商的事联络好了没有？"

方平点头："约好了。不过只订两套设备，太给他们成套幻想，会不会事后引起反弹，尤其是我们上面的不满？"

宋运辉叹息："没办法啊，戏不做足，上面怪罪。这回还算好，禁运搞得有几家至今还没动静，前两年筹建的时候才忙，我们白天压根儿没法工作，都拿来应付那些走马灯似的关系户了，你那时还没来。"

这时候小拉说完电话下来，说与虞山卿已经初步谈了个合作方案，等虞山卿回头打报告申请了再定。看看时间已经很晚，小拉没多占时间，感谢几句走了。

宋运辉亲自送到门口看着小拉上车才回。走进大门，才对身边的方平道："明天跟日本人谈的时候，你当着我面声音不重不轻地暗示一下，你就说老马最爱说'寡人有疾'。"

"寡人？什么寡人？宋厂再说一遍。"

宋运辉只得掏出笔在手心写了给他看。方平记下这四个字，心中不知道宋运辉打的什么主意。"可如果真让老赵去，那一队人里面真正与设备相关的只剩一个了，还怎么谈判？"

宋运辉站电梯里不便回答，只是笑着不以为然地摇头。方平想了想才一拍脑袋笑道："你看，我又当真了，真没法把他们当成旅游团。有一个在已经足够。"

"老马也是懂行的，别小看他。早点睡觉，明天的日本人比这三天的更难搞。"

方平忍不住嘀咕："可真是浪费，这一队人，得多少外汇。"

宋运辉想不说，可不愿低落了亲信方平的士气，只得解释："有时候内耗虽然看不见，损失却比这种浪费大得多。拿这种看得见的浪费解决一下内耗，也是不得已的办法。他们这批去日本考察的人员名单安排上我侧重建厂老功臣，有些东西……我们自己知道吧。我们厂新，做事环境已经算不错，想想金州。"

"是，大家都说，幸亏是做事的宋厂揽权，呃，主事，不好意思，不好意思。"

"意思差不多。"宋运辉笑笑，不过心想，如果换成是老马揽权，估计大家在工厂建成后也会说幸亏是马厂揽权。新厂，元老们多少占点便宜，谁揽权都一样。

宋运辉还是联系了老徐，老徐挺忙，经常全国各地地跑，难得见面，这回倒是有缘，宋运辉一联系就约好时间见面。这回见面的地方是在全聚德。

两人交流了一下彼此的近况，老徐奇怪宋运辉既然已经大权独揽，为什么还不下手，要宋运辉别拘泥成规，开始寻找机会。宋运辉没隐瞒，说二期就是机会。宋运辉心里基本已经厘定思路，小拉这么好的刀子不用，更待何时？

09

梁思申的暑假是陪着吉恩等三个上司考察中国。他们从北京开始，再到广州，然后折回上海。梁思申根据爸爸的提议，没联络外办走走过场，搞个会见，就算完事。她通过爸爸的关系联系到三地的计委和工商银行，虽然是关系打头，但三地这两个机构都很愿意安排这样的会见，甚至可说是踊跃。如此高层的会见，自然比梁思申冬天的时候单枪匹马在广州上海跑一圈的效果好得多。再去证券市场，又是一番新的面貌，里面人头簇拥，甚至有人如打扑克牌似的一下拿出一叠几百张身份证申购新股，据说是把全厂人的身份证拿来一起压新股，因为新股中签率太低了，每张身份证又有限购额度，不多拿些身份证来中不了，等中了大家平分收益。吉恩等三个看看有限的股票，再看看无限的人气，都很有感觉。回头吉恩就说，上海很可能后来居上，成为全国经济中心。

但是，吉恩不是中国人，更不是上海人，吉恩肯定了上海的未来，却认为现在还不是他们这样的公司进入的时候。吉恩开玩笑说，他个人倾向拿现金来上海做一回大冒险家，大量接手星罗棋布地侧身中心市区的业绩不良工厂，等待土地升值。吉恩说，那简直是一本万利的好生意。但老法师也有栽倒在小鬼手上的时候，梁思申告诉吉恩，中国的企业几乎包了职工的生死，那是制度决定的现状，买下工厂，必须面对职工医疗和养老的包袱，升值预期是不是够支付那些包袱？吉恩思考之后，给了一个否定的答案，这个答案还是他在与计委人员对话后得出的结论，他否定的主要原因还在于对上海未来发展速度的不确定。吉恩感觉中国的发展有许多问题不符合规矩，比如没有规范的制度，比如庞大的吃饭人口基数，比如均摊到人口头上并不丰富的资源，还有官员们嘴里说出来的无法让他采信的数据。如此充满风险的市场，在看不到相应高额回报可能的前提下，他不愿涉足这样的陌生领域。面对梁思申不断强调的上海这十来年的飞速变化，甚至是冬天到夏天才半年来的飞速变化，吉恩都是微笑聆听，坚决说不，并教育梁思申，金融行业容不得感情用事。

虽然目的没有达到，但吉恩在几天时间里的交谈中说的一句话，却在梁思申心头点燃了一簇小小火焰。吉恩其实也是无意的，他只是在梁思申的安排下，得到好于同行的对话环境，获得更多内部信息之后，很有感慨地问梁思申，既然在中国有如此四通八达的人脉，有没有考虑毕业后回国发展。梁思申当即回答没考虑。吉恩当时也笑说，还好还好，他可不愿把亲手培养两年的好手养熟了放走。梁思申当时还挺得意，她确实是个不错的人才，但回头想起来，忽然想到，为什么不呢？

因此送走吉恩后，她回家过暑假，刻意地留意起四通八达人脉的好处。而她终于通过宋运辉与杨巡这个被宋运辉称道的个体户通上了话。

杨巡对于宋运辉的这个要求，觉得莫名其妙。心说人家公主一样的高干子弟，即便是社会实习，也要比他们这种家庭的孩子方便许多，人家一声招呼，他凑着上去让人家公主调查，还生怕凑慢了。哪像他们从小就在社会实践，比如杨速一毕业就得担负起照顾杨逦的责任，杨连暑假到他的新市场打短工。他呢，他一直就在实践，实践得没时间读书。

但他不能不打这个费钱的长途电话。但才接通，才说上两句，杨巡心头的反感立刻烟消云散。

对方有很好听的声音，那声音听着都感觉得出对方在亲切地朝着他微笑，完全不是他常见的机关晚娘态度或者子弟们的飞扬跋扈。那边微笑而亲切的声音对他说："我叫梁——思——申，名字有些拗口，那是我妈妈的不良爱好所致。我正在美国读书，同时在一家投行工作挣学费。我这次带队回国了解国内经济，接触了不少机关人士，获得不少以前不知道的资料，但是我回头总结的时候，发现我接触的不是政府机关就是国有企业，其中缺少非常重要也非常具有活力的一环，就是个体经济。宋运辉老师说，你是很典型的个人奋斗事例。请问，你愿意回答我几个问题吗？会不会打扰你的工作？"

杨巡立刻爽快地回答："没事儿，你尽管问。"

梁思申道："好，你请先挂电话，我整理一下问题了，很快再打给你，可以吗？"

杨巡又是爽快地回答："没问题，我今天下午奉陪。"

梁思申微笑，放下电话。其实她心里早想好问题，只是不好意思让杨巡付那长途电话费，就找个借口自己打去。稍等了一会儿，她才拨通过去，果然杨巡一直等在电话边。

"杨先生，有些问题你如果觉得涉及隐私，请尽管拒绝回答。第一个问题，是什么促使你发起做个体户的念头？"

杨巡本来就话多，再被亲切的声音一鼓励，变本加厉，恨不得把梁思申不问的也回答了。果然，听到电话那头传来"天哪"一声轻呼，杨巡感觉非常满足和自豪。

梁思申虽然知道以前物质生活不丰富，可她毕竟生活在上层，没见过如此的不丰富，从杨巡的回答中得知还有连吃饱都成问题时，这一下把她原先想问的问题都打乱了。原先她要问启动资金从何而来，可现在这问题还怎么问得出来，那不是"何不食肉糜了"吗？

于是，对话的框架全被打乱了，原先设定的一问一答，变成杨巡的忆苦思甜大会，听着杨巡滔滔不绝讲来，梁思申都感觉跟坐过山车似的，目瞪口呆，等杨巡大珠小珠落玉盘响完最后一声叮，她才插话："你这是从不可能中寻找出路。"

杨巡讲得兴起了，真是从来没说得这么痛快过，一时豪迈地道："没有可能，创造可能。事情都是人做的，路都是人走的。"

"是不是因为挣来的钱都落到自己口袋，所以动力十足？"

"呵呵，是，是，不过那也是最先。"杨巡被问得有点害臊，"现在有些不一样，现在好像……你爬过山没有，刚开始爬的时候想着快点爬到山顶，爬到半山腰的时候，看到风景了，风景越来越好了，这时候爬山的动力除了山顶这个目标，还有乐趣，没法表达的乐趣。还有，把心里那些不切实际的想法变为现实，做别人没做过的事，也是非常有趣。"

"明白了，你是个创业型人士。杨先生，冒昧请问，从你的谈话中，我没听到你有个人生活的时间，你有个人生活的乐趣吗？"

杨巡错愕："有啊，怎么没有，我家是村里第一家盖楼房的，我现在供弟弟妹妹读书，看着他们不用愁吃饭穿衣，各个读书出息，我多开心。我自己也好，我现在基本上想吃什么有什么，想穿什么也不用愁，不过我对生活没要求，晚上弹簧床拉开，睡办公室，挺好，以前还睡泡沫塑料上，现在已经好许多了。"

梁思申却心里明白，这个杨巡根本没生活，她就不再多问，也不做解释，怕伤及杨巡的自尊。她找话题又转了个方向："在美国，经济发展到现在，已经很难看到你说的那种批发市场，我们更多的是去一种叫作超级市场的地方，那里有低廉的价格，齐全的商品。超级市场也分很多种类，照顾到美国人衣食住行的方方面面。可以说，没有批发市场生存的空间了。你有没有想过批发市场的生存时间和未来转型？"

杨巡一愣："什么叫超级市场，超级大，是国有的吗，牌子很硬？"

梁思申一时觉得很难回答："这个说来话长……"她开始就自己工作和居住两处环境周围的超级市场给杨巡展开说明，其中说明了市场的经营宗旨、经营范围、资金来源、客户细分，其中之匪夷所思，听得杨巡茅塞顿开。杨巡激动地道："你给我地址，我要问的太多了，我去你家问，电话里说不清楚。"

梁思申不由得笑，什么嘛，采访变为反采访了，但她回家时间有限，答应提前一天去上海，在上海见面。

一席电话下来，杨巡一改原先对梁思申高干子弟的模式认定，感觉梁思申一定是个很美、很聪明、很善解人意的女孩。他对梁思申充满好感和好奇，因此一旦梁思申定好回程机票，告诉杨巡她会在几时几刻到达上海银河宾馆入住几号房间，杨巡几乎是迫不及待地立刻起程赶赴上海。有一种莫名的感觉在杨巡心中呼唤，声声切。

远远看到银河宾馆，看到那比他心目中争气目标远为壮美的外表，他在艳阳下的马路牙子上足足静止了三分种。梁思申的形象在他心目中有了新的设定：那种类似外国电影放的女人似的长裙卷发高不可攀，果然是个出国去的人，俨然整个变成了外国人。

但杨巡没多犹豫，几乎是与上回见国托老总前买衣装包金身差不多坚决，他飞快下定决心，入住这富丽堂皇的地方。只是杨巡没法确定，人家这么好的地方让不让他住。好在他从来都是个胆大包天的，他才不管门口穿的制服比他身上短袖衬衫还挺刮的门童的眼神，雄赳赳气昂昂闯进宾馆。可他进去一看，没找到他常见登记入住地方的玻璃木框隔断和半圆形小洞，周围都是衣着光鲜的人，更是衬得他这个连办入住登记都找不到地方的人一身汗臭浑身邋遢。在他们市，他常去吃饭的那家最高级的宾馆是市府招待所刚改建的，已经是当地最好的所在，可哪里像这儿，什么东西都晃得他眼花。

　　杨巡自诩是闯过码头见多识广的人，此时也难得地在晶光灿烂中发起晕来。他终于估摸着天尽头那排长长柜台应该是登记入住的地方，走过去一看，还好房价虽高，却非天价，虽然想到住一天那大把的钱就哗哗去了，可他还是镇定自若地将一口热血吞进肚子，从衬衫胸口口袋摸出身份证和一把钱，交给柜台里面长得非常美丽，打扮得非常洋气，看着又非常舒服的女孩。杨巡看得出，人家并不欢迎他的钱，勉强同意他的入住，就像在南京路上的店里买西装，柜台里面的女孩，不，似乎应该称为小姐，脸上虽然没有露出百货公司售货员的势利，可骨子里一模一样。杨巡并不生气，反而心里痛快："哼，可你们还得让我入住，还得挂着笑脸伺候我。"

　　等着柜台里面给他办入住的当儿，杨巡趴在柜台上东南西北上下左右地瞧新鲜。正好瞅见门口那个曾对他不理不睬的门童殷勤地开门请一个高挑女孩进门，又帮着推进一车子的行李箱。杨巡眼睛够飞行员级别，一眼就看清女孩穿得特别，白色裤子好像是从小学生衣柜里翻出来似的，既不是西装短裤又不是长裤，裤脚就那么半拉子地停在小腿肚上，整个是穿错裤子的样子。这么热的天，穿没袖子的上衣那是没错，可墨黑衣服的领子却高得可以当围巾。还有，人家都是白衬衫黑裤子，偏那女孩黑短袖白裤子，跟所有人对着干。可奇怪，那么怪异，却又那么好看。

　　杨巡猛盯着那女孩瞧，连柜台里面递给他钥匙都没听见。可没想到那女孩落落大方走到他附近不远处拉开大包取出护照，却对着他微笑说话："如果我没猜错，你是杨巡杨先生吧？"

　　杨巡差点晕眩："你……你是梁小姐？"杨巡没有叫人先生小姐的习惯，可这会儿硬生生迸出"梁小姐"这三个字，果然是美女，而且是想都想不到的美女。杨巡脑袋里毫不犹豫冒出这辈子见过最美的美女戴娇凤，对比之下，眼前的梁思申五官长得其实不如戴娇凤，可整个人却是如有豪光散放，透着一股难言的气质，那种气质，让杨巡说什么都不敢犹如遇见戴娇凤时候一般撒手胡天胡地。

　　梁思申在寻建祥那儿见过好多杨巡的照片，骤然见到真人，虽然长相果然与照片上没啥区别，可照片上的杨巡目光炯炯，透着灵气，眼前这个却是油汪汪汗光光，恍惚可以看到一腿子的黄泥巴。可仔细看了，眼睛还是那眼睛，深黑的眼睛里透着精明。不过，也就只一双眼睛，就像老鼠全身一无可取，只得一双眼睛精光闪烁。

梁思申的入住手续办得非常快，她拿到钥匙，问杨巡是不是一起上去。杨巡几乎是下意识地摇头，头摇得跟拨浪鼓似的，梁思申不知何故，就跟杨巡约下半小时后大堂吧见。梁思申带着一堆箱子上去了，杨巡几乎第一时间就冲向服务员指点给他的商店，立刻去买了两件衬衫，两条领带，一条浅灰西裤，钱花得他心头滴血，但他花得毫不犹豫。

鉴于杨巡形象的不入流，梁思申考虑到别在杨巡面前太表现特异，就换了深蓝T恤和牛仔裙裤下去，头发还扎成一条马尾。没想到，却见杨巡焕然一新下来，身上的衣服显然是新购的，不仅带着清晰折痕，还带着一股特有的浆洗气味。梁思申心中爆笑，硬是压住不流露出来，看着杨巡很是不自在地坐到她对面。男孩子如此不自然是因为什么，梁思申从高中时候就已经清楚，当然，多多益善，她不反感。

杨巡见梁思申穿得简单，一时有些失望，可也知道人家那是善意地跟他拉近距离。不过，那么简单的衣服，梁思申穿着还是好看，原来好看在她的举手投足。杨巡看到梁思申动作的时候，他眼前就跟花儿开放了一般。不过，杨巡依然明察秋毫地看清楚，梁思申额头有点凸，微微有些小瘪嘴，胸口发育不良，细胳膊细腿。

梁思申也是有意缓解杨巡的紧张，看杨巡点完饮料，就紧着问一句："杨先生是不是有做超市的打算？"

"没有。"杨巡毫不犹豫地否认，"我做生意这么几年，当中有盈有亏，我也看着别人有盈有亏，可我只见过一种人从来不亏，就是手里捏着铺面的人。"

梁思申失声惊道："是，我们也有这种说法。"再看杨巡，因为说起他的事业，整个人如破茧而出，灵气缠身。

杨巡笑道："最近我又发现手里捏着铺面还有一个好处，借钱容易。一个市场放路边，老远就能看到，即使里面货色全部不是我的都没关系。大家都说这么一句话，'跑得了和尚跑不了庙'。你看，就这么简单。所以我说什么都不会做超市。一个超市，进货卖货，防偷防烂什么都要防，万一遇到个天灾人祸，什么都没了。"

"可你有没有想过，你这想法可能有短视嫌疑，很快有一天大家开始要求好的购物环境，需要空调，需要电梯，需要开阔的间距，需要明亮的光线，如果这会儿有谁在市区开一家卖食品、卖百货的超市，你想，还有没有谁愿意去你那个市场买东西？"

"不可能，大家口袋里都没钱，有钱也不会乱花，这样的宾馆连我都还是第一次住，没人肯花钱买空调电梯间距光线，你不了解这里人的想法，这里的人是只要有一分钱便宜，他们可以从城东骑车到城西买一大堆回去囤着。"

"可是大家口袋里的钱很快会多起来。"

"没那么快，就算它十年吧，十年我早已把本儿赚回来了。"

"如果你不开始考虑，十年后怎么办？"

杨巡"哈"地一笑："我把房子租给人家开超市，我那么开阔的房子，哪儿找去？"

"哈，对，你有道理。"梁思申笑着承认杨巡的主意好，"还有，如果发展趋势看好，十年后大家口袋里钱增多，那么你市场下面的那块地皮肯定是增值，你不仅是赚回老本，你还资本增值。"

"对，就是你说的意思。你会理论，我会总结。不过你说的超市，我还是有兴趣。你们那里的超市，除了卖吃的用的，还卖什么？超市怎么归类？比如卖吃的专门有食品超市，卖衣服、棉被、毛巾的有轻纺超市，卖电器用品的有电器超市，那我这边的市场也可以这么做，食品市场、轻纺市场、电器市场什么的，你说是不是？你们老资本主义国家，肯定经验比我们足。"

梁思申听杨巡这么说，一时哑然。这问题，问得太好了，杨巡天资过人，一个问题就可以抓住核心。

杨巡见梁思申若有所思地看着他，不知自己是不是问了个让人笑掉大牙的笨问题，只得尴尬地笑道："我乱问的，你别当回事，呵，你杯子见底了，再来一杯，小蛋糕什么的也来一些？"说着就招手喊服务生过来。杨巡这一声喊，声惊四座，大家都转脸朝杨巡瞧，正好看到崭新长袖子衬衫挽起的袖子下黑糊糊一条胳膊。

梁思申不由微笑，当作没看见，耐心给杨巡讲她见过有哪些超市，布局如何，规模如何，经营品种如何。杨巡问服务生要来纸笔，随手记录。他不由得想到，他现在的电器市场规模要比以前在北方的大得多，他一直担心的是市场能不能全部租出去的问题。照梁思申对超市的介绍，他想他何不把建材也归到市场里来，现在市里到处都在造新房子，人们买电线同时也可以一齐买了水泥、石灰、

123

瓷砖、木板什么的，那不是非常省力？

梁思申说，他记，一边又要了一张纸，开始在纸上比比画画规划布局。梁思申讲到一半，就停下来不再说了，因看到杨巡皱着眉头咬着笔头专心致志于纸面，心无旁骛。这一停顿，整整停了二十来分钟，人来人往，都与杨巡无干。梁思申冷眼旁观，看杨巡涂了一纸面的布置之后又见缝插针地画了一纸的数字，都不知道杨巡在算什么。梁思申默默总结杨巡这个被宋运辉称为典型的个体户的性格，索性也取出笔来，在本子上略做记录。忽然对面杨巡拍案说了句什么，又是声震四座，梁思申受惊抬头，看向杨巡，却见杨巡舒舒服服靠在沙发上，咬着笔头依然皱眉想着什么。梁思申哭笑不得，终于还是伸出钢笔，轻轻敲敲杨巡面前的杯子，唤杨巡魂兮归来。

但杨巡虽被唤回，却开始滔滔不绝讲他面临的困局。杨巡对别人倒未必会说，可今天见了梁思申，不知怎的就想说，觉得梁思申懂，梁思申爱听，他但说无妨。他讲目前的市场大环境，讲他的设想，讲他新的市场规划，讲他的资金难题，讲他的批文艰难，讲什么可以试试，再不行可以那样。

梁思申目瞪口呆地看着杨巡在短短时间内喷泉似的冒出无数可行性方案，难得的是每个方案都是有优有劣，有代价有巧取，她旁听着都觉得好难取舍。而同时则是茅塞顿开，没想到在国内办同一件事，在特有政策约束下竟有那么多擦边球和歪门子，比她跟着堂兄堂姐们所听到的丰富百倍。难怪在如此不利的政策环境下杨巡能钻出一方天空赢得一片阳光，那全是因为他灵活机变，无所不用其极啊。

两人一直从大堂吧谈到饭桌。梁思申就自己习惯的资金测算办法询问杨巡电器市场资金安排。杨巡本想饭桌上说说笑笑，活跃气氛，融洽感情，他很想看梁思申笑，也很想引得梁思申对他有好感，他时间不多，只有这意外飞来的不到二十四小时。但梁思申一心只说正事，他也没法，只好配合。

梁思申原是因为跟杨巡没太多可谈，无非是想通过对话进一步深入了解个体户对资金的运用又是如何见缝插针，所以要跟杨巡多聊多说。她心中有个报告隐然成形，切入点就在杨巡这个人，这个人立体的方方面面，甚至包括杨巡的思维方式。她心中有份执著，她不知自己为什么对上海如此着迷，她希望通过一个充满活力的杨巡勾勒出一个活跃的个体户群体，通过预测个体户群体对经济发展的影响，改变吉恩原有的对中国企业的不良印象和对国有经济主导下发展速度的深刻怀疑。她希望吉恩改变态度，认可上海。即使只是口头，即使没有伴随着布局调整深入上海，她依然会觉得高兴。而且，她想到学成后回国工作的可能。

杨巡不知道梁思申想了那么多，他享受了一个美好的夜晚，第二天又殷勤地把梁思申送去机场，果然看到她又换了一套衣服，心说难怪大箱小包那么多，光衣服就够占地方。回头，看哪个女孩都不入法眼，都成庸俗脂粉，除了一个戴娇凤，杨巡不做评价。

从此之后，梁思申在杨巡的心中就像崇洋媚外者心中的美国月亮，越是看不到，越是圆满无缺；又像收藏家手中的古玉，越是玩味，越是圆润。

只是杨巡想不到，他不过是梁思申的一个采样标本，时过境迁，便被丢开了手。因为梁思申已经完成一份漂亮的报告，报告中有对新崛起的宋运辉等技术型国企领导人的描述，也有对杨巡等私企领导人在经济活动中越来越活跃的预测，报告重燃吉恩对中国的兴趣。随着英国新任首相梅杰访华，吉恩决定把对中国的关注继续下去，并且加重关注的砝码。

梁思申继续繁重的功课和有趣的兼职，忙得满嘴诅咒的时候，依然不会忘记睡前搭配服装配饰的乐趣。而老天也不会放任美丽女孩的青春时光孤单流逝，梁思申中学时候的一个男同学新学期过来同校读法律，男同学是典型北欧人种，高大帅气，还有一双迷人双目。两个人一个钢琴一个小提琴，一曲《梁祝》，珠联璧合。

10

宋运辉出差回来，一直等待着老马一朝重权在手，大刀阔斧行动。但很遗憾，他看到进出老马办公室的人次增多，可一直不见老马采取任何措施。

老马自然是不信宋运辉忽然放权。对于旁人劝说趁机行事的建议，他一概一笑置之，犹如一大家子，闹腾得慌的是谁？是偏房们。正室一贯以不变应万变，坐看云卷云舒。他少做少错，身处正位，谁奈何得了他？老马已经想明白了，何必与偏房争一口气，放他宋运辉心甘情愿做牛做马去。

因此他并不插手宋运辉交上来的出国初步名单，转手就交给干部科，让干部科拿硬杠子先做个筛滤，完了又全部打包交还宋运辉，说这几个人都可以，包括他自己。宋运辉一看人数差不多，就不做修改，老赵也在名单上。宋运辉从北京回来还特意找老赵谈话，但老赵坚持要去，他只得应允，为此老赵还挺得意。

宋运辉看着老马等人热热闹闹地出国，不由想起自己第一次接触外商、第一次出国的情景。虽然时间已经过去好几年，可程序几乎没变，出国人的激动心情似乎也没啥变化，甚至统一订购西装、皮箱的举动也一成未变。唯一变化的是西装，终于不再那么死硬厚重。

宋运辉欢送走老马一行，等过几天又迎回来，考察的事就算胜利完成。老马只字没提日商的要求，每日里只在办公室与同事聊那日本往事。然而，在老马等人胜利考察回来后没几天，就从北京传来消息，老马一行被人告了。进一步的消息传来，原来老马等人在日本嫖妓，而且还有照片为证，这一下，整个东海工厂炸锅了。

嫖妓，这是多么古老的字眼，这是一个解放初期就被消灭的字眼，竟然会活生生出现在当今生活之中，这么一个无比爆炸性的话题稍一露头，一夜之间便在东海厂流传开来，更在口口相传中出现无数不同版本。老马一听见这个消息，就知道考察团里出现了内鬼，而且内鬼是哪一个，他也能猜得到，正是宋运辉亲信方平手下的那个斯文技术人员，但为时已晚。从老马到老赵，一行都无颜见人。

随即工作组进驻东海厂。

小拉一听到风声，就打电话过来问宋运辉："你设计的？"

宋运辉连忙否认："我又不是神人，我指挥得了东海厂的同事，怎么可能指挥日本人搞那一套？这指控我可担当不起。"

小拉笑道："问题是目标都指向你。首先，老马下去，你最得利；其次，告发的人正是俗称你的人的随访人员，小伙子敢越级告发，谁在撑腰？"

宋运辉也是笑道："这么说，如果我还说是巧合，就没人信啦？我索性也别装矫情。呵呵，不过有没有人怀疑你小拉兄？此事一出，我们订购该日商的设备就得避嫌了，最得便宜的是另一家设备供应商啊。"

小拉笑道："得，原来这事儿是团伙合谋。既然出了这种丑闻，那个谁谁也没话好说，也得躲那日商远远的避嫌，这事儿啊，还真是一举多得。无论如何，我承你的美意。你嘛，也得小心着点，别让手下透露是你指使的告发。"

宋运辉微笑："小拉兄，这件事的主体，并不在谁的告发，而是在丑闻这件事本身，这是你我谁都无法设计的事，因此所有相关的人，怨谁都不如怨自己，你说呢？跟我无关。"

小拉一笑："有数。不过现在时间敏感，我也不想让那个人没面子，我这儿的设备商就晚几天再组织去你那儿吧，你看拖上半个月一个月的，你那里要不要紧？"

宋运辉道："这事情没给出个初步处理结果之前，急吼吼来可能不大合适。现在应该说是处在主要领导身犯个人问题，工厂管理暂时出现空缺的微妙时期，没有上级指定的临时负责人，谁方便出面接待新一批外商嘛。"

小拉会心一笑，可也毫不掩饰地道："这事，我替你赶紧解决了，你也找找这几个……"

宋运辉记下小拉说的这几个名单，思考了一支烟的时间，又把方平叫来细细吩咐一遍，这才放心进京找人。

调查丑闻并不是一件太复杂的事，工作组下来没几天，就把事情搞清楚回去汇报了。等宋运辉从北京回来没几天，上面的处理结果也拿了下来。

谁都以为老马既然托病不出，一定会托病到底，不会列席宣判会议，没想到老马来了，倒是其他几个闯祸的没好意思露脸，因为也知道部里的处理还轮不到他们这些干部。部里来的钦差先宣读对宋运辉的任命，任命宋运辉为厂长，然后宣读对老马的处理。

老马铁青着一张脸，一言不发，而就在钦差才刚开口宣布会议结束的一刹那，老马提前站了起来。谁都以为老马心头窝火，提前离场。大家都看着老马直着眼睛走到钦差身边，拿起文件仔细看了一遍，仿佛刚才老马没听清楚似的。随后老马将文件重重拍在桌上，转身又走。宋运辉见老马看完文件，那眼睛便死死盯着他，眼神充满仇恨，不由低下眼去不理。众人却都眼睛眨也不眨地看着两人的互动，会议室一片宁静。可还没等众人幻想出什么，众人只觉眼前一花，只听啪一声脆响，众人都不由自主了起来。

只见宋运辉一副眼镜飞向墙壁，哗然碎裂，而宋运辉则是一手捂脸，踉跄退开，早有离得最近的人冲上去，抱住激怒的老马。老马无法再出手，只能破口大骂："姓宋的，你这阴毒小人。你千算万算，你终于把我们算计了，可你等着，总有人算计你，阴谋家不会有好下场。大家都看清楚，姓宋的手段毒辣，内心阴暗，你们早日觉醒……"

老马全力一掌，打得宋运辉眼前金星乱窜，耳边嗡嗡不绝，一股甜腥味在嘴里弥漫开来。宋运辉猝不及防，更是无法回手，好不容易才能稳住身形，还是被同事冲上来扶住才罢。他看见老马嘴唇歙合似乎是在骂他，可他惊恐地发现，他听不见，耳边的嗡嗡声盖过一切。他无法管老马说什么，强自镇定，大声喝道："老马，如果还是男人，你好汉做事好汉当，不要再丢人现眼，我言尽于此。"在说话的当儿，众人都见到有血沫从宋运辉的嘴角缓缓淌下。他说完这些，才对扶住他的人道："送我去医院。"

好多人反应过来，要么簇拥着宋运辉离开，要么收拾起纸笔离开，谁都不愿留下陪伴大势已去的老马，只留老马一人跳脚怒骂，骂到没有意思才收口离去，从此东海厂没有了老马。

宋运辉虽然被大群人簇拥着，可满心都是荒凉。他知道自己在做什么，若是换作刚毕业的时候，他仰首看到上层打架，他会骂一声无耻。因此可想而知簇拥着他的这帮人心里在想什么，他能看见这帮人的口是心非，可他无法驱赶他们的簇拥。他索性一言不发，闭目养神，什么都装听不见，其实他在接近医院的时候，已经能听到车外的声音，好在医院确诊他耳朵问题不大。

又被大伙儿簇拥上车子，宋运辉才坐上，司机就问："宋厂长，回家还是去厂里？"

就那么简单一句话，宋运辉却是一时答不上来。他愣了一下，往后视镜一照，郁闷地靠回车椅，好久才道："批发市场。"

他应该回家的，可他这样子没法面对父母，尤其是女儿。他怕看到女儿纯净的眼睛时心虚，不由想到精灵似的梁思申，真不知她的官僚父母是怎么教育她的。

心烦意乱间，看到车子走上去市里的公路，那是去寻建祥那儿的路，可宋运辉忽然又不耐烦地跟司机说："回家，开回家去。"

司机没吱声，但开始找地方调头。宋运辉又恢复沉默，但渐渐地，一种可称为愉快的情绪如醉酒般在全身弥漫，和着避震很好的进口车的轻颤，和着坐满四个人却依然保持的严肃紧张的静谧，混成只可意会的美酒般醇厚的享受。

因此下车的时候，宋运辉虽然鼓肿着一边脸，口齿也是含糊的，却已一脸满不在乎，大度地吩咐陪他坐了一下午闷车的同事回去好生招呼钦差，也让开始着手准备小规模欢送老马的活动，具体让看老马自己的意思。

晚上，寻建祥从妻子那儿获知消息，打电话过来关心宋运辉，宋运辉只是捂着冰毛巾漫不经心地说，不过是代价而已。寻建祥金州出身，了解大企业的那些桌面桌底较量背后的龌龊，但对于宋运辉这回以一个耳光换来正位背后的原因，他有些不敢深想。他已经越来越感觉宋运辉变了，变得像当年的水书记们，变得不再有单纯的清高。

杨巡却是从一个东海厂后勤采购员那里得知消息，立刻准备礼物，自己开车直奔宋运辉家。虽然东海厂那个后勤跟他说宋厂长要面子，此时未必喜欢人去，全厂领导都不敢去，可杨巡还是去了。他相信，自古伸手不打笑面人。

但令杨巡没想到的是，他进了宋家，宋家其他人都在小院子里乘凉，宋运辉却在书房。书房朝北，宋引积极要求前面带路，带着杨巡到书房门口，即便已经是初秋，杨巡依然感觉房间内热气轰然扑面。

杨巡看到的宋运辉脸上红肿基本已经消退，台灯光晕下略现疲惫。不等两个男人开口，宋引已经叽叽呱呱地说话："爸爸，杨叔叔送来好几枝桂花，真香。"

宋运辉起身，请杨巡入座，顺手倒茶，嘴里依然略带含混地道："你又送东西来？跟你说了多少次。嗯，桂花正当季，谢谢你，别的都拿回去。"

宋引立刻道："我跟妈妈说去。"说着就噼噼啪啪顺着木楼梯跑下去了。

杨巡抢了热水瓶自己倒水，又顺便把宋运辉的也满上："早知道宋厂长不肯受礼，可上门提东西惯了，不拿些东西在手上不敢敲门，呵呵。不过听你的话，不敢乱来，只拿来几枝刚摘的桂花，还有刚下的莲蓬和莲藕，都不是什么值钱玩意儿。"

宋运辉笑："东西不算值钱，搜罗起来可得费心，那就谢谢你了，小杨，你的电器市场怎么样了？"

"证照全拿出来了，凭这些再问国托要了两百万，我打算电器市场与建材市场一起上。前几天钱拿来，才去广州和上海看了一遭，看起来市道不错的。"

"那么说，已经借了七百万？压力大不大？"

杨巡笑道："说实话，没压力，现在反而是国托巴结我，怕我不还。宋厂长这么热还在做什么？"杨巡其实想问的是，什么事这么要紧，要才刚挨了打还急着做？

宋运辉又不是不知道，但依然微笑着从一堆国内国外的资料中，把一张信纸拣出来递给杨巡，当然也有调戏杨巡看不懂的意思。杨巡果然一看就笑嘻嘻递了回去："天书，绝对是天书。宋厂长，你是我见过唯一一个工作那么辛苦的国有厂领导，我见的好多晚上搓麻将喝老酒，以前的是打牌喝老酒。"

"辛苦，哼，辛苦都是为对得起自己。哎，小杨，你怎么想到建材市场那一块？这主意不错，我们职工宿舍楼完工入住，好多人着手自己装修房子，这市场倒是有前途。"

杨巡一拍大腿，道："有眼光的人都看得到好处，这还是我特意跑去上海跟你那个美国学生梁小姐讨论出来的，梁小姐也说好。宋厂长和梁小姐两个都是见多识广，出国去过的人到底不一样，想出来的招数我都拿来当宝贝。改天等我稍微空点，我也得去外国看看，见见世面，嘿，我一定要去美国看看梁小姐……"

宋运辉听着杨巡左一声梁小姐右一声梁小姐，忽然心生不快，淡淡打断："小杨，你以前那个妻子，找到没有？"

杨巡一愣："没，她已经结婚了。"忽然想到，他以前曾跟宋运辉提起过这事，宋怎么会又想起来问，估计是忘了，却没想到宋运辉又反常地关心了他一下："没考虑找个对象？"杨巡有些言不由衷地道："我妈才去世不到一年，唉，等最小的妹妹考上大学再提，现在家里还按不平。"

"你那么辛苦，找个妻子给你解决一下后顾之忧很有必要。"

杨巡笑嘻嘻道："我本事没宋厂长大，我的老婆，不，太太，一定要漂亮、能干，最好我还不是她的对手，我得一直追着她。"

小子想吃天鹅肉，宋运辉听着杨巡的话，顺理成章地想到杨巡想的是谁，心头更是不快，杨巡凭什么？他的眼睛在台灯光晕之上再次打量杨巡，看到的杨巡虽然如今一身俨然，可依然有抹不去的低俗。他心中一声冷笑，便也将此事抛到脑后。在他婉转示意较累打算早睡之下，杨巡识趣告退，宋运辉送他出门。但回来，宋运辉依然坐台灯下翻阅最新资料，那都是他托虞山卿替他收集寄来的最新技术动态。如今，意大利总理安德雷奥蒂刚刚继英国首相后访华，国际市场的大门已经轰然打开，而他，则已经手握东海厂的大权。如今唯一的难事，大约只有钱从何来这件事了。这事，小拉也帮不了。

除了进京跑路子，他必须做出最能感染人的二期方案。

眼下，虽然脑袋有些淤塞，可他兴奋得不愿入睡。一巴掌，结束了。他可以开始好好做事，好好……做人。

程开颜剥了一些新鲜莲子上来，非要一粒一粒亲手喂给丈夫吃，就跟她刚才剥了喂女儿一样。女儿吃时专心看着她的手，丈夫却是专心看他的资料，因此丈夫的嘴唇总是在叼走莲子的时候有意无意擦到她的手指，她很享受这小小的接触。程开颜坐在扶手上，贴着丈夫，不打扰他，继续剥莲子喂他。

生活是如此安定，她是如此满足。

莲子吃到宋运辉嘴里，有淡淡的清香。可他现在一边脸颊疼痛，并不方便咀嚼，但看程开颜如此体贴，他不便拂了妻子的好意，也就有一搭没一搭地勉强吃着。顺手又抽出一张纸来，记录考虑得还不十分成熟的处理决定，他决定根据部里处理老马的力度酌情减轻对跟随老马去日本那帮人的处理力度。老马已去，群龙无主，那帮人受此教训，还能反到哪儿去？唯有老赵，宋运辉落笔时很是犹豫。老赵此人，其技术在码头举足轻重，犹如所有有才干的技术能人，老赵从来对上司的指示并不认账，也并不只针对他宋运辉。可他自己过去也是个凭技术顶撞上司的，对老赵的态度并不厌烦。估计老赵现在正后悔不该不听他劝，争着赴日。他而今不可能处理其他人而不处理老赵，他下笔维艰，老赵这人，实在是重不得轻不得。

他运掌转动着一只莲蓬，老马去后，现在的东海已经如这莲蓬般尽在他的掌握，他的决定已不再需要假惺惺地再走一个会议过场。只是偌大东海厂，岂能如莲蓬般乖觉？

11

杨巡从宋运辉家出来，闻着一车子的桂花余香，看看宋家小楼，满是感慨。怎么有人能如此用功，怎么有人能有如此定力用功。若是赚的钱都能归自己，用功倒也罢了，换他，没日没夜都行。可宋运辉拿的只是些工资奖金，图什么啊？

杨巡不由下意识地摸摸自己的脸，心说难怪那样出色的梁思申会一直拿宋运辉当老师。他这时也有些钦佩起来，不像以前，也就当个靠山而已。

看看时间还不算晚，杨巡也用功一把，便找去给他做市场建筑设计的工程师家里，催催进度。看来知识分子喜欢晚上做事，那工程师也在家里看书。杨巡走进去，看到墙边搁着两块图板，分别是两幅铅笔画的画。一幅一看就是他的电器建筑市场，另一幅则是高楼的样子。杨巡把刚想出来的细节与工程师商量了一下，讨论设计图中的增减。随后指着另一幅图画问："这大厦造哪儿的？

有派头！"

工程师撇撇嘴，道："新华书店那块儿。"

"那儿？那儿全是房子，没有空地，把原来的新华书店两层楼拆了？"

"是啊，新华书店搬走，那儿拆了给他造，你知道这块地卖价是多少？才比你那电器市场的高两万。"

"啥，这么便宜，什么来头？"

"省里谁的儿子。这块地，章全敲出了，可钱还没付，厉害吧。我还不知道他们什么时候拆老新华书店，什么时候付我们设计费，他们即使不付，估计我们院长到时间也会乖乖把设计图送上去。"

杨巡想到自己批一块地的艰难，不由感慨："人比人，气死人。如果他们不付钱，你们组的奖金不就泡汤了吗？"

工程师咬牙切齿："让我们奉献，还是看得起我们。嘿，人比人，气死人，这份图纸还是我们院长盯着绘的，他们都在院里加班，我拿来画效果图初稿，想着生气。害我没时间做你的事。"

杨巡奇道："我说你怎么不出来自己单干，我们这样的活儿，你一年拿两票就能抵过工资奖金。"

那工程师辗转叹息了一阵子，想到住的是设计院分给的房子，捧的是设计院给的铁饭碗，到底是吃人家的嘴软，想着单干的好处，犹如猴子看见炭火中的烤栗子，终究不敢探手捞取，徒余叹息。

杨巡不屑，有些人除了牢骚还有什么？真刀真枪递到他们手上，他们吓得回头就跑。杨巡索性再递刀枪上去，一脸诚恳地道："你的本事大家都清楚，你要是出来，我别的不说，你半年的工作量我给你保证，如果我做不到，你尽管找我。不仅我还要上二期三期，我那些朋友各个都是筹了钱准备上马工程，我看你别的不用愁，只要愁你一个人做不做得过来。"

饶是杨巡舌灿莲花，那工程师依然连连摇头，说什么都不敢赶如今风起云涌的下海的趟儿。可被杨巡说得情绪激动，绕得脑袋如麻，工程师鬼差神使地把已经做好的设计图纸交给了杨巡，感念杨巡的知遇之情。

杨巡不动声色地接了图纸，迅速找借口道别，捧着图纸上到车上，杨巡自己也不敢相信刚才的一幕。这是他交给工程师的私活，原该一手交钱一手交货，工程师计较得每次修改都要做个记录，两人一起签字以备结算加价，而工程师也是出尽百宝勾引杨巡修改方案。没想到今晚几碗迷汤灌下，工程师拱手交出图纸。

事不宜迟，杨巡赶紧捧着图纸去找才刚开进工地的包工头商量。已经钻进蚊帐睡觉的包工头看了说就凭这些图纸已经可以施工，只余屋顶图纸还没完，但屋顶与百杂市场的跨度差不多，可以照百杂市场的屋顶施工。杨巡当场拍板，明天他去晒图，明天当即开工上马。至于什么透光啊，节水啊的，杨巡就来不及考虑了，先把现成的便宜占了再说。既然人家拖欠设计院的设计费，影响工程师他们的奖金，他们都敢怨不敢怒，他杨巡本就一分钱掰成两半花，哪里就肯痛快掏钱了，当然也不付。

凭空捡了一个便宜，杨巡心中满是兴奋，一时不愿回家，忍不住驱车赶往市中心，看那新华书店地形。这几年的发展，本市主要商业街的一边几乎全部矗立起高楼，而反观新华书店这一边，却是暮气沉沉，昏暗路灯下一片暗淡。杨巡不住感慨，谁有机会改造这块地谁肯定能得利。可惜拿不到这地块的改造权。别说是拿不到，他跟规划局几个人也算是常有走动，这地块的改造规划，却都没听他们提起。可见，那本来就不关他这种小老百姓的事。

杨巡挺无力地看着那片美好地段，有心而无力。看了好久，垂涎好久，才打车回头。

却见国托营业部门口排着好长的队。有人自带板凳，有人站着，有人干脆坐在台阶上。什么事情这么热闹？杨巡是个好事的，见此就将车停在路边，穿过马路过去打探。他还没看清楚什么，已经有人在队伍里喊了一声："杨老板，你也来买债券？"

杨巡一看，隐约好像是食品市场里的一个摊主，只是叫不出名字。他好奇地问："债券利率那么高，有多少？"

那人"咳"了声，道："还不是以前存的三年期保值储蓄到期，看来看去存有奖储蓄还不如买债券，存了那么多年房屋有奖储蓄，一生一世都得不到头奖，好歹这儿一年期债券利率有13%之多，怎么都比存银行一年期强。杨老板你也来存吗？没多少债券，你也来存，后面人都别排队了。呵呵。"

杨巡也是"呵呵"地笑："我哪有钱，我还问银行借钱呢，你慢慢排，我走了。"

杨巡笑眯眯离开，心想，难怪问国托借钱要那么高利率，不过，比起问个人借钱的利率来，怎么都要稍微好点。看来那摊主也是手头有余钱的，就像他以前做电器生意时，时间做久了，日积月累钱就出来了。可摊子就那么大，钱再多也用不出去，只好存起来。好在他以前没那么死脑子，钱多了有钱多了的去处，不像大多数人，守着个摊子就是一辈子。

但是，杨巡忽然想到，既然市场里的摊主那么有钱，那么问他们借钱，不知借不借得到。想个什么办法可以问那些个小生意人借到钱？杨巡现在充分感觉到，这年头只要借到钱就有好处，好处多大暂且不论，反正抵得过利息那肯定是绰绰有余。早有朋友扬言，借得到钱就是一切。

怎么借钱？

这一下，杨巡立即从刚刚占了工程师小便宜的喜悦中解脱出来，开始苦思冥想如何从市场那些已经有些积累的摊主兜里掏钱。

12

雷东宝在两会时候与大家讨论来讨论去，始终觉得陈平原的建议暂时不可行，主要是他越不过心中的那道坎儿，于是他就不再提起。他不提起，红伟他们悄悄提了几次未果，也不再提起。此时铜厂的反射炉终于又开始启用。承蒙市里的日报帮他们宣传，他们的名气又开始蒸蒸日上。

反射炉一开，铜厂流动资金立刻吃紧。再加登峰厂的急遽扩张，登峰的流动资金也捉襟见肘。偏偏这个时候全国清理三角债的力度一日紧似一日。从中央到地方，统一行动，步调一致，远非过去读几个文件走几个过场那么简单。原先小雷家打算没有流动资金硬干，这下不行了，上游厂家不肯再让欠着，非要见款才发货。而那些原先被小雷家欠着货款的单位则是持着红头文件前来讨债，理直气壮。对于后者，小雷家人兵来将挡，水来土掩，我就是不还，难道你还拆了设备走？但对于前者，尤其是正明，最是挠破了头皮，不得不将登峰原来的三班改成两班，及至铜厂全面开工后，为了保住铜厂，电线厂的两班都已经开始岌岌可危。机器吃不饱，工人晒太阳。

正明此刻即使有私心，也没时间打理。

雷东宝则是在一场秋雨一场寒的雨天，车子碾着满地的落叶，被县里叫去问话。

以前，陈平原在的时候，小事一个电话，大事都是陈平原自己经手，雷东宝去县里都是直接见陈平原。而这回，叫他去的是分管副县长，雷东宝虽熟而不亲。不过再怎么不亲，熟人依旧是熟人，熟人见面好办事。

副县长很给面子，一见雷东宝来，就把别人轰走，关上门与雷东宝单独谈。副县长专管清理三角债，对付的人多了，找小雷家的光荣事迹还得一张张地找。总算找出两份，摊放在桌面上，看了一下才能开始谈话。雷东宝早已等得不耐烦。

"有两个单位通过当地政府找到我们市里，市里再转我们县，说是你们欠了一家铜矿、一家塑料厂不少钱，还说你们一直扣着不给，有这回事吗？"

"有。"雷东宝不解释不否认，有就是有。

副县长没拿雷东宝当外人："你们不是效益挺好？我看了一下，今年至今上缴税收已经不少。"

"摊子铺太大，没办法。银行又不借钱给我，我只好赊账。现在清理什么三角债，完了，我赊账都没地方赊了。我最挣钱的电线厂跟铜厂现在吃不饱，下半年上缴税收打对折都达不到。"雷东宝最清楚，每次他只要一提缴税，镇长就拿他没辙，他今天也拿来对付副县长。

"哦，怎么回事？"

"都不让赊账了呗，我们电线厂只好开一班多点，全力支援铜厂，铜厂没法停啊。结果铜厂做出来的铜自己消化不了，卖给别人，别人还想欠我们的呢。照这么下去，我们电线厂得越转越死，总有一天全停。"

副县长找来训话的人各个都有理由，他料想雷东宝也不例外。因此就讨价还价地道："上面有清理任务，完不成大家都没意思。你看看这个月内你还出一部分怎么样？你作为村党支部书记，这回要带头执行政策。"

雷东宝道："我又不想跟你们对着干，可这些钱还了出去，我小雷家不得喝西北风了吗？我们所有的厂不得停了吗？我们人一天不吃饭可以去讨饭，猪没吃的怎么办？不行，没钱。"

副县长让搞得很没面子，说话加重了口气："雷同志，这是中央布置下来的任务。执行不执行，是考验你党性的关键。你别忘记，作为村支书，你必须服从上级党委命令。文件精神早已传达，我限令你……"

"别，别，你别给我定时间。其实很简单，你批多少贷款给我，我还多少钱给他们。大家都好，银行也好。问问银行，我从来不欠他们利息，我这人有党性，欠人钱的事不干，苦村民的事也不干。你非要硬性限我也行，要么你没面子，要么饿死小雷家，我看都不好。"

"雷同志，我跟你讲工作，不是跟你谈条件。"

"谁跟你谈条件，我跟你讨论解决办法。"

副县长没面子了，怒道："一星期内，你先解决三分之一，没有讨价还价。"

雷东宝霍地起身，也是怒道："你这是自找没面子。"说完就转身离开，不顾副县长在他身后气急败坏。

县里凭什么？小雷家有今天，哪样是靠着县里了？全靠的是小雷家人自己。这十多年来，县里支持过什么？倒是查账有之，勒索有之，任务不断，批评不断，就是他们小雷家的分配方案，县里都要插手插嘴，他们凭什么？他们没贡献，就别想在小雷家多一句嘴。

雷东宝恨恨地回韦春红处解决午餐，这话说出来，却把韦春红吓个够呛，奉劝雷东宝这会儿还可以回去说句好话，平民百姓怎可跟县里对抗。雷东宝才不听，他对抗县里的历史源远流长，老徐时代对抗过，陈平原时代对抗过，只要有理他就对抗，结果呢？这两个领导都对他很好，可见大家说到底都是认准一个"理"字。

但是雷东宝回去路上一直在想一个问题，就是那个副县长刚才提起的问题。不错，作为党员，他应该服从党组织的领导，这道理他早就知道。可问题是小雷家村集体经济都是小雷家村人一手一脚创造出来的，县里凭什么理所当然地来指手画脚？而且阿狗阿猫只要挂一块政府牌子就来说三道四，凭什么？

雷东宝满腔的不情愿。当然，什么一周的限令，当它放屁。

回到村里，雷东宝赶紧到处找士根。村办不在，雷东宝就找去家里。才走进居住区，却见一户人家门口一地的瓜子壳。雷东宝正气闷着，就站那儿大声问："谁乱吐瓜子皮？出来！谁吐的？啊，谁吐的……"

雷士根正在家中午休，才刚听得雷东宝的叫声，就一骨碌下床走出门去。他知道村里人一向有些坏习惯，难得雷东宝今天管这事儿，他得出去响应一下，免得雷东宝吼半天吼不出一条人毛子，失面子失威风。他顺手抓起簸箕笤帚，开门出去。他出去得也算是快了，不想走到外面一看，已经有好几个人抓着笤帚簸箕出来，其中还包括一向最不老实的老猢狲。士根一向知道雷东宝的话在村里管用，却不知道是如此管用，一时看着那些抢着打扫的老猢狲和在一边呵斥教育的雷东宝沉吟。

雷东宝叉着腰教育了一会儿，回头却见士根站不远处发呆，就叫了声："士根哥，正找你。我问你，村集体所有能不能换成全体村民所有？"

士根被问个意外，奇道："村集体所有不就是全体村民所有吗？还改它个什么？不用改。"

士根才说完，雷东宝就听见身边清晰可闻却很轻的一声"哧"的讥笑，看去，却是老猢狲。雷东宝对于士根的回答并不满意，村集体可以被县里管，他要的是村民所有不让县里管，要是都一样，还改个什么。他就问显然有反对意见的老猢狲道："老猢狲，你怎么看？"

老猢狲一见雷东宝重视，立马换上讨好笑容，积极地道："书记，村集体是村集体，全体村民是全体村民，性质不一样。如果是村集体所有的东西，那是公家的，我们能用，上面领导也都能用能管。要换作是全体村民所有的，那只有我们村里的能管，其他谁都不能说三道四。喊，怎么会一样呢？"老猢狲说完，一点没忘捎带雷士根一句。

雷士根悻悻的，但也无话可说，因为听着老猢狲说的话有理。地上一片瓜子壳经不起好几个人一起打扫，三下两下早就给扫得没了踪影。雷东宝这才放这些人走，不过难免后面追一句："以后晒太阳扯淡不许乱吐瓜子壳。"众人都是唯唯诺诺笑笑而去。雷东宝这才抓住老猢狲道："你这老混账，说话倒是有见识，来，到我家说说。士根哥，我洗把脸再去村办。"

老猢狲一听得意了，屁颠屁颠地跟着往雷东宝家走，士根无奈，只得独自走了。老猢狲最是个闲不住的，多年沉寂之后受此重用，巴不得把心里滔滔江水都倾倒给雷东宝，跟在后面就欢欢地道："书记，其实瓜子壳不是那几个吐的，说实话，不怕你没面子，你妈带的好头，大家都不便说。可你有威信啊，你只要一说，谁只要听见都会赶来做……"

"禽，你们有那么好心？"

老猢狲忙笑道："我们不服别人，当然没那么好心，可都服你书记，你指哪儿我们打哪儿，真话，真话，我老猢狲又不是逮谁服谁的，可就服你，别看你态度粗，不讲理，可你一颗心全为小雷家，我们谁不记你的情呢。"

雷东宝这会儿脑子里全是钱，闻言就道："我扣你们钱，看你们还服不服。"

老猢狲忙道："书记一直只给我们加钱，你要扣钱肯定是有理由的，我们怎么会不服？我们又都不是傻瓜，我们都看在眼里，要是换个书记，像士根那样的只会把钱存进银行不敢乱花，像红伟他们肯定揣进自己兜里，哪里轮得到我们。我们谁不知道，我们有好房子住，有劳保拿，有病白看，孩子有大学上，靠的都是书记你。书记你扣我们钱，那肯定也是暂时的，为村里好的。你不说别的，我们叫别人都叫名字，叫你都是书记。"

雷东宝听着很是受用，也觉得老猢狲说得很对，没有他，哪来小雷家的今天。以前还以为大伙儿没良心，现在看起来，大伙儿对他还是有良心的，村里这几年那么多大事，有好事有坏事，坏事的时候士根、正明、忠富他们被骂死，村民又何尝骂到他头上，看来老猢狲宝刀不老，说得硬是有理。

老猢狲察言观色，虽然雷东宝只是几声"嗯"，可他还是看出雷东宝听着心动。心中得意，颇有怀才不遇，一朝得遇伯乐的感觉。等雷东宝猫抓胡子般地洗了脸出来，他忙迎上去道："书记，刚才你问士根村集体所有能不能换成全村村民所有，依我看，这是行不通的。村集体所有属于国家，你想换成村民所有，你说国家肯批吗？"

"肏，我恨的就是这个问题。我们村这些个家当，哪样是靠国家的？他们国有企业都是国家管着，国家给钱，工人都有城镇户口，我们村的哪样不是靠自己力气靠自己的钱？凭什么我们有点钱了，国家就要说是他的了？"

"书记，理儿是没错，可问题是你没法做到。你要是把国家财产的性质给改了，这罪名……我不晓得得定成什么罪名，得比贪污公款严重吧。书记，谁去冒险都行，你不能冒险，你是我们的顶梁柱。你倒是应该让村长士根去做，村长本来就应该做事的，结果都变成你在做事。他那样的会计早该换了，天下哪有他那么胆小的会计，我们村的收入他都一五一十交给税务，不怕多交，只怕少交。他自己胆小怕事怕惹祸上身，害我们小雷家每年交出那么多钱，这些钱你说拿来做发展，十个公园也造起来了。天下哪来这么蠢的财务，书记你要有麻烦事交士根去做，正好给大家换个财务省点钱。书记你别瞪着我，我老猢狲看你一心为公我才对你说，这话就是当着士根的面我也敢说，看他敢不敢跟我辩论。别看他装得跟个好人似的，其实心里才没装着我们全体村民，只想着他自己太平无事。"

雷东宝听得眼睛翻白，可也不得不承认老猢狲说得有理，老猢狲说的可能正是其他好多村民的背后议论。这种话，他老娘也曾冲他唠叨，可惜老娘水平不高，没老猢狲说得有条有理。不说别的，士根管着财务，名头挂着老二，可是跟钱有关的贷款却都是他雷东宝一个人在跑，最困难的时候还得他靠结婚换来贷款，这无论如何都说不过去。可是，又怎么说士根这个人呢？最起码，钱啊章啊的放在士根手里，他就是出去玩个十天半月都不用担心。要不是士根管得细管得小心，红伟、正明他们几个早不知滑到哪儿去了。这一点，老猢狲他们肯定是无法知道的。人啊，要用他，就得用他的正面，忍他的反面。

老猢狲才走，雷东宝客厅电话响起。那边士根焦急地道："书记，银行刚刚通知我，说县里下令封了我们的账户，要把我们账户里的钱提出去还三角债。"

雷东宝不以为然地道："我们这段时间钱那么紧，账户里哪有钱，爱封封去。"

"这个……有差不多一百万在账上。明天不是星期天吗，我想挣一天的利息也好，付款都让我拖到星期一。"

"什么？你妈了个屁。一百万！老子……我……"雷东宝气血攻心，电话一扔，一屁股坐在地上呼哧呼哧喘气。一百万啊，最近流动资金本来就紧张，这要一百万给封了，他们小雷家还不给卡死，他真是杀雷士根的心都有。

可再怎么生气，杀人放火的事情还得往后靠，先解决钱的问题。他连忙打电话找陈平原，陈平原倒是爽快，答应帮忙。陈平原几个电话打下来，就告诉雷东宝，赶紧悄悄去银行把钱提出来，别让任何人知道。也给县里留点面子，留个十万八万的放账上让县里封去，免得有人一分钱没封到狗急跳墙。雷东宝得令，虎着一张黑脸就往村办跑，都不愿看见士根，拎起出纳，他亲自开车往县里去，把个士根内疚得差点内出血。

副县长出手如此狠毒，雷东宝心中烧起一团毒火，一口气飞车到银行，问清账户上的数字，留下十元零头，其他一口气全提了，有些人给脸不要脸，他还给他们留什么面子。可他生气归生气，规矩一点没忘，找到相好的柜台主任，悄悄塞过去一个红包。柜台主任于是贴心地告诉雷东宝，最好去市里开个账户，让县里捞不到手。市里银行要效益，才不会搭理县里的行政指令。

雷东宝心领神会，立马带着钱杀到市里，在市里最大的工商银行开了户。银行正是千方百计想着拉储蓄的时候，一见有人拿着一百万开户，眉开眼笑亲热得不得了，当下就有一位主任出来，把雷东宝请进办公室去交流感情。

主任笑眯眯地说："雷同志是小雷家的书记雷东宝吗？"

雷东宝虽然今天心里窝火，可被主任这么春风了一下，心平气和了不少："你知道我？"

"怎么会不知道，日报里常报告你们的事迹。按说没有人批准，我们不能擅自给你开户，不过你们例外，像你们这样大名鼎鼎的集体来我们银行，我们大大欢迎。呵呵。不过要雷书记星期一派人去人行办个手续。"

雷东宝笑道："行，不过话说前头，如果我们县里想来你们银行堵我们的钱，你们不能答应。"

那主任又是呵呵一笑："雷书记爽快人，我喜欢。我们市行跟他们县里不搭界，你完全不用担心。雷书记，有没有想过把基本户移过来，以后一个口子出入，办事方便？"

雷东宝道："只要你贷款给我，我就把基本户移过来。"

那主任一笑，雷东宝却领会到不可言传的意思，拿拳头重重一捶，道："我把基本户移来，以后进出都在你这儿。主任，我等你一起吃饭。我先跑趟市人大，你等我，我五点半来接你。"

那主任嘴里连说客气客气不用不用，可三两下之后就同意了。雷东宝就扔下出纳，自己跑去找陈平原，详细告诉陈平原来龙去脉。陈平原一听说雷东宝把钱取光，"妈的"一声就跑出来了，说雷东宝这是不给他面子。雷东宝只好说："他妈的，我道歉行不？"陈平原看着这个粗货，只剩摇头。

雷东宝心里明白，跟陈平原这等交情，只要不是杀人放火的事，陈平原不会太怎么样他。他见陈平原不生气，就道："我还有个问题要问你，我怎么可以把村集体所有改成全村村民所有？"

陈平原还是有些气闷的，再说现在已经不做县委书记了，也顾不得威仪，闷闷地道："他妈的，上回不是在你老婆店里跟你说了？你不会拿我好心当作耳边风吧？"

"我哪里会当耳边风，我回去还跟他们几个开会讨论，可现在我们流动资金吃紧，哪里还有钱搞那些。我知道你为我好，可村集体所有转村民所有那是另一回事。"

"怎么不是一回事，更容易，妈的木头疙瘩脑袋好好转转。"

雷东宝想都没想，就拍着桌子道："我脑袋哪有你灵光，你是市人大我是村支书，你知道你直说，卖什么关子。"

陈平原这时候不怒反笑，对着雷东宝哭笑不得，难怪县里翻脸不认模范，把小雷家的账户给封了。而又只需他周旋几句又给开了，都是眼前这个蛮子不会做低伏小。他也懒得指出："回去自己想去，那么简单的事情都想不出，还做什么带头人。"又忍不住开雷东宝一句玩笑："都我教你，要你脑子干吗用？我得锻炼锻炼你的脑子。"

雷东宝憋着脸看陈平原思考，忽然灵光一动，豁然开朗，一拍大掌，道："有数，有数了，好办法。"

陈平原也笑，但旋即翻脸道："滚，你一来我就不清静。"

雷东宝道："晚上一起吃饭吧。"

"不吃，你这种人没情没调，谁耐烦跟你吃饭，什么时候你老婆店里有野味再来喊我。"

"行，这还不是小事。陈书记再帮我介绍一个好会计，会那个做账的。"

"没卖给你，自己找去。走走，我下班了。"

雷东宝一走，陈平原却点上一支烟欢笑，他现在一下清闲下来，其实心里挺闷，拿个雷东宝这样皮糙肉厚的老相识调戏一下挺开心。但吃饭就免了，这个雷东宝，一点情趣都没有。

雷东宝却是借用陈平原的电话，要红伟赶紧飞车来市里一起吃饭，红伟能说会道，可以调节饭桌气氛。

饭桌上，雷东宝终于知道一件事，现在好多公司单位专门养着一个美女财务，这个财务也叫公关，专门跑银行拿贷款，拿来贷款，按照数额拿提成。说是到报社发个招聘广告，自有人上门应征，要么是俊男靓女，要么是家有后台。红伟当时笑嘻嘻说要俊男有什么用，大家都心照不宣地哄堂大笑。

回头雷东宝又好好考虑陈平原的主意。办一家公司将村集体收入转为全体村民所有，而非转为以他为主的五个干将所有，终于让他消除心上的那道坎儿。对，他依然是为村民办事，正如村民拥护着他，他也时时刻刻不会忘记村民，只要村民都有好处，他做什么都理直气壮。他召集四个骨干开会商量。说是商量，基本上是他一个人说主意。

"我想好了，我们全村人集资办个公司，以后村里三个实体的进货出货全部给这个公司做，赚的钱全归这个公司。集资办公司，一定要体现多劳多得，不是你想出钱就给你出，你钱出得多你让你占大份，没门。我这么想，公司一共集资两百万。我占百分之十，二十万，你们每个占百分之五，十万，我们五个人一共占百分之三十；再设百分之二十，给四眼四宝老五他们一些中层平分，我看每人可以分到百分之零点五，一万，工程师也全部有份；剩下百分之五十，全村老小分了。男女不论，老小不论。摊到每个人头上的钱不多，我看谁都拿得出。我这么定，你们有没有意见？"

众人面面相觑，忠富、红伟、正明眼里都有兴奋，可都是碍着辈分儿，把说话的第一顺序交给士根。但大家都看士根愁眉苦脸的并不兴奋。雷东宝就问了句："士根哥，你是钱拿不出还是怎的？你要真拿不出，我借些给你。"

士根被问到，不得不回答："书记，你的意思，我想再问得清楚些。是不是以后通过集资公司的设立，我们把村里原来的利润都转到集资公司里，我打个比方说，如果今年有两百万利润，我们每个人就可以拿二十万或者十万。同时我们又有高于别人的工资和奖金……"

正明道："把工厂的利润都做到集资公司了，我们还哪来利润发奖金？士根叔算错了。"

"好吧，奖金没有，工资还是在的。"

"我们工资并不高，高就高在提成奖金。"红伟也插话。

忠富也道："这个主意稳妥，比上回的主意好，我看全村人也没话说。"

士根却道："全村人会说话的。我们集资公司的利润靠剥取村实体的利润而来，而实体属于全村，我们靠着在集资公司投入大比例份额就拿这部分剥取来的利润分配，明眼人全都看得出。大家乡里乡亲，我们怎么可以拿得太狠？"

红伟立刻道："士根哥，怎么会不公平？书记拿最大份，我拥护，小雷家没有书记，就什么都没有。其他我这边我不敢说，养殖业要是没有忠富，没人养得出鱼虾牛蛙，别看这些东西小，产出比猪还高。忠富拿属于养殖业的一大块，没人不服。正明小小年纪，经历爆炸之后没被压垮，反而把登峰的规模搞成全省最大，又拼命把铜厂运行起来，正明脸上的伤疤是证明，瘦那么多是证明，谁说正明没资格拿大份？本身以前的分配就是对我们的不公平，我们承担那么大责任，付出那么多精力，我们多拿是体现多劳多得原则，没错。"

忠富这时候幽幽开口："士根哥，不怕你恼。书记明确提出这个分配办法，是让我们有个名分明着办事拿分配。我说我和正明他们如果哪天憋不住不公平，暗中使小手捞钱呢，可能拿的比这明着分的还多。我们是相信书记，我们还得对得起书记提拔，才不乱伸手，可你也不能总拿不公平考验我们的自觉啊。"

正明早就想说，可他在哪儿都可以耀武扬威，就是在这个场合得收敛。但等到红伟和忠富一阴一阳地说完，他觉得全让他们说了，但他还是要表个态："我什么都听书记的。"

士根皱起眉头，大口吸烟。雷东宝看着士根道："士根哥，只剩你没表态。"

士根道："这个决策关系到全村，全村人都讨论后再做决定。"

"我们五个人内部先统一意见。"红伟等不及雷东宝发言，直接紧逼。

士根又是狂吸好几口烟，才道："我保留意见，而且我的贡献没有你们四位大，如果算份子，我就跟全体村民吧，要我拿5%，我于心难安。"

众人都惊住，看向雷东宝。雷东宝也是惊讶地看着士根，一时无语。良久，雷东宝才道："好，士根哥，你保留你的，我做我的。我们等不起。你要拿小份就拿小份，我不勉强你。但我给你保留的5%，什么时候你想通了，拿钱来交上，你们呢？"

忠富、红伟、正明都赞同。雷东宝就道："忠富和红伟你们稍微比正明空，你们拿个具体办法出来，要快，拿出来我们就开村民大会表决通过。这个集资公司红伟当家，红伟你那里最抽得出时间。"

士根轻轻问一句："跟他们说集资公司真实目的吗？"

"我那么傻，让县里抓我坐牢啊？"雷东宝忽然想到，凛然问士根，"士根哥，你会不会去揭发？"

士根叹道："我们合作那么多年，你怎么能这么不相信我？我说得彻底点，得罪你的话，我全家还想在村里待着？"

会议算是圆满地结束，红伟立刻钻进忠富家里商议，正明虽然没有摊到任务，可心热，到登峰厂和铜厂转了一圈，也一头钻进忠富家里。

只有雷东宝回家越想越烦，敲开士根家的门，一言不发拉士根进自己家坐下。两人相对吸了半天香烟，士根才道："东宝，胆子别太大。"

雷东宝道："我哪次没被你说胆大，结果呢？"

士根叹息："这回性质不同。"

"哪回性质不严重，你哪回不是愁得睡不着觉，我们多年合作，我信谁都不如信你，你为什么永远不支持我？"

"东宝，自从你开动砖厂，接受我的计件办法后，我一直服你，也跟定你。

我对你没二心。可我能力有限，我真是吃力不起了。这回的集资，我担不起。我是真的担不起了。你每次大胆，我都好一阵子睡不好觉，这回，你给我留条命吧。我不愿操心死，我宁愿做死，你相信我，只要你用得着，说一声我就会上，可就别让我占百分之五集资了。"

雷东宝真是闷得想砸家具，可愣是提不起气来，瞪着眼睛看士根半晌，道："我要你还是做你的村长，做实体的二把手，别想退出。你要不在，这一大摊子，我不在的时候，能交给谁？"

"东宝，你信任我，我肯定会做好。我跟你说了，我做死不怕，我怕死操心。"

"好吧，算我欠你，你只对我负责，妈个屁，你太……妈个屁。"

士根走出雷东宝的家，看着夜晚漫天的星星，叹了声气。

集资公司的细则很快形成并张贴出来，消息也很快传遍全村角角落落，即便是没识几个字的人也围到公告前好好阅读。公告栏前一片唧唧喳喳，都是白天不用上班的老头老太。

这等热闹事，老猢狲自然是不肯错过。他挤进人群，在喧闹声中将公告从头到尾看上几遍，心头隐隐响起前几天雷东宝跟他讨论的事。老猢狲隐隐想到什么，又隐隐觉得这不大可能。此时有人问老猢狲去不去村里交钱，老猢狲却是毫不犹豫地说，去，当然去，全村人民都做的事，他当然不能落下。

大家议论半天，交钱，当然是毫无疑问的，村里这十几年，在雷东宝上台后做的事件件都是为村民好，这件事，村民当然一如既往地支持，唯一争论的议题是百分比。

士根在村办坐着，打开窗户倾听窗外村民议论。听了半天，他想，村民若是知道了集资公司的真正目的，知道他们以前共同创造的财富被如此比例了，他们还会只是如此平和地议论吗？可士根再想，回想当年雷东宝率先扛起锄头背着一脊背的疑惑和嘲讽修整砖窑，还率众抵抗政策的谬误，从此带领大伙儿走上致富路，无论如何，雷东宝拿个大头也是合适，论理谁都不该反对。可是，为什么他的心里如此矛盾呢？

逐渐地，开始有村民从银行取出钱来，到村办交钱。这点儿钱，对于享用村里给的好处这么多年的村民而言，并不是负担。士根如常工作，他也并不解释，他虽被挂名百分之五，可他拒绝出钱，可他心里为雷东宝攥着一把冷汗。

雷东宝则是没想到歪打正着解决了两百万的流动资金。看来，群众的力量若发动起来不得了，小雷家人是好样的。

小雷家又冲上快速道。这一波冲击，是由正明作为先锋，而那么多村民第一次因为投入了钱而摇旗呐喊得响亮。小雷家集资公司的业务也正常顺利地展开。其实是换汤不换药，原先属于各企业的贸易活动如今都改换到集资公司名下。集资公司名唤"雷霆"，雷霆公司一上手，便桩桩生意获利。

13

宋运辉从北京出差一周回来，老马早已卷了包袱离去。这一次出差，算是他第一次不用提心吊胆，不用担心后院被抄。正与副，一字之差，却是意味大大不同。

回来一直忙碌到傍晚，才有时间处理秘书给他的来电记录上的私人电话。秘书顺便问一句："厂长，市里放出一百个大哥大，问我们厂要不要留几个。听说机子很俏，有些人抢都抢不到。不过我打听着，东海这边没信号，厂长家里倒是有信号。"

宋运辉想起小拉每天扛着的砖头一样的大哥大，心说这东西方便是真方便，人到哪儿一找就灵："多少一只？"

"大哥大加入网费要好几万，紧俏的是大哥大，邮电手里都没几只，算是给我们厂面子才给我们保留几只。"

宋运辉想了想，道："算了，这笔支出不合算，你下班吧。"

宋运辉心说，即便是东海有信号他也不买。本来就已经因为二期批准上马，每天被各方势力找得无处遁形，这要配个大哥大，白天黑夜都让找得到，他还不给折腾死？他看到私人电话记录里有雷东宝的电话，就先挑出来，打过去雷家，不想雷母接电话说是雷东宝去了韦春红那儿。宋运辉心有抵触，没问韦春红那儿的电话是多少。再看杨巡的电话，却是个90开头的号码。宋运辉愣了一下，不由笑了，好小子，倒是那么快就用上移动电话了。

但他没给杨巡电话，而是先打到寻建祥家里。寻建祥告诉宋运辉，杨巡在市场宣称以六折租价提前优惠出租新电器建材市场的铺位，一个月后将提高到七折，再一个月后还得提高，越早租下折扣越大。寻建祥说："我打算租下两个摊位卖瓷砖，我做这个有进货渠道。你有没有意向？如果你手头有些余钱，这倒是不错的投资。"

宋运辉笑道："我哪有余钱，刚给猫猫买了一架钢琴，才把问我父母借的钱还清。你要有余钱，这倒是不错的投资，尤其是你可进可退，万一开业后租价好，你就直接将摊位转租出去，租价不好就自己摆瓷砖摊儿做生意。我不行，我才多少工资啊，呵呵。"

寻建祥道："小宋，这事儿我就直说了吧，我自己一个摊位，另一个就算是给你租的，算是我借钱给你租，租价要没升，算我自己开店。赚了归你，我跟你通声气儿，你要是反对不是哥们儿，看你出手紧巴巴的我难受。"

宋运辉一听便明白寻建祥的意思，笑道："你这是干什么，我要真想钱，扫扫门缝就有不少，拿谁都不会拿你的。你也别替我难受，这事很简单，以后出门咱们自己吃饭，你付钱。春节见面，让你太太给我家猫猫织件小毛衣，我家开颜那臭水平真是没法提。"

寻建祥这才无话，知道宋运辉是说什么都不肯收的。又问："当老大感觉爽吧？"

宋运辉笑了笑，看看已经黑暗一片的办公室外面，感觉大约是没人，才道："不错，而且相对而言更进一层，看到的全局更加全面，有些水书记的感觉了。"

寻建祥犹豫了一下，道："水书记后来做事都没人性了，我们这些小青工在他眼里跟只蚂蚁一样。"

宋运辉听了，不由"呃"了一声，脸上变色，对着话筒说不出话。寻建祥在另一头意识到什么，忙道："你不会，别瞎操心，这么晚还没回家？出差那么多天，早点回去吧。"

宋运辉答应，放下电话，拿起抽屉里的两只饭碗，有意识地拐去宿舍区的食堂。食堂里灯火通明，可吃饭的稀稀拉拉没几个人。卖饭窗口内外的人看到他出现，都很是惊讶，按说，宋运辉即使出现在食堂，也应该是出现在厂区里面的食堂，而不会到这儿。饭窗里面的小头头看见了连忙迎出来，要炒热菜给宋运辉，宋运辉没答应，买了一条已经半冷的红烧鲳鱼和四两饭，端着饭碗坐到两个青工旁边，那两个青工也没比他年轻几岁。

见两个青工讪讪的，他就微笑着主动搭话："做长白班的？这么晚才吃饭？"

"没，倒班的，今天轮到白班，厂长喝我们的汤。"

"好，我才两只碗，想打个汤都不成。"他当真伸勺子取汤，一点没客气，"我以前倒班的时候，白班一下班就等着吃饭，四点半食堂开饭，我来不及地就冲进去，呵呵，顺便带着两只热水瓶，从没像你们这么晚吃饭。"

大概是看宋运辉说得随意，两个青工也随便起来："吃那么早干吗啊，吃完《新闻联播》都还没放，干等着看动画片儿，旁边农村又没啥可逛的。"

宋运辉"噢"了一声，想到他以前的宿舍时代，尤其是寻建祥荒唐的那段过往。他如今还真是向水书记无限靠拢，把自己过去经历过的不解和誓言都忘了："工厂才刚起步，女工招用得少，也是个问题。看来以后化试、水处理等车间招工得有侧重。"

大家都笑，这还真是一个大问题，没住过宿舍的不会了解。一笑拉近距离，两个青工终于肯痛说生活的不便。万变不离其宗，与八九年前宋运辉自己住宿舍时候没差多少。唯一明显的区别是，现在人对精神生活的要求更高。

饭后宋运辉回家去，想来想去，想不出措施怎么改善单身青工们的精神文化生活。只在工作便条上记下一条："余热蒸汽供应时间没设限，为什么不能设法为饭菜保温？饭菜冷暖折射后勤人员服务精神。"其他的，当年他没想出来，因为他自己业余生活忙得恨不得不睡觉，他无法理解别人为什么可以无所事事，因此当年水书记布置他想办法，他想不出，现在自然也没什么招。看来，得布置给团委好好研究，什么时候也问问寻建祥的意见。

想到寻建祥，不由想到寻建祥要送他白赚钱的主意，不由好笑，亏他怎么想出来的，还是朋友吗？

但更想到，杨巡这家伙真正精明。打个六折先期出租摊位，不仅把摊位租赁工作做在前头，先套住那么多摊主，保证自己新市场开业不致空空荡荡。更是拿先得的租金解决杨巡的资金缺口问题。六折，这个折扣确实大，可考虑减去一年期贷款利率的数量和争取贷款所需花费的隐性支出，到头来杨巡并不真亏。可就是因为这么漂亮的六折，先声夺人，生生夺取众人的目光，引发众人的极大兴趣。杨巡想得出这主意，也黑得下心拿出这么漂亮的折扣，这个人，宋运辉想，真是个算计到极致的人才。

想当年才那么小的时候，卖几个馒头，杨巡都能鸡蛋、粮票、馒头地不厌其烦地捣腾着，倒腾出比别人多一些的收入，何况现在，跌打滚爬那么几年，更应炉火纯青。

由此宋运辉想到刚才想出来的丰富职工业余生活的招数，心想与其花巨资在生活区建设金州那样的工人文化宫、电影院，还有什么公园娱乐设施，并养上一大帮碎嘴子的老娘们儿，还不如把这钱花长远点，干脆把单身宿舍造到市区或者县城去，让社会提供多样化多选择的社会娱乐生活。这一想，豁然开朗。这思路，竟然还是杨巡间接点明的。

杨巡没想到宋运辉这么晚还会给他电话，他捂住大哥大周围挡住噪声，才能清晰听出是谁打来电话，一听是宋运辉，忙赶着朝清静地方跑去："宋厂长，哈哈，这是我大哥大，以后你想到我小杨了，打这个，你就是在天涯海角，我也立马飞到你身边绕着你转。"

宋运辉笑道："正要问你，市里信号好不好，我听北京他们说，电梯内不能用，有些室内信号差，我们这儿呢？"

杨巡笑道："看地方啦，有些信号强，有些信号差。我们百杂市场办公室那儿，好笑得很，我得拿个篮子把大哥大挂天窗上才有信号，放桌上根本不行。你们东海那里更不行，一格信号都没有。全市好多地方我都试啦，你们家有三格，还算行了。我这工地上吧，白天信号差，晚上信号强，跟冷热病似的。不过好用，谁找我都方便得很。宋厂长也要买一个？"

宋运辉笑道："不买，太贵了，用不起，你前两天找我什么事？"

杨巡当然知道宋运辉在说笑，笑道："没什么，正好有朋友给我送来两箩贡橘，我问问你在哪里。听说你出差，就直接送你府上了。呃，还有……宋厂长，给我个梁小姐的地址行吗？我电话里问她，她说了半天英语我记不下。"

"你……去美国，护照办了？"

"呵呵，不是，听说国外过圣诞过元旦的，我给梁小姐寄些小玩意儿过去，谢谢她帮我找出建材市场的主意。"

宋运辉听出杨巡醉翁之意，便道："小梁的生活很不错，要求也高档，我们这儿的东西她可能看不上眼。我以前寄去的也只是一些书什么的，其他在美国应有尽有。"

杨巡道："我不求她喜欢吧，我得把感激表达出来，做人总得有来有往。"

宋运辉心说，呸，你杨巡又不是寻建祥，才没那么有良心。不过他还是答应："我给你提个醒，小梁喜欢什么和田玉啊珊瑚啊还有檀香沉香什么的东西。"

宋运辉虽然提点了杨巡，杨巡也囫囵记下了，可等放下电话把囫囵记下的东西拿出来反刍，却不清楚是哪几个字，只有檀香好像有些印象，还在北方的时候，戴娇凤有一阵子喜欢买喷香的上海产檀香皂，可那么高档的梁思申不会看上一块钱还不到的檀香皂吧？杨巡都不知道问谁去才好，但总纠缠着宋运辉问到底，却是不大敢的。

杨巡当晚就在工地上到处打听，终于从一个师傅级的木匠那儿打听到一种叫紫檀的名贵木头。老师傅亮出他的木工刨子说，他刨子上的木头是老红木，是拆了以前木器店收来的老家具腿做的，老红木做出来的刨子不开裂、耐磨损，全市找不出第二把，可这老红木比起紫檀来，还是差了几个档次。老师傅说，他听他以前的师傅说起，解放前，那是要做大官做大老板的人家才用得起紫檀做的家具。杨巡心说就是它了，肯定就是紫檀。梁思申那样的人物，这种做刨子的老红木怎么看得上眼，肯定只看得上当年大官大老板用的东西。在木匠老师傅的指点下，杨巡打算跑遍全市寻找紫檀。

杨巡想不到，从小见惯的木头竟然有如此广阔的天地。杨巡纯粹是因为交易中不上当受骗的本能而钻研了几招，买得一只漂亮的紫檀梳妆匣。他照着师傅的传授给紫檀上光打蜡，可对比着宝光流动的紫檀，看那绣点斑斑的旧玻璃镜子，实在如美人脸上落下一个苍蝇屎，出奇地碍眼。他赶紧找来一块全新玻璃镜子，叫人精心镶嵌了，这才让梳妆匣完美如新，他衬垫妥当将此物航空邮寄了出去。连邮局检验的都以为是新货。

14

宋运辉到第二天上班稍微空闲的时候，才打电话给雷东宝。雷东宝接起电话就说："你最近咋那么忙，早上才给你一个电话，你秘书总算不说出差说开会，不是避着我吧，啊？"

宋运辉本来还想着雷东宝要怎么跟他说话，他又得怎么跟雷东宝说话，一听这个开场白，心说糙有糙的好，一颗担心全放下了："昨晚才出差回来，给你电话你没在家，最近好不好？"

"好，完成一大心事，总算背一屁股债又活过来了，可这几天睡不安宁。"

"你又不是第一天背债，再说负债的是小雷家，再还不出，银行也不至于拿块橡皮把你们小雷家从地图上抹了，愁什么？"

"我……做了件事，可这问题不好乱说，我对这事吃不透，晚上就睡不好，我得找你商量。"

宋运辉看看手表，他紧接着还有个会，只得不由分说地道："你来一趟吧，电话里没法说清楚。买好车票，给我个电话，我派车去接你。"

雷东宝放下电话，心里感觉怪怪的，好像电话那端的宋运辉非常陌生，不是那个他看着长齐胡须的妻弟。但雷东宝并没太在意，承认肯定是自己难得的小心眼，对着宋家心虚。回头拎起随身小包，取了些钱就投奔火车站去。他没给宋运辉打电话通知是哪个班点，他又不是嫩秧子，出差多了，还需什么人接送？

但到了东海厂，雷东宝终于动怒了。先是在大门口被拦住，然后出来个自称秘书的人，把他送到厂外东海招待所入住，然后他就一直等，等得不耐烦睡了一觉，醒来还没见宋运辉，却见桌上添了一些水果点心。宋运辉一直没露面，也没打算送他去宋家。

从下午一点一直等到五点钟，终于外面走廊一阵喧哗，雷东宝所在的门被敲响。雷东宝没动，坐沙发上抱手臂看着。但没一会儿，门被钥匙从外打开，毫无疑问，这是宋运辉的地盘。宋运辉料到雷东宝生气，见此情形只得赔笑道："大哥，开了一下午的会，让你久等。走，我们去吃饭。"

宋运辉一开口，雷东宝便无法再生气，人家嗓子都哑了，可见是真忙。他起身，问一句："你家还是饭店？"

宋运辉略带尴尬："招待所吧，我已经跟家里通了电话，晚上不回去了，陪你说话。"

"好，开始拿我当外人了。"

"这话说的，该不会是跑那么远路，专门寻上门来找我碴吧？要真拿你当外人，刚才开会间隙说什么也拿上厕所做借口出来跟你照个面。大哥，这边。"宋运辉伸手拉了一把，将雷东宝拦向餐厅，"我爸妈那儿，年纪大的人顽固，你就别计较。等下颜会来，我让她早一步下班，应该快到了。"

雷东宝到底是很遗憾，运萍父母开始拒绝他。"你到底什么会，这么忙？"

宋运辉笑笑，等餐厅负责头目欢迎如仪完毕，两人坐下，他才道："销售工作总结检讨会。说白了，骂人，废人。有些人过惯计划经济日子，对于我的走出去找上门战略贯彻不力，几个老的照样过着等客上门的清闲日子，还真给他们等到不少客，可是价格不行。我今天跟他们落实新考核制度，他们急了，急有什么用，做不到就下。"

雷东宝奇道："你们国有企业还有下来的？"

宋运辉笑道："下还真有点难，体制问题，只能折中一下，级别还挂着，工作不让负责。这几天已经有两个副处级的让我发落下去做普通科员。我们厂新，包袱比较小，历史负累也少，我已经申请上头，试点灵活管理机制。我打算改造工作一个部门一个部门地推开，方便我亲自插手。销售部门的试点，还请教了杨巡这个专门做倒爷的，还真收获不少宝贵经验。大哥，来这儿吃点海鲜，我让他们给你准备的。"

"都照着你说的做？你们厂长不说话？"

"我现在是正职。"

雷东宝看着宋运辉，咋舌道："坐卫星咧……嚯，开颜，你好。你怎么越活越小了？一点不像厂长夫人。"

刚进来的程开颜听了只会做鬼脸，说雷东宝现在胖得跟猫猫玩的皮球一样圆，宋运辉在一边大笑。他还想叫雷东宝吃一种小小的螺，可惜雷东宝嫌烦，盘子转给程开颜，自己吃肉多的。宋运辉也没勉强，他骂了一下午的人，影响胃口，喝水多于吃菜。

雷东宝稍微填饱，就开始说他在小雷家推行的新政，以及推出新政的原因。宋运辉听着直皱眉头，连连摇头。雷东宝把事情讲完，问道："你什么意思？我们县原书记……喏，老徐后面那个，他说行。"

"他说行，你为什么还睡不着？说明你心虚。"

"我为什么要心虚？小雷家天下哪样不是我挣出来的？跟我家的差不多，我只拿百分之十，谁敢说一声不？"

"你不心虚你为什么睡不着？你吼大声说明你外强中干。"

"宋运辉！没人跟我这么说话。"

程开颜忙小声道："你们小声点，又不是在家里，这儿都是小辉部下，吵起来影响多不好。"

宋运辉拍拍程开颜的手，道："不担心，面子不是靠维护出来的，面子是靠平日里一点一滴做出来的。"

"对。"雷东宝附议了一声，但随即领悟，宋运辉这话侧面嘲讽了他，他气道，"四只眼的贼阴险，你说我做错啥了？"

宋运辉道："你这么做明显是拿集体的资产肥你个人的腰包，经不起调查论证。你有没有想过，你这是交给人一个大大的把柄，万一有谁要抓你一下辫子，你麻烦很大。可你这个人，又不是杨巡那样千伶百俐能把方方面面都摆平的。你表面风调雨顺，可你心里最清楚，这事儿是颗不知道什么时候爆的炸弹。"

雷东宝不耐烦地道："我哪次不是给人抓辫子，可都平平安安活到今天。"

"不错，我还参与过一次。可以前你都是为村民谋好生活，村民会扛起锄头跟你干，现在呢，谁会跟着你对抗上面组织检查？你要真是个黑得下心的，多拿就多拿了，小人坦荡荡，不会晚上睡不着觉，可惜你不是。"

程开颜听丈夫硬是把"君子坦荡荡"给改成"小人坦荡荡"，忍不住低头闷笑，挨了宋运辉桌下一脚。雷东宝却是沉默了，他心里其实一直清楚，可是不肯承认，这回终于被宋运辉点破，他无法蒙混下去。宋运辉看着雷东宝，让雷东宝考虑了一会儿，才道："清楚你错在哪儿了吧？"

雷东宝大声道："我没错，谁能否认我在小雷家的贡献？我拿这些个份子谁敢不服？我还拿少了。"

宋运辉冷静地道："理是没错，可人心肉长的，肉长的不讲理。你自己都内疚得睡不着，你说村民了解真实内情后怎么想？别自欺欺人。拿出办法来，有错改错。"

"小辉，你销售会议还没开够，拿我当孙子训？"

"回避解决不了问题。我旁观者清，我看你前面有两条道，一条道是你维持现状，睡不着没什么，几天过去熬疲了，照样睡好吃好。另一条道也不是要你学士根，而是让你的雷霆公司真正赚钱，不用刮三个实体的钱肥雷霆公司，这样分来的钱你拿着心安理得。"

"就算我愿意，红伟他们不答应。你想过没？"

"那都是看你的态度，你看看我，我拿的有红伟他们多？还不一样没日没夜的，机关那么多干部，谁不是拿一点点工资？"

"你少给我说大话，你是你，别人是别人。你开着公家车子，吃喝都是公家，你还要什么钱？"

宋运辉火大："你这么说，我没法跟你说了。但我再说一句，算是废话。作为一个集体经济的领军人物，如果你先贪财，如果你失去你的信念，如果你没有一点牺牲精神，你那个集体经济将很快缺乏向心力，很快土崩瓦解。"

雷东宝对于宋运辉的话领会一半，大声驳斥："我哪里贪财，我问你，多劳多得对不对？"

宋运辉闷在那儿，无法再说——雷东宝完全无法理解领导的艺术。程开颜见两人吵架一样，一直想劝他们冷静，这会儿才有机会插嘴，自然不便偏帮丈夫，打个圆场："多劳多得当然对，国家说的。"

雷东宝却道："我不是问你。"

宋运辉叹一声气，道："理是没错，可人是讲理的吗？人要讲理，那管理就太简单了，跟一加一等于二一样简单。"

雷东宝道："好，既然没错，我就做到底。谁要跟我不讲理，我打也要打得他讲理。"

要是换了别人，宋运辉早就话不投机半句多，可对着雷东宝，他走又不能走，说又说不通，只能坐那儿生闷气。心想既然坚持自己没错，那还辛苦跑来这儿问什么。程开颜见气氛那么僵，只敢小声跟丈夫道："我吃饱了，回去哄猫猫睡觉去。"

宋运辉看看雷东宝，叫服务员去叫来小车班值班的，把程开颜送走。

这边雷东宝一个人的时候缓下劲来，等宋运辉回来，就道："你说服我啊。"

宋运辉被这话惊得两眼滚圆，奇道："我为什么要说服你？"

"你是我亲戚，你既然说我有错，你拿出理由说服我。"

要是换作别人说这种话，宋运辉一早拍案而起，这不是调戏他吗？他好歹忍住，闷头吃菜。雷东宝却不想放过他，一迭声地要他说。宋运辉心里真疑问，当年姐姐是怎么对付雷东宝的。宋运辉也有耐心，不说就是不说。

两人吃饱回到房间，雷东宝坐下就道："你刚才一直跟我拗劲，我知道你大领导不方便在手下面前服软。现在就我们两个人，你说吧。"

宋运辉叹口气，疲倦地道："你只要相信我是为你好，你就相信我的话。但我的话是不是有理，这件事上面我们两个站的立场不同，看出来的理由不一样，你不用一定要我说服你。就像以前我爸让人批斗，批斗的人心里认为他们占着理，他没错，可我们一家不那么想。理没有绝对。大哥，你有你的理，我不是你上司，没法让你服从我的理，我说再多的理你也不会认同，白说。你若是勉强因为我是谁而相信我的理，照着我的理做，你心里别扭着，你也做不好。你说呢？其实我该说的理前面都已经说了。我再讲一点我的经验，任何有关钱财分配办法的改动，都不能太激进，不要一步到位，否则一定会引起极大反弹。你们小雷家分配方式这回的改变，步子跨太大了，是质变。"

雷东宝听宋运辉绕来绕去说了半天，道："你到底什么理由？"

宋运辉愣了一下，道："你不是一直睡不着吗？你愁的还不是集体资产让你们挖墙脚，你担心名不正言不顺吗？就是这个理由：集体资产，不能擅自转为私有。"

雷东宝道："你这里的集体资产都是国家一五一十投资的，当然不能私有。我们那儿不一样，我们都是靠自己搞起来的。我要是一开始就说我开砖厂我当个体户，你们给我干，我出工资，现在这些钱不都一开始就是我的了吗？我哪里还用才拿百分之十？全都是我一句话的事。我已经够客气了。"

宋运辉听了，想了好一会儿，才道："你也有理。"

"那你说……"

"为自己，为家人，别做出头鸟。我的意见：雷霆公司这个形式好，第一年先别挖村集体的墙脚，先依靠村集体的实力，向外发展贸易。不要给新公司太多唾手可得的好处，是逼他们自我发展的关键。第一年分配后看看大家意见，再看看社会环境变化，你再决定下一步怎么走。你以前那么激进，是因为小雷家本来就是穷到底的，折腾得起，可你也因为一次冒进让我姐早早离开我们。现在小雷家家大业大，你也已再婚，你凡事要考虑再三。"

宋运辉提到宋运萍的死，雷东宝立刻跟挨了针刺的气球一样，缩了进去。一下子几乎什么理由都不需要，就顺利接受了宋运辉的建议。他没再跟前面似的大声，而是叹气道："挖集体墙脚这种事，我没当回事，其实我是不想对不起村里那些人对我的死忠。"

宋运辉听着"死忠"两个字，心下骇然，自觉把它们翻译成"死心塌地的信任"。而雷东宝对他姐姐的旧情，让他心中好过不少。

回去，雷东宝依然召开五人会议，把雷霆公司分阶段走的想法说了。红伟、正明、忠富三个人面面相觑，不肯吱声。雷东宝再三问三个人意见，只问出红伟一句话，红伟说，那样的话，雷霆公司的总经理太难做了，他顾得了建材厂顾不了公司，为了别两头都落空，他还是专心顾住建材厂为好。雷东宝生气光屁股朋友不帮忙，一口应承下来，这个贸易公司他自己来。

三个人忽然都想到，这么一来，他们三个不都成了只管生产的车间主任？但是，雷霆公司已经在他们的支持下成立，雷东宝坐在那儿一张脸跟雷公一样黑，他们暂时都没法再有言语。

雷东宝说干就干，第一件事是把三个实体所有供销人员全部抽调出来，腾出村办会议室给他们办公。又把三个实体其他电话都拉来村办，只给每家留下一个号。他出手，谁敢有半句异议？红伟、正明、忠富三个人脸都黑了。

而抽调出来的供销员们，却看到另一片天地，相信属于他们的机会来了。

于是，雷东宝成了总经理，下面添了五个经理。小雷家的财权在雷东宝一声令下，全部集中到雷霆公司。一群人摸着石头过河。即使有供销员原先的熟悉门路，可到底雷霆公司的模式还有待磨合，一行走得风风雨雨。

15

梁思申圣诞前一天收到来自国内的包裹，打开一看，却是来自杨巡，很是惊讶。她识货，扒开碎纸条看清紫檀花开富贵妆奁盒，爱不释手，一看就感觉这玩意儿逃不出清三代。但看到明晃晃亮晶晶突兀不搭调的新镜子，再看杨巡写的字迹漂亮的信中说他怎么新镜换旧镜，她真是欲哭无泪，对着崭新的镜子做了十秒钟的苦瓜脸。

杨巡信中虽然没说什么，可梁思申还能不清楚为什么吗，她不愿欠杨巡的情，照着这紫檀妆奁盒的价，给杨巡买了一只名牌钢笔打火机套装盒，与送给宋运辉的礼物包裹在一起，邮寄给宋运辉，请Mr.Song帮忙转交。

这一回的圣诞和新年长假，她没有回国。而她的同学们和同事们却都各回各家，过他们家自己的圣诞。包括这半年一直跟她走得亲密的老同学。她对圣诞节没什么感觉，就抱着提琴去她做义工的老人院，给那里的圣诞做伴奏。

夜深人静回来，一个人驾车唰唰地驶过无人的公路，从黑暗走向另一处黑暗，似乎总也走不出浓浓黑暗的包围，她忽然感觉非常寂寞，非常孤独。周围静得像真空，她迫切需要声音填补真空。停车翻出磁带，却是猫王经典。一会儿，熟悉的旋律在车厢弥漫开来："Are you lonesome tonight? Do you miss me tonight..."

　　声声问，问得梁思申越发孤独，一个人靠着椅背垂泪。远近黑暗中虽有喜庆灯火，可那些都是冷的，冷得跟路边的雪一样，与她无关。

　　回到一个人住的小窝，录音电话有绿灯闪烁。打开，却是老同学的声音。老同学说，在新年钟声敲响的这一刻，他要大声说："我爱你！"

　　梁思申捧着脸流着泪，喃喃重复："我恨你。"她这才明白，她的这个圣诞，为什么如此脆弱。

1992年

01

程开颜与同事一起去市局送资料，事情早早办完，两人却都不急着回家，中午在市局食堂吃了饭，到市里逛一圈儿街，才乘大客车回县局。路长人困，刚上车时候还聊了会儿天，一会儿两个人都倦了，坐位置上闭目养神。

但是，后面两个乘客的大嗓门聊天却令程开颜坐立不安，她听得清清楚楚，后面两个男人议论的正是她的丈夫。这两个男人估计是东海厂的，他们没想到隔墙有耳，只管肆意"指点江山，挥斥方遒"，将厂里上至厂长，下至工段长的所有人一一议来。当然重点"照顾"厂长宋运辉。两人说，宋厂长这么一个没有辉煌出身的人凭什么年纪轻轻踢走马厂长登上主位？实在是因为宋厂长阴险狡诈，心狠手辣。此人之心计从年轻时候就可以看出，据说当年杀开血路抢得总厂副厂长独养女儿，从此奠定人脉基础。一个人连感情问题都能如此精心运作，何况其他。听得程开颜直生气，什么嘛，当年明明是她倒追宋运辉，这帮人怎么可以颠倒黑白。但她没出声反驳，自她爸当上官儿之后，她从小在金州听的这种胡说八道多了，从小受爸爸告诫不得争辩，如今自然也不会争辩。但她听着生气，一边又是心虚，怕旁边同事听见了怀疑她丈夫是个什么狗官，偷眼瞧去，见同事肃然端坐，似是睡着。程开颜都没敢试探同事究竟是不是睡着，只得一个人浑身尴尬着，听后面两个人继续评点，直听到两人换一个人议论，她才如释重负。

她憋了一路，回到家里才有公婆可以一起议论。她告诉公婆，举凡阴险狡诈、心狠手辣、拉帮结派、排斥异己等罪名，他们的亲人宋运辉全占了。宋家二老听了忧心忡忡，他们的好儿子怎么可能变成那么一个他们从来最厌憎的人呢？三个人在厨房间在晚餐桌讨论再三，一致觉得，那两个男人的话是诬陷，是无中生有。他们的宋运辉，他们每天看着，看着他辛苦工作，看着他拒绝送礼，这些都是实实在在的，蒙骗不来，怎么可能变得如此陌生？不可能。但是，他们虽然在心里否认，却又都吊颈期待宋运辉早点回家稍做解释。

等到宋运辉终于带着一身烟酒臭味回来，被家中老老少少这么一问，不由笑了，没想到自己现在存于工人心中的形象直追当年他对水书记的评价。他没解释，但反问："有没有说我贪财好色，不学无术？"

程开颜摇头。宋运辉就道："这就是了，他们说的都是工作方式问题，工作时候总有侧重有倾斜，没被照顾到的人口出怨言也是有的。附属车间的人还眼馋重点车间呢。可对于人品，他们没法指责，你们以后别操那闲心。"

众人一听，这才放心，宋季山见儿子又是揣一大堆东西准备上楼去书房，就略带着欣慰问一句："又工作没做完，带回家做家庭作业？等下半年猫猫上小学，你们还不得一起抢书房？"

宋运辉笑道："一到春节都是些吃吃喝喝迎来送往的事，反而没时间干正事。前两天看到《人民日报》上一篇社论好像有些意思，我让办公室整理出这一年有关此事的报摘，我得看看，或许是今年两会以前的放风。"

宋季山点头："是啊，该看，该看，你都做到厂长了，犯啥都不能犯政治错误，政策一定要学透。"

宋运辉答应着，却有点阳奉阴违。他看政策是为行动，怎么一样。他走进冰窟一般的书房，橙黄的灯光似乎都不能温暖书房半分。他倒杯热水握在手里，翻开剪报第一页就看到剪自差不多一年前《解放日报》署名"皇甫平"的四篇文章，才看一眼标题，就忍不住弹指一赞。发黄报纸上的标题分别为《做改革开放的"带头羊"》《改革开放要有新思路》《扩大开放的意识要更强些》《改革开放需要大批德才兼备的干部》。他今天看到《人民日报》终于又弹改革的调子了，题目是《在改革开放中稳步发展》。看来，文章是对针对皇甫平文章引发一年争鸣的一个总结性发言。

他慢慢将剪报看个透彻，时间已是差不多半夜，一家人早都睡了。他揉着眉心疲倦地想，目前已经开始二期前期工作，并已洽谈设备引进，需不需要配套大手笔地改革现有工厂制度？虽然有今天剪报阅读垫底，对于前面一年来的发展脉络已有清晰认识，可是，这就动手做大手笔，会不会在系统内太过突出？可是，不动手，旧体制对生产销售的局限又是令他不愿再忍，尤其是对比着杨巡那边花样百出的手法，他更有暮气沉沉的疲累。要不，找个借口，以配合设备进口为幌子，从新设备引进人员那个口子开始试点新制度？就如过去在金州时候对新车间的有限改革？

天寒夜长，此时想起过去金州时候的新车间，想起当年的那一团火热，再想当年摸索的改革之路，心里犹如翻看历史书一般明晰，竟是又看出当年表面现象的背后。联系如今自己肩头的压力，不得不感慨当年水书记的魄力，水书记原是可以随大溜不做排头兵的，可见水书记这人性子中也不安分守己。

他走下楼去准备盥洗睡觉，却见窗前屋檐下挂着高高低低的腌货，外面清凉的月光将这些香肠、酱肉、板鸭、风鸡、鱼鲞等的身影投射到里面地板，落下老大一地的斑驳。年货还没发，父母也不会大举买那么多的东西，这些东西还能从哪儿来。他虽然一直拒绝受贿，甚至家庭地址不公之于众，可总有人无孔不入。有些都已经是勾肩搭背的老友，拒绝钱财可以，可这些鱼肉之馈，他都已经不好意思开口拒绝。不由想起程开颜说的车上两个工人对他的议论，这要是让那些工人知道他家鱼肉多得冰箱塞不下，他的人品问题也得受质疑了。谁知道，哪天"贪财好色"的帽子真会戴到他的头上。

这两年，自担纲东海重任以来，面对种种越发加码的诱惑，他真是心惊胆战。而他自己为着项目所做的人际勾兑，他也只能安慰自己，他都没拿到自己口袋里。只能如此了。

而他，后天又得去北京出差，拜年。

02

杨巡快马加鞭赶着进度，他很希望过寒假的弟妹们能过来他这儿过年，让他可以继续赶进度，无奈杨逦一年下来依然没有软化迹象，当然问都不用问，不会过来过年。杨巡只能停了这边，交给已经在这边安家的寻建祥帮忙看管，他开着拉达车,大包小包地塞了满满一车,赶回家去。

杨速还在上班,过寒假的杨连和杨逦都在。杨连看见大哥,情不自禁给了个大拥抱,搞得杨巡挺不好意思,杨逦则是淡淡的,大哥在的时候她就闷在自己窝里不出现。好在杨巡回家就脚不点地呼朋唤友,杨逦因此不用自闭。

当然,杨巡回家第一件事是给妈妈上坟。杨连想跟着一起去,杨巡没让。他一个人上山,就像过去跟妈妈做汇报似的,一五一十地把这一年来的大事小事做了详细汇报,甚至还谈到他心仪的洋气女孩梁思申,用梁思申隔海隔洋寄来的打火机点的蜡烛香火。

梁思申却并没接受到杨巡传递的信息,她在犹豫之下,才决定接受久不通音讯的外公的邀请,去外公家过除夕。

事情是源于她的一个邮件。她料到外公记恨她,不会接她电话,不会放她进门,因此妈妈电话里跟她说了上海老屋拆迁的事,她想来想去,只有用邮件形式将此事传达给外公。她寄给外公的信件包括拆迁通知的传真件,包括她和妈妈一起去上海,在老家旧址拍的几张照片,以及一张现今的上海地图。她并没有投石问路的意思,不过是想完成一件使命,打算着让包裹肉包子打狗,有去无回。没料到外公竟然会让秘书打电话来邀请她去过除夕。

她是硬着头皮去的,她劝说自己,这只是为了完成妈妈的心愿,帮妈妈去看看外公。她实在是讨厌两个舅舅,还有,她如今懂事了,到底是为自己过去打的那场比较决绝的遗产官司有点汗颜。

这几年,她自以为沧海桑田,可走近外公家,看着略带中式园林格局的户外绿化,感觉外公家变化不大,似乎连树木花草都不曾长大,还低矮了一些似的。她坐在机场租来的车上深呼吸几口,才将车子熄火,挽起拎包走出车门,她没拖出车后的行李箱。

屋子里面也几乎没变,连用人也没变。但梁思申被留在玄关等候,等用人进去通报。她淡淡地站着,这时候反而心情平静了,看看镜中的自己,已非当年青涩。一会儿,外公亲自出来,却没走近。两人默默对视了一会儿,外公才开口道:"请进来喝茶,你舅舅他们都还没下班。"

梁思申不由松一口气,讨厌的舅舅舅妈们不在就好。跟外公进去里面。陈设也几乎没变,不过现在梁思申开始能看出好来,那瓷器,那木雕,原来都有来处。但外公却戴上眼镜仔细打量她,一直没有主动开口说话的意思。她并不胆小，从包里掏出一件件的东西，摆到前面矮几上，先挑出一件，交给外公："一件小小礼物，请笑纳，是我从国内带来的西泠印社的印泥。这些是我回上海拍的照片，有老宅的，也有新外滩的，外公要是喜欢……"说到这儿，她停下了，因为看到外公正慢吞吞翻看她送的印泥和印泥盒。

外公看了会儿，语气缓慢，却目光尖锐地问："你现在过得好吗？应该不错。"

梁思申微笑："是，挺不错。"

外公了然地点头，道："谢谢你的印泥。西泠印社的印泥倒是一如既往，难为你从国内带来给我。这外面的青花釉里红小盒，才让人生买椟还珠之思啊，看来你现在真是过得不错，不错到能讲究这些了。"

梁思申还是微笑，心想千挑万选的礼物，看来外公识货。她不愿小人得志似的声明自己脱离外家后过得很好，可又难忍当年被舅舅们视作穷亲戚的恶气，就想了用这一只清三代的印泥盒说明问题。但既然外公看透了，她乐得大方："这是妈妈提醒送的礼物。"

外公点头，也不再问，打开相册看老宅照片，又看到被搭建得乱七八糟的老宅，老头子情绪激动了，一路骂骂咧咧，终于充满期待地问："你爷爷不是高官吗？有没有办法让老宅免予拆迁？或者我回去跟他们谈谈？"

"我爸爸已经努力了，可是那儿需要经过一条高架公路，没法让公路为老宅改道。妈妈让问外公，有什么需要保留的，她尽力拆下来保留。还有上海市政府补偿的拆迁款，她让我在这儿折合成美元支付给外公。"她将一张支票取出，推到外公面前。

外公没取支票，却翻阅着相册连连叹息，好久才赌气地道："算了，早已给破坏得差不多，我早年亲手挑的彩色玻璃一块不剩，连屋架子都残缺不全，还留什么留。唉……"他将手中相册摔到矮几上，梁思申看着心想，还是一样的躁脾气。"支票拿回去，没几块钱，留给你用，你现在做什么？毕业没有？"

正说着，一个表姐先回家来，对梁思申倒也客客气气问好。梁思申心想她回家的时候，堂兄堂姐们都说她生活奢侈，养尊处优，她自己也觉得是。可现在与表姐稍一对比，立见高下，表姐才是真正的养尊处优，而她则需要奔波照料自己的生活。一双手伸出来，怎么都不可能有表姐的绵柔触感。形容中，更是没有表姐的悠闲单纯，她有因独立觅食带来的一身精明锐利。

这一认知，令梁思申锐气大伤，沉吟许久，直到表姐上去更衣，她才缓过劲来与外公简单说起近况。外公眼里的惊讶稍微抚慰了她，但她说完这些，就与外公告辞离开，不愿意吃那拿腔拿调的年夜饭，外公眼里却是更添惊讶。

行李箱子原封不动地拎回，梁思申坐在夜班飞机上，思绪万千。没对比不知道，对比了才看清自己的身份。想到与表姐同样出身某家门第的高中同学，想到她一直来相处时候的有劲没处使，现在才明白，两人不是同一种人。若是她当年没出国，而是一直依附在爸妈羽翼下，虽然物质生活没那么优裕，可她终是不需这么早为生活操心操劳的吧？因此如今，除了风花雪月，有些生机勃勃的话题，她还真没法与同学交流，说了，找不到丝丝入扣的响应。她确实喜欢同学的英俊帅气，可就是一直不愿承认他是男友，原来是因为没法在同学身上寻到支持点吧。她闭目暗叹，还以为又爱了呢。

静悄悄地回学校上课，回吉恩手下上班，只觉得生机勃勃地干活的同事分外可爱。

03

杨巡开着车子回家，虽然这车子比较老式、比较陈旧，可毕竟这既不是拖拉机也不是小平头卡车，这是村里第一次开进来的小轿车，着实在村里轰动了一下子。多少人忙里偷闲赶来只为摸一把车子。杨巡最先还颇为得意地带着几个老小在村子里的机耕路上兜一圈，才一天下来就疲了，将钥匙交给杨连，有人上门，让杨连带领参观。

但杨巡开着车子去小雷家时，却是一点没体现出什么优势，小雷家村办门口，雪亮的两辆新桑塔纳，棱角分明，比拉达可漂亮得多。

虽近年末，可村办人来人往，依然忙碌。杨巡才将车子停下，就见老相识正明匆匆从一间办公室出来，神色不快。杨巡当即伸出头招呼一声："正明厂长，拜年拜年，呵呵。"

正明闻声一低头，见车里居然是过去的老客户杨巡，不由惊道："杨巡？呀，发达了？"

杨巡钻出身来，笑嘻嘻地关门，顺便踢车子一脚："发个屁达，租来的车子，正明厂长这身皮大衣老噱头。"

正明勉强笑笑，不甚热情地邀请："去我那儿喝杯茶？要不你还是见了书记，回头去我那儿吃饭。"

杨巡笑道："正要找你，我那儿开了个电器市场，问问你要不要去弄个摊位。我先给书记拜年，等下找你。"

正明脸色毫不掩饰地一沉："这事儿，现在不归我管。杨巡，拜完年，有空过来坐。"

杨巡怔怔地看了会儿正明背影，心想难道正明被收了权？才发愣着，里面传来雷东宝一声大嗓门："杨巡，快进来，老子看看你长高没有。"雷东宝说完，里面传来众人一阵哄笑，办公室玻璃窗后探出无数脑袋。

杨巡悻悻的，他这几年迅速成长为有头有脸的杨老板，那种被人当小孩子取笑摸头皮的事情早已成为历史，这会儿雷东宝这么说，他当然并不会反驳，可心里并不舒服。他只得整出笑容大步走进办公室，进门便派香烟。

雷东宝看着杨巡，感觉这小子长进不少，说话做事，多了些派头，少了点滑头。他不等杨巡东家长西家短地招呼齐全，就大声道："小杨，你今年管理费呢？"

"还没到账？忘什么不行，怎么会忘了缴管理费。喏，我带着电汇单子。"杨巡趁机将打招呼行动告个段落，坐到雷东宝面前，将银行开给的电汇单给雷东宝看，"书记，怎么小办公室不坐，凑大办公室热闹来了？"

雷东宝将单子看了看，交还给杨巡："这是临时的，我把我们所有外勤都集中起来搞个公司，为以后联系业务方便，打算把办公室搬到市里去。正在市里找办公室，找到就搬。你呢？看你混得好啊，一个人做生意，车都有了。"

"那是借来充门面的，哪有书记气派，走出去前面两部车，后面一群人，呵呵，书记，拜个早年。"说着公然把一包香烟老酒往雷东宝桌上放。

雷东宝也没客气，当场收下："小杨，我听说现在私人去工商注册容易不少，你干吗还挂着我们小雷家的名头每年交管理费呢？这笔钱自己用着多好。"

"我那儿规模大，还得替工商管着各摊位的经营，得替税务管着市场统一开发票，要是挂的私人名头，有些手续不让办啊。谁都知道我那市场是个人的，可谁都非要我拿出集体资质来不可。我就那么喜欢交管理费给村里吗？还不如咱拿出来玩了吃了。书记，一年多不见，你又发福了啊。娶个饭店老板娘做太太，别的不说，口福就是好。"

雷东宝哈哈一笑，却见忠富风风火火闯了进来，进门也不找雷东宝，直接奔向一个外勤人员，劈胸抓住那外勤人员就道："你怎么进的豆粕，你怎么进的豆粕？你跟我去，你要敢吃一口，我放过你。"说着就把那外勤往外拖。

那外勤自然是不肯去，回头向雷东宝求救："书记，前天进的豆粕，你有签字的，就是前天那批，书记……"

雷东宝这才发问："怎么回事？"

忠富一点没放过那外勤的打算，愤愤地冲着那外勤道："怎么回事？你说怎么回事？你跟书记说怎么回事！贼胚，他妈的，跟我进了那么多年货，你存心搞……"

"忠富，好好说话，到底怎么回事？"

"这贼胚，趁过年进的'好'料，豆粕都霉臭得近身不得。后天就是春节，全国都休息，想退都来不及。人能休息，猪却得吃饭，这春节十天猪吃啥？等死？猪只好吃霉豆粕，到时想退货都没法退，这贼胚不是给我设圈套？跟我进那么几年货，死人都知道进什么货，这贼胚心里有鬼。"

杨巡见此变故，悄悄把椅子往墙边转移，作壁上观，只见雷东宝瞬间眉毛吊起，杀气腾腾起身，劈手将那外勤从忠富手中抢来，一言不发，啪啪就是两个大耳光。杨巡心想，雷东宝发火了。

雷东宝打完耳光，依然揪着那人，狠狠盯着他，牙缝里只冒出一个字："说！"听完忠富所述，雷东宝不懂也懂了，这事儿有极大猫腻。他怒火中烧，最恨有人骗他。

那外勤本想抵赖的，此时被两个耳光一扇，啥念头都没了，一声都不敢出。雷东宝等半天没听见响动，就大声喝道："四只眼？叫来。"立刻有人跑出去找四眼会计，愣是把四眼会计从年货分配现场拉来。雷东宝这时放了那外勤，退身坐回自己办公桌，指着那外勤对跑进来的四眼会计道："他家，爹妈兄弟四户，停发今年年货，已发的追回，一根鸡毛也不给。妈的，贼胚，想揩村里的油。"

那外勤顿时傻了，没想到雷东宝还想得出这种连坐的主意，一时都不顾双颊肿痛，连声道："我做错事情，我立刻联系对方退货。我立刻……"忠富这时候反而一言不发，冷冷站一边看着，什么都不说。杨巡忽然想起刚刚身为登峰厂长的正明离去时候的怒容，估计也是遇到差不多的问题。雷东宝这个外行领导内行，那么大一个摊子，刚上手还能不出问题？他见那外勤哭丧着脸过来打电话，就闪身让位，跟依然呼哧呼哧的雷东宝说声"我去看看正明厂长"，就快速脱离风暴圈。

忠富见此也走，但他没打招呼。雷东宝一眼看见就又大喝一声："忠富你去哪儿？处理完再走。"

忠富冷冷道："喂猪去。"

雷东宝不强留，铁塔似的坐那儿盯着忠富出去，忠富走得如芒刺在背。雷东宝等忠富走得不见，才收回眼光看那外勤说电话，听外勤说得不是回事，他便凑到电话边问外勤："他不发货？"

外勤忙道："那边厂长说他们厂今天开始休息。"

雷东宝问："你知道厂长家在哪里，厂长爹妈家在哪里？"

外勤道："知道，在……"

"那好，告诉厂长，要么他发货，要么我这边发人，两卡车人去他家过年。我雷东宝说到做到，等他一句话。"

外勤战战兢兢转达，那边立刻哇啦哇啦不绝，雷东宝听不清楚，也不想听，就盯着外勤腊月天冒着黄豆粒大的汗珠不断解释，不断做出私人承诺，终于那边咔嚓一声挂了，这边外勤跟雷东宝说："他们立刻发货过来，不远，明天一定到。"

雷东宝还能听不出外勤承诺的是退还好处？他抬手又是给个耳光，骂道："蜡烛，不点不亮。我等着，年前不到，我把你们连夜赶出小雷家，以后别想进小雷家门。你们也都听着，谁敢在采购中下小手，全家三代开除出小雷家，房子收回。妈了个屄，想蒙我，摸摸自己卵蛋几只……"

杨巡逃出暴风圈，回头却见忠富也愤愤跟了出来，走得比他更快，眼看追上他。他只得有口无心地打个招呼："忠富哥，一起去正明厂长那里喝杯茶？"

没想到忠富正火着，一听这邀请，就闷头跟上了。杨巡悔得不行，心想别让雷东宝看见以为他有事没事搞串联，可事已至此，也只能硬着头皮。两人一起到了正明办公室，正明也是臭着一张脸。忠富直接就问正明："你也是材料进货出问题？质量问题？"

正明摇头："规格不对，我要的紧俏货不给进，我不要的垃圾货进那么多，我年后开工吃啥啊？"

两人同叹一声气，搞得杨巡坐也不是，走也不是，连忙递烟给两人，宽慰道："都有一个过渡期嘛，慢慢来，慢慢来。大节底下的，生气犯不着。"

忠富看着杨巡若有所思，看得给他递火的杨巡毛骨悚然。忽然忠富一拍桌子，道："我也做个体户去，一家子养一百只猪，也比辛辛苦苦养一万只赚得多。"

正明看看杨巡，道："小杨，我们不拿你当外人，你可别给我们说出去。"

杨巡赔笑道："妈的，别嘴上一套心里一套，你们不正希望我传话给书记。谁耐烦管你们雷家自家的闲事，我离开这个办公室就回家，过完春节就离家。不过我倒是欢迎你们春天里到我那儿做客，我带你们海边玩去。"

正明一笑，道："我以后没钱才去你那儿，你不许到时候嫌我吃穷你。"

"嫌啥啊，你去我逮住你不放，给我做电器市场的头儿去。正少个懂行的，只怕你嫌我那儿工资低，规模小。"

忠富叹道："正明，你看他多快活，自己给自己做，赚赔都是自己，哪来那么多窝囊气。"

杨巡心想，他多的是窝囊气，进去机关，哪个小毛子都敢训他，都因为他是个体户，无法撂挑子。但他依然笑嘻嘻地道："忠富哥，这话我倒不是威胁你，刚才书记的态度你也见了，你是小雷家的人，你自个儿最清楚，你那位置是想坐就坐，想撂就撂的吗？过年过节的，何必拿想不开的事搞自己脑子呢？"

正明和忠富相顾哑然。杨巡见机殷勤提出请两人吃饭，两人都没胃口，推辞了，杨巡于是顺理成章地告辞离开。走到外面，心里想着雷东宝一个人也难，又要顾着村里发展，又要把全村老老少少摆平了，还得让几员大将死心甘情愿地卖命，他想着都难。遇到今天的事，换他还真不知道怎么两全其美地解决，他很想回去了解雷东宝是如何解决的，以便取经，可又不愿此时钻那台风眼自讨没趣，还是乖乖走了。

回家看到妹妹的白眼，不由心底失笑，他还担心雷东宝呢，可他自家才四个人的事都还没摆平。

杨速坐着机关，虽然最后几天早已无所事事，可依然得挨到最后才能放假，还是杨巡开着车去接杨速回来，杨连当然也一起跟着去。杨逦在楼上看着虽然眼馋那车子，可硬是忍着不下来，铁骨铮铮。

这一年，杨逦由杨速照料，也渐渐肯听杨速的话。可杨速全听大哥的话，一点没有含糊，气得杨逦生气杨速没骨气。杨逦本想在饭桌上噎杨巡几句，但抬眼看见杨巡墨黑的眼光，心中略寒，不敢出言捋那虎须，只是闷声不响。杨巡也不去招她，既然杨速半年下来都没软化杨逦，他也只好再等，等杨逦夏天高考结束再说。

杨逦反正年夜饭吃完就上楼，三个哥哥都看着她走，没办法。等上面轰然传来关门声，杨巡才收回目光，对杨速道："老二，坦白你的女朋友。"

杨速一惊，杨连却看着杨速笑："二哥，哪儿露出马脚让大哥看出来了？"

杨速尴尬地道："八字还没一撇，再说机关里穷，我留不留得住她还难说。她是个小学老师，挺温和善良的一个姑娘。大哥，等杨逦考完，我早点出来跟你做事吧。"

杨巡点头："可以，你这件毛衣是她给你织的？"

"原来问题出在这儿，呵呵。不是，这是科室里一个阿姨帮我织的，我人缘好，那些大妈大姐都帮我，有时候我拿给杨逦的好菜也都是委托她们帮做的。"

杨连大笑："白让大哥吓出真相来，哈哈。"

杨速尴尬地笑道："大哥现在眼睛太厉害，大哥两只眼睛对着我，我五脏六腑都跟透明的似的，啥都不敢瞒着，大哥可以做刑警去了。"

杨巡一笑，道："别瞎扯，是你自己胆小。初二拿些东西上她家走走，礼多人不怪，老三呢？"

"没，没有。我听妈的，安心读书。"

"没出息。"杨巡这个大哥却是另类。

杨速小心地问："大哥，你呢？你的个人问题更该解决了。"但杨速不敢提戴娇凤。

杨巡大大方方地道："我看中一个人，她在美国读书，跟她比，我跟老鼠对比孔雀一样。不过谁知道呢，十二生肖里面，老鼠照样排第一。"

杨速道："大哥，我们兄弟俩，要钱没有，力气一把，你只要吩咐一声，我们赴汤蹈火。"

杨巡笑道："嘿，玩儿你哥了，你有才啊。这两天罚你教我读英语。"

"大哥饶命……"

三兄弟说说笑笑，可只要稍一冷场，那就是彻底的冷场，三个人的脸色都是沉重。妈妈去世一年，三人都是非常想念。静默中，忽然听到楼上传来轻轻的哭泣，杨逦也是想妈了。三个人更是无语。

大年除夕，更深夜长。

04

韦春红总算是春节闭门歇业,本来说好雷东宝开车去接她,可临了雷东宝却来电说有事忙碌,她只得自己骑着木兰摩托车来,后面放满年货行李。

小雷家人都争着与她招呼寒暄,但到了雷东宝家,雷母照样是爱理不理的老太君样。韦春红这回学乖了,进门就是一个厚厚的红包,也别什么金项链金戒指了,直接还是给钱最实惠。果然,雷母眉开眼笑,立马缴械。

韦春红这才又将摩托车开出去,把儿子接来雷东宝家。雷母背后悄悄问韦春红,怎么还不怀孕。韦春红可真说不出,她真想跟雷东宝生个儿子,可肚皮不争气,硬是不见动静。看着雷东宝挺喜欢她儿子,还特意带着她儿子上山打麻雀,她真希望让雷东宝有个亲儿子可疼。

雷东宝这个春节过得满腹心事。雷霆公司运转不久,麻烦不断。资金有限,进来的产品有限,却要首先满足村里的三个实体。因为给实体的货色都是成本价,相关经手人不大有赚头,不大有赚头就不大有奖金,因此大家都想尽办法做尽手脚,把东西卖给他人而不给实体,搞得实体差点无米下锅,忠富、正明、红伟他们就来造反。再有类似霉豆粕这样的陷阱,一个小小雷霆公司才刚开业没两个月,竟是矛盾百出。雷东宝头大万分,骂下这头冒出那头,每天都跟填满炸药的雷管似的,到处放炮。但是,放炮之余,他还是得收起暴躁,——校核与三家实体的往来,千万不能将正明他们的工作积极性打压了。

初一这天,无数人川流不息地上雷东宝家拜年,看得韦春红的儿子惊诧不已。韦春红则是作为主妇,热情地茶水招待。虽然忙得没有坐的时候,可是她今年才算是真正有了主妇的感觉,虽苦犹甜。士根他们四个当然都是来了,不过年初一谁都事儿多,雷东宝没多留他们,约他们四个初三晚上一起吃饭。

初三那天,韦春红最忙,一个人独立烧出一桌大餐。以她的本事,自然不在话下。雷东宝帮不上忙,也没动过帮忙的心思,雷母自然是老太君一样地一边儿看,本想指导几下的,可惜韦春红厨艺太好,她插不上嘴,只得作罢。

士根等四个都不敢拿架子,虽说是晚上吃饭,可人都早早来到雷东宝家。谁不知道这顿饭并不容易吃啊。雷东宝也没二话,坐下就跟他们四个讨论村里的事情。韦春红儿子好奇地站一边儿听,只感觉像是吵架或者训话,听了会儿没意思,还是帮他妈去。

　　大家话题转来转去，终于转到雷霆公司上头。雷东宝一下就把话放桌面上："你们别老挑毛病，我问你们一句话，这个公司，如果换成你们来做，两个月内，你们能做到我今天这地步吗？我把话放这儿，你们要是谁能做得比我更好，说出来，我让位。"

　　众人都是不语，即使自信做得比雷东宝好也不会说。而且他们心里有怨言，既然不是原先说的初衷，又何必节外生枝弄出个雷霆这种不三不四的集资公司，他们没兴趣。还不如照原样来做。可是，雷霆公司才被雷东宝兴致勃勃地办起来，难道能因他们几句话就关门大吉？那不是拿全村老小的集资当儿戏吗？因此说了也是白说，白说谁还说。

　　士根见大家静默不语，就打个圆场道："新体系上场，都有一个磨合的过程，大家都不能心急。书记，他们三个也是为工作着急，又不是跟你有什么个人恩怨，你那么严肃干什么。"

　　雷东宝不客气："个人恩怨没有，个人小算盘不少。看集资公司搞成这性质，你们都埋怨我多事。他们几个外勤跟我玩心眼，你们几个跟我闹脾气，巴不得我火气上来解散公司恢复老样子。我告诉你们，死了这条心。这几天管下来，我越管越管出味道，问士根哥，第二个月利润是不是上来了？你们啥都别闹，乖乖听我话，等年底分红。"

　　忠富终于忍不住，道："书记，我们争的不是你管我管的问题。只要你管得好，那种霉豆粕的事情不再出现，我乐得少做事。可是书记你想过没有，进销都让你包了，我不用出门，不跟同行交流，我这儿不知道什么时候猪肉好销，为什么好销，不知道现在大家爱吃肥肉还是瘦肉，不知道我养的种猪该怎么合理分配繁殖季节，不知道现在市面上优良品种有没有出现。产销脱节，销售不能指导生产，生产又不能牵制销售，两头都是盲目行事，总有一天我们养出的猪没人要。我这儿还算是简单的，正明那里的产品好几个系列，数不清的品种，现在产销脱节，生产的盲目生产，销售的盲目销售，进料的又盲目进料，等哪天仓库积压了，你们等着看好戏吧。我们有私心有杂念，可我也不肯让我管的猪场毁在我手里，到时候被全村老小唾骂。书记，我今天也说句实话，雷霆公司这么做，行不通。"

　　雷东宝听着吃惊，他都没想过其中还有这等影响沟通的不良反应。他问红伟："你也这样想？"红伟毫不犹豫地点头。雷东宝怒道："集资公司第一个方案

169

的时候你们怎么都不说？让你红伟当总经理你也不肯当，那时候我拿膏药封你们嘴巴啦？现在一说以前挣的钱不归自己，你们又撕橡皮膏了？啊？"

都知道雷东宝发火时候什么事都做得出，红伟和忠富两个于是低下头不说。韦春红在里面听见，本想出来劝劝雷东宝，大年初三的发火晦气，但她想到自己一向不管小雷家的事，平日里也不在小雷家行走，小雷家的事她还是少插手为好。再说雷东宝解决得了，不用她夫唱妇随。

唯有正明依然抬着脸道："书记，忠富哥要是不说，我还没想到脱节问题，我也正纳闷，怎么这阵子家用电线积压那么多。这么一说就对了，按道理说，最近北方市场家用电线低谷，我因为现在不直接管销售，这些问题没直接反馈给我，都给忽略了。我们倒不是以前有意不说，有些事没做过之前，预先想都想不到。"

雷东宝道："这就是了嘛。没做过的事，我们能想到多少想多少，没想到的谁也别怨。既然已经上手了，埋怨啥都没用，只有想办法做到底。我说你们有情绪，你们这几天净找我碴，你们给我想过一个办法没有？你们的事，你们怎么与销售协调，你们自己最清楚，这些人以前都归你们管的，现在你们要他们做什么，他们敢放一个屁？你们把这些问题往我面前推，都不想着解决，你们不是闹情绪是什么？不是存心要我好看是什么？说！"

正明连忙收声，不敢顶嘴。有些话，公说公有理，婆说婆有理，最后谁有理，看谁嗓门大。但忠富却是越听越气愤，不愿再忍，开口为自己争辩："书记，我们提反对意见，就一定是闹情绪吗？我们一声不响把新公司成立后的不适应自己承担下来，怎么不见你说我们没情绪？再有，我们为什么不能闹情绪？书记分配不公，我们做多拿少，还要求我们这也做到那也想到，对我们要求特高。我们难道是小娘养的？我忠富不会说话，不会拍马屁，我只会做，书记你要看不惯，开除我，我没怨气，你找听话能干少拿的人替我。你要找不到人替我，说明我厉害，我值大价钱，你加钱给我。我觉悟就那么点点高，我到现在还不是党员，我不够格，我只要求公平。"

士根坐一边听得心惊，一直伸腿在下面踢忠富，反而被雷东宝抓住，让忠富完整说完。等忠富说完，雷东宝问："那你要多少？我们上一回第一个集资方案，你会不会觉得拿太多？吃下去会不会把你噎死？我都没胆吃，你们有胆？你们别吃又不敢吃，吃不到又怨我，你们这样对我也是不公平。妈的我今天脾气真好，还跟你们杂种讲理。我说你们急什么，现在开始起，赚的钱大头都在集资公司，照我们现在的发展势头，没两年就把前几年的利润都赚了，这笔分成不少。你们看长远一些行不行？第二，你们现在光顾着跟我闹情绪，你们想过长远没有，你们甩手不管，我只好让别的机灵的管，哪天雷霆公司里面的那几个做强了，他们会逼我坐下谈重新制定分配比例，谁都不是泥捏的好货。到时候你们怎么办？红伟，你拿眼睛瞪我，这种情况你被我提醒才想到，算你猪脑，你们听我说下去。"

雷东宝给自己倒茶，喝上一口，才道："第三条，你们不当家不管事，我当着整个村的家，我不能撑死你们，饿死他们。你以后拿大钱住洋房，旁边住着个不出五服的雷家人饭都吃不上，你有脸，你好意思？第四，公平是没错，妈的我还想公平呢，以前一个个提拔你们，你们孝敬我一根毛没有？村里给你们机会把你们培养成材，你们怎么报答村里？妈个屄，要走，自动退出房子，退出自己和爹娘老婆儿女户口，退出以前爹娘老婆儿女从村里领的钱和福利，你不让村里占便宜，你也别占村里便宜，公平合理。我话说到这里，吃饭，边吃边讨论。"

忠富听得脸色通红，胸中气闷，红伟和正明则是活动开了心思。士根这时候就不说话了，一直低头吸烟。韦春红早在里面听得心惊肉跳，一听"吃饭"两个字，连忙搬着热菜出来，也顺带把雷东宝埋怨上了："我说你这是怎么做的主人家，客人来了光听你说话，光知道撒自己臭脾气。你也不看清楚，不是自己人能对你说那么大实话吗？你还那儿挺委屈，要真弄个奸的来，什么都顺着你，什么都是你对，背后把你搞得恶人一样，自己偷偷摸摸做好人抢了你的功劳，最后一顿卷包把你害了，你才哭都没处去呢。忠富哥，他就那脾气，随他去，三天两天他就想通了。他死鸭子嘴硬，往常你们不在跟前时候一个劲夸你们好，见了你们就死样活气装上了，什么嘛。"

韦春红这边没说完，士根那边唰一下脸全红了，韦春红看见，不知道士根为什么表情怪异。雷东宝见韦春红恰到好处地调和了气氛，就顺势伸手把忠富按到位置上，一边道："我跟你说啊，忠富，你要再敢说走，妈个屄我先杀了你，再去自首。我说到做到。我们五个兄弟，最苦最难的都熬过去了，别好日子面前反而闹翻脸。以前是一条心，现在还是一条心。你有意见，打骂都行，我也稀罕你啥都敢说的脾气，村里就你最能跟我对着干，可你不许说走，说走就不拿我们当自己人了。记住啊。"

韦春红忙道："长记性最好是连干三杯啦，我把酒满上，呵呵。正明兄弟看起来饿坏了，两只眼睛盯牢一盘鲅鱼干不放，我说你们别光顾着说话，可怜可怜我们正明兄弟。妈，您也稍微喝点不？"韦春红虽然问着，下手却是不由分说把雷母的酒杯都满上了，又热情地拿了她儿子的筷子给大伙儿夹菜，先给雷母，第二个就给士根，一口一个"士根哥"，叫得士根满脸堆笑道谢。

正明和红伟两人灵活，连忙借赞美好菜调剂气氛，韦春红等他们一轮酒干了，利索地又给大伙儿把酒倒上，才回去厨房。饭桌上五个人这才又安静说话。前面大家把话都说开了，好也说了，歹也说了，大家都亮出底线，后面的话就好说许多，忠富、正明、红伟三个终于答应在雷霆公司兼职，主管原先属于他们名下的那部分业务。韦春红不时插进来调节一下气氛，雷东宝想胖起嗓门都不成。只有士根怅怅的，为韦春红无意扫到他的话尴尬。

当然，不免地，雷东宝还是有所退让，三个人在雷霆公司的兼职，都拿不错的工资。

一桌饭胜利结束，雷母早早上去睡觉。等送走众人，韦春红也没让雷东宝帮忙收拾桌子，自己利索忙碌着，一边问雷东宝："士根哥刚刚坐上桌的时候怎么一脸尴尬相？你看到没有？"

雷东宝回忆了一会儿，道："没留意，当时光顾着忠富了，妈的忠富脾气还是老样子。"

"会不会我说什么得罪士根哥了？"

"你怎么会得罪……哦，我想起来，我们集资，士根哥不敢做，他一份名字挂着，钱没出。被你一说他多心了。"

韦春红撇嘴："他还真机灵，这份钱不出，他就是好人。可又打量你们不会年底分红时候少他一份。他倒是又做好人又拿好处，精明。"

雷东宝一愣，不由笑道："别胡说，他不是那种人。他就是胆小，他没那么多坏心眼。哎，你这是干吗？"

"烟别吸了，先泡泡脚，鞋子给我，我给你换双鞋垫儿。"又招呼儿子过来一起坐下，"脚盆子大，你们爷俩一起泡着，水不热了招呼我一声。"说完忙自己的去了。

韦春红儿子小宝乖乖坐着泡脚，都比雷东宝还安静。雷东宝看着眼前眉清目秀的小孩子，带着酒意，想起自己差点出生的孩子，要是在的话，也读小学了吧。想到他看不到自己亲生儿子，眼前韦春红的儿子看不到生身父亲，不觉怜惜起眼前的孩子。

"小宝，你爷爷奶奶家住得好吗？干吗不跟你妈一起住？"

"妈说饭店里人杂，不好。我也想跟妈妈住。可现在妈妈跟你结婚了，奶奶说我不是你家人，我以后别想跟妈妈住了。"

"什么屁道理，你爱住就住过来，我当你老子，你当我儿子，以后没人敢欺负你。可你妈忙饭店，不肯住过来，你做做你妈的思想工作。我妈不会做事，我忙，都照顾不了你，你最好动员你妈住过来。"

韦春红在里面听着高兴，但还是出来道："小宝爷爷奶奶都宝贝着小宝呢，不肯放他过来住。唉，当年那是抢着要养小宝。来，脚挪开，我给添点热水。"韦春红当然也不敢把儿子放到雷母手下，那到底与亲爷爷奶奶不同。

雷东宝不疑有他，伸手揉揉小宝的头，道："明天带你去高一点的山，不信找不到野兔。"

韦春红看着嘻嘻地笑："好啊，带点钱去，打不到买也买它几只来。我准定烧大大一锅汤等着你们。"

小宝欢呼雀跃。雷东宝枪法好，训练有素，今晚吃饭又是跟霸王似的威风，小宝引以为偶像。

雷东宝枪法当然好，部队训练出来的，他还会自己调准心，将一杆猎枪调得无比顺手。第二天爷俩一早就出门，钻进深山老林乱摸。没承想，真给他打到一只山鸡、两只野兔，还有好几只鸟、两只松鼠。他看看一大堆的收获，心里也有些得意，带上小宝，杀奔陈平原家，因为陈平原曾跟他提起过爱吃野味。

陈平原一见倒也喜欢，尤其喜欢山鸡那几根尾巴毛，先拔下来插花瓶里了。雷东宝坐在沙发上，看烟灰缸里一堆烟头，陈平原笑容带点勉强，就直截了当地问："陈书记，他们说古河村村长被抓了，那是要你好看，对不？你别太当回事，谁嘴里都有准头，进去不会胡说。"

陈平原勉强笑道："你胡说什么，他抓进去跟我什么相干。不过这话倒是真，嘴巴得有些准头，牢底坐穿也不能说，否则放出来谁都避着你，再没人跟你做朋友。"

"那当然，没义气的人谁理。古河村那个到底怎么回事，还真指使人打死俩啊？"

"那神经病，当几天村长就当自己是黄世仁。东宝，不提这些。野兔你哪儿打来的？"

"我带你去，你自个儿摸不到路。"

陈平原沉吟良久，道："行。东宝，今天不留你，我得立刻出去找个人，你开车带我一程。"

雷东宝开车带着陈平原到市里一处大院，回来一路在想，那个古河村村长据说与陈平原关系挺好，不知道是不是他对陈平原那样的好。古河村长搞废品处理，自己做老板，虽然企业没他小雷家的规模，可人家拿来的钱全进自己口袋，派头可比他雷东宝大得多。他们好多废铜就是问古河村进的，彼此常有接触。以往也没见古河村长有那么凶狠，嗓门还没他雷东宝响亮。听说那村长这回花钱买通人杀了两个逼问他要债的，结果给查出来了，看来是个借钱赖账的主儿。看陈平原今天那样子，那村长不会也是曾通过陈平原问银行借过钱吧。

杀人抵命，那村长明知死刑，会不会放开手什么都说了？要那样，陈平原惨了。但雷东宝相信陈平原要是惨了的话，嘴巴不会那么没准头。刚刚陈平原自己不已经说了，雷东宝心说他怎么也跟士根似的胆小如鼠了。

春节过后，雷霆公司换一种模式崭新运行。有忠富他们三个熟手协理，下面关系一下理顺。尤其是红伟那边，红伟本来就比较闲，常帮着朋友介绍钢筋水泥，这下自己有了贸易公司，他就直接推销钢筋水泥什么的给朋友，红伟那儿的生意局面最先打开。反而是忠富这人比较闷气，谨守本分，他那一块一直只顾到自己。而正明越忙越疯，两眼挂满红血丝，走路都跟车轱辘似的转得飞快。士根看着这样的发展，才总算松了一口气。心里倒是开始活动，要不要跟雷东宝要求把他的那个份子给补上。只是实在没脸开这个口。

雷东宝吃一堑长一智，这回贸易公司的事不再放任三员大将由着性子做。他开始大刀阔斧地插手，自己扎进去了解市场，了解情况后就打算绕开所有物资局之类的中间部门，直接跟中间部门背后的厂商取得联系。他比正明、红伟两个闲，就拎上行李备足名片，一家一家地上门拜访厂家。

这期间，自然耽误了镇里、县里还有市人大组织的学习会议，尤其是耽误了邓小平南方谈话精神的学习。原先做县长的现任县委书记见他上任后，雷东宝不再勤着上门说话办事，心里有些不快。就在一次会议前特意强调，小雷家必须雷东宝出席。没想到会议的时候一问，雷东宝还是出差没回。其实这回倒不是雷东宝有意不来，而是出差去到小地方，他又是个随性的人，没有随时打电话回来联络遥控的习惯，压根儿就不知道有这么个会。但士根如此解释，新书记却并不太信。新书记心头难免留个不小的疙瘩，认定雷东宝如今财大气粗不给他面子。

这个时候，古河村原村长见保命无望，果然一股脑儿地把这辈子做过的坏事全咬了出来，自己没命，说什么都要拖上几个陪葬的。因为那村长买通杀人的案子大，影响大，破案有省里派人下来协助。他这一咬，立刻上达省里，省里异常重视，派人下令，秋风扫落叶般地将陈平原等人直接拿下，双规都省了。

雷东宝出差带着丰硕成果回来，正好听到陈平原被抓的消息。他累得在韦春红那儿昏天黑地睡了一天一夜，醒来开着车子才回到村里，却见好多人远远围在村办外面交头接耳。他坐在车里问一个村民这是干什么，那村民说，据说上头派人下来查账，把士根管的财务室全部查封了，现在士根在里面配合调查。

雷东宝忽然想到，不知道士根把那些送人钱财的签名单子放在哪里，要是正好放在财务室的保险箱里，事情闹大了。雷东宝这时候真希望士根听到风声已经销毁那些东西，或者早已转移到别处。这时真是后悔过去的大大咧咧，听任胆小如鼠的士根为了以后什么说得清楚，把那些单据都留下，他还规规矩矩在上面签上字。早就应该销毁了它们，烧光才干净。雷东宝在车里发了好一会儿愣，不想进去村办，转个方向盘，就开出村去。

才没开几圈，雷东宝忽然想到，他干吗离开，逃跑，他怕什么？他做那么多，既没自己昧下，也没给自己谋利，他理直气壮，他有什么可以怕的，那么回去？

雷东宝几乎是匀速地在路上开了一截路，终于没有回头，而是一踩油门直奔县里。他心里很慌，士根曾经的警告清清楚楚地被他回忆起来。他现在该怎么办？他很想找个懂政策的人商量商量。这个时候，他还能找谁？当然是找最可靠的。他回去韦春红那儿，想给宋运辉打个电话。

但没想到，刚刚离开的时候还没事，才去村里转一圈回来，车子还没停稳，前前后后上来几个人围住了他的车子，其中一个他认识，老相识了，是镇工办的李主任。李主任态度挺好，笑容可掬，却是打开门就不由分说地坐了进来，客客气气地道："老雷，我们到县里去一趟，把有些事说说清楚。都是工作，请你配合我们。"

雷东宝心说完了，看来连进门打电话的时间都没了。他没说话，也没反抗，静候处置。

韦春红听得门前有人停车，下意识探头出来，还以为雷东宝什么忘拿了，结果却看到几个彪形大汉硬挤进雷东宝的车里，将雷东宝拉到后面，他们占了驾驶位。韦春红急了，连忙跑出来大声斥问："怎么回事？东宝，东宝……"

雷东宝深深吸口气，想嘱咐几句，可看着被紧闭的车窗，知道说也没用，索性不说。车子一溜儿开走，抛下韦春红站在空地里惊慌失措。

雷东宝出事了，毫无疑问，雷东宝出事了。韦春红不是寻常没见过世面的女子，最近陈平原等一干人有去无回，她早有耳闻，昨天也曾提醒了刚出差回来的雷东宝。今天这阵势，她还能猜不出什么？天哪，她要救雷东宝。

可她竟然没能迈上门口台阶，双腿一软，一屁股坐在门口起不来。天哪，东宝到底有没有得救？她心慌意乱地直坐到屁股冰凉，腹内打鼓，这才摇摇晃晃起来，跑去厕所拉肚子。关进小屋子里，一时胆怯，怔怔落下泪来。

但韦春红也没多哭，擦掉眼泪出来，先浓浓煮了一碗生姜汤喝了，立刻打电话给小雷家村里她最熟悉的忠富。忠富接到电话也呆了，一连串的"什么，什么"。但忠富也清楚雷东宝肯定有什么，从今天上面派人查封财务室，到以前铜厂炸了后雷东宝想尽办法筹款，其中有的是辫子可抓。他只是意外。再意外，从心底来讲，他认为雷东宝这人其实比清白还清白，可有时候，有些事情怎么说呢？

"嫂子，别急，我们都会想办法。你那儿有没有路子？"

"再有路数，也都只是些县里的熟人。这回陈书记都进去了，这县里的人回避都来不及呢。忠富哥，东宝以前那个小舅子，你认识吗？找他行吗？总是自己人。"

忠富想了想，道："嫂子，书记这件事，我们村里会出力保他，你先放一个心，我这就找人商量去。宋厂长那儿……有些玄，他们以前走得很近，这两年……你也知道的。这么大的事，他不会不管，不过也……"

韦春红道："我明白你的意思，你跟小宋说，我一直敬重他姐姐，只要他出声，我愿意退出。忠富，村里这边你帮我盯着点，你们千万用组织名义跟县里说清楚啊，东宝这其实最傻的，他没捞钱，他只是威风个外场面。"韦春红太知道人情冷暖，嘴里苦苦相求，心里着实没底。

忠富道："我们都知道，我们每天看着最清楚，嫂子你放心，别人我不敢说，我一定尽力。我这就跟红伟他们商量去，士根哥给留在财务室接受调查，暂时没办法。等下给你答复。"

但打完忠富的电话,韦春红依然不敢放心,在店里转来转去想了会儿,索性跨上摩托车直奔小雷家。

果然忠富已经与红伟在一起商议,正明不在村里,暂时找不到人。韦春红进门,忠富和红伟都是默默地看着她,没好意思开口说。韦春红失望地道:"你们不管吗?"

红伟内疚地道:"我们不是不管,我们也刚被通知不许离开,等候调查。工作组已经进村,副镇长带头。我们已经把意见反映上去,可看起来没用。你如果有其他路子,赶紧着手。"

韦春红听了呆住半晌,才凄然道:"我还指望着你们组织出面总有点力道,看来都指望不上,人走茶凉啊。"

忠富道:"嫂子放心,书记与别人不一样,人走茶不会凉。等这边可以让我们自由,我立刻去找宋厂长,当面与他说,他不好拒绝。我们见过好几次面,这点面子他会卖的。"

韦春红又是发呆,看来组织能指望,可组织帮不上忙:"你们什么时候能自由?"

"不知道。要不,我们先打个电话,我跟宋厂长更熟一点,以前他大学时候还在我手下实习过。"

红伟说着就要绕去忠富办公桌,韦春红一愣,下意识地伸手过去按住电话,不让他打。电话里翻脸太容易了,一点不用面子。红伟一想也是领悟,一时无计可施,不由扭头问忠富:"我们这电话会不会被监听?"

忠富想了会儿,颓然道:"我们……应该吧。算起来我们是同伙,看刚才通知我们的时候口气那个严厉劲儿。"

红伟翻出笔记本,找到宋运辉电话,交给韦春红:"嫂子,我这边电话要给监听的话,你那儿估计也逃不掉。可好歹你是自由的,你出去给宋厂长打个电话,起码让他知道这事儿,外面电话你可以说得详细点。"

韦春红无话可说,可不,小雷家这五个,逃不了雷东宝,基本也逃不了这几个,刚才忠富、红伟也算是把话说尽了。她收下宋运辉的地址走出去,外面风大太阳亮,她给照得眼前白茫茫一片。她站在冷风里咬牙决定,干脆上东海厂找宋运辉去。人总得有几分香火情,说啥雷东宝以前做过他几年姐夫,宋运辉要真出言拒绝，她滚钉板给他瞧。

韦春红取了钱，又冷静将店子交代了，就赶去火车站。

当门卫报给秘书说厂长嫂子韦春红找，秘书一下"嘁"了回去，厂长哪来的哥哥，表哥堂哥都没说起过，哪来韦春红韦春绿。韦春红被门卫反驳，这才想到自己急疯了，又兼一夜没睡糊涂了，忙又说，是厂长大哥雷东宝的妻子，十万火急事找。秘书知道雷东宝，这才要门卫先好生招呼，他找宋运辉汇报了。宋运辉对于竟然是韦春红来找，异常吃惊，他隐隐皱起眉头，心中感觉这十万火急有异常。

一会儿，秘书带韦春红进来。他一看到披头散发的韦春红一改当年柜台后面齐整精明模样，心里咯噔一下，立刻要秘书带上门出去，有什么事都半小时后再说。

韦春红看着宋运辉这儿一道一道严格的门子，看到宋运辉办公室机关似的布局，看到东海厂一望看不到边的规模，心里立刻把宋运辉当成救命稻草。等秘书掩门出去，她扑通一下跪在宋运辉面前。宋运辉正给韦春红倒茶，见此大惊，热水瓶中滚烫水冲出来，烫到他左手，手中杯子都甩了出去。

"你……你起来，大哥怎么了？"

"东宝给牵连进去，宋厂长，只有你能救他了。"韦春红被宋运辉托起，也没坚持，坐到旁边沙发上，"哎，宋厂长，你的手……"

"大哥怎么回事？你说得越具体越好。"宋运辉将手浸入旁边洗手盆，"还有雷士根他们有没有出事？"

韦春红见问，心里明白，她把宋运辉想岔了，看来宋运辉肯管，否则不会问那么详细，否则只有堵住她的嘴，让她说不出话，再冷冷打发了。她连忙将事情来龙去脉说个清楚。

宋运辉的手一直浸在水里，拧眉听着，等听完才发觉自己站了半天，被烫红的手别说是已经浸凉，都已经泡发。他还是站着，在韦春红焦虑的目光紧盯之下考虑好久，才坐回办公椅，沉吟着问："大哥进去应该是与前县委书记有关，大哥前面一天跟你说的看来并不确切，你其实也不知道核心内容。"

"是，我只知道他和陈书记很要好，但他们有没有……"韦春红三枚手指做出数钱举动，"我有耳闻，可不知道数目。士根他们应该清楚，可他们的电话现在据说不能打。我当时怎么就忘了问他们具体多少钱了呢？"

宋运辉看着韦春红江湖气的举止，可这回他来不及感慨，他现在满脑子忙着找办法先了解情况。别说雷东宝有行贿嫌疑，他怀疑雷东宝村里搞什么集资公司，侵吞村集体资产事实成立的话，真是罪上加罪了。村财务一查封，有什么猫腻查不出来？

韦春红一直盯着救命稻草，见救命稻草一直转着铅笔发呆，终于忍不住问一句："宋厂长，你老家还认识人吗？你打个电话去，人家一定卖你面子。"

"叫我小宋。"宋运辉放下手头铅笔，不用翻电话号码本，熟门熟路地拨出一个电话。他跟老家基本上是恩断义绝，老家往事不堪回首，他一向无心经营老家的人脉。现在雷东宝出事，他能找谁？当然，通过关系绕来绕去总是能找到人的，但这样找到的人有没有用，却是一个大问题。

他找的是老徐，几年前老徐是雷东宝那儿的县委书记，又是雷东宝的好友，找老徐，最起码能找到解决问题的捷径。但是，在接通电话报上名号的瞬间，宋运辉忽然想到不妥。现在雷东宝犯的事正是行贿老徐身后的陈平原，如此敏感时候，一向行事谨慎的老徐敢贸然出面吗？别引火烧身才好。可是，这时候挂电话已经晚了，老徐的声音在那端响起。

"小宋，小宋，心太急了吧，才离开北京，又来电话催我。赶紧出国考察去，我让你缠烦了。"

"老徐，不知道这事该不该讲，雷东宝出事了。昨天给带走，昨天同时查抄小雷家村财务，副镇长领导的工作组已经进驻。从我几年旁观，大哥有事。他现在的爱人在我办公室，可惜她知道不多。"

韦春红不知道这个"老徐"是何许人也，仅仅是听宋运辉说电话，就感觉老徐的官职可能比宋运辉大。只是，她看着宋运辉觉得他太镇定了点，要是急点就好。

老徐那边则是好久的沉默。过好久，老徐才道："小宋，我了解一下，再跟你通气。"

宋运辉只好放下电话，老徐那边连雷东宝出什么事都没问，他心中很怀疑，老徐不想湿手抓面粉，惹这一摊子麻烦事。他放下电话，韦春红也失望，这么短的电话，鬼都听得出没意思。

宋运辉不知道老徐什么时候会来电话，不知道老徐会不会来电话，只好无奈地把电话拨给最顺手的杨巡。

"小杨，你认不认识老家县里的官员？雷东宝进去了，你有没有办法帮我打听一下？"

179

"雷书记？"杨巡惊住，"宋厂长，大概是什么事？"

"具体我也不是很清楚，你有没有空过去帮我了解一下。你常进出小雷家，你方便。不要打电话。"宋运辉把韦春红跟他说的那些情况择要跟杨巡说了。

杨巡听得好一阵子发呆："好，我立刻过去。我公司还挂靠在小雷家，我……我得回去看看。宋厂长你有没有什么要带去？"

"没……哦，这儿有个人，你过来一起带上。"放下电话，宋运辉看着韦春红，道："我不留你，你在县里关系也广，赶紧回去也好作为。有情况随时联络。等下你跟小杨一起回，他会照顾你，他很会办事。其他关系，等我一个个找过去。你留个你常用的电话给我。对了，三天后我得出国，你就直接找小杨商量。"

韦春红前面听着有理，但听到最后，不禁急了："宋厂长，如果东宝还是你亲姐夫，你三天后会出国吗？我们真没人能找了，只能指望你了。"

宋运辉耐心解释："即使我亲姐姐被抓，我也只能出国去。我们这回出国不是去玩，也不是开会，而是需要考察和谈判，需要现场决定很多重大问题。我是厂长，下刀子我都得去。大哥的事情……我跟大哥相识十年，不需要你对我急。"

"那你倒是急给我看啊。"韦春红看宋运辉那么平静，平静得跟没事人一样，急得肝火旺了，也不管谁是谁了，更不管宋运辉最后一句话对她的暗示。

宋运辉看着韦春红，一言不发，随她闹去。他依然转着铅笔想他的路子，想了一会儿，打电话找市里的朋友询问，这样的一个身份，这样的一件事情，会是如何的处理程序，又如何可以探知消息，最要紧的是，量刑如何。

听得这些，韦春红气得发抖的身子才平静下来，探到宋运辉桌边旁听。这会儿，她倒反而从宋运辉的平静神情里看到力量。她是聪明人，从宋运辉不知有意还是无意重复的话里，听到不少头绪。她看宋运辉又打了几个电话，又是进一步明确之后，才见宋运辉放下电话，呆呆盯着墙壁发愣。这会儿，她不催宋运辉了。

这时候杨巡敲门进来。宋运辉示意杨巡关门，便严肃地道："你们去，记得要做这些事，记牢……"他不写在纸上，只是边想边说，说一件，问清两人理解不理解，才说第二件，一直到口述完毕，再问一句："你们都记住了吗？"

杨巡点头，韦春红虽然心力交瘁，可也尽力记住了。杨巡却忽然问一句："镇上会不会接管小雷家的那些企业？"

宋运辉摇头："我至今还不知道这事情性质有多严重，除了跟你说的这些，不清楚是不是还有其他。可我估计还有其他的事。如果真是不幸，很可能连锅端，士根他们一个都跑不掉。这种情况是最差打算，可如果真出现这种情况，接管可能性比较大，你怎么问这些？"

杨巡皱眉："我还挂在小雷家名下，要是小雷家整套班子换了，我可能得麻烦。最近有些跟我一样的红帽子企业出事，挂靠企业换班子后不认前任制定的挂靠协议，打官司要讨回我们这些戴红帽子的资产。"

宋运辉一惊，看着杨巡愁得墨黑的脸，道："这是个大问题，你得有心理准备。"

杨巡一张脸更黑："我……唉，即使为了我自己，我也得豁出去救雷书记。"想到老家几乎没有人脉，杨巡眼睛都直了。回去，他得靠以前一起做生意的老乡引见，一五一十从最初做起。他弟弟杨速，才跑腿的一个，哪儿排得上号。"宋厂长，你老家认识人吗？同学，邻居？"

宋运辉摇头，将韦春红介绍给杨巡："大哥的爱人，开着县里最好的饭店，你们多交流。小杨，我相信你无孔不入。我这边会再找人。"

杨巡直着眼睛看了韦春红半天，心里满是怨气，硬是吞进肚子里不说。小雷家那样，却害他可能倒八辈子霉，毫无疑问他回去得放血，放血后还不知道他的红帽子如何。宋运辉理解杨巡的心情，不得不出言安抚杨巡。

"小杨，你放心去办事，即使是最坏结局，只要在本市打官司，有我。"

杨巡听了这话，虽说心下稍微一宽，可他又不是第一天出来混，有些事哪是一句话那么容易。他欲哭无泪，只会连连摇着头，冲宋运辉抱抱拳算是作别，垂头丧气而去。

宋运辉送走两人，心头七上八下。刚才一位朋友在电话里的话他没跟韦春红说，那朋友说，进去"双规"的人，几乎没有不交代的，三天问下来，神仙也挺不住。眼下外人能做的，大约就是在定罪量刑上面下一点功夫。但如果此案涉及者众，尤其是涉及的头面人物多，那么处理时候就不能太过厚此薄彼，唯有判决之后，再徐徐图之。

宋运辉点上一支烟，心想，陈平原和其他相关涉案政府工作人员等，那些人的关系网只有比雷东宝更广更密更有针对，想让雷东宝获得异于他们的轻判，几乎等同六月飞雪一般不可能。最多，他只能做到让雷东宝这个行事任性又留下一大把辫子给人抓的人别被抓作祸首处理，别被判得太重。可那样的结果，对杨巡就不利了。只要雷东宝被定罪，如果加上士根也被定罪，杨巡头顶上的红帽子岌岌可危。因此，杨巡会接受他的定位吗？

宋运辉一支烟没吸完，就动手毫不犹豫地拨打杨巡的手机。自然，雷东宝对他而言，是重中之重，就算是他不愿意看到韦春红，可如他刚才对韦春红所言，他和雷东宝十年的交情，又岂是心中几个疙瘩可以抹杀。杨巡的问题，他只能放到后面考虑了。在雷东宝面对的牢狱之灾面前，他必得侧重挽救雷东宝。

杨巡接了宋运辉的电话后，不得不将车停靠到路边，无法继续开行。他的脑筋只要稍一转弯，就能想清楚，宋运辉目的何在。可宋运辉能罔顾他杨巡的处境，他杨巡能罔顾自己的处境吗？如果雷东宝的案子身后没绑着他公司的挂靠关系，他当然愿意照着宋运辉说的做，他愿意提供这个帮忙，出钱出力，把雷东宝那儿的损失尽量降到最低。可是，问题牵涉到了他，牵涉到他穷尽多年赚得的所有资产，牵涉到他妈付出生命支撑起的家业，牵涉到他杨家一门今后的生计，要他还如何为朋友两肋插刀？他太清楚自己目前紧绷的资金链，他已经为了建设资金而做出种种努力，包括提前出租电器建材市场的摊位，他的资金链不堪一击，他哪里经得起个三长两短。

杨巡想来想去，越想越悲哀，他毕竟只是个无依无靠的个体户，他人微言轻，他除了照着宋运辉说的去做，还能如何？他无力说不，他没有资格拒绝，更没有资格表达他的愤怒。因为他知道，宋运辉是他在这里的靠山，因此，宋运辉才可以罔顾他的好恶，将任何要求强加给他，他还只能欣然接受。本来，他救雷东宝，为自己，也为以前雷东宝给予他的恩情。而今，他的心头感觉已经变味。

而再变味，他也只能做。他别无选择。他自己的事，他只有在完成宋运辉指定的方案之下，另做安排了。

杨巡考虑到未来可能的变故，不得不先回自己的办公室，把银行里的所有资金转进个人账户，免得遭遇其他红帽子企业的悲惨下场。若是小雷家未来被镇政府派人接管，那么，以后跟他打官司的可能就是镇政府这个国家机关，他从来都知道，民不与官斗。他只有现在就做最坏打算。

然后，他开车载着韦春红上路，心里憋屈，将车子开得像云霄飞车，车身抖得跟散架一般。看得旁边的韦春红担心紧张得脖子疼，比做一天的婚宴还累。等到杨巡靠边儿加油，她连忙钻出来坐后头，眼不见心不烦。但心不烦路上的事儿了，却又开始烦雷东宝的事。她是雷东宝的妻子，可是，他们说话讨论，都撇开了她，并不征求她的意见，当她透明，她却只能什么怨言都没有，好像她欠宋运辉似的，可她是雷东宝合法的妻子啊。

杨巡于车流激荡之中，忽然听到后座传来的压抑啜泣声，不由一叹："你哭什么呢，你好歹还有人帮着一起想办法。雷书记这人最多行贿，不会受贿，就算是实打实判刑，也不会多少年，再靠人活动一下，很快就能出来，你们最多有些日子不见面，这日子不会太长，你就想开一些。我就惨了，你知道吗？我已经注定上千万资产的危险了，我会穷得倒欠一屁股债，这辈子还有翻身机会吗？我不知道。所以我比你更想救出雷书记。可是，宋厂长已经明确告诉我，雷书记想无罪是不可能了。明知我已经没希望，可我还得去做，你说我现在什么心情？求求你，别哭，饶了我。你敢亲自来求宋厂长，我知道你是狠角色，你就再忍忍吧。"

韦春红一时无言以对，到此才算是真正明白大伙儿的打算了。她不由喃喃地道："宋运辉这个人真冷。"

杨巡没搭话，心说宋运辉要是个婆婆妈妈的，能混得到今天位置吗？其实怪谁都没用，只能怪自己没出息。人宋运辉也还不是一穷二白一步一步往上蹿的。只是杨巡心冷，上一回在东北，一败涂地不说，戴娇凤都离他而去。这回，又是那么莫名其妙，好像老天见不得他好，追着他跟他没完没了。他真是千算万算，都算不到会败在别人的事上，一次又一次，他郁闷至内伤。心头无法不生出一丝前所未有的沮丧来，这老天，到底要拿他这个先失去父亲，后失去母亲，还拖带着三个弟妹的人怎么样啊？

星夜兼程赶回老家，把韦春红送回饭店，杨巡坐在车上发了会儿呆。去弟弟那儿住？他倒是出钱给杨速买了房子的，可是，遇到那么大事，会不会影响杨速的心情，乃至影响正紧张准备高考的杨逦？杨逦为了安心读书，最近没住学校宿舍，而是与杨速一起住。杨巡几乎没太大犹豫，决定不去杨速那儿，想随便找个旅馆住下。可是想到即将到来的破产负债可能，他心里凉凉的，车子徘徊在空无一人的街道良久，弃便宜旅馆于不顾，转而杀奔市里，住进一家新开的三星级宾馆。钱……花光它。恨死。

一夜，哪里睡得着觉，虽然又饿又累，可杨巡躺在黑暗里，看了一夜天花板。直到早晨微光透过厚重的窗帘，他才终于能看清天花板的模样。他下意识地，将手伸向床头柜，不觉碰翻电话筒，稀里哗啦闹出烦人声响。他气得一跃而起，看着电话生气。但随即鬼使神差地，他照着话机上说明，拨打出一个国际长途。

杨巡没指望那边能有人接，因此听到话筒里传出真实的似是微笑着的声音，他如中大奖，身不由己站了起来："你好，我是杨巡，中国的，杨巡。"

梁思申不由看看时间，奇道："你那儿才清晨啊，这么早，我才回家，有事？"

杨巡忽然不知道说什么好，以往给梁思申打电话前，都是千思万想想好话题，可这回他根本就没想好，他冷不丁地冒出一句："我这回死定了。"

杨巡在东北工作过，普通话很不错，梁思申确信自己没听错，等待杨巡下文，却没等到，想了一想，大致想到了什么："你项目定得太大，导致资金出现紧张……嗯……就是钱们青黄不接？"她一时忘词，只好挑相近的说，自己都觉得不伦不类。

"不，我计划得很好，本来不会有事。可是，对了，你知道红帽子企业吗？"

"知道，宋老师跟我提起过，我也了解过，听说你公司就是红帽子企业，真不公平。"

"对，很不公平。我的问题就出在红帽子上。给我挂靠的是宋厂长前姐夫做书记的村集体，因为生意交往，我们很熟，他们答应给我挂靠，我每年交纳一定的管理费。有这种关系，我公司工商执照上的单位性质就变成了集体，可以做大。但是我公司所有者那一栏，写的是小雷家村。这种事法律并不允许，可大家都在做，虽然彼此签订协议，可这协议法律上不承认，挂靠纯粹是靠私人关系，私人信用。可现在宋厂长的前姐夫出经济问题给抓了，另一个相关的人可能也逃不过，小雷家村村务很可能被镇政府派下的人接手。类似事情我听说很多，接手的人为显示自己清廉，必须清算前任的老账，也为做出成绩，清理起挂靠的红帽子企业来，下手忒狠。再说我资产不少，又是一块肥肉，正好弥补小雷家村这回的损失。所以我估计我死定了。"

国际电话的效果再不好，梁思申都能听得出杨巡的沮丧，她一时也没空想杨巡为什么找她说，她家又与杨巡家不是一个省，帮不上忙。她只能安慰道："你别心灰意懒的，这事儿应该说得清楚。比如你可以让权威机构证明你所辖资产的实际出资人是你，而不是那个村庄。"

杨巡叹气："可你想过没，他们如果一上来就跟我打官司，申请诉讼保全，给我封上几天，我本来就紧张的资金链会怎么样？不用等判决，我自己乖乖缴枪不杀得了。抵抗是死，不抵抗也是死。"

梁思申想了一想，还果真如此："那宋老师能帮忙吗？"

杨巡又是长长一声叹息："希望我没事，能逢凶化吉。可能这是我打给你的最后一个电话，如果出事，以后就打不起了。"

"不会，你会解决问题的，我感觉你思维不拘常理，总能想到别人想不到的办法。还有，即使出现最坏结果，凭你的能耐，东山再起也不是难题。别难过，你一定行的，只要你努力，不放弃。"

听着这话，杨巡混沌一夜的心里犹如注入一汪清泉，顿时神清目明："你说，我能行？"

"是的，这种事如果放别人身上肯定没希望了，但你肯定还有百分之二十的希望。赶紧行动。"

"实际上，我昨天一听说就开车赶来，现在已经到了。"

"我就说你行的，看你愁的。来，打起精神，出去吃顿饱饱的早餐，收拾干净脸面，办事去。"

"是。"

"祝你好运。"

"是，事成我会打电话给你，再见。"

很神奇，杨巡恢复平静。他依言洗脸刮胡子，干干净净，打起精神出门。

一晚上乱成一团的思绪，此时迅速归类为两线：一条线，是照着宋运辉说的做；另一条线，则是开始接触接管小雷家的镇政府官员。他不信，他杨巡会向某些倒霉的红帽子看齐。

宋运辉不晓得杨巡是经过了怎样一夜的辗转，现在竟然已经恢复平静和理智。他结束与杨巡通话，赶紧洗漱吃饭，先送宋引去学校。照常上班，但他先打电话给司法系统的朋友打探消息。暂时还是没有消息。

宋运辉便投入紧张工作，后天出国，今明两天太多事情要赶着做，太多会议赶着布置工作。有接二连三的电话进来，秘书见缝插针地汇报给会议间隙回来拿资料的宋运辉。其中一个来自本市司法系统的电话说，很不幸，小雷家财务室查出不少行贿证据，数目和受贿人一清二楚，数目不小，十多万。又有人举报雷东宝带头组建什么集资公司，侵吞集体资产，举报内容正在调查中。秘书告诉宋运辉，打电话来的司法系统同志给予两字评价："真傻"。

是，真傻，宋运辉都料不到雷东宝会傻到留下白纸黑字的行贿证据，至此，雷东宝无幸免可能。想到不仅雷东宝自己逃不脱惩罚，把柄指向之人也因证据确凿，手脚都做不出来。宋运辉能理解他那个司法系统朋友的感叹，"真傻"，不，岂止是真傻，雷东宝做事风风火火，大而化之，今日终于撞到南墙。他不由得因此反思自己的尾巴，不知道有没有什么不慎露在外面。

杨巡一天下来疲累得快抽筋，却无法入睡。自从小雷家财务室被抄出行贿的真凭实据，县机关内部众口齐骂，而县政府对待小雷家的态度也忽然转向强硬，杨巡真是欲哭无泪。

刚才与朋友介绍的相关人等吃饭，有人摇头说，本来谁都对陈平原的案子留着一手，因是多年同事，多年千丝万缕的关系，谁都不愿痛打落水狗，即使有省厅盯着，可省厅到底盯着的主要还是命案，而不是其他经济问题，大家都等着风头过去再做处理。可现在好了，出了这么白纸黑字的证据，不仅陈平原罪上加罪，罪无可赦，又拔出萝卜带出泥，害其他一帮人今天陆续被招进去说明问题。因此惹得全县上下人人自危，担心拔出更多萝卜牵出更多的泥。也因此，各个都将害事态严重化的雷东宝和不知好歹的小雷家村骂个臭死。

这会导致什么？杨巡自己已经猜到，也在饭桌上咨询了有关人等。大家一致认定，对小雷家村这个行贿集体的接管将真刀真枪。县里肯定得做出严厉的姿态，彻底清理小雷家村目前存在的经济问题，以给上级一个交代。而接管的具体当事人，则是说什么都不敢在处于关注焦点，又有行贿前科的小雷家灵活机动，肯定得公事公办，免得染上一身腥膻。若更有接管人曾得、陈平原等人"提携照料"，那么在对小雷家村存在经济问题处理的时候，更会无限上纲。

杨巡没想到，在梁思申的鼓励下，一天跑下来，却得到更差推论。若不是身心俱疲，杨巡此刻都想驾车连夜赶回办公室，立刻着手应付即将到来官司的事宜。

梁思申说他能在别人看不到希望之处硬是发现百分之二十的希望，他也承认他有这能力。可眼下，看出去只有墨黑一团，希望？何在？不仅是他没有希望，他也看不到雷东宝的希望在哪里，他和雷东宝，几乎是百分之百得给从重从快了。

杨巡恍惚睡着了，恍惚又没睡着，累得浑身稀软，脑子却不肯停顿。他一早就起床，去外面狠狠吃了十六只生煎包子，要是有本事，他真想吃下六十六只，以求六六大顺。他还喝了一碗添足一勺辣酱的豆腐脑。饱饱暖暖地吃完，脑袋反而停滞了，睡意袭上心头，似乎除死无大事，吃饱睡足再说。

但回到饭店，杨巡硬是把自己用凉水冲醒，等到七点半，就开始拨打宋运辉工厂办公室的电话。电话却直到差不多八点才被宋运辉接起。杨巡照旧保持着礼貌，想先客套几句，可宋运辉早就一句话就将话题转入正题。

"小杨，你来电正好，我也要找你。我昨晚加班到很晚，对不起。听说小雷家财务查抄出行贿证据，看起来你在那里的跑动得换个策略。"

"宋厂长，我要跟你说的也是这事。这事已经传开，上午我去找人，有人还答应帮忙，下午都拒绝我，理由是：雷东宝？谁还敢沾手他的事。有稍微熟悉的直接劝我别管，具体我就不复述了。基本上，目前不止没人愿意帮雷书记，更多人可能顺手打压一把。而且听说现任县委书记对雷书记印象不好，县长也不喜欢雷书记，我看想在县里扭转局面有难度，未来只能走市里的路子。宋厂长，你有没有市里的路子？"

宋运辉愣住，他想了很多，但没想到雷东宝的犯傻，还犯到官官相护的体系。对了，证据的搜出，不仅让陈平原罪上加罪，还更牵出一批其他的人。这些人都是本乡本土成长起来，在小小一个县衙里面沾亲带故，牵累其中一个，还不招惹一伙的人憎恶？如此，可见在县里着手，根本无用。

而市里？宋运辉揉着眉心，想不出主意："小杨，你看呢？我明天出国，两个礼拜后才回。我大哥的事需要你着力了，你帮我辛苦一下。"

杨巡直接道："现在凭我从小到上地跑，没用。说实话，凭宋厂长老远找关系，你的级别也不够。再说我的事和雷书记的事牵连在一起，不用你吩咐，我自己会跑。但我目前已经看不到希望。宋厂长，这事我会一直看着，一直摸清情况，其他，我使不上力了。"

宋运辉叹息："小杨，你回来吧。对了，有没有去一下小雷家？那些村民有没有提出保雷书记？"

杨巡继续直言不讳："有个以前的造反派书记告了雷书记一状，说雷书记新搞的一个集资公司目的是什么……"

"啊，这个我知道，村民什么反响？"宋运辉进一步无奈地看到雷东宝众叛亲离。

"村民都骂，士根、红伟他们几个不敢出门。"

"唉，有数了。我找找上面的，你跟韦春红说一下情况。小杨。多谢你。"

上面还能找谁？与雷东宝不在同一个省，他所有的人脉，只剩远在北京的老徐。但是，老徐还没来电。显然，他此时再去电，已经不合适。唯有……唯有早一天飞往北京，面见老徐相求。可是，厂里一大摊的事没吩咐完。他唯有两步走，先要办公室问今天有无去北京的机票，他自己则去电老徐办公室，了解老徐今明两天在不在。

反馈很快回来。中午十二点，有一班飞机飞北京，是他最不愿意坐的苏联"图"系列飞机。而老徐办公室的人员说，老徐这几天都在。宋运辉只能加速起来，派人买机票，然后干脆叫上常务副厂长同车，一路交代未来两周工作重点，急匆匆先飞北京，连跟女儿见面道别的机会都没有。好在他不用担心女儿，他不在，有细心的父母照料。

老徐看到风尘仆仆的宋运辉，了然地道："我没想到东宝做出这么多蠢事，没想到。"

宋运辉一听也是了然，老徐已经着手。"谢谢，谢谢老徐。大哥这个人，唉，现在村民都在反他。"

"难为还有你为他操劳，把你了解到的情况说说。"

宋运辉将杨巡了解的和他了解的都说了，老徐静静听着，并没插话。等宋运辉说完，老徐才道："你明天出国？"

宋运辉点头："我即使不出国，也已经看不到还有什么途径可以帮大哥。老徐，请你帮忙。你了解大哥为人。"

老徐叹息，心想，当年奉劝雷东宝与陈平原为友，究竟是好事还是坏事？现在看来，似乎只能用"祸兮，福之所倚；福兮，祸之所伏"来总结。雷东宝的成长轨迹，伴随着农村的改革开放进程，这进程，这轨迹，都是摸着石头过河，谁都难以预料。老徐以前是说什么都想不到，雷东宝会是因这么两件事获罪，以前最多是以为他会像天津大邱庄那个禹作敏一样做土霸王，他也因此一直在电话中引导教育，不让雷东宝无知无畏。可没想到，事情会出在这两处，而其中集资公司的事，还是他千叮咛万嘱咐不要做的。要不是宋运辉说，他还不会想到问到这一出。

"你……集资公司的事，你为什么不劝阻他？这问题性质非常严重！"

"我劝过，也差点闹翻脸，我已经把话说得非常难听，甚至搬出我去世的姐姐来胁迫，才让他放弃念头。可金钱的诱惑还是惊人，他回去还是上马集资公司，不过不再是原先设想的慢慢掏空村集体资产转为村民所有。但这个转变，哪里解说得清楚。"

"他啊，他啊，他以前闯祸，因为有全体村民支持，因为实质是给村民带来好生活，才会处处化险为夷。我本来也想从这一点出发为他开脱。你今天一说集资公司，一说村民反他，我们还能从何处着力？师出无名啊。我原想把他作为一个农村改革进程中的活标本，向他们省领导阐述基层做成一些事的困难，作为一个带领全村人致富的带头人需要做出多少牺牲，还想说集体的账不能算到一个带头人头上。可是出了集资公司这么一件一看就是为个人谋利的事，东宝，唉，他以往的成绩只能一笔勾销了。"

宋运辉没想到老徐的考虑又是不一样的高度，但至此也只能无语叹息。

两人感叹半晌，老徐转了话题："你尽管出差去，东宝的事，我再看看。说说你出国去的事。我建议你这回出去，就你们工厂的发展，帮我打听一下国外融资的事。八十年代初，仪征化纤通过中信公司对外发行债券，引入资金，这在当年几乎是开创性的大事。你出去侧面了解一下，你那样的企业引进外资有些什么利弊，有些什么障碍和优势。你们这个行业也需要开创。"

即便是忧心忡忡，宋运辉还是眼前一亮："是条路子。"

"对，不要故步自封，只知道伸着手问国家要钱。你资质好，人又年轻，还是个外向型人才，你要多挖掘自身这方面的优势。南方谈话精神你们应该学习领会，改革和开放，两者相辅相成。如今政策已经明朗，你应该乘这股春风，为自己设计新路。现在你已经牢牢掌握东海厂，应该从事务性工作中脱身出来，做些高瞻远瞩的事。"

"是，老徐，谢谢你提点。"

"不用谢。好好利用你的外向型优势，有什么体会和消息，多多与我交流，我目前了解这些融资方式……"

"老徐，已经下班时间，边吃边谈？"

"不去，跟你这个老熟人不客套，我已经快一周没跟儿子交流，儿子快不认我了，我在这儿跟你说完，三言两语。"

果然是三言两语，老徐取出一些资料，交给宋运辉拿回去路上看。而雷东宝的事情，有老徐如此关注，他已经不能再多要求。他唯有照老徐吩咐出国做出事来，回报老徐，也才可以进一步要求老徐。

05

杨巡回到在建中的电器建材市场时，天色已暗。他走出车子，站在一团墨黑的树荫底下，看已经结顶的市场，心中感慨万分，如无意外，不久这个他花了无数心血建起的市场就得被人觊觎了。他若是已经把摊位卖了倒也罢了，可他只是租赁出去。没想到即使手头没握着货物，即使已经做上妈妈嘴里说的十拿九稳的"地主"，他依然可以遭遇灭顶之灾。若说前一次受老王出事牵连，可他其实也好不到哪儿去，他也有卖伪劣电器。但这回他招谁惹谁了？红帽子又不是他想戴的，他不过是被迫戴上红帽子，他为了红帽子还求爷爷告奶奶，在小雷家赔足笑脸，又奉上不菲的管理费。凭什么小雷家出事，他得被连坐？如果说红帽子违规，那他们倒是弄个文件出来给他一条活路啊。他勤劳致富，他不偷不抢，他办市场丰富市民生活，他还解决那么多人的工资收入，他做得比那些国有企业还多，为什么因为他是个体户就这也不许，那也不许？他就那么傻那么爱戴红帽子吗？他是走投无路给逼的。

杨巡气愤地看着自己的心血，满腹牢骚。不由想起梁思申的话，是，这太不公平了。苦点累点都没什么，可想到自己作为一个个体户，受到如此的不公平，他心里气愤。

他没做坏事，他只是不能在贫瘠的土地上做一个喂不饱自己，喂不饱一家的农民，他要吃饭，妈妈弟妹们要吃饭。可他又没办法像个城市户口一样可以让政府包分配，他只是个农民，他只有靠自己努力挣钱养家。可他做的是与别人一样的事，为什么总遭低人一等的待遇？连自己挣的钱都不能名正言顺属于自己，还得挂着别人牌子，这下好，人家翻脸了，他的财产得充公了。

这个时候，工地上的人都歇息了，左近都是农村，一片寂静。只有火车经过时候才带来地动山摇。杨巡没心思回家，靠着树干对着还没粉刷外墙的市场发呆。心中除了气愤的情绪，其他什么都不想了，就呆呆站着。

但忽然间，一个蹑手蹑脚的黑影打破由屋顶昏黄照明灯营造出的静谧，杨巡没处着落的目光立刻有了焦点，没处着落的思绪也忽然有了起点，没处着落的情绪更是找到兴奋点，他的眼睛在黑暗中精光大盛，一如发现猎物的豹子。

小偷，年轻的小偷，有把力气的年轻的小偷，没三分钟，杨巡就得出精确答案。

那小偷大概打死都不会想到，就算是时运不济给遇上个尽职的门卫吧，可哪来这么个不要命的门卫？他手里还抱着一捆钢筋呢，可那人上来就不要命地拿拳头往他身上招呼，就算是打到钢筋上也不在乎，小偷一下给打蒙了，手中钢筋全数落地，砸了小偷的脚，也砸了杨巡的脚。但小偷却见那人根本无视钢筋的阻拦，依然奋不顾身地往前冲，浑然视他这么个大汉为无物。小偷心下怯了，扔下钢筋，往广阔天地里找处最黑暗的所在，撒丫子就逃。

杨巡却压根儿不想放过那小偷，操起一根落在地上的钢筋，一根筋地撒丫子往前追。所谓狭路相逢勇者胜，即便小偷牛高马大，即便是依照常规杨巡肯定体力上不是对手，但一个人若是豁出命来，连皇帝都要拉下马，何况其他。小偷眼见后面那追上来的人闷声不响死追，寂静的夜里除了高频率脚步声不闻其他，而有那么几次，小偷稍微脚步一软，后面钢筋已经呼啸而来，小偷差点吓死，只觉得今天只要慢跑一刻可能便会葬身这黑暗之中，不知不觉，小偷向着光亮有人处跑去，只望路上遇到哪个大侠。小偷想都没想到自己这条小命会丧在偷一捆钢筋上。

杨巡什么都不想，就是闷头追，心里充满燃烧着的愤怒。等终于追上小偷，他却发现有人护住了小偷，而他却被另外人从后面包抄，猛地摁到地上，反剪双手。面对一室严厉责问，小偷和杨巡两个都是气喘吁吁，无法说话。原来，小偷跑进了市公安局特警支队。特警看到杨巡手操钢筋，目露凶光，毫不犹豫就认定杨巡是行凶现行，两个人涌上身死死压住他不让走。杨巡在下面本来就喘不过气来，这被一压，差点肺部胀裂。

直到杨巡终于缓过气来，事情才水落石出。特警都忍不住笑了，说这真是天下奇闻，小偷给追得逃进公安局避难。唯有杨巡笑不起来，事情怎么到了他手里全都颠倒了呢？本想抓个小偷出气的，结果小偷反被警察保护起来，他还得被特警当凶手一样地扑倒，胸口还给撞得闷闷地疼。所有事情怎么到了他身上都成不公平了呢？

杨巡闷闷地从特警支队出来，手中依然持着一根钢筋。虽然小偷被特警留下，可他并不高兴，他胸口一团子恶气还没出，怎么高兴得起来。

路上既看不到宾馆门口常停着的出租车，也看不到游弋的三轮车，天太晚，街道寂静得就跟死了一样。杨巡也不知道刚才追小偷究竟跑了多少公里，此时也累得跟死了一样，出了特警支队，就蔫头耷脑坐在路边发呆。才是初春，夜风很冷，杨巡却满头大汗。他不知道该起步走，还是从此躺倒不干，他心头一片抹不开的阴霾。

终于力气稍稍恢复，他才怏怏起来，拖着脚往市场方向走。以往市场到特警支队的距离，踩一脚油门眨眼就到，可今晚走在这只有几盏昏黄路灯的马路上，却似乎永远找不到头。杨巡走得灰头土脸，刚才那一场长跑几乎抽干他的力气。好不容易走到空旷处，郊外的夜风带来清爽气味，但路灯却反而没了，走路全凭天上一弯新月。周围没人，鬼都没有，杨巡依然闷头走着，甚至目不斜视。

忽然有卡车开过，带来一阵光亮，却溅起路中央一个水坑里的漫天水花，溅得杨巡满头满脑都是水。杨巡毫不犹豫就操起一块石头砸出去，石头没追上车，气得杨巡终于指天画地破口大骂出来。他要骂的人太多，要骂的事太多，嘴巴却只有一张，饶是他伶牙俐齿都赶不上胸口一团浊气的喷涌，才骂上两句，便只剩"啊……啊……"的嘶叫。他叉着腰在黑漆漆的夜里嘶叫良久，才感觉胸口闷气稍散，人脑子清楚了一些，可支撑着他走回市场的力气又消失殆尽。他不得不再次席地而坐，直到天蒙蒙亮，才回到车上，一个人再也撑不住，一头栽倒在后座，沉沉入睡。

梦里，他似乎见到妈妈，他如常地跟在妈妈身后边做事边诉说最近的不快。可妈妈越走越快，他却两腿犹如灌铅，步履维艰。终于他追不上妈妈，他所有的话依然憋回肚子，而他又似乎知道妈妈会一去不回，他急得只有泪流满腮。焦急之中，一种深深的恐惧团团包围上来，如烟如雾，将他笼罩。要出事，又要出事，他非常害怕，手足却无法动弹。

杨巡是在市场建筑工头的拍窗大叫中醒来，醒来时候浑身酸痛，包括喉咙也痛，眼睛也痛，一颗心还在怦怦地乱跳，不知自己身处何地。对于工头的请示，他有些心灰意懒，还忙个啥？他随意嗯嗯啊啊了几声，就开车走了，回家关上门继续睡觉。一直睡到下午才起。起来后无所事事，发了半天的呆，却又鬼使神差地出现在工地上。他不知道此刻除了来工地，还能去哪儿。他不知道除了工作他还能做什么。他几乎是靠着惯性来做事，似乎他生到世上就是为了做事，他前世一定是牛是马是骡子。做着事情，真是比睡觉还有效，杨巡做着做着，人又活了过来。虽然他心里反感，可还是给韦春红打电话，给刚在老家认识的新朋友们打电话，还给士根打，给正明打，不管对方吞吞吐吐还是语焉不详，他都要轮流问上一遍，这么一天天地下去，他坚持着每日一问。

可不知为什么，雷东宝的案子从这个时候起，外传的消息越来越少，案子似乎进入地下。

越是进入地下，杨巡越是担心。而他唯一知道的是，进入小雷家的清查小组刚刚离开，又一个工作组进入蹲点，全面接管小雷家日常管理。还是清查时候的那个副镇长牵头。正明说，那副镇长铁面无私，下来先剥夺了他和士根、忠富、红伟四个人的权力，他们四个现在赋闲，还得随时配合调查，交代情况。

清理挂靠公司的手还没伸出，可杨巡仿佛已经看到那只手近了，近了，越来越近。连忠富、正明、红伟三个小雷家的支柱都不惜清除，杨巡猜知，那副镇长手中的刀子一定雪亮。

他绞尽脑汁想办法，怎么才能挡开那只手。

唯一知道的是，如此风口浪尖之上，他现在若想托关系找那副镇长说话，一准是碰一鼻子冷灰。说不定还把副镇长的眼光招引到他的身上。可是，他总得做些什么。

06

宋运辉出差在外，时时惦记雷东宝的情况。飞机回来先到办公室，放下行李就给杨巡一个电话，询问小雷家情况有没有十万火急，待得杨巡说事情不急但严重，他才跟杨巡约定晚上再详谈，因他案头积起一大摞的工作。

晚上他好歹没有加班，他想念家人，他也知道疲倦。看到女儿非常满意他带来的礼物，他才能卸下做父亲的内疚。一家人都很健康，饭桌上的菜肴丰盛可口，他心满意足。一顿饭吃了很长时间，一家人讲了很多话，就跟以往他出差回来一样。爸妈说，他不在的时候，杨巡还特意过来一趟，帮他们家扛了一次大米，一瓶煤气。寻建祥也过来一趟，不过已经被杨巡做了去。

饭后给杨巡电话，宋运辉自然提到感谢。杨巡只笑道："宋厂长以往那么照顾我，我今天才有机会报答。"

下一刻，宋运辉就迫不及待地问杨巡："小雷家那边的事怎么样？你详细告诉我。"

说到小雷家，杨巡电话那端的脸就挂了下来，长长叹出一声气："东宝书记真傻啊。我昨天才听说士根村长恢复工作了，还是做村长。我打听下来才知道，原来东宝书记把所有责任全兜了，说他本身就是个村霸，在村里说一不二，别人没法做主。还说士根一直不同意他这么做，他成立集资公司，只有士根反对，因此士根是村里唯一一个没出钱集资的。三个下面的厂长也是被他逼着答应集资，要不答应他就开除他们。听说估计再过几天正明他们也会恢复工作。宋厂长，这事对我算是好消息，即使士根不敢阻拦工作组清算挂靠公司，起码也能给我通个消息。但东宝书记这么大包大揽担下责任，别人就难帮他了，村里人还照样骂他。"

"唉，都什么时候了，大哥还想的是小雷家，没想想自己怎么脱罪。"宋运辉叹息，可这也正是雷东宝的风格。

杨巡道："他这么费心保存士根他们四个的实力，可是等他不知道哪天放出来，那些人还能认他？啊对了，韦嫂子让我跟你说一声，东宝书记的妈由她接去县里了，省得留在村里挨人家骂。"

宋运辉点头，心说韦春红倒是个好样的。"大哥这个人，小雷家经济是他儿子。小杨，你的事你勤着打听清楚，方便我们这边提早行动。"

杨巡苦笑："宋厂长，我本来还真怨你，以为你只顾东宝书记不管我了。不过现在看来，小雷家工作组做事非常狠辣，我的事……我的事……我但愿真能有需要请宋厂长帮忙的时候，那就好了。"宋运辉无语，可见，杨巡的事有多棘手。杨巡又道："东宝书记那儿还遇到一个问题，没一个律师敢给他辩护。都说他们以后还想在本地混，不愿得罪公门里的人。这是韦嫂子说的原话，看来她已经在给东宝书记找律师了。"

"律师不是问题。律师我会找，你的事如果真打官司，也着落在这个律师头上，不过……律师能起多大作用？"

杨巡道："问过朋友，说是找个司法局或者法院出来的律师，但这些地头蛇效果再好，去到外地也没用。而且，他们能有宋厂长一句话有力？"

宋运辉淡淡笑了笑，他想到出国前老徐原本设定救雷东宝的招数，确实，有些时候，何需律师。

宋母见儿子好不容易打完电话，就凑过来轻道："你出差的时候开颜一直担心你去见你那个女学生，你回头开导开导。"说到这儿，宋母不由一笑："我们怎么跟她说你出差的地方与美国隔个太平洋，她都听不进去。"

宋运辉诧异："风牛马不相及，她怎么扯到一起的？本事！"他也忍不住笑，想到他打电话时程开颜好像说上楼替他收拾行李，他便跟了上去。本想蹑手蹑脚吓程开颜一下，却看到程开颜半跪在行李箱边，将箱子里的东西摊得满桌满床。宋运辉不由奇道："咦，你干什么？"

话音才响，他就见程开颜全身猛地一震，抬头看过来的眼光满是慌乱。他立刻醒悟，一脸错愕地盯着展开在程开颜手中的他的内裤，对峙良久，程开颜才支支吾吾道："我……我会整理，你下去吧。"

宋运辉依然紧紧盯着妻子，盯得程开颜低下头去，才道："你单纯可以，无知也可以，你怎么可以庸俗？"

"我……我没……"

"别此地无银，我本准备上来跟你解释，现在不屑解释。"宋运辉厌恶地再看一眼他的内裤，调头离开。从结婚解释到现在，以前他只是觉得程开颜没安全感，他虽然讨厌可还是屡屡解释。可是今天这一幕让他备感侮辱，他出差途中渴望回家的一颗心彻底凉到冰点，他无法原谅。

当晚，他就在书房打了地铺，完全无视程开颜的眼泪。一家人是什么？一家人应该抱成一团，彼此全心全意地信赖。吃醋啊无能啊，人非圣贤，孰能无过。可是这般的庸俗……拿他宋运辉当什么人？

宋运辉原以为过一夜应该可以消气，可是他早上醒来看见程开颜倒卧在红肿眼皮上的文眉和看见这个人，心里的厌恶一点儿没改。他强烈地不愿跟这个人说话。为此，宋母破天荒地在他上班时间，趁儿媳不在家打电话劝儿子别那么大脾气。宋母想了解儿子为什么忽然变脸，可是宋运辉说出原因来，忽然他自己也觉得理由似乎不是很站得住脚。他想理智，可是他很难控制自己的好恶，他就是没法面对程开颜。

宋运辉原以为程父很快就会打电话跟他说合，却不料冷战到第三天，受程开颜委托来说合的第一人是寻建祥。原来程开颜向她爸哭诉，程父感觉这事儿挺难处理，知识分子的荣辱观有时候与别人挺不同，尤其宋运辉是个心高气傲的，现在又得志，他这会儿出马，反而可能弄巧成拙，惹女婿厌恶。他让女儿千万找女婿最说得来的朋友说合，千万不要找还得看宋运辉脸色才能说话的人。

可是程开颜没好意思跟寻建祥明说缘由，亲自找去寻建祥办公室支吾半天，寻建祥还不知道他们究竟为什么吵架。寻建祥只知道宋运辉连吵架都没，就冷待程开颜了，因此约宋运辉出来，开头只能问："你们感情出问题了？"

宋运辉没瞒着寻建祥，一五一十把原因说了。寻建祥惊道："就这么点小事？我老婆即使做梦梦到我跟其他女人在一起，她都得出拳揍我一顿，更别说我外面喝酒回来她得盘问个底朝天，你不会是心里另外有人找借口吧？"

宋运辉忙道："我心里没人。我是个什么样人，你又不会不知道。我自己也不清楚，为什么忽然很厌恶她。"

寻建祥直截了当地问："你们还有没有感情？"

宋运辉听着一愣："你别乱扯，我们还有猫猫。"

"我没乱扯，我有理由。你说，你有心事的时候找谁？我一向跟老婆说，你没有。以前你还冲我发泄，现在整一个闷嘴葫芦。你压根儿看不起你老婆，我老婆虽比我小，但我们有事一起商量。你说你们这种关系算是什么夫妻关系，你最多因为女儿不考虑，我看你也因为做着官，怕名声不好不考虑。现在没人得罪你，我得罪你吧，但话说前面，你要听着不高兴，别拿你老婆出气，你们俩婚姻基础不牢靠。"

宋运辉听着愣了半天，手中半支烟燃尽都没说出话来。难道他与程开颜没感情？不对，他们是一家人。"我的婚姻基础怎么不牢靠？你为什么这么说？"

寻建祥的性格一向是帮亲不帮理，他直言不讳地道："我今天当然是劝合不劝离的，但我看你还蒙在鼓里，我帮你把问题理理清楚，把你莫名其妙讨厌小程的原因找出来，你可以有针对性地调整你的态度……"

听到这儿，连宋运辉都忍不住一笑："你可以做党务工作去了，大寻。"

寻建祥也笑道："你还真别笑我，这事儿上面我比你看得清，你才是当事者迷。单凭我俩的交情，我对你的深刻了解，我第一次听说你跟小程结婚，我不相信自己耳朵，认定其中一定有鬼。后来才问清楚原来你们弄出什么办公室一起过一夜的好事。别人都说你有心计，跟厂长女儿将生米煮成熟饭，我看你肯定一晚上都不会碰小程，你这人清高得很，所以有心计的绝不会是你。要不是办公室过夜这一出，我问你，你会跟小程在一起吗？你们不是一路人。"

宋运辉知道好友真心相帮，当然认真对待寻建祥的字字句句，他而今已非吴下阿蒙，被寻建祥旧事重提，他只须稍微转念，一张嘴便再也合不上来，他的婚姻，是他年轻时犯的错。

寻建祥见此道："事已至此，你刚刚也说了，你们有女儿，你怎么也得设法把日子过下去。而且你现在功成名就，背上个忘恩负义陈世美的名声对你并不好，你的前途不会局限在东海厂。我劝你认清现实，好好把日子过下去。"

宋运辉愣愣地看着好友，却道："冰冻三尺非一日之寒，原来我一直看不起她。"

寻建祥道："你看不看得起她不要紧，老婆又不是拿来跟你一起工作的，说实话，能让你看得起的没几个，你太能干。你只要别对她指望太高，就拿她当傻姑娘，我看你们都是挺好的人，能过得下去。"

宋运辉摇头愤怒地道："没办法，知道这婚姻是程家设计的，我……你让我傻瓜一直当到底？"

寻建祥严肃地道："你不能这么想。说实话，当年你与程家地位差很多，程家即使设计你做他们女婿，那也是很看重你。你问问你自己，当年金州连普通厂子弟女孩都眼睛长头顶上，何况程厂长女儿。肯定是小程心里放不下你，当爹的程厂长只好巴结你才出此下策。"

"可是你以前在瓷砖店里跟我说过，金州传统是物色能干青年做女婿，一家人努力把女婿扶上位，以后换岳家依靠女婿。"

寻建祥无奈地笑道："你记性别那么好，好吧，我记得你以前是否认的。那是我跟你说笑，你别跟我秋后算账。"

"不是玩笑，你从不会跟我开这种玩笑。"

"那你说你打算怎么办？不管怎样，小程跟你结婚那么多年，你们有女儿，老程对你也扶持很多。你难道想离婚？我都不答应。小程别的好不好我不管，她对你是真的好，只要你说的，她都听，你还要怎样？我老婆要那么听话，我做梦都会笑出来。"

宋运辉心里很混乱，道德谴责和心底的厌恶打成一团，他怎能甘心受骗至今，可他又岂能忘恩负义？

寻建祥道："你可千万别现在忽然又跟我说没感情，你刚才已经否认。这么多年下来，没感情？除非你没良心。"

宋运辉很矛盾，呆呆听寻建祥做了一晚上思想工作，谢过寻建祥回家。刚才寻建祥提到离婚时，他自己都立刻否定，那怎么可能？他们这个家，他是多么珍惜。他开车到门楼，停在路边想了好久。对，他婚前看不起程开颜，婚后看她做笨事的时候还是看不起，难道他对程开颜的厌恶，真是日积月累的结果？说真的，今天厘清婚姻的前因后果，他对程开颜更添厌恶。可是，他还想要这个家吗？

他思来想去，决定听寻建祥的，既然不想离婚，那么有必要调整心态。寻建祥帮他分析到原因所在，他应该容易克服心理困难。他真感谢寻建祥不怕得罪他的直言，兄弟依然是兄弟。

回到家里，他尝试着恢复关系。他的尝试让程开颜喜出望外，连他父母都替他们高兴。可是宋运辉却一直地看到自己心里的勉强，他终究还是没搬回卧室去住，没法连睡眠都勉强上。

07

雷士根恢复村长职务后，基本上不做决策，大事小事都是向工作组汇报了才做，他只谨慎地负责上传下达。这回是副镇长代表工作组传达命令，让忠富、红伟、正明三个人恢复工作。

士根接到这个命令，很是高兴，放下电话就兴冲冲去找三个人传达，心想事情终于是解决了。他先到最靠近的红伟家，又找到正明家，三个人一起来到忠富家。忠富却是淡淡的，不冷不热。

士根高兴地道："终于好了，这一下书记不用在里面担心厂子停下来。你们说说，后面的工作我们该怎么开展？"

正明立即伶俐地道："我们前阵子老挨骂，这一下没开个会就恢复工作，会不会太简单？下面会服吗？"

红伟道："这倒没问题，以前怎么管，现在还是怎么管。不过……正明那儿摊子比较大些，不服的人多。"

士根忙道："这些话都别说啦，红伟等下自己去上班，忠富也没问题吧？正明，我等下与你一起过去。"

忠富这才幽幽地道："士根村长，你够威信，你压得住？"

士根尴尬地道："不行也得行啊，否则怎么办？让登峰和铜厂烂着停着？上面的意思是，把集资公司解散，集资的钱哪儿来哪儿去，按银行利息记息，其他所得三三分账，你们每家厂三分之一，以后还是以厂为主导。我看也只有这样了。书记把责任都揽到他自己身上，解脱出我们四个，还不是希望他不在的时候我们管住家业。我们就是压不住，也得硬着头皮上啊，不能让书记白受罪。"

忠富冷笑道："书记的这个责任，本来不会成为罪名。法不责众，大家都交了钱，那就是大家都同意的事，即使上面认为不妥，也不会全赖到书记身上，不需要他出来担罪名。可正有你士根村长一个人出淤泥而不染，而不是其他无关紧要的人不出资，就坐实集资公司这件事肯定有猫腻，肯定是我们几个核心的人瞒着村民干了见不得人的事，也正好坐实老猢狲的诬告。现在你脱罪了，你当然要好好表现表现，我不行，集资的事是我催着书记做的，我不能书记说我没事我就有脸回去老位置坐着。我坐不住，那位置烫屁股，恳请村里还是另找一个能人替代我。"

士根一下子红了脸，包括正明和红伟也一时避开眼去。好一会儿，士根才道："忠富，这是我不对，害了书记。我请求你看在书记面上把养殖场做好，让书记在里面放心。我现在没别的能做，只有拿行动出来，把小雷家村好好支撑住，等书记出来交给他，别让书记出来看到啥也没了，伤心。这些都是书记的心血啊！等书记出来，我主动退位，作为谢罪。"

忠富道："我跟你想的不一样。我本身就是看着书记面子留下来，既然书记被冤枉，我也没必要留着，我倒是要走给那些镇上的人看看，这些个位置有多香，我们多爱坐着，书记又捞多少好处？我也要给村里那些没良心的看看，我雷忠富哪儿对不起他们，拿个合理的份子还得挨他们骂十八代祖宗。这帮人不穷到底不会知道我们的好处，不会知道书记原先多照顾他们。正明、红伟，你们别学我，你们要是换个地方，没村里那么多投资垫着，你们难赚，到底义气要顾，自己收入也要顾。我出去随便养几只猪就能拿回在村里一年的收入，我走给他们看。"

红伟犹豫着道："忠富，可是养殖场好不容易架起那么大盘子，你要一走，不是得毁了吗？"

忠富冷笑道："我没书记好心，我可以跟着书记建起养殖场，也可以亲手毁给他们看。让他们看看，别以为做几天苦工拌几锅猪食就他娘的有资格对我对书记指手画脚。有些人犯贱，需要血淋淋的教训。"

士根虽然极端尴尬，可还是劝道："忠富，你那样痛快是痛快了，可书记回来看到十多年心血变成废墟，他会怎么想？我还是厚着脸皮替书记守住家业，不能让老猢狲他们当权啊。"

忠富道："我这人说话做事认死理，以前书记在，我也不一定对他客客气气，现在书记不在，我倒是要为书记做些事。我整也要整倒养殖场，让那些没良心的看看，书记在与不在不一样，让那些没良心的后悔去。士根村长你不用劝我，你没书记那威信，我不会服你。哪天你养殖场撑不下去了，你打报告给镇里，翻我十倍收入，再承认集资公司没罪，我立马回来。我可以押一万块跟你打赌，养殖场少个我，不到一年必败。你们走吧，以后小雷家的事与我无关。"

忠富起身送客，士根他们坐不住，红伟讪讪地道："忠富，何必呢，我们好歹还是朋友。"

忠富道："对，我跟你和正明还是朋友。"

士根越发没意思，叹息而去。红伟定定地看了忠富一会儿，才拉上正明离开。

但没过多久，红伟又折返忠富家，又是讪讪地道："忠富，我也走。"

"你？你这是干吗？你也得顾你的收入啊。"

"这几年挣的钱够做老本，出去后也不开厂，做贸易。我跟那些钢厂水泥厂什么的熟，生意做得起来，不能让那些没良心的看死，他们骂我，我还得挣钱养着他们，我没那么犯贱。"

忠富感动，伸出双手握住红伟的，道："我嘴巴坏些，以前也常跟书记闹，可书记的功劳我都是看在眼里的。这回集资公司的罪名全是让我们催出来的，我们得自己心里有数。"

红伟叹道："忠富，我没你忠心，被你提醒还得想半天。跟书记老同学到现在，这点义气一定要讲。再说，一带两便，我们也不该再待在村里做义务劳动啦，以后风声更紧，别说集资公司，就是现有的收入还不知道能不能保住，那些镇里的现在权大得很，看我们钱多还能不动什么念头？走吧，我们又不是不靠着村里就吃不了饭的。"

忠富道："我还烦士根，本事没有，小心过头。要不是他不出集资款，要不是他怕这怕那留着证据，书记哪里会有事？让我以后听他的？等太阳从西边出吧。"

红伟也是抓着忠富的手，再三紧握。两人虽然知道出去后单独创业不易，可多种因素之下，两人还是毅然选择离开。两人都觉得，其实，这又何尝不是一个机会。起码，书记不在，没人敢横到收回他们的房子，赶出他们的户口，不过都没直言，都是心照不宣。

08

杨巡终于找上宋运辉。宋运辉从新添大哥大变声的话筒里依然能听得出，杨巡这个一向嬉皮笑脸的人说话难得地紧张。但宋运辉正忙，与杨巡约定晚上与市宣传部长会餐后再联络他。

最近时段，宋运辉有些不爱回家，因此工作抓得更紧。他布置任务下去，让所有技术人员学习国外先进技术，争取日日有创新。又将任务布置给一位副厂长，让他牵头在全厂范围宣传开展"日日创新，人人争做技术标兵"活动，有奖征集整改意见，即便是一道小小工艺的简缩，一颗小小螺钉的移位，都是创新的一部分。

有人不信宣传，移一颗小小螺钉都算是创新？于是有个小青年与寝室诸友一起窃笑着，往一只信封里加入一条合理化建议，说某条疏水管位置不合理，正好布置在某某通道上，情况紧急时候很容易成为绊马索，影响安全。让他们没想到的是，他们的信件第一天拿上去，第二天就见到厂长头顶蓝色安全帽，亲自过来查看。看了之后没走进控制室，便离开了。那几个小青年心说，嘁，还说一颗小小螺丝钉移位都行，穿帮了。

但没想到，过一会儿技术科的人就过来测量，而车间主任则是笑嘻嘻过来控制室，说某某几个中头奖了，打响日日创新活动第一炮，厂长刚刚亲自打电话来表扬。这倒让几个小青年不好意思了。而更让他们不好意思的还在后面，下班时候，竟然门口宣传窗也上了。几个小青年都没想到还有这等殊荣，虽然还没说有什么奖金，多少奖金，可人的自豪感一下上来了，回家硬是轻飘飘地得意，当然嘴上是不认的，嘴上都是说这有什么这有什么。

这第一炮虽小，却跟千金市马一样，一下在东海全厂职工心上燃起希望，死马且买之五百金，况生马乎，原来厂长真的说到做到。

于是建议不断呈上，宋运辉每次都是自己亲自过去看看，如果遇到的是工艺问题，还会走进控制室与工人交流一下。无他，他亲自出马才能让工人感受得到其中的重视。他想，东海厂有什么？东海厂没有历史，东海目前规模在同业中偏小，产品在同业中不是尖端，成本更是没有什么可说。东海厂要立足，要发展，要获得上级青睐，更要获得资金划拨，东海凭什么？而他宋运辉一不是上面有人，二没几个久经考验的老友，三没在系统内错综复杂的关系网，他凭什么立足，凭什么保证自己不遭遇老马一样的命运？都唯有"技术"两字。他必须保证东海厂有过硬的技术、尖端的技术，还有尖端而不可替代的产品。唯此，他才可能不可替代，东海厂也会有长足发展。当然，他得加倍辛苦，创业的人得多付出一份辛劳。

宋运辉的辛劳除了工作上的忙碌，还有交游方面的忙碌。与宣传部长的会餐差不多结束的时候，宋运辉早一步打电话给杨巡，让他到会餐宾馆一楼大堂吧见面。这家宾馆刚刚开业，是来自香港的投资，三星，目前是本市最上流的。而此时已经有其他宾馆纷纷申请立项。

杨巡早就等得着急，一听召唤，飞车赶到。正好看到宋运辉在大堂与人握手告别。等终于宋运辉有闲了，杨巡才露脸上去招呼。宋运辉看看人头攒动的大堂吧，沉吟道："我们另找地方吧，你上我的车。"

杨巡道："宋厂长不嫌的话，上我办公室谈，这些话原是不方便让外人听到。"

宋运辉点头，两人一起奔赴杨巡的办公室。开到一处大厦，宋运辉下来奇道："你这会儿还有心思搬办公室？"

杨巡勉强笑道："人越晦气的时候，越要弄些新鲜刺激的东西让自己高兴。"

"没那么简单，你杨巡睡工地啃地瓜都行，哪会讲究这些。"

杨巡这才会心真笑："让宋厂长猜中了。现在食品日用品市场租得太好，我把我占的两间办公室也租了出去，挣来的租金来这种讲究地方付了房租，我还有赚。我想着，越是有问题的时候，越要把门面弄光鲜一点，让别人琢磨不透。否则要都看着危险问我讨还电器建筑市场的租金，我就死定了。"

宋运辉一笑，果然，杨巡会打算。上去电梯走进办公室，见果然焕然一新，布置有些正规的样子。下面是灰色化纤地毯，上面是白色石膏板吊顶，清爽干练。宋运辉不由赞一声："不错，挺有实力的样子。"

"没办法，以前就是穿着破衣烂衫都没事，现在快要出事，人家都盯着我看呢。宋厂长请坐，晚上不喝茶吧？"

"不喝，本来就睡得不好，哪还敢喝茶。你也坐。说说，小雷家那边准备动手了？"

"小雷家那边最近事情真多。忠富和红伟一起走了，听说副镇长亲自出面挽留都不干，只有正明留下来。工作组还是依照原计划，从各系统抽调老会计审计村里所有的账，听说没什么大事，士根的账一向清楚。"

"那你的挂靠企业得被他们查出来了？"

"是的，正明跟我说，士根只是解释了一下，没有坚持说我的公司不是他们村里出资。"

"为什么？这很容易说明。"

"听说审计组只凭合法合规的书面证据说话，而正明说士根想保住位置，不愿硬顶审计组，免得他自己作为知情人之一也给牵扯进去。正明还说，士根跟他商量，两人一定要忍辱负重，在小雷家顶住，替东宝书记守住小雷家，那就势必牺牲我。"

"士根？他还没迂腐够？"宋运辉惊讶，却也觉得顺理成章，谁让士根一向是个保守小心的人，"如果只凭合法书面凭据说话，那他们采取措施是难免的了，是不是红伟和忠富离开小雷家后，对小雷家影响很大？"

"是啊，这个影响对我来说太要紧了。红伟这人一向精明，手头的客户都是他自己抓着，他一走，别人都没法接手，整个建材厂几乎停产。忠富技术好，以前都是忠富一手抓配料比例，他一走，先死鱼虾，现在据说开始死猪。那些镇上的人都急了，找忠富和红伟，可两人提出条件，要县里认定集资公司无罪，还要工资翻十倍，谁都不敢答应，事情就这么拖着。这两块亏本，正明说，小雷家的还贷压力很大，都是通过他赚的来还，流动资金越来越紧缩。再加上那些客户听说小雷家出事，都小心观望着，正明那儿的量现在也上不去，利润很受影响，因此，镇里说什么都要盯上我这块肥肉了。"

"要命。"宋运辉皱眉。要是小雷家的企业这么搞下去，总有一天越缩越小，一直到关停。没错，这样更显得杨巡这块肥肉之丰腴。

"我今天找了律师后给你打的电话。律师说，先从老家那边找相关人游说，不过我看这希望不大，我认识的人都还没那么大面子。律师还说，镇上完全没必要到我们这儿打异地官司抢夺我的市场，直接就在那边告我侵吞公款，顺便还可以再告东宝书记挪用集体资金，罪加一等。政府在当地告我，我哪里还有赢的可能？"

宋运辉更是皱起眉头，杨巡那一摊子要是再加到雷东宝头上，雷东宝判死缓都够。"你有没有跟士根说这个问题会捆绑上东宝书记？"

"还没说。我估计说了也没用，现在他做不了主。我准备跟你谈了后，明天过去一趟直接跟他说，起码他能努力一把。"

"他妈的。"宋运辉终于忍不住骂出一句粗话，"我都已经找到那边市长在党校的同学出面说项，要添上这事，大哥还出得来吗？这个士根，我想掐死他。"

"我明天还打算联络一下忠富和红伟，看看他们能不能为我为东宝书记回去村里。"

"你那红帽子到底怎么戴的？具体说说，越具体越好。"

"我公司的资信证明由小雷家开出，才能到这边工商注册。出资也是我的钱先打到小雷家，再从小雷家汇来，到我这边账上。如果他们硬要不认，我一点办法都没有。"

宋运辉皱眉低头考虑好久才道："我再想办法，问题看来越来越严重了。"

杨巡也叹出一声长气："宋厂长，我这两个月，人整整瘦了十斤，白头发都出来了。"

宋运辉下意识地看看杨巡年轻的脸，无言以对，闷闷而回。

回到家里，见程开颜还等着他，他倒是惊奇，面对程开颜递上的一杯菊花枸杞茶，奇道："怎么想出来给我喝这个？"

"妈说，你老在外面吃喝，要喝些这种东西清火保肝。"

"我又不喝酒。"他没喝，里面有茶叶，喝了他晚上别想睡了，不过对于程开颜做事不经大脑，他早已不计较。

程开颜被他妈教育而今开始要做贤惠媳妇，可是她没头绪，想跟丈夫问个清楚，但见宋运辉眉头紧锁，她不敢打扰，做个鬼脸上去了。宋运辉看着程开颜的背影，不由摇摇头，一下又变成小媳妇了。

他没急着上楼，想了半天雷东宝的事情，终究没想出招数。不过这条新出来的枝权，他明天还是得尽早告诉老徐。反而是杨巡这边，他这几天与律师接触下来感觉，只要他出力，对方想到这边查封杨巡的资产不是那么容易。

但想到这一来往插手干涉司法进程的道路越走越远，不由摇头苦笑。救雷东宝，救杨巡，他并没感觉有多少对不起良心。说他干涉司法，那真是……宋运辉想到四个字，"逼良为娼"。

杨巡准备赶赴小雷家之前，忍不住开车拐到日杂市场对街看了会儿。天还早，市场还没营业，可那些摊主早已大车小车地推着货品进门，场面之热闹，不亚于早上的蔬菜批发市场。杨巡看着又是骄傲，又是心碎。这地方曾经啥也不是，只有长途汽车开过时扬起的一蓬灰。是他的市场带旺了这块地方，当然，最旺的还是他的市场，目前他的市场摊位转租价已经是原来的两倍。可想而知，他下次收租就能大赚。可是，他等得到下次吗？

他的市场大门朝向东南，早晨的太阳把门口两只铜球照得金光闪闪，从市场出来的人各个似乎是迎着朝霞，激情满怀的样子。杨巡正是背着光，越发显得阴暗。但他还是被已经早早上班监管着市场的寻建祥发现了。寻建祥大步穿过街道，走到杨巡身边，反而是杨巡先抢了话说。

"大寻，你这么早来？不帮你老婆带一把孩子？"

"丈母娘在，你怎么来那么早？脸色不对啊，昨晚干吗了？"

"你看你，想歪了吧。昨晚我跟宋厂长在一起说了一夜话。大寻，这边如果有事，打我大弟电话。"

"怎么，事情还没了结？"

"更糟了。你说我这人运气怎么这么背，幸好我还有你们这帮朋友。大寻，这边托付给你了。"

寻建祥瞅瞅杨巡，觉得今天杨巡的口气很怪："你怎么好像是去自首啊，这话怎么说的，不会有什么事吧？"

杨巡郁闷地道："哪是去自首的，是自投罗网去，弄不好真给抓了。大寻，反正拜托你了，有大问题你还是先打宋厂长电话吧，唉。"

寻建祥看着杨巡，真诚地道："兄弟，自己小心。这边我会替你守住，电器市场那边我也会每天看看去。"

杨巡拱拱手，叹息一声，上车离开，谁知道呢，万一那边做事雷厉风行，他回去正好自投罗网也难说。即使不是自投罗网，也不知道哪天开始市场就不是他的了。好在还有朋友可托付，杨巡想到当初寻建祥老是管着他支出的时候，他怨声载道，还和宋运辉商量把寻建祥剥离出去，一时有些内疚，但又想想，这又何尝不是朋友长久相处之道。

杨巡从日杂市场离开，巡回告别似的又来到电器建材市场。电器市场基本轮廓已经出来，这几天已经进入扫尾，再过十天就要开业。屋檐的一溜儿广告牌，十有三四已经放上花花绿绿的广告，这个地方比起日杂市场，显然花头少得多。

已经有人在清理广场，拿锤子叮叮当当地敲掉水泥渣。杨巡坐在车上看看，没精神走下去，他最近有气无力得很。正要离开，却见到有几个人从大门走出来，看穿着不像是做工的。杨巡以为是看摊位的，要换作以前，他早迎上去，但最近积极性不高。看到门卫往他这边指点着说什么，他便不急着离开，但也懒得下去，就坐在车里，摇下车窗等着。这才注意到附近停了一辆新车，好像还是国外来的好车。看来是有钱的主儿。于是杨巡掏出名片。

那些人果然冲着杨巡走来，杨巡只好跳出来等候。越看，感觉这些人越有来头，不像是打算租摊位摆摊儿的个体户。果然，名片递来，其中一个竟然是市里的副局级干部，那个年轻的三十多，叫萧然，则是挂着公司董事总经理的职务。看那副局级干部看上去对那年轻的很是殷勤，杨巡心说那年轻的一准是什么长的儿子，而且那个长一定来头不小。

萧然看了杨巡的名片，道："原来那家很兴旺的食品市场也是你的？你这个市场准备……嗯，电器建材市场，好，你打算近期开业？"

"十天后，十六号，到时欢迎萧总光临。萧总看样子不是来租摊位，来看看？"

萧然道："给我设计办公楼的设计师说，这间市场也是他设计的，我来看看。"

杨巡一听，心中似曾相识，想了会儿，忽然明白面前这人是谁了，设计师提起过，他也过去看过，市中心最热闹地方新华书店拆了让给了这个人，省里哪个领导的公子，难怪有个局长跟随陪同。但萧然仅仅是过来看看那么简单？"哎呀，我有眼不识泰山，原来是你萧总。我这市场比起萧总的来，差远了……"

"你这里面的摊位租金多少，食品市场的每年租金是多少？"

杨巡心里一凛，不由想到惨遭拆除的好好的新华书店，想到一直不付的设计费，心说他的市场要是让这人看上了，弄不好就给巧取豪夺了。他笑道："倒是记不住，还得回去查查账簿才能知道。"

"噢，买你的食品市场，五百万够不够？"

萧然淡淡说来，杨巡心里却是"咯噔"一下，心想果然有问题。他笑笑道："造价都不止五百万，这市场光基建方面我整整投入一千五百万，加上一些其他费用，一千八百万。"

萧然一笑："你还不如索性说不卖。"

杨巡心中忽然生出一个新的想法，妈的，要是把市场卖给眼前这个公子……于是，他悄没声地转换了口气，吹嘘起自己的市场："呵呵，价没乱开，局长只要查查就知道，我说一千八百万是保守的。说实话，我哪舍得卖呀，眼看着都可以坐着收钱，卖了不可惜？我啊，不肯做生意，以前做过生意，最怕货品砸在手里，烧了淹了，血本转眼没了。做市场好，他们租摊位的生意做不下去是他们的事，我这儿铁打的江山，只要人气烧起来，不怕租不掉。我一个美国朋友说过，美国人做生意，做大了也喜欢买些好物业出租，挣铁稳的租金，又可以等物业升值。我两个市场都才做起来，人气还没烧到最旺的时候，现在卖，我亏。再过两年，租金翻倍了，我的卖价也可以翻倍。"

萧然鄙夷地微笑道："这市场已经全部租出去了？我没见有几家摆上货物啊。"

杨巡笑道："刚刚天还没全亮，里面暗，看不清楚。现在差不多东窗全亮了，我带你进去看看，那些已经做好的架子，都是空着等摆放货品的。别看大模样相近，细节都有不同的，因为我要在市场里统一货品摆放，让人进来一看就整齐舒服，我要求他们货架规格必须大致统一，呵呵。现在已经摆上的大多是要出动铲车的笨家伙，不怕遭偷，那些瓷砖镜子啥的都还没放上呢。"

萧然立刻点头，道："劳烦杨经理带我们进去看看。"

杨巡头前带路，这儿指点，那儿说明，果然是所有摊位全部出租。其实，还有几家没出租，是杨巡看着基建的钱已经够用，不舍得再打折租出去，打算等人气烧旺了，租个好价。但他经验丰富，即使没出租，也给做出已经出租的样子，让人一进来就看到市场的兴旺。这一点，即便是行内人也完全可以蒙了过去。但他还是看了看手表，计算时间，心想晚饭得在路上吃了，又得半夜才能到老家。

萧然将目光从货架移开，若有所思地看杨巡举止，等杨巡将眼睛从手表移开，他都没移开眼睛，只是高姿态地说了句："我们再耽误杨经理几个小时，看看你的账目去。"说完，他就带头出去了。

杨巡惊住，等了好一会儿才领会萧然那话背后的意思，真的要买？他连忙跟着快步出去，一口道："不行，我不卖。"

"你刚才不是还说一千八百万要卖？"

"我说最起码值一千八百万，可没说一千八百万卖了。"

"小杨，你消遣人？"旁边那个副局长端庄地喝了一声。

杨巡不出声，关注着萧然走出外面指挥一个跟班打电话叫会计去杨巡办公室的所在。一行到了车前，萧然对杨巡道："杨经理，你坐我的车，你食品市场开多少价？"

杨巡不满姓萧的嚣张，便开始有意装傻，大惊道："两个一起买，你买得起，个人买还是国家买？"

萧然回头冲副局长道："哈，他说我买不起，你听听。"

"对啊，设计院他们说的，说你付不出钱，设计费都没付。"

"喊，我们萧总会付不起？看看这车子，一个轮胎就够。"

杨巡冷笑："我车子也是租的。"

萧然和副局长反而笑了，副局长道："小萧你别在意，生意人说话直。"

萧然再次鄙夷地道："十足钻钱眼子里的。"

跟班连忙道："对啊，都赚多少钱了，还不肯买辆车用用，这种拉达，零件都找不到了吧，抠门了。"

杨巡不语，坐在比宋运辉的车还高级的车里，紧张盘算着如果卖市场的得得失失。他们爱笑话随便笑话去，他才不在意，其实，他也无法在意。至于办公室里的账目，他是不怕给看的，他早已做足费用。另外，他考虑到自己目前的危险处境，起码将所有资产卖给这个萧然，他还可以带着钱远走高飞。

但是，这俩市场倾注他多少心血，又是非常优良的资产，卖掉如何舍得。他一脸的阴晴不定。萧然在一边坐着，斜睨杨巡的脸部表情，轻轻一笑。

一行几乎是强行闯入杨巡的财务室，杨巡很不喜欢这种被动的感觉，可就是没办法，陪同的那个副局长可以掐死他。萧然带来的财务挺不错，不仅很快就把两间市场的造价查出，也很快查出市场的租金。萧然得到全部数据，就起身道："杨经理今天别上路了，等我电话。"

杨巡只是装傻："我不卖，谁会卖生钱的聚宝盆？"

萧然戏谑地笑道："只要价钱合理，天王老子都能卖。"

"那也不行，我哥不会答应。"

"哈哈，叫你哥也过来等着。"萧然边说边走，旁若无人。

杨巡后面跟一句："我哥才没那么空，他是东海厂厂长宋运辉。"杨巡说这话的时候，挺起胸膛，一副朝中有人的模样。

萧然微停脚步，看着副局长道："还有些来头嘛，难怪一个愣小子能有今天。"

杨巡索性继续装傻："你什么来头？"

萧然哈哈大笑："小子，你以为打扑克牌比大小？请你哥来，我不跟你谈话。"

杨巡却听出其中细微的变化，前面，是"叫你哥"；后面，是"请你哥"，可见姓萧的不得不顾忌宋运辉的身份。既然如此，他装傻到底，免得被欺负到底，但事先，必须与宋运辉通一下气。

宋运辉听了杨巡解释，便语气严厉地道："小杨，这事你必须清楚强调，我与你的市场无经济关系。"

"是，这我知道，怎么能让宋厂长背黑锅呢？以往我打着你牌子出去的时候都是这么在做的，大家都知道你是非常重旧情的人，才对我如此关照。"

"那就好。你的意思是，脱出市场，逃了和尚也逃了庙？"

"是的，就算是他们清算我的红帽子，他们也不敢乱动萧然的东西。我这样想，就算是萧想压我价，我也卖，我吃不起亏，跟政府打官司，我耗不起。不如拿了钱，人藏起来，钱化整为零。他们抓不到钱，对抓我这个人也没啥兴趣了，东宝书记那儿他们也不会多去折腾一个罪名。"

宋运辉想了会儿，道："壮士断臂，也好，只是你好不容易打下的江山……你本来有很多打算，可怜的。"

不知怎的，杨巡听到"可怜的"这三个字，竟是鼻子酸酸的，不由伸手拧住鼻子扭到疼痛，才深吸口气，道："保存实力。"

"大寻那一块呢？"

"宋厂长放心，我会处理好。大寻也是我的朋友。"

"好。你如果改变主意，立刻知会我一声，如果找不到我，打我秘书的传呼。"

"宋厂长，让我怎么感谢你。对了，有件事你也尽管放心，我这儿处理完，立刻去老家处理小雷家的事。"

"算了，别送上门去。我已经跟正明联络过，士根等会儿会打电话给我，我来处理。"

"宋厂长，我要真有你这个哥就好了……"

"灌我迷魂汤呢，你，快好好想想，怎样应付人家的强行收购。方方面面想得周全些，别东西姓了人家的姓，钱一分没到账上。"

杨巡笑嘻嘻答应着，放下电话心里有了底。宋运辉一向如此，从不对他信誓旦旦地保证，但只要答应的事，宋运辉总有办法做到圆满。而萧然的收购，他想通了，别管那人有多嚣张，他只要结果。这姓萧的，实在是天上掉下个林妹妹，到哪儿找来头那么大的人去，除去那姓萧的，还有谁敢接手他的市场？

这时候，他反而有点迫不及待地等待萧然的来电了。

宋运辉没多久就接到那副局长的电话，那副局长说了些工作上的事，送上地方政府的关怀之后，问起杨巡的事。宋运辉于是情真意切地给副局长"回忆"起他在插队时候受到杨巡一家的照顾，如何的不是亲兄弟胜似亲兄弟，希望以后多多看在他的面上提供方便。宋运辉估计，效果应该是很不错的。

但令宋运辉和杨巡都没想到的是，事后萧然竟客客气气地亲自给杨巡打了个电话，说明他不会夺人之爱，希望以后有空和宋运辉一起吃顿便饭，交个朋友，这市场的事就别提了。杨巡欲哭无泪，天哪，竟然弄巧成拙，他这时候真是一头撞死的心都有了。要不要这会儿转过头去，自己找上萧然，说他非卖不可？他哭丧着脸坐办公室里，翻来覆去地想，去找，还是不去找？

可杨巡是个吃多苦头疑心极重的人，即使萧然电话里的声音温暖和煦，可他还是把事情往最坏里想。莫非，萧然在财务室摸透他的底细，顺藤摸瓜找到了小雷家，否则萧然的口气为什么有些笑里藏刀？

想到萧然可能已经找到小雷家，而更有可能直接从小雷家当地政府入手，直接通过那边打官司这边查封，双管齐下的办法接手他两家市场的话，那真是比原先预计的更雪上加霜。想到这儿，杨巡脸色煞白。如果这样，他就死无葬身之地了，只能束手就擒，乖乖把心血凝成的市场交出。

宋运辉这时候却在二期工地上接到雷士根的电话。听到士根温吞的声音，宋运辉真是气不打一出来，真不知道天下哪来如此保守的人。但宋运辉还是力持礼貌，走到安静处接听电话："士根哥，我想跟你说说最近的事情……"

"宋厂长，你——你应该清楚，电话里说不方便。"

宋运辉心下生气："士根哥，你放心，我是党员，也是国家干部。我的话很简单，也很讲原则。有些事我希望你跟组织上解释清楚：一、雷东宝组建集资公司不管初衷如何，最终目的是扩大经营，方便开展工厂注册范围之外的贸易工作。至他被抓，没有瓜分村里已有资产的事实；二、雷东宝行贿是村集体行为，而不是个人行为。尤其是其目的并非为个人，而是为集体；三、你必须把杨巡挂靠小雷家村集体的来龙去脉讲清楚，并出示有效证据说明，这并不只为杨巡个人，更是为雷东宝解脱。如果确定杨巡不是挂靠，那么，雷东宝岂不是犯了私自转移挪用侵占公款的罪名？那是与贪污类似的罪名，是原则性问题。士根哥，希望你认清现实，不要给雷东宝雪上加霜。"

"会……会这样？说东宝书记贪污？怎么可能……"

"不然，你以为怎么来的杨巡挂靠？总有一个里应一个外合，不是主事的大哥下手，难道是你士根哥暗中在财务上做的手脚？"

"不……"士根下意识地叫出声，随即喃喃地反复，"怎么可以这样？怎么会，怎么会……"

"怎么不会！士根哥，你可别害了你们的东宝书记。"

"我不会。"士根立刻否认，"那么是我做错了？"

"你以前怎么决定，我不会插手；以后怎么决定，我依然不会插手。作为一个党员干部，我唯一希望的是，请你尊重客观事实，坚持用事实说明问题。有问题，别隐瞒；没问题，别栽赃。"

士根喃喃地道："宋厂长，你说重了。你不知道，现在村里好多人蠢蠢欲动，我所做的一切都是从维护小雷家安定，维护成果不要旁落出发的啊，我……"

"士根哥，对不起，打断你一下。对于小雷家的村务，我不会插手，这是原则，但是对于影响到一个人的原则性的大是大非问题，我一定要搞清楚，尤其是我的亲戚朋友。这关系到东宝书记的人品、声誉和未来生活。士根哥，我清楚你的意图，也清楚你怎么在做，但我反对一切糊稀泥的办法，尤其是往东宝书记身上糊稀泥。"

"唉，我怎么办才好，怎么办？要不，我让我一个侄儿过去宋厂长这儿一趟。"

"不要想当然，要多学习多了解法律知识，按正规合法的程序办事。人你就别派来了，我翻来覆去只有这么几句话，不会再多，我不愿做私下交易或者动作。"

士根放下电话，愕然，官腔好大，态度好高高在上。但是，士根更愕然的是宋运辉的话。他相信，宋运辉打这个电话不是无的放矢，他细细回味宋运辉刚才所说，越想越委屈，宋运辉态度变化如此之大，是不是宋运辉把他看作是什么人了？他心里烦躁了好一阵子，才又回头吃透宋运辉的话去。但是，难道真的如宋运辉所言，清理杨巡的挂靠公司会影响到东宝书记？若真是如此，还真得找内行人把政策问清楚了。

士根思来想去，再想到如今村里的凋敝，心中很不是味道，这是不是间接说明他不是那块料？他多少对自己有些失望。以前总觉得雷东宝鲁莽有余，现在才知步步艰难，走不一般的路，需不一般的勇气。难道，也要他拿出雷东宝的鲁莽，来对抗上级的决定？他该怎么做？做了之后，后果又会如何？他几乎是一下想到无数可怕后果，最令他头痛的，还是老猢狲一个堂侄最近的活跃，大有向村干部位置问鼎的意思。如果让那人上位，士根无法想象后果。

可是，他要怎么做，才能既守住小雷家的江山，又将问题说清楚？士根抓破头皮。尤其是面对如此严重的后果，他真是无法下手做出决定。这一点，宋运辉可知道？

宋运辉当然清楚士根这人畏首畏尾，原没指望士根做出惊天动地的事来，但只希望士根在有人下来调查的时候实话实说，别总跟打乌贼仗似的把水越搅越浑。他这时深刻体会到，未必聪明人就能把事情做好，最要紧还是做事的态度和方式方法。比如杨巡，他暂时没看出杨巡有多少绝顶聪明，但杨巡做事直接有效。

比如，杨巡一直等到下班，估摸着他在车上了，才打电话给他，除非是十万火急需要他立刻知道的事，杨巡不会在上班打扰他。杨巡在电话里将萧然的意思说了，又说了自己的猜想，语气里满是无奈和叹息。

宋运辉听了，不得不将车子停到路边，掐了电话安静考虑。萧然真想取道小雷家入手，雷东宝更加麻烦。萧然为了得到市场，只会把挂靠这件事往死里砸，砸死才方便他低价顺利地接手。可是，萧然是省里某人的公子，他目前的影响，却只能是市里。萧然若调转枪口从小雷家入手，他现在一点招儿都没了。

此时，他深知，他说一声"我尽力了"，雷东宝和杨巡都将无话可说，他是真的尽力了，而且是十二分地尽力。如今他工厂上二期，他本来已经精力不济，还得分心管雷东宝惹出来的事，要不是有杨巡可以方便地供他差遣，他将更心力交瘁。可是，他又怎能不管？他怎能眼看着雷东宝身负行贿侵占挪用等罪名将牢底坐穿？他想了好一会儿，方向盘一转赶去市里，找司法局长吃饭请教。他终究是年轻，不懂太多官场套路，他需要有人指点他最好的切入点。

但是，司法局长给出种种可能，却最后都被两人同时否定。在当地没有一个强有力的亲朋好友帮忙，有些招数想使也使不上，何况雷东宝又把政界的人拉下马那么多，这是多大的忌讳。

宋运辉无可奈何，知道从自己角度入手的话，已经此路不通。他送走司法局长，开车回家路上，沮丧得气闷，将车子停在路边，摇下车窗吸烟。想了好一会儿，决定给韦春红打个电话，通报消息。

韦春红听到是宋运辉亲自打来，而非让杨巡传达，很是吃惊了一会儿，一时忘了客气应答。宋运辉也不想跟韦春红客套，直接将话说明。他给予韦春红很洋气的称呼，因为他既不愿称大姐，更不愿称嫂子。

"韦女士，大哥的事，到目前为止，我已经很难有所作为了。根据我咨询政法系统有关领导，大哥的罪名如果没有意外，将会比较严重，除了行贿，还有侵占、挪用等。你要有个心理准备。"

"怎么会又多一项？又哪儿出问题了？"

"跟小杨的挂靠有关，这事儿士根不认，罪名就很容易安到大哥头上。我在做士根的工作，但难说，即使士根出头也不一定有用，大哥的妈现在还住你家吗？"

"还住，她不敢回去。我找雷士根去，刀架脖子上也要他把话说明白。"

"可能没用，这是上面想不想听的问题。现在看来只有从上面着手开展工作，可是，上面我不认识人。不过我会继续努力，你再就近打听新情况新变化。"

"噢，知道了，我会处理。我这儿生意做不下去了，我这么高级的饭店，以前吃饭大多靠公款，现在人家绕着我走，我得搬市里重开去，这个电话很快没人听，等我搬好给你号码。"

宋运辉原以为韦春红会像程开颜一样来句"那可怎么办啊"，却没想到不仅没有，人家还当机立断搬了生意做不下去的饭店。他犹豫了一下，问道："大哥的妈跟去吗？"

韦春红也没隐瞒："她不敢一个人回小雷家，又不放心跟着我走，怕我欺负她，一定说去我市里新饭店洗菜洗碗去，我哪能要她干这个。跟你宋厂长，我说句没良心的，救得出尽力救，救不出也别钻里面拔不出来，别把外面的人也拖死。总之我们保存实力，我问了，他判下后，得花钱找关系打点让早点出来，多的是我们的事儿。宋厂长你是明白人，我要做什么先跟你说清楚，免得你误会，这边东宝的所有事情，我还是一如既往。"

宋运辉心里感慨，确实，保存实力谋发展，难为韦春红一个女人家做得到。难怪……难怪雷东宝信誓旦旦后，会违背诺言娶了这么个女人，原来真有她可敬的一面。他也不愿在韦春红面前示弱了，道："我会尽快请朋友帮忙引见你们那边的市长，前一阵彼此都不得闲。这事，得跳出县域处理。你确实别瞎忙了，保存实力要紧。"

从电话收线的一刻起，宋运辉第一次有了正眼看韦春红的想法。

09

而没多久，杨巡放在老家的朋友就来电汇报，萧然果然去了那里，开始广泛接触有效人脉。萧然开始釜底抽薪。杨巡因此更是坚定他的理念：这世上很多事只要与个体户相关，永远是没有最糟，只有更糟。

这也让宋运辉认识到，权力追求的道路上，没有最高，只有更高，永无止境。此时他算是与韦春红共勉，保存实力，谋求发展。

杨巡的电器建材市场如期开业了。从几个受邀而没到场的地方官员名单中，杨巡看出萧然影子的逼近。杨巡心头异常恼火，解决完开业事宜，将乱糟糟的市场一把扔给熟手寻建祥，他赶紧着乘火车赶回老家。他心里憋着一股毒气，听说萧然正在他老家地盘出没，他非要做些事情来，让那孙子明白明白，什么叫作强龙斗不过地头蛇。

杨巡回到老家先找韦春红这个因为官司而穿在一条绳上的蚂蚱，他一说萧然在本地活动的事，韦春红大怒，孙子，她老公给抓进去坐牢，牛鬼蛇神都敢欺负到头上来了。但她怒完，却也一时束手无策，问杨巡有没有办法给那孙子一个教训。杨巡说，他知道有这么个武疯子，最见钱眼开，只要给钱，要那武疯子做啥就做啥。他说他是个被萧然盯上的，希望韦春红出面邀出那武疯子，砸烂萧然的车子，让姓萧的明白，没人是软蛋。

韦春红正是为丈夫的事气不打一处来，见有出气的所在，一口答应，先跟着杨巡去找出武疯子，以后便是她自个儿接触。她一张嘴向来能把死人说活，活人说死，一个武疯子虽然头脑不清，可她就是有办法将疯子说听话了。

杨巡则是接着去小雷家，找到雷士根。他在士根面前没二话，先拍出一万块钱。士根连忙把钱推回，道："小杨，你的事，你也知道，我没办法。"

杨巡又掏出三万，放到士根面前："这些是定金，只要你说一句真话，咬牙坚持我的公司是我的，只是挂靠，拿出真凭实据交给我洗清我，这些都是你的。你的未来也不用愁，我会安排你，只要事成，我给你一套我那边的房子和家具，让你管我的电器建材市场。"

士根闻言，将钱摔回杨巡怀里，不屑地道："还没轮到你小子来我面前狂。我做的一切都是为小雷家，为书记回来把江山交还给他，你给我再多钱也没用。"

杨巡再次没二话，利索地将钱收回，塞进包里，阴恻恻地道："士根村长的意思是，你可以什么道义都不顾，什么道理都不讲，只要坐定村长位置，抓牢村里一把手的权，是吗？"

士根发怒："你走，轮不到你来指手画脚。"

杨巡霍地站起来，冷笑道："狗逼急了跳墙，人逼急了……你以为你有命坐住村长位置？雷村长，夜路小心。"

士根气得脸色发青，浑身发抖，看着杨巡出去，却连骂都骂不出来。但是，心中却是生出大大的恐惧：是，杨巡要是被搞得倾家荡产，还能不找上他拼命？又想到前几天宋运辉劈头盖脸的一顿子官腔，他心中更是左也不是，右也不是。

杨巡走后，韦春红趁萧然进县委办事，激武疯子操起铁棍将雪亮如镜子的车子砸了个稀巴烂，早有人吆喝着过来阻止，但是武疯子哪里听得进，将铁棍舞得烂雪片似的，勇往直前。韦春红见此悄悄溜走，心中称愿。

萧然果然大受惊吓，留下司机善后，连夜乘过路火车离开，不敢久留，回去立刻调查是不是杨巡所做，却得知杨巡这几天好好在市场待着。于是有人分析，他这是得罪了地头蛇。若是在自己老爷子的地盘，萧然即便是掘地三尺都要找出武疯子幕后的黑手，但那是别人的地盘，他不可能没完没了。一时收敛许多，不敢再亲去收拾小雷家，而他不亲自去，自然效果打了折扣。

士根也听说了萧然的遭遇，立刻联想到杨巡的威胁。他不知道武疯子背后究竟是谁指使，但他感受得到背后风声呼呼。他都有些怕走夜路，怕真有闷棍呼啸而下。

可是，要他怎么做呢？现在镇上行事都不询问他的意见。他找到主管副镇长说明问题，主管副镇长敷衍了他，他一筹莫展。而村里的资金却是越发吃紧。但是，对于所有有关雷东宝的议论，他不再闭口不言，他开始主动向大家说明雷东宝的难处和雷东宝的考虑，就像宋运辉说的，拿客观事实说话。但毫无悬念地，这些消息被人告发上去，他被训斥，被要求与雷东宝划清界限。

士根的头发几乎白了一半，每天走路忧心忡忡地数着蚂蚁，才人到中年，腰背却是明显地驼了。正明也是日子不好过，但正明比士根狂多了，遇到有人反他，他一改以往的文明，开始对骂下黑手，非搞得人一家子赔罪才作罢。谁的话正明也不听，以前只听雷东宝一个的，没办法，他见雷东宝犯怵，本能地没底气，对士根就不同了。等他带领的铜厂和登峰厂慢慢缓过气来，镇里特地开会表扬了他，他顺势彻底将两个厂揽为自家天下，村里再难插手。

而忠富原先辖下的养殖场终于没人有本事统揽全局。镇上特意请农技人员前来指导，可指导工作成本高而效益低。尤其是牛蛙等特种养殖，农技人员心中也是没底。士根无奈，只得做出清栏的决定，将能卖的猪鱼虾牛蛙等都卖了，免得死在手上砸在手上，最后一文不值。很快地，养殖场一片萧条，养殖工人没活可干，没工资可领。

那红伟原先管的预制品厂也没差多少，红伟做得更绝，成立公司后，回头就把得力人手抽走，顺手处处给小雷家的预制品厂设卡，真正搞死了预制品厂。

又加正明不肯再交出财权，村财政顿时入不敷出，所有村民断了原先优厚的福利，小雷家上下顿时怨声载道。

这上下，都没半年的时间。而这个时候，关于陈平原连带经济案子的侦破工作也告一段落，准备交付庭审。

杨巡听到韦春红的汇报，又查证萧然真的不敢再去，这才汇报给宋运辉。宋运辉哭笑不得，没想到最原始的办法，也是最直接有效的办法。杨巡又说有人开始向他暗示，让他将两个市场卖给萧然，以谋脱身。

宋运辉笑道："敌人是纸老虎。"

杨巡摩拳擦掌地道："我现在不卖了，他妈的，他要再敢跟我过去，我豁出全部身家，一辈子阴魂不散缠死他，看谁比谁有耐心。"

宋运辉微笑："先别下结论，如果真是对抗不住，还是卖个好价钱，全身退出为上。这事现在且慢考虑，我去北京核审设计去，回头请出个高人来，回老家找市长谈。从现在通过市长党校同学的朋友与市长的间接对话来看，我们的父母官是个有能力有思想也有人情味的人，我开始对从高层入手解决问题有了一些信心。"

杨巡一听，毫不掩饰地跳了起来，原本坐着的人兴奋地绕着椅子转了几圈，才又重新坐下，道："宋厂长，你这么说出来，说明有六七成把握，宋厂长，我的下辈子全靠你了。"

宋运辉笑道："我有太太有孩子，不管你的下辈子。"

杨巡嘻嘻一笑："明白明白。我等着，这下我可以睡安稳觉了。"

宋运辉正色道："我其实没有把握。请不请得出高人，心里还没底；怎么请出高人，他肯打个电话呢，还是跟我亲自去一趟呢，也没底。关键是有这么一件行贿领导的案子摆着，高人会担心若花太多精力拯救大哥，会招致他自己受人非议。他曾答应帮忙，可至今没响动，我担心的就是这个。但不管了，时间已经拖得太长，我必须在大哥受庭审前做完最后挣扎，你也做好两手准备。"

杨巡点头明白。但既然还有最后挣扎，他就不急着卖出市场。再说，交易双方，谁心急，谁受困。他即使拖，也要拖到最后一刻，即使法院传票来了也不管，除非有人穿着制服把他抓走。

但杨巡同时也做了两手准备。他恨萧然，他不信这天下除了姓萧的，就没第二个有权有势的人。他开始在机关朋友圈中打听谁能与萧然争风。

宋运辉收拾行李再次北上，寻找老徐。

但杨巡还是高兴得早了一些。宋运辉才去北京，他晚上和朋友吃完回电器建材市场的办公室睡觉，正看报纸呢，被撞开门抓走。杨巡满脑子的挣扎，却忘了手脚上的挣扎。见到门卫惊恐地缩在房间里看着，他想大声叮咛，嘴巴却被捂上。杨巡一时都来不及想他为什么被抓，而是想到该找谁通知大寻，通知宋运辉。待到被抓到一辆挂着老家省名车牌的面包车前，杨巡清楚知道自己为什么被抓。

他心中就跟悬念得以解开一般，吊了几个月的心事终于当啷落地，反而安心，要来的终于来了，那就死心塌地地接受。从今天开始，做另一番打算。

杨巡表现出的忍让和配合，很快让来抓他的干警感觉出来。干警把他塞上车，与本地配合行动的警察告别后，一行开着面包车连夜上路回家。杨巡被铐在车把子上，见那四个干警也没把他怎么样，就放下心来，很是友好地问："同志，刚才我没听清楚，到底为什么抓我？"

一位并没太如杨巡想象中的庄严，而是好声好气地说："你啊，别明知故问，拿话套我们。现在开始好好考虑，究竟错在哪儿，回头坦白从宽，抗拒从严。"

另一却是快性子，直斥道："为了抓你，我们连夜来，连夜回，你小子这时候别跟我们玩心眼了。刚才跟你说了，你涉嫌伙同他人贪污挪用公款，金额巨大，你自己想好吧。"

杨巡叹一声气，轻声嘀咕："那明明是我的钱。前一阵镇上来电话要我上交每月利润，我跟他们解释我只是挂靠，没用小雷家村一分钱，反而每年上交管理费，他们不听，还威胁我要把公司抢回去。这倒好，干脆抓了我走，回头他们要怎么收拾我的公司，我也没办法了。唉，个体户难啊。"

夜路寂静，反正闲着没事，四个干警就好奇地问杨巡究竟是怎么回事。杨巡对这事也没啥可隐瞒的，把自己创建两家市场的经过，尤其是把钱的来龙去脉说得清清楚楚。那几个干警听着都是将信将疑，动用他们审讯犯人的手段翻来覆去地问，问得杨巡头昏脑涨差点都要怀疑自己是否对政府撒谎的时候，才有前面开车的警察好言相劝。

"杨巡，你要相信党和政府会调查清楚此事，还你一个清白。"

杨巡舒服地坐在车椅上，叹息道："只怕等我清白了，公司也垮了。现在不是他们不知道我清白，而是他们从上到下不想给我清白。小雷家村长为了填补他们书记被抓后的财务困境，非常需要我这笔资产。我上回去找过他，他就是不肯答应拿出当年我们签订的协议去镇上说明白这事。镇里的人我也去找过，他们说那协议不合法，只认我公司工商注册资料写的内容。一半当事人赖定我，我现在又被你们抓了，你们说我还有啥指望？"

几个干警都沉默了，这事他们作为执法人员不便随便表态。但心里都是觉得杨巡这人还真是挺冤，就那么一个程序不合法，给人揪住小辫儿了。因为那么一点心态上的小谅解，这一路之上四个干警对杨巡和气了许多，路上见到早点摊儿还顺便同样给杨巡带一份，一点没亏待杨巡。杨巡也让他们放心，说他不能跑，他必须回去交代清楚事情，跑了反而更无法说明问题，更无法回去公司，等于白扔了一笔资产再也没法要回。

于是杨巡挺被优待地送进看守所，承那四位干警仗义执言，他进去挺受优待，并没吃上寻建祥说起过的那些苦头。但是，一进看守所，人就完全与外界隔离。虽然肉体并没受什么折磨，粗茶淡饭对于杨巡来说也无所谓，可是，想到外面莫测的风云，想到萧然的虎视眈眈，杨巡就像一只被关在黑屋子里的豹子，一个小时比一个小时担心，一个小时比一个小时急躁，自己觉得自己快疯了。

他最想知道的是，他最大的指望宋运辉是不是知道了他被抓的事，有没有有效行动起来，采取措施。

宋运辉进北京公事，晚上几乎是很罕见地婉拒设计单位领导的宴请，赶着去见老徐。

老徐是早已约好的。宋运辉被领入包厢，却见饭桌边不止老徐一个，还有其他陌生的两个。老徐见宋运辉进来，握手时候拉着宋运辉给其他两位介绍，说得很是推崇。

"就是他，我刚跟你们介绍的，我看着他读书工作，现在真给我们省挣脸。

小宋，这两位都是我的老领导，老上司，现在依然是你老家的父母官。你在外面做得好，回家时候怎么也不说拜访拜访领导，说起来大家都还不认识你。"

大家一阵寒暄握手，宋运辉才知老徐请来的是省里的父母官。都不知老徐怎么请到的。等刚一坐下，宋运辉忽然想起来，对其中一位胖胖的省长道："省长，我想起来，我当年还在金州时，您是那儿的市长。我们新车间进口设备开工剪彩，您当时也在场，我们握过手。"

省长扬眉一笑："对，有这回事，当时你也在场？"

"是的，我指挥开工，省长不知道还记不记得，我那时候嘴唇老大燎泡，看见的人都笑。"

省长"噢"地一声，笑道："记得记得，我们当时可没笑你嘴上燎泡，都惊讶你年纪轻轻竟然能担此重任。那么大一个工程，当年你们水书记可真敢放给你指挥，是个人才，不错，不错。"

省长说着，又伸过手与宋运辉紧紧握了一下，很是重视。老徐见此笑道："他现在的东海厂准备上二期，规模比当年金州的新车间更大，技术也更先进，不过对于已经身经百战的小宋来说，那些都已经是小意思。当时他们部里就是看中小宋这个长处把他调到东海的。小宋，我们这一代的都很羡慕你们新一辈的，正好赶上好时候，有那么多大事可以做。"

宋运辉笑道："我当时被水书记骂不知足，水书记说我每天跃跃欲试地怂恿他改这个造那个。"

"哦，老水现在可好？好多天没见他。"另一个省厅领导关切询问。

"前几天水书记刚去了趟我那儿，身体比前几年还好。我需要制订东海二期的工作计划，请水书记过去发挥余热，帮我查漏补缺。水书记的经验真是宝库，可我在金州的时候还没那么深的体会，总看着我姐夫的小雷家村飞速发展，嫌我们金州发展不足。水书记前几天还提起，说那时看到我们这一批小青年那么亢奋，他不知多头疼。"

众人听了都笑。省长笑道："改革初期确实存在农村快于城市的现象，农村搞承包好几年后才有工厂承包。我还记得当时全省学习过一次小雷家村的经验，老徐，是你上报的吧？"

"是啊，那时候我还是县委书记，小雷家带头人雷东宝的冲劲很让我感动。他们是真正从一穷二白过来，这方面小宋比我更清楚。小宋，你给两位前辈领导说说。"

宋运辉明白，这是老徐给他的机会，于是根据年代，一一清楚回忆过来，不回避错误，不夸大优点，因此听上去客观公正。杨巡的事他暂时不提了，相信只要雷东宝的事情得到正确处理，杨巡也跟着没事。

两位领导听得很专心，不时提出原则性的问题。好在宋运辉一向了解政策，对于小雷家发展路上与政策的冲突，或者对政策的超前，他并不回避，但他更多是解释那些冲突和超前产生的内在推力，包括市场的要求和人心的思变，他不愿表现出一厢情愿的样子，只是给予他们客观再客观的现实。他相信，眼前两个都是宦海沉浮多年的老手，什么样的人没见过，想蒙他们，他还不是那块料。

省长听到小雷家集资办雷霆公司的反复思考，不由对老徐道："雷东宝这个人有时候太自说自话。"

老徐道："性格决定。当年他要不是自说自话，不会泼胆领先周边农村一大步，带领小雷家走出贫困，可现在也是因为自说自话，对于原则性的公私问题认识不清。估计走到现在，他心里存在混淆，他就是小雷家的公，小雷家的公事就是他的私事。"

省厅领导点头道："对，有因有果。再说，我们的改革一直是摸着石头过河，经常是有一部分人因为某些机遇，率先冲到前面。当时看到会以为他们违背法规，可后来制度的跟上，几乎可说是为他们除罪。这一方面鼓励他们更加敢闯敢做，可另一方面不免也在诸如雷东宝同志这些人的心中留下一个不好的误读，以为政府默许他们一再挑战政策。"

宋运辉承认："知识的局限，认识的局限，令他们中间有些人跟不上形势。走到一定台阶之后，没法进一步学习提高。比如雷东宝，老徐和我都算是苦口婆心为他解说政策，可最后打消他借公谋私念头的，还是亲情。我有次问大哥他们怎么了解政策。他说平时去镇里学习文件，不过他经常懒得去，平时大多通过电视看新闻。我问他看电视能有看报纸一样激发思考吗？他说他跟我不是一类的人。厅长说得有理，他们因为理论知识没法跟上，才会走入行动误区。"

省长也道："背上那么多资产，积累那么多经验后，还是盲目，这不应该，看来我们要对这部分同志强化政策时事的学习和引导。小宋，你继续说雷东宝同志怎么犯的事。"

宋运辉继续一一讲来。但等宋运辉说完，老徐却对省长道："要不让小宋回避一下？”

省长笑道：“那怎么行嘛，小宋饭才吃到一半。小宋，吃菜，我看你光顾着说，没动过几筷。”

宋运辉连忙对省长夹的一筷子菜表示感激，但还是谦逊地道：“我担心会不会因为我跟雷东宝大哥的关系，影响我的表述，要不我还是回避一下，免得干扰讨论。”

省长笑嘻嘻地道：“坐下，还有问题要问你，别想临阵脱逃。”

但其实他们后面并没就雷东宝的问题做太多议论，宋运辉也知道，作为一个领导人，不便根据一面之词做出判断。倒是他们与老徐交流其他几项省里发展计划的审批。宋运辉这才明白，老徐是凭什么把这两位父母官请来，心中感激不已。

等送走两位领导，老徐关上门就道：“小宋，今天谈话的结果，我并不很乐观，你跟我说说你准备见市长的计划。”

“老徐，让我怎么谢你？”

老徐摆摆手：“这是我跟东宝的事，不用你谢我，你赶紧说说，不早了。”

宋运辉道：“我已经通过大哥过去的手下史红伟收集到过去日报对小雷家的所有报道，我已经根据这些报道写了一份材料，很简单，可也才写到一半。”他从包里掏出材料交给老徐。

老徐看看，道：“你现在哪有时间，能写这么多已经很不错。你不容易，跟东宝的这份情谊能维持那么多年。”

“我这是应该的，可我真没想到你能这么大力帮忙。”

老徐笑道：“东宝这人，有他的可爱，也有他的可恨。不过不失为一个真心好汉子，也不失为一个有魅力、有性格的人。他这人啊，有天生的向心力。可有时候真是可恨，无知得可恨。你今天说得不错，把他的正反两面都摆到桌面上，不会引起反感。可是去市长那里也准备那么说？”

宋运辉会意：“我有数了，我倾向一些，再提些要求。不过书面材料还是折中，回头我可不可以给省长一份？”

“好。市长那里我会先去个电话，以前同僚。小宋，以后必须找出时间常回老家转转，那也是工作。”

“是。”

老徐看看宋运辉，道：“看来你刚才也听出来了，别愁眉苦脸，东宝行贿的罪责不可能逃脱，你早应该知道。"

宋运辉点头："我……唉，担心大哥，他这样一个人，关上个几年，我无法想象。"

老徐却道："东宝应该接受一些教训，对他有好处，他需要思考，不能再为所欲为。"

宋运辉低头承认，他也感觉雷东宝现在有些无法无天，可雷东宝真受挫折，他还是不忍心："我仿佛能看到胖得像球一样的大哥眨着无辜的眼睛，憋牢里委屈。"

老徐忍俊不禁："小宋，你也有那么感性的时候。"但老徐随即脸色一紧："东宝有功要奖，有罪要罚，你不能过额要求。"

宋运辉这才不得不调整思维。虽然他和老徐一起帮雷东宝的忙，但他差点弄混了身份。老徐的态度却已经传递给他，公是公，私是私，他别想暗度陈仓。毕竟，老徐与雷东宝的关系才是朋友。

但等宋运辉回到宾馆，却有同事告知，秘书来电，说厂长的好友大寻紧急寻找。宋运辉心下一凛，本能地感觉到杨巡出事了。果然，寻建祥说了刚才饭后发生的事，杨巡连话都没留下一句。宋运辉只会摇头。若说雷东宝的麻烦还有一些自身因素的话，杨巡简直是六月飞雪般冤枉。不由想起以前梁思申大声为杨巡等个体户鸣不平的话语，他或许已经适应这样的社会秩序，但是外来人如梁思申却无法适应。

事已至此，宋运辉对杨巡的事暂时无能为力，不得不静待雷东宝的处理结果。只要被认定雷东宝只有行贿一罪，那么也就说明挂靠成立，杨巡也就没事，不然，他宋运辉还能干预司法？

可是，宋运辉也知道，事不宜迟。雷东宝的事，必须在开庭前有个着落，而杨巡的事，也是夜长梦多。这么多事经历下来，宋运辉已经知道，节外生枝的事层出不穷，以后还会有。

可他如今这么忙，这么忙，恨不能把一个身子撕成两个使。一半放到小雷家去，一半留在东海厂。对了，他还要放一半在家里，宋引都说她天天见不到爸爸的面。

是不是能者多劳？宋运辉感觉，以前他是找着事情做，而现在则是事情扑面而来，逼着他不得不抓大放小，责权下放。可纵然如此，雷东宝的事，他还是无法下放；杨巡的事，则是不忍下放，这两件事，他必须揽在身上。

但担忧过，行动过，下一刻，宋运辉便收拾心情，平静地召集这回一起来北京的成员开会讨论白天与设计院的对话，斟酌明天需要强调的事宜。一码事归一码事，宋运辉现在虽然不能做到完全控制情绪，可也已能做到不把情绪带到下一件事情上去。

宋运辉终于取得老家市长的约见，已经是好几天后，为此他赶着直接从北京飞老家，乘上等候在机场的座驾为雷东宝奔波。这几天，几乎是他和寻建祥一起软硬兼施地抵制住当地工商部门对市场的查封，但也造成挺不好的影响，当地人开始传说杨巡的两家市场雇用了来自青海的劳改犯看场子，很有流氓嫌疑。

那是因为宋运辉还没出差回来时，区工商很不正规地过来要求市场停业整顿，厘清投资人资格后再开业。当时就被看守的寻建祥顶掉，寻建祥说杨巡还没被判刑，谁知道是不是给错抓，怎么可以据此把市场查封。区工商说寻建祥不懂政策，寻建祥说他法律方面自学成才，又是一声大吼，要所有他带来的去新疆青海自学法律的员工进来给区工商检阅。区工商看到一屋子传说中的重刑犯，顿时吓得口齿不清，不敢停留，钻过人缝逃离。

这消息自然传到幕后指使人的耳朵里，萧然不由联想到他爱车的恐怖遭遇，做事时不免患得患失。宋运辉回来了解情况，也没客气，要寻建祥找两个面目不善的去萧然公司敲敲门看两眼巡几遭。宋运辉发现恶人还须恶人磨，对付无赖，只有更流氓，杨巡此前已经用过一次，他现在再用，依然灵验，但他还是去市工商局打了招呼。

想到女儿常说幼儿园哪个小朋友因为打人被老师批评，宋运辉感觉人怎么长大了以后，人生观全颠倒了呢。

宋运辉终于见到市长，他没想到，市长见到他很客气和热情，一开始就说，本来应该早点见面，可因为前一阵出去学习，一直没法安排专门时间见面。前几天则是去省里被省长找去谈话了，谈话的内容之一，就是小雷家的问题。省委省政府对农村改革中出现的新问题非常重视，以小雷家为典型，专门召开了一个专题会议，邀请相关市县领导和高校专家出席，分析讨论小雷家出现这种变化的深层次原因。

市长没有隐瞒，将会议就雷东宝问题做出的决议告诉了宋运辉。会议结论，雷东宝的问题必须一分为二，雷东宝所犯的违法问题，必究；但是对于雷东宝在改革摸索过程中所走的歧路，党和政府必须肯定他的积极性，但对他的错误采取教育引导的措施，而不能因为一个错误而否认他过去的摸索成就，一棍子打死。

市长说，他也一直关注着雷东宝的案子，考虑在南方谈话精神下如何正确客观对待农村改革前沿出现的问题。农村改革因其前沿发起人的起点低，觉悟参差不一等因素，改革至今出现不少需要面对的现实问题，雷东宝的例子就是一个典型。下一步市里将根据专题会议精神，就此问题广泛开展基层教育，提高干部群众对改革的认识。

同市长的会谈非常友好尽兴，这位市长也是工人出身，对于宋运辉的东海厂很有兴趣，两人有相同话题。说到未来进一步改革开放的方向，宋运辉把自己了解的吸引外资的种种方式与市长进行探讨，市长也提出如何引进外资解决现有国有企业机制僵化、技术老化、资金不足等方面的想法。两人为此延长会见时间，一直谈到中午饭桌上，握手再见时候充满惺惺相惜。

为此，市长又特意安排宋运辉与小雷家顶头上司的县委书记会谈，让宋运辉帮雷东宝跟主事的县委书记沟通交流。有市长铺路，会谈自然比较顺利。宋运辉为了雷东宝，拍了一下这位现任县委书记的马屁，又把他接触过的从老徐开始的三位书记回顾了一下，也把他与老徐因小雷家开始至今的友谊渲染一下。那县委书记原也跟雷东宝没有太大的怨气，再说已经从省里开会回来了解到上面领导锐意改革的态度，他自然顺水推舟了一下，做了个顺水人情。

宋运辉没法有时间等到层层办完手续，接杨巡出来；再说也是有意要把好消息跟韦春红通一下气，他走出县委，便找到韦春红的饭店去，却见韦春红正叉着腰，披头散发地指挥工人拆卸搬运东西。他进去的时候，正好听见韦春红尖着嗓门骂人，骂一个拆错螺丝，差点摔坏吊灯的工人，那些工人哪知道这吊灯是韦春红的宝贝。

宋运辉旁观了一会儿，等韦春红骂完一段，才上去拿两根手指轻轻拍拍韦春红的肩，没想到韦春红一回头，扫来刀子一样的眼光。等到韦春红看清是宋运辉，才转颜为笑："你怎么会过来？哎呀，我这儿正拆着，没法请你喝茶。"

"我简单说两句，得连夜赶着回去……"

"自己带车子来的？"韦春红往外一看，"一看就是好车子，大领导就是不一样。东宝怎么样？你肯定是为东宝的事儿来。"

宋运辉道："我们遇到好领导了，大哥有福气，不过行贿的罪名不能免，刑责逃不过，一段时间内大哥人身自由还是问题。其他集资公司等的事，省市县都已经有定性，回头也会通过工作组到村里宣传，恢复大哥名誉。杨巡的事也不再受牵连，明天有关手续完成，他可以出来。我那儿忙，今天得回去，想托你去接他一下。"

韦春红一听，念一声"阿弥陀佛"，总算放下心来。"你看我明天肯定也离不开新店子，小杨有大弟在这儿，我会让他大弟去接。那东宝会轻判吧？听说好多行贿的都没判就给放出来了。"

"大哥行贿数额巨大，又涉及太广，估计没那么轻易放出来，你还是相信政府能公正处理吧。"

韦春红撇撇嘴："相信？要没你上上下下地跑，哪会忽然咕噜咕噜冒包青天？我不是睁眼瞎，知道谁在出力。谢谢你，宋厂长，我以前心急冒犯你，你别挂心上，你大人不记小人过，等回头东宝能让探视了，我好好跟他说说。"

宋运辉笑笑，不去搭理韦春红的那些江湖气，只是道："我最近比较忙，没时间常跑来这边。大哥判决下来后，还得你多费心探视照顾了。不过你千万要跟大哥说明，他问题的从轻，全是南方谈话带来的好政策环境，全是省市县三级领导的好意。你别挑起他的对立情绪，别让他在里面憋出一肚子气，对以后出来重新开始不利。大哥不在，你一个人多担待多辛苦些，一个人带着婆婆，也要注意安全。"

韦春红听得宋运辉言语中态度的转变，不由感动，送走宋运辉后，回头想起来，鼻子酸酸的。心想，宋运辉也是个大领导，当然，领导也有不少好人，但要看是对什么人了，以前的宋运辉，可不怎么样。

宋运辉星夜兼程赶回家里，拎行李下车，院子大门在他刚掏出钥匙时应声而开，他疲累的眼睛看到父亲站门里面欢欣地笑。大清早，正是父母两个早起锻炼买菜的时候。宋母当然不出门了，赶紧为儿子烧出热腾腾的白粥。等宋运辉洗澡出来，家常可口饭菜已经摆放在他面前。听老娘唠叨他不爱惜身体，他脸上尽是微笑，也为雷东宝的事告一段落而微笑，家里的一楼忙碌而静谧。

直到他快吃完，宋母一看时间不对，赶紧上去叫宋引起床，才见程开颜揉着眼睛下楼。宋运辉听见楼梯被高跟拖鞋敲响，原本的静谧给刺耳的声音打破，他斜睨一眼，没搭理，不喜欢看到一张浮肿着的怠懒脸。程开颜却兴高采烈地蹦到饭桌边，道："你刚回来的？"

"嗯，才回。"宋运辉点点头，并没抬眼看妻子一下，端起空碗进厨房洗刷。程开颜打个哈欠的当儿，她丈夫已经进了厨房。她也没在意，见行李箱摊在沙发前，沙发上已经摆了几件资料，就习惯性地走过去收拾。宋运辉洗完一只饭碗出来，见此不由自主地冒出一句："不劳，我自己整理。"

程开颜这才咂出味儿来，一脸通红地站在行李箱边，双手伸也不是，缩也不是。夫妻两个对峙了一会儿，宋运辉伸手将行李箱锁了，钥匙揣进裤带上，上楼看女儿起床去。他出差最后几天行程安排紧张，都没时间清洗内衣，他不知道程开颜拿到这些脏衣服又该如何偷偷摸摸对着太阳光寻觅蛛丝马迹，恶心，他不愿一再地送人格上去让程开颜亵渎。他甚至想，若是回家看不到这张肥白的脸，该多完美。这想法令他一边叹息，一边内疚。

10

杨巡在里面度日如年，忧思如潮。忽然稀里糊涂被放出来，走出阴寒环境，放到灿烂的夏日阳光下，一时天旋地转，不能适应。把等在外面的杨速担心得半死。杨速好不容易才把胡子拉碴的大哥唤醒过来，唤出人气。

但杨巡一恢复神智，立刻赶着抛出一大堆问题："我的市场怎么样了？谁放我出来的？你怎么知道我在这儿……"

杨速被问得手忙脚乱，忙道："要不是韦嫂子通知我，我还不知道大哥在这里。韦嫂子只说是宋厂长帮的忙，其他也说不上来，我都问了。大哥，我们先回去，你洗个澡。"

杨巡点头，心说果然是宋运辉，宋运辉这回的恩情可大了。他骑上杨速摩托车的后面，却忽然问道："老四快考了吧，在家复习吗？"

"老四七号考，大哥别担心，老四成绩好，不怕考不上，你别那么小心。"

杨巡却不能不小心："去找个旅馆，不回了。你给我留意着点，哪儿有公用电话，停一下。"

"大哥，回家吧，我不信老四看到你那么辛苦还跟你怄气。家里有电话，洗了澡吃点东西慢慢再说。"

杨巡摇头："去旅馆，都最后冲刺了，不冒那险。电话立刻找，我等不及。他妈的，我进去得蹊跷，有人正好想赶着宋厂长出差时候弄死我，肯定有人趁机对我市场下手，我现在眼睛还有些不适应，你帮我留意。"

"大哥……"看着杨巡浑身脏污，脸庞消瘦，杨速恨不得代大哥受那老罪。他出来做过，知道其中辛苦，因此比其他两个弟妹更能体会大哥的艰难。他眼睛热热的，发动起大哥留给他开的摩托车，上路先找公用电话。

终于找到，杨速眼看着大哥飞速扑向电话，恶虎下山似的，忙跟去将钱放台子上，自己回头找刚刚看到的一个茶叶蛋摊儿去。杨巡拨通自己的大哥大，一听到接通，而且传来的是寻建祥的声音，一颗心顿时放下一半。

"大寻，没事吧？""小杨，你出来了？"两人几乎是同是抢着说话，又一起忍不住神经质地大笑起来，笑得一边儿公用电话老板拿杨巡当神经病。这一笑，让杨巡安心暖心，比看到杨速还开心，原来这就是兄弟。

"市场没事，今早小宋就跟我说了你今天出来，我总算放心了。妈的我再让他们跟姓萧的几天，吓死那龟孙子。"

"怎么回事？姓萧的又来了？打死他，我抵命。"

"哪用那么拼命。你再也想不到，这是一贯正儿八经的小宋给我出的馊主意，他让我每天派两个面相最凶的去姓萧的公司门口转悠，不时拿摩托车跟着人家好车在城里兜风，咱不惹事不犯法，把那姓萧的吓得没办法，又没理由叫人抓我们，后面几天鬼影子都不见一个。我让人继续盯着，没事也烦死那孙子。"

"痛快，痛快。"杨巡听着再次放声大笑，听得那电话老板直皱眉头，"大寻，多的不说了，谢谢宋厂长，谢谢你！市场开着，你管着，宋厂长照应着，我不担心啦，我洗澡睡觉去。哈哈，我明后天办点事，晚点回去。"

杨速从旁边弄堂口买来四个茶叶蛋，正好听到大哥歇斯底里的笑，心里发毛。待得大哥打完电话，看大哥交电话费，杨速却发现大哥的手微微颤抖，他不知怎么回事，但总之是里面坐着的日子不好受吧。杨速心下难过，不再将手中茶叶蛋交出，而是不动声色地剥好了，才交给杨巡。

杨巡一见茶叶蛋，眼睛里面迸出的亮光简直赛焰火喷发，一把抓来就三下五除二地塞进嘴里，嘴里连说："好吃，好吃，几年没吃这么香的茶叶蛋了，以前我们火缸里煨一罐子，一人最多只能吃到两个，你也来一个，好吃。"

"大哥慢吃。"杨速都来不及剥，眼睛却心疼地看着大哥两手捧着一个鸡蛋热情地吃，又把第二个递上，不专心，自然是剥得斑驳。杨巡接来，又是两口解决问题，但这回不顺，吃猛了，蛋黄卡在喉咙，上不上，下不下，转眼脸色憋得血红。

杨速吓得连忙扔下手中茶叶蛋，给大哥捶背，好不容易才听大哥"呃"地一声出来，他的眼泪也跟着下来。杨巡回头看见，沉默了一下，可随即便笑嘻嘻道："我这身衣服好几天没洗，你回头打两遍肥皂都洗不掉手臭。我衣服可以扔，你手可不能剥皮喽。不要你剥茶叶蛋了，你现在也臭。"

杨速含泪道："大哥，你为我们辛苦了。"

杨巡笑笑："走，我要洗澡。开好房，你去拿几件衣服给我，刮胡刀别忘了拿。"

杨速连忙答应，载上大哥去常住的旅馆，但眼泪一时收不住，涓涓滴滴而流。杨巡在后面看见，反而安慰大弟："别难过嘛，比起东宝书记，我才关十二天，正好一打。再说人家也知道我冤，我在里面没吃苦。等下你给我拿来衣服后，留下摩托车给我用。我得找两个人。"他有意说得挺多，分散大弟的注意力。

杨速想到大哥刚刚微微颤抖的手，哽咽道："大哥，听我一句，又不是天上下刀子，你再心急也给我今天好生休息一天，睡个好觉。有事明天再说。大哥……"

"行，行，听你的。"杨巡真有点受不了长得比他高大的大弟流眼泪，连忙一口答应，但心里想，等杨速离开他自会行动，他哪儿歇得住。但没想到，洗澡下来，又吃两只茶叶蛋，往床上舒舒服服地一躺，却早沉沉睡了过去，雷打不醒。杨速不放心回来看一眼，他都没听见。一觉睡到第二天天亮，杨巡还以为这是第一天下午。好在杨速早送了早餐来：豆浆、肉包、生煎等好大一堆。

杨巡再次吃得如饿鬼转世，将一堆早餐收拾了，就征用杨速的摩托车，赶赴小雷家。他有恩报恩，有怨报怨，他跟雷士根没完。

杨巡在村口找到一条木棍，操着这木棍杀去村办，进去看见雷士根就劈头砸下。雷士根本能一闪，那木棍砸在书桌面上，硬是将实木桌面砸裂。士根吓得连忙躲避，一边大叫："杨巡，你干什么！不要犯法。"

"犯法？老子没犯法你都能陷害老子坐牢，老子今天非打死你不可，打死你也是坐牢，不打死你也会被你害得坐牢，老子先打死你捞个痛快。"杨巡将木棍舞得呼呼响，追着士根往外跑，早有村人闻讯探头，看到杨巡神情跟疯子一样，想拦可不敢拦，但也有人回家扛锄头准备助阵，到底不能让外人欺负了雷家人去。

正明正好有事出来，见此连忙一把将杨巡抱住不放。嘴里说着好话："小杨，你可出来了，我担心死你了。走，上我那儿喝茶去。"

杨巡被正明抱住，嘴巴可没给抱住，大声怒骂："担心？你们担心你们书记去，要不是省里专门开会给你们书记平反，你们书记杀头的罪，把我也连累进去坐牢。你们知道这都是谁害的？都是雷士根这畜生。我前几天找这畜生，要他向上级说明，你们知道他怎么说？他说他不管，他只要做定村长，我们死活他不管。我明明挂靠小雷家，全村人都知道，这畜生竟敢昧着良心说是我和书记伙同挪用小雷家的钱，呸，你们小雷家哪儿拿得出上千万现金给我？畜生！你以为诬告我和你们书记，等我们判了死刑你就能坐稳村长位置啦，你休想，我杨巡九条命，我就是死了变鬼也要杀了你。正明哥，放开我，别让他跑。"

士根一时心虚，只得大声道："我跟你说了，这是镇上面的决定，我解释了没用。"

杨巡却是今天存心赖上士根："你放屁！要不是领导们明察秋毫把我放了，我本来还真信了你的鬼话。现在知道不是领导没长眼，而是你诬告陷害。还有，你们集资公司的事，你们书记花多少心血，为个公司到处求爷爷告奶奶讨生意做，眼看着生意做起来，利润来了，这个畜生他自己没出钱，眼看别人有钱拿他没钱拿，他就想出个大家都别想拿的损主意。你们书记是那种人吗？我跟他多年老交情，只拿小雷家名号挂靠一下，你们书记都要我交管理费，公私分明，他会贪你们一点点钱？他要想贪，只要免了我管理费，我把一半钱交给他，他就能发财。只有你这跟书记最近的畜生敢诬陷他，你披着忠臣的皮害书记，你这畜生最奸，害死书记你能当书记，你眼红这位置。可怜你们书记，为了村里发展行贿，罪名还都自己担着，不舍得要这奸臣陪着坐牢。他还蒙在鼓里，以为这畜生是忠臣。你们书记结果有什么好处？好处大家享受，坐牢他一个人坐，好歹我陪着他坐几天。坐牢啊，我昨天出来都站不稳，我才坐几天，你们书记已经坐几个月。他妈的都是这畜生害的。现在领导都已经认定你们书记只有行贿一条罪，没别的罪，我总算放出来，你们说，我要打死这畜生，有没有道理？正明哥你别拦我，我今天非打死他。"

杨巡说话放机关枪一样，密不透风，雷士根都没法插嘴，插嘴也插不进去，只会声嘶力竭地喊："你胡说，你诬蔑，你胡说，你诬蔑……"

村里人可就不那么想了，听着杨巡又是省长又是专门会议地一说，都被杨巡权威地将思维引导过去。再说村里刚刚断了全村的福利，本来大家都已经在嘀咕怀念过去书记领导下的美好时光，这一会儿两者一结合，还什么真相，他们愿意相信的才是真相，大伙儿一致将愤怒的眼光射向雷士根。士根见此不得不声辩："是老猢狲告的书记，我再解释工作组也不听。"

杨巡却道："一个局外人能告倒书记？我这回坐一次牢给审讯了以后最清楚，政府是讲理的，是要看确凿证据的，要告书记，凭老猢狲拿点道听途说能告得倒？书记是谁啊，是市人大常委会委员，县政府直进直出的人，能一告就倒？都是你畜生做的手脚，你故意留着行贿凭证让工作组查出来，把书记陷害下牢。你还喊冤，秦桧都比你清白，他妈的我以前一直当你是好人，我坐牢了才知道你是谁，畜生，没良心的畜生。"

杨巡恨雷士根，再加他对小雷家这一阵子的事那么清楚，硬是牵强附会净净有辞地将雷士根越描越黑。也存心的，为了报答宋运辉，他要扭转村人对雷东宝的不良印象。他做到了，他以一个才刚被释放的充满深仇大恨的苦主形象出现，让众人不得不信。起码有一点大家相信，要不是原本被定为书记罪名之一的挂靠公司的事没事，杨巡怎么可能被政府放出来。经杨巡"血泪控诉"，大家都恍然，原来其中有雷士根的小算盘。这一相信，便连带着把杨巡其他的话也相信了，大家都在心里初步建立起一个概念：对了，书记本来就不该是那么有私心的人，谁都知道的，哪能一下变得那么坏了，也就只有身边最信任的人才能把书记搞死啊，这雷士根还真奸。

便是连正明都听着糊涂了，小声问杨巡："真的？"

杨巡狠狠道："假的？我坐牢难道是假的？我都给他害得坐牢了，我还能有假？我都要杀人抵命了，我还有假？"

士根面对周围一双双变得怀疑起来的眼睛，面对指鹿为马的杨巡，气结，悲凉地道："我这儿发下毒誓，我要是存心做什么对不起书记的事，天打雷劈，断子绝孙。我现在所做的一切，都为以后等书记出来，把小雷家囫囵交还到他手上。我有为了小雷家对不起杨巡的地方，可我没对不起书记。你们信也好，不信也好，我该怎么做还是怎么做。"

士根说完，驼着背快快地走了，众人都看着他，唯有杨巡在他背后冷冷地道："你这毒誓发得好，什么叫存心做对不起书记的事，谁能剖开你肚子看出你心里怎么想？想赖也没那么明着赖的。你承认你昧着良心陷害我了是吧？那是我放出来了，杀到你面前来了，你赖不掉了。你存心欺负书记还关在里面，跟你死无对证，你才能发什么狗屁毒誓，你还想骗谁啊！你们别信这畜生的鬼话。"

众人原本有感于士根的悲凉，立场稍微摇摆，但被杨巡这么一说，都又被杨巡牵走思路。正明也狐疑地看着士根的背影，见士根不再辩解，心中又信又不信。他嘴里邀请着杨巡去他那儿喝茶，眼睛却是若有所思地看着士根的背影，心里打定主意，以后更不能把钱交到雷士根这样的人手上了。是，他为自己闹独立找到了充足的理由。

杨巡则是看着雷士根的背影狠狠地想，想欺负老子？老子劈不死你也玩死你。

正明拖杨巡到办公室，亲自端茶倒水，询问杨巡被抓进去几天的情况。杨巡很干脆地道："一句话，让我出来想杀人。"

其他跟进来的人惊道："那书记……"

"还用说。我进去还是受照顾的，有人看我冤，好心跟里面打了招呼。书记让雷士根那些行贿条子害得得罪多少人，他在里面能有好日子过吗？我说你们中间哪个但凡有些良心的赶紧帮书记走走人情，让他在里面少受点罪。"

外面一个声音笑嘻嘻地传进来："小杨，你道是你那么神，几句话就能让政府帮你在看守所说话？你后来的好日子，全靠忠富第二天不经意间知道你进去，帮你做的活动。"

杨巡朝外一看，竟是红伟，忙起身道谢："红伟厂长，我也奇怪我日子怎么这么好过，可再好过，里面那也不是人过的日子，多谢你和忠富厂长。"

红伟摆摆手，示意杨巡坐下，笑道："知道你来闹事，我赶紧过来向你打听些事儿。你这里面进去一遭，肯定已经摸透里面的套路，你跟我说说，我现在已经跟忠富为书记做了些事，你看有没有做到点上。"红伟一一说明他和忠富为改善雷东宝在看守所的生活而做的努力。

杨巡还在考虑，正明已经道："后面的事我来吧。"

红伟意味深长地笑："村里刚刚出过事，多少碧绿的眼睛都盯着你这块肥肉，你哪儿拿得出钱来活动？"

正明道："你们还不是用自己的钱？"

杨巡道："钱跟钱不一样，红伟厂长现在挣的钱都是自己的。你们做的基本都到位了，我听说书记这个案子很快就会审理，省市两级也已经有批示，你们还是等判了后做努力吧。"

"肯定会判？行贿？"

"今早宋厂长电话里的意思，肯定会判。"

"嗯，行，小杨，回头常联络。我现在做钢材，挂物资局名下，顺便也做些水泥，以后你要水泥钢材的话，给我点生意。正明，大哥大还我，那么喜欢，你自己也可以去买一个。"红伟将正明手中的大哥大抢回，匆匆与杨巡握手话别，说是去找忠富说明去了。

杨巡见正明挺喜欢大哥大的样子，就开解道："大哥大这东西家里用着好，养出用电话的习惯了，这一到出门就麻烦了，只好找公用电话，好像一会儿不打电话天要塌下来一样。对了，你们还是用集资以前的工资考核办法吗？"

正明鼻子里"呼"的一声，看看办公室里其他的人，搔搔头皮没答应，只是站起来道："走，中午我请客，给你压压惊。单独请你，够意思吧？"他一手就拖了杨巡起来，走到外面才问杨巡："你刚才骂士根村长那些话到底几分真？我听着都让你搞糊涂了。"

杨巡笑道："你爱信信呗。嚯，车子归你开了？好。当然得配一只大哥大。"

正明却盯着杨巡道："你现在真有千万资产了？怎么扩张那么快？"

杨巡笑道："千万资产是有，可负债也不少。不像你，你再负债也是村里的，债主找不到你头上。我负债，债主都找我。现在红伟厂长也差不多了，忠富厂长也一样吧。"

正明发动车子开出去，嘴里嘀咕："可你们的责任与收入对称啊，我现在责任那么大，可收入被这回的事一搞，别想再提了，想想都心里不平。早知道应该跟红伟、忠富一起走出去，起码人家也说我义气，唉。"

杨巡听到这儿，眼睛一亮，心有所思。他的心，在说与不说，说给自己，还是说给别人之间激摆。正明瞥见杨巡若有所思的表情，心中一动，好言相求："小杨，杨老板，我们多年交情，说起来我和你联系最多。你每天见那么多生意人，你倒是给我出个好主意。"

杨巡还是第一次听小雷家的负责人对他那么客气，心里一时什么味道都有，既有扬扬得意，也有一些小小的酸楚，他从一个小杨馒头，也能混到今天。"我那儿电器建材市场有不少摊位是国有或者集体企业负责人的亲信家属租的，你有数了吧？"

"你的意思是……"

杨巡只得明说："刚刚红伟厂长进来我就在想了，不让你们组建集资公司，村里人看着你们多拿心里不舒服，那么现在红伟他们走出去自己开公司，你跟外面的公司做生意总没事吧？村里人看不见摸不到，还哪来屁话。你手头那么多东西，交给别人一下还真不能放心，交给红伟倒是知根知底。"

正明转念一下，"哈"地笑出声来，连连笑道："有数，有数，呵呵，你那儿摊位还有没有？租给我一个。"

杨巡一点儿没客气，租金上是要小小割一刀的。

事后，不断有这个公司那个私人地通过各种渠道向杨巡提出要求购买两处市场，杨巡却是风声鹤唳地看到那些询价人背后都有萧然的影子，他再也不敢放出诱饵打动萧然的一颗野心，索性都是一口回绝，说什么都不卖。

他感谢寻建祥，信任寻建祥，便把电器建材市场也正式交给寻建祥管理，他放心。他感谢宋运辉，知道送钱肯定送不进去，就悄悄到房管所通过各种关系，出钱把宋家如今租住的房子买下来，证照上面都是用的宋季山的名字。杨巡送别人东西的时候，总是方便得很，唯独不敢在宋运辉面前乱来。

但是，不把房子的事与宋运辉说明又不行，那房子每月要去房管所付租金的，若是不及时把事情告诉宋运辉，到时间也不知谁去付租金，若是宋家人还好，若是东海厂哪个马屁精帮办着，那就麻烦了，对宋运辉名声有影响。而杨巡又知道，宋运辉这人是个多注重名声的人。

杨巡没法拖太多时间，只得找时间去宋家"投案自首"。而且，他也知道跟其他人说没用，只有找宋运辉本人，总算在星期天才约到时间见面。他非常乖觉地挑着时候，下午两点到，正好大人小孩午休结束，又不算太晚，不用影响人家一家晚餐团圆。

果然，他到宋家的时候，看到一家子老小都聚在院子里，宋运辉则是爬在人字梯上，照着下面老两口的要求在上面绑从电线里剥出来的铜丝。宋运辉看到杨巡进来，就笑道："小杨，你坐会儿，我把丝瓜棚子搭好。我答应了好几天，今天才有空，再不搭丝瓜藤没处攀了。猫猫，给叔叔倒水。"

其实是猫猫妈进去倒水，因为宋引坚决要求给爸爸扶着梯子。杨巡在下面看着道："宋厂长做什么事都认真，搭个丝瓜棚子都方方正正，每一边几乎一样间隔。"

宋季山在一边笑道："我们还都埋怨他慢，搭了一早上才那么点，又不是绑鸟笼，要那么精致做什么。"

宋引立刻揭发："杨叔叔，爸爸说给猫猫做小兔兔笼子，一直赖账。"

杨巡忙道："回头杨叔叔给你做一只，你要什么样子的？"

程开颜端水出来，好奇地看着杨巡问："小杨，你真进去过？怎么一点没变呢。"

杨巡笑嘻嘻道："大寻也说我才进去那么几天不算，以后见他还是得喊大哥。什么东西这么香？嚯，栀子花。"

宋运辉在上面拧紧一根铜丝，绷直了拿手指弹一下，发出一声脆响，才道："大寻没让你喊大叔，那是他进去几年脾气变好了。我看你这十几天什么都没变，一出来就去小雷家捣乱。"

杨巡才要说话，却听旁边宋母轻轻地问一句："你在里面有没有见东宝？"

宋运辉一听，不由低头看了他妈一眼，但不出声，同时看到他爸也拿眼睛看着杨巡要答案。杨巡忙道："看到了，不过是远远看到，没说上话。书记瘦不少，没办法，里面吃不饱，不过看上去精神挺足，走路还是噔噔响的。有人在外面托关系照应着他，你们尽管放心。"

"噢，谁？"宋运辉在上面问。

"红伟和忠富两个，他们出来做生意，手头有点活钱。看起来正明想跟他俩里应外合，正明也想好好帮书记。"

"士根呢？"

"士根现在有心没力。村里都发不出钱，他工资也成问题。正明说士根做事往前看一眼，起码往后得看三眼，想到的比别人多，做出来的比别人少。"

宋运辉低头却又见父母两个都不监工了，一致巴巴儿地看着杨巡，心里知道，两人对雷东宝还是有感情的，毕竟那么多年。估计父母都希望从杨巡嘴里听到有关雷东宝的更多消息。他想了想，道："我们厂要新造一批宿舍，电线电缆什么的，你让红伟跟运销科联系一下吧。"

杨巡本来想踊跃地说，他也可以做，可转念想到，宋运辉忽然冷不丁提出要提供生意给红伟，估计事出有因，是想要红伟把挣来的钱花到雷东宝头上去。东海的二期在建，不知又得造多少宿舍，那是多大的生意啊。

宋运辉想了想，又道："小杨，回头大哥那边的事你多留意着点，庭审那天，你代我到个场。"

宋运辉终于把丝瓜的网全部绷好，伸手拉了拉，自信地道："好了，天罗地网，贼都翻不进来。"宋运辉收拾工具下来，却见女儿还坚定地扶住梯子，他只得跳下，引杨巡一起去书房说话。

关上书房门，宋运辉就有些紧张地问："小雷家那边又出什么事了？"他看出杨巡进来的时候神情有些不自在。

杨巡忙道："没，那边没事，就等着开庭。开庭应该也是走个过场。韦嫂子认识几个人，她到时会通知我。我……我真没大事，这回宋厂长帮我那么大忙，我还一直没上门来感谢一下，心里一直记挂着。"

"呵，我道是什么事，大寻一个人管两个市场，可以吗？"

"好，没话说，本来管一个市场真是埋没他，害得他每天都闲得想拿抹布擦灭火器了。现在闲了反正跳上摩托车到另一个市场，总有事等着他，反而我闲了。"

宋运辉笑道："大寻啊，变得真多。小杨，有什么事你直说吧，你一天两个电话跟我约，不会没事。"

杨巡道："还真没什么大事，就……"他类似于羞羞答答地把用牛皮纸档案袋包好的证拿出来，摊到宋运辉面前。

宋运辉心说果然有事，拿出来一看，却惊住："小杨你这是干什么？"

杨巡诚恳地道："宋厂长，我绝对不是行贿，我们之间又没经济交往。我是真不知道要怎么谢你才好，你一直拿我当自家弟弟照料，这回要不是你，我倾家荡产了。可是你又什么都有，我真想不出怎么谢你才好，每天内疚得睡不着。这房子，产权拿下来才好翻修，住得舒服。我真没别的意思，就弟弟想送样东西给哥哥。"

"咳，你胡闹。同乡朋友间说什么谢，俗了，你拿回去，不拿回去我生气，你这是把我看成什么人了？"

杨巡不肯接宋运辉递来的牛皮纸袋，低头道："宋厂长，你最了解我，你看我从小吃苦，现在爸妈也没了，弟妹们还得我拉扯着，我做什么都得靠自己，以前只有我妈知道我辛苦，现在只有我自己知道。说真的，那么多年生意做下来，本来是不相信还有什么好人的，可这回你和大寻这么帮我，我就是被抓进去时候心里也很坦然，我不怕，因为知道外面有你和大寻在。我这是第一次，第一次遇到大麻烦没急得喷火。我没有什么别的意思，更没有坏心眼，更不是放长线钓大鱼想要从你那儿捞什么好处。我这回的心意很单纯，希望宋厂长也仅仅拿我当好朋友看待。"

杨巡的话，说得宋运辉都不忍狠下心来批他，宋运辉只得挥挥牛皮袋，道："朋友有送那么重礼的吗？你把这个拿回去，我反而只稀罕你放回来那天捎来的桃子、咸菜、咸笋、豆干这些东西，我们全家都喜欢。"

"那不一样，宋厂长，你现在即使是要我拿回去，我又往哪儿放呢？房管所卖出的东西又不会收回。"

"你把名字改你的，我问你租。"

杨巡笑嘻嘻地道："大哥，我会拿你的租钱吗？这只牛皮纸袋就放你这儿，以后你办什么证件，就是装只电话拉条有线电视线也方便拿取，省得非要写上我的名字，办事还要叫我。哪天你们厂子别墅什么的房子造起来，你搬那边住去，宁可那时候再把房子还我也不迟。你这性子，又不会怎样的。"

宋运辉一时给搞得挺犹豫，杨巡说得也是有理，租着房子住，每次要办个什么，家里几个都派不上用场，都要他厂里谁去房管所开证什么的忙碌，非常麻烦。他想了好一会儿，毕竟还是不敢伸手，道："好吧，谢谢你帮改了户主名，我现在手头闲钱不多，以后断断续续给你房子的钱。"

杨巡答应着，才不计较往后宋运辉怎么付钱，早一溜烟地跑了。等宋运辉拿起牛皮纸袋起身，脚步声早传到楼下。

宋运辉对着牛皮纸袋头痛，不愿白拿，可眼看二期宿舍区开工，他就得搬去二期宿舍区住，现在付钱买这老房子，真不甘愿。可是又退得回去吗？他知道杨巡巴不得他不给钱，可他过不了心里的一道坎。

11

梁思申终于结束边工作边读MBA的苦难生涯，心里不知多惦记妈妈做的好菜好饭，早早跟吉恩请了假，订票回家。进关时候见到几个中国人面孔，她不由看了两眼，却发现那男子似乎面熟，那男子见有东方族裔美女看他，微笑着就过来招呼："请问是华裔吗？需要我帮你填卡吗？"

梁思申摇头："不用，谢谢，可是我怎么觉得你很面熟？"

男子大方递过名片，梁思申一看就笑，地球真小，原来是以前被她奚落过的虞山卿。经她提醒，虞山卿稍一回忆就想起来，笑道："地球真小。对了，这回我得南下去看你的宋老师，有没有兴趣同行？你们现在还有没有联系？"

"当然有联系，正好我给宋老师搜集了些资料，还有信件，可不可以麻烦你帮我捎带？我到北京取给你。"

"哦，以前你也给小宋寄书，小宋从来只给看不给借，呵呵。我也给他带了些前沿资料，回头估计他还会抓住我逼问上半天，他对前沿资讯可追得紧。你做什么行业？难道也是同行？"

"我在华尔街，我带给宋老师的是一些融资案例。"梁思申掏出名片给虞山卿。

"哦，目前国内因为邓小平南方谈话又掀起一股建设风潮。可不少企业资金不足，比如小宋的二期也遇到资金紧张的问题，不得不在设备上有所取舍，幸好他是个懂行的，知道怎么取舍可以把影响减到最小。你们在华尔街的公司有没有考虑向中国投资？中国现在非常需要外资。还是说小宋，他曾经希望设备提供方以设备折作价投资，可惜没谈下，否则倒是个好办法。"

"宋老师说起资金来总是很头痛，可是我们对国内市场做过考察，国内企业普遍包袱沉重，令投资者望而生畏。"

"东海厂目前没包袱，我看小宋的经营思路也是比较现代，把那些后勤都扔给社会。东海厂应该说是优质资产，再说有个好主事的。你们可以考虑东海厂啦，东海厂资金只要一解决，小宋这个拼命三郎肯定立刻上三期，我就有大业务了，呵呵。"

虞山卿言者无心，梁思申听者有意。不过梁思申没说出来，却转换了话题。她和虞山卿不熟，不愿意将心事拿出来同虞山卿商量，再说，因为以前的小小敌意，现在对虞山卿依然没好感。好在虞山卿闲聊之下感觉这女孩依然骄狂，就跟上回在金州时候一样。因此，上了飞机就按座号就坐，不跟梁思申坐一起，这正中梁思申下怀。她并非不知道善意待人，但她不愿意为不必要的人做出忍让。

飞机到达北京，虞山卿被妻儿接到，梁思申投入父母的怀抱。等终于在门口告别，梁母不屑地对女儿道："那位虞先生，出国镀金几年，市侩本性不变。"

梁父微笑："少了市侩簇拥，功成名就的人会缺少一些乐趣。"

梁母道："难怪你家呢，旧时老子堂前市侩，而今飞入儿子家。"

梁父也不示弱："你家，王四娘家市侩满蹊，子子孙孙无穷匮。"

梁思申从小听多父母斗嘴，但她功力大逊，没法将唐诗宋词信手拈来，只好道："我们的工作都是围绕金钱转，我们是典型市侩一家。"

一家人都笑了，梁思申知道，从来都是爷爷奶奶家欺负妈妈，妈妈回家就欺负爸爸出气，早已形成"良性循环"。他们挽起行李上了旁边的国内出发，同去上海。梁思申此时除了手中一只拎包，什么都不用拿，行李都交给爸爸拖着。她好奇地问妈："这回你们怎么这么隆重，两人都来接我？"

"你爸说，值此你去留两彷徨的关键时刻，要用家庭的巨大温暖把你拉回家里。"

"可是你们平时电话里都没说，还说支持我在美国发展，今天才忽然说出来为难我。"

梁父尴尬地道："接到你确定回家时间的电话那天，我和你妈妈都高兴得没睡着。我们才决定，我们的私心应该说出来，我们想要你近一点，离我们近一点，即使在上海发展也好。"

一家三口本来被外人虞山卿一打岔，都没跟往常似的见面先哭一场，但这下被梁父一说，母女俩的眼圈都红了。梁思申摇着爸爸的手嘟哝着："你们怎么不早说呢，公司刚跟我签了三年合同，我这下肯定走不成。"

梁父忙道："不急，不急，现在回国也很难找到适合你的位置，你在外面多锻炼几年回来也好。我和你妈妈只是说个我们的意见，主要还是看你自己的意愿。"

梁思申做个鬼脸："又来了，又跟电话里一样伪充大方了。"

梁母无奈地笑道："俗话说，荞麦三只角，越小越恶，我们家全听小的。"

梁思申当仁不让："那当然，基因好。"

"既然你回不了，还买梁大的上海别墅干吗？他让你解决滞销货，你还真替他解决啊？"

"梁大气愤我当年捡便宜买下爷爷的五万原始股，我有意气他，我用卖股票的钱买别墅绰绰有余。"

"跟梁大怄什么气。"

"就怄气，我带美元付梁大，取比银行高三块多的黑市汇价，怄死梁大。"

梁母知道女儿一向骄狂，也不当回事："梁大还说，他要安排你跟什么人见面呢，又是看中你的钱？"

"爸爸在呢，魑魅魍魉来也不怕。我也正想见见，听说印尼金光集团在香港买一家日资上市公司改名叫中策公司，目前正在大举收购内地公司，我很好奇，那么多国有公司要打包出卖吗？究竟他们能给什么价？是不是南方谈话后市道变了？爸爸，是吗？"

"差不多。先看看梁大的人怎么说，不过你别答应。买国企涉及的政策非常多，你手里的钱若真捂不住想投出来的话，还是投到省里去方便。上海这个地方，水太深。"

梁思申立刻严肃地道："爸，我只运作资金，我不要运作梁家的势力。那会很……腐败。"

梁父听了不由脸上一热，不过对着女儿，他没气性，还是笑着道："那样很好，有骨气。看着梁大、梁二他们到处打着父辈的旗帜招摇，我看着也不喜欢。可对自己女儿，总想网开一面，呵呵。"

梁思申道："我以前不是跟你们说起过一个叫杨巡的个体户吗？可怜的他，戴着红帽子办企业，差点让人赖账当作挪用集体资产罪抓了，刚刚关了十二天才给放出来，我就不给他们遭遇的不公平雪上加霜了。"

"好了好了，我们不说这些，你忘了上回你宋老师怎么跟你说的？爸爸整行李去，咦，手上又换什么了？"

梁思申毕竟年轻，被父亲成功转移了话题，还欢欢地把手上一串木珠子褪下来交给妈妈，介绍自己买的印度檀香，又说最近得了块上好龙涎香，有多么多么珍贵。梁父整了行李回来，笑眯眯地跟着妻女两个进安检口，全然没一点大领导的样子。一家三口上了飞机，正好一行，女儿自然是坐在中间。梁思申看看爸爸鬓间的白发，看看妈妈眼角的皱纹，虽然爸妈两个都比同龄人看上去年轻，可梁思申开始心疼：原来爸爸妈妈都老了。

梁家第三代的老大梁凡，长得雍容华贵，一团骄气。即便只是来上海虹桥机场接小叔一家，他也竟然出动轿车两辆，司机两名，跟班两个。其中一个跟班似乎都没干什么正经事，只要给梁大提好砖块似的大哥大就行。

但梁大在旗鼓相当，甚至地位身份高于他的人面前，则是举止含蓄大方，绝无当下新发财主们的逼人富贵气。即使梁思申嘲讽他的别克林荫大道太过中规中矩，在美国是中年人车，他都无所谓。因知小叔护着小婶，两夫妻更是护着宝贝女儿，而他现在贷款还仗着小叔呢。

车到梁思申新买别墅大门前，她一看周围，不由奇道："天，怎么造得这么整齐，间距那么小？够鸡犬相闻了。"

梁大终于脸都黑了，没好气地道："这是台湾设计师设计的，我们没用红瓦白墙砖，已经口碑很好。"

唯有梁父厚道地问一句："卖完了吗？"

这一问，才把梁大问回魂来："一放出去就卖完了。他们附近一个也是别墅区，房子没我们造得漂亮，可也卖完了。上海有钱人真多，还好多老外，我那个合伙人没骗我。小七，你们认得出哪幢是你们的吗？"梁思申在梁家诸堂兄妹中排行老七。

梁思申跳下去，一眼就看出是哪幢，但没说，笑眯眯看着跟出来的妈妈的反应。果然，只听妈妈一声重重吸气，眼睛嘴巴都是滚圆。随即，梁母踩着高跟鞋飞奔向房子。梁思申在后面慢慢跟上，对梁大道："老大，谢谢。"

梁大问道："你外公以前在上海的家真是这样？"

"更大。这是我拿着照片请同学缩的，你自己没在这儿置下一幢？"

"有，你左首一幢，再左首是我合伙人的，哼，就这中间五套不算鸡犬相闻。"

梁思申笑道："你那幢大而无当，为什么不抄袭我的设计？"

"我还没抄袭你的设计，你都这么尖酸，我要是真抄袭了，以后还想见你？我不喜欢你的设计，区域划分不清晰，客人一进门就把一楼一览无余，太没隐私。窗户也太大，但可移动的窗户太少，华而不实。"

梁父进门一看房子"四大皆空"的结构，不由摇头："囡囡，你没老大务实。老大工作几年了，到底是想法不一样。厨房没隔开，以后做个煎鱼红烧肉的，还不把一屋子人熏死，房间也不说隔小点，以后空调打起来多费。"

但是梁母却看得爱不释手，拉着女儿的手激动地道："里面也差不多，以前家里客厅铺着进口花岗石，你外婆常招朋友们来跳舞，客人来前用人先打上滑石粉，我那时候虽小，可心里还有印象呢。囡囡别听你爸的，他们住集体宿舍当大院的才把房间隔得跟集体宿舍似的呢。"

梁大却靠近梁父，耳语几句，梁父立刻点头"嗯"了一声，两人一起迎出去。

来者叫李力，与梁大同一个重点大学毕业，当年一起当学生干部，一起做学校里的风云人物，一样的高干子弟，也是差不多的飞扬洒脱。

梁思申旁边听着爸爸与来人寒暄，再看梁大的搭档李力，心说到底是上海人，与老家那帮高干子弟又有不同，穿着很是熨帖，举止甚有风度。不过，梁大其实已经是很不错。只是从小光屁股长大，她实在看不出梁大有什么好。

那边梁父已经与梁大李力说到一起去哪儿吃饭。梁母却拉着女儿走上二楼，看得激动不已，一定要请半年病假给女儿装修这房子，说要根据年少的记忆，装修出老宅的风格来。梁思申却道："妈，你吃那苦头干吗，大的东西让老大辛苦，他反正也要装修，他已经要我从美国买了浴具厨具拿集装箱打包回来了，看来那位李先生的也是其中一份。我买了三幢别墅的东西，六套浴具，三套厨具，好多灯具，三套中央空调，还有我这套的意大利花岗石，一只柴油取暖锅炉，一些五金，一些家具，反正正好装一只集装箱。"

梁母听了倒吸冷气："囡囡，你太浪费。"

"能挣会花，才对得起辛苦工作。"

梁母即使满心异议，可是哪儿管得了女儿。但接下来一看梁大那新房更大规模，和李力那儿仿苏州园林的精巧设计，小年轻各个比着豪奢，她只能叹而今风气奢靡。她更以做妈妈的细心，感觉出那个李力对女儿注目过多。她悄悄提醒女儿，梁思申却不是个传统的，反而对李力回眸一笑。

连梁大都留意到，等李力离开，就指出："小七，李力对你有意思。"

"很正常。"梁思申一口当仁不让。

连梁大都目瞪口呆。

梁父梁母的眼光在女儿头顶交流，心中倒是想法一致，女儿明天就离开上海，管他李力风流倜傥，管他李力才貌双全能设计自己的园林式房子，明天都成过去式，因此他们绝不插手。梁思申回宾馆埋头睡觉。等晚饭时候被妈妈叫醒，头重脚轻地冲了个冷水澡下来，看到大堂吧里的爸爸与梁大、李力两个似乎已经谈了很久的样子。梁父看到女儿穿一身挺简单的T恤中裤，这才松口气。但他看到李力却张扬地凝视他的宝贝女儿，这令梁父非常不满。

梁思申从来习惯被注目，老美只有更张扬的。她看到桌面放一张上海地图，就拿起来问梁大："老大，正说你的项目，在哪儿，什么规模？"

梁大刚才与梁父说的正是这件事，但被敷衍，见七妹问起，就指着地图，与李力一起详细介绍。梁思申听了，看看爸爸的神情，了然，便摇头道："你们这个投资和计划，即便是我上回与吉恩来上海了解的投资项目中，你们的项目也已经可算是一点优势都没有。你们做的是商务楼，可这点点的规模……我语文不好，总之是效益不会好。"

梁大在家人面前一点不含蓄："所以才要跟小叔商量扩大贷款规模。小七，我们的规划大厦旁边是一家服装厂，因此我建议你收购这家工厂。等我们大厦投入使用，你的制衣厂就成黄金宝地了，而且那时附近在建的地铁一号线开通，这方面李力可以帮忙。"

梁思申看一眼梁大，又打开地图细看那位置。梁母却道："梁大，你该不会要你妹妹出钱买下土地给你留着吧。"

梁思申看着地图笑道："大哥打的就是那主意，等他和李先生想用了，就让李先生想办法弄一纸拆迁通知书，然后那服装厂就跟外公的老宅一样，说拆就拆了，只给我们一点点钱意思意思。"梁父听了哑然失笑，不再担心女儿。

梁大大窘，申辩再三。梁思申只埋头看梁大给的项目可行性计划，看着这份不规范的计划书心中暗自计算。

李力今天除了说明，不参与要钱的工作，看到冷场，就微笑道："梁叔叔、梁阿姨，要不我们上去用餐？"

梁思申跟着父母上去，但一直手持可行性计划翻看。到了楼上餐厅，因为是大圆桌，大家坐得比较散，她就靠近爸爸，将心中的疑问说给爸爸听，主要还是计划中她认为的数据不合理处和梁大他们高得不成比例的管理费用支出。梁父欣喜于女儿的快算，点头轻道："我没算这些，不过我看老大那派头，大约知道他的钱都跑哪儿去了。"

父女俩会心一笑。梁大问："小七，你学的是管理，我们的计划你看出什么纰漏没？"

梁思申笑笑："我语文一半已经还给小学老师，剩下的一半只能勉强看得懂几个数字。我只看出，你们的计划真是像武打小说里写的四两拨千斤：自有资金那么少，规划却那么大。你们可真有想法。"

梁大听着不是滋味，直接问："小叔，小七的意思，也是你的意思？小叔，可最近资产增值得厉害，你看，我们操作别墅项目也是四两拨千斤，结果非常好。小叔，你支持支持我。"

梁思申笑道："让大伯伯指家银行给你，别老缠着我爸，我爸今年的弹性留给我，早在北京就答应我了。"

梁大只得道："小七别胡闹，我跟小叔谈正经事。"

梁思申嘻嘻一笑，不予理睬，开始跟妈妈说悄悄话。她相信爸爸自有办法对付梁大的厮缠，也相信梁大东方不亮西方亮，从她爸这儿得不到好处，自然能通过大伯伯疏通其他银行贷款，只是手续麻烦点，程序多一些而已，她才不担心，梁大也不会太着急上火。那个李力地头蛇要梁大加盟，还不是看中梁大是棵摇钱树，以梁家在省金融界的根深蒂固，梁大有的是办法。当然，最便捷的是找她爸。

果然，梁大后来再提，梁父只一句"好好吃饭"。梁大是个傲气的，能如此厮缠已经不易，立刻不再提起。于是话题转入其他海阔天空。除了梁思申这半个毛子，其他都是中文底子扎实、见多识广的人，大家今晚聊的是老上海在这几年的变迁，梁思申只能旁听。梁母与李力聊得兴致勃勃，梁父也是，弄得梁大没趣，心说李力这是存心讨好小七的父母。梁思申也感觉到了，于是邀梁大出去现场踏勘那家项目旁的服装厂，看了之后，更坚定了心中的想法。

等两人绕一大圈终于回来，却见车子旁边停了另一辆车子，一个人哈哈笑着走出来，正是李力。

"我知道你们肯定逃来这儿。怎么，梁小姐有兴趣？"

梁思申笑笑："对你们的项目没兴趣，但是对这块地有兴趣。"

梁大也微笑："你想虎口夺食，那是不可能的。"

李力却道："梁小姐如果愿意合作，我们可以更改计划，扩大规模。不过一千万人民币并不……"

梁思申一口打断："两千万，而且是美元，李先生可以给我什么待遇？绝对控股？"

李力一时无法应答，他现在只能设定梁思申说的两千万美元是真实的，可他又怎可能让梁思申绝对控股。他微笑道："我回头召开公司高层会议讨论，这是一个很不错的建议。"

梁思申给李力一个意味深长的笑，要求梁大送她回去宾馆。李力提出反正倒时差睡不着觉，不如逛逛夜上海，梁思申拒绝了。回来路上，梁思申对梁大道："大哥，其实你没控制着你们的联盟。"

"资金都是我在控制。"

"可即便是我，都可以说出无数合理办法转移资金，让你无从管起。看到没有，今天他说起想跟我合作的时候，都是他一个人说了算的样子，没你什么事儿，你纯粹是李力的融资工具。"

梁大一时无语，默默开车。好一会儿才道："这样的合作有什么不好？我不用操心别的，拿我应得的一份。"

"我只是担心。顺风顺水的时候当然互惠互利。但是对于操作难度高、操作周期长的项目，你融资来的那些钱可危险了。别人可以丢卒保车，你呢？"

梁大想了好一会儿，道："我想想。"但又不死心地问一句："你的两千万美元？"

"试探李力的。喂，你已经被李力吸引住，我们可是旁观者，三思三思。"

梁大答应，但一颗心却是在利润预期和风险预期之间徘徊。

梁思申见此真是恨杀，恨不得伸手敲破梁大脑袋，强行灌输风险意识。回到宾馆郁闷地一边整理行李箱里的东西，一边跟父母谈起她的发现。她兀自发表高论："梁大作为梁家第三代，生在父母羽翼下面，从来一帆风顺，他不知道做事之前，最先应该考虑的是留下逃生的后路。他现在没风险意识，将那么重要的资金支配权交在李力手里，万一市道不好呢？李力可以打包走开，他可就害死自己，害死梁家第二代。他不吃苦头不知道后路的重要，我怎么提醒他都没用，他只看到丰厚的利润预期。利润固然重要，可是大灾大难之下能够脱逃那才算真本事，真收获。梁大那个新项目起码需要两年，两年里面会出现什么波折，他真一点不考虑吗……"

梁思申对着大皮箱发表演讲似的说得兴起，一点没留意到爸妈两个的眼光在半空剧烈碰撞，交换着惊异、忧虑和关心。终于梁母打断女儿发言，道："囡囡，那意思是你吃过苦头知道留后路了？你一点都没跟爸妈讲，你还一直跟我们说你在美国花好朵好的，是不是那年与外公官司之后……"

"没……"梁思申本能地否认，可说出之后才想到自己刚才的长篇大论里面泄露了一些在美国独自生活的艰辛，"其实没太大问题，外公给的钱够我读完大学，但我那时候有些担心万一毕业找不到工作呢？别的同学都有家可以依靠，我却是可能连回家飞机票都得担心。因此我开始学习怎么增值我手头的钱，幸好后来Mr.Song帮我，他帮我做进口。手头钱多了再去炒作钱，心态就完全不一样了，其实也没什么辛苦。"

"可你都没跟爸妈说。"

梁思申忙笑道："又没多长时间，只有中学最后半年等待官司结果，和大学第一年有些心慌，后来就顺了。再说我的同学们都很好，他们都鼓励我。你们看，只用这么短短时间换取我现在的坚强，不是很合算？"

梁思申越是说得轻松，做父母的听着越是伤心。梁母索性抱住女儿哭泣，惹得梁思申都觉得自己委屈起来。

"爸爸，快劝劝妈，我现在的好有目共睹，没什么可伤心的，这是真的，真话。"

"可是，我们当爸妈的其实更喜欢看到孩子笨笨的……"但梁父很快就看到女儿急得想跳的神情，连忙改口道，"行了，不说这些，我们还是说说笨笨的梁大。囡囡你的心意很好，指出的问题也是相当尖锐，切中要害……"

"又来了，先来几句肯定，再来个但是，改不了的职业病，对女儿不用那么虚伪。"梁母心疼女儿，但又不能责怪女儿不说，只好拿丈夫撒气。

梁父道："难怪，我们还一直奇怪你跟小宋的友谊能持续那么多年。王太太，我们什么时候上门去谢谢小宋？"

梁思申道："那当然，Mr.Song是我最好的朋友，但那是我们的友谊，你们可别插手。"

梁思申看手表已是吉恩他们上班的时间，便电话过去询问亦师亦友的吉恩，有那么一家没有负担只有优势的中国大型企业，其国外融资可行不可行。吉恩有兴趣，如果这家企业真如梁思申所言那么简单，那么倒是可以成为打入中国的试水场地。他让梁思申稍等，他立刻考虑需要梁思申具体了解的数据和条规。

梁父梁母对女儿的报答方式非常赞许，也非常支持，纷纷拿出自己的知识献计献策。梁父更是站在政策的高度，想到如东海厂这样的大中型国企引进外资时候需要对上做的工作。做父母的，即便是心中早已红尘滚滚，看透人生不过如此，可对待自己的孩子，总是一厢情愿地希望自己的孩子会是尘世间的一个例外。

梁思申回老家接到吉恩的提示传真，当天便做出一份方案草稿，一份让爸爸拿去办公室传真给吉恩，一份让爸爸传真给宋运辉。但梁父不甘心做一个二传手，发传真之前，一定要宋运辉的秘书找到宋运辉，跟宋运辉通一下话。他没提以前宋运辉对女儿的关照，人家不说，做了也不说，他也不说，做了也不说。这点品格，他可不能落了下风。

宋运辉与梁父时有通话，不过大多是过年过节通个电话问一声好。对于梁父格外的关心，宋运辉心怀诧异，不过很是受梁父关心的启发，对于梁父提出的越过市级银行，直接找到省行签订贷款协议的尝试建议，他很有兴趣一试。宋运辉如今英雄受困于床头金尽，对来自梁思申的境外融资十分欢迎，对来自梁父的省行融资，一样来者不拒，乐于尝试。

12

杨逦拿了重点大学的录取通知书，立刻跟着二哥，背上两人所有行李，踏上东去海边的火车。一路之上，她一直担心两件事，一件事是大哥会不会骂她。大哥两只眼睛凶起来的时候，简直如同两口通往地狱的深井；另一件事，是大哥会不会祝贺她高中？妈妈已经不在，她从二哥嘴里了解真相之后才觉得，大哥是如此之重要。

杨逦是忐忑不安地跟在二哥身后出的火车站，难得老实乖觉。原本说好的是到大哥办公室找大哥，但忽然听到二哥喊一声"大哥"，她忙抬头看去，果然见大哥微笑着迎上他们，大哥的微笑随着慢慢接近，而慢慢放大，终于变成大笑。这样温暖的笑容，终于让提了好几天心的杨逦把一颗心咚地放下。大哥做得很自然，好像中间什么都没发生过一样，拎走了她手里的行李，看着她说老四越来越好看。

杨逦终于坐上大哥的汽车，看着车外大毒日下挥汗如雨的行人，她心中为大哥充满自豪，可她真没脸说出来，她以前错得太多，现在一下改口，她觉得心里别扭。杨巡看得出小妹的尴尬，也没勉强，只是上了车翻来覆去地看录取通知书，一个劲儿欢喜地说："真好，真好，我们家一个比一个出息，越考学校越好。老二，你请了几天假？过两天我们一起开车送老四上学去，上海，不远。"

杨速支支吾吾道："大哥，我……我辞职了。"

"什么？"杨巡的神色就跟遭雷劈了一般，死死盯得杨速都不敢抬头，"为什么？你不知道你那单位多牢靠？我们家有一个人做个体户够了，你还凑啥热闹，你以为个体户是闹着玩的？你……我本来还想让你捧着铁饭碗，我家好歹有个后备铁饭碗，我这儿再折腾也不怕，还有你备份着。"

"大哥，你听我讲。"杨速对大哥总是很怵，"我是这么想，老四考上大学不用我照顾了，我实在没脸待在单位里无所事事，看大哥一个人辛苦养活我们一大家。我已经毕业，我也成年了，大哥，让我分担一份辛苦。"

杨巡心中感动，可依然坚持："不行，家里一定得有一个捧铁饭碗的。这回的风波虽然闹得我坐牢，可我是第一次没太担心，因为知道你每月有铁打的收入，弟妹不会没生活费。你一定得回去，我找人帮你办回去。"

可是杨速心里都是大哥刚出狱时候差点被茶叶蛋黄噎死的一幕，他心疼，说什么都不愿让大哥继续一个人背着全家，而他独自清闲："大哥，我就是知道你肯定不让我下海，所以我都不肯做停薪留职，直接辞职了事。现在关系已经从人事局转出，没法再回去了。老三明年毕业，不如让老三进国家机关去，他大本出身，坐机关更好。"

杨巡急得恨不得挥拳头，可心里还真只好把捧铁饭碗的希望寄托到老三身上。因为这个老二从来脾气犟，有时还真牛拉不回，经常是他和妈妈一起才能降伏。杨速见大哥不再发话，忙笑道："老三呢？怎么不来？"

"老三在宋厂长厂里社会实践，花头真多，做小工嘛就做小工，轮到大学生就变成社会实践了。老四，交大啊，连宋厂长听了都说好，还说要请客祝贺。我跟宋厂长约约，后天星期六晚上，我请他。"

杨逦这才期期艾艾地找话说："只是考个大学而已，又不是什么要紧事，大哥别破费了。"

杨巡笑道："我跟老三也说了，你们只要好好读书，能读多高就多高，能出国读就出国去，我供着你们。"

杨速道："现在再加我的一份子，大哥，我们去妈妈墓地说了。"

"很好，很好。"车厢里一时沉默，三兄妹毕竟还是一说到妈妈都是难受。

杨速和杨逦拎着行李跟到杨巡办公室，面面相觑，没想到钱赚那么大的大哥对他们那么大方，置下房子家具给他们，可自己却睡办公室地板。杨巡见此却又笑道："我一个人买个房子住不方便，不像办公室每天有人打扫。老二既然来了，第一件任务，给我们买套房子吧，以后估计我们一家聚在这儿的机会更多。"

杨逦更是内疚，为自己过去对大哥的态度而惭愧万分。以前她真不懂事，如果不是杨速在她高考后，在她了解分数满怀欣喜之后，将情况说明，她到那时候还憋着一股子劲，想要拿着录取通知书向大哥耀武扬威呢。杨速还说起当年妈妈和大哥一起趁家中经济情况稍有好转，逼他回校读书的事。杨逦现在才知道，妈妈是牺牲了大哥的学业，养活他们三兄妹。她当初还那样对大哥，真是没良心到极点。

但杨巡才与宋运辉一说，宋运辉就让三兄妹收拾收拾，晚上一起吃饭，说是一桌子的老熟人。

杨巡立马掏钱让杨逦买衣服去，那么聪明的妹妹，他炫耀都来不及，绝不能让妹妹白衬衫黑裤子将就了。杨连也早早乘厂车回市，与大哥他们会合，四兄妹整齐体面地去新造三星级宾馆赴宴。寻建祥和妻子抱着孩子也来了，七个人围大圆桌坐下，却见门口走进一男一女，被服务小姐领来他们桌子。男的在这么热天气里竟然穿长袖衬衫系领带，一丝不苟。女的长身玉立，穿烟灰丝绸无袖连衣裙，那设计，那面料，尤其是女子身上项链腰链手表手袋皮鞋的精致华丽，举手投足全是风流，看得杨逦恨不得藏起新买的自以为很漂亮的新衣裙钻进桌底下去。

寻建祥先看见女的，一见就笑了，对妻子道："原来是梁思申来了，难怪。"他知道宋运辉一向长情，但随即看见旁边的人竟是虞山卿，一张脸顿时阴了下来。虞山卿见到桌上竟有寻建祥，一时也是坐也不是，不坐也不是。

杨巡则是一看到梁思申，就站了起来，两眼跟着梁思申光波闪耀。梁思申见此，冲杨巡摆手打个招呼，便走到寻建祥面前，轻笑道："大寻，机会来了。以前你带着我欺负虞先生，今天我们人多势众，还加上个小寻宝宝，看虞先生哪儿跑。"

虞山卿忙借机笑道："原来以前你们是有意找上门去欺负我，我还真败在你俩手下。大寻，以前对不起你，金州的环境让人变质。现在我们都已经出来，听说你做得很好，恭喜你，真替你高兴，你家宝宝真可爱。"虞山卿说着，忙掏出原来准备送给宋引的小熊，交给小寻宝宝，又送出一瓶香水给寻建祥太太，非常客气热络。

寻建祥伸手不打笑面人，又毕竟是时过境迁，只得握了握虞山卿的手，便把他介绍给杨巡去对付。虞山卿对付杨巡，则是职业了许多，他一向风度翩翩，进退有据。梁思申见寻虞会面安然度过，这才放心，刚才宋运辉在电话里交代于她，要她帮忙调剂寻虞关系，她总算不辱使命。

杨巡连忙把弟妹们都介绍给梁思申，语气里满是难得的不自然和满满的骄傲。梁思申一听说杨逦刚考上交大，而且还是理工科，不由"咦"了一声，道："真了不起。"不由心想，难怪说老子英雄儿好汉，看来基因还是要紧的，杨家一门聪明,杨巡那脑子就不知道有多活。

虞山卿却又特意伸出手去与杨逦握手,笑道:"小校友,很难得遇到。现在高考越来越激烈,女孩子考上理工科更难得,祝贺祝贺。"又不由回头问身边的梁思申:"你在哪个大学上的本科和MBA?"

梁思申报了两个名字出来,虞山卿一听就笑道:"有人生来就是混顶级的,是让人在她面前自惭形秽的。"

宋运辉带着程开颜和宋引一起匆匆赶来,听得桌上欢声笑语,这才放心,将程开颜介绍给梁思申。梁思申这是第一次见到程开颜,一见程开颜肥白脸上有点糊开的蓝紫色的文眉,立刻想到明永乐青花瓷的特征,想到进口苏麻里青的颜色,不由惊愕,这不是她想象中宋太太的形象。宋运辉精细,一眼看清梁思申眼睛聚焦在哪儿,有些恼火,可也无奈。本想今天让程开颜看一眼梁思申的真人,省得她一直疑神疑鬼。但一见到梁思申女人味十足的打扮,一看程开颜见到梁思申之后的全神戒备,估计效果适得其反。

虞山卿与程开颜是老相识,寒暄时候见程开颜警惕地看梁思申,心下了然,笑着打圆场道:"他们混华尔街的女性,平时上班穿得比男人还男人,连酒会都穿工装。梁小姐又是东方人,又是年轻小姐,自然是穿得更加刻板,闲暇时候就怎么好看怎么穿了,这一年几十几百万美元的年薪不好挣啊。"

梁思申这才留意程开颜的情绪,只是耸了耸肩,这等捕风捉影的事儿,她骄傲得不愿解释。但她好喜欢小小的宋引,拖着宋引坐在她身边,却见程开颜立刻贴着猫猫坐下,非常警觉,她这下感觉头大了。那边宋运辉送一只皮包给杨逦,恭贺她考进那么好的大学。杨逦生嫩,看着那么大的厂长不知道怎么称呼,就说"谢谢宋叔叔",听得一桌子人哄笑,宋运辉也笑。梁思申笑道:"哎哟,我喊了十多年宋老师,可终于有人自甘堕落跟我同辈分了。"

众人再次大笑,虞山卿更是道:"那也得你心甘情愿,否则你这张嘴饶得过谁。"

"没办法,小学还傻着的时候看到大学生辅导员多崇敬啊,后来想改口都不成,只好阳奉阴违勉勉强强地喊Mr.Song,再不肯喊宋老师了。"

众人又笑,杨巡坐在对面更是看得眉开眼笑,谁都看得出来他的司马昭之心。唯有程开颜认真地道:"可毕竟还是老师,不一样的。"程开颜心说,怎么能不认老师呢,危险啊。

梁思申欲言又止，只微笑地点点头。

虞山卿强忍住笑，扭过脸去不对着宋家夫妇，免得宋运辉尴尬。宋运辉真是无语，可今天杨巡的伶牙俐齿指望不上，杨巡正对着梁思申发花痴。好歹寻建祥见此道："呀，我们干坐着大笑干什么？点菜，点菜，大家都说一样自己最喜欢吃的菜，小宋说他公款请客。"

服务员小姐正好站在梁思申身边，梁思申洋人脾气，也不知道谦让，转头道："我要吃油爆虾，猫猫呢？"

"猫猫吃葱油饼。"

杨巡忙道："上回的扇贝你也喜欢，我就要葱爆扇贝吧。"

杨家其他三位各个心中一声哀叹：大哥啊，一向英明的大哥啊，也不能这样没策略啊。

宋运辉看看杨巡，再看看梁思申，两下一对比，一笑。虞山卿更是一点不客气地拿着垂怜的目光看杨巡，好在杨巡今天不计较。唯有寻建祥一点不客气地冲杨巡笑上了，笑得杨巡终于讪讪地闭嘴。

宋运辉本性严肃，遇到梁思申在场，却是没办法严肃，只得岔开话题，道："你们两个住一个宾馆倒是方便，明天杨连也到宾馆会合吧，厂里派车来接。呃，你们兄妹该不会都跟着杨巡住办公室吧？"

"前阵子忙得没心思，明天开始让老二买房子，还好办公室大，房间多，大家临时挤挤没问题。"

梁思申心说杨巡这人可真是实干，不像梁大，实力不知有没杨巡强，车子已经换了几遭。"你官司的事真没问题了？有没有赶紧想办法把红帽子摘了？"

杨巡道："宋厂长帮忙，真没事了。不过红帽子还得戴着，没办法，个体不允许注册这么大规模的公司。"

梁思申关切地道："合资的行不行？我可以提供身份给你，听说外资获得的政策优惠很多。"

杨巡眼睛一亮，道："我去问问。"

宋运辉一笑："早已经替你考虑过，不行，外资暂时不能进入商业领域。"

梁思申笑道："好，小杨可以心理平衡了，外资和你个体一样受歧视呢。杨逦妹妹，介意不介意离开哥哥们几天，陪我在宾馆住几天好不好？我一个人人生地不熟，有些害怕，你千万帮我个忙。"

杨逦当然喜欢。杨巡和宋运辉都是心想，梁思申这人独自美国都敢闯，还有什么害怕的？借口。杨巡心里欢喜，估计梁思申大约是看着杨逦一个女孩子家住办公室不方便，不显山不露水地帮一个忙。宋运辉则是体会到了梁思申的良苦用心，梁思申这么一下就打消了程开颜的担忧，否则，知道她一个人住宾馆一个房间，程开颜的担心还不百上加斤？他不由心下叹息，无奈地看了一眼身边浑身紧张的程开颜。

可程开颜并不因此放心，因为她听到一个重大动向，她都被丈夫严格管束着不让去东海厂参观呢，为什么丈夫却肯派专车接梁思申去东海厂？这等特殊待遇，背后有什么见不得人的阴谋？

寻妻因宋大厂长在座，难免拘束，但寻妻以女人的敏锐直觉，明显感觉出宋运辉对梁思申的关切。她看看黑瘦精干的厂长，再看看美丽风情，却不是花瓶的梁思申，心说难怪今晚程开颜坐立不安。

虞山卿与宋运辉说起正事，梁思申听杨巡说如何挫败萧然阴谋，而今电器建材市场如何兴旺。寻建祥听杨巡说得天花乱坠，不时与妻子窃笑。杨家三兄妹也各自有话。唯有程开颜与整桌的人都说不上话，以往杨巡还会照顾到她，但今天杨巡自顾不暇，眼睛里只有梁思申。程开颜在万众之中深感寂寞，心中越发忧虑，她决定最迟明天，一定要问爸爸讨教解决之道。

饭后，杨逦跟梁思申上去，彻底为梁思申的随身用品倾倒。小姑娘还是第一次知道，女人可以如此宝贝自己。

13

梁思申一早收拾停当，走到大堂等候东海厂的车子来接。宋运辉昨晚说的是七点半，她提前了十分钟下来，以便悠闲地把挂了块硕大塑料门牌的钥匙寄存到总台。没想到，楼下除了东海厂的司机，其他该来的都来了，不该来的也来了。虞山卿也早已衣衫笔挺拎着个大包等在楼下，杨巡正与他说话，而杨连则是只有旁听的份儿。这些人看到穿着中规中矩白衬衫藏青西裤的梁思申，都是一愣，随即会意而笑，都想起虞山卿昨晚的解释了。

梁思申打个招呼，去总台办理手续，却不料长长总台前面人山人海，都是要求入住的。总台的小姐一边客气解释暂时没房，一边熟练收起梁思申的钥匙牌。梁思申忍不住问总台小姐："昨晚全住满了？"

小姐忙得披头散发却还能优待外宾："是啊，除了四间豪华套房，全都住满了，这几位客人得等今天退房的房间做出来后才能入住。"

"是不是有旅行团或者会议？"

"没呢，天天都这样。你们是外宾，又是东海厂订房，才优先照顾。"

"天哪，恭喜发财，奖金多多。"梁思申差点翻了白眼，如此高的开房率，简直是奇迹。这时候杨逦才吃饱饱地下来，两眼雪亮，恨不得立刻左右没有旁人，她可以叽叽呱呱畅谈第一次吃自助餐的感受。

虞山卿笑问梁思申："你们在美国上班就这打扮？我还真有听说没见过。"

梁思申笑道："不，在美国全套，马甲、西装、小领结，一件不少。"她随即便转头跟杨巡道："小杨，这儿宾馆竟然几乎全部住满，你听说市内还有没有其他宾馆开建？这生意太一本万利了。你官司结束，何不考虑上个宾馆？"

虞山卿又抢着道："做投资的人还真能发现问题。"

杨巡瞥了虞山卿一眼，但还是等虞山卿说完，才道："我打听过，投资不小。光是每个房间的平均装修费就要十万，很多东西需要全套进口。"杨巡拿手指半空画一圈："这样的投资我拿不出，我倒是建议过宋厂长来市里开个接待宾馆，不过宋厂长说他不愿背太多非主业包袱。"

梁思申笑道："大投入意味着高门槛，高门槛意味着高收益。咦，Mr.Song的车子怎么还不来？"

杨巡一指门外，道："这不来了吗？有什么厂长就有什么手下，不会早一分，不会晚一秒。"杨巡跟出去专门给梁思申拉门："晚上再一起吃饭？我知道一家油爆虾做得最好的饭店。"

梁思申婉言谢绝，车子一开，虞山卿笑道："人见人爱，花见花开是什么感觉？"

梁思申笑道："前辈珠玉在前，岂敢班门弄斧。"笑语着，她便取出一份手稿，交给虞山卿："你看看，这样的想法离你的构思还差多远？Mr.Song会不会接受这样的构思？"

虞山卿接了就看，没二话。梁思申心想，这人自命风流，做起事来却是个能干正经的。

两人且走且议，一直到工厂，直把前面的司机郁闷死，没一句听懂，没一句插得上话。可正因如此，司机反而对两人无比崇敬，觉得这两人肯定是有本事的。

两人到了厂里，宋运辉分别亲自介绍了之后，便把他们交给相关人士接待。如今又是恢复过去外商人来人往的热闹，众人已有接待套路。不过宋运辉对虞山卿放心，对嫩生生的梁思申却是不敢大意，介绍之后，坐在一边看梁思申举重若轻地说明议题，简介思路之后，才微笑地看看梁思申今天严谨得刻板的打扮，留下自己的得力秘书方才离去。

被宋运辉留下的秘书从厂长这些举动中，立马体会出其中的重视。而且看出，厂长除了重视这个议案，更重视眼前这个一本正经的女孩子，这不能不让秘书浮想联翩。

梁思申哪里知道这些细微曲折，她的年轻骄狂令她以为所有优待都是应得的。她开始与在座的认真讨论一个个数据的生成和来由，因为不是同一套会计系统，因此每一个数据的取得都须问清来龙去脉，以免牛头不对马嘴，获取错误信息。因此，大量时间花在核对脉络之上。梁思申原本以为这是很简单的事，半天就可以完成，下午她便可以回去宾馆整理数据，做出初步报告，晚上传真给吉恩，没想到，却卡在基本问题上面。

财务处的人原本抱着对"外来和尚会念经"这句话的怀疑，不过是因为厂长亲自开场，才稍有重视。最先有些烦梁思申的细致，但后来却慢慢被梁思申一追到底的认真工作态度所折服。可梁思申中文说得还行，写的时候却不得不时时请教旁人，怕出差错，这就成了大家轻松取笑的亮点。梁思申也无所谓，解释说自己先简体后繁体弄得邯郸学步，整出个黄皮白肉的香蕉样，反而不会写中文了。她的轻松态度感染了大家，大家都乐于真心配合。

宋运辉下午开场时又到窗口看了看，听赶紧走出来的秘书大致汇报情况后，便不再牵挂，相信梁思申自己做得好。倒是挺诧异，原来她一边读书一边还真是像模像样地在工作着。听秘书汇报，看来不像新手上路。

等忙了一天，夏日的天色都已暗淡下来的时候，宋运辉从二期现场回来，经过会议室，看到虞山卿占用的那个会议室已经熄灯，而梁思申占用的会议室灯火通明。他站在暗处，透过窗户凝视，见里面他的钢铁部下经过一天忙碌都已东倒西歪，唯有梁思申一人腰板笔挺，梳在脑后的发髻一丝不乱，姿态依然优雅如天鹅。那样子的认真，令梁思申全身如同散发熠熠光泽，就如她脖子上那串珍珠项链的华美。这一刻，宋运辉终于觉得梁思申很美丽，不，是魅力非凡，她已不再是个单纯活泼尖锐明敏的小妹妹。他不由驻足。

但有人嬉笑打骂着上楼的声音惊醒了宋运辉，他忙从会议室窗口走开，回到自己办公室。坐到办公桌边，分明感觉到自己的一颗心跳得如刚做贼逃回。他愣住了：天，他想哪儿去了！

直到传来敲门声，他才回过神来，不得不干咳一声，再开腔让门口人进来。秘书进来说看到这边灯亮，问他有没有什么安排。宋运辉问会议室的讨论还要到什么时候，不如明天继续，秘书领命出去，但宋运辉也跟了过去。他问财务科副科长谈得如何，财务科副科长问有这么几个内容，不知道该不该透露给外商。

宋运辉没回答，看向梁思申。梁思申立刻道："不如这样，这几项内容你们整理一下，告诉我大致概念，让我心里有个数，但我不写入报告，宋老师，相信我，我不会做双面间谍。"

宋运辉看到梁思申真诚闪亮的大眼睛看着他，一时不敢对视，扭过脸去，又看向财务科副科长递给他的几项内容，却是干脆地道："小梁，工作归工作，立场一定不要模糊。今天的会议就到此结束吧，明天继续。"

梁思申有些失望，她确实模糊了立场，将立场明显偏向宋老师，可没想到宋老师不领情，但宋老师也没错，工作归工作，做领导的人都是那样，没感情可言。就跟她爸一样，工作时候连爷爷都别想插手。她略带沮丧地"噢"了一声，垂眼收拾一下资料，却还是认真地拿出刚才她的记录，交给宋运辉秘书："这些是我们今天讨论得出的专有名词中英文对照，请你拿去打印并复印，明天会议上可以参考。即便……以后也可以用得上。宋老师，请给我半个小时，我想就今天的会议和昨晚与虞先生的讨论，有几点想法需要和你交流。"

"啊，好，我送你回城，边走边说。"又回头对秘书道，"这份英汉对照找谁连夜做一下，你拿纸笔跟车记录。"

梁思申本想说，最好是私人对话，但忽然想到国内的国情与国外又有不同，便释然了。她从小听多妈妈对爸爸的"教导"。妈妈当然是醉翁之意不在酒，总叮嘱爸爸作为一个年轻干部，最不能在男女关系上犯错误，哪怕是被谁捕风捉影了也不行。宋老师如此年轻，又身居高位，还没有爸爸那样坚实的身份背景，自然行事必须步步为营，不敢行差踏错。一念至此，当下遵循宋运辉"工作归工作"的基调，起身微笑道："为安全起见，宋老师最好请个司机师傅开车。我的中文并不过关，可能需要宋老师配合思考。”

宋运辉看一眼秘书，秘书便领命而去。梁思申拉大距离，以工作时候常用礼数，请宋运辉先行，自己则是一一感谢了在场诸位一天的配合，才跟出门去。宋运辉看在眼里，无比欣赏。

两人走到楼下，等候司机，虽启动了车子，都没进去的意思。夏天的夜晚还是热烘烘的，绿化很好的厂区里蚊子逼人。宋运辉想说些轻松的，却一时张不开嘴，不知道说什么。反而是梁思申微笑地问："虞先生先走了吗？"

"噢，他中饭后就走了，不过他去趟北京，很快再过来。他的工作作风倒是一点没变，节奏总是把握得非常好，有生活有工作，两全其美。再忙的时候也不忘姿态。"宋运辉说到后来，忽然感觉味道不对，他这是想说明什么？

梁思申笑道："那是应该的，做人应该有姿态，说白了，死也要死得有模有样。"

宋运辉笑了一声，但忽然想到多年以前，虞山卿有意刺激他的话，那是刘启明说的，说他姿态不美。那么多年过去，其实他一直耿耿于怀，也以此严谨要求自己，但今天看到梁思申一天会议下来依旧珍珠般的美好姿态，他终于看到距离。以前，说到底还是不肯承认的，可今天面对比他小很多的梁思申，他没有理由可寻，差距就是差距。他昨晚还笑话杨巡，其实不过是五十步笑百步而已。

幸好秘书跟来，笑道："厂长，我已经跟您家去了电话，说有工作不能回家吃饭。外面热，车里坐吧。他们都真佩服梁小姐，一天下来，穿着长袖子，硬是不挽起一下。虞先生也是，虞先生还下了工地。"

梁思申笑道："这是我的职业要求之一，我坐前面。"

宋运辉微笑，却坐到驾驶座后面的位置，与梁思申形成对角。坐进车子就道："小梁，有什么议题，我们抓紧。"

"好，我需要了解一下高层管理的态度，问题有五……"

秘书立刻摊开纸笔，掏出小手电挂车椅背后，认真记录。司机赶着过来，见此什么都不说，一声不吭把车开出去。唯有宋运辉觉得这样很好，他喜欢这样的环境，喜欢这样的团结紧张，又严肃活泼。因为刚才有关姿态的问题想了一下，他唯有投入到得心应手的工作当中，才觉得心境自由，收放自如。

梁思申问完所有问题，由衷地道："宋老师，我一如既往地佩服你，从那时候辅导员始，你总能最言简意赅地说明问题。"

宋运辉听了一笑，伸手熄灭一直晃在他面前的手电："我本来想表扬你的，可被你一说，我没法再开口，否则成互相吹捧。"他在黑暗中看着梁思申年轻光洁的侧面，微叹道，"可惜，你这样的人才，不肯回国。"

"对不起，我在美国找到了我存在的价值。"

"喂，对，不能放弃对事业的追求，不能放低对自己的要求。一个人，工作着才是最美丽的。"

梁思申不由骇笑："宋老师，你是彻头彻尾的工作狂，跟我的老板吉恩一样。可是对我来说，不！套用你的话，工作归工作。我最多只能做到跟虞先生一样，掌握好工作节奏，工作生活两不误。"

宋运辉听了也笑，对秘书道："现在的年轻人会生活。"

到宾馆下车，却看到杨巡大步迎上来。宋运辉心头不快，但就此止步，等杨巡出来，他微笑道："小杨，你在正好，我还有些事，你陪小梁吃个晚饭。"

梁思申大吃一惊，回头看向宋运辉。宋运辉仿佛是看到梁思申眼里的失望，心头如被什么揪了一下似的，但还是立刻硬下心肠，毅然决然地离开。看着他的车子离去，梁思申才摇摇头，想了想，又摇摇头和莫名其妙的杨巡一起走进大堂。杨巡看玉人如此，不由问一句："不愉快？"

梁思申其实又累又困惑，此时不想见杨巡："工作就是工作，没什么愉快不愉快的，只是……宋老师活得太艰苦了。"

"是啊，他们厂里人都说宋厂长是拼命三郎，有人被宋厂长砸下的工作逼疯了，各个在后面跺脚骂，可都还真心佩服他。你今天工作上一接触，知道辛苦了吧？"

"不是，不全是。咦，杨逦妹妹呢？"梁思申不愿跟杨巡背后议论宋运辉，说宋运辉最逼的还是他自己，逼得他自己六亲不认，这话怎么能说给杨巡听。

"我让两个弟弟带杨逦唱卡拉OK去了。你看上去很累，都说跟宋厂长做事是奔命，要不我等会儿送饭菜上去？"

梁思申摇摇头："你在西餐厅等我，好吗？我一会儿下来。"

"好。不过这儿西餐厅的牛排能砸死人，别说我没警告你啊，他们都说得带着牙医来这儿吃牛排。"

梁思申被杨巡略带夸张的表情引得一笑，看看手表："二十分钟。"便进去电梯。因着刚才宋运辉的忽然踩刹车，她不免想到多年后第一次重逢宋运辉的匆忙，昨晚宋太太的敌意，她不由联系Mr.Song，做人如此刻薄，值得吗？她不，她需要生活，她与杨巡进西餐厅后旁若无人地要了扎啤，不等菜上来，先喝了一口，冰凉感觉顺喉咙而下，顿时一阵舒爽，不愿看着杨巡欲言又止的表情，便直接问："小杨你请说，你什么事找我？"

杨巡已经吃过晚饭，也是一扎啤酒在手，他心里想的只是想看看梁思申，但知道这么说出来肯定会出事，他无论如何都得说些别的："你早上说的门槛，我很有兴趣。一天跑了几个地方，规划局、建设局、旅游局，还有工商局，问下来，果然很多人存了造两星级宾馆的心思。另外纺织局和二轻局申报造三星，外事办准备把原来的旧宾馆改造成三星。谁都看得见肥肉，谁都想吃，唯独没有打算造四星的。"

梁思申并无吃惊："你准备跨四星门槛？不过那么大投资，可不能想当然，需要事先计划好了。我有个堂哥正好有份并不算是太好的可行性计划，但还算是系统，基本上把需要考虑的项目都考虑进去了，你需不需要参考？"

"需要，我也觉得不能拍脑袋，我想就造价再跟别人商量商量。"

"好，借用你的大哥大，你帮我拨个号码。"梁思申报出梁大的电话号码。杨巡一边拨一边吃惊，不清楚这意味着梁思申记忆好，还是她对堂哥的电话熟悉。

但梁思申满脑子都是东海厂的数据和宋运辉的态度，即便是冲了个澡，也没法把自己放松下来。杨巡也看出梁思申不能专心，就没深入说出自己的想法，转而说些市场里发生的趣事。那些市井趣事，梁思申从没听说过，只觉匪夷所思，这才听得展颜而笑。简单饭后，她便上去整理今天的会议资料，对杨巡说了抱歉。但杨巡已经满足了，他今天终于逗笑梁思申，看到她开心的笑，他满心都是酥的。

梁思申那是真的上去工作，可坐下没多久就接到一个电话，那电话对方一声不发，立刻挂了。再过会儿又是一个电话，依然在她又是中文又是英文的招呼后没有声音，她正要挂下，忽然听得里面发声，连忙挽救都快敲向机座的话筒。等她急忙将话筒放到耳边，只听那端有女声在问："……宋厂长呢？你让他听电话。"

梁思申一愣，忽然想到对方是宋太太程开颜，立即又想到这可怜的女人弄不好拿电话跟踪她丈夫吧。她作为无辜的假想敌，只得无奈地道："宋老师下班把我送到宾馆就走了，如果师母有要紧事，建议另外设法寻找。"

可是程开颜正因为梁思申而坐立不安着，既不敢挂丈夫的大哥大询问踪迹，又担心电话那端或许她丈夫在场，她一放下电话正好方便他们从容行事，谁知道杨逦今晚在不在场。她又不好问太多，一味持着电话沉默。

梁思申被程开颜的沉默弄得丈二和尚摸不着头脑，问对方还听着电话不，对方倒是说"在"，可就是没事找事不挂电话。她想半天索性直言："师母该不是在怀疑我和宋老师？……你不回答没关系，不管你回不回答，我都得说出来让你安心。我现在居留美国，以后还是居留美国，目前还不想回国，因此不会在国内寻找恋人，我很现实。"

"可是他竟……他竟然让你进去管理严格的东海厂。"

"噢，你可能误会了。我在美国的金融系统工作，到目前为止，在那种地方工作的华裔不多，宋老师的东海厂扩建需要资金，估计想引进外资又找不到别人询问，前几个月瞎猫撞死耗子，以为我学工商管理总能懂一些，没想到我正好在金融系统兼工，还真帮上忙了。宋老师看到我委托虞先生带给他的案例资料很有兴趣，我也很愿意为祖国建设引进外资做点儿贡献，就一拍即合，我趁回国度假收集一些东海厂的资料带回美国，替东海厂吆喝去，就这么简单。"

程开颜听得似懂非懂，却也找不到漏洞，只得问："可是为什么你们那么早认识，交情能一直保持到现在呢？"

"这是个好问题，我跟好几个同学一直保持着联络，或许宋老师也与好几个学生保持着联络？"

"没有，他只跟你联络。还有，我请问你，如果你吆喝成功，会不会以后经常回国，来东海厂？"

"我不知道，我只是个小卒子。"

程开颜因这个答案益发担忧，随即向她爸爸汇报，该如何斩断梁思申再来东海厂的理由。梁思申只觉得莫名其妙，宋太太怎么这等荒唐？可再莫名其妙，她依然得工作，即便杨逦回来也没停止，完了收拾资料下去，到商务中心发出，这才回去房间，拉上窗帘。

但她不知道，有个人去而复返，坐在车里一支一支地吸着烟，凝视着她的一举一动。

一直到那扇窗户的窗帘拉上，宋运辉的双眼才停止激动的搜寻，闭上眼睛，却精准地将烟头掐灭在烟灰盒里。他清楚自己在做什么，他是饿着肚子回到家门口，却过家门而不入,一个转弯又赶半小时的路,加一次油回到宾馆。他满心想将梁思申叫出来,随便找个借口单独谈话,他有的是话题,可是他最终没走出车门。

晚上十一点,小姑娘终于睡觉了。她真是个聪明实干的好女孩,应该早早休息,明天还有一整天的会议等着她呢。宋运辉怜惜地想着,却没想到自己也要睡觉,也要早起,明天有更多工作要面对。他怜惜着梁思申,他却满心甜美,流淌不息抑制不住的甜美,他一个人在寂静的车厢里笑,回想着与小姑娘认识的点点滴滴,想到两人由来已久的对世界认识的交流,对彼此知识范畴的促进提高,呵,原来,两人一直心意相通着。

认清这一点,宋运辉满意地驾车而回,不需要空调,也不需要磁带播放音乐,降下车窗,腥热的夜风都透着甜润。宋运辉忽然感觉天温柔得如黑丝绒一般,星星俏皮得如同梁思申的眼睛,而家中小院盛放的茉莉花香,以及草虫鸣叫,都似是梁思申衣带搅动的风,那么清新,那么甜美。

他以前夜归时候怎么从来不知?

是,他爱,他在爱。

他此时已经不再为真相而惊慌失措,他此时开始享受那种美好。当然他也知道,他不能有所作为。那种无法作为的感觉是苦的,可他此时却也愿意享受这香中带甜的苦,因为这种苦让他感知味蕾的苏醒,进而感知小院里的花香虫语是私语缠绵,感知被垂下的丝瓜撞击一下是有趣的钝性碰撞,感知碗莲缸里金鱼尾巴扫出的涟漪如流波漱玉。他进而联想到咖啡,他不厌其烦地半夜泡一杯不合时宜的咖啡,站在小院里细细地品。

这咖啡是别人送来的,放了多日,早已板结,可宋运辉今夜喜欢这咖啡的味道。以往一到晚饭后,他总是拒绝所有影响睡眠的饮料,比如茶,比如咖啡,他严谨得刻板,因为他不愿意不良睡眠影响第二天的工作。而今夜,他心甘情愿地堕落。

他喝完咖啡,回到书房的地铺,他已经打地铺好多日子。没料到,他并没被咖啡影响,他睡得很好,很放松,连梦都没有。第二天按时醒来,也没流连床榻的痛苦,浑身都是活力。

他愉快地下厨切葱花,打鸡蛋,拌面粉,为一家人摊鸡蛋饼,不厌其烦。看到程开颜睡眼惺忪一头乱发地下来,他也能视而不见。等全家人都起床下楼的时候,他正对着面前一桌子的杰作高兴,蛋饼、肉粥、牛奶,唯有他的是牛奶加了咖啡，他还在桌子中间插了一朵院子里刚剪下的月季。

众人都好奇问他今天是什么日子，可他笑而不言。程开颜却是越发惊心，毫不犹豫地否定昨晚与梁思申的谈话，事情看来非常严重。

而杨巡则是睡不着觉，起来三四次，冲了三四次不算凉的凉水澡，还是浑身燥热。眼看两个弟弟睡得那么好，他倒也不羡慕，索性不睡了，爬到办公大楼的天台上晒月亮吹冷风。还好蚊子没功力飞那么高，下半夜的天台也已经凉快，他反而靠着阴凉的水箱睡着了。

当然，一大早，城市最早的阳光也晒到他屁股上，他下来洗漱一下，也不顾两个弟弟的侧目，赶去宾馆陪梁思申吃早饭。他到的时候，餐厅都还没开门，他硬是等了会儿才进去，还看了好一会儿服务员摆台。

梁思申却是有点辛苦地被饭店的morning call叫醒，先去商务中心拿了吉恩的传真，一路看着传真去餐厅，却不想被人从后面追上，拦住。她看去，眼前竟是有些憔悴的李力。李力微笑看着她，温柔地说："梁凡半夜让我帮忙发一份传真给你。我开一夜的车，总算赶在传真前把原件送到，算是不辱使命。"

梁思申诧异地看着李力，惊讶得失声，好久才道："谢谢，谢谢，不敢当，我请你吃早餐。"

李力疲倦地闭了下眼睛："我好像更需要休息。可总台没房间给我。"

梁思申忽然感觉李力那种头发微乱的倦态非常性感，一颗心顿时乱了半拍："啊……先吃早餐，若还没房间……如果不介意……嗯，有时间，请跟我去上班，我请他们安排招待所。"

"好。"李力也是密切注视着梁思申的眼神，两人都从对方的眼睛里看出特殊的内容，因此李力尝试着伸出手去，托住梁思申的臂弯，但被梁思申避开了。李力一笑，没再尝试，跟上梁思申一起走进餐厅。这对俊男靓女的同时出现，把热络了一晚上、苦等到早上的杨巡惊呆了。

杨巡仿佛至此才能明白，原来梁思申还有其他的社交圈，梁思申这样的美女应该早有别人追求，别人也不是瞎眼。梁思申让李力把原件交给杨巡。杨巡心中很想拒绝，可不愿做得那么没派，只好收着，心里想着出门就撕了它。

李力根本不把杨巡放到心上，他只是很大方地跟梁思申道："你尽管看传真，别耽误你工作。"

梁思申虽然答应，但没继续用功，等会儿车上反正多的是时间。正好杨逦也取了早餐来，梁思申一看，兄妹俩面前的盘子都是堆得山尖儿似的，而她和李力面前的盘子则是简单得多，她的是两片面包，一只煎蛋，几片水果，一杯豆浆。至于吃相，不提。她还留意杨逦看到李力的时候羞答答的，眼皮想抬不抬，说话则是跟蚊子叫似的。

李力本来没吭声，但吃到一半忽然问一句："你反对梁凡跟我合作？"见梁思申点头肯定，又追问一句："为什么？"

"梁大连这都跟你说，究竟是你太精，还是他太傻？可见这不是平等合作。"

李力微笑："我喜欢势均力敌的对话，我也把你的话当作对我的赞美。不过你有没有考虑过，当我拿下如此稀缺地段的地皮时候，有多少人捧着钱来找我？可见我也是有相当优势的。"

梁思申一笑，李力虽然说得婉转，可言下之意很明白，给梁大面子才选择跟梁大合作。梁思申有些强词夺理地道："既然如此热门，不如拿下地块，直接转手，投资少，见效快，效果好。"

李力不以为然地反驳："对于一个热爱建筑的人而言，有什么比在中心地段竖起一件自己的作品更有吸引力的？任何丰碑，都不如一件百年作品。"

杨逦一听倾倒。杨巡心说这个李力聪明面孔笨肚肠，不想却听梁思申真心实意地应了声："有理。"杨巡愣了一下，直觉地认为梁思申这是客气，给人面子，但他却把李力的这句话记住了。

李力却是眉飞色舞地道："看着理想变为蓝图，蓝图变为现实，那过程中的享受，无可比拟。"

"是。"梁思申依然赞同。

"好，既然我说服了你，你得帮我说服梁凡，不然梁凡这两天老拿我当不良小人。"

梁思申笑道："不，我承认你的理想主义，但这不是职业精神。"梁思申自我感觉是睁着眼睛说瞎话，她觉得李力即使有理想，可理想在他那个项目中也不会占太大比重。"啊，对了，想请教你，最近什么书好看:我这回带些回去。"

李力便也不再提上海的事，想了想，道："刚出的一本余秋雨的《文化苦旅》，你一定喜欢。等下我去书店看看，如果没有，把我的一本给你，还有前两年台湾人三毛写的系列……"

梁思申笑道："三毛的早看了，没那么夸张吧，好些地方我也去过。还有，港台的我接触得多，不用推荐了。"

李力无奈地道："要我怎么说？你干脆到我书柜里自己去翻吧，我自认几乎把福州路的好书都淘来了。"

"真的？那以后你搬去别墅，我岂不是可以近水楼台？"

这样的话题，杨巡一句都没法插嘴，杨逦也还嫩着，应付高考都来不及，这方面的事知道得少，杨家一家大约只有杨连此时有份说话，可惜不在，杨巡好生灰心。李力却是应付自如："好多书我还来不及看，便宜你，有些可是书店也未必找得全的稀缺货色。"

"非常好。"梁思申很喜欢。可惜时间不允许，她没法多说，匆匆吃完算数。而李力却因魅力而早早获得总台小姐让他插队拿到的房间，终于没跟去东海。杨巡很是失意，连杨逦都看得出来。梁思申当没看到，匆匆踏上东海厂来接她的车子，告别杨家兄妹离去。

至此，杨巡基本上弄清李力这个人的身份，高干子弟，他妈的又是高干子弟，他这辈子接二连三吃瘪在高干子弟手里。但杨巡也苦笑着安慰自己，从东北时候被人打得无招架之功，到如今跟萧然可以有来有往，谁知道跟那李力未来有何交集。他捏着手里李力给的可行性报告，却也不会小心眼儿地撕了，回头先看清楚了再说，知己知彼。

梁思申的心情就跟清早的太阳一样亮堂。令她更高兴的事，宋运辉今天心情也很好，对她没再如昨天那么避嫌，而是温和地待他，却有求必应。工作更因昨天的磨合，今天效率大增。梁思申一天来的心情都很好。到下午四点的时候，早早结束了工作。

但她还是小心了一下，问秘书可不可以这时候找宋厂长汇报一下。她现在觉得宋运辉有些可怕，领导样子太足。秘书候着宋运辉的忙碌告一段落，引着梁思申进厂长办公室。宋运辉见到她，就示意秘书出去，和气地问她："两天下来，有什么想法？"

梁思申道："就目前来看，不算是即期赢利资产，不过是可以预期的优质资产，但我目前掌握的只是财务数据，有关工厂发展前景，我需要就项目发展规划，回去寻找专家评估，因此项目发展规划的二期，希望能给我一份英语资料。项目发展的三期预计，我主要是听取虞先生的意见，应该只能作为参考，不能作为有效资料对待。还有，我希望有一份市场预期，这可能超出合理要求范围。"

宋运辉微笑听取，一边在纸上用铅笔择要记录。等梁思申说完，才道："二期的英语资料，一星期内给你。三期的预期，也是一星期内给你。市场预期……我这儿有份年初制订的年度计划，你先拿去看看。目前销售工作基本符合计划，未来两三年的市场，我可以给你做个展望，也是一个星期。然后，我需要对你提要求。"

梁思申犹豫了一下，爽直地道："Mr.Song，虽然我们是在严肃地谈工作，可是……你太严肃了，让人害怕。"

宋运辉听了忙笑道："好，好，我改。"不错，他心里头到底还是有些紧张的，不免形之于色。"我的要求不高，有来有往，希望你随时跟我联络，告知进展。"

"会的，我可能还会做内奸。"梁思申这才觉得这屋里的气氛一下松弛下来，"还有，我明天准备走了……"

宋运辉一下怅然若失，脱口而出："昨晚有事走得匆忙，今晚单独请你吃饭，赔礼道歉，你想吃什么？"

"海鲜，特色海鲜。可现在，让我参观工厂好吗？上回来看的是没投产的。"但说出话来，她不由想到昨晚程开颜电话里的担心了。

"好，先跟我来看个总体。"宋运辉带梁思申走到地图前，两手比画着道，"你看，这个半岛，我们现在才占着这么一小块，二期结束，是这么一块。我的理想是，吃下整个半岛，到窗口看看。"两人来到窗前，宋运辉指点着告诉梁思申，这儿做什么，那儿做什么，然后才叫人来，扔一顶安全帽给她，要人带她去主车间。

纵横交错的钢铁丛林看得梁思申钦佩不已，又听陪同人员说，宋厂长对主要设备了如指掌，她现在虽然觉得宋运辉有些生分，有些严肃得可怕，可敬佩之心依然油然升起。也觉得自己前面有些太自以为是了，她没看到，数据背后，是那样一个钢铁城市，而这才是运作中的一期和建设中的二期呢。

她一直要求看到码头才回，一切，已非她上回来时可比。她本来已经有些勉勉强强才叫他一声宋老师，叫出来的时候更多揶揄，而已经习惯喊Mr.Song。一圈儿看下来，她又有叫回宋老师的冲动，小时候发誓追赶宋老师的宏愿看上去又提高了难度。

"非常壮观，真令人激动。尤其是想到负责的人是宋老师，啊，我真自豪。

我回去一定好好努力，一定要促进三期尽早上马。我也要做壮观的一分子，这真是人一辈子最好的丰碑……"

时间已经下班了有一会儿，宋运辉和梁思申一起下楼去。听着梁思申有些孩子气的激动，宋运辉心里高兴，一径宽容地笑着，一边不断与路过的同事招呼。他已经想明白，他不愿因为自己复杂的身份伤害到梁思申，她是那么的美好，但是他要让她高兴，竭尽全力地满足她。而他，只要旁观她的幸福，他想，他应该满足了。

他亲自驾车，载着梁思申往外走，一边信口报出哪家饭店有哪些特色，让梁思申挑选。两人轻松议论着，汽车驶出大门。夕阳虽然当头照进车窗，可宋运辉并不觉得难受，反而觉得夕阳这暖暖的色调很令人沉醉。但忽然身边的人连声惊叫："停——停，停……"一只手也急急搭了上来，正好搭在宋运辉手上。宋运辉不由紧急踩下刹车，但自觉将手拿开，不愿亵渎。他这才看到，路边停着一辆黑色不知什么车，应该是挺不错的车，而一个年轻高挑男子正大步向他们的车子走来。

这个人，不认识。宋运辉直觉到了什么，心头一紧。这时候梁思申已经按下车窗伸出头去。

"你来这儿有事？"

"找你，门卫说你还没出来，我想总等得到。"

"你一直这么等着？"

"是啊，我相信只要你出来，肯定看得到我。这位……"两人对话着，李力终于走近。宋运辉看到，是个儒雅帅气的男子，不会比他小多少。

"宋老师，是我小学时候的辅导员，现在是东海厂的厂长。"梁思申又探回头，对宋运辉有些尴尬地介绍，"这位叫李力，我大堂哥的合伙人，昨晚连夜给我送份资料来。"

宋运辉力持温和地道："请他一起去吃饭吧。"

梁思申将话传过去，李力立刻答应，但是站着不动。宋运辉当下领悟，坚忍着用最平和的声调对梁思申道："去吧，上他的车去，我在前面带路。"

梁思申却没犹豫，对外面的李力道："你跟我们车子后面，宋老师带我吃海鲜去。"可是一想到程开颜昨晚的电话，一只手不由得放到车门上。她并不想给自己给Mr.Song平添麻烦。

宋运辉稍有欣慰，但还是坚持道："天开始暗下来，他人生地不熟，万一跟错就糟了。你这两天好歹有些熟悉，帮他在旁边指点指点，去吧。"

梁思申听这么说，笑说着"两个臭皮匠"，忙一身轻松开车门下去。宋运辉看到那个李力满面笑容地俯身跟他打了个招呼，致谢的意思，然后两个年轻人披挂一身绚烂夕阳走向另一辆车。那边，李力绅士地抢前一步给梁思申打开车门，而梁思申的脚步是轻快的，宋运辉看着心如刀割。

原以为打算旁观梁思申的幸福，可是眼看到她的欢笑，他却如此心痛。他忍着痛将车开出去，只觉一转一个脚印，一个脚印一滴血。就像他给宋引讲故事时讲到的小美人鱼，他也是化尾为足，忍着钻心的刺痛，旁观爱人的幸福。

然而，还不仅仅是旁观，他还在菜桌上做了一回长辈。好在他电话众多，他终于找个合适的电话，找借口离开。离开的时候还拍拍李力的肩膀，收获李力感激的笑容。

宋运辉继续死忍，忍着将车开出一段，这才停下，泛出一脸辛酸。旁观，哪儿那么容易？

而在宋运辉离开后，梁思申掰起指头回忆，长辈一样的宋运辉究竟应该多少年纪。说出来，别说是李力，她自己都不信，宋老师竟然这么年轻。她禁不住圆睁双目，一连串的"天哪"。李力这时候一声"嘿，你别动"，掏出一支自动铅笔一本笔记簿，唰唰唰画下一个人像，然后笑着转给梁思申。画中人神情惊异，灵动若生，不是她是谁？梁思申快乐地征求了李力的同意，将画像撕下来，收藏进自己的皮包。

他们两个谁也不会想到，不远的地方，宋运辉一个人猫在漆黑树影之下，面若死灰，他才活了一天，不到二十四小时。

此后，宋运辉喜欢上咖啡，什么都不加，唯有浓浓的苦和香。

此事，他连寻建祥都不会告诉。以前他还会有痛恨，有激愤，有怀疑。而今，他认为到他现在的年纪，一切因果，都已是自作孽而已。

14

雷东宝在里面的日子，最先是受罪，然后是煎熬，后来是麻木地等待。大多数同牢房人的案子早已判了，就他等啊等啊，对外界一抹黑地等。唯一令他欣慰的是宣判后被转移到劳改农场后的第一天就有人过来探访。这让他充分意识到外面的人没抛弃他。这个感知，令半年多不得不听话因此麻木下来，差点以为没权没势等于被世界抛弃的雷东宝，终于有了一些感动。

他迫不及待地想见来探望他的人，他想第一时间知道，究竟谁对他有良心，谁对他没良心。他跟着管理员出来，其实急得恨不得飞奔，可终于没有，他已经如同被关进马戏团的狮子，懂得听取号令，懂得看人眼色行事。他一路焦急地想：是谁，是谁，是谁！他眼前无数人面滑过，他都不关心，等他最后到达那房间门口时，他不由自主地停住，在一门之隔处与自己打赌，他最希望一门之隔的人是宋运辉。

但他赌输了，外面的人大概是公认最应该来看他的人，是两个女人，一个是他妈，一个是他妻。雷东宝心中挺没良心地小小地失望了一下，在他心目中，这两个是毫无疑问该来看他的人，她们俩不来看他，那才是怪。但是雷东宝被关了那么多天，亲情的承认他并不太挂心上，那对他是理所当然，毫无悬念。他现在最需要的是社会、是友情的认同，而唯有宋运辉，一个人身上集合了他所有的需求。

但是，宋运辉没来。他等着两个女人哭完，他被她们哭得有点心酸，但他迫不及待地问的问题与她们俩无关。

"我一会儿给审这个问题，一会儿被审那个问题，最后只判了我个行贿罪，是不是你们在外面替我折腾了，怎么折腾的？"雷东宝问完，看看两个人继续抽泣，没打算回答的意思，他迫不及待又问，"小雷家现在怎样了？他们几个死哪儿去了？都不来看我？"

好不容易，韦春红才勉强止住眼泪，虽然内心对于雷东宝没问一句家里的情况有些不满，但想他在里面受够委屈，她也不计较了，开始哽咽着回答。

"你的事，哪天等宋厂长来你再问他吧。我们全都使不上劲，我们最多想办法让你在里面的日子好过些。其他的，后来听说都还是省里发话。我只知道，就在那么一天，宋厂长找上我，说事情了结了。具体怎么了结，恐怕他不会告诉任何外人。"

"嗯，应该是他。"雷东宝心里挺满意，"他知道我判了吗？"

"知道，杨巡应该告诉他了。小雷家的人今天也都来了，但今天轮不到他们，他们都得排队等。"

"是谁？都来了谁？"雷东宝忽地眼睛一亮，上半身猛地趴了过去，急切地盯着韦春红。

"都来了。士根是一派，忠富、红伟、正明是一派，还有一派是年轻没名号的，三派人见不到你，在外面打架呢。"

"怎么会成三派？怎么回事？打什么架，听士根的不就得了？"

韦春红沉默了一会儿，道："最先村里、县里都对你有误会，以为你指不定贪了多少呢，谁都绕着你走，当你瘟生一样，害我饭店也开不下去，只好搬市里开去了。妈也在村里待不住，跟我搬去市里。唉，雷士根这个人，口口声声说是为你，可做出来的事，哪件都不对，还不如不做。这蠢货，我杀了他的心都有。"

说了这些，韦春红渴望地看着瘦了不知道多少圈的雷东宝，等待着，等雷东宝问她究竟遭了多少罪，安抚她夸她坚强，最好还能跟宋运辉一样地表扬她做得好。但是，等了半天，瘦了而且苍白了的雷东宝并没问，而是低着眼皮想什么，呼吸急促。韦春红看着雷东宝，却也没忍心提出要求，他都那样了，她还好意思要求他？她甚至都不忍心把村里发生的那些曲折告诉雷东宝，怕一心只牵挂着小雷家的雷东宝受不得那打击。

但雷母就絮叨上了，雷母告诉雷东宝，他出事后，那些村里人怎么骂他，怎么当着她的面骂，都骂了些啥，害她都不敢在家待着，只好求儿媳收留。韦春红听着，一边小心地打量雷东宝的脸色，从他急促的喘息，她知道雷东宝愤怒了，她真怕雷东宝会暴跳如雷，担心雷东宝这个啥都不怕的霸王在这么个环境里拍桌子闹事。但是，她发现自己担心得多了。她看到雷东宝瞪着眼听着，除了呼吸急促，并无激动神色。韦春红心里反而提起另一种担心。

雷东宝是怎么都不会想到，他被关在里面半年多的时间里，他心心念念惦记着的小雷家村竟然连他老娘都容不下。他老娘被逼出走的时候，他却正牺牲自己成全小雷家，他咬紧牙关忍受苦楚，只想保留小雷家的实力。可是，他们都忘恩负义。还有雷士根，竟然都保不住他老娘，他托付错了人？雷东宝心中无限失望。他不知道那帮人还来看他干什么，他只看到他老娘都没法回家的现实。

韦春红没有打断婆婆的话，但一心留意着雷东宝的反应。那么多时间都没听到雷东宝哪怕冒出一句斥骂，她从担心变为害怕了。她真怕雷东宝已经不再是雷东宝。

韦春红连忙打断婆婆的絮叨，讲忠富和红伟反出小雷家的事，讲正明把持小王国的事，又把村里现在青黄不接，村人又想起雷东宝好处的最新情况说给雷东宝听，还说了现在那帮由他主持由小雷家出钱培养出来的大学生们发出的清醒的第三种声音，那帮人正反思小雷家以前的发展，认识到雷东宝的巨大作用，并且与正明他们争鸣。

雷东宝依然沉默地听着，间或地，只是伸手将韦春红穿在外套里面的衬衣的领子拉了一下，想要替她扣住领口纽扣，都没其他动作和脸部表情。他失望，彻底地失望。韦春红的叙述虽然解了一口他刚才差点咽不下去的气，可他依然失望。除了忠富和红伟，哪个人是真正体会到他这么多年的良苦用心？那帮人，看到的都是利，唯有利。也唯有利，忠富和红伟悍然出走剥夺的利，才能让他们认识到，缺他不可。他的用心竟然没人看到。

他关在里面半年多的所有想头，竟然都错了；而他那么多年的用心，竟然也都错了。

韦春红担忧地看着雷东宝的沉默，终于忍不住逼问："东宝，你在想什么？你说句话啊。"

雷东宝还是等了会儿，才道："不说小雷家的事，你看见士根，要他回去。说说你，饭店搬到市里，生意好不好？"

韦春红实事求是地道："市里好饭店多，又是做出名气的，人家都冲那儿跑，我的不突出，只能勉强维持。"

雷东宝现在也只能束手无策："委屈你了。"见韦春红点头，再看韦春红憔悴的脸，他别过眼去不要看，道："我那些钱，你都取出来，把饭店好好搞搞。我没多少钱，你全用了吧，反正我在里面也用不到。"雷东宝本来不想说那么多，但怕他不说明白，他老娘阻止韦春红用钱，只好啰唆到底。

韦春红点头，叹道："我看看。"但心里暖暖的。因知道雷东宝不是个会说甜言蜜语的，但他的行动够说明问题。他们只是半路夫妻，而且还没孩子，韦春红想都不愿想恩情比海深什么的，她看得太多，才不会轻信。雷东宝能做到这样，她够领情了。

雷东宝却起身道："你们回吧，早点回去，晚上还赶得到家。以后没事不用来看我，我在里面挺好，不吃亏。"

韦春红却是恨不得拉住雷东宝，再好好看个清楚，可没办法，这毕竟不是寻常环境："东宝，我给你存了五千块钱，你别省着用，多买些好吃的。"

"知道了。"雷东宝转身走了，没过多犹豫。但临到门口，却又转身，嘱咐一句，"你给我守住啊。"

韦春红一愣，饶是她伶牙俐齿，此时也说不出话来，看着原本宽阔得跟门板似的雷东宝的后背，现在瘦成半掩的门，而那半掩的门又在她眼前消失，她心中好一番甜酸苦辣。此时身边雷母的哭声又起，她也忍不住了，跟着一起哭哭啼啼，搀扶着一起出去，两人竟是因此同一条心了。

雷东宝则是失望之上再加失望，今天所见所闻，没一件是称心的。不说小雷家的，就说老婆，想了那么多天的女人，今天见了却跟见到老娘一样没感觉，怎么脸上都是皱褶，知道她辛苦，但是……他还是失望。

而对小雷家，他那一手开创起来的天地，他除了冷笑，只有冷笑。他以前原来一直是傻瓜。他竟然要到今天才看清楚，他屁都不是，只有他对小雷家全心全意，没有小雷家对他的全心全意。可是小雷家是他全部的心血……

雷东宝才刚到劳改农场，暂时还没被安排工作，与老娘等见面回来，犯人小头目安排他擦楼梯。要是在大半年之前，谁敢要他做这等啰唆事，他一早端起脏水盆兜头扣下去，但现在他连马桶都刷过，擦个楼梯又有何难，而且雷东宝今天异常配合，一句废话都没有，拿起抹布就奋力擦洗，那架势，就跟以前在部队时候想争做先进分子似的积极。小头目看见还觉得这样子挺合理，知道雷东宝刚才见媳妇去了，新犯人见媳妇还能有什么好事，肯定对方想跟他掰。天雨逢屋漏，谁这时候还能开心起来。

雷东宝机械似的擦着栏杆，心里反复思考韦春红带给他的些许信息。所有的信息，除了宋运辉帮他减轻刑罚一项，其余都令他大大失望。他选的管家雷士根竟然不对，为什么？以前他经常出差、偷懒，可只要村里有雷士根在，就不会乱套。而大家也信服雷士根，全村除了听他的，就剩听雷士根的。怎么他一出事，雷士根就压不住了呢？还有红伟、忠富。这两个人终于让小雷家人认清他的作用，可这两个人也把小雷家的半壁江山毁了。雷东宝想着又是心痛，那是他耗费多年心血打下的江山。

可才心痛一小会儿，雷东宝就想给自己一巴掌，那帮没良心的，他还心疼个啥？可想着想着，又心疼了。那是他这么多年的心血啊，他这么多年一门心思地经营，一颗心全扔在小雷家，他没儿没女，小雷家是他的命根子。看现今连福利都发不出，一半实业倒塌，他岂止心痛，简直是滴血。即使事实证明小雷家离了他就不能活，可他依然高兴不起来。雷东宝的心矛盾着，冲击着。原先的冷笑，几桶水擦下来，变为伤心。

雷东宝晚饭后躺在新人不该有的不差的床位上，看着外面黑暗的天，不觉想到当年小雷家的老书记。这个时候他终于能够理解老书记为什么会自杀。老书记即便最先确实没脸见人，可最后上吊那一刻，可能心中更多的是失望，失望于没一个人站出来说话，为老书记过去的功劳呐喊，为老书记的功过做客观定调，承认老书记担负的过大责任。而其中，也有他雷东宝的一份"功劳"。老书记当年的失望，如今也让他雷东宝尝到滋味了。被毕生奋斗的命根子抛弃，雷东宝都不知道自己还保留了些啥。

这滋味，很不好受，令雷东宝满心灰暗。令他都不愿想等他服刑完毕，该回哪儿去，怎么回去。虽然他已经知道，照如今的势头，他已经无法照原计划回去了，可他现在都灰心得没心力想那些出路那些未来。

但饶是再灰心，雷东宝依然能察觉周遭的变化。他不曾如其他新人般受辱，他的床位第二天升到靠窗，他的工作第三天得到改变，竟是人人羡慕的散仙般好活儿：管泵房。所有人见了他，脸上都有了笑意，言语间都是带上客气。雷东宝不是傻子，早猜到一定是有人替他活动了。只是他不知道到底是谁在外面替他活动，以往，他或许可以毫不犹豫地回答：小雷家人。而今，人心已经叵测到令他灰心的地步，他还敢指望谁来帮他？而今，有谁帮他，是他的运气，再非理所当然。

他独个儿清闲地待在泵房，日日晒太阳睡觉，倒也闲散快活。不久，血色恢复了，松垮的肉皮又贴紧骨肉，整个人恢复精神。可他心里不快活，跟看透了俗世一般，看什么都不顺眼，看什么都没劲。不过不再如以前说出来嚷出来，他现在是什么身份，处于什么环境，还有他说话的份吗？他更多时候是看而不说，硬生生给自己的一张嘴上了胶条，这一看而不说，没想到竟是看出好多以前忽略不计的琐碎人情。原来，他以前看的大江大河底下，还有一些不为人知的水滴石穿，那一份阴柔功夫。雷东宝不用参与集体劳动，更有机会旁观者清，看得惊诧不已。

这时候，又说有人来探监，别人好不容易得一被探的待遇，他却能一周一次。

他进去小屋，看到两个人在，一个是红伟，一个竟是想也想不到的杨巡。这回的小屋与上回见老娘老妻时候的又是不同，这回的小屋竟像是可以促膝谈心的，而红伟也是违规送上大包吃用的物什，没人监督。

雷东宝打开包袱，浓香扑面而来，他顾不得说话，先下手抓了块红烧牛肉大嚼。红伟看得目瞪口呆，杨巡却是心知肚明，他还差点被茶叶蛋噎死呢。

雷东宝吃下两大块牛肉，才道："这明明是春红烧的，她怎么没来？"

红伟忙道："书记你总得给我们机会，我们也是说服了韦嫂子才抢来机会。忠富和正明两个要知道他们稍微离开一下我就有机会进来看你，一准得跟我闹翻了。他们两个这两星期也一直跟我一起在外面活动。"

"小杨呢，谁让你来的？"

杨巡笑道："还能受谁指使。宋厂长实在掏不出来回三天的整时间，让我一定帮他好生来看看大哥，问问书记需要什么。"

雷东宝听着心里终于舒服不少，这世上即算是全部人都跟他讲利，也还有老娘、春红，还有个宋运辉跟他讲情："红伟你先别说，让小杨说说我的事到底是怎么解决的，春红说你跟着小辉最清楚。"

"还真是除了宋厂长，没比我更清楚的了，我还跟着书记进同一家看守所住了十几天，可惜当时见到书记却没能招呼。"杨巡十足口才，一件事到他嘴里，想要搓圆捏扁成什么样，就是什么样，何况更是这么一件起伏跌宕他自己又身临其境的。有些情节连红伟都是第一次听到，雷东宝更是除了吃肉，不再有其他动作，一对眼睛渐次恢复神采，从一包肉聚焦向小杨，却是没人提醒他们要言简意赅，注意探监时间有限。

雷东宝直到这个时候才知道自己的事情竟然有这等曲折，曲折得他想都想不到。他自己的事情，反而还不如杨巡知道得清楚。连红伟都是听傻了，才知道事情的背后还有另外好多他所看不到的。难怪当初竭力奔走却是一事无成。但红伟回顾前后，还是叹息道："虽然是宋厂长在忙碌，可说到底还是上面领导一句话。"

杨巡暗踢红伟一脚，嘴上却是大义凛然地道："别看领导只是那么一句话，那一句话是容易说出来的吗？书记平时的一点一滴，上面领导都是看在眼里，要是换个人，换我杨巡，领导理都不会理我。"

红伟这才想到，这儿不是家里，不能乱说。雷东宝则是一边吃着，一边闷声不响看着杨巡说话，心想这小子机灵，说不出的机灵。一句话，把方方面面都安抚了。以前还真没太在意这小子的机灵。

红伟见雷东宝不说，只是一个劲儿啃咬牛筋，只得道："书记，我把小雷家的事跟你说说吧。"

雷东宝实在是不想听小雷家的事，可红伟那么热衷，就让他说吧。于是点头。可红伟说的没比韦春红说的多上多少内容，雷东宝听得意兴阑珊，只是他现在涵养好了点，再加有牛肉塞口，他懒得打断。

红伟说完，道："书记，雷士根在外面，我不高兴让他跟来，你看有没有什么话跟他说。"

雷东宝终于放下手里的肉，他实在是撑饱了，虽然还有食欲，可肚皮装不下："你们想办法，让我早点出去。"

"那是肯定的，小杨也一起在活动。小雷家的事呢？正明想讨个明示。"

雷东宝定定地盯着红伟，盯得红伟心下有些寒。好一会儿，雷东宝才问："我的话还有用吗？"

红伟忙道："村里都是你一手抓起来的，你的话还能没用？"

雷东宝硬是把冲到唇齿间的话咽下不说，淡淡地道："下回让士根来看我，我有话跟他说。你传达的话士根不会信，这人小心。小杨，你跟小辉说，我早出去的事他别操心了，已经不是最大问题，还有要他帮我多谢老徐。对了，有个忙要你们帮我，春红搬到市里的那个饭店现在没起色，你们两个都是长年跑江湖的，给她出出主意。"

杨巡笑道："最近时兴吃粤菜，就是广东菜，上桌先点一盘基围虾，都成惯例了，本地菜做得再好也不入流。"

雷东宝想了想，道："小杨，你带着你韦嫂子出去见识见识，她小地方出来的女人，进大城市吃不开。红伟，你以后在市里请客的话，多光顾她的饭店。还有，士根面前，你想我说些什么？"

红伟忙道："书记你见了他就跟他说说吧，别当小雷家村是不会走路的孩子，要他整天抱着背着，他得放手让孩子走路啊，他看得太严实了。"

"正明不是已经闹独立了吗？"

"章还抓他手里，独立也是有限的。万一镇里又想出个馊点子来，我们招架不住。"

雷东宝想了会儿，才点了点头。这才三个人说了些外面的闲话，说物价又有开始涨的势头，说大伙儿又想着囤积东西了，又低声说了几句他们在外面找人帮忙的活动，雷东宝就赶着他们回去了。雷东宝拎一包吃的回去水泵房，这会儿却是靠着墙根晒着太阳，慢慢撕着一只鸡腿吃。今天的会面，挺好的，有些事儿看起来值得高兴。

当然，他心里清楚得很，红伟与杨巡这两个人来，有些过往交情在里面，但更大原因，还是因为"利"这一个字，他现在算是看明白了。杨巡为什么这么积极？杨巡与他没直接利益关系，可杨巡得瞅着宋运辉的眼色。而红伟，不是他现在眼睛有问题，将他人好心当作驴肝肺，他却是清楚看出，红伟最想的是他在士根面前说一句话，说什么话呢？红伟已经说了，正明需要一枚印把子来名正言顺。估计不止正明吧，红伟何尝不想回去原来的预制品厂？

唉，看起来以后做事得放明白些，别自己一腔血气，也得顾着别人的感受。但是，雷东宝从杨巡和红伟两人的言语行动中，也终于学会一门学问：牵制。如果没有宋运辉和雷士根两个人在利益上的牵制，他就只能被动等待外面的人发发善心，救援于他。不像现在，他反而确信他在牢里的日子会过得挺好。而这一切，都源于宋运辉和雷士根的为人。宋运辉是没的说。而红伟的传话，终于让他看到另一个侧面的士根，一个被人谩骂背后的士根。这个新的认识，令雷东宝心里愉快，他毕竟还是与老书记有所不同的，原因在于他看对了人。而别人都说士根如何如何，他却不以为然，士根缺乏大气，缺乏机变，那是没错的，但士根基本可信，这才是一切。有士根在，小雷家的天即使塌下来，地也不会陷下去，小雷家在雷士根手中，等于是在他手中。若换个别人，哼，他最多是给供起来做个太上皇，小雷家还哪里有他说话的分儿。他挑的人，没走眼。

他慢悠悠地吃着肉，这时候，心里和胃里都有饱的感觉了，不再嘴里叼着一块，手里捞着一块，眼里盯着一块，两眼碧绿。他悠闲而好心情地想，士根来的时候，他该怎么与士根说。他当然要感谢忠富、红伟、正明对他的帮忙，但是，现在他懂得，这些人还得有所牵制。他再也不会像过去一样，傻兮兮地一门心思只想着集体的好，以为集体好就是他的好。他如今也知道，他得给自己留条后路，一条他未来可以顺利回去小雷家的后路。集体是他的。

他一整天地将小雷家的人梳啊理啊，心里如走一盘棋子，这人放这儿，那人放那儿，然后走棋看三步，每个人的作用，他都思考再三。他第一次如此精细地盘算着小雷家的人事任命，而不再凭着血气凭着直觉，一锤定音。

他慢慢地将韦春红做的牛肉、猪肉、鸡肉吃个舒服，晚上回去，却大方地把剩下的一半在牢里分了。众人见他简直如见亲爹，再加他前几天从小卖部买了东西也是大家有份，此后大家都喊他大哥，他的大事小事，除了吃喝拉撒等需要他自己做的，其他都有人包圆了去。

很快，一星期又过去，雷士根奉命前来探望雷东宝。雷士根带来的是他自家媳妇做出来的好吃的，花色繁多，但不像韦春红对雷东宝知根知底，知道只要一味肉就能让雷东宝彻底欢喜。同来的还有正明，正明带来上海新出的三枪牌内衣数套，摸上去柔软舒服。雷东宝虽然自己几乎是瘦去一半的肥肉，可看到苍老的士根还是惊住了，他看着士根花白的两鬓，简直不敢相信，他都忘记了桌上好吃好喝带来的巨大诱惑。

"士根哥，你这算怎么了？生病没有？"

士根一听这个"哥"字，眼泪都来了，幸好东宝还是理解他的，他一切辛苦一切委屈，这才算是不枉。正明却哪里知道这些曲折，心说雷士根可真会做戏，真有脸在他这个知情人面前做戏。

雷东宝没想到士根会流眼泪，拍拍士根的手，也不知怎么劝，索性跟旁边的正明说话。他问了登峰厂和铜厂的情况，知道最近杨巡拿来一大单东海厂宿舍区电线的生意，又是宋运辉做主提前付款进来，解决了登峰资金难的大问题。登峰只要解决资金，那就什么问题都没有，照旧好好地转。雷东宝鼓励了几句，便让正明先出去外面等着。

士根这才收了眼泪，与雷东宝对视："东宝，我没用，做什么错什么……"

雷东宝摆手："有对有错，错的是你本事不好，小雷家又不是那么容易管的。但你印把子抓得牢，位置抓得牢，这事儿对，做得好。你听着，我告诉你下一步该怎么做。"

雷东宝也不清楚士根会不会听他的，但他当仁不让地说，态度就跟过去下命令一样坚决。他深信，士根是个有太多主意却抓不住一个主见的人，而这主见，需要有人强行塞给士根，就像他以往做的那样。士根接受或不接受，他都得说，他唯有这一机会。

他让士根回去先把两辆车子卖了。士根说一辆被清算小组的副镇长开去了。雷东宝说不管，卖了，要买主自己找副镇长要车去，拿来的钱村里收着，不发给村民。村里要是没钱，说话不响，一定要捂着钱才行，几十万也好。

第二步，把村子里的实业承包出去。谁有钱，谁承包，但尽量包给忠富和红伟。原本就是小雷家的人，知根知底，不怕他们不交承包费，也不怕他们做不好。但忠富那儿投入较大，需要村里出钱援助。村里只可打借条借出卖车的几十万，绝不可以以不收承包费来支持。如果再不行，他们支不起两个场，就把猪场什么的分割了承包，甚至一排猪舍一排猪舍地分开包，一定要保证村里拿得到承包费。有这场地在，只要运作得好，不怕招不来凤凰。

…………

雷东宝难得的事无巨细，雷士根倾听点头。雷东宝所言，也正是雷士根所想之中的一项，此刻被雷东宝说出，士根便似心中有了根底，士根要的就是那么一根主心骨，但这个主心骨也不是谁都当得上，那是需要他多年认证才能确认。比如雷东宝，士根也不是一开始就信的。但信了之后，便成了习惯，即便是今天，虽然知道从这儿问雷东宝讨了主意去，回头镇里县里要是知道了须又啰唆，也知道雷东宝的主意并不算高明，他知道还可以举一反三，如此这般，但他好歹有了主心骨了。

最后，雷东宝给了士根一句话："你回去，就跟他们说，这是我的主意。"

"镇里……会反对，这话不能公开说。"

"谁让你公开说，你只要跟相关几个人说。其他那些没脑袋的，以后什么都不用跟他们说，说了也白说。"

"还有，东宝，你跟红伟他们几个提提，别总冲着我闹事了，我也是没办法啊。"

雷东宝看着士根的眼睛，道："你当然压不住他们，可小雷家想活过来，离不开他们。"

士根被雷东宝的眼睛压迫得低下头去："书记你在的时候，他们都还要时常折腾，他们哪儿会把我放在眼里。"

雷东宝道："你当然得扯出我的牌子，否则没人服你。这事儿，你有空找小辉说说，小辉如果能发话，更好。"

"会不会……忠富、红伟不肯答应，不肯回来承包？"

"那是不可能的，谁也不会跟钱过不去。"

士根领命而去，去的时候，似乎背都直了些。

雷东宝回来，坐水泵房外，又是思索许久。不错，他对士根也不敢全信，因此，他的主意是极大分散所有人手里握的权力，包括士根手里的。而且，他非要设计着士根必须仗着他的支撑去做事，让士根明白没他支撑寸步难行，也要大家因此知道，是他，依然掌握着小雷家背后大权。他雷东宝不会轻易放弃小雷家。

只是，当初兄弟般的情谊呢？雷东宝对着脚边一朵小小黄花发了会儿呆，最后叹了一声气。他若是一无所有的话，兄弟，还哪来的兄弟？他只有如此了。

15

杨巡带着两万块钱，做出"腰缠十万贯，骑鹤下扬州"的做派，与杨速一起去上海住宾馆下饭店，实现他在东北建立的宏图大愿去。遵照雷东宝的嘱托，他们带上韦春红。但韦春红肯跟他们一起吃遍黄河路的饭店，却不肯跟着他们住四星、五星的宾馆，自己找家旅馆住下。一行三人倒是真开了眼界，上海这花花世界什么都有，什么新奇的都看得到，外国贵得要命的东西也能在上海见得到。韦春红拿着一只傻瓜相机到处拍照，准备回去重新装点饭店之用。

杨速的打扮又与杨巡不同，到底是学生出来，身上穿着一件白色文化衫，胸前一个"禅"字，后面则是一个"烦"字，外面套一件墨绿磨砂真丝夹克衫。杨巡说，明明是件老头汗衫，写上俩字就变文化衫了。杨巡则是白衬衫配浅灰色西服，看上去挺干净。而只有周末能出来的杨逦包里装一只索尼随身听，只有说话的时候才肯取下一只耳机。杨巡对杨逦把本来说要拿来听英语的随身听变成听歌并无意见。他有钱，买得起。他还跟杨速一起给杨逦寝室搬去一张单人席梦思，让小妹舒服睡觉。

吃中饭的时候，杨逦一定要把新买一盒磁带的歌放给杨巡一起听，硬是把一只耳机塞进大哥的耳朵里。杨巡一边与韦春红就这家饭店的布局和菜单交换看法，一边有一搭没一搭地听着耳机里有些声嘶力竭的歌声，并没太当一回事，既然杨逦一定要他听，他就听着呗。

但杨逦见大哥半天没反应，耐不住性子道："我给大哥听的是郑智化的歌，这是有沧桑的人才能体会的歌。我们班的都可喜欢了呢，可我说他们都是天凉好个秋，为赋新词强说愁，大哥才配喜欢这歌。"杨逦一边说着，一边献宝似的把歌词指给大哥看，又动手把歌再放一遍。

杨巡心想，沧桑个头，再多沧桑也不能挂嘴边，把现在的日子过好才是实货。但杨逦既然抬举说他才配，那他就配着呗。但看清楚了歌词，杨巡心里笑了。梦，他又不是杨逦，哪来的梦。他向来是前有狼后有虎，哪来的时间做梦，他得实实在在地突围、突围，让一家人好好活下去。如果把妈换作老水手，妈只会对在风雨中哭泣的他说，老大，你必须……但他却认认真真地道："好听，好听。"

杨速想笑，又忍着不笑，怕娇气的杨逦受不了，一时面目古怪。韦春红会心一笑，举起啤酒杯道："小杨，你好样的。"与杨巡对喝一口之后，她又道，"我看这儿的菜有些是从广州空运过来的。你说，这儿是上海啊，每天与广州都有飞机，我们那儿飞机一星期才给跑一趟广州，谁给空运？运来也不知能活多久。唉，粤菜，粤菜，有些难啊。"

杨巡指着一盘基围虾，道："成本高，价钱也高啊。你看看这基围虾，才几只，要九十八元一盘。"但多的，杨巡就不说了。他若是积极鼓励着韦春红上粤菜馆了，万一生意不好，韦春红还不得怨上了他。

韦春红一脸为难地看着那基围虾，嘀咕道："除了虾肉硬实点，虾壳能整个儿脱出来，你说哪有河虾好吃？这人啊，一张嘴巴真不讲道理。"韦春红心里犹豫，这决心要下的话，可是下大了，看样子现在这店面还不够用，得换个更敞亮的，起码得整出一个宽敞的门厅，铺上红地毯，放上玻璃鱼缸，让进门客人看到海里的鱼虾在饭店里生猛地游。而饭店最要紧的厨房，看来她也是插不上手了，这几天吃的菜大多是她从没见过没想过的，如果饭店想上档次，说什么都得找个大价码的厨师来当厨。这一切，得下多大决心啊。

以往韦春红饭店的每次变化，都是循序渐进，都在她可控范围之内，在她那一间屋子下面两层做足道场。可是，若照着雷东宝说的上粤菜馆的话，这变化可就是改头换面，彻底质变。韦春红忽然觉得，要是有个人可以一起商量一起着手该多好，雷东宝要是没待那里面，她可以跟雷东宝讨个主意打个商量。现在就算钱都在她手上，可又有什么意思呢，她不敢这样子花。看看眼前这餐馆，手笔太大了。光是头顶的这些灯，就把雷东宝当年送她的吊灯全比了下去，她要是想给饭店改头换面，那是方方面面，千头万绪啊，她能行吗？韦春红有些动摇了。

杨巡见韦春红明显是考虑什么的样子，便不去打断。他也是看着饭店，比较着吃过的宾馆餐厅，再回头回味那本差点被他撕了的可行性报告。当时他看到那么厚厚一本的时候，还心说小题大做，他那么大的两间市场什么报告都没有，现在不也好好的。等这会儿用心看了这些饭店宾馆，考虑到开建的方方面面，才知道他以前那两个市场算是简单中的简单，与筹划中的四星级宾馆项目大不相同。多看一项，对那可行性报告就多一分体会。难怪梁思申要他参考那报告。但他也不免心里酸溜溜地想，原来那脸色苍白的小白脸还真是有点花头的。

正想着，韦春红问杨巡："小杨，看了这么些，你准备上手吗？"

杨巡点头："想，更想。"

"可那么多东西，我们以前别说没见过，就是做梦都梦不到。你不说别的，你现在回去，能造得出四星级的房子来？你哪儿去买那些个漂亮大理石，还有沙发啊，地毯啊那些东西，我们以前见都没见过，都得从头学起，可房子造起来的时候，我们还来得及学吗？我们不说别的，就是这儿摆的这些个花都不认识啊。"

杨巡笑道："这倒不用担心，我已经问过，他们都是问外国人要的设计，东西也从国外买，我只担心钱。本来还以为只屋架子最值钱，还想哪用十万块钱一个房间，现在看来十万都还不够，光一个卫生间，包括瓷砖全套进口，已经占去一半。这钱啊，用起来哗哗的，还得拖上两三年才能完工。可就是得有这钱的门槛，以后才能赚更大的钱。"

韦春红疑惑了，怎么杨巡跟她考虑的完全不一样："你自己一点不懂，那么多钱哗哗地用出去，不怕他们骗你？真让外国人设计，外国人骗了你，回头你上哪儿找人算账去？你要不熟悉，钱哗哗地都填了无底洞。"

杨巡奇道："没关系，谁都不是生来就知道的，边打边算，边算边学，别人能行，我们一样也能行，又没比别人差多少。宋厂长那么大的工厂都造起来了呢，相比之下我们才多大房子。最关键是钱，有钱就能用能人，有钱就能做得好。"

韦春红不以为然："杨兄弟，自己不熟悉的东西，做起来晚上睡得着觉吗？"

杨巡见韦春红步步逼问，不似常态，忽然意识到，韦春红哪是在问他，而是在问韦春红自己，她想借他杨巡的嘴，说出"是"或是"不"，韦春红投入这花花绿绿的大上海后，心里一时没了主意。他又如何能替韦春红拿这么个大主意，他笑道："肯定睡不着觉，但让我先想着呗，我现在闲得慌，找点事情想想，折腾一下自己，省得让人拉去打牌搓麻将。韦嫂子，我先考察着，等条件成熟了再上手，有备无患。"

韦春红听了，果然松一口气："是啊，先打算着，多看看，多问问，钱也开始计划起来，对。"

杨巡见果然是那意思，便更加注意说话的分寸："可不，现在每天变化多大，就说这么好的饭店，以前别说进来吃饭，真是想都想不到还有这么好的地方。可你看，进也进了，吃也吃了，更好的地方也住了，你说，以后哪一天条件成熟了，自己也造了，说出去谁都不会说我是说大话吹大牛……"

杨逦这时候才插一句话："这叫志存高远，立足眼下。"

对！这回韦春红和杨巡都赞同杨逦说的话。韦春红心想，眼下老家条件没上海那么好，可不能好高骛远，只能志存高远，等条件成熟再做打算。杨巡却是想到，对了，一定得志存高远，比别人高，比别人远，意思就是比别人想在前头，比别人跑在前头。早起的鸟儿有虫子吃，说的就是这道理。

韦春红思虑停当，当机立断别了杨家兄妹，卷包回家，就此次上海之行，对自家饭店菜品和饭店软装修做进一步改良，改得洋气。而杨巡则是要杨速陪妹妹逛街，他自己一张地图一份可行性报告，独自来到李力那个项目的所在地，对着实际环境，对着地图，再一次深入研究那份可行性报告。他看到有关项目地理环境的描述中，有说项目距离火车站直线距离多少公里，实际车程多少时间，距离规划地铁一号线出口多少米，距离某某高架出口多少米，周围有些什么楼堂馆所等等。杨巡看着心里笑嘻嘻地想，他无师自通，办第一个电器市场的时候，就本能地想到火车站那个交通方便、人流如织的好地方，后来办的两个市场都是基于同样的考虑，与这本可行性报告所言，思路几乎没什么两样，他真是天才啊。

但他还是认认真真将环境彻底考察了，又循着地图找去其他几家著名宾馆，循着可行性报告的思路，分别将这些宾馆的地理位置客流可能情况粗粗分析了一遍，心中顿时有了宾馆所需地理位置的概念。他本来还觊觎着萧然拆了至今还未开工建设的市中心宝地，现在想来，那块地段热闹是热闹，可地皮狭窄了些，缺少退后一步建停车场的位置，宾馆玻璃门与街道太没有距离。对于好宾馆而言，未必是个合适位置。不过，依然是个好位置。

杨巡边走边看，边看边想，很晚才回到居住的四星级宾馆。但才进大堂，就被笑眯眯的大堂副理拦住，大堂副理说，杨先生登记入住的是两位先生，可现在有位小姐这么晚还在房间，敬请杨先生协助配合宾馆管理。杨巡连忙解释这是自家妹妹，但显然大堂副理是不肯信的，不过人家大堂副理笑眯眯地左一个"对不起"，右一个"我们很为难"，令杨巡都不好意思跟人家斗争到底，只好带着大堂副理和一个保安上楼，上去给他们看了身份证，这名字明明白白一看就是兄妹仨，人家才作罢。

杨逦看着很气愤，刚才在大堂吧看到一个老外搭上一个女孩，两人一起上楼都没人理，她听得懂他们说什么呢，大堂副理怎么不管，只敢管中国人，窝里横。杨巡一想，对啊，他干吗那么配合？但再一想，住这四星级宾馆已经算好了的，以前住在旅馆里，门都不能锁上，别人随时都可以进来检查，床底都要翻一遍。杨逦说国人真没尊严，杨巡就说算啦算啦，又不是什么大事，他被抓进去坐十二天都没处申冤，给查一下身份证又怎么了。

杨速没大哥小妹两个口齿好，他听了半天后总结，国人就是崇洋媚外。但那个时候，杨逦已经换了注意点，换上新衣服给大哥看了。杨巡看杨逦换上一件据说是外贸店里买的米色水洗真丝短披风，那种一看就有别于农村姑娘的风姿，他不由叫了一声好，但随即，便认真地对弟妹两个道："我决定了，一定要上四星级宾馆。"

妹妹杨逦这一个乡下小丫头，打扮打扮就能出落得跟上海姑娘似的。他也要打扮，他要用雄厚的实力来打扮自己。男人，光穿衣服漂亮有什么用，男人要有让人瞧得起的实力。

他回去托人辗转找上本市唯一一家三星级宾馆的财务经理，算是请专业人士帮他一起精心制作他的四星级宾馆可行性报告。才与那经理粗粗开个提纲，却不做不知道，一做吓一跳，他没想到开一家宾馆除了他能想到的建筑和装潢等费用，竟还有他想不到看不到的诸如人员培训、锅炉冷气、浆洗干洗等千奇百怪的支出。杨巡这下不敢贸然行事了，他心想若不把可行性报告做精细，弄不好贸然开工的结果就是跌入巨大的资金无底洞，永世不得翻身。

16

梁思申回去，将初步报告交上，经过一次会议讨论，大家都觉得东海厂是个不错的项目。于是，评估工作就在吉恩的亲自挂帅下展开。梁思申心里高兴，自然是非常积极。一则，终于没有辜负对宋运辉的承诺；二则，为能帮上宋老师的忙而欢喜。她本就工作刻苦，自然，东海厂的案子，她更是心甘情愿加班加点地做。

可是整个团队的人心里都清楚，来自中国项目的成功与否，实在太取决于其中的政策因素，他们不敢在打听清楚政策之前做任何无用功，他们因此千方百计搜集来自中国的声音。宋运辉那儿自然是最好的配合渠道。可是考虑到宋太太对她明显而无稽的敌意，考虑到宋运辉可能因此而来的言行中严格的自我约束，梁思申总是自觉回避非上班时间与宋运辉沟通，不给宋老师惹麻烦，也不让自己触霉头。

通过他们自己的信息渠道，以及与宋运辉印证，她知道国内已经组织学习六月份国务院通过的《全民所有制工业企业转换经营机制条例》。在条例中，国有企业被赋予十四项重大经营自主权，目前正面临新一波企业改制的起步阶段。这十四项自主权，对于东海厂这样的国企步入市场化经营非常有利。吉恩顾虑的他们那样的投资能否被允许进入，企业能否打包进香港市场上市，是否需要经过令人绝望的审批等问题，可能因企业自主权的扩大而迎刃而解。他们都认定中国的改革开放实际进入了一个新的阶段。

宋运辉原本对那么嫩生生的梁思申操作亿万巨资并不存太大希望，可随着时间的推进，他发现这事儿看上去似乎越来越有眉目。他这边于是开始积极活动起来，不断进京多方游说。从领导们的反映，他看到了希望，也看到固有保守势力的顽固。可从来做大事都要历经千难万险，他早已习惯，不怕，只要成事，只要有利于东海的发展，有什么不可尝试。

在宋运辉看来，唯一可怕且不可尝试的是婚姻。他公然搬到书房居住，全家似乎除了宋引，其他都有异议。他更想的是离婚，程开颜的哭求和程母电话中的软刀子都让他更添厌恶，他已经无法想象自己还能跟程开颜住一间卧室。可是他心有为难，他担心父母的感受，更担心女儿的感受，为了父母女儿免遭痛苦折磨，他彷徨之下选择勉强凑合。因此他特别敏感于人家夫妻的默契，尤其看到寻建祥家的夫唱妇随，他极其羡慕，回家看到程开颜就更难忍受。

正好市区为配合二期建设的宿舍已见雏形，上回他高风亮节把房子让给更需要的，这回他准备要一套别墅，把家分成两头，他不想再与程开颜同住在一个屋檐下。可消息透露给父母，老娘先风刀霜剑严相逼，威胁回去老家，看他还离不离得开程开颜，反而原以为最应跳出来给女儿说话的程父一直没有音信。

分家这件事，宋运辉并没与程开颜提起，也让他爸妈别提。直等着厂里别墅赶着造好，内部装修也完成，他才殷勤地亲自开车载程开颜抱着宋引去市区逛了一天，然后才领到新房子，漫不经心地提起以后就搬来这里。把程开颜高兴得还以为宋运辉回心转意，再说，她也喜欢住在市区，逛街多么方便。不久，宋运辉便把程开颜的工作关系、户粮关系都调到市区，这种事现在对他来说，易如反掌，都不用他自己出面，秘书全部帮他完成。宋运辉跟程开颜解释，让猫猫再跟着爷爷奶奶半年，等县中心幼儿园毕业，小学就来教学更好的市区读书。三言两语，就把程开颜转来市区别墅，从此程开颜独守空房。他终于不用天天勉强自己面对程开颜，那原本也是一种煎熬。

程开颜最初感觉不对的时候，还闹了一下，被宋运辉大义凛然地教育一番，说她不以丈夫事业大局为重，好房子先让给她住，她还反而心生不满，程开颜都觉得自己理亏，不好意思再闹。可没等程开颜寂寞下去，东海厂一帮女马屁精就蜂拥而上，包围了程开颜。

倒是两厢里都满意的结局，宋运辉大大松了一口气。

不久，去北京办事，遇到金州的闵厂长。闵厂长说起程书记退休提要求，想好好安置儿子的事。闵说，现在总厂准备把设在海南的办事处撤回来，因此如何安置程书记儿子的问题就摆在眼前了。宋运辉知道，前阵子岳父把儿子弄到油水足的海南办事处去了，据说是炒地皮，但见面说起来，宋运辉都不知道大舅子在做些什么，口才倒是练得发达不少。宋运辉只知道大舅子倒了很多海南椰子汁给金州总厂做福利，也希望他的东海厂买椰汁发福利，早被宋运辉否决了。如今闵特地约好跟他北京见面商量，无非是闵卖个好给他，要他记下人情而已，偌大金州，放置一个肥缺给他大舅子并非难事。但可想而知，闵肯定不会因为退休一个程书记，而给程儿子一个肥缺，当年闵还是分厂长的时候，都已不把身为总厂副厂长的程放在眼里，现在更不会。但一定会因为他宋运辉，而给程儿子好位置，因为无论他当初是怎么出的金州，只要没公然撕破脸皮，他就与其他那些金州出来的一样，是理所当然的金州帮的一员。作为总帮主的闵，自然需要记得他的好处。这就是他宋运辉工作十年努力十年的结果。

宋运辉有些戏谑地笑问闵厂长："他能做什么？"

闵厂长笑道："有，他能帮妹妹看住妹夫，出谋划策。"

两个厂子弟女婿出身的人相视而笑，宋运辉道："请老闵给他个事务性的重要岗位，总厂最需要螺丝钉啊。"

"行，去你一手弄起来的新车间做副书记兼工会吧，升正科，我照应不到的时候，你自己去罩他。"

宋运辉一听就笑了出来："这什么职位？硬派的，老闵你现在也圆滑了。"车间一向不专设副书记，都是车间主任兼的，这个位置一看就知道什么来由，程开颜的哥哥坐在这种位置上只要稍微居安思危一下就能清楚想保住位置必须如此这般，也就闵这样同是女婿出身的人才想得到这种缺德主意。

闵厂长得意地笑，自己受的气多了，便是在别人那儿出一口也是爽快。宋运辉也没立即投桃报李，但两人坐一起议论了好一会儿当前政策的应用。说起来，闵也是个硬手腕干实事的，但当年一山不容二虎，现在隔山相望，倒是惺惺相惜，经常见面就有无数话题了。

程父等来闵对儿子的安排，一看就满心的堵，而今女儿正与女婿冷战，这么一来，为了儿子的位置，他是不是得对宋运辉投鼠忌器？他从这回闵对儿子的安排中，看出背后宋运辉游走的影子，再加宋运辉将女儿骗至宿舍区别墅单独居住，老妻问他他要到何时才肯出手。可是程父甘苦自知，他退休前的风光凭的是女婿的地位，他而今想对女婿出手，凭什么，又能有几分力道？

可是，儿女之事不能不管啊。想起宝贝女儿独居的凄凉，程父满心焦急，而且谁都有脸面，宋运辉如此对待他女儿，让他一张老脸往哪儿搁去？这些事儿早已通过从金州去东海工人的嘴传遍金州角角落落，多少人背后指指戳戳，暗讽老程机敏过头，抢个笨女儿捉不住的女婿。令程父心寒的是，舆论是如此的趋炎附势，竟然少有人指责宋运辉是当代陈世美，反而都笑他种瓜得豆。现状逼得他无法不出手，将妻女搂到身后，由他与宋运辉对话。

女婿倒是依然言语恭谨，即使从电话里听出那边正忙碌，还是分身出来响应他的电话。其实宋运辉也在等着与程父摊牌，他知道程家的事都由程父说了才算，因此他都懒得与程开颜多说，只等程父哪天按捺不住找他谈话。程父倒也开门见山，力持和颜悦色，道："小辉，你和开颜究竟怎么回事？"

宋运辉也异常坦白："爸，可能你也猜测得到，我想与开颜离婚。因为个人性格不合，两人越来越难凑合。长痛不如短痛，不如好和好散。"

程父大惊，这是女儿婚姻纠纷中他第一次听见"离婚"两个字。但一想到宋运辉敢如此坦白背后的程宋两家势力之此消彼长，他心头火起："小辉，谁都知道所谓性格不合是借口。婚姻靠的是两个人磨合、宽容，你们结婚这么多年，女儿也已快上小学了，你今天才说性格不合，似乎欺人太甚。你实话告诉我，究竟是什么原因，只要是真实的，我都能接受。"

"爸爸，如果你想知道的是开颜搜包搜脏衣服想找出我的外遇证据，我请爸爸暂时收起被开颜的误导，你先想想我是不是这样的人。结婚那么多年，开颜连我是什么性格都不知道，爸爸应该不会不知。"

　　程父为了女儿不得不忍气吞声："你也应早知道开颜小孩子脾气，想到什么做什么，难得的直性子，你要看不惯就跟她说说嘛。"

　　"我不知跟她解释多少次，可以说从结婚解释到今天，可她依然不相信我，竟然发展到偷偷翻看我出差带回来的内衣裤。是可忍孰不可忍。爸爸可以问一下开颜，我跟她的分居是不是从那天开始，分开后更见格格不入。所以我正考虑跟爸爸说清楚，我会做出补偿。另外，我跟爸爸解释几个开颜怀疑过的人。"

　　程父没阻止，宋运辉便说下去："开颜从结婚一直怀疑到现在的是梁思申，我大学时候给附小做辅导员认识的小学生，小学没毕业就出国，此后有两次回国与我见过面，累计见面时间不超过十二小时。我跟梁思申虽然见面不多，但从来沟通良好，我很欣赏她。但若说有非分之想，我只要告诉爸爸，梁思申在美国已经入籍，而且在美国有产业、有非常优秀的工作，你就可以知道开颜的怀疑很无稽。"

　　程父无言以对，宋运辉都坦白到这份上，他还能怀疑什么？往最坏考虑，即使两人有奸情，可也不可能闹到结婚的地步，那太不现实了。他只好哼哼哈哈，听宋运辉继续说下去。

　　"第二个是金州刘总工的小女儿刘……那个谁……图书馆的，对，刘启明。"连宋运辉自己都没料到，几年之后竟然会想不起刘启明的名字，他不由怀疑自己人到中年脑力衰退了，"就因为我曾经说过刘启明修养好，她一直怀疑到刘启明结婚，我离开金州。刘启明之后是东海厂的女强人，总经济师。我也很欣赏这位女强人，她的职位是我破格提拔的。可爸爸也知道，社会上女强人很难找到对象结婚，开颜因此怀疑上了，背着我警告女强人不得接近我，搬入宿舍区后与那帮子无聊女人一起嚼舌头，影响非常差。其实反过来思考一下，我若是与女强人有什么，这几年下来还能瞒得住谁？开颜真是对我连起码的信任都没有。夫妻间连最基本的信任都没有的时候，我看没必要勉强凑合了，请爸爸同意我离婚。"

　　"小辉，我得向你指出，你只顾着自己的感受，有没有考虑开颜的感受？你几乎是开颜的生命，我跟开颜妈在开颜心中都不如你重要。她最怕失去你，她在行动上难免患得患失。我在这儿明确告诉你，我不会答应你和开颜离婚，那会要了开颜的性命。不管怎样，你们一起这么多年，还有女儿，生活已经走上轨道。请你看在你叫我这么多年爸爸的分上，答应我。你是性格成熟的人，你容忍着开颜一些。开颜只是单纯，她不坏。我以后退休有时间了，也会多教育她。"

程父的恳求，令宋运辉深深低下头去，是啊，好歹是这么多年的婚姻，离婚于情于理都说不过去。而且，让他怎么对着程父说他深深地讨厌程开颜，程开颜则不是单纯，而是无知，更有庸俗？"是，前阶段我的朋友大寻也这么劝我，我也努力修复感情，可是我没办法，没法一起生活。"

"我作为一儿一女的父亲，再提醒你，你为女儿考虑过没有？当一个人为人夫为人父之后，不能再太自私了。"

宋运辉坚决地道："考虑了，长痛不如短痛。"

结束通话，程父意识到宋运辉这种人开弓没有回头箭，离婚问题迫在眉睫。可是，"离婚"俩字，宋运辉说得容易，离婚当然对宋运辉这等年龄地位的人有无限好处，可对他的宝贝女儿却是致命打击。不仅打击的是女儿的感情，而且作为父亲，他不得不为女儿未来考虑，三十多岁的离婚妇女，未来该如何生活？所以说什么都不能离婚。他工作多年，有的是办法让宋运辉无法离婚。

宋运辉虽然断然拒绝了程父的请求，可是心中负疚感更重了，一度冲动地想下班接程开颜回老屋。可真到下班时，他偃旗息鼓了，他还是无法勉强自己面对程开颜。他真不明白，他身边女职工甚多，为什么各个都比程开颜明白。

回到家里，却见程开颜先他一步回家。程开颜还吞吞吐吐告诉他，她请了长假，事假，她要留在这间老屋里。宋运辉明白，程父行动了。他不免想到好多人离婚离得伤筋动骨，他不知道他会离得怎样，但他却因程开颜的回归而更下定决心非离不可，无法与这么庸俗的人凑合。

他也开始行动，先去电信切断家里电话的长途功能，东海厂不支持程家人商议对策的所有联络。他终于意识到，他并无法例外于芸芸众生，离婚永远无法好聚好散。

17

梁思申人仰马翻地安排筹划吉恩上面更大的老板拜访北京高层，并洽谈包括东海厂的几个项目。她所在的团队先去北京打前站，与几个项目首脑先行会谈。总得谈出个有眉有眼，才可以写出备忘，交给老板的老板，让老板的老板出面的时候知道讲什么，讲什么不会错。工作都是他们做的，手是老板握的。

她还得与吉恩一起拜访上层官员。有些官员是香港方面同事安排，但更多则是需要她想方设法寻找关系。通过梁家找关系，通过宋运辉找关系。一般只要三个电话，总能联络到要找的人。除了她的个人关系，主要还是她扛出去的牌子，如今大伙儿对外资都欢迎得很。

这样的忙碌，这样的充实，她喜欢。她更喜欢她这回的新年假期可以回家去过，可以回她上海新装好的家，还可以与挺好玩的李力见面。

心里欢喜之下，忍不住搬出数学的喜好，拿一桌子的数字做个小小游戏。她对东海厂的销售数据很有感觉，报告写得无聊，她需要游戏放松头脑，她给东海厂的销售做了个数学模型。她一边做，一边窃笑，嘴里鼻子里不断唧唧哼哼，不就是人类活动的痕迹吗，只要是人为的痕迹，总是有章可循，不信做不出一个模型来。只是不晓得一本正经的Mr.Song拿到这样的数学模型会是什么表情，肯定气歪嘴巴又说不出来，谁让他一定要端着老师的架子呢，她偏不服气。

做到半夜，眼睛看着电脑上面的数字、文字都会飞了，这才完成，打印出来，哈哈笑着传真给宋运辉的秘书。她知道这么匆匆做出来的模型仿真效果不一定好，但先扔过去气死宋老师这个严谨的人再说。

宋运辉哪知道这茬啊，看着满纸的公式，不知道梁思申想说明什么问题，但他看到传真上面的一行句子，翻译过来的意思就是"送给宋老师玩"。他就不动声色地将纸收起来，赶明儿北京会面时当面问她。这小姑娘，哪里会知道他见她一面有多艰难，就为这个特别的小姑娘，看看她，玩都玩得与众不同。

后天，东海厂引资组的几个组员即将赴京，与先到北京的梁思申等会谈。他也非常想去，但他不能。即便是他平时去一趟北京犹如家常便饭，可此时也不能。

杨巡却是知道了梁思申到上海的日期，他早早就在那别墅附近订了房间。但他一点没放松自己的事情，依然东奔西走为宾馆位置忙碌。有一天有人告诉他，何不动动萧然那块处于闹市中心地块的主意。听说萧然如今转移方向，正打市第一机床厂的主意，因为据说有外资对市一机产生浓厚兴趣，由外资提供先进技术，并包销大部分成品的打算。萧然想事先拿下市一机，成为合资中方，往后享用国外先进技术，一本万利。

杨巡听了只想杀人，他妈的这真是比在原新华书店上面造大楼更轻松快活的赚钱办法，只要跑几处科室将市一机所有权换手，回头合资以后，老外管技术老外管销售，萧然只要跷着脚等收钱便是。厂子就在他姓萧一家的势力范围之内，赚来的钱难道害怕老外偷走了不成？这又不是开小店、老外可以卷包就走。这人啊要是投胎投对地方，以后就一帆风顺了。

杨巡想到，萧然若真有转向打算的话，不知手头资金允不允许他两个项目都做；其次，市府也未必愿意看着这么一块中心地段总是荒着不开发。或许还真是他杨巡的机会。

杨巡找与萧然接近的朋友去向萧打听，结果这几天萧然因市一机的事去北京见外商了，杨巡急也急不起来。

反而是梁思申见到了萧然。她是在香港同事的餐桌上见到萧然，对于名片上的这个名字，她从杨巡那儿久闻大名。她没想到萧然竟然涉足实业领域，还以为像萧然、梁大、李力等公子最爱做的是倒手买卖的差事，人轻松，赚钱又多。

饭后她问了香港同事才知，萧然这一单，他们只是做个咨询，市第一机床厂是家相当有规模的机械企业。而这萧然的身份，正是市一机代表。梁思申对于萧然的这个身份心有怀疑，她接触做工厂的人都没那样子，但也难说，公子哥儿的能量很有弹性，但她无暇关注此事，她的日程表安排得密不透风，饭后就是与相关官员的会见。这是吉恩干的好事，吉恩实在吃不消中午这个纽约半夜的时间出来见人，所有活动都安排到早上或者晚上。好在现在中方官员真配合。

不久，宋运辉就来了，与吉恩就某些事宜交流了一天。说实话，梁思申并不担心宋运辉的能力，但担心宋运辉能不能适应这样的谈判，一直像个内奸似的提心吊胆着。后来一直见宋运辉应对自如，尤其是与吉恩谈到细节时，各色数字信手拈来，不须翻看资料，在场谁都佩服，这才发觉自己多虑。而且她看到宋运辉手下也是一口流利英语，强将手下无弱兵的样子。她很为宋老师自豪，因此她也小心做好自己的工作，可不敢让宋老师批评了。有些语言上的歧义，她就主动友好地提出纠正，使会谈交流顺利。

回头，吉恩私下对梁思申说，他没想到号称陈旧老迈的中国国企有这样精干的领导班子，这样的领导班子，令人对他们的管理，对他们的未来放心。

但吉恩与梁思申都没想到，在与有关部门对话的时候，会遭遇当场争议。有一位领导当场质问宋运辉，这样的合资，既不能带来先进技术，又不能带来先进管理，纯粹是一种资本运作。等到合资公司上市，外方却可以通过股市攫取成倍利益退场。这样的合资究竟能为东海厂带来什么？究竟真正便宜的是谁？那位领导说，这是一个非常严肃的原则性问题。

梁思申觉得这种问题小题大做，还原则性呢！资本运作本是很正常的事，资本运作得好，获取相应效益也是很正常，何必将运作资本说得就跟空手套白狼似的呢？对工厂运作，他们自然没法插手，但是对于上市融资，他们可得做大量工作，他们并没闲着。再说，上市，是双赢的事，东海厂因此可以扩大融资渠道，不须再向国家伸手要钱，何乐而不为？

梁思申见到宋运辉解释了，但后来宋运辉一方的声音越来越小，不久，宋运辉站出来说抱歉，说暂时中断会议，他们需要内部讨论。吉恩与梁思申等人不得不退场。但一整个早晨都没恢复会谈。吉恩估计中方争辩激烈了。梁思申更是异常揪心。她不明白，不是说有国务院通过的新文件给予企业自主权了吗，为什么还会发生今天这样的事？等待的时候，梁思申向吉恩说抱歉。幸好，吉恩说这不是她的错，连中方内部都产生巨大分歧呢。

中午时候，宋运辉宴请外方，非常周到，但也非常无奈地说对不起，有关议程不得不压后。

当着众人的面，梁思申不便直言相问，知道此时问也问不出来。她看到宋运辉看向她的时候，眼睛里有话，这话，是三个字——“对不起”。她在征询吉恩的意见后，告诉宋运辉，这不影响她们总部大老板来访，以及与更高层会面。

但是，梁思申心想，看样子会面将少一项实质性的内容，只是奇怪了，怎么有人会有这样刻板的想法？

梁思申饭后赶上一步，私下询问宋运辉，有没有办法单独交流一下。宋运辉摇头，今天会议的局面完全出乎他的意料，来者应该说都是积极响应引进外资的主儿，也已经了解阅读他们引进工作的简要报告，为什么在听了外商的介绍后，忽然会做出这么不可理喻的反应呢？而且，看样子，有这不可理喻想法的还不在一个两个。都是在了解到上市溢价发行，老外会赚取多少利润预期之后，忽然发觉不能这样便宜了老外。坏就坏在他预先没说清溢价，而老外又太实在。

这一意外，令宋运辉不得不改变预设方案，安内先于攘外。

萧然晚上完成一天工作，疲倦地下楼想喝上一杯舒缓神经。却见到梁思申已经在座，而梁的对面是一个戴着金丝边眼镜，面部轮廓坚毅，肤色偏黑的年轻人，看似是个强有力的人。这个人萧然似乎熟悉，可就是想不起是谁。过去的时候，却听男的正有些激动地用英语跟梁思申说话。萧然自己英语只有高中水平，见英语好的人唯有佩服。他觉得有必要与外方团队中的美女华裔套个近乎，就当仁不让地站到桌子旁边了，然后他看到年龄与他差不多的这个年轻男子目光如电唰地看过来，萧然喜欢这目光中蕴含的压力，有这目光的人，肯定是某个领域的精英。

梁思申是晚饭后几乎十分钟一个电话，好不容易才逮到迟归的宋运辉，并再三要求才拉宋运辉下来说话的。她本想问问白天的事究竟会怎么样，没想到宋运辉一口咖啡下去，滔滔不绝就牢骚开了。梁思申对宋运辉这个永远似乎风平浪静之人的牢骚大是意外，但听着听着也同仇敌忾起来。这是什么逻辑，资本运作怎么到了某些人嘴里就跟卖国败家一般罪名了，怎么会有人抱持这么低级的想法。难怪宋运辉如此生气，那些领导指出东海厂卖国败家的时候，何尝不会指责身为厂长的宋运辉的不察之罪？宋老师冤大了。

但两人的话题才刚打开，因此梁思申对于萧然的出现并不欢迎。可还是客气了一下，把萧然介绍给宋运辉。梁思申见到，宋运辉与萧然握手时候，这个姿态摆的……总之很有领导样子。她从小见领导多而不怪，对此只觉得好笑。

萧然没想到会在这儿遇见宋运辉，心说难怪了，应该有这样子，但没想到这么年轻。不由又看一眼梁思申，心中玩味地一笑。宋运辉则是仔细看萧然这个人，他还是第一次近距离接触萧然，他对萧然绝不原谅。在杨巡已经打出他旗号之后，萧然继续为所欲为，逼得他不得不动用流氓手段，这样的人见面握手而已，却不料萧然坐到他们一桌，他不得不停止刚才的敏感话题，都已经为了避免隔墙有耳用英语对话了，旁边坐个萧然还让他怎么说下去。宋运辉索性拿出那份销售数学模型传真纸，铺到桌面上。

"这是怎么回事？"

梁思申一看，哈哈哈大笑，笑颜灿烂。宋运辉不得不避开眼去，搭理讨厌的萧然。"看看，小姑娘拿一堆数学公式来戏弄我们这些毕业多年的人。"

"没有，这是我辛苦一夜给东海厂做出来的销售数学模型，这可是应用数学仿真销售实践，不是纯粹胡来。我做好后抽样检测了一下，还行的，等我闲一些继续完善它。"

宋运辉在看国外管理书籍时，有些就有类似公式，当时也没怎么看懂，请教了几个人也没给予太多见解，只好跳过算数。到今天才知这原来与应用数学有关。他当下就报出几个本月数据，要梁思申演示。梁思申却双手一摊，告诉他工具不在手边，干不了。但梁思申还是问侍应生要了纸笔，就最简单的一组程式演算了一下。

宋运辉不便一直盯着梁思申计算，只得与一直旁观的萧然说一句话："萧总也来北京公干？"

梁思申快嘴："萧先生作为市第一机床厂的代表，与我们香港区同事就合资问题有些商谈。萧先生说，实业救国。"

萧然立刻坐立不安了，这等话骗梁思申等外方可以，蒙宋运辉可不行。宋运辉也是奇怪，他与市一机厂厂长有过接触，因为市一机的机械加工能力的确了得，可什么时候萧进入了？看看萧的表情，他心里想，不知萧又逮到什么肥肉了。但因着萧然的身份和他自己的身份，宋运辉不会直言质询。

梁思申忽然感觉旁边沉默下来，抬眼一看，奇道："怎么回事？不对？"

宋运辉只是将眼睛看向萧然，而萧然不得不尴尬地解释道："某些手续完成后，现在的市一机将归于我的公司。"

"现在还不是？"梁思申想到萧然给他的名片，上面却已经白纸黑字写着一机厂厂长。而谈判席上，萧然的同事也是认他做厂长的意思。

萧然依然尴尬地笑道："时间问题，很快。"

梁思申认真地看了萧然一会儿，却对宋运辉道："宋老师，这是我得出的一个结果，你看看。"

宋运辉也不打算管萧然的事，拿起结果一看，却惊道："八九不离十。"

梁思申得意地笑："数学之美。"她终于在宋老师面前骄傲了一回。

萧然不知道数学美在哪里，却知道梁思申肯定要向她同事透露此事了。他感觉这个半洋人未必肯给情面，就准备从宋运辉方面入手，但梁思申这时却起身笑道："好了，宋老师终于让我骗倒了。我休息去，两位再见。"

宋运辉看着梁思申走掉，便招手签单结账。先下手为强，把话堵死："跟老外，就算是华侨，有些话也不能直说，他们有他们的工作原则。"

"宋厂长的意思是，谈判会受到影响？"

"多多少少，直接回去考虑明天怎么弥补修复吧。"

萧然看着宋运辉，忽然笑道："谢谢宋厂长结账。不过我建议梁小姐还是别跟那些同事说的好，别让人误以为她捕风捉影。我只不过是在酒吧说句玩笑而已，她何必当真，我们应该以各部门出具的带印章的证明为准。"

宋运辉一想，笑道："那最好，我白操心了。我们以后还多有合作的地方，预祝我们合作愉快。"

萧然微笑道："好，不留宋厂长，相信你工作很忙，还有几个电话要打。晚安。"

宋运辉倒是站住，看着咄咄逼人的萧然，意味深长地一笑，这才说一句"晚安"而走。这一下，萧然反而感觉有些背脊发凉，他知道宋运辉不是嫩生生的梁思申，这一笑，谁知道笑出什么祸端来，半年前的事情他还没向宋运辉道歉呢，难保人家不记挂在心上。

宋运辉看着急忙跳起来拦住他的萧然，听着萧然尴尬地说"忘记解释几句，再请坐下三五分钟"的话，才大模大样坐回去，听萧然急急解释。但萧然只简单就以前与杨巡的龃龉道歉，后面是就市一机的事情的说明。

宋运辉这才清楚萧然对市一机的意图，心里直想骂人，但嘴上却是客客气气地道："我也忘记解释，梁小姐小学就能出去留学，她家背景可想而知，希望萧先生不要令她难堪。"

萧然终于明白宋运辉刚才临别一笑的意思，那就是：你们两个高干子弟狗咬狗去吧。这是底层爬出来人的普遍看戏心态。他明白后，还真出了一身冷汗，换作他自己坐上梁思申的位置，若是被人愚弄调戏了会怎么办？自然是倾尽全力，调动一切社会力量，不让愚弄他的人好过。虽然他还不知道梁思申究竟是谁家的女儿，但宋运辉说得对，能在小学时候就把女儿送出去读书的人家，背景可想而知。虽然他家背景不弱，可他深知一点，与梁思申那样的人必须搞好内部团结，有矛盾也转化为内部矛盾，硬碰硬没意思。

萧然知道，此时为了谈判顺利，他只有向宋运辉低头。

宋运辉今天一天憋闷，受足不懂装懂又手握重权者的鸟气，好不容易可以冲梁思申说出，可又被萧然打断。他早看萧然不顺眼。此时见萧然终于被他打压得收敛骄狂，起码欠了他一份人情，这才见好就收。但上楼去的时候心里也是叹息，还是不得不搬出梁思申的背景，算是以毒攻毒，虽然知道梁思申不愿搬出背景，但真是一点办法都没有，想想还真是悲哀。

回头，宋运辉向梁思申打了招呼，希望梁思申不要搬出萧然的事与香港同事说起。因为这起合作的案子，成的话，萧然肯定有办法拿下市一机，一点疑问都没有，旁人不用节外生枝。梁思申听得目瞪口呆，什么实业救国，这也太巧取豪夺了。听完宋运辉的招呼，梁思申道："我怎么那么想破坏萧的好事呢？"

"算了，多一事不如少一事，你在国内没几天，做完好事可以走。可因为我认识你，得被萧然迁怒了。萧然没法拿我怎么样，却可以对付杨巡。这种人，杨巡惹不起。"

梁思申嘀咕："我不要回去了，今天这都什么事儿啊。"

宋运辉不置可否，但一时有些不舍得放下电话，就找话说道："今天早上的局面，大约谁都不会料到，会不会给你的工作减分？"

"没关系，不会以一次成败论英雄。我已经在新拟一份备忘，希望大老板会谈的时候增加游说内容。我也会提醒他们看到一点，因为观念落后，这里还是一片未深度开垦的处女地，我们有许多机会，但我们有许多导向性工作需要做。Mr.Song，不知道为什么，我已经直觉不看好与东海厂的项目了，对不起。"

"不，我还有信心。"宋运辉明显听出梁思申情绪低落，原因可想而知，"别气馁，我国的改革开放还处于探索阶段，新生事物出现一波三折很正常。我支持你的新拟报告，这才是积极态度。你做得对，你一直做得很好。"

"谢谢。可Mr.Song，你怎么办？你的老板会不会降罪到你头上？可没人鼓励你呢。"

"放心，再多的曲折也经历了，这点事情不在话下，而且作为成年人，必须能够自我消化情绪。"

其实宋运辉已经轻松好多了，没想到在梁思申面前能说那么多，而且获得共鸣，有些事情只要说出来，不知能消气几许。他今天最郁闷的是老徐的态度。老徐本应是最积极支持他引资的人，最早就是老徐提出对外引资，但在了解早上会议的情况后，老徐忽然沉默了，找不到人了，在老徐办公室的留言至今未获得回复，这是前所未有的现象。宋运辉猜测，在有些人左一个原则右一个卖国的帽子下面，老徐是不是回避了。

可说曹操，曹操就到，老徐一个电话打进他的房间。老徐一听接电话的是宋运辉，就急躁地道："我为你们的事一直跑到现在，你说你怎么能犯这么低级的错误，你让支持你的人无法说话。"

宋运辉错愕于老徐的态度，心说这种错误还算低级？只听老徐继续道："有人举报到几个关键人物那里，说你与外方女成员有暧昧关系，为此闹到离婚，因此你与外方的合作动机可疑。这简直是让你们白天的争议雪上加霜。我不问你究竟是怎么回事，你明天设法灭火，否则连争辩机会都没有。"

宋运辉目瞪口呆，脑袋嗡嗡作响。他跟老徐做了解释，但是老徐因了解他的人品而相信他，别人呢？宋运辉心说难怪他提出离婚后程家一直隐忍不发，他们在等候这个机会啊。现在他面前只有两条路，想继续项目？那么用与程开颜婚姻和美来洗刷告发。他若想离婚，那就坐实告发。谁让他确实与梁思申认识呢。程父是料定他与梁思申没关联，又更料定他爱事业胜过一切，推定他肯定会不惜代价坚持项目，才会出此下策。程父大概也很清楚，他若真因此与程开颜重修旧好，以后就没脸再提离婚。宋运辉无法不感叹，姜是老的辣，程父打蛇打七寸，落点一分不差。

宋运辉不由想到上一次遭程父设计，那次是他的婚姻。即使他以前还会有所怀疑，怀疑寻建祥的推论可能只是巧合，现在则是无丝毫怀疑。程父赤手空拳坐到总厂位置，当然有其独到一套。那么，他宋运辉今天依然屈服？

不！骄傲，令宋运辉断然拒绝屈服。当然，他也清楚，这与当前项目面临绝境有关。程父千算万算却没办法算到，东海厂的项目在被告发之前已经遇到极大阻力。他刚才安慰梁思申，可他自己心里也没底。因为卖国的帽子太大，想翻转局面没那么容易，他选择暂时放弃项目。他会向有关人物解释，但他不强求认可。清者自清，未来让事实说话。

而他对程家的认知，彻底降落到低点，这就是那么庸俗的一家、市侩的一家，对程开颜则是由厌恶转向鄙夷。

梁思申接了宋运辉的劝告电话后，心中异常愤慨。想到曾经在萧然手底下九死一生的杨巡，也不知杨巡半年前如何生受，那萧然可以如此对付国有大厂市一机，对付区区杨巡只有更易如反掌，可怜的个体户杨巡。

想到这儿，梁思申心想，她可别给脆弱的个体户杨巡惹祸，人家已经够不容易，即使生命力如此顽强，可怎敌恶意报复。她虽然心中百般不愿，可还是打起笑容，下楼与萧然把酒说一声误会。不得已，她也不得不摆摆梁家家谱，也听萧然不断地把两人的关系从远方绕过来，原来爷爷辈那儿还有些不近不远的交情。梁思申心说这个萧然别的脑筋不知道，这方面的记忆力可真强啊，估计出去办事，这等爷爷叔叔伯伯地喊过去，无往不利。梁思申数字记忆一流，可萧然的关系网络却搞得她头昏脑涨。

两人就像拿扑克牌比大小似的亮了半天牌，萧然自知颇有不敌，言语中殷勤许多。梁思申被家谱搞得昏头昏脑之际，忽然听到萧然也打算去上海发展，在上海买了别墅，别墅跟她在同一个区，因为他认识李力，梁思申顿时把李力也鄙视了。但说话时候，她反而笑眯眯承认自己也是李力的朋友，也住那别墅区，这回正要去参加李力乔迁派对，她和萧然竟然一拍即合了。梁思申不由得把自己也鄙视了一把。看已经交谈得热络，这才借口时差难挨，回去休息。

上楼时候一路感叹，类似宋老师、杨巡他们这些没背景的人做事不容易。

东海的项目还是黄了，但是梁思申的大老板在与上层的会面中看到机会。他们一直在讨论，连梁思申都有份参与，她那时是多自豪于中国经济崛起，而同时又心急于崛起的速度：快点，再快点，怎么才能引得大老板，甚至全世界的金融界削尖脑袋地钻进中国来。

1993年

01

梁母先女儿一步，早早赶来别墅。本想帮女儿忙，先把卫生打扫了，让女儿清闲，不想被梁大接来别墅一看，什么都是妥帖的，除了人气，其他什么都有。原来是李力早让人把房子整理了，平时也有李力的保姆过来抹一遍灰。便是梁大也熟悉，进门就把空调开了，房子顿时慢慢暖和起来。很是奇异的，房子一暖和，房间里面家具的线条似乎都柔和起来。

一楼大开间，除了用人房和卫生间，其他都是敞开的。厨房的家具是整套从美国带来的，原木配不知什么做的台面，非常厚实华美。梁大介绍说，大家看了都说这厨房好，回去都叫木匠照着做，可五金跟不上，只能学个样子。台面则只能用花岗石代替了。屋里还有四大只据说是窗帘寝具等大包裹，上面中英文写明不许打开，为此梁大很有腹诽。

梁母东摸西摸地看，正啧啧称好着，见外面一辆出租车停在门口车道。梁母停下看去，却是女儿从车里钻出来，也没看房子，低头大步走到车尾，大力拖出两只大皮箱，又从后车位拖出一大一小两只箱子。等梁母惊诧之下赶出去，梁思申早已把箱子全部拖出，过去跟司机算账。

梁大在里面看着大是惊诧，看不出堂妹竟然力大无穷。他忙走出去帮忙，拎起一只箱子就觉得重，毫不犹豫取笑："小七，大力士呵，看不出啊。"

"我练拳击，咱现在整个是蓝领的坯子。"梁思申将最后一个箱子拎进，这才甩了大衣，欢呼着与妈妈再次拥抱。

梁大见此告辞，但被梁思申拉住要求看他和李力的房子。梁思申常在与梁大、李力电话讨论装潢细节时候听他们吹嘘如何投下血本，心中很是好奇中国新贵的家庭布置。李力房子的保姆见惯梁大，放手任他们参观。梁思申上去看到李力卧室是铁灰色真丝寝具，楼上楼下全套红木家具，不说做工，但是那红木的用料之多……不由咋舌。再回头看梁大的房间里也差不多，但梁大的显然是进口欧式家具，异常奢华。两家房子比较，就跟她新背的宋词所说，"竞豪奢"。回来跟妈说起，两人都感慨，说梁大和李力真能花钱。

随即，母女俩开始布置窗帘寝具，两人有说不完的话。梁母看着女儿矫健地跳上跳下，娴熟利落的手法，不由想起梁家其他第三代都不怎么会做家务，可见女儿这几年一个人在外面是吃苦的，但这话也不能再问，女儿不会回答。她最想知道的是女儿跟外公打官司那半年生活费从哪儿来、周末上哪儿去等问题，女儿都一概回答是同学爸妈帮助解决。想起这个，梁母便觉得自家女儿过得再奢侈也是应该的，因为都是靠她自己，而梁大之类的则是差之远矣。

但有一个问题是要搞清楚的，梁母问："囡囡，李力是不是真跟你有那么回事？梁大好像认定你和李力的关系了似的，他以前不是说李力这人女朋友多吗？"

"妈，这事你别太封建，李力不过是看我相比国内的人稀奇难得，我不过是看李力相比其他国内人有趣一点，普通的男女朋友而已，你不用想得太复杂。李力的祖宗说过，永结无情游，相期邈云汉。"

梁母一想，可不真是如此。但又一想，女儿小小年纪怎么能看得如此清楚，这才是大大不妙。她不得不厚起脸皮，忐忑地问："囡囡，你在美国有没有李力那样的朋友？"

梁思申笑了，连声道："妈咪，妈咪，妈咪，我不是乱七八糟的女孩，我也没时间乱七八糟。你放心，但你别多问了，这问题多不好意思。"她一边说着，一边拎起熨斗将床单在运输中揉皱的部分熨平。

梁母只得再拿丈夫的话安抚自己，女儿现在是美国女孩，当初送她出去的时候就已经打定主意放她自由学习，现在就应接受这样的女儿。

女儿拿出来的东西都很新奇，梁母不敢乱动，大多时候只好旁观，旁观的时候更是骄傲地看着宝贝女儿。从小跳舞的女儿身材非常曼妙，有修长的腿，窄翘的臀，纤细的腰和曲线美妙的颈。这样的女儿，放哪儿都是发光体，梁母想象得出女儿身周群男环伺，她可真想替女儿筛滤那些男子啊，可惜鞭长莫及。

看到一半，梁母已经明白，女儿还说不如梁大他们的奢华，其实床上用品和窗帘配套用足心思，肯定花钱不少。

一套房子这么布置下来，才终于有了人气。冬日的阳光透过窗帘洒到地毯上，令人忍不住慵懒得想叹一声气。梁思申这时候和妈妈一起坐在茶几前，擦拭着从寝具包装里掏出来的瓷器玉器。梁母这才明白女儿为什么严禁别人动她的这几个软包装，原来是内里另有乾坤。

梁母只见女儿花样百出、兴致勃勃地布置新家，却不知女儿满心挫折，她主抓的东海厂融资项目破产了，团队解散回国前她最终还是受了一顿批评，这是她所不能承受的，因为错不在她。她更生气的是来前已知萧然的项目却进展顺利。那意味着萧然的巧取豪夺即将成功，而她却无法阻止。刚才看到梁大、李力豪华房子的时候，她很偏激地想到，若说社会资源是一个蛋糕，可当梁大、萧然、李力等人可以轻而易举侵吞掠夺优良资源的时候，其他人怎么办？宋老师付出过人的努力，杨巡付出血泪，宋老师的姐夫付出自由。可谁来清算侵占资源者的罪恶？她最生气的是她有劲无法使。如果说那是一场球赛，那也是满场黑哨的球赛。

可偏生悲哀的是，鉴于她这回在做大老板会见大领导准备工作时候的出色表现，公司打算以后让她侧重分管中国区的业务。原因何在？梁思申当然知道，因为她是高干子弟，很多别人找不到的门，她找得到，别人找不到的人，她扯着虎皮大旗一个电话就行。她也在违反公平竞争原则，可她现在知道有些事不能跟妈妈说，不能再让妈妈为她的异端思想担心，因她梁家一家也是既得利益者，她在家谈这种话总是得不到呼应。

梁母兀自爱不释手地擦拭一只雨过天青色的瓷瓶，整件擦完，才满意地道："真是美丽。囡囡，这只瓶子是做什么的？"

"这只应该是仿品，仿宋汝窑胆瓶，不过这只算是仿得好的，瓶底也是老老实实写着大明成化，从线条和釉色来看，做工相当好，釉里也添了玛瑙，你看，釉色跟玉似的，还有细细的裂纹，只差一个胎体颜色稍微不对。"

梁母细细地看下来，笑道："果然好，跟那《红楼梦》里写的似的，'偷来梨蕊三分白，借得梅花一缕魂'，这只胆瓶啊，有灵气。"

"是的，背了唐诗宋词才知道，有些需要好多话来描绘的东西，一句诗却可以把千言万语都概括了。"梁思申深吸一口气，依然决定不跟妈妈提起不快。好吧，那就风花雪月，她已是成年人，她能解决自己的问题。"妈妈，这是碧玉荷叶碗，玉质不算一流，可那么大一块玉能这般均质已经算是上乘，雕工却是一流，我是买下一块碧玉请土耳其人雕的，余下的雕了这几只小杯子，还有几粒珠子。妈妈你看，这只清代和田青白玉香炉放在这两只碗中间，每只碗里注水，漂一朵白玫瑰，该是多美。"

"假洋鬼子露馅儿了不是，放夏天开的栀子花才是最好呢，这几天漂几朵腊梅，闲花照水，行了。"

梁思申做个鬼脸，与妈妈一起继续摆放这些小玩意儿。她告诉妈妈，自己这几年挣的钱，一半都花在这些小玩意儿上面了。梁母多多少少地知道女儿这几年挣了不少，想到上百万美元都换来这些小玩意儿，不由强烈心疼。可这些小玩意儿却是真的好看，尤其是当梁思申拿出辛苦收集的那些香料来，梁母更是爱不释手，做女孩子时候的梦想，却在儿一辈身上实现了。

但梁母却也烦闷地想到一事，如此出色的女儿，眼中可还看得上谁，这才是最大麻烦。

母女俩出门买菜回来，天色已暗，看得出别墅一大半的房子已经亮灯，可见已经有人入住。安步当车，说说行行，倒也难得闲适。到得家门，却见门口放着大大一束玫瑰。梁母笑了："哎哟，李力来过，肯定是他，我们正商量着明天买花去呢，他就送上门来。有女儿真好，有人送花上门，嘿嘿。"

梁思申两手拎满东西，腾出手开了门，才看地上的花。一看却大笑了："不，是爸爸送的。祝……王女士、梁小姐新年快乐，哈哈，爸爸真可爱。"

母女俩乐不可支，却被院子木篱笆门外人声打断："梁小姐，可找到你了，我们能进门吗？"

梁思申朝外看去，黑地里有两个人，但看不清楚是谁，另一个人也说话："梁小姐，我李力。伯母好，新年快乐。"

梁思申走去开门，却看到先说话的竟是萧然。咦，他来干什么？但见两人都对她妈很尊敬，她估计萧然应该是跟她攀交情来了，通过李力的关系进一步软化她的立场。李力一看梁母有下厨的意思，立刻就打电话给家里的保姆，让过来帮忙。梁母微笑地看着，却并不拒绝。萧然当然从旁边看出那么点意思来。

李力微笑看着梁思申："很累？那还出去买菜干什么，开个单子给我保姆不就行了？"

梁思申本来爱屋及乌地烦上李力这个高干子弟，可见了真人却心软了，李力笑容那么有味，声音也是那么有味，跟夏天见的时候差不多。见问，她瘪了瘪嘴，道："很倦。"

"工作很烦心？"李力看梁思申脱了黑色及膝长棉大衣后，里面穿的是宽松的米色毛衣、米色裤子，都是很柔软的样子，柔软得令人想紧紧抱一把。"还是一来就布置房间，累着了？可别也累着伯母才好。不过窗帘之类的装上，房子漂亮好多。我不敢替你另添家具，怕不配套，房子看上去还是有些空旷。"

"还没谢谢你呢，房子装得相当好，好得超过我的原意。空旷就空旷吧，最好小偷也嫌。"梁思申将粗粗的麻花辫子甩到身后，看向萧然道："萧总不是准备节后与日本公司签约吗，怎么有空出来玩？"

萧然笑道："看你这么倦，我都不敢提我的事了。我们刚谈下合同，可中文翻译文本照着我们的意思，英文的……据说一字之差，意思就可以差许多……"

李力补充道："我们第一次跟'列强'打交道，不敢大意。萧让我找找上海有没有合适的人帮忙？确保无虞。这样的人还真难找，我介绍了你，没想到你和萧已经认识。"他又对萧然道："你看，明天行吗？今天梁小姐才忙碌一天。"

梁思申狠狠剜李力一眼，见他脸上满是为朋友的焦急，不免软化了立场，不由自主地道："我记得一月三日日商就要去现场商谈合同最后事宜，时间很紧。就今天吧，事不宜迟，萧先生请相信我，我今天所站立场纯粹是私人的，李先生不会介绍错人。"梁思申说完就后悔，她这是助纣为虐。

李、萧两个都笑了，李力当然清楚，这是他面子够大。而萧然则是放下一百个心，不由伸手心照不宣地拍拍李力的臂弯，以示感谢。梁母在一边看着，心说女儿说话够大方，于是放下担心，上楼替女儿收拾行李去。

李力道："你这儿书房还没台灯，不如去我那儿，或者萧那儿。"

"不去，你那儿不是中央空调，冷。不如你们先回家吃饭，我这儿慢慢把台灯装起来。"梁思申看一眼手表，"七点钟我们开始工作。"

"我们帮你装。"两人不约而同地说。

"不，不是行货，我得自己来。"可眼睛却别样地看着李力。

萧然微笑道："我先走一步，七点准时来。"

李力笑道："我保姆在这儿，只能留下蹭饭。梁大师总是需要个把打下手的，我胜任。"

梁思申心说，若不是早知萧然是什么人，还真会被今天萧然的表现迷惑，可见人人都会两面三刀，不知道李力背后一刀是什么样的。

原来台灯是梁思申收来的一些破口或者漏底的明清薄胎瓷，有官窑，也有名家手笔，可因为破了相，价钱猛跌。梁思申因势利导，将这些白如玉、薄如纸、明如镜、声如磬的薄胎瓷细细打磨，做成灯罩。李力旁观着，这才明白梁思申为什么不让别人动手。他叹为观止，原来梁思申是这样在玩。

再抬起头，李力不得不调换一种眼光，看房子中他原先没见过的摆设。原来这一件那一件，小小东西里面，都是凝聚心思，都有来龙去脉，那不是他竭力模仿个大轮廓可以比拟的。比如那维多利亚式的圆镜子，随随便便放在乒乓球桌般大的书桌上，工作累了抬头望一眼，正是女孩儿心思。而一块拳头大的寿山白芙蓉随形章顺便就做了镇纸，不懂的人可能只会觉得好看，可懂的人却看出道道。而更多的，是李力都不认识的。他开始自惭形秽。他原先一向自傲于他的见多识广。他真不懂，梁思申这个半洋人怎么知道那么多中国传统的东西，他哪知道梁思申在中西合璧洋为中用的外公家寂寞地陪着类似好东西好几年。

李力都不知道还有哪件东西又有什么来历，害得他下去用餐端起饭碗拿起筷子的时候，都要忍不住暗自端详一番，怕做错说错什么，怕就像他经常嘲笑暴发户似的，被梁思申母女给嘲笑了。果然，梁思申说那筷子是乌木镶银，东南亚货色，《红楼梦》刘姥姥二进大观园时候出现过。李力都觉得自己也差点成了二进大观园的刘姥姥，不知道梁思申怎么看他这个人。李力第一次极端地不自信起来。

七点，萧然带着助理准时敲门。四个人坐书房说话。老大的书桌四个人用都绰绰有余，尽可以将文件满桌摊放。

梁思申先将英语文件大致看了一遍，以求心中有数，她看英文可比看中文顺手得多。看完，便将英语的翻译出来，与萧然手中的中文本逐条对照。可她中文词汇毕竟没那么专业，翻起来不得不东拉西扯地解释一通才罢。可好歹，还真找到两处对不上号的地方，不过大家都觉得不应该是陷阱，而是翻译差异。李力不得不陪着，一直陪到晚上十一点。

本以为对照结束，事情完成。没想到梁思申将手中英文部分整理清楚，对萧然道："我有几个临时想到的问题，不知道该不该提醒你。"

萧然忙道："请讲，求之不得。"

梁思申道："你看，这儿一栏，应该是你签名，但问题是至今你还不是市一机的一员。我只说个万一，万一合同另一方什么时候想毁约，他们只要提出当年你的签名是虚假签名，因此而宣布合同无效，你有没有想过未来怎么应对？这种情况很容易发生，合资后，外方可以查看公司旧档案，你的身份变迁就瞒不住了。"

萧然看住梁思申好一会儿无语。确实，梁思申今天是站在私人立场上，友好地提示他，而不是告发，因此才让他认识到事情的严重性。"我明白，我这就回去抓紧。还有呢？都不知怎么谢你，指出这么重大的纰漏。"

"不用谢。我第二个问题是，你这合同中所谓先进技术的引进，似乎没有具体条规，究竟是先进设备的引入，还是中方员工出国培训学习，还是合资双方联合组建科研室研究新技术，这方面似乎应该明确一下，效果大有不同。"

萧然忙道："我们讨论的是引进先进设备，员工培训以及部分中国没法加工的部件引进。"

"好，我明白你的意思，给你补充在这儿，你回头自己把中文部分补上。引进设备具体事项前面已经谈了，我给你补充一些细节，是需要你再跟对方谈的。比如设备安装时候外方来几个人，费用谁负担，来几天，超过几天费用又怎么算。中方员工培训接待工作如何。这些小细节可能也比较费钱，需要谈判时候考虑得周到些，吃穿住行都得包括，毕竟日本的费用比美国还高。另外，建议你提出组建联合研究室，掌握核心技术才是合资最终目的。"

萧然又是连连点头，让助理记录。"熟人好办事，而熟悉业务的人能办成事。太重要了，都不知道怎么谢谢你，梁小姐。"

梁思申却对着"熟人好办事"怄气上了，心里反感顿起，将原先想说的几句话吞了回去，微笑道："差不多就这些，原则上的你们都考虑到了，我最多只能指出一些小问题。不好意思，李先生都闷得打瞌睡。"

李力忙笑道："哪里会，我就跟白听一堂课似的。其实很多原则性大问题我们倒是不大会忽略，反而一些细节性的问题，我们因为没做过，都没有认识。"

"是这样。萧先生，我的老师，你也认识的宋运辉，他多次引进国外设备和技术，又多年从事外贸，他对中方该做什么一清二楚，只有比我更务实，你如果不放心可以找他请教，他英语也相当好。"梁思申想让萧然对宋运辉屈服，以后别净想着陷害杨巡，有意放出诱饵。

"一起吃过饭的宋厂长？"李力想起那个与他似乎差不多大的宋厂长，没想到那是个有真本事的。

萧然道："宋厂长比较忙，可若是有事，我还真要找上门去。"话是这么说，萧然心里却是裹足。北京一次面对面的接触，他自知，不是宋运辉的对手。

梁思申这才起身送客。感觉李力虽然依然温柔，可总是有哪儿不对劲，她怀疑是自己对李力不对劲导致的。

妈妈已经在新的床上睡觉，可梁思申一时睡不着。今天按说是帮人做事，可她厌恶这件事的当事人，帮忙后心里一点都不愉快，即便是在帮忙的当时，她都有做小手脚的冲动，可是看在李力面上，硬是将小冲动都抑制了。

再独个儿静静回想那份合同，却觉得漏洞颇多，最大的漏洞便在所谓的技术引进，其实只是核心零部件的引进。说到底，等于没有引进技术，而是日方把市一机当作组装和低级加工基地。但似乎萧然对于她的引进核心技术才是目的的提醒并不关心在意。她想了想便也明白了，萧然的目的便在赚钱，而技术研发却是那么耗钱的勾当，萧然即便是技术消化都不愿做，只想着尽快将权兑换成钱。这是多么短视的行为，也只有萧然那样的人才做得出来。

而且，梁思申无法不想到外方百分之五十一的控股。虽然合同表明，总经理由中方委任，可是，没有掌握核心技术的中方，即使拿着一支签字的笔，又有何用？梁思申实在看不到萧然所谓的主导权究竟在哪里，这主导权太不堪一击。而且……梁思申想到一条她在资金操作中常用的招数，她都忘了那份冗长的合同中有没有提起相关事项。她抓起窗帘往外看看，周围房子的灯光都已熄灭，这大冷天的，人们大概都已经睡觉。梁思申只得作罢。

说到底，心里总是存着那么点不甘心，带着点不愿为虎作伥的心理。李力那张帅气的脸不在身边，她把持得住。

等第二天早上醒来，忘了也便忘了。

02

程开颜终究是沉不住气，她见宋运辉回家后正眼都不瞧她，她搭话就给顶回来，以致她不知道爸爸的计策实现了没有，宋运辉会不会恨她入骨。她忐忑地等着爸爸那边的消息，却越来越怕见丈夫，一听见宋运辉的汽车声接近就躲进她的卧室不出来。她跟爸爸说她想躲去市区宿舍，可是爸爸却要她坚持，说宋家现在不是她来去自由的地方，程开颜只好挨着，幸好宋运辉白天上班，她还可以出来见个天日。可是一想到元旦宋运辉得在家休息两整天，她真害怕。

她不知道的是，宋运辉其实拿她没办法。离婚是两个人的事，她不点头宋运辉别想离。而且宋运辉不是个肯降格大打出手将程开颜暴力赶出家门的人，所以宋运辉也为两天元旦怎么过而苦恼。在程开颜决定落荒而逃、回金州当面与父母商议对策的时候，宋运辉也痛下决心，放弃元旦家庭团聚，赶赴劳改农场探望雷东宝。一对夫妻元旦前夜心照不宣地南辕北辙了，幸好有宋季山夫妇照看宋引。

终于在一九九三年的第一天，宋运辉看到雷东宝。

雷东宝看到宋运辉就嚷嚷道："你死哪儿去了，这么多天也不来看我。"

宋运辉笑道："少啰唆，知道你里面日子快活得很，我不担心。有什么话快说，别辜负我赶一晚上的路。我晚上睡一觉，明天大清早还得赶回去。"

雷东宝道："你看看，我瘦了这么多，也不说关心一下。"

"我一直胖不起来，我都没怨。瘦点好，健康，以前你胖得不像话。但体形改了，为什么脾气不改？听说他们几个来看你的时候常挨骂。"

雷东宝道："我吸取教训了，但我现在没法好脾气，你知道吗？我现在不能求着他们来找我，我得压着他们来找我，我只好霸道。这里面待久了，看得多，看清楚人的良心没法良多久。小辉，小雷家的预制品厂和猪场准备让红伟、忠富两个承包，这是我发话他们才能承包。现在他们还没坐稳，你说，等他们坐稳了，我在这里面还有屁用场？"

"他们两个是熟手，上去就坐稳，不过听说忠富不愿回来承包。"

"对啦。你说等他们坐稳，我还怎么回去？小辉，赶紧想办法让我出去。"

"我一直让杨巡在跑这件事，红伟他们也在跑。但按你的刑期，起码还得坐到明年这个时候。"

"明年？你不如直接判我死刑当场枪决。你给我办保外就医，我这么胖，他们说弄个肝硬化什么的出去，方便。"

宋运辉沉吟，两眼留意到雷东宝蒲扇大的两只手掌使劲地一张一握，一张一握，使劲地做着无用功，却又是那么使劲地坚持。他看了好一会儿才道："杨巡跟我提起过你目前的举动，我也料到你可能在为回去做准备。但你以为你回得去吗？你以什么身份回去？你回去打算坐什么位置？你想过没有？你如果保外就医回去，你最多只能通过士根操纵局面，你不可能再恢复书记身份。可如此，首先你名不正言不顺，再加通过士根过滤，发号施令的威力剩下多少，可以预期，不会比在这儿的威力大，反而容易让人认清你已经是强弩之末；其次，你若是敢稍微举动大点，你以为没人敢把你假生病举报了？你以为上面有些想看着你倒霉的人能容忍你那么舒服；再次，你到底想清楚没有，你想要什么？还是那个管着三家实体的虚位，还是别的。我的问题可能残酷，可对你，你还是当作良药苦口吧。"

雷东宝好一会儿沉默，低头看着桌面沉思。宋运辉的问题太残酷了，残酷得犹如一根闷棍，把他热切盼望了半年的心打得跟眼下室外温度一样凉。可问题是，他即便是不深思，也认同宋运辉所提问题的残酷，认同宋运辉的分析有理。

宋运辉看着雷东宝的大掌终于慢慢舒展，完全摊平在桌面上，才继续开口："大哥，你想明白点，你回不去。因此你在里面的时候不如与人为善，积点功德，让他们一辈子感谢你。你静静在里面修养，收收心，等待出去后东山再起。"

雷东宝沮丧得都不愿说话，什么，近半年来的打算都泡汤了？不，他需要好好想想，他现在晕了。可是心里却又有另外一堆问题抗拒着宋运辉的话：他真的回不去那生他养他的小雷家了吗？他真的要放弃用心血打就的江山吗？雷东宝心中异常抗拒，可还是因为这些话是宋运辉所说，他只能逼迫着自己去想。

宋运辉看着雷东宝风云变幻的臭脸，伸手拍拍雷东宝的手背，道："慢慢想，不急。想好了跟杨巡说，我再确定下一步你怎么出去。"

雷东宝急道："你意思是，我要是想回小雷家的话，你就不让我保外就医？"

宋运辉不否认："回去小雷家的话，恐怕等待你的是羞辱和失望。"

雷东宝无言以对，当然，他是有话说的，他又不是不会强词夺理，他只是不愿跟宋运辉强词夺理而已。"那你想关死我啊。"

"哪有的事，一年后肯定要把你弄出去的，只是保外就医这样有风险的勾当，如果没有你的性格收敛来配合，我难道想看着你再回里面蹲到刑满？你啊，什么时候能学会前进三步，站住想一会儿，或者甚至不惜退后一步。"

雷东宝不语，既不答应，也不否认，只是觉得没意思。宋运辉怎么管到他头上来了？可结合着前面的话，又清楚宋运辉是为他着想，他才说不上话来。他感觉宋运辉现在说话和以前不一样了，现在说话当仁不让，就跟大多数一把手一样。

但雷东宝还是问了句："你说，你姐要是在，我会不会落到今天这地步？"

宋运辉被雷东宝问得愣了一下，却实话实说："我姐姐的去世，都没能让你收敛多少，我不以为她在世会影响你多少。而且，你现在已经另娶，你还是多想想另一个人吧。"

雷东宝却道："我在里面想得更多的是你姐。你姐要是在，她会改变我的。她耐心好，会磨，我又爱听她的，唉，回想起来，我跟你姐结婚后变了很多，细心很多。下次你来，或者杨巡来，带张你姐照片来。"

宋运辉再愣住，没想到雷东宝会提出这要求。好久，才略带违心地道："另一个挺好，你别不懂珍惜，别等失去了才想到人家的好处。"

雷东宝却是坚持："我都关在里面了，没别的指望，这点小要求你都不肯满足？"

宋运辉硬下心肠拒绝："照片都是我爸妈存着，我爸妈不会答应。"

雷东宝很是失望，重又捏起拳头冲宋运辉扬扬，无奈地道："那你多来看我，两天三夜嘛，不要说抽不出时间来。"

"大哥，我这回连元旦出来，都是冒一定风险的。工厂现在大规模上马新设备，一年内都没太多时间。不过我春节一定会再来看你。你想吃点什么？我给你带来。这回给你带来的是北京的酱肘子和烤鸭，已经不是很新鲜了，你吃个意思。"

雷东宝想了会儿，道："要你妈做你姐以前常给我做的茭白炒香干，还有鱼干，我这儿有的吃，现在只馋这些。"

宋运辉没想到老虎会提出吃素，不由摇摇头，可接着忙又点头答应，不忍心拒绝。两人又说了一些话，还是三句不离小雷家。分手时候，两人的双手紧紧握在一起，这令雷东宝放心，见面时候因为监狱管理人员在场，没有如此握手，雷东宝总是觉得少了一些什么。现在这么有力一握，他放心了。他可以安心思考宋运辉今天提出的那些尖锐至残酷的问题。可泵房的阳光无论如何都没有过去小雷家砖窑边的阳光温暖。

03

杨巡原本借的那辆拉达除了喇叭不响，其他什么都响，两年下来，他修车本领自学成才。这回租赁到期，他反复心疼地考虑着，终于还是决定买辆新车。出去风光那是别说了，所有人都似乎有同一种想法，似乎他换新车说明他又在哪儿赚大发了，越发相信他。最要紧的是，拉达修车费都拖死他。可杨巡极其不舍得买进口车，一样是四个轮子，何必花那大钱，只是杨巡也清楚，他好歹也算是个有头有脸的老板，买辆刚从口彩极好的大发改名到夏利的没尾巴车也太小气了点，他没有其他选择，唯有买上海大众的桑塔纳。他想买黑的，就跟大多数机关领导开的车子一样，可是没有，他只好买了辆深蓝的。杨巡觉得深蓝挺美，好多高档西装就是深蓝色，可见男人适合深蓝。

元旦时节，杨巡开着深蓝的新桑塔纳，载着送梁思申的礼物，直达大上海。他手头带着一份四星级宾馆的可行性报告，这份报告，他越做心里越没底。与其说来上海是为请梁思申过目可行性报告，不如说他这是找个借口见见梁思申，还有梁思申上回脱口而出提起的可以给他借用的外商招牌。他是千辛万苦，从早开到晚，才到了上海。

梁思申接到杨巡从门卫打进来的内线电话，就裹上一件大衣，礼节性地出来迎接。若是对李力他们，她最多站在门口，已是仁至义尽。但是对杨巡这个出身低微的人，她不愿自己稍微的疏忽就伤了人，她有限的社会经验告诉她，越是出身低的人，越是在乎这些细小礼仪。

梁母常听女儿说起个体户小杨，还以为是那种贸易市场里面练摊儿的摊主形象。及至杨巡进门，放下东西，站直了，梁母看清楚，杨巡个头不高，一米七左右，与她女儿站一起差不多高。人长得浓眉深目，剃着个干净的小平头，笑容可掬，整个人透着股活跃的灵气，观之可亲，倒是并不低俗。梁母惊讶了，这似乎不像传统个体户的形象啊。再看杨巡的衣装，笔挺西装，虽然下摆有些坐皱，可衣服合身合适，并不像时下三教九流个个将紧巴巴的西装穿得像浙东小木匠。没比李力他们差，只是脸上缺些书卷气，多些江湖气。

杨巡走进别墅，原以为可以看到一屋子的富贵，却没想到，除了一屋子的热，一屋子的香，看过去整个房子空空荡荡，并无想象中纸醉金迷的感觉。杨巡有些吃惊，但嘴里早已说里面真温暖真舒服了。与梁母见面，梁母是个一望即知的官太太，养尊处优的样子。杨巡以伯母称之，自然不敢轻举妄动。及至梁思申给他倒来一盏茶，他发现这茶杯淡绿颜色，还不如他以前在四星级宾馆见的碗碟晶莹，这才收起少许紧张。

杨巡原来与梁思申约定的是拿来可行性报告让梁思申先看一下，第二天再面谈。因此杯茶下肚，他送上一架据说是清晚时期的红木嵌螺钿一尺来高插屏恭贺梁思申乔迁，准备乖乖告辞回宾馆休息。不料梁思申却对杨巡道："那位萧然……"她看到杨巡会意地点头，心中满意杨巡领会迅速，接着道："他的合资谈判估计很快能成，他对各方面条件没太多坚持。因此，估计他会在元旦后没几天内正式入主市一机。他有一阵子可以忙了，你最近不用太提防他。"

"这么快？"杨巡有些吃惊，想了会儿，问，"你了解他入主市一机，有没有带资金进去？"

"什么意思？"

"意思是，他肯定要拿钱买下市一机的资产，才能把资产换到他公司的名下。可是他神通广大，他有没有可能不出钱就把市一机归到他名下，钱以后慢慢付？"

梁思申想了想，道："有可能，不过我建议你别管这闲事，你没法管，也管不了，多管还得惹祸。"

杨巡感谢梁思申的体贴，但还是道："我当然没法管，他别来管我，我已经谢天谢地了。但我得搞清楚一件事，他如果真金白银地入主市一机的话，他就没钱开发市中心一块已经拆出来的地。萧的资金实力，我怀疑有限，因此拆了那么多日子，到今天还没正式开工。这块地我已经看过红线图，足够我开发宾馆，这地段太好了，下面还可以开商场，这么热闹的地方开商场，以后租金没的说。不晓得你有没有经过那条街，闹市里拆出来很明显一块，癞痢头似的。"

梁思申一想，不由得笑了："你反应可真快，倒是个很好的机会呢。"

梁母忍不住问一句："既然是好地，旁人当然也看得见，凭什么小萧一定要卖给你？再说，有前嫌在，他更不会卖给你。"

杨巡道："伯母说得有理。但我肯充冤大头，愿意让他敲一笔竹杠，让他心里满意。那样的好地，凭我公司的性质，凭我没什么背景，我一辈子都拿不到这样的好地，只有向别人买二手，我想得明白。"

梁母没想到这个年轻人有如此气量，真是把韩信学个十足。这才明白女儿为什么推崇他。

梁思申笑道："如果这样，我有办法让萧然把钱全部注入市一机去。其他努力，你自己回去做吧。"

杨巡欣喜得眼睛灿若流星："你只要能替我制造萧然资金紧张问题，其他我全部能做到，我有的是人帮我传递消息给他。哈哈，太好了。"

杨巡走后，梁思申回头静心看杨巡的可行性研究报告。一看便清楚，杨巡是下真力气做这报告的，研究调查工作做得充足，数据翔实可信。比之李力那份华而不实、花拳绣腿的报告，杨巡的这份才真正有了点"可行性"的意思。而杨巡这份报告，却是脱胎于李力那份之上，更有对比。

梁母跟着女儿坐在书房，捧着一本从李力硕大书橱里挑来的书看，见女儿最先是认真看那份报告，大约九点之后，那些地球那端的人起床上班了，她看到女儿一个电话接一个电话地打出去，据说是找同学、找朋友咨询相关问题。然后一个一个电话回来，一张一张传真纸吐出来。梁母很喜欢看女儿工作的样子，这么娇嫩的脸，却又是这么认真，真是矛盾的完美统一。

但梁母终究是熬不住夜，抛下女儿回去睡觉。梁思申自己对宾馆行业不懂，本着负责任的态度，她必须找人把方方面面弄清楚，因为这个宾馆项目，还是她最初提醒的杨巡，而且，她清楚以杨巡的实力，他输不起。

她细心制作一张表格，将杨巡报告中的遗漏内容以及大致估价列出，越看越觉得杨巡的宏图大愿太超前于他的实力。但梁思申不便当面指出，她还是让数字说出最直观的话。第二天，她不等杨巡过来，自己叫车去杨巡住宿的宾馆，她不习惯于在家中招呼朋友。

果然，杨巡一看见这些新添项目，目光凝滞。原先这份由三星级宾馆财务参与的报告出来，他已经在为筹资犯愁。宾馆，毕竟不是贸易市场，那些高级奢华的部分无法省略。这一颗一颗的星分出的级别，在星级宾馆评定标准里，那是有绝对的硬杠子，他从旅游局的人那里看过标准。眼前新添的巨额费用，提示他参观上海宾馆时候的细节事项，确实不能遗漏。若是这些再加上，如果萧然的那块地真的被他吃下的话，支出又将超出预算许多。

梁思申见此，善意提醒："千万不要冒进，这个项目是需要巨额投入的，而且万一中途资金跟不上，已有部分是一无用处的项目。"

杨巡没看梁思申，摆摆手阻止梁思申说下去，也终于忍不住摸出香烟来点上。梁思申想了想，摸出包里的计算器推到杨巡面前。杨巡见此，冲梁思申一笑示意，抓走计算器。这个笑，全然没有杨巡平时笑的样子，倒是很有职业精神的虚假的笑。梁思申也忍不住为自己的这个发现而笑，第一次见到杨巡的时候，只觉得他像老鼠，现在此人的变化一日千里。她不去打扰杨巡，让杨巡静心思考。

杨巡几乎是燃尽一支烟，这才从椅背上直起身，将报告又平摊到桌面上，对梁思申道："你听听，我有两个打算。第一个打算，如果能吃下萧然的地，我现在的资金预算只够造起一家商场和宾馆主楼的壳子。我可以让出一年租金，让租我场地开商场的租户自己装潢商场。以后，反正已经竖起来的大楼不会有建筑安全问题，可以筹集资金慢慢装修。考虑到一九九二年一年以来物价的飞涨，还有我那两家市场的评估价越来越高，我估计我造好的大楼也会升值。我只要把一部分先盘活，派上用场，说明我的项目是活的，就能拿这大楼贷款去；第二个打算，如果没有吃下萧的地，其实反而麻烦。我在别处任何地方都没法把底层的房子盘成店面。这个项目，可能真得因为资金原因推迟了。不过我有个想法，我可以找钱多的国有单位合资，旅游局的倒是想跟我合作一下，可惜他们没钱，但我还是要他们加一股，这样以后评定星级的时候就是自己人评自己人。我还可以找谁呢？除筹到这些钱，还有，他们最好有很多外国客人……"

杨巡说到后来，其实已忘了对面是梁思申而不是他自己弟弟，有些不成熟的话说出来未必合适。他自顾自地皱着眉头，将脑袋里所有设想一股脑儿地倒出来。梁思申继上回银河宾馆初见之后，再次见识杨巡迅速发散的高效思维。而当年至今电器建材市场成功的事实证明，杨巡当年的思考完全有效。梁思申默默听着，渐渐认真起来，将谈话记录到纸上，等杨巡说完，她都已经记了满满两张纸。

杨巡说着说着，忽然抬头发现梁思申没有任何反应，却是拿着写满英文字母的两张纸靠到椅背上思考。杨巡一时也不知道梁思申这是什么意思，估计她是听烦了他没有头绪的说话，可人家素质高，有礼貌，不肯出言打断他胡言乱语，干脆不理他。杨巡挺沮丧的，有意大声嘀咕了一句："看来，只够造家三星级的。"

梁思申被杨巡忽然的大声惊了一下，抬眼看杨巡一脸郁闷，道："那还不如不造，如果能拿下萧然的地皮，不如索性商场上面造办公楼，省心。"

"是啊，我就是想造四星，我想死了要造四星。"杨巡实在忍不住，忘形地做了一个扩胸动作，咬牙切齿地道，"事在人为，不信造不起来。前一阵在上海参观四星级宾馆，有一家宾馆进去就有四条很漂亮的大理石柱子，一问，用的全是意大利进口的花岗石，一条柱子得一百万。烧钱吗？烧！可烧得值吗？值！一看就是有派头。回头再看三星级的，看不上眼了，什么印度红花岗石也拿来做地板，铺的地毯没弹性，全不是回事。你想，这样一家四星的竖起来，起码十年里面，市里没一家能赶得上的。现在开发区发展得那么好，外商投资来的那么多，以后只有更多，你看，换你两年后来，看见我的宾馆，你还肯住原来那家三星的吗？"

梁思申听着杨巡近乎慷慨激昂的发言，不由笑了，这话说得好像两年后宾馆肯定能造起来似的。"我肯定住你家四星的。"梁思申一本正经地说。

杨巡也笑了，不好意思地道："野鸭还没打来，嘿嘿……"

梁思申收起自己记录的资料，拿起杨巡给她的报告，问一下，也收进自己包里。"还想挂名中外合资吗？"

杨巡笑道："当然想，挂个中外合资的牌头，别说政府看见我亲热，就是招工都比国有企业有优势，我还问过银行，银行不肯贷给我这个体户，却肯贷款给合资公司。你说我现在挂名是村集体性质，其实是个体户，想找个好一点的会计，人家都还吊着卖，外地人更不肯来，说是没法办户口。这要是合资的话，那些人得打破头走后门让我招。梁小姐，你只要答应给我挂名，我也跟付小雷家村挂靠管理费一样，付你管理费。"

梁思申笑道："看来我得吊着卖，管理费比例提高。"

杨巡也跟着笑，他听出梁思申好心，有答应给挂名的意思。"你的管理费肯定高，我还得请你经常出来晃晃呢。还有，以后你来，住宿吃饭一条龙全免。"

梁思申嘻嘻地笑，好久才道："再给我几天思考。你也回去想办法咨询一下我这个洋个体，与你这个土个体的合资，政策上有些什么要求，有没有我接受不了、无法做到的内容。我也回头经过香港时候查询一下，从香港投资有没有什么特殊要求。"

杨巡听着这话，忽然觉得一只耳朵在跳。心里想到，只是挂名，梁思申何须做得如此周密？

然后，杨巡便听了好几杯咖啡时间的天方夜谭。梁思申告诉他，她天南海北旅游接触到的各色风情的高级饭店，那种奢华精致，真不是什么一百万一根的花岗石柱子能撑得起来的。但有些精致，梁思申明显留意到，杨巡无法体会其中妙处，杨巡更中意挥金如土的奢侈，比如意大利的金马桶之类的噱头。因此，梁思申心中揣测，杨巡肯干加苦干，是个做事情的人，可是，会不会最终搞出来的是个奢华元素堆积得如闹哄哄乱糟糟的集贸市场的怪胎？以杨巡的眼光，能不能合理有效地选择专业人才？她觉得，这才是杨巡四星级计划中最高的门槛。

因此，对于后面杨巡不断放出的合资善意，她始终守口如瓶，她绝不打无把握的仗。不过，她愿意帮忙，借名字给杨巡，做一个假合资。大部分还是看宋运辉的面子，因为她感觉宋运辉很重视杨巡，很赞赏杨巡。而她正需帮宋老师做点儿事以挽回注资项目不成对宋老师的打击。她真是太想报答宋老师。

杨巡却是始终摸不透梁思申的心意，感觉这女人真是出乎意料难搞。可问题是，自从他富起来后，见多的是女孩子没羞没臊往前凑的，尤其是现在西装笔挺，大哥大包小巧，还有汽车一辆，连挺稀罕的女大学生也向他低头，他总能一眼看透那些女孩的用心。唯有梁思申，妖精一样地狡猾，看似简单直爽，可总是难以掌握。他想，这肯定与梁思申在国外长大有关，见多识广。

但无论如何，梁思申只要肯借外商的牌子给他用，他已经无限感激了。他一个个体户办的公司，如果能凭此跻身中外合资的行列，那无疑是鲤鱼跳过龙门式的身份飞跃。不说别的，他即使是买车，都可以少交一大笔税，车头挂上一块噱头的黑牌照。

梁思申没吃中饭就走了，还不要杨巡开新车送，她回国度假不易，得分秒必争与妈妈在一起，因宋运辉而帮杨巡的忙也得适可而止。杨巡不知道那是人美国那边的习惯，见自己出尽百宝都没法留住梁思申共进午餐，心中极其沮丧，进而对自己能否独立开展四星级项目充满疑问。可又被梁思申的离去激发他胸中的斗志，他非要想尽办法拿四星级项目撑起他的脊梁不可，即使看似资金情况更加严峻。

杨巡被梁思申激发起蓬勃的斗志，李力却被梁思申再度打击。梁凡开玩笑告诉他，梁思申衣橱有欧美电影里才得一见的璀璨晚装，可惜因迎新派对举办地李力家非中央空调，温度不够，不敢穿着，因此晚上在男性穿衬衫西装女性穿薄呢套裙的派对上，李力总是敏感地捕捉梁思申的视线，心里非常没底。论洋气，他毫无疑问不如梁思申，可是论传统，他这个在国内的居然被梁思申的乌木镶银筷子和古瓷台灯击溃，他心里有了障碍，在梁思申面前再潇洒不起来。唯恐自己什么举动受了梁思申的暗嘲，因他一晚上都见梁思申的嘴角噙着一丝坏笑。

梁思申倒并没坏笑，国内时尚水平如何她清楚得很，身居上海的李力已经算是非常时尚，穿的衣服均非国产，超乎她的想象。只是派对中人邯郸学步的举止，反而让她忍俊不禁。说起来，这些人的洋派不如宋运辉多了，宋老师的西装虽然硬如铠甲，可在谈判桌上落落大方，言语收放自如，吉恩私下都说难得，可见胸中有无乾坤才是为人最大的一团底气。

而她最大的反感是派对中人言语中的特权意识，一场派对，让她看尽赤裸裸的特权狂欢。相比杨巡的奋力钻营，相比宋老师的艰难求索，她感觉那些挥霍着父母特权的人是如此丑陋。李力和梁凡他们仿佛属于另一个世界，梁思申不承认自己也来自那个世界。不，她是靠自己的能力学识立足于她的世界，而非那个世界。

派对过后，梁思申虽然依然喜欢李力的英俊帅挺，却是开始后悔不该为了一场派对而留在上海过元旦。

但是与来上海一起过元旦的爸爸说起，她有投资给杨巡的打算，却被爸爸否定了。爸爸与妈妈又有不同，爸爸能以何年何月何地发生的具体事例，来说明个体私营户的信用低下。大如众所周知的三角债的成因，小如处处可见的短斤缺两，以及爸爸所在银行贷款时候对个体户的考虑。爸爸说，国有集体企业出问题，可以层层向上级主管部门反映，而上级主管部门也是层层监督国有集体企业的发展，因此可靠。可是个体户出问题则一逃了之，你往哪儿找，找谁，让你找到了，也是要钱没有，要命一条，你难道一辈子盯着他？

爸爸的话都有理，可是梁思申听着总觉得似是而非。她想到她所在的美国，如果较真起来，不也基本上是个体户的天下吗？美国的个体户都好好的，没惹事，依法发展企业，依法获取社会资源，为什么到了中国却不行了呢？

于是爸爸又抛出无数例子说明，便是连梁大的保姆都说个体户不好，个体户会骗秤。经过一个上午的教育，梁思申终于明白一个道理，中国的个体户与美国个体户的生存环境不同，中国的个体户犹如热带雨林中匍匐在植被最底层的植物，虽然在争阳光争雨露之中培养出顽强，可也在惨烈的争夺战中造成扭曲。梁思申想到在南美雨林中见过的那寄生在大树上吸血的藤，想到那绞杀大树的榕，想到猪笼草之类充满诱惑的陷阱，还有充满毒液长满恶刺的种种，人类和植物，哪个都逃不脱生存环境的物竞天择。

真失望，祖国竟然不是想象中的美好。

梁思申来时还是豪情万丈，只觉得自己既通晓美国先进文化精髓，又把握中国古老文化脉搏，自是能文能武，敢叫日月换新天。可回国短短几天，先是无力于东海厂的项目，再无力于萧然辈的为非作歹，最后无力于为杨巡等个体户申辩，她才知以前宋运辉斥责得对，她确实并不通晓中国的情况。这个认知，让她回去美国的时候灰头土脸。

杨巡带着梁思申的许诺回到家里，虽然兴奋终于啃下一块硬骨头，争取来金光闪闪的外商头衔。可是，这一趟上海之行下来，四星级宾馆建造更大的问题又摆到他的面前：资金，又翻倍了的资金预算。

如果说原先他的资金实力，在与他人合作中还可以占据大头的话，那么现在看来，他自有资金实力，只有再加银行贷款，才能与合作人平分秋色。可是，出资那么多的合作人，必然也是实力雄厚而说话响亮的，人家能同意在项目中屈居老二吗？

看上去不可能。可杨巡既然认准了，就不肯放手。天下哪有那么多不可能的事？他这身份，办那么大两个市场，照理也不可能呢，可他不是变通变通都做到了吗？可见事在人为。

于是杨巡开始到处找人吃饭商谈合作。可大伙儿都被他吹得对项目发生兴趣，却对他这样的个体户合伙人没有兴趣。一圈儿游说下来，无果。但等杨巡因着春节请客送礼的关头展开第二轮游说，富裕的纺织局领导却对杨巡说，造四星级宾馆的设想很好，纺织局准备把原先的三星级计划上升为四星，但纺织局打算自己造，自己掌握主动权。人家纺织局领导推心置腹的话让杨巡生不起气来。若明明纺织局有钱，却还要与一个实力不够的个体户合作，这不是明摆着告诉别人里面有猫腻吗，这不是明摆着与自己的大好前途开玩笑吗？

杨巡一时灰溜溜的，是啊，有实力的比如纺织局，不屑跟他合作；没实力的旅游局，他不屑合作；这事儿还真是有些犯难。

计划不顺，杨巡心里挺恼火。而偏偏此时，从外办的朋友那儿得知，萧然的合作计划却是顺利推进，外商已与之进入实质性会谈。杨巡实在是心有不甘，找到国托老总密晤。不过也是不出所料，国托老总连说不敢，说风险太大，他怕坐牢。国托老总还以老友身份劝杨巡，不要好高骛远，做几倍于自己实力的事。杨巡听得悻悻的，可看样子，似乎真的得把这项目放弃了。尽管他而今如何有钱，尽管他已经游说梁思申获得假外资身份，可他依然与过去一样，受困于他的个体户身份。人，无法胜天，落草在了农民家，这辈子再争也无法出头。

但杨巡即使情绪再低落，也得出力为宋运辉春节探望雷东宝的事打前站。这当儿，杨连、杨逦两个都已经放寒假回来，如今他们都已经不回老家，而是聚集到大哥周围。杨巡已经让杨速出力买了一间三室一厅的房子,平常他是没空装修的,都是杨速自己买材料找人工,寻建祥也是常来帮忙。好在他们近水楼台先得月,找齐材料人工倒是不会出岔。只是杨巡听杨速说,现在物价涨得快,市场上好东西人们还抢购,抢去回家存着。杨巡倒是不以为然,他们现在用的都还是妈几年前抢购来的脸盆、热水瓶,毛巾也是至今还没用完,花色造型全已过时。可是那样动脑筋抢购,才得来一些些蝇头小利,还不如多动动脑筋在赚钱上。物价上涨,赚钱只有更容易。

但是杨巡觉得奇怪,有钱买脸盆、热水瓶,还有电视机录像机倒也罢了,怎么也有人买建材回去藏着?真是钱多了没处使了吗?看他辖下的食品小商品市场也是一样,虽说是年关,可出货量也是高得惊人。马大嫂们一个个惊呼着钱不够用,钱不值钱,可又一个个不要钱似的往家里搬吃的、用的。杨巡也是在下面的压力下,涨了一次工资。但是买木料瓷砖回家,不会是无的放矢吧。

杨巡让杨速在建材市场逮人提问。杨连和杨逦都拿这当社会实践作业来做,眼睛亮晶晶的很是热衷。杨巡倒是反而奇怪了,这有什么可热衷的?

04

春节来临,宋运辉托寻建祥捎上程开颜回金州,他自己留在东海,与父母女儿三代人其乐融融地过年。既然已经与程家挑明,就没必要去金州在人前做什么表面文章。

到得初三,他也不怕女儿辛苦,开车带上女儿去劳改农场探望雷东宝。他在年前曾告诉父母他的计划,令他意外的是,临行时候,妈妈拿出大包吃用物品,让给雷东宝捎去。可宋运辉问他们需要捎什么话,他们却又拒绝。

因为有杨巡的事先打点,他初三到达所在地,初四就见到雷东宝。

春节时候旅馆全关门,这地方还没好的春节不关门的涉外宾馆,宋运辉是临时通过储运科长住到一位东海厂客户家里。他若只是一个人,随便哪儿过一夜便也罢了,可既然临时起意带着女儿,他不愿女儿吃苦。那客户也是个戴红帽子的个体户,对厂长上门自然是客气得不行,当祖宗小心供着。一听说宋运辉是去劳改农场探访一个谁,他是本地人,地头蛇,第二天就跟着宋运辉的车子一起去农场，一去就主动帮忙打点。

等在小接待室里，宋运辉心中很有些担心。上回他来探望雷东宝，将雷东宝的未来描述得很残酷，他怕雷东宝会因此深受打击，今天给他看一张霜打茄子脸。可他也无奈，他不能由着雷东宝胡来。他无法不担心，在这样的环境里，雷东宝还能强硬到底吗？他望着接待室门口，很怕出现在门口的是一个苍白、浮肿、迟钝的雷东宝。连小小的宋引都能感受到爸爸的紧张，不由自主地钻进爸爸怀里，一起瞪大眼睛担心。

宋运辉一直侧耳细听外面的动静。外面很静，无法提供宋运辉想要知道的信息。终于有人声传来，却是高亢的大大咧咧的声音。宋运辉听见这熟悉的声音、熟悉的调门，笑了，心头一块大石落地。低声教导女儿，来人，得喊姑父。

很快，雷东宝披一路招呼，出现在接待室门口。这一次，雷东宝早已知道是宋运辉来探他，进去喊的人已经告诉他，这是他现在享受的特殊待遇。但他没想到，屋里不仅有宋运辉，长条木椅子上竟然还站着一个漂亮的小姑娘，还没等他回过神来，小姑娘已经清清亮亮地喊了声"姑父"。只这个再寻常不过的称呼，却将雷东宝硬生生钉在当地，久久不能动弹：宋家还认他。

宋运辉自然了解雷东宝的心思，上去握住雷东宝的手，拉进里面，关上门。"大哥，这回没瘦，气色很好。"

雷东宝却不急着理他，只是一门心思打量宋引，道："像，活脱脱就是小一号的你姐。叫猫猫？猫猫，姑父现在没压岁钱，但姑父答应你，等姑父出去，你想要什么姑父给什么。"

面对这么陌生而又凶悍的人，宋引却感觉这人好像对她很好，这双努力想笑出一点弯度的怒目很是亲切，但宋引还是很有原则地道："爸爸说，不能拿别人给的压岁钱，不能拿别人给的东西。"

雷东宝凑到宋引面前，硬是挤出小声音，怕吓到小女孩："别人是别人，姑父是姑父，姑父是自己人，知道吗？"

宋引怪怪地看看这个怪姑父，扭头向父亲求助。宋运辉忙道："姑父是我们亲戚，自己人，跟奶奶一样。"宋引这才伸出小手，老三老四地摸摸这个姑父长满短草一样胡子的脸，道："姑父，你该剃胡子了，再不剃，变成小刺猬。"

雷东宝放声大笑，只觉得被宋引摸过的一边脸都酥了，伸出拳头摆到宋引面前，笑道："姑父一只拳头都比小刺猬大，姑父不剃胡子只会变大刺猬，这么大，姑父刺猬，哈哈。"一边说，一边装出刺猬走路的样子，逗得宋引也跟着哈哈大笑。

宋运辉也是笑呵呵地在一边儿看着，从雷东宝一口一个姑父，他听得到雷东宝心中的喜悦。他看一大一小玩了会儿，才道："猫猫，下来坐爸爸旁边，爸爸跟姑父说些事。"

宋引虽不情愿，可还是乖乖坐下来，却非要冲雷东宝做个鬼脸才肯罢休。雷东宝也是坐下，但还没坐稳，就道："你立刻想办法让我出去，我等不住了。"

"大哥，上回……"

雷东宝抬手，阻止宋运辉往下说："我不要听你的。一句话：小雷家是我的，我决不离开小雷家。你不要管我回去怎么做，你只管想办法让我出去。我出去是福是祸都自己担，如果又被抓回来，那是我自己没本事，我既然没本事，那就死心塌地坐足日子，不会再叽叽歪歪。可你一定要一个月内让我出去，再不出去，我没机会了。"

宋运辉不以为然："万一回来坐足日子，不是你想得那么容易。是不是春节前他们来看你说什么了？"

"只要我一个月内能出去，他们说什么都没用。"雷东宝盯着宋运辉，满眼都是坚决。不错，宋运辉元旦跟他说的顾虑有理，但他回去消沉一阵子后，便想到那只是宋运辉的顾虑，不是他雷东宝的顾虑。其中的区别就跟东海厂不是宋运辉的，而小雷家是他雷东宝的，天差地别。他绝不能做老书记，自己顺理成章地去找死，他是雷东宝，小雷家是他一手撑起来的，他要回去，要去抢回来，因为那些都是他的。"我回去后要是有个三长两短，后果自负。"

宋运辉听了皱起眉头："废话，你要有个三长两短，你后果自负，我袖手旁观？你说，我元旦跟你说的那些问题，可能性大不大？你这几天认真考虑了没有？"宋运辉见雷东宝关了那么多天依然牛拉不回，又是说出不经脑子的话，还振振有词，火气来了，不知不觉拿出平时跟下级说话的居高临下态度。

"我考虑了，总之我不能坐着等死，我要出去。你是你，我是我，我们工作作风完全不一样。你的道理，放到我身上不灵。总之一句话，小雷家是我的，只要我在。我再晚去，没我位置了，我要冒险。要是我丢了小雷家，我宁可在这儿坐到死。"雷东宝敏感地捕捉到宋运辉口气的变化，心中也是不快，若只是与宋运辉两个人，他早据理力争，可是当着一个圆睁着双眼看着他的宋引，他大声不起来，怕吓到孩子。

"我知道你考虑了，可你依然秉持你一贯的思考作风，只想到前冲，没想到善后。你有没有想过，这是一种不负责任的行为？大哥，你看看你这回进来，外面多少人在为你奔走，那都是在替你善后。你要是出去又是一贯地横冲直撞，有个万一，那不是浪费大家的苦心吗？不是要大家又重新开始奔走吗……"

"小辉，你当我什么人！"雷东宝一声断喝，止住宋运辉说话。但他立刻知道不应发火，连忙冲宋引小声道："猫猫，姑父跟你爸爸玩，别怕，别怕。"等到宋引安稳下来，雷东宝才压低声音说话，可还是压不住激动："你看低我。你放心，你想办法让我出去，以后我怎么样，后果自负。"

宋运辉心说不可理喻，但他克制激动，反而心平气和地道："交往这么多年，如果想要看低你，不用等到今天。如果今天才看低你，说明我以前没眼光。既然如此，好吧，我这就开始找人。你在里面也别闲着，好好想想怎么回去。一般而言，回去的第一次亮相需要好好安排一下的。"

"这我知道，只要你那边有消息，我打电话让他们过来。"

宋运辉愣了下，心说好大口气。但他没再多驳斥，只神色如常地与雷东宝说了一些社会上发生的大事小事，某些新的政策出台及其意义。直到中饭时间，宋运辉才带着女儿离去。

宋运辉走后，雷东宝心里微微失望。他很不认同宋运辉想要强加给他的观念，而且宋运辉不理解他对小雷家的深厚感情，因此宋运辉不理解他亟须复出的焦急。他现在是必须抢着回去，抢回小雷家，他一天一天地看着小雷家离他越来越远，他能不急？宋运辉要他以后离开小雷家东山再起，那怎么可能，那还不如要他投胎重新做人。可惜宋运辉不能理解他，即使他再三说明小雷家是他的。让他最失望的是，宋运辉否定他的思考，甚至都认为他没思考过，不经大脑就说出想法。

雷东宝如果没考虑，倒是真认同了宋运辉元旦时候的说法。可是他偏偏认真考虑了。他通过不断被探访，获取小雷家的相关信息。他了解到，忠富最终还是没回来承包猪场，谁劝说都没用，忠富就是一口咬定产权关系不清楚的事情再不做了。忠富不干，倒是有其他几个小年轻跃跃欲试，可是被红伟他们打压，小年轻们到他这儿求援。红伟和正明倒是各得其所，但士根管不了他们。雷东宝相信，总有一天红伟、正明翅膀会硬，这一天不会太远。还有很关键的一点是，陈平原的案子也终于判了，也到这个农场服刑。两人见面，说起前尘往事无限感慨。牵出陈平原的由头毕竟不是雷东宝，再说陈平原太清楚雷东宝此人还想不到做账之类的细心事，又在里面得雷东宝这个手头有粮人的不少资助，两人又走到一起，互相照应。雷东宝认为这么一来，县里反对他的声音可以因此小很多。雷东宝认为，他非立即出去不可，也认为现在时机成熟。

问题关键在于，宋运辉对他有成见，因成见而否认他。而他面对的难题是，他现在是困兽，无法做出什么来证明自己。

宋运辉的成见倒是一直都有，只是这回说出来特别让身陷囹圄的雷东宝受不了。怎么说得跟他是个小屁孩似的，他前面闯祸，还要宋运辉后面收拾。可偏偏宋运辉说出这种话来，雷东宝最不敢反驳，就只有宋运辉可以说他，宋运辉姐姐的一条命，宋家还没找他算账呢，他这辈子见了宋运辉永远矮一截。因此雷东宝无限憋闷。他心里冤啊，这回，他认定自己是深思熟虑的，可是宋运辉固守成见不相信他。要他怎么解释才好？

他兴冲冲地去，怏怏地回，不过他心中有一点倒是肯定，宋运辉这人一向言出必践。

可是，宋引的出现，带给雷东宝冬日里的一丝和煦。这孩子的小脸，真像她姑姑。

宋运辉带着女儿走到外面，心里很不舒服，想吸一支烟解解气，可是叹气不敢，吸烟也不敢，因女儿在身边。而且女儿的小嘴还嘀嘀叭叭好奇地问个不停。

"爸爸，姑父是好人吗？为什么这么凶？"

"姑父是好人，就跟大象一样，别看大象那么大，可不吃人。"

宋引听了，偏着头想了想，拍手道："我知道了，姑父的眼睛跟大象一样，也一点都不凶。"

"嗯，对。"宋运辉终于笑了，赞叹女儿的观察仔细，"对啊，以后老师会教猫猫说，眼睛是心灵的窗户，心里想什么，眼睛就会露出来。姑父心里不凶，眼睛看上去就挺善良的。像老虎要吃人，可凶了，眼睛看上去就很凶了。"

宋引举一反三："爸爸心里爱猫猫，眼睛就跟巧克力一样。可是，姑父是好人，为什么坐牢呢？"

这个问题，宋运辉早就等着宋引问出来，胸有成竹。"姑父是好人，这是不用怀疑的。就像猫猫也是好人，可上礼拜走路不小心把热水瓶踢翻了，被奶奶捉住打一下手心，有这事吗？"

"有，可后来奶奶就心疼了。"

"对了。猫猫被奶奶打一下手心，可并不是因为猫猫是坏孩子，猫猫被奶奶打了手心，可还是好孩子。姑父也是，姑父是大人，不小心做错事了，就该国家来打他手心，姑父就坐牢了。是不是好人，要看他心里有没有想做坏事。明白了吗？"

宋引点头："懂了，猫猫踢热水瓶时候，心里没想踢，所以猫猫做了坏事，还是好人。"

"对，猫猫真聪明。"宋运辉亲了女儿一下，这才心情转好。这时东海厂客户从里面出来，他拉开车门，请客户进来。客户向他说了一些活动的事，宋运辉听出客户在这边活动的水平，便把杨巡的名字告诉他，希望杨巡来的时候，客户能配合。客户当然一口答应。

又到客户家吃了一顿非常丰盛的便饭，宋运辉带女儿回家。但是在出城的三岔路口，宋运辉停住，想了好一会儿。回家，还是去小雷家？最后一打方向盘，去了小雷家的方向。这时候宋引裹着小被子在后面午睡，都不知道爸爸心里经历了那么一段波澜。

等宋引醒来，宋运辉教育女儿，即使心里没想着做坏事，可坏事毕竟还是做了，还是不好。所以好人除了心地好，还要好好动脑筋，做事前想想，做出来的时候会不会做错。不能做事不经大脑，等做错了事要别人收拾残局，看准了别人知道他是好人，而肆无忌惮地犯错，那是非常不负责任的，所以好人更应该是个负责任的人，周到的人……

但是，面对着女儿不懂地提出来的一连串问题，宋运辉最终只能放弃努力。这道理，连雷东宝都听不懂，何况小小的宋引。可雷东宝给他的感觉就是这样，看准了他会出来收拾残局，雷东宝就诸多要求。毫无疑问，如果外面闯了祸又坐回来，不出半年，雷东宝又会要求他想办法办出去，才不会搭理什么后果自负的誓言。这种事，雷东宝已经一而再地有前科了，所谓本性难移，当年姐姐的死都没让雷东宝收敛几分，后来老婆他又娶了。狼来了说得太多，宋运辉有些不能相信雷东宝真的有了思考，真的有了切实准备，尤其是在他看死雷东宝出去必将面临严酷生存环境的前提下，他更是不能相信，冲动的雷东宝能力挽狂澜。

可是，面对雷东宝那一双困兽般的眼睛，要他如何拒绝？

他也只好狠来了似的对自己说一句：帮此一回，绝无下回。看来，他又要做干涉司法的坏事了，如果被女儿知道，她的爸爸存心在做坏事，不知道女儿怎么看他这个爸爸。幸好，女儿的世界目前还是光明的，至今，他还只能教满身阳光的女儿，不一定做坏事的就是坏人，等女儿再大些，能理解了，他才能教女儿，什么是"灰色地带"。

但是想到好人雷东宝出来即将面临的严酷生存环境，他还是心软了，决定走回头路，去老家，将市县两级官员拜访了，正好有拜年的借口。他还去了小雷家，初五傍晚才到的小雷家，找到士根，找到红伟，找到正明，但没找到正重新创业的忠富。他跟士根与红伟、正明的谈话，有弹有压，更是在士根家吃了晚饭出来门口，对着一村子窗户背后伸长的耳朵，扬声扔下一句狠话："有我在，就有雷东宝。"他相信，包括士根、红伟、正明，都得掂量掂量这句话的分量。但他总归是东海厂的厂长，初六得上班，他不得不星夜兼程地赶回去。宋引陪了他半路，小嘴巴跟小麻雀似的说个不停。然后，就在后面睡了。宋运辉终于吁出一声气。

一边是变化如此巨大的小雷家，一边是负着保外就医身份的雷东宝，这两者，怎么啮合得起来？雷东宝不撞南墙不回头啊。宋运辉实在看不出雷东宝有什么办法能越过雷士根发号施令，能指挥翅膀硬起来的红伟和正明，更别说都已经不愿回来的忠富。难道还有其他取胜窍门？宋运辉在雷士根家一顿晚饭吃下来，都没发现其他窍门的蛛丝马迹。

宋运辉真是替雷东宝叹息，小雷家这么个地方，专属色彩非常浓厚的地方，雷东宝经营十多年，竟然没经营出非他不可的局面。这人，肠子的弯头真是太少了一些。

可是，本来还指望着他吃一堑长一智，现在看来还是不行，是他指望错误。

05

这一夜赶路，不说他累，连后面睡着的猫猫也累。可他过家门而不入，将猫猫交给爷爷奶奶，他直接去了厂里。中午睡一觉才稍微恢复。现在比当年三班倒时候似乎容易累了。晚饭后却见杨巡率领俩弟一妹上他家拜年。

书房里其实全是宋运辉低声与杨巡在说保外的事，杨速、杨连、杨逦都不敢在宋运辉面前开口。完了宋运辉才问别的,他听杨巡说了元旦去上海拜访梁思申的事。

"这事说来话长。"杨巡坐在宋运辉对面,一五一十把自己的打算和一步步的演变跟宋运辉透底。

宋运辉听得昏昏沉沉,哈欠连天,但还是一字不落地听下去。等听完,睁开眼睛道:"超前了些,不是思路超前,而是你的资金实力还远远不够。蓝图倒是非常不错,先商场后宾馆的步骤也合理,但资金方面你缺口太大。你应该也已经做过两个工程,知道中途超预算的支出层出不穷,防不胜防,我看你最后预算数字还得再乘个一点五的系数,才能过关。建议你先做几个别的项目,回头再上你的四星级宾馆。"

"是啊,宋厂长,我也知道难度很大。可是我很想做个能提升我档次的项目,别让人总是一看就是低层次的个体户,把我跟摆地摊的混一起看。我真想做成这个全市第一的四星级,晚一年的话,就没意思了,纺织局也正要上呢。"

宋运辉听了点点头,是这个理。"我前一阵也替你想到这事。你现在已经发展得有一定规模,一定实力,你下一步该往哪儿走。是纵深地围绕两个市场做文章,继续做大做强市场,还是做类似四星级宾馆那样的与市场不相干的项目。我今天精力不济,脑子不够用,你自己今天想想。我建议不要开发了一项,扔下,再开发不相干的另一项,毫无关联的项目非建设性支出会比较高。"

杨巡道:"市场方面的工作我也在展开。我最近拨一笔小款,资助四个跟我出来已经在市场做了一年的,在两个市场里摆摊。这几个人机灵,一年市场混下来,基本看出点门道。我让他们先做着,留意我还需要做些什么补充,帮我听顾客意见。他们是我的人,应该比其他摊主更能跟我说实话。"

宋运辉点头:"不错,你更是他们的恩人,他们会报答你,也要留意让他们在市场里培养起一股势力,不要让那些摊主联合起来跟你拗手劲。"

杨巡笑道:"宋厂长真是明眼人,这么累的时候,还是一眼看出我的'险恶'用心,呵呵。是啊,不能让他们摊主抱团。我得一批一批地培养自己人,下点本钱,就是以后办事也会方便些。我有我的门路,他们也会慢慢发展出他们的门路。我们以前在北方做生意时候,本地去的人也是抱团的。"

宋运辉听着笑,杨巡这人,十二分做人,十二分做事,这么年轻就知道用恩惠培育自己人,可是雷东宝这么多年,却是公私分明得六亲不认。即使换取一些村民的口碑又如何？村民的口碑却是随时可以因为几件小事改口的。真希望雷东宝能吸取教训。可是，他宋运辉可真累，雷东宝岂是一个脑袋容易转弯的主儿。

杨巡见宋运辉如此劳累，不便逗留，谈完即告辞。回头想宋运辉与他的谈话，字里行间都不赞成他上四星级项目。宋运辉的前瞻性眼光他一向是佩服的，再加上梁思申的反对，还有那么多他想拉拢的企业的反对，现在他似乎成了孤家寡人，只有他一个人在坚持四星级项目。至此，杨巡不得不反思宋运辉疲倦之下，不经意说出来的话，他杨巡现在做大了，接下来的项目，该何去何从。

可前提是，放弃四星级项目吗？想到放弃，杨巡心里就跟割肉一样地痛。仿佛是怀胎几月，却要被迫引产，那前几月的美好念想美好憧憬，就得全部作废了一样。而他这四星级项目之思，却是差不多都有怀胎十月了。放弃吗？

杨逦在宋家一直沉默，回家就问："大哥，宋厂长到底几岁？我怎么看他怎么不像你说的才三十出头的人。"

"人家一夜没睡……不过他还真显老。"

杨连道："宋厂长说话做事，比我们那些三十多岁的老师老成多了。是不是因为社会锻炼人？"

"社会锻炼人是一方面，个人努力又是一方面。你们看你们大哥我，你们学校里找得到我这么成熟的同龄人吗？"

大家都笑，杨逦却不给面子："大哥，那是不一样的。宋厂长他一上来就给人肃然起敬的感觉……"

"对，一上来就迫得人想叫宋叔叔。"杨巡打趣妹妹，觉得杨逦这大学生怎么比他以前想象中令人肃然起敬的大学生单纯得多。

杨逦急了，跺足追打大哥。杨巡让她敲几粉拳，才笑道："来，我们学习宋叔叔，领会宋叔叔谈话精神，四个人来投票。刚才宋叔叔反对我上四星级宾馆，你们呢？一人一票，不许多投。"杨巡实在是不忍放弃，干脆眼睛一闭，将决定权交给家里人，总比抛硬币好吧。

没料到，三个弟弟妹妹居然异口同声地反对。杨巡看着第一个说出"反对"的杨速，奇道："你的意思是，反对宋叔叔的话，还是反对我上四星级？"

杨速道："我反对你上四星级，以前已经说过多次，大哥一直没当回事。"

杨巡愣了一下，却听杨逦道："我反对的原因是，大哥上四星级项目是向梁思申孔雀开屏。刚才你吃饭后说是为了提升自身档次，摆脱约定俗成的个体户形象，可你的最终目的是梁思申。"杨逦被大哥一口一声"宋叔叔"搞得很窘，便也抓住大哥痛处猛打。

杨巡还真被杨逦抓到痛处，可他装作若无其事地问杨连："老三，你怎么看？"

杨连道："我赞同大哥树立个体户新形象，但从宋厂长说的话来看，大哥现阶段有好高骛远的倾向。我反对现阶段上四星级宾馆，赞成往后延。"

杨逦又笑道："众叛亲离啊，众叛亲离。"

杨巡都没法对付杨逦，立刻转移话题，怕杨逦这个吓不死的总找他的茬："好吧，不上四星就不上。你们说，我下一步干什么？"

一时，兄妹三个八仙过海，各出奇招。可惜杨巡听着都觉得乏善可陈。杨速按说是有工作经验的，可脑子比寻建祥更保守，出不了大点子，都是一些小打小闹。而杨连、杨逦的则是天花乱坠，缺乏可操作性。各自提出建议后，又捉对儿厮杀驳斥，一家人又是嘻嘻哈哈地闹腾到很晚。

杨巡看着心里很满足，大年夜之前，他开着车子载弟弟妹妹回了一趟老家，站在妈妈坟前的时候，他心里挺自豪的，他把这个家撑下来了，而且弟妹们都不错。可见做老大的未必要学刘慧芳拉着个苦瓜脸。但等兄妹们各自回房看书的看书，睡觉的睡觉，杨巡躺在自己床上又想开了。看来雷东宝那边的事得抓紧办，不办不行。而四星级……他想起杨逦说的话，杨逦讽刺他是向梁思申献媚，还真有这意思，小丫头片子眼光真毒。

那就……不上了吧。杨巡叹了声气，只能如此了。这几个月奔波下来，他的努力也已经是强弩之末。可他心有不甘。只是萧然的那块宝地，他还是不会放弃，拿一块地难，拿一块好地更难，拿到一块好地，意味着无穷可能。

但杨巡正想着，门却被杨逦敲响。杨巡下去放杨逦进来，奇怪老四为什么这么晚找他。但见杨逦一本正经地说要跟他好好谈谈，他也只能摆出好好谈谈的架势，听杨逦说话。

杨逦却还真是认真的，但坐下期期艾艾了好一会儿，才干咳一声道："大哥，我跟你谈谈你和梁思申的问题。"

杨巡吓了一跳，眼睁睁看着杨逦，这疯姑娘怎么了，读大学才半年，怎么变得这般泼辣。但见杨逦也是满脸不自然，他感受稍微好点，勉强做出大哥虚怀若谷的样子，道："你说，你说。"

杨逦深吸一口气，道："大哥，我把你和梁思申两个跟我们寝室里的同学讨论了，大家都说，你们不是一个世界的人，即使大哥你赚更多的钱，都走不到一起。大哥，我觉得室友说得对。不知道你想过没有，你和梁思申怎么沟通？她是个什么样的人呢？我对香水都还觉得稀罕的时候，她却已经不用香水，她只用天然的香料，自己搭配。她没说为什么，但我们猜她的鉴赏水平超过我们不知凡几。她那样的人，可能看得上你吗？大哥虽然走南闯北，见多识广，可见识的都是低层次的东西，我相信你也认识到这个问题，所以你想上四星级宾馆，以摆脱低层次。可我今天认识到你这个想法是错误的，你不可能以开四星级宾馆来提高层次，你应该通过学习高层次的知识来提高自身修养。我建议你把梁思申当作天边的月亮，月亮美丽，你看看就行，可别非要去摘那个月亮、闹猴子捞月的笑话。不，大哥，我不是说你不自量力，而是说你和梁思申不在同一个世界，不能走到一起。可大哥你在你的世界里是最好的，你别生气……"

杨巡摆摆手，阻止老妹越说越错，越错越说的趋势，他已经明白杨逦要说什么，他也知道杨逦的出发点是好的，因此他虽然脸上尴尬，却能接受杨逦的说法，但他实在不知道该怎么跟杨逦一起讨论这种事，梁思申连中饭都不跟他吃呢，这怎么能告诉小妹。他只得避实就虚："你也长大了，你的意见很好，很好……"可杨巡又不能说好在哪里，难道要他表决心以后只拿梁思申当月亮？"要不，你以后和老三一起，制订一个计划，让我看哪些书，怎么提高修养。"

"好。"可杨逦终究还是忍不住，一脸尴尬地道，"大哥，那你答应我们，什么时候找个大嫂。"

对于这个问题，杨巡却一点都不再尴尬，笑道："真是皇帝不急太监急，没见我那么忙吗，哪有时间？没别的事了吧？回去睡觉，我也得睡了。"

杨逦做个鬼脸，但走几步，又折回身，俯身到大哥耳边，轻道："有个老乡跟二哥说，你以前那个戴，这次春节回家过年了，听说她丈夫部队转业留在上海。二哥不让我们跟你说，怕你心烦，我觉得你有知情权。"

杨巡没想到冷不丁冒出个戴娇凤来，一时愣住，杨逦见此溜了。杨巡看着杨逦溜走后半掩的门，一时感慨，这一年忙忙碌碌，竟然没去想一下戴娇凤。这一想，他连忙跳起来掩上房间的门，脑袋里则是左一边戴娇凤、右一边梁思申地厮缠上了。

杨巡不敢再想下去，不是恨或者怒，而是怕，他一直不敢发掘过去与戴娇凤分手的原因，只好承认自己做错了。杨巡勉强自己去想刚才杨逦对他和梁思申的评价，这一想，更憋闷。原来他在杨逦心目中形象那么差，差到梁思申在天，他在地。还两个世界呢。其实他也没太多奢望，只是看着梁思申喜欢，喜欢就凑上去追求，没什么大不了。梁思申最多不跟他吃饭，杨逦着什么急。至于结婚，他信奉的是宋运辉曾经对他说过的一句话："你是个有经历的人，更不能学毛头小子见一个稍有模样的女孩子对你好就贸然结婚。结婚是一辈子的事，一定要认准一个好的，宁缺毋滥。"杨巡心想，不错，女人的味道他尝过，结婚的味道他也尝过，而且现在找个女人也不是太难。但是妻子，他赌气地想，他就是要找个月亮。

而四星级宾馆的计划，虽然心疼，可他说到做到，硬币抛上去的一刻，已决定落子无悔。

第二天，他打电话问纺织局要好的领导，纺织局的宾馆项目进行得怎么样了。纺织局领导正好有事情要问他，他犹豫了一下，终于还是决定，拎起他这几个月的心血赶赴纺织局领导那儿。他向纺织局要好领导透底交出他辛苦做出的可行性报告，包括上海那些主要宾馆特色照片，他也用了一个小时与那领导确定选址A、B、C。他关上门强烈向那领导建议亲手指挥四星级宾馆项目，原因一、二、三。

领导留杨巡一起吃晚饭到半夜，引为知己。第二天给杨巡一个电话，告知二轻局正试点机关职能转变改革，有些职能要取消，有些二轻局下属企业要脱钩，他问杨巡有没有兴趣跟他的一个朋友去旁听有关会议。那位领导提议杨巡留意二轻局这回剥离企业的操作。杨巡一听，只觉得眼前大放光明，好心必有好报啊。

在纺织局那位要好领导的帮忙之下，杨巡与二轻局职能转变试点办的同志热乎上了。岂止是参加有些可以有外人参加的扩大会议，他都能看到第一手的文件资料。他手头很快有了一份剥离企业名单，也有一份市二轻局所有从属企业名单，他拿到名单当天，与杨速一起，花一晚上时间在地图上标注出来，然后一家家地看过去。

但杨巡毕竟忙，第一天与杨速转了一圈，统一思路之后，他得立刻赶去帮助宋运辉办理雷东宝出狱的事情。在家靠父母，出门靠朋友，朋友间彼此帮助。他去劳改农场所在地找到宋运辉推荐的客户，果然，依仗那客户活泛的社会关系，他这回事半功倍。等他回来向宋运辉汇报，基本其他什么都已确定，只剩程序完整走上一遍。具体日子还不知道是哪天，但不会出一个月。

宋运辉知道后，就通知雷士根去农场探望雷东宝，估计雷东宝有些具体事宜需要雷士根落实。只是宋运辉心想，雷士根这种人，敢吗？但不管了，雷东宝说过，只要放他出去，其余都是他自己的事。

06

宋运辉自己都忙不过来，他最近与省市两级商谈东海厂扩容计划。东海厂一期虽然并没太大规模，但对地方而言，已经是利税大户，省市两级都对继续扩容计划很有兴趣，尤其是对宋运辉向他们描绘的出口创汇预期非常热衷。但是事情需要按部就班地办，并不是杨巡那儿做事，说做就做，桌子一拍就行，宋运辉得三天两头跑去省市两地开这会那会，不断研讨不断商谈，还得上上下下做通无数人的思想工作。而今，他的大半精力得花在这种工作上，生产建造等方面的工作，不得不慢慢交了出去。

等来杨巡好消息的时候，他休息日找个宋引还没起床的时间与父母谈话。他告诉父母雷东宝在劳改农场的实际境遇，他最近为雷东宝所做的事情，雷东宝又将于某段时间出狱。宋季山夫妇都是沉默地听着，没问，但也没走开。一直等到宋运辉说完，宋母叹声气，道："也好，也好。"但是宋季山却冷不丁问一句："小辉，你这是在犯罪啊。"

宋运辉沉默一会儿，才回答："我知道，但这回事非得已，下不为例。东宝也说了，只要这回放他出去，以后有什么事，他后果自负。"

"他说是他说，但你不能说事非得已啊。今天是他，明天还会有别的谁，你要下不为例到什么时候？这口子你不能开啊，小辉，你别以为你现在官大了，可以胡作非为了。人是不能犯错的，你别忘了，人要翻船那是太容易了。小辉，这口子你千万不能开啊，你答应我们。"宋季山想到自己几十年的遭遇，对稍一不慎贻误终生的教训刻骨铭心。

宋运辉点头："我也不想做的。可是这回……好，我肯定以后不会再做。"

宋季山夫妇不敢放心，可嘴里还是一道道："那好，那好，我们都相信你肯定不会做坏官。我们一家子吃坏官的苦头吃太多了，你肯定不会学那坏样。"

宋运辉听了发笑，父母当他还是小孩子呢，还"学坏样"。但转念一想就笑不出来，他现在，可也不是什么好官了。其实，他身边哪有什么好官，都是官僚而已。走上那一条道，就只能照着那条道上的规矩，但这话是不能与父母解释的。就像他以前看着水书记是如此灰色，他现今又能好到哪儿去，他现在几乎是水书记的关门嫡传弟子，可想而知，真实的他，若被父母知道，他们该如何震撼和伤心。他决定以后不再与父母议论类似事情，隐瞒到底。

但是心里无法不为父母的殷殷嘱托而叹息。

正好这个星期天是要带宋引去市里学钢琴的时间。程开颜虽然已经从金州回来，宋运辉不知她讨来什么锦囊秘诀，依然以不变应万变，当她透明。当然也不会与程开颜一起送宋引去学钢琴。

星期天的青少年宫，总是有很多家长等在各才艺班的教室门外。宋运辉拿一本书坐在走廊的长凳上看，里面宋引跟着老师学钢琴。这本书是梁思申寄来的，原版的《IACOCCA》。他需要借助阅读维持英语水平。而这样的书，正好一举两得，过去那些书太专业，而今他没精力一手字典一手书地苦啃。

大多数家长围在窗外看孩子上课，正好也有一位孩子家长与宋运辉差不多，坐在长凳另一头啃书。那本书，比宋运辉的更厚。长凳两头的两个人都对周围的嘈杂听而不闻。

等到连宋运辉都冻得有些受不住的时候，终于开始有班级下课。宋运辉合上书，等女儿出来。不由看看长凳那头的另一个啃书的，那人也正好看他。宋运辉看到的是一个脸色苍白形容干净的女子，三十来岁，唯有鼻子冻得通红。两人都做了一下家长式的微笑，三十女子便转脸看向一个教室门，神态微傲。

一会儿见那三十女子从一间教室费劲地抱出一个小男孩来，左臂挂一架电子琴，看似不堪重负。果然，走几步就听那三十女子道："宝宝下来，妈妈背你好不好？"

正好这时宋引从教室里冲出来，扑腾着抱上爸爸的腿。宋运辉忙抱起宋引，与里面对他很客气的老师招呼一下，准备离开。却见那母子还在原地，女子脸色通红，背着衣服穿得圆球似的儿子，一手扶着墙壁可还站不起来。宋运辉一看对宋引道："猫猫，爸爸帮帮那阿姨好吗？你自己走。"

宋引道："好的，爸爸，小弟弟的脚受伤了。"

宋运辉看去，果然。他走过去，微笑地接过孩子抱起来，对那三十女子道："我帮你抱到楼下，背着孩子上楼容易下楼难。"

那女子涨红着脸终于得以脱身，连忙说谢谢，起身整整肩上的大包和电子琴，一手牵住落单的宋引，跟宋运辉下去。三十女子问宋引："小妹妹你学什么琴？"

"我叫宋引，我学钢琴。小弟弟叫什么？学电子琴吗？都学几年了？"

宋运辉听着笑道："老三老四的，问题这么多。"

那三十女子笑道："宋引真乖，小弟弟叫陶令田，才开始学电子琴呢。"

"小弟弟的脚怎么了？痛吗？"

那陶令田在宋运辉怀里瓮声瓮气地道："热水瓶烫的，不痛，妈妈说过，男子汉流血不流泪。"

宋运辉一听，笑出声来，拍拍男孩子道："好样的，小男子汉。"又回头对那妈妈道："这孩子，教得好。"

三十女子微笑道："过奖，他就是淘。宋引爸爸，我自行车在这边。"

宋运辉跟过去，见是一辆二六女式自行车，车后绑着一张小椅子。宋运辉这人向来细心，不由自主伸手测试了一下小椅子的牢度。宋引却拍着他的腿道："爸爸，我们送小弟弟回家吧，小弟弟脚痛呢。"

那三十女子忙笑道："谢谢宋引，不用，不用，不能麻烦你们。宋先生，我来。"那女子已经熟练把电子琴横放到车头，腾出手抱了孩子，准备放后面小座位上。而那自行车正好靠着墙，借着墙的支撑，可以让她做出大动作。

宋运辉不勉强，只伸手帮扶一下车头，等女子放好孩子，握住车把，他才放手。那女子感谢宋运辉的恰到好处，但表现不卑不亢，与宋运辉父女说了再见，推车出去。宋运辉觉得这个女的很坚强，气质难得地沉静，他对这样的人有好感。等车子开出去，却见女的在他们前面人行道上，推车急急地走。宋运辉一想便知，前面挂个沉重的电子琴，后面坐一个已经受伤的小男孩，没几个女子还敢骑着车走。既然看着顺路，有心帮这个难得的妈妈，停车下去道："陶令田妈妈，住哪儿？我带你去。"

三十女子愕然看向宋运辉开的车子，连忙摇头，急欲摆脱干系的样子，陶令田却道："我们住西门，挺远的。"

宋运辉一听，车子都得开好久呢，走都不知道走到什么时候。不由分说，抱起陶令田扔进他的车子，又把自行车扔进后备厢，打开后面车门对着愕然的女子道："请上车，都是家长，帮一把是理所应当的。"

那女子见此也没再推辞，连声谢着钻进车子。宋运辉从她上车那姿势，判断她基本上没怎么坐小车。他自己上车，后面立刻传来女子带着歉意的声音："真对不起，这么麻烦你，昨晚我做了夜班……"

"举手之劳。陶令田妈妈是医生吗？"宋运辉才说完，宋引就在前面拍手道："爸爸猜对了，阿姨身上有医院味儿。"

大家都笑，女子在后面道："小姑娘真是小精灵呢。我是医生，在一院心血管科，大家都叫我陶医生。"

宋引自然不知，宋运辉却从儿子跟妈妈姓里嗅出点不同，但他不是多嘴的。也不用他多嘴，宋引已经在旁边骄傲地道："爸爸是东海厂的宋厂长，大家都叫爸爸宋厂长。"

陶医生大惊，刚才还以为这个戴着眼镜的开车男子是哪个领导的秘书呢，没想到这么有来头。再看那人，果然觉得气宇轩昂。没想到这么大厂的厂长如此好心，陶医生很是感动。但她只说了"谢谢宋厂长"后，便不再多说。反而是宋引和陶令田，一个嘀嘀咕咕，一个瓮声瓮气，说他们学音乐的那些小破事儿。

宋运辉也不多话，他不是个喜欢跟女人搭讪的人，照着指点将母子俩送到家门口，再帮卸下自行车，便告辞走了。感觉那陶医生可能没丈夫，他开着车子送人到门口别太炫目，给陶医生惹麻烦，也弄不好给自己惹来风言风语。

中午回家吃饭，宋引当然是叽叽呱呱将陶医生出卖了。宋运辉看到程开颜一脸紧张，估计她又风声鹤唳上了。奇怪，难道他风流到了见一个爱一个的地步？诸如陶医生以及他厂里那么多好女子，偏偏他女儿的妈妈是程开颜。因为在家吃饭都得面对程开颜，他这么爱家的人都不愿意回家吃。晚上杨巡有事找，他就欣然离家。

07

两人在新开的粤菜馆"南海渔村"吃饭。杨巡与宋运辉说了给雷东宝奔走的细节，又说了他领士根与雷东宝见面时候，雷东宝对士根的吩咐。杨巡很是疑惑地问宋运辉："宋厂长，可能是我年轻不懂事，我怎么看着雷书记这些计划不合时宜呢？以前我看到他扇人一个耳光，别人反抗都没有，现在他什么都没有，他那……还行吗？"

宋运辉摇摇头，半晌才道："不让他试一下，不行。红伟答应我，有大事小事都会向我传达。"

杨巡忍不住补充一句："宋厂长，别说我臭嘴，雷书记这样会闯祸。不怕别的，我最怕连累帮我的那些领导。"

宋运辉很无奈地摇头："我们到那几天好生盯着，别让事态扩大化。市县相关的我都已经跑了一遍，唉……不说了，你弟妹他们上学去了？"

"是啊，寒假没几天，总算今年春节又热闹了一下。一家两个大学生，闹得我都招架不住，非要我看一个马歇尔写的《经济学原理》，不过看下来对思考问题有帮助。它讲的道理并不一定对，可我学到可以从那么一个角度看问题。"

宋运辉笑道："相当不错，你领悟很快。我有个很不上台面的建议……"宋运辉说着自己先笑，这事他自己也做："你要有时间，把那些什么边际成本之类的名词强记下来，偶尔可以活学活用嘛，那些名词可是很上台面的。"

杨巡一愣，随即也跟着笑起来，可不是，偶尔搬出去唬唬人，唬倒一个算一个，显得自己素质挺高的。宋运辉却见到萧然和几个人从门口进来用餐。萧然也看到了他，微笑大步走过来。杨巡见此，只得起身迎接。萧然这回对杨巡客气了些。

寒暄过后，萧然道："梁小姐帮了我很大的忙，她给我的几条提示非常切合实际。合资合同昨天终于签下。本来正准备请外办郑主任引见，明天上东海厂拜访宋厂长讨教呢。梁小姐说，宋厂长是涉外领域的好手。"

宋运辉惊讶梁思申替他牵萧然的线："呵呵，原来明天郑主任过来是这件事，是不是市一机有引进工作需要咨询？"

萧然笑道："宋厂长果然是行家里手。正是。说到引进设备的一系列工作，外办一致推荐东海厂。宋厂长，我能不能派几个办事员去你们那儿取经？"

宋运辉大方地道："说什么取经，大家互帮互助。这样吧，我明天安排一个已经在两家大厂做过两次成套设备进口的负责同志去你那儿建立班子，帮助工作。你只要叫几个英语好的人配合就行。等设备进入后，我再让一个负责外事接待的同志去市一机指导你们国外专家的生活安排和相关安保要求，不过这方面可能郑主任会做得更好。"

萧然忙笑道："那不一样，外事办经验虽多，可有些企业相关方面的问题可能考虑不周全。宋厂长，太谢谢你了。明天让我做东，我们还是这儿吃饭？给个面子。"

宋运辉也笑道："还从没和萧总吃过饭，明天我请。对了，后天我去省里，还要拜见令尊，请萧总帮我美言几句。"

"一句话。对了，哪天梁小姐来，也请通知我一声，我还欠她一份大人情。要不是她提醒我事先做好有些工作，这回还真没这么顺利。"

萧然满意而走。杨巡着实憋气，可也没办法，人家含金匙子出生，命就是那么好，想做什么就能做到，而他计划了那么多月的四星级项目还是得拱手让出，能有什么办法。

杨巡也只能忍气吞声，但他将自己应和二轻局改革的想法跟宋运辉说了。宋运辉一听，很是鼓励杨巡将此事做好。宋运辉回家路上再想到杨巡的想法，更觉这方案值得深挖痛掘，潜力无穷。他回到家里，就一个电话给梁思申，建议总是把投资中国挂在嘴边的梁思申也考虑杨巡说出的方案，寻找其他比如她父亲所在地区有没有同样改革正在进行。相比于杨巡，他相信梁思申的外资更受欢迎。

杨巡大清早起来，惊讶地接到梁思申的来电。电话里，梁思申字正腔圆地问他"您吃了吗"，他惊讶了一下，连声回答："还没吃，还没吃。你呢？"

梁思申却在那边笑嘻嘻地道："那您忙什么呢？"

杨巡终于听出梁思申说话之后"嘻嘻"的笑，便也半真半假地笑道："早起背唐诗呢，今天背李白的《将进酒》。"

梁思申又是笑道："对不起，我刚向华裔同事学了几句话，知道你不会生气，在你面前亮亮。我也正背唐诗宋词呢，免得回国时候总让人笑话没文化，你喜欢李白吗？"

杨巡顿时背后有细细冷汗滋生："说不上喜欢谁不喜欢谁，只是看着李白的诗对胃口，你看这句：'将进酒，杯莫停。与君歌一曲，请君为我侧耳听。'写得多好，我们喝酒喝痛快了也是那样，最好是上哪儿唱卡拉OK去。再看杜甫的，愁眉苦脸的难受。"

杨巡本来横下一条心想，想取笑就笑呗，他初中生，就那水平。今天还是第一天捧起唐诗来背，谁让他闲得慌。岂料梁思申也是个没文化的，一听杨巡的话，大为投缘，道："我也是，我跟人一说我要背唐诗，他们就一致推荐李杜，可是我也看着杜甫难受，自觉把这个杜想象成杜牧，那就好多了。你比我能干，我现在都背短的，哪天我们比谁背得多。呀，我们说正题。"杨巡比宋运辉可亲，因此梁思申与杨巡说话，反而比跟相识多年的宋运辉说话熟络随便得多。"听说你们那儿二轻局改革什么职能，是不是有一些企业要卖掉？你准备凭此启动你的四星级项目吗？"

杨巡一想，立刻把来龙去脉想清楚，肯定是宋运辉跟梁思申说的，传得真快。"四星级项目打算压后，没资金。二轻局准备剥离一部分企业，但是如果还算可以的，一般早被内部下手，甩出来的都是些没人要的。我大致去看了几家，都是些扶不起的阿斗，真要下手的话，以后工作量肯定很大。我正一家家地比较，你也有心？"

梁思申道："是的，我有心。我昨晚问了我爸爸，他们那边还没正式启动。我有几个问题，买来企业，一定要照原样经营下去吗，可不可以转换经营？原先那些工人，甚至退休人员，都得拿来背上吗？原先的欠债，需要一起继承来吗？原先的应收款我们可以追来吗？还有没有其他历史遗留问题需要留意？外资允许不允许加盟？"

杨巡一听，心中立刻咕噜咕噜冒出点子："这种事情都是灵活的，就跟农贸市场买东西一样，批发是一回事，零售又是一回事，批发的话在政策上的弹性肯定很大，加入外资，那就更优惠。只要有实力雄厚的企业参与，直接越过内部收购，可以要他们本来不打算剥离的企业。但这事得抓紧，改制不等人。我们联手吧。我可以拿出两千万资金。你放心我，钱合起来用，我肯定想办法不让它亏，我做生意以来，除非是飞来横祸，从没亏过。我不会也不敢昧你的钱，我知道你大有来头。"

梁思申听了好笑，但觉得这是实话。"我年初已经在香港注册投资公司，本来是准备给你宾馆合资用的。你介意我占股份的大头吗？我要百分之六十股份。如果你觉得不合理，你不用为难，请直接拒绝。"

杨巡心中顿时冰火两重天，又是高兴，又是担心。高兴的是，梁思申愿意跟他合作，而且手笔不小。梁思申这一出手，意味很多，对他个人，对他未来合资公司的实力，还有他终于可以有个不用戴红帽子的公司，等等，都有好处，可是，梁思申占百分之六十，却意味着梁思申掌控着最终决定权，他虽然拿出两千万，可是他的决定可以被梁思申一口否定。如果公司不是他能说上话的，那还有什么意思？

但杨巡旋即想到，梁思申远在美国，就算是她占百分之一百的股份，钱到了他手里，还不是由他天高皇帝远地支配着？而他，拿出去就是响当当的合资公司总经理。再说，谁都知道，钱落到谁手里，谁是大爷。再加上别说梁思申拿出三千万的实力，冲着梁思申那不知多深的背景，更是意味深远。他无论如何都得先拿下梁思申，将资金引入。

但是杨巡知道，答应得太干脆，那边会起疑心。虽然他没坏心眼，他非常想促成合作，可是他必须用点心机。而且，他用心机是条件反射，这么大的事，想要他不用心机都难。他考虑之下，道："估计你基本上就是提供资金，不参与操作。我作为实际操作者，对于只有百分之四十的股份占有心有不甘。但是我只准备拿出这部分资金，你看……"

"我理解你的意思，我当然更有意增加投入，把你的股份压到更小，可是那对你太不公平。但我如果注资少，公司注册资金实力不够，则缺乏规模效应，你谈批发的时候底气不足，那也不行。你说呢？我相信我的提议应该是比较折中的比例。但我们可以就你应得的合理报酬做出协议，目前还只是一个初步意向。"

杨巡一听，却觉得有劲无处使，忍不住笑出来，梁思申在电话那端听杨巡笑得莫名其妙，奇道："怎么了？是不是我的话犯了政策方面的低级错误？"

杨巡忙笑道："不是，不是，我本来……你别生气，可是你谈判时候实在太实诚了点，自己呼呼呼往外倒条件，也不说好好杀价。没什么，不过这说明你诚心。我也不是别人，我以前多得你无偿帮忙，我也很诚心。报酬方面我不跟你谈，只要做出成绩，我自有分红；做不出，我也没脸要工资。就这么简单合作，你看怎么样？"

梁思申一听顿时满脸通红，确实，她的工作以后台居多，正式的交锋，她有做，但没太实质性的。而且似乎因为规模问题，不需要太多敌进我退的招数。但是，杨巡说得对，她应该可以为自己争取更多条件，幸好杨巡没跟她计较，自觉提出不谈报酬。她一时尴尬地道："那个，我认为我们已经是朋友，是吧？"

这回轮到杨巡轻飘飘地找不到北，迷失了谈判桌上应有的方向感。他爽快地道："这样吧，这事我跟宋厂长谈谈，请他做个中间人。你的钱到这儿，有宋厂长监管着，你可以放心。事不宜迟，我们得立刻动作起来，我今天就去工商局咨询，前期费用我先垫着。二轻局那边我开始寻找更大目标。以后我们经常通电话，有资料，我传真给你。"

梁思申这才偷偷做个鬼脸。这件事她做得甚是冒险，考虑到爸爸对个体户的歧视，她虽然向爸爸咨询了政策，却并没告诉爸爸她的打算，免得爸爸阻挠。然而她相信自己的考虑，因为消息由宋老师提供，那边又是宋老师辖下，她相信宋运辉无所不能。

放下电话，杨巡只觉得儿戏。这么大的合作，就凭这一个电话？杨巡有些没法接受这么巨大的转折，思考再三，也不管杨速正叫他吃饭，他打电话给宋运辉。毕竟他在这边已经是有头有脸，若是身份叫嚷出去，若是以后忽然不成了，还不让人笑话死。他需要宋运辉帮助确认。

但没想到电话打来打去打不通。好半天才终于打通，宋运辉听见是他，就笑道："你们两个人自己搞合作，都来找我干什么，自己好好谈去。"

杨巡立刻明白，原来刚才梁思申占住了宋运辉的电话。他忙笑道："怎么可以，我可得第一时间向宋厂长汇报，要不我去一趟当面跟你说？"

"多大的事情，电话里说吧。难道还对合作不满意？我唯一不解的是，这好处怎么会轮到你头上，你有什么问题？"

杨巡听了这话，一时不知道该不该说，为谨慎起见，他还是笑着道："可是……会不会太草率了一些，才三言两语就确定了？我都有些不敢相信。梁小姐不会是跟我开玩笑吧？"

宋运辉笑道："你这奸商，平时弯弯肠子太多，人家跟你爽直你反而浑身不对劲，是不是？"

杨巡讪笑："宋厂长号脉一流。"

宋运辉这才肃然道："对于你们两个的合作，我放心梁思申，她一向工作认真，说到做到，而且她有资金实力，也有办事能力。我只对你不放心，希望你不要辜负小梁对你的信任。我要知道的还有一件事，你固定资产固然不少，可你手头现金却不多，你合资资金从哪儿来？如果贷款，你准备利息放在哪儿算？"

杨巡忙道："请宋厂长放心，偷鸡摸狗的事我不会做，没必要为这种小事坏了名声。我有绝对把握贷款两千万，利息我自己支付，不会打到合资公司账上。"

宋运辉道："小杨，你是聪明人，你应该知道合作对你有百利而无一害，这回合作，对你而言，可能也是为你打开一扇通往更高境界的大门，希望你珍惜机会。"

杨巡唯唯诺诺。放下电话，这才相信，这事是真的，真得都不需要咬自己一口证明不是在做梦。他回头飞快扒饭，转身飞一样飘出去，投入合资公司相关的前期工作中。

中午时候，宋运辉在招待所宴请萧然一行，不想接到程开颜电话，说她爸妈来了，要他派车去火车站接人。宋运辉一愣，当即想到他那老实巴交的父母该怎么办。他连忙叫秘书去他家将父母接走，搬去杨巡家，将正在上学的女儿宋引也接到杨巡家，留给程家三口一处空房。此后，他虽然派车接来程家父母，却并不安排见面。

一方面，他开始加紧在金州闵厂长那边下手。看起来，程家步步紧逼，他无法拖延。自从程家向他的上级主管部门告状，他已经决心绝不回头。

但他暂时忙得没时间应付程家行动，不管程开颜哭哭啼啼地找工会也好，找妇联也好，不管全厂上下怎么议论，不管有上司打电话过来"关心"，他都不予应付。他忙，忙着跑省城筹措资金。在省城的时候，从杨巡那儿获得消息，雷东宝保外成功。

杨巡先获得雷东宝出来的消息。他立刻打电话转告宋运辉，可宋运辉出差，只好留下话给住在他家的宋季山夫妇，因为宋运辉一天打一个电话回家。杨巡实在不放心雷东宝被韦春红接出来，总怕好事多磨，功亏一篑，虽然自己正在忙的关键时刻，还是决定将手头事情放一放，赶去劳改农场亲自办手续。

杨巡见到也来迎接的韦春红。相比去年雷东宝刚入狱时候，韦春红脸上滋润了一些，人也丰满了些。等在外面的两个人心情自然是不一样的，杨巡想着早完早了，他可以赶回去继续洽谈二轻局两家相邻厂的收购。而韦春红则想着尽快见到丈夫，终于可以团聚。

雷东宝终于出来，穿的是韦春红刚送进去的家常衣服，整个人因为瘦了近一半，看上去反而精神。雷东宝出来看到杨巡，显然有点意外，计划中杨巡不用来，而是韦春红接了他先回市区的家，休整后再去小雷家。这一年来，虽然雷东宝也知道杨巡为他奔走都是为宋运辉的缘故，可到底是杨巡为他做了不少事，他对杨巡开始另眼相待，不再只拿他当后生小子。

再看韦春红，描眉画鬓的，一脸喜气。雷东宝毫不犹豫坐到后座，与韦春红扭坐一起。不过嘴里一点不落空地吩咐："小杨，辛苦你，当天回去。"

杨巡笑道："不找个旅馆先住一宿吗？"

韦春红早已笑骂："扯你娘的臊。"

杨巡哈哈大笑，可也只能对后面两个不闻不问，专心致志地开车。一路拖拖拉拉，直到下午三点多才到了市区。但这时睡了一觉醒来的雷东宝却吩咐杨巡立即转头，去小雷家所在镇。不说杨巡吃惊，连韦春红都奇道："刚才不还说先回家看你老娘，先洗个澡吗？不急呢，后天才安排小雷家的欢迎仪式，你妈清早炖好黑枣蹄膀等着你呢。"

"这不是才想到我提早出来了吗，今天星期六，一定要今天去了镇里，后天才能回小雷家。明天再去镇里，还找个鸟毛，人都没有。"

杨巡不晓得雷东宝为什么忽然要去镇里，之前都没跟他说起。但他今天反正是车夫，尽到车夫责任就行，多听多做少说。但韦春红立即警觉地道："去找镇里？那小杨赶紧回我家饭店，我们拿几条香烟。"

"拿烟干吗，我给他们送大礼去？只有他们谢我，没我求他。"雷东宝不愿。

"大礼？什么大礼？公事还是私事？"

雷东宝不耐烦地道："别多问，公事。"

可韦春红还是尽职地道："公是公，私是私，你再天大的大礼，进门还要跟人赔个笑脸呢。去吧，小杨，辛苦你去我店里。"

杨巡一直没插嘴，但心里嘀咕，究竟是什么大礼让眼下几乎与镇里反目的雷东宝可以成为座上宾，而且，看雷东宝的意思，后天还得凭今天镇里的一趟，才能荣归小雷家。什么大礼这么灵？杨巡百思不得其解，他当然也不会问。反正他把雷东宝顺利接出，送到家里，任务算是完成，不便节外生枝。

雷东宝到家看韦春红忙碌，却问杨巡："你在这儿有几个有好车的朋友？"

杨巡不知什么意思，摇头道："我在老家几乎没几个朋友。书记要车办事？那我再留两天。"

"你的车……还不够好。小辉怎么联系？你让他立刻给我打个电话。"

杨巡不晓得雷东宝找宋运辉有什么事。等韦春红拿了香烟出来，夫妻俩一商量，跳上韦春红的摩托，留杨巡在饭店吃饭休息。杨巡见此便告辞了，去老家转一圈，飞车回去。

但杨巡走到半路，忽然想到打官司的时候那位负责清理小雷家资产的副镇长手段强硬，及其在镇上对雷东宝在小雷家村影响力的彻底铲除，知道了那些的雷东宝在农场束手束脚地憋了一年之后，以他的火爆性格，会不会……

想到这些的杨巡想回去，可想到那次他对宋运辉说出疑问时候，宋运辉的无可奈何，他思量之下，没有回头，继续走回家的路。不管如何，雷东宝的事终于暂时告一段落，他杨巡很有路边找家庙，进去烧灶高香的想法，保佑雷东宝万事顺心，他终于可以全心全意投身于自己的事了。

因为与梁思申的合作非常刺激。他当然是因为某些方面的原因，上紧了发条似的将自己的工作节奏快上加快。他有意跟梁思申竞争，你的思路快，还是我的思路快，你的行动快，还是我的行动快。因此，他不得不全身全心地投入，快马加鞭地运作，而且乐此不疲。

但他即使年轻，即使精力旺盛，车子开到半路，他也实在困了，这两天都几乎跑在路上。他裹上大衣在后座打了个盹儿，冻醒了才又上路。好歹坚持着到了家里楼下，却看到宋运辉的车子也停在楼下，很是显眼。

杨巡也没在意，关上车门就要往楼道走，却听身后有人喊他名字，回头看去，是宋运辉从车里探出脑袋。杨巡一想就笑道："对了，宋厂长你没钥匙，我带着，我们上去吧。"

宋运辉有点嘶哑地道："上来坐坐，才不到五点，我们不上去打扰。"

杨巡一想也对，就算是他有钥匙，可晚上时间，门肯定反锁，上去就得吵醒全部人。他转到副驾驶位置，进去坐下，对宋运辉笑道："回来会儿了吧。"

宋运辉说话有些瓮声瓮气："也才刚到。没想到有段路面赶什么检查抢工修好了，一路太顺，早到了也不好。你那边怎么样？你做事周全，到底还是去了一趟。"

杨巡笑道："都最后一关了，想来想去还是去一下，不能马虎。还幸好去了，本来说好正明去接，结果有事没去，只有韦嫂子一个人坐长途车去。雷书记倒是没说什么，可我想雷书记不会没看出问题来，正明不去，小雷家两辆桑塔纳又卖了，派辆小平头跟韦嫂子一起去总行吧。"

宋运辉闭目一想，对，这是个问题。雷东宝出去，最头痛的是谁？是目前已经掌权，又如鱼得水的。"大哥回去，有的苦头可吃了，但愿他别做得过激才好。"

杨巡这才说出自己的疑问："雷书记昨天下午一定要去镇里，还说不去镇里，星期一就别去小雷家了，又不要我送他去镇里。对了，他说要给镇里送份大礼。"见宋运辉闻言惊起，杨巡忙补充道："肯定不是行贿，雷书记还说，他送那么大礼去，都不用带上香烟送人。"

宋运辉眨眨疲倦的眼睛，想半天想不出来，叹道："他意识到有问题就好，意识到就能解决。"

七点左右，宋运辉打电话到韦春红那边询问雷东宝要他做些什么，接下来究竟准备怎么做。说实在话，他对雷东宝，远远不如对杨巡放心。雷东宝那边倒是早起来了的样子，说话声音依然震响，说了会儿回家感受后，又要宋运辉谢谢杨巡，说杨巡很周到。

"小辉，你忘了元旦跟我说的话了吗？"

"对，可是你没当回事。"

"谁说我不当回事，我只是一定要出来。等会儿镇里的几个领导会上来，我们中午一起吃饭，继续商量。我跟他们说，他们也看到了，派谁下去小雷家都不灵，没人管得住。小雷家只有我行。我答应他们，小雷家村集体经济改镇集体，以后归镇里所有……"

"换他们支持你回小雷家主持工作？"宋运辉立刻明白过来，倒吸一口冷气，怎么都不会想到，去年还考虑着想把村集体所有转化为村民所有的雷东宝，会想出倒行逆施的主意，而这，只是为了他重新掌权。

"对，不然我名不正言不顺，靠士根做传话筒，传到什么时候，弄不好还给抓进去。"

"可是你把村集体交给镇里……"宋运辉才说出半句，客厅里的杨巡听到，嘀咕了一声："那不是把小雷家出卖了吗？"宋运辉一听，对，就这意思，他对雷东宝道："怎么跟村里人交代？"

雷东宝道："村里人对我交代了没有？除了这个办法，你难道还有其他高招？"

宋运辉愣了会儿，道："难怪忠富不肯回来，他是个最明白的。大哥，你会毁了你的名声。"

雷东宝不容置疑地道："小辉，你错了。老话说，有奶便是娘。只要我回去，坐稳了，我还是他们的父母官。你帮我一个忙，替我借辆好车，让我回去用三个月，让他们看看我身后有人。"

宋运辉一再地无话可说，没想到雷东宝现在竟然如此不择手段。可再想，又无可厚非。虽然世人为了权可以不择手段，可是，雷东宝终于也走到这一步，宋运辉竟然很是不能接受。但他只是跟杨巡说了别泄露风声给小雷家人，就不想多说，那种钩心斗角尔虞我诈，有什么可大惊小怪的。他也没帮雷东宝解决一辆好车，他不愿卷入那样的倒行逆施。小雷家，以后不再是他心中的小雷家了。

08

回头宋运辉坚持自己送女儿去学钢琴。没敢让父母送，知道程家父母正虎视眈眈，他怎么可能放心。但是他累，将女儿送进教室，他自己坐长椅上打盹。不知不觉睡了过去，而且睡得很沉。走廊上人来人往，他都没醒。

不知什么时候，他被身边熟悉的叫闹声吵醒，不满地睁开眼睛，却看到程开颜一手紧张地扯着宋引，一手指着陶医生斥骂，声声痛骂陶医生抢别人丈夫。而陶医生则是站着没说别的，最多一声"告诉你，你误会了"。再看，竟然程母也在程开颜后面骂，而程父在后面掠阵。宋运辉一看吃惊，忙起身道："干什么？"

程母这时掉转枪口，厉声问道："小宋，这是怎么回事？原来你不回家，找的是这个相好。这女人是谁？我们向他们组织反映去……"

程母的指责声中，陶医生把手中拿着的包交给宋运辉，冷冷道："刚才看到你睡得包掉了，帮你拿着，孩子下课，先帮你带着。多大的事儿，我走了。"

宋运辉迷迷糊糊中这才弄清是怎么回事：程家找不到他，才今天来少年宫碰运气。见程母拖住陶医生不放，忙道："搞什么，你们别诬陷好人，吵吵闹闹让孩子看着不好。妈，你放手，不要牵扯别人。"

程母激动上了，哪里肯放，眼瞅着女婿睡着大觉，旁边一个女人贴心地管着女婿的包拉扯着她的外孙女，这场面还说没问题，骗谁呢。"小宋你干吗护着她，啊，你说，你们到底怎么回事？你告诉我她哪个单位，我找他们领导去。"

宋运辉怒道："你们想干什么？放手！程开颜，放开猫猫。"

程母硬是不放手，但程开颜看到宋运辉眼睛盯过来，赶紧将女儿放了。宋引吓得立刻跑进爸爸怀里，只有程父一直沉着脸在后面看着，一声不吭。而此时陶医生见宋运辉的解救没法让她脱身，只得取出日常放在包里防身的手术刀，比画着冷冷地对程母道："你这只手再不放，我这刀切下去了。你放心，我不会伤你主要血管和神经，但你会觉得有点痛。"说着，不由分说地，手势娴熟地切了下去。程母嘴里一声"你敢"都还没滚出，就眼看刀子无情落下，她不由自主就缩手进去，一张脸都吓白了。陶医生冷笑一声，脱身而去，不做他顾。

宋运辉在后面心说惭愧，一宿没好好睡觉的脑袋吱吱地痛，看着严阵以待的程家，他只能无力地问："你们要怎么样？我把猫猫放车上去，我们另外找地方谈，行不行？"

程父这才慢条斯理地道："你们都平静。小宋，看在往日情分上，你给开颜机会，也给我们机会，这段时间我们看着开颜，盯着她做个好妻子。你看开颜表现再决定去留，就算……你看看我们老面子。"

若不是明知程家进京告了他，坏了他的大计，程父今天的理性还真让宋运辉动容。但面对老程如此的软话，他也不能继续强硬，只得用缓兵之计："我一夜没睡，没法考虑。你们给我一天时间考虑，我明天答复你。"

"明天还找得到你们吗？又要我们下星期来这儿守着？你厂里都不放我们进去。"程母情绪依然激动，"这不是什么难题，很容易，答应还是不答应，简单，你难道还要我们跪着求你？"

宋运辉看看女儿，见女儿一张小脸涨得通红，满脸都是紧张，他焦躁起来，只得屈服："你们回去吧，我立刻搬过去。"但程母道，"猫猫跟我们走，否则我们不相信你。"

宋运辉惊住，但瞬间一张脸冷下来，脑袋突破疲累，恢复冷静。他对程父冷冷地道："爸，别逼我撕破脸皮，拿你们儿子挟持你们。他在海南做的事，我可以压闵厂长一年不处理，也可以鼓励闵厂长从重从快。那是最高坐牢七年的事。你们让路，我不会考虑重修旧好。现在只有一句话：好合好散。算是看在过去的分上。一个月内，手续我会派人上门办理，一个月内你们不答应办理，我处理你们儿子。但不管怎样，一个月内，我把你们女儿调回金州。"

"宋运辉，不要欺人太甚。"老程也终于按捺不住，怒形于色，"别仗着你还在台上，你走着瞧……"

"我已经走着瞧了，怎样？我好好的。你可以继续找人，继续破坏东海的大事，但请你认清现实，我起码还有三十年在台上。我还是那句话，你为儿女留些余地。好合好散的话，我还可以照顾他们这辈子不受欺负。"宋运辉毫不犹豫打断老程的话，压倒一切地说出他的想法，但他不得不将一只手按住女儿，不让女儿看见场中的一切。

"不，小辉，我是猫猫的妈啊。"程父程母都憋一肚子火却不得不留有余地，终于程开颜大声哭喊出来。这一哭，引得宋引哭得更大声。

但宋运辉依然冷冷地道："猫猫不需要你。"说完，大力推开挡在中间的程开颜，擦过程父离开。既然女儿都已经看到，他也豁出去了，似乎听见后面有惊呼声，但他没有回头，大步离开这是非地。

宋运辉的身后，程父没顾得上女儿差点被宋运辉推得摔倒，而是半眯着眼看着宋运辉的背影沉思。一路之上，不管程母如何愤恨地痛骂，程父都没开腔，他被宋运辉今天截然不同的表现惊住了，他需要重新思考。

回到家里，立即接到儿子气急败坏的电话，程父没听，让老妻接听后转达。他紧抿着嘴只挤出一句话："下手真快。"连宝贝女儿程开颜一路的哭哭啼啼他都没管。

一直坐到中饭桌上，程父才开腔，对女儿道："你现在看看，这辈子，对你最好的人是谁？"

程开颜听这问题问得意外，看了眼妈，才道："当然是爸妈。"

程父叹了声气，道："是啊。爸爸这辈子最宝贝的也是你和你哥哥。每回想到你一个人在这边不知道好不好，爸爸经常担心得非打一个电话听听你声音才能放下心。开颜，回金州吧，回爸妈身边来。"

"老头子……"不等程开颜回答，程母先惊呼起来。

"没办法啦，看明白点，宋运辉这个人有老水的手段，更有老水没有的底气啊，没办法啦，时代也不一样啦。你们看，现在外向型干部，他是；技术型干部，他又是；年轻化专业化，他都占。上访结果呢，我又知道，东海现在大上项目，死活就是离了他不行。而且现在厂长负责制，厂长越来越一个人说了算，他在这边呼风唤雨，连金州的闵都跟他交好，我们除了答应他离婚，还能怎么办？看今天这架势，我们要是不从，我们走后，开颜会被他搞得骨头渣子都不剩，还是自己走，彼此留些余地吧。"

"不要，爸，他以前对我一直很好的。一定是他外面有了人，只要把那个人除掉，他还是会回到我身边的，我们还有猫猫，猫猫要我。"

程父悲哀地看着女儿，看来女儿不会明白，那个子虚乌有的美国女孩和今天刚遇到的一个孩子妈，都不可能是。两个人是不是有关系，演戏本事再好也看得出来，宋运辉与那孩子妈没目光交流。以宋运辉那算计，外面有人的话，那是绝对不可能让家里知道半点风声的。别说是外面有没有人，这几天他们商议怎么揪住宋运辉的时候，他都发现女儿其实对宋运辉在外活动一无所知，只知道宋运辉清廉得常给家里人上课，不许收受他人礼物，这样的一个人，简直严苛得不是人。这样的一个人，哪会像他儿子一样浑身把柄多得跟小姑娘的辫子一样。而这样一个人，只要离了心，别说是他女儿，他都不愿与这样一个人做对手。

程父强压激动，道："开颜，乖，听爸爸的，相信爸爸做的肯定是对你最好的。"

程母激动地道："老头子，这么放过他？没见他拿我们当什么人了吗？"

程父深深叹息："不是放过他，而是放过我们自己。你看他拉下脸的样子，你跟他斗得起吗？他现在正如日中天，我已经日薄西山，不是对手了。放过自己吧，别不自量力。"

一家人吃饭吃得没滋没味的，程母一直摔东摔西，程开颜一直啜泣，而程父时时叹息。等吃完饭，程父叹了好几声气，主动给宋运辉打电话。那边，宋运辉也是刚起床吃了一些，一听到程父的声音，全身细胞进入一级战备状态。

程父稍微调整了一下呼吸，平静地问道："小宋，你和开颜，以前可是自愿结婚？"

宋运辉道："以前以为是。"

"好吧，我以前是不是将经验倾囊相授？"

宋运辉不知道老头子问这话是什么意思，但不愿否认事实，就答："是。"

"我以前有没有竭尽全力提携你？"

"是。"宋运辉想了想，没把"但是"说出来，等待程父的下文再说。

"开颜妈是不是有好吃好喝的，都惦记着给你也留一份？"

"是，谢谢妈。"

"你和开颜，总有一段美好时光，有没有？"

"有。"

"我们曾经是一家人，是不是？"

"是。"

"开颜有没有大错？"

宋运辉一愣，张口结舌。那边程父也不说话，耐心等待宋运辉回答。这一刻，宋运辉意识到，他再找多少理由，都无法掩盖一条事实，结婚至今，他变心了。他犹豫良久，才勉强挤出一句："没有。"

程父深深叹一声气，道："好吧，就这些，希望你永远记得这几句话，你叫人来办手续吧。"

宋运辉简直不能相信自己的耳朵，盯着"呜呜"作响的电话好一阵子都没回过神来，心里开始隐隐生出负疚。他在电话边愣了许久，回头抱住哭过后眼睛依然青肿的女儿，但心中犹豫许久，还是下定决心：离。可心中也清楚，他心虚，他无法再为自己找任何理由。

可他终于可以搬离杨家，索性迁到市区宿舍的别墅。向父母解释缘由的时候，他见到父母一起难堪地沉默，他也难堪，可他瞒谁都不能瞒父母。宋母后来翻来覆去的一句念叨彻底击溃了尚在庆幸终于获得程父首肯的宋运辉："我们家怎么会出个陈世美啊。"宋运辉惭愧至极，在家，在心里，都不敢再提程开颜如何如何之愚钝。在厂里，也不敢强力干涉离婚进程，一切低调处理。

09

而雷东宝用一个礼拜天的时间与镇领导达成交易，星期一骑着韦春红的摩托车，到镇上与领导会合，一起赶往小雷家。才到小雷家路口，早有人发现通报进去，顿时里面敲锣打鼓，鞭炮震天，好多人涌出来迎接。看年龄分布，无组织无纪律迎接的人大多是父老乡亲，都是些断了财源、如今非常朴素地惦记着雷东宝好处的人。

而敲锣打鼓列队欢迎的，则是在村集体工作的工人。这一切，原本就是雷东宝安排给士根的任务。他在锣鼓喧天中，轻轻对原本有些将信将疑的镇领导道："看见没？"

领导深信不疑，伸手拍拍雷东宝的臂弯，以示确认。而这情形，又看在小雷家诸人眼里，这无异于以事实向众人说明：政府依然支持雷东宝。

雷东宝看着眼前这一切，得意扬扬地想，幸亏宋运辉元旦提醒了他，进一步击破他心中仅剩的一点点幻想，让他终于能够将自己摆在最坏的绝路上思考问题，解决问题。这一想明白，眼前一切就跟唱戏一般，好玩。其实宋运辉说什么人际关系复杂而复杂，复杂个头，清楚得很，那些叽叽歪歪婆婆妈妈的都别管，抓大放小，直奔主题就是。说到底，谁还不是盯着自家眼里的那一块好处？最要紧是弄清楚好处是什么，谁跟那好处有关系。

雷东宝看到，士根在，红伟在，正明在，四宝在，四眼会计在，该在的都在，没想到忠富也在。大家热烈握手，说的话八九不离十，都有那么一句："书记，你可回来了。"而此时，雷东宝既非党员，自然更非书记，旁边的镇领导听着多少有些尴尬。雷东宝对这些小细节却是从不讲究，觉得大家这么喊也是理所当然。他握住忠富手的时候，问道："忠富，我回来了，你什么时候回来？"

忠富嘿嘿地一笑，道："书记，我正要跟你说说，早等着你回来这一天呢。"

"好，要的就是你这句话。"雷东宝伸手拍拍忠富的背，拍得忠富全身地动山摇，痛苦不堪。

终于簇拥着来到晒场，四眼会计递上话筒。士根还客气着说先交给镇领导，雷东宝却早一把抢过去，也没坐下，就扯开嗓门说了。"同志们，我回来了。我是大老粗，前段时间犯了错误，可领导看我本心是好的，安排我重回小雷家。领导说我本心好在哪里呢？我好在，有钱大家赚，有机会大家上，小雷家人抱成一个团，发财一起发。好了，现在请领导讲话，安排工作。"

当然，领导才不会说雷东宝那样没水平的话，领导先说了一大堆惩前毖后治病救人之类的话，然后才开始安排工作。雷霆公司恢复工作，辖下是所有小雷家的村集体实体。公司由镇政府委托雷东宝全权负责，镇里派遣原工办会计替代雷士根，雷士根专职任村党支书。雷霆公司恢复工作后的第一项任务，是恢复小雷家村集体经济的活力；第二项任务，是在公司平稳发展的基础上，在镇政府的宏观指导下，试点实行规范化的股份制改造，争取走在全市股份制改造乡镇企业产权归属的前列。

台下众人都被镇领导的话震得晕晕乎乎的，雷东宝也说不全那一大串的什么产权什么股份之类的名词，但他清楚，这是他与镇领导昨天一天谈判得出的结果。他们昨天讨论得很明确，雷东宝想，既然事实最可能如宋运辉所料，他雷东宝最终被小雷家的既得利益者送回坐牢，那么，他必须有针对性地想方设法地抓住绝对控制权。他想抓住控制权，就必得引入名正言顺的外力，强压现在的掌权者，如士根、红伟、正明等，那就只有依靠镇政府。而镇里如何名正言顺地进入小雷家集体，又是一个问题，总不能一纸文件，把小雷家自身发展起来的企业收归囊中，镇里的领导经过讨论，又请示市里之后，终于得出股份制改造这一条新鲜的路子。雷东宝对于名词不懂，但是对于镇里拿几份村里拿几份个人又拿几份的条码争得清楚得很，最终确定，镇里拿走百分之四十的股份，村里以地折价拿走百分之三十，而公司全体职工拿走剩余百分之三十股份的初步方案。但是，这些设定方案，镇领导在会议上都没细说，不仅是条例还有待完善，最主要的是，还得看雷东宝能不能有效积极地恢复现在发展得有些畸形的小雷家集体经济。经济平稳发展的基础上，才能谈改革。

因此，与会村民能看到的听到的，就是那么一个现象，雷东宝以前是作为村党支书来管理小雷家村，而现在则是通过镇政府委任，来管理小雷家村的集体经济。这里面细微的不同，那些当权者自然能听得明白，但是对于大多数人来说，只要雷东宝回来就好，反正他有本事，权到他手里，等于大家又有钱花了。现实已经表明，小雷家离不开雷东宝。

因此，等镇领导发言完毕的时候，下面掌声热烈。令镇领导明显感觉到，这一年来，他们靠行政命令都无法挽救的小雷家，是那么如饥似渴地等待着雷东宝的归来。这一刻，镇领导心中也对雷东宝充满期盼。

只有士根越听越心惊，虽然他坐上村党支书的位置，可是，为什么把他排斥在村经济实体之外？为什么要从镇工办安排下来一个会计？谁在不满意他前阵子的表现？他不由想起当初宋运辉在电话里斥责他的那些话，会不会宋运辉也认为是他害了雷东宝呢？本来是满心欢喜地安排了这欢迎雷东宝归来的场面，而现在的雷士根则是心里有些凉。

镇领导安排下工作后，在锣鼓声中打道回府，而雷东宝则是开始行动。他第一个来到登峰电线电缆和电解铜厂，了解账目。此去，他带上的是镇里委派的会计，而不是雷士根。虽然他已经进一步清楚了雷士根的为人，但他打定主意，再也不能用这么一个一点活变都没有的人管理财务，他这一回因雷士根而跌得够惨，他又不是不知道问题究竟出在哪里。他怎能在同一个地方再跌倒一次，索性卖一个好给镇里，让镇里派一个人来管住小雷家的钱，其实因为他以前也知道找一个合格的财务人员有多难，而找一个能放心的更难，机关派出来的人，自然是镇里考察过的，以后即使有问题，那也是镇里承担责任。

雷东宝虽然以前被宋运萍教会看报表，但他自己也清楚，他再怎么能干，也没眼前这个久经工业企业的老会计眼睛尖，他就听镇里派来的会计汇报。一边听，一边与登峰办公室里的旧人们东拉西扯。他才坐牢一年，登峰的人事没什么变化，基本还是老一套的班底，是他扶着正明建立起来的。大家最先还有点不熟悉，但几句下来，又一切照旧，反正正明是厂长，而雷东宝是太上皇。

一上午下来，雷东宝已经了解个八九不离十。他开口指挥办公室人员安排工办会计的中饭，他则起身道："正明，我没地方吃饭，中午这顿吃你的，多给我上猪肉。"

正明一听就笑了："书记，我早让我太太准备了，你就是不说我也要拉你去。本来还想，今儿中午轮不到，就晚上，晚上轮不到，等明天，反正菜放冰箱里也不会坏，总能等到书记。哈哈，结果是我拔了头筹，书记请。"

雷东宝笑嘻嘻出去。正明紧紧跟上，道："书记，这回本来说好去接你，结果正好铜矿那边来人，你也知道铜矿那边一向尾巴翘得老高，只好临时连夜跟嫂子赔不是。你要生气，打我骂我都行，千万别记在心上。"

雷东宝道："你他妈的小兔崽子，我当然知道你不敢跟我玩心眼。你要玩心眼也犯不着今天这个时候，以后多的是给我下套的机会。走，去你家，你什么太太，拗口不，老婆就老婆。"

正明这才稍喘一口气，但也是因为拔得头筹，到底是壮了一点声色。他如今与村里对着干，总是担心雷东宝回来拿他祭刀子。

但才走进正明家，雷东宝在簇新的黑皮沙发上坐下，就一点不客气地道："正明，把你的第二套账拿出来。"

正明一惊，看着雷东宝犹豫地道："书记……哪儿来第二套账？"

雷东宝指着正明道："少给我装糊涂，你那些糊涂装给士根看还行，给我看你还嫌嫩。你这个月排的轮班我已经清楚，别人看不出你产量，我能看不出？你别在我面前装神弄鬼。今天来你家吃饭，我们两个人说，是给你面子，让你以后还有脸坐那位置，你要拎不清，你看看我的下场，明天就是你的。"

雷东宝一点都不客气，也一点都不顾忌自己眼下的敏感身份，他以最理所当然的态度，大拳毫不犹豫地砸向正明，打得正明措手不及。正明一时傻了，捧着刚泡的茶跟泥塑木雕似的站在原处，动弹不得，不知道该承认，还是否认。但心里却是非常清楚，雷东宝一句话就抓住了事情本质。也难怪，当初那排班、那工作量、那考核，都是在雷东宝支持下制定，并在其压制下执行，雷东宝不知道其中关节，还有谁知道？但是，那第二套账要是交出，等于透底交出登峰的管理权。如果说，雷东宝把整个小雷家看作是他雷东宝的，那么这一年下来，正明也是早把登峰和铜厂都看成是他自己的。一年含辛茹苦地撑下来，现在要他交权，他怎么舍得。

雷东宝不催，坐沙发上盯着正明，等正明说话。

正明的妻子吓得都不敢出来，窝在厨房轻手轻脚。而正明一直等着雷东宝开口，雷东宝却是硬不开口，舒舒服服坐沙发上盯着他。正明终于承受不住，道：

"书记，你这话是哪儿说的……"

"拿出来，少废话。"

"可是书记，你也最清楚，登峰好不容易给救活，还是东海厂拿一笔预付款给救活的。书记，登峰是你下最大心血扶植起来的，你忍心看着它又倒下吗？铜厂才开始走上正轨，我正等着它出效益，要是你把钱拿去全分给那些年纪大的，我还拿什么运转厂子？……"

"小子，我跟你说什么了，你跟我废话一箩筐的？老实点，拿出来，我要看正确的。"

正明一听，咂摸出另一种味道，无奈磨磨蹭蹭地上楼去，搬出一袋子的账，交给雷东宝。雷东宝掖了第二本账，暂时没看，依言接受正明的款待。而正明此时已经明白，来者不善，他开始惴惴不安，担心自己地位失去。他手中的地位，士根难以剥夺，下面人难以反水，只有目前有镇政府支持的雷东宝可以轻而易举地拿走。就跟过去雷东宝没出事前一模一样。雷东宝能给他，也能剥夺他。

"书记，你……你准备……"正明想到书记出事时候，他没跟红伟、忠富一起反水，这回书记出狱他又临时变卦没去迎接，这些往事，放谁身上都记仇，雷东宝刚才虽然说没关系，可真没关系吗？

雷东宝道："你原来怎么干，现在还怎么干，一切行动听指挥。"

正明心中万般不愿，尝试了大权独揽之后，谁能舍得交出。但看雷东宝的眼神，现在只说明一个意思：屈服！不屈服滚蛋！正明的心在屈服与不屈服之间徘徊，皱着眉头一时无法表态。

而雷东宝又紧追一句："想好没有？"

正明终于壮起胆子问："书记，你能不能把未来计划跟我说说。比如会不会把钱抽走，比如会不会压缩登峰，支援其他几个……比如现在几乎等于关闭的养猪场？如果你这么做，我反对。"

雷东宝环眼一瞪："你凭什么问我？我只要你回答，答不答应我的话。"

正明暗暗吞一口唾沫，在雷东宝的逼视下终于喃喃地道："我……我当然全听书记的。"

"对嘛。"雷东宝举起酒杯，要正明干上一杯，这才罢休。但这顿饭他才吃了一半，就推杯离开，撇下满脸郁闷的正明夫妻俩，走进忠富家。

忠富对于雷东宝的突然出现，有些意外："书记，你不是在正明家吃饭吗？这么快？"

雷东宝笑道："吃一半想到你了，赶紧过来……"

忠富笑道："书记，在我们家接着吃下半部分。不过你别劝我回小雷家，我那边已经盘活，离不开了。那边赚的都是自己的，赚得多，不想回来。"

雷东宝没想到忠富一口堵死他，愣了会儿才道："我亲自请你出山，你也不肯？"

"书记，我做人一向一根筋，什么钱多做什么，而我自己挣的钱，谁也别想拿走。以前给村里挣了不少，也够我报答村里对我的培养。书记，我不是针对你，但我真不肯回来了，请你千万谅解。"

雷东宝眼巴巴地看着忠富，好一会儿才道："好吧，你做你自己的去，我支持你。有机会你也支持小雷家。这里是你的老家，外面有谁对不起你，你回来招呼一声。唉……你还是不肯回。"

忠富听了这话反而愣住，平常斗志昂扬的雷东宝会说出你敢不回老子开除你村籍开除你五服之内亲戚村籍之类的话，他本来等着今天回应，没想到雷东宝说得这么温情。忠富反而软了倔强的头颈，举起杯子道："书记，对不起，我开小差走了，没能坚持跟着你干，这杯酒，我自己罚了，但只要你需要技术指导，一句话，要啥有啥。"

雷东宝没让忠富独喝，陪着一起干了。他吃菜喝酒，想了好一会儿，才又道："本来想要你回来重新启动养猪场，相信你只要一点点启动资金就能很快扩大。我们的底子还在。可你既然不来，交给别人的话，这启动资金就不是小数目了，我暂时拿不出来，猪场还是停着吧。忠富，这一行你熟，你帮我找找，有谁家要承包养猪场养殖场的，我们把它们承包出去，你也可以回来承包嘛。"

忠富依然不能适应雷东宝对他这么客气，他忙笑着道："书记，我会尽力。你去年叫士根分块将猪场承包出去，这本来是好主意，可士根没胆魄，做不出大事，你说多少价格，他一点不敢改动，怕人说他自己捞足好处把猪场低价包给别人。书记，只要你肯灵活价格，能高能低，我会找人来承包。"

雷东宝道："有数，这事以后我自己管。你跟人去说，多承包，就批发价，便宜。这是没办法的事。再有，承包一年，是一年的价；承包两年一次性付清，我给他们打八五折；承包三年一次性付清，我打七五折给他们。我们优先便宜那些承包三年的。这年头，我才听说银行利息又涨了，又来保值储蓄，我打七五折也没什么太吃亏。"

忠富叹道："人跟人不一样，书记，你早这么跟士根说，现在猪场肯定兴旺。现成的有几个朋友想包猪场，我跟他们说说，包括冷库、沼气池都可以包给人。但书记，我有个私人问题，你是不是等钱用？正明那儿不是有些钱吗？"

雷东宝点头："我等钱用，你尽管给我找承包人。正明的钱都在这本小账上，我还没看数字，但这一年他日子不好过，钱不会多到哪儿去。看今年这势头，物价又是那样涨，都跟一九八七年一九八八年似的，照以前的经验，不赶紧着抢笔钱好好大做一番，哪儿还找这么好的时机去。这物价涨了又不会回落，所以这个时机借到钱是关键。承包费拿来我都投到电缆设备上去，再上一套生产线，争取把我们自己做出来的铜都自己消化掉。所以一定要快，快点抓钱。"

忠富听得瞪着眼睛看着雷东宝发傻，没想到雷东宝一回来，果然是又有轰轰烈烈的计划。以前，他多少些不服雷东宝，对雷东宝的所作所为有时多有腹诽，总觉得时势造就了雷东宝。虽然雷东宝也确实为小雷家做了不少事，也对他忠富有栽培提携之恩。但后来雷东宝盘踞在大位上，就有些占山为王的意思了。他不愿回来，是当初就料到雷东宝肯定回小雷家，回来又是继续那种土匪政策，他实在不愿面对，又不想与雷东宝翻脸，既然已经出走，那就出走到底。现在听雷东宝如此这般一说，才明白，原来以前雷东宝也不单纯是运气好，雷东宝是有考虑的。

但是，忠富还是在肯定雷东宝的同时，迅速再次决定不回小雷家，不要什么大发展大规模。料想雷东宝还是那脾性，他实在不喜欢，还是别回来伤了和气。如现在，和和气气做个朋友多好。因此，吃完饭，忠富就骑上摩托车出去，亲自去那些想要承包猪场的朋友那儿，积极帮助雷东宝拉人。

雷东宝则是提着小账，找到红伟。而红伟早已在家不安地等待，雷东宝早先还在里面时候跟他说过，回来会先找他谈话，他不知道要谈什么，但看雷东宝欢迎仪式完毕先去了电线厂，然后又去正明家吃饭，显得对正明异常重视，红伟心中吃味。毕竟他才是雷东宝光屁股时候的朋友，毕竟他是在雷东宝落难的时候支持雷东宝的关键角色，雷东宝怎么可以忘了他。

红伟有些赌气地等着，眼看手表上的时间指向一点钟，他也不挪窝，坐在沙发上一口一口地喝茶。但终于等到雷东宝的时候，他还是有些欢喜的。他看看雷东宝的脸色，微笑道："你好像没怎么喝酒嘛。"

"喝啥子酒，都说话，老猢狲逃了没？"

"还能不逃。不过让我派人在长途汽车站逮住扇了几个耳光。听说你回来，那些本来反士根的人都没声音了，估计都在看你怎么做。今天你和镇领导一起出现，真出人意料啊，我看有些人脸都绿了。"

雷东宝听着发笑："哈哈，老子们打下的江山，他们想白捡？做梦去。就算是让他们抢了，等老子回来，也得一个个跟死他们。"雷东宝说着，红伟跟着一起笑，但雷东宝转脸就问："你家还有没有其他人在？"

红伟立刻会意，上去让他父母先去外面晒会儿太阳，盯着有没有人走近。清场完毕，雷东宝才道："这回我吃亏，在里面想来想去，最傻的一件事还是没听你和忠富的劝，早点闹个体。可现在我才回来，目标太大，闹不成了。明着闹不成，我们走暗的。你既然已经反出去，就别回来了。你照旧做小雷家这些产品的生意，但你赚的钱，你要心中有数。"

红伟愣了一下，没想到雷东宝跟他提这计划。他想了会儿，才道："你意思，要我退出预制品厂的承包？"

"对，你给我把公司办得远远的，别让人进门出门都看得见。赚了钱也暗暗的，别拿出来显，跟谁也别显。谁也不知道哪个每天对着你拍马屁的背后一转身就告了你。给抓进去不死也得脱层皮，什么都没了。你答应吗？答应的话今天就办移交，早点搬走。"

"我……我考虑一天，行吗？"

"考虑你个屁，行就行，不行就不行，爽气点。"

"可我预制品厂还有不少的收入……"

"干不干？"

红伟被催不过，只得苦着脸道："干吧，你要我干的，我能不干吗？"

"这不结了吗？好，你等下就这眉眼去预制品厂办移交，背后想骂我，今天让你骂个痛快，回头我让正明单线联系你。还有，正明那小子你逮空训训他，别以为我不在一年他是个人了，告诉他，敢让我不痛快，当天就撤了他。"

但红伟心里想着别扭，他做人灵活，心肝百窍，想来想去，还是道："其实我不离开，你不是身边多个左膀右臂？干吗要弄得我跟被赶出去似的？"

雷东宝道："镇里已经很明确，村里这些厂，我们别想私有了。什么股份制改造，也别想有我们当初自己制定的比例。想赚钱，靠你。你先做一段时间地下党。"

红伟想了会儿，才道："只要登峰和铜厂顺利，其他都不是问题。"

"就是这么说。我现在手头资金成问题，摊子不能铺大，只好专攻一点。看来看去，三家实体，还是登峰最能出钱。登峰的发展有两大障碍，一个是钱，说来说去都是钱；另一个是正明。我今天跟你说的事，你不能跟正明说，正明小子要是没眼色，我这几天就撸下他，这些话他要知道了有麻烦。红伟，你任务很重，外面全靠你，你只要管住外面的场子，我这边就放心大胆地干，再出事我也有地方投靠。这个任务，我只放心交给你。你说，你能不能让我放心？"

红伟实在是觉得有些玄，但想到最坏也不能比前几个月没钱又被镇里管东管西的时候更坏，再说，雷东宝已经发话，照雷东宝那脾气……前面即使是陷阱，他还是闭着眼睛听雷东宝的命令跳吧。这辈子从小跟着雷东宝跟惯了，再滑头也不敢滑哪儿去。再说，还有宋运辉过年时候撂下的那些话呢。

红伟重重地点头表了决心。

红伟在雷东宝授意下，下午就快快地去预制品厂迅速办完移交，收拾东西离开。等他才走，雷东宝便下令收回预制品厂，交付一位小雷家的年轻后生管理。这个年轻人，正是雷东宝坐牢时候去探访他的年轻人派系中的一员。这派系都是他当初送去外面培训读大学，长了见识长了知识回来的后起之秀。只因后起，最好的机会已经被前人所占，他们苦干巧干，却只能占领部门位置，他们心有不甘。眼下这帮年轻人中的一员忽然得以脱颖而出，顶替的又是当年号称四大金刚之一的红伟的位置，大家一下看到前途闪亮的希望。于是，所有的人心中都是蠢蠢欲动：既然红伟可以被顶替，正明又算什么？都是书记一句话。

正明当天就敏锐地捕捉到这股来自下面的压力，这股压力与雷东宝中午半顿饭时间施加给他的压力叠加，令正明在家坐立不安。正明看到，雷东宝不仅抓走他手里的小账，更一举拿下他培植多年的登峰人事的半壁江山。他等着夜深人静，才偷偷潜去找红伟说话，可红伟只扔给他几句不明不白的，红伟要他看清形势，摸清镇领导今天陪雷东宝回来这件事背后的深刻含义，而且红伟自己也在猜疑雷东宝究竟在镇上使了什么手段，正明说会不会是宋运辉找人活动才让雷东宝跟以前一样风光地回来，红伟与正明一致觉得有这可能。

而红伟更没想到的是，雷东宝要他离开预制品厂的命令，竟是一石二鸟之计。没想到雷东宝只提拔一个人，便轻易收获一帮人的心，才一天之间，便扶持出一帮新生力量。红伟想来想去，这不是雷东宝这个粗人的风格，一定是戴着眼镜的宋运辉帮助出谋划策。既如此，看来宋运辉是打定主意把雷东宝扶上马，送一程了。红伟此时也有些担心，雷东宝对他，是不是调虎离山。但再想到雷东宝今天中午的推心置腹，红伟又感觉不像。红伟自己尚且弄不清楚，正明就更无法从红伟这边摸清底细，正明几乎一夜失眠。

除了忠富，所有人的命脉，而今又被雷东宝牢牢抓回手里。

而这一切，都在雷东宝元旦以来日思夜想盘算出来的算计之中。回小雷家的第一顿晚饭，他和刚晋升的年轻人一起吃，同桌的还有好几个同一帮的。雷东宝说起来就是我大老粗，以后要靠你们这些我花钱培养出来的大学生撑场面，以后小雷家的发展都靠你们，弄得这帮年轻人各个欢欣鼓舞。

只有士根，一直等着雷东宝找他谈话，却一直没有等到。眼看着雷东宝一整天忙忙碌碌，他也不好去打断。但眼看着雷东宝去了正明家，去了忠富家，又去了红伟家，却一直没到他家，士根一颗心七上八下。他隐隐感觉到，自己可能被边缘化了，更遑论当年似的左膀右臂，雷东宝是不是不敢用他了？

士根不知道，但他站在门口，等着雷东宝回来。他得找雷东宝谈话。

好在雷东宝吃完饭便早早回来久违的家。雷母知道儿子回得安稳，早在中午急着赶回家住，大家对她那个客气，与一年前出事时候截然不同，好多人一起帮着打扫房子。雷东宝看到家里亮着灯，心中终于生出疲倦，这一天，虽然没抢大锤没挑重担，可劳心。他把两三个月拿定的主意一朝施展出来，这会儿脑子空空荡荡，需要补充，更需要休息。看到士根略微佝偻着背拦住他，雷东宝心里忽然有些不情愿。

士根几乎是赔着笑道："东宝，你村党支书的位置我暂时代着，等你恢复身份，我立即向上面申请，去我家喝杯茶？"

"困了，不喝。士根哥，以后你管住村里，我管住实体经济，我们……啊……"雷东宝打了个大大的哈欠，才又道，"我找时间跟你谈话，基本照旧，你以前怎么做现在还怎么做。"

士根怔怔看着雷东宝离去，走进家门，一个人在夜色中站了许久。

雷东宝回到家里，从窗户中看出去，看到士根还站在那里，心里有些不忍，可还是没走出去安慰哪怕一句半句。以后他无论做什么，士根这样的人无论如何不能再让他占有重要地位。而今是晾着士根，让士根重新认识自己有几斤分量，等士根彻底消除过去做老二的优越感后，他再酌情用士根。而他相信，士根不敢有变。没他，士根能活？敢活？

今天这一场回来的好戏，雷东宝唱得非常满意，但是爬上阁楼从天窗看向远处的工业区，他黯然了。多年以前，宋运辉曾陪他观赏金州新车间水晶宫般的灯火，从那时起，他就把水晶宫般的景象当成小雷家工业发展的奋斗目标。入狱之前，即使当时再不景气，身后再多逼债的，可小雷家工业区范围灯火通明，虽然赶不上金州新车间的辉煌，但几乎已是文人口中的不夜城。可是今天，入狱一年后重逢，路灯残缺，再不是成串夜明珠流光溢彩。养猪场完全黑暗，暗得令雷东宝痛心。在那儿，他的心血，他的热情，就这么被生生掐灭了。这么容易，这么脆弱。包括他自己，也是说入狱就入狱了，差点还回不来小雷家。

雷东宝于满心黯淡之中痛定思痛，该如何发展小雷家，该如何加强自身在小雷家的地位，不再被上级有关部门轻易剥夺。

而那边厢红伟等正明走后，才忽然想起他曾答应给宋运辉电话汇报雷东宝回来的情况，这一白天都被雷东宝回来出手的一系列招术震了，差点忘了还有受人所托那么一回事。

但还没等红伟打电话，宋运辉的电话先追过来。红伟又是奇怪了，宋运辉为什么不直接打电话给雷东宝，非要来问他？难道不都是宋运辉帮出的主意吗？

宋运辉放下电话却是想了好久才罢。没想到雷东宝向镇里交出村集体的效果这么好，可见雷东宝是早已知道的；没想到雷东宝会如此处置村集体的人事，可以说，完全不是过去那个雷东宝的风格，不过也不能说是断裂，元旦前雷东宝遥控指挥工作的时候，已经显现他开始平衡各方势力的思考。雷东宝最终也得捡起曾经嘲笑过的平衡权术。

宋运辉又将雷东宝对各个主要人物的安排细想一遍，心中大约有些明白，春节他去探望雷东宝那次，雷东宝为什么只口口声声地向他强烈要求出来，却不肯透露出来打算的哪怕一丝细节。包括将村集体送给镇政府，包括几乎不念旧情地对村集体人事的整肃。这些打算，雷东宝是不好意思跟他说出来的吧。雷东宝宁可一团鲁莽地开罪他，都不愿说出自己的打算，因为雷东宝自己心里清楚，那些打算比较不地道。可雷东宝还是做了，为了回去，为了回去后站稳脚跟。宋运辉心中暗叹，雷东宝终于务实了，可这务实，是怎样的教训催化得到的。宋运辉不知道雷东宝在劳改农场拿出那些主意的时候，一个人的心中经过几番撕裂，几番抉择。但而今雷东宝做了。宋运辉毫无疑问地相信，在见识"做"的效果、尝到"做"的甜头之后，雷东宝未来的出手会越来越无内疚。

而宋运辉也终于可以对雷东宝放心了。

10

梁思申终于获得休假，按照杨巡传真的合资手续要点，匆匆到香港办理各种证明，将第一笔款项汇入筹建中的合资公司验资账户。然后又转道上海，带上各色证件，给杨巡办理手续。

宋运辉正因为离婚而接受什么妇联工会等组织的调解程序，烦不胜烦，又心虚不便抵触，因此不愿因为接待梁思申而节外生枝，他让杨巡尽量少安排梁思申与他见面，但让杨巡出面安排梁思申与萧然见面。杨巡虽然着实不愿意，可也只能硬着头皮打电话联络。不过梁思申的牌子竟比宋运辉的牌子更管用，萧然电话里对他客客气气，杨巡百思不得其解，不过有点明白宋运辉让他出面的意图，就是调和他和萧的关系。

天气已经开始转暖，梁思申穿一件白色低领毛衣，下面牛仔裤和咖啡色麂皮摩托靴，斜披一条在杨巡看来很暗淡的披肩，头发束在脑后，戴一副大大的太阳镜，大步走出机场。杨巡看着觉得说不出的潇洒，杨巡觉得梁思申除了眼睛是黑色的，其他几乎与外国人没什么区别。梁思申也看杨巡，规规矩矩一套藏青色西装，里面一件藏青V字领毛衣，配的却是暗红色领带，有些不协调。

杨巡而今在梁思申的督促下，办事也有些规章起来，上车便把这几天的行程安排交给梁思申过目。梁思申一看就问："为什么不安排与宋老师见面？萧然的饭局可以拿掉，改喝咖啡。"

杨巡只得解释："宋厂长正办离婚手续，你不知道中国离婚有多难，他现在不方便与其他女的多接触。"

梁思申第一次听说宋运辉离婚，一时盯着杨巡反应不过来。直等杨巡诅咒发誓说没撒谎，才道："哦，以后见宋老师不用担心让他为难了。你知道宋老师为什么忽然决定离婚？我觉得他早在几年前就应该离婚。"

这回轮到杨巡对梁思申的直言不讳发愣："不知道，宋厂长嘴严。哎，你怎么看出宋厂长早该离婚？一年前他们还好好的。"

梁思申奇道："你真没看出？宋老师话里话外对太太一直很不尊重，这还不说明问题吗？"

杨巡发愣，还有那样的标准？他要是娶了梁思申，那肯定是尊而重之的，但梁思申尊不尊重他就难说了。他嘀咕道："你真灵敏。"

"不，你用词错误，这儿应该用敏锐，我真敏锐。"梁思申笑嘻嘻地纠正杨旭的错误，这么几天电话来去，两人熟得不能再熟，"嘿，背多少唐诗了？我们对诗？"

杨巡只得道："不跟你对，你有时差，我胜之不武。"他早听说梁思申疯狂老鼠一样地背唐诗，为的就是过来时候压倒他，他也只能每天背，被逼迫得苦不堪言。

"杨巡，你这是变相认输。"

"谁说……"杨巡忽然想到激将法，忙将嘴边的话吞回去，平静地道，"好吧，我认输。"

梁思申郁闷地瞅杨巡一眼，道："你真没劲。我们改变行程，变紧凑点。我宾馆登记入住后去看萧然，你忙你的。晚饭后看你打算收购的两家工厂，不过你得提前把资料交给我看。"

杨巡有些陪在梁思申身边的意思，但被梁思申一说，也只得答应。随即他便在红绿灯之前开始联络通知改变行程。

令杨巡没想到的是，送梁思申到市一机门口，竟见萧然亲自在门口迎候。杨巡决定说什么都得问出梁思申究竟有些什么来头，令萧然这等狂妄的人都收敛几分，杨巡因此也收获萧然赏的一次握手。

梁思申跟着萧然进去市一机，对城市不算边缘的地方有这样规模的工厂感慨不已，光是有规模的厂房就有好几排，里面车间与车间之间的道路，都不比外面的市政马路窄。光是冲着这地皮，梁思申感觉，萧然就捡了老大一个便宜。

但萧然开门见山，走进办公室就对梁思申道："梁小姐，再帮我看看上次你看过的合同，能不能找出条款暂时阻止日方提出的增资计划？"

梁思申奇道："增资是好事啊。"

"问题是日方提出的增资规模太大，他们现在提出市一机的精密铸造车间和热处理车间设备落后，需要改良，而且提议新车间为长远发展计，迁出市区。

按照章程，他们作为占股份大多数的股东同意，就等于通过增资决定。我跟李力他们商议下来，都觉得可能得咬紧牙关变卖家产跟上，或许你熟悉国际条规的漏洞，请你千万帮我想想办法。"

梁思申不由"咦"了一声，点头道："对了，因为牵涉设备改造，你必须注入实际资本。"

"是这样，可我入股市一机已经几乎倾家荡产。没闲钱。"萧然接了秘书刚拿来的文件，坐到梁思申身边交给她，"这边又暂时还没开始投入新产品出口创汇，暂时没太多入息。最好能想办法拖，拖到产品出来，有利润之后再说。"

梁思申心说这才是他正经所想，以市一机的产出增资市一机。她微笑道："请给我安排一个不受打扰的空间。"

萧然当即起身道："这办公室让给你用，梁小姐喝咖啡吗？"

梁思申拒绝，挥手示意萧某出去，舒舒服服地坐沙发上看合同细节。但是仔细看了两遍，都没看出可帮萧然解决问题的办法。她来，是受宋运辉所托，宋运辉要她帮忙解决一下萧然的问题，说他正找萧然的爹办事，想给萧然一个人情。既然办不到，她只有罢手。她出去叫来萧然，道："从条款上基本没有可钻空子之处。你无法避免董事会会议的召开，也无法避免董事会多数票通过增资决定。但是你别急，看你这脸色变的，都唐三彩了。"

萧然一听有门，一张脸立刻舒缓下来，笑道："难道还有合同外的办法吗？我也在想，这样的合同怎么可能有空子可钻。但又想，既然是人做的，总有缺陷可找，就找了宋厂长出主意，果然你有办法。"

"宋老师太过分了，皮球踢给我。我没好主意，我只会教你耍无赖。你瞧，这儿对例行董事会的时间有约定，但是对于随机召集的董事会没确切约定，可是这条又有规定，必须四分之三以上股东参与，才算决议有效。你有百分之三十九的股份，你拿各种借口拖，拖到出产品。没多久，很容易拖。"

萧然想了会儿，笑道："你等等，我去去就来。"

梁思申看他出去，心中又想到元旦看这份合同时候想到的纰漏。她当时懒得告诉萧然，但看现在日方快速紧逼的架势，怎么就有点不幸被她料中的意思呢？她想，要不要告诉萧然，如果告诉萧然，会不会让萧然埋怨她早不说晚不说现在才说令事态无可挽回呢？可是如果告诉，会不会帮到宋运辉？

她只得重新思考该怎么圆滑地说话。等一会儿萧然进来，她用在办公室常用的温和而坚定的语气，对萧然道："就你提出的疑问，我想到日方可能借题发挥的合同漏洞，你听了可能会很不愉快，不知道你想不想现在知道。"

萧然一听，再看梁思申严肃的脸色，大急："你……你想到什么？请说，请赶紧说，谢谢你。"

梁思申道："刚才你提出日方急切希望增资扩建这件事让我考虑到某种恶意可能，我提出来供你参考。第一种恶意可能，如今日方以市一机设备不合要求，提出增资改良设备。如果你拖，或者拒绝，他们可在此基础上提出，不合要求的设备制造出来的零件不合生产要求，因此这部分零件需要从日方进口。但是在合同中你们没有对从日方进口零部件有价格约束，日方可以设定高价给你合资厂。如果这零部件又不是市场常见的成品，你只能勉为其难用他们的高价零部件。这种绑架客户的事件，在国外常有发生。如今你既然已经投入那么多资本，又已经花大钱进口安装新的设备，你当然不可能不做原先谈好的产品。但这样一来，你的成本将大大增加。而你只能哑巴吃黄连，谁让你不肯增资引进新设备呢？你既然自己做不出那零件，你只能花大钱进口。"

萧然一听愣住："会吗？真是恶意？可我们和外方是本着友好促进进行合作，合作双方存有恶意的话，还怎么合作？管这儿的总经理毕竟是我。"

"我只能说，一切皆有可能。但在日方做出实际行动之前，我们无法做出定论。我只是从日方这么快就要求增资的行为中看出疑问。或许是我多疑。需要我说出第二个恶意可能吗？我想，不管有无恶意，是否真正友好合作，你有预防还是必须的。资本从来不是善良的东西。"

"资本从来不是善良的东西。"萧然不由跟着复述一遍，心里在想洽谈的时候日方人员热情有礼的谈话，外办接待的时候上升到中日友好高度的互赞，还有两国官方的一些接触，怎么可能在这样大的合作项目里出现恶意？这本来是跟国有企业合作的项目，只是半途被他横刀夺爱而已，那个号称一衣带水的日方怎么可以存有恶意？萧然有些将信将疑，可又忍不住想要知道第二个恶意可能："梁小姐，请说，越详细越好。"

梁思申道："我考虑到的第二个恶意可能是产品定价。你合同上约定绝大部分产品返销日本，价钱基本上是由日方决定。日方的价格可能不会定得太高，如果刚才所说的进口高价零部件侵吞部分利润的话，你可能会做多少亏多少。可你对亏本却无法质疑，谁让你逃避增资，不建立两个关键车间呢？因此，如果日方有恶意，综合以上两种可能，你只有两个选择，要么你增资，要么你亏本。你两者之中选择一样。"

"不，我可以设法在国内找到能加工这部分进口零件的厂家，我不信。"

"我所说的是对方有恶意的情况下，如果对方有恶意，我想你是永远不可能找到生产得出日方认可标准的中国厂家的。"

萧然额角开始有冷汗沁出，一张原本白皙的脸涨得通红。而这时门外下班的电铃忽然响起，惊得萧然全身一震，呆了好久。"可能性大吗？这种事国外是不是很多见？"

梁思申摇头道："我只是因宋老师和李力所托，向你提出最坏可能，总之小心行得那个什么什么船。"

"小心行得万年船。"

"对，就这句老话，我外公常说。但你别太担心，三个臭皮匠，抵过一个诸葛亮，你回头和你们工厂的人商量商量，他们懂行，可能拿出懂行的主意来规避，也难说得很。总之小心为上。或许是我杞人忧天。"

萧然自言自语："可你忧得也太真了些，这种事在国外是不是很常见？请你告诉我。"

"不能说常见，可也屡有耳闻。好了，请送我回宾馆。我回去再想想，你也找别人想想，这几天随时恭候质疑。"

萧然忙站起来道："说好我今天请客，不能食言，要不然李力明天赶来揍我，请。"

梁思申笑道："今晚才不要跟你吃饭，看你一脸食不下咽的样子，我才不跟你有难同当，我寻杨巡开心去。"

萧然哭丧着脸强笑道："那可不行，我今天这顿不请，回头怎么跟宋厂长交代。要不我们把小杨也叫来。我再请几个有趣的人来，既然你在这边与小杨合资，多认识几个人没错。"

梁思申笑道："对啦，我就是要大大敲你一顿，哼，我的咨询费是按小时论价的，不低。"

萧然真有些哭笑不得，他自然是一叫就有人捧场。梁思申没想到，萧然竟喊来一桌的企业家，有国企的，有集体的，也有杨巡这种私企的凑数，看上去各个都是精明人。梁思申想到，萧然这顿饭想找这些有丰富经验的人讨教。

这样的一桌，杨巡自然是敬陪末座。坐在梁思申身边的分别是萧然和一家大集体企业的总经理申宝田。申宝田目光坚毅，可眼角皱纹却刻画出一只中年狐狸。果然，萧然开场白后便向各位企业家讨教。而讨教的结果，却是更肯定梁思申的说法。但大家都有一个大前提，没跟日商合资过，不知道在中日友好的前提下，又在有政府工作人员出面接见的前提下，是否可以避免有些事的发生。

这时候，萧然心中更加忐忑。而杨巡在这种饭桌会议上没有发言资格，他就是知道也不肯说。他看到萧然的沮丧，心里还挺高兴的，他妈的，一山更有一山高，萧然这种人自有老外欺负。

饭局结束，杨巡载上梁思申去看想要收购的厂，那个申宝田却特意让司机开车追上来，再次重申很高兴认识梁思申，希望以后多有联系，也非常善意地与杨巡交换名片，邀请两人这几天参观他们工厂。寒暄过后分手，梁思申笑道："我这外商身份好像真的很吃香呢。"

"不早跟你说了吗，本来两处厂子拿着有困难，可一说是爱国华侨回来投资，我再做些努力，事情就顺了。萧然的事，麻烦的可能性有多大？"

梁思申笑道："做生意哪儿存在什么友谊第一。杨巡，我看你都快在饭桌上幸灾乐祸了。"

"哈哈，当然，大鱼吃小鱼，小鱼吃虾米，我怎么能不幸灾乐祸。有没有办法解决？"

"我又不是神仙。合同定下的事，哪是说反就反的。萧然有本事，找他爸通过其他途径解决，谁知道呢。"

杨巡却笑道："难。我这回因为跟你合资，听人反复教育我：外资无小事。萧的父亲再有来头，也不敢在涉外大事上乱来，我等着看好戏。"

梁思申笑道："可看着他被日本人欺负，我又心有不甘。看他自己的造化，我也只能做到这一步。咦，你说的两家厂还挺市中心的啊。"

"这地方是涉外区，你看你住的涉外三星级宾馆就在前面不远，附近还有一家海员俱乐部，这块在造的是另一家三星级宾馆，过桥那儿准备造四星级宾馆，是我提醒他们造的。这附近还有不少机关大院。我看着这样的地方挺不错，唯一不好的是这两家厂中间有条马路穿过，不晓得能不能想办法把它们合起来。下车看看吗？"

"当然。"梁思申等车一停就跳了下去，杨巡都来不及遵循礼仪给梁思申开车门，每次都那样。但杨巡伸手从后面抄了一件风衣，出来递给梁思申。梁思申跳下车后正感觉有些夜寒，看到这风衣忍不住一笑，披在身上。

两人沿着马路走去工厂，没想到一家工厂的一个车间还开着夜班，可两人走进去，看到苍白荧光灯下，倒有一半的人坐在柳条筐上聊天喝茶打扑克。梁思申想到资料表明这家工厂在职工人一百二十五个，退休工人一百五十个，等于一个工人要养一点几个退休工人。这样一家毫无优势的老厂，背负如此沉重的包袱，还怎么前进，在职职工当然得过且过混日子了。

两人粗粗看了下便出来，走到外面，杨巡解释说："这家厂有些本事的人，要不停薪留职，要不请长期病假，都出去自找活路，留下这些女的、老的磨这一个月一百多块钱的工资，可能这几天又有活了，才开个夜班。"

"你资料里说，我们不用接手这批工人，确定？"

"这些人怎么能要，你管严点，他们到你家门口滚钉板，你开除他，他带一家老少来你家吃饭，你催他们工作，他们总有办法偷懒，你又不能人盯人地管，这些都老油条了，像你一个女孩子进来，他们能把你气哭。这些人又没什么技术，可让做清洁卫生他们还不干呢，怕被人瞧低了。我食品市场开业时候用过这种人。我跟二轻局谈，这些人我一个都不要，全下岗，我们出钱买断工龄。"

杨巡见梁思申似乎听不懂的样子，忙又解释道："意思是以后你的工人和这家厂再也不相干，没工作了，但我把工人以前工作的工龄花钱买断……这个你可能不懂，这边人的退休工资是根据工龄来计算的。"

"买断！"梁思申耸耸肩，"听上去挺可怕。好像工人进了企业，就生是企业的人，死是企业的鬼一样，出来还得买断彼此关系。真搞不懂彼此都怎么想的。不过已经比两年前好，两年前我们咨询的时候，都说人和厂打包一起卖。吓退好多人。杨巡，如果二轻局坚持人和厂不能分离的话，我们宁可不要这项目，人的包袱是无底洞。"

杨巡本来以为梁思申这个心地挺好的人会担心下岗工人以后日子怎么过，可没想到梁思申对买断都挺有腹诽，杨巡转念一想，对了，梁思申来自万恶的资本主义社会，对此早见怪不怪。他又领梁思申看马路对面的另一家厂，这家只有门卫在，里面黑咕隆咚。两人粗粗看一下就出来，到路灯下拿出地图印证。

梁思申道："可惜，这儿离商业中心到底还有段距离。我总觉得你的方案不可行。不过先买下再说，市区地段的地皮总是稀缺资源。"

"为什么是稀缺资源？"但杨巡问出，便明白梁思申的意思，笑道，"对，就那么块巴掌大的地方，你割一块我割一块，没几天就瓜分完，我们手里拿着钱的得先下手为强才是。哎，你到底什么来头，为什么萧然对你那么客气？他对宋厂长都没那么客气。看这边，是工艺品进出口公司，半幢楼是他们的。"

梁思申看看，却见工艺品进出口公司门口两块牌子，另一块白色长条木板上写着什么电子仪表厂。原来工厂上面才是办公楼。这样的办公环境可不怎么样。对于杨巡的另一个问题，梁思申也没遮掩，笑道："有次我跟萧然比谁家更厉害，比来比去，他比不过我，以后见我就服输了。呵呵，对于他那种仗势欺人的，唯有更大的权势才能让他屈服。"

"你既然有这样的身份，手头又有钱，为什么不去你爸爸那儿做呢？你到那儿还不是跟萧一样想干什么就干什么。"

梁思申不愿解释君子有所为有所不为，她只是笑嘻嘻地道："我喜欢你杨巡啊，我偏要跟你合作，做做个体户呢。"

杨巡心知这话不真不实，可听着还是舒服："你放心，我这个项目一定要做它个响当当的，让你做个知名个体户，年底评先进上台戴大红花。"

两人嘻嘻哈哈打趣着，却一点没偷懒地把整个涉外区好好看了个透，梁思申即便是穿着平底摩托靴，都走得筋疲力尽，自觉如残花败柳。杨巡看着倒是有点服气，这娇小姐做事还真是认真。反而是他劝梁思申悠着点，别一口气把明后天的事情都干了。而其实，杨巡真想伸手扶梁思申一把啊。这样春风沉醉的夜，哪对出来轧马路的男女不是相依相偎的？杨巡的手指不知道蠢蠢欲动了多少次，他那是用了吃奶的童子功才克制住自己。

梁思申上了车，禁不住捂住嘴打个哈欠，揉揉眼睛道："我临时又有两个想法……"

"明天说，今天你早点休息，好好睡一觉，脸色都变了。"

"车子上可以抓紧时间说。"

"我要专心开车，不听。"

"总经理哪有这样对董事长的？不是说按照国情，进了企业就是企业的人了吗？你得听我的。"

杨巡嘻嘻一笑："我是企业的人，也是董事长的人吗？"

偏偏梁思申没那曲里拐弯的市井文化，理所当然地道："当然，你想不干，拿出钱买断。"

　　杨巡哪好意思解释，只好自己干郁闷，这段路又短，很快就到宾馆。但是杨巡陪梁思申进去，却被萧然从大堂吧跑出来截住。这回，与萧然坐一起喝啤酒的是几位政府官员，其中一位是市外办郑主任。

　　杨巡有些不放心梁思申深夜接触那个肚子里什么坏水都有的萧然，道："那我也干脆坐大堂吧里把刚才我们说的整理一下，完了你还可以过目，方便我们明天工作。"

　　梁思申愣了一下，心说杨巡没那文字任务啊，但杨巡既然要留下那就随便。她和萧然一起到了另一桌，桌上几个市政府涉外官员与梁思申讨论市一机合资究竟是不是存在陷阱。他们说，经过刚才打电话一波了解，有些地方确实存在外商在合资中利用中方刚走进市场经济不识水性，给中方合作者下套的情形。这些官员也紧张，市一机的外资是他们积极参与引进的，若是出现问题，他们难辞其咎，萧然不会放过他们。

　　梁思申硬着头皮听了半天，听来听去还是这些担忧，她困得要死，只好截断官员们的提问，她要采取主动。

　　"萧总，刚才杨巡替你想了个主意，本来想明天告诉你。日方不是想另觅地块新建两个车间吗？你可以自己找块地先买下，然后给出虚高评估价，作为你的出资。你现在只有这两条路啊，一条增资，一条等着他高价卖你零件，不如你主动跟他们一起玩，他外方怎么玩得过你本地人。"

　　这话说出，一桌子人都舒了一口气，萧然更是眉头舒展，指着角落里的杨巡道："他想出这主意？脑子满灵活嘛。"

　　"不是他是谁？我们学院派的，他实战派的，有的是野战经验。但萧总，我提醒你预防万一，万一日方有恶意，或者万一他们没有恶意，你都不能把事情做死。"

　　萧然欢欣，连声说谢。随即便问在座官员现在开发区的地价。梁思申见此告辞，拉了杨巡离开。

　　但梁思申第二天睡饱睡足，躺在床上却想到另一个主意。她当即打萧然的移动电话："萧总，我又想到一个帮你解套的主意。"

　　萧然现在见到梁思申如见救星，忙道："我也还没上班，跟你住同一个宾馆。你用过早餐没，要不介意就过来我这儿用早餐，我这儿是大套间。"

"行，二十分钟。你让他们给我送水果和咖啡。"

二十分钟后，梁思申出现在萧然的套房，一件黑色V领毛衣，下面依然是牛仔裤，进门要求开着门，萧然自然答应。萧然很殷勤地斟咖啡给她，笑道："你每一次出现，都是给我带来幸运。你这回会在国内多久，我来安排出游计划，想出海吗？或者，你的工作有什么需要我帮忙的，你尽管吩咐，有些地方我只要打个招呼。"

梁思申笑道："别光顾着说话，我是饿醒的，得先补充能量。"吃上几口才道："昨天我一路劳顿，没想太深，昨晚受杨巡提醒，我倒是有了新的主意，可以帮你赚一笔脱身，不过需要动用不少资金。"

萧然有些夸张地道："你先慢说，让我先想好我该怎么感谢你。我已经无法承受你带给我的这么多好处。"

梁思申听了笑道："嘿，这是你自己说的，我没逼你哟。我本来不想走后门，可是这个后门不能不走，不愿花费时间在消磨时光上。你给我办个这边的驾照吧，每次来都要人接送，我跟囚徒一样无力。"

萧然一听就笑道："行，我今明两天里就拿给你。好了，我终于可以松一口气，稍微安心地请你给我帮忙。"

梁思申也笑："我今早想到的，昨天的主意是在开发区拿低价地，做高估算，坑日方一道。我今早想，你索性把市一机的地块全面置换出来，搬到据说税收政策更优惠的开发区去，是不是有这一说，就是税收政策方面？"

"有这优惠政策，确实是吸引日方搬迁的良方。可是对我有什么好处……哦，我清楚了。"萧然忽然想到其中关键，双掌一拍，兴奋地盯着梁思申，久久不能言语，"我既然能把开发区的低地价评估成高地价，自然能把高地价评估成低的。而且也不用什么开发区政策吸引日商，我拿出市政规划要拆迁工厂，让市一机不得不搬到乡下去。"

"聪明。"

萧然大喜，起身去吧台拿来一瓶人头马XO，给两人各倒一杯，兴奋地与梁思申碰杯，一饮而尽，道："通过这个办法，我可以把投入基本收回，剩下的扔给日本人玩，他们最多让我所占股份越来越少，可没办法让我净身出户。不过我需要通过哪家公司先买下市一机地块，这笔出资不小，还非出不可。"

"对，你可以找我，我有资金。你把新华书店地块转让给我，你拿转让费运作市一机解套。"

萧然被梁思申的表述惊住，一声"你"之后，好久无法说话："我好不容易拿的那市中心那地块。"

梁思申微笑："这几天你打定主意了，可以找我，我们商谈具体细节。等我回去美国了，你可以联络杨巡。"

萧然不甘被梁思申占了上风，反将一军："不如我们合作，你出思想，我做实际工作。"

梁思申不客气地笑道："我不跟你合作，你没杨巡那么容易操控，我在你这儿也得不到太多实惠。我们只可以惺惺相惜，偶遇特殊机会可以互惠互利地双赢一下。"

萧然也笑了，也对，梁思申有的是优势，想要找个他那样的合伙人，自家堂兄表哥随便抓一个就行，何必找他这么个陌生的，但他被新想法打得兴奋，暂时没法定心思考，他答应梁思申不管肯定还是否定，一定会在她回美国前给予答复。

梁思申这才回自己客房。反正把话撂给萧然了，萧然答应的话，是大好事，他那在商业中心的地块实在是钻石一枚。不答应也无所谓，她努力争取了就行。

但梁思申的等待没持续多久，萧然隔天便给梁思申一个明确答复。萧然通过杨巡的电话约梁思申喝茶，梁思申听见只是喝茶，简直想呜咽着感谢。这几天真是怕了吃饭，做什么都是吃饭，每次吃饭都是叫上一大桌，每顿饭都少不了时兴的甲鱼和林立的酒瓶子，真正吃不消。可是人家就图着见她这外商一面，好像一起吃一顿饭才是表示尊重，不坐一起吃饭是不给面子。梁思申不知道还有这样的逻辑，才知道自己高干子弟的牌子有多好用，那意味着可以随心所欲地拒绝。可她既然已经有意搁置身份，非要以平等态度参与竞争，她的脾气就不允许她打退堂鼓，只有怨声载道地奔赴饭局。可是杨巡还说大家对她已经非常客气，因为她是外商，换作其他国内女子，饭局上先集中火力灌醉女人。梁思申心说，真低劣。

与萧然约定的时间是晚上八点。前此的一顿饭一直从下午五点半吃起，回到宾馆已经是八点。梁思申只得先找到已然等候在大堂吧的萧然，扭着嘴道："对不起，刚吃饭喝酒回来，一身烟酒臭，你等等我，不好意思，二十分钟。"

萧然了然地笑道："真傻，自讨苦吃。"

一会儿等梁思申换洗下来，萧然继续取笑："何必呢，非要把自己堕落到低三下四的境界。你这是千金小姐吃饱了闲的，有本事钱也别拿出来，外商身份也不要，你再试试，看你能走几步远。明明是那身份，何必矫情。”

梁思申无言以对，白眼相向。唯有跟上来询问的侍应生要一罐啤酒，算是出气。萧然却是笑道："办事情未必都要请客吃饭，你看我……"他将一只信封推到梁思申面前："你的驾照。"

"哎，好，终于有件顺心的事。"梁思申打开信封一看，驾照上自己刚拍的大头照傻傻的，可那就是货真价实的驾照，"你车子在吗？让我试试国内驾车？你可以相信我，我驾龄十年。别一脸心疼嘛，你可以旁边看着。"

萧然一脸大牙疼似的道："我刚换的新车……"

"大方点啦，我下回在这儿买了新车先给你开一下。"

萧然郁闷了一下，可终于还是起身，道："走，开小心点。"又跟侍应生说了别动他的桌子，两人一起出去。

萧然以前的一辆车被杨巡和韦春红指使人砸坏，修好后，他别扭着用了些日子，终于还是决定新买一辆。才刚买来的白色宝马，心疼爱护得不行。上了车就一直唠叨让梁思申注意这儿注意那儿。梁思申也不是太妹，稳稳将车开了出去，几个弯道下来，萧然已经放心，心说这十年驾龄没假，听说老外从小拿车子当脚。

这时候萧然才敢说话："我找人同日方谈了一下。日方的意思很明确，他们有意提高在中国公司的技术水平，所以才会提前把决定核心零部件质量水平的两个车间建立起来。他们的目标是减少运输环节的成本，尽量实现较高本土化率，以最有效压缩总体成本。经过一天的谈话，我们都觉得对方很有诚意。你说呢？"

梁思申本来就因为晚上吃饭应酬遇到一帮粗俗的人而郁闷，打开车窗开了会儿车才缓过气来，但听萧然一说，又郁闷了，商业合作，凭什么相信对方诚意？诚意再多，也不如一纸合同。但见萧硬是要相信诚意，她也只能道："我记得有这么一句话：立法其上，取法其中。我们做方案的时候，总是把困难想得多一些，预先想好周全对策，以免临时手忙脚乱。而如果最后一路顺风走到尾，那是最大的好事。虽然我没机会分一杯羹，不过还是诚挚地恭喜你。"

萧然这回倒是难得认真地道："这回还真吓了我一跳。我几个朋友都说，人家是老牌资本主义，做了上百年的生意积累的经验，我们跟他们比，就跟光屁股小孩上战场，全看对方良心了。幸好谈话表明对方不错，可想到这几天听的有些外商提供的设备是旧货外面喷新漆，有些外商圈下地皮迟迟不开发，你说得对，先把困难想多点有好处。可是这样一来，我得筹备资金了。我咨询一下厂里的工程师们，都说那些设备能早点上当然最好。"

"说的是，中方有中方的弱点，不过外资进入大陆也未必无敌。我们这几年一直在考察中国市场，可一直不敢大胆进入，有很多顾虑。比如对政策摸不着头脑，对当地市场没基本认识，对当地工人表现出来的思维更是无法认同。因此我们都倾向合资，善用中方优势弥补我们的缺陷。其实日方找到你，也是他们的幸运呢，多少事从此畅通无阻。"

"你说的是从外方角度看问题，看到的是我们没意识到的问题，对，我也有优势，不错，就是这个原因，这就对了。"萧然到底不是幼稚的人，一直对外方那种唯利是图的资本家的诚意放心不下，但等梁思申一说外方的顾虑，他倒是放心了，彼此有所倚仗的时候，就得向对方输出诚意了，"宋厂长推荐我找你真是找对了，宋厂长也说要多听听你这种来自那边阵营的人的意见。"

"宋老师是很有涉外经验的人，早十来年前就从事对外贸易了。我很佩服他。这车不错，动力性能尤其好，可惜是自动，手动更好玩。你钱要是不够想卖商业中心那块地皮的话，看我们那么多交流的分上，你得优先考虑我。"

"哦，你考虑多少价？"

梁思申笑道："我哪知道，我连那块地面积多少都只是个目测概念。但我记得你和李力说的你买下那地的价。"

萧然也笑："那价翻倍都太便宜你。这样吧，明天你让小杨去我那儿拿资料，我跟他谈。我们是朋友，不伤和气。"

梁思申笑道："不，小杨送到你手里，还不给你啃得骨头渣子都不剩。我了解一下，明晚上再一起喝茶？"

"去，你捏着底价跟我谈，我又顾忌着那么多人面子没好意思驳你，你这不存心赖我吗？"

"你才是真矫情，是朋友就不能谈生意？你没诚心，抛个诱饵逗我玩儿呢。"

"看见了吧，跟女孩子谈生意多麻烦，态度不好就是罪过。"

梁思申不由笑道："不然要朋友干什么，朋友就是拿来糟蹋的。咦，你电话响。"

萧某接起电话，但"喂"一声后，却把电话递给梁思申，并等梁思申在路边停车后，自觉下车去。梁思申看着心说，有人良心不好，可行为举止可爱；有人良心挺好，可行为举止让人厌恶。

11

杨巡几乎找遍角角落落都找不到梁思申，无可奈何之下才想到萧然，没想到居然真的在一起，杨巡惊讶。但他没多废话，道："你快去市第一医院，我刚得知消息，宋厂长下午在工地摔下送医院手术，失血很多，还在抢救。"

梁思申大惊，几乎是飞车回城，嘴里却安慰萧然说她从小飞车，不怕。萧然岂敢不怕，又没好意思说怕，一颗心在嗓子眼吊了一路，终于在市一院放下。而梁思申则早将车子随处一抛冲出去了。萧然没跟上去，但见梁思申如此焦急，不由想到去年在北京初见梁思申与宋运辉在一起时候的场景，如此的师生关系，令他玩味，他不信其中没有暧昧。

杨巡看到梁思申披一头没一丝装饰的卷发冲来，黑毛衣下面是咖啡色碎花长裙，与环境格格不入，就像是什么电影里跑出来的人。他赶紧迎上去道："刚才不敢说太清楚。宋厂长掉下来的高度不算高，可下面正好堆了不少杂物，一根钢筋刺穿腹部。除了失血很多，还不知道其他内脏有没有受大影响，现在里面是最好的医生在抢救。"

梁思申瞪着杨巡说不出话来，怎么也不敢想这种事会发生在一向谨慎的宋运辉身上。想到钢筋穿透的痛，梁思申不寒而栗。杨巡连忙安慰："别怕，别怕，有我，有我。宋厂长的妈已经昏过去，你可别……"

梁思申一眼瞅见宋运辉的秘书，扑过去抓住那个她认识的秘书的手臂，可忽然说不出话来，她一急起来满脑子都是英语，中文字竟然一个不见，只急出两眼的泪。好在秘书知道她要问什么，详细告诉她究竟出了什么事。原来是宋运辉去码头看安装，爬的是一处安全高度，大家都不认为会出事，没系安全带，没想到宋运辉会失足落下，那下面正是一堆等待清理运走的废钢筋等物。当时大家也不敢拔钢筋，就地用焊枪烧断露在体外的钢筋，才能赶紧送医。

梁思申听得牙齿嗒嗒作响，好半天才终于憋出中文："很痛……"可梁思申又想到，宋运辉的性格异常坚毅，那么痛的时候，估计他肯定闭口死忍。她恍惚好一会儿，才回头看着杨巡轻道："我想到宋老师的姐姐。"

杨巡知道宋运辉的姐姐是如何去世的，也是与钢筋有关，不由脸色大变，忙道："别胡说。"

"是，是，我乱说。"梁思申连忙承认，不再吱声。这时她看到一群人后面是程开颜坐着哭，程开颜身边有两个老人陪伴。而那两个老人眼下正以严厉的目光盯着她看。杨巡见她留意那边，看了下，轻声告诉："是程开颜父母。"

梁思申不语，专注地看向手术室门。

程父看到梁思申，他凭直觉意识到，这个装扮得与众不同的女孩就是女儿嘴里所说宋运辉那个美国学生。从女孩惊慌失措的表现，他感觉宋运辉骗他，宋运辉与那女孩绝不简单。程父愤怒了。是，为什么这么巧，宋运辉闹着离婚时候，这个女孩恰好在此？

不仅是杨巡，连旁边其他东海厂的人都看得出程父眼中的火爆，只梁思申挂心宋运辉，视而不见。周围大家也糊涂了，一会儿上访说厂长因为美国女人离婚，一会儿又去工会闹说厂长因为一位医生离婚，究竟算是怎么回事？杨巡也留意到梁思申眼中深刻的焦虑，他还就近看到梁思申手指关节捏得发白。他忽然意识到，这真是师生关系？有这样的师生关系？他心里不由偷空泛了一下酸。可他还是体贴地想到走廊风大，梁思申又从不肯多穿衣服，今天更是连披肩都没拿，就脱下自己的西装递给梁思申。正好寻建祥从宋母病床边脱身过来这边打探，见此情景也没心思多想，跟梁思申打个招呼，问问杨巡里面还没动静，就又下去陪着宋母。而一些市领导也开始陆续来访。走廊上站满黑压压的人，每个人各怀心事，但不便此时张口。杨巡很担心程家人找上梁思申，一直在梁思申身边严阵以待。

终于，宋运辉被推出来，众人都簇拥上去，前面都是领导，病床边宋季山有份，程开颜也有份，梁思申与杨巡都没份。两人只好站在外面听医生介绍情况。医生面对那么多领导，说得深入浅出，谁都听得懂。梁思申听了终于放下一颗心，没事，而且没后遗症，那就是不幸中的大幸，刚才真怕刺穿的是肝胆脾之类的内脏。

但等杨巡忽然想到该去病房拦住闲杂人等，尤其是肯定会让伤痛中的宋运辉烦不胜烦的程家人的时候，却发现早有护士在门口把关，将所有人都拦在门外。经过公推，才让宋季山和宋运辉的秘书进门。过会儿，寻建祥背着刚醒来的宋母也进了门。

杨巡和梁思申在门口守候了会儿，不久寻建祥出来让两人回去准备明天接班，两人这才离开。但杨巡忍不住想去护士站沟通一下感情，他进去发现里面有几个医生在开会，说的正是宋运辉的病情，他就在门口听了会儿。梁思申则是见到一个女医生从护士站与护士长亲密地拉着手出来，转到楼梯角说话。那女医生细声说的话，有几句漏进梁思申耳朵："是啊，一家子老的老小的小，你也看到，只有同事朋友帮得上忙……你刚才拦得好，要不然病房里不太平了……唉，也可怜，都可怜。可现在只能顾得上病人了……怕刚才电话里说不清楚……明天还得你帮忙……说什么呢，厂长女儿是我儿子班上的同学，前儿我儿子不是脚烫伤吗，我那天正做一晚上手术，没力气背儿子，那厂长看见好心送我们俩回家，难得的没一句废话……是，你也知道现在的男人，我宁可不要他们帮，免得无穷麻烦。让他们伸手帮忙，他们恨不得要我以身相许还人情债……对了，千万别提是我要求的，这种事说出去更加多是非……"

梁思申这才知道，看似简单一件事，竟也是有因有果。听得转角那两个人开始说再见，梁思申连忙装作若无其事地走开。过一会儿，见女医生和护士长拉着手转出来，梁思申仔细看了一下，见是一个长相文气，略带职业性冷漠的三十来岁女子，一双眼睛似会说话，但估计说出来的话带刺。想到女医生悄悄帮宋老师的忙，梁思申在那女医生经过时候就一直讨好地微笑，但女医生没搭理她，匆匆而过。

一会儿杨巡出来，杨巡比梁思申主动得多，已经勇闯进去与给宋运辉主刀的医生攀谈在一起，说好送疲惫的医生回家。梁思申跟上，但回头时候，看到程开颜和她父母还守候在门外走廊，没有离开的意思。她心中感慨，当一个人的爱不是另一个人的那杯茶时，爱是负担。程开颜只怕到死都不会知道宋老师的追求是什么。

下到下面停车场，梁思申看到只穿着毛衣的杨巡踊跃上去帮两位主刀医生将自行车扛到车后，梁思申忙打开车门请两位医生上车，她自己坐到驾驶位上。杨巡安置好自行车上来，见梁思申坐那儿，没敢吱声，怕后面两个医生吓到，只得坐上副驾位置旁边指挥。没想到梁思申开车极其老练，他不知道梁思申已经通过萧然拿到驾照，只得心中念叨千万别半路遇上警察。

直到把两个医生都送到家，杨巡才道："你赶紧把位置让给我，要是让警察查到你没驾照，麻烦大了。"

"放心，刚刚萧然把驾照给我做出来了。哎，杨巡，注意到没有，刚才一路上都没见一辆出租车，原来还以为出租车挺多的，宾馆门口总停着几辆。"

"是啊，出租车爱做宾馆生意，有钱人多嘛。萧某人对你倒是有求必应，考

369

个驾照多难啊。"

"没见我帮他很多少忙吗，我的咨询在国外都是收费的。杨巡，等下我先回宾馆，你能不能辛苦一下，再回医院，把那三个老弱妇孺送回家？"

"谁？噢，那三个，让他们待着，他们精力好，老拖着离婚手续，害宋厂长每天拉着脸没精神，香烟不离手，让他们在走廊上耗点精神才好。"

梁思申不由叹一声气："冤孽。算了，你不帮就算了。我刚才听到……"梁思申把刚才听到的那个女医生与护士长的话与杨巡说了一遍。

杨巡心说，那女医生不知道是不是传说中宋运辉的外遇，好嘛，今天都凑一起了。可他不敢说给梁思申听，只轻描淡写地道："这个时候多的是伸手想帮宋厂长的，有人只怕排不上号帮不到忙，你别去瞎掺和。"

"我又不是傻瓜。只是觉得那个女医生帮忙帮得到位，说说而已，你紧张什么呢。杨巡，我听今天萧然跟我说的一句话有道理，他说我既然有点来头，没必要一边矫情地说不沾那光，一边其实又在因着来头放肆。"

杨巡不由笑着抢话道："这两天的酒席吃烦了？"

梁思申见杨巡明白她想的是什么，终于笑了："是，明天你跟他们说，大小姐烦了。再有什么事，我打几个电话找人，我又不是跟萧然一样做违法乱纪的事，没必要自找麻烦非找弯路走不可，明天那些什么的都取消。"

杨巡道："你大小姐终于想通了，难得，怎么我前两天也这么跟你说，你不听呢。"

"前两天我还没吃过苦头。"梁思申不由做一个鬼脸，"对了，明天我跟萧然谈商业中心那块地的转让。他打算跟着日商增资，那就不得不卖掉商业中心那块地皮。我的意思是，这么一块稀缺地段的地皮，那是再贵也非买不可。"

"噢，那我明天一起去，什么时间？我安排一下。"

梁思申道："你还是别去。萧然见了我没办法，我对他泼皮无赖都可以，你在场他会转移视线，他也巴不得只你跟他谈呢。你明天还是去接替大寻吧，正经的商业谈判需要你的经验手腕，跟萧然那样不正经的，我来。"

杨巡无奈，也确实，梁思申已经说得够给他面子。于是他把自己的心理价位说给梁思申，又告诉梁思申那块地几大缺陷分别是什么，以便明天梁思申讨价还价。说完了才送梁思申上楼进门，他自己开车回医院。说真的，梁思申对待合作项目如儿戏，硬是不肯利用身份资源，弄得他也紧张不起来。这回的工作虽然按部就班地做，可他心里前所未有地放松。心里轻松，浑身就全是劲儿。

这时候宋运辉病房外面的走廊已经空了，包括程家三口也不在，宋运辉的秘书以坚壁清野之势坐在门口。杨巡一去，秘书就告诉他，宋厂长没醒，可宋家父母不见儿子醒来不肯睡，要杨巡劝劝。杨巡说这哪是劝得了的，他进去替了寻建祥，因寻建祥家里还放着宋引，怕寻妻一个人照顾不过来。尔后，他陪着宋家父母在半黑暗中坐了一夜，一直等清晨宋运辉醒来，是宋母先看到儿子苏醒。正好此时梁思申也清早赶来探望，大家都哭了。

宋运辉睁开眼睛看着眼前的父母和梁思申，这几个人的存在，让他苏醒的感觉很好。因为伤痛，也因为刚刚苏醒，宋运辉有些放纵自己。于是在旁边不大被重视的杨巡注意到，宋运辉的眼光经常温柔地落在梁思申身上，然而又在梁思申看过去的时候，将眼光似是不经意地避开。杨巡心惊，隐约明白宋运辉心里在想什么，但也猜出宋运辉不想让梁思申知道。联想到梁思申昨天走廊上的焦虑，杨巡虽然心中极不愿意看到这一出，可是他清楚，此时他不便在场。他抬脚离开，还顺手拉走秘书下去吃早饭。

梁思申熟练而快捷地动手把病床稍微升起，才将小笼包拿出来交给宋季山夫妇，含着笑哽咽着道："爷爷奶奶可以放心吃早饭了，吃了后你们回家睡会儿吧，我等下开车送你们走。"回头看到不见了杨巡，奇道："杨巡呢？这家伙饿坏了吧，吃早餐这么积极。"她说着话，早动手将凳子椅子拼起来，方便宋季山夫妇吃饭。

宋运辉微笑道："爸妈，你们快吃点。吃了回去睡觉，不然我也不敢睡了，这儿有他们陪着。"

"我们不累，看到你醒来比吃人参都强。等下叫小杨回家睡吧，他一晚上也没睡。"

"护士会来的，这儿是高干病房。你们回去吧。小梁，等下你负责把我爸妈送回去，要小杨也回去睡。跟猫猫就说我出差了。小梁，你回头也忙你的去。"

宋季山道："我们回去也睡不着，还是在这儿打个盹。大寻等会儿还会来。那个……猫猫妈昨晚说……"

宋运辉几乎是条件反射地道："我不见她。"该如何相见？存在宋运辉心头更多的是因果之叹，他曾是多小心安全的人，可是他却在离婚即将办成之际，失足跌落，他是个有心人，早在失事第一刻就想到人们心中会想到什么，他有何颜面躺在病床上理直气壮地见程开颜。

梁思申不疑有他，她以为离婚总是关系闹僵的结果，这种时候拒见也是理所当然，想起昨晚："宋老师是不是有个女医生朋友？昨晚我偷听到她提示护士长拦住闲杂人等，否则昨晚病房肯定一屋子的人，谁都进来。她说她是猫猫小同学的妈妈。"

宋运辉闭上眼睛艰难地想了会儿："有，陶医生，三十来岁。谢谢她。爸妈，你们吃早餐，我看着，快坐下。"

宋季山夫妇这才开始吃喝。梁思申看着宋运辉笑道："宋老师，馋吧？"

宋运辉虚弱地微笑："别招我。"

梁思申笑道："我在浓香的生煎包子面前徘徊好久，最终决定不刺激你，改买小笼包，嘻嘻。当然，等宋老师健康的时候，我还是会把刺激宋老师当作宏图大业来完成的，难度越高越刺激。"

宋运辉只能又笑，连刚进来测脉搏量血压的护士听着也笑。梁思申看着血压计上面的汞柱，又看护士的记录，笑道："宋老师，你真需要我刺激呢，你看你现在血压这么低。"

宋运辉笑道："别调皮，说说你这几天做了些什么。"

梁思申端把凳子轻轻放到床头，开始跟宋运辉讲这几天的事。宋运辉听着，宋季山夫妇旁观着。老夫妻还是第一次见识儿子与这个说了很多年的女学生之间的关系，心里都觉得这两人看上去关系好得没道理。儿子对猫猫妈说话从没那么耐心过，他们为此对梁思申有些反感。

宋运辉听后提醒："先弄清那块地的产权，要杨巡去弄清楚，这种人拿出来的东西很多拖泥带水。"

"噢，明白，我拿来资料让杨巡去查。还有一位来自既非国有又非个体的企业，叫集体企业的，那位管理者叫申宝田，申厂长异常热情地希望我这个外商与他合资，或者帮他介绍外商来跟他合资，可是怪了，我看他企业报表显示利润挺好，一半产品出口，杨巡也说这家企业前景不错，我不明白他为什么要跟我合资。关键是他开给我的条件优惠得让我怀疑他是不是我爸的什么老相识。我怀疑他另有企图，没答应他。杨巡说由他去套出申厂长的企图来再议。"

宋运辉失血过多的脑袋一下听得有些晕晕的，也就没发表意见，只微笑道："看来你跟杨巡配合得不错。"

"是，杨巡太宝了，好像没什么他办不成的事。我看着医生多严肃啊，他却没几分钟就攀上给宋老师动手术的医生两名……呃，陶医生来了。"

陶医生其实已经来了会儿，但见里面两人说话，以为是公事，就没打扰，在外面等了会儿。但看里面那对，又敏锐地感觉似是有一条亲密的线柔柔牵在中间，男的全心全意地宽容，女的全心全意地信赖，陶医生不能不联想到宋运辉离婚的原因。

陶医生微笑进门，坐在梁思申让出的位置上，又微笑询问一下宋运辉的身体感受，正要打开血压计，梁思申就在旁边站着道："护士小姐已经来测量过，58-85。"

陶医生已经从刚才的对话中听出这个女孩子是外商，她冲梁思申微笑一下，道："看来恢复得挺好，果然是老大主刀，只等着后面日子渐渐恢复了，别担心。不过我看记录，你的身体有点像过度使用的机器，需要长时间休养生息。"

"他工作起来不要命。"宋母道，"医生，他能吃的时候，吃什么东西最好呢？"

陶医生想想道："我去拟个菜谱，回头交给你们，不过也不能做准，宋厂长年轻底子好，最要紧还是爱吃多吃少操心。"她起身道："出血多点，没太要紧的脏器损伤，不幸中万幸。手术又成功，以后只要慢慢将养，千万别急。这是持久战，伯父伯母也得养好身体准备好吃的调理宋厂长。我走了，早班前还得看一圈我的病房。再见。"

梁思申送陶医生出去，到了外面，才轻声问："陶医生，真没事吗？请问有什么需要注意的要点？"

陶医生看看眼前这个长相和衣着都美丽的女孩，轻声道："没大事，后面保养要紧，千万别让宋厂长过早操心。"

梁思申忙道："我明白了，我的小事也不跟宋老师说了。我四天后打算离开回美国，那时候宋老师能恢复多少？"

"放心，宋厂长年轻，恢复会比较快。"

梁思申这才放心，看着陶医生离开后才回来病房，见宋运辉看着她，眼睛里有问询的意思，她忙笑道："我私下又问陶医生，陶医生还是说没事，可见是真没事。不过刚才我看陶医生走的时候，刚好两个护士也一前一后地走开，我很无聊地看着她们轻盈地飘一样地走，很坏心眼地想到一句唐诗，嘻嘻，真对不起陶医生。"

宋运辉朝门口斜一眼，笑道："别卖关子，说吧，现在没别人。"

梁思申笑嘻嘻地道："一行白鹭上青天。"

宋运辉想笑又不敢笑，怕撕痛肚子，忍得异常辛苦。倒是宋季山夫妇终于展开锁了一夜的愁眉。杨巡和秘书进来，见刚出去的时候相对泪眼的四个人这会儿都笑眯眯的，都是好生奇怪。

宋运辉看到杨巡等两人进来，便知道他今天的快乐时间到头了。"爸妈，你们回去吧，八点后属于非私人时间，唉。小杨送回去，小梁也去办事吧。"

宋母闷声道："我不回，我照看儿子还分八点不八点？现在都什么时候，还工作个啥。"可宋母积弱惯了，到底还是没敢大声理直气壮地表达自己的意愿。

杨巡在一边忙道："对了，宋厂长提醒我，等下一上班还不知多少人来探望慰问。有些领导来了宋厂长能闭上眼睛躲过，可你们二老就得成慰问对象了，宋厂长担心领导们握着你们的手你们没法应对，还累得宋厂长挂心。不如回去睡一觉吧，八小时以外再回来。"

杨巡说着，一手揽起稍有惊讶的宋季山就往外推，另给梁思申一个眼色，梁思申连忙也跟着挽起宋母朝外走，弄得两个老人身不由己。而杨巡还在一路宽慰劝说着，都是入情入理的大道理。可怜宋家父母这两个逆来顺受至根深蒂固的人，反抗都没太大动作。梁思申虽然把宋母往外送，可也忍不住觉得自己狠心，不由回头想看一眼宋运辉的反应，直想着要是宋老师也不舍得父母离开，她就罢手。可她蓦然回头，却看到宋老师的眼睛有些怪异地看的是她。她几乎是本能地止步想确认，却发现宋运辉的眼睛早转开了，快得令梁思申都以为自己眼花。

梁思申疑神疑鬼地走出去。杨巡也是一肚子的狐疑，他现在开始回忆宋运辉家发生矛盾究竟在哪个确切时间，会不会宋运辉的离婚真的与梁思申有关。

一车人各怀鬼胎，是梁思申开车送他们回宋家。但半路之上杨巡接到寻建祥电话，说是程开颜哭哭啼啼找上他家要宋引，被他拒绝。杨巡想来想去，觉得这种时候当妈的要求带女儿是无可非议的，可他更能推测宋运辉肯定不愿把女儿放到闹离婚的妻子手里，那等于被挟持。他当即指使寻建祥辛苦几天，无论如何都要隔绝那母女俩，不惜一切代价。宋季山夫妇手足无措地看着前座杨巡对他们宋家的事自作主张，轻轻讨论后，不得不做出决定，以后两人轮流去探视儿子，以便有人可以留在家里照料孙女。

杨巡一直感觉梁思申开着车有些心不在焉，但见她车子开得四平八稳，也就不说了。一直等送走宋家父母，他才折回来问还在车里发呆的梁思申想什么。梁思申心说杨巡倒会看眼色，她犹豫了下，将心中的疑问抛给杨巡："你守了一夜，看到宋老师……有没有什么不同？"

杨巡没想到梁思申敢问，他犹豫了下，道："他是他，你是你，别当心理负担。"

梁思申默然，这话听出，她看到的不是幻觉。杨巡见此道："别想太多，你很快回美国的。路上专心开车，去市一机有段路自行车乱窜。我自己打车。"

梁思申拿眼睛看了杨巡会儿，看得杨巡差点昏倒之前，才启齿："杨巡，你才大我一岁吧，你做事真成熟。"

杨巡晕乎乎地看着梁思申开车离开，心里一阵一阵地激动。又用疲惫的脑子很快想到，梁思申临走那句话，当然表示对他的肯定。那就意味着她不会想太多。他也不愿梁思申想太多。

梁思申开出小区，忍不住在路边停了会儿，愣愣地想了会儿，决定听杨巡的，不想。她以前怎样，现在还怎样。她是很快回美国的人，她不愿自己与宋老师的良好关系节外生枝。

12

与萧某的谈话异常顺利。两人都是从小生活优裕、有些手头散漫的人，而萧某急等用钱，知道梁思申背后有财神，又不敢放手欺负了梁思申，梁思申则是找到自己心理价位，拉锯几下，都觉得满意，便很快拍板。若换作杨巡，即便心中有心理价位，他也会在谈判中伺机"更下一层楼"，软磨硬泡地将价格打压到最低。

梁思申会谈后，由萧某助手陪同，去现场旁边的一幢大楼俯瞰。果然这是好地段，即便是她这样的外地人都看得出这块区域的热闹成熟。若不是萧某身后被日方紧紧追逼，萧某怎么舍得放出这么一块宝地。她得此地，只能说机缘巧合。萧某助手说，原本萧总准备在此建造大型商场，图纸也已做出，万事俱备，只欠东风。助手还谈了一下商场的规划布局。梁思申看看远近稀稀落落的商业楼群，心说这么宏大的计划，有配套的巨大消费客流支撑吗？国人工资有那么高？她当初与杨巡谈楼下商场楼上宾馆时候，都没那么大规模。

当然，她知道，规划必须超前，至于怎么超前，她有的是在欧美老牌资本主义国家逛街积累下来的经验和眼光。但她难以把握，如何选择一个合适的度。不能超前太多，又不能太过流俗。怎样才能做出符合大环境的合适规模？当然，她必须与她的合作者、当地商业奇葩杨巡商量。她此时可真想冲过去将杨巡拎出被窝开始讨论。

好在杨巡也没让她久等，就在她回到宾馆对着规划图描描画画时，杨巡睡了半天找来。两人就建筑成本、未来的管理成本和客流消费额度等问题讨论再三，杨巡更是满城飞地找商业系统的人了解市区各百货商店的年销售额，他因着两家市场，已经基本成为商业系统的事实编外，因此数据容易取得，虽然不知道数据的真实性几何。

两人即使去宋运辉那儿探望的时候，也忍不住窃窃私语，讨论一番，令宋运辉顿生局外人之感觉。但宋运辉只能无奈地看着，杨巡在场，他插嘴都不愿意。

杨巡对于梁思申欧洲风情街的提议非常热衷，他还希望能搞个欧洲多国风情荟萃街，让全市没出过国的人开开洋荤，最好一条街就把什么英国王宫、美国白宫、法国爱丽舍宫都缩微了一网打尽。倒是把梁思申听得一愣一愣的，不知道这样的杂烩建出来是什么鬼模样，一定是四不像。她只得把规划图复印件与初步思路带回美国，请相熟的朋友帮忙大致策划。

而购买二轻局两家工厂的事情也在梁思申回国前获得定论。在与有关领导频繁会面，一次次重复回答一些诸如最爱哪种国内美食还会不会读写汉字以后有什么打算等的低级问题，而不是就梁思申几年以来对中国经济的调查展开讨论之后，对方领导似乎都很满意，于是签署初步意向，但梁思申不知道对方领导满意在哪儿。

梁思申休假结束，不得不回美国。两宗收购一起进行，令新办合资公司资金吃紧，她在卖大学区房子和如今所住房子还是抵押房子之间犹豫良久，决定抵押。她将所得汇给杨巡，提议增资。杨巡不得不勒紧腰带加大贷款，按比例跟上增资。不过杨巡心里清楚，他的被迫增资与萧某的被迫增资应是不一样的概念，他和梁思申的增资目标明确，思想统一，都是为了合资公司的实力和前程。

因与萧然的交易，梁思申在中国的动作还是通过梁凡传到梁父耳朵里。梁父虽然生气，可此时木已成舟，他只好静观事态变化，提醒梁凡也帮忙留意不能让梁思申吃个体户的亏。梁凡才不关心，他不信谁敢让梁家人吃亏。

梁杨的合资公司虽然出师大捷，顺利超过预期，但是一开始就背负的巨大债务压力，令两人的行止大受影响。尤其是杨巡，年前他还为了心目中的四星级宾馆项目豪情满怀地考虑过借个两千万三千万的，可真有一千多万的债务上身，却又是不一样的感受了。虽说是虱多不痒，债多不愁，可虱子多了会吸干人血，债务多了可压垮一个人，千万级的债真不是百万级的债能比的。再想到隔山隔海的梁思申也背着一屁股的债，杨巡备感压力。

因此，杨巡更加精细地计算收入支出。能拖着付的就赖着，非付不可的就协商分期付款，实在逃不过的，如萧然那儿的钱，也是拖一天是一天，硬是在银行里挣得几天利息。但是对于二轻局旗下两家厂的收购，他谈下的是分期付款、年付。而遣散原有职工所需买断工龄的钱，也是分期、年付。他还轻车熟路地为未来避税打下基础。有个与杨巡混得很熟的二轻局领导打趣，还真是第一次见到合资公司做事如此抠门。

不过杨巡做这些琐碎的省钱事情都没怎么跟梁思申一一报上，他在梁思申面前与跟寻常合作人面前不一样。若是对于寻常合作人，那他非把自己的劳苦功高一分不差地传达不可，让合作人知道他杨巡不计得失，为大家的事奔走，这个人情那是非要合作人铭记在心的。但是对于梁思申，他却觉得，男人嘛，总得有点男人的担当，事无巨细地将功劳传递过去，不成了碎嘴小男人邀功吗，不说。好在上回梁思申过来见识过办事有多辛苦，对他工作的迅捷进展都是表扬有加。这让杨巡忙得心里愉快。

杨巡为此忙得脚不沾地，几乎回家只有睡觉一事。而这个时候，宋运辉的受伤好歹加速了离婚步伐，一纸离婚书出来，宋运辉手下也顺手附上程开颜的调令一份。程父早知回天乏术，带妻子女儿乘宋运辉安排的车子回金州。一路之上，程父内心悲凉，他的时代就这么结束了，他现在连女儿都保护不了。他恨宋运辉，可是他无计可施，只能对宋运辉跌穿肚皮说一声"报应"。

在杨巡依然忙得不见踪影的时候，宋运辉终于出院。宋运辉受伤的时候，自然不会有人通知遥远的雷东宝。等宋运辉活泛起来，他也不会脆弱地一个电话打给雷东宝要刚回小雷家重展宏图的雷东宝抽时间过来看他。只待离婚的事情尘埃落定，才打电话给雷东宝，告知一声他离婚了，依然没说受伤的事。

雷东宝倒没说什么，一向知道宋运辉这个人的性格，别看闷声不响，其实特有主意。雷东宝只是问宋运辉现在心情如何，听宋运辉的回答是"自在"，他便撂开手了。毕竟他与程开颜只是几面之交，他一颗心毫无疑问地偏，偏向宋运辉，只是觉得挺可惜的，好好一个有孩子的家，说散就散了。

13

虽说论理，宋运辉出离婚那么大的事，雷东宝应该过去一趟表一个态，可是他实在是抽不出时间。原计划用承包养猪场的钱接济如今被整合到一起的登峰，可是也不知为什么，有意承包猪场的人不知太会算账还是没长远眼光，都没个敢长远承包的，虽然承包者都很踊跃。因此，雷东宝筹划再上一条电缆生产线的计划资金告急，而订做设备的预付金却已经交去设备生产单位那儿了。

现在小雷家通过其他办法筹资很难，前一段时间的动荡，包括雷东宝自身的入狱，都让手里揣着钱的人对借款给小雷家踌躇。县里的人一则避讳，怕帮了小雷家，被认作陈平原第二，没人敢出面替小雷家周旋；二则避雷东宝，陈平原出事的时候从小雷家搜出重要证据的一幕还在眼前，雷东宝这样的人，现在谁还情愿帮他，雷东宝简直是求告无门。

若是换作以前，拖一拖也就拖一拖了，总不能没有条件硬上。可是现在不能拖。雷东宝现在是保外就医出来，他还在镇上拍了胸脯换来今天的地位，他若是不在特定时间里做出成绩，给对他寄予厚望的人以信心，给被他打压下去的人以压力，他往后无法立身。雷东宝必须没有条件创造条件，非上不可。

好在红伟一肚子委屈地辞去占据多年的预制品厂位置，交出肥美的既得利益，在新创的贸易公司对雷东宝听其言、观其行一月之后，彻底清楚雷东宝让他新创这个贸易公司，那是真把他当自己人，给他权，给他物，更给他信任。不过钱却是要他自己挣出来。气顺之后的红伟这才活泛起来，积极率领原属小雷家的一干销售活跃分子奔走争取业务。

既然计划承包猪场的钱落空，那就只有另外设法。而目前最能设法的只有通过登峰自己积极造血，养活发展自己。因此雷东宝和红伟将眼光瞄上收益最好、来钱最顺的电力系统大宗采购上面。问题是谁都知道那是块肥肉，一块肥肉旁边无数厂家眼巴巴盯着。本市电力局的一宗大买卖，撇去那些外省来的"流寇"，省里一家国企就死咬着不肯放松，省电缆凭借与电力局多年交情，和同是电力系统国企的身份，大有将登峰挤出局之势。而电力局的个人虽然早被红伟这个本地人麻痹，可是又不敢公然拒用系统内工厂的产品，一时左右为难，暂时袖手旁观。

别人等得起，唯有雷东宝等不起。既然巧取不行，雷东宝毫不犹豫想到强夺。他要红伟候着，那家省电缆厂厂长一来，第一时间通知他，他要"劝退"那家厂。红伟听着有些心惊胆战，不知道雷东宝要做什么，问又问不出个准的，劝又劝不回雷东宝不来鲁莽的，只有自己天人交战犹豫着要不要告诉雷东宝那家省电缆厂厂长过来的准确时间。可红伟又知道，他不说，自有别人巴巴儿地跑去跟雷东宝说，多的是寻找机会露个小脸的人。红伟只能紧盯着电业局的人获取消息，第一时间将省电缆厂厂长到来的消息汇报给雷东宝，又不得不遵照雷东宝要求，千方百计厚着脸皮三顾茅庐敬请对方那个派头很大的副处级别的厂长一起吃饭。

红伟在三星级宾馆订了一间稀罕的包厢，在恭候对方厂长到来期间，不断劝说早到的雷东宝不要使用武力，不要自说自话。雷东宝最先一声不吭似听非听，后来听得不耐烦，反问一句："我把那厂长当菩萨供着，他就肯退出？今天吃饭目的到底是干吗？恭喜他们厂拿到业务？"

红伟皱着眉头道："书记，我们都担心你啊。要不我们分配一下，今天什么狠话胡话都我来说。"

雷东宝鄙夷地道："你有狠话，前几天为什么不说？"

红伟无奈地道："逼上梁山了我也会说。书记，你不能给自己惹麻烦啦。为了我们全体，你忍忍吧。"

雷东宝斜红伟一眼，懒得说话。红伟见此也不敢再说，其他两个公司的业务员更是不敢进谏。但是没想到省电缆厂厂长却是左等不来，右等不来。红伟偷偷瞅着雷东宝的脸色，先雷东宝一步将那家厂长骂了个透。雷东宝倒是毫无怨言，耐心等待。

终于，千呼万唤地，那个厂长在登峰一个业务员的引导下，带着两个手下来了。那厂长进来就开宗明义："今天我来是看电业局老郑的面子。"

雷东宝主动上去握手，声若洪钟："那当然，我们村党支书啥的，进机关排不上号，说不来话。厂长今天坐主位。"

那厂长见此，矜持地微笑，当仁不让地坐上主位。厂长没想到对方带头的雷东宝却一屁股坐在末位，正好坐他对面。雷东宝有意坐在厂长对面，环眼直视那厂长道："我大老粗，不会说话。有啥过节，厂长担待着点。来，上酒上菜。"雷东宝最后一句就跟在小饭馆吆喝似的，惊得旁边穿着红褂子的服务员一愣，好一阵子才回过神来，微微撇嘴出去通知。却把对面的厂长看乐了。

但那厂长虽乐，却不忘正事，看住雷东宝道："这顿饭不好吃，你们先别忙着上酒上菜，说说你们想怎么样。"

雷东宝也是咄咄逼人，看着那厂长，一点都没有红伟指望的收敛样子："说话前我们别忘介绍。厂长，我知道你是谁，你树大招风，谁都知道你姓啥名啥住哪儿，儿子一个。我大老粗，没人知道。我自我介绍。我叫雷东宝，小雷家原村党支书，去年犯事坐牢，今年保外就医。谁能保外就医？两种人：一种是得治不好的传染病的，一种是得治不好的坏毛病的，我沾一种。厂长放心喝酒吃菜，传染不了你，我没得传染病。"

厂长一声哈哈："雷同志请客怕掏钱还是怎的，吃前先封人筷子啊。"但厂长不免想到，既然不是传染病，难道得的是治不好的坏毛病，要人命的癌？脸色不像啊。"雷同志继续开门见山，今天摆这一桌鸿门宴，准备跟我们说什么？"

雷东宝一掌拍在大圆桌上，道："好，爽快。我大老粗，不会转弯抹角。我说实话，登峰电缆厂是我一砖一瓦建起来的，到今天，我最不放心的就是它。现在登峰有麻烦，等着市电业局的业务开锅，求厂长撒手放了市电业局的业务，你们反正生老病死都有国家养着，我们一个村老小都指着登峰吃饭，不一样。来，吃菜喝酒，我大老粗不会客气，你们自便。"

厂长没动筷子，也示意两个手下别动筷子："雷同志，既然看老郑面上我来了，我得把话跟你讲明，大家各凭本事八仙过海，最终结果看市电业局决定。你要管你一村人吃饭，我要当好国企大管家，我们各有立场。但我看出我们都不是为个人，你也是个好样的。既然如此，我们认个朋友，以后一个行业吃饭，彼此照应。"

雷东宝道："认我做朋友，不难，你们家底子足，先留口饭给我们吃，让出本省的生意。第一先让出市电业局的生意。红伟，给厂长倒三杯酒。厂长，你要是答应，我们干了这三杯。"

厂长没想到雷东宝这个粗人这么污攀他的台面话，一时沉下了脸："雷同志既然提出我们无法做到的条件，显然是不想交我们这些朋友，我们不高攀，走，雷同志的鸿门宴，我们咽不下。"

"慢着，饭不吃可以，把我心意带走。"雷东宝说完抢过服务员托盘上的酒瓶，磕掉瓶底，狠命插到桌上。犬牙交错的瓶身当场插穿当中的玻璃小转台，随着一声脆响，死死矗在圆桌当中。雷东宝瞪着血红的环眼，盯着惊愕的厂长，狰狞地道："别让我再看到你！"

厂长的脸色由红转白，一语不发，拂袖而去。后面雷东宝霹雳似的追上一声："都愣着干什么？吃菜，喝酒。"

红伟好一阵子才从惊愕中回过神来，看着雷东宝久久不能说话。心里却是渐渐想到，说了半天，原来雷东宝净在威胁那厂长，他得了大病才得保外就医，他可以豁出一条不长的命为登峰卖命。试想，谁敢跟一个不要命的人争生意？若是杨巡那样的个体户，还真难说到底谁更强硬，可国有厂长能否强硬到最后，就难说了。

雷东宝看着红伟道："你别磨蹭，快点吃完。吃完你们派几个人给我跟去他们住的地方，穿马灯一样敲门在他们面前露露脸。"

红伟听了半晌才道："是，我们去，趁热打铁。书记你吃完还是回家，你别在场。"

"行，红伟，我没看错你。换作是……别人……唉，算了。吃。"

红伟立刻想到那个别人是谁，雷东宝一定想到的是最近受尽冷遇的雷士根。从雷东宝欲言又止来看，雷东宝对士根的感情一定比较复杂。红伟原本在揣度雷东宝这回保外回来究竟变了没有，看到雷东宝回来一系列的作为，他心生忐忑。可刚才看到雷东宝一身匪气威胁省电缆厂厂长，他反而放心了。看来江山易改本性难移，雷东宝还是原来的雷东宝。他有些摩拳擦掌地对雷东宝道："书记，放心，这笔生意我保证它跑不了。"

看着红伟与饭店经理商谈损失赔偿，这边雷东宝若无其事地吃喝，还招呼其他三个一起吃喝，说是吃饱了有精神，吃饱了好办事。可是等一桌吃完，他却埋怨星级宾馆的菜太不实惠，花那么多钱，才吃个半饱。不如韦春红的饭店。

雷东宝回韦春红的饭店，见饭店还有一半客人，生意看来挺是红火，就不打扰，站灶台边就着油炸花生米三口两口吃一碗饭，这才算是吃饱，都不等韦春红切了肉菜过来。等韦春红过来，只能站在旁边笑眯眯陪着说话。韦春红看雷东宝，怎么看怎么好看，雷东宝瘦那么多回来，韦春红恨不得一天五顿地喂丈夫。

雷东宝等吃完才有暇开口说话："当然成，我出面能有不成的道理。讲理不听，讲歪理，歪理再不听，出拳头。"

韦春红笑嘻嘻道："你能讲理？你只讲自己的理，说来说去还是歪理。"

雷东宝笑道："可人家听我。"

"人家听你的拳头。"

雷东宝嘿嘿一笑，默认。

韦春红深深注视着雷东宝，道："你这回出来后，心计多了不少。可你掩饰得真好。东宝，你越来越能干，这本来是好事，可想到你为此吃的苦头，我想都不能想。"

"又来了，又来了，别大脚装小脚，我还不知道你，你敢想敢做，砸人家车子的事都干得出来，你还有不敢想的。我上去看电视，你下面慢慢磨蹭。"

韦春红笑捶一拳，道："客人不走，我难道还赶他们啊。你慢慢歇着，冰箱里我给你冰着菊花茶呢。"

雷东宝答应着上去，路遇一个眉清目秀的服务员，不由看了两眼。韦春红后面看着当即吃味，决定这几天找个理由开了这个服务员。她知己知彼，知道自己容颜老去，更清楚雷东宝需索强烈，她得眼观六路耳听八方，将任何动向任何可能掐灭了。

雷东宝并没开电视，而是躺床上想心事。如韦春红所言，他现在花更多时间在思考上了，可是他遮掩着没让大家知道。但这些自然逃不过韦春红的眼睛。雷东宝也没打算瞒着韦春红，他觉得这一场大祸下来够考验两人的关系，韦春红是自家人。

他躺床上想有关雷士根的安排。他已经有些不忍心再晾着士根，准备冷搁这么长时间后，可以稍微放点事情给士根了。可是今晚砸完酒瓶想到士根在场会怎么做的时候，不由得又临阵止步。士根这人身份特殊，不只是一个简单村民，而是一村之长，用他，就得给他发言权。可是，怎么敢再给士根发言权。他往后要做的计划里多少灯下黑的事情，能让士根知道吗，能让士根参与吗？前车之鉴，士根知道后会有什么反应，几乎不言而喻。

可是，想到多年左膀右臂般的交情，想到士根佝偻下去的背，雷东宝心下摇摆。一直到韦春红饭店打烊了上来，他还瞪着天花板发呆。等韦春红当着他面宽衣解带，准备进去洗澡，他才追着问了一句："春红，你看我用士根先管一下鱼塘发包的事，怎么样？"

韦春红想了想，道："士根这个人，你交代下去的事，他给你打个折扣，倒是一定会做得四平八稳。换作别人，可能不会那么稳妥。怎么，你念旧情？"

雷东宝眨巴几下眼睛算是答应。韦春红又道："难得见你婆婆妈妈。不过我劝你别用士根，这人……表面胆小，实质狠心，你别指望他跟你穿一条裤子，士根只做他认定对他无害的事，即使事情对你大大有益，只要对他有害，他就不敢做。我讨厌他，男人做到他这份上，算是没种。"

雷东宝本来一直想着士根虽然胆小，却是忠心。可被韦春红一说，倒了兴致，士根可不就是那样。他终于放下士根，不再为安排士根费心。

当晚，红伟报喜，省电缆厂厂长连夜逃离。雷东宝无动于衷，这个结局他猜得到。换着地方给关了一年多，什么恶人没见过，什么恶事没听说过，他当时听的时候还充满正义的不屑，但是今朝有事上身，他不知不觉地用上了。还真管用。雷东宝只在电话中进一步指使红伟，密切关注市电业局的动向，防止省电缆玩地下工作。

正明被雷东宝收权，便赌气有意消极怠工，看雷东宝如何凭一身蛮劲运作厂子。可他终究还是嫩了点，没看到雷东宝的多年积威。雷东宝回来便一呼百应。而正明最为后悔吐血的是，去年年中，因为私心而将销售大权转交红伟，将几位要紧业务员交给红伟管理，这一下，雷东宝一来便轻易绕过了他，直至而今，正明确切知道，雷东宝居然全额拿下市电业局的采购任务。全额！以往凭他多年与市电业局领导建立起来的良好关系，电业局为了照顾系统内工厂，总得分点不小的份额给其他工厂，可是这回雷东宝竟然拿到全额。不知雷东宝用的是什么办法。

但无论用的是什么办法，雷东宝为登峰拿到口粮了。正明看到他面临绝境：如敢继续怠工，他在登峰的重要性将继续被削弱。

因此，雷东宝周一早上上班，看到正明挂着尴尬的笑脸，主动走进他的临时办公室。正明投降了。雷东宝并不客气，好一顿臭骂后才招降纳叛。骂完，才布置任务，让正明全力发展铜厂，尽快实现利润。正明虽知权力大大地被削弱，现在等于丢掉登峰江山，可也不得不接受，否则会被雷东宝踢走。

雷东宝最后鼓励几句支持几句，然后看正明欢欢儿地出去干活了。他知道，此役，终于把他不在小雷家这一年里正明一人独大培养出来的骄狂打灭了，打得片甲不留。正明真是太小看了他雷东宝，他又不是士根，他承受得住登峰因为失去正明出现些许倒退，就是损失个百把万他也不会眨一下眼皮。花再大代价，他都必须让他的威信恢复到一年之前，不容许有任何人胆敢挑战。他想尽办法办出狱是为什么，难道是来息事宁人的吗？不，他是收复江山来的。他不允许他的江山里有其他人指手画脚。

但正明好歹是他一手培育出来的人，他之所以培育正明而不是别人，那是看到正明的好处。如无意外，他还是要用正明。但他一定要让正明怕他，让正明因担心而服膺。

自此，小雷家内部，算是摆平了。

既然已经安内，雷东宝就没理由再拖延，镇上要求他兑现出狱时候对镇里的承诺。但是，此时已经站稳脚跟的雷东宝岂肯乖乖交出他领导着小雷家人一手一脚打下来的江山的一部分无偿送给镇里。可不交又不行，如果是别人给镇里的承诺，他可以赖，可这是他亲口对着众人承诺，他要是敢赖，他现在的身份还特殊着呢，他是保外，而不是正式刑满释放，都不够镇里发怒稍微动手打击一下，他不堪一击。

雷东宝的烦恼被韦春红看在眼里。韦春红在县里开饭店多年，为人又是八面玲珑，早就认识镇里的一帮头头脑脑。她主动请缨，问雷东宝讨来一把令箭，暂时放下饭店的生意，为雷东宝四处活动。韦春红伶牙俐齿，正好弥补雷东宝不会做小伏低的缺憾。

在韦春红的斡旋下，雷东宝与镇领导密切合作，两方各派出精干人马会成一路，出去其他省考察已经试点成功的乡镇集体企业的股份制改造成功范例，考察了解别人如何正确合理地处理乡镇集体企业的产权归属问题：既不能明目张胆地将产权交给个人，搞个领导拿大头村民拿小头，又得让镇里插一只脚进来做股份制，那么路该怎么走？

这种细节处理的事，端的是水磨功夫，雷东宝非常头痛一次次会议讨论，他不能当老大拍板，还得听一箩筐的废话。但是他不交权，因为他交权就意味着士根将成为主导，他不能让谨小慎微的士根破坏了这回股份制改造试点。

经过近两个月的考察，经过近两个月的开会扯皮，又通过镇领导向市县两级汇报请示，终于确定改革方案的大纲：建立村民发展基金协会，以基金协会形式与镇里合股。既然大纲确立，一班人马便开始紧锣密鼓的文案工作。雷东宝当仁不让，大权独揽村民发展基金协会成立细则的制定。说到底，还不是去年流产的改村民所有的那套思路？各位村民按照贡献大小，在基金协会里占一定比例的份额，未来就按照份额分配红利。换汤不换药。

原本谁都反对的，被誉为挖集体墙脚的行为，因为改头换面，弄了个新鲜的、以村民集体出面的村民发展基金协会，还被镇里分去一部分，股份制改革却得以顺利推行了，而且上上下下人人还将之视作改革，视作先进，视作创新。雷东宝真是不明白，但他这回学乖了，跟谁都没说，只默默地做，加油地做，快速将改造一推到底，在年内顺利完成股份制改造试点。于是，小雷家集体统一改名为雷霆股份有限公司，镇里倒是没好意思白占村民太多便宜，再加上雷东宝袖手旁观着让村民闹腾了几次，因此股份公司里是村民发展基金协会占了绝对大头。

这事儿，让小雷家又做了回先进。

没想到雷霆股份才成立，便遇到一个开门红。因为电视上马俊仁口口声声说他的马家军长跑成绩卓越是跟喝了甲鱼汤有关，于是中华鳖精横空出世，于是饭店里请客吃饭断断少不了一只王八。市面上甲鱼顿时吃紧。聪明人立刻瞅准这个难得机会，全国各地蜂拥发展甲鱼养殖，全国各地的鱼塘顿时成了香饽饽，鱼塘承包费用日日见涨。

小雷家那些荒废了一年的鱼塘虾塘也顿时有了用武之地。雷东宝将刀子磨得雪亮，合同要求承租方必须承包三年，一次性交足三年承包费用，一分一厘的折扣都没。这么苛刻的条件虽然吓跑一群小户，可也有人咬牙签下承包合同，迫不及待地交出一包包的承包金，就怕晚签一天，承包价格又涨。

雷东宝当真没有想到，原本承包猪场筹资的打算，最后却落在鱼塘得到实施。这个时候登峰已经通过红伟率队四处出击抢夺生意，积累不少流动资金，再加上发包鱼塘意外横财，雷霆股份现在竟是资金充裕，日子丰足。这让有些原本对股份制改造持观望态度，担心或等待雷东宝再次因此获罪的反对派村民不再有公开发表反对意见的机会。而对红利发放的期待，令雷东宝在小雷家的威信再次恢复巅峰状态。村里又恢复他一个人说了算的状态，村办形同虚设。

只有忠富没有回来，忠富几乎是清心寡欲地在别处养他的猪，赚他自己的钱，只因户口还在小雷家，而占着一个只属于不在雷霆工作的普通村民的份额。即使雷东宝亲自出面再三邀请，他被雷东宝逼急了，就说他只想与雷东宝做个朋友，而不是做上下级。雷东宝反而对忠富敬重起来。

雷东宝没因为士根是村领导而给士根大份。他似乎是公事公办地，号称公平合理地给了士根与忠富一样的，只属于不在雷霆工作的普通村民的份额。但是士根无法反对。他是明白人，他也看得出股份制改造与当年村民所有方案只是换个名目，当年是他主动要求空缺，不敢占有股份，因此差点加重雷东宝的罪名，如今他还哪好意思提出要求。雷东宝不给，他没脸提。

村民都是最拎得清的，一看士根只拿最低份额，立刻明白士根后面再也没有雷东宝撑腰，于是谁都不再拿士根的话当回事。士根当然可以想办法训斥，可是他也没意思，懒得强出头，就待在雷东宝的阴影下面做他的傀儡支书。他清楚，若不是雷东宝还受限于保外就医的身份，他连这个支书都做不住。雷士根彻底心灰意懒。

一切都似是有了改变，一切又似乎没有改变。

雷东宝身后那个保外就医的身份就像是消失了一样。看到雷东宝这个人，没人会耐心地探究他的真实底细，都只看到本市改革试点产生的第一家乡镇集体股份制改造成功的雷霆股份，都只看到这雷霆股份兴旺发达，都只看到城里人意外地出现在乡镇企业的办公室里做事……

只有雷东宝自己清楚，改变的只是名字，其余的都没改变。而雷东宝更思念过去有政府支持的呼风唤雨的好日子，尝过当年要钱有钱、要政策有政策的好日子后，雷东宝虽然现在依然干得起劲，可那毕竟不一样，以前是事半功倍，现在是事倍功半，能不让他惦记过去的风光？因此他一直在思索，如何让领导慈爱的目光再降落到他头上。这回体制改革，雷声过后，雨点没来。他费尽心机思索，还有什么办法？

14

东海厂众人谁都没有想到，宋运辉出院第二天就苍白着脸来上班，并未在家休养。也没想到上班第一天就开会公开批评自己在安全问题上面的忽视，给东海厂一向优秀的安全记录抹黑。会上，宋运辉给予自己很重处分，包括行政上的和经济上的处分。

所有人都惊愕，没想到宋运辉对自己也是玩真的。私下里议论很多，有说厂长是做给上头看的；也有说厂长自己"以身作则"敲掉大家的月度安全奖，心里过意不去，拿个处分的幌子遮羞。但只要是有在其他企业工作经验的人都无法否认，厂长这一手硬，厂长既然能如此强硬地处理自己，当然也会同样强硬地处理别的安全问题，谁的心里都绷起一根安全生产的弦。

但是令宋运辉没有想到的是，小拉来电慰问的时候，提醒宋运辉小心，如今他的生活作风问题在上面风评不佳。

宋运辉事后也清楚小拉为什么对他这么贴心，没有无缘无故的好，只是因为他这儿申请部、省、市三块政府合作投资三期的报告在省市两块已经有通过的迹象，再等部里通过，三期便成定案。谁会看不到这是一块肥肉？正因为这是一块肥肉，宋运辉一直知道身后不知道多少眼睛觊觎着他的位置，他时时感觉如履薄冰。离婚如割肉，他务必从其他方面努力补救这个漏洞。

但令他哭笑不得的是，他还在恢复，有人已经迫不及待地上门给他做媒。做媒的人都很抬举他，介绍的女孩各个都是鲜嫩的未婚少女，有两个才刚大学毕业，照片上看比梁思申都小，都长得很美，倒是厂里没一个女孩敢大胆地冲他抛眼色，他积威如冰山。

宋运辉一直到宋引放暑假的时候才恢复过来，又可以自己开车送女儿去少年宫学钢琴。并不意外地，他又常遇见陶医生。陶医生通情达理，进退有据，两人见面常有话说，有时候宋运辉等女儿下课中途遇到急事离开，还会放心把女儿托付给陶医生。宋运辉有时候想，若是从理智考虑，陶医生实在是个贤妻良母，而且他们有很多共同语言，他们都是恢复高考后的第一、二届生，可是从情感上……他心里有了一个人。那个人似乎占领他的心十年，那么天长地久。看到有人想方设法介绍给他的女孩子，宋运辉有时也不知道该拿自己的未来怎么办。

他就尊重着陶医生，就像陶医生也尊重他一样，他们不远不近地维持着君子之交。

令宋运辉头痛的是送别小拉父亲的聚餐。他离婚导致的生活作风之议全赖小拉父亲"漠视"着，才没人当面异议。若是继位的是个道德标兵，看他不顺眼又会如何？他虽然自恃一身本事，可有时也无奈世事不由人，什么都看眼缘。

小拉父亲年纪一到，光荣退休，众好友纷纷设宴相送。论理，以宋运辉的级别是排不上号的，可因为有小拉，因为小拉还想继续后父亲时代，他才有机会与系统内大佬同桌聚餐。闵厂长作为一方大员，却是理所当然位于受邀之列。闵宋两人出发前便已通话，约定上海机场见面，一起赴京。

闵厂长带着几个随员早到，见宋运辉只单身出现，奇道："你还真是一个人去？"

宋运辉笑道："知道你带着人，我还带什么。"

闵也笑道："你这是明目张胆、令人发指地侵占我们金州的资源，现在都坏到不跟我打招呼，直接电话动用我的人手。"闵一边说着，一边将宋运辉的机票交给他："你说说，你这是第几次动用我们金州驻上海办给你办事？"

"哪来那么小气，我这不是怕三天两头一个电话烦死你吗？"宋运辉看看票价，将钱数出来交给闵的秘书，顺便把身份证和机票也递过去，让一起去办登机。不过他当然不能明目张胆、理所当然地使唤金州的人，还得与秘书寒暄几句，完了才跟正主儿闵道："前几天电话里一直没说，这事儿得见面才能道谢……"

"谢什么。"闵一口打断，"鸡毛蒜皮的小事，给老程女儿安排个好工作还不容易。听说上面准备给你东海升级？"

宋运辉一笑："我也正问他们怎么打发我。把我高配，还是调个高级别领导来管东海？可是给我升级的话，太飞跃了吧。"

闵不由笑道："赶紧去改了身份证，改老几岁，省得总资历不够。我还听说，新来的头准备单独见你。有这事？"

宋运辉冲左右看看，闵连忙挥手让手下离开三米，宋运辉才轻声道："有这事，主题也交给我了，说是谈产品升级的事。还有一件事，我已经拒绝，你肯定不可能听说：上面想让我回金州。"

闵顿时愣住，盯了宋运辉好半天，才轻道："你前天一定要跟我同行就是想跟我说这件事？"

"是，提醒你早做准备。电话里不便说。确切原因不明，有风传是上面有人非议金州这几年没有上大项目。也有风传是我生活作风有问题，上面不让我独立主持东海工作，回金州给你打下手。"

闵一张脸煞白，细细的汗珠顷刻钻出额头毛孔。他不由握住宋运辉的手，急切地问："你看还有没有其他原因？这事太突然。"

宋运辉摇头："不知，我还想问你金州内部有什么变故。叫我回去这事我估计是不知道谁想叫我回去当枪使。我的低级别都已经影响到东海升级，回去肯定做副手。所以我估计有两个可能，一个是有人看中我在东海的位置，想等我结束二期，争取来三期投资之后取而代之，做便宜老大，当然，那是非得把我先远远调开才行。另一个可能是有人想安排你我鹬蚌相争吧，目标对准的是你。也可能一箭双雕，我们两个是捆一起的蚂蚱。"

闵握住宋运辉的那双手不知不觉地用上了大力气，他闷头想了好一会儿，才道："肯定与你无关，不然不会预先让你知道，你别扯上自己让我宽心。是有人想搞我。搞我的人很清楚，我的软肋在哪里。唉，一朝天子一朝臣，我前阵子果然托大了。"

宋运辉很有感慨："我们守望相助。走，进去登机。"

闵心事重重地跟着宋运辉进去安检，但一到飞机上坐下了，又急着跟宋运辉道："小宋，把你准备跟新领导谈话的大纲给我看看。"

宋运辉不由一笑："我哪有大纲，又不是做报告。我是临时抱佛脚，所以晚上还约了一个外商代表了解动向。老闵，我有个提议，别忘记发挥发挥水书记的余热。水书记又不可能再影响你，好好待他，既显得你厚道，又让水书记帮你理清内部，你可以脱身内耗，他也可以老有所为，双方得益的好事。而你这回去北京，多留几天吧。"

闵听了没有反对，点点头，但也没明确表示肯定。宋运辉知道闵心里矛盾，水书记离任前摆了闵一道，闵不可能不记恨，要他重用水书记，那真是为难闵。可不与水书记言和，将水书记收为自己人，水书记却可以让闵犹如陷入水草堆里的泳者，任其陷于内耗，直到被上司训斥。这就是金州，谁都可以是障碍。因此宋运辉引以为鉴，在东海重用技术型人才，宁可忍受码头老赵那样的人时时放刁，也不愿放太多官僚生事。宁可忍受一个萝卜一个坑，人手常常捉襟见肘，连自己出差都没陪同，也不愿放任何人无所事事，因无事生妖。

但是宋运辉又看着身边沉思的闵，在心中怀疑，就算是他好意提醒了闵，可这回闵进京活动又能获得多少效果。闵这个不上不下的工农兵大学生，虽然生产管理上有一套，可是基础知识的薄弱摆在那里，闵又没水书记的开阔胸怀，在而今这百舸争流的年代，管理者如果没有前瞻的思维，不说别的，金州自他宋运辉走后，已经多年没有拿得出手的技改了。也不全是内耗的事儿，说内耗，那是他给闵找理由。再说一朝天子一朝臣，闵的老靠山刚退休。

虽说以前他和闵有过不愉快，可就事论事，谁坐到他和闵的位置上都会起冲突，是工作造就，与人品无关。事后闵也守信，把他挪到东海，无论是否被迫，总是帮他一个大忙。现在两人又相处融洽，宋运辉说实话，不愿金州换了主子。

可是除了出个让水书记发挥余热的主意，他也帮不了多的，比起闵，他在上面的
关系还嫩着呢。谁知道，或许这回闵不是因为自身管理方面的原因，而是因为不
知得罪了哪个上司呢。

宋运辉更担心他的仕途。他现在起码在私德方面有些"臭名昭著"，又是
抛弃发妻，又是与外商勾搭，如果新领导听到这些，难免心里落下不良的第一印
象。可是他既然无法忍受那样的婚姻，就得承担因此而起的后果。这时候身边的
闵重重呼了一口气，宋运辉也忍不住深呼一口。东海随着三期上马，规模进一步
扩大，企业行政级别提高势在必行，上级到底是青睐到破格提拔他，还是会适配
一个行政级别符合的人来当他顶头上司，更或是调离他出东海？小拉爸退了，他
明天面见新领导，等同面试。面试结果，天晓得。他现在的处境，没比闵安逸。
可与闵不同的是，他有过硬的技术，东海现在缺了他还真转不起来，这就是他的仗
恃。而闵就不一样了。

宋运辉想到，他是劳心劳力的命，什么时候他都必须加倍努力，才能确保
江山稳固。再看闵，曾几何时，闵也是那个时代的一面旗帜，才可能年纪轻轻便
受重用。可时过境迁，闵现在却成了落后者。宋运辉想到而今新分配大学生开阔
的眼界、全新的科技知识以及咄咄逼人的气势，他每每心生不进则退之感。他从
新进大学生那儿看到，他需要学习的有很多，比如计算机技术及应用，比如自动
化控制，比如国际金融，比如最新环保知识，等等，他即使只做到粗浅了解，都
有些力不从心。他现在都感觉他仗恃的过硬技术都有些岌岌可危。难道他需要转
向，学习水书记，做一个严格意义上的政客？

他无法以平常心对待即将到来的面试。

下了飞机，是虞山卿接了他。虞山卿也认识闵，不过只寒暄了一下，没什么
热度。宋运辉心里敏感了一下，告别闵他们上车后，就问虞山卿："你这生意人，
怎么不趁机与闵厂长拉拉关系。"

虞山卿笑道："看死他。喂，宋大厂长，您老真会粉饰形象啊，玩起轻车简从
的招数来了，想给新领导好印象吧。"

宋运辉笑道："什么事经你嘴巴一说，怎么都变味了呢。我这回来没别的事，
送旧迎新，完了拍屁股就走，带那么多人干吗，让他们无所事事看我给新官上任
的火烧一把啊。小拉呢？你晚上一起去欢送宴会吗？"

虞山卿微笑："别跟我提欢送宴会，我哪有份，我是边缘活跃分子。你们各路

诸侯这回来了不少，你知道我们怎么说你们？上京赶考！呵呵。来个系统外的新领导，是有些人的机会，更是有些人的噩梦，不过对于你宋大厂长而言，绝对是千载难逢的机会。"

宋运辉听着觉得与自己平时电话里打听来的差不多，有些放心。"你好啊，做生意就做生意，竟敢管起国家大事人事调度来，你说闵厂长会怎么样？"

"他还能咋样，过时了。他留用不留用，对我都没什么区别。唯有你，Dear 宋，you are my sunshine, my only sunshine. 赤裸裸吧？"

两人俱是大笑，宋运辉笑罢才道："虞山卿，你比过去在金州可爱多了。说说你们怎么分析我。"

虞山卿笑道："还能怎么分析，你自己还会不知道？你这样子一号人，缺了你暂时不行，你又不是谁的派系谁的亲信，谁来都不会对你反感。如果是新官上任想烧把火，正好得重用你。我看啊，你还是一个电话让你几个手下收拾资料赶紧来，趁热打铁申请三期赶紧批准。"

宋运辉微微一笑："不急，赶考后再说。"

虞山卿故作惊讶，道："你该不会想着赶考后立刻回去修整方案，成倍扩大申请规模吧。"

宋运辉笑道："你就大胆设想吧。成日只知道盯住生意，多了还不够多，大了还不够大，你到底有没有底？"

虞山卿笑嘻嘻道："哪里有底。哎，先别去宾馆，我带你打高尔夫去。"

"小拉还等着我。"

"哎哟对了，差点忘了这茬。提醒你一下，小拉最近心情不好，你自己悠着点。我劝他今时不比往昔，别闹脾气坏了老交情，可他不采纳，反而说我势利眼。等下送你到宾馆我就不进去了，省得他见了我生气。"

宋运辉一笑，没应茬。心想虞山卿现在对系统里的事情这么熟，估计看出点儿什么名堂了，那么他也得小心。

虞山卿果然送到宾馆门口就止步。宋运辉进去大堂左右看看没见到小拉，便自行前去总台登记，房间是小拉替他订的，小拉自会找到他。但没想到正登记着，一个年轻女子光脚披着浴衣跑下来，到总台交涉要回钥匙。宋运辉听着好像是这女子长住这家宾馆一个客房，今天去宾馆游泳池游泳，回头签单时候，却发现已经退房，连游泳馆寄存箱里的衣物都已被取走，女孩硬是强披了一身游泳馆浴衣下来，要不就差一点真理了。

宋运辉心想怎么还有这种事？但他没多管闲事，办了手续便上去入住。不想才进房间，就接到小拉电话。小拉在电话里二话没说，先问一句："刚才一幕活剧有意思吗？"

"什么活剧……哦，你什么意思？那女孩子是你什么人？"

"情妇。可我厌烦她每天跟我使小性子，今儿让她吃点苦头。你休息吧，我走了，晚饭前我会让司机来接你。"

宋运辉目瞪口呆地看着话筒，好久无语。这才明白刚才一幕是怎么回事。原来是小拉心情不好，就趁情妇去游泳，下手退了房子。房子肯定是以他名义租的，他去退当然容易。可断交就断交吧，何必弄得人家女孩子大出洋相。这才明白虞山卿这么八面玲珑的人为什么不肯见小拉，原来小拉是这么在发脾气。宋运辉引以为戒。谁知道这是不是小拉给他的下马威呢：就设计等着他进门看这幕活剧。

晚上欢送宴会，新领导没到场，据说昨天的更高级别欢送宴会上已经到过。大家都在敬酒，众所周知，宋运辉不会喝酒，可今天拼着老命也得敬，然后就"醉"在一边，避免被小拉逼着表态。他心想小拉这是何必，这个时候就算是大家都给他当场写下血书保证以后好好待小拉，可以后真能保证？他不如装醉。

果然小拉没有再找他。曲终人散，宋运辉心想，小拉的一页该翻过去了。

宋运辉回到宾馆，虞山卿已经在等他。两人就现在技术发展说到半夜，都是感慨技术世界日新月异，变化太快。尤其是电脑，虞山卿说起来直摇头，说他现在回美国去，最头痛是遇到电脑，那些指令总记不清，只一个"dir"没忘记，可也没大用。两人谈到半夜，终于说到私事。虞山卿说想把妻子移民出去，带着女儿去美国受教育，这事已经有些眉目，问宋运辉要不要把女儿托付给他妻子带去美国，虞山卿保证签证通过。宋运辉笑笑摇头，这么明显的行贿，他哪敢接受。但是与虞山卿分手后，宋运辉着实心动。看看梁思申的教养，要是哪天宋引也能那样出色，他做梦都会笑出来。可是，问题是，哪儿来的钱？

想到钱，想到虞山卿的收入足以把妻儿送去美国接受良好教育，他宋运辉如此出色，指挥着如此庞大的重点工程，却不能够，心里很是不平。对了，杨巡已经通过梁思申，将考过托福的杨连送出国，杨巡都已有这等财力。这一想，宋运辉对着天花板发了好一阵子呆。他到底为啥辛苦为啥忙？

第二天清晨，宋运辉穿上深灰西装去轮候新任领导问话。都是熟知规矩，因此宋运辉到了等候地点，就看到也才刚到此的闵厂长。宋运辉熟门熟路地找杯子，给自己和闵倒了两杯水，一起坐下。闵心里紧张，有意想以说闲话缓解气氛，就道："小宋，你怎么还是没一点酒量。"

宋运辉微笑道："我进医院闻到酒精味都晕。他们说我动手术的时候别浪费麻药，直接拿酒精在我鼻子边晃几下就行——你也是约今天谈话？"

闵迟疑了一下，摇头道："我昨天提了，不知道能不能约到。你约今天？几个小时？要是半天，我今早就不用等。"

宋运辉立刻明白，他竟然比闵更早被约，而闵看来还不知道约在几时。"我已经约定今早，不知道谈几个小时，初次见面，估计时间不会长。"

闵想了会儿，道："你谈话时候帮我提一下，我怕他们没传达上去。你倒是机灵，什么时候约的？也不跟我说一声。"

宋运辉说了实话："我没约，是上面通知我今天来。"

闵顿住，看了宋运辉好半天，才道："等下你出来千万告诉我谈话内容。看来我还真有麻烦。"

宋运辉叹道："你打电话问问其他几个有没有被约见。不要急。我进去了。"

宋运辉背负着闵焦躁的眼光，走去目的地。他对于今天约见的主题胸有成竹。产品升级？那是他一直关注的话题，说起来都无需资料。但是他对于自身前途，却心下忐忑。在这么一个新旧交替的时候，须事事谨慎。

没想到，一谈谈了那么久。

宋运辉傍晚快下班时分走出办公室门，便知道这事儿今晚就得在全系统传开。现在这时候，不知多少目光盯着这扇门，从门的一开一合揣摩上意。宋运辉从这扇门走出来，没去各办公室坐坐，就径直回宾馆，以免节外生枝。一路回想今天一天的谈话，回忆有没有说错什么可以及时弥补。直到下车被人挡住，才收回思考，却见是满脸忧容的闵厂长。他连忙如条件反射地道："走，去我房间，先说话。"

"说到我的问题了？"闵不顾这还是大庭广众，焦急地问。

宋运辉按兵不动，直到进门，才道："不，我怀疑上头准备调整产业布局思路，向沿海转移。今天有关产品升级换代的内容谈得不多，跟我预料得差不多。更多的是谈市场，原料供应和销售两方面都谈，是从我口头请求上三期的一条理由中扯远的。我说从目前经济发展和内需飞速上升来看，不远的将来我们将向海外寻求原料供应；同时我们也可以通过改造设备提升产品质量，发展来料加工。因此亟须在沿海扩大布局，以减少运输成本。我从领导对这个思路中有关侧重的了解，感觉他对沿海布局已经很有考虑。所以我想你不用担心了，他既然一上来就考虑沿海，一定就是有所侧重，叫我先来谈话也是理所应当。看来我的三期很有希望了。"

"你宽慰我？"闵一时有些不信。

宋运辉道："我宽慰你干什么？我说起我从金州出身，顺便提一下你，看得出领导都对你没太多印象。他新来，这很正常。如果真有拿下你的考虑，应该对你很有印象。"

闵听了大松一口气，拍拍宋运辉的手，诚挚地道："谢谢你，这样就好。还有没有跟你提起回金州的事？"

宋运辉道："没有，我也放心不少。走，请我吃饭去。边吃边谈。"

闵起身道："那好，虚惊一场。走，请你吃海鲜，我要好好请。那看来我可以回家等约见了。"

"你还是再留两天活动活动，我想要我回金州的传话定是空穴来风，你找找是来自哪里。我也得寻找这种说法的源头，不敢大意。"

闵答应，回头好好请了宋运辉一顿，席上多次与宋运辉说，要同声共气，互帮互助。宋运辉都是答应。他还真担心要他回金州，那地方，想着都头痛。倒不是怕它的内耗，他现在也不是什么善主。而是怕它沉重的经济包袱。

还有，他不愿直接面对的也在金州，估计这辈子都不会离开金州的程家。

想到今天白天的谈话，想到本系统很可能下一步对沿海地区的侧重，宋运辉有足够理由怀疑，他还真的可能如虞山卿笑话所言，得回去重写三期计划，将规模和产品档次再度提升。想到可能有的飞跃，宋运辉热血沸腾，昨晚想的为啥辛苦为啥忙的念头又抛到脑后。人生能有几回搏？他有幸轮到这等大好时机，那是上辈子修来的运气。打死他都不会想离开东海，再赚大钱又有何用，换得来这样的机会？

可是，大钱还是有用的。宋运辉到底已不是二十才刚出头的毛头小子，住寝室吃食堂，只要有事做就甘之若饴。他现在有个宝贝女儿，他对女儿有所期待。他还想梁思申，想得心痛。要他怎么办才好？有那么多的身边事，他却无法掌控。这一刻，宋运辉感到极其疲惫，他竟然也会累。

15

杨巡这几天非常忙。自从梁思申上回来了确定下方案，她又快递过来大致布局思路，以及相似建筑风格的照片，杨巡就开始紧追设计院加班加点地设计。但是设计师们都对杨巡嘀咕，这样的建筑风格，工程上能做到，可是装饰方面不可能，现在哪儿找得到这样的外墙饰面板。如果没有那样的外墙面板，那种味道根本出不来。

杨巡看来看去，没觉得那饰面板有多特殊，不就是颜色灰黑的石板吗。而且这石板坑坑洼洼，都还没他老家铺地的石板光滑。这些个设计师都是城里人，从小只见水泥不见石板，难怪不认识。杨巡让设计师定下尺寸，就要人找邻近采石场看谁能做，他觉得容易得很。但一问下去，才知道这事儿不是那么回事，得用花岗石才行。杨巡派杨速出去，一找找到福建，才得订做一大批。

杨巡已经有建造两个市场的经验，什么事要预先做，什么事要延后做，什么事可以拖一拖，他现在门儿清。他们现在最终确定的项目是大型商场，与萧然的想法一致，因为他们实在不愿放弃这等市中心风水宝地，这样的地块，不做商场，简直是暴殄天物。可是因为资金有限，他们只能造起裙楼五层，留下设计余量，待以后再往上升。

而这样的计划，也还得杨巡精密统筹才行。他几乎是暂停在二轻局那边收购的支出，集中力量拿下商场项目。他同时要设计院在设计完成前先拿出与梁思申寄来的照片风格差不多的效果图，通过关系上达到市领导们眼前，让市领导们眼前一亮，认为商场的建成将提升商业中心的形象，于是把关注商场建设进度提入每月工作会议议程。杨巡又凭此与银行扯皮，要求银行多多贷款支持市重点工程建设。在几番公关之后，银行终于贷了，贷了一千万。

拿到这人生第一笔从银行贷出来的一千万，杨巡感慨万千。他这一路从最傻的以存钱来积累资本，到向亲戚朋友集资做大，再到飞跃一步向信托投资公司借钱，一直到今天向银行借钱，其中滋味，百样感受。为此杨巡好好花一个小时总结了一下，他发现，靠自己一五一十地存钱积累资本，那是最傻的办法，而向私人集资则是能逼死活人，向信托公司借钱也不好，利息太高，也能逼死活人，唯有向银行借，虽然他身上又多添一千万的债务，可他反而不愁，不急。他总结出一条，向银行借钱，能养肥人。

他看得出，自从他借到钱，他与银行相关人员的关系，从原来的他单方面求人，变为大家是朋友，不再是他一个劲地去电话联络银行人员，银行也是常与他电话联络，询问工程进度。杨巡考虑，可能是银行怕他还不出钱。杨巡当然不会因此做鱼已上钩状，他继续与银行相关人员搞好关系，并且凭着手中已经拿到一千万，而加深交情。

这时，他不得不一改过去求人办事自贬身份的作风，而今作为企业总经理，指挥的又是一个显山露水的大项目，他需要摆出样子让别人信任。但是这样的角色转变有些艰难，他不是个好演员，他以前都是本色表演，现在让他转型，他虽然衣着方面可以做到，因为可以以《新闻联播》为模板，可是言谈举止实在难以一步到位，甚至还有邯郸学步的倾向。没办法，他从走街串巷的小生意做起，瞧着别人脸色说话惯了，到而今说着说着又忍不住想取悦人，让场面尽欢，不知不觉就把自己的地位踩了下去。他很懊恼，可也没办法改变自己的习惯，只能时时提醒自己，不能再低三下四。

也正是因为长年练就的圆滑，遇到有些不方便当面拒绝的问题，杨巡就抬出合作老板不同意这么一句。没想到，别人还真吃这一套，开放那么几年下来，大家多少有些知道对方老板的有些想法与我们的很不一样，千奇百怪得很，真没什么道理可讲。因此都能理解合作老板的拒绝，有些还反而替杨巡惋惜，吃这口饭不容易。

梁思申绝没想到，自己的形象竟被杨巡塑造得如此伟岸高大，如此一言九鼎。她因工作如今时常穿梭两国，趁出差上海，工作不紧，乘火车过来一趟看看合资公司进度的时候，根本就没考虑穿着要与伟岸高大配套，她只是简简单单的一条牛仔，上面是宽宽大大的咸菜绿带帽线衫，一切只为乘车方便。她知道最近杨巡很忙，没让杨巡来接，反正她现在对这个城市熟悉得很，自己去宾馆就是。即便是没出租车，走过去也不远。

可没想到，火车进站的时候，她看到灯光稀疏的空旷站台上蠢着杨巡。杨巡既然来接，她当然高兴。

却不料杨巡在软席车厢没看到梁思申，以为她临时改主意了。杨巡等梁思申，自然与等其他伙伴不同，那是揣着一颗鹿撞的火热的心，因此没看到梁思申从软卧车厢出来，他疲累了一天的身体终于垮下，怏怏而回。却不料才走几步，就被人从身后拍了一下，回头，可不就是梁思申。他顿时大笑起来，情不自禁一把抓住梁思申双臂，才想到不妥，急忙放手，抢过梁思申的行李。原来梁思申只买到无座票，上车后只得在餐车点几个菜慢吞吞地吃，才勉强坐了一程。

杨巡笑嘻嘻道："又不亮护照？活该吃苦。我把你送到宾馆，你先歇着，我还得去工地盯着。"

"哦，连夜施工？这么抓紧？我也去看看。"

"今天特殊，按照施工要求，今天混凝土浇筑不能中断，这是一个很关键的环节。我得现场盯着，不让他们耍滑头。昨晚已经盯了一晚，今天再一夜下来应该差不多。现在还好，等到了下半夜，不看紧的话，他们水泥配比都会乱来。听得懂吗？"

梁思申惊道："懂一半。那你已经一天一夜没睡？不，可能是两天一夜没睡？来来来，箱子还给我，车钥匙也给我，我给你当车夫。"

杨巡听着舒服，顿觉一身劳累值得。他没把箱子交给梁思申，但把车钥匙交出。他可真想挽住梁思申的胳膊，可是有些不敢莽撞。他忽然有意试探地道："这两天有人给我做媒，还是个什么长的女儿，看照片长得不错。你要不要跟我去相亲？"

梁思申不以为然："我去干什么，做参照物去？不怕人家女孩子自卑死？"

杨巡没想到等来这个答案，只得笑道："你可真是厚脸皮。可看到你以后，我看别的女孩子再也没法动心。你说怎么办吧。"

梁思申笑道："骗谁呢，你脸皮才真是城墙拐角，这么大一个块儿，还想我对你负责到底呢，臭不要脸。"

杨巡真是啼笑皆非，讪讪笑道："臭不要脸就臭不要脸，谁让我喜欢你呢。可你也稍微说点客气话，我都为了我们的公司两天一夜没睡了。"

梁思申帮着杨巡把行李箱放车后，却笑嘻嘻道："你二弟还扣在我手里做人质呢，你还敢那么多要求。给，你二弟照片。他一切都好，要我传话让你放心。"

杨巡坐在梁思申旁边，但没急着就昏暗路灯看照片，还是追着问他的主题："你现在三天两头跑中国，会不会哪天就在中国设个办事处长驻了？会在北京还是上海？"

梁思申开车上路，一边不忘回答："我享受美国的生活，并不想回中国，这儿的生活很不方便。现在年轻，我乐意两地飞行，以后就难说了。杨巡，谢谢你对我好，但从理智上说，你如果不纯粹是说笑，你的想法并不现实。"

　　杨巡当真没有想到梁思申说得那么干脆，不由愣愣看住梁思申，看着这张皎洁的脸在昏暗中犹如白玉一般，润，却是冷，好半天才道："我是认真的，不过你别有压力，当我单相思就是。就算是你偶尔回国找个玩伴儿，我看你也看不上我，而找以前见过的李先生。我又不是傻瓜，哪会连这点都看不清楚。"

　　梁思申没想到杨巡这么说，便闭嘴不再回答。到了宾馆，她自己下车出去登记，杨巡等在车上。等她稍微收拾一下自己出来，透过打开的车窗，却见杨巡已经放下车椅熟睡。梁思申没有打扰，去工地的路她熟，就让杨巡睡上一会儿。想到刚才的对话，她有些无奈。她并不想与合作人有感情牵扯，可是她在美国并不是那么吃香，没想到回国却是到处受宠，她自己也想不明白，搞得她挺无措。尤其是宋运辉那儿，她都有些不知道怎么面对宋老师。反而与杨巡打闹惯了，杨巡又是个特别有弹性的人，她在杨巡面前倒是无所谓。

　　一直等确定到了工地，梁思申才摇上车窗，拿钥匙戳戳杨巡。杨巡一骨碌弹起，立即开门下去，脚没踩稳，梁思申见他挫了一下。梁思申跟着下来，忍不住一把抓住脚下有些跟跄的杨巡，借口道："你走慢点，我不熟，怕跟不上。"

　　杨巡以为还真是这样，反而伸手来扶住梁思申，果然走得慢如蜗牛。梁思申有些哭笑不得，只好让他扶着，待到见他活动会儿又灵活开来，才将手臂抽走。只见杨巡站到高处，暗夜中两只眼睛闪闪发光，四处巡看。见到不对的，就对着扩音喇叭吆喝一嗓子，要是施工方不改进，杨巡就开骂。梁思申只能看，虽然看着也不懂，但她有生以来第一次感觉到骂人也并非一无是处，杨巡在这样的场合破口大骂很理所应当。一切顺利的时候，杨巡就指点给梁思申看，这个方位以后是柱子，那个方位以后是台阶，脚下这一大片是被梁思申硬性要求留出来的开阔停车场。梁思申听着迷迷糊糊，不便干扰杨巡的工作，给他增添麻烦，就开走车子回去睡觉。

　　但梁思申的出现却令施工方好生奇怪，都没想到，原来传说中严苛的外国老板是这么一个年轻女孩。

　　梁思申相信，杨巡的忙碌，甚至拼命，肯定不是做样子给她看，从杨巡话里话外轻描淡写的态度来看，杨巡将为合资公司拼命视作理所当然。就算是杨巡为他自己所占的股份努力吧，作为合资公司的另一个大股东，梁思申深感内疚，相比杨巡，她做得太少，因此从分配上来说，杨巡很吃亏。

　　梁思申的职业就是投资，她深知以资为本的经济社会主流思维，因此也非常认可报酬与酬金之间的合理挂钩。可如今对于杨巡的超值无偿付出，梁思申一筹莫展，怎么合理确定杨巡的工作价值，怎么与杨巡商谈确定杨巡作为经理人的那一块工资？她希望合作双方是公平合作，她不愿占一方的便宜，自然也不愿看另一方吃亏，她不愿欠杨巡很大一笔人情债。

梁思申第二天醒来第一件事就是关切地询问杨巡有没有休息，早饭吃了没有，其次才问工程进展。听得出杨巡电话里的声音很是沙哑，又是一夜没睡，而且还是高强度的管理工作，铁打的嗓门都给喷砂了。从电话里得知，水泥浇筑刚刚结束，现场稍做清理，大家都回去睡觉。于是两人约定办公室见面。

周日的办公大楼安静得几乎不见人影。梁思申被门口的门卫盘问再三，才得放行。但两个门卫还是一脸怀疑，不相信这个穿着简单的年轻女孩子会是杨巡那家合资公司的董事长。一个人尽心尽责地跟着上了电梯，盯着梁思申神色自如地走进门洞大开的办公室门，这才尽心尽责地离开。

梁思申走进办公室，拐过密密麻麻的办公桌，打地道战似的找到小小总经理办公室，却见里面一片静谧，看不到杨巡的人。梁思申疑惑，杨巡开着门会去哪儿？可能去厕所了吧。梁思申见到桌上显然是一摞账本，就走过去看。走近办公桌，却看到一只手孤零零地矗在桌子后面。梁思申吓得一声尖叫，夺门而出，站到走廊上大喘气。脑子里放电影似的浮现无数凶杀恐怖镜头，镜头中都有一只苍白滴血的手。

梁思申左顾右盼，不见有人出现。忽然想到这会不会是杨巡的手，难道是杨巡……她不敢乱想，深吸一口气，壮起胆子再探。这回小心留意，果然见办公桌下面露出两只鞋。再进，还是那只手高高举着，这回看清这手臂是搁在椅子边上，顺藤摸瓜看下去，果然桌底下团着一个人。看衣服，可不正是杨巡，只是杨巡的脸钻在椅子下面，看不清楚。

梁思申不敢碰那条手臂，战战兢兢地移开椅子。随着椅子的移开，只见椅子下面果然露出杨巡的一张脸。大概是障碍移去，这张脸上的嘴美美咂巴一下，舒展身体换了个舒服的睡姿。梁思申目瞪口呆，可扶着椅背只会两腿哆嗦。直等惊魂甫定，看着差点吓死她的杨巡，梁思申伸出美腿比画了几下踢下去的姿势，不过终是没踢出去。可怜的，累得滑到椅子底下都能睡着，可见有多困。

梁思申没打扰杨巡，从沙发拉来一条毛毯给杨巡裹上，她自己坐一边儿仔细查看账目上的支出单据。顺手把数字分门别类记录到两张纸上，以一目了然。

一边记录一边心惊，工程才刚开始，地面建筑都还没竖起来，这花钱就跟流水一样，哗哗地往外流。再看银行利息，竟是如此之高，高得简直不可思议。难为杨巡拿着手头的几块钱艰难调度。再看目前的资金状况，杨巡没跟她叫苦，她也看不懂国内的账，但是她会自己加加减减得出大致数据。

杨巡的大哥大没关，虽然是星期天，可偶尔也有铃声响起。梁思申怕铃声吵到杨巡，又怕关了电话万一有要紧事联系不上，就只好替杨巡做秘书，来一个电话记录一个。偏偏来电的好多人普通话不好，梁思申又是个普通话不标准就听不利索的，好生折腾。

临近中午，电话更多。但一个电话她接起"你好"了一声，那边却是顿了一下，才疑惑地问："梁思申？"

梁思申的头皮一下麻了，她这回过来没通知宋运辉，因怕时间不够见面，可没想到被电话活捉。她只得硬着头皮道："是我，Mr.Song。来上海出差，趁星期天赶来看一下进度和资金情况，下午回去。所以……没打算打扰。听杨巡说，Mr.Song恢复得很好。你找杨巡吗？他在睡觉，据说他忙了两天两夜。"

宋运辉在电话那头心里是别样滋味。可他却正在少年宫走廊，等着女儿下课，附近有陶医生坐着。"杨巡如果醒来，要他给我电话。我和他老家的市政府有几个人来，中午一起吃饭聚聚。我建议你就别来了，这种吃饭喝酒没什么意思。"

梁思申看看依然潜伏于桌底的杨巡，道："Mr.Song可能不用等杨巡了，我看他等我回到上海都不一定会醒。"

宋运辉实在忍不住，问出心底的疑问："杨巡就在你身边？"

梁思申不由偷偷做个鬼脸："是的，我在杨巡办公室看账。刚进门时差点吓死我，杨巡睡得就一只手悬空露出桌面，画面异常恐怖。天哪，我尖叫了一声逃走，夆着胆子回来才看清这是活人。Mr.Song离杨巡办公室近吗？我给宋引带了些文具，本来想请杨巡转交……"

"我在少年宫三楼，你出门右拐上中山路，往前走就是，不到十分钟。"宋运辉本来想踊跃地说"我过去"，可看看女儿的教室，只能让梁思申来。

"好，十分钟。"既然通了电话，避而不见就太明显了，对别人可以，对Mr.Song，梁思申做不出来。

而宋运辉通完话后，便将脖子转向楼梯，若不是不知女儿什么时候可能出来，他很想迎到楼下去。陶医生虽然看书，与宋运辉也离着一定距离，却都能看出宋运辉结束电话后，虽然依然坐在椅子上没动，可全身每一个细胞都充满等待。他在等谁？陶医生敏感地想到宋运辉住院时候见过的那个女孩。

果然，不到十分钟，陶医生见到一个高挑修长直发飘逸的女孩从昏暗的楼梯升起，可不就是那女孩。她同时看到宋运辉几乎是丢下平日与身份相称的矜持，简直可称为活泼地跳起身迎上。陶医生不由转开脸去，深深吸一口长气，再看的时候，见那女孩已经走到光亮处，额头皎洁如月，粉唇娇嫩如花，这样的女孩，宋运辉那个前妻怎么是她对手。宋运辉这么一个少年得志的人，当然需要的是这般如花美眷，陶医生忽然一笑。

梁思申一路在想，该怎么与Mr.Song见面才不尴尬，可一到见面，却两只眼睛早关切地扫描过去，将Mr.Song的脸色精神扫描个遍。因此很自然就将一只粉红色双肩书包交给宋运辉，微笑道："这个礼物送晚了。Mr.Song，看上去气色很好。"

"谢谢你惦记着。"宋运辉含笑看着这回穿得不张扬，但当然还是有别于国内女孩穿着的梁思申，"来这儿也不说跟我打声招呼，行程再忙，一个电话不行吗？"

梁思申耸耸肩："对不起。Mr.Song太伟岸，有时候不敢打扰。"

宋运辉请梁思申坐下，笑道："是不是又遇上普通话好的华裔了？发音好了许多。"

"嘻，什么变化都逃不过Mr.Song法眼。是的，现在手下有个北京男孩，我学他的贫，真有意思。对了，看来这回来一遭都没法跟瞌睡虫杨巡面谈，我对账单有几个疑问，不知道问Mr.Song可不可以……"嘴上问着，手上早把写着问题的纸片递给宋运辉。

宋运辉一看满纸描花似的中文夹漂亮的英文，一笑，心说杨巡怎么答这些问题，但他嘴里问一句："你现在的工作可以常回国？"

"是啊，洋鬼子派我回来做高干子弟。其实我不愿搞特权的，可我又喜欢我的工作，很矛盾，先做着吧。起码收入很好看。我想回头寻找一个单纯点的职位，我不喜欢接触太多丑陋。"

宋运辉一时无言，这样的想法，他若干年前也愤然有过，可如今却变得迎合。他只能劝导："酱缸也需要有人稀释，你行事只要坚持原则，不同流合污就行。比如说你的工作，我相信最高级的投资需要把握经济脉搏，而经济则是离不开政治的，你要是人为地为了避开自己高干子弟的特权而放弃上进，我觉得有些矫情。你既然无可避免地已经站在比别人更高的高度，我建议你顺势而为，用你的努力一方面更提升自己，一方面报效社会，这是比回避更积极的态度。你好好考虑我的话，不要意气用事。"

"我也这么告诉自己，可有时心里有疙瘩。"

宋运辉一笑："我也算进入地区性特权阶层，深有体会，慢慢来，有个适应过程。来，解答你的问题，有些具体的还是需要杨巡解释。先这条……"

陶医生斜睨看过来，见这一对郎才女貌，旁人看着都已赏心悦目，而看两人又似是商量讨论着什么，态度认真而美丽，实事求是地说，这个女孩无论从哪个方面来看，都是一个可遇不可求的人。看人家女孩子多年轻，眼睛多纯净，想来思想也很阳光，笑容更是灿烂，这样的女孩谁不喜欢？陶医生又是一笑，转开脸去。

梁思申的几个问题，在宋运辉眼里都是三言两语可以解决的，无非是国情不同。梁思申问完就告辞，她还有账目待看。宋运辉好生依恋，真有些后悔快手解决问题。他送梁思申到走廊尽头，梁思申忽然道："忘了说，书包里有一包西洋参，我让切好片了，还有复合维生素。"

"好，谢谢。"宋运辉答应的时候，脸上笑容一波一波地蔓延开来，满心喜欢。

梁思申愣了一下，忙也一笑，挥手下楼。第一次发现Mr.Song的笑容很好看，不，应是耐嚼。她越往下走，笑容也越盛放。

带着笑意飞快赶回杨巡所在的办公大楼，下车时候有个中年妇女冲过来大声问："喂，你是梁小姐吗？"

梁思申不知怎么回事，见来者不是很客气，她只应一声"是"，但没停留，大步径直走进大楼。她似乎听到那中年妇女与门卫大声吵闹什么。她临走时候掏了杨巡的钥匙串，回来自然是用钥匙开门。果然不出所料，杨巡还睡着，不过总算换了个姿势。

梁思申不去打扰，将刚才与宋运辉讨论后理清思路的问题去掉，重新誊写一遍问题。已经是吃饭时间，肚子虽然有些饿，可事情没做完，梁思申不想吃饭。

但做着做着，却觉得身边有异，转眼看去，却见杨巡睁开眼睛看她。见她看过来，杨巡嘶哑着嗓子道："好啊，偷看我。"

"贼喊捉贼。"梁思申不由得笑，"我听见你不磨牙了，猜你肯定醒了，果然。"

杨巡讪讪地道："谁磨牙？我睡相好得很。"

"宋老师打电话来，说你们老家有干部过来，他要你一起去吃饭。这儿有张单子你看看，都是你睡觉时候有人打电话找你，我给你做的秘书记录。"

杨巡一看纸上夹杂的中英文，索性闭上眼睛不看，耍赖似的依然躺着："都不理，我还没睡醒。我陪你吃饭去吧，回头再来这儿，我睡觉你做事。知道你在我身边，我睡着可安心了。"

"喊，你能知道我在才有鬼呢。我来的时候你那样……"梁思申就地取材搬来椅子做出杨巡的睡姿，一条手臂高高悬在半空，她腰肢柔软，高难度的诸如脸钻椅子底下的动作也模仿得十足，笑得已经躺在地上的杨巡差点满地打滚。"看见了吧，还说睡相好，差点没让你吓死。"

杨巡笑着起来，道："我睡得那么死吗？我心里还想着一定要等你过来，跟你解说一下。不过你看我心里想着一定要中午起来陪你吃顿中饭，我说什么都做到了。心里就跟装了个闹钟似的灵光。"

梁思申见杨巡勉强起来，两眼眼白血红，心下不忍，道："你还是再睡会儿吧，我替你买些吃的来，你随便吃点。"

"什么时候不能睡，你却是好不容易来一趟。等我会儿。"

梁思申看杨巡翻出毛巾牙刷脚底发虚地晃出去，浑身衣服更是抽抽巴巴跟抹布似的，心里感动，更是觉得自己太占人家便宜。一会儿见杨巡一头是水地回来，她吩咐道："梳梳头发，换件衣服，我到外面等你。"

杨巡忍不住吹一声口哨相送，可又想到这会不会太流氓。终于打扮妥当，与梁思申会合，他又变为西装革履。梁思申对于杨巡着装的不足就不提了，只道："我已经退房，行李箱放在车里。既然你醒着，那我不客气要问你一些账目上的问题了。资金方面需要我再出力吗？我看着觉得你融资太吃力。"

杨巡脑袋还有些浑，想了想，道："噢，正事。银行融资渠道已经打开，有一就有二，我不再太担心。我跟他们说，他们不继续贷给我，我造个半拉子的楼换不来钱，换不来钱就还不成银行，他们账上不是出死账了吗？现在第一笔贷给我，我们等于是同一条绳上的蚂蚱了，他们不敢不继续贷给我。"

"可利息很高……"两人走出电梯，见大厅有门卫看着，梁思申便自觉闭嘴。走到外面，才刚又想说话，忽然不知从哪儿冒出许多人来，将两人团团围住。

杨巡一见这些人便知是怎么回事，忙大声道："你们有什么事找我，找政府，不要打搅外商。"

那些人才不听他，有女人甚至伸手拉住梁思申，七嘴八舌说话。梁思申哪里见过这阵势，惊住了，站圈子里尽量抓住衣襟以免走光，但对护着她的杨巡道："杨巡，别动粗。"然后才对那些围住她的人道："我中文不好，你们说的话我都听不懂，你们能不能找个普通话标准的跟我说？或者英语更好。你们别拉我衣服，这样很侵犯我。"

那些人看得出梁思申不是国内人的样子，听她这么客气地说话还是给点面子的，纷纷放手。杨巡这才松口气，但紧紧站在梁思申身边，一边轻声解释："这些都是我们收购的两家二轻局下面企业的职工，他们不满意买断工龄，已经吵了好几次。"

梁思申奇道："不是说跟政府机关协商解决的吗？"

一个女工大声用并不很标准的普通话道："梁小姐，你一看就是个好心人，你受骗了。你把钱给杨畜生，杨畜生只给我们五分之一，剩下的一年付一次。你看我一身是病，以前还可以单位报销，拖再久总还能报销几块钱，可现在你们不要我们，又不给我们钱，我们还怎么活啊。你行行好，你钱多，你要杨畜生做回好人吧，你给我们也行。"

梁思申费劲地听着，听完回味了好半天，才道："大概意思我有些知道了，就是买断工龄……"

"我们不要买断工龄，我们生是工厂的人，死是工厂的鬼。一年工龄才三百块，谁爱卖啊。"

梁思申不晓得一年才三百是个什么概念："意思是一年三百，如果工作十年，就是三千？如果是将退休的工人，那是多少呢？"

"我说那杨畜生肯定是瞒着外国老板做坏事，看看，真不知道吧。退休的也一样，买断了以后就没退休工资了。年纪轻的买断还好，拿笔钱正好出去到别的地方干活，他们年纪大的身体有病的可怎么办啊，这不是要人性命吗。梁小姐，你好心，你一定不要让杨畜生骗了，你得开除他，别让他把你名声败坏了……"

梁思申开口说话，但是哪儿压得过这些女工的大嗓门，只得伸手虚压，等大家静下来才道："我再问个问题，现在是杨巡先付买断款的五分之一是不是？以后花几年再把剩下的五分之四付给？国家政策是什么？该付多少，怎么付？"

女工们又七嘴八舌，但见到梁思申侧耳费劲倾听，才有人组织了一下，让那个普通话虽不标准但还能听清的说。梁思申听下来这才清楚，原来杨巡做的都符合政策，只是政策有松有紧，杨巡却往苛刻里执行。她当然不会当众责问或者否定杨巡，只是诚恳地道："谢谢你们这么生气还善待我，我听明白了。我这就与杨巡商量，尽快给你们答复，请相信我。"

众人一时面面相觑，对于外国老板这么客气的表示有些接受障碍，却真的表现出好说话的样子，那个代表与大家嘀咕商量后，道："我们看着你是个好人的样子，梁小姐你可别辜负我们这些大妈大叔啊，我们都等着钱看病过日子呢，没钱我们怎么活啊，现在物价高，开销大，哪儿都要花钱，梁小姐，我们都指望你啦。你把厂子再开下去吧，让我们都有个依靠，你钱多，听说你宾馆住一夜都要三四百块，都够我们一年工龄啦，梁小姐，你一定别让杨畜生骗了，他不是个好人啊。他肯定昧你的钱，你查他，到派出所告他。"

杨巡一言不发地站一边，对于别人怎么骂他都是一副听而不闻的样子。梁思申一迭声地道："对不起，对不起，我们立刻开会。谢谢你们善待，回头很快答复，谢谢，谢谢。"

众人将信将疑地让开一条道，让两人离开，看两人上车，却是看到那个外国老板开车。众人顿时心头起疑，难道外国老板反而让杨畜生管？也有可能，看外国老板一脸嫩样，而杨畜生却是两只眼睛深不可测的阴沉样，可别什么商量开会下来，外国老板又被杨畜生控制。但等众人反应过来，已经悔之晚矣，车子早已绝尘而去。

车上的两个人都没有说话，梁思申需要时间消化刚才那些工人的突然袭击，杨巡则是需要消化刚才那些工人当着梁思申的面骂他杨畜生憋出来的情绪。

两人到了饭店，停在停车线上，梁思申才道："谢谢你的沉默。"杨巡几乎是同一时间说一句："你应对得挺好。"

两人不由在车内对视，杨巡抢着道："你有什么想法尽管说，我受得住。"

梁思申看看杨巡没刮胡子乱糟糟的脸和满是血丝的眼睛，哪里好意思说，只是道："刚才看到你两只眼睛跟狩猎的豹子似的，担心死，好在你真能克制。"

"你看到我？我还以为你看那些工人都看不过来。"

梁思申认真地看着杨巡道："杨巡，在我心目中，我们首先是合伙人，对内，我们有问题可以争吵，对外，我们站在同一阵线里，我当然先顾及你的态度。但是现在，我们下车，边吃饭边商量这件事，我有异议。"

"我知道你有异议，但我有理由，下去吧。"

两人进去饭店，才刚坐下，萧然却不知从什么地方钻出来，带有一些酒意坐到两人这一桌。杨巡虽然视萧然如寇仇，可在实力不允许的时候他才不会表现出来，只指着萧然对梁思申道："你问问萧总，他们市一机的工人现在组织起来罢工怠工，市政府派人下去谈话都没用，那些工人尽想着当家做主人。不得不说，买断工龄是必须的，有些人不能用就不必用。"

梁思申道："你不用借题发挥。对于买断工龄，我也赞成，看过那些人的工作态度，我不以为值得继续用他们……"

萧然却插话："你们可以不用，我不行，我得用，我一时上哪儿找那么多技术工人去。梁小姐，你们那儿老板怎么用工人？也是计件？得一天八小时猛干才做得足计件？迟到早退得重罚？上班时间看报、喝茶、上厕所、聊天都要罚？我们工人反了，说又不是管牲口，宁可不干内退，拿几块钱值得那么辛苦吗？都骂资本主义呢。"

梁思申听了奇道："这是很正常的职业要求啊，是不是工人懒惯了？你们工资跟上没有？要是辛苦一倍，工资没增加一倍，他们当然不干。"

萧然道："问题是辛苦一倍，工资也翻倍……不，是奖金，计件奖金，可人家不要那增加，宁可要清闲，没办法讲理。你们那边怎么处理这事？我这边日方管理人员没招了，只会说想不到想不到。"

梁思申又没管过工厂，只得道："建议你请教宋厂长，我在国内看了那么些个办公场所，唯独他那儿没看到闲人。"

"不一样，他那儿是新企业，从头开始，容易管。我那儿是老企业，技术最好的人也是最油的，水火不侵，带头抵抗。唉……"

杨巡心说，杀重点，开掉几个，看谁还敢闹。但这个招，他自然是不肯教给萧然的。

萧然也是病急乱投医，才会找到梁思申，见梁思申这儿问不出什么，又问另一个话题："我们那些来协助安装管理的日本人，都是男的，可都要一人一个房间，你说这是干吗，浪费不？好好的标准间让一张床空着，这钱还都是我们合资公司出。外办还说这是日本人的习惯，有那习惯吗？他们也不过是日本的工人而已。"

梁思申道："这是习惯，需要确保每个人的隐私。我们出差也都是这样。有说，宁可异性住一屋，也不可以同性住一屋，会被人另眼相待。萧总还有事吗？我等下三点的火车就走，只有这么一些时间与杨巡谈点公事。对不起。"

"哦，你忙。"萧然倒也爽快，但起身的时候，忽然又好奇地问一句，"同性住一屋怕被当作同性恋？"

"你想歪了。"梁思申说得一本正经，令萧然本来笑着的脸有些尴尬，他明显看到梁思申眼睛里流露出的嘲讽，似乎是在嘲笑他是个没见过世面的土包子。萧然心中愤懑。

杨巡看萧然离开，才道："那么浮躁的人也想管工厂？他也就欺负欺负我们这些要靠着政府机关办事的人，底层工人才不理他是什么高干子弟。好吧，我们统一第一个思想，我们解雇所有人，花钱买断工龄是对的。然后呢？"

"杨巡，别那么严肃。你看你。"梁思申摸出随身的镜盒，对准杨巡，"你两只眼睛血红，像要吃人的狼，笑一笑。"

杨巡哭笑不得："别看我眼睛全是血丝，我也会翻白眼。吃点什么？油爆虾？"

"要吃蔬菜，小兔子。"梁思申收回镜子，看杨巡点菜，自己心中把语言组织一下。她还是第一次发现杨巡严肃起来非常凶，两只眼睛会杀人，令她看着害怕。但她不知怎的，对待杨巡有的是一张一弛的手段。

杨巡本来因为被人在梁思申面前骂畜生，满心是火，又是看见仇人萧，更火上浇油，不知不觉口气压抑不住有些不对，可被梁思申俏笑几下，早投降缴械，拿梁思申没办法。心说梁思申可真会调戏人，可偏偏他吃这一套。他点了两个菜一个汤，知道梁思申洋人脾气不喜欢浪费。

梁思申等服务员走开，就道："我不了解这儿的政策，刚才他们说的话我有两点疑问。他们说等着买断钱买药看病，他们没其他医疗保障吗？他们现在被买断，未来退休还有没有退休金？"

杨巡被问得一怔，这不是他预料中的问题："当然没了，人没在企业了，哪儿还来医药费退休金。"

梁思申奇道："国家不管吗？那么他们失去工作后有没有最低生活保障？"

杨巡也被问奇怪了："我从来都没有过，不是活得好好的？工人比我们农业户口的运气好，有单位养那么多年，够他们了。把单位折腾死了，我接手还得付买断工龄钱，我才最冤。"

原来这里是国家把福利责任交给企业负担，可而今体制变革形势变化，有些人就成了牺牲品。梁思申想了好一会儿，道："对于解雇工人，给予工人适当补偿，我觉得是应该的，照这儿的办法是买断工龄。但是我不认可你一笔钱分几年给。听听他们今天的声音，这笔钱对于我们，是影响进度，但是对于他们，影响的是他们的生存。即使对于我们来说，进度意味着一切，可是你不能不承认，你不能无视他人的生存……"

"你错了，他们没生存问题。我现在给他们的钱已经多于他们的年收入，他们以前怎么过，现在还怎么过，不会受影响。以后他们有没有收入、怎么过，那不是我考虑的事，该由他们自己考虑。他们的问题是，以前国家抱着他们，他们靠着国家过一辈子。现在国家不抱了，他们想通过闹事粘在你我身上靠一辈子。你听出来没有？包括萧然的工厂也是一样，一方面是他的管理水平差，另一方面也是因为工人靠惯了，懒惯了，一下让外国人管起来，吃不消了，宁可懒着，拿少一点的钱。你在国外，没见过这些事，以为他们闹，是因为他们有多大委屈，不是。"

梁思申道："你说得也有道理，但是我说的不是这个意思。你带我见识过他们的工作，我并不认为我有义务抱他们一辈子。但是我们应该关注他们的生存。我们按照政策一次性地把买断工龄的钱付了，他们可以合理投资，或许是新生活的起点。最不济，也可以存起来，有笔钱傍身。另一方面，我们一年付一次，肯定没考虑付给他们滞后付款的利息，我们这是利用强权强扣他们赖以生存的钱来发展我们的事业，吞没这笔钱产生的利息，这种做法非常恶劣。我不认为我们可以这么做。再有，我是从企业形象来考虑。我们准备做的第一个项目是商场，商场需要给人亲和的形象，要是传出去我们是恃强凌弱的人，是不讲理的人，以后谁还敢来我们的地方花钱？刚才包围我们的工人，以后就是我们的顾客，他们的言论会影响他们周围一大帮人，以致最后影响我们的形象。最后是我的个人感受。我看今天包围我的人年纪都不小，他们未来的就业很成问题。我为我必须解雇他们，断了他们的依靠而内疚。我们应该还没难到付不起这些钱的地步。我愿意付出利息，专项资金支付这笔买断工龄的费用。"

杨巡几乎是从听第一句开始就想驳斥，但是忍着，并不是因为梁思申说得有理，而是因为他不想让梁思申难堪。但他心里早已左一个"理想主义"，右一个"不切实际"，几乎全盘否认梁思申的话，只有最后一条，他承认这才是梁思申的理由，大小姐可怜穷人，大小姐的钱来得太容易，愿意花得容易。他不。他从小只有比今天这些人更穷，他靠谁去？亲戚都不让靠呢，没钱的时候就饿着呗，受不住就挖空心思赚钱，靠自己才是办法，妄图靠别人的都是懒汉。他初中开始就卖馒头挣钱，他还放弃上高中出力养家，他那时候还不到法定工作年龄呢，可见只要想赚钱，总有办法，那些四五十岁的女人男人哪儿会没处就业？没法就业，那不是他的原因，是那些人自己的原因。他根本不接受梁思申那一套。

杨巡耐心等梁思申说完，才非常干脆地道："第一，贷款不容易。第二，我拿不出这笔钱。你已经看过账目，我们资金紧张，我请的施工队是带资进场，等工程结束我才付钱给它，也没利息这回事。第三，分期付款买断工龄费符合政策规定，不是我有意苛刻。第四，我有基建经验，我手里的每一分钱全有规划。我们的项目这才是开始，我必须在每一个用钱的口子都死死卡住，不留一点余地，否则，今天可以为买断工龄费开一道口子，明天就有其他理由让我开别的口子，没完没了，我们的预算肯定超支到不知哪儿去，影响的是我们项目的生存。以上是理由。最后说我个人的意见。我们的分工很明确，以前早已说定。既然我管着这边的实务，你得放手给我，不要干涉。只要我不犯法，你不要插手。另一方面，我人都可以给你，我当然会对你负责，不要相信他们说的，我不会骗你。"

梁思申无言以对。如果说她可以反驳杨巡的一、二、三、四，可是她无法反驳杨巡最后的个人意见。对，这是他们的分工，只要不违法，她没有理由干涉。可是她无法漠视那些人的基本生存。因为她的收购，那些人失去工作，她总应该有所补偿。可是杨巡有杨巡的理由，杨巡作为工程的负责人，对资金的用度有杨巡的计划，她不能干涉，除非她全盘接手。

杨巡知道梁思申满嘴理论，但见梁思申不再说话，一脸郁闷，心里知道这是怎么回事，这人太讲理。不像他，为了目的，歪理都在所不惜。他忽然有些反悔自己把话说得太重、太硬，不让梁思申有半丝回旋余地。但他硬是守住自己的嘴，不让自己妥协。他将蘑菇菜心往梁思申面前推推，方便她夹到，心里记下蘑菇菜心也是梁思申爱吃的一道菜。

梁思申考虑了好久，问："买断工龄费用一共需要多少？哦，对，我这儿有，我最先还搞不清这笔账。"她拿出记录疑问的纸，重看一下数据后，想了会儿，道，"这笔钱我来解决。但我要说明，钱到账上，你不能挪作他用。"

杨巡奇道："你还有钱？"

梁思申点头，但她心说她这会儿哪儿弄钱去，心里一时茫然。

　　杨巡只得换个话题："你说账目里有些问题不明白，我们抓紧弄明白吧，不耽误你回上海的时间。"正好隔壁桌一个北方人大声地说"我就这样，你咬我啊，你咬我啊"，杨巡也觉得挺无奈，心说这是不是观念差异。"那位申宝田你还记得吗？我们这回银行贷款多亏他同意担保，否则我们还真难找到能让银行满意又肯担保的有实力的企业。像宋厂长那样的企业管理严格，不可能给我们提供担保。"

　　梁思申有气没力地答一句："知道他，我哪有资金跟他合资。"

　　杨巡道："你有没有资金不是问题，关键是你有外商身份就行。他这事也挺难开口，总算跟我关系很好了才肯跟我说，也因为我跟他说了，跟我说就是跟你说，一样。他那企业原本只有几十个人，一间才一百平方米的烂房子，他脑子活，有干劲，几乎是靠着他一个人，把只有几十个老弱病残的亏损小厂盘成现在规模。可那是集体企业，他出再多力，资产却全是国家的。他心里气不顺，我也替他不顺。他最先单纯是一股热血要搞活一家厂，现在厂活了，流水的钱从他手里过，他却没份，当然要开始有想法……"

　　"我不帮这个忙，我明白你要说什么，但是这个忙不合法。"

　　"可合情合理。这个厂几乎等于他自己开的，他理应获得该得的一份。你知道宋厂长的姐夫吗？雷书记亲手把小雷家村的经济搞上来，可是最后他想把村集体企业改成股份制了，他只占好像百分之十的股份吧，这也差点成为他的罪名，是宋厂长跑关系帮他摆平的。雷书记最后还是为了村集体的事坐牢，当时他妻子为了避祸把饭店搬走，可没钱扩张，别看小雷家村集体资产千万，可雷书记本人只有那些收入，没法支援他妻子。我理解雷书记和申宝田这样的人，以前都是不计报酬有些理想主义地只想把企业搞好，可人到底是有私心的，不可能一辈子大公无私，你说是不是？帮他们个忙吧。申宝田会支付报酬。"

　　梁思申本来根本不予考虑，可杨巡策略性地提到类似命运的宋运辉的姐夫，她才倾听。她觉得付出跟报酬不相衬，当然不对，不允许在股份制里占份额，更不对，说明这个法律不正确。她在与东海厂谈合资的时候也遇到过政策陈旧匪夷所思的问题，她能理解。可是她知道申宝田要做什么，以她的名义假合资，实质是申宝田自己占有外资那个份额，或许还有其他操作，她曾经听人说起过。但是这样的操作很不光明正大，她接受不来，那与宋运辉姐夫的股份制是不一样的操作手法。或许申宝田那么做是不得已，但那是申宝田的事，她不想挣这笔报酬。

君子爱财，取之有道。

"杨巡，请他找其他人。"

"很难找其他人，不理解我们国情的老外不敢找，对我们国家有敌意的老外不敢找，不知根底的人不敢找。我劝他找个长期有来往的国外客户，华侨也好，他不敢，同一行业的人，更容易受到诱惑，毕竟这不是法律保护的事情。他很难，帮帮他。我可以安排他跟你见面谈谈。"

梁思申想了会儿，道："对，他们都很难。两件事，买断工龄费年付这件事合法，但是不合情不合理，申宝田的想法不合法，但合情合理。"

杨巡没想到梁思申并不随他的思路走，而是把两件事相提并论：你既然同情申宝田合情合理的想法，因此可以做不合法的事，为什么要在买断工龄上做不合情不合理的事？而那还是合法的。杨巡都不好意思再为申宝田的事说话。

但是杨巡又岂是一个肯善罢甘休的，他一下就想出另一个主意："可以两件事一起办嘛。帮申宝田办事，拿来的酬金去买断工龄。"

梁思申道："虽然看似两全其美，可我抵制申宝田的想法，他应该寻找更合理的途径。"

杨巡实在忍不住道："梁思申，你别书生意气好不好？要是有合理途径，宋厂长的姐夫还能坐牢？你看我也是，我两家市场到现在还挂在小雷家村名下，去年也为这个坐了十二天牢，未来还不知道什么时候又出事一下。当时你答应无偿借名字给我做合资企业，你不知道我多感激，但那也是不合法的，可合情合理。当然我知道你对我好。可申宝田那里，是不是因为他提出报酬刺激到你？你用这说法拒绝我，是纯粹为拒绝而拒绝。"

"杨巡你错了。挂名不仅仅是给一个名字那么简单，作为法律认可的公司股东，未来还牵涉到各种责任。有些责任即使我在国外也担不起。对你不一样，你有宋老师为你担保，我又熟悉你，我愿意冒险。对于申宝田我完全陌生。我建议你别钻牛角尖，你今天没睡好，脾气大。今天的你脾气坏过往日所有我见过的你。"

"有关责任的回避，我早已与申宝田商量，可惜你打断我，没给我时间说话。可以这么说，从今天我们被围住那个时候起，你心里已经在否定我，不是我脾气大，而是你心里早有立场。"

"有吗？"见杨巡点头，尤其是见杨巡疲累未睡醒的脸，梁思申有些内疚，

"真对不起，那我少说一句话。但是申宝田那一块，我确实没有兴趣。他可能是你的朋友，可我并不喜欢他。还有那些买断工龄的费用，我回去想办法。"

杨巡有些哭笑不得，怎么有人与他如此不同？令他简直有浑身巧舌无用武之地的感觉。但他立刻又抓住重点，笑道："那你跟我合作，拿我当朋友，是因为喜欢我？哈哈……"

"是啊，喜欢你，怎么了？好奇怪吗？至于笑成这样吗，嘴巴都塞得进拳头了。"

杨巡毫不回避地道："我太高兴了，我很喜欢你，终于知道你也喜欢我。你不知道我多……"杨巡表白的话才到嘴边，忽然发觉不对，两个人的喜欢绝不是一回事。他低头干咳一声，抬头就转了话题："我们还是说正经事。申总这个人，我是佩服的，我佩服他的脑袋，佩服他的手腕，还佩服他的义气。让我佩服的人不多，申总算一个，宋厂长算一个，没其他了。我特别能体会他创业时候吃的苦头，他那些走南闯北打开市场的事情，我也遇到过，说起来都是一肚子辛酸。他企业稳定手头有钱后，那些进一步发展的考虑，或者如何转型的考虑，也是我的考虑，我们经常聚头，我从他那里收获很多。也是因为这样，他才会拿我当朋友，把他实在没法开口的小算盘说给我听。我很希望你帮我，帮他等于帮我。你慢慢考虑，不急，这事就算是运作起来，也需要一段时间，只希望你看我面上，帮帮我。"

梁思申看着杨巡的态度，心中疑惑。但是杨巡不等她再次说出拒绝，就开始滔滔不绝地向她介绍商定下来的操作办法。原来申宝田的工厂不少产品出口，申宝田想用低报价转移资产出境，然后用这个差价通过梁思申进来合资。只要当事人自己不透露，没人会知道实情，环节之中只有申宝田最须操心，怕的就是境外的那个人拿了钱蒸发。那就是黑吃黑，申宝田一点办法都没有。因此申宝田要找的就是一个值得信赖的人。申宝田通过萧然了解到梁思申的家庭背景，通过杨巡了解到梁思申在本地的投资以及为人，说什么都认准了梁思申，要杨巡千万帮忙。

杨巡口才好，又说申宝田的诚意和难处，梁思申都无法插嘴。便是连结账时候杨巡都在说。一直到车上，杨巡不得不中断一下，梁思申才有机会问一句："你这张嘴是怎么长的？说得我感觉要是不答应你，简直罪大恶极似的。我现在的印象是，堂堂申大总经理太可怜了，简直是水深火热。我梁思申是唯一救星，可我见死不救。"

杨巡笑道:"那你救吧。"

梁思申却道:"杨巡,你要是睡足了,这张嘴是不是更厉害?"

杨巡厚着脸皮道:"答应吧,互惠互利的事,为什么不做?特别是对于你,在本市你投资数额越大,上面就越重视你,我们以后的银行贷款只有更容易,得到的其他优惠也越多。"

梁思申想到办公楼下包围她的那些等钱的工人,她冷静下来。但她不便太硬生生地拒绝,听得出杨巡确实与申宝田关系不错,不仅仅是利益关系。"杨巡,我……你说我傻也好,说我书生气也好,可有些事我说什么都不愿做,这是我的原则。原因说出来,可能你会觉得我骄傲得不可一世,我建议你问问宋老师,我自己不便说。"

"你尽管说,我们是朋友,我也知道你的为人,不用担心我误解你。不如我先说我对你这个人的认识,你这人聪明,受的教育也高,见识更是没话说。从做人方面看,你可能因为从小家境好,人很大方,对谁都一视同仁,对下层的尤其有同情心。你对我好,可能最先也是因为同情心。但是你毕竟还是没吃过大苦头,所以你有很多你说的原则,做事束手束脚,能上不能下。可是做我们这行的怎么可以这样呢?用申总的话来说,做我们这行,要广交一切可以交的朋友,要寻找一切可以找到的机会。包括萧然,他以前害得我坐牢,可我还是为了我们商场地块要跟他交涉办完所有手续。机会遍地都是,但你如果只能上不能下,不能弯腰去捡,你就找不到机会。既然这样,你说你又何必跟我合资,走进这一行?我们合作,不仅是资金合作,我们还要动用你的身份,来争取政策优惠,我们动用我的,是我很强的活动能力,和吃苦肯干精神。要不也不会凑巧是我们两个来合作,合作都是有原因,原因是我们的合作能最大地提升我们的竞争力。可是你如果非要放弃你的优势,削弱我们的竞争力,那就是傻透了。我知道你是高干子弟,而且可能比萧然后台更硬,可我知道你不愿跟萧然一样横行,所以我没问你,也没向宋厂长打听你的后台到底是谁。我不愿为难你,我更讨厌萧然那种人,我这辈子不知道吃了高干子弟多少苦头。可是你通过自己努力创造的优势,为什么要放弃?你放弃,等于是合资公司放弃,你这不是增添我的工作难度吗?再说我也不是没原则的人,申总的事,他只是在正当渠道行不通的情况下,变通拿到本该属于他的一份,如果换作宋厂长也这么做,那就不行了,宋厂长的工厂更靠的是国家的投资。你回去想想,你如果一定要拒绝,我也没办法,我一定尊重你的决定。但你答应我好好想想。"

梁思申又一次无言以对,被杨巡以及前面的宋运辉一说,她的一些坚持怎么这么傻呢。她只能看着杨巡再问:"你这一张嘴是怎么长的?"

杨巡咧嘴一笑:"我对你才那么多真话,对别人哪那么多废话。"

"对别人没那么多废话,可能不能多一点同情?"

"有手有脚身体健康的懒汉,我为什么要同情他们?"

"可他们中间有长期生病的,有五十来岁很难找工作的,他们以后的生活很成问题。"

杨巡完全可以把刚才说过的话重复一遍,可是看着小小车厢内,近距离对着他认真说话的梁思申,他感觉自己犯贱了,没法再硬性拒绝。再说,他看到梁思申刚才没反驳他要求她想想的话,人家那么认真对待他的话,他是个男人,怎么可以不认真对待她的。他索性干脆地退步:"好,我听你的,挑出因为生病或者残疾生活苦难的,年龄大以后难就业的,先把这些解决掉。资金我来解决。"

梁思申听了一愣,说声"谢谢"之后,启动汽车开向火车站,好一阵子没说话。杨巡只好找梁思申可能感兴趣的话题说话,同时又想提升自己在梁思申心目中的形象:"我看完马歇尔的《经济学原理》后,宋厂长又推荐我看企业成本核算方面的书,你还有没有好的书推荐?宋厂长说,他看的很多书还是你推荐的。"

梁思申没想到杨巡还看这些书:"我看过的书,不知道国内翻译过来没有。因为宋老师懂英语,推荐给他比较方便,你还是问宋老师比较直接。"

"国外一定有很多成熟经验,看看你就知道。其实你经历的面很窄,可是你懂得很多。我以前的经验都是靠教训得来,可总是靠教训那也太傻,伤自己元气,应该多吸收国外那些老牌资本主义国家人家经历过的经验教训。"

"杨巡,每次来,我都发现你言谈举止变化好大。宋老师说得没错,你是人精中的人精。"

杨巡笑嘻嘻地道:"我现在穿衣服很有规矩。"

梁思申听了发笑,可她有些觉得,以杨巡现在的追赶速度,她再不加油,很快哪天就会被杨巡赶上。那可大大地不行。可是加油,又毫无疑问得像杨巡说的,要广交一切可以交的朋友,要寻找一切可以找到的机会,那么很难避免接二连三地与父母的关系网交叉,即使她想不特权都回避不了。怎么办?看来还是

Mr.Song的话，既然已经站在这个高度，只有顺势而为了，以积极的态度应对。

杨巡却在说笑的同时，心知虽然他在买断工龄费用问题上有所妥协，可梁思申未必领情，因为他前面是以经费不足和银行贷款困难加以拒绝，后来却是答应由他自己解决买断工龄费用。其中的矛盾，明眼人一望即知。梁思申那是修养好，才没当面指出他前言后语的矛盾。可是杨巡心里也有那么一点点的冤，他无非是体贴梁思申才一再不合常理地妥协，妥协后又大包大揽，造成言语间明显的矛盾。杨巡知道这个矛盾可大可小，可要是不抓紧机会弥补，弄不好造成两人之间的不信任。再加上他担心梁思申这么个着装明显不是本土的瘦弱女孩子晚上一个人走出火车站实在危险，于是他不容分说非要跟着梁思申上火车。

梁思申并不想杨巡同行。杨巡是个事业上的好手，可不是个生活上的情趣人，梁思申与他的共同语言仅限于工作。而又看得出杨巡两天两夜没睡很是疲劳，要杨巡陪她回上海说不过去。再有，她被杨巡一顿饭时间的滔滔不绝弄得脑子缺氧，需要清静。可是杨巡的两只脚生在他自己身上，梁思申无法推推搡搡地拒绝，只得认可杨巡陪同。

而杨巡的陪同绝不是摆个花架子，除了拎包指路之外，杨巡有办法灵活地搭上一位乘警，消失片刻，然后又笑嘻嘻现身领梁思申来到舒适干净的卧铺车厢。梁思申好奇地问杨巡做了什么手脚，杨巡但笑不语，一直回避不肯透露。

小小的四人包厢很拥挤，床上已经躺了两个男子，梁思申跟着杨巡进去，一抬头，便看到杨巡伸展身子放行李时候露出腰间的一圈皮带。眼看着杨巡跳下时候肯定要与她脸对脸，梁思申不得不后退一步，走出小门，觉得这氛围异常暧昧。等杨巡下来，她便借口洗脸收拾，拿着一只拎包走开了。杨巡只听杨逦说过，洋人这隐私那隐私，好多事情你就是看见也要当作没看见，于是杨巡就没跟去，等了会儿没见梁思申回来，以为女孩子洗脸程序复杂，也不在意，躺在床上耐心地等。可头才沾到枕头，困意便排山倒海地袭来，他鞋子都没脱就睡了。

梁思申逛了一圈才回来，见杨巡和衣而睡，没打搅他，独个儿爬到上铺躺着想事儿。她记性好，独个儿静静一想，当时被杨巡搅得脑子发晕以为是对的地方现在回味着觉得不对劲。杨巡一边儿口口声声说申宝田可怜、困难，一边儿又对真正可怜困难的人拖延发放买断工龄费，明显的双重标准。但再一想，那标准是她梁思申的标准，杨巡心中可能不这么想，杨巡心中的标准始终如一得很，始终贯穿着一条明显的利益主线。杨巡的思想被他经历的弱肉强食的原始竞争刻下深深烙印。

对于杨巡最后答应先付清困难人员的买断工龄费，可见他能从银行筹到资金，梁思申心里想着，何必呢，在这种小钱方面克克扣扣。对于她和杨巡而言，这些钱不是大事，但是对于那些失去工作的工人而言，这些钱意味着很多，梁思申不明白克扣这种钱有什么意思。可那是杨巡的思路，他们那种人的思路里，似乎可以为了集体的管理方便，而令一部分人承受些许不至于死的不便，甚至苦难。诡异的是，政府显然也允许这种思路，因此才有政策条款支持这种思路，令杨巡延期付款做得理直气壮。梁思申不明白，凭什么可以如此理直气壮地牺牲一部分人的利益。

再想到她在上海买别墅，多么简单的事儿，可是因为她或者爸妈都没有上海户口，这事却成了难题。后来还是李力通过关系七搞八搞给房子安个外销房的名头，她这个已经拿了美国国籍的华裔才算如愿以偿成为业主。反而她爸妈的外地户口没有这等政策，说什么都无法成为实际户主，李力和梁大无缝可钻。梁思申心想，古怪至匪夷所思的政策可真多，竟然还有这等政策堂而皇之地得以执行着。

再想到杨巡这个私人办企业的没法注册，因此还受累坐牢，申宝田与宋运辉姐夫面临的产权问题，处境各有炎凉，梁思申开始理解申宝田。说起来，杨巡估计是感同身受吧。

看着为两个人合资公司疲倦得睡得极香的杨巡，梁思申竭力要求自己宽容、理解。她估摸着杨巡可能无法认同那些失去工作的人，对于他来说，每一步都是汗水，哪里有伸手向别人要钱的好命。他说那些人是懒人，该遭贫穷，那也是他该有的理解。杨巡一向来被别人剥夺着各种权利，从夹缝中求着生存，他自然也锱铢必较。

梁思申感慨了会儿，若不是与杨巡合作这两个项目，她还不会看到那么多，以前见识一些泛泛的东西，最多一眼带过，无法深入。而今切身相关的问题，逼得她不得不思考她所处的美国与眼下中国的差别。

她决定投资国内的时候，曾被同学朋友嘲笑她心里有割舍不下的故土情结，因为谁都知道她在美国投资做得很好，没道理抽调资本投资政策风险很大、收益不明的不规范市场。连吉恩也这么说，吉恩说她倾尽家产做出的这两项投资缺乏风险意识。梁思申当时用一句中国的老话来回答吉恩："不入虎穴，焉得虎子。"

她无法旁观国内蓬勃的改革开放，她想参与，她也正好有这实力，于是她选择杨巡。可是今天她面对着车窗外飞速掠过的田野，心中百样滋味。

她拿出笔，将心中的感受记录下来。她准备这几天因公与上海官员接触的时候提出她心中的这些问题，进一步探究国内的政策，并看看能否探讨问题的解决。她接触的都是经济官员，她的团队应邀来浦东发展，她相信她掺杂在公事议题中的私人问题应该会获得答案。她也已经想好她会写一份工作要求之外的中国市场调查报告，纠正团队内部很多人对中国想当然的认识。不过，她想，她会首先把草稿传真给爸爸和Mr.Song看。

杨巡送走梁思申，并没留宿上海，家里的活儿离不开他。他一路掂量梁思申送给他的两句话。梁思申说她回去美国后，会专门为申宝田的事情注册一家公司。但是梁思申又说，她请求杨巡多放一些宽容来考虑弱势的失去工作的人，不是别人都跟他杨巡一样能干。

杨巡不知道他睡觉期间梁思申做了什么想了什么，怎么会轻易做出那么大的让步。他回想梁思申从火车去别墅的路上提出的其他有关合资公司的政策或市场问题，看不出那些问题与梁思申的让步有什么关联。梁思申都已经心平气和地用到"请求"两个字，杨巡很想答应她，可是想到公司每一天的巨大开销，想到项目至今才只是一个开始，后面更多用钱时候，他斟酌再三，还是硬着心肠决定拒绝梁思申的"请求"。甚至给申宝田帮忙所得酬金他也早有用途，不打算提前支付买断工龄费。他有他的计划。

16

送走杨巡，梁思申在花木扶疏的花园里逡巡了会儿，循着空气中清新而又甜美的花香，找到墙边的一簇白花。她不认识这种叶子似是玉米的植物。她这一年已经来上海四次，次次闻到不同花香，梁大说过几天园子里的桂花会开，她挺有期待。走进里面，家具不多、略显空旷的屋子里也是一室花香，原来是来自沙发边茶几上的一束同样的花。

花被插在一只青瓷执壶里，执壶是她的，但不知是谁挑的这只本不与插花相干的执壶，一束花竟被插得极有味道。梁思申想来想去，只想到一个人。抽出执壶下面压的纸条一看，果然是李力的杰作。李力说他刚出差回来，有急事相询，让梁思申回到家里无论多晚多早都打电话给他。李力的字一如既往地漂亮。

梁思申看看手表，不客气地一个电话挂给李力。然后开门出去，坐在台阶上等被她吵醒的李力过来。

夜凉似水，在皎洁的月光下，欣赏一个美男子披拂花香而来，是件赏心悦目的美事。梁思申一直等到李力走近，才道："是不是不应该打搅你？"自从元旦疏远了之后，两人还是第一次单独见面，梁思申觉得不便请李力半夜进门。

"应该，很应该。你这么晚才回来？"

"是。本来想明天给你电话，但看你留下纸条似乎很急的样子。"

"不好意思，买通我的保姆擅自进你家门。送你一件小礼物，我画的花瓶，前几天去景德镇做的，请你这专家看看还行吗？"李力说着坐到台阶上拆开包装，在月色下亮给梁思申看。他毕竟是个争胜好强的，有个机会去景德镇玩，便用心学上了，这就拿来梁思申面前显摆。

梁思申看了一下，微笑道："很多仿制品因为出自工匠的手，即使仿制尺寸相当，可整件东西依然透着浓重的匠气。这件的形体一般，少点灵巧，可上面彩绘布局却是非常漂亮，有清三代雍正时期的雅致。真是你画的？屋里你插花用执壶，也亏你想得出，真漂亮。"

李力得意，笑道："这叫匠心独运。本来想用这只瓶插姜兰，可惜感觉不对，这么热闹的粉彩不合姜兰的素雅。回家再看这只，对比后才知你那只青瓷执壶之美，我这只花瓶太闹。"

梁思申奇道："什么，半夜要我打电话给你，就是谈这些？要不我收拾收拾睡去，你自己慢慢参悟？"

李力笑道："呵呵，总得找风雅事寒暄寒暄。有这么一回事，最近我又看准一处地块，萧然想参一股。可是我想知道，萧刚为出资他的合资公司卖掉一块市中心地皮给你，现在他跟我说他的资金不成问题，我能信他吗？"

梁思申没想到是这么个问题，想了想才道："我倒是今天中午刚遇见萧然，谈了几句。但我跟他从未谈过他手头有多少资金的话题，我想，你是他的朋友，你应该比我更清楚一些。"

李力也料想梁思申不会直说，但他还是继续问："你看萧拿得出一千三百万吗？"

梁思申摇头："不清楚，我对你们这些人在国内银行借贷的途径和手段都不了解，你们的能量不符合常规。"

"你的意思是，萧现在拿不出这些钱，需要通过银行借贷才行？他的合资公司不是章程里面注明不能用于抵押和担保吗，他还有什么渠道筹资？啊，对了，你们今天中午见面都说了些什么，萧很重视你的经验，常说有问题要请教你。对不起，希望这个问题不会令你为难。"

梁思申笑道："你要真不想让我为难，你就别问。萧然问了我一些工厂管理方面的问题。他的合资工厂出了些麻烦，工人习惯于以前的工作节奏，而日方管理想提高工作节奏，双方正闹得不可开交，好像已经影响到正常生产。"

"那么说，他的合资工厂现在无法产生预期效益？"

"恭喜你，套话成功。"

李力一笑，心照不宣。知道梁思申正在萧然的地盘投资，不便得罪萧然。他笑道："我何尝套出什么，我什么都不知道。啊，还有，这事你最清楚，年初萧跟我打听他的日方合作伙伴会不会有恶意，你看日方恶意的可能性有几成？"

"恶意可能是我教给萧的，做最坏打算的意思，最后可能性有多大，我想萧应该心知肚明，要不然他不会卖了市中心地块便宜我。"

李力一时无法确定萧然那边的资金究竟保险不保险。梁思申侧目看李力思考，问了一句："你不是一个项目正在造楼，旁边一家厂正成你的囊中之物，梁大好像说你们资金紧张啊，你有能力再背一个项目？"

李力顾自出了会儿神，才道："最近大家都抢着批租地块，一般……听说你最近通过二轻局改制拿下两家厂，是不是也是协商议价的方式？你准备把那两块原厂房用地用于自己开发，还是倒手转让？"

梁思申一想，便明白李力吞吞吐吐不便说明的意思，微笑道："我的用于自己开发。对了，我虽然没参与具体操作，可也大致了解到，两家厂的转手，基本没有交付评估，这价格……如果同样一件事，你在上海操作的话，可能你说的通过协商议价的方式得到的地价更低吧。我早跟萧然说，像他那样的人，想不通的才弄一家工厂管管。"

李力微笑："我记得你以前问我为什么拿了地皮不转手卖掉。今天才知老牌资本主义国家出来的人问出来的问题各个事出有因。不过还来得及。"

梁思申笑了笑："对了，官员都跟我说浦东即将大发展，鼓励我们去浦东投资，你看呢？"

"浦东可能是未来的希望吧，不过目前看来，增值不高。而且交通着实不方便，即使南浦大桥开通，可一道收费站就够阻拦人气。"

"是的，我看浦东荒得很。不过我明天可能谈到浦东。你们明天上班几点？我准备八点五十分与同事在宾馆会合。"

李力立刻明白，起身告辞。

与李力的谈话，让梁思申的情况通报提纲又添一笔。李力才是被她套出话来，但见李力得意的模样，他大约是享受着他的特权吧。梁思申很有感触。在回国感受的新鲜感过去之后，她终于体会到有种混乱的感觉无处不在。她想回去后好好查阅一下英美等国发展初期的历史。

17

刚刚试点改革工作完毕的雷东宝，却从红伟那儿得到消息，处处被他们围追堵截的省电缆正与港商洽谈合资。

雷东宝立刻凭直觉意识到，这是一个严重的动态。但是究竟严重在哪儿？他召集干部开会讨论，众说纷纭。

有人说跟港商合资会给省电缆带来资金，对方以后就敢压低价格跟小雷家竞争，也可能拿钱上更多设备，对小雷家实施反包围。

有人说港商可能带来技术和设备，让小雷家拍马也追不上省电缆的产品质量。

还有人说，合资后会不会让省电缆的产品打到国外去？那倒是更好了，让出国内市场给小雷家。

雷东宝听着觉得都不是回事儿，要两个大学生调查了市里几家企业，看看人家合资后都干些什么。他再要求镇里想方设法搞清楚省电缆的合资内容。

正明现在又恢复成为他手下的老二，正明异常自信，认为从市里的几家合资工厂来看，合资改变不了什么，要雷东宝不用担心，还是一如既往地扩大规模，用利润上一条电缆设备。

这个时候，因为电缆设备简单易操作，价格又低，入门容易，周边村落已经零零星星开起只有一条两条电缆设备的小厂，那些小厂几乎是一家人上阵，成本极低，有些像小雷家刚发展起来那架势。但是现在的小雷家却有些正规，比上不足比下有余，成本方面是无法与那种作坊式小厂匹敌了。

因此雷东宝感觉现在前有狼后有虎，形势就跟现在的严冬那样严峻。

他约下宋运辉，元旦时候登门说话。

1994年

01

每到年底时候,饭店的生意总是特别好。但生意好归生意好,韦春红还是百忙当中留意到雷东宝想元旦两天休息去前妻家的计划,而且从探询中来看,雷东宝似乎压根儿就没考虑过要带上她。韦春红心里挺无奈的,心想,活人没法跟死人斗,雷东宝钱包里一直放着宋运萍的照片,压根儿都不怕她怎么想。

终于,韦春红在忙碌中想到一件事,她的月经好像有近一个月没来了。她是过来人,知道这事儿意味着什么,尤其是对她和雷东宝的关系意味着什么,她狂喜,与雷东宝结婚以来一直悬着的心终于放下,整个人安泰起来。她当晚就绕着圈子问雷东宝有没有觉察她有什么变化啦,问雷东宝现在最想要什么啦,可惜雷东宝的回答没一个是与孩子有关,似乎是看死她已经不能生孩子。韦春红揣着个大喜的谜底还想不厌其烦地绕圈子,雷东宝却不耐烦了,要韦春红加紧收拾他元旦出门的行李。

韦春红只得追着雷东宝走几步,才能趴到雷东宝肩上,得意地笑道:"我啊,可能是有了。"

雷东宝奇道:"有什么……啊,你说啥?怀孕?"雷东宝的两只眼珠子顿时像是要蹦出来似的,反身抓住韦春红,对着她的肚子左看右看,一张脸肌肉抽搐,煞是恐怖。

但韦春红是知道雷东宝的，雷东宝此时的脸再难看，韦春红也知道他这是惊喜过度，而雷东宝这样的反应正是韦春红想要的。她欢快地钻进雷东宝怀里，一点没顾忌地、大声而坚决地道："我要给你生个儿子。"

"生啥都行，只要是你下的蛋。"这话说出来，雷东宝自己也知道不妥，但他高兴坏了，终于又等来儿子，不，女儿也行，只要有一个，他不知多羡慕那些拖儿带女的人。但有前车之鉴，他高兴中不忘安全："春红，今天起你给我好好躺床上，别动，哪儿都别去，叫你妹来伺候你，饭店也少管，给我好好……孵蛋。"雷东宝高兴得忘了词，说到最后忘了世上还有"保胎"两个字，冲口而出的还是"孵蛋"。

韦春红本来就高兴，见雷东宝高兴得忘形，她更是满心欢喜，捶着丈夫的胸口大笑，两个人笑得忘乎所以。

终于笑得累了，韦春红才道："可还得去医院看一下，是不是……"话说急了，一口唾沫呛住，她剧咳起来。雷东宝看着害怕，似乎韦春红现在是玻璃人儿似的，连忙大手给韦春红按摩胸口。他的大手没轻没重，揉得韦春红胸口衣服团如抹布，可是韦春红喜欢，对于她咳嗽过后雷东宝的手不老实地揉来揉去，她笑得花枝乱颤，都忘了说话，老夫老妻的，这都是久违的亲密了。

一顿儿闹腾之后，韦春红才笑着道："明天我想去医院化验一下，你陪我去吗？我可真想你一起去。"

雷东宝笑道："当然去，明天一早我先去挂号，你晚点起来，慢慢收拾了才去，省得冻着。回头我去趟你家，把你妹叫来陪你。"

韦春红微微顿了一下："可你定的明晚出发去见宋厂长去呢。"

雷东宝毫不犹豫地道："这事拖一拖，我给小辉打个电话，让他别等我了。"

韦春红撒娇儿似的按住雷东宝，道："不急，我们明天查了确定了再打电话。今天打这个电话算什么呢？报喜？你存心气他吗？"

雷东宝听着有理，再想，即使明天检查好了，这事儿最好也别跟宋运辉提，免得宋家又想起宋运萍。韦春红见雷东宝竟然真的答应，有些意外。在有关宋家的问题上，雷东宝还是第一次没自作主张，肯听她一声劝。她无法不感慨地道："这夫妻啊，有了孩子才真像一对夫妻。"

02

梁思申没有想到，以为这辈子都将老死不相往来的外公会亲自打电话给她。

外公的电话一向开门见山，直截了当："我是你外公，圣诞节你来我家，一起吃顿饭。"

外公是有备而来，梁思申却是回了半天神才明白发生了什么，但她对于外公的命令一贯反感，再说外公的大宅几乎是她少年时候的噩梦，能不去就不去。"谢谢外公，我已经预订好回中国的机票，对不起。"

外公"嗯"了一声："我收到你的卡片，卡片上面是你签名吗？我在报纸上看到同样签名，说中国情况的，你写的？"

梁思申惊愕，没想到外公还看英文报纸，这是她征询上司和宋运辉的意见后，向报纸投的稿，没想到被采用，她还好好买了一沓报纸放着打算送人。"是我写的，我最近因工作常跑中国。"

"写得有见地，我跟老友说起来很有面子啦。"

梁思申心里不由得"嘿"了一声，原来如此。外公可是一点都没变，以前外公对她青眼的时候，都是她一手小提琴在聚会中给他挣脸的时候，屡试不爽。梁思申不由得意地一笑，若说前年还是她主动上门展示她的成就，那么今天是她的成就让外公主动电话示好。其中的微妙变化，让她愉快。因此她能大方地道："谢谢外公，如果您需要报纸派送老友，我这儿存着不少。"

外公却石破天惊地来了一句："你给我一份回家的时间表，我要和你一起去。"

梁思申大惊："我担心舅舅们追杀，需要看到他们的书面授权；其次，我需要看到医生证明才敢带您去；最后，要跟只能跟您一个人。"

外公大怒，挂了电话。但没让梁思申高兴太久，不到一天时间，外公的电话又来，要梁思申打开传真，他竟然乖乖发来两份书面文件。梁思申欲哭无泪，只得背负两家舅舅刀子一般的目光，伴着八十岁老外公回中国。虽然因此有幸坐了商务舱，可到底是担心老外公的身体，老外公睡不着找人说话，她只能陪着，一向能在飞机上睡好吃好的梁思申竟然挂着两个黑眼圈到达上海机场。

梁母亲自飞到上海迎接老父。梁思申见面就轻轻叮嘱妈，外公老了，以前好的品德未必留存，坏的脾气反更见长，她要妈不要太委屈自己，别什么都顺着外公。梁母不答应，鞍前马后地伺候得周到，可也气得不轻。

还是梁大的车梁大的司机。外公老派人，一定要坐到司机身后那个位置，梁思申劝诱他上海现在变化很大，坐前面才看得清楚，外公却固执地道："我是老上海了，驾驶员先生，侬地图带了伐，我寻和平饭店。"

梁思申把妈妈推进后座，自己与司机一起将行李往后厢里塞，可塞来塞去还差一只旅行袋放不下，只得抱着这只硕大旅行袋坐到副驾位置，因为早知道外公向来坐车不肯将就，她若是把包塞进后座，只有委屈她妈挨挤。

梁母见此忙道："囡囡，把包递给我，你这样还怎么坐。"

梁思申道："没多少路，不重，外公派头大，不喜欢挤着坐。外公，你最好讲官话，你现在的上海话夹着粤语，上海人、广东人都听不懂你，你太高深了。"

外公不搭理，感慨地看着车窗外面道："变化太大了，比我十几年前来的时候又好许多。"外公果然不再讲上海话。

梁母心说，老头子怎么肯听外孙女的话，不肯听女儿的话呢？"爹爹，我们不住和平饭店吧，囡囡在上海有套别墅，外面看上去跟我们老屋差不多，里面暖气也好，我们住囡囡家。宾馆再好，到底没自己家方便。我昨天已经到了，把暖气开得热热的，爹爹不用怕冻着。"

外公道："上回去你家住，连热水淋浴都没有，害得我回家剥了层壳才洗干净，我们住饭店。"

梁思申笑道："好的好的，听外公的。上海现在好宾馆不少，我带你去住静安希尔顿，与老宅近。"

梁母刚想给女儿使眼色，不料却听她父亲道："来上海怎么能住美国宾馆，不会是和平饭店老掉牙不能住了吧，好吧，我先到囡囡家看看。"梁母目瞪口呆，这才明白女儿了解老头子。梁母从小与父母分离，对父亲的性格所知不多，现在见老头子性格如此古怪，不由想到女儿小小年纪的时候在这样的外公手下过日子，难怪后来会扯大旗反水。当年她签署文件授权女儿打官司的时候还很是内疚，可从机场一路下来，这些内疚一点点被磨蚀掉了。

梁思申坐在前面微笑，外公仗着手里握着不菲财物，最喜欢给儿孙辈出难题，这会儿想在女儿面前也拧一下，她就顺着呗，挖个圈套让老头子跟她拧，看老头子掉不掉进她的圈套。若换作平日里老头子吃饱睡足的时候，她还真不能保证自己能赢，可今天一路飞机从美国飞来，老头子哪儿还斗得过她这年轻人。

但一路对上海的变化颇有挑剔的外公还是站在别墅外面震惊了。他不等别人给他开车门，就自己走下来，不顾疲倦，绕着别墅看了一圈。梁母不得不在后面陪着，等一圈下来，便道："爹爹，外面冷，快进去吧。"

外公却神情肃穆地又走到一株腊梅旁边，深嗅一下，才道："蜡梅，几十年没见了，花朵还是像蜡纸一样透，香。以前我们家的一株更大，一直可以开到春节以后。梅花种了没？啊，这是，还是哪儿挖来的老梅桩，不错不错，是绿萼，最难养的品种。囡囡出来，栏杆上爬的都是些什么藤？"

梁思申只有三个字："不晓得。"

外公却道："小姑娘有良心，我本来以为她拿着老宅的拆迁费吃光用光了，没想到还原样仿造一座，跟祖宗当年造的没差多少，这一下我来上海有落脚地了。"

梁母忙道："拆迁的那笔钱我都另立一个户头存着，等下我把存单给爹爹。这房子用的都是囡囡自己的钱。囡囡现在有钱，她还在国内有两处投资，都是不小的排场。"

外公奇道："我不是说这些拆迁的钱给你们用吗？"

梁母不卑不亢地道："我们现在的日子都过得挺好，囡囡又有出息，爹爹的钱还是专款专用，给爹爹在国内时候用吧，省得换美元。"

外公一时无语，当他发现他的钱不是那么好使的时候，他收敛了脾气。"王家第三代里面，你的囡囡最有才气。"

梁母得意地道："梁家小一辈里面，我看看也是我们囡囡最有才气。还得谢谢爹爹把囡囡带出去读书，囡囡有今天，跟所受教育分不开。爹爹进去吧，外面太冷，上海是湿冷，冻着了不好受。"

外公这才肯进去，但到门口时不屈不挠地问："我女婿呢？"

"爹爹来上海的消息太突然，他没准备，他得把工作交出去后才能来。很快的，明后天，再加元旦，我们陪爹爹在上海好好走走，他在上海有很多朋友。"

"他在做什么？"

"我们那儿省工行负责人。"

"也有出息，不靠着我反而都有出息。房子不错，就是太空了点。"

"囡囡自己不常来住，想稍微布置一下够生活就行，等我们退休来住的时候再依着我们性子布置，她可孝敬我们呢。爹爹的房子在楼上，我扶你上去，先洗个脸，吃点东西睡一觉。"

"下面不能住？我不要爬楼梯，你布置一下。有什么吃的？"外公洗手洗脸，开始饶有兴趣地看梁思申费劲收集的那些小玩意儿。梁母只得去吩咐从梁大家抢来的保姆做鸡粥配肉松、酱瓜等小菜。

梁思申早跑上自己房间洗澡去了。她了解外公，知道陪外公这几天将是一场持久战、消耗战，必须分秒必争地保养好自己。

03

韦春红虽然巴不得立即飞到医院查出个结果，但她还是守在饭店，等娘家侄儿买来饭店一天的菜蔬，过秤对账完毕，才吩咐几句离开。到了医院，雷东宝早已给她挂上了号，她喜滋滋挽着雷东宝的手臂上二楼妇产科。

这回雷东宝没胡乱吱声，站在外面走廊上等。眼睛很想看妇产科病房，但是见那门口总是进进出出女人，他觉得总盯着挺流氓，就只好无聊地看向楼梯口，心里却是激动得恨不得冲进里面旁观旁听。

但是等了半天，等来的却是韦春红煞白的脸，看上去都比昨晚老了十岁。

一顿子检查做下来，韦春红当天就住进医院。

昨晚还那么欢喜。韦春红看着丈夫进进出出地忙碌，一直默默流泪。医生告诉她，虽然要等所有结果出来再说，但基本上子宫是保不住了。她以后将永远没有孩子。这让她如何面对雷东宝？她怎么说都有儿子了，可是雷东宝还没有，看昨天雷东宝多喜欢孩子，可是她却不能给他生了。她对不起雷东宝。而且，往后没有孩子的夫妻，像夫妻吗？

等雷东宝办完所有手续，坐到她病床边，一脸无奈地看着她。她强忍着伤心，违心地道："东宝，我不能让你雷家绝后，我们离婚吧。"

雷东宝没想到韦春红这个时候会说这种话，长长叹了声气，道："你别胡思乱想，养好身体等做手术。我去外面吸根烟。"雷东宝背着手出去，但走到门口回头一看，见韦春红脸色白得像鬼一样，忍不住又折回来，好声好气地道："我们虽然是半路夫妻，可我坐牢的时候你也没离开，你说我会离开你吗？你当我姓雷的是什么东西？"

韦春红这才伸出两只手死死拽住雷东宝的手臂，神经质地道："可是我不能生……"

"闭嘴，这是我的命。我命里没儿子，才会先害死一个，再害你生病，都是跟生孩子有关……"

韦春红一听傻了，都忘记自己的难过，十指紧紧抠住雷东宝，道："你也快闭嘴，这是什么话。好好，我不说，我再也不提。你赶紧去叫我妹来伺候，这儿是妇产科病房，你男人家不方便。快走，快走。"

雷东宝却是没走，任韦春红紧紧拽着他手臂，安抚道："你别紧张，不怕，医生说手术简单，不会比生孩子痛。麻醉下去什么都不知道，醒来就完事了，没儿天拆线出去，活蹦乱跳就跟啥都没做过一样。别怕，别怕，你不是一向很胆大的吗？"

韦春红一向不仅胆大，而且坚毅，这会儿被雷东宝当作女儿哄着，反而抽抽搭搭地满是伤心满是软弱起来："我往常哪儿是胆大了，是没人靠才硬撑着，才刚安定下来，本指望靠着你，再生个一儿半女的，我也不开饭店了，专心伺候你，可……我怎么命这么苦哇……"

雷东宝抱住韦春红，让她哭个痛快。他心里开始谋划，首先要到宋运萍坟前烧炷香，然后去庙里捐点功德。而宋运辉那儿，那是说什么都没时间去了。

终于安抚下韦春红，雷东宝立即开始行动起来。回到小雷家村里的家，他鬼使神差地走上二楼，翻出久不开启的那只已显陈旧的樟木箱子。打开来看，里面宋运萍一针一线做出来的婴儿衣服依然颜色鲜亮着，就像中间没有流逝过那么多年一样。他对着一箱子的小衣服吸了一支烟，终于痛下决心，提起箱子来到宋运萍坟前，念念叨叨地将这些都烧了。他扶着香对宋运萍说，他对不起她，但希望宋运萍保佑韦春红手术顺利，要宋运萍有账都算到他头上来。他看着黑烟扶摇直上，渐渐与冬日低沉的乌云混为一体，他相信天上的宋运萍一定是听到他的话了。

也是奇怪，等他说完烧完，山上的风才忽然大了起来，似是要下雪的样子。雷东宝没紧着走，给宋运萍坟头拔草培土打扫完了才下来，直奔后山寺庙。他这时候深信他的命一定有问题，否则怎么会有接二连三的厄运找上他家的门？以前他参过军，入过党，死也不信鬼神。可这时候他动摇了。他对着神佛深深拜了下去。希望临时抱佛脚会有用。

04

宋运辉从北京回来，本来就心情不好。接到雷东宝的电话听说这事，心里更是堵了好久。上回雷东宝出事，他接触过韦春红，对韦春红这个人由本来的厌恶转向欣赏。他在电话里要求雷东宝这时候要对韦春红加倍地好，韦春红这个女人不容易。针对雷东宝本来想来他这儿商量的事，他说其实没什么别的要说的，对付外强，最要紧是做大做强自身的实力。中国市场那么大，不会因为来一家外资企业就打碎其他所有的饭碗，只要自身够强，全国多的是吃饭地方。

宋运辉自己也在加紧做做强自身实力的事。东海厂升级行政级别的事基本已拖无可拖，他一个人经常往北京跑的努力难以扭转那么多人长驻北京影响出的大局。上司已经明确告诉他，做好准备，迎接一个空降领导。不过上司也许诺，他的厂长位置不变。但是经验告诉宋运辉，不变是相对的，变是永恒的，他唯有做强自身，掌握大局，才能让空降者无隙可乘，他的地位江山永固。

因此三期项目才刚批下，宋运辉便大张旗鼓走出一条人事安排新路子——竞聘。三期项目的所有领导岗位都还是一个个的萝卜坑，等着一只只大萝卜填进去。即使东海厂目前还年轻，可也已经有了小小的一些惯例，如果按照惯例，当年从一期领导班子里抽二期的，现在就应该从二期领导班子里抽三期的。其他车间的犹可，唯独码头，则是永远逃离不了老赵的控制，老赵总是不肯死心塌地。宋运辉扯起人事改革试点的旗帜提出竞聘，就是为了打断连锁在新、旧班子间的链条，打断他们之间的横向联系，改为以他为中心的放射性纵向联系。只有这样，才能确保空降领导下来之后，不可能一次策反一连串的人背弃他宋运辉。

每一个集体都有一群被既得利益者挡住去路的蠢蠢欲动者，每个蠢蠢欲动者都希望绕过挡道者越位而出。为此，每个蠢蠢欲动者都有设法展示的必要：展示其技能，展示其忠诚。而竞聘，就是宋运辉堂而皇之地给予那些蠢蠢欲动者展示自己的机会。宋运辉心中早有人选，但是他需要竞聘这样一个跳出惯例，却又合情合理的程序。

竞聘的事，他督促得很紧，即使他去北京的时候，东海厂这边的程序也没有任何停顿。所有的竞聘人都是依照竞聘条例作为硬杠子打分，在综合分数高的人中选，最后面试。所有的条例都是宋运辉推敲而定，分数分配暗中倾向他中意的人。而即使有黑马跳出打乱计划，那也不要紧，还有面试。

宋运辉从北京回来，第一件事便是审阅已经统计出来的竞聘分数。一看之下，基本八九不离十，都在掌握之中。看到老赵的综合打分排在第五位，都还不够面试资格，他不由得一笑。他身边主抓此事的副厂长、宋运辉从金州带来的嫡系方平一见了然，笑道："老赵还不知道这分数，公布前要不要先找他谈谈？"

宋运辉再次一笑，循着数字翻到老赵的评卷，仔细看了，才道："压分压得厉害。这样吧，其他有弹性的项目我们不变，这个年龄……这么明显的地方，我们给他往宽里评，让大多数人一看就认为评分者倾向老赵。你回头改一改，今天就上橱窗公布。"

方平一听就笑出声来："对，让他哑巴吃黄连，有苦说不出。"

"压力很大吧？都找着你来呢，尤其老赵这门大炮，没把你家门槛踏平已经算客气了。"

方平苦笑："找我家倒也罢了，他一手压制码头人员参与竞聘，一手直接在我办公室拍桌子，完全是肆无忌惮。"

宋运辉很是感慨："同样是胆大，有人表现出的是无知者无畏，有人表现出的是有恃无恐，原因全在他所处的大环境。老赵不审时不度势，看不到码头已经有新人涌现，而表现一如既往，那就无知无畏了。你去办吧，我等待他下班前来轰炸我。"

方平笑道："我拖一拖，差不多快下班的时候贴出去。等老赵知道我们都已经下班了，他即使跳也要等元旦加星期天沉淀个两天再说。厂长你还是早点走吧。"

宋运辉笑道："不用等，这就贴。我们越是做得公开、公平、公正，分数出来后，老赵如果敢跳，就越是成为笑柄。他要是找你，你理直气壮地告诉他，时代不同了，长江后浪推前浪，竞争淘汰是客观规律。"

"我还是担心他不理智，厂长，你这几天不在，你没见他到处怎么扬言。"方平想了会儿，道，"我还是先会议公布，缓冲一下。厂长你别参加。"

宋运辉摇头："不行。我们这回竞聘的原则是公开、公平、公正，我们不仅要做法上三公，程序上也要做到三公。我们不能给人讨论以后再公布结果的印象，一定要第一时间面向全厂职工。不要怕冲突。添加剂的研制，成熟了没？"

"已经成熟好几天了，等着你最后签字。他们都很希望厂长亲自到现场看他们提取样品，给出化验参数。还有，有个不情之请……"

"没门，圣诞节已过，没圣诞老人了。"

"听完再拒绝嘛。"

"知道你想我表扬你那些小兄弟，有你跟他们称兄道弟差不多了。你回头安排主事的写篇论文，立刻要办公室润色一下，派专人去北京争取春节前塞进期刊里发表。竞聘面试安排在元旦后第二个工作日，越快越好。"

方平也是有点仗着自己是嫡系，问了一句："为什么这么紧？"

宋运辉笑道："这还不明白？影响一下春节前奖金发放嘛，你出去叫销售科长过来。"

只有宋运辉自己心里清楚，凡是成果，他都要在新领导来前公布，凡是人事，他都要在新领导来前落实，就是这么简单。

这一天很忙，他出差那么多天，明天又是元旦，大量的事赶着要他审核过目。竞聘第一轮的结果在门口橱窗公开，公开后即哗然。果然不出所料，老赵没法跳。硬杠子加公平、公开、公正，老赵没理由跳，他又不是浑到底的人，老赵只有生气地怠工。而这正中宋运辉的下怀，他还只怕老赵占着大权搞对抗，没想到老赵这么没斗争策略。

宋运辉一直在办公室忙到晚上八点，也是等到晚上八点，都不见老赵冲进门来理论，他还略微有些失落。下去取车回家，被冷风一吹，忽然想到，是不是他的手腕又进步了，令老赵无招架之力？宋运辉回想一下所有步骤，打开车门前忽然一笑，所有的步骤，那可都是冠冕堂皇，让人无从指责。

小小的成就，让宋运辉从北京带来的灰色心情稍微有点起色。

回家他赶紧吃饭，出差回来，家里的饭菜特别香甜。

宋母帮他整理行李，拎出一只塑料袋奇道："又买烤鸭，不是吃过吗？又不好吃，还不如温州麻油鸭。"

宋运辉忙道："那是给陶医生的，还有那盒红盒子北京点心，明天你和猫猫去少年宫带给她去。"

"明天元旦，停课。要等下礼拜了，这烤鸭不会坏了吧。"

宋运辉一拍脑袋，懊恼地道："你看我都忙得忘了这茬，妈知道陶医生的排班吗？"

"我怎么知道，你不是常送她回家吗？你送去她家啊，我看你对她有意思。"

宋运辉笑笑："目前还没有意思，不过看陶医生这个人不错，有骨气。好吧，明天早上我过去她家一趟，也不知道她家具体在哪里，那边小弄堂太多。妈，我明天中饭晚饭都不回来吃，你们不用等我。"

"又谁啊，元旦也不让歇着，不是说东宝来吗？"

"东宝现在那个妻子生病住院，来不了。对了，我今天都忙昏了，我得帮他咨询一下陶医生，弄不好东宝家以后没孩子了。"

宋母惊讶，不由冲旁边一直在给宋引扎兔子灯的丈夫道："东宝命硬啊，谁都克。"

宋运辉听了一愣，心说难道真是冥冥之中有天数？

宋运辉想到这么冷的天要陶医生出门找公用电话回传呼，他有些过意不去，可事情紧急，他只能对不起陶医生。但他识相地开车出去，到了每次送陶医生和田田回家停车的地方，刚想打传呼，却看到附近有间小杂货店还开着门，柜台上有一公用电话。他想到陶医生肯定是常来这儿打电话，想到陶医生大冷天的晚上看到非医院号码打她传呼未必下来回电，索性过去杂货店买包烟，再向杂货店老板打听陶医生究竟住哪儿，果然问到。

他摸黑顺着指点进去小弄堂，找到一幢老式三层宿舍楼，就着打火机的微光曲折地爬上堆满杂物的楼梯，又蜿蜒穿过堆满杂物的走廊，才摸到陶医生黑暗的家门。宋运辉心说怎么这么艰苦啊，看这房子布局，好像是集体宿舍，估计开门进去，最多只有一个房间。陶医生不是个挺好的医生吗？可能人太清高，不肯低头为自己争取。

宋运辉不敢大意，就着走廊唯一的一盏昏黄廊灯确认了房间号码，又看到门上有孩子涂鸦，这才敲门。宋运辉都感觉陶医生门还没开的时候，旁边一串的房门都微开窥探了。

陶医生开门出来。屋里雪亮的日光灯光一下也照亮走廊，照亮门口的人。陶医生看到是宋运辉，惊呆了。宋运辉看到陶医生一改往常着装的灰暗色调，穿着一件银白撒梅花织锦面子的贴身棉袄，披散着一头乌发，也是惊住，不由得退后两步，几乎是贴上陶医生家对面人家的门了，才道："对不起，陶医生，这么晚打搅你。本来应该早点来，我刚出差回来，一直忙到现在。想找你咨询一件事，我有个亲戚的妻子——这位亲戚是我很要紧的人——今天住院，是子宫肌瘤。那手术我记得以前在国外刊物里看到过，说有些可以不必切除。具体……"宋运辉对于妇科病有些不便这么大庭广众地说，可是又不能不说，这么晚来敲陶医生的门，隔壁不知多少只耳朵警惕地探听着，他只能开门见山。"具体我也说不清，我这就拨通他的电话让他跟你说，我就怕明天上手术台一刀割了，那就不可逆转了。"

陶医生听宋运辉这么说，这才舒口气。她是医生，常有病人上门咨询，她也有时带家境困难的病人来住一宿，宋运辉一上来就把事说开了就好。她听宋运辉一说便知是妇科疾病，便接了宋运辉已经拨通的雷东宝的电话。雷东宝正陪在韦春红身边，虽然已经是休息时候，可两人哪儿睡得着，都是在黑暗中瞪着眼睛看黑暗。一听说可能有救，雷东宝连忙把电话拿给韦春红，紧紧盯着韦春红介绍病情。

宋运辉静静看着陶医生一改平日里的平淡，以一脸职业的温和和权威拿着手机说话，看上去非常可信。里面陶令田还没睡着，不见妈妈讲故事了，又不敢跳出热乎乎的被子，就在床上大叫："妈妈，谁啊，妈妈……"

陶医生没说"宋叔叔"，而是抽空回了一句："是猫猫爸爸，田田乖，等妈妈会儿。"

宋运辉心说，陶医生可真是细心，连一个称呼都不会搞错。隔墙的耳朵们听了肯定会以为是田田幼儿园同学的爸爸，这与莫名其妙的"宋叔叔"完全是两种人。

这边韦春红一放下电话，立刻一拍枕头，道："走，出院。宋厂长那个朋友说尽量不割，能保就保，先确保是不是恶性了再说，还说看症状，恶性可能性不大。咱不看这儿了，朝中有人好办事，咱去宋厂长朋友那医院住去。"

雷东宝说话就收拾起来："连夜去，妈的，老子就不信，每天活蹦乱跳的能坏到哪儿去。今天烧香的时候那和尚就说我抽的签好，逢凶化吉。"

"对喽，我说呢，每天精神头挺好的，怎么一下病了呢。看起来医生也有不一样的，不负责点的给你一刀割了干净，负责点的才给你修修补补。"

"给你！"

"是，是，给我。先回家收拾行李吧，出院让我妹来办。东宝啊……老天保佑，最好别割了我……"

雷东宝一只耳朵进一只耳朵出地听着韦春红念叨，想到今天在宋运萍坟前烧香时候的异兆，再想到都快半夜了，是宋运辉找人忽然送来希望，心说难道真是宋运萍显灵？但他异常肯定地打断韦春红都有一些神经质了的念叨，道："还是小辉。"

"对，还是宋厂长，唉，看看他，就知道以前运萍姐一定是个极好的人。东宝，我们……"

"别说了。"雷东宝也不敢说。他拿摩托车载着韦春红回家，收拾好行李，连夜赶去火车站。

这边宋运辉见陶医生肯包揽事情，心里感动："那是我姐夫。我姐姐十年前生孩子时候去世……现在生病的是他现在的妻子。大哥很想要孩子。"

陶医生为难地道："可是我很难保证最后结果，而且病人年纪也已不小。你劝劝他们想开些。"

"那是自然的，可只要不割就有希望。噢，我从北京带了只烤鸭来，正宗全聚德的，里面还有面饼和甜面酱。吃的时候切一些青瓜丝和大葱丝，生的，蘸酱与鸭肉裹一起，也没什么特异，只是尝个意思。"

"哎，怎么好意思，你拿回去吧，烤鸭难得，你家里……"

"我常跑北京，他们早吃过。还有一件事，我们争取来几个明年中心小学的名额，田田确定到哪个小学了没有？我看中心小学与一院挺近，要去的话你早做决定，那儿教学质量很不错。"

陶医生可以拒绝宋运辉的任何好意，可是无法拒绝田田的入学名额。按照片区划分，田田是没法进中心小学的，就近的那所小学教学质量哪能与中心小学比。但接受宋运辉这个天大好意，以后她再难在医院辩称与东海厂宋厂长无关。但陶医生还是坚决地道："非常需要，很感谢你。那我就走个后门吧，需要什么手续呢？"

"我让秘书联系你。"

陶医生想送，但被宋运辉谢绝。她敞着门照亮一段走廊送宋运辉离开，看着那不算高大的背影出了会儿神。不知不觉想到刚才那大哥大的气味，挺干净的气息，并没有大多数电话常有的口水臭，她不由脸上一热，忽然想到宋运辉不知是怎么找到她的。这简直是一个很严重的问题。她发现自己都快与宋运辉纠缠不清了。天哪，等明后天宋运辉姐夫的现任妻子住进来，她去妇产科找好友相帮，那又将是一个话题了。她真有些头痛。

宋运辉磕磕碰碰地终于下楼，回望身后这幢暗淡的宿舍楼，心说陶医生真是太不容易，这身臭脾气还真是让人服气。想到陶医生居然也有秀发，宋运辉有点不怀好意地一笑，到底还是女人。其实他手头暂时还没有中心小学的入学名额，去年这个时候，他还是通过关系把宋引塞进不在片区的中心小学。今天见了陶医生，忍不住想帮她一个忙，就想到这一个陶医生最难拒绝的田田入学问题，撒了一个善意的谎。田田不是他的孩子，为田田争取名额可能会有些难度，但他担当得起。

05

梁思申看到爸爸早到，想到有爸爸帮着妈妈对付外公，她就可以脱身办自己的事去。可没想到她的如意算盘才端上饭桌，外公就坚决提出要跟着一起看看她的投资，爸爸妈妈也要去。梁思申认为外公纯粹是凑热闹，但爸爸妈妈是不放心她，怕她对国情不了解，被杨巡暗中欺负了。爸爸早就提起过要好好看看现场。

无奈，梁思申只能问梁大借了车子，她开车，爸爸指路，一路颠簸。本来是可以叫梁大司机随行的，可是外公臭脾气，后座不肯挤坐三个人，一行四人又不能撇下谁，只有梁思申开车。虽然是梁大的别克林荫大道，可路况不是太好，国道总有修路，走走歇歇，半路还住一宿，元旦早晨才赶到杨巡给订的宾馆。外公一定要住总统套房，可是进了总统套房又讥讽小小三星级宾馆的套房也敢叫总统套房，好不要脸。

梁思申进自己的标间洗脸收拾回来，见外公还在唠叨，这回话题转移到套房客厅里的红木太师椅，说拿些个红酸枝刷上油漆冒充紫檀，现在穷得没文化底蕴，而爸爸妈妈只能在一边无奈地看着。直到见梁思申进门，外公才放过太师椅："走，看工地去。做事业的人啊，一定要从最细节的地方着手，不要怕苦，不要怕脏，不要坐在办公室不肯下去。一定要亲手掌握第一手资料，知道吗？第一手，不能是二传手，资料一个转手就失真了，你拿不到一手资料，做不出最佳决策，你就完了。"

梁思申不予搭理，转了话题："外公，你可以把路上我让你摘下的戒指戴上了。现在安全，不怕。"

"哦，对。你们等我一刻钟。"

外公进去里面收拾自己。外面梁家三口大眼瞪小眼，梁父揉揉耳朵，轻道："怎么那么好精力啊，我一辈子恐怕都没说过那么多话。"

梁母皱眉道："囡囡，等会儿你跟杨巡他们说一下，外公老了，他说什么，叫他们都别当真。"

梁思申道:"妈,你也去收拾一下,别让外公抢去风头,等下看着,外公出来可嚎了。"

梁父梁母将信将疑去他们的房间。梁思申等在客厅,等了好久,等到爸爸妈妈收拾得非常体面地进来,外公才姗姗开门出来。果然,头顶几根灰白头发一齐向后梳得一丝不乱,一套深灰西装,里面就雪白衬衫和银灰领带,配的领带夹和袖扣都是白金镶钻。而手腕戴的也是一只镶着满天星一般钻石的手表,手指上则是一枚水头十足的拇指盖大翡翠戒指。果真是一望即知的大老板。

外公将手臂上的水貂毛领羊绒长大衣递给女儿,道:"等会儿楼下出门前再给我穿上。这儿两只钻戒,你们两个一人一只,别让人说我女儿女婿连钻戒都戴不起。送给你们。以前是我跟你妈戴的。"

梁思申一看,男式的方戒上面,钻石足有小黄豆般大,果真是以前外婆在世时候见过的。但外公这话难听,梁父不便说什么,还是梁母接了戒指,婉转地道:"姆妈戴过的东西,爹爹还是留着做念想吧。我们这几天跟着爹爹的时候戴着,回去的时候爹爹还是带走的好。姆妈留下的东西不多,再说囡囡爸是公职人员,戴这些不方便。"

"我送你们的,有什么不方便。拿着,我没别的给你。"外公说着就腰背笔挺没有一丝老相地先出去了。但是走到门口的时候却顿了一下,梁思申在后面朝天翻个白眼,抢上前去给外公开了门,外公这才出去。后面梁父梁母看着哭笑不得,那么多臭规矩。

杨巡是很想去宾馆等梁思申的,可梁思申说没法确定时间,他只好等在工地的临时办公室里。

因是元旦,临时办公室外面的街上人头攒动,相对而言,正在装修外墙的商场工地显得冷落。寻建祥陪妻子逛街,陪着陪着不耐烦了,抱起孩子开小差,到杨巡的办公室喝茶聊天。但杨巡没时间跟他聊,杨巡一心两用,一半的心关心着窗外,看梁思申来了没,一半的心在手中的收支简明表上。上回梁思申来查账,杨巡旁边看着都替她辛苦,而今工程进入白热化,每个月光是单据就是厚厚一沓,梁思申哪儿查得过来,杨巡索性让会计做个傻瓜都看得懂的简单表格,把收支现金都放到表格上,让谁看到都一目了然,比看账本容易。杨巡小心,想在梁思申来前再看一下简账,对目前工程的总体趋势再做一个回顾。

反而是寻建祥没事干，三心二意照看着女儿，两眼一直看街上的热闹。忽然看到一辆豪华轿车劈人波斩人浪而至，恰恰停在商场门口开阔的广场。然后，一个穿黑色长大衣女孩快速从驾驶位跳出，打开后面一扇车门。而又一个穿黑色长大衣的男子从副驾位置走出，也是顺势打开后面车门。于是，寻建祥看到后面两扇车门分别钻出一男一女，令他大笑的是，那两个也是一水儿的黑色长大衣。四个人黑大衣的区别，只在长短差别不到十厘米而已。他禁不住笑道："操，梁家人走出来跟香港黑帮似的。"

杨巡被提醒，连忙起身，大跨步迎出去。寻建祥也抱着女儿跟出去。

梁思申带着父母外公来到已经结顶的商厦大楼面前，外公两手叉腰上看下看。梁父趁机悄悄将戒指递给妻子，梁母也知道丈夫骄傲，不肯受嗟来之食，就帮他收进包里。梁父轻道："一路看过来的商店，还是我们的外观最气派，你看对面那家，门面小眉小眼的，却还把进门台阶弄得这么高，学人民大会堂。"

"我看着也是我们囡囡的最好，但愿我不是瘌痢头儿子自中意，看看爹爹怎么挑剔。"

梁父看看岳父大人，将"不出象牙"四个字生生咽进肚子里。却见两个男子迎出来，一个高，一个矮。矮的这个看上去沉稳有力，不像传说中练摊儿的油滑个体户，梁父就认定高的那个是杨巡。梁思申也看到寻建祥，笑嘻嘻跳过去几步，嚷嚷着"大寻大寻"，凑近了摸寻宝宝的脸。"大寻，孩子都那么大了，比夏天见的那次又大好多呢。"

杨巡与梁思申很是熟络地打个简单招呼，就直奔梁母，笑道："伯母，欢迎大驾光临。这位是梁伯父吧？我是杨巡。"杨巡阅人多矣，一看梁父就知道那是个有身份的。他伸出两只手去握，心里非常想弄清楚梁父究竟是做什么的。

梁父意外这就是杨巡，伸出手并不敷衍地握了一下："小杨好，百闻不如一见。辛苦你元旦还加班。"

杨巡忙笑道："工程一直赶工，没有什么元旦星期天的，早一天投入使用，早一天可以还贷。"

外公叉腰认真看了会儿，回身忽然发现，大家各忙各的，就他一个人没人理，只有寻建祥的孩子两眼圆圆好奇地看他。再看身后，却是有几个本来逛街的人百无聊赖地瞄上他们这一群看似有些异常的，稍呈围观之势。外公咳了一声，却不用中文，而是用英语问梁思申："囡囡，为什么这么好的地段，只造一幢五层楼作罢？"

梁思申看看周围有些围观的人，外公看起来知道敏感话题用英语说。她因此也不隐瞒，用英语回答："资金问题，我们先上裙楼，把黄金店面资源利用起来，未来再上办公楼。"

外公点点头，但道："办公楼本身也是资源，市中心立一幢高楼比任何广告牌都有用。办公楼出入的人流一半消费肯定就近贡献给楼下商场。"

梁思申不肯再承认资金不足，便道："从投资角度而言，上面的建筑是不断折旧的资产，而下面的地皮是不断增值的资产，因此投资的时候我们综合计算的不是收入最大值，而是收益率最大值。从目前的市场来看，还不具备建造高层办公楼的市场容量。"

外公却不屑地道："说到底是个资金问题。"外公得意地看看梁思申的不快神色，再得意地看看周围围观者把他当作中心，这才得意地干咳一声，用中文道："谁是这里的经理？我们进去里面看看。"

梁思申微笑着依然用英语道："从来，资金永远跟不上一个成长型企业扩张的步伐。要不然现代社会不会有金融业的发展。但把资金不足挂在嘴上的人，不是别有所图，便是故步自封。而盲目融资大上项目而不考虑收益率的话，那就是资本社会的不合时宜者。"

外公经验丰富，可是理论方面哪是混迹现代金融界的梁思申的对手？又加上梁思申说话一点不给面子，不像他那些儿女都对他唯唯诺诺，顿时一口气噎住，大怒。梁父见此对妻子轻道："你女儿让你爸吃瘪了。"

梁母连忙将脸扭向反方向，轻笑道："我听不懂他们说什么。小杨，你穿那么少不冷？年轻人有火气就是好。我们能进工地看看吗？"梁父见了一笑，也扭过头去当没看见。

杨巡何等机灵，连忙道："我们先去临时办公室，戴上安全帽再进去。这边请。"又走去搀住老外公，道："外公看上去身体真好，尤其是这火气，一点不输我们年轻人，我在外面都站得有些冷了。外公我们进去里面暖一下好不好？"

但外公并不领情，只是淡淡看了下杨巡，淡淡地否决杨巡的奉承："你只穿一套西装，手比我热。"

梁思申一听就笑，看外公很有气派地转身进去办公室，她在后面跟杨巡道："谁是你外公？自找，叫王先生。"

梁思申因是在老头子面前讨了便宜，因此笑靥如花。杨巡毫不客气地贪看，也没心思叫屈，只笑嘻嘻地轻道："你又没告诉我你外公姓什么。四个人都穿黑大衣，就你最好看。"

梁思申横了杨巡一眼，不理他，顾自进去，追上爸爸。她妈妈到底是不放心，留下来陪着外公慢走。寻建祥见此拉住杨巡，道了再见，悄悄离开。这一家人的气派太大，他有些吃不消，还是避开为妙。

梁父对女儿笑道："还确实有模有样在做事。"

"爸爸以为我办家家啊。早说了杨巡是个很能办事的人，吃苦耐劳，勤俭节约，还有……还有忘词儿了。"她说着就嘻嘻笑出来，这些话好像还是从小学课本上学来的。

梁父却是微微摇头，又回头看了杨巡一眼，轻道："没那么简单。这个人深得很。"

梁思申听着有些疑惑，她觉得杨巡是个热情上进的年轻人，与她差不多，但比她更能吃苦："爸爸，他才比我大一年，你别把人想得复杂化。"

梁父看看女儿光滑年轻的脸："等下你去看工地，我在办公室看一下账。"

梁思申想拒绝，但梁父虽爱女儿，却从不在原则性问题上退让，他既然已经跟女儿打了招呼，就直接对跟进办公室的杨巡道："小杨，我不跟去工地看，麻烦你在现场照料他们。你们财务室在这儿吗？我这个老会计进去坐坐。"

杨巡听了有些奇怪，但是一对上梁父深不可测的眼睛，立刻噤声，忙打开旁边的一扇防盗门，引梁父进去，再打开文件柜，打开电热器，打开电灯，笑道："伯父这儿休息会儿，这儿是所有凭证，我给伯父拿下来解解闷儿？"

梁思申无奈地看着那屋，无语，自己戴上帽子转去工地。梁母看着这父女俩，心里大致有数。外公也要跟上，梁母忙道："爹爹别去，那儿路不好走，我们还是外面转转，看看这儿周围环境。"

老头子不肯，非得跟去，看到一地狼藉，梁思申也只能跳来跳去地走，这才罢休，让女儿陪着走出去外面转。杨巡安顿好梁父，跑出来又跟梁母交代一下什么路能走，怎么走，这才回去工地。见梁思申已经顺着楼梯准备上二楼，他忙跳跃着跟去。里面好几个管道工和电工正忙碌着，见来了不认识的人，都站着瞧。杨巡大声招呼他们继续干活，自己追着梁思申上去，差十几米远的时候才道："你跑那么快干什么？"

"下面割管子的声音很烦，你怎么来了？我自己看就行。"

"你第一次来，我不放心你。还行吗？上个月还没装上玻璃的时候看着跟凉亭一样，一装上玻璃再看，就全不一样了，谁见了都说洋气，够气派。小心，别走太过去，那是自动扶梯口。"

梁思申探出脑袋看看上面，再看看下面，但说的是不相干的话题："杨巡，我爸职业病，仔细得过头，你别在意。"

杨巡本来一点都没在意，因为查账是理所当然的，没想到梁思申反而向他道歉。他忙笑道："什么大事，这是应该的。只委屈你爸爸，看样子他不是常做这种会计苦差事的人。只有自家父母才会这样为我们操心。别跟你爸怄气。"

"你怎么知道我跟我爸怄气了？才不会，我只是怕你敏感。我爸膨胀着呢，需要我妈和我联手打压。"

杨巡笑道："其实你爸没错，错的是你。如果你以后跟别人合作，千万不要钱一扔就什么都不管了，管了还怕是干涉我的日常管理。我不清楚你们那边是怎么样的，这边拿了钱关门打狗的事多的是，做假账，假报销什么的还算是小的，卷了钱消失的事都有。你每月将财务交由第三方会计师事务所审计，那只是理论上保证财务制度的办法。其实我要作假，跟他们串通就是，多的是办法。你是太相信我了。"

梁思申奇道："第三方也作假？"

杨巡笑道："你爸肯定知道，才会要求看账，都正常得很。按常理，你应该安插一个人在财务室，最好还是做出纳，可以跟我互相牵制，那才正确。你幸亏傻人有傻福，遇到我这么个老实人。"

梁思申听着心里发毛，要是照杨巡这么说，那么爸爸短时间里看账其实也没什么用，如此说来，她的投资成败，难道全维系在杨巡的良心上？但她还是有些不可置信地再问一句："会计看不出管理者作假吗，难道不会举报吗？"

"在这里，从来是老板让怎么做就怎么做，没二话，你爸清楚。"

梁思申好好想了好一会儿，脑子都有些没法转弯，好不容易才道："那么说，杨巡，我现在全副身家都放在你手里，我还有贷款也投入你手里，那意味着我小命就是捏在你手里了？"

杨巡微笑道："通常情况下，是这样。"

梁思申又想了会儿，才道："你为什么选择今天这个时间才告诉我？"

"我最先还以为你什么都知道。以前我不是什么都跟你商量吗，你说起来头头是道，什么提防风险分散风险的，我还以为假账对你来说只是小儿科。"

梁思申感觉杨巡没说实话，但她现在开始等待爸爸看账结果，暂不表态："地球真危险，我要去火星。"

"你看你，不跟你说，我觉得瞒着你不是回事儿，跟你一说，又怕你担心。我看你也别多想了，合作都这么多天了，我要卷钱逃走早逃了，不会等钱全变成水泥砖头才忽然想起来你钱还在我手里。放心吧，我要是敢怎么样，宋厂长先不会放过我。还有你爸。一个萧然都可以让我坐牢，你要真拿我怎么样我怎么逃得过。你相信我是讲信用的人。"

梁思申依然只是看着杨巡，并未表态。她不熟国内情况，可她并不傻。杨巡越是表态，她越听出杨巡满嘴避实就虚，看来账目肯定有问题。否则，为什么爸爸这个老会计一来，杨巡才跟她讲清国内财务混乱呢。

杨巡见梁思申不说话，反而担忧，只得赔笑道："你别那么严肃。你以前跟我说过，合作双方是平等的，即使你所占股份比我多，可是我们做事都得平等协商着办。你尊重我，我怎么可能对不起你。但现在说什么都没用，看以后吧。走，上去五楼看看，那儿与一到四楼都不一样，以后准备做仓库和办公室。"

梁思申环视大厅，没了刚开始时候的兴致，觉得没意思透顶。可想到爸爸正在看账，这会儿下去影响爸爸看账效果，只得勉强上楼。杨巡继续低声下气地逗梁思申说话。他还真担心梁思申带着脸色下去。他和梁思申两个人之间的矛盾容易解决，只要精诚所至，金石为开。可要插上其他人，那就简单问题复杂化了。

杨巡脸上虽然笑嘻嘻的，嘴里也是莲花朵朵，可是心下的硬块只有比梁思申更多。看到梁思申一行四个的时候还不怎么在意，但是当梁父一来便直捣黄龙，而且还是违背梁思申的意愿钻进财务室，杨巡就知道来者不善。杨巡做事，那是无论如何不肯乖乖一五一十做账纳税的，即便这是与梁思申两个合资的企业，他也要做些手脚。他可以自诩他做的都是良心事，但是梁父会怎么看？梁思申可能会相信，也可能是不得不相信他做的是良心事，可是梁父可能相信吗？而那些账外账、小金库之类的东西，如果要解释，那是说来话长，可问题是那些账外账之类的东西解释得清楚吗？再有，有了那些账外账之后，梁父能相信合资企业的收益会是一个正确数字吗？

杨巡只好抢先一步向梁思申坦白从宽，先争取梁思申的谅解和理解，然后才能面对梁父的询问。他很希望梁父是一个高高在上，已经久不接触账目的行政干部，不懂企业的那些猫腻。不懂，光看账面，那就跟梁思申一样，无法怀疑，然后放他以后还是继续凭良心做事。

但那希望比较渺茫，梁父既然一来就目标明确，那很可能事先早有计划，甚至早有向别人咨询中小型企业可能有的财务手脚。杨巡心里忐忑不安，看到梁思申神色恢复后，就希望梁思申赶紧下去临时办公室，以中断梁父看账。但是偏偏梁思申四处东张西望的，五个楼层全部跑遍，还拿照相机足足拍了两个胶卷。杨巡只有提醒她已到中饭时间，不好耽误外公他们吃饭。但是梁思申还是耽搁到十二点才罢休，理由是宋运辉去火车站接人，火车十二点到站，本来就是约定十二点半吃中饭。

杨巡心说，离吃饭还有半个小时的时间，不知道梁父该如何拷问他。他与梁思申一起下去，梁思申没就商场的现场提出什么问题或建议，杨巡的心思也不在这边。但让杨巡意外的是，梁父看到他们进办公室，就合上凭证结束查阅，关掉电热器出财务室，看着手表说该回去准备吃饭了。杨巡无法从梁父脸上看出什么，既没有赞同也没有苛责，这才是最让杨巡感到心虚的。

杨巡开车跟着梁思申的别克来到宾馆。他们四个去房间休整一下才去餐厅，而杨巡则是先到餐厅的大厅等候。其实这宾馆他也不常来吃，贵。而且还总是订不到包厢，有些客人不喜欢。但是梁思申等人看起来喜欢环境多过喜欢菜，他只能订宾馆，想起这一餐即将有的花销，他就心疼。可这些钱，不能不花，舍不得孩子套不住狼。

没多久梁思申便先进来，穿一件没有袖子却高领厚实的黑色粗毛衣，下面是白色长裤，又是非常出众。杨巡心说她就不怕冷吗，真会出花头，可看着也真好看。梁思申披一大厅的眼光，轻轻坐到杨巡身边，轻轻地问："杨巡，我再问一次，为什么你选择今天才告诉我？"

杨巡心下一沉，没想到梁思申还在追思这个问题，看来即便是梁思申的这一关也不容易过。但他只是微笑地道："我本来都不认为这是问题，今天看你对你爸态度不对，劝你的时候才偶尔提起来，没想到你看得这么严重。"

梁思申看了杨巡会儿，对这个答案有些失望，便将这事撂下，拿来菜单翻阅，不再继续话题："我记得上回在这儿吃的一盘煎豆腐，真好吃。外公牙齿不灵，也让他吃这个。"

杨巡看向梁思申，忽然看到梁思申露在外面的雪白膀子上面有细细亮闪闪的粉粘着，显得肌肤更加晶莹如玉，不由呆住，心说真是妖精啊。梁思申翻着菜单道："刚刚给宋老师打电话，说已经接上他姐夫，很快就到。"

杨巡被惊醒，忙忙地转开眼，正好看到梁家三个上辈的人进来。都是很有派头的人物，尤其是王老先生，杨巡相信王老先生今天在商场门口绕一圈，肯定引起很多议论。他连忙站起来，转到上位的位置，给雍容走近的王老先生拉椅子。外公坐下，客气地拍拍杨巡的手，说声"谢谢"。梁母坐到外公右侧，梁思申就挪过去坐到妈妈身边。外公看着梁思申道："不怕冷啊。"

梁思申笑笑："又不是出门。"抬眼看到宋运辉和一个结实高大的胖子还有一个干瘦憔悴的女子一起进来，这回轮到她站起来，刚坐下的梁父回头一看，也站起来，甚至迎上去。杨巡看着心中感慨，这就是待遇。杨巡看着梁父一手与宋运辉相握，一手握住宋运辉的肩膀，非常热情，他忙上去欢迎雷东宝和韦春红。

宋运辉与梁父经常通话，可就是没见过面。这回见面都是觉得与心中想像相符。宋运辉见梁父开场这么热情，心里非常开心，他两手握住梁父的手，寒暄得真诚。然后又把雷东宝夫妇介绍给梁父和走来的梁思申。梁父一看，差不多就是那种土霸王式的农民企业家。但看在宋运辉的分上，他对雷东宝和韦春红也是很客气。

雷东宝却看着梁思申瞪眼，心说哪来穿得这么妖怪的人。要不是宋运辉预先已经跟他说明梁思申是国外来的，他就要认为这个女孩有精神病。韦春红却是习惯性地微笑着，虽然内心忧郁，可依然八面玲珑。

梁母见丈夫当仁不让地把宋运辉引坐到他自己身边，心想不能怠慢了宋运辉的姐夫，就挽起韦春红的手，坐到她身边来。可是韦春红非要把这个位置让给雷东宝，招呼雷东宝过来坐，她觉得雷东宝坐到宋运辉下首是受慢待。雷东宝却无所谓，按下要让位给他的宋运辉，大大咧咧坐在宋运辉的下首，不肯坐到韦春红身边去。这举动，这一桌其他人都看在眼里，只有梁思申没感觉，她既然没法与妈妈坐一起，就退一个位置，坐在杨巡和韦春红之间。

外公一直留意着新认识的三个人，只对宋运辉有些好感，对雷东宝和韦春红，直接视为下等人。宋运辉听梁父介绍，站起来与外公握手的时候，外公客气地问："宋先生是做什么的？"

梁思申抢着用英语回答："Mr.Song读大学的时候是我的老师，现在是一家国有大企业的厂长，这个厂覆盖整个半岛，规模相当大。Mr.Song一手创办的这家企业，在我们投资者眼里，是国内排得上号的优质资产，技术先进，产品高端。我们曾经热切地想与之资金合作，可惜国家不批。"

宋运辉知道梁思申与外公的矛盾，因此没有揭穿她的略微夸张，只是微笑地用普通话回答："过奖了。"

外公没想到年轻的宋运辉是这样一个人，心想，难怪刚才他女婿亲自起身迎接，估计是宋运辉身份重要。他赞许地道："我这么多年看下来，这个社会的技术更新越来越快，快得我们老头子越来越跟不上，只好眼睁睁地看着新领域被年轻人占领，钱都让年轻人赚去。现在是你们年轻人的世界，没办法啦。"

梁思申并不意外，外公对外一直很正常，但是梁母在一边意外了，还以为老头子对宋运辉特别垂青。宋运辉则是客客气气地道："我们年轻人有些不切实际的理想，希望通过我们的努力能让我们国家追赶上西方发达国家的发展水平，支撑我们奔跑的是对技术的热爱。目前的结果比较让人满意，我们新研制的添加剂又能让我们的产品迈上新的台阶，为国家挣得更多外汇。"

梁思申飞快看向外公，可惜外公只是夸奖年轻人爱上进，倒也没说什么。梁父梁母相对而笑。其他三个都没听出什么，都觉得大家客气得假惺惺，宋运辉真能扯，没老头子实在。

外公又问雷东宝："这位先生做什么的？"

雷东宝懒得搭理，他心烦着呢，恨不得赶紧来菜来饭快点吃好去医院。还是宋运辉回答："这位雷先生是一村之长，带领全村几千多人发家致富，办起收益良好的村办企业，目前产品是全省龙头。"

外公好奇地问："是不是报纸上说的乡镇企业？"

"是的。"宋运辉回答一句，就不再继续，而是对杨巡道，"小杨，《公司法》已经颁布，《公司登记管理条例》今年七月实施。到时你可以考虑不再挂靠。你现在先想办法把关系理顺一下吧。"

杨巡道："以前我也可以注册，可是注册了私人公司没用，三等公民。"

在座的人都惊异，他们不在其位，不知私企的局限。只有梁思申了然，她专门研究过这些。

雷东宝笑话杨巡："让你见光，你还不想见。"

外公看到大家说话的中心不是他，挺心烦的，就插话道："你们老是阶级阶级，我看不是阶级，是等级。连个公司都要分上三六九等，让国有吃饱才有乡镇的，这还怎么公平发展？这是养懒惰压勤快。国有因为体制问题，很难有效运行，世界上所有国有企业都是浮肿虚胖，养得再大也是吹胖的气球，没有效率。你们看到英国撒切尔夫人……"

梁父一听不对，冲妻子使个眼色，梁母立刻对父亲耳语："爹爹，公开场合还是别说这话题。不合适。"

外公闭嘴，但是生气话没说痛快，冲女婿道："你们一帮官僚。"但想想不对，左右看看，又冲宋运辉道："我看你能理想多久。"

宋运辉只微笑一下，没搭理。但是雷东宝却是第一次听说这样的言论，他甚少有怕的东西，忍不住问："老爷子，国外也有国有企业？怎么样的？"

外公不耐烦地道："不说啦，说了怕回不去美国，你们官僚已经警告了。"

这时梁母与韦春红一起点的菜陆续上来，杨巡一看，还好，只是家常可口小菜。宋运辉坐在梁思申对面，他不免总是特别关注一下梁思申，因此发现今天梁思申偶尔走神，好像总是在想什么。他不由看看梁思申旁边的杨巡，心里忽然有了很不好的联想，可看着又不像，两人没有眼神交流。

这时，梁父也是敏感地察觉出对面的宝贝女儿不时失神。他想了会儿，对旁边的宋运辉道："小宋，我们打算明天中饭后起程回上海，你这一段时间里有空吗？我们想单独跟你说说话。"

梁母听见了，微笑同宋运辉道："小宋，还是第一次见到你，百闻不如一见。"

雷东宝和韦春红都心说，梁家父母怎么都对宋运辉这么客气，难道想招女婿？宋运辉也没想到梁家父母都对他那么热情，忙答应做完雷东宝的事立刻过来。但是杨巡却是心虚地想到，看了账后一言不发的梁父会不会有话要问宋运辉。但又一想，问了才好，当初梁思申就是因为有宋运辉的介绍才相信他。只是杨巡真受不了梁家一家对宋运辉这么好，他对梁思申有志在必得之心，尤其是在心中隐约知道宋运辉也对梁思申有心的情况下，他有些嫉妒宋运辉的待遇。

反而是梁思申插不上嘴。看看旁边的韦春红，忍不住比较两人伸出来的手，再忍不住把年纪更大的妈妈的手与韦春红的来对比，心想这个女人真辛苦。韦春红早留意到梁思申好奇地打量她，她更直接地打量回去，看着梁思申精致到看不出化妆的妆容，"啧啧"称道："梁小姐真是美人儿，整个人跟嫩豆腐做出来似的，皮肤鲜嫩得掐得出水来。"

梁思申还是第一次听到这样的形容，不由笑道："谢谢，不过我几个表姐才真是鲜嫩得掐得出水来。"

外公正闲得无聊，大声道："你表哥也比你嫩。不过你比他们都漂亮，大眼睛高鼻梁，都是跟着你外婆学的。说来说去，三代不离舅家门。可第三代只有你的脑袋像我。"

韦春红听了笑道："这么漂亮的小姐，在美国追求的人有一排了吧，谁见了不喜欢啊。"

除了外公，谁都以为梁思申听了韦春红这样的变相奉承会害羞一下，没想到梁思申却微笑道："谢谢。不过外公加给我的优点放到美国都不算什么，老美天生比我眼睛大、鼻梁高、皮肤白、身材好。反而我若是细长的丹凤眼、塌鼻梁加浅棕色皮肤，那就是异国风情了，后面追的人才可能论打计。"

韦春红笑道："那你快回国呗，这儿喜欢你的人肯定多到天上去了。"

梁思申微笑："我不回中国，我工作生活都在美国，习惯了。韦姐姐平日里工作很辛苦吧？"

"我开家小饭店，每天从早做到夜，也是习惯了，女人有点事做，自己挣钱自己花，心里舒坦。"韦春红不知道饭桌上除了雷东宝和宋运辉，还有谁知道她即将住院，她也不愿说，何必搞得别人吃饭不开心。但心里替宋运辉想到，看来与梁家姑娘的事儿没门。

梁思申不由看看气质上比韦春红更粗糙的雷东宝，心说雷东宝肯定不够疼太太。这边被晾的外公却用英语对梁思申道："说女人半边天，经济上没给半边天，权利上没给半边天，干活却要女人顶半边天，搞什么铁姑娘，弄得不男不女，滑稽，什么流氓逻辑。"

梁思申听了不由得笑，也用英语道："妈妈可没吃亏，你别担心。"又有意补充一句："Mr.Song，请你当作没听见。"

外公没想到宋运辉还能听懂，立刻笑嘻嘻地对宋运辉道："听懂也没啥，事实嘛，你说是不是？"

宋运辉说了句四平八稳的："承认差异，尊重各自选择。"

外公这才用中文道："这里人才多，不容易。宋先生，什么时候跟你去你工厂看看。宋先生家父母做什么的？"

宋运辉小心地绕开问题后面可能有的陷阱，微笑道："父母怎么样都不重要，最终还是靠自己。比如梁思申，不需要父母护航，小小一个人在美国做得很出色。"

梁父一笑，端了宋运辉的碗，亲自给宋运辉舀了一碗汤。外公有些讪讪的，将汤碗顿到女婿面前，也要女婿盛。梁父笑着给盛了足足一碗。梁母开始有些可怜起老爹来，这么大年纪，哪是这两个官场里打混的中青年的对手啊。杨巡只知道这些人肯定话里有话，但不知道有话在哪儿，只有不插嘴才是王道。雷东宝本来想有两个美国华侨在，正好问问合资企业将来会怎样，可看看老头好像还在宋运辉面前吃瘪的样子，就不问了，这几天有的是时间跟宋运辉探讨。

一顿饭没喝酒，吃得比较简单，很快就结束，宋运辉带着雷东宝他们离开。杨巡也跟着离开。上了宋运辉的车子，雷东宝才问："小辉，这梁家是不是想招你做女婿？对你这么客气啊。"

宋运辉笑斥："胡说，是人家梁家人有涵养。"

韦春红有意替宋运辉解脱，笑道："人家小姑娘早说了，不会回国的，还在国内招什么女婿啊。"

宋运辉心中一紧，只笑笑不予回答，却在车子开出去的时候从倒车镜发现梁思申披了大衣从宾馆大门出来，也上了一辆车子。他犹豫了一下，开得很慢，果然看到后面车子跟上，才平稳开出去医院。

梁思申饭后回房间，她爸就过来要跟她谈话。她感觉爸爸要说合资商场的事，可是她自己现在都还没调查清楚，心里没底，没法稀里糊涂回答爸爸的问题。她就有些耍赖地要爸爸睡午觉休息，她跟宋运辉有事要谈，抢着逃走，正好看到宋运辉车子开出，她没犹豫就跟上。她决定先将心中的疑问向宋运辉提出，下意识地，她认为宋运辉会回答她。

宋运辉开车抵达医院，带着雷东宝他们出来，等梁思申也从车里出来。韦春红在一边看着羡慕得不得了，这么一个小姑娘，嫩豆腐似的，开的车比眼下停车场的哪辆都气派。她想着这样的小姑娘肯定不会得她身上的这种倒霉病，人家养护得多好，连手上都没一丝疤痕。雷东宝两只眼睛也是在两辆车间打转，心里直说"气派气派"，嘴里却笑对宋运辉道："还说没事，没事老跟着你干吗？"

雷东宝嗓门大，梁思申走出车门就听见，只得装傻："还真有事，我得私下请教宋老师几个问题。"

宋运辉道："那么严重？你爸该不会也是因为差不多的事跟我约谈？"他本来想让梁思申在车上等等的，可想到医院在传的他和陶医生的绯闻，他这样上去找陶医生有些自投罗网，不如让梁思申跟着，让谁也搞不清楚。

梁思申跟着进去，道："应该是差不多的事，我爸爸不放心我。他一直否定我不通过他回国投资。"

"哦，杨巡怎么了？"

"宋老师，你先忙你的事，等空余我再打搅。"

宋运辉一笑，估计肯定与杨巡有关。他依照约定，带人到了陶医生的办公室。他没想到，陶医生看到他进门时候本来笑容可掬的，可一看到最后冒出来的梁思申，忽然神色变了一下。他捕捉到这么一丝细微的变化，心中立刻有了想法。韦春红尤其是把陶医生当救命稻草，进门后全部精力都放到陶医生身上，她以女性的直觉感受到，宋运辉带着梁思申来，是做了一件错事，但是她没有发言权。

宋运辉说话开始小心起来，但他还是在介绍完彼此后，被陶医生驱逐出办公室，理由是男性不方便旁听。梁思申一心牵挂着自己的事，见宋运辉出去，她本来就没进门，这下更不会进去里面旁听，反而还在宋运辉出来后，礼貌地帮陶医生关上办公室门。宋运辉没说什么，却不信陶医生会慢待韦春红。

梁思申将今天早上与杨巡之间的事扼要说了一遍。宋运辉一听就感觉杨巡有其他想法，要不然不会这么巧，梁父今天冒出查账的念头，他今天凑巧才把真相告诉梁思申。但他不便判断，杨巡究竟是为什么有假账，为了应付税务工商，还是为了应对梁思申？他皱眉问一句："你对杨巡有想法？"

"是。可是我清楚问他，为什么早在发现我的思路与他有异的时候，不告诉我，而是在今天我爸爸查账这个事实存在之后才告诉我。应该说我们的沟通渠道一直是顺畅的，我们常就不同观念交换意见，但是杨巡避开了这个问题。"

宋运辉犹豫了一下，问："你认为呢？"

梁思申双手一摊，道："我也不清楚杨巡究竟怎么想，问他，他又不是解决问题的态度，没法沟通。Mr.Song，杨巡以前有与谁合作过吗？我想咨询一下那位合作人。"

宋运辉低头想了会儿，道："大寻，寻建祥。再以前杨巡在东北那会儿的事情，我没经历，只有听说。"见梁思申想问什么，宋运辉摆手阻止："我回忆一下以前他们的合作。"

梁思申点头答应，退开三步让宋运辉自己考虑。不过心中不祥的感觉更甚，如果没什么波折，杨巡和寻建祥的合作何须宋运辉考虑后才说出来呢？

这时陶医生简单看了韦春红的病历及检查报告，大致确认与自己想的没什么区别，准备带韦春红去要好的妇科医生朋友那儿。开门走出来一瞧，却见外面走廊上的两个人离得远远地站着，梁思申神情严肃，两眼却乌溜溜看着出来的一行。宋运辉却是一时没注意到有动静产生，只顾低头想事，直到雷东宝喊一声才回过神来。但陶医生早就开口："宋厂长你们要不在这儿等会儿，我带韦姐过去一下。"

宋运辉想了想，道："一起去吧，决定下来住院的话，可以开始办手续。小梁，你下去等会儿。"

梁思申跟着他们一起走，但问："我可以找大寻了解情况吗？"

宋运辉断然道："大寻还没我了解，你下去等会儿，不会太久。"

"OK。"梁思申也是回答得干脆，看到一条楼梯便与众人告辞下去了。倒是把宋运辉惊异了一下，不知梁思申是不是生气了他的拖延。但他现在管不了那么多，等下安排住院的时候他还得找人打一下招呼，尽量安排得舒服，总不能把所有事全赖在陶医生那儿。

陶医生旁观，不忍心，道："下面冷。"

韦春红连忙道："她车子可好着呢，比宋厂长的还好，冻不着。"

陶医生点点头，道："其实后面也没什么事，基本上是与主治医生见个面，安排住院，住院后才安排各项检查。抱歉，你们在那边医院做的检查，这边不能采用，还得重来。宋厂长说得没错，只要再有一会儿就行。"

"辛苦陶医生。"宋运辉听陶医生说话总是有意无意针对梁思申，不由一笑，"我要不要找范主任要个好床位？"

"老范恐怕不在，今天元旦呢。这儿到门诊的过道有些冷，韦姐捂紧领子了。"

宋运辉便不声不响地在后面跟着，到门诊的妇产科，他与雷东宝在走廊等着。雷东宝沉默了会儿，对宋运辉道："刚才你那陶医生说了，看检查可以不割，但春红那年纪，以后生孩子有问题。"

宋运辉没想到雷东宝提这件事："那你准备怎么办？"

雷东宝叹出一声闷气："我认命。"

但宋运辉听出雷东宝心有不甘。当然，怎么可能甘心。雷东宝太想要孩子了。可是，又能怎样，只有认命一途。

韦春红进去一会儿后就出来，由陶医生陪着去住院楼办手续。等办完手续住下，陶医生飞快列一张单子让宋运辉回去准备，示意宋运辉可以先走了。宋运辉不明白女人怎么是这种心理，看到梁思申的时候有情绪，现在却又赶着他走，简直是矛盾百出。宋运辉既无法婉转应对，又不想采取太多措施让陶医生深入误会，只得悻悻离开。韦春红只能看着干着急，心说别看宋运辉戴着眼镜看似细心，其实也是与雷东宝一样不懂女人心。

回头韦春红把自己观察到的陶医生与宋运辉的关系和雷东宝一说，雷东宝就大大咧咧地表示，宋运辉那身份、那地位、那见识，哪个女人见了不喜欢，他要是谁都答应，还不成了花痴？但雷东宝没告诉韦春红的是，他感觉宋运辉对那个妖精一样的女孩子很好，虽然看似只是普通朋友的样子，可他认识宋运辉久了，难得见宋运辉对女人如此无微不至到心意相通，似乎以前对程开颜都没那么关心。他怕韦春红一张嘴关不住，不告诉韦春红。而另一方面，在雷东宝心目中，宋运辉似乎是比韦春红更亲近的人。

两人见暂时没事，下去找公用电话，找家人乘火车过来伺候。这儿医院吃方面的条件肯定是没家里的好，可这儿有希望。他们不想太麻烦宋运辉，用雷东宝的话说，大事情才找宋运辉。

宋运辉下来找到梁思申的车，看进去，这家伙竟然坦然地在睡觉。宋运辉觉得不可思议，梁思申绝不是没心没肺的人，那么就是心理素质太好。他敲开车门，坐进里面，果然见梁思申有些睡眼惺忪，而车子里放着舒缓的音乐。他笑道："你还真睡得着，佩服。"

梁思申微笑："有什么睡不着的，开车过来，路况不熟悉，路面又差，后面又坐着亲爱的爸妈，一路提心吊胆，很累。至于杨巡那儿，最坏的结果也坏不到哪儿去，我不无谓操心。"

宋运辉笑道："刚才还一脸焦急。"

梁思申不好意思地一笑："没办法，太想知道真相。我不希望跟个傻瓜一样地做傀儡，自以为还参与着。Mr.Song，杨巡和大寻现在看着挺要好的啊，是不是有些事不便实说？"

宋运辉点头，确实，寻建祥与杨巡的合作，其中关键，不是能跟旁人多说的。但他不会不帮梁思申，他有引导性地问："你看杨巡对你们的合作所得会怎么样处理？"

梁思申毫不犹豫地道："从杨巡已经说过的话来看，目前的账不可信。我很怀疑，杨巡手头有没有一本真实的账。但是杨巡又口口声声说他会凭良心做事，我想他也不敢乱来。但是他最终会怎样地凭良心，就是他自己说了算了，没个确切数字。他会给我他认为合理的一份，而这个合理，估计是建立在他评估我和他的关系基础上的，这个认知让我不快。我第二个不快是，我以后是不是不得不被利益捆绑着，不得不顺着杨巡的性子与杨巡相处？那可太猥琐了。Mr.Song，从杨巡与大寻合作的历史上看，请问我考虑的这些可能性大不大？"

"对的，从杨巡和寻建祥的合作来看，杨巡最终分家的时候给大寻一份他认为合理的，而不是计算下来应得的一份，这还是我出面谈下来的。你们的合作，最终可能确实取决于你们的关系。"宋运辉想到杨巡对梁思申明显不过的心思，心里很能理解梁思申说出的"猥琐"两个字，梁思申岂肯猥琐地为了利益与杨巡保持暧昧，但是杨巡，可能真的最后会拿这条关系作为衡量分配的标准。连宋运辉想到这个，都有大大的不快："你准备下一步怎么做？如果撤资，对双方都不好，我建议你不要这么做，一切可以谈。以前我不便插手，现在……你说说你的想法。"

"谢谢。"梁思申感激，想了会儿道，"我现在先得回去经受爸爸拷问。爸爸的意思肯定是撤资，但是撤得出来吗？都变成建筑物了，还申请了不少银行贷款。眼前的情况是，我已经跟杨巡捆绑在一起了，不继续都不行。但是我可以动手消除我的两个不快，也不会对杨巡造成实质性伤害。我刚才躺着的时候想了，我转合资为借款，只收取借款利息的固定收益，等下与杨巡谈，条款分明地签订下来。那么，以后在还款方面不用牵扯上其他的。"

宋运辉不由扭头看梁思申一眼，她心地可真纯良。因此，宋运辉心里越发不原谅杨巡起来："好像是唯一的办法。不过从目前已经上涨的地皮价格来看，你的办法让你吃亏。"

"是的，这种市中心的物业，最大的一块收益应该是在物业增值上。不过我愿意承担这份吃亏，承认我投资失败。"

"对不起，我事先没提醒你国内投资还有这些不合规矩的地方，我没想到这一块。你今天找杨巡谈，如果不顺利，你找我，我对杨巡有一定影响力。但杨巡应该没理由不接受你的方案，你的方案为他考虑得很周全。"但宋运辉也想到，杨巡肯定无比失望，本来，与梁思申合作得好的话，是多好的沟通梁家的桥梁，杨巡这么灵活的人不会想不到。杨巡因小失大。"对了，你爸爸那边如果说服不了的话……"

梁思申一个鬼脸："我会耍赖。"

宋运辉不由得大笑，但也感慨："你做事果断得令人吃惊，当初合作这么大的事，你也敢当天决定。不过建议你，以后做出开始决定的时候，再多想想。"

梁思申抗议："我做开始的决定时候，已经想得很周全了，但是我认识有限，我对国情到底还是不了解。为此支付学费，我认。对于杨巡，我认为我仁至义尽，错不在我。"

宋运辉点头："但你等下与杨巡谈话时候尽量不要这么理智，不如与你爸商量一下怎么谈，或许可以将理由放在你爸逼令退出上，给彼此都留个以后见面的余地。尽量不要扯上大寻这件事，大寻还在杨巡手下工作。"见梁思申点头答应，宋运辉继续道，"你回去心平气和接受拷问吧。我得去给我姐夫的现任妻子买些东西，呵呵，有事电话联系。"

梁思申等宋运辉出去关上车门，才长长松一口气，放松下来。局促空间里面对宋运辉，她异常不自在。如今答案已经从寻、杨合作中找到，她问心无愧了，她的猜测没错，那么她的行动必须紧跟着。

宋运辉走出小小车厢，却是满心依恋。他坐回自己的车子回味了一会儿，才回想刚才的谈话，让他如何能不帮梁思申？如此冰雪聪明一个人，如此能干果敢的一个人，如此家庭背景的一个人，即使生气，却依然不肯害人，这得有多高的修养，他从给梁思申做辅导员起，便一直向往这等的教养，他很喜欢。但他也想到自己是否因为感情问题有意为难杨巡，这一想法才刚冒出脑袋，就被他自己否认。不，不可能，他今天公平得很。杨巡做假账而不事先告知的事，即使梁思申肯忍，梁父肯定不肯忍，杨巡的这种态度，与当年他与之谈寻建祥该得份额的时候大概是差不多的当仁不让，他能体会梁父心中的气愤。他因为种种原因可以退让一步，接受杨巡认为合理的分配，但是梁父呢？现在回想，宋运辉认为梁父都未必肯接受梁思申的方案。梁家，又是与他不一样的世家。看看萧然的张扬便知，梁家即便是涵养再好，有些事也未必能忍。不知道梁思申的耍赖能不能见效。杨巡不知道将为他的所作所为付出多大代价。

宋运辉思虑再三，决定不给杨巡电话通知。

陶医生有意无意地往窗外看着，见宋运辉走回自己车子后，却好一会儿都没开走，心说人家这是在沉醉呢。不由撇撇嘴，满心不快。可又想，又与她有何相干，她真是无聊得很。

梁思申回到宾馆，直奔爸爸房间，却到外公的客厅才找到爸妈。大伙儿都已经午睡完，坐一起聊天呢。梁父不愿在岳父面前指出女儿的不足，见梁思申回来，便起身道："囡囡，爸爸带点东西给你，你来看看。"

外公当即不满地道："带来的东西还没在上海拿出来吗？借口不能这么找。快点快点，我们还得去看另一处投资。"

梁父笑笑不予搭理，带着女儿走出套间，去他房间。门一关上，梁思申就道："爸爸，我知道你要说什么……"

"知道也得听我说完。"梁父打断女儿的话，找出他记录的几个疑点，掏出老花镜戴上，"杨巡凭证里有一张，写着劳保用品，九千多。我当即出去问了一下在工地工作的装修工人，他们说他们的劳保用品都是工程队自备。然后我又找出另外两张劳保用品的发票，一共加起来有两万九。这笔钱，去了哪儿？"

梁思申道："杨巡今天跟我承认，他为了税务工商方面减少开支，做假账了。"

梁父紧追不舍："这笔账发生在你上回查账之前，如果由你来看，你肯定看不出什么。那么你上回查账时候，杨巡跟你说明了吗？杨巡做这笔假账的时候，预先知会你了吗？还有没有其他假账，他有跟你说过一次吗？如果我今天没来，杨巡会跟你说吗？"

梁思申老老实实地承认："没有，都没有。"

梁父扔下手中的记录，不再讲其他可能的假报销，怒道："杨巡十足道德败坏，跟那些街边摆摊坑蒙拐骗的个体户没什么两样。"

梁思申这时已经从宋运辉那儿求证回来，可以冷静地道："是的，爸爸，我错了，但是事情可以挽回。"她对着生气的爸爸说出她转合资为借款的方案以及原因。

梁父严肃地道："你这不是挽回，从目前经济发展来看，你这是更加便宜杨巡。爸爸知道你为什么做出这种便宜杨巡的方案，你一向同情个体户所受的不公平待遇，但是你的同情不能给予一个道德败坏的人。你要知道，之前，杨巡一直在欺骗你。他今天不能算是坦白，他今天是眼看瞒不住才说出来，你不能因为他自己说出来而给予从宽处理。杨巡看你软弱可欺，以后会挟持你的投资，从我们家逼取更多好处。到那时候，还如何收场？"

梁思申坚持道："爸爸，杨巡有欺骗行为，但还不是十足道德败坏，这方面我相信我的判断准确。而且从他以前所作所为来看，他会做出合理回馈，只是我不愿意了。我已经问过宋老师，宋老师支持我退出，宋老师与我的观点一致，杨巡必须为他所做的事负责。爸爸，这事我自己做错，你让我自己处理。还有，宋老师为以前没阻止我跟杨巡合资向我道歉，我想这不是宋老师的责任。但起码说明一点，杨巡在其他方面还是可取的，否则宋老师以前不会不阻止。"

梁父道："小宋是没话说的，他本来就不应该道歉，首先你连我都瞒着，小宋又能管你几成。其次，要是没有他在，杨巡还不知道怎么吃你的投资款。但是对于杨巡这个人，囡囡，你不能听信他的花言巧语。对一个人的认识，要看他做了什么，而不是说了什么。他做假账，从账上取走你们合资公司的钱放入他的腰包，这与偷窃有什么区别？这样的人，你怎能还为他说话？"

"爸爸。"梁思申可以在别处很坚强，可是在爸爸的批评面前，她立刻哭给她爸爸看。她也不跟爸爸说理由，只是咬定："爸爸，让我自己处理。"

梁父看见女儿的眼泪就不舍得再严厉，郁闷地轻声道："囡囡，那你把怎么处理的细节跟爸爸说一下。你跟杨巡改签借款的协议要怎么写？你中文不好，要不要爸爸替你写？"

"当然爸爸写。我会跟杨巡说，爸爸很生气，不同意合资，没有其他理由，就这样。"

梁父看着女儿没办法，只得道："你别哭，陪你外公出去转转，我留这儿给你写。"

梁思申这才收起眼泪，亲了爸爸一下，说声"爸爸，我爱你"，离开。梁父看着女儿出去的身影，心中另有想法。他暂且不拟协议，抱臂坐在沙发上思考该怎么做。

杨巡一直忐忑不安地等待梁家人聚首后的回音。但是等了两个小时都没声音，他心中的忧虑越来越甚，干脆打电话到梁思申房间，但是没人接听。打到套房，也没人接听。又打到总台询问一下，知道没有退房。杨巡心中打鼓，他们都上哪儿去了呢？

据说地震前的预震过后，拖的时间越长，后面跟着的地震越强烈。对方正是让他琢磨不透的沉默。他倒是希望梁家现在赶紧三堂会审，他会给出让他们信服的理由。

杨巡越等越急，在临时办公室里一刻都坐不住，赶去宾馆等候。

他想，会不会他赶路的时间里梁家人已经回来，便一间一间地上去敲门，没想到被梁父逮个正着。

杨巡看到梁父神情严肃，对他的热情熟视无睹。梁父让他下楼去大堂吧等着，杨巡只好下去等，心中知道，梁父要跟他摊牌了。

杨巡只等了没多久，就见梁父大步走来，已经换了衣服，俨然一丝不苟的西装领带，给人一副公事公办的样子。而梁父手中则是捏着一张纸，这张纸杨巡认识，是他合资公司自己印制的信纸。杨巡连忙站起来迎接，等梁父旁若无人地坐下，他才也跟着坐下。他才刚坐下，面前便拍来那张信纸，信纸上面是半页内容，不多。

杨巡忙道："梁伯父临的是颜体字……"

"思申心情不好，让我打发出去玩，正好我想找你先谈谈。我们现在不上书法课，我请你解释纸上这几笔支出。"

杨巡看看眼前这么一位他以前从未接触过的高官，兼他喜爱的人的父亲，心中异常紧张，手指有些颤抖地拿起轻如鸿毛的纸片，紧张地看。看了会儿，心中好好印证一遍，才道："这几张发票不是实际支出。"他顿了顿，想等梁父问了再答，但是梁父没问，只是拿两只眼睛盯着他。他只能接着道："请梁伯父理解，一家企业总有一些支出没法拿到发票，还有一些人情方面的支出即使有发票也不便做账，只好有时候套出一些现金放着，备这些需要。"

梁父问："小金库的运作，你有没有记录？"

杨巡硬着头皮道："没有记录，这种东西没法做记录，弄不好给抄出来就害人害己了。"

"好，我理解你。那我怎么能知道你共套现多少，把钱用在哪儿，是不是跟合资公司有关？"

杨巡无奈地道："我没记账，不过我可以回头去整理一下，给梁伯父一个明细。"

"方便吗？"

杨巡只能道："不方便也得做。"

"既然方便，为什么你不可以事先向合作另一方每月报备，每月销毁，而非要等到我问起？"

杨巡语塞，心说他中套了，中了看似通情达理地表示理解的梁父的套。

梁父看着杨巡低头无语，厌恶地继续道："思申作为出资方之一，有权完全彻底地了解公司资金运作，而你为什么对她隐瞒，却对我公开？"

杨巡心说，梁父逼着他回答他欺负梁思申无知。在历练极深的梁父面前，他无法花言巧语。他只好低头承认："梁伯父，是我做事没准头，疏忽这一步，我文化水平低……"

"疏忽。"梁父冷笑一声，"你第一次套取现金忘了事后通知思申，我愿意相信你是疏忽。你接二连三地套取，我依然可以放宽尺度承认你是疏忽，但是等我前来查账你才忽然想到要通知思申，你的疏忽到底是什么意思，只有你自己心里清楚了。目前的情况已经明了了：一、你故意不问取；二、你套取的现金去向不明。其余你究竟是什么意图，套取了多少现金，我不跟你讨论。思申说，她的事，她自己处理，好，你们先自己处理。但是我有个底线，必须停止合资，就这样。"梁父说完，就招手要服务员过来。

杨巡大惊，停止合资？"梁伯父，事实真的不是你想的那样，我凭良心做事，绝对没有一分钱流入我自己的口袋，我可以向你保证……"

"凭良心？"梁父没多说，吩咐给这一桌的茶水结账，等服务员一走，才又道，"我不听赌咒发誓，我只看你做了什么。套现后没有记账，没有通报，公私两个口袋的钱擅自放进一个口袋，哪儿看得到良心？我有理由对你的良心尺度表示怀疑，我阻止思申继续与你合作。你不必再向思申解释什么，你的态度我已经清楚，你只需要接受她的处理。"梁父在服务员拿来的账单上签字，签完便起身，继续道："你没有拒绝的余地，同时，我保留向司法机关指控你非法挪用集体资产的权利，如果你还想蒙我们思申的话。"

梁父说完就走了。杨巡连起身欢送都忘记，瞪着眼睛独个儿发呆。他没想到梁父竟然提出停止合资，那不是堵死他的半边生路吗？他可以用性命保证他没有乱用合资公司的钱，他完全是用对待自己独资公司的心来打理合资公司，别人不明白，梁思申能不明白？但是他也替梁父想到，不，他早就想到，事已至此，合资怎么可能停止。大家都已经在一辆开动的车上，这车，没法刹车，刹车就是全死。不仅他这儿无法归还银行贷款，梁思申在美国贷的款也无法还上，用梁思申的话来说，在美国最怕的是失去银行信用，梁思申不会无知到自寻死路。

杨巡想到梁思申的心情。看早上她的表现，很沉着，但会不会被她爸左右呢？杨巡心中没底。但他绝对清楚，梁思申如果如她爸所言，提出停止合资的话，那就与提出绝交差不多了。与梁思申绝交……杨巡都不敢想。此时杨巡只清楚一点，合资，不是说停就停的，只要不停，那么来日方长。

恰恰此时梁思申带着妈妈外公出去巡了一趟回来，她没心思玩，带着妈妈看从二轻局收购来的两块地皮的时候，心情已经犹如看别人的东西，没了感情。回来听爸爸说杨巡可能还在楼下大堂吧，她听了爸爸的说明后，旋身就出门找下来。果然见杨巡瞪着眼睛一个人垂着头坐着发愣，连她走近都没看见，全不是平时一按尾巴全身都动的灵活。

梁思申不声不响地在杨巡对面坐下，拿起杨巡的杯子敲敲桌子，杨巡才惊醒过来。杨巡第一件事就是看梁思申的表情，梁思申不同于她爸修炼那么好，七情六欲多少露在脸上。但一看之下，心中有些放心，梁思申有点严肃，但没太愤怒。梁思申见杨巡死死看她，不自在地扭开脸，以平和的口气道："我爸说已经找你谈了，如果我爸有情绪激动的地方，请你体谅。"

杨巡一时迷糊，梁思申与她爸的态度怎么会这么不同。他忙道："你爸是见过大场面的，不会乱发火，但他好像挺生气，要我们停止合资。真的吗？你也这么看我这个人吗？你说我真的是那种骗你钱财的小人吗？"

梁思申淡淡地道："我们合资将近一年，这么长时间以来，事情基本上是你在做，我做得不多。我很感谢你不计较两个人的分工。现在……我提出终止合作，具体办法我爸爸在起草。我的意见是，我已经投入的资金作为借款，你付给我当期银行的贷款利息，三年内还清。考虑到国内《公司法》需要到今年七月才能实施，我可以依然挂着名，一直到你能办理注册为止，你看这样的方式可不可以？"

杨巡愣愣地看着梁思申，为梁思申真的提出终止合作而吃惊，更为梁思申提出的对他非常有利的条款吃惊。他想了半天，才回答："我只想知道，你到底怎么看我，你认为我是不是一个骗你钱财的小人？如果你认为我是小人，那么你要终止就终止。"

梁思申听着这话脸色变冷，她有她的骄傲，她的骄傲在于不愿跟比她不足的人计较，可是杨巡欺人太甚。"我拒绝评论你的人品，相信我爸也不会妄评他人人品。但是你不能否认，你违背合作双方该有的信任原则。"

　　"我不是制造假账，我们当时签有合同，这边的具体操作由我决定。既然如此，我不可能把支出事无巨细都告诉你，或者预先等待你审批了才能支出，而且我没拦着你查账，甚至也没拦着你爸查账。"

　　"杨巡，你混淆概念。你有权全权决定的是正常支出，是有据可查的支出，你无权决定非正常支出。我们合同上面早有约定，多少金额以上的支出属于重大支出，需要两人签字决定；何种范畴之外的支出属于非正常支出，需要两人签字决定。你做到了前者，可你没做到后者。"

　　杨巡道："我认为我签的是正常支出，理由我已经跟你爸说了，你爸也认可，这是这边惯例，谁都知道。"

　　梁思申本来想给杨巡面子，此时见杨巡强词夺理，终于无法按捺怒火，冷冷地道："杨巡，你扪心自问，你真认为这是正常支出吗？如果是正常支出，你又何必选择今天才告诉我？杨巡，请你也考虑我的感受。我宁愿一厢情愿地相信只是我们彼此理解不同产生摩擦，导致合作艰难。因此我愿意退出，但不能妨碍你这么多日子来的心血。你还要我怎么样？你还是别责问我，你想要我怎么回答？"

　　杨巡也怒道："我扪心自问，我没对不起你。我对你是什么感情你知道的，我会蒙你？你是聪明人，你不能你爸说什么你信什么，你爸不知道我这个人，你难道会不知道？我辛辛苦苦，我有叫苦叫累了吗？我要是真有那么重私心，我多的是吃定你的办法，我做了没有？你今天要怎么样就怎么样，但是我们一定要把这个问题搞清楚，我没对不起你。"

　　梁思申听着这话简直觉得杨巡这是耍无赖，竟然把他的什么感情都搬出来做筹码，难道承认他的感情就得承认他的合理？梁思申强抑怒气，尽量平静地道："我认为你对不起我，就这样。如果你有异议，我只能说我已经没法说服你，我汉语能力有限。我会尽快与我爸确定终止合资的协议轮廓，其余交付我爸与你联系。如果你不支持我的建议，或者另有建议，我全权委托我爸跟你谈。杨巡，我对你已无话可说。"

　　杨巡见梁思申说完就站起来要走，也猛地起身，大声道："梁思申，你误会我，我绝对没有对不起你。"

　　梁思申欲言又止，终于没说，转身走了。无话可说，对，就是无话可说。她不信杨巡真不懂她婉转解释的那些，不懂正常支出与非正常支出之间的区别，她此时真觉得杨巡无赖，竟然当着面说瞎话，由此，杨巡私自套取现金的行为，她已经无法替杨巡找出理由。梁思申至此已经非常失望，也非常生气，走进电梯就不再克制，拉下脸来满脸是火。这样的人，她一句都不愿多说。

杨巡看着梁思申不顾他而去，似是一句话都不愿再跟他说的样子，满心都是冤屈和失望。没想到他如此真心对待梁思申，梁思申却一点看不到。刚才梁父这么对他，还有梁父训斥的话，他认，可是梁思申怎么也看不到他的善意？他很是失望。

梁思申回到上面，看到爸爸拟的大纲，与她说的差不多意思，就签了一些授权书，又签了一些空白纸张交给爸爸，让爸爸回头办理。其实她真气得想推翻原来的方案，可最后还是没反悔，她认栽，是她自己滥施同情，被杨巡作为个体户的不平遭遇和杨巡勤奋努力的现象迷惑，而没看清杨巡是个不可合作的人，是她不懂国情没事先预防，才有今天之困，她认，她还不得不承认，她太差劲，杨巡原是可以占她更大便宜的。她理智上做出各打五十大板，甚至自己多打几板的决定，可是感情上却无法平息愤怒，抱着妈妈哭了一通。梁父在一边看着，脸上如挂霜了一般。

外公竟然意外地没问什么，过来看看三个人闹成这样，他就回去自己房间独自看电视。

晚上宋运辉终于忙完，带着宋引过来一起吃饭。梁思申虽然用化妆遮去眼皮红肿，可是谁都看得出她哭过，连宋引都看得出。宋运辉想问却不便问，当着那么三个老人精，他无法不小心行事。这一桌子在外人看来实在是太暧昧，活脱脱祖孙四代的写照。上面坐着个老太爷，第二代的坐老太爷旁边，第三代的当中夹着个第四代。

还是梁思申有始有终，既然前面找了宋运辉了解情况，后面当然要把处理结果说明一下。"Mr.Song，我找杨巡谈了。可是都没法谈，回来后妈妈跟我说，这是价值观、世界观的差异，对了，中文应该是这两个词。我很遗憾。没办法，看来今天明天没法把事情确定下来，我只能把尾巴交给爸爸处理了。可能……会被认为仗势欺人。"

"原来是观念冲突。"宋运辉说出来后，见梁思申点头答"是"，才有意调节气氛，微笑对梁父道，"既然小梁已经感受到与个体从业者的观念冲突，那我就得秋后算账了。梁伯父，小梁没少攻击我们国企吧？包括秋天时候发给我的文章也是完全替个私经济张目，可是现在如何？知道国家这么做也是有苦衷的了吧？"宋运辉说完，看着梁思申笑。

梁父一听，也笑道："对了，每次见面就批判我们银行不给个体户放贷，能放吗，他们脑袋里没规范经营意识，这回你也领教了。从银行贷款，在他们眼里就跟白捡来钱一样，还不还，看他高兴。银行还怎么敢贷款给他们？"

"我们运销处的同事说，最怕给个体户发货，没见钱不敢发货，没见全部的钱也不敢发货，怕的是发货后再找不到人要货款。他们越没规范经营意识，银行越不敢给贷款，他们只好越千方百计走歪路寻找资金，就越败坏自己的信誉，这是一个恶性循环。"

梁父道："小宋说得在理。他们根子里没有规范、没有秩序这样的概念，遇到利益的时候就一哄而上，只要能追求利益最大化，只要不杀人不放火，他们认为做什么都在理。目前有关政策法律还在探索阶段，对于个体经济这个新生事物还缺乏有效约束，作为相关经济部门，比如银行国企，只好采取自保手段，以免陷入他们的恶性循环。囡囡，当初爸爸反对你与杨巡合资，就是基于这点实际考虑，并不是歧视。"

梁思申刚刚在杨巡那儿上了鲜活生动的一课，而今听着最信任的爸爸和宋运辉都那么说个体户，她心中的信念开始动摇。杨巡可不就是只要不杀人不放火，做什么都在理的意思吗，一个人如果根子里是这么在想，还怎么与之合作呢？她不由看向宋运辉，看他怎么应和爸爸的话。

果然宋运辉接着道："我本来以为个体户的这些习性与出身的穷有关，与没有相应的社会身份有关，等有身家地位之后，应该会有信用概念。现在看看也不是。很可能他们初始的不规范不规矩反而获利丰厚加强了他们性子中某些错误想法，并将那些错误想法转变为根子里的东西。如果那样……"宋运辉看看梁思申："可能又是一个恶性循环。"

梁思申立刻明白宋运辉说的是杨巡，以前与杨巡合作时候，跟宋运辉谈起杨巡，也曾说过杨巡现在有两处市场资产，因此做事的时候总要顾忌跑得了和尚跑不了庙，不会太失分寸。可问题是他们都没考虑到，如果杨巡压根儿心中就没"分寸"这两个字，又如何。梁思申喃喃地道："我万分幸运，还有退路可走。"

这边议论得激烈，那边宋引却闲得无聊，追着外公道："爷爷，您男同学戴红红绿绿的东西真臭美哟。"

外公听着惊奇，全身看看，又摸摸领带，都灰灰的，哪有红红绿绿。他笑嘻嘻地道:"爷爷手里只有一双筷子是红色的,哪儿还有别的?筷子可不能不用呀。"

宋引却伸出两只手,一只手指着另一只手的无名指,道:"就这儿,男同学也臭美,臭美臭美,一个鼻子两张嘴。"宋引说着,又两手抓脸做了一个鬼脸。

众人才知是外公手指上那只耀眼的翡翠戒指,都是忍不住地笑。外公听了也忍不住笑:"娃娃,那不是臭美⋯⋯"

"就是臭美。猫猫没错,外公戴这个就跟姐姐戴胸针戴项链一样臭美。"梁思申终于也笑出来。

"女同学可以臭美,男同学不行,因为是男的。"宋引的道理似是而非,但她却非常坚信自己是对的。

众人依旧是笑,外公也大笑,一点不觉得受冒犯。外公笑道:"为什么男的不能戴?美国男的还有穿花衬衫花裤子的,还有一个国家男的穿格子花裙的,中国古代男的还穿红衣服,叫红男绿女。"

宋引大声道:"可是您戴的是绿的,羞不羞,羞不羞?"

外公对着一个冲他吐舌头画脸皮的小孩子没招,只好哈哈地笑,表扬宋引很聪明。宋运辉笑着教育女儿:"指出问题就行了,羞不羞就别追究了,要尊敬爷爷。"

外公笑道:"都没规没矩的,小家伙叫我爷爷,叫我女儿女婿阿婆阿公,叫我外孙女又成了姐姐,什么乱套的。"

宋运辉笑道:"我这方面不强求孩子,她怎么看就怎么叫,只要大方向别错就行。对不起,王老先生。"

外公道:"我奇怪啦,你们国内的比我们在美国的还西化,一说传统,好像都是要打倒的一样。老的没保留,新的没学到,不三不四。"

梁母微笑道:"一个疆域宽广人文种族复杂的陆地才能包容文化多样性,并能将多种文化熔融创新成一种兼收并蓄的文化。因此文化多发源于类似中国、欧陆等地,美国现在也可以输出它的文化。爹爹,我们的人文体系已经与过去大不一样了。"

外公道:"你别狡辩,我没说你不应该变,可是你们把传统里面好的变没了。就说思申今天这件事,你们在说的我都听得懂了,传统生意人有这么不讲信用的吗?那姓杨的要换作解放前做出这种事还敢在城里待着,早让我们商会合伙儿灭了。做生意的谁不求个亮堂堂的金字招牌百年老店的?做生意你骗官府可以,可不能骗合伙人、骗顾客，那样做是短视。"

梁思申道："可杨巡不觉得这是在骗我，他还觉得他这是大包大揽做了所有的事。"

外公单独对宋运辉道："宋厂长，传统还是有用的，别有意去破坏。一个国家或者一个家庭如果用破坏传统的方式去发展人文，这很危险，一定弄得人民无所适从。"

梁思申看看妈妈，道："我同意外公。但我反对没原则的孝顺。"

梁父梁母则与宋运辉面面相觑，三个人都想到那个最破坏传统的年代。但梁父道："我们还是别太多议论社会。杨巡即使不是特例，可他在对待我们囡囡的事情上更是个看到小红帽独行的狼。现成的例子是，我今天下午先跟他谈，他不得不承认他所做的事，但他只承认是疏忽。可是到囡囡面前，他却反咬一口。说明他是看碟下菜的。小宋，这样的人我们每天可以遇到，他们在我们面前是十足好人，十足温顺，可是深究起来就难说了。来前我太太还在说杨巡是个上进青年呢。这回他算是不小心露出马脚，但没他第二回的机会。我们前面给他寻找出人品形成原因，我们可以理解，可我们不能接受。"

外公却笑道："杨巡这回偷鸡不着蚀把米，骗谁不好，敢骗官僚，吃豹子胆啦，这小子，呵呵。思申碰到他是秀才遇到兵，他碰到我女婿是兵痞遇到长官，算是都撞对了啦。小宋啊，我跟你说，我年纪大，看的人多。人这东西，杀人放火都或许情有可原，唯独没良心是永远不能原谅的。思申今天哭什么？还不是因为好心遇到驴肝肺了嘛，本想提携杨巡一把，结果反被咬一口。你们都假惺惺说什么规范道德，我老头子说实话，杨巡就是没良心。跟没良心的人你也不用有良心，思申，我以前看你是个果断的，黑心的，没想到你今天这么婆妈。这事叫我解决的话，我拍死杨巡。"

宋运辉正被梁父与外公对杨巡这个人所下的结论所震惊着，心里矛盾着，却听他女儿在一边睁着似懂非懂的眼睛，迷茫地道："小杨叔叔不是苍蝇，怎么能拍死呢？"

众人都没笑，都被外公的"拍死"两个字震惊着，各自想着自己的心事，尤其是梁父，第一次有跟岳父握手的冲动。只有外公笑嘻嘻地道："这娃娃有前途，才这么小的人，大人说话都能插上嘴，有主见。爷爷说着开玩笑的，大活人哪儿拍得死，又不是苍蝇。"

但大家听着心里都有数，杨巡在实力雄厚的外公眼里，只是一只苍蝇那么微小，在梁父眼里，也没好上多少。梁思申心情复杂，她生气的时候不是没想过外公的主意，可是，想到杨巡曾经两天两夜没睡地监督工地，为合资企业下过那么多苦力，她如何拍得下手，她是真的婆婆妈妈，她不由看向非常欣赏杨巡的宋运辉，看到宋运辉也看向她，眼睛里有不忍。

宋运辉看到梁思申眼里的动摇，虽然他思考之后知道梁父和外公说得都没错，杨巡这个人在他面前一直是好人，可背后……比如说对寻建祥这个合作人的分割这件事，可以看出杨巡的真实品性，可是想到杨巡一路闯过来的艰难，想到杨巡一直以来对他的奉承和为他办过的那么多事，他无法不开口为杨巡求情。

"梁伯父，这件事最大的责任在我。作为我这个既了解杨巡又了解小梁的人，而且我又清楚国外与国内人思维区别，我没有阻止两人的合作，我是肇事的根源。杨巡有私心吗？有，不能否定，可是他在合资公司这件事上的私心不能算多，还谈不上没良心，应该是经营理念不规范占大头才是。我看他对合资公司的投入绝不亚于他当年做两个市场的时候，那是全心全意的。很少见到有人对合作的企业能如此投入。毕竟从国情而言，杨巡在合资另一方基本上不参与的情况下能做到今天这一地步，已经不算是罪大恶极。我想腆着脸给杨巡求个情，在这件事上，最该责怪的是我这个小梁信任但没把监督工作做实的人。"

外公一听就笑了："思申有给你咨询费监理费了吗？如果没有，她凭什么要求你监督？你是最没责任的人。小伙子，难怪年纪轻轻就做大厂长，好，有担当，也够狡猾。思申要是跟你一样，我今天就把财产交给她打理。"

外公对谁也不帮，对谁都不客气，让宋运辉听了也是讪讪的，外公揭穿他苦肉计的用心。梁父也一时不好继续说什么，否则就显得连宋运辉也责怪上了似的。他拍拍宋运辉的手臂，很是真诚地道："小宋，我会听取你的意见。"

梁思申见此忙道："爸爸，我们不生气，我们得承认杨巡的工作。给他一个机会，把项目完成，还是我的方案。"

宋运辉心想，梁思申真是宽容。梁父却道："本来就说用你的方案，可杨巡不干。"

外公气道："我气死啦，没见过你们这种犬儒。干脆今天一顿饭吃完全都出家算了，割肉饲鹰都没你们高尚，没良心的人你们以为感化得了吗？告诉你们，这世上什么都可以原谅，唯独背叛不能原谅。气死了，我看电视去。"

外公说走真的走了，拦都拦不住，梁母只能向宋运辉道声歉，紧随其后。梁思申与宋运辉都很是吃惊，唯有梁父看着岳父的背影一会儿，转头就笑笑道："老头子就这唯我独尊的脾气。对不起，小宋，别被影响情绪。"

梁思申连忙跟宋引打岔，转移孩子的注意力。宋运辉见此更能理解当年梁思申为什么要与外公打官司，看起来以前小小的她在外公手下很不好过。想到梁思申吃过苦头之后依然宽容，而杨巡却还是固守那些小生意人的勾当，心下叹息，却也对杨巡加大了反感。没错，什么都可以原谅，唯独背叛不能原谅。

一顿饭吃完，因为宋运辉带着孩子，梁父没有挽留，亲自下去，冒着寒风坚持送宋运辉上车了才走。宋运辉感动，却又是替杨巡担心。梁父这个出身良好的人，显然被社会磨砺掉的棱角较少，感情上恩怨分明得很。梁父对他越好，宋运辉相信，梁父对杨巡越狠。宋运辉回想起来，忽然发觉，梁父嘴上敷衍着梁思申，其实从头到尾都没赞同梁思申的方案，都是以模棱两可带过，而没表态。包括他的求情，梁父这句"我会考虑你的意见"已经很说明问题，梁父压根儿就想等女儿走后，自己着手处理。可想而知，杨巡惨了。

但是今天该说的话他都说了，梁父的想法，他只停留在猜测，总不好现在就仗恃过去的一点点恩情再要求人家退让，他想来想去，只有打电话给杨巡，要杨巡立刻接受梁思申的方案，明天立刻签字确立协议。

但是杨巡却正生气着，他生气的是梁思申竟然如此不信任他，他全部心血都投入到合资公司，却还被梁父如此污蔑。他不肯答应宋运辉的提议，说答应就是承认他贪污，那是不可以的。他跟谁承认都行，就是不能跟梁思申承认。

宋运辉觉得自己真是皇帝不急太监急，不顾旁边女儿在场，怒道："杨巡，你找死吗？"

杨巡道："宋厂长，我没找死。现在的情况是，梁思申想撤资，可已经撤不了了，只有选择借款这个类型。但是对我来说，我不答应，这个项目就是拖着，照旧，他们也没有其他办法。如果我不拖着，答应梁思申的方案，项目还是照旧进行，可我损了的是名誉。于情于理，我都没可能答应。"

宋运辉明白了杨巡的用心，项目做到这个程度，以梁思申在国外，梁父在省外，两处都鞭长莫及来看，就算是控告了杨巡，让杨巡坐牢，出了梁父心头的毒气，可是项目呢？项目若是因此而停顿的话，梁思申将遭受惨重损失，梁家不会不投鼠忌器。宋运辉叹息，奉劝一句："杨巡，你好自为之，应该说梁思申已经仁至义尽，你别逼她了。”

杨巡却不这么想，他清楚宋运辉对梁思申的好，他只是道："我不想蒙冤。"

宋运辉无语，只好作罢。梁思申外公和梁父就杨巡人品所说的话对他影响很大，让他重新审视与杨巡的关系，厘清欣赏与信任之间的区别。

杨巡想来想去，认为宋运辉肯定是为眼下他与梁思申的矛盾生气，责怪他不听宋运辉的劝告，或者更应该说是要求，但是他不能答应宋运辉的要求。不错，他确实是有意不告诉梁思申套取现金的事，因为觉得没必要，他自己心里有数就行，梁思申行事太规范，都照那套规范来，还怎么做事，可是他自始至终没有占梁思申便宜的意思。如今事已至此，他已没有退路。如果答应梁思申的方案，那就意味着从此绝交，他在梁思申眼中成为小人，以后都无法解释清楚。而如果拒绝答应方案，那么梁思申生气大怒都在情理之中，可是项目已经进入内外装修，很快可以交付使用。届时，他把回报交给梁家，让梁家明白他不是小人。再说了，他也不信，他即使接受了梁思申的方案，梁父就会放过他。如果梁思申由合作人变为债权人，只协议收取固定金额，那么，梁父有的是办法折腾他，到时他只有更惨。他只有想方设法继续与梁思申绑在一根绳子上，来日方长，大家最后都会理解他的苦心，包括宋运辉。

梁思申回上海前找到申宝田，请申宝田以同是江湖企业家的身份做杨巡的工作。申宝田答应，因为申宝田现有不少资金已经转移到梁思申处，等着积累到一定程度投进国内展开合资。而且申宝田还想把儿子弄到美国去混个身份，以后就用儿子作为外商回来投资。在申宝田看来，梁思申的断绝合资决定有些傻，退让太多，杨巡没有不答应的道理。

与申宝田谈话后，梁思申才回来退房吃饭，载着父母外公回上海。最先，众人皆睡午觉，独梁思申一个寂寞孤独地开车。等会儿，外公睡得不舒服先醒来，也不管女儿女婿都还打着瞌睡，就问前面的梁思申："又出去跟那个姓杨的小子谈了？"

"没，跟另一个合作者谈些事。"

"嗯，那还行。我看你就别再找那人谈了，越谈越被人摸清底细，看出你是个没脾气的，让你爸去谈。哪有人一上来搬出的条件就是退让的，你就是心里想死了要退，你最先也得把条件开得他做不到的高，后面才能落地还价。你不是每天都在谈判吗，怎么这些常识都没有？唉，气死我啦。"

梁思申好久无语，心知爸爸虽然没说，可心里一定也这么在想。她犹豫好久，才厚着脸皮承认："我这回操作错误，有些太抹不下情面。不过只会再给他一次机会，如果还不知好歹，我只有对不起他。"

"还给什么机会？怎么对不起他？"梁父不知什么时候醒来的。

"爸爸，我不想让宋老师出面，他太为难，我找了另一个朋友。杨巡能听便罢，要他主动找爸爸办理；如果不听，我给他一个他接受不了的后果。我也生气了，没这么当我傻瓜的。"

梁父道："我今天中午出发前没看到杨巡人影的时候，已经决定了。囡囡，商场这个项目，不是全给杨巡，就是全给你，没有共存的可能。但即便是杨巡乖乖地退出，有些代价他依然必须承担，人不能做了坏事还什么事都没有。"

外公立刻肯定："这还差不多，做人要有些血性，别被人捏着欺负，你退出是委屈，你留条尾巴地退出是傻，你连退都退不出，呵呵，我又要骂人啦，看在你开车分上不骂你。"

梁思申心说，她就是那个抓了无数大牌，却退也退不出的。杨巡啊杨巡，以为她真没办法吗，那也太小看了她一些。所有接触过的人都说她的退出太便宜杨巡，可杨巡连这还不答应，杨巡以为她就真的这么傻吗？她说话聊天的时候，常把"我傻"挂在嘴边，可是谁真想把她当傻瓜摆布，那谁真是太不认识她。再说，她再好的涵养，也被外公一口一声的笑话给激怒了。"爸爸，你给我做后盾就行，事情我自己会处理。"

"你知道爸爸要怎么做？"

梁思申道："你最多找经济问题把杨巡送进监牢，如果杨巡还签了把股份转债务的协议，你还能把他的剩余资产都剥夺了。爸爸没必要做那恶人，说出去名声不好，对我来说也是失败，我如果只能采取这种措施，那是我无能。"

"他真有经济问题，为什么不让他坐牢？你还护着他？"外公好奇了，觉得梁思申迂腐得不可思议。

"我不是护着他，我今天咨询了一下申总，申总也不建议我半路停止杨巡的管理资格。申总说基建工程的很多费用发生很难说清，当事人精不精明，关系到结算时候追加费用的高低，弄不好翻倍都可能。现在大半工程已经结束，一本账都在杨巡肚子里，如果把他送进牢里，恐怕我们不仅仅是工期损失，如果杨巡事先更有准备想出口气的话，我们更难对付基建单位的结算。我当时提出转为借款就是这个意图，没法半当中才踏入浑水，肯定淹死，还不如全身而退。我想杨巡也清楚现在谁也没法替代他，替代他需要巨大代价，我负担不起，他才敢跟我抗着。我看他可能还被爸爸说保留指控他挪用公款权利这一条吓到，他现在是无论如何都要抱住我跟商场工程捆绑在一起，迫使我们无法对他采取措施。等未来施工结束，商场营运，他肯定大派好处给我，让我没脾气，继续合作。"

外公听了笑道："还行，可谈判水平还是太逊了点，就算是你全没优势，也要装得气势汹汹。"

梁父冷冷地道："我看杨巡最担心的还有一条，就是好不容易跟你搭上的线不能断了。到时候他肯定放长线钓大鱼给你超过比例的好处。不过也有一种可能，他索性昧良心到底，把账做成巨亏，只要工程结算的时候做些手脚就行，然后把商场丢给我们收拾，他自己转身跑了，找都找不到。圂圂，你还是考虑得温情了些，这事的处理，我们绝不能等，一定要速战速决，不能夜长梦多。"

梁母在一边终于插话："我怎么看着杨巡进也难，退也难，其实是什么选择都由不得他，他只好保持沉默。你们这样也不好，给他压力太大，别逼着他铤而走险。"

"又来一个妇人之仁的。"外公非常不满意女儿的想法。

梁思申淡淡地道："妈妈，不是我逼得杨巡没路可走，而是他自己走绝路，我给他的机会和好处已经太多太多。他不是无路可走，而是舍不得既得利益，不肯离开，他是把我投资的钱当作自己的了，你没见他跟我谈话时候的样子。爸爸说的制造巨亏的可能性很大。妈妈，我可以容忍他操作中的不规范，他只要改就是，我受不了他知错不改的态度，我看他是以为工程进行到现在，我的钱已经全部被他抓在手心，他可以为所欲为了。"

梁母道："他没那么大胆子的，他不怕我们找他吗？"

"不是说了吗，我们圂圂在他手里，他知道我们投鼠忌器。"

"可是他不会不知道只要和我们圂圂好好做，以后有的是他的好处。他何必这么短视，我看肯定还有其他原因。"

"这话对是对的，我看杨巡本来就这意思，做好一个项目，攀上我们一家。可架不住他眼皮子浅啊，放着大好前程不要，贪那几万块钱的好处。他以为他做得好，要不是我来看看，我们到最后都还一直当他是好人。没有其他原因啦，他眼看我们已经翻脸，只有赌一把，我们都是你跟圂圂一样的好心人。"

外公终于忍不住，又道："我真是受不了你们啦，都还是年纪轻轻的人，想问题怎么这么浑。这事情很简单，姓杨的小子背叛合作人，做假账，因此该受到相应处理。管他前因后果是什么，就这一条背叛合作人，够罪大恶极。思申，你停车，我下去喘口气，又被你们气死。"

梁思申将车窗降下一些，道："这回我难得地同意外公。爸爸不用生气，节外生枝。妈妈也不用给杨巡找理由，该怎么处理就怎么处理。这是就事论事地处理，可我烦了，退出。如果申总的思想工作不起作用，我还有办法，爸爸给我时间，三天内没处理好，你再接手吧。"

梁父没再说，但心里想着，女儿即使三天内能处理好，他也绝不会就此罢休。杨巡太明目张胆，胆敢欺负他女儿。

06

申宝田有些事耽搁了，第二天才找到杨巡谈话。一谈之下，知道梁思申没骗他没瞒他，都是实话，他反而对杨巡的态度很是不解。他更不解的是，才下午时间，杨巡竟然酒喝得有些小糊涂，没点好好做事的样子。

申宝田问清事由，对杨巡道："论理，你们的事我不该管，可我的事还让小梁管着，我得替她办点事。我问你，你是想死，还是想活？"

"又来了，宋厂长也是问我是不是想死，这问题是我想的吗？我想有什么用。我对小梁那么好，心都给她，你也知道的，她怎么对我？她爸都拿我当贪污犯看，她爸这么想了，我还有活路吗？我捆住梁思申，是死，我放走她，我还是死。我没选择，他们爱怎么样就怎么样吧。"

"小杨，你这话就不对了。这件事在我看来很简单，你做错了，你不应该瞒着小梁做假账，我怎么看你都有两手准备。你喜欢小梁，你通过这个工程要是套得住小梁，往后小梁的钱就是你的钱，你现在怎么使都一样。你不会没想过万一套不住小梁的话，这儿的活都是你干，要是真按比例分配收益你太吃亏，你因此偷偷留一手，具体看往后交情决定分配。你说，别人也不是傻子，能猜不到你的小算盘？就算是小梁猜不到，她爸爸也猜得到，谁能咽得下这气？我看小梁的方案是客气的，非常大方，便宜你。单看小梁对这事的处理，我把钱从她那儿转，我放心。小杨，看在你介绍小梁的分上，我劝你一句，好自为之，你就是下跪磕头，也得把这个歉去道了。"

杨巡怒道："申总，你怎么能这么想我这个人，我是那样的人吗？我全心全意……"

"你当然全心全意，可你也留退路，你别告诉我你一点私心都没，这不是你。你最多做的时候心里不那么想，掩耳盗铃，可等事到临头，看你怎么做，我不会看错你。小梁处理这件事很上路，给足你面子，又不断你生路，钱还放你这儿，你要是连个错都不认，你太小人了。"

"我没这么想，我没留后手。"杨巡嘴巴里竭力否认，可又心惊肉跳地冒出冷汗，他好像……好像……还真有那么点意思，这一吓，酒也醒了一半。他抓起桌上一杯已经凉了的茶，咕嘟咕嘟喝下，全身火烫才压下一些。"可申总，我现在没办法了，我不能答应小梁，她爸威胁说要告我贪污，我要是答应把小梁的投资转为债权，她爸更不会管工程的死活，一准立刻下手把我逮了，我现在左右不是人啊。"

"为这个喝醉？"

"心里难受，我对小梁那么好……"

"好个屁，好还留后手？要这事出我儿子头上，我就是钱不要都得把你剁成肉饼，敢动我儿子，比动我还狠。人家小梁爸肯放过你？赶紧趁小梁还在国内，去上海磕头赔礼，求她放你，小梁爸能不能放你也着落在她手上。你没其他选择，何况小梁对你已经够客气。"

杨巡手指深深探入头发，低头无语。这个办法他不是没想过，可是梁思申是他喜爱的人，要他如何能够在梁思申面前低声下气、丑态百出地换取宽恕，他最走不出的就是这步。

申总看着杨巡，见杨巡一直不回答，只得道："我有点事耽搁到今天，本来前天应该找你说。小梁还以为是你没反应，今天跟我说，如果你一定不肯答应，她只有改变主意了。她准备把股份转让给市一机的萧总，萧总钱不够的话，她爸会贷款给萧总，这笔生意，我看萧总不会不要。"

杨巡一听，全身大震，竖起头盯着申宝田不语。这一刻，他的心全凉了。他没想到，梁思申竟会想出这最毒的主意。这绝不可能是梁父所想，只有梁思申知道萧然是他的七寸。

申总看着黄豆般大冷汗珠从杨巡瞬间变得青白的脸上滑落，做了一把好人："赶紧去上海，还来得及。"

但是杨巡还是脸色苍白地没动弹。申宝田索性起身走到外面，大喝一声叫来杨速，要杨速赶紧开车送杨巡去上海。这件事，那是由不得杨巡了。

一路之上，杨巡脑袋混乱着，申宝田的话一浪一浪地冲击着他的神经中枢，激起空谷回音似的连绵回响，声声不绝。股份转让给萧然……赶紧去上海……磕头赔礼……迟则生变……杨巡脑袋嗡嗡嗡的，前所未有地紊乱。已经久违的恐惧再次袭上杨巡心头，他才培养起半年不到的披着合资虎皮的胆气再次遭受重创。紊乱之中他妄图抓住什么，他太害怕那只隐藏在体制中的翻云覆雨的手。他混乱地想，他必须……他必须……他必须……

梁母一早起来，见全家都还睡着，她没声响，拿了毛巾牙刷轻轻下楼，准备到楼下卫生间洗漱。但走到下面，看到外面似乎有人，便拉开纱帘看了一眼。果然，真是有个人在外面院子里，不是站着，是跪着。梁母大惊，也不顾自己只穿着毛衣，打开门奔出去，来到那跪着的人面前。一看，竟然是杨巡。

梁母惊呆了，连忙伸手拉杨巡，一边连连道："快起来，快起来。这么冷的天，你不要命了啊。"

杨巡虽然穿着一件时下被称作老板装的毛领皮大衣，可早冻得面无人色，但他能怎么办？知道长跪会被人厌恶，是糟蹋自己，可只有这个办法了，唯有如此，梁家人即使厌恶他的行径，也只能高抬贵手，放他一条生路。当然，他在梁思申心中就彻底完了。不，从梁思申想出用萧然的时候已经完了，他不过是给自己雪上加霜而已。

"梁伯母，我做事没规矩，还自以为是，我向你们道歉。请求你们原谅。"杨巡并没有起来，两个正主儿没出来，他怎么能起来。

梁母拉不起杨巡，急了，道："你不起来？你真不起来？拿我的话当没有？起来！不许跪，就算有杀头的罪也不许跪，起来！"

杨巡已经跪了一个多小时，刚跪下时候还脸皮不知道往哪儿搁，后来冻得麻木了，神志也麻木了。这时候天已经开始亮起来，但是杨巡哪儿都没看，直等到梁母出来才恢复知觉。这回听梁母这么说，知道再跪下去惹梁母生气，只得起身。可是一个多小时冰冷的地面跪下来，关节早硬了，没站稳就向前扑去。梁母想伸手扶都来不及，眼看着杨巡五体投地扑在地上，好一阵子起不来。

梁母看着叹气，这两天杨巡没答复，她眼看着丈夫女儿终于收起涵养，火冒三丈。尤其是女儿，当妈的理解女儿的心，遇上中山狼的感觉比什么都不好受。可看到杨巡如此狼狈，她又心软，扶杨巡艰难地站起，道："进来吧，到里面活活血。"

杨巡伸手攀住旁边的树枝，茫然道："我没脸进去，我在外面等。伯母请进，外面冷。"

梁母犹豫再三，返身进去别墅。都顾不上洗脸，就上去叫丈夫起来，叫女儿起来。

梁思申闭着眼睛被她妈拉起，听妈妈唠叨了半天，才忽然睁开眼睛，迷惑而又反感地问："跪？干什么？"

"不管他干什么，反正他跪着，不只跪一会儿，跪得站都站不起来。他想负荆请罪？你快起来收拾收拾，把事情处理好。"

梁思申又是晕了好一会儿，才跌跌撞撞起身，稍微撩开窗帘，果然看到杨巡扶着树枝站在院子里。这时梁父也起来，敲敲门进来，也顺着撩开的窗帘往外看了一眼，漠无表情地道："拿苦肉计逼我们，够下三烂的。"

梁母怨道："好了，这事我看到此为止，杨巡跪了一夜也够吃苦头的，算了。"

"囡囡呢？"梁父看向女儿。

梁思申看着杨巡那样子，想象杨巡跪着的模样，心中原本对杨巡的最后一丝好感也荡然无存。爸妈可能还不知道，这是她昨天放话给申宝田，才有今天杨巡低三下四的跪。她摔下窗帘，没好气地道："爸爸，你去处理，我再不要见那个人。"

梁父梁母出去，梁母拉住丈夫道："你梳梳头发，我拿大衣给你。"

梁父进去洗手间拿梳子，问道："你心软了？"

"还能怎么样，你没见我让他起来，他起都起不来趴地上的样子，人家都已经趴地上了，你难道还要踩上一脚？我们不能赶尽杀绝。"

梁父沉着脸，好久没说话，由着妻子给他穿上大衣。杨巡的跪，并没让他觉得出气，可是他是有身份的人，他难道还跟癞皮狗计较？

杨巡终于拿了签有他和梁思申名字的协议离开，自始至终没有看到梁思申，但他已经不在乎了。他走出梁家的院子，就木然起一张脸，两腿关节隐隐生痛，可是哪儿痛得过他的心。他宁愿选择麻木，他几乎不动关节，僵尸似的走出别墅区。外面的杨速迅速跑出车门将杨巡扶进车里，见大哥面色青紫，不知道大哥在里面受了多少罪过，心中愤恨，但只有足足地开起暖气，将车迅速驶出这片鬼域。

梁父终于解决悬于心中一年的疙瘩，先一步回去上班，不过他在飞机上对被外公赶回来的妻子说，这事儿没完，思申的钱放在杨巡那儿，总是个不定时炸弹，杨巡那个体户太不能让人相信，他得回去找企业家们商量商量，怎么样进一步妥善解决这个问题。梁母只会叹息，没想到看着挺好挺上进的一个孩子，做事情却是那么没有度。但梁母当然是更心疼女儿，看到女儿本来就遇到挫折了，依然能理性对待，可是被杨巡一跪之后，女儿却沉默下来，令她很不放心。再说女儿还得对付极其多事的外公，梁母离开得牵肠挂肚。

梁思申送走父母，从机场回来的路上便开始头痛起来，眼下没了父母中间当屏障，她一个人将如何面对外公直来直去的火力。以往她没错，没把柄捏在外公手里的时候，可以与外公唇枪舌剑，可是今次有老大辫子捏在外公手里，两人一对一的时候，外公还不把她笑话个够。

她硬着头皮回到家里，却见外公在插花，用的是从外面院子剪来的新鲜蜡梅，桌上则是摆了好几只瓶瓶罐罐，外公这里插插，那儿插插，看来都不甚满意。梁思申没想到外公也有这等闲情逸致，就走过去看，看了会儿才道："妈妈去年说，蜡梅摘下来，拿这两只碧玉荷叶盘飘着就够味道。"

外公神情严肃地将一枝蜡梅倾斜下去，在碧玉盘上比画了一下，才道："不好，好好的新年弄什么落花流水，彩头不好，你爸妈走了？"

"嗯，妈妈让我赶紧回来陪你，去城隍庙吗？"

"不要去，太冷，到处没空调，冻死我这把老骨头。来前还满心想着蟹粉小笼，看这样子，别小笼端来路上就冰凉了。快吃中饭，等我午睡后，你开车带我出去走走，随便哪儿逛逛都行。"

梁思申吃惊，外公怎么讲起道理来了？外公抬头一看梁思申的神色，了然地道："没办法啊，寄人篱下，就怕你把我一个人扔在中国回不去。"

梁思申哭笑不得，也不知道外公这话是真是假，只能当他是假，因自认识外公至今，外公从无妥协的时候。她见梁大的保姆拎菜从外面进来，就问外公："今天想吃什么，看看去？"

"想死牛排，想死羊排了，别每天给我吃海鲜。"

梁思申一笑，过去看保姆买的菜，果然又是什么鱼之类的，不过也有两只鸡腿。她见了便打发保姆回去，自己做菜。外公这才凑上来问："你也会做菜？做什么？"

"读中学时候学的，还记得第一堂课教怎么烧开水。那时候还觉得新鲜好玩得不得了，没想到这会成为后来独自生活最好的维生教育。我把鸡腿骨取出来，鸡肉拍松，做煎鸡腿吧。没有牛排、羊排，鸡腿聊胜于无。"

外公是极其不愿吃梁思申这种杂毛厨师做出来的菜的，不愿将一条老命交到杂毛厨师的手中。可是人家有积极性，他不便打击，只得苦着脸凭着他有限的食品知识，在一边儿监看。

果然，梁思申的手法生疏得很，倒油的时候就跟油瓶子打翻一样冲，放料的时候则是手指轻触如弹钢琴，怎么看怎么不像样。梁思申自己也在头痛，平常用惯平底锅，这儿遇到的锅则是圆底，怎么煎才好？眼看着外公脸色越来越不善，可她终究没有创造奇迹，焦头烂额地忙碌好久，煎出两块颜色可疑的鸡肉饼。她颇心虚地道："我做的菜一向注重口味不重皮相。不如我先试菜，味道好，外公再吃。"

外公倒是一点不客气，瘪着嘴疑惑地看梁思申试菜。见到梁思申一吃之下脸上大有惊艳之色，立刻不客气地把外孙女刚试过的一盘端走了，刀叉齐下："我饿啦，马马虎虎将就啦，谁让我寄人篱下呢。"

梁思申只得吃另外一盘更糊的，看外公吃得认真，问上一句："要不要去外面吃？"

"不去啦，勉强能吃，总比每天吃煎带鱼好，平时你一个人怎么吃？"

"美国家里才煎不出这样难看的鸡肉，这儿圆底锅的火候怎么也掌握不了。"

"算信你。不过我从姓杨的小子来这儿一跪后，开始相信你的看人眼光。这个人能屈能伸，是个混江湖的人才。"

"不说他，影响胃口。"

外公到底嫌鸡肉口味不好，吃得无精打采。胃口没有，却吊起说话的兴致。"说还是要说的，不是替他求情，是教训你。一个人吧，真要是实诚到底，是不能做生意的，可是像杨巡滑头在外的也不行，谁都不愿跟一看就滑头的人交往。可是凭你的道行，你连杨巡那么明显的滑头都看不出来，只能说你经历太少，谁都别怨。只有三个办法：一个是等，等经历多了自然眼光毒辣；第二个是靠，以后独自跟国内商人做生意，一定要来请教你外公，你外公什么人没见过，一见杨巡就知道他几根肚肠；第三个是疑，遇到所有人先存下戒心，断定他一半狡诈一半实诚，做事之前先想好预防。这三条做到，以后基本不吃亏。你这回坏就坏在最初太自以为是，以为你什么都能干，结果中杨巡这种小赤佬圈套。现在国内人不讲规矩，你看看保姆，擦地只擦个中间，从来不蹲下去辛苦一点把转弯抹角擦到，这边的人啊，没点职业精神。听说是混大锅饭吃，混惯了。可你别看一张黄皮，本质是美国傻大妞，心计离国内这些艰苦底层打滚出来的人远了，你以后再过来做事，一定要跟他们丁是丁卯是卯地把所有规矩讲清楚。"

"知道。像宋老师那样的人很少，估计跟教育程度有关。"

"还有啊，以后再遇到这种事，一定要把人拍死为止，不能留一条尾巴。你生意场上跟人有过节，你要么吞下一口血，赔上一个笑脸，再割一块肉送走瘟神，当作什么事都没发生；要么看自己实力足够，一定要花血本把对方拍死，不给对方东山再起的机会。你把他拍得半死不活放走，这叫养虎遗患，总有一天等着他来报复你。你这回做事欠考虑，姓杨的小子今天给你们跪了，他嘴上不说，什么都随便你们捏弄，可心里不晓得多恨你们，回去，你说他会怎么处理你还放在他那儿的钱？我反正不知道，换作是我，我男儿膝下有黄金，我今天跪你，没办法，但我心头一腔毒气总要你也吃到，就是破产，也得让你尝尝血本无还的滋味。不过好在你们梁家官大势大，你们可以官商勾结，这事就难说得很了。不过依我看来，我这女婿做官不知道做得好不好，做生意却是大大地不行，不如那个杨巡多了。"

梁思申听着觉得有理，可有理归有理，想到如果真的拍死杨巡，她可做不出来。可心里有另一个声音告诉她，以后再有跟这边的合作，一定要工作归工作，交情归交情，不能将两者混为一谈，因此心悦诚服地道："外公在这件事上面的观点都对。"

"我其他的就不对？不是我不对，而是你领会不了。"

"也就对了这一件事。"

外公只得白了梁思申一眼，自管自吃鸡肉，可还是忍不住道："你以后还打算回国工作吗？"

"回。"这回梁思申没有犹豫，"本来只打算做飞人，这下有过来两年的打算了，有意思。"

"有意思在哪儿？"外公有些意外，本来以为梁思申被打得灰头土脸，没想到她却说有意思。外公认为梁思申可能是打肿脸充胖子，因此他一定要问个彻底。

"没规则。所以什么都可以做，一切皆有可能，比在美国的工作富有挑战。"

外公明显地愣了一下，举着刀叉看了梁思申好一会儿："是的，你应该回来。"外公一本正经地道："起码在中国，你做错事情有人给你擦屁股。"

梁思申被正正地踩中尾巴，心说外公果然不放过她。她不由冷笑道："我独自打拼那么几年，也该享受享受照顾了。不错，这滋味真好，我很享受。"

外公白梁思申一眼，"哼"地一声冷笑道："才知道你原来在国内是大小姐，委屈你。"

梁思申也是冷笑："就等着你今天良心发现。"

"没良心的，要不是我带你出国，你最多跟你那个梁大堂哥一样，傻不啦唧。"

"在美国的未必就傻不啦唧，傻不傻全靠自己，不过感谢外公肯定我不傻不啦唧，虽然这肯定对我而言无足轻重。"

"妈的，白眼狼。"外公扔下餐巾，拂袖而去，上楼睡午觉。

梁思申收拾盘子打算去洗，没想到外公去而复返，对梁思申道："你把这所房子卖给我，我打算以后长住上海。你卖了这房子，正好手里有点闲钱，省得让杨巡那笔债逼得苦哈哈的，没见过手里捏着钱的人日子过得这么憋屈。"

梁思申惊奇，但并不相信，拿着盘子往厨房走，扔下一句话："让你白住，不收你钱，我就不信你真来。"

"好，你说话得算数。明天你把机票改签去，我不回去啦，我要叶落归根，在中国过像模像样的春节。回头他们问你，你告诉他们，想要分遗产，都过来伺候我。我这儿住着挺舒服，最好让保姆小王跟来伺候，那就十全十美了。"

梁思申再惊，但还是以为外公说说而已，没想到外公果然拿来机票要她去改签，她不明白外公这个八十岁的老头子究竟在想什么，以为老头子跟她吵架吵得心中气闷，故意找点事情让她做。她不动声色地果真替外公去改签了，然后闷声不响地看外公什么反应。没想到，等她打包回美国，外公真的不走，而且已经跟美国那边电话说得清楚，要跟着他多年的保姆小王签证过来。梁思申不明白了，外公究竟为什么要留下？外公原先还担心说错话回不了美国，后来又开玩笑说怕她丢下他，怎么忽然转念要留下了？不过不管外公是因为什么留下，梁思申想，

475

她得被舅舅们骂死了。但她才不会将舅舅们的骂当作一回事。

想到以后她的别墅将是外公舅舅济济一堂，她脑袋吱吱地痛。她心中万分希望外公终于撑不住逃回美国。

07

宋运辉没有想到，东海厂新书记邵书记会如此迫不及待地赶在新年前履新。宋运辉几乎是一点防备都没有，也一点预备都没有，全不设防地迎接邵书记的空降。

宋运辉接到来自北京的电话，关起门思考良久，才通知小车班接机，通知党办负责人过来谈话。他没让用他的车，他的车目前是全厂最好的，按行政级别来说，他应该把车礼让给邵书记，但他就是不。他不由想到已经陪韦春红回家的雷东宝，雷东宝说，他辛苦打下的江山，他绝不放手。这一刻，宋运辉相当能够体会雷东宝的心情。

他对进门的党办负责人直接下了两道指令，一道是把新来邵书记的办公室安排在党办旁边；第二道是让党办负责人清楚记录，每天都是些什么人进进出出新来邵书记的办公室。没有废话，更没有场面话，没有比如要下面好好配合新来书记适应环境等套话。他不误导某些头脑不清楚的人，他要的就是立场鲜明。只是，这是他第一次如此直接地发出类似指令，等接受指令的人走后，他未免提心吊胆。会不会有人正义得看不过眼，向上举报或者向直接关系人邵书记反映他的独裁霸道？他想，谁要是去做这种事的话，肯定得掂量掂量前途，掂量掂量他宋运辉的承受力。但万一有正义人士呢？宋运辉多少有些观望。因此，他先只给最直接接触邵书记的党办人员指令，其余则是准备边打边看。

然后，邵书记来了。邵书记想立刻开会，宋运辉让先安排生活，安排办公室。宋运辉看到，党办的人都应该是收到信息了，做事比较有分寸。一直到下午快下班的时候，才开了一个高层会议，欢迎邵书记到来。在会议上，宋运辉并没有表现出热情，但也没表现出不热情。他相信，他这样的态度，足以让所有与会的人明白他的态度：一个在迎新会议上连作假都不肯的人，怎么可能是有心欢迎的人？

但是，所有的程序，宋运辉还是一丝不苟地走一遍的。欢迎会后，他率领高层在厂招待所开欢迎宴会。他反正是出了名的不会喝酒，而今天，他更是滴酒不沾，连面前酒杯里倒一些酒都不干。所有人当然都明白了他的意思，这个欢迎宴会开得疏远而规矩，也是一丝不苟。桌面温度却如门外的腊月天。

他不怕邵书记不知道，宋运辉相信邵书记肯定早有打硬仗的准备，要不怎么可能突然袭击，春节之前就空降东海？既然邵书记是有备而来，他就没必要客气，直截了当摆开阵脚：他压根儿就没想与邵书记和平共处。

第二天，风平浪静。只要邵书记不走出办公室，没有一个高层人员主动上去跟邵书记接触。但有中层的去了，根据党办负责人于下午三点拿给宋运辉的记录，宋运辉当即一个个电话打出去，越级要求这些人来办公室见他。这些中层来了，无一例外地看到宋运辉墨黑的脸，以及差不多的提问："去干什么？""还有呢？""还有呢？""还有呢？"他的问话一句不带命令或者阻止，但是去过他办公室的人，各个心头有了个谱。这谱儿，悄悄地在全厂传开了，都知道，宋厂长不喜欢有人的立场表现得哪怕有丝毫的含糊。

因此，邵书记门口立刻门庭冷落车马稀。即便是邵书记主动出击找人说话，人们都能避则避，唯恐一个不小心传到宋厂长耳朵里，被宋厂长找去训话。宋运辉的立场是如此之明确，众人的态度便也是明确地一边倒，起码，在春节前都是如此，直到春节临近，邵书记快快打包回北京过节。

抗拒活动至此告一段落。宋运辉不管这叫软性抗议，还是硬性抗议，总之他的表态谁都听着，竟然真的没有正义的群众公开跳出来给邵书记以支持，至于背后是不是有谁找邵书记表决心，宋运辉暂时不知道，也管不了，但而今有这坚壁清野的态度就行了。最有意思的是，上面也没有电话来关心一下他对邵书记的隔离。

宋运辉考虑，这究竟是侥幸，还是人情世情果真如此。他想，春节前的时间毕竟短暂，春节后才是来日方长，邵书记既然扎根在东海，而且是积极而急切地扎根进来，肯定不会善罢甘休，春节后才是真正的较量。只是，春节前这一试探性交手，宋运辉心中略微有了底。他想到当年在金州一手遮天的水书记。水书记当年都没如此隔绝费厂长与刘总工，这或许有实际原因存在，但宋运辉觉得，在他的东海，简直没有理由不施行绝对隔离。这是他经营多年的地盘，无论被以何种方式插入，那都是他的溃败。

08

春节前几天，不少人向他送来年货，其中也包括杨巡，宋运辉让杨巡直接把年货转交陶医生。他自己没出面，不便再去医院给陶医生制造麻烦，而杨巡去则无所谓，相信谁都不会把陶医生与年轻的杨巡联系在一起。杨巡虽然尽心尽职地把年货转送到陶医生手中，而且还帮陶医生送回家里，可是他心里意识到一个最大区别，宋运辉都没见他一面，这说明了什么？谁都知道，宋运辉是他大哥，是他的依靠。杨巡都没在弟弟妹妹们面前遮掩他的黑脸。他只休息了除夕和初一，初二便率领弟妹们走进空旷无人的商场工地，清理巨幅玻璃。

春节的时候，宋运辉则是带着一家老小回去老家，看看老屋。自有雷东宝叫人清理出老屋，窗明几净地等待他们回来。宋运辉回去更主要的目的是要带女儿见见程开颜。他当初就是因为考虑到程开颜再回金州幼儿园的话，会有暑假寒假，如此漫长的假期，难保程开颜杀奔东海看女儿，因此他让闵厂长把程开颜塞进运销处，程开颜认识他的时候所待的位子。十来年风风雨雨，她倒是始终如一，最后坚守到同一岗位，对这一清闲又有油水的安排，当时老程表示认可。

初一的早上，宋家门庭若市，好多人过来拜年，放在桌上的两斤水果糖竟全部吃完。宋运辉整个早上微笑着听那些人与爸妈扯亲戚关系，心里则早有不耐烦。可是他只能微笑着，否则会被那些以前从不见上门的什么亲戚宣传为势利小人。直到中午，那些人才散去，但留下不少邀请，邀请他们一家参加谁谁谁谁的婚礼，这都被宋运辉一口拒绝了，他说很快就回，没时间。中饭之后，他获得父母默许，去小雷家给雷东宝拜年。

车子才开到可以看见小雷家的地方，宋引就闻到什么臭味，而宋运辉习惯化工气味的鼻子则是到接近村口才闻到。拐进进村的水泥路，只见两旁的香樟树已经枝繁叶茂如华盖，可是宋运辉注意到，这些本该冬天也碧绿的叶子上面都蒙着厚厚的黑灰，看着只觉得脏。而路上也灰，左右的农田也灰，到处都是灰蒙蒙的，只有被风卷起的炮仗纸是鲜红的，只有路过女孩们的衣服是鲜亮的。宋运辉也留意到，路过的人们脸上的笑容鲜亮，看来是发自内心的笑容，看来小雷家缓过气来了。

他的车子才拐进住宿区，便见雷东宝跑着迎出来。宋运辉见了忍不住地笑，这儿果然又成为雷东宝的地盘，他才进村，鸡毛信就不知以何种方式将消息传递给雷东宝。宋引已经认识雷东宝。宋运辉总觉得宋引像程家人,可雷东宝却慧眼识英雄,认准宋引十足像杀宋运萍。因此雷东宝对宋引非常宠爱,而宋引只喜欢雷东宝刺猬似的下巴。

宋运辉抱出不肯走下灰灰脏地的宋引,左右一看,连原本白粉墙面都是灰黑,屋顶早已失了颜色。宋运辉心想,也不知是哪儿的灰,估计与小雷家的发展有关。雷东宝早不容宋运辉多想,嚷嚷着说上话了。后面韦春红也迎了出来,她脸色不好,可这么几天在家休养下来,人却滋润了不少。

宋运辉终于忍不住问雷东宝:"怎么这么灰?又上马什么项目了?"

雷东宝笑道:"这下你不懂了吧。这是熔铜的炉子烧出来的灰。"

宋运辉奇道:"赶紧让你们工程师查查燃烧器,别又燃烧不完全。"

雷东宝还是笑:"不是就不是,烧重油的烟全进烟囱了,现在他们本事好得几乎不见黑烟,连灰烟都不常见。这些灰都是化铜水化出来的烟,除不去的,老工程师说国有铜厂也都一样,哪家做黄铜的厂子都是墨墨黑。没啥,开春下场雨全没了,现在这天气不下雪了,要不起不了灰。"

宋运辉疑惑地问:"还有这臭气呢?还是电缆厂的?"

"你看你看,又来了。不就是些臭气吗?你看村里养的猪养的王八,哪只闻了臭气死掉?又没事,你就是太小心,国有老大哥的臭脾气。那些投资人不是投资到隔壁村的吗?我们每天放臭气过去,恶心死他们。呵呵。进来里面坐。"

宋运辉跟着雷东宝进去,眼中忽然看到一个人,很是眼熟,却又似陌生。他想了一下才想到,这是才四十多岁的雷士根,没想到会老成这样。宋运辉心下感慨,对着冲他招呼的士根也是笑笑,但是没主动上去握手,跟着雷东宝越过士根,走进雷东宝家。有了女主人的家果然有所不同,起码家具将屋子塞满,不是过去的家徒四壁了。

雷东宝和接着跟进来的红伟、正明,以及其他三个宋运辉以前不认识的年轻人,与宋运辉商量如何应对省电缆与外商合资的大事。宋运辉对于这方面的事情不是很有数,想到萧然与日方的合资,日方输入关键设备后,市一机的产品果然性能大增,走出了国门。但是雷东宝也有问题,如果把省电缆的合资比作市一机的合资,那么他们雷霆公司有什么资本可以与人家那么高的技术竞争?连市一机通过合资都拿不到真正的核心技术,那么他们雷霆公司又能从哪儿获取关键的先进的可以打倒合资厂的技术?正明和其他三个显然是懂技术的年轻人都说,他们经过考察市场，都感觉那些国外进口的高级线缆不是目前国产设备生产得出来的，要不然国家也不会花大笔外汇从国外购买。大家都说，现在的路看来只有两条，要么花大钱从国外引进能生产高级成品的生产线，要么只有认准国内市场，持续扩大生产，提高市场占有率。可是，前者说说容易，真要进口的话，哪来那么多的外汇？

等宋运辉让雷东宝领着参观小雷家一遭，开车领着宋引回家，心里已经基本肯定，雷东宝唯一可行的是实施扩大生产，提高市场占有率的战略。首先，他们乡镇企业毕竟融资不易，不靠政府的话，哪来资金引进国外先进设备？其次，讨论了那么半天，都没听见他们说一句如何提高技术研发的投入。而后者，现在却是东海孜孜以求的大方向。

但看来雷东宝的扩大生产是有的放矢，是经过周密研究计算的。他们准备放弃过去最早的那套设备，因为那套设备入门门槛极低，四周个体作坊似的小电缆厂用的大多是这种技术简单容易上手、投资又不算高的设备，他们雷霆以正规化工厂的操作，成本显然是无法同周围那些作坊相比，不如放弃卖掉，得来的钱添置高价新设备。宋运辉从雷东宝他们的规划计算中，看到他们的发展从一定程度上来说已经走出盲目，摆脱许多乡镇企业盲目上马、跟风上马的旧路，正在渐渐从市场中走向成熟。但那才只是正规化的开始。

初三的时候，宋运辉无可避免地来到金州。

金州的生活区已经有所变样，最远处围出一片别墅用地，造起几幢漂亮的小别墅，是总厂级别领导的家。闵厂长自然是搬了进去，水书记虽然是已经退休的领导干部，可也意外地搬进别墅去，程父没轮到，依然住在旧楼。

来前，宋运辉已经跟闵厂长约定，他初三到闵厂长家歇脚。他不打算去前岳父家，在前岳父一家人面前把女儿交出，领受一顿可能的责骂。他只能选择先到闵厂长家，然后一个电话通知程开颜来领人。他甚至想不打这个电话，委托闵厂长帮打。他知道这样的行为肯定招致骂名，但是又如何？

他直接就将车子开进别墅区，开到闵厂长家。闵厂长果然帮忙，一个电话打到程家，跟接电话的老程说要他们来接小宋引去。因是闵厂长打的电话，老程什么话都没有，全部答应。闵厂长放下电话就跟宋运辉爽朗地笑道："听见没有，老程说立刻会来，又答应一定在下午五点准时送回。你安心，下午五点如果不见人，我替你上门要去。"

宋运辉看看远处曾是金州高干子弟的闵夫人，冲着闵厂长一笑，闵厂长说这话的时候，带着自己的七情六欲。"来这儿当然得仗着你，还用得着说吗。我等下中饭去水书记家吃，晚饭你说什么都得招呼我，我吃完连夜赶路回去。"

"你来前已经跟我说过，怎么还婆婆妈妈重复，怕我生气排在晚上？我怎么可能跟水书记争你？呵呵，老水越老，我越不跟他争，胜之不武啦。你那儿的新书记怎么样？准备让他分管什么？"

宋运辉笑道："分管什么啊，我们东海不缺人。"

闵听了大笑："太狠了点吧，不怕他告状去？总得给他点面子，让他分管个工会吧。"

宋运辉冷笑："我等着他春节回来带尚方宝剑来，不拿来，我们还是不缺人。"

闵意味深长地笑："你腰板硬，我看你那儿只要三期不结束，上面就是亲眼看着你蹂躏新书记都不会发话。哪个办公室坐傻了的傻瓜，竟敢去你那个厂压你一头，也不看看工厂跟机关有多少不同。我最近也学你这套，上面立刻跟我客气不少。不过你别把人惹急了，真惹急了兔子也咬人，到底他上面有路子。"

宋运辉笑道："我哪有时间惹他，我躲他，我避着他，总行吧？嗯，人来了。"宋运辉本来就是对着落地大窗坐的，这个角度正好看到程开颜和她的哥哥一起过来闵家。他看到程开颜穿的是一件新大衣，可能是买的，黑色大衣上好多亮闪闪的金属装饰，腰间一条宽宽腰带，浑身一股说不出的味道，反而没她哥哥身穿咖啡色磨砂真丝棉裱有模样。宋运辉看着脸上只有鄙夷，扬声叫道："猫猫，妈妈来了，你跟妈妈去外公家玩一会儿。"

宋引闻言立刻飞快跑到门口，等门一开，稍稍观察一下，便扑进妈妈怀里。宋运辉没站起来，只淡淡地与前大舅子点头打个招呼，便静静旁观母女相会，等了会儿才道："猫猫先去外公家吧，爸爸五点钟在闵伯伯家等你。"

程开颜抬头看宋运辉，可她看到的只是冷漠。她不死心，小心地问："你在这儿住一夜行吗？我陪猫猫睡一晚上。"

"不行。"宋运辉拒绝，也没给理由，就扭开了脸。

还是闵夫人看着不忍，打圆场："还是别了，今晚小宋还得赶回老家，明天一早就回去东海厂，时间紧，没办法。小程啊，不如哪天你请个假，专程过去宽宽裕裕地看上几天不就成了。"

程开颜不死心，紧紧盯着宋运辉，希望他良心发现一下，可是没用。最后还是她哥哥见不得妹妹受欺负，拉程开颜离开。他们没法抗拒，因为这儿是压着他们的闵厂长的家，而宋运辉是闵厂长家的座上宾。

等程家人离开，宋运辉才对闵夫人道："对不起，嫂子，让你为难。我不想离婚后还藕断丝连，既然离了，我们作为理智一方，还是做事果断点的好。"

闵夫人应了个"那也是"，但忍不住背转身叹一声气，为可怜的程开颜，也为宋运辉冷到彻骨的所谓理智。

闵也有些看不过："小宋，我们家房子多，你不如在这儿住一晚吧，明天早上再走也不迟，最多晚点到东海。"

宋运辉道："我计划的是后天走，明天约定跟老家当地几个官员见面，讨论一些事情。平时我忙，都是他们去我那儿找我，这回既然我回家，应该到现场看看，可能需要一天时间。你知道，我们新型添加剂研制出来后，却遇到一个很尴尬的情况，就是高端产品在国内消化不了，全部得出口国外。国外市场则是由一些巨头把持，我们在定价上处于被动。因此我跟老家的政府朋友提出配套发展东海厂的下游厂，下游厂的产品可以出口可以内销，都是高利润产品，企业前景不错，又可以帮我们东海厂解决内销问题。现在准备把原先老旧的农药厂置换到郊区，改作我们的下游厂。正月初三之前总不便让人家加班，明天初四，我们约定去踏勘现场，从他们提供的几片土地中选取一块合适开下游厂的作为工地。你说明天这一天都有些紧呢。"

闵夫人刚才帮宋运辉在程开颜面前撒谎，心里却是极不情愿。这会儿听了宋运辉这段话，不由暗暗点头，这种思路都从没听她丈夫提起过，宋运辉的脑袋确实超前，难怪可以为所欲为，上面下面都拿他没办法。可怜老程厂长千挑万拣一个这样厉害的女婿，走到今天这一步应该是必然。

闵听了宋运辉的介绍，果然有兴趣，早忘了程开颜的事，追着问："下游厂的内销没问题吗？他们准备怎么与东海厂合作？你们出多少资？"

宋运辉笑道："你也知道的，越下游的产品，越形不成垄断。就算是内销有问题，外销也绝对没问题的，何况国内经济发展够迅速，对高端产品的需求只会越来越大，我很欣赏我老家这边计委一个经济博士做的可行性预分析，在市场展望方面引用数据很说明问题。我们东海不准备出资，没这个灵活权。老家市政府官员准备用农药厂置换土地的资金启动项目，不足部分由市计委组织的投资公司入股解决。我们提供技术和管理指导。我的想法，除了上面说的打开东海厂的内销市场之外，还有嘛，呵呵，我也想为家乡建设做点贡献……"

闵厂长一听就笑了："对头，锦衣不可夜行。"

宋运辉听了也是笑，可不，真有这种想法。再说从雷东宝出事这件事上他也获得教训，广泛结交朋友是必须的，不能临时抱佛脚。"还有一个想法，现在我那边因为不断有新项目开工，每年都可以提取投资金额的一定比例用于分配，我们人少，因此大家的奖金收入都不错，大家工作积极性也高。但等项目结束，我就得广开渠道给他们找钱发奖金了，不能光靠主业，鸡蛋得放在不同篮子里。反正边做边看吧，看看效果好不好。"

闵想了会儿，道："有道理。不说别的，等你项目完成，你那儿可供升级的位置也少了，你那么多刚练出来的年轻干将得闷得造反，还真得有渠道让他们分流。唉，跟你情况不一样，我这边得分流的是四五十岁从三班倒岗位下来的工人，唉，这些人，除了看仪表，别的都不行啊。我这儿的工贸公司都塞满了。你有没有想过以后拿这些从一线下来的倒班工人怎么办？"

宋运辉道："想过，这是个大问题，十几年后肯定得面对。所以我不大敢招工，准备三期差不多的时候把一期那些国产仪表整改一下，进一步减少岗位减少用人，省得以后退下来的人分流不完，我那是新企业，容易控制。"

闵听了叹气："我背的是有厚重历史包袱的金州。可上面一直压指标，一年比一年压缩岗位规模，你说压下来的人我放哪儿去？总不能都办内退或者辞退吧？现在倒有人自己跳走，可惜都是些年轻有技术的，四五十岁的倒班工人你打他骂他都不会走。去年有家外资公司来考察，一看见我们的包袱就连连摇头，说背不起，说这是吃利润的大嘴。上面把我叫去骂，要我拿出办法，我说你们把我的包袱拿走我就有办法，不能总拿金州跟那些没包袱的新企业比。他们现在也没话了，这不是我一个人一个金州的问题，这是整个社会的问题。不好，我又牢骚了，你还是去老水那儿吧。"

宋运辉告辞去水书记那儿，得到水书记的热烈欢迎。与水书记说起闵的烦恼，水书记有些不以为然。水书记的意思是，一个人不能总强调客观原因，而不去努力争取。水书记猜测闵这种性格可能是因为一直从事内部生产管理，眼睛习惯盯住挖潜改造，而不敢，或者说不会通过市场手段行政手段挖掘潜在可能，获取改变动力。只会跟着别人走出来的路走，就金州这种至此已经没什么特殊性的企业而言，是抢不到机会的。

宋运辉好奇地问："除了开除工人，压缩人员开支，还有什么其他办法？"

水书记笑道："现在政策这么活，有的是分流办法。我们金州的工人都是素质很高的人，只要有地方给他们发挥，他们都可以顶上。不说啦，再说小闵又要怪我多嘴。你以后也少跟他接触。"

宋运辉听了一愣，看着笑眯眯的水书记发了会儿呆，水书记如今几乎是金州的特使，常跑北京替金州摇旗呐喊，难道他在北京听到了什么消息？宋运辉过了好一会儿，才道："谢谢水书记提醒。"

水书记笑眯眯道："谢什么。我们二小子一直说你比亲兄弟还贴心，他今年的奖金一大半靠出口你们的产品，正好又赶上他们分房，公司看绩效，给他换了套最大的，跟副总看齐。小宋，我以前在位的时候你照顾我儿子，这不稀奇，现在你还拿他们当自家兄弟，那是你宅心仁厚，我得谢谢你。"

宋运辉忙道："水书记客气，您教给我的东西，我一辈子受用。水书记，我现在……"宋运辉放低声音，将他现在对付邵书记的想法说出来跟水书记讨论。他相信，水书记一定有更深思熟虑的办法。

水书记听完，问了几个小问题，开始闭目思考。过会儿，才道："这尊神都已经进门了，赶又赶不走，只好隔离他。你也做得别太出格，让他抓住把柄上告。只有这样了，最多给他管个工会。"

宋运辉有些窃喜，笑道："水书记真的认可我的办法？"

水书记看着宋运辉欣喜于他的认可，心中也是欢喜，笑道："你啊，早满师喽。"

饭后回到闵厂长那儿，宋运辉想到水书记刚才明显到极点的提醒，有些替闵厂长难过，不过他终究是没说出来。下午五点的时候，程家依言把宋引送回，母女两个都是哭得眼睛红肿。回家去的路上，宋引熬到眼前只有爸爸一个人了，才道："爸爸，我要妈妈。"

宋运辉无言以对，他可以藐视程开颜，与程开颜老死不相往来，可宋引是程开颜肚子里掉下来的孩子，血缘关系，那是割都割不断的。

女儿又细细地哭了起来，小嘴一直嘟哝着"妈妈，妈妈"，宋运辉停下车抱着女儿抚慰良久才把她哄平静了。看起来，他的再婚问题必须加急解决了，女儿需要妈妈。谁的眼泪他都能熟视无睹，唯独亲人的眼泪无法面对。

回到家，爸妈还没睡觉，都等着他。他问二老对陶医生这个人怎么看，二老都说陶医生是个极好的人，非常讲道理，也非常有耐心，二老只担心人家看不看得上他们的儿子，他们总是信心不足。宋运辉倒是对自己信心十足，他心里犹豫，要不要春节后开始与陶医生加强接触。

09

开春以后，雷东宝便打报告要求镇里支持，从银行贷款扩大规模。但是镇里批准了，却有心无力。这是雷东宝的第一方案，见第一方案不能实施，他就抛出第二方案，要求扩股，吸收外来资金。镇里虽然不愿看到自己在雷霆的股份遭到稀释，可是没办法，谁让他们无法帮雷霆公司从银行贷到款，扩充雷霆实力，以抵御省电缆合资带来的冲击呢？镇里开会之后，只好形成一个红头文件，答应雷霆公司的请求。

雷东宝这一招，是从宋运辉介绍的市一机合资学来的。言者无心，听者有意，雷东宝都记在心里。心说日本人拿钱进来是参股，中国人自己不也能参股吗？有样学样谁不会。红伟办的公司通过低价拿雷霆公司的货物平价卖出，挣了些利润，雷东宝正愁着怎么掺进雷霆公司来，但又不能不明不白地拿回来给雷霆白用，现在又不是他们小雷家一家把持着雷霆，怎么可能把他们赚的钱拿来给镇里一起使呢。因此他抛出第一方案的时候抱着侥幸心理，最好镇里能帮解决银行贷款。可真要不行，他有第二方案拿出，打算以后慢慢用这种办法，把镇里的股份逐步稀释。

他拿到镇里的红头文件，找到红伟关上门一起大笑。电线电缆的利润大半进入到红伟公司的腰包，而今他们要用这些利润投回雷霆股份公司，这些钱却已经是挂在红伟公司的名下，不属于镇里，也不一定属于小雷家，这个产权关系，有待他们以后怎么高兴怎么处理，或者一直吊着不处理，就那么模糊着，即使谁想找茬都找不到门。

笑过之后，雷东宝才严肃地与红伟讨论事情。他们早已决定再上一条电缆设备，可以基本把铜厂的产能用足，不用再花费人力物力卖铜，这可是可以省下不少的费用。但是在操作买设备的问题上，雷东宝却是有想法。

"红伟，怎么想个办法再从买设备的钱里挖出一笔来？"

"回扣？"红伟对有些销售上面的套路早已耳熟能详，雷东宝一说，他就想到这个。

"对，我在想一个问题，我们现在发工资发奖金，镇里都要来指手画脚，这个春节大家拿钱都没拿痛快。要是分红，又得让镇里拿去一部分，有什么办法我们建一个小金库，我们主要骨干人员拿小金库的钱发奖金。你想办法。"

红伟笑道："这还不容易，本来还想着只是拿给你我自己昧下的回扣，那就有些不好办，往后电缆厂总有人要去设备制造厂谈判，万一有个风声泄露出去就不好办。如果就是几个骨干分了，那容易。我去谈，让他们制造厂打高一百万，反正我们几个自己知道就行。"

雷东宝一听笑道："你黑，你比我更黑。红伟，你说会不会有个傻瓜收不住嘴巴，把这事说出去？"

红伟笑道："这年头没那么傻的人。你不信看着，那些人拿到钱都存私房，连老婆都不会让知道。"

雷东宝听了一笑："你才不让老婆知道，我都上缴。这样，我们小心一点，你回头跟几个人侧面商谈一下，先看看他们的态度，看会不会再冒出个士根，要是有，立刻摘出主要管理岗位，等那人摘走后我们再买设备也不迟。"

雷东宝走后，红伟心说书记的性子表面上看着还是那么咋咋呼呼，可其实是大变了。今天说的这件事，要换作以前，起码有两点肯定不同。其一，以前雷东宝有钱大家用，有肉大家吃，这个大家，是小雷家全村老小，雷东宝在小雷家小范围地实施着平均主义，不像现在，主动提出私设小金库，私分范围缩小到几个骨干；其二，雷东宝再不是以前只要自己以为对，就一拍手做出决定，立刻动手去做了。现在即使他红伟已经说明大家肯定不会透露出去，雷东宝还是小心为上，要他再敲定清楚，再做行动，这份小心，那是用坐牢换来的。

但红伟觉得这样的雷东宝更好，跟着这样能主动替他们想到收益的雷东宝干，只会更有奔头。

雷东宝不肯吃红伟公司的中饭，从红伟的公司出来就杀奔韦春红的饭店，觅食去也。韦春红果然早已经小灶备下一锅浓香四溢的红烧猪脚，但等雷东宝进门才热腾腾盛出。雷东宝一见便两眼雪亮，但还是说了一句关切的："不是让你多休息吗，前面的事不是让你都交给你妹管着吗？怎么又不听话？"

韦春红听着满是欢喜，笑眯眯地道："本来听你的，一直没下来。可刚刚不是宋厂长来电话要来这儿吗，他们已经进去里面一号包厢吃了，他让我别去招呼。看上去都是些做官的呢，而且官位都不小。虽然说不用去招呼，可我得替宋厂长看着菜，不能让他在我这儿丢脸了。"

雷东宝看看一号包厢，懒得进去，自己坐位置上吃中饭。但还是忍不住问："你知道他们在说什么事情？我现在又没事，他还来这儿跟那些人混啥？"

"我刚刚自己进去帮他们点菜，他们好像在说什么公事，不是私事。他们对宋厂长都客气得很，都还说以后要来我饭店捧场。"韦春红经过开刀住院这么一段，对她住院期间一直没离开的雷东宝自然更是吃了秤砣铁了心，虽然雷东宝照顾得并不好，大多还是她妹妹在做，可是他陪着她，一直陪着，这就足够了。而对宋运辉，韦春红虽然清楚宋运辉完全是看在雷东宝面子上照顾她，可她得知恩图报，她得力所能及地帮宋运辉做事。

雷东宝点点头："原来是公事，难怪小辉没跟我说。哈哈，他那些公事要跟我说的话，我还不头大死。你也吃，别光吃青菜。"再吃几口，雷东宝才把与红伟一起商量的事跟韦春红大概说了一下，他问韦春红："你说会不会有人傻到拿了钱快嘴说出去？"

韦春红摇头："跟老婆不说的肯定有，我看那正明肯定是藏私房钱的，但也有夫妻感情好的，你不全跟我说了吗。可谁都会掂量掂量大嘴巴的后果，肯定没人敢说，哪个都不是傻瓜。你如果想小心点，派钱的时候跟他们都叮嘱一句，说出去大家都坐牢，他们知道轻重。"

雷东宝点头，又把他准备给钱的几个人名字说了下："你春节都看到过，你看看这几个有没有像士根的？"

韦春红一一回忆了一遍，摇头："没有，士根这种人也算是绝无仅有。"

雷东宝信赖韦春红在饭店人来人往中锤炼出的眼力，点头没再说什么，专心啃猪脚。韦春红看着自己的男人，心想虽然没孩子不像家，可老公还是老公。不时地有服务员过来，端着盘子让韦春红过目一下，才送去一号包厢。

宋运辉与计委的几个干部简单吃个工作餐，没喝酒。出来看到雷东宝盘踞桌子一角大嚼，有些诧异，以为是韦春红打电话通知，雷东宝专程从小雷家赶来。宋运辉以为雷东宝一定是找他有事，就与同伴打个招呼，来到雷东宝桌前。

但等宋运辉简单介绍一下与市里合作的项目，雷东宝眼睛一亮，道："小辉，你让他们开到我们村来，我们拿土地入股。"

宋运辉笑道："不行，你那儿的河道处于中游，下游还有不少村庄，不适合排污管接入。"

雷东宝不以为然："怕什么，你不来开厂，这河水都已经墨墨黑，现在没人喝那水，放心，你就是放毒水也毒不死人。小辉，既然你说话有分量，你让他们开到我这儿来，我一定给他们最优惠条件。"

宋运辉笑着摇头："你那里什么条件我都清楚，要是能行，不用你说，我自己先会想到。"

雷东宝却坚持："如果别人有九十分，我们小雷家只有六十分，可只要你在，你还是得把厂子放我们小雷家。"

宋运辉听了只是笑："这不是差三十分的问题，选址的时候要考虑很多综合因素。不过我有一点倒是可以跟你保证，建厂所需电线电缆全用你们的，你得给我保证质量。"

雷东宝悻悻地说："那你忙去，以后回来跟我说一声，我好准备好吃的给你。"

宋运辉笑笑起身："我下星期出国，你想带点什么东西？"

韦春红眼睛一亮，很想列个单子给宋运辉，可她不便说。雷东宝则是摆摆手道："不要，国内啥都不缺。呃，你去看你那学生吗？"

宋运辉愣了一下，一笑，却转身离去，扔下一句话："少管。"

雷东宝看着宋运辉出去的背影，"嘿嘿"地笑。韦春红好奇地道："你说宋厂长会不会去见那个梁小姐？"

雷东宝道："少管，嘿嘿。"旋即便转换了话题："镇政府来这儿吃饭的多不多？"

"多，公事都没折扣，全额付，私事我都让他们免了。"

"那你不是亏了？"

"亏啥啊，自己算钱时候长个心眼多个手脚呗，他们也都跟我关系挺好，还常说起你呢。"

雷东宝听了笑道："难怪了，我今天去镇里开会拿文件，他们都说我应该请你当公关小姐，我说还'小姐'呢……"

"是啊，人家梁小姐才是小姐，可惜人家才不理你。"韦春红悻悻地抢白。

雷东宝呵呵地笑："以后镇里他们来吃的账你拿个本子记下，每个月跟雷霆吃的一起到公司算账，开同一张发票。红伟那里的另外算账。就算你是我老婆，也不能让你白给我们雷霆做事。但这账上不能作假。"

韦春红笑道："算了，这点钱我这儿做做手脚就是，回头你去公司一说，还显得你公而忘私像雷锋叔叔，你多少有个好名声啊。可真记账向你们雷霆公司算钱，我找谁签名啊，他们一看要签名，以后不来了，我还上哪儿拉他们公关去？反过来说，如果不签名就去你们雷霆算账，让你们那边的会计看着像什么话，还以为你找理由捞钱呢，这又何必。既然这种事都是心知肚明的事，我们也都心知肚明吧，我反正自己心里有数，不会亏。"

雷东宝听了也就作罢，其实他也知道，现在红伟那边，雷霆公司，还有镇里的公款吃喝，每月都是不小的数字，自打他又掌权，韦春红的饭店又热闹起来。饭店这东西，向来都是人流越大，菜越新鲜，收入越好，厨师请得越好，做出来的菜更美味，店堂的布置更日新月异，于是来吃的人更多，形成良性循环。现在的饭店有他的人打底，以后如果再加上宋运辉介绍来的人，韦春红几乎可以闭着眼睛做生意。

但前提当然得有，那就是他得把雷霆公司做好做旺。正好韦春红跟他提起农历二月十九是观音菩萨的生日，雷东宝毫不犹豫答应陪韦春红一起去，好好烧炷香，积些功德。

10

过完一个劳动的春节，杨逦带着一双皲裂粗糙的手返校读书。但临行前，她和二哥一起陪着大哥去相了一次亲。有不少人给大哥介绍对象，都是很不错的女子，很多有中专或者大学文凭，拿来的照片看上去也都长得清秀漂亮，但杨逦还是觉得这些人配不上大哥，她从中挑了一个在一家合资厂坐办公室的女孩，普通大学文凭，人长得漂亮，杨逦觉得这是所有矮子中拔出来的高个子。

杨速也看好这个女孩子，他觉得杨家的大嫂就得是这个样，心说如果大哥不要，他反正与原女友已经分开，他找这样的女友也不错。但他们兄妹都没想到，杨巡一点都没考虑他们俩的意见，而是直接选中了一个他们认为最不可能的。那女孩姓曹，是市邮电局分管电信业务的一个副局长的女儿，本地高专文凭，长得也是不错，可从照片上一看就是个有脾气的，不是个容易伺候的主儿。弟妹两个劝阻无效，杨逦忽然想到，大哥该不是在找梁思申的替身吧，别的不说，这个曹姓女孩是人选中家境最好的。杨速觉得有理，因此两人也不管杨巡反对，一定要跟着去相亲，帮大哥看看。

相亲当然是吃喝。杨巡选在最新开业宾馆的西餐厅。杨逦好奇大哥为什么选在他并不喜欢的西餐厅，其实杨巡却是另有所图，他以前为了办四星级饭店，特意去上海吃了几顿西餐。又有梁思申偶尔想念牛排，他陪着去吃，也学了一招一式。多次下来，早已程序娴熟，手法精巧。因此当他在相亲现场气定神闲、中规中矩地操着术语点菜，然后大方得体地开吃，大家不得不都跟着他邯郸学步，连在上海与同学一起吃过几次西餐的杨逦都不得不跟着学，这时谁都忘了他是初中文化程度，是摆摊出身的个体户，那个曹姓小姐早在手忙脚乱中被打掉了骄气，看杨巡的眼光中有了肯定。但是杨巡却没了兴趣，他觉得这个女孩档次太低，一场相亲无果而终。

如此又相亲一次，又是无果一次，杨逦很不放心地走了，不放心的原因是她感觉大哥是在找梁思申的影子，但是影子怎么可能脱离真人而存在？因此大哥的寻找肯定是以失败告终。杨速则不那么想，杨速认为大哥在赌气，想找个跟梁思申接近的。杨速真是为大哥难过，那女人这么对待大哥，大哥却还对她念念不忘，他因此恨上了梁思申。

杨巡见所相之人都不上档次，他便开始主动出击，自己发掘合适的女孩，然后委托朋友帮忙介绍。他现在好歹也是身家非常丰厚，人们已经不能用个体户看他，而是改用暴发户相待。即使有人不知道他，只要说一声是某某两个市场和某某在建商场的老板，谁都会"噢"一声点头表示知道。但是知道并不表示认可，那些杨巡最想找的官宦人家出身的小姐要么嫌他身份低微，要么嫌他身高正好是"二等残废"，要么嫌他文化程度太低，大多数人是见都没见便一口否决。可大网捞鱼，杨巡还是见到了几个。从那么几个之中，杨巡最后确定市商业局副局长的女儿。

那女孩本是抱着见识一下暴发户的闲心与杨巡相的亲。一见之下，却怎么都不觉得杨巡是传说中暴发户的样子，见他言语不俗，颇有见地，而在西餐厅吃饭的举止让她都自愧不如，便一下改变了看法，对杨巡这个人产生十足兴趣。

杨巡这个人，只要是被他钩住的，又是他想结交的，几乎各个可以成为朋友。他认准了这个女孩，因为他的商场正需要在商业局挖熟手，有女孩爸爸在，肯定挖掘工作有的放矢，以后他的商场营业一准事半功倍。再说女孩自身条件也好，梁思申不是会拉小提琴吗？人家女孩子会吹更罕见的长笛，而且女孩长相不俗，性情温和，举止大方，本科学历，唯一缺陷是身高离一米六还差一点点，但旁人见了他俩都说好，正好相衬，于是杨巡拿恋爱当正事做，攻城拔寨，眼看胜利在望。

可是他的市场遇到一些问题。因为他的市场做得好，人气足，旁边有家木器厂正好因为二轻局改制成功归为厂长所有，那厂长看着杨巡市场的红火生意眼红，也想申请平掉原厂房，改造成市场沾光。杨巡可不能同意，他怎么能让人捡这便宜。于是他找上木器厂的厂长，要求花大价钱买下那块地。可是那厂长不同意，一定要自己开发。杨巡就找到规划局的关系，把那厂长的申请卡住，不予批准。但是，这么卡着不是长久之计，那厂长看到诱人前景也会想方设法公关。杨巡想来想去，想到女友的爸爸，提出与商业局共同开发的思路，由商业局出面，拆迁那家闹事的木器厂。

朝中有人好办事，副局长觉得这个建议不错，强力运作之下，这个建议便进入调研状态。

这边杨巡让寻建祥按兵不动，照旧正常营业，当作什么事都没有发生，却又让寻建祥放出风去，说市场准备扩张，增加一倍摊位有余，有谁需要摊位，可以先存起钱来做好准备。很多发了财的摊主看到寻建祥开始打听具体情况，但是寻建祥遵照杨巡吩咐只是神秘地让大家再等等，再等等，虽然周到地取出本子记录申购摊位的人名，却既不给予保证，也不收取订金，让众人有些迷迷糊糊。

杨巡到处找人帮忙，正紧锣密鼓的时候，有个陌生人找到商场，顺着指点找到他在商场工地的临时办公室。

杨巡只看来人气质像是来自公门，因此热情起身迎接。那人也是客客气气，拿出名片交给杨巡，却是市工行来的。杨巡天天缺钱，听见"银行"两个字如听见金币敲响，欢喜得很。但来人客客气气递给他一个号码，让他跟号码那边的人对话。杨巡一看，却是梁思申老家的区号，他头皮炸了。

杨巡心情忐忑地抓起电话，几次错号，终于拨通梁父的电话，还是秘书接后，问清他的名字，才把电话转到梁父手中。这一周折，杨巡的心更是提起三寸。梁父这样的人没事不会找他，找他则准没好事。但是梁思申的钱已经转为他的欠债，大家已经白纸黑字签下协议，难道梁父还想有什么变卦？

杨巡依然叫"梁伯父"，但心里已经没有高攀之意。那边梁父也没想要跟他虚情假意，丑话直说。

"小杨，思申的钱放在你那儿，虽然有张欠条，可夜长梦多。现在我找到一个彼此都能接受的办法。我跟你们市工行沟通，由他们出面贷款欠条金额给你。你不用将钱拿进拿出，你只要跟随找你的这位同志办理所有贷款手续，他们会将钱转汇给我，无须你操心。这样由债权转为贷款，对我来说，我终于可以安心。对你来说，则是不用担心我这儿变卦，彼此安心。我给你半个小时，你考虑结束后，给我电话。"

梁父说话，杨巡几乎没有考虑，便道："我答应。"梁父担心夜长梦多，他又何尝不是，他最担心的是梁父把债条打折卖给本地哪个高干子弟，比如萧然，那他就完了。既然梁父有本事通过关系把他向私人的欠债转为向银行的贷款，他有何不乐意的，这是最两全其美的办法。

两人客客气气地放下电话，杨巡却还有点觉得事情好得不真实。他便遵照来人吩咐，从财务室办齐所有表单，跟着来人去工行先新开账户，再办理贷款。他简直无法想象，贷款竟能如此顺利简单，竟跟在家问他弟弟拿几块钱一样简单，都不需要说明理由，这令每次为贷款跑断腿操碎心的杨巡异常吃惊，吃惊得目瞪口呆，他心里不得不冒出一个念头，如果没与梁家闹翻，如今他资金那么紧张，若是偷偷与梁父一说，会是什么结果？弄不好，连商场上面待建的二十八层楼的资金都给解决了，梁家解决一些钱，真是太易如反掌。

花了两天时间，非常正规地补办完所有贷款手续，杨巡两手空空地走出银行，他想到，与梁思申的关系从此完全断绝，也想到那断绝得彻底的来钱渠道，他这时开始后悔，后悔得心痛。他很想找个人说说心里话，说说他的后悔，可是女友显然不是那个人选，他都不想让女友知道他的事业中还发生过这么一波曲折。寻建祥也不行，寻建祥的程度还没他高，他现在需要有人骂他，可寻建祥能揍他，却骂不过他。弟弟杨速也不行，长兄抵父，他平日里似乎高杨速半辈惯了，要他如何能朝着杨速忏悔。最合适的人选是宋运辉，宋运辉清楚事情来龙去脉，宋运辉又站在较高立场，可以给他指点。可惜，杨巡也不知道宋运辉这个大忙人在现在这种杨梁交恶的交情下，还会不会拨时间给他，听他细诉。而且，杨巡还真没法再次拉下脸皮，犹如元旦时候跪在梁思申别墅外一样，在宋运辉面前再一次低下头颅。可是他满心的烦闷，拿工作塞满全部时间都无法消除。

按照原计划，商场的装潢准备请一家广东公司来做，但现在既然已经断绝与梁思申的合作，杨巡不想再花那大钱，便照着与广东公司接触两次谈的一些思路自己装潢，正好也可以打发自己的闲暇时间。但这样一来，他得日日泡在工地上，不敢不紧盯。

这天正盯着，有个在窗边干活的木匠怪叫说有领导来视察。大家都涌到窗边看，纷纷议论这肯定不是领导，市领导最好的车是书记的皇冠，下面这三辆车显然比皇冠还好。大家的讨论引得杨巡心痒痒，也跟着过去看，但一看就变了脸色，那其中一辆不正是梁思申前不久载着父母过来的那辆吗？而另一辆他也认识，是萧然的座驾。这时候车子里的人已经纷纷钻出，一个果然是萧然，与萧然有说有笑的是两个穿不同样式黑风衣的年轻男子，其中一个与杨巡有一面之缘，那是围着梁思申转的李力，都是气宇轩昂。

杨巡每见萧然就头痛，以前有梁思申做他后台，已经无惧于萧然。而今在梁父运作下，梁思申把最后的尾巴扫清，除了还给他挂名到《公司法》正式实施，其余已经丝毫不剩。杨巡不清楚萧然知不知道这一内部消息，如果不清楚，那没事。如果清楚，萧然忽然带着人来这儿探视，是什么意图？杨巡的脑袋又大了，仿佛看到前年萧然意图逼买他的两个市场，连他挂出宋运辉都抵挡不住的那幕重现。

杨巡又一次发现，失去梁思申的合作，对他工作生活的影响极其巨大。前年被萧然逼得求告无门的彷徨还记忆犹新，杨巡这回不会再傻兮兮凑上去招呼，而是拉下头顶的帽檐，吩咐一个机灵的手下悄悄上去盯住萧然一行。

但萧然那些人都不用悄悄地盯，他们几乎是旁若无人地进来，明目张胆地议论，因为工匠们都停了手头的活盯着他们看，他们的话三米外也能听到，杨巡虽然离得挺远，可也听到一句两句。他们议论的是商场的面积和功用，而他们的手下则开始用脚步丈量一楼的长宽。杨巡旁边看着直冒冷汗，冲这些人对商场地形的测量，那绝不可能是路过拐进来看个热闹，肯定是有所图谋，这块地以前是梁思申从萧然那儿仗着点梁家的面子买来的，而今来者似乎都与梁思申有关，难道萧然已经知道梁思申与他杨巡断绝合作，想杀回故地？

想到可能面临的压迫，杨巡的脑袋涨痛若开裂。他不能不想到梁思申对萧然等一干人行径的非议，想到梁思申目前还挂名在他商场，还有想到梁思申的单纯，如果他真遇事，能不能找梁思申帮忙？可是想到元旦那天在别墅外面那一幕，他如果真向梁思申求助，又将付出什么代价？杨巡思来想去，心乱如麻，可无法定论。眼睁睁看着萧然一行上楼下楼，然后旁若无人地离去。

那个被他差遣去跟踪偷听的手下来报说，那些人议论的都是商场的设计，听得出除萧然外的两个都是内行，那俩内行都说设计不错，挺前卫，很有施展空间。杨巡心说那就更糟，他现在是巴不得萧然看不上。他几乎是用全部贷款支撑起这个建筑，资金方面弱不禁风，萧然如果稍微做些手脚，他经受不住。

杨巡正想着，他大弟杨速从办公室跑出来。杨速看大哥对着那些人的背影发呆，就问了句："那些是谁？"

"反正不是好东西，你什么事？"

"陈局长刚来电话，让你立刻过去一趟。"陈局长正是杨巡现女友的爸爸。

杨巡一听便摘下帽子，准备去办公室换衣服，可又被杨速拉住，杨速有些担心地道："他好像在发脾气，你去的时候小心着点。"

杨巡直接想到这几天商业局正论证小商品市场项目，会不会陈局长的发火与论证不顺有关？再想他这几天与女友的关系，似乎没什么对不起陈局长的地方，中午陈母有事出去一趟，还是他开车送的。难道真的是与小商品市场项目论证会有关？杨巡叹气，今天怎么祸不单行。他进办公室换上西装，赶去商业局。

走进陈父办公室，见陈父一脸铁青，要他关上门，也没请坐请茶，就拿两只愤怒的眼睛上上下下打量他。杨巡不清楚怎么回事，但还是故作镇定地坐下，笑道："陈伯父，什么事这么生气？喝口茶消消气。"

陈父道："我问你几句话，你最好据实说明。第一，你以前在东北时候结过婚？"

杨巡只觉耳边"嗡"的一声，心说麻烦了，陈父怎么知道这些，而且还能清楚到是在东北发生的事儿？他只得老老实实回答："是女朋友，同居，后来我遇到挫折她跑了。本来是准备结婚的，因为年龄不到，还没领证。"

陈父又问："那么你现在的两个情妇是怎么回事？为什么不跟她们其中一个结婚，为什么同时与两个人保持关系？还有，你为什么在认识我女儿后还敢找其中一个过夜？"

杨巡吃惊，不知道陈父究竟是哪儿得来的消息，而且连他在前不久郁闷之下刚去找过情妇陈父都知道，只是他奇怪，他只有一个解决性问题的女人，哪来两个。或许陈父只是虚言恫吓？他抖擞精神，一口否定："没有，这是污蔑。"

陈父冷笑："好，你既然否定，我拿证据给你。一个是你公司的所谓外方投资商，你自己到处宣传说她是你女朋友。我查了你的注册资料，外商倒是与你年貌相当。"

杨巡愣了一下，知道陈父说的是梁思申，这才理直气壮地道："对不起，伯父，那是我年轻无知吹牛皮吃人豆腐，其实没那事。梁小姐是宋厂长的学生，通过宋厂长拉线跟我合作。梁小姐本人住在美国，一年最多才来三次，这边的工作大多是宋厂长帮忙监督。梁小姐的家人都是省级以上官员，不是那种不三不四的人。"

陈父早从杨巡嘴里听说杨巡与东海厂厂长宋运辉的关系，既然商场的那个合作人是宋运辉的关系，那倒是解释得过去。陈父点点头，因为第一个东北同居女友的问题情有可原，后面一个梁思申的问题估计是有人捕风捉影，因此神色和缓了一些，希望最后一个问题也是无中生有。"白水街路灯柱边那个独居女人，是怎么回事？"

杨巡一颗心立刻吊了起来，他来这儿后，常年保持关系的那个女人正是住在白水街，但嘴里一口否认："白水街是哪里？"

陈父没答，两眼一瞬不瞬地盯着杨巡，等待好久，不见杨巡再说，他起身，道："你走，以后我不认识你。"说完已经走到门边，将门拉开，等待杨巡出去。

杨巡这时也起身，道："陈伯父派人调查我？"

"不，有人写信知会我，看来我要谢谢写这封信的人。你以后不许骚扰我女儿。"

"匿名信不能信。"

"没有，他署名了，他做得光明正大。我以后不认识你，走吧。"陈父说完，自己先行离开，走上楼去。

杨巡头昏脑涨地站在门口，无法言语，让他怎么辩白？他是正常男人，而且是个尝过甜头的男人，不是杨速那种没尝过女人味的男人。他想陈父当然知道，可做父亲的都不能接受女儿要嫁的男人太复杂。他不知道谁写的这封信，谁对他的私生活了解得那么清楚，谁又那么恨他，敢署真名诋毁他。但不管怎样，看起来，他情场再度失意。是谁呢？谁坏他好事呢？

杨巡郁闷至极，出来商业局后也没再回商场工地，自己回家喝闷酒。看来，与商业局的合作，也完了。说起来，今年是合作破局年，元旦一次，现在又一次，他今年流年不利。

11

宋运辉出国去前，给梁思申一个电话，告知路程安排，结果没想到梁思申却正好回国，于是宋运辉在美国的全程都是虞山卿陪同。除了公事，八小时之外还到处走走看看，宋运辉自己已经出国好几趟，可依然愿意看个新鲜，跟来的工程技术人员更不用说，大多是第一次出国，宋运辉安排足够的时间让他们见识市容。他自己则是跟着虞山卿去看了美国的小学，就是虞山卿孩子正读书的小学。然后再去参观虞山卿的孩子即将就读的中学。

一圈看下来，虞山卿一边开车，一边一直留意着宋运辉的脸色，终于问了一句："怎么样，到底什么想法？"

宋运辉点头："没钱，还是不想为好。"

虞山卿推心置腹地道："我们之间就不讲虚的那套了。只要你答应三期一半设备交给我们做，你孩子读书问题全包我身上，一直读到大学毕业。"

宋运辉摇头，笑道："你这是要我的命啊。"

"有很多变通办法，比如你可以将女儿托付给梁小姐，或者干脆认个老华侨做干亲，反正到了美国就是我给你养嘛。我太太现在全职管孩子，管一个太清闲，正好多来一个，两个孩子吵吵闹闹也开心。"

宋运辉还是摇头，他不敢，一是跳不过自己心里从小所受的教育；二是不愿从此被虞山卿捏在手心，任虞山卿以后搓圆捏扁，他的前路还长着呢。可是，真是羡慕虞山卿儿子读书的环境。

虞山卿见此只得笑道："要不再来个简单的，我们孩子结娃娃亲，你女儿送来我家做童养媳。"

宋运辉听了笑出来："好意我领了，可是……这事你以后别勾引我了，说一次我得心烦好几天，革命同志保持点气节容易吗。"

虞山卿笑道："这还不是好的。梁小姐读的贵死人的贵族学校，那还得资格审查才进得去，进去里面的学生都是非富即贵或者天才，不说别的，以后走出来社会上工作，同学全是关系。我儿子要是去那儿读书，那出来的气质就不一样了。可是我即使有钱也没资格。你今晚自由活动一夜怎样？我带你去见识脱衣舞。别拒绝，是男人就别拒绝。"

宋运辉笑道："你以为我是土包子，好几年前早已都见识了。"

"噢，对了，我忘记，你扳倒前书记的招数……呵呵，要不是见识过的，哪能想到这些。可既然出来了，总得去些平时没去过的地方，我想想……跳舞去？"

"逛店去。我打算买些礼物送人，你帮我挑挑。女医生，跟我差不多年纪，有个今年读小学的孩子。"

"真有那么个人，不是谣传？我还以为你会找个大家闺秀，又不会找不到。"

"我还有个女儿要照顾，一个大姑娘懂得照顾我女儿吗？"

"女儿送来我这儿做童养媳。你自己的幸福不能放弃，一个红颜知己太要紧，红颜加知己，缺一不可。估计你东海缺这种女人，别急，我给你在北京物色一个，打包送给你。你这条件，找谁没有，不能找有历史的，不能对你一心一意，晚上不送你购物，另想。"

"不要这样嘛。"

"要这样，老朋友干什么用的，老朋友了解你，知道你这人要求高，精益求精，你只能找一种人，就是那种让你爱得死去活来的，否则谁凑合做你老婆谁累死。你反正听我的，这事上我跟你没利害冲突，不会玩儿你。我们吃正宗法国餐，然后……要不我带你哪儿都转转，年轻人跳舞的地方，健身的地方，反正哪儿热闹钻哪儿，行不？"

虞山卿还在滔滔不绝，宋运辉的心早想到最符合虞山卿所言条件的梁思申，这一想，心里所有计划都没了兴致，快快道："你带我去看看跟我们二期或者三期设备近似的工厂，我看看他们的运作和人员配置。还有，我得看看你们设备在运转中的状态，听听设备使用方的反映。"

虞山卿一怔，好久才道："给我出难题。"

宋运辉道："正常要求，常规都得看看使用效果。还早，你尽快安排一下，公司无法安排，就动用你的私人关系。"

"咄，不能跟你谈公事，早知还是陪你购物去。跟你做生意最没劲，你太了解门道。"

宋运辉听了微笑，这是实话，第一次跟外商接触的时候他还是跟班，金州交足学费，他才获得国际采购的一些经验，后来才慢慢积累起来。他也清楚，一大队人去参观可能不现实，可他一个人就容易解决了。在同一个行业里，其实有些东西都不须讲解，只要看就行，看参数，看操作，甚至进门大致看一眼，他就能看出门道。而他现在最想知道的是在国外人工如此昂贵的情况下，如何设定岗位。他相信那一定是经过多年研究摸索之下最科学的岗位设定思想。

那安排太麻烦，虞山卿有点不想做，他垂死挣扎了一下："梁小姐在不在，要不要跟她联络一下，看她有没有意向过来？"

"她在北京，跟着她爸开银行会议。"

"哦，认识人的话，那倒是好机会。她手头资源真是现成。"

"不，我看她是想传播她的投行理念，做游说工作，小梁是个工作很认真的人。你呢？我们也工作吧。"

虞山卿嘀咕："你跟她倒真是一对。"

宋运辉佯笑一下，不置可否。心里却是在想，他去年被搁置的合资计划，不知道未来有没有死灰复燃的希望。现在三期已经开始，可是他已经做过那么多工程，对于三期已经不是最热衷，他很想从根本上改变东海厂的性质，而不只是单一地扩大扩大扩大，只做扁平状发展。他需要跳跃。

虞山卿跳下车找到电话开始联系，宋运辉无聊地取出车上的唱片翻看，这虞山卿爱好风雅的习惯一点没变，车上的磁带看上去都是不错。宋运辉依着自己性子挑出几盒，放进CD机里一张一张地试听。但没全部试完，虞山卿已经脸上挂着笑容回来。宋运辉由衷赞了一声："高效。"

虞山卿一点不谦虚地道："那当然，我的升级速度与办事效率一向成正比。走，我们去看一家，另一家需要一天多时间来回的后备。"

宋运辉笑道："虞总啊虞总，这几年净看着你噌噌往上蹿，我却一直原地踏步，心里不平衡啊。这回春节回金州，水书记又提起你。"

虞山卿笑道："当年我们两个……现在这样好，你的我做不了，我没你踏实。我的你也做不了，你没我圆滑。说实在的，水书记看人还是挺准的，你我两个当时才一点点大小角色，他都能人尽其用。他大概最想不到我们现在的关系。"

宋运辉点点头："我没提。不过水书记应该猜得到，我经常在进口设备会审中推荐你。"

虞山卿道："现在如果不是你来，我基本上不会全程陪同。除了地位变化，我在美国买了别墅，你也看到了，如果一切顺利，三年后换带游泳池的。孩子上的是不能免费的私立学校，太太全职在家。在北京二环也有房子一套，还有千娇百媚的女朋友一个。人到中年，该有的都有了。你看，当初幸亏闵厂长赶我出来。你呢，有些事情该想开还是想开一些，有些东西是你该得，可是国家没给你，你可以曲线，不用东一个良心西一个良心地克制自己。"

宋运辉笑道："又来了，又来了。"

虞山卿正色道："你看你这人，这么没趣的，让朋友多为难。其实跟你说实话，其他几个拍板的都看着你，别你一个人一本正经大公无私断人财路。"

"少来。这几盘CD对你有没有特殊意义？没有的话我拿走了，这几张我喜欢。"

"您尽管拿，尽管拿，哎哟，怎么这唱片不是纯金做的哟，你不拿点什么我心里总不踏实。"虞山卿发了句牢骚后终于闭嘴不说。他太知道分寸，知道对谁说啥话，既然对着宋运辉利诱威胁都使遍，宋运辉依然软硬不吃，他也就罢手，多年交往，他对宋运辉的性格很是了解。宋运辉不肯干的，你别想强迫他。平日里不工作的时候看着宋运辉似乎温和礼貌，谦谦如君子，其实骨子里有点独。

宋运辉并不想太令虞山卿难堪，笑道："你有什么可不踏实的，也不替我想想，我现在身边有人虎视眈眈盯着，今天跟你单独出来活动一天，已经是大限，回去肯定得受猜疑。我跟你的追求不一样。"

虞山卿道："小宋，既然你跟我开诚布公，我也不怕打击你。你以为你这回头上被压个书记只是因为你年份不到、资历不足吗？小宋，名和利一向是分不开的，没有利，你哪儿来的礼去逐名？以为所有人都像你一样年方三十还想着来日方长吗？有些人革命了一辈子，眼看着就要退休，你说他们想的是什么？是有权不用，过期作废。又不是各个领导都有一个小拉一样的儿子需你帮忙。你啊，还幸好你技术过硬，眼界过人，手腕毒辣，要不，头上压的人更多。"

宋运辉哑口无言。原来虞山卿是看清楚的。他早先就有这怀疑，没想到今天被常跑上层的虞山卿证实。但究竟是哪一个最后否决了他，问虞山卿，虞山卿也不清楚，据说毕竟那事关"大局"。

但宋运辉终究是咬住牙，没对虞山卿松口，只是心里感慨万千。但进入工厂后，宋运辉仿佛没事了一般。除了遵守约定在某些范围之内不能问不能看之外，虞山卿看到宋运辉问得很巧妙，看得也很巧妙，以散乱的断点式的探询让对方不设防，却自己获得该有的资料。连对方工厂的陪同人员后来都警惕起来，不敢再乱答问题。虞山卿的感慨是，宋运辉这人真的是个脚踏实地做事的，让宋运辉立足于这个社会的，也是这份踏实。

宋运辉其实心里波涛汹涌，虞山卿的一番话让他感触颇多，只是因为好不容易进入宝山，他不愿空手而归，而勉强提起精神探索未知。也正好，这些本来就是他兴趣所在，最初的克制被无数的发现所湮没，渐渐变得专注起来。

这家出来，宋运辉当即改变行程，第二天参观那家后备的。他回去住处后，将今天所见所闻与一起来的同事讨论一夜。宋运辉第二天带着这些新的疑问参观后备的那家工厂，一天下来，更是耳清目明。虞山卿问宋运辉到底看出些什么，宋运辉不便说明，只一直说看到管理差距，尤其是管理思维方面的差距。虞山卿心说，那倒是必然，他当年出国后回不去，在美国住下来，扎下根，体会最深的也是那种思维方面的深刻差距。

起程回北京前，宋运辉便整理出思路，发给北京部门那个新领导，要求见面谈话，谈话内容一、二、三。新领导显然接受他的这个思路，安排时间召见了他。很快，新领导便拍板确定，把东海一期设备作为设备提高自动化率、提高局部设备性能，以提高生产效率的试点站，组织试点工作小组。除了东海总厂，还有两家系统内设备制造商。

这种思路，势必影响虞山卿的公司在国内的生意，因此宋运辉没跟虞山卿提起。虽然工作组由新领导发起，可是宋运辉料想虞山卿猜得到是怎么回事。他不拿人家的，做事不会手软，不必向虞山卿解释，也不必有意规避不做。但这下他真正体会到虞山卿的忧虑，难怪虞山卿不见他拿些贿赂心里总不踏实。

12

令宋运辉没想到的是，回到东海，干部处的处长竟然有些惊慌失措地告诉他，有不少一线技术人员和一线技术工人提出辞职。原来是开发区新建一家外商独资化工类企业，那家外资企业有的放矢地针对东海厂的优秀人才展开人才招聘，再加上一次春节招聘会下来，近百个金州职工纷纷动摇，有人甚至已经快手一步递上辞呈，态度非常坚决。宋运辉看名单，其中最高职位的辞职者是一期主要车间的车间主任——年轻有为的小穆。宋运辉让干部处通知小穆前来会谈。他实在有些不相信，他对小穆一向是欣赏并破格提拔的，怎么会是小穆首先揭竿而起。若是码头的老赵，宋运辉一定不会惊讶，可惜名单上却并没有老赵。

小穆一进门，就忐忑地道："对不起，宋厂长，对不起……"

"请坐，告诉我原因。如果你能说服我，我在你辞职报告上签字。"宋运辉没为难小穆，在小穆那个年纪，甚至更早，他也起过辞职的念头，原因他至今还记得，包括虞山卿当年的辞职，虽然虞山卿现在混得极好，可宋运辉知道虞山卿那时也是不得已，而非现在虞山卿常常跟人吹的眼光超前。没苦衷，谁愿意从东海这么一家效益不错、前景不错的企业辞职。

小穆的脸红红的，有些难为情地道："宋厂长，那家外资公司跟我合同约定，我过去做生产厂副厂长，厂长是老外。他们给我的月薪是八千，不包括奖金。"

宋运辉惊住，八千，还不包括奖金！原来全不是他以为的辞职是不得已，而是他们另有很多好去处，而且好去处不少，未必只有顶级人才才有机会跳槽。"工人过去是多少工资？"

"我们东海的工人跳出去的几乎都做小头目，技术人员则是做负责人，工资都不错，具体也不知道怎么谈的，但是他们另外招的基层工人就没我们东海厂工人工资高。"

"这么说吧，他们那儿高的高，低的低，工资差距较大，比我们东海的大？"

"是的，老外的工资更不用说。"

宋运辉考虑半晌，才又问："那边的福利怎么样，有房子分配吗？你要知道，你辞职的话，你名下的房子总厂是要收回的。还有，退休后有生活保障吗？"

"那边不分房，不过工资够我买房。再听说有新政策出来，国家要改革取消福利分房，这也是很多同事考虑跳槽的原因。那边的其他福利肯定也没我们东海总厂的多，但就好个工资高。退休方面也不用担心，我们的档案都可以放到人事局或者劳动局，每月有公司定期缴纳养老保险。我计算下来，去那边比较合算。"

小穆说的理由清晰而实际，宋运辉无法反驳。他拿起干部处给他的辞职人员表格，再看之下，点头道："都是未婚住宿舍的青年，原来是这样……只有你一个是已经结婚的，但你工资够高，买得起房子。小穆，个人前途方面呢？那边的设备是什么，未来发展前景是什么，你有没有了解一下？就我了解的很多外资公司大多没把核心技术转移到中国。但是在我们东海，我们刚刚通过一期作为国产设备提高生产率改造试点的决定，你的技术，你的才华，在这回的改造中又将得到升华，这是我刚从北京带来，还没来得及传达的文件，你看看。"

小穆伸双手接了文件夹，可犹豫了下，终于没有打开，将文件夹轻轻放回桌上，很有些惭愧地道："宋厂长，你批评我吧，我……我只认钱了。"

宋运辉没想到那八千块的工资诱惑如此巨大。他无奈地收回文件夹，不再做任何挽留，签字放行，但是他还是对小穆提出忠告："你再想清楚，这家独资企业是不是你合适的跳槽落脚点。据我所知，有更好更适合、工资更高的外资企业，你今次的跳槽会不会太仓促；再有，一定要问清楚那家外资企业还有没有扩张前途；最后，不得不告诉你，如果离开东海总厂，以后你绝无回来的可能了。你好好考虑，批准你三天事假，三天后如果还想走，来办手续吧。"

小穆接了签过字的辞职手续单，犹豫再三，人都已经起身站了起来，才道："厂长，我不休三天了，我已经决定了。"

宋运辉没想到小穆对东海竟是如此没有留恋，懊恼地挥挥手结束谈话。

早在去年前年，行业内大家开会聚首的时候已经谈起职工纷纷跳槽下海的事，似乎如今劳动人事政策越来越松动，诱发国企内部职工大量下海。那些机关的也是如此，与领导关系处得不好的，扔下档案就南下深圳、广州、珠海，绝无留恋，关系处得好的则是停薪留职，交点管理费保留一条退路。就跟闵厂长在春节时候谈起的那样，有本事有活力的人纷纷跳走，没本事年纪大的死皮赖脸打都打不走。

宋运辉早就心惊，他可不愿自己费心培育出来的人才成了别人的猎物，他辛苦经营的东海总厂成为别家工厂企业的黄埔军校。因此他早有准备，在前途上给予年轻有为人员以出路，在技术上给予他们发挥的机会，在收入上，他千方百计提升东海总厂全体职工的收入和福利，因此东海总厂一向是全市招工的焦点，哪个家长不是打破头地想把孩子往东海送？很多孩子宁愿放弃中专，甚至拿着高专的分数线想进东海总厂……可是，没想到如今道高一尺，魔高一丈，八千块，他都能被砸昏，何况小穆。可见他前面的若干努力全是白费。

可是他又能怎么做，体制之下，他能怎么办？他不能把最基层工人的工资压到太低，而肥上面中层干部的腰包；他不能兜里有钱就大肆发放工资，换了下面的笑颜而不管上面脸色；他们东海厂的工资本来就已经受到系统内部红眼，他只有以分发丰厚福利替代工资，本身就是不得已的掩盖高工资的办法；他已经为了高工资向外寻找来钱渠道，他已经为了高工资积极开发产品档次、开拓外销渠道，以行业内的独一无二来封住非议东海高工资者的嘴。他自己也想要高工资……可是，人家外资一砸就是八千月薪。这是多么让人无法抵挡的数字啊。

宋运辉觉得很无力，他不仅是尽力了，他简直是殚精竭虑，可还是跳不过体制这一关，只能眼睁睁看着小穆之类的青年才俊跳槽。未来，随着可预见的改革开放的深入，伴随人事制度的宽松，跳槽的人只会越来越多吧。可是他的三期项目已经开始，他的一期项目正待改造，哪儿都需要大量人才，他都还在闹人才饥荒，却还要被别人一个八千块就轻易挖走。人才，是流动的，跟水一样，大禹治水都只能顺着水性来治，人才他要流走只能流走。天要下雨娘要嫁人，看来是没办法的事。

春节时候这还是闵厂长的问题，他还只是隔岸看火，没想到今天火就已经燃烧到他这里。看着干部处给他的辞职员工名单，他愤愤地想，这是挖社会主义墙脚。他又不得不想到虞山卿对他的利诱。小穆都有八千，那他该有多少？原本虞山卿说起收入的时候他还可以旁观，因为虞山卿出国留学拿绿卡，跟他情况不一样，可是眼下小穆都拿了八千。他郁闷地想，而他如果想获得与工作相应的收入，却得做贼，付出自尊和气节，屈辱地从虞山卿手中去拿。他无法达到心理平衡。

这时干部处长拿着宋运辉刚签出的小穆辞职手续，急急拍门进来要求宋运辉收回签字。宋运辉奇道："小穆血性要走，拦着有什么用？"

干部处长道："不是这个意思。现在很多人都在观望，他们最放心不下的只有几件事，一个是千军万马过独木桥考大学考来的干部身份，一个是放在总厂的人事档案，还有一个是落在总厂的集体户口。这事情关系到他们以后结婚、生孩子、评职称、买房子、落户粮关系、缴纳养老金，甚至以后孩子上学，本人出国办护照。如果轻易放走小穆，后面呼啦一下得走好大一批，走的都是这几年招进来的大学生，都是刚培养出来等着用上的人才啊。"

宋运辉想了想，似乎只有用这看似低级的招数了，否则还真得看着人才哗啦啦一江春水向东流。他答应了干部处长，不过放过小穆，因为他答应小穆在先，不能出尔反尔。

若干年前，他曾经愤懑地想从金州跳出时，顾虑很多的就是那些身份问题。

而今，风水轮流转，轮到他用身份、用档案、用户口筑起堤坝，限制人才流动，而当时他是多么非议那些限制人身自由的堤坝啊，可是他今天却得身不由己步金州的后尘，无可避免。他如今在那些小穆们的心中，是否也是一脸官僚的可憎面目？

13

回到家里，父母女儿好不容易逮到他这个出国好几天的大忙人，都是纷纷在饭桌上抢着跟他说话。父母说起一件事，说是星期天带着宋引一起去寻建祥的市场买些东西，正好遇到寻建祥出来巡视，寻建祥请他们去办公室坐，他们不愿凑热闹，过会儿杨巡就出来长陪了。

宋季山道："从我们搬来这里后，小杨不常来了……"

"我不让他多来，影响不好。"宋运辉忙解释一句，但不说他已经疏远杨巡的事。

"是啊，好久不见，忽然看见都快不认识，噱头很多。我们回家都说，都看不出以前那个小杨馒头的影子了，以前笑起来多客气热情啊。"

宋母也道："是啊，小杨现在派头贼大，走到哪儿人家都是杨哥杨哥地叫，年纪比他大的也这么叫。我们都不好意思当着那些人的面再叫他小杨。倒是一个给小杨做跟班的人活脱是小杨以前的模样，人前人后那个机灵劲儿。"

宋运辉随口说道："小杨现在是老板啦，走出来当然前呼后拥，跟当年卖馒头的时候怎么一样？"

宋母道："他早就做老板了啊，可好像派头是这一年才大起来的，以前他来我们家还不是活蹦乱跳的？"

"那是在我们家，他找谁派头去。"宋运辉道。

"可大寻就没变啊，大寻还是老样子，小杨变得太快了，说话也上台面了很多，很有……一言九鼎吧，说出来的话下面没人敢不听的。他陪着我们买东西，我们都吓死，他哪儿是帮我们还价，那是白拿，那些摊主还笑嘻嘻地没话说。"宋季山一边说一边连连摇头，觉得那不是他们熟悉的小杨，"很霸道的样子，跟香港片里大哥大似的。"

　　宋运辉回想了一下，想不出杨巡有那么大哥大的样子："他在我面前还是老样子。呵，不过比以前是改多了，以前有些低三下四。现在说话真是一言九鼎的样子？"

　　"是啊，好像都是他说了算，旁边谁都追着他拍马屁。你那儿是不是也那样？那样子不大好看。"宋母有些担心。

　　"何止不好看，旁边溜须拍马的人太多，自己万一把持不住，一个不小心就被腐蚀了。"宋季山这辈子看得多，都是从底层往上看，看到的是一众猴子红屁股。宋季山这话一说出，俩老顿时都看向儿子，警惕地问："你那儿……不会吧？"

　　宋运辉忙笑道："我已经久经考验，周围岂止是推不开的马屁精，多的是送上来的钱物，比起钱物来，马屁还算什么。你们看我拿回家没有？"

　　宋引在一边举一反三："我是班长，小朋友送我香橡皮我也不要呢。"

　　"对，猫猫做得很好。"宋运辉立刻表扬，但不免心里想到虞山卿想塞给他的贿赂。他有些对自己说似的，道："吃人家的嘴软，拿人家的手短，做班长的如果拿了人家的东西，以后见人就心虚了，小朋友吵吵闹闹你也不好管，是不是？"这道理说出来很简单，可是，一样的事情，成人遇到时候，怎么就变复杂了呢？宋运辉想到自己的行政级别。

　　这边宋季山还是围着杨巡的变化打转："小杨不会是忽然从小杨馒头变成杨哥啊杨老板啊，把持不住了吧。"

　　宋运辉被父亲提醒，举箸想了会儿，哑然失笑："可能吧，小杨还真是这一年多才平稳发达，手下多了不少虾兵蟹将，再说现在做的事挂名的合资公司，场面大了不知几倍。"再想想，不由点头："是了，小杨的性子确实变了不少，果然变得自以为是。不过他最近刚跌了一跤，可能会改一改。"

　　"嗯，大寻跟我们提起，说有人好像在搞小杨，小杨到处在查是谁搞他，听说已经有些眉目。"

　　宋运辉这一听倒是奇了，杨巡和梁思申的纠纷不是结束了吗，难道又节外生枝？他如今与杨巡联系得少，杨巡吃了他几次不回电话后也不敢没事乱找他，他对杨巡的近况还真是不大了解，说起来杨巡现在果真是狂了不少，他不愿结交这样的杨巡。估计，梁思申的合资、商场项目的进展，让从小一直挣扎在生活边缘的杨巡膨胀到不知道自己是谁了，膨胀得都不看看梁思申是他介绍，竟公然拂他面子。难怪，他这下倒是有些理解杨巡上回在梁思申注资事情上的匪夷所思行为了，这个个体户，到底还是缺了点涵养。

14

梁思申这回是陪着大老板来中国，而已不是过去的吉恩。一起来的还有亚太区的相关人员。通过她的联络，和驻北京临时办事处同事的跑动，约定与体改委、计委、人行、两家银行、上海市政府等相关人员的会谈，以及在北京、上海两所大学与学者的交流。他们一行先到北京，然后转到上海，其中一个议程，就是参加有梁父参与的会谈交流。

会谈下来，第二次来中国的老板就总结说，与会人员的开放眼界已经与一九九二年底那次会谈时大有不同，心态上从过去的警惕、排斥，甚至恐惧，向如今的学习、交流、行动上靠拢。上司说，他已经看到先期开展金融服务方面合作的一线曙光。可见，自接触后，大家不断保持联络，加强沟通的做法是正确的。

梁父自然是其间最得意的，看着自己的宝贝女儿正襟危坐于会谈长桌边，他心里自豪。当然，女儿在国内私人投资方面所犯错误，他早不当回事了。梁思申这回没有清高，联络的时候常打爸爸和各位亲戚的招牌，见面会谈的时候也自己介绍上去。杨巡那一跪给她触动很大，从杨巡那一跪，她才真切认识到一个人想做成一件事，所谓的无所不用其极的那个极，是到什么程度。以前只是知道个体户不容易，但是个体户如何钻营以挣得一片天空，她也是有听说没见识。她这回也是犟脾气上来了，冲外公扔下话说她要来中国工作。可是回去后才想到，有类似杨巡这种无所不用其极的竞争者在，她要如何改正工作方式，才能在中国立足。她是不是该放弃一些清高？

她决定试着放弃。就像宋运辉说的，她既然已经站在事实高度，那她顺理成章地就该就着这个高度做事，而不必非要俯身做出一个姿态，那倒是有些惺惺作态。事实表明，她做得很好，她也没在做的过程中觉出有侵占别人的意味。不错，她利用了家里的关系，但这只是使她做事效率大大提高，并使国内相关领导能倾听他们的声音，结果对谁都有好处。她并没有因此强求其他好处，她的公司也并不允许她这么做。当然，她也收获上司的赞许。做事的顺利，让梁思申抛弃成见，灵活应对。

这时候杨巡那边债务变贷款的工作已经完成，但梁父面对女儿的时候，只是问问女儿在美国的经济状况，知道梁思申没有被银行追得屁股着火，自有办法应对，他也就不提杨巡那边的事，准备等一切就绪的时候才跟女儿说明，并将钱汇给女儿。梁思申也没问起，一方面是不想提杨巡这个人，另一方面则是因为还没到分期还款的期限。再说忙得脚不沾地，连跟父亲见面都只有在会场间隙。

梁思申这还是第一次近距离出席有这位大老板在场的高级会议，她发现旁听的结果果然是经济做到最高级的时候，讲究的却是政治，与宋运辉以前宽解她时候所言一模一样。她一边为自己今天的发现成为这种重要会议的导火索而高兴，一边认真倾听各位有别于日常事务性工作的发言，小心揣摩其中意义。但是，她发现，她还提不出可以在会上大声发言的优质议题，她只有选择闭嘴。这是水平问题，她发现了问题，但是她无法解决问题。

通过与高层官员的广泛接触，在蛛丝马迹背后隐藏的时不我待催化之下，老板当机立断决定更改行程和议题，进一步广泛拜访接触高层官员，以期获得更多类似"你们来晚了"这样的实质性警示。亚太区和梁思申都兴奋地感觉到，总部的思路可能因此出现重大转折。他们便拿出转变思路的方案，便于后续日子的沟通交流。

然后，梁思申看到，老板展开亲善之旅，在中国广交朋友，简直就跟变了个人一样。她作为普通话和英语都拿得出手的专业人士，自始至终跟随，虽然累得她人仰马翻，可填鸭式地学到很多，很多，果然，已经有同行走在他们的前面……

这几天，梁思申都不知道自己密集地写了多少资料，她连写了几张纸都无法计数，人就跟陀螺似的和团队其他成员一起，转得飞快。白天的时候，他们以中国时间与中方密集会谈，晚上的时候，他们以美国时间与地球那端的人员密集交换看法，确定最新方案，谁都是亢奋地夜以继日地工作着，没人敢喊一声累，因为他们已经落后了。

在这过程中，梁思申恍惚地抓紧时间考虑到，可能关系并不仅仅是关系，关系可能也是政治，看大老板如何培养"关系"可知。这个发现，让梁思申似乎抓到什么思路，但暂时因为忙得焦头烂额，而无法清晰深入地思考。

终于在转战上海的时候，老板放了大家一天假，让大家睡觉补眠。其实本来大老板是不准备亲自参与上海会谈的，可他这会儿改变主意了。

梁思申终于有时间拖着筋疲力尽的身躯回自己别墅，打算躲在自己家里好好睡个没人打扰的觉。从宾馆打车到别墅，她都已经快撑不住睡着。几乎是半睁着眼睛打开院门走进自己家门，却看到外公的御用菲佣小王在整理花园，小王因为姓的最前面有个W而被外公自作主张称作小王。小王还认识梁思申，两人打个招呼，梁思申才不管小王说外公去了苏州看桃花，就径直进门上楼睡觉去了。

昏天黑地也不知睡了多久，起来竟是黑夜。梁思申需要思考良久才能想起，这是在中国，她已经睡了一个白天，现在是晚上九点。她把自己抛进浴缸，又昏了半个小时，才被冷水冻醒出来，飘着下楼觅食。

没想到小王见外公没在，早早偷懒睡觉。梁思申翻来找去没看到饼干之类的食物，才想到外公这人最讲究活杀现做，可她又全身无力懒得自己煮，就又上楼懒洋洋套上一件厚棉衫，出门去梁大家或者李力家要吃的。

她脚底无力地飘一样地出了自己院门，拐进梁大家门，不管人家梁大有宝贝女友在，赖着要保姆煮点吃的来填肚子。

梁大凑近观察梁思申两眼，奇道："你怎么了，病了还是挨揍了？"

梁思申伸出四枚手指，有气无力地道："四天，睡了不足十个小时。刚刚终于给放出来足足睡了十个小时，明天又得连轴转。"

梁大奇道："你们不是据说是高级职业吗，怎么做得比驴还苦？"

"对啊，就是比驴还苦，就是那个做牛做马啊。阿姨，请给我多多地切肉丝，我不怕腻。"然后她就看向梁大美丽非凡的女友，道，"大嫂，我终于看到你，这还是突然袭击才得看到。"

梁大知道自己刺猬似的女友最反感别人叫大嫂，忙拿话岔开："小七，你那商场是你参与设计的？很与众不同嘛，别家都有高得跟人民大会堂似的台阶，你那儿一阶台阶都没。"

"你怎么知道？咦，你去了？干吗去？"梁思申既懒得也羞于解释自己目前已经与商场无关，只好强词夺理地抢白梁大。

梁大一听，心说不好，忙改了口："和李力一起找他朋友玩去，他朋友带我们看你的作品。李力也说不错。你这回来，会过去看看吗？"

"噢，找萧总。没时间过去，这回跟大老板来，没自由，嗯，好香。"

梁大的女友看到梁思申的怠懒样儿，终于微笑。梁思申却斜睨她一眼，心说又不是嫦娥,装什么冷若冰霜。她三口两口地吃完,就告别梁大走了。

人是铁饭是钢,一顿下去就回魂。梁思申这才有力气欣赏外公收拾下的院子,只见廊灯映照之下花团锦簇,竟看不出这才是初春。她背手看了会儿,那些花儿草儿都不认识,正悻悻地想回屋,身后却传来一个声音:"哈哈,我想偷袭你太容易。"

梁思申回头,果然是李力,慌忙捂住脸,从掌缝里挤出游丝一样的小声音:"你鬼鬼祟祟来干什么?"

"梁凡说你在,我就翻过你后院过来看看,怎么,脸怎么了?"

"嗯,今日打烊,明日请早,晚安,晚安。"说着她就挪步想溜进屋去。被李力哈哈笑着一把抓住,扯到台阶上一起坐下。梁思申也是不由自主地跟着坐下,终于赌气似的放下手,道:"看吧,晚上回去做噩梦不关我事。"

李力笑嘻嘻地看着,道:"我看挺好,原本是唐寅笔下的美女,现在是吴道子笔下的。"

"你还不如说现在是毕加索笔下的,听说你们去看了我那商场?"

李力若无其事地笑道:"正好过去玩,听说你在那儿有作品,当然得去看看。外观很漂亮,你的审美没的说。不过里面现在的装潢不大上档次,竟然只有向上的自动扶梯,向下需要走楼梯。估计这不会是你的主意。"

"噢……"元旦之后,梁思申还是第一次听到有关商场的消息,想到商场可能因她退出而被杨巡偷工减料,她很是心疼,可是又无奈,现在那已经不是她的事了。

李力注视着梁思申的表情,体谅地道:"我也知道肯定不是你的意思,可是你忙碌成这样,哪里还有时间管理。你原本是怎么打算的?看了你做主设计的外墙后,我很想知道你原本打算的内部装潢。"

"原本……是我一个同学帮我大致规划的,可惜据说国内很难做到这样的效果。你要是有兴趣,我回去把资料寄给你。对不起,李力,我得睡觉去,最近我做苦力,梁大说我跟驴一样苦,我得积蓄体力去。"

李力笑,先起身,又俯身挽起梁思申,送她进门了才离开。梁思申却是一脚把门踢上,靠着门暗自嘀咕好几句。最是消受不住李力的殷勤。

梁思申却在第二天出门前,看到早早回来的外公,和那个梁大口中的外公女友竺小姐。果然漂亮。老头子精神矍铄,似乎年轻了几岁。梁思申看着一张鲜花似的脸和另一张树皮似的脸，心说鲜花不一定非用绿叶配，门口的梅花就是拿老梅桩来衬的。

但梁思申忽然想到一事，面对外公的招呼冷冷地道："看来你们没去什么苏州，昨晚躲哪儿去了？"

外公悠闲地品尝小王做的早餐，微笑道："为了让你好好休息。我们尊重房主的权益。"

梁思申转手拍拍餐椅，道："房主说，这么俗艳的餐椅不能进门。请问外公，客随主便吗？"

外公笑道："这椅子怎么不好，全套六把清中期紫檀四出头扶手椅，你别处上哪儿找去，真是没一点眼光，知道我花了多少钱吗？买你的别墅都够。"

梁思申点头，非要鸡蛋里面挑骨头："原来是清中期的，难怪雕花这么繁复，结构这么烦琐，好多画蛇添足的构件，却显得头重脚轻，一点美感都没有。"

外公笑骂一声"妈妈的"，却没反驳，旁边一直静默如羔羊的竺小姐终于开口："王先生早都知道，讨价还价时候用的就是这些理由。"

梁思申"嘿嘿"一笑，低头冒出一句："穷途末路啦，用等外品啦。"

外公一听，又是一声"妈妈的"，可是讪讪地笑，依然没有反驳。竺小姐不明白梁思申说这么难听的话，老头子为什么不生气，反而还尴尬地笑。她不知道梁思申说的正是老头子在美国的口头禅，专门讽刺那些家道中落的世家。

梁思申知道不可能赶外公走，也没这个打算，只是看着老头子那么皮实，忍不住想打击一下而已。见外公被她打击得没话说了，这才转为正经话题："外公，妈妈让我问你，春天要不要接你去我们家玩玩，家里已经换了新房子，一套浴具都是从上海买去的TOTO，你不用愁洗澡。还让我问你回国住得惯吗。我已经替你回答，此地乐，不思蜀，没皮没脸别提多快乐，也让妈妈趁早断了请你去住几天的心，谁都别假惺惺勉强自己接受别人约束，这样可以吗？"

外公听了失笑，知道梁思申话里不无讽刺："行，这样挺好。再跟你妈说，电话也别打来，有事我自己会找她。"

"好。我今天走后，估计三天后直接回美国，不来这儿了，你有什么要带的请今天交给我。"

"嗯，没有，要什么我会让我儿子寄来。你们谈得怎么样？我看你们是准备过来投资了吧。"

"为什么？哪儿露出蛛丝马迹？"

"你们这回访问团的规格是顶级，这样的访问团行程却一变再变，时间越待越长，不是说明重视？你什么时候驻到上海来？"外公这么说的时候，旁边的竺小姐虽然两只聪明眼睛一直转来转去看两人，可是眼睛深处却是茫然。

梁思申不得不承认老头子的敏锐："可能很快设代表处，但我驻北京的可能性更大，上海也会经常来。这儿你继续住着吧，唯一的要求，舅舅他们别不请自来。"

"他们打电话去骂你揩我油了？那你更应该好好留住我，气死他们。"

"你真会出馊主意，我才没兴趣让你坐山观虎斗。我走了，你自个儿好好照顾好自己。不过我也不担心你，你不去招惹别人已经阿弥陀佛，外婆说的。"

"我们不说这些。我问你，你们有什么投资意向，看中哪个方向？"

梁思申警惕地看看外公，这才明白外公何以对她们访问团的行程如此关心，原来他才是想揩油。"不便透露。"说着便站起来结束早餐，上楼更衣。外公则是一脸严肃地看着梁思申上去，一会儿见她衣冠严谨地下来，他不由暗自点点头，对这样的严谨很是赞许，但还是不死心追一句："说说你们这几天的行程，我对你们的大老板很好奇，想看看他。"

"静安希尔顿大堂去等着，你一定能看到。不过上班时间恕我不招呼你。走了，外公再见，竺小姐再见。"

竺小姐本来一直好奇地打量着梁思申非常中性一点不好看的打扮，没想到梁思申还会跟她说再见，忙起身也跟梁思申说再见，倒是把梁思申弄得愣了一下，才笑笑出去。竺小姐忍不住问外公："她为什么不穿套裙？"

"他们是银行家，不能乱穿。妈妈的，我现在也是越看这套椅子越难看。难道卖了它？算了，扔这儿，恶心死她。"

竺小姐听着觉得好玩，这祖孙俩没大没小，说出来的话能吓死别家祖孙。她有些好奇地道："要不要我去静安希尔顿跟着，您是不是想了解他们访问团的行踪？"

外公鄙夷地道："即便让你贴身跟着，你也未必知道他们在做什么。我们今天去哪儿玩玩呢？"

竺小姐到底是年轻，闻言脸色一变，闷声不语。外公只是看她一眼，并没哄她，擦擦嘴起身去换衣服，果然竺小姐乖乖跟了过去，一点牢骚都没有。外公老派人，最喜欢女人这种无条件的服从，可这会儿却又觉得没意思起来，希望竺小姐跟他发发小脾气，斗几句无伤风雅的嘴。

15

杨巡不怕没脸，召集被他带来发财的老乡一起开会，群策群力，非要搞清那只写信坏他好事的暗手来自哪里。经过大家多方打探并确认，尤其是从杨巡以前东北有同居女友这条入手，因为那么遥远的事，只有老乡们才可能知道。有个老乡忽然想起，有木器厂的人与他侃大山时候提起过此事，他记得的原因是那次木器厂的人问得深入，而不是寻常泛泛地一听老板艳史而起哄打屁。这一提醒，大家便都找出苗头来，你一句我一句，终于描出事情轮廓，将目标集中指向木器厂厂长。

杨巡当场破口大骂，众老乡也同仇敌忾，因为木器厂厂长坏了他们扩张市场的好事，这好事中，本来应有杨巡答应放给他们做生意的摊位，可现在既然商业局停止与他们的合作，他们扩张市场的计划自然遭到破坏。眼看着即将到手的财路断绝，谁能甘心，一致跟着杨巡痛骂木器厂厂长，纷纷想出报复主意。

从元旦至今，杨巡已经遭遇太多不痛快，但是他对谁都无能为力，那些人高高在上，杨巡遇到他们就跟鸡蛋碰到石头，硬撞上去只有死路一条。而现在终于来了木器厂厂长这么个平民，杨巡心中早把今年来所有的怨毒全堆积到那厂长头上，恨不得飞出刀子去把那厂长三刀六洞了。他盘踞在中心黑着脸听老乡们纷纷议论，但是一言不发。一直等夜深大家散去，寻建祥抓住他问，杨巡这才道："人那么多，不能乱说，万一传出去打草惊蛇。大寻，你让那个以前做惯偷的盯住那贼种，贼种只要敢走夜路，立刻通知我。"

"打闷棍？别，兄弟们现在都从良了。"

"愈，你让我忍气吞声？你叫人盯着贼种，只要他落单就通知我，也别晚上了。我不打闷棍，我明着揍他。"

寻建祥考虑会儿，道："好办，这事交给我，你冷静几天，等看事情有什么转折你再拿主意。杨速，你摁住你哥好好睡一觉，睡足了有好主意。"

杨巡冷笑道："被告黑状的事我已经全告诉大家了，大家都看着我怎么动手。

这事情不处理，我以后没脸见人，说话没有人听。我干脆拉倒不干算了，你实话告诉我怎么做。"

寻建祥略一沉吟，道："明天盯梢找出贼种家，明晚就拉兄弟打上去，砸他个稀烂，迅速撤走。警察要找上的话，我们赔钱。事情过去继续砸，砸得他们服软为止。放心，咱跟派出所关系好，只要不出人命，砸家当出不了大事。我们目的不是要他们让出木器厂吗，砸到他讨饶他还不乖乖听你的？再说砸烂他家动静也大，谁听了都不敢乱吱声。"

杨巡一听，立刻眼睛发亮，背手踱了几步，道："你先叫人盯上，不急，找出贼种家，再把贼种老婆儿女都找出来，我今天好好睡一觉，明天好好想个让贼种求生不能求死不得的主意。大寻，兄弟，最后有事还是靠自家兄弟。"

寻建祥现在有家有口，生活满足，把当年打打闹闹的心收敛不少。知道杨巡这时正在气头上，就拿些话来平平杨巡的气头，免得当晚就闹出事来，不好收场。估计依着杨巡的性子，明天静下心里会有妥善之策，杨巡现在身家不小，应该也不会给自己添乱，都不用他拉着拖着阻止。这会儿见杨巡终于答应按兵不动，他这才放心告辞，但还是留话让杨速盯住杨巡，别让他再喝酒糟蹋自己。

杨巡饱睡一觉醒来，想到昨天大家一起找出的黑手，再想到寻建祥的主意，躺在床上翻来覆去细想方案。他这时候冲顶的怒气已经消散，只有一肚子的怨恨依然发酵，他绝不息事宁人，现在即使那厂长听到风声双手捧着地来交给他，他都不会放过那厂长。

寻建祥手下几个鸡鸣狗盗的人果然有效。第三天晚上，杨巡便派出八个老乡，砸开那厂长家的防盗门，冲进去将那厂长家砸个稀巴烂，并放下话来，这一砸才是开始，是报写密信之仇，如果厂长不退出木器厂，不把木器厂卖给杨巡，他女儿不是每天上学要经过什么路吗，他老婆不是每天上班前去菜场吗，他老爹老娘不是住得不远吗，以后都小心不要落单。而杨巡这时候正与管辖他市场的派出所所长一起吃饭喝酒称兄道弟。

那厂长报了案子，警察也上门查看了，说等明天早上处理。但是第二天早上，他女儿出门上学，才出去不久就哭着折回来，说两个小流氓一直不三不四盯着她胡说，她不敢再走；一会儿他老婆拎着空塑料袋惊惶而回，竟是才到菜场就发现钱包遭偷；那厂长知道麻烦了。他想到不远的老爹老娘，可又不敢扔下屋里惶惶不安的母女，怕一群人再冲进已经损毁只是摆个样子的门来，留下两个女人不是等着受辱？可是他家电话也给砸了，他只好请邻居帮忙去他父母家通风报信，让住到别处去。但不久就有石头缠着纸条从碎窗扔进来，"通知"他老爹老娘已到他弟弟家，已经有人上门前去"慰问"，仿佛到处都有不怀好意的眼睛盯着厂长家的一举一动，令屋里三个人寝食不安。而夜幕降临的时候，则是更多石块杂物纷纷飞进窗户，另有人则是肆无忌惮地在外面怪叫，连邻居们都不敢再帮厂长的忙，怕惹祸上身。

那厂长硬着头皮支撑了三天，第三天的时候整个人都已走样，睡着都不敢合眼，可是派出所却是等着他上门去处理报案，没再上他家门。他心力交瘁之下，也是在女儿老婆的干号声中，终于崩溃，站在窗口发疯一般大喊投降。

杨巡上午如愿以偿得到廉价木器厂，中午就包下一家小饭店，大开筵席犒劳众乡亲的帮忙。大家都兴奋得很，都纷纷说外乡人只要在杨哥领导下抱成一团，地头蛇又能拿他们怎么样。杨巡终于一雪这几个月来的烦闷，志得意满地喝着众人敬上来的白酒，两眼则时不时瞄向饭店窗外的一个方向，那儿再过去不远就是商业局。没商业局的帮助，他不也得到木器厂了吗？俗话说无毒不丈夫。而现在，木器厂由他独吞，吞得有滋有味，不给别人尝上一口，只有更好。至于女友，他本就没什么感情，过去便过去，无所谓。

他坚信，不会有人追究他施压那贼种厂长的事，他市场那么多摊位的收入合计起来，现在是区里的利税种子选手，他还没瞄上木器厂的时候区里已经有人提醒他要趁生意火热加紧扩张，区里要是打击了他，谁来顶替他？另外，他与区里的关系铁着呢。

杨巡在众老乡一声一声的"杨哥"中放肆大醉，被杨速抬回家睡觉。

这一觉睡得异常美满，几乎连梦都没做上一个，醒来只看到窗户外面天光大亮，似乎已经是中午。杨巡怀疑自己睡了一天一夜，可是找不到人证实，就洗一把脸换上衣服，开车去商场临时办公室。

但才进办公室，便看到杨速脸色煞白地围着几个神情严肃的陌生人招呼。杨速见他如见救星，连忙一边暗自飞着紧张的眼色，一边道："大哥，工行同志来检查财务情况，说是有人反映我们是假合资，说我们贷款合同作假。"

杨巡一听，顿时如同兜头挨了一棍，心里清晰明白一事：中梁家的圈套了。

昨天还说什么大鱼吃小鱼，小鱼吃虾米，以为自己是大鱼，吃了木器厂厂长那条小鱼，没想到今天梁家就给他上一堂课，什么才是真正的大鱼。杨巡要到眼下梁家采取公开行动才能清楚，以前梁家每个人所为、每件事都是早有安排。他以为梁思申单纯得有些傻，其实他才是真正的傻。

最先，梁思申似乎是爽快地提出以债权置换股权，先为她退出公司埋下伏笔。

尔后，梁父似乎是不计前嫌地以贷款置换债权，为梁思申彻底与他脱钩继续伏笔。

再而后的置换过程中，梁父提出他作为公职人员、国家干部，必须把走钱的程序走得清清楚楚，免得被误会是他从哪儿接受巨额贿款。所以，眼前几位工行的人员可以很快查清，商场建设至今有限的几笔进项都来自哪里，查清原本属于外资那笔，前不久已经销掉，现在所有资金都是来自国内，而今商场明确就是内资，唯有工商注册还作假地冠着合资之名。因此，毫无疑问，银行跟合资的商场所签的合同，因为合同其中一方在企业性质方面作假，合同可以宣告作废。根据合同，银行还有索赔的权利。

杨巡知道面前这几个银行人员是有备而来，因此他肯定是行贿无门。他这时又忽然想到，春节过后不久，萧然带着两个人旁若无人地参观他的商场。此时，杨巡心中的路线图已经清楚画出，再接下去，将很可能是工行收回贷款，转给萧然，或者与萧然有关的人接收这笔坏账，然后萧然或者与萧然有关的人凭此进入商场管理。那意味着他杨巡的灭顶之灾。

杨巡脸色灰败地看着那几个银行人员，恨不得撞墙问问自己，当初梁思申都有威胁要用萧然钳制他，后面梁父将资金运作出去的时候他怎么就没意识到这是圈套呢？他到底还是不懂银行那一套啊。

银行来人果然是如他所思地通知了他，他们先冻结他在所有银行的账户，给他一定时间，等他拿出处理办法。

但是，杨巡从哪儿找钱来还工行贷款？没听来人说吗，他们把他在其他银行的账户都冻结了。他现在等于是一文不名，等着大限到来，他最不愿意看到萧然上门。如果萧然或者萧然的朋友拿了本该属于梁思申的那百分之六十股权，他杨巡此前投入到商场所有的资金等于全部泡汤。

他还有挽救办法吗？他上回都已经上门下跪，这回他还有什么办法？梁家显然是要置他于死地，他再去求梁家还有何用？而更让他伤心的是梁思申，上回他去上海求情，她没有出现，而这回她和她家对他下那么狠心的毒手，而且找的还是准确无比的他的命门：萧然。

杨巡呆若木鸡地坐了半天，才被杨速死命摇醒，清醒过来听见的是杨速连连问他要怎么办。他又是闷了好一会儿，才道："枪顶着脑袋了也得挣扎几下。"但什么办法呢？杨巡想了半天，愣愣问大弟一句："你想出来没有？"

"要不找找大寻，还有宋厂长，请他们找梁家求情？"

寻建祥？没用。宋运辉倒是说得上话，但是，宋运辉肯帮他说话吗？年前，宋运辉已经因为这件事疏远了他，但是他好歹与宋运辉那么多年的交情，既然宋运辉是说得上话的，他说什么都要试试运气，总比在家干等天塌下来强。他准备硬着头皮拨打宋运辉电话的时候，又想到一计，能不能找个有实力的人或企业出资化解他的工行贷款之忧，让那个人或企业取代萧然进入商场管理，那他还能有些活路。

宋运辉接到杨巡电话的时候正忙，但是杨巡几乎是哀求他，希望他有空就给回电。宋运辉不知道杨巡又遇到什么事，心说杨巡最近不是应该挺威风得意的吗，而且又听寻建祥说杨巡找了个商业局副局长的女儿，那不也是挺好的吗。以前杨巡如果遇到政府方面的麻烦还需要心急火燎地找他，现在不是找准岳父更好？宋运辉想归想，闲了还是一个电话挂给杨巡。

杨巡接到宋运辉打过来的电话，简直激动得像抓到救命稻草，这说明宋运辉还对他有点好感。

宋运辉听完杨巡的叙述，心里惊讶了会儿。他倒是以前已经想到过梁父这个人爱憎分明，既然能因为他帮梁思申一些忙而对他亲热有加，那么对杨巡摆梁思申一道，也不会轻易放过。年初听说杨巡轻易把股权转为债权，他还奇怪了一下，还以为是梁思申的主意。现在看来，他以前猜测得没错，梁父确实不会放过杨巡。宋运辉只是惊讶梁父的手段如此缜密毒辣，耐心如此之好，看准杨巡工程款结算清楚才告出手。

杨巡急切地道："宋厂长，我去你家说行不行？我想请你帮忙在梁思申面前说说，你说话她听。"

宋运辉不客气地道："可是，你们当时起纠纷的时候，她通过我对你劝说，你没采纳，才会有你今天的困局。你说我今天还有什么立场帮你去劝她？"

杨巡只得道："宋厂长，我错了，我那时鬼迷心窍……"

"小杨，你别这么说，你那时有那时的考虑，现在想起只是悔之晚矣而已。给小梁的电话我晚上会打，不过我想以一个老乡的身份提醒你，小杨，你应该好好反思，这一年多来你是不是变化太多，丢弃了以前很好的诚恳热情守信的品德。这件事……我看你得从自己身上找找原因，而不要一味责怪梁家心狠手辣。"

宋运辉对于杨巡顺口溜一样地说出"鬼迷心窍"很是反感，感觉出里面浓浓的不真诚，纯粹是为了让他去梁思申那儿说话而自打耳光，却不是真心承认错误。他因此提醒杨巡一下，很希望他晚上给梁思申打电话之前看到杨巡的态度。他准备视杨巡的态度决定如何帮杨巡在梁思申面前说话。

杨巡捏着电话久久回味宋运辉的话。宋运辉这话是什么意思？宋运辉难道不只是因为梁思申的事而疏远他，还因为他"这一年多来变化太多，丢弃了以前很好的诚恳热情守信的品德"？他一把抓住擦身而过的杨速，疑惑地问："老二，宋厂长说我一年多来变化很大，有吗？"

杨速心说现在火烧眉毛，两人电话里怎么还谈论这些有的没的。他简单地道："我看没变。"

"我看也没变啊，可是我要是想不出个子丑寅卯来，宋厂长看上去不会帮我说话。"杨巡嘀咕着，抓起钥匙去找另一个能在梁思申面前说上话的人，申宝田。自从元旦他被申宝田训斥一顿，申宝田与梁思申的资金往来进度他就不清楚了。但他能清楚的是，那条资金通道肯定没断，申宝田肯定还是常与梁思申通话。他准备让申宝田看看宋运辉的问题，相比之下，宋运辉更说得上话。

对于杨巡，申宝田的态度是不愿得罪，因为杨巡掌握着他的秘密。申宝田敷衍着杨巡，答应帮打电话，也答应帮杨巡努力，但是怎么努力他自己心里有分寸。杨巡又提出申宝田能不能帮忙买下那百分之六十的股份，从此成为商场的大股东，申宝田就一口拒绝了，那不是妨碍梁家收拾杨巡吗？但是申宝田有他的理由，股份制改造完成前，他不想节外生枝，徒惹麻烦。

杨巡也清楚他没办法在申宝田面前强求，更不敢强迫，他最多只能请求申宝田看在他去年牵线的分上帮他个忙，而不敢拿知道此事要挟申宝田，得罪了申宝田，他还想活吗？木器厂厂长的昨天就是他得罪申宝田的下场，但是他正好把宋运辉交给他的问题请教申宝田。

申宝田只是通过杨巡嘴里知道宋运辉是他大哥，其中有些什么深远的交情。因此听了杨巡问出来的问题，点头道："宋厂长是你自己人，才会说这些。可惜你……"他看着杨巡摇摇头："太狂。去年底我劝你好生处理梁家事情时候，你说的那是什么屁话。你以为把朋友哄顺毛了就行？跟朋友，少动点小脑筋，多拿出点真诚。"

杨巡听了，知道申宝田没蒙他，可他想了半天，还是道："我承认有小脑筋，可是不能不防啊。这社会明枪暗箭太多了，一点不防赤膊出去，死都不知道死哪儿。"

"你防你去防，可你占着人家的干吗？你以为你是谁，你还没到让谁见你都乖乖听话的地步，你想霸道还早呢，我都还没敢那么明目张胆。"

"我其实……我其实……我其实不知多顺着梁思申，什么都依她的，就这事，我也没觉得太大不了，可她今天这手也太狠了。"

"先出手的是你，你就别怪别人狠。你看着没啥大不了，我看着很严重，谁敢打我钱的主意，我跟谁死干到底。我晓得你打梁思申的主意，你那样做就更不行，你要钱不够还想要人，你太贪了。你回吧，我跟美国打了电话再跟你说，现在也说不出结果。"

杨巡只能灰溜溜回去，又加油联系了几个大户，有集体的有国有的，可暂时都无人拍板表态要还是不要那百分之六十的股份，毕竟那是不小的数额，人家需要讨论。而个体的则少有资产那么多的，找都不用去找。

有朋友请他出去吃饭，他没兴致，回家跟杨速一起吃，可又没食欲，天都快塌下来了，还吃什么吃。他一颗一颗地咬着花生，一口一口地抿酒，两眼盯着桌面想该怎么办。又想宋运辉扔给他的话，他必须赶在美国时间天亮之前向宋运辉表态。

他清楚宋运辉对梁思申的想头，很早以前他就猜测宋运辉为什么对梁思申那么好，没有道理，自从在医院见过宋运辉最虚弱的时候看向梁思申的眼睛，他就知道了。有本事的男人怎么可能允许别人欺负他的女人。他杨巡肯定得给宋运辉一个交代。可是，他该怎么说，是不是就该像申宝田对他说的，他狂，他霸道，他承认对梁思申的事有错？

他抬起布满红丝的眼睛问弟弟："我现在很霸道？怎么个霸道法？"

杨速吃惊于这个问题，道："什么是霸道？你一向这样对我们，家里你老大，你从来就说了算，这叫霸道？"

"对你们当然这样，我为你们好。妈在的时候对我也是说了算。我对别人也是说了算？哎……好像是这样。"

"可大哥你管着所有，公司都是你的，你当然说了算。"

杨巡思索再三，摇头："可是梁思申的钱不是我的，我也在替她说了算。其实妈以前对我说了算的时候，我也反感，要不是妈阻止，我可能早已结婚……老二，你们都反感我吗？妈走后我对你们三个全部管头管脚，春节还让你们全去做商场清洁。"

杨速忙道："大哥，快别这么说，你一个人辛苦把家撑起来，我们背后常说不知道怎么帮你才好，都希望你找个最好的大嫂，以后有人好好照顾你。我只恨我钝，有些事想不到你前面，不能先一步帮你做好，替你分担辛苦。"

杨巡点头，伸手摸摸杨速的头，又是低头闷声一粒一粒地嗑花生。好久才问："我很狂？不接受别人意见，自以为是？还是目中无人，当别人都是傻瓜？"

杨速想了会儿，才有些为难地道："大哥有时候态度很差，不拿别人平等看待。大寻就好得多，谁有话都肯跟大寻掏心窝子。"

杨巡瘪着嘴想想，点头道："那是，我手里有钱有机会，他们不得不听我的。有数了，以后……客气点。"他不得不又联系到梁思申，凭两人的强弱，梁思申又何必看他脸色行事。应该是他看着梁思申脸色行事才对。梁家认为他做小账要挟梁思申，颠倒两人强弱分际，梁家怒了。要是哪个老乡敢对他家杨逦不三不四，他还不将那人打出肠子来？倒是一样的心情。

这么一想，倒是能够理解宋运辉说的"变化太多"的意思了。以前他什么都以别人为重，做事先想着让别人心里舒坦，才能换来别人对他回报。宋云辉说的"诚恳热情守信"应该就是缘于此。可是现在他做大了，手里捏着那么多好处，换作别人事事以他为重了，他现在……

但是他都已经坐到这个位置上，拼到这份田地上，难道宋运辉还要他拿出以前卖馒头时候的低三下四？杨巡心里有反感。但是想到，形势比人强，在宋运辉面前，他能强到哪儿去，甚至也不能在梁思申面前强。他叹了声气，再喝一口酒。

他总算是明白了，他坏就坏在忽然拔高了身份，后面也有了跟着的人，却忘记前面还有更厉害的，一张脸没分成两半使了，因此申宝田说得对，他到底是狂了，年轻轻狂，不知道掩饰，因此让人憎厌。他应该收敛，别不知道天高地厚，应该跟宋运辉一样，笑也不笑得大声。

他心里默默组织了半天语言，这才打电话给宋运辉道："宋厂长，我明白了。我这一年多来事业特别顺利，地位节节高升，我都狂得不知道自己姓什么了。我会改，我以后会多多考虑别人感受，谢谢你提醒。"

宋运辉听了这话，知道基本上杨巡已经发掘出自身缺陷，他也就作罢，道："小杨，你是个天资很好的人，我几乎是看着你长大，一步步走来不容易。可你现在膨胀得厉害，被人捧得不知天高地厚，做事只想到自己不想到别人。可是别人难道是傻瓜吗？都不是，别人弱的记恨，强的出手，对你一点好处都没有。你要强要钱，可是你得留给人面子留给人利益，不能一口独吞，否则你身边只有伸手问你要利益的人，没有跟你分享利益的朋友了。你既然现在已经领会问题出在那儿，我想我跟你说的你也应该可以接受。你若是不接受，就当我的话是耳边风吧。"

宋运辉一席话，让杨巡对刚才生出来的一丝反感感到内疚，人家对他说的是实话。他这回不敢顺口溜似的说话，只老老实实地道："我会好好想想。"

"等着我电话。"宋运辉便也放过杨巡，不再追究，开始给梁思申拨电话。宋运辉经常很想给梁思申打个电话说说话，可是没有事情的时候他左手管右手，克制住自己。现在杨巡给他打电话的理由，他其实打得很积极踊跃。

梁思申才刚起床，一听宋运辉说的事，惊住了。她不是跟爸爸说了到此为止吗？怎么爸爸使出这种几乎置人于死地的杀招？她忽然想到梁大和李力透露出来的口风都是去看过商场，难道这是偶然的吗？她拿着电话蒙了好久，才在宋运辉一迭声问她"喂，在线吗"中反应过来，道："这事我不知情。"

宋运辉为这句话松了口气，梁思申应该不是这么精于算计而毒辣的人。"我理解你爸爸的决定，人同此心。现在杨巡很艰难，他终于明白他问题出在哪里，他就跟很多从底层走出来的个体户一样，做大了后因为修养有限，不知道克制。在中国，这种人现在被称作暴发户，这个词很贬义，形象不良。你看，他现在已经知错，你能不能给他个机会。"

梁思申道："可是我本来就不打算处置杨巡，而且也跟爸爸说过。现在不是我在生气，而是我爸爸在生气。"

"我理解。"

"可是杨巡……杨巡……"梁思申说到这儿，忽然刹车，将杨巡下跪的一幕吞回肚子，"杨巡已经付出很大代价，我认为我爸爸已经不必再跟他这种人计较。"

宋运辉听着这话感觉味道不对，梁思申对杨巡，似乎不是生气，而是另一种情绪，似乎有鄙夷的成分在里面。"对于杨巡这个人的认识，有必要一分为二，承认他的能力，但也要承认他的修养层次。这样吧，我大概明白你的想法，回头我跟你爸爸谈谈。希望你爸爸手下留情。我几乎是看着杨巡长大的，他乱来的时候我很生气，也几乎已经断交，但现在看着他这样，我于心不忍。"

梁思申道："Mr.Song，说句实话，我爸爸这么做，我看着心里痛快。但是我会跟爸爸打电话，你不用打了，不能让你为难。还有，即使我没拦住我爸爸，杨巡也不会不得好死，他最多损失在商场扔下的这一年多心血，他的实力并没有损伤。Mr.Song你是太好心的人，你不用太替杨巡担心。"

宋运辉闻言惊异，想不到梁思申是这个态度。他意味深长地道："好吧，交给你处理。可见，你对杨巡是一点好感都没了。"

梁思申断然地道："是，我承认。但我会处理好，只是因为Mr.Song打来这个电话。"

"谢谢。"虽然不知道杨巡的问题能不能从梁思申手里得到解决，但是梁思申对他的态度让他高兴。

"Mr.Song，我也正要找你。我了解到国内已经在一月出了第二批境外上市预选企业名单，其中没有东海的名字。现在第一批还有没正式上市的，第二批都还一家家地在努力，不知道什么时候出第三批。我正整理申请程序，整理无误后发给你，我觉得你得加油呢。"

"呵呵，你还在替我想着这事，谢谢。程序不用发给我了，我已经递交申请，包括计委、经贸委、体改委的路子都已经走遍，不过他们有个顾虑，就是我们的三期虽然资金已经基本落实，可最后造得怎么样还是个未知数，现在连设备都还没最终确定呢。因为我从美国看了两家类似工厂后，正提出新的方案，准备把改造一期和使用大量国产辅助设备地上三期一起来，争取用现有的资金，将预计产能比原定的再扩大。因此暂时也无法给上市一个明确文件。看起来你现在对国内市场了解深入许多。"

梁思申听了略有懊恼地道："我每次以为自己一日千里，结果发现Mr.Song又跑在更前面。"

宋运辉心花怒放，笑道："傻瓜，你怎么跟我比，我前面已经有十多年打底，现在正该是我奔跑的时候。"但说到这儿，宋运辉忽然听到自己的声音非常亲昵，似是能滴出蜜来，连他自己都对自己如此甜蜜的声音毛骨悚然，不知道电话那头的梁思申听了会如何看他，宋运辉惊得连忙干咳一声，调整声调，中规中矩地道："这回回国收获很大？"

梁思申经常自嘲傻瓜，可决不肯被别人说一句傻瓜，本质是个极其骄傲的人，但宋运辉一声"傻瓜"她却并不反感，听着还觉得挺好。"我这次回国一半工作是老板的翻译秘书，不过也因此接触了所有的高层会谈。每次会谈已经是高度紧张的事情，我不是专业翻译，很怕这样的高级会谈坏在我这个翻译手里，好在中方的翻译在专业知识方面比我差劲。会谈结束我都得整理会谈内容，交付当天讨论。我总是要在讨论时候才能领会老板他们会谈中提到的某些我看着觉得大而空的话其实有背后含义。然后我就想我真傻我真傻，我得记住这件事还有那样举一反三的理解。但是到下一次谈话，我又傻了。Mr.Song以前跟我说的，经济上升到最高级就是政治，我深刻体会……哎，Mr.Song，你听着吗？"

"我听着，我听到你看到差距，发现新的视角，这很重要。估计是观察思考问题的能力出现一次新飞跃的契机。"

"是的，我就跟不经意间推开一扇门一样，门后面豁然开朗，带给我一个全新的世界。才明白我以前做的好多事原来都是注重于事务性的分析，而没看到隐藏在经济现象背后的本质，我以后一定得在这方面观察上多下功夫。我现在正争取回国工作的机会，但竞争看似比较激烈，好多来自境外的资深经纪人也是候选，可是，我有人脉，我真厚颜无耻，可我正用这优势争取回国的更高职位。我现在不回避了。"

宋运辉一直微笑着听着梁思申用已经比过去快很多的普通话叽里呱啦说着她的事，他很爱听，一直听到这个地方，他才道："你这决定是对的。影响一个人分析判断能力的主要还是阅历和手中所能接触到的资料。你的阅历很特殊，这对你是优势，但是你年轻经历少，对判断影响比较大。既然如此，你可以尽量多地掌握资料，来开拓眼界，弥补不足。争取更高职位是争取尽量多资料的办法。拿老话来说，登高望远，你眼下不能很好理解你们老板的每一句话，与你平日接触层次有关，你不用妄自菲薄。好好做事，我相信你通过努力很快会有飞跃，你这几年一直变化很大。回到国内，可能更可以发挥你的优势。"

"是的，而且我看到国内还是一个新兴不成熟的市场，蕴含无限机会。Mr.Song，我会记着你的每一句话。可能因为你也是一步一步靠自己走来，你的话比我爸妈的有理得多，也可能我跟爸妈有代沟。"

宋运辉听着欢喜："杨巡的事请你在你爸爸面前争取几句吧，给他个知错改错的机会。他受的教训够大了，不要一巴掌打到底。你我都是辛苦自己走路的人，懂得获取一点成绩不容易，对成绩的珍惜也是只有自己最知道。杨巡现有那些成绩，不容易。"

梁思申想了想，道："我现在已经无法体会杨巡的感受，但我会把话转达给我爸爸。"

宋运辉道："恕我背后议论。你爸爸的身份决定他成就得来容易，当然更不会对杨巡有些许理解。我几乎可以肯定，我现在就可以跟杨巡说让他准备后事。是不是？"

梁思申毫不犹豫地道："那也是杨巡求仁得仁。虽然说我们都是上帝眼里有罪的人，都没资格扔出一块惩罚的石头，但是在这一件事上，我可以问心无愧。我并不想扔出那块石头，但我的理由是我不跟他一般见识，而并非理解同情。不过既然Mr.Song来电，我会收起我的观点，只说你的意见。"

宋运辉听出梁思申对他的重视，但也听出梁思申的不情愿。他考虑了下，才道："不要勉强，这事我只是在想，你爸爸没必要跟杨巡计较。你如果跟你爸爸通话，你还是阐述你自己的观点吧。"

梁思申奇道："Mr.Song？我没听错？"

"没听错。"宋运辉放下电话沉思了会儿，知道自己最后几句话藏私。他清楚梁父的心思，梁思申的资金放在他眼皮子底下的杨巡手里却出事，而他当时又无法迫使杨巡低头解决问题，其实他已经没有立场要求梁父现在撒手。同时，现在他如果强烈要求梁思申帮忙劝说梁父放过杨巡，梁父因此会怎么想？会不会怀疑他和杨巡合伙诱骗梁思申，也因此对他产生怀疑？宋运辉绝不想在梁父心里留下不好印象。再说梁思申本心是不想如此处置杨巡的，因此未必会很支持她父亲痛下杀手，梁思申自有分寸。综合三点考虑，他决定还是通知了梁思申便罢，他不勉强梁家的任何决定。自然，虽然杨巡已经认错，可是宋运辉心中对杨巡已经失望，他再也没了过去一帮到底的血性，既然梁思申也说杨巡不会死得彻底，他做事便也见好就收。

宋运辉给杨巡的电话里说，最近梁父的一系列动作与梁思申无关，等梁思申打电话回家后再看事情发展趋势。

杨巡为事情不是梁思申主谋而略感欣慰，他觉得这说明梁思申还是理解他

523

的，理解他过去的辛苦和他的苦心。既然梁父只有背着梁思申做这事，可能被梁思申知道后，打电话回家便可阻止。他这下终于将提起的心放下一半，一下吃了好几颗花生米。大大喝了一口酒。但转念便忽然想到，不好，梁父既然是瞒着梁思申做事，说明梁父心头之恨，恨得对他杨巡的小命志在必得，不惜隐瞒女儿。如此，梁父会是梁思申三言两语能劝阻的吗？再说，梁思申远在美国，鞭长莫及，梁父尽可在女儿面前虚晃一枪，回头照旧。梁父已经运作了那么多，现在如果忽然罢手，对方方面面帮助或者协助梁父的人，以及等待摘取果实的人，也不好交代吧。

如此一想，杨巡终于意识到，其实谁去阻止都没用。杨巡明白，不用再等梁思申的电话，等到，或者等不到，都只有一个答案。

那么，接下来的事，也不用再等梁家有所反复，而是应该准备应对即将到来的暴风骤雨。但是他这时候已经喝多了，酒瓶子一扔，回卧室睡觉。不再抱着希望等宋运辉的电话，也不管天是不是会塌下来。明天再说。

梁思申果然说服不了她爸爸，在爸爸对杨巡左一个无赖右一个无赖的贬斥中，她其实也全认同爸爸的观点，可是她身负宋运辉的重托。宋运辉越是体谅她，不勉强她，她越是要把事情办好。她眼看没法拿自己也无法相信的理由劝说爸爸，只得道："我想宋老师现在一定很为难，知道爸爸拿杨巡出气是必然，他不好阻止。可是全市都知道杨巡是宋老师的小弟，你让人收拾杨巡，宋老师因为我而无法动手，你让不知情的别人怎么看宋老师？爸爸，我的事又没多少人知道，反正我在美国也损伤不了什么面子，你把不要脸的事都推到我头上不就得了？"

梁母道："孩子话，你没脸跟你爸爸没脸有什么区别？你爸爸是自己没脸不要紧，女儿没脸比天大。这事儿要是出他自己身上，他弄不好偃旗息鼓认了，可是出在女儿身上，他说什么也要做个规矩，否则以后不是谁都敢踩你头上来了吗？囡囡，你说的小宋的为难我们会考虑，我们肯定不会让一个好人吃亏。"

梁父道："囡囡，你放心，爸爸会做妥善安排。爸爸一直在想怎么报答小宋，我们伤谁也不能伤小宋。上回去北京已经跟他上司联系上，回头爸爸再去敲打敲打关系。"

"爸爸，爸爸，爸爸，你别太插手我的事，宋老师那儿我知道报答，不是你们。而且宋老师是个骨子里很骄傲的人，你别桌面下搞小动作。"

梁母见丈夫被女儿搞得愁眉苦脸，只得忙道："囡囡，你看看时间，是不是得上班去了。"

果然，那边梁思申一声尖叫，摔了话筒呼啸而走。这边梁父苦着脸对着妻子道："我难道不是个骄傲的人吗？天哪！"

梁母笑道："囡囡这个人啊，收拾得了她的人很少，以前我看过小宋一个电话就打掉囡囡的脾气，小宋在囡囡眼里神着呢，你看小宋在场时候囡囡那个服帖。"

梁父疑惑地道："小宋现在离婚，会不会囡囡跟小宋哪天……"

"你瞎担心，女孩子看到爱人不会是囡囡那态度。再说了，他们才多大时候培养出的交情，那么小时候可能吗？"

"那不是更青梅竹马？"

"哎……"梁母这下也疑心起来，可想来想去还是不可能，她相信自己眼光，"不说这些没边儿的事。那小宋那边的事怎么办啊？囡囡说得也有道理，大家都知道杨巡是小宋的人，放手让梁大他们收拾杨巡，不是跟扇小宋耳光一样吗？"

"是个问题，当初设计时候只想到有地头蛇帮梁大，没想过还会伤到小宋。哎，你看，囡囡现在把人跟人关系也看得很清楚周详了，不错，很不错。"

"她从小就知道，没见她从小就欺负梁大他们吗？反而后来在美国读大学以后才粗线条了点，人还变得激进。你快想办法，小宋这孩子现在什么都不缺，唯独还年轻，没后台，我们不能伤了他面子，影响他以后做人。"

梁父立刻耷拉下了脸，道："你们母女，又骑到我头上作威作福，什么都推给我做。"

"那没办法，囡囡填家长的时候一向只填你名字，你戴多少荣誉就得拿出多少本事来配呗，权利和责任相当的。"

梁父故作愤愤地道："你填配偶一栏的时候也只填我，我做丈夫的不扛着你怎么行。好吧，我想，我想。"

梁母笑嘻嘻道："哎哟，您真辛苦了。那啥，我刚学了点头部活血按摩，我来贤惠贤惠。"

梁父立即便倒下身去，将头脸送到妻子面前，可嘴上还是道："我命苦，我给你当试验品，你试验成功了给自己美容活血养颜。"

"非也，我乃是言传身教，等你学会我可以享福。"

夫妻俩说说笑笑，谁都没提起杨巡，因那杨巡实在是无足轻重，提都懒得。

16

宋运辉想都没有想到，天上会忽然砸下一顶乌纱帽，又会正正地打中他的头。竟然没有一点预兆，也是他想都没有想过的，他忽然被召到北京，破格提升一级，为厅局级副职。这是他本来以为两三年后才能发生的事，可就是那么忽然变不可能为可能了。

宋运辉听着将信将疑，如果真是什么破格这么回事，应该是在东海厂升总厂，行政级别升一级的时候同时升他，现在这个时机上不着天，下不着地，三不靠。但要说新领导赏识，那倒是没话说，他有这自信。可是前不久不是新领导才跟他推心置腹地谈了话，让他年轻人不能着急，再耐心等上两年吗，怎么忽然变卦了？

宋运辉百思不得其解，但帽子发下来他没有不戴的理儿，他接了帽子四处道谢，好好热闹一阵子才回。连虞山卿这个每天在北京混着的都吃惊，说现在国家用人果然大刀阔斧，不拘一格，看来国企又有新气象。但虞山卿又有些酸溜溜的，说宋运辉这顶乌纱帽是提高国产化率，夺他口中之食换来的。宋运辉不能不想到可能，也只能因为这个原因，因为提高国产化率的试点工作组需要大量联络工作，联络的其他方都是级别不低于他的，上面可能也有考虑到他不便展开工作的因素在里面。

他回到东海后，便将这一变动向省市两级通报了一下。又没想到，萧然的父亲竟然在下来考察的时候设宴邀请市里大员为他庆祝，对他青睐有加，要求全市各级倾力支持配合宋运辉的工作，支持东海总厂的运作。宋运辉对这一切一直找不出确切答案，他是个谨慎的人，因此便分外小心起来，竖起全身每一处感官小心探寻一切可疑动向。可即便是杨巡那儿，至今都还没有梁家动手的蛛丝马迹。

萧父走后，萧然便凑了上来，非要请上一帮市里工商界朋友，为宋运辉贺喜。宋运辉不想这么高调，但还是情面难拂，小范围吃了两桌。

转身第二天，杨巡来电，银行执行合同约定，虽然拖延了好几天，可最终还是结束收回贷款。杨巡还绝望地告诉宋运辉，银行人员到来的同时，萧然领着两位朋友进门跟他召开紧急股东会议，以百分之六十股权持有人的身份宣布接管他的管理工作，踢他出商场管理层，因为萧然的参与，他一点反抗都没有。

宋运辉此时才恍然大悟，他的荣升背后，是梁家那双看不见的手。宋运辉知道，他此时唯有保持沉默。

但是宋运辉去探访了杨巡。傍晚的时候他没通知杨巡，直接从东海总厂去往杨家。在楼下看到杨家亮着灯，他犹豫了下，才用手机打杨巡的手机，但是那手机没人接。只得又打杨家座机，总算有人接起，但是直接就传来杨速急切的声音："喂喂，谁，喂……"

宋运辉惊奇于杨速的混乱，打断道："怎么了？杨巡呢？我宋厂长。"

"宋厂长，我大哥说出去散散心，结果饭没回来吃，电话不接，打BP机不回，我去几个常去饭店找，也没找到他。"

"小杨心情很不好？"

"是啊，所以我才担心，平常他不回家都没关系。今天股东会他气大了，我担心他一个人出事。"

"我在你们楼下，你想想他还会去哪里，我去看看。"

"谢谢你，宋厂长，你太好了。我也想不出大哥在哪里，该去的地方我都找了，没人。我现在心惊肉跳，又想电话来，又怕电话来。"

宋运辉想了想，道："我到别处看看去。"

宋运辉没去别处，他找到寻建祥家，但是车到寻建祥新家楼下，他又没走出来，犹豫了会儿，便转头离去。他忽然觉得没什么可以对寻建祥讲。讲什么呢？他现在的境遇，在他看来都不是很合理，何况看在下面民众眼里，那都是讨骂的。他不想讨骂，但也不想勉强寻建祥口是心非，还是不讲了。与寻建祥之间的距离拉开得越来越大，那感觉已经不是一天两天，现在，已经越来越找不到可以跟寻建祥说的话，两个人，已经明显不是一个阶层。他宋运辉的现在，正是他和寻建祥过去唾骂的对象。宋运辉绕来绕去，还是连车子都没跳下，又绕回家去。

杨巡开完股东会议，便开车出去失踪。但其实他哪儿都没去，他开过崎岖山路，来到离城挺远的一处水库。到的时候，天色已经暗淡下来。连飞鸟都已回巢，天空中窜来窜去的都是蝙蝠。

已经是春天，夜风还凉，但空气中暗香浮动，头顶则是明明圆月，波光粼粼的水面时有活泼的鱼类挑起一波涟漪，应是很好的景致。但是杨巡坐在大坝上只会发呆。他以为自己已经很强，可到今天才知道，他什么都不是。萧然领着两个人进门，他们还什么手续都没办，可他们只要开口，商场的控股权就轻易落到他们那些人手里。杨巡都不想抵抗，因为他很清楚，那些人可以很快地将工商手续办出来，让所有程序符合法规要求。他抵抗是徒劳，全无反抗，当场就向办公室全体宣布，以后商场的老大是李力和梁凡，大家未来听新老板指使。

而且，他已经听说萧然和宋运辉走到一起。他听申宝田说，昨晚萧然请客，庆贺宋运辉升级，而前不久则是萧然的父亲宴请宋运辉。对了，他们都是场面上的人，他们本来就该是一伙儿。

他还听那个李力和梁凡肆无忌惮地当着他的面议论商场，他们左一个"梁小姐"，右一个"小七"，杨巡想到，他们应该说的就是梁思申。原来梁家肥水不落外人田。他还看到，那个李力拿出梁思申最初核定的内装修设计图纸，呵呵，宋运辉还说梁思申不知情，这不，人家都已经把图纸送到李力和梁凡手里。宋运辉对梁思申终究是一往情深，事事卫护。

而梁思申，他原还以为她是天上的月。他默默想到这儿，终于忍不住走下高高的堤坝，去车上拿出电话打给遥远的梁思申。打出的时候才想到这还是凌晨，梁思申应该还在睡觉。但这时候梁思申已经接起电话，耳机里传来的是她睡意正浓的言语。

听见这么柔软倦怠的声音，杨巡一腔子的闷气没法出，只得竭力冷静地道："你的梁凡和李力，把我的商场抢去了。今天，你做得好。"

但杨巡的声音还是阴寒，阴寒如周围的黑天黑地。梁思申在电话那端都能感受，顿时惊醒过来，针锋相对地回道："对不起，商场的控股权本来就不属于你。你请记住，所谓资本运作，是以资为本，以资方为本，所有人都该尊重资金，尊重资方权益，不得错位。梁凡和李力的控股，只是实现资本权利的正常回归而已，请你正视事实。"梁思申骤然起身，一颗心咚咚地跳得厉害，脑子也一时使唤不上，不过好歹带着拖音把自己的意思囫囵说出来了。

杨巡很想吼回去，什么一套一套的理论，他也知道，他看过那些书。可今天萧然等的目的何止是资本权利的回归，他们根本就是要把他踢出管理圈，抢走他的心血。但是，这些跟梁思申说有用吗？说了恐怕还得再听她教训。他深吸一口气，将火气埋进肚皮，依然冷静得阴森森地道："还有最后一件事。不管你信不信，我都要跟你说明白，反正事已至此，我说没说明白，你相信不相信都已经无关结局，你就当我图个嘴皮子痛快。我爱你，我根本没想过要害你，也没想过占你便宜。可事情已经做出来了，事实是我在占你便宜，这是我的恶习，是我的信用出问题，我没话好说，我道歉也道了，受罚也受了，没关系，是我错，我认错。但是我恨你阴一套阳一套，恨你们不把人当人。我每次最后都坏在你们高干子弟手里，这是第三次。前面两次我都爬起来，活得更好，这回我也死不了，你等着瞧。我告诉你，杨巡是打不死的，你们别想看好戏。最后，告诉你，你虽然对我赶尽杀绝，可我喜欢你的泼辣，你好样的，我总有一天会追上你。"

梁思申眉头越皱越紧，杨巡到底想说什么，冲她发疯撒气？她才不怕。"我也告诉你，你信不信都无关宏旨。你可以对信誉无所谓，我不。在你我过去的合作上，我无愧于信誉。在对你的处理上，我也照样无愧于信誉，我说到做到。最后，我不欢迎来自你的联络。再见。"

"放屁。"杨巡对着已经传来挂断电话声音的话筒喝了一声，但是，心底深处，却是已经承认，梁思申说的话不是放屁。为什么？就为她一向说到做到的良好信誉。再反过来说，梁思申现在何必骗他，骗他对她有个好印象，对她有什么好处？一点用都没有，她理都不想理他。那就是说，梁思申早已放弃，对他彻底地漠视。就跟……若干年前，那个寒冷的冬天，戴娇凤也是彻底放弃他，走得无影无踪。她们对他都无丝毫留恋，连踩他一脚都不肯。

杨巡本来有许多话想对梁思申说，可三言两语就被打得晕头转向，反而更显他的无理。一时全身闷气无处散发，不知不觉撒泼似的蹦跶起来，仿佛随着精力的消耗，全身的戾气也都消减了一般。他盲目地如没头苍蝇一般在堤坝上来回地跑，跟一只被撩拨的小白鼠似的。跑得一个看护堤坝的老儿吓得不敢出来吱声，担心这是哪儿来的精神病。

梁思申放下电话，越想越腻歪，但考虑到杨巡今天电话里表现出的异乎寻常的疯狂气息，她思虑之下，还是给宋运辉打了个电话。

"Mr.Song，杨巡目前情绪不稳定，我建议你小心接触，他现在反社会。"

宋运辉此时才回到家中，还没吃饭，一听这话就道："你接到杨巡的电话？他下午股东会后失踪，音信全无，大家都在找他。难道他打电话去威胁你？他说了什么？"

梁思申听出宋运辉言语里对此事深刻的担心和对她浓浓的维护，不由立马改了态度，道："没有威胁，没有。但我听出他的情绪非常不稳，仿佛全世界都是他的敌对面，才来建议Mr.Song。另外，爸爸手里还有一把撒手锏，完全可以用梁大现在掌握住的账目控告杨巡非法侵占我的股本，让他进去坐牢。这对杨巡才是最大的打击。希望有人告诉杨巡，他应该用正确负责的态度为自己的错误担负起责任，而别一再用无赖行径妄图蒙混过关。"

虽然梁思申加以否认，但是宋运辉却敏锐地从梁思申的话里找到他问询的答案，一张脸顿时阴了下来。"你知道他现在在哪儿？"

"不知道。对不起，Mr.Song，因为我的事一再牵连到你。可你现在千万别亲自找他去，你会触霉头。"

梁思申可能受到杨巡威胁的事实，让宋运辉自己升官杨巡倒霉的内疚之心减了不少，他打个电话让寻建祥好好找找两个市场和一个商场的角角落落里有没有猫着一个失落的杨巡，便丢开手吃饭，不再时不时打一下杨巡的手机看接不接。如果不是因为考虑到杨巡还真可能在失踪情况下做出疯狂举动，他现在管都不想管。

他这时已经异常恼火，对于梁杨两人的合作，他应该说是旁观者中看得最清楚的。最初杨巡都不敢相信天上掉馅饼，可杨巡最终歪用梁思申的善意，这本就让宋运辉非常失望，而现在杨巡又找上梁思申去威胁，更让宋运辉看到，杨巡以前做小账不是因为个体户的没有规矩，而是存心看梁思申讲理而捡软蛋子捏。

过会儿，寻建祥打电话来，向宋运辉借车，说手机终于有人接，但是个水库管理员，那水库管理员说杨巡跟发疯一样地在堤坝上跑了近一个小时，现在终于累倒在地，口吐鲜血，像死人一样。宋运辉暗骂一声，摸出钥匙自己开车，因担心夜晚山路不好开，寻建祥等不大摸车把子的路上闯祸。他去杨家捎上杨速，飞车赶去水库，将满襟鲜血、脸色灰败的杨巡接到市一院急诊。寻建祥早等在那儿，不需要宋运辉忙碌。

宋运辉没跟进去病房，找到外面空旷处吸了支烟。看看陶医生办公室所在的位置，他终究是没上去，虞山卿的话对他影响很大，活到现在，反而是过去的对手虞山卿与他更有共同语言，而里面的寻建祥却是与他渐行渐远。他抱臂在外面站了会儿，想从梁思申话中找出杨巡无赖行径的细节，可他叹息梁思申盛怒之下反而还让他安抚住杨巡不让他闯祸。如此对比，谁还能倾向杨巡？

他在外面站了会儿，又进去走廊等了会儿，等杨巡醒来，他走进去，正好对上杨巡的目光。宋运辉看得出杨巡目光后面的无数含义，但不对杨巡做任何表态，也不告诉杨巡梁思申来过电话。他只是若无其事地摇开头，对杨速吩咐该如何照料保养杨巡，安慰杨速没大事。然后，他就告辞走了。

杨巡一直默默看着，他被救回来后就懒得说话，现在看着宋运辉离开他也没说，只看着。等宋运辉一走，他便闭上眼睛再不搭理任何人，闷头睡觉。他非常累，全身如被打肿一般。连杨速都看出杨巡与宋运辉之间有问题，何况寻建祥。但是两个当事人都不说，两个局外人都只能猜测了事。

宋运辉走到外面后就给梁思申打了个电话，因为知道她现在正求表现，上班时间不方便私人电话太多。他把这边的情况跟梁思申说说，让梁思申不用担心。梁思申当时也没多考虑，就答应着，夹着三明治冲出去上班了。

但是梁思申夹在车流中且行且止的时候，想到杨巡吐血、想到月光下一个人疯跑，这样的情形，想起来都让人感到震惊，让她无法不站到杨巡的角度思考杨巡的感受。难道真是两人之间严重的观念差异？梁思申不知道，难道她认为理所当然的诚信、公平，不是国内杨巡们的人生观？否则杨巡何以委屈到吐血？梁思申不明白。可是吐血，如此之严重，让梁思申有理也强硬不起来。她偃旗息鼓，竭力劝说爸爸放弃下一步，到此为止。但梁父岂肯轻易放过欺负他女儿的人，梁思申很头痛爸爸用特权为她解决问题。

梁思申最近不仅私事乱，工作上也遇到调动中的问题。她以前不想回中国工作，现在忽然觉得回国将面临无限可能，比之在美国的按部就班不知刺激多少，因此开始积极申请去中国的团队。可是，先期成立的北京代表处主要从设立在香港的亚太总部抽调人手。按说，这也是正当合理的人事安排，梁思申无话可说，只有心中郁闷。更兼她这回随大老板访华，工作出色，有目共睹，回来就被调升到重要位置，令她都不好意思要求去中国工作，否则挺对不起提拔她的大佬的美意。这不，心里稍磨蹭几下，就失去了北京代表处的机会。

可是她真不想再失去上海的机会，她私下已经做了一些努力，包括与亚太总部人员的私下沟通，可是成效不很显著。再加上杨巡的事儿一搅，心里更添烦闷。她打了几个电话，就约到一个中学同学去酒吧说话，男性。

同学家境优裕，但也是自己出来工作。同学能倾听，可也帮不上什么忙，但是同学说，在规则不完善的地方，可能私刑比寻求法律帮助更有效。梁思申听了申辩，中国不是个蛮荒之地，虽然政治体系似乎与美国不是同一个。等同学被她说服，她自己却沮丧地承认，中国的市场经济秩序还是停留在她几年前形容的亚马孙雨林环境，规则不是没有，可规则流于表面，竞争却无序而残酷。

同学对中国的了解很少，与大部分美国人差不多，而且还充满偏见，梁思申感觉鸡同鸭讲，但好歹同学提供耐心倾听的耳朵两只，让说了一晚上话的梁思申情绪缓和不少。

回到家里看到有传真，拿起一看，是来自宋运辉的，顿时心里生出障碍，不想坐下来细辨那被越洋传输模糊了的字迹，怕又是有关杨巡的事。这事，她处理不了，又放手不下，已成她心中最大的败笔，她恨不得躲开不去想，最好宋运辉也别提醒她想起这些事，提起来她就觉得自己很失败。这会儿看着搁桌上的宋运辉的传真，她就跟传真烫手似的，这儿想出事情做做，那儿想出事情做做，磨磨蹭蹭的就是绕开那传真不看。

可心里又想，万一不是有关杨巡的事呢？如果无关杨巡，那么宋运辉发传真来一定是要紧事，她又怕不看误事。拖拖拉拉地，她一直等跳上床，才最后下定决心，硬着头皮辨认。但才没看几行，她就专注起来，甚至跳出被子搬来厚重的字典。

……合资事宜至此告一段落。考虑到下阶段你将赴国内工作，综合你过去的性格和现阶段处理问题时候的一些表现，我有必要事先给你打一预防针。

最近我从我女儿身上看到你的过去，都是从小相对于其他小朋友见多识广，家境优裕，与同学相处的时候就不甚斤斤计较，甚至经常收敛自己的锋芒，有意谦让，因为即使老师都避让你，同学都以老师马首是瞻，自然不敢相欺，即使小有冒犯，可你底子深厚，你输得起，你尽可以表现大方。我现在也正培养我女儿性格大方，处事谦让，与人为善，这是对待朋友应有的态度。但是你家学渊源，谦让并不意味你没脾气，你的性格就像家猫，平日可亲可近，但若受到攻击，你会第一时间亮出爪子做出有效反击。

但是从你最近处理几件事情的方式来看，我感觉你处事欠缺一个度。这个度，是让你处在一个非善意环境下，如何适时宣示自己实力，令对手心有忌惮，而不必最终亮出爪子，造成重大伤害。换句话说，预防重于攻击。

我不知道你们在美国的工作环境如何，我相信你的性格应该适应你那边的环境，你现在的工作挺有成就。但从你对合资商场事情的处理来看，你的那个度，不适合中国国情。

我今天看着杨巡醒转后离开，回来一直想这个问题，你们为什么会走到今天这一步。合作之始，杨巡都不敢相信这等好事会落到他头上，他初时对你是仰望，谨小慎微地伺候着你的眼色，对你不敢有丝毫得罪。但是最后为什么会演变到今天这一地步，他何以敢如此胆大包天，你想过没有，原因之一是你把握的度出问题了。

你缺少与大股东身份相衬的当仁不让态度。你口口声声"以资为本"，可你行动上却缺乏对这四个字的实际支持。你以不适合中国国情的，以对待真朋友的态度对待商业伙伴，你一次次的公平合理和谦让，令有些不知好歹的人以为你单纯可欺，在你依然抱持着谦谦之心的时候，杨巡的气焰却因此受到鼓励，一次次地膨胀了。如果把你换作是市一机的萧然，杨巡还敢有小账吗？从他被新股东的加入惊忧得吐血这事可以看出他的尺度。同样是大股东，杨巡的态度何以前后有如此大的差异？如果你将来在中国工作，我建议你有必要检讨自己，你的善意是不是被人误作软弱了。

我赞赏你最后看到问题时候当机立断的处理态度。但是如果你事前步步警示，不给杨巡任何幻想，让杨巡从来不敢欺瞒着你做事，让这种事情永远不会发生，是不是比当机立断的处理更好？包括你以前与你外公打官司，你的谦和与大度，在一个非善意的环境下未必行得通，而你却已经习惯，不愿意很没风度地时常亮出爪子给大伙儿瞧瞧，警示周围人你不是好惹的，人家自然会以为你软弱可欺，剥夺你的权利。当然，这也与你当时年幼有关。

现在你已经独立处世，在合资商场这件事上面，你或许依然可以说，你输得起，你底气足，但你能保证下一次你依然输得起吗？

如果你以后有更多机会在国内工作，我对你有小小建议：态度上当仁不让，行动上步步为营，内心里才是与人为善。不得不说，你从学校到学校，经历的社会环境还比较单纯，对于社会认识不足。人心未必都是险恶的，但人心可以被鼓励至得寸进尺，胆大妄为。与商业伙伴的交往，必须认清并把握自己的有利形势，克制对方的心理膨胀，才是长久相处之道。这不是仗势欺压。

晚了，我先写这些，如果你看了觉得我的分析不恰当，请对这份传真一笑了之。如果你不认可我的建议，我倒是建议你来函争辩，我想看到你的态度……

梁思申看完，倚在床上对着传真发呆。心中好多感想，想宋运辉对她的了解，想宋运辉对她的关切，想自己果然在对待杨巡一事上多有姑息，想宋运辉给她的三点建议，再联想到自己的很多很多事情，而不仅仅是在中国才遇到的那些。她正郁闷着自己为什么总处理不好某些事，被宋运辉这一份传真点破，很多事竟是豁然开朗，举一反三。因此她几乎是毫无删减地全盘接受了宋运辉的建议，岂有不认可的，更无须争辩。对，她不缺与人为善，但她缺乏当仁不让，缺乏有意识地步步为营建立势力的主动，她有伶牙俐齿，可没用在正事上，都是拿来斗嘴。可能，与她过去得来太易有些关系吧，她好多中学同学也是如此，大家都自嘲与世无争，各自发展五花八门的爱好。

可是，她在爱好之外，还是想做些事的。她有一种想证明自己能力的欲望，她还有很多很多想要实现的梦想，有些需要努力工作达到，有些则是需要靠努力工作挣来的钱换取。她想上进。

她想了好一会儿，才想到Mr.Song上班给她发来昨晚写的传真后，一定还等待着她的回复。想到Mr.Song写这份传真时候的心情，她又拿出传真看了，不说别的，写那么多的字，即便只是抄写，那也需要很多时间，而那还是在Mr.Song处理完杨巡吐血住院事件之后。Mr.Song对她……连那么爱她的爸妈都没想到这一层，他却帮她想到了。梁思申有些不知道如何回复。也发传真过去？恐怕不行，私事发到公家传真机上，未必是宋运辉所乐见，他这人太严厉。可是打电话过去？梁思申此时有点不敢直面宋运辉的深情厚谊。面对教她做人道理的Mr.Song，她总不能也当仁不让吧。

她将脖子一缩，缩进被子里，做了好一会儿鸵鸟，前后想了好多应答话语，才爬出被窝，硬着头皮拨通宋运辉的电话。在她有意识地拿英语掩饰不安的问候之后，却是宋运辉若无其事地拿中文一问："你还没睡？"

梁思申这才端正姿态，放松了一点："跟同学玩回来看到传真，又想了好多。Mr.Song，谢谢你，我全盘接受你的建议。"

坐在宋运辉办公室的两个人眼看着宋运辉脸上绽放出温柔的笑纹，又听到宋运辉还是拿若无其事的口吻道："好。早点休息，我这儿开会。"

梁思申这才如获释放，说了再见就把电话扔了，又窝进被子做鸵鸟状。Mr.Song对她太好，连些许压力都不给她，让她都不知道如何面对。传真，她是不需要再看一遍了，中心思想她早已领会，也毋庸置疑，剩下的只有怎么做的问题。Mr.Song不想显露的思想，以Mr.Song的审慎，估计也不会写在纸上，她从这一行为已能猜到。她第一次，不得不定下心来，认真回顾与Mr.Song交往相识的全程，她想弄清楚，为什么，何时，如何……

她辗转反侧了一夜，几乎一夜没合眼，可还是没弄清楚Mr.Song对她的好，何时有了性质上的变化。自然，也是无法弄清楚为什么了。她起床时候自嘲地想，嘿，凭她的段位，怎么可能摸清Mr.Song不想让她知道的小心思。那好，她就当作不知道到底。反正在Mr.Song面前"敌强我弱"早成习惯，也没必要这时候才想到奴隶翻身。示弱，在强者面前也是一种办法吧。

她精心化妆掩盖睡眠不足后上班，便走进相关大佬的办公室，赤裸裸摆出她要求去上海的理由。她告诉大佬，无论从哪方的利益出发，都应该放她去上海，理由一、二、三、四，她的优势无可替代。这一刻，她心中没有罪恶感。

17

杨巡还在医院，就有一个电话打到他的大哥大，由杨速接起，转达给杨巡。

杨巡听了，就黑着脸起床，道："你告诉他们，说我半个小时后到场。"

"大哥，你脸色很差……"可杨速说着，也只能将衣服递上，然后弯腰给大哥穿鞋子。

杨巡道："我们哪儿有讨价还价的余地。"

但是杨巡弯腰穿鞋的时候，只觉全身酸痛，再一想也是，都不知道有几年没如此剧烈运动，事后还能不腰酸腿疼。他收拾好了出院，留下手续交给杨速办理，自己到门口乘一辆三轮车，独自来到商场下面的临时办公室。

几乎是艰难地下了三轮车，不由庆幸幸好没跟其他商场似的弄个小山一样的台阶。走到商场大门，见里面静悄悄的，全不是过去热火朝天的施工景象。杨巡心下黯然，但也只能脸上木然，走向也是寂静的办公室。

办公室里面有三个人，其中一个陌生，戴着眼镜，斯文人的样子。李力今天换了一套西服，深咖啡色单排纽扣条纹西装，配雪白的衬衫和稍微浅一点咖啡色的领带，颀长的身材、整洁的修饰，整个人看上去非常气派英俊，当然，李力是有备而来。李力站着，梁凡则是坐着看图纸，梁凡没换西装，但是换了一件衬衫，黑西装配浅灰衬衫和领结，也是不常见的装扮。听见杨巡的敲门，梁凡抬头看他一眼，但旋即又低头不理。

倒是李力客气地对杨巡道："请进。听说你身体不大好，会议需要延期一天吗？"

杨巡经过昨天一天，已经清楚李力这人嘴巴客气，手腕狠辣。他只微笑道："不用，可以应付。这就开会？"

李力听杨巡嗓音沙哑，诧异地看他一眼，但没说什么。梁凡则是头也不抬，指着一张总图，道："杨总，请问这套被你废弃的原装修设计总图，其中的变动都与小七……嗯，与梁思申通过气吗？"

杨巡神色不变地道："这套图纸都是梁小姐的意思，不过因为照这图纸施工的话，费用较高，后来废弃。"

"可是漂亮，我看商场外墙是照这图纸施工的，花岗石毛板非常有韵味，这样的门面，再过十年都不落后。"李力做个手势，请杨巡坐下，眼下他一言一行，都表现出他是这儿的主人，而杨巡已经反主为客。"梁凡，就照这套现成的做吧，梁小姐快递给我的那份是草图，不适合施工。"

梁凡抬眼看一下门外，道："外面的还不如没装修，现在还得请人工花钱敲掉。新开商场若没一点超前意识，怎么抢人家已经固定的客源？真是，挺好的一个美人，硬是被套上塑料发夹。"他把图纸合上，这才将眼睛对上杨巡，道："杨总，我们这么设想。保持商场房子结构不变，但须敲掉所有原装修，重做。因此拖延的开工日期和重新装修所产生的费用，需要我们双方追加投资。我们已经请律师到场，今天开会商量一下追加投资的数额，我们当场把增资文件签了吧，方便相关人员立刻去工商部门更改注册文件。"

杨巡漠然，这招数太熟悉了，去年让萧然惶惶不安的，不就是日本人使出的

增加投资招数吗，李力和梁凡他们这么快就活学活用了。可是他能拒绝吗？不可能，他与萧然一样，他的发言在股东会议上不占大份儿。甚至他还不如萧然，萧然起码是个地头蛇，而他对李力和梁凡则是无用。若说日本人对萧然可能没有恶意，那么眼前两个人，他们明摆着就是来修理他的，他们提出来的增资方案，还不是想把他挤逼到墙角？"你们单方增资吧，我资金紧张，没法再投入。"

李力深深看杨巡一眼，道："这么一来，双方持有股份的比例就得变化，你考虑过没有？"

杨巡沉默。

梁凡敲敲图纸，道："出图时候做的预算已经不合时宜，这一年物价涨多少，去年的预算最多只能做参考，我看翻倍一下都有可能。需要慎重考虑持股比例变化。"

杨巡心中再叫一声苦，心里清楚梁凡准备在增资方面做文章，稀释他杨巡的投资。那办法太多了，他这么坐着都不用想就能顺口说出好几招。这装修上面没发票、打白条、财务虚报账目的事太多了，何止比预算翻倍，翻两倍都可以。李力和梁凡实际投入五百万的话，做账做成一千万，即使他杨巡看得出来也没招，他能拿这两个人怎么办？可是他杨巡却是实打实地投入，他得无可奈何地吃亏。

李力见杨巡犹如颈椎病发作似的僵硬地点了点头，就道："好吧，我们重新做一下预算，很快拿出预算数字请杨总确认。为示公正，我们将严谨参照杨总原先做的预算，不另行增减设计项目。今天的讨论，我们形成一个纪要，我们三个合签一下字。在最终确定增资数额前，这边工作暂停，我们会另外安排人手值班。这边有关增资的协议，我们也开始起草，方便速战速决。就这样？"

杨巡在如实记录的会议纪要上签下字，便抽身离开。走到熙来攘往的大街上，他回头看商场，知道自己可能永远失去商场了。今天这个会议才是开始，接着，等商场启动，他们还会在财务账上入手，有的是办法做亏，他杨巡将占着那没发言权的份额，永远分不到红利。这太容易了，凡是人都会想到做，只要没人钳制着。他如今唯一的指望是，起码他的股份不会稀释到零，未来除非李力梁凡他们打算上面再造办公楼，也再少有稀释他股份的机会，他等着这地块升值吧，他起码还是占着地皮的一分子。而地皮的升值，从目前的势头来看，是迅速的。

但地皮升值的预期，无论如何都不能掩盖杨巡失去商场控制权的失落，那最多只是自我安慰、自我麻痹而已。杨巡木然地又叫一辆三轮车回家，走进家门，他摔在床上，再无力气。原以为萧然会插手，他在病床上躺着的时候已经想好要求申宝田出面，给萧然一笔钱消灾，可现在看来，李力和梁凡两个都不是纨绔子弟，做事亲力亲为，又兼速战速决、心狠手辣。完了，商场完了，他指望最大的商场完了，他原本准备拿它当作事业转折的商场完了。这个时候他再也疯跑不起来，他只会瘫在床上，眼泪像泉水一样地涌出，不能止息。他也没了号叫的力气，他的嘴角溢出的是抽搐。

杨速回家，看到大哥跟死人一样灰败的面孔，吓死了，几乎是扑着上去，大叫："大哥，大哥，你说话，你眨眼也好。大哥……"摇了几下，见杨巡没有答应，他忙一把扶起大哥，想再去医院。

杨巡这才道："老二，放下，做饭去。"

杨速见大哥说话，才稍微放心，将杨巡放下，看来看去，终于道："大哥，我们不担心，我们以前比现在还穷，什么都没有，可我们不是走过来了？大哥，不管商场怎么样，我们还有很多别的。你千万别放弃，你有我们兄妹，我们都支持你。你坚持，大哥，你坚持，你是我们兄妹四个的主心骨，你千万要坚持住。"

杨巡将头转开，避开杨速，心里恹恹地想，他坚持，谁来支撑他？他真累。

杨速见坚强的大哥眼下如此软弱，也不由跟着掉下眼泪，半跪在床边道："大哥，别灰心，你有我们，我们永远跟你在一起的。大哥，大哥，大哥，我还是背你去医院吧，大哥，医生说你要好好将养。"

杨巡被杨速烦死，无力地道："车子找回来没？"

杨速连忙道："找回来了，大哥，昨天就找回来了，大寻开的。"

"哦，给我安眠药，我吃了睡觉。你今天就找人拆木器厂，越快越好。走吧。"

"大哥，缓一天吧，我得守着你，我不放心你，大哥。妈如果在，妈不会放心你今天一个人。"

"快走。"杨巡拼力大吼一声，可声音根本拔不上去，却拉得昨晚嘶吼伤了的喉咙好一阵子咳嗽。

杨速不敢久留，伺候着杨巡吃下安眠药，只能悄悄出去。但走到外面，打BP机叫来财务，一个中年妇女，请财务帮忙悄悄照看着杨巡，时时观察熟睡的杨巡的脸色，半个小时汇报一次。杨巡不知杨速这一安排，他躺下后依然是脑袋空空，可又似乎千头万绪，烦闷了会儿，终是抵不住第一次吃安眠药，很快便进入梦乡,可那梦乡既不甜也不美,他的脸色看在赶来照看他的财务眼里,财务直觉就是老板在做噩梦。

杨速忐忑地去找寻建祥商量,两人都不知道杨巡开的那个会议说了些什么,但都估计不是好事。两人几乎不用太深入,就猜到杨巡让立刻拆木器厂,是想尽快东山不亮西山亮。不错,木器厂现在已经手续办妥,换手到杨巡手上,可厂里的工人都还没给一个交代,就这么进去拆厂子,会不会遇到什么抵抗?可是两人想到,速拆可能让情绪低落到极点的杨巡稍微高兴,而且木器厂现在也正停工着,暂时不会遭到抵抗,两人决定,不惜一切代价,先拆起来再说。

两人分头出击,找人的找人,找工具的找工具,甚至抽调人手卡住各道路口,阻挡一切闲杂人等进入,避免任何干扰。寻建祥还亲自驾车将拆厂小工载来,只为争分夺秒。饶是如此赶时间,还是忙碌到下午四点多才能开始动手。而此时早已日头西斜,天将黄昏。杨速让人立刻接上电灯,连夜开工,说什么都得把几间小平房先平了,一群人真是拆到半夜,注意人身安全的寻建祥担心小工们疲劳操作出安全问题,大家这才回家睡觉。好歹,拆掉了两间用作仓库的平房。

杨巡几乎大睡一天一夜醒来,浑身就跟被碾过似的,四肢不属于自己。因肌肉的酸痛,他才从混沌回到现实,不由自主叹出一声气,却发觉有鼾声从窗边地上传来,他侧脸看去,见杨速竟然睡在他房间的地上。他稍微想了一下,便清楚杨速这是不放心他。恍惚中,他记得杨速好像对着他喊过兄妹们永远跟他在一起的话,是啊,每次他跌倒的时候,只有妈妈和弟妹们不离不弃。

杨巡看了弟弟一会儿,见没醒来的样子,就悄悄支撑着起身,不敢穿鞋子,偷偷摸摸地出去房间,忍着浑身酸疼,开始做早餐。杨速到底是警醒,略微听到响动便迷迷糊糊醒来,一看床上大哥已经不在,立刻惊得跳起来,追出房门去看,却见大哥抿紧一张嘴,有些神思游离地在厨房忙碌。他忙走过去,有些怕吓到大哥似的,喊了声"大哥"。杨巡听见,扭头笑笑,似是很平常地扔出三个字:"洗脸去",便又专心做饭做菜。杨速小心辨认,大致看清楚大哥脸色还行,精神也还行,才去盥洗。

杨巡心里依然是烦闷,但不再多说,此时他的理智已经能够克制自己,他甚至有些加倍沉默,似是要把前面日子里多说多动的言行找补回来。他知道,他没资格随心所欲,家要养,弟妹要供,身后一屁股几千万的银行贷款倒也罢了,他下面还有那么多被他叫来的老乡等着跟他找饭吃,他就是累死也得找个地方靠着，帮他们撑住一片天。

一会儿杨速出来，小心地跟杨巡道："大哥，昨天拆迁木器厂的小工已经进场，我们先把两间仓库拆了，车间暂时没拆，来不及，而且还得等着你决定里面的一些破设备怎么处理。我跟大寻商量了一下，围墙暂时别拆，算是当作与现在市场的隔离墙。你看呢，大哥？"

杨巡心里吃惊，这么快？他记得昨天赶杨速出门时候已是中午，难道他们昨天一下午时间就召集人手，还拆了两间平房？他稍一转念，便已明白杨速的想法，但他也没表扬什么，只是问："那些工人怎么处理？"

杨速一直眼巴巴地等着大哥的回答，见大哥回答得与往常无异，不由紧张地吞口唾沫，也不知大哥平静的外表下，心里到底是怎么想的，他这时反而希望大哥的情绪反常一些，暴烈一些，而别这么如常地平静。"工人暂时没处理，我们派人守着路口，不让那些人接近。等两天后厂子平了，他们还能再说什么。"

杨巡"嗯"了一声，没有回答，心说哪那么容易，原木器厂厂长从国家手里买下厂子的时候，对工人是有白纸黑字的承诺的，现在厂子转手给他，当然承诺也得由他担着，他起码得付那些工人一笔工龄买断费。可是，他现在哪来的钱付这些？不用问，才不久前二轻局那两个厂的工人堵着他闹的局面很快又会发生。

杨速想帮忙，但杨巡摆手不让，他只能站在狭小的厨房外，手足无措地看着大哥，又小心地问："大哥，今天他们工人可能得到消息，要是几个人三三两两地来，可以对付，可如果人多一起来，我们守路口的可能寡不敌众。到时怎么应付？"

杨巡鼻端重重呼出一声粗气："跟他们说，我们只买厂，没提工人，他们有什么要求找他们前厂长去。就这个意思。"

"我明白，大哥，反正把工人该谁负责的事搞成一笔糊涂账，加紧拆了木器厂盖市场。政府没有推翻既成事实的理，以后再该怎么处理就怎么处理吧。"

杨巡点点头，盛出一碗稀饭交给杨速，自己也端了一碗出来。两兄弟速速吃完，乘一辆摩托车去了市场办公室。

除了沙哑的嗓门和蜡黄的脸色，杨巡几乎与平常没什么两样。到了办公室，先占了寻建祥的位置办公，没多会儿工夫，就把拆毁木器厂的事情全部接手，由他指挥下一步的行动。寻建祥和杨速听着杨巡几乎与以往没什么两样的清晰思路，都稍微松了一口气。虽然杨巡并没有对他们的速战速决有所表扬，或者哪怕是露出一点点的欢喜，但他们依然心安，只要看到这么个沉着冷静的主心骨回来就行了。

果然，下午开始有木器厂工人陆续得到消息，到拆迁现场吵闹。杨巡没过去亲自处理，他只是站到走廊上看，看那些工人与杨速等人吵闹，看其中有两个中年妇女拍着大腿绝望地哀哭，他知道她们哭什么，她们哭的原因跟他前天绝望的内容差不多。他只看了会儿，便旋身回办公室坐下，他站久了有些累，四肢依然酸胀。他揉揉小腿，一个传呼打给寻建祥，让寻建祥过来，商量怎么谢谢宋运辉前天相帮。他记得宋运辉前天晚上离开时候的眼神，但是宋运辉的眼神是宋运辉的意思，他却是无论如何都得表示感谢，那是他的意思。

反而是寻建祥不知就里，不明白以前宋运辉多大的忙都帮下来了，大家一直这么处着，怎么这会儿宋运辉才开车运载一下，杨巡就要急着表示感谢。他要杨巡不必急在一时，杨巡却坚持。寻建祥想来想去想不出什么，这种三不靠的日子，忽然送礼去，都不知道送什么才好。还是杨巡想了会儿，打电话给一个管冷库的朋友，让准备一箱鱼虾，要寻建祥去拿了送宋运辉家。也只有寻建祥现在还走得进宋家，而且是可以堂而皇之地进，因为全东海总厂的人都知道寻建祥是宋运辉以前在金州时候不要前途维护的朋友，寻建祥是宋运辉有情有义的证明。

宋运辉晚上回家，看到父母展示给他看的海鲜，心里便知是怎么回事。他让父母收下，但没打电话给寻建祥或者杨巡一个回复。他有意渐渐淡出由杨巡和寻建祥组成的那个圈子。他这时有些理解去年老徐渐渐淡出雷东宝圈子的心理，有些人太麻烦，惹不起躲得起，他不能一辈子扛着，他还有自己的事。

新市场的建设在杨巡这个已经指挥过更大规模商场工程的熟手指挥下，工程进度迅速推进。有人说，几乎是今天看见挖坑，明天看到柱子竖起来，后天几乎可以等着看封顶。虽然这话挺夸张，可是连建筑工程队的人都不得不佩服杨巡的指挥，服服帖帖照着杨巡的指挥飞速推进。而那些原木器厂工人的抗议吵闹，都被湮没在现场的隆隆机器声里。

工程的钱居然难得地来得容易。他跟已经贷了几千万的银行谈判：继续支持，还是收回贷款。如果现在想收回贷款，要钱没有，抵押物要收就收，他没话说，但肯定得给银行造成烂账。但是新市场造起来的好处却是显而易见的，很快就有规模效应，仗着现有的市场人气，租金很快就会到账，可以细水长流地归还贷款。明眼人谁都不会算不出这笔账，于是银行只好硬着头皮答应再贷一笔款给杨巡，专款专用，建造新市场，算是开源的意思。杨巡当然知道投桃报李，拿到贷款后，偷偷塞了主要负责人八千美元。

这个时候，寒冬已经过去，初春也已经过去，即便是水泥钢筋的城市里，都绽放出春天的气息。轰轰烈烈的夏天正势不可挡而来。

《清明上河图密码》

1-6册大全集

冶文彪　著

隐藏在千古名画中的阴谋与杀局

激发个人成长

　　多年以来，千千万万有经验的读者，都会定期查看熊猫君家的最新书目，挑选满足自己成长需求的新书。

　　读客图书以"激发个人成长"为使命，在以下三个方面为您精选优质图书：

1. 精神成长
熊猫君家精彩绝伦的小说文库和人文类图书，帮助你成为永远充满梦想、勇气和爱的人！

2. 知识结构成长
熊猫君家的历史类、社科类图书，帮助你了解从宇宙诞生、文明演变直至今日世界之形成的方方面面。

3. 工作技能成长
熊猫君家的经管类、家教类图书，指引你更好地工作、更有效率地生活，减少人生中的烦恼。

每一本读客图书都轻松好读，精彩绝伦，充满无穷阅读乐趣！

认准读客熊猫

读客所有图书，在书脊、腰封、封底和前后勒口都有"**读客熊猫**"标志。

两步帮你快速找到读客图书

1. 找读客熊猫

2. 找黑白格子

马上扫二维码，关注"**熊猫君**"

和千万读者一起成长吧！

长篇小说

三

大江大河

全景展现改革开放以来中国经济、社会、生活变迁

阿耐 著

北京联合出版公司
Beijing United Publishing Co.,Ltd.

图书在版编目（ＣＩＰ）数据

大江大河.三/阿耐著.-- 北京：北京联合出版
公司,2018.6（2025.6重印）
（大江大河四部曲）
ISBN 978-7-5596-2044-6

Ⅰ.①大… Ⅱ.①阿… Ⅲ.①长篇小说 – 中国 – 当代
Ⅳ.①I247.5

中国版本图书馆CIP数据核字(2018)第087235号

大江大河.三
作者：阿耐
责任编辑：徐樟
选题策划：读客文化　021-33608320
特约编辑：尹舒慧
封面设计：所以设计馆　蒋咪咪
版式设计：黄巧玲　余晶晶
责任校对：绳刚

北京联合出版公司出版
（北京西城区德外大街83号楼9层　100088）
三河市中晟雅豪印务有限公司印刷　新华书店经销
字数600千字　710毫米×1000毫米 1/16　36印张
2018年6月第1版　2025年6月第13次印刷
ISBN 978-7-5596-2044-6
定价：320.00元（全四册）

1994年

18

雷东宝在这个春天的清明时节，照旧给宋运萍上坟之后，两脚一拐，拐到老书记的坟前。

因为老书记死得不明不白，他家人虽然闹过一次，可终究这事不是见得天日的，他家的人此后一直无法在村子里抬起头，因此清明自然是赶个星星还挂在头顶的黎明，赶在众小雷家族人前把坟上完。因此雷东宝到老书记坟前的时候，坟头新土已垒，杂草已除，蜡炬成灰。

雷东宝才刚站住，韦春红已经随后跟来。韦春红见雷东宝俯身细看坟碑，不由奇道："咦，你当是逛街啊，谁家门口都串串。"

雷东宝摇头，自言自语地嘀咕："乙丑……一九八五年，八五，八六，八七……"雷东宝掰着指头数了会儿，倒吸一口冷气："都十年啦，呵，十年。"

韦春红不解，但她挺迷信，当着人家坟头她就不问了，等雷东宝在坟前规规矩矩拜了三拜，两人一起走到山脚下，韦春红才轻问："谁啊，族里长辈？"

雷东宝摇头："老叔，我之前的大队书记。"

"那他去那年年纪还不大啊，生病？"

雷东宝还是摇头，可欲言又止。这会儿韦春红却想起来，一拍手道："我知道了，以前这事还真全县都知道。看起来你们小雷家村的书记位置不好坐，谁坐谁翻船。"韦春红说着，忍不住抬头瞟向刚才遇见现任党支书雷士根的方位。

"对，邪门。"雷东宝听着点头，这时一路都是村里人络绎不绝地上山下山，不断有人与雷东宝打招呼，雷东宝都没法跟韦春红细说。他似乎有很多话想说，可又说不出口，他站在老书记坟前的时候心里很多感慨，他不知道他今天在做的一些事放到十年前，他当时做不做得出，他做出的话，旁人又如何看待他，他怎么看待自己。他也不知道老书记十年前的事如果放到今天，老书记还会不会羞愧地走上绝路。也很可能老书记换作今天就不用做出伸长指甲的事，因为今天的分配他已经有意识地做了侧重，老书记既然能得到应有的一份收入，又何必为了儿子结婚绞尽脑汁贪公家的。他站在老书记坟前的时候，隐隐觉得老书记当年有些冤，他当年似乎不应如此赶尽杀绝，做出大动作的处理。

路上一直人来人往，韦春红因此到家才问："以前听说老书记贪污，贪好几万？"

雷东宝摆摆手，道："别提了，这点子钱，放现在跟毛毛雨似的，那时候人眼里揉不进沙子。"

韦春红没放过雷东宝，瞅着婆婆出去，小声问："你处理的？肯定你处理的。"

雷东宝白韦春红一眼："操，不说闷死你？"可心里闷闷的，好多话憋在心里想说，看韦春红冲他狐狸精似的一笑，转去厨房，他忍不住跟了进去，闷闷地道："社会变很多了啊。"

"人也变多了。以前这事谁都恨，现在捞得着是本事呢。今早吃饭早，再吃个清明团子吧，我一起给你热了。"

雷东宝没听见似的站着发愣，愣了会儿，就转身出门了，抛下一句话："我上班去，你自己回去，路上小心。"

"吃了再走，中饭还早呢，别半路饿死。"韦春红追着出来，拉住雷东宝坐下，给他倒一杯茶，才又折回厨房。她准备离开小雷家后去前夫坟上走一遭，但这就不跟雷东宝说了，说不说都一样，雷东宝又不可能跟着她去拜她前夫。不过她刚才倒是去宋运萍坟前拜了，这还是进雷家门后第一次，雷东宝这回让她去，她也是诚心诚意地去。拜的时候她暗祷宋运萍保佑她给雷东宝生个儿子，虽然她自己也知道，这个指望非常渺茫。

雷东宝喝茶吸烟，再想起老书记，心说如果照过去的标准，他现在是比老书记还坏，估计士根现在看他，是又生气又无奈吧。可是他这不也是大势所趋吗，要再跟以前一样，还有谁跟他干，都肯定学着忠富跳出去单干了。这世道，真是越来越说不清楚。

雷东宝闷声吃了清明团子，与韦春红一起出门，去往工地。工地上面，新车间的框架已经搭出来，上面屋顶也已经做好，这一套现在都做得熟门熟路，不需再找工业设计院绘什么图纸，雷霆公司自家的工程师能就着原图纸把工程做出来。当初村里出钱送孩子们去读大学，到底还是读出点花头来了，现在一个个都能派上用场。工地上现在一边砌墙，一边安装行车，车间地面的设备基础则是处于保养期。一切都有条不紊，但这回一切都不是在正明指挥下开展，而是另有其人，是小雷家的后起之秀。雷东宝年后无视正明的不快，将指挥权交给新人。新人得到指挥权则是欣喜若狂，知道这是他们新人的机会，因此那么一帮新人齐心协力，出谋划策，由一个在外地合资公司干过一年技术员的新人统筹，有机安排安装计划，使车间土建和设备安装一起上，据说这叫立体施工。新电缆车间工程竟然做得有模有样，进展迅速，让雷东宝很是欣慰。

他到现场看了会儿，便走开不管了。他相信那些新人肚子里都藏着一股劲，不需要他催，不需要他骂，这些人自是拼命地想做出成绩向他献宝。

到了办公室，见正明和红伟都在，似乎是等着他回来的样子。雷东宝看看红伟，伸手一把抓乱红伟的头发，道："你喷多少摩丝啊，头发都硬得火柴棍一样。"

"这叫发胶，喷摩丝的是正明，你看正明头发还绕出个圈圈，比娘们儿还娘们儿。书记，中饭让吃吗？"

"吃你自家，你又不是外人。"雷东宝坐下，看看两个手下一个刺猬似的头，一个大盖帽似的头，越看越难看，只好当作没看见，对红伟道："祖宗大人拜了？"

"拜了。书记，刚见你在老叔坟前拜，大家都说你念旧。"

"念个屁旧。说吧，留下来有什么事。对了，十七日晚上你回小雷家住，我们新设备定位后打算拜一拜，你也参加。"

红伟惊愕，看看也同样惊愕的正明，伺候着雷东宝的脸色，道："你以前不是说不搞迷信的吗？"

"都在搞，我听他们小家伙说，合资公司香港老板更相信。你看人家钱赚得那么好，我们也学吧，别把神仙菩萨往别处赶。说吧，红伟，你现在没事难得来村里。"

　　红伟又愣愣地看了说得煞有介事的雷东宝会儿，才说出自己的事。"省电缆的合资下来了，他们行动很快，立刻从国外进口设备，听说做出来的那种型号电线以前全靠进口，全是用在高级微机上面。听人说，老外看中的是省电缆工程师多，能动脑筋开得动外国设备。如果这样的话，我们倒是不用愁了，我们的销售客户不是同一类。"

　　"好消息。"雷东宝立即肯定，但随即埋怨，"听说他们现在大学生为了留省城落个省城户口，什么小国有都肯去，街道工厂都有人打破头想挤进去，省电缆算是好的，里面的大学生还能不多？你看小辉那儿招人，每年进两三百个大学生，只有我们村八抬大轿抬出去都没大学生来，想要大学生还得自己出钱培养。正明，你说，我们能不能做这种微机用的电线？"

　　正明道："有次展览会我见过，恐怕这玩意儿太高深了，不知道里面铜丝的成分是不是与普通电线不同，靠眼睛看不出来。要不问问那几个大学生？他们懂得多。"

　　雷东宝道："你别酸了，他们懂得再多也没你看得多，现在有展览有会议，还不都是你占着名额。这事我看我们得做起来，正明，你现在开始调查，除了我们在做的，还有省电缆准备做的什么微机专用线，我们这一行还有些什么线什么缆，你都调查出来，列个表。什么设备国内能生产，原料国内能买到，我们又还没有的，我们上。他们省电缆盯着一条微机专用线，我们就大而全，只要有客人来，啥都能在我们这儿买到。"

　　红伟看看雷东宝，但是没说话，听着正明说雷霆公司缺的还有些什么什么产品系列。等有人跑来叫走正明去听电话，红伟立刻起身将门倒锁，对惊讶地看着他的雷东宝道："书记，我正是要跟你谈这个来的。这回看他们省电缆合资后走这条路，我想了很多。你说老外都精得很，为什么一上来就上微机专用线的设备？他们现在有钱，他们完全可以做足系列，压低价钱，把我们一些野鸡部队的厂子都打死，可他们为什么要走另一条别人从没走过的路？"

　　雷东宝毫不犹豫地道："这种线国内没有，价格能卖得好呗，弄不好还能出口挣外汇。"

　　"对了，书记。但是为什么他们的线能卖出好价钱，为什么国内没有？我想来想去，最关键的问题在这里。一条，他们设备稀罕，外国人自己带进来；另一条，他们设备贵，我们寻常还买不起，就算是买得起，我们这种乡镇企业也别想批到外汇；再一条，他们有一抓一大把的人才，这些人才都是正规大学出身，比我们的不知高明多少，他们做得出的东西我们做不出，你看正明说的，就算是让他看到了他也不知道里面是什么东西，就是这么回事。"说到最后的时候，红伟有意压低了声音，到底是背后说正明不足，"书记，你说省电缆有这些优势在，他们又何必跟我们肉搏挣点苦哈哈的小钱，他们乐得又舒服又挣大钱，把肥肉吃完，扔一块肉骨头给我们那么多厂子争着啃。可是我们呢？我们去年刚把大家都买得起的最小一套设备放弃了，我看我们很快就得放弃第二套、第三套设备，很快，你信不信。他们靠着第一条设备挣钱，很快就能存下钱来买第二套设备，到时候我们很快就得淘汰现在的有些简单的设备……"

雷东宝听到这儿，长长地"噢"了一声，伸手按住红伟的胳膊，让红伟暂停别说。他想了好一会儿，哈哈一笑，道："红伟，你要批评我，直说是了，绕来绕去做什么。好，我承认我说错了，不应该说所有系列我们都做这种蠢话。"

红伟笑道："你是领导，嘿嘿，得给你面子。不过书记脑子转得真快，这件事我想了好几天才想明白，你才眼珠子一转就明白了。"

雷东宝笑道："操你娘，马屁有你这么拍的，不怕肉麻死我。你还不如说我一早就比你英明，早想到上一套电缆设备不上几套电线设备。"

红伟听了也哈哈地笑，笑了会儿，才道："可不是，我想说的正是这些。那些别人很快能赶上的设备趁早卖了换现钱，赶紧扩大我们的拳头产品生产，早点占住市场。就学那个省电缆的样，他们老外啊，经验多。"

雷东宝点头："你都说到这份上，我再傻也该想到这些。回头我把这些设备算算，看周围哪个小子顺眼，我们把设备优先转让给他们，正好腾出地来我们上新的，省得又填好好的粮田，心疼。"

但雷东宝说到这儿，忽然想到什么，伸手有点莽撞地一把封住红伟又想拍一句马屁的嘴，瞪着眼睛盯着墙壁深想。红伟将脸挪开，静静等在一边不语。等了会儿，听雷东宝问一句："你知道谁家电线做得最好？"红伟忙道："有，有两家，有次我们这儿电线不够，我跟他们拿的，拿出来的货色没比我们做得差。"

雷东宝笃笃地敲着桌面，又考虑了会儿，道："红伟，我有个大计划，我看我们以后电缆设备都别上了，直接再上铜设备。不过这是后话，现在该做的，你听着。那家做得好的小厂，你去跟他们谈。我这儿拆下来的设备给他们，以后就拿做出来的电线交给你卖，来抵设备款，你看他们肯不肯答应。如果他们抽不出第二套设备的流动资金，我们还有一个办法，我们这边提供他们原料，他们给我们加工，加工费抵设备款。你明白？"

红伟看住雷东宝，想了会儿，道："书记，你的意思是我们怎么想办法，虽然把低级设备分离出去，可还是把那些产品通过其他办法抓在手里。雷霆公司现在专心做拳头产品，我的贸易公司则是做得大而全？"

"你也聪明，一点就透。我这么想，我们怎么想办法，把周围这些做电线的小厂都鼓动起来，挑质量好的，我们把我们登峰的牌子让他们一起挂，挂登峰牌子的放到你的贸易公司下面一起卖。我们贸易公司有赚，他们也有赚，都得利。你看他们肯不肯答应。"

红伟道："我跟他们去谈，看看他们什么想法，我随机应变。这是好主意，正好把我们不想做的利润薄的分出去，又不减登峰的产品系列。关键是……"红伟鬼鬼祟祟地笑两声，低声道，"登峰的牌子我们从雷霆拿又不要钱，可赚来钱都归贸易公司。"

雷东宝笑道："我没说，谁说让你白使登峰牌子了？"

红伟笑道："登峰的牌子不给我使，还给谁使？谁使都没我用得好。书记还有什么吩咐？"

雷东宝挥挥手让红伟回去，自己关上门想他的主意，他感觉刚才想出来的招数是个好主意，可似乎还可以完善。雷东宝天生一股子的霸气，管他的小雷家是理所当然，别家村子的他也想染指，最好把盘子做得越大越好。他早看周围野狗一样围着他雷霆跑的小电线厂不顺眼，早想大手把这些跟着他啃骨头的小厂收进囊中，可一直苦无对策。这些小厂又不开在小雷家村，他鞭长莫及。而刚刚想到的利益收编，或者可以把这些小厂都抓到他的囊中，听他统一指挥。他很想立刻跟着红伟去谈判，但是他知道自己脾气，他这人去谈判，很可能没几个拉锯下来就受不得对方磨叨，最后拔出拳头说话，很可能坏事，还不如让红伟这个精灵鬼去混。

雷东宝等着红伟反馈，自己则是叉着腰站到墙壁上挂的市区大地图面前。那地图上面用图钉标出周围电线小厂的地理分布，从地图上看，小厂就是围绕着雷霆公司，放射性地散布于小雷家周围，享受着雷霆培养出的技术工人，享受着雷霆卖出去的铜棒，享受着被雷霆带出来的销售市场。雷东宝看着心想："妈的，我怎能让他们白占了雷霆的好处。"

他想来想去，初步的想法，就是用红伟的贸易公司出面整合这些小杂毛。但一时想不到该怎么做最好，他是恨不得拿捆绳子出去，一个个地把这些杂毛捆到他手心来，可问题是人家不是软蛋啊。他想到，镇里不是在雷霆有股份吗？何不让镇里出面，先把镇里所属范围内的小电线厂拿下？他按兵不动，静候红伟回来汇报。

但等夜间，雷东宝一听红伟的汇报，立刻火冒三丈："什么，给他们天大的好处，他们还不领情？"

红伟道："我听着他们的顾虑也有一定道理。他们想到我们给包销的话，时间久了，他们得与买主失去联络。万一哪天我们这边翻脸，他们不就随便我们拿捏了吗？虽然他们客客气气说不敢麻烦雷霆，不好占雷霆便宜，但我看是他们不想也不敢把主动权交到我们手里，这是人之常情。"

"废话，什么人之常情。这地方做电线本来都是揩我们的油发家，他们不听我们的还能有理？"

"话虽这么说，可我们也不能逼着他们听我们的啊。"

雷东宝黑着脸考虑了会儿，道："我忍他们几天，等我想出办法再收拾他们。"

红伟有可无可地点点头，但没真往心里去，他认为这是雷东宝的场面话："对了，有件事早上忘了说。我们的登峰牌子让周围小厂冒用已经不是一天两天，都说雷老虎厉害，不敢明着用'登峰'两个字，可什么'澄峰''登锋'之类不小心就看错的名字不少，我上回找人骂上去过，可人说他们又没用'登峰'，许我们叫张三，不许他们叫张二吗。书记你看想个什么办法阻止好。"

雷东宝恨道："给他们正的他们不要，不给他们，他们使歪的。可惜我现在不能动拳头。"雷东宝不得不想到宋运辉每次来电时苦口婆心提到的话，他现在还在服刑期内，不得轻举妄动。"红伟你真没办法？"

红伟摇头："没有。去年你待里面的时候，我们给组织去镇工办学习什么修改后的《商标法》，上面老师说的这也能管那也能管，可真做起来，哪儿都管不住，谁管你'澄峰''登锋'啊，我们还算是名气小的，人家中华鳖精一出来，现在全国满地开花都是各式各样的鳖精，国家哪儿管得住？"

雷东宝奇道："《商标法》？怎么说？"

红伟笑道："这还真说不清，要不书记问问小三，他那天硬要跟着去听课的。"

小三是红伟的族人，他们史家人在小雷家属于少数民族，等红伟得势才抖起

7

来。小三当年靠着红伟的关系拿到公费读大学的名额，是唯一读财会的男性，当年没少被人讥为娘娘腔，如今则理所当然是新人团中的一员。今天被红伟举贤不避亲，雷东宝立刻就想起这么一个人。这小三他印象深刻，做事干净利落，说话简明扼要，虽然眼下雷霆的财务经理被镇里派下来的老会计占着，小三只是普通一员，可雷东宝有事都习惯找小三。没想到小三是个好学上进的，连法律都懂。

等送走红伟，雷东宝就站到门口路上扯着嗓门大喊："小三，小三，来我家，快。"

雷东宝几嗓子下来，小三没出来，小三爸飞快地推着车子从一条小路拐出来，老远就气喘吁吁地道："书记，小三还在工地，我这就去找他，你稍等会儿。"

雷东宝应了声"去吧"，就旋回自家房门。韦春红大概是有空了，打电话来聊天，雷东宝三言两语就打发了，他不是个聊天的好手。

一会儿小三来了，戴着一副金丝边眼镜，本来白皙的一张脸因为最近跟着新人帮混工地，晒黑不少。虽然来得匆忙，但气定神闲，没他爹从家门出来就气喘吁吁的相势。雷东宝这回有意冷眼旁观，忽然感觉小三有些宋运辉的意思。他让小三坐下，还是小三拿起茶几边的热水瓶给雷东宝倒了水。这点就不像宋运辉了，宋运辉的谱儿一向大得很。

雷东宝的注视，害得小三进来时的气定神闲难以保持。雷东宝不为难他，道："我们登峰电线的商标是怎么回事？"

小三奇怪雷东宝问他这个问题，就道："我们这商标是自己说的，没去工商注册。意思就是，如果有人把登峰拿去用，法律不保护我们。如果别人抢先把登峰注册了，我们以后还不能再用登峰。"

雷东宝听了惊异，奇道："我们用了那么多年都不算？市面上谁都知道登峰是我们家的啊。"

小三认真地道："法律只认你注册没注册，没注册就不保护。"

"噢。"雷东宝点头，这话他还是第一次听说。不过他把这归因为当年镇里培训时候他坐牢，没法知道。"那么说，人家叫什么'澄峰'电线'登锋'电线的话，我们都没办法了？那赶紧去注册呗。"

小三道："是的，得赶紧注册，不过听说注册得花一番功夫。没注册前人家想叫什么我们理论上是管不着的，他们就是明火执仗地叫登峰，我们也只能私下解决。"

雷东宝听着连连点头，道："我明天把你抽出来，专门做商标注册的事。财务照做，忙不过来拿回家开夜工。然后你再告诉我，等我们注册后，我们该拿那些杂毛澄峰啊登锋啊怎么办。"

"要通过政府帮忙，通过法律手段，比较烦琐，还得看我们在政府那边说不说得上话。"

"噢。"雷东宝继续点头，小三这么说，比红伟说得可清楚多了，"你这么晚在工地干什么？"

小三没想到雷东宝下一句就把话题转开，愣了一下才道："帮他们看着进程，随时修改计划，免得各方配合不上。"

"那不是调度吗？"

"是啊。我心细，他们相信我。"

雷东宝又是点头，鼓着嘴看了小三会儿，道："原来是你在调度。"这回新人出手，大家，尤其是正明，都在等着看新人们手忙脚乱的好戏，可那好戏不多，有也是客观原因造就，而非新人们的责任。原来是这个小三背后在做调度，看不出来，平时都看他待在财务室，不知道他也混调度。"你懂工程？"

小三被雷东宝的牛眼盯得背脊直冒冷汗，硬撑着一口精气，道："不懂。不过我管了几年财务，为了合理调度现金，不让钱少的时候跳脚、钱多的时候睡银行，我一般都核计着厂里的生产计划调度资金。多算算好像也摸出点门道来，工程也差不多，只要环环相扣，查仔细点，一个环节都不让落下就不会错。"

雷东宝其实一向挺讨厌小三说话不紧不慢、娘娘腔的调子，可今天听小三说话却很喜欢。小三说的计划，以前宋运萍做过，宋运萍也是个细心的，几乎是提前一个月就能给雷东宝一个计划表，让雷东宝照着用钱。雷东宝肯对宋运萍百依百顺，那时财务风调雨顺。他有些想知道小三究竟做了些什么，就道："你说的财务计划，放哪儿？我看看。"

小三一下慌了："我这是自己做给自己看的，书记你别当真。"

"去，拿来给我看。"雷东宝一声令下，小三拔腿就出去，骑着他爸的自行车赶赴财务室取资料。雷东宝看着小三出去的方向，心想，以前他有个士根当助手，很多小事不用操心，不知道这个小三如何，能不能考察下来做他助手。

小三很快就拿着资料回来，有些忸忸怩怩地交给雷东宝。雷东宝虽然粗，可对钱进钱出却是清楚得很，拿来小三的表格一看，就知道这表格有货。表格中把雷霆一个月的管理支出都作为一个附表，然后分别按日期列入总表中。又按照生产计划列出付款和收款可能，再一列，对照着的则是银行存款，基本上能做到两三天之内不让现金躺银行睡大觉。当然，计划没有变化快，生产任务随时得调整，应收应付也得随时做出调整，雷东宝看到小三的表格右边留出足足的备注一备注二备注三等项，这个月的前几天已经做了好几次调整，调整是整体性的，这儿提一些那儿拉一些，到最后还是能保证银行里的资金平衡。

雷东宝知道，像小三这样一个头顶起码有二十个人只要一句指令就能彻底打破其预算计划的小人物，还能被他突击检查就拿出可供参考的资金预算表，那得有很不错的耐心和毅力，还有很不错的细心和专心。雷东宝心里更是喜欢，但是嘴上没说，将资料交还小三，又歪着头盯着小三看，心说这样一个人，放在财务室里做个小财务，是不是太伤料。小三不知道自己做的预算表单雷东宝看了心里怎么想，他在雷东宝上眼里都看不出端倪，只好坐在沙发角落满心忐忑，这时候他一贯的气定神闲更维持不住了。

雷东宝这时手里已经有很多卒子可用，不像过去，捡到箩里都是花，看到只要有些能耐就大胆提拔，他现在对新手也开始挑三拣四，除了技术人员依然缺乏。他盯着小三想半天，道："你回去给我想好，注册商标后对我有什么好处，注册后我可以怎样打击那些冒充登峰的人，打击后我可以怎样把他们收编给我雷霆用。"

小三一听，立刻道："前面两条我想得出，后面一条我没办法，书记。"

雷东宝却反而一笑，道："挺实在。行，去吧，别去工地了，给我想商标的事。"

但是小三走后，雷东宝一个电话挂到宋运辉那儿，就把商标的事全搞懂了，不用小三明天翻看资料后说明。雷东宝又把想收编周围小厂的打算与宋运辉一说，宋运辉笑道："这有什么难的，你现在是县里的利税大户，你只要打着李鬼影响你李逵经营的旗帜要求县里打击假冒注册商标，关停整顿那些小厂，几番折腾下来，他们还不乖乖自己投到你门下寻求联营。大哥，你一定要记住，你要依靠政策，依靠政府，不能当孤胆英雄。但之前，你得设法抓住一个典型，抓住一两家小厂的劣质产品大做文章，制造影响，影响做得越大越好，然后才能让坐机关的人听到你的声音。"

"太不要脸了吧。"雷东宝听了心里亮堂，可嘴里却冲口而出，因为心里还是觉得宋运辉说的办法充满阴谋诡计，不过他能接受，他心说现在还有什么做不出来的。怕宋运辉听了脸上挂不住，忙道："好主意，我拉下脸去做。就是又得跑县政府，我想到这个就头大。他们还恨我。"

宋运辉道："明天上班我给你一份传真，你跟着上面的人找去县里，我会给你打好招呼。你撇开低级设备低级产品的主意不错，很不错，从理论上说，这是提高利润率的最好办法。整合那些小工厂挂你登峰牌子的主意也很好，假手外力扩大自己实力和规模，还可以坐享一份便宜利润，很不错，对我也是个启示。你这事先别拿出计划来，我找人咨询一下，看看国外有没有类似成熟经验，我记得有。你别心急啊，别弄得跟过去联营厂似的，最后搞砸自己牌子。"

雷东宝听了惊讶："真对你有用？你那么大厂还要到我这儿取经？"

宋运辉笑道："你这人有超常的直觉，过去的经历表明，你的直觉常常走在社会变革前面。我以前看到资料里有说，美国有些大公司自己没有生产厂家……慢着慢着，我也不是最说得清，还是去请教一下别人。你今天倒是有空？"

"是啊，我总不能每天都跟客户喝得烂醉吧，反正客户都是我铁哥们儿了，一顿不喝也没啥。你怎么也有空，没去找陶医生谈对象？你们俩到底发展了没有？"

宋运辉笑道："没发展，我忙。"

"你再忙也不能不管个人大事啊，你这是借口，你一定想着你那个女学生。春红说陶医生比女学生好，说陶医生家里家外一把抓，女学生一看就是个娇气的。我看女学生比陶医生好，你们感情好，女学生又是没结过婚的，一手，对你一心一意。"

宋运辉听着好笑："你们两个闲得慌，拿我嚼舌头。挂了。"他不想跟雷东宝解释感情问题，那无法说清。

雷东宝才不会纠缠于宋运辉的私情，他更兴奋于宋运辉刚才提到的两件事，首先他小雷家的生产渐渐恢复正常，对呀，登峰又开始向县利税大户挺进，他确实应该据此在县里有所作为，他已经远离权力太久了，他是多么怀念当年跟着陈平原要风得风要雨得雨的日子；其次是宋运辉答应帮他引见，这太重要了。因上回入狱，他与县政府断绝联系，彼此隔阂颇深。因此，再回县政府，他需要一个突破口。雷东宝很是期待，他现在是如此地热衷于来自上面的青睐，失去之后才知可贵。

　　第二天，小三在众目睽睽之下，拿着有关《商标法》的报告来到雷东宝办公室。虽然雷东宝已经清楚小三要说的是什么，虽然小三说的没有新意，而且雷东宝甚至已经从宋运辉那儿得来解决办法，可雷东宝还是耐心听小三讲述。雷东宝听着小三说得八九不离十，政策方面的问题有些比宋运辉说得还详细，心里比较满意，当即封小三为他的秘书，从财务部脱离出来。

　　小三被搞得挺没意思，昨晚雷东宝惊天动地一喊，喊得大家都知道雷东宝找他，都以为有什么好事降临到他头上，没想到竟是让他当秘书。女孩子才当秘书呢，他以前读个财会都已经被人笑话娘娘腔，再当秘书算是什么事儿。他心中顿时生出一些离别意。但是雷东宝却要他立刻去财务办移交手续，又要他立刻开始注册商标，然后还要他去办事儿的时候去红伟的公司，到红伟的公司也挂了个职。

　　小三做得怨声载道，还得承受同伴们的嘲笑。原来是会计，多要紧的职位，上上下下的人走进财务室都对他客客气气，而如今却成了秘书，如此可有可无的位置。虽然他的办公桌给搬到雷东宝的办公室，可那更麻烦，每天得被雷东宝管着，一点自由都没有。走进走出雷东宝办公室的人又都是大佬，谁高兴了都可以在他头上摸一把，因为他最小。而且他还不知道秘书该做什么工作，雷东宝除了让他做注册商标的事和继续做资金预算，其他都没布置，让他自己见机行事。小三坐在雷东宝的办公室里，看着人进人出，电话不断，被烦得没法做事，即使安静下来的时候，身边有雷东宝在，他也浑身不自在，精神没法集中。每天上班最快乐的事就变成出去机关办事了。

　　雷东宝一看，这倒是一件好事，他这儿拿得出手的文化人少，以往去机关办事，资料方面老是丢三落四，经常他已经跟上面的主管领导联系好，他小雷家的办事员却跑好几趟都没完，气得那边主管领导打电话追骂。现在终于来了个都不用他事先打招呼，自己能把资料准备齐全，而且还能知道怎么办，办不成才找他雷东宝出马的人。阴差阳错间，小三挂着秘书的名儿，却做起办公室的事儿。没多久，雷东宝越看越中意，就把原来的办公室主任削了，换成小三，人称小三经理。

　　小三跑多了机关，长多了窍，针对雷东宝给他的宋运辉的主意，他想了又想，又找在机关的校友商量，还找在日报社工作的同村人商量，拿出具体措施。报告递交给雷东宝的时候，雷东宝懒得看，要小三演说。小三无奈，他是在雷东宝积威下长大，现在跑机关跟跑自家门似的，唯独看见雷东宝心里犯怵，可也只能说。雷东宝听来，越发觉得小三像宋运辉，事事都有算计，环环都能相扣，只是气势上缩手缩脚，可见是没干多实事的缘由。雷东宝稍作修改，改得符合他的风格了，让小三布置下去，开始实施。

此时，人们看着小三的白脸眼镜，都觉得小三不再是娘娘腔，而是白面军师的模样。

19

周六傍晚，在上海出差的宋运辉在同事惊异的目光中独自打车出门。同事的惊异在于，宋运辉出差行程一向都安排得密不透风，可他这回一早就让留出周六和周日时间不许安排，而且，同事们看到，宋运辉从外面回来后。特意冲洗一身热汗，又换上干净纯白短袖和浅灰长裤才走，离开时，眉梢眼角都是笑意。尤其是他的秘书最惊讶，连秘书都不知道他去做什么、见谁。

宋运辉基本上是掐着时间去梁思申的别墅，因为梁思申白天在临时办公室上班，别墅没人。没想到在别墅大门口下车，门口保安不让进去，说这家主人有令，不招呼男人。宋运辉有些哭笑不得，不知道精灵古怪的梁思申为什么想出这样的条令。但他做了那么几年官，身上有自然流露的气势，拿出名片与保安稍微交涉，保安还是犹犹豫豫地把他放进门了，还周到地给他指了路。

天色还没暗下来，宋运辉很容易就找到了梁思申那与众不同的别墅，这时别墅已经灯火辉煌，而且似乎还比其他家璀璨了一些。宋运辉用他专业的眼睛仔细辨认一下，不是他的判断出问题，而是梁家的灯光布置有异。那么，梁思申就在家里了吧？宋运辉还是第一次在非公共场合会见梁思申，一时心情非常激动，走上台阶时，心里一直在想，梁思申会穿什么，她说的晚上她会安排，她自己布置的家究竟什么模样？

没想到开门的是个面色淡黑的东南亚女子。宋运辉随菲佣小王进去，就看到梁思申的外公盘踞在一张古色古香的床榻上，床榻周围簇拥着漂亮而茂密的耐阴植物，枝枝蔓蔓地垂挂在穿着秋香色丝绸长袖中装的外公身边。外公看到宋运辉就笑道："你英语还真不错，来，请这儿坐，先吃些小点心。我有些问题要请教你这个中国企业家。"

宋运辉挺不习惯这样风雅的环境。老徐家虽然也是到处古家具，可看上去没梁家的闲适。他找一把黑魆魆的太师椅坐下，立刻赢得外公一声喝彩："好眼光，你挑的椅子正是我最中意的，我闲时不歪罗汉床的时候，最喜欢靠这两把太师椅上看书，这可是我上月才拿珍藏多年的一块田黄一块芙蓉三顾茅庐换来的。呵呵，光顾着说话，你尝尝小点心，我专门请一个点心师傅做的，拍思申马屁。"

老头子滔滔不绝，宋运辉都没法插嘴，只好闷声吃点心。他挑了块小巧雪白的点心一尝，清爽的薄荷味，让刚从闷热外面走进来的人浑身一爽。他从小艰苦，长大以后虽然见多识广，甚至吃到海外，可还是第一次见到如此精美细致的点心。他对于吃喝一向不讲究，且是个自我节制的人，美食于他可有可无，可这块小点心却让他食欲大开，一块之后立刻又毫不客气地来了第二块。

外公看着笑道："好，你也爱吃，只有思申跟我对着干，说里面有mint不好吃。这丫头，我说东她偏说西，她一说来上海办事，我特意请了两个女佣伺候她，她还嫌我，气得我真想搬出去住……"

"是啊，若不是看我孤单没人照料，您老早自个儿风流快活去了。咦，Mr.Song，你来得真早，对不起，我塞车了，我又不熟悉路，不敢绕小路转出来。Mr.Song等我会儿，我把上班打仗的铠甲去换了。"

"去吧。"宋运辉转身看去，见梁思申一丝不苟的职业装，果真是铠甲的感觉，不由会心一笑。

外公冷眼旁观，可嘴里却一点不闲着，只给宋运辉说两个字的机会，不再多给。"你看看，小宋，我现在就是寄人篱下。没办法啦，我年纪大了，八十多啦。虽然法律只规定小孩子是无行为能力人，可大家全都拿我这种七老八十的人当作实际无行为能力人，家里要是没人给我撑腰，不知道多少人欺负上来，就是一个小姑娘撑腰也是好的。我现在什么都求着思申，就是买一个大院子，也得等思申有工夫陪我去谈，不然不敢去。你看，所以我只能拍她马屁，好吃好玩哄着她。你要看看吗，我的院子可好了，老法租界的，墙高院深，看进去全是味道。"

宋运辉只是微笑，并不附和，他知道老头子是什么样的人，不会被老头子真真假假的话所迷惑。外公一时有些拿宋运辉没办法，想了想，才又找到话题："你来上海干什么？融资？"

宋运辉这才微笑道："我来接触两家工厂，他们当地的地方政府希望我们带动他们的技术，我看看有没有合作的可能。"

"那不是思申的强项吗？你找思申咨询来？嗯，你说我听着，我六十年，一甲子的经验，我才是给你提供咨询的最佳人选。她们那些纸上谈兵的算什么，我告诉你，她们纸上的理论都是美国总结出来的，只欧美两地适用，到中国来统统报废，你信不信？你看年初这事，闹得多低级。"

宋运辉只是微笑，但不得不承认，老头子说得有理，这也是他的看法。梁思申在上面听见，探头应了一句："外公，今天是不是竺小姐没来，你闷得慌？"

外公"嘿嘿"一笑："你说有贵客来，我一整天替你盯着厨子做菜，哪里还有时间管自己的事，你的事要紧嘛。"

"哼，盯着做菜，还是盯着他们洗盘子？"

宋运辉不解梁思申说的这两者有什么区别，外公却笑嘻嘻地道："分那么清楚干什么。小宋，你扶我一把，我们先坐过去。"

宋运辉扶老头子起来，但老头子下了罗汉床就自己走了，才不要宋运辉帮忙。宋运辉跟去餐区，见宝光闪闪的螺钿镶嵌的红木桌子上早已照着西餐的规矩放上三套杯盘，他心说他现在西餐吃得顺，要是换作最早，连红酒斟得深浅都还是老徐教导他的。而坐下去的椅子则是富贵得烦琐，但他说不出好坏，只知道梁思申这个人对于身外物精益求精，估计这椅子自有门道。不由再看杯盘，似乎不是常见西餐的盘子，而且三套的盘子都不同，老头子自己的是青花，给宋运辉的是蟹青盘子，给梁思申的则是描金彩盘。宋运辉终于没忍住，开口问一句："请问王老先生，这是古董？"

这回外公只是看着宋运辉狐狸似的笑，就是不答。弄得宋运辉讪讪的，感觉老头子在给他下马威。转眼却见梁思申下来，这房间没遮没拦，就这点好处。梁思申穿着一身珠灰连衣裙，反正在宋运辉眼里很是漂亮，与刚才的浑身铠甲全然不同。宋运辉克制自己的眼睛回头看外公，却见外公正目光灼灼盯着他看，他若无其事地一笑，心下大约明白外公的意思，也于百忙中悟出外公这人的性子：千万不要顺着外公的毛，那是给自己讨罪受。难怪梁思申而今事事逆着老头子的意思来。

梁思申还没入座，就道："本来想请Mr.Song在外面吃，省得跑这么远的路过来，可有人不甘寂寞啊。哟……"梁思申站住，两只眼睛滴溜溜地在宋运辉面前的蟹青盘子、宋运辉的脸和外公的脸三处之间盘旋片刻，才入席坐下。

这时外公笑嘻嘻地对梁思申道："你宋老师问我他的盘子是不是古董。"

宋运辉对此一无所知，今天进梁家，触目都是他所不懂的，却说什么都听得出外公的嘲笑。梁思申也不知道老头子为什么寻宋运辉开心，但宋运辉面前这套盘子她还是第一次见，又不好伸手拿了盘子来查看，只得刻薄地道："宋老师客气，还称它们是古董。外公最近怎么啦，高仿的东西也拿出来招待客人？"

外公笑道："刚见你看见这几个盘子眼睛碧绿，现在护着你宋老师又装不屑一顾，女生外向啊。"

梁思申只得一笑，她确实是护着宋运辉，看来外公项庄舞剑，意在沛公，目的是想钓出她的情绪，一时讪讪的。宋运辉这才知道外公目的在于一箭双雕，但见梁思申急于帮他，他心里高兴，也不在乎懂不懂了，索性再问："什么是高仿？名词真多。"

外公惊异地看了看宋运辉，见到宋运辉一脸平静，不由点点头，道："思申说我弄几只仿宋朝哥窑的盘子糊弄你。其实有一只是真的，其他是以前收藏它的人仿着这只真的意思，做成的一套，但仿得很不错。我年轻时候喜欢粉青，现在年纪大了，越来越中意蟹青。"转头一口气都不歇地又对梁思申道，"你看，你宋老师的态度多好，不懂就不耻下问，没什么关系。"

梁思申微笑："不，不齿。"但不与外公纠缠，不让外公控制局面，看菜上来了便问宋运辉："Mr.Song，我们吃完后去外滩走走，还是去和平饭店老年爵士酒吧？"

"我也要去。"外公立即应上一句，遭梁思申一个白眼。

宋运辉道："我记得你想去杭州，不如饭后连夜赶去，明晚回来。不过挺辛苦，王老先生吃得消吗？"

外公笑对梁思申道："你学着点，软钉子就该这么给。那我不去啦，你们自个儿玩痛快，本来就没想掺和你们年轻人的约会。"

"好，那我们快点儿吃，我等下就上去收拾一个包出来。Mr.Song需要回去宾馆取行李吗？或者……"梁思申装作对外公的话不以为意，其实她希望外公在场。对于宋运辉，她想见，她因为那份传真，心里有很多想法要跟宋运辉说；又不敢见，总担心单独见面会发生什么。对于那个"什么"，她心里没准备，也没打算，最怕"什么"发生一下，弄得以后两人难以如常相处。她可太珍惜与宋运辉那么多年的友谊。可既然宋运辉提出去杭州，她也很想，那就去吧。

外公早已又抢着道："小宋还回去干什么，我的衣服你拿去先应付应付。我今天白精心准备一桌好菜，你们赶紧吃，快点赶火车去。小宋啊，以后思申不在的时候你也可以来，跟我聊聊天喝喝茶。我一个甲子的经验啦，一个甲子，解放前解放后，国内国外，非常难得啦。你这样的人也难得，我说的你会懂，我儿子和思申都不懂，我本来想教思申，现在看来看去她不是这块料，她历练太少啦。再跟你明说，我教你，不收费，我不是为你好，我只是不舍得我一甲子的宝贵经验收进棺材里去。答应我吗？"

宋运辉和梁思申面面相觑，都不大相信老头子的话，感觉就像听到老虎发誓吃素。还是宋运辉老练，微笑答应："谢谢王老先生，以后有机会来上海，一定找您取经。"

外公哼哼道："少来，本来看你是条汉子，没想到还没上手就怕老婆，偌大好处都不敢答应。赶紧吃，赶紧吃，我不指望你。"

外公的直言让宋运辉很不好意思，他不由看一眼梁思申，见梁思申冲外公怒目而视，这才不由一笑，低头快吃。他的胃口好，吃得又多又快，而且不挑，外公羡慕地看着，嘴里嘀咕"年轻好，年轻就是好"。反而梁思申又爱吃又不敢多吃，几个菜尝一个遍，就跳起身收拾去了。宋运辉忍不住在后面叮嘱一句："小梁，最好穿随便一点。"

梁思申应了一声，但她对着满橱的衣服，又想促狭又想算了，到底是有些紧张，就像临考似的，考虑之下，还真是老老实实选了实在的T恤和牛仔裤。又去外公房间翻出一套最好的，都打进她的双肩包里。

外公在饭桌上只有两个人的时候，小声对宋运辉道："你是过来人，还有什么说不出口做不出手的？追女孩子，一定要说，尤其是对思申这样在国外长大的，她直接，你要不说，你玩完。"

宋运辉一愣，他自以为做得天衣无缝，没人知道，没想到外公旁观者清。他想了会儿，才道："她还小。"

"她小？"外公瞪宋运辉一会儿，不再说什么，只殷勤地劝宋运辉多吃些，说国内的火车简陋，等会儿一准得饿，又转头吩咐小王打包点心，让拎到火车上去吃。弄得宋运辉有些立场模糊，这样周到的外公，哪是他一向因为站在梁思申阵线而敌视的人。最后两人出去的时候，外公还送到门口，拍着宋运辉的肩膀嘱咐小心，十足好老头一个。

两人在门口等着2580000叫来的出租车的时候，都有些不自在，宋运辉已经把梁思申的双肩包背到肩上，看看穿着简单的梁思申似乎与国人一样，又似乎气质截然不同，心里满是幸福。他想到外公的话，他早就考虑过，可是最初梁思申不打算回国，他反正没希望的事也就不做，免得朋友都做不成。现在则是没想到她真回国了，虽然不知道能不能住下来，但这已经让宋运辉看到希望。梁思申则是在想，怎么让这么正儿八经的宋老师放松，但是后来发现，最该放松的似乎是她，她不知不觉攥着个拳头，不知跟谁使劲。好在出租车很快就来了，宋运辉开门让梁思申进去，自己却到前面坐了。

梁思申倒是见怪不怪，知道宋运辉做事规矩，只是头痛，面对一只没缝的蛋，她不知道该如何应对。好在宋运辉如今挥洒自如，上了车就开始找话说："我今天看你外公好像比较怪，你有没有觉得？"

"我在想他又有什么阴谋。有句话说的，无事献殷勤，非盗即奸。可是他能对你有什么阴谋？我一时想不到。"

宋运辉听了笑，这祖孙俩非常不对板。"他什么都没透露。看起来他今天还特意把最贵重的碗碟给我用了，可惜我不识货。"

"他已经挤对我说了，真奸猾。他能什么企图呢？他美国的公司基本已经歇业，资金都交给专人打理，他应该没什么图谋。他难道真想收个关门弟子？呃，他良心有这么好？"

"假设吧，假设他人老言善，我们以不变应万变。我们现在最该担心的是去杭州的火车票不知道有没有，什么时间。到了之后是半夜，不知道怎么去宾馆，去哪家宾馆。呵呵，难得今天什么都没准备就出门，只好路在嘴里。"

"不怕，杭州能多大，下了火车买张地图，走都走到西湖边呢，正好一早看日出。"

"你以为西湖是大海？还日出。杭州可能有黄鱼车，再不行小黑车总有吧，再不行我打电话找朋友。我有些不放心你半夜三更走夜路。"

"真的不怕，我和朋友们还专门去露营，什么装备都背身上，累得要死，还特高兴，晚上围着篝火喝酒唱歌跳舞干坏事，乐着乐着有的人就累睡着了，帐篷都不用。寂静下来，四周都是怪里怪气的不知道什么禽兽的叫声。以后猫猫大了，我带着她去玩，她一定喜欢。"话说开了，梁思申才自然起来。

宋运辉微笑："这几天上海工作下来，感觉怎么样，还适应吗？"

"Mr.Song，约法三章，这两天不谈工作，不过这个问题我回答你。还行，就觉得节奏慢，还有规程不熟悉，不过慢慢会适应。就是电脑用得不舒服。我现在只担心一件事，会不会适应这儿之后，却回不去了，知识落后。来了这儿之后，一下子感觉接触的资讯少了很多，周围好像真空一样。好在现在还是空中飞人，回去得恶补。"

"是，我出国的时候也感觉资讯目不暇接。不过也有人出去了什么都看不到，只看到楼很高车很多。"宋运辉细品梁思申的话，寻找她可能留在国内的蛛丝马迹，"你别有焦虑，你只是离开你过去熟悉的环境，换到一个新的环境，失去过去的资讯，获得这边的资讯。好，不说，明天中午请你吃楼外楼，有东坡肉、叫花鸡、龙井虾仁、宋嫂鱼，听说过没有？"

"怎么没听说过，Mr.Song你忘啦，我小时候在班里朗诵的就是西湖的故事，什么玉龙、金凤、明珠，我有一本西湖传说书的。啊，本来还以为你提起去西湖是因为你记得给我打的满分呢，啊，我失望，我真失望。"

"怎么会忘。"宋运辉扭转头，微笑地看着梁思申，"你得了两支铅笔一块橡皮的奖励。你后来对我说，明珠一定很美，你一定要去看看明珠，可惜你很快出国了。"

梁思申本来只是想要耍赖皮，缓解气氛，没想到宋运辉还真是记得她的愿望，她一时怔住，看着恍惚路灯光下宋运辉的微笑。斑驳的灯光在宋运辉的脸上变幻，不很看得清宋运辉眼底有些什么，而且宋运辉很快就转回脸去，端直坐正了。梁思申看着前面车椅上露出的半个头，鼓着嘴好久没说话。她本来只是随口说说而已，捉弄一下严肃的宋运辉，没想到宋运辉却真的记得她的那些小破事，中间已经过去那么多年，有十多年了吧，宋运辉竟然还记得她的两支铅笔一块橡皮，这么小的小破事。梁思申忽然失声了，周围是如此安静，小空间里是她和宋运辉气息相闻，空气凝滞得让人心慌。渐渐地，一种异样的亲密袭上梁思申心头，这感觉是如此陌生，梁思申惊诧莫名。

宋运辉坐在前面也是满心慌乱。这是他第一次与梁思申单独出游，他就像是吸毒的人，明知前路危险，可又满心期待。只是他有自知之明，他太知道梁思申的过去，而且还亲眼目睹过梁思申对李力的眉来眼去，他知道梁思申不会爱他，因此他此行更应该收敛再收敛，不能胡乱流露一点意思、断绝以后见梁思申的机会。这不，吃饭时候没小心，就给梁家外公看出，可见他应该更加小心。

两人不约而同地沉默，各怀鬼胎。没想到去火车站却是买到了火车票，只是这时间异常促狭，竟是离开车还不到十五分钟。两人一看就开始夺命狂奔，偏那上海的火车站就跟迷宫似的，寻找相应候车室就花了好多时间，穿过候车室，工作人员一边检票一边催"快点快点"，两人上天桥下地道的，梁思申实在是吃不消，宋运辉一看，也不顾什么了，伸手拉起她再跑。紧赶慢赶，终于在火车关门之前冲进一个车厢。

两人气喘吁吁站在门廊，梁思申更是靠着车壁双手撑着大腿，喘得说不出话来，看着列车员"咣咣"地收步梯关门，然后冲他们友善地说一句"你们运气好"，两人都只会点头，没气儿说话，列车员看得笑嘻嘻地走了。这时火车惊天动地一摇，温吞地开出站去。梁思申见外面灯光变幻，忍不住想说"开了"，可是才说一个"开"字，后面的气就接不上来了，好大一个喘气，自己都忍不住笑出来，笑自己的狼狈。宋运辉本来有些不好意思取笑梁思申的忽然结巴，硬是忍着，见她自己也大笑，他也跟着大笑起来。他心情愉快，笑得借题发挥地开心，两人面对面笑了许久，笑得一个出来门廊吸烟的人看着他俩诧异，两人这才收住了笑。但笑过之后，宋运辉的一张脸就跟裂了一道缝，此后的笑意关也关不住，即使进去里面找来找去找不到空位都无所谓，两人心情轻松但步履艰难地挤过人群找去餐车买位置。

十元一位的收费将好多人挡在门外，可因为是夜晚，餐车的所谓茶座也几乎座无虚席，两人从头走到尾，比较之下，终于找到一处两把椅子可以放一起的地方落座，宋运辉让梁思申坐里面，自己一半露在过道上，有人过往的时候不得不避让，有些辛苦。餐车有人打牌，有人吹牛，两个人没事做，临时决定的出门，都没谁记得要带一本书。梁思申去买了一副扑克，教宋运辉打梭哈，宋运辉很快就学得旗鼓相当，两人打得昏天黑地。宋运辉本来想着梁思申一个小姑娘，他让着一点，可后来忽然想到，这小姑娘学的是数学，热爱的也是数学，自己要是不悠着点，还不输得家都不认识，只得用心应对。

一时，梁思申打牌经验充足，又会算牌，宋运辉则是江湖经验充足，细摩梁思申出牌心理，两人都是有输有赢，因此打得兴起。尤其是宋运辉，以往从来是不肯在喝酒聊天打牌麻将上多花工夫，此时本来就闲来无事，再加心情极好，又是棋逢对手，平生第一次觉得打牌并非无聊。拉锯下来，最终还是宋运辉手里的火柴棍告罄，他输给了梁思申，可输得愉快。

梁思申笑嘻嘻伸出一只手，道："彩头拿来。"

宋运辉将包里的点心取出，笑道："全给你，战利品。"

"赖皮，这不算。"

换作别的成年人冲他这样，宋运辉早嗤之以鼻，可梁思申怎么做都可爱，他笑看左右，轻声道："这儿人多。"

梁思申这才将手收回，取出包里的纸巾，两人都将手擦了，一起吃点心，看得旁边的人口水不断。宋运辉道："你外公很会享受，这种点心我想都没想到过。"

"他的名言：'人活一辈子……'我来第三天就跟着他买下一处旧宅，深宅大院的，围墙足有两层楼高，砖缝长着碧绿的葫芦藓，围墙顶上一溜儿开着金黄花儿的瓦楞草，真漂亮。大门已经破烂了，外公已经订做了大铜门。里面院子是青砖这么竖着插、细细拼出来的拼花地，广阔的院子中央是一幢很典型海派风格的小楼，已经很破旧，可修整一下一定很漂亮，比外公原来的房子还漂亮。外公说那以前是谁谁的房子，我记不住，我对旧上海没印象。这老头子，相信他肯定能把院子整得很漂亮。离我未来的办公室很近，我在想怎么向他要一间又不受他要挟。"

"你外公这人，你只要不是火烧眉毛的需要，最好别求他靠他，他等着有人上钩让他玩弄。"

梁思申听了不由一笑："算了，外公别混了，道行越来越浅，让人一眼看透。他就那德性，跟浮士德一样，你想要吗？请你付出灵魂。我不求他，等他整修好了那房子，我看他不心痒着去住，他现在胆小，不敢一个人去住，何况那是没门卫没小区管着的房子。"

"别托大，你外公精着呢，有些时候他是不得已让着你，你说得对，他毕竟是老了，没办法，需要依靠。有些时候，越是精明的人越胆小，后果想得太多。你别提要求，以不变应万变吧，他不甘寂寞，自己会来惹你。"

梁思申听了哈哈大笑："我终于明白了他为什么追着要收你做关门弟子。好，我以后不主动惹他，我淑女，哼。"

宋运辉看梁思申脊梁一挺，做着鬼脸装淑女，不由跟着也笑，怎么看怎么喜欢。

火车很快进站，两人走出狭小却古旧的杭州站，来到杂乱无章的广场，一致感慨，杭州真破烂。幸好出租车倒是有，两人被拉到望湖宾馆，新装的大堂非常漂亮。梁思申先跟着宋运辉到他房间，进门就见宋运辉远远避开，走到窗帘那头辛苦地就着落地灯看电视机上放的内部录像提示单。梁思申也是连忙将从外公房间搜罗来的衣裤洗涤用品飞速拿出来放桌上，救火似的离开。

宋运辉这才活转过来，感觉全身肌肉都紧张得生疼，尤其是脸颊。他看看梁思申给他留下的用品，除衣服外，还有几个瓶瓶罐罐，他辨认一下，勉强弄清大概是什么，一时失笑，这些都是外公的日用品，外公睡前盥洗发现不见了这些，估计又得痛骂"女生外向"。反而他倒是不大用。但他还是忍不住用了，他以前总觉得即使男用香水都难以接受，今天却觉得这些盥洗用品的香味非常好闻。他对着镜子洗脸的时候，毛巾按在面颊，抬头看见眉开眼笑的脸，忽然想到，面颊的酸痛难道是笑痛的？他不由咧嘴试试，果然。他都有些哭笑不得，难道他平时痛快大笑的时候这么少？

他就跟顾影自怜似的，站在镜子前发呆。是，他今天真高兴，全身心地放松，玩的时候竟没去想一下性命般重要的公事。就算是打牌动足脑筋，可依然是放松。什么都能令他发笑，他刚才……一定傻得跟一个大男孩似的，直着脖子只知道笑笑笑。他一时有些窘，可很快就又被欢喜湮没，他不由哼起小曲儿，五音挺全。

梁思申也在她的房间笑，今天一夜下来，她心中庄严的宋运辉形象发生动摇，看刚才宋老师手足无措地找事儿做的样子，滑稽得可爱，似乎就差抓着头皮"嘿嘿"讪笑似的，全然没有平日里指挥若定的镇定。但是说到外公的时候，依然是敏锐得一针见血。这样的宋运辉非常可亲。

梁思申的一颗小心思又活动起来，手指搭在电话机上，想跟Mr.Song说个"晚安"，想再听那么会害羞的Mr.Song接到她的晚安电话是什么态度，她忽然很想很想调戏Mr.Song，就想看到他的尴尬无措，讨回她被Mr.Song管教十多年的公道。可又有点患得患失，Mr.Song似乎经不起她这半洋婆子骚扰的样子，尤其是在如此暧昧的黑夜。她犹豫好久，忍痛放弃。可心里却打定主意明天绝不放过，这也叫当仁不让，乃Mr.Song的真传。她坚信，Mr.Song肯定不会生气于她的玩笑。

因此，八个半小时后宋运辉给她电话叫起床，她在洗手间接起，却笑嘻嘻地道："No，坚决地No。"

宋运辉愣了一下才想到电话那端的声音没一点睡意蒙眬的感觉，不由大笑。他喜欢这么自律的梁思申，却又是这么顽皮。早饭的时候他们研究了地图，决定步行丈量西湖，从望湖宾馆走去青少年宫，上白堤，游孤山，然后去楼外楼吃中饭，再走苏堤，到花港观鱼，从柳浪闻莺那条路转回。

清晨的西湖犹如薄纱笼罩，很美，可惜水臭。两人且行且语，宋运辉告诉梁思申，有话说，美丽的西湖，破烂的杭州，这话一点没错。梁思申却是在心里抓耳挠腮地想着如何在大庭广众之下捉弄宋运辉，弄得连宋运辉都感觉到，梁思申笑吟吟地看向他的眼光有些不怀好意。

可是周日的杭州游客是那么多，两人的精力只够走路和穿越人阵，连说话交流都没多少机会，更别提做什么小动作。桃花早已谢了，柳树早已浓绿，远近没什么花儿，两人都没想到著名的断桥上车来车往，没一点古意，上面的太阳又几乎没遮没挡地晒着。两人走得颇为失望，对孤山也失去兴趣，看时间已到，溜溜儿地就拐进了楼外楼。

楼外楼的风格让梁思申左看右看，看个没完，觉得旧得很有意思。而服务员竟还提醒他们菜点太多会吃不完，力劝他们别多点，更是让梁思申惊讶。可他们还是点了半只叫花鸡，一条宋嫂鱼，两份东坡肉和一碗西湖莼菜汤。菜盘子端上来，梁思申更是惊讶，盘子竟然很是粗糙，有些已经脱釉，而且豁边，看上去脏脏的。但是，菜很美味。

不仅梁思申，宋运辉也走得饿了，吃菜都没客气。但等梁思申几筷下肚，两眼又鬼鬼祟祟地看过来，宋运辉终于忍不住问："你打什么鬼主意？笑得这么狡猾。"

梁思申鬼鬼祟祟地笑道："Because I love you."

宋运辉手中汤勺一震，一条莼菜溜滑地翻出汤勺，掉进他的盘子，给他的震动制造证据。"别胡说。"

梁思申弯着狐狸一样的眼睛，看着那条莼菜，却不予反驳，立刻转了话题："Mr.Song，你吃鸡翅还是吃鸡腿，我真使不惯筷子，我得抓着啃。"

宋运辉惊魂未定，忙道："你爱吃都拿去。"

"谢谢。"梁思申毫不犹豫撕下鸡腿啃上了。宋运辉看看她吃得香，就体贴地把转弯抹角难打发的处理了，就跟照顾他女儿似的。最后见梁思申吃完还吮手指，才从半昏迷中想到，对了，这人本质已是个美国大妞，别把她的戏言当真。可心里隐隐地失落。

苏堤美丽，而且人也不多，终于让他们找到西湖的感觉。走过一座拱桥，在繁密的绿荫中，清凉扑面而来。梁思申才想说话，宋运辉忽然递过一件东西："小梁，昨晚打牌的彩头。"

梁思申接来，见是不规则形状的一块石头，样子很是自然。她翻来覆去看了一遍，没看出什么，只看到似乎有条缝里透出隐隐淡色。她不由看向宋运辉，两只眼睛满是询问。

宋运辉笑道："据说这里面有很不错的青田石，我想你可能喜欢。见过这种未经琢磨的石头吗？"

"没见过这种的，呀，我真喜欢，如果雕琢成型的就没那味道了。Mr.Song你怎么知道我喜欢这种原石？"

"你一向好奇。"

"是，哈哈。天哪，这么重你一直背着？Mr.Song，除了爸爸妈妈，你是对我最好的人。可是……"梁思申欲言又止，话到嘴边，却又胆怯了。她泄气，狠狠暗捏一把石头，硬是刺痛了一下自己，才讪讪地对着满脸疑问的宋运辉道，"我很幸运。"

宋运辉直觉梁思申后面的话不是这四个字，他竟是隐隐怕听到，又隐隐想听到，他故作镇定地笑道："Because I love you. 呵呵。"

梁思申却一点没感觉这是玩笑，她竟觉得这几个英文字特好听，她索性扬起脸闭上眼，孤注一掷地道："那……吻我。"梁思申说出此话，就不敢看向宋运辉了，她怕看宋运辉的任何表情，她只敢闭上眼睛等拒绝。宋运辉了解她，她又何尝不了解宋运辉。她不能睁着眼睛看自己被处决，那样，她才可以睁开眼一笑而过，将此演变为她的玩笑。她真怕失去。

梁思申等，等得手心冒汗，两腿发飘，身子摇摇如欲随风。她终于耐不下性子，睁开眼来，看到的却是宋运辉傻了一样的凝视。那眼神，梁思申尤其不敢探究，看着让人心酸：这还是那个对她一向宽厚，一向镇定冷静的宋运辉吗？宋运辉的样子，犹如五雷轰顶，魂飞魄散。

却是有不识相的怪叫从旁边柏油路上传来，有人一声口哨后，大叫一声："冲！"立刻有其他人跟着起哄："快冲，快冲。"梁思申看到宋运辉全身一震，扭头看去之际，脸色铁青。梁思申心慌，不知道宋运辉为什么这么生气，她几乎没有犹豫，扑上去抱住宋运辉的颈子，但只是蜻蜓点水式的一吻，随即装出一脸得意扬扬，冲路过几个起哄者比出一个"V"字。她不想让宋运辉尴尬。但是，她对付了那些人后，回头，却看到宋运辉若有所思的凝视。

梁思申几乎是烫手似的抽回依然搁在宋运辉肩上的一只手，勉强笑一笑，道："我……我们……走吧。"

宋运辉看着梁思申笑得比哭还难看的脸，忽然伸出两只手，紧紧捧住梁思申的一只手，这个时候，思维才似乎一点一点地挤回他的脑袋，他在大脑里抓来抓去，抓了半天，才抓出一堆字，连成一句话："思申，我很高兴，真的，很高兴，谢谢你。"

梁思申真是没想到情势急转直下，会变成这样，这真不是她这个经验丰富的人所能预测到的，可是听着宋运辉有些咬牙切齿似的话，她也很高兴，一张脸红了，难得娇羞地低下头去。下一刻，她落入一个温暖的怀抱。连梁思申都不由惊呼："此乃大庭广众。"

"知道，知道你现在中文很溜。"

梁思申忍不住大笑，她喜欢这个有力的拥抱，她超乎想象地喜欢，并没因为宋运辉没比她高多少而不适。宋运辉则是觉得，此生圆满了。眼前美丽的西湖就跟一汪美酒一样，令他沉醉。周围什么围观，什么嘘声四起，他都听不见，他只听到怀里人的笑，那么真切，那么亲近。

后面的路，宋运辉如步云端，他一直不敢相信这是真的，他一直没从冲击中回魂，他很想问梁思申，这是不是真的，为什么，什么时候。他还想像傻瓜一样地问，他们的未来会怎样。可是他终究没问出口，他只是一路地看着身边的人，不断用力握住梁思申的手，让实实在在的反馈告诉自己，这一切都不是做梦，反而话稀少得像西湖上的野鸭。

梁思申话多，宋运辉的傻样让她心里分外踏实，她好笑地发现，原来她也爱着宋运辉。只是她有些搞不清楚这爱为什么与以前的有所不同，并不天雷地火，却是温柔绵长，如此刻苏堤的风。她也一直不敢相信，她竟然做出来，而宋运辉竟然反应了，而且是那么单刀直入，让她一眼看到宋运辉心底的全部爱意，原来是座富矿。她也一时不知道说什么，时不时看向宋运辉，却总是见宋运辉也在看着她，她忍不住就踮脚在宋运辉脸上亲一下，看着宋运辉脸上笑开了花。可就是不见宋运辉回吻，梁思申心说，真是保守，这还是结过婚的呢。

可她终于还是忍不住要问清楚一件事："Mr.Song，过去我还那么小的时候……你不会就那个……love我了吧。"

"不是。"宋运辉连忙摇头，那样他不成了色狼吗，"那时候纯粹拿你当妹妹。后来有一次你和虞山卿一起出现在东海厂，你还记得吗？"

梁思申回头一想，有，难怪程开颜对她深恶痛绝，她当时心里还觉得挺冤呢。可那时根本就没看出宋运辉有什么表现，她还在与李力及时行乐呢。她看着宋运辉惊异，宋运辉却被她看得害臊起来，他一时无法调整心里一直强加给自己的意念：把梁思申当自家亲妹妹对待。他实际上还是梁思申曾经的辅导员老师。对着做了他这么多年小妹妹的梁思申，他有些不好意思袒露心迹，一切来得太快，让他反应不及。

但是梁思申的理科生性子却让她追根究底，她看着宋运辉道："我今天才知道，可我应该早已有心，可是没有证据表明确切时间。Mr.Song也是，你说的时间一定是个转折点，可是有确切证据表明，早在你说的这一天之前，你已经被怀疑上了。但是我们都没有确切的数据……"

宋运辉简直想哭出来，梁思申说她早已有心，他很爱听，他都巴不得梁思申说去美国之前已经喜欢他，对于梁思申之后的情史他可以忽略不计。但是对于梁思申对他的探挖，那些，连他自己都不敢深想呢，他知道婚姻之中出现这样的情况是背叛。他真怕梁思申也想到这一点，然后恍然大悟地鄙视他。他忙岔开话题，道："累不累？那儿刚空出一把椅子。有些事你别想那么多，重要的是我们的以后。思申，我们以后聚少离多，你我都很忙，我会尽量找时间看你去……"

宋运辉还没说完，梁思申已经"嘿嘿"地将话打断了："这话我会背，你听着。'行行重行行，与君生别离。相去万余里，各在天一涯。道路阻且长，会面安可知。胡马依北风，越鸟巢南枝。相去日已远，衣带日已缓。'后面一句不背，不搭调，再来，'思君令人老，岁月忽已晚。弃捐勿复道，努力加餐饭。'听见没，古人老话，多吃饭，嘻嘻，原本一日三餐，以后要加多一餐。"

宋运辉语文并不好，好在梁思申背的诗简单，他基本听出了什么意思，听到梁思申最后的歪解，不由放声大笑，他说的可不就是这些意思。他已不知道怎么爱眼前这个被太阳晒得脸又红又油的女孩，他们依偎着坐在西湖旁边的时候，他真想拿一枚钉子将头顶的太阳钉住别动，让"各在天一涯"的时间晚点到来。

梁思申最先也是不适，她原本把宋运辉当作半个长辈，长大后一向不敢在宋运辉面前胡说八道。但见宋运辉现在总是以大笑回应她的胡说，她立刻受了纵容，一张嘴简直是有恃无恐地乱来，因为她心里知道，宋运辉无论如何都不会责怪她。而且，要是换作以前，她是如此注意她的仪容，可今天竟然忘了一天下来脸上的油光，她心底依然是有恃无恐。一直是到了火车上才想起要对镜理妆容，拿出镜子一看，简直一声惨叫，吓得宋运辉都以为发生血案。

外公有意等候，不去睡觉，却在看到两人下出租车后，一直不见两人进门。他指使小王偷偷开门，他在里面大声道："进来，都进来，里面没鬼。"然后，他便看到两个脸蛋红扑扑的人进来，但唯有宋运辉看到他有些不好意思。他当即指着梁思申道："你脸怎么啦，跟村姑似的。"

蛇打七寸，梁思申跳身就去楼上盥洗。这边老头子才笑嘻嘻地冲宋运辉道："怎么样，听我的没错吧？想好做我徒弟没有？"

宋运辉目送梁思申的身影不见，才道："思申是女孩子，外公以后请别经常刺激他。如果你答应，我可以答应做你的弟子。"

外公郁闷地道："妈妈的，好像我还得求着你教你本事。你把你跟地方政府谈化工厂的事说给我听，我替你分析。"

只要梁思申不在面前，宋运辉就脑袋清楚："答应我。"

外公气愤地一拍烟灰缸，道："我还没要挟你呢，我可以帮你把思申往你怀里推，也可以大搞破坏。我还是你心上人的外公，你要尊重我。"

宋运辉笑而不答，接过外公飞过来的香烟，但是想了想，无限眷恋地放下。刚才火车上，他已经答应梁思申要爱惜身体，努力加餐饭。

外公真是看得眼睛出血："你又不是十八岁小伙子，你装什么纯情，恶俗，难看得要死，我只看到一脸猥琐。"

宋运辉依然但笑不语，可心里不快，外公正好挖到他的痛处。因为梁思申，他一颗心无比地敏感和脆弱。

外公却真的看不出宋运辉微笑的外表下究竟隐藏着些什么，他最欣赏的就是这人严实的一张嘴，十足城府。外公才不怕外孙女会在这么深城府的人手中吃亏，他只想到，有外孙女在，再加他推波助澜，不愁这人不上他的钩。但鉴于他对宋运辉有所设计，他不能今天因自己的需求做出退让，他依然坚持地道："我这么看，我女儿女婿两个，你说他们会怎么看？他们肯把一个如花似玉、留过学放过洋的女儿交给一个有婚史的男人？你以为他们是什么人？梁家是官僚世家，是门阀。可你要知道，他们是我女儿女婿，我的话他们不听也得听。我们交换，我的徒弟我会罩着。"

外公这话，犹如老拳，一把将宋运辉高兴一天的心打碎。虽然外公说的这些话他都知道，他以前就是因为这些原因裹足不前，今天一高兴什么都丢了。可他要未来，他今天食髓知味，贪婪地想要更多，他已经离不开梁思申。用他刚学会的上海话说，打耳光都不放。他的一张脸再也绷不住，晴天转阴。外公冷眼看着，却也不急，等着宋运辉崩溃。宋运辉心头挣扎，看着老头子，心里想到，这人真是梁思申嘴里的浮士德。他需要用灵魂交换吗？不。他深吸一口气，道："谢谢，不需要。"

外公将手中的蜜蜡小佛手一扔，冷笑道："我不急，我等得起，我也看得到。晚安，我睡去了。"

梁思申急急冲洗下来，正好看到外公板着脸上楼。她才高兴一下外公就是拿宋运辉没办法，却看到宋运辉对着她的笑容后面已经很有不同。她急切地问："老头又拿你怎么了？"

宋运辉强笑："他对我似乎有企图。他是不是有在国内投资的想法？"

梁思申恍然大悟，连连点头："对的，他不甘寂寞得很，好几次跟我谈起国内经济环境。他是不是劝诱不成，来硬的？"

宋运辉迟疑了一下，才点一下头，但他对着梁思申不便告状，只得道："你有空跟你爸妈说一下……"

"不。"梁思申把手搁到宋运辉臂上，"他不敢，他既倚仗我，也想倚仗你。可既然是投资，你可以答应他，但必须谈好条款，不能被他奴役。"

宋运辉一想，也对，不由笑道："你看，我太紧张了。其实你外公好好跟我说不是什么事都没有，何必非要谈条件。这么大年纪，还只想着掌控，不知道和平共处。但思申，有空跟你爸妈说一下。"

梁思申点头："但现在还不是时候。你还没夸我漂亮，我换了衣服。"

宋运辉立刻笑逐颜开："看到了，当然看到了，你即使披麻袋还是漂亮的。"看着又化过淡妆，散发着淡淡香气的梁思申，宋运辉只感觉自己的头脑在发热，他想留，又不敢再留，强制自己道，"已经很晚，思申，我得回了，同事们一定都等着我呢。"

"我开车送你。"

"不要，你早点休息，明天还上班。而且等会儿你一个人回来我也不放心。"

"我送你，纽约开夜车都没出事呢。"

"你真是一个独立的女孩子。"宋运辉没再拒绝，与梁思申拖手出去，这才看仔细了，梁思申穿的一身小礼服，风姿绰约。至此，宋运辉依然不敢相信，这样一个在他眼里几乎是十全十美的女孩会爱他。

外公没睡，板着脸在楼上严肃地看着两人出去，又看着梁思申开着向梁大要的车子离开，瘪着嘴思考对策。

宋运辉即使再展笑颜，可心里患得患失，一直想着梁思申的"现在还不是时候"是什么意思。可他没法在梁思申面前启口问这个，他放不开。但是他想到一个严重的问题，无论梁父梁母什么反应，他总之不能亏待梁思申。有些固有问题已经造成，无法更改，但他可以让梁思申的日子过得更舒服些。

梁思申也看得出宋运辉的沉默："想什么？我爸妈那儿你不用考虑。一来还早，二来这是我的事。"

"不是，我在想你……"

"嘿，我还在你身边呢。"

"你别急着打断我，什么人嘛，开车反应还这么快。"

"好，好，我不说。但在我身边想我又怎么了，我可高兴了。"

"是你嘿的，又不是我嘿的。"宋运辉忽然感觉到自己居然是很无耻地效法十七八岁少年拌嘴，连忙打住，"我在想，你外公的建议不是不可以接受，你说得对。回头我好好想想。"

"原来是在想他，不可以。嘿，Mr.Song，你失踪一天一夜，又换了一身衣服回去，你同事们会怎么想？我记得，他们应该都小心翼翼地伺候着你的一举一动的。"

"想吧，爱怎么想怎么想，我还一脸喜气呢。"

"那你顾忌着回去早回去晚同事们的等待干什么？"

宋运辉被问得哑口无言，只得一直地笑，好久才说了实话："太晚，不方便。"

梁思申笑着喃喃一句，是英语，但估计是俚语，宋运辉听不懂，但宋运辉猜得出梁思申一定是在取笑。他讪讪地笑，拿梁思申没办法。对梁思申，他重不得轻不得，只有难以招架。还真如虞山卿所料。

令宋运辉没想到的是，梁思申一早就打电话来要求一起早餐。宋运辉的作息比梁思申早几乎一个半小时，梁思申来电的时候宋运辉早已吃完做事，也没多想就直说了，梁思申便也作罢。但随后宋运辉想到，如果不是作息差别，他敢让梁思申过来吗？过去他一直坚持不让家属插手总厂事务，不带家属出席非私人场合，而且约束家属不跟同事交往。当然那是与当时的那个人有关，现在换作梁思申呢？宋运辉立刻想到，首先，吃个早餐与公事无关，其次，梁思申是个知道进退的人。

晚上本来有餐叙安排，但宋运辉没有参加，早早去了梁思申的别墅。他的同事们并没有因为厂长离开而感觉群龙无首，反而是齐齐松了一口大气，头顶少了一座大山，大伙儿该参加餐叙的餐叙，没份参加的赶紧趁机游逛夜上海。还有才第一次来上海的同志则是去领略尚未全线贯通的地铁，买上一张票，从头乘到尾，又从尾乘到头，乘个舒服。

宋运辉当然知道梁思申还没回家，他无非是想越接近她越好，另一方面，他要给外公机会。因此他出现在别墅的时候，寒暄过后第一句话就是："思申还没下班？"

外公不疑有他，只笑着道："你不去接她下班？早一分钟见到也好啊。"

宋运辉也笑道："不大好吧，他们企业要求严格。"

"对，我在国内办事，还见他们带着孩子上班，真滑稽透顶。你吃过饭没？"

"没。呵呵，吃过外公精心准备的点心饭菜后，别的饭菜还真看不上眼。今天太阳这么毒，外公没出去？"

"出去啦，到我自家别墅去看看，跟竺小姐去听个评弹，再去喝一杯茶，我也在等饭吃。"其实外公经常带竺小姐回来吃饭过夜，或者外面吃了才回，才不会老老实实小孩子似的单飞。他是算定宋运辉会来，只是不知道宋运辉迟来早来。"你忙些什么？呵呵，今天精神还行吧？思申可能会挺晚回来，与对岸美国同事接上头才能回。"

其实宋运辉早与梁思申通过话，梁思申说过尽量早回家。"思申很敬业。今天见了一拨人，一天从头到尾都是谈，唯一遗憾就是有些人还在抱着计划经济不放，冀望用行政命令拓展市场，这样的企业怎么培育内在提升动力。即使是跟我们谈了技术帮助又能怎样，我看是治标不治本。"

外公果然被宋运辉语焉不详的几句话搞得心痒难搔，但还是不肯主动提出要求，只得笑嘻嘻地道："你们国企……连英国那个老牌帝国都在搞撒切尔革命，大规模实行国营企业私有化，我看你们还能挺得了多久。"

"哦，撒切尔革命是怎么回事？他们的私有化是怎么做的？"

"我看，你们迟早也会走这条路。"

两人不约而同后退一步，心照不宣地谈上了话，一个不再提收徒，一个不再提要求，倒是各自在某个角度坦诚布公，搭上了线。外公终究是个见多识广的，他横跨中西，又历经风雨，在商场沉浮一个甲子，对于市场经济不仅仅是见多识广，而更多的是纵深的对比见解。这方面，则正是宋运辉所欠缺的。外公坐上餐桌，左手一杯说得上名号的白兰地，右手一支小钢炮似的雪茄，一径滔滔不绝。幸好宋运辉是国内少有的具有丰富实战经验的人，外公才越说越兴奋，要是遇到个三棍子打不出个闷屁的，外公会将手中杯子砸过去。可饶是这样，宋运辉还是挨了不少骂，被骂见陋识浅，墨守成规。外公还什么都说，连切雪茄都要说个明白。宋运辉虽然挨骂不少，恐怕比工作以来挨骂总和还多，可依然受益匪浅，只是他手中的一杯酒则是一动没动。

梁思申终于做完手头工作，急着往家赶。回到家里，一屋子的香烟臭，正是外公还坐在饭桌边放毒。梁思申白了外公一眼，走到自她进门就一直看着她的宋运辉身边，俯身贴脸过去。弄得宋运辉在外公面前很是尴尬，但还是亲了她脸颊一下，拍拍她让她上去换衣服去。

外公看着笑道："这世道，女的比男的还不要脸。"

梁思申闻言也没回头，就道："香烟很臭，我开了楼上主卧的窗户放蚊子通风吧。"

"干吗开我的窗户，你要熏死开你的。"

"你那房间才能最充分交换空气呢。"

"妈妈的。"外公不得不掐灭雪茄，因为知道这个外孙女干得出来，"灭了，你不许开窗。"完了才对一张脸变得笑眯眯的宋运辉道，"你是过来人啦，你有办法，趁着她现在意乱情迷，赶紧做下规矩，否则你一辈子让她骑头上。"

宋运辉最烦"过来人"这三个字，就当耳边风，只淡淡地道："祖孙何必一直作对，我找时间会劝劝思申。我们继续吧，刚才说的那家厂，原本上交审批的进口设备外汇批复被一家省电缆冒领了，他们只好继续用国内设备，这是乡镇企业在与国企竞争中常遇到的政策难关。正如你刚才说的，大家也都说国企是正房嫡出，乡镇集体企业是二娘养的，个体户更是外面生的野种……"

外公听到这儿才笑起来，道："你别看野种，野种只要坚持到底，跟那诗里

31

说的一样，野火烧不尽，春风吹又生，野路子得很。你看上回搞思申的那个个体户，能屈能伸，是个精乖，为了挽回局势，大冷天在门口跪上一夜都做得出来。"

宋运辉这才明白梁思申说起杨巡的时候冠以"无赖"二字，满口不屑，原来杨巡还做出过这种事。可杨巡估计也是没想到，跪了之后梁家依然没放过他。想到梁父对侵犯女儿之人的严惩，宋运辉不由脊背发凉，不知道如果梁父不认可他的话，会做出什么举动。梁父对他，估计能成亦萧何，败亦萧何。

外公不知道宋运辉在想什么，看他惊讶，就笑道："是啊，你做不出来吧？你们都是被惯坏的，所以你们常高不成低不就，不肯放低姿态。你再说，那家二娘养的电缆厂只好怎么样，有没有调整策略。"

宋运辉只得收起心神，道："有。考虑到省电缆的专和精，他们受条件限制，只能从广度入手。他们现在的考虑，一是撤下低门槛设备，着力扩大高门槛设备的产能，这个考虑已经在实施，他们动作很快。第二个考虑是整合周边小电线厂，为他们补充低门槛设备生产的产品系列。但这方面的实施有一定难度，需要当地政府和舆论的配合，也需要他们的市场人员积极开拓市场。可我看他们最大的难题是如何制定一个行之有效的整合政策，充分保证整合后那些小厂生产的稳定，保证小厂听他们指挥，还得给小厂留下一定利润空间。"

宋运辉说话的本事自然不同于雷东宝，雷东宝说了半天的事被他改头换面一说，就清楚了好多，容易被多少有些不大熟悉国内市场的外公听懂。梁思申换了衣服下来，坐到宋运辉身边吃饭，倒是没再做亲热举动打断宋运辉。

外公听了笑道："这个容易啦，我六十年代在东南亚一带做过，你要他们八抬大轿来抬我，我教他们去，有意思，这个从广度拓展的主意有些意思。做这种事一定不能全指望政府，你得什么无赖手段都使出来，黑的白的一起上。就不知你说的那家公司负责人敢不敢做。"

宋运辉道："这人人称雷老虎，当过兵，坐过牢，以前的造反派书记只怕他。为人粗中有细，有鲁智深的性格。不过没良心的事他不会做，他心地很好。"

"你姐夫？"梁思申问一句，见宋运辉点头，她继续吃饭，并不插嘴。不过她所谓吃饭，也只是有限地吃些素菜。在宋运辉面前她不用掩饰什么，小时候豁着门牙最傻的样子都让他见过。

外公道："鲁智深好，我喜欢的是鲁智深，不喜欢武松。《水浒传》你全看了没有？你信不信这里面一百单八将，我可以一个不漏全背下来，现在还能背。"

宋运辉听了笑，今天这么久地谈话下来，他看出老头子爱好天马行空："我也行。最喜欢是鲁智深醉打山门。这种事我姐夫也干了不少，有些事说出来听着都好笑，但他村子里的人都很听他的，只要他一句话，说一没有二。要不是他们现在一个电解铜厂太脏，外公去那儿住几天也是不错，夏天避暑。"

外公了然地笑："哪儿刚发展起来都是一样，牺牲环境，倒也不是有意要牺牲，人没钱的时候不拿性命当回事。等年纪大了七病八痛冒出来，才会想到爱惜性命，拿辛苦赚来的钱延长小命，都不知道好好享受。"

外公说了半天，就是不说到底要怎么整合。宋运辉心里清楚，外公又想跟他做交易了。他便不再盯住外公，开始与搁下筷子的梁思申说话："只吃这么一点？"

"小姑娘，漂亮衣服比性命还要紧。啧啧。"外公对梁思申向来没好话。

梁思申道："晚上运动少，摄入太多糖和脂肪，燃烧不完会沉积下来，肥胖和脂肪肝就是这么来的。你说的整合，我手头正好有一个案例，是香港同事整理的，今年初发生在浙江温州的正泰集团以加盟形式整合同行业三十八家小企业。这个案例被我们当作值得研究的典型案例来对待，明天我找出来给你。对于你姐夫的企业，应该有很高参考价值。"

宋运辉眼睛一亮："哦？你把资料给我，我也正考虑怎么发展关系企业，本来周六过来是找你商量这事的……"

两人都是会心而笑，他们昨天还哪有时间。梁思申道："正泰的模式估计你用不上，你的比较正规，你那儿我的本事就用得上了。等我给你做个方案，你看过之后我们再讨论。"

外公的如意算盘被梁思申半路拦截，心头郁闷，抢着道："企业的事情不能照搬照抄，一个地方有一个地方的环境，别傻不啦唧地人家做什么你也做什么。你叫你姐夫亲自来接我，我要是看着他顺眼，替他出几个主意。"

宋运辉将与雷东宝的关系简单介绍一下，才道："你上回见过，不过那次他现在的妻子生病，他心情不好，没跟外公说上什么话。我这就给他电话让他过来。只是外公辛苦，具体行程我会让我大哥好好安排。他们农村比较好玩，外公过去散散心也好。"

梁思申非要与老头子对着干，就拉起宋运辉道："我们去那边，跟你先谈谈正泰，我已经看过那个案例。或者你的事，我先把设想告诉你？"

外公眼看着宋运辉被拉走，脸上打翻醋瓶子一样地酸，但他是个骄傲的人，才不愿公然去抢宋运辉，因为知道肯定落败，他知道这个时期的男人对朋友最没良心。他们坐到沙发上，他就远远坐到他的罗汉床上，放上巴赫的大提琴曲，看他刚收集来的解放前的《申报》。

两人说的是宋运辉的事，梁思申把自己所知道的案例一个一个地翻出来，问宋运辉有没有可行的。宋运辉就跟小时候接触到万花筒，没想到只那么小小一只孔，看进去有千变万化。只是梁思申不老实，说一个案例，就要讨一个彩头，他只好耍赖用吻来付账。最先的时候还不好意思地回头看看外公，后来便当外公为无物。梁思申说的这些案例，宋运辉没听到的时候，他一时还难以想到，但是梁思申只要提一个头，他基本上就触类旁通，自己能领会应该怎么做。国内国外的那些丰富经验，点亮他急欲继续向上的活跃思维。

20

雷东宝来上海前，先与宋运辉见一下面，商议过后才转到上海。他挑的是周日到，因为宋运辉说周日梁思申休息，可以帮着他一起说话。雷东宝再次见梁思申，用的就是不一样的眼光了，那是在帮宋运辉相媳妇。在机场接上头，他便把一只信封递给梁思申，然后看着这个比程开颜更细皮嫩肉，看上去更难伺候的梁思申，心想宋运辉苦头吃不怕。但心里又想，越细皮嫩肉才越配得上宋运辉，宋运辉在他心里，那是多出挑的一个人啊。

梁思申还以为信封里是宋运辉让转交的信，一摸有这么厚，顿时笑逐颜开，带着雷东宝去停车场的路上就撕开信封来看，打开却看到里面是一叠子的百元大钞，她奇道："大哥，他拿钱给我干什么，我不缺钱。"

雷东宝忙道："这是我和春红给你的见面礼，你收着，我们都高兴小辉总算肯找对象。"

梁思申觉得很有意思，道声谢就收下了。心里不免琢磨，回赠什么东西才好，不能占人便宜。而且她发现一个严重问题，该如何在别人面前称呼宋运辉，还叫"宋老师"，那似乎有些滑稽；叫名字或者跟着雷东宝叫"小辉"，又不习惯；可是Mr.Song是她和宋运辉之间的私人称呼，不能和别人共用。一时左思右想了几分钟，好在雷东宝不是个话多的人，上车后没问东问西，只两眼炯炯朝路边打量，好半天才说一句："上海现在跟个大建筑工地一样，不过日日变。"

梁思申点头："所以很灰，每天回家鞋子上面可以写字，今天如果谈话后还有时间，我带大哥上海转转。"

"好。"雷东宝很干脆，没多余的话，对梁思申也没表现太多好奇。他只是不时看看梁思申，并不相信这么嫩生生的人能做好什么事。

反而是梁思申笑道："大哥，你别替你的小辉考察我，他心里有数得很呢。"

雷东宝一听就笑了："你倒是个直性子，好，我喜欢。更要命的是，你是明白人，好。"

梁思申一听"要命"，忍不住也大笑，这个雷东宝真有趣，难怪宋运辉说他像鲁智深。虽然《水浒传》看到一半她就扔了，可鲁智深的形象还记得，是个胆大心细的人。

雷东宝下车，正好看到院子木篱笆上面爬着的金银花和凌霄花开得热闹，他笑道："小辉爸最喜欢种花。啊，你还种橘子树了，好，房子看着挺老，还是旁边的新。"

梁思申也不急着进去，陪雷东宝站在院子里。"房子是仿造我外公解放前在上海的寓所，故意做旧的。"她想了想，才又道，"我造了这房子后才被告知一句中国老话，树小房新画不古，一看就是暴发户。嘻嘻。"

正好李力与一个女子从院子外款款经过，两人打个招呼，说上几句有关那边商场的话，梁思申感觉李力与那女子有情侣的感觉。她这会儿什么想法都没了，她有宋运辉。雷东宝一边看着，都替宋运辉感到危险，这两人隔那么远的距离，不能天天见面，而梁思申又是个美丽年轻的，认识的油头粉面的人看上去又多，宋运辉怎么能放心。

外公一直坐在里面观察院子里的雷东宝举止，见到的是一个毫不做作的粗人。但见梁思申与邻居说个没完，他不耐烦了，让小王去把两个人叫进来。雷东宝却很惊讶，这家连佣人都是外国人，不知道这是什么派头，他还是第一次见。

雷东宝看着梁思申与小王说英语如倒豆子一般，心里万分佩服，开始担心宋运辉能不能降伏这个女孩子。进到屋里，见到外公，他认识，元旦那会儿见过。但上回是在宾馆见，即使老头子的翡翠再绿，钻石再耀眼，他都没啥感觉，今儿个走进这宽大豪华的冷气房，看着一屋子说不出的荣华富贵，他有些被震住了。再看老头子的感觉就不一样了，说那真是有老太爷的样子。外公今天也是有意穿一身中式绸衣，上面万字团花，像电影上的老财主一般。

外公见雷东宝一双张飞似的环眼瞪着他打量，一点不避讳，本来想摆的谱都有些摆不出来，笑着道："雷先生，一路辛苦，请坐，喝点什么？"

"喝啥都行，就别咖啡。"雷东宝照着外公的手势坐到太师椅上，但一碰到下面的软垫子，就又起身，抓起软垫子放到旁边一张太师椅里，他喜欢硬板凳，何况这是夏天。外公饶有兴趣地看着，一边指挥小王索性拿酒来。雷东宝看到小王在他身边茶几上放下一只玻璃杯，一瓶酒，也在外公那儿放下同样的，奇道："你跟我喝酒？你酒量好？那就拿大碗嘛，我陪你喝个痛快。"

外公笑道："我要是年轻二十年，一定陪你喝。今天算了，用玻璃杯将就吧。少喝点，我们先说话。"

梁思申坐一边监视，见老头子对雷东宝挺和善，心下称奇。

慢慢地，外公与雷东宝的谈话开始展开。外公没说别的，只是好奇雷东宝当兵时候做些什么，出来时候又做了些什么。如果是宋运辉讲述这十几年来的事，外公和梁思申都不会觉得有什么特别，但雷东宝不同。雷东宝立足的是两人都不熟悉的农村，那些分田到组，又分田到户，还有与宋运辉商量着跟政策打擦边球的故事，都是外公与梁思申闻所未闻的，两人听得目不转睛。其实雷东宝不是个讲故事的好料，他净偷工减料，可故事本身精彩，再加外公问个没完，情节基本没有遗漏。

雷东宝本意是好汉不提当年勇，可两个听众着实称职，他又几杯酒下肚，谈兴大炽。说到最后，道："别看我现在活络，上海也能来，但定期还得去局子里报到，登个记，说明我没逃走，听话着。"

外公点头，但等了会儿，见雷东宝没了下文，奇道："没了？"

雷东宝也奇道："你还想听啥？"

"你不说你那家集体企业的事？你光说怎么造的，怎么扩的，又不告诉我规模，我怎么知道你现在要怎么做。"

"那倒是，大有大做，小有小做。你最好自己去看看，我说半天，要是说大了我不好意思，说小我又不甘心。再说我这么好一个企业，几句话说得清楚吗，你绕着那么多车间走一遍起码就得一个小时，还不能干别的，靠我一张嘴巴怎么说得完。”

外公没觉得雷东宝这是在勾引他去，这话要是从宋运辉嘴里说出来，他得转个弯来理解，咂咂话背后有什么阴谋。他向雷东宝举举杯子，示意将杯中酒都喝了，就站起来，围着雷东宝看了一圈，又伸手拍拍雷东宝宽厚的背，一直嘿嘿地笑。梁思申看得莫名巧妙，心说外公此时嘴角应该挂上一串口水更合适。雷东宝也奇怪，道：“老王先生，你外孙女婿是小辉，你看我干啥。”

外公终于转到雷东宝面前，道：“我喜欢你啦，你这人一看就是好汉子，你说的整合杂毛小厂设想，我看也只有你这种人能做，换宋江一样的小宋就不行。思申，问问今天还有没有去雷先生家的航班，你这就给我买票去。”

“谁是宋江？”梁思申看《水浒传》最讨厌宋江。

“好好好，你才是宋江。快打电话。”外公说的时候，两只眼睛却是一直眉开眼笑地看着雷东宝，嘴里喃喃道，“有意思，一定很有意思。”

看着外公老狐狸一样的眼光，饶是雷东宝胆大如牛，这会儿也不安起来，拿眼睛瞪回去：“你想吃了我？”

外公笑道：“我一辈子都想做几件大刀阔斧的事情，可惜一辈子狡猾成性，事到临头又圆滑，现在年纪大了更做不起来。你好，你很好，你一定做得到。呵呵，李逵打架不好看，只有鲁智深打架才好看，鲁提辖拳打镇关西，鲁智深醉打山门，就是鲁智深拔树也好看，好看！”

梁思申打电话问民航航班，一只耳朵听外公这么说，真是大惊失色，纳闷老头子今天何以如此激动。但她真没想到，外公这么狡猾的人竟然会与直爽的雷东宝合拍。这世界真是奇怪。正好有一班飞机晚上飞雷东宝家，梁思申拿起护照身份证就出去给两人买票，这下不担心老头子欺负雷东宝了。

连宋运辉接到梁思申送走外公后的电话，也是吃惊，但是想到过去同样也是圆滑周全之至的老徐对雷东宝的青睐，倒是为此意外找到解释。他起先还以为雷东宝见了外公后，还得他与外公割地赔款做一番交易，外公才肯折节下交。而今事情之顺利发展，让宋运辉看到雷东宝前路的顺畅。

因为外公带着须臾不肯离的小王，雷东宝这一路就轻松不少，上了飞机，外公就开始睡觉。雷东宝还是第一次坐商务舱，幸好这钱是外公掏的，要不然他肯定换坐后面位置狭小的那种。外公年纪大了难以入眠，眼睛时时微微睁开一条缝看一眼雷东宝做什么，会不会跟很多难得坐上飞机的国人一样，兴奋地等待空姐配发食料。外公没想到雷东宝东张西望一阵后就酣然睡下，很快就传递给周围人他睡得很香这个信息，外公好生羡慕。

外公更没想到的是来接他的是一辆出租车，幸好这出租车是桑塔纳，不是没尾巴的夏利。外公当下就不客气地问雷东宝："你不是说几个车间转一圈就要一个小时吗？为什么连一辆车都买不起？"

换作别人，对这种赤裸裸的责问肯定心生反感，雷东宝却不当回事："就算买辆桑塔纳，所有手续办下来也得三十来万，这三十万我能添多少设备啊。我现在钱紧，车子暂时不考虑。这辆车我包了，一天给二百五十，随叫随到。"

外公道："我呸，最烦有些人只盯住小钱，还桑塔纳，没出息。中国人办事最讲什么？最讲面子。你里子可以不要，面子一定要光鲜，走出去谁都敬你三分，没里子也变有里子了。别跟我说钱紧，只要是发展良好的企业，全都钱紧。钱紧就去借啊，靠你这泥腿子才拔出来的样子，谁借给你？你做这么多年企业，难道会不明白，银行就喜欢借钱给手头钱用不完的企业，你就是装也要装出钱多得玩水漂的样子来。妈妈的，直爽过头，就是傻。"

外公一路牢骚，说这地方一到晚上怎么一路连灯光都见不到，又埋怨机场出来的道路都如此颠簸，城市没一点形象，再埋怨经过市区时竟只能看到屈指可数的几幢高楼。雷东宝心胸宽，听着不理，反而前面的出租车司机受不了自己的城市受贬低，操着不标准的普通话硬要与外公辩，外公正愁找不到对手，这下开心死了，一路杀得司机落花流水。雷东宝不搭理外公的牢骚，外公却偏要在雷东宝面前使用各种激将法，让雷东宝坐不住，可惜一路没得逞。

因为雷东宝在被骂得晕头转向之余，不免想到过去的辉煌，与外公的话一印证，发现外公骂的全在理。对啊，过去那些报纸啊政府啊都看中小雷家什么？谁能看得到小雷家的里子，他们都看中的是小雷家最先的簇新拖拉机队，看中的是小雷家给村民造的一水儿新房和宽阔马路，看中的是村里成排的厂房和特种养殖，还看中的是他雷东宝过去无数金光闪闪的荣誉。当年他们拨钱给他的时候，谁看得到他举债经营？人大多数是凭印象做事啊。雷东宝这一路被外公骂得开窍了。

可雷东宝心里也为明天犯愁，这老头子嘴巴这么刁，要是到了小雷家也大放厥词，他可不一定再当耳边风了。雷霆公司是他的儿子，他怎能容忍儿子被别人刁难。可是宋运辉告诉他，这个老头子心里有货，挖掘出来都是宝。雷东宝虽然相信宋运辉的话，可是不大相信这个老头子，一天接触下来，只觉得老头子有点不正常。但考虑到这老头子是宋运辉女朋友的外公，雷东宝无论如何都要好好将老头子接待好，免得宋运辉的女朋友飞了。他送老头住进宾馆，老头自己付钱开的套房，给菲佣住标准房。雷东宝回家后，赶紧打电话回村让四宝好好准备明天的迎接。

第二天一大早，雷东宝穿上一件崭新的短袖白衬衫去陪外公吃早饭。外公一看雷东宝衬衫上面折叠的痕迹还在，就忍不住看着这张粗脸想笑。又看雷东宝吃起三十块一份的自助早餐来，几乎能把三十块实吃回来的排山倒海架势，外公也胃口大开，跟着多吃了一小碗白粥，半只咸鸭蛋。雷东宝看着都替这三十块不值。

好不容易上路，出了城区，很快就是间断的田野。外公看着点头道："难怪晚上没灯火，原来出了城就荒凉。"

雷东宝道："我们南方还算好的，农村一半房子现在是小洋楼，城里人住得还不如农村。你去西北华北，出了城，那对比大了。"出租车司机昨晚被外公削得哑口无言，今天不敢再轻易开口。

外公点点头，可还是一脸似乎不怀好意的笑，雷东宝都不知道外公心里又想着什么坏水。过一会儿，外公指着外面一块已经被土石方填平的空地问："那儿要建什么厂？"

雷东宝道："不知道，去年这个时候已经这样了，听说是外资。这儿整块地方属于开发区管辖。"

"到处是开发区，不是开发区就是工业区，哪儿的外资？"

"台湾。听说项目很大，省市领导都参加了开工仪式，那时候我还坐牢。"

"搞了一年多，就运来这些绿帆布盖的东西？"两人说话的时候，车子才刚开出这块空地，纵深望去，更是有一望无际之感。

出租车司机实在忍不住，道："就这些，去年运来的时候我正好跑过这地方，还以为过几天就得变样了，没想到盖上绿帆布就没动静了。不过东西都运来了，肯定很快能建起来。"

"一帮流氓。"外公了然地笑，"台湾比大陆早发展几年，他们吃过的苦头正好搬到大陆用。我这半年多看来看去，就台湾人和东南亚人在大陆最流氓。这么一大块地，靠这些帆布盖的破铜烂铁哪儿够，他们明摆着是欺负大陆人没经验，拿些破铜烂铁放到路边显眼地方占一块好地，等着开发区兴旺起来，他们的地值钱了就卖掉。这种事我们以前在台湾和东南亚也干过，台湾人学得倒是快，呵呵。"

雷东宝听着点头："原来老流氓在这里。"

外公听了失笑："妈的，说话能不能婉转点。"

雷东宝听了也笑，刚才说出去时候没觉得，现在一想，这可不是骂人的话。趁着外公难得地安静，他将外公刚才的话回味了一遍，问道："他们凭啥肯定地皮一定会涨价？"

外公道："现在都有报道说大陆从一九八八年经济加速，物价飞涨，虽然中间耽搁一下，可前年又开始加速，你有没有感觉到物价在涨。"

"有，有，钱越来越不值钱。"出租车司机快嘴先接了一句。

"国外报纸都指大陆的经济增速有水分，造假，不过即使没官方统计数字那么高，只要来大陆亲自走一遭，谁都看得出明显增长，没办法，基数小。我告诉你啦，东宝，你要记住。经济快速增长的时候，如果物价也控制不住地涨，这个时候要留意通货膨胀。如果大陆政府控制不好通货膨胀，那种抢购风又得回来，什么都涨价，疯涨。但笨蛋才去店里买电视机买录像机，聪明人买地，买矿，买黄金，买美金。我这么大岁数，已经看了几起几落，世事万变不离其宗。台湾人经济起步时候走的也是这条路，现在在台湾好多富翁大字不识，他们凭什么富，因为他们有祖宗留的地。台湾人刚经历完这些，成了亚洲四小龙之一，手里有钱正好来大陆圈地等通货膨胀，等发财。大陆刚开放，政府不懂这些，还以为大买卖上门。都不晓得这些地是多少价钱批出去的，我看不会高。那些台湾人当然肯定地皮会涨。"

雷东宝有生以来还是第一次听到这种言论，外公说的这些，连老徐和宋运辉都从没跟他说起过。但他深有感触："我承包出去一个养猪场，都要看他们承包数量给个优惠价格，领导看台湾人一来就开发这么大一片地，还不给个最低价？不用说再等一年两年，去年到现在他们已经大赚了。老王先生，你怎么不来买几块地？"

外公笑道："我不买这种地，没多少赚头。再说我也懒得再操心，我想找人替我操心。"

雷东宝道："我替你操心。"

外公一点不客气地道："你不够格。"

"那你看中谁？"

外公笑而不言。这一路外公都挺好说话，尤其是一进村，看到打扫得干干净净的村路，两旁长得成规模的绿树，和附近整齐的村舍，对比来时路上所见，外公虽然没说，但瘪着嘴点头赞许。等看到村办，即雷霆公司办公室门口大红横幅打出"热烈欢迎爱国华侨王老先生莅临指导"，外公忍俊不禁，哈哈大笑。

但随即，外公开始一路冷嘲热讽。幸好跟随记录的小三性格温和而谦逊，从头到尾忍让。雷东宝一声不还嘴地跟着，他不知道梁思申与外公的恶劣关系，还想着就算是为了宋运辉的结婚大事也得忍。可是听到后来，发现外公说的大多数是至理名言。而且从外公进门后的问话可以看出，这个老头子对于经营管理非常精通。

外公在财务室坐了一个小时，问得众人敢怒而不敢言后，就抓了雷东宝和小三走开，单独教育财务该怎么做。他要雷东宝不能以成本定价钱，而必须以市场价格定成本，这个方向绝对不能搞错。要财务不能只知道被动地记账缴税，而是必须成为企业管理的左膀右臂，主动分析解剖数据，介入企业的日常经营，比如一二三四条……雷东宝听个大概，知道以后该怎么扭住下面的人做这些，而小三则是听得如痴如醉，才知道自己以前自觉自发地偷偷做表格分析预报现金存量是个高明行为。他不断发问，即使外公总是笑话他问出傻问题，他都厚着脸皮认了，只要学到就行。

中午，外公非常满意地吃了一顿他指定的家养猪肉，他一个人吃了两只红烧猪蹄和几块红烧小排，又吩咐晚饭也在这儿吃，把剩下的两只猪蹄都给他留着，别人不许吃。要不是雷东宝见过外公的排场，谁见到外公吃猪蹄的样子都会认为外公是个骗子，哪有大富翁看到猪蹄爱不释手的。但雷东宝不明白外公这样的人怎么会想到吃猪蹄。

下午，本来雷东宝叫来几个骨干人员如红伟正明等，让外公问经营方面的问题，几句话听下来，雷东宝当机立断，要小三将全村所有大学生全部叫来，技术员工程师也叫来，满满一屋子的人听讲。外公从最上游的进货开始，问为什么不买铜矿，为什么要做精炼。红伟的回答是，铜矿选冶都不挣钱，这个行业的钱现在都是精炼的在挣。外公不是个听到这种回答就罢休的，他一定要问清楚，这个阶段的价格是多少，那个阶段的价格是多少，为什么这样等一系列问题。大家在被外公犀利的问题问得面如土色的同时，却也学到思考问题的方法。中午陪着外公一起吃过猪肉的人这才相信外公是有才的。

外公晚上到底是没吃完两只猪蹄，他累了，回去车上没与雷东宝说话，闭着眼睛打盹。

雷东宝送外公到宾馆之后，即给宋运辉打电话，想汇报行程，没想到宋运辉正与陶医生通话。雷东宝奇怪，都已经有了梁思申，宋运辉为什么还与陶医生夹缠不清。

原来是宋运辉周日送女儿和母亲一起去少年宫，他准备送到就走，他周日有事。他若非周日有事，早乘火车去上海会梁思申了。没想到正好遇到陶医生，陶医生难得主动叫住他，要请他吃顿饭。宋运辉当时正赶着有事，请陶医生有事直说，陶医生却支支吾吾难以开口。他大概知道陶医生肯定是就分房的事找他。全市企业都在赶据说的分房末班车，市面上房源紧张，医院手头未必有多少房子，而抢着要的人则是众多。按照传统分房政策，都是照顾有婚姻家庭的、行政级别高的，然后才考虑高职称人员，陶医生难免处于劣势。可是陶医生一说到个人的事，表达就不利落，说半天都没说到点上，可宋运辉好歹还是听出就是有关房子的事。宋运辉算是了解陶医生的清高脾气，又了解陶医生而今的艰难居住条件。若非走投无路，无计可施，陶医生岂肯开口求人。他即使一心一意爱着梁思申，可对陶医生还是敬重，他愿意帮这个忙。他没再逼问，就说明天有空再找陶医生细问。

他回去一查，正好一院院长一个亲戚在东海总厂，这回也赶上分房，他跟院长商量一下，双方达成一个桌底下交易，他便意外轻易完成对陶医生的许诺。他第二天就给陶医生打电话报喜，把陶医生感动得什么似的。陶医生一辈子硬脾气，不肯求人，难得打定主意求人，别人却不等她说出口就把事情做好，令她现在开始忏悔，过去对待宋运辉是不是太坚壁清野了点。她终究还是矜持，想请宋运辉吃饭以示感谢，可愣是无法拿出工作中权威而肯定的态度让宋运辉答应，她因此更是感激，人家帮她做了好事还不要谢呢。可是也因为请不到宋运辉而满心无以言表的遗憾，为此她总是牵肠挂肚着。

宋运辉自以为磊落，没想到雷东宝因自己给陶医生帮忙甚多，心里倾向陶医生，而责他不该有了梁思申还招惹陶医生。宋运辉觉得挺委屈，没做解释，打断雷东宝的责备让说主题。他已经换了一个手机，比原先砖头般的那种稍小一些，因此举着听好半天也不大累。雷东宝便将一天情形说明，几乎是从头说到尾。老头子的那些话即便是冷嘲热讽，宋运辉听着还是觉得很可取，只恨雷东宝嘴笨，不能全部说出。雷东宝说到应该根据外部价格定成本，而不是根据自家成本定销售价格的时候，宋运辉失笑，他想起当年在金州时候的事了。当时流通渠道单一，国家收购，土豆、鸡蛋一个价，可是他爱惜新车间新设备，硬是不肯为降低成本而太修改生产参数，为此绞尽脑汁，出尽百宝，那时可真是单纯啊，难为水书记一直容忍他。

等放下电话，他想来想去，觉得老头子这回的行程与他原先心里设定的不一样。原来他以为老头子对雷东宝的企业有了兴趣，现在看来，更多的是对雷东宝个人有兴趣，今天一天的动作，应该更像是单纯帮助雷东宝提高经营水平，而非其他。如果真想投资插手的话，有些话老头子今天不应该说。这老头子的确年龄大了，但表现出来的只是更顽固，思维却是依然清晰成精的。难道老头子说的"找人替我操心"，那找的人，真的是他宋运辉？那么说，他原先的猜测无误，老头子想方设法要收他做徒弟的目的就在于此？

可是，他已经这么忙，还能不能分出时间给其他工作？他肯定地想，他应该能。

他却未必想牵扯上外公。梁思申跟他说的那些案例让他很受触动，他回来后已经就自身企业情况想到很多。老家那家厂他算是浅尝辄止，给东海总厂的技术人员解决一部分收入问题。从效果来看，这个尝试不错，双方得利，对方很欢迎。那么，如果试用梁思申说起的那些办法呢？有些东海总厂碍于体制无法做到的灵活措施，能不能用到那些需要东海总厂伸手相援的下游厂家上去？

雷东宝照旧早上来到宾馆迎候外公。可是直到他呼噜呼噜把饭吃完，还是只见到小王，不见老王，可惜小王跟他手舞足蹈半天他都听不懂一个字。雷东宝只好跟着小王去老王套间，在外面客厅里等。等到九点，才见老头子穿着睡衣出来，雷东宝当即起身道："老王先生，你看上去挺累，我看今天别去小雷家，我带你在市区里走走看看。"

外公坐下先喝一杯乌龙茶，才道："好，老骨头经不起折腾。你昨晚回家想了没有？"

"想什么？"雷东宝说出来便想到老头子要他想什么了，忙道，"想了，我还布置他们几个都好好想，回头都给我上一份体会报告，考虑我们下一步要怎么做。我想，首先我们的财务制度要改，然后是我们村以后得控制外来工厂用地，我们村的土地加起来可比那些台湾人占的要多多了。这是我们小雷家的钱，也等于雷霆公司的钱。可昨天老王先生没说我们要怎么整治周围那帮杂毛。"

外公笑道:"我昨天之前还不知道你们周围是怎么回事,昨天一问才清楚。我倒是问你,你整治那些杂毛干吗,吃了饭一把子力气没地儿使吗?有些人好大喜功,只希望摊子越大越好,不管利润多少……咳咳,今天不骂人,骂人是个力气活。"

老头子咳了几声,又拿浓茶润喉。雷东宝在一边看着,道:"你明明可以省点力气好好说话……"

外公立刻抢白:"那做人还有什么味道,做人切忌做个什么都好,就是没味道的人。就跟我徒弟一样,要不是看上思申,他都没一点人气。不说这个。东宝啊,我脑筋好,主意高明,这辈子我想出来的事,基本上没错,所以我不用跟谁讲理,我只要骂下去,让人照着做就行。我还是省力,省了做人思想工作的力,这力最磨人。"

雷东宝道:"我不行,我大老粗,会做错事。再说三个臭皮匠,顶过一个诸葛亮,我要放手让所有臭皮匠都动脑筋,他们多学多做,一个个都给培养出来独当一面。你昨天见的小三和其他几个年轻的,都是我这边村办企业搞起来才送去读大学的,现在用着多好,个个是把好手。"

外公深深看着雷东宝,冷冷地道:"听说你坐牢那几天,村里几个好用的妄想撇开你自立山头。"

雷东宝当仁不让地道:"只要我在,没人立得起来。我不怕他们强,他们再强,也得给我办事。我不会干别的,我只管人,我管住他们这些人,他们管住公司的事。"

"你怎么管?你管得住那个史红伟的小心思?你管得住雷正明的拉帮结派?你管得住你花钱培养出的大学生抱团?"

"这些都是小事细节。我抓住大方向,照顾他们小私心,做人要大度点嘛。他们下面怎么拉帮结派怎么抱团,我都不管,他们谁敢做得出格,我打一拳,压下几天,自然太平,没什么了不起。你放心,这种事,我现在越做越顺手。我现在闲得慌,正想收拾那帮杂毛。"

外公没想到雷东宝这么说,本来藏在嘴里准备打击雷东宝的话反而关死,他原来想说的话是:"你才做几年,凭你那些见识,你配说有你在没人立得起山头这话吗。"外公直直看了雷东宝好一会儿,很多人会因此被他看得头晕目眩,避开眼去，雷东宝却没有。外公不由得叹了一声气："你气度天生。唉，东宝，你知道我今天为什么要逃到你这儿来吗？"

雷东宝奇道："你逃？你干吗逃？谁对不起你，你说一声，我帮你收拾。"

外公摇头："非也，非也。你知道吗，我在老法租界买了套老花园洋房，洋房需要整修，现在已经完成结构加固。今天有一批装饰材料设备从美国运来，虽然有口碑很好的专门公司负责托运，可还是需要我去点收，需要我去指挥存放。你知道，我老了，没力气了，我只想享受现成。我只好逃你这边来，把这些事扔给思申去做。我只有逃来你这儿，她才认栽，肯请假接手我的事，她没办法，呵呵。"

雷东宝这才知道老头子踊跃来这儿的原因。他还以为自己是帮着宋运辉追梁思申，其实是梁思申因帮着宋运辉的家人而承担苦差。"早知这样，你不如留我在上海，我帮你看着现场。"

外公又摇头："你不行，那些东西你起码有一半不认识。不说这些，你那儿我基本已经看清楚，不用再去。我今天跟你讨论下一步你可以怎么做。我有几个方案，供你选择……"

雷东宝一下来了精神，几乎是趴在沙发扶手上，凑近外公听老人家讲话，咻咻呼吸逼得外公退避到他沙发扶手的另一侧。外公的方案果然不止一个，雷东宝已经从宋运辉那儿看到的正泰公司案例是一个，其他，则是外公这么多年国内国外看过的商界风云。雷东宝只听得目瞪口呆，觉得哪个案例拿来都比他原先设想的高明，哪个案例都可以拿来翻版了即刻给小雷家用上，面对如此多的案例，他反而挑花了眼。

外公斜眼而睨雷东宝一脸惊呆，点头道："东宝，不得不说，你真是个能用人的，连我都肯拼着一条老命来给你出谋划策，你这人身上看来有个气场，招人。唐僧取经，来匹白马驮他；刘智远打天下，来个瓜精送盔甲；你啊，现在有个老的有个少的人尖子辅助你。"

雷东宝知道唐僧，不知道刘智远，但大致知道外公说话的意思。对于外公的感慨，他奇道："少的是……噢，是小辉。不瞒你说，还有别的好多人，现在已经去了北京的徐书记，其实以前的县委书记陈平原对我也挺好，给我出很多主意。我心里都记得他们，只是嘴巴不大会说。可老王先生，你说我选哪条路最合适？"

"路子得你自己选，我只给你提供方案，不帮你承担责任。"

雷东宝点头，觉得自己果然没脑袋得很，他帮老头子杯子里续上茶，终于离开沙发扶手，躺回自己沙发背上抱着肚皮闭目深思。外公这会儿才能坐直了，若有所思地对雷东宝左一眼右一眼地看，越看越觉得这家伙有意思。一样是农村人出身，一样是从底层将生意做大，元旦遇到的那个杨巡，他可不喜欢得很。

雷东宝在心里掂量几种方案，他从企业能否得利，镇政府能否同意，被合并的杂毛肯不肯答应，怎样让这些问题都不成为问题等几方面入手考虑。细细将方案与他的雷霆比较之后，他睁眼道："看来近期内想合并那些小厂，不现实。如果我想做手脚让政府支持我的合并，可是我要做多少手脚才能让那些小厂的质量问题被政府重视，让政府头痛不过来整顿那些小厂，我才能趁机下手？变数太大，再加我因为陈平原的事跟政府关系不好，怕得不到支持，别弄不好把我也整顿掉。我总不能绑住他们手脚非逼着他们进我的门。股份制或者签约制，看起来都不适合。"

外公听了，点点头："继续说，你有铜厂，这是你跟他们不一样的地方。"

雷东宝又抱着肚皮沉思了好一会儿，道："看起来，最好的办法，我一方面扩大铜厂，一方面干脆变为支持他们小电线厂发展。他们电线厂能发展，就多用铜，用铜总得从我手里买，我卡着他们。"

外公笑道："这倒是新鲜。"

"不对？"

"挺好，很好，很有胸怀的想法，只是你要白做的事情很多。这件事你可以跟政府商量一下，共同规划推进一种产业在区域的推广，最好给点什么优惠政策，这样你既可以少做点事，又可以趁机修复跟政府的关系。"

雷东宝思考了外公的话，道："这就是你老到的地方了，想事情总是往最圆滑的地方去。"

外公鼻子里哼了一声："你见过哪朝哪代的商人脱离官府能把生意做好的？国外都不行。别仗着你皮糙肉厚，拼死力气。"

"我没，小辉给我介绍了几个他认识的朋友，我已经跟他们认识上，以前也只有吃饭喝酒，他们是文化人，看上去不高兴跟我说话，我们没话题，有这话题我们倒是可以说了。"

外公看着雷东宝笑，但外公还是问了个严肃问题："铜厂的钱，从哪儿来？"

雷东宝笑道："你又不肯借。"

外公笑道："你生意太小，赚头也少，滚动太慢，我不高兴借给你。"

"我生意还小？你不能拿小辉那厂子跟我比啊，那不是一回事。你还说你圆滑，你说话太不客气了。"

外公畅快地笑道："让我说话客气？等太阳从西边出吧。好啦，我们吃中饭去，去你太太饭店吃。吃完我睡觉，你给我买机票，我今明两天回去。"

雷东宝奇道："就这么两天？再多住几天嘛，你说话我都爱听，你那么多经验不倒点给我，憋肚子里有什么意思？"

外公道："你粗人装什么斯文，直接骂我憋肚子里烂棺材里去，我更爱听啦。你还有什么问题，我想得到的都回答你。"

雷东宝不客气，果真将问题连珠炮似的问出来。有些看似不是问题，只是他过去处理过的一些事，也被他搬出来跟外公探讨。外公听到雷东宝的有些处理方法就笑，听到这种可笑的处理办法竟然还把人治得服服帖帖，更哭笑不得，外公觉得很有乐趣，千方百计要雷东宝多说事例，他当故事听。外公见多识广，早见怪不怪，已经难得找到能让他感兴趣的事，遇到一个雷东宝，而雷东宝又不是刻意奉承着他，似乎是单纯，又似乎是狡猾，倒有一派天真，而且还不在乎他的挖苦讽刺，他高兴不已，如获至宝。

这一高兴，外公晚上松口，又答应留下两天，再去小雷家及其周边走走看看，为雷东宝的鼓励支持小电线厂那个发展计划提供切实可行的思路，但外公最终还是没松口答应给一分钱支持。

雷东宝得到很多宝贵经验，但也奇怪外公这个人，为什么口口声声说喜欢他，而且还送他几件很值钱的东西，却对他的雷霆公司一毛不拔。这究竟是什么想头？

外公走后，雷东宝带着小三，与手下人员接连利用晚上时间开了好几次会，讨论下一步的工作。红伟没有参与，不能做得太明，但都由小三第二天汇报给红伟。

外公提出的"产业集群优势"，当时只说了个大概，雷东宝让小三组织人手这几天查资料研究到底是怎么回事。雷东宝敏锐地咂出味道，所有的事情上面都得冠以一个漂亮的名堂，这"产业集群优势"是顶漂亮的帽子，拿出去可以唬住一帮坐机关的人。雷东宝更想到当年通过报纸宣扬小雷家事迹的过往，报纸宣传的甜头他尝过一次之后，一直余甘不绝，这回要煽动舆论，他又想到报纸，他要小三写出能登到报纸上的相关文章。但是被小三否决了，小三明确说他不是这块料。

雷东宝既然想到了报纸，就不肯再放手，说什么都咬紧不放。他又想出招术，让小三带上他们的想法，找曾经来小雷家考察过的专家取经，顺便看看谁能帮小雷家写一份赞产业集群的文章。雷东宝本来以为这事可能有些难办，小三更是头痛要找哪些老教授买文章，大家都觉得文化人清高得很，不会做这等俗不可耐的文章。没想到，小三硬着头皮找到的第一个教授就答应了他，当然教授说得很客气，说正好暑假了，可以专心研究这一实用课题，为农村工业化建设做贡献。小三把这回复告诉雷东宝的时候，不知为什么，雷东宝心里有些不舒服，他曾是那么崇敬那些知识分子，总觉得那些人应该是气节的代表，可惜……他们应该再三拒绝才是。

当然，教授的文章拖了近半个月才交稿。雷东宝这才拿着教授的论文和他自己的考虑，当然找股东之一的镇领导们，获得一致好评后，又被引荐到县里。但是雷东宝拒绝了直接去县里，他选择与宋运辉引荐的朋友说话，通过宋运辉的朋友，转道再与县领导联系。他再直爽，也知道他和县领导们之间有隔阂，那些人都是曾经主使把他抓进去坐牢的人，而他现在还在服刑期，他不能没做任何铺垫就大摇大摆地与那些领导坐回同一桌子开会。他太有名，而这名，并不光彩，起码可以让那些曾经处理过他的领导们否决他的话题。而话题从市里转一下再下来，那就不一样了，那里面有宋运辉的一臂之力在起效。

因此，雷东宝还将外公的指导用于实践，勒紧腰带拿全部积蓄咬牙买了一辆日本进口的丰田佳美。贵是真贵，可贵得有价值，雪亮的车子开出去，到哪儿都畅行无阻，看到车子的人都因此敬上他三分。

雷东宝去东海厂与之合作的工地参观了一遭，果然很有规模的样子，工地门口挂着的横幅显示，这是市重点工程。雷东宝想到，宋运辉以前懒得接触老家琐事，因为从小在老家很是吃苦，对老家感情不深，再说姐姐已亡，父母已跟着他去东海落脚，他应该对老家没有牵挂，如此看来，宋运辉参与老家建设，倒有一大半用心是为了他雷东宝。雷东宝以前也想到过，等这回将宋运辉的关系派上用场，他才更进一步体会到宋运辉的良苦用心。

宋运辉的这些关系，以后就是他恢复地位的桥梁。

雷东宝用着宋运辉的这些关系，自不免要将用途经常报上，让宋运辉心中有数，往人情债备忘录上做一番加减乘除。宋运辉对于他那些关系的被用都没什么异议，只是在知道雷东宝想通过报纸宣传他的理念之后，立刻提出反对意见。他的想法与雷东宝不同，一则雷东宝现在的身份依旧敏感，不便大张旗鼓，即使只宣扬小雷家一家也不行；二则在动用政府机关资源，而且有资源可用的时候，不要再另辟一条路并行，这有给相关人员施加舆论压力的意思。雷东宝听着觉得有道理，说什么宋运辉也是个在官场打滚多年的，应该最知道官场里的做派，他听着采纳就是。但是宋运辉后面说出来的话让雷东宝好生思量。

宋运辉让雷东宝此后收起张扬，低调行事，不仅做了不说，或者做了少说，即便是身份问题解决之后，也不能再如过去一般今天这边演讲明天那边上台，到处风光。雷东宝心说这不是与老王先生的理论背道而驰吗？而且买了新车，又再次出入官场，他已经因此离目标越来越近，他岂能放弃。

雷东宝回到韦春红的饭店，一个人躺在床上细细梳理他过去和现在那么多年来通过各种办法认识的那些关系，与那些关系对他和小雷家的帮助促进。想来想去，等韦春红结束饭店营业，上来洗漱的时候，雷东宝大着嗓门道："春红，我现在看来看去，那些听说我名头，找着上门来结识我的人，在我出事时躲得一个不见。"

韦春红在洗手间里奇道："你今天怎么想到这么严重的问题，又是跟小辉打电话了？"

雷东宝听了发笑："可不，小辉每天板着个脸，跟他打完电话，我一整天也得脸皮发僵。"

"哎，你想得出小辉怎么谈恋爱？特别是对着那个娇滴滴的梁小姐，他还能板着个脸吗？我一直在好奇。"

雷东宝又笑："我也在奇怪，他对以前那个总是像领导一样，什么都他说了算，现在这个肯买账吗？哪天我得凑去看看小辉这张脸怎么笑，连我都想不出来他什么时候放松地笑过。我们别说他，你说我刚才说的话有没有道理。"

"当然有道理，他们本来就是冲着你名气来的，要不想借些你的光，要不想攀个你的亲，他们还想靠着你求着你呢，认识你的动机本身就不纯，他们当然会锦上添花，不会雪中送炭。"

雷东宝想了会儿，可以前大张声势，热闹起来的真只是一个空架子吗？不，他从那些帮衬的人手里得到的是名气，他又用名气从县里得到无数好处。宋运辉是只知其一不知其二。而且他现在能做到不再迷失在那些吹捧里，他现在心里雪亮着呢，他只利用那些吹捧为自己办事，比如问教授买的文章。

因为宋运辉朋友的鼎力相助，雷东宝果真又恢复与县里的关系。雷东宝本来以为大家见面会有三分尴尬，可没想到一点问题都没有，县领导虽然没最初的老徐或者后来的陈平原对他客气，可也关心有加，起码嘴上说得好听。而毫无疑问的是，那个产业集群的建议被县领导采纳了，县里开始安排专门人手调查整个县范围内的电线厂总体规模，摸清这么多电线厂在县财政中所占比重，分析如果扶持这一产业将产生多少深远影响。雷东宝交上去的那篇教授的文章，自然是上得台面的高屋建瓴的理论指导，因此县里也把那教授请来，指导产业布局。

本来，全市范围的电线厂，最集中的就是分布在小雷家所在县区域，并且是以小雷家为中心发散的。县里一调查下来，发现很有潜力可挖，一时来了兴趣。雷东宝见机会成熟，便做足准备走上会场，对着县领导，对着众电线厂小老板，他提出雷霆公司愿意为家乡产业发展做贡献，愿意提供市场，提供技术，提供原料支援。

但是，雷霆公司在会议上抛出的善意，并不被众多同业与会者信任，大家都想这天下哪有这等好事，有人免费提供大好帮助？当即有人提出，雷霆公司会不会提出一定要在签下什么协议的前提下才肯提供帮助，或者哪天会不会变卦。众说纷纭，即使主持会议的副县长说话都不能让大家相信雷霆，大家非要雷东宝当着大伙儿的面签字画押才肯信。雷东宝多少心里挺得意，因此当场拍胸保证，没什么可怀疑的，他以前领头带着小雷家人发家致富，自己没想着做老板，现在带着同行致富，雷霆公司也不想做老大，雷霆就是这么高尚，怎的。

副县长和一众与会的人都被雷东宝上不得场面的话逗笑了，副县长笑道："老雷，我代表与会这么多人，向你提一个问题：你的表态，有效期是多少年？"

雷东宝道："我粗人一个，不会说话。县长，这有效期很简单，只要我雷霆还是县里的行业老大，我这表态就一直有效。如果不是老大了，我想表态也没人再肯听我的，这是实话吧。我雷东宝说话，从来没出尔反尔。"

副县长追根究底："老雷说话实在，听着比任何长篇大论都让人放心。既然今天大家都在，我们索性把心底的问题都向大家亮亮。你老雷已经跟我说了产业集群的优势，你今天索性当着这么多人再说说你为什么要提出产业集群。"

雷东宝此时已经知道声东击西，他并没有说出自己的真正想法，以免他的好主意被别人抢去，抢在前面。因为他现在没钱，银行又不敢贷，他扩大铜厂的计划还遥遥无期。他只装傻，道："我的想法，前儿天被县长批评太简单，太没战略眼光，我的想法很简单，完全是跟那么多客户喝酒打屁喝出来的。那些客户老是跟我说，我们这儿的电线厂大的太大，不生产低档产品，比如我们雷霆；小的太小，只一两种品种，比如你们这些厂。害得他们经常放一车下来，载不足货色回去，还得去别地采购，挺浪费时间精力，他们说要是放车子这儿转转那儿转转能把所有货色收齐，以后他们就别的什么地方都不去了，只来我们这儿，省心啊。我当时想，好啊，我联系几家厂，把我们的产品都完善了，客户一来，一车可以装满，多好，可是你们大家不答应，怕我吃了你们。我今天告诉你们，我有私心吗？有。如果客户知道来我们县买电线省心，货多货齐，还能货比三家，以后传出去大家都来我们这儿买，我们这儿来的客户就多了。客户想买的产品一大半只有我做得出，客户来得多，我最高兴，赚钱最多，你们说我还要什么别的私心。但你们也好，只要客户来得多，你们以后都不用专门派人满天地跑外勤，只要等在家里，把产品码在门口，客户自动上门，这多好。这个产业集群想法，现在看起来是我雷霆吃肉，你们大家分骨头分汤，我当然肯出力愿意出力，就这样。这是我的实在想法，我大老粗，只能想到这些。我们欢迎县长给我们更全面更高深的建议。"

雷东宝的这些话是老王先生的意思，经过雷东宝自己领会，演绎成属于他风格的发言。在别人眼里或许是高瞻远瞩，这确实是个对大家都好的主意，而且看来切实可行。只有雷东宝自己从外公连骂带嘲笑的谈话中知道，这种事儿有前人不少成功经验，是一个经事实证明行之有效的办法，被教授称之为"产业集群效应"。连雷东宝自己也没想到，最初一个歪打正着的想法会有如此发展的可能，果然是老王先生经验丰富。但他没说这是外商的主意，免得在座这些人又担心他有什么阴谋阳谋。

副县长站在全县发展和政策角度做了发言，雷东宝听着觉得都是废话。等县长说完，他带头问道："县长，能不能给点政策，既然扶持，我们雷霆出技术了，县里能不能出点钱给我们大家，支持我们的发展。"

副县长道："我们今天先确定一个议题，并听取大伙儿的意见，供讨论研究。今天的会议开下来，大家基本上确定这个思路是可行的，对不对，有没有反对？今天的会议鼓励畅所欲言，不要憋在肚子里不说。"

没人提出反对意见，但有人小心地道："县里要是给政策就好了，最好给税收政策，给贷款政策，我们一定能做得更好。"

副县长笑道："县里既然重点扶持，一定是会有所表示，你们回去耐心等待。如果有时间，你们也可以向老雷学习，踊跃向上级部门建言献策，说出你们的想法。"

雷东宝带头鼓掌欢迎，会议成功结束。出来后，他请大伙儿一起去饭店吃了一顿，算是认识，也算是继续敲定，即使以后县里没出台正式扶持政策，他雷霆还是会把今天在会议上的表态落到实处。但他也明确提出，谁家要是挂着登锋澄峰的牌子，他是只会打击不肯帮扶的，他不做冤大头；而谁家要是做见不得人的劣质电线，他也只有打击不会帮扶，他不能让一颗老鼠屎坏了整个县电线电缆行业的名声。

雷东宝把自己的意见提出后，便仗着好酒量，一个一个地敬酒过去，讨问每个人的说法。众人果然都又有问题提出，比如要是有人真的做见不得人的劣质产品做坏本地电线行业名声，该怎么处理，又该怎么让那种人吃苦头。这事政府要是真管，大家现在可以想出办法，向县里建言献策；要是政府最后讨论研究决定不管，大家又该怎么做。大家七嘴八舌，想出很多问题，果然是人多力量大，但基本上，看来已经没人反对产业集群这么一件对大家来说很新鲜很有用的事情了，甚至大家还觉得即使政府不管，自己也得联合着上。

雷东宝让小三把大家的意见记录下来，形成文字，让大家推选的几个人过目后，再次递交给县里，督促县里做出这个对大家都有利的决定。一顿饭下来，无可置疑地，雷东宝成为全县同行大小老板的核心。

这件事，在雷东宝此后的竭力推动下，县里以出人意料的坚决态度贯彻落实起来，并真正形成决议，形成根据众人意见得出的切实可行的办法，并落到实处，这倒是让雷东宝惊讶县里的态度，没想到还真办实事。在贯彻的过程中，雷东宝与县里的关系，渐渐得到修复。

优惠政策是给了，贷款却无法解决，银行都在观望，看一群乌合之众能搞出点什么名堂。包括县里也在看，给政策，却不帮协调银行贷款。不过众大小老板已经觉得够有实惠了，一时都挺听雷东宝的话。

雷东宝对上对下都坦然表示，他愿意替大家白干一年，帮大家混得起色，因为现在这事还真只有他干得了，他有这个行业的经验，也有现成的技术和市场，但以后肯定得由县里派专人协调管理。

正好雷霆的电缆设备安装结束，有技术人员腾出空闲，雷东宝便主持开展对现有电线厂的技术认证，一家一家地排查过去，帮助修整那些小电线厂的设备漏洞，帮助培训小电线厂工人的技术操作，只有等那些小电线厂具备生产合格产品的条件，他才代表县里发放认证证书，让这些厂挂在墙头。做这些事，他都只收象征性的工本费。而且做这种事，说是简单，其实都是细致到家的水磨功夫，大家都是内行人，全都看在眼里，因此雷东宝才能服众，让大家都乖乖承认他的认证，服从他的认证，并合力宣扬他的认证。有人甚至还戏称雷东宝是共产主义战士。雷东宝当仁不让。

县里领导把他做的工作看在眼里，把电线产业整体水平提高看在眼里，把经济效益的实际提升看在眼里，把这一块经济效益对全县统计数据的影响看在眼里，更把可能带来的进一步提高看在眼里。很多以前没直接接触过雷东宝，只因为陈平原事件而对雷东宝嗤之以鼻的人，悄然因为雷东宝的实际行动而改变了态度。当然雷东宝现有的排场对应的实力，也令县领导更相信雷东宝的能力。

因此韦春红代雷东宝偷偷要求镇里帮忙解决他现在身份问题的时候，没人有异议，都理所当然地觉得应该让雷东宝将功抵过。镇里上报县里，最后由县里出力，将雷东宝头顶的帽子摘了。

雷东宝自己倒没觉得什么，韦春红却是非常欢喜，觉得丈夫每天忙得不见人影，见到的总是一头醉猪也值了，起码做人可以名正言顺，不用再提心吊胆被人黑一遭。身份问题解决后，有些荣誉接踵加身，雷东宝基本恢复往日的荣光。随着优惠政策带来的利润上升，雷东宝更是豪情满怀。他这才觉得自己是真正荣归了。

这个冬天又没下雪，可冷。

在如今主管财务和办公室的小三的预测下，预计已经有适度偏紧的资金预算用来支持扩大铜厂。雷东宝当即派出人手，去已经谈下的设备制造厂签下订单，派专人盯在设备制造厂，要求加班加点将设备生产出来。而他这边，则是迅速组织工程队，开展土建工作。

在雷东宝心目中，这是小雷家工业发展的一个转折点，是小雷家历经挫折之后，新的起步，就像他雷东宝重新扬帆起航一样。

21

杨巡加班加点地赶新市场的建设，而那个他曾经全权支持、而今落入他人手中的商场也在加班加点地建设，没有他，那商场照样能转。杨巡想念那个商场，可每每总是在犹豫中与那据说他还占着股份的商场擦肩而过，形同陌路。但是有关商场的消息还是不受他主观意志为转移地进入他的视线，本地日报今天报道商场如何如何，明天报道商场预计将于哪天开业。每每看到这些应该与他相关、又实际与他无关的消息，杨巡都如百爪挠心。

终于，那商场在一系列活动的烘托下，热热闹闹开业了。而杨巡的新市场，却并不张扬地开业，没搞任何庆祝活动，只是将两边隔着的墙一推，将门口停自行车的地方连成一片，让谁一见都知道这是一个地方，跑哪个门都一样，就算大功告成。

另一项与商场那边李力和梁凡不一样的是，杨巡对新市场的开业胸有成竹，不愁收不回成本。因为不到开业，他的所有摊位都已经租出，而且是不折不扣地收回租金，他的后期收尾工程，靠的正是那些摊位租金。因为现在社会上好像大家都手里捏着钱没处去似的，也因为大家都看到原有市场摊位的效益，知道租摊位有赚头，因此杨巡经过私下调查摸底，搞清租户的心理底线，一举黑心提高租金，而且条件苛刻，要求两年租金一次付清。他本来存着观望的意思，看如果不行，他就适当找借口打折。没想到在大家斥骂他的黑心黑肺中，摊位全租光了，效益喜人。

这真是一个遍地是黄金的年代，这真是个疯狂掘金的年代。杨逦听了哥哥的描述后，眼睛亮晶晶地兴奋总结。

但杨巡并不高兴，因为这本来就是一场料想之中的成功，并无悬念，也无挑战，一切都是按部就班而已，成功对他并无刺激。相比人人传颂的新开商场，他这新市场算得了什么，他想着今年的事情，只会生气。

有人陆续给他介绍女友，这回杨巡再次放低要求，最后找了个在银行工作、父母做到老才混到个科级干部的女孩樊净。樊净大学本科国际金融专业毕业，容貌中上，在众人眼里，是个举止优雅、能力不错的女孩，但是在见过更能干姑娘的杨巡眼里，不过马马虎虎。

杨巡就拿出行动，中规中矩地照着程序追，只是心里并不太当回事，没什么火烧火辣的情感促着他天天朝樊净那儿跑，他只是在争取一个妻子而已。

22

梁思申又中美两地飞了几趟，外公的老房子才终于整修完成，而让她和宋运辉都欣喜的是，国家竟然推行大小礼拜，大礼拜休息两天，小礼拜休息一天，这意味着两人可以有更多时间相聚。

外公兴奋地要求梁思申陪着去验收一回。幸好这房子屋子小院子大，外公将角角落落都摸遍，都不会太耗精神。仲秋的太阳透过一树一树的花果树叶撒到庭院，更添庭院里青砖地的斑驳。宋运辉乘夜行火车依约到达外公新家的时候，在大铜门外已经听到里面传来悠扬的小提琴声，伴着香甜的桂花气息，不待进门，已经陶醉。宋运辉都不忍用敲门声打断里面的声韵，就背手在外面站着侧耳倾听。直等一曲终了，才举手敲门。

外公看着梁思申将他拍马屁送的上好小提琴随便一扔，飞过去扑进宋运辉怀抱，不屑地撇撇嘴，看他自己的竺小姐，却见竺小姐正两眼略带羡慕地看着那青春的一对。外公心头不快，立刻便出言打断那边还在窃窃私语的一对："来，小宋，喝我的桂花乌龙。"又低声命竺小姐道，"你给倒一杯。"

那边的两人却兀自哝哝细语。一日不见如隔三秋的相思境界，宋运辉现在才有体会，原来这才叫恋爱。两人将悄悄话说完，才一起走向外公，宋运辉这时才有空环视外公新居，而外公早已不满有时，因此外公挑最要命的道："你们准备什么时候公开，我已经快瞒不住了。我女儿女婿很快会过来看我新居。"

宋运辉心里一刺："顺其自然吧。房子整修得很不错，看上去还是旧的，但旧而不破，看着舒服。"

梁思申轻声对宋运辉道："我准备爸妈来的时候跟他们说，很简单。"

外公吹毛求疵："什么旧而不破，应该是旧而不败，破跟败全不是一个概念，破可以不败，破的是形，败的是气。"

宋运辉哪里还有心思管什么破还是败，对梁思申轻声道："可能不会很简单，到时我在场吧，有什么，我担着。"

梁思申惊异地看着宋运辉道："你想多了，外公他是不怀好意，你别中他圈套。我爸妈自己都是违抗着家庭走过来的，他们即使心里反对，只要我愿意，他们不能管。"

外公嘿嘿一笑："你投资乱来是一回事，你终身大事乱来又是一回事，看你爸妈不急。谁愿意花朵一样的女儿做人后妈做人填房？何况是你爸妈那样的人。"

宋运辉没想到外公揭开来说，旁边梁思申早道："后妈怎么了，填房怎么了，古代对女人真是刻薄。不就是他过去有段历史，还有什么？还有都是你们这些外人多事的偏见。"

外公不以为然地笑道："吹吧吹吧，反正我答应过你，到时给你当一回救火兵，再多没了。"

宋运辉为梁思申的态度心中感动，看着眼前这张光洁的脸，有点艰难地道："思申……"

梁思申连忙道："我没化妆，不能近看。"

宋运辉一笑，不再继续。他了解梁思申，知道她即使有心事，也不愿在外公面前说出，免得被外公讥笑。他立刻拐到外公喜欢的话题，道："外公，有那么一家企业，以前是当地龙头，我最近过去考察，可以发展成东海总厂下游企业之一。企业优势是地理位置好，当地政策优惠，最关键的是人才多，不仅可供那家企业重启使用，甚至可以分一部分人到正扩张的东海总厂。缺陷是债务包袱重，内部管理混乱，效益低下。我目前准备分两步走，先跟他们当地政府商谈债务处理问题，如果谈得下来，第二步谈企业重组问题。今年经济体制改革实施要点其中一条，是转换国有企业经营机制，探索建立现代企业制度的有效途径。我准备就从这个方向切入，对这家企业进行思申上次跟我提起过的股份制改造，估计能获得当地政府大力支持，争取成为他们的政府工作重点吧，如果机会合适，再争取上市。"一老一少当下都大有兴趣，老的急道："说详细点，数据，数据。"

宋运辉却是有意不理外公，对梁思申道："这样的企业通过股份制改造重组之后，你看容易不容易上市？"

外公抢着道："关键是注资优化资产啦。"

宋运辉不以为然："注资是一块，实际工作是一块，这种老企业的更新改造非常困难，尤其是里面内耗非常严重。如果不把关系理顺，不做出点效益，估计上市有困难。"他说着说着又把头扭向梁思申，"明晚我以前工作过的金州新任一把手约我一起吃饭，你去不去，见识见识那些老企业出来的领导。"

梁思申努嘴，摇头："不去，我爷爷他们都是。"

宋运辉笑道："我等下跟他联系，推后吧。很有趣一件事，本来他们都以为闵厂长去北京后，继任的是原副厂长，没想到空降了一个。空降的我认识，以前关系比较好，推迟一次没关系。"

对于宋运辉以她为重，梁思申心里舒服："你去吧，我就担心我跟着你去，别人怎么看你呢，你们都那么保守。"

"有什么，我们又不是偷鸡摸狗。"

"那我穿你都皱眉头的奇装异服去，好不好？我这回带来几件呢，正准备吓你。"

宋运辉只能笑："只要你想去，你爱穿什么穿什么。"

"可你心里不愿意，你眉毛都耷拉了。嘻嘻，我明天一定要去，穿最古怪的衣服去。"

宋运辉只能无奈地笑，没法应答，知道梁思申真敢这么穿了跟他出去，而他无法拒绝她跟随。他对梁思申有很多内疚，虽然梁思申嘴上说不在意，可是他想尽量补偿，什么都依她。梁思申看着宋运辉被她挺低级地捉弄得没办法，心满意足地去屋子里洗水果。过一会儿，竺小姐跟进来，若有所思地对她道："真羡慕你们。"

梁思申只微笑道："各有阴晴圆缺，都是自己选择。"

竺小姐摇头："我们很少选择。"

梁思申想想，坦然承认："是，我命很好。不过还有比我更好命的，不能比较，没底。"

竺小姐还是摇头："可有人连基本值都达不到。"

梁思申想了想，点头："是，我很遗憾。"

竺小姐犹豫了一下，才又道："谢谢你。"

梁思申忽然觉得自己有些假惺惺，连忙讪讪地一笑，逃也似的出来，坐到宋运辉身边削梨。一时，她真的觉得自己很幸运，只要稍微忽略一些东西，她就是花好月圆。她削好梨，切成小块，插上骨签，随手便交给宋运辉。宋运辉不由笑道："喂，尊老爱幼些。"

梁思申一笑，转手给外公，外公撇嘴道："不吃嗟来之食。"

宋运辉笑笑，道："那么外公准备搬来这儿住了？"

"明天就搬，那儿腾给你们，以后你去没人再监视你，你们爱咋咋。"

梁思申一声"好啊"，反而是宋运辉尴尬地笑道："我刚才看了下，围墙外面有些乱，不像别墅有专人负责安全，而且左邻右舍都是思申的亲朋好友。我建议外公再好好考虑，如果你真准备搬来，我替你去找两条好一点的狗来。"

"还是你有良心啦，小宋。有人是巴不得我快点搬出来，她好跟你过小日子。我偏不搬，这儿就让它放着。"

"赶明儿成贼窝。"梁思申依然一点不客气。在宋运辉面前，她没想过掩饰自己，因为她对这份感情信心十足。

外公瞪梁思申一眼，但在搬家这件事上底气不足，只好不理。他对宋运辉道："小宋，你什么时候决定操作那家企业，我要求参股，五千万美元之内，你帮我决定；五千万美元之外，我再定。"

梁思申不知道她在里面洗水果的时候，两人在外面说了什么，一时瞪着一毛不拔的外公无语。宋运辉也吃惊，他刚才其实没跟外公说太多，只是简单介绍一下他作为东海总厂的打算，和所收购那家厂第一阶段可以达到的预期。因此他小心地道："外公先别忙做决定，还只是意向，回头我整理出资料来，你看了再定。这事我在操控，不会落下你。"

外公拿手拍拍宋运辉放在扶手上面的手臂，道："我听你的想法，知道你不会做亏本事，你什么资料我不看啦，懒得看，眼睛不好啦。你只要保证给我上市，再给我把手续办清楚，我没二话。你要是敢乱来，我找你丈母娘。"

梁思申喊了一声："知道人家不会蒙你，你就使劲把话说好听吧，人家正好心甘情愿给你卖命。"

外公道："不要耍小聪明啦，人稍微糊涂点才会智慧。你这种人，就是成不得大事，你好好向小宋学学人家的城府。小宋这样的人一摆出来，别人就信任，你不行，你还差得远，你要没你身后的公司撑着，没人相信你。"

梁思申给个鬼脸："你别骂我，你别骂我，你骂我有人比我还生气，不帮你。"

外公怒对着宋运辉道："妈妈的，小宋不会像你一样没良心。"连竺小姐都低头忍笑。

宋运辉笑道："都是越拧越来劲的性子。思申，刚才在外面听了你半曲小提琴，怎么不拉了？"

"最近忙，都快八百年没碰一下琴了，这把琴真好，忍不住拉了一下。我们吃中饭去好吗，别墅那边，梁大请客。"

宋运辉忍不住问一句："李力也在？"

梁思申不由脸一红，附耳轻道："你不会在意吧？"

宋运辉在意也得不在意，乖乖跟着梁思申走。外公在后面看着摇头："唉，好好一个人，好好一个人……"

但梁思申上车就柔情似水地投怀送抱，宋运辉什么招都没有。开车途中，宋运辉隐隐想到，似乎他这个曾经结过婚的还不如梁思申老练。想到这儿，他心里无比地泛酸，找到僻静处就将车停下，将人儿紧紧抱在怀里才能释怀。无论如何，人现在是他的。不是，以后也都是他的！

梁思申看到宋运辉对李力反应激烈，心里很高兴，笑眯眯地靠在宋运辉肩头，轻轻地道："我们不去梁大家，我做给你吃好吗？然后……"

宋运辉不得不深吸一口气："你现在别打搅我，我专心开车，到家随便你。"

梁思申轻笑，却轻轻咬住宋运辉的耳垂。宋运辉不得不再次道："拜托，周末路上全是自行车和人，你再这样我会闯祸。"梁思申这才坐直了，眼波流转看着宋运辉一张大红脸，看得宋运辉一路跟梦游似的，侥幸才把车子开到家。

梁大家黄粱已熟，看他借给梁思申的车子停在门口，就来敲门叫人入席，可没人应他，他只得愤愤转回，暗骂小娘皮又失信。

外公等两人走后，先想了会儿宋运辉跟他提起的企业，他在大陆近一年看下来，基本已经清楚，那些看似破败的国企，有些实在是宝，只是没有能人发掘而已。而且即使他想发掘也不得其门，那似乎是一个另外的世界。大约只有宋运辉这样的人出面，顶着个什么副厅级头衔，直接跟主管领导见面，由对方地方领导出面扫清障碍，才有事半功倍的效果。这样子的投资，他只要掺一脚，便是成倍利益，问题是如何让宋运辉给他做。

利润所得分一部分给宋运辉，是一种办法。如果敢要，他倒是可以在国外给宋运辉开个户头。然而，看宋运辉现在对梁思申那顺从样子，宋运辉是说什么都不敢要他这个老外公的钱的，怕给梁思申及梁思申的娘家看轻了去，到手的鸭子飞走。如此，看来只有想办法将外孙女与宋运辉紧紧捆绑在一起，他才可以支使宋运辉替他办事。即使是梁思申，都对他只有嘴皮子反抗，要她做事还是做的，宋运辉只有更如此，到底，他是宋运辉未来丈母娘的亲爹。

外公想来想去，觉得只有给予宋运辉甜头，才有他投资的甜头。

外公其实完全可以坐山观虎斗，情势肯定不出他所料，梁家不是小门小户，他可在宋运辉内外交困的时候拉上一把，宋运辉自然对他感恩戴德。可外公不怕一万，只怕万一。宋运辉一看就是个少年得志的人，作为一方诸侯，为人虽然沉着内涵，可估计脾气不小，而梁家的火力却是毫无疑问地猛，外公深怕两边抗衡之下，宋运辉心高气傲拂袖而去，那就不可收拾了。外公唯有使用最保险的办法，虽然这办法极其不对他一向唯恐天下不乱性格的胃口。

外公盘算半天，又去喜欢的饭店吃了饭，才起程回梁思申的别墅，准备找电话打给女儿女婿。回来看到室内的样子，他便心里清楚，皮笑肉不笑了一下，让竺小姐先回家去，他拿眼睛白白楼上，自己坐客厅里打电话。

上面梁思申从浴室出来，见宋运辉抱着双臂凝视她，不由自主紧了紧浴袍腰带，可还是走过去，又躺回怀抱，一头黑头发倒有一半甩在宋运辉脸上。宋运辉清理好一会儿才把头发清理完，他竟还觉得这项工作很有意思。

"你外公好像回来了，刚有两个电话进来……"宋运辉才说着，又一个电话进来，梁思申床头的话机响一声就似是被下面人接起，"什么热线，频率这么高？"

两人都惊异，梁思申奇道："外公与谁联络？呃，我们等下怎么下去？"

宋运辉听了就笑，居然惊世骇俗地说了声："不下去。"

梁思申听了闷笑，这真不像是宋运辉的一贯风格："可我现在真正领悟到爱情不能当饭吃。"

宋运辉自己也饿了，笑道："我下去吧，想吃什么？"

"有福同享，有难同当，一起下去。"可梁思申这话说出来，自己又忍不住地笑，她发觉自己很有做十三点的天赋，又发觉宋运辉其实也不亚于她。两人闷着又笑了会儿，才先后下楼。

宋运辉先下去，外公看见他就扔出一句："出息，白日宣淫。"

宋运辉讪讪地笑，道："外公吃了没有，我做些菜。"

"你会做菜？我看看你做得好不好，要不晚上你露一手，我女儿女婿一起过来吃。"

"什么？什么时候说的？"梁思申跟下来，一听惊住，看向宋运辉，也是脸上失色，"你……外公，你说什么了？"

外公笃定地道:"我跟女儿女婿说了实话,他们一定要立即飞来,正好又有航班。"

连宋运辉都失去沉静,几乎是严厉地道:"外公,可是这个问题你应该先与我们商量。"

外公道:"长痛不如短痛,你们俩都已经这样,一看就不是逢场作戏的,为什么还瞒着?你们放心,我说是我的主意,他们不敢说什么,也没敢生气,只是心急了些,急着想看女婿。呵呵。他们来,有我在,你们急什么。"

梁思申盯了外公半天,才道:"我们先吃饭,我自己去机场接人。"

宋运辉冷冷地看着外公,刚才的欢愉几乎跑飞。外公感觉得到宋运辉隐含的怒意,忙笑道:"你多少大风大浪经历下来,这些小事还会紧张?放轻松点,你这样的女婿他们还有什么可不满意的,他们只是一下接受不来而已。"

"这是我的终身大事。"宋运辉不再搭理外公,心里隐隐猜到外公笑脸对他怒意背后的用意。他走到鼓着腮帮子似是苦思对策的梁思申身边,道:"别急,我们一起去机场,我们不分开。"

梁思申道:"我没急,我不怕我爸妈,我只怕你敏感他们的态度,我怕你生气。爸妈那儿没什么,我最多掉两滴眼泪,他们准投降,只是过程中肯定有几句话不好听,我建议你还是别在场。"说到这儿,梁思申忍不住蹬足,"嘿,你们都看得这么严重干什么,外公尽给我惹祸。这下小事化大,你高兴了吧?多此一举。"

宋运辉没管外公的辩解,将梁思申拉得远远的,轻道:"思申,两点:首先,我们绝不能分开,我不能没有你;其次,我希望能被你爸妈真心接受,而不是勉强。我跟你一起去,我要当面向你爸妈说明态度,你不用担心我,只要最后你爸妈能答应,我什么都可以。他们即使说我什么,我也不会记仇。"

梁思申将脸埋进宋运辉怀里,轻道:"瞧你,开会分派工作的口吻都急出来了。你真的可以放心,我只要告诉爸妈我很幸福,他们就会接受你。我只要再告诉他们我们已经在一起,他们就巴不得我们今天就结婚。是你和外公想得太复杂,爸爸妈妈最终还不是想要我幸福?我没给他们找个异族回来,他们早该心满意足了;再说他们知道我脾气,我一定要和你在一起,他们管得了我吗?他们两个都是非常会做人的人,他们才不会放纵自己的脾气,跟我们生出芥蒂。他们太在乎我,只要今天这一关过去,来日方长,你的第二点不会是问题。"

宋运辉听了这些，这才点头放心，却发现后背都冷汗浸透。对的，他做管理多年，最知道，越是经历过大事小事的人，其思维越有章法可循，反而是闷在家里的家庭妇女想出来的事情、做出来的举动最匪夷所思。"我太紧张，好吧……好吧……但我们中午……你千万别说，你妈会扒了我的皮。"

"偏说，竭力宣扬，说明关系已不可逆。好啦好啦，我不说，终于看到你紧张。外公的话你别信，他跟他儿女都没什么亲情，他太自私，不会为儿女幸福考虑，才会乱说一气。我做两个煎蛋，我们随便吃点，这就去机场。"

"我来，你休息会儿，等会儿还要开车去机场。"

"国内听说都是女主内，你看我煎鸡蛋给你吃，我可贤惠呢。"

"恐怕你只会煎个鸡蛋。"宋运辉这才心情好转，但是对于这回以另一种身份见梁家父母，他还是满心紧张。他太在乎，唯恐有丝毫纰漏。他这才想起，以前去程家的时候，他几乎就是捏着主动权进去的，他那时压根儿都不用去考虑程家任何人的感受。哪像现在，也算是一物降一物。一直到外公将手拍到他肩上，他才回过神来，原来外公已经跟他说了好几句话，他忙笑笑，道："谢谢外公出手，这事越早解决越好。"

"当然，你巴不得今天结婚，干柴烈火。算你有良心。"见此，外公便也不多说，背手离开。

宋运辉被外公说得没意思，还是走去帮梁思申的忙。果然，见梁思申煎出来的蛋颇有手势，但梁思申自己早就从实招来，她只会这么三板斧。外公看两人吃饭都挤一起，恨不得你喂我我喂你，不由得对着窗外枯叶飘过的草坪感慨万千，心里愤愤地想，他们也会有老的那天。

梁思申虽然在宋运辉面前说得胜券在握，其实心里也并不是很有底。尤其是看到眼皮带着明显哭痕的妈妈，她更没法将那些带着豁出去意味的话说出来。一家人且慢开车，坐在车里将话说个清楚。梁父是见面就问："囡囡，这是真事？到底怎么回事？"

梁思申一直到进了车子，才道："真事。我跟宋的关系应是水到渠成，我既然回国工作，就第一个想到他，我这回没有逢场作戏的意思。我设法把他拐到杭州，设法把我们彼此的感情都试探出来了，然而我一直不能坚信他对我是不是专心，还有我们能不能适应各自发展事业的现状，如果最终昙花一现，我也没必要跟你们说了。本来我们今天已经决定，等爸妈来参观外公新居时候跟你说明，没想到外公抢先说了。我现在很幸福，很快乐。"

梁父梁母面面相觑，都没想到原来是他们的女儿主动，他们在路上一直讨论，认定是宋运辉心思缜密，一步一步把他们小白兔一般的女儿骗上手，相比宋运辉，他们的女儿单纯得不像话。两人交换一下眼色，这个问题由梁母提出："这么说，你们小时候已经……已经……"梁母都没好意思说出口，这正是她过去自己否定过的。

"呃，妈妈，那也太不可思议了点，宋被你说成什么猥琐中年大叔了，我也没那么早熟。宋一直有很多顾虑，比如他有婚史，比如他有女儿，还有比如我们不在一个城市，比我大七岁，所以他一直不承认感情，就算最后被我逼出来，他还想先请示你们。我对他这一点最腹诽，他不应该把简单问题复杂化，爸妈都是欣赏喜欢他的人，对吧？"

梁父看看妻子，小心地道："我们确实欣赏小宋，但自私地说，这主要还是建立在他以前对你的照顾上。对于你现在和小宋的交往，我们不反对，但也不支持。我们考虑最多的是你们两人的文化差异和身份差异。爸爸妈妈也是经历过年轻的人，可是以后呢，以后的生活需要很多共同语言来支撑。先说你们的文化差异，你受的教育，你的爱好，与小宋有重叠吗？一点都没有。你承认吗？"

梁思申不得不点头："是，但是他欣赏，而且支持我的爱好。相比李力梁大他们的花拳绣腿，宋有涵养得多。"

梁父不予反驳，知道这时候反驳了没用，情人眼里出西施。"再说双方的家庭。你的起点高高在上，你的心思相对直接。小宋则不同，小宋完全是靠自身实力从底层一步一步上来的，这样的人爸爸见识过不少，他们很优秀，也很可敬，爸爸一向重用欣赏他们这些人。可是因为成长路上的艰辛，他们性格中往往带着一股狠劲，这种狠劲可以让他们做出一些你不可能想到、更不可能做出来的事。爸爸很担心，等哪天你见识到小宋真正的为人，你还会不会认可他，这种认可，是共同生活的基础。你的性格中有很多理想主义的成分，小宋却是彻底的现实。你承认吗？"

梁思申不得不承认："是的，可是我认为宋不会对我表现狠劲……好吧，我会看不惯，我承认，但说他彻底现实，那不对，彻底现实是指杨巡那样的人，宋不一样。"

梁父依然不予反驳，依然是循循善诱地道："最后再说你们的感情。我们不清楚小宋以前怎么跟前妻结婚的，又怎么跟前妻离婚的，但你不能否认，他前妻相对他当时，是高干子弟。囡囡，你想过这点没有？”

梁思申薄怒道：“这一点，我不赞同，你们把你们女儿的魅力看太低，也把宋的人品看太低。我不评价他以前的婚姻，他想说明我也不要听，没必要。我只相信，如果以后有什么不对，那也只会是我不要他，不会是他不要我，我们的感情非常不对等，我只感觉他在这个世上除了工作没什么爱好，所有的感情都投注到家庭几个成员和我身上了。”

梁父梁母只好歪眉歪眼，无言以对，本来想实施非暴力不合作政策，以免反而把女儿推到宋运辉怀里去，因此对宋运辉一句坏话都没有。没想到女儿什么现实都承认，似乎比他们还清醒，就跟一个情场老油条似的。两夫妻不自觉地都想到，不知道这俩人都到什么程度了。梁母终于不得不叹出一声气，道：“囡囡，我们非常担心，我们宁可那个人是李力，而不是小宋，你以前不是也挺喜欢李力吗？”

“那不是一回事，喜欢是喜欢，爱又是爱，两种境界，我清楚得很。”

梁父梁母都没说话，都是耷拉着头，不肯答应。这种样子，梁思申反而难以反抗，她也只好耷拉着头陪着，好久才一再补充：“我真的很幸福。”“可是我一定需要得到爸爸妈妈的认可。”“你们三个是我最爱的人，我一个都不想放弃。”

梁母闷闷不乐地道：“我们能阻止你吗？”

“不能。”

“那不就是？”

“可是妈妈你不能把女婿设想成太阳神阿波罗，我又不是雅典娜。”

“可你们俩的条件交给任何不相干的人评议，都会说你们非常不适合。”

“你和爸爸当年更不适合。爸妈，这么说吧，我足够坚强，我足够理智，我承担得起，而我现在需要这段感情。”

这句话，比外公电话里说出宋梁关系更让梁父梁母震撼，他们齐齐地看着女儿，都在心里想，这难道是因为西方人的教育吗，他们怎么听不到有关天长地久的意思？梁父甚至在心里想，究竟谁在感情上更现实？梁母提出女儿下车等一会儿，老两口愁眉苦脸地讨论半天，不得已接受宋运辉。只是心里老大疙瘩，最大的疙瘩还是因为女儿。

宋运辉不知道梁家三口人在机场说了些什么，三个人从机场到家的时间没比他预期的长，虽然他是度日如年地等到三人进门。然后，他收到梁父送给他的一尊白玉观音挂件，梁父亲自给他挂上。他看得出梁父梁母对他不像过去自然，但是，这已足够，如梁思申所言，来日方长。他非常感激梁思申独立把这件他最担心的事处理下来，她越来越超乎他的想象。

反而是外公惊讶了，事情似乎出乎他的预料。他很怀疑大家演戏给他看，因此后来一起去外面饭店吃饭时候，他一直细心观察，却没看出什么端倪。他女儿女婿对宋运辉的挑剔眼光他反而认为是应该，谁家女婿初次上门没接受过这样的眼光？只是不明白了，为什么梁家如此降低标准，简直不合常理。

梁父梁母这回换了一种眼光看宋运辉，自然是处处挑剔，与当年处处好看不同。他们最受不了的是女儿对宋运辉的亲昵，而最受得了的是宋运辉对女儿的包容。回头宋运辉住到外公新宅里去，这边梁母拉着女儿的手却是一个劲儿地叹息，心里还是不愿意。看得外公眼睛出血，要他们来个痛快，反对就反对，答应就答应。可是梁父梁母敢吗，还要不要女儿？梁父说，好歹目前看来宋运辉是处处以图因为重的，那样就好，那样就好。

至于好在哪儿，两个老江湖唉声叹气，一肚子天凉好个秋。

宋运辉一个人住在外公的新宅里，他白天来的时候没进屋，原本以为新装修的房子，进门必定一股油漆胶水味，没想到月色下打开上书"拢香"二字的正厅大门，进门闻到的却是一股若有若无的淡淡辛香，竟是将外面一院子的桂花甜香逼退三尺，令今天心情大起大落的宋运辉一腔子浊气消失无形。宋运辉即便是再无雅兴，此时也能领会"拢香"二字的逸韵，要的便是这种月色下若有若无的味道，犹如拢在袖管深处的香，衣袂飞处，才有暗香盈袖。宋运辉感觉这一定是梁思申搞出来的古怪，也或许，是外公那儿的一脉相承？宋运辉无比感慨，他即使培养了宋引可以在钢琴上十指翻飞，可梁思申的有些享受他想都想不到，又如何能教宋引。

宋运辉反正也睡不着，便将"拢香"的灯全部打开，一屋一屋地欣赏里面的家具摆设。他看到一百来平方米客厅有几张老黄木头做的床，各自与几张宽大古老的椅子错落摆放着，上面铺有厚软锦垫。那种老黄木头都是树纹流畅美丽，有处床板浮雕精美。宋运辉凑近看去，却闻到清晰芳香，原来进门闻到的香味来自这些家具。其中一张正是在梁思申别墅看到过的罗汉床，没想到已经搬来这儿。

宋运辉心说，老头子这哪是布置家啊，几乎是布置旧家具展览馆了。

再看中间一扇硕大屏风，屏风用的也是同样的材料，上面镶嵌着一块一块瓷板，瓷板上面花鸟草虫，美女童子，不一而足。宋运辉又欣赏了墙上雕花挂屏，以及各式各样的小小摆件，又上楼看到一张文采辉煌雕花大床，大床木头黑亮，整张床当真是如小屋子一般，放下床前软帘，里面竟然别有洞天，有一只雕龙画凤的梳妆台，上面则是柔和顶灯。宋运辉看得目瞪口呆，心说难怪外公说这屋子里放下的是毕生心血。至于这间卧室配套家具，一色的这种黑亮木头，其雕花镶嵌之繁复，令人目不暇接，相比之下，楼下客厅那些则是古朴得多。宋运辉这个工科出身的人想，估计两种木头材质不同，有硬有软，有脆有松，有些适合雕刻，有些并不适合。

宋运辉盘旋之下，最终从上上下下的那么多张床里挑了唯一一张西式席梦思床，也是挑了与床配套的西式卧室。这间卧室与梁思申别墅的卧室又有不同，家具竭尽巧思，描金镶雕，不一而足，看上去也似古董。难怪上回梁思申打电话给他说请假清点美国运来的家具用了一整天，他当时还想不通呢，现在才知，一天清理出这些家具，梁思申已经神速。一屋子说不出名堂的东西，要他宋运辉一一认清都是难题。难怪梁思申懂那么多，原来是在外公家里熏陶出来的。

宋运辉躺在柔软大床上，想着梁思申，怀抱着一种从未有过的心情，迟迟未能入睡，但那边梁家父母还在，他不敢睡懒觉，也没睡懒觉习惯，早早起来便赶去别墅。

别墅里只见外公在院子里打太极拳，里面做早餐的小王说，梁思申一早与她父母去火车站了。宋运辉心下黯然，他宁愿今天继续小心伺候梁家父母，也不愿见到他们避走。过了一会儿，外公沉腰收势，结束锻炼，见宋运辉呆呆地坐着对着一盆墨兰发呆，便走过去招呼宋运辉吃饭，难得没刁钻地刺一下宋运辉，而是问道："昨晚睡哪张床？"

宋运辉勉强打起精神道："昨晚睡在唯一西式布置的那间卧室，那张乌黑发亮的床非常壮观，可有些不敢睡。"

外公笑道："这就对了，那床我也不大敢睡，怕折寿。那床是思申外婆的爹爹早年从北京经天津卫，水路运到上海的，有见过的人说可能是从哪家王府里流出来的，皇宫都难说。后来被我运到香港，又运到美国，我偶尔中午才躺上去睡一觉。"

宋运辉奇道:"都有宽裕时间把床运出去,怎么会把思申妈妈丢在国内?"

"我女儿当时出水痘,我家有规矩,只能送去思申外婆乡下娘家亲戚家养着。等兵败如山倒的时候,来不及了,我们一家当时还是搭上军舰逃走的,花了我这么一匣子大黄鱼。"外公放下筷子比画了一下,"那边一屋子东西,回头让思申教你,她学得比我那几个孙女孙子还精,以后那屋子带家具都是你们的。"

宋运辉只是笑了笑,没有应声,估计这又是外公向他抛出的诱饵。

外公却道:"你笑什么,以为我给你画饼充饥?你去问问,那边房子产权写的是思申,要不她肯为我奔走?你那女朋友,为人精得很哪。"

宋运辉只得为梁思申申辩:"她跟我说过,当初为你办那房产证费了点周折,要不是她有来上海工作的证明,即使凭关系也未必给你办到。而且,外公你其实清楚思申的为人,否则你敢把房产写上她的名?"

外公却摇头道:"我不是相信思申,我是相信我女儿。我女儿能把我老房子的拆迁费存着还我,思申会打官司问我要钱,我怎么敢相信思申。你别替你女朋友辩啦,你不如自己小心一点,别哪天被她剥得倾家荡产,想哭都没处去。"

宋运辉没搭理,继续吃他的早餐。这份早餐由小王和另一个上海保姆打理出来,宋运辉挑的是鸡粥和春卷,一口气吃了好多,非常美味。外公却是面前啰里啰唆摆了一堆,大多连筷子都不沾一下,只吃了鸡粥一味。

一会儿梁思申几乎是大步撞进门来,都没看别处,直奔楼上。宋运辉一见就喊了声:"思申,刚回来?"

梁思申这才抬头看向餐区,连忙过来,笑道:"你们别把早餐吃完,我还没吃饱,等我一下。"

宋运辉见她笑得有些勉强,两人都是一样心思,等梁思申换了家常衣服下来,他才道:"我来晚一步,没来得及送你爸妈。"

梁思申没盛粥,只盯住一盘玫瑰软糕吃:"对不起,爸爸周一有重要会议,今天上海又没航班,只好大清早坐火车走了,没来得及知会你。"

宋运辉微笑道:"我理解。做父母的都这样,特别紧张自己孩子。我们宋引跟我说起班里跟谁最好,跟谁不好,有些小秘密还不肯跟我分享,一定要跟小朋友说的时候,我也特别闹心。你爸妈已经很大度,你别要求太多。"

外公抢白:"这傻大条,人家还嫌着你有孩子,你偏拿你孩子说事,真是哪壶不开拎哪壶。"

梁思申怒道："谁嫌啦，你别挑拨。"

外公一脸了然地道："原来傻大条是你，那就是了，什么都说给你听，让你以为挺满足，等以后做起后妈来，你吃苦都没处说，一句话把你打发回来：你早知道的，又没瞒你，你现在叫什么苦。什么叫伏笔啊，高明。"

不仅梁思申，宋运辉也勃然大怒，眉毛倒竖。宋运辉道："外公，真替你遗憾，做人做到连亲人都要算计，这做人一辈子，恐怕是坐立不安的。"

外公却笑眯眯地挑眉道："你没算计过？还是思申没算计过？你们两个，少给我装纯情。"

宋运辉立刻无语，梁思申则是一言不发转身以两枚手指险险地拎来一只不起眼插花罐子，冷着脸嗒嗒敲打桌面，外公见此脸色一变，立即无语，推椅起身，离开饭桌。梁思申拿眼睛斜睨外公，将罐子小心放桌上，轻道："老吝啬鬼看到我要敲他的宝贝才肯闭嘴。"

宋运辉看看桌上那只不起眼的插花罐子，微微叹了声气，拉着梁思申上楼。梁思申找出她这次来刚给宋运辉带来的休闲衣服，让宋运辉换上，说别一天到晚都穿着西装，她则是又换了一套，宋运辉今天看她已经第三套。宋运辉有些不习惯这种厚厚的棉恤，穿上对着镜子一看，浑身不配套的感觉，忙又换上牛仔裤和一双磨砂皮休闲皮鞋，再一看，衣服非常配套，就是他一张脸太不合称。衣服虽然非常舒适，可是宋运辉浑身不自在。

而梁思申则是一身牛仔，牛仔裤只有半截，头上一顶压得很低的帽子，脚蹬一双平底软皮靴子，非常俏皮。宋运辉心想，幸亏这是上海，上海女孩出了名地会打扮，梁思申这一身若是穿到东海，那是百分之百的回头率了。

两人下楼，宋运辉则是又被外公叫住说话，梁思申理都不理外公，先走出门去，宋运辉却听到外面一声口哨。他都没顾得上听外公说话，立刻转过身去警觉地看向窗外，却见李力正好经过，正与梁思申说话。外公一看宋运辉的脸色，就哈哈大笑，本来想说的话都不说了，改为连声说"出去，出去"，坐下捧起茶杯想看好戏。

李力却是个精乖的，一见宋运辉出来的样子和两人相衬的打扮，立刻笑着道："吔？是不是该恭喜你们？"

宋运辉上前与李力握手寒暄一下，才与梁思申两个拿着地图步行出去。结果，宋运辉被梁思申拖进一家据说很不错的美发店，被整整修理了一个多小时，若不是梁思申陪在身边说话，他早付账走人，他一辈子的理发时间加起来恐怕都没这一次多。可是起来戴上眼镜一看，却是整齐干净了许多。梁思申在一边得意洋洋地道："以后你的形象由我全面负责，你不能自个儿轻举妄动。下一步，我们去配眼镜，我把镜架子和镜片都买来了，是非常轻的树脂镜片，只要眼镜店照着你的瞳距配就行。"

宋运辉不得不道："小姑娘，不要为我乱花钱。有些衣服，比如这件，我一年没法穿几回，不能太过时髦。"两人确立关系以来，梁思申几乎每次出国都为他背来一堆衣饰用品，他拒绝无效，弄得他非常头大，全是梁思申付款，叫他一张比梁思申年长的脸怎么挂得住。

梁思申道："我又不是没脑子的，你看，这镜架还行吧？你不能说不好，这是我挑了好几家店的心血。"

宋运辉一看，是细细的黑边，稳重而不失儒雅，果然适合他。但宋运辉只能无奈地道："又是值我三四个月的工资吧？思申，我不喜欢这样……"

梁思申不等宋运辉说下去，就带着点小哭腔，细声细气地道："可是人家想你的时候你总不在身边，你不知道人家多不好受，只好借着给你买东西排遣掉小小一片思念，你还说人家。"

宋运辉哪里还有话说，本来还想说的比如穿戴超过工资收入的衣服影响不好，没必要被人误会等话，这下都闷进肚子里，一个字都说不出来。连在大庭广众之下都敢伸出手臂揽在梁思申腰间，好声好气说以后随便她。最后，都没回去别墅换掉衣服，就这么轻装上阵地去见金州新任空降老总——谢总。

那个以前就熟悉宋运辉的谢总惊呆了，而谢总带来的都认识宋运辉的金州人也惊呆了。其中以前在新车间宋运辉手下做过的人更惊，过去宋运辉年轻时候都没年轻过，今天怎么如此花俏。看着那些人的眼光，尤其是看到那些人都是一身西装，宋运辉浑身如毛毛虫爬过，坐立不安。大家都将目光看向与宋运辉一起来的梁思申，都毫不犹豫地想到宋运辉蜕变了。

宋运辉想到梁思申这身打扮很容易被误解，在握着谢总手的时候，就以未婚妻介绍梁思申，引起众人再次惊动。

谢总拉着宋运辉入席，一路笑道："宋厂，你知道我一到金州学到一个新词儿，'堕落'。一问才知原来这个词的祖宗是你，你问问他们，都知道吧？"

宋运辉一听就笑了，对梁思申道："我记得以前还为这事给你写过一封信，说到进口新设备做出来的高端产品鸡蛋当土豆卖，记得吗？我气愤不过，会议上说新车间不能堕落成那样，那时候年轻气盛，都被他们当笑话记住了。"

梁思申愣了一下，看着宋运辉回想。宋运辉却早被谢总一句"宋厂不可目中无人"拉了过去。梁思申掰着手指想了半天，在与宋运辉一起入座时候，感慨地轻声道："都快十年了。"

"你也还记得？"宋运辉心里非常高兴，若不是一桌这么多人，他有很多话要说。他那时候正彷徨，却无人可说，有人听不懂，有人不能与说，他将心事全部倒在信纸上，倒给才读中学的梁思申，并不指望她能看懂。没想到后来梁思申看得半懂不懂，而更难得的是，她能把看得半懂不懂的事情记到现在。宋运辉一直有些担忧他和梁思申的感情，总感觉他有时候有些追不上梁思申，而每每这些小小细节都能让他由衷欣慰。

众人自然都起哄上了，拿宋梁两人当作今天的话题。谢总更是追着询问两人的关系。宋运辉不肯说，一句"我们从小就认识"打发了过去，他的一张嘴，只要他不肯说，别人休想撬开。而宋运辉更不担心梁思申，他注意到梁思申表现得非常低调，没事少开口，偶尔还帮他整理一下前面的杯碟，并不像平时的咄咄逼人，更不是只有与他在一起的时候占尽便宜。他还以为梁思申闷得慌，可问了却不是，他又被金州一干人拖着讨论业内的事，没法多照料梁思申，只能任凭梁思申后来菜也不吃了，净托着下颚好奇地听他们说话。

饭后，谢总硬是拉住他，一定要把两人请到套房单独说话。宋运辉知道谢总肯定有重要的事与他说，只得拉着梁思申一起去。

原来，闵厂长走得不情不愿，而本来水书记寄予厚望的副总则是没有就位，谢总空降之后，发现周围一片荆棘，有些人组团抵制，有些人则是作壁上观，谢总找不到突破口。他估计那些人都是被什么势力封口，他不得不调转方向，向曾经的金州人求援，而宋运辉正是他原本就熟悉的人。

宋运辉听了谢总解释，不由得先看看梁思申："你会不会闷？"他有些不想让梁思申看到他处理人情纠纷。

梁思申笑道："不闷，看你工作很有意思。"两个人的时候她总"欺负"宋运辉，其实她心里还是挺敬服宋运辉的，宋运辉言谈举止举重若轻，她喜欢看。

宋运辉只得对谢总道："谢总上任后有没有去拜访一下水书记？"

谢总摇头："他已经退休四五年了吧，过去认识，这回也去打了个招呼，不过没逗留太长时间。"

宋运辉谨慎地道："我对金州现状不是最清楚，不过……水书记的影响力还是不容忽视。"他知道这个谢总的后台硬，没重大过错的话，在金州待住无疑，他当然只有审时度势，见机行事，不过他倒更愿意看到谢总和水书记双方和平共处。

谢总道："你这是实心话，几个熟悉金州的同志都这么跟我说，可老闵跟我交接的时候，却跟我说了几句私心话。他跟我说，他上任最大一件错事，就是没正确处理好与前一届领导班子的关系，太过放任老水的影响力，因此让他任期内的领导班子内耗不断。可是他也说，他亏在接任之始，因此以后一直无法强硬起来，你当然听说过此事吧？"

宋运辉道："有，不过水书记两个宝贝儿子一直靠着金州过活，老谢不用太担心水书记的那股势力。倒是金州内部用十只手指都数不过来的派系最让人头痛。那地方长久以来几乎自给自足，形成一个几乎封闭型的王国，每一个人身后都有盘根错节的关系网，往往每一张嘴的背后，都可能有几十双手捂着，也可能有几十双手鼓掌支持着，这才是你面对的真实情况。估计现在都对你观望吧，所以大家都把嘴捂着。"

谢总道："新官上任，不正是有些人的机会吗？这时候所有人都捂着嘴，不是出于观望的原因吧，我看是有什么势力捂住那些人的嘴。宋厂，都说你是新车间的精神领袖，你一句'堕落'能沿用至今，可见你的影响力不容忽视。今天我把这几年从新车间出来的主要干部都带来了，你能否帮我一个忙，跟他们说上几句话？"

宋运辉这才明白今天一起吃饭的人为什么几乎是原新车间的人。这些人都是新贵，新车间本来就因为引进设备，集中了全金州的人才精华，闵上任后，这帮人便得到较多提拔机会。然因这帮人年轻资历浅，暂时无法占据重要地位，自然便也无法形成金州众多势力中的一股。然而，正因其群龙无首，却也正是谢总培养新势力的得力新军。宋运辉无奈地道："老谢你还说没法开展工作，你这一抓就是最准的切入口啊。这帮人技术领先，作风务实，视野开阔，是帮拉得出、打得响、过得硬的好手。但是你把希望寄托到我的号召力上，我估计作用有限，我已经离开金州那么多年，我的话对他们还有多少约束力？"

老谢道："你想，这些人有一个共性，那就是新车间。只要给他们一个理由，通过这一共性把他们拧成一个属于新车间的团体，让他们一齐发声，他们就敢开口了，人都那样。不管怎么说，他们还年轻，还需要前途，他们可能需要的就是一个安全开口的理由。而这个理由，其实只需要你轻轻推拉一把就行。我不行，我不能自己出面跟他们谈条件，总还得坚持一个分寸。老闵也不行，新车间这帮人虽然蒙老闵提拔，可他们骨子里看不起老闵这个工农兵大学生，再说老闵现在基本赋闲，说话没分量。只有你行，听说唯有你出席的宴席，他们那些人才会全数到齐。小宋，宋厂，我们多少年交情了？这个忙，你无论如何都要帮，今天老哥哥求你。"

宋运辉非常为难，看今天谢总拉住他不让走的架势，那是非要他当场表态不可的，可是他已经从谢总的话里看出，谢总想撇开水书记。对于水书记，宋运辉感情复杂。水书记从某种意义上来说是他的导师，让他亲手送水书记退出金州舞台，而水书记因为过去任上压制的人太多，以及儿子没出息，未来待遇将一退三千里，他如何做得出手？他这时反而看出闵的好处来，虽然厌恶水书记，可最终还是与水书记和平共处，不像谢总，一上来便咄咄逼人，估计金州上下都已经接受到谢总的意思，才会上下一齐做出闭嘴举动。宋运辉犹豫了好久，才道："要不，我先跟水书记谈谈，基本上他认我是他关门弟子，我的话他愿意接受。"

谢总道："不瞒你说，宋厂，我一到金州，先拜会老同志，当然是先拜访老水。承蒙老水看得起我，跟我提出合作希望，被我拒绝了。往大里说，金州再也不能因循旧的一套体系，旧体系已经贻误太多，全系统出名，即使老闵不提醒，我也知情。你过去被要求回金州的时候，你也曾跟我说金州内耗太大，不愿回去。对不？"

宋运辉点点头，道："有这事。"

"往中里说，老水退而不休，不符合政策规定。往小里说，就是从我私心来说，老水这算什么。老闵是没办法，一上来就被来个下马威，可我有必要吗？小宋，我早知道你和老水关系好，但我还是把态度跟你说明白，不隐瞒你。"

谢总说这话的时候，不时拿眼睛看看梁思申。梁思申看着心说，这人当着她的面，估计有些话不便说。她从小出生于官宦家庭，对这样的对话太熟悉了，那些叔叔伯伯们上她家或者她爷爷家，需要说私话的时候，都是这么目光游移地看着她这个局外人的。她不想宋运辉为难，就轻声道个歉，借口走了。

谢总会意，等她走后笑道："你的保密工作做得真好，这么好的一个人，亏你舍得紧紧捂住，换我早亮出来炫耀了。对了，这回我也拜访了老程，听说小程现在正谈恋爱，找的是老程过去在机修分厂的一位下属，现在是车间技术员，工程师，以前没结过婚，看来不是个有出息的。小宋，你看我得怎么对待他们一家？"

"唉，不希望看到孩子她妈太落魄。"宋运辉只提了一下，便不再提起，不想在这件事上被谢总谈条件，现在明摆着是谢总有求于他，"老谢，我跟你直说，我提两个要求：第一，水书记那儿你可以给他什么条件，他是我师父；第二，我做你和新车间系之间的协调人，你可以答应他们什么条件。"

"小宋，对于我一上任便被下马威，我很生气，不管是谁做的好事，后面准逃不掉老水的影子，我已经联合上面的封杀他。就算是我不答应与他合作，他也不能对我这么不客气，对不对？再说我是背着任务下来的，上面给我死限，必须在多少时间内把金州扭亏为盈，我只有快刀斩乱麻。看你面上，我不为难老水，他只要安分守己，我也不会打压他两个公子。他应该理性地把自己看作是一页翻过去的历史。再说新车间系，我未来需要倚仗的就是现在群龙无首的新车间系，你不会回金州，老闵已经养老，正好我接手，他们有的是机会，但他们得与我一起做。"

宋运辉听了笑道："非常彪悍的答案啊，老谢，你的风格与金州原风格大大不同。"

谢总笑道："有人嘴上不说，下手彪悍，空降一年的书记至今令不出办公室，这谁干的好事啊。小宋，你是老水弟子，有其徒必有其师，我不用重手行吗？但我说什么都要先跟你通风，我们是好兄弟，老水的事，得你同意了才行。"

宋运辉清楚，那是谢总给他面子。他与谢总的关系可以紧，也可以松，但人在业内混，他还能做何选择？他拿着房号走出谢总的套房，这其实只是要一个表态的问题，只要有一个德高望重的人牵头，众人只要知道自己是在一个群体里面说话，无形中说话做事的腰杆子就会粗壮，很容易就能摆脱身后捂住嘴巴的手。毕竟，眼前是谁都看得见的命运之神在招手，而这招手的担保人是宋运辉，这么一个有身份人的担保，意味着谢总不可能言而无信。

但是，属于水书记的那页历史就得翻过去了。宋运辉其实心里清楚，这一页的翻走，绝不轻易，推己及人，如果他的东海有人想接替，他会有什么想法？但是，总是要翻过去的，宋运辉心想。成为历史的水书记除了失落，估计平常的日子也不会好过，那些刘总工等曾被他打压过的人们，包括闵，谁能待见了失势的水书记？失势的水书记会面临什么？宋运辉想都不用想。但是，他只能选择谢总，只能选择请谢总对水书记高抬贵手，他只能做到这一步。人与人之间，除了有限的几个人，比如父母、女儿、梁思申、雷东宝、寻建祥，其他人都是此一时彼一时。

与新车间那些人的谈话很顺利，大家都是聪明人，有这么一个机会，谁都踊跃，宋运辉亲手将水书记送出金州历史舞台。

回头再找谢总，谢总非常感激，竟伸手拥抱了宋运辉，连连大笑说好。宋运辉这才可以告辞离开，到下面找到梁思申。梁思申却也有话要说："我只生气两件事：一、你又没戒指又没玫瑰，凭什么称我未婚妻？"

宋运辉笑道："国内的饭桌习俗你可能不知道，女朋友这个身份，会被人联想到竺小姐那样的人，我不愿看到你被歧视。我也很好奇，你今天吃饭为什么这么老实。哦，对了，你还有第二件生气的事，什么？"

"我不是生气，我是憋闷，我一想到我坐在那儿肯定被他们跟谁做着对比，就郁闷，太没可比性了，所以我装傻给他们看，让他们看你找的人麻布袋草布袋一袋不如一袋，偷笑你。"

宋运辉听着哭笑不得，没想到梁思申小脑瓜里转的是这个小心思，也了解到梁思申心中的疙瘩。这个哪儿都要求顶尖的人，自然是不愿被人看低，而且，她到底是这么年轻，自然她内心是骄狂的，也好在她年轻，才会把内心的不快对他说出来。宋运辉也不得不想到梁父梁母昨晚到今天对女儿的谈话，多少对梁思申的心理造成一定影响。但好在，她对他直说了，直说就没事。他连忙紧握住梁思申的手，连连说"对不起"，梁思申倒反而不好意思了。她要到今天真正接触了，才知道爸妈的操心不无道理，面对一个有历史的人，她在许多方面不能任性，得知道适当的时候闭目塞听。她原以为那是一件很容易的事，可是没想到她的情绪会有剧烈起伏。她欣慰的是，宋运辉包容她的脾气。而不是如外公说的，扔过来一句话：你早知道我有过去……

好不容易等到出租车，上车了，宋运辉问："你爷爷以前退休后，有没有退而不休？是不是有段时间很失落？"

"有，妈妈说爷爷一退休，整一个老小孩，什么不理智的事都做得出来，老想着权，想得生病。好在爷爷的儿子都是争气的，爷爷给其中两个儿子找的儿女亲家更争气，爷爷因此不用太失落，回去原单位好多的人依然捧着他。作为家人，看爷爷很可怜，可是如果作为旁观者，会觉得很可笑，你是不是想到水书记？"

"水书记没养出好儿子，他没办法。"

"这不是理由，他如果好好退出，帮助后人好好继位，后人会感念他。比如你不是还接济他儿子吗？"

宋运辉想了会儿，才道："估计是性格关系，有些人喜欢把主动权掌握在自己手里才放心。看你外公，我有时都想不透他干什么非要跟我谈交易条件。"宋运辉本来想把他今天放弃水书记的决定说出来，但最终不敢说，怕梁思申说他冷血。

梁思申却想到了："水书记跟外公一样傻，这么大年纪有什么想不开的，怎么反而越来越恋权。他会很悲惨，即使谢总不去打压他，一个不正常引退的人日子通常不会好过，我看多了。你看外公也很可怜，呆在美国，每天被儿孙逼钱，还不如逃到中国看我冷脸，起码我不会问他要钱。我有时候想心平气和对待他，可他非要刺激我。不晓得他们怎么想的，没逻辑可言。估计如果谢总得势，水书记会因此而受累。"

宋运辉不得不肯定地道："这是趋势，不是我能扭转的。哎，思申，我想到一件事，圣诞节你可以休息吗？"他有些不敢让梁思申再往深里探究水书记的事，怕梁思申想到什么。

"休，当然休，前后好多天。我去看你，我还得趁此机会帮申宝田申总把合资的事完成。"梁思申说到这儿，忽然想到一件事，不由得先偷偷笑了，"东海这么小，宋大厂长会不会不敢让我留宿，或者不敢去宾馆见我？"

宋运辉异常尴尬，他确实想到这些了，东海不比上海，他这样的人进入上海，简直如滴水入海，找都找不到，可是在东海就有不同。何况他有身份要求。他只得道："你还问，你故意。"

"我……我不是故意，可是……"

宋运辉道："我早说了多少次，我们彼此已经非常了解，不需要再加深了解，而且你爸妈总算勉强同意，我们还等什么？你的圣诞休假，必须每一刻都跟我在一起，这回不要再推。"

梁思申大力摇头："你欠我无数个三个字。你不说，我就是不应，你不用中文说，我就是不应。"

宋运辉不由得笑出声来，梁思申念念不忘要他的甜言蜜语，什么承诺许诺都

不行，非要甜言蜜语，不知道这是什么古怪想法。可他真说不出来。没想到她竟
然这个时候逼他说，而且是无数个，她还真是什么都做得出来，偏他对她束手无
策。他只能看看前面的司机，有人在场，他更没法说，他看到梁思申斜睨着他
窃笑。

　　总算不尴不尬地回到别墅，宋运辉想总是逃不过，就在别墅里说，没想到外
公这么晚还没睡。外公看着两人回来，很是会意地笑："夜晚真美好，真不舍得睡
啊……"外公还中气十足地拖了一个长长尾声。

　　宋梁两个人都清楚，外公故意盯着，让他们不好意思当着他面上楼。梁思申
看得发笑，对宋运辉暗语："你看，你看，总是气得我们想打他了，他才舒服。"

　　宋运辉回道："早点答应我，早点不被他取笑。"

　　"哼。"梁思申甩开宋运辉的手，给他一个鬼脸，偏偏自己先上楼去。

　　宋运辉还真没好意思跟上去，而外公却了然地笑道："哎呀，早婚早超生啊，
可惜遇到一个狐狸精。"

　　宋运辉一笑，只得坐下来，索性简单将水书记的事跟外公说一遍："你说，我
该怎么选择？水书记未来会怎么样？"

　　外公道："有趣，这人可惜啊，生错地方，只有一脑门子的权。小宋，我告诉
你啦，男人在世，一个是权，一个是钱，一定要牢牢抓住，只抓一个不行。还有
啦，傻女人也要抓住一个别放。"外公说着，手指朝楼上指指，"这个太精啦，
不过倒是跟她外婆有点像，对谁都精，就对我傻，呵呵。"

　　"外婆才不傻。你别听外公的，他以前都被外婆管着，到底谁精谁傻呢。
外婆以前跟我说过，女人是男人的规矩，没有规矩不成方圆，外公有今天的方圆
都是外婆规矩出来的。不过外婆是柔能克刚，外公你就自我感觉良好以为是老大
吧，哼。"

　　宋运辉听了，看着尴尬的外公直笑，原来外公还有这么一段，难怪现在没人
管着，没规没矩。外公被他笑得难受，怒道："你笑什么，你笑什么，你这傻小
子，还不趁机赶紧表表你是她的方圆以后随便她规矩，女人就爱这一套，还以为
她们管着我们，呸，让她们自我感觉良好去，她们一良好就特别傻。"

　　宋运辉却从外公的骂骂咧咧中听出了什么，也看明白了，外公与外婆老夫老
妻，知己知彼，只是彼此耍着花枪玩了一辈子而已。他看着楼梯顶端，不由会心
而笑。

外公早已在一边赶紧转开话题，免得被小辈取笑："喂，你，我问你还抱着那个水书记的大腿干什么？"

"没有。"

"那还差不多。我最烦不审时度势的人，捞又捞不上，管又管不了，湿答答哪头都不讨好。管住自己啦，起码你还能在金州说话有份，水书记要真落魄得不堪，你还能给他一口气，你到底怎么做的？"

梁思申又在楼梯口冒出一句："不管就不管，湿答答找什么理由，人家还用得着你教？"

宋运辉没说真实答案其实与外公说的一致，只道："我不插手兄弟企业的事。外公，你早点睡，我明天需要早早与同事会合，不陪你了。"

外公不怀好意地笑，可终究还是没好意思在小辈面前多说，再说他不想太为难宋运辉。但忽然想到："要不要戒指？你这点子钱买戒指肯定买不到好的，你想她戴得出去吗？别跟我说重要的是心意，那是借口。"

宋运辉嗳嗬。

外公哈哈地笑："来，跟我来，我送你一对，一辈子的事不能将就。"

"哎，这不好，谢谢外公。"

"你是我徒弟，我送你是应该的。来。"外公一把拉住宋运辉，扯进他的卧室，硬是送给一对款式简单大方、只镶小小钻石的颜色有些发暗的金色戒指，"别看石头不大，老点子名牌货色，戴出去比那些贼亮的贵气。去吧，早婚早超生，我早见不得我徒弟被小狐狸折腾。"

宋运辉拿着两枚戒指去梁思申屋里，想让梁思申处理这两枚戒指。但门关着，里面传出无赖的一声："说不说？"

宋运辉笑道："芝麻开门。"

"超了。"

宋运辉无奈，知道不得不大声地说，不得不清楚地说，否则传不进这扇隔音良好的门。他只得气沉丹田，深呼吸再深呼吸："我爱你。"说的时候他忍不住回头看外公的门，深怕外公打开门笑得打跌。

"可是你欠债好多。"梁思申早在里面笑得打跌，但依然不松口。

宋运辉只得跟开了闸门一样，有一有再，一鼓作气，终于芝麻开门。宋运辉心想，其实甜言蜜语也不难，难的是第一次启口。

其实梁思申自己买来了戒指，可惜是外公口中贼亮的白金镶钻，看到外公的玫瑰金镶黄钻，立刻扔了自己的戒指。外公第二天早餐看到两人手指戴的都是他的戒指，得意得鼻子里一连串的唧唧哼哼。

宋运辉白天和同事一起与人会谈，晚上回来与外公一起吃晚饭，介绍会谈情况，外公不断发表自己的见解，两人说得很是投缘。当然，投缘是建立在宋运辉经常一笑置之的基础上，换作梁思申，估计时间都不够她和外公辩论。外公果然是个有经验的人，说出来的提议非常高瞻远瞩，令宋运辉受益不浅。梁思申工作忙，反而听得不多。

只是宋运辉的同事感到非常奇怪，厂长为什么要把一个与上海全不相关的会谈安排到上海，厂长晚上都留宿到哪儿，厂长为什么几次三番一夜过后改变主意？

但没多久，从金州传来的消息拨开众人面前的迷雾，秘书更拿到宋运辉交给的一叠资料，让办理登记结婚，东海总厂上下顿时哗然。秘书也就此明白宋运辉的未婚妻是谁，看来以前的议论是无风不起浪。但自打知道宋运辉的未婚妻是谁之后，大家心里立即推翻以前认定的宋运辉离婚原因，而一致认定宋运辉喜新厌旧，地位高了，糠糟妻下堂了，很多人还在议论之后非常权威地给出一句"不出所料"。宋运辉对此无能为力，他只手难堵悠悠之口。

唯有宋季山夫妇看着儿子开始砸大钱装修房子，尤其是把卫生间装得跟镜子一样光滑亮堂，他们开始非常担忧。以前程开颜算是金州总厂的高干子弟，他们已经吃不消，再来一个从小喝洋墨水长大的更高干子弟，他们不知道如何应付。虽然他们在宋运辉的病床边见过梁思申，可是那时候心神不宁，没好好打量，只知道这个女孩子人是开朗的，倒是没什么架子，不说英文字母，对他们也尊敬。可此一时彼一时，生活在同一个屋檐下又不一样。再说，梁思申梁思申，这个名字后面两个字跟"死神"同音，听着真是别扭。

老两口找儿子谈话，说要么他们回去乡下住，或者去县里那幢老房子住，这儿让给儿子做新房，叫个保姆带孩子。宋运辉不同意，老两口只好不搬。但是宋引困惑了，奶奶说梁思申会做她后妈，爸爸说不必非叫妈妈不可，叫阿姨就行，可是梁思申以前却明明是她大姐姐。梁思申到底是什么？她不要后妈，后妈不是很坏的吗？她自己跟梁思申打电话，问梁思申怎么办。好在大姐姐的答案很简单，爱怎么叫就怎么叫，叫名字也行。宋引这才放心。宋季山夫妇旁听着心里又别扭上了，这不是辈分颠倒了吗？梁思申人没到，宋家已经一团大乱。

消息几乎是第一时间传到杨巡耳朵里，是寻建祥告诉他的，寻建祥的消息则是来自宋运辉亲口播报的。

对于这个消息，杨巡并没太觉意外，他以前见过宋运辉对梁思申的情愫，男人嘛，既然喜欢上一个女人，岂有不千方百计搞到手的。再说宋梁两人从小打下的基础，以宋运辉的城府，还能不手到擒来？可是认为理所当然是一回事，真正亲耳听说又是一回事，杨巡满心不快。寻建祥当没看见。这事他不愿跟杨巡说，又不能不说。知道说了杨巡肯定满心不舒服，杨巡与梁思申两人之间的恩怨寻建祥最清楚。可不说又不行，杨巡至今依然打着与宋运辉交好的牌子，宋运辉结婚的消息杨巡若是不知，岂不是被人戳穿牛皮。宋梁两个，哪个都不会顺着杨巡的意志为转移而不结婚的。

杨巡离开办公室，回到家里睡觉。"梁思申"这三个字，目前是他最不愿提到的三个字，为此他即便是看到姓梁的人都恨不得白上两眼，可是骤然听到梁思申结婚的消息，尤其是与那么接近的宋运辉结婚，前一刻他还想这两个人不结婚才毫无道理，下一刻忽然一种感觉席卷全身，他大张着嘴无法呼吸，脑袋瞬间空白。他知道自己无法再待在办公室，回家裹紧被子睡觉，什么都不管。可是他没法睡着，眼前飞来飞去的竟都是梁思申的音容笑貌，依然是那么清晰，清晰得都让他想不到戴娇凤，甚至是梁思申最后冰冷对他的神态他也没忘，在心头就跟放录像一样地一刻不停地回放，他不想看都不行，喊停都不行，录像自动而残酷地播放着，提示着他的内心深处，其实与他以为的并不一样。

他挣扎再三，无法摆脱，只得狠狠地心说放吧放吧，索性关闭手机，眼睁睁看着过去的自己傻瓜一样地想入非非，又被切肉切骨，那一幕幕他在梁父与他谈判那一刻已经打包封存，不愿再回想。

看着录像般播放初见那一刻的惊艳，想到梁思申自始至终对他没有任何歧视和偏见，甚至还经常为他们个体户打抱不平；看着梁思申真正用心地帮助他规划建材市场、规划宾馆，以及对他机灵思维的由衷赞美，冲击到他内心的那丝甜美至今令人回味；看着梁思申倾其所有与他建立合资公司……杨巡忽然想到，他这辈子，曾经如此真心待他、欣赏他、信任他、帮助他的人，除了已经死去的老妈，恐怕只有梁思申一个。连弟弟妹妹们都不如她。

杨巡顿时一下坐起来，汗如雨下。

　　杨巡再也躺不住，在屋子里坐立不安，悔恨得想以头抢地。他前一刻还恨梁思申呢，可是他有什么资格恨她？梁思申才该对他失望透顶。杨巡直着眼睛举起手，手指在半空轻弹几下，终于一巴掌重重扇在自己脸上。他失去了最宝贵的。

　　而他当然也对不起宋运辉，是宋运辉将梁思申引荐给他，宋运辉也曾大力提携他，可他最后却连宋运辉也怪罪上，他真不是人，难怪宋运辉此后疏远他，连一面都不肯见。

　　现在他很对不起的两个人要结婚了。他怎么说呢？他除了祝福，还能说什么？可是人家已经未必需要他的祝福。梁思申初见他的时候，虽然与他差不多的岁数，可人家才刚走出校门，心思单纯。梁思申曾经是最真心地为他打抱不平，最真心地欣赏他，最真心地帮助他，可他却给了梁思申那样的回报，难怪她后来态度如此决绝，以彻底离开结束与他的交往。他此时已经能相信宋运辉的话，后来的那些都是梁父气愤女儿受欺负做出的报复，而非梁思申本意。他阅人多矣，知道刚走进社会的新鲜人的心态与他妹妹杨逦差不多。因此他现在已经能想到，他打击的是梁思申的真心。这样的他送出的祝福，梁思申还肯接受吗？不可能。梁思申可能巴不得离他远远的，老死不相往来。

　　杨巡这才知道自己错了，错了。以前宋运辉让他反思，他还想着宋运辉袒护梁思申，现在他后悔莫及，而那样的两个人要结婚了。

　　杨巡知道自己应该送出祝福，但他心里隐隐想到，他其实不愿祝福，他很没良心地更想梁思申。他对梁思申的心死灰复燃。可是他还有何脸面见她？

　　杨巡在小小屋子里待不下去，只拎了一只大哥大包，带着手机，漫无边际地乱走。不知不觉地走到城里的涉外区，看到不远的海员俱乐部，看到远近的大小宾馆，看到曾经是他和梁思申联手买下的两家二轻局老厂子，打开厂门，看到的是他和梁思申一起参观过的老厂。这些老厂，按照计划将在三天后拆毁，盖起新的市场。

　　杨巡走出空旷的厂子，看着厂门外人迹罕至的马路，清晰想起他第一次陪梁思申过来勘察时候的情形。那是晚上，从萧然的宴席上下来，他对梁思申戏言，他是她的人了，其实他当时心里也正是如此渴望。梁思申这个半洋人不疑有他，竟然笑嘻嘻地接受，还当着别人的面把这句话若无其事地翻出来说，都不怕旁人侧目，她是多么可爱。

可是杨巡知道，这一切都不会再回来了。梁思申这样的人肯结婚，那一定是因为有爱。而宋运辉一向是知道他的用心的，以后当然会更隔绝与他的来往，再加上宋运辉心思缜密，他未必有隙可乘。他的小聪明害了自己。

杨巡站在马路上怅然若失，冬日的街头非常灰败，连落光了树叶的梧桐树都是灰败的颜色。杨巡不由得又走回老厂，坐在人去楼空的收发室发呆。他错了，错了。他心痛至流泪。

杨巡坐了许久，才回过神来，只穿了西装和一件毛衣的人早已四肢冰凉，腹中也早已饿得轰鸣。看时间已经是下午两点，错过吃饭时间很多。他无精打采地垂着头慢慢走回家去。他想到一件要紧的事。这两片老厂区拆毁后，他和梁思申本来准备盖一条欧式购物街，梁思申拿来的设计草图和一些她旅游到过的欧洲美丽街道照片都非常漂亮。但这个计划已经被杨巡打入冷宫封存，他前段时间是如此厌恶听到"梁思申"这三个字，当然不会再执行由她经手制订的计划。他现在打算造的也还是购物街，不过主题是服装街，打算投入资金较少，当然也不可能漂亮到哪儿去，只是实用而已。

杨巡这时候灰头土脸地想到，与梁思申一起规划的商场没了，不属于他了。要不，不惜一切工本地重启欧洲购物街的计划？这个想法让灰头土脸的杨巡稍微兴奋起来，要不，就这么定吧。他和梁思申之间已经被他毁得没剩下什么实质性的东西，只有这条街的规划，若是实施出来，算是完成两人曾经意气飞扬讨论确定的梦想。杨巡不得不考虑到成本，考虑到市场对如此前卫设计的接受度。但是又不断地催眠自己，算了，不想这些，难得纵容自己一次。等走到家的时候，杨巡已经心下确定，启用尘封多日的旧设计，废弃现有的实用性计划。

他这才发现他的手机从早上离开寻建祥办公室的时候一直关到现在。他连忙打开，迅捷快速地发出几条指令，让包括杨速在内的手下开始执行新的计划，不容置疑。

而他也想到，他答应今天去接樊净下班，因为昨天听樊净说他们银行今天来领导视察，办公室人员被要求穿上银行统一的毛料套裙，以示阵容整齐。樊净怕冷，杨巡自然今天早上负责接，晚上就得负责送。只是杨巡现在心里失去对樊净的所有兴致，勉为其难地磨蹭着出门，到了樊净的银行，樊净已经躲在大门里等了一刻多钟。可杨巡还在想着怎么找个借口，他今晚根本不想与樊净说话，更别提可能的一起吃饭或者去她家吃饭。

樊净不疑有他，一见杨巡的车子来，拉开就急急冲进来，呼着气道："你来晚了，快，快送我去家里换件衣服，今天我们高中同学聚会。今天打了你一天电话都打不通，你去哪儿了？"

"在家睡觉。"杨巡简单地回答。但心中不免想到，樊净一直认为自己是大学生，认为自己见识礼仪比他杨巡强，可是看她坐进车子的样子，一点风度都没有。那天他和梁思申一起夜看工厂，梁思申挨冻都不变身姿，对了，那天是他的风衣给梁思申挡风，她可一点没嫌。相比梁思申，樊净那些档次算什么。

"大白天睡觉？你可真能。"樊净依然没留意早早暗下来的天色中杨巡不快的脸，她正忙着将手放到出风口取暖。

杨巡没搭理，专心开车，心里开始厌烦樊净。

送樊净到家，樊净让杨巡等一会儿，她换了衣服立刻下来，杨巡虽然没应，但一直等着。他知道樊净重视她的中学同学，当然重视中学同学的聚会。樊净从市重点中学毕业，同学大多读重点大学，不过樊净读的是普通大学。

好在樊净很快下来，杨巡又一言不发载上她便走。樊净这才感觉到杨巡的情绪，忙问："你怎么了？今天不高兴？"

杨巡点头，依然没吱声。杨巡严肃的时候神情挺可怕，樊净平时常嫌这嫌那，可杨巡真正拉下脸的时候她是怕杨巡的。她只得小心地道："什么事啊？你可难得不高兴呢。"

杨巡几乎是有些讥讽地道："要不等下你让我参加聚会，让我高兴高兴？"

樊净立刻笑道："我就知道你是装出来骗我这句话的，偏不，才不上你的当。"

杨巡没理樊净的小聪明，樊净以为这么说可以婉转拒绝他参与聚会，他才不会看不出，只是他今天没兴趣计较而已。樊净见此也不说了，她有点怕杨巡还真腻着非要参加她的同学聚会不可。

但是车到饭店，正巧两个男同学也到。那两个男同学一看见杨巡送樊净来，一个拦车，一个扯杨巡，叫嚣着把杨巡也扯进饭局。杨巡挣扎不开，只得硬着头皮参加。其他同学也带着男友或者女友，对樊净这一对并不大惊小怪，这回一下聚会了两大圆桌呢。杨巡没怎么说话，众人见杨巡西装革履，举手投足派头十足，都以为杨巡与他们一路。同学聚会更多的是同学聊天，抢着说话都来不及，不会太照顾到家属。酒到醋时，才开始关注随行家属。有灵活的开始与看得上眼的家属交换名片，有人一看杨巡的名片，就惊呼出来。见过杨巡的不多，但是都知道杨巡的两家市场和只有杨巡知道已经不属于自己的一家商场。立即有人要来认识杨巡，不免地，有人问杨巡："你是哪个学校毕业的？"

杨巡没回答，只微笑斜睨着樊净，道："你说呢。"

樊净最头痛这个问题，她对杨巡蝎蝎蜇蜇就是因为这个原因，闻言只得道："有什么可问的，大家还不是差不多。"

杨巡却冷静地道："我半文盲，小学毕业。"

同学们都泛出一脸"原来如此"的模样，樊净真是懊恼死，不明白杨巡为什么非要说出来，更把初中说成小学。听着大家的窃窃私语，她几乎是强忍着才拖延到聚会结束，坐上杨巡的车子就想发飙。杨巡却不等她发飙，就抢着道："我初中毕业是耻辱吗？你有什么难以启齿的？你既然这么看不起为什么还跟我在一起？你享受我车子接送的时候有没有想到我是初中生？你倒是精明啊，又想我钱又看不起我学历，你不三不四算什么玩意儿？你倒是拿出点骨气来不要我臭钱买的礼物不要我接送，我还敬重你，你嫌弃我没文化我也没话说，谁让我文化低只读初中。可你读那么多书，你骨气读哪儿去了？你读那么多书你还买不起车还要我接送，你读那么多书你也不过找个我这样的初中生，你读那么多书你到底读懂多少道理……"

杨巡骂起人来是实战派，一张嘴泼风一样，不给樊净一点反击机会，全是他在说，没说几句樊净就被骂哭了，可车在路上她不敢开门，只得被一直骂到家，两人的关系就此终结。

杨巡开着车回到家，他只觉得自己这一年荒唐至极，他都在忙些什么，自己送上门去让人嫌弃。那些个女人，真正是懂得个屁，她们能看到他杨巡的好处？以前有人看得到，有人还由衷赞叹他思维灵活，不拘一格，可是，他那时懂个屁，他当时没领情，他大错特错。

杨巡到家后没急着下车，将头埋在方向盘上发呆。好久，才回去家里，但没搭理杨速问他为什么改变计划，而是恹恹地钻进自己房间就睡觉，他悔死了。

杨巡最终特意去省文物商店，花老价钱买了一串鲜红的珊瑚项链作为送给宋梁联姻的礼物，因为他知道梁思申肯定喜欢这种东西。

礼物还是通过寻建祥送去。杨巡知道宋运辉本来就忙，而且现在也不大待见他。

宋运辉看到杨巡送的礼物，不懂这玩意儿的价钱，见不是金不是银，也不是珍珠玉石，以为不怎么值钱，只是投梁思申所好，便收下了，让寻建祥带句话，说声"感谢"，杨巡这才安然。

宋运辉登记结婚的消息传出去，有不少人主动上来送礼，很多是属于推都推不掉的。宋运辉清楚，这等礼尚往来需要用一场婚宴来打发。但是梁思申不肯办婚宴，她一来是刚见识过梁三的婚宴，那简直是被人当猴要，一点庄重的感觉都没有；二来她出席过宋运辉与金州旧人的宴席后便断了婚宴的心，她非常不愿被人背后与程开颜比较，她认为那太对不起她，而婚宴上面她无可避免要被这种比较的目光骚扰。尤其是后者，她宁可放弃每一个女孩都向往的新娘子待遇，宁为玉碎，不为瓦全，她选择低调。

宋运辉理解她，她只要一个"不高兴"说出，宋运辉便知道了她心里的疙瘩，因此没再勉强，但两人都答应让外公做法，被外公押着量体裁衣，制作传统礼服，准备春天的时候在外公的大院里拍结婚照，因为他总得好好给梁思申一个新娘子的感觉，他欠她。对外，他则宣称梁思申受西方教育，不喜欢国内习俗，太有性格，因此不办婚宴。

而梁父梁母也是有头有脸的人物，唯一的女儿结婚，他们虽然不是很满意，可是婚宴不能不办，婚宴与其说是新人宣告结婚的场所，不如说是新人父母的社交场所，他们得给亲朋好友一个交代。但是梁思申既然拒绝在宋家办婚宴，当然不便太不公平，在自家大操大办，索性一个都不办。一家人沟通不下，梁父梁母只得找上宋运辉。一来二去，宋运辉与梁父梁母恢复良好邦交，但是婚礼的事情依然被梁思申咬牙顶住，三个有头有脸的人都拿这个小人儿没招。梁父梁母也想到过找外公帮忙，可是外公的主意更馊，外公建议干脆到他美国的大宅去办。

婚礼的事终于被梁思申一天一天地拖了下来，最终哪边都没办成。她圣诞前夕在美国出差的时候与朋友说起来，满口遗憾。但与宋运辉在一起是她自己的选择，既然选择了，就得面对。她把遗憾的话留在美国，回到国内，便不再提起，不想给她爱的宋运辉太多压力。

圣诞休假，她独自开着特意从美国订来的、去年才出品的深灰八缸大切诺基，来到东海总厂宿舍区。她终于还是放弃了她原来20世纪70年代型号的，曾经自认非常性格，而且练出她一身业余修车水平的老切诺基。

1995年

01

梁思申戴着硕大墨镜,开着彪悍的大切诺基轰隆隆轧着马路来到东海总厂宿舍区。她还是第一次来,到了大门口,看看里面即便是冬天,依然显得草木葱茏的住宅片区,她拿出地图来先确认,免得贸然闯错地方。确定无误,就长驱直入,反正就这么个小区,几幢别墅,能错到哪儿去。她昨天下班后出发,中间找地方住一宿,今天又清早出发现在才到,早累得连话都不想说,就坚信自己的判断,懒得问门卫。

但等梁思申绕着圈子找到一群别墅,看着几乎没差多少的一幢幢别墅,忽然泄气了。现在宋运辉不在,是她昨晚叫他尽管上班别管她,她知道宋运辉年底不知道多忙。可是她一个人怎么自己上门跟屋里的新公婆说话啊,难道站门口不尴不尬地介绍自己?她觉得不是味道,莫名地多愁善感起来,这样子的进门……

她心里冒出一个念头,要不调头去找家宾馆先蹲下吧,等宋运辉下班接了她再过来。

但没容她多想,却见不远处一幢房子里匆匆地跑出两个老人来,正是以前见过的宋运辉父母,二老的脸上挂满欢喜的笑容。她忽然忍不住落下眼泪,觉得这样真好,她心里有底了。

梁思申放下两个大皮箱,给宋运辉打过电话,想扮着贤惠帮宋母打下手。她别的不会，打鸡蛋还行，可是宋母安排的菜里没有鸡蛋可打，宋母看着她一双娇嫩得如葱管一般的手，也不敢让她做事，反而新用的保姆都没地方挤，只好到处擦桌子。梁思申几眼看下来便知道宋父宋母懦弱得不会用保姆，她趁宋母出去应门，便自作主张让保姆进来厨房，支使保姆主勺做菜。她现在被外公发配住到被称作"锦云里"的外公宅子里去，手下一口气用了两个保姆和一个花工，要不然老大房子，那么多珍贵家具，还有新养的两只拉布拉多犬，一个保姆连抹灰都抹不过来，遑言其他。她分派保姆做事得心应手得很，与工作没什么两样。宋母在门口接了一个也住别墅的家属送来的一篮子自家院子出产的菠菜回来，见梁思申已经指挥保姆做上了事，她反而松一口气，这个一看就贵气的儿媳想帮她做事，她也手足无措。

但是三个人对着无话可说，宋季山夫妇的普通话极其糟糕，梁思申则是听力水平有点糟糕，两下里凑一起，变本加厉。梁思申终于找出事做，上楼整理她的皮箱。但二老抢着要给梁思申拎大皮箱。梁思申连忙抢了一个过来，自己拎上楼去，终于看到宋运辉说的装修一新的楼上房间。这间卧室连着浴室，宋运辉说是他父母非要让出来给他们做新房的，楼上其他房间分别是书房、宋引的房间，和宋季山夫妇的房间。两间朝南，两间朝北，中间还有一个卫生间，都似乎是装饰一新的样子。

然后，宋季山夫妇目瞪口呆地看着这个新儿媳妇从两只大得不像话的皮箱里拎出无数漂亮衣服和无数瓶瓶罐罐。梁思申都被看得不好意思，又不便说什么，只好接受宋母的帮忙，拿大量衣服侵占一长排衣橱的半壁江山，看到自己的衣服与宋运辉的各占一半领地，她不由得微笑，真是奇异的感觉呢。

宋母抱着一件毛毛的衣服，惊奇地对丈夫道："小辉说要做这么长的衣橱，我们还说全家被子放进去地方都有多，看看，这都快没地方了。"

梁思申总算听懂，笑道："我自己家里是用一个房间放衣服的。"

宋母不由得环顾一下新房，心说有这么大吗？那得多少衣服啊，穿得过来？她将手中的毛毛衣服交给梁思申挂，小心地问："这件衣服很贵吧，是什么毛？"

梁思申已经看出公婆两个老实，而且没恶意，就实实在在地道："这件是羊绒镶狐狸毛披肩。别担心，我有打算，不会乱来，基本上是年税后收入的五分之一拿来买这些衣服首饰的。美国的收入高，我这一行的收入更高，再加上我自己又有投资，做得不错，收入不算坏。宋如果去美国的话，他那样的身份，收入肯定比我好得多。"

宋季山的普通话很差，但还是想说话："小辉跟我们说过，说你一个人在美国，非常不容易，非常不容易。"

梁思申费劲地将脸挤成一团，即使宋季山将话说上两遍，她都没听出几个字，宋季山夫妇却都被她的样子逗笑了，这才觉得这个儿媳可亲起来，看起来真如宋运辉说的挺容易相处。毕竟儿子是儿子，程开颜是程开颜，即使以前与程开颜和平共处那么多年，可儿子离婚后又给他们找来一个新儿媳，他们当然是不可能替程开颜对付眼前这个新儿媳的，他们只是担心，儿子怎么伺候这个娇贵的儿媳妇啊。

梁思申却是很放心，宋运辉的爸妈太容易相处了，比她自己的爸妈不知道容易相处几倍。她有什么话，只要直说，说明理由，老两口就会接受。收拾完后，她便自作主张，指挥着二老一起去接宋引中午下课吃饭。如此高大的车子，宋引坐在里面觉得异常威风凛凛，一扫以往坐在爸爸车子里每每被人俯视之恨。宋引也没表现异常，一见面还与梁思申拥抱一下，亲上一口，而且已经被宋运辉教着改口叫"阿姨"。宋季山夫妇看着都觉欣慰，只要和平共处就好。

梁思申没想到，载着一车人到宿舍区，却见宋运辉从门口迎出来，而且出乎所有人的意料，光天化日之下，宋运辉就给她一个拥抱。虽然这个拥抱带有的礼节性成分比较多，但已够让熟知宋运辉性格的家人差点晕倒，这家伙什么时候变得如此肆无忌惮了。宋运辉当然清楚自己在做什么，他以前的婚姻其实大家都看在眼里，他今天当众这么做，无非是宣示一个姿态，没法给梁思申一个婚礼，没法在婚礼上告诉大家他有多爱梁思申，没法在婚礼上确立梁思申此后在东海总厂的地位，不能让人们一如既往地如对待程开颜似的对待梁思申，他只有用上这么一招。

宋运辉还告诉梁思申，她来了，他终于放心了。

梁思申起先不大明白，她对于中文总是有些接收不灵光，再说又被宋运辉的拥抱搞得头晕目眩，一时没反应过来。但等回头细细一想，再看看与她相处融洽的宋家二老和宋引，终于明白宋运辉那句话的意思。他们两个人的事已经不仅仅是两个人的事，他们终于已经是一家，一大家子。她担心宋运辉与她父母相处不来，宋运辉又何尝不担心。

宋运辉才第一次看到梁思申的车子，看着忍不住地笑，心想：这个小姑娘，别看外表淑女，内心野得不行。他忍不住跳上去开了几步，也是喜欢，觉得很男人，然后才拉着笑嘻嘻看着他的梁思申和宋引一起进屋。别墅这一块犹如小区的盆地，多少双眼睛从窗户后面看到了这一幕，有些还是做了夜班勉强睁开的睡眼。宋运辉最后进屋，不由自主地往周围环视一遍，才将门关上，他今天太高兴，但他再高兴也不会失分寸。

晚上的时候，宋运辉还是请了寻建祥夫妇和其他几个副厂长夫妇一起去饭店吃饭，彼此介绍，大家都是会做人的人，饭桌上气氛融洽。宋引在家跟着爷爷奶奶做作业，其间还接了一个电话。等爸爸吃饭回来，宋引跑下来，挥着一本标注拼音的书拉着梁思申要求做游戏。宋运辉也凑过去瞧，见是一本童话书，宋引翻的正是白雪公主那一页。宋引说她要扮白雪公主，让梁思申演后母王后。

宋运辉当即脸上变色，感觉女儿这么做事出有因，他问跟着下来的母亲："妈，谁来过电话？"

宋母为难地看看已经蹲下去与宋引说话的梁思申，轻轻地用老家话道："猫猫妈。"

宋运辉脸色一变再变，却见梁思申已经与宋引咯咯笑着拉钩。他就道："猫猫，作业做完没有？别光顾着玩。"

宋引大笑道："爸爸别扫兴。阿姨说她做苹果，让白雪公主咬呢，阿姨说我肯定捧不住苹果。"

梁思申给宋运辉一个眼色，对宋引笑道："苹果跑啦，苹果跳到沙发上啦。"引得宋引追着满屋子笑满屋子跑。终于，梁思申假装在沙发上摔倒，宋引扑上去搂住梁思申的脖子就冲着梁思申的脸重重吻了一口，欢快大叫道："我咬到苹果啦，我咬到苹果啦。"

梁思申笑道："不算，你咬的是苹果柄，你看，伸出苹果的不是苹果柄吗？"

宋引忙又冲回来，照着梁思申肩膀咬上一口，大叫胜利。这才肯跟着奶奶上去继续做作业。宋运辉忍不住冲梁思申竖起拇指："你反应真快，谢谢你。"

梁思申笑道："你这么紧张做什么，我还跟小猫猫计较吗？猫猫真乖，知道脸不能咬，亲了我一脸口水呢，猫猫爸爸负责帮她清理。"

宋运辉清楚梁思申是寻他开心，要挟他用嘴去擦，他终究是没法在父母面前这么放肆，掏出手帕给梁思申擦了。但他还是忍不住道："别放心上，这事我会立即处理。"

梁思申踢他一脚："你再那么认真我都不耐烦了，我又不是没见过猫猫妈，她什么人我还不知道？我跟她较真？完了，今天吃太饱，为了给你撑场子，我吃太饱了，明天起码得胖一斤。"

"我明天去改号码，以后猫猫打电话我得监听。不怕冷的话，出去散散步，要不要？周围的护城河很漂亮。"

"好。"梁思申立刻答应，她巴不得有与宋运辉独处的空间，可是一看宋家父母就是老实人，她不便跟对付外公一样拉着宋运辉就上楼没良心地独处去。她飞快套上羽绒服，又将宋运辉的大衣递上，两人收拾了出门。

夜晚人少，两人挽手而行，但在东海厂宿舍区里，两人也仅仅说些天气真冷风真大之类的话，等走到空旷的马路上，梁思申马上道："我跟你说个原则性问题，有关我和猫猫的关系。"

"哦，猫猫一直很喜欢你的。"

"是的，我也喜欢她。但我看你挺封建，好像我跟你结婚我顺理成章就是外公嘴里说的后娘填房似的，可是我不想做猫猫的妈，猫猫的妈只有一个。我因为你而爱猫猫，并且作为一个成年人，对猫猫忍让提携，所以我做猫猫的大姐姐或者阿姨都没关系。这是一个观念问题。猫猫让我做白雪公主的后妈，或者灰姑娘的后妈，我都不会生气，因为我没想过替代猫猫心中妈妈的位置，心里没鬼。你也别培养猫猫误认我为妈妈，那是剥夺猫猫的权利。"

宋运辉听了惊讶，他心里确实有重新组成一个家庭，他和梁思申是猫猫的爸妈，猫猫是他们共同的女儿的想法，他很希望培育猫猫和梁思申之间的亲情，但没想到梁思申丁是丁卯是卯，分得这么清楚。他想了会儿，才道："我同意，我以后尽力做到不混淆。思申，我爱你，你很大方。但其实你很爱猫猫，而且爱得得法。"

"猫猫很可爱，要不是她那么可爱，我为了你爱猫猫就比较勉为其难，我嘴上信誓旦旦，可能下面就使诡计对不起猫猫。你爸妈也真是……太好的人啦，我都怕闹到他们。他们会不会受不了我的脾气？他们肯定不会当面说，只会逆来顺受。对了，忘了说我也爱你，现在好像你比我还主动呢。"

"你是个很会照顾别人情绪的人，你不会乱来。他们本来挺担心，怕跟你合不来，但我今天看着你做得挺好，把两个可以闷一天都不说话的人都调动起来了。我们需要一直肉麻下去吗？我又想说这三个字。"

梁思申哈哈大笑，左右看看没人，就亲了上去。宋运辉却知道周围是革命群众的海洋，警惕的眼睛如同头顶密布的星星，也就点到为止。他征询梁思申的意见："我担心猫猫妈对猫猫有不良影响，会不会是过分操心？看今天的事情，我担心猫猫被教会仇恨。"

"嗯，这事确实不好，她再怎么着也不能拿自己女儿当跳板来针对我，培养我跟猫猫对立对她女儿有什么好处？妈妈应该先护住女儿再说。"梁思申心里其实一肚子"没脑袋没策略"之类的腹诽，可是她才不要跟那种人计较，她硬是要保持姿态，无论如何不将有些话说出口。这姿态，在宋运辉眼里便是教养，他最欣赏的就是梁思申的教养。

两人各有所好，一路亲密地散步一圈才回，梁思申这才消除今晚暴饮暴食的内疚之心。

宋运辉很喜欢这样，他总觉得，自姐姐之后，他又有了一个可以什么都说什么都说得通的亲人。而这个亲人，没道理的时候还会要赖，让他现在把"我爱你"三个字当作顺口溜来说都觉得还无法确切表达自己的心意。

回到家里，宋运辉把众人送的礼物给梁思申看。梁思申看到杨巡的礼物，一把扔在旁边不要。宋运辉也并不理会。两个人的心里都不再拿杨巡当朋友，甚至连熟人都不愿是。

02

杨巡到工厂拆迁现场转一圈，见到杨速管理得井井有条，但他还是将进度检查一遍，了然在胸后，才去寻建祥那儿拿钱。拆迁即将完成，工钱必须支付。

他开车停到路边，见一辆牛高马大的深灰吉普车停他前面，这种吉普车他从没见过，看上去似乎比寻常吉普更高大威猛。他看着喜欢，不由得凑过去细看。抬头先看到吉普车里有人，那人舒舒服服靠着车椅看报纸，他这么看去，正好那人的脸被报纸遮住。他没在意，司机等候在车上的事他见多了，没几个老板或者官员出来办事是跟他一样自己开车的。

他忍不住摸摸车子有棱有角的线条，实在喜欢不过，又伸腿踢了一脚那宽厚的轮胎，感觉到这车子晃都不晃，底盘异常扎实。他心说现在走出去到处都是筑路，要是有这么一辆车，别说底盘这么高不会给磕到，便是坑坑洼洼也是如履平地啊，不用跟他的桑塔纳似的得拣道走。

宋母不知道梁思申与杨巡有那么一段过节，她见梁思申从申宝田那儿回来后无所事事，就邀请梁思申一起来逛市场，家里一下子添了两口人，她说有许多东西要买。梁思申没解释，载着公婆两个到了市场，但她没下车，她烦杨巡，自然不愿进杨巡的店门。宋母还以为她不愿挤人阵，也不勉强，老夫妻自个儿进去了。梁思申就晒着太阳听着音乐看报纸，看得昏昏欲睡，忽觉车子一震，似是受到撞击，她一下直起身来，往外一看，却见前面杨巡低头欣赏着她的车子。真是不是冤家不聚头，这个人怎么可以如此鲁莽地踢她车子，什么人。

杨巡几乎是慢如蜗牛地挪到驾驶室旁，他想与司机搭个话，讨个人情看看车里面，一抬头，却整个人如电击一般怔住了。里面正是他这几天日思夜想的梁思申横眉竖目地盯着他。杨巡早听寻建祥说梁思申这几天在这儿，也听申宝田提起，可没想到他竟能见到，一时竟说不出话来，只愣愣看着梁思申。

梁思申几乎是在看到杨巡的同时就检查了门锁。却见杨巡这种眼神，竟然不是她以为的深恶痛绝。她开始不理解了，但她不想搭理人品如此不堪的人，就举起报纸将外面的人隔离，不要再看到杨巡。

杨巡回过神来，见此无语，还能说什么，他哪里还有脸说。再说梁思申已经结婚，嫁的是对他同样重要的宋运辉，他即使有话也不便再说。可他还是伫立好久，眼看着这张报纸没有放下的意思，只得快快而走。一步三回头的，指望着半路能看到梁思申放下报纸，让他再看一眼，可是一直到他走进市场大门，都未如愿。他心里非常地灰，不住回想刚才惊鸿一瞥中梁思申的印象，可是都想不起来，他那时惊呆了，脑袋短路。他想来想去，终于想到一个办法。梁思申等在车上还能为什么，肯定不可能是为看他的市场而来，他开始满市场地找宋家的人。

果然，让他找到宋家父母，他连忙上去殷勤陪伴购物，做得滴水不漏。宋季山夫妇最高兴看到杨巡这个老乡，见到杨巡终于不用咬着舌头说普通话，他们还奇怪杨巡最近为什么一直不过去玩，还跟杨巡说起他们家现在的儿媳与杨巡是旧识。杨巡忍痛含笑，对宋家父母道："我早就知道宋厂长对小梁非常好，宋厂长开心坏了吧？"

宋母笑道："还用说吗，小辉成天眉开眼笑的。哎呀，小杨，你忙你的去，你也是大忙人呢，我们转转就走，小梁外面车上等着我们呢，今天不用你送。"

杨巡没走，硬是跟着宋季山夫妇买完用品，他将所有东西都拎在自己手上，领着宋季山夫妇七拐八弯抄近路走出门去。

梁思申等好久才放下报纸，这才冷冷地打量眼前这家市场。看上去市场似乎往西扩展了一些，而朝东的地方似乎又在造什么建筑的样子，没想到杨巡还真是打不死的蟑螂，反弹如此之迅速，大约也只有这样人品的人才能生命力如此顽强。梁思申正感慨间，却见公婆被杨巡陪着从市场大门出来。她无奈，叹了声气，杨巡这人依旧无孔不入，她只得跳下车去，给公婆打开车门。

杨巡这才看清梁思申，见她穿着浅驼色不像短大衣的衣服，下面是长靴，依然亭亭玉立，而最要紧的是，眉梢眼角都是盖都盖不住的春意。杨巡最清楚这意味着什么，他见过的人多，但是梁思申只跟他说了声"你好"便找别的事做去了。杨巡想主动搭讪，心想即便只议论一下车子也好，可他愣是开不了口，也是找着借口与宋季山夫妇说话。一直等宋季山夫妇与他告别，车子绝尘而去，他才又发了好久的呆。

完了，他心说，彻底完了。

这么好的人，即使她喜欢的车子他也喜欢啊，他当初怎么鬼迷心窍。杨巡直是无精打采了一天。

其后，杨巡不断听到有关宋梁二人的传闻，因这两人都是在本市大大有名，宋运辉自不必说。梁思申则是以财力著称，此前当然是与杨巡合资的资金实力，此后则是与市内著名企业家申宝田的合作显示的资金实力。当然杨巡心里清楚，与申宝田的合资是申宝田的曲线救国。

有人说，宋运辉的新夫人气质相当好。杨巡心说，这还用说，他又不是瞎眼。

有人说，宋运辉对新夫人相当好，以往从来不带夫人出席应酬，现在两人形影不离。有次与几个相熟官员年尾私人聚会，两人还小朋友似的手拉手到场，全场哗然。杨巡听到这条，心底泛酸，心说若是换作他是宋运辉，他可以让梁思申骑着出场。

还有人说，宋运辉的夫人对宋运辉相当好，大家吃饭闲聊，她有时就静静看着宋运辉高谈阔论。这条传闻对杨巡打击最大，杨巡太清楚梁思申是个什么样的人，别看她平日里谦谦君子一般，骨子里可是骄傲得不得了。她那样子待宋运辉，还能因为什么原因，这两个人，也算是青梅竹马吧，杨巡无限酸楚地感慨。

梁思申这几天确实是跟着宋运辉应酬。她本想不去，可是那些应酬宋运辉难以推却，她不忍心看宋运辉因为推却而得罪人，可又不愿意难得相聚时间被应酬剥夺，干脆精心梳理后跟着宋运辉出席。宋运辉也告诉她不要有顾虑，那些人不是金州或者东海总厂的人，那些人都不认识程开颜。梁思申去了之后便知，与宋运辉参加的应酬，同合资之初与杨巡一起参加的应酬有本质的区别，这区别就在场合的档次。位置未必代表档次，但高位者自有其高位之道，即使肚子一堆草包，场面上也可做出一团锦绣，仅此已经足够，谁能要求他人个个绅士？

但这样的应酬，让梁思申看到地方执行中央政策的思路。她经常与爸爸通话，交流政策视点，而爸爸的视点属于爸爸所在的地方，沿海城市又有不同，泼辣辣更有奋发之势。比如《公司法》正式实施半年以来，对全市企业改革重心的战略性影响。用宋运辉的解读说，过去的改革注重对企业的扩权让利，是量变，而现在的改革思路则是朝质的升华的方向走，朝制度创新的方向走。大家在饭桌上就"产权清晰，权责明确，政企分开，管理科学"进行非正式讨论，几杯酒下肚，大家的议论走向宽松，各自交流从各种渠道得来的经验和解读，也有人说出自己的看法。

梁思申最先听着觉得这是很简单的道理，难道这也需要讨论？但是渐渐地，她听出自己的浅薄来，原来他们还得通盘考虑全市国有资产的盘活问题，还有企业职工的社会保障问题，他们着眼的不仅仅是一两家企业的生存。有一位局长说，他们局在全市有两家企业有不错的拳头产品，因此资金充足，日子好过。但是其他下属企业被三角债困扰，又缺乏资金实行更新换代，犹如陷入泥淖，越挣扎越深陷，外人唯有眼睁睁看其没顶。但是如果局里出面通盘考虑的话，情况又会不同，比如说由两家优势企业牵头，整合其他小企业，剥离弱势产业，开展多种经营，既能盘活优势企业的资金，又能有效消化弱势企业的资产负债，还可保证所有企业职工不下岗。也有一位副市长对宋运辉提出，东海总厂目前是市第一利税大户，但是东海总厂对本地经济和产业的辐射却是没有，他请宋运辉考虑如何带动地区经济。副市长提出，市里已经多次提出建议，但是碍于以前分属不同系统，大家都只能各扫门前积雪，现在趁东海总厂也在改制的机会，能不能同时考虑带动地方经济。

梁思申旁听着这才清楚，除了多种经济形式之外，即便是国营经济，也还有地方之分，部门之分，未必都是一统。理论上她早知道企业隶属，但是没想到实际操作上还有这样那样的问题需要解决，而且看上去还挺复杂。梁思申这才能进一步深入理解前年底的《关于建立社会主义市场经济体制若干问题的决定》，也才能进一步领会前不久邹家华副总理在全国建立现代企业制度试点工作会议上的讲话，也理解宋运辉为什么说是质变，听了这些人结合现状进行的讨论，梁思申真正体会到为什么邹家华说这是最深刻的变革，原来这是突破原有框架的变革。从政企关系、产权关系，到企业的组织结构、管理体制等方面，都将发生重大变革。而现在，则只是开始。

梁思申心想，难怪外公一直看重宋运辉，原来看重的就是宋运辉说出来做出来的都可以进入实际操作。她果然不行，她在她的领域可以畅行，但她暂时还无法突破她的领域，这就是她的局限。

她也终于从一次一次的饭局中明白一个大家心照不宣的道理，原来信息的获得，并不能单纯从文件收集或者报纸杂志获得，广交朋友在中国是非常重要的一条渠道。比如她，因为出身，她可以从家里获得很多信息，现在又可以从宋运辉这儿得到一部分，看来，她还得在上海拓展她的朋友渠道，未必来了上海就是进入信息的真空，她只是不得其门而入，她以前真是夜郎自大了点。

因此她很少说话，多听少说，多想少说。当然，有人如果关心地问起她有关国外经验的时候，她还是言之有物的，而且理论性非常强，总能给宋运辉挣足面子。在外人看来，就成了梁思申深度迷恋宋运辉，一副贤惠相了。

无奈彩云易散，霁月难逢，两人鸾凤和鸣不到十天，便得继续两地分居，连宋引都依依不舍，抱着驾车欲行的梁思申哭得需宋运辉抱下来。梁思申的回家行程也是一变再变，最终还是坚持非要把宋运辉送到东海厂门口，看他进去上班了，才依依不舍而别。

回到上海，梁思申便不再失信梁大的睦邻友好行为，有空经常参与梁大和李力他们的小圈子活动，她本身就是个爱热闹的。她更多的还是在自己的工作圈内交友，还偶尔把外公的锦云里拿出来招呼朋友。外公很喜欢这样的聚会，一高兴就扔掉别墅搬来锦云里，把小王和专门负责做中餐的保姆也带来伺候，一时锦云里的美食和锦云里的别致，还有锦云里主人的好客大方，在圈内口口相传，梁思申想请谁来，几乎没有请不到的。不仅梁思申交了许多朋友，便是两周来一次的宋运辉都跟着交了不少朋友，而且是"有用的朋友"。

一到寒假，宋运辉便应梁思申的要求，将宋引送去上海锦云里，以免程开颜以寒假为借口要求女儿去金州或者自己来东海。经过上回白雪公主的事，他现在步步设防。而且宋运辉也决定不再顾及情面，干脆一刀切断母女两个的关系，设法不让她们相见，免得女儿又受不良影响。他太看死程开颜，不相信程开颜是个可以被他说服的人，因为他早就认定程开颜是个不理智的人。

杨巡一直等到梁思申离开，才如溺水的人终于被拎出水面，终于走完一段煎熬日子。那几天他几乎连走路都会摔跤，只因总是左顾右盼寻找那辆彪悍汽车的身影。因此他那几天连市内有限几家高档饭店都不敢去光顾，只怕进门看到梁思申与宋运辉在一起。他这时候才知道，他其实还挺能用情的，并不是杨逦说的他现在是色鬼一个。

但杨巡这几天的日子依然过得很飘，人总是跟丢了魂一样，有一天竟然还鬼使神差地将车子开到东海总厂宿舍区门口，待得醒悟，惊出一身汗，他来干什么，被宋运辉看到会怎么想。

杨速自己有了女朋友，又兼男孩子粗心，只知道大哥最近心情不好，却不知道大哥心情不好的原因，只好一个电话把一向在大哥面前胆子老大的杨逦叫来，让杨逦对付大哥。

可是杨逦寒假回来，问来问去也问不出什么。这事说来话长，杨巡无法将来龙去脉跟弟弟妹妹们交代清楚，但不说清楚又无法解释他的悔恨，他唯有不说。杨逦只好说大哥现在想扮忧郁王子。

去年春节杨巡轰轰烈烈地相亲，这个春节杨巡修身养性，除了走亲访友，就是在家看杨逦带来的书，圣人一般。

03

雷东宝在春节前接到消息，说陈平原春节会回家一段时间。对于陈平原，雷东宝心怀歉疚，他总觉得如果不是他手头的行贿证据雪上加霜，陈平原的判罪不会加重这么多。无论陈平原手指怎么伸，他小雷家有今天，到底是与陈平原的大力帮忙分不开的。当年判决之后，他们在同一农场服刑，雷东宝对陈平原多有照顾，陈平原那边也有人帮着活动，日子过得不错，但两人所在营地离得稍远，没见多少次面，陈平原在里面的时候已经不怪他了，因此听说陈平原暂时出来的消息，他赶紧准备下钱物，见天色暗下来，便悄悄找去，而且还叫韦春红一起去。

雷东宝万万没有想到，陈平原家门庭若市。雷东宝擦着两个下来的人进去，看到陈平原家高朋满座。好几个人认识雷东宝，雷东宝也认识好几个人，大家看到雷东宝一致噤声，只有陈平原笑道："东宝，知道你会来，坐这儿。"

众人都有些惊异，觉得陈平原挺大度的。雷东宝当仁不让地坐到陈平原身边，韦春红没地方坐，只好远远拣把小凳子将就，但韦春红松一口气，雷东宝跟她说陈平原不怪罪的时候，她有些不信，还以为是因为都在服刑，陈平原不愿得罪牛高马大的雷东宝。今儿这么一看，似乎还真是雷东宝说的这么回事，但她不明白了，陈平原何以如此大度。

当着那么多人的面，雷东宝将双手一拱，当众道："陈书记，我向你赔罪。"

陈平原微笑道："还说这个干什么，我们在里面不是全解释清楚了吗？大家，东宝这个人的性子我最懂，他讲义气，你们看看他这块，是个小人吗？害我的事他做不出来，这不他自己也关进去了吗，他也是悔得不行啊。"

雷东宝感动，又是连连拱手："没话说了，没话说了。"

陈平原道："这儿都是朋友，东宝你也别客气。给我带什么来？我可想你以前带来的野味。"

"有，野猪肉，我早早让春红找下的。还有只野猪肚，冬天补身子最好。陈书记，你这回来，是暂时还是不走了？保外办下来没有？"

"在办，还欠一些手续，还是你早出来，到底……"陈平原说到这儿一顿，他本来想说到底有亲戚下死力帮忙就是不一样。但是这话说出来得罪眼前这一帮总算还是把他办出来的人，他今非昔比，有些话只能咽进肚子里算数，他呵呵一笑，将漏洞抹掉，"到底是有钱能使鬼推磨啊，呵呵。"

雷东宝没说啥，也跟着干笑几声，这感慨，其实两人在里面时早就一起议论过。他今天来，有重要目的。"陈书记，等你回来，我想八抬大轿请你给我们小雷家做顾问，我们一帮粗人，只有你最了解我们。"

陈平原愣了下，却笑道："让我考虑考虑，反正还没到时候。"

雷东宝笑道："考虑啥呢，我这辈子难得听几个人的话，一个就是你。你就应了吧，别嫌我们庙小。"

陈平原还是微笑，没有答应。雷东宝却看到韦春红给他使个眼色，他便住口。大家又说了会儿话，陈平原才又问雷东宝："东宝，你那小舅子现在怎么样了？"

雷东宝没隐瞒，当着众人的面，把宋运辉现在的发展情况，行政级别以及宋运辉在这边协助市里发展的事业，和这边要好朋友等，都简单扼要跟陈平原说了一下。陈平原听了笑道："哑，有那么好桩脚，还请我去做什么顾问，我跟你说，我即使去，一不上班，二顾而不问，何况我还不想去。"

雷东宝道："随便你怎样，你就算是名都不挂，我还是拿你当顾问。我就认你。"

陈平原没答，但一直笑眯眯的，心情看上去比雷东宝进来时候好了许多。

等夜深人静，大伙儿一起告辞出来，让陈平原好好休息。雷东宝夫妇开车回到家里，才有可能说话。韦春红进门就道："东宝，你这顾问的主意算是出对了，今天让陈书记很有面子。"

雷东宝道："他下半辈子财产没收了，退休金没了，总得有地方挣钱。还别说，他脑子好，以前老徐说过，陈书记这个人是个人才，只要用得好。"

"我看他也担心下半辈子收入问题。今天一屋子这么多人，真能拿出实货的有几个？他愁着呢。你这么一表态，有几个本来还观望的，这下也不能拿出比你差太多的态度。他们啊……到底是那么多年的同僚，谁做什么都清楚着呢，总不能看着陈书记一个人吃苦。"韦春红微微撇嘴，她在县里经营了几年当时县里最高级的饭店，看多听多。

"那你给我使眼色干吗？"

"怕你说多反而错，好像你现在财大气粗可以不把原陈书记放在眼里似的，让人看着好像是你给陈书记一口饭吃，到底你以前只是个村书记，他是县委书记，他怎么好意思一口答应到你手底下讨口饭吃，让大家看他现在落魄相。你看这不是后来陈书记故意问起你们小辉了吗，他现在越是这样，越要面子着呢。小辉越是能干，你还请陈书记做顾问，越说明你记情，越说明你重视他，他有面子。别人旁边也得掂量掂量你的意思，给他更多面子。"

雷东宝一想，果然是这样，笑了："反正陈书记知道我，他自己会想办法让我把话说出来，给他挣面子。"

"你意思我不用给你使眼色？真是过河拆桥，没良心的。"

雷东宝笑道："什么话，你能，我才要你一起去，谁说你眼色不要紧？"

韦春红这才笑了，点头道："他还真了解你。今天陈书记都没说你什么，还替你说话，这一来，以后县里的人都不好再说你什么。"

"我知道，今天当面说，以后做给他们看，会不一样。不过现在已经不一样了，我替县里做了那么多事，他们也又开始重视我，给我政策。"

"还是不一样的，得等陈书记真的回来，有些事请他出面就行了。东宝，这么看来，我又可以回县里办饭店了，以后看来不会再有事。或者开家分店，市里这家还留着？"

"市里这家也放着，开得好好的，别停。你回县里吧，我们来去也方便。"

"我再想想，我得把人手物色好了才行。都春节了，这事急不来。"韦春红忽然又一笑，"你那小辉小舅子现在也两地分居，比我们离得还远，你们可真是宝一对。"

雷东宝道："他高兴着呢，就是要他每天飞他也愿意。他跟我说他现在骂人少了，我说他以前都是下面憋得慌闹的。我春节看他那张脸去，还成天拉着不。"

韦春红咯咯地笑："哎，我真想不出来呢，不知道小辉见到小梁是啥样，我一定要看看他们俩在一起的样子，我真好奇死。"

雷东宝也是不怀好意地笑，这事说到做到，他立刻给宋运辉打电话，问清宋运辉春节动向，原来是去上海过春节，他立马要求也去。但放下电话，雷东宝就惊讶了："呀，小辉不让我去，小辉怕新老婆。"

韦春红了然道："老夫少妻，都那样。"

"小辉又不老。"

"比起他那个手伸出来跟嫩豆腐一样的新老婆，当然老，再说小辉厂里又是海风吹又是太阳晒的，本来也显老。"

雷东宝听着不乐意，道："男人显老点又怎样。不是这个问题，有些女人让人一看见就不敢大声出气儿，小辉新老婆就是那种人，小辉姐姐也是那种人。"

韦春红一听，快快地道："你就只敢冲我大嗓门。"

雷东宝道："你还真别装细巧。"说着就上楼去，将楼下扔给韦春红。韦春红关门关窗到处查了一遍，才关灯摸黑上楼。

宋运辉接完电话给梁思申打，这时候宋引已经睡觉，梁思申告诉他宋引在她的手提电脑上玩了一晚上水管工游戏，又学会好几句英语会话，与外公一起弹奏钢琴，白天还跟外公一起雕了一根乌木筷子，好不容易才肯睡觉。宋运辉听着心说除了英语，其他都是他家做不到的。即使宋引能自个儿在家弹钢琴，可哪有人跟她一起弹，在上海估计还梁思申的小提琴一起上呢。女儿在梁家的生活可以称之为经历。最初梁思申邀请宋引去上海的时候，他有点怕梁思申太操心，而他妈也担心梁思申一个大姑娘家管不管得好孩子，可又不敢跟去看。没想到宋引在上海锦云里挺吃得开，外公还挺喜欢这个总说他穿得太花的小封建。

梁思申打完电话，见外公还歪在罗汉床上，就道："还不上去睡？不会是专门等着跟我谈话吧？"

外公点点头，放下手头的旧《申报》和放大镜，道："我准备出五十万给小竺开个古玩店，又卖又收，我自己也可以玩玩，你这几天赶紧给我办了，注册用你的名字。"

"别为难我，外资注册很麻烦。"

"你不行用你妈的名字。"

"不行，他们公职人员，你少给他们惹麻烦。才五十万人民币，人家竺小姐伺候你这么多天，全给她也不算多。"

"我给是我人情，我没做好前期被她钻空子是我老年痴呆，两码事。谁像你，倒贴找个先生，还替人养拖油瓶。我跟你说啦，投资也得看看人的资质，这个小姑娘脑袋不是一流，比她爸差得远，比起你小时候更差远了，你适可而止，还是留点本钱养你自己的。"

梁思申悻悻地："我还不是想多一事不如少一事，防患于未然，省得她亲娘拉去教上几天，又给我制造低级矛盾。"

外公一针见血："我看你是先下手为强，不给她亲娘借看女儿制造机会见女儿亲爹，制造他们一家三口亲密相处场面。嘿嘿，没想到啊，受的西方教育，东方怨妇的一套你无师自通啊。不愧是我亲外孙女，出手比你两个舅妈漂亮。"

梁思申被说中心事，只得嘿嘿一笑揭过不提。因她知道宋运辉是个注重家教的，当着宝贝女儿的面是不肯给前妻下不了台的。可是她嘴上可以大方，心里一想到他们原一家三口坐一起笑容满面地吃饭，她就憋气，只好主动出手，找个漂亮借口断绝他们的接触。宋运辉不知道，为此还心存感激呢，没想到还是被外公识破。她只得道："你等着，开店的事妈妈来了再说，宋的行不行？"

"不行。"外公否定得非常坚决，但外公并不说出原因。对于宋运辉，外公欣赏宋的能力，但是并不认可宋的人品，任凭宋梁两个在他面前表现得蜜里调油，他都认定宋运辉休妻再娶另有目的，而不是梁思申说的什么感情深厚。外公认为，再深厚的感情，若是换梁思申只是小家碧玉，宋运辉还能如此执着？不说别的，宋运辉前面一个妻子也是小小的干部，可见这人选择婚姻的功利性极强。

因此，项目交到宋运辉手里执行是可以的，那是利用宋运辉的能力，可产权不能放到宋运辉名下，那是有去无回，当然外公不会说出理由，免得得罪。"这事不急，我先物色下门面，就这儿附近，慢慢装点起来。还有一些事，春节得来不少人，你得预先多准备几只煤气瓶，电费去交好，别让人把电线拉了。水费据说有人上门来收，哪天轮到我们抄表的时候你得挨家挨户去收，呵呵，好玩得紧。我这儿手头现金没了，明天你带我支票走，给我取点美金来，这几天黑市兑换价日跌夜跌，我得多换点人民币放着。你回来经过香港的时候，多带点干鲍干贝鱼翅燕窝回来，我付钱。再给我带些内衣来，这边的内衣不能穿，白衬衫也带几件，还有盥洗用品，都用老牌子。所有你帮我采购的物品，我按总价的10%支付你佣金。"

梁思申不疑有他，应了一声便罢，但是挺头痛。以前很多事情可以扔给梁大解决，现在搬出别墅，住着是有品位了，离工作地点也近了，可家常生活一地鸡毛，千头万绪都需她出面去做，又不能扔给外公，说不出口。唯有煤气瓶之类可以交给花王，其他缴费之类的事，锦云里的电费动辄上万，还为此申请的单独线路，外公怎么可能放心让花王等人拿着这么多现金。她少不得明天飞美国前把所有事情做完。国内服务业还不发达，排队真正是逼疯人。她自己还有事呢，梁大春节结婚，不仅大伯二伯分别从老家和北京赶来，爷爷奶奶都回来，还有梁大妈妈家的亲戚也从北京来，她少不得从美国采购新年礼物分派，再加外公的衣物，她只怕三只皮箱都不够，天呐，都说结婚后家务激增，她现在深有体会。可是她觉得她有能力承担，相比起其他上海女人，她有财力，有脑力，做事自然稍微容易一些。

宋运辉拒绝雷东宝来上海过年，是因为他深知这次的春节是他的大考，不想大大咧咧的雷东宝再给他乱上加乱。虽然与梁家父母已经达成电话沟通，可是见面一起生活几天，那又是另一回事。而且，他还得出席梁家大孙子的婚宴，他届时会遇到大批梁家亲戚，那都是些什么人，梁思申早就与他说明了，因此宋运辉提前离开东海厂，连夜自己飞车赶到上海，第一件事就是去梁思申指定的美发厅修理自己。

年夜饭是与梁家人一起吃的，外公、梁父、梁母和宋引。梁思申反而还在美国，都是场面上的人，既然婚姻已经既成事实，彼此也就以礼相待。但是一桌人又没什么亲情可以叙说，外公当仁不让地抓住好不容易见面又没梁思申霸占着的宋运辉谈投资项目进度。

梁父听着，轻轻与妻子道："你爸想利用小宋做免费劳力。"

梁母点头："小宋刚进门，不便拒绝。老头子真能抓机会，但囡囡肯罢休？"

梁父笑了，很轻很轻地道："我现在总算明白，为什么囡囡为个外婆遗产还得打官司，现在外公却轻易把这幢房子写到她名下，两人早已心照不宣。"

梁母哭笑不得："这孩子，这孩子……"

梁母看看身边专心吃非常鲜美的鲍鱼的宋引，忍不住摸摸小姑娘的头发，心里想着，不知道她的亲外孙或者亲外孙女是什么样子，一定更漂亮更聪明，估计女儿现在还没生孩子的打算。一直等宋运辉照顾了女儿去睡觉，梁父才正式跟宋运辉谈起他们省有几家企业的情况。宋运辉有些吃惊，没想到梁父也有插手的意思。而梁父更猛，他希望宋运辉立刻着手，赶在改制试点企业筛选之前，先下手为强，免得被改制试点工作束缚手脚。梁父还说，所有的当地政府部门的工作，由他来做。

宋运辉很快明白了梁父的意思，也明白梁父话里话外的潜台词。他想了好一会儿，才道："那，看来得在国内注册一家公司了。"

外公却道："眼光别放那么窄，只看到自己手里那点子权。告诉你们，你们的银行贷款利息太高啦，简直是惩罚性利率，我一辈子都没看到过几次，专门针对你们的高通胀的啦。拿那么高利息的贷款做投资，基本上是老寿星吃砒霜，万一通胀给如愿收紧，你们完啦。还是乖乖拿我的钱，我到美国银行贷款，最终受益我们三个可以坐下来谈。"

梁母看着王、梁、宋祖孙三代谈得热闹，忍不住问了宋运辉一句："小宋，今年物价涨得厉害，你们工资涨了没？"

宋运辉道："涨了，不敢不涨，现在外资企业招聘广告上面直接标明工资，我们不涨的话，工人都跑去外资企业。"

"涨幅大吗？"

"工资涨幅没法大，只能奖金福利上面增加收入。跟外公谈的项目就是准备增加职工福利，到时每人手里分一份原始股。如果不做这些打算，相比物价涨幅，我们的收入都在缩水。"

梁母听了点点头，叹了声气："唉，我和囡囡爸爸的工资也是，钱越来越不值钱，各方面的用度却是越来越大，今年春节的礼物，还都仗着囡囡从美国背来。

你们慢慢聊，我先上去休息，赶一天路，累了。"

宋运辉看看上楼去的梁母，感觉梁母的心情可能比较复杂。他不知道有些事经梁父插手之后，梁思申会怎么看。不仅宋运辉感慨，梁父也是心有触动，看着妻子的身影一时无语，等外公也上楼去，才有些遮掩地对女婿道："太太理想主义，是做丈夫的成功。"

宋运辉联想到自己，不由得会意一笑，与岳父的距离顷刻拉近。"爸，我估计思申也理想主义，接受不了你辅助出资。"

梁父自嘲："看来我作为父亲，也很成功。"他摸出一包香烟，看看宋运辉，笑道，"你不会真戒了烟？母女俩都不在眼前，来一支？"

宋运辉推辞道："还真戒了，谢谢爸。"

梁父有些惊异："你倒是能下狠心，是不是准备迎接小生命？"

宋运辉笑道："我们顺其自然，没做任何措施。"或许是姐姐去世的阴影已经淡去，宋运辉才刚结婚就极其希望有与梁思申共同的孩子，他把自己的强烈愿望与梁思申说起，梁思申勉勉强强地同意。宋运辉清楚当时看到梁思申答应的时候，他很开心，他感觉自己心里有隐隐的焦虑。

"挺好，我们刚才也说起什么时候给你们抱孩子。"梁父再度惊异，看起来他和妻子都猜错了，看起来女儿比他们意想中更重视这段婚姻，而不是跟他们第一次说起时候的潇洒态度。或许是因为说起第三代，翁婿两个人的心理距离进一步拉近。梁父吸一口烟，用夹着香烟的手指指眼前的客厅，道："你对锦云里感觉怎么样？"

宋运辉笑道："第一次来看，只看到一堆旧家具，后来才一点一点地品出其中的好来。最难得是把不舒服的旧家具改造得可以舒服地用，而且还是不计价值地摆着率性地用，这才是真正底气，需要多少文化底蕴和丰厚家底啊。"

梁父感慨："梁大前阵子跟我说，看到囡囡装修的别墅，本来以为这就是资本主义，看了外公的锦云里才知道囡囡的不过是中产阶级。他以前羡慕囡囡的开放式厨房气派亮丽，没想到锦云里的厨房偏居一角，关在门里，设备齐全，但模样一般，原来因为厨房不是真正富贵的主人出没的场合。阶层的不同，思维的不同，都反映在房间布置的细节上。梁大说他和他的几个朋友以前还以为自己得天独厚，看了锦云里才自惭形秽。"

宋运辉听了心说，估计这是梁父自己的内心想法，他有些明白，梁父这是在跟他解释今天插手的原因。他笑道："我现在麻木了，还能怎么样，起码我还是占着宿舍区最大的别墅。"

梁父看宋运辉一眼，道："现在国家开放了，放进来的诱惑越来越多，我们都目不暇接，何况你们年轻人。连老头子们都闲不住了。你知道我这回最感慨的是什么吗？囡囡的爷爷，他是诗书世家出身，再加经历无数起落，本来应该全看开了的，可这回竟然为找不到合适的西装来参加大孙子的婚礼而沮丧，差点为此不肯来上海。他还是离休干部，待遇已经算是高的，可相比过去的生活水准，还是一落千丈了，他们没奖金垫补。"

宋运辉看看梁父已经斑白的双鬓，心里明白还有几年就要退休的梁父这是心有戚戚焉了。他想了想，道："相比之下，看看思申的外公，一样的努力，不一样的结局，不能不让人感慨。"

梁父点点头："这些话，听到囡囡耳朵里，又是腐败了。"

宋运辉不由得微笑道："思申已经与过去有些不一样了，最近刚帮一家集体企业转制，使了不少心照不宣的手法，她现在分析问题很客观。"

"呵呵，现在还是你更了解她。"梁父心里有些不是味道，可又不能不承认现实，又想，其实过去似乎也是宋运辉更理解梁思申，"你今天自己开车过来，中午也没休息一下，还不累吗？"

"路上打过盹，还好，相比每天的工作量，今天算清闲。"

"身体真好，年轻。好吧，明早接囡囡的事也交给你，我肯定起不来。我上去休息了，今天拎了两次行李，才是从家里楼上拎到楼下，再从梁大车上拎进这儿二楼，现在右手臂就沉沉地酸，不中用啦。你也早点休息。对了，带着名片吗？明后天我带你跟亲戚认一遭。囡囡不办婚礼，搞得你们被动。"

梁父上楼，到楼梯口，不由得往下看看，见宋运辉正检查门窗关合，又看宋运辉熟练开启美国带来的报警设备，然后才留下几盏灯昏昏照着，跟着上楼。他回头跟妻子说，这个女婿做人非常努力，也非常能思考，只是有点努力得可怕，幸好是女婿，如果与这样的人共事，不知多累。梁母也说女婿看上去太深，她有些为女儿心里没底。两人心里都捏着一杆秤，过后几天得以过来人的眼光好好评估女儿女婿的关系，有什么问题可以事先提点。

宋运辉回去自己卧室，好好将今天梁父意外提出的插手回味了一遍。心里想着，要不要跟梁思申说明，最终决定还是说，他刚才还打保票跟梁父说梁思申已经很会客观分析现实，怎么轮到他手上又担心起来了呢。

宋运辉第二天一大清早就出门去机场接梁思申，开的是梁思申的大切，因为听说梁思申带了三大口皮箱，他的奥迪估计不够装。初一清晨的上海街面难得地清静，就跟他刚出来的锦云里一样，过年的时候那些国产保姆都不肯上班，外公一点办法都没有，幸好还有菲佣小王在家。宋运辉下来的时候，小王也才刚起来，忙给他做了咖啡，宋运辉自己做的吐司，小王因与宋运辉沟通良好，很是谢谢了他。宋运辉感觉菲佣比较合理，不比国内保姆，有些太自卑，有些当家作主意识太强，幸好外公够奸，一家中外四个帮手，个个服服帖帖。梁思申还说为一个家忙死，其实若没外公帮手，这个锦云里早鸡飞狗跳，其中微妙，不是梁思申这个大而化之的人能理解的。

大年初一的国际到达出口也是难得寥落，不过也可能是因为新年，出来的旅人带着的行李特别多，好多人除了一只皮箱之外，还背着红一条白一条的大编织袋。宋运辉相信梁思申再多行李也不肯背编织袋，梁思申这个人太注意形象。想到每次相聚，总能看到梁思申洗漱之后得摆弄半天瓶瓶罐罐，他再看几遍也总是记不住那些瓶瓶罐罐的用处，他还算是学化工的。梁思申还每天晚上睡前把第二天要穿的衣服费尽心思地搭配出来，她有那么多衣服，却总是抱怨缺这缺那。想起这些，他一个人站在空阔的国际到达出口微笑。她有时是那么理智，有时又是那么率性，有时精明过头，有时简单得没道理，内心非常骄傲……

笑眯眯地想着这些，时间过得飞快，很快便见梁思申推着大大一车行李东张西望地出来。宋运辉上前先拥抱了她，才接过行李车，梁思申先笑嘻嘻地道："我爸妈昨天没欺负你吧？"

宋运辉听着不由得笑："怎么可能，我昨晚跟你爸谈得挺晚，还说了一些你爷爷的事，还有……你爸的感慨。今天长途飞机坐得脸色不大好，回去先睡会儿，我已经吩咐小王给你榨好橙汁。"

梁思申却神秘地笑道："我已经在香港睡一晚上了，不过不大睡得着。你知道我昨天想到什么吗？嘻嘻，想的时候我都忍不住笑。我看宾馆里的电视放古装戏，里面女的叫男的三郎，我想我到了古代该叫你什么郎，宋郎？二郎？立刻就想到辉郎了，哈哈，大灰狼。要不是天太晚，我当即就想跑出去买一顶小红帽跟你配套。"

宋运辉听着也笑："你要是叫我大灰狼，猫猫得跟你理论。不问问你爸跟我谈什么？"

"呃，不问，逃不过仗着长辈身份又是考察又是试探的，我问了生气。"

"没有，且不说你爸妈都是大方人，以你爸妈的水平，他们想试探我，也不用那么低级地拿话考察，后面几天看着就行。"宋运辉推着车子到门口，小车无法出门，只得一只一只地将行李拎到门外，让梁思申看着，他去取车接应。梁思申倒是有些不解了，爸妈拿起电话总是就宋运辉的问题问东问西，怎么见了真人反而不问了，反常啊。

风很冷，才一会儿工夫梁思申等得手足冰凉，等车子一来，她嗖地蹿上车去，把行李扔给宋运辉处理。宋运辉早知如此，这是家教加出国受教育的结果。他不由得想到那么身份俨然的梁父要等梁母上楼睡觉后才敢吸烟，还自嘲地说"太太理想主义，是做丈夫的成功"，不由得莞尔。他也知道，等他上车，一定有亲吻拥抱等着犒劳他，他估计梁父也是这么被梁母收服的，久后习惯成自然。等他收拾好行李上车，果然不出他所料，他虽然早知道有这么一套，可还是吃这么一套，只觉得所做的一切非常顺理成章。

两人上路后，宋运辉基本上没有时间说话，都是梁思申在告诉他，她回美国做了些什么事，他笑眯眯地听着，等她说完。梁思申滔滔不绝好一会儿，忽然急转直下："你知道我为什么脸色差吗？清早起来赶飞机，吃隔夜面包没胃口，吐了，好难受，飞机上还一直在反胃。"

宋运辉一愣，他是过来人，立刻敏感地道："会不会有了？"忍不住一边开车一边扭头看梁思申脸色，似乎他的眼睛能做青蛙试验。

梁思申也吃惊："不会吧，那么快？"但想了想便释然，"不会，那个才刚来过。"

宋运辉一听，心里微微失望，他更敏感地感觉到，梁思申的语气里没他那么强烈的激动，但他还是温言道："等下到家还是先喝点粥吧，别先喝橙汁。"

梁思申却笑嘻嘻地凑过来，道："大灰狼，你非常紧张，你车子都开得蛇行了。"

宋运辉勉强一笑："昨天你爸爸跟我谈起我们的孩子，他们也非常向往。"

梁思申吃惊："他们不是……他们倒又急着想要了？"

宋运辉知道"他们不是"什么："你别再这么想你爸妈，他们现在跟我聊得很好，昨晚你爸爸还跟我谈了你爷爷的失落，推己及人，他也说到他心里的矛盾，这些与我有时的感慨很一致。你看，我们都已经聊得这么深入。"

"啊，原来你们已经暗度陈仓。大灰狼，你别一张臭脸，我们都那么聪明，要一个孩子还不是简单不过的事情。"

宋运辉不由得笑道："要孩子跟聪明有什么内在必然的联系吗？"

"就是逗你笑的，别急，顺其自然。"

宋运辉有些不好意思地道："我不是急，我刚才激动坏了，想到我们的孩子，我们的，多让人激动。"

梁思申听了反而笑，想到宋运辉已经有了一个女儿，却还这么激动，她心里非常清楚这是为什么，因此心里很是好受，只觉得没怀上还真是可惜。"我一定努力争取。"她说出这话，自己也笑出声来，可又忍不住感慨，"我们比较麻烦，两个人离得远。我很怕，我正着手独立主持一个大项目，怀孕会造成很大影响。不过我聪明，是不是，既然别的女人都能做好的古老行当，我一定也能行。连外公这张坏嘴都说，我们的孩子肯定是最聪明的，我非常向往看到。"

宋运辉这才发自内心地笑在脸上，他发现自己太紧张梁思申了，有点紧张得想用孩子绑住这么优秀的她。到锦云里门前的时候，他忍不住伸手紧紧拥抱梁思申，好一会儿才放手，下去开大门。果然梁父看到就早早迎出来，他们没了热烈亲密的机会。

梁家父母带上女儿女婿去梁思申爷爷住的酒店拜年，外公不高兴一起去，但大家当然带上了宋引。梁思申也清楚大家都会怎么议论，她无所谓，又不是什么大不了的事，反而是梁家父母和宋运辉心里都敏感着。已经结婚的梁三问梁思申怎么想着找个有婚史又有孩子的，梁思申反而神色自若地反问梁三怎么会有这么落后的中式想法，只因梁思申在众堂兄妹中是潮流的风向标，梁三反而觉得自己真的很封建闭塞。

梁思申应付了梁家兄姐的问候，再看宋运辉娴熟老练，不卑不亢地与她家这些达官贵人亲戚交往而不落下风，她再次问自己，究竟爱他什么。如同过去，依然没有答案。似乎与宋运辉在一起是顺理成章的一件事。但因为宋运辉是第一次出现在梁家，很多人好奇地非要问个明白，为什么与那么一个条件看上去不般配的人结婚，梁思申只好一再地非常肯定地回答，他非常聪明，她一向只喜欢聪明人。众人将信将疑，但都心里怀疑其中必有猫腻，两人看上去并不般配，女的太流光溢彩，男的则是一看就是从下面奋斗上来的小户人家出身。

不仅是梁思申，宋运辉也在深切感受着梁家与他家的不同。这家人里面的大多数，都是跟梁思申似的，内心无比骄傲，行为上则是持以良好修养，看仔细了才能感受到有些高高在上的冷漠。他以往接触的人中，老徐也是这样一个人。梁思申的爷爷虽然没外公那么刁钻泼辣，可也是不易对付的，他被抓住问了好多问题。令他感激的是，岳父一直陪在他身边，有什么过分的地方，由岳父出言打断。但爷爷最终还是肯定了他，只因为他是做技术出身的，爷爷喜欢实干的人，而非他现在的身份修养。宋运辉觉得梁思申的爷爷和外公都是无比怪诞的人，可又有性格。

中午吃饭，梁家一大家子加上梁大母亲家一大家子，整整开了四桌。梁父让宋运辉与他同桌，那一桌都是梁父一辈的人，也是所谓都在官场上的人。宋运辉还是第一次参与这种人物们举重若轻的随意交谈，令他大开眼界。而这一餐的交谈，也令在座看到宋运辉的潜力。但这一餐饭，吃得宋运辉差点筋疲力尽，他终于见识了梁家。

也终于明白，为什么在梁父职位并不显赫的情况下，萧然却对梁思申心怀忌惮。

第二天正月初二梁大的婚礼上，宋运辉再度见识梁家的气派，不过当天大家的注目重心已经转移向梁大新娘子的娘家，宋运辉得以旁观。梁思申这才有时间与宋运辉窃窃私语，告诉他谁谁有什么什么。梁思申见多而倦，宋运辉则是初见欣喜，宋运辉此时已经很能理解梁思申为什么应付大场面的时候游刃有余，她根本就是在那里面泡大的。宋运辉看到女儿宋引也是东张西望没事人一般，不由得嬉笑感慨，他的心理素质还不如女儿，但估计女儿出入这种场合多了，以后也与梁思申没什么两样。

宋运辉在观察着梁家，梁父梁母则是实地观察女婿。对于宋运辉内心的真实动机，他们无法考证，但是从小两口之间的关系来看，他们看得出宋运辉非常爱他们的女儿，经常是微笑注视着放任着他们的女儿，也看得出偶尔有轻声提点，看上去完全是一个成熟男人对待妻子的态度，也有点好得令人不能相信。梁父梁母反复背后商量，估计女儿女婿早在爱情之前已经培养出过人亲情，此后的爱情反而是顺水推舟的产物。老两口一时都有些不知如何定义女儿女婿的关系，但他们心里都想到，如果宋运辉没有婚史的话，那一切就完美了。

这几天，对于宋引来说，真是大开眼界的寒假。假期结束，跟着爸爸的车子回到家里，她一张小嘴都忙不过来，跟爷爷奶奶叙说那上海的灯红酒绿、红男绿女。宋季山夫妇都是目瞪口呆，没想到中国的土地上，还有他们想象不到的某种生活。宋运辉倒是没说什么，让父母不用在意那些富贵繁华，以后梁思申来还照样对待便是。

春节过后，宋运辉便立刻投入协助某下游企业改制工程的实际操作，他首先通过当地政府的帮忙，以及与梁家一位亲戚的联络，顺利通过层层申报和严格筛选，将项目列入省百家试点企业名单，终于获得改制的通行证。几乎与此同时，他们与当地政府临时成立的现代企业制度试点领导小组紧密配合协作，建立起试点工作班子，专门负责制订实施试点工作计划。

宋运辉手中的工作进度一如既往地安排得密不透风，而他对一半由东海厂抽调人员组成的试点工作班子的第一要求就是"高效"，由他每天傍晚亲自过问工作进展。很快，试点工作的总体指导思想便制定出来：一、根据《公司法》的精神，建立健全企业法人治理结构；二、明确投资主体，明晰产权归属；三、实现投资主体多元化，多头引资，争取吸引外资；四、调整企业资产负债结构，以多种形式消化企业原有债务；五、彻底政企分离。

外公首先拿到指导思想传真，因为宋运辉这几天正在上海办事，所有不着急的常规传真都是传到锦云里，等晚上他回来看。锦云里的电话号码固定，大家都已经知道如果宋运辉不在东海总厂，往锦云里这个电话传一份总是没错的。外公拿放大镜看着传真内容，仔仔细细看了两遍，才笑了出来，自言自语道："这个狡猾的，说得多冠冕堂皇，好像引进外资还是件利国利民的大好事。"

等梁思申下班回家，外公把传真交给梁思申看，笑嘻嘻地道："你看，同样一句话，你前几天的案子说得太赤裸裸，审批时候才会那么难。你以后也要站到小辉的角度看问题，拿点政策高度出来说话。"

梁思申其实一直在参与宋运辉的改制试点进程，两人经常商讨如何做到一步到位，政策制定别给以后留下漏子。因此对于试点工作的指导思想早就心中有数，但是看到传真内容，也忍不住笑出声来："原来话要这么说。哎，我们正在制作的一份报告看起来得重写，一份拆为两份，一份交给香港股民看，一份交给权力机构看。"

外公最初装着不在意的样子，但等梁思申说完，就道："我是不是得准备钱了？最近人民币对美元贬得厉害，美元越来越不值钱，得让小辉加把劲，快点。"

"快不起来，从指导思想确立到试点方案经过讨论拿出，起码得一个月。然后就得报请省体改委审批。我最感兴趣的是他们最后的试点方案会怎么处理那个债务重组问题，债转股？增资减债……"

"反正都是便宜我这个资本家，呵呵。"外公才不高兴关心那些细节问题，那些换汤不换药的操作，不过是程序而已。他只袖手悠笃笃地看结果，"你们的衣服今天拿来了，你试穿看看。不行的话，用你外婆以前的衣服。小辉身量与我年轻时差不多，也可以用我过去的衣服。我看着不好，做工粗糙，跟解放前的做工没法比。料子也挑不出好的，都是些行货。这几天院子里花儿开得好，你们赶紧把照片拍了。"

"噢，在哪儿？"梁思申立刻有了积极性，两眼一扫，便扫到罗汉床上放着的一只绿缎包袱。这些是外公让一家他看着还行的裁缝上门量了她和宋运辉的身材后定做的传统衣服，衣服式样都是外公自己选定的，根本就不让宋梁二人插手。梁思申一直好奇得很，不晓得外公会弄出什么衣服来给她穿。不过春节过后一个太阳微阴的天气，院子里曾经晾晒过一次外公外婆过去的绸缎衣服，当时满院子的花团锦簇，看得梁思申好生艳羡，尤其是外婆的衣服，在外公不耐烦的指点之下，她才知道什么滚啊镶啊的，原来过去的宽袖大袍里蕴藏着无数风流。她早就想知道给她拍结婚照穿的衣服会是什么样，拎起包袱就往楼上去了。

宋运辉回来的时候，走进高墙里面的深院，立刻就闻到一股扑鼻的清香，正是春兰吐蕊。但宋运辉知道，早上出去的时候伴着一院子淡淡雾气的香气更浓，远非晚上的可比。走进院子，仿佛走进另一个世界，高高围墙不仅将满世界的喧嚣隔在门外，连空气似乎都是不一样的。而今天最难得的竟然是屋子里传出来的外公和梁思申的笑声，虽然都是轻轻的，可是在高墙内的幽静环境里，也是清晰可闻。

宋运辉奇怪了，今天什么事情，竟然让祖孙两个一齐笑出声来。这祖孙两个，明明都是挺智慧的人，偏偏祖孙在一起总是货不对板，两个人总是为斗气而斗气，谁也不肯稍做退让，宋运辉私下劝说梁思申忘记旧事放开心胸，没用，跟外公说收拾意气为老而尊，也没用。两个人总是一个笑的时候一个生气，更多时候是两败俱伤。一起都笑的日子凤毛麟角。

宋运辉好奇地开门进去，却见梁思申穿一袭鹅黄大襟衫子，瘦高的人硬是给穿得宝塔一样扎实，整个身材淹没在绫罗绸缎里。看见他来，还假模斯样地举起手中檀香扇子，忸忸怩怩冲他做个万福，脸上早已歪眉歪眼满是鬼脸了。宋运辉一见就大笑，赶紧把手里的包扔到桌上，免得笑到手软捏不住。外公也是笑得滚在床上，一串的"哎哟哎哟"。梁思申看见一个箭步过去，大力将外公扶正了，还真怕老头子笑得岔气。外公坐正了笑道："我一辈子都没见过穿上这种衣服越发滑稽的人，简直是沐猴而冠。"

"真的不搭调吗？"梁思申不信，在落地穿衣镜面前转来转去，觉得自己挺美。

宋运辉笑道："不错，我想穿着这套衣服站到外面开满花的苹果树下拍照，一定很美。你今天怎么可以早回？"

外公早抢着道："小辉你这回审美总算对了，我给你们约下礼拜天拍照，布景全听我的，有些东西我开地下室取出来用一下，务必给你们布置得原汁原味，绝不露馅，任何内行人都看不出年代。小辉，你换上那件宝蓝的给我看看。"

宋运辉笑道："我倒是认识一个识货的，在北京，什么时候拿去给他看看，真要这么麻烦吗？思申你有没有时间拍？"

梁思申在镜子面前将一头长发挽来折去，道："你在家我当然早回，下刀子也得早回。照片当然要拍的，以后老了拿出来给孩子们看，瞧瞧，奶奶以前打扮打扮也是美女。快，我来帮你穿。"

宋运辉听着又笑。本来以为穿件衣服有什么难的，没想到还真难上手，只得与梁思申钻一起研究好一阵子，才想办法系上带子。外公只笑眯眯看着，硬是不出声指点，似是等看好戏，好歹两个聪明的孙辈没让他得逞。但等宋运辉全套宝蓝万字团花长袍配镶了不知多少花头的石青褂子穿好，外公立刻扔过来一柄紫檀木骨子的泥金扇子，让两人站一起给他瞧。他看来看去，觉得还是宋运辉的气质更像样一点，梁思申穿上龙袍也成不了太子，一脸的飞扬跋扈盖也盖不住。老头子自己先摆弄起他的收藏老蔡司相机指挥着两人站起坐下好好拍了几张。

宋运辉本来只是陪玩，可是上手以后却觉得是真好玩，尤其是他棕色长衫梁思申大红裙褂，被外公赶到书房体验红袖添香夜读书，做出种种古典样子，诸如泼墨挥毫读线装书拉手说话等。宋运辉真是非常想早一天看到外公接连拍了十几张的照片会是什么样子。外公眼睛不好，焦距还是他对的，他已经看到镜头里的美。玩了半天，宋运辉才想起他有电话要打，只得罢手，梁思申也才感到肚子饿得擂鼓。宋运辉跟梁思申在一起后，不知玩了多少以前从没想到过的东西，每次在锦云里的心情都非常好，有再大压力，在回到锦云里关上大铜门的一刻，便卸下一半。

宋运辉打上了电话就一时扔不下，东海总厂也正在改制，转股份制，有关产权的问题也需调整，财务部门好多问题需要请示，宋运辉盘腿坐在罗汉床上外公常坐位置对面，一手话机一手铅笔，一个电话打个没完。

梁思申吃她的酸奶水果沙拉，眼睛则是专注于刚从自己包里取出的一份文件，两只墨黑拉布拉多在她身边盘旋。只有外公没事干，不时给一句"装什么样，又没人给加薪"。梁思申吃完，见宋运辉还在打电话，而且是口气相当严厉，不由得轻轻对外公道："你以前跟部下说话也是这样？"

外公转身看了会儿，才道："我扔椅子的时候都有，这么说话还是客气的。"

梁思申道："我们不。我也意识到我们的国内雇员说话声音比较大，有时候我皮笑肉不笑给出的指令，他们比较会忽视。不过我还是不喜欢大嗓门，也不愿发脾气，宁愿拿语言来压制。"

"你们是洋行那一套，假惺惺。我喜欢小辉这样子的，简单直接，没废话。臭小子，电话费原来都是他打出来的。"

梁思申估计工厂环境下面说话也轻缓不了，但宋运辉平时说话，以及宋家人说话声音都不大，跟她家差不多。她看宋运辉没完没了，一块给他煎的牛排眼看变冷，她就倒了一杯温水拿去放到宋运辉手边，拍拍他手臂提示他喝水，又走开不去打扰。

宋运辉好不容易打完一个电话，见梁思申从烤箱搬出一只大钢盘放到他面前炕几上，里面有荤有素，都是今天的菜被梁思申挑了他爱吃的放进烤箱再加工，让他放下电话就有热的吃。外公看宋运辉吃饭吃菜，他外孙女谄媚地切割牛排送到宋运辉嘴里，不由得撇嘴，现在的年轻人真没规矩，好起来一身轻骨头，跟他吃饭时候却狂看资料，当他不存在。

宋运辉边吃边对还在饭桌边细嚼慢咽吃养生餐的外公道："外公，传真背后体现的政策，要不要等你吃完一起说？"

"我听这个干什么，我用人不疑。"外公还挺不耐烦。

"触霉头了吧？"梁思申取笑宋运辉，但宋运辉按住她没让她就外公的"用人不疑"反唇相讥。梁思申还挺听宋运辉的，但还是冲拿着大盘子去厨房交给小王洗的宋运辉做个鬼脸。宋运辉性格很强，总喜欢将她的工作也一并规划上，也不怕脑袋累着。

其实宋运辉已经看出梁思申无法吃透政策的原因，她还太年轻，对过去政策的变化了解不深，因此也看不出现今出台政策的来龙去脉。他要告诉她那些细微的差别和进步，以及政策制定背后方方面面的考量。让她别拿到政策就跟其他洋鬼子似的只知道挑不足，看不到中国社会的发展，更无法在吃透政策的基础上有所为有所不为。但他也知道梁思申心高气傲，总是拎着她耳朵灌输也不好，他有时候就借道外公，侧面敲打梁思申，可惜外公今天不领情。

但他忽然想到一件事，走出厨房就道："我们市里组织一批企业家自费赴香港考察学习，杨巡也在名单之内，这个星期天会过来上海赶飞机。他通过寻建祥跟我联系，问能不能跟你我吃顿饭，给他机会向你道歉。他说他这段时间想了很多，知道以前辜负你。我看他这话说出来，说明他总算问题看到点子上了。"

"星期天我们要拍照，没时间。"

"可以晚上。"

梁思申奇道："你的意思是不是同意一起吃饭？"

宋运辉笑道："我不想同意，他对你有企图。不过他既然目的在你，我还是问一下你的态度。"

梁思申不怀好意地道："那要不我单独跟他吃饭吧？"

宋运辉兵来将挡，面不改色："只要你愿意，我才不会阻止你。"

梁思申郁闷："你不会表现出稍许的在意吗？你不重视我。"

外公飞来一句："你这些小花枪，小辉早把你看得透透，我都不好意思再看着跟我血缘关系的外孙女总拎不清，提醒你一下。"

梁思申怒目而视，无比郁闷。宋运辉只得连忙拉梁思申上去书房单独相处。外公总是不遗余力冷不丁地打击梁思申，因为他在，梁思申总是不设防，因此次次被外公打中，外公更加乐此不疲。

梁思申被宋运辉在后面推着上楼，嘀咕几声，才问："杨巡现在在市里排得上号了？"

"是，这一年他资产增值很快，而且都是优质资产，我估计他的负债没以前高了。他现在做事沉稳许多，今年我已经遇到他两次，说话举止已经比较上台面。他在做欧洲风情购物街项目，说是你以前规划的。不过有些议论说他傻，这么好的地段，他没拿来把房子造高一些，比较浪费。"

"萧然呢？"梁思申听着听着又反感上了，立刻转开话头，"我听梁大说萧然现在比较焦头烂额。"

"萧然的事都被你当初料中，他现在想通过政府插手阻止增资，也跟我说想鼓动下面工人闹事气走日本人，不过人心不在他这一边，我看他没太多措施反日本人。可是政府插手，闹大了怎么办？日方通过外交途径提出抗议了会如何？我已经警告他，不过他胆子大，又被逼上梁山。对了，你退出的那家商场走高档路线，现在生意好像并不怎么样。"

"商场方面你别替梁大他们愁，他们只要能维持日常开销就能支持住。他们的利润主要体现在固定资产增值上。这一年多的增值够他们开心的。萧然这人，只会窝里横，我早跟他说了其他抵消损失的措施，他偏不行动，自找。"

外公的书房宽大得不像话，靠墙是一色镶玻璃楠木书柜，里面大半是过去外婆喜爱收集的古今中外书籍。有次爱书的李力来参观，一见这等收藏，顿时魂飞魄散，一张脸白了红，红了白，如此再三，依依不肯离去。但梁思申和宋运辉甚少有时间放在这些书籍上，他们两个各占一把大交椅，趴在紫檀镶嵌螺钿大书桌上总能忙到半夜，两人都有做不完的事，看不完的从纽约寄来的报纸。

宋运辉有时很想不回东海总厂宿舍区的家，可实在是分身乏术。

04

杨巡终究是没能跟宋梁两个一起在上海吃上一顿饭，他其实也知道这个结果，但他是个不怕挫折的，即使知道不可能，他还是要试试，谁知道老天弄不好开恩掉下来个万一呢。现在既然没有万一，他也没啥可失落的，也终于把忐忑等待见面，忐忑计划见面穿着言语等的心思都放下。他知道自己是没指望的，但心里极其希望能化解梁思申和宋运辉对他的不良印象，也是希望趁宋运辉在上海心情最好的时候能化解多少算多少，看来没法如愿。他也只好作罢，只是这两个人都是锦衣玉食高高在上的样子，他想通过其他渠道用实际行动表达自己的悔悟都不得其门。

杨巡在上海的时间只好都交给妹妹，带着杨逦逛街吃喝，收下杨逦让他去香港购物的单子，累得筋疲力尽才回宾馆睡觉。第二天就飞到了香港，原以为上海已经够繁华，没想到与香港一比，上海简直是农村。站在四面都是高楼，抬头只能看到小小一片天的街上，杨巡这时才能领会梁思申有次安慰他的话。梁思申那次跟他说，站在纽约街头看世贸中心，抬头久了差点摔跤。杨巡也终于见识到了梁思申曾经说起过的吃穿用度无所不包的大型超市。看着满架子花花绿绿的商品，看到同行的企业家如鱼得水纷纷放开腰包采购，杨巡汗津津地想到，这要是哪天他那儿也有环境这么舒适亮堂、货物无所不有的超市，他的日杂市场还怎么混。

他认真地将超市逛了个遍，晚上又悄悄溜出来，独自逛了宾馆附近另一个超市。一边看一边问自己，换作是他，他愿意在这样的超市里买东西，还是在他的日杂市场里买东西？市里目前也开了一家小小超市，但那几乎是把原来的百货店摆成开架，原来站柜台里面圈养的售货员变成散养，货色不多环境没这儿亮堂宽敞，因此顾客也不多，对他的市场没任何冲击。但若是换作这样的超市呢？

几乎没人盯着，他可以随意徜徉，爱看什么看什么，有的打开罐子闻一闻都没人忽然从旁边抢出来呵斥，或者要他买下负责。在里面购物非常舒适，他即使一分钱都没买也没什么，没人管他。杨巡看得又是兴奋又是害怕，流连到超市打烊才依依不舍而归。

但杨巡回到宾馆，却发觉同行的人都不在。他奇怪了，但没多费心，赶紧拿纸拿笔，记录下在超市看到的几种常见货品价格。他好奇，这么好的环境下面买东西，会不会价格特别贵？但如果特别贵的话，还有谁上门去？可如果价格不比外面小店或者批发店高，超市又是靠什么维生？还有，他的日杂市场里每天都有小偷小摸发生，大多不是职业小偷，而是不自觉的人，那还是每个摊位都有人盯着呢，偌大超市又如何防备顾客往包里掖货品？杨巡还好奇那种拿货品刷一下就啪一声计算出价钱的机器，他买的一些东西都是这么算账出来的，又快又准。

等杨巡把价格记录，把问题记录，他忍不住脚头又痒，裤兜里揣几块钱又出去溜拐。香港的夜晚近乎不眠，转弯抹角总能见到有店面热热闹闹地营业着，而且不少食店里面人头攒动，但杨巡今天不关心这些，他东张西望地找那些士多，打听同种货品的价钱与超市的有啥不同。但是士多里的人大多不会说普通话，杨巡也怀疑他们说出来的价钱很有杀北佬的可能。杨巡完全是凭自己多年经商，从小本生意往上滚的经验与士多老板扯皮，好歹得到几个价钱，不免也意思意思买了几样小东西，受点人家的奚落，对比超市明码标价的价格，士多店并不便宜。

回来路上，杨巡心想，差不多的价格，换他自然愿意去超市，谁去那么麻烦的士多，选择少不说，还得跟老板斗智斗勇，一个不小心就上当。而且凭杨巡多年做生意经验，他很相信，士多这种小店，拿出来的货品猫腻也多，进这种地方买东西得睁火眼金睛。但为什么香港既然有那么多的超市，人家小士多也能生存？杨巡脑袋里无数个为什么，一路想得差点走错回头路，香港的市面让他眼界大开。

回到宾馆，却见申宝田们已经回来。申宝田看到杨巡就神秘兮兮地笑，杨巡看到面泛红光浑身酒气的申宝田，也心照不宣地笑。但申宝田看到杨巡竟然掏笔记录，不由得走过去看了一眼，一看之下，奇道："你……你没……我们还都以为你小子溜得快，一个人搞地下活动去，你到底干什么去了？"

杨巡笑道："我在看香港的集贸市场跟我们那儿的有什么不同。哎，你们去哪儿了？看什么？"杨巡到底是卖了个关子，不肯说得详细，因申宝田也是个精明人。

申宝田笑道："你倒是用功。我们看什么你别问，明晚吃完饭好好等着就是。"

杨巡边说边记录，看申宝田从卫生间出来，实在是管不住自己的嘴，道："今天看到的这些，其实三年前梁小姐已经跟我说起过，不过那时候我没概念。非得等我亲眼看到才能体会她说话的深意。"

申宝田清楚两人恩怨，但申宝田即使喝了不少酒，人也还兴奋着，却能管住自己的嘴："年轻嘛，你已经不错了。什么时候去美国看看，我这几年去过几个国家，纽约和东京算是城市到顶了。我们今天去的超市你别以为大，美国还有更大的，进去停车场都有足球场那么大，里面看电影吃饭啥都有，转一天都转不出来，你那市场哪天做成那样，差不多了。"

杨巡听了吃惊："那得多大，要几层楼才能解决？"

"他们都放在郊区，老大一片地，去的人自己开车，美国佬家里都有车。我们还不行，我们这儿人出门一趟当大事情做。"

杨巡听着点头，那倒是，骑车的怎么能跟开车的比。但他心里因此益发坚定欧洲风情购物街的建设。这世上有很多东西是他没见过，而且是以他有限商业经验所想不到的，而梁思申则是在发达资本主义国家生活多年，又有从事行业之优势，比之申宝田更是前瞻几倍。他只要扪着良心反思，很多梁思申跟他说过的东西，在现在的中国大地上一年又一年地在得以实现。因此由梁思申原本为自己打造的规划，她肯定有过调查有过比对，相信拿出来的方案是着眼于长远的。想到这儿，他又是忍不住叹气。如果没以前的那次分裂，他今天完全可以操起电话立刻给梁思申汇报心得，从她那儿获取肯定和解惑，以轻易解开他心中无数谜团。他现在最想知道的是，超市占据如此好的地段，想来得付出很多租金，而且又看来是固定资产投入不小，每日水电运行费也是不小，因此附加在每件商品上的成本不会小，可它出售的商品为什么却能与士多店不相上下，这其中有什么窍门？可惜，现在问不到了，现在连约请吃饭人家都不赏脸。

申宝田看看杨巡，也没深入与之探讨。自从梁思申前年找他帮忙劝说杨巡之后，他开始疏远杨巡，感觉杨巡这个人不地道。再加后来与梁思申因为假合资的事多有接触，他是个精明到家的人，识人极深，看出梁思申是个赤诚的人，当然有些大小姐脾气，但还是非常明理。他心说连梁思申那样的人都无法合作，他更否定杨巡的为人。只因大家都是生意场上的人，而且杨巡知道他假合资的事，他总有些担心杨巡嘴巴不牢靠，因此也有意应酬着杨巡。但再想深入地交心，就没了，心是随随便便可以交给不让人放心的人吗？但杨巡是个不肯冷场的人，没话也要找话说："申总，你都跑美国见过更大世面了，还来香港做什么？"

申宝田笑嘻嘻地道："香港东西便宜啊，我买几块手表带回去。顺便也买些金货，这边店里做出来的纯金十二生肖，小小几克黄金能做得又薄又大又亮，样子又好看，拿出去送人面子十足。正好市里组织这个活动，干吗不来？"

杨巡一听大悟："难怪，难怪，我说我们都逛超市，你一个人怎么拐进金店里去了。申总买些什么，我也买点，哎呀，美金带得不够。"

申宝田一笑，他公司的产品多年出口，他当然是老马识途。杨巡也知道这其中的差距，他想来想去，于是这回跟团参观了香港之后，回头想办法自己一个人再跑一次香港，细细地把香港摸一个透。

现在他家杨速已经学到本领，可以把日常事务有条不紊地管理起来，而手下的人手也基本稳定，各就各位，杨巡可以不用时时刻刻盯在现场，他觉得有时间应该多出去，开开眼界，长长见识。他一向知道做事情应该抢在别人前面，抢在前面的人才有钱赚。而抢在别人前面的办法除了自己拍脑袋想，更要紧的是向发达地区取经，比如说向上海，向香港，甚至以后向美国取经。

他还是从上海转机，他当然知道从深圳过去更便宜，但他想先在上海调查一下市场之后再说。但看来看去，上海没有那么大的超市，他心中就留下个问号：为什么上海人口那么多，上海平均收入又比别处高，上海出国见识过超市的人更多，却没有人在上海这么一块宝地开上一家大型超市？

杨巡这回没通知杨逦，他要做正经事。他比照着地图到处转悠，哪儿热闹去哪儿，一整天下来，竟然大腿酸疼。原来最近几年以车代步，人已经变得娇贵。但晚上的时候，他忍不住去到他曾经进去过的梁思申家别墅。他熟门熟路，也应对得体，以为进去大门不是问题，没想到门口保安却告诉他，这户人家最近没住这个地方。杨巡奇了，这么好的房子不住，还住哪儿？反正天气已经是五月初，不冷，空气中都是潮潮的暖意，他不急着回宾馆，与保安聊了会儿天，才知道梁思申早已搬走，据说去住更好的地方了，具体是哪儿，保安也不知道。

杨巡无奈，快快回宾馆睡觉休息。一早收拾了去虹桥机场搭飞机，他出境经验少，因此不敢怠慢，到得太早，办完所有手续，低头一瞄手表，竟然离起飞还差两个小时。他只得坐在候机室里无聊地东张西望，看一批一批的出境者来了又走，大多是外国人，杨巡看得兴致勃勃。

没想到，他会在候机厅见到梁思申。梁思申穿着半长不长的一件看上去旧旧的线衫，下面也是半长不长的一条白色裤子，卷发梳成马尾，身上背一只可以放进一张A4纸的大包。他见梁思申旁若无人地进来，熟门熟路地找地方坐下，根本就没看到他杨巡。

杨巡当真是没想到会在这儿遇到梁思申，呆了一下，当即跳起来，决定抓紧时间凑上去说话，但才等他走近，却见梁思申从包里掏出一只叫响的手机，正是最新的摩托罗拉薄型翻盖。杨巡见此不得不止步，无奈坐在后面不去打扰。他听见梁思申一声喂之后，声音变得又媚又嗲，他心说一定是宋运辉的电话。他不想做小人，可是他无可避免地听到梁思申说话："你又骗我……真的来了？可是我已经出关，去香港……当然是办事，亚太区开会……明天？唔，明天让我在香港再待一天吧，我要去个拍卖会……不是外公吩咐，我自己想看看，外公朋友把册子送到锦云里，我看着喜欢……你只能呆一天吗……好吧……可是那拍卖会……"

杨巡心说什么拍卖会，梁思申这个人花头真多。但听得梁思申对着电话一会儿说昨晚做梦做到什么，说到关键处就用上英语，杨巡听得心里煎熬，天呐，听着这样的说话，宋运辉怎么吃得消，宋运辉怎么那么好福气。这个电话整整持续到登机，梁思申才关上手机。杨巡这才嗖地冲上去，站到刚起身的梁思申面前，故作镇定地道："梁小姐，你也去香港？"

梁思申惊讶，愣了会儿，才道："是，走吧，登机了。"

杨巡忙道："我帮你拎包？"

梁思申只点点头道："谢谢，不用。"便顾自走了。

杨巡在后面紧紧跟上，他只能紧跟着。等上了飞机，他就等在过道，见有人要冲梁思申身边坐下去，他连忙花言巧语跟人换了位置。他终于稳稳地坐到梁思申身边，闻到一股舒服的香气，梁思申不由得一皱眉头。

杨巡当然清楚地看到了梁思申的排斥，但是他只能硬着头皮上，这是天上掉下来的机会。因此他也不寒暄了，单刀直入："梁小姐，我向你道歉。我以前做错了，我去年底才知道我错在哪里，我对不起你的好意。"

梁思申只皮笑肉不笑地道："谢谢，不用道歉，你已经承受许多。"

杨巡这时觉得自己有些穷于应对，竟是想了好久，才道："我以前那是要无赖，以前的不算。"

梁思申听了有些惊讶，但是想到杨巡以前连跪都做得出来，又惊讶不起来，只微微一笑，欠了欠身，没做回答，从包里窸窸窣窣翻出一本资料，轻轻说声"对不起"，便打开资料看起来。

杨巡无奈，见她总是无动于衷的样子，心里非常难过，酝酿好半天，才又硬着头皮道："我去年底才意识到，我最大的错误是辜负你的善意。我这一辈子做生意过来，从小都是别人算计我，我算计别人，因此我已经养成习惯，做事之前先做好善后。对于你的投资，其实我心里是真没想揩油的，我真的那时候还想着具体工作我多做一点没什么，可我还是做了……坏事，我不知不觉还是防着你。对不起，我是真心说对不起，不管你相信不相信，我都要对你说。我那时候是发疯了，我那时候只想着你不相信我，你辜负我的辛苦，我还想怎么宋厂长申总他们都偏心你，我都没想想问题出在我自己身上。"

听到这儿，梁思申有些动容，她转过脸看了下杨巡，但一看到这张脸，就想到杨巡过去的花言巧语，心里又厌恶。她扭回脸，面对资料，淡淡地道："没什么善意不善意，只是投资而已，合则聚，不合则散，不用弄得太复杂。"

"不是，你对我是很善意的，我发疯过后才回想起来，合作以前你都是不计报酬地帮我，包括投资，最初起念是因为你想给我这个当时无法注册的个体户一个外资身份，省得又挂靠出毛病。我想来想去，除了我去世的妈，还没有人给过我这么多无偿帮助，我当时怎么会糊涂得连你也提防上，我那时候还挺恨你。好了，我现在说完了，不过你肯定不会相信我，我这人两片嘴唇一滑什么话都说得出来，你早知道的，我只想请你给我机会弥补。"

梁思申当然不会再相信杨巡嘴巴一滑说出来的话："你太客气了。呃，对不起，我回头要开会，让我抓紧时间把资料看完，好吗？"

杨巡忙道："你忙，你忙，需要什么叫我一声。"不敢再打扰。再看梁思申的资料，密密麻麻的英文字，不由得想到他还真配不上她，像她跟宋运辉说话，说高兴可以中英文一起来，他哪儿听得懂，每天赔笑脸都来不及。

梁思申依然不相信杨巡，她认真看她的资料，不理坐在旁边的杨巡。杨巡挺无聊的，只好看报纸杂志，帮梁思申递饮料零食。等中午吃饭的时候，他见梁思申只吃了一点点，忍不住将刚才看着梁思申飞快吃完的零食递给她，道："饭不好吃？你吃这个。"

梁思申正拿着纸巾擦嘴，闻言愣了一下，看看杨巡，看看他递来的零食，说声"谢谢"，没扔回去，任杨巡放在她面前。但是她没吃，一直到下飞机，将资料收拾进去，却将零食包放回杨巡面前。杨巡无比尴尬，让开身子挡住后面人，让梁思申先走。他跟着出去，原指望可以做把苦力帮梁思申拎行李箱，他记得梁思申这个人身外物非常多，没想到人家有车来接，他只好放弃，追着说一句他来香港是来看超市学经验的。他看到梁思申回头冲他礼节性地笑笑，挥手跟他说再见。他看到那笑容淡得都没体温高。

他只能自嘲，人啊，不能做错事，现在对着梁思申没辙。

他忽然想到，宋运辉面对梁思申也没辙。以前都是程开颜等着大忙人宋运辉恩召，现在梁思申比宋运辉还忙，忙了还不够，还生活丰富多彩，还什么拍卖会的，宋运辉想见娇妻一面都难，真是三十年风水轮流转了。

杨巡一肚子甜酸苦辣咸地出了机场，找家宾馆住下，随即出门先买双他知道的名牌鞋子NIKE穿上，开始以两只脚对香港进行地毯式的商业考察。

杨巡想从对香港的考察中摸索出梁思申设计规划欧洲风情街的思路，他同时也不想做个规规矩矩的好孩子，他要在梁思申的思路上，建立自己的思路，不被任何人左右，因此他且看且思，且思且看，看似悠悠闲闲东张西望的一个人，混在走路快得像打仗的香港人流中，异常不搭调。

当然路上总能见到灯红酒绿，可是杨巡现在娇贵许多，比不得当年初到东北时，一整天全程走下来，早有气没力，可回到旅店还得撑着眼皮做记录。他这一周的香港之行，竟然无比纯洁。可是这话说出去，了解他的人都不相信，说杨巡这是给自己脸上涂金，又没人记情，也没人相信。但杨巡回家路上也是略带遗憾地想到，真是那么筋疲力尽吗，竟然没去见识一下香港的花花绿绿？

一个星期看香港，而且是有的放矢地看香港，杨巡似乎是看到许多。他看到人的经济生活水平上去之后，商业社会将是如何走向。但是他也想，相比香港人那么多钱，中国要发展几年才能达到香港人的收入水平？现在全市有几个人能像他杨巡一样大摇大摆走进香港超市放开购物？就算是超市放到国内，货品用的是国内的物价，又有多少人敢进去超市？杨巡心底下怀疑，估计国内人走进超市，一半货品要么进了他们肚子，要么进了他们口袋。

这次考察下来，杨巡心中对超市的评价一边倒，那就是目前暂时不可行。而其中最大的原因，则是他在东北与老王一起做煤矿生意导致大大吃亏的那一次积累下的经验，手头不能持有太多容易搬运损毁的货品。尤其是超市为了保证货架琳琅满目，那不知得有多大一个仓库存放货品，谁能知道什么时候来个水火无情，或者查封哄抢呢。他是吃过大亏心有余悸的，不知不觉总是有了一点倾向。带着这种倾向看超市，他越看越感觉超市目前并不可行。他心说难怪申宝田出国看到连电影都可以在里面看的超市，回国却没有行动，别人也不是不会算计。

倒是让他对欧洲风情街的布局有了新的想法。他看了香港那些活跃的街市，看到那些橱窗内外的光怪陆离，想到欧洲风情街的建筑设计也是用了大量大面积橱窗，他想到，可不可以也弄出这么一个跳跃时尚的风格来，让人一走进这条街，就感觉走进香港，甚至走进连他都没去过的欧洲？

说到时尚，他就想到杨逦，那小家伙真能花钱，刚去读书的时候身边只有两只皮箱，现在竟然有了四只，满满的都是衣服，开店最能赚的就是杨逦那些女孩子们的钱，赚的都是黑心钱啊。杨巡知道那些在外资企业工作的女孩子们寻常一个月工资有一两千，吃饭又要不了多少钱，剩下的全花在衣服鞋子上，满大街的都是那些人在逛街。像他的日杂市场赚的都是一些细水长流的辛苦钱，一家子来市场批发一趟，出手还不如女孩子们在店里买一件衣服花的钱多。估计梁思申也是最有数这门道的，跟梁思申前后接触那么多次，他就没见梁思申有哪件衣服重复。看香港也是，满街都是做女人生意的店。

但杨巡想归想，还是找几个朋友商量欧洲风情街的租户布局。因为他照旧是没等房子造好装好，就已经声势造出去，早早跟人签订出租协议，收取租金用于建设了，这是他的老套路，比问银行贷款不知道合算多少。如果真是要将欧洲街的布局朝着他香港参观回来后的时尚意图发展，看来有些租户必须劝退。那些人的什么糖果店五金店之类的自然是说什么都不能出现在时尚街区的，风格格格不入。但是签约的租户肯退吗？因此杨巡不能轻举妄动。

但是能给他出好主意的人不多，毕竟不是所有朋友都走出过国门。但都感觉现在百货店正是女装区大于男装区，据说销售额也是大于男装，这个时尚街的定位应该有点意思。杨巡几天征求意见下来，见没个真正能说出甲乙丙丁的，心里失望。寻建祥妻子却否定杨巡所说的女人开销比男人大的说法，她说男人在衣服上面的开销要么没有，要么惊人。比如现在流传说男人的衣服可以不显山不露水，但是领带皮带鞋子手表拎包却不能不精，这一精就是上万元的开销。

杨巡听了心说也是，他刚从香港买的手表就值两万多，这还是中档的，要是上面镶上几颗钻石，就跟梁思申外公有次来戴着的那种，那就难说了。还有他现在的包和西服，他很早的西服就已经上几千了，这价钱不知可以买几件杨逦的衣服。弄不好百货商店那么多女装，加起来还不如小小区域内的男装贵。杨巡想来想去，先决定与原本签约交钱了的与时尚不相衬的租户解约，问题是合同白纸黑字，人家又已经交了钱，他凭什么解约？

杨巡想来想去，把原本每间实用面积二十几平方的店面房改成两间二十几平方合在一起并为一间的规制，然后分别找人谈话，要么解约，要么再出一倍的价钱租下更大面积的店面。因为他的合同后面本来就有一句附加，说最终租赁面积以店铺交付时候的实际面积来定。所有人都吃了一个哑巴亏，有老实的拿回租金算数，但大多数租户不肯罢休，最先租户还只是单打独斗，但渐渐地这些租户联合起来，天天轮班到欧洲街现场办公室报到，闹得不可开交。有天晚上，更有人操起工地现成的砖瓦，将沿街一侧的大玻璃窗敲碎好几扇，等保安闻声赶来，那些人早不知所终。

杨巡不吭气，悄悄安排老乡晚上埋伏，恭候破坏者。接连等了三夜，又有人出手砸窗，被老乡们一举逮住，打个臭要死，还被扔进派出所好生处理。而第二天欧洲街上就出现几个挂着橡皮警棍拿着对讲机的保安，谁再进办公室闹事，打出去，没二话。那些租户自然是不肯就此罢休的，哪儿有压迫，哪儿有更强的反抗，一时欧洲街工地鸡飞狗跳，而杨巡的出手则是越来越没情面。终究乌合之众敌不过杨巡花钱雇的保安，没多久，反抗烟消云散。

对于这个结果，早在杨巡意料之中，他已经自重身份不再参与现场，最多隔着窗户看着外面争端，鼻子里面嗤嗤地冷笑。但是店铺收回来了，回头又找谁去开店，却是大大的问题。

05

宋运辉出差去上海没遇到梁思申，但还是自觉晚上住到锦云里去，正好看到上回拍的结婚照已经拿来，有大有小，大的当然让挂着摆着用，小的一式五份，一份宋家，一份梁家，另外备用。宋运辉正好因为试点企业上市的事要去北京活动，他略一思虑，便将一份照片好好包起来，放进行李箱里，带去北京。

到北京的头天晚上，宋运辉单独请老徐吃饭，希望老徐帮忙为试点企业列入上市名单出力。两人坐下没几分钟，老徐就问起宋运辉到底跟谁结婚，宋运辉便凑巧地将照片拿出来给老徐看。老徐一看第一张，就不由得笑道："小宋，你也搞这一套？听说现在年轻人拍婚纱照，你倒是比他们还超前啊。这照片是在哪家照相店里拍的？布景非常正宗啊。上海的……王开？"

"是请人在她外公家拍的，布景也都是她外公亲手布置的，摆设方位据说一丝不苟，非常有讲究。你看这几张彩照用的是新做衣服，那几张黑白的都用的是她外公外婆的旧衣服，连我这个外行人都看得出其中的考究。"

老徐听了点头："原来是这样的人家出来，难怪看着地道。这些衣服真漂亮，不过新不如旧，旧的确实考究。还有家具……当然，呵呵，你们俩更出众。小宋，我家还有两个更爱好的，照片能不能让我拿去给他们看看？明天还你。"

宋运辉知道说的肯定是老徐的父母，忙笑道："当然可以。如果老人家方便，非常欢迎他们去上海做客。我是个见识不深的，很难描画。她外公家的房子是民国时期的老房子，深宅大院的，里面的摆设更是她外公一辈子的收藏，这些照片里拍的还不到十分之一。她外公是归国华侨，年纪大了，喜欢找也是有文化的同龄人说话。我曾跟他提起过老徐你家，他向往得紧，可是八十多岁的人了，有些心有余而力不足。他肯定很欢迎你这样的知音过去，要不我安排一下？那边房子大，住一个班的人都可以。"

老徐不由得冲宋运辉微微一笑，他当然知道宋运辉巴不得巴结他，宋运辉正找他办事呢。可他实在抵不住照片带给他的诱惑，点头答应。但心里奇怪，这种人家的姑娘，又是自身年轻有为的，怎么会嫁给宋运辉这么一个乏味的官僚。

宋运辉闻言大喜，连忙又追上一句："最近抽得出时间吗？我刚从上海来，院子里一棵几十年树龄的香橼花开得正好，坐在下面，那花瓣直往身上掉。还有蔷薇木香什么的，她外公说，过了这一季，夏天院子里都只是些晚上才开的香花了。"

"神仙福地。"老徐满眼掩盖不住的向往，"我家老爷子以前也是在上海的，解放后才搬到北京，对上海依恋极深，即便没事，每年都要去上海走一遭的，他只说再不走，上海的旧迹会给拆得越来越少。小宋，这些是他们老年人的情怀，你不会懂。我晚上回去这就做工作去。东宝近来在做什么？"

宋运辉有些惊异老徐几年以后再度提起雷东宝，心想难道邀请老徐一家去上海的作用这么显著？"大哥去年开始花大力气整合全县的小电线厂，通过县里的大力配合，和他们的技术输出，现在做到每家小电线厂都能做出合格产品。今年，也就不久前吧，听说效应已经显现，不少客商闻风而至。包括小雷家自己电缆厂的订货量都大幅提高，现在有几条生产线得开三班做。基本上已经形成集群效应。"

老徐听了奇道："东宝怎么想出这主意来的？他倒是个天生的带头人，虽然做事态度稍嫌粗暴些，可他能天然服众。噢，对了，我怎么能忘记你这个军师，呵呵。"

宋运辉笑道："是我太太外公出的好主意。不过大哥也被他骂得狗血喷头。对了，原来的陈平原书记也已经保外，现在被大哥邀请做小雷家的顾问，现在给大哥出主意的人多的是。"

老徐听了就笑，但他没有就此置评，只笑道："家有一老，如有一宝，你太太外公真丰富。"

"是啊，他是一本厚重的书。"宋运辉感觉老徐有些不想多谈有关雷东宝的话题，大约只是想简单了解一下动向，他也不便继续这个话题，只能费尽心机寻找另外的，"金州又换老总的事，不知老徐听说了没有？"

"哎，老水究竟是怎么回事？你跟我说说，我正想找人问，又不便让他们误以为我想插手。"

123

宋运辉心下松了一口气，吃饭到现在，总算是，终于是，找到老徐能共鸣的话题。现在的老徐位置显要，虽然依然对他亲近，他前几天电话邀请吃饭老徐也肯一口答应，但是话题上面就不随便了许多，宋运辉一上来就感觉费劲。而且宋运辉又不会喝酒，无法借酒调节气氛，心里非常为餐叙结果担心。好歹，活了。他连忙从谢总上任开始的步步为营说起。总算这顿饭吃得非常顺利，时间虽然不长，但两人说得意犹未尽，因此自然而然就因着共同经历过的复杂的金州说起国企缺陷、国企改制和宋运辉正在着手的协助地方改制试点项目的种种考虑，以及试点工作面临问题的种种解决方案，等等。融洽的气氛促进后面话题的讨论和被接受。宋运辉一直小心翼翼地调节饭桌气氛，不断调整自己的话题深度，务必将他的请求完整传达给老徐，并让老徐先做初步认可。

老徐其实最先因着答应宋运辉去他妻子外公家参观，而对宋运辉的努力顺水推舟，送他一个人情。但后来听着听着觉得试点工作确实有不少新思路新观点可寻，因此放弃本来听汇报的心态，与宋运辉探究讨论起来，后来实在忍不住，问道："小宋，你这些想法与你那位投行的太太有关吗？"

"不仅是她，还有她外公，和我们一起认识的朋友。不过最主要的还是企业向市场经济过渡中遇到的实际问题引发的需求和思考。因需求产生的思考，是我们试点工作问题解决的主要方向。这回试点企业所在市有好几家类似企业，可是规模有大有小，设备技术有新有旧，发展前景参差不一。我们的考虑是有机捏合这几家企业，集中资金优势，引进先进设备和技术，提高我们东海厂下游产品的深度加工能力，形成拿得到国际市场的拳头产品。从目前进度来看，试点方案获得省里通过后，我们已经着手通过招商引进三千万美元的外资，又通过关停兼并小企业，转让小企业资产获得一千多万人民币的资金，还通过债务重组，合理解决拖垮企业的三角债和陈旧债务，并已经联系洽谈先进设备。应该说这个速度不算慢，令人难以想象的是，那些老企业在试点工作中焕发出来的全新精神面貌……"

老徐不由得插了一句话："他们可能等这一天也等急了。需求产生的动力，不错，我们很多改革是由下而上，包括改革最初的联产承包，都是需求促进思考，思考促进改变，改变形成实践，又通过总结实践获得理论，再从上到下地推广。你还记得当年小雷家他们的闯劲吗？"

宋运辉听了微笑："怎么会不记得，那时候可真敢，大哥也幸好得到老徐你这样开明的县委书记支持。"

老徐听着也是会心微笑，不由自主地喝了一口酒，悠然想了会儿，才道："你这个星期六星期天让东宝也去你外公家，我们三个聚聚，好久没见东宝啦，想知道他现在怎么样，他们老人家归他们老人家聚会。"

宋运辉惊喜，忙道："大哥当然有空，那就定这个大礼拜。"

老徐道："我替我父母做一回主，呵呵。对了，你既然已经引进外资，为什么还有上市筹集资金的打算？"

宋运辉连忙继续解释，老徐都听得津津有味。

等饭局结束，站饭店门口送走老徐，宋运辉不由得长长呼出一口气，好累，比开一天的车都累。与老徐谈得再好，毕竟已经不是过去那么随意了，当年老徐教他怎么喝红酒的一幕如今是无论如何都不会重现了，今天只有他恭恭敬敬给老徐斟上适量的红酒。虽然老徐对他依然重视，而且将他视为一系里面的人，他们的交情离放开怀抱还远着呢。因此今天虽然谈得好，可老徐对于某些要求还是口风很紧，他只有寄希望于老徐一家的上海之行。

那些事与外公切切相关，宋运辉与外公一商量，外公自然一口答应。

但是外公答应之后，宋运辉便想到一个问题，虽然梁思申今天身在香港，可礼拜天的时候应该可以回来。他很想梁思申，可是又有点不希望梁思申参与礼拜天的聚会，因为那天他肯定比较拘谨。因为对于老徐，他心中一向没有把握，他总感觉老徐从来是用着他，又防着他，甚至还带着些高干子弟的狂傲而藐视他。宋运辉对老徐接触到上海锦云里的收藏后会露出什么情绪心里没有把握，他有些担心。

他想着，就先给还在香港的梁思申打电话，号码是外公记下给他的。但是宾馆房间没人。宋运辉既然拿着电话，就给家里去一个，没想到宋引这么晚了还在做作业，听老母亲讲，是宋引这回小测验成绩只有八十几分，很不好，被老师罚抄错处二十遍。宋运辉立刻想到，他最近一如既往地繁忙，但是他繁忙之外，又是大把心力和大把空闲时间都放在上海放在梁思申身上，对女儿自然是疏于教导。宋运辉心里很内疚，叫来女儿听电话，好好交谈了二十分钟，才把原因问出来，原来宋引说最近爸爸不关心她的成绩，她没劲学习了。宋运辉少不得勉励督促一番，回头心里好一阵子不舒服，为自己这个当父亲的失职。宋运辉不免想到，如果也把女儿送出国，女儿能不能跟梁思申学得一样好？他虽然是个溺爱孩子的父亲，可仍旧清楚地意识到，他女儿做不到，他的女儿似乎没梁思申那么高的智商。

　　想到女儿的教育，宋运辉无法不头疼。想到饭桌上老徐那种说不出什么滋味的态度，他又心里不快，很想跟梁思申通电话说说。他俩虽然聚少离多，可最少一天一个电话，对彼此的事情了若指掌，宋运辉已经很习惯在闲暇时间里抓起电话，因此这两个经常跟苍蝇一样满天飞的人约定出差时候到一处落脚地，就给锦云里的外公留下个电话，以便相互联络。但是宋运辉此时打电话给梁思申，梁思申依然没回宾馆。看看时间，已经是晚上十点多。他只得在总机留话，让梁思申复电。

　　然后，宋运辉便一直下意识地等着梁思申来电，洗漱的时候都会不由自主先观察一下卫生间里的电话安放在哪个角落。偏偏梁思申的电话久久不来，他不免越来越心浮气躁，几乎是隔十分钟看一次手表，每看一次，便胡思乱想一次，想到梁思申这么开放的人到了香港就跟放风一样，会不会抓紧时间夜生活？想到他见识过的国外夜店，他便更加心浮气躁，因为他知道梁思申才不惮于进出那些地方。想到梁思申那些花花绿绿的衣服，想到她平日里对着他收放自如的调情态度，他心中无比煎熬，他不能想象梁思申捏着酒杯跟别的男人夜店相对。

　　就在宋运辉几近崩溃的时候，电话终于轰然而至，宋运辉几乎是通灵地就想到电话那头是梁思申，他在抢起话筒的同时重重呼出一个长气，又于百忙中看了一眼手表，时间正好是零点。

　　"这么晚才回？""这么晚还没睡？"两人几乎是同时说话，都是认定对方就是他们要说话的人。但是梁思申抢着继续说下去，语速是与这个休息钟点不相称的轻快节奏："我想你留言要我回电肯定有事，就不怕这已经是你睡觉时间了，我出去玩了。"

　　"和同事？"

　　"不跟男同事一起出去玩，那是猥琐行为。有两个中学同学这几天也正好在香港，我们约了一起去兰桂坊。我一晚上都在煽动他们来上海，你呢？"

　　宋运辉清楚梁思申的中学同学情结，那帮人都是出身良好的阶层，又是寄宿，中学同学之间的共同语言比之散养的来自各阶层的大学同学更多。"我跟老徐一起吃饭，完了就回来等你电话，你看我多可怜，怕你来了找不到人，我只好连门都不敢出。老徐对我们锦云里很有兴趣，我邀请他去上海玩，他答应周六就过去，你周末回上海吗？"

"你在，我当然回，要我这个女主人做什么吗？"

宋运辉有些头痛，当然不可能叫梁思申别回，他也想见她。"不用做什么，你外公已经答应安排，你来就行。刚刚给我妈打电话，宋引数学小测验才八十几分。原来我最近疏于督促，她读书不用功了……"

"嘿嘿，你只顾得了一头。"

宋运辉道："我正要跟你取经，你小时候怎么做到自觉的？"

"你还不是一样？有什么可奇怪的，争取第一是一种享受，你也说过很享受奔跑乐趣的啊，难道这是先天的？"

一说到先天，宋运辉无法不想到猫猫的娘，那个学什么都不成的程开颜，不由得皱起眉头："但愿不是天生的，我回头还是好好跟猫猫讲讲，小孩子总是能纠正的。"

"其实小学的成绩别太在意了，滑一下就上去了，一点要紧都没有。"

"倒不仅是成绩，主要还是得培养她学习的态度。暑假的时候我盯着她，不能让她放开玩了。她会不会旁骛太多，什么队活动的，弹钢琴的，还有表演什么的，因此影响学习？"

梁思申断然否定："不会。我小学时候比猫猫还多一项芭蕾舞班，也没见影响了我学习。中学时候依然参加学校的乐队和舞蹈团，还有烹饪班之类的业余活动，也没影响学习。对了，刚与同学约定暑假这个时间年休一起去印度，主题是探寻香料，因为我正好一个项目结束，本来还想带上猫猫一起去长见识，估计猫猫爸这下不会同意了。"

宋运辉听了，大大地一愣，比听到女儿成绩乱来还愣："年假不能来东海吗？很想你来。"

"我也是犹豫了好一阵子，可是印度香料对我诱惑太大，我从小就向往的，听说都有一千多种呢，而且可以接触到我收藏已久的檀香……"

梁思申的解释里听得出内疚，但是宋运辉的心里升上一丝紧张，电话那端梁思申还在撒着娇解释，他心里却想到，他只要有时间，就千方百计与梁思申在一起，这不，连女儿的功课都荒了，可梁思申似乎没那么在乎他。他还是忍不住打断梁思申的解释，问道："你们准备几个人去？都有些谁？"

"就是最近在香港的两位同学，都是男性，没关系吧？"

宋运辉只得故作大方："这什么话，不过我得适度表示一下嫉妒。我很想跟你一起去。"

"如果想去，是一定抽得出时间的，你对那方面的东西没兴趣，还是别勉为其难。我这回来香港的飞机上看到有个抽出时间玩香港的人，杨巡，他想办法坐到我旁边跟我说了很多话……"

"又是他，他哪来那么多废话？有完没完？"宋运辉被梁思申弄得一肚子郁闷，听到杨巡又不三不四凑近他太太，今晚上一肚子火气全冲向杨巡。

梁思申被宋运辉语气里的烦躁吓了一跳，想来想去是因为她，可他又不会冲她发脾气，只有火烧到杨巡头上去了，她便解释道："杨巡向我道歉，说明原因，就那样了，懒得再跟杨巡说话。你是生我的气吧？"

"没有，你晚回，又是在陌生的香港，我担心你一夜。"

梁思申微笑："我是成年人，有自己的判断和生活。偶尔泡吧蹦迪，偶尔向往一下神秘的印度，都是很正常的娱乐，不会出轨。我其实心里很反对你有工作没娱乐呢，所谓娱乐只有饭后去卡拉OK，公私不分，无法愉悦自己。"

"我跟你在一起不是也去酒吧，去逛街？"

"你是被动，被我拖着走，你没什么自己的兴趣爱好，你最大的爱好就是家人和我，我得意。"

宋运辉本想反对，但听了最后一句，立刻没了脾气，悻悻地道："我还是有爱好的，音乐，尤其是大提琴。其实你周末回来我未必有时间陪你，我得对老徐公私不分，你还是在香港玩吧。"

梁思申将功补过："我还是回来，气象预报说台风提前登陆上海，不回就糟了。大灰狼，我很爱你，不许生气啦，你再生气我只好哭了。"

宋运辉无奈，她好像比他还委屈。他压根不舍得跟梁思申说重话，明知道她不是个爱哭的人，可还是接受威胁，克制了自己情绪，反而是他解释了好几句才作罢。但回头想到老徐的态度，尤其是想到女儿可能的天性，和梁思申对他似乎谈不上如胶似漆的新婚感情，他满心烦闷，又拿这些人没办法，只有一门心思地烦杨巡。再想到那些梁思申的同学又不知道怎么黏梁思申，肯定跟杨巡一样的腔调，他就更烦，心里一肚子无名火，越发地厌恶杨巡。

这一夜宋运辉都没法好好睡。女儿的事有待他回家好生验证，他还想好好跟女儿的老师谈话，他需要对女儿做横向比较。但他又很焦虑，他接触过梁思申的童年，有些……真无法比较。他好歹安慰自己，像他和梁思申都是出类拔萃的，他不能对女儿过分要求。而他更是做梦都梦到梁思申亲口跟他确认不再去印度，而是去东海陪他。他甚至有些怀疑即使他有时间，梁思申都不需要他陪着玩，因为他不会玩。他有些忧心他和梁思申之间的观念差距，他还忧心自己是不是老了，跟不上梁思申的活跃脚步。

早上还是梁思申一个电话进来叫醒他，他才知睡过了头。清早听到梁思申的呢喃声音，他只想无数次地说"我爱你"，但梁思申早就比他说在前头。他一时满心舒坦，可又满心莫名的焦虑。一直到出门与同事会合，才将这些情绪放在心底，不再胡思乱想。

梁思申心里却是奇怪宋运辉的情绪，心说他不至于这么封建吧，难道他见不得她与男性朋友的正常交往？可又看着不像，他不是那种没见过世面的人。她想难道是因为撇下他去印度，他认为她不够爱他？那是冤枉她。但梁思申不想放弃爱好的印度之行，只有多加行动抚慰丈夫。她争取周五就回上海，特意等在机场，迎候比她晚两个小时到达的宋运辉，她要让宋运辉知道，她有多在乎他。

宋运辉与几个同事一起飞到上海，出来意外见到拖着行李的梁思申，果然非常惊喜，撇下同事就两人一起走了。留同事在他身后做了很多鬼脸。两人回到锦云里也没多停留，听外公说明一下明天怎么安排，两人就出去外面共享情调晚餐。地点都是梁思申安排，一向都是这样。宋运辉惊异地看到，在银河宾馆用完饭后，穿着下摆长长短短的怪诞T恤的梁思申将他带入另一楼层的Galaxy Disco。这是宋运辉完全不熟悉的世界，而梁思申进去却游刃有余。但梁思申不放他游离，硬拉着他进舞池泡着。可怜宋运辉连慢三慢四都不会，何况蹦迪。他手里还被梁思申塞了一罐啤酒，他不幸还因为热得满头大汗而喝了好几口。渐渐地，酒精上头，他才有些放开，好在周围人头攒动，谁也不会关心他怎么动，他开始觉得拥着爱妻在舞池里摇摆很愉快，他也不知道是他带着梁思申跳，还是梁思申带着他跳，反正借着酒劲放浪形骸了一夜。

等走出舞厅，都觉得耳朵一清，浑身舒爽。宋运辉忍不住道："我们走走，今晚上空气很好……还不想回家。"

梁思申笑道："你堕落啦，有趣吗？这就是夜生活。心理疲劳时候肆无忌惮出一身汗，完了就不钻牛角尖了。"

有些借着刚才跳舞的泼辣劲，宋运辉酸溜溜地问："也是跟我一起一样的跳吗？"

梁思申呵呵一笑："下回我带你去DD's，另一种风格。嘿嘿，要是被小引看到，又要指责我耍流氓了。"

宋运辉大笑，没穷追不舍："去美国考察，虞山卿想带我去跳舞，我还一口气拒绝，也差点说他想带我堕落。以前我刚毕业，有一阵子流行跳舞，但又被禁止，不能公开，跳舞就有些走向……堕落，呵呵，什么黑灯舞贴面舞的，还被抓过几个人，当流氓罪论处。以前大寻就是跳舞的干将，偷偷摸摸不知道跳了几回，还为跳舞打架斗殴。所以我印象中的跳舞都比较不堪，今天看着还行啊，也没什么妖魔鬼怪。"

梁思申大感兴趣，没想到跳舞在国内还有这么一段曲折历史，立即缠着宋运辉给她说说。两人不急，沿着马路走了会儿，又吃了一回粤式宵夜，才油光满面地回家。两人的说话远多过平时。宋运辉心里积累的焦虑化解了好多。

06

雷东宝没想到老徐又会想起他。他出狱后接受过宋运辉的警告，但他还是不死心地联系了一下老徐留给他的电话，在接电话的人那儿留言，结果果真没联系上。对于这回的被邀见，宋运辉说以平常心对待，但是雷东宝无论如何都平常不起来，更想不出老徐为什么忽然想见他。他忍不住请教他现在的高参陈平原。没想到陈平原现在无官一身轻，说话很彻底，说老徐能力见识都好，可老徐自以为平易近人，其实一直不露痕迹地骄傲着，因此团结不了群众。老徐自己可能还感慨生不逢时，天妒英才。陈平原还说老徐这种人清高，跟老徐比清高或者跟着老徐清高都落下乘，不如走向另一个极端，一根粗肠子捅到底，反而容易说话。但陈平原也说不出老徐见他做什么。

雷东宝心说自己过去与老徐交好，难道是沾了粗野的光？但他还是穿戴整齐了才去上海，穿的是韦春红为他在外贸制衣厂淘来的专门做给老外穿的特大号T恤。是梁思申在机场接的他，说宋运辉刚接了老徐一家走。雷东宝见到梁思申的大切，伸掌使劲拍了两下，好生喜欢，可又嫌没他的轿车派头。梁思申听着晕倒，但没解释，请雷东宝上车开走。她非常想不明白，宋运辉嘴里跟仙女一样的他姐姐是怎么跟雷东宝成一家的，而且据说还是自由恋爱结的婚。倒是上回元旦遇到的那个干瘦女子与雷东宝才是异常登对。

梁思申开车飞快，雷东宝都替她捏把汗，结果几乎是与前面宋运辉的车同时到达锦云里。梁思申惊异地看到雷东宝肥胖的身躯嗖地飚出车门，与前车出来的那个老徐紧紧握手在一起。梁思申从小对于老徐这样的人见得多，没看出有什么特别。她对于宋运辉的殷勤和雷东宝的热情都侧目，不过违心地承认，雷东宝这个粗人的热情更中看一些。

对于老徐家父母一进门对锦云里青眼，她也不以为奇，倒是对老徐儿子的一脸大方比较喜欢，她还奇怪外公的酸文假醋。她看到老徐父母送了一轴草书给外公，说是老徐父亲写的，外公连声叫好，但据她了解，外公在字画方面见识是不怎么高明的，高明的是外婆。

众人寒暄后，老徐母亲招手请她过去，拉着她的手，笑眯眯地打量后，才道："果然是个清俊的女孩子，喜欢的都跟人不一样。你还喜欢玉石？"

梁思申笑嘻嘻地道："今天知道贵客来，我带着这串小时候玩的东西，想着阿婆肯定也喜欢，果然。阿婆里面请，一路辛苦，先喝喝茶休息一会儿。"

外公难得摆出慈祥的样子，道："思申从小喜欢这种小玩意儿。看这位小公子刚才进门研究了一下青砖地面，难得有人留意脚下的细节，看来以后也是个人物啊。请，里面请。"

这种风雅的招呼，别说雷东宝插不上嘴，连宋运辉都只有帮着收卷轴的份儿。宋运辉看到梁思申非常收敛地扶着徐母一起进去，不由得微笑，对老徐道："很希望我的孩子跟小徐一样有格调。"

老徐微笑："这是指日可待的，环境造就人。"

宋运辉当然知道老徐说的肯定不是宋引，而是他与梁思申的孩子。他陪着老徐进门，留心看到，老徐一进门就是满脸兴奋，对着一屋子旧家具满心喜欢的样子。老徐父亲也是连连说不舍得坐，还是在外公的再三客气下，终于坐下。但外公一看梁思申放着桌上已有的茶盏不用，却亲自动手搬出一盘子各式各样的茶盏来，终于隐忍不住，奇道："你怎么拿不成套的东西招待贵客？小孩子不懂礼数。"

梁思申笑道："才不是，我看阿公自己的字都写得那么好，怎么还会看得上匠人描着字的杯子，赶紧换了没字没画的，免得贻笑大方。"

徐母笑道："妹妹真是有趣，我也不喜欢什么粉彩五彩的，就喜欢一水儿纯粹的宋瓷。最最讨厌后世匠人画蛇添足，我家里好好一只玉壶春瓶吧，偏偏被哪个不懂意趣的匠人写上'冰清玉洁'这四个字，生怕别人看不出瓶子的冰清玉洁似的。再说这种瓷器上描出来的字，怎么能跟纸笔写出来的比。"徐母果然挑了一只建窑的杯子，徐父也是踊跃地选了一只蟹青铁口的杯子，老徐挑的是一只白色的，小徐没得挑，拿着剩下的一只艳艳的粉青荷叶碗喝茶。

宋运辉一边看着，这才明白梁思申投其所好的用意，连外公都心里赞许这个马屁拍得高明。于是大家的话题立刻从客套转移到对清朝满是吉祥寓意瓷画的非议，这方面正是外公擅长的，外公立刻把过去非议外婆喜欢粉彩的话语搬出来与大家品评。外公说瓷器的美在于釉色，在于器形，宋朝之后善用了釉色，先是发展出青花，后来越来越五彩缤纷，却丢弃了本，抱住了末，越来越无美感。要不是客人在，梁思申听了还真想由衷地表扬一句"终于说了点人话"。

大家议论一番，外公这才满意来客的格调，邀请参观他地下室的收藏。其实大家都是奔着这收藏来的，可非得如此水到渠成一下，才显得大方体面。在一边听得云里雾里，自始至终没发一言的雷东宝立刻就说："我不下去，我看了也白看。"

梁思申自端出茶水后便一直旁听，没再有插嘴之类的行动，这下也道："我上面陪着大哥，我对那些曾害得我从小提心吊胆擦拭灰尘的东西没有好感。"

梁思申的话，只有外公和宋运辉明白真正意思，小徐还笑道："我跟梁姐姐一样抵制，但这儿的要看。"宋运辉自然是陪了下去，但是梁思申看着他的举止，心里一阵不适，不由得扭开了脸不看。

雷东宝闷了一早上，等那些人全下去不见，他用难得的小嗓门轻问梁思申："你知道老徐现在是什么级别？"

"行政级别？看官衔，应该是正厅。"

"那不是才比小辉大一级？十年前他离开我们那儿时候已经是县委书记了。"雷东宝不由得想到陈平原的那些话。初听的时候还真难听，可现在回头一想，尤其是对比着他家小辉，看起来陈平原的话还真有理。

"不能这么比，还得看权大权小，再说越往上，越难升，千军万马过独木桥似的，小辉十年后还是副厅都难说。"

雷东宝奇道："你不是洋人吗，这种事也懂？"

梁思申笑道："我会背九九表之前就能背这种行政级别，比宋还早知道呢。我遇到文化人才说自己是洋人，要不然难道露怯给他们？就跟你似的，开口闭口'我大老粗'，人家都不好意思再挤对你。"

"被你识破了，你这小姑娘真好玩。"雷东宝哈哈一笑，"哎，你和小辉，谁听谁的？"

"你和韦嫂，谁听谁的？你先说我才说。"

"我家这不是明摆着的吗，都听我的，我一句话。"

"那以前你和小辉的姐姐呢？"

雷东宝想了想，才道："以前家里大事小事我都爱听她的，她拿不定主意才听我的。快说你的，小辉这个人主意大得很，以前也是家里一句话。"

梁思申还是第一次考虑这个问题，想了好一会儿，才道："一家人，还需要分谁听谁的吗？算我都听他的。"

"赖皮。"雷东宝觉得这个答案言不由衷，"你能这么做姿态，换我做小辉，就是死心塌地听你的也甘心。你行。"

梁思申愣了一下，道："人家跟你说实话，你当我是跟你家小辉耍阴谋。"

"谁说你要阴谋，以前小辉他姐看上去都能让我一把捏死，可就是把我治得服服帖帖的，我喜欢她治我，干吗，跟阴谋有什么关系？"

梁思申再愣，终于悟出两人对话牛头不对马嘴。她不再议论这话题，而是轻问："听说大哥很听老徐的？"

"是啊，他从县委书记开始就支持我的工作，给我说的事一向很有理。"

梁思申不以为然地道："听他还不如听你家小辉，你家小辉是实干出身，经营和技术都是一流，不像他，官场混了那么多年，早脱离实际，我家好多亲戚都是。说出来的话宏观指导意义大于实际效用，对你不适合。所谓高屋建瓴，没落到实处的话，其实就是假大空。"

雷东宝没想到梁思申再次如陈平原那么评价老徐，两人，一个是了解老徐的，一个是了解官僚的，这倒是让雷东宝诧异了，他对老徐可是崇敬得很。"你想错了，他帮我做的都是实打实的事情，比如猪场的沼气池什么的。"

梁思申不知为什么，讨厌老徐对宋运辉有些居高临下的态度，撇嘴道："多大的事，我随便一说，也能给你说出好多招来，关键都是你自己做的，你别把自己的功劳抹杀，以为别人有多权威。"

雷东宝看看梁思申，心里似乎还真是那么回事，可他心里崇敬老徐惯了，却又不大能接受梁思申的观点，只能道："话不能这么说，起码人家对症下药，号准我的脉才说。"

"那是。"梁思申不再坚持，"我去看看他们菜做得怎么样，大哥你是不是要多多地吃肉？我们吃西餐，分餐制。"

"好好的吃什么西餐，刀叉那么好玩吗，我用筷子。"

雷东宝跟梁思申走进厨房一看，见中外三个帮佣，心说比上回见面更大气派，刚才门口还见一个开门的呢，总共加起来有四个。他家还一个没有，没法比，雷东宝想到说到："哎，你去小辉家，得多少人伺候你？"

梁思申本来对这个大哥以诚相待，此时一会儿被询问家里究竟是听谁的，一会儿又被怀疑她怎么差遣着宋家人，她终于忍不住，道："大哥你放心，你家小辉不是个容易欺负的，你不用费劲为他多方试探。"

"那倒是，我出去喝茶，你慢慢来。"

梁思申在厨房里哭笑不得，对雷东宝没法好感起来。她都不知道鲁智深有哪儿可爱，她反正是受不了鲁智深，哪有这么肆意干涉私人家务的琐碎鲁智深。

终于那些人从地下室出来，梁思申招呼大家入座就餐。徐家人都刀叉用得挺好。只有雷东宝用筷子。大家依然谈的是有关古董的话题，雷宋两个依然插不上嘴，而梁思申则是懒得插嘴，那四张嘴已经够热闹，外公有的是调剂气氛的本事。而且她心里的不舒服更甚，因为她看到宋运辉对徐家人太殷勤，很有所图的模样。她不喜欢宋运辉这样子，即使有所图也可以做得不卑不亢点，他好像太热衷。

梁思申心烦气躁，迁怒于看似不动声色的老徐，但她是个有家学渊源的，脸上看不出什么情绪。她烦躁了一会儿，决定主动出手帮宋运辉的忙，免得他那么辛苦。也想借机离场会儿，眼不见为净，就拿她的精密手工机械煽动小徐。男孩子果然喜好那些，立刻跟老徐要求去参观。

梁思申带小徐离开时候正好听外公对徐父道："我最近收集老《申报》，那些过时新闻，现在看着不知多有味道，好像是又回去活了一遍。那时候报纸的文采好，哪里像现在的，鸡毛蒜皮都是一篇。徐兄弟哪几年住上海？可能我这儿有那几年的。我这儿经常有几个老朋友过来喝茶，翻着那些报纸讲古，聊一下午都不会倦。"

这个话题又是非常让人感兴趣，仁老人说得兴致勃勃。雷东宝则是对所有的话题都是兴致缺缺，不知道他们热衷那些个做什么，他顾着吃自己盘子里的牛排，西餐里他最喜欢牛排。宋运辉等小徐兴致勃勃地走后，忍不住问："老徐担不担心孩子旁骛太多，影响学习成绩？"

老徐微笑道："不担心。我们做父母的只要引导得法，引导孩子培养良好的爱好，孩子自然会为了爱好潜心学习。主动想学，与被逼学习，效果不一样。从目前来看，我可以骄傲地说，我们引导得当。"

雷东宝终于找到话说，就不吐不快。"那也得看孩子脑袋，脑袋不好，扔进皇帝家里养着也没用。脑袋好的，你看小辉，高中没读，自己一边养猪一边看书照样考上大学。老徐你家都是聪明人，你就是不操心，这孩子也错不了。"

老徐依然微笑道："那不一样，我们说大了是德智体美劳全面发展，往小里说，我们要培养孩子的综合能力，不能只盯住成绩。让孩子做个完整自立的人，才是我们做父母的任务。东宝，你孩子呢？"

雷东宝道："没，我现在这个媳妇下不了蛋，我烦得要死，你别问我这问题。你还是问我小雷家企业怎么样，我这辈子都扔那儿了，其他什么都没干出来。"

饭后，老的都上去午睡，宋运辉请老徐和雷东宝去偏厅聊天。

小徐对梁思申的车子极其喜欢，更对她不拘一格地加工古董非常有兴趣，尤其是对她地下室那套小小的德国原装加工设备爱不释手，争着要给她加工个什么。梁思申想到她并不中意的杨巡送给她的并不中意的结婚礼物，干脆拆了那串红珊瑚珠子与小徐一起玩。小徐有才气，随手就画出几幅簪子模样的草图，与梁思申商量之下，两人一致通过，选用看似最简单的，但其实是需要拉制极细银丝缠绕而成的款式。

梁思申才不肯费尽心机讨小徐的好，当然就不肯找话题嘘寒问暖。她只是与小徐一起设计工序，争论工艺，将步骤争论出结果，才指导小徐依照计算出来的尺寸开始动手。因为梁思申的严谨科学，小徐反而收起骄傲，对梁思申尊重起来，渐渐地，口气都开始不一样，"梁姐姐"喊得异常自觉。慢慢地做顺手起来，两人才开始聊起家长里短。小徐说他读书的地方，他的朋友，梁思申也说她的中学，她的同学。小徐对梁思申的中学非常向往。更是问起华尔街是什么，华尔街究竟干什么。梁思申一一作答，她轻描淡写地说华尔街不稀奇，可是小徐已经把梁思申看作神人。

梁思申渐渐地也喜欢上小徐，因为这个半大男孩子修养很好，审美也出色，更难得的是做事有始有终，本来拉银丝是烦琐的事，但小徐不厌其烦，不是越做越糙，而是越做越精，精益求精。做完，两人都对成品非常满意，也非常得意，誉之为作品。这个时候，梁思申向小徐透露了她的印度寻香之旅计划。小徐非常神往，但并不提太多要求或问题。

梁思申不由得拍拍还趴在工作台上收拾工具的小徐的肩，道："你小小年纪做人这么小心，不过我能理解，我爸爸也是跟你爸爸差不多身份的人，我从小就学会不给爸妈添麻烦。"

"是吗？可我有些同学张扬得很，可能跟我家里有个对我并不很宽容的后妈有关。"

梁思申道："这就是你的不是了。我先生家里也有前妻生的一个女儿，传统说法，我也是后妈。但是我在培养孩子拿我当朋友，孩子还是有她自己唯一的妈妈，我们相处良好。你已经是大人，你应该放开怀抱，也以对待朋友的心态对待你爸爸的后妻，宽容是彼此的，不能只要求一方做到，首先后妈这个名词挺难听，对吧。如果她不宽容，你也别太多要求，毕竟她对你没有责任。"

小徐看着梁思申想了会儿，认真地点点头，但不免问道："是不是美国人都这么想？"

"可能吧，也可能只是我的想法。"

"谢谢你，梁姐姐，我回家试着做去，不过我得先说服我爸爸。他们从来就让我叫她妈妈。"

梁思申微笑地给宋运辉挣分："我先生很开明，我的意见他很接受，唯一修改的是叫法，说我实在是太没大没小，连做他女儿姐姐都无所谓，那可不行，哈哈。对了，你替我修个灯台，有处钢丝我拗着费劲，弄得底脚总不稳，正好今天你这苦力送上门来，非把你用得彻底不可。"

"行。"小徐回答得干脆。等傍晚两人一起回锦云里的时候，小徐几乎完全被梁思申"收买"。

偏厅里的三个人则是主要听雷东宝说小雷家的发展。老徐详细询问遇到的各种阻力是什么，比如政策阻力、行政阻力等。问起来就跟挤牙膏似的，因为雷东宝不善于夸夸其谈，反而还是旁边的宋运辉就自己知道的情况做些补充。宋运辉一直不明白老徐怎么忽然又提出见雷东宝，听着两人交谈，他心说老徐总不至于是通过雷东宝来了解地方情况吧。难道是重拾交情？可看着老徐与雷东宝说话时候已经不再是过去的随意，明显已经有了一段看不见的距离，他觉得又不是重拾交情。宋运辉一时不得其解，总觉得老徐这个人心思太深，令他捉摸不透。

宋运辉也不知道梁思申带着小徐怎么去了那么久还没回来。他太了解梁思申，吃饭时候已经看出梁思申微笑下面的冰山，他只能庆幸她还是微笑着，当然，他也知道梁思申不会不微笑。可是他为她忧心。

等夕阳西下，太阳光绕过锦云里的屋顶，将探入锦云里围墙的一蓬梧桐叶照得涂金镶玉，宋运辉从落地长窗看到梁思申终于带着小徐回来了。他看到走出车门的梁思申与小徐谈得很好的样子，不由莞尔。老徐敏锐地捕捉到这份不属于会谈气氛的微笑，不由得顺着眼光往外看去，一看之下便是明了："小宋找了个非常称心如意的太太。"

"她很好。"宋运辉没有收起微笑，直言不讳。老徐听了微微一笑。

那边梁思申与小徐带着刚做的银簪子给三个坐在香橼树下的老人看。大家说笑了会儿，就又是吃饭。晚饭是中餐，基本上是迎合老年人的胃口，饭菜做得软熟。但时下盛行的山珍海味自然是一件不少，还加上梁思申从香港带来的燕窝和雪蛤。梁思申说起才刚在香港参加的苏富比春季拍卖会里面的珍品，外公则是补充他参加过的那些有惊有险的拍卖，在座的都听得津津有味，眼界大开，这一顿饭大家都觉得吃得挺有档次。

饭后，外公亲自送徐家一行到大门口，由宋运辉载着徐家一行去住宾馆。

梁思申看着大门关上，对外公道："你做戏水平一流。"

外公哈哈一笑："看钞票分上。今天的香橼花开得好，天气也好，挺给我面子。"

雷东宝吃了个闷饱，只觉得在这个香喷喷的院子里站着没法消化，就对梁思申道："我出去走走，你们别担心我。"

梁思申本着做主人的客气，道："大哥想去哪儿，我带你去，晚上出租车难找。"

雷东宝道："憋了一整天，说了半天话，说什么都不知道，我得去外面遛遛，透几口气。"

外公听了又是哈哈一笑："傻蛋，让人使了还当人家是好人。"

"谁？你说老徐？他干吗使我，我又帮不上他什么忙。"

"呵呵，这其中的细微奥妙，你怎么看得出来，思申都恐怕也蒙在鼓里呢。"外公却尽是冷笑，并不解释。

梁思申受外公点提，转念一想，也不由得冷笑起来，原来如此。她不由得看看依旧茫然的雷东宝，心生同情："大哥，别理我外公，我陪你出去走走，回头正好遇到小辉的车子就乘回来。"

雷东宝又不是傻子，等走到外面，就问道："到底老徐叫我来干什么？"

梁思申见他既然非问不可，就道："老徐嘛，对他和他父母这样的人来说，锦云里是极大诱惑。可是他想来，就得接受我们的招待，他又不愿顶着利用职权的口实，那口实听上去挺下作。拉上你来，此行就变成漂漂亮亮的叙旧了，上海之行才算符合他们的颜面。你知道他来，宋得掏出多少腰包？回程机票，两间宾馆一夜住宿，还有两餐的珍馐，你说老徐会不会算账？"

雷东宝听了愣了半晌，才问："小辉跟老徐在搞什么？"

梁思申连忙辩解："公事。"

雷东宝不由得"操"了一声，心说难怪说了一下午话，他都没拎出半个头绪："小辉知道吗？"

"他昨晚还在奇怪。到底姜是老的辣，只有外公看得明白。"

雷东宝听了这话，心里才舒服起来。只要小辉没有算计他就好。他感慨道："我请前县委书记陈平原做我顾问之后，才知道我有时候吃亏了还不知道。还幸好我皮实，顶得住。你们这些个知识分子啊，拿那些个想鬼点子的力气去做事有多好。"

"做人境界不一样，自然想法也不一样，不能强求统一。"

"不痛快。"

"那是你的想法。"

"那你干吗不痛快。"

"谁不痛快？"

"你痛快你还陪我出来？"

"你前言怎么推出的后语，什么逻辑关系。"

"我不清楚你什么关系不关系，你就是不痛快。"

"一个硬币扔上去，50%机会是反面，你就雷铁口吧，总有一半蒙中。别自己不痛快找我撒气。"

雷东宝果然是一肚皮不快，本以为最信任最推崇的人，被梁思申和外公一看却是那样没意思，偏偏他想来想去又清楚梁思申说得没错，再加前面早有陈平原的话打底，他想不信都难。他来前还一肚皮热情，没想到却是这般结果，他心里更是闷气，但他自然是不肯在梁思申这个小姑娘面前说出疑问，他只是梗着脖子道："你知道我不痛快，就不会让着我点？你还是我弟妹呢。"

"别人凭什么给你撒气。冤有头债有主，你想找老徐撒气，我现在就回去开车载你去。"

"你走，你走，我不跟娘们吵架。"

"对，你当然不能跟女人吵架，赢了，是胜之不武；输了，更惨。幸好你现在明白。"

雷东宝头痛，他最擅长的是粗话，是巨灵大掌，可这些对着梁思申都施展不开，只得更加郁闷地道："你走，你咋还不走，我不跟你吵。"

"都走出这么远了还让我一个女人独自回去？这是夜里哦，一个女人走夜路多危险。"

"你这女人真烦，麻烦精。走，回去，我宁可没出来，小辉怎么吃得消你。"

"早跟你说了，做人境界不一样，想法不一样，小辉就喜欢我这样的。可怜韦嫂，遇到你这么个不会怜香惜玉的。"

可惜雷东宝说不出"子非鱼，焉知鱼之乐"之类的话，又不能骂"小妖精你懂什么"，更不能说韦春红不知多中意他，怕太流氓。只有憋闷，反而把老徐为了面子叫他来上海的闷气给忘了，一路光顾着跟梁思申吵架。梁思申跟雷东宝闹了会儿，一天的闷气也出了不少。回转路上倒是诚心诚意地道："韦嫂跟着你还是好的，大哥你天生宽容，不会小肚鸡肠。"

"少堵我嘴，小辉来了我照样告状。"

"告呗，看你家小辉向着谁。"

话说着，宋运辉正好开着车子转回来，一眼就看到一条细的一条圆的人形在前面晃，特征太明显，他一看就认出是谁，便踩下刹车，降下车窗问："你们没休息？"

"休息个头，让你们搞一下午脑子，这下你们都满意了？"雷东宝边说边拉开副驾车门，自顾自坐了进去。梁思申只好坐到后面。雷东宝不死心，没坐下就把梁思申的推测说了出来，又追着问："是不是，是不是？"

宋运辉一时没吱声，想了会儿，才回头对梁思申道："你怎么想到的？我还琢磨了一下午，就是不明白干吗大老远地要大哥来上海陪着。"

"外公这个老狐狸提示的。"

"难怪。"宋运辉说了两个字后便没了声音，似乎是专心开车。一边的雷东宝便心里明白，宋运辉肯定梁思申的猜测，他这时候反而没别的话说，长长叹了一声气，冒出一句"知识分子啊……"便没了下文。

宋运辉只得意有所指地道："你别叹气，都是人在江湖，有些时候不得不做些妥协。"

梁思申听着明白，宋运辉这话是跟她说的，但她已经跟雷东宝夹缠不清地吵了一顿，心里早闷气一清，因此很能体谅宋运辉的无奈，伸手指把了下宋运辉的头发，轻道："理解。"

宋运辉提了一天的心才放下，对雷东宝道："大哥，明天我陪老徐他们到上海各处走走，你要是也去，我就换思申的车子；如果不去，让思申带着你到处走走。"

"算了，我明天一早坐火车回家，你老婆我不敢麻烦她，这个麻烦精。"

宋运辉不知道梁思申怎么折腾了雷东宝，不由得笑道："你那么大块儿怎么会真跟她动气。对了，你不是铜厂二号机组上马了，正对这铜矿流口水吗，你跟思申说说，她对收购什么的最懂。"

雷东宝到地儿了跳下，郁闷地道："我跟你老婆没话说，又不能捏死她，又看你面上不能骂她，净挨她耍无赖。呀，老王先生太极拳很溜啊。"

"别说，跟我吵几句，你不是不闷气了吗。"

雷东宝听了一愣，看着梁思申甩手进门，忍不住对宋运辉道："你老婆真是妖精，你吃得消她？"

宋运辉笑道："她帮你消气，你还怨她？没良心。"

"都你们有理，你们这帮臭老九。"

那边外公缓缓地收起姿势，深深吐纳一口，才一边做起太极云手，一边不紧不慢地道："东宝啊，你来，我跟你说。别生气，这种事常有，这个社会从来官最大，官说什么做什么，你看着听着就是，别往心里去，别认真拿他们当回事，他们要没了印把子，啥都没有。看看，他们做一辈子官的，跟我做一辈子商的，怎么比啊。这件事告诉你一个教训，别跟官做朋友，对他们，你能用，就交往，不能用，远远避开，理都不要理。你现阶段能用得着的只有你那些地方官，老徐这种官太远啦，你以后敷衍他一下就行，别太实诚。"

雷东宝没想到老头子把他叫过去说的是这些，他听着有点道理，但辩解道："老徐以前是我们那儿的地方官，以前跟我很好，哥们一样。"

梁思申原本是进去的，闻言不由得从门口倒退出来，静静听完，哟了一声，以示存在。宋运辉对外公说的道理也懂，但没想到外公还会和颜悦色地宽慰人，看来还真是喜欢雷东宝的。他也站住，想听听后面还说什么。外公果然继续不紧不慢地道："官啊，谁进了这条道，慢慢地，慢慢地，姓啥名啥都不重要了，最后都变成同一种人：官，这叫同化。没办法啊，大家都那么做，你能不那么做？所有的异类都是要做出头椽子的，活不长的，何况是在最磨人的官场。要么走人，要么成官僚，没第二条路。你听懂我的意思？所以你对哪个官都不要太当回事。"

外公这话说出，在场的其他三个都没了声音，尤其是从小在官堆里长大的梁思申，更是如醍醐灌顶。她不由得将眼睛瞥向正轰隆轰隆向着官僚方向奔跑的宋运辉，想到他这一整天的言行，不由得暗自叹息。她都快弄不清，外公这话究竟是对她说的，还是对雷东宝说的，她真是感触太深。

宋运辉也是不由得想到自己，想到自己本来只是一个技术员，慢慢地，慢慢地，可不也成个"官"了。他看向梁思申，见梁思申也瞪着眼睛看他，院子迷醉的灯光下，他看到的是梁思申两只依然纯粹的眼睛。他想到，刚入大学做学生证的时候，他的眼睛也是这样，黑就是黑，白就是白，即使透过镜片，都能看到四射的光彩，不过他现在"官"了。

雷东宝知道外公这人说话一向高深得很，今天这是对他说，才说得那么直白，他也想了，外公这话对，比如陈平原，现在无官一身轻，人都大变样了，与过去说话做人完全不同。那么老徐？那就让老徐"官"去吧。他这下更没什么可憋气的了，说声"姜是老的辣"，这还是照搬刚才梁思申的话。但雷东宝还是不免想到，说来说去，他就是因为身份与人差距太大才受到此般待遇。他不得不反思出狱后被宋运辉强摁着施行的低调，他继续低调下去，人们会不会认定他一直没法翻身，从此看死了他？

宋运辉冲梁思申走过去，勉强微笑道："外公真是人老成精。""是啊，是啊。"梁思申一时难以回答，因为她想到小时候看人上她家的门，她爷爷她伯父还有她爸爸对待人家的态度，心中有些哭笑不得。其实她是最熟悉的，可是换作宋运辉求人的时候，她怎么就看不惯了呢。而她工作中，也有时不知不觉在利用女性的优势吧，有时候自知理亏，她不知不觉就小了声音，细了音调，让上司不忍指责。谁不是有求于人，又被人求呢？谁知道爸爸见上司时候又是什么模样，只是没让她见到而已。等听到宋运辉问她"想什么"，她没答，但反身一个拥抱亲吻，道："你的事情有眉目了吗？这一天可真辛苦。"

宋运辉没想到是这待遇，惊异了一下，碍于有旁人在，他没梁思申开放。"老徐来上海，事情基本上定了一大半……"宋运辉边说边推梁思申进门，等进门，将其他两人隔在门外，才道："很多政策执行起来弹性很大，同一件事，你可以被高标准严要求，也可以睁只眼闭只眼，很多都是看执事者的态度。遇到这种比较高级的审批，我这个主事的不出面，意味的是我们的轻慢，后果可想而知。可是我出面……我其实是个技术型官僚……"雷东宝在外面看到，心说这个妖精对宋运辉倒是腻得很，奇怪的是宋运辉现在小动作也多，跟以前很不一样。

梁思申道："我懂。我在想我自己，这个项目结束后，我估计得侧重开拓，唉，以后跟官们打交道的机会可得多了，怎么办呢。哎，灰狼，不过你今天会不会表现得操之过急了点，显得太热衷。"

宋运辉还是背后冒出冷汗，佯笑道："有吗？不过我是真的心急。老徐这儿是一关，后面还有无数关卡等着我。还有，思申，我来上海，一直蹭着外公的，而且一直以来是他在支持我，我得给他一个报答。"

梁思申有数，宋运辉自己工资不高，但是来上海用车用电话用什么，外公都是大方得很，主动奉上，锦云里有时都跟东海厂驻上海办似的。可是宋运辉又怎可能白吃白用。再有，结婚以来两人的开销也都是她出大头，基本上宋运辉只要顾着他父母女儿的生活便可，像宋运辉那样的人，又怎可能心安理得。他横里没法出，总得想办法在竖里找补。可见，她无形中给宋运辉的压力也非常大。

外公锻炼完了和雷东宝进来，一见小两口又凑一起私语，就故意问了一句："小辉，怎么样了？"

"可以了。明天我带他们去崇明一个农场走走，中饭外面吃，下午直接去机场。"

"唔，你跟我来，我拿几样东西给你，敲敲钉脚。思申也来，帮我找几张申报，今天听老徐说起过去的事，我想到有两张说到他们家的，刚看到过，找出来装个好匣子送他们。这种礼送出去比你们寻常请客送礼要有用点。"

雷东宝帮不上忙，但也跟去书房，一眼看到满满一屋子的书架，都惊呆了。他再看梁思申，心说书读多了不都是成书呆子的吗，怎么会出这么个妖精？雷东宝一点都想不到，书中还会出一个名叫"颜如玉"的妖精。

但是梁思申理解归理解，想到宋运辉白天神情的时候，心里还是怪怪的不舒服。

宋运辉第二天送走老徐，赶着回来与梁思申匆匆见一面，便不得不分离，回去处理工作。对于这么个活色生香的太太，他即便是满满的操心，可也身不由己，只有相信两人自小建立起来的感情。回到东海，宋运辉又吩咐在北京的手下打点其他几位要紧人物，而他这边，则是开始照着审批将于近期获得通过的可能安排工作了。

自从春节团聚后，宋运辉基本上已经养成不间断经常给梁家父母打个电话的习惯，其实也没什么可说的，问好而已。但是梁父总是想继续春节的话题，要求宋运辉找时间过来一趟，实地考察一下他看中的几家企业环境。他也会派人立即将这几家企业的资料专程送上。但当宋运辉提出要不要跟梁思申说的时候，连梁父都犹豫了。梁父最终还是要求宋运辉别说此事，等此事稍微有了眉目后再说。两人心照不宣，知道梁思申不肯滥用职权牟取私利的脾气。

宋运辉虽然答应了梁父，心里却是并不愿意瞒着梁思申，也没法做到装作忽略而忘记告诉梁思申的样子。那么聪明的梁思申在他面前总是简单、简单、再简单，几乎没用心机，全然透明。反而以前脑袋并不怎么样的程开颜都还知道对他用用心机呢。让他又怎么可能忍心瞒着梁思申做事。他想来想去，决定还是趁哪天见面时候面对面地将事情告诉梁思申，她有情绪，也可以当场解决，而不用隔着一条电话线费思量。

可梁思申最近忙手头一个项目的上市，连续做空中飞人，他没法见到她，只好将事情先行搁置起来。但心里有些七上八下的，尤其是按照进程去了梁思申老家，与梁父会面，与梁父推荐的那些企业领导会面之后，他更是有些担忧。

雷东宝终究是没有如他赌气所说的第二天即走，既然来了上海，既然见到老王先生，他就磨着外公讨经验。他发现对着外公说他雷霆这半年来的发展就容易多了，因为他只要说个头，外公就心急地帮他想好尾，而且这想好的尾基本与他做出来的差不多。若是差得多，那他就缩回脖子等着老头子骂。老头子骂起来那是一点都不客气的。

但雷东宝对铜矿的妄想，被外公一顿暴风骤雨般的骂给浇灭了。外公说，既然以前说铜冶炼行业最赚钱的是中游电解加工企业，而不是铜矿，为什么一定要买利润微薄的铜矿非要搞个大而全才舒服。雷东宝反正胆子一向大，就理直气壮地说出自己的意思，说有了铜矿，就更有自主权。而且雷东宝还听人说，那些矿产资源类的东西只有越采越少，又不是做砖头的泥巴，哪儿挖下去都有，全国都没几处有铜矿，少才珍贵。因此雷东宝想着，占着！

外公最先觉得雷东宝说得有点道理，有些不甘心地闭嘴不说了，但绝不肯表扬雷东宝说得好。问题是外公是个心高气傲惯了的人，让他承认刚才说的错误，那是打死他都不肯的，而即使他不承认，他只要自己意识到刚才否定得鲁莽，他心里同样是不舒服。他这样的人，能马失前蹄，让雷东宝以为他不英明吗？那是万万不行的。

外公多的是借口避开话头给自己时间找理由扳回一局，因此雷东宝眼花缭乱地看着外公拨弄茶叶煮水泡茶之后，听到外公又振振有词地说开了。外公说推测到矿产资源会升值，这谁都会，最笨的就是雷东宝这种人，早早拿钱去占了一座矿山等发财，这纯粹是守株待兔的愚蠢行为。万一铜矿要到十年八年后才升值，这么长一段时间里不是一大笔钱都给铜矿困死了吗，土财主才那么做。铜矿这种矿产资源，聪明人只有眼看着升值机会来到，才肯下手购买，买了让它一年内就升值，升得差不多了就抛掉，转手另一项高利润生意。只有傻瓜才会让钱占着茅坑不拉屎。

梁思申在旁边听着哈哈大笑，知道外公在强词夺理，但也不能不承认外公说得有理，不过这种高级别的投资理念显然不是雷东宝现阶段能接受的，也可能不是雷东宝这个朴实性格的人能做到的。但雷东宝果然还是被打击到了，越想越觉得外公的话有理，都不知道十年八年后会不会升值的东西，现在买下占着他本来就紧张的资金，多亏，他又不是没有其他投资渠道。于是雷东宝说到做到，一下就灭了那个买铜矿的想法，而是准备一直观望，等看到有巨大利润可能的时候才买。他心里想，这种老牌帝国出来的人真不得了，怎么什么都能看得比他透比他深。

外公看到雷东宝这么倾服，当然是沾沾自喜，喝了好一大口茶。但是对于雷东宝主抓整顿全县电线小厂却一分钱都不要的事实，外公自然是又予以了疾风暴雨式的批判，说这简直是愚蠢透顶、全无经济意识的行为，是不符合目前提倡的市场经济氛围的大锅饭行为。雷东宝虽然不服，但是没反驳，老头爱说就说呗，他感觉老头子这回没看到他义务劳动所产出的社会效应，老头是不会知道现在全县的小电线生产厂家对他是多么服帖，这种服帖对他的铜厂是多大的利益支持。做老大要有付出有回报，不能只知道占便宜却什么都不付出，那样做不长。不过老头对他教育甚多，让老头说几句就说几句，他虽然脾气并不怎么样，可能忍的时候，比乌龟都坚决。

但雷东宝千问万问，都没法问出如何解决他而今流动资金紧张的最佳答案。随着周围小电线厂用铜的逐步增加，铜厂流动资金捉襟见肘。而随着集群效应的逐步体现，电缆厂设备开足马力生产，电缆厂的流动资金也告急。可是雷东宝的贷款还是希望渺茫。他现在每天被流动资金逼得火烧屁股。可是外公却一听这个话题就想到雷东宝既然贷款无门，肯定就得尝试私人借贷，跟他讨教那不就是试探他的意思吗，外公当然顾左右而言他。

雷东宝回到小雷家，就被小三告知陈平原要他找时间去一趟。陈平原现在是雷霆公司的顾问，但从不来小雷家坐班，有事的时候都是一个电话打给雷东宝，让雷东宝去市里商量。别人都还背后腹诽陈平原一介落毛凤凰拿着雷霆公司不菲的顾问费还如此做作，雷东宝却并不这么想，雷东宝理解陈平原而今不上不下的心理，那种地位巨大改变导致的心理煎熬，他当初还没被保外的时候也领略过，他曾经非常害怕回到小雷家后没立足之地，因此他愿意敬着陈平原三分，反正他皮实，去一趟市里看陈平原也没啥费劲，再说陈平原这个人那是真的有才。

陈平原看到进门的雷东宝一脸油光，撇嘴道："不是车来车往的吗，怎么每天弄得红烧猪头一样？"

雷东宝并不在意，拍拍自己胸膛，道："你别嫌我，我刚从上海回来，说你找我，我脸都没洗就赶来你这儿。我不买铜矿了，我让小辉老婆的外公说服了，老头子就是高。"

"他怎么说？"陈平原伸出一条腿，拦住雷东宝冲进他家卫生间的脚步，就是不让雷东宝在他家洗脸，这家伙常搞得一地都是水。

雷东宝无奈，只好回身到一把木沙发上坐下，将老头子的话原原本本说了一遍。陈平原听了不由自主地点头，认真听完了，陈平原才道："我也早跟你说买铜矿要三思，不过我的原因不一样，我给你查了政策，你这种乡企想买异地铜矿，做梦。见了老徐？"

雷东宝点点头："他挺好，还见到了他儿子，都不错。"

陈平原看看雷东宝的脸，奇道："怎么，受气啦？活该，自己送上门去让人玩弄，到底怎么回事？"

雷东宝想不说，但是陈平原挖空心思就是要问出个究竟。雷东宝不耐烦了，只好道："他变了。"

陈平原嗤地笑了出来，这才满意地道："这就错啦。不是他变了，是你们之间的社会关系变啦，算了，花时间买个教训吧，又没伤筋动骨。我今天叫你来，是给你介绍一个人，人已经来了，住在旅馆里。你给我回去你老婆饭店里好好换件衣服洗干净脸再来，你这样子走出去，人家还以为今天吃饭啃红烧猪头。"

雷东宝呸了一声，笑着起身道："也不表扬我先杀奔你这儿，连家都不回，你想介绍谁给我？我以前没听你说起过。"

"一个国营电解铜厂的年轻工程师，名字你还跟我提起过，我今天给你请来了，你得给我好好待他。你那破公司，别的都不少，我看少的就是技术，而且少的是核心技术带头人。你还记得是谁吗？"

"项东？"雷东宝眼睛瞪得铜铃一样，"他肯来？你怎么说动他的？"

"我怎么说动他的你别问，我反正答应他这儿的市区户口和房子都给他落实，其他的你听了也没用，我拿你钱财替你消灾，这点事情还不会居功。你快去洗澡换衣服，换件登样点的，别……"

"别红烧猪头，哈哈。"雷东宝笑着打开门，"项东这个人，我听说肯学肯干，与工人打得火热，就是不大会团结领导。这种人好啊，跟小辉一样，有前途。我早前问正明能挖来不，正明说人家国营的哪肯过来。"

"正明是怕项东来了，他得彻底交出铜厂吧。你说，解决户口，解决档案，还有什么不肯来的理由？这些关系问题我会解决。你快走，再不走我得熏香除臭气了。"

"那是，正明那几根小肠子。我走，我走。"雷东宝走在楼梯上，快活得想跳起来。项东啊，多的是可以去的地方，陈平原到底通过什么法子把项东请来见面的？他无法不佩服陈平原那张能把死人说活的嘴，非常佩服，以前就见识过陈平原脑子一转稍微一拨弄就把一件事提升到一定高度，让别人服服帖帖无话可说，这也是过人的本事啊。他也无法不佩服陈平原超前的行动能力，人家怎么就看到他现在急欲全速扩张的迫切心情呢？他此次上海之行认识到，他不能仅仅局限于收回江山，扩大规模，他更需开创一个新天地，令人对他刮目相看：让宋运辉不要再指责他冲动，令老徐不会再止步于他们之间的差距。那就需要大力引进得力人才。那个项东，他要定了，排除千难万险，都要项东进门。

雷东宝背着手冲进韦春红的饭店，一头扎进浴室洗澡。韦春红跟着出差了好几天的丈夫上楼，站在浴室门口问："你啥时回来的？你不是说上海待一夜就回吗？"

"才多待两夜，哪那么多废话。你说，如果小辉来管我们电解铜厂，我得出他多少工资？"

"工资不工资先别说，你怎么摆平正明。就算你自己亲手管铜厂，你总也得给正明几句话交代。"

"正明，现在不上不下。说到技术，新一批人上来，技术比他精；说到销售，红伟面前没正明的份。"

"你想甩了正明啦？可正明知道你们太多猫腻，甩了麻烦。"

"谁说甩了，正明好歹全面发展，电缆、铜厂、销售都知道，再说辛辛苦苦跟我那么多年，功劳苦劳都有点，我没你那么黑心黑肺。要不我提拔他当我副手？红伟会不会吃醋？妈的，就这么定。有个副手，以后进机关找小老爷烧香磕头的事都扔给正明。说正事，给铜厂厂长多少钱？"

"别个厂长多少钱，铜厂当然也多少啦，你一碗水要端平的。就算真是小辉来，总不能比你收入高吧？"

雷东宝想了想，道："不行，铜厂跟电缆厂都不同，以后重点发展铜厂。你外面门关上没有，我出来啦。"说着也没等韦春红退出，就走出浴帘，擦干穿衣。

韦春红早见怪不怪，还赞叹一句："腰围又大了，每天都得给你改裤子。谁要来管铜厂？"

"还没谈下，让陈书记一起去谈。等下接人过来，边吃边谈，你整桌陈书记爱吃的。"

别看雷东宝胖，穿起衣服来却是麻利，说话间就胜利完成，又蹦跶几下震服帖了，就擦着韦春红出去，拎包下楼，都没二话。他到门口时候才想起来现在的宋运辉出门时候还得跟妖精老婆亲热一番，他不由得回头看看干姜瘪枣般的韦春红，甚没兴趣，又转回头走了出去。

项东住在火车站旁边的旅馆，没什么档次，就二三十块一天的光景。雷东宝一看就得出结论，项东没钱。

和他一起乘车来的陈平原道："还用说，那边的铜厂要有钱才怪了。跟你说好，除了户粮关系，市区一套三室一厅房子，我答应他的是年收入不少于我的五万一年，你答应？"

雷东宝不由得惊道："陈书记，你可真能谈，我还以为得不止十万。"

陈平原道："要省下的五万给我？我等下给你引见后你们自己找地方谈，我回家。大热天的，我懒得跟你们混。"

雷东宝笑道："五万块钱不给你，我给你辆桑塔纳开开，你不是自己会开车吗？"

陈平原有些吃惊，站在旅店门口不急着进去，拿眼睛上上下下打量雷东宝："你不是说钱紧？"

"再紧也不能亏了你。如果今天跟项东谈得好，我也给他买一辆，让他以后回市区房子方便。"

陈平原没想到雷东宝做人这么义气，一时挺感动的，却有意板着脸道："要买买奥迪，桑塔纳我开不出去，掉价。"

"买不起，明年要是流动资金缓过气来，换。"

陈平原没有应声，知道雷东宝说一不二，他拍拍雷东宝的肩膀，带雷东宝一起进去旅店。进去看到项东，三个人寒暄之后，雷东宝看到陈平原竟然原原本本将刚才旅店门口的对话跟项东复述了一遍，一句不漏。连那句"如果今天跟项东谈得好，我也给他买一辆"都没落下。复述完毕，陈平原都不让其他两人插嘴，对着项东语重心长地道："说这些话的东宝，这个胖子，最近一直在为找钱奔波。多的我不说，小项你是个明白人，下面的事你们自己谈吧。这一辆车千万别让飞喽，看你自己本事。"

陈平原果然说走就走，扔下雷东宝和项东在房间里相对。项东看雷东宝对着他上下打量，眼光出奇地好玩，不由得好笑道："雷总看我干什么？"

"我看你挺像我小舅子，我以前每天想着挖他出来，结果他官越做越大。走，去我老婆饭店边谈边吃，你别有压力，谈不好谈得好，你都还是项东，不会少你一块囫囵肉。我不会假客气，一张脸也没啥好看的，你别跟我粗人在意。"

项东对眼前这个粗人有些哭笑不得，一时对会谈有些迷惘起来，不知道被陈平原天花乱坠地煽动到这儿来，是不是个错误，但他没吱声，跟着雷东宝出来，一起坐车到韦春红的饭店。但是他看到雷东宝雪亮的进口车，却不明白为什么有那么好的车，却没流动资金。

雷东宝却一开始没谈铜厂，而是跟项东谈起宋运辉当年在金州总厂技改遇到麻烦，不得不谎称患甲肝，到他家来躲着曲线救国。他现在已经理解宋运辉当年为什么不肯离开，宁愿憋屈，因为宋运辉说过离不开金州那么大的舞台。他现在也有大舞台了，站到大舞台上，再回想过去刚创业时候的规模，那是完全不一样的心情，连他这个粗人都感受得到。但他还是替那时候的宋运辉憋屈，那哪是人过的日子，做人怎么能委屈成那样。

然后他告诉项东，他现在的规模在全省同类企业中属于前茅，但在全国当然是排不上号，国字号企业比比皆是。他现在好在，有可以看到的利润预期，也就是说，有继续扩展的潜力。应该说，这个舞台现在已经不小，而且也热闹了。他直接问项东怎么想。但项东回答之前，他却又肯定地说项东简直没有拒绝的理由。

项东真是一时无语。他这么个技术高超的人，多的是人请他，请他的人也都是出的高工资，他一向来者不拒，都有接触，以便自己有所选择。但雷东宝这样的一上来用小舅子宋运辉的事暗射他跳槽的矛盾心态，又对此理解得基本一丝不差的，还是唯一。他现在是男怕入错行，女怕嫁错郎，很想跳槽选择一个好的舞台，有物质基础，又有施展空间，这都需要一个能知人善任的领导。对于雷东宝，他最初只感觉此人是求贤若渴的大老粗，但雷东宝这一席自说自话下来，他倒是看出这人粗中有细。

韦春红自雷东宝落座后，就一直在好奇，因此借倒水过来瞄瞄，见雷东宝一桌坐的是个白面书生，戴着一副眼镜，面相实在，哪里有宋运辉的样子。雷东宝看着戴眼镜的就是书生，其实宋运辉早就不是书生，而是个官员模样了。

雷东宝见韦春红偷偷摸摸来，白了她一眼，索性把韦春红介绍给项东："这位是我爱人，这家饭店是她开的。"

项东客气地起身递上名片与韦春红握握手，心说这对看上去像是一起苦过来的夫妇，但他没跟韦春红说太多话。雷东宝和韦春红都看出此人一身傲气。项东坐下，就很直截了当地问："雷总，如果我加盟，您希望我做什么？"

雷东宝道："我也正要问你，你的技术是没话说的，其他你还能做什么？"

"照保守而稳妥的办法，我应该以技术进入，彼此考察后再定。但是作为雷霆这样的乡镇企业，里面的关系网相对比其他厂家复杂，人员盘根错节都是不出五服的亲戚，我如果只作为一个技术人员，根本无法发挥。"

"这个不是问题，雷霆只有一个头，我。问题是你以前做的大多是技术，也做技术管理，但你没做过经营。"

"对于这方面，我来前已经打听过，雷霆铜厂的产品比较单一，基本上只做给电线电缆用的产品，而且产品销路就目前雷霆并未达到饱和的产量来看，不成问题。另一个是进料的问题，我了解进货渠道。"

"那么说，你全厂拿下来是没问题的？"

"是的，但您得放权让我发挥。如果我们能谈下，车子房子户口都可以暂时不要，我过来看三个月，彼此熟悉。"

"我找上你本来就是诚心诚意的，既然你也这么诚心诚意，还有什么可讨论的。还有我们铜厂的设备，你也是不用问的，那两条线对你小菜一碟。你说还有什么？最多还有我这个人，我这人是粗人，用你，就信你，放你权，给你大方福利，没其他废话，你只要试过三个月就晓得。要是你试着不行，我二话不说送走你，只要你不害我，我也对外一句废话都没有，所有损失我不会找你算账。怎样？很简单嘛。"

项东愣了一下，心说还真是挺简单一件事。本来还当作终身大事一样地考虑跳槽，怎么事情放到雷东宝嘴里就成区区小事了。对的，他有技术，不怕没处去，为什么不放开胆量试试，别止步于磋商。项东不由得觉得自己有些好笑，明明简单的一件事，他非要想得那么复杂。可见化繁为简，也是智慧。"那行，雷总，回头我安排好家里的事，就过来试三个月，彼此若合适再谈继续。试用期间拿固定工资，三千一月，行吗？"

"行，你也爽快。吃菜，我提我的要求。现在铜厂好像是电缆厂的车间，做出来的东西都只给电缆厂用。我的目标是把铜厂做成独立的，不能电缆厂有点问题，铜厂也跟着一起垮台，我要做双保险。可是我想不出该往哪个产品发展才算有前途。好好坏坏的选择太多了，可我们不比国营厂，我们的方向一定要准，要不我们都得喝西北风，没人供着我们。请你来，你一定要把我的这个思路放在主要位置，发展出独立的铜厂。眼前我们雷霆的情况是这样，流动资金紧张，外债有一点，是以前留下来的，不多，也不用急着还。"

"不是可以跟银行借？"

"银行讨厌我。可我不能不要贷款，我正让陈书记帮忙。谁都知道，我这种资产负债率接近零的企业，只要贷款进门，就发了。你说我这舞台行吧？哎，你以后叫我雷书记，我以前是村书记，他们都叫顺口了，改不了。"

项东话不多，只微笑听着，默默想着。但雷东宝也是个不会天花乱坠的人，他把该说的说完，也不说什么了，于是两人都默默吃菜。雷东宝忽然想到一事，才又道："你来先住我家，不住宿舍。为啥呢，就你说的，厂里都是村里人当家，你住我家，他们怕我，不敢给你下绊子。等你坐稳位置，你想住哪儿就哪儿，随你挑。"

项东不由得疑惑地问道："雷书记这么爽快，一直给我提供便利，但你有没有想到我会做什么手脚？"

雷东宝笑道："你一外乡人，小泥鳅掀不起大浪，我不怕你使坏。"

项东听了不由得又笑了："雷书记，你看问题一针见血。"

"不是我一针见血，是你们知识分子想得太复杂。一针见血的是我小舅子老婆的外公，老人精，以后有机会带你看看。吃，本来请陈书记一起来的，他硬是不肯跟我吃，说我一吃起肥肉，他先倒了胃口。"

"陈书记……听说……"

"这事我告诉你，陈书记是个有本事的。"两人终于找到了话题，雷东宝将小雷家近几年的发展说给项东听，项东则是说了他所在厂最近几年的事情，彼此谈得并不投机，因观念不同，但都能退让一步，倒也将一顿饭时间抻得长长的，吃了两个多小时。吃完，雷东宝跟韦春红打个招呼，将项东送回旅馆，他则是一刻不落杀奔正明家。

雷东宝还没到正明家，正明却早已得到雷东宝会见项东的消息。因为韦春红的饭店现在几乎是雷霆的食堂，早有认识项东的业务员看到雷东宝和项东吃饭。消息传到正明耳朵里，正明心里一团焦躁。电缆厂那群新冒头的有技术有干劲，而且还抱团，又有现在的新贵小三加盟，他已经无缘插手。若再来一个项东，那么他去哪儿？因此他在心里求爷爷告奶奶，希望雷东宝与项东谈不成，最后谈崩。

但万一谈成了呢，他与妻子商量，他能怎么办。两人飞快地想出很多正明的下场，个个下场都比较悲惨，村人逢低踩的毛病他们又不是不知道，士根的下场就是绝好的例证，因此两夫妻不得不想到走还是留，怎么走怎么留。越想越生气，正明想自己说什么也是雷霆的开国元老，又是雷东宝坐牢时候的守家功臣，雷东宝怎么说不用就不用，要来新人替代他了呢。但雷东宝连士根都可以说不用就不用，他正明又算什么呢。说起来，雷东宝还是记恨刚出来时候他没去迎候吧。

正明正抓耳挠腮，家中大门被人拍响，不仅门响，外面还传来雷东宝的大嗓门。正明两夫妻对视一眼，这一刻，正明相信项东和雷东宝肯定谈下了。他脸色铁青，但也不得不走去开门。

雷东宝一进门就看到正明脸皮僵硬，立刻明白，道："知道了？给我看脸色？"

正明勉强笑道："哪敢给书记看脸色，书记请坐，喝茶。"

雷东宝开门见山："我请项东来，已经谈好，先试做铜厂三个月。我不会亏待你，我打算安排你做雷霆的副总，我下面就是你。你从项东来那天起，不再具体负责工厂具体事务，就这么定。"

正明没想到是这么个安排，他想了好久，才问："那我做什么？"

"不是说做副总吗？我管不过来的事你来管，你一张脸比我长得好，以后大多数事情你出面。"

"书记，我哪里敢抢你的事。你管着审批权，你是雷霆的标杆，我怎么敢越过你？你还是给我个干脆的吧。"

"你什么意思？你说我架空你？我是没义气的人？你看低我？那你说，你想干什么？本来我想听陈书记的话把雷霆改集团，总部设到市里去，这些事都你来做，我最烦这种水磨工夫，你去做最好。好，你不干，我培养小三。"

正明在雷东宝一连串的决定下一张脸挂了下来，哭丧着道："书记，你还是没给我具体工作。"

"我也不知道雷霆变集团能变出些什么花头来，你自己找工作做，也给我找事情做。都要我教你的话，还让你做副手干吗，叫小三就行。你在基层有一定威信，换红伟就不行，红伟在两个厂的根子没你深。你好好想，这两天跟谁也不许说，要么答应，要么离开雷霆，两条路。想出来之前，你给我关门里，不许离家一步，我走了。"

正明两夫妻看着雷东宝连沙发都没坐热就走，都一致没出声挽留，眼睁睁傻愣愣地看着他出门，好一阵子的沉默。好久，正明妻子才道："这算是重用呢，还是架空呢？"

正明茫然地摇头："不知道，都是他一个人说了算。"

正明妻子忧心忡忡："若说真是架空，也不像，他这霸王……"正明妻子忽然想到门还开着，忙先去把大门关了，对自雷东宝来后就一直站着没挪窝的丈夫道，"他要真不给你事做，照他一向的霸道，哪里需要绕个圈子把你架空了才杀？是不是怕你说出些啥去？"

"他哪会怕我闹啊，他连士根都敢说不用就不用，我算老几？只怕我还没闹起来，就得让他指挥四宝把我们一家灭了。可能他又要给项东位置，又有些不舍得放我。要不，我自己开电线厂去？也不行，要么离开本地，否则电线厂还是在他控制下，红伟现在想让哪家小电线厂死就哪家，也狂得很，不行。"

"要不，真的老老实实做他副手？可这个位置难坐啊，责权不分明，摆明以后要跟他起冲突嘛。这不是让你以后天天跟着他背后做孙子吗？"

正明颓然坐下："你看孩子做作业去，我好好想想。"

正明妻子离开，留下正明一个人在客厅里发呆。他想了所有的因果，若从收入从社会地位两方面来讲，委曲求全地留在雷霆辅佐雷东宝是最佳出路。可这个辅佐的位置没根基，而且又是未来职责不清的情况下，难啊，都得看雷东宝的脸色。雷东宝只要翻脸，就全玩完。这位置风险太大了。可是，项东的来已经注定了，他也可以肯定的是，雷东宝一定会血腥地坐镇铜厂，直到把项东稳稳插入铜厂才会罢休。他正明再兴风作浪也改变不了事实，除非他顶翻雷东宝。他更不可能偏居到电缆厂，没雷东宝支持，回不去了。他想来想去，还真只有两条路，没中间道路。

他想，在眼前还没翻脸的前提下，他选择留。以后不行，起码也有一个口实，是雷东宝对不起他。

既然留……

正明毫不犹豫地起身，速战速决，先找雷东宝把话敲定了，别蝎蝎蛰蛰还什么考虑几天，反而不讨好。他敲开雷东宝的家，没想到雷东宝却已经上楼洗漱睡觉，还是雷母来开的门。他也不客气，直接上楼去找雷东宝，因他知道，迟一天早一天，对于在雷东宝心中刻下的印象而言，那是截然不同。

果然，雷东宝挺开心，半躺在床上表扬正明脑袋清楚，干脆就布置任务，让正明开始去市里物色办公室，好的话索性买个小楼，正式开始构建集团架构。

正明答应了回到家里，又想了半天。从今往后，他正明在小雷家的优势全没了，雷东宝可以随心所欲处置他，全都看他未来的表现。看来他必须开始好好逢迎雷东宝，让雷东宝见他如见亲人，就跟雷东宝看见从小一起同学的红伟一样，那才能保住自己的位置江山永固。至于怎么做，正明一时也想不出，但总之是投其所好。正明想，这不是古代的奸臣吗？可是，不如此，他还有其他选择吗？

过几天，项东就被雷东宝很高调地迎进小雷家，安插在铜厂厂长位置上。而正明在忙于建构雷霆集团之余，见缝插针地找机会在雷东宝面前晃晃，摸摸雷东宝的顺毛，仔细观察雷东宝于公于私究竟最急需什么。

不久，正明在多次请示雷东宝的意见后，买下市区二类地段新办公大楼的整整一层，请人粉刷装修，迅速弄出个样子。又登报招聘新人以充填集团办公室。而向工商机构改注册的工作也紧锣密鼓地展开。他其实也一直密切关注着项东的工作，他想看看，项东如果坐不稳，雷东宝又将如何收场。他看到项东上任之后，连续两个星期没有任何动静，只一个劲地调研调研调研。他又看到项东晚上住在雷东宝家，经常与雷东宝谈到挺晚。他心说看这样子项东把雷东宝勾引住了，因为他了解雷东宝，如果雷东宝对话题不感兴趣，那是猴子屁股坐不住。那么，他回去小雷家重新主持两家厂子的希望基本也没了。

正明只好死心塌地做他的集团公司事宜。改一个名目，工作却是千头万绪。但正明两家大厂都管了，还能怕这些琐碎小事。他还能找出时间亲自面试络绎前来应聘的年轻人。其实是他心里烦闷，想看看小年轻们在他面前出洋相。

然后正明看到了冯欣欣，当冯欣欣坐在才装修了一半的大办公室里等面试的时候，正明一眼看到她就觉得熟悉。正明想来想去想不出，面试的时候也忍不住问了好几个问题，看自己是不是与冯欣欣有过交集，看起来也没有。正明只感觉这女孩子文文静静的，说话细声细气的，看着挺舒服，打字速度快，能熟练操作WIN3.2，就让冯欣欣留下电话回家等通知。但不确定用不用这个冯欣欣，因为她学历不高，才职高毕业。

正明一直到晚上回到小雷家，看到雷东宝的家，才忽然醒悟为什么看着冯欣欣眼熟，原来冯欣欣像雷东宝去世的妻子宋运萍。正明当时就站在黑暗中笑了，而且笑得非常轻松。回到家里，正明并没对自家妻子提起。

07

梁思申下班赶赴外公的古董小店，履竺小姐的电话约请。有些闲事她不能不管，因为竺小姐电话里明着对她说，跟她说的事可能会刺激外公的老命。

梁思申心说能有什么事，无非是分手而已。外公这辈子经历的生离死别太多，女儿都能失散几十年，哪里还会把个区区竺小姐放在眼里。但想到两个各怀鬼胎的男女对质又没意思，她到底还是维护自己的外公，这是一种在她看来很不理智的维护，可人不就难脱那几根不理智的烦恼丝吗？反正给外公两个小时，不算多。

六月的上海已经很热，打开车门便感觉如被一层黏糊附身，走一段不到百米的路便一身不自在。但是只要钻进开着冷气的古董店，看到泛着陈年幽光的各色古玩，一颗心便安静下来。柜台后，是一身雪青真丝短衫的竺小姐。竺小姐的玉臂轻扬的时候，荷叶袖泛出一阵涟漪，映得一张脸平静而美丽，没有梁思申预料中的紧张。梁思申看着心说，这个竺小姐跟上外公后，审美突飞猛进。

梁思申也没客气，进门就问："是不是准备与我家外公分手？"

"是的，我准备出国，我想今天把店子盘给你，这些是账本。"

"多谢你有始有终，恭喜你心想事成。账本我不看了，交给外公自己处理，还有什么吗？"

"我建议你还是看看的好，我们当面交接清楚。"

"我不担心，如果有误的话，我们只要报警就可以影响你出境。我想这也不是你愿意看到的结果。"

竺小姐愣住，一张脸终于抑制不住地变幻起颜色来，好久，她才道："我真讨厌你。"

梁思申只是淡淡地耸耸肩，没应答。

"请你告诉你外公，我结婚了，我怀孕了，就这样，我走了。"

竺小姐最后的话有些咬牙切齿，梁思申依然没说话，默默看着竺小姐拎起皮包扬起下巴走出店门。让她说什么才好，揭发竺小姐这一刻的外强中干？其实竺小姐这种话对外公说没影响。外公付出财物时，就压根没想买竺小姐的感情，又怎么可能为竺小姐的结婚怀孕动容？

梁思申为古董店关门落锁，用的是竺小姐移交的钥匙。但是她想了想，还是从包里捏出一枚回形针，用指甲钳夹出两厘米长的一段来，塞进锁孔，做完手脚才回去自己车上，从倒车镜上却看到自己也似乎是扬着下巴的样子，忙低头平视，一笑，心虚的人才需要虚张声势呢。

她也由不得好奇竺小姐的办事效率。她结婚后，外公顾忌到她的感受而少邀竺小姐上门，又因年老体迈和面子问题而不可能常到古董店伴竺小姐开店，竺小姐怎么就那么能耐不仅抓紧时间结婚，还抓紧时间怀孕了呢，连她结婚这么多天都还没消息呢。想到这儿，梁思申忽然想到一件事，最近忙得晕头转向，工作千头万绪，她都忘了这个月的例假似乎还没来。这一想，只觉腹中有股子冷气直冲头顶，脑袋一阵子晕眩，难道她也怀孕了？

因此外公坐在夜色渐深的院子里，看到的是梁思申大步从车子里出来，但三步之后，却又改作细细碎碎的莲花步，可步速如急雨打莲叶一般。外公看着发笑，这蛮婆，想学闺阁小姐了，可闺阁小姐的小脚哪儿走得出这般泼风也似的速度。外公懒得起身跟上，在外面透过玻璃窗了然地看着二楼梁思申的房间电灯亮起。祖孙一起生活了这么多日子，不知不觉地，外公还是掌握到了外孙女生活的规律。就像梁思申回来是绝不会跟他请示汇报，他早也了然。

但他没想到的是，梁思申正在自己房间里团团转，乒乒乓乓地翻出验孕棒，又抖抖索索地钻进洗手间测试，最后花容失色地一手验孕棒一手说明书，如此聪明的脑袋，却是需要费上好大工夫才能确定说明书的哪项内容可以与验孕棒观察窗上的红线对应。最后，梁思申瘫软在床上，长长呼出一口气，看来她的效率没比竺小姐差，她与宋运辉虽然聚少离多，可也成功怀孕了。

她拿起放在床头的电话，毫不犹豫拨通宋运辉的手机。此时手机已经基本全国漫游，她与宋运辉的联络方便许多。心情激动之下，她拨了不知道第几遍才把区号加9字头的号码拨通。接电话的却是令人失望的宋运辉的秘书，看起来这个工作狂又是下班时间在加班开会。她只得留下话，立刻打电话给父母。妈妈是一定在家的，妈妈一听到消息就尖叫一声，满是欢喜，但是妈妈随即就很关切地问宋运辉的反应。有孩子，对于她女儿是第一次，但是对于宋运辉是第二次，做妈的不肯让自己女儿吃亏，做妈的不动声色地在乎着。

梁思申极其无奈地道："他开会，我留话让他打来。"

梁母几乎是没有犹豫地提出要办病退来伺候女儿，但梁思申谢绝。妈妈坚持，唠叨着生孩子后还有养孩子，少了妈妈的帮助怎么可以，一定要提前退休，梁思申也只好随便她了。这个时候爸爸也不在家，不知在哪儿应酬，这年头好像各行各业的应酬忽然多了起来，男人们夜夜笙歌。放下妈妈的电话后梁思申下楼，心里由紧张转为喜悦，但又是非常不快，她这时候最想有个温暖的怀抱让她安心下来，让她有勇气面对怀孕的种种，可是那怀抱还在开会。

下来见外公正慢吞吞踱进门来，梁思申才想起竺小姐的事情，心说难怪竺小姐要昂首挺胸，人家当然是骄傲的，有爱人陪伴着她。梁思申现在情绪跟过山车似的，滋味复杂。

外公看到梁思申脸色复杂，其实也头痛，他即使再老辣，也不喜欢总被伶牙俐齿的外孙女顶撞得没意思，心里暗自运气做好反击准备，后发也可先至。

梁思申过去厨房看看晚饭的菜，出来就对外公道："外公，有两件事要跟你说一下。第一件事，我怀孕了。"

外公挺惊讶："你不是职业女性吗？不是说职业女性都千方百计把婚期孕期推后，换升官发财吗？"

梁思申没想到外公的问题与妈妈的截然不同，不得不想了一下，才道："顺其自然吧，一个凡人哪来那么多规划。第二件事……"

"你哪来那么多大智慧，这话我听着挺对，人这辈子，不能不信命，我越老越信命，有些人自以为聪明，跟命对着干，都是劳命伤财。回头你的饭菜都跟我的一样，你的饮食没营养。你别苦着一张脸，不就是小宋不在身边吗，多大的事，你多怀几次孕就不会太当回事了，吃饭。"

梁思申被外公打断，本以为又会听到什么嘲讽，却被外公后面的话惊住，看看外公，自觉地离开原本远远地与外公对峙着的长餐桌另一端，乖乖坐到外公身边，但看着满桌的熟软饭菜，不由得疑问一句："我胃口好像还挺好的样子？"

"那是福气，但未必一个月后还能好，别牛吹在前面。第二件事是什么？"

梁思申这时候有些不忍心打击外公，小心地看着外公的脸色道："竺小姐打算出国了，这是她移交给我的古董店钥匙，账本之类的我都放在店里没拿来。"

外公显然是比较吃惊："她说什么原因没有？"

"不外是找到更好的依靠，祝福她。店里有没有贵重物品，要不要今晚就去验收？"

外公显然比较气闷："应该是我不要她，怎么可以是她先提出？"

梁思申诧异："这话我记得我高中时候说过，后来就没这么无聊了。"看外公态度，她就把竺小姐结婚怀孕之类的话更咽进喉咙里。

"返老还童不行吗？"外公还是板着脸，但要说太不快，也没有，"饭后载我去店里，我要看看。"

梁思申放心了，看起来外公最关心的还是他的财产，因此她也就心不在焉了，更关心那边客厅里的电话机。本来她一向晚上不吃什么东西，这会儿开戒，现在开始是两张嘴在吃饭了。她其实一向不打没准备的仗，关于怀孕的书早有阅读，也早在营养方面做出准备，可事到临头还是慌，很想找个人靠着，她一时有些没法接受这个事实，她需要诉说，需要分享。

外公这时候也是沉默着，一直想着心事。梁思申想不出老头究竟是不忿还是伤情，她自己也神思恍惚着，所以还不如说话扰心。"外公，听说没有，今年的大学生价格特别贱，今年是国家第一年不包分配，由着大学生自己找工作。"

"小竺的时候已经贱价啦，包分配包回老家做没文化人都能做的事，还不如不要分配。闯回上海又没有户口，在上海找工作都难。这国家，匪夷所思。"

"难怪她说她没选择。"梁思申没想到外公才一句话就提到小竺，"你喜欢她，不会对她好点？"

外公却直说："没什么喜欢不喜欢，只有些习惯。看起来她对我挺失望，老不死，指望不上遗产。我对她不错，给她的钱比小辉收入高，开店也是有意培养她一门手艺，可惜她只想白吃白拿。你有钱有靠都还在努力做事，我看不出她有什么理由荒废好好的脑子只想白吃。"

"她是以青春做一次性投资，从这个角度看，你给的报价并不高。"

外公冷笑道："我跟小竺摆明了是交易，她接受就留，不接受就另换高枝，很简单。"

"如果她是找到丈夫了呢？"

外公继续冷笑："恭喜那瘟生。"

梁思申点头："还是挺男人的，我看下资料，你慢慢吃。"

"这就去，不吃了。"外公扔下筷子，去换衣服准备出去。

梁思申难得地没去打击他，仔细检查一下手机的电量，就拿上必需的用品先去把外公的车子倒出来。等外公出来的时候，车子里面冷气已经开足。但是外公让梁思申换大切，因为大切安全性能好。梁思申不清楚外公怎么一下对她体贴起来，难道是因为她有孕了？因为外公重视宋运辉，连带把带着一个宋运辉的球的她也重视起来了？以前外公可是说什么都不肯降格坐她的大切的。

两人一路无话，到了店门外，外公看梁思申低头用包的磁性搭扣在忙碌什么，奇道："你做啥手脚了？"

"我往锁孔放了一根细铁丝，吸出来就好。"

"哦，你怕小竺手里另外有钥匙？倒是聪明。"

"不能不防。"梁思申说着就熟练地把铁丝吸出少许，又用两根手指轻轻一捏，就取了出来，这才开门开灯开空调，让外公进去。正好这时她的电话响了。她想到外面接听去，可外面一阵热浪一阵烦，只得退回接起。正是宋运辉。她两眼也同时瞄上了手表，一看已经是八点多，不由得叹道："你又还没吃晚饭吧？"

"吃了，开会间隙让食堂送来两个馒头，你今天没加班？"

"嗯。我……我好像怀孕了，自己已经测试出来。"外公在旁边清点着要紧货物，听到这儿不由嗤之以鼻，到底是蛮女，一到紧张的时候用词就不准了，这时候应该含蓄地说"我有了"。

宋运辉在办公室里却差点当众跳起来，难怪梁思申有史第一次留言说十万火急。"什么感觉？人舒服不？我……我在办公室。"

"一点感觉都没有，你不奖励一个飞吻或者什么的？"

宋运辉只能在办公室里嘿笑，但坚决地道："我晚上过去上海。"

"唔，不用，现在没飞机火车了，得自己开车，辛苦。"但是梁思申嘴上拒绝着，脸上早已乐开了花，"不用来，不用，我能照顾好自己，再说现在什么迹象都没有，真的，你很忙。"

宋运辉即使再激动，也听得出前面梁思申言简意赅，后面就话多了，他只是道："我这儿几件事处理一下，得稍晚点才能出发，估计明天早饭时候才能到，你不用等门。"

梁思申挂了电话，就眉开眼笑了，却看到外公皱起眉头。而她妈妈的电话接踵而至，她没来得及顾上外公，先跟妈妈报告宋运辉连夜赶来。梁母这才心里平衡。原来梁母上一个电话后，就连发十二道金牌将丈夫叫回家，两人一起想出一些注意事项，先说给女儿参考。但梁思申说不用，她看了国外权威书籍，只要回去再对照一下就清清楚楚，还对梁母说出来的一些约定俗成事项进行科学的反驳，搞得梁父梁母挺没成就感的，可那是他们女儿，没办法。

等梁思申终于打完马拉松式的电话，外公才道："少几样，小竺识货，拿的是最贵重的。"

"放店里的都不是最贵的，就算送她吧，也算是一场缘分。"

"送她是送她，冤大头是冤大头，这事一定要搞清楚。走吧，其他一些廉价的我没兴趣查。"

"那你准备怎么办？"

"明早你送我去警局。"

"何必啊。"梁思申耸耸肩，将门又锁如法炮制了，与外公一起回家。

到家，小王却递上一个箱子，说是刚刚竺小姐送来的，外公立刻打开箱子看，一看就点头道："还有点良心。"

梁思申一笑："我跟她说过，我不怕她拿什么，我报警会影响她出境。"

"妈的，现在大陆人靠不住的多。"

"东西拿回来，你也别骂了。你本来就没好好待见人，人家也不会好好待见你，我上去看书。"

"你慢些，这两样，送她吧，你联系她，我懒得见她了。"

梁思申耸耸肩，道："她一准不敢回我电话，要不你试试？"

外公看看梁思申，又看看一箱子东西，再看向梁思申，摇头道："做人，还是需要点智慧的。"

梁思申感觉外公这算是变相表扬她，但她心情好，就说了句"得知足"，不跟外公多争论，其实外公缺点儿知足的智慧，依然小碎步地走上楼去。

第二天，果然宋运辉在早饭时间赶到，只可怜了他的司机。梁思申那个心花怒放啊，恨不得不去上班，还是宋运辉看着时间不对硬把她送去才罢。这边外公笑嘻嘻地嘲笑宋运辉总算可以放心了。宋运辉只会在疲倦的脸上展示一个疲倦的笑，什么都瞒不住外公，幸好外公比较中立，否则他死无葬身之地。他本质是个技术人员，因此他对于一直没彻底搞清梁思申为什么爱他为什么嫁他非常在意，源头都搞不清楚，叫他怎么放得下心来。那简直是把房子建在流沙之上的感觉。而有了孩子，一切大不一样。

宋运辉准备摸上楼去睡一觉，虽然一路在车上睡过来，可到底是不舒服。但外公叫住他："小辉，我看思申给我带来的那些政策条规，会不会我的投入变成非流通法人股？如果那样，我的投入不基本成废纸了吗？"

宋运辉笑道："我能那么傻吗？外公别操那些个心。"他走上几个台阶，才忽然又想到问题，"暂时不能上市，但能平稳而且丰厚产出的重组企业，你要不要投？"

外公笑道："我一大把年纪，要来日方长做什么，我就一赌徒，抱世纪末心态，不能上市我不起劲。"

宋运辉听了笑，外公立场鲜明，真小人一个，倒是容易相处，"我看思申爸爸那边两家企业都是骨子相当不错的，但重组可能会遇到一些阻力，需要思申爸爸多方努力，估计得错过这回试点企业名单。错过这批的话，我对近期上市就不抱太大希望了。外公既然不喜欢就算了。"

外公当即敏锐地捕捉到宋运辉话里的"阻力"和"需要思申爸爸多方努力"，猫腻，这其中有猫腻。但那其中的猫腻外公一时想不透，只能拿眼睛看着宋运辉走上楼去，心里设想无数可能。

宋运辉在锦云里一向睡得特别好，估计是外公这个享受惯了的人做的好事，这房子外面看着老旧，里面通风隔音温度甚至包括湿度都是一流的，再加在梁思申身边开心，他倒下就睡着了。

只是睡完了起来吃中饭，梁思申却给他一个令他啼笑皆非的电话，原来梁思申请假溜出去一会儿自己去医院做了孕检。宋运辉心说她怎么就不叫上他一起去呢，怎么就独立得漫天乱飞呢，真让他这个做丈夫的没有成就感。

宋运辉吃了中饭就开始工作，他恨不得接通一个电话就附加一句"我又有孩子了"，可他毕竟不是毛头小子，只好低调。秘书告诉他又有一个号称十万火急的电话，来自雷东宝。宋运辉心说昨天一个十万火急的电话让他知道太太有了孩子，今天这个十万火急的电话又会告诉他什么。雷东宝一向不是嘴上跑马的人，他说十万火急，肯定有大事。但宋运辉有些心惊胆战地想到会不会又出大事，他有时候真是怕雷东宝那爱惹事的性子。因此拨通电话听到雷东宝气壮山河的一声"喂"，宋运辉先自松了半口气，还好没又给抓了："大哥你十万火急什么事，我也有事，我们思申有孩子了，你准备着封红包。"

"哦，男娃还是女娃？你占便宜啊，你老婆外国人，要生多少生多少，我还一个都没。要不你们多生几个，过继一个给我。"

宋运辉又好笑又黯然，可怜雷东宝命中没儿子，心里不知道多想要一个。"才怀上，哪儿就知道男女了。"

"多生几个儿子再过继给我，女儿我不要，女儿肯定像你老婆，太妖精了，吃不消。"雷东宝说完就大笑，心里能猜到宋运辉一听人家说他那个妖精老婆肯定得一脸不高兴，他就是故意要挑逗挑逗宋运辉，太难得的机会，"我有要紧事，你真不知道，我今天去新办公室看到一个人，一看见我就呆了，一头冲过去撞玻璃墙上，你知道是谁？"

宋运辉听电话中雷东宝的声音满是兴奋，奇道："谁？你看见我也不会那么激动。"

"就是，就是，你当然不如她。我看见你姐了，真一模一样，我撞了玻璃也不管了，赶紧掏出钱包看你姐照片，真一模一样啊。这个小姑娘现在是我们雷霆集团办公室文员。小辉，你快，赶紧过来看，要不行我带她去你家去。"

宋运辉奇道："长相差不多有什么稀奇，你别胡思乱想，借题发挥做出错事来。"

雷东宝给说得很没劲，一口气转不过来，伸出粗壮手指狠狠将电话掐了，吧嗒一声将手机扔桌面上，懒得理宋运辉。这么重要的一件事宋运辉竟然不当回事，叫他情何以堪。

宋运辉心说雷东宝学人家小孩子啊，做人还看皮相的。他估计雷东宝只是一时兴奋，姐姐都离开十年了，雷东宝哪来这么长情，无非是终于冲出小雷家进城，见到鲜嫩城里姑娘，一时目不暇接而已。但宋运辉不免想到这一两年里见识过的不少先富起来的人家里一个外面一个的不堪，他有些担心雷东宝这个直来直去的人会做出什么错事，以前雷东宝对韦春红，不也是又不肯娶人家又跟人同居吗，当时雷东宝说起来的时候并不怎么当回事。但宋运辉终于还是没将奉劝电话打出去。人家雷东宝好歹是一团热情还想着他的姐姐。

雷东宝扔了电话后，则是通过打开的总裁室门，朝外看走廊。虽然看不到冯欣欣的办公室，可一想到那个面目婉约的女孩就坐在那边，他心里激动，他生气宋运辉不把这事当回事，他估计这小子现在飞黄腾达，早忘了姐姐。

本来他还想把宋运辉当作第一个报道心情的人，没想到被浇一盆冰水，他灰心之下，叫隔壁的正明进来。这一个楼层目前都是他们雷霆集团的办公室，房间用铝合金玻璃隔断，里面人在做什么都可一目了然。只有雷东宝的总裁室外人是看不见的。眼下集团办公室里没几个人，正明一起身出来，似乎就搅起老大的动静。

08

正明早就看到雷东宝早上的剧烈反应，他一直在等雷东宝叫他议论冯欣欣此人，但等了半天都没等到，被叫进去都是说的一些工作上的事，他心里有些失望，以为雷东宝是只没缝的鸡蛋，看来是不是他得另想法子了。

但这回被叫进去，雷东宝却问他："旁边文印室那个小姑娘叫什么？是不是姓宋？"

正明终于松了口气，忙道："她姓冯，叫冯欣欣。职高毕业，今年虚岁二十一岁。"

"这么小？"雷东宝惊讶了一下，但随即想到他认识宋运萍的时候，宋运萍也才二十来岁，难怪看上去这么舒服，"你了解一下这个冯欣欣，看看她家有没有谁跟小辉家有关。"

"书记的意思是冯欣欣跟宋总姐姐很像？我看见时候也觉得像，特意侧面了解一下，她家还真没人姓宋，也没人姓宋总母亲的姓。小冯是郊区人，家跟宋总老家是一个东一个西，全不搭界。小冯现在是跟两个职高同学一起租房子住，没和家里人住一起。"

雷东宝脱口而出："哦，下班回家还要自己烧饭？可怜，才那么点大。今晚我们跟南京来的客户吃饭，把她叫上。"

正明笑道："那小冯还不开心死，我们今晚去哪儿吃？要不去金碧辉煌吧，吃完顺便唱歌。"

雷东宝几乎没想，就同意了，虽然以往雷霆有饭局大多放在韦春红那儿。正明微笑着出来，跟冯欣欣说今天老板带领一起去金碧辉煌见世面，冯欣欣小姑娘心性，高兴得不得了。还没下班，正明就带着冯欣欣一起开集团新买的三辆车中的一辆去火车站接南京来的客人，安排客人住进宾馆，耐心指导冯欣欣帮客人登记入住，令冯欣欣感激不已。冯欣欣还是第一次接触高档宾馆，脸上满是闪亮的憧憬。正明悄悄观察着，暗暗掂量着。

雷东宝和红伟一起等在包厢，雷东宝已经把冯欣欣其人告诉红伟，红伟心中好奇，翘首等待第二个宋运萍出现。但红伟忍不住偷偷观察雷东宝的脸色，竟然发现雷东宝看上去很是兴奋的样子。红伟不免想到韦春红的那张脸皮和韦春红至今未孕。红伟什么都不说，默默旁观。这种事插手了是小人，反对了是蠢人，这

163

两种人他哪个都不想沾边。

终于南京的那两位客人进来了，红伟看到了冯欣欣。红伟一看到冯欣欣，就开始敏感地留意起正明的态度，果然见正明特意发话将冯欣欣安排在雷东宝的对面，又与客户没有直接接触，而是夹在正明和红伟之间，非常微妙。红伟鄙夷，但并没发话。南京客人不大会喝酒，大家吃了会儿便去唱歌，冯欣欣也去。红伟注视着冯欣欣的兴奋样子，心想这个女孩长得像宋运萍，神态却像宋运萍养过的兔子，两只眼睛红玻璃一般晶亮。红伟也看到雷东宝时不时鼓励冯欣欣想唱就唱，还特意叫来一个小姐帮忙点歌，不让冯欣欣忙碌。

雷东宝是越看越喜欢冯欣欣，心里不知道多想捏一把那张熟悉而娇嫩的脸，可终于还是因为客户在场而克制。一直等到唱歌结束，大家一起走到外面，雷东宝便发话，由他开车送客户回宾馆，顺便送也住市区的冯欣欣回租屋。

正明心照不宣，红伟答应则是当作反应迟钝。雷东宝几乎是急赶着地送客户回宾馆，客户客气说不要下车，他也真不下车，带上冯欣欣在宾馆院子里遛个弯离开。单独相处，雷东宝终于可与冯欣欣畅所欲言，他关切地问起冯欣欣家里几口人，为什么到雷霆来工作。冯欣欣本来对这个体积庞大、不怒自威的雷总有点怯，可几句下来就感受到雷总的善意，叽叽喳喳跟小麻雀一样地说开了。说了家里几口人，说了经济条件需要她出来工作养家，说了她职高毕业能进雷霆这样的集团工作真是荣幸，工资又高环境又好，比她其他两个一起住的同学幸运，还比她那些今年需要自己找工作的读中专的同学幸运，她说那些中专毕业的同学工资都还不如她，她以后一定好好工作。

雷东宝嗯嗯啊啊地听着，并在冯欣欣的指点下找路送她回家，他不厌其烦，甘之若饴。但等看到冯欣欣租住的房子，不由得惊道："你们三个女孩子住这种没防盗门的平房？要命。"

冯欣欣不好意思地道："我以前没钱，现在也才刚在雷霆领了半个月工资……"

雷东宝点点头："行，你下去吧。等等，车后面有客户送的东西，我看看是些什么。"

冯欣欣不知道什么事，老老实实在车旁等着。雷东宝下去打开后备箱一看，笑了："真空包的盐水鸭，还有板鸭，你都拿去吧，招呼你小姐妹一起吃。"雷东宝说着拎出老大两只黑色塑料袋交给冯欣欣。冯欣欣显然很高兴，乖巧地又是谢谢雷总，又是雷总再见，听得雷东宝耳朵里跟滴了蜜糖一样，带着满心欢喜而去。

　　回到韦春红饭店，见韦春红还睡意蒙眬地等着他，他看着韦春红想着冯欣欣，对贴上来的韦春红没有感觉，连捏一把都没有。韦春红奇怪了，雷东宝都有超过三天没来市里住，怎么对她反常地没热情。韦春红候着雷东宝睡着，起身偷偷将雷东宝全身检查个遍，查不出异常，这才放心回床上睡觉。

　　雷东宝第二天去上班，冯欣欣对他不再那么紧张。回头雷东宝跟正明说起小姑娘住的地方不安全，正明立刻心领神会，替冯欣欣租下一处一室一厅的公房，冯欣欣欣然搬进去住，租费自然是放在集团列支。此后只要有吃喝玩乐，雷东宝便带着冯欣欣，几乎有一刻都离不开冯欣欣的意思，冯欣欣也是格外信任这个雷总，小姑娘自作主张教雷东宝打字。正明则是眼明手快地替雷东宝打点善后，一方面替雷东宝制造接触机会，一方面暂时不在集团办公室放一个小雷家人。因此人们虽然看到老板与冯欣欣有异，却暂时没有风言风语传到小雷家诸人耳朵里。

　　雷东宝一直想越过那一步，可一直心有顾忌，他总归是觉得婚外与人乱搞不好。但不到一个月的有一天，他喝了点，冯欣欣也喝了点，他照例送冯欣欣回家，进门就忍不住行动了。冯欣欣坚拒不从，提出不结婚不给碰。雷东宝抱着细腰一握的冯欣欣哪里还把持得住，当即满口答应，说冯欣欣只要给他怀个孩子，不论男女，他都离了那头。当晚雷东宝就宿在冯欣欣的小香闺。而冯欣欣也争气，第二月就怀上了。

　　喜得已经四十多了还没孩子的雷东宝将冯欣欣视若珍宝。不用雷东宝下令，正明就把冯欣欣的租房换大，方便往后有人进门照顾。即使有些事是正明没想到的，但只要雷东宝一开口，不管有理没理，正明都是一句"你是老大，你说了算"，无论如何都能把雷东宝要求的事情圆满完成。雷东宝最先听见这样的话还觉得不自在，可后来越来越习惯，渐渐变得理所当然，别人有顶撞，他还觉得不是味道，他们算老几？因此他也越来越倚重正明。正明也更事事贴心，亲手调教出一个守得住嘴巴的司机，以方便怀孕的冯欣欣用车。雷东宝偷懒，顺便也用起司机，自己懒得开车了。

　　但是租房总不是办法，雷东宝考虑买间房子给冯欣欣住。他自己的钱都是韦春红严管着，他只能拿出一万来，他只好将这两个月的收入黑了不上交，又问正明借一部分，凑足十万，给冯欣欣买下市区新建的两室一厅，等简单装修后让冯欣欣搬入。还让正明动用集团在市区的便利，问人事局要来迁户口的名额，把冯欣欣迁为市区户口。冯欣欣眼看着日子如芝麻开花节节高，自然是眉开眼笑等着雷东宝离婚娶她。

而此时，难题也同时摆在雷东宝面前。离婚，说得容易，可真做出来，雷东宝难以越过自己心里的那道坎，毕竟与韦春红这么几年的夫妻，他最苦的时候，别人都离开他，韦春红是始终站在他身边的人之一，要他跟韦春红说出"离婚"两个字，真难。可是不说，他又怎么舍得冯欣欣肚里的孩子？他这辈子命里亏儿子，每次去庙里算命每次都这么说，他都已经快失望了，现在冯欣欣肚子里有种，他能不要？他嘴里跟冯欣欣敷衍着，行动上犹豫加犹豫，知道消息后好几天没行动。

那边，韦春红到底是坐实了自己的怀疑。本来雷东宝此人大大咧咧，四海为家，几天不回家也是常有的事，但是雷东宝即使再几天不回家，却不会几天不要她，因此韦春红感觉非常反常。韦春红向难得回来一趟的雷东宝询问，被雷东宝眼睛一瞪就瞪回去。韦春红试着从小雷家的几个相好的朋友那儿入手，可人们都说没见雷东宝做什么事。韦春红只得认定自己多疑，又耽搁了几天，好生观察。只是越看越不对，那天雷东宝换下来的内衣里，她终于勉强戴上掖了一年都不敢戴的老花镜，发狠找出两根长头发。头发都跑进内衣了，那还能不出问题？韦春红当即打电话找雷东宝询问，但是雷东宝一句"神经病"就把电话挂了，什么解释都没有。

韦春红又气又急但不会没招，她立刻叫来一个小厨子，让骑上她的大白鲨摩托，去雷东宝集团新办公室所在地埋伏盯梢，务必抓个现场。小厨子连盯三天，雷东宝也连着三天没回家，韦春红气急得满嘴燎泡的时候，终于得到确切结果，雷东宝这三天都宿在一处小区居民楼里，与一个小姑娘同进同出几次。

韦春红气得眼睛血红，妖精，果然有妖精抢她老公。她想立刻上门找雷东宝论理，但又怕打草惊蛇，便将一肚皮气忍而不发，照常将晚上的生意做下来。晚上下班前擂鼓点将，第二天一早趁店里生意还没开始，带上两个跟她做了近十年的厨师杀奔那处居民楼。一个厨师手起斧落，一把砍猪腿的斧头劈开大门一伙人冲进门去。却见人去楼空，他们不知道冯欣欣正好昨天搬去了新房子，韦春红气得操起凳子乱砸。

等房东闻讯赶来，只见一室狼藉，韦春红他们早撤了。房东当然不甘损失，一个电话打给正明，一个传呼打给冯欣欣，要两人赔他的家具门窗。正明一听就知道坏事，立刻蹿到雷东宝的办公室通报敌情。雷东宝这等泰山崩于前而不乱的人都吓出一身冷汗，心说他这辈子怎么专门在子息上面出问题。今天幸好没出事，要是昨天没搬，依韦春红的性子，还不把冯欣欣当妖精打趴了，他的孩子还能保得住吗？

雷东宝知道他不能磨蹭了，再磨蹭，伤到的就是他好不容易得来的孩子。他立刻打电话让冯欣欣这两天别出门，别让韦春红找到。冯欣欣却在那边哭哭啼啼地问他，会不会有生命危险，要不要把这种来路不正的非婚生孩子打掉，要不她现在开始跳绳子跳掉吧，急得雷东宝也想血洗办公室。

雷东宝更不能等，立刻飞车前去韦春红的饭店，进门，就见韦春红叉腰骂人，饭店里面就像台风压境。雷东宝视而不见，进门就一把抓住韦春红往楼上走，韦春红给拖了一个趔趄，反手就是一口，生生将雷东宝咬得放开手。雷东宝急了，一把操起干瘦的韦春红就上楼，不管她怎么踢蹬，硬是又抱又拖地上去他们的房间，扔到床上踢上门。

韦春红怒斥："谁神经病？那狐狸精是谁？住哪儿？我劈了她……"

"我对不起你，我们离婚，她有我孩子了。"

韦春红本来怒得张牙舞爪，闻言如遭雷击，整个人如泥塑木雕，脑袋一片空白。孩子！雷东宝的命门，也是她的命门。一句话中，似乎"离婚"两个字已不再是重心。

雷东宝到底是心虚，看着韦春红这样他心里也不好受，但既然离婚势在必行，他又不会甜言蜜语，就只有背着手站在一边看着。

韦春红好久才回过魂来，眼泪断线似的掉下来："东宝，我除了没给你生个孩子，我哪儿对不起你了？"

"没有，你对我很好，是我对不起你。"

"我不行，我没法给你生个孩子，我对不起你们雷家。要不你跟那小姑娘说，孩子尽管生，生下来我给她养，我保证比孩子亲妈还亲。东宝，求你别跟我离婚……"韦春红说着，无力地倒在床上哀哀痛哭，她是那么无能为力，谁让她不能给雷东宝生一男半女，她最知道雷东宝求子心切，以往不信鬼神的人现在到处烧香拜佛求个子息。要她如何责备雷东宝，全都是她没用啊。

"不行，孕妇要去医院正规检查，没结婚没准生证的不行。这事我对不起你，要怎么离，你一句话。"

"准生证我去打，行不？要不我去跟小姑娘说说，让她算是替我生，行不？你不会说软话，我来说，我可以跪她，只要她给你留个种下来，行不？我保证不会再动手，她要动手我也打不还手，骂不还口。东宝，别跟我离婚，行不？"

雷东宝没想到韦春红这么求他，好像反而他有理了似的，他还以为照着韦春红的泼辣性子，应该是刚才那样照着他咬一口才对，他都不忍心看倒在床上披头散发的韦春红，只能转过身去，背对着她，要不然他说不下去。"那小孩，我要定了。我已经四十多了，等不及，孩子要是有个三长两短，大家都别活了。你好好想，你有什么条件快提。"

"我要什么条件啊，我只要不离婚，你什么条件都可以商量。"

其后，雷东宝说什么，韦春红都是咬定不离婚，其他都好商量。雷东宝看拧上了，只好走掉。他知道自己理亏，但是理亏也只能理亏到底了，他太想要个孩子了。

韦春红见雷东宝不顾而去，号啕大哭，她知道自己希望渺茫，她现在虽然真是杀了那狐狸精的心都有，可是她不能杀，那狐狸精肚子里有雷东宝的种。现在就是狐狸精打上门来，她都得好茶好饭地伺候着，不敢怠慢。她又不是不知道计划生育政策严格，狐狸精想要正常生个孩子，一定要通过正常渠道，她能不让路吗？可是她能让路吗？她要是退出，以后雷东宝身边还有她的位置吗？那个还是年轻的妖精，又为雷东宝生了孩子。她人老珠黄，肚皮不争气，比都不用跟那妖精比。

韦春红哭了好一会儿，才擦干眼泪，找最后的稻草。她最知道能说服雷东宝的人有限，连雷家老娘都不行，她只有抱一丝希望找宋运辉帮忙。可她心里其实不抱希望，她是替代宋运辉姐姐的人，宋运辉刚开始并不待见她。可她指望宋运辉这个规矩人能站在道德的立场上指责雷东宝的犯错，要雷东宝迷途知返。

没想到电话打过去，接电话的是个年轻女人的声音。韦春红一想，难道是宋运辉那个后妻？这一想，立刻感觉自己找宋运辉说话有多荒唐，那也是一个离婚再娶的男人呢。但她现在抓救命稻草，只能死马当活马医了："你是小梁吗？你在东海啊，我是韦春红，他大哥雷东宝的……"

"啊，韦嫂，你好。我休年假，这几天过来住着。你怎么，身体不大好？感冒？"

"我哪儿感冒啊，我还不如死了好……"被梁思申一问，韦春红一腔委屈又找了回来，眼泪再度夺眶而出，"东宝……东宝他跟单位一个小姑娘好上了，小姑娘孩子都替他怀上了，他今天来跟我闹离婚。你说我哪儿对不起他，他要孩子他尽管外面生来，我会替他养，他怎么一点情分都没有一定要跟我离婚呢……"

梁思申最先大惊，但听着听着就目瞪口呆了，对雷东宝不理解，对韦春红更不理解。那边韦春红哭得肝肠寸断，她这边看着忙忙碌碌不知道跑来跑去干什么的宋引发呆，发现她的情操真是不够高尚，她对宋运辉的婚生子女都没韦春红那么忘我。这时候她看到宋运辉洗完澡下来，她冲宋运辉摆摆手，示意这个电话不要他接。

"那你准备怎么办呢？"梁思申等着韦春红好不容易哭诉告个段落，才插话进去。

"你让宋总帮忙跟东宝说说，行不？东宝是我的性命，他要跟我离了我不能活呀。你让宋总跟他说说，你也是女人，你能理解我吗？我要跟东宝一辈子的啊，我……"韦春红泣不成声，后面只听她的哭声。

梁思申一迭声地答应："行，我一定说，是，谁结婚不是想着一辈子的。你等我们消息。"

宋运辉等梁思申放下电话，才奇道："谁？工会？这种电话也打来我们家？"

"我们上去说。"以前宋运辉曾经对她有过建议，希望她在宋家不提雷东宝。两人走进书房关上门，梁思申才道："来电话的是韦嫂，你大哥外面有人，外面那人还有了身孕，现在你大哥吵着要离婚。韦嫂寄希望于你。"

宋运辉一怔，不由得想到两个月前雷东宝跟他提起的所谓眉眼与他姐姐宋运萍长得一模一样的女孩，他忍不住呸了一声，心中很是气愤。将两个月前与雷东宝的对话跟梁思申说了一遍。

梁思申没想到还有这么个渊源，但她还是直言："我认为你大哥这么做不是对你姐的怀念，而是对你姐的亵渎。"

"对，出轨不用拿我姐做借口。我想骂人，我现在闭嘴十分钟，你别介意。"

梁思申一听，不由得笑出来，又知道不妥，宋运辉是最在意他那个姐姐的。这时才发现两人都还站着，便轻轻推宋运辉坐到沙发上，给他手边放杯水，自己掩门悄悄下去，让公婆几个先吃饭。宋母惊问是什么事，梁思申只说不是大事，但比较麻烦。宋母看梁思申的脸色才放心，梁思申捏捏也是一脸紧张的宋引的笑脸，笑道："爸爸有公事要忙，猫猫别担心。爸爸本事可大了呢，才没有解决不了的事，对吗？"

宋引点头，放心跟爷爷奶奶吃饭。梁思申去厨房吩咐保姆留下饭菜，又走上楼去。

宋运辉见梁思申进来，拉她的手一起坐下，道："这电话我没法打，首先，我会骂人；其次，就算是玉皇大帝来，估计也阻止不了他想要一个孩子的心，那是他的魔障；还有，你应知道农村人的习俗。"

"呸，我呸，我瞧不起。"但被宋运辉一说，梁思申就想到多年以前宋姐姐的死，想到不久前雷东宝携韦春红一起去东海看病。看起来宋运辉说得没错，这事无可挽回。但她忍不住一肚子的腹诽，对雷东宝的印象便是更差。"电话我来打。"

宋运辉摇头："就算是你吵赢了他，又怎样？"

"不怎样，就告诉他我们的不屑。"

宋运辉欲言又止，他离婚时，雷东宝可没说过什么，当然，这没法比。他转个弯，道："你说，换你外公会怎么打这个电话。"

梁思申想了想，道："妈妈的，搞个女人都会搞得鸡飞狗跳，出门撞车去算啦。切记，出门别告诉人你认识我。"

宋运辉不得不笑了一下，难怪这祖孙俩老是斗得旗鼓相当，原来知己知彼。他拨通雷东宝的手机，道："我宋运辉，妈妈的，搞个女人都会搞得鸡飞狗跳，出门撞车去算啦。切记，出门别告诉人你认识我，以后我不认识你，妈妈的。"说完也不管雷东宝说什么，狠狠挂了电话，吐出一口长气，道，"走，吃饭去。以后要学你外公，做人放肆些。"

梁思申哭笑不得："他会怎么想？"

"爱怎么想怎么想，我哪儿管得着他。哎，电话你接。"

梁思申接起叫响的手机，一听便知那边是雷东宝，她不管那边雷东宝的解释，兀自道："你别拿那女孩子像姐姐来强找理由，你这种理由让人不齿，亵渎姐姐在天之灵。你孩子？你为个孩子可以伤害一个可怜女人吗？你别我我我，你怎么了，你强你就可以欺负人？你强盗逻辑。宋以后不认识你。"说完也挂了电话，不听雷东宝继续辩解，但她忍不住道，"韦嫂真可怜，到这时候还指望着丈夫回头，还说愿意让外面孩子生下来她抚养，为雷家留后。最可怜的是，她只埋怨自己无能，是她的无能导致丈夫只好另寻出路，女人怎么能这么践踏自己？"

"韦嫂是个传统女人，以前看她是个厉害角色，当初为了丈夫还暗中给萧然下绊子，很有胆色，我也是那时候才开始欣赏她的，我没想到她今天会这么想，她在丈夫面前一向没主权。"

梁思申见宋运辉一再地不提"大哥"这个称呼，知道宋运辉为姐姐生气，她也叹息，她对雷韦两个都不亲，更无宋运辉那样千丝万缕的纠葛，她更能以局外人的眼光看问题，这个雷东宝真不是东西。

但宋运辉还是生气，吃完饭去书房，单独对梁思申说，他最初不喜欢雷东宝，后来才慢慢地赏识起来，也敬重起来，中间颇多曲折，但雷东宝今天做的这件事让他无比恶心。他现在都不愿想到雷东宝过去曾是他姐夫。因为他感觉雷东宝能跟那个皮相与他姐类似的女孩勾搭上，只能说明雷东宝以前都与他姐没有心灵交流，否则不会做出指鹿为马的荒唐事来。他为姐姐难过，非常难过，更为姐姐的早逝可惜。

宋运辉在这边生气，雷东宝在集团办公室里焦躁。雷东宝发现他现在是猪八戒照镜子，两头不是人。可是他还得回小雷家，因为已经跟项东约定今晚商谈铜厂发展下一步的思路。项东至今已经顺利展开工作，全面接手铜厂管理，并逐步将负荷拉高，提高生产效率。技术的力量是可见的，以前他们被一次爆炸吓怕，在项东的有效指挥下，逐渐走出谨小慎微的心理阴影。现在，也该是项东提出新的发展计划的时间了，差不多试用期三个月到期。

一路上，雷东宝满脑门的官司。他想不通宋运辉的态度，一样是离婚，当年宋运辉离婚时候他可没说什么，宋运辉今天这话到底是玩笑还是真话，他都搞不清。他最讨厌的还是梁思申的态度，那妖精凭什么说他，谁给她的特权她算老几，给三分颜色还真开上染坊了。雷东宝认定，宋运辉本质很好，就是被那妖精的枕边风给吹迷糊了。他压根就不要听妖精的，有时间他以后单独找宋运辉面谈。宋运辉自己一个接一个地生孩子，难道能忍心看着他绝后？看宋运辉说到又有孩子的时候那个兴奋样，难道他就不兴奋？男人嘛，应该都能理解。

因此雷东宝觉得他现在面临的最大问题只有离婚。没办法，孩子在娘肚子里日长夜长，他总不能让孩子生出来没户口。他也挺感激韦春红提出孩子生下来由她来养，可是一来孩子离了亲娘不好，二来冯欣欣又怎么肯，他又不是不知道冯欣欣借孩子上位的小心机，只有离婚一途，但又如何让韦春红答应。

雷东宝愁眉苦脸地回到老娘家里，见到项东趴在桌上写写画画，他老娘则是不知又跑哪儿热闹去了。雷东宝一走进去，项东便起身相迎。同项东这几天接触下来，雷东宝意识到，水平高超的知识分子未必像传说中的那么眼高于顶。以前以为宋运辉平常对他那是特殊关系使然，现在看项东也平易近人，跟铜厂所有人沟通顺畅得很，没人向他反映项东什么看不起人的事，最多鸡蛋里挑骨头，说项东一口普通话，最好给他配个翻译，大家都方便。不过这是题外话。

项东跟雷东宝提出，目前铜厂的负荷还没拉足，等拉足后，根据目前市场情况，会多出一部分产能，他准备慢慢地根据产能增加配备一个以加工出口铜制品为首的五金车间。先从铜制阀门、铜制水表入手，等待市场逐步打开之后，考虑增加冶炼能力，进一步减少成品杂质含量，以便未来考虑上马更高规格的电缆产品。然后扩大铜制品生产范围，考虑生产未来用途可能很广的铜管或者铜件。项东给出一个详细的计划表，时间、资金、绩效等都有详细规划。

雷东宝一听，有门儿，立刻就把什么大老婆小老婆都扔到脑后，专心致志于项东的说明。好啊，他找项东来铜厂当家，等的就是项东提出扩大生产建议的这一天。不等项东阐述计划有多可行，他心里已经认可一半。但是他即使打起十二分的精神，对于项东的话也只听懂不到一半。好在雷东宝不会不懂装懂，他不懂就不懂，只会理直气壮地不懂，因此他也能理直气壮地要求项东说得简单直白一些。

项东倒是喜欢这种理直气壮的不懂，不像他以前的领导，不懂就不吭声，一脸高深地装听懂，回头还要他写出详细书面报告，但他的报告呈交上去，多半是肉包子打狗有去无回，都不知道被领导塞在抽屉哪个角落。以前没有复印机，他不得不花时间抄写一份留底，后来有了复印机，千辛万苦获得复印批条，得以复印几份，交给领导的依然得是手写原件，要不然显得不尊重领导。日复一日，年复一年，他真是受够了。这回雷东宝的态度让他高兴，有问题提出，说明雷东宝认真考虑他的建议，有认真考虑，那么话才可以投机。

项东当然知道怎么说可以让雷东宝听得懂。他此前说得深奥，无非是想试探一下雷东宝的态度，毕竟彼此不熟，需要进一步了解。而且他平时总见雷东宝似乎懂得也不少的样子，他想试探一下雷东宝到底懂多少，现在试探表明，雷东宝仅仅懂得小雷家现有设备的大概和这个产业产品的大概。再一方面，项东多少是想显摆一下自己的能耐的。于是项东深入浅出地再做一番说明。务必使雷东宝真正明白，产能必须提高，产品必须多样化，风险必须分摊到多样产品。

雷东宝听完解说，闭上眼睛静下心来考虑了会儿，才问出一系列问题。铜五金制品的技术要求高吗，设备要求高吗，出口容易吗，出口挣钱还是内销挣钱，既然如此为什么要先小规模试验，麻雀五脏俱全，老鹰也是五脏俱全，一样的五脏，为什么不搞大一些，人力投入可以摊平不少，为什么不做成规模，铜不够不可以向外买吗。

雷东宝的问题简单朴实，却又是出人意料地把复杂问题简单化。项东不得不在心里讪笑，发现自己太多书生小气，害得总是思考问题时候又精又深，却忽略宏观。

讨论问题的过程，其实也是解决问题的过程。往往问题在被讨论的同时，总能得出相应的结果。项东有想法，雷东宝有钱有权，两人凑一起商量，基本上不再需要其他人意见。事情很快便给确定下来，铜阀门或者水表的项目优先考虑，但先在附近看看有没有可以借壳的工厂，如果有，把它股份制过来，总比一穷二白地建起一个车间来得强。但项东说一穷二白也不是问题，他认识技术人员，这种车间只要有几个技术人员和能熟练操作机床的工人就行。

雷东宝感觉很好，总算第一次地，他在开始一个全新项目的时候不再有带着一丝盲目的心虚。

完了他就问项东："离约定三个月还有三天，这三天也不要了吧，我明天把车送过来，把房门钥匙送过来？"

项东也是有些谦虚又有些客套地问一句："书记看我还行吗？可以留下来吗？"

雷东宝笑道："废话不，留不留得下来你心里不是最清楚？我跟谁都没说你有这三个月试用，你也老实不客气，不出二十天就在铜厂放手动刀子，你早在那时候已经准备留下来了。"

项东讪讪地道："让书记识破了，呵呵。还不是要看看书记的意见。"

雷东宝道："你可真是实诚，差三天才肯招呼我。是不是技术人员都这样，钉是钉铆是铆？"

项东笑道："不过……好像是有点。那我们这么定，按照新出来的《劳动法》，我们签订一下劳动合同，再由厂里给我落实养老保险，收入的问题……"

"收入问题我给你做主，你提出来的准保没我说的高。一是在雷霆的股份，份额比我差一级，与正明同级；二是在我们一个场外销售公司的股份，也是这个级别。这个公司你最近应该有接触，我不瞒你，这是打算跟镇里打游击用的，现在总管这个县电缆行业的营销，每年收入也不错，你的股份还是跟正明平级，只比我和红伟少一点。这两份股份按照去年水平，总体算下来，你一年往小里说，最起码分到二十万。工资我不给你涨了，涨了也没多少，别让你工资弄得比我的还高，你做出头椽子。你既然来了这儿，我看还是不要刻意把你当外乡人，对你工作更有利，你看吧。"

但是项东已经翻阅过铜厂去年的财务记录，今年他着手提升生产效益之后，利润可望翻倍。他考虑之下，道："谢谢书记给我这么优惠的条件。但是铜厂目前既然已经实现独立核算，应该有办法对铜厂进行独立考核。我与铜厂考核结果挂钩，我做得多，多拿；我做得少，少拿。一方面调动我的积极性，一方面也可以给我压力。书记你看是不是？"

雷东宝想了会儿，道："是这个道理。赶明儿我把电缆厂的厂长也这么计算一下，不过这下股份数就得拖几天了，我一时算不出来个准数。"

"行，书记你是爽快人，我相信只要我在铜厂干，你不会亏待我。"

雷东宝点头："没错，就这话。收入分配上，我们有教训，以前我只想到要大家做事，没想到要给大家分钱，钱拿来都发展滚发展了，结果出了一条人命，我进去坐牢，差点还给扣上大帽子判大刑。说来话长，以后你有兴趣问小三了解。你忙你的，我找隔壁正明说几件事去。"

项东起身送别。当然项东是绝对不会猜到雷东宝与正明谈话内容的。

雷东宝在路口叫正明出来，两人一起走去前不着村、后不着店、没遮没拦的桥头说话。正明一看这阵势就知道雷东宝想说的是什么，他忙递上一支烟，轻道："书记要我做什么？"

雷东宝刚才跟项东说项目时候的快活劲全没了，坐在桥栏上闷闷地吸烟："怎么离婚？"

正明也知道今天韦春红大闹租屋的事，但闻此言还是惊道："干吗离婚？"

"我要小冯肚皮里的小孩。"

"书记，你完全可以不离婚，我可以出面帮你同小冯谈，许她一点好处，小孩生下来归你，离婚这种伤筋动骨的事……再说影响也不大好。到底……是不是书记嫌春红姐长得老相？"

"你少瞎猜，跟你说了，我要孩子，我一点冒险都不敢。"

"书记，你的心情我理解，可你又不是不能生，你这不一炮命中了吗，你怕个什么？咱不说你跟春红姐的情分，就说你要离婚，你得分多少钱给春红姐，可买个小冯生的孩子，那套房子就算给她，再给她个十万，她能好好找个人嫁了，谁敢嫌她。书记，三思。"

"我对谁都没情分，我不宝贝谁，我只宝贝我的种。这孩子，肯定跟我那没生出来的孩子像。"

正明立刻没声儿了，但心里说，脑子肯定跟那个没生出来的孩子差许多，宋家人多聪明啊。

"你不是鬼主意挺多吗？怎么问你就没话了？"

正明只得赔笑，连声说让他好好想想。雷东宝没逼他，两人坐桥头抽烟。好一会儿，正明道："书记，我去跟春红姐说说。"

"说什么？"

"书记就别问了，逃不过是我替书记挨春红姐骂去，春红姐骂爽快了，她是个明理的，她会做出正确决定。"

雷东宝想了会儿，道："行，你去，赶紧去，她还没关门，这时候。恐怕她关门了今晚也睡不着。"

正明问雷东宝拿了车钥匙离去。

韦春红的饭店今天早早打烊，而韦春红果然是没睡着。宋运辉给她的反馈是谈崩，连宋运辉都没办法，她还能指望谁。她又哭了好久，亲妹妹陪她一起哭一起骂，可也没用。尤其是想到今晚雷东宝又不知在哪个屋里找那狐狸精鬼混，韦春红更气得了无生趣。这个时候正明敲门，韦春红估计这是个说客，她让正明进来，看正明到底打算说什么。

正明进门，韦春红劈面就道："你还有脸见我，他们当着你勾搭成奸，你瞒得好！"

正明连忙赔笑："这事我有责任，我有责任，我向春红姐道歉。刚才我也劝了书记，别提离婚，拿笔钱打发了那丫头，孩子拿来春红姐养着，书记总算有后，大家照旧过日子，不是好？春红姐你说呢？但书记怕那女孩子打胎。你说一手钱一手棍子伺候着，小姑娘有家有庙的，敢打胎吗？"

韦春红道："对，就那话，你给我跟狐狸精去说。"

正明小心地道："可书记说不行。书记说那孩子肯定最像他过去那个没见天日的孩子，因为那狐狸精长得像宋总的姐姐，书记一点风险都不敢冒。"

韦春红今天第二度惊住，久久地只有进的气，没有出的气，她到现在才明白雷东宝的真正心思。想到雷东宝至今皮夹里还夹着宋运萍的照片，再加雷东宝想死了要个孩子，这两条加起来，她一个半路夫妻又没养个一儿半女的还有什么话可说。

正明等了会儿，等到韦春红终于眨了眼睛，合上嘴唇，才道："春红姐，你做了我那么多年的姐，我实心实意劝你一句，当务之急，让孩子平安生下来，让书记记你的情。至于以后，你还有什么顾忌？书记总是欠你的。"

韦春红猛地扭头，盯住正明，好一会儿，才缓缓点头："你让我想想，你回吧。"

正明赔笑告辞，走出门外才敢喘出长气。他清楚韦春红的为人，市县开两家饭店岂是容易的，那是黑白两道都得摆平的活计，比开贸易公司还复杂。除了生孩子，韦春红实在没办法，其他岂有韦春红做不到的？基本上，如无意外，他算是圆满完成书记交给的任务了。

正明走后，韦春红泪也不流了，人也清楚了，与妹妹关门商量对策。都觉得正明说得实在。她也不等雷东宝再上门来，自己打电话上门给雷东宝，说她念在多年情分上，答应离婚，不让雷东宝为难，但希望小雷家的生意继续交给她做，雷东宝这两年挣的钱留给她养老，其他什么要求都没。

雷东宝不知道正明究竟跟韦春红说了什么，让韦春红答应得如此干脆。这要求不高，比他原来设想的要低。因为谁都知道雷霆才刚恢复没多久，他手头挣的交给韦春红保管着的没多少钱，他最大的钱财都在雷霆的股份上。他因此非常感激韦春红，连连说"我对不起你"。韦春红顺势提出要求，要求他再过去跟她过上一夜，雷东宝也答应。韦春红放下电话苦笑，这往后，她这正儿八经的大老婆，转身反而要变成小老婆了，但她能忍。

雷东宝回头就把跟陈平原跑银行的差使交给正明，为铜厂增建新车间准备充足资金。正明正喜欢做这种出头露面的事，最先还是陈平原打电话上门预约，他跑上去联络，后来他就自己跑开了。雷霆用两年时间再塑本地产业界龙头老大身份，再加有陈平原找人牵线搭桥，银行对正明的上门半推半就。贷款渐渐进入实质性操作。也看贷款有望，更考虑到门面需要，正明提议集团买辆现在看来派头最大的德国奔驰轿车，向银行充分展示实力。这个提议正中雷东宝下怀，雷东宝虽然心疼，可答应了。除了奔驰，还能有什么可以更好地衬托他的老大身份。他们向汽车公司预付定金，等着贷款落实就提车入库。

雷东宝的离婚操作也很顺利，很快他就办了人生的第三次婚宴。第一次婚宴的时候他没钱，叫来朋友搞集体活动击鼓传花闹半天算完，满晒谷场的人送上的祝福比晒场夏天堆积的谷粒还多；第二次婚宴的时候他愁贷款，借结婚之际将各方大佬请进韦春红的饭店，婚宴现场办公，解决了贷款问题，都没几个人还记得这是婚宴，记得离席时候祝福一声；第三次婚宴，他在一家宾馆办的酒席，新娘子冯欣欣穿着雪白时髦的婚纱，站在肥胖的雷东宝身边，更是被映衬得美若天仙，但很多人嘴上祝福，心里不屑，这回的婚宴场面宏大，开了五十桌，收来的红包足够抵消婚宴支出。

而韦春红的饭店还是照常营业，雷霆的饭局基本上还是在她饭店里，有时候雷东宝喝多了，熟门熟路地自己走上楼去休息，大家都觉得这是理所当然。

09

梁思申终于没去成印度，老老实实来到宋家度假，没想到才来第二天，就来了雷东宝那一档子事。

为了梁思申的来，宋运辉赶紧给家里所有房间装上空调，一时厂长家看上去满墙都是空调外机。但即便只是装两台空调，也还是要了宋运辉的老命，一台一匹半的三菱分体壁挂机几乎是他的一月工资，何况柜机，还是梁思申拿钱给他才周转方便。可这样花钱，舒适度依然是大大不如锦云里。弄得宋运辉怏怏的，心里不是滋味，不过这些只是小意思，梁思申来才是最让他高兴的事。

雷东宝的电话过后，宋运辉自己打了个电话给韦春红，但也没法说到什么实质性内容，最多只能安慰而已。打完电话，见梁思申已经下楼去，楼下还传来叮叮咚咚的钢琴声。宋运辉莞尔，这个时间不是宋引练琴的时间，一定是梁思申使什么花招让宋引练琴。但他想到程开颜一个劲要求过来看宋引的电话，心里就烦，不得不做了恶人，很难听地回绝。按说分手切忌藕断丝连，可有个孩子夹在中间，就没法做得彻底。想到韦春红还拿生不出孩子当自己的罪，他可真有些佩服梁思申，这么个时髦事业女性却说生就生，因此也不会有中年之后怀孕艰难的忧思。

他忍不住走下去，果然见梁思申坐在钢琴边，他听得出女儿总是有一段练不过去，到那儿总是拖个长音。他听了会儿，等不知几遍之后女儿终于越过那道坎，他才跟梁思申道："萧然想跟我们吃饭。"

"等梁大他们过来一起吃，省得今天一顿明天一顿，你时间多紧啊。他还没被日本人搞死？"

宋运辉笑道："他那是温水煮青蛙，可又不敢乱来，他父亲快退了。对，我们比较严肃地说件事。"

梁思申奇怪，起身跟着又回楼上去。"我们这回进来几个新人，其中两个是跟我差不多身份的人，他们可真会找人力资源。"

"有工作经验的，还是没工作经验的？"

"没工作经验，都是大学毕业出国读硕，毕业就给招回国。跟我差不多是半个土生的没法比，有文化隔阂，就有交流障碍，但也做得不错，我打算要一个来给我开拓市场，说起来倒是也谢谢外公带我出去。"

宋运辉笑道："好，有人来分担你的负罪感了。我好奇，他们跟你差不多脾性吗？"

"差不多，著名学府出身，都很优秀，聪明、能干，也没萧然那样的张狂，待人接物都很得体。不过我才接触几天，还不能下定论。呀，好像我在夸自己？"

"如实描绘。"宋运辉笑。

"打算什么时候让猫猫去美国读书？"

"这是我头痛的问题，首先是经济问题……"

"这不是问题，让外公负担费用，他没理由白使唤你。我读书的那家小学一般人即使有钱也很难进，外公是一方名人，有办法。进那小学后，进我读书的那家中学就容易点了。"

宋运辉没想到梁思申会提出让外公负担费用的话，还以为梁思申会比较清高地要求他撇清与外公的经济关系，没想到她说得那么理所当然，宋运辉一时有些想不通。但想不通归想不通，他得继续说下去："再一点，我考虑的是猫猫的智力。她能很快适应当地语言吗？能跟上同学们的进度吗？"

"不怕，如果跟不上就留一级。我出去时候都四年级了，不也没事？胆子大些就闯过去了。如果决定的话，我生孩子时候带猫猫过去，先适应一段时间的语言，然后我照料着进学校，观察几天。"

这是一个美好的计划，但是宋运辉不得不谨慎地道："我担心，猫猫的智力不如你，万一她跟不上进度，会不会自暴自弃？我听虞山卿说他儿子出去的时候遇到适应问题，有一段时间很自闭，幸好他太太跟在美国。"

梁思申想了想："是，压力很大，不过我一向胆大，自己找美国小朋友说话。猫猫比我淑女了点，要不过去观察几天，行的话留下；不行，等我产假结束一起回来？挺简单的。"

宋运辉想来想去，还是道："不简单，而且你那时候自己都忙不过来。你还记得你以前跟我说的吗，那时候你对那些风吹草动的不公平对待，可是上心得很，小孩子的承受度不如大人。"

"做爸爸的可真细心。是，过去跟舅舅们一起生活的阴影至今影响我脾气。你取舍吧，不过我看新进来的那两个大学毕业才出去留学的同事看上去也不错。呵呵，我现在有些佩服我爸妈把我送出去的勇气了。"

宋运辉也笑，但这笑有些涩涩的："不是我不放心，再说有你带着出去，我有什么不放心的。只是这学年结束时，我请猫猫的班主任吃饭了解情况，班主任很婉转地建议我，能不能取消猫猫的其他兴趣学习，免得占用太多精力。猫猫的课外班看来影响了她的学习，她一年级刚进去是班长，现在只是课代表，小孩子选班干部投票基本看成绩投的，你说我该不该顾虑猫猫去美国能不能适应？"

梁思申心说这也是，适应需要智力，但违心劝解的话她不说了，只点头称是。

"再说未来我的收入可能也可以再高些。好了，不说这些……"

"终于转入严肃话题？刚才的话题不严肃？猫猫的终身大事呢。"

"我没说不严肃。"

"怎么会没说，一定要直说了才算说吗，太小看我们的中文水平了，不严肃。"

宋运辉只好笑，他似乎不会赖皮，遇到梁思申轻轻一耍赖，他就没辙。再辩，只有更被抓辫子，还不如早早投降。

但梁思申显然没想放过他，笑道："咦，你平时几乎天天应酬加班的，我来会不会影响你的严肃工作？"

"那行，我们现在开始严肃工作。跟你说件事，你爸爸想让我效仿你外公参与的那个项目，与他一起改造两家你们省的企业。"

"哎，爸爸终于想革新了？可是国营银行经营领域如此单一，传统作风如此呆板，他作为一个地区领导忽然做出突破领域的改革，可能政策压力会挺大。嗯，他找你算是找对人了，你经手过一个项目之后已经熟悉门路，有些压力可以让你承担，爸爸可真好意思折腾你。你要是忙不过来，就拒绝吧，别不好意思。"

宋运辉听了大为意外，竟是好久没法答话。这次谈话是他计划良久多方措辞之后才得以开展的，他最担心的是梁思申这个严守职业道德的人因此非常反感梁父的灰色行为，弄得他这个非梁家人就像吹枕边风搞揭发，挑拨父女关系似的，角色比较暧昧。他全然没想到对国情认识宏观、对官场认识微观的梁思申竟然对她爸爸存在认识盲区。他没想到，梁思申竟会没意识到她爸爸试图调用银行资金曲线服务自家创收。他犹豫了一下，将谈话中止，梁思申既然不知道，就不知道到底吧。"那好，我看看工作安排，如果安排不过来，只好跟你爸说对不起。"

梁思申也没当回事："知道申宝田申总吗？我请朋友把他一家办出国去了，他一直想请我吃饭想给我送礼，我没要。不过这回想问他借辆车子用用，来这儿没车真不方便。不会有人把以权谋私帽子扣给你吧？"

"有什么关系，这是你的交情。申总最近投资挺大，一条收费公路里有他不小的股份，他通过别人游说我们东海公司加入，我暂时没资金。他是个很有开阔思维的经营人才，你想不想撮合一下我和申总？"

"很容易，他也想认识你。"梁思申笑道，"要想富，先修路。我真是被这句话害惨了。我现在一看见前面修路先自觉吐起来，不等它颠我。我们是不是该下去跟你爸妈和猫猫说会儿话？"

宋运辉笑道："今天有点不想。"

"哎，还是下吧，再不下去他们心里该埋怨我独占你了。"

梁思申早已看出宋家父母都是和善得令人产生内疚感的人，所以她也加倍善待。她最喜欢的话是一句歌词——朋友来了有好酒，豺狼来了有猎枪。猫猫喜欢她，她也喜欢猫猫，白天她闲着也是闲着，带着猫猫出去逛街，结果一逛两逛，逛到她参与设计的欧洲风情街上，那儿都是漂亮的衣服，美美的小首饰，天热太阳烈，游人却可以猫在宽阔的欧式走廊阴影下闲逛，猫猫很喜欢这儿。

梁思申也喜欢，她甚至觉得这条街比李力梁大最终接手的百货商场还有韵味。美中不足的是两边店面中间马路上穿梭的自行车和汽车。她当年的设想是把这儿做成步行街，但从眼下这条簇新的商业街来看，杨巡没那么大的活动能量。

其实梁思申拖着猫猫逛街的时候，杨巡看到了她。虽然现在街上女孩的衣服也亮丽起来，店里也不乏上千元的时装，可梁思申一出现就吸引他欧洲街管理办公室男女员工的眼光，他也就顺势看到了。他看到梁思申的时候不由得在心里想骂人，他刚对一个女孩子有点心思，可她一出现又让他没意思了。

回来过最后一个暑假，准备不日出发去上海报到工作的杨逦也看到了，待得杨逦认出梁思申，她不由得踢了大哥一脚，怒道："真不争气，人家怎么待你，你还对她贼心不死。"

"以前那事起因在我，我后来想清楚了。老四，说起来你应该向梁小姐学，她待人非常明理。像她那样出身的人，就算是鼻子朝天都没人说的，可她不一样。你有个没多少钱的大哥，我看你已经在我办公室里横行。你这样的态度拿去上班，我都有点担心你，做人还是夹着尾巴的好。"

"别口是心非了，大哥，说瞎话是最达不到教育效果的。瞧，她们进肯德基了。她不是说品位好吗，怎么吃那垃圾食品？"杨逦偏不服气，大学四年，让她眼界开阔，明白心有多大，天有多高。

"你不也巴不得天天吃肯德基？去叫老二来。"杨巡记得以前梁思申说过中餐吃多了那胃就想吃西餐。

杨逦懒得动，只是拿脚一撑桌子，椅子正好滑出去，滑到办公室门口时候她便双脚点地，正好停在门口。然后她观察一下，见有人正好看向这边办公室，杨逦就伸手示意那人叫外面的杨速进来。杨巡在一边看着，一张脸虽然没变，可陷在眼眶里的两只墨黑眼珠子却是深了又深。他一向是宠着这个妹妹的，但刚才杨逦对梁思申无理由的刻薄让杨巡稍微反感了一下，于是他这个时候就是以没有偏心的、不偏不倚的心态看待杨逦的这场偷懒了。

刚才杨巡说杨逦横行的时候，还带着点戏谑，可这时候心里感受不再轻松。他心中默默调整了一下准备召开的家庭会议内容。

杨速进来，就自觉把门关上，笑道："老四这个新秘书特别懒。"

杨巡道："懒倒无所谓，反正我本来就没要求。但不能对同事太不尊重。"说到这儿，杨巡脸色一端，严肃地对杨逦道，"同事跟你是什么关系，你是发工资给同事还是同事欠你的钱，你凭什么肆意指使同事？我刚才跟你说的要你学习梁小姐的合理，看起来你没当回事。你看看老二，他现在管着具体工作，我基本不用插手，可你看老二有要个小办公室没有，有看老二对同事吆喝没有，没有。老二都没有，你凭什么？你是比老二的贡献大还是资格老？老四，你刚才这种混账态度，大哥前两年最混账时候也犯过，以为手里有几个小钱，跟谁都可以呼来喝去，最后栽了跟头才明白这世上山外有山，天外有天，我们这种小小的人根本算不得什么。做人，顶要紧的，把自己当个人看，把别人也当个人看。好了，别一说就给我眼泪，我们说说你分配后的事情。"

杨巡本来想拿出平时教训员工的态度把杨逦好好教育一番，免得小妹啥都不懂，走上社会遭人欺负。没想到才没说几句杨逦就给他眼泪看，他只好收起狠话，后面越说越不针对，越说越宏观，最后只好无奈地虎头蛇尾了。

杨速此时已经基本上成为杨巡的最佳拍档，他见此调节了一下气氛："先说个最要紧的，等下我们再去吃肯德基？"

杨速没想到这个肯德基正好是刚才被讨论过的，杨巡闻言看着含着泪水瞪着他的妹妹道："我都在想你回头才一千多块工资，不如我每月给你的多，还哪来的钱去吃肯德基，一顿肯德基起码吃掉二十块啊。"

杨逦倔强地道："我工资很快就能提高的。"

"好，这话说得很有骨气。"趁杨逦低头的瞬间，给杨速做个眼色，见杨速心领神会，才接着道，"老四，以后你工作了，我们就不给你生活费了，你得开始独立生活。但考虑到你刚开始工作，工资不高，你们公司又不给宿舍，我看你付了房租就没钱吃饭，我们不放心。我已经让人去上海买下一间八十平方的房子，等你上班转好上海户口就去签合同办手续，房子就放在你的名下。但是我们需要说明的是，这房子只是借你的名，产权还是属于我，在你获得自己的房子之前借给你住。原因嘛，你也知道，没上海户口的人没法买上海房子，你看这样行不行？"

杨速听了此话吃惊。此前大哥和他商量时，两人都担心杨逦的安全，不敢让最小的妹妹租房子住，决定买套房子算是送给杨逦毕业工作的礼物。杨速不知道大哥为什么忽然改变主意，想到刚才大哥给他的眼色，他暂且不表。

杨逦却因为刚才被大哥教训，不愿领此恩惠："你想在上海买房子，我可以把我的身份证借给你。但是我不需要住到超过我收入水平的房子里去，我会与同学一起租房住。"

杨速心说怎么说僵了，他想插嘴，但被大哥又一个眼色镇住，只得继续闭嘴。杨巡就喝彩道："行，有志气。那这样，房子既然已经交钱了，等你身份证转好就去办下手续。完了我们签署一份协议，说明一下这房子的真正产权归属，杨速作证。"

杨速心说大哥这也太过分了，兄妹之间需要这样吗，又不是外人。果然杨逦道："大哥你放心，帮你这个忙还是会的，你想弄个清楚，我也赞成，但房子我不会去住。"

杨速忙道："老四不要往什么骨气不骨气上面想，大哥做生意一向亲兄弟明算账，签一个协议并没什么其他意思。"

"我清楚，现在又不是古代，现在都是口说无凭，立函为据。既然我的同学们刚毕业也能活下去，我为什么不能？"

"你不一样，你一直手头宽裕，你不知道一个人在上海工作生活有多艰难。"

"既然大哥以前才不到二十岁就能闯东北，我一个名牌大学的毕业生怎么可能活不下去。你们忙，我回家吃饭去。"

杨速看着妹妹愤然离开，对大哥怒道："大哥，不用分得那么清楚吧，不行用我的钱。"

杨巡摆手："我要让杨逦吃点亏学会做人，她现在骄得目中无人，我看跟她学校里花钱大方，很多人捧着有关。"

"可大哥，她是小姑娘，万一吃点亏就是一辈子的事。"

杨巡头痛，他也怕这件事："问题是杨逦要是性子不改，也是吃一辈子苦头的事。这样吧，还是照以前的老规矩，你去背着我照顾她，但别照顾得过头。那房子到时你去办手续，回头让杨逦自己花钱装修了住进去，算是名正言顺点。你给我记住，装修你可以出钱，但你最多只能保证装到简单生活需要。"

杨速道："大哥，还有没有其他办法？我怕老四这脾气，可能我再怎么说她都不肯去住。"

"有什么办法？你看看刚才，我让她去叫你，她立刻下手支使别人，派头那么猖狂，连我们两个都不会这么支使手下。我才一批评她，也没怎么说吧，她比我还有理。要说我养她一辈子也不是问题，可我只是个小生意人，有钱没权，罩得住她吃穿，罩不住她外面得罪人。总要让她自己学会做人才行。你试试，能劝她住就住，不住也别勉强，她总要单飞的。"

两兄弟都对一个妹妹束手无策。正好这时候广告公司的业务员来，拿来设计好的欧洲风情街最后几间店铺的招租广告给杨巡过目。杨速也凑过去看，见上面醒目大标题是"尊崇领域，时尚荣享"。杨速心说这句子怎么半通不通，如此拗口。杨巡看着只觉得玄，玄得他都没敢吱声。他们自己设计出来的广告总是不好看，反映不出欧洲街的与众不同，而现在这八个字看上去个个字都挺高贵，却又感

觉非常做作，与时下那些常见的广告味道大大不同。那广告公司业务员说，设计这
广告的设计师从深圳来，以前在香港人开的公司工作，拿出来的文案与众不同。

杨巡这欧洲风情街的铺位本来是全部已经出租的，可他最后为了控制铺位的
时尚风格，硬是伤筋动骨耍了一番赖，于是风情出来了，却有几个铺位暂时没人
租用。他想出一方面让业务员去找本市已经开着的有些档次的店铺过来加盟，一
方面登广告吸引租户眼光，即使没找到租户，起码也可以为他的欧洲街打广告。
所以，这个广告一定要够出位，够时尚。杨巡看来看去，这八个字够不错，就想
答应。

杨速却提出如此不通顺，会不会被人讥笑没文化。比如明明只是商铺，说成
领域会不会太夸张，前面尊崇似乎是动词，这荣享两个字似乎没怎么见过。杨巡
文化水平低，虽然有自习过高中课本，心里总是有点没底气，杨速这句提示正好
击中他的要害，他一时有些犹豫。

广告公司业务员就向杨巡滔滔不绝地介绍设计师的资历，杨巡听着又动心
了，看来设计师是个很有文化的人。最后拍板决定就用这个，要求广告公司放到
日报第一版下面。但两兄弟都有些担心，广告登出来后会不会成为笑话。根据广
告公司的说法，两天后的星期三，可以见报，广告公司自有与日报社广告部非同
寻常的关系。

杨巡想，就等两天后看反应吧。他中午吃完饭，在办公室沙发睡一觉，去党
校参加培训。这是市里组织的对全市非公经济领域负责人的政策法规培训。不像
当初组织去香港参观，大家那是踊跃报名，还得被择优录取，这次党校培训应者
寥寥，还是各主管部门领导出面打招呼，才把一众非公领域的负责人押进课堂。
杨巡野生放养惯了，哪里坐得住这四十五分钟，若不是怕听课时候打瞌睡出洋
相，他一般中午根本无须午睡。

但杨巡心里也想去听听究竟有些什么政策法规。他想到最初从东北移植到这
海滨城市，全靠宋运辉当初认准政策对沿海地区的倾斜，他若不是走对这一步，
以东北现在发展不如沿海来看，他在东北未必会有今天的成就。还比如他拿下欧
洲街地块的契机是有纺织局的朋友告诉他二轻局改制的政策动向，让他抢先一
步，走在别人前头，拿下这块稀有土地。因此他早就知道，想赚钱，找政策，那
是颠扑不破的真理。

但是政策停留在课本上，与政策流传在唇齿间，那完全是两个不同的概念。

对于上面党校老师枯燥的讲解，他若非中午好生睡了一觉做好充分准备，保证不出十分钟就能打盹。他总算是勉为其难地坚持下来了，但老师还是看着一屋子三分之一的睡觉人口很是尴尬。课间时候杨巡问老师能不能讲些最新政策，最好能讲讲新出台政策与过去的不同，没想到这一问正好问到点子上了，不用照本宣科的党校老师当即旁征博引，滔滔不绝。起头讲的是去年出台的《公司法》的来之不易，其中涉及的方方面面问题背后有如此这般的制度考虑。

课堂上好几个人顿时竖起耳朵有了兴趣，尤其是杨巡更是挪窝搬到老师讲台前面，认认真真听老师细说由来，这才知道原来他经历过的不堪回首的红帽子经历还涉及私有公有、私营经济规模的逐渐被解套等问题。虽然这些话题并不能立即提醒杨巡现在可以投资什么、可以建设什么，可是这些话题却让杨巡将自身经历与政策相对照，渐渐明白自己所做的事究竟是什么性质，还可以放开到什么程度，或者有什么底线不能触摸。

当然，课堂上也有几个人依然听不进去这些脱离教材的内容，但老师已经不顾了，下面大多数人围成一圈听得认真，老师在上面就讲得开心。不知不觉又一堂课结束，大家索性邀请老师一起吃饭，移师到一家饭店的包厢。没了讲台课桌之区隔，又有杯酒下肚，自然大家的互动更热烈了。

杨巡自告奋勇地送老师回家，他自觉看问题又有新的角度了。他终于开始知道，原来报纸头版头条的新闻，可以这么样子地解读。但前提，当然是他必须了解更多过去的政策演变。

杨巡想到过去的政策有那么多，当然不可能做到面面俱到，总不能连计划生育政策也了解吧，他决定从经济相关政策入手。但是资料何来？他最终想出办法，干脆请那党校老师做私活，他出工资请那老师给他收集提炼自他出道之日起的种种经济政策。杨速对大哥的行为大感不解，杨巡也不明白自己这么做有什么明确目的，他只是感兴趣，非常感兴趣，他想，那就算作为一种娱乐吧，一样是花钱，总比吃喝玩乐强。而且他还投机地想，摸清政策发展轨迹，会不会让他有能耐预测政策未来走向呢。当然，他又很快讥笑着否定自己了，他算是什么啊，才小小一个个体户，哪有那么高的觉悟，要预测，那也是整天泡着那里面的党校老师他们的事，还有时不时跑北京的宋运辉他们的事。

但是，他想，熟读政策，起码能让他避祸吧。他已经吃过太多太多莫名其妙的苦头。

10

梁思申与一起过来的梁大、李力、萧然相约吃饭。正好宋运辉有事没法相陪，她就自己开着问申宝田要的车子，来到新建四星级丝路大饭店的十三楼。这家宾馆她知道，以前杨巡告诉过她，思路还是杨巡的，当中也有她的些微智慧在闪光。她到的时候那些人还没来，她就拿起一张当天的日报翻看。没想到有杨巡那家欧洲风情街的广告。看到那八个字的广告语，她忍不住笑，真是酸得别扭，亏杨巡会采用。不过似乎这样的效果应该比较好。

她前两天去过一次，一圈看下来只给宋引买了一些花花绿绿的饰品，自己什么都没买，但已经看出街道还缺少的是什么氛围。她还有招商的思路，但是她得憋住，她不想再傻乎乎凑上去帮杨巡。

一会儿李力先过来，看见梁思申就微笑道："赫本。"

梁思申笑，她为了封山育林，不惜剪掉缠缠绵绵的长发，不知多心疼。"梁凡还不下来？"

"我们刚到，你打我们电话的时候我们才办登记入住，修路塞车，耽误许多时间。梁凡……哈哈，竟然晕车。"

"咦，人种退化？要不要送去神农架充实野人种群？萧总还在厂里，他最近很痛苦，据说天天跟日本人开会。"

"我早先劝他宁可低价售出股权，割肉退出再说，他不肯。现在想退都没人接手了，他的光荣事迹几乎已经成为经典教材，说家喻户晓也不为过，估计他见你又得讨教招术了。"

"我没招，早前教过他，他没执行，现在为时晚矣。"她想了想，又补充道，"要是有招，杨巡还能不跟你们纠缠？看看这个广告，杨巡的一条商业街的招租广告，我看比你们的商场有创意。"

李力看了点头道："不错，有股来自珠三角的香港气。我们的商场经营情况不是很好，我倒是有些想放手把经营权交给杨巡了，只要他给我固定回报，你会不会在意？"

梁思申微笑："我无所谓，只是杨巡未必肯接这种经营性工作。梁凡来了，脸色苍白得像个吸血鬼。"

梁思申正想取笑梁大，梁大却没等落座，就急急地道："小七，怎么叫老萧一起来，我们最近都被他烦死了。等下他说什么你都别接招，他那又蠢又狂的德性，谁也救不了他。"

"哦，好。"梁思申这下不好意思再揶揄梁大，将手中的苦橙花油交给梁大，道，"擦人中和太阳穴，会舒服点。"

梁大拿了苦橙花油，却非要简单阅读了上面的英文说明才肯用："你拿这当万金油用？"

"我现在是孕妇，我得时时提防反胃。"

"你？"梁大两只眼睛瞪得老大，不由得看向他对面也惊得眼睛滚圆的李力，"真的还是假的？"

梁思申也奇了，道："我有必要撒谎？或者这事可行性不高？"

梁大奇道："李力，你看看我们俩的太太都还在讨论不生孩子，说生育影响这影响那。你看看小七这个干脆啊。你当初怕这怕那怕一大堆，结果你看，小七反而是最传统的。"

李力有些尴尬，梁思申也当作没听见。李力当即拿出手机给萧然打电话，不理梁大的取笑，没想到一问之下，却是萧然与日本人又在开会，开得没完没了没法出来。这个消息让三个人都一声欢呼，如释重负。三个人这才好生依着自己性子点菜吃饭，都说好好的上海人，偏只有到了外面才有时间聚头吃饭。

梁大与李力不一样，在自家堂妹面前顾忌较少，与梁思申谈起对那家商场的忧心，他总感觉商场高了个档次，却没高的销售额，是个大问题。每天商场的灯亮晃晃地照着顾客空着手进、空着手出，这样下去总不是办法。梁大也提出想找杨巡谈谈让杨巡接手管理商场，但考虑到当初交恶，回头的会谈估计会比较艰难，他和李力准备让原本是杨巡手下的一位商场经理出面邀请杨巡一起吃饭，先缓和一下气氛。

梁思申奇道："是亏损到难以维持，还是想更上层楼？"

梁大实实在在地道："我们扩张之始，没有考虑到人才的扩张跟不上手中盘子的急剧扩张，所以现在很被动，上海那边我们每天可以盯着，对上海之外的两个项目就精力有限了。我看老萧犯的错误是不能当机立断甩掉烫手包袱，以致两只脚在泥沼里越陷越深。我们不能学他，想趁现在商场人气还旺，赶紧转型，找对出路。杨巡这个人一直在商业流通圈子里面打转，因此我想征求一下他的意见，如果他有好的想法，我们准备和他谈谈。"

"偏偏你现在又晕车。"梁思申仍不免要揶揄一把梁大才肯罢休，想到梁大是因为接手了她的糊涂账才致面临麻烦，她略作沉吟，道，"杨巡那儿……我替你们约吧。你手机给我，我不想用我的。"

"你们不是死对头了？小七，你要想清楚，你约了，你就得给我们做中间人。"

"知道，但我得想想他手机号码。"梁思申还在捕捉着打上火漆封存的记忆，李力已经翻出一只电子记事本查阅，一会儿工夫，李力就把杨巡的号码放到梁思申面前，这时候梁思申也想到杨巡的号码，对照之下才发现自己已经落后，人家杨巡的已经改作139开头的号码了。

电话响了很久，才被那边的杨巡接起，梁思申听见杨巡开口就说"晚上好，梁总"，一愣之下想到杨巡是在跟她手中手机的主人梁大打招呼，心说这双方互不联系，却是知己知彼得很。梁思申感觉有事有人无事无人，虽然知道杨巡不会讥笑她在香港机场时候扬长离开，现在却又巴巴地主动找上门，但自己总是心里尴尬。她有些自嘲地道："我姓梁，可不是总。我梁思申，在丝路大饭店十三楼吃饭，你有空出来吗？有两……"

"有，我立刻过去，十分钟。"

梁思申听到电话那边"我先走"的声音，估计杨巡在别处的一个饭局告别，忙道："我刚才的话没说完，想见你的是我堂哥和李总，你商场项目的其他两位股东，我只做个媒介，请你考虑后再答应。"

那边已经从饭桌边起身的杨巡愣了一下，才想到对了，这个电话号码是梁凡的，当然梁凡应该在场。那两个股东想要跟他谈什么？但杨巡还是英勇地道："我立刻过去。"无论到场时候会遇到什么事，他去是给梁思申一个回报。而且他想，梁思申亲自出面的事，总是梁思申自己能操控的吧，那应该不会对他有什么伤害。当初想清楚前因后果之后，他看人客观了许多。

梁思申对杨巡的态度有些惊异，回头想想杨巡在去香港飞机上对她的表态，难道这个人嘴里也能说出真话？她但愿自己这回不是再做东郭先生，希望杨巡真能良心发现。不过她对此所抱希望不大，她对杨巡这个人的真真假假已经没什么信心，因此她对梁大和李力道："我只负责帮你们叫来人，帮你们压阵，其余的你们自己谈。"

梁思申说话时，她自己的手机响起，却是宋运辉来电。没想到程开颜突袭来访，由其哥哥陪同直捣宋家探望女儿宋引。宋运辉说他正回家处理。梁思申心里添堵，不免想起妈妈在婚前的警告。她一时心烦意乱，她也知道自己最近可能荷尔蒙失常，情绪经常起伏，她只能勉强控制自己喜怒不形于色，却不能让自己心里超然，总是忍不住地想他们原本的一家三口见面会是什么光景，因为宋运辉的这个电话明显是提醒她短时间内别回家遇尴尬的。

梁大见梁思申脸上有些变色，等着她关掉手机，正要问什么，梁思申就要回苦橙花油。拿到苦橙花油的梁思申道个歉出去了，梁大与李力就商议该怎么与杨巡谈。

梁思申走到外面，才可以神色放肆一下，她不由得想到前两天与宋运辉讨论的有关送宋引出国读书的问题，一时有些灰心，人家小姑娘自己有亲娘的，她着急多情什么啊。她不得不再次深呼吸，提醒自己理智、疏远，不要掺和宋引与宋引亲娘的事，她提醒自己，她所做的一切，无非是为宋运辉。

但她没清静多久，身后便传来一声欣喜的招呼："梁小姐？谢谢你还特意出来等我。"

梁思申一怔，感觉杨巡是误会了，但她也没解释，回身道："你来得好快，他们都在里面。"她看到杨巡穿一件竖条纹T恤，米色裤子，倒是挺干净利落的样子。两只眼睛则是依然墨黑，只是可能因为看到她而闪亮。

杨巡一径地误会梁思申站在外面是在等他，他心里非常高兴，可也隐隐有些担忧，难道与另外两个股东的会面将是一场硬战？要不然梁思申实在是没理由出来等。他看梁思申穿一袭黑色无袖、中间收腰但没腰带的窄裙，裙子上什么装饰都没有，那么简单，却那么高贵。他跟着摇曳生姿的梁思申一起进去，心说自己跟小厮一样。

等到桌边，杨巡便看到他们三个已经吃了一半。梁思申见此解释："对不起，我们吃饭说话提起你，我自告奋勇联系你，打断你那边吃饭，请见谅，我们另外点几个菜吧。"

杨巡连忙道："不用，不用，我那边正好已经结束，吃饱的才赶来这儿。李总好，梁总好，好久不见。"他说话的时候已经一眼观六将三个人都仔细看了一遍，见大家神色都挺轻松，先自放心，却见梁思申脸色不大好，不由得关心，可又不便多问，两人关系现时不比昔日。

对于商场的经营，杨巡虽说没法插手，可商场几个主要头目，除了上海派来的，他能买通的买通，能交往的交往，虽然不能说了如指掌，却也大致有数。他总得对自己怎么被黑心里有个数吧，总不能糊里糊涂在商场项目上背一身无底洞般的债吧，要看着不行，他就得豁出去拼命。因此对于今天的谈话，他基本能做到对形势有所把握，他只是无法把握这群高干子弟心里头的想法，他从来最忌惮这种子弟。

李力客气地道："杨总，对现阶段商场的经营有什么想法？"

杨巡笑道："我没想法，我只要看到商场每天挺光鲜地开着，那就行。"

李力和梁大一时都没话，要他们如何解释为什么商场如此光鲜地开着，他们却想把经营权有偿转交？那简直是当着这个小生意人的面抽他们两张高贵脸的耳光。这才发现一句看似客气的话，其实回味辛辣。梁思申虽然心情无端烦躁，可也只好扮演好中间人的角色，有意打个圆场："刚刚看到报纸上有你欧洲街的招租广告。"

"哦，还行吗？我委托广告公司制作的，总算有点图案有些噱头。"

"挺好，不过谁要是自己去街上走走应该更好。"

"我那天看到你带着宋引逛街。本来想上去招呼……"

"欧洲街进驻的铺面控制得很到位。不过如果改成步行街就更好，而且街上也还缺一家有点品位的咖啡店，风和日丽的情况下，撑几把大太阳伞，游客逛街累了伞下坐着喝咖啡聊天，又是看风景又是当风景，不是更有风情？"

"好主意，你的办法总是最好，可是步行街难办啊，上回跟朋友提起，朋友劝我趁早打消念头。"

"每个城市需要有一处悠闲逛街的所在，比如香港庙街、中环、旺角的步行街，那几乎是城市的商业标志。"李力插了一句嘴。但骄傲，还是让李力无法将商场的经营问题说出口。

"是，能申请到步行街，欧洲街的风格会更上层楼。杨……"梁思申忽然惑于如何称呼杨巡，过去都是直呼名字，现在再直呼似乎不妥，杨巡也现在改称她为"梁小姐"了呢，她迟疑了一下，道，"大家随意交流吧，杨总对商场现在的定位有什么看法？"

杨巡不便轻易评价商场，因不知在座李梁二人究竟是什么打算，只圆滑地道："我看着基本上是你原定的设想。"

梁思申道："我的？我只设想一个轮廓，我说具体的经营要根据本地平均经济水准和潮流风向来定。没关系，你畅所欲言，今天大家都是善……意。"说到这儿，梁思申自己也不信，不由得一笑，对梁凡道，"梁大，你得答应我不得秋后算账。"

梁凡点头。梁思申不等梁凡说话，就接着道："杨总，以前我跟你之间误会比较深，梁大是我堂哥，当然对你不客气。今天我们说好尽弃前嫌，三个股东正式坐一起友好商议商场的未来。我作为曾经在商场项目投入心血的一员，我今天做个中间人，如何？请双方都给我面子，如果答应，我们干杯。"

三个男人都诧异梁思申这么说话，尤其是梁大和李力，心说梁思申敢这么说，难道是她在杨巡面前还有一句话的分量？杨巡也是奇怪，难道今天的议题是和解？梁思申迎出门的用意便是捧他一下给他面子，以使他可以平等跟李力梁凡平等对话？和解，对他来说，无疑是砸在商场的股份失而复得。这样的好事，简直让杨巡有些不敢置信。三个男人不约而同沉默着举杯，与梁思申最早举起的酒杯碰了一下，但梁大和李力也都不约而同跟梁思申说道："你别喝。"

杨巡不知道怎么回事，看看梁思申，又看看同样是脸色苍白的梁凡，心中嘀咕，但他还是把杯中酒喝了。

梁思申道："杨总，我向两位提议，希望你这个本地人参与商场的经营，也向他们推荐你经营得很好的商业街和两家市场。我认为，杨总，你是投资人之一，又身在本地，商场经营方面的负担，你义不容辞。"

杨巡终于听出今天会面的主题，但不清楚另外两个投资人究竟怎么想，但他也终于忍不住道："梁小姐，你还是叫我杨巡吧，你叫我杨总，我全身汗毛都会跳舞。"等梁思申笑着点头，他又道，"我对商业方面见识有限，现在做的都是怎么把商铺租出去，租出去后他们怎么招呼客人上门，我就不管了，对商场的经营，我一窍不通。"

李力挺感谢梁思申帮他们说了会令他们尴尬的开场白，还一肩担负了比中间人责任更重的会谈组织者的使命，让他和梁凡不用对杨巡这个小商人低头，他明显感到谈话氛围宽松许多，话题也一下外延很多。他便解释道："现在的商场已经有别于过去的百货商店，过去的商店出资进货，堆放进仓库，然后逐步放到商店里面销售，商场赚取的是商品的差价。现在的商场发展趋势，在我们看来是上面有屋顶的购物街，你的欧洲街上面加盖一个屋顶，前后用大门封住，就立刻变成商场，因此经营商场与经营商业街异曲同工。你的欧洲街是出租一家一家门面，

191

我们商场是将每个楼面划分成一块一块区域，按照分类将区域出租给不同商户，不知道我有没有将意思说明白？"

杨巡点头："我了解，像宝姿、提克、樱、蜜雪儿、紫澜门这些品牌也在我那儿开店，但我不清楚你们希望我怎么参与经营，我丑话说前头，我不是一个好合作的人，我喜欢自说自话。据我了解两位也是很强势的人，与梁小姐的放权很不相同。我看我要是掺和进来，肯定最后以闹矛盾收场。"

梁思申听到杨巡提她过去放权，不由得戏谑地撇了撇嘴。杨巡早就看到了，忙道："我再道歉一次。"梁思申一笑，不语。她今天出面帮梁大的忙，已经意味着不能再追究杨巡的意思，还再提什么。

还是李力道："杨总说的倒是实话。我看如果接受梁小姐提议的话，我和梁凡就得退出商场日常经营事务。最简单直接的办法，不如经营权交给你杨总，我们每年提取固定收益，至于商场建筑的增值，依然按照股份分享。"

杨巡说起正事，一脸冷静："可我对商场经营一窍不通，再加现在商场的经营档次追着上海跑，对本地顾客并不适合，我不知道由我来管会不会亏本。我要求不高，给我一年期限，亏了算我，赢了你们也没有，算是大家用一年时间冒一次险，一年后我们再坐一起谈固定收益分配数字。我还有一个建议，如果两位看得起我杨巡，你们索性把手里股份卖给我，也省得你们辛苦跑来跑去。说实话，这家商场我投入心血很多，比其他任何一个项目都多，投入的感情也很多。所以我虽然现在财力不一定够，可只要你们想转让，我砸锅卖铁都接着。"

梁思申听了前段，心说杨巡这个奸商可真说得出口，还一年期限的冒险呢。但听了后面，她立刻看向梁凡和李力，不知道这两人如何表态，也心说难道杨巡财力如此雄厚了？按说不可能，他的欧洲街只是出租，而不是卖产权，因此杨巡的固定资产账面值会比较高，但手头现金流不足。而这儿是金融并不发达的国内，杨巡收购资金何来。

李力看看梁凡，道："前面一个建议我们可以讨价还价，后面的建议……恕我无法接受。"

"大家都考虑吧，今天只是随便谈谈……"梁思申说到这儿，却一眼瞥到门口宋运辉走进来。她惊讶，这么快摆平前妻了？而且他本来没说要来的。她想招呼，可是看到宋运辉已经一眼看到她，她便懒懒等着他过来了，却见不断有人起立招呼宋运辉，她心说他倒是名人。好在宋运辉只是握手招呼一下，径直就来她这一桌。

他们坐的是方桌，四个人刚好，宋运辉来，便得与梁思申挤坐一边桌沿。

宋运辉本来就对李力在场心存疙瘩，一来又见杨巡，心说他太太真是群狼环伺，因此与大伙儿招呼后，便毫不避嫌地对梁思申贴耳用英语道："我让司机送他们走，带上猫猫连夜离城回金州，十天后去接回。"外人看着都感觉两人真是亲呢，其实宋运辉是特意赶着过来，怕梁思申有情绪，而杨巡立刻便扭转脸去，不想看眼前一幕。

梁思申没想到宋运辉做得这么彻底，简直就跟送瘟神一样，她不由得道："会很辛苦。"

"放心，我不担心别人还担心猫猫呢。我已经吩咐司机在下一个城市住店，差不多不到两个小时路程。他们是存心打上门来的，原谅我处理起来不想留后患。"现在梁思申怀孕，经不起风吹草动。

梁思申点头，她见识过程开颜，以前对程开颜不以为意，现在则是不便置评，但心里知道，那种牛人是不大会理智地用脑筋做事的人。唯独可怜宋引，投胎是个技术活。

梁大见此笑道："你们两个不用这样吧？七妹夫，恭喜你即将当爸爸。"

这边宋运辉放心与梁大说笑，杨巡却是听了梁大的话傻眼。再看梁思申，见她稍稍往后撤了点，娇俏地趴在宋运辉肩背上，笑嘻嘻地看着宋运辉与梁大说他们梁家的事情，那副亲爱模样，他看着心里堵。

梁思申等宋运辉与梁大说了几句，才把今天将杨巡请来的前因后果说了一下，宋运辉本来是刻意冷落杨巡，到这时才若无其事地笑道："小杨，了不起。"

杨巡忙道："宋总这么说我得钻桌底了。当初如果不是宋总让我来沿海发展，我现在还蹲东北那旮旯冻着呢。在宋总面前我怎么敢称了不起。宋总，这几天听党校老师的课，我总算是知道那些政策的来龙去脉，想想当年我什么都不知道，到这几天才能真正体会宋总的长远眼光。宋总，再谢谢你。"

杨巡站起来敬酒，宋运辉拿起梁思申的酒杯，没站起来，与杨巡碰了下，稍微沾点酒意思了一下，杨巡则是全部喝完才坐。宋运辉微笑道："这个谢，我应该当得起。"但随即便放开杨巡，对梁思申道，"你喝酒？"

"喝了又怎么样？"

宋运辉只得纵容地笑笑。李力跟着梁大起哄，没事人一般，反而杨巡一身拘谨。梁大和李力都以为杨巡见了宋运辉不敢动弹。

陆续有几个人过来跟宋运辉打招呼，敬酒。梁思申旁观，没再靠着丈夫撒娇，端庄地做其夫人状。这时候她才发现，其实宋运辉和李力梁大的年龄不相上下，可看上去宋运辉似乎成熟了许多。仔细看，宋运辉的鬓角依稀可见霜花。她心疼他，想到初见时他还是个豆芽菜似的少年，当时她和他曾那么快快乐乐地议论花鸟草虫的话题，他一路赤手空拳打拼到今天的成就，不知历经多少辛劳。

想到桌上还有一个人也是自己打拼过来的，她看向杨巡，见杨巡有些神思恍惚，她忽然想到，杨巡似乎只比她大一两岁。她不由得再看脸庞光滑的李力和梁大，心说她其实与李力梁大是一路货色。

饭桌上当然不可能达成最终口头协议，大家都比较诚意地约定明天晚上继续谈。回头散席，杨巡送宋运辉和梁思申夫妇先行离开，他才回到自己车子，满心烦躁，他觉得他不应该对梁思申怀孕反应这么大，他们既然结婚，当然会生小孩。可他就是没来由地烦，似乎感觉他永远没指望了。他反而没心力去考虑正事，只一个劲地发呆。

他还想到，果然，相信梁思申的为人是没错的，看今天梁思申不计前嫌帮他重回商场，那是对他多大的帮助，他很相信，如果不是梁思申在场，他与梁凡、李力不可能平等谈话。可惜，老天只给他一次机会，今天梁思申虽然后来又称呼他名字，可已经不复过去的信任。他还同样失去了宋运辉。

每每想到这些，杨巡都是懊恼万分，今天自然更添三分。

回到家里，见与他一起出去的杨速还没回来，只有杨逦在看电视。杨逦自与杨巡口角后，便对大哥实施冷战，但是杨巡对小妹"态度是好的，原则是坚持的"，早不到一天便又言笑无忌了，上海买房的事，却是交给杨速依旧照杨巡说的办。杨逦争气来争气去，毕竟知道自己刚开始工作收入有限，便心照不宣地不提。

杨巡一肚子的懊恼，正需要有人说，看到杨逦便道："今天我吃饭吃到一半，梁思申打电话让我过去。她帮我牵线，看起来我那些商场股份又可以回来了。你看，这人不错吧。"

杨逦并没挪窝，两眼盯着电视，却又没好好看，只是拿着遥控器不断地转台。闻言不屑地道："比如我去买一斤糖，第一种办法是店员抓了一斤多去称，中途不断抓出来才能达到一斤；第二种办法是店员先抓不到一斤，然后不断添加凑够一斤。同样是买一斤糖，经考证，后者给人的满意度要高得多。这就是没法用理智来说明的贪小便宜心理的满足。商场的股份本来你就有份，人家先剥夺了你，现在又还给你，你还感激涕零呢，真是，梁思申这买卖做得也太绝了，连人心一并收买。"

杨巡听了无语，被杨逦这小家伙认定了的东西，她都能找到歪理，大学四年怎么光学了这些。他忍不住问："你现在的工作用不到专业，你不觉得可惜吗？"

"大哥这话太狭隘了，什么叫可惜，四年的时间重要，还是一辈子快乐地工作重要？当然是后者。当初选择专业的时候我只是个农村小丫头，只知道东海厂的宋厂长好威风，我要学他。但他再威风，放到上海也不过是沧海一粟。四年大学学的不仅是专业，更是洗脑，是学习全新的思考方式。既然在上海工作，目光要放远点啦。"

杨巡奇道："老三国外读回来，不是更得狂三狂四？"

"起码梁思申从国外转一圈回来，就不大看得起大哥你。"

杨巡道："回头上海多的是高鼻子，你当心。"杨巡的情绪很复杂，有喜有恼，懒得与杨逦争辩，进去浴室洗澡。本来两兄弟住着没叫保姆，自己随便打扫一下算数。但是进来一个小妹，两个当哥哥的就不便随便，只好过上有保姆的好日子，因此家里的浴室倒是每天干净亮堂。

杨巡透过镜子看到手臂上在东北做手术留下的疤痕，心说杨逦不吃亏不知道江湖险恶，她以为外面的人都是她妈妈她哥哥吗，像梁思申那样的人几乎是稀罕品种了，她还挑剔呢，但他现在即使再苦口婆心都说不通杨逦。杨逦心里有一套自以为比他这个当哥哥的更高明的名校理论，听不进他在社会大学滚打摸索出的家传土方。

一顿冷水澡冲下来，杨巡脑门子的热度才退了一点，人也平静许多。客厅里是一台一匹半的空调吹着，非常凉爽。杨巡坐下看着杨逦换着台专门看广告，在上海台停留的时间尤其多，连杨巡都觉得上海台的广告最好看。问杨逦为什么不看连续剧，杨逦鄙夷说电视剧弱智。杨巡又无语，他不知道他在杨逦眼里该是怎样的低级趣味，难怪前面谈过的两个大学生女朋友多对他有淡淡的不屑，原来都是杨逦这样的人。当然，他是初中生。

杨巡挺生气，他也觉得电视剧弱智呢，哪有好人好成不要命，坏人坏得没道理，可不喜欢就别看呗，多的是书。杨巡心中更确定，杨逦需要被社会好好教育。

但是被杨逦搅了脑子，杨巡倒是不再沉湎，开始考虑拿回商场的种种事宜。这时候，杨逦制造的电视杂音对他没影响了，他抱着手臂低头看地，回思今天晚

195

饭上面的谈话。为什么梁思申肯出面打这个电话招呼他过去，从香港见面时候的
情形看，梁思申即使不再责怪他，却也不想搭理他，因此这个电话肯定是有原因
的。可是看后面的谈话，梁凡和李力又似乎是没考虑周全的样子。他知道商场经
营不好，小亏，但也不至于弄到梁凡和李力要求着梁思申找他，这些小亏比之商
场建筑物的升值，并不令人担心。如果说由梁凡和李力要求梁思申做强力中介，
可能理由上说不通。

　　杨巡不知道梁凡和李力究竟是什么考虑。而其实商场被他经营，应该是对他
非常有利的。他已经利用欧洲街收集一批经营有点档次消费品的公司，这些人的
经营范围与商场的那些重叠。往后商场经营权到他手上的话，他几乎可以一统本
城中高档消费品的市场了。再加他的两家集贸市场经营的百货日杂，他的战线将
一贯到底，各档次全齐，他只有更方便管理那些经营消费品的公司。如果欧洲街
加商场，这两家一起垄断本市一半中高档消费品市场的话，他手中的主动权更足
了。这个主动权，意味的就是租金收入的提高。

　　那么，他对商场的经营权是不是该志在必得？可是，想到他只占有少量股
份，做好了，提升的商场固定资产增值，他占不到多少，相比固定资产增值，经
营收入着实不算多。而且经营得好的话，大股东随时可以开会夺回他的经营权。
他吃力不讨好。最称心如意的途径，当然是收购梁凡和李力手里的股份了。可
是，他们肯答应吗？

　　一会儿杨速回家，杨巡叫住杨速不让洗澡，细细与杨速讨论各种可能。杨
逦最先侧着耳朵听了会儿，可后来越听越没劲，想那么多干吗，何不干脆点，明
天见面摆出条件，答应就答应，不答应就不答应，这不很简单的吗。谁都不是笨
蛋，难道会看不到好处坏处，需要那么磨叽做什么。她坐远了点，继续看她的电
视，耳不听为净。

　　杨巡看小妹一眼，等结束讨论，才对杨逦道："老四，你要去的公司有多大
规模？"

　　"不知道，反正是外资，走进去一看办公室就知道正规。"

　　杨巡点点头，道："好。老四你记着，你大哥我的资产，明天我让财务给你个
确切数字。大哥说什么都要拿下这个商场。老四，如果大哥把几个场子整整，弄
个集团，门面会怎样？"

　　杨逦一点都不示弱："大哥，你可以试试，你组建集团后，招得到排名前十的

名牌大学毕业生不？"

杨巡笑道："不，我不组建集团，我这样挺好，手下的人个顶个地能用，再建一个不产生效益的虚架子集团干什么？我也不要做集团总裁，哈哈，小雷家的雷书记做了集团总裁还不是雷书记，没变。做人挣钱，悄悄的，别声张，自己高兴。"杨巡看向杨速，道，"老二，你有没有反对意见？"

杨速笑道："有时候看着那些钱比我们少人比我们狂的，还真是不甘心。"

杨巡听了又笑："要不我们这就去丝路夜总会玩？今晚就砸钱比谁送花多？"

"暴发户！受不了。"杨逦不知两个哥哥在取笑，忍不住尖叫起来。

杨巡只得解释道："我们开玩笑呢，我们连集团都不肯成立，怎么可能跟人拼钱去。钱比我多的人多了，近的有梁思申和申宝田。即使宋总只拿工资，我们见他还不得毕恭毕敬。老四，我只是要你记住你大哥二哥所做事业的规模。"

"干吗，跟我要进的办事处比？我们办事处在他们祖国另有机构。"

"不是，你记住就行，没别的。"

杨逦心里奇怪，可再问，两个哥哥却都笑而不言了。

杨巡则是若无其事地对杨速道："我明天直接去银行找陆行长，看他最近能给我贷出多少。三千万你看够不够？先谈这些吧，明晚我咬定买股份，还分期付款，看那两个公子怎么跟我还价。明天梁思申不在场，也不用顾忌什么。"

杨逦听着，心说不就是三千万吗，她记着，她记性可好着呢。

杨巡挺无奈地看看杨逦，又挺无奈地对着杨速笑，他还以为三千万已经是大数字了，没想到杨逦并没放在眼里。而他当然是看在眼里的，他把每一块钱都看得很重，杨速也一样。他自卖馒头开始，一分一分地算计着挣钱，为了多挣一分钱他和杨速要付出加倍曲折，为了多挣一块钱，他当年则是可以踩着黄鱼车将电线从城南送到城北，才能有今天的积累。可能杨逦没经历过这些，因此杨逦对他们在意的数字毫不敏感，他真是有些拿杨逦没办法。

但杨巡不是个轻易说放弃的，他反复提醒小妹记住，就是要杨逦回头工作的时候看看她接触的究竟是多大的生意，让她再回头看看她哥哥究竟是做多大的规模，有比较才会有发现。

但杨巡心里到底是有些愤愤的，没想到他自以为做得挺大的事业，竟然如此被杨逦这个黄毛丫头看不上眼。他不免想到最近几个朋友接二连三地把手中企业捏合捏合凑成一个集团，一个个名片拿出去都是集团总裁，他这个实际资产不比那些朋友少的人却还是满大街一抓一大把的总经理。但他思想斗争来斗争去，最终还是不敢捏个集团，他怕树大招风，招来如萧然之流的巧取豪夺。他这才笑嘻嘻地回去自己房间，闭门考虑明天怎么与陆行长谈话。

其实陆行长早已被杨巡勾兑得热络，虽然不常一起花天酒地，可是只要有事，都是拔腿就可以进门说话的，因此杨巡与陆行长谈，说的基本上是实话，问陆行长支持不支持他的收购，陆行长考虑到那商场是优质资产，表示同意，于是摆在杨巡面前的问题只有一个，那就是梁凡和李力肯不肯卖。

他想来想去，决定打个电话给宋运辉。宋运辉的电话他好长时间没敢随便打，号码都已经记不住，须得翻开电话本找出号码。好在宋运辉的电话号码他一向记在第一页，一翻就到。但他还是怀着忐忑的心情打这个电话，因为他打这个电话的目的是要宋运辉同意他跟梁思申说话，要不然他联系不到梁思申，也不敢乱联系。他打通宋运辉的手机，难得今天是宋运辉自己接听。他立刻老老实实地道："宋总，我小杨，我想跟你谈谈我回购商场股份的事，不知你是不是有空。"

宋运辉道："你别扯上我，你想找小梁是不是？你别打扰她，她最近身体不大好，我不让她操心。"

杨巡早知道是这个回答，他忙笑道："对不起，宋总，我昨天也注意到。可我想，商场项目是你太太亲手规划的，她一定不愿看着商场经营状况不死不活……"

"小杨，你接手只有做得更偏离她的设想，你自己独立操作后的商场装修后来不是给敲掉重来了吗。"

杨巡讪笑："宋总批评得是，我那时候眼皮子浅，后来去香港看了才知道人家是怎么活的。你就看在我把欧洲街的规划贯彻得那么彻底，帮我向你太太说说好不好？她帮我说一句，顶我磨破嘴皮子说几百句。"杨巡是硬着头皮说"你太太"这三个字的，心里可真是不愿意。

宋运辉道："我问问。"

然后杨巡就等着了，不知道宋运辉问没问，梁思申究竟什么反应。

宋运辉倒是没食言，因他知道梁思申在意那家商场，但梁思申在电话里反问："要不要帮他？"

"看你自己高兴。"

"不高兴，我看了你妈收藏的《渴望》，看不下去，我没法做慧芳那么好的人。"

宋运辉笑道："你自己看着办，晚上我会按时下班回来……"

"不如我们晚上吃完逛那商场吧，我以前厌恶得都没进去看一眼。不晓得梁大搞得怎么样，都是听他自己在说。"

宋运辉了然地笑道："你心里还是放不下那边。"

梁思申"警告"："你不能总一脸看穿我的样子，那不公平。不许笑，我知道你肯定在诡笑。"

宋运辉当然更是笑得开心，放下电话后还在笑，但是两夫妻都没给杨巡打电话，宋运辉是一忙起来就忘了，梁思申则是想亲探商场之后才肯做决定。杨巡等一下午都没消息，只得单刀赴会，再赴丝路大饭店十三楼。

没有梁思申压阵，他明显感觉得到，梁凡和李力对他的态度傲慢许多。他也强硬，为了达到最终收回商场的目的，他今天强硬地重复昨晚的两点建议，丝毫不肯退步，一口回绝李力的讨价还价。他说，既然合股，风险需要大家共担，承担的方式当然得表现在收益的分配上。

他们互不相让的时候，宋运辉载着梁思申难得地出来逛街。这是周末的夜晚，商场人流如织，顾客看多买少，看似来享受免费冷气。

梁思申更是光看不买，第一次挽着丈夫的手悠闲地逛商店，感觉还挺好，只是偶尔宋运辉很不自觉地又走神一下，跟冲锋似的快步走了，她才需拉丈夫一把。宋运辉笑说让他逛店类似于虐待。

然后，宋运辉在电梯上看到前面牵着儿子的陶医生，他当作没看见，跨出电梯便挽起梁思申走向另一个方向。但梁思申的高挑梁思申的打扮梁思申的风姿，还是令陶医生看到这一对夫妇。陶医生看到时便下意识地背转了身当作没看见，可又忍不住一看再看，看他们的亲昵，看宋运辉脸上毫无保留的笑容，这个男人啊……

宋梁两人走了一圈才出来。外面虽然一团燥热，宋运辉却感觉就跟复活似的，刚才还满脑袋发晕，这会儿却神清气爽，还是他率先问梁思申："决定了吗？"

梁思申点头："我问问梁大究竟怎么想，看着商场连周末晚上都没一点促销，我心疼。"她拿了宋运辉的电话给梁大打，没想到梁大却回复说杨巡根本不是谈的态度，没有任何谈的余地，他们吃饭半个小时就谈崩。

梁思申看着宋运辉只会笑，原来昨天大家坐在一起，还真是她莫大功劳。她怎么就没这么重视自己的能耐呢。梁大说他不愿转让商场，这么好的地段，抢都抢不来，又不是亏得承受不住。宋运辉旁听着评论说换他也不肯转让，说杨巡胃口太大，异想天开。

宋运辉开车，两只耳朵听着梁思申给梁大说她今天看商场的感受，指出商场周末没有活动与没人在场做主分不开。宋运辉听着心急，忍不住对梁思申道："我来跟梁大说？"

"你开车别打电话。"

宋运辉当即把车子停到路边，与梁思申换了个位置，将手机抢回手中，他上手就很干脆地道："梁大，通过商场这一段时间来的运营，看起来有些经营中的问题不是靠你们来一天两天能解决的。你们是不是打算把经营权交给杨巡？"

"是啊，按说今天周末，明天是大礼拜，我看着没任何促销准备，他们也喊冤，说促销这么大的经济决策没我们点头签字不敢上手。这样下去不行，我跟李力已经商量好，可是杨巡今天没会谈诚意。"

"你们的心理价位是多少，我给你们做个中间人。"听梁大报出一个数字，宋运辉又道，"相对于你目前的亏损现状，你这个一百万税后利润上缴数字偏高。要不考虑一下逐级到位，第一年要求低一点，后面几年递进，你们也得考虑未来生活水准提高对利润的促进。"

梁凡与李力商量一下，两人决定保留这个一百万的中间值，其余由宋运辉替他们随机应变。

"梁大这孩子，竟然心里没个准数。思申，杨巡的手机号码是多少？今天索性替他们三个把问题解决掉。"宋运辉知道梁思申数字记忆好，就懒得自己翻阅通讯录了。

"梁大这孩子？梁大不比你小。杨巡的号码是139×××××××。喂，你刚才路边随便停车，会不会被交警抄牌？"

宋运辉拨下号码，才道："不怕，我这辆车交警知道的……喂，小杨，谈崩了？"

杨巡没想到等了一下午的电话现在才来，但自然是没法埋怨什么，忙道："是啊，刚才我们会谈气氛不大好，他们两个想压我答应，可他们既然要我出来经营，总得拿出点诚意来吧。宋厂长，都忘了谢谢你还关心我这件小事。"

"嗯，小杨，我跟我太太刚刚看了商场，完了准备参与你们讨论，没想到你们已经散场。我跟那边两位股东电话交流了几句，有这么两点意见：第一，股份转让是不可能的。我也奉劝小杨你打消这个念头，他们不缺资金，没等着现金下锅，除非你出极高的价钱；第二，他们愿意委托你经营商场，只计提固定数额分成。我建议他们考虑计提数字逐年递进，他们同意。小杨，你的心理价位是多少？我看看你们有没有商讨下一步的必要。"

梁思申在一边听着微笑，看来中间人还真得由宋运辉来做。他够权威，才会一点不客气地要双方各自报出心理价位，而她料定，双方都不敢对他弄虚作假。果然，她从宋运辉的重复中听出杨巡给出心理价位，当然不是昨天那个第一年全免的价位。

杨巡说了数字后，提议见面讨论。宋运辉懒得见面："我太太开着车往家里跑，这么热的天，都还是家里窝着吧。我考虑一下你们双方的条件，你等我电话。"宋运辉合上手机，问梁思申，"你合计着，他们应该取哪个中间值？"

"你真替他们拿主意？"梁思申奇了，宋运辉一向不是多管闲事的人。

"给他们做个了断，省得他们麻烦你。你最近少操心，难得休假，好好养着。"

梁思申笑，心说他是怕她又单独见李力和杨巡吧，恨不得连电话都帮她打了："你决定，我懒得动脑筋。"

宋运辉看梁思申笑得诡异，知道这个雷东宝嘴里的妖精肯定猜到他的小心思，不由得笑着拧拧她的脸蛋。想到雷东宝，他才想起一件事来："呃，我在老家那边的项目需要验收，我不去也行，到场的话更好，你想不想跟我去老家？"

"想，不过没飞机可不去。"

"好。我们几位工程师准备开一辆面包车过去，我们俩飞过去吧。"宋运辉很喜欢，见车子到家，他先跳出去给梁思申开门，又道，"我不陪你去小雷家了，不想见他们。"

夏天的夜晚，宿舍区还有很多人在外面游荡，梁思申也不管，出来就拉住丈夫的手，一起往里走。宋运辉笑道："他们现在流行一首打油诗来赞美你。说你来了后，他们不用见天地加班了，不用半夜三更担心BB机叫唤了，不用提着脑袋来见我了，变相说得我跟魔鬼似的。"

梁思申听了也笑："上帝说，安排我这个人下来，就是为了埋汰你来的，哼。"

"去，净学些坏词，普通话是越来越溜了。"

"去就去，我上茅坑儿，茅坑儿。"梁思申嘴里挂着余音袅袅的"儿"字，笑嘻嘻地去卫生间了。宋运辉在后面哭笑不得，不知道她什么时候又跟谁学来这"茅坑儿"三个字，如此字正腔圆。他跟父母去打个招呼，就又坐下打电话做商场那摊子事的中间人，只是脸上一直挂着笑。

梁思申出来先过去公婆房间打招呼，才又过来看宋运辉打电话，一边取出纸笔，把自己的想法列在纸上，要她不动脑筋，还真不可能。宋运辉伸着脖子过来看，一只耳朵手机，一只耳朵电话，果然就改口用了梁思申的数据，让双方好生考虑是不是接受。梁思申原以为会扯皮一会儿，没想到在宋运辉略带不容置疑口气的影响下，双方竟然很快一致同意接受梁思申提出的方案，于是宋运辉让他们明天就按照这个电话的精神草拟协议。

放下电话，宋运辉道："你的条件，我看着比较倾向梁大。"

"我看到杨巡虽然一张脸笑嘻嘻的，可两只眼睛深不可测地黑，就感觉这人不知又会做出什么事来。我就那么偏心梁大一点点。你今天做这个中间人，以后他们有什么事情，会不会怨你？"

"我不怕他们三个人中的任何一个怨我，他们都是成年人，谁也没捆着他们的手让签协议。"

"你平时处理工作也是这样子的？"

"工作又是工作，工作时候既然已经上升到需要我出面，协调的工作就没必要了。该拍板就拍板。怎么啦？"

"我今天才算见识你的当仁不让和雷厉风行。跟你比起来，我做的铺垫工作太多，不过那也是我地位限制。"

宋运辉须得转一下脑筋才想起，梁思申说的是他曾经传真给她的指点，他不免心中得意："以后跟你说话真得小心了，你什么都记着。"

梁思申笑，又道："你在杨巡面前好权威。"

"对杨巡不能不拉开一定距离，否则那小子就得顺杆子爬上来。这个人我现在也防着他一手，不想离他太近。"

"做人不能失信，信用。不好，有些想外公老头了，你打他电话聊几句，我不给他打，免得他得意。"

没想到外公那边挺热闹的，据说好几个小朋友在锦云里玩。外公还神秘兮兮地对宋运辉说，有位戴小姐长得非常有味道，哪天宋运辉来给他介绍。

这边宋家两夫妻笑笑闹闹的，那边杨家兄弟两个坐一起商量明天准备签的协议。刚才三方电话会谈说好，明天梁凡他们会带律师出面，杨家兄弟便着手考虑明天协议草拟时无论如何不能落下的条款。

明天本是准备送杨逦去上海的日子，看来他不能成行了，杨速也不能成行，他们明天签订协议之后面对的是海量的工作，两兄弟缺一不可。送杨逦的事，只能转交给欧洲街管理办的办公室主任。

11

雷东宝一直心急地等着冯欣欣的肚子大起来，可冯欣欣的小蛮腰却依然跟水蛇似的灵动。遵医嘱，他不能碰冯欣欣，好在韦春红那儿来者不拒。

通过陈平原带着正明和小三两个在银行的跑动，他终于获得一笔流动资金贷款。陈平原也很直接，拿到贷款，就手一伸，要求拿佣金。雷东宝心里骂陈平原蚊子腿上还要刮下三钱肉，可终究还是把钱给了陈平原。若不是陈平原仗着老脸出马，他自己出去还不得拿钱开道？可想到陈平原跟他算得如此清楚，他心里还是不舒服。

傍晚的时候他要韦春红给他准备些小菜，他下班就过去吃饭。冯欣欣那个家现在是冯母管着饭菜，他吃不惯，还是韦春红那儿吃着舒服。反正他爱去哪儿去哪儿，谁都欢迎他。

到了饭店，见饭店照旧几乎满座。他一眼看到一位宋运辉介绍他认识的政府官员也在那儿吃饭，就过去招呼了一下，敬上一杯酒。那官员也不知有他，就笑着说等后天宋总过来，大家再好好聚聚。雷东宝诧异，宋运辉怎么没跟他提起？再一想，宋运辉已经好久没跟他打电话。他最近又国事家事天下事事事都忙，雷霆的铜五金车间正轰轰烈烈地筹备上马，虽说这回由项东管着，他需要操心的事比较少了些，可因为涉及大笔资金投入，需要他做大量协调工作，给项东撑腰，因此他都没闲工夫想到宋运辉。这一想到，他心说宋运辉难道还真跟他说不理就不理了？

雷东宝不是个把大小事情都放在心里憋着的人，有些事情他会闪着实诚的眼光不显山不露水地憋着，但大多数事情他都要弄个水落石出。他当即掏出手机给宋运辉打电话。好在宋运辉的电话还是9字头，他记得住。

"小辉，你后天过来？你说你怎么不通知我一声，你什么意思？"

宋运辉也很直接，道："已经告诉过你，我以后不认识你。"

"你到底什么意思？你好歹是个大人，别什么都听你那老婆的，你那老婆跟我又没十年交情。"这时候韦春红走过来，听了几句，也不知道雷东宝说什么。雷东宝就拿胖手指指对面椅子，让她坐下。

"我在家里吃饭，没法跟你说。什么时候有空我再打电话给你。"

宋运辉说完就把电话挂了，雷东宝却是气得跟韦春红道："你看，你看，小辉现在动不动摔我电话。"

韦春红心里便明白是怎么回事，但她不提自己的冤屈，反而殷勤倒一杯酒，道："宋总那是替我生气呢，赶明儿我跟他说说，我都以你的大局为重了，让他别为我多生气啦。"

"没，他是让他那个妖精老婆挑拨的，他那个妖精老婆事多，小辉大男人哪来那么多花花肠子。"

韦春红想到当初她打电话去宋家时，宋家两夫妻对他的安抚，心中又明白三分："这就是你的不是了。你跟小辉再亲，又哪里比得上他们两夫妻的关系。不说别的，他们两夫妻认识的时间都比你早，你这十年算什么。你这儿一个劲地反感小辉妻子，他还能不反感你？"

雷东宝恍然，韦春红却不给他机会说话，紧追不舍地道："你别跟我提兄弟情分，小辉跟我说过，你那些情分都是虚的，不是掏心窝子的，要不然你不会看到一个长相像他姐姐的就跟我离婚。你那些情分要是掏心窝子的，那女人的心窝子能跟运萍姐一样吗？你把那女人的心窝子跟运萍姐的当一回事，那你不是太对不起运萍姐的情分了吗？"

"你意思是我情分是真的，就是对不起他姐，我情分要是虚的，正好他不理我，你直接说我左右不是人吧。"

韦春红本身就是借题发挥，却见雷东宝竟也一句不提她的情分，心里不免伤心，但还是冷笑道："你说呢？否则你说你跟我结婚宋总都没说什么，这么多年还帮我们做了那么多事，怎么你一娶那个跟他姐长得像的他反而生气呢？"

雷东宝急道："他妈的，你说的吧，都你说的吧，小辉能说那瞎眼话？谁说我对他姐没掏心窝子？谁说我这几年对他没掏心窝子？"

"你呢，只会冲我撒气。我帮你解这个结，让你知道宋总为什么气你，你倒是好，好像还是我造谣。得，我该干吗干吗去，不招你惹你。"

雷东宝一声断喝："坐着，没让你走。"他却也没再跟韦春红说话，只一个劲喝了好几口闷酒，回想当初梁思申越过宋运辉指责他的话，几乎半瓶啤酒下肚，他才问："真是小辉跟你说的？"

韦春红道："结婚那么几年，我什么时候骗过你？都只有你在骗我。"

雷东宝又沉默，难道这就是宋运辉所想，说他其实对运萍没情分？

韦春红看着冷冷地道："也难怪宋总这么想。我虽然跟你不是结发夫妻，可好歹也是患难过来的，你对我说扔就扔，他还能不联想到他姐？你再把个小姑娘错认作他姐，他心里怎么能没想法？你惹谁不好，你去惹他？我是个娘家没人的，你爱怎么就怎么了，你啊……"

雷东宝因为韦春红为了成全他而爽快离婚，对韦春红总是怀着歉疚的，行动上从此礼让三分。这时候被韦春红指责，他也没有回嘴，只白了韦春红一眼，没有说话，好一会儿，才道："我有数。"

韦春红看看雷东宝脸色，大约知道他想什么，心里叹了一声，起身道："我忙去，你慢慢吃。对了，你吃的不用记账上，那么见外干什么。"

雷东宝却把酒杯一推，闷声闷气地道："不吃了，我上去睡觉。"

韦春红惊讶地看着雷东宝走上楼去，没说什么。心里只觉得侥幸，她还需靠着宋家人才能让雷东宝想到她。她看看一桌几乎没动过的酒菜，收拾了两个盘子一瓶啤酒，亲自端上去放雷东宝床头，才又关门下来。她知道雷东宝是个耐不住饿的，等会儿肯定要记挂住吃喝。

雷东宝躺在最熟悉的床上，心里很不是味道。可是想到冯欣欣肚子里的孩子，他又满心的牵挂。他想，他妈的管他呢，黑猫白猫先要了孩子再说。可是想到宋运辉疏远他的理由，他心里冤屈。他对宋运萍，压根就不是宋运辉想的那样。他关上手机又喝酒吃肉，完了把盘子往卫生间一塞就睡觉。等韦春红收工上来，他就醒来好好跟她温存一番，温存得韦春红稀软得跟只猫似的，他觉得还债了，放心睡觉。

韦春红真是拿他没办法，又爱又恨。

12

宋运辉回老家的时间安排得很紧,第一天白天他根本腾不出时间陪梁思申东游西逛。但梁思申不要他操心,自己一早去宾馆楼下买一张地图,摸到韦春红饭店门上去,请韦春红做导游,随便韦春红带着她往哪儿走。韦春红一点没客气,带着她叫上一辆出租车就去小雷家看。

梁思申第一次见识到小雷家。很脏,很灰,与印象中的乡镇企业形象相符,但热气腾腾,充满一种叫作"工业"的味道。很原始,却很有感染力。梁思申心说难怪外公会喜欢,她看着也挺喜欢的。韦春红还怕太阳晒化了这个雪白的女孩子,梁思申却是全身抹了防晒霜,好奇地一处处地印证宋运辉曾经跟他提起过的有关小雷家的传奇式的种种。

来往的众人都认识韦春红,很快就有人将韦春红陪着一个年轻美丽女性来参观的消息报告给在铜厂忙碌的雷东宝,雷东宝一算时间,心说来的不正是宋运辉那妖精老婆吗,她来干什么?他当即循着耳报找了过去,很快就看到韦春红与一个女子站在路上指指点点,那女子即使拿硕大墨镜遮住半边脸,他还是一眼就认出来,就是梁思申。

想到韦春红跟他提起的宋运辉的情绪,雷东宝这下只能对梁思申忍耐,怕惹了这妞就等于惹了宋运辉。他走过去就闻到一股好闻的春天橘子花似的香味,他不由得吸了吸鼻子,才道:"春红,你去我家待着,我带小梁走走。"

韦春红立刻答应,但关心地对梁思申道:"妹子,你要累了就赶紧歇息,这个时候逞强不得,他不懂关心人的。"

梁思申笑着与韦春红道别,然后才面对着雷东宝,道:"我来看看你家小辉以前出没过的地方。"

"我知道你不会特意来找我,你要没怀着孩子我倒会相信你专门来跟我吵架。跟我走,小辉的事情,这里没人比我更清楚。哎,你行吗,会不会中暑?"

"有可能。"梁思申也没客气。

"你跟我去办公室等着,我给你叫辆三轮车来。你要有个三长两短,小辉还不跟我拼命。妈的,也是喜新厌旧,还说我。"

梁思申不搭腔,跟雷东宝说不通那些形而上的感情问题。她跟着雷东宝进去村办,雷东宝只介绍她是老王先生的外孙女,却硬是不说这是宋运辉的第二任妻子。大家也不知道，只觉得这个姑娘洋气、漂亮，符合老王先生外孙女的身份。梁思申心里生气，但也不提。

一会儿三轮车叫来，雷东宝却自己骑上三轮车，带着梁思申出去村办。雷东宝的举动，把大家都惊住了，梁思申也惊住，坐在三轮车里上不得下不得，非常尴尬。三轮车转弯拐出村办，梁思申眼见左右没人，才道："请你停下，我下车。"但是梁思申说出话来，便感觉自己说得没有力度，她一贯适合于幽静场所的音量和音频显然并不适合农村广阔天地和轮轴吱呀吱呀伴奏的三轮车上。

但雷东宝还是听到了，在前面大声道："你坐着，这儿没人拍你马屁，也没人拍小辉马屁。我有话要跟你说，别人不能听。"

"那你停下，我下来走，这样说话不对等。"

"你少啰唆，叫你坐着你就坐着。"

相对雷东宝大喇叭似的声音，梁思申只觉得自己的声音有气无力，她也不要求了，只好坐着。可又让她如何坐得安稳，她都不好意思舒舒服服靠着背坐。

三轮车才没出门多久，消息就飞快传开了，一传十，十传百，无数只脑袋从玻璃窗后面探出来，观看这一惊人场景。而没工作的小雷家人更是冲到太阳底下观看东宝书记甘为一个女人做三轮车夫，梁思申更是如坐火山口上。

三轮车吱呀吱呀地穿行在积灰厚重却树荫匝地的村路上，不时得避开隆隆开过的货车，穿行于飞扬如雾的烟尘里。梁思申拿块纸巾遮住鼻子，更无法说话。晃晃悠悠地，三轮车来到村后山下，预制品厂的门口。雷东宝这才歇脚，指着后山蜿蜒的一条山路，道："你看，那路，最早去市里要从这条山路翻过去，得走老半天。那会儿没公共汽车，搭辆运输车去市里算享福。小辉以前上大学，就得从这里走过，去市里火车站乘火车。一九八〇年冬天，他寒假回来过，那年下雪，他和他姐姐不小心掉前面大沟里，是我拉他们出来的，我们就这么认识的。妈的，肯定比你早得多。"前晚韦春红说他认识宋运辉的年日还不如梁思申，他当时没反对，却耿耿于怀。

梁思申不知道雷东宝究竟想说明什么，却没想到能了解到这么一段久远的历史，她看着眼前那条坑坑洼洼的山路，绝想不到宋运辉竟然是从这样的山路走出去上的大学。她惊呆了，看着那条几乎被废弃的山路，很想走进去看看，那儿是否还有宋家姐弟的足迹。雷东宝没听见梁思申说话，回头见她张着小嘴好像很惊讶的样子，道："不吱声了吧？"

"不。我比你早认识，我一九七九年就认识宋，我第二年就知道你。"

"知道我什么？他怎么什么都跟你说？你那时候才多大，你听得懂？"

"你不用心虚，宋不是个背后随便说人坏话的人。我从他嘴里听多有关你的话题，可见面……他美化了你。"

雷东宝忽略梁思申的观感，对宋运辉的美化表示满意："对，我们兄弟感情一向好。再告诉你，这预制品厂最早是小砖窑，我们小雷家村社队办企业第一炮就是在这儿打响的。看后面那些鳖塘没有，都是砖厂挖泥挖出来的大坑，干脆从山后水库引水过来养鱼。"

梁思申噢了一声，这些砖窑啊鱼塘啊都是宋运辉曾经告诉过她的神话般的故事，原来典出此地，而那小砖窑现在都英雄无觅。她见预制品厂门口一排花儿开得热闹，就问："厂门口那花儿就是据说农村女孩染指甲的凤仙花吧？"

"对，女孩子就关心这些。萍萍去那年，扔下家里几只花盆几棵花秧，我也不知道什么花，等天暖了都种外面院子里。马屁精都知道我喜欢这花，挖了籽去种，每年夏天到处都开凤仙花。走吧，看老屋去。"

梁思申没想到随手一指，便是过去种种，不由得看看路边不时冒出的开得璀璨的凤仙花，又看看前面已经汗湿的肥厚宽背，好生感慨。从雷东宝看似轻描淡写的描述中，她意识到自己对雷东宝可能有偏见。

这一路，看到过去雷宋联姻的晒场，看到曾经甜蜜、现在已经盖起厂房的老屋所在，看到宋运萍带领养兔收购兔毛的所在，听到好多相关的故事……走啊走啊，一直又走到一处小山包，雷东宝告诉梁思申，宋运萍就葬在上面。梁思申跳下来，要求上去。雷东宝没拦着，前面拨开荆棘带路。很快，两人便到宋运萍坟前。雷东宝看梁思申摘下墨镜和帽子，在坟前双手合十拜了几拜，他看着满意，这才道："萍萍，这是你弟媳妇，大热天特意来看你。"

梁思申看看雷东宝，没说什么，又闭目合十在坟前把早想好的该说的在心里说一遍，才跟雷东宝说"回吧"，两人一起下山，雷东宝心说这个半洋人原来也迷信。

两人辗转又到而今小雷家的住宅区和工业区，这下雷东宝告诉梁思申的，都是他和宋运辉的交情，包括这住宅区的规划设计，包括那边工业区的改造更新，还有宋运辉当年来他家住过一段时间谎称甲肝与金州领导作对。梁思申听着，与过去的记忆印证，两人这会儿都心平气和，难得雷东宝不嚷嚷了，梁思申不讽刺了，可前面路上却热闹开了。梁思申看去，却见一个年轻女孩从前面路上跑过来，哭得披头散发。

雷东宝一看见就骂了声"操"，但立即灵活地跳下去，跑去迎住那年轻女孩，一把抱住不让蹦跶。原来是冯欣欣在小雷家工作的亲戚误会梁思申是个狐狸精，及时向冯欣欣示警，冯欣欣立马从市里杀来抢老公。

梁思申跳下车，惊异地看着眼前这一幕，从冯欣欣的哭闹中她猜到是怎么回事，她觉得自己还是不要插嘴为好。她不免想到现在雷家的韦春红，心说这下有点麻烦了。但见冯欣欣很快便擦干眼泪，挂上笑容朝她走来。梁思申心说，这不是宋家人的风格。她没动，她记着宋运辉的反感，也没摘下眼镜，只淡淡地注视着冯欣欣过来，听冯欣欣一路说着"原来是美国姐姐啊，我早想去看你了，可……"就是一动不动。

冯欣欣很快感觉到梁思申的冷淡，一张脸很是挂不住，不由得回头看雷东宝一眼，年轻女孩终究是生嫩，又不敢对梁思申轻举妄动。梁思申仔细打量冯欣欣这张据说与宋运萍很像的脸，从这张小眉小眼的脸上实在看不出宋家的气质。她见冯欣欣止步，才道："大哥，谢谢你陪我半天，我得回了。"说完，她就擦着冯欣欣离开，凭记忆摸去雷东宝家，见到冯欣欣真人，她把刚刚生出的心软又压了回去。

雷东宝料定梁思申与宋运辉穿一条裤子，肯定不会待见冯欣欣，却没想到她竟当没看见冯欣欣这个人。雷东宝暗自骂声"操"，扯起嗓门大声道："小三，小三，送小冯回去。"见有人探出脑袋应一声说去叫三主任，雷东宝才对冯欣欣道："看，丢人了吧，闹半天人家还看不起你，谁打电话告诉你的？"

"谁让你这两天都不来，人家还以为你干什么了呢。我现在不回，我今天要跟你一起回家，我去你家等着你。"

"到底谁打电话给你的？"

"不说，反正你有什么事都有人报告我，哼，你可别想瞒我。"

雷东宝最烦这种小伎俩，憋得满脸通红，可就是拿这个带球的没办法："你赶紧回家，我工作，没空跟你玩。"

"你不是陪你弟媳妇转悠吗，你有时间陪她怎么就没时间陪我呢，你再不陪我，我肚子里的宝宝都不认识你了。"

"好好，我晚上一下班就去你那儿，现在我没空。我弟媳妇是来工作，跟你不一样。不跟你说了吗，人家在美国大银行做事。妈的，小三这么磨蹭，还不来。”

小三终于开着车子出现，载上冯欣欣走了。雷东宝赶紧冲进最近的办公室，给自己家打电话，稳住刚走进他家的梁思申。但他没急着赶去，而是掘地三尺也要找到给冯欣欣打电话的冯家亲戚。很容易，厂里可以打外线的电话机并不多，一问就知道是谁打过电话。他找到那个亲戚，二话没说，就是两个大耳光。他妈的反了，敢监视起他来。他不敢动冯欣欣一根汗毛，他难道还怕了冯欣欣不成？

随即，雷东宝便赶回家。他妈与韦春红依然和平共处，韦春红有的是办法把雷母的话当耳边风。雷母更不敢对梁思申出什么话，知道她这个小雷家太后的干部家属身份与梁思申比实在算不上什么。等儿子出现，她就走了，三不管。

梁思申并没快嘴将冯欣欣杀来的事告诉韦春红，反而是雷东宝进来就把已经送走冯欣欣的消息透露了，韦春红的脸色变得难看了一会儿，就收起脸色没事人一般。梁思申准备回市里吃饭，雷东宝道：“你别走，我还有话问你。你和小辉都说我以前对他姐没掏心窝子，你说，怎样才算掏心窝子了？”

梁思申没想到雷东宝那么直接，她想了想，才答：“我不清楚你说的掏心窝子的意思，请原谅我中文不好。但从你对待韦嫂的态度，你不是个尊重太太的人。我们有理由怀疑，我们也正要问你，你懂韦嫂的心吗？你以前又懂姐姐的心吗？今天很巧，让我见识到冯小姐，我看来看去，冯小姐与宋家人完全不一样，你说她像，难道你以前看到的只有姐姐的皮相，而没看到姐姐的性格、言行甚至内心？”

雷东宝被梁思申绕得烦了，索性摸出皮夹，展开来给梁思申看：“怎么不像？你看，你看。”韦春红心里感激梁思申帮她说话，但她旁观。

梁思申接了皮夹仔细看，心说果然是相像，但是她冷笑道：“我不明白，姐姐会有冯小姐那么势利的眼睛吗，姐姐的性子是会当众撒泼的吗，我虽然没见过姐姐，可我相信宋家人不是那样的。因此我可以说你，别看你跟姐姐结婚那么几年，冲你连一个人都会认错，我就可以认定你根本不懂姐姐的心，正因为如此，宋心痛姐姐。”

不用说同是女人的韦春红，即便是雷东宝这回也听得出梁思申说的是什么，宋运辉心痛姐姐什么？就是心痛姐姐嫁错人，心痛姐姐因此早逝。雷东宝气得一拳砸桌子上，怒道：“我跟他姐怎么样，你们懂个屁。你给我去问小辉，我到底对他怎么样，我以前对他到底怎么样，让他凭良心说，我有没有当他亲兄弟？"

韦春红见此连忙扯住雷东宝，按到位置上坐下，低声提醒他别吓到孕妇。雷东宝呼哧呼哧地别转脸去，免得再看见梁思申就管不住怒气，这女人简直指鹿为马。梁思申倒是不怕，但是愣了会儿，才又冷静地道："宋一直拿你当兄弟，而且是好兄弟，他说起你的时候，通常非常骄傲，所以我虽没来过小雷家，可对小雷家的一草一木早已非常熟悉。可你呢，你指鹿为马把个轻浮女孩指为姐姐，你简直是往宋的眼睛里揉沙子。你却还可以为一句话暴跳如雷，难道宋就不可以生你的气？"

韦春红心说这个小姑娘别看一张脸那么嫩，可真能骂人，但也眼见雷东宝与梁思申水火不容了。雷东宝太独，不肯被人指责；梁思申太骄，容不得自己丈夫受委屈。还是她叹声气，站起身道："妹子，你别说他了，他也不容易，他这是多少个地方烧香拜佛才求来个孩子。他对我好着呢，我不怨他。"

梁思申心里挺替韦春红感到无奈，可也没办法，难道要她煽动韦春红争取女权？可她还是忍不住替韦春红瞪雷东宝一眼，与韦春红挽手离开雷家，上去门口的出租车。雷东宝好歹看宋运辉面上背着手送到门口，看两人离去，心里极度郁闷，这一早上亲自踩三轮车都没挽回事态。而对韦春红，雷东宝更是负疚。这么几天下来，对冯欣欣的新鲜劲也过去了，当然已经知道冯欣欣不是宋运萍，他这会儿又惦记起韦春红的好来。可冯欣欣肚子里不是有个他的孩子吗，韦春红能理解的。

雷东宝又回铜厂，而项东也正等着他。项东一看到他进来，就掩上门，严肃地道："书记，正要跟你说件事……"

"扇俩耳光的事吗？"

"是，但也不全是。首先，企业发展到现在，人员进出都应该规范控制，不能说进就进，而应该择优录取，尤其是不能安插亲戚朋友。你上面一开口子，别人也可以有样学样，对于铜厂未来职工素质的提高有影响，我对你前几天擅自安排三个亲戚进来铜厂持保留意见；其次，这是工厂，工厂有制度，不需要动手打人。"

雷东宝对于繁文缛节的反应，一向是简单的"操"，但当着项东，他捂住嘴忍了，还讪笑了："我今天怎么净挨教训呢。行，第一条我答应你；第二条我做不到，也不想做到。你不知道，我们农村里，拳头比什么都管用。"

"可是制度，有制度在的，不能不把制度当回事。书记，企业是要做大的，企业做大了，靠你这儿一拳那儿一脚，你忙得过来吗？我们得趁企业还没做大，先把制度建立起来，让大家都遵守制度，以后旧人带新人，企业就容易管了。"

雷东宝嘴上从善如流："好吧，我以后管着点手脚。"

项东知道今天的劝诫只能到此为止，但他还是要问："书记，你介绍来的那三个亲戚全是没文化的，让做基础工，他们还不愿意，仗着自己是皇亲国戚。不行的话，我开除他们行吗？再这么放着带坏别人。或者你教训他们？"

"我教训他们还不是动拳头？"雷东宝想了想，"你再替我忍七个月，到七个月还那样的话，开了。"

项东不明白为什么不多不少要七个月，但既然雷东宝给他准信，他就不提了，心里大约知道那三个皇亲国戚的分量，不重。他决定发动群众斗群众，将那三个人放到老车间去，让小雷家的人合伙对付那三个外戚。

雷东宝对于项东进来后逐步引进的规范化技术化管理很迷信，虽然他不懂，可他喜欢背着手看新招聘进来的技术员在项东的督促下搞测绘。测绘的东西是项东从上海花大钱买来的国外产品，项东说要做就要做好的，通过模仿国外的好产品，研制出自己的拳头产品，才能打进国际市场。雷东宝觉得很对。他从来就是那么一句话，项东只要考虑发展，其他钱的事由他全力解决。

他看了会儿，就午休铃声响了。他走出技术室，抓住准备去食堂吃饭的项东问："电缆能不能也想办法搞出口？"

"当然能，只要与出口国的标准合得上就行。不过据我所知，我们的电线虽然在本地是最好的，可技术含量不高，质量也……离出口还有一段距离。可能因为卖得好，大家都不用太留意提高质量，开发新品。"

"哦，要怎么做？"

"具体我说不上来了，我是外行。"

"那有没有跟你一样技术好又能管的人？你以前在铜厂应该知道几个。"

项东忙笑道："电缆厂不用找外人，那几个年轻人都不错。我看书记只要给他们压死任务，他们自己会找门路去。他们只是现在日子太好过了，不思进取。哎哟，书记可别说都是我说的，得让他们骂死。"

雷东宝笑道："我怎么会说呢。那你说，为什么你会想到要改进，他们想不到呢？他们有好几个人呐。"

项东没想到雷东宝会问出这个问题来，不由得愣了一下，心说这倒是好问题。他想了好一会儿，才道："可能是接触面的问题，我以前的厂虽然体制老化，可规模摆那儿，出去开会总能接触一些高端思路。但另一方面也要靠挖掘。有一部分人是自己爱好，自觉挖掘，但大多数人需要有人鞭策着去挖掘。"

"都有，他们两方面问题都有。"雷东宝又忍不住，道，"你是自己爱好，对吧？我挖到你真是老运气了。"

项东微笑。对于雷东宝很多处事办法，他常需要这个保留意见那个保留意见，经常会为雷东宝的种种不规范行为头痛。但是他感谢雷东宝识宝，因为雷东宝的识宝不仅表现在语言上，还表现在行动上，更落实在分配上。为此，他能对雷东宝的种种令他头痛的行为一笑置之，也对自己的工作勤勤恳恳、任劳任怨。他总觉得人做事为什么，一要做出成绩，二要成绩受人赏识。前者要求自己，后者要求别人。现在的环境他很满意，雷东宝对他是赤裸裸的赏识。

雷东宝却不知道知识分子有那么多的弯弯肠子。他就是很明确，项东是个宝，是宝就得捧住。但他也不免想到，宋运辉能因为一件看似很小的事情忽然翻脸不认人，他想到项东也是跟宋运辉差不多的人，很有书生脾气。

雷东宝晚上回到冯欣欣的家，却笑不出来。冯家亲戚已经把当众挨耳光的事哭诉到冯家，冯母的意思是息事宁人，冯欣欣却是正恃宠生骄的，说什么也要在亲戚面前为自己挣回脸面，让雷东宝低头认错。因为现在雷东宝对她事事都是好好好，惯她得很，她那些同学都说老男人最宠小娇妻，让她趁怀孕当儿先把规矩做下了。

雷东宝回去见饭菜已经摆上，却不见冯欣欣，问冯母，说是在屋里哭。雷东宝想到当年宋运萍怀孕时候脾气也怪得很，动不动就哭了闹了，跟平时为人全不相同。他进去看，这么热的天，冯欣欣却裹着毛巾毯背着他躺床上。雷东宝走近了，更是见冯欣欣一整张脸都捂在毛巾毯里。他不由得笑了，道："你不热啊，空调也不开，当心生痱子。"

"我没脸见人了，表哥跟我打个电话还被你扇耳光，我难道是小老婆吗？"

"什么屁大的事，你表哥正事不干只知道煽风点火，只给他两个耳光还是轻的。起来，吃饭。"雷东宝不耐烦了，便不高兴劝，顾自走出来。但他才转身，冯欣欣就哭开了。雷东宝听着难受，只能又转回去，好言好语地道："小雷家是我一个人说了算，你让你表哥以后不许生妖蛾子，没他好处。"

"你还一个人说了算呢，你骗鬼呢，今天还让我看见骑三轮车拍你弟媳妇马屁……"

"我跟她说些要紧事，她跟你一样怀孕，大热天不方便满村子走，会中暑。"

"人家孕妇你护着，我怀孕你还气我。宝宝，妈妈对不起你，你爸爸只认八竿子打不到一块的弟媳妇，不认你和你妈。宝宝，妈妈都没脸见人了，让你爸爸这么欺负呢。"

雷东宝心说又来了，每次都是拿孩子要挟他。他不耐烦地一把抱起冯欣欣，扯掉她身上裹着的毛巾毯，懒得说什么，就往客厅抱去。却不料半路被冯欣欣挣下来，又逃回床上。雷东宝想回手去捉，冯欣欣却从床的这头跳到那头，小兔子一样地乱跳。雷东宝急了："你别乱跳，你小心……"雷东宝看着冯欣欣摇摇晃晃地跳，急得话都说不出来，冯欣欣跳一下，他的心揪一下，两只眼睛瞪得像铜铃。

但雷东宝越急，冯欣欣越跳，席梦思上面乱跳，她根本就觉得不会颠下来什么，一边跳一边尖叫："你爸欺负你妈，你还留着干什么，你妈没脸见人，你还出来干什么，统统死了算了，让你爸自个儿高兴去……"

"别跳，别跳……"可雷东宝在床下追到哪儿，冯欣欣就在床上跳到别处，雷东宝又是急又是怕，追得满头大汗，心火开始腾腾地窜上来了。梁思申中午说冯欣欣与宋运萍全不是一回事的话自动随着冯欣欣的一跳一跃一个字一个字地在雷东宝脑袋里乱蹦。

那边冯欣欣偷看到雷东宝一张胖脸憋得通红，却不再粗声粗气说话，以为她又拿孩子要挟成功，得意地更加油蹦跳。冯母外面都躲不住了，进来看看雷东宝，忙对女儿道："别跳了，你要跳出人命来吗？"冯母也加入床下扑冯欣欣的队伍。冯欣欣这下躲不掉，终于被雷东宝抓到。

雷东宝松一口气，压抑心头的怒火，闷声道："吃饭，别玩得过火。"

"那你打电话跟表哥道歉。他没面子就是我没面子，我没面子就是宝宝没面子，我们都没面子，我们还活着干吗。你今天不打电话可以，明天你一走我就去医院做掉……"

"妈的，做掉就做掉。"雷东宝终于火了，一把将本已抱住的冯欣欣扔回床上，怒道，"你爱闹就闹，你今天不闹掉，老子明天一早叫人拖你去医院打掉，你妈的我稀罕，给脸不要脸的，跳啊，跳，尽管跳。妈的，明天等着，你不去我让人架着你去，老子不要了。"

雷东宝说着，真的甩手出去不管了，自个儿坐下吃菜喝酒。这边冯家母女俩都吓傻了。冯欣欣傻好久，这下是真的吓得大哭起来。但这哭声听在雷东宝耳朵里，就又是狼来了。雷东宝在外面将酒杯一顿，骂道："哭你妈的，急着投胎去啊，投胎也等老子吃饱来了结你。妈的还哭，老子成全你，今晚就去做掉。"

雷东宝越骂火气越大，操起杯子狠命摔地上，起身撞开桌子，冲进卧室。冯母一看不好，赶紧阻拦，被雷东宝一把推开。雷东宝操起没几两重的冯欣欣就往外去。冯母急了，急冲到前面，挡在房门口。这时候冯欣欣也怕了，她说什么都没想到雷东宝敢不要她肚子里的孩子，而且还不是光说不练，而是玩真的了。她泣不成声地讨饶，连声说："我不敢了，我不敢了……"

雷东宝根本不听，一手挟着冯欣欣，一手想拖开那个年纪没比他大几岁的丈母娘，但丈母娘死死撑住不放松。雷东宝看着心烦，不肯跟女人扭打，就把冯欣欣往她娘怀里一扔，自己继续喝酒吃饭，两只眼睛则是狠狠盯着娘俩不放。冯欣欣早吓坏了，躲她妈怀里不敢看。她妈也不敢喊"东宝"了，道："雷书记，你慢慢吃，我跟欣欣洗把脸就出来。"

雷东宝横了一眼，没说，心里厌烦透顶。是啊，如梁思申所说，即使宋运萍当初怀孕后性情大变，可宋运萍怎么可能当众撒泼。这么一想，他把心中宝贝冯欣欣的心淡了下去。等会儿冯欣欣洗了脸拢了头发出来，被她妈教育了，乖乖坐到雷东宝身边靠着，两眼泪汪汪看着雷东宝，想哭又不敢哭。雷东宝一看这样子，心又软了。毕竟冯欣欣还是长得像宋运萍，再说又是这么嫩生生一个少女。但他心里有气，没理冯欣欣，反而是冯欣欣对他又是夹菜又是斟酒。

晚饭后看电视，冯欣欣也是不顾妈妈在场，紧紧靠在雷东宝怀里抱着无法合抱的雷东宝大肚子，非常温柔。冯母只好提前退场进自己房间睡觉。于是冯欣欣更是肆无忌惮，一只小手伸进雷东宝的衣服里。

一夜过来，雷东宝便把发火的事抛到脑后，但冯欣欣再不敢仗着孕妇身份闹事了，她总算是实打实见识到了什么叫雷老虎。

冯欣欣不闹，却变得黏人，雷东宝便又疏了去韦春红那里的次数。

却说梁思申与韦春红一起回市区，吃了一顿韦春红特意为她准备的清淡可口的私房菜。吃完，韦春红又非要护送梁思申回宾馆。梁思申坐在出租车里，想到雷东宝的负心，再看看韦春红这张长得比雷东宝老相好几年的脸，心里很是感慨，又因为不熟不便直言，就借口休息，拉韦春红进宾馆美容厅做脸。

韦春红虽然财大气粗，却还是第一次进美容厅享受。里面美容小姐比她脸还嫩的手指摸上她的脸，她忽然感觉自己原来已经老得如此不堪，禁不住两行泪水从眼角滑落，顺着耳根流进头发里。她见梁思申闭着眼睛让另一个小姑娘按摩，嘴里却非常复杂地罗列她这边的小姑娘替她做的项目：清洗、美白、补水面膜……她什么都不问，收起泪水静静挨着，让小姑娘为她忙碌。温柔舒适的触感之下，她苦累那么多年的心终于一松，坦然睡了过去。

梁思申的项目完成，她起身看着熟睡的韦春红，看她露在衣服外面的粗糙双手，不知怎么就想起刚才雷东宝指给她看的山路了。这个城市以前不知道如何，现在看上去是不如东海那边富裕啦，可能与沿海地区近年发展迅速有关。但毋庸置疑的是，宋运辉出去读大学时，家境是很不好的。但竟然是须走着去火车站——以前宋运辉都没提起过，梁思申也做梦都想不到。而那个初中毕业就高考，从那条蜿蜒山路走着出去读大学的少年，现在却是大家嘴里的宋总。

梁思申不由得想到她有次回国内过圣诞假期，长大后第一次见到宋运辉。那是在建设中的东海工地吧，那次见到的宋运辉又黑又瘦，只有两只眼睛炯炯有神，而那年他也还不到三十。那年他都忙得只有与她吃一顿中饭的时间。

难怪他现在两鬓见霜，一个从山路走出来的根基一穷二白的男孩子，要用多少努力才能到今天的成就，其中辛苦，不足为外人道。他只在信中杂乱无章地痛诉过他对工作的热情和矛盾，他只说过"我很骄傲"，他从没对她说过辛苦。

相比之下，她独自在海外生存的曲折又算得了什么？对，当年他还伸手帮过她呢。在他面前，她以后不要再喊累。

她又想到初与宋运辉恋爱时候，他的忸怩生涩，一个结过婚的男人竟然还不如她老练。她以前还以为是因为他个性太严肃，现在才知，他哪有时间好好享受生活？想着想着，梁思申的眼睛涩涩的，柔肠百转地心疼。

一会儿韦春红的脸终于被整理出来，韦春红醒来，揉揉眼睛看镜子中的自己，看来看去，虽然还是这么张老脸，却没想到还真嫩了一些，血色好了许多。她很是喜欢。再看到一双手也被休整过，指甲修得整整齐齐，照梁思申的说法，还做过蜡膜，她看着果然是细致了许多，细致得她以后再不愿干厨房里的粗活。一觉睡醒，乌鸡变凤凰，这才是女人啊。可她有些讪讪地说，虽然像豆腐了，可还是老豆腐，与嫩豆腐没法比。

梁思申好人做到底，又带着韦春红做头发去，还是韦春红过意不去，坐在美发厅的椅子上硬是要梁思申回宾馆休息。看梁思申走后，韦春红心说，这个出身这么好的女孩子可真会做人，知道她今天心情不会好，就拖着身子陪她这么久。她不知道宋运辉以前的妻子是怎么样的，但心说肯定是没法跟梁思申比。虽说她才遭遇被外面狐狸精撬了婚姻的事，可她怎么都无法对宋运辉离婚再娶的梁思申反感。换她是男人，她也想要这样的老婆啊。她不免坐在椅子上叹气，可她也是很好的老婆呢。对，她以后要保养得好一点，要多疼疼自己。

梁思申回宾馆后没再出去，也没参加宋运辉评审会后的晚宴，她怕包厢里的香烟味。她休息足了，晚上独自去西餐厅吃了，回来看CNN。好在宋运辉很快回来，梁思申知道宋运辉是不愿冷落她的。她跟宋运辉说了去小雷家的事，见宋运辉一天高强度的忙碌下来，神情有些倦，她就拿来另外两个枕头都垫到宋运辉背后。

宋运辉把似乎还想忙碌什么的她拉住，两人一起靠枕头上，笑道："别忙，一起说说话，你也累一天了。"

"没有，我睡了一下午。你说，刚才我跟你说的东宝大哥的话，是不是真的？"

宋运辉犹豫一下，才点头："都是真事。"

"我上午后来都不忍心了，他是真爱你姐姐的，可是他的爱可能不同。你……"

"不。"宋运辉拒绝得很干脆，也没给任何解释。但见梁思申要起来，忙道，"别走，我……"

"你别动，我给你做面膜，嘻嘻，你放心，我现在用的都是最安全的，肯定没激素。今天带韦嫂做美容，我心里早想着怎么算计你了。"梁思申也知道宋运辉肯定拒绝与雷东宝和解，原因都不需要宋运辉勉强说出来，因此她自觉转了话题。

宋运辉也乐得不说，但笑道："不要，像什么话，那是你们女孩子做的。"

"听我的还是听你的？"梁思申说话间早拿来毛巾、水杯和各色瓶罐，硬是使出水磨工夫，将宋运辉按到她腿上躺下，任她肆意作法。宋运辉有些半推半就，但躺下就不肯再起来，闭目让梁思申的手轻轻揉过他的脸，往他脸上不知涂什么东西，凉凉的，香香的，很舒服。"我给你先磨砂，你胡子根比砂粒还硬呢。"

宋运辉的脑袋刚从战场一样的工作中脱离出来，又遇到雷东宝的事，本来转得飞快。但被梁思申三两下柔柔地拨弄，精神渐渐松弛下来，懒得去想公事，便有一搭没一搭地问："磨砂是什么意思？"

梁思申给他解释。按摩得差不多的时候，她擦掉手指上的磨砂膏，又帮宋运辉揉揉肩胛那儿的肌肉。宋运辉闭目享受，只觉得神仙不如。他怕自己睡着，辜负美意，就找话说："我问朋友借了车子，我不知道还认不认得路，明天带你去我家里看看，不过已经不是老房子，可不知道为什么，我做梦做到回家时候，看到的总是家里的老屋。"

"我也是，美国那么多年，做梦做到回家也是小时候的家。我今天看到你上大学去走的山路了，东宝大哥说就是在那条路上遇到你姐姐。"

"哦，说起来那还是古道呢。可惜这次时间不够，要不然真想去看看，明天想去我插队的地方吗？"

"要去，当然都要看看。等我生孩子后，我们另外安排专门时间走走这条路吧，算起来我小时候的日子过得真好。"

"是，你家不一样，你当时长得也跟其他小朋友不一样，站在那儿，气质就与其他小朋友区别开来了，我记得跟你说过插队的原因。"

"说过，为了读高中。"

"我插队时候就住猪圈旁边小屋里。上次去的时候还没拆，现在估计没指望了。我插队的地方再翻过山头，就是杨巡的家，更穷。"

"杨巡也不容易。"

"嗯。他最早的馒头生意，都是靠肩膀挑着挑出大山，走街串巷，他起点更低，企图心不免强了点。"宋运辉想到自己过去被虞山卿讥讽姿态难看，不由得一笑，他现在可以云淡风轻地对待。

"杨巡虽然辛苦有了今天，可人还是脱不了馒头气。我真惊讶你，我小学时候就没感觉你有农村气……"

"什么叫农村气？"

"我中文不好，哼。"

"呵呵。"宋运辉心里高兴，看起来是姿态问题，在梁思申眼里是努力，从另一个角度看叫姿态不美，全凭看的人怎么待他。

"你那时候一定想，怎么把那头母猪养肥，让它早早产崽。别整天吃晚饭跟吃药一样，往后没奶怎么办。"

宋运辉听了大笑，白天再累也不觉得了，所有辛苦都非常值得。

梁思申也是很喜欢两人这样的独处的。她不清楚以后自己有了孩子，自己的孩子插在她和宋运辉中间，她会不会觉得不便。在东海时候宋引很黏着她，很喜欢她辅导作业，很喜欢她给讲天南海北的故事，更喜欢和她一起游戏，因此宋引常喜欢横插在她和宋运辉中间，令得她和宋运辉独处的时间只有在宋引睡觉之后，她总是挺心有不甘的。

可现在她和宋运辉幸福地单独相处了，她又在心里内疚她抢了人家孩子的爸爸。因宋运辉把宋引送去金州十天，明着就是掐算好了她留在东海的时间而定。她忍不住有些煞风景地提醒宋运辉："好几天没去关心一下猫猫了，要不要打个电话去问问？"

宋运辉的眉头明显紧了紧："在她妈妈那儿，又和她外公外婆在一起，不会有事，我还是别节外生枝。"

"猫猫的妈妈还跟她爸妈住一起？上回好像你说的，她不是有未婚夫了吗？"

"听老蒋说又吹了。"宋运辉尽量地言简意赅，不想多说。

"为什么，你别挤牙膏啊。"

宋运辉不甘不愿地道："那男的据说心里有顾虑，怕因此得罪我，影响他在金州的前途。你知道，老蒋现在有意利用我以前新车间的人手培植新势力。老蒋到位后风向转了一转，就坏事了。"

梁思申大为惊异："还有这种事？"

"金州很封闭，封闭到你无法想象，所以我才把东海的宿舍区放到市区，算是半开放，否则也是差不多。其实我哪儿那么小心眼，离婚只是婚姻出错，不是双方谁对谁错。当时心急上火的也赖过别人的错，现在想想当时我也不对……思申，实话爱听吗？"

"哎，我还在犯金州人的错，不好意思。可这话你跟我说说还行，跟蒋总去说，人家可能还以为你惺惺作态。"

"所以你说我冤吧，我脸上的东西可以洗了吗？"

"可以了，最好全身冲洗，头发上可能有些粘到。"梁思申看宋运辉一跃而起，却见他拿着一张脏脸想来贴她的脸，连忙大笑避走。等宋运辉终于进去冲洗，她回头思考刚才宋运辉说的话，心里真是汗颜无比，宋运辉都看开了，她却还小心眼地计较着。她不得不承认，宋运辉比她有心胸，关键的，她估计还是因为宋运辉够冷静，甚至可以说是冷酷，竟能超然对待自己的过去。

梁思申看看浴室紧闭的门，不由得想到外公有次跟她聊天，提起宋运辉的性格。外公说宋运辉这个人是以工程人员分解机器设备的思考方式看待他周围的人的，几乎很少掺杂自己的情感进去。梁思申心想，会不会与宋运辉从小不属于主流，只能旁观同学们的革命行动有关呢？她不得其解，可她也不愿同外公一起分析宋运辉的性格，她宁可自己观察。她相信自己有办法让宋运辉在属于她和他的婚姻生活里，别想理智。她不愿意看到他继续太理智下去，她心疼。

她已经看到，宋运辉从刚结婚时候喜欢微笑甚至傻笑地看着她一个人叽叽呱呱，变为也参与着叽叽呱呱，变得越来越有互动，她觉得这就是进步，她喜欢看到这种进步。

一会儿宋运辉洗澡出来，走出来却意外地提了个建议："还早，要不要到外面走走。"他想的是梁思申一个人在这么小空间里关了一下午，肯定难受。

梁思申奇道："开车去你的老家锦衣夜行？"

"不是，就外面走走，散步。我对老家城市也并不熟悉，大概只熟悉一个火车站，可早已拆毁重建了。"

梁思申知道宋运辉一向好静，对他的提议只好观其行。两人都是难得出来逛夜市，好奇地一路研究大热天还风风火火烤羊肉串的，看烧得墨黑的高压锅土法爆玉米花，看路边小摊摆着无数盗版磁带、录像带，以及各色各样的小百货。两个一向车进车出的人都觉得很有意思，梁思申还在地摊上买了一枚旧旧的陶瓷毛主席像。

宋运辉怕梁思申走丢，一直拉着妻子的手，在这种烟火气十足的地方一起好奇，别说是梁思申这个半老外好奇，他这个每天醉心工作的人也如发现一个新世界。他喜欢身边的这个"伴"，他相信他这回的婚姻是对的。

只是梁思申而今有忌讳，面对好香的羊肉串和新疆葡萄干不敢张嘴，只好都塞给宋运辉吃，弄得宋运辉还是第一次当街吃零食，手里还捧一大包爆米花。

<h1 style="text-align:center">13</h1>

杨巡几乎是一接手商场的管理，就第一时间开始后悔。他因为赌气签回商场的经营权，等高兴劲过去，就想到他不是推翻在东北立下的誓言了吗？在东北的时候因为受老王售假冒伪劣品的牵连，仓库物资被人哄抢一空，他当时就看到开

店面临的巨大风险，因此后来绝不沾手经营，他现在怎么脑子一浑，将一家账面亏损的商场经营接手下来了呢，但合同已签，已经容不得他后悔。

他面对的是千头万绪，枝权多到混乱的账目。上海派来的人即将引退，但这些留下来办移交的人，却经不起他几句话的提问。杨巡面对无数所谓商场管理套路，头痛之余，直奔他认为的重点：钱。他就从钱进钱出的脉络入手，理顺那乱成一团的枝权。

眼下的商场里，有些铺位是出租的，有些铺位则是商场自营的，自营的管得还行，进销存的账目都做得有条有理。但是出租铺位的收支，杨巡只问一个问题，原商场总经理就吃瘪。杨巡问出租铺位卖出去的商品如果不通过商场的口子统一结算，而是私下与顾客完成交易，不让商场经手而被商场收取一定额度的经手费，商场方面如何查证，又如何采取措施杜绝。那个商场总经理说了很多理由很多难处，可就是拿不出彻底解决问题的办法。

杨巡却是看着那总经理，对旁边的弟弟杨速道："做生意的哪个不是泥鳅，换我在商场租一个商铺，我也会做小手，你看我不是一看到这个制度就想到了吗，有钱不赚猪头三。"他取笑完了，才问那原总经理，"这条规矩，是上海那边传来的吗？"

商场原总经理道："这些在上海实施得很好，我们搬来这儿实施，其实做小手的铺位并不多，顾客大多还是喜欢通过我们商场的收银台付款的，免得买去的商品有问题没法退赔。"

杨巡不依，笑道："上海的人也是人。我说实话，管不住小手的制度，肯定是漏洞百出的制度，肯定不是好制度，所以这条制度没有解决的办法，只有把制度推倒重来。"杨巡说出这话的时候，心里忽然冒出熟悉的感觉，却想来想去不知出处。他迟疑了一下，对杨速道："我刚开市场的时候，从税务老爷那里拿来政策死背，你道是背什么，我就是找有什么地方可以钻空子。寻常不缴税是犯罪，钻空子不缴税是避税。后来看税务老爷一个一个新文件出来，都是堵那些漏洞的。老二，回头我们要好好站到租户的立场上看这些制度，看看到底有哪些漏洞。唉，头痛，自找麻烦。"

商场原总经理旁观杨巡的接手，对杨巡的这一番话却是深有共鸣，但他只微笑道："我们不是老板，我们是执行者，所以……"

杨巡好奇地道："你们上海也执行一样的制度？"

"有些因地制宜的小变动。"

杨巡没再继续这个好奇，但换成另一个好奇。他真是很想知道，梁凡和李力在上海的经营究竟挣不挣钱，管理是不是也这么千头万绪，如一团乱麻，光凭他看几眼制度，就可以想到好几招绕过收银台的措施。杨巡肯定地道："我得先顺着钱进出的路线，把钱漏洞眼都堵死，再考虑商场人气。"

但漏洞并不是想堵就堵，杨巡虽然是个最会钻空子的人，可架不住人家三个臭皮匠的群策群力，他于是接连与租用商铺的贸易公司或者办事处开会，研究更新制度。也让与会者提出建议，究竟别家商场怎么做，才能吸引顾客消费。

管商场这差使，杨巡有生第一次接触。他这人多疑，即使有下面几位早被他收买的经理的协助，他还是非自己搞清楚商场全部的运营脉动才肯放心，而在放心之前，他先管住钱匣子，跟钱匣子有关的制度，他优先照顾，优先理顺。

这一次接手经营，杨巡第一次体会到失眠。

以前都是身体累。最初做生意时，他只要比别人跑动得勤，比别人的言行多一份热络，他就能赚到辛苦钱。然后的项目，他劳心与劳力并用，经常是一边跑政策，一边跑进度，累瘫在工地沙土堆上的时候常有，脑筋动得也不少，可最主要还是动在人际关系协调方面。这回，却是全部的劳心，所谓管理，他上手便遇到如何理顺制度脉络的大问题。这个脉络，远比他前面的两家市场一条街烦琐细致得多。而他本人向来是无拘无束的，对于如何建立制度，心中完全没谱。

杨巡当然借用外脑。但令杨巡觉得奇怪的是，大家都认同上海拿下来的那套规矩，还说这已经是改进得挺好的规矩。杨巡于是心里觉得奇怪了，这种漏洞百出的制度也算是先进？那究竟是他这个外行体会不到制度的先进，还是他这个外行突破约定俗成的旧眼光，不受局限而发现新问题？杨巡认为应该是后者，但他接手的毕竟是全新的体系，而且又是庞大的关系到巨大利益的体系，他不敢大意，回过头继续研究现有制度的先进究竟表现在哪里。

他接手的几天里，每天大脑运转得飞快，每到下午三四点的时候都感觉脑袋发烫。他索性从电器楼层搬来一只小冰箱，往里面扔进去一打湿毛巾，轮流取出来顶头上降温。

时间不等人啊。他虽然守住了钱匣子，可是每天的水电人工费用哗哗地往外流，钱匣子靠守是守不住的，他得尽快产生效益出来，因此他必须分秒必争。

14

梁思申在休假结束前终于有办法把宋运辉和申宝田这两个大忙人的时间取一个最大公约数，安排两个人坐一起吃饭说话。正好那天杨巡也焦头烂额地找上申宝田，因申宝田公司的主流产品除了外销，大半进的就是全国各地有点档次的商场。杨巡目前经营的商场里面也有申宝田公司的一个专柜。杨巡心想申宝田接触的商场比本城的那些经销商多，申宝田一定比一辈子钻在本市几家商场打转的商业系统人士经验更丰富，申宝田又是个宏观眼光极好的，杨巡估计申宝田对各种商场的经营都有一本细账，他得找申宝田讨教经验。

杨巡特别抽出一下午的时间泡在申宝田的办公室里，厚着脸皮雷打不动，候着申宝田忙碌之余就抛出这几天积累下来的疑问。如此断断续续，倒也获得不少信息，证明他的好多疑问确实并非什么约定俗成，而只是积弊。申宝田果然告诉杨巡不少其他城市商场他认为比较有创意的制度。可申宝田实在是忙，杨巡的请教被打断得支离破碎，因此下班的时候，杨巡自然是踊跃要求请饭，以便饭桌上请教。申宝田只知道杨巡与梁思申的矛盾，自然是拒绝。但杨巡不肯放弃些许机会，硬是挤上申宝田的车子，嬉皮笑脸地说即使只有十分钟的时间也是好的，申宝田只好随他。

到丝路大饭店的停车场，他们停车的时候，竟意外遇见宋运辉和梁思申。杨巡看到申宝田不等车子停稳先降下车窗与外面的宋梁两位招呼，他忽然想到，难道申宝田今天约吃饭的是宋梁两位？哎呀，他要是挤得进去的话，那不仅是申宝田的经验，还有梁思申这个在美国逛街的高手啊。他当即跟着申宝田下车，厚着脸皮冲上前去先与宋梁两位打招呼，硬是想要造成他和申宝田一起出席的既成事实。

申宝田本来想与杨巡撇清，拉下脸让杨巡出局，却不料见杨巡冲到宋运辉面前汇报说已经根据宋运辉的指示与上海方面签下经营合同，具体条款如何如何。申宝田听着心说，难道他们恢复邦交了？那他倒是不便多说什么了，毕竟除了有限几个人，都至今还以为杨巡是宋运辉的铁杆老乡。梁思申却以为申宝田带着杨巡来，见杨巡说个没完没了，就建议上去一起吃饭，边说边谈。这话既然是当年的当事人之一梁思申说出来的，申宝田更是相信杨梁之间矛盾已经内部消化，他便也不多管闲事。唯有杨巡与大家一起走进宾馆大堂，暗自松了一口气，他自己知道有多侥幸。

但杨巡不得不面对一对虽然举止落落大方，可依然透着缠绵亲密的人。今天的位置是一张小圆桌，梁思申就自然而然地与宋运辉坐得很近。杨巡一时觉得怎么坐都错，坐到梁思申身边，显然会被宋运辉难看掉，坐到宋运辉身边，又正好对着梁思申，照样也不好过。好在申宝田今天目标明确就是为了跟宋运辉认识，因此当仁不让地就坐到宋运辉旁边，杨巡就只有被动的唯一选择了。他想，宋运辉看得到他的被动，因此无法责怪他，但他自觉离梁思申坐得远远的，与申宝田坐得很亲密。

在场没一个是笨的，全都看得出杨巡的难做。宋、申两个都想，早知今日，何必当初。

宋运辉和申宝田两个人寒暄过后，不知不觉就说到企业发展中遇到的瓶颈问题。还是申宝田先提起的，他说他的主业肯定还有发展空间，可是总感觉到一定程度之后，再想保持原有发展速度却难，可是他不肯按部就班，他希望继续照过去的速度快速扩张。然而，光靠继续做实业，速度的维持将难以为继。

宋运辉听着也不由得感叹，做实业的人需要耐得住寂寞。说到这儿，宋运辉忍不住问杨巡："小杨，小雷家实业现在的资金规模跟你比怎么样？"

杨巡终于有了说话机会，忙道："怎么能跟书记的比，现在这个行业只要说起雷霆，没有不知道的。"

"我前阵子听说雷霆问银行贷一千万的流动资金并不容易，我看你很简单啊。你问银行累计贷款有多少？"

"我的资产都在市区，属于优质资产，贷款稍微方便。"杨巡不便说出自己贷款的确切数字，便这么含混了一下。他心里忽然有那么一种感觉，如果在座只有梁思申一个人的话，他会说，即使知道梁思申回头肯定会与宋运辉互通有无。但是有宋运辉在场，甚至还有申宝田在，这个秘密他就不说了。

宋运辉没有追问。反而是梁思申说了句："我在国内看到的是，有些企业贷款很容易，有些企业贷款真难。继去年北京长城公司沈太福之后，无锡新兴公司邓斌正等待宣判，都是集资。"说到这儿，她微微侧脸对杨巡道，"沈太福的长城机电公司，也是挂名集体的个私企业。"

杨巡立刻心领神会："前阵子有跟朋友说起这事，我听了好半天后怕，我造两家市场时，一半的钱也是从个人手里集资的。"

宋运辉道:"不一样,长城公司的集资扰乱国家金融秩序,并没有用借来的钱发展他们吹嘘中的科技实业,而是用后面人的集资付前面人的贷款。是完全的金融违法行为。"

梁思申想到她翻阅的资料里有记载,长城公司把集资来的资金在全国各地投资房地产项目。她记得当时与同事做过计算,照这几年地产增值的速度,长城公司可能负担得起集资的高额利息,但这条资金链非常脆弱,是建立在对高通胀和高增值的预期之上的,她和同事当时就预计迟早出事,但她不认同宋运辉的说法,当着众人的面就不否定了,回家自己说去。

杨巡听了再次后怕,原来这也是罪名。他记得当时在债务操作中也做过这种用后人的钱还前人的连本带息的事,不过同时把市场也造起来了。当年如果没造起来,钱又还不上了,他是不是也得跟沈太福一样地被判刑?但他没梁思申了解得深入,有些不明白沈太福玩那个金钱游戏做什么。申宝田已经先说了:"我有些不明白长城公司为什么要用这种办法集资,几乎就是诈骗,明眼人只要想想,又不是短期头寸,那么高利息,长期经营谁负担得起。国家对这种事当然不会袖手不管。当初无锡那家也有人劝我出资,我看不出除了贩毒哪个项目能有那么高回报的,不信。我奇怪他们的集资招数怎么会有那么多人上钩。"

宋运辉道:"利欲熏心,利令智昏。"

梁思申再次无法认同宋运辉的武断,但她还是没出声。

杨巡私心里对那种集资行为同病相怜,就笑着抢断道:"我前阵子利令智昏签下商场的经营权,这下头大了,今天一下午就缠着申总给提建议。现在三位高人在座,都帮我一把啊。"

梁思申一笑,没说。当时她看到杨巡愿意接手经营权的时候就惊讶过,这似乎不符合杨巡一贯标榜的原则。现在他既然接手了,即使她曾经做过中间人,她也问心无愧,她现在没帮杨巡的喜好。她这一笑,就似乎是把杨巡的话当作笑话来听。虽然知道杨巡这一路走来不易,但杨巡不是有的是歪门子吗,她不想再次做傻子。

宋运辉也只是礼节性地问一句:"很困难?万事起头难嘛。"

杨巡没缩回去,忙道:"是啊,很困难,这已经不是万事起头难。我现在就跟个小孩子闯进老法师堆里,人家都是多年搞商场的,我是隔行如隔山,什么都不懂。这几天都不知道怎么管才好,今天就追着申总问呢。"

宋运辉微笑道："你行的，我从你当时那么迫切想拿下经营权的时候就看出你胸有成竹。"

杨巡没办法，只得说句实话："我拿下经营权……起码想死活都有个明白，别让背上一屁股债还不知道怎么背的。"

宋运辉还是微笑道："你放心，没有人是万能的。但往大里说，只要团结群众，依靠群众，没什么事办不成。你以前多是单打独斗，即使与人合作，也几乎是你说了算，而商场的管理正因为千头万绪，需要的是团队的协作，你只能作为一个牵头人。你不如试着在坦诚待人、有所让利、职效挂钩的基础上组建一个团队试试，群策群力的效果要比单打独斗好得多。"

宋运辉这话说出，杨巡除了"好，我听宋总的"，再无其他话语。他做贼心虚，听出宋运辉话外有话，梁思申和申宝田也听出，宋运辉除了给杨巡支了一个几乎是大而无当的招，几乎字字句句指责当年杨巡对待合作人梁思申的态度。申宝田也是自从杨梁合作破产后，否定了杨的为人。见宋运辉这么说，他想，看来这两个老乡还没恢复邦交。他当然不会多说惹事。梁思申只低头吃菜，心里哭笑不得，心说宋运辉真损，令杨巡这会儿连再次道歉都不能，道歉反而显得不真诚。杨巡若是雷东宝那样的性子，也就当耳边风了，偏偏杨巡听得懂。

一桌人心照不宣了一下，宋运辉又与申宝田说上话。还是那个问题，主业之外做什么。梁思申知道申宝田的规模不小，建议申宝田申请上市，但是申宝田不答应，说是好不容易摆脱掉公婆管束，不想上市惹来监管。杨巡没法插嘴，听了申宝田的话心说上市不是圈钱吗，银行贷款那么难，他如果有上市机会，他说什么都要削尖脑袋了上。但他听到梁思申跟申宝田说起国外有本来上市的股份公司出于这样那样的考虑，也有选择退市的例子，上市不上市全在个人选择。越是想到梁思申在超前发展的老资本主义国家里见多识广，杨巡越是为他而今没法从梁思申嘴里挖到商场经营帮助而闹心。他今天算是看出来了，即使梁思申已经不生气，可梁思申的老公还气他当年欺负人呢。

一顿饭吃下来，申宝田和宋运辉相处得很好，都是真心相约以后经常有空见面，两人也彼此约下时间去对方公司参观。只有杨巡一无所获。

商场成了杨巡手中的热煎堆，烫手，又扔不得。他很想找个谁把商场转包出去，可是上海的李力和梁凡不答应。他只得勉强经营下去，心里后悔不迭，他最头痛的是商场占用了他大量时间，这些时间如果拿来做别的发展……

但杨巡做事，"狠"字当头。只要被他瞄上的，他非追根究底弄个清楚不可。既然商场的经营扔不得，他只好照着宋运辉说的办法，将原先的骨干组成一个管理团队，许以利润分成，利用团队的经验，和他自己的创新改良，加强商场管理，堵住收银口子的漏洞。那帮骨干都以为终于有了他们非上海管理人员的用武之地，因此干起来极有主观能动性。他们毕竟是多年商场的老手，给杨巡出的点子五花八门，反而令杨巡不知如何选择。

想来想去，杨巡还是又去香港取经。他本想带新委任的一个内行副总一起过去，他相信副总应该比他更看得出门道。可是副总的证件却拿不出来，杨巡只好再次单刀赴会，一个人去香港逛街。这回他逛街的目标又有不同，单纯只逛商场。他不仅看商场的布局，看不同商场陈列商品的不同，还看商场此起彼伏的活动。他还请能讲几句普通话的店员吃大餐，了解香港人的经营思路。整整两个星期，他一个人在香港省吃俭用，记录下一大本经验。

回来之后他对照着香港之行看自家商场，发觉李力和梁凡原先确定的铺面安排与他在香港看到的普遍情况差不多，都不需要他回来再做多少搬动。正好有朋友推荐河南郑州来的商场老手，那老手一上来就问杨巡在没在电视里看到过"中原之行哪里去，郑州亚细亚"的广告，杨巡当然知道，前两年的事了，他还知道"双休日哪里去，仟村百货赶集去"，电视上还放过改编的连续剧。但他奇怪，为什么后来电视上那些广告没了，是不用喊了，全国人民都去郑州逛街了，效果已经到了，还是亚细亚和仟村都隐退了。

杨巡暂时没同意应聘，但是与那个郑州商业老手谈了两天话。当他听到郑州各大商场的商战打到后来大家都无路可退，即使打折商品价格已经低于进货价却还得为了赚人流硬着头皮坚持，他听得头皮发麻，不得不想到商场四楼那些由商场进货——库存——销售的电器产品。如果这边也打起价格战，他那四楼还不是死路一条？他最后没聘用那位来自郑州的老手，他决定不能沿袭商场进货——商场库存——商场销售的路子，一定不能把钱放出去把货捂在自己手里，那一段销售周期里，谁知道会出现什么亏损因子。但是看到别家商场都衣服食品电器首饰等一应俱全，是真正的百货格局，他又有些不敢裁去食品和电器两大块，非常矛盾。

他思来想去，最终决定，四楼的一半开成香港那样的超市，专门卖日用百杂和小电器。另一半租给一家私营家用电器公司，让那家公司的电器填满他的商场铺面。同时，他开始做VIP卡，做得就跟银行信用卡似的，但他的卡金光闪闪，非常喜气。他的VIP卡闪亮登场的时候，他仿照着香港的办法，做国庆打折返券销售。广告和海报早早在一星期前闹出去，宣传效果是不错的，国庆当时人流也是不错的，但节后杨巡让会计一算，当然是赚了不少，可是比起他投入的精力和资金，这份钱，赚得性价比太低。

既然已经上手，已经无法脱手，杨巡只能做着，愁眉苦脸地做着。但杨巡不是个肯按部就班老老实实的人，等门道摸清，他就让杨速接手具体事务，他自己脱身而去，考虑新的项目。只是商场仓储占用他巨额流动资金，令他没钱往别处施展拳脚。

15

梁思申回去，就得到两台配置新出的WIN95操作系统的电脑，一台台式，一台手提。WIN95操作系统几乎可称作划时代的革命性的友好界面令梁思申爱不释手，即使需要费时把许多资料从原来的电脑倒腾到新电脑上也无所谓。但可恶的是绝大多数软件依然只能在DOS环境下运行，那么好的新操作系统，她只能用上一半。

不料外公竟然迷上电脑附送的接龙游戏。以往外公闲时喜欢拿一副扑克牌玩接龙，可是洗牌翻牌哪里有电脑上那么方便，即使以前有竺小姐帮忙洗牌都没电脑方便。但现在梁思申是大肚婆，所有人都对她忍让三分，外公抢不到电脑，只好想办法要国外的儿子给他带一台电脑过来用。

梁思申终于见到外公口中的美女戴小姐，果然活色生香。她纯粹是因为戴小姐来自宋运辉的家乡而对戴小姐多重视一些，但这样三十来岁、五官姣好、活色生香的女子，在男人堆里非常受欢迎。外公也喜欢戴小姐，虽然戴小姐不如竺小姐一般会诗词歌赋，可是戴小姐开朗热情，性格犹如拉丁女子，她一进门锦云里就仿佛热气腾腾。外公背后说戴小姐胸大无脑，可又挺喜欢戴小姐来，还几次借小钱给戴小姐调转头寸。

经过一次见面，梁思申就问出该戴小姐叫戴娇凤，来自宋运辉老家邻县的一个村庄，她查了地图才找到大致方位。她倒是发现，那村庄与宋运辉插队的地方在同一个县，严格说起来，与杨巡的老乡关系更近。

梁思申本想哪天宋运辉过来上海时候与戴小姐来个老乡见老乡，两眼泪汪汪，她有点期待严肃的宋运辉遇到个活色生香的女老乡会如何对待。没想到她才在电话里一介绍，宋运辉立刻反应过来，这个戴娇凤会不会是杨巡在东北时期的同居女友。但梁思申问宋运辉想不想下次礼拜天来的时候见识一下杨巡的那个过去，宋运辉却没那兴趣，梁思申反而高兴。

但梁思申本来准备回美国生孩子的打算出了变数。她被国内的工作牵住，无法争取到去美国回炉培训的机会，等熬到产假时候又可能被航空公司拒收，她只得做好在上海生孩子的准备，反而宋运辉与梁父梁母都愿意这样。

橘子黄时，锦云里的银杏黄得娇艳，秋风吹过，落下一地斑驳。外公风雅，不让扫去银杏叶，任其写意秋色，一地娇黄。秋高气爽时节，阳光掠过飘摇的树叶洒在青苔描画的砖地上，如同给银杏叶打的追光。梁思申难得周末休息，而宋运辉又没来，她陪着外公一起在院子里晒太阳，据说是补钙。闲暇时节，她有大量的书要看，都是与育儿有关的。

十来点钟时候，大门被敲响，先放进来李力，李力喜欢锦云里二楼书房一屋子的古籍，他又很得外公赞赏，每次来的时候，外公都让他自己玩。今天也不例外，李力与两个主人寒暄几句，径直去书房。但外公说，李力看上去有心事。自从梁思申怀孕后，外公的性子稍微柔和了一些，祖孙俩只要不是原则性问题，竟能开始和平共处，互通有无。

过一会儿，敲门进来的是戴娇凤。梁思申这下对戴娇凤有了兴趣，手中的书都不看了，专等戴娇凤坐下说话。

外公听过梁思申转述，对于这个敢于在十年前闹私奔的女子更有兴趣，也是丢下电脑游戏等候挖掘。可怜戴娇凤哪里知道有大小两只狐狸瞄上了她，她还以为是随便聊天，大家说起过去的时候，她大大咧咧地也说起最初一段感情因为误会对方于激愤之下分手，却又在发现错误时候自己已经错上加错，只有不再回头。她不知道在座祖孙两个都知道对方是谁，她还提起初恋是最美的，最没心机的，如今还常常记起那时候的没心没肺。

祖孙看着美艳的戴娇凤，想到矮小的杨巡，都不敢再说他们认识杨巡，免得刺激这个心思简单的美女。但两个人都觉得，如今戴娇凤的丈夫虽然不是腰缠万贯，却是本市司法系统的干将，而戴娇凤自己又是在一家公司做得不错，倚仗丈夫的关系获得不少人脉，应该说日子过得不错，人大约在舒心的环境下才能宽心地对待过去复杂的种种吧。

梁思申中午时候亲自上楼，去书房叫李力下来吃饭。却见到李力拿着本书斜斜坐在太师椅上，眼睛不知对着哪个虚无的空间。直等梁思申敲门才回过神来，原本木然的脸上挂上笑容。

梁思申微笑问："有心事？"

李力微笑："没什么。刚才想到萧然，他大概看合资项目大势已去，只好扔下那头，出来重新做贸易。可惜资金给困在合资公司，他爸又步入退休，他的情势比较尴尬。"说到这儿，李力一笑，"有点兔死狐悲啦，呵呵。"

梁思申知道李力没说真话，也只是笑道："前年开始的调整，到今年底基本上已见成效，今年我们估计消费价格指数和固定资产投资增速都不会再超过二十，经济增速也应该比去年前年有所回落。萧然在这个惯性下降通道时期出击，会比较艰难一些。我们下去用餐吧，都十二点多了。"

李力忙笑道："你看我这个客人真不自觉。都说明年调控将继续，你们国外的舆论是怎么看的？"

"呵呵，我们国外的蛮人刚刚从崩溃论里拔出来，说出来的话做不得准。"梁思申先走前面下去，不过还是说了句正经的，"我们都感觉这回的调整能做到软着陆已是非常不易，下月北京的经济工作会议上，我们估计政策走向还是从紧。因为一批国有企业经过试点改制，明年开始应该陆续可见成效，这对国内生产总值的提升又是一大助力，估计国家就会在其他方面采取措施巩固调控效果了。怎么，跟你的有关？"

李力忙笑道："关系不是最大，不过通胀缩小，银行贷款利率依然居高不下，对于我们的利润有一定影响。"

"哦？不过事在人为。来，给你介绍，这位戴小姐，我们的客人。"

梁思申见李力对戴娇凤只是淡淡的，不知道是因为李力鉴赏美女的眼光独特，还是因为李力今天心神不宁。反而是戴娇凤早就知道只要来锦云里就能遇到贵人，知道李力身份后，对李力非常殷勤。令梁思申大惑不解的是，李力饭后又去书房闷了一个下午，晚饭时候才离开。

但等李力离开，梁思申立刻一个电话给梁凡，询问他们公司近况。等梁凡详细说明没出问题，梁思申才稍微放心，不过还是又一个电话打给她爸爸，让爸爸最近收紧对梁大的贷款。

　　天日已经渐短，不到下午五点钟就已昏暗。夜风一阵一阵地紧，卷起满园落叶纷飞，在夜灯下犹如雪花飞舞一般。

　　冬日不可避免地到来了。

1996年

01

年底时分，正是商家最忙季节。杨巡发出好多购物券，不少单位开着购买文具的发票几万几万地捧来现金购买购物券，杨巡也识做，虽然购物券不打折，但是主动按照一定比例给购买购物券的经办人几张购物券作为回礼，经办人都是心照不宣地收下，有些不久又捧着现金过来购买。再加上年底本就购销两旺，商场竟然难得出现销售高峰。

这时候，杨巡从报纸上了解到，有家外国大型超市在北京开业，那超市来自法国，名叫家乐福。正当杨巡思量着要不要忙过这阵子去北京看一眼，看是不是与香港的那些超市一样，却又从《新民晚报》得知，上海的家乐福也开业了。杨巡没有犹豫，只等元旦销售高峰才一过去，春节高峰还没杀到，马上拎行李直奔上海。

因为有妹妹杨逦落户上海，杨家人在上海终于有了落脚点。杨巡下午一下火车就直奔那房子，他得先把大包行李处理掉了。那行李里面有两个哥哥给小妹买的贵价羊绒衫和围巾，有两个哥哥一致认为适合白领丽人穿着的品牌套装、大衣，当然也有国外大牌的巧克力、咖啡。两个哥哥认定小妹才那么点工资只够温饱，额外消费还是需要两个哥哥帮衬。但是杨巡因为有言在先，就不给现金只给实物。

杨巡下午三点多打开房门时，却意外发现杨逦这个时候竟然在家。杨巡立即看到杨逦的脸上很是不自然，但他还是关切地问："怎么啦，请假不上班？身体不舒服？"

杨逦迟疑良久，才闷声道："我辞职不干了。"

"怎么回事？什么时候的事？"

"元旦前的事，我发了工资走的。"

"那你这几天怎么过日子？"杨巡当即去厨房翻看，只看到几包方便面，"怎么回事？跟我说说。"

杨逦有些不情愿，但还是翘着嘴巴道："我们不是今年不包分配吗，公司就贱看我们，进去的人都没好位置，有些先做文印，有些先做跑腿，把我分去reception，叫我一干就干到辞职为止。"

"那个锐什么什么的是什么位置？"

"reception就reception。"

"总有中文名目吧，梁思申那个半老外说话都不吐英文。"

"你就梁思申梁思申，reception就是接待。"

"啥，你一个重点大学毕业的去做接待员？这不是小看人吗？"杨巡当然知道接待是什么，档次高点的企业都在门口围个大柜台，柜台后站一个漂亮小姐，客户上门，第一个调戏的就是接待小姐。杨逦公司竟然让一做就是半年。杨巡很生气，但随便即冷静下来："你们那几个一起招进去的，不是有跑腿文印的吗，他们也还干那行？"

杨逦一时没吱声，闷一会儿，才避开眼去，硬邦邦地道："当然。"

杨巡当即发现杨逦撒谎。肯定其他几个已经脱离苦海，而杨逦估计个性很冲，不肯妥协，又不安于接待位置，被公司管理人员讨厌，因此就被有意摁在接待位置上不给挪窝，她脸面挂不住只有自动求去。杨巡不予戳穿，想着杨逦辞职已经难过，他别添乱了，岔开话题道："走，刚开了家超市，叫家乐福的，我们去买些东西。你跟我一起去。别拉着个脸，现在不是每星期都有人才市场吗，找工作容易。"

杨逦没应声，但默默跟着出门，上了出租车后，也是不肯说话，好像还是杨巡欠她似的。杨巡坐在前面，看计价器上面的数字飞转，脑袋里也是飞转着思考，要不要对妹妹施以援手。如果不施，就冲她那么点工资，估计现在已经钱包见底。可是如果施的话，助长的是杨逦那臭脾气，杨逦即使找到下一个工作，又如何能安心岗位。如今杨逦在家里都是车进车出，空调席梦思，即使他今天给带来的衣服，也是一套上千的，这样的花费，杨逦面对只值一件大衣价的工资，心态怎么好得起来。说起来，杨逦不肯脚踏实地工作，与他的纵容很有关系。

其实他现在给杨逦一个月几千块钱很容易，可那不是更加纵容杨逦了吗？杨巡的心徘徊在硬与软之间，无法做出决定。他深知，如果换作别人说起自家孩子的事，他一早会扔话出去让家长好生教训没出息的子弟，可是轮到他自己小妹，他却下不了手。一直到进去人声鼎沸的家乐福里面，杨巡才停止艰难的思考，推上一辆购物车开始他的观察。

与去年考察香港超市不同，这回进家乐福，他已经是一个商业系统从业人员，对百货行业的商品已经有了系统认识。此时面对看不到边的熟悉的商品和熟悉的价格，他的感受彻底不同。他看到，这里的商品基本涵盖吃穿住行，一个家庭只要要求不高，可以在这里买到所有家用。他看到这里的商品价格普遍比他的百货商场里面便宜，而同类商品的选择余地却更大，商品可用琳琅满目来形容。他看到这里的购物环境与香港的一样便利，没人在身边说三道四，拿什么不拿什么完全自由。他还看到，这里的灯光明亮空调温暖，售货员对外地阿乡没有晚娘脸。他更看到这里也是自动计价，非常便捷迅速，最后还送塑料袋方便顾客拎走。全跟香港的没什么两样。因此杨巡看到，即使今天不是休息日，即使现在还是上班时间，超市收银柜台面前还得排起长队，里面来往购物的人不知比香港多多少。他一下子消费了两千多块，而排他前面的两个人消费也不少。

走出超市，西北风让他火热的脑袋一下清醒，他就忧虑地对杨逦道："要是在我们市也开这么一家，我的商场还不喝西北风去？"这里带给他的震撼绝对比香港的超市更大，因为香港的超市远离内地，他即使前去取经，也最多只是感慨而已，可是上海的家乐福，却让他看到身后危机重重。

杨逦一圈超市逛下来，大哥又一下子给她买了不少食品家用，她的心情立刻好转，闻言就反应敏捷地道："上海也才只一家呢，不知几年后才能去二线城市。不过真要开那么一家在旁边，商场起码一半商品没销路了。"

杨巡点点头，好久都说不出话来，好不容易在黑暗中等到一辆出租车，将买来的东西塞满后备箱和后座，他才又道："以前梁思申跟我说起超市的时候，我还以为那种又亮又漂亮又有空调的地方东西一定贵死人，我还跟她说照国内经济水平起码十年都不需要超市。可没想到……还不到五年，我一点准备都没有。"

坐在后面的杨逦不由得探头看看前面大哥的脸色，昏暗灯光下，她看到大哥两只眼睛发直，心事重重。"别担心，不是说了吗，上海也才开始，你还有几年准备时间呢，够多了，自己造一个也来得及。"

"自己造一个容易，可是我哪有钱库存那么多货物？那得多大流动资金。"杨巡不知道家乐福的经营模式是怎样的，他估计与自己商场四楼的小超市差不多，"只有老外才有那个钱啊，难怪是法国人开的。"

杨巡忧心忡忡，却也在忧心中看到一丝希望："还好，家乐福的普遍价格还是比我市场那些摊位的贵，像我这样的人当然逛超市，可工资不到一千的，看到有一分钱的便宜当然是先奔市场。家乐福的运营费用怎么跟市场比，还好，没法比。"商场危殆，可好歹市场可以保住，杨巡终于放下一小半心事。

回到小区，天色已经全暗，家家户户的脱排油烟机喷出浓烈的菜香，被楼宇间的狂风一阵搅和，令杨家兄妹更觉饥寒交迫。杨巡让杨逦在楼下守着，他一趟一趟地拎东西上六楼。杨逦被一月的冷风吹着，一件一手长的呢大衣根本无法御寒，只盼着大哥快快来去，把东西收拾完。杨巡几趟六楼跑下来，人早累得腿脚打晃，身上的大衣早甩了。他最后一趟下来，索性把地上全部东西都收拾到自己手里，杨逦都不需要拎什么。但等杨逦准备空着两只手上楼，杨巡却叫住她。

"老四，去打几个电话，问问梁思申那单位具体地址。我上去烧饭炒菜。"杨巡摸出一张五十块钱交给杨逦，"电话费不够回来问我拿，用不完算你的。"

杨巡以为说完就可以上楼。不料杨逦接了钱，没掖进口袋里去，却跟着杨巡一起上楼了。"太冷了，回家用你的手机，现在不是能漫游了吗？"

杨巡一个人拎着所有东西往上走，气喘吁吁地道："手机通话费加漫游费，一分钟得多少，你公用电话一分钟才多少？快去快回。"

"大哥你怎么算账的，你给我五十块钱，就算通话加漫游，也够打二三十分钟的，手机打跟公用电话打有什么不同？今天温度接近零度，你想冻死我？再说即使我拿114查出梁思申的单位电话，可现在已经七点多，下班时间了，哪儿找得到人问地址？"

杨巡从肩膀上扛着的米袋后面艰难地看看小妹，他更意识到小妹辞职的根源在哪儿了。他走进门卸下货，一把抓了杨逦手中还嘲笑似的掂着的五十元，严肃地道："你工作态度很有问题。我来告诉你。第一，我给你五十块，你没用完，虽然对我来说一样是支出五十块，可对于你来说，却有收入。同样的效果，但用手机支出五十块的话，钱就全进电信手里去了，我一样还是支出五十块，但你一块钱都捞不到。你以为钱是那么好赚的吗？第二，你说你是外资企业工作过的，那你应该知道他们高层经常晚上要跟国外刚上班的通上话才能下班，只有你们这些说什么时候才能按时下班。你不在其位不谋其政可以，但你不能不知道上面的人在做些什么，还自以为是说什么七点人家已经下班，你犯的就是不懂又自以为是的毛病。第三，那就是你无知又懒。工作半年，连最基本的工作方式方法都不懂，却不肯尝试。114问电话是第一步，问到的电话后面没人等着回答你问题那是理所当然，但你不会电话号码最后两个数字稍微变化一下继续打吗？连号的电话号码基本在一个片区，多打几个基本可以问个八九不离十。第四，是你的工作态度问题。我上楼下楼背那么多东西，你不说帮忙一起扛，你打个电话帮我总行吧？我都已经要求你，这么冷的天，我如果没要紧事也不会要求你，可你还挑肥拣瘦，你在公司工作也是一样？人家出一千多一个月供着你是让你挑肥拣瘦去的吗？你给我好好想想，你工作的时候是不是没动脑筋？工作，不是家里，没人有义务喜欢你。我下去打电话，如果问到地址就不上来吃饭，你自己先吃。"

杨巡说了那么多，耐心详细分析了杨逦的错误，可是杨逦压根不服，他开门准备出去的当儿，杨逦就在后面道："你即使十万火急，可你也得注意方式方法，万一人家没上班，你的所有电话费不是泡汤了。万一你……"

杨巡没想到自己说得那么详细，杨逦还能来那么多万一，他懒得听下去，也没时间听，急急关门将杨逦的一万个万一关在门里面。杨巡一向自诩，只要是他想找的，没有找不到。其实他早已知道梁思申办公室的电话和地址，他只是想测试杨逦到底有几分能耐而已，测试结果他非常不满，心想，杨逦这样的大学生要是到他手下，不等杨逦辞职，他先开了她。这时候杨巡心中已经决定，回头再给杨逦买五十斤大米和一些香肠水果等物，但绝不给杨逦钱。他已经看出，杨逦的问题完全是心态不好。他想看着，杨逦毕业一周年时候如果还改不了，他只好认了，以后供着小妹。

自从换新电脑后，梁思申每天从国外接收的信息量就大了很多，让她不再觉得处于信息真空。她请求她的同学朋友经常给她发邮件，她自己公司的信息传输也方便许多，只是网络速度很慢，每天都需要秘书收集存盘，她等下班后办公室安静，才能一目十行地浏览。但她有空的时候，大洋彼岸的老友们却都是清晨最忙时分，她总是无法在聊天室遇到他们。

看完便收拾一下下班。此时她已经大腹便便，可是国内孕妇装太过娇艳，她只得套上一件男式羽绒服打发这个短暂时期，她乘电梯直降到地下停车场，电梯门打开，却看到外面神色略带茫然的杨巡。但杨巡看到她的时候，立刻一张脸转出笑容。只是这张笑脸充满惊奇，杨巡惊奇的是印象中身材瘦高的梁思申竟会变成这个模样，即便是一向美丽的脸也有些浮肿。他心说难怪在停车场找不到她的大车子，现在上下那大车子不方便了。

梁思申挺烦杨巡阴魂不散又找上门来，这明摆着是她容易说话，杨巡可就没敢找宋运辉。但她见那么灵活的杨巡难得目瞪口呆说不来话，只得主动开口招呼："你在上海？来这儿找人？"

杨巡终于收回惊奇，忙道："我找你，新年好，门外不远有家餐馆，我想请你吃饭。"

"我很累，想早点回家，你有什么事吗？"

"没什么事，来看看你，又半年没见。我送你回家吧，我替你开车。"

"谢谢，我还行的。"

杨巡听梁思申一直婉言拒绝他，他也只得硬着头皮道："让我帮你开一次吧。我最近忙商场，一直没空过来上海，这回听说上海有外资超市开业，赶紧来看一下，看完一肚子的话想找个人说，就来这儿碰碰运气，哎呀，你换车了？"

梁思申当然没把驾驶位让出来，但一边开车门一边道："超市我也听说了，挺不错，谢谢你来看我……"

"人真不能做错一次。"杨巡听梁思申没热心议论的样子，心中感慨。

梁思申闻言微笑道："对不起，我现在体力不允许，一般都是早回，过去的事请别再提，都是仁者见仁。"

杨巡点头，有些违心地道："你上车吧，外面挺冷。那再见，以后去东海，随便什么时候打电话，我都在。"

梁思申钻进车子里，看看外面的杨巡，心里有些不忍，伸手打开副驾的门，让杨巡进来。"我送你去宾馆。"

杨巡近乎欢快地跳进车子，快乐地道："我送你，回头我打辆车回家。我小妹毕业了，分在上海，我给她在上海买了套房子，现在我来上海不用住宾馆，就住杨逦那儿。那小家伙上个月辞职，都没跟我说，今天我去才发现，家里清锅冷灶的，只有几包方便面，我没翻她钱包，不知道钱包还有几块钱。我批评她工作态度不对，可她死鸭子嘴硬，理由比我还足。唉，四年前差不多的时候我也找你讨论杨逦，你跟我说别多给钱，宁可多给物，结果我没做到，我养娇她了，她现在眼高手低。唉，怎么办，对不起我妈。"

梁思申原以为杨巡会跟她说看了家乐福超市后的感想，就跟以前似的，跟她商量造建材市场，造四星宾馆，造欧洲街和商场，满眼睛都是憧憬，满肚皮都是主意。没想到一上来就是家长里短，就跟每一个恨铁不成钢的家长一样焦急。她不由莞尔："那你要拿她怎么办？"

"我不知道，我明天给她备足够两三个月的柴米油盐，总不能饿着她。我看吧，她要是半年里面能出息，就让她继续待上海，要半年后还是有上顿没下顿，我不指望她了，捆也要捆回家自己盯着调教。"杨巡说的时候，不时看向梁思申，见她一直听着发笑，估计她在笑他的主意，只得也笑道，"没办法，老四嫌我没文化不肯听我，不认我的理。"

梁思申心说这个哥哥做得还是不错的。"你已经很会说了，死人都能说活。"

"我哪里，我哪里，呵呵。我……我……总之很对不起你，我现在话不多，更没几句人话，呵呵。"

梁思申一笑，转了话题："一九九五一年里，调控那么紧，你算是做得很好了。"

"我们下半年凑一起的时候已经都在讨论，就是给批，我们也暂时不敢上了，利息那么高，可……听说海南北海那边都有人跳楼了。我现在压力就很大，晚上睡觉想起商场那些库存每天吃掉的银行利息，心里割肉一样。今天再看到那样的超市，要是我商场边上也开上那么一家，我从五楼往下跳算了。你看好了，很快的，不出三年超市就会过去。以前肯德基不是也只有北京上海才有吗，我到上海还特意去肯德基吃一顿，现在全国各地都有，我们那儿已经有两家，一家还是我的。你看，只要是好的，很快遍地开花。我今天看着超市就想，它超市卖什么，从今天起，全部从我的商场撤出，绝不敢跟超市重复。我今天就得准备起来，一点点地调整布局，要真等狼来了就迟了。没法跟它超市比价格，有些都比我进价还低，我都不知道他们怎么卖得出这种价格。这商场，不接手不知道，一接手才知道水太深了。"

梁思申听着满是道理，但只脸上笑笑道："对于你去年夏天肯接下商场经营权，我也奇怪，不是你一贯风格。"

"我也悔，可就算时间倒回去，我还是得接。放他们手里，他们每年给我制造亏损。与其不明不白亏钱，还是自己动手亏吧，起码亏得死心塌地。这与你无关，都是我自己的事。"

梁思申不愿多提商场的前因后果，只得再转话头，好在锦云里很近，很快便到了。"我到了，今天不请你进去喝茶。"

杨巡看看这陌生的环境，奇道："你不是住别墅吗？"

"这儿方便，上班近。呃，有个不情之请，这个地方你非请勿来。"

杨巡还以为梁思申不喜欢他今天出现在她办公楼下面一样出现在这里，只得悻悻地道："好吧，以后我打你电话，行吗？"

梁思申只得索性摸出一张名片交给他，算是诚意。她名片上面没有记载手机号码，她不愿意每天被叫魂，但她就不明确说明，让杨巡别自说自话地摸上来，其实是因为戴娇凤。以杨巡只凭她一个工作单位的名字就能摸到她工作地点，杨巡只要有心，还能不顺藤摸瓜了解到戴娇凤去向？她还是别制造事端。

杨巡看梁思申开车进入大铜门，不由得绕着这么大院子的围墙走了一遭。围墙有些与别的房子连在一起，他没法精确看出大小，可毫无疑问，这院子很深，不比他老家山野之地的院子小。他不知道这房子是梁思申外公的，心说梁思申这个人可真会赚钱。可一想到这么会赚钱的梁思申如今对他守口如瓶，再也不会帮他，他心中遗憾非常。可是，他能强撬人家的嘴吗？

杨巡只好打车到最近的地铁口，换乘地铁回杨逦家。他好好想了一路，走出地铁的时候，杨巡基本上心意已定，有关商场的，有关杨逦的。他走出超市的时候，还一肚皮的话无处诉说，遇到梁思申他也没讨教什么，可就仿佛完成了一项宗教仪式，他现在需要的只是行动。他都没去想想刚才其实根本不用费心等在梁思申楼下那么久，没必要那么曲折那么麻烦，其实他在走出超市时候早就心意已定，不说也行。他可能只是延续了一个事前征求意见的惯性。

02

雷东宝也在抓破头皮。平时工资发下来,他都是自己拿一半,另一半给冯欣欣做家用。但是今年的年终分红,雷霆的倒也罢了,红伟那边的公司分红很是可观。因为对本地电线行业的集中整治,红伟的贸易公司又买又卖,生意滚得相当大,在好几大城市已经发展出经销点,因此利润跟着上去了。红伟满面红光地把一本存折交给雷东宝,雷东宝拿着却不知道放哪儿去。

项东虽然进来才半年,按比例所分得的钱比起正明他们来少一半还多,可他还是震惊了,这个数字,比雷东宝请他来小雷家时的口头许诺要大不少。他会议后就想找雷东宝说说话,说说这半年来的感受和对新一年的展望,他太震惊了,他抑制不住地想找人说。可是雷东宝此时头痛钱放哪儿的问题,把约谈拖到晚上。项东只得驾车从市里回小雷家,一路打着节拍放声高歌,唱的是翻身农奴得解放。

雷东宝却是对着存折为难。按他以往的规矩,不是应该交给老婆管吗,可是想到冯欣欣,他怎么都不放心把钱放到冯欣欣手里,仿佛冯欣欣跟他隔着一条心似的,他感觉冯欣欣不可能好好保管他的钱。给他妈是不可能的,他妈这个没原则的。当然他自己也可以管,塞保险箱里就是。可是他却不知不觉走到了韦春红的饭店。

他还是三天两头来这儿,可今天走到门口,却没伸出手去推门,在门口徘徊。这当儿中饭过去,晚饭还没开始,店门里面冷冷清清,店门自然也是关闭着。他犹豫了一下,还是推门进了,却见韦春红就在门里面捧着热水袋似笑非笑看着他。

他不知哪来的气恼,道:"你看我来也不说给我开门。擦什么了,擦那么香的,你让人家吃饭还是吃你啊。"

韦春红依然似笑非笑地道:"这是小梁送我的新年礼物,她和宋总都说这种香气最适合我。"

雷东宝立刻无话,现在他想了解宋家的事,还得通过韦春红。"就你贪小,他们送你什么你还真有脸都拿着。"

"哟,上门寻衅闹事啊。宋总前儿刚打电话来,说老家的腌鱼腊肉干笋干菜就是鲜,他家老爷子冬天照例胃口不好,可就喜欢吃老家的东西。我等会儿就跟宋总说说，以后少跟我这种没脸的交往呢。"

雷东宝听了就明白，人家现在绕过他呢。他烦躁地道："跟我来，我有话跟你说。"

见雷东宝如此正经，韦春红就不调戏他了，吩咐店员看门，她跟着走上楼去说话。但她还是不想正经，每次雷东宝来她都欢喜得很，正经不起来。她坐到雷东宝身边，伸出被热水袋捂得红红白白的手给雷东宝看："你瞧，今年硬是没生冻疮，也没开裂，小梁教我的法子管用。"

雷东宝抓过手来一瞧，果然，她不说还真没留意，但嘴里还是没好话："你老妖精跟小妖精学，十几年饭白吃了。你别打岔，我跟你说事。"他掏出大红的存折，抓过韦春红的手，一把拍在韦春红手掌上，拍得韦春红如今嫩嫩的手掌生疼。"你替我保管，一半买股票存银行，你看着办，另一半估计开春要用到，我到时再问你拿。"

韦春红不知他葫芦里卖的什么药，不肯吱声，先接过存折翻看，一看里面的数字，立刻将存折一合，交还给雷东宝："你想清楚，弄不好你一分钱都拿不回，我才不给你写字据。"

雷东宝啧地一声："要你拿着就拿着，你不是最爱钱吗，装啥小脚。到底管不管，管的话赶紧穿上大衣，去银行换你名字。"

韦春红一听，当下就相当地明白雷东宝的意思了，顿时满面春风，扑过去就抱住那猪头啃了一口，赶紧穿上大衣跟雷东宝出去。雷东宝这才放下一头心事，只觉得这是理所当然。

在银行办理手续这等琐碎事，当然都是韦春红着手办的，雷东宝只需要腆着肚子站在一边指导就行，然而韦春红办这些是轻车熟路，因此雷东宝惜字如金，即使存折上面巨额现金的转户都不能让他开一下金口。

这时候正好有电话打到雷东宝的手机，他看都不看号码就接起来。拿着雷东宝淘汰下来的模拟手机的韦春红看见心说，既然都不看号码，还烧包地换数字手机干吗，都是钱多了烧的。要她说，既然都能用，换什么手机，她手里拿到钱就投资。自打前年雷东宝出狱后，她饭店的生意又恢复旺势，再说这两年大家呼啦啦地好像都钱很多似的，上饭店吃饭也跟不要钱似的，除了公款吃喝，个人吃喝也多了起来，韦春红去年一年市县两家饭店的收入竟是过去那么多年的总和。手头富裕的韦春红已经投资了几处市区一、二类地段的店面房，这是她与梁思申商量的结果。现在雷东宝的钱也到她账上，她打算与他的凑一起，回头再找几家店面房买下，当然房产证上得写她的名字。

雷东宝没去关心韦春红一直喜滋滋的脸色，韦春红的脸色阴晴圆缺，都是他一句话，他对韦春红有信心得很。他只是奇怪杨巡怎么忽然打他电话，那小子不是才刚元旦前给过电话吗。因为前年杨巡在他出狱的事上做过很多努力，他前年投桃报李，对杨巡手底下两家市场脱红帽子的工作给予很大支持，两人现在关系算是热络。听着杨巡一连串的"书记，新年好，新年好"，他干脆地笑道："是不是今年春节要回来？我请你喝酒。"

杨巡笑道："不是，书记，我跟你通风报信来的。我刚上朋友那儿查点政策，看到说今年开始出口退税率下调，还有传说很快进口税率也会下调，这些对你刚起步的铜五金出口很不利啊。你得早做打算，调整今年利润预期。"

"早知道了，现在我们跟进出口公司穿一条裤子。呀，小子，你现在嘴上一套很利索嘛，跟谁学的？"

杨巡又笑："哪儿利索了，跟书记怎么比，我新鲜热辣知道的东西，这不书记早了解了。咱不上台面，跟过年过节的猪头肉一样。好了，书记有准备就行，我白提一句。春节不回了，现在开了家商场，闹得每天跟坐牢一样。等我理顺了一定找书记喝酒去。要不书记你有空过来玩？"

"不去，我老婆春节生孩子。"

雷东宝接完电话，却没管韦春红听到他说生孩子的时候脸色变了一下，见韦春红已经办完手续，就拿回身份证，开车送韦春红回饭店，然后他就去忠富那远在穷山旮旯的养猪场。

忠富说不回小雷家就不回，在老娘娘家包了几间猪舍养猪至今已经两年，即使明明承包小雷家现成的养猪场比他自己通过资金积累，一砖一瓦地扩大猪舍快捷得多，他都不肯再回小雷家养猪。雷东宝本来冷眼旁观，看忠富要怎么收场，后来见忠富果然说到做到，他倒是敬重。又快到春节，小雷家照例是要发年货，虽然雷东宝眼下不是村干部，可他手里抓着钱，小雷家村的行政事务依然是他说了算。他不就近到承包他猪场的那些老板手里拿猪，而非要绕远路问问忠富手里有没有猪。

可是去忠富猪场的机耕路根本没法开车，雷东宝不得不将车子停在路口，冒着寒风得走一里多路才能到猪场。忠富早接到电话说雷东宝要来，虽然没殷勤地等到村口去张望着，倒是一直一边做事一边关心着外面的动静。看到雷东宝走来，忙快步迎了出去。见面就笑道："哦哟，书记，听说下月就要当爹了？"

雷东宝眉开眼笑的，嘴里却道："头大啊，只能一窝生一个，要跟你这儿一窝生七八个多好。才一个，以后要我怎么养，我每天还不得找个人盯着他小子。"

忠富听着好笑，心说雷东宝为了这个孩子连婚都肯离，以后还不知道怎么疼这孩子。"听说前阵子你们都忙得很，都是书记亲自挥着鞭子赶大伙儿加班加点，今天怎么有空过来？"

"元旦前忙完了，现在得歇火喽，出口订单黄了好几单。我找你要几头猪，以前村里分几头猪，你今年给我留几头，数目你肯定知道的。要给我好猪啊，别挑病的瘦的杀熟。"

忠富听着开心，笑道："书记惠顾我生意，我怎么会乱来？猪肯定是有的，再说凭我，你就想换口味找头瘦猪病猪都没可能啊。书记这边请，我这儿简陋，没以前小雷家办公室好。"

雷东宝跟着忠富进去，扭着鼻子道："你这儿没沼气池吧，臭得很，我老远就闻到。"

"有沼气池，自己弄了个小的，够烧猪食。再大做不起，做出来的沼气也没地方用，不是以前小雷家，副业多。"

"要你回小雷家，你就不回，你就跟我赌气。今年变主意没有？"

"书记就别问了。再说现在我这儿摊子已经铺大了，也扔不下了啊。"

"现在年出栏几头？"

"不瞒你说，书记，去年一年养猪的都亏本。什么都涨价，猪饲料也涨，一头猪卖了还不够成本。村里人早把猪杀了，连猪娘也杀。我尽量缩小养殖规模，省得多亏，但留着优良品种，再亏都得撑着。大家日子过好了不得吃肉吗，等没人养猪了，我的猪又有人抢了。书记今天给我笔大生意，算是雪中送炭。我本来正愁过春节的钱。"

"市道总是有涨有落的，不过你说得没错，大家都要吃肉，猪肉总有地方卖。我知道你这几年有点积蓄，要真调转不过来，跟我说一声，别见外。"

忠富听着感动，笑道："书记，那我不见外，先跟你亲兄弟明算账。你先付定金给我，呵呵。"

"操，你还真不见外啊，去村里拿去。你等着，我给你问问，看有谁家也要发福利。"

忠富忙按住雷东宝的手，道："书记别忙。书记那么照顾我，我心里真是没说的。不过我忠富有一件好，我科学养猪，打个比方，别人家的猪吃一斤饲料长一两肉，我的可以长一两半，我节省开支就节在这里。我还行的。"

"还行就好。这几天跟朋友们吃饭，都说今年……啊，去年日子不大好过，我想来看看你，你没事就好。我走了，我晚上还得跟铜厂厂长谈。今年开始国家退税调整，你知道退税吗？我们现在基本上是亏本卖给国外，就等着它退税那点钱找补。现在退税降了，我们要么不提价，亏；要么提价，老外不要。得想办法，也想个跟你科学养猪一样的办法。我也愁。"

这方面忠富帮不上忙。两人又说几句，雷东宝去猪场看一遭就走。送走雷东宝，忠富一直很感动，知道雷东宝如果单纯为小雷家办年货的话，是没必要亲自来一趟的，雷东宝来，只为实地看一眼朋友到底好不好。这时候忠富心里有些动摇，他想到这一段时间里肯定有不少养殖户坚持不下去，得退出养猪圈子，包括租小雷家养猪场的养殖户也不会有例外，他完全可以乘虚而入，而且可以靠关系先拖一下承包费。但是他想来想去，最后还是自己摇头否定。既然出来了，就不想再回去，就这样做个朋友挺好。若真接近了，以雷东宝的性格，难免又会不由分说裹挟上他。

从忠富这边出来，雷东宝找项东说话。项东给他列出面对的几项问题，诸如退税率降低，影响刚开业的铜五金出口，并影响利润；如进口税降低，可能会有国外产品进口冲击市场；还有一个坏消息，是已经合资的省电缆准备恢复中低端产品的生产，势必以挟雄厚资金实力冲击电线电缆市场。

雷东宝忧心忡忡，对忠富，他会说市道有起有落，可真落到自己头上，他还是愁的，再加现在又添省电缆一道心事。项东现在则是动力十足，安慰雷东宝不用着急，铜厂方面他会设法，尽快争取产品升级换代，提高技术附加。他提醒雷东宝关照电缆厂，起码先保证安全度过这个政策紧缩期。

雷东宝一则以喜，一则以忧，庆幸找到个项东这样不要他操心的，又从方方面面感觉到，今年的经济大环境好像都不大好。前几天县里找去开会传达文件，说货币政策适度从紧，解读是银行贷款很麻烦。银行不放钱出来，企业维持可以，想扩张就难。考虑到去年下半年起已经明显减少的电缆需求量，说是基建投入减少所致。要今年还是这样，再加省电缆又杀回马枪，雷霆的电线电缆得麻烦了。

项东那边，雷东宝放心交出，但是他不得不沉到电缆厂，要大伙儿想办法摆脱困境。

03

梁思申预产期前几天还在上班，她认为生孩子又不是健康问题，不需要大惊小怪。反而是其他人个个如临大敌，她妈妈开后门提前退休，宋运辉虽然年底迎来送往很多，可大量安排时间停留在上海。连外公都偃旗息鼓，每看到梁思申安全下班回家就松一口气。所有生过孩子的，见过亲人生孩子的，都战战兢兢，因此都认为梁思申无知者无畏。

尤其是宋运辉更担心，他因姐姐而对女人生小孩有心理障碍。可梁思申不由他，梁思申说宁可把产假放到生了孩子之后。宋运辉提心吊胆，终于迎来差点让他窒息的消息，那是梁思申从医院打来的电话，说她肚子痛，由同事陪伴，自己就近冲进红房子了，让他赶紧回锦云里拖上她妈一起去医院，医生说就在今天，快了。宋运辉赶紧让司机载着飞奔，接上岳母外公一起去红房子，终于在梁思申进产房前见上一面，三个人在外面走廊开始漫长等待。

宋运辉没法稳坐，梁母也没法稳坐，两个人一会儿起来，一会儿坐下，吊桶一般忙碌，唯有外公两手扶在拐杖上，坐得稳如泰山。外公后来真是看不下去，叫两人坐下，道："女人生小孩，千百年都在生，何况在这种上海最好的医院，你们急什么。你们放心啦，思申这孩子干脆利落，生个小孩不是大问题。"外公本来想说思申心狠手辣，但晓得这时候说出这话得犯众怒，只好从善如流。

"囡囡生第一个，第一个最难，她又不当一回事……"

"谁不当一回事，她当回事，那些生小孩子的书我看她都倒背如流，就你们瞎操心。小辉给我坐下，我眼睛看出血了，你还是什么宋大总经理吗。"

宋运辉当然知道梁思申记性好，领悟力高，有关段落倒背如流，可是知道是一回事，心急又是另一回事，梁思申平时做事干脆利落，又不能与生孩子通用，不是一回事。

外公见没人听他的，其实他也心焦，与外孙女住一起这么两年，事事互相依赖，彼此又互相欣赏，早有亲情产生，可又不愿表露出来，他怕闷坐着露出情绪，被梁思申以后知道了笑话，只得又拿说话打岔。"你们说孩子会讲话后该叫我什么？我们老家不分男女都叫阿太。古代人短命，七十岁算古稀，我这种年纪叫什么，叫老而不死为贼。既然都是贼了，谁还管老而不死的性别，你们说对不对，所以男阿太女阿太统称阿太。我说定了，以后孩子叫我太外公，一定要分清性别，不许混叫。"

梁母没想到老父这个时候还计较这些，只得道："一定，一定，孩子还一定叫太外公给起的小名，可可，行吗？"

外公笑道："又由不得你，你女儿主意太大，嗯，你女婿能管。小辉，快答应叫可可。"

宋运辉立刻答应，二话没有。外公心里很爽，这就叫城下之盟，外公终于肯老实地双手扶着拐杖，一半重心放在手上，与女儿、外孙女婿一起盯住产房的门。梁父接到通知后，不断电话过来询问，也在那边急成热锅上的蚂蚁。

好在梁思申没让他们多等，果然如外公所说干脆利落地生了下来。大家都很欣喜，终于放下心里一块大石头，唯有梁思申由乐观转向忧郁，怎么办，才出生的儿子长得跟红皮老鼠一样，浑身都是皱褶，她儿子就这么难看吗？反而那么挑剔的外公却在床边欣赏新生儿，连声说孩子长得好，像他王家的种。

纷扰一阵子后，宋运辉让外公岳母两个回家吃饭，梁思申虽然已经算是生得快，可到底已经是很晚。他和一位保姆留下来照顾梁思申。梁思申这才赖在宋运辉怀里尽情撒娇，一会儿叫痛一会儿叫累，要宋运辉非常非常怜惜她。安抚好久，宋运辉才道："我给东宝大哥也打个电话吧，这个消息得亲口告诉他。"

"就这儿打，不许离开我。"梁思申感觉一边是丈夫，一边是儿子，非常幸福。

没想到打去雷东宝的电话，那边是雷东宝气急败坏的大嗓门："什么，你儿子？好，宋家有后，我也等产房外面。我每天要她躺床上躺床上，她偏不听，硬要逛街，每天不把钱花光不肯回家，今天逛出问题来了，早产……"

"别急，我记得没差几天吧，也是这几天的预产期。你放心，她年轻，顶得住。很快，生下来也给我打个电话。"

"行。你儿子，你儿子，我要生个儿子，以后俩小子是兄弟，要生个女儿，嘿嘿……"

"别想，你这种人的女儿，好看不了，我们宋家不要。"

梁思申旁边听着好笑，亏雷东宝想得出来，想结娃娃亲。

宋运辉理解雷东宝的烦躁，雷东宝心里头的阴影不会比他的少，他只是没猜到雷东宝现在为了这个孩子非常迷信。

雷东宝此时把妇儿医院走廊踩得咚咚响，一颗心跳得都没比脚步声轻。他一个老婆死在产前，一个老婆生病刚好坏的是生孩子的器官，现在这个老婆又是贪玩早产，叫他如何能够沉静。不只他，连韦春红得知消息后都替他担心，特意上楼跪观音菩萨面前烧香念经，保佑雷东宝平安得到孩子。当然，韦春红也是把她的祈祷传递到雷东宝耳朵里的，雷东宝虽然嘴上一声谢都没有，心里却是知道韦春红对他有良心，简直可说是大公无私地好。

冯欣欣终于半夜生出来，儿子，白白胖胖有八斤重。雷东宝第一时间就拿起手机一个回拨，正好是韦春红的，然后一个回拨，是宋运辉的，最后才是他妈，都是四个字："儿子，八斤！"后来闲了才又追着给宋运辉一个电话，非常臭美地说，他儿子别的不说，体重愣是超过宋运辉儿子，赢了第一棒。令宋运辉哭笑不得，梁思申听了很不服气，要宋运辉告诉雷东宝，来日方长。唯一美中不足，雷东宝庞大身躯占着产床边位置打电话时，护士进来办事，喊的是"孩子爷爷还是外公让一让"，令好不容易当上父亲的雷东宝郁闷不已。

电话一来一去，横亘在宋运辉与雷东宝之间的一堵墙悄悄退后。

04

杨巡几乎是第一时间接到梁思申生了个儿子的消息，消息来自第一时间获得消息的寻建祥。这时候杨巡还在商场，因商场还在夜间营业时段。他无法不想到，他必须送礼，因此他背着手到商场楼上楼下走了一圈，一直到商场广播公布打烊，他还没看到可以送出手的合适礼物。他早就清楚，别看梁思申平易近人，可她私底下对生活品质的要求至高。

寒冬腊月天气，逛店逛到夜晚的人毕竟少。杨巡站在一楼空旷处，看稀稀拉拉的人流懒懒散散地走出商场半闭的大门，心里很多想法。他从上海参观家乐福后回来，立刻下手调整商场布局，没有一丝耽误。但是调整是循序渐进的，他不知道顾客感受到了没有，因此他让一楼服务台的小姐留心记录顾客反映。目前调整还不到半个月，没有顾客反映有什么不便。他猜测，那是因为顾客认为东边不亮西边亮，未必一定要在他的商场买到齐全的货品。

但是服务台的小姐那儿没有顾客反映，并不意味着顾客没反映。杨巡认为顾客最好的投票是脚，反映在商场每日的营业额上面。这几天他忙着年底的迎来送往，没时间看账目，今天既然没出去应酬，脑袋又清楚，他决定叫来财务经理老毕问个清楚。他急急冲上已经停开的扶梯，一直冲到五楼行政仓储区，才到走廊，就喘着粗气大喊一声："老毕，完了来我办公室。"

财务部里面却传出一阵声调不齐的女声小组唱："毕经理不在。"

杨巡正好止步于财务部大办公室前，见日光灯下大伙儿都在忙碌着清理今天账目，而有人显然已经忙完，开始收拾桌子，穿上大衣。杨速这时候从现场返回，见此就道："大哥找老毕？他家里有事跟我请假了。"

杨巡只得回办公室，但吩咐杨速找个全面熟悉账目的财务人员过来问话，他今天既然想到此事，那就一定要搞个清楚才能放心回家睡觉。过一会儿，估计是财务室工作结束，杨速带着一个短发戴眼镜的女孩进来，女孩形象不佳，鼻头眼皮都是轻微红肿，一看就是感冒患者，而且一天工作下来，脸泛油光，头发凌乱，又兼穿着一件棕色皮夹克，着实没女人样。但杨速俯身在杨巡耳边轻道："这是任遐迩，财务内部的问题，她比老毕还清楚。"

杨巡有些不敢相信。"小任，撤掉一楼糖果食品柜台，换作化妆品柜台后，一楼营业额有什么反映？"

任遐迩瓮声瓮气地道："没反映，糖果生意已经重心转移到四楼超市，这些精品糖果的销量本来就不大。新填补的欧珀莱化妆品柜台市场反映不错，虽然目前才与糖果营业额扯平，但新柜台能一上来有这业绩已经算不错，以后可以与高丝平分秋色。传闻高档烟酒柜台也会撤，我建议春节后再撤烟酒柜台，那柜台的节日销量比较大。"

杨巡听了着实吃惊，老毕也能回答这些问题，但是老毕要一边翻着账本一边回答。他不由得看看杨速，杨速给他一个"我就说吧"那样的脸色。杨巡不便此时与杨速讨论眼前这个人，而是又接着道："目前我打算削减库存类商品柜台，从你账面上看，哪个柜台先削比较好？"

"四楼超市吧。桥对面新开一家超市，是商业局下面职工集资开的，东西比我们这儿全，部分种类与我们这儿的重叠，我都去那家买。我们这儿的超市主要靠购物券支撑，一天的营业额80%是购物券。主要还是损耗率高，即使营业额再高，也划不来。我有计算，不过具体数据在电脑上。"

"去你财务室。"杨巡当即站起来，但不得不等了一下，这个任遐迩今天显然动作不灵敏。但杨巡没有太多怜香惜玉，他此刻太需要数据决定决策，才不放任遐迩回去休息。

财务室此时已经人去楼空，任遐迩进办公室先找来卷纸对付眼泪鼻涕。另一只手不用看着就打开电脑，只一只手在键盘上操作着就噼里啪啦地拉出文件。杨巡喜欢这样的工作态度。等页面打开，他就抛出一个又一个藏在心头的问题。杨巡从不知道这些问题都有精确到柜台的答案，如此一来，他不是秀才不出门，便知天下事了吗？他不由自主凑到电脑面前瞧，却见屏幕上是似乎拉不到头的表格和密密麻麻的数据，表格不是他熟悉的财务报表，他看得一头雾水。

任遐迩不得不避开身去，避开老板无意中的接近，同时婉言警告："杨总，我流感，请小心回避。"

杨巡愣了一下，才发现自己太过热衷，忘了与女孩子家保持距离。他连忙走开，笑道："最近天气干，流感特别多。哎，你这表格，我以前没见过，你自己做的？"

"我用BASIC编了个小数据库，不好意思，这几乎是最原始的数据库了，现在人们用C语言。"

"你为什么以前不告诉我，很好的数据库，我需要这样的数据分析。要不这样，你明天开始，每天给我一份柜台经营情况报告，每天中午的时候给我。"

任遐迩迟疑了一下，道："请杨总通过毕经理给我下指令。"

杨巡即刻明白这是现在商场比较规范管理的规矩，不能越级传达命令，而且越级可能让眼前女孩招致老毕的嫉妒。他只得道："那行，下班吧。天不早了，我送你回家。对了，你还有什么宝贝掖着？干脆一起告诉我，我不跟老毕说。"

任遐迩听了笑："没宝贝了，光这个宝贝就耗了我近半年呢。谢谢杨总，我家就后面没多远，我自己过去。"

杨巡和杨速一起退出，看任遐迩戴上绒线帽系上绒线围巾，裹得跟大面包一样地关门离去。杨巡道："这样的人，你以前怎么不跟我说？我要早知道有人能那么清楚，我以后与商家续签合同不是有依据了吗，有些销量差的，我第二年不续约。我还可以清楚什么柜台适合什么季节，我甚至还可以监控租赁柜台他们每天的销售流量，据此估算他们有没有绕过收银台私下交易。老二，你没发现这个宝贝，是你的错误。"

杨速挺有些委屈："大哥，小任夏天的时候招聘进来的，现在已经是财务部主管，老毕一人之下，我已经够快提拔她。她思路很清楚，我看内部做账方面比老毕好，不过联系税务和银行方面还没见她做过什么，那些都是老毕在做。"

"什么文凭？"

"大本，以前在一家国营单位做，那单位现在不景气，她跳槽出来，但档案还给扣在那家单位里。"

杨巡闻言不由得看杨速一眼，严肃地道："你怎么知道得那么清楚？你是有未婚妻的人，别吃窝边草。"

杨速皱眉道："我没做坏事。只是我破格提拔重用小任，不知哪儿就传出风言风语，让小任很为难。"

杨巡这才明白任遐迩要求通过老毕经理传达指令。他看看杨速，再回想任遐迩的模样，心说真人不露相，但这么面包似的真人似乎还真不是杨速喜欢的，应该相信杨速。他把这事暂时抛到脑后，与杨速一起下楼出门回家。他问杨速买件什么礼物给宋运辉和梁思申刚生下来的小孩，杨速说要不就土到底，买个小孩子戴的金锁片。杨巡觉得这是个办法。但得找个合适的人送去上海，或者直接就叫人带着钱去上海买个好点的送去。

杨速开车回家，杨巡回想刚才与任遐迩的交谈，越想越觉得很有必要尽快直接从任遐迩手头获得第一手信息。他问杨速："我今天看着，小任比老毕脑袋清楚，对业务也比老毕熟悉。就是她黄毛丫头一个，压不压得住财务部那么几个人？财务部好像都是老娘们吧？"

"老毕不是你亲信吗？"

"老毕又不是我一个娘胎爬出来的兄弟，会做事才认他是亲信。你说，任遐迩到底压不压得住？瞧她今天的窝囊样子，好像压不住。如果那样，我换个职位给她，方便我直接找她问事。"

"平常不是那副样子，今天不是流感嘛。你要么耐心等上三天，好好观察一下就明白。她平时做事情杀伐果断，交付给她的事情从来没有第二句话。其实我看她比老毕好。她目前不熟悉的银行税务，我可以带她一段时间。"

"老二，你跟她真没关系？"

"真没关系,大哥,向你发誓,我跟毛毛的关系你又不是不知道。"毛毛是杨速的未婚妻,只是杨速看大哥一直没结婚的意思,他敬重大哥,也不敢结婚。

"好,你暂时别通知老毕,我看她三天。"但杨巡更要看的是任遐迩与老二究竟有没有关系,其他的,他已经通过今天的问答了解任遐迩的业务程度,只要不是个扶不起的阿斗,他相信任何人只要给权给钱,没有扶不起的。他还打算利用这几天时间到任遐迩前面一个单位打听一下这人的过去,财务的位置,非同小可。

宋梁那边的礼物,他与寻建祥联系了一下,正好寻建祥准备过去,他就把钱交给寻建祥,打杨逦的中文传呼,让杨逦帮忙一起去买礼物。他自己不便上门,他以为梁思申顾虑宋运辉,不让他上门。

这边,他真是认真观察了任遐迩三天,看着任遐迩流感好转,终于不用一把鼻涕一把泪,他就趁老毕出门时候去给个任务,当场看任遐迩干脆利落地布置下去,那些老娘们接手后没有二话。杨巡看着满意,又从暗渠道了解到任遐迩在前面一个单位声誉不错,并无手脚不干净的事情出现。等五天后的星期一,他便拍板,让老毕升任欧洲街的总经理助理,商场经理的职位交给任遐迩做。老毕当然知道这是明升暗降,气得回头散布不少有关任遐迩的流言后辞职不干了。但老毕不敢做杨巡的手脚,因早知道杨家兄弟手下鸡鸣狗盗之徒甚多,他得罪不起。

任遐迩因此担了个跟杨速不干不净的虚名。走马上任之后,财务工作自是本行,做得好不提,更是给杨巡提供经过统计整理后的财务意见,让杨巡感觉终于能做到心中有数。杨巡非常器重任遐迩,对这个非常怕冷,每天捂得严严实实的女孩子以同性对待。但是杨巡按兵不动,他还不知道是不是该信任任遐迩到吩咐任遐迩做小账的时候。

接触久了,杨巡才知道任遐迩原籍不是市区,也不是财务专业,当年毕业的时候好不容易分进一家外贸公司,却被有权者的孩子夺了分配名额,差点被退档回校,无奈只得答应服从人事局的安排,给分到商业局下面的一家批零店。财务方面的知识还是她毕业后自学考证出来的,后来毛遂自荐当上当时批零店会计。好不容易熬过一年,拿到正式市区户口,她就业余时间给人做兼职会计,一人多职做了三年后,看到商场招聘就抱着试试看的心过来一趟,没想到被录用。杨巡还知道,任遐迩现在居住的一间两室户的房子,居然是她自己挣钱于去年夏天买下的。买下后有了落脚地,才跳的槽,不过那房子分期付款,她才付了一半,其他一半得分三年付清。

杨巡心想，同样是农村出来的女孩子，同样是重点大学出身，人家任遐迩怎么这么能干，挫折打不倒，越活越顽强呢？杨巡不仅重用任遐迩，因此也好生敬重。

05

杨逦按照大哥吩咐，跟着寻建祥一起去买了小孩子戴的金锁。本来她是不需要跟着寻建祥一起去梁家的，但是她好奇，又正好星期天没事干，就跟着寻建祥一起过去了，可真看到梁家围墙铜门烘托出的深宅大院模样，她忽然怵了。

杨逦看到，一个五十来岁的老伯出来开门，进门见一幽雅院落，大冬天的依然绿意盎然，尤其可喜的是一棵浓绿的树上挂满橙子一样的果子。他们才走进去几步，就见到宋运辉开门迎了出来，穿着薄薄的棉恤，很随意的样子。杨逦看到宋运辉与寻建祥玩笑似的拥抱，然后才和她招呼，一起走进暖暖的大屋。杨逦心说，要把这大房子弄暖和，这得装多少空调，每月交多少电费。而眼前她想都想不到的家具布置，还有一屋子衣着光鲜、气宇轩昂的人，让她更不敢乱说乱动，但她很快鼓励自己不要胆怯，没什么大不了，一样都是人。她这才挺起胸来，跟着寻建祥去看一下卧床坐月子的梁思申，看过刚出生的宝宝，问候几句，送上礼物，才下楼坐到一张床不像床的地方。

她旁边的太师椅上，坐的是梁父。梁父听说这是杨巡的妹妹，都没拿正眼看杨逦。杨逦对面则是来拜望梁父的梁凡和李力，这两人都是逼人的英俊潇洒。那李力，杨逦见过一面，后来多有听说与大哥的矛盾纠纷。还有两个是宋运辉的客人，一看就是官员，坐在另一边的圈子里。还有两个梁思申的金发碧眼同事喝茶后离去，一屋子的热闹。

宋运辉有事，去那边与两个上来拜访的朋友说话。寻建祥见杨逦紧张的样子，就招呼杨逦喝茶吃糖果。一会儿宋运辉过来招呼一下，寻建祥笑道："孩子鼻子上边像他爹，鼻子下面像他娘，以后也是个不动声色把人说得找不到地缝子钻的小坏蛋。"

宋运辉一听就想到梁思申当初在金州与寻建祥一起捉弄人的一幕，不由得大笑，可追着寻建祥问："你看我们可可好看吗？"

寻建祥笑道："当然好看，你看这鼻梁多挺，脑门子一看就是聪明的，你俩的孩子遗传好。等以后再加上家教好，出来就是公子哥。"他说着看一眼梁凡和李力，心说以后可可就是那样风流的人，肯定比当年沉默寡言的宋运辉强。

梁凡取笑："小宋你这是想要人说真话，还是说假话呢？"

梁父直截了当地笑道："说可可好看的都是发自肺腑的真心话。"

众人大笑，回头梁父才又与梁凡、李力说话。梁思申因寻建祥到来，换上出客衣服慢吞吞出来说话，问杨逦戴的漂亮手串儿是哪儿买来，什么质地。宋运辉闻言有点奇怪，因他知道梁思申对这种宝石类的东西有钻研得很，但他没开口。杨逦却以为梁思申喜欢，把手中茶色水晶的手串摘下来让梁思申试戴。梁思申却是拿去可可脖子边比画，然后拿回来一定要用金锁换了水晶手串，她说她更喜欢这个。杨逦没办法，送礼总得要人喜欢吧，她只能将金锁收回包里。寻建祥看着也没说什么。

梁思申解决了杨逦的事，就回头对梁凡道："老大说什么？我依稀听得你说筹资去香港投资？"

"呸，又想裁那套依稀丝竹之音，仿佛兰麝之气给我。最近国内紧缩，钱难赚，我们准备去香港看看，听说香港房地产市场经历短暂调整后，将会因为香港回归临近发力。"

"现在国外资金偷偷潜入国内赚取不可思议的利息，难为你拿这边高息贷款逆流而上，出境搏击，勇气可嘉啊。"

梁凡道："你还不是一样？你不是刚从墨西哥杀个来回？"

"你哪里跟我一样，我自十年前赶上日元猛涨的趟儿，这辈子几乎都泡在这里面浑水摸鱼。你们一辈子计划经济，出去玩自己的钱倒也罢了，玩光算数，赢来算彩头，贷款出去玩就危险了。外公，对不对？"

外公从自己卧室出来，听了笑道："要没些个瘟生送钱，你赚什么去？"

"外公小看我们了，我们已经做足功课。"梁凡脸上快快的。

李力微笑道："这不，这儿一位老法师，一位专业人士，我们届时近水楼台先得月。"

外公笑道："你见过哪个进赌场的能听一句他人的金玉良言？我这辈子就没见过。不过时代不同啦，这儿国情也不同，你们又是天之骄子，不一样，呵呵，不一样的。"

梁思申同样没正经："老大，我先免费奉送一句金玉良言，刚开始做的时候，不要投入太多，先用少许的钱试试水性。咳，不过这话没用，谁进赌场能镇定的。"

杨逦听着就跟听天书一样，这些高来高去的词汇她只在书里见识过，还是第一次听到有人放到嘴巴里说。她一脸崇敬地看着说话的几个人，尤其是对面的两大帅哥。梁思申见此，没说什么，心里却有些担心杨逦。

梁父听女儿与岳父都那么说，见女婿送客回来坐到他身边，就道："你们公司现在贷款紧不紧？"

宋运辉笑道："这话说出来思申又得鸣不平，我那儿的贷款没问题。周围集体和个体工商户的贷款问题很严峻，不少已经周转困难。"

梁父对梁大道："你看看，大家都艰难，春节前后这两三个月你们先拿自有资金去香港探探深浅，回头我看效果。"

梁大道："小叔，香港房价高，我们的钱都不够炒一套豪宅。涨价多的主要是豪宅，不是其他。"

梁思申奇道："国内贷款利率那么高，你们如果通过非正常渠道把钱打去香港，又添一番手续费，你们指望房价升多少给赚回来？"

梁大道："小七，你别添乱了。"

梁父道："就这么定吧。你们先做出点成绩给我看看。"

谈话结束，李力告辞回家，梁凡被梁父留下。梁思申见到杨逦对着李力出去后的门口出了好一会子神。李力不在，梁父的问话就比较实质性："老大，李力父亲退休，我看你们争取得到的优惠以后都得打折扣，你还打算与他捆一条船上？是不是因为这个，你们现在不得不转速放慢，才眼光转向香港？"

"没，小叔，这方面的影响还不算大。主要还是下面的产业最近不景气，工资增加，利润却递减。尤其是商场，因为物价涨幅明显低于前几年，还有其他一些原因，生意越来越难做。"

"我看过你们的报表，你们管理费用非常高，紧缩时期，你们能不能也紧缩一下开支？"

"小叔，我们现在正开源节流。相信调控有个阶段，经济应该很快恢复增长。所以我们放远眼光寻找其他增长点。"

"嗯，好。四月份再给我看看报表。"

宋运辉问寻建祥："商业系统现在日子那么不好过？"

"我的市场没问题。杨巡的商场已经开始调整，才刚开始，不知道调整方向是不是对头。他这人敢冒险。"

梁思申听到这儿，不由得拍了一下脑门，道："呀，我这几天奶牛做得都迟钝了，前儿大哥不是提起他们正调整产品结构吗？刚才忘了请同事联络一家公司。"

宋运辉想起最近雷东宝不三不四地总是找借口打电话来联络感情，很多时候都是拿孩子问题打头阵，上回与他说起铜厂打算调整产品结构，研发技术含量高的产品，梁思申就挂心上了，但宋运辉还是阻止了梁思申："你先别忙打电话，研发所需费用很高，过程也很漫长，却只要相关人员透露几组数据出去，科研成果很容易被别人轻易篡夺，研发者的心血和研发资金一朝付诸东流。通常，没几家守得住研发成果，如果没有现成成果，尽量不要牵线。"

"知识产权……咳。"回国后，梁思申已经知道很多事情她有心无力，"你们公司不也是自己研发高精尖产品？"

"我们的产业入门门槛高，研发出来没人抢。不像大哥他们，花一百万在研发上，拿出成果来，不知有多少类似企业盯着成果，别家只要花五万买通一个人，成果成共享了。"

杨逦终于插进来一句话："那不是没人愿意投入研发资金了吗？"

"对，最终形成恶性循环。"宋运辉比较慈祥地回答一句。

"可是没人管吗？"杨逦觉得宋运辉这样的领导能说得那么坦然，非常不可思议。

"会改观的，一步步来。"宋运辉说得敷衍。梁思申欲言又止，换作杨逦那年龄，她的问题更多，可现在她已经会说天凉好个秋了。她早清楚，国内企业需要模仿那些国外的先进技术提高自己的产品质量，国家势必心照不宣地放松对知识产权的管制，连带的，国内企业自己的研发成果也遭殃。说双刃剑也可，说月亮有阴影也可，很多事情都有难言之隐。

外公旁看着杨逦只是笑，却也没嘲讽，差距太大，反而没劲。寻建祥不参与这种话题。座谈会儿，一大家子人围大长桌吃饭，有些菜都捞不到手，吃得费劲，但是杨逦羡慕。因为这些排场，即使大哥带她去的最高级的吃饭场所，她都没见识过。

吃完，宋运辉想请寻建祥留宿，寻建祥却准备连夜坐火车回家。宋运辉就开车亲自送两人走。杨逦大胆，在车上忍不住问宋运辉："宋总，我刚从单位辞职，请问你们公司驻上海办事处需不需要人，一般大企业都有驻沪办事处的。"

宋运辉不由得一愣，道："我们公司没上海办事处，我们企业还小。"

寻建祥笑道："你还是做什么都不肯让人浮于事。"

杨逦道："可是在宋总公司一定能学到很多东西，比我原来待的公司都强多了，我以前就没接触过今天的这些。"

宋运辉听了不由得笑，却懒得接口。想参与到今天的话题，哪那么容易，之前起码得在基层干上多年。听着杨逦一个劲地好高骛远，寻建祥却还认真劝解，他依然没有插嘴。但他先把杨逦送回家后，路上也没跟寻建祥提起，现在杨逦的大哥杨巡是寻建祥的老板，他不想让寻建祥难做人。

寻建祥回家把送礼情况与杨巡一说，杨巡气得目瞪口呆，杨逦自诩聪明，却被梁思申这个半洋人骗得团团转而不知。再问，寻建祥说金锁被杨逦收着，不知道是退款去还是怎么办，杨巡无语。

杨巡异常沮丧，本想这是大好送礼机会，没想到被妹妹破坏。最头痛的是妹妹现在似乎还没找到称她心的工作，要不然怎么会问宋运辉要工作，那又为什么不回来跟着他做。杨巡此时非常能明白"清官难断家务事"这句话了。

时近年关，方方面面的关系需要酬谢，杨巡都没时间再想杨逦的事，他叫上杨速和任遐迩赶赴基本户开户银行几位关键人物的宴席，当然，行长另请，与行长有隙的副行长也另请，但那两个的都不能再有任遐迩参加。

任遐迩收拾了出来，杨巡一见这个大面包，心里忍不住叫一声"姑奶奶"，道："你这样子出门？你赶紧下去商场挑一件干练点的衣服穿上，你得给我注意点形象。"

任遐迩笑道："我怕感冒，我冬天最怕冷。"

"饭店有空调，快，你赶紧的，那什么宝姿……"

"太贵了。我一月工资才够买一件半宝姿，我还得三年内支付房款，还得吃喝拉撒。"

杨巡郁闷："我出。"

杨巡话音刚落，任遐迩就滚滚下楼去挑衣服了。过会儿到停车场会合，杨巡见大衣还是那件棉大衣，不过看上去裤子已经换了。任遐迩蹦跳着坐进车子，笑道："老板，我替你省钱，没买宝姿，而且我跟柜台说好，今天借用，只要一顿饭下来没染上杂色，明天退还给他们，不收钱。"

杨巡更郁闷："你不用替我省，银行吃了有税务，税务吃了有工商，春节之后还有其他，你不可能占人家专柜那么多次便宜。"

任遐迩笑道："好啊，那么我一套衣服一年四季通吃。"

杨巡哭笑不得："你要怎么办？"

"老板，建议你别干涉我，树要皮人要脸，在我经济许可范围内，我知道怎么收拾自己。今天你没预先通知我有饭局，我没准备也是没办法的事。"

杨巡笑道："你少来，下面商场员工上班都化淡妆，你看你赴宴光着一张脸，像白领丽人吗？"杨速本来无所谓地开着车，旁听到这儿就开始笑了，不由得趁红灯时候偷偷留意大哥的脸色。

"老板，男女平等，一桌子人都素面朝天，你别让我搞特殊化呀，大家坐下谈事情，又不是搞公关。"

杨巡郁闷得只能回头看任遐迩一眼，却无语，心里狠狠地骂了声"面包"，这天下竟然还有不要脸的女人。梁思申工作做得好好的，有头有脸的一个人，不也是每天化妆的？还有电视上放出来的国内外女领导，也不是都化妆的？估计任遐迩省钱，不肯投那资。

回头到了饭店，他们早到，银行的人还没来，杨巡看到任遐迩偷偷摸摸溜出去，到不知哪个旮旯脱了大衣回来，心说原来还是个怕羞的。但见任遐迩在商场飞速拿来的是一件黑色修身西装和一条黑色裤子，毛料，倒是有几分身材，可惜一张苹果脸不给面子，感觉上还是面包。好在任遐迩言语可喜，与那些翘着尾巴的银行职员挺说得来，人家好像还真没怎么在意任遐迩光着一张脸。

但是后面打保龄球的时候，信贷主任却拉住杨巡，坐得远远地跟杨巡道："怎么办，现在风声很紧，你这个大户得给我个面子，这个月怎么都得让我收回五百万。否则我没法交账。上面查下来，肯定先查到你个体户账户上。"

"这个月不行，我不正转型吗。等我把库房消化光，我还你五百万，半年。现在拿出五百万来，我得断气。"

"兄弟，算你帮我，任务太紧了。"

"你们应该找东海那种大户，拔一根毫毛都抵我们一个团的个体户。别净捏我们软柿子。"

"他们是利税大户，重点保护对象，不能动。要不然我扒拉一下他们的门缝就完事，还用得着找你？我先拿你账户上的一百万吧，等风声稍过，立刻还你。"

"大哥，你千万别，那是我们全体职工年底的血汗工资，你拿走他们会跟我造反。"

"我真过不去才求你，兄弟，凭我们俩的交情，我怎么可能为难你。你……"

杨巡与信贷主任扯皮再三，却依然不松口给个准确数字，但答应春节前几天搞促销，消化的库存部分专款专用，还银行钱。他虽然不肯，可也知道，不能不给朋友活路，他只能想方设法把交出去的金钱数量降到最低。

任遐迩一边陪着银行职员打保龄球，一边留意大小两个老板的动向，非常辛苦，因为她这辈子还是第一次上那么高档宾馆吃饭，第一次打保龄球这玩意儿，她都得边做边学，以免出错贻笑大方，又得留意自己身份，不能忘记别人吃喝玩乐时候她还在工作。她见小老板与她差不多没事，而大老板则是事情很多，她把这些细节记在心里。

任遐迩关注着大小老板的时候，杨家兄弟也在关注着任遐迩。杨巡看到第一次出来交际的任遐迩算是合格，美中不足的是任遐迩的不主动。但也难免，她那样的女人不可能热情地贴着客人献殷勤，本质上是个清高的知识分子。杨巡更清楚，取悦银行巴结税务以获得回报，那都是他做老板的本分，与拿并不算高的死工资的财务经理无关，任遐迩那精明女人算得清楚。

等终于应酬结束，保龄球馆门口送走银行职员们，三个人一起跳上杨速开的车子，杨巡立刻对后面的任遐迩道："小任，你明天一早就去银行，把我们所有的钱都转到中行去。他们估计内部有问题，想打我们流动资金的主意提前还贷，让他们堵缺口。"

任遐迩只应了个"好"，反而是杨速问："贷款出事的不是那些吸储多的分理处吗？他们分行也会出事？"

"谁知道他们，无风不起浪，我不能拿我准备发年终奖的钱冒险。小任，你回头把春节前清库存的收入单列出来，我答应拿那些钱还贷。"

杨速笑道："小任，最近那种吸储有危险，有人来找你……"

"谁那么傻，去国营单位找财务经理才有可能，我们私企的，吸储的人一来直奔老板办公室。要一来直奔财务经理室，那吸储的别混了，这点眼色都没有。"杨巡非常不以为然。

任遐迩哈地一笑，可不是杨巡说的那意思。以前她在商业局下面公司时，接触过几个拉储蓄的人，个个都会看眼色得很。那储蓄的利率都是出奇地高，存那种储蓄的话，高于银行公布利率的部分就落入小金库了，有些更是优惠到存款打入银行的当天便可计提全部利息。也有吸储的人一手上家一手下家，拉来上家存款，如数贷给下家，两手硬，两手都赚。但这种事情猫腻太多，操作过程自然也充满猫腻，一大笔钱谁知道会出什么问题？不过这事她可不敢乱说，免得大小俩老板因此盯上她的两只手，她好好的惹那猜疑干吗。

但任遐迩第二天一早到达商场，不等出纳上班，便拿着专用章赶到银行等对公窗口营业，想开一张本票将钱最稳妥地转移，没想到眼见着对公窗口的职员打开电脑，调出数据，却被告知钱不够。任遐迩不信，拿出开户证让窗口职员检查，让调出这十来天的进出数据。果然，今天一早就划出一笔。任遐迩没二话，收起所有东西就回商场。此时商场还没开始营业，总经理室门死锁。她打杨巡手机。

令她没想到的是，杨巡这个老板的手机背景很嘈杂。杨巡则是一看来电显示的是商场财务部电话，立刻明白说什么事，连忙接起，道："小任？钱转出来了？"

"没，我看着柜台电脑打开，可钱已经转出了。"

"妈的，要死人。这事你别管了，我现在建材市场，等下直接去银行，你跟杨速说一声。"

任遐迩知道老板手下不少产业，却不知道老板这么勤快，一大早先去八点开门的市场巡视，完了来商场坐镇，忙忙碌碌打一个时间差。但是老板为什么说"要死人"，任遐迩好奇，估计那是猫腻。

杨巡果然是趁昨天晚上没喝多早上起得来，去临近春节时分相对冷落的建材市场看看。杨巡接到任遐迩的电话，气不打一处来，平日里吃他喝他那么多，昨晚还谈得好好的，今天竟突击下手，全没情分。杨巡几乎是红了眼睛杀奔去银行，这笔钱是他这几天积存下来准备给两家市场一条商业街一家商场的所有员工发放年终工资奖金的，这笔钱要是被划走，他这个春节还怎么过，下面辛苦一年的人还不把他撕了？

但驾车子杀到银行大楼下面，停在西风凛冽的停车场上，看到熟悉的白瓷砖墙面蓝玻璃幕墙，杨巡气到嗓子眼的心却忽然安静下来。按说，事到如今，信贷那帮人是不敢贸然惹他的，他一向有来有往得很，那些人收他多少好处，平常他只要一个电话就能把那些人叫上门服务，他们能不怕他火气一上来，拿起证据直奔司法机关检举揭发吗？他们一定是给什么事逼急了，狗急跳墙。那事，估计是比他的检举揭发不会轻松多少。

但杨巡虽然脑袋转过弯来，并不意味他肯放弃拿回钱的努力，那帮人与他之间，本就是互惠互利，不存在人情，这方面他弄得非常清楚。朋友有难他才拔刀相助，那帮人有难，他唯有想方设法为自己止损。他跳下车，急急冲进银行大楼，乘电梯来到信贷部办公室。没等他开口兴师问罪，早有人上来赔着笑脸将他拉到小办公室。密室讨论，杨巡为自己争取再三，不屈不挠地坚持不肯让步，终于退回五十万，而那拉他进门的主任几乎快将赔笑脸改为下跪了。

等主任一答应，杨巡当即拿起桌上电话打给任遐迩，要她立刻拉上出纳到银行窗口办理提款。提五十万现金，到底是比提一百多万来得容易。然后，杨巡不走，坐在办公室等着钱被操作到他账户上，就下去窗口，看到五十万真金白银到手，才让任遐迩上来办理提前还贷手续。他看着任遐迩不问一句废话，迅速办完手续，这才转为笑嘻嘻地与一众熟人们告别，拎起装满五十万的黑塑料袋与任遐迩离开。

走进电梯，他道："回头清理库存的钱不用做专门账了，都存到中行去。"

"可是有规定，非基本户不能提取现金。"

杨巡被提醒才想起有这规矩，想骂人，又忍了，道："先拿钱过去，看中行柜台敢不敢特事特办。"

"那需要人行敲章批准才行，人行批准之前需要基本户所在银行同意让你去别家银行提取现金，可他们肯同意吗？或者放到杨总下面其他银行的基本账户上去过渡几天也好。"

"都在这家银行。"杨巡跳上车郁闷了，"要不存我个人账户去，你做一下账。"

"行，算个人借款。今天营业款收上来，我也放到杨总账户上去。凑足发工资奖金的数额后，余款都打到中行去。观察一段时间，视年后情况，如果平静，再启用这家银行。这样可好？不过得麻烦杨总每天带上存折一起去银行。"

杨巡见任遐迩说得周到，便点头同意。他摸了摸包，想想还是没敢放心把存折交到任遐迩手上。虽然这阵子忙，但他会把存折放到杨速手里，两兄弟总有一个会在场的。不过任遐迩对业务的熟悉和灵活，让杨巡备感方便。

回头,他便在商场外面挂出海报,正好趁春节这因头,有的放矢地大搞促销,大力消化库存商品。即使离春节才只有几天,那也是好的。他总得凑齐下发工资奖金的资金,他需要一举两得,即使因此不得不稍微让利。

而杨巡送到宋家的年货则是很快跟着宋家老少三个一起乘东海公司的专车赶赴上海过年。早先宋运辉问女儿,春节哪儿过,妈妈家,还是与爷爷奶奶爸爸一起去上海,宋引毫不犹豫选择妈妈家。但是没一天宋引就反悔了,她虽然想妈妈,却不敢放弃爸爸。小朋友都跟她说,她现在有弟弟了,爸爸就不会对她最好了。她真担心,她下意识地担心爸爸与梁阿姨和小弟弟在一起的时候,忘了还有她。

因此她最终还是跟着爷爷奶奶去了上海。宋运辉到年底忙得很,没留意到女儿的小痛苦,他见女儿答应去上海,就据此要求父母也一起去上海。宋季山夫妇想来想去,好像古老相传没有去女方家过年的规矩,再说实在是怕梁家的一个美国回来的财富外公和两个高官亲家。可是他们又太想看看孙子,梁思申刚刚生完小孩,总不能让人家抱着孩子走那么远路来东海跟他们过年。好在宋运辉答应不住一起,住到梁思申以前的别墅,不用天天与高官亲家相对,他们才忐忑地乘上东海公司的轿车去了上海。

司机早已熟门熟路,漫天雪花的夜晚,宋季山夫妇只见车子停在地处大上海的深宅大院前,那高墙那铜门,只有解放前见过的县里最富贵的人家才有那派头。等叫开门,他们见到梁思申自己跑出来开门欢迎,在一院子华彩灯光和满地白雪下,看到熟人终于安心不少。这个院子早听宋运辉甚至宋引跟他们描述过,但百闻不如一见,见了才知还有富贵至此,这一院子的精致清雅,再下两场雪都盖不住。

梁思申关上门回来张罗着介绍两家人认识,看到外公没有出言不逊,才放心去厨房看到底带来什么东西。

却是见到一箱各种各样的高档海鲜,一箱已经处理了一下的各种肉类,还有一箱稀罕的热带水果。看着这些,想着这几天陆续有宋运辉的关系户送来的各色年货,想到今年不费一分一厘已经塞满的双门冰箱,以及冰箱塞不下,挂满院子等着风干的鸡鸭鱼类,她不禁摇头再摇头,可想而知,宋家在东海的年货只有更多,地下这三大箱不过是择其要送来。

梁母将可可交给爷爷奶奶后,看着奶奶是个细心的,就放心交付,跟着进去厨房。走到里面看打开的箱子装满山珍海味,知道女儿弄不好心里正盘旋他们老外如果收取超过多少钱的礼物就算行贿的说法。她推着女儿出去招呼刚来的亲家，还是自己着手与小王一起清理三大箱子。没办法，其中还有小王没见过的稀罕物。

她到外面对着公婆，又不好说什么，也不能表露什么意思，只开始劝说公婆住这边房子，方便食宿。宋季山夫妇还是想清静，一直说不能麻烦不能麻烦，梁思申无法，只能与他们一起挽起行李去别墅。宋季山夫妇还以为只是跟他们家一样的别墅，但是走进里面一看，都是国外进口的家具，别说进门的电灯开关空调开关不知道怎么弄，走进最事关生计的厨房一看他们就晕了，除了一把刀，没一件是他们会使的。如此复杂，他们估计梁思申现教他们都学不会，更怕弄得不好，损坏器物。那么，接下来几天该怎么吃饭，喝西北风？无奈，三口子只好选择又跟着梁思申回大宅。

梁思申其实有些故意夸大家中器物的难处，让公婆知难而退与他们住一起，别发配似的住远远的，她总觉得那么做对公婆，尤其是对宋运辉的女儿宋引不公平，这是春节，她料定宋运辉一定是待在她身边的时间更多，既然特意请宋家三个人来上海，不能太厚此薄彼。载着公婆宋引回去大宅的路上，她想到一句古话，"如此甚好"。她不由得微笑，确实甚好。她会照顾两个老实的公婆，不会让他们拘束。也会关照强势的父母，让着软弱的公婆。

但是别人送来的辽参、干贝、鹿筋、干鲍、洋酒等贵重食品一直困扰着梁思申，她知道若就纸箱问题问宋运辉，宋运辉一定又是等他来上海再说。她只有闷在心里，非常不快地继续等明天还不知道有没有东西送来。她已经算是能拒绝的，可还是没法拒绝得彻底，有些人看她不接就说原物拿回去会如何如何，请她体谅办事人员难处，或者干脆放下东西就走，她都没办法。想到爸爸那儿也是一样，估计只有更多，她心里非常厌恶。

人家为什么要送礼？那一来一回又将如何定性？梁思申心里清楚得很。去年宋运辉没把锦云里公开，还没那么触目惊心，今年真让她受不了。

宋运辉不知就里，他也是推而又推，送到公司的东西他都让搬去招待所，可到手的还是有那么多。而这么多年下来，他也几乎习惯成自然，想到一家人都去上海过年，当然是收拾三大箱子送去上海。等他作为主要领导站好年内的最后一班岗，上飞机飞去上海时候，已经是傍晚。到上海机场，他又得等待片刻，等岳父下飞机一起走。

他几乎没行李，见到岳父也是随身带来一大箱子年货，不由得与岳父会心一笑，两人自己到门口打车回家。梁父还戏称，家学渊源，都是疼太太的好丈夫。

宋运辉到锦云里，见到父亲与外公戴着老花镜严肃地对弈，都没空来理他们。母亲则是坐一边给可可打毛衣。宋引热火朝天地在电脑上面打游戏。见大家都有事做，他才放心。他也看得出梁思申一直约束着岳父岳母比较高的姿态，连他都有些替岳父岳母委屈，只好背后向他们赔礼道歉。一顿子见面寒暄下来，大家终于坐一起吃年夜饭。宋运辉和梁思申都感觉很好，终于春节可以都与父母在一起过。

但是，吃完饭后，宋引就一直黏着爸爸，爸爸走哪儿她跟哪儿。大家伙儿一起去院子里偷偷放小焰火的时候，宋引虽然喜欢，却悄悄拉爸爸到一边，问爸爸有了小弟弟还爱不爱她。宋运辉心疼，连忙将女儿抱起来一起放焰火。梁父不知就里，还戏言，女儿小的时候不趁机抱，大了就不让抱了。

一直等安顿下大家睡觉，小夫妻俩才呼出一口气，回自己房间。竟是比平日里在公司三头六臂还累。宋运辉抱着妻子，两人一起席地坐在儿子小床前看了会儿，终于得享两人时光。梁思申跳起身，去化妆柜拉开抽屉取出一张纸，回来将纸递给宋运辉："你看看，这些都是你不在的时候人们送来礼品的记录。"

宋运辉粗粗看了一眼，就将单子放床头柜上，笑道："我们今天哪有时间谈这些，回头我跟你说说都是些谁。"

"不是，我问你，你有没有回礼？"

宋运辉意识到有问题，谨慎地道："不大清楚，我明天再看看，今天很累，可可还会被我洗澡声音吵醒吗？"

"可可好像慢慢在度过不适应期，你关上门吧。嗯，用公款回礼？"

"这都是套路，你爸爸和我都是一样在做，相信你爸爸也是跟我一样已经尽量拒绝了。你喜欢我穿哪套睡衣？"

"你放在浴室的。"梁思申不再提起，她看得出宋运辉不想提。是，那是套路，她亲身经历了拒绝的艰难，能要宋运辉怎么办，可是她不喜欢。爸爸如此，她也不喜欢。可她了解爸爸和丈夫都是好人，都是她爱的人，因此才更无力。她现在工作也不得不面对请客送礼，对此现象很是深恶痛绝，每次送礼出去的时候，总是心里把对方腹诽一番，尤其是她的国外同事，都对此多有议论。可是，现在是她的爸爸和丈夫在收礼，不知道送礼的人怎么想他们俩，她不喜欢。

宋运辉躲在水龙头下想辙。起初他没在意，待到听出不对，已经看到梁思申眼睛里"我真厌恶"这四个字。他自然是避而不谈，免得言语冲突。洗澡到一半的时候忽然想到，别是梁思申引经据典告诉他的产后忧郁症吧，据说得专门找丈夫的茬。当时梁思申捧着一本书告诉他，产妇因为内分泌极大变动，性格怎么匪夷所思都是正常的，这个时候正是需要丈夫发扬大无畏爱心的时候。梁思申还告诉过他，怀孕期间她太过正常而放弃对他的修炼，肯定需要产后找补。当时宋运辉只当笑话听，这会儿有些哭笑不得地想，别真事前正常事后补吧。

宋运辉宁愿相信是这样，洗完澡出来就若无其事地吻了太太一下，抱她去浴室，把她关进里面。他自己看了会儿才刚从红皮老鼠状态进化过来的儿子，也亲了一下，躺回床上等儿子哭，知道小家伙几乎两小时一哭，比闹钟还守信，再过几分钟就该是哭的时间。果然，等梁思申出来，儿子在小床上开闹。两人好一顿安抚，才让儿子回头再睡。

梁思申面无表情地看丈夫替她把因喂奶而敞开的衣服拉好，疲倦地道："我一辈子都没想过，我能那么邋遢。"

"没睡好比什么都摧残人。这几天趁我休息，你睡觉，我管着可可。"

"奶牛能睡吗？你带护照没，护照能去香港吗？这几天我想去香港买尿不湿和奶粉，需要挑夫一名，国内的进口货都不新鲜。"

"可以的，明天我查一下航班，找个当天去当天回的。"

"你看，你也监管着奶牛的自由行动吧。还有，我肥了，郁闷死了，衣服都穿不下，我要买衣服。嗯，睡觉，争取可可下一次闹的时候睡足力气。唉，我当初勇往直前地怀孕，肯定是对困难预估不足，年轻无知啊，上某人的当。"

宋运辉哭笑不得地看梁思申跌进被子里，闭目就睡，心想可别真的累出产后抑郁来，怎么没一句话是积极的。他跟着上床，将妻子搂进怀里，轻柔地道："我说你听，睡着也行。你一直说你已经适应国内生活，我看你还没，你所受西方教育让你与国情格格不入。但如果你正经是外国人，你不会有那么多的心理冲击，反而可以冷眼旁观，将此当作一个经历，你却又是个爱国者……"

"算你对，每次看他们挑着眉毛议论，我心里光火。"

"这就是了，你一边为同胞辩论，一边就更生气同胞不争气，你却不想想里面的文化差异。换个角度说你十年前跟你外公打官司，这如果放到国内，够套上'悍然'这个词。你外公在国外多年，算是司空见惯，因此现在可以跟你和睦相处。你说如果换作你爷爷，他还会不会接纳你？两国文化不同，观念有差异，你必须正视。再说礼物，初二我们得参加一个婚礼，你说婚礼上一下收进那么多红包，每个红包成百上千，这是不是集体行贿？可这是国情，睡着了？"

"没睡，郁闷得昏迷。"

宋运辉忍不住笑，又道："既然都这样，你说我春节送礼还礼无数，你就是把我卖了都不够本，我还怎么做人？"

"我又没针对你，我烦这种情况——国情。"梁思申说到这儿，困意消退，"就算是国人可以为朋友两肋插刀，说什么当裤子都要帮朋友，可不能用公款啊。现在明明是公私不分，打着友情的幌子拉交情。可是你说得对，你作为当事者，那么劳苦功高才拿那么点工资，难道要你倾家荡产干革命？也不行。唔，死结。"

"你以前不是说要看到进步，变化要一步一步来？你好像最近情绪波动得厉害。要不我们去香港散散心，或者在香港住一晚。你才出月子，不能太动。"

"没法扔下一屋子老小啊。"

"呵呵，你闭上眼睛，我替你按摩。"

"你又不会。"

"试试嘛，总得让我有练手的地方。"

"不对，你哪儿学来的？"

"还不是你教的？闭上眼睛，乖。你不是说了吗，我这张扑克脸人见人愁，鬼见鬼愁，谁敢惹我。"

"对，大灰狼，你关灯，我现在很肥，你不许看。"

"别那么不自信，你很好，比以前每天饿饭时候更好。"

梁思申却不置信地又问："以后有可可了，你会不会爱我少一点了？你以后进门会先要求看到我还是先看可可？"

"我比你更担心这问题。"

梁思申叽一声笑出来，这才乖乖闭上眼睛。宋运辉心说，果然是情绪变化很大，他还算是过来人，可他以前都没理会还有这么一茬。梁思申果然是雷东宝嘴里的妖精，专门克他的。从今天进门见梁思申贤良淑德，到关上卧室门她又慷慨激昂，让他都以为失宠，至现在才算是恢复过来一点感觉。他爱这个小妖精，他知道他的一缕魂魄牵在梁思申手心里，他早在某一天起，早已身不由己。

　　同是太太刚生育的难兄难弟，雷东宝的日子就惬意得多，但是遇到一年唯一的大年夜，他分身乏术。韦春红一早跟他讲明，年夜她一准去小雷家陪着雷母过，跟往常一样。雷母也一口咬死要韦春红来过春节，她好歹跟韦春红一起渡过雷东宝坐牢时期的那段难关，而今苟富贵，不相忘。雷东宝知道这事不妥，可又不能勉强老娘，只得让韦春红去，自己只有留在冯欣欣那儿过了个年夜。

　　冯欣欣转弯抹角得知原因，得意得不得了，虽然孩子初生，累得不行，可她有精力十足的母亲相帮，她自己也年轻精力足，大年夜雷东宝终于不用出去应酬喝酒，脑袋清清爽爽地跟她在一起，她就一直黏在雷东宝身边，逗得雷东宝心猿意马。雷东宝也好奇了，这人跟他的时候明明还是处女，现在哪儿来那么多花招，可他喜欢。毫无疑问的，年轻女子，即便是口气都是香的。

　　电视里热热闹闹演春晚，雷东宝认认真真看着热闹，时不时偷偷捏捏小妻子产后明显缩下去的腰。一会儿，冯欣欣附耳轻轻道："明后天人家来你堂堂雷总裁家拜年，我们的客厅哪儿坐得下人。"

　　雷东宝笑道："进不来的让门口排队。"

　　"我们换个房子吧，这儿太小，宝宝稍微长大点都没法动弹。"

　　"行。"

　　冯欣欣没想到雷东宝答应得爽快，小心地道："那……山河路那边正造电梯高楼，我们买那儿的好不好？那边以后肯定住的都是有档次的，我们宝宝跟他们在一起落不下。这边出来的都是些野孩子，前天403那家小孩跟别幢楼小孩吵架，耳朵拉出血来。我们的宝宝啊，一定不能输给宋总的，呀，那边的房子好像是属于机关幼儿园的片区。"

　　"对，上最好的幼儿园，上最好的小学，以后出国留学，我儿子……什么都要最好的。"对，他是老大，老大当然得要最好的。

　　"那种房子总得好几十万吧。"

　　"唔，钱我想办法。你也少买几件衣服存装修钱。一年买下来，一年四季的也够穿了，给你老娘买几身。"

　　冯欣欣没答应，但不顾父母在旁，抱住雷东宝的胖肚皮亲亲热热地贴着耳朵道："老公，我好爱你，以后我们的宝宝肯定像你……"

　　"像我不好，我儿子得读书，读到没法读为止，一肚皮学问气死小辉和他那小妖精去。我儿子……买下新房子我就买钢琴，要买比小辉家好的，我儿子得学钢琴。你好好养，过半年我们抱去上海比，看谁家儿子壮。我们一天里生的，欣欣，你要给我争这口气。"雷东宝越是感觉宋运辉不拿他当回事，他越要跟宋运辉比个高下，绝不吃亏。

"那肯定的，我就是早产几天生出来的都比他们的重呢。而且医生说我奶水好，看看我们宝宝，多胖，手臂都跟藕节一样。可我们不能光比体重啊，我们宝宝得比他们早识字，对，还得早说话。"

宋运辉说什么都没想到雷东宝在遥远的地方，即使大年三十都念念不忘与他比儿子。他还满不在乎地与梁思申商量，可可智商一定高，一定要让幼儿园玩痛快了才接受教育折磨。

年初二的时候，宋运辉带着宋引去参加一位朋友的婚礼，梁父与梁母把女儿叫到书房，关上门讨论家庭问题。宋季山夫妇看到都没吱声，反而外公想了想，却扶着楼梯跟了上去，拿拐杖敲开门就道："商量什么，我也不能听？"

梁母笑道："爹爹既然来了就给我们做个参谋，我们这不是怕爹爹操心吗？"

"你们说，我听着，我爱怎么想怎么想。"

梁父一笑，道："爸爸，这么回事，我也很快退休了。多年前囡囡出钱买了一单原始股，高位抛出个挺好的价钱，又让我操作几次，增值不菲。囡囡的意思是这笔钱给我们用。我们想囡囡不是坚持要让可可去美国受教育吗，我们既然退休正好帮囡囡带着可可在美国受教育。我们今天就是准备商量这个问题，难得春节时候大家都在。"

梁思申没想到爸爸妈妈扯她密谈，说的是这个问题，惊讶良久，才道："我在大学城的房子还在，那儿环境特别好，爸妈的钱拿去做生活费吧，不够有我。"

外公立刻道："那里冷，退休养老去佛罗里达，听我的，你们要是去我也跟去，生活费算我，房子思申买。要是决定下来，我立刻打电话给我律师，要他帮你们办手续，很简单。有我在，你们两个大陆出去的土包子不会吃亏。"

梁母道："爹爹，我们不请你来，就是怕你提出你出钱。我们股票上赚的钱听说够生活，以后爹爹喜欢就跟我们一起住，房子有囡囡呢。"

"她哪来那么多钱，她还要倒贴老公。"外公神采奕奕地与梁思申互白一眼，"有钱，什么都不是大事，还啰里啰唆商量什么。出境、入籍也不是问题，我担保，思申出面没我牢靠，我只有一个要求，可可一定要跟去啦。"

梁家三个面面相觑，一时都没反应过来，退休后移民到美国，这可是大事，怎么被外公一说就轻描淡写了呢？还是梁思申过了会儿道："我支持外公的说法。房子稍微买好点，我把大学城的卖了就行。外公就算答应出生活费也没几年可出，还是算了，我来。"

梁母一听就踢了女儿一脚。反而外公并不在意，道："你爱出钱我还有什么话说，可可呢？"

"可可当然受美国教育。就这么定？如果决定，外公，请律师找房子时候有要求，一要离超市近，二要学区好。"

梁父与梁母交换一个眼色，老夫老妻，一个眼色几乎说明所有问题。梁父代表说话："没想到这么容易就决定。囡囡开始跟着外公动作吧，移民的事现在也可以着手办起来，我们都有护照，估计到时候正好送可可读幼儿园。"

梁思申奇道："怎么忽然想起这个？我本来还想请你们移民呢，我觉得国内生活环境不好，都奇怪外公为什么赖在上海不走。"

外公愤怒地道："你当心我买房子做手脚。我叶落归根不行？我归几年不想归了不行？我一到冬天想念迈阿密的阳光，不行？"

梁母只笑道："爹爹，你肯跟我一起去，我们求之不得，我们多需要你的经验，也正好让我们尽尽孝心。囡囡啊，我们也是想着国内的教育，跟你一个年龄的人与你对比太大了，我们可可……"

"妈妈，谢谢你们。"梁思申拥抱身边的妈妈，感动于爸爸妈妈准备为她的孩子做出牺牲，退休后离乡背井，"可能我会让宋引一起去，行吗？"

"可以，多一个不多，小姑娘挺懂事。"梁父一口答应。

问题解决，梁母先扑去找可可，梁思申也跟去做奶牛。两人又就赴美养老问题讨论细节。

梁母忍不住问女儿："外公为什么要紧紧跟着我们？"

梁思申笑："他恨舅舅们总念叨着他快死，他早死舅舅早分财产。他也手段毒辣，硬是不肯提前瓜分财产，只建立一个基金定时定量给舅舅们一些远远不如我收入的钱。可是又烦一家老小总伸手问他要零用，他索性躲到大陆，对舅舅们宣称大陆无法无天，舅舅们敢来，爸爸对他们不客气，递解出境。我原先不知道外公打的这个主意，还是有次接到舅舅电话吵了一顿才知道被外公利用了。其实外公还是更喜欢美国，美国毕竟物质丰富，生活方便。"

梁母哭笑不得。

梁思申晚上就把这事告诉了宋运辉,宋运辉一听就觉得这是好事。但宋运辉毕竟多了一个心眼,回头等梁思申睡着,他把刚听说时的疑问倒出来好好细想了一番,可又一时不好定性。他看着倦极熟睡的梁思申思来想去,不知道该不该跟她明说他的猜疑。考虑到上回与梁思申提出他爸想与他合作时候,梁思申单纯的回应,他决定不说明。毕竟他的猜疑有小人之心,而且还是捕风捉影,而他自己则是提前一步做出决定,从此与岳父的事业保持一定距离。

06

杨巡春节将工资奖金发放,又拖拖拉拉地发了分期付款的买断工龄费,还剩一些钱。过年的时候,即使商场账面上也会有一些钱得躺在银行过年。他没想到任遐迩会跟他建议,干脆把钱存通知存款,利率比普通活期利率高不少。杨巡没想到天下还有比他锱铢必较的,他当然不怕任遐迩麻烦,当即对这主意说好。他真是想不到,看似臃肿迟钝的面包能有这般精明的脑袋。

但面包也有不尽如人意处,面包老家不在市区,为赶在大年初一前到家,必须年三十中午就请假离开。但是杨巡心说别人都能走,一个财务经理没把最后一天的账关上,怎么能走?他不批,让杨速去说,晚上由杨速开车送面包回去。可是杨速不答应,晚上他得上毛毛家做毛脚女婿去。杨巡无奈,只好对任遐迩拍胸脯,保证送她到家门口,决不让她耽误年夜饭。任遐迩见此也只能答应,毕竟拿着人家的经理级别工资。杨巡却很不单纯地想到,他这么个日子送任遐迩回家,够任家上下猜疑上一个春节,因此他决定拖上刚从上海回家的杨逦。

任遐迩看着全体财务人员做完最后一笔账,将今年最后收齐的款子用信封装上,同时拿一本收款凭证,背起包就冲去停车场。打开车门,却见前面已经坐了一个女孩,那女孩衣着光鲜,脸面收拾得精致,不过说不上漂亮。任遐迩以为是老板的女朋友,但没等她坐下,杨巡就介绍道:"小任,这是我妹妹,今年刚交大毕业,在上海工作。"

任遐迩心说难怪,她冲杨逦打个招呼,把信封交给杨巡:"杨总,点点是不是这个数,然后在收款凭证上签个名。"

杨巡二话没说,从信封里倒出钱来数。杨逦不由得看看任遐迩,见的是一张年轻但没有修饰的脸，额头还缺油少水地脱皮，心说大哥干吗这么看重这女孩。任遐迩见杨巡看她，就笑笑，没说话。但等杨巡核对完数字，签好字，她才道："杨总，请先到我家转一下，我还有行李要带走。就在后面芝麻街。"

杨巡开车转过去，杨逦就翻拣磁带。等任遐迩出去，杨逦就道："大哥，你这儿怎么都是些没性格的歌曲啊。"

杨巡道："不是挺好听的？听会了到卡拉OK什么歌都能唱。"

杨逦撇嘴："我下回给你带好点的。"

"不要你的英语磁带，专门出剩货给我……"杨巡见任遐迩端一只大纸箱下来，累得面红气喘的。他出去主动接手，帮放到后备箱，不由得往里看看，见是农村少见的色拉油、真空包装盐水鸡鸭、鱼干、糖果饼干等年货。他放下箱子，不由得道："我家的年货都还没处理。"

"等等，我还有一只旅行袋。"

"重不重？"

"旅行袋不重。"

杨巡就没跟去，又回到车上。果然，过会儿任遐迩拎行李下来，并不见气喘吁吁。杨巡有意当着任遐迩的面对杨逦道："你看，任经理也是重点大学毕业，人家多能干，好几件年货都是自己做的吧。"

任遐迩笑道："我哪里能干，商场发的这些鱼，我问了老阿姨才会处理，可我明明刀子磨得挺快，硬是剖得深深浅浅，要不是顶楼北阳台风大，肯定晒不干。"

"你不会洗干净放冰箱里，才几条鱼。"

"我没冰箱。"

杨巡刚想说没冰箱比较麻烦，再一想就明白人家把钱都买了房子。杨逦却道："冬天的时候洗干净吊在阳台上也坏不了，不用冰箱也没关系。"

任遐迩心说即使顶楼的北阳台吊着风干，那也得看老天爷脸色，不分青红皂白吊出去，不出三天全进垃圾桶。但老板妹妹何不食肉糜，她可不反驳，那是人家的好命。杨巡却道："以前在东北还真放外面，比冰箱还管用。东北农村的门口堆一雪堆，鸡鸭鱼肉都塞雪堆里，想吃了扒出来就是。"

杨逦抢白："现在路上明抢的都有，鸡鸭鱼肉放院子里还不给人一夜偷光了，又不是路不拾遗、夜不闭户的年代。"

杨巡拿眼睛斜睨了一眼妹妹，无语。任遐迩看着前面两兄妹，也是无语，她是不便参与。但杨巡到底是不肯在部下面前失了面子，顿了会儿，还是道："老四你没去过东北，东北一到冬天，气温只有零下二三十摄氏度，有些农村让大雪一封就与世隔绝了，没什么公交车，想出来除非是当地人帮忙，东北地方又大，分起地来一户有两百亩五百亩的，这在我们南边是想都想不到的。你想靠两只脚进去出来，要么迷路要么冻死。一到冬天，你想让哪个人暂时消失，很简单，往最犄角旮旯的村里一扔，放点钱让人看着，完事。等开春出来，报案都没人理，一冬下来养得白白胖胖没见掉根毫毛，谁管你闲事。所以你说那种地方人家院子里堆再多东西，本村人抬头不见低头见的不会偷，外面人哪个会兴师动众不要命去偷点鸡鸭鱼肉？"

两个女孩听了都觉非常新奇，不免好奇地议论上了。杨巡却是想到他过去受老王连累跌倒后，为了彻底翻身做过的那件"好事"。这事，他不会与妈妈说，当然更不会与弟妹们说。自打受宋运辉之邀离开东北来沿海创业，那些过往都成历史，现在说起来就跟说别人传奇似的，遥远得似乎不是真的。杨巡说的时候心想，小妹要是又驳斥他的荒谬，他就不解释了，好汉不提当年勇。却没想到两个大学生这回都信了，两人还议论如今有手机了可能隔离一个人就没那么方便了。

两个女孩议论上的时候，杨巡就不插嘴了，他还没无聊到勇做孔雀男。他听了会儿，基本可以得出结论，两个女孩都见多识广，不过都是二手资料。对于是非的判断，她们用的都是自己掌握的知识和有限的经验，相对而言，杨逦更武断一些，话更多一些，任遐迩则狡猾许多。

等两个女孩的讨论告一段落，杨巡才道："小任，年后的工作，我先跟你透个底，你这几天休息时候考虑一下。年前把库存清空一大半，年后我打算把四楼的超市撤了，四层商场重新布局，全部改成出租柜台。为了统一经营格局，我肯定会在租赁合同中添加不少限制性条款，估计有些老租户不能接受，年后新签租赁合同时会有一些租户退出。最差的情况是一半铺面没填满，商场铺面出租收入减少，人气不好，顾客跑光，我的转型计划失败。因此我准备年后让杨速蹲大本营跟客户签约，我自己跑出去拉客户入驻，争取拉特色客户入驻让转型成功。但就算最后成功，当中肯定有段过渡期，日子不会好过，你得有思想准备。"

任遐迩当即想到她那负担沉重的三年期房屋贷款，那需要她每月完成吃喝等基本生活支出之后剩余两千块才能完成任务。而她现在升任经理之后，正在庆幸工资加奖金可以完成每月两千的积累之后还可以让她稍微吃好用好，而不需要再疯狂老鼠一般地接兼职侵吞睡眠时间，没想到才高兴了一个月，杨总就要她有思想准备。准备什么？还不是准备收入减少。那怎么行，她头顶有两千的硬指标在，无论如何准备都没办法对付。她愣了好一会儿，才想到还得向老板回话，她只得往工作上想了一下，才道："春节后上班就得做报表，这个月有些利润，我设法延到下个月去。"

杨巡道："对，估计今年上半年都不会有利润，这个月利润不能缴税去。小任，问个私人问题，你要不方便就别回答。你得保证每月收入多少才能按期还房贷？"

任遇迩再愣："不吃不喝，起码两千。"

"好，我保证你两千五百块一个月的收入，工资单不足部分，我私人掏腰包。你向我保证心思全放在商场财务部，给我把好这个最要紧的口子。"

"期限呢？"

"没有期限。你做得好，彼此都满意的话，即使最坏情况是商场经营不下去，我还有其他三个不错的产业。只要你在职，我保证你基数两千五一个月。"

任遇迩郁闷地应了一声"好"，就没话了。她心里清楚得很，这往后她如果做得不过不失，老板当即会说一声"彼此不满意"让她卷铺盖走人，不付那两千五大洋，老板太狡猾了。她只有想方设法出尽百宝让自己无可替代才行。未来的日子，可就充满可怕的挑战了。

等送任遇迩到家，远近的天空早已都是早早吃完饭的人放出来的焰火。兄妹两个往家赶，杨逦刚才听了一路，硬是憋着没说话，此时才道："才两千五？才两千五就想让人替你卖命？"

"你没见她答应了吗？"

"两千五能做什么啊，去掉两千，才五百，够吃还是够喝？"

"先不说她说的两千是不是个真实数字，就算她说的是实话，这边不比你们上海，这边五百块够过日子。"

"可她是你财务部经理啊，现在跳槽容易得很。"

"你放心，她有一个月两千背着，不敢轻易跳槽。而且她年轻，又是女孩子，没资历，充其量只在我手下当了一个月财务经理，她只有在我这儿才有人认她是经理，走出去不会有人认她，起码半年内没人会用财务经理级别的工资拉她跳槽。等半年后我的商场也能看出好坏了，再说吧。小任自己心里也清楚得很，她是个明白人。"

"哎哟，那你就可劲地欺负她吧，看她哪天翅膀硬了不飞了你。"

"呵呵，等她翅膀硬了，我给她的工资也会水涨船高，她走不了。开公司嘛，又不是开慈善机构，有买有卖，双方认可就行，你以为谁都像你一样有后盾？你没一点积累，一上来就想拿高工资，做管理工作，冤大头才聘你。今天看见了吧，你也早点拎拎清楚。小任跟你一样也是重点大学毕业，专业以外还精通财务，比你强多了，她也就那个价，现在我们用人看文凭，更看资历。"

杨逦听了好久无语，半晌才道："太欺负人了。"

"没欺负人，换你进商场，人家明明普遍值五块钱的货，如果标价十元，你肯买不？"

杨逦无言以对。

杨巡趁热打铁："我知道，上个月本来给宋总儿子送去的金锁肯定被你卖了换钱用。老四，你这半年多混下来，该想明白了。"

杨逦还是没答话，一路沉默，还伸手把录音机给关了。杨巡没再教训杨逦，估计再说杨逦又得奋起顶嘴。要是在公司谁那么拎不清，早被他开除。对自家小妹，他只有恨铁不成钢。

可他最头痛的还是商场这个自己讨来的热煎堆。春节后他准备大动作，他想好了，最多是转型不成功，商场人气骤降，最后关门歇业。到那地步，上海方面应该就不会再阻止他将商场转包给别家公司经营。而且他即使有损失，也因为以后基本是无库存经营，而不会损失太多，最多是损失些运营费用，那损失他负担得起。因此，他可以孤注一掷，做最彻底的转型。他想，他这算是混出来了，他现在有资本可以稍微地进退自如，可以稍微地任性。

当然，损失虽然承担得起，但认识损失只是他转型计划的基础，他是在确认转型的最坏结果他能承受得起的基础上才决定转型。他现在家大业大，开始选择稳健的工作思路。他这时彻底认识到以前梁思申让他做的可行性计划的好处，事先把方方面面的关系想清楚，可以避免事后措手不及。他现在做事虽然没给出正式的可行性计划，可是思路却是照着那个方向运作。可见，国外老牌资本主义国家成熟的那一套，都是有其深刻道理在里面的。

　　杨巡已经想好，春节休息两天，初三直奔上海，去上海的商场摘抄品牌，顺藤摸瓜找去厂家或者经销商，直接从上海那边拉适合的品牌过来他的商场经营。这边市里的他基本已经清楚，光靠这边市里的已有品牌经销商，他的商场只够填满一半。他须眼睛向外。

　　回到家里，兄妹俩一起吃顿简单的年夜饭。杨巡想去商场慰问一下看门的几个年长老乡，问杨逦去不去，杨逦不去，杨巡就自个儿去了。见到门卫们，他大方地摸出钱包，一人给一张蓝精灵。没想到过会儿杨速吃完饭也过来慰问，杨巡挺欣慰。两兄弟索性会合了现场办公，从一楼开始讨论商场转型后的重新布局。

　　讨论到挺晚，两人都想起家里还有个小妹在，好在电话过去，杨逦说在上海一个人怎么过这边也一样，没什么大不了。杨速就没回去，两兄弟继续讨论。零点，杨连一个电话从美国打来，杨巡差点要说"来得好，哪儿走"，抓住杨连狂问美国那些百货商场的布局。可怜杨连又不是跟梁思申一样爱购物的，若是问他超市，他闭着眼睛都能描画出来，可是商场，他只有答应这几天就大哥说的要点好好看看，回头赶紧写份报告传真回家。

　　初一，杨逦终于加入进来，跟着两个哥哥一起决策。她在上海逛店多，上海现在又有了第一八百伴等外资店，她的建议自然比走马观花的杨巡更能反映消费者的视角。杨巡对杨逦的主意有些溺爱地从善如流，因此鼓励杨逦试着站到商场经营者的角度来看问题。这一下，杨逦感觉，她似乎也能高来高去了。初三大早，杨巡便带上杨逦一起回上海，目标只有一个：逛店。

　　逛店时，只要看到档次适合的品牌，女装由杨逦进去试衣间抄下厂名电话，男装由杨巡进去试衣间依法施为，不设试衣间的商品吊牌，则考验兄妹俩的记忆力。而在品牌的选取上，杨逦成为最好的指导者，这让最近因为工作无着信心丧失的杨逦重拾山河。

　　一直逛到初十，杨巡基本掌握潮流动态，辞别杨逦，自己驾车在长三角一带逐个厂家地上门拜访。

　　任遐还虽然没杀奔商场，一颗心却是记挂着杨巡对她先行透露的变革计划。她只知道杨巡的计划大胆到本市前无古人，但不知上海或者珠三角地区有没有类似变革。她佩服杨巡的勇气，可也为杨巡的未来揣一把冷汗。当然她最多考虑的是她自己。她需要稳定的收入来支付房屋三年分期付款，而商场的收入是她目前能拿到的最好的，她当然一心一意希望杨巡变革成功，商场客如云来，她个人大发利市。可她也想明白，看起来得一颗红心两种准备，万一变革失败呢？本想过个好年的，结果心事比平时还多。她不得不趁闲暇思考起来，希望能帮老板变革成功，她省得得另谋出路。

作为一个从工科专业转行财会、双重叠加的追根究底专业品性的人，任遐迩做起工作来变本加厉地严谨。她担忧着饭碗，没法在家安生待到初五上班，早在初四就从家里乘班车返回冷冷清清的小窝。揭开冷锅冷灶，切一块酱肉吃顿简单中饭，她就来到商场财务部查阅资料。

杨速也一直呆在商场，着手与几个工程部的人员一起清空四楼场地。还是保安上来说任遐迩想进办公区，希望小老板批准。得知任遐迩的来意，杨速颇为意外，不过一再叮嘱暂时别泄露改型计划，就让保安开门放行。

杨速忙完搬迁，已是暮色四合，看时间是傍晚近六点。他回办公室拿衣服准备回家去，不料看到任遐迩还在，整个人蜷缩在面包似的长棉楼里，一手圆珠笔，一手计算器，皱着眉头还在干活。杨速敲门进去，问道："还不走？"

任遐迩将一包饼干拿出来示众："算完了再走。明天早上我想跟杨总说说我的想法，希望时间越早越好。"

杨速奇道："什么事这么要紧？我干脆不走，等你算完。明天是节后第一天，我都有安排了。"

"也是，那麻烦杨总吃完晚饭过来。我根据去年的营业状况计算一下，按照目前的专柜出租价，每平方按去年的租金，租出去多少面积可以保本；然后如果一月结账一次或者俩月结账一次，所得利息可以实现多少税前利润，或者可以成为第二种租金支付方案，前期租金少交，账期拉长；再算我们应该设立多高的底线，如果哪家平均每月营收低于这个底线，出局，不能让占着地方不给我们生利涨人气，这样也可以杜绝一部分人不通过收银台交易；再有……"

杨速听得眼睛发亮："你今天算完，为明天起我们新签出租柜台提供充足依据？"

"是啊，自己心里有底，也可以提出多种租赁结算方案以供选择。"

杨速激动，心想大学毕业的做事到底不一样，如此有根有据。他很想在一边帮忙提供意见，但是又怕吵到任遐迩，犹豫之下又问了几个问题后引退，不过让任遐迩别吃饼干充饥，他会带饭菜来。任遐迩没想到这个小老板如此厚道，不由得想到大老板杨巡的精明，心说这对兄弟非常互补。

杨速并没有回家，而是去旁边一家肯德基买来套餐，一份给了任遐迩，一份他自己拿去办公室吃。杨速赶紧拨电话给大哥，告知任遐迩的打算。杨巡心中其实也揣着底线的，他早就想好租金多少，可是被杨速一说，立刻意识到自己预定的底线乃是土法上马。确实，他根本没有明确他的止损点是在哪儿，他怎么做才可以盈利，他跟人谈判可以收缩到哪一根线，他可以抛出多少乱花样来迷惑人上钩而自己没损失，他都没确切数据，都是凭感觉拍脑袋。现在好，他出门跟唐僧一样取经去，家里有个任遐迩给他送上一对非常实用的翅膀。他让杨速即使再晚，也务必等到任遐迩算出确切数据，他还提出几个租赁变通方式让杨速立刻捎给任遐迩，让任遐迩也赶紧测算出来。

任遐迩没想到又来一堆活儿，不由自主横眉竖目对着杨速三分钟，才又灰溜溜继续做事。

终于半夜交出活计，杨巡在上海也是等到半夜。拿到杨速传达过来的数据，杨巡满心喜欢，终于心里有底了。他心想，面包，还真看不出是个脑筋那么管用的。他从东北做电器市场起，已经累计用了无数个会计，任遐迩是唯一不需要他提醒，自己动脑筋给他经营上有助益的。而且根据杨速的陈述，他感觉任遐迩的数据得来非常科学，很有根据，几乎无懈可击。这让杨巡非常佩服，他怎么就想不到这么做呢，不，他即使想到，也做不到，他相信，那么做需要有高度的知识水平来支撑，几乎是瞬间地，杨巡对任遐迩的认识出现拐点。

但杨巡不会忽略杨速告诉他的一个小小细节，就是任遐迩收到他新指令时候的横眉竖目，这说明任遐迩做这些测算之类的工作根本不是心甘情愿地打算与他这个老板同甘共苦，而是出于自身经济稳定的需要，才会矛盾地一边自愿加班，一边却反感加压。正是因为还未大奸大恶而让脸色泄露端倪，可见任遐迩的本质还是清高的，越是有拿得出手本事的人，心里越是清高。清高的人就像梁思申一样，遇到心里不痛快，宁可吞下损失，也立刻抽身离去，绝不同流合污。任遐迩现在还因为房子的三年分期付款而受制于他，但等半年后在业内做出名气——杨巡清楚，聪明人崭露头角的速度相当快——届时，即使其他企业提供的工资与他给的一样多，任遐迩都会不顾而去，内心清高的人不受那气。

杨巡不得不反省自己的作为，想好弥补措施。

07

雷东宝比杨巡更勤快，才过了一个大年初一，在小雷家家里接受众人拜年，与老娘和几个近亲吃了一顿韦春红做的中饭，晚上就接到红伟通知，说外贸公司通知他们，有家实力很强的国外采购商正在寻找一家长期供货企业，每年需要采购大量铜制水管配件。正好项东工作半年多下来，春节回家省亲去了，雷东宝当仁不让。

雷东宝从小孩哭闹兵荒马乱的冯欣欣家拎一只半空的皮箱来到老娘家，载上韦春红回城又收拾了皮箱，而且在韦春红那儿住上一宿，才于初二大清早吃完丰盛早餐，与红伟、小三会合赶往地处省城的外贸公司。虽然外贸公司的人也是怨声连天，可是怨谁都不会怨钱，为了钱大家春节可以不过。这年头，人到底是与改革刚开始时候不一样了。

商谈之下，雷东宝发现，这单子真是非常大，他铜厂五金车间目前的产能全给这个大单子才刚刚好，为了保证供货，他们还得扩张生产规模。外贸公司也那么说，现在五金厂遍地开花，可能够满足这么大产量的企业还是少数。外商需要的是稳定的供货能力。

但是雷东宝同时也发现，这单生意的利润非常之薄，几乎是勒紧腰带才能赢利。外贸公司的业务员劝雷东宝，如今生意不好做，这么大单子，一年的吃饭都能保证，为什么不接，过了这村没那店。人家既然是那么大的量，当然要的是大单子的批发价。业务员让雷东宝想清楚，要还是不要。要的话，明天派人一起去上海，接外商去考察。不要的话，后面大堆其他企业跟着，他们让其他企业去人。

雷东宝想来想去，还是决定给项东一个电话，让项东这个最懂行的人决定。

项东听了很无奈地道："书记，起码有一点利润。我的意思是接，起码这一单生意可以消化一整年的铜厂所有费用，保证五金车间吃饱。今年一开始就生意环境不大好，我想有一单一整年的生意保底，心里会有点底气。"

雷东宝心疼："割肉啊。"

"书记，没办法，制造业这几年已经从卖方市场转为买方，相应的利润也是越来越薄。相比内贸，我们做外贸的单子只要质量过关，起码不用担心货发出去钱拿不到，而且拿着信用证可以申请流动资金贷款，我们自己的钱就能拿来扩大产能，省心，不会让回款困难积压太多资金。"

"割肉。"雷东宝闷闷地还是这一句,"你有没考虑,这一年里面,万一又遇到物价疯涨,我们还能有利润吗?"

"我算一下,再给书记电话。"

雷东宝放下电话,背着手在屋子里转圈。红伟道:"书记,我的意思是先把老外钓来再说……"

"那当然,谁不知道?可我就是怕所有东西价格又跟前两年一样,全涨上去,这单生意本来利润就薄,涨价了我还怎么过日子。内贸还能要赖,外贸没法要赖。"

红伟等着雷东宝说完,才笑嘻嘻地道:"书记愁的是大方向,当然得多考虑一些。书记,我提把老外钓来,还有另一层意思。他们进出口公司最近有一笔出口印尼的电缆生意,价格挺好,好几家在争。我这不是想把老外钓来后,逼着他们现场答应把电缆生意给我们嘛。"

雷东宝眼睛一亮,笑骂:"红伟你真会大喘气啊,要能捆上电缆生意,让电缆出口一次,我答应。"

小三却看到雷东宝虽然说答应,脸上仍是心事重重,他倒杯水过去,放雷东宝面前,道:"书记,电缆要是也能出口,我们今年的出口创汇额就高了,赶明儿我写份报道上去。"

雷东宝道:"这个你去办。红伟,我看这单生意接下来,我们铜厂产品可能都不够给其他那些电线厂了,你那边有没有问题?"

"我当然有问题,本来可以空手道,直接从铜厂库房提货,现在要换成出钱去买别家的货,我得多备些流动资金,不过最大的问题……"他微笑地看看小三。小三也是笑了笑,还是小三点破:"书记,史总的意思,我们本来是可以从铜厂拿到超低价的。"

"嗯。"雷东宝应一声,低头好久不语,这是他制定的从小雷家实体以五鬼搬运法慢慢转移资产的招数,如果答应外贸的单子,最受损的是他们自己的利益。这时候项东电话进来,项东计算后,认为如果真不幸遇到全国大涨价,可以通过几项工艺的偷工减料,估计可以降低一些成本。因此报价可以接受。但是项东临了却说了句,说他挺内疚的,作为一个工程技术人员竟然想出这种损主意。

雷东宝当然不会太在意什么技术人员的良心,他听项东说行,他就拍板。也不等约定时间,就与省外贸联系,确定明天老外从上海过去小雷家实地察看生产环境的接待思路。小三留下，跟着去上海接老外，雷东宝就与红伟当即赶回家，让项东指示着再检查一遍铜厂，以期给老外留下良好印象。不过自项东开发铜五金打开出口销路后，小雷家已经对外商不再陌生，不会再兴师动众把什么民居窗户都擦得跟没玻璃一样地干净。他们现在已经自有一番套路。

回家路上，司机开车，雷东宝和红伟坐在后面。他对红伟想到什么说什么："红伟，这单谈成，信用证下来，贷款贷出来，我们自有资金那块就多出来了，我们立刻扩大铜厂，有小项在，他不怕钱多活多。"

"我现在最指望电缆厂也来个项总一样的人。项总来后，我有什么特殊要求，只要说就是，跟他说的事情，没有一次不到位，合作太舒服了。一样是花在小雷家的钱，我举双手双脚同意投在铜厂，问题是这回镇上会怎么说。"

"不管镇上怎么说，我们要投还是投，这回镇上再他娘的生痔疮一样跟我憋，我提出要求他们减少股份，不能让镇上占着茅坑不拉屎，拖我们后腿。资金不够的部分，向个人要，正好我们的钱可以进入。"

"书记，先别跟镇上硬来，还是我去找几个主要关系人，跟他们说说利害，让他们主动答应这回不勉强按比例出资，我要是谈不下来，你再出面跟他们拍桌子。我看我们连年大投入，镇不被我们拖垮，也差不多没剩几口气了。"

雷东宝想到当初为了回到小雷家，不得不对镇里做出的承诺与妥协，只得道："还是我自己去，一口气说爽快，行就行，不行也得行。"他没法让别人就镇里出资的问题与镇里谈判，那帮人只要说一句当年不是你们雷东宝自己求上门来要镇里占股份吗，他做的手脚还不给戳穿了？

他现在很明确，扩张，不停地扩张，扩张到谁见了他雷东宝都得喊老大。雷霆自己滚出来的资金不够，就让股东出钱解决。钱再不够，让红伟公司的资金趁机打进来，逐步稀释镇里和村里的股份，最终让江山潜改。掌权的就是这几个利益相关人，其他谁会想得到满眼搬不走的厂房机器竟然会改了别人的名。

两人回去布置人连夜整理厂房，红伟监督，雷东宝自己回城。他想着他性命一样的儿子，可想到过一阵得悄悄拜访镇里几位领导，他得问韦春红拿个主意，韦春红比他熟悉镇里盘根错节的关系。

春节饭店没营业，雷东宝知道韦春红中午要去参加一个婚礼，晚上肯定在，也没预先给个电话，就直接上门。果然敲了几下门，韦春红就出来，雷东宝进去，却看到候客区的沙发上坐着一个男人，长得有些江湖气，以前没见过。他心中顿时警觉起来，看看穿着玫红羊驼绒短大衣的韦春红，再看看那个才二十几岁的男子，一张胖脸墨黑。

韦春红却是若无其事地道："你先上楼去吧，我一会儿就完事。"

雷东宝却不走，厉声道："什么事？"

那个年轻人却站起来道："韦姐既然有事，我先走一步。新年大吉大利。"那人不等韦春红说话，拱拱手就走了。

雷东宝眼睛飞着刀子地看着那年轻人走远，才对韦春红道："你打量我今天不回来？"

韦春红冷笑："是啊，赶紧趁机找小狼狗调情，要不你去楼上找找，弄不好被子里还有条小狼狗。"

雷东宝被噎住，只得悻悻道："你多大年纪，还穿红戴绿，我不在你穿给谁看。"

"穿给我自己看，怎么啦，不行？我再告诉你，我还用五六百块一瓶的面霜呢，我高兴，我用自己的钱。你吃饭了没？我可已经吃了，没给你留。"

"少装，赶紧给我盛饭来。"

韦春红心中暗笑，脸上却是爱理不理，唧唧哼哼地才被雷东宝抱进厨房。她虽然现在爱惜自己平时不肯再亲自下厨，却是一招一式依然娴熟，又是最知雷东宝的食性，雷东宝旁边看着的一会儿工夫，她就做出一道京酱肉丝，一道香辣鸡块，再来一碗浓香扑鼻的羊肉汤。不等她做完，雷东宝早已抽了筷子站一边抢着吃。韦春红一直眼波流转地微笑看着，心里喜欢两人这样的相处。自有那个冯欣欣后，雷东宝自知理亏，在她面前稍微收敛些脾气。

坐下吃饭，雷东宝才比较正常地问一句："刚才那人是谁？"

"混子呗，过年过节我总得孝敬他们着点，你以后别这么凶人，这种人不摆平，我生意怎么做？"

"摆平也不用穿这么红啊。不是我替你跟几个本地混子喝酒了吗，又出新山头了？"

"唉，现在还怎么好意思麻烦你。"韦春红不想说今天与混子见面谈的事，就拿话堵雷东宝的嘴。

雷东宝想到他专门就是来麻烦韦春红的，果然再次被韦春红噎住。但没一会儿就若无其事了，韦春红是韦春红，他在韦春红面前有什么不好说不能说的。他就不再追究突然袭击遇到陌生青年男子的罪过，与韦春红讨论起怎么与镇政府那帮当事人说话的事来。韦春红这种时候不会跟雷东宝别扭，自己也拿个杯子一起喝酒，有一说一，有二说二，凭她做饭店人丰富的消息来源，帮雷东宝出谋划策。

一会儿红晕跑上韦春红如今略显嫩白的双颊，雷东宝忍不住再次警告，不许韦春红单独与小狼狗混一起。韦春红不答应，只斜睨一眼，道："你怎么管得住我？你凭什么管我？"

雷东宝连连拍案，可韦春红不怕他，两人一直闹到楼上，雷东宝激昂地宣示所有权。

韦春红从卫生间出来，见雷东宝倒头睡觉，她吱溜钻进被窝，将冰凉的双手围到雷东宝的脖子上。雷东宝给冻得惊醒，韦春红笑嘻嘻地有意道："前儿我特意帮你去了趟上海，看看宋总他们儿子。"

雷东宝有了兴趣："怎么样，比我的大还是小？"

"我又没见过你的。"韦春红飞一个白眼，"唉，这辈子都想不到，小孩子用的东西有这么复杂。我就是给他们做保姆去都不合格，连调个奶粉都不行，你的跟他们比……钱再多也只是粗生放养。"

雷东宝不满："有啥，小辉还不是粗养大的？我儿子以后比他们的能。唉，回头给我准备四十万，我下月要。"

韦春红心里警惕，若无其事地道："刚谈下几个店面房，交了押金。其他钱存银行里，现在就拿利息太亏。那么要紧吗，红伟那儿的事吗？你要是不好意思说，我来跟红伟说说，让他宽你几天。"

雷东宝无奈，只得坦白："我想买房子。"

韦春红一听，一张脸顿时凝住，两眼在黑暗中闪烁不停。好久，忍无可忍重头再忍，才心平气和地道："是山河路那新造的高楼吗？别处没那么贵房子，要买那儿的房子，我替你找陈总去，我认识他，可以打折。"

雷东宝没作他想，只认为这是理所当然，道："行，你去给我挑个好楼层，十八楼，十六楼也行。房子大点，大人房，小孩房，客人房，最好再有书房，厅也要大。"

"行，过完年了我去看看。"韦春红咬牙切齿，她跟着雷东宝这么多年，住的都是自己的房子，雷东宝从来没想过给她买一套，现在却一下就要给那狐狸精买套那么好的，是可忍孰不可忍。她终于忍不住问："东宝，我们去年离婚时候说得好好的，为了让那狐狸精把肚子里孩子生出来我才答应离婚。现在孩子已经生了，也满月了，你打算怎么打发我？总不成反倒让我做狐狸精做小老婆跟你轧姘头吧？"

雷东宝一下没话可说，想好久才道："孩子还吃奶。"

"对啦，我打听明白，生完孩子一年内男方不能提出离婚。一年后呢，你给我个准信。"

雷东宝好生头痛，他最希望维持现状，韦春红稍做牺牲，他会记得她的好处，可看来她现在不愿了。他只得强词夺理地道："什么轧姘头小老婆，你是小老婆吗？我钱都在你手里，除了一张结婚证，跟以前有什么两样？"

韦春红呵呵一笑："是呢，我怎么就想不明白呢。好了，睡觉睡觉，你明天还要接待外商。"

雷东宝将信将疑，却又不能不信，想想韦春红这辈子还能翻到哪儿去，他总是顾着韦春红的，就翻身睡下也就睡着了。

若干天前，韦春红还在别人面前为雷东宝辩护，说他是受狐狸精逼迫，不是没良心。可今天一番话下来，她动摇了，这胖家伙敢情想的只有他自己。看他今天说话言不由衷、能拖则拖，难道他就准备这么打发了她的后半辈子？韦春红略带迷惘地想，她难道后半辈子就这么不明不白地过了？

她想到了她本来的计划。可是看看雷东宝的态度，这还是躺一张床上说出来的话，她心寒，考虑她以前是不是想错了。难道，她当初离婚离得太痛快？或者，难道雷正明跟雷东宝串通一气，耍她？韦春红想得睡不着，起来穿上衣服一个人在一楼失魂落魄地晃荡。越想，心里越不是味道；越想，越发现自己是个蠢货。

第二天一早，雷东宝被韦春红叫醒，穿上熨得笔挺的西装裤子，蹬上擦得雪亮的皮鞋，吃韦春红亲手为他准备的饺子，但见韦春红脸色不好，眼圈墨黑，不免心虚："你昨晚没睡好？"

韦春红笑道："你这段时间不常来，我都有些不习惯你的呼噜了，吵得我半夜醒来睡不着，只好给你做饺子来。"

雷东宝这才放心，道："你不会踢我一脚吗？"

韦春红还是笑，却道："这回住小梁家里，说了好多体己话呢。宋总对小梁真的好，小梁现在身体不方便，宋总什么都是抢着帮她做好，两人在一起也是蜜里调油的……"

"人家那是新婚。"

"你跟那狐狸精也是新婚,是不是也那么亲?"

雷东宝立刻闭嘴不语,飞快吃完一大碗饺子,告辞离去。韦春红满面春风地送雷东宝出去,关上门终于哼出声来,一脸冷笑。她算是看明白了,想到宋梁两个相对的时候那个甜蜜,套用到雷东宝与那狐狸精身上,她满腔妒火,雷东宝当然当着她的面没法说出口。她又背着手在一楼饭厅里来回踱步,想了半天,给儿子打个电话,说暂时不回。上楼整出两包高档烟酒一叠钱,出门找人去,她这一刻咬牙切齿地下定决心。

雷东宝第二天才正式迎来老外的参观。如今的铜厂在项东的整治下,相当正规,所有人进来一看厂区,常会发一声感慨:不像乡镇企业。外商看着也满意:满意冶炼与五金加工一条龙,说明供货较有保障;满意陈列室的样品质量;作为业内人,可以满意地看到现有设备的加工性能足以达到产品质量要求。因此外商留下产品图纸,让赶紧打样。

项东得知消息,立刻结束假期,回来主持工作。他根据图纸很快设计出工艺,安排样品制作。样品出来,新鲜热辣地就递送国外。当然,样品被认可。可是,价格却无论如何都没法再往上提一些。外贸公司为了安抚雷霆这一头,被迫将一个出口印尼的电缆大单交给雷霆。雷东宝这才肯签下合同。扔下笔,喝完庆功酒,退房回家路上,雷东宝有些如释重负地对项东道:"起码一年内不会饿肚子。"

项东道:"居安思危,我们扩大规模的工作也该紧锣密鼓抓起来了。"

雷东宝与项东一拍即合:"放心,等信用证一来,资金没问题。镇里我已经谈过,他们表态拿不出钱,今年什么审批都被卡住。哎,你说国家发展得好好的,干吗要调控,弄得我们日子那么不好过,银行贷款跟挤奶一样难,国家有什么好。我不明白,小辉还跟我说国家政策对头,再不那样,什么经济发展过热,经济出现泡沫。"

项东对这方面当然没法跟宋运辉一样有宏观认识,但他有他的观察:"书记,这就跟车子一样,我们国家现在好比一辆功能简陋的车子,可是车子现在却到了向下的斜坡,即使不踩油门,都自个儿跑得越来越快。如果国家不预先想到,一路踩着刹车控制车速,而是任着车子越开越快,等车子吃不消时,就是散架车毁人亡了。我看到参考消息上有说,不能让中国经济硬着陆,大概就是这个意思,国家刹车的时候嘛，我们总得受到点震动。"

"可国家得想个办法啊，别一会儿物价长得跟飞一样，大伙儿都冲去抢商店，一会儿又专门拿我们企业开刀，让我们日子不好过。你说这几年下来，都折腾几回啦？我看到大的就有三回了。踩刹车要讲点技术嘛，别踩得咣咣的。"

项东笑道："国家也难，那么大个摊子，全国发展那么不平衡，按住这头翘起那头的。"

雷东宝一想，道："对，我一个小雷家都事情那么多，呵呵，谁电话？我的……"

他取出包里的手机，他的包现在已经换成一张A4纸大小的扁平包，不再是以前那种长方体，韦春红说那种不流行了，拿出去让人笑，硬给他换下的。没想到一接通，那边传来的是冯欣欣父亲的哭腔："书记，不好了，我们中午吃饭的时候一伙人冲进来把家砸得稀巴烂，我们一家都挨揍，欣欣的脸都被抓花了……"

"什么，谁？宝宝呢？报警没？"雷东宝大惊，想到襁褓里肉团一样的宝宝，一颗心都揪紧了，头猛地撞到车顶。

"他们没动宝宝一指头，是个泼妇带人来的，我们不知道这是谁，看门外是女的就开门，没想到那人这么狠，好像……好像是你前面一个老婆。书记，家里全烂了。"

雷东宝怔住，突着眼睛想好一会儿，才道："不许报警。等家里，我让正明接你们去医院。"

雷东宝说什么都不会想到韦春红会采取行动，他还以为韦春红全听他的。雷东宝赶紧先给正明一个电话，让正明前去处理。他随即便拨打韦春红的手机，可是通了却没人接。他只好又打饭店的电话，也是通了没人接。他心说这时机选得真好啊，他正出差回来的时候出手，他现在上不着天下不着地，只有憋车子里干着急。所有小雷家的人认韦春红是老板娘，她想知道他行踪，还不是小菜一碟？

雷东宝还在为打不通韦春红电话焦急上火，却有红伟电话打到项东手机上，要他接听。红伟在电话那头期艾艾地问："书记，听说韦嫂打到冯家去，那个……你原定买房子的事不变吧？"

"当然不变，啊，不要春红买了，我以后自己来。"

"书记，已经买了，今早韦嫂来，给我看存单，说你交她存的钱不到三个月取出来不合算，让我这儿先垫几天，不到半个月她就还我。还是我陪着她一起去银行拿钱，又开车护送她去房产公司交的钱。发票上写的是韦嫂名字，我还以为是你的意思。没问题吧？我看她存单里的钱，不正好是书记你去年的分红嘛。"

雷东宝再次怔住，没想到韦春红精密布局，这边掏了红伟公司的钱买房，那边挥师砸烂冯家，他都不知道韦春红还做了什么。"没问题？没问题你还会急着找我来？你赶紧去饭店，给我看住她，不许她再闯祸。"

雷东宝恨不得脚下生出风火轮。他压根没想到韦春红会给他来这一出，这几天他去吃饭，不是都还好好的？除了总是问他到底离不离婚。难道他本心不想离婚被她看出来她生气？可去年他提出离婚时，她不是应该更生气，怎么就顺顺利利答应离婚呢？他越想越不明白，却清楚明白一点，韦春红问红伟暂借四十几万房款是有预谋的，而他元旦后交到韦春红手里的那笔钱估计她也扣下了。除非他与冯欣欣离婚，再与韦春红复婚，否则那些钱多半有去无回。

再过一会儿，正明的电话打进来，说冯欣欣挨打挨得最多，一张脸给划得怕是以后鬼见愁了。雷东宝这才想到冯欣欣，忙问伤势怎么样，但想到这张年轻而酷似宋运萍的脸给弄得没法看，他不寒而栗，心说韦春红倒是没趁他酒醉时做了他命根子，饭店多的是趁手工具。

那边红伟赶紧丢下手头工作，赶去饭店找韦春红。他本想着韦春红未必能让他找得到，没想到却见饭店大门洞开，几个人正往两辆搬家公司的货车上搬桌椅家什，而韦春红则是缩着手在一边看着。

韦春红看到红伟来，就阴着一张脸转进里面去，红伟忙跟上，却见平常热热闹闹的饭厅已经给搬得七零八落。红伟追着韦春红道："韦嫂，罢手，罢手，书记让我来劝你。"然后扭头对搬运工一声断喝，"喂，你们住手，住手。"

红伟这一喝，让众人都一时止住，看着韦春红讨主意。韦春红冷笑道："晚了，这家店面已经租给银行，我好不容易拿来的租约，红伟你别坏我好事。这些桌椅餐具也都找到下家，下家也付了钱。红伟，由不得我了。"

说着，她操起倚在墙边的一条木棍，红伟以为她要动武，忙道："韦嫂，有话好说，我们谁不知道你才是大嫂，谁认那狐狸精呢……"

"可雷东宝不认！"韦春红嘶吼着抢起木棍，一棍砸在屋顶的一盏吊灯上。那吊灯红伟认识，韦春红常喜滋滋地告诉他们这是雷东宝结婚前送她的，一共三组。随着韦春红棍起灯落，三盏吊灯全部报废。此时，红伟无话可说，他知道现在除非雷东宝现身才能劝住韦春红，只好劝韦春红消消火气，一刻不离地跟在韦春红身边怕她出事。

很快饭店给搬拆一空，亢奋了一天的韦春红看着此生花尽心血经营的饭店从此化为乌有，她浑身疲倦，一屁股坐在空阔的地毯上发呆不语。她早就策划着今天这一天。她策划着等雷东宝杀回家跟她算账前，把该砸的砸光，该挪的挪走，让雷东宝想出气只有找她，她等着看雷东宝敢不敢对她出手。

雷东宝在车上无法稳坐，满心又惊又气，骂骂咧咧不绝于口。项东只管开车，即使书记跟他唠叨他都不接口，只是一脸歉意地说他不熟悉书记家，雷东宝碰到软钉子，只得闭嘴。

终于车子到达市区，项东问去哪儿，雷东宝正昏头昏脑着，立刻说去饭店。项东听了一路，本以为雷东宝应该先去医院，不由得斜睨了雷东宝一眼，不清楚书记搞的什么名堂。他把雷东宝送到饭店门口，就赶紧驾车离开这是非之地。

雷东宝跑着进门，果然看到的是一屋的空阔，一地的狼藉。红伟本是蹲着冲坐在地上的韦春红赔小心，听得动静回头一瞧是书记跑进来，连忙起身想挡住，不想起得急了，一个踉跄向雷东宝摔去，反而是雷东宝托住他，红伟都不等站稳就抢着道："书记，书记，打住，打住。"但是红伟说到一半就感觉有异，站稳身子依然紧紧抱住雷东宝不让动，却忍不住回头看韦春红。只见韦春红扶着木棍子硬是站了起来，站得笔挺地与雷东宝怒目相对。但是雷东宝与韦春红都不说话，寂静空阔的餐厅里，听得出两人呼哧呼哧的粗气。

红伟心说今天雌老虎雷老虎对上了，他只能硬着头皮做中间人："书记，韦嫂，咱找个地方说话，别都站着。"

"红伟，你放开他，老娘今儿倒要看看他有脸把我怎么样。"

红伟心说大姐您就别专拣痛处捏了，但嘴里还是一个劲地说："好说，好说。"雷东宝在红伟的阻挡下，除了反复朗诵"妈个逼"，却一时没法说出别的，好不容易才有句不一样的，"谁教你的"。对于韦春红的忽然转变，忽然滑出他的掌控，他一筹莫展。

韦春红却尖锐地道："你少大脚装小脚，凭红伟这把子力气，拦得住你？老娘不怕，今儿就等着你明刀明枪。"

雷东宝只得调转风向吼红伟："妈的红伟你不是爱拍老板娘马屁吗，老子成全你，给老板娘做两件事。打电话让小辉管住他老婆别总煽动我们夫妻闹事，你再给我盯住她，一步别离，她今天去哪你跟去哪，老子看儿子去。"

"用不着，我三言两语，今天三头六面说明白。雷东宝，你听清楚，一、你对不起我，我主动退出让你生出儿子，你怎么对我；二、你回去转告狐狸精，她敢一天不离婚，我一天不放过她。老娘只要知道她住哪里，天天杀上门去打。"

雷东宝没回头，却也把韦春红的话听得清清楚楚。以前他把这种威胁当蚊子叫，听得烦了伸出手掌拍一下了事，今天却不敢再忽略不计，从此算是明白韦春红不仅对别人泼辣，也会对他泼辣，可要他怎么办才好？

雷东宝想来想去，打电话给正明，问冯欣欣一家在哪里，宝宝又在哪里。正明说都已经包扎处理，来人下手有分寸，只是皮肉伤，不需住院，现在他安排他们住在宾馆，开两个房间，那家里没法住。正明还说，他妻子上阵帮忙管着孩子。雷东宝想了想，便打车先去那砸烂的家中看。打开门，里面简直是灾难，所有的东西，没一件还是完整的，包括玻璃窗，这不由得想到同样横遭劫难的冯欣欣的脸，还能看吗？

雷东宝站废墟上吸烟，外面天色已经墨黑，屋里也是墨黑，连完整的灯都找不到，只有红红的烟头一闪一闪。他想去看看冯欣欣一家，可是想了好一会儿，两条腿还是没挪窝。他知道目前的局面维持不下去了，他必须做出选择，但是这个选择很难。他连吸了三支烟，才拿起电话拨给宋运辉。虽然知道这事被宋运辉知道，他肯定得挨骂或者挨鄙视，甚至又会领到一句"我以后不认识你"，但他想来想去，能提供他最中意见的还是宋运辉，他也没脸找别人。

电话打给宋运辉时，宋运辉说他正开车，很快就到家，到家再说。雷东宝不由得心虚地问一句回上海的家还是东海的家，听得宋运辉说是回东海的家，他才放心。他总感觉宋运辉要是在上海的家，他这件事被梁思申听到，准保会出问题。他总感觉，韦春红是在跟梁思申接触后才变得泼辣的。

其实，雷东宝没料到，梁思申此时却正住在东海宿舍区。梁思申担心妈妈花在她身上的时间太多，让年纪也是一把的爸爸一个人吃苦，就找借口说想丈夫了，想与宋运辉多多相聚，让妈妈回家，自己带着可可和保姆离开上海，因此宋运辉到家就给雷东宝打电话的时候，包括梁思申等全家都听着这个电话。

雷东宝拎起电话就噼里啪啦一顿问宋运辉他该怎么办。

宋运辉只觉得不可思议，没想到那些个传说中才会发生的事在雷东宝身边上演，他关切地问："你没事吧？"

雷东宝道："我怎么会有事，她们都等着我拿态度。"

宋运辉再度目瞪口呆，好一会儿才道："你掏个硬币出来，正面是韦姐，反面是孩子妈，抛硬币解决，听天由命。"

梁思申在一边听宋运辉说出如此无厘头的话来，不由得暗笑。但雷东宝却是听出宋运辉的调戏，气得掐了电话，再不肯拿宋运辉当兄弟。

梁思申见宋运辉打完电话，就好奇地问："怎么回事？雷先生想浪子回头？"

"浪子？抬举他。"宋运辉看看宋引稚嫩的脸，不便在饭桌上说这些，就笑道，"回头再跟你说，你准保得拍桌子。"

梁思申本就是养孩子闷得无聊，终于嗅到八卦的事，忍不住转弯抹角地问："他该不会想享齐人之福吧？"

"是享不下去了，吃饭。猫猫，说说学校的事情。"

吃完饭，安排宋引上二楼书房做作业，才可以说话。四个大人凑一起一说，梁思申先道："我拍案惊奇。"

宋母也是撇嘴："敢情他还当自己是香饽饽。"

梁思申道："不，天下美女这么多，丈夫只要不出轨，哪会有那么多挠心事，雷家事情的本质是坏在东宝大哥手里，那位冯欣欣只是恰好出现，即使不是冯欣欣也会是别人。我不明白，明明主要错误在东宝大哥，为什么韦姐不先追究他的责任，反而一手追着冯欣欣打，一手拉着东宝大哥回家？"

宋母道："他们好歹是一家人，哪有老婆舍得打老公的，吵过闹过差不多了。"

梁思申道："可是既然主凶都可以放过，怎么倒行逆施追着帮凶打？我奇怪，韦姐看上去挺有主见的啊。"

宋运辉本来跟母亲想的差不多，但被梁思申一说，也觉得韦春红这口气出得不是地方。但他不便支持谁反对谁，只中肯地道："你们忘了去年他们离婚？韦姐能为雷家有后答应离婚，可见别看她能干，骨子是个相当传统的人。"

梁思申不由得看看婆婆，心说看来婆婆的想法在国内还是很有市场的，她无奈地道："地球真陌生，我要去火星。"见宋运辉一笑，她又问，"韦姐真还等着东宝大哥回去？或者只是东宝大哥的自以为是？"

宋运辉一时不能确定了，就问父母："出这么大事，韦姐还会要大哥回去？"

宋母道："东宝要肯回去，她怎么会不收，以前出坐牢那么大事两个人都没分呢，一起苦过来的夫妻，哪有说分手就分手的。可东宝也麻烦，那边给他生了儿子，那边也扯不开。"

宋运辉见梁思申两眼骨碌碌转，知道她没法理解，笑道："换你就是宁为玉碎不为瓦全吧？大哥可算了解你，他让我别跟你说，怕你给韦姐出馊主意。"

宋季山听了就笑出来。梁思申也是笑道："怎么换我，这种事轮不到我头上，你才不是那种人。好吧，我不出馊主意。"心里却想，她并非不想出馊主意，而是郁闷得真想骂人，女人怎能把自己放到这么贱的位置上，让男人抛硬币解决命运。女人不自爱，又让男人怎么尊重她们。她只能如此解释给自己，那或许也是国情差别。

宋季山道："什么锅配什么盖。小辉，你刚才说的已经差不多，让东宝自己拿主意。反正他怎么做都对不起另一个。"

梁思申道："你猜猜外公会怎么说。"

"你外公……"宋运辉一想就笑，"他肯定会先骂一通，笨蛋，两个女人都摆不平，跳河去算了。根据你外公自身婚姻，他估计会选韦姐，家中红旗不倒。"

"前面是对的，一顿骂免不了。后面错了，他肯定会说，哪个更刺儿头选哪个。他就是按不下外婆才一夫一妻到底，愁眉苦脸响应什么新生活运动的。"

宋家人都哭笑不得，尤其是宋季山夫妇，更是没想到看上去气度不凡的梁家外公竟然有如此异端的思想。梁思申更是看死雷东宝，现在她有了吹枕边风劝宋运辉远离这种人的冲动。她才忍不住，可是她打韦春红手机，却是关机，电话则是没人接，她只有冲宋运辉出气，替韦春红大大地不值。

雷东宝被宋运辉气得暴跳，平息后还是站在废墟中一直拿不定主意，香烟一支接着一支。虽然不断有电话进来，包括冯家总是催他赶紧去，但是他索性拔掉电板继续站废墟里考虑。韦春红那边却是绝无消息，他反而惊悚，想到今天韦春红的决绝，他忽然意识到韦春红可能从此离开他，他急了。他赶紧摸出电板插上，一个电话打给红伟，问清韦春红现在好好地待在什么大樟树小区一间屋子里，才稍安心。只是他想来想去，记忆里春红没有跟他提起过大樟树小区有房，难道韦春红早已有了异心？他妈的，这不可能。

可问题是他就是不知道韦春红在大樟树小区买了房，他当即又想打电话给红伟，让红伟来接他去大樟树，可想来想去，不愿冒失，心知韦春红肯定把她平时放床边、今天下午捏在手里的木棍带去大樟树，他现在敢去，乱棍打出。他焦躁地在废墟上继续踱步，取舍。

一包香烟完结，他终于一个电话打给正明。正明终于听到书记的声音，赶紧捞住救命稻草。

"书记，你赶紧来，这边都哭晕过去了。"

"谁哭晕过去？宝宝呢？"

"宝宝我太太抱着。"正明知道雷东宝最在意的是儿子，"你总不出现，小冯急得哭，医生说过伤口不能沾水，可她把脸上绷带都哭湿了。"

雷东宝听着，心里一颤一颤的，那个曾经婉转在他怀里的女人……

但雷东宝沉默了一会儿，最终还是强硬地道："我不过去了，具体怎么说，你看着办，这件事你得有始有终。我一个要求，孩子归我，房子归她，其他条件你谈，你要敢乱谈，我抽你的筋。"

正明大惊，他本来也没想着这一对可以长久，早就想过冯欣欣生完孩子估计得玩完，因为小雷家上下几乎都还认韦春红是老板娘，但没想到雷东宝会在这种时候提出，而且还不肯现身。他知道他麻烦了，但他当务之急，是要把书记的儿子安顿得万无一失："书记，那么今晚就得把宝宝转移。你看，要不让我太太抱回家？"

雷东宝又是沉着脸想了会儿，道："你带上宝宝，拿上吃的穿的，到大樟树小区门口交给我。"

说完这个电话，雷东宝就让红伟过来接他去大樟树。红伟赔笑劝说雷东宝还是先回小雷家住一宿，彼此都消消气，以后再心平气和地讨论。雷东宝道："讨论个头。"说完就不说了。红伟心说完了，该不是打上门去为冯欣欣讨公道吧，他暗自捏一把汗，到了大樟树小区门口，就要赖道："书记，我有点记不起到底是哪幢楼。你看现在这房子造得都跟火柴盒似的，晚上还真难弄清楚。你车上等等，我下去看看能不能看清墙上刷的第几幢。"

"你少跟我装。别怕，我不惹事。"但雷东宝终究是不大好意思说出他的本意，那比较煞他的威风。

红伟还是不放心："我跟书记装什么，我真得下去找找，要不书记一起来？"

雷东宝没答应，往后面小区大门看看，也不让红伟自己走。红伟不知道雷东宝葫芦里卖什么药，一个劲劝说雷东宝好说好说，念在往日情分，无论如何不要对韦春红动粗。雷东宝最先还解释不会动粗，但后来烦了，就改为骂正明怎么拖拖拉拉还不来。红伟心说麻烦了，还叫来正明这个不讲原则的帮凶。

过好一会儿正明终于过来了，红伟赶紧抢下去想先阻止正明下车，却见正明老婆抱着太子从另一边出来。他转念一想，目瞪口呆。雷东宝让正明回家去，自己抱起孩子，手上挂满叮叮当当的塑料袋，要红伟带到楼下，让红伟也回去，自己一脸笃定地走上楼去。红伟没敢走远，在小区里面晃，想再过十分钟过去看看，捡上被打出来的雷东宝回小雷家。

雷东宝则是走到红伟指的四楼四〇一，看看门板缝隙漏出的灯光，就伸出脚往防盗门上踢了两脚。声音刚落，只见头顶一盏门灯忽地亮起来，门板上面的猫眼暗了一暗。雷东宝当即道："开门，接了宝宝。"

里面静了下来，但是外面的宝宝却被雷东宝的大声闹得扭起眉眼唧唧哼哼哭起来。宝宝没哭几声，板门哗啦打开，韦春红黑着一张脸拿一大串钥匙打开防盗门，放外面的雷东宝进屋。

雷东宝进去，见韦春红呆着一张脸看着他，就一把将宝宝塞她怀里，道："以后你养着，给我好好养，别亏待我儿子。"随即卸下手上挂的那么多塑料袋，从韦春红手里夺过钥匙关门，嘴里却是骂骂咧咧，"妈的，买了房子都不跟我说，想偷养小狼狗是不是，还想把老子关在门外，没……"

雷东宝才刚找着钥匙将板门锁上，屁股就狠狠挨了一脚，害他一头撞门板上，后面却传来韦春红的轻喝："不许当着孩子面说粗话，注意家教。"

雷东宝本要跳几下，可见到韦春红抱着宝宝，他只好偃旗息鼓。却见韦春红下午只会飞刀子的眼睛，此时却咕噜咕噜冒出眼泪来。他愣了一下，就走开去，打开房子所有的灯查看他的地盘，见这是四室两厅的房子，半框架结构，非常宽敞。他看完，就挑了一间看似主卧的房间进去，脱鞋子上床，躺在被罩上发呆。选择是做出了，可是他心里并不轻松，现在按下了韦春红这一头，他想到那一头的艰难了。他知道自己不能再露面，必须快刀斩乱麻，可是想到那张像极宋运萍的脸，他心里头沉沉的，一张脸墨黑。

韦春红没打扰他，一边自己流着眼泪，一边抹着宝宝的眼泪。想到孩子可能是饿了，她当然是没母乳的，只好翻找塑料袋，寻找奶粉。泪眼模糊地找了好久才找到，照着说明书上面的说明冲好，赶紧喂。可是孩子不肯吃，硬是往她怀里拱。她看看躺床上的雷东宝，就过去将卧室门关上，自己和宝宝关在另一间卧室里，耐耐心心地哄宝宝喝奶。她当过妈妈，手势纯熟，虽然艰难，好歹让宝宝终于喝下几口，伺候着宝宝打出奶嗝，又伺候着宝宝小便换尿布，终于等来宝宝累极而睡。她终于叹口气，心说摊牌结束了。

正明那边既然得到雷东宝的明确指示，而且他以常理分析也感觉雷东宝以后不大可能再与花脸的冯欣欣在一起，因此他回头便旗帜鲜明地变了脸色。

梁思申从向她询问最新育儿知识的韦春红那儿得知消息，与宋运辉一起非议了雷东宝好一会儿。宋运辉更是怀疑，如果他姐姐还在世，雷东宝敢不敢出轨，出轨后还当自己是个女人争着要的宝。宋运辉抱着侥幸心理认为，可能雷东宝忌惮他的影响力，和念在姐姐是第一个恋人和爱人，不会做得如此出格。梁思申却不以为然，梁思申认为雷东宝骨子里是根深蒂固的大男人沙文主义思想，饱暖思淫欲是迟早的事，最多因为忌惮而做得隐秘一些。她认为，在可以预见的将来，会有第二个、第三个冯欣欣冒出来，第一个冯欣欣不可能是特例，是什么像姐姐或者生儿子的特例。

宋运辉想来想去，觉得这辈子最大的错误就是当初没以翻脸阻止姐姐嫁给雷东宝。他至今还没弄清楚，姐姐与雷东宝之间有没有爱情，两人的思维相差太远太远。也或许，他们那时候都不懂什么爱情，他们从小受人欺压歧视，当时只要有人对他们好，就感恩戴德以身相报了，他自己的第一次婚姻又何尝不是如此。

他看着正生着雷东宝和韦春红的气给儿子喂奶的梁思申，心说当时与那么小的梁思申交朋友，其实可能也是因为他的家庭关系。那时候成年人的成分心态那么严重，只有单纯的小孩子如梁思申才不会顾那么多，也算是注定的缘分。

梁思申感觉丈夫在看她，回头果然见他怔怔的，好像在想什么心事，她忙里偷闲打个岔，笑问："画眉深浅入时无？"

宋运辉一时没反应过来，但感觉梁思申肯定在打趣他，就应景地呵呵地笑。梁思申奇道："我说的什么，你真的听明白了？"

宋运辉只得道："你现在中文比我好。"

梁思申笑道："那当然，一周两首诗，不是白背的，以后可可的中英文都不愁家教了，哈哈。"

宋运辉也笑，这小家伙自信得超乎寻常，但他还是提醒："你最近看我每天给你下载来信息的时间减少，当心回去跟不上形势。"

"放心，了然于胸。白天你不在的时候，我经常与团队同事开电话会议，一步没落下。这几天梁大怂恿我去香港买楼，我看着果然是走出去年低谷，温和回升了，股市也向好。梁大说是香港回归托市，他顺势而为。"

宋运辉看梁思申嘴角挂着戏谑，奇道："梁大是不是来嘲笑你年前否定他们入香港？"

"他敢！我告诉他，炒房太原始。既然去了香港，应该玩金融衍生品，香港这方面不亚于几大金融中心。"

宋运辉忙道："你别唆使他们，他们两个已经够冒进，原始炒还没炒熟练，就去做金融衍生品，不是找死？会拖累你爸。对了，你提醒一下你爸，要他小心，继续观察。"

梁思申笑嘻嘻地道："早警告啦，我把外公的话告诉爸爸，爸爸说才不放心贷款给梁大搞投机。那俩愣小子想找外公筹资去香港炒楼炒股，被外公考得灰头土脸，外公说他们土老帽进城直接澎恰恰，小心被人白相。但外公一转身就怂恿我拿他的钱去香港炒期指，我哪儿有精力，等上班后再说吧。养个小可可让我损失巨大。"

宋运辉听了好笑："你外公……一张嘴毒死人。不过梁大李力两个人智商不错，慢慢混总能摸到门道，就怕他们两个急于求成。他们现在被公司居高不下的负债逼得有点心态不好。"

一会儿有电话进来，是有人找宋运辉办事。梁思申看着宋运辉盛气凌人的样子，翻个白眼。想到宋运辉刚才对她爸可能放贷给梁大的担心，她思索良久，从她多次见爸爸拒绝梁大的要求来看，觉得爸爸不是那么鲁莽的人，她太放心爸爸。

08

杨巡亲自跑了半个月，基本摸出门道。虽说隔行如隔山，但是生意的基础却是相同的，就是利益交换。杨巡凭着接手商场半年的经验打底，谨言慎行，在接触与谈判中广交朋友，在觥筹交错间摸索门道。回来了解一下经营情况，下午便召集中高层干部会议，带有明显倾向地讨论商场转型计划，会议开了半天，便得出带有明显杨巡风格的转型方案。但是所有中层，包括早已从杨巡口中预知消息的任遐迩，都对为什么要转型有些不明白。有人在会议上提出，可以适当降低商场货品档次，适应更多消费者的需求，或许是更好的改型方向。但被杨巡否定。杨巡说，绝不降低档次。

　　杨巡向大家解释，本市的高档消费并不是档次太高，而是没有做细。本市的新人只要一说到结婚买些奢侈的衣物，就直奔上海采购；本市的富人，包括他，大多数衣物也是从上海采购的。确实本市还不具备实力引进某些名品，但是有些品牌已经在本市有一定的市场，可以大力引进上架。他提出，因此废弃原有百货的求大求全，以后专攻百货中的一大赢利分支，专做衣服鞋帽等用品，向许多香港的商场学习，或许才是未来商场的发展方向。

　　在场除了任遐迩这个花钱精打细算到极致的，其余都去上海领略过上海的百货商店，都心想，原来老板是跳过上海，直接向香港学习。虽然最后顺利通过会议决议，但是大家心里都将信将疑，既然日子过得好好的，老板干吗费劲折腾，大家嘴上不便说，心里都觉得老板可能是太年轻，一身精力没处使，又是钱多得烧包，才会想到伤筋动骨的转型。大家心里都不是很有底，有些人不免起了骑墙观望的心思。

　　杨巡开完中高层会议，就抓住原采购部门诸人开会。在宣读中高层会议决议后，宣布将采购部改为招商部，众人顿时傻眼。他根据这半个月跑来的经验，与采购众人讨论如何变采购为招商，具体步骤应该如何。但是所有人基本没话说，因为原来采购部几乎是个坐北朝南风水一流的部门，每天只要等着客户公司赔着笑脸要求进场就行。而现在忽然要他们跑出去拉品牌进驻，这身份的变迁令众人一时无法接受。

　　杨巡环顾众人的表情，在他指名让每个人发言却得不到一句有益于招商的发言之后，终于两眼墨黑，一脸穷凶极恶地道："这次转型，你们想转也得转，不想转也得转，没有侥幸。我给你们半个月适应期。你们都是对市场产品了若指掌的人，你们看清楚，有哪些货品比较适合我们商场但是我们商场还没上柜，你们每个人在三天内先拟出清单让我过目，三天后凭清单出门招商。时间不等人，眼看春节后淡季很快过去，我只能给你们半个月。半个月后，你们的工资全部转为基本工资四百，想发财的，从招商租金里面计提。具体计提办法我会在半个月里面确定，多劳多得，你们斟酌着办。"

　　杨巡起身先行离开会议室，心里早骂骂咧咧上了。早知道采购部门是肥缺，这帮人以前没少吃少喝客户，他这回就要整治这帮人，要赶鸭子上架，不让他的地盘有一个老爷。他连商场转型这样的重大决定都敢做出，他能怕了这帮人扯杆子造反？

走到自己办公室门口，却正好听到楼下传来商场打烊的音乐声。他愣了一下，连忙倒退几步，到财务室门口，道："任经理，做完事请过来一下。"他进去自己办公室，见杨速还在等他，就道："你还不回家？"

杨速看看杨巡的臭脸，道："发火了？大哥别当真发火，摆个发火的样子就行，这帮人你估计得大会小会开好几次会才有结果。你要动真火，还不得气死。"

杨巡烦道："废话，这帮人都精得很，我不动真火，他们不会当回事。你明天上班就让人事安排登报招聘业务员，你当着众人面商量登报内容，让那些牛皮糖听见。我还是尽量想保留这些人中的其中几个，他们毕竟熟悉市场。你回头看着办吧，我后天继续出差。"想了想，又道，"你先回，我跟小任谈话。"

杨速愣了一下，奇道："我不能旁听？"

"我今天中层会议上看小任对商场转型没一点头绪，她那岗位要是拎不清，不配合，我不是麻烦了？"

"大家都拎不清，不是小任一个，你今天会议上确实没说清楚原因，我听着也觉得转型理由不充分。"

"会议上面人多眼杂，我怕我的计划说出来，都是一个系统的人，很快别的商场老总就会知道，那我还抓什么先手。小任入行时间短，系统里面的狐朋狗友少，有也最多是些基层的，我培养她一下。"

"你打算扶植她做亲信？"

"对。还单纯，容易培养。你快走吧。"

杨速将信将疑地告辞，感觉大哥有点不正常。他出门的时候，正好任遐迩进来，他不由得若有所思地打量一眼任遐迩，还是那么个不修边幅的模样，没什么太多女人味。

杨巡却把大弟的举动看在眼里，心里不由得暗骂这小子想哪儿去了，手下管理人员用女人就这点麻烦。他本来刚开会下来，一肚子火气还没消，这下又被大弟的胡思乱想惹得闷气。因此任遐迩进来便见老板一脸的凶相。她当即脑袋一个激灵，更留神自己的言行举止，眼观鼻，鼻观心，不敢轻举妄动。财务部是个多么消息灵通的部门，刚刚结束的会议上老板大开杀戒的言论早有片言只语传到财务部，任遐迩来的时候就没打算今天吃好果子。

果然，杨巡的开场白就与刚刚结束会议的精神差不多，但是这回针对的是任遐迩："小任，下午会议上面，我看你对商场转型有抵触，一直没多发言。"

任遐迩忙道："没，我因为早已知道，没疑问了。"

"可是你发言里面有一句话，很有意思。你说对比去年和今年春节后的营业额，然后你立刻转向，说起别的。是不是去年春节后的营业额比今年的高？"

"调整期，再说彻底关闭了四楼，可以理解。是我一时口快，没什么其他意思。"任遐迩连忙否认。

杨巡微凹的眼睛说话的时候一直习惯性地如逼视谈判对手似的逼视任遐迩。任遐迩早吃不住，低眉摆弄手里准备应付杨巡提问的账册。杨巡却没在意这点，他已经习惯对手纷纷在他手下披靡，他严肃地道："今天两个会议开下来，我看绝大部分人心里想的都是同一句话：杨巡吃饱了撑的。我也没打算用这些理由说服大家。小任，我今天单独找你谈话，目的是希望你能理解我为什么要做别人眼里吃力不讨好的转型，未来转型的这段日子不会好过，我希望你能替我一起扛住。"于是杨巡接下来侃侃而谈，说因为外资超市可能的迅速铺开即将对商场部分重叠货品销售的影响；说宏观调控之下，通胀已经得到一定抑制，因此物价涨幅减缓，对商场库存提出更高要求；说香港成熟消费市场下面呈现出的千姿百态的经营定位……

任遐迩只听得目瞪口呆，她是真的想不到，转型决定的背后，竟然有那么多的宏观考虑。她并非没看到过有关上海北京外资超市开张的盛况报道，但她只想到要是开到本市来，她以后购物就方便了，但有限的钱包麻烦了。至于通货膨胀，她从来不看报纸第一页，那些事太遥远，与她无关，还真没想过，竟然与商场的库存有关。至于香港，那就更遥远了，她看过很多香港电视小说，但是……她从杨巡的谈话中，察觉到自己的鼠目寸光，心中渐渐生出敬意。

杨巡简单解释完自己的想法，就总结道："转型是迟早的事，迟做不如早做，免得临时抱佛脚，受的冲击更大。大家对于转型不理解，尤其是转型影响到他们的收入，我能理解。但我作为老板，我必须转型，你能理解吗？"

任遐迩连忙道："原来是这样，我原先还真想不到。"

杨巡满意任遐迩的表现，微笑道："我们都得相信，转型的不适应期是暂时的，很快我们就会走在全市商场的前面。小任，我再给你一个任务，你帮我算一下，你看看照这个单子所列的柜面租金分配，我可以给招商人员多少提成。这租金我是照着你春节后算出来的数字，再具体根据柜台分布位置确定的。"

"行，我这几天赶出来，但杨总你可别跟采购部的人说是我做的，我得被他们扁死。"

杨巡见他的再一次计算要求换来的不是上回的白眼,明白今天的谈话有效,心说任遐迩到底是嫩了点,虽然精明,却不懂得抓住这个谈话机会,眼看老板的重视提出加薪要求,反而热血沸腾地帮老板做义务劳动。她可还是个据说一月手头闲钱才五百的人哪。杨巡心说,难道受过高等教育的女孩子都有点傻气?

等两人谈话结束,收拾了各自下班,当然是又在安全通道的楼梯上遇见。任遐迩建议道:"杨总,有没有想过把你的市场和欧洲街,还有这家商场的名字都统一一下呢?让人一看就知道实力。"

杨巡笑道:"要别人知道实力干什么,只要银行知道就行。知道的人多了,以后还想走夜路不。对了,银行基本户的那几个人出事了,你暂时还是别把钱存那边去,看看再说。要不要我送送你?"

"不用,这儿都闹市,我家就在后面。"

杨巡哦了一声,也就作罢,两人被警惕的保安们盯着分道扬镳。杨巡当然记得任遐迩住哪儿,这种细节他一向留意。只是他既然将人留得那么晚才放,总得有所表示,让晚归的人心气顺畅,以后他再让加班就能顺利些。

他今天开了两场会,本来心里火气挺大,现在与个傻傻的任遐迩一席话谈下来,又占便宜得到任遐迩的免费劳动,他心情好了不少。杨速瞅见,心里怀疑上大哥与任遐迩真的有鬼了。可他才将疑虑问出口,杨巡就给他兜头一瓢冷水,杨巡说做人要上道,兔子不吃窝边草,像有些人把公司里所有女职工全发展成大奶二奶三奶四奶,上班整天争风吃醋,还做什么事。挣钱是挣钱,花天酒地是花天酒地,那得分成两个战场,绝不能搅浑。

但杨速不同于其他职工,他还是笑嘻嘻地向大哥建议,任遐迩这个人不错,为什么就不考虑考虑发展为自家人呢。要真成了一家人,有这么个铁算盘管着财务,操持着内政,做男人的想怎么发展都没后顾之忧,多好。说什么都比大哥最近交往的那些只知道唱歌跳舞泡酒吧花钱的女人好,杨家的大嫂,大家都希望是个能镇得住的。

杨巡一听,呀,还真可行,任遐迩除了长相不风流,其他,他全部中意,而且还有资格当他几个弟妹的大嫂。可是,难就难在这个长相,总得让他有点兴趣吧。他这辈子追上过或者没追上过的女人,哪个不是漂亮得出类拔萃的,唯独这个任遐迩,长相真是太实惠了。可杨巡无法忽视的是,有任遐迩这么个能耐下心来在数字堆里翻滚的人与他夫唱妇随，那简直是武林高手双剑合璧，天下无敌。

杨巡到底是心动了，感觉找任遐迩是不错的买卖，虽然任遐迩背后没有什么名门望族，可是他能指望什么身份人家的女儿嫁给他，那都是高不成低不就的。第二天上班的时候不免仔细看了一下任遐迩，圆滚滚的苹果脸，圆溜溜的眼睛，圆嘟嘟的嘴，比较粗糙低级的打扮，跟还在大学读书的学生没差多少，不，杨逦读书的时候都比任遐迩穿得漂亮。可是，让他追一个不漂亮的女孩子，真是勉为其难。不过杨巡从昨天对任遐迩洗脑，任遐迩似乎对他无比佩服的神情来考虑，估计钓上个把任遐迩不是件太难的事。他也确实该认真考虑一下结婚了，再不结婚，恐怕老二要先上车后补票给搞出一个非婚生孩子来了。那些歌舞团的漂亮女孩子当然是一起玩的好对象，可是结婚，他又不是愣头青小毛孩，他现在已经知道妻子的角色与女朋友不同。

但是在杨巡出差前的两天里，却一直没寻找到以对待一个适婚对象的尊重而不轻浮的办法，把任遐迩拐带到暖气很足的场合看看她剥下面包皮究竟是什么身材。以前见过，可那时没留意她。等又带上两个新成立的招商部职工一起去出差，那就更没机会了。他于是给杨速派下一个任务，让大弟打听清楚，任遐迩有没有男朋友，如有，破坏掉。

没料到，这个胖乎乎的面包竟然还真有一个走得不太勤快的男孩子跟着，好像是校友，是个在宋运辉麾下的东海总公司做技术的，两个人都忙，见面时间极少，根据杨速观察，一星期里面难得见一次面。杨巡鄙夷地想，面包买房子，看来用的都是自己的钱，那男孩既然一点帮不上忙，显然是没用的，那种人容易打发。杨速是有意促成，他从一个旁观者的角度认为任遐迩做这个没有家长的杨家的大嫂非常合适。杨巡出差时间忙得满天飞，闲暇时间即使酒醉，也被杨速灌输任遐迩任遐迩，他自己也是设计布局想着怎么在回去的几天有限时间里攻城略地。但是任遐迩还一点都不知道杨家兄弟的阴谋，杨巡却一来二去，先把自个儿给绕进去了。都几乎忘了攻城略地的目的是为了什么，却把着眼点放在如何策划进攻上，他非常享受这个过程的乐趣。

杨巡几乎是赶着发薪日回商场的，因为根据与任遐迩的约定，他必须私人补足她每月收入不足的部分。已经是三月天气，杨巡满以为会看到一个剥去面包皮的任遐迩，没想到方面包是没了，却看到的是条长面包：任遐迩脱下厚棉袄，换上薄棉袄。杨巡终于想明白，等到了春天，再剥去一层面包皮，这面包估计还是面包，只会再狭长一点，变为法棍。除非汗流浃背的日子，否则永远别想看到面包馅。

任遐迩取过杨巡交给的装钱的信封，以职业敏感，觉得信封似乎比预料中的厚，但是她没好意思当着杨巡的面清点，她道了谢，就把信封塞进她棉褛的宽大口袋里。杨巡本想就他多放进去的五百块与任遐迩来几句扯皮，以表达他对她工作的欣赏和对她本人的重视，但见她不清点，也只能作罢。两个人公对公地讨论一番新招商进来的专柜的销售情况，再讨论一番冬衣打折的销售情况，没油没盐地讨论半个小时，任遐迩都是低着头看账本，对于杨巡的注视全没反应，对于杨巡的表扬也只是一句"应该的"，令满身是嘴的杨巡无计可施，只得结束谈话，但杨巡还是得申明一下，说信封里为了奖励任遐迩主动积极的工作，多加了五百元。杨巡只见任遐迩圆圆的眼睛立刻流光溢彩，这一声"谢谢"说得兴高采烈。杨巡看着出去的任遐迩心想，面包爱财。才多五百块钱就能让她高兴成这样，太容易打发了。

于是杨巡谋划着晚上如何巩固战果，下班后邀请任遐迩一起出去吃宵夜，让她化喜悦钱多为喜欢他这个人。可人算不如天算，宋运辉的秘书打电话给他，要与他约时间，说宋运辉有事要找他谈。杨巡心里发毛，总感觉没什么好事，但是既然是宋运辉来约，即使天上下刀子他都得去。他说任何时候都有空，而且他可以送上门去轮候宋运辉空出来跟他谈。这话说得秘书都笑了。

杨巡说去就去，直奔东海厂区。到了果然得轮候，他坐在小会议室里喝茶，没人有空跟他聊天，他只好看报纸。

等了足有一个小时，才见宋运辉出现。宋运辉只匆匆在门口闪了一下，说声："小杨，你到我办公室来。"杨巡立刻略微放心，办公室毕竟与会议室稍有不同，办公室会见的待遇相对比较私密。

进去宋运辉的办公室，杨巡想要积极主动地倒茶，宋运辉却阻止他，亲自动手煮咖啡。杨巡忙赔笑道："宋总以前好像喝速溶咖啡多。现在全市也只有丝路有煮出来的咖啡，我愣是喝不出个好来，有时候我都怀疑他们装着弄咖啡机，其实柜台下面忙着冲速溶咖啡顶替。"

宋运辉微笑道："那是丝路没选对咖啡豆，我喝着也不行，还不如喝白开水。"宋运辉说着，坐到杨巡身边的沙发上，手抚颈椎，道，"开了一下午的论证会，一大半时间站着趴桌面看图纸，脖子累得吃不消。"

杨巡忙道:"要不按摩一下?"

宋运辉斜他一眼,道:"那种乱七八糟的地方我不去。"

"不是不是,是盲人按摩,男的,手劲足,认位准,我有时候连着几天开长途下来,腰背都僵了,找他一按就好。宋总要是有时间,我叫他等着。"

宋运辉想了想,道:"这几天没时间,四月下旬吧。咖啡香气怎么样?你以前见过的虞山卿给我带来的豆子。"他起身倒出两杯煮好的咖啡,一杯交给杨巡。杨巡连忙起身接了。"小杨,我记得你以前处理过职工下岗还是买断工龄的事,听说处理得很有利于你,你做了什么手脚?"

"我那时候还是亏了,我那时候只能接受买断工龄。我只好找人帮忙,把买断工龄的钱抻成分期付款,减少压力。不过那时候的钱放到今天来付,真是不算什么,现在我们商场有些经理一个月的工资都能抵他们当时一个老工人一辈子的工龄买断。算来算去还是合算。哎,这咖啡是真好,喝进去连我这个不识货的人都知道醇。"

宋运辉没搭咖啡的话题,而是继续道:"为什么你还说亏,你认为下岗更好?"

"那当然,那时候如果能让我搞下岗,我只要设立一个再就业服务中心,每个月只给基本生活费,代交养老保险、医疗保险、失业保险就行,三年后就移交给政府,那时候才多少钱啊。不过现在工资涨得快,生活费加三金也不少。我一个朋友后来吃不消,干脆把公司算破产,不到三年就把再就业服务中心扔给政府接手,他省下不小一笔。然后改头换面用亲戚名义买下他的公司,公司照样还是他的。"但杨巡立刻又有些装模作样地道,"不过大家都骂他,呵呵。"

"哦,钻政策空子的人不少。"宋运辉考虑了会儿,又问,"你朋友当中还有哪些钻空子的,跟我说说。"

杨巡奇怪,小心地问一句:"你们东海不会也下岗?"

宋运辉笑道:"东海怎么会下岗,东海只有缺人。我随便问问,上回听说几个事例,有意思,我想你应该知道得更多。"

宋运辉不明说原因,杨巡就不敢深问,又东拉西扯地将知道的那些作弊都说出来,什么劳务外派啦,合同陷阱啊……总之上有政策,下有对策;道高一尺,魔高一丈。但他奇怪宋运辉这么一个正规企业的人问这些干吗,不管宋运辉为什么问他这些,杨巡总是清楚他肯定帮了宋运辉的什么忙,因此他顺势提出请宋运辉帮忙调开任遐迩的男友,宋运辉果然答应了。

杨巡回来路上还是没想出宋运辉问他下岗之类的问题干什么用，难道是别人托他打听？谁那么大面子，是雷东宝吗？看似他与宋运辉的关系有复苏迹象，这倒是件好事。

杨巡走后，宋运辉喝着咖啡，闭门思索了好一会儿，便往试点工作进入执行阶段的管理团队打去电话，就杨巡透露的那些个体户的操作，简单扼要地提了几点他的考虑，要求那边立刻调研起草，一周后拿出可操作性的计划。随即，他一个电话打去上海的外公那里，告诉外公，报表会漂亮许多，不过还有一些问题需要向外公这位经验老到的人士请教，外公无奈，只能头痛地答应。

两人都知道，本来这种让报表显得漂亮的事情，问业内人士梁思申是最直接的，可是梁思申这个专业人士只肯答应做技术性指导，其他任何歪门邪道的法子，她就是不肯说，她说这是她的职业操守。外公虽然打电话骂梁思申不知变通，别以为受点子西方教育自己就是白种人，但他终究还是无法说服他花钱拎到美国培养出来的外孙女，看在自己已经投入的钱的分上，只得快快拿起放大镜看宋运辉发给他的传真。

宋运辉对梁思申的职业操守有些哭笑不得，也有点替梁思申为难，她那样的性子，不知道在国内能走多远。他不信梁思申所说的什么西方社会就是这样，他接触过太多的欧美生意人，又不是没见过滑头，不过梁思申爱怎么说就怎么做吧，她自己承担得住，他就承受得住。他自己生性严谨，成长路上也身不由己，但一向羡慕梁思申的肆意，他愿意纵容梁思申照着她自己心目中的原则做事。只是他不认为梁思申的原则能坚持多久。梁家的关系已经让梁思申在国内的工作避免了许多暗礁，但是随着她职位的升迁，工作领域向纵深发展，她的原则还能总是一帆风顺吗？

09

雷东宝的机会则是终于又回来了。虽然他家里的事闹得一塌糊涂，与冯欣欣的离婚并不是那么容易，须得正明软硬兼施不断地磨不断地压，并且动用社会资源打压冯家的闹事，但一个多月以来，一直不见有任何进展，彼此僵持。雷东宝给正明撂下话，这件事不处理完，别回集团工作。弄得正明很是焦头烂额，自然是歪招损招都使了，恨不得冯家快快受不住压力，早早精神崩溃，赶紧答应离婚。

但是雷霆集团却因为获得大宗出口订单，为正受到出口退税调整打击的本市外贸行业抹平了一丝焦虑。早在去年开始出口创汇，以致县里开始对雷霆刮目相看以来，雷东宝已经意识到一条重要信息——政府重视外汇。而今一下获得全年大单，创汇可观，雷东宝想到，是不是可以有所作为？他一等信用证到手，不管家里鸡飞狗跳，叫小三请来陈平原开了半天闭门会议，陈平原顺势而为，多方跑动催谷，半个多月下来，上面亲切的目光终于又普照到雷霆身上。

这天，陈平原宴请完得力朋友，获得明确答复，便立刻一个电话给雷东宝，要他在集团办公室里等待。

雷东宝听闻传召，立刻披衣下床，关了电视机告别韦春红，赶赴集团办公室。陈平原没在他自己的办公室，而是坐在灯火通明的三四十人大会议室的主席位上吸烟。陈平原早就听到雷东宝的脚步声震响在这空无一人的集团办公楼里，但他当然是不会做出任何迎接举动的。他只舒舒服服地坐在可以转动的皮圈椅上，抱手看着雷东宝急急进门，一直等雷东宝问"陈书记你找我？喝多了？我送你回家。"他才伸手招呼雷东宝坐他身边，慢条斯理地扔一根烟给雷东宝，看着雷东宝将烟点上，才道："你前儿不是已经用信用证贷了一笔钱吗，怎么用？"

"那些贷款不是专款专用做流动资金吗？我原来那块资金抽出来扩大铜厂，不扩大不行了，现在周边小电线厂都饿得嗷嗷叫。陈书记怎么想起问这些？"

陈平原微醺的脸上微微一笑："你现在做事越来越宏观了啊，知道带动群众一起致富，呵呵，不错，有号召力。"

雷东宝不晓得陈平原干吗这么晚把他叫来打趣，他也无所谓，因为当着别人的面，陈平原一向庄严，打趣都是在背人处。他笑道："还不是跟着你们这些戴眼镜的学的。你们小嗓门，我捏着脖子装小嗓门，总有三五分像吧。陈书记你醉了，我送你回家。"

"我呸，你以为我是跟你闹着玩的？我问你，现在如果再给你一倍两倍多的贷款，你打算怎么用？"

雷东宝一听，立刻明白，看起来陈平原的跑动有门了，他立马探头过去，热切地问："给贷款支持？给多少？"

陈平原推开雷东宝的头，道："你离我远远的，先回答我的问题，我看你回答问题的态度再斟酌怎么跟你说。"

雷东宝笑道:"给我多一倍贷款?两倍我也有地方用。你知道项东说几个月可以安装成功新的冶炼设备吗?不到半年。半年后比现在多两倍的铜材出来,我得有地儿消化它,钱给我,正好让我上配套设施。"

陈平原听了却是"啧啧"连声:"就你个小农经济,还吹什么两倍都有地方用!人家给你专项贷款图的是什么?一直以来,图的是听个响儿,而且得响亮清脆的响儿,越快越好。你搞什么扩大算什么响儿,面条拉长点就不是面条了吗?还是面条,没有质变。知道吗,杨子荣出来先一个亮相,晃得人眼前一亮,才能赚来满堂彩。你现在算是产品出口迈出国际化的第一步,这个亮相已经获得肯定,你好好考虑考虑,下一步怎么走。"

"国际化",这个耳熟又陌生的新名词,雷东宝没想到有一天会落到他这个土生土长的人面前。而在此之前,他因为整合本地电缆行业,获得也是陌生的"集群效应",因此受到好评。目前,集团奉行的则是正明主导小三起草的"规模经济"。但从陈平原的阐述和雷霆目前因出口创汇受到的实实在在的重视,看起来国际化才是必由之路,这条路毋庸置疑。

有门了,有方向了,想到这一点,雷东宝很是兴奋。虽然至此他还不知道国际化这条路具体该怎么走,他对于国际化的粗浅理解还只有出口创汇,但既然已经有这么条路摆在他面前,那么别人走得,他雷东宝如何走不得?他看到眼前的光明前景。回到家里,高兴地叫韦春红炒出两个小菜,喝下半瓶五粮液。出狱这么多天的摸索,终于摸到结果。他出狱后已经憋闷那么多日子,经多方挣扎也只挽回些许阳光,好,这下终于出头在望。

那感觉,就跟小老婆儿子转正,终于名正言顺了一般。只是,怎么才算是改头换面呢?

第二天,雷东宝一早上班前先去了陈平原家,原以为陈平原昨天醉酒,今日大早一逮一个准,没料到陈平原早锻炼去了。雷东宝等了好久才见陈平原拎着一塑料袋的菜悠闲地回家,连忙上去邀请他一起去集团开会讨论方案。陈平原懒得去,只耳提面命了半个小时,让雷东宝务必以前瞻、先进、共荣为前提,设计出能让人耳目一新的突破性方案。

雷东宝回头就召集所有中高层干部在小雷家开会。大家七嘴八舌,想出很多主意,都由小三记录在案。中午时候雷东宝一边吃饭一边问小三,大家意见主要集中在哪儿,小三说,各执一词,电缆厂的希望建成电缆城,铜厂的希望建成铜城，都希望自己的产业膨胀性扩大。雷东宝又问小三，有没有新鲜一点的说法，小三找来找去找不到什么说法是新鲜的。雷东宝心说这就是了，他一上午都竖着耳朵找新鲜点，找国际化，可就是找不到。

雷东宝让小三下午打电话、上门向各位好友请教，他自己也打电话跟各位朋友讨论，可没给宋运辉打。他生气——宋运辉现在对他的轻视。

综合各方回音，晚上雷东宝又留下正明、小三和项东开小会，决定出以铜原料基地为依托的电缆工业城计划。计划是项东说出来的，但项东是折中两个工业项目后提出的，以铜材加工为基础，大力发展电缆加工。但雷东宝觉得这个计划意犹未尽，没有凸显他们的出口创汇特色。正明和小三根据雷东宝的意思一琢磨，变为"以铜原料基地为依托的外向型电缆工业园区"，包括陈平原也觉得点题。

很快，小三就把规划写了出来，规划的上半截，是雷霆已经在实施的投资，和已经产生成效的出口任务，以表明规划不是虚的，而是在实实在在执行的。下半截则是刚刚小三找大家开会集思广益想出来的，与工业园说法相配套的方案。整个方案如陈平原所言，非常高瞻远瞩，也非常规模宏大。当然，规划文案上面标明的出台时间比小三实际草拟成文时间要早近一年。

文案出来，雷东宝看着很是喜欢，这是小雷家第一次拿出如此有水平的文案，他当即就吩咐小三复印两份，通过邮局寄挂号，一份给宋运辉，一份王老先生。当然，这一次不再是过去的那种征求意见，这次……只是给看看。

与此同时，正明终于软硬兼施地让冯家答应把婚离了。这笔钱，韦春红拿得很爽快，没一点含糊。离婚办完，正明更受雷东宝重视，但他心有余悸，当初离婚不遂时，雷东宝曾以停职相逼于他，没一点含糊，他这个集团副总根本就不算什么。正明更认识到，他有必要更加巩固雷东宝对他的信任。因此方案出来后，正明积极活动，牵线雷东宝与关键人物见面会谈。正明在这方面的功用，非小三可比。

为了更好实施工业园区规划，也为加大自己在集团的权重，正明投其所好，提出全方位提升雷霆集团形象，规范雷霆集团内部管理。雷东宝初时觉得颇受约束，但好在正明察言观色，整顿集团面貌的时候唯独放过雷东宝，不仅是放过，还尽量想方设法通过规范集团秘书、司机等的言行烘托雷东宝的中心地位。雷东宝起先还是不习惯，可渐渐地，他发现他虽然实际就是小雷家老大，可用形式再强调一下他的老大地位也不赖，人总有点虚荣心，雷东宝很满足于大伙儿对他的更加众星捧月。这方面，正明尤其以身作则，雷东宝更是喜欢。然而因有雷霆实力为依托，谁看到正明导演出的规范都会说声"气派"，有些私企业主也纷纷效仿。

果然不出陈平原所料，以他的思路为前提的小雷家发展规划，很得县市两级政府的赏识。上面的赏识，加上雷东宝率诸人的努力跑动，事情开始渐渐朝着雷东宝喜闻乐见的一面发展。他们雷霆的事情，在阔别两年之后，又上了县政府月度工作会议的会桌。此后，雷东宝堂而皇之地与大小领导坐在同一张饭桌的机会几何级数般增长。

宋运辉收到雷东宝传的规划，最先并没当真，还是在梁思申提醒下，中午去食堂吃饭时拿去打发无聊。认真一看下来觉得有些意思，吃饭回来就接着看。从规划中他看到雷东宝学会长远思考了，而且思考得显然不错，不仅考虑到自身的发展，还考虑到积极向政府靠拢，互惠互利。

没料到梁思申却说雷东宝的规划是倒退。梁思申的意思是，雷霆应该以市场为理念设计规划，而不应该为迎合地方政府去规划自己的产业结构。梁思申还尖锐指出，雷东宝以前享受政策优惠，食髓知味，念念不忘，因此明明市场化的步子走得挺好，却非要倒退迎合，就跟戒毒出来的人放弃重新做人的机会，看到毒品又一头栽进去一样。

宋运辉也知道对于接受市场化教育的梁思申而言，这话一点没错，但他告诉梁思申，在国内做事，如果能结合市场和政策，左右开弓，才能左右逢源。雷东宝这回的进步就在于，他终于意识到做事应该没有机会创造机会，能放眼未来制订长远的有关自己发展和与政府合作的计划，而不再是过去遇到事情才想到去政府机关求救的被动消极行为。

但梁思申还是不以为然，她认为一个经济实体更应该向市场寻找出路，想方设法以产品质量和技术的提高来寻求长远发展，而谋求政府扶持是短期行为。不信可以拭目以待。

正好有人来找宋运辉，只好放弃辩论，着手做事。但心里却想，即便是在梁思申接受教育的美国，不说别的，白纸黑字记录在案，而且被他这个中国人见识到的就有雅可卡接手克莱斯勒公司之后，说服美国国会，由政府担保获取巨额贷款的事例。政治与经济一向是关系密切，"政治经济学"并非中国特色。梁思申在没接触过的领域，看起来依然是理想化。不过他还是很喜欢与梁思申的辩论，梁思申总是在不经意间给他带来很多不一样的思考。就像梁思申也经常说起，从他这儿能获得很多在国内做事的思路。但宋运辉"忘了"给雷东宝打电话表示肯定。他下意识地以为雷东宝现在已经步入正轨，那么他也没必要再耳提面命。

雷东宝将规划寄给宋运辉后，如石沉大海，他心里挺不舒服，但不愿提起。

10

杨巡在外面跑业务的时候，杨速在家管着就不断地打电话给他，告诉他第一个月没发奖金，下面开始出现怨言。有些门道的人看商场看似不景气的日子不会短，赶紧趁着刚过新年招聘多，纷纷跳槽。杨巡只问楼面服务员有没有人跳，杨速说暂时没有，但军心动摇。杨巡就不拿跳槽当回事，他早就嫌五楼的管理人员太多，跳就跳吧，好过他自己动手裁员，还得支付补偿费。现在那什么劳动法真烦人，劳动局净盯着他们这些大的个体户。

春节后第二个月才到月底，就不断有人到财务部打听，这个月有没有奖金。任遐迩一概回之，从绩效来看，应该没有，但老板会不会额外开恩支付奖金，那是谁都不知道的。说这话的时候任遐迩心里很内疚，就跟出卖自己做了老板内线似的，大家都一样干活，她的收入却有绝对保障。

那些来打听的人听了任遐迩的话，都纷纷在背后猜测，以老板是个体户来看，开恩支付额外奖金的可能性很小，谁从小没在政治课上学过资本家唯利是图这一条？再有前面已经出逃的榜样在，一时好多人起了跳槽的心思，都想趁春天百业复苏之际抓紧时间找到新的油水岗位。

人事经理非常着急，但留守的杨速回答得胸有成竹："想走就走，绝不挽留。"杨速关上门就心虚，赶紧又找大哥放出SOS。杨巡依然是那句话，五楼的人想走就走，绝不挽留。空出来的岗位从此空缺，等以后紧张再考虑补充人手。杨速疲于支撑。

杨巡此时却被杨逦告知，她已经应聘成功，目前在梁凡、李力的那家公司工作，被分配到项目部从最基层做起，工资一千五，试用期后工资会提高。杨巡惊得都不知道说什么好，李力那么精明的人能放他的妹妹进公司卧底？究竟存的什么心思？他要杨逦立刻辞职，但杨逦不肯，杨逦说公司很大，人那么多，她这样的基层小百姓受聘都由人事决定，李力肯定不会知道。杨逦还说，她这回一定要好好干，争取有事做，做成事。

杨巡在电话里花半个小时没法说服妹妹。他一直想不通，杨逦为什么一定要钻到梁凡、李力那家公司去，连他放出给同样工资只要杨逦从那家公司退出，杨逦都不答应，为什么？但不管是什么原因，杨逦私自应聘进入那家公司，总是个定时炸弹。现在不管是李力装作不知道，或者是李力真的不知道，他这个大哥既然知道了，就不能坐视不管。

他想来想去，决定打个电话给梁凡，而不是李力，因为看上去梁凡稍微厚道点，干脆让梁凡那边着手让杨逦离职。首先不管他和梁凡、李力之间有多少龃龉，他不能让杨逦待在那个危险境地；其次他得给目前的合作人梁凡、李力一个说得过去的起码的公道，最起码是别做杨逦那种低级傻事。他真是想不通杨逦好好的脑袋怎么不开窍，这种傻事都干得出来。他打算如果电话解决不好，他只有结束出差去一趟上海。

梁凡那边接起电话，不等招呼，就问："小杨，经营得怎么样？怎么把四楼关了？你得坚持住啊。春节后有段冷场，这很正常，商场的普遍规律，你不要见着风就是雨。"

杨巡笑道："谢谢梁总鼓励，你看，这不我自己也跑出去找品牌入驻嘛。今天先找梁总汇报一件小事，请梁总大人不记小人过。"

梁凡奇怪说道："什么事？你尽管说。"

杨巡对着话筒笑容可掬："梁总，我昨天才得知我家小妹新找的工作竟然是贵公司。她说非常羡慕贵公司的规模和档次，还说很喜欢现在项目部的工作。我想这不大好，我们不能背着梁总和李总做事，再说我们两家公司也应该有所避嫌。我让她离职，她不肯，非说喜欢那份工作。梁总，我求你一件事，我家小妹去年才大学毕业，没啥本事，小孩子一个，这种人在你们公司多一个不多，少一个不少，你把她辞了吧。我的话她不听，你的话她没法不听。"

梁凡没想到是这种事，不由笑道："哦，记得，见过，还真没想到她这么看得起敝公司。"

杨巡依然把自己一脚踩在泥里，笑道："是啊，我小妹说，公司高层管理人员决定公司的档次，像我这种人做出的商场整个就是集贸市场，没档次，像贵公司从上到下都有档次。我看她就这话算说对了。但梁总，我小妹任性，她在你公司就跟卧底似的，这事不好，我怕她惹事，我担心。你就把她开了吧，听说她还在试用期。"

梁凡听着还是觉得好笑，宽宏地道："多大的事儿，还是商场的事你加把油，千万别越做越小，商场的排场和人气至关重要，你不能因为一些水电人工成本因小失大，万一被人认作败象了，以后想挽回人气就难了。你别操心你小妹的事了，我们欢迎她去我们的商场参观学习。我开会，以后再聊。"

杨巡觉得难以置信，心说都疯了。可梁凡、李力那公司全是靠政策和关系赚钱，即使梁凡对杨逦是他妹妹这事儿不在意，他还在意呢，杨逦在那种公司里学不到东西，不会进步，可问题是双方你情我愿的，还都不要他插手，他想管都管不了。

杨逦的事儿弄得杨巡无心出差，亲自去上海偷偷看了一眼，见杨逦跟寻常白领一样上班下班，而并没受到什么特殊关照，他才算稍微放心，回来协助杨速处理工作，免得杨速每天放警报。他回来一处理，那些杨速认为天大的人员跳槽事件，都不算大事。他一来，好多打算出走的人似乎感应到什么，不约而同留步拭目以待。杨巡处理完中层跳槽的几件个案，看着杨速不说话，弄得杨速讪讪的，果然是大哥能力高他不少。他借口找任遐迩来汇报，就潜遁了。

任遐迩想到杨巡刚进门时那张黑脸，忍不住问杨速老板现在还在不在生气，问清楚了才敢小心进总经理办公室说话。没想到杨巡却劈头就给了一句："小任，你常感冒，抽屉里有没有药？我昨晚火车硬卧过来，好像着凉了。"

任遐迩很是意外："杨总确定是着凉，不是流感？昨天身边有没有流感的人？"

"应该不是流感，怎么？"

"那我去拿药。如果是流感的话，话说，吃药保证七天能好，不吃药得拖七天能好，白吃。"

杨巡有些哭笑不得，看着四月初天气里还穿着厚夹克的任遐迩出门，心说总算是法棍了。

一会儿任遐迩进来，拿来一包板蓝根和一板速效感冒片，找只杯子帮杨巡泡好板蓝根，才一起放到杨巡面前。"杨总，速效感冒片吃两粒，不过吃了会贪睡，正好午睡。"

"谢谢。"杨巡心说果然被他猜中，不是贵药康泰克。他依言将药吃了，才问："这个月营业额还是非常差？"

"比上月好了点，不过还是亏。员工不知道亏多亏少，一看没奖金就动摇。

这是我做的与上月对比和与去年同比的报表。"

杨巡真想喊"亲人"，他急火火回来最想知道的就是这两个对比，没想到任遐迩先他一步做好了。他拿了报表就仔细看。任遐迩的报表做得很原始，没寻常会计账那么天书，数据都是第一手，包括每个专柜的营业额，没经过处理，因此看上去非常直观，留下足够大的思考空间。任遐迩坐大班桌对面，则是暗求老天爷，亏本不是她任遐迩的错，老板看到数据不满意，千万别把气第一个发到她头上来，她可不想当一传手。

杨巡看完数据，忍不住问一句："小任，你现在还有没有做兼职？"问出来才想到，人家有也不会跟老板说。

"没了，工资够过日子，而且商场会计工作也耗时间。"

"我想你现在也应该没兼职。"杨巡弹弹手中的报表，"除非你三头六臂。不错，这报表，看上去我们新招商进来的品牌已经有销售。四楼的施工已经差不多，费用你再拖一阵子付。我打算趁我回来这几天立刻把男装和运动休闲装布置上去，完了拉一期打折攻势制造影响。好不好就看下半个月了。"说到这儿，他不由想到梁凡居高临下地"教育"他的话，不过梁凡说的倒是经验之谈，商场的人气千万不能流失，流失了挽回很难。只是这经验他早在做市场的时候就总结出来了，与做商场异曲同工，不需要梁凡马后炮。

任遐迩没说明，其实不用三头六臂，只要把数据库里的数据调用一下，就可以分别做出几种不同侧重点的报表。麻烦的只是最初编写程序和后来定期输入数据。她微笑道："很希望辞职的那几个会后悔他们仓促的决定。"

"我只希望这几个月没白辛苦。啊，对了，厂家送我一些样品做礼物，我用不上，你看看好不好。"

杨巡说着，翻出包里的几件包装依然完好的衣服，放到任遐迩面前。只有一件是厂家送的，其他是他在厂家看着不错，自己花钱买下的。任遐迩一时接收不来这信息，感觉收下很不便，拒绝又不好，只得道："谢谢杨总，可是，我办公室那么多人……我可以分给他们吗？"

杨巡笑道："先放我这儿，下班你来拿走。你去通知办公室，安排下午一点，中层开会。"

任遐迩疑神疑鬼地出去，心里觉得老板似乎对她太亲信了，亲信得让她觉得暧昧。杨巡则是坐在办公室里犯愁，他该拿这个绝缘体似的面包怎么办。人家女孩子个个鲜活敏感，见风是雨，怎么这个一点不接受他抛过去的暗示呢？按说宋运辉的秘书已经告诉他，任遐迩的那名男同学不久前去了别处高就，她应该已经落单。

晚上下班，任遐迩想装作忘记，悄悄溜走，她估计她这么一做，那么精明的大老板一准看得出，不会再为难她，没想到下班时却又被杨巡一个电话叫去说话。她欲哭无泪，知道自己孙猴子不是如来佛对手，不得不进去总经理室接受询问。杨巡确实有话说，但等说完话，任遐迩更欲哭无泪，杨巡竟然是用大塑料袋拎着一大包衣服与她一起下班，在保安们的众目睽睽之下，也不把塑料袋交给她，更不去他自己车上，非要陪着一起走。

杨巡是铁了心地要任遐迩今天明白他的意思了。知道任遐迩脸皮薄，他就当着保安的面一起走，料到任遐迩不便当着那么多人面说什么。但杨巡等着，估计任遐迩转弯就会有话说。但是才刚走出大门，任遐迩已经急着道："杨总，再见啊，我走那条道，跟你不是一条道。"

杨巡当然不会当着保安的面就那么妥协，边走边道："我有个问题到嘴边一时想不起来了，估计走走能想出来。"

任遐迩仰天无语，这什么话，这什么话，有这么说理由的吗？这存心在宣告众人，两人大有问题。可就是这么些说话的工夫，两人又走出一段路，拐弯了。

杨巡才笑嘻嘻地看着一脸郁闷的任遐迩，道："我想起来了，周围有药店吗？现在还开着门没有？"

任遐迩惊讶地看看杨巡，看到杨巡脸上写满"借口"，调戏啊。她一脸敦实地道："现在药店没开门的了。"

杨巡自以为得计，道："哎，糟糕，你家有没有感冒药？"

"没有，我都放办公室的。不过上午给杨总的速效感冒片，还够吃一天。"

杨巡不由暗笑，谁都不是傻子，别看任遐迩一脸敦实。他似乎没了继续跟着的理由，只得道："看来我还得回办公室去。你家就这附近？我送送你到家，晚上这条路人不多。"

"谢谢杨总，不过正常下班的话，有几个人同路。"

"不用谢。我做事那么多年，难得有员工主动想出高明主意帮我，即使我弟弟都不能。我弟弟不是不想，是想不到点子上。"

任遐迩心里暗暗想，老板要是能说出"非不为也，是不能也"，那就高明了。不过还是喜欢有人表扬，笑道："谢谢杨总，拿人钱财，替人消灾，应该的。"

杨巡微笑道："应该的吗？没。我出道十多年，见过这样的人不到十个，这些人现在个个非常出色。不过这样的人也很容易成枪打出头鸟的那只鸟，又或者个人很努力，可集体不争气。虽然现在跳槽很容易，可机遇对于一个人还是很重要。对做老板的也是一样，看到好的员工，赶紧拉拢，呵呵。你是不是不想收这袋样品？拿着，你当得起。"

任遐迩被杨巡前面的话说得心旷神怡，觉得老板说话很实，可没想到老板的话头一下转到那袋礼品上，原来老板也看出她不想收礼。她愣了一会儿，才道："谢谢杨总，其实我没那么能干。可如果杨总真觉得我当得起，希望折算成人民币。我不希望在工作场合传出本来可以避免的风言风语，我当不起。对不起，杨总，我辜负了你的美意。"

杨巡忍不住看着任遐迩笑，她还真直接，一点不像大多数小姑娘，要么对暧昧的事儿说不出口，要么不好意思提钱，这下弄得他倒是不好意思再敲边鼓了。他挺有挫败感，他一团热心要把任遐迩变为杨家大嫂，可人家一点意思都没有。可看看任遐迩路灯下清澈的眼睛，他没好意思胡说，只得顺水推舟道："呵呵，我不好意思，我粗心没注意到这点，把你跟其他同事一样随便对待。女同志出来做事不容易，想做出点事情，要比我们男的多用功不少。不像我们男的随便，再晚都可以一起出去吃宵夜，酒桌上面什么感情都可以交流。"

任遐迩听杨巡这么一说，心中释然，感觉老板真是通情达理，毕竟刚才他说那些话的时候是横下一条心的。正好她也到家了，就道："谢谢杨总理解……"

"你今晚都谢几次啦？我再厚脸皮都吃不消。你住这个小区？这个小区房价不低。我今天送佛上西天，看你安全到家。"

"我买的是顶楼，七楼，比一楼还便宜。可就是每天爬上去就不想下来。"

"七楼平顶的容易漏水，你的不会吧？"

"我运气好，听说这个小区的施工质量不错。杨总，我就这个楼道，天晚，不请你上去了。"

杨巡点点头站住，将塑料袋硬塞给任遐迩，看任遐迩进了电子楼梯门，才转身离开。心里觉得挺好笑，他怎么能这么纯情老实地追求女孩子，太老套了，他其实有的是办法，什么烛光大餐，夜总会狂欢，还有咖啡厅玩情调。可问题是任遐迩又不一样，任遐迩是得力干将，他最知道，女朋友易得，得力干将难求，他不愿因小失大。

回去的路上想到刚才两人对话的时候，杨巡忍不住想笑。任遐迩挺喜欢钱，还不怕人知道，不过名不正言不顺的钱物却是不要，立场非常清高和清楚，挺真实可爱的一个人。这性格，与梁思申有点像。只是梁思申条件太好，那种直爽就无形中变得咄咄逼人。相比他以前谈过的几个大学生出身的女孩子，任遐迩并不是让人一见倾心的美女，可是处着舒服，说话有实货，他本来还觉得可能勉强自己，试下来却感觉越来越好。

唯有长相，杨巡摇摇头，太不会收拾了。

这一夜过后，商场更传风言风语，前不久还是传任遐迩与杨二，现在变为与杨大。都说任遐迩此人钻营功夫一流。任遐迩冤得不行，愈发开始与杨家兄弟保持距离，有事与杨巡商量，尽量想办法约到会议室，免得又被人背后非议。可是，绯闻这东西，捕风捉影都能成事，何况绯闻的另一方杨巡还真有此意，因此任遐迩甚难洗清。

杨巡回来了就没再出差，开始亲自上阵，督促加快布置四楼场地。同时雇用上回宣传欧洲风情街的广告公司，舍得花这个大价钱让专业的宣传人员替他高明地设计商场定位，同时紧锣密鼓地通过媒体和橱窗，全方位地展开宣传。

面对流水般的开销，杨速的心一抽一抽地疼。但杨速从来摆正自己的位置，既然已经向大哥提出不能如此靡费，大哥却有大哥的理由，他便没有怨言地照做。只是他心疼。

月中的时候，杨速问任遐迩这个月的费用支出，任遐迩给他从电脑里拉出一张清单，让他看个清楚。杨速看完，就约任遐迩到会议室谈话。玻璃隔断的小会议门一关，外面走过的人可以看见里面的人，却听不见里面说话。任遐迩进门，就又递给杨速一份每月费用对比，才坐到杨速对面。

杨速看完，叹道："花钱真容易。"

任遐迩道："特殊情况。"

杨速叹息："工程支出方面，两三年就又得重装，这个行业更新快。宣传更是……你有没有办法做个触目惊心的报表，提醒我大哥，支出已经毫无节制了。"

"我已经有提醒，我几乎是看到大笔支出出现，就给大杨总一份简报。大杨总已经说不要见我。"

杨速扼腕："有没有办法做得更血淋淋？我大哥……他可能在赌气……需要给他一些刺激。"

任遐迩闻言吃惊，看了杨速一会儿，才道："我设法。不过得请你递交给大杨总，我的简报已经让大杨总不高兴了。"

偏偏这时候杨巡从四楼上来，一眼便见到大弟与任遐迩神情严肃地讨论什么，不知为啥，心里不是很舒服，这两人怎么可以把他撇开单独谈话？便不请自来，开门进去。"讨论什么？"一眼就看到杨速手里的单子，一看之下便清楚两人讨论的是什么议题，就拉下脸起身道："老二到我办公室谈。"说完就走，但到门口时，还是记得回头对惊讶的任遐迩尽量平心静气地道："小任忙你的，不干你事。"

任遐迩回到自己办公室，一直好奇杨巡究竟赌什么气，跟谁赌气。作为会计，任遐迩进来时就已经大致把商场了解了一下，知道商场的管理权几易其手，而杨巡则是从最初的一支笔，到几乎与商场管理绝缘，直至去年中期才又获得管理权，只从这些凭证上反映的起起落落，已可看出商场历史之复杂。而这起起落落背后发生的事情，难道就是杨巡赌气的原因？任遐迩想，难道商场的奋力转型，除了杨巡说的几条高瞻远瞩的原因，还有其他？

杨巡把杨速叫进办公室，怒道："你干什么，这个节骨眼上想扯我后腿？"

"大哥，你看看这份明细……"

"每笔都是我签的字，我怎么会不知道。任遐迩平时提醒是不是你要她做的？"

"没，大哥，你别冤她，我今天才第一次想联合她，不过还没说服她。大哥，我看不下去，你这回的花钱风格与你往常不一样，你好像是在意气用事，赌着一口气想要比别人做得好。大哥，老四告诉我你去梁凡、李力的商场看过几次，可是我们能跟他们比吗？老四说他们都发展到香港去了，在香港都做得非常好，那是他们的命好，投胎投准地方了。"

杨巡支起耳朵，道："他们去香港做什么？"

杨速却道："大哥，你别否认了，你很在乎他们，你看我一说到他们你就留意。"

杨巡强词夺理："我什么时候否认过？我当然在意他们，老四还在他们手里打工。你别婆妈，他们去香港做什么？"

"做房地产，老四说的。具体老四也说不清楚。听说挪去的资金上亿。"

杨巡冷笑一声："香港，上亿算什么！他们两个的背景又算什么！哼！"但是杨巡说归说，心里却发虚，现在就是给他一亿，让他去香港，他都一下说不出该把钱投到哪儿，可见人家就是比他领先。但他冷着脸道："老二，你别学老四见着风就是雨，看别人的都好，看我们都是农民。"

"大哥，我怎么会。我也没说你非要跟梁凡、李力赌气，我意思是你跟自己赌气，你一定要在商场做出成绩来给人看。其实本来我们定的下一步规划很多，都不是陷在这种经营里面打转的，你去年如果不是因为赌气，又怎么会接来这么繁杂的差事？我们不是早说过，我们不做日常经营，我们只……"

"好了好了，我知道你意思，你现在说这些还有什么用？"杨巡摆摆手，他不要再听，免得想起过去那段不快，"现在已经在做，老二，到我手里，一定要焕然一新，做成本市第一。既然是这样，你一定要舍得投入，就跟为了做出欧洲街的风格我们在外墙面投入多少，商场也是一样。再说我们等于二次开业，要没特别一些的宣传，谁心里都还是老一套商场的印象，谁还有兴趣过来看看？二次开业的宣传一定要加料，加重重的料。这种料，靠你我想，想得出来？凭你我，得放多少钱请客，才能登到报纸第一版？你别只看见钱出去，看不到钱花哪儿。"

杨速静静地等大哥说完，才耐心地道："大哥，你在钻牛角尖，我是旁观者清。你的投入已经超过正常范围。我不反对你转型，对于转型我举双手拥护，但是我反对你借转型行赌气之实。"

"啧，老二，你烦不烦？有投入有产出，这话你听过没有？"

"大哥，去年你第一次香港游回来，你跟我说，我拿着尚方宝剑，要我随时提醒你，有时候你钻牛角尖了自己也不知道，不知不觉走了歪路，当时却还觉得挺对。你说你一定会听我的提醒，后退三步，停下冷静后再说。大哥，我今天提醒你，你听不听？"

杨巡本来气势如虹，被杨速搬出此话，顿时哑了。虽然他依然觉得自己做得没错，可是他也确实吩咐过杨速，必要时刻约束住他，免得再犯过去不识梁思申的好意，还自以为自己很冤的重大错误。他吩咐杨速之后，时间已经过去一年多，杨速还是第一次祭出尚方宝剑，他当然得守诺，否则他说话岂不是等于放屁。可要答应大弟，就得在这节骨眼上硬生生地刹车。

杨巡烦躁地将一根香烟揉成粉末，扭转椅子对着墙壁不要看大弟："老二你去四楼监工。别来烦我。"

杨速没吱声，倒了杯茶放到大哥桌上，悄悄掩门出去。对于大哥，他非常佩服，非常崇敬，但是他必须理智地支持。杨速想到，大哥周围只有他是敢直言的，因此他一定要把他的反对传达给大哥，让大哥不会膨胀到看不见事情的反面。指出大哥的错误，是他的职责。

而杨巡则是被杨速提醒，无法不想到沉埋两年半的往事。那个冬天，他做了大错特错的事，而且还一意孤行地错上加错，现在回想起来，不仅是后悔，简直是无地自容。两年半前的打击，让他元气大伤。他心虚地想，是，谁说他商场转型没有一些赌气的成分，他自己果然没觉得，还真是被杨速说中了。可赌气归赌气，他觉得自己的决策是正确的。

只是一真正想到两年半前，想到冰冷的夜晚赶到梁家别墅外，想到一个人在水库堤坝奔跑，他的情绪就无法压抑。不堪回首，却偏偏想了又想。坏就坏在，这事他即使再受苦，也不能怨别人，都是他自找的。他以为自己涵养够好，已经能正视错误，修正行为。被杨速提醒才知，他何尝甘心过？他连忙在心里安慰自己，不，他没有跟梁思申或者宋运辉赌气的意思，没有，绝对没有。他只有气梁凡他们的重手，还有他自己当时的一意孤行。所以他想做好商场，他只是在证明自己过去思路的正确，证明自己的能耐。

可是他设计商场转型时真没想什么赌气啊证明啊，都是被老二提醒，才好像莫须有起来。杨巡又转念一想，妈的，就算是赌气证明又怎样？只要决策正确，干吗管意图正不正确。

可是，那不是又钻牛角尖了吗？

杨巡越想越火大，又加想起两年半前的事情满肚子憋闷，愤愤摔门出去。任遐迩听到这惊天动地一响，想到刚才老板兄弟俩的闭门对话，不知道闭门期间发生了什么。她埋头工作，打算不管老板们的事。可又忍不住走进自己的小办公室，抓起电话打给杨速，告诉他大杨总摔门出去了。

杨速沉吟半晌，也知道自己挑开了大哥伤疤下面的不堪，可是他也无法，不能任由大哥任性下去。他看看楼层忙碌的布置，想去陪大哥说说话，可是他走不开，这边正是施工白热化，需要能拿主意的人盯住。他无奈地对任遐迩道："小任，你今天能不能把手头工作放一下，设法找找我大哥。我实在没法走开。"

任遐迩一愣："我？不大好吧，不相干的人还是别做烦人苍蝇去。"

"不会，我大哥很信任你。我很担心，可是我这儿真没法走开，拜托你。"可话说到这儿，杨速自己也觉得不可行，"好吧，我先跟大哥手机联络。你忙，对不起，打搅你工作了。"

任遐迩瞪眼想了会儿，还是决定不听小老板的，且不说大老板现在火气冲天，见神杀神，见佛杀佛，就算大老板现在和风细雨，她算什么角色，难道还真把自己当亲信？荒唐了点吧。她脖子一缩，回大办公室继续做事。

可没想到，杨巡的电话却打过来了。杨巡满肚皮气闷地杀到车上，冲出城外，却忽然想找人喝酒说话。不知怎的，想到任遐迩。任遐迩也是旁观者，他想听听任遐迩的意见。

任遐迩听到老板电话里闷声闷气的要求，看看周围的同事，轻声道："很忙，走不开呢。"

"你今天没重要事，只有下面收银随时结账。你出来吧，我有疑问，需要征询不同意见。"

被老板戳穿，她不便再说什么，她自己也对老板说过，拿人钱财，替人消灾，何况老板是真有公事相商。她只好答应，飞快布置下工作，同时打印出几份数据，冲出去打车先到城西加油站，上了杨巡的车，感觉就跟上贼车一样。

杨巡虽然没指望任遐迩能换件好看点的衣服出现，但等看到任遐迩穿三颗纽扣的蟹青西装外套和黑色宽松西裤，中规中矩出现时，还是不喜欢。但任遐迩背着一只足以放下一张A4纸的棕色大皮包，杨巡慧眼，一眼看出那是真皮，而非人造革。心说难得啊，肯如此投资。只是棕色大皮包风格休闲，与中规中矩的着装不相衬。杨巡这么分心一想，脑袋里原本打的结消减了一些。

杨巡伸手打开副驾的门，但任遐迩顿了下，却把副驾的门关上，坐到后面。杨巡有些哭笑不得，这也太坚壁清野了些吧，这种细节都注意到，难怪做财务工作一流。但还没等杨巡说话，后面的任遐迩先发制人，道："杨总，我把数据都带来了，不过天色已暗，是不是找个亮点的地方说话？"

"我们找个地方边吃边谈。"杨巡郁闷地回答，将车开了出去，"刚才杨速找你谈什么？"

"小杨总问我这个月的钱进钱出，希望我提前做份报表让杨总过目。"

"不止这些吧？"

"两位杨总都挺让人为难的。"

杨巡不由一笑,心说两兄弟都没把任遐迩当外人了。"好,不问。昨天开会的几个广告方案,开会的只有你是逛街主力军,现在没别的人,你说说你作为个人,看到这些广告,有什么想法,哪个广告最吸引你?"

"逛街主力显然不是我,是小杨总和郭经理。我逛街次数维持在平均一个月不到一次,几个广告对我没影响。"

杨巡懊恼,想找个说话的,身后这个却是铜墙铁壁,甚至还不是回音壁。但想任遐迩说的也是实话,冲她那点儿闲钱,冲她穿衣打扮的无趣,若是逛街,估计逛的也是菜市场。可今天他心里憋闷,就冲口而出:"还是女孩子吗?"

"要不我把女孩子资格让给爱逛街的?"

"你也不珍惜珍惜来之不易的女孩子身份。"杨巡被逗乐了,"我找个清静点的地方,西餐吧。"

任遐迩赶紧结束与老板之间的非工作对话,道:"不过我回头把几个广告方案核算了一下……"

杨巡杀到停车场停车,实在不吐不快:"广告公司看到你这种人得吐血。广告噱的是谁呢?是那种一看见便宜就血压升高脚底发痒的人,你是绝缘材料做的,对你还真没用。啊对,你说说你核算下来,哪个方案你看着最合算?"

"对个人合算的是折扣,对商场合算的是返券。但如果返券的广告做得更刺激点,原来的一百块送三十块券,改成三百块送一百块券,我算下来对商场的营业额和利润只有更有好处。别看同样是三百,后者要多给十块钱的券,可是凑足一百块钱的货容易,凑足三百的不易,很多都是凑不足三百,更多是三百到六百之间不足六百就放弃了,我估算了一下顾客购买心理大致的概率……"

杨巡也想到过是不是把一百送三十换成看上去更噱的三百送一百,可想到中间差的是十元的券,相当于十元的毛利,就有点心疼。此时听任遐迩侃侃而谈,杨巡一边走路一边看她,心里对广告方案立马有了底。听完任遐迩的发言,两人也已经进入西餐厅,杨巡由衷地道:"幸好你绝缘,利润得靠你这样的人算出来,拍脑袋想没用。"

小姐送菜单上来,杨巡因此不想在点菜上为难看上去不大可能进出过这种场合的任遐迩,不愿让任遐迩为难地对着一份菜单最后嗫嚅地吐出西餐的象征"牛排"两个字,就主动推荐道:"这边的红酒羊排做得不错,这边的酥皮奶油蛤蜊汤我看比必胜客的做得好，都试试？我也照样来一份，再两杯金汤力。"

不出杨巡所料，任遐迩果然没异议。小姐退下，杨巡就道："杨速最近每天跟我念超支，你也三天两头额外交收支报表给我，你这么做是不是也是计算后的结果？"

"没，如果把今年的预期营业额与去年的对等，不要求高于，也不低于，目前的支出还不到利润临界线，因为去年的办公费用很高，每次上海来人的旅差费报销，拿来给我们做一次宣传绰绰有余。但如果再依照现在的开支速度滑下去，离警戒线就不远了。"

杨巡一听，几乎有种如释重负的感觉，绷紧了俩小时的肌肉一下松快下来，眉头也舒展了。他急切地道："你说详细点。"这时两杯金汤力先上来，杨巡让一杯给任遐迩，看着任遐迩从大包里掏出打印资料和一支圆珠笔，却见任遐迩不急于说话，先抓紧时间一脸好奇地看酒杯，晃着那酒杯闻酒香，拿手指划过杯外晶莹的水珠。此时杨巡已然被任遐迩的几句话洗脱所谓赌气的重负，看任遐迩的小动作就觉得分外可爱，坐对面一言不发不打断她。等她小动作做完，才宽厚地道："金酒不算烈性，又加了汤力水和冰块，比啤酒度数没差多少，你试试看，若不喜欢就放着。"

杨巡这么说，任遐迩感到挺不好意思，有些依依不舍地放下杯子，道："等一下还得回去商场，不喝了吧。杨总请便，我来解释我分析的数据采样……"任遐迩看到一个风度翩翩的男子经过他们桌边，对着她看了好几眼，却不理杨巡的起身招呼，扬长而去，甚是好奇。然后看到杨巡受人冷落却一脸若无其事地坐下，还笑着解释说"高干子弟，不过是前高干子弟"，她不知这是为啥，但当然不好追问，就开始看着报表解释。一会儿羊排上来，两人还能边吃边说，但等浓香四溢的酥皮汤上来，任遐迩就差没说句"废话少说，吃饭要紧"，直取罐上酥皮。可是又不知道该用叉还是用刀解决那酥皮，很是疑虑，又不见杨巡动手，她无法模仿之下，情急之下只好用洗净的两只手。

杨巡这时候早已满心轻松了，看起来都是杨速赖他，他做事明白得很，目标也清白得很，没杨速说得那么咬牙切齿，他很理智。既然如此，那些不堪的过去，他当然不会再去想起，他坚强，他不受干扰，他愿意这么相信自己。他认准羊排的味道，吃得舒服，拿起面包把所有汤汁也收了，才去对付那汤。而任遐迩充满探究意味的吃相全收在他眼睛里，但他不会说，这小姑娘脸皮嫩。他也清楚，他的西餐厅策略再次奏效。

回头，杨巡把任遐迩的那杯酒也喝了，喝的时候忍不住回头看萧然那桌。在别人眼里，大约萧然还是那么目中无人，但是对于吃过萧然苦头的杨巡而言，他太清楚，萧然已经大不一样了，否则他今晚哪有这么安全。他此时可以得意地想，他杨巡就不一样，他靠的是自己的本事一步一个脚印上来，就跟打仗打的是阵地战，虽然打得辛苦，打得惨烈，可是打下的地盘却是江山永固。

他喝下最后一口金汤力，对任遐迩满怀豪气地道："我不信通过我这半年努力，五一不收它个满堂红！走，回去干活。"

任遐迩看看杨巡，不晓得老板怎么忽然阴转晴了，心说好像与小老板说的那原因对不上号啊。看来老板是担心超支。她不知道两兄弟私下对话是什么内容，让老板摔门而出。她现在反正很好奇，对于这个据说是小摊贩出身的大老板充满好奇。看着不像是没文化的人，她觉得老板挺有深度的。而魄力，那是不用说的了。

杨巡回去四楼，看到四楼在杨速的监督下有条不紊地加班加点。他径直走到正帮着一起搬一张艺术沙发的杨速身边，搭手帮完忙，一拍杨速肩膀，拉到一边，道："我问了小任，问得很详细，所谓超支是你的错觉。不过我会收着点手脚，小任警告我支出快接近警戒线了。"说到这儿，他一脸意味深长，"我最先都凭直觉做事，后来跟着梁思申学来可行性分析，以后要多倚仗小任他们，全面用数字来决策。直觉不可靠。"

"大哥，可是你这回反常。不说别的，全场七折，你怎么跟那些柜台算账？我们吃得消全场七折吗？"

杨巡此刻因任遐迩的解说而更胸有成竹，但他有意卖关子："老二，你还是没领会我刚才的话，你不能凭直觉，你要学会算。老三从他香港、台湾同学那儿取来的经，哪会离谱。"

杨速瞪眼看着大哥，他难道有算错？上回会议决定的买一百送三十，那不是七折是什么？难道任遐迩还有其他算法？杨巡没再解释，下场开始与工人一起劳作，一直加班加点到半夜。他们有硬杠子，就是必须在商场五月一日的活动之前把四楼布置出来，早得一天是一天。因此作为老板须得共同牺牲，督促现场人员争分夺秒，保证进度。

同时，广告则是早早地打了出去，日报、晚报、电视报，全部登在显要位置。广告一出去，全城沸腾。消息一传十，十传百，听闻消息的人都不敢相信，商场竟然敢打六六折，这得是多大的折扣！便是古井一般的宋季山夫妇，也被报纸上的巨幅广告震惊，回头吃饭时说给宋运辉听。宋运辉心说杨巡这人还真是无所不用其极。但是仅凭一天的攻势招徕顾客上门，对整个商场运作有用吗？宋运辉不知，他也无法拭目以待五一，他五一的时候得去上海团聚。

五月一日，上班伊始，杨巡便一边处理手头工作，一边不时探出头去，看看不到开门时间，却已经聚集在门口等待开门的人群。随着人流从四面八方不断涌来，杨巡的眼中逐渐显现狂热。而旁边的杨速则是忧虑，他不知道，会不会卖多亏多。杨速看向大哥，却见大哥不知不觉间露出赌徒风貌，双眼狂热，一只脚踩在一把椅子上面，将掌中一杯茶喝得"咝咝"作响。杨速见此，感觉到大哥开弓没有回头箭，只得告辞，赶去楼下掌控局面。

终于到商场开门，杨巡兴奋地一把抓起内线电话，打到财务，找到任遐迩："小任，我有个要求，你能不能做到整个财务部只有你一个人知道今天的销售额，以及今天的利润？非常重要！不管今天是赚是亏，对外我都会宣称是亏，绝不能让业内知道我们的实际营业数据。"

"我……会布置下去。但今天拿不出结果，没那么快。"

"可以，你看着办。"杨巡说话的时候，人一直趴在窗口看进商场的人流，他刚才也看到杨速眼中的焦虑，心中不由有些心虚起来，"小任，你看到人流没？你估计今天会不会有利润？"

"无论今天有没有利润，前几天的营业额已经被带上去了。如果这个月都是前几天的营业额，这月的利润相当好看。"

杨巡飞快道："不可能，明天的营业额就不行了。小任，记住，无论如何，只有你一个人掌握实际数据。我去现场。"

杨巡从四楼一层一层地巡视下去，所见所闻让他惊呆了。才开门，收银台前已经排起长队，每一个专柜都有疯狂得红了眼睛的人在"抢"同一件商品，所有人都绯红着脸，买的卖的，个个亢奋。杨巡一时狐疑，难道在场个个看不穿他的迷魂障眼大法，以为真有商家傻到让利如此大幅？还是……或许他才是真正错算而不自知的人？总不可能那么多人都被他的噱头迷惑吧？那不可能。

一念及此，杨巡的一颗心顿时如处冰火两重天。如果是任遐迩算错，这不是没可能，要不然怎么眼前满满都是疯狂抢购？那他今天就赔惨了。可是明明杨连说那是港台一带行之有效的促销手法，而且杨连还给出与柜台结算的办法，事实证明专柜愿意接受。任遐迩给他的计算也是一样，别看广告上说什么满三百送一百，他们打出去的六六折，可其实是花三百块的钱买四百块的货，按常理应是七五折。再加大多数人基本上不可能正好凑足三百块，因此大多数人领的折扣应是不小于八折。可是为什么商场现场买衣服的人就跟疯了一样呢，难道那么多人都被迷惑了？杨巡摇摇头，难以理解。

但现场不容他多想，也不容他多冷静，再说他本来就是冷静不下来的，一会儿工夫，他也跟别人一样亢奋起来，高速陀螺一般地转战各处，其实也做不了别的，只有帮忙维持秩序。果然，眼看保安不够用，他不得不从欧洲街抽调人手过来，重点维持收银台附近的秩序。所有商场的中层也被他全赶下场，做一日保安。

杨巡没有想到，抢购的热情一直到商场打烊时依然高烧不退。他不得不一再宣布延长营业时间。可是一拖再拖，一直到半夜零点，商场买的瘫了，卖的也瘫了，收银台前却依然排长队，众人都是哑着嗓子说，过了这村没这店。当地派出所闻风出来干涉，商场只得停止开单。商场里面的人流终于携着大包小包流淌出去，不再进来。

杨巡此时早已筋疲力尽，靠着一楼正对大门的柜台，看人流同样筋疲力尽地离去。不由想到大半年前他刚接手这商场，经常晚上打烊时分看人流空着双手嘻嘻哈哈出去，心急如焚。那时身后是满货架的货品，而今天则是如大风过境一般，货架上的货品卖出个七七八八。杨巡不知道自己现在究竟是什么心情，亢奋随着打烊退潮，倒是有一丝隐隐的焦虑跑上心头。今天过后，不，换种说法，顾客今天一下透支大量消费力之后，明天商场卖东西给谁？还有，到底赚了没有？包租专柜的会不会跟他算亏本账？

没等杨巡想明白，杨速领着一位日报记者过来采访。杨巡照例又是一番亏本让利赚人气的说法。等记者走后，杨巡捏手指算起来，今天找来采访的媒体已够一只手的手指，日报的白天已经来过，没想到如此尽责，还来看看落幕后的战场，可见商场此次招引的人气。但这人气究竟是一次性的，还是从此之后顾客恋上他杨巡的商场，一再光顾，他心里没底。因此，经营这种事，从没像集贸市场那样的一劳永逸，必得一再想方设法掀起高潮。

杨巡性格一向喜好攀登，有些喜新厌旧，等他今天爬上山峰，却发现前面还有连绵的同样的山峰，他顿时提不起劲来。若是有大好利润跟随倒也罢了，看在金钱积累的份上，他愿意一再亢奋，可问题是他清楚得很，经营商场所得是细水长流，没法与他攻城略地所得相提并论。他想着他未来是不是就得跟店子里的婊子一样，看在几块钱淫资份上，没有高潮假装高潮，务必讨顾客欢心，还不是一码事。

等购物狂潮散尽，众柜台人员累得面无人色地走空，杨巡作为老板，只有以身作则率商场管理人员巡回检查，查看有无安全隐患。否则，他若先走，那些已经辛苦一天的管理人员和保安更是作鸟兽散。终于忙完，杨巡与杨速一起上五楼办公室，却见到财务室灯火辉煌。任遐迩也是披头散发，挽着衬衫袖子跟女打手一般，督促众人算账。杨巡进去与大家招呼，哑着嗓门说"辛苦"，嘘寒问暖一番才离开。杨巡是实在不要看任遐迩那一张油汪汪的脸，即使倒贴他，他都不愿亲那张油脸一下。

但杨巡走到办公室，还是吩咐杨速："老二，等下你拿车送那几个会计回家。我打辆车自己回去，今天太晚，送一下意思意思。"说话的时候，杨巡连水都懒得喝，瘫在沙发上不想动，"老二，你还行吗？"

"不行也得行。"杨速垮着一张脸，木然地回答，"大哥，你估计今天……"

"别问我，明天看财务部算出结果。去吧，你到财务部去，我今天不回了，这么多营业款在手呢。都累，难保不出问题，我得盯着。"

"大哥，今天效果比预想中的好，你应该高兴才是。怎么你看上去好像并不怎么样，怎么回事？"

"累了。"

等杨速走后不多久，隔壁财务部果然爆出意料之中的欢呼声。杨巡心想，做财务的人出名的贪小便宜。他此时很想抛出诱饵，让财务部的人今天就计算出结果，可也知道那不现实，谁知道忙晕了一天的脑袋最后会交给他什么样的数据。杨巡半躺在沙发上发了会儿呆，满脑子打仗一样的都是刚才抢购的情形，他都不记得今天处理了多少纠纷，脑袋还兴奋得无法休息，可是又无法细致地理出头绪，他累。

可再累，他的脑袋还在费劲地自动处理今天从各方获取的随机数据，客流前所未有，半天营业额前所未有，好多货品前所未有地中途断档。不仅是前所未有，而是事前想都不敢想象。好几个供货商的地区负责人今天全天镇守在店堂，现场调度货品到位。杨巡杀开人群遇见他们时问他们还想不想有下次，他们都说想。杨巡心说，既然如此，应该是大家都吃得消这折扣。还有供货商说，他们都想不到一个买送的口号能让人如此疯狂，有些人为了凑足三百块的消费，一遍一遍地满场转悠，结果半路看到稍微中意的又买了，只得接着凑六百的数。等得到返券又接着满场转悠，弄不好又超过返券的数量乱消费，超过返券限额多多。很多本来只想买三百得到送一百的，最后结果是拎着上千的货物回家。人怎么这么容易被返券刺激？

杨巡累得无法再深入分析。一会儿休息下来，两条腿终于恢复知觉，他就走出去再查安保状况。经过财务室，没想到竟看到任遐迩一个人大模大样地坐在电脑前，两条腿高高搁旁边椅子上，键盘搁她腿上，另有一把椅背用铁夹子夹满报表，被任遐迩转来转去地搜索有用数据。杨巡看着哭笑不得，这就是受过高等教育的人吗？想不到。他伸手敲敲门，见任遐迩受到惊吓转身，瞪眼看他好久，才慌乱地收回搁在椅子上的腿。他抢先道："还不回？"

任遐迩跳起来打开防盗门放杨巡进门，掩饰似的从一个铁夹下取出一张纸，交给杨巡，道："今天的总营业额和楼面营业额，以及各专柜的营业额，都在上面了。比杨总事前动员大会上预期的数字还多，多得让人不敢相信！"

杨巡接了数字细看。他已经不再是大半年前刚接手商场时候的新人，如今的这些数据栏目对他而言已经是老熟人，他拿到这些数据，已经能自如地横向纵向地对比。"今天的数据……"杨巡看了倒吸一口冷气，"小任，你没搞错？确定？"

"没大错，这是综合各收银台业绩的结果。我刚拿到各收银台统计数据的时候也是不敢相信，但看看各收银台的数据分布比较平衡，没有哪个高得离谱，可见应该不会错到哪儿去。我也没想到……不好意思，我急不可耐地想看看各项数据究竟是多少。"

杨巡忙道："我也想知道，尤其是想知道有没有利润，麻烦你。"

任遐迩扬起一张油汪汪的脸，道："要不，等我算出，打杨总手机？"

杨巡立刻知道人家这是不希望有人在场看着，他动脑筋的时候也不喜欢有人在场，即使在场也当忽视。他告辞出去巡视，这边任遐迩立刻跳起身关门，恢复大模厮样，更是拉开抽屉掏出自己炸的好吃面果子提神醒脑。

杨巡上上下下巡视一周，果然查到几处纰漏。但是他急不可耐地想知道今天的最终数据，本来还想出门找小摊吃个宵夜，可他等不及了，又回头朝楼上跑。上来却见财务室门紧闭，只有灯光透出，他只能无奈地回办公室等。但等了一会儿他就等不住了，硬是敲开财务室的门，闻到一股香甜的油炸食品味。他笑道："有什么吃的，贡献出来共产。"

任遐迩无奈，只得摸出抽屉里的酥脆面果子，递给杨巡。杨巡一看大喜，肚子正饿呢，也不想想这面果子的长相与任遐迩一样的油汪汪，专心找看上去最酥脆的下手。任遐迩看着心疼，听着杨巡老鼠似的疯狂咀嚼声更是心碎，只好闭目塞听，专心致志干她自己的活儿。她得根据不同柜台与商场签订的协议，大概计算出今天营业的毛利。

杨巡终于忍不住小心地问一句："营业额看着这么好，有利润吗？"

任遐迩闻言奇怪地回头看杨巡一眼："有，怎么会没有？上回不是算过了吗？依照协议，我们的营业额只要超过某个杠子，毫无疑问是有利润的。我只是在算究竟有多少暴利。"

"暴利？"杨巡有些不敢相信，他看看任遐迩，决定不去打扰，让她安心计算。这都已经是子夜，人的精力本来就已经是强弩之末，再打扰估计算出飞天暴利都不无可能。但真是暴利吗？杨巡心中终于又欢喜起来，精力渐次地回到身上，四肢又汇聚起了力气。如果真是暴利，那么以后时不时来一次那样的促销，即使促销后出现一段时间的销售低潮都无所谓了？如果是这样，如果真是这样，那么这回调整商场结构的路子算是走对了，他赢了。

杨巡脑袋恢复兴奋，思路也越来越清晰，他开始设想起未来。

不知过了多久，一张纸落到杨巡面前："杨总，全部的毛利。呀，天空都白了。"

杨巡忙里偷闲，往窗外瞥了一眼，果然看到天际已是微微泛白。但他都没时间看手表，赶紧地看任遐迩给他的数据。而任遐迩却已经急切地问："杨总，利润这么好，几乎可以做一顿吃半年，你往后还会不会发动类似的促销攻势？"

"会！"看着数据的杨巡笑逐颜开，"当然会！"

任遐迩想了想，道："那么商场今年应该利润无虞，我明天……不，今天买冰箱去。杨总，我下班了，睡到下午会过来。"

"为什么买冰箱……哦，对，今年看来奖金没问题了。呵呵。"杨巡有些哭笑不得，忽然意识到，任遐迩熬夜加班算毛利的动力难道在于急于想知道往后有没有稳定的月收入？而今毛利已见，她立马知道今年的分期付款无忧，这就算计上冰箱了，可见也是个会花钱的主儿，一点不比他妹妹差。"商场转型到今天看来基本算是成功，你放心大胆地买你的冰箱，建议你可以买好一点的双开门冰箱，一步到位。"

任遐迩有些不好意思，立刻转了话题："虽然以后返券的效果可能不会有今天那么好，但我们可以在下回活动的时候抓住供货商的心理新签条件更苛刻的协议来保证利润，包括我们可以不承担营业额不多的盈亏责任。杨总的转型，未来基本上已经把风险转嫁到供货商头上，一劳永逸了，以后眼看着就是铁打的商场流水的利润。"

"哈哈！"杨巡听了一笑，将手中刚看完的数据交还任遐迩，"这下可以睡安稳了。"

杨巡走去自己办公室，开门的时候想到该送送任遐迩，就又折返，见任遐迩锁门，他忍不住得意满满地道："商场转型初步成功，我下步得花一段时间巩固成果。不过商场的利润即使再发掘发掘，比今天的也不会超哪儿去，我不可能守着这种见顶的利润谈什么一劳永逸，再往后我得交给谁来管理，我脱身出去另外开辟战场。人要是给困死在这种翻来覆去做不完的事务性工作里，完了，跟杂耍的小白鼠没什么两样。我送你一段，这个时间不安全。"

任遐迩闻言一愣，看看昏暗环境中杨巡略带狂热的眸子，感觉出杨巡言语间满满的骄傲。她顿时羞愧起来，她还在满足于终于可以买得起冰箱了呢，还在替老板高兴可以一劳永逸了呢。对，老板要是满足于一劳永逸，早在集贸市场红红火火开业之后就可以收山了，够他吃喝，怎么可能还会一再出手？她是燕雀安知鸿鹄之志。面对杨巡的骄傲，她只有嗫嚅："我的思想比较小富即安，不好意思。"

杨巡斜睨任遐迩一眼，才刚想提醒她整理一下披头散发，免得被人看到误会。可忽然想到，他究竟是不是憋着一肚子的气在与谁较劲？如果不是，刚刚打烊时忽然生出的厌倦又是从何而来？而现在又为什么心里冒出急于脱离商场奔赴下一战场的想法？可见他其实是不愿意亲手经营商场的。他接手商场，而且这一年来疲于奔命似的搞转型，体重减得都可以飘起来，他那么辛苦究竟是为了什么？单纯是为利润吗？似乎不是，他看到利润的时候没有那么惊喜，他最多的感受却是解脱。难道还真是被杨速说中了？

任遐迩不知道老板为什么忽然不说话了，小心看看他，想到老板刚才的论调，心中的佩服更添几分。人家那才是人才啊。她决定这几天报名攻读管理硕士课程。

　　杨巡想了一会儿，看看走出大楼后苍白天色下容颜憔悴的任遐迩，忽然生出一种同呼吸共命运的感觉来。商场转型一战，任遐迩这个人的凭空出现，给予他前所未有的实实在在的支持，让他打心眼里感受到有人同他一起分担化解压力，真好。这种感受即使杨速都无法给予，杨速能力有限，同他如此之铁的寻建祥也不能，寻建祥也是能力有限。只有以前的妈妈。他有些一语双关地道："小任，我认定你，以后转战其他战场，我还会带上你。"

　　晨曦中，他感觉只穿着衬衫单裤却依然显得胖乎乎的任遐迩似乎可爱起来。他思来想去，心中非常强烈地想为任遐迩做些什么，以回报她的努力。睡醒之后，去曾经在他商场四楼开店的相熟电器商那儿买了一台全自动洗衣机，叫了辆三轮车给任遐迩送去。他有充分的理由相信，任遐迩不仅短冰箱，洗衣机肯定也缺。

　　没想到将洗衣机运到楼下，一个传呼过去，等半天却等来楼梯口电子门"呼啦"打开，穿着一件墨黑及膝棉长袍的任遐迩揉着眼睛冲出来，与等在楼梯口的杨巡擦身而过。杨巡看着奇了，就叫了一声"小任"。任遐迩这才止步，回过头来，一脸的困惑。杨巡看着，不自在地扭开脸去，这是个与上班时间铜墙铁壁的形象完全不同的任遐迩，胖乎乎白嫩嫩就像一个刚出笼的馒头。看着这样的任遐迩，杨巡不由冒出打小卖馒头时候对着一笼白馒头啃自家的掺红薯面疙瘩头的强烈感受。他没说什么，很不自然地招呼三轮车夫与他一起把那洗衣机搬上楼去。任遐迩想问什么，他一个眼色飞过去，意思现场还有外人在，任遐迩就不说了。

　　一直等三轮车夫结账离开，杨巡才对任遐迩道："不知道你还没买冰箱，要不然连冰箱一起搬。我送你的，感谢你这半年多来对我的帮助，你千万别推辞。不请我坐下喝茶？"对付一个任遐迩，杨巡的手段绰绰有余。他说话的时候，眼睛打量房子，见这是典型的二室户，一条一米多点宽的过道两侧，朝南是两间卧室，朝北是厨房和卫生间。房子基本没有装修，依然是水泥地，依然是交房时候配的最基本的水泥磨石子厨房水槽和白瓷马桶和一水的水泥地，只加装了防盗窗和防盗门，两间房间只有最简单的家具，分别是一张单人席梦思床，一把木椅子，一张折叠桌，一个塑料简易衣橱，几张圆形压模钢管脚的凳子和一架旧的湘妃竹书架，非常简单，而桌椅书架还是放在另一房间，因此显得那张席梦思床触目的豪华。杨巡说话间，就自说自话地坐到那间显然是做客厅用的房间，占据了那唯一的木椅子。

任遐迩无奈，只得倒上一杯茶交给杨巡，没说什么，冲进卫生间洗脸收拾，她想都没想到没洗脸冲下楼回电会被捉现行，窘死了，话都不会说。等她终于洗脸梳头又换了一身衬衫长裤出来，见老板坐在书架前看她一书架的书，她倒是有些诧异，根据某些心理学著作的论调，从一个人第一次上门关注的焦点，可以看出一个人的潜在本质，难道老板还是个儒雅的人？哟！任遐迩有些怀疑心理学。她站在门口迟疑地道："杨总，以前你答应过不送东西的。"

杨巡回头，笑道："我答应不送东西，但对把心意折算成人民币，我们双方都没异议。这不是考虑到你一个人搬大家什麻烦嘛，干脆直接把人民币换成实物替你搬上门来。我问朋友买的，价钱比外面商店的便宜，你不是准备买冰箱吗？时间还来得及，要不现在就过去他们仓库看看？很快，回来请你一起吃晚饭，庆祝昨天转型成功。"

任遐迩在大学里不知被几个同学追过，对于杨巡的意图心生怀疑，但人家是老板，她不便如对付同学一般随心所欲，只得委婉地道："谢谢杨总，对不起，让你操心了。做好工作是我分内事，杨总不必对我特殊对待。我没想到一睡就睡过了头，我这就去上班，还有很多昨天没处理完的事需要抓紧处理。"

杨巡想了想，干脆直接道："小任，做我女朋友吧。我喜欢你，也很欣赏你，我很希望跟你在一起，我们认真相处一段时间，不是那种工作关系方面的相处，我只是想约你，想让你高兴。"杨巡不怕任遐迩拒绝，反正他今天表态了，任遐迩即使拒绝，他也会有后续行动。刚才看到任遐迩卸下武装的模样，他当下铁了心地要这个人，这个面包的内芯是馒头，跟他是一路货色。只是他看着任遐迩目瞪口呆的脸，有些郁闷，看起来任遐迩都没考虑到要发展他这个人。

任遐迩没想到老板直捣黄龙，可即使杨巡态度再真挚，她也从来知道老板的名声，早听说老板身边珠围翠绕，生活不晓得多风流，她一个好好的人怎么可能涉这浑水？她愣了半天，才勉强道："杨总跟我开玩笑呢。杨总是我老板，我若不拒绝，我这人是老古板，不懂工作生活的角色转换，彼此相处不平等，我受不了；我若拒绝，得罪老板，我还是受不起。杨总一定是跟我开玩笑，要不我只能辞职了。"

杨巡想不到任遐迩是这种态度，他现在认准了财务任遐迩这个宝呢，怎么能让她辞职，只能接受威胁，女朋友不要也得要这个财务，他佯作一笑，道："好吧，算我开玩笑。你现在是去买冰箱还是上班？这样吧，我起床也还没吃东西，一起先去吃点什么，今天商场冷清，没什么事等着，不急。"

任遐迩到底是暂时没别的地方可去，又有房款压着没法任性，只好进一步退一步，既然老板已经改口说是玩笑，她退一步答应一起吃饭。杨巡这才稍微高兴起来，佯作擦汗的样子，逗得任遐迩一笑。杨巡才不担心任遐迩这人跟些浅薄人似的会因此以为傍上大树懈怠了工作，他知道任遐迩工作自觉得很，而且他没来由地相信，任遐迩是真心实意主动辅佐支持他，就跟他妈妈一样。

关门没他的份，但是他第一次给任遐迩打开车门，让她坐到副驾位置上，然后才自己钻进驾驶座坐好。他不知道是不是自作多情，感觉身边的任遐迩似乎散发着一股清甜好闻的香气，那好像是属于女孩子自身的味道，与其他女子全身武装的香水化妆品味道完全不一样。他不由愣愣看了身边人一会儿，看得任遐迩正襟危坐，不苟言笑，如小时候一二三扮木头人一般一动不动。杨巡见此只好放过任遐迩，仗身份之利偷袭胜之不武。

杨巡找了个档次不错的清静饭店，因为他知道那边双人座也有包厢。既然是中餐，他就不代为点菜，把菜单交给任遐迩，笑道："随便点，昨晚刚暴利了，吃得起。"

任遐迩听了一笑，点了个西芹炒白果，就交给杨巡。杨巡没看菜单，吩咐来个三文鱼生吃，鱼米炒玉米松子，海鲜浓汤和四碗米饭。等小姐出去，杨巡在这种场合自在得很，就主动调动气氛，笑道："还得回去上班，我们不喝酒。能生吃吗？新鲜的三文鱼不腥，不过再不腥，我这个山区出来的人刚开始的时候还是不习惯，后来吃多了才喜欢上。你们从小吃海鲜的人应该不在话下。我刚来这儿那几年，饭店里点菜都找不到几根肉丝，全是海鲜，那时候嫌海鲜腥，害我请客自己猛吃饭吃素，肚子受不了，回头找专门做河鲜的饭店吃个饱，这几年下来总算把本地话学会，口味也变成这边人了。春节我小妹回来，换成她埋怨我们净吃海鲜不吃河鱼。"

任遐迩也跟着一起找话题："那回老家去不是麻烦了？"话音刚落，服务小姐将一小碟挤了一条碧绿牙膏样东西的酱油放在她面前，她一愣，仔细研究都不知是什么。杨巡见此笑道："这是日本芥末，拿筷子搅散，等下蘸三文鱼吃。直接蘸着吃非出洋相不可。"任遐迩好奇，很想拿筷子先试试这芥末的味道，可当着今天显然居心叵测的老板面有些不好意思，只得规规矩矩地学着杨巡的手法搅动。

杨巡接着道："我基本上不大可能回老家去了，老家没人。我爸去得早，靠我妈一个人把我们兄妹四个拉扯大，你想早年山区生活有多难，六年前我妈也累得早早去了。呵呵，现在我在家是绝对老大，一言九鼎。"

任遐迩只知道杨巡好像没父母，不知道是这样的没父母。她是个对数字敏感的人，因此大致心算一下，心说看来杨家兄妹一个中专一个留学一个大本，都是杨巡花钱栽培，这大哥做得真不容易。"难怪杨总早早出来做生意，哪像我们傻呵呵地让父母保护着一直读完书，走出来一大把年纪什么都不懂。"

杨巡喜欢任遐迩一拎就清，说话更有兴致："你怎么会什么都不懂，你一个女孩子靠自己的本事在市里买房子立足，已经非常不错了。你现在欠缺的是资历，再做一年，你可以换房子了，我看你有钱也不用装修现在这房子。所以我很欣赏你，我喜欢做人有明确目标，又能通过自己努力靠自己的聪明达成目标的人。我自认也是这样的人，从初中毕业做小生意开始，一路做到东北，又从东北做回来，起起落落，不倒翁一样，总算帮着我妈把弟妹们都拉扯大。现在想想，等他们都结婚成家，我也可以退休了。我想去读点书，读书对我不是太难，呵呵，我一个初中生说这话没人信。"

任遐迩忙道："怎么会没人信？智商摆在这儿，你弟妹们的出息也摆在这儿。只是退了读书太可惜了吧，我也打算再学一门管理呢，越来越觉得知识不够用，可以边工作边学，方便的，智商摆这儿。我的财会就是这么学的。"

杨巡听了忍不住笑，这人可真够自信，可也真是有料。"你顺便帮我问问，有没有没文凭就可以读的？我看报纸上的报名条件都要文凭，我才初中自学高中的程度怎么够？吃菜，边吃边谈。管理学什么？我看过马歇尔的经济学原理，刚看的时候有些用不上，现在跟国家很多政策联系着看，总算有点滋味出来了。国外的那些书好用，可惜我英语不懂，要不东海的宋总那儿更多原版书……"杨巡晓得自己的最大缺陷是两项，一是文凭低，一是身高低。当然就有意在言语间渲染自己的自学，尤其是成材。他岂是说放弃就真放弃的人，他那是认准了就死缠滥打非要到手的性子。

任遐迩果然惊住了，马歇尔的《经济学原理》？天哪，真高远。难怪上回杨巡单独跟她分析商场为什么要转型的时候说得头头是道，原来人家有理论基础做武装。她依然吃菜，觉得这时似乎应该奉承几句，可这种气氛下说不出口，只好问道："东海的宋总能看原版书？那么厉害？"

"那当然，什么时候一起见见面，他是全凭自己本事做出头的。我是跟着他来这儿扎根，以前常去他家，净见他关在书房看书看资料，他那脑袋……还有他太太那脑袋，你以后见了就知道。什么叫智商？看了他们两个的智商，我不敢说自己聪明。"

杨巡见多识广，他既然打算煽晕任遐迩，任遐迩当然不是对手，差点忘记还说晚饭后要去处理工作。再说杨巡说得高兴，不用找话题，话题自己会滚滚朝他扑来，他恨不得找酒来边喝边谈。

一直等一个传呼进来，任遐迩一看就清醒了，忙道："小杨总呼我，对不起，我得赶紧去商场了。"

杨巡正说得高兴，闻言烦杨速，拿出手机就给杨速打电话："老二，找小任什么事？今天又没多少营业额，你自己不会处理？"

电话两头的杨速和任遐迩都晕了，任遐迩心说这下跳进黄河都洗不清了，杨速则是心想，原来大哥与任遐迩在一起，杨速当即笑嘻嘻道："没事没事，大哥你们继续玩，早点钓上。"

杨巡一笑："这还像话，没事吧？"

"事情是有点的，你让小任听一下，我问清楚就行。"

杨巡趁任遐迩说电话的当儿，索性叫来两瓶嘉士伯，今天他不打算放任遐迩走了。等任遐迩放下电话，杨巡就道："杨速说了，今天没大事，现在就是回去也做不了一个小时的事，别勉强啦，干脆吃个舒服。刚说到哪儿？哦，电线每卷的短尺，哈哈，我以前坏事没少干。什么叫奸商嘛，无商不奸，无奸不商。不过我从来不做以次充好的事，这是因为有过教训……"

杨巡那些事儿，在任遐迩听来，简直跟传奇有得比。杨巡一边说得高兴，一边揣摩任遐迩的心理，不知道这样能不能拉近两人的距离。但是饭总有吃完的时候，结账出来，杨巡问："白天睡那么多，现在回去还睡得着吗？去不去看电影？我都不知道几年没看了。或者夜总会？别那么看我，那不是坏地方，你去看看就知道。去夜总会吧，你要没去一下，常去那儿的我肯定给你认成坏人了。去吧去吧，今天抓紧时间再玩一天，明天开始得愁眉苦脸扮亏本。"

任遐迩对夜总会这种旧上海花花世界才有的玩意儿也是好奇，半推半就上了贼船。杨巡找了个正对舞台的二楼位置，趁任遐迩好奇打量四周环境的时候点了一桌子女孩子爱吃的甜食，然后就坐沙发上看几眼节目，看几眼任遐迩，又流水般地将吃的送到任遐迩手上。他对这种节目早没兴趣了，他今天的任务就是接近任遐迩，看着任遐迩渐渐地从一路的"谢谢杨总"变为冲他一笑，他知道距离近了。他看着任遐迩竖起身子眼眸灿烂地看那些二流节目的样子很好玩，好像小孩子似的，尤其是她不知不觉地吃下好多他递上的小巧西点，杨巡看着偷笑，这么能吃，难怪一直就跟面包似的。他很想采取实质行动，可是也知道对有些女人，欲速则不达。他只有洁身自好，非常规矩。

可是他这时看到楼下亲密的一对，那一对正是他刚与任遐迩提起过的宋运辉与梁思申，他奇怪了，今天已经是上班时间，梁思申怎么会在这边？虽然他身边沙发上坐着任遐迩，可是他看到梁思申倚在宋运辉怀里，时不时亲吻一下，交头接耳说几句悄悄话然后对视着笑，他心里就跟被人捏了一把似的，一天的好心情没了。他当然无法对梁思申忘情，这是他见过他认为最美的女人，尤其是梁思申曾对他如此好。寻常他知道那对儿恩爱，但也只看到他们眉来眼去，可今天估计他们是避出家门私自逍遥，即便是宋运辉这个严肃的人都放下了羁绊，一手揽着梁思申，一手忙的时候拿东西，闲的时候握住梁思申的手，更别说本就洋婆子的梁思申。杨巡在楼上看得一清二楚，看得皱起眉头，却又管不住自己的眼睛。

任遐迩终于在节目一个间隙回头看了老板一眼，却看到老板心不在焉地盯着一个方向发呆。她顺着看去，见是一对气质没风尘气的男女，难得在公共场合亲密而不猥琐。任遐迩再看看专心致志的老板，心说那女的肯定是老板追而不得的人。她下意识地打量那女子，看不出那女子的打扮，但见女子频频主动吻身边男子，样子非常漂亮，也可见对男子情深意浓。她再斜睨杨巡，见杨巡还在出神，不由怏怏地，心里也不快起来。

杨巡好不容易因为眼睛发涩，收回眼光看任遐迩一眼，却见任遐迩怔怔看着宋梁那个方向。他心说不好，露马脚了，一天努力得报废。他看看任遐迩，他心里分得很明白，那边是美丽，这个是可爱，不是一回事。他再看看任遐迩明显没刚才兴奋的眼神，心想难道她在意了？他想了想，就拍拍任遐迩的手臂，指点给她看："你刚才看的那两个就是东海宋总和他太太。宋总跟她结婚后，基本上把我们这些老乡都抛荒了。我有麻烦事找他，他五一不在，但看这样子，我想来想去现在不是找他的时候。"他轻描淡写，就把矛头拨转一个方向，有些事他是打死都不会承认的。

"是他？这么不严肃？"任遐迩冲口而出，立刻知道自己不对，为什么人家不可以不严肃？不过轻易地就被杨巡蒙了过去。

杨巡听了一笑："宋总本质很严肃，但遇到他太太没办法，谁都有克星。今天不给你引见，他太太难得过来，平常他太太都在上海工作，两人团聚时间不多，我们不打扰他们。"

"宋总太太是不是很美丽？从这儿看过去好像很美。"

"美国长大的，我小妹一直想学她，但你要真说五官长得好不好，应该算不上，她胜在气质。"杨巡有意轻描淡写，但他不愿说梁思申坏话。

果然任遇迩跃跃欲试："我去看看行吗？我当作路过，看美女，不会搭话，更不会招出杨总，他们不认识我。"

"有什么不可以。"

于是，楼下宋梁，楼上杨巡，一起看到一个女孩子行止古怪，宋运辉还以为这女孩可能是东海哪个女职工，梁思申也这么以为，但两人都不当回事。梁思申今天过来出差，好不容易没可可缠着，两人赶紧避开家人享受单独相处时光，哪里理会别人。杨巡终于在上面偷笑，任遇迩偷看也不会做得大方一些，那模样几乎就是举着牌子告诉别人她在偷看谁，可别让宋梁那两个脑袋一流地记住她的脸，否则以后一笔账肯定着落到他杨巡头上。

任遇迩飞快上楼，惊呼道："很美啊，怎么会五官不美？穿的衣服也漂亮极了，嗯，宋总也帅，今天见识了。"

杨巡笑笑："小心，再说让他们发现我，就打扰他们了。呵呵，宋总不会放过我。"

任遇迩这才不说，继续专心看节目。但不时打量那一对，见他们大约十一点钟的时候拉着手离去，就跟杨巡说，他们二人也回去算了。杨巡后来就没敢再出神，但也没了兴致，见任遇迩提出就结账。走到外面，才对任遇迩开玩笑道："今天全场大概只有你一个女性没穿裙子。"

任遇迩嬉笑，没有回答。杨巡又问："吃宵夜去，怎么样？广东的小茶点。"

"得回去了，明天还得上班，谢谢杨总请客。"

杨巡这回没挽留，也没趁热打铁说些擦边球的话，老老实实送任遇迩回家，然后他不觉拐到商场，停在夜晚空旷的停车场上看他和梁思申的心血。刚才宋梁那一幕一直钻进他脑袋里，让他郁闷。今天他才第一次见识到他们私下的亲密，他又不是没经验，他可以据此想到更多。他没想到……可他也知道自己荒谬，凭什么没想到，人家是夫妻，他只是鸵鸟政策而已。但他心里非常不舒服，他还是没法接受这事实。即使他的商场转型成功，又如何？说给梁思申听见，又如何？他白赌一场气，杨速可知？

杨巡唉声叹气地回家，看得杨速诧异不已。一问，原来是约会期间遇见宋梁。冤孽！只是杨速很不明白，大哥经手的女人不在少数，梁思申不是第一个，也不是最后一个，而且估计两人连拉手都不曾，怎么大哥就对梁思申念念不忘？问大哥，大哥给他一个白眼。杨速心说他必须促成任遐迩与大哥，必须有人替代梁思申在大哥心中的位置。

宋运辉与梁思申回家，梁思申不肯先去盥洗室，一定要先看了宋运辉刚才提起的三张照片，宋运辉一说在包里，她就将宋运辉推进盥洗室关门拉闸，自己掏照片看。宋运辉只好由着她，早知她一向盥洗后好多麻烦事，因此总喜欢千拖万拖拖到最后一个。

梁思申在夹层翻到照片，夹层狭窄，她只好把全部都拿出来，免得将夹层中的东西抽得乱七八糟，她和宋运辉两个都厌恶杂乱无章。果然是看上去很老的照片，一张彩照两张黑白，其中彩照的色彩很是失真。宋运辉说那是金州蒋总特意从档案里翻出来的，新车间开工典礼上年轻的现场指挥宋运辉的照片。梁思申看到，尤其是那张黑白半侧面特写，天，那时候他真年轻，而且他那时候的眼睛是如此灿烂单纯，饱含激情，与现在的沉稳完全不同。最好笑的是，如此一本正经的一张脸上，嘴唇却是倒威风地挂着个大燎疱。

梁思申看着爱煞，走近卫生间门想与里面的人大声说话，又怕吵到隔壁睡觉的，这边的房间隔音做得不好。可她又忍不住，压低声音笑道："真可爱，我要把照片拿去放大。可惜我没参与你那段的生活。"

宋运辉在水声中没听清楚，以为梁思申是问他那时候的生活忙碌程度，就道："那时候每天几乎不回宿舍，方平说起那段日子现在的那帮年轻人还不信，背后说他抬高我拍我马屁。"

梁思申听着这牛头不对马嘴的回答一笑，两眼却是一直没离开照片上这张挂着一嘴燎疱的脸，她说声"我等会儿跟你说"，回去想把同照片一起掏出来的单据放进夹层。却看到最上面一张住宿发票后，本能地感觉有什么不对。一想，对了，发票上的日期她记得很清楚，那几天正好是宋运辉去处理试点企业的工作，可问题是住宿发票的地址却不是试点企业所在城市。她不由皱起眉头，也不多想，又走去盥洗室门口，对里面道："你照片后面有一张住宿发票……"

里面宋运辉刚关住水，听见就道："对的，这张住宿发票不在东海报销，下次带去那边报销。"

梁思申愣了一下，听得出里面宋运辉是很理直气壮的，她忽然感觉自己怎么也会鸡毛蒜皮地不信任起丈夫来，好像挺低级趣味的。可她又偏偏很想知道为什么，不弄清楚心里难受，又不好意思追问，就拐去书房查地图。

宋运辉出来，见卧室没人，卧室门却开着，他走到门口一看，对面的书房灯亮着。他进去见梁思申皱眉站在地图前，奇道："想工作？"

梁思申犹豫了一下，将手中发票交给宋运辉，还是直说："找你住宿发票所在地。"

宋运辉看看手中发票，明显沉默一会儿，才伸手在地图上指出正确位置："你看，这儿，邻近。我这次是临时决定过去，没提前订房，没想到客房爆满，只好住到邻近城市去。"

梁思申吐吐舌头："对不起。"知道自己闹了乌龙，乱担心。

宋运辉笑道："想哪儿去了？都想什么了。"

梁思申跺足道："不许取笑，人家紧张你，谁让你那几天电话里不说一下。"

宋运辉还是笑："连太太都怀疑我，你说今天夜总会那个鬼鬼祟祟偷看我们的女孩子回头会怎么描述我？宋总白天道貌岸然，晚上混夜总会腐朽堕落。"

梁思申被说得不好意思，只好"诉诸武力"。

也是回到家里的任遐迩对着空而寂静的家，忽然有些感慨。抄着手站到卫生间门口，看着下午杨巡非要拆箱摆放，与这简陋卫生间格格不入的海尔全自动洗衣机，回想下午至此杨巡对她超乎工作关系的态度，也不免想到刚刚看见的东海宋总对他美丽娇妻的呵护。她对着挂在卫生间墙壁上的蛋圆镜，看着镜中的自己有些落寞地想，她呢？

当她跟老板小妹一样刚从重点大学毕业的时候，她何尝不是天之骄子，她也有很多幻想，很多憧憬，可怎么都不会想到有朝一日会沦落到一家暮气沉沉的国营小店财务室，然后辗转做兼职，蚂蚁一般地挣苦力钱，终于挣扎着往上爬一步，也才是一家个体商场的财务经理。她的同学都怎样了？这几年，她都没脸见同学。若是刚毕业的时候杨巡来对她说，做他的女朋友吧，她会如何反应？她黯然地笑，那时候她比老板的小妹还彪悍呢，哪里会什么进一步退半步？而现在，她竟觉得要不是杨巡被传说有各色风流女友川流不息，她不是不能接受。她辛苦这么几年，多渴望有人的强力呵护，就像今天看到的宋总对他太太，出门还小心地牵着手。她今天被杨巡两次为她打开车门，两次为她挡住电梯门，酒桌上耐心教她吃生鱼片，夜总会推荐她吃很多从没吃过的美食，还有在这儿，杨巡用力地帮她把煤气瓶塞进灶台下，还有洗衣机水龙头的安装……这些小事她都会做，包括小窝的电线都是她自己拉好，朋友们都说她是个给扔到无人荒岛都能成女鲁滨孙的强人，可是今天杨巡替她做了那么多微不足道的小事，她是如此受用。

任遐迩满心矛盾地在没装莲蓬头的铁水管下冲了个不得不健康的冷水澡，枕着满脑子的绮丽想着杨巡打趣她今晚是全场唯一没穿裙子女性的话，她将脖子缩进薄被里，Let it be。毕业至今，她哪里还有什么预设，什么立场。

但任遐迩第二天上班还是穿了裙子。今年的五月天已经很热，她穿一件白色的紧身T恤，下面一条白底黑碎花的及踝窄裙，她骨骼小巧，这么一穿就跟傣家姑娘一般韵致。

杨巡是在停车场远远地看见任遐迩婀娜多姿地走进商场后门，惊得差点下颚脱臼，这是面包？面包今天怎么挂糖霜了？他经过财务室的时候忍不住往里看一眼，没看到任遐迩。因此他进了自己办公室，就一个内线电话挂到任遐迩的小办公室，兴奋地道："小任，今天加油把五一的确切毛利算出来。"

"好，正准备安排下去让他们核算。"

"嗯，还是那句话，最后几个关键数据只有你知道。"

"有数，还有吗？"

"没了。"杨巡才说完，就听电话那头一句"好，再见"，就挂了电话。杨巡不由看看听筒，一笑，再接再厉拨打到任遐迩办公桌的电话机上："我还没说完，怎么挂了？"

任遐迩心说搞昏脑子吗？但只能婉转地说声"对不起"。杨巡听着又笑了，果然如任遐迩所说的不平等，昨天他们都一起去夜总会玩了，今天上班任遐迩依然不便反驳他。他笑道："我今天第一次看到你穿裙子，很漂亮。"但杨巡说完，却没听见对方有什么反应，电话那头完全沉寂。他奇了，"喂喂"两声还是没回应，他搁下电话走出去，果然看到任遐迩已经站在大办公室里一一布置工作，他没进去打扰。他清楚，他棋逢对手了。这一感知让他兴奋。

但杨巡克制住自己不去骚扰任遐迩，中午去外面与朋友吃饭回来，看到门缝里面塞进来的最终毛利计算表，他也克制住自己，没叫任遐迩过来详询。做人不能太没品，不能仗点小权吃窝边草。一直到晚上下班，他等人都走空后，才驾车来到任遐迩家楼下，一个传呼打上去："我在楼下，请下来一起去吃宵夜，杨巡。"过了很久，久得杨巡以为任遐迩肯定是扔掉传呼当没看见的时候，一串脚步声从七楼蜿蜒而下，打破寂静，一直延伸到楼底，很快电子防盗门一开，任遐迩披着湿漉漉的长发，穿着家常宽松圆领T恤和宽腿裤子，趿拉着一双海绵拖鞋走到他车子旁边。杨巡立刻读懂几条信息：人家那是洗澡的时候才不回传呼，也有可能是有意拖延，最好他等不住离开；人家已经打算休息，请勿打扰；人家的穿着不便出去公众场合；人家看他是杨总，才勉强辛苦跑下七楼招呼一声。

杨巡连想三分钟，还是没招，只好从后座拿出一束玫瑰，走出车门交给任遐迩。反而还是他催任遐迩道："回吧，我看你上去，这几天累，也好，都早点休息。"

任遐迩接了玫瑰，心里犹豫，好久才低头憋出一句话："对不起，可这样不好。"

杨巡当作没听见，道："你什么时候买冰箱？我跟你一起去找我朋友，他那儿批发价。"

任遐迩道："我不买了，下月工资单里，我会把洗衣机的钱扣下。"

杨巡又是无奈："你这是干什么，我说了送你，不行。"

"除非杨总卸了我在财务部的职，否则工资单最后是我把关，我说到做到。我不受额外馈赠。"

杨巡郁闷："那我不是害你了吗？这样吧，洗衣机放你那儿，你爱用用，不爱用不用。等过两天休息，我叫人来搬走，行了吧？求求你让我跟着一起去买冰箱吧，我可以让你便宜一两天的工资收入，这便宜不要白不要。"

任遐迩听了想笑，又不好意思笑，知道一笑就又完了，杨巡这人擅长顺流而上。她低头道："那先谢谢杨总。"

"谢什么，上去吧。"杨巡看着任遐迩进了电子防盗门，差点泄气，但忽然想到，她不是把玫瑰花收了吗。究竟是她的失误，还是她的花枪？他倒是有些摸不着头脑了。敢情他也有坏在女人手里的时候。他想来想去，很不甘心，瞄着任遐迩的窗口好半天才回去家里。睡前硬是给了任遐迩两条传呼，他不信拿不下一个任遐迩。"你今天很美，可惜我只远远看到一个侧面。"十分钟后是"我也早早休息，晚安。"他怀疑做二传手的传呼台小姐打这些字的时候起鸡皮疙瘩。

这以后两人就这么不远不近地暧昧着，上班都跟没事人一样，杨巡当然没去搬那台洗衣机，任遐迩也没从工资单上扣下一笔洗衣机钱，两人也没去家电市场一起买电冰箱。杨巡只有晚上的时候给几个传呼，偶尔以神秘人身份叫人给上班的任遐迩送上一束玫瑰或者一盒西点。然后杨巡就跟隐身人似的看任遐迩的好戏，看她收到鲜花糕点时被人起哄，看她面对他的时候越来越不自在，但也看她又不再穿裙子上班，恢复铜墙铁壁。杨巡一门心思地想剥这张面包皮，想看任遐迩什么时候妥协，这一段时间以来，自然是断了与其他女性的联系，清心寡欲得像个正经人。

11

小雷家这回的发展动作相较以往任何一次都来得猛烈。土地经过上面特批，未经拿证，先行开发。小雷家后山的小山包天天被炸得轰天响，一车一车的石头填入良田，巨大的压路机很快就把塘渣压得平整。有市里再次到来的政策支持和大方的资金支持，雷东宝这回放手大展宏图。

但一天中午才刚饭后，久违的雷士根找到雷东宝家，阻住雷东宝上楼午睡，士根说有话要找雷东宝谈，公事。

雷东宝一只脚已经迈上楼梯，被士根说得不能上去，又因昨晚喝酒头痛，就道：“什么事？下午办公室谈。”

士根谨慎地道：“我想这些事我还是先跟你单独谈谈。”

“私事？你刚不是说公事吗？”

“公事，但我想这些事不便公开。”

雷东宝一脸睥睨：“我做的事，全都能拿出来晒太阳，包括让我坐牢的事，你两点钟在我办公室等我。”雷东宝说完就返身上楼，不再搭理士根。士根默默地看雷东宝消失于楼梯尽头，只得回了自己家里。

雷东宝压根儿都没去想士根要与他说什么，士根现在对于他而言是个边缘人，士根还挂着的那个书记名头，那是他仁慈，不向镇里举荐他的亲信，而其实士根那头衔有等于无。因为再次获得上面支持，他现在又变成对内对外第一人，昨天他就是与上面的那些人吃饭。当时县长说，不要怕做不到，但一定要怕想不到比别人更先进的思路。县长还说，争创全国百强县，要的是能起带头作用的企业大干快上，抓住大好改革机遇三步并作两步大踏步前进才行。雷东宝心说士根这人一向喜慢不喜快，果然，小雷家又来新的发展机遇时，士根坐不住了。雷东宝烦士根，肯定又是来说一些什么小心谨慎的话。他希望士根能看了他的脸色后知难而退。

但士根显然不想退却。等雷东宝一觉睡完，去办公室做事的时候，看到士根早已坐那儿等他。雷东宝进门便不加掩饰地皱起眉头，对士根道："你还真等着？快点说，我三点钟有个会。"

士根定定看雷东宝一会儿，才道："书记，我把村民的几个问题集中向你反映一下……"

雷东宝坐下，奇道："他们为什么不跟我说？我每天都在，要说找上门来就是。"

士根冷静地道："他们见书记忙，不敢打扰你。我也知道你忙，我长话短说。村民们要求，第一，村里的养猪场和鱼塘承包出去，那些钱应该交给村里用，交给村里人分，现在钱都去哪儿了？"

雷东宝一听，竖起眉毛，对一应办公室里的人道："他妈的，我给他们当家，他们还查我账。你去转告他们，这些钱都没进我雷东宝口袋，都记在村民发展基金里。年初雷霆集团为了发展扩股，镇里拿不出钱，只好减少占股比例，但我们村民发展基金协会就拿得出钱，那钱就是那些承包费。你要想知道，问小三看账去，小葱拌豆腐，一清二白，你还有什么话要问？"

"小三不让我们看，说这是经营机密。"

雷东宝当即扯起嗓门，道："小三，士根什么时候想看，你什么时候给他看。别人乱七八糟看不懂，看了也白看，只晓得捣乱，他看得懂。"

士根点头："多谢书记还记得我有这点本事。第二个问题，村里新一轮发展又开始占用土地，占用土地的这笔钱怎么算？这笔钱又怎么分配？现在既然已经占用了，到底这笔钱是给怎么支配了？"

雷东宝一愣，士根这是跟他查账啊，他开始有了怒意，但还是解释："土地征用的各项手续已经在办理，上级部门考虑到我们工期紧，任务重，批准我们先上马，等各项手续审批下来，集团该花多少钱就多少钱，一分都不会差。你以为就你是村民发展基金协会的成员？我雷东宝也是，这钱我也有份，我难道不想？我都是为雷霆。还有什么？"

士根看着雷东宝，沉吟良久，又道："第三个问题，去年在书记的英明领导下，雷霆的发展有目共睹，去年铜五金车间筹建期间因为资金紧张，书记曾下令停发所有小雷家户口职工的奖金，交给雷霆公用，但现在五金车间的运行已经良好，大家要求恢复奖金。"

雷东宝听到这儿更火，耐心终于消失："你这话问得古怪，我停发奖金？我去年是这么说的？我说大家把奖金贡献出来，每人开立一个独立账户，算作借钱给雷霆，雷霆高于银行利率计息，这叫停发吗？这叫人人为雷霆，雷霆为人人。你说，雷霆是谁的，是我雷东宝个人的吗？是全体村民的，雷霆就是我们小雷家村集体的。雷霆现在正赶上好时候，上面有领导支持，手头有外贸订单，作为集体的一员，你应该怎么做？我告诉你，都要舍小家，顾大家，要有集体观念，为集体尽自己最大努力。雷霆的发展缺钱，上问政府要，下是全体村民支持，大家一起发力，雷霆才发展得好，大家也才有钱拿。你作为党员，你问出今天这三个问题，好，我只问你一个问题，你党性还有没有？你作为村支书，你应该起到的是带头人的作用，带领大家为集体做贡献，你呢，你是第一个跳出来反集体的。难道我的奖金就发了？整个雷霆我的奖金最多，我也没发，按说我损失最大，我叫了没有？我每天跑上跑下为雷霆跑政策跑资金，累得臭要死，我叫了没有？我没叫，你雷士根带头叫什么叫？好了，我不跟你说，你还有第四个问题没有？哎，都那样子干啥，我封你们嘴啦？士根说，你们都说。"

从感觉雷东宝在发火起，士根就低头看着桌面不说话，一直等雷东宝滔滔不绝结束，他才又抬头，平静地冲办公室其他人道："都黄着脸干吗，大家有事说事，书记嘴里又没出一句骂。"完了才若无其事地又对雷东宝道："书记，我还有最后一个问题。按照章程规定，重大决策必须开股东大会决定，可现在雷霆做出了那么多重大决定，没一个决定有村民发展基金协会什么事儿，单从程序上说，不符合章程要求。好了，我的问题……"

雷东宝冷笑："我倒是想开会征求意见，问题是每次开会，有谁放个响屁没有？就说你，士根，我每次决定，你哪次不是反对，结果呢，事实摆在这里，我对，我就算坐牢，还是我对，不说别的，现在上面也看到我对，又回来支持我。你还有什么话说？你什么四个问题，我都回答你，是看在旧交情的分上，不是看在你是村支书的分上。我最后再掼给你一句话，小雷家要发展，谁也不能阻挡，谁阻挡小雷家的发展，我让谁好看。"

士根再镇定，脸色也黄了，他还是忍住了："今天这四个问题我本来只想跟书记单独说，本来就没有要书记一个回答的意思，无非是提醒你有这么些群众意见。既然书记心里都有答案，我也不用再多嘴。对于小雷家的发展，我们每一个村民都乐观其成。"

士根说完没再逗留，也无法逗留，佝偻着背沉着脸离开。雷东宝一时也失声了，看着士根离去，好久没说话。毕竟以前士根是他的左膀右臂，而且士根最初也真是找到他家想与他单独交流的，但雷东宝想来想去，决定无视士根的话。一直以来，士根都是在他昂然向前的时候貌似谨慎地拖他后腿，但以前士根说话有分量，现在士根说话没分量了，士根就拿出什么群众意见来施加压力，雷东宝心说就这点招术，他能看不出来？

雷东宝为士根可惜，明明挺好的脑筋，可因为胆小，因为私心太重，一个人走到现在，成事不足，败事有余。都要像士根那样，小雷家还怎么发展？

很快，雷东宝便将士根这个人和士根说过的话一股脑儿抛到脑后。

最近，大家都说调控有放松。对此雷东宝深有体会，那就是内销生意又好了。这都是与宋运辉介绍的那些朋友吃饭时候聊起的。不得不说，虽然他通过自己的渠道认识，或者通过陈平原的渠道认识的朋友也帮忙，但是都没宋运辉介绍的朋友好用。因为宋运辉是把他作为自家人介绍，无形中宋运辉就是他的靠山，因为宋运辉就是那些人中的一员，他便也因此成为他们之中的一员。而他作为陈平原的朋友被引荐到陈平原的圈子，那些人则是看在陈平原的面上拿他当朋友，当然不如自家人亲密。而他若自己撞进门去，即使再多公关，在那些人眼中，他还是外人。

这种细微区分，雷东宝如今于周旋之中慢慢体会。

既然都已经是亲朋好友，彼此说话就说得很开，因此也很容易达成共识。其实彼此的目标一致，一方提供政策倾斜，一方许诺今年出口创汇和产值翻番，明年则在今年基础上继续翻番。

雷东宝在地方政府的支持下做大做强，他的思路他的展望，又怎可能是如今被边缘化的雷士根所能知晓的。

12

梁凡休息天的时候上门找梁思申。才进门，听坐在院子里树荫下晒稀薄太阳的外公感叹一声："梁大今天印堂发亮，莫非在香港大发利市？"

梁凡没想到团花簇锦的蔷薇架子后面竟会坐着人，两只黑拉拉也在外公身边，他忙绕过去，笑道："外公在这儿？今年蔷薇开得好啊。香港那边现在行情看涨，我昨晚才从香港回来，正要找小七问些事。"

外公闭上眼睛不屑地道："问我也一样嘛。"

梁凡笑道："我想问小七有关杨巡的情况，估计外公不知道。"

外公笑道："什么小事情，我不管。进去吧，小点着声，正好看人家两夫妻好事。"

梁凡立刻明白肯定是宋运辉也在，因此他进门前先重重敲门，这才进去。果然见两口子坐窗边逗弄小可可，太阳微微透过窗户照进来，老屋高爽，里面比外面凉快。

梁思申先看见梁凡，奇道："你不是说不回吗，怎么回了？多谢你前几天让人帮我捎来的奶粉尿布。"

梁凡见宋运辉转头看他，跟宋运辉打过招呼握过手，才坐下，道："最近香港市道好，我回来筹钱。小宋，你们东海上市正赶上好时候啊。小七你有没有持有东海的股票？你应该最知道上市能赚多少。"

梁思申道："我们这行有规定，涉嫌内鬼的交易不能做。"

梁凡道："既然我已经到香港操作，以后你有相关资讯，我来操作，我们分成。天知地知。"

宋运辉笑道："你别尝试说服她。你们谈，我抱可可去外面晒晒。"

梁凡等宋运辉出去，才微讽道："小七，你真是找对人了，有他罩着，你尽可以装出淤泥而不染。小宋在他们业界，现在可是通天的人物，这回上市，他的那几个上司都拿他当亲人。"

梁思申抬眼，定定地看着梁凡好久，但她没接茬："又想问我爸贷款？"

梁凡道："不是贷款的事，我来问你打听一个可能，如果我把商场的股份卖给杨巡，他吃不吃得下，想不想吃？"

"他应该想吃，但是我不知道他有没那实力吃下。最好问清楚一下，他接手经营商场这一年来是亏损还是盈利，再做决定。难说，亏得对商场没感情了都有可能。"

梁凡皱了下眉头："据可靠消息，是亏。"

梁思申奇道："你还有本事在杨巡手下安插人？了不起啊。要真是亏了，我就说不定了，利益和感情之间的权衡，杨巡这人一向不会搞错。"

梁凡笑道："他妹妹在我们公司，哈。他妹妹说的应该不会有错，都是李力出面套问出来的。这笔资产……杨巡要的话，我想套现。你还是给我们做中介？或者我请小宋出面，你们两个做中介特别有效。"

梁思申更奇："你们究竟在演哪出戏？似乎杨巡妹妹到你们那儿做内鬼，你们将计就计还是怎的？"

梁凡更笑："杨巡那妹妹，一个娘胎怎么爬出那么不一样的货色。那小姑娘看见李力，眼睛跟流星追月一样。李力叫她进办公室去说话，她什么都守不住，难怪杨巡一知道他妹妹在我们公司，急着求我开除她。你回头问问小宋，杨巡有没有那实力，或者请小宋帮忙，帮杨巡在那边获得贷款。我急等钱用。"

梁思申这才明白过来梁凡为何找他们两个，也放心一件事，看来梁凡没从她爸那儿贷到钱，爸爸总是坚持原则的。但她不愿宋运辉兜这笔差事，与梁凡不欢而散。

梁思申沉着脸看梁凡离开。梁凡走到外面后当然是与宋运辉说了好久，然后才扬扬得意笑着离开。梁思申没出去，只看着，但更多的是看宋运辉。她看得出宋运辉只是淡淡的，心里清楚宋运辉不会答应梁凡。等梁凡离开，她才走出去，外公冲她嘀咕："这小子今天老狂，才赚点子小钱……"但外公的话才说一半，就止住了，想了想，才对宋运辉笑嘻嘻地道："还是你滑头，早看出来了。"

宋运辉一笑，不等他说，梁思申先道："梁大一上来就是一个'小宋'，转死了，是吧？"宋运辉点头，笑道："我们可可都不理他，对吧，可可。"可可对这个大多数时间不在的爸爸很是依恋，闻言雀跃。"梁大让我出面帮他与杨巡谈，我说没空。"

外公不屑地对宋运辉道："看你丈人过几分钟不打电话来逼你。思申，我不回美国住啦，还是跟着你在上海住。这儿挺好，越住越喜欢。"

梁思申看看外公，不晓得老头子干吗出尔反尔，懒得理他。宋运辉却是脸色一变，低头思索了一会儿，看看梁思申的神色，他没有点破。但他看着今天梁凡对他的狂态，觉得有必要跟岳父谈谈。

趁梁思申喂奶的时候，宋运辉进去里面打电话，但拨梁父的手机，却是忙音，他就拨梁家的座机，是梁母接的。梁父果然是在接梁凡的电话。梁母抓起电话就全是有关可可的问题，即使可可爬了一尺远的小事情，梁母都百听不厌，好不容易等到梁父结束那边的电话，梁母还是抓住电话说了好几句才放手。

梁父拿起电话就问："小辉，囡囡与老大两个有争执？为那个体户，值吗？"

宋运辉道："我们没为杨巡起争执，在处理商场问题上，思申完全倾向梁大。只是思申……爸你知道的，她特别职业，她反对梁大希望我出面违规为他融资，也反对爸爸违规为梁大融资。"

"哦。"梁父好一会儿沉默，"我让老大以后嘴巴严实点儿，你也帮我看着他们，以后老大过去，你管着他。"

宋运辉从岳父的反应，立刻印证了自己心中的猜测。他没犹豫，道："爸，恕我直言，在我们这样的位置上，有很多找钱途径，但押宝在梁大身上是最危险的一种，不亚于受贿或者贪污。"

"你别胡说，我有原则。"梁父断然否定，立刻转移话题，"我们看准的那两家工厂还是抵制外来整改，我这边继续做工作，你也积极一些，拿出好一点的报告。是不是思申阻挠你？"

宋运辉道："这事儿快了。我参与制定的有关产品标准很快出来，对他们很不利，届时他们不改也得改，要不就是停产倒闭。爸爸耐心等他们自己找你吧。"

梁父又是好一会儿无语。等放下电话，他跟妻子感慨，这个世界往后是属于女婿那代人了，做好做坏都需要知识型人才。梁父好生失落。宋运辉则是希望梁父就此见好就收。在这座大宅里打电话非常不便，四个保姆加一个花工，他很多时候只能长话短说。但给杨巡的电话就不用顾忌太多。

"小杨，刚才梁凡到我这儿透露出想卖商场股份给你的意思，这事我看你提前考虑起来，如果有意的话，这是不错的机会，他们亟须变现投资香港。他们过几天应该会通过各种渠道跟你联系，但不是我和思申。你听懂我的意思没有？"

杨巡被宋运辉忽然冒出来的大堆信息弄得一愣一愣的，回味一会儿，才道："谢谢，宋总，我有数。但我不明白他们为什么不找你们做中间人？就像上回我承包商场，只要你一句话的事。"杨巡最担心的是那边两个公子哥儿仗势欺人。

宋运辉笑道："你都三十的人啦，不能总让我抱着走路。"

宋运辉出来，见院子里的祖孙三个都看着他，他忽然不知道说什么好。他都在心里问自己了，这回有必要跟思申明说吗？但他还是只说了一句"跟你爸提一下梁大"。

外公的两只眼睛将宋运辉的角角落落扫描一遍，"哼"了声又说："我最讨厌这种没一点技术含量的落后官僚，但凡自身有本事、业务掌握精的都不屑做这种事。"

梁思申终于在外公今天一而再再而三的刺激下悚然心惊："你们说什么了？"问完才发现，她似乎下意识地很放心爸爸，她不应该这么怀疑爸爸。

宋运辉忙道："我提醒你爸一下，梁大这个人不大可靠，不能重托。你爸有数。"

"这就好。"外公抢了话去，又舒适地闭上眼睛，"以后通电话时候说一声，穷疯了可以找女儿伸手嘛。"

宋运辉道："外公，和风细雨点嘛。"

"思申又不是小天使，我跟傻帽才和风细雨，风和日丽。思申，你凭良心回答我一句，我说得对不对？"

梁思申赌气地道："理儿都对，就你这人不对劲。"但她心里被外公的一句"这就好"抚慰了下去，暗斥自己多疑。

"算我当回东郭先生。"外公继续闭目养神，两个孙辈后面再说什么，他一概不理。

一直到可可尿了裤子，梁思申带进里面去找保姆，外公才道："你看看，你把她宠成小天使，现在难做人了吧？你跟我女婿到底说了些什么？"

"该提醒的都提醒了，该指的路也指了。"

外公"哼"了一声："白提，白指，你准备什么时候跟思申说明白？"

宋运辉这回难得老老实实地道："我不知道，正要跟外公商量。"

外公道："我先前还以为你是聪明人，帮你一起掩着，还问我干什么，都是成年人，思申知不知道影响得了一个成年人吗，还是让她继续做小天使吧，免得影响奶源。"

宋运辉不由叹一声气，他没想到外公竟也跟着他叹了声气，他想，看来外公也是没办法了。外公原来还想跟着女儿终于可以回美国安享晚年的，可惜他现在厌恶了，还是跟着老跟他吵嘴的外孙女来得顺心，可他到底是有些不甘愿。宋运辉一直想，真没办法了吗？可是他自己也面对分配问题，他哪里有办法拉岳父出泥淖。他想到这事儿，心里就很烦。他只能希望梁大在香港发展顺利。

13

杨巡接到宋运辉的电话，便叫来任遐迩布置下去，让她查阅旧账，计算出商场的真实建筑成本，以此估算商场的实际价值。他历经谈判，对讨价还价的程序早已了然于胸。他几乎没去想一下他未接获真实意向，很可能做一大堆努力之后却是一场空。他只是相信从宋运辉嘴里说出的话。有些人即使说一万句话，也未必有一句让人采信，而有些人要么不说，说出的每一句话都掷地有声。

但是任遐迩却是第一次接触筹建期间那些费用，面对最先是杨巡签字，而后是李力或者梁凡签字报销的账单，以及有些重复计费的项目究竟要采用哪一项，她心里没底。正好她手头已经搬来一台全新的WIN95配置的电脑，她索性设计一个Excel文件，让一位出纳将那个时期产生的所有费用一目了然地打在表格上，让杨巡取舍。

电脑因为保存了很多资料，为保密起见，放在任遐迩的小办公室里。杨巡被任遐迩请来取舍项目，等先看一遍下来，心里倒是立刻有了几个新的想法，他准备做出几套报价，一套是他个人经手至他的方案即将开业时的先期价格，一套是被梁凡、李力接手之后，综合全部费用的价格，再有一套是经他火眼金睛删滤梁凡、李力因管理不善产生的多余支出后的剩余价格。他必须弄清这些价格的确切数字，他与人谈判才能言之有物。

面对任遐迩听完他的要求后变色的脸，他只得笑嘻嘻地装没看见，说："是不是工作量很大？"

任遐迩道："逃不过我，也逃不过你，请杨总给每笔支出标注相应的颜色，方便我回头分门别类清算。"

杨巡看看门外大办公室，轻笑："很好，很威风，请你先教我怎么使用。"

任遐迩当即脸一红，看一眼小小的键盘和小小的鼠标，想到教的时候不知道得多暧昧，就扬声叫输入数字的出纳进来，让其协助杨总分门别类。杨巡眼睁睁看着近距离接触的机会失去，心知任重道远。

　　但任遐迩最后交出的报告还是让杨巡耳目一新。报告上不仅依照杨巡的设想给出三套数据，而且每套数据还分别有明细附表。另有一份总结则是给出，根据目前的经营状况，和银行贷款利率，在不计算物业升值的前提下，三套价格必须以多少营业利润来配套，才能保证不赢不亏的底限。杨巡看了又想叫亲人，转手就交给杨速看，要杨速明白，这就是以数据指导经营管理的最新实例。杨速则是反问，那为什么至今还没拿下这个宝贝，杨巡也郁闷。

　　但更让杨巡郁闷的是，没等任遐迩七手八脚飞快地将报告做出来，上海那边却在紧接着宋运辉的电话之后，很快传来谈判的意向，那个传递意向的人竟是杨逦，因为是杨逦传达的意向，杨巡都不便跟上海方面狡计百出，以免误伤自家小妹，他简直内伤。

　　但没有热身的谈判如何进行？他才不敢被人抓着小辫儿打没准备的仗。他思来想去，电话找到梁思申，希望到上海的第一天大家先坐一起吃顿饭，在梁思申在场时候定下一个基调，免得他被动挨打。但梁思申却告诉他，她现在他的老家洽公，两天内没法回上海。杨巡很无奈，可时间不等人，他只好带着资料去上海谈判。如此大好机会让他收回商场，他是绝不肯放弃的。

　　梁思申则是与她的欧美人种同事趁工作间隙，来到小雷家探望。但是车在小雷家村口停住，两人站在尘土飞扬的小雷家大工地前，梁思申对着才隔一年已经面目全非，看上去似乎一望无际的工地发愣。小雷家从事的是实打实的制造业，哪来那么多的钱一次性搞如此大规模的开发？她同事一看这场面，就道："这家乡镇企业的实力相当强，是不是上市企业？"

　　梁思申摇头："不是，是利润不算太高的传统制造业，生产的是并没太多技术附加值的产品。"两人边说边从车辆已经比过去稀少的旧路往里走。

　　同事看看远处可见的规模不小的厂房建筑，婉转地道："这么说来，决策人的魄力够大。"

　　"我也怀疑，他们的利润够不够支付无时无刻不在产生的高息银行费用。"梁思申心说岂止魄力够大，简直是吃了豹子胆。她不由想到雷东宝传到上海的那份规划，后来也没听宋运辉再提起雷东宝究竟有没有获得地方政府的支持，而从眼前的情况来看，贷款肯定到手了。

　　同事漫不经心地问："主事的文化程度如何？"

　　"好像是小学还是初中。这样的企业，还想看吗？"

同事摇头："我只想等一两年后打听一下它发展得怎么样了。"

梁思申愣了一下，也泄气："回吧，我也不想看。"

但乘上车子回去的路上，她忍不住打电话告诉宋运辉，看起来鲁智深变成李逵了。宋运辉是个资深搞企业的，如今因为上市，更是钻进财务经常讨论，熟能生巧。听梁思申如此这般一说，他脱口而出："真的是全面开花，而不是分期分批？现在已经不是过去那种相对混乱的市场环境了，他们凭什么敢那么大胆？"

但说完，宋运辉自己已经知道答案，雷东宝凭的就是过去的成功给予的无比自信。而这自信，在没有约束的情况下，已经变为狂妄。他想来想去，要不要跟雷东宝谈谈，什么叫投入，什么叫产出，什么叫利润，什么叫成本。但又想到，雷东宝现在肯听他的吗？他原以为规划是个长远计划，本来还为雷东宝现在的眼光能放得长远而感到高兴，没想到却是鲁莽地全面开花。如此规模，以小雷家现有经济实力如何吃得消。只有经济依然如过去一般飞速发展，通胀依然居高不下，这种大规模开发才可能会与雷东宝过去的每一次冒险一般，再次有惊无险地成功。

宋运辉一时无法确定，或许雷东宝是员福将，也或许雷东宝自有他自己的经济规律。

但宋运辉还是想给雷东宝打个电话，想跟雷东宝说说他的想法，虽然知道大规模开发已经开始，他再说已是无用。

雷东宝却是反问："刚才有人说一个女的和一个老外一起来，走到村口又走了，是不是你老婆？她找我有事？"

宋运辉道："是她，她估计你肯定比较忙，就不去打扰你。她没什么事，路过。"

雷东宝道："怎么不早说，电话多少？我让春红去找她。"

"不用了，她还有工作。听说你开发得很好，投入资金是多少？准备上马多少产能？具体生产什么产品？面向什么市场？准备用几年时间还清贷款？"

雷东宝本来就不喜欢梁思申，既然宋运辉说不用，他乐得放下。但被宋运辉的问题追得手忙脚乱，道："我们不断投入，不断贷款，加上新产生的利润不断投入，规模弹性，不过三通一平先全面完成。"

宋运辉等了一会儿，没想到雷东宝那边却没了后话，不由诧异道："就这样？"他简直觉得不可思议，这与他一向的工作风格非常不合。不过又想，雷东宝的工作风格什么时候与他一样过，一向大相径庭，或许这就是百花齐放。他又问："你考虑过未来如何平衡贷款利息和毛利吗？"

雷东宝道："当然考虑过，能行。"

宋运辉道："你的投入都还没确切数字，你怎么能正确预测两者的平衡？"

雷东宝刚才已经被宋运辉问得头大，至此只好道："我有我的经验，跟你们一板一眼的国营企业不一样。"

宋运辉听出雷东宝的口气，就道："那就好，我不过是问问。听思申说你那边大开发，我替你高兴。没事，有空去上海玩，外公倒是常惦记你。"

雷东宝想了半天，不知道宋运辉这个电话背后的确切意思，也想不出梁思申究竟背后又跟宋运辉说了些什么。他只好继续深入地反感梁思申这个女人，好像有她出现的事情，总有麻烦。

但眼下他果真如宋运辉传达的梁思申所言，他忙得一塌糊涂，那么多决策需要他拍板倒也罢了，最主要的是，那么多的应酬，非他亲自出面不可。想要钱，他当头的不出面，对方会觉得没面子，要钱不顺。因此几乎夜夜笙歌。现在社会夜生活又丰富，吃完晚饭，还有那么多好玩的，玩好了，又有宵夜吃，更有千娇百媚的小姐召之即来，宾馆开房也没了什么本地身份证不能开的规矩，基本上是一晚上不睡觉也行。

好在家里有韦春红这个不开饭店后精力过剩的内当家，公司里的管理人员个顶个的能派上用场，雷东宝后顾无忧。

14

杨巡为了不让梁凡、李力看出他的热衷，费劲地磨蹭了好几天，将自身所需资料充实完毕，才准备起程。他起程前想到何不带上任遐迩，但又知道孤男寡女地上路，肯定会被任遐迩反对。因此他就堂而皇之地走进财务室，想通过公开宣布决定来打消任遐迩的顾虑。"小任，你安排一下工作，下午跟我一起坐火车去上海谈判。前几天整理的资料你也带上一份，别忘带计算器，公章也带上。估计要三天。"

任遐迩头大，这一出门，回来跳进黄河都洗不清："杨总，月底关账，走不开啊。"

杨巡当然不会就此罢休，笑道："工作可以安排一下，缴税有十天时间。会不会经常送花的男朋友有反对？呵呵，女经理就是怕遇到这种事。"杨巡的话说出来，财务室众人都笑。最近常有鲜花西点送来，大家本就非常踊跃地猜测究竟任遐迩的男友是谁，因此都笑嘻嘻地看着任遐迩的好戏。

任遐迩本就在为没法阻止杨巡送花而头痛，闻言自然更是头痛，这不是贼喊捉贼吗？可她又不能当面摊牌，只得硬着头皮坚持道："五一促销的账还是第一次做，得单列出来。而且营业额这么高，利润却不好，一定要再三核对才行，以免招税务查账出问题。"

杨巡一想不错，五一促销的利润必须单列计算，不能让别人知道，当然只有任遐迩亲手处理，工作量本已够大，再加月底关账忙碌，她哪里能够腾出三天时间。他冲一室的财务笑道："果然请不动，呵呵。"嘴上虽然打趣，可心里却是失望，快快而回。但他这么一闹，别人对他和任遐迩的怀疑倒是少了许多。

杨巡处理了一些事情，才又给任遐迩打电话："真的不去？一天都不行？本来我想替你约宋总的太太一起吃饭，让你看个够。今天下午去，晚上一起吃饭，明天谈判，你明天下午回。"

任遐迩最近已经被杨巡搞得烦死，既然单独说话，就比较强硬地道："杨总，不方便，请别为难我。"

杨巡早知道肯定是这话，不屈不挠地道："你有什么想在上海买的？我替你带来。"

任遐迩还是道："杨总，行行好，别为难我，行吗？"

杨巡笑道："我怎么是为难你，我诚心诚意，考虑到你说的我们在商场的地位不平等，我也没紧追你，不逼迫你，让你自己做决定。你还要我怎样？"

"杨总，你究竟要我怎样？我是来工作挣钱的，不是来玩的。"

杨巡都听得出电话那端任遐迩心里乱想辞职的念头，他笑道："小任，你有才，做人也有原则，我一直很欣赏你，也尊重你，从不对你乱来，但你总得给我机会相处，你现在是为拒绝而拒绝，那就对我有偏见了。你如果不信，干脆我直接向你求婚，说明我所作所为都是真心的。你回我一句话。"

任遐迩毫不犹豫就是一句："任遐迩昏迷中，没法说话。"

杨巡还以为是开玩笑，却听那边将电话搁了，他倒一时不知道对方想什么了。心里很想冲过去直接问任遐迩到底想什么，但也清楚这是办公场所，确实不便。一时在办公室急得团团转。可又因为要去上海出差，得回家收拾行李，经过财务室的时候忍不住看了一眼，没见到任遐迩，失望而走。心说自己够诚意，到底任遐迩想怎样。看样子任遐迩不是什么看不起他学历之类的浅薄人，平时讨论工作时任遐迩很看重他的意见，那问题究竟出在哪儿？还昏迷中呢，他真想拖她出来看个清楚，问个彻底。

任遐迩被杨巡求婚的话轰得魂飞魄散，悠悠回过神来，扪心自问，这么慌干什么，即便是杨巡出言让她卷铺盖走人，她都不用这么慌，她现在对自己的自信已经不同于春节那阵子，不担心失去工作后没地方混饭吃，她只怕自己想走杨巡不放。那么她慌什么。

任遐迩坐在自己的小办公室里神思不定，想来想去，感觉自己太物质，被杨巡一天一束花或者一盒糕点给打晕了。可是，明知道他是个好上司，可未必是个好先生啊。任遐迩心中第一次没了目标。

杨巡回到家里收拾好行李，又忍不住给任遐迩一个电话："真的不去？"

"真的不去，对不起，我很忙。"

杨巡听着觉得那边的那个声音异样了许多，好像有些没情绪，他想了想，道："也是，我安排的时间不对，这几天你哪里走得开。不过这个谈判对我至关重要，我没法等你空闲。上海的蛋糕非常好吃，我带来给你。"

"不用了，谢谢，我不得不为那些西点买了个冰箱，为了不浪费，每天早也吃晚也吃，怕了。"

杨巡不由笑出来，这点他倒是没考虑到，但他喜欢这样细细碎碎的谈话，看到另一个更加私人的白白胖胖馒头样的任遐迩。"小任，有空好好考虑我的话，如果你答应，我立刻公开与你的关系，我们正大光明地相处。现在这样，其实反而对你不好，对你名声也不好，你确实会为难。"

任遐迩愣住，好容易才问一句："如果我不答应，你会不会罢手？"

"不会，我认准的，一向不会放弃。"

"那你意思不是我只有两条路可以走了吗？"

杨巡当然不会误听任遐迩话里一口一个"你"，而不是"杨总"，他因此坚决地道："我看你只有一条路。"

"只能说，你看错人了。"任遐迩气聚丹田，掼出一句强硬的。

　　杨巡当然知道任遐迩不止一条路可走，但他当然也要放话给任遐迩，绝不让她逃脱。他清晰地看出，任遐迩终于对他动心。那就好。等他回头拿来商场所有权，终于不用夜长梦多的时候，他不会再像前几天那么容易打发。

　　任遐迩则是震惊于杨巡的魄力，只要她答应，立刻公布关系，公布的自然是他刚才提的求婚的关系，杨巡都不怕未来可能没有结果，他有承担得失的担当。而那担当后面，却又有周详地为她考虑。这样的杨巡很男人。

　　任遐迩不由缩了缩脖子，拿起案头的外线电话，思虑之下拨出杨巡的号码。可一声"杨总"后，却又羞于开口。杨巡等半天没见下文，忽然福至心灵，明白了那边的心情，忙道："我知道了，我很高兴。等我回来，我一定把商场股权全拿回来。等着。"

　　杨巡终于放心上路。心里喜悦，但不能说是乐翻了天的喜悦，更多的是心里细细碎碎的欢喜，好像挺踏实，也好像挺温暖。上了火车，他一会儿想想回头怎么正式追任遐迩，一会儿想下一步谈判的事情。一路变得并不烦闷，仿佛时间过得很快，很快就到了上海。到了上海才想到，光顾着任遐迩那头，忘了给妹妹打电话说他来的事。他心想既然都来了，也懒得再打电话，就在出租车上找出杨逦房子的钥匙，自己直接开门进去。

　　已经是晚上八点多，杨逦却不在家。杨巡也没当回事，小姑娘嘛，能有几个像任遐迩那样坐得住的。他自己动手，收拾床铺，洗澡更衣，坐下吹着电扇看电视。但左等右等，一个多小时过去了，还不见杨逦回来，他只得拿出手机打杨逦的中文传呼。

　　然后又等，一直等到十一点，才听门一响，杨逦姗姗来迟。但杨逦进门飞速叫声"大哥"，就立刻蹿到厨房窗口，显然是跟人打招呼。杨巡会意，追过去一看，果然见下面一辆乌黑发亮的轿车拐弯开走，杨巡只看清一排红红的尾灯，他爱车，一看就明了，这是一辆进口高档车。兄妹一齐看着车子拐弯消失，才都缩回屋内。杨巡看杨逦两只眼睛水汪汪的，他经验丰富，一看就知道杨逦有问题。

　　他微笑道："不叫他上来见见面？"

　　杨逦道："又不是谁，普通朋友。大哥，你来也不说提前通知一声，我还以为你明天早上才到呢。"

　　"不坐夜车，怕影响明天动脑筋。今晚好好休息一下，明天打足精神跟你老板谈。呵呵，我们杨逦很漂亮。"

杨逦兴奋地道："真的吗？我也觉得这件衣服和裙子配得很好，显得高档，没想到夏天穿高领衣服很显身材呢。大哥，我先洗澡，回头跟你说话。"

"去吧。你不肯跟我说男朋友，我倒有个好消息，上回春节我送回去的任遐迩，你还记得吗？她答应做我女朋友了。"

"她？"杨逦须得好好想想，才想到那么一张平凡的脸，"日久生情？可大哥，她不漂亮，你一向最喜欢美女。"

"美女当然好，脑袋好更要紧。"

"大哥，我建议你在上海买些护肤品回去送她，我记得她脸上弄得一团糟。要不要我帮忙？"

"好，抽时间你陪我逛街。对了，老四，你在这家公司工作这么几天，有没有想到大哥以前跟你说过的话？大哥的实力并不弱，看到大哥即将买下他们手里的商场股份，你心里怎么想？"

杨逦想了一会儿，道："大哥，李总他们并不是支撑不住需要卖家产，而是合理调整手头产业结构，他们有更好的投资方向。"

杨巡微笑："我即使有更好的投资方向，也不会放弃商场资产，这是实力。就像打仗，你没有根据地，再强的军队都白搭。你洗澡吧，时间不早了。"

杨逦却坚持说完才肯去洗澡："大哥，我们公司跟你的不一样，这就像我们公司是世家，你是新发财主。"

杨巡对着关上的浴室门哭笑不得，杨逦可真爱公司胜过家了。他看看依然简单的房间布置，想到同样是女孩子，任遐迩现在有自己的资产，而杨逦这儿除了他们两兄弟给买的冰箱，却一直买不起洗衣机。杨巡想，那个开车送杨逦回来的人是谁，开那么好车子的人，如果真心喜欢杨逦，应该心疼她的两只手，替杨逦买台洗衣机应该不在话下。看样子还真是如杨逦所说，只是普通朋友。

但杨巡很警惕地想到梁凡和李力这两位公子哥儿。他左思右想，等杨逦洗澡出来，就道："你还记得我们第一次见李力是什么时候吗？我记得他那时候正追梁思申。"杨巡小心观察杨逦的神色，见杨逦脸上微微露出不自在，杨巡心里一沉。

杨逦不以为然地道："那时候不开放，梁思申那样的人回来跟花蝴蝶一样稀罕，现在她还不是结婚生子，纯粹小妇人一个。"

杨巡依然不动声色地道："我记得李力也已经结婚生子了吧，他太太是做什么的？"

"不清楚。"杨逦翘起嘴唇，后面任凭杨巡怎么套问，她都不愿回答。

杨巡心中大致有了框架，心里很有划花李力脸蛋的冲动。第二天他与杨逦打车去梁凡、李力的公司，梁凡不在，盯在香港，杨巡第一时间就见到了李力，第一次坐到李力宽大豪华的办公室的真皮沙发上。杨巡提出的第一个问题，就是要李力先开除杨逦，再谈下一步。李力笑说没有必要，但杨巡坚持不开除杨逦就没下一步。杨巡这么做，一方面是为挽救杨逦，一方面试探李力他们究竟套现的心情有多急迫。李力没怎么坚持，就一个电话打给人事部，让人事部与杨逦结束合同，并大方提出补偿。杨巡心里大大舒了口气，他知道该拿出哪套报价了。

当然李力也不是吃素的，相比梁凡，李力狡猾太多。双方一直谈到面红耳赤，有几次若是换在过去，杨巡认为李力早已爆发，扔下狠话不再继续，但是李力这回都没有，李力一直跟他谈到最后。直到杨巡看到谈判几乎谈无可谈的时候，他提出今天先回去等候消息，等这边商量确定，他再乘火车上来。但李力没让，李力阻止杨巡回去，自己出去打了个电话，回来便带着火气同意退让。

杨巡认为自己赢了，谈判结果几乎与他预想的一致。他走出李力办公室的门，却找不到自己的妹妹。一问之下，杨逦已经办完手续刮台风一般地离开。想到杨逦一向的个性，杨巡估计小妹恨他。他只好给妹妹传呼留话，简单说明情况。一直等走远了，离开李力办公室所在大厦，才一个电话打给梁思申。

"我拿回股权了。"在接受梁思申的恭喜后，他详细告诉谈判下来的条款，几乎没有什么商业机密的概念。

梁思申仔细听着，感觉这些条款对杨巡非常有利。等杨巡说完，她才道："再次恭喜你，此后我见你不会再有内疚。"

杨巡忙道："这话应该是我说，谢谢你和宋总不计前嫌。我今天终于把商场夺回来，我很激动，第一个想到先给你打电话报告好消息，我想请你吃饭表示感谢。"

梁思申笑道："我最近最怕吃饭，家里还有个小东西等着我回去吃饭呢。你的好意我心领，你还是早早回去处理股份转让，免得夜长梦多。还有件小事，设法千万让你妹妹离开现在的公司，不大方便。"

"你也看出来了？我今天谈判第一个条件就是要他们开除我妹，没办法，现在我妹不知下落，我很头痛。"

杨巡回去杨逦的房子守株待兔，又不敢去下面打公用电话，只好用死贵的手机漫游打电话给杨速，让杨速在那边赶紧落实相关事宜。杨逦一直到天黑都还没回家，但杨巡不悔，他清楚杨逦鬼迷心窍，又是执拗性格，如果不在李力那边着手斩断，根本无法让杨逦回头。

但是一整个晚上，杨逦都没回家。杨巡万分担心，可也知道杨逦在上海多的是同学，有的是地方可去，他即使再守上一个月，杨逦都可以避而不见。他无奈，家里又是那么重要的大事等着他，他只能留下纸条回去。杨逦这一闹，让他赢回商场的喜悦都消失殆尽，反而带着满腔忧虑离开上海。

回到商场，他只擦一把脸，就召开中层会议。他进去先找到任遐迩，见她刻意避开他的眼光，他也没紧盯着，坐到主持位上，冷静地道："公布两个好消息：第一个好消息，小任终于答应做我女朋友，如果她愿意，我很乐意她直接做我未婚妻。"

任遐迩惊住，没想到杨巡竟是这么迫不及待地宣布这个消息，都没与她好好商量，她瞪了杨巡好久，才忽然发现大家都在冲她笑冲她说恭喜，她脸立刻绯红了，不知道怎么说才好，干脆低头看桌面，嘴角憋出一句："没有的事。"

杨巡没纠缠这个问题，立刻接着冷静地道："第二个好消息，商场股份从今天起，全部归我名下。因此，我们管理部门将做以下调整，彻底清除与上海前股东相关的工作分类。"

整个会议，几乎是杨巡说，大家做记录。有关股份调整的事情没说多久，更多的是对六月份工作的布置。会议没多久便结束，杨巡先起身道："小任，我有件重要的事与你商量，我们去我办公室。"

任遐迩刚退烧的脸立刻又烧红，她低头跟着杨巡去总经理办公室，进去里面关上门，杨巡有备而来，抢着道："对不起，我从上海回来没给你带东西，昨天出大事，我小妹跟我闹脾气失踪。我要向你讨问我妹到底在想什么，我和杨速都是男的，从来都对小妹没措施……"

任遐迩本来有话说，但被杨巡这边这种事一说，又不便这时候耍脾气，只得道："太急了吧，我又没……没……你小妹为了我跟你闹？"

"跟你无关，她挺喜欢你，杨速也一直说你的好。你坐，我们慢慢说，这事很头痛。我叫杨速来。"

任遐迩本来有点担心杨巡既然宣布了，就开始进入什么恋人甚至未婚妻状态，但见杨巡一直严肃紧张，她放心不少；再见杨速进来，她又不自在起来。再等杨巡说出杨逦那么隐私的秘密，她终于意识到一个或许并不是问题的问题：杨巡到底是找一段感情，还是找一个太太？

因此任遐迩后面说话很谨慎，杨巡问起的时候，她才说作为女性，她认为杨逦不可能作践自己，最多是赌气不回，达到吓死大哥的目的大概就消气了。杨巡一听就有了主意，让杨速传呼给杨逦，说大哥吓得如何如何之惨。然后杨巡带上出纳直奔银行，开出一期付款的第一张汇票，让杨速带着汇票和相关文件连夜赶去上海。转身又去营业厅上面，找相关人员筹措股份转让的资金。

留在商场的任遐迩一下成了焦点。会议之后，有关商场产权归属的问题并无太多人热情地关心，而老板与财务经理的私人关系却是如此值得八卦，消息顷刻在五楼蔓延，随即以星火燎原之势直扑下面四层。任遐迩被各种打着关切旗号的电话轰得如面包般外焦里嫩。

晚上下班的时候，已经累计有九个人跟着任遐迩要求请客，推都推不掉。任遐迩非常头痛，这个月已经因为买一台冰箱把前面几个月的积蓄快用光了，今天这一顿请客都不知道底在哪儿，需要花多少钱，可又是同事情谊，以前可以推，今天推就有些不够意思。基本上今天得吃下月的口粮钱。可她自己都还没闹个清楚，因此心中不甘不愿。杨巡那个公开宣布，真是要了她的小命。

与同事一起往外走，走出后门，却看到杨巡大模大样站在门外，估计是杨巡也看到了她，就直接冲她走过来。任遐迩继续头痛，这几乎是一波未平一波又起。但杨巡却旁若无人地道："小任，我正等你，一起走吧。"

闹着请客的人在杨巡面前不敢吱声，纷纷告辞先走。任遐迩这才松口气，感觉夜色中并不高大但精悍的杨巡此时挺可靠。但两人隔着半米距离走出一段路，都没说话。直到与下班人群远了，杨巡才道："今天下班怎么这么热闹？都在闹你？"

任遐迩无奈地道："要我请客，你不是说晚上与银行的吃饭吗？"

杨巡无法不想到任遐迩捉襟见肘的钱包，笑道："以后他们再起哄，你说我答应请客，要他们定好时间地点告诉我。银行饭已经吃完，现在是在唱歌，又正好物价局几个朋友也要唱歌，再开一个包厢。我一看时间不对，不能做你男朋友第一天就不管接送，赶紧过来。"

任遐迩无意调笑，就转开话题："杨逦回家没有？"

"杨速的电话很快到。我已经打定主意，如果今晚还不见杨逦，我明天拿汇票逼李力帮我找杨逦。你说她跟你差不多年龄，怎么她……"杨巡后面没说下去，毕竟与任遐迩目前只是形式主义上的男女朋友。

任遐迩道："有人在后面帮着收拾，换谁都愿意闯闯。再说，榜样的力量是巨大的，我看杨逦比小杨总学你更学得十足十。"

杨巡脑袋转个弯便知道任遐迩是在讽刺他的私生活只有比杨逦更乱，他忙道："杨逦是女孩子，女孩子这方面比较吃亏。"

任遐迩闻言含蓄一笑："我有言在先，你要宣布今天会议上的第一个好消息作废，现在还来得及。我倒是想请教，你既然知道女孩子在这方面比较吃亏，你还身体力行，是不是明知故犯，出发点很成问题？当然，如果你承认男女关系愿打愿挨，彼此只要各得其所，乐在其中，无所谓吃亏占便宜，那么你现在也不用担心杨逦。"

"唉。"杨巡一时无法搭话，并不是因为任遐迩的逻辑，而是一时反应不过来，说话的这还是那个寡言少语但勤快聪明的面包吗？但他很快就又笑道："看起来以前我没意识到我很有问题，以后不会了，绝不能让你吃亏。"

任遐迩笑笑，见已经到自家小区门口，就道："你忙去吧，我到了。还有两个包厢的人等着你呢。"

"没关系，送你到楼梯口，只要结账时候我在场就行。"

"你每天压力也够大的。"

"现在算什么，以前刚开始做的时候压力才大，家里那么几口等着饭吃，当时就算脚底起疱都不敢停下来。"

"这些，杨逦清楚地知道吗？"

"她知道些，但她最小，又是女孩子，大家都把好的让给她，不让她知道日子不容易。我妈说过，女孩子要娇养。"

"原来这样，建议有机会跟她说说。我刚毕业时也一样，以为人家对我好是应该的，因为我可爱我是年轻女孩。人家送我回家，那还是我赏脸给他机会，没一点良心。"

"像你们这样书读得好，人那么聪明的女孩子，大家照顾你们一些都是心甘情愿的。"

"看看，都这么说吧，实际呢？"

杨巡一想，笑了出来："谁又不是谁的妈，谁管你那么多。呵呵，都是口是心非。可能我们杨逦还上当着,她说到底没吃过苦头。你到了。"

两人不约而同地止步于楼梯口,隔着陌生人才有的距离,你看看我,我看看你,还是杨巡先忍不住笑道:"我怎么看我们怎么不像我中层会议上宣布的关系。你说,我们怎么办才好?"

"别倒打一耙,自作主张宣布的是你,我没承认过。"

"没承认你还请客?"

"我是被你陷害的,我会开发票要你报销。"

"哎,说起这事了,我去做张副卡给你,省得每天送蛋糕,吃得你恨不得拿蛋糕砸我。"

"那蛋糕又不叫狗不理,我砸你干吗。副卡我不要。"

杨巡一笑,这么有点小尖酸的任遐迩更可爱:"副卡还是要吧,你不要我没法提要求。唉,你太对不起女孩子称号,你看你每天下班时候一张大油脸。"

"呸。"任遐迩不答应,转身就开门进了楼梯门,不说再见就走了。

杨巡站在门外笑,带着点晚饭喝两瓶啤酒的酒意,周围的空气热烘烘的,他胸口也热烘烘的,他胸口里的一颗心蠢蠢欲动,恨不得敲门叫下任遐迩,再斗一会儿嘴。

任遐迩也没想到自己就这么跟杨巡斗嘴,一如大学时候跟那些同样智商的同学玩闹一般。气喘吁吁走上七楼,不顾疲倦先拿起镜子一照,顿时一声惨叫,油脸果然亮堂得与镜子相映成辉。这时一个传呼进来,她一看:"到了吗?我能走了吗?杨。"才想到杨巡可能还等在楼下,只好站到窗前伸手挥挥,心说这么一张油光锃亮的脸挂在夜晚的七楼,正好与满月同辉。

杨巡流连着,有些不舍得走开,倒还真希望上面砸个蛋糕下来,两人再玩一会儿。他想了想,又打一个传呼:"我上来坐一会儿,行吗?"他看到任遐迩缩回头去,过一会儿又探脑袋出来,冲他摆手。他其实也知道任遐迩肯定拒绝,半夜三更的,任遐迩肯开这个口,就不是任遐迩了。他只得快快而走。他满希望任遐迩就跟杨逦一样一直看到李力的车子离开才撤退,但他走出几步回头看一眼,人家早关门打烊人毛子都不见了。杨巡讪笑,这到底算什么关系啊。

但他凭自己多年识人本事,认定任遐迩是个好太太人选,问题是宣布关系容易,真想变成太太麻烦,这么聪明能干的人,哪是肯勉强屈就的,看来任重道远,他得好好走"追求"这个步骤。

半路上，终于等到杨速电话，杨速说杨逦哭得面无人色地躲在家里，还好，在家。杨巡听后指使，让杨速不管杨逦爱不爱听，把当初两兄弟出门卖馒头的艰辛和刚到东北时候的艰辛都告诉杨逦，让杨逦知道，挣一口饭吃并不容易，让杨逦也知道，大哥二哥养她到现在，并不是轻而易举的。

但杨巡心里并不指望任遐迩的这个主意能奏效。若能奏效，以前也不会妈妈才刚去世，杨逦整半年不体谅他。杨速今天能说得杨逦上进便罢，如果不能，他除了把杨逦捉来捆在身边，还有什么办法？杨逦毕竟已是成年人。

他最寒心的还是前天与杨逦在上海说起他和李力公司实力对比的时候，杨逦对他的不屑一顾，看得出杨逦一直瞧不上他，那很伤他的心。他当初弃学养家并非没有怨言，但他是老大，他必须这么做。这么多年走下来，他把弟弟妹妹都送去读高校，能读多高就读多高，他心里当然是有一份得意，他不求弟弟妹妹的回报，但私心里当然希望弟弟妹妹们能记住他的好，可是杨逦一直不是很瞧得起他的样子。为什么？无非就因为杨逦口口声声说的他档次低，因为他只初中毕业，可他只读了初中那是为了谁？他看出杨逦这人没良心，但愿那是任遐迩所言，杨逦刚走出校门没吃苦头，不知好歹。今晚让杨速给杨逦忆苦思甜，这是他给杨逦最后的机会。

回到包厢，大家都玩得高兴，基本没人意识到他已经离开近一个小时。他也是若无其事地投入"战斗"，呼五喝六地与大伙儿赌酒起哄，一手搂着个三陪。酒过三巡，杨巡才想到任遐迩说他更乱，他则是刚向任遐迩保证以后不会了。他不由一笑，指挥身边的三陪女去夹攻这个包厢里的老大。但他不清楚他心中阶级斗争的那根弦能不能天天紧绷，绷到什么时候。他想任遐迩也是书生脾气，不开窍，不知道男人，而且还是有过历史的男人，哪儿纯情得起来。

但他到底还是纯情了一夜，第二天早上分外想任遐迩，起床就直奔任遐迩的小屋，停下才给她打传呼，说他饿着肚子等在楼下。他欺的就是任遐迩手中没电话，没法拒绝。他要是连这点缝隙都摸不到，他这几年的生意岂非白做。任遐迩果然不是对手，开门揖盗。

杨巡费力爬上七楼，看到任遐迩小窝的门已经开了，进去就听到里面放着叽叽呱呱的英语。他将门关上，看草草扎着辫子，面容皎洁的任遐迩又是穿着那身宽大的黑棉袍，很是可爱。这是他认定的太太，因此他心里对她有一丝放肆。但现在不是时候，他不得不使出吃奶的童子功，将手自绑到身后，笑嘻嘻地道："今天杨速不在，我没饭吃了。你在学英语？"

任遐迩对于杨巡自说自话地硬塞进门来当她男朋友，很不习惯，尴尬地避在一边，道："收短波听BBC，练听力。冰箱里有西点，行吗？"

"有饭吗？"

"有粥，不过是我刚才吃剩的，不好意思。"

"行，给口饭吃就行。本来就是我冒昧，没预约就上来。想你了。"

杨巡话才说完，只听一声脆响，任遐迩刚拿出来的碗掉地上摔了。他不由看着脸色通红的任遐迩笑，嗒，这个才是真纯情。他主动俯身捡起碎碗。任遐迩看着恨不得踢他一脚，明显感觉杨巡这话是调戏，是言不由衷，可问题是她听着竟然心里酥软。她心里微愠，可不能让杨巡取笑了去，立刻转身再拿碗盛粥，没一会儿，一小碟什锦菜，一碗白粥，两块杨巡送来的糕点，和一只煎蛋，齐齐放到桌上。

杨巡一直在厨房门口看着，看得任遐迩手忙脚乱。但一会儿就换作任遐迩站门口火眼金睛地看杨巡吃饭，好在杨巡餐桌之上一招一式颇有章法，自然不会怯场，再说他本来脸皮就厚。杨巡不是个肯被动的，主动挑起话题："这酱菜好吃，我以前没吃过这么香的。"

"很简单，买来的不卫生，先用清水过一下，放葱和辣椒，拿油爆，再稍微添一些糖，更加入味。"

杨巡笑道："我捡到宝了。别板着脸，不就摔了一只碗吗？那么小气。怎么不坐下？"

"我看书，没空理你。"任遐迩知道自己不是厚脸皮的对手，退出战场。

杨巡既想任遐迩陪着，又巴不得她不看，等任遐迩一走，他立刻放下矜持，撒欢儿地快吃，谁耐烦吃饭都道貌岸然。这顿饭简单，但吃得舒服。只是量上面略显不足，他自说自话打开冰箱又取出几块糕点吃了才罢。经他一顿猛吃，任遐迩的冰箱冷藏室赫然空出一格。

他又自说自话地泡了两杯茶，过去坐在窗边的任遐迩身边，将一杯茶放到窗台上，腾出手抽来任遐迩手中的书看，见是一本《税法》，封面注明这是注册会计师全国统考辅导材料。他将书归还："你在考注册会计师？"

"报名了，总得去考。"

"那么忙，你有时间学？"杨巡说着话，从隔壁搬凳子过来，坐到任遐迩对面。

"还行，每天接触实务，比较不用死记硬背。像这税法，平时都知道的。"

"别的我说不上，《税法》我基本上倒背如流。"杨巡笑道，有丝得意，"你看到哪儿，我考你怎么样？背《税法》有个诀窍，只要一边看一边想这儿可以利用，那儿可以钻空子，那样基本一遍看下来，记得八九不离十。"

"啊，同感，我也这么看《税法》。别人都说《税法》最烦琐，答题最容易出问题，我看《税法》却是最快。"

"你抓总的眼光很好，我一直在想让你统管市场、欧洲街还有商场的财务，不过你太年轻，还不能服众。现在更不能动用你，管那么多事，你没时间看书，还不恨死我。"

"你先答应不来烦我，不来什么要口饭吃，我已经谢天谢地。"任遐迩嘴里强硬，可对着杨巡电灯泡一样注视着她的眼光，头却是垂着的，不敢对视。

杨巡特别喜欢任遐迩难得的妩媚，忍不住道："我今天是赶着来向你汇报，昨晚他们都叫了小姐，我没叫，你看我说不就不。"

任遐迩早不能承受这种暧昧气氛，抽身离开，走到阳台，宁可顶着已经火热的太阳浇花。"社会实践告诉我们，想要猫儿不吃腥，那是不可能的。因此我依然建议你慎重考虑，收回昨天会议上的话，赔我名誉。你既然想要我管着财务，我这人又不是吃素的，你应该心里有数。"

杨巡又不是不知道这人是地雷，之前考虑任遐迩的时候最头痛的就是这个问题，可他本来就是个不畏艰险的，现在，尤其是今天，心里更生出些不管不顾的蛮劲来："我要的就是你。你别躲我，晒黑了我心疼。"

任遐迩耷拉着眉毛，道："你究竟喜欢我什么，我改，行吗？"

杨巡听了发笑，他可记得出差上海前任遐迩的应允，感觉任遐迩只是女孩子矜持，暂时无法放下身段。她心里肯定有他，要不，以她的性子，能放他进门？但任遐迩硬是不肯再进来，宁愿让太阳晒着，杨巡只能退出房间，两眼则是有意无意朝铺着凉席的单人床看一眼，心里颤颤的。梁思申之外，竟然又有让他不敢随便动手动脚的女人。他估计并不是因为任遐迩性格刚硬，肯定是因为他对任遐迩心软。

任遐迩则是感觉杨巡总是想热烘烘地贴上来，心里决定以后坚决不放他进门，这人不是她同学那样的善类，这是个久经人事的男人。可是换了上班衣服出来，看到坐在另一间房认真看税法书的杨巡，她还是愣愣看了会儿。杨巡说他欣赏她，她又何尝不欣赏他？杨巡虽然长得不怎么样，但这个人目光高远，杀伐果断，行止之间自然平添一股男儿气概，这也是她那些书生气的同学所没有的。男人长得玉树临风又有什么用，男人要的是气概。只是这种养成气概的男人，当然也是复杂的男人。任遐迩自信能力不错，有意挑战。

她深吸一口气，道："五一促销的账，我想这么处理……"

两人边讨论边出门上班。从讨论中，任遐迩看出杨巡果然精熟税法，与传统概念中的暴发户大有不同。两人一起出现在上班人流中的时候，大伙儿都窃窃私语。任遐迩这才感觉坏了，要命，肯定都在怀疑杨巡昨晚与她一起过夜。

杨巡则是本来就打算多管齐下，包括利用舆论给任遐迩烙上"杨"字大印，让这个聪明人即使辞职也辞不掉某种身份。因此自然乐观其成，做出一脸春风荡漾。

杨巡的计划是，一天握到一枚手指，两天握到两枚手指，三天握到整只手，十天获得质的突破。以往经验表明，他的这个计划还算保守，杨巡也以为，这是针对任遐迩专门做出的退让。但是十天过去，杨巡发现，他的计划竟是如此超前，超前得所有外人都有理由非议这个制订计划之人的脱离实际、不识时务。十天过去了，杨巡不仅没有获得实质性的突破，甚至连一根手指都没有摸到，更为无耻的是，他连任遐迩家的门也进不去了。

那天早上杨巡又想钻缝隙去任遐迩那儿混口早饭，他运气好，去的时候正好有楼内居民开楼梯门出来，他乘隙而入，直捣七楼。不想被任遐迩关在防盗门外，死活不让进，说是上回进门表现不佳，高居黑名单榜首，成拒绝往来户。杨巡问可否"留党察看"，以观后效。任遐迩答，第一次错是纯，第二次错是蠢，人不能自己糟蹋自己。好歹任遐迩做人没做到最绝，关着防盗门，但开着木门，令杨巡贴着门还可以往里一窥究竟。一会儿任遐迩做了一卷面饼夹煎蛋，交给外面的杨巡。杨巡郁闷地说，这简直是饲养员喂养猛兽。

但杨巡并不容易打发，竟就站在门外将饼吃了，然后两手伸进防盗门，要求擦手。他自己还不肯接毛巾，非要一脸无辜地将两条手臂分得开开的，显得无法左右互搏，自力更生。任遐迩本就存心打趣杨巡，两人为了擦手问题一来一去闹下来，门里门外两个都是笑得打跌，没法说一句囫囵话。

杨巡没想到追求一个人还有这么有趣的过程，远比过去的直捣黄龙有趣，看得着摸不着，对方却又鲜活地闪亮着，弄得他整天牵肠挂肚，即使坐在办公室里都无法安生，总想溜达出去经过财务室的门看上一眼，看看她在做什么，并越来越想挣脱职业道德的约束，做那滥用职权的下贱事。他毕竟已不是那种每天等着女友必经之地，守株待兔看一眼就能满足的小男生。

然而任遐迩却是很不能适应杨巡那套非小男生的追求方式，因此想尽办法打乱杨巡的节奏，缓滞杨巡的步调，硬是想把一只馒头抻成拉面。两个人怪招迭出，斗智斗勇，旁观者都不知这两人怎能将恋爱谈成这般怪味。

终于，杨巡逮到机会，俄罗斯芭蕾舞团来上演《天鹅湖》，杨巡高价从内部弄来两张好位置的票，吸引任遐迩终于肯乖乖上钩跟他进入月黑风高之域。但等杨巡一坐下，就发现这世道喜欢跟人拧巴，敢情从内部流出去的票都进了内部人的手心，他左边不远处是宋运辉和宋引，右边不远处和前后都是道上的朋友，一进场杨巡打招呼赔笑都来不及，哪里还能动歪脑筋。

倒是让宋运辉终于看到杨巡早就提起过的女朋友。他看任遐迩是个正经人，倒是意外杨巡扎扎实实地找这样的人做太太，而不是搂一个美女回家，看来杨巡这两年是真变了。

任遐迩发现宋运辉并不认识她，因此放心地趁着剧院灯还亮着，仔细打量这个宋厂长，见是一个白净瘦削的中年男子，神情不苟言笑，一举一动似乎都有章法，不像杨巡笑起来整个人都是活的。任遐迩有些不敢相信前不久在夜总会见到的一幕，她甚至怀疑起自己的记性，小声问杨巡："你刚才介绍的宋总，真是夜总会遇见的那个？"

杨巡享受这等私密待遇，但是待得任遐迩话音刚落，他就不客气地将脸一偏，制造任遐迩偷吻他脸的惨剧，可惜剧场灯光刚好暗了下来，他只看到任遐迩怒目而视的两只眼睛闪闪发亮。他笑得要死，做人，就得时时处处抓住机遇，不能局限于时间地点，不能囿于陈规或陋习。但任遐迩的愤怒维持不了几分钟，当如水的蓝光洒遍舞台的时候，她看得感性，一只手没再挣开杨巡的掌握。

但散场回家，杨巡还是未能突破那道防盗门进入任遐迩的闺房，只好依依不舍地拉着好不容易抓住的手，在小区闷热的小道上散了一圈又一圈的步。任遐迩大步流星，杨巡也向来是急性子，两人的散步媲美竞走。

然杨巡的动作虽然比他自己预期中的慢太多，可还是比大多数人的动作快好多。九月份的时候他就押着任遐迩一起把结婚登记办了，也借口新买的他的别墅和杨速的别墅正在装修，顺理成章地把自己塞进任遐迩的小屋。十一节他的商场又搞了一次更噱头的买就送，用他结婚的名义压迫供货商们提供更大折扣。二日，他大操大办地结婚，还远远地请来远在老家的雷东宝以及其他亲戚。

15

宋运辉接到雷东宝的电话，说他十月一日到，希望最先看到的是宋运辉，宋运辉当然答应。但是计划没有变化快，十一那天东海公司出了一件生产事故，宋运辉作为主管领导立刻赶去现场，没法赶那个与雷东宝见面的第一时间，他只好委托梁思申帮他去接人。

梁思申担心雷东宝的车子走错路，带着可可和猫猫，驾着问申宝田借的车，迎在进城的必经之地。可可最爱坐在车子里出游，一路非常配合。梁思申从电话里听得出雷东宝有些不满宋运辉的有事，心里觉得雷东宝挺不可理喻，而且后来的电话都是韦春红跟她说，雷东宝不再对她吱声。

终于，几经联络之后，梁思申看到一辆雪亮的奔驰车挂着韦春红说给她的车牌而来，缓缓停到她的车边，而后面还跟着一辆墨绿的佳美。梁思申还是第一次见，对雷东宝这样的派头很是错愕，脑袋里不由浮现上半年去小雷家村看到的大发展的一幕。她还愣着，韦春红已经从车子里钻出来打招呼。不做饭店后的韦春红富态了许多，又白又润，烫过的短发做得很大方，身上穿的是玫红套装裙，手里抱着一个胖娃娃，身后跟着韦春红跟前夫生的儿子。

梁思申也忙下车，终于见到来之不易的宝宝。她绕到另一个方向，才能抱出自己的儿子，与雷东宝的宝宝对比。雷东宝这时候艰难而勉强地从车子里钻出来，一看梁思申手中的儿子，哈哈大笑，对韦春红道："看，我儿子生出来比小辉的儿子重，现在养大了还是比小辉的儿子胖。"他对看似并不服气的梁思申道："你别不服气，我儿子也吃外国奶粉，用外国尿布，穿外国衣服。"

梁思申当然不服气，她科学抚养儿子，宝宝比可可胖，只能说明宝宝超标，但她一笑置之："大哥原来憋着劲儿想跟我们可可比，回去我任务重了，我们先去宾馆好吗？杨巡给订了套房，我已经拿来钥匙。"

"行，回去再聊，宝宝老路边吃灰不好。"

梁思申看雷东宝上车，一个年轻人不知道什么时候跳下来的，赶紧过去替雷东宝开门。梁思申问还没进去的韦春红："大哥最近发展得很好？"

"是啊，铜厂和电线厂都有新车间投产，专门接外贸单子做，生产排得满满的，你们可可会站了吗？"

"都能爬几步了呢，回头去宾馆让两个小的一起闹。"

梁思申抱着可可回车上，带雷东宝的车队去宾馆。路上接到宋运辉电话，问接到人没有，梁思申说了雷东宝的派头，宋运辉笑道："他来炫给我看，他发展得好，我都替他舒一口气。"

梁思申道："你没事了赶紧回来，我吃不消他，也懒得应付韦姐。看韦姐跟孵杜鹃鸟蛋似的替你大哥养儿子，我一想到孩子的来历就气不打一处来。"

"人家自己都没在意，你替她生什么隔壁气。我已经上路了，等会儿跟大哥一起吃晚饭，你小心看住可可，我很怀疑大哥养出来的儿子跟他一个德性，动手打人是家常便饭。"

"哎哟，对了，等可可能走会跑了，我们赶紧送可可学散打去，以后有的是见面机会啊。你没看到，大哥的儿子真有相扑选手的身板哪。"

宋运辉听了大笑："是不是大哥惹你了？还是贬低我们可可了？"

"后者，我气不打一处来。"

"行，我打好预防针了，回头见面跟他没完。敢说我们可可！猫猫没跟着？"

"跟着，猫猫不高兴下去跟姑父见面，猫后车座不露头。你跟她说话。"

猫猫拿到手机，就笑道："爸爸，姑父真像香港黑帮老大，真滑稽，还有个戴白手套和墨镜的叔叔给他开车。"梁思申一听就笑出来，可不，她怎么没想到。这不稀罕，她在上海也见过类似雷东宝的企业家，摆噱头不知道怎么摆，要么就近学大领导出巡，要么眼睛向外向港台片取经。后者就是雷东宝现在那个样子了。她不明白雷东宝干吗要那样，以前那么简单爽朗不是很好吗？

跟着雷东宝一起来的还有一直与杨巡相熟的红伟夫妇和正明夫妇，这两对夫妻轮流开后面的佳美。尤其是红伟，经常来这边出差，多得杨巡照顾。车队经过市中心，红伟一看门口人山人海的商场，就对开车的正明道："你看，杨巡的商场生意多好。他现在出息大发了。"

正明看着，道："还是自己出来做最好。"多少有些忌妒，想当年杨巡赔着小心问他要电线的时候，他可是架子大得很，现在没法比了。

红伟道："你还没看到杨巡其他铺子，这家伙闷声发大财。你说他的商场生意怎么好得跟白送一样？"

红伟和正明的妻子看到商场门口大红字的时候早疯狂了，天哪，买三百送一百五，那不是打对折吗？竟有这等好事，当然不会搭理丈夫们的议论，两人商量到宾馆住下后天塌下来也不管了，先来杨巡的商场挤人阵。

梁思申的车子里，宋引看着商场的喧嚣，道："阿姨，美国的商店到圣诞节的时候会不会也这么热闹？会不会跟我上回去的纽约的那家玩具店一样要排队等进场？"

"也热闹，但肯定没那么多人，大多数店里不用排队等，你想不想圣诞节去一次美国？"

"想，但最好跟阿姨一起去。爸爸不爱逛街，把我往虞伯伯家一扔，让我自己想该去哪儿玩，可我真想去阿姨说的百老汇和第五大道，他们却带着我去看动物园和玩具店，都把我当小孩子。"

"我也真想逛街，想死了圣诞节去美国购物，可现在不行，以后时间宽裕就带上你。"

"真的吗？那我写日记记下来，阿姨，你一定要兑现哦。还有，到了宾馆我可以不下车吗？"

"不可以，今天太阳好，你关在车里得烤成白灼基围虾，为什么不下车？"

"我不喜欢姑父。阿姨说过，不喜欢就别勉强自己。"

梁思申停车，笑道："我保证，你猫在车里被太阳烤，一定更不喜欢。"

宋引无奈地跟着梁思申下车，见到雷东宝他们的车子先停在宾馆大堂门口，等一大串的人下了车，那车子才跟来停车场。她悄声与梁思申道："姑父挺傻的，这么大的人还爱现。"说完做个鬼脸。

"爸爸低调，不喜欢出风头。"

"可是爸爸再不出风头，我们老师同学还是知道爸爸。"宋引见与雷东宝他们还离得远，追着说个没完。

"低调需要自信和实力做基础。好了，我们别说了，我们尊重别人的选择。"

"可会不会太虚伪？"

"不，我们只是不说。虚伪是表面一套背后另一套，与我们的不一样。"

"真复杂。"宋引没再接着说，因为已经走到等在大堂中央的雷东宝一行身边。但她只摆摆手说声"Hello"，没做任何称呼，她直觉地不喜欢眼前这个姑父，她早忘了以前还挺喜欢这个姑父的。她沉默地跟在梁思申的身边，一手也搭在童车上，一起帮着推弟弟的童车，对于韦春红连珠炮一般的赞美，她只羞涩地回以"谢谢"。

红伟和正明的妻子趁老大两夫妻的注意力都对准宋引，忙抓住梁思申问杨巡的商场是怎么回事。梁思申笑道："杨巡鬼主意多，他五一时候抢先推出买三百送一百，一天下来，整个商场就跟遭洗劫了一般。后来陆续又买送了几次，不过规模较小。这回推出买三百送一百五，今早听杨巡说，有不少人早早打听得这消息，昨天还有外地人特意赶来这儿住下，到商场看准要买的，该试穿的试穿，该开单的开单，方便今天一早冲进门抢先下手。"

连韦春红闻言都问："哎哟，那我们现在去还来得及吗？"

梁思申笑道："听说开到半夜呢。"

韦春红看着怀里的宝宝取舍了半分钟，毅然对红伟正明的妻子道："你们赶紧去，记得带我看看有没有便宜的。"

得此话，红伟正明的妻子拔腿冲出门去，商场离宾馆不远。红伟笑道："去掐屎尖吃呢，这事儿。"

红伟是捡雷东宝爱听的说，雷东宝平日里常说"吃屎也要掐尖"，但这话听到梁思申和宋引的耳朵里，两人都愣住。宋引轻问："阿姨，我没听错吧？"

梁思申还没说，雷东宝先笑道："嘿嘿，小姑娘比小辉讲究多了。"说话的当儿，雷东宝先昂然进了正明抢先按着的电梯。宋引吸取上一句的教训，就小声用英语道："Hi, lady first."梁思申闻言立刻竖指于唇，给宋引一声"嘘"。雷东宝又不是傻瓜，问梁思申："小引说什么？"

梁思申并没掩饰，道："在很多场合，都提倡女士优先，比如进电梯，大多先生会礼让女士走在前面。"

雷东宝道："洋规矩到中国用不上。我们中国，男人是家长。小引，你们小学发表格下来让你填家长，你填谁？"

梁思申一听立刻严肃地道："大哥，你不该问这个问题。"

雷东宝当即知道自己问错，闭嘴不说，但电梯到点，他还是率先出去。宋引却看着韦春红的儿子，嘴巴鼓了几下，终于什么都没说，但等大家进房间安顿好，宋引用大家都听得见的声音道："阿姨，弟弟要换尿不湿了，要不我带弟弟回家？"

梁思申明白宋引的意思，拿眼睛瞥瞥自己身上背的尿布包，宋引看见眼神却轻微摇头，梁思申只得对雷东宝道："大哥，对不起，要不我先回去一下，等下再过来。宋已经在路上，很快能到。"

韦春红看得明白，抢着道："当妈不容易，难为你抱个小的拖个大的还去路口接我们，我送你下去。"

梁思申没推辞，与韦春红一起下去。到了下面，韦春红拉了梁思申走开几步，轻道："小梁，你可别为以前你大哥对我的事帮我生气啊。你大哥说到底是个好人，可他是个土人，不会说好听的话。"

梁思申忙笑道："怎么会呢，我又不是小孩子。韦嫂，现在你好吗？"

韦春红笑道："怎么会不好，你看看我的脸。倒是你，看上去好像累得慌。"

"我还在喂奶，寻常护肤品不敢用。韦嫂，你别出来了，外面闹。"

梁思申辞别韦春红，宋引出门就回头看看，见没人跟来，才道："阿姨，他们投诉我了是不是？"

"没有。你说的是你的实话，他们没理由投诉你，别担心。"

"那么，阿姨，我能知道韦姨跟你说的话吗？"

"能。她以为我还在为她的事生气，可我不是。我问她的话，她没回答我真话。但那是她的生活，我不会再多问。"

"多问不行吗？我如果关心她，我会多问。"

"我多问需要有两个前提，首先她必须爱她自己，其次才是我心里想关心她。人若是自己都不关心自己，别人的关心都是白搭。做人一定要自尊、自强、自爱。"

宋引似懂非懂地点头，她感觉阿姨的教育与别人有点不一样，别人都是用最简单的话跟她解释，仿佛她是不识字的小孩似的，阿姨从来拿她当大人，其实她喜欢被当大人对待。阿姨坐上车的时候接到一个电话，她就主动帮忙拴好可可专用车椅上面的保险带。

打电话给梁思申的正是戴娇凤，戴娇凤用一贯绵柔的声音问："梁小姐，外公今天不在？我还准备今天找他说话呢，给他带来好几只佛手，他念了一年的好东西。"

梁思申笑道："外公被我妈妈接去玩，得过几天才能回来，佛手能保存几天？"

"你也不在？本来交给你也一样，你识货，看门的保姆还不让我进呢。你在哪儿？今天什么时候回来？"

梁思申犹豫了一下，道："我在我先生家里，应邀参加一个朋友的婚礼。"

戴娇凤沉吟一会儿，道："是不是参加杨巡的婚礼？"

梁思申没料到戴娇凤知道，这时隐隐有些感觉，戴娇凤今天打这个电话来，并不完全是带佛手给外公，便道："是的，他们明天的婚礼。"

"我冒昧问一下，你见过新娘子吗？新娘子是怎么样一个人？"

"我没见过，我先生见过，是杨巡商场的得力财务，非常能干。"

"她……美丽吗？"

"我见过的女人中间，能比你美的不多。"

戴娇凤一笑："其实你早知道，你真有城府，我可以继续问你一个问题吗？"

"请。"

"新娘是什么文凭？"

"重点大学本科，不仅学习好，工作能力也很好。"

"这下杨巡妈可以高兴了。恭喜他们杨家终于找到一个文凭高能力强不漂亮的长媳，你能帮我把话带到吗？"

"估计不能。如果可以，某个合适的时候，我会把你生活得很好，先生很爱你的现状说给杨巡。"

"那你能把杨巡的电话告诉我吗？"

"戴，何必，是不是谁今天有意告诉你这个消息？"

"是。梁小姐，你不知道，当年他妈欺负我的手段多阴毒，话多难听，可那时候我才多大，他妈就那么忍心欺负我，杨巡他今天有脸心安理得地结婚吗？"

"戴，你一向是个多快乐的人，还想着那些干什么，那传话的人是谁？那人真不怀好意。"

梁思申本希望戴娇凤知道她的态度后适可而止，没想到戴娇凤却哭了，道："是，我不知道就算了，偏让我知道。其实我这几年都大致知道他在干什么，可他真还有脸结婚……"

梁思申没法将戴娇凤的逻辑搞懂，只好一个劲地劝过去的事就让它过去。戴娇凤则是絮絮叨叨地说了很多，在戴娇凤的嘴里，杨母几乎是个典型的恶婆婆。梁思申至此也才大致弄清楚戴娇凤与杨巡的关系，一直到可可耐不住妈妈总不关注他而哭起来，戴娇凤在那边听到才肯放手。梁思申大致明白，戴娇凤只是需要一个宣泄的渠道，要不然杨巡现在是多大的目标，戴娇凤想要找还不是容易。但若戴娇凤知道杨巡曾经追求过那个宣泄的渠道，不知道会作何感想。令梁思申没想到的是，戴娇凤似乎对杨巡还有很深的感情。而令梁思申更没想到的是，杨巡嘴里如圣母般的杨母，对别人却有如此苛刻的一面。老天真会捉弄人。不过梁思申佩服戴娇凤的直爽，敢爱敢恨。

哄了可可回驾驶座，抬头却见宋运辉过来。她对宋运辉简单交代一下，又说了戴娇凤的电话，她说的时候，宋引从车窗钻出头来，笑嘻嘻地道："爸爸，阿姨刚接了一个电话，一个女的一直哭啊哭啊，哭得弟弟也跟着哭了。"

宋运辉过来摸摸女儿的头，奇道："你以前不是喜欢姑父的吗，怎么忽然不喜欢了？"

"不知道。"但宋引还是歪着头想了一会儿，道，"姑父现在像《皇帝的新装》里面的皇帝。"

"哦，为什么？"

"不知道，凭感觉。"

宋运辉笑视梁思申："这么严重？才多少日子，变化那么大？"

"说不出来的感觉，或许放到别人身上不会觉得有什么。但忽然见到一个挺实在的人一年不见忽然变得叱咤风云起来，很不习惯。你上去看看吧，我们晚上就自己吃了。韦嫂……真是三从四德。"

宋引却是不依："爸爸，早点回来，你不能总跟一个我们都不喜欢的人待在一起。"

宋运辉笑视女儿，没答应，告别上去。梁思申笑着旁观，想当年，她也是争取民主的主儿，家里爸爸妈妈做什么她都要投一票才行。于是她也追上一句："对，你不回来，我们就看电视不睡觉。"

宋运辉笑着挥挥拳头。他又不由看看梁思申指给他看的雷东宝的座驾，如今他的座驾有排量限制，他又保持低调，日常一辆合资奥迪打发过去。倒是见到市面上不少人换了好车，比如他现在走得挺近的申宝田也换了辆奔驰500，车牌更不知道下多少苦功夫跟谁换的，最后三个数也是500。雷东宝的这款是奔驰E320，车身很是宽大，倒是适合雷东宝的身材。好像杨巡还没换车，风里雨里还是那辆老普桑。

想到这儿，宋运辉不由有些对杨巡刮目相看，这小子，越发沉得住气了。

宋运辉到了雷东宝所住套间，是小三给开的门，小三对他毕恭毕敬，对雷东宝更是毕恭毕敬。雷东宝紧跟着小三过来，一来就紧紧握住宋运辉的手，使劲得想把宋运辉抢起来似的摇。宋运辉不知道雷东宝干吗要那么激烈，笑道："你干吗，大哥，想摧毁我？"

雷东宝看着宋运辉被他摇得天地变色，仿佛这样才满意过来，将手放了，笑道："很多日子没见你，你白了，可没胖，你那个好老婆没好好养你？"

宋运辉跟韦春红也握了手，又不顾雷东宝的逼视，与在场的红伟、正明、小三寒暄后，才道："我刚上来前看到你的车，不错啊……"

"你开什么车？现在。"

"我开奥迪。"

"走，开开我的车，很好。"雷东宝向小三一伸手，小三连忙掏出沉甸甸的车钥匙交给雷东宝，雷东宝立刻转手交给宋运辉，回头对其他人道："你们自己吃饭，我跟小辉玩车去。"

雷东宝说话间就推着宋运辉往外走，宋运辉有些莫名其妙，不由自主地走出门去。到了电梯，他才有闲暇问雷东宝："你有什么私密的事要跟我说？"

雷东宝反问："我们见面，难道不应该单独说话？还是你现在不想跟我单独说话？"

宋运辉奇道："你吃枪药没？我没法去接你，你没见思申抱着小孩这么不方便都去接你了吗？火气这么大干什么？我家太座出面比我出面更难得，知足吧。"

雷东宝紧紧盯着宋运辉，道："嗯，这才像人话，这话有人味。"

宋运辉莫名其妙，与雷东宝一起走出电梯，一路问雷东宝是不是吃错药了。雷东宝反而笑逐颜开，肉掌一掌一掌地扇向宋运辉的背，走出门的时候干脆大掌攀住宋运辉的肩，勾肩搭背而行。宋运辉还是不知道雷东宝为何如此，恨不得挥拳往这张肉圆似的脸上砸出个究竟来。到了车边，宋运辉就不理神经兮兮的雷东宝，将车子里外打开，围着看个究竟。雷东宝叉腰站在一边，得意扬扬地道："这车不错吧？"

宋运辉道："值得吗，你现在到处找钱，找得我那些朋友跳脚要我阻止你找他们。你说你花那么大价钱买这么一辆车，何不拿这钱去换个车间？你怎么算的经济账？你还在草创阶段，别先想着贪图享受。"

雷东宝道："前面是人话，后面的我不听。进去说话。"

宋运辉不明白雷东宝为什么要把他的一句话分割成人话和非人话，他回想一下，似乎没什么区别。他坐进驾驶室，心里也有些不舒服，不理雷东宝，顾自试车转圈，加速，刹车，几下下来，才道："我带你去看看杨巡的几个产业。杨巡现在扩建他的建材城，手头资产已经不少。他至今开的还是一辆普桑，我夏天坐过一次他的车，拉空调就拉不了速度，就是那么简陋。你看……"

雷东宝理直气壮地道："你屁股坐在国营大企业领导位置上，拿出去就是副厅级干部，跟谁都平起平坐，你哪里知道我们这些人怎么办事。我呢，农民！老徐现在也不待见我。别人看到我，能看到我身后小雷家的产业吗？不能。我实话告诉你，你们国家单位没几个人做事是认真的，没人肯实实在在调查我雷霆的实力背景，绝大多数人看人只看表面。你让我看杨巡，你不知道我换了车子换了衣服，做人鼻孔朝天，出去办事顺利多少？老王先生就比你明白。"

宋运辉摇摇头，这话申宝田也跟他说过，申宝田说现在的人只敬罗衫不敬人，不得不逐年为行头加码。他斜睨罗衫笔挺的雷东宝，知道雷东宝以前不是个讲究吃穿的人，可怜现在也不得不顺应时势。他道："原来是这样，这车子买了多少天？"

"半年多了。"

宋运辉点点头："村里人有没有反对意见？"

"有什么意见？我老大，做什么不可以。只要雷霆扩大，钱挣更多，小雷家大变样，他们放屁都不响，照样跟我后面吃屁。你想说什么？我们不是你们国营企业，屁大的事都要开会讨论。"

宋运辉还是点头："半年多，够你习惯好车大派头的待遇了。大哥，你是个率性而为的人，这辈子主动想到控制自己七情六欲的时候很少。眼下为了办事需要，你提高自己的待遇，久而久之，我看你越来越脱离群众了。今天进门我看你和红伟、正明他们的关系，已经拉开距离。还有那个办公室主任小三，对你一脸谄媚，只差背后装一条尾巴随时对你献殷勤……"说话的时候，因为动脑筋动得厉害，宋运辉找地方停下。

雷东宝心中那种反感的感觉又强烈起来，抢话道："小辉，你教训我？你身后不是也一帮马屁精？"

"大哥，我今天对你是肺腑之言，并没有打压教训的意思。我刚做老大时也飘飘然过，但我现在自律，知道老大有很多事不可以做。我现在身后一帮马屁精，但我心里清楚自己在干什么，我会控制他们的度。但你的性格大而化之，你把握不好这个度，你会先是因工作需要，后来则是习惯，再后来你会迷失，以为自己果真本事超群，一言九鼎……"

雷东宝今天见面后第四次打断宋运辉的话："难道你不认为我在雷霆里面一言九鼎？雷霆发展到今天，难道不是我一个人的本事？"

对于雷东宝霹雳般的叱问，宋运辉掌握着方向盘，目光前视，即使没在开车都不想看雷东宝。这时有交警骑摩托车过来敲车窗，宋运辉看了一眼，才掏出证件递给交警，微笑而不容置疑地道："我稍停会儿，有些事，谢谢。"

交警看一眼便交还证件，笑道："对不起，宋总，打扰，打扰。"

雷东宝看着眼前这一切，不屑地道："你还不是一样，你以权谋私做得这么顺溜，还教训我？"

宋运辉一愣，确实，他讪讪一笑，道："好，都是旁观者清。你只要知道自己在做什么就好，我是瞎操心。"

"你操心，我领情，但你跟我说话你能教训我吗？我是你姐夫，是你大哥。"

宋运辉本想解释，可心里忽然反感，到嘴边的话又咽了回去。只笑笑道："好，我没把握好度。走，我领你吃最好的海鲜去，你现在财大气粗，请客。"

雷东宝此时心里也有些没意思，道："还是回去吃，给你看看我儿子吃饭，回去教育你老婆怎么养儿子。"

宋运辉也当作忘记刚才说要带雷东宝参观带雷东宝吃最好海鲜的说法，一起转回宾馆吃饭。席间，他见正明和小三几乎殷勤得卑躬屈膝，红伟倒是坦然许多。他以往也是见惯有人献殷勤的，可是今天见了分外刺眼。

吃完饭，趁梁思申打电话来的时候，宋运辉就借口走了，他没兴趣跟着正明小三冲雷东宝赔小心。

第二天，宋运辉为替杨巡做证婚人，特意提早来到杨巡包的总统套房，美其名曰对台词。梁思申当然也一起来，将可可丢在家里交给婆婆带。看见杨巡的时候，梁思申不得不想起昨天戴娇凤的哭泣，感慨世事无常，她没见识过杨巡嘴里圣母一般的杨母，可是见识过戴娇凤。在她眼里，戴娇凤是个不错的女人，如今的杨巡在她看来也是不错的男人，可是那一男一女却是相遇在错误的时间，一段姻缘成了孽缘。

同屋另一个新郎杨速也在整理装束，杨速比杨巡高，因此长相上面看着就出色了一些。两人装扮好一起出来的时候，梁思申忍不住同宋运辉道："男人不用长得漂亮，但一定要有事业养出来的气度衬底。我看杨巡比杨速登样不少。"

宋运辉斜睨一眼："我呢？"

梁思申以手加胸，极其肉麻地道："你是我的阿波罗。"

宋运辉喷笑，他本来想也肉麻一把，但见杨巡走过来，只得止住。

杨巡到两人面前扭着被领带勒紧的脖子，笑道："有没有沐猴而冠的意思？"

宋运辉笑道："你别总贬损自己，我看着不错。来，我们对对台词，让你妹妹过来串一下新娘子。杨速，你也过来。思申你看着。"现场即使少一个客串新娘，宋运辉也要明确一下，不肯让自己太太上阵。于是寻建祥笑嘻嘻地站到杨巡身边，客串起新娘来，笑得一屋子人前仰后合。杨逦则是一上来就站到杨速身边。杨巡很怀疑，若不是两兄弟一起结婚，只他一个人结婚的话，杨逦还会不会从上海特意赶来。

终于闹哄哄过去，两兄弟分头出发迎接新娘。

杨巡坐在车上有些哭笑不得，临出门时，梁思申提醒他戴娇凤已经知道他结婚的事，说反应很大让他做好准备。戴娇凤、梁思申，对他而言如此特殊的两个人，却是如此奇妙地因一件事串在一起，而他最终与之结婚的却是另一个人。昨晚，任遐迩如常地与他并肩战斗到半夜，曲终人散才仔细检查一遍安保之后一起回家。杨巡相信，任遐迩会与他一直并肩到死。

今天是人称大喜的日子，但对于经历过人生多少悲喜的杨巡而言，无法像杨速一样乐得跟傻瓜似的合不拢嘴。因此婚礼的准备和安排，当然是他多管一些，谁让他脑袋清楚。他本来想请宋运辉做男方家长，但宋运辉不肯，只肯答应做证婚人。杨巡当时也只能在心里遗憾了一把，不过退一步想，证婚人也不错了。婚礼就是给人看的，宋运辉做他的证婚人，已经够给人无限遐想。做他的家长，倒还真是肉麻，以宋运辉这样的明白人，做不出来。

跟他一个车队的人里面没有杨逦，这是任遐迩的亲口要求。任遐迩对工作精益求精，但对生活小事性格随意。因此任遐迩这回难得提出要求，提出不想见到杨逦吊着架子到她家迎亲，杨巡只能答应。只是杨巡心里有些遗憾，他最希望任遐迩进门就做起杨家的长嫂，帮他协调与杨逦的关系，可惜任遐迩不买账，说不喜欢就是不喜欢。

任遐迩的娘家太远，不方便专人化妆，因此就把任遐迩自己买的房子临时用作娘家。走下车子的时候，杨巡不由跟身边的寻建祥道："你看，这就是她自己买的房子，还是来我商场工作前就买的。"

寻建祥笑道："你们俩都能搂钱，还让别人怎么活啊。"

杨巡笑："我能搂钱，她更擅长的是算计钱，我们两个是天衣无缝的搭档。"

寻建祥想问一句你到底是想找搭档还是找老婆，但终于没问出口，楼梯口埋伏的鞭炮惊天动地地响了。寻建祥今天是作为司机而来，看着年轻男女们在楼梯口互相扯皮的一幕，不由得回忆起自己与老婆恋爱结婚的种种，作为一个过来人，他心里挺替杨巡的婚姻可惜，杨巡这人，经历的女人太多，找妻子功利性太重。他不知道任遐迩心里究竟怎么想，但终究杨巡是个钱多的，这世上想绑定杨巡的女人不要太多。

杨巡今天强盗扮书生，难得地没在双方扯皮中开口充当主力，而是耐心等待朋友们轰开闺门。千呼万唤之下，终于任遐迩穿着婚纱出来了，杨巡看见就会意微笑。为穿这一见钟情的婚纱，任遐迩已经节食一个月。杨巡旁观着都替她辛苦，奉劝她不如换套婚纱，她偏不，硬是每天晚饭时看别人去食堂吃饭，她眼睛碧绿地啃手指头，与天斗，与地斗，斗私批修一念间。杨巡一次好笑地问她，她为一件衣服都能如此执着，是不是以后对选定的丈夫会从一而终？任遐迩当时问他怕不怕，杨巡的回答是巴不得。但心里却有些怕，一辈子那么漫长，他不知道什么时候遇到什么不可知的事情，若是有个万一，身边这个执着的女人就是定时炸弹了。而当时任遐迩却神妙莫测地说，衣服是死的，人是活的，岂可一概而论。对这句话，杨巡至今还没想出究竟真实含义是什么。

但是面对着终于成功装入曼妙婚纱中的纤细得一点不像面包的他的新娘，杨巡还是与众人一样喜气洋洋地按照程序一步一步不厌其烦地做下去。终于把老婆娶到手了，他可以歇一口气，回头找个空一点的时间，携任遐迩去老家拜祭一下。他把这个主意与任遐迩说起的时候，任遐迩笑睨着他，说了一句"家祭无忘告乃翁"。他一时有些担心任遐迩这句话背后的意思。不过现在好了，结婚了。

他用的婚车是问申宝田借的奔驰，他自己的普桑都没好意思拿出来用。他的伴郎们想尽办法将新娘拐到婚车上后散去，他上车对任遐迩笑道："你今天特别漂亮。"

不料旁边任遐迩的大学同学兼伴娘咄咄逼人地问："我们遐迩平时难道不漂亮？"

"对，你平时从来只说我能干有本事，对此我耿耿于怀。有人说情人眼里出西施，你眼里似乎从没看到西施嘛。"任遐迩即使做了新娘也不甘示弱。

杨巡笑道："西施算什么，我们遐迩只有一个。"

伴娘也笑道："对于这种似是而非的回答，我们有理由表示鄙夷。新郎请回答，遐迩究竟好在哪儿？"

任遐迩扭头解释给杨巡听："你惨了，我同学大学时候是辩论队主力，如今转行做律师，最惯于挖掘疑犯隐藏心底最深处的杂碎。"

一车众人听了都笑，寻建祥道："是老公，不是疑犯，不能乱挖掘。"

伴娘笑道："老公还在任命进程中，不趁这个大好时机深挖细掘，机不可失时不再来啦。新郎，你能否起誓，以后每天由衷地对太太说一声'你是最美'，无论太太是青春少艾，还是鸡皮鹤发？"

"能。"杨巡回答得非常干脆。

任遐迩笑道："你能，我还嫌肉麻呢，我就怕谎话说一百次变成真理，情人眼里真出西施，那挺麻烦。"

杨巡失笑，这就是任遐迩，但伴娘却道："一个女人难道不可以是先生眼里唯一的西施？这明明是最合理的要求。"

任遐迩扭头对杨巡道："你不会嘴里说西施，心里偷偷改成东施吧？"

杨巡依然笑道："两位姑奶奶饶了我吧。"

任遐迩立刻对同学道："你看，这位大兄弟今天难得老实，赶紧痛扁。过了这村没这店。"

杨巡笑道："欺负我老实。"

寻建祥笑个不停："你们俩收敛着点，今天你们是新郎新娘，是挨我们欺负的主儿，哪能你们自己先斗起来，那我们还欺负啥？"

伴郎这才慢吞吞地插嘴："你们尽管窝里斗，我录音了，回头现场放。"

寻建祥后来没再插嘴，跟着前面的摄像车绕城一周，听后面斗嘴。心说这样也好，这对新郎新娘只要杨巡肯稍微退让一些，倒是旗鼓相当，杨巡以后生活不愁没精神。现在看来杨巡肯退，但不知以后如何。婚后柴米油盐，多的是磕磕碰碰。

终于绕到宾馆，两对新人一起站在门边迎宾。杨巡与来宾寒暄之余，忽然问任遐迩一句："你光着膀子冷不冷？"

"今天怎么会冷？哎，你站直，立正。"

杨巡有些罗圈腿，经常不知不觉就站成一个瘦瘦的"0"字，他闻言立刻站直了，微倾身子对新娘道："今天宾馆冷气开得有些冷，你真不怕冻？"

任遐迩扑闪了几下被睫毛膏拉得跟扇子一样的睫毛，低声道："你今天真傻。"

"哎，还真是。"杨巡立刻领悟过来，任遐迩心里热着呢。他贼笑道："你是最美。"

任遐迩忍俊不禁，恨不得扔掉花束捂肚子大笑，终于咬牙切齿地忍住，才道："不许阴谋陷害，学学老二，人家多像个结婚样儿。"

杨巡还想再贫，却见又有来宾进门，忙又投入寒暄。任遐迩看着忙碌的杨巡心想，怎么办，跟着这活宝，她也越来越活宝了。不过她似乎以前也是个大快活，后来挣扎着生活，人才活得越来越没劲。刚才杨巡的嘘寒问暖让她心里温暖，从此之后，不用单打独斗了吧。

婚礼进行得团结紧张严肃活泼，宋运辉到场后与雷东宝打个招呼，就携梁思申坐到本地政企要人的桌上。雷东宝与那些同样来自杨巡老家的亲朋好友坐在一起，众人对座位是最敏感的，见此都是议论纷纷。

在梁思申的眼里，当然台上新郎新娘，都不如她的夫君美。不过她没忘眼观六路，虽然杨巡说会布置老乡监控，她还是担心杨巡忙昏头了，忘记戴娇凤那个细节。她担心昨天电话里咬牙切齿的戴娇凤忽然出现在现场。好在全程太平。杨巡当然是必须到她和宋运辉面前来敬酒，她有些好笑地审视着杨巡，却没从那张厚脸皮上看出任何尴尬。她只是替看上去挺聪明的新娘担心，这样的杨巡，寻常人太难驾驭。反而宋运辉让她不用担心，未来杨巡的财权都肯定掌握到新娘手中，杨巡不敢轻举妄动。但是梁思申想，这就够了吗？婚姻中最需要的难道不是爱？

雷东宝在婚礼后突然改变计划，连夜起程回家。宋运辉没细究雷东宝心里究竟是怎么想的，与梁思申一起送到停车场。等一行两辆车子绝尘而去，梁思申问："你们昨天谈得不愉快？"

宋运辉叹息："他身上曾经让我钦佩的精神消失了。其实从他出狱那时候起，我已经感觉到他变了。"

"难怪，我认识他晚，我说呢，没从他身上看到你描述的素质。咦，我电话。"

梁思申在包里找电话的时候，宋运辉沉吟着道："我有点担心……我还担心……算了。"

梁思申看看宋运辉，但只有一张嘴，她选择接电话。那边却是外公。外公霸气十足地道："思申，你告诉小辉给他女儿办签证，你也开始准备起来，圣诞假期你送我和你妈去迈阿密。"

"干什么？你不是说不跟去了吗？出尔反尔老顽童也。你不能霸占我妈，我爸需要我妈。"

"秋天啦，一想到这边的冬天，我老骨头痛。思申啊，你要讲理，我跟你妈分开那么多年，我要趁还有精神，照顾你妈几年，算是补偿。你爸呢，他日子还长，别跟我老头子抢。"

"谁照顾谁啊！我不答应，我要跟我妈说。"

"你妈已经答应跟我去美国照顾一段时间。你别没良心嘛，最起码你和你妈得一起陪我到迈阿密，对不对？靠我和小王，怎么到得了？"

"你究竟心里怎么想的？你今天口气太正常，我反而有怀疑。"

却是梁母接起电话，笑道："别没规没矩，外公说得对，那边新入住，去了需要收拾，我不去看着总是不放心，还有你那两个舅舅，我也担心。先去了再说，要回来也容易，现在不是以前。再说你也得让妈妈去美国玩玩。"

梁思申立刻没话说，只一个劲埋怨外公一天一个主意。要外公亲口发誓不再改变主意之后，她才结束电话。回头见宋运辉已经与人聊上天，她走过去等了会儿，等那人识相离开，她就跟宋运辉道："外公打算让妈妈陪着迁居迈阿密。还要我跟你说，要你准备小引的签证。"

宋运辉奇道："他前不久还在跟我说，他要看着明年初他手里的股票上市，他还说他想进股市搅上一脚。"

"我也不知道，他说他怕死上海的冬天了。不过现在去也好，正好让小引去那儿补习半年英语，免得跟我当年一样死命追进度。"

"小引的学费得我出，别让你外公掏腰包。"

梁思申笑道："如果有幸旁边有私立学校，那费用你肯定掏不起。如果是公立，不用掏钱。我们分你我干什么。"

宋运辉笑道："不是那意思，我们现在岗位工资改革后，我又不穷。"

"那么从明天起，可可的奶粉钱，你太太的服装费，锦云里的水电日杂费，都你负担。"

"你的服装，嘿嘿，你的服装，除了你的服装，其他以后都是我开销。"

"那太太的胭脂花粉费呢，太太买花戴的费用呢，太太的花天酒地支出呢？"

宋运辉只好投降："我不是把工资卡做副卡交给你了吗，全由你拿去支配，我乐得不管。"

"杨巡家的支出，以后不知道他太太有没有绝对支配权？"

"悬。"

"我也这么认为。"

两人都想到两年前的那一出，都看得出那时候杨巡对梁思申多么倾心，而且梁思申非常影响杨巡的前途，杨巡却依然在账上做了小手脚，而那个平民出身的新娘又能奈杨巡何？

杨巡几乎是被扛着进新房的。杨巡本来说把唯一的总统套房让给杨速做洞房，但是既然杨巡喝醉，杨速就做主将大哥抬进总统套房，自己进另一间豪华套房。众人又闹了会儿，见杨巡倒在床上大睡，就嬉笑离开。任遐迩将角角落落搜了个遍，揪出两个听房的，这才掩门扔掉折磨了她一天的高跟鞋。回头对着睡得没一点样子的杨巡看了好一会儿，一个人静静地将两人的关系前前后后梳理了一遍。其实今天如杨巡所言，只是一个仪式，而他们真正的开始，是在领证那天，杨巡硬是挤占她的小窝，而她没再坚拒。

杨巡很会做人，很知道怎么关心她，爱护她，让她身心全都愉快。但就是因为杨巡做得太老练，太高段，她反而心里一直不踏实，总感觉自己被动得像个傻瓜，还不如今天杨巡喝醉了傻傻地躺在这儿，可以任她摆布。

她换下衣服，洗去铅华，换上睡衣，坐下慢慢收拾杨巡，她的丈夫。她心里有个小小的疑问，明天早上，杨巡会不会跟她说"你是最美"？想到这四个字，她不由莞尔，她觉得杨巡肯定会说，这么好的要贫机会，杨巡岂会放过。

这是爱吗？任遐迩躺在杨巡胸口，听着他心脏有节奏地跳动，心里非常确定，她已经越来越离不开杨巡。她在登记的那一刻还有懊恼，总觉得是被杨巡花言巧语逼进婚姻登记处。今天她心想，其实她又何尝不是将计就计，顺水推舟，先下手为强地将敬慕的人变为自己的人。

她等待明天杨巡再跟她说"你是最美"，期待杨巡以后每天都跟她说"你是最美"。她会提醒他。谎话说一百次就变成真理，她要把这四个字变为杨巡的真理。

这一夜，唯有杨逦孤零零一个。大哥醉得人事不省只见周公，二哥关门洞房花烛，她于婚礼之后等了好久不见有人安排她，只好灰溜溜回家。越想越没意思，想到晚上还有一班火车，就去了火车站，连夜赶回上海。火车上的杨逦心中异常失落，强烈感觉到结婚后的杨家，她不再是被关注的焦点，大哥二哥都没头脑，只顾得了一头忘记了她，她心里很是怨愤。

也是夜车，但与杨逦南辕北辙的是雷东宝一行。雷东宝上车就郁闷地跟韦春红说他要睡觉，明天准时参加市里举办的经验交流会，除非是宝宝哭闹，谁也别叫醒他。但是雷东宝这么爱睡的人，却是闭上眼睛一直睡不着。

车子离城好远，周围已经一片黑暗，只有前面正明开着的佳美的红色尾灯稍稍影亮里面车厢。雷东宝却忽然道："春红，今天小辉这样对我。"

"轻点。"韦春红先看看宝宝，见宝宝依然安睡，才道，"说起来，我也看不惯昨天那么对宋总。人家与你没亲没故的，这样对你是本分，对你好才是意外，你哪能要求他太多。你看你，昨天先冷落小梁，带来的礼物也不说先交给小梁。然后也不说对宋总客客气气。你也不想想，到底是你倚仗他，还是他倚仗你。今天喜宴上他这么做也没错，你本来就只是个有钱的，你挤人家那堆里干吗？"

"谁说我倚仗他，他不倚仗我？我们以前是什么关系，我从来……"

"嘘，轻点。我知道你们的关系，你们以前一个是姐夫一个是小舅子，现在是兄弟关系。可我们不说别的，就算是亲兄弟吧，人家已经当了那么多年上万人大公司的老总，你见面呼五喝六的人家怎么吃得住？私下拗手腕便罢了，还当着我们那么多人面，你存心不给他面子。"

"我从来这么对他。你什么道理，难道人富贵了，可以不叫爹娘，不认兄弟？"

"你究竟是宋总爹娘，还是宋总一个娘胎爬出来的亲兄弟？"

"你这什么话，我跟他是亲兄弟能比的？"

"你这样想……好，随便你怎么想。"

"有些东西你不懂，我比你懂。特别是男人们的东西，你们女人别掺和，小辉就是让他老婆掺和坏的。"

"好啦，我不懂。不过还是提醒你一句，你别总看不上小梁。小梁别说是宋总屋里人，她娘家什么势力，她自己什么财力，你老这么跟她对着干，不是为难宋总吗？"

"说你没见识你还不认，小辉有今天是靠老婆娘家的吗？他这个老婆嫁他前他已经是宋厂长，记住。他靠自己。"

"我不多说了，再说你又说我女人家头发长见识短。"

"女人就不该掺和男人的事。"雷东宝不以为然，也不再说话，闭目睡觉。

前面小三一直没说话，司机也没说话，就跟不存在一样。雷东宝发了一通，这下算是睡着了，只有宝宝中途哭着要吃的，他才迷迷糊糊醒来一下，但没他的事，他接着睡。一觉睡到家里，随便洗漱一下，就直奔会场。

会场上面，市领导第一个跟他握手，又很重视他的意见，说他话糙理不糙，雷东宝憋了一天的劲终于又落回到实处。原来他只是水土不服，现在则是回到自家地盘。

宋运辉清早送走妻子，驾车回家，半路接到外公一个电话，让他过几天有空去上海面谈。宋运辉心领神会："是不是思申爸爸的事？他没收手？"

"你倒是灵敏，既然你已经想到，我也直说给你。我越看越觉有鬼。你给我想个办法，怎么跟你丈人老头说。"

"该威胁该利诱的我都说了，你以为我还能说什么？"

"小辉，你不要这么问我。你要清楚，你现在是这个家的主力，你不动脑筋谁动？你是官场的人，你应该有更多办法。你无论如何要想，要解决这个问题。我昨天一整天劝他提前退休，跟我去美国，到了美国我有办法，他一整天敷衍，我看他赌徒上性了。我告诉他，万一有事，他害自己那是他自作孽，他也会害我女儿，害思申，害可可，小辉你想过没有，你会最受连累。可他老是跟我说，他心里有数，非常有数，拿我当老糊涂。这事，小辉，即使为你自己，你也得想办法解决。"

宋运辉停车仔细听外公说话："外公，你让思申妈先跟你出去是最正确的……"

"正确个屁，我女儿不在，他更可以肆无忌惮。"

"我思考过后基本上认定，思申爸有恃无恐有他的底气，他不是一个人，他和梁凡绑在一起，也就是跟更多人绑在一起……"

"妈妈的，我不要跟你说了，我活那么大年纪，我不相信一个国家会允许这种蠹贼存在。我高看你了。"

"外公，你听我说完……"但是那边已经传来"嘟嘟"的忙音。宋运辉看看手机，想拨回去，不过想想外公该说的基本上都已说明白，他再打过去无非是跟外公辩论，冲外公那脾气，不顺耳的哪听得进去。他继续上路，脑袋里想的事全部换成岳父。

外公说得没错，岳父如果出事，最受伤的只有他，可他能怎么办？大义灭亲，举报？别说做不出手，他手里也只有猜测没有确切证据。他最希望的还是岳父能迷途知返。刚才外公打断他的话，他还想说的是，他不知道梁凡的舅舅们有没有参与，若是参与，事情更大，因此他岂敢贸然行事。

他一路细细回想有关岳父与梁凡的种种细节，猜度是不是有更多的人参与到此事中来，还有，梁凡的筹资额度到底有多大，以及除了梁凡那一块，岳父还有无其他动作。他想得头痛。他还头痛一点，梁思申似乎掩耳盗铃。昨晚听外公说去迈阿密，此后梁思申一直为外公寻找怕冷的理由，究竟是在说服谁，他心里最清楚。他头痛要不要跟梁思申指明。

没几天外公回上海，两人又就此事好好议论一番，都觉得不会没事，但也没证据表明有事。外公更是信誓旦旦地说，肯定有事，说他这辈子见多识广，不会看错。

但宋运辉小心起见，设法打听下来，岳父风评还行，大家都说可能吃点拿点，但抓钱的可能性比较小。省行不同市行，接触的大多是大项目大国企。宋运辉稍微放心，不过外公还是决定出国去，他担心女婿万一有事，连他都会被扣在国内回不了美国，这种事"文革"时期发生太多，他至今无法修正心中的偏见，他更担心弄不好他的钱会被混作女婿的钱充公，那才是要了他的老命。

16

任遐迩结婚后并没从商场的财务管理中脱身，但开始兼管欧洲街的财务。临近年底，地税组织举办年报和新增涉税条款的培训，将会计们拉到郊区一家小宾馆集中培训。任遐迩回不了家，吃完晚饭，同屋的会计看电视，她看完新闻联播，就看教材。

一会儿杨巡电话进来，笑嘻嘻地道："面包，今天是我们婚后第一次分居两地呀，有没有想我？"

任遐迩现在也配了一部手机，但她是个节省的，一接通就道："你打这个电话……"她报了总机和房号，就关了手机等杨巡再打来。

杨巡再打来，就取笑："上个月和前个月，你的手机月费少得我都出汗。我吃完晚饭回来了，到家才想到你不在。"

"对啊，还不抓紧时间，还可以出去玩。"

"不去啦，每天挨你管得束手束脚，出去玩都活不起来了，吃顿饭够啦。怎么办，我一个人很闷。天又这么冷，我一个人钻被窝里冷啊。"

任遐迩笑道："可怜的孩子，教你一个办法，放一缸热水，晚上睡浴缸。"两人此时已经搬到刚装修好的别墅。

"水冷了怎么办？"

"水冷了继续放。"

"我中途想你了怎么办？"

"你黄。"

"我没黄，我真很想你，不是说我们婚后第一天不在一起吗，我这个实在人多不适应。"

"呸，乱唱高调。"

"你看，我又看不到老婆，又还得挨老婆骂，多受打击。老婆，我现在过去找你好吗？"

"哎，别乱来，我们都是住标间。"

"那你下来，我们回家，明天早上我送你回去上课。"

"好啊好啊，就这么定，我下去，我立刻下去哦。"任遐迩说完，那边杨巡的电话就挂了。她愣了一下，将电话搁回，怀疑有人或者有电话找上杨巡了，但她这个电话接下来，心情如会唱歌一样。

没想到过一会儿杨巡电话又来了："面包，你怎么还不下来，我都等你十分钟了，穿衣服不用那么长时间吧。"

"什么？"任遐迩跳起来，冲到窗户边一看，下面停着好几辆车，也不知道哪辆是他的。她忙套上面包似的羽绒服，与室友道别下去。道别的声音就跟唱的一样婉转。

果然，杨巡等在下面，见面先一个大拥抱。任遐迩非常开心，额外给这个馒头盖个红戳，冒充油包。馒头却忸忸怩怩装腔作势，说这样不好，上面很多人看着，影响馒头蒸来的声誉。任遐迩狂笑，与杨巡婚后真有些不适应杨巡的油嘴滑舌，可也真好玩，每天回家就笑个没完。很多时候杨巡出去应酬，她等着他回家，等的时候可心焦呢。

婚礼后杨巡见煮熟的鸭子飞不了，就硬派给她个称号："面包"，在她用不做早餐的抗议之下，杨巡只好告诉她过去他是人称"小杨馒头"的倒爷，馒头面包是一家，不是天经地义的吗，此后两人背着人就以馒头面包相称，叫得越来越顺口。

杨巡心里最喜欢的是任遐迩是真心喜欢他，没有因为重点大学毕业而露出高人一等的感觉。他本来无非是成立一个家，找个宜室宜家的厚道老婆，守住他的大后方，再给他生个聪明儿女。没想到任遐迩是意外之喜，别看此人上班一本正经，八百年不变的面包样，本质却是诙谐得很，令他顿时感觉自己的一张嘴有了用武之地，两人每天在家彼此调笑，说是打预防针，让各自出去应酬的时候遇到花言巧语免疫。婚后的生活是说不出的轻松适意。

杨巡认为自己找对人了。

17

上海虹桥机场国际起飞厅，外公进去关口前，特意走到前来送行的女婿面前一言不发好久，盯得梁父失色。已经进去的梁母见此担忧，老头子昨晚一直没再提，今天难道要临门一脚？可她出不去，没法打圆场。同样也是来送行，顺便接走可可的宋运辉见此倒退几步，避开风圈。

外公却没多说，只盯着女婿低声道："你好自为之。"

外公说完就进去了，留下梁父站在原地尴尬了几秒钟，但也没尴尬多久，就回头对不远不近处的宋运辉道："这都什么意思？你回家的飞机还要两个小时吧，有没有别的事？"

宋运辉拿嘴努努怀里很不安分的因为妈妈离开而哭泣的可可，道："他的事最大。"

梁父感慨："你现在把他当天，等他长大不知道怎么对待你。"

宋运辉从可可那儿分出三分目光看向岳父："爸爸，我没跟思申和外公他们说实情，外公应该想得简单一些，思申更是避而不想，但现实……"

梁父神色一凝："你背后调查我？"

"爸爸对不起，我得为妻儿老小考虑，但你放心，我不会说出去的。"

梁父不语，冷冷地盯着宋运辉。宋运辉也不解释，熟练地摸出尿布包里的热奶，让刚哭完的可可捧着吃。人流在他们两个身边来来去去，两人都不为所动。

终于还是梁父道："你知道多少？"

"很简单的道理，若想人不知，除非己莫为。坐在我们这种位置上的人，基本上已经不可能亲自动手完成一件事的全程。全程有多少人参与，就有多少漏洞存在。"

梁父神色越发凝重："你究竟知道多少？"

可可仿佛感受到来自外公的凝重压力，丢掉奶瓶又"哇"的一声哭出来。宋运辉这下又没法回答问题，小心伺候手中的一团宝贝疙瘩。而他也不想多说，索性借可可的哭来回避。偷眼看去，见岳父脸色忽明忽暗，已经大变。

这时，宋运辉的手下找过来，见此情形，一时不知道该不该走近。宋运辉也没招呼手下过来，还是与岳父对峙。

好久，梁父终于又恢复镇定，但冷然对宋运辉道："你也好自为之，你为上市剥离资产的那些事已经做过火了。"

"这事都是专门的法律班子经手，没有违法。"宋运辉有些愕然，没想到岳父也在调查他。

"别让思申知道。"

"思申一向对不三不四的下岗规定很有看法。"

梁父看看不远处的宋部下，欲言又止，最后还是一句："对，我忘记你跟上面关系很好。我从国内出发，再见。"

宋运辉不动声色地跟头也没回的岳父说"再见"，但等岳父走远，才长长出了一口气。他其实对岳父的所作所为所知有限，他完全是凭一个上位者自身的经历，豁出去威胁了岳父一把，令岳父无法不忌惮：他这么一个外省官员都能探知一二，何况省内？为岳父的事，他头痛万分，只好选择与岳父交恶，但或许可以挽救岳父于悬崖。

他没想到岳父也调查了他，翁婿关系的背后竟是这样，他始料未及。

宋运辉出了好一会儿的神，才与同事会合，登机回家。

　　宋运辉与杨巡的关系，在杨巡的一再努力之下，终于渐渐恢复。元旦前杨巡在新居请客吃饭，他过去了一下。从杨巡那儿得知梁凡和李力两个在香港挣得相当好，因此几乎不回上海，直把香港当了家。因此杨巡也激动得跃跃欲试，想通过深圳的地下渠道将钱弄去香港动作一把。

　　宋运辉跟杨巡说起梁思申的评价，说泡沫时期，谁都会被资产的迅猛增值击晕，认为自己是天才，争先恐后地下水追逐泡沫。追逐泡沫是正确的，没办法，必须想办法跑赢通胀，但最关键问题是谁都不知道泡沫会什么时候破裂，谁要是拿到最后一棒，那就不仅仅是前功尽弃了。解决的办法是对冲。但是国内很多出去香港玩股票的人不懂这些个老牌资本主义国家金融天才玩出来的游戏规则，因此不知如何躲避风险。

　　宋运辉本来就不熟悉那行，本身就说得七零八落，于是这话到了杨巡、任遐迩以及寻建祥、杨速夫妇的耳朵里，便更成了天书。杨巡建议已经在读工商管理硕士的任遐迩放弃看着没什么意思的课程，转投金融。任遐迩也是蠢蠢欲动，对那个听上去都是高智商人士在玩的领域非常向往。

　　饭后，杨巡坚持要替宋运辉开车，送他回家。宋运辉建议杨巡，做大了以后，确实应该考虑多渠道融资，向股市等金融领域开拓融资渠道。杨巡听着当然上心，回家找任遐迩商量该怎么做。却见任遐迩早已趴在电脑前，通过雅虎中国搜索相关信息。但两人找了半天"对冲"相关信息，越找越是茫然。

　　杨巡想到前阵子找过他，想拉他进证券交易所开个大户的老大，决定从那个业内人士入手了解情况。但任遐迩准备去书店买书或从图书馆借书，了解相关情况。两人分头出击。

　　杨巡很想在已经在扩建的建材市场之外，把原先有规划而且也有图纸的商场上面的办公楼造起来。可那需要大笔的资金，钱从何来一直是杨巡孜孜追求的大问题。如今很好，有了任遐迩这个帮手，让他可以有商有量。他充分意识到，人的智商高是多么重要。

　　但在新一轮的大展宏图之前，杨巡想到一个很重要的问题：退路。就像宋运辉跟他提到过的对冲，收益越大，风险越大。世上的其他事又何尝不是如此？他现在家大业大，更须分摊风险，以免那些总是让他午夜梦回的恐怖过往再度来袭，他不能总是只有深深害怕，没有行动。他想方设法将文凭最厚实的任遐迩的档案又放回人事局，又替任遐迩找到油水丰厚的自来水厂位置，费大钱花大力弄进去，却又费钱费力办个停薪留职，他这才放心，即使以后有个三长两短，也饿不了全家了。

任遐迩对此很不理解，她即使与杨巡再亲，一时又怎能摸清楚如此顽强的丈夫经历多次头破血流，层层累积在心头的恐惧。

1997年

01

梁思申在美国安顿外公、妈妈、宋引等一行的时候，从电话里得知，爸爸元旦在香港过。爸爸这一举动太明显，梁思申再掩耳盗铃都无法不将爸爸与梁大的关系浓墨重彩地联系一下，她忍不住问妈妈，爸爸有没有做什么违法勾当？妈妈否认，甚至连时常冷嘲热讽的外公都帮着否认。梁思申不得不再次告诉自己，爸爸是个有原则有坚持的人，为了自由婚姻可以与权威的爷爷抗争那么多年。爸爸也从来教她为人必须正直有操守，她从小在爸爸妈妈的谆谆教诲下长大，于情于理，都没理由怀疑爸爸。可是，她还有独立思考，爸爸去香港过元旦，这行为太反常。

她最担心的还有，以梁大对国际金融的无知，以梁大在国内畅行无阻发展出的目空一切性格，这种人有本事在香港玩投机吗？市面上把1997香港回归视为利好，传言香港弹丸之地，土地有限，回归后流入香港的人口将成为香港房价的有力支撑，梁大就把这些话挂在嘴边念叨了。可梁思申早在1989年的同样弹丸之地日本也听说过类似的话，当时也是鼓吹土地是不可再生资源，土地只会越来越少，与香港现在的那些舆论如出一辙。日本炒地发展到最畸形的时候，一个东京市的地价可以买下整个美国。但是最后怎么样？日本至今没有恢复元气，日本的房价至今已经跌掉75%。老牌金融人士以旁观之心进入炒作，梁大却是全身心系于炒作，梁思申最怕梁大赌红双眼，成了最后一个接棒手。在群狼环伺之地，梁大接最后一棒几乎不可避免，万一爸爸真与梁大有个什么，会出现什么结果？梁思申不寒而栗。

梁思申回到上海第一件事就是给爸爸打电话，告诉梁大等人在香港面临的风险。但没等她说完，爸爸就告诉她，他亲自去香港看后，觉得梁大和李力都少年老成，操作挺稳。而且他也不可能有那么大权力批给梁大大笔贷款，梁大更无可能转移那么多人民币去香港。爸爸还责备她过于操心，不如把担忧放到梁大那边去，指导梁大畅游国际金融海洋。听爸爸如此言之凿凿，梁思申担了好几天的心又放下了，她生气自己多疑，怀疑谁也不能怀疑到爸妈头上去。

因此，她悠然地啃着带给可可吃的小熊饼干，给宋运辉打电话报平安，听可可在电话里对她咿咿呀呀地"说话"，分别才几天，她对可可是那么的牵肠挂肚，恨不得将心肝掏给儿子，恨不得当晚就飞车去看一眼儿子，由此想到她是爸爸的女儿，她更释然。从小至今，她都是爸妈的心肝宝贝呢，她还挺不好意思地冲宋运辉忏悔了一把，弄得宋运辉更无法开口，只好叫她有空多关心香港市场，给梁大提供资讯，到底大家都是姓梁的一家子。其实宋运辉在机场虚言恫吓梁父的时候，看着梁父的反应心中有很不好的感觉，那就是梁父手头犯的还不止梁凡那一桩，因此梁思申即使阻止得了她爸与梁凡勾结，也不能阻止得了其他，不知就不知吧。

周末的时候，梁思申才得以再见宝贝可可，因为外公去了美国，梁思申平日里上班照看不了可可，两夫妻总是不放心让保姆照料。再加现在宋引去了美国，不再需要接送，因此宋运辉力劝父母留在上海，帮助照顾可可。宋季山夫妇虽然不是很愿意再一次背井离乡，可是又着实担心孙子的安危，只好留下，锦云里又热闹了起来。

春节的时候，梁思申力邀爸爸来上海过节。今年的春节相较去年冷清了许多，梁父的身体也挺不好，即使天天在暖气室里待着，还时时干咳，可又据说在省医院全身检查表明没事。梁父自己倒是看得很开，跟女儿说年纪大了，小病小痛难免，梁思申却是硬押着爸爸去看梁凡介绍的好医生，梁父只得一切行动听女儿，检查下来还真没大病，但血压血糖等值都接近临界点，医生让梁父注意保养。宋运辉也通过关系联系到一位中医，好在几服浓浓的汤药下去，梁父的咳嗽缓解不少。梁父自己来到上海后一个朋友都不联络，只安安心心待在锦云里安享女儿女婿侄儿的安排。但这一个春节，梁父没与宋运辉单独交谈一句。

梁父回去后没几天，梁思申晚上接到爸爸一个电话，然后很快又接到丈夫的电话，说的都是同一件事。再过一会儿，一个同事打她手机，问她是不是真的，她震惊之余，鉴于昨天和今天当局的辟谣，却不敢回答。她立刻爬上互联网，搜寻有关信息，研判经济动向，一直忙碌到半夜才睡。

第二天早上起来，看见慈眉善目的公公婆婆等着她吃饭，她以为这事对他们俩关系不大，就坐下时候随口说了句："昨晚已经挺晚了，传来消息，老邓逝世了。"

但宋季山夫妇都惊呆了："邓……邓小平？"

"是的，今天电视上应该会有公告。"梁思申说话时竟见婆婆的眼圈红了。

"好人啊，他怎么去了呢，香港还没回归呢。"宋季山见儿媳惊异地看着他们两个，忙解释道："小辉不知道跟你提起没有，要没有老邓，那就等于没有我们一家的出头日子。我们能平反，小辉能读书，都仗着老邓一句话。"

"哦，对，我知道，不过那时候我还小。"

"思申，我想烧些菜，烧炷香，祭一祭，你不相信迷信吧？"

梁思申忙道："没关系，没关系，如果晚上我又回不来吃饭，爸妈帮我也说一声，我们都感谢他。今天这个大日子，金融市场一定很动荡，我们会很忙，晚上爸妈别等我吃饭。"

宋季山夫妇放心。梁思申一餐饭的时间里，满耳朵都是"白猫黑猫""两手抓，两手都要硬""改革开放"等等。她没想到，平时看似不声不响，对外界漠不关心的公公婆婆竟然也有被时事打中的时候。

不仅家里，整个社会都弥漫着不安和悼念。但这一天，沪深两市却双双以红盘报收。

02

小雷家的这个春节过得热闹非凡。

才到腊八，雷东宝就指示叫来两家戏班对台唱戏。那两家戏班为了把对方压下去，各自使出浑身解数，你唱得响，我比你更响，你跳得欢，我比你跳得更欢。小雷家三通一平的地皮有些还没盖上房子，正好让两家戏班子大显身手。不仅小雷家全体不用上班的男女都涌去听戏，连四邻八乡的人都纷纷赶来凑热闹，那些人看到好戏的同时，都对小雷家的发达议论不休。

正明见此想到一计，让人往戏台上面和两侧挂上红布，红布上写"恭祝雷东宝同志荣膺市级劳动模范""恭祝雷东宝同志荣膺省级劳动模范""向致富能手雷东宝致敬"等字样。让所有来看戏的人一眼就能看到。为了更加渲染节日气氛，春节前三天，还花大价钱买来村里人几乎只在电视里见识过的巨大烟火，在空阔的场地上放给所有的人看。

然后又是分发年货，这回雷东宝还是去忠富那儿亲自走了一趟。雷东宝还是没说确切数量，只说比去年多要一倍。他只要看一眼便知，忠富的猪场也扩大了规模。就跟雷霆下面的各家实业一样，因为去年下半年市道转好，产量全面恢复，出口更是欣欣向荣。因此他决定今年的猪肉多发一倍，今年还用两辆车装来透亮的金龙鱼色拉油，给全部村民全部工人都发，让每个人下班回家的车把上都挂满年货。

雷霆现在有钱，雷霆现在也有名。不仅雷东宝个人各项先进荣誉加身，雷霆也是市县出口创汇先进企业，领导因此对雷霆无限青睐。雷东宝当然要让村民一起感受先进雷霆的发达。

雷东宝志得意满地旋风式地刮出忠富养猪场时，再没提要忠富回去的话。相比眼下跟着小雷家突飞猛进的发展一起与时俱进的红伟、正明们，眼前的忠富显得如此不合时宜。现在小雷家与忠富一样身份的还有谁穿忠富今天穿的那种饼干格子羊毛衫？现在都是他雷东宝今天穿的鸡心领羊绒衫。忠富身上也已荡然无存小雷家的锐气和勃发的斗志。用机关工作人员常说的话，忠富现在似乎满足于小富即安。当然，忠富的猪场今年规模是上去了，但是相比小雷家大跃进式的发展，忠富猪场扩大的规模小得可怜。

雷东宝想到，当年的四大金刚，最保守的士根被他排斥了，而次保守的忠富则是自己退出。忠富当年如果不退出，会不会遭遇士根的处境？又或者说，忠富当年退出时，已经想到他以后必然无法适应小雷家的大发展？雷东宝觉得，不能排除这一可能。因此他没必要再邀请忠富回去，免得不能好合好散。但心里对忠富这个人更是心怀好感。

雷东宝的手机不时地响，没办法，越是年底越是忙碌，从元旦起到春节，夜夜都已经被各色应酬预约。每到下午，就是此起彼伏的电话，确定不是吃饭就是唱歌。

不过总算有个电话与吃喝玩乐无关，是项东打来的。项东家远，他准备提早几天回家，希望雷东宝这两天之内找个时间与他做一次详谈。项东还说，他此前已经把要求向正明提出，但正明似乎至今没有帮他安排。雷东宝回想了一下，正明没跟他提起过项东约见，他估计与正明对项东早已有之的不满有关。雷东宝当即答应十分钟后在铜厂谈话。

回头一想，还确实有好多日子没去铜厂了，除了忙，还因为项东这人实在是省心，不说把事情都管得有条不紊，还很少提过额外要求。但雷东宝并不觉得这是管理中的粗疏，他一向认为，任用一个人嘛，先得收服那人的心，以后就得放手让那人尽量自由地发挥。他才不会永远压在上头做指挥，比起项东，他的技术太差了。

车子到铜厂，雷东宝从后备箱取出几件礼物，直取办公室。进门见项东在打电话，他与欠身的项东握个手，就将礼物扔项东桌上，后面急急跟进来的司机帮雷东宝将茶倒好，这才退下。项东看着司机心里不喜欢，但那不是他能管的事。他快快结束电话，忙笑道："书记最近很忙，实在不得已才打电话给书记限时间，对不起。"

"说的啥话。"雷东宝从几件礼物中挑出一条领带，递给项东，"这是去县里开表彰会分来的，参加的一人一条，我的送你。你看看领带包装上面写的是什么。"

项东见上面写着"全县工业工作会议暨全县工业二十强企业、企业家表彰大会"。他笑道："我们上二十强了？"

这下轮到雷东宝吃惊了："你不知道？你没看戏台上挂的条幅？我们还上市百强了呢，啧啧，你也太不关心了。"

项东的嘴翕张两下："如果以后办公室定期通报重大事件就好了，我是外乡人，与大家混得少，消息不灵。"

"你不是外乡人的问题，你是清高了些。领带上的这个会议，县里说话很明确，去年没争来百强县，今年一定要狠狠加把油，任务主要落在我们这些二十强身上。我要求县里资金支持，有资金才有规模，有规模才有产值。县里同意了，月度工作会议上已经讨论过了。今年你的任务还是很重。"

"书记请等一下。"项东起身将办公室门关上，才道，"书记，我正准备跟你谈这件事。去年一年，铜厂产值很好，利润也翻番，但我们利润率不高。原因是我们的产品方向有问题。我们现在生产的都是技术附加值很低但批量很大的产品，尤其是外贸产品，利润少得可怜。我们去年中期曾经研发新产品，但是接来的外贸单子还是低附加值的。我曾经跟史总沟通，希望他接外贸单子的时候有所侧重，尽量挑选高附加的接……"

"这事我知道，红伟跟我提起过，他的意思是这样的产品比较难做出口，一个客户常常要谈好多次才能敲定一笔单子。他希望我跟你谈谈，不要逼他。"

"是的，我也知道这样的单子谈下来不容易，但这样单子的客户却比较稳定。较高端产品的客户需要的是能保质保量的厂家，这样的厂家因为各种门槛较高，外商并不容易找到。我们如果第一次合作能满足要求，他们以后会认定我们，既然我们现在有好的设备，我们只要再耐心一点，一定能积累越来越多这样的客户。"

雷东宝道："我们耐心不起来。我们等于同上面有交易，他们给政策，我们做成绩，我们要迅速扩大产值，迅速提升创汇，还有迅速提升形象。事分轻重缓急，这件事我看你缓缓，等我们今年的扩张结束，政府能提供的贷款支持差不多了，我们可以开始走我们自己的路子。"

"书记，真的只要再一年时间？"

雷东宝笑道："你干啥，抢什么好处去还是怎的？"当着项东的面，雷东宝还算是克制，没说什么吃屎赶热乎之类的粗话。

项东道："书记，市场是有限的，如果被人占了先机，后面挤进去就费劲了。还有研发工作需要时间和金钱。我们现在产值高利润薄，这些利润拿来研发，无疑是杯水车薪。没有研发，只好做大路货。大路货竞争激烈，为了卖出去，只好竞相压价。压价的结果是利润更薄，更没法支撑研发投入。路子越走越窄，恶性循环。现在业内已经有几家企业开始研制和生产高端产品，时不我待啊！新产品的开发需要周期，不是想开发就能开发的，我们必须加速跟上才行。但是最好现在请史总开始慢慢倾向性地接有点技术含量的单子，让我们的技术人员有事做，有练手的机会，不要荒废手艺。这事最好书记跟史总说，我跟史总说了没用。"

雷东宝答应，又与项东讨论今年的计划，但没说几句，就被正明又是电话又是人亲自来地催着去市里应酬一个饭局。项东很无奈，只得放行。

雷东宝上车，一个人坐在宽敞的后座，正明坐在前面扭过头来笑问："书记，项总又提出要改变产品结构吧？"

雷东宝只是道："小项……肯钻。"

正明笑道："屁股决定脑袋，项总坐厂长位置上，不用管销售，他考虑更多的是技术和设备，再说他本身性格里也像书记说的爱好钻研，人这性子要是这样的吧，没东西钻的时候，手痒心痒。"

雷东宝笑道："妈的，还手痒心痒呢，你道是钻什么洞啊。"

但雷东宝心里却认同正明的说法，项东喜欢钻研，同样的设备过来，他总有办法稍做改造，一下就提升了加工能力，虽然这加工能力目前还派不上用场。可他就是喜欢花力气弄，包括研制新产品，即使工作那么忙，项东都没放弃，一直断断续续地做，没让那些技术员荒废手艺。因此雷东宝决定先把项东的要求搁一搁，当务之急，他坐在雷霆老大的位置上不能不考虑到一个最大的问题，就是先想尽办法从政府手中搂来钱，这不是作为下面一个工厂负责人的项东能考虑到的，他不能被项东牵走思路。

但他没明确跟正明说。正明与项东心里有矛盾，他若支持了正明的观点，正明就会攀爬一把认为他支持了正明这个人，正明更会压到项东头上去。项东本身就是个外乡人，在小雷家的社会基础薄弱，他作为老大，须得搞好内部平衡。他记得以前宋运辉曾提醒他关注内部人事平衡，他当时不以为然，现在企业大了，看来还真得走国营企业那一套。

项东看着雷东宝的车子绝尘而去，心里很是不舒服，他本来想今天软磨硬泡一步一步地诱导雷东宝答应走科技发展之路的，可是正明这个白脸救火似的硬把人抢走，让他心里想了好久的计划只说到一半。一年之计在于春，他本来想早点取得雷东宝的支持，早点可以据此安排今年的工作，而不用再等上一年。可是雷东宝忙，看上去也不重视。

他不认为几乎闭着眼睛都能生产的低附加产品有出路，他希望雷东宝认识到这一点，利润微薄到一定程度的时候，国内国外任何风吹草动，都能打击这么微薄的利润。小厂做低附加产品或许有利，因为小厂掉头快，随时可以让产品改头换面。但是现在雷霆这么大的家业也不争气地只生产低附加产品，那就跟庞然大物一般的驴子却只会吃草不会吃肉，放到深山老林的结果就是黔驴技穷，最后只有被老虎吃了一途。

项东心想，最长一年，再拖一年还是这样的话，他个人先耗不起，但他打算年后回来继续找雷东宝谈。

03

大年三十的下午，杨巡站在店堂一楼看大伙儿收拾的收拾，贴封条的贴封条，而杨速则是跑上跑下亲自监督，以确保他们兄弟两个春节两天回老家的时候，关门的商场安全方面不出问题。杨巡一眼看到任遐迩大约已经封好财务室，他上去好玩地拍拍穿得像只吐司面包的任遐迩，这是他喜欢的游戏，毫不意外地感受到富有弹性的手感后，笑道："你动作倒是快。"

"财务部才多大地方，你套上衣服，等下我们得赶夜路，冷。"

"车上能冷到哪儿去。"杨巡只是接了衣服，却不肯穿，拿手指着忙碌的人们，道，"你看，欧洲街都不要我们操一点点心，就跟你封财务室一样快。"

"当然不一样，完全不同的经营方式。"

杨巡摇头："我以前发誓坚决不做具体经营，现在怎么忽然犯浑了呢？我刚刚才忽然想到，这种经营方式不好，是我早就知道的不好。你看我投入一年半多的精力，资产却没翻番，这笔买卖不值当。"

"性价比不高？"

"对。我刚才在想，这点儿死利润，太亏待我这一年半的辛苦了。我想干脆一些，把商场承包出去。"

任遐迩惊异地看了杨巡半天才道："你想从商场脱身？其实你放手一点，把商场的经营交给老二就是。你最近不也是忙着建材市场二期吗？"

"老二性格里面缺点儿灵活，守成容易……你说是不是？"他有些不想说杨速的不足。

任遐迩道："也是，你去忙别的事情时候，商场重大决策还都你分心来决定的，总要你分心照顾这一块不现实。可是承包给人……我以前没想到过，有些接受障碍。我们商场现在赚得多好啊，全市第一，全省有名，承包出去可惜。"

杨巡道："我还可惜我的心血呢，可我手里暂时没个撑得起整个商场的管理人员，我又要脱身搞发展，只好做个取舍。这事还不急，我们回头规划一下再说。"

但任遐迩心里却被杨巡的这个想法打得神思不定，在她看来，商场经营得那么好，换谁都应无限骄傲，并在未来的日子里培土加基，更加巩固全市老大的地位。可杨巡说得也在理，就性价比而言，他应该把心思花在更赚钱的领域。而且商场作为一个服务性行业，则是不能停下变革更新的，顾客的脚是活的，商场的经营不进则退，没有中间路线，也就是没有守成一说。可将商场经营权交给别人，在商场正走向顶峰的时候，却叫人如何割舍得？

任遐迩自认，她反正是做不到。一边是商场可以预期的利润，而另一边是杨巡结束商场束缚投入到其他未知领域。这需要杨巡冒多大的风险，有多大的勇气才能做出决定？她看看身边指挥若定的丈夫，心里佩服不已。

一会儿商场封存完毕，车子去家里接上杨速妻子毛毛，加紧上路。天色已经墨黑，远近有焰火呼啸上天。四个人吃着东西，聊着天，车子开得飞快，时间也过得飞快，两兄弟轮换着开，倒也不累。上车前杨巡提醒任遐迩别说刚才讨论的放弃商场经营的事，他不想让大弟难堪，大弟已经努力了，只是限于资质，没法做到更好。要是老四能帮忙的话就好了，老四脑袋不错，可惜太浮滑。

四个人直到凌晨四点才到老家。老家屋子虽然已经委托老乡先过来帮忙打扫，可他们到的时候还是得从车上抱下被子褥子，不管多累都得铺个睡觉的被窝出来。睡下的时候，天色已经蒙蒙亮，便是任遐迩此时也感觉到，他们这么忙碌这么抓紧，就是因为被商场捆住了手脚，限死了时间。商场这个服务性行业基本上是没有休息时间的，春节初一初二的两天休息还是杨巡为了回老家割肉决定，比之寻建祥管市场都不如。

因此他们的时间非常紧张，明天下午就得起程回去，大年初一，几个年轻人当然也没什么忌讳，抓紧上山去给杨母上坟。杨巡像是跟母亲说话一般，先煞有介事地将各自妻子介绍一番，又报告老三今年暑假毕业，可能在美国找工作不回来。老四改换五星级宾馆工作，兄弟两个都很不放心那工作环境，怕更增添老四的虚荣。

在场三个都没料到杨巡说起杨逦来一点都不客气，大家都惊讶地看着杨巡，连杨速都没表态。四个人又各自说了会儿话，这才下山去几个稍近的亲戚家吃饭，有厚厚的红包开路，谁会对杨家兄弟不客气？大概只有杨逦才不屑。

杨巡当然率一行去小雷家拐了一趟，但雷东宝家门庭若市，杨巡只够得着与雷东宝打个招呼。出了雷东宝家，旁边就是士根家，杨巡不屑地看一眼，带大家去给红伟、正明拜年，在红伟家吃顿中饭，一行四个风尘仆仆地上路回家。

几乎是才闭门上路，四个人都憋不住几乎同时开口说话。

杨巡说："雷书记那车子，太嚎了。"

任遐迩道："原来我们婚礼上见的这个胖子书记的事业做那么大。"

杨速道："我说了吧，他们肯定得拿我们的车子说事。"

毛毛道："农村现在太富了，一个村子都这么富。"

杨巡总结性发言："好车坏车反正都是四个轮子，我们又不是买不起奔驰，我看他们是烧钱。你们别看他们摊子那么大，别人不知道，我清楚，我以前就是做他们登峰出的电线，现在电线价格跟以前怎么比，我刚才不是问了红伟产量吗，我基本上能算出他们集团一年挣多少，他们赚的是辛苦钱，去年全部收入加起来不会比我们好。"

任遐迩道："他们新上项目那么多，用的是自有资金还是贷款？"

"一小半自有资金，一大半贷款。我问了下，他们的流动资金也全是用的贷款。"

"压力很大啊。"任遐迩脱口说出，这是她的本行，"他们制造型企业挣的是辛苦钱，借那么多钱得要很大胆魄。"

"小雷家这几年什么风浪没见过，借点儿钱是小意思，再说他们现在排场大，借的是国家的钱。即使有事，国家还能把小雷家村抹平不成？他们的性质是村集体。借个人的钱才是风险，个人借钱也是风险，反正是弄死个体户。"杨巡不以为然。

任遐迩笑道："谁让你个体户跟我们社会主义公有制经济唱对台戏呢？"毛毛跟着一起笑。

杨速道："现在已经好了，过去个体户连工商执照都不给批，大哥为这个还给抓进去坐过几天牢。"

"啊，怎么回事？"任遐迩吃惊，这事儿杨巡没跟他提起过。

"好汉不提当年勇。"杨巡笑嘻嘻地不当回事。还是杨速反正一路没事，嘴巴闲着也是闲着，他又不可能学两个女的一路吃个不停，他就给讲当年发生的那些有关红帽子的来龙去脉。那种事儿，连任遐迩都不清楚，更不用说毛毛，两人都跟听传奇一样。听到杨速说到大哥放出来吃茶叶蛋差点噎住，任遐迩连声"哎哟哎哟"，杨巡笑道："老二，你再讲下去，遐迩要找你打架了，骂你也不想好接人前先买些吃的，愣头青。"

杨速笑道："那时候韦嫂让立刻赶去接，一刻都不要耽误，还要我接了赶紧逃走。我听见激动得不得了，时间又紧，哪里还想得到别的。"

任遐迩念了声"阿弥陀佛"，杨巡回头来看，笑道："你是不是心里在说，总算有人整治这臭小子了？"

"一点不错，不过看老二家两个面上，我暂且隐忍不说。"

"我看你笑得嘴角贼深，就知道准没好事。"

毛毛笑道："大哥大嫂只管当我们不存在，我们没听见。"

任遐迩笑道："你还想听些什么，春节电台面向大众优惠，欢迎点播。"

大家又都笑，杨巡忽然道："春节后去买两辆车，你们两个把车学了，一人一辆方便些。老二，这回买捷达怎么样？看上去比桑塔纳厚实。"

任遐迩道："有事让司机开一下很方便，你们俩的车总有一辆是闲着的。"毛毛却是很向往，但不敢说，她怕杨巡。

"开车在国外是最基本技艺，学会开车方便许多。东宝书记一辆奔驰，我们一样价钱，每人整一辆小的，呵呵。"

杨速笑道："我们四辆加起来都不如他的。"

"派头那么大干什么，他们要看见我开奔驰，以后吃饭得换更高级的，红包得送更大号的。跟我有仇的心里不舒服，弄不好弄个查税什么的玩玩我，我哪奉陪得起。做人实在一点吧。我还是开老车，新车……遐迩，你现在是老大，掌印把子的，你开新车。"

任遐迩不仅掌着印把子，还掌着钱袋子，知道杨巡的实力，就不再反对。但心里奇怪杨巡为什么忽然提出买车。她这个做会计的心思细密，将聊天的蛛丝马迹揪出来理上一遍，终于找到苗头，但不吱声，等到家门一关，先问清楚这事："你是不是下定决心不管商场了？"

"对，看了小雷家的发展，心里急。以前他们已经成规模时，我还在跑东北卖电线，后来慢慢让我追上，变成他们不如我。但你看他们去年一年的发展，我去年一年又做了些什么？我不怕他们有政策扶持，但我不能守着商场不上进了。既然不守着商场，我们也没必要养个司机学小雷家摆排场，还是自己学车吧，你以后进出银行也方便些。既然你买了，不给毛毛买，说不过去。"

"好。可看起来小雷家他们负债很高啊，我想着都替他们受不了压力。"

"压力倒不怕，生意人不怕借钱，就怕借不到钱。"

"可我们周围已经有公司要么资金链绷不住，要么人才培育跟不上摊子铺开，倒闭好几家了。"

"那都是些拿到钱乱花的主儿，拿来的钱先买司机白手套黑制服的，不止东宝书记，以前那谁，商场以前的股东就是那做派。哪像我们钱都用在刀口上。我做大后，运作基本上三分之一靠自己的钱，三分之二靠借来的钱，就建商场的时候借钱最多，当中出了点乱子，那次差点砸死我。借钱的人最怕的就是老天都不知道从哪儿砸下来的乱子，所以要算好了才借钱，不能先借钱来用着再说。这宝贵经验我传女不传男的哦，你看我连老二都不告诉。"

任遐迩本来听杨巡一本正经地说着，一直觉得有理，没想到杨巡后面冒出这么一句，笑得伸手揍了他一拳："又不正经了。为什么不告诉老二？"

"老二胆小，他知道脑袋不如我，不会来阻止我，可我知道他背后瞎操心。不像你一操心就噼里啪啦打键盘算账，算完找我算账，操心都操到点子上。商场找到合适接手人之前，我还是不跟他讲。还有，他对商场感情很深。他是做一项爱一项，以前不舍得甩手欧洲街，现在肯定是不舍得甩手商场。"

任遐迩点头，原来是这样。难为杨巡这个做大哥的，还真是如他在他妈妈坟前絮叨的一样，一个人把爹妈大哥三个角色都占了，不说自己连儿子都还没养呢，以前他才多小的时候就挑起重担，难怪……把他压得矮矮的。

杨巡看到任遐迩鬼头鬼脑地看着自己，心里被看得发毛起来，追着问她到底想什么，任遐迩就是不说，却一直鬼头鬼脑看着他笑，笑得他心里更加没底，吵闹着又要节约用水，合用浴缸。这是任遐迩最羞于答应的，却是杨巡最乐此不疲的，两人都忘了一路劳累，打打闹闹个没完。

04

梁思申却是春节后好多日子都没见到丈夫，宋运辉春节后大多数日子在北京泡着，但见不到丈夫才是小烦心事，她更心烦的是她的宝贝可可。韦春红来电说她家宝宝会说几句话了，问她可可如何，她答不上来。可可至今除了会说"妈妈"两个字，其他，任他们如何挑逗，他自岿然不动。梁思申很怀疑会不会因为人多嘴杂，多种语言搞得可可小脑袋适应不过来，反而不知道跟谁的语系。比如以前小王的南洋派英语，外公的国语、上海话、英语车轮大战，保姆的上海话，她爸妈的家乡话，宋运辉爸妈的再一种家乡话，连她都应付不过来，何况可可。但有什么办法，公婆两个和保姆的普通话逼不出来，难道只能任可可闭嘴不说了？还有未来可可需要的英语环境呢？她为此心烦得要死。

再有，外公赴美后，她才知道原来外公老头子不声不响地处理了很多闲杂小事。而现在公婆人生地不熟，又不擅支使别人去做，家中无数对外的杂事都落在她头上，而她的工作又是那么忙，想找个人埋怨几句，宋运辉却一直不见人影。她心头积累的火气越来越大，每天却还得和颜悦色对付上老下小，包括对两个保姆都不能用重话。

一等宋运辉终于出现，她才有机会发作，拉他进卧室闭门诉了半天苦。但是诉苦又什么用？完了又得全身担上。想起可可上幼儿园前……不，还得先替可可物色好幼儿园，天哪，她抓狂了。

宋运辉建议有些事可以让他们东海公司驻上海办事处的同志来做，他会交代一下，但梁思申不愿公器私用，只好自己忙得陀螺一样，累死了就忍不住找宋运辉吵嘴，可宋运辉实在太深，她吵不起来，反而吵得自己没劲，感觉自己是无理取闹。她有意惹宋运辉生气，可人家涵养太好，即使他身心疲累，也会打起精神陪她散心，直到让她开笑为止。弄得她有时候只好对宋运辉解释，吵架是发泄的一种，是解决问题的捷径，可宋运辉硬说他跟深爱的人吵不起来，他愿意妥协，有什么办法。梁思申闻言当然感动，可是心里却为没吵出来而憋闷。

可事情却一直没完。春暖花开，锦云里院子里的香橼树、橘子树挂满雪花般累累花苞的时候，她爸爸从遥远的美国迈阿密打来电话，说他已经病退到了美国。梁思申想到爸爸春节时候的干咳，爸爸也该好好休息了。可心里却又隐隐感觉有什么地方不对，她再斥责自己不该疑神疑鬼都没用，她直觉爸爸小病而病退，退前不露一丝风声，太不正常。想到爸爸可能对她的重大隐瞒，以及那些隐瞒的实际内容，她的心情更加烦躁。

她还想到春节后大多数时间泡在北京的宋运辉，她能猜得到他在做什么，要政策！他现在已经与单纯的技术脱离得要多远有多远。她无法不想到老徐携家带口造访锦云里的时候，宋运辉对待老徐的肉麻态度，她不免也想到宋运辉在同事面前、在杨巡等人面前的态度，他在北京到底怎样？这是她以前所避免深思的，可而今心情不佳，却越发没良心地深挖细掘。她发现，其实……其实她的丈夫也是个普通官僚。

梁思申一边提醒自己不能愤世嫉俗，不能对世界要求理想化，可她却无法刹住自己的思维，她的脑袋瓜被纷至沓来的困难占领，可是她又无法解决，她连自己生的儿子可可晚说话的问题都无法解决，她还能做什么？她转而开始怀疑上自己的能力和智商。

宋运辉也在烦恼，岳父突然病退出国，让他满心担忧。他听到消息时头皮发麻，他只是个不知情的圈外人，他不知道岳父为什么要跑出国，但知道肯定得坏事。他立刻脖子一缩，缩回东海不再交游，这种时刻，只有多一事不如少一事。他作为一个业绩良好的境外上市公司董事长，他只要不自乱方寸，足以明哲保身。东海是他的基地，是他的根据地。有时间他就去上海，父母妻儿是他的港湾。只是他看到梁思申的脾气越来越不好，梁思申在她爸的问题上遇到了死结。五一劳动节，两个人坐在院子里看着刚开放的蔷薇花，看小小的可可在花荫下睡觉，宋运辉建议梁思申拿年假休息放松几天，出去走走散散心，他一起去。

梁思申认真看着宋运辉道："我也正这么想，我想去美国，你有没有时间？"

宋运辉道："可以的，你去看看你爸妈？"

梁思申看住丈夫，问："你说，爸爸既然退休了，他会不会告诉我他究竟做了什么？"

宋运辉摇摇头："不知道。但我建议你应该做无罪推定，而不该做有罪推定，去看看他们。"

"我怕。"梁思申叹息一声，说不下去，但是去美国的心是定了。她还有工作呢。

"我跟你一起去，别怕。"宋运辉难得见梁思申意志消沉，满面无助，心中疼惜。但是他考虑到梁思申面对她父亲时肯定会发生的火暴场面，他犹豫再三，觉得有必要给妻子打一剂预防针："不管你爸爸跟你说什么，总之，他是你爸爸。"

梁思申小心地问："你是不是听说什么了？"

宋运辉摇头："我没有确切证据，我所知道的所有，都是凭蛛丝马迹推测，但我建议你去前一定做好心理准备。"

宋母从厨房出来，看到院子里儿子儿媳促膝而谈，就跟老伴儿道："小辉跟思申关系是真好，你看两个人见面说不完的话。以前那个，两人见面没几句。"

宋季山点头："两人程度差不多。"

外面两人不知道里面两人在议论他们，依然自己说自己的。梁思申道："还让我如何做出无罪推定！以前总说外公不好，现在看着还是外公纯洁。"

说曹操，曹操就到，外公打电话过来问："嗨，你，什么时候来美国办事？"

外公硬是用英语说话，梁思申忽然意识到外公这是不愿被她爸妈听懂。"我正准备休长假，不知道确切时间，还没去审批。外公有什么事？"

"没事，我的股票上市，我要回国亲手处理，还要奖励你先生，你到美国就通知我，我过去跟你会合。"

梁思申闻言愣了一会儿，才像是怕电话这端父母听见似的低声问："外公不愿跟我爸爸住一起？"

外公并不否认："对。我女儿嫁鸡随鸡，嫁狗随狗，我不想做鸡狗。你问问你丈夫，他女儿他打算怎么处理，跟着这样两个假外公外婆，学不到好，还不如萧规曹随，学你寄宿。"

梁思申听得出外公话里浓浓的鄙视，心里悲凉，又无可奈何："爸爸……他究竟做了什么？"

"不知道，我爱惜我的耳朵。"

这已经是答案！"我明天上班给你答复，你早点休息，很晚了。我尽量争取早点过去接你。"

宋运辉等梁思申挪开电话，就急着问："你外公想回来？是不是不放心那些股票？"

梁思申悲哀地道："外公不愿同流合污。外公肯定看出什么，他是人精。他问我小引的读书怎么办，他不让小引跟在爸妈身边，他话里有把小引送去私立寄宿学校的意思。"

"哎，不如这样，转到虞山卿那边去。"

"学费我出，你要觉得内疚，让小引毕业工作后帮我做牛做马，转虞山卿那边不大好，不过再不好也胜过跟着我爸妈，唉，如果……只要有人顺藤摸瓜摸到小引跟我爸妈在一起，就能对你造成影响，外公想得真周到，周到得可怕。"

宋运辉点头："你外公想得比我还周到，我佩服他，还是跟虞山卿太太，不是钱的问题，我担心小引没你自觉，也没你的……"宋运辉指指脑袋瓜，"最好有个人管着，正好虞山卿的儿子也在读书，两人差不多大小，回头还可以一起上中文学校。我跟虞山卿多年朋友，他不会不帮，我们支付小引的生活费。"

梁思申听着也觉得有理，叹一声气算是默认。

锦云里安静得像是世外桃源，可是锦云里的人，心里却惊涛骇浪，没一天平静。不仅是梁思申，宋运辉也一起担心着梁父出国后会不会有事发生。好在一直没有消息传来，一切似乎风平浪静下来。宋运辉松一口气，唯有梁思申心里一直纠结。

她终于请出七月的长假，可宋运辉这个时间却抽不出空。

唯一令人欣喜的是，可可终于张嘴说话了，一说话就小喇叭一样没个止息。虽然发音集普通话、宋家家乡话、上海话之大成，可好歹能说了，会道了，说出来的别人能听懂了，梁思申终于放心。

本来每年的春夏之交，都是皮肤最好的时候，可今年揽镜自照，脸上却是化不开的浓浓黄气。

05

任遐迩自结婚那天起，就从书店搬来一本又一本的孕产知识书籍，以研读税法的认真劲儿钻研人类生殖养育知识。直至发展到能判别一本书的优劣之后，她开始针对杨巡进行宣传教育。杨巡是个尊重知识尊重人才的人，自打开始起就被书桌上等身的相关书籍打蒙，随着教育工作向纵深发展，杨巡被如果不这样如果不那样可能导致的种种后果吓得深刻体会到，如果不进行半年到一年的封山育林，必将对不起杨家列祖列宗，于是他被迫戒烟戒酒。

然而这被迫的时间来得不是时候，这个时段他一方面得积极接触有意向租赁商场的户头，一方面他得物色下一个标志性的发展项目。做这些事情，哪一件都离不开烟酒。杨巡在健康的儿子与挣钱的生意之间动摇选择的时候，被任遐迩一次次地拎着耳朵从反方向中拉回。两人为此扯皮有之，吵架当然也有之。杨巡斗争经验丰富，吵架水平自然是一流，在别人眼里，两人的输赢结局肯定操在杨巡手里，杨巡可以赢，但也可以因为看到任遐迩的眼泪而不好意思赢，但总之应该不会输。然而外人没有想到的是，任遐迩是个坚强而不肯以哭泣让丈夫放弃的人，任遐迩擅长的是持久战，过去不是有八年抗战吗，现在有任遐迩的泥浆大战。杨巡要到春天的时候才忽然觉悟到，他怎么就忽略了任遐迩的韧性，想当初追求的时候若不是任遐迩坚韧不拔地将他关在门外，他何至于有史以来第一次出师不利，清纯得领到结婚证才得登堂入室。但杨巡是个冲劲十足的人，他才不肯束手认输，不过有些地方他受不住任遐迩的束缚，只好一步一步地退让。他总是对自己说，某些领域，他是非坚持一人独大的。可是杨巡自己都没意识到的是，那些他自以为一人独大的领域，他都在慢慢地开始与任遐迩商商量量地进行中，因为任遐迩能提供他最好的辅助。

五月份，杨巡在反复计算之下，网罗种种可能之后得出的价格，胸有成竹地将商场租赁出去，同时将杨速也租出去三个月，方便对方顺利进场交接。签下租约，一手交合同一手接汇票的刹那，杨巡冲旁边助阵的任遐迩飞递一个眼色，这个眼色两人都清楚，此后有一段可以自由支配作息时间的好时光了。

吃完庆功宴回家，任遐迩径自去书房找纸笔开列去杨巡老家春游度假所需物品的单子。

杨巡坐在电话机旁，手搁到电话机上却又是想了会儿，才拨下梁思申的号码，令他没想到的是梁思申这么晚还在上班。

"有件小事，那商场我经营两年，盈利不错。趁现在名气响亮，谁都看着知道接手肯定挣钱的时候我把它租赁出去，今天已经签约，半年租金也已经收到，想跟你说一下。"

梁思申愣了会儿道："够魄力，下一个项目是什么，应该有计划了吧？"宋运辉对杨巡印象的改观，多少也影响到梁思申。

杨巡听着这话忍不住微笑，果然应该跟她说，她一听就知道，根本不用他解释："下一个计划还在选择中，我很想再上台阶，因此很难定，现在市面上好像该有的市场都有了。不过有件事你可能会有兴趣，那个萧然通过别人转告我，他想把他在市一机的股份卖掉，问我有没有兴趣。听说他在香港做得挺不错，也想套现。"

"嗯，香港最近政权移交临近，有人已经指出香港经济出现泡沫，萧然发疯了。日本那家公司最近可能不大会再提扩容计划，年初以来日币贬值，你作参考吧。我有个私人建议，并不权威，只是我的一孔之见。这个月游资加大抛售泰铢的力度，令泰铢兑美元汇率大幅下跌。目前混乱还进一步蔓延到菲律宾比索。我们都在观察事态的进一步发展，推断泰铢危机会蔓延到何地步，包括港币会不会被卷入。所以我的年假泡汤了。你也不妨做些小范围的准备，这段时期内多做观察，尽量做一些应对市道可能有重大变化的准备。"

杨巡一边听一边晕，晕到梁思申说话结束，他才喘口大气问："为什么泰国那边有事，我们国家也有可能波及？"

梁思申这才想到杨巡作为一个一直在国内打转的人，不可能与宋运辉一样对国际局势和国内经济的结合有认识，她解释道："简单说，如果泰铢贬值到一定程度，必然导致泰国出口产品的价位低于中国，影响中国出口产品的价格竞争力。但如果只泰国一家，影响还是有限，现在看菲律宾那边的势头也很艰难，如果再有其他国家货币纷纷被拖下水，对中国出口的影响就大了，这一带出口产品的种类都差不多，很容易形成竞争。中国经济现阶段对出口很依赖，必然会因此受到打击。如果你最近有大规模扩张计划的话，我的建议是先缓一缓，看看再说。不过我不能保证我的建议百分之百有效。"

杨巡这一回的晕眩稍好一些，已经大致听出梁思申所说事情的意思。他厚着脸皮问："那会不会我把商场租出去，就等于我收铁打的租金，一点风险都没有，那个租赁户却得面对经济可能不好，人们不愿消费的困境呢？"

梁思申心说这人反应真快："如果形势控制不住，就是这样，你歪打正着。对不起，我还得忙会儿，以后有空再聊。没其他事了吧？"

杨巡放下电话想了好一会儿，去楼上洗澡。等走出浴室，见任遐迩已经上来收拾。他就把刚才梁思申的话转述给精通财会的妻子，却见她也是一头雾水，这才知道经济与财会不是一回事。但任遐迩却是立即扔下手头的东西，下楼扑向电脑，上网通过雅虎的中文搜索找新闻。杨巡跟下来看，见搜索的内容被任遐迩一页页地打开放着暂时不看，又开始搜索英文内容，杨巡忍不住伸手搭上任遐迩肩头，很表赞赏。知识就是力量啊。一直等搜得差不多，任遐迩将拉下来的页面全部看一下，见都已满满是字，便断了网络连线，与杨巡挤在一起一页页地看。杨巡知道任遐迩这么做是为节省拨号上网费用。电话费加信息费，费用不低。

两人将中文简体繁体的内容看下来，已经基本明白梁思申刚才电话里说的是什么了。尤其是新加坡那边的报道，更是长篇累牍说得详细，特别是英文版的。任遐迩一手英汉字典，一手鼠标，边看边翻译给杨巡听。两人都觉得泰国那边的情况果然很严重，竟然严重到发生银行挤兑、财政部长引咎辞职的地步。但两人又觉得与中国的关系又似乎是那么遥远，除了梁思申说的出口会受影响以外，他们看不出未来可能发生什么。再一想，这几天电视上也在放，只是他们以前只当看白戏。

此时已经是深夜，任遐迩看着最后一篇英文报道，道："要不要也取消度假计划？好像最近会好戏不断的样子。"

杨巡道："可我们留在家里又能干什么？向泰国人学习，趁国内人还没觉悟，我们先买美元床底下藏着？好像金条也行，泰国人那么做肯定有他的道理。"

任遐迩想了想，道："是哦，记得新中国成立前金圆券乱贬值，剪一个头发价钱要变三次，背一麻袋金圆券去，买回来的米只有一小口袋，只有黄金最好用，美元也好。你哪儿买美元去？别黑市吧，会被捉的。"

杨巡道："不去黑市还去哪儿买？要不这样，我们也别摸瞎子，自己乱着急，明天我打电话再问问宋总，他们夫妻一条心，肯定知道后面怎么做，度假还真得延期了。"

"干脆直接问小梁吧，她知道得更多，她做那行的。"

杨巡摇摇头："刚才那电话进去，你不知道那边有多忙，不好意思再麻烦她去。"

任遐迩忽然想到一件事，忙道："你好像对小梁特别在意，刚才你说了结一件事，到底怎么回事？"

杨巡忙笑道："你忘了，以前我不是与小梁合资的商场吗，后来她等钱用退出，她堂哥进来，可我跟宋总关系好，他们两个都还关心商场，看她堂哥乱搞他们心里不舒服，就是小梁撮合我和梁总李总两个谈判，把商场包给我经营。现在我又把商场包出去，我当然得跟小梁打个招呼，人不能没良心吧。"

任遐迩不信，直觉告诉她，事情没那么简单。可是她见过梁思申，那是一直嚷嚷高档的杨逦所无法比拟的，她不相信梁思申和杨巡之间有过什么，但相信杨巡一定对梁思申动过心思。她斜睨着杨巡想，她还任重道远。不过好在杨巡是事后才通知梁思申一声，而且是当着她的面打电话，可能他心里已经没多少鬼了。

不过想到这些，任遐迩心里不免酸酸的。

06

梁思申那么忙，是因为休假暂时告吹，她得抓紧时间做完一些手头的事，赶紧回美国一趟，去把外公接来，还得把宋引也安顿好。她与外公通过电话，但外公坚持约在纽约见面。而去美国出差的虞山卿过去帮宋引办好转学手续，把人领走，她用一天时间过去虞家帮忙安顿下宋引，带宋引熟悉一下虞家，并购置宋引的生活用品，又单独教育宋引一些做人道理，然后就赶回纽约机场接上外公，连夜飞往香港，再转上海。计划中，她都没时间飞去迈阿密，而妈妈也不知道她飞美国这回事，她没在电话里告诉妈妈，就像她也没问爸爸究竟为什么病退，她没勇气。

在机场见到外公与小王一起走出来，看到外公老态毕现，却不用人扶，自己一根拐杖对付得挺好，梁思申心里忽然生出一丝温情来，上前拥抱外公。外公不自在，瘪着嘴避开脸去，奇道："你干吗？入乡随俗也不用这样做作。"

梁思申忙收起冲动，恢复正常："对不起，外公，连累你了。"

外公拿眼角捎捎她，道："唉，到老到老，还被儿女赶得鸡飞狗跳，找个地方让我睡会儿觉。"

"准备了，这边过去。"

外公当即挺直腰板，比之刚才走出出口时还精神地跟着梁思申一起走，梁思申有些哭笑不得。

再一次陪伴外公从美国飞中国，外公显得更容易疲倦。想到外公一大把年纪却是因她的爸爸妈妈来，又因她的爸爸妈妈逃离，她心里内疚，暗自劝说自己以后别跟这老头子认真，让着他一些。但是她没把握，对付这个老头，她心里没底。但是外公又回到锦云里，却无形中让梁思申心里生出别样底气，好像，这老头子还是有些精神力量似的。连两只久违外公的黑拉布拉多犬都特别兴奋，迎来围着外公的车子打转。

筋疲力尽的外公从宋运辉开的车子里走下来，看到好奇地走过来歪着头看他的可可，不由笑了，累得皱成一团的脸顿时舒展开来。梁思申见此心里也高兴，那就行了，这老头子难伺候着呢，难得有人能让他开心。

宋季山夫妇见此就坚决要求回家，说既然孙子可可有人看着了，就得回家照顾儿子去了。宋运辉和梁思申都劝不住，再说也知道外公这人难弄，一山未必能容二虎，只能让二老跟着宋运辉回家去。

外公到锦云里后，竟然奇迹般地没什么时差困扰，睡得很是舒服。睡得好心情就好，他就给梁思申好脸色看了。没事的时候又开始在院子里打太极拳，不过这会子后面有可可跟着一起比画打搅了。外公老是怀疑会不会被可可打搅得走火入魔，好在没事。

梁思申的心情好了好几天，不过后来随着工作繁忙又心浮气躁起来。她也不知道为什么，总是一颗心忽然突突地跳起来，脸上一下潮红，好像遇到什么危机似的，而明明那时候都是没事，工作总能顺利对付，她感觉自己是在担心，担心她的爸爸。

她想替爸爸消除罪孽，只得按下厌恶给梁凡打电话，提醒梁大注意最近东南亚经济局势的变化，但她只是字斟句酌地告诉梁大，根据她的经验和她能接触到的较多的材料及分析报告，形势非常严峻。但梁大说估计政权移交之前香港不会有事，政权移交之后，香港也不会有事，因为中国政府肯定要把香港管理好，给澳门台湾做个样板，而且众所周知，香港的外汇储备非常充足，大家都等待看香港回归后由特区政府主持的首次地皮拍卖行情再定。

梁思申不想多说，看起来梁凡心里并非不清楚。她把这个电话与宋运辉一说，宋运辉却想到是不是该提醒雷东宝。雷东宝的雷霆而今绝对是外向型的企业，与过去的关在国内竞争不再一样。但他估计自己的电话打过去的话很可能被雷东宝非常权威又非常无知地不当回事。他想到前不久刚找他议论过泰国那边事情的杨巡，想到杨巡好像从黑市买了一些美元藏在银行保险箱里，现在乐悠悠地回老家度假。正好让杨巡过去给雷东宝说说，面对面谈，不怕雷东宝不听。

于是杨巡钓鱼吃喝之余，暂别不知道怀没怀上的任遐迩再上小雷家。

07

雷霆今年所获的政府支持，比之去年略有减少，对此，有关人士解释说，不可能把所有政府支持都押在一家，去年扶起一个雷霆，今年就得侧重其他企业，希望雷霆更多依靠自我造血功能发展壮大。

雷东宝深信不疑，因为去年已经有人这么提醒他，可他当时不大信，觉得争取争取总能拿到政府支持的贷款，他今年就照旧快速上马基建工程。但后来陈平原不知从哪儿听来小道消息，说有人在传雷东宝和前小舅子宋运辉的关系其实并不如想象中的亲密，还有许多由此猜测引发的联想。陈平原提醒雷东宝，会不会是这种传言影响了贷款。

但连陈平原自己都否认传言对贷款的影响，毕竟宋运辉不是这边领导的直系上级或者亲密战友，应该没那么大的影响力。陈平原与雷东宝讨论后认定，估计是政府看到前段时间的扶持出了成效，但是有饭大家吃，不能总喂雷霆一家，所以关注点转移一些也有可能，再说又不是不给贷，只是稍微少了一些而已。

问题是雷霆今年发展所需的资金规划却比去年更上规模，而今外贷不足，自然得从自身挖掘潜力了。

考虑到做内贸虽然价格稍微好一点，可付款方面却是问题多多，最好的算是货到付款，很多则是压货一段时间才给付款，更有少许千年不赖万年不还的无赖客户，因此内贸需要的流动资金数量庞大，资金周转千难万险。外贸的利润虽薄，可有信用证提前打来，雷霆可以据此到银行全额贷款，不须占用流动资金。如今已经上马的工程急等钱用，那就只能牺牲内贸打那信用证的主意了。

但红伟提醒雷东宝，内贸的那些老客户是多年交情浇灌出来的，如果雷霆多做外贸少做内贸，那些客户势必投向其他工厂怀抱，部分正好落入正扩张的省电缆手中。雷东宝心想也是，虽然很多小客户是有奶便是娘，但有几个国营大客户却是他们千辛万苦上下打点后一路合作至今的，这些人如果脱钩，那损失大了。他让红伟在操作上斟酌着办，那些效益好付款及时的企业还是供着，其他反正以后只要雷霆有奶就能唤来。

如此操作下来，雷霆的工程进度照旧，非高层都不会知道财务方面曾经出了一些状况。

但是雷东宝却从正明那儿了解到一个意外消息，项东竟然与一家类似铜企有所接触。雷东宝不是太相信正明的告状。雷东宝也观察了项东几天，没看出异常，项东照旧生产工程一手抓，非常忙碌。他就把这事存在心里，不去提起，照旧是用人不疑，疑人不用。他相信他提供给项东的各方面条件一流，很少有其他企业能比他提供得更多。

倒是杨巡的来访让雷东宝有些意外，那小子从来就是无利不起早的，今天怎么会有时间说什么闲聊来？而且那小子约的是早上八点的上班时间，赶什么热狗屁？

其实杨巡来那么早是有目的的，对于那些他很难硬顶的老大，为了他的生儿育女大计，不得不早到早办事，办完事脚底抹油快溜，省得被逼上饭桌，那时候推烟推酒就麻烦了。尤其是雷东宝这样的老大，他知道他若敢上了桌后不喝酒，雷东宝定会把他五花大绑了硬灌。

雷东宝见杨巡进门，一个招呼后先站起来往楼下看，一看就道："还开着你那小破车？"

杨巡笑道："书记太关心我了。不过这回书记不对，我今天开的是小新车，我老婆的捷达。"

"一样，还是小破车。瞧你小气的，娶个大学生老婆，连辆好点的车子都不给买。坐，自己倒水。"

杨巡坐下，但没倒水，还是笑眯眯地道："书记，你猜是谁让我来的？"

雷东宝舒舒服服地躺老板椅上，一猜就猜到是谁让杨巡来，但不肯说："你结婚半年多了吧，儿子呢？"

杨巡只得顺着雷东宝的话题，依然笑道："哪那么快，怀胎还要十个月呢。书记，最近新闻看了没，中央电视台总在报泰国菲律宾的事，那边现在国家都管不住自己的汇率，给投机商逼着往下跌呢。"

雷东宝奇道："我看啊，可这关你什么事，难道你想去泰国开商店？"

杨巡笑道："我哪来的钱，换辆车都不够。书记，我是替宋总传话，他跟我说最近东南亚金融形势波动得厉害，而且还不止东南亚，日本、韩国年初就开始把他们的货币一点点贬值了，宋总担心说情况要是发展下去，肯定会影响我们国家的出口形势，让你早点做好心理准备。"

雷东宝直直看着杨巡，心里猜度，为什么宋运辉自己不跟他说，却让杨巡来说。杨巡既然跟他来说这种高来高去的事情，必然需要宋运辉花上不少时间调教，要不然这种小子哪儿说得出那么有见识的话。宋运辉肯花那么多时间教杨巡，却为什么不直接跟他打电话？宋运辉又似乎是关心他，向他提供资讯，又不肯与他接触，究竟是什么意思？雷东宝百思不得其解，因此也没好好领会杨巡的话。等杨巡说完，才问一句："我怎么做准备？"

杨巡被雷东宝的问题问得眨巴了好几下眼睛，心说他都说得够简单了，雷东宝怎么还听不出该做什么不该做什么。杨巡根据他最近跟着任遐迩看到的新闻，耐心地解释道："说是一方面调整出口产品结构，另一方面调整内、外销比率。像宋总最近就在从调整出口产品结构入手，听说投入到研究中心的钱非常多，宋总自己也是一半时间在研究中心坐镇。"

雷东宝眼珠一转，问："他们研究中心不能打电话？"

杨巡闻言一愣，不知道雷东宝为啥问出这种牛头不对马嘴的话来，忽然回过神来，才想到雷东宝的问题其实与他接到宋运辉电话时候的想法一样，他也好奇，这点子事一个电话不用十五分钟就可以解决的，宋运辉为什么叫他特意跑一趟小雷家，难道是这两人现在有矛盾，他今天成了最尴尬的中间传话人？

杨巡有心把自己的夹板芯身份变为良好媒介，积极向雷东宝解释他最近对时事有多关心，他又正好因为工作告一段落在老家度假，可是雷东宝心里先入为主，对杨巡本人的印象还停留在当年滑头滑脑的小杨倒爷，因此对杨巡的解释并不采信。两人话不投机，杨巡只得起身告辞。

虽然有正明将杨巡送上车，可杨巡为雷东宝如此慢待心生不快。他不由想到宋运辉为什么不自己打电话给雷东宝，难道也是不喜欢雷东宝现在的为人？雷东宝对宋运辉也不客气？那不是自毁江山吗。杨巡心说，即使在小雷家占山为王，也不用这么嚣张吧，小雷家才多大。

雷东宝其实只是心烦宋运辉的态度，不知道宋运辉这么不三不四地来一下算什么意思，反而让杨巡那小子看好戏。他不免立刻想到陈平原带给他某些有关他和宋运辉关系疏远的传说，不管别人怎么看，宋运辉首先在表现疏远，比如今天，那说明上回杨巡婚礼上两人不坐一起，也是宋运辉有意为之。好吧，那次其实也知道宋运辉因与他前一晚话不投机而生气，可今天还这样不三不四，那也太小气了，雷东宝因此很生气。

但雷东宝一边不满着宋运辉的态度，一边却是认真回顾杨巡刚才带来的话，没大事的话宋运辉肯定不会这么费劲地要杨巡把消息带到，那说明杨巡带来的肯定是大事。只是这方式真是太抹他面子，让他在杨巡那小家伙面前没脸。

雷东宝生了一下气，又想那传话，想来想去，就是减少出口和提高产品档次两点。可他现在减少出口就等于减少信用证，减少信用证就等于自绝资金来路。提高产品档次倒是年前项东跟他提起过的事，可远水不解近渴。他想到，杨巡提起那些事还只发生在泰国，才传染到菲律宾，都还在那些没有生意接触的小国打转呢，那么遥远，或许他不急，拖过半年，等目前已经上马的工程完工了再说。他这边的工程停不得，停下就等于把原先投入的那么多钱押死在废墟里，那么多的钱如果是自有资金倒也罢了，那都是贷款，押着不动每天还得生出大量贷款利息，那利息靠现有产能的利润没法对付。因此他还得依靠外贸换信用证一阵子，争取工程尽早完工，尽早投产，尽早还贷。宋运辉叫杨巡传来的话他现在没法照做。最先的时候是他规划工程，可等到工程上马，是工程推着他和进度一起走，谁也无法停止。

但宋运辉的态度和杨巡传来的话，不免都压在他心里，令他心情不佳。他便去工地巡视，晒出一身油汗，人才稍微轻松些。绕到正安装的车间，正好见项东在现场与工程人员谈话。他才想进去看看，却见正明匆匆赶来，他止步问正明："谁找我？"

正明将手中的安全帽递给雷东宝，笑道："听说书记来工地，赶紧过来陪着。书记，不戴安全帽可危险。"

雷东宝接了安全帽戴上，埋怨道："这帽子谁弄的？这么小东西，都只能顶头上，戴都戴不进去，你真没事？"

正明轻笑道："那俩笔杆子又过来了，这个时间来还不是想吃中饭吗，反正书记也是要吃中饭的，不如一起坐坐。"

"又是他们，有完没完，每次都把我写成什么。"雷东宝虽然嘴上"抱怨"，脸上却笑出来，因那两个笔杆子与他关系很好，多次一起吃饭，为他写宣传文章，难得是这两个人说话风趣，每次吃饭都是享受，当然雷东宝给他们的礼物也是不菲。他看看车间深处的项东，又看看手表时针已经指向十一点半，就打了回头。正明忙在后面跟上，不过忍不住回头也冷冷看看项东，不小心踩到地上一截废钢管，一脚滑了出去，幸好扯住雷东宝的袖子才没摔倒，倒是被雷东宝取笑了几句。

杨巡和任遐迩如愿以偿，他们在老家没几天竟真怀上了一棵豆芽。杨巡每天都猜是男是女，却又说男女都好，只要是自己生的。加上老三出国几年后终于来电话说找到工作，近期回家一趟，杨巡这几天欢天喜地的，还想去老三美国飞来的第一站香港接机，可惜政权交接临近，他没拿到签证。

梁思申最近倒是经常出入香港，与同事密切关注东南亚一带发生的风暴。

08

七月一日，香港顺利回归。

七月二日，泰国央行被迫推翻前两天泰国首相有关泰铢不会贬值的讲话，宣布放弃泰铢与美元挂钩的联系汇率制，实行浮动汇率制。

多少人从电视里看到了被香港回归新闻压缩得超短的国际新闻栏目里的这条消息，但绝大多数人并没给予太多关注。杨巡和任遐迩从新闻联播上看到这一新闻，更多的也是隔岸观火的距离感。

没几天，菲律宾比索也告失守。

与此同时，马来西亚和印度尼西亚的金融市场开始步泰国、菲律宾的后尘，陷入腥风血雨。接着是经济状况非常良好的新加坡也未幸免。众人都猜疑下一站会是香港。

梁思申忧心忡忡，挂牵梁凡那边会不会出事，她心里隐隐感觉，梁凡若是出事，必然牵出她已经退休在美国养老的爸爸。八月的时候，炒家果然没放过香港，大举来袭，但被港府击退。金融界人士都在问一个问题，炒家会对香港就此罢休吗？若再有炒作，祖国大陆政府会否出手？谁都知道祖国大陆和香港的外汇储备相加是个天文数字，可又谁都看到了"四小龙"在炒家手底下纷纷溃败，束手就擒。因此谁都无法给出明确答案。

但是梁思申却看到一条令她惊异万分的消息，八月二十七日，香港回归后首次进行的土地拍卖创出新高。小甜甜龚如心旗下的华懋集团以55.5亿元击败李嘉诚的长实，投得底价仅3600万元的浅水湾豪宅地。梁思申非常相信，这一天，梁凡肯定人在香港，而且肯定是第一时间获知回归第一拍的消息，梁凡早跟她说过，他就盯着这一拍。至此，梁思申觉得都不用再跟梁凡通话，通话是自取其辱。土地拍卖价这个最敏感的风向标，已经明明白白指向香港社会对回归后市场繁荣的信心。梁思申明明是知道自己松了一口长气。

结果，九月十五日，恒基地产以56亿元地价，刷新前不久刚创造的地王纪录。

连外公都觉得匪夷所思，不得不感慨祖国大陆自改革开放以来取得太多出人意料的成就，或许回归后的香港也会打破英美等国的回归将令香港死亡的不良预言。

可是，回归才不过几天，香港经济真被祖国大陆神奇化了吗？梁思申不信，她更相信市场。

不过这一段时间的忙碌和紧张，以及对世界金融市场的全神贯注，还有外公的回归，让梁思申心里的积郁没机会抬头，她又恢复忙碌并快乐的日子。

锦云里桂花飘香时节，外公有老友惠然到访。梁思申见是休息日，就自己开车带着外公去机场接老友夫妇。正好戴娇凤带着一大捧桂花来锦云里，她本就是个爱凑热闹的人，也笑嘻嘻地跟上去了机场，又坐后面一辆车跟到宾馆，到宾馆时候，戴娇凤已经与外公老友儿子聊得挺好。但梁思申陪同登记的时候，却意外看到接待台后面那个笑容可掬的女孩竟是杨逦。她想阻止戴娇凤过来，可已经来不及，戴娇凤见到杨逦也愣住了。

杨逦也见到戴娇凤，但她正工作，又是本就不怎么在意戴娇凤，不过睨了一眼便不理会。戴娇凤却是花容失色，令得其他人都以为杨逦是戴娇凤的情敌。旁边梁思申心说，看起来戴娇凤对那段往事非常在意。戴娇凤后来都没怎么说话，送老友上去电梯，她就与梁思申单独告别一下，快快而走，梁思申想送她都被谢绝。

外公见此不解，告别老友出来问外孙女这是怎么回事，梁思申就把杨巡结婚期间发生的事情说了一下。外公走到大堂时候就忍不住特意拐去接待台，看了出来道："什么样的人家养什么样的儿女，儿子杨巡那样，女儿也是十足小家子气，看人的眼神不正。戴小姐好性格，幸好早早没跟那杨巡一起，否则让欺负死，落不下好。"

外公拿梁思申手机拨老友房间，说了杨逦的工号，要老友想方设法投诉杨逦。

梁思申在一边儿听着心说杨逦惨了，外公和那老友都是久经世界各处好宾馆的油子，他们想搞杨逦，杨逦还有几条命。外公打完电话道："你以为爹娘的债不算到小孩头上，算谁头上去？"

梁思申被爹娘债孩子还的话弄得又心烦意乱。最近她爸妈有电话来，她都是不大敢接，怕听到什么，总是三言两语打发。若是她能替爸妈还债倒也罢了，可是她都不知道爸爸做了些什么，甚至连爸爸做没做过都只是凭猜测。随着时间推移，他们不打电话，她就当爸爸什么都没做，他们来电，她就怕，她现在是什么都做不了，只有送东西去孤儿院的时候才安心一些。

回到锦云里，却见到宋运辉在。她扶着外公出车子，嘴里早奇道："你不是说有谁去你那儿考察吗？"

"完事了，正好一起乘飞机来上海，送到上海，够意思吧！可可刚才喊我小宋，哪儿学来的？"

梁思申捂着嘴笑："可可，带爸爸看小宋去。"

宋运辉惊讶，可早被怀里的儿子扯着头发往屋子方向走。外公感慨："小辉这几年变得快，跟那张照片上面的人完全不一样了。看那张照片，叫他小宋是理所当然，现在看着他，没几个人敢再叫他小宋，他再年轻也只有我们几个家里人倚老卖老叫他个小辉，做人乏味许多。"

"谁说的，不是挺好的吗？"

"跟你当然挺好，跟别人你看看？他看得上的，话不投机就沉默，拿那么双眼睛看着你，让你没好意思再说；他看不上的，话不投机也是沉默，看都不看你。你还好，你要是哪天不好了，等着吃苦头吧。"

"不会，我们不一样。"

"你们当然不一样，我不过是白提醒你一下。哪个傻女人都是听男人几句好话就以为自己独一无二了。"

梁思申只得拿眼睛白外公两眼，进去里面吩咐小王搬椅子和乌龙茶去院子，她只好再次打退堂鼓，没法继续孝敬外公。里面可可与宋运辉正对着相框里宋运辉那张嘴上长燎疱的照片笑，她走过去也跟着开心。

待得可可闲不住跑出去玩了，宋运辉才问："你还没主动跟你爸妈打电话？这样也不是办法。"

梁思申腮帮子鼓鼓，一脸黯然："梁大又打电话给我，炫耀前不久才刚转手一套房子，净赚30%。"

宋运辉笑着打诨："原来你生气你铁口不灵。"

"谁生气那个啦，我又没存心咒他们房子压在手里。"

"我不看好。近期我接触的国外客户已经有动摇倾向，我不看好香港经济能一花独放，香港是个深度依赖贸易的地域。不过经济有个惯性，现象没那么快呈现，梁大不用太早翘尾巴。"

梁思申叹息："我还宁愿他翘尾巴，我总担心他哪天不翘尾巴哪天暴露什么事。"

宋运辉考虑之下，还是道："你妈妈来电跟我抱怨。他们很寂寞，可你总是说忙，一个电话说不上三分钟。再说现在住的地方人生地不熟，电视只能看懂翡翠台，他们更闷得没处散心。你妈妈说起来一直哭，你妈妈还说你爸爸情绪很低落，她很担心你爸爸。"

梁思申听着垂泪："可是……爸爸说了什么没有？"

宋运辉摇头："都是你妈妈说电话。"

"我也是，都是妈妈说电话，可过去他们都是两人一起说。我很怕，我真怕爸爸忽然拿起电话，又斥责我怀疑他，我会不知道怎么回答。我怕他说真话，又怕他说假话，全怕，我都不敢多说电话，怕他们说到什么上去。"

"我昨天听着你妈妈的电话也想落泪。"宋运辉也很替梁思申为难，只有纸巾伺候。他知道梁思申理智上早已认定她爸爸有问题，可是父女亲情，让她至今无法彻底承认事实。他理解她的害怕，她最怕她爸爸冲她一再否认的真相，可她更怕她爸爸忽然又承认真相。她是那么遵循职业操守，严谨得给他开一丝后门都不肯，她一向为自己的高标准骄傲，而那坚定的操守，却又来自她良好的家教，她原是多么骄傲于她优秀的爸爸妈妈，又让她如何面对可能的真相？他也宁愿梁思申一直做鸵鸟，也好过由慈父击碎她所有的骄傲、所有的信任。

外公却让小王进来喊："王先生请两位挑桂花去。"

宋运辉往窗外看一眼，道："我们有些事，不去。"

小王转回身，可可却扭着屁股爬上台阶爬过门槛，来找爸爸妈妈。宋运辉忙迎过去管住可可，可可却是径直走到妈妈面前："妈妈，哭哭。"一边说着一边要爬上妈妈膝头，帮妈妈擦泪。梁思申忙抱起可可，可可的手顺势软软地抹上她的脸。她一时心有所感，流泪更甚。多年以前，她也那么小的时候，她对爸爸妈妈还不是与可可对她一样，可现在她却忍心让妈妈寂寞，不听妈妈哭泣。将心比心，妈妈是多么伤心，她又是多么痛心！

可是可可被妈妈的哭吓坏了，见一双手总是抹不完眼泪，他小嘴一瘪，也开始抽泣。弄得梁思申立刻没了哭的心思，与丈夫一起哄儿子，总算又是度过一次困扰。

看到可可现在活泼地横冲直撞，宋运辉总担心锦云里那么多硬木家具磕坏他儿子，趁周末有闲，拿布条将桌椅的腿脚都细细包上软垫。连外公都哭笑不得，说可可最近对小树跃跃欲试，要不要给小树装上扶手便于攀爬，宋运辉还真考虑上了。

09

雷东宝终于感受到资金的困扰，小三提醒他入不敷出，他让红伟出差回来就过来谈话。

谈话的时候，雷东宝手里捏着小三给他的报表，紧皱着眉头："这个月出口订单比上月少，真是让小辉说中了？"

红伟揉了揉疲倦的脸，道："我们集团一个月的表现还不能算，他们外贸说，他们有些生意遇到老外拖着观望的现象。不过还看不出进一步的动向。"

雷东宝想了想，道："老外什么时候开始观望，什么原因观望，你弄清楚没？"

红伟摇头："没问那么清楚，应该是近期的事。好不好再问一下宋总，他们也做外贸的，再说他们早已开始关注。"

雷东宝心虚，却反而批评："你这懒汉，做人有点志气嘛，你现在是这么大公司的老总，你工作要自己做，脑筋要自己动，不能总靠在别人身上偷懒耍滑。这样吧，你安排外贸的跟我吃饭，我们一起问问。你先睡一觉去，看你眼皮都睁不开了。"

红伟笑道："昨晚跟他们搓麻将一直搓到上火车。唉，现在不敢睡，我还是自己过去一下进出口公司，问问他们出口到底怎么样。我们的出口要是受影响，得影响全局呢。"

雷东宝只有比红伟更关心全局："你先谈谈，谈的东西先跟我通个气，晚上一定约吃饭，我自己再问清楚。"

红伟走后，雷东宝立即致电项东，问他有没有办法调整在建工程进度，改齐头并进的大兵团作战为各个击破，以便完工一个投产一个，投产一个产出一个，这样负担较小。雷东宝打这个电话，可谓厚着脸皮。因为去年规划这个大工程的时候，项东谨慎，建议按照产品工艺流程，先建下游项目，再以下游项目的产出和需求支持中、上游项目。项东说这样的话虽然工期会较长，但是稳扎稳打。雷东宝当时不以为然，那规模太温吞，何来令人耳目一新的国际化？而现在，雷东宝看到工程资金链面临的隐隐危机，他无法不想到项东过去的提议。

项东在电话那端却严肃地道："书记，现在收缩战线已经没用了，不会降低任何费用。首先，我们已经订了全部的设备，即使我们不安装，设备还是得依照合同运来，我们得执行合同支付设备款；其次，安装公司已经进场那么多天，忽然要他们一半以上的人员和设备撤离，我们未必付得起那退场费，也等于浪费前期高额进场费；最后，我们已经养熟一半的工人现在没法遣散，遣散的话一方面是对过去已经付出的培训的浪费，同时遣散工人对士气打击极大。我们还得照旧养着，因此人力成本也没法降。现在是箭在弦上，不得不发。"

雷东宝皱眉沉默良久，时间长得让对方项东都以为断线，"喂"了好几声。"小项，你先别说那么满，你今天别忙，给我关小屋子里好好想半天，怎么把最近每天的支出降低一半。"

项东道："行。不过书记，还有电缆方面的新工程也在上。我建议是不是开会讨论一下？"

雷东宝皱眉："好，明天上午八点半，集团总部开会。"

雷东宝很想下午就开会决定，可是他现在还没接触外贸人员，在摸清出口订单本月比上月少的确切原因之前，这个会不能开。雷东宝一只胖手一直按在电话机上，他其实从小三那儿拿到报表开始，就很想打宋运辉的电话。刚才批红伟不动脑筋总想找宋运辉求助的话，其实一半是说给他自己听，逼自己不要没骨气，不要涎着脸又找上宋运辉的门。做人得争气，宋运辉明显疏远他，他是宋运辉的大哥，不是小弟，没有他找回去的理儿。

他按在电话机上的手慢慢抬了会儿，又沉沉落下，如此再三，始终没打出那个给宋运辉的电话。他想再看看，再听听，起码落个胸中有数，别找上门去讨人取笑。

红伟下午就传递给雷东宝各处拜访寻来的消息，并不乐观，除了外商对从哪国采购举棋不定之外，进出口公司还说那些已经遭到冲击的国家原先下的订单基本告吹，有些对方单位都已消失。没告吹的这边担心他们的支付能力。红伟总算以餐叙名义邀来四个出口业务比较多的外贸经理，但大家都说没心思吃饭，最好是找个清静包厢方便说话。

雷东宝一听着急了，立刻要小三清查雷霆的每一份出口合同，要求每份合同全部电话或传真落实合同另一方的情况。首先必须确保手上的合同万无一失。

反馈还没回来，雷东宝已经在办公室坐不住了。他心里记得清楚，他手下电缆厂的出口订单大多来自亚洲国家。杨巡不是说亚洲国家是重灾区吗，红伟不是也说那些进出口公司出现变故的合同大多来自亚洲国家吗，雷东宝额头冒出黄豆般的汗珠，他焦躁地想，可别让他手下的公司中奖。

　　小三非常能体会雷东宝的心情，因此每查证一份依然有效的合同，他就一个电话赶紧报喜一下。但是他不敢向雷东宝报告可能有危险的合同。红伟看不过去，不许小三报喜不报忧。红伟与雷东宝是开裆裤交情，到底是胆子大一些，他好好坏坏全说，让雷东宝心里有数。这时候红伟觉得平时把他也伺候得挺周到的小三这小子真像奸臣。

　　眼看到吃晚饭的时间，红伟不得不丢下手头事情先走。他不由自主地拨了个电话给项东，自作主张地希望项东放下手头工作，抽时间过来一起吃顿饭。他在正明和项东之间，本能地选择了项东，他认定项东应该更能从饭桌上听出动向。但是项东在听他解释原因后，却说现在正有重要设备吊装，实在走不开。红伟无奈，只能让正明赶去饭店。

　　饭店包厢八个人，四个分别来自不同的进出口公司，四个来自雷霆集团，其中一个是雷东宝的专属司机。大家就当前形势对出口的影响讨论再三，都觉得形势不容乐观。到七点的时候，大家几乎是一致要求小姐把包厢里本来拿来给食客即兴唱歌用的电视机换到中央台，大家难得专心地关注新闻联播。虽然他们关注的内容在三十分钟时间里才占了一小会儿。

　　越讨论，雷东宝心越寒，话越少。大伙儿心里也不舒服，吃完饭谁都没提余兴节目，各自散去。雷东宝站在车边对红伟、正明道："都回家好好想想，明天开会拿点主意出来。"

　　正明道："项总刚才要是也在就好了，不会明天开会一上来什么都不知道，现在时间等不起。吃饭前我打电话让项总来，他说没空。"

　　红伟睨正明一眼，没说什么，不想得罪同村人，可也不愿落井下石。雷东宝听了也没说什么，但心里不快，他想到很多，比如过去项东一再劝他谨慎扩大规模，又一再告诫不要完全依靠外贸，还提出必须抓紧产品更新换代以应对市场风云，而今似乎都被项东说中了，可今天对于他缩减工程规模的要求，项东却又说不可行了。项东今晚拒绝正明的晚饭邀请，是不是与这些事有关？雷东宝不免疑神疑鬼，更想到项东曾经与其他同类厂老板私下见面的事情。

　　回到家里，难得见到还没睡觉的宝宝。可雷东宝心不在焉，对于胖乎乎的宝宝掷上来的乒乓球懒得接招，坐在沙发上喝闷水。直到一只乒乓球掷上他的水杯，发出一声脆响，母子一起大笑，连在屋里做功课的韦春红儿子小宝也跑出来看，雷东宝才放下水杯。韦春红让儿子继续回去做作业，她顺手带上那间书房门，轻声问雷东宝："什么事不舒心？"

"资金可能出问题，而且问题不小。我们手头还有多少钱？"

韦春红装傻："前天刚收到一笔租金，还没用出去，我留下一千块，其他可以都拿走。"

雷东宝才不吃韦春红那套，道："我们所有家财折价多少？"

韦春红只得道："我的折价多少，你管不着。你的，扣去给那狐狸精的，加起来一百多万，我都替你买了街面房。干什么，你想拿自己的钱贴补村里？你应该从雷霆拿的奖金，还跟大家的一起扣着没发呢。"

"你嚷嚷什么，我就那么想想。明天先开会，看有没有办法解决，如果不行也先找关系要贷款，要后面问题真严重了，还得动员几个钱多的掏出来支援，我总得带头。"

韦春红道："你愿意别人还不愿意呢。再说了，你那一百多万，其中三十几万还压在买了一直造不好的高楼里，你拿不出多少，你的钱对雷霆来说只是些毛毛雨，还是想办法找贷款吧。"

雷东宝"啧"了一声："加上你的。等过这个难关，我加倍还你。"

韦春红扭头走开："不要，别人抢都抢不到的街面房，我卖掉干什么？不用两年那些街面房价钱准翻倍，还翻得不看任何人眼色。你别提什么加倍还，老夫老妻的，我不好意思挣你的钱。"

雷东宝脸色非常不快，冷冷道："担心我还不起？算了。"他起身进了卫生间洗澡，紧张一天，出了一身臭汗。

宝宝被雷东宝惊得扑进韦春红怀里。韦春红心不在焉地安抚着宝宝，两眼则是看着卫生间的门若有所思。不，不管雷东宝肯给她多少，她的钱，她得自己管着，她又不是管不来的笨蛋。

一会儿雷东宝出来，见韦春红还抱着宝宝晃来晃去，就道："宝宝怎么还不睡？"

韦春红正出神着，闻言惊起，道："差点忘了时间。东宝，你那儿资金真那么紧张？"

雷东宝没好气地道："雷霆要是出大问题，我要是再坐牢，你想怎么办？"

"什么话，触一次霉头还不够？"韦春红抱起眼睛半开半闭的宝宝进去卧室。心里却不禁想到，如果雷东宝再来一次牢狱之灾……她才想到一半，就"呸呸"起来，怪两人都是乌鸦嘴："那么大雷霆，现在想倒也没那么容易呢。"

雷东宝却道："倒？太容易了，越大倒得越狠，你没见宝宝摔跤，一骨碌就起来，我们倒是摔一跤试试。"

韦春红轻道："别胡说，你们现在跟过去不一样，你们现在那么多人，那么大产值，倒了那么多人失业怎么办？那么多贷款还不了怎么办？政府这回才不会跟过去一样看着你们倒不管。"

雷东宝心头一亮，也是啊，现在的雷霆已经不仅是小雷家村的雷霆，现在雷霆的影响力已经扩大到涉及参股的镇政府，扩大到需要他们的产值奔百强县的县政府，还有市政府。现在谁敢眼看着雷霆倒下啊，最起码的，雷霆关系到那么多人的吃饭问题呢。还有银行，他现在要告诉银行的是，来，帮我渡过难关，否则我还不出钱，大家一起死。

这么一想，雷东宝心情好了许多，即使后面红伟又来电话，告诉他电缆厂的两单外贸订单现在几乎可以确定已经无望，他还是能够安心睡个大觉。因此第二天早上开会，红伟、正明、小三，甚至项东的脸色都不大好，雷东宝却依然精神抖擞，而且反常地早到一步。因此正明进门就笑道："看到书记坐镇，我就跟吃了颗定心丸一样。"以往红伟听了会觉得肉麻，今天看着雷东宝镇定如昔，倒真是与正明一样如吃下定心丸。

项东坐下就主动开口："书记，昨天二号工地主机吊装基本上是一次定位。安装公司的那个吊装工是个老鬼，晚上光线不好，只用两只小太阳照着，他照样找准位置，一次成功，看起来进度可以因此加快一些。"

原来昨天项东没来一起吃晚饭是因为这个。雷东宝因此又舒心了一些，他不由瞥了正明一眼，但没说什么。会议开始，雷东宝让正明将昨晚讨论的情况先说明一下。等正明说完，他才道："看起来雷霆要准备过紧日子，而且也不知道紧张到哪天才完，你们都发表一下意见，看有什么解决办法。有个前提，一定要把工程进行到底，不能半途而废。小项你把你昨天的话再说一遍。"

项东无奈，只好把昨天跟雷东宝说的工程无法停顿或无法收窄战线的话重复一遍。

但项东话音刚落，正明就道："我有一些意见跟项总探讨一下。设备款的问题，实在不行就拖着暂时不付嘛，我们过去的登峰曾经靠这种办法渡过一次次的难关，现在难关当头，再来一次也没什么。"

项东当然反驳:"这么做是短期效应。比如说我们至今没法从两家铜矿进货,我们的人上门就给赶出来,对方说是过去吃我们苦头太多。所以我们不得不舍近求远到别处进货,影响成本。"

正明反唇相讥:"现在不是得罪一家就吃不上饭的日子,现在东方不亮西方亮,这家不供那家供,断不了顿,跟过去物资局卡你一下就死完全不一样。我们现在要解决的是摆在眼前的大困难,必须采取非常措施,你想做长远,你也得留条命拖到长远,项总你说对不对?这种事项总可能接触不多,我们小雷家人经历得多了,没什么大不了。"

雷东宝听了点头,他昨天听到项东的话,也是与正明一样想法。但项东道:"我们按照合同都是有付款期限的,过期不付,后续设备他们肯定不发。"

正明见雷东宝点头,忙再接再厉道:"看催货的怎么说话。合同是死的,人是活的。再说职工问题,我们可以把三台设备的安装人员集中到一台,只要安排得当,正好集中火力打歼灭战。"

项东冷笑一声:"安装人员的培训都是针对特定机组,放到别的机组安装,做个基础工打个下手倒是可以,做主力可不行。雷副总的这个提议以及前面拖欠不付的提议,恕我能力不够,做不到。"

其他人都听得出正明的步步紧逼,却都想不到项东否定得干脆,其他人都不说,红伟也在笔记本上圈圈画画,头也不抬。雷东宝想做个裁决,可一边是他倚重的技术能手项东,一边则是有应急对策的正明,他得思考如何进行一个折中。

但这时正明抢着又道:"既然是改变计划,肯定需要在某些方面做出牺牲,比如几家安装公司的进场离场问题,我们不可能照顾得面面俱到,需要在某些方面做出少许让步。没办法,牺牲小节为大局嘛。当然,改变进度是一个几乎需要推翻过去布局,全盘重来的辛苦事,但凡事只要有心,只要心在小雷家,人在小雷家,没什么做不到的。"

项东听到这儿,脸色剧变,他不看正明,对雷东宝道:"书记,对于这种人有多大胆、地有多大产的唯心提议,恕我能力有限,不能无限跟进雷副总的超前思想。但我提请书记注意,工程安装必须以科学、严谨的态度,积极稳妥地推进,决不能一哄而上,追求不切实际的时间效益,等投产运行时候事故频发,甚至爆炸出人命,那就来不及了。"

正明闻言也脸色剧变,当年铜厂爆炸,他的脸上还留着明显疤痕,他将杯子一顿，正想开口，雷东宝大喝一声："都闭嘴，让你们想办法，不是让你们吵架，继续发言，红伟。"

红伟当即放下描画半天的笔，抬头发言，但他就事论事，只讲与自己一块工作相关的问题，坚决不涉及其他，讲完就闭嘴。他不是雷霆正式员工，理所当然不说。但在场的人也几乎与红伟差不多的态度。只有电缆厂的人因为也涉及基建工程，他不敢再说一句与刚才项东正明争论相关的话，只一个劲表态争取加班加点提前完成安装。

雷东宝听半天找不出一句有用的，心里感叹小雷家每遇大事情，总是绝无例外的只有他一个人来拿主意。他不想再听下去，草草结束会议，留项东谈话，他让项东不要多心，整个雷霆谁都没拿项东当外人。然后他要求项东回去再想想，真到资金严重紧张时候，是不是可以考虑做做小人做做无赖，首先考虑雷霆自己的存活问题。

项东领命而去，雷东宝却头痛。他心知以项东这样一个行事正规的人，让项东做小人做无赖拖延账款不付或者别的，那是为难项东。项东不是不肯做，而是做不到，他没那花言巧语的无赖厚脸皮，还真是只有正明这个经历过起落的人才做得到。他昨天还想着让正明协助处理那些设备厂家，可是今天开会两人当场冲突，那往后两人还如何配合？说不得，到时候还得压压正明，让正明老老实实配合项东。目前在小雷家，没人能取代项东。雷东宝想，要不在电缆项目上先开始动用正明的办法，在现实表明可行的前提下，再要求项东照做。

他把正明叫来，要正明到电缆厂蹲点。正明领命而去，非常踊跃，当然很有好好做出来要项东好看的意思。

而雷东宝找到陈平原会商，陈平原基本同意雷东宝以贷款绑架银行的想法，让雷东宝先人一步，从银行和政府机关两方面着手，开始密集筹款工作。

可是，小钱容易，大钱太难。

10

杨巡最近在种种项目之间举棋不定，最主要是没看到有让他眼前一亮的项目出现。再说他根据任遐迩从网上找来的资料分析，很可能国内经济会遇到一些波折，他找宋运辉商量，也找申宝田等企业界人士商量，还找其他机关人员讨教。尤其是申宝田那一块，因为出口做得不少，已经面临种种问题，整个公司的支出，包括申宝田本人的消费，都开始节衣缩食。一叶知秋，种种线索都印证他和任遐迩的分析比较正确。因此杨巡更举棋不定，这回愁的不是找什么项目的问题，而是愁要不要上大项目的问题。怕万一市道不景气，大项目上得去却盘不活，砸手上了。

因此杨巡无聊得发疯，在家跟任遐迩抢育儿书看。反而还是任遐迩比他忙，任遐迩现在管着他所有产业的财务。

中秋时任遐迩托毛毛给杨逦捎去一盒月饼，一套白玉般的金边骨瓷英式茶具，一瓶绿葫芦薄荷酒。杨逦收到挺喜欢，打电话赞美任遐迩眼光不错，说她用骨瓷茶具泡立顿红茶，月饼放在雪白茶碟上，顿时似乎有了英式下午茶的感觉。任遐迩不过是因为正好有人送杨巡三套茶具，她一套自己留下，一套给了杨速，一套就顺便和月饼薄荷酒一起给了杨逦，却没想到被杨逦用出别样风味，当即在电话里笑嘻嘻表明，她与杨逦英雄所见略同。于是杨逦很喜欢，还说准备去找些小银匙来相配。一来二去，姑嫂两个话就比较多。

杨逦工作上受了气，当然也一个电话打到任遐迩手机上，要任遐迩打过去，说有苦要诉。任遐迩如今是杨家兄妹之间的桥梁，当然有求必应，一分钟不拖地打电话给杨逦。时值夜晚八点，杨巡坐一边捏着分机旁听。

杨逦开门见山："小任，我真是气死了，怎么有人做事这么无耻！你知道戴娇凤吗？是大哥最初的女朋友……"

杨巡当即不顾他这是偷听，插嘴道："不要胡说，关我什么事。"

杨逦怒道："怎么不关你事，要不是你，戴娇凤跟我有什么关系啊，她干吗净来我们宾馆生事，没事总让人投诉我。我这个月的奖金都被她搅黄了，要不是她沉不住气出来现身一下，我还以为最近撞煞呢。你自己好汉做事好汉当，戴娇凤的事你一定要处理好，别让她来害我，我才是跟她完全不相干，做了你的替死鬼。"

杨巡当着任遐迩的面极其尴尬，道："你下次给她我的电话，要她有冤找我。"

杨逦口不择言："你那个梁思申全知道，你问她去。她外公帮着戴娇凤一起害我，不晓得那老头跟戴娇凤是什么关系，恶心，你们，都是你害的，你作孽我受罪。"

杨巡听杨逦又扯上梁思申，只得道："你别胡说八道，我去查清楚，谁那么闲专门搞你脑子。"杨巡将电话摔了，也夺下任遐迩手中的电话，不让继续。"才安顿几天，又闯祸。"

任遐迩冲杨巡做个鬼脸："你那些糊涂账你自己解决，但我要替小宝宝监督你解决。"

杨巡只得道："哪有什么不可告人的，你爱听就听着。"他嘀咕着拨打梁思申的电话。刚才要不是他听着，不知道杨逦还会说些什么，真是一点都不顾及他这个亲哥哥，做人怎能如此没良心！接通电话，梁思申说确有此事。杨巡奇道："为什么？你能不能给我戴娇凤的电话？我直接找她说。"

梁思申却道："戴小姐没捉弄杨逦的意思，纯粹是我外公吃饱了没事干帮戴小姐出气，我去劝我外公。"

杨巡看看身边的任遐迩，硬着头皮道："真是这么回事？不如你帮我告诉戴娇凤，有什么，尽管找我了断。还有你外公，那老人家……肯听别人的吗？"

"我会劝说，前阵子我外公说起的时候，我还以为他不会那么无聊。戴小姐那边我建议你别多事了，她是个爽快人，现在的日子也很幸福，最多有些小小的想不开，你多一事不如少一事。"

"好，谢谢，不好意思又打扰你。如果你外公老小孩脾气不肯放手，那就算了，杨逦如果做事让人抓不到把柄，人家也投诉不了她，她也该好好反思她自己的问题。"

梁思申反而吃惊，愣了一下，才道："我会处理。另外我关注了一下与萧然合作的那家日本公司的情况，最近他们的股票不大稳定，不知道会不会影响他们的在华业务。如果萧然又跟你谈转卖股权的事，你得小心。眼下东南亚与日本韩国的形势越来越不稳，任何投资都须谨慎。"

"谢谢你提醒，萧然那边我说什么都不敢碰。"

杨巡放下电话后，看任遐迩似笑非笑地看着他，就扑上去拧她腮帮子："又想哪儿去了？女人怎么都爱惹事呢。"

"呸，你的梁思申不惹事，你说话也特文明。"任遐迩看着杨巡跟梁思申打电话时候不战而退的腔调就莫名地来气，"不管杨逦了？那我跟她说一声。"

杨巡只得赔笑："你跟杨逦再怎么说她都不会听，她只相信她自己想到的。你要不具体问问她受些什么气，究竟是不是她工作的疏忽，怎么可以改进。工作到底是挣人家的钱，不能像对家里人那样自说自话。"

任遐迩笑道："哟，这事儿我干不了，我只会顺口帮腔，不敢逆你家大小姐的意思。"

杨巡笑道："这就是了，你说以杨逦的性格，在宾馆那种伺候人的地方工作，能放下身段吗？让她受点刺激去。"

任遐迩撇嘴："才一个电话呢，改口真快，妹妹也不要了。"

"你又冤枉我，我要有那心思，还不让宋总拧下头来。我猜了，你肚子里孩子肯定是儿子，酸儿辣女，你那么爱吃醋。遐迩，我们儿子以后再生个女儿，怎样？那谁家的女儿多好，小背心一样。"

"你想让我做超生游击队啊。我偏生女儿，明天开始啃辣椒。"

"那生女儿后再生个儿子，一儿一女，宝一对。"

任遐迩笑道："你呢，生个儿子后再要女儿，是因为女儿可爱，生个女儿后再要儿子，是给杨家传宗接代吧？倒都是出于意识形态的考虑，全无俗气的物质考虑，非常形而上。"

杨巡只好讪笑，这种酸玩笑他不会开。

11

梁思申忙完工作回家，却见大门口打横一辆黑色跑车拦住。看去，车窗探出来的却是梁大焦躁的一张脸。梁思申当即明白梁大为什么来，最新一场地皮拍卖惨况当即引发第二天地产股暴跌，而国际游资则是正面袭击香港，又使香港恒指暴跌四天。梁大境况可想而知。梁思申也没下车，只探出头问："什么事？"

"找个地方说话。"

"进去说。"梁思申自己下车，打开大门，梁大那车加速快，先"呼"地冲进门去，似是生怕梁思申把他拒之门外。梁思申也跟着进去，好歹梁大下车替她关大门。梁思申看一眼依然灯火辉煌的一楼，低声警告道："有什么话悠着点说，我家可可还没睡觉，别吓到他。"

梁大喉头咕噜一声，没说什么，但在锦云里安静的环境里还是听得分明。

两人进去，果然见可可还没睡，还在跟外公玩掷软沙包的游戏。掷出去的沙包若是落地上，自有两只黑拉布拉多犬抢着捡来。梁思申就跟久别重逢似的与儿子腻一起，外公则是笑嘻嘻地对梁大道："老大，吃瘪了？来，坐这儿，说给我听。"

梁大最头痛外公，却又最想请教外公这个久经沙场的老法师，只好乖乖地坐到外公的那张金銮宝座般的雕花罗汉床边，赔笑道："现在股市和房市都跌得厉害……"

"知道，你还没抛？不会还捂着吧？"

"想抛，没人接手。还有……"

外公拿手指弹弹矮儿，道："我知道你，一则不舍得割肉抛，二则不相信时运这么差，完全一副赌徒等翻本心态。"

"外公看这形势，是不是我该割肉抛？没回暖迹象了吗？"

"这几天割肉还有谁要？臭肉一块。思申，你告诉他，日本的房价至今还比80年代末的低多少？"

梁思申抱着可可过来，身上笔挺的衣服早被可可揉成一团，问道："你真一点都没抛？"

外公不耐烦地道："他哪见过这种风浪，他以为钱很好赚，碰到这种黑煞日子还想翻本。告诉你，都赚钱的时候你也赚不是本事，都亏钱的时候你不亏还赚，那才是真本事。比如思申，这几天替我做期指，赚了，她是日本那次动荡练出来的快手。我早说你没那能耐，少去香港狂，你还不听。你给我仔细讲来，老头子今天晚睡，陪你发会儿愁。思申带可可睡觉去。"

梁思申带可可上去，两只耳朵却听得清楚，梁大说他一套都没抛。刚跌的时候不舍得抛，总想再看看，再看看，没想到现在市场如凝胶，交易停滞。后面的她没法听了，她得对付可可。可可总是不肯扔掉手上的沙包，他喜欢这种简单的玩具。这玩具原是外公想出来给小男子汉可可锻炼臂力用，但方案到了爸爸宋运辉手里那就变复杂了，宋运辉一口气让服装店的人做了二十个大大小小的布袋，每个布袋按等差数列分别装上100克、200克、300克……直至2000克的炒熟淡沙，说是方便可可循序渐进地使用。而梁思申则是与可可一起在布包上画了好多可可和爸爸妈妈等的画，果然可可爱不释手，睡觉都不舍得放手。因此每次睡觉，其中必不可少的程序是缴械可可手里的沙包。梁思申以前看见妈妈们如行星一般围着恒星孩子转，还很是不解，很佩服那些妈妈超常的耐心。现下可是知道了，她做妈妈后也一样，对每一件与可可相关的事都乐此不疲。唉，妈妈……梁思申不免想到她又鸵鸟了一个月。

终于对付了可可，下楼看到梁大还在，梁大见她下来就六神无主地问一句："这现象还要持续多久？"

梁思申道："我们都估计这场危机的影响会比较深远，谁都说不准香港还要折腾多久，外公看呢？"

外公不怀好意地笑道："谁知道，危机有自己的生命。刚问啦，老大不仅绝大部分资金来自贷款，手头还有一笔事发前刚借的高利贷。我本来还想英明地帮他理出个止损点，甚至割肉点，现在看来只有一个保命点了。我睡去啦，老大，神仙也救不了你。"

外公说到做到，他又不是真想帮梁大，他只是非常好奇，想弄个究竟，既然知道了详情，那么，撤，天大地大，他的睡眠最大。梁大听到外公的结论性发言，怔怔地看着外公走向卧室的背影，好久才回过神来，对梁思申道："你说呢？特区政府说这不是股灾，而且金管局也表示他们已经击退炒家。"

梁思申道："我不是预言家，总之不大可能再有前段时间鲜花着锦般的景气。你自己好好想想，你实地看见的香港人心是怎么样的。有些时候虽然情况并不如此，但若人人心中都往一个方向想，市场也会朝着人心所向开步走的。"

梁大神思恍惚地想了好一会儿，文不对题地问："真的吗？"

梁思申奇道："你怎么了？我倒是想弄清楚你特意跑我家来，到底是想说什么。"

梁大的眼神有些呆滞，想好久，才似是下定决心地问："我是不是该不惜代价地卖？"

梁思申摇头："这个问题恕我不能直接回答你，市场有其不确定性，万一我说了跳楼卖，明天市场却转好了——难说得很，外公说很多事沾上中国就会变得不符合经济规律——那责任我怎么担得起。"

梁大不甘心地道："如果我们换个位置，你说你会怎么办？"

梁思申道："我只说我自己会做的，我是快手，我绝不会做你这种变现麻烦的炒卖。因此我遇到这种情况，肯定是快卖，早卖了，不等今天。"

梁大的脸色早已一变再变，闻此也没能再变到哪儿去，只道："我明天就飞回

427

香港。麻烦你告诉我,你爸妈住哪儿,万一……我去投靠。"

"你竟然这一年没为自己留下后路,只买了几辆车?"

梁大喃喃道:"这几个月钱来得太快了,来不及多想。我走了,提醒你爸,我们是一条绳子上的蚂蚱。"

"什么意思,你们有牵连?"

梁大不敢置信地看梁思申一眼,起身道:"我走了,谢谢你,不管怎么说我们都是梁家的,我知道这时候找你应该能拿到专业意见。你外公逼我一项项说出资金来源其实也已经替我厘清思路,晚安。"

梁思申送梁大出去,回来却听呼叫铃大作,她大吃一惊,连忙冲进外公卧室。却见外公好端端看着她和紧接着冲进来的小王。外公挥挥手让小王出去,道:"门关上,我有话说。"

梁思申惊魂未定,道:"以后不可以这么吓人,吓成狼来了,以后真有事没人救你,什么要紧事?"

外公倒是一声不响地任凭梁思申"教育"他,等梁思申说完才道:"赶紧联系你大伯父,把真实情况告诉他,你得弄几个脑袋清楚的人盯着梁大。一定尽快抛,别让事态扩大。"

梁思申不假思索地道:"让他们恶有恶报去。"

外公却严肃地道:"你听我的。梁大刚才已经告诉我全部资金安排,很疯狂,我看他现在即使能成功全部割肉,他从内地带去的资金全部归零也不无可能,他最终欠下巨额贷款无法归还。快去,连夜打电话。我最担心梁大干脆搜罗手中所有资金潜逃,得有人盯住他,不能造成烂账,牵涉太大。这事我管到此为止,睡了,天塌下也别叫我。"

烂账!梁思申脑袋"哄"的一声炸了。她立刻致电大伯父。大伯父最先懒得接,还是梁思申再三威逼保姆,大伯父才肯起床接听,但听梁思申陈述梁大面临厄运将导致血本无归,造成巨大贷款黑洞时,大伯父那边连呼怎么办。梁思申就告诉伯父,梁大可能看到巨亏填平无望,索性潜逃。梁大若是潜逃,影响范围就不知道了。

梁思申心里越来越认为,她还得告诉梁大的舅舅们去,免得大伯父父子情深,放纵儿子。因此也不等大伯父再问,她就放下电话,却发现她不知道那些亲戚的家庭联系电话。她转念之下打电话给宋运辉说了此事,问宋运辉知不知道那些个电话，果然宋运辉有。她也没多说，匆匆结束与宋运辉通话便强行找上梁大的舅舅们。她悲哀地听到，他们都惊住了，然后转而变为他们在过阵子之后，纷纷主动打电话轰炸她。她只够一会儿时间去想宋运辉怎么有那些人的家庭电话，却没等她想出个所以然来，她的脑袋便被来电侵占，大家都开始拿她当权威，他们的焦急，让梁思申心里更是惊悚，梁凡究竟贷了多少钱，她爸爸究竟插手多少？

梁思申看看解释得差不多，便关掉手机休息。睡前不由又想到宋运辉为什么这么清楚梁家那些权贵亲戚的所有联系方式，这绝非一次见面交换名片便可得到。他跟那些权贵亲戚那么熟干什么？她觉得不可思议。心中不由又想起宋运辉接待老徐时候的神情。

梁思申还想到，她该不该通知大伯等人之后就置身事外，她又能不能置身事外？她心里很矛盾，梁大的倒下，看起来势必牵连她爸爸。虽然爸爸已经在迈阿密享受阳光沙滩，可是，爸爸造成的窟窿，是无法也迁居至美国的。她现在唯有指望梁大在长辈们的监督下赶紧断臂求保，或者尚有一息生计。

12

杨巡晚上应酬回来，迅速溜进楼下客卫赶紧洗去烟酒味道，免得家中孕妇闻到反胃，却在浴室里听到手机声响，他探出头来看，见任遐迩已经接起，便继续放心洗澡。等他出来，任遐迩道："申总亲自打来电话，让你去他家，说是几个老朋友说说话。我说你今天手机落家里，等你回来我再跟你说，这么晚了，什么事？"

"胎教，胎教，我们孩子在你肚子里听你撒谎呢。"杨巡笑着拿起手机翻看一下号码，果然是申宝田家里打出来，"申总家这个时间来客人，还几个老朋友，谁？看上去挺要紧的样子。"

"这么晚，黄鼠狼进门准没好事。"

"就是，我洗得香喷喷的，懒得出去。"杨巡说着也坐到饭桌边，吃一碗白木耳，看饭桌上半桌的书，半桌的零食，她还在读她的MBA。杨巡对此很是佩服，他也自学过，知道那得非常自律。比如杨速的妻子毛毛，结婚后以为靠上大山，早早安心做住家太太了。他回遐迩："申总没说到底是哪几个？"

"没说，可能平时秘书伺候惯了，自己说话反而没套路。但我估计不是要紧事，他说话声调不急，很平常。"

"这种时间谁来电话都有问题，没要紧事他可以明天打给我，难道是三缺一？三缺一不会找我，我又不是他嫡系。"

"别抓耳挠腮了，换上衣服去一趟，大不了回来再洗个澡。肯定跟钱有关，那些都是无利不起早的人。"

杨巡看看自己身上柔软舒适的睡衣睡裤，嘀咕了一声，上楼换了衣服，到底还是去了。到申宝田家，在门口稍稍整理一下领带才敲门进去。却见除了几个相熟大款之外，还有一个久违的萧然，他一愣。更让杨巡吃惊的是，萧然脸色晦暗，神情焦躁。杨巡看着心里痛快，无论因为什么原因，只要萧然不舒服，他就舒服。

萧然还不好意思说，申宝田只得做主持人："杨总，萧总想把他在市一机的股份卖了，如果你有意，价钱可以商量，不会要你原价。"

杨巡在看清萧然模样的时候已经想到了，萧然肯定又想卖市一机。这几天他和任遐迩查看网上香港新闻就已经看到香港房地产市场动荡，他当时就幸灾乐祸地跟任遐迩念念，萧然那窝里横准在香港吃瘪。现在被申宝田的话一印证，他心里乐得飞飞的，但硬是克制着道："市一机资产太大，把我扒光了也买不起啊。"

当即有人附和："是啊，市一机拔根毫毛都比我们大腿粗。再说跟日本人合资，外国人的肚肠摸不透。"

杨巡立即将自己隐身，满心欢喜地看着眼前大款们个个板着脸叹穷经，心说这要换作两年前萧然的老爸还在位，不仅萧然不可能找上这帮个体户帮忙，个体户们也不敢说话这么不客气。估计是萧然硬闯申宝田的门，申宝田无奈拉众人走过场。但借钱这事儿，免谈。

想通这点，杨巡也没客气，等第一个人借故告辞，他托辞家中有大肚婆等，几乎是与第一个告辞的前脚后跟地走了。走到外面，黑暗中他与第一个告辞的相视一笑，才各自钻进自己车子。看起来做人做成萧然那样，也太失败。

回到家里，杨巡无比兴奋，刹不住车似的乱笑，弄得任遐迩好生奇怪。杨巡便没收任遐迩手中的书，抓着她硬是把过去在萧然那儿吃过的亏原原本本告诉她。这个时候说出来，心里真是无比痛快，就跟大夏天喝一碗冰镇酸梅汤一般舒服。任遐迩听了咬牙切齿，说死也不能借钱给那种瘟生，老天开眼惩罚那种瘟生的时候，凡人绝不能插手帮忙，只能落井下石。杨巡连声说对，好生痛快。只觉得秋高那个气爽，门外的草虫儿叫得如仙乐一般动听。

13

雷东宝却烦死窗外的草虫儿叫，他的耳朵现在说不出的敏感，即使坐在楼上也能清晰地听到埋伏在一楼草丛中的虫叫，他烦得冲上阳台，狠狠砸一块装修时用剩的瓷砖下去，果然草虫儿不叫了，但随即传来楼下住户的叫骂。韦春红见此连忙大力将雷东宝拉进房间，按他坐在床上，道："你坐着，我给你拿两瓶啤酒来。"

"有没白酒？给我白酒。"

韦春红二话没说，拿来一瓶五粮液和两盘晚上吃剩的菜，让雷东宝自饮自酌。但雷东宝一把拉住准备离开的韦春红，道："你也坐，一起喝。"

韦春红为难地看看外面客厅，道："你儿子还等着我呢。"

雷东宝却不放手："我麻烦了。今天说好说歹总算弄来一笔贷款，放进财务室，没半天全用完，就跟大夏天下毛毛雨，吱儿一声，毛都不见。转个身，小三又愁眉苦脸问我要钱，你说我哪来的钱？"

韦春红走不掉，听着雷东宝的话又担心，看看外面宝宝好好儿的，就坐下道："你不是那些出口做得好好的吗，还是国内又哪家公司赖账了？"

"坏的是那些出口的生意，国内的都没事。我数给你听，铜厂一单已经做了一大半的，国外公司倒闭，我这货没人要了，偏偏这货是非标产品，没人要就得报废回炉。所有本来已经谈好的合同，还没开信用证过来的，那边都单方面取消了……"

"为啥？说好要的怎么赖了？"

"有些破产没钱了，有些一算还是去泰国菲律宾那些钱贬值的地方进货更合算，还有些说要再看看，我看也没戏。没生意，明天开始，得先停一半的设备。我雷东宝从做厂子起到今天，从来都是只愁人手不够，明天却要开会让人停工，这会，我怎么开？"

"这到底是怎么了，怎么坏事儿都冲你来了？"

"也不是，那不是……咳，跟你说不清。你说，怎么会乱成这样呢，奇了。"

"那开什么会啊，直接让下面的人通知，你你你不用来了，留个电话去家里等着，不就完了？"韦春红前阵子听雷东宝说什么资金问题后，这几天又看到雷东宝愁眉苦脸，可没想到事情严重到需要停工一半，上回还说政府不会看着不管呢，看来不是那么回事。她顾不上外面的宝宝了，给雷东宝又倒了一杯酒，坐着继续说话。

雷东宝没说话，闷头喝酒。连下三杯，才道："给我五万。村里有两家人结婚，要拿回存在雷霆的钱。财务拿不出，还是我先垫着。"

"明天我去银行拿给你。"韦春红这回没反对，知道人家结婚的钱拖不得，"可万一元旦春节一个个地结婚，都问我们家拿也不行啊。你今天开了这个口子，往后谁再来要你能不给？除了婚的还有丧的，生孩子的，上学的，生病的，没完没了。我看你们财务还是划出一笔钱来不能动，专门得给村民生老病死备着。"

雷东宝夹下小小一块豆腐，举到两人中间，道："现在村里的钱就好比这块豆腐，塞牙缝都不够，哪里划得出一块不能动的。"雷东宝说着把小小一块豆腐扔进大嘴里，真是腮帮子都不用动一下，没了。

韦春红忧心，帮着想招："我看不管多难，这一块一定得划出来。你短谁都不能短村民的，村民的人心最要紧。别的人出点事就跑，可以去别家厂里做，有奶就是娘，只有小雷家人会守着你，你看你以前坐牢，那时候各个厂子日子多不好过，就剩小雷家的人没走。我看还有明天停工的名单你们也得留意一下，本村的都不能动，不是本村的先下。"

雷东宝点头，将酒杯举到韦春红嘴边，算是敬她，韦春红会意，就着雷东宝的手一口喝了。外面宝宝没人理急了，叫起来，雷东宝只得放韦春红走。他默默想了好久，先给正明打电话，要正明重拟电线厂暂停人员名单，把小雷家人全留下。正明答应得很爽快。下一个打给的是项东。但项东告诉他没办法，铜厂用的本村人大多技术不过关，项东只能倾向少停本村人，无法全部保留。

雷东宝本来心里就烦，又喝了几口酒，被项东一顶，火气上来了，道："小项，你要搞清楚，每一个在雷霆做的村民都是股东，开谁都不能开股东。我就是这句话。"

项东却坚持："书记，越是困难时候，我们越不能放弃技术，放弃质量。铜厂渡过这个难关，村民股东才有得利。"

"小项，技术、质量都是人做的，我要的是留下最忠的人，忠心，这是第一。还有，正明在电线厂试点他的方案，事实表明可行。你明天去电线厂取经，给我立即压缩一半基建支出。现在是雷霆最困难的时候，你先把其他什么都搁一搁，第一要保证渡过难关。"

"书记……"

"你叫对了。我是书记，谁的书记？小雷家的书记。别人再占着书记位置都没用，大家只认我一个书记。我是小雷家的书记，我就要替小雷家人做主。小项，你技术好，工作好，人也好，就有一样不好，太书生气。你这个时候一定要偏心眼，偏心本村村民。你也不能不要点手段，想办法把工程支出能拖的拖，能赖的赖，只好这样，否则你好人是做了，可雷霆倒了，怎么行？你说对不？你听我的。我上月已经提醒过你，你说回去考虑，你怎么还说不行？"

项东听得出雷东宝提高了声调，只得道："好吧，书记，我再认真考虑考虑。"

雷东宝却坚决地道："没时间考虑啦。我说了，听我的。以前你管铜厂我不管你，现在情况不一样，你要服从大局，先渡过难关再说，明天你必须做到。你必须今天给我回答。"

项东沉默半天，道："书记，不是我不服从大局，而是我做不到。我没法在人手配置不良的情况下保质保量地坚持生产，我也没法失信于工人，失信于安装公司和设备制造厂。"

对于项东的回答，雷东宝以前或许会理解，但是现在一来深陷资金困局，二来是正明的思路在电线厂被证明行之有效，因此他这回不予妥协，厉声道："你什么意思？"

项东道："正如书记所说，我书生脾气，有些事我是真做不出来。"

雷东宝怒道："小项，你虽然不是小雷家本地人，可我自认对你一直不错。现在雷霆有困难，你就不能牺牲一些你的什么书生脾气，帮我渡过难关？难道大家都有困难的时候，你还得让我优先供着你？我对你好，你为我想过没有？"

"书记，我没忘恩负义的意思。我如果忘恩负义，我大可以昧着良心做下去，继续拿我的工资、开我的车、占着老总的位置，可是我不能这么做，我怕误事！雷霆已经不容易了，我不能再雪上加霜，我是真心实意说我不行，任凭书记处置，但应做的工作我还是会做好。"

雷东宝无法再怒，闷声道："我会把正明插过去控制进度，控制支出，你要有思想准备。"

项东那边明显叹了声气，说声"有数"。两人心知肚明，正明插下去会生出什么事来。可是现在雷东宝只能选择正明，牺牲项东，他唯有希望项东能坚持住，他想明天上班当面再跟项东谈谈，电话里没法说清楚。

他一声不响地扫掉一瓶酒，将两盘菜吃得精光，将鞋子一踢往床上一躺，醉倒睡觉算数。

韦春红抱着宝宝进来睡觉，但被雷东宝的鼾声吵得不行，雷东宝酒后的鼾声特别重，宝宝烦得直往韦春红怀里钻。韦春红只好抱着宝宝进另一个房间睡觉，出卧室时候瞥一眼茶几，见一瓶白酒竟然见底，心里重重一震。

"问题很严重。"这是萦绕在韦春红脑袋里的想法。结婚那么多年来，这种情况不多见，最没见过的是拉着她不让走，非要说话不可。韦春红仔细回忆雷东宝刚才所有的话，还有她在客厅断断续续听到的电话内容，越想越不对，都要停掉一半的工了，那事情是真大了。她自己管过饭店，一般她不会考虑裁人，更别说裁一半。只有那次雷东宝坐牢，她从县里搬到市里，才算是做了一次人事大变动，由此可见，雷东宝那儿问题严重，并不是她过去想的那么乐观。什么政府不会乐见那么大的雷霆工人失业，政府一定会出手扶持等等的猜测，看来有些想当然。

那么雷东宝今天问她要五万的这种事儿可能还会继续。当然，韦春红是不认为雷霆会倒闭的，这么大的实体，资产这么多，倒闭？寻开心吧。她只是担心，怎么办，若是雷东宝再问她伸手要，她是不是该卖掉一家店面房，她手头毕竟没那么多现金。

韦春红盘算来盘算去，眼一闭心一横，不能再给了。今天拿钱是小雷家两家人结婚，明天其他什么事，没个底的。她最怕的还是这个雷东宝同志上回提的话，他还想把家里的钱全拿出去先救济小雷家呢。他做得出来，雷霆是雷东宝的大儿子。韦春红心里彻底清楚地画出底限：家里的钱是家里的，雷东宝绝不能公私不分，韦春红因此必须想出对策。

第二天一早，雷东宝载着韦春红去银行取了钱。韦春红将钱取出交给雷东宝，又让他看看存折，道："你看，基本上没剩几个子儿，你往后别打家里钱的主意了，这点现金还得留给宝宝买奶粉。"

雷东宝看存折上果然只有两千多，就道："不行卖掉一个铺子。"

韦春红道："行，我开始找买家，急赶着卖铺子，也不知道卖不卖得出去。你跟那造高楼的房地产老总常一起开会，要不我们找他把这房子退了，能换多少钱就换多少，总这么吊着拿不到房子也不是办法，反而那家的最容易解决。"

雷东宝一拍手，道："对呀，差点忘记那房子，反正我们现在有住的，那边卖了算数。"

"行，我回头把合同和收款凭证找出来。你把我和宝宝送到路口。"

雷东宝上车吩咐司机把韦春红和宝宝送到路口，自己上班去。韦春红则是领着宝宝慢慢往回走。她其实很不待见那高楼的房子，想起那房子就想起那个狐狸精。这样也好，卖掉那房子算是让她表明一个支持态度，她并不是扣着钱不给雷东宝，但到此为止。

雷东宝将韦春红母子放下，就赶紧直奔那家房地产公司，软磨硬泡却无法退房，人家也正愁钱呢，雷东宝快快回小雷家。他一到便立即把正明安插去铜厂，负责日常事务的协调，又去各办公室转一圈，才找项东闭门谈心。

他发现谈心效果挺好，本来一直担心正明插下去后会和项东闹矛盾，可几天下来，什么事都没有，部分工人则开始慢慢被请回家待工。工程安装的战线缩短，资金紧张的局面终于稍得缓解，雷东宝放下心来。他这时候有心力再找政府机关的人要钱，他现在已经面临重大问题，需要帮助。县里和市里都说已经关注到各进出口相关单位的这种动态，他们正开会研究讨论对策，并上报上级机关等待回复。他们请雷东宝咬牙挺住，寒冬过后就是春天。

雷东宝可以理解，这么大国家又不是他的雷霆，政策哪是说变就变的。

雷东宝在外面跑的时候，其实项东的日子很不好过。非小雷家村的人被停工的占多数，剩下的小雷家人与正明同姓一个"雷"，很快铜厂工人里开始出现新的论调，有人开始用"你不是小雷家人"来顶嘴，顶得他哑口无言。项东在小雷家这片土地上耕耘多日，一直把自己当作雷霆一员，而今才知这是他的一厢情愿：雷霆与小雷家是一回事，他不是小雷家人，就注定不是雷霆人。就像大多数村办企业一样，外人永远不能进去管理。他本来还想自己退一步不要紧，只要小雷家渡过难关。可现在仔细一想，心里越来越没意思，这样的地方再做下去，永远都不会被认同，这个地方认的是忠心。再说这回铜厂遭此出口打击，不知道猴年马月才能实践雷东宝一年后放他开发新产品的承诺，而且看雷东宝的短视态度，以后也不知道会不会研发新产品，他再待下去也是重复劳动，很没意思。

项东想得心灰意冷，关门秘密联络一直想请他去的一家铜企，两下决定妥当，他暗中处理完棘手工作，全部不声不响地移交给正明，一边卖掉小雷家分给他的城里房子，一半钱自己拿了，另一半钱存入一张存折，写的是雷东宝的名字，与手机、BB机一起寄到雷东宝的办公室，包裹中留下两封信，一封上书感谢书记这两年里的培养和重视，他自认才不可大用，自行告退；另一封是详细的工作交接。他不想与雷东宝谈，因为觉得与雷东宝的谈话未必能说得清楚，两人的思想体系有明显分歧，他还是悄悄地走吧，别弄得面红耳赤，到底雷东宝也是重视他的。

同城邮寄，包裹第二天才到雷东宝手上。雷东宝本来在为正明报告给他的项东一天未请假也未出现还电话联系不上的事情困扰着，见到这个包裹就全明白了，气得砸桌子，大骂项东忘恩负义。雷东宝不能接受，他曾经委以重权的项东的出走，等于是往他的脸上扇了一记响亮的耳光，让他好生没脸。他重用的人不忠于他，他岂不让天下人笑话死？再加雷霆面前难关重重，雷东宝本就心里闷气，借此机会整整骂了三天。

雷东宝的态度无疑是下面众人的风向标，因此在雷霆工作的所有其他非本村人个个心里没意思，而本村人则是个个抱成一团警惕外乡人。不久又有几名技术人员辞职。

项东的离开和几名精干技术人员的辞职，令小雷家上空一时愁云惨雾，只有正明如愿以偿。

14

东海公司也面临出口市场波动的问题。但是他们的产品因为技术含量较高，出口销量在出现弹性震动之后，渐渐恢复正常。再加上宋运辉起初为了平衡内外销市场，有意扶持国内下游产业的发展，因此外销不足内销补，东海的销售并没出现太大问题。反而在外公提醒之下，他调整原料采购方向，有意趁某些国家和地区的经济动荡，积极面向海外寻找培植原料基地。新的挑战上手，宋运辉做得意气风发。外公的大手笔终于可以在宋运辉手里得到发扬，外公也高兴，每当宋运辉来上海的时候，他总不顾老脸地与外孙女抢人。

梁思申今天还真抢不过外公，但抢到刚响起的电话。一听是梁大焦急的声音，她当即严肃起来："你那些房子都出手没有？"

"小七你赶紧帮我去李力家找人，他除了那别墅，还有这么几个地址……"

梁思申奇道："你们不是连体婴一样的吗？你不会自己回来找？"

"你别跟我抬杠，现在都什么时候了！我这边的钱被李力席卷一空，他不知道跑哪儿去了，我要找到他，你快给我去找这几个地址……"

梁思申大惊，记下地址，忙道："你安静，照我说的做。首先你在香港报警，查看李力究竟有没有出境，出境的话又去了哪里，国外还是内地，你手头钱够不够用？"

"用的钱还是有的，多谢，我怎么忘了报警。"梁大说完就急急挂了电话。

外公听后也惊道："无毒不丈夫啊，李力够狠，看不出啊！看起来他们情况很糟，李力大概看怎么都是死，干脆拿一笔大的逃亡，弄不好隐姓埋名还能过好生活。思申啊，这下你们老大更死定了。"宋运辉都没评价，早已拿出手机打给梁大舅舅，让梁大舅舅着手在国内查找。

外公还是"啧啧"称赞："李力是个人物，以前没看出来，不晓得这孩子有没有做本假护照，要有，这世上再找不到这号人。啧啧，这也是公子哥儿，公子哥儿跟公子哥儿还是不一样的。"

梁思申拿起钥匙道："我去那边别墅看看，好歹帮梁大一个忙。"

外公道："你去有什么用？要那么容易，那就不是做得出这种事的李力了。"

宋运辉抱起可可："走，我们一起去看看，尽人事，知天命。"他不放心梁思申一个人去。

梁思申出去车上，向宋运辉介绍："香港股市前阵子又大跌，连带美日股市也跟着大跌，全世界鬼哭狼嚎。日本中小金融企业纷纷倒闭，韩圆大幅贬值，大量韩国公司破产倒闭。现在是大环境不利，香港没法独善其身。"

"还是那个索罗斯？"宋运辉问出这话，他身上的可可就跟着问："爸爸，罗罗斯谁？"

梁思申肯定："还是索罗斯，不过他身后跟的游资越来越多，包括我的一份在内。索罗斯有他的信条：'我生来一贫如洗，但绝不能死时仍旧贫困潦倒。'"

"这个人倒是直言不讳。"宋运辉回答完这句，只好应付可可的提问，告诉可可，罗罗斯是条大鳄鱼。

梁思申一笑，驱车直奔李力别墅，敲门进去，廊灯下只有一脸惊讶的保姆。她和宋运辉看这保姆的神情，都感觉李力不可能在，要不这保姆简直是演技出众了。他们没逗留，梁思申却想到不远处萧然的家，找去一敲门，却被告知已经换了主人。两人抱着可可惊讶地走回头路，都感觉梁大这回非常麻烦。

回家的路上，宋运辉却接到杨巡打来的电话，说是红伟出差路过，希望与他见面吃饭谈谈小雷家的现状。宋运辉心说奇怪，虽然他与红伟的关系不错，但红伟见他之前肯定都由雷东宝事先来电招呼，难道雷东宝现在已经倨傲到即使有事找他，自己也不出面的地步了？宋运辉"哼"地一笑，告诉杨巡他在上海，让杨巡接待红伟。

梁思申的手机也是电话不断，除了梁家亲戚纷纷来电，竟然还有来自美国的吉恩的电话。吉恩周末依然早起，给梁思申的电话劈头就是一句："梁，现在是秃鹫的盛宴，你还要待在中国吗？"

梁思申先是愣了一下，不由笑出来："怎么会不关注，你放心，我关心着日本每一只股票的动态。"

"既然如此，为什么不回来？我们已经备足弹药，急需高手。你若答应，我现在就把他们揪出被子问他们要人。"

"非常感谢，可是你也知道，我这儿现在上有老下有小，走不开身。"

"嘿，梁，你不觉得很可惜吗？据我所知，我们这边过去的职业银行家在中国普遍水土不服，业绩反而不如土生土长最多只出国接受一两年培训的人。在那个做生意之前先交朋友的地方，你的良好职业技能没法尽情施展。你年中跟我说起的困惑其实已经说明你融入不良，我一直在寻找让你回归的机会，现在是了，你是我见过享受秃鹫盛宴的最合适人选之一。"

梁思申非常感动："吉恩，正是如你所言，不过我感觉我已经有很多进步。"

"可是梁，你本可以创造更高的价值。"

吉恩结束电话的时候满是遗憾。但旁边听着梁思申电话的宋运辉心里却是很高兴。到家时宋运辉考虑之下，提醒梁思申应该给她父母打个电话，告知此重大事件。梁思申愁眉苦脸的，想半天才问一句："叫他们回国处理？"

宋运辉听了一笑，点头道："也是，不如不说，省得他们操心。"

梁思申叹口气："父债子还，如果梁大需要我，如果我能帮得上忙……"她无法不想到，梁凡顺风顺水的时候，自然是不会听她啰唆的，但是而今梁凡需要她的建议，梁凡爸爸舅舅更需要她这来自自家唯一一个专业人士的建议，她跑不掉。她不知以后将因此接触到些不愿接触的什么。

15

杨巡前去红伟下榻的宾馆。在红伟说出宾馆名字的时候杨巡就觉得奇怪了，红伟怎么住这么个暖气都没有的地方？说是宾馆，其实是旅馆。等敲开房间，却只有红伟一个人。杨巡二话没说就要给红伟换饭店。但红伟按住杨巡的手机，道："算了，替书记省点钱，现在雷霆日子不好过，钱紧。走，吃饭去，这回你请客。"

杨巡有些不信："真话？"

"当然真话，我还能瞒你，我这回其实是瞒着书记来找宋总，所以什么其他人都没带。"

杨巡惊讶，闷了会儿才道："红伟哥，你收拾行李，住我家去，你手上戴的脖子挂的哪样不值钱，住这儿不安全。"

红伟也没客气，收拾收拾跟杨巡离开，边走边问："宋总今天真没空？"

"不是没空，是不在，他周末去上海过，老婆在上海，你早约也没用，早知道你不如直接去上海跟他见面。"

"那算了，我时间紧，前两年侧重外销，弄得原来的市场都荒了，现在得从头开始打江山。今天是硬抽出时间过来，算临时决定。没见宋总之前不好意思跟他预约，这事不想让书记知道，你应该看得出书记和宋总两个人现在关系有点僵吧？"

"我早在怀疑，你以前还跟我否认，他们到底是怎么回事？"

"唉，书记现在派头大，宋总虽说见面都是让着书记，可久了也……"

"那是，就算一个娘胎爬出来的亲兄弟也得给面子呢，何况宋总是有头有脸的人。时间长了换我也吃不消，不过宋总已经是仁至义尽，心里不舒服归不舒服，有事还是不会忘了书记。"

红伟笑道："你倒是护着宋总。"

杨巡也笑："我们这儿的老乡团结着呢，平时都是我在联络，但大家都知道老大是宋总，我是老二。呵呵，同乡人不护着同乡人哪行，最忌窝里斗。"

红伟点头，跟着杨巡上车去杨家。

任遐迩早披着羽绒服等在门口，热情欢迎红伟到来，将红伟迎到客房住下，客房早已窗明几净，准备就绪：雪白的床单，厚实的床垫，柔软的棉被，还有一室明亮的灯光。红伟拍拍杨巡的背，笑道："兄弟，福气好啊，找个能当家的。"

"那当然，那当然。"杨巡接了红伟的旅行包，放进壁橱，拖红伟出来吃饭。

红伟出来左右上下观望，笑道："你会装啊，外面开辆小破桑，家里弄得比宾馆还豪华。"

杨巡笑道："红伟哥你先喝杯热茶，这几天自来水冷，我去看看遐迩有什么菜要洗的，我洗了再过来。"本来是保姆洗菜，但过来吃饭的决定出来得晚，保姆已经下班，因此杨巡眼明手快地进了厨房帮忙。

红伟见杨巡就跟五好青年一样，觉得好笑，捧着茶杯过去与任遐迩客气几句。杨巡忽然发现不喜欢红伟这个手脚比较放得开的人与他妻子说话，就道："红伟哥这回过来好像心很急，预先也没跟我招呼，是不是小雷家除了资金紧张，还有其他困难？"

"最让我头痛的是，项东走了，就是那个铜厂的外来老总。"

"外地人，心不齐？"

红伟犹豫一下："让正明挤走的。"红伟将经过简单叙述："我跟忠富议论，这是小雷家又露败象了。忠富说书记能冲不能守，以前有个士根替他做宰相，书记只管冲就是。现在不行，忠富说书记现在冲得没边儿。小杨，我说士根好话，你听着别生气啊，他这人总有几点可取之处。"

"不会，都过去那么多年了，我还有什么气的。红伟哥，你最好详细说，省得我跟宋总说的时候走样。"杨巡说话间，手脚利落地洗好菜，又主动布置饭桌。红伟旁观杨巡的忙碌与任遐迩并无冲突，显然杨巡并不是他来才动手下厨，心说过去的小倒爷还真是有居家好男人的样子了。

待得杨巡搬上一碟五香花生米和一碟鱼干，红伟特意过去向奋战在厨房一线的任遐迩道声乏，才回来与杨巡坐下喝酒吃菜，因他从杨巡的举动看出，任遐迩在这个家的地位不低。然后，红伟索性把杨巡当宋运辉的耳朵，一五一十地把杨巡六月去小雷家之后发生的事情告知。然后他预期小雷家即将面临的严峻形势有三：一是年底将至，本就正是内销市场趋缓时候，更难打开内销局面，而外销则是只见萎缩，并无向好趋势，年底又有大笔贷款到期，以及大量设备、基建需要结算，钱从何来？二还是钱的问题，书记扣下众人的大部分收入，大家都等着书记年底分红派息好过年，大家还等着起码与上个春节一样的年货，后者若是少发倒也罢了，最多被村民烦上几句，而前者则是麻烦，前者是众人的血汗钱，书记要是给弄没了，发不出，大伙儿还不造反？三是在技术人员纷纷辞职的情况下，雷霆拿什么拳头产品和优良品质抢占别人已经坐稳的内销市场，以及要求更严的外销市场？红伟说他看到项东辞职开始发愁，但他不知道宋总还肯不肯援手，他怀疑宋总心灰意冷不想再管小雷家的闲事，顺带不想见小雷家的人，而非人在上海。

杨巡忙笑道："你别乱想，你要真不信，我当着你的面给他们上海的家打电话，看接起的是谁。宋总不是我们小生意人，他忙就忙，不在就不在，不像我们有时候嘴上跑马。"

任遐迩端菜上来，笑道："呀，你也有承认嘴上跑马的时候？你不是每天冲我拍胸脯说大丈夫一言九鼎吗。"

红伟忙道："小任别做了，菜够吃，你也坐下一起聊，别累着。小杨，你看我这不是急了吗，项东刚走那天我打宋总手机，他秘书接的，说忙，就没下文了，你怎么联系的？"

杨巡道："我也得问他秘书有没有时间，红伟哥，今天你说的这些，我看最麻烦的是村民们给扣住的那些钱，其他倒是能赖赖，能拖拖，你们小雷家以前也不是没干过，是不是？"

红伟道："从上到下的钱都扣，书记的也扣。"

"你别不当回事，我看这事才是最重要的。你自己钱多，直里不来横里来，给扣点无所谓，别人不是，别人一年到头就这点儿死钱，要知道拿不回来了，会怎么样？书记别想安生做人了。钱啊，红伟哥，不是别的，春节前大伙儿要是看到年货发少了，你看着，大家准追着书记要回那些给扣的钱。"

红伟心里有些动摇，好一会儿才道："大家都还是很听书记的，也怕书记。"

杨巡道："他有钱有权，大家听他怕他，要知道雷霆周转不灵了，还得吞没村民钱了，看还谁怕他？书记上回牢里放出来时，谁怕他？都是靠你们几个义气撑起来的。红伟哥，早做打算，也让书记早做打算。"

任遐迩出来听见给杨巡使个眼色，杨巡看见了却道："遐迩你不用阻止我，红伟哥知道我说的是不是实话。"

红伟却道："不至于吧，到底是那么大家业在，大家都还是很相信书记的。"

杨巡见好就收："如果是这样，众心齐，泰山移，现在又不是你一家企业遇到这种事，国家肯定会想办法解决。去年初不是加出口关税了吗，谁知道明年初会不会降关税，熬过去这段就好。"

任遐迩道："国外媒体还有猜测人民币可能也会跟着贬值的。"

"这话我也听说过，可它现在不贬啊。"红伟愁眉苦脸，"上面也是这么宽慰书记，问题是现在雷霆拖不下去，我看着后面入息越来越少，开销越来越大，特别是春节前。难啊，难！"

杨巡一直安慰红伟这只是短期困难，不要气馁。但红伟身处其中，只觉得身边随时可能有地雷爆炸，危急犹如当年雷东宝坐牢那时。

杨巡翻来覆去好说了一会儿，终于安顿下红伟睡觉，他回头与任遐迩回到主卧，关上门轻道："小雷家麻烦了，红伟都乱成那样，以前书记坐牢时，他都还清楚得很。"

任遐迩道："我怎么觉得他们高负债大干快上时已经昏了呢，你敢负债率这么高吗？"

杨巡有点得意地笑道："我这么负债过，一次是刚造市场那会儿，一次是造商场那会儿。那两次每天都提心吊胆，怕出个什么意外，资金链那个脆弱啊，以后再也不敢这么乱来了。我看雷霆现在不会比我好，可他们的钱是大家的，欠债也是大家的，大家的就等于谁都没责任，我说红伟急什么，他该急的却不去急，跟他提醒也不听，这才是昏头。"

"要跟宋总说吗？"

"看机会再提，宋总现在好像不大想插手这事，我又不知道红伟今天来究竟是书记要他来，还是真是他自己要来，你说万一是书记自己不肯拉下面子求宋总，要红伟来求宋总去跟那边朋友打招呼，你说我追着传话过去，让宋总怎么回答？如果是红伟急书记不急，或者书记不想找宋总，又让宋总怎么主动？我还是别追着为难宋总去。"

任遐迩听着连连点头，没想到这里面门道儿这么多，但任遐迩心里有疑问："万一宋总心里在意那个前姐夫呢？你看以前他特意让你去小雷家预警，这种事只有有心人才会想到做。"

杨巡抓抓头皮，道："要不我打个电话给宋总，我们明天见红伟都别提这茬，当宋总还不知道，让宋总自己决定怎么处理。老婆，我打电话，你再给我做面膜行吗？就那种胶水一样撕拉的，拉出来特爽，我继续帮你洗脚穿鞋。"

任遐迩伸出两根手指，抓抓坐到床头柜边拿电话机的杨巡的头皮，笑道："帮我洗脚穿鞋是你这个预备爸爸应尽的义务，不用交换你就得做，你该洗头了……"

杨巡按下最后一个号码，腾回手做个嗫声手势。任遐迩刚想走开，杨巡就皱眉道："忙音。"看看手表，"这个钟点还忙音？再打。"可杨巡却试了十分钟都没打通宋运辉的电话，宋运辉的手机一直占线。

继锦云里电话成为梁大热线之后，宋运辉的手机也被占领，这回是梁凡舅舅直接给他打的电话，他在接到电话的第一刻起就想到一个问题，梁思申无欲则刚，因此梁家人一直对梁思申只来软的不来硬的，而他则不同。梁大的舅舅非常直接，上来就问："小宋，你知道梁凡的事没有？"

宋运辉犹豫了一下："我刚听说。"他有意把自己撇清，模糊自己在上海的事实。

舅舅道："帮我谢谢思申，她第一时间给梁凡出的主意不错，你让她再出个主意，如何让梁凡避免巨亏。香港那边的金融形势非常严峻，你问问她怎么可以让一个场内人把损失降低到最小。"

宋运辉不客气地直说："思申也在场内，不过她赚得挺开心。思申至今给梁凡的主意还是尽快抛，收回现金跟思申做对冲，可惜梁凡依然没有有力执行，想帮他都是隔靴搔痒。"

外公听了对梁思申轻道："小辉这话不是给你揽事吗？"

梁思申没回答，她虽然不愿看到梁大彻底垮掉，可并不意味着她肯与梁大同流合污，她把宋运辉的话当作对舅舅的敷衍。

舅舅道："思申有没有想该怎么做才是最好？对李力的处理我们会着手，可再怎么处理李力，梁凡的那块亏损必须缩小到可承受范围。小宋，你今天务必给我一个答复。"

宋运辉道："行，舅舅，很快给您回复。"

梁大舅舅的电话和梁家之后接二连三的电话让宋运辉心里更是确信，梁凡的钱牵连甚广。

外公道："他们估计已经做出最基本处理，希望李力已经出境，要是走投无路回到祖国大陆就死定了。他们这是开完会了，个个分头出击以图挽回损失。呸，靠梁凡那大头娃娃继续管着那笔钱，神仙也救不了。"

梁思申感慨："我当初幸好出国独立，要不然准也是一衙内。"

外公愤然："你怎么不感谢我和你外婆做出的英明决定？怎么不感谢我和你外婆把你教育得好，扭转你的人性？"

梁思申继续翻白眼："我心里感谢外婆，实物感谢你。"

外公道："你只要记着就好，我怕你忘恩负义。"

梁思申道："你是不是希望我割肉剜心还你的情？"

外公诡笑："外公还要利用于你，留你一条小命。"

宋梁哭笑不得，两人有时候真不知道该怎么对待外公才好，没法依循传统尊老爱幼的方式，又不好抹杀外公的长辈身份，真是左右为难。宋运辉只好以不变应万变，梁思申则是拿外公练中文会话。

梁思申带可可去厕所的时候，外公对宋运辉道："你得感谢我分散思申的注意力，笨蛋，你以为你越过思申与梁家亲戚勾勾搭搭很有意思吗？以后打这种电话避开她，你怎么与梁家亲戚勾搭是你的事，被思申知道准反感？你说梁家亲戚为什么找你不找她？"

宋运辉只得谢了外公。

宋运辉的手机几乎被梁家人一个个的电话霸占，因此杨巡一直打不进电话，只得与任遐迩有一句没一句地闲扯。

任遐迩忽然想起一件事，道："客人来前我去老二家找人帮忙换个煤气罐，老二没在，毛毛过来帮忙。听毛毛的口气，隐隐约约好像是埋怨你做大哥的太小气，给弟弟一处房子住，却不给产权。"

杨巡道："那房子我跟老二说过，实际归他。我不喜欢毛毛娘家人，那家人要是知道老二名下财产多，还不插手？那房子在明面上，其他归在老二名下股份的事你有数，也别跟毛毛说起。"

任遐迩听着不甚满意："可人家已经是夫妻，你这么做太生分了他们两个，你就不怕我这个外姓人唇亡齿寒？"

杨巡却当仁不让地道："毛毛为人与你不一样，你爸妈也跟毛毛娘家人不一样，我完全区别对待。对老二，我做大哥的当然不能阻止他找什么对象，但我得想得远一些，替老二管住后方。还有我家老四，冲她那么不理智，我一分都不会多给她，否则更养坏她，倒不是有意对外姓人刻薄，说起来我对老四更刻薄，你别联系到自己身上。"

任遐迩一听，也是道理，她也有些看不惯毛毛花钱如流水的派头，仿佛花的是瘟生的钱。但她忽然醒悟一件事，当初刚谈恋爱时，杨巡都还没进她的门，却想尽办法缠着去她老家，是不是有踏勘她娘家方才决定下一步行动的意思？肯定是，这奸商什么做不出来。她当时还奇怪杨巡怎么一上门就封一万元的大红包送礼，还以为杨巡求爱心切，不惜血本，现在对这个奸商的心思越来越清楚，再经今天一席对话，她忽然想到，杨巡当年那一万元会不会是投石问路？当初她父母若不是退还不要，她和杨巡的现在会怎样？她想到这些，不由有些来气，这小子净算计她。

杨巡见任遐迩斜睨着他不说话，而且面色不善，奇道："我说错了？我说的是事实，我洗把脸回来再打电话。"

"嘿，你别溜滑，我们做个考古挖掘：你去年追着我乘的公共汽车硬赖着去我娘家，到底什么意图？是不是考察我爸妈的人品，看如果不好，立刻风紧扯呼？"

杨巡被问得一愣，没想到任遐迩会想到旧账上去，他笑道："你想哪儿了，我那是赶紧做下记号，宣示所有权。说起来我正要跟你提呢，你现在不方便，赶紧请你爸妈过来一起住吧，这回总算是理由充足，你爸妈不会拒绝。"

"先说清楚，我爸妈当场收下红包时你怎么想的，回城路上我把红包拿出来退还给你，你又是怎么想的？"

"我没想啥，我要把你爸妈养那么大的你追求到手，那一些谢礼总是要的，我本来就指望他们收下。他们退还给我，我当然佩服你爸妈的人品，从此更敬爱他们，我又没多想，你怎么疑神疑鬼的。"

任遐迩却坚持："不对，肯定不是，我不是疑神疑鬼，我现在是荷尔蒙不正常，非常执着地追求真理，也非常能够明辨是非，荷尔蒙告诉我你说的不是实情。"

杨巡也不知道荷尔蒙这玩意儿究竟有多大法力，但现在任遐迩母凭子贵，他又能对孕妇如何？更何况任遐迩真是猜对他当初的意图，但他当然不肯承认，不能留下把柄被任遐迩抓住辫子，就硬是不承认。但任遐迩还是道："但愿你不是心怀不轨，我可讨厌人对人什么试探什么考验，摆明了欺负人。如果相爱，应该以诚相待。比如怀疑毛毛那种事，那只有你这个做大哥的来做，老二要是也那么想，就是猥琐。"

　　杨巡知道考验这种事摆不上台面，但没想到在任遐迩眼里会是那么严重，心说知识分子就是爱上纲上线，但他极其认同任遐迩说的相爱就该以诚相待的话，凭他看人的眼光，早清楚任遐迩对他是如何坦诚。只是他自己……他发现自己有些有心无力。还有，他不知道要如何爱得死心塌地才能一开始就坦诚相待。他做生意以来见过的形形色色的人太多，他早已不敢轻信任何人。如他现在对任遐迩公开所有资产，那是在深入分析任遐迩的性格和任家人性格的基础上审慎做出的决定，要换成老婆是毛毛，他一准一结婚就把妻子与公司隔离，他觉得坚持的结果就是，过程既然影响夫妻关系，从此闭口不谈。

　　好在他一直按着重拨键终于拨通了宋运辉的手机，他忙跟任遐迩说声"通了"，赶紧结束任遐迩的考古发掘。看到任遐迩倒还真没不讲道理地纠缠不休，他松口气。任遐迩答应交往后从没忘记跟他宣传"自由、民主、平等、博爱"，既没因为他文凭低而减少对他能力的敬佩，也没因为他钱多而对他低眉顺眼。久而久之，杨巡很适应这样的夫妻关系，觉得在家做的是正常人。他感觉得出自己对妻子是越来越真心，越来越当自己人，因此他不愿破坏与妻子的良好关系。他今天还真有些怕任遐迩挺着个大肚子跟他没完没了。

　　宋运辉听杨巡起头一说，就感觉事态严重。但等杨巡详细说完，他却问："你确定书记没让红伟找你，红伟找你纯属自发？"

　　"红伟是这么说的，我旁敲侧击确认红伟这话说得没假，我也并没跟红伟保证传话到你这儿。宋总有个了解便是，不用心里存下压力。"

　　"嗯，谢谢你。"宋运辉答应后，想了好一会儿，才道，"你帮我招呼红伟，小雷家那边的事我得再了解一下，你暂时别跟红伟说已经联络上我。"

　　"我有数，宋总放心。红伟是我兄弟，我本来就有义务招呼他。"

　　宋运辉放心，他知道杨巡现在做事非常牢靠，可以托付，也可以相信杨巡的判断。说给梁思申听，梁思申倒是觉得理所当然，道："大哥刚愎自用，我实在不明白你们怎么都认为他是鲁智深？他是赤膊上阵的许褚。"

　　宋运辉这个时候没心思给雷东宝定性，问外公道："他们小雷家应该怎么办？"

　　外公道："他们那么大烂摊子，素质又不高，不到死翘翘的话没法援助，一方面是东宝爱权霸着不肯放手，另一方面援救的人只有等它死实了才能指望合理收购价。"

　　宋运辉点头补充："我听介绍，似乎大哥有指望政府出面援手的意思。可现在是全社会面临问题，一般总是先帮国企，再考虑大集体。可我现在如果对大哥提自救，我怀疑他抹不下面子向村民承认困难和失误，要求村民共渡难关。"

梁思申道："你们以为他现在那样的为人，还能有什么号召力带领村民心甘情愿地共赴难关？"

宋运辉感觉梁思申的话异常刺耳，太过绝情，可也不能不承认她说得对。村民都有非常实际的考虑，为未来雷东宝可能带来的好生活而坚持团结在雷东宝周围。而今雷东宝因扣留村民的奖金，已经走到村民的对立面，再若明确是因为决策失误而致雷霆难以为继，村民还会愿意听从雷东宝的号召吗？他不看好，而且现在的雷霆，已经不是他提供一份合同就能苟延残喘的规模了，他可以说，他无能为力。

但宋运辉还是不死心地问外公和妻子："真没有办法？"

外公却反问一句："你想要什么办法，是维持东宝的地位，还是维持雷霆的性命？"

宋运辉被问得一愣，道："雷霆和大哥，分得开吗？"

外公道："分不开一起死。雷霆嘛，都是被东宝搞死，出这种问题的时候不知道下死命挽留技术人员，还想着扩扩扩，扩他个头，气球会吹爆知道不知道？东宝该引咎下台，让雷霆活下去。"

宋运辉只得硬着头皮道："其实东南亚的金融危机导致的出口困局，对于雷霆来说只是轻轻刺破气球的小小的稍微尖锐的物体，甚至都不是针，根源还在大哥。"

"你知道得很清楚嘛，知道还问我？寻我开心？"

"这也算是秉承您的教导，人要玩点性格，学您老一样让别人跳脚。"

外公笑道："猫师傅教会老虎，猫师傅自己没命了，我睡去了。"

宋运辉勉强笑笑，看外公有些耀武扬威地进了自己卧室。回头见梁思申还在应付梁家人电话，心说他们两个劳碌命。他此时很希望雷东宝有奇招出来，就跟过往一样，总有怪招迭出，就像老徐说的，雷东宝是员福将。

梁思申应付了大伯母的哭诉，放下电话立刻道："刚才没说完，我想到小雷家没救，没人敢注资进去。我先想到几点原因：一、雷霆植根小雷家村，既是优势，又是劣势，优势是这种企业有根基，劣势是村外资本无法插入，注资的人必然需要参与管理，不可能不考虑到这个困难；二、大哥这个人的存在对于注资人是一大障碍；三、雷霆既不是带壳的上市公司，又不掌握独特技术或者资源优势，这样的企业遍地都是，没有特别吸引力。现在的情况是，雷霆贷款找不到，如果再没注资人，它就没活路了。"

宋运辉心里其实闪过一个想法，那就是请外公或者梁思申给予小雷家短期资金支持，但他自己心里都已经感觉这个想法不现实，支援的数目太大，祖孙两个肯定会算一笔风险账。这不，梁思申一给就是三点，每一点都是切中雷霆的要害。说得通俗点，没倒下之前的雷霆，根本没有注资价值，祖孙虽各有表述，可都直指其中最大障碍竟是雷东宝。

宋运辉作为一个多年从事企业管理的人员，心里也知道今天的雷霆浮肿虚胖，这个时间砸钱进去的人是傻瓜，但是他一方面希望着雷东宝或许又有神来一笔，一方面心里割舍不下那块他姐姐幸福过的土地，他心里有些不愿想不敢想，甚至还不愿听取梁思申理智的分析，反而失去果断。可是他又怎么能果断？难道打电话去让雷东宝退位？他可记得清楚呢，雷东宝早说过，雷霆是他雷东宝的。

梁思申难得见宋运辉优柔寡断，也不打扰，拔了锦云里所有电话插头，领可可上去睡觉。她也烦着呢，刚才梁大舅舅跟她明人不说暗话，指示梁大那边的烂摊子必须处理好，否则影响全家，包括宋运辉的政治前途。被梁大舅舅这一提醒，她才想到宋运辉刚才表态他会帮忙并不是敷衍。她才想到即使宋运辉不受牵连，也会被梁大舅舅迁怒，话都说出来了，还能做不出来？相比之下，她真觉得雷东宝的事情根本不算什么，雷霆那边只要雷东宝肯退，谁也不可能抹平小雷家村上面的集体资产，死样活气地总能撑着不倒。而她这边……天哪，还都拿她这个吃过几年洋墨水的当救世主呢。可那摊子有那么容易救的吗？她脑袋乱哄哄的，现在唯一希望今天能睡着，明天睁开眼睛是个大晴天，什么事情都已经结束。她没跟宋运辉说，一则丈夫正被雷东宝的事儿纠缠，一则……她想到宋运辉越过她跟梁家亲戚的那么多联系，他还能有什么态度？她不敢让他表态，那是让他难堪，也是让自己难堪。她忽然发觉很多事都没意思，爸爸那样，妈妈那样，丈夫也那样。她想到外公的官僚论，一夜翻来覆去，无法入睡。

朦胧之中，她无法不得出最后结论，她依然得保护他们。她得想方设法地堕落，与梁大同流合污，让梁大脱罪，而且她似乎还只许成功不许失败。

第二天一起早饭，梁思申实在独自承受不住压力，忍不住冒出一句："举报呢？"

外公一脸"怜惜"地看着外孙女，"关切"地问："你几岁？你确信你精神正常？"

梁思申顿时泄气，都不用再看宋运辉的神色，就知道自己很傻很天真，或者说是狗急跳墙，那么，摆在她眼前的路有且只有一条了。她默默地做着咖啡，两眼不时看向一起床就动个不停的可可，大约只有那么小的孩子，才可以一切言行完全发自内心。她做完咖啡，反常地拿一杯上楼去，并叮嘱大家别打扰她。宋运辉没阻拦，但看着梁思申上去，总觉得她似乎是踩在荨麻路上，步步荆棘。外公瘪着嘴看外孙女消失在楼梯上，良久没有吱声。

梁思申捧着咖啡，昏沉沉的脑袋却非常清晰地精算出，她无论做什么或者不做什么，她个人都没实质损失，最多是损失一点看不见摸不着的良心。可是对于宋运辉，却是整个人生改写，她能无动于衷吗？因为她梁家的事让宋运辉承担巨大损失，她能无动于衷吗？傻子都知道，她应该选择什么。爱他，就选择自己牺牲。当然，她如何决定也没法与宋运辉商量着办，即使她的决定是他指望的，让他又该如何面对她的牺牲？她得为他的骄傲着想，不能压给他太多心理负担，因为她爱他。

她没有犹豫多久，拨通了梁大在香港的电话。难得的，梁大今天也早起。梁大先抢着汇报说经查李力从罗湖口岸入境，他通过朋友查深圳飞出的航班，没有李力的登记，梁大竟是忙了一夜。"既然李力回了国，就有办法。"梁大嗓音嘶哑地说，"小七，你帮我想招没有，现在我只指望你了。"

听着话筒里梁大满满的落魄，梁思申有刹那心软："总有办法，我现在有个思路，你知道秃鹫吗？"

梁凡不晓得堂妹为什么这种紧要关头提起动物，道："知道，去西藏时见过，出名的捡剩的鸟儿，怎么？"

"用我们的行话，现在这种危机时刻，又叫秃鹫季节，是危机，却又是机会。东南亚及日韩等国或地区不少经济体在冲击中无力招架，而今遍地都是秃鹫的食物——破产企业。国内目前也有这种趋势出现，不少前阶段极速膨胀的企业面临资金链断裂的危险，海南北海的烂尾楼可能全国开花。如果你处理完香港资产后手头还有结余，可以回国来进行弥补亏空操作。后面的操作很简单，我举个例子，比如目前我自己看中的是萧然的资产，与他合作的那家日本企业受金融危机影响，自顾不暇，我打算趁火打劫低价收购他们在国内项目中的股份，萧然不是也在香港巨亏吗，我更可以极低价买下他手中的股份，因为没人敢买萧然的烫手股份。打比方说，那份资产的实际估价是一百元，而我收购只用五十块，于是收购完成，我的账面资产就从五十元变成一百元，这就是一个比较简单典型的秃鹫思路。这样多做几笔，账面上的窟窿可以填平。关键是你必须当机立断处理香港那边的累赘，我说得够明白吗？"

"可行！"梁大几乎不用深想，立即肯定。梁大甚至立刻聪明地举一反三，"国内操作更简单，只要资产评估上去就可以跟银行交差。"

梁思申哑然，她除了一个"对"，再无应答，她奇怪梁大究竟是什么特殊材料做的，总能将身份发挥应用到极致。

梁大则是得到指点，豁然开朗，一改接电话时候的垂头丧气，变得喋喋不休，说到后来梁大兴奋地道："哈，小七，如果纯国内收购，都不用再麻烦你。"

"哎，很好，不会变卦吧，保证？"

"不过我们届时会有很多问题向你请教，请你别推辞。"梁凡至此在梁思申面前更没脾气。

梁思申道："别客气，你们肯定用不到我，恭喜发财。"

"我还有个打算想跟你商量，你不是准备收购萧然的资产吗？能不能我们联手，我收购萧然手上的部分，日本方面的你来操作，可以吗？现成的机会，让我占个便宜，早日摆脱困境，行吗？"

"你干吗征求我意见，你现在跟萧然天天在一起，买他的股份还用得着跟我打招呼？"

"这是你发掘到的机会，我不便没良心地横加插手，可是我现在又急需，所以一定要征求你的意见。可我如果收了萧然的股份，另一方股东不是你的话，我不敢放心。你收购中如果有什么资金困难，我帮你一起解决。"

"你该不会是打算拿下后在资产评估上面做手脚吧？恕我不配合。如果你买定萧然手中的股权，我弃权。"

"小七，帮忙。我只要渡过这个难关，等账面做平，我立刻让评估恢复原值。这种事不是自家人不方便合作。"

"对不起，即使秃鹫也是盗亦有道，我的市场化操作与你的暗箱操作格格不入。如果你在收购中有技术问题，我会提供意见。"

"不要这样嘛，你要讨厌我个人，我可以这就过去向你赔罪。你说你丈夫瞒上欺下，上市前为了做份漂亮报表，他们那家合作股份企业的下岗工人被他处理得闹事，你不也还好好跟他一起的嘛。你怎么就对我深恶痛绝呢？帮我一把，我们好歹都是梁家人，即使我跟你爸以前做过什么让你对我有成见，可现在已经时过境迁啦。"

"等等，你说他下岗工人是怎么回事？"

"啧，小七，有必要吗？又不是火漆封印的事，你护那么紧干什么。萧然那事你考虑吧，要肯帮我再重谢你，不行你也尽管说一声，我帮你联系萧然。咱们还是一家人，我才不想跟你闹得那么生分。"

梁思申听得两眼发直，一方面为梁大忽然转踏实的态度，一方面为梁大话里漏出来的小鱼一条："我是真不知道，你到底说的是什么，我护着谁啦？"

梁大终于意识到自己说漏嘴："这事你自己打听吧，反正都知道他现在去当地办事，都不敢住当地宾馆。谢谢你小七，我这下有心思吃早餐了，想要我从香港带些什么给你？"

梁思申当即想到去年的一件事，她从宋运辉嘴里知道他在合作的股份公司那边出差，却因为翻照片从宋运辉的包里翻出邻近城市的住宿发票，当时宋运辉的解释是当地宾馆紧张，他没处住。现在被梁大一说她心惊，宋运辉为什么瞒她？"这个收购艰难的部分在于同日方的谈判，但收益却主要靠萧然手中那部分鸡肋股权，萧然早就放话跳楼大削价，他那是不知道日方也已经根基不稳。我怎么舍得出让只要一块钱买十块钱货的机会让给你。"

"真精。"梁大只能放弃。

梁思申打完这个电话，感觉是刚解决一个问题，又感觉是制造了一个错误。她无奈地敲着指头想，人不犯错，只是因为还没遇到压力。看，她现在多踊跃地凑上去帮梁大继续在错误的道路上深造。可是，她有选择吗？

她下楼去看到关切地注视着她的丈夫，将电话叙述一遍，让他放心，可还是黯然道："这回……证实爸爸的那啥了，还有大伯、二伯等等。"

宋运辉很难回答，只得宽慰道："幸好你想出避免损失的办法。既然漏洞能弥补，那些……就当它是程序错误吧，别多拿这件事责备你自己。"

"可是他们原本都是我敬仰的人，他们教给了我很多冠冕堂皇的道理。"

"金无足赤，人无完人。"宋运辉小心地应对。梁思申点头，确实，人无完人，可想到那些亲人嘴上一套背后一套，她又接收不良。她一时越不过自己心里打小建立起来的长辈形象，虽然她知道这很不现实。

可可此时嘻嘻哈哈地扯着一只黑拉拉的尾巴冲进屋里，他似乎永不知疲倦。可可一看见妈妈已经下楼，就放过黑拉拉的尾巴，挤进妈妈怀里。梁思申一向对于既不是失业又不是就业的所谓"下岗"这个中国特有的名词很没感觉，被可可一闹，只得全抛到脑后，与儿子玩在一起，可是她心里沉沉地难受。

上班后梁思申还是没忘记去调查一下宋运辉那边究竟是怎么回事。那是上市公司，信息比较公开，一查之下，她就有些坐不住了。原来宋运辉也与杨巡差不多，为了美化上市公司业绩，对下岗工人做了甩包袱处理。

对于那些下岗职工，梁思申心里一向很矛盾，她一方面知道这有历史原因，是中国社会的特殊产物，可一方面又觉得对于企业来说，背职工一辈子是件荒唐事。可是对于报道中所描述的上市公司充满欺骗性的手段，她看着又觉得主事者太过阴损。她想，这等人事方面的"小"事一定与高层决策者宋运辉无关。她希望无关，因那上市公司处理下岗工人的手段太不讲人道，就与当年的杨巡差不多。她想，她的丈夫一定不会是那么阴损没人性的人。

她忍不住回家告诉外公，想与外公分析究竟怎么回事，外公却不耐烦地道："小辉就是一个普通官僚，跟其他官僚没什么两样，就你当他一朵花。"

"可是他比很多人聪明、努力、正直，否则你为什么不收别人当徒弟，却非追着他教不可？"

"你只说中一条，他比很多人努力，这是我看准他的原因。其他都差不多，你爸没比他笨。说到正直，他在他那环境里要是跟你一样单纯，早几百年前就变白骨了，你别跟官僚谈正直，官僚都只有权谋，只会说权宜之计。小辉好在还年轻，还想做事，没走太远，可离那一步也不会远了。"

"可梁大舅舅和我爸他们做的事，他一辈子都不会去做。"

"谁知道他做不做，你妈原先也死心塌地当你爸是正直人呢。你臭着一张脸干吗？你总得承认，遇到同一件事情，你会凭心里一根什么屁准绳上去阻止，他是什么态度？他肯定是衡量利害关系才会做出决定，也不一定阻止，他最擅长旁观，对不对？"

梁思申当即语塞，好久才支支吾吾："可他还是……不做坏事。"

外公不屑地斜外孙女一眼，道："小辉那样很正常，你才不正常，有你这样黑白分明的吗？我看你是家境太好，发展太顺，我早该多修炼修炼你，唉，现在着手来不及了，你已经成形，可惜了一块好坯子。"

梁思申郁闷地道："我要是块百炼精钢，看你还敢不敢死皮赖脸跟着我住？"

外公不客气地道："总算有点自知之明。"

梁思申闷得不行，打电话给宋运辉问起那家上市公司处理下岗职工的事，问是不是他的决策。宋运辉不知道梁思申为什么想到这件事，犹豫了一下，回答："是我。"

梁思申吃惊，却坚持着问："你肯定不知道他们是怎么操作的吧？他们无视那些下岗工人的生存。"

"我知道他们的操作，但是不剥离那些冗员，企业别说是无法生存，更不可能上市筹集资金获得发展，害的是更多人。权衡之下，只有牺牲一部分，你也知道，老国企的包袱非同小可。"

"应该有更好的安排，哪怕是维持他们的温饱。"梁思申觉得电话那端的丈夫前所未有的冷酷。

"思申，你让我往哪儿安置这些下岗人员？"

"可你起码不能说得这么理直气壮，是不是？你其实也知道这么做是不好的，否则你为什么瞒我，说你住不上宾馆才住到邻市，是不是？"

宋运辉很不愿意被如此责问，可是那是他爱的妻子，换作别人他早不予理睬，他只好认真地解释："思申，现实中很多事情的处理没法理想化，因此你在做决策的时候必须做出选择，有选择就有放弃，拖泥带水的结果是牵累更多。我并不是因为你猜测的有意瞒你，而是我们在一起的时间不多，我怕说了后你在看不到我的时候为我担心。"

"可是……"梁思申听了丈夫的话，有些不知道怎么回答。

"思申，这件事说来话长，我们下次见面的时候我把具体决策环境和我们究竟做了什么跟你详细说明，你别道听途说，有些报道并不客观。"

外公小心打磨着他的沉香如意，嘴里却是一点不会放弃趁火打劫："当你发现你跟周围所有人的行为准则不一样的时候，说明你的价值观有问题了，最该反省的应该是你。"

梁思申泥塑木雕似的坐在电话机旁，只余两只眼睛瞪着外公冒火。爸爸去往美国后她情绪低落至今，幸得背着奉养外公的责任，和丈夫儿子的爱，心情才渐渐平复。可最近又接二连三发生让她无法认同的事，让她进一步否定以前尊敬的所有长辈，以及生气最爱的丈夫。她回想外公对宋运辉的定位，分析宋运辉过去一言一行的背后，她惊悚地发现，她似乎在怀疑丈夫。她忙打住不想，可是心情却是跌落低谷。难道她的价值观真是有问题？

偏偏这时候电话响起，她懒洋洋地接起电话，却是戴娇凤在那头焦急地道："小梁，那个杨逦听说请一天事假后还想再请，被他们上司拒绝后一直旷工，三四天了，怎么办？"

梁思申有气无力地道："放心，她是成年人，既然知道请假，就不会有事。"

"会不会是我们找她麻烦弄得她没法上班了？哎呀，我其实不想……我只想寻寻开心而已，不想太为难她的，她要是想不开怎么办？"

梁思申迟钝了很久才想到戴娇凤说的是什么意思，没精打采地道："好，我通知她哥。"

外公笑了："戴小姐这个没脑袋的，杨逦小，她那时候不是更小？怎么心肠这么软呢，我真是白替她出气。"

梁思申白外公一眼："都是你做的好事。"她打电话给杨巡，没敢说原委，只说有人反映杨逦旷工三四天。那边杨巡一听急了，以为杨逦又是耍小性子，有始无终。杨巡接这个电话的时候正在回家路上，一路气闷回到家里，对任遐迩愤怒地道："你说要我怎么管杨逦？要不要把她捆回家？"他都不肯喊"老四"了。

任遐迩奇道："又怎么了？厨房有桂圆莲子汤，你用微波炉热一下吃掉，又喝酒了？"

"宋总太太跟我说，杨逦旷工三四天了。你说，才正常几天啊，又……我胀，吃不下。"

任遐迩起身，道："大爷，我给你端来总成了吧？你给杨逦打个传呼，别什么都没问清楚先自己生上气了。"她进去厨房将桂圆莲子汤热了，加一勺蜂蜜端给杨巡。这边杨巡果然开始给杨逦打传呼。她微笑道："你这是怎么了，一说到杨逦就火气特别大，可千万不能急，你看看现在几点，杨逦看天那么晚又那么冷，明天才回电都难说。"

杨巡闷闷不乐地吃桂圆莲子汤："这么晚，我也不好意思叫宋总太太去看。我想想谁在上海，最好是男的。"

"凌晨一点有一班火车过路，我替你收拾一下，你过去一趟吧。"

"我都做她多少次工作了，哪次见效过？都还招她一肚子埋怨。"

"杨逦这样还不是你做大哥的宠的。她不是前几天抱怨你前女友专门找碴儿吗，或许她受气想不开呢，你别净挂着她过去不讲理，女孩子出不起错，出错就很糟糕。"

杨巡其实心里早急得恨不得插上翅膀飞到上海去，可就是生杨逦的气，气杨逦一次次地不争气，听了任遐迩的话，他感慨："你们年龄差不多，老四怎么总不长记性，好吧，我去一趟。"

杨巡很希望他收拾行李的当儿，杨逦回电，可是一直没有。拎一只小包下楼去，却见任遐迩早准备好一只饭盒和一塑料袋吃的。他一看就知道饭盒是他的，塑料袋里吃的是给杨逦的，他又感慨："你隔三岔五给老四送吃的，老四倒是说过，一声谢没有，她怎么就不学学你呢？"

"杨巡，恭喜你，你真好福气，不世出的好人让你捡到做老婆了。你辛苦些去一趟上海是应当的，谁让你占着好大福气。"

杨巡只好笑出来，却又忧心忡忡道："你说老四会出什么事？"

"别太担心，成年人能坏事到哪儿去，估计又是小姐脾气发作，你劝劝，实在不行骗回家来好好管教。"

"嗯。我不在你一个人怕不怕？不行我叫老二一家都过来陪你。你早该请你爸妈过来，别再拖啦。"

"杨巡，你再婆婆妈妈，我现在就缠缠绵绵送你去火车站一起挨冻到凌晨一点。好像我没结婚前不是一个人住似的，我遇到唯一危险的人物就是你。快上去睡会儿，我给你设好闹钟，十二点闹你。"

杨巡听着窝心，窃笑道："要不我先抱着你睡着了再走？"

"去，都当爸爸的人了，还老不正经，不理你，我上去睡觉。"任遐迩走出几步，又旋回来，"你快别这么笑，别见到老四没教好老四，反而把她带坏，瞧你这模样儿，贼都比你正经。"

杨巡扑上去狠狠亲几口，发觉被任遐迩一搅和，他憋闷的心情舒畅了许多，还真是侥幸娶到一个宝。他扶着任遐迩一起上楼，看着她睡下，被子在她肚子部位隆起一座小山，才拿闹钟下楼，心说现在怎么越看任遐迩越顺眼呢，面包看着挺有福气啊。

杨巡惯常出差，夜奔上海对他并不算什么麻烦事，他自有办法多花点钱找到个铺位，一觉睡到上海。

到达杨逦房子的时候，冬日的太阳还没晒到南窗。他敲门，没人答应。他心里一沉，这才取出钥匙开门，门却没有反锁，应声而开。杨巡心里更慌，难道杨逦这几天旷工，却没在家待着？她一个女孩子会跑哪里去？

可这时候他的手机却响了，竟是杨逦打电话给他。他站在门口忙道："老四，你在哪儿？怎么不在家？"

杨逦那边却是一声尖叫："你在哪儿？大哥你在哪儿？"

"我敲门没人应，才开门你倒是来电话了，你在哪儿？"听到小妹的声音，杨巡放心不少。

"我下来吃早餐，大哥你也赶紧下来，小区门口，小笼包子店。大哥你还没吃早饭吧？我请客。"

原来是这样，杨巡放心不少，立刻扔下行李包，关门出去吃饭。

还在楼梯上，杨巡便接到一个电话，是梁思申打来，问他杨逦地址，检讨说她昨晚考虑不周没有当晚赶去察看。杨巡忙说他已经到了。梁思申因此越发不好意思。杨巡却为这个电话而高兴，昨晚他在火车上到底是埋怨戴娇凤与梁家外公联手为难他的小妹，虽然知道梁思申绝不可能参与到为难行列中去，可心里总是不愉快，现在好了，事实证明他没看错梁思申。再等走到小区门口小笼包店看到面色红润圆圆一个大活人的小妹，提了一夜的心终于放下来，心里忽然觉得健健康康地活着就好了，不要求其他。

杨逦看大哥的眼睛则是充满惊惶。杨巡心说老四还是知道做坏事了的。周围那么多吃早餐的人，杨巡一时不好多问，只好问问这几天没生病吧，得知一切安好，就蘸着米醋吃小笼包。他吃得很快，可杨逦一会儿叫个豆腐脑，一会儿又再要一份小笼包，一个劲儿说一定要请大哥吃饱。杨巡觉得老四这是做了坏事后怕他责备，他怕自己吃少了老四更害怕，只得勉强塞下好多，终于饱胀得不行，杨逦才停止客气。

两人回去，走到楼道下，杨逦快跑几步，道："大哥你在下面等等，我被窝还乱着呢，先整理一下你再上去。"

杨巡一愣，这是从没有过的现象，他一转念就想到一个问题，不由背后三根汗毛翘得笔直，脸上却勉强挤出笑容："怕什么，是不是有男朋友在？大哥又不是老古板。正好今天让我见了，我请吃饭。"心里则是后悔不迭，不该刚才没进门好好查一遍，又让杨逦拖住塞了半天小笼包，否则，看现在杨逦这架势，刚才那男友或许还在被窝里。原来老四旷工是为男朋友啊，杨巡心里立刻对那未曾谋面的男子打了个叉叉。

现在跟进去已经没意义，杨巡背手停步，一直等几分钟后杨逦再次出现，他才沉着一张脸上楼走进由他出资买的房子，而此时洞开的内房门都表示屋里没人。杨巡在沙发坐下，严肃地看着小妹一言不发，心里冒出很多不好的想法。最大的疑问就是，当年放她一个人在上海，是不是个大错误？

杨逦被大哥盯得浑身发寒，急了："大哥，你想问什么尽管问，别心里尽冒脏想法。"

杨巡火大，原来还是他脏，不是杨逦做错事："你为什么旷工？"

"你怎么知道的？"

"我问你为什么旷工。"

"我忙，请事假不批，除了旷工我还能怎么办？你怎么知道的？"

杨巡心头腾腾地烧，可是知道一发火，准又陷入僵局，只好克制。他无视饱胀，狠狠喝了几口茶，才略微平静地道："你刚才是给他买早餐去？大冷天的，应该让男人出去买早餐。"

"我愿意。"即便是杨巡口气和缓，杨逦依然斗志昂扬。

杨巡便获得一个肯定信号，他来时那男人果然在这屋里。他继续忍耐，道："你大嫂让我给你带来些吃的，有人送的日本巧克力，她分给你一半，她说你爱吃，你自己去看，大哥吃太胀，起不来。"

杨逦终于肯垂眼看向态度好得令人不敢相信的大哥，她当然无法看出异常，就乖乖去门口将拎包拿进来，翻出里面属于她的食物，果然都是她爱吃的："帮我谢谢小任。"

"本来你大嫂也要来，还说你要真不想去那家五星级宾馆上班的话，正好你们姑嫂两个可以整天逛街。我不让她来，大着肚子怎么行，她倒是挺想你，要不你带着男朋友一起回家，你们回家逛几天街？"

杨逦伸手不打笑面人："我也挺想小任，等我处理完这儿的事就去。男朋友就不带去了。"

"他的事？如果麻烦的话，大哥正好在，大哥办事跑腿的本事还不错，你跟你男朋友提一下。"

杨逦听了迟疑，此时她已经卸下对抗情绪，反而对大哥说的跑腿本事不错有了兴趣："我……跟他提一下，不过该做的我们也快做完了。"

"噢，他的事，你真不打算上班了？"

"旷工五天，够开除了。"

"也是，我那儿看准一个项目，我想起你以前好像在公司房地产项目部门待过，你原先公司看上去管理正规得很，要不你办完这边的事情后过去帮我的忙，贡献点经验给我？也不要你多帮，只要给我策划好项目大纲就行。策划大纲最重要，以后都要围绕大纲去做，交给旁人还真不放心啊。"

杨逦听得浑身舒坦，当即道："行，我这儿的事情处理完就去。需要我带去什么资料？"

"你看着办，我也一时说不清要带些什么。"杨巡顿了一下，"昨晚大哥很担心你的安全，你大嫂说女孩子最出不得错，让我连夜赶来。你这年龄也该交男朋友，我们上面没爸妈，你呢最好尽快带男朋友给大哥过目一下，像今天这样躲躲闪闪没必要，有什么呢，大哥又不是老封建。还有什么要大哥帮忙的？"

"嗯，有件事，甲不在，乙要怎么办才能去打开用甲的名字在银行租的保险箱，取出属于乙的东西？"

杨巡心中推理，怀疑杨逦的那个男朋友可能是有家有室的人，现在急于取出以妻子名字在银行开户租用的保险箱里的东西，就像他家存钱租保险箱都是任遐迩的事。他心里更加生气，可脸上还是不动声色："这事情麻烦，如果在我们那边，大哥跟行长打个招呼或者还行。还是让乙想办法找甲协商一下，要协商不成，打电话让大哥帮你来硬的，你这儿要没什么事，大哥回了，家里事情多，这几天每天谈判。"

"大哥，谢谢你来看我。"

"跟你亲哥哥说这客气话干啥。你等等。"杨巡拿出手机给任遐迩打，"遐迩，已经上班了？……让老二送一下嘛。别省钱不开空调啊，我很快回去查你室温，老四跟个男朋友住一起，你跟她交代些女人家的事情，我不方便说。"

杨巡说完就把手机递给杨逦，自己出去阳台吸烟，心里越想越火，将一支烟吸得哒哒响。明明脑子挺好使的杨逦，怎么净做傻事，还招来个不明不白的男朋友一起住，他一来，男朋友就鬼鬼祟祟躲出去，这做派一看就不像是正经人。而杨逦这人是个不听劝的，他决定明修栈道，暗度陈仓，另做布置。

等杨逦与任遐迩通完话，杨巡便拎包走了，他要杨逦送他去火车站，又一起在火车站边的肯德基吃顿中饭才持票进站上车。但杨巡进站后就从另一个门出来，找上海的朋友帮忙，招来朋友的几个手下全天候监视杨逦的房间。他自己也窝进小区门口的一家饭店盯着，指给朋友手下哪个是杨逦，然后他被告知，杨逦三次下楼回传呼，然后去菜市场买很多菜回来。杨巡心说他妈的那小子肯定还得来。他就指示朋友手下，只要看到有男人敲杨逦的门，打！

杨巡与朋友晚饭后坐在朋友的汽车里监视。一直到深夜，周围窗口透出的灯光一一熄灭，杨巡和朋友都困得想打盹，可是人一直没出现，大家商量后，决定留下一个人，其他人轮班监视。

这一轮班，却整整轮了两天，连杨巡都怀疑自己是不是判断失误。可他处理的是唯一的妹妹的大事，他硬着头皮也得顶着，从杨逦的言行看，那俩人肯定还得接触。一直到第三天傍晚，派出所通知电话过来，说有人在小区打架被告到110，让单位领导过去领人。杨巡和朋友一听都是眼睛一亮，从酒桌边飞起来，摩拳擦掌直奔派出所。

但杨巡在门口一看清打架的对方，那个所谓的杨逦男友，立刻将头缩回，发觉事态严重了，那个流着鼻血的男子不正是他熟悉的李力吗？杨巡将朋友也拉回，叮嘱朋友千万别以公司出面，然后他跑到外面给梁思申打电话。

"梁小姐，我妹不是旷工吗？我问出来是给男朋友缠住。我想那男的不是东西，想找朋友揍那男的一顿，不想揍到李力……对，就是那个李力，麻烦大了。"

"太好了，你千方百计稳住他，不行就强留，一定要留住，我正找不到他。"

"不用稳，现在都在派出所。我怕朋友吃李力亏，我们都不敢露面领人。"

"哎，你尽管大胆出去领人，李力现在涉嫌在逃……"

"什么？"

"对，你告诉我李力在哪家派出所。"

杨巡结束通话，才刚想开心一下，忽然想到不好，李力是逃犯，那么他妹妹又是什么，窝藏犯？审讯李力的时候肯定会牵出他的小妹，那么小妹该怎么办？眼看着迅速有新警车进门提走李力，杨巡放下朋友，打车直奔杨逦家。

进门，却见杨逦哭得花容失色，他也来不及说，先给梁思申打电话："我看到李力被提走，看来犯的是重案？"

"具体我不便说，刚才你电话的意思是李力这段时间和杨逦在一起？"

"是，要命了，这下。你知道我们家杨逦傻，现在还为李力哭。你说是不是该去自首？"

"去吧，我会替你们杨逦说几句话的，你尽管放心，但你得让杨逦交出所有李力让代保管的东西。"

杨巡说话的时候一直盯着杨逦，说完就拨打110说明详情。然后板着脸问杨逦："李力有什么东西放你这儿？都拿出来，警察一会儿就到。"

"他……他说那都是贵重物品，要我千万保管好。"杨逦也吓傻了，"他真是逃犯？"

"这还有假？警察立刻上来，你快跟我说一遍你们怎么回事。"

杨逦结结巴巴地说，李力前阵子称与妻子闹翻，与她交往上了。前几天说要离婚要转移财产，到她这儿避一阵风头，来的第一天就带来好多贵重东西，就是因为杨巡忽然上门才匆忙逃离，随后两人又联系等看两天风平浪静，李力才过来拿，没想到会打架被邻居报警。杨逦还说李力让她拿一本李力照片别人名字的护照买下飞澳洲的机票，机票也在她这儿。

杨巡气急败坏看着小妹，一张嘴根本没法说话，知道杨逦傻，没想到杨逦傻成这样。但他现在只希望杨逦没事，希望梁思申果真能帮得上他。

但杨巡没敢奢望，因为他发现上门的警察如临大敌的样子，他不知道李力究竟犯的是什么罪，家里给搜得乱七八糟，搜完后杨逦被带走。杨巡对着一屋子的凌乱心想，李力犯的肯定是大事，如果是小事的话，这种子弟大多能走走关系蒙混过关，连他杨巡这样的小小商人都有几个公安朋友呢，要真是了不得的大事，恐怕梁思申也指望不上。

他先给任遐迩打个电话说明大概情况，让她明天就给他银行卡里汇十万进去，弄不好他得在这边好好通关，随即立刻打电话给梁思申。梁思申那边倒是拿起电话就没客套："来人走了？"

"走了，我家老四也给带走了，看样子好像情况很严重，你……"

"杨逦的事我已经托付人了，你回去吧，等着也没用。还有，你别自作聪明活动去，反而坏事。这回得谢谢你歪打正着捉住李力，你帮了某些人一个忙，我让他们用杨逦还你情。"

杨巡赶紧把杨逦说的情况跟梁思申详细说了一遍，听梁思申保证不会让杨逦坐牢，还保证杨逦一有消息就通知他，他才提心吊胆地乘夜班火车回去。这一路，他可是一分钟都没闭过眼，满脑子都在揣测究竟李力犯的是什么事，凭他有限的法律知识判断杨逦究竟有没有触犯法律。他回到家都来不及睡觉，先去找律师询问。

杨巡非常痛心，他自己进去过一次，在里面吃尽苦头，出来还差点让茶叶蛋噎死，他很担心娇生惯养的杨逦受不住那里的苦。杨巡更痛心的是，杨逦竟这么不爱惜自己，竟这么轻易地被李力利用。杨巡都没脸跟任遐迩细说，好在任遐迩跟他一起痛心，他心里舒服不少，不过他暂时不跟老二讲了，就怕毛毛也知道，影响以后杨逦做人。为此他跟任遐迩说，他很希望未出生的孩子是男孩，男孩子出点错犯点事，总是容易糊弄一些。

梁思申回头跟为这事兴致盎然的外公说李力竟然躲在杨逦那边，估计是李力知道一个人住的杨逦小丫头迷恋他，而杨逦又不是个平常与他接近的，因此任谁都不会想到李力会躲在杨逦那儿中转，还能消受艳福。外公听着乐不可支，推测李力早有脱身准备，这回可能是打个时间差，趁梁凡还没察觉之前先回国搜取贵重物品，用一本假护照带出国去，毕竟这种人只会窝里横，钱多带走一些是一些。这计划本应是够冷静够大胆，堪称经典，没想到却会犯在没一点技术含量的打架斗殴上，可算是天亡他。

外公嘻嘻哈哈，梁思申心里叹气，没想到李力这人还能做出这么猥琐的一手，怎么她在这边遇到的人都问题多多。

16

宋运辉经过外围了解之后，还特意抽出一晚上时间考虑，才决定打电话给韦春红，而非雷东宝。小雷家的情况出乎他的意料，他没想到小雷家的摊子铺得比他料想的更大。他是个做企业的人，就此情况稍做判断，就大致明白，即使没有出口受创的打击，小雷家的资金链也是够呛，何况现在因东南亚金融局势动荡，出口形势风云变幻。

但是他也想到，雷东宝如今好面子，他自己也不愿热面孔贴雷东宝冷屁股，他还是绕一下曲线吧。他就打电话到他们的家，选择的是晚饭时间，估计雷东宝不会在，果然电话接通，韦春红说雷东宝在外面应酬。

两人交流几句各自的儿子，宋运辉便转入主题："大哥企业最近的日子不好过？"

"啊，连你住那么远的也知道了？东宝还说控制消息，不让传开，免得人心浮动呢。"

宋运辉心说，难怪红伟是偷偷去找杨巡，因此宋运辉愈发谨慎："我从最近经济形势分析，感觉应该对小雷家不利，因此向有关方面打听了一下。我想大哥可能不大喜欢外人提起这事，正好这个电话是你来接。"

韦春红听着异常感动："唉，宋总，谢谢你关心，关键时候总还是你，我本来一直想找你，你哪是外人，可那头笨猪……我都没脸找你……"

"情况真的不好？"宋运辉插上一句，打断韦春红的客套。

"不是一点点不好，是很不好。雷霆现在资金很紧张，东宝每天都在外面跑资金，公司管理都交给正明，可跑来的贷款不够用，他们那新车间安装吞起钱来哗哗哗的，多少钱进去都跟打水漂一样，一会儿就没了。他又不想让村里人知道村里没钱，碰到要紧时候就自己掏腰包，我这儿现在左一次右一次已经让他拿走不少了，我不给他，他就喝醉了跟我闹。你说……两个儿子一见他回家就躲起来，全家都怕他，保姆辞职不肯干了。我都在想了，他心里到底是雷霆重要啊，还是这个家重要啊。"

宋运辉听得直摇头："春红姐，大哥怎么想……不，不管大哥怎么想，他心里应该是装着妻儿老小的。可雷霆资金缺口大，再加十个你也填不满，你要有考虑。"

"宋总，都不知道该怎么谢你，我也思量着我这几年挣的这点子钱放到东宝手里有没有意义，可看他艰难，我又不能没良心，守着钱袋子一分钱都不给。你一说，我心里有数了，不管怎么样，家里得上一副双保险，往后的日子还长着呢。可宋总，你在这儿老家认识的官多，交情肯定比东宝铁，凭你身份走出去说话，谁……"

"春红姐不用跟我客气，该做的我都已经做了，要不然我不会随随便便乱打一个电话说些空话给你听。可大哥早前还贷不及时，已经上了银行黑名单。市县的银行已经不同过往，他们现在也要考虑风险。我一圈打听下来，看来大哥得立刻采取措施积极自救。我目前想到一个自救措施，可是我有个顾虑，这个措施执行起来，可能很伤大哥颜面。尤其由我说出来，他更会觉得我是在削他面子，所以我先找你了解一下大哥的近况，看他心情好不好，能不能好好说话。"

韦春红感动地说："宋总，你对东宝那真是别提了，亲兄弟都不会有你这份关心。我实话实说吧，在你面前我也不用遮遮掩掩。东宝最近脾气坏透了，没法跟他说实话，特别不能跟他提雷霆。宋总要不嫌我程度低，你费点劲先教会我，多说几遍，我好记性不如烂笔头，记下来照单子说，总不会说错，回头我死皮赖脸地磨，总能磨出点道道来。"

宋运辉没想到韦春红竟然那么快就理解他的处境和意图，又积极主动地请缨，卸除他心中的顾虑，心里感慨，雷东宝这人做事，别的不说，找老婆却是一找一个准。不过宋运辉要说的主意不多，寥寥十几句，无非是个思想，一条饵食，让韦春红传达给雷东宝，让雷东宝知道有这么一个办法。如果雷东宝心里有这样那样的障碍，这十几句话足以让雷东宝做出选择，用，还是不用。如不用，那么他跟韦春红多说无益。

韦春红自然也了解宋运辉的意思，当然韦春红也是多年职业带来的一张甜嘴，一直见缝插针地恭维宋运辉的贴心和气度。宋运辉都当耳边风，这种话他听多了。他只想快快了结雷东宝的事，回头应对太太去，太太正要找他问话来呢。梁思申他们已经全面贯彻双休日，宋运辉公司还在单双周，因此这个星期是梁思申抱着可可来探亲，宋运辉心里清楚，他得给梁思申在职工下岗问题上有个说法。问题是他了解梁思申这个人，这一周考虑下来，他发现他无论从哪个角度解释，可能都不会符合梁思申心中的道德准绳。

他今天忙得连晚饭都没时间吃，给韦春红的电话还是在机场大厅等妻儿时见缝插针打的。

他见到梁思申出来时旁若无人地只关心怀里的孩子，不及其余。若不是梁思申怀里有个孩子，她梳马尾巴、背双肩包的简单打扮真像个学生。宋运辉有些感慨，以前的她可不一样，以前她怎么噱头怎么打扮，性格非常直接，只得三个字——"我喜欢"，到哪儿都是焦点，生孩子后判若两人。宋运辉没良心地想，他其实更喜欢意气飞扬的梁思申。

但无论喜欢或者更喜欢，眼前的两个无疑是他的最爱，看到他们，虽然有被兴师问罪之虞，他还是一颗心欢快起来，转化为行动。他看到梁思申抬头的瞬间一张脸上笑开了花，很快就见她嘴唇一撮，做出小声举动，示意他看怀里似醒非醒的可可，可可迷迷糊糊间看到了爸爸，轻轻叫声"爸爸"，伸出两只小手要爸爸抱，过程中连打了三个哈欠。宋运辉的一颗心软得化为饴糖，忙伸手接了孩子。

梁思申笑道："我下班急着赶回家，见可可跟外公两个在玩不知从哪儿弄来的缅甸香粉，家里那些老家具雕的人脸上都让一老一小扑了两团香粉上去，古怪得紧。两个人也是满手满脸的香粉，一个寒山一个拾得。我时间紧，捉了可可就奔机场，才刚把他收拾干净，飞机就降落了，可可也睡着了，也不知他们两个下午怎么疯玩的。"

宋运辉听着笑道："人说隔代亲，外公隔两代才亲。"

"我早说过外公，他反应迟钝，想到该隔代亲了，已经来不及，幸好我生个可可让他捞到。"

"你还每天赌咒发誓以后要稍微礼让一些外公，背包也给我。"

"算了，他巴不得我每天跟他磨嘴皮子呢，我哪天要是精神不畅懒得说话，他准一个精准的窝心脚把我惹毛了。我们还是继续针尖对麦芒吧，这辈子改不了。"梁思申看看周围，笑道，"这儿是你的地盘，背包还是我背着吧，不能让我们宋总失面子。"

但走到外面，寒风凛冽中只见宋运辉的车子恰到好处地停在门边上，走出大门，一步之遥，梁思申感慨："二伯的车子都不大停机场门口呢。"

"今天冷空气来，怕你们走一段路去停车场冻着。可可睡得半醒不醒的，最容易受风寒。"

"不怕，可可结实着呢，你没见他每天跟黑拉拉练赛跑，免疫力很强。"

"刚刚给春红姐打电话，大哥的儿子正感冒着，说最近天冷下来，小孩子动不动就感冒，又是打针又是吃药。吓得我赶紧回去停车场把车子开到门边上。你猜大哥那边情况怎么样？"

"很不好！"

"对。更不好的是大哥的考虑，他竟想凭一己之力渡过难关，而不是发动村民，他从家里拿钱填补雷霆的急需。春红姐有些为难要不要把她的私房钱拿出来支援大哥。"

"换成以前，春红姐可能肯，可大哥跟别人在外面生个宝宝回来，春红姐还能不寒心？"

宋运辉倒是没想那么多，又联想到被雷东宝剥夺奖金两年的小雷家村民，不由叹一声："大哥别弄到众叛亲离才好，难道他是因为知道村民可能不会跟他同甘共苦，才不去想发动群众那条捷径？"

"没同甘，谁跟他共苦？"

"话是这么说，可大哥到底是带领小雷家致富的功臣……呵，我这话作废。"宋运辉才说一半，就理智地想到，人向来记仇容易报恩难，他经历这么多年还能不清楚？不能指望别人感恩戴德。

梁思申微笑："可可又是被外公歪论熏陶着，又是被我们的高论培养着，你说以后可可长大会是怎么样一个人？"

"希望他是个思想独立，对世界充满好奇和热爱的人。"宋运辉不知不觉就把自己的憧憬加到儿子头上，"小引有没有给你打电话？她现在跟我说的东西充满新奇，她正好好体会享受。"

"我常给她打电话，她的很多感受，就是我刚出去时候的心情。我鼓励她不要害怕。"

"难怪，她说跟你谈得很好。"宋运辉把女儿跟亲妈说电话后的感受吞进肚子里，"是不是环境不同的关系，我感觉你常驻国内后，性格变化很多。"

"有吗？"梁思申沉默一小会儿，道，"这一年来我似乎总拉着脸儿。"

宋运辉腾出手摸摸妻子的头发，犹豫再三，还是决定自己主动提出："我再让你失望一下。那家合作企业下岗工人的事是我拍板的。关于理由，我想了一周，决定不解释。无论出发点如何，过程如何，结果还是这个结果。换个时间，我可能还是会这么做，我选择挽救更大一部分人。不过现在通过上市操作，企业获得融资，已经恢复生机，我准备考虑那些下岗工人。"

梁思申无话可说。宋运辉说的这是现实，发展和生存，在这个发展初期的社会里，冲突特别激烈。只是，面对理直气壮的丈夫，她无语了。

"在想什么？"宋运辉没听到梁思申搭腔，有些焦急。

"不知道。我在想，我是不是该补休长假。"

"应该，我建议你出去走走，以前设计的印度香料之旅，或者自驾环游欧洲，都值得考虑，我还以为你想问我怎么安置那些下岗工人。"

"我想先知道，既然让一部分人下岗是企业生存的必由之路，你为什么不可以理直气壮地做，而是先用把一部分人分流到服务公司的名义将那些有待下岗的人剥离到一家服务公司，然后才让那家挤满待剥离员工的服务公司难以为继，造成人员不得不下岗，而且那部分人还因此得不到买断工龄或者企业帮助交付养老保险等最有限的补助，甚至找不到对口的主管单位，这可不可以说是有计划有步骤的欺骗？"

宋运辉心说，来了，他终于等到。他轻呼一声"可可"，稍扭头看看，见可可依然熟睡的样子，才道："国企里面，让谁下岗，不让谁下岗，是件异常困难的事。"

"经济考虑？"梁思申也是问得艰难，从小，她一直佩服宋运辉，而现在却要质疑。

"我们曾经小范围试点分流部分职工下岗，但是难度非常大，有技能的按说早自己找到活路，有些还是停薪留职的，可一说分流，又全回来了，说什么都不愿意脱离铁饭碗，这是最出乎我们意料的。没技能的更不愿下岗，说生是企业的人，死是企业的鬼，在企业干了一辈子，最后一定要拿着企业给的丧葬费才肯上路，这是一种难以解决的意识死结，对不起，我还是解释吧。"

真是公说公有理，婆说婆有理，梁思申接着问："可是经历被欺骗性质的剥离之后，下岗人员还能信任你们有余钱后的安排吗？你们除了拿得出钱，还凭什么来管理他们？"

"你知道，这事有难度，有些难度我们已经遇到。有些下岗工人有了出路，可是他们隐瞒了，那边挣工资，这边让我们继续交养老保险，有些做了双份养老保险。有些希望我们解决出路，可是你看看那些老企业安置老职工的附属单位，金州这么一家工厂五脏俱全，从幼儿园到中学，以及技校都有。养殖场从种菜种瓜种粮到养鱼养猪养鸡。那么大的附属包袱，拖得金州蒋总怎么改革都没法改成。我一早已经有放弃附属企业的打算，但是把这帮人推向社会会怎样呢？我不是有偏见……我让大家想办法，大家都没有好办法。"

"读书的时候也讨论过，太周全的福利制度，比如欧洲的，会不会是国家赡养懒人。刚开放的时候我们是被企业沉重的福利包袱吓走的，我们当时都想，企业纳税，按说处置失业人员的事情应该是国家的责任，为什么却要企业负责职工的生老病死？在国内工作一段时间后才明白，这是让企业为国家旧体制还欠债呢，很不合理。可我总觉得，你的处理方法还是不人道的，一定程度上，你毁了企业的公信力。"

"说对错容易，做起来难。不说别人，我妈原来工作的厂子先是承包了，后来不知怎么一转手二转手，低价转到个人手里了，所有老工人一下不知道医药费往哪儿报，本来就已经拿不到的退休费以后该问谁拿。我这一周才把一些社保福利之类的窍门弄清楚个小半，一团乱麻。最难的是还不知道以后还要怎么改进，现在做的工作会不会作废。"

梁思申不知道怎么回答："但愿可以后不用碰到这问题。"

"活着总是要碰到问题的，不是这个，就是那个，但愿到可可他们时代的时候，有些问题不用那么复杂。我……应该是比我早一代的那辈子人，遇到的变革太多了。他们说，该读书的时候他们支边支农了；等知识荒废得差不多，粉碎'四人帮'了，他们又费劲争取回流，可没有好工作等他们；好不容易生活稳定些，结婚生孩子了，却又遇到下岗失业。这话是我从合作厂的报告里看到的，说实在的，那些人没有工作技能，也不能全怪他们。回头想想，我也是，一个初中毕业为读高中而插队的人，哪能想到后来翻天覆地的变化。这一周想了很多，头痛，急切地等你和可可来，又怕你见面就说我没人性。"

"我有这么面目可憎？"

"没没没，你这段时间想得太多，太……所以我建议你出去走走。"

"可是，作为一个旁观者，我当然无权作为评判人，我只有资格做一个质疑者，你会不会因为自身所处位置的局限，太多看到你自己的困难，强调你自己的困难？"

宋运辉一愣："或许……吧。"

两人抱着可可下车进去，宋季山夫妇早准备了清淡却丰富的晚餐等着，可可脚一落地就全醒了，又闹得不行。宋运辉看着热热闹闹的客厅，心想，梁思申小学时候的锐气，其实一直埋在骨子深处。他看得出，梁思申的眼神有些不对，总是有意无意避开他。他知道梁思申心里还在别扭着。可是这也是他的选择问题，在对待梁思申时，他选择不隐瞒。那么，他只有承担不隐瞒的结果。但他相信梁思申应该会理解。

吃饭的时候，梁思申接到戴娇凤的电话。戴娇凤说她才刚从锦云里出来，问杨巡妹妹出事是不是真的。梁思申心说外公还真八卦，但还是应戴娇凤要求，把事情经过大致说了一下。好在她倒是没听出戴娇凤口气中有幸灾乐祸的成分。

但是梁思申的心里空空的，她没找到答案，或许是她最近工作和心理的压力过大，她真应该出去走走吗？

17

雷东宝很晚才回来，醉醺醺的，走路脚步沉重。即使心里在提醒自己不要吵醒两个孩子，可是没用，两只脚由不得他。韦春红早已习惯，等雷东宝进门，就帮他把外面西服脱了，把他往浴室推。雷东宝不想去，累得只想睡觉，可韦春红却道："晚上宋总来电话，跟我说了好一会儿。"

"他？怎么不打给我？"

"他说打你的打不进，你们又去哪儿胡闹去了？连手机都不接。"韦春红不便实说，反而赖到雷东宝头上。

"还真是，喇叭放那么响，手机哪闹得过话筒，小辉说什么？"

"你去洗澡，我才跟你说。浴缸干净的，去吧，你泡着，我们说话。"

"冷。"

"你大男人还怕冷，你说你几天没洗了，老垢都能当皮揭了，我把电暖器拎来给你照着。"

"不洗，要睡觉。"

"不洗就不把小辉电话说给你，洗不洗？不洗拉倒。"

雷东宝闷闷地起身说："你放水。"一路脱着衣服进浴室，脱裤子时还走路，差点把自己绊一跤，硬是扶着洗衣机才没摔倒。

韦春红没想到这回劝洗这么容易，连忙开煤气打火，往浴缸放水，又手脚利落地找出替换衣服拿进浴室，顺带拎进来一台电暖器。小小浴室很快温度上升，雷东宝挪来挪去躺舒服了，嘴里一个劲地催促："快说，可以说啦。"

韦春红忙碌完准备工作，擦干浴缸裙边，坐下来帮雷东宝洗头，嘴里一刻不落地开说："宋总跟我说到儿子，不是说我们宝宝说话比他们可可早吗，现在我们都会唱儿歌啦，差不多。不过听说他们儿子不感冒，按说他们儿子肯定比我们宝宝娇养啊，我问他可可吃啥补品，他说不吃，只说早中晚照旧吃奶粉，其他跟着大人吃。你看，你还说再吃奶粉老断不了奶长不大怎么办，人家也还一直在吃呢，宋总和小梁看书多，学他们的，以后别再提断奶。"

"嗯。"雷东宝闭着眼睛随老婆搓拿，"他们可可多重？"

"还是我们宝宝重，听说他们可可已经能拎三斤重的哑铃，扔半斤重的沙袋，我回头也做沙袋给宝宝扔。"

"他们可可会骑车了吗？"

"没问，不过听说特爱爬树，有次爬上去跟尿不湿一起挂树杈上。他们院子大，我们宝宝比可可文气些。"

"住小雷家去嘛，满山都可以跑。"

"太灰。宋总还说，他从朋友那儿听说你雷霆现在不顺，他来电话就是要问问，你到底好不好。"

雷东宝睁眼，全没了醉意，似是跟平常日子一样正常，他紧张地道："你怎么说的？你跟他说，我好得很？"

"他又不是别人，我说你钱紧，问他有没有办法催一把他在这儿的朋友。他说他打听的时候已经催了，可他到底是别处的官，使不上太大的力。"

雷东宝又将眼睛闭上，却是不知不觉竖起背，没再靠着浴缸沿："你应该跟他说，困难是有的，可我正找人跑关系解决。小雷家十多年来什么没撞上过，我还坐过牢呢，还不是都过来了。"

"可是宋总跟我讲，他看着这回情况不一样，很危险……"

"他爱操心，以前我坐牢时他操心我回不了小雷家，要给我另找地方，他还说什么？"

"你都那么有道理，还问我干吗，宋总连一声危险都不能说？"

"谁说他不能说？但他不能乱说。你说他想知道不会来问我？外围打听我，让别人知道还以为我怎么他了，或者我雷霆里面有多见不得人，叫我回头还怎么找人要钱？"

"你意思宋总关心你还是错的？你倒是问问你自己，你是怎么对宋总的？最近你给他好脸色没有，宋总的事情，你又哪天关心过的？你还叫宋总来问你呢，人家肯关心你已经够上路。"

雷东宝给问得语塞，瞪目道："你到底是谁老婆，你向着谁说话，你这是。没见我忙吗，别给我添乱。"

"死鸭子嘴硬，谁给你添乱来着？一说宋总来电话，洗澡都肯了，一身轻骨头，你以为我看不出，我净看见你添乱，害我一句囫囵话都说不成。"

雷东宝臊了："去，老子洗澡，谁要你看着，骚货。"

韦春红最恨雷东宝骂她"骚货"，气得一扔毛巾，掉头就走，走到外面一只手放到煤气瓶开关上，终于还是没狠心关上煤气冻死里面那头猪，可还是忍不住将煤气阀门旋大，烫死那头猪，褪那身猪毛。她回头走进朝北的小房间，跟宝宝躺一张小床上生闷气，每天都这样，没一天有好脸色看，这日子还咋过？

雷东宝一见韦春红转身，心里已经生出后悔，但是他才不肯低声下气求韦春红回来，自己打好肥皂粗粗洗一遍，就算完事。只是他心里惦记着宋运辉托韦春红捎的话，即使喝酒有些上头，有那么几个人的名字，他还是在心中重视加重视。可再怎么重视，也不能让他向韦春红低头。他洗净抹干穿衣出来，到卧室见墨黑一片，就毫不犹豫扭头拐进北屋，一头钻进被窝，倒有一半身子还露在小床外面，摇摇欲坠。

韦春红正生气呢，忽然被身后伸过来的一双热烘烘的手抱住，想叫他滚，又怕吵醒宝宝，两人就这么僵持着，黑暗中一言不发。韦春红等着雷东宝酒后嗜睡打呼噜，雷东宝等着韦春红贴上来发骚，可是老夫老妻知己知彼，都没给对方可乘之机。

终于雷东宝半截身子挂在床外挂得累死，"忽"地起身坐在床沿，压低声音道："跟我去那边。"边说边伸手来拖。

韦春红不想去，心里着实厌烦这头猪，可是又怕挣扎打闹吵到宝宝，只得恨恨跟上，心里却是想，明明宝宝是这头猪的儿子，偏被这头猪拿来胁迫她。她还担心，总是吵架，被已经初中的半大不小的儿子听见不雅，尤其雷东宝醉后什么事都做得出来。

走进那间卧室，雷东宝将门一关，跳进被子里躺下，就道："接着说下去。"

韦春红不愿钻进被子去，忍着寒冷，简单地道："很简单，宋总说你现在很危险，出口一时半会儿好不了，得靠内销支付开销。他建议你暂停新车间安装，集中精力开动现有最挣钱的设备，保住性命再说，形势总会好转，等形势好转，银行借钱容易了，你可以再上马别的，完了。"

雷东宝集中心力听完，没想到只那么几句，头伸到外面忙道："就这些？你别短斤缺两，又不是你开饭店。"

"就这么几句，你想知道多的，自己打电话问他，没人拦你。"韦春红说着就走出主卧，又回北边的房间。冬日夜晚，北屋明显比南屋寒冷。韦春红不由想到妹妹来时与她说的贴心话，妹妹看到她睡的是北屋，为她打抱不平，说这房子是她出钱买出钱装的，凭什么好屋子让雷东宝住？韦春红今晚更是摸着刚才被雷东宝拽痛的手腕，愤怒地想，现在的雷东宝完全吃她的用她的，还没一个好脸色，她真是还不如养条狼狗，狼狗虽然拉着脸，起码还能看着门。

想到宋运辉现在打电话说要紧事都干脆绕过雷东宝，找到她来。韦春红想，其实雷东宝对越亲近的人越是不克制，如今他火气旺，最受气的不是别人，正是她韦春红。有时候看他每天忙碌焦躁得两眼血丝，口气臭得生人勿近，她很怜惜他，想着忍忍，再忍忍，他心里苦，可看到雷东宝总没反过来怜惜她的一天，她又为自己不值。她最近回想，好像一年半前那一晚，她忍气吞声什么条件都没提，就放雷东宝抱着宝宝第一次踏进这房子，她已经输了阵脚，她早被雷东宝一眼看穿，从此雷东宝更把她踩在脚底。那以后，她兢兢业业地替雷东宝养着儿子，雷东宝可有说声好听的？

想起来真灰心。韦春红想到妹妹说她在饭店里八面威风，多少意气，没想到在家里被姐夫摁在脚底，还得替姐夫养着野女人的儿子，妹妹说起来就不服，她当时还斥责妹妹挑拨，害妹妹好久不给她电话。今晚回想，她只会长长地叹气，心里翻来覆去地想，她这过的是什么日子啊。

雷东宝没管韦春红出不出去，听说就这几句了，就缩回头睡自己的。跟韦春红还讲究个什么，他又不是而今脸色白净的宋运辉，在老婆面前低三下四。韦春红是他的人，他还怕她逃到哪儿去，明天一早，准又是热汤热水伺候。

他只顾想宋运辉的话，停止新车间安装，削去几近一半的产能……那不跟中风半边瘫差不多了？那不等于敲锣打鼓遍告诸人他雷东宝半边风了吗？他最清楚，他现在说得响说话有人听，都是因为背后有欣欣向荣的雷霆打底，周围电线厂靠着他的铜，县里财政等着他的税，市里统计需要他的产值，他的雷霆一举一动影响着那么多人，他走到哪儿去哪儿才有笑脸相迎啊。若是半边风了，谁还重视他？这是他首先在社会影响方面的考虑。

其次，早在资金刚开始紧张的时候，他已经想过停止新车间建造，可是他最终无法下这个决心。他停止建造当然容易，可是国企出身的宋运辉不会想到他拿的是银行的钱，银行贷款是需要利息的，他已经投入那么多资金在新车间的建造上，若是停工，那么多贷款的利息日日夜夜地产生，根本不是他现有车间利润能支付得起，何况宋运辉还说关停利润不高的生产线，他更是不能考虑，他是一个电动机都不能停。他必须咬牙撑住，必须撑到新车间开工，产生利润，他才算可以歇一口气。

他的艰难，又有几个人能理解他。现在连宋运辉都没出息，说出这种没见识的轻描淡写话来，他还是靠自己吧。

雷东宝生了会儿气，当然不准备回电宋运辉，没什么可商量的，宋运辉他们的国企观念已经落后，他雷霆的突围，需要靠他自己的努力。

雷东宝酒意上涌，翻身便睡着。醒来时候却是第一时间又想到宋运辉的电话，他想来想去，还是昨晚的结论。早晨清醒了他想到，他不愿打电话给宋运辉，更因为受不了宋运辉而今的高高在上。但是他想给王老先生打个电话，请教那个闯过好多外国码头的老法师。

令雷东宝意外的是，起床见冷锅冷灶，啥吃的都没有，连韦春红也不在，不知带宝宝去哪儿逛去了。他只好就着冷水洗把脸，穿戴整齐了出去上班，肚子里什么都没有，走到外面被冷风一吹，人觉得冻。他只好让司机赶紧找家餐饮店，进去暖暖吃一顿，才算打发。他心说韦春红还给他脸色看，反了，晚上他索性不回这个家，看她急不急。

请教老王先生的电话，得关上门打才行，绝不能让别人听到他着急讨救兵。无论宋运辉提供的主意有多馊，但宋运辉说的什么向外围打听都说他现在处境艰难的话，却让他心惊，他一直维持着雷霆欣欣向荣的表象，为此他有意命令提货的车子即使晚上提货，也必须白天过磅发车，而不能装一车货物黑灯瞎火没人看见就走。可现今他必须提高警惕了，因为宋运辉那么远也知道，别人只要有心一定也知道。只是他一时急得没主意，最想请教老王先生。

外公却是接到电话，旁若无人地打断雷东宝的问候，笑嘻嘻地问："东宝，最近日子不好过？"

"小辉说的？别听他的，我最近只有出口不大顺，其他都好，机器照转。"

"妈妈的，你吹吧，吹死了我也不信你，你当我老糊涂？你那摊子，我只要看过一次，足可以管教你五年。"

"早不一样了，你说的那都是老皇历。"雷东宝嘴里反对，心里却迫切希望外公说出管教之辞。

外公倒也不坚持，依然笑嘻嘻地道："你倒是给我说说你上个月的资产负债表，让我看看到底不一样在哪里。"

"我立即传真给你，等会儿。"

雷东宝连忙让财务将最新一份资产负债表复印好，裁成长条，传真给外公去。都没留给外公看资产负债表的时间，他在文印室看着传真纸吐完最后一张，就回去自己办公室立刻给外公拨电话。却被外公骂骂咧咧地埋怨："妈妈的，现在都用电脑了，只有你们这些乡下笨蛋做报表还手写，看得我拿放大镜照着都累。这份报表是做给你看的还是做给银行税务老爷看的？"

雷东宝听到这话，精神一振，问这话的人是内行，有门。他忙道："都一样，我们没第二份。"

外公嘀咕："小辉还跟我说要你扔下辎重，轻装突围……"

"对，昨晚小辉也这么跟我说。我看不行，他这主意胡闹，想死也不能捆住自己手脚扑通往河里跳。"

外公还是慢条斯理地道："小辉那主意，换正常情况下是正确的，但对你不适用。"

雷东宝一拍大腿，道："对，老爷子您火眼金睛，一看一个准。"

外公却道："对个屁啊，你死期临头，知不知道？这么高比例负债，亏你做得出，我都不要说你，我没小辉有良心，我跟死人没话说，跟笨死的更没话说，你死定啦，除非有瘟生掏钱救你。"

雷东宝错愕地看着"嘟嘟"作响的话筒，怎么都想不到老头子一言不发就把电话挂了。他早知老头子脾气，以前问老头子讨教，十有八九是骂人的，老头子骂起人来滔滔不绝，都不知哪来的精力。他今天是准备着一边挨骂一边听主意，没想到今天老头子却都不要骂他。老头子的举动震得他都忘了老头子刚才对他左一句死，右一句死，他竟是举着电话想半天，为什么老头子都懒得跟他说话，难道正是因为他死定了？

雷东宝背后渐渐渗出冷汗，因他知道王老先生是骄狂得都懒得掩饰的人，老头子挂他电话骂他死人，那绝对是老头子的真实想法，绝无掺假。难道那火眼金睛的老头子看了他的报表后，认为他死定了吗？不过老头子还有一句，若有瘟生掏钱相救，他还不会死定。但雷东宝想到最近他四处要钱的艰辛，他想到，除非那个掏钱的人真是瘟生，目前好像真没谁肯掏钱借给雷霆，他许以再高的利息都没用。

他怎么办？

雷东宝还在那儿想不明白，外公则是很爽快地一个电话打到宋运辉手机上，却是听到周围一片嘈杂。

外公好奇地问："你们这么早出去玩？玩什么，撇开我玩得那么高兴？为什么不提早告诉我计划？"

"快新年了，公司搞活动，我带上可可到福利院给小朋友们送礼物。"

"假惺惺搞什么活动，要去福利院不会自己去啊，平时多的是时间去，新年跟着扎什么堆？我问你，东宝这人智商究竟怎么样，我今天怎么看他愚不可及？"

宋运辉没想到他昨天巴巴儿地打电话给雷东宝递秋波，雷东宝却找上外公，他心里没意思得很。问："他说什么？"

外公笑道："他以为我是算命测八字的，我顺势给他测一卦，告诉他死定了，除非有瘟生救他。看来还是思申对，这个时候出钱救他的肯定是瘟生，你看过他们的报表没？再笨的人都不会弄出这么高的负债来。"

宋运辉道："雷霆的发展一向如此高负债。只有大哥出狱后那阵子，也就是外公去指导的那一次，是他们融资最低潮的时候。外公认为缩小战线的方式不可行？"

"小辉啊，没救的，你趁早放下，别自找罪受，更别当那瘟生去。还有，以后有好玩的先把计划告诉我。对了，它那么高的福利支出是怎么回事？"

"雷霆提供全村老人的退休工资，小孩子的教育费用，保障全村人的医疗费用，我看尤其是医疗费用一项，越来越尾大不掉。"

"东宝充什么大头鬼，他才一家乡镇企业，想学通用还早得很，别是东宝这粗人还存着什么理想主义？"

"他最初或许是理想主义，现在应该不是。他当初坐牢后还能回来，大部分靠的是全村老少被他拿优厚福利灌出来的拥戴。他第二次创业时因此即使手头再紧，也不能放弃福利提供。我担心他哪天断供了会怎样。"

宋运辉是撇开紧紧跟随的院长才有办法把这个电话打完，打完后心里不是味道，却什么都不能做，先得照顾好眼前，他虽然不是组织者，却是中心。活动结束，他让女同事把可可送回家，他还得回东海上班，回去路上，他才有办法闭上眼睛提示同事不要干扰他，他得仔细考虑雷东宝究竟怎么想。可是，他越想越火，他最火的是，为什么雷东宝现在这么愚，他更是无奈。他真不知道现在拿起电话跟雷东宝说什么好，又，雷东宝肯不肯听他说什么。

雷东宝也是想到要不要给宋运辉打电话，问问外公那话究竟什么意思，可最终也是没打。他现在心里没底气，没底气的时候不想见人，怕被言语打击了。

偏偏小三这时候又拿着几张申请单子进来，小心翼翼地问雷东宝这几个打算春节结婚人的钱，村里准备怎么退还。雷东宝无法回答，坐在大班椅上转来转去，但小三也是实在没办法才找来，小三继续小心地说，春节就在下个月，这回春节来得早，分发年货的钱得预先想办法留出来。

雷东宝这几天财务上有多少钱，心里门儿清，可他想到一个大问题："那几个结婚的你怎么不早点告诉我？早几天说，有几笔钱就不给设备了。"

小三小心地瞅着书记的脸色，道："我也正奇怪呢，这几个朋友倒是谈着，可原先没说春节结婚，怎么忽然都打报告要结婚了。"

"妈个逼，谁要有本事打报告春节死要丧葬费，我现在就掏给他，谁泄露消息的？"

"村里谁家都有人在雷霆上班，看看情况心里就清楚，不用特意泄露。书记，刚给您倒的水，我出去了。"

"慢着。"雷东宝想了会儿，才道，"圣诞节的钱呢？"

"正明总问我这笔钱能不能给他买材料，他说他星期三一直到元旦，都准备装病关机，不敢见人，捂家里看电视。"

"给我上课啊。圣诞节两天的包厢不能退，龙虾一定要上，洋酒上两瓶，唱歌包厢也不能退，我一脸穷酸，谁还借钱给我，去吧。"

小三自然是无话，不像以前的士根。雷东宝生气正明妄图给他上课，拿起电话找到正明，开口就骂："正明，你妈教你的规矩拉屎里啦？我做什么，凭你小子也想手指甲吧嗒吧嗒说三道四？摸摸你后脑勺骨头痒不痒……"

"书……书记，我哪敢，再借我十只苦胆我也不敢对书记说三道四。"正明被雷东宝骂得找不到北，尤其是他办公室现在好多人，手机漏出去的声音那么清晰，肯定被好多人听见，他忙插进去表明态度，免得被骂个没完。一张依然留着烧伤痕迹的白脸早已红了。

"这话是人话，下星期三跟我去请客，准备好酒量。"

雷东宝的电话刚挂，小三的电话立即找上还红着脸的正明，小三说帮他问书记要材料费被打回，因与书记圣诞元旦请客送礼的开支冲突了，没办法。正明这才明白是怎么回事，心里憋了一肚子的窝囊气。

雷东宝又打电话问这几天一直在外面追账的红伟，近期有没有收入，但红伟说现在大家都口径一致年底关账，钱得等元旦后拿出来，他让业务员们天天蹲点追账，只要对方有钱，一准立刻掏来。雷东宝心说这就麻烦了，那几个忽然冒出来想春节结婚的该怎么办？他只好又想到韦春红的钱，那是他看得到的捷径。

这会儿韦春红倒是在家，他开口就道："早上死哪儿去了？早饭也不弄。"

"你儿子想吃豆腐脑，他小人家不吃会哭，你大活人反正饿不死。知道了，晚饭不会等你。"

"你知道个屁。我问你，手里多少钱？"

"没钱，前儿刚让你扫荡了，幸好你每天外面吃饭，要不然真供不起。"

"让你出个店面，你怎么……"

"要有个当铺就好了，过年过节我这儿还有几件旧衣服拿去当掉，换几个钱糊口。"

"哪来废话，赶紧价钱压一些，卖了，星期三之前给我准备三十万。"

"没有。要卖卖你市里的办公楼去，价高，钱多。还有你的车子。"韦春红说完就将电话挂了。现在但凡雷东宝稍微好声好气地说话，必定是要钱。她昨晚想明白了，要钱没有，要命一条。

雷东宝刚要解释车子和办公楼是雷霆的门面，越是紧日子时候越是要守住门面，即使勒紧自己裤腰带也要让相关人等吃好玩好了，可是电话里却传来电频声音，韦春红居然把他的电话挂了。雷东宝这才考虑到韦春红的情绪，什么，跟他闹上了？但雷东宝想来想去昨晚也没什么出格的地方，与平时没啥差别，难道是韦春红听了宋运辉的电话，认为雷霆没前途了，所以收紧钱袋子，甚至因此不肯巴结他了？

想到眼前这几张结婚要钱申请单子也是可能看雷霆资金紧张，竟然想出提前结婚的馊主意赶紧把交给雷霆收着的钱套现，雷东宝气得一拳捶桌面上。他现在的桌子结实，捶不破，倒是捶痛他自己的手。雷东宝心里痛骂，他十多年带着大家发财致富，为了大家坐牢，雷霆稍微有点事却没人跟他同心同德，反而个个打自己的小算盘。

他火气一大，扯开嗓门叫小三进来，告诉小三，雷霆年底手头紧，从今天起，财务上所有的钱都要用在刀口上，全心全意搞生产。结婚的钱，自己筹；想吃年货，自己买。

小三担心："书记，大家会不会有意见？"

"有个屁意见，谁有意见，跟我学，自己掏钱出来给雷霆用，只要谁掏得比我多，我听他的。"

小三不敢多问，唯唯而退。走到外面着实不放心，这个通知他不敢发，想来想去，很想找个有把年纪、德高望重的跟书记说说，一点不发年货很不好。可是目前好像最能说得上话的红伟正出差，小三才跟红伟一说，红伟立刻就想到与杨巡讨论时说起的民心问题。红伟让小三压一压，他想办法跟书记说说。小三巴不得红伟有这句话，连忙答应了，将手头的草稿纸推到一边。

那边韦春红虽然勇敢地撂了雷东宝的电话，但心里非常担心，雷东宝既然手头那么紧，又怎么会放过她手里攒着的钱，必定会千方百计逼她拿出来。除了生活费，她是一分钱都不会再给雷东宝了，她现在手里的钱，是她的养老钱。自打那次小狐狸精之后，她是再也不敢相信雷东宝了，第一回侥幸，她又抢回老公，以后就难说，她更老，社会更开放，要是再来一个心计更好的狐狸精怎么办？她不敢完全指望雷东宝，但是她不放钱，必然会与习惯一个人说了算又最近心情不好的雷东宝发生激烈冲突，她自己倒也罢了，她怕长得半大不大的儿子看见。最近小宝已经对雷东宝大有反感。

韦春红越想越担心，她本就是个泼辣的，干脆留下一张纸条说去上海探亲访友，抱上宝宝，带上保姆，通知上课的小宝，收拾收拾搬去她另一间只有两室一厅、以前买来给饭店职工住的小房子暂时避祸去了，那是雷东宝不知道的巢穴，居室简陋，韦春红却反而安心，她还关了手机，让那猪头反思几天去。

红伟接到小三电话，翻来覆去思考好久，设计好多种可能性下他的应对之后，才敢打电话给雷东宝。

雷东宝接到红伟电话，当头就是一句："这么快有钱了，多少？"

红伟赔笑："书记别这样，我都给问得没敢给书记打电话请安了，听说结婚费和年货不打算发了？"

"你倒顺风耳，对，给你减轻负担，雷霆的钱集中搞生产，机器转着，总有缓过来的时候。"

"书记，结婚的钱，即使他们心里再有猫腻，我们也不能扣着不发，道理上说不过去。"

"我知道，所以我以前掏自己腰包，可你看一个个来劲了，你说他们为村里着想没有？这帮孙子，我十几年时间把他们养出个人样，现在村里困难我急，他们哪个拿良心出来，索性一刀切不给了，对付没良心的，我比他们更没良心。"

"书记，他们结婚这事儿，你还真很难找他们漏子。你说现在年轻人都这么开放，万一他们本来打算开春结婚的，现在一不小心肚子给搞大了得着急结婚，你管得着人家吗。他们都找出结婚这种理由了，我们还是当不知道把钱给了吧，全村现在能结婚的也就这几个，有底的，我这儿多讨些来就是，你大人大量，犯不着跟他们那些小诡计计较。"

雷东宝听着有理，虽然生气那些借结婚打劫的，也只得道："好吧，那你给我下死命地追钱。"

红伟想乘胜追击："还有那年货……"

"年货没了，除非你个人垫钱给我。"

"稍微发点吧，有些人没我们有钱，还等着年货改善生活呢。"

"不行，这儿挖一块那儿挖一块，加起来没个底，今年先欠着，明年补发。"

红伟了解雷东宝的脾气，只得作罢，但又不死心地问："书记，我这几天在宋总这边出差，你有没有什么话要我捎给宋总，或者要不要我买些什么提上去给宋总拜个新年？"

雷东宝当即拒绝："用不着，有话我自己跟他说。"

红伟只得再次作罢，心里凉凉的，总觉得雷东宝现在很难听得进劝诫，事情看上去很不好。他只好将刚说好的内容转达给小三，让小三写通知的时候多提一些村里的困难，让大家相信村里相信书记，共渡难关。

但小三将草稿拿去给雷东宝过目的时候，那段村里有困难大家该同舟共济的话被雷东宝删掉了，现在还没几个人想出结婚掏钱的馊主意，这要是全知道了，难保有人想出住院有人想出怀孕的理由，为了钱连结婚都可以无中生有，还有什么乱七八糟想不出来的。但雷东宝看了删掉后的内容，又想干脆不通知了，别打草惊蛇。他让小三告诉那些想结婚的等等，等村里有钱再发。

小三终于可以缓过一口气。

雷东宝晚上十万火急地回家，想跟韦春红商量筹钱的事，没想到只有一张纸条等着他，他一看就知道韦春红这是躲出去了，气得打韦春红手机，却是关机，他这下真是有气无处出。而钱的问题更是直逼心头，他想到钱就更火，一个人背着手在屋子里绕来绕去地咆哮。

楼下人家隔着一层薄薄楼板，实在受不住雷东宝一夜沉重的脚步，派出男主人上楼敲门交涉，雷东宝正憋着没地方出气，打开门与来人大吵，吵得不过瘾，又找钥匙想打开中间隔着的防盗门冲出去吵。楼下男主人在雷东宝吼出第一声时已经后悔，纯粹是为了维护在左邻右舍以及妻儿面前的面子苦苦挣扎，见此哪敢坚持，连忙屁滚尿流冲进自家防盗门里面，牢牢锁死，生怕尸横当场。

雷东宝虽赢但满心萧条，回家继续踱步出气。

18

宋运辉还没下班时，梁思申已经看到外公转发的雷霆财务报表。等宋运辉回来吃饭，她把传真交给丈夫。她心里有个疑问，雷东宝究竟看不看得懂报表所指示的经营状况？她接触过有些企业家不会算利润，他们经常看到的是账上有多少钱可以周转，流动资金总是在账户里流，因此经常错觉银行借来钱让机器转得欣欣向荣，那么就意味企业肯定是挣钱的。她怀疑雷东宝也是那种大老粗。

可是宋运辉虽说厌烦雷东宝，又实在不忍就此放弃，他跟梁思申道："如果……我东海存一笔钱到银行，指定贷款给雷霆……"

"犯法，而且东海的钱进去，也是用于低水平扩张。救得雷霆一时，明天雷霆依然倒闭，雷霆的经营有问题。"

"我只是想想而已。"宋运辉还是那句话，"不忍心放弃。"

"外公说现在唯有背后打大哥一闷棍，打得他住院一年半载，起码还能保留大哥一世英名。"

"老活宝。"宋运辉啼笑皆非，可也想到，对于雷东宝，他无处着力，因为只要雷东宝的策略不改，迟早雷霆还将面对同样的灾难。雷霆的关键问题，在于雷东宝。可就那么眼睁睁看着不救吗？

"时至今天，你难道还不厌烦大哥？看你花那么多心血为大哥考虑，他还那样，我真讨厌他。"

宋运辉低头沉默，好久才道："我相信他应该还是我的兄弟，只是他找不准对待我的方式。以前他是姐夫是大哥，一直骄傲地跑在前头，对我慷慨解囊。但从他入狱那时起，变为他单方面向我索取，我现在回想起来，意识到他每次拜托我做事时，反而口气特别粗暴，他似乎是不适应我们之间予取关系的转变。我想，现在他事业低落，他更不想见我，怕在我面前抬不起头。更怕我指出他的错误，那意味着揭他伤疤，他心里头大男子主义很强。"

梁思申听着却是狐疑:"你说得那么美好,会不会又是你的一厢情愿?"

宋运辉刚刚还在为自己寻找出的理由激情澎湃,被梁思申的疑问轻轻一戳,不由泄气:"我这么想,应该是这样。"

梁思申伸手给丈夫一个大拥抱,觉得这样一厢情愿的丈夫很可爱,他对她一定也是这样的一厢情愿,却不料可可拿着电话机冲进来,后面跟来宋母,宋母看见儿子儿媳如此亲密很不好意思,连忙退出房间。梁思申吐吐舌头,听可可说是外公阿太来的电话,她伸手接了:"外公,我才离开一天,你至于电话打得跟追命一样吗。"

外公笑道:"谁追你,我又不是无常鬼。戴小姐找你,她傻傻地在替杨巡那个傻妹妹跑关系,二傻。她听说你能在上面说上话,你自己跟她说。"

戴娇凤焦急地道:"我今天跑了一天,大家都说这事儿棘手,要是没上面谁的点头,他们不敢放人。你能说上话,梁小姐,帮帮忙,那种地方小姑娘一天都没法待。"

梁思申一个劲儿地惊奇,今天怎么净遇见大好人烂好人:"我已经跟他们打招呼了,至于能不能无罪释放,我想得看杨逦有没有犯法,好像我们不便干涉司法。"

"对对,我们当然不好干涉,但我听老公战友说,小姑娘没什么大事,审得也差不多,但就是这个案子比较特殊,有人在上面盯着,一定要上面的哪个人点头才能保释。你既然已经跟他们打过招呼,要不再让你招呼的那个大人物跟管这个案子的人开个口子,这就放小姑娘出来?"

"谢谢你打听到,我会立刻联系。戴小姐,你以前跟杨逦关系不错?"梁思申实在是忍不住,因为看以前两人相遇的情况,实在看不出戴娇凤与杨逦关系好到值得戴娇凤上下打通丈夫那边的关系,为杨逦奔波。

"不……不是,我……以前有欠杨巡的,这下两清,你不用谢我,做这些……我为我自己安心。"

"不是说杨巡对不起你吗?你别为了救杨逦,故意拿话糟蹋自己。"

"我……梁小姐你今天怎么磨叽起来了,这种账算得清吗,我反正把我欠的清了,我安心,省得每回想起那家子人生气。你就帮我一回,就这一回。"

梁思申心说不容易,真不容易。宋运辉知道一些杨巡的事,一针见血地道:"杨巡妈以前看不起小戴,恐怕小戴这回抓住时机为没出息的杨家老四做些出息事儿，这个鲜明对比足够让她扬眉吐气，从此心里头可以放下杨家。"

"戴小姐没那么复杂。"梁思申不相信，一边给梁凡打电话，让梁凡放人。

宋运辉没有争辩，这事儿对他们而言不是什么大事。他见梁思申跟梁凡切切叮嘱，限定解决时间，又似乎是做了几个经济问题答疑，才结束通话，看来经上回一个折腾，梁凡在最小的堂妹面前已经没了志气。

<h1 style="text-align:center">19</h1>

杨巡虽然因为急事不得不回家，可终究是担心杨逦，一转身又去了上海，找朋友到处活动。可他打听到的情况与戴娇凤打听到的差不多，案件特殊，下面人没敢越过专人乱出主意。

杨巡自己判断也是这么回事，一件涉及李力那种人的案子，如果不是特殊，估计早就大事化小、小事化了。因此他才为杨逦分外担心。至此他只好期待梁思申对他的承诺。可他又不便多催，显得他多不信任人似的，只好借什么恭贺圣诞给梁思申打个电话，那边梁思申倒是主动说在替杨逦活动。

二十四日一早，梁思申就给杨巡打电话，告诉他可以去某个地址找谁领人。杨巡大喜，连连说感谢。梁思申被戴娇凤叮嘱不能告诉杨巡，只得领了感谢。

杨巡忙打电话告知任遐迩最新情况，随即找出所需文件，又去银行取款，还不忘带上一盒蛋糕，直奔杨逦所在。

杨逦一脸憔悴出来，看见等在外面的大哥，想放声大哭，却觉得自己毫不理直气壮，只有低头垂泪，都哭得没法吃杨巡递来的蛋糕。杨巡本来一肚子的教训想趁热打铁，但见杨逦这样子，反而没有话说，除了安慰。走楼梯时候遇见一个邻居，那邻居看见杨逦就跟看见西洋镜似的，看得杨逦更没法抬头。但那邻居转眼一触杨巡的眼睛，吓得立刻快步逃开，不敢回头。

杨逦哭哭啼啼地洗完澡，穿戴整齐，才啜泣着站到大哥面前。杨巡肚子里千言万语，临了却道："没什么，大哥比你坐的时间更长，现在还不是什么事情都没了。快吃点，不要吃多，等下我们外面吃顿好的。"

"我不要去外面吃。"

"为什么，怕碰到邻居？这房子以后关着不住了，上海多大，换个地方重新开始。或者你跟我回去，这事除了你大嫂，你二哥二嫂都不知道，以后也不会让任何人知道。"

"大哥……"

"我知道，你想认错，你自己心里有数就行，以后别做给人卖了还替人数钱的傻事。学着点遐迩，我是她老板，她都一直把我关在门外，关到领到结婚证为止。最好跟我回家，我正好有个大项目要上，需要帮手。我们是一家人，老三现在美国找到好工作不回来，我们国内的三个最好天天能见到，省得我成天为你们提心吊胆。"

"我去整理一下，晚上回家。"杨逦老老实实起身想去整理行李。

杨巡道："不急，晚上我去谢谢人家梁思申，都是她在帮忙，还有……你暂时也不能离开上海。要不我给你临时换个地方住下？去什么宾馆包个房间吧。"

"大哥，你真好。"杨逦终于憋出这么一句。

"你既然这么说，大哥也不跟你说客套的。我们一家现在只剩四兄妹，我在外面再怎么作威作福，回家对你们肯定是好的，我在妈病床前发过誓，妈也相信我，把你们都托付给我。可惜，我没照顾好你，对不起妈的托付。你不知道，你出事，最吃苦的是你，最心疼的是大哥，连你大嫂这几天都没睡好。你别以为我以前管教你，是怎么怎么你，我这是恨铁不成钢。唉，还是我说话没注意方式，遐迩说你会有抵触，以后我注意着点。这回事情了结后跟我回去，我也改改以前对你的说话方式，你也改改你对我的抵触，我们好好做事，没啥大不了，我以前给抓进去十二天，出来什么影响都没有，只要自己挺得过去就行。答应就点点头。"

杨逦听得眼泪跟泉水一样，刹也刹不住，连忙点头。杨巡这才舒口气，他最怕杨逦这时候反而要跟他争口气，一定要在上海好好发展挣回面子，还好杨逦这回吃过苦头总算明白一些道理。

杨巡本想圣诞节带杨逦好好玩玩，散散心，不料杨逦在外面吃过中饭后说什么都不肯再出房门，还说房子也不用另找了，反正这儿只是临时居住。杨巡只好答允，自己出去帮买菜买米找梁思申道谢，不料梁思申去了日本，没见到，难道早上的电话是从日本打来的？圣诞节兄妹俩悄没声地窝家里自己烧煮，反常得不行。

杨巡最后还是不得不带着担心回去工作，年底时节，多少庙要拜到，多少菩萨要烧香烧到，可是他真担心杨逦，这么进进出出一闹，杨逦就跟变了个人似的，安静得可怕，日日夜夜就是窝在家里看书看电视，哪儿都不去。杨巡真怕杨逦闷出问题来，追着杨逦保证绝对不会胡思乱想之后，才忐忑不安地回去。

但任遐迩分析给他听，说杨逦现在感情还受伤呢，让她一个人安静几天也好，女孩子遇到坏男人最麻烦。杨巡听了真想杀了李力，总算他曾找人把李力打得鼻青脸肿，算是讨回少许公道。

终于元旦的时候，他还是带着任遐迩去了一趟上海，他不放心杨逦，觉得让安静两天都太久，他这时候得多给杨逦亲人的关怀，可是最终杨逦却是抱着任遐迩关上卧室门大哭，姑嫂两个整整在屋里说了半天话。杨巡在外面客厅焦急乱窜，但心想，也好也好，跟任遐迩说等于跟他说，女人的事当然不方便直接对哥哥说，杨逦只要说出来，听人劝就行。但是任遐迩出来后，拖着杨巡出去药店转了一圈，杨巡心惊肉跳地看到任遐迩买的竟是验孕棒。

姑嫂俩又关上门哭哭啼啼说了一晚上话，第二天两人伺候着杨逦去做了流产。杨巡黑着一张脸回家，这一年辞旧迎新做的，他即使三天三夜不睡，都没这么心力交瘁，好在这回有任遐迩与他患难与共。

但杨巡在家萎靡了好几天，虽然白天他掩饰得好好的，连杨速和寻建祥都不大看得出来，可回到家里关上门就忍不住唉声叹气，为自己对不起妈妈的嘱托，还为杨逦未来的日子而难受。只有妻子可以安慰他，听他翻来覆去地忏悔，他这几天不由自主地做了跟屁虫，任遐迩去哪儿他黏到哪儿，黏到任遐迩终于怒目而视，他才算慢慢恢复正常。

1998年

01

　　小雷家众人虽然都看得出雷霆今年艰难，但时近年关，大家心里都还是向往着年货分发，多点少点都行，最起码有个过年的喜气，可大家没等到一件年货，更别提年终奖金，却看到村里由妇女主任正明妻子带头，把橱窗红红火火地布置起来，将灯笼彩绸从仓库搬出来挂满树梢屋檐，看上去似乎是热热闹闹迎新年的样子。

　　大伙儿不知道年货究竟发不发，当然一拥而上，去橱窗看看有没有透露一丝消息，消息没有看见，却见满橱窗的奖状、锦旗和照片。大家对奖状锦旗没兴趣，视线大多落在放大成一尺来高的照片上。照片上大多数是雷东宝红光满面地接受锦旗奖状，接受领导会见，与领导举杯同庆等。大家都是一边看着一边心里嘀咕，好个什么啊，年货都发不出，还吹吹打打，穷闹。

　　也有心细的人看一眼照片右下角的时间显示，更有心细的看到有两张照片乃是新鲜热辣出炉，分别是吃喝和唱歌，吃喝的那一张上，龙虾的两根长长胡须和旁边的两瓶XO洋酒触目惊心。大家一传十，十传百，纷纷猜测上了，不知道这一桌需要多少钱。大家猜着猜着，都是悄悄嘀咕，花那么多钱也不过是两小时吃喝，若是拿来分年货，每人足够分一刀肉，可都还不知书记一年吃掉多少这样的饭菜呢……难怪，吃得那么胖。

众人的情绪随着发年货的希望越来越渺茫，渐渐发酵。

既然说没钱没钱，连发年货的钱都没有，那么圣诞元旦的那些吃喝玩乐钱是哪儿来的？每天雪亮汽车进进出出的钱又是哪儿来的？敢情大家伙儿没年货，都肥了他雷东宝一个人啊。众人敢怒而不敢言，于是雷东宝经过的时候，大家原本迎候的笑脸都变得勉强，有些甚至远远避开。

小三一看到橱窗里的照片，心里就说不妙，他想取下橱窗的照片，但是考虑到布置橱窗的是正明的妻子，打狗看主人，他可绝不能在橱窗上乱动手，因此小三赔笑去村办协商。村办的办公室现在已经几乎虚化，因为村办不用做实事，本应属于村办的事，现在几乎都是雷霆兼管，村办几乎成了士根带领的养老办。小三进了小小一间不到二十平方米的村办，里面有士根，有正明妻子，还有其他几个老年村干部，不过里面倒是温暖整洁。

在这个办公室里，小三没有受到常规的善待，他也不敢奢求，这些人别看没权，可个个老资格，尤其是士根尚存三分余威。因此小三赔笑进去，先跟士根打个招呼，递上香烟，又跟其他几位招呼递烟斟水，完了才能坐下说话。

他斜插着坐正明妻子对面，脸却对着士根，笑道："士根叔，村里让彩旗灯笼这一布置，过年气氛全出来了，还是士根叔高，不用多少钱营造出节日气氛。"

士根道："小三客气，本来我们也插不上手的，每年都是你们主动帮村里把这些事做了，我们乐得偷闲。"

正明妻子脆爽地道："是啊，我们等啊等啊，还等着看两家戏班子唱对台戏呢，等来等去等不到，想到你三主任做事一向不会拖拖拉拉，那肯定是有原因了。看来我们没法偷懒啦，只好调集有限人力小打小闹，三主任，不会冲撞你们的大布局吧？"

"哎哟，嫂子这话说的，谢都来不及呢。不过书记希望橱窗内容尽量不要突出他个人，还是应该多宣传宣传集体……"

"哟，三主任，你这是假传圣旨吧，谁都知道突出书记个人那是非常应该，我们村哪件大事不是书记带头领跑？三主任，别书记客气客气，你就认真上了。你回去跟书记说，说这是我们村集体对书记一年来辛苦工作的肯定和感谢。"

小三被正明妻子真真假假地指出假传圣旨当然心虚，就冲着士根笑道："士根叔，我另外拿些照片来吧……我们村去年变化很大，很多照片是专业人士拍摄的，跟我们寻常见的不一样。"

士根却是深深地看了小三好一会儿，才道："我们肯定是坚决配合公司决定的。"他让正明妻子把橱窗钥匙拿出来交给小三，"呵呵，小三，我们几个继续偷懒啦。"

小三千恩万谢出来，心里很感激士根的好。他回头赶紧把橱窗里的照片扒拉下来，换上新的，再看焕然一新的橱窗，他拍拍脏手心里很满意。

小三走后，士根过来。穿上冬衣的士根显得壮实许多。他看看内容完全变换的照片，微微摇头，一声不吭地离开。他早看出刚才小三是假传圣旨，雷东宝这个人他熟悉，估计那橱窗挂上一年，雷东宝都不会看上一眼，然而小三毕竟年轻，做事考虑到一二，考虑不到三四，已经挂上的照片被这么一换，那就更欲盖弥彰，谁的心里不是明镜儿似的。正明妻子也过来，跟士根招呼了一下，想说什么，但士根装聋作哑地走开，也不去办公室，直接回了家里。

小三收拾完橱窗，本想跟雷东宝打个招呼，但一想这事儿牵涉雷东宝宠信的正明，他要是万一说的哪句话不中听，被雷东宝骂了，那不是吃力不讨好吗。但想到刚才在村办被正明妻子的一顿夹枪夹棒，他心中又是不快，橱窗照片的事是一定要作为一个动向反映到书记耳朵里的，可怎么说才好？

小三想到韦春红，老板娘一流的精明，书记还不一定挂上的事情，老板娘定会领会其中三昧。

韦春红离家之初狠狠关了手机，但一边关着一边挂牵，第二天晚上都挂牵得恨不得偷偷溜去看有没人在屋里。第三天乖乖把手机开了，雷东宝倒是打来电话要她立刻回去，韦春红提出条件，要雷东宝发誓酒后不得喧哗和不再问她要钱填小雷家亏空，她才回家。雷东宝心说多大的事儿，想答应，却开不了口，大老爷们怎能被老娘们要挟，绝不。他就不信韦春红能在外面待多久，再说春节很快就到，他最清楚韦春红过春节的时候那是非在小雷家的家里出现一下，明示她的正房身份不可的。他不急，韦春红爱来不来，他就回老娘家去住了，反正哪儿都有饭吃有床睡。

韦春红当然不会自己送上门去，这回说什么都憋着劲不回，但憋了几天后还是忍不住将宝宝塞给找回的保姆，找个白天偷偷回去家里，想帮雷东宝收拾一下，但进去屋里，却见屋里几乎没动弹，而桌面上都积起薄薄一层灰。韦春红一颗脑袋空白了好久，他会不会在外面乱来？她借着给婆婆请安打个电话，好在婆婆说儿子这几天每天回家，她才放下心来，可心里又憋屈上了，为了不发不问她要钱的誓言，雷东宝竟可以就此抛下她不理，后来连个电话都没有。

韦春红生气，更是给自己打气，发誓这回一定要争气，雷东宝不答应她的条件，她绝不回头。

但韦春红没想到，小三却找上她，告诉她小雷家现在的困境，村民们背后对书记的不好议论和某些人趁机做的手脚，包括正明妻子做的橱窗照片。

韦春红听了立刻觉察出问题的严重性，她几乎是在小三结束通话的那一刻，就想立刻给雷东宝打电话。但是她儿子这时候放学回家，看到妈妈皱眉看着手机，都没留意到他回来，心中起疑，上前抢了妈妈手里的电话，道："妈，你想给雷叔打电话？"

韦春红猝不及防道："对，手机还给妈。饿不饿？妈先煎个蛋给你吃。"

小宝看看宝宝和保姆，懂事地将妈妈拉到阳台，关上门，才道："妈，你看我们没雷叔过得更好。雷叔不是个好丈夫，我同学爸爸都没那么对待同学妈妈的，我同学爸爸有的会炒菜，有的会整理家务，还有的会陪一家人玩，只有雷叔从来不管家里的事，而且现在还对我们没好脸色，我常听你们吵架。妈妈，我们都已经逃走了，你别再理他。"

韦春红没想到儿子会说出这些话来："可他是宝宝的爸。"

"宝宝是他儿子，不是你的，他想要你退还给他。妈，你是不是缺钱用，等他拿钱来养家？我长大了，我可以去工作，我来养家。"

"妈有钱，你快别这么想。雷叔最近公司有些问题，他心急。他那么大老总又不好在别处胡闹，只好回家跟妈说。妈当时生气，回头就没事了。妈只是气他喝酒伤身体，要他答应戒酒，否则妈不回去……"

"妈，你别以为我是小孩，你们是不是吵架我看得出来，你都是为了我和宝宝忍着他。我原以为你终于逃出来，我们终于可以过没人欺负的日子，可是你还没被他欺负够啊？妈，我都不忍心看你总委曲求全，你要再回去，我不跟你，不，我跟着你，他再欺负你，我决心跟他对打。"

韦春红惊讶地看着儿子，没想到儿子会那么激动，眼睛里满是倔强，还竟然闪着泪光。她一时愣在当地，说不出话来。好久，才道："妈……妈跟他是夫妻啊。"

"我是你儿子，我更亲。"

韦春红看到儿子紧紧握着手机的两只手因用力过甚，手指关节发白。对于自己亲生的儿子，韦春红无法不愧疚。当年丈夫早亡，她为生活出来开店，怕儿子在三教九流的饭店学坏，不得不寄养在爷爷奶奶家，她亏欠儿子。而今终于生活安定，她最想给儿子一个父母双全的家，可没想到这个家这个继父在儿子眼里却是如此不堪。儿子对雷东宝的抵触，往韦春红本已动摇的天平上加了一块砝码。她叹声气，道："小宝，你当然是妈妈最亲的人。手机你拿着吧，省得妈忍不住。"

她伸手拭去儿子忽然奔涌而出的泪水，自己的眼眶也湿湿的，该怎么办才好，她都有些拿不准主意了。她想，拖拖吧，拖拖吧，东宝不是寻常人，他能挺过去，她帮他管住宝宝这根独苗便是。

小宝怕抢似的将手机插进自己的裤兜，怕妈妈一时心软又是引狼入室。韦春红拉儿子走进屋里，准备晚饭的时候，心里一直七上八下，一边为儿子终于长大懂事，懂得维护妈妈而非常欢喜，一边又为小三电话打来告知的雷东宝的险情而担心，但又忽然想到，小三打来这个电话会不会是他们雷家人串通好挖的一个陷阱，看着她和雷东宝不和，他们找个理由软化她，让她主动放弃条件，总之最后又是她主动缴械投降，乖乖地回去？

韦春红等保姆走后，与儿子和宝宝吃晚饭。考虑到儿子如今的成熟，她将小三的电话向儿子转达了一下，算是试探也算是征询儿子的态度，看看儿子会怎么处理。小宝果然迷茫了会儿，道："他那么凶，别人真敢对他使坏吗？"

"就是因为他那么凶，大家都受不了他，连我们都逃开不回家了，你说别人会怎么想。"

儿子道："他那是自作自受，他犯错应该受到惩罚。"

"可他怎么说都是我们自家人，我们不理归不理，可不能看着别人欺负他。我们不知道便罢，既然知道，我们却没帮，别人还以为我们无能呢，看扁我们。"

小宝思虑再三："妈，我来打这个电话。我不让你打，万一你心一软，我们又前功尽弃。"

韦春红无奈，看小宝拿出手机，熟练地拨出雷东宝的号。那边雷东宝正在请人吃饭，看到是韦春红的号码，本能地想摁掉，他吃饭工作时候她来骚扰什么，但忽然想到现在两人的处境，只得接起道："什么事？"

小宝道："是我。今天妈妈接到三主任电话，说是正明叔的太太故意把你大吃大喝的照片放橱窗里，三主任要求她换掉，她还不肯的样子，但最后还是被三主任给换了，妈提醒你留意正明叔这个人，说那是个小人，没了。"

雷东宝听着又好气又好笑，母子俩玩啥啊，真够做作："叫你妈废话少说，早点回家。"

"我们不回。我们家都是妈妈在辛苦，吃的用的都是妈妈花钱，连煤气瓶都是我和保姆拎上楼，你一点用都没有，却还要回家欺负妈妈，我今天跟妈妈说，我们不要你。这个电话是妈妈不愿看到别人欺负你才让我打的，因为妈妈说你被人欺负是丢她的脸，妈妈丢不起这脸，我们可不是低三下四来讨好你，再见。"

韦春红猜测着雷东宝在电话另一端的态度，哭笑不得，可又觉得解气，没想到儿子平时不声不响，原来全看着呢。她不清楚儿子还知道多少，心说以后再做什么，看来得参考儿子的建议了，儿子大了。

看儿子说完就警惕地把手机又掖进裤兜里，韦春红不再反对，反正，该跟雷东宝提醒的已经提醒了。

雷东宝被小宝的一个电话打得晕头转向，好一阵子回不过气来。这年头，谁敢这么跟他说话，谁敢说他没用，可偏他又无法反驳，首先他再有脾气也不能跟小孩子一般见识，其次小宝说的都是实情，即使他这么做事出有因，可……雷东宝忽然发觉他所谓的事出有因的那个因，并不见得很站得住脚。

等饭局结束，他这回没去老娘家里住，而是让司机把他载到市区的家里，这个家里当然是黑灯瞎火。他进去打开灯一看，前几天离开时候没叠的被子叠好了，桌椅摆放整齐了，脱下的衣服被洗好挂在阳台，所有的似乎都是井井有条，可唯独没丝毫人气。

雷东宝躺床上回想小宝数落他的那些话，他现在无法不正视。他作为一个大男人，不往家里拿家用，也不给家里扛煤气瓶，似乎该属于一家之主做的事他都没做到。或许他可以说他忙他没时间，他要忙大事，搬煤气这种小事可以花钱叫别人搬。可是，他也没拿钱回家，不仅没拿回家，他还想往外拿。小宝说不要他，是，要他何用，人说吃人家的嘴软，他在家可横着呢。小宝的话简直比掴他耳光还狠，狠得他都没脸见韦春红。

可是，他是不是该向韦春红承认他没好好顾家？唉，韦春红应该理解他最近工作上遇到的困难，她这回的做法怎么这么欠考虑呢，也不想想他最近心情很不好。换作往常，他或许可以粗声粗气地道个歉，叫韦春红立刻回家，可现在他颇有底气不足之嫌，他担心他的道歉出去，会不会让韦春红给鄙视了，尤其是让那个小小的继子鄙视，大小两个一起说他软骨头。

雷东宝终于不肯道歉。他想，等雷霆的日子恢复后再说，否则他依然不会有钱拿回家补贴家用，而且还得在家白吃白喝。在被小宝指出后，他还真没脸再理直气壮地做得出来。

但雷东宝很沮丧，沮丧得都忘记韦春红儿子打他电话提的醒。

雷东宝难得睡不着觉了，雷霆目前的情况让他第一次忧心得茫无头绪。以为十拿九稳的韦春红都会离他而去，那么那些村民呢？还有宋运辉等亲朋好友呢？

雷东宝忧心了一晚上，无法不想到他当年入狱的时候，那时候还有谁认为他会东山再起？可当时起码有几个人对他不离不弃，其中就有宋运辉和韦春红。其实村民也没离弃他，虽然不是很坚定，村民大多是有良心的，是知道这十几年来谁带给他们好日子的，他在狱中最大的安心和依靠就是整个小雷家村民的民心，因此当年宋运辉说他回不来，他才不信，他相信整个小雷家拥护他。这不，他不是回来了吗？说明他说得没错，小雷家就是他，他就是小雷家。

想到这儿，雷东宝心头一亮，整个人终于舒爽起来，对啊，相比过去他坐牢，现在这才多大的事儿，有什么可担心的？还有韦春红那边也是，他以前坐牢，他以前还出轨抱来一个儿子呢，韦春红离开他了吗？没有。他何必把继子的小孩子话太当真，这绝不是韦春红的态度，韦春红是他的人，这辈子离不开他。

还有宋运辉，不急，等他重拾河山，再找兄弟一起喝酒吃菜，宋运辉不会走远。

这么一想，雷东宝心头敞亮，其他的问题都不是问题，关键只一条，那就是他得千方百计把雷霆搞活了，只要雷霆恢复正常生产，其他所有问题都迎刃而解。

于是，酒意立马卷土重来，雷东宝躺倒就睡。第二天起床已晚，他打电话给韦春红，没想到还是继子接的手机。他告诉小宝，让母子三个今天搬回家住，他最近心情不好，不会再回家骚扰他们，让他们安心生活。

韦春红的手机被儿子没收着，等儿子中午放学回来告诉她这事儿，她心中叹息，雷东宝说到底是不了解她，她要的是雷东宝的这个保证吗？但她还是带着儿子和宝宝当天搬了回去。她却是非常了解雷东宝，即使雷东宝的话只是对小宝这么个孩子说，相信雷东宝说不回就不回，没有含糊。

雷东宝果然是信守诺言。但雷东宝的借款大业也并无建树，临近春节，只见请客送礼哗哗地数票子出去，却不见贷款滚滚而来。而且春节前讨账的效果也是可想而知，小雷家出去的业务员千辛万苦，要来的钱还不够每天购买原料，春节前的生产规模一天小过一天，车间经常停工待料，搞得整个小雷家上下全无过节的喜气。

然而，红伟手下的那些业务员终究得回家过年，等待春节后再行出发。但是等那些辛苦的业务员打道回府，却发现家里没有年货进门，更无年终奖到手。所有人都看着雷东宝，希望雷东宝在最后一天大开金口，开仓放粮。

红伟也只能回家过年，他带来一些讨要来的承兑汇票，但这些汇票才到账，就被背书一下，又转出去交给原料厂商。人家上游原料商已经了解他们雷霆的困局，再说雷霆名声在外，生意青黄不接时候惯会赖账，因此现在如果钱不到账，上游厂家概不肯发货，非得一手交钱一手交货。

红伟回到小雷家，几乎还没坐稳，就有来人向他痛诉小雷家今天的困顿。连忠富都打电话给他，问他小雷家究竟是怎么回事。红伟应接不暇，连喝口水的工夫都没有，却又被小三请去雷东宝那儿。来到雷东宝办公室，毫无意外地，撞进一室的烟雾，他自作主张地将门关上，将窗户打开，眼看着一缕青烟袅袅穿窗而出，飞向户外。

雷东宝并没阻止，他转着大班椅看红伟来往穿梭，道："红伟，是不是其他企业情况也不好，今年收钱咋都很难啊，没一个人回来不叫难的。"

红伟道："每年年底都一样，今年大家都被我催着，一个个都是跑到对方公司关门放假才回，要来的钱已经比往年多，不过年前要来的钱多，年后的就得比去年少了。"

雷东宝无语，低头看着脚面，他的皮鞋已经不知几天没擦，可以在鞋面写大字，他好一会儿才道："我年前没要到贷款。"

红伟道："年后的贷款有没有希望？"红伟同时管着一半采购，最忧心的是钱。

"这回县里派专人跟我一起去省工行联络贷款，估计贷出来的话也得年后了。现在没几个现钱，用钱的地方倒是不少，每天追账的……你看到没有，财务室都是人，还从哪儿搞些钱来呢？我打算高息问个人借，拖过几个月，等新车间上马，应该可以好转。"

"书记，听说年货一点没发？我看，即使账上只有五万块钱，也还是发点吧，图个热闹。刚才忠富跟我说，实在没钱，先从他那儿拉几头猪，回头年后把钱补上也行，再不行，我们几个凑点钱。"

"忠富难得，以前问他拿几头猪，他都要我们先把钱打过去。算了，不发，这么大个村，五万能发多少东西。前几天才好不容易把几个结婚的钱给了，村里账上还是留点钱，免得谁生病谁什么的拿不出钱报销。你们的钱嘛……你能拿出多少？五万撞顶了，多了不用说你，你老婆都得找我拼命，五万能做什么？"

红伟松口气，他到底也是不想从自己口袋掏钱的，他有些试探地问："过年了，跟宋总那儿打过电话拜过年没有？"

"打过，他大忙人，电话手机没一次是他自己接，他秘书接的都让我撂了，懒得说。"

"他们都那样的，我们留个话就是，宋总会打过来。"红伟心说，看起来他去杨巡那儿白说一趟，宋运辉没伸手帮忙，他于是更不便跟雷东宝说起他去找杨巡的事。

"小辉已经直接找了市里他那几个朋友，可没大用，原来市里跟他合作的项目现在已经结束，人家也不买他账了。放心，我们等省工行那笔贷款，县里出面帮忙，不会没结果。"

红伟将信将疑，感叹道："不知道今年开春出口会不会恢复，只要出口一恢复，信用证一开进来，我们日子立刻好过。"但红伟心中却是犯疑，那么看来宋运辉是接到杨巡传达的，可是听雷东宝的意思又似乎哪儿不对。他估计宋运辉那边是抹不过多年情面，帮忙还是帮，但已经没过去的全心全意。也是，又不是血亲，谁受得了雷东宝这样的对待啊？红伟现在都怀疑，反而如果是他直接上门请求宋运辉帮忙的话，所得的帮助还比雷东宝所得来得多。

雷东宝道："我看很快会恢复。你看这么多年来，我们雷霆哪年不是大灾小难不断的，哪次不是熬一熬就过去了？最难的时候我们都过了，现在没啥，人都在，设备都灵，就少点钱嘛，放心，钱也会来，市县两级都说不会看着我们不管。镇里比我们急，他们也占着股份，现在每次跑市县，他们都跟着。"

红伟一想也是，多少次了，小雷家绝境逢生，大风大浪里走来，这回还真算不得什么，这回上面领导还支持着，下面雷东宝还带着头儿，小雷家的人也一个不缺，能坏到哪儿去？即便是出口有麻烦，可又不是只他们小雷家一家出问题，国家能看着那么多公司出口出问题而不管？如雷东宝所言，再熬俩月，应该出头了吧。回头狠抓外销。

临近大年初一，杨巡打电话过来拜年，红伟反而让杨巡放心，过年后百废待兴，小雷家照旧春暖花开。杨巡好奇他们春节后的市场定位，红伟却是文不对题地说，春节后还是老样子，主抓外销，但绝不放弃内销。

杨巡没话说了，都那样了，还不放弃原来思路，难道就不能总结困难的原因吗？总不会把原因都归结为国外金融危机，而不反省自身为什么对抗风险能力如此薄弱吧？他打完电话不住摇头，总觉得雷霆那帮人思想落后了，竟然发展得没头苍蝇一样没有准确定位。

任遐迩那儿也刚接了杨逦的电话，顺口汇报一声："老四买好票了，明天回。"

杨巡也是顺口道："她刚来没事做，要不住过来照顾你？"

任遐迩顿时头痛："你信不信，你敢让你家老四关照我的月子，我一准给你生个很不保险的女儿。"

杨巡嬉笑，此刻任遐迩肚子里孩子性别已经儿大不由娘，两个播种的人所能做的事唯有等待揭盅："其实女儿也好啦，女儿是爸爸小背心……"

"什么叫也好？什么叫也好？女儿哪点不好？生男生女从源头追溯，都是你干的好事。"

杨巡一说到孩子性别，心里总是想到杨逦先前的流产。若是父母在世，看老四又是受骗又是流产，心中之痛切，只有比他这个做哥哥的更添百倍，他不知道如果他的孩子是个女儿，他该如何保护他的女儿不受伤害，他倒说不上是重男轻女，他纯粹是怕有一个难伺候不保险的女儿。

"女儿很好，只要是自己的都好。如果是女儿，我第二天就去牵两条大狼狗来守着。"

任遐迩看杨巡难得一脸紧张，知道他是当真的，不由好笑："怕什么？有你这么个阅人无数的爹，你女儿还怕吃亏？男人接近三尺，坏心思还没发动，大狼狗还没嗅到，你一准灵敏上了。"

杨巡确实阅人无数，可坏也坏在他阅人无数，他作为一个过来人深知拿下一个女孩子是多么轻而易举，即便没出杨逦那档子事儿，他都担心。女孩子要出事，老天都拉不回，他心里求爷爷告奶奶地希望妻子生下的不是女儿。其实任遐迩心里也希望生个儿子，她作为女孩，又是个心气高能力也强的女孩，在工作中受制于性别天花板太多，深知做女孩的不易，她希望自己的孩子能活得容易一些，那就首先不要输在性别这条起跑线上，她逼着杨巡承认女儿更好，其实那是给自己壮胆。

夫妻俩都是忐忑不安的，决定不再讨论儿女的事，两人继续讨论给红伟电话前的项目选定事宜。申宝田介绍过一个房地产老总给杨巡，说是可以合作。杨巡当然知道经申宝田删滤过的项目不会肥到哪儿去，要不申宝田准得豁出性命拿下。不过后来听那房地产老总说，申宝田本来确实有意，可申宝田的大本营目前受出口减少之困，手头资金紧张，腾不出手做别的投资。杨巡这才热衷起来，将项目拿来与任遐迩一起商讨。

最近市道不景气，从萧然提出希望转让手中股权始，已经不断有这老总那老总直接或托关系联系上杨巡，询问可否合作。杨巡从这一次次的接触中嗅到强烈的荤腥之气。但是他没立即下手捡取送上门来的便宜，他得等待入市时机，确定他现在出手，算是抄底还是可能被一同拖向深渊。他不敢想当然地认定是东南亚一带发生的事儿导致所有的那些送上门的合作，事关金钱，他需要确切答案。广泛地从朋友中寻找答案，然后回来与任遐迩、杨速一起多方论证。

从讨论中他当然也看出老二见识不如任遐迩，不仅底子不如，脑袋也没任遐迩转得快。但他还是每次都叫上老二，能提携老二多少就多少，他相信老二多听多讲多参与，总能比别人跑前一步。

杨逦终于获批可以离开上海，但她没好意思跟两个哥哥住，一个人住到由任遐迩设计、杨巡布置的两兄弟过去住的那套房子里。杨巡没让杨逦躲避，叫上杨逦也跟进参与研讨论证。杨逦至此才知，大哥什么叫她参与提供经验策划项目的说法都是大哥客气，她临时跟进，几乎听不懂大家的讨论，觉得从大哥大嫂嘴里吐出来的字眼也是那么高来高去，非她平时所能接触。跟着任遐迩计算每个项目的得失，她也不懂从何下手，更不知任遐迩采用不采用某个数据的原因是什么。她本来就已经没了骄傲，这下更发现自己其实什么都不是。她更蔫了，从此不敢小看大哥。

杨巡和任遐迩都觉得杨逦的骄狂已经被磨削得差不多，该是拉她一把的时候了。这才由任遐迩出手，选出合适的书籍交给杨逦翻阅。任遐迩的教导自然是不同于两兄弟，有的是杨逦自来欣赏的理论高度，因此杨逦虽然情绪低落，却从春节长假始，便一直翻看任遐迩给的书。

杨速当然也看出小妹精神空前绝后地不对劲，问大哥，大哥说是工作中受了严重打击。杨速心里认为绝不是那么简单，可是他问不出来，只好作罢，但他见不得小妹一直郁郁寡欢，提出初三后带杨逦去海南晒太阳，却被两个人拒绝。杨巡说老四有必要春节后立刻投入工作，帮两个哥哥的忙，杨逦则说没有兴趣，杨速越发摸不到头脑。

倒是韦春红眼看春节临近，既不见雷东宝登门道歉或改过自新，又不见儿子软化态度，她骑虎难下，难以决定这个春节将怎么过，总不能涎着脸自己送上小雷家，假模假样过上几天，再缩回阵地继续冷战吧。

她考虑再三，等到儿子考完试放假，她便非常高调地煽动得雷母跟她一起，老老小小一行四人风风光光乘飞机去海南度假去了，只留下雷东宝一个人在小雷家过冷冷清清的年。

韦春红光顾着掩饰自己与雷东宝的关系，解决今年没法上雷东宝家门的大问题，却没想到她的高调触及没有分到一丝年货的小雷家村民的痛处。以韦春红的伶俐，她是怎么都不会想到小雷家今年竟然会不分丝毫年货，又不是一分钱都没有，这么不近人情的做法她是做梦都不会想到。雷母做人更是浑浑噩噩，儿媳煽动她去海南玩，她就高兴地收拾行李，高兴地遍告左邻右舍，说她去海南是飞机来飞机去，最关键的是钱全部由儿子出。

于是所有的村民看着吃得肥头大耳的雷东宝，愤怒的心燃烧了。春节又正是走亲访友的好时节，大伙儿聚一起悄悄议论，说敢情大伙儿没分到的年货，全都肥了雷东宝一家。雷东宝在众人心目中的崇高地位，随着众人的窃窃议论，一分一毫地下降再下降。但是雷东宝不知道，他只看到春节时节他家依然高朋满座。

等红伟等人也听说此事，转告雷东宝，雷东宝只觉得好笑，声明韦春红开了那么多年饭店，钱比他还多，但是没人相信雷东宝的解释，大家宁愿一厢情愿地相信自己的判断。众人拾柴火焰高，既然大家都这么说，三人成虎，大家心里更加确认雷东宝的猫腻，大家反而更愤怒雷东宝还想欺瞒于他们。

有人说，捞就捞了，当权的谁不捞，可赖什么？

有人说一个人捞那么多，也不说剩点骨头渣子给同宗同姓的村人。

还有人说……

即便是雷东宝，都开始觉得这个春节变得有些诡异起来。

02

梁思申圣诞节的时候与外公一起去日本商谈，但无果而回。她和外公都不死心，元旦回来继续保持接洽，眼见得日本经济形势越来越图穷匕见，那家日方企业的立场越来越动摇。外公玩得兴高采烈，一步步地设局做出欲迎还拒的样子，挑逗日本那家公司的神经。梁思申本来一本正经地做着，却看外公玩得有趣，就罢手看着外公玩，配合外公挑逗。没想到外公跟她吵架总能黑虎掏心，玩正儿八经的收购也一样能牵着对方的神经摆布，搞得对方欲罢不能，一步一步地进入外公设下的圈套。共同经历了，一起深入了，梁思申才能叹为观止，这才明白外公虽然并不一定会她那一套中规中矩的办事手段，却有几十年练就的老到眼光和过人阅历。

于是她把搜集到的其他企业信息也说给外公听，让外公的业余生活变得丰富多彩，令外公的眼神又迸发蓬勃朝气，因此外公时常得意地摸摸自己因年老而头发稀疏的脑门，故作深沉地问可可，外公是不是越来越像秃鹫。可可哪里知道外公的意思，看到外公给的秃鹫图片，对比研究之下，从妈妈衣橱里拿出一条毛围巾在外公肩膀那儿围上一圈，这才严肃承认外公像秃鹫了。

外公揽镜自照，本来还是笑嘻嘻的脸一下凝住，看着和秃鹫一样满是皱褶的脖子和脸，很是不自在起来，竟然郁闷了一整天。他想赖掉，偏偏可可已认准他是秃鹫，追着叫秃鹫阿太。梁思申不知，还以为外公自我标榜强悍的收购作风，心里还觉得外公挺自恋，就没阻止可可，弄得外公更是灰头土脸。

梁思申本想带上外公、小王和可可一起去宋运辉那儿包个宾馆套房过春节，顺便让外公看看宋运辉的公司，没想到总部发函让她回去一趟，有事相商。既然梁思申不去，外公自然是不肯屈尊去宋家的，那似乎显得他老无所依太彷徨。他也不让宋运辉带走宝贝可可，害得宋运辉只好两头跑。

梁思申被通知回总部与人力资源相关人员谈话，说是谈她的职业安排。梁思申想到的是吉恩的秃鹫盛宴邀请，一路好笑地想到，难道吉恩三番两次劝诱不成，干脆直接从大本营着手挖墙脚？她当然不能答应，她现在安家中国上海，虽然最近诸多不快，可她已经变得逐家而居……可是，梁思申自己也不知道，为什么她乘上飞往美国的班机，想到彼岸熟悉的环境风情，心情却是那么愉悦甚至畅快呢？

她似乎是冲出什么令她呼吸艰难的羁绊，她好像迫不及待地想登陆那另一片陆地。

但令梁思申惊讶的是，吉恩并不知道她来的消息。这下梁思申有些糊涂了，与吉恩无关，那么有关她的工作安排究竟是怎么回事？

答案并不需要太久等待，梁思申如约上去谈话，但是她没等一小时约谈结束，已经变脸出来，可梁思申的心里在笑，抑制不住地笑。她没想到，人事叫她来所谓详谈她的职业安排，竟是希望她回来美国，接受短期培训，原因……哼，梁思申心里还是笑，不用笑别人，这回只笑她自己，笑自己的幼稚。

她没有逗留，她哪儿都不想去，熟悉的华尔街已经在她眼里变得可笑，她顶着寒风匆匆回到酒店，在温暖的浴缸浸泡良久，绷紧的肩膀才松弛下来，她茫然地望着天花板，心里却是再也笑不出，只余浓浓的沮丧。原以为自己英明神武，臂可跑马，却原来只是该死的无知的眼高于顶。水冷了，她才出来，拔掉电话捂头睡觉。只觉得横贯全身，令她几年来精力充沛地享受工作、享受生活、工作生活两不误的一口真气全泄了，此刻除了睡觉不想做任何事。

醒来时候梁思申脑袋空空荡荡，伸手开电灯，才发觉这里不是她的家，她又是发了好一会儿呆，才打电话到锦云里。她拨下上海区号的时候，才想到拨的是外公的电话，她脑袋里犹豫了一下，手上却顺势拨下去，没有停止。她想到，她似乎应该先跟丈夫说，而不是跟讨厌的外公说，但外公已经接起电话。

"什么事啦？小辉明天才来，你算算时差，别搞错。"

听着外公一如既往的强悍和不耐烦，梁思申反而感觉亲切，似是怕被电话那端外公看见似的，偷偷伸手轻轻揉开凝固了不知多久的颜面，尽量平静地道："外公，我决定全职与你合作做秃鹫。"

"少来，给人开除了还想我记你情，珠算没学，算盘倒是天生能打，怎么回事？"

梁思申这回没顶回去，老老实实地道："没被开除，我好像还有点用，他们想把我调离中国，还想让我深造，给我升级，可是我忽然不想做了，其实都是一回事，是我原来无知。"

"到底怎么回事？说痛快点。"

"没，没事了。今天进去就问爸爸的事，我说不知道不知道不知道，我全不知道。然后他们说我什么能力很好，过往的工作考核也很好，总部需要我这样的人……我全知道了，他们的潜台词是我不再适合待在中国……"

"你们上海办事处不也早先因为这种事请走一个子弟？这种事情是迟早的，你难道不知道？"

"我原以为上海办是入乡随俗。"

"天下乌鸦一般黑，因为什么派你到中国，当然有同样原因让你回去。很简单，你以为你能力超群？比你强的人多的是，比如我和小辉。不过你还行啦，老美没把你就地正法，还把你调到美国高升，算是没辱没我王家血统，怎么，哪儿不对？把你就地正法才对？"

"不是，我没想到全不是这么回事，我没想到事实跟我想的全不一样，我还以为这边都很职业，很讲规则，我没想……"

"那是你傻。"外公都不要听梁思申的申诉，"我走遍全世界，哪儿都一样，什么事只要跟钱搭一起，都没个干净的。你们那行当算计的都是大钱，即使规则也是黑的，你还什么讲规则，你是给洗脑了才不觉得黑。你跟我说秃鹫，秃鹫是干什么的？你做秃鹫玩得高兴，你想过被秃鹫吃的人是什么想法？股票又是什么？衍生品又是什么？都是内行人空对空玩外行人的游戏。只有你才以为是数字是科学，笨蛋！难怪你一会儿控诉你爸一会儿又控诉小辉，敢情你学校出来还没长大过啊，会不会太弱智，难道以前是我高看你了？"

梁思申被外公骂得无法应答，无奈地道："原来我比我能想象到的更傻。"

"幸好只有我发现，要是你那些老美同事也知道，你一早就给地正法了。"

"我再好好想想。"

"想什么啊，有什么好想的？一清二楚的事，你又不是可可，这么简单的判断都没有？早点辞职回来最好，我调教你。你别告诉我你厌恶这个黑暗世界，从此关门做家庭妇女，有闲了去证券公司玩数字，你别告诉我，我警告你。做人现实点，都是让迪士尼教傻的。"

梁思申放下电话哭笑不得，她又不是不知道外公是什么德行，却还第一个打电话给外公，难道她正是讨骂去？可是她心里却明白，外公把答案打包给她了。不，其实她已经知道答案，外公只是点穿而已。现实地说，确实哪儿都是一样，她再不用把这边当作天堂当作最后的精神家园，除非她是精神病。那么她对此还有什么可留恋的？

只是她的心里很失落，理想呢？幻灭了？那么容易？还是她早等着这一天？

她办完辞职手续，毫无悬念地直飞迈阿密。爸爸妈妈在等着她，等了一年，幸好还赶在春节，但愿爸妈不会拒她于门外。

飞机向南，阳光越来越明媚。但世界的色彩看在梁思申的眼里，已经褪尽瑰丽。想到正要去见的爸妈，她硬下心肠坚持了那么多天不去探望的爸妈，可她到今天才知道这个坚持非常可笑，到今天才知道以前这二十多年的认识都是被她人为地涂上理想主义色彩的假象。二十多年，人家杨巡等人估计早在童年时期就适应了的世界，她今天才看清。其实爸爸不是……的，妈妈不是……的，宋运辉不是……的，所做的工作不是……的，所接触的规则不是……的，遍数下来，似乎只剩下小小的可可是真的。对，还有硕果仅存的外公，外公率性得彻底，倒是有属于外公自己的真实的世界观。梁思申不由得深深怀疑，她第一时间给外公打电话，是不是潜意识中早认定外公的真实。

时至今日才能体会外公的可爱，理解外婆一辈子对外公的纵容。

而原本高大的爸爸，原本睿智的丈夫，还有那些原本伟岸的亲戚们，反而都不是那么回事。她自己也不是，她只是个外公说的理想主义傻瓜。这些人是怎样，包括她是怎样一个人，其实外公早就跟她提起过，而且一直挂在嘴边，果然她愚钝，她以前反而还认定是外公嘴坏。其实外公嘴上虽不歌颂礼义廉耻，做人倒是说一不二，最不虚伪。

她想到事后给宋运辉打的电话，丈夫很理解她的选择，也支持她的选择。但是宋运辉的意见与外公的不同，他说她逃避，没有挑战现实的勇气。梁思申说挑战也要看挑战什么，她现在厌恶那种满嘴标榜高尚的企业文化，实则百无禁忌的虚伪，话说窃钩者诛，窃国者侯，后者偏要摆出道貌岸然的职业精英状，她以前不知道便罢，现在知道了，既然活在这个世上避无可避，她宁可学外公直来直去。

梁思申一路胡思乱想，看看这个西装笔挺的可能是衣冠禽兽，看看那个笑容可掬的可能是道貌岸然，一下子忽然看出去似乎都没了好人。即便是下了飞机坐上租来的车子，也依然不知道该如何去面对父母。一生做人的行为准则忽然成了虚妄，那么她现在该如何言如何行？再加今天去看爸妈，本来就是一件高难度的事情。

她将车子开到爸妈住的地方，一眼便认出已经在照片上多次见过的建筑，她没敢下来，就坐在贴膜的车窗后面深呼吸。她不知道该怎么开口，该解释还是道歉？还有，爸妈会怎样地怪罪？她甚至有了临阵退缩的打算。

而此时爸爸走了出来。爸爸显然是诧异自家院子外怎么停了一辆车子，不免多看了几眼，看得梁思申心里"咚咚"打鼓，更想逃避。但是爸爸没过来，爸爸精神很好，他出来是来剪花，但才一刀下去，屋里的妈妈也冲了出来，梁思申从微降的车窗后听出，妈妈在"教育"爸爸插花用的花应该剪长柄，别总不舍得下刀子，爸爸唯唯诺诺。梁思申看着，眼泪抑制不住地流淌。

眼看爸妈剪好花转身进屋，梁思申脑袋发热，便冲出车去。爸爸妈妈这时也看到了，妈妈比爸爸反应快，冲在前头，三步两步，便与女儿撞在一起，抱在一起，哭成一团。

其实见面很简单，什么话都不用说，爸爸还是爸爸，妈妈依然是妈妈，女儿就是女儿。

最简单的关系，梁思申发现她给搞得复杂化了。

她陪爸妈住了几天，帮他们买了台电脑，连上网络，教会他们发送电邮，浏览网页，又跟着爸爸与几个华裔见面吃饭，还陪爸妈去医院做了一次全面体检。上飞机去日本前，又被妈妈用美食喂得无法弯腰，但是她一直没跟爸妈说她工作变动的事，自然更不会与爸妈说梁凡出事大家乱成一团，此时的爸妈在她眼里已成了需要她照料的老先生老太太，那些伤筋动骨的事情，她担着。

03

宋运辉没料到梁思申速战速决去了父母那儿，他跟外公一起接到电话后，听外公自言自语，他没听清楚，他忽然也有了去看一个人的冲动，他看看手表上的日历，对外公道："外公，我想去看看东宝大哥，你有没有兴趣一起去？"

外公犹豫一下："我这老保姆得替你们看着儿子。"但又忍不住道，"那边冷，吃不消，呃……有没有好点的宾馆？"外公也好奇那个鲁莽的雷东宝究竟做了些什么事，而且外公闲不住。

"有宾馆，还不错，我让人给外公订个套房？"他说话的时候拨电话打听得今天有航班过去，又让红伟订房。

外公点头，立即让小王着手准备行李。宋运辉则是自己上去收拾行李，他还得收拾可可的东西，偏偏可可跟着上来一定要蜷在行李箱玩密室藏宝，宋运辉将他拎出来，他笑嘻嘻地又爬回去，他嫌箱子逼仄，就把爸爸收拾进来的东西扔出去，弄得宋运辉手忙脚乱。外公看上面两个人总是没个完，心里奇怪，让小王上去瞧，小王看见就笑死了，转达给外公听，外公连连夸奖可可干得好。

宋运辉终于拖拖拉拉下来，可可还兴奋得嘎嘎乱笑，抱着爸爸的头乱搓头发。宋运辉一手拎箱子一手抱可可小心觅着楼梯终于走到平地，才看清楚外公已经换上一件黑色貂皮领子呢大衣，手套围巾帽子戒指一件不少。宋运辉不由看看自己随意套上的羽绒服，赶紧把可可放下，自觉冲上楼去换了一件大衣，也是黑的长大衣，是梁思申给他的配置。外公这才满意地点点头，一行带着可可保姆浩浩荡荡地出去。

两个人心照不宣，尤其是外公，他喜欢出众，喜欢权威，因此不等人家认识他的心灵美，他先装备齐全压倒众人。宋运辉则是知道此去必与雷东宝交谈，他不免想到上回雷东宝见他时那妄图压他一头的念头，因此他也需要装备。

飞机到达便见到红伟吊着脖子等待，但宋运辉没见到雷东宝，心里失望，外公则是不客气地问宋运辉："东宝为什么不来接我？架子那么大？"

宋运辉见红伟为难，就道："我只说我来，没说外公来。"

"才初六，正月初六，他有多大屁事拖住，你来他也不接？摆脸子给我们看？"

宋运辉自己心里也生气，就没回答，只对红伟道："你们稍候，我去看看回程机票。"

红伟忙拖住宋运辉，内疚地道："宋总别生气，机票的事情都交给我，我们先去宾馆，我开着书记的车来。"

外公跟宋运辉道："你去看机票啦，我们休息一晚上，明天去你家。我看你东海公司去。"

宋运辉冲红伟笑笑走开。红伟异常尴尬，又不好说什么，只好一直赔笑。他来前通知雷东宝接机，但雷东宝春节没人给他烧饭，这几天一直吃东家喝西家，他去人家家里，当然都是好酒好菜，起码酒要喝足。他听说宋运辉来，但宋运辉不是直接给他打电话，令他心里很没意思，就屁股黏在椅子上不动，将车钥匙交给红伟让红伟看着办，因此就不高兴地多喝了几杯，躺在家里睡午觉了。

红伟很无奈，他不用转身都能猜出外公一定是黑着一张老脸。宋运辉买好机票，一行上了雷东宝的奔驰车。红伟只好对宋运辉说实话："宋总，书记大概是喝醉了，小三打门叫不醒。最近他本来心情就不大好，还不知什么原因，大过年的韦嫂和书记妈扔下书记去海南玩了，这几天我看书记每顿喝醉。"

外公明辨秋毫："妈妈的，孬种，怕我骂他，装醉做缩头乌龟。"

红伟辩解："书记不是做缩头乌龟的性格。宋总，书记最近难，我看着他酒量也不如从前。今年春节上门的人倒还是挺多，但大多是要债的，像你们这样专程来看书记的今年不多。书记要是没喝醉，不知道该多高兴！"

宋运辉原是想学梁思申，放弃其他杂绊，专心兄弟感情，面对面地与雷东宝商讨面临困难，为此他特意拐来经验老到的外公，没想到他的主动换不来雷东宝的接待，他也怀疑雷东宝佯醉避他。但红伟说得那么恳切，他也不便说什么，就道："我们先住下，外公需要休息，回头还得劳烦红伟哥带我去小雷家转转，很久没来了。"

外公道："不去小雷家，我睡午觉。"

宋运辉冲外公赔笑："小雷家冷，外公就宾馆待着，我去请大哥来。或者……外公有没有兴趣去我老家看看？"

"不去，哪儿都不去，我累啦，别跟我说话。"

红伟也跟着赔笑，但是没敢插嘴，知道这老头脾气暴。宋运辉安抚下外公，才问："红伟哥，春红姐与大哥……没什么吧？"

红伟却不知道那茬："能有啥事，韦嫂还带着婆婆一起去海南，婆媳好着呢。对了，听说书记最近倒是一直住村里，忙得没时间去市里住。"

宋运辉闻言，不由自主地点了点头，看来那两夫妻有问题了，也看来雷东宝现在工作生活全都一团糟。一念及此，他只好又一厢情愿地替雷东宝开解，因为雷东宝工作生活都不如意所以才避他，并非其他原因。

安顿下了外公和可可，他跟红伟去小雷家。但宋运辉心不在焉，他已经准备调整思路，将来此献计献策改为纠正雷东宝的不良心态。红伟则是一路感谢，又不断告诉宋运辉现在小雷家的困难，以及村民对雷东宝的误解。

宋运辉从来就没指望村民能服服帖帖，有议论才是正常。他听了半天，看到面目全非的小雷家出现在眼前，他这才能将看过的报表、梁思申的描述和小雷家的发展联系在一起。他让红伟停车，步行走进村子。红伟后面缓缓跟着，开着车窗大声指点给宋运辉听，这是什么，那又是什么。

宋运辉自己是做工程一步步进阶的，看着这么大规模的安装场面，又想到红伟找杨巡所说的技术人员纷纷离职，他连连摇头，安装工程千头万绪，需要一个极其内行的领导班子，类似小雷家的现状要搞好眼前这一大摊子，他凭经验觉得难。他又回头向红伟确认："你说的那个技术骨干没回来吧？"

红伟道："那个没回来，但等我回来，工程师又走了三个。"

宋运辉点头，心说即使资金不出问题，这么大规模的安装工程也肯定是问题不断，进度必然是跌跌撞撞。没想到小雷家搞了十多年，至今依然保持土法上马的风格不变，这种管理意识，若不是过来亲眼看了，还体会不到。

路上照旧的脏，风吹起来扑面的细灰。宋运辉且行且问，红伟将车子开到空旷处也停住下车，跟着他一起步行。他们不急着去雷东宝家，两人一起先将几家工厂大致绕了一圈，才往回路走。

红伟避开来来往往的村人，轻声问道："宋总，你看呢？怎么救才对？"

宋运辉摇头，"没救"这两个字在舌尖转个圈，又咽回去："需要动大手术。"

红伟却松口气，道："只要还能动手术就行，等下我让其他几个人也一起来听你指点。"

"不敢说指点，红伟哥，我们讨论。可是……我担心的是大哥，他能不能转变观念。"

"书记说你曾叫他削掉一半产能，组织最精锐力量强攻，他说他绝不。"

宋运辉笑："以前我没号脉，乱开药方。红伟哥暂时不要请其他几个，还是让我跟大哥单独谈谈。"

"好，你们慢慢聊，我让我老婆做几个菜。"

宋运辉点点头："大哥会发动群众，却不大会团结群众，幸好还有红伟哥你这样的兄弟朋友不离不弃。呵，门口的树都长这么高了，你们都没钥匙？"

红伟站门口打门再三，又仰头叫好半天，都没听见雷东宝在上面有任何动静。宋运辉仰头站着想，雷东宝究竟是真没听见，还是假没听见？这时候他注意到，雷东宝家的窗户还是过去的那种老式木框窗，风吹雨打，木框上的油漆早已脱落，老旧不堪。而周围其他人家的大多已经改头换面，换成铝合金窗。宋运辉想，雷东宝或者是做人不拘小节，也或者是跟不上时代，但总之是对潮流变化不敏感的。

不断有人听见叫喊声探出头来瞧，又看到红伟身边的宋运辉而好奇，好多人认识他，自认有头有脸的就赶紧过来握一下手。但来人如士根、正明者，都秘密小心关注着宋运辉的神色，揣测他与雷东宝的互动。毕竟宋运辉自雷东宝释放后，再没来过小雷家，今天还是第一次，但细心的来人也从态度较以前和蔼可亲的脸上看出宋运辉更加权威，因此更加留意宋运辉的一举一动。

宋运辉可比雷东宝细心得多，他跟每一个说话握手，都是不加掩饰地观察着握手的人，一圈儿下来，他对红伟道："还没应声？"见红伟摇头，他断然道："砸块玻璃，谁爬进去开门。"

小三连忙找砖头砸碎玻璃，又举起另一个精壮小伙子，扒开插销，翻窗进去，将房门打开。宋运辉当即走进去，拍拍那小伙子的肩让他出来，他跟大家说声不好意思，就关门落锁将自己关在门内。他心里有个不好的推测，他怀疑雷东宝装醉避他，估计让大伙儿活捉现场的话，雷东宝这傻瓜本来现成可用的宋氏虎皮大旗就此失效。他有时还真厌憎雷东宝，可让他今天当着那么多人给雷东宝没脸，他做不出来。那么，就关上门，做成人民内部矛盾。

他走上二楼，就听到楼上鼾声如雷。循声源找去，见雷东宝大冷天手臂露在外面手掌放在脑袋下面正睡得痛快，模样就跟图画中的放牛娃似的。宋运辉看清楚这些，转身下楼，开门对外面还站着的众人道："有什么办法解酒？"看到雷东宝是真醉真睡，宋运辉心里释然，虽然依然清楚雷东宝明知他来却喝醉，无非是借喝醉不与他面对。

正明笑道："书记喝醉了叫不醒，叫醒了也没用。"

宋运辉道："以前不是号称千杯不醉吗？我记得他中午喝醉午睡一会儿就可以上班。"

红伟如实道："书记现在酒量差了点，喝醉了也比过去爱睡。有次喝醉了我们没注意，他自己滑桌底下躺着睡着了。"

"得睡多久？"

红伟看向小三，小三道："现在书记只要喝醉躺下，一般都得第二天早上才起，不管是中午喝醉还是晚上喝醉。"

宋运辉当众拉了好一会儿脸，才道："红伟哥，你安排个人看着大哥，他如果醒的话……我们几个先过去宾馆，士根哥，正明，还有这位三主任吧，我们一车过去，难得见面，我请大家吃饭。大家……跟嫂子请假没问题吧？"

士根讪笑道："我还是不去了吧，我现在半退休，喝酒不会，聊天说不到一

504

块儿。"

宋运辉拖住士根，笑道："士根哥若肯赏光，我开车接送。"

士根不好再说，但脸上显然是皱纹缓和，扬声与站在不远处的儿子打个招
呼，跟宋运辉一起走向车子。宋运辉抢了红伟手里的车钥匙，众人客气一番，见
实在拗不过宋运辉，也只得鱼贯进入坐下。宋运辉这才道："大哥不管怎么起落，
最后跟在他身边的总是你们几个，说起来，除了三主任，我们几个已经认识十多
年了。"

小三忙道："宋总请叫我小三，我才多大，当不起三主任。"

士根坐在前面，闻言只是笑笑，但是没说话，红伟道："说起来这十几年变化
还真大。"

宋运辉道："士根哥，你儿子上初中了吧？看着他长大了。"

士根才道："刚上高中了，犟得不行，每天跟我争长短，什么事情都要辩个高
下，宋总女儿还没初中吧？"

"还没，不过快了。你说他们这么疯长，我们还能不老？士根哥有五十了吧？"

"明年，明年请宋总过来喝酒。"

"刚才说大哥现在酒量减少，也该是时候了，我都忘了大哥也奔五十了。印
象里大哥好像一直是那样子，每天使不完的精力。"

士根笑道："书记以前可没那么胖。宋总倒是一直不胖，宋总生活有规律。"

"太太管着。"宋运辉呵呵一笑，"士根哥，不瞒你说，我今天来想讨教你这
个旁观者，小雷家到底是怎么了？刚才跟着红伟哥一路看下来，一路都是问题。"

士根也不由看了看宋运辉，但士根现在也无所谓，他已经是给压到底层的
人，他就直说："小雷家现在看上去麻烦很大，但书记看上去没有办法。原因追究
起来，根子还是出在书记个人身上。宋总找我们谁都没用，最应该是好好找书记
谈，让他不要一意孤行。我以前仗着老面子找书记提过意见，书记没听，看来还
得宋总出马，其他具体我也说不上来，我离开雷霆很久啦，他们怎么操作我没权
过问。"

"哦，士根哥能否把以前跟大哥提的意见和我说说，方便吗？"

"方便，以前我提的时候想单独谈，不过书记说公开谈，大家都听到我提问书
记解释。一条是村原有猪场鱼塘没归在雷霆，那部分承包收入由谁保管的问题；二
条是征用村土地后的土地征用费由谁保管的问题；三条是在雷霆上班的村民只拿有

505

限工资，上缴奖金由雷霆支配是不是合理的问题。"

不用等士根说出雷东宝的解释，宋运辉就已经知道依雷东宝的性格，那些钱会流向哪里，由此，宋运辉不由深深担忧起雷东宝在小雷家村的群众基础来。雷东宝对他都这样，对村民还能有什么好辞色？如此看来，这雷东宝别说是活路没有，连死路都被他自己堵死了。宋运辉无心开车，也无心掩饰，将车停到路边交给小三，自己退到后座。

他做企管多年，最清楚钱在大家眼里的分量，因此每到加工资或者岗位工资调整时期，他都是严阵以待，再三再四拟订调整方案，小心掂量各方平衡，可即使这样，每次依然麻烦不断。那么那些已经记在村民名下不菲的钱却被雷东宝强行占用，村民该有多少不满？而如今又眼看雷霆陷入困境，村民被雷东宝占用的钱眼看将陷于泥淖，大家将如何憎恨占用他们的钱又管理不善让他们的钱有去无回的雷东宝？他不知道雷东宝还做了那么多蠢事，果然士根旁观者清，三个问题直指雷东宝死穴。而雷东宝却笨到要求士根公开对话，而非私下解决，真是无知到狂妄。

一旦雷霆有个风吹草动，这三笔钱归还成疑，那些村民都得揭竿而起。

车上众人都沉默，都偷偷看宋运辉脸色。红伟以前出差没亲耳听到士根谏言，只是风闻士根与雷东宝吵过一架，今天详细听了，又见宋运辉严阵以待，他不由想到杨巡的提醒，他钱多，对那些个钱不是太在意，但是别人呢，连正明都再次回头认真品咂士根这三个问题的滋味。

车到宾馆，宋运辉安排他们几个在他的套房歇息喝茶，他则是上楼找外公说话。他将雷士根的三个谏言一说，外公奇道："东宝脑袋灌水泥了？"

宋运辉没有回答，又把他见到的小雷家一幕跟外公详说。外公认真听着，一直摇头。等宋运辉说完，外公道："东宝还待在村里干什么，赶紧转移资产逃走，我看没办法。"

"只有救活一个完整雷霆，大哥在小雷家才能好好待下去。外公你看……"

"他待小雷家干什么？继续祸害？到一定规模后，他不是管小雷家那料了，他该被历史抛弃了。我看你现在被传染笨病了，这么简单的问题你还没看清？你现在只有一件事能做，给东宝留条后路，让他有地方投奔，其他没了。"

"外公能不能下去跟小雷家的几位大员谈谈？"

"去干吗，医死马？我才不干那蠢事。你赶紧打发了他们，找辆车带我四处看看，别白来一趟。"

宋运辉只好放弃，他打电话要宾馆派一辆车，他写下地址，让司机趁天还亮，带外公、可可、小王、保姆去几个地方转转。他则是下楼与小雷家四个聊天。至此还有什么可聊？宋运辉也没了帮忙的信心，他不信失去民心的雷东宝能有本事力挽狂澜，再度带领小雷家村民绝境逢生。但既来之，则安之，他还是找话题与众人谈了两个小时，又一起吃了顿饭，才亲自送他们几个上车离开。

宋运辉回到自己房间，单独想了半天，越想越燥热，将窗户打开透入冷空气。他在寒冷的窗口站了好久，才回身给正在海南度假的韦春红打手机，他告诉韦春红，雷东宝可能会在小雷家待不住，他要韦春红做好最坏打算。

韦春红大惊："为什么？又是坐牢？"

"我今天到小雷家，情况不乐观，坐牢不坐牢还是次要，最严重的是众叛亲离。"

韦春红失色："宋总，你说这话要负责任。"

"我负责任地建议你，转移所有财物，静观事变。对大哥我已经没建议了，你可以转告他，他没处去可以找我。"

韦春红无法抑制地问："这么严重？有这么严重？"

"对，你好好考虑。你任何选择我都会尊重都会接受，但希望你跟我打个招呼，让我有所准备。"

韦春红听着那边挂断电话的"嘟嘟"声音，一直倒吸着冷气没法接受宋运辉所言。

但外公说他打草惊蛇，弄不好韦春红就此卷铺盖离开，雷东宝落个人财两失。宋运辉觉得韦春红应该不会离开雷东宝，当年雷东宝坐牢时候韦春红的表现让他印象深刻。但他也不知道韦春红这次会如何选择，无论韦春红怎么做，他相信自己言行一致，都能接受，只是，心中则是最希望韦春红别离开雷东宝。

外公却不管宋运辉心不在焉，拖住宋运辉道："你好像在老家挺是个名人嘛，问路只要提到你的名字，十有八九不会落空，你家那房子是你工作后造的？"

宋运辉应声"嗯"，转头应对可可的纠缠，良久才又回答一句："我出钱，大哥代我去世的姐姐出力。"

"你那时候工资够造房子？"外公惊奇，"现在工资反而少得我都替你叫屈。"

"我自己造肯定不够，揩大哥的油，不过那时候出国一趟省下来的生活费兑换成人民币，数量可观。"

"那倒是，以前国内外生活水准相差巨大，有钱先修祖屋，这想法倒是乡土。"外公在宋运辉背后眯起眼睛，冷不丁问一句，"你当年在那么个偏僻的农村，心里的理想是什么样子的？今天的发展在不在理想之内？走到外面后，有没有忽然发现以前的理想全部很可笑？"

宋运辉被外公问得一愣，定下心来回想，但得再细看外公表情，确信外公问题之后没有陷阱，才道："还在农村的时候理想很局限，书本教育多少，我的思维空间也就多少，我家庭成分不好，当然不敢奢望能有今天，那时候的理想是做个科学家，当时想只要好好读书逃出去。"

"不过我听思申说好好读书对你来说是奢侈的想法。"

"好在恢复高考。那时候坐着火车去上学，火车轮子滚一圈，我的眼界扩一圈，到了学校更是被那些有经历的大同学和纷至沓来的信息打得眼花缭乱。大学四年就是海绵一样吸收知识，以期跟上大城市同学的脚步，脑袋里的想法被快速发展的社会裹挟着剧变，经常在现有认识上确立一个理想，却很快被下一拨思潮否定。毕业后社会正等着我们去创业，忙得都没时间想太多，等到一定程度，更多是回顾总结，展望未来，再也不会有不切实际的幻想。"

外公听了点头："我也说，哪来那么多理想信念，我当年战乱时候最想的是活命保本，除了汉奸什么都可以做。妈妈的，所以说能坚持理想、信念到成年的人都是蜜水里泡大不知世事艰难的幸运儿，以后再看思申一把鼻涕一把泪，我啐她。你以后也不许宠着她，养个好高骛远的老婆，你累不累？"

宋运辉不同意："自己辛苦，不希望再看到亲人重蹈覆辙。做男人的有能力让妻儿享福，算是本事吧，可惜我的收入跟不上思申的开销。"他至此才明白外公为什么问他这么古怪的问题，外公从来只关心自己，即便关心他，也不可能关心到心里去，交流思想还是第一遭，原来是为思申。看起来老头子不声不响挺在乎外孙女。

外公道："你这想法老派，我喜欢老派男人。不过别矫枉过正，养出一帮不事稼穑的寄生虫来，可可的教育我得盯着，你才脱贫，不懂高深教育。思申自己还是小孩子，小孩子带小孩子玩还行，教育？呸！"

宋运辉哭笑不得，又不便揭发外公养出两个大好儿子，至今有家归不得，只得道："外公经常当着可可面非议他妈妈，应该不是好教育。"

外公老脸一红："你别管我，你还是教育你那好大哥去，想办法怎么给他自己在小雷家留条活路。你千万别妄想通过你那些官朋友拉东宝过这一关，不过我相信你不会笨到没救，搭上自己得来不易的地位。"

宋运辉不死心地问一句："真没希望了？"

外公道："你脑袋还正常吧？"

宋运辉讪笑："此一时，彼一时也，时势造英雄，时势毁英雄。"

两人议论的当儿，一车回家的小雷家四个骨干却是各怀心事。尤其是士根，更不可能在这几个人中间随便说话。但快到小雷家的时候，正明却开口了："你们有没有看出，宋总到宾馆后态度有变化？"正明说完很久，见大家都不搭话，就点名道："小三，你说士根叔的三点是不是对宋总影响很大？"

小三不敢乱说，但又不能不答："我光顾着开车看路，没怎么留意。"

正明轻"哼"一声，又对红伟道："红伟哥，看了宋总的变化，我很担心。本来……我是把宋总当救星的……以前小雷家最难的时候，靠宋总提携才活过命来，这回我看他后来吃饭说的话都是绕圈子。"

红伟断然道："那是因为宋总还没跟书记谈话，我们算什么，他跟我们拍胸脯拍错地方了。"

正明道："也是，你看我心急的，眼看一根救命稻草在眼前晃，心急得不管三七二十一先抓住再说，也不看看自己是不是这角色。士根叔，还是你最有资格，老资格，没说的。"

士根却是在黑暗中闭目打盹，一言不发。该说的他都倒给宋运辉了，从宋运辉的态度，他看得出宋运辉比这一车其他三个都明白，他倒是看不出宋运辉前后态度的变化，估计那是正明杜撰，宋运辉不是那么肤浅没城府的人，显见正明别有用心。他绝不会敷衍正明递来的探询，正明是什么货色，他旁观几年更看得明白，小雷家落在正明手里，更没他的好。

红伟也烦正明，见车子拐上村道，不得不抓紧时间道："今天与宋总的谈话，我看局限我们四个人小范围知道，都别传出去。"

小三立刻答："我有数。"其他两个都没回答，红伟也不好强求。

但小三回家却是好好琢磨正明车上说的这几句话，再琢磨红伟与士根的态度，心里越发感受到雷东宝的权势犹如比萨斜塔，岌岌可危。

红伟回到家里也是回想宋运辉的态度，但他想来想去，宋运辉除了将方向盘交给小三之外，看不出态度有什么变化，可是又不能由此认定正明没看出什么，他又何尝不是担心得恨不得宋运辉当场拍板表态，他自己也很失望于宋运辉的态度一直模棱两可。

红伟想来想去，走出家门，站在寒风中对着这一溜五幢与众不同的房子发呆，过去的四大金刚，如今还剩两个。其间有人来了，有人走了，走的人都是让人如此遗憾，但是他无力改变雷东宝的决定。原以为今天宋运辉终于肯来，会是小雷家的转机，他没想到雷东宝知道宋运辉来而喝醉，纯粹是故意，书记为什么故意回避谁都看得见的救命稻草？

红伟皱眉看着白天被宋运辉敲碎的玻璃窗，不甘心机会就此错失，他从家里搬来凳子，拔开插销跳进屋去。屋里鸦雀无声，红伟惊异一下，忽然意识到，雷东宝如雷的鼾声呢？他轻手轻脚地摸上楼去，才到卧室门口，就听干涩的声音道："干什么，小辉走了？"

红伟吓了一跳："宋总回宾馆了，书记刚醒？哪儿开灯？"

"不开，你们说些什么？"

"宋总只问我们一些雷霆存在的问题，他可能有话只肯跟书记说。"

"他不说，你们也不问？"

"宋总架子大得很，正明看见他都两手自觉放腿上，跟幼儿园孩子似的，谁敢乱问。"红伟说话的时候，自己摸出手机拨打宋运辉所住宾馆的电话，却不料被雷东宝伸手将手机抢去。红伟奇道："书记，你真不想见宋总？"

雷东宝不语。黑暗中，红伟看见雷东宝好久不眨眼睛。"书记，多个帮手多条路。"红伟不知道雷东宝究竟什么想头。见雷东宝依然长久不语，红伟火大了："书记，宋总请来王老先生，老老少少专程来一趟不容易，为此他明天得耽误春节后第一天上班，你不说别的，起码见个面请吃顿饭，尽个道理。他们明天早上飞机走，你说吧，你想不想明天早上六点醒，送送他们。你要想送，今天不管多晚过去一下最好。你要不送，你这个亲戚从今算没了。"

雷东宝没料到红伟捅出他急欲回避的话题，他终于开口："我家的事，你少插手。"

红伟不依不饶："宋总早已跟你不是一家，你们关系跟宋总和我一样，只是朋友。我帮宋总问你，你到底见还是不见，做人不能对不起朋友的好意。"

雷东宝翻身而起，炯炯双目盯着红伟，即使在黑暗中，红伟都能感觉到其中之压迫。"不见。"但是雷东宝无法说出理由，他旋即又钻进被窝，他有些被动地希望红伟赶紧离开。

红伟却追着问："书记这么对待朋友？"红伟终究不敢用小雷家安危来挤迫雷东宝，怕雷东宝臊了翻脸。

"给我拿点吃的来，快。"

"书记是对朋友说话，还是对下级说话？"

雷东宝被逼得躺不住，摸出手机一把塞进红伟怀里，道："你看着办吧。"

红伟看看雷东宝，稍做动摇，旋即稳定心神将电话拨打出去。很快接通，但没人，红伟让总机转接到王老先生房间。果然是宋运辉接听。"宋总，今天这么累还没休息？有个人倒是睡醒了……"

"红伟哥，多谢你今天一直帮忙，大哥就在你身边？"

"是啊，书记不知道你宾馆电话……呵，你看我废话这么多，我让书记接听。"说着赶紧将电话塞回雷东宝手里。

雷东宝无奈接了手机，耳机里却传来宋运辉并不客气的声音："大哥怕见我？"

雷东宝没想到一向对他说话婉转的宋运辉来个黑虎掏心，但他既然已经接了电话，也就硬撑着场面，不知不觉又坐了起来："对，这儿的闲事你别多管。多大的事儿，让你大忙人操心。"

雷东宝没想到电话里却传出的是外公的声音："我不忙，但我了解情况后也不想为你操心啦，看起来你还有自知之明，知道自己没救，干脆不给我们添烦。东宝啊，最后一句忠告给你，赶紧安排个接班人，你啊，这么胖的人多的是病，借口来上海治病住院吧，以后雷霆的事与你无关。别等大伙儿明白过来撕碎你。"那边外公拿着分机说完，就把电话搁了，因为他知道宋运辉不会跟雷东宝说得那么直接。他抢着说了，省得看宋运辉磨蹭，他眼睛出血耳朵生茧。他搁下分机，对宋运辉道："违心的话易说，肆意的话难说，难说的话我替你说，急病用猛药，你不用谢我。"

"你这几乎是休克疗法。"宋运辉不置可否，因电话那端的雷东宝一直没有出声。

雷东宝果然被外公的话打击，但想了会儿，却道："王老先生也有看错的时候。这儿不比别的工厂，这是小雷家村，村里大多数人是不出五服的亲戚。打断骨头连着筋，这边的人只要我一声令下，立即抱成团。"

"你不要自欺欺人，我已经找红伟、士根、正明和小三谈过话，看来不是雷霆没救，而是你没救。你在，以你的经营思路，雷霆一定没救。你不许忠言逆耳挂断我电话。"

"他们说什么？士根懂什么？"雷东宝焦急，一点都没感觉身上只穿一件棉毛衫，室内天寒地冻。

"大哥，你有局限，这么大规模企业不是你能掌控的。你的文化程度跟不上，你的学习能力跟不上，还有你的观念更新也跟不上……"宋运辉不知不觉也跟着外公下了猛料，但他终究不如外公的生猛，"该是你放手的时候了……"

但是雷东宝听不下去，将电话塞回红伟手中，自己跳下穿衣，冲去卫生间。

宋运辉听到红伟的声音响起，不得不中止："红伟哥，大哥十几年来没有功劳也有苦劳。"

红伟也无言以对，他不知道两兄弟电话里说了些什么，可是雷东宝这种态度，他无可奈何，只有放弃，颓然看着雷东宝出去的方向。

雷东宝没想到宋运辉这种时候严厉指责他，将他鞭挞得一无是处。他当初坐牢时就感觉宋运辉有否定他的嫌疑，当初就有指挥他的意图，被他抵制了。但这回果然，他不过是遇到点困难，好了，宋运辉又急着跳出来说他不适合。他都懒得说，他不是今天才空投到小雷家的，他自己打造的企业，他跟不上？笑话。他最清楚自己的雷霆，如果不是出口受阻，什么事都没有，但雷东宝没话跟宋运辉说，谁让他总是倒霉的时候被宋运辉逮到呢。他不想再说什么，就跟过去在牢里一样，不解释，事后做出来就是最好的证明。

但雷东宝心里隐隐感觉到，其实宋运辉与他那个妖精老婆差不多，本质上否定他这个大老粗，否则宋运辉怎么会说出他文化程度跟不上的话，还说他学不进去，当他的脑袋是大粪塞饱的吗？雷东宝自尊非常受伤，摸出香烟点燃，也不回卧室，开灯下楼找吃的。

红伟见此，现在很能理解千里迢迢飞过来的宋运辉的心情。

走下楼梯，红伟见雷东宝从堆满礼物的八仙桌上拎出一包什么饼，拆开来吃，雷东宝还问红伟要不要，红伟摇头，他哪里还有心思吃零食。他有点想开门离开，但终究没走，从雷东宝的烟盒里抽出支烟，点上坐雷东宝对面闷吸。

雷东宝三口两下吞下几只饼，摇摇热水瓶没热水，随便接了一些自来水喝下。虽然吃得不舒服，可好歹算是打发了饥饿。当然，生水喝进肚子里总归是不舒服，尤其是在这种天寒地冻的天气。他见红伟不肯走的样子，只好问："你晚上和小辉吃的？"见红伟点头，跟他赌气，他心里反而好受，又问："小辉他自己公司没事了？那么闲。"

红伟替宋运辉不悦："我问了，他们公司出口更麻烦。国外现在不承认人民币的汇率，国内银行汇率又不变，他们又是进口原料又是出口成品，每次报价都要再三讨论，很影响利润。"

"他们不怕，他们大国营有国家抱着，要钱给钱，要政策给政策。"

"听说现在也没了，现在一边喊国企深化改革上面不给钱了，一边喊做好下岗工人安置工作，国家看来不抱了。宋总说他们公司算是有名的效益好，因此这回汇率动荡，中央来人先到别的公司调研，最后才到他的公司，看了之后好像说东海公司都勉强，看来需要调整政策。宋总说政策总是会有的，国家不会扔下出口创汇企业不管。"

"唔。"雷东宝吃完饼，将包装袋往茶几上随便一扔，见搁在烟蒂堆积如山的烟灰缸上的烟已经燃尽，掉下来将茶几漆面烧出一团黑，他懒得管，又抽出一支烟点上，"你有没有跟他说只要出口恢复，我们这边就没事？"

红伟道："书记，我开车载你过去一趟吧，不管好坏，多听听别人的意见总是好事，王老先生也在呢。"

雷东宝有苦说不出，他怎么跟红伟说那两个人劝他引退，怎么跟红伟说宋运辉批评他不上进不好学，他只好道："算了，没法解决内销，也没法解决外销……"

"见朋友！朋友老远过来，见见总应该吧。"红伟忍不住怒气，声音开始拔高。

雷东宝还是有苦说不出，定定看着红伟，道："你知道他电话里跟我说什么？"

红伟一愣："宋总既然特意来，不管他说的话好听难听，单是冲着他的诚意，我看书记硬着头皮也得去听着。"

雷东宝冷着脸道："你不知道别乱指派，回家睡去，我头痛，我也睡觉，几点啦！"

红伟愣愣地看了雷东宝一会儿，终于一声不出，大力将烟蒂撅进烟灰缸里，撅塌一座烟蒂山，招呼也不打就走了，开门关门，弄得地动山摇。红伟满怀愤潲，在门外闷站了会儿，没有拐进去自己的家，取车直奔忠富的养猪场。

雷东宝默默看红伟走出去，很久很久，头发都没动个分毫。一个人安静下来，他回想王老先生说的话，回想宋运辉说的话，包括以前王老先生对他说的，以及宋运辉通过韦春红传达给他的话。今天王老先生说得更明确，连退路都给他想好。可他们为什么这么看死他？还有宋运辉今天说的更是新鲜，好像是他搞垮雷霆似的，他在雷霆才没救。那他倒是要问一下宋运辉，雷霆到底是怎么来的？宋运辉明明最清楚雷霆的来龙去脉，凭什么睁着眼睛说瞎话？问问全天下的人，谁不知道，雷霆就是他雷东宝，雷东宝就是雷霆，他怎么可能离开雷霆，宋运辉不笨，因此这么说肯定别有用心，他不想撕破面皮，也不愿与宋运辉对吵。对，他为此才不去见宋运辉。

但雷东宝吸完一支烟上楼继续睡觉，却一时睡不着，脑袋里翻来覆去都是宋运辉的质疑。宋运辉以前从没说他跟不上雷霆发展，今天听了红伟他们几个的话，哪儿看出他不行了？究竟是哪个问题让宋运辉认为他不适合管雷霆？

雷东宝毕竟是重视宋运辉，将宋运辉的话翻来覆去想了好久，可他想来想去，还是认为宋运辉不理解他也不理解小雷家。比如他当年搞承包，起砖窑，哪件事做出来都有人反对，可最后结果呢？结果证明他正确，他完全正确。

雷东宝翻一个身，舒坦地伸直四肢。对，他应该相信自己，不能被一时困扰所迷惑。

他又想，好汉子敢作敢当，他要对宋运辉说个明白。可直起身子却发现他忘了问红伟他们住的是哪家宾馆，更别说房间号，而且他多年不打宋运辉的手机，知道宋运辉手机早换号码，他最多只能打到秘书手里。他犹豫一下，又没好意思问红伟，就找小三要宋运辉所住房间号。

雷东宝开门见山："小辉，我刚才睡醒，脑袋还迷糊。我跟你说，你看错我啦。我，雷东宝，这十多年，从做承包开始，用陈书记的话说，一路跑在别人前面，不为世人理解。我每次领奖上台，领导都是表扬我敢为他人先。这点，你承认不承认？"

宋运辉看看身边刚睡下的可可，不敢惊醒他，只好压低声音道："以前对。"

"现在还是对。你屁股坐在国营，你不知道我们这边做事比你国营要艰难多少，说到底你不理解，你没法理解，我们这边太复杂。复杂程度，就像我是大人你是小孩，你小孩没法看懂我大人在做什么。但我不怪你，我给你半年时间，不用半年，我拿性命担保你收回今天的话。"

宋运辉听了发觉自己很无力："我也最希望看到半年后我收回我的话。但我有个疑问，你除了凭过去经历推断你这回依然是跑在别人前面之外，还有其他什么依据来说明你现在依然意识超前？"

这还需要依据？雷东宝豪气干云地道："小雷家群众的支持就是依据，我年前又拿来一堆奖状就是上级部门的肯定就是依据。你还要什么依据？过去大家都说，群众的眼睛是雪亮的，你作为领导，你也应该培养一些群众意识。"雷东宝此话出口，感觉说得畅快，而且感觉这些话的水平够可以。

"都不是科学依据。"宋运辉继续无力，两人的对话完全牛头不对马嘴，"说到超前意识，我去年让杨巡提醒你留意出口问题，调整产品布局，你做到没有？但我不做事后追究，你也请好汉不提当年勇。我只问你三点，你对今后一年的市场格局如何理解，你将如何调整产品布局，你将如何调配手下人事？"

"你不用问，我今天再怎么说你都不会信，我说了你也不会懂，体制不同，但半年后我恢复元气，我不说你都信。明天早上你们几点去机场？我送你们。"说出这些，雷东宝躺床上挺了挺腰杆子。

"明天六点，你能起就来，起不了也没关系，我已经订下宾馆车队。"

雷东宝这回终于把宋运辉驳得无话，但是他短暂开心过后，却又忐忑，心里七上八下没了底。但想到宋运辉问的三点，这真是太简单了，这是企业最基本的套路，他怎么会不知道，宋运辉说到底还是不理解他，看低他。半年，他咬牙切齿地想，半年后看宋运辉怎么说。当兵时候就知道，穿皮鞋的打不赢穿草鞋的，他的雷霆是农村走出来的草鞋兵，别看样子不好，可战斗力强，战斗意志更强，不信，走着瞧！

宋运辉回想与雷东宝的对话，他想到几个方面，首先，自信到极端，便是盲目；其次，知己知彼，百战不殆；最后，做企业的首要是市场意识。雷东宝资质有限，偏又现在盲目自大，他真拿雷东宝没办法了。

他想，他现在应该够资格说句仁至义尽。多年管理经验告诉他，资质差的人，多说无益。他一向是这么做，但是他这回感性当头，因此他出师不利，本身就是他自己的问题，谁没个偏执的时候呢？就像雷东宝追着过去经验跑，他则是追着雷东宝苦口婆心，都是痴人。他更灰心了。

红伟也是灰心，指望宋运辉能够对雷东宝有所为，没想到雷东宝一意孤行。

他跑到忠富养猪场，将已经睡下的忠富拖出被窝，满屋子搜出一瓶酒几块饼干一包猪头肉，两人对酌。

忠富倒并不觉得意外："书记一向一意孤行，又不是今天第一天这样。"

"以前没那样。"

"以前你跟书记臭味相投，没觉得。书记为人，我敬服，但是要我跟他相处，我不行，我以前这么跟你说过吧？说到原因，我当时说不适应书记的工作方式，其实就是不适应他的一言堂。书记一向不听劝，他不跟你讲道理，他只服从自己的理由，也要别人都服从他的理由。别人别想说服书记，除非书记哪天脑袋开窍自己转弯。我常干着急，干脆不跟了，我着急自己的，落个清静。"

"可是书记以前走的路都对。"

"红伟，我们今天说的你可别说出去，被人听见显得我没良心，你看我的养猪场现在发展得怎么样？"

"好。我没想到你这么快连冷库都有了。刚才也看了一下，一个春节下来，你这儿的猪卖得差不多。"

"不瞒你说，红伟，我心里有两个字：踏实。我扩张得虽然不快，可是一步一步都是看准市场需求来走，每一步走出去，我都是心里有底。不像过去，别看老大的沼气池很噱头，还全市第一家养牛蛙养罗氏沼虾弄得轰轰烈烈，可我一直提心吊胆，总是摸不准书记决策的准头。好像是遮住眼睛做事，蒙对一个是一个，没有延续性的规划，没有可预见的长远。可是我这话跟书记没法说，一者他不会听，二者他做的事好像总是抓大牌总是抓对牌。我只有出来做自己的，起码落个心里踏实，你信不信，我的规划都可以延伸到三年后。"

"你的意思是，书记这回抓牌没抓对？"

忠富犹豫一下，道："我不大方便说，你喝酒想想，对比对比我的三年规划。"

红伟依言不语，猪头肉下酒，好好思考忠富的话。果然，他们雷霆的规划除了铜厂因为以前由项东设计项东规划，还有头绪可循，其他的现在回想起来大多东一榔头，西一榔头，缺乏连贯。他以前有意不多管雷霆闲事，免得与其他人员冲突，因此没觉得怎样，现在还真不能回想，这一回想，他心里不踏实起来："忠富，你闷声不响，蔫主意太多。"

"不敢，我跟你们不一样，从开始就没心服口服。红伟，我在想士根的那三条，不能不说，士根以前做到老二，还做得让人心服口服，水平到底是有的，你看这三条，眼光毒辣。"

红伟点头："我也在想士根的话，你说大家会不会反？"

忠富道："我不知道，没人带头，我看难反。能带头的你或者正明，除非你们以后不想做事了，要是宋总不满，你们以后还想做人？"

"我当然不会，于情于理都不会，做人这些义气肯定有。我担心正明已经估摸到宋总不满书记，有些蠢蠢欲动，我回头踢正明一脚，别以为书记上面没人。"

忠富却道："红伟，你先自保。你们那个不归属雷霆的公司名不正言不顺，要是别人捏了把柄，存心搞死你们的话，书记首当其冲，你老二。"

红伟脸色大变："你知道？你怎么知道？"

忠富道："凭我对你们几个的了解，基本能猜个八九不离十。别以为村里其他人都是傻瓜，总有几个脑袋清楚的。"

"没事的，关键的人都有股。"

忠富点头："那就好，书记仅凭这个公司，轻易抓住几个关键人物的人心，高！"

红伟摇头道："当时考虑镇里参股雷霆，不想让镇里不劳而获，而且我们手脚干干净净，每一笔账都有规矩。不会像过去士根藏的那几张白条，白痴看见都知道有问题。"

"这个出发点的话，大家都是自己人，一条心。红伟，我们多年兄弟，还是提醒你，先自保，不要愚忠。"

红伟从忠富那儿出来的时候已经是第二天黎明。酒早已喝完，猪头肉和饼干也早见底，但他拉住忠富不让睡，终于把埋藏在心底最深处好几个月的忧虑向老兄弟吐露。这些忧虑说起来很对不起书记，很否定书记，要不是忠富，他对别人还不敢说，可忠富不同，尤其忠富肯定了他的忧虑。

难道小雷家那么大的家业，这回真的又将面临大劫？想到过去雷东宝坐牢时小雷家经历的那次大劫，他这回该如何自保？

红伟回家，车子开到车棚，却想到节后追讨货款与雷东宝位置安稳之间的关系，心里压力很大，坐在车上发呆，从杂物箱里摸出香烟来吸。可是抽刀断水水更流，越想心越烦。

过了一会儿，朝着旁边车位倒入的车灯打断红伟的思考，红伟心说谁还这么晚回，却见小三从副驾位置跳出来。透过头顶打开的天窗，红伟听到正明的声音在对小三说："你先走一步，我后脚再走。"红伟惊异，看着小三离开，没有吱声，他立刻意识到，这两人开车找地方一直谈到现在，估计话题与他找忠富谈的差不多。而从小三和正明的言谈，可见两人之间已经达成什么谅解。

红伟心头思绪翻滚，等着小三走得不见人影，他跳下车，拉开那辆车门。正明显然是一脸吃惊，捏着香烟的手紧张地停留在唇边一动不动，两眼满是慌乱，两人对视良久，红伟俯身道："收敛着点，别不给宋总面子。"

"呃，红伟哥你别走。"正明手忙脚乱，一个趔趄冲出车门，紧紧扯住红伟的袖子，四顾无人，才轻道，"红伟哥，不瞒你说，我愁啊。你说今晚宋总提的那些个问题，有几个是我们正经答得上来的？我回家将宋总那些问题与雷霆一比照，我们雷霆全是漏洞，我坐不住了，找小三商量该怎么办才好。我们总不能再盲目等着国家政策不知道什么时候下来，万一政策不下来呢？我们这样东抓抓西扒扒得到什么时候？我还想明天找红伟哥谈呢，要不现在就找个地方说话？我担心雷霆，雷霆是我们大家这么多年的心血啊。"

正明紧张地看着红伟，他不知道红伟这个钟点一个人待在车里究竟是什么意图，逮他和小三勾结的现场，还是等他回来说话？因此正明将话说得恳切再恳切。整个雷霆他可以得罪其他人，却不敢得罪红伟，因所有客户都捏在红伟手里，这几年一方面是雷东宝有意放权，另一方面是红伟自己加意笼络组合，雷霆的进出两道口子全被红伟掌握，这样的人，除非得罪了就离开雷霆，否则以和睦相处为上。

红伟听正明所言正是他今晚所虑，心说英雄所见略同，估计小三也是一样。想到还不肯接受谏言，甚至躲避见宋运辉的雷东宝，他不由叹了口气，递一支烟给正明："我刚才睡不着，躲出来想年后怎么做。催款还是要催，可是该怎么催，该怎么与你生产配合，我心里没底。我在想，能不能要书记开个会来协调年后资金安排，可以让我们心里踏实地照做，我愁死了。"红伟说着，有点身不由己地被正明"塞进"驾驶座后面的位置。

正明钻进车子："红伟哥，我跟小三讨论的就是这个，但是操作上……一言难尽。"

红伟想了好一会儿，却道："你和小三讨论了就好。"他伸手将车钥匙一转，拔钥匙出来，交到正明手心："别年轻气盛，记得把方案随时通知我。我困死了，睡觉去。为了雷霆，你们多辛苦。"

正明愣愣地看红伟离去，心里七上八下。他也知红伟当然与小三不同，红伟资格太老，不可能三言两语便与他交心，但是细细回味红伟今天跟他说的所有话，感觉前后半夜立场已经不同，似乎越来越善意。他眼看着红伟的身影在路灯下转来转去，最后消失，不久，寂静夜空中传来关门的声音，他又在车上坐了会儿才慢慢踱回家去。他心里有一丝兴奋，但也有被红伟警告过后的警惕。

大概是因为白天睡得太多，雷东宝晚上睡得并不好，时时警醒，醒来则是看一眼手表，翻转再睡。五点多醒来时候见外面天色依然黑沉，他没有犹豫，起身下床，他准备去送送宋运辉。他下楼从八仙桌上挑了几件看上去比较登样的礼品，飞车直奔市区宾馆。到达时，正好见宋运辉在总台办理退房。他大声与宋运辉打个招呼，冲着外公走过去，但外公双手支在拐杖上，一双眼睛睡意蒙眬地看着他，面无表情。

雷东宝当即很尴尬，将伸出想握的手缩回来，斯斯文文地招呼道："王老先生没睡好？"

外公斜睨雷东宝一眼，懒得说话，刚才宋运辉已经告诉他昨晚两人的一次通话，他心里早在后悔来这一趟，不该好奇心重，他懒得跟这种说不通的人白费劲。不像跟外孙女吵架，那反应多灵敏，吵起来才好玩，反而是可可站在一边儿看着这个庞然大物，好奇地打量。

雷东宝见外公不理他，这才有空看到穿得小圆球似的可可。他稍微蹲下，与可可对视片刻，道："叫我姑父。"

可可却从太外公腿边躲到爸爸腿边去，一路叫道："No, you are a big fat man."

雷东宝顿时气馁，虽然他儿子壮过可可，可是人家一口英语，岂是他儿子可以企及。他不知道小孩子说的是什么，只见板着脸的外公终于一笑。宋运辉也回头笑道："可可不认识你，以后多见见就好。"

雷东宝却细心地想到几年前他坐牢的时候，宋运辉带着女儿去看他，见面第一件事就是让宋引叫他姑父，他一颗心温暖至今，对了，那次也是春节，室外天寒地冻，他干脆地对宋运辉道："还没听你儿子叫我姑父。"

宋运辉道："小引跟我打电话时问起你，说今年暑假回来不知道能不能见你一面。"

"小引是个好孩子。"雷东宝只好放弃，但心里更生疑窦，因他知道宋运辉是个非常讲究细节的人，"她在美国成绩好不好？"

"还行，好了，我们走。大哥，你回吧，去睡个回笼觉，我们叫了宾馆车子，谢谢你来送我们。"

雷东宝都听出生分："你前面走，我后面跟着。"他不由分说拎了一只箱子出去。

外公慢吞吞跟上，走到外面，看看雷东宝的奔驰，又看看宾馆的半新皇冠，却钻进皇冠里面，又招呼一声："小辉，你来管着你儿子。"

宋运辉没有犹豫，安置好行李，与雷东宝打个招呼，便钻进皇冠里。雷东宝一愣，等前面皇冠车子开出，他才钻进车里，气得面色铁青。他没依言跟上，方向盘一转，去了韦春红的那个家。但是见到小区大门的时候却是发愣，对了，他跟韦春红儿子保证不骚扰他们母子的。他将车习惯性地开进小区，熟练地停到楼下，却没法走出车门，他得说话算话，但是他看了宋运辉活蹦乱跳的儿子后，很想自己的儿子，他的宝宝。

他犹豫再三，考虑到韦春红正带着老少几个在海南晒太阳，他下车上楼，即使看看熟悉的屋子也好。

但令雷东宝意外的是，防盗门应声打开，他的钥匙却没法插进房门锁眼里去。他还以为没找准锁眼，俯身看清，却发现眼前的锁眼呈十字形，与他手里的扁平钥匙全不相配。韦春红难道这么泼辣，将锁换了？显然是。雷东宝在宾馆门口累积起来的火气更进一步，狠狠一脚将防盗门踢上，噔噔下楼回去车上。他妈的，个个都是白眼狼，他饿着肚子开车回村，依然是冷锅冷灶，但家里有一整八仙桌的别人春节送来的礼物。

宋运辉没见雷东宝跟上，脸上也没流露出什么，连外公也没提起雷东宝，一行若无其事地上了飞机。

但上班间歇，宋运辉忍不住打个电话给老徐。一则开市拜年，二则通报雷东宝的情形。他并没向老徐隐瞒任何雷东宝的近况，他也说了他的担忧。老徐倒是没有回避话题，还劝宋运辉放宽心，说有些事情有其必然发生发展规律，外人更多的只能尽心，尽力还得看有没有地方让使力。老徐还说，他关注雷东宝本人，而不再如过去做县委书记时候一样关注小雷家。宋运辉豁然开朗，是啊，他这是给雷东宝的"雷霆就是雷东宝，雷东宝就是雷霆"的话给绕进去了。老徐的话提醒他，他前阶段确实管得太宽。

04

杨家的整个春节在等待中度过，随着任遐迩预产期的渐渐临近，杨家上下军号已吹响，钢枪已擦亮，行装已背好，部队要出发。

杨巡早就摩拳擦掌，就等着儿子出生，早早让他完成人生一件大事——向爸爸的升级。在焦急的等待中，他早已做好所有预备工作，包括与妇儿医院最好的妇产医生搭上关系，保证随叫随到；包括请来岳父岳母过年，帮忙一起照顾任遐迩。但他最乐此不疲的是给还钻在娘胎里的孩子起大名小名。

任遐迩提议，她和杨巡的名字都是走字底，弄得一生劳累，吃尽苦头，孩子的名字一定要讨个好口彩，不要再辛苦走路，而是要装上四只轱辘，选车字旁的字给孩子，当然如果有飞字旁的就更好。杨巡满口叫好，当即请出任遐迩的字典，两人好好挑选中意字眼。可惜没有飞字旁，两人只好转攻车字部首。

车字部首的字没几个。杨巡翻到那页，一眼便将所有字看全了。他拍腿大叫难怪难怪，将其中一个字指给任遐迩看。任遐迩一看，也不由跟着大笑，那个字正是"辉"字，两人不约而同想到了宋运辉。难怪宋运辉少年得志，原来是名字里面安了四个轱辘，当然跑得飞快。杨巡当下对车字部首的字更感兴趣，一个一个字地研究下去，将所有字的字意翻看个清楚，两人一起选中"轩"字，又觉得苏轼的"轼"字也很好。

说到小名，两人这下就天马行空了，到最后任遐迩想到男孩"小锅"女孩"小碗"，杨巡不同意，小锅小碗多随便，没一点雅致富贵气，但是任遐迩说十月怀胎的老娘最有权给孩子起小名，非要坚持。而令杨巡奇怪的是，眼高于顶的杨逦竟然也非常喜欢"小锅小碗"，直说这小名别致，杨巡无可奈何，非常不明白这小名好在哪儿。

说也奇怪，一等这对预备爹妈将大名小名确定，任遐迩如期给送进产房。杨巡在岳父岳母和杨速杨逦的陪伴下坐立不安等了半天，才等到母女平安被推出产房。任遐迩用尽最后一丝力气，亲口告诉杨巡："小碗"！

杨巡原以为自己会失望，但一眼看到这皱成一团的红皮小脸，他满天地都找不到失望，只有满满的喜欢。小碗易碎？不怕，他这做爸爸的有本事给小碗包上铜墙铁壁，对，他有的是本事。但是他才一触女儿小碗的小手，便知抱孩子是个大难题，这嫩豆腐一般的小身体怎么经得起一抱？他只好将孩子交给岳母打理，自己手舞足蹈地在一边观摩，都没留意杨逦神色黯然离去。

等任遐迩休息完醒来，杨巡已经在岳母的教导下敢抱包成蜡烛样的女儿。他小心把小碗凑到任遐迩面前让她看，信誓旦旦地说他其实心里最想要的就是女儿，女儿好，女儿贴心，就怕说太多女儿，要是生出来不是，会让妻子内疚，他才一直说要儿子。现在生下来真是女儿，他如愿以偿。杨巡说得如此真诚，令任遐迩都以为以前领会错误。尤其是见杨巡抱着小碗爱不释手，恨不得事事亲力亲为，她更是心里迷糊，产后还没恢复精明的脑袋被杨巡搅得一团乱，心中渐渐相信，或许杨巡真心喜欢的应该是女儿。

但任遐迩此后陷入水深火热，她妈妈岂肯在女儿月子时候离开，硬是盯在身边，照着陈规将她的月子伺候得浑身瘙痒，人神共臭。任遐迩背后叫苦连天，几番要求杨巡施展迷魂大法将她老娘骗回老家去，可是杨巡的三寸不烂之舌不敌任母的拳拳爱女之心，任遐迩只好继续忍受传统月子大刑。

其间宋运辉与梁思申一起到杨家祝贺，任遐迩笑眯眯地在心里转坏念头，她家小碗与宋运辉同属车字辈。

梁思申是到日本中转，跟市一机的日方会谈后方才回国的。这回她身后没工作追赶，随心所欲地多逛了几天。但外公可可都在宋运辉那儿等她去接。她用最快时间办完辞职交接，立刻就在交接完当天乘火车赶去团聚。

她感觉辞职后好像眼光改换，原来的日本在她眼里是个忙碌的地方，从机场开始就感觉那地方的人行色匆匆，她自己也是非常适应那样的节奏。可是现在她行程安排宽松，心里也是有意给自己放假，却发现日本是个别有风情的地方，东西方的文化在这块土地碰撞交融，孕育出的独特市场令她流连忘返，返时则是添了一只大行李箱，行李箱里满满的别致趣怪小东西。

回来的路上她不由检讨，她在以前忙忙碌碌的工作中究竟干了些什么。她当然有所得，她从工作中得到学识、阅历和能力的提升，令她自己都觉得没白活这几年。但是她在日本悠闲逛街中却发现而今重捡情趣，找回对世间万物好奇的眼光，学校出来后再一次能细心体味大千世界无处不在的美丽。

她此时在飞机上回忆忙碌工作的那几年，有些不堪回首。那段时间，似乎工作生活都成了任务，而她则是女超人一般攻克一个个堡垒，速战速决，绝无拖泥带水地完成一件件任务，包括升级、结婚、生孩子这等人生大事。回首往事，她不知道该不该笑，她怎么有本事过了那样一长段的亢奋日子？

回来看到气定神闲的外公，对比觉得丈夫宋运辉虽然看似气定神闲，其实浑身每一块肌肉都紧张，紧张得全无情趣。比如她才到家，宋运辉就给她一份时间表，总算第一天开恩，让她休息，第二天周末，他安排的可选项是祝贺杨巡升级，非可选项是一大家子去新开外资连锁超市购物，中午一大家子在外公住的宾馆吃饭，下午参观由东海公司资助的当地民间绝活展示，晚上请外公到别墅吃饭。虽然这些活动都是必须的，或者是有趣的，但是，情趣呢？

梁思申没反对，因知道宋运辉忙，难得一个两人在一起的周末，得分秒必争地用足这段时光。其实，这又何尝不是她过去的生活方式？因此她能很得体地按照日程表行事，而且并不会忙得披头散发。

杨巡送走宋梁夫妻后回屋，却一直疑问梁思申何以亲自来他家祝福小碗儿降生，她当年拒绝了他送给可可的大礼，今天似乎也没特意来看小碗儿一趟的理由。她哪来那么闲？

任遐迩不知杨巡之虑，她抓住刚送走宋家夫妇回来的丈夫，道："我刚才问宋太太外汇什么的事情。她跟我说现在趁火打劫收购金融受灾严重区的优质资产最合算，她跟我算了一笔汇率账，还真是，问题那是境外收购，虽然知道利益肥美，可是我们心有余而力不足，我们申请外汇都是大问题呢，这种好处只有宋太太他们享用了。"

"怎么算汇率账？"

任遐迩找出纸笔，举例演示一番，杨巡看了点头，果然好。任遐迩道："梁思申说，这种时候是现金为王，跟我们俩每天商量的一样。我也跟她说了我们在看一些资金链出现问题的企业，准备接手，就是不知道底在哪里。她说她也在看，她看中的两个目标都是国外的，公司因为业绩所逼，需要对股东交代，会不得不做出一些大举剥离附属企业的行为。你看，她那境界跟我们比，真是不一样啊。"

杨巡更是奇道："他们外资公司上班那么忙，她哪有时间做这些？就算让她便宜买来，她有时间管理吗？还是立刻转手？"杨巡问出这些问题的时候，心里转出一个念头，再度合作，可不可以？但心里早又自我否定，那不可能，旧怨哪是容易遗忘的。

任遐迩想来想去，道："不知道，我忘了问。老四还说听我们讲投资的事，好像很高深。我听梁思申讲她的投资，更加神龙见首不见尾。他们那种出国见多识广的人到底不一样，我以后看来得多看英文财经版，什么都看才好。"

杨巡道："我们起码是地头蛇，可以抵消一些经验不足。其他很多事情我们即使有力也使不上，你看政策对外资对国企的优惠，还有政策对我们的限制，我就不明白了，为什么能给老外的东西就不能给我们私企？他们老外的不也是外国私企吗？还有你听梁思申今天说的，她几天时间美国日本中国一个来回，到日本都不需要签证，她是美国国籍，我们能行吗？我们去个回归的香港都得办那么多天手续。办事效率怎么跟她比？稍有机会都让他们抢了。"

"呵呵，由不得你不服气，认命吧，你不是说了，以前还得戴红帽子交管理费呢，现在已经对你从宽了。"

"越来越从宽是不错，我就怕东海那样的国营企业越来越强大，那就没我们的活路了。你看市轻纺的打包上市，一下子圈来多少钱，他们国字号的公司来钱太容易了，投资起来气魄那个大，我知道跟我联系注资的人另一只脚也都踩在那边上市公司呢，那边挖不到钱才来找我。好项目都让国字号挑了，害我价格也压不下来。"

任遐迩现在站在企业高层，很能理解杨巡的牢骚："不过我们是野生的，生命力强，等我们长足了，看他们国家抱大的怎么跟我们比。不过外资要是个个跟梁思申那样国内国外好处均沾，我们也麻烦。我们私营企业真是前有狼后有虎。"

杨巡犹豫一下，道："梁思申做事没我们灵活，她条规太多。不过那是以前，现在不知道变化没有。"杨巡没说梁思申家族背后的权势，哪是他敢望项背的。

两人说话的时候，小碗睡醒了，两人忙着给小碗喂奶，换尿布。这一折腾就是一个多小时。但是杨巡心里一直在想一个问题，既然梁思申工作那么忙，那么那些收购后的具体操作需要由谁来做？另外，梁思申今天尽弃前嫌来他家看小碗儿，是不是事出有因？

杨巡做生意那么多年，知道生意场上从来没有解不开的结。梁思申现在为人做事比过去现实许多。他自己现在也是家大业大，收敛了跳脱。那么为什么不可以再谈合作？杨巡决定慢慢接近观察。

梁思申与宋运辉也在议论杨巡。可可跟着爷爷奶奶在新开的大超市里蹦跳，宋运辉推着车子在后面跟进。梁思申不当宋家，不知道要买些什么日用品，就在旁边跟着，只有到毛巾床上用品区的时候才想起宋家的毛巾更换不勤，她抓了两打毛巾一打浴巾扔进购物车里，又抓来一打被套床单。宋运辉知道梁思申的生活习惯，见此只有笑，他回头又得跟勤俭的父母做半天思想工作，以期改变老人们常年养成的生活习惯了。

梁思申做了这两件事后就不再干涉，宋家主事的是公婆，她毕竟来得少，尽量不插手。宋运辉却不得不提醒她："呃，小姑娘，挽着手臂可以，不可以再做其他小动作。"

梁思申一愣，才想到刚才眼睛正对上丈夫鬓角的白发，就忍不住疼惜地伸手摸了两把。她晓得宋运辉在这个小地方认识的人多，不想破坏形象，但她还是悻悻地脱口而出："虚伪。"说出这个词就想到，这个词她最近想得最多，宋运辉当然也在她这个词的打击范围之内。

宋运辉不疑有他，笑道："别走开啊，这就生气了？"

梁思申背着手走路："没劲。"

宋运辉还想说什么，可正好旁边一个局长过来打招呼，两人握手热情谈了好一会儿。梁思申旁边一脸贤淑地看着，依然觉得好虚伪，但她也无奈地知道，那是宋运辉那个阶层人的普遍生态，而非宋运辉这个人有什么特殊。爸爸当年也是这样，哪像现在可以随随便便穿汗衫大裤衩戴一顶大草帽走过两个街区只为买一份报纸。就像她上班的时候，连裙子都不穿，一身装扮尽量掩盖性别，其实呢，外公骂得句句中的。

有些事情不知道便罢，一旦戳穿了，旁观都是煎熬。看别人的，比如那个局长的做作，还可以当猴戏看，但看自己丈夫的，那滋味并不太好。梁思申提醒自己不要走向另一个极端，可提醒归提醒，心里总是有些不好受。

这么忙忙碌碌度过两天周末，梁思申才有时间与外公单独相处。外公也等她久矣，周一早上一见她领着可可单独出现，立即两只眼睛活络起来，似是找到吵架对象。但事情也有美中不足，外公看到他带了那么多天的可可这个时候千呼万唤不来他身边，尽是钻在妈妈怀里做扭股糖。他只好委屈自己坐到梁思申身边去，以便就近接触可可。

梁思申将她在日本接触的两家企业与外公谈了一下，另一家是通过市一机日方引见，彼此才做了一个粗浅的会面。两人的目标都很明确，低价接手，分拆重组后快速出手。祖孙两个谈得难得如此合拍，外公更是谈得兴奋的时候，站到正对着市一机的窗口，眺望着市一机妙语连珠。外公给梁思申举个例子，一农妇卖葱，十斤的葱，按平常价是一元一斤，销路不过不失。农妇挑出好葱四斤卖一元五一斤，剩下的卖八毛，却正好迎合需求，卖得快了，反而多赚八毛，这就是市场。

梁思申当然知道市场是怎样的，但外公既然爱炫，她就听着呗，反正现在也没急事在身后赶着。外公说得急了，让口水呛住，大大咳嗽了几声，可可立刻操起他的奶瓶无私地递给外公，外公更笑更呛，梁思申忙上前端水捶背，外公咳嗽平息下来，却是有些黯然，老了，老了，小小呛水都要兴师动众，说明他再也不能主抓大事了。他思虑之下，主动提出，有些事务性工作交给梁凡去做，梁凡公司坐落上海，手底下有素质不错的员工一大堆，正好借用，他愿意割一部分好处给梁凡。

外公的提议正中梁思申下怀。她立刻与梁大联系，梁大正巴不得，非常乐意地就将国内部分的工作承接下来，而且立刻通知员工，将原属李力的办公室重新布置，交给梁思申使用。

外公等梁思申与梁凡达成口头协议，便笑嘻嘻捅上一刀，说梁思申而今堕落，甘愿同流合污。梁思申嘿嘿地笑，没法否认。以前她或许会说一句她借用梁凡公司是起稀释作用，但今天她不会再说这种话，做人，还是实际点儿吧。她在以前的驻上海办工作，又何尝没有利用身份的优势？看开些，辞职之后，她的心很闲适，很踏实。

但是外公并不打算放过外孙女，即使中饭餐桌上有外孙女婿托关系叫主厨做的金牌猪手，他都不会丧失立场，不打击外孙女，尤其见梁思申虎口夺食，帮同样爱好猪手的可可趁热抢食，是可忍孰不可忍。他故作得意扬扬地道："你跟小辉结婚那么多年，有没有看出小辉其实是迷失青年？呵呵，他让我三言两语套出是个理想迷失的。想知道？不说，急死你。"

梁思申还真急，外公透露出的三言两语充满玄机，让她非常想知道他们究竟谈了些什么，不过回头一想，不急，她可以问丈夫。于是她反手一枪："可可，外公阿太做了坏事还不说，还想急死妈妈，怎么办？"

"唱小兔子乖乖，十遍。"这是可可经常接受的惩罚。

外公笑得嘴唇乱抖，咬不住猪手，好久才正色道："还是告诉你吧，省得让我唱小兔子。"他把没见到雷东宝那晚与宋运辉的对话转达一遍，有些记忆偏差，但大致意思都在。"你呢，这回算是悟了，虽然来得晚了点，可我想你应该有很多新的想法，影响你的世界观，对不对？"

梁思申不得不点头："对，不过我正在适应这改变，做人通达点儿才好。"

外公道："你通达？我看是小辉惨了，你敢不敢承认你看他不顺眼？"

梁思申看看可可，一时无语，果然她在外公面前等于透明："可是我依然爱他，只是……偶像不起来了。"

"成长过程嘛，总是伴随着一个个偶像的倒下，所以我宁可不要当谁的偶像，只当谁的对头。小辉是个踏实人，不过他受生活所迫，就跟我年轻的时候一样，挣生活都来不及，偏偏生活也不放过我们这种聪明人，不让我们安闲，所有的回顾啊总结啊对我们来说都是奢侈，我们没有时间精力做这些。我一直到退休，甚至等你外婆去世，才想了些人生一世的大问题，小辉呢，我前几天跟他提了一下，他还没在意的样子。我懒得跟没开窍的人多说，你自己逮空跟他谈吧。做人，怎么做都行，但心里一定要有个信念，明确自己该做个什么样的人。"

"可想清楚了之后没法随便怎么做都行，那会让自己很痛苦。可能还是浑浑噩噩比较好。"

"那你和小辉的关系准备怎么办？总得有个人转变。我不管你们别的，我只在乎可可。"

"不会怎么办，他是我的爱人，是我的亲人。"

"自欺欺人。"外公并不多说废话，"看金牌猪手分上跟你说这些，说完两清。你别以为我还跟你们这种小毛蛋蛋谈什么人生理想，你不是对手。"

"谁跟你欺来欺去，这完全是我的问题，该调整心态的是我，小辉已经够倒霉，受我无妄之灾。"

"我传给你的基因哪条是三从四德？受不了。"

"不是我想三从四德，是他事事让着我，我好意思学你？"

"也是，你那段数跟小辉比，就跟小泼皮撞上林冲。"

"幸好，小泼皮众多，每天跟我吵架的就有外公等人，不愁寂寞。"

外公难得宽容地笑笑，没有说什么，再接口就坐实小泼皮称号。两人斗嘴时候，小王和保姆奋勇吃菜，可可则是两眼滴溜溜看着两个人，似乎学足一招一式。

可是梁思申话虽这么说，心里却是对外公的话认真上了。她回国后对宋运辉一直有心理障碍，明知这样不好，也明知自己很爱丈夫，可是她也不知道为什么，总是左看丈夫不顺眼，右看丈夫不顺眼，她总以为是自己的问题，被外公一说，难道，也有宋运辉的问题？可是，晚上与丈夫关上门畅谈理想信念吗？她都觉得有些荒唐。

她终是想不出该如何开口，在宋家住了几天，外公不愿再住宾馆，她只好护送外公回沪。而后，她开始紧张的收购整合工作。其实，忙起来的时候，反而整个人正常起来，再没时间精力胡思乱想。梁凡把他的资金也交给梁思申策划，梁思申隐隐成了李力走后，公司的首脑。

05

小雷家人心惶惶。

春节过后第一个月的老年人劳保工资虽然发了，可是老人们凑一起晒太阳的时候，见面第一句就是议论雷霆。大家心里都有朝不保夕的感觉：这个月的工资是如期发了，不知道下个月还有没有，或者会不会拖，大家都不敢大手大脚，一个个更加精打细算。

而雷霆的高层则是关注着人民币的汇率会不会如外界猜测，调整向下，放外贸企业一条生路。中央台新闻都在说日本汇率失守，台湾汇率也失守，香港那边则是苦苦支撑，也不知能坚持到什么时候。周围国家地区的汇率都跌，我们国家的汇率坚守不跌，那不是把自己往死里整吗？不是说国家需要外贸企业挣外汇吗，大家都乐观地觉得国家不会那么没考虑。人民币的汇率应该也会顺应民心地跌，跌到出口企业又有活路为止。

三月在大伙儿的焦躁中到来。雷霆的资金情况越发紧张，无数的口子等着用钱，每一笔钱进来，都得主事者掂量着轻重缓急，将钱安排下去，塞住其中最嗷嗷叫的一个口子。

三月初正好一笔钱进来的时候，供电局终于等得不耐烦，要雷东宝一定设法将电费结了。雷东宝对着最要紧的口子供电局和小雷家一众老人的月劳保，还有雷霆工作人员的工资，着实委决不下，这笔钱给谁才好？给了供电局，其他就没了，给了劳保，工资就得打折扣，反正处处捉襟见肘。

雷东宝还犹豫着，供电局在三道金牌之后，不客气地出手了。当时雷东宝正在电缆车间，忽然只听一声轰响，随即整个车间归于寂静，只余头顶一卷电缆在行车下面沉甸甸地摆动，带动钢缆"嘎嘎"作响，于此寂静之中显得分外狰狞，终于等电缆摆动结束，小三气喘吁吁打电话报告，说供电局来电下了最后通牒。

雷东宝无奈，只有答应。过不久，电来了，来去就跟常见的停电或者线路故障一样，车间里除了陪同雷东宝的正明，谁都不知道这电的一来一去有其原因，车间旋即又陷入轰隆隆的机器声中。但雷东宝再无心关心生产和原材料库存，臭着一张脸一声不响离开。

正明在初春的太阳下等雷东宝走远，立刻远远走去车间外面的空地，打电话给小三，问钱送去没有。

"在路上，是没到期的承兑，还得找朋友贴现。正明哥，没办法给你，供电局催得紧，都拖两个月了，再大的面子也给拖没了，看样子这回是来真的。"

正明道："我的意思，你贴现后想办法留几万下来，我看供电局那儿把大头交上的话，应该可以混过一阵子。我们村那些老头老太的劳保不能拖，那些人本来就没几个钱，急了会找我们拼命。小三，这事一定要办到，你要是在供电局那儿应付不过去，给红伟电话，供电局的人头他熟。还有……这种苦日子我以前独立支撑过，有经验，你相信我。"

小三当然清楚当年雷东宝入狱，正明独立支撑四面楚歌的电缆厂的过往，他现在只能相信正明的经验。"行，要是成的话，我跟书记说一声，这几天已经有老头老太找我要钱了。"

"你傻啊，书记是喜欢下面人自作主张的人吗？尤其这种紧要关头，他能让你乱动他的钱吗？别让他捏住你卵黄子。快去快回，回头我们商量怎么悄悄把劳保分出去。"正明顿了顿，又道，"小三，我前儿跟你说的话你忘了吗？小心划清界限。"

小三心里一个激灵，连忙答应。大家都说他是书记的大管家，现在人们有气不敢找书记，都是找他来闹，要是如正明所言，以后有个万一，书记怎么样不知道，人家起码还有宋运辉保着呢，可他小三没依没靠的还不给当作助纣为虐的典型，让全村人民生吞活剥了？他很快就将正明留下几万的提醒举一反三，想到这是他偷偷划清界限、留下活路的机会。

回头他果然得叫去红伟，才把供电局的头头脑脑摆平，虽然还差十万，可供电局的领导还是大手一挥，放他们一马了。请客吃饭后回到村里，正明指示小三把这笔钱先捂几天，让村里老头老太着急几天再悄悄发放，以谋求某些效果。大家都是在一条筏子上沉浮的人，总得给自己留条后路。小三借着酒意大胆地答应了，他在心里一径地告诉自己，答应的那些话是醉话，是不能当真的醉话，可是等他醒来后，他并没找正明纠正醉话，而是默默将电费余下的钱存进活期，默默观察事态发展。

雷母从海南回来后便回了小雷家，连她都感觉出小雷家世态冷暖，回家后不敢多提海南的所见所闻。但村里的老头老太们在发钱那天领不到三月份的劳保，终归是不会放过每天一同晒太阳的雷母，大家都追着雷母要她回家跟儿子好好要钱，大家说话的语气一天比一天暴烈，越来越难入耳。雷母当然传达给儿子，雷东宝让她这么转达：先保证生产，有生产才有未来的劳保。但雷母回头这么一传达，大家却闹上了，都骂干脆停发劳保，先饿死他们这帮老头老太，帮村里一年省下几十万换什么未来，都骂雷东宝这主意断子绝孙。雷母起先还赔着笑脸解释，后来听怕了，知道这帮人不敢跟她儿子闹却敢跟她闹，她索性闭门不出了。

但两天关下来，她就给关闷了，她又无法说服儿子，只好给能说会道的儿媳打电话，让儿媳帮忙解决。

韦春红回来后一直根据朋友和律师的指点，悄悄转移她的家财。有朋友好心提供建议，说可以假离婚，可是韦春红在家独自想了三天，她好不容易撵来的婚姻，心里非常不舍，而且她猜测雷东宝既然眼下如此艰难，她若是再拿什么离婚去干扰这浑球，这浑球还不知受不受得起刺激。

她最终想出一个主意，托朋友找关系，将所有的产权都转到她儿子小宝名下，小宝的财产，并不属于夫妻合有。

但是对于现婆婆让她劝劝雷东宝的要求，她有心无力。雷东宝现在果然依言不来骚扰，她哪里还敢惹这浑球。其实她知道的并不比婆婆少，她自家里闹一次狐狸精后，在小雷家安了桩脚，她只要时时与桩脚联络，偶尔送个小零小碎，不仅把她的耳朵安插在小雷家，顺便也把雷东宝给监视了，但她当然是不可能知道正明和小三的主意。

其实正明和小三也很顾虑，这种背着雷东宝做的事情万一被捅出去，他们两人的下场很惨，而他们又知道天下没有不透风的墙，在一个村子做任何事情都捂不长。可是他们想到雷霆万一下个月的工资再出问题，下下月的工资继续出问题，以及已经开始的设备商接二连三的讨钱诉讼经过漫长程序被判决被执行，到那时候雷霆将面临的惨况，以及众村民对雷霆这几个核心高层的集中愤恨，他们又不敢不预做准备。正明犹豫再三，把他的担忧与红伟交流，红伟也是忧虑得脸色铁青，没有反对，只说让正明自己看着办，众人都意识到，再大的靠山，都不如不倒的雷霆。

但红伟心里有矛盾，这么多年同学同事下来，不忍看着雷东宝一意孤行走上绝路。不过他得等又一笔款到账，才有脸去见雷东宝。此时雷霆的债主们再也不谋求什么途径，直接留下专人每天盯着雷东宝车轮大战般地要钱。红伟还没走到雷东宝的办公室，便听见吵闹声从总办飘出，响彻整条楼道。吵闹声中，他有些费劲地找到雷东宝沙哑得如同破锣一般的大嗓门，听着却是那么陌生。

红伟看了一会儿，知道进去也没法与雷东宝说上话，只好退走。等下了班，雷东宝从债主们的包围圈中杀出，甩掉众人走出办公楼。红伟这才跟上，才刚靠近，就听雷东宝喉咙如拉风箱，"呼噜呼噜"地气喘如牛。红伟与雷东宝并排了，赔笑道："书记感冒了？"

雷东宝斜睨红伟一眼，道："上火。"

即使天色已经微暗，红伟都能看清雷东宝的眼白布满血丝，两只眼睛激凸如愤怒的牛眼。红伟还是犹豫了一下，道："书记，我手头一笔钱到账，你看是不是先付了劳保？"

雷东宝一天"战斗"下来，火气冲顶，闻言道："跟你说几遍了，啊，没见墙上贴着通知？先保证生产。"

红伟依然赔笑道："你收收火气，我是红伟，不是讨债鬼。我说我们这些人的工资缓缓就缓缓，他们劳保没多少钱，占不了多少经费，就算我们尊老爱幼一下？没几个钱。"

有来来往往的村民听见两人的大嗓门，都竖起了耳朵，听雷东宝会给出什么说法。

雷东宝一刻没让大家等："就算停一个月，也死不了人。"他今天吵了一天，大嗓门刹不住，说出来的话如敲锣打鼓一般，与闻者众。

红伟想到雷东宝的身心可能还处于战斗状态，怕他再大声说出什么，只好闷声不响。

但祸不单行，红伟还没跟着雷东宝走进生活区，一个做外贸的朋友打来电话，说新闻已经出来，中国承诺人民币不贬值。红伟只觉得眼前一黑，这么多日子来，天天几乎烧香念佛地盼着人民币贬值，没想到晴天霹雳。那外贸朋友在电话里悲哀地说，承诺都出来了，看起来起码三个月之内，汇率咬紧美元。

如今这样的状况再拖三个月，对雷霆意味着什么？红伟用脚指头想都不会想错。

红伟发了半天呆，才要跟雷东宝说，却发觉雷东宝早已走远。他只有叹一声气，他知道雷东宝也不易，忙得都一头扎在小雷家不回城了，换他早挺不住，起码得生几天病。红伟想了想，回到家里先一个电话打给正明，再打给小三和其他相关人等，将承诺传达出去，然后才敲响雷东宝家的门，告诉正捧着饭碗吃饭的雷东宝如此这般。

雷东宝的反应不出红伟所料。他见雷东宝捧着饭碗的手一动不动，凝固在半空，而一张脸却如充血一般，涨得通红。红伟心中担心，真怕雷东宝出事，连忙伸手拍打，道："书记，说话，说话。"

但雷东宝过好久才回过神来，手中饭碗"啪"一声掉落桌上，一丝沙哑的声音从喉咙底部滚出："没指望也好，也好，索性无赖到底。"

红伟趁机道："看来要过一段苦日子，书记，先把村里大家安抚好，把劳保发了吧。现在村里已经没一块可种的地，大家都指着劳保吃饭，别处没地方刨食。"

雷东宝却并没听红伟说什么，自言自语地道："真要把所有安装停下？还是停下没优势的铜厂铸造车间？"

红伟只得大声道："书记，我问你劳保发不发，这个时候不能惹众怒，一定要发。"

雷东宝大掌一挥，道："这几天没钱，等有钱立刻发。明天让小三出个通知，说明一下情况。你不当家，只看到你爹娘等钱用，你没见我这边每笔钱都是火烧眉毛才发出去。"

"书记，老头们会造反。"

"造什么反？雷霆要倒了，他们更没饭吃，一个个只看紧眼前一块自留地，一点大局意识都没有。这么多年啦，从来不会自我改造改造，没钱不发。"

"书记……"

雷东宝将红伟从椅子上拎起，一脸凶神恶煞："你还想说什么？"

红伟当即哑炮，怏怏而走。回到家里长吁短叹，一个电话将正明叫来，想了想，又把小三叫上。三个人一合计，觉得雷霆再这么被雷东宝搞下去，更没指望，可是又不能推翻，雷东宝头顶有无数光环，雷东宝身后又有不知道会不会出手的宋运辉等人。三个人密谋到午夜,初步决定架空雷东宝,第一步就是明天开始,小三和正明辛苦一点,晚上挨家挨户分发劳保,再等有钱,逐个分发部分工资,以安抚人心,并引导人心向背。密谋结束,红伟将口袋里放了一下午的汇票交给小三入账,以后雷东宝发雷东宝的令,他们三个做他们三个的事。

雷东宝看红伟出去,只觉得清心,这几天他被追债的搞得一个头两个大,火气上来,恨不得自己拿头撞墙。今年不同以往,大家村口拦债主的火力不够,于是他便遭了殃。

但即使红伟离开,雷东宝也再没端起饭碗。他一支接着一支地抽烟,考虑小雷家的未来该走向哪儿去。他越想越是心寒,耳边盘旋的都是王老先生认准他雷霆必死的话语。而他现在是真的开始束手无策,不知道下一步该怎么走才能带领小雷家走出困局。他想来想去,发现可以走出的每一步都是关系一个"钱"字,而没钱则是步步不通。

如今手头的钱维持生产已经艰难,而设备商则是在法院要求诉讼保全。若是设备商得逞,小雷家被封一半,那么他说什么也总得拿出一些钱出去打点,这样手头就会更紧,生产更加紧缩。唉,他每天就在钱眼里打转,白天黑夜脑袋里都盘算着怎么用好每一分钱。他不是不想发工资劳保,他自己自从没法从韦春红那里拿钱后手头都紧,可是哪来的钱?发了工资劳保就得少进多少捆料,其他人能知道吗?而且市道不好,做出来的产品利润微薄,不够应付。所以无论如何,都得勒紧裤带渡过难关,大家一起刻苦,他打算要小三起草一份报告,过几天召开村民大会,跟村民们摆摆道理,让大伙儿还是跟以往那样跟着他使劲。

其实雷东宝心里最想的是韦春红手里不菲的产业,还有正明红伟两个手里历年积累的钱财。如果这些钱都拿来,雷霆可以稍喘一口气。可是韦春红已经拒绝他,红伟跟正明两个也是侧面说起自家的钱不能动用。他断无拿拳头押着这几个将钱取出的可能。红伟家开会到半夜,雷东宝一个人也是想到半夜,可是依然没有想出万全之策。唯一的希望,就是小雷家万众一心,与他共渡难关。

这时候雷东宝头皮嗞嗞地痛了起来,他握拳捶了脑袋两拳,当然是没用。头痛起来想什么都不再有思路,他无奈之下只得上楼睡觉。可躺到床上脑袋却反而清楚起来,他于是又想。可是越想越乱,想到后来也不知道是做梦还是清醒,混沌了一夜,折腾了一夜,天色却是亮了起来,他只好翻身下床,晕眩着脑袋出门上班。还有那么多事等着他去办。他不知道在这危难关头,没有他的话,这个雷霆会变得怎么样。

但是到了办公室，却又是那么多债主来讨钱。他应接之余，通知高层开会，研讨对策，然而现在的办公室难容一张平静的办公桌，所以他们只好撤到市区的集团办公室开会。

看到久违的豪华装修的集团办公室所在大楼，雷东宝下车后怔忡许久才走进门去。他心里冒出一个想法，是不是该把集团办公楼卖了换钱？但这样的门面如果卖了，看在别人眼里会怎么想，会不会想到小雷家穷得当裤子了？还有他的奔驰他的佳美呢？可卖了那些都是钱啊。

但会议还有更重要的议题，雷东宝坐上主席位，便将自己的观点摆上桌面。

"今天开会，我们统一一下思想。昨天得到消息，汇率不会变了，那么我们雷霆该怎么办？我有一个打算，今天开始把所有基建停了，安装一半的设备擦上牛油封起来，只开现在在转的设备，所有的资金也全部收缩到电缆和铜厂，所有工作都以确保这两家厂的运作为前提。我的意思就是这样，你们每个人给我一个表态。"

红伟听了这样的开场白，不由想到春节时候忠富跟他说的话。书记什么时候听过别人的意见？红伟第一次认识到，原来以前的会议也是差不多形式，与其说是开会讨论，不如说是表态同意雷东宝的意见，因此红伟今天觉得说什么都违心，不愿表态。但是他又不能不表态，按照顺位，他排雷东宝下面的第一号，他得率先表态支持。他想到昨晚与正明和小三商定的架空决定，可还是希望他能说服雷东宝。

"其实现在在转的设备也存在吃不饱的问题，而现在在转的设备生产的未必是适销对路的产品，我们可以考虑关停一部分挣钱少的设备。安装接近尾声的预3号车间的设备生产的产品，我看正是近阶段市场需求量大的，一刀切停预3号车间的想法，我看书记是不是再考虑一下。"

"红伟，你没做过车间，你知不知道，预3虽然看上去已经像模像样，但真想让机器转动起来，生产成品，这中间还要多少投入？我们哪来的钱投入？我们现在只有依靠现有设备，挣钱保命，挣钱求发展。正明你表态。"

正明看看对面低下头去的红伟，略一思索，便对着雷东宝道："书记的讲话给我指明方向。昨天我知道人民币不贬值后心里很乱，现在好了，就这么干，我回去立刻抓紧时间落实。"

雷东宝的脸色这才缓和下来，道："正明在一线，还是懂生产的。下面谁说？"

大家纷纷表态，有红伟和正明两个鲜明对比的例子摆前面，大家自然是众口一致。红伟没有再说什么，整个会议期间一直摆弄手中钢笔，但脸上一派平静，他至此已经非常理解项东，他至此也已经决心坚定，不复动摇。

到最后，雷东宝才问："你们看，集团办公室要不要卖了？"雷东宝问话的时候，脸则是朝着正明，他对现阶段正明的表现比较满意。

正明道："我有两点考虑，一点是卖了的话，像今天这种情况，我们想开个会都找不到地方。再一点是现在还没到完全过不下去的地步，我们前面的路没全堵死，我们还得整出门面争取贷款，争取政策，卖了显得我们实力出问题。"

正明的话正好是雷东宝所顾虑的，如今有正明与他合拍，他便更加肯定自己的想法，于是也没继续征求大家意见，拍案将会议结束了。正明说书记脸色不大好，劝雷东宝在集团清清静静地睡个午觉，雷东宝没答应，他的身子还没娇贵到这地步。

红伟开完会就先一步走了，他也并不满意正明，看到正明堂而皇之地说瞎话，他并不赞同，可是又想到，正明不这么说这么做，又能怎样。他都感觉得到，他如果再顶撞下去，雷东宝会当场一纸文件将他的职位免去。但红伟开车没走出多远，就被正明一个电话请回去，接上正明和小三，在车上商议。正明问了红伟很多工厂生产的产品系列哪个好销哪个不好销，又问小三好销的毛利怎样，不好销的毛利又怎样。小三还根据常规的资金周转情况提出自己的想法。三个人一路议来，行至小雷家村的时候，基本统一了做什么不做什么的思路。迈下车子的时候，红伟心中也有了忠富所说的"踏实"的感觉。

但红伟心头还是暗自叹息，以前雷东宝坐牢的时候，他坚持下来了，而现在路还没走到头，他反而不忠了，他心里一时有些接受不了。但再难接受，小三主导派发劳保的时候，他有空就他跟着，正明有空就正明跟着，悄无声息地将劳保先发了下去。他看到老头老太们在怨声沸腾后忽然意外地拿到这笔钱的时候，那神情和那语言都在说明同一个问题。而红伟、正明和小三心里都知道，从这个时候起，他们属于另一阵线了。尤其是红伟，开弓没有回头箭，这条路他得走到底了。

不久，再拿到另一笔钱并计算出盈余之下，他们将工人的工资也发了。

所有人对红伟正明几个非常感激。

而这个时候雷东宝犹如孤胆英雄一般与众债主缠斗着，又因群众向镇上反映情况而与镇政府县政府一干人说明着，他一身披挂所有的火力，依然忙碌得不可开交。而同时今年又是要紧会议众多的年岁，开会，传达文件，学习精神，总结经验，有得他忙。他整天忙碌得像个陀螺，旋风般地飞旋于这事那事之间，累而充实。小三悲哀地觉得，一贯英明神武的书记这回真像堂吉诃德。

但正如大家并非坚贞不渝地忠于雷东宝一样，大家拿到劳保拿到工资，保持一段时间的守口如瓶之后，便有了百花齐放。就像第三者的传闻总是最后落入当事人的耳朵，雷东宝一直被身边人刻意屏蔽着话题，但终于有只言片语传到韦春红的耳朵里，韦春红凭东鳞西爪意识到问题有点不对，便一个一个电话打出去加意套取问题背后的实质，很快，韦春红便敏锐地捕捉到问题实质：有人在背着雷东宝收买人心。

韦春红心里又生气又悲哀，这种在小雷家村明晃晃做的事情，却只瞒住一个雷东宝，这说明什么？即使她作为雷东宝的妻子，她现在都觉得雷东宝该下台了。可是她想，即便是死，也得让雷东宝死得明明白白吧。她拿起电话想拨雷东宝的号码，可事到临头，却一个电话给红伟打去："老史，为什么背着东宝做手脚？"

红伟自开始做起，就想到有泄露的一天。他原以为泄露得很快，没几天雷东宝就应该拍着桌子找上他，可没想到时间竟拖延了那么久，而最先找上他的却是韦春红。以红伟对雷东宝的了解，他猜知雷东宝一定还不知情，否则，雷东宝断无让老婆出马拍桌子的可能。他这下倒是有些狐疑上韦春红的态度，为什么不先告诉雷东宝，而先找他问话。还有，韦春红究竟知道多少？因此他先施缓兵之计："春红姐，你说的是哪件事？"

韦春红冷笑道："老史，这就是你的不是了，你和正明做的好事，怎么反来问我。"

红伟沉默了好一会儿才道："春红姐，雷霆再也拖不起了，我们再不行动，雷霆死掉烂掉就在眼前。"

韦春红沉着地道："只因为这个原因？"

红伟道："还能因为什么？如果是想造反，我们不会那么曲折。不瞒你说，该做的我们都做了，包括请你春红姐劝书记，可都没用。你也知道书记的脾气，你说我们还能怎么做，等死还是行动起来？"

韦春红当然清楚雷东宝的脾气，只得叹一声气："你们好自为之，消息总有一天传到东宝耳朵里。"

红伟却反将一军："春红姐既然已经知道，要不请你告诉书记。"

韦春红道："你们都已经架空他，你们还想怎么样对他？搞死他？还是他自觉退位？我看你们最后只有这两种选择。"

红伟虽然已经将事情做出，却还是被韦春红的话逼出一身冷汗："我们没那意思，我们都是书记多年的手下。可你说我们该怎么办？我们除了架空他，还能做什么？我们都是提着脑袋还得好好做事，我们又跟谁喊冤？"

"可是总有一天你们要冲突。"

红伟沉吟："到那一天，我立即跑去找宋总说明原因。跟书记，我该讲的理都已经讲了。我看长痛不如短痛，春红姐还是替我们把情况跟书记说了吧，也好让书记有个准备，免得没准备的话当众出丑。"

春红哀叹："东宝做了那么多年，为村里做了这么多事，就没一个人记挂他的好？就没一个人抵抗你们的架空？"

红伟道："工资面前，爹亲娘恩也得搁一边放着。再说我们做的事不是阴谋，只要是正常人，谁都看得出我们对事不对人，我们为的是雷霆。我们没想逼书记退位，我们辛辛苦苦还得担心书记逼我们做出什么。所以，春红姐，拜托你了。"

韦春红根本就没话好说，默默将电话挂了，坐在沙发上忍不住垂下眼泪。那个浑球，到底是怎么了，要不要提醒这浑球？他毕竟是她的丈夫。她再不提醒，雷东宝更被人当笑话看待。她从红伟的话里已经听出，大家用架空，还供着雷东宝这尊神，并不是因为雷东宝还真是个神，而是因着遥远的那个宋运辉，为此，她真是替雷东宝彻底地悲哀。

她擦掉眼泪，打电话给雷东宝，她不要什么大公无私地为小雷家全体着想，她只要管住她老公。但是电话里传来雷东宝因上火而沙哑的声音的时候，她又是没原则地心软。而雷东宝一看显示中是家里的电话，就道："找我干啥？"

韦春红收起悲切，道："跟你谈件公事。"便将从小雷家媳妇们嘴里听到的消息一五一十告诉雷东宝，她暂时隐下红伟的电话不说。但她说完，却发觉电话那端反常地安静，只传来明显的"呼哧呼哧"声。韦春红急了，道："东宝，你吱声，告诉我你听着。"

雷东宝却没吱声，只瞪着眼发呆，什么？红伟正明背着他搞鬼收买人心？这不是推他上架火烤吗？他只觉得热血冲顶，好久说不出话来。这怎么可能？清楚过来的时候听韦春红在电话里喊他，他马马虎虎地道："知道了……"

韦春红才稍放心："你准备怎么办，去撕了红伟他们？你有没有想过，本来大家还碍着面子认你是老大，碍着宋总的面子，大家还相安无事，如果你去点破，去闹事，会不会大伙儿索性横下心来赶走你？"

雷东宝却是无法相信韦春红说给他的现实，整一个村的人架空他？他问道："哪几个女人跟你说的这事，你耳朵没听错？"

韦春红因开饭馆，与红伟打交道多年，又是上回雷东宝坐牢时与红伟危难见人心过，本来还想护着红伟，听雷东宝这么浑，竟然还怀疑她，而不是发现苗头即刻深挖，只得对不起红伟了："我跟老史也谈过，我看，要不你回市区一趟，我们找个地方说话，我要知道你怎么做，你千万别鲁莽，别撕破面子。"

雷东宝一声"知道了"，却将电话结束。韦春红听着"嘟嘟"声响，只会干瞪眼。想来想去，一个电话打去雷东宝的靠山，但是雷东宝并不承认的宋运辉那里。

宋运辉听到韦春红的描述，心中惊异，但转念一想便是释然。前儿刚与老徐说起过，雷霆是小雷家全村的雷霆，他因雷东宝而关心雷霆，而小雷家全体村民因切身利益而关心雷霆，小雷家村民对雷霆的感情比他深不知几倍，雷霆是村民的命根。因此眼看雷东宝拖着雷霆走向深渊，村民岂能坐视？"大哥准备怎么处理这事？"

韦春红道："他不肯跟我说，他最近脾气坏得不像人，为了保护两个儿子，我跟他事实分居了。"

宋运辉想到春节赶去小雷家听说韦春红去海南过节，心说原来如此。"事实上春节的时候我们已经建议大哥退出，让他借口生病治疗，体面地离开雷霆，可大哥不肯。"

韦春红急道："你也认为他……雷霆不再要他？可你知道雷霆是东宝大儿子，宝宝都不如雷霆在他心中的分量。除非他死，否则没人劝得走他。罢了，我现在赶去小雷家，我刚告诉东宝这事，不知道他要怎么闹，我得去看着，宋总，求你打个电话给红伟，压红伟正明一把。"

"好。"宋运辉答应。

但是放下电话后，宋运辉却想到，他跟红伟说什么？让他们继续拥戴雷东宝？还是让他们对雷东宝手下留情？可问题是雷东宝能放过这几个人吗？矛盾激化时，以雷东宝的脾气，谁敢手下留情，那么伤害的就是他们自己。

宋运辉思之再三，想给红伟打个电话，可铃响半天却没人接听。他预感，小雷家出事了，他也恨不得学韦春红，立即赶去小雷家现场。

雷东宝此时却是沉思：是真是假，怎么会这样？他扯起喉咙叫小三问话，但办公室和财务室的人同时回答，三主任出去办事了。雷东宝打小三电话，问小三是不是背着他调度资金，小三接了电话便吓得语不成调，却是一口肯定。雷东宝又问主使的是谁，是正明还是红伟，小三说好多人开会决定的。雷东宝无语，挂了电话。他最了解雷霆的人事，这事，除红伟与正明，别人没那么大号召力，而小三自然是其中的骨干，不抓住小三没法调度资金。

雷东宝在办公室暴跳如雷，冲去正明和红伟的办公室，都没见人。而办公室里的同事见此早已第一时间电话通知红伟和正明，通知他们书记冲天的火气。

红伟接到韦春红的电话后，便知道今天无法善了，韦春红不可能将这么重大的事情瞒住丈夫，因此他十万火急找到正明，通知正明避走或者如何。但是正明却不肯走避，他反问红伟，今天避了，明天怎么办？书记一直发火，他们难道一直走避？凭什么？话虽如此，红伟还是不忍与已被架空的雷东宝当面对峙，可是接到电话却知道对抗无可避免。他们只好分头行动，红伟坐镇车间，维持正常生产秩序，正明出去调运救兵。

红伟紧张得坐不住，神经质地在车间办公室绕圈。可他抬眼间却见到听闻消息的几个村民工人已经持械拦在办公室门口，说是由他们保护他。红伟惊住，忽然之间明白人心的向背乃大势所趋。工人们做到今天这一出，其实不仅仅是因为从他和正明手里拿到一次工资，不，一次的工资还不至于有那么强的效应，估计应该是他们也是明眼人，他们也早在心中否定了雷东宝。红伟不知道怎么说才好，他开始为雷东宝悲哀，这原是一个全村人民爱戴并尊崇的书记啊！

雷东宝在办公楼上下找寻，不见几个主使，又退回办公室，捶着桌子考虑对策。罢免这两人？还是怎么办？敢反他！雷东宝将因果胡乱考虑，拳头捏得嘎嘎响。呸，不管怎样，先揍死这两人。红伟且不说他，正明，肯定猫在车间。雷东宝跳起来黑旋风一般又冲出办公室，耳边只听有此起彼伏的声音叫"书记"，但雷东宝一个都不理。走到楼梯的时候被一个男人拦住，他一看是正明的堂弟，顿时两眼血红，伸出大掌一把将那堂弟拍向墙壁，他满意地看着那人不堪一击，骂声"妈的"，继续前行。

冲下楼梯，冲出办公楼，跨越小广场，走向通往车间道路的时候，他血红的眼睛发现前面出现一层障碍。

然而这回雷东宝却无法肆意拍出他的大掌。

密密麻麻排在雷东宝面前，挡住雷东宝去路的，竟是小雷家村的老人。这些老人有男有女，站前面的人愤然举着早已锈迹斑斑的锄头钉耙，站后面的有两个还得靠扶住锄头柄才站得稳，这些人，没一个能挡住雷东宝的一根手指头。

但那些人的目光非常坚定，等雷东宝离他们两米之外站住，他们齐声高喊："雷东宝，退位。雷东宝，退位……"

在众老的高喊声中，雷东宝恍惚看到十多年前小雷家被县里清查，正是他发动全村老人对抗工作组的入住，令工作组无法正常展开工作。当年，也是个大夏天，那几天太阳都很亮，小雷家老头老太被他培养出反抗的光荣传统。他们后来还围剿拖欠小雷家工程款的市电线厂，力拒讨债的进入小雷家村……而今天，没想到他们反抗的却是他，带着他们找饭吃，找到好饭吃的他雷东宝！为什么？

雷东宝忽然觉得今天的日头也特别大，日光也特别亮，而忽然之间又如天狗吞日，眼前一片昏暗。

雷东宝庞大的身躯轰然倒塌在众老面前，泼出浓厚的一蓬灰土。

06

还是红伟第一个打电话报告宋运辉有关雷东宝送医院的事。但宋运辉此时已经通过安检进入候机厅，准备出发去北京争取一个项目的审批。看着窗外起降的飞机，他无法不想到命运竟是如此起起落落，无常轮回。他万万想不到，雷东宝会倒在众老面前。雷东宝带领小雷家风风雨雨走过二十年，其扎根，在小雷家的肥沃土地；其成长，是小雷家村民的众志成城。而当小雷家众老也揭竿而起的时候，雷东宝岂能不倒？

年初外公奉劝雷东宝装病退出，竟是一语成谶。

宋运辉公务在身，没法立即赶去小雷家，只得委托刚从日本返回的妻子。宋运辉让梁思申看情况，如果有需要，由他出钱来替雷东宝治疗。梁思申行前，宋运辉又是诸多叮嘱，说的最多的是要求梁思申别再追究雷东宝的错，雷东宝病中爱说什么就让他说什么，让她听过算数。梁思申哭笑不得，她难道就是那么多嘴的人？

第一次的，梁思申为雷东宝做事而又如此甘心，完全是因为宋运辉。因为她真喜欢宋运辉于婆婆妈妈间流露出来的关切，这等关切是如此真切，如此人性，绝非来自什么宋总，而应该更来自那张嘴唇挂着燎疱的年轻侧影。她不由取出票夹中的这张照片，相对微笑，她总算明白这段时间为什么总在心里排斥丈夫了。

梁思申只有与韦春红确定行程。她没想到出站的时候竟有一男子举牌接机，那男子自我介绍是雷东宝的司机。梁思申跟着司机出去，到外面再看到那辆车牌熟悉的佳美，才敢确信。但梁思申隐隐觉得司机有些紧张，不敢说话。

车子在静默中驰往宾馆，司机说雷东宝和韦春红都在医院。梁思申不想留下替宋运辉兴师问罪的印象，就只好和蔼地找话来说："师傅以前好像开的是奔驰。"

"是啊，奔驰。"那司机顿了好一会儿，忽然觉得不妥，忙补充道，"我们刚把奔驰卖了，现在村里最好的就是这辆佳美，史总指定这辆车来接您，但听说这辆车也快卖了。"

梁思申不由想到雷东宝当年参加杨巡婚礼时候那驾驭奔驰的气派，再想雷东宝才刚倒下，村里上层所做的最先几件事之一就是卖车，可见雷东宝行事之不得人心。"雷霆现在谁在负责？"

司机犹豫好久："没定，听说还得开会，镇里领导也得参加了，才能最终决定。"

梁思申"唔"了一声："韦嫂一个人伺候在医院，吃得消吗？她家里的孩子有没有人管着？"

司机道："韦婶娘家有人过来帮忙，村里也配了帮手给她。"

梁思申点点头，她还想继续问，却被来电打断——是萧然的电话。萧然从梁凡嘴里得知梁思申肯收购他手里的市一机股份，他又不知道日方股份的收购也在梁思申的计划中，还以为梁家势大，梁思申又善于与国外公司做生意，敢仗势与日方挑战，如此千载难逢的脱身机会他怎肯放过，因此天天电话追着梁凡要求与梁思申正式会谈，一得知梁思申回国，也是天天电话追踪，想尽早敲定，以免夜长梦多。

若不是雷东宝出事，梁思申也想打个时间差，在与日方正式签约，一手交钱一手交货之前，先将萧然拿下。无奈现在她得替宋运辉分忧解难，不知得拖多少时间，没想到她将最近日程一说，萧然立刻提出他很快赶来见面，先谈意向。梁思申也没拒绝，就这么定了。

司机只听梁思申对着电话强硬地说报价高于多少万就谈都不谈，司机还以为是寻常的生意，但那生意可真够大的。司机因此还想，为什么书记以前不找这位有钱亲戚帮忙？

梁思申来到医院。她从小到大，在国内见的都是高干病房，这回却是第一次来到普通病房，而且还是三人一间、在她看来无比嘈杂拥挤的病房。她循着房号找到病房，站在门口看见一屋子的人一屋子的杂物，一时不知所措。但她很快见到韦春红，顺藤摸瓜，便见到躺在病床上堆积如小山的雷东宝，小小的病床似乎盛不下这庞然大物，看上去雷东宝连转身都难。但韦春红却挽起袖子上阵，正独自帮着雷东宝翻身。梁思申连忙走过去帮手，她发现雷东宝似乎还在昏迷，两人这样的大动作，雷东宝都没睁一下眼睛。

等终于艰难地将雷东宝翻成侧身，韦春红才喘着粗气，叹息道："总还是你们，这浑球以前好事坏事都做，可最后身边只有我和你们，谢谢你来看我们，你们这么忙的，唉！"

梁思申道："宋心急得不行，可他这几天约见的都是由不得他的人，对不起，大哥情况怎么样？"

韦春红拿一只手指指脑袋："醒来过，可我看着他这边好像有些浑。我跟医生已经打好关系，医生也说没办法，中风，慢慢来。谁让他太胖呢，脾气又躁，医生说这血压这血脂这脾气，今天才倒下已经算吊得长久了。唉……你坐这儿，别站着，你从北京大老远赶来也累，这浑球整天躺着肯定难受，我给他捶捶背活活血。"

这事，梁思申不便帮忙，就挪凳子坐在韦春红旁边，嘴里安慰。韦春红却摇头道："我没太难过，知道他渡过危险期，我这几天心里反而比过去踏实。你看他现在这么乖，不会乱发脾气闹得全家鸡飞狗上墙，不会在外面闯祸让我晚上睡不着，也不会整晚不回家不知道做些什么。我只想跟他安生过日子，可不知道他醒来清醒后会怎么想，我现在只忧心这个。"

梁思申听着心里只觉得酸楚，这么好的一个女人，雷东宝却不珍惜。她见韦春红说着说着眼泪断线珍珠似的淌落，忙伸手替她擦了："那也是以后的事了。这几天你千万悠着点，别太累着，现在家里只靠你支撑，你可不能自己先累倒下春红姐，要不要换个清静点的病房，大哥可能不在意，你却可以好好休息。"

"得等着，刚来的时候是四人间，昨天才搬到这儿，也不知道什么时候能轮到双人间。跟护士站已经打好招呼，有轮出来的病床总是先给我们。没事，我贱命，只要他不跟我吵，我哪儿都睡得着。小梁，你知道他醒来翻来覆去说的是什么吗？我听着真是伤心死。"韦春红的眼泪更是抑制不住，只好收回手，从梁思申手里接了纸巾擦拭，"他只有一句话，他连我是谁都还没认出来，却把一句话说得清清楚楚，'你们为什么反我'。"

梁思申愣住，心中替雷东宝悲哀。良久，她才有力气说话："小雷家人都不来看看？"

"我不让他们来，这样离了小雷家正好，省得他整个人跟着魔似的不知道自己是凡人，人家现在又不认他。我自己有点积蓄，我也还不老，我伺候得来。"

"宋说了，大哥的医疗费我们来出，日子长着呢，这笔费用不会小。春红姐你留着钱……"

韦春红斜睨梁思申一眼，打断："你来已经够尽心。现在东宝还有什么呢？他们小雷家的人能有点良心，还不是看着他身后的你们。我本来想离他们越远越好，可你来我一定要叫他们派车，我们只有靠着你们，他们才不敢进一步骑上头来。唉，话说回来，你们和这浑球又不是血亲，怎么好让你们拿钱出来。你放心，我有钱，几家店面房的房租收起来，这浑球就是这辈子每天住高干病房都住得起。"

梁思申震惊，才知为什么有小雷家的车子去机场接她，而且司机对她态度恭敬有余，她心里顿时有了主意："大哥够住高干病房的级别吗？要不我们搬上去，我找医生去说说。"

"浑球混那么多年，白混，不够级别，我倒是想去住。"

梁思申当即打电话给梁大，问有没有办法帮弄一间高干病房。她相信肯定弄得到，只要梁大肯，当然，她相信梁大肯定不遗余力，今时不同以往，梁大和他的那些舅舅看见她比看到亲妹妹亲女儿还亲。韦春红还想客气，但梁思申轻声告诉她，还有比宋运辉更狠的人在上头，这会儿从权，搬出来使了再说。她了解企业，虽然雷东宝倒下，可雷东宝在雷霆做的事却都白纸黑字留在那儿，那些村人若想一劳永逸地解决雷东宝，不让病愈后的雷东宝回去小雷家，肯定得从若干年的经营中找出问题，想出招术将雷东宝掀翻在地并踏上一脚，她认为宋运辉还不够分量阻止那一切。

韦春红半信半疑，她只知道梁思申有个钱多的外公，倒不知道还有权大的亲戚，心说这姑娘怎么命好到啥都占了。但她不敢拿这么一个电话太当回事，这似乎太轻易了点。她含着眼泪，继续给雷东宝捶背、按摩腿脚。

没过多久，一个年轻男医生和两个护士客客气气地赶来，说是来给雷东宝搬病床的，搬去高干病房。再过一会儿，等病床搬好，韦春红在电视上见过的一位市领导亲自匆匆赶来，抓住梁思申亲切地说话，关切地询问还需要帮忙做些什么。韦春红目瞪口呆地看着梁思申从容应对，却没听到梁思申在市领导面前讲出躺在床上的这个人是大名鼎鼎的小雷家村的雷东宝，当然，梁思申也不可能为雷东宝申冤。

韦春红不便插嘴，但她在一边儿却是矛盾地期盼梁思申为雷东宝说上几句，让领导为雷东宝做主。可是一直等梁思申送走领导，她都没听见梁思申提到"雷东宝"三个字。她一时非常犹豫，要不要跟梁思申提一下，可否让雷东宝回去小雷家，因为雷霆是雷东宝的命根子，她估计即使雷东宝正常的时候也不大容易见到这位市领导，可刚才她又跟梁思申说离了小雷家最好，岂不是前后矛盾？

一会儿梁思申送走人回来，先发制人："春红姐，我想还是不跟来人提大哥，免得来人乱插手。现在事情已经激化到这个地步，大哥已经不适合再回小雷家，靠上级关系硬插进去不理性。"

韦春红无言以对，怔怔地看着梁思申，又落下眼泪，人家小姑娘可比她明白得多，做事也干脆得多。

梁思申看着韦春红心软，看着躺床上血色不复当初的雷东宝也是心软，但是她坚持不松口。她早提出现在的雷东宝已经不适合雷霆，她必须适可而止，不能擅权，让雷东宝回去容易，可是回去以后呢？她刚才跟来人只提病人是丈夫的大哥，她不提大哥的名字，也没提她丈夫宋运辉的名字，她从对话中听出来人已经去医生那儿了解过病床上的人病情如何，估计来人当然不会漏看病人的名字，但是她既然不提，来人必定不会节外生枝。

可是她心里真替韦春红难过，这样一个女人，要什么拿得出什么，能独当一面将饭店开得那么好，怎么遇到雷东宝，就没自我了呢？她不知道如果宋运辉不重视她、出轨还坏脾气，她能有韦春红这样不屈不挠的贤惠吗？

晚饭时分，一个中年妇女送饭菜过来，进门时眼睛挂满惊异，而且一直看着梁思申。韦春红当即收起悲切，起身介绍说这是四宝媳妇，饭菜做得最好，这几天在她家帮忙，又似是不经意地提起刚才那位什么什么长真客气，都已经帮那么大忙了，还拎水果鲜花过来。四宝媳妇没敢说什么，她刚才还是一径去的普通病房，那边人告诉她来了一个很派头的年轻女人，坐在病房里一个电话就把什么事都搞定。四宝媳妇还以为是谁，看西洋镜似的跑来高干病房区，才知原来是宋运辉的太太。

四宝媳妇以为这是理所当然的，但回去将一天的情况向老公一汇报，却没想到红伟和正明两大头亲自到市里找她问个究竟，四宝媳妇才知天外有天。正明原本在集团里负责公关，早八百年就已经把宋运辉的关系玩得比雷东宝还熟，最清楚宋运辉的能量能到哪一层，但今天四宝媳妇的传达显然不是那么回事，他们急了。向四宝媳妇问清所有细节，红伟立刻打电话问杨巡，果然杨巡反馈，别惹姓梁的。红伟和正明两个顿时脸色煞白，比躺病床上的雷东宝的白脸有过之而无不及。

红伟问正明要不要去找宋运辉请罪，正明不敢答，坐驾驶位上没主意。两人都想到几年前的夏天，宋运辉太太过来，雷东宝亲自踩三轮车引导参观，其实雷东宝也清楚。

两人不敢怠慢，去宾馆找梁思申，打着拜访的旗帜。但梁思申拒见，梁思申有意将架子端得十足，她让小雷家人自己揣摩分量去，人总是更容易被自己心中放大的恐惧击倒。

这全是她自己的主意，没有事先与宋运辉商量，她觉得宋运辉如果理智处理，肯定也是一样的办法。她打电话告诉宋运辉处理结果，宋运辉长吁短叹："无法接受事实，却不得不接受事实。"

两人在电话中不约而同地聚焦雷东宝心心念念的"你们为什么反我"。梁思申吟出她最近又重拾起来的古文，"舟已行矣，而剑不行，求剑若此，不亦惑乎"。滚滚长江，大浪淘沙。

这以后，雷霆的红伟和正明几乎隔三岔五地发一份情况通报到锦云里的传真上，于是外公经常是第一个通过通报了解雷霆的人。雷霆在市区的集团办公室贱价卖了，因最近市道不好，无法卖出好价。雷霆的车队只剩下运输车和一辆普桑用于办事，其他车子全部转卖。雷霆召开董事会，集体讨论管理层人员安排，基本上是拉开后雷东宝时代的序幕。猪场收归村有，折价进入雷霆，忠富再度执掌养猪场。经过多次会议讨论，安排红伟全面负责电缆厂，正明全面负责铜厂，雷霆集团三足鼎立，而所有雷东宝时代定下的福利，却经过会议讨论，暂停实施……

但这些通报只有宋运辉关心。外公最先关心几下，后来就不理了，那种小眉小眼的格局，外公才不喜欢。

不管锦云里的人关心不关心，通报却是风雨无阻地送到，从不耽误，而韦春红还不如足不出户的外公了解雷霆。

杨巡从一个朋友口中获知，萧然在市一机的股份似乎成功转手了。杨巡非常好奇，这世上竟然还有比萧然更蠢的人？杨巡也愤然，原本他看着萧然四处推销可就是卖不出那傻到极点的市一机股份，他心里暗爽，这才叫恶有恶报。杨巡虽然无法自己亲手报复，可看到萧然落魄，他还是很不高尚地高兴着。每次遇到有朋友提起萧然和市一机，他就回家与任遐诉说"活该，活该"。可没想到，萧然竟然得以脱厄，这如何能让杨巡不扼腕愤慨。

于是杨巡千方百计地各方打听那个替代萧然做了瘟生的人是谁。他心里有个强烈的愿望，如果收购还没到达交钱办手续阶段，他很想使手腕破坏这宗交易，让萧然的钱永远困死在日本人手里，永世不得翻身。

可没想到多方消息条条大路通罗马，那罗马分明就是东海公司老总的老婆。别人或许不知道东海公司老总老婆是谁，杨巡却是知道得分明，这一打听到手，反而是他糊涂了。梁思申当年不是告诫萧然不上日方当的第一人吗，现在怎么反而成了跳火海的第一人？若是别人，杨巡一定认为那人是傻到家的，梁思申却应该不是。可杨巡又想，万一梁思申这回鬼迷心窍呢？

杨巡觉得，作为朋友，有义无反顾地提醒的义务。

杨巡打电话给梁思申，梁思申还奇怪："咦，这么快就传开了？"

杨巡道："这么说是真有其事？也没太传开，我听说是萧然的事，特意多关心了点，你这是钱多了烫手？"

梁思申笑道："知道也没什么，很快会公开的。不出一个月吧，你看消息。"

杨巡奇道："我不知道你葫芦里卖的什么药，你不怕日方，还是你另有奇招？即使钱多烫手你可以到银行办零存零取，拿最低利息，只要你高兴。可没必要送钱给别人把持还让别人看你笑话。市一机萧然怎么回事，全市人民都知道，可你当年比全市人民知道得还早，现在反而是怎么回事？"

梁思申不想把她的计划在尘埃落定之前说出来，只是笑道："谢谢你提醒，我回头再考虑考虑。不过我不会重蹈萧然覆辙，他那是太笨。杨巡，尽量不要把我买萧然股份的事情散播开去，可以吗？"

杨巡何等机灵："好，我会闭上嘴巴，以后也不会再去打听，最近有什么好消息坏消息没有？"

梁思申道："好消息是减息啊，个人贷款松动啊……总之是个趋势吧。目前还没明朗，我也不知道会松到什么程度。你最近做什么？"

杨巡道："最近房价跳楼，比最高房价低一半，几家房地产公司做不下去，出现一种叫烂尾楼的东西，你有数吗？"

"知道。你准备接手烂尾楼？据说因为产权不明晰，敢接的人不多。很多人怕接手后有莫名其妙的债主找上门来。"

"对，我正跟几家谈，我们遐迩说那些公司的账烂得一塌糊涂，不知多少黑窟窿躲在后面，所以我上回跟申总说起，要是让政府做中间人，拿文件把前后两个经营者之间划条分界线，我这事情做起来就顺了。可现在烂尾楼都才开始烂起，没烂到家，政府都还在看。我跟几位机关朋友说起，他们都说很难插手。这不，我一直拖着。"

梁思申将杨巡的话回味三遍，道："债务难道容易躲？万一有人忽然拿出一张过去的借条来让你还，你还不还？这种公司普遍都是过去那种贷款——抵押——再贷款——再抵押的产物，挥霍到资金链断裂，结果留下几幢烂尾楼，所以这几幢烂尾楼的价值与其身上背负的银行贷款或者其他渠道借贷相比，简直不值一提。但银行怕负烂账责任，宁可拖着不处理，让账上永远有这笔账挂着，也不敢折价交给你，我估计这不是地方政府协调一下能划清界限的问题。"

杨巡奇道："你怎么知道那么多……哦，对，你家里都是银行。我插手处理这些事情之后才慢慢知道还有那么多没法讲道理的蠢套路。可有什么办法，只有干着急，公家的钱，人家银行不急，那你为什么不做？你有人脉。"但杨巡说出来就想到，梁思申不肯利用那人脉。

梁思申却道："我正在考虑，你说个人找上来的债务怎么处理？"

"个人的太容易了，千年不赖万年不还，都那样处理，又不是我欠下的，打官司也有办法让它没法执行。"

杨巡说的时候无心，回头想起来却是热血沸腾，为什么不可以再次合作？当然，有历史原因，梁思申估计对他还心存芥蒂，但谁都不能否认，合作的前景确实非常美好。梁思申有人脉，有资金，有前瞻的融资手段，他杨巡也有资金，更有过人的活动能力。只是，合作的前提呢？他有前科，梁思申还敢不敢再度信任他？

杨巡想到工作中遇到的那些难题，想到去银行打交道遇到的门槛，他相信，即使不用梁思申的背景，只要抬出宋运辉来，便可在本地银行畅行无阻。东海每天多大的资金流转啊，哪家银行行长对宋运辉不是趋之若鹜。

可是上回合作的失败，那前科，他现在已经非常清楚，那是最犯忌的前科。

杨巡又一次扼腕后悔，年轻莽撞时做下的污点，需用一辈子来洗刷。

但杨巡不是多愁善感的人，他更想到梁思申对萧然在市一机股份的收购，为什么？难道已经与日方达成什么谅解了？或者是切割一部分资产出来，由她经营？可是市一机那种制造业企业，又不是什么好吃的蛋糕，完全是长线投资的玩意儿，梁思申究竟是什么样的打算，难道又是跟以前那样三言两语就认定一个项目？而杨巡最不敢猜测的是，会不会梁思申把日方的股份也买下来了，梁思申有那么大的资金实力吗？可以前梁思申曾跟他提起，现在是收购在金融危机中出现问题的国外企业的好时机。

杨巡很多猜度，可是不想与任遐迩讲，反正一讲到梁思申，任遐迩肯定得跟他过不去，女人也不知为什么总那么多小心眼，又不可能的事，怀疑他做什么。

可是女儿小碗啊，每想到小碗，杨巡到哪儿都能眉开眼笑。他细心地跟随女儿成长的每一步：能睁开眼睛了，能盯人了，能认人了，还会咧开小嘴笑了，还能咿咿呀呀地发声了。哦哟，这样小小的一个人，长起体重来还挺快，每天称重每天都有增重，门后挂的一张体重曲线图一直是噌噌往上升的，非常健康。便是连一头黑亮的头发也长得飞快，很快就长出小姑娘的清秀模样来。而今老二家的也怀孕了，但杨巡确信不疑，谁都没他的小碗可爱。

因此杨巡很有回家动力，回到家里小碗总能第一时间给他一个最闪亮的眼光以示招呼，那个时候，杨巡的心里总是跟酥糖一样甜蜜。他很小就没了爸爸，家里赤贫，从小吃尽苦头，他对着可爱得都没法形容的小碗，嘴边出现频率最高的一句话就是："爸爸好好挣钱，让我们小碗做小公主。"任遐迩说他是个二十四孝老爸。

因为关心电视上的东南亚形势，杨巡现在只要有空就看新闻联播。他发现，最近的国内新闻头条被大江南北的洪涝灾害给占领。电视里放出来，现场那个浊浪滚滚。杨巡不由得想到自己在东北时，愤怒的人潮过后一室如洗的惨况。那边若是真让洪水洗上一遍，可是惨了。或许是最近刚有了个女儿，杨巡觉得自己很是心软。他对灾区的人感同身受着，因为他曾大起大落过，面对突如其来的灾难，他能明白当时的心境。他关注着，不晓得灾情能不能被控制住。

07

宋运辉从北京回来，便去探望了一下雷东宝。他见到的雷东宝已经能正常睁眼睛，可是一张脸变得歪鼻子歪眼，四肢则是不灵光了一半，生活无法自理，最要命的是思维依然迟钝。他看得出雷东宝不想见他，非常不想见，以至于一起吃了顿病号饭后，雷东宝就借睡午觉不理他了，可是看到他进门那一刻，雷东宝却又分明满眼睛的欣喜。他能理解雷东宝此时的心情，没有一只老虎是心甘情愿地待在动物园里让人参观的，被铁笼禁锢的老虎个个无精打采，理都不理外面的人。雷老虎也是一样，捆住手脚的凄凉时节，雷东宝心里一定宁愿没人看见。

雷东宝睡着后，宋运辉与韦春红商量，未来是住市区还是住回小雷家，住回小雷家有没有顾虑。韦春红却是只有一个答案，雷东宝连市区的家都不愿回，不愿以现在这副面目见任何一个熟人。她现在也不知道回头该怎么办，要到见不到熟人的乡下找间房子，每天晒太阳种菜，让她的儿子寄宿在学校算了。

宋运辉考虑之下，联系杨巡，问杨巡暂借老家的房子。杨巡岂有不答应的，送都送不进呢。韦春红当即过去一看，虽然这个家荒芜多年，草木森森，她还是非常满意，回来市区就推着宋运辉别回医院，坚持让宋运辉回去上班，不用搭理现在的雷东宝。宋运辉也知道雷东宝现在需要心理疗伤，但好歹他来看过一趟之后可以放心。

回到家里，他也有私人问题需要面对，他隐隐觉得梁思申对他与过去很不一样。但究竟好或者不好在哪里，他也说不上来，梁思申依然对他亲昵，跟他单独在一起时也还是黏在一起，可他为什么觉得她好像离得他有些疏远了呢，问题究竟出在哪里？宋运辉有些提心吊胆。

趁着这回梁思申过来办理接手萧然在市一机股份的手续需要住上一段时间，宋运辉想与妻子好好谈谈。事前，他请教感情生活丰富的虞山卿，却觉得虞山卿的答案不适合真正相爱的两个人；请教家庭和睦的寻建祥，又觉得寻家的精神生活与梁思申格格不入。

然而，怎么与梁思申开口？已经惯于在大会小会上面对台下千万双眼睛的宋运辉忽然有了裹足不前的胆怯，那胆怯甚至犹如当年第一次走上厂部会议室讲台，面对咄咄逼人的水书记、费厂长、刘总工等人的时候。可那时他起码心里对技术有底，现在心里的底却是虚无得很，爱，可以成为他的底气吗？而他现在担心的正是两人之间爱的变化。他不免想到当年对待程开颜的时候，当他心中无爱，他可以做得如此决绝。梁思申会吗？

没等宋运辉下定决心开口，梁思申却在到达第一晚握住宋运辉的手，严肃而认真地道："我有话要跟你说。"

宋运辉不知道妻子要跟他说什么，却毫不犹豫地道："你说，我全部答应。"

偏生梁思申知道宋运辉对她一向是说到做到，听闻丈夫如此爽快，愣了一下："你知道我要跟你说什么？"

宋运辉并不讳言："你最近对我有看法。我不愿我们之间有隔阂，可我没找到原因，既然你已经找到……"下面的话宋运辉忽然咽住，觉得很是信誓旦旦的肉麻。

梁思申一下很内疚，感觉自己好像恃强凌弱似的，在两人感情的世界里，一向是她主动，她总是索取很多很多，丈夫总是包容着她，就像今天，他全无招架，开门揖盗。她忽然想放弃，做人不能太得寸进尺，有这样爱她的丈夫，她还想要怎样；反而是宋运辉今天非解决问题不可，不愿再看到妻子在他身边的时候却目光游移，他鼓励梁思申继续。

梁思申犹豫之下，终于将手中的本子打开，将那张宋运辉在金州新车间开工现场的照片拿出来，放到丈夫手里。她说："我这几天考虑了，我爱这样追求事业的你，爱直言不讳批评我对老师胡说的你，爱那个直言'我很骄傲'的你，爱为大哥操心得没原则的你，爱帮我跟外公斗嘴的你，爱西湖边内敛又奔放的你，爱一直坚韧智慧的你。但是我最近心里对你越来越有非议，觉得你越来越面目模糊，前阵子我才想到，你变了，你变成外公嘴里那种千人一面的官僚，直到见你又黏黏糊糊对大哥割舍不下，我才意识到，你如今已经很少流露人性的一面。对不起，我会不会说得太严苛？"

"你尽管继续。"宋运辉被说得面红耳赤，即使他知道自己道路的最终肯定是官僚，可被梁思申如此点明，他还是吃不消。"可是工作环境……我可能已经有些职业病。"

"是，我也觉得太苛求你，一定是我太不宽容。可是，我们相识相知这么多年，我真的觉得你丢失了很多过去很好的品质，你变得很冷漠。外公说你工作环境太复杂，你又奔跑得太快，因此来不及好好地思考。这方面我也有同感，我辞职后才考虑，我在忙忙碌碌中究竟迷失了些什么，我发现我迷失了我的性情。"梁思申见宋运辉不由自主地点头，她将手中照片竖起，"我要一个有血有肉有爱的性情中人。"

宋运辉终于不得不婉转指出："你真正想说的是不是我工作中缺乏人性，现在距离民众越来越远？"

"是的，你现在工作中对成事的因素考虑太多，人的因素考虑太少。包括考虑你自己，为了成事，你个人也放弃太多。"梁思申认真上了，她基本上也是认准了宋运辉不会生她的气，她颇为有恃无恐。

宋运辉却得为妻子的指责找出理由："你对我的工作了解并不全面，当然与我平时说得不多有关。现在我们的话题，包括电话中的话题，80%是有关可可，5%是有关其他人，属于我们两个的只有15%。而我更擅长倾听，导致你了解我工作的时间不多，对不对？"

"两码事。"

"不，一码事。我没告诉你的是，我做那么多事，很大一部分原因是为提高员工收入。比如在老家合作项目的收入大部分用来提高东海的福利，你知道而今国企的收入相对外资而言很没优势吗？可是我们国企又有这样那样的规矩，我只好另辟蹊径。还有整合那家上市公司也是基于同样的考虑，现在基本上实现个人收入与企业效益双丰收。其他还有许多，有空你可以调查一下社会工资与东海公司员工工资福利之间的对比，比上不足比下大大有余。对于人的因素的考虑，我一直没有放弃。"

"是的，你一向做事很有考虑，可是现在你越来越理性，理性得可以牺牲一部分东西来达到目的。比如牺牲你自己的好恶原则，牺牲有些人的生计，最麻烦的是，决定牺牲某个群体的时候，你很理所当然的态度。换作若干年前，当你作为某个被牺牲的群体，从小到大遭受不幸，你作为被牺牲个体是何感受？你有没有将心比心一下？如果为了某个目的可以理所当然地牺牲某人或者某物，那么谁也难以保证哪天你我，以及你我的某些底线也会被谁牺牲，那实在是很危险的想法。"

宋运辉差点被噎住，心头不免有些激动。虽然以他之丰富阅历，依然可以宽宏地把妻子的指责一笑置之，可是既然牵涉他最不愿意回忆的过去岁月，他心里不以为然："套用你的话，两码事。这是个百舸争流的年代，有竞争，就必然有淘汰。竞争选择，不能说是牺牲，与那个时代的选择不同概念，然后你看，我们集中力量办成事，成功后可以做很多事，带动很多人过更好的生活，包括提携那些被竞争淘汰的人。"

"先破坏，后修复，已经被证明是条歪路，修复的社会成本与经济成本都很巨大……"

"思申，这已经是社会问题，你这么要求我个人，不公平。"

梁思申虽然在丈夫面前几乎为所欲为，可是到底不愿看他气急，更因为这些问题更多涉及社会制度的完善，宋运辉到底不可能闹独立王国，她便立刻转了话题："好啦，我该说的说完。大前年我去小雷家，大哥指给我看一处山道，据说正是你走出大山求学深造的通道，听说也正是在那条路上，你姐姐遇到大哥。我对那条山路很好奇，灰狼，我现在有闲，要不等小引放假回来，你请假出来，我们一家去那条山路走走？"

宋运辉奇道："那条路还通着吗？你……想探访我的心路历程？"

"你草木皆兵。"但被宋运辉一说，梁思申倒反而牵挂上了，好像走那条山路真的有什么象征意义了似的，她是真的不愿意看到丈夫变成真正意义上的政客，她挺希望，他是一个例外。

宋运辉被妻子纠缠不过，其实他也好奇那条他双脚丈量着走出的山道如今会是怎样，他也不担心妻子的探寻，那都是小事。他只担心与妻子的一席严肃谈话，那看来是她的心结，那么必然得成为他的心病。他回想刚才的对话，他怎会是失去人性，这一严重指控显然不正确。他虽然先说一步，她任何要求都可以答应，可是不合理的要求呢？考虑到梁思申心里因此的龃龉，想到夫妻关系可能转向"貌合神离"，宋运辉却无法不把谈话当回事，不把要求当作不合理。他太爱她，他无法想象哪天她对他失望，就像她失望于她父亲的贪婪。她若冷落他，他的人生会崩塌一半。

他想，或者他应该与妻子更多沟通，关于有些事的考虑，他有诸多无奈，可他也意识到，如果是意识形态方面的重大差异呢？就像……他以前看待他的导师水书记，当时，怎么看水书记怎么是白脸奸臣。想到这儿，他不由一阵心惊，他的太太，会不会也像他当年看水书记一样地看他？他再想，即使时至今日，他又如何评价水书记的人性。扪心自问，他对水书记的人品评价还真不高。那么，而今他自诩水书记的嫡传弟子，旁人评价他，是否亦如他评价水书记？

宋运辉虽然极其推崇水书记的手段，可毕竟并不认同水书记的为人。他注视着遥远的水书记，不由在行动决策时候开始顾虑。

<h1 style="text-align:center">08</h1>

杨巡很快打听到梁思申成功买下萧然在市一机的股份。他虽然不知道价位如何，但想到萧然当初肯以白菜价卖股份给他，当然梁思申所得报价肯定更低。如果梁思申能凭借自身优势再摆平日方，那么，这笔买卖的所得就别提了。他拭目以待。他甚至很怀疑，梁思申会不会趁此经济动荡时期，将日方的股份也抄底了。如果这样，他替梁思申算计，只要平价转手，她就已经大赚一笔。天哪，简直是玩家。

可是考虑到宋运辉坐镇东海总公司。万一梁思申买下市一机，目的不是转卖，而是打算落地生根好生运作呢？他考虑到梁思申不是个能处理鸡零狗碎的人，他倒是想看看她下一步如何出手，他很有心再度提出合作。

然而不用杨巡正儿八经拭目以待，第二天上班，杨巡便接到一条更加震撼人心的消息，梁思申进驻市一机，日方管理人员于会后退出管理。究竟是怎么回事？难道梁思申真的也买下了日方的股份？杨巡好好地定下神来，才打电话去恭贺。

反而梁思申奇道："你在我身边安插着谁？千里眼顺风耳都不如你。"

"你这么招摇的身份，用得着我安插人吗，一举一动都在全市人民眼皮子底下，难道以后市一机全归你？"

"基本上，没问题了，是笔好买卖。"

杨巡倒吸一口冷气："日本人给你的，也是萧然那价？"

"稍高，但还算合理。"

"加倍，转手给我吧，我一次性付款，砸锅卖铁都得筹资一次性付给你。你拿着钱做你的下一笔大生意去，不要陷在那工厂的事务性工作里。"

梁思申一笑："再说吧，我还没头绪。"

杨巡又提出："或者你有很大计划，你可以考虑，我是这儿的地头蛇……你今晚有空没？我们见面吃饭详谈。"

梁思申却半真半假地笑道："你晚上不需要回家看你的宝贝女儿？"

杨逦旁边听见电话，"嗤"的一声："给拒绝了？认命吧，你们怎么还可能合作。"

杨巡郁闷了好一会儿，但即使再郁闷，他还是写出一份方案，传真给梁思申，他建议梁思申将市一机的市区厂房置换到郊区，这地块与市中心直线距离近，又是面积巨大，好好开发起来，即使没有热点也可以做出热点，只要有能力有能量有资金，想怎么折腾那地块就怎么折腾。

但梁思申只回电谢谢。杨巡很是失落。他从小杨馒头一步步地发展到今天，项目是越做越大，而今虽然看到很多赚钱机会，他也正着手操作，可缺乏挑战，总是缺少激情。可像市一机地块改造那么大的项目，一生人只要做上一个，到死都有吹牛的资本，那都是挑战极限啊。可是梁思申显然对过去的合作记忆犹深，杨巡无处着力。

杨巡心里其实还有另一重考虑，以前与梁思申的第一次合作，他没规矩，坏了规矩，造成自己重大损失，也因此对梁思申心怀愧疚。他很想寻找机会，通过与梁思申的第二次合作，让他哪儿跌倒哪儿爬起。但这话他对谁都没脸说。

他依然是后悔，可杨巡一边后悔，一边加紧做事。他浑身是改不了的紧迫感，总觉得生活是不进则退，他不敢耽于片刻安逸。

09

天气一天一天地热起来，蔷薇谢了，栀子开了，茉莉与玉簪也次第在夜晚开放。锦云里在梁思申的悉心操持下，自春到夏，鲜花不断。

可外公却在这般典雅繁华中，想到粗糙的雷东宝，不知那个一会儿鲁智深一会儿李逵的汉子现在恢复没有，精神头如何，健康状况会不会比他这个老头子更糟？

可是他现在懒得离开锦云里走那么远的路，他只好问宋运辉，雷东宝而今有没有音信。宋运辉告诉外公，他只联络得到韦春红，雷东宝一直不肯接听他的电话。他只知道雷东宝现在能走路了，神志完全清楚了，戒酒了，戒烟了，而今最大爱好是捏一把柴刀上山砍柴，一去就是半天，砍柴回来是劈柴，劈柴之后是烧柴，可以耐心地蹲灶窝里半天都不出来，人瘦了，落形了，嗓门小了。

外公心说，什么嘛，这也叫卧薪尝胆？一个才届中年的汉子打算就这般无所事事打发后半辈子？年龄比雷东宝大一倍的他都还老骥伏枥，壮心不已呢。比如他最近非常关心长江洪水，待在电视机前的时间比以往任何时候都长。

杨巡因关心经济形势而看新闻联播，捎带着也关注上了长江洪水。杨巡最先还看得兴高采烈的，对着电视上浊浪翻滚的画面大呼小叫，让任遐迩一起"观赏"。他告诉任遐迩，他以前所住的山村每到雨季，四周山上的水全部往底部村庄里流，他们经常是眼看着小溪里的水翻滚上涨，变成宽阔的大河。然后大河里的水漫开来，他们小孩子在水里痛快打水仗，那时候的水真清，打水仗乃一大享受，现在好生怀念，估计那什么洞庭湖鄱阳湖一带的孩子现在也可以狂打水仗了。当年等水一直漫到家里，大人们的脸上才严肃起来，带着他们背上家当顶一大块油布往山上躲。小孩子还高兴得稀里哗啦的呢，现在想起来都好玩。不过雨总是那样有规律的，下着下着，过了梅雨季就晴了。他估摸着电视里的浊浪翻滚画面到了七八月也得因为夏季来临降水减少而得以缓解，所以都没当回事。

但随着雨没完没了地下到七月，杨巡不好意思再没心没肺地"观赏"了，他开始每天关注电视上的洪水情况。即使有时因为应酬错过新闻联播，回家还是会问一下那边情况如何，有无恶化。他没亲眼见识过山洪，却知道村里有几处遗迹，竟是山洪冲垮的石头墙。电视上的洪水若是决堤，沿岸百姓的家那就得跟他当年东北时期遭愤怒矿工洗劫的电线店一样，数年积累，一朝完蛋。他至今想起当年的困境还有点胆寒呢。他因此也不知脑子里哪根筋搭上了，特别关心长江沿岸局势的变化。今天一回家，任遐迩就告诉他，新闻播出了年纪那么大的朱总理亲自抵达重灾区探望灾民。

杨巡当即感觉那边的境况可能比想象中更糟，要不然怎么会惊动总理大驾。他打开电视转了一圈，没看到类似新闻，就上楼洗澡，看过睡梦中的宝贝女儿小碗儿，下来正好赶上晚间新闻。同看一条新闻的上海的外公看完后严肃地瘪着嘴睡去了，这边的杨巡对身边的妻子道："遐迩，我们刚才吃饭说到捐款了。他们有几个被各自的婆婆叫去要求捐款，饭桌上净听他们骂人，不肯捐，可都说这回估计逃不过，要不报个数字上去，回头捐不捐另说。"

任遐迩奇道："都那么有钱，捐点儿出来又伤不了筋骨，也忒鸡贼。过几天我们也得被找上吧，你怎么办？"

杨巡道："不过听他们一说，还真是那么回事。国家平时有好处都给了东海他们那些企业，要捐钱了才先想到我们，凭什么啊？我们个体户不偷不抢，猫角落里做边缘分子，前几年才被承认身份，让开私营有限公司。轮到捐起款来，怎么就那么认我们法人地位了？你说谁会一个电话请走宋总谈话，让他掏钱，即使让掏也掏的是国家的钱，他个人能掏多少？明显不公平。"

"唉，是啊，每个月税费教育附加费城市建设费什么的我们私企从来不落下，可说起来我们私企好像是三等公民，这个不准入那个不准入，怕我们扰乱经济秩序，等捐起钱来又要我们做道德楷模，什么逻辑！"

杨巡"扑哧"一声笑出来："发牢骚也得听知识分子发啊，你这话放今天饭桌上，就把他们的盖了。说实话，我本来想怎么伸把手，今天听他们一席牢骚，我也气不打一处来。都当我们的钱是不义之财一样，以前拿个白条谁都敢上来收费，今天变成捐款了。就算退一步，要捐也得先找萧然他们那些人，他们那挣的才是不义之财，说什么也得捐点儿出去安慰良心。哪像我们提心吊胆挣这么点儿产业，每分钱拿出去都是割肉。"

两个人夫唱妇随，同声共气。临睡，任遐迩却问一声："这个月要不要拿笔现金出来放着？"

杨巡抓抓头皮，再抓抓头皮："真要做好人？"

任遐迩莞尔："真是，狗肉包子上不了席，肯定这几天得找你，你做好思想准备吧。"

杨巡愣了会儿，连声说"睡觉"。今天这顿饭吃得，本来看电视看得满腔都是热血，硬是给吃出满腹的反社会来。

隔天杨巡在酒店遇见宋运辉，却得知当天早上，梁思申买了一车子的消杀药品，带上刚从美国回来过暑假的宋引自驾赶赴九江了。杨巡想想那辆牛高马大的切诺基，心说那车真派上用场了。杨巡很想知道梁思申带去多少钱，但追问之下，宋运辉不肯详说，只说不是小数目。

其实宋运辉不便将梁思申准备用于灾区的钱公之于众。梁思申的意图很明显，替她爸爸消孽。她不仅自己出钱，还大大勒索了梁凡一笔，倒是放过外公，还是外公自觉将钱奉上，因此她不肯留名，不愿公开，一切都希望悄悄地完成，谁也不惊动。宋引是听说计划后自告奋勇跟去做保镖的，爷爷奶奶好生不舍，但是爸爸鼓励，她几乎是在车上倒的时差。

杨巡估计宋运辉嘴里的不是小数目应该起码十万起档。但再想到梁思申的大手笔，那个不是小数目，会不会百万起档？他都无心应酬，回家便告诉任遐迩，宋总太太估计捐了上百万，这还是保守数字，两人一时相对无言。

任遐迩好久才问一句："宋总太太的是不是不义之财？"

杨巡摇头："应该不会是，以前跟我合作的时候再怎么辛苦都不愿搬出特权，人这种性格应该很难改变。"

任遐迩想了会儿，道："他们国外的，慈善方面与我们很不同。他们那边的富豪经常回馈社会。小碗她爹，我们现在也算是有点儿头脸的，那个……虽然我们一肚子的反社会，可别为富不仁，我们也得有自己做人的准则。"

杨巡虽然点头，可并没回答。他想到很多。他想到在正统社会里低三下四讨生活的日子，想到过去几乎遭全民唾弃的个体户生涯，想到虎口夺食般从萧然等强权手指缝里扒来钱财，想到那在计划体制下提心吊胆的生存，想到至今即使手头再多的钱也无法准入的某些商业领域。他想到他心中缠绕不去的恐惧，那是长期游离于体制边缘人的警惕，警惕任何可能致使擦边球变为违法的政策风吹草动……他能没有怨气吗？他即使再是人们口中的大老板，却依然似乎不受体制承认。他被那些个体朋友提醒，心里没法不对捐款要求产生反感。他不能总吃最差的饲料，挤出与人同样的奶，太不公平。

可杨巡即使已婚，多少在心中还是把梁思申当作天上那弯皎洁的明月。对于梁思申的举动，他更一厢情愿地往好里想，往高里倾慕。想到梁思申和他看着长大的宋引而今正在奔赴灾区的路上，他有点没法将"不公平"三个字像前天一样理直气壮地挂嘴边上。他问任遐迩，究竟要不要捐。任遐迩奇怪他旧事重提，就说她的意思是，本来想捐的话，还是捐，别因为别人说几句话就改变立场，做事得听从自己的第一意愿。

杨巡心中的天平摇摆着，但第二天被个私协会请去谈话的时候，他还是毫不犹豫地嘴上开了一张空头支票。他不甘心被那些人理所当然地要走一笔他的血汗钱。

回来后正好有人找他询问市一机的相关事宜，希望杨巡这位众所周知的宋总老乡搭桥，向宋太太转达运作市一机的意向。杨巡绕过宋运辉，直接一个电话打到梁思申的手机。可三言两语，梁思申的话题就转到所见所闻上。

"杨巡，不出来不知道，情况比电视上说的可能还严重。长江安徽段都没逃过，堤坝岌岌可危。"

听着梁思申充满叹息的语气，杨巡忍不住道："你帮我看看，我能做点儿什么。"

梁思申道："我原先想，先带上肯定有用的消杀药品，带着的钱到目的地再见机行事。现在看来都不用到目的地，凡是民生物资都需要，怎么，你也准备过来？"

杨巡愣了一下，脱口而出："这么花钱，不心疼吗？"

梁思申不便解释她心中最强烈的本意，只得避实就虚："东海公司号召捐款的口号说，拿出你的社会责任心来，奉献你的爱心。"

杨巡笑道："都这么说，可看到那些肥头大耳的人说这种话，你不觉得讽刺？不过这话从你嘴里说出来，我信。"

梁思申寻了一句开心："既然相信，那么拉两车方便食品来。"但梁思申绝不相信杨巡这个把钱眼儿看得比天大的人会舍得花那个大钱。在她印象里，对于杨巡，做什么都好，就是别打他钱的主意。跟杨巡合作，根本不能有双赢这个概念，只能讲求奉献。

杨巡却一根筋搭牢，认真上了，觉得好像是他对梁思申有了承诺似的，若赖账不做，他便是连这么个最后一次表白自己的机会也丧失了。他回头没二话，让任遐迩取出钱来，从自家市场里的批发商那儿用出厂价直接进了一卡车矿泉水，一卡车方便面，一卡车食油、火腿肠、饼干等物，一车防风挡雨的塑料篷布，装了满满四大卡车的货色，他亲自押车上路。

不仅是所有认识杨巡的人，连任遐迩都惊奇，觉得杨巡这么做是太阳从西边出来了。清晨在市场门口统一装车时，一行四辆一汽卡车，非常威风。杨巡自己坐在旧旧的普桑里面，车后放满自家捐出来的旧衣物被褥，与妻子依依话别，东西还在装着，消息就一传十传百地哄闹开了，连市场里面的摊主都围过来将杨巡当西洋镜看，因为都知道这人绝非善类。有头有脸的几个人笑话杨巡究竟背后是不是拿这四车货跟谁做了交易，却竟然没一个人表扬杨巡做得好。杨巡反而觉得自在，嘻嘻哈哈应付着，不料节外生枝，区委书记也闻讯赶来了。

面对书记带着表扬的询问，杨巡竟然吭吭哧哧地应答艰难，先是避而不认，推说别人让买，书记就逼问别人是谁，杨巡想扯到梁思申头上去，却被杨逦大大方方地揭发。那书记是杨巡认识并友好的，见此好笑，索性打电话让电视台过来采访，让给宣传宣传。杨巡愕然，回头看妻子，却见她幸灾乐祸地笑，因一家人都知道他每天强调低调低调，最不愿做抛头露面的出头鸟，就担心给飞来横祸打中。一会儿记者扛着摄像机十万火急赶到，杨巡心里已经有了草稿。记者问他为什么，他说有人比他去得更早，报说前方缺粮，他才跟上。记者又问他那个"有人"是谁，他说他保密工作没做好被暴露，绝不能再招供那个"有人"是谁，大家不过是凭良心做事，都不想敲锣打鼓趁灾给自己脸上贴金。后面记者再怎么问，杨巡都装傻打浑过去，让他表现崇高非常勉为其难，让他装傻打浑他却是得心应手。最后还是书记说了几句场面话，杨逦也很体面很文艺腔地帮大哥唱了几句责任义务之类的高调，杨巡才千载难逢地红着厚脸皮在大伙儿的鼓掌起哄声中领着车队浩浩荡荡上路。他从倒车镜中看到的是刚才一直沉默的妻子担忧的目光。

一直开到外环，杨巡才给任遐迩打电话，让她别担心，人家总理副总理都在都去的地儿，他也不会有事。他心说不到危难时候看不出真情，杨逦还在人前口若悬河，小碗儿妈更应该发言也肯定能说得铿锵有力，却一声不吭，杨巡很是感慨。互道珍重的话说完，杨巡一声"遐迩"，嘿嘿笑着却有点难以启齿，他的心情很愉快，又是非说不可。"遐迩，要早知道今天场面那么大，嘿嘿，应该组织一下啊。你晚上千万守着电视，不，你先回家试试录像机还好不好用，你把那段新闻录下来，全部新闻都一起录，以后给小碗看她爸……不行你拿摄像机对着电视机拍，最好双保险。我那些讲话不知道会剩下多少，弄不好都剩老四在说。"

任遐迩听着发笑："不不，你今天说的话才好呢，实在话，即使不上电视也没什么。小碗她爹，今天你真……怎么说呢，平日里大家围着你喊杨老板杨哥，都没今天来得风光。而且你表现得特别好，不虚伪，不浮躁，小碗懂事后看到这段录像，一定会为她爹骄傲。你心里高兴吧？"

杨巡道："没想到今天人模人样一下，还真挺高兴。你说我从小到大，没挨老师几次表扬，今天让大伙儿那么表扬，我手脚不知道往哪儿放了。"

两人一齐大笑，任遐迩本来很担心杨巡一路的安全，这会儿也放松下来："啐，才正经一会儿工夫，又贫上了。哎，小碗她爹，你有没有觉得其实我们也不一定得做边缘人物。说实在的，以前我对个体户的印象也不好，说起个体户就跟坑蒙拐骗联系到一起。个体户被边缘化，爹不亲娘不爱的，一部分原因还在自己平时的行为。即使你说那是给逼出来的也罢，你说呢？像我们今天这样实实在在负起区书记说的社会责任，谁还敢说我们的不是？头脸还是得自己挣，我刚才看着你那么登样，我也真欢喜，一边还替小碗儿欢喜，她爸多好。"

杨巡听着更加欢喜，是的，今天还真有这样的感觉，好像狗肉包子上了台面。他自己刚才也是扬眉吐气的，他这回被示众得心里踏实，因此面对着电视镜头，他很有平常心，不用吹牛，不用浮夸，有一说一。说实话，这感觉真好。他想，这是不是走出边缘人物，拿自己当作堂堂正正的社会中坚？这几年，手头越发殷实，而弟妹们也基本上成家立业，对家庭的责任，他应付起来已经绰绰有余。或者，他是应该把责任心贡献出来给社会了。

杨巡还没来得及与梁思申会合，他的四车援助物就已经送到前线撤离的民众手里。杨巡办事能力强，做出的事情有板有眼，很受当地民众的称道。但他一直没讳言他是个体户，听到大伙儿说现在的个体户真不错，杨巡心里想，正如任遐迩所说，头脸是靠自己挣的。就像过去银行不敢贷款给个体户，他说实话，那时也觉得贷款就跟国家钱落进自己口袋随时可以卷走一样，那时他这人还真不是很值得相信。不像现在社会渐渐规范起来，他的心态也渐渐稳定下来，就认识到人得有所为有所不为。眼下银行已经挺相信他，当然是看在他有家有庙的分上，这回他自发做了好事，应该给他的信誉加分了吧？看来回去还得好生修炼。

杨巡并不是那种一腔热血冲上头脑就勇往直前啥都不顾的人。他自然不会忘记记挂自己能获得的好处。

等他从长江沿线奔波了好几天回家，晒得泥鳅一样地又上机关办事，他得意地发觉大伙儿对他的态度有了变化。有人虽然开玩笑说他跟着电视上的副总理一块儿变黑变瘦，可是言语间少了轻佻，多了尊重。杨巡因此也不知不觉地言行扎实大气起来。以前宋运辉曾教导他到一定阶段后别再对人低三下四赔小心，现在看来，光有财力做底气不够，心里也得有口真气才行。

不久，杨巡对任遐迩提出组建集团，规范管理的设想，或许他心中某些无名的恐惧，真正走到阳光底下并不成问题，他要为自己争取社会认可。

但是杨巡的豪情壮志没亮相多久，都还没放到家庭会议上与杨速杨逦讨论，他就已经把组建集团的设想打包封存到心底仓库"梦想"一栏。他头脑还没发昏，并不会以为凭他个人努力一小把，社会环境就会仙女点化一样地发生瞬间改变。他全身多的是小辫子，他依然担心太过招摇会引得有些人气不过清算他的旧

560

账。他最终还是没弄什么集团，但开始设计企业管理的规范化，结合逐步完善起来的劳动人事制度，制定内部员工的福利保障。

10

梁思申知道自己手不能扛肩不能挑，又是外国公民，留在前线只是累赘，而且她也知道更多的志愿工作在以后。沿路了解情况，通过梁凡与当地有关人员获得稳固通信联络之后，她反而先杨巡一步带领宋引回家，通过电话电视继续关注那边的灾情。

回家整休不久，经宋运辉多方了解确认那条古栈道犹在，他们一家四口如期上路了。

八月天，清晨已经骄阳似火。一家人绕过肮脏的几家小厂，跃过厂后隐藏堆积的工业垃圾，才终于见到蜿蜒山道就在眼前。宋引激动得振臂高呼："爸爸老家，我来啦！"可可被姐姐的举动吸引，小人家好热闹，也跟着一起喊，与姐姐比谁的声音大。两姐弟放虎归山一般，两个大人扯都来不及。

宋运辉面对似曾相识的山野，面对一双活泼可爱的小儿女，面对如花似玉的太太，心中生出无限感慨。二十年弹指一挥间，故地重游，物是人非，舜华潜改。想当年走出山道，抱满腔豪情万丈，今日来思，原以为不过是携家带口了太太一个心愿，不料触景生情，无法不感叹如今胸中尚存几许当日同学少年心，他真的变化很多。

梁思申见山道有一米来宽，路面犬牙交错地铺着鞋底磨圆的山石，年久失修，山石东一块西一块，小儿缺牙似的。奇的是山路上面只有零星几棵小草夹杂于石缝，其余几乎寸草不生，而山路两边却是藤萝薜荔，一棍打将下去，草虫漫天乱飞。她与小姐弟一样，也是第一次见到这样原始的山路，兴奋之下，"嗖"地冲前面与儿女并排去了，留宋运辉发了会儿呆，才快步跟上。

很快便跳跃着走过一座由两条石板拼成的已经歪斜的小桥，一家人转入满眼葱茏的山谷。山路变为一边是曲折欢唱的小溪，一边是草木葱茏的山壁。宋运辉不敢大意，连忙小跑上去拦住前面三个。他是农村长大的孩子，知道这种天气下，山路行走最怕蛇虫，尤其是这种有溪水的地方，更是蛇虫出没重地。他这么一说，连梁思申都逃到他身后，只除了可可还无知无畏。

除了宋运辉，其他三个都拿这一路当玩儿，尤其是宋引，看见一朵花，就问爸爸这叫什么花，看见一粒果儿，非要问能不能吃。宋运辉的水平仅仅停留在能不能吃上，其他一概不知，于是大家都很遗憾。太阳热辣辣地烘烤着山谷，空气中蒸腾着花草的清香，耳边流淌着潺潺的水声和幽幽的鸟鸣，还有两小儿的叽叽呱呱。终于对花草的认识告一段落，宋引忍不住问："爸爸，你小时候真的从这儿走出去赶火车吗？为什么不到公路上坐汽车？"

梁思申自作聪明："爸爸家那时候经济紧张，而且那时候走路没我们轻松，爸爸要挑一只皮箱，一捆被子，还有很多碗啊杯子啊等生活用品，是吧？而且爸爸那时候才跟高一生那么大，还小呢。"

宋运辉解释道："对的，那时候不仅爸爸家里穷，大多数人家普遍没钱。经常一个月的工资吃饭零用下来，手头紧巴巴的，只剩一块两块钱了。可那时候一张到市里的车票要五毛钱，一家人送我，来回就得半年积蓄。乘不起，只好摸黑靠两只脚走路，完全靠天上星星月亮照明。幸好那时候大家都烧柴草，山上给搂柴草的割得寸草不生，连蛇都没处窝，一路才有惊无险。那时候我们穿的是自己编的草鞋，还不舍得穿布鞋或者塑料凉鞋，怕一条山路走下来鞋底给走坏。走出山才收起草鞋，换上体面的鞋子。可你们知道吗，因为穷，还有其他原因，为了让爸爸读大学，姑妈放弃体检也放弃前途，唉，否则，姑妈不会那么早逝。"

宋引听得似懂非懂，回头问梁思申："Mum，你呢？"宋引总被可可追问为什么喊他的妈妈为阿姨，宋引解释不通，又是与梁思申非常投缘，在可可滴溜溜的大眼睛追踪之下，改口叫梁思申Mum，算是折中。

梁思申惭愧："我生在特权家庭，从小穿皮鞋和白跑鞋。"

宋引想了想，道："我也是生在特权家庭，我从小坐爸爸的车子，别的小朋友都没有，爸爸，那不好。"

宋运辉走在前面挺不好意思的，幸好大家都看不到他的尴尬，他岔开话头，道："那时候很多人一辈子没有走出过大山，没有电视，看的电影是翻来覆去的几部，大家都不知道好的生活是什么，但都懵懂地认定只要靠参军或者考大学走出山村，做上干部就能有好生活。听大哥说他当年是凭着在县小学操场一口气跑一万米不倒，被征兵的看中了去，算是找到活路。我当然只有考大学一途。没想到走出农村走进城市，全不是自己心中以为的世界，生活一下乱套了，每天接触的都是新事物。思申，那时候也不大会深入判断什么是好什么是坏，只是疯狂地学习学习学习，什么都新奇什么都有一套道理，结果学得一肚皮的良莠，非常神奇，就是从这条山路走出去，好像走进一个新世界。"

两小儿都听不懂，也不爱听，梁思申知道这话是跟她说的，道："算不算迷失？"

宋运辉想了想，道："不知道，但心里一直有一根弦：求知，前进。我记得那时候一下涌进来大量西方思潮，打得人眼花缭乱的，还真够让人迷失。"

梁思申笑道："李力曾经推荐他收藏的《走向未来》丛书，我没想到他也看这种书，而且几十本全部通读。这个人，可惜走了歪路。"她说的时候见丈夫回头一笑，她也会心一笑。宋运辉都没从她眼里看出一丝不好意思。

宋运辉道："对，那时候大家面前忽然展现一个新世界，有人裹足不前，有人勇往直前，整个社会忽然不再是一潭死水，于是导致人与人之间的差异越来越大，差异又逼得人无法安于现状，即使再胆小安稳的人也不得不想方设法跟上发展，整个社会充满躁动。有大哥率先走出农村改革一步，有大寻成了迷惘一代，有杨巡成了个体户，还有那时候很有争议的双轨制，真可谓摸着石头过河，思潮千姿百态。"

梁思申道："混沌初开。"

"更像宇宙大爆炸，到90年代后反而单纯起来，一心一意搞经济，至此方向已经非常明确。"

梁思申会心点头，但立刻叫道："可可别钻草丛里去。"

可可正追一只蚱蜢，哪里肯罢手，梁思申只得飞扑过去，先将蚱蜢逮住，交给可可玩，可放手才想到，天哪，她抓了昆虫，心里这才后怕，似乎手里都是毛茸茸的触感。忙展开手心细看，还好，什么刺都没留下。小心看可可，却什么事儿都没有，捏着蚱蜢的两只大腿玩得开心，连宋引都避开三尺，黏到爸爸身边，不敢再接近可可。梁思申心想，可可到底是男孩子。宋运辉今天一心一意探索自己，忽然想到李力从那时候开始在唯利是图的路上走得越来越远，他自己呢？他若有所思。

宋引忽然道："我一路看到好几只塑料袋了，我们可不可以都捡起来，扔垃圾堆里去？"

梁思申忙道："好建议，我们出于安全，把登山杖够得着的垃圾捡起来，其他只能等它们自己风化。"

宋运辉从身后双肩包里掏出一包零食，每人手里分一块蛋糕，这样就空出一只可以盛垃圾的塑料袋，宋引拿着塑料袋便有了副业。宋运辉从纷乱的思索中拉回自己，笑道："早先不会想到塑料袋会成为污染，最早时候一只塑料袋洗了再用，非要用到千疮百孔才舍得扔掉。没想到现在成为公害，还有下面的溪水，小时候走这条路不用带水壶，这种水都是可以拿来直接喝的，现在谁敢喝？还有流经小雷家的河，我出去读大学的时候，全村洗碗淘米都在那条河里，现在恐怕连鱼都找不到了。"

"连你在东海初期发展的时候，可能因为资金紧张，也对东海的环保不大以为然，更不用说小雷家。"

"咦，你怎么知道？"

"可可爷爷说的，他说刚搬来的时候，海鲜可好了，可等东海的设备一开动，后来吃到嘴里的近海鱼虾都有一股气味。我只要照着时间推算一下，特殊时期，那就对了，我前儿跟你说的，先破坏，后修复，很消耗，你还不认。"

宋运辉回想一下，才道："是的，那时候资金非常紧张，唯一庆幸的是物价在那时候停止前一段时间的猛涨，才没超预算太多，但也不得不从附属配套设施下手节约，比如生活配套，还有环保配套，现在说起来，做了亏心事似的。"

"极速发展时期，总是因经济飞涨带来的兴奋掩盖伴随极速发展产生的大量社会问题，可问题总是要揭盅，不是你的个人问题。"

宋运辉回头一笑："你替我开解，还绕到那么远替我找理由。"

梁思申一愣，憋了好一会儿，才道："我在给自己找答案，我经常在想，你是那么好的人，为什么有时候也能做出不可告人的事来？"

宋运辉闻言不由站住，一张脸唰地红了。梁思申见此，上去轻轻抱住他。

可可不知道爸爸妈妈忙什么，见此夹到两人中间，大声道："可可也要亲亲。"宋引正用登山杖戳到一只塑料袋，闻言忙道："先亲我，先亲我，我最辛苦。"

宋运辉被儿女打岔消去尴尬，忙招呼大家到一棵大枫树下歇息补充能量，反正不急。两夫妻各自拿出包里的食品，巴不得大家赶紧多消耗点，省得肩上背着辛苦。宋运辉等喝下几口水，冲梁思申笑道："我越想越险，你要是心里有疙瘩又埋在心里不说，只看着我越来越厌恶，怎么办？"

"我肯定不瞒你，我相信你。"

宋运辉一笑，心里没底，这会儿他自己心里都一片混沌。

四个人休整后继续上路，翻过一座山头，下坡就松快许多，身边都似能生出风来，很快就走出山路，来到一处群山环抱的村落。那村子自然不如小雷家富裕，一望过去，田野还在，嫩生生的稻秧映立水中。随着他们的脚步踏上田间小路，前面的青蛙纷纷从路沿草丛跳进水里，"扑通"声不断。三个城市长大的看着好玩，宋引更是弯腰跟一只埋伏在水里的青蛙对视许久，又是装鬼脸又是装恐吓手势，青蛙却岿然不动。

走出农田就是民居和晒场，阳光下的晒场满是夏收打下的金黄稻子。晒场阴影处猫着的农民看这一队离奇闯入的陌生人，这队陌生人则是在宋运辉的带领下研究稻谷是怎样长在稻草上，农民又是如何用手摇的稻桶脱粒。一帮人都感到非常新奇，轮流将晒场边闲置的稻桶摇了好几圈才肯罢休。而这时四个人都已经给热得面如白灼对虾。

走出晒场，可可就骑到了爸爸肩上。宋引小声问梁思申，可不可以找地方乘车，太热，不知道会不会中暑。梁思申也有些担心，可是见丈夫兴致勃勃，她也正有兴致着，就好言劝慰宋引，风景还在前头。宋运辉在前面听见，回头道："我们坚持一下，翻过前面那个山头，看到没？就是小雷家了。走到小雷家，我们的任务算完成。"

宋引吐吐舌头，又跟梁思申轻道："Mum，奶奶说过，爸爸是个累不死的，我早知道爸爸不会答应。"

梁思申看前面骑着个可可还脚步稳健的丈夫，满脸笑意。丈夫重视她的意见，看来他今天想到的真多。

翻越第二个山头，又是夏天最热的下午，四个人都感到辛苦，连可可都在爸爸肩上晃得心慌，要求爬到背上。宋引在刚才的村子里把垃圾袋扔了，这会儿也不提再捡塑料袋，埋头闷声爬坡。宋运辉身上背个可可，到底是辛苦，说话的劲头也减了，小心找路，还是走在前面。梁思申接手了丈夫的双肩包，一个人背两只包，此时备觉辛苦。四个人只要看见山路边有遮阴的大树，就扑去好好喝水好好歇息。大树大歇，小树小歇。

宋运辉坐在大树下大歇时，喘着粗气告诉梁思申："翻过山头，再往下点的缓坡上，以前那儿有个大坑，是挖泥做砖干的好事，我那年春节回家，姐姐去市里接我，那年雪好大，我们走回来特别辛苦，结果滑进那坑里了，是大哥拉我们上来，那是我们第一次见面。虽然我们……可我还是想，那次要是没见到就好了。"

"那是。"梁思申知道宋运辉指的是他姐姐的早亡。

"可是……唉，说不清，命运啊，认识大哥，也是我的荣幸。"

宋引开始担心能不能爬到山顶，好在可可休息了一会儿，又想自己走路，于是一家人互相提携，吭哧吭哧地终于爬到山顶。

宋运辉忍不住快走几步，又腰站在山顶，也不顾头顶烈日炎炎没遮没挡，站住不动了，看小雷家在脚下一览无余。但梁思申却和宋引皱眉交流着上来："什么味儿？""好像是小雷家的臭味儿。""怎么会这么臭？大杂烩臭。"可可也闻到了："屁屁味儿，臭。"

宋运辉却兴奋地指点着道："看看小雷家，面目全非了。"

宋引道："一点不好，又臭又脏。"

宋运辉不服，跟女儿争辩："怎么不好？你看，工业遍地开花，屋顶下是现代化的机器设备，看看那边，是多么整齐的民居。"

宋引也不服："不好，就是不好。爸爸你回头看，后面的村庄多干净，多安静，画儿一样。小雷家呢？又臭又脏，而且还有黑烟囱。这样的环境不适合居住，人住在这儿会生病。"

梁思申问："以前的小雷家也是像刚经过的村庄一样的田园牧歌吗？"

宋运辉自己也察觉到刚才的兴奋其实更多的是来自故地重游："唉，以前，几乎差不多。"

宋引道："那姑父做错了，他把好好的地方变得这么糟糕，变得没法让人类居住。"

宋运辉笑道："又来一个学成归国的小梁思申。"

梁思申一笑："赶紧下去，太晒了。"

可是一路之上，宋引坚持不懈地指着地上的垃圾，说小雷家不好，指着手臂从树叶上沾染的黑灰，又说小雷家不好，这也不好，那也不好，一直说到山脚下。大家赶在进村前先在一棵树下整理仪容。宋引不肯在脏石头上坐下，又捏着鼻子以示抗议。宋运辉只得严肃地对女儿道："把手放下，这儿有很多爸爸的朋友，你这样子很不尊重人。"

"我必须诚实地表达我的不满。"

"还没臭成那样，放下。"

宋引见爸爸是真的严肃，挺怕，只好放下，但白了爸爸一眼。宋运辉严肃地解释道："这是农村发展的局限……"

"如果是这样，宁可不要发展。"宋引还是坚持。

宋运辉道："我们先不急着赶路，我们来说说为什么要发展。吃不饱的时候，风景再好，有没有用？"

宋引道："为吃饱，环境却变得又臭又脏，可能还致癌、短命，那么吃饱又有什么用？"

梁思申本来从不打断父女俩的争辩，但见两人一个坚持自己的世界观，一个对小雷家饱含情感，互不相让，只得插话打圆场："我们别只看到浅表的一面，猫猫，我们更要看到人的思想进步。小雷家的开放、富裕，带给小雷家人丰富的物质生活之外，也带来对外界的广泛接触和认识的机会，他们的思想因此得以越过大山阻挡，走向全国，走向更高更远。他们思想的改变，又反过来指导他们对生活对工作的态度。最近最明显的表现是，他们懂得争取自己的权利，懂得抗争不合理的管制，他们还懂得很多很多，这都是封闭在前面一个画境般的村庄里所做不到的。听懂我的意思吗？"

宋运辉最明白梁思申的意思，他指的是村民对雷东宝自发自觉的反抗。宋引则是似懂非懂地点头。

梁思申看着心说，估计以前宋运辉也是这么绕晕的她，不由心里觉得好笑，她现在绕晕他女儿，哼！她接着说："既然他们进步，他们懂得更多，他们就会凭自己的判断，为自己的生活做出更好的选择。你要相信，进步才能开启民智，民智的开启更促使进步。所以小雷家以后会自我纠正，走得更好。"

宋引想了会儿，才慢慢点头："好吧，他们以后会不臭不脏。"

"不仅如此，还会更好。"宋运辉补充。

宋引小大人一样地道："那希望他们懂得更多。"

宋运辉这才欣慰地与妻子交流一下目光，带领一众走进小雷家。

如同预期，不，甚至超出预期，他们受到比雷东宝主政时更热烈的欢迎，但是他们没多停留，只是客客气气地与鼎立的三足打过招呼，便去山上拜祭了宋运萍，下山后挡不过红伟的殷勤，由红伟亲自驾车送他们去杨巡老家。

宋运辉借着倦意，不大说话。他虽然对雷东宝和小雷家之间的事情不予干涉，但并不表示他支持，他不愿搭理红伟等人。车到最后一道山坡，宋运辉示意红伟停住，他要徒步走进去。红伟很是不解，但不敢用强。

四个人于是继续走路，可可又回到爸爸背上。

这段路不短，夕阳西下，他们拖着长长的身影，走得残兵败将一般，都眼巴巴看着平地里的村落，希望最近的一幢房子就是杨巡老宅。梁思申等一辆晚归的摩托从他们身边经过，忽然对宋运辉道："我有些明白杨巡的性格了。"

宋运辉道："我一直理解他，可有时又爱又恨。如果不是你们合作的事，我对他的欣赏可能会更多一些。"

梁思申点头："他那么小的时候，挑货物从这边走出去做生意，即使只是才走我们进来的这一程，那得多少狠心才走得出这重重山峦。那样的狠心……今天我自己走过才知道。"

宋运辉道："小杨肩上有一大家子等着吃饭的嘴。"

梁思申沉默，心中的某一块开始隐隐松动。

当四个人在来过一次的宋运辉带领下终于来到杨巡家老宅面前时，天色已经暗淡下来，家家户户的门窗透出深深浅浅的灯光。

宋运辉拉住妻子和女儿，对着空无一人却满是柴垛的院子，对着敞开的门和门里传出的孩子叫闹声，静默了一下，声音略略提高，喊了声："大哥，我来了。"

他看到雷东宝瘦得走形的身子迅速出现在门口，背着光，却还是挺拔如铁塔。

他忽然想到梁思申在小雷家村口说的那些话，大哥现在也懂得更多了吧？既然懂得更多，不管以后大哥再掀轰轰烈烈，还是从此泯然众人，应该都属于大哥雷东宝更好的选择。

一丝清凉的山风突破炎夏的闷热，送热烈拥抱在一起的人们进去房间。

外面，群星在天幕运转，一年一年，生生不息。

《落花时节》

阿耐 著

以为不会再爱的年纪，真爱却悄然而至！

激发个人成长

多年以来，千千万万有经验的读者，都会定期查看熊猫君家的最新书目，挑选满足自己成长需求的新书。

读客图书以"激发个人成长"为使命，在以下三个方面为您精选优质图书：

1. 精神成长

熊猫君家精彩绝伦的小说文库和人文类图书，帮助你成为永远充满梦想、勇气和爱的人！

2. 知识结构成长

熊猫君家的历史类、社科类图书，帮助你了解从宇宙诞生、文明演变直至今日世界之形成的方方面面。

3. 工作技能成长

熊猫君家的经管类、家教类图书，指引你更好地工作、更有效率地生活，减少人生中的烦恼。

每一本读客图书都轻松好读，精彩绝伦，充满无穷阅读乐趣！

认准读客熊猫

读客所有图书，在书脊、腰封、封底和前后勒口都有"**读客熊猫**"标志。

两步帮你快速找到读客图书

1. 找读客熊猫

2. 找黑白格子

马上扫二维码，关注"**熊猫君**"

和千万读者一起成长吧！